庄太后

顺治皇帝福临

董鄂妃乌云珠

安亲王岳乐

简亲王济度

吕之悦

乔梦姑

三阿哥玄烨

少年天子

凌力——著

北 京 出 版 集 团
北京十月文艺出版社

引　子

一

从山海关到京师，正东西走向。其间五百余里，平野广袤，峰峦起伏，滦河、白河、青龙河在川原上滚滚流淌，雄伟的古长城在燕山山脉间蜿蜒，永平府就在这山川接界的地方。

都说永平府的风水对王者不利。二十二年前，大清朝廷还在关外，同太宗皇帝共执国政的二大贝勒[①]阿敏，就因为弃守永平问了死罪。到了大兵入关，定都燕京，八旗亲贵在京师四周跑马圈地时，摄政睿亲王多尔衮[②]又看中永平，禁止他人圈占。不久，皇上亲政，追论多尔衮谋逆大罪，削爵削谥，籍没家产人口，“欲驻军永平以篡大位”，便是主要罪状之一。

有些亲贵却不在乎前车之鉴，多尔衮一垮台，便纷纷来永平府设立王庄、田庄。这两年山川秀美的所在，不时出现楼阁亭台点缀的花园、歇山顶的高大堂屋、卷棚式的青砖住房，一派华美富丽，乡下人都看得目瞪口呆了。

在老百姓眼里，永平府何止风水不好，它简直是个大劫大难之地。就说那次二大贝勒阿敏弃守永平，临行时一次屠城，将归降的明朝官员和所有百姓，不管男女老少，杀了个一干二净。后来，这里又

---

① 清太宗皇太极即位初，仍遵祖制实行四大贝勒共理国事，轮流执政。为了加强皇权，太宗不断寻机削除异己。二大贝勒阿敏、三大贝勒莽古尔泰先后被治罪而死。唯大大贝勒代善因拥戴功受优遇。

② 睿亲王多尔衮，是清太宗皇太极之弟、顺治帝之叔。皇太极去世时，顺治帝年幼，多尔衮为摄政王，总揽朝政大权。顺治七年病死，次年追论谋逆罪。

成为明军、清军、李自成军反复争夺的战场，走马灯似的杀过来杀过去，终于无人可杀，只余下遍地瓦砾、满目榛荒。

偏偏小民眷恋故土祖坟，一俟战事南移，便络绎回到残破家园。趁着朝廷蠲免三饷①、轻徭薄赋，也仗着永平府圈地较少，居然人口渐增、耕地渐复，近年才又成为京东较为繁盛的大府。

到了顺治十年，除去南明永历②据有西南一隅，郑成功还在东南海上抗争，十分天下，八分已归大清。对于远处北方的永平，战乱已成为过去。农事方毕，秋霜初降，逢着此地最有名气的东岳庙会，三村五庄的进香赛神队伍，便从四面八方涌向东岳庙的所在地——虹桥镇。

虹桥镇的东岳庙前和通向四乡的大路口，早已布棚林立，摊贩如云了。火势旺盛的炉边，热气腾腾，铜勺敲着锅边当当响，卖的是油炸果子、油豆腐、豆浆、豆腐脑、杂碎汤；提篮挎筐的小贩声声吆喝，叫卖着酱鸡、卤蛋、夹肉火烧、点红馒头；茶棚、酒棚随处可见；落花生、炒栗子、金黄柿子、山里红，更摆得一堆一堆的。小地摊最多，在兜售用麦草、箔纸编制的各种玩具：身上写着“富贵有余”字样的红鱼，手捧大元宝笑嘻嘻的“招财童子”，盛满银锭、金光闪闪的“聚宝盆”，象征福气的红绒蝙蝠，等等。摊贩的主顾主要倒不是赛神队伍，而是这些来自方圆百里内的游人看客。这里既有身着直领衫、交领衫、毡帽布鞋，被满洲人称为“蛮子”的汉人，又有长袍短褂、皮帽皮靴，被汉人叫作“鞑子”的满洲人、蒙古人；既有缠腰带、背褡裢、一脸风霜的庄户人，又有长衫翩翩、满面书卷气的文人。不管是哪种人，都将在这纷纷攘攘的庙会上吃饱喝足看够，然后买点小玩意带回家：买个“聚宝盆”，叫作“求财如意”；买只绒蝙蝠，叫作“戴福还家”。只这吉兆，就够叫人舒心快意的了。这就难怪太阳才上一竿，镇上已经万头攒动，一片嘈杂了。

---

① 三饷：即明末最苛重的辽饷、练饷、剿饷，三饷加派，超过正赋数倍，顺治元年免除。

② 南明永历朝其时据有云、贵、桂及川、粤部分地区。

“来了!”“来了!”镇北欢声四起，人们纷纷涌向路口，直铺出去半里路之遥。他们让出主道，翘首北望。可不是！两个村的赛神队伍已在镇外一里处的岔路口会合，仿佛地面突然生出了一片五颜六色的小树林！锣鼓喧天动地，越敲越近，盖过了一切声响，把虹桥镇那年节般的气氛，撩拨得更加红火。

一张长二丈、宽三尺的红色长幡，由一群吹鼓手簇拥着，首先进镇了！长幡白边白字，写着“庄户屯进香赛神会”。随后的十面神幡同样高大，色分黄、橙、红、绿、黑、白、蓝、紫、翠、粉，一张张非常精致漂亮：有的顶着生动的莲朵，有的悬着鲜艳的流苏，有的垂着长长的飘带，彩线满绣的流云海水、花草鸟兽，围绕着一行行或白或黑的斗大汉字：

“敕封北极悬天真武大帝”。

“敕封天仙圣母碧霞洪德元君”。

“敕封忠义仁勇伏魔关圣大帝”。

“敕封五湖四海行雨龙王”。

“敕封山神土地财神三圣之神”。

“敕封青山水草马王元神”。

“敕封山川地库煤窑之神”。

…………

每面神幡前都有数人抬着一尊神像。神幡神像之后，便是庄户屯拿手的过会：五虎棍、秧歌、十不闲。色彩缤纷的队伍载歌载舞，变换行列，煞是好看。路两旁人群涌动，喝彩叫好不绝。最热烈的一声满彩，抛给了手持头幡的那位壮汉。二丈长的幡旗，碗口粗的撑杆，加起来重量不下百斤，他竟把竿底顶上肩头、前额和肚皮，高高的幡旗摇摆着看看要倒，惊得人们尖声怪叫，他却快移脚步，轻扭身躯，刹那间恢复了平衡。

“北地民俗果然粗犷，也就难免粗俗!”人群中一个身着紫红漳绒披风的文士对同伴大声说，力图压过震耳欲聋的锣鼓响。他的同伴看他一眼，微微一笑，不置可否。

猛然间，一派箫笙管笛，歌吹盈耳，又一队赛神行列进镇了，长长的黑色头幡上，一行白色大字格外醒目：“马兰村进香赛神会。”

犹如海面刮过一阵烈风，人群中顿时卷起一重兴奋的大潮。疯魔了似的观众，你推我拥，拼命朝前挤，后边有人合掌念佛，前排又跪倒几位老妇人频频叩头。原来，头幡之后，那绣满绿竹、白底红字、大书着“南无南海观音菩萨”的神幡，冉冉而至，幡下的观音却是活生生的真人所扮：云髻高耸，顶着雪白的佛巾，两绺青丝轻飘飘地垂向胸前，长眉入鬓，杏眼半垂，朱唇微努，粉腮娇艳，眉间一点佛痣鲜血似的红，一手托净瓶，一手持柳枝，一动不动，活脱脱是“净瓶观音像”的再现。难怪彩声如潮，压过了锣鼓吹打；难怪有人随着这面神幡一步一揖、三步一叩首地同往东岳庙祈福。

“好一个南海水月观音！”着紫红披风的文士眉飞色舞，鼓掌大喊。他的同伴却拈着胡须看呆了，半天才喃喃地说：“宝相庄严，宝相庄严！真如青莲化出，狮驯象伏，令人尘心顿洗！……值得访他一访！”

着紫红披风的文士哈哈一笑：“我料他不过三流歌童，笑翁其有意乎？”

“什么话！你初次北上，还不知道，如今这京师歌场浪荡妖淫，不堪入目至极。此童姿秀神朗，眉目轩爽，若能有所成就，堪扫梨园颓风也未可知……”

两人谈论间，神幡神像、高跷、旱船、狮子舞渐次过完，路边观众也在队尾合围，簇拥一团，即将进镇。

忽见一个穿红袄的小姑娘冲进镇，像条小红鱼似的从人群的缝隙中钻过，极力向前追赶。她汗水涔涔，面色发白，瘦瘦的小脸仿佛被惊恐的大眼睛占去了一半，小嘴艰难地翕动着，很引人注目。她终于追上了马兰村的进香行列，一把拉住那高大魁梧的跑旱船的“艄翁”，放声大哭。她呜呜咽咽地说了几句什么，周围的村民顿时惊呆了。“艄翁”摘下头顶的破草帽，慢慢地在胸前揉成一团；而那位标致出众的“观音大士”却猛跳起来，直眉瞪眼地嚷道：“我不干了！回村！”

“回村！回村！”众人醒悟过来，一呼百应，人人心急火燎，大吼大叫。于是，幡旗、神像、旱船、高跷和两头杂有金箔丝的卷毛黑狮子，花花绿绿、高高大大、神神怪怪，拥着又瘦又小的红袄女孩，掉转头，一阵风似的冲出了虹桥镇。

“怎么回事？他们不进香了？”

“八成家里有人得了急病……可也用不着众人都回去呀？”

“我看是回村救火！”

…………

人们惊异不定地猜测着，议论纷纷。嘈杂的喧闹中，蓦地挤出一声惊慌的锐叫：“圈地啦！有人去他们村圈地啦！……”

圈地！这两个字像晴天霹雳，落在虹桥镇上空，落在这上万百姓的头顶，人群猛地一静，跟着就爆发了海潮般的喧嚣。密集的人堆里的骚动，很快就扩展成可怕的拥挤和混乱。前几年京畿一带的跑马圈地，已使人们成了惊弓之鸟，如今马兰村又圈地了，莫非是个先兆，永平府都得遭殃？人们再也无心进香祈福了，各村赛神队都想赶快出镇；所有看热闹、做生意、赶集的老百姓也急匆匆地要赶回家去。许多股人流纠结一团，你冲我突，不知有多少人被撞倒、挤伤、踩翻，霎时间这里暴喊，那里惨叫，大人吼，小孩哭，乱撞乱挤的人群腾起的黄尘，直冲上天，把整个虹桥镇都遮没了……

黄尘散落以后，虹桥镇如同遭了一场劫难，满地是丢弃的大小鞋袜、破碎衣片、踩坏的筐子篮子、摔烂的柿子鸡蛋、碰翻的杂碎汤。只有几个肮脏的乞丐，在印满杂乱足迹的尘土中寻拣吃食。

清晨那繁荣的市面、热闹的年节气氛，仿佛是一场梦幻。

马兰村头，十一面长大的神幡靠放在树上，一尊尊神像，排列在道路两旁，而那些身穿红绿彩衣、一脸脂粉黛色的村民，早已散进村南开阔的川原，像棋盘上摆满的棋子，一个个守护着自家的田地。村边老槐树下，站着几列手持蓝色小旗的骁骑兵。许多百姓围着骁骑兵领队跪求哀告、哭叫争辩，“艄翁”“观音”和红袄小姑娘也挤在人群中。

领队听得不耐烦，掏出鞭子，左右开弓地一顿猛抽，才把围着的村民打散。他大喝一声："圈！"骁骑兵们嗷嗷怪叫，放马狂奔，在一大片田地周围插满了小蓝旗。一个村民扑跪在地头，呼天喊地，捶胸恸哭："我的地！我的地呀！……"

那位"观音大士"的云髻、佛巾和净瓶，早不知丢到哪里去了，变成穿着肥大白道袍的秀美少年。他蓦地暴跳而起，照着一名骁骑兵的肚子，猛撞过去，骁骑兵一个跟头摔出去好远；另两名骁骑兵大怒，立刻举起长枪一左一右逼住了他。

少年心慌，撒腿就跑，骁骑兵拍马追去，长枪的枪尖只在少年后心弄影。银光忽地一闪，少年叫声"不好！"纵身一跃，就地急速地打了几个滚，但那飞起的一枪还是刺中了他的左臂。他一把按住伤口，殷红的鲜血从指缝间渗流出来。少年一扬脑袋，眼睛喷出怒火，一脸豁出命去的倔强神态，挺胸正对一拥而上的骁骑兵和他们的长枪。

"嘎啦依里剋①！"一声大喝，仿佛炸响一个暴雷。只见人影飞动，刀光闪闪，"嗖"的一声响，两支长枪枪尖连着红缨突然一齐落地。冲在最前面的两个骁骑兵大惊，一勒缰绳，战马扬蹄嘶鸣。一位壮实得像铁塔似的老满人站在他们和那小蛮子之间，用快刀削掉了他们的枪尖。更令人惊异的是，这老满人尽管衣袍敝旧，却佩着皇族的标志——红带子。这些骁骑兵们显然是汉军旗的，立时傻了眼。

老满人挥刀大骂："阿济格居色波哀特拉拉波阿衣巴图鲁色木比②！"他说的满语，骁骑兵们可能全都没听懂，但都吓得跪倒了，静听着甩过来的一串臭骂。只有最后一句他们听得明白："多霍罗③！"他们立刻照办，恭恭敬敬地叩了头，乖乖地拉马走开了。

老满人愤愤地将腰刀入鞘，对谁也不理睬，倒背着双手，大步回村去了。

"同春哥！"红袄小姑娘直扑过来，面无人色，大眼睛里满是惊

---

① 满语：住手。

② 满语：欺负小孩子，算什么英雄！

③ 满语：滚！

恐和怜惜。她一把托住少年的左臂，结结巴巴地说：“你伤，伤着啦！”一语未了，眼泪倒扑簌簌地滚落下来。少年脸一红，勉强笑道：“擦破点皮，不碍的……”

村民们终于聚在一处，你一言我一语地议论着。

两个文士走近村民，想要弄清来龙去脉。谁知村民们对他俩一打量，立刻变了神色，眼睛里透出一股冷冰冰的敌意，像避瘟疫似的纷纷躲开了。

穿紫红披风的那位打了个哈哈，说：“你我的装束把他们吓跑了。”

确实，他俩的便袍、便帽、披风，都是满洲式样的。村民们虽然都已薙发留辫，但衣裳大都是前明通行的交领衫、直领袄，妇女还是短襦、长裙、发髻，全套汉家服饰。留须的一位不禁深深叹了口气。

一个七八岁的男孩站在一边筒着手看热闹。仔细端详，他竟是个身着袍褂马靴、头戴皮暖帽的满洲娃娃。留须的文士招呼他：“哈哈珠子①！哈哈珠子！”

那孩子高兴得一蹦，跑了过来，用流利的汉话快活地说：“哎呀，你会说我们家的话！”

“告诉我，哈哈珠子，这是怎么回事？”

“圈地呗！那个粮户小头目，拿地投充②了安郡王，又去投佟皇亲，连带着把跟他有仇的人家的地都投充了去，冒说是他自个儿的！”孩子指手画脚，热心地介绍着。

“哦？安王爷……”留须的文士一惊，定定神，又问，“那位红带子是什么人？”

孩子自豪地一挺胸脯：“是我的玛法③呀！”

“你们是哪个旗的？怎么住在这儿？”

孩子脸一沉，喊道：“我不告诉你！”说着扭头就跑了。两位文

---

① 满语：男孩子。

② 平民个人或全家随带土地房产，投靠旗人为奴，以求庇护，称为投充。

③ 满语：爷爷。

士瞠目相视：这古怪的地方，有这许多古怪的事、古怪的人！

沉默许久，穿紫红披风的文士黯然道："我只说南边冤狱伤天害理，今日才知，北边圈地也……唉！"

留须的一位看看同伴清秀白皙的面容，触到他眸子深处的冷光，沉吟道："这样吧，明天一早，我就去见安王爷。"

穿紫红披风的眼睛不看同伴，低声说："那么，我在京师候你？"

"一言为定！"

马兰村口，二人拱手作别。

二

惊蛰方过，一场春雪又不歇气地下了一天一夜。厚厚的积雪覆盖了屋顶、楼台、道路，遮掩了一向的纷乱和肮脏。熙熙攘攘的京师南城，一时变了模样。街上行人稀少，小黑驴载着主人，不紧不慢地穿街走巷，撒下一路清脆的串铃响。驴蹄在雪地上翻出一个个银杯似的印痕，随即就被紧跟驴尾巴的淘气孩子踏碎了。

转进莲子胡同，小黑驴竟自踏上一处朱红大门的石阶，蹄声嘚嘚，串铃叮当，吓得门丁一把拦住，大声叱道：

"你这人，讲理不讲理？怎么骑驴往人家里闯？"

驴背上的人推开风帽，露出一张笑眯眯的脸。门丁喜得一跳："啊呀，是吕爷！"他转身对门里高喊道："吕爷来啦！"里面一递一声地重复着向内通报。

"笑翁！你到底来了！等得我好苦！"有人一路喊着，转过影壁，大步流星地走了过来，双手扳住来客的肩膀，笑道，"雪天故人来，大吉大利！"

二人相携进门，过影壁，入游廊。数月前他俩在永平马兰村分手，至今才得重见，自然很是愉快。迎客者显得格外潇洒豪爽，笑着说："园中红杏将开，不料飞雪又来。春寒料峭，不亚于寒冬哩！"

来人略一沉吟，低声说："文康所托，极是不巧。安王爷还未来得及过问，便拜宣威大将军，统兵戍防归化城去了。有负老友，惭愧得很！"

迎客者眼里掠过一道失望的阴影，旋即笑道："谋事在人，成事在天，你又何必挂怀？我原本未抱多少期望……"

这是两位江南名士。来客姓吕名之悦，字笑天，家在钱塘，人称笑翁。他四十三四岁年纪，长髯及胸，神态蔼然，眼睛里常含笑意，令人可亲。迎客者陆健，字文康，籍贯仁和，世家子弟。他面白无须，眉黑发青，虽然已过而立之年，仍然显得年轻，不失一翩翩佳公子。只有特别留意，才能发现在豁达、从容风度的掩盖下，他眼睛深处的冷漠和无情。钱塘和仁和同属杭州府，两人早年就诗酒唱和，十分相投。国变之初，吕之悦因文名受聘为一位满洲将军家的塾师。陆健却因人诬告谋反，陷入了江南十世家狱。这件牵连江南最大的十家士族的案子，延续数年，时紧时松，始终不得了结。陆健仗着万贯家财，上下打点，也仅买了个不入狱受辱的处境。这次他北上进京设法解脱，正巧与老友重逢。原来吕之悦随东家进京后，被满洲亲贵中的"南派"安郡王慕名延为宾客，便自告奋勇要为陆健向安郡王说项。安郡王出猎永平，在王庄驻跸，于是才有二人同往永平之举。可惜终未成功。

说话间他们已到花厅门首。陆健道："你来得正巧，今天，在京的南边故交旧友为我设一日酒戏饯行，尽都是些愤世嫉俗、不得志的他乡之客，你听。"花厅传出一阵阵哄笑，有人鼓掌，有人喊叫。"来吧，我给你一一引见。好多朋友都对你仰慕已久了。"

"不必不必！"吕之悦连连摆手，"你还不知我？最爱独坐独酌，听诸人言，观诸人行，细细品味，乐无穷也！……你方才说什么饯行，你要南归了吗？"

陆健略一迟疑，哈哈一笑，并不作答，径直领老友进了花厅。在这宽敞华丽的厅堂里，充溢着酒香和熏炉飘出的檀香气息。十多个人或坐或立，围着正中一张镶大理石的紫檀雕花圆桌，大说大笑。花厅东西两侧，用四套相同的紫檀雕花短榻、台几和太师椅，隔出四个小间，面向正厅，若断若连。各小间布置不同：或以山石盆景取胜，或悬琴剑、列古鼎，或陈书画以悦情，或供鲜花以迎客，最宜于清谈品茗。吕之悦舒服地向短榻上一靠，顿觉梅香扑鼻。数盆古梅怒放，为这精致的小间平添了一派江南风韵。吕之悦推陆健出去，愉快地说：

“你既卖关子，就请去应酬别人吧！让我在红梅花下享享清福！”

陆健笑着走回正厅。两个书童正扶一位醉者离席。此人眼睛都睁不开了，却还扬眉挺胸，口齿不清地吟道：“抽刀断水水更流，举杯消愁愁更愁。人生在世不称意，明朝散发弄扁舟……”他摇摇晃晃，“咕咚”一声躺倒地上，招得众人鼓掌大笑。

陆健端起桌上那只光华灿灿、镂刻着凤凰牡丹花色的双耳银觚，眼睛遥遥呼应着吕之悦，笑着大声说：“我再讲一遍：这只银觚容酒三斗，能胜饮不醉者，银觚奉送，陆健陪饮，以谢诸君厚意。自辰时起，已醉倒十八人。难道此觚终将无主吗?”

院中一声“客来!”一个年轻人打中门阔步而入，喧闹声戛然而止，靠门边的几个人不由自主地站起来：好一个风流倜傥的人物！但见他月白风帽，月白长衫，一领湖色披风飘在身后，细眉长目，隆鼻朱唇，皎如玉树临风，有飘飘欲仙之概。他登上台阶，直入正厅，扫视一下一双双流露出惊诧和赞美的眼睛，傲然一笑，大声道：

“来！银觚注酒!”

书童赶忙奉上斟满美酒的银觚，他接过来，对酒面轻轻一吹，然后如长鲸吸川，几大口就吸去了觚中酒的一小半。他仿佛来了兴致，一甩头挥去风帽，一伸手撩开披风，“咕嘟咕嘟”不歇气地开怀畅饮，直喝到头仰身倾，银觚倒扣。他高声赞美道：“好酒！好酒!”一手倒拿银觚向众人示意，又十分洒脱地深深一揖，清湛的目光望定陆健：“在下徐元文，特来为陆健兄饯行!”

陆健立刻接过银觚，示意侍童注酒，目不转睛地打量着来人，心里很激动。

众人惊叹不已：原来是江南世家昆山旧族徐府的公子徐元文！人们望着这两位一见相许的风华人物，小声地传说着这位徐公子的才名轶事：

“……人都说他年方髫龄，已具公辅之量。一日自书馆回家，过门槛时偶然扑倒地上，他的父亲扶他起来，戏曰：‘跌倒小书生。’他应声而对曰：‘扶起大学士!’”

“知道吗？他的亲舅父就是一代大儒顾亭林先生啊！”

“所以嘛，云游两京，浪迹天涯，至今不肯入仕……”

银觚酒满，陆健举觚朝徐元文，又向众人一揖，高声道：“醉卧沙场君莫笑，古来征战几人回！”吟罢，俯身就觚饮酒，渐渐直腰、抬头、仰面，一饮而尽，不漏不滴，无声无息，仿佛细流汇入深潭，自然而又冷静。他把空觚掷给徐元文身后同来的小童仆，又向众人举手高高一拱，道：“多谢！”

众人喝彩鼓掌，满堂喧笑。唯有远远坐在短榻上的吕之悦，望着陆健，紧皱双眉，拈须沉吟。

宴桌摆在大厅，东道主们来请众人入席。陆健是主宾，被首先让进。酒过三巡，鼓乐齐鸣，粉墨登台，一出《南渡记》开场了。随着剧情的发展，观众的笑骂声一浪高过一浪。

第一出是李自成进北京，明朝进士、户科和兵科给事中陈名夏、龚鼎孳投降，被授为直指挥使，巡查北城。两人洋洋得意，不可一世。第二出，清军入关，李自成败走，陈名夏、龚鼎孳吓得逃往江南。他们抖着水袖，丧魂失魄。第三出，二人逃至杭州，追兵蹑踪而至，一时情急，躲到岳坟前铁铸秦桧老婆王氏胯下。正逢王氏月事，当追兵过后二人出来时，头上尽是血污……

事实上，龚鼎孳降清后曾升任左都御史，不久又被罢免；陈名夏才高品劣，虽然现任内秘书院大学士，却是人人唾骂，满、汉都瞧他不起。《南渡记》以他们为靶子，既少忌讳，又很出气。所以，当两人走出王氏胯下，满头满面污血淋漓时，举座狂呼叫好，喧闹声险些掀了屋顶。

“啪！”一声山响，一位清瘦、严肃的文士拍案而起，大喝道：“岂有此理！不成体统！”他虽气得满面通红，却在强自抑制，好不容易换了冷静一点的声调：“污秽如此，焉可入目？快取清水来！”

人们瞠目相视，认出他是湖广文士熊赐履，以文章道德闻名于时。这是怎么了？难道要做法事？童仆连忙捧上一盂清水。熊赐履背对戏台，面朝大众，从容取水清洗双目，然后闭眼肃立片刻，大步走出客厅。众人先是愕然，随后哄然大笑，一时“假正经”“假道学”

的喊声响遍厅堂。

笑骂声渐渐停息，一个低沉悦耳的声音格外清晰：“诸君何需嘲笑熊公子！此人严正耿直，道学深湛，来日方长，不可限量。”说话的是笑容可掬的吕之悦。

陆健笑道：“笑翁应许他什么？”

吕之悦捋着须髯，说：“一代宗师，道学大家。诸公子孙将争列门墙。”

“那么徐元文徐公子呢？”

吕之悦像吟诗般颇有滋味地说：“其淡如菊，其温如玉，其静如止水，其虚下如谷。有经世之才，具宰辅之量，大器也。”

许多人都不相信地笑着交换眼色。徐元文给众人的印象并非如此。唯有徐元文本人不自觉地抓紧自己的手腕，眼睛里闪过一道惊愕的光芒。

一位相貌异常俊美的年轻文士坐不住了，挨上前深深一揖：“学生张汉，祖籍嘉兴府，二十四岁，请笑翁赐教。”

吕之悦眯眼看看他，笑道：“且赋诗言志。”

张汉挺胸凹腹，神采飞扬地吟道：“十年勤苦事鸡窗，有志青云白玉堂。会待春风杨柳陌，红楼争看绿衣郎。”

《南渡记》的作者许巨源已届中年，却十分粗豪，此时也赶来赋诗言志：“飞雪初停酒未消，溪山深处踏琼瑶。不嫌寒气侵人骨，贪看梅花过野桥。”

吕之悦点头笑道：“张子十年勤苦，仅博红楼一看，当为风流进士。许子嘛……”他望望浓眉大眼的许巨源，停了片刻，才说，“许子虽寒，必当大用。”

张汉又高兴又懊丧，脸儿红扑扑的；许巨源哈哈一笑，并不介意，各回席上。

陆健悄声问：“笑翁，你看许巨源，似有难言之隐？”

吕之悦低声答道：“英华太露，诚恐不寿。”

“那么，你看我呢？请直说。”

“你？半世坎坷，晚来得福。”

陆健大笑："我的事你都清楚，自然说得好听！"

吕之悦看得明白，陆健的一双眼睛毫无笑意，倒是掩藏着难以名状的、深深的忧虑。就像这整个聚会的情调一样，高呼大叫，狂饮大笑，乃至那不成体统的《南渡记》，这一切玩世不恭、故作旷达的名士派头，都是为着掩饰和发泄：掩饰内心的悲酸，发泄不得志的愤懑。吕之悦开门见山地问道：

"你信不过老友吗？"

陆健笑容倏失，对吕之悦默默注视片刻，然后探手入怀，掏出一封信，默默递过去。吕之悦抽出信函展开，寥寥数十字，个个都写得很大，很潦草：

"江南十家谋反案风声日紧，诬告者辈出，君将被陷拿问。近期切切不可返杭，事急事危矣！千万千万。"

吕之悦倒抽一口凉气，紧皱眉头，低声道："若是这样，则京师也非善地，不可久留，万一通缉文书呈送到京……"

陆健叹道："今日不已饯行了吗？"

"出京后，你意欲何往？"

"如今我是有家难归，有友难投，只好云游天下了。"

吕之悦沉吟片刻，说："文康不妨时时通个音信。待安王爷回京，我设法为你求一道赦书……"

陆健一摆手："不必了！陆健一人何足道，十家十族，几百户，数千口啊！"他说着，眼里突然涌出泪水。吕之悦望着他，也说不出话了。

陆健用手指缓缓抹去泪水，平静地说："尚有一两件琐事要办，日内就将离京，不再聚了，后会有期！"

这天正逢初八，是石镫庵的放生日。

庵堂前的石阶上，摆着一笼鸟雀；石阶下的双轮推车上，放了一盆鱼虾、一筐螺蚌。鸟雀叽叽喳喳叫个不了，水中鱼游虾跳，螺蚌不时探头出壳。陆健赶到这里，已是最后一名，赶忙把一尾二斤多重的红鲤放进水盆，便退入四周的放生善主行列中。

石镫庵的几位僧人低眉合掌，对着放生物诵经祝福毕，开笼放鸟。鸟儿获得自由，争先恐后地冲出樊笼，展翅高飞，在天空快乐地鸣叫。也有的呆头呆脑，留在笼中；或虽飞了出笼，却停落在屋角房顶。据说这鸟雀的放主便是孽缘未了，还须修善。至于鱼虾螺蚌，则由僧人用车送进皇城，投入金水河中。因为禁城之内，少有网罗钓饵之灾也。

得生的鸟雀的喜悦，使陆健十分感慨。放生车出庵往皇城去，他也不由自主地跟在车后，直走上西长安大街。

陆健并不崇佛信道，但他是个有名的孝子，必须替母亲完愿。

许多年以前，陆健不过七八岁，父亲为内阁学士，举家居京，母亲每月初八都要往石镫庵放生。这次陆健进京，母亲再三嘱咐此事，但陆健忙于奔走请托，几乎忘却。眼下就要离京，非办不可了。如今果真亲手放生，陆健却又别是一般滋味在心头，说不清是替母亲完愿还是为自身祈佑了……

西长安门遥遥在望，陆健心头忽然涌上一股悲酸。当年他家就住近西长安门，在李阁老胡同里面，周围尽是国朝名臣名士的旧居。他曾指着李东阳故宅，稚气地斥骂这位三朝元老的虚伪圆滑；他曾钻进袁宗道寓所的抱瓮亭外，在凉荫满阶的六株大柏树间捉迷藏；米万钟的湛园，更是他幼时的天堂，那石林、竹渚、松关，那曲水、敧云亭、仙籁馆，留下了他多少小小足迹！如今这一切，都被那些茹毛饮血、杀人如麻的蛮夷之族霸占了！他自幼心爱的“天堂”，想来已被糟践得不成样子……

不知不觉，已来到西长安门。放生车进了皇城，陆健等几位善主被拦在门外。他转身向南，打算取道棋盘街回南城，却见登闻院门口聚了黑压压的一堆人，在看门边张贴的文告。陆健好奇，也挤了进去。那正是登闻院告示，说，凡是圈地投充案件，因积压日多，不再受理，告状民人均应赴各县府州衙门申诉。

西长安门下这三间厅堂，叫登闻院；院内一座小楼，悬着一面鼓，叫登闻鼓。明朝旧制：民有冤抑，有关官府不为审理又不代转达，便可击登闻鼓告状。大清沿袭明制，每日派有满汉科道官各一人，轮班掌管此事，隶属都察院。眼下辰时已过，登闻院栅门尚未开启。

看罢告示的人渐渐散开，却没有一人离去。天气奇冷，人们呵手、跺脚、搓耳朵，抵御着刺骨寒风，也不时互相打量一眼，目光都很沉重，谁也不作声。

两名兵丁来开门，人群呼啦一下围了上去。栅门“喀啦啦”响着刚拉开一半，一位少年像扔出去的一块石头，倏地冲向登闻鼓，从棉袍下抽出一把短斧，照着鼓面连击两下，蒙皮劈破，露出一个黑窟窿。众人大惊，立刻有兵丁赶去按住少年，把他连人带斧推上厅堂。告状的人们挤在院里门外，全吓呆了。

堂上官员怎样审问少年，院里听不清楚，但人们看到，几名差役按倒少年，举起水火棍就打。棍子起落，劈劈啪啪，声声入耳，打在满院告状百姓的心上。足足打了三十棍，少年居然一声不哼。两名差役拖着少年推出院门，人群中一个满面愁容的魁梧大汉赶忙冲过去，扶住了他。另有一名书办站在阶前对众人喊道：

“大人念他年幼无知，棍责逐出，不然要治重罪！现今登闻鼓劈破，登闻院无法理事，诸人都回去！何日开门，要等上司裁决。走吧！都走！”

众人被驱赶出门。有人埋怨少年鲁莽，有人可怜他挨打，围着卧在路侧喘气的少年看了片刻，便各自走开了。一直站在门外的陆健，见那孩子眉目清秀的脸惨白如雪，沁满豆大的汗珠，却仍是神情倔强、不肯认输的样子，心中十分不忍，又很感佩，于是上前说道：“我京中有住处，可随我回去养伤……”

少年看他一眼，警觉地摇摇头，转向大汉道：“梓年哥，只得倚仗你了！”

大汉眨了眨厚厚的眼皮，低声嘟囔道：“我，我要是回不来……”

少年咬牙道：“放心，梓年哥！咱马兰村多的是有良心的人！”

马兰村？陆健心里一亮，拉住少年的手：“去年秋天虹桥镇赛神，你可是扮过观音？你可是叫同春？可是为圈地的事来告状？”

同春和大汉一起望定陆健："你……"

陆健连忙说明情由。同春恨恨地说："为圈地，我们来击过两回鼓了，每回都说我们不该越督抚官来京控告，赶出院门了事。乡下穷得吃不上饭，哪有盘缠上督抚衙门告状？县府州官又不受状子，还有法活吗？左右是个死，豁出去了！"

陆健叹道："即便如此，不也没有告准吗？你们以后怎么办呢？"

少年和大汉都不说话了。大汉背起少年要走，陆健忙从怀中掏出一锭银子塞在少年手中，说："我帮不了大忙，好孩子，收下吧！"

少年一怔："先生……"

大汉背着少年对陆健跪倒了："给爷叩头……"

陆健一扭脸，匆匆走开，再不曾回头。

一个时辰后，那大汉又出现在东安门外，破旧的棉袍外罩了件隶仆穿的黑色号衣。他看准了两位御史大人进皇城的机会，混进跟从的仆役队中，顺利通过了东安门，从东华门边顺着紫禁城墙，一直进入阙左门。大汉走到高耸入云的午门之下，就转而向北，从队列中单独分离出来。他远远望见几名守卫禁城的护军营军校朝他大步走来，深深吸了口气，发出一声震耳的尖厉喊叫：

"冤枉啊！——"

人们惊悚地看到，一个穿黑褂的大汉，扬着双手、迎着护军校、高呼着向北疾奔，在距护军校们三五丈远的地方，突然掏出亮晃晃的匕首，照着自己的胸膛狠命一刺，又踉跄着朝前冲了几步，慢慢地倒下了。他仰面倒下，躺在了午门前的长条石板御道上。即使离得很远，人们也能看到，他的眼睛瞪得很大，定定地望着，不知是望着天空，还是望着那遮尽天宇、黄瓦红墙的威严的五凤楼！

…………

第一章

一

“嗖！——”

“嗖！——”

五凤楼上，钟响阵阵。钟声沉重又辽远，响彻北京古城的每一个角落，庄严地宣告：皇帝出巡！

“啪！啪！啪！”静鞭山响，这是在静街。多数住户早已奉命回避，闭门不出，谁胆敢开窗窥视，定被巡街的捕快问罪。胡同口一道道栅栏都已关上。只有少数来不及躲开的小民，听到鞭声便立即匍匐，绝对不能抬头。

开道红棍，黑漆描金，由一对对銮仪兵高擎着走过。跟着便是由鼓、仗鼓、板、龙头笛、金、画角、金钲、小铜号、大铜号等组成的浩大乐队，一百五十多位乐师合奏着铙歌大乐《布尔湖》。小铜号圆润嘹亮，八管齐奏，以悠扬的旋律歌颂着满洲先世；大铜号四尺多长，八管同吹，震耳欲聋；四面铜鼓的敲击声比乐曲声传得更远，震得地皮簌簌发颤。乐队之后，三百多红衣銮仪校执掌着一百多对卤簿：伞——黄、红、白、青、黑、紫等色的龙纹伞、花卉伞、方伞、圆伞；扇——鲜红、金黄、单龙、双龙、圆形、方形、鸟翅形；各色幡、幢、麾、节、氅，锦绮辉耀；各种旗纛在风中招展，灿若云霞；枪、戟、戈、矛、钺、星、卧瓜、立瓜、吾仗，朱红的杆，纯金的头，显示着皇家的富贵和威风。浩浩荡荡、绚烂夺目的銮仪，导引着一顶黄幔软金檐暖步舆。十六名抬舆旗尉，头戴豹皮帽，身穿红缎织小葵花长袍，步伐整齐，又稳又快。紧跟步舆，是一把曲柄绣金黄龙华盖。两班举着豹尾枪、佩着弓箭大刀的御前侍卫分列华盖两侧，紧紧护卫着御舆。再后面，是捧着金香炉、金香盒、金唾壶、金盆、金瓶、金交椅、金杌等物的一大批太监。最后，是护军营的三百名精锐骑兵。辉煌的大队，在徐缓、庄严的乐曲声中静静前进，像一条彩色缤纷的河，向南流动。——这是皇帝排设仪仗中的第三等：骑驾卤簿，只用于皇帝巡幸皇城以外。

宣武门北的一条东西走向的大街，总是那么繁忙热闹。因为地处南北城交界，南城的汉人和北城的满人都爱在这里交易买卖。今天早早就净了街，店铺关门，通衢阒无一人。道路上积雪扫得干干净净，撒上一层细湿黄沙，免得御驾行经时扬起灰尘。

一座淡灰色的三圆顶天主教堂岿然耸立，高出四周民房十余丈，与宣武门南北相峙。正中最高的圆顶上，巨大的十字架高指蓝天；正面门额，神光彩饰围绕着三个大大的拉丁字母：IHS——救世主耶稣的名字。教堂在六年前破土动工，按当时欧洲盛行的纤缛瑰奇式（Barockstil）建筑式样修造。落成的日子，京师的满汉百姓成群结队，潮水般涌来，观看北京古城里前所未见的建筑奇迹。

浩大而庄严的天子仪仗，就停在了教堂门前。古老而富有东方色彩的华美卤簿、典雅深沉的乐曲，与崭新的欧式建筑、高耸的教堂塔顶，形成了奇特的对比。教堂拱形大门的台阶下，钦天监监正、皇上亲自赐号“通玄教师”的德国神甫汤若望，头戴蓝宝石顶戴的朝帽，身着绣孔雀的朝褂，项下一挂青金石的朝珠和一枚金色的十字架一同闪亮，正领着钦天监官员跪接圣驾。

静鞭三响，鸣赞官拖长声音喊道：“兴！——”

护军营骑兵们都跳下马背，端正姿势站好。

鸣赞官又喊：“拜！——”

乐队器乐齐鸣，奏起了《朝天子》。所有这红彤彤的一大片人，把街道挤得满满的，全都匍匐在地，大气也不敢出。步舆的黄幔一掀，一个身穿明黄团龙朝袍，头戴小毛貂皮缎台冠，脚蹬蓝缎朝靴的少年，走了出来。

鸣赞官高呼：“朝！——”

近千人的嗓音，合成洪大的震天撼地的祝贺：

“吾皇万岁、万岁、万万岁！”

在伏地的一片红蓝相间，如同厚厚的地毯似的人丛中，以金黄色衣着为主调的少年从容而立，不但显得高大轩昂，而且如黄金铸就的一般闪闪发光。他就是满洲入关后的第一代天子——顺治皇帝福临。

呼喊停息，福临缓缓下舆，庄重地走向教堂大门。他远远望见汤若望那部金色的大胡子，眼睛一亮，唇边闪过抑制不住的笑容，浑身一紧，眼看就要跑起来。很快，他又皱皱眉头，熄灭了一脸兴奋的光彩，恢复了原有的庄重。

一位少年天子。

福临今年刚满十六岁，团团的脸，细嫩而白皙的肤色，都还没有脱去童年的影子。高耸的鼻梁，细长的眼睛，眉尖上耸、眉梢略略下沉的黑眉，却已画出爱新觉罗氏直系子孙的特征。他的眸子非常明亮，光芒闪烁不定，在欣喜或发怒时，黑瞳仁的光泽像火焰一样炽热灼人。丰厚红润的嘴唇，轮廓清晰，总是湿滋滋的。唇的四周柔毛茸茸，还不能算是胡须。他走路轻捷有力，腰部很有弹性，这跟他爱好骑射有很大关系。只是，青春的步态被帝王的威仪压制着不能舒展，仿佛一道激流被束在狭窄迂折、布满巨石的河床中。

他走近汤若望。

“不知圣驾降临，有失远迎，吾皇恕罪！”汤若望用流利的汉语，说着一整套礼仪上规定的辞句。

“玛法，朕不是免你跪拜了吗？本想不让你知道，一直走到你住处的。”

汤若望起立，碧蓝的眼睛满含慈和的微笑：“皇上的八百扈驾足以动地摇山，若望虽老朽，也不会不知觉啊！”

福临一笑，抢先登上台阶。汤若望连忙随后相陪。御前侍卫、太监、三百多名卤簿銮仪校，仿佛一条长长的、越来越宽的楔形尾巴，紧紧贴在福临身后，跟进了大门，护军营兵马则在大门外守护。

皇帝亲临民宅，非常稀罕。福临亲政以来，只到郑亲王济尔哈朗府中去过一次。济尔哈朗是叔辈，又是太宗皇帝遗命的辅政王。而福临拜访汤若望，已是第五次了。

大门内有一片宽阔的空场，铺着整齐的石板，正可以放置那条金碧辉煌、五色缤纷的大尾巴。福临停步，向随从们平静而庄重地下令：“你们都留下，不必随行。”

“喳！喳！”那些跑得满头大汗的御前侍卫们，虽说都是贵胄子弟，年龄也大得多，却都一字儿跪下，恭敬领命。

一个身段细巧、面庞俊俏的红衣太监抢前一步跪倒：“启禀万岁爷，奴才们跟去侍候。”

福临一摆手，头都不回地大步穿过空场，走进辟有三座门的白色大理石凯旋坊。只有汤若望跟着他去了。

大清皇帝怎么会有一个日耳曼族的外国玛法呢？

事情要追溯到福临亲政那年。三月里，福临率领几乎全部亲贵朝臣到口外行猎，仅郑亲王、巽亲王奉皇太后命留守京师。

一天，汤若望住处忽然来了三位满洲妇人，声称是郑王府眷属，因郡主患了重病，福晋不相信太医，想请博学知天象的汤若望医治。汤若望细心询问了郡主的症状，断定不过是春季最常见的感冒。他把一面十字架圣牌交给来人说：“请郡主将这圣物挂在胸前，四天之内便可痊愈。”

五天之后，三位妇女又来了，拿三百两银子和五匹金线织锦酬谢汤若望，并尊他为神仙。因为郡主果然在四天内康复了。又过了五天，她们再来送钱。汤若望起了疑心，不肯接受。她们就大方地把这笔钱捐给了教会。

不久，一位蒙古妇人拜访汤若望，捐给他一笔更大的款子。汤若望说他从不接受来历不明的捐赠，这才迫使她吐露了真情：她的女主人，便是当今皇上的母亲庄太后。那位患病的郡主，是即将立为皇后的蒙古格格，也是皇太后的亲侄女。她又说，皇太后感激汤若望，今后要像对父亲一样礼敬他，愿时时听从他的指教。

汤若望虽然很惊奇，却不失时机地请这位蒙古妇人向皇太后转达一个对他的传教事业至关重要的忠告：皇太后是一国之母，迷信喇嘛僧徒是不明智的，会遭到有学识有理性的人们的非议。

皇太后很快就差人答复了汤若望这位义父：她不能立刻斥退喇嘛僧徒，只能渐次施行，但决不会允许他们干预国家政事。

这“父”与“女”从此竟以礼敬相崇尚，直接影响到皇太后的亲子顺治皇帝。十年前，内秘书院大学士范文程在入关进京的战乱中保护了汤若望，并把他作为博学多才的天算学家推荐给朝廷。后来他又向年轻的皇帝引见这个高大的蓝眼金发外国人。第一次见面，福临就被这位传教士的仁慈的长者风度、渊博的学识和明睿幽默的谈吐迷住了，极其赞赏母后和范大学士的眼光。

当年九月，皇帝大婚，汤若望不辞辛苦在宫中随同诸王群臣参加繁缛的典礼，以六十岁高龄而支持终日，使皇太后和皇帝都很感动。之后，汤若望又亲自到宫中庆贺他的义女新近因皇上大婚所获的尊号，得到福临母子更深的好感。于是，大婚后的福临，第一次亲自拜访了汤若望，并从此称汤若望为玛法。

两年以来，他们之间的情谊与日俱增，就连沟通他们的引线人——那位“郡主”、后来的皇后被废，也没有影响他们的关系。汤若望在朝廷里、在皇太后和皇帝心目中，地位越来越高。福临这么高兴来找他的汤玛法，就是明证。

福临通过有天篷遮盖的大理石游廊，穿房越室，走得飞快，不时停下脚步，微笑地等候汤若望。

“玛法，我不去客厅，那儿让人感到太客气啦。到你的住处去吧！”

“哦，好的。”

汤若望的卧室更像是一间书房。高大的到顶书橱布满四墙，满满地装着拉丁文、罗马文、西班牙文、荷兰文、葡萄牙文和德文的各种书籍，更有一函函线装的汉文、满文书。书桌又大又阔，整齐地摆放着文具和玻璃器皿：烧瓶、量杯、试管。可称为装饰品的只有两样：一块安了乌木圆座的二尺高的天然水晶山，秀雅莹澈，上面镌刻了几位朝中名书法家的题字；一条五寸多长的木制双桅帆船模型，极为精巧。房间布置高雅朴素，唯有那张铺着洁白被褥的大铜床，带点奢侈的味道。一进门，福临竟自按照满洲人的习惯，盘腿坐上这张床，说：

“玛法，我早就想坐坐这张床了。它看上去又宽大又轻软，还很暖和！”

福临说着，拿过床头两个又厚又大又蓬松的枕头，垫在自己两肘下，开心地笑着。

汤若望沉默片刻，认真地说：“修士是不应该睡这样舒服的床的。上了年纪，对自己放松了，这真不可宽恕！”

“玛法，这是应该的呀！”福临惊异地扬扬眉毛，“你都年过花甲了。”

“哦，皇上，你坐了这床，老臣就必须另找上帝命我坐卧的地方了。你看。”汤若望指着室内的座椅、凳子，那都是福临前次坐过的，已经用金黄色的布封盖，不能再坐。臣民见到这样被封蒙的座位，应该叩头。而福临像所有不安分的男孩子一样，东坐坐、西坐坐，使得一屋坐具几乎全都封蒙了。汤若望接着诙谐地说：“我得吊在天花板上读写和睡觉啦！”

福临哈哈地笑了：“玛法，你还管这些劳什子礼节？你爱坐哪儿，尽管坐！……咦，这船多漂亮呀！”

汤若望见福临拿起双桅帆船模型翻来覆去地看，爱不释手的样子，笑道：“皇上喜爱，老臣敬献。”

“真的？”

“不过，不是这一只，是和它一模一样，比它大一百倍的真船，真正的莱茵河上的双桅帆船！”

福临高兴得满脸放光，喊道：“玛法，你太好了！我要驾着它游遍三海，网鱼钓鱼，那该多畅快！”

汤若望慈爱地微笑着，望着热情真率的少年，不由得用他纯正的日耳曼语低声吟哦：“啊，他的发如冬之夜的黑，他的颈如夏之雪的白，他的脸如晨光之红……”

“玛法，你在说什么？”

汤若望把诗句译成汉语告诉福临。福临快活地笑了：“是在赞美我吗？我有这么美？……可是夏天怎么会有白雪？”

汤若望告诉福临，在他的祖国的南方，阿尔卑斯山的皑皑雪峰，终年矗立在蓝天之下。说得福临心驰神往，刚想拍手称赞，又皱皱眉头，自觉忘形，便收敛了轻狂，沉静地笑道：“玛法，我要告诉你一些好消息！”

汤若望频频点头。福临一进凯旋坊，他就觉察到皇上那按捺不住的兴奋。

“饶州大盗曹志攀归顺！江南顽寇徐可进、朱元归顺！郑成功手下又有两路兵马归顺！”福临眉宇间一团喜气，振奋地挥动着胳膊，说出的话一句比一句有劲。

“哦，上帝保佑！”汤若望仰面向天，在胸前画了个十字，“仁爱，是君主的最大美德！”

“自去年五月，至今不过半年有余，见效如此之速，足见施仁政方能得人心，得人心才可治天下！”刹那间，福临目光炯炯、神采奕奕，仿佛突然长大了十岁，成了一个精明、智慧、雄心勃勃的年轻君主。“玛法，你和范大学士一样，有功于社稷！”

满洲入关后，一直凭借武力和屠杀征服天下。然而越征越不服，大江南北，黄河上下，处处掀起反抗的怒潮，局势长期动荡不安。到了顺治八年，由于连年征战，军费浩繁，朝廷财源枯竭，几乎到了崩溃的边沿。而刚刚亲政的福临，也和勋臣贵族们一样，以为凭借剽悍善战、凌厉无前的八旗劲旅，定能扫平天下，所以继续推行武力征服的高压政策。顺治九年，桂林失陷，定南王孔有德败亡；定远大将军、敬谨亲王尼堪奉命征讨湘黔，又全军覆没。这丧师失地、两蹶名王的惨败，震动了朝野，也震动了十四岁的福临。

经过昼夜焦虑、寝食俱废的痛苦思索，福临才真正懂得了这几年苦读圣贤之书所获得的治国之道：应该把历代英主行之有效的仁政付诸实施，而不是停留在口头上当幌子。他带着急于图治的强烈愿望，反复咨询各种见解。在皇太后的支持下，他终于采纳范文程和汤若望的政见，放弃了徒恃军威的“勤兵黩武”，采取了招降弭乱的“文德绥怀”，从而完成了他治国平天下的一个大转折。

从顺治十年五月开始，他发下一系列谕令、敕书、诏告，招抚郑成功、南明永历及全国各地的抗清兵马，言词诚恳，条件优妥。不过九个月，就见到这样巨大的成效，福临怎么能不欣喜若狂啊！

汤若望完全理解福临的心情，欣慰地说：“这是上帝的启示，他永远保佑仁德的君主。皇上，你的选择是你一生最伟大的事件，是一个伟大君主的起步！”

福临脸色微微泛白，眼睛亮得惊人，全身振奋，好像生了翅膀，就要飞起来似的：“我要勉力做一个有为的君主，一个仁德之君，不亚于汉武唐宗、宋祖明祖！……玛法，我能超过世界上所有的君主吗？所有的都算？”

“为什么不能！”汤若望微笑着，快步走去，指着一面书橱上贴着的那张五颜六色、标满拉丁字的世界全图，“看这里，波旁王朝统治的法兰西，是个欧洲大国。它的君主路易十四和皇上你同年，也是六岁登基。法兰西远没有中国广阔，路易十四至今尚未亲政。他和他的父亲两代君主，都因为有能干的首相，使法兰西日益强盛，如今已在美洲和印度，同葡萄牙、西班牙、荷兰这些海上强国争雄了。这两位首相都是红衣主教，一位叫黎世留，一位叫马扎罗尼……”

福临轻轻一笑，道：“他俩也如玛法这么博学多才，熟知天象吗？”

汤若望一怔。少年皇帝的敏感使他多少有些狼狈，但他立即笑道：“他们是世代相承的主教，不像若望身为客卿……或许有一天，皇上将与路易十四相遇于海上。我皇上雄才大略，必能……”

“不。”福临认真地一摇头，“我中华泱泱大国，礼义之邦，从来怀柔远土，沛恩万方！……玛法，朕仰法先贤，国运必定长久，天象一定会有表征，是吗？……走，我们到你的工作室去！”

“这……”汤若望略一迟疑，低了头，“圣母坛上的圣像新近换了一幅，皇上不想去看一看？”

福临看着汤若望，眼睛里闪动着狡黠和好奇：“先去工作室，后上圣堂。我还没有进过你的工作室哩。”

汤若望叹了口气，说：“好吧！”

工作室门上的锁“咔哒”一声打开了，福临迫不及待地等汤若望推开房门，不料一股呛人的烟味随着烟雾迎面扑来，他厌恶地摆手挥开，定睛一看，两个满洲官员各自拿着一杆五尺烟锅，木雕泥塑一般吓呆在那儿。半晌，那两人才回过神，“扑通”一声跪倒在地，连连叩头，慌得连一句囫囵话都说不清楚了。

福临认识他们，都是钦天监官员、显赫的贵族：一个是内大臣苏克萨哈的堂弟，一个是议政大臣杜尔玛的侄子。福临的笑容一点都没有了，问：“怎么回事？”

好不容易，苏克萨哈的堂弟回话了：“奴才请皇上……圣安！汤……汤若望把我们……叫来，说是要革我们的差使！……奴才给皇上当差，他，他凭什么敢革我们的差使！”

福临转向汤若望，以为他一定有几分惊慌，不想却看到一脸坚决得近于执拗的表情。他不无惊讶地问：

“玛法，确实如此？”

“是的。”汤若望昂起白发苍苍的头，断然回答，“他们不称职！不学无术，傲慢无礼，肆无忌惮地破坏钦天监的正当工作。我不能容忍！打算先通知他们不要再进钦天监，再向皇上奏请。因为皇上突然驾到，只好把他们暂留工作室。”

福临哈哈大笑，挥手令两名贵族退下，然后才勉强止笑，说：

“你……不怕我怪罪你？”

汤若望看定福临的眼睛，恢复了他特有的慈爱和亲切，说：“你不会袒护不学无术的人。羽毛相同的鸟才飞集在一处啊！”

福临点头叹道：“我明白了，你为什么宁肯要水鸭子一样的汉人入教，而不愿接受满洲人。”

汤若望笑着摇摇头：“不，上帝指示我，我们的鸭子都是鸿鹄。”

“哦？满洲人就不是鸿鹄？”

“不是。他们是鸷鹰，是嗜血的猛禽。”

“你说什么？”福临倏然变色，黑眉拧起，一脸威严。

汤若望直率地回答说：“成年的满洲人，由于长期的劫掠和其他恶习，加入基督教还不到成熟地步。”

“汉人就成熟?”福临声调都变了，高得刺耳。

“汉人的文化、道德，确实优于满人。”

福临的脸霎时涨得血红，嘴唇缩得看不见了，鼻翼急促地翕动，眼睛忽大忽小，目光阴沉得可怕，一场盛怒就要爆发：“你，你胆敢如此护汉排满!”

汤若望照直看着福临冒火的眼睛，面不改色：“皇上，尊贵的太宗太祖皇帝，就曾向汉人学了许多东西，大到官制，小到犁铧。如今你的一百个臣民里汉人占九十九，你怎能不了解他们？那些成年满洲人的嗜杀恶习，正要靠皇上你的仁德去感化改正，使他们最终免堕地狱……”

这双忠诚的蓝眼睛和这无可辩驳的道理，平息了少年皇帝的怒火。事实上，他不正在拼命地学汉文、读史书吗？他不是越来越倾慕这古老灿烂的文化吗？不过，他不能这样认输。他立刻找到了挽回面子的途径，以征服者的骄傲，批评那个亡国的末代皇帝：

“玛法，你那么推奖汉人，看看那可怜的崇祯吧，不就因为忌刻、贪婪、暴戾，失了天下，自缢煤山吗?”

汤若望不以为然。他在明朝的钦天监任过职，很知道明朝是被李自成摧垮的，满洲不过是从李自成手中夺来了现成天下。有首民谣流传极广：“朱家麦面李家磨，做得一个大馍馍，送给隔壁赵大哥。”①如今这赵大哥家的小主子，却摆出这么一副虚骄态度，不是很可笑吗？于是，他答道：“崇祯皇帝的知识、道德和对百姓的爱护，都是很优异的，只是因为过分自信、固执……”

“玛法，你说他爱护百姓?”福临急躁地打断汤若望，“万历末年合九边饷银，每岁不过二百八十万；到了他崇祯，加派辽饷九百万、剿饷三百三十万、练饷七百三十万，自古以来，哪有正赋之外，每年又搜刮两千万两银子的？民何以堪！所以我朝立都，第一件大事就是罢三饷以解民困，全国赋税按万历初年数额征收。玛法你说，谁爱护百姓?”

---

① 其中朱、李、赵暗示明、李自成、满洲。

汤若望笑了："这是本朝第一大仁政。老臣认输！"

福临的好胜心得到满足，自然恢复了情绪的活跃。工作室里到处是工作台、工具、仪器和计算桌，这引起了福临的极大兴趣。他在屋里到处走动，摸摸这个，看看那个："玛法，这高高的跪凳，是你做祷告用的吗？日课祈祷要费许多时间吧？……这台起重机械的模型，是不是盖教堂时用的那种？……这些器皿是合药用的吧？你进给太后治病的药也是在这儿做的？照书本上做吗？哪本书里写着？这本？还是这本？唉，都是你们欧洲文字……"

起初汤若望还一一回答，后来只是微笑着应付。这个世界上最大国家的权威无限的君王，和一切十六岁的少年心性没有两样，好奇，好动，几乎所有的角落他都一一搜寻到了。

在天文仪器面前，福临变得严肃了。汤若望熟练地介绍：这是黄道经纬仪，那是赤道经纬仪，这边两座是地平经仪和地平纬仪，那边两座是纪限仪和天体仪。他还简要地说明了仪器的使用方法。

福临指指桌面，那儿一摞摞纸上写满算草算式，鹅毛管笔扔在旁边，凹形的金属墨水容器中墨汁已经用干。他问："这些，就是你的天算？你正在演算什么？"

"今年五月，有一次太白金星昼现。此外，九月里将有一次月食。"

福临聪慧的眼睛里忽然闪过一道强烈的光芒，他凝视着汤若望的蓝眼睛，说："玛法，如果天上星宿的轨道可以预先测算，那就是说，它们的轨道必定如此，不可变更。那么，由星宿预示的灾祸也就不可变更了。上帝有什么办法克服这不可变更的灾祸呢？而且这同样的星象，难道对我和对朱由榔、对郑成功都是一样的示警吗？"

博学的汤若望一下子被问住了。但他不慌不忙地来了个缓冲："皇上，我们到教堂里去，可以讲得更明白。"

汤若望虔诚地信仰上帝。作为一个传教士，如果能使一位中国皇帝成为信徒，把天主教引到东方，拯救世界上最大国家的亿万灵魂，那将是他对天主的最大贡献，也是他一生事业的最大成功。但他看到，福临的天性中固然有仁厚宽宏的一面，不过性情热烈急躁，一件小事就足以激起他的暴怒，毁掉劝谏者的一切希望。所以他汲取先行者利玛窦的经验，努力以天然宗教和一般道德为基础，结合中国的儒学和佛教，将基督教义融会其中，把少年人的目光引向灵魂的解救，引向天主，最后，水到渠成，皇帝将不知不觉地被引导入教。

福临对汤若望，除了少年人的好奇和真心的尊重之外，还另有一番心事。目前全国各处抗清兵马中，对他心理上威胁最大的，是奉明朝正朔的永历帝朱由榔，而朱由榔本人和他的皇太后、皇后及太子，还有随侍太监和相当部分的大臣，都是基督教徒。汤若望在教会中地位很高，影响很大，礼敬汤若望，是招降朱由榔的一个重要姿态。如果汤若望能通过教会直接劝谕朱由榔就好了。但他贵为天子，怎好开口求人？万一人家以不介入政事为辞拒绝了，他怎么下台？

大教堂又广又深，堂顶如同高高的穹庐，上面用绚丽的色彩绘满了天堂和天神天使。从天窗投进一束束巨大的、长长的光柱，光柱交汇着，形成庄严、宏伟而又神秘的气氛，它照亮了墙壁上精美的浮雕，也照亮了五座高大而美丽的祭坛。地面铺着地毯，走上去毫无声息。汤若望陪同福临来到正中大祭坛下。祭坛修饰得金碧辉煌，无数烛光和鲜花供奉着救世主大圣像。耶稣身披长袍，头顶圆光，一手托地球，一手伸出降福。小天使和信徒们环绕着他，虔诚地向他祈福祝祷。

“赞美天主吧！”汤若望的声音热情而虔诚，“不论自然律则多么铁定不变，全能全知的上帝，总能根据他的意志安排自然律则的效果，以便向人类，尤其是向君王们默示训诫。因此，君主帝王们应该奉祀上帝，崇敬上帝。尤其是你，皇上。”

在小小的工作室里引起福临疑惑的道理，在这崇高的圣堂里被赋予神圣的意义，变得令人信服了。但那最后几个字使他忍不住问：“为什么尤其是我呢？”

“因为你是世界上最大的帝王，又自命为天子。你统治着世界最大的民族，天主因此也特别眷顾你。”

“只要我改正我的过错，就能转移天灾天祸了吗？”

“是的。欧洲有一句谚语：哲人统治天上的星宿。”

“教导我吧，玛法，我怎样避免过失。”

汤若望像一位循循善诱的老师，抚着胸前那部浓密的大胡子，向皇帝进劝：遵守帝王的责任和义务，厚爱百姓和官吏；专一信奉天主，不信任何假神假鬼；牢记孔圣人“己所不欲，勿施于人”的准则；严格以天主制定的“十诫”律己……

福临静静地听着，很有几分虔诚。后来，他咬咬嘴唇，问：“上帝的律则，帝王也要和臣民一样遵行？”

“是的，皇帝比其他人更要遵守，因为他是榜样。”

沉默片刻，福临把眼光投向巨大的堂柱，仿佛在专心研究那些长了翅膀的光身子小天使为什么总在微笑。半晌，他突然问：“玛法，为什么天主教禁止男人多娶妻妾？”

汤若望装作没看见他闪烁不定的目光，从容答道：“这可以使儿童得到良好教育，也可使家庭和睦。这是上天的真意。”

“这条戒律，对帝王们也有效力吗？”

汤若望明知这是福临入教的一大障碍，但他是个虔诚严正的传教士，不肯牺牲原则去换取实利，不管这实利多么巨大、诱人。他点点头，沉稳地说：

“是的，它对帝王有加倍的效力，以树立好榜样。”

福临不作声了。

汤若望领福临走到左边的圣母祭坛下。坛上的圣母像，是罗马圣母大教堂所供圣母像的复本，出自一代大画师施乃（Schnee）之手。福临默默地站了许久，眼睛一刻也不离开圣母。后来，他轻轻地说：

“玛法，请告诉我，她，圣母，愿意我挑选一个什么样的皇后？”

汤若望恍然悟出，这是福临今天来访的主要目的之一。他郑重地、诚挚地望着少年明亮的黑眼睛，说：

“选一个你最喜爱的人，一个能使你恪守戒律的人。”

“我最喜爱的人？”

“上帝用亚当的肋骨造就了夏娃。你要像爱自己一样地爱你的妻子。”

福临脸上掠过一片迷惑和茫然，跟着又沉默了。直到出了教堂，走进那种满果树、布满石雕、有一处迷人的喷泉的花园，他还没有摆脱沉思。太监和侍卫们蜂拥着跟了过来，他似乎也没有察觉。

和煦的阳光，略带寒意的春风，刚刚泛绿的小草，明亮的蓝天白云，终于使福临又回到温暖的世俗生活中来。庄严的教堂、神圣的天主圣母和玛法那纯银似的嗓音，曾使他灵魂净化，飞得很高。但是，高处不胜寒，远不如人间的喜怒哀乐那么诱人啊！

福临在被无数葡萄藤缠绕的白石小亭里坐定，对着阳光愉快地眯着眼睛，宽舒地吁了一口气，笑道："玛法，我进你大门好久了，你还没给我拿点什么吃的喝的呢！"

"请皇上见谅。没有你的旨意，不敢随意进食。"

"我想喝一口你这园里葡萄酿的酒。"

深红色的浓葡萄酒被托在晶莹的水晶杯盘中呈进，同时奉上许多花色美丽的、按欧洲方式烘烤的糕饼。福临饮干一杯葡萄酒，说："玛法，等你园里的葡萄熟了的时候，给我留下，我要自己摘来吃。"

临行，福临又说："玛法，你需要我赐给你些什么吗？"

"谢谢皇上。我什么都有了。"

"那不行。玛法总得要向皇帝请求一点恩泽的！"

"皇上恩泽深厚，若望早已感激不尽了。"

福临蹙着眉头想了想，忽然高兴得目光闪闪："玛法，我有了个好主意！"他转脸对御前侍卫下令："着銮仪使告诉象房，把十八头驯象赶到教堂前的大街上来，让它们赛跑！"

"啊，皇上！……"汤若望想要制止，哪里能够！福临站在他身边，兴致勃勃地说："玛法，你可要特别留心，别让那笨重的象蹄踏着你……"

驯象所的象房离教堂不远。很快，十八头庞大的驯象被驱赶到了教堂前街。笨重的象蹄"咚咚"地踏着地面，仿佛上百只石夯上下起落，震得临街房屋沙沙颤动。巨象赛跑的奇观，就要出现在北国初春时大清帝国的京城长街之上了。

二

福临回宫，稍事休息，就往慈宁宫向他的母亲请安。

已是申时，西斜的太阳照得人暖烘烘的，御道边初绿的小草，橙黄色的琉璃瓦，红色的宫墙，白玉砌阶栏杆，互相衬映，格外鲜明。站在隆宗门高处，甚至可以远远望见淡黛的西山。富丽堂皇的慈宁宫，翻修完工不到一年，焕然生辉。紧连着的慈宁花园还在修理，参天古松郁郁苍苍，给这极少绿色的古老宫殿带来几分生气。

福临踏上两尊青铜麒麟之间的汉白玉阶，穿过气势宏大的慈宁门，太监、宫女们匍匐跪迎；然后穿过御道，跨过慈宁宫正殿的门槛，在一片寂静中，听到了他自幼惯熟的慈蔼、圆润的声音，说着亲切的满语：

"皇儿，你回来了。"

福临赶上几步，向母亲行了常礼，恭顺地问起她的饮食起居，既有儿子的孝敬，又有成年人的持重，还不失皇帝的威严。这三重身份，他已糅合得恰到好处了。跟在福临后面的四位妃嫔：两位博尔济吉特氏、佟氏和石氏，是东西宫的主位，也都恭顺地跪下请安。她们的灯笼锦丝袍闪着光亮，高高的两把头中露出粉红色的头垫，又在头垫中间的头正闪着翠玉金银特有的光泽，压鬓的绢花光鲜夺目。在周围那些身穿蓝布长衫、平梳辫发的宫女之中，她们显得十分娇艳，恰似万绿簇拥着的春花。

庄太后是科尔沁蒙古博尔济吉特氏大贝勒寨桑的女儿。她和她的姑妈、她的姐姐三人一同嫁给了太宗皇帝皇太极。由于这种婚姻联系，科尔沁蒙古始终支持皇太极统一满洲、夺取天下的战争，成为蒙古四十九旗中最强大的、举足轻重的一支。

当年，她是个有名的蒙古美人，草原上远近闻名。但是，比她的美貌声名飞得更远的，却是她的福命和聪慧。

她是寨桑的小女儿，自幼便器宇不凡，敏慧练达，娴于蒙文，爱读书史，通大略，善词令。据说她在七岁那年，随兄弟们到草原上巡视牧场，一个精通相术的喇嘛见了她大为惊异，说："这是大贵人哪，怎么会生在此间？大怪事！”跟从的人并不奇怪，回答道：“这是寨桑贝勒的幼女，自然是天生的贵命！”喇嘛说：“我所谓的贵，何止于此！此女当与大国君王为偶，母仪天下！”从人们仍然不在意：“那是自然。扈伦四国，叶赫最大。我们贝勒一向与叶赫贝勒相好，想必我们格格要当叶赫国福晋了？”喇嘛连连摇头说，“不止不止！此女当偶万乘之君，为华夏兆民之母。”从人们一起哈哈大笑，说：“哪有天朝之主娶外夷之女为配的？快闭嘴！别胡说八道啦！”喇嘛被斥，只得走开，边走边嘟囔：“将来能否有验，非我所知，我不过就风鉴而言罢了……”

当时人们都当那是一句笑话，谁知二十五年后，皇太极病死，她的儿子福临即位；当年大兵南下，满洲入主中原，福临成了清朝入关后的第一个皇帝，尊生母为皇太后，正应了喇嘛“为华夏兆民之母”的预言。

当然，这些都是传说、附会。只有她自己知道，为了儿子的皇位，为了社稷江山，她曾经历了多少惊涛骇浪。

她今年已四十二岁了，但仍然显得年轻妩媚。两道弯弯的眉毛又黑又亮，细长的眼睛仿佛总含着暖意，端正的小鼻子下面，有一张轮廓鲜明的嘴，看上去很有决断。高颧骨和宽下颚原是她所具有的蒙古族的相貌特点，中年以后渐渐发胖，这些缺憾反而被丰满的面颊遮掩下去了。她神态安详，举止端庄，在她面前，任何人都会感到自惭和敬重——不仅仅是因为她的崇高尊贵的地位。

此时，她望着几位下跪请安的妃嫔，静静地说：“罢了。”随即又微微一笑，“自今以后，佟妃不必跪安，肃一肃吧。”

佟妃的脸儿霎时红得像一朵红月季。福临看着她，眼里含笑。佟妃极快地对福临一瞥，娇爱横溢，再也不肯抬头。其他妃嫔强笑着低脸站在两旁，心里不是滋味。

太后把目光转向福临：“皇儿今天气色很好。”

“儿去汤玛法处谈说，又往郊原跑马，很是快活。”确实，他像刚刚出浴似的，面色红润，眼睛明亮，身姿英挺。

太后点点头：“义父德行高尚，学问渊博，是难得的谏正良臣。

替我问候了吗？”

“问候了。玛法还给母后带回两面圣牌，都在圣母坛上做了祈祷法事。”福临把两挂悬着耶稣受难十字架的金项链奉献给母亲，“玛法说，应系于外衣下，可以祛病消灾。”

太后接过圣牌项链仔细瞧瞧，随即郑重戴好。小小的金黄色十字架悬挂胸前，在那一串珍贵的东珠佛珠间闪光。妃嫔和随侍陪伴太后的命妇们，对太后这出格的行动都很惊诧，汤若望这个外邦人还有所顾忌地要她戴在外衣之下，而她却……

太后抬头对众人一望，众人纷纷垂下眼帘。她不在意地笑笑，又问福临：“汤玛法为什么送两面圣牌？”

福临眼睛望着别处：“他说，那一面给皇后。”

妃嫔们顿时低了头，惴惴不安得令人可怜。那对博尔济吉特姐妹花无意间对视一眼，像碰着火似的赶忙闪避。佟氏拿手绢轻轻擦她白嫩的小下巴，遮住了嘴，也遮住了唇边的一丝微笑。

太后立即转了话题：“皇儿读书太苦。同贤臣哲人叙谈来往，既长知识又能散心，胜于夜以继日。再不要像去年秋天，直读得吐血。”

福临笑道：“母后再三教导，既为华夏兆民之君父，就得精通汉文、汉语。况且，儿要有所作为，哪能不费心血！武功文治，宽猛张弛，道理很深。近日儿正在仔细探究元、明两代失国的原因哩！”

太后笑道：“好！想清楚了，说给我听。再有，我朝以弓马定天下，骑射固然不可偏废，但游猎须有节制。过于凶野，不免伤身，因猎误事，就有失正道了。”

“母后，”福临笑了，面容变得更像孩子，“我现在不是改得多了吗？今年一次猎也没打呢！倒是母后天天闷坐，多不畅快！花园过两天就装修完毕，到时候我陪母后尽意逛逛！”

修复慈宁花园，全是福临的主意。皇太后以军事未定，国库空虚为由，多次反对。但福临自认是孝子，要以孝治天下，在这件事上没有让步，并说只是在旧花园的底子上略加修整，并不费钱，太后才不得不认可。

"听说园内绿云亭的亭额书法最佳，是吗?"

"是。都说是董其昌手书，潇洒自如，极妙。昨日儿还临他的字帖，内院学士看了，都说好呢!"福临不免露出几分得意，顺口说下去，"要是从小就让儿读书临字，现在也不至于这么苦了!"

话一出口，他立即后悔了。这触着了母子间的一大忌讳。福临幼年失教，是当初摄政睿亲王多尔衮造成的。对于多尔衮，福临也罢，太后也罢，感情都非常复杂。三年前他们母子配合默契地追论多尔衮谋逆大罪以后，便都竭力避免提到他。福临恨他，十分地恨，痛恨之下有感激，因了感激而更加恨。太后恨他，痛恨之下却有爱，出于今日的地位和情势，爱和恨都得深深压在心底。

太后不动声色，又讲了几句闲话，平稳地说："去吧。"

这是常规，表示皇帝和妃嫔们可以告退了。妃嫔们恭顺地排成一列，对太后肃了肃，后退着走了几步，转身鱼贯而出。花盆底的鞋子又高又硬，地毯也掩不住那碰地的声响。她们的腰身绷得笔直，上身一动不动，活像有一根竹竿从腰际支到头顶。这是宫里的规矩，走路不许像蛮子那样摇摆扭动。就连唯一的汉妃——永寿宫主位石氏，尽管是小脚绣鞋，罗裙短襦，一身汉家打扮，也竭力不摇不摆，僵僵地走了出去。

福临皱着眉头望着她们的背影，并无退出的意思。

太后温和地说："皇儿，你也歇息去吧。"

福临摇摇头："我不。"

太后疑惑地看着他，他抱怨地说："额娘，你都看不出?人家肚子早饿啦!"

太后莞尔一笑，知道他是用这种类似撒娇的行为表示对方才失言的歉意。她吩咐摆上两桌酒膳，打发陪侍的命妇出宫。母子俩回寝殿次间一同进餐。因为这不是正膳，又在太后宫里，所以没有送膳牌请求引见奏事的搅扰，也没有川流不息的大小太监来上菜、布菜、进试毒银牌、尝膳等繁琐的用膳手续，气氛十分和谐宁谧，几只金丝熏炉散发出阵阵浓郁的沉香，传送着温暖，令人神安心静。

母亲的话题，自然而然地又转到了选后："皇儿，中宫不宜久虚。你究竟怎么打算?”

沉默片刻，福临说：“愿听母后教诲。”

“你长大了，未必肯听额娘的。”温静的语调掩不住淡淡的辛酸。皇后被废半年多来，她第一次在语气中流露不满。

福临低了头，不作声。

废去的皇后，是太后的哥哥、科尔沁蒙古贝勒吴克善的女儿，太后的亲侄女，当初由摄政王多尔衮做主礼聘的。就因为这个，不管皇后如何秀丽，如何至亲，福临心里都非常别扭。大婚前几个月，多尔衮病死，福临立时就要“退婚”，可是太后不允，而且吴克善已经亲自送女进京了。从国事论，以亲情言，大婚都不能不举行。婚后，皇帝、皇后果然格格不入，很快反目，不到两年，福临就不顾一切地要废掉皇后。皇太后原不同意，后来见爱子为此郁闷成疾，日渐消瘦，知道不能勉强，也就答应了。谁知朝中却掀起了一场轩然大波。许多臣子，尤其是汉臣，据古礼力争，一而再、再而三地上疏请慎重详审；满洲王贝勒大臣集议，也主张以皇后主位中宫，另立东西两宫。福临不但拒绝了一切劝阻和折中方案，还训斥诸臣沽名，严厉责骂了格外上劲的几位汉臣，吓得他们上疏认罪。这时，辅政郑亲王济尔哈朗首先表示赞同，议政会议便也遵从了皇上。皇后终于被废，降为静妃，改居侧宫。朝臣们第一次领教了这位少年天子的固执。

对于这件事，庄太后的心情比儿子复杂，考虑的方面也多得多。她豁达地一摆头，仿佛表示过去的事就不用再提了，然后认真地看定儿子的眼睛：“你的意思呢?”

福临的口气有些迟疑：“儿尚无定见……只是儿既为华夏之主，满、汉畛域似应渐次弥合。立后，能不能……”

太后细长的黑眉一扬：“已经纳了一位汉妃，又推重降将，封了孔、吴、耿、尚四王，满汉一体的意思也就足够了。皇后是天下之母，天子之偶，非贵人不足当此!”

“那，母以子贵，若佟妃生子，是不是……”

太后微微摇头，半晌才说：“立后，必得为社稷江山着想。去年废皇后，蒙古四十九旗能不怨恨吗？天下未定，万不能自断股肱啊!”

福临一时无言。为社稷计，就不能不听太后的教诲。立汉女为后，祖宗家法不许可，福临也不过是心血来潮。如果要他自己选择，汤玛法的话最使他动心。他要尝试着追寻一种新的感情，找一个他自己最喜爱的皇后。可是眼前这些有资格升为皇后的主位们，都不合他的心意。比较之下，佟妃还能得到他的欢心。

一出慈宁宫，福临的面容举止变得庄重舒缓，俨然一位身登九五之尊的帝王。他由太监搀扶着上了御舆，大群侍从仍静静地跟在后面。时近黄昏，西天的晚霞给四围悄悄染上淡淡的紫色。在这淡紫的暮霭中，大内重重叠叠的宫脊飞檐，都蒙上一层忧郁的雾，压角的一排排蹲兽，也显得神秘而奇妙。深寂无人的御阶御道，更令人心头空落落的。一股难以言说的怅惘，一种想要得到什么又很难得到的懊丧渐渐涌上心头，福临在想什么？在寻求什么？是当一代英主的雄心？是以异族一统天下的壮怀？是仁德治世的理想？好像是，又好像不是……或者，是因为立后？是了，谈了半天，母子对此没有达成协议。福临轻轻叹了一口气。

身边的内监，那个长得十分俊秀的吴良辅连忙凑近："万岁爷可要召见哪宫主位娘娘？"

福临在沉思中，不答。

"要不，奴才侍候万岁爷到各宫转转。"

福临十六岁，比同龄少年早熟。三宫六院的古老制度培养了他的好色纵欲，何况他性情热烈，正值青春猖獗的时期？明末的风气原本淫靡。吴良辅这些前明留下的太监，对宫廷里骄奢淫逸的一整套非常了解，用这来迎合年轻的皇帝，达到固宠的目的，这在他们是势在必行的。福临惑于前所未闻的隐秘，不由他不把吴良辅当作心腹。好在上有太后的家法，福临自己也还足够聪明，不至于沉迷酒色而忘却国事。但此刻吴良辅见天天宣召妃嫔贵人的皇上只是摇头，也有些奇怪。

天边闪出了第一颗星，福临望望它，心头忽然闪过佟氏那爱娇的笑眼，于是说："朕想往景仁宫看看佟妃，就怕太后知道了要责怪。"

吴良辅忙道："圣天子百灵相助。万岁爷乃天下之主，谁不是您的奴婢！佟娘娘不定怎么巴望呢！"

福临听得心里舒服，略一示意，御舆便转过乾清门进东一长街，到了景仁宫门前。早有太监报知，佟妃率领着住景仁宫的嫔、贵人、常在、答应等，在景仁门前跪迎。福临下舆，先把佟妃扶起，笑道："母后都免你跪拜了，你还跪我做什么！"

"皇上！"佟妃脸上映着最后一抹晚霞，十分俏丽。

在景仁宫前殿行过常礼，福临便直接进到后殿佟妃的寝宫。其他嫔、贵人等各自回房。

"这一回，你不敢再骑马了吧？"福临笑吟吟地说，温存的神态中带了点甜美，使他的面容焕发出特别的魅力。

佟妃受宠若惊，连忙躬身回答："皇上放心，天家恩重，妾妃绝不敢稍有闪失，必当恪守胎训。"

毕恭毕敬的官样回答，使福临顿时扫了兴头。她怎么毫无反应？她什么都不记得了？

一年前，正值福临与皇后反目。他郁闷至极，常常以骑射散心、励志。仲春时节，西苑明秀轩边几株海棠花开得艳如云霞，前来练射的福临在树下观赏、徘徊，不忍离去。忽然一阵娇声笑语从明秀轩另一侧传出，几位宫妃贵人在十多名宫女太监的簇拥中，也来到明秀轩。太监牵来一匹驯良的白马。她们原本相约跑马，来到这里却又你推我让，谁也不肯先骑。年龄最小、新近入宫的佟妃挺身而出，大声说："祖宗以骑射得天下，不敢骑马，真要羞煞！我来！"

宫妃贵人们拍手大笑。有人揶揄道："佟家妹妹不忘祖德，人小心不小。太后知道了，定当另眼看待哩！"

一位宫妃顺手掐了一朵并蒂海棠，插在佟妃鬓边："这朵并头花儿是得幸承恩的兆头！皇上今天准翻你的牌儿！"

佟妃满脸绯红，似笑似嗔，佯装不睬，掉头从太监手中接过马鞭，牵马走了几步，扳着雕鞍，踩上蹬子，一个漂亮的飞燕翻身的上马势子，跨上马背。正待扬鞭，却见众人齐刷刷地跪倒，海棠花丛中走出了她们念念在心的顺治皇帝。佟妃忙跳下马，跪拜在地。顺治径直走到她身边，对她打量片刻，唇边露出笑意，随后转身走开。

当天晚膳，太监用玉盘进上宫妃的绿头牌时，福临找到了骑马的人儿。绿头牌上写着："景仁宫佟氏，年十三，汉军正蓝旗固山额真佟图赖之女。"福临轻轻翻过了这张牌子。当晚，佟妃就留在皇上的寝宫。

后来，不管皇后怎样吃醋闹气，福临却不停地召幸佟妃。他喜欢她，因为她稚气、娇小，对他十分依恋。初次行幸时她的惊惧和委屈，都使他觉得甜美。他常常不自禁地诵读着辛弃疾的那阕《粉蝶儿》：

> 昨日春如，十三女儿学绣，一枝枝、不教花瘦。甚无情，便下得、雨僝风僽，向园林、铺作地衣红绉……

佟妃正是一个十三岁的娇憨女儿啊！

遗憾得很，福临一旦跟她说起这些他深深倾慕的唐诗宋词，她就像一段木头。更有甚者，皇后被废之后，她渐渐变得那么一本正经，开口贤淑敬谨，闭口才德容止，令人生厌。今天又是如此！当初的依依之情都到哪里去了？

宫女为佟妃上晚妆，拿了两面镜子前后照着。镜子里的佟妃丰腴而娇嫩，桃花般的容色可以和鬓边的绢花媲美，一双圆圆的眼睛，横波流盼，很有情意。福临忍不住又念了一句花间词调侃她："照花前后镜，花面交相映。"

佟妃缓缓转过身，矜持地望着他，眼睛里一片茫然，显见不懂他说的什么。看她故作高贵，显示端重，完全掩盖了她原有的天真，福临心里泛起一阵不痛快：瞧瞧她，真拿自己当作贵妃、皇后了！

福临立刻拉下脸，一迭声地叫起来："吴良辅！吴良辅！把今天内院呈上的奏章拿来，我要批本！"

佟妃一点不觉得意外，柔顺地为福临收拾书案笔墨。福临从眼皮下打量她，希望她对自己的举动提出异议或表示不满，哪怕一点儿也好。可惜，一点儿也没有。

吴良辅领着几个内监捧上折匣。福临打开第一份奏折，这是内秘书院学士傅以渐的题本：

……朝廷设有法司以详刑狱，又设有都察院、通政司鼓状通状以伸冤抑，所以下通民情而上达天知。不意有鸣冤禁地毙命甘心者。如前十日有不知姓名男子于午门外持刃割腹，臣已不胜骇异。彼时以刑部必行究察，未敢烦渎圣听。今复于本月初八日，又有自刃于午门之前者。其姓名来历臣虽不能详知，但清禁之地何等严肃，一月之内两见惨刃，此岂圣明之世所宜有者？且人情莫不贪生，苟非万不获已，讵肯自捐躯命？臣闻一夫负屈，足致干和。方今水旱频仍，圣心警惕，正宜理幽疏枉，溥皇仁而回天意，乃禁地尚有冤毙之民，海内无告者不知凡几矣！伏乞敕下该部，严察缘由，曾否经何衙门告理，务使受枉真情大为昭雪，使天下家传户晓。嗣后虽有迫切苦情，无难控告所司，不得轻秽禁阙，庶几朝廷肃而民情亦通矣……

福临看罢，勃然大怒，“嘭”地一拍桌子，站起来，愤然说：“不成话！太不成话！查出来，决不宽贷！”他拧着眉头，瞪着折匣，气息一阵比一阵粗重：这样的大事，直到发生第二起才奏上来，而且不是刑部的题本！什么缘故？他正以“仁德”自诩，却来了当头一棒！

佟妃摸不着头脑，连忙跪下求皇上息怒。福临烦躁地说：“不关你的事。起来！”他掉头叫吴良辅，“去传奏事处，命鳌拜立刻到乾清宫西暖阁进见！”

说话间，福临看了佟妃一眼，发现她情不自禁地流露出了失望，心里稍觉不忍，但还是斩钉截铁地吩咐：

“起驾，回宫！”

三

“嘿!”熊腰虎背的蒙古壮汉一声大喝，御前侍卫尚之信仰面摔倒在红地毯上。他恼羞成怒，一骨碌跳起来咒骂一声，朝对手冲过去。对手已经叉腿握拳地傲然而立，像一棵挺拔的松树，望着他摇头：他不跟手下败将赛第二次。

“尚之信!”领侍卫内大臣费扬古一喊，红头涨脑的尚之信猛地省悟，记起这是保和殿，在御前。他连忙退下，惊出一身冷汗。

连平南王尚可喜之子尚之信在内，御前侍卫被这蒙古怪物摔倒了三个，都是素以力大闻名的勇士。保和殿内那微妙的空气，顷刻变得紧张了。

陪宴的王公大臣阴沉沉地互相交换眼色，心里火烧火燎的。他们中间未必没有高手，但身份所限，不能下场。正中的御座上，福临勉强维持着镇静，可是眼睛已明显地缩小，脸颊上的肌肉在隐隐抽搐。左侧就座的郑亲王济尔哈朗心里着急，既恨侍卫们不争气，又怕年轻好胜的皇帝失态，贻笑外邦。御座右侧，隔着理藩院尚书，客位上是满脸欢笑的喀尔喀蒙古使臣，他倒了一盅酒，亲自下位奉给他的随从——那个角力的蒙古巨人。只要再赢两次，他们就将大获全胜。

喀尔喀蒙古远在漠北，和漠南蒙古四十九旗同是元朝的后裔，但没有归附大清，只是岁有九白之贡，即每年进献白马八匹，白骆驼一匹。清朝受贡后也回赐一批金、银、绸、缎、茶叶、烟、盐等物，维持友好交往。和往年一样，顺治帝在保和殿宴请进贡使臣。不料酒宴间使臣竟问起皇帝废去蒙古族皇后的事情，这使顺治很不高兴。所以当使臣提议由他的侍从官和御前侍卫角力为戏时，顺治竟轻率地接受了挑战，结果打成这样。如果五场皆输，他怎么承受这巨大的羞辱?

费扬古走到皇上身边，轻声说了些什么。福临眉梢一挑，惊异地瞪大眼睛，询问似的看看他，他轻轻点点头。福临说：“好吧!”

第四场角力开始了。一名侍卫走出队伍，向皇上跪叩，随后站起身，倒退数步，踩到红地毯，方转过身，面对蒙古对手。与宴的王公大臣全都一愣，或许他们觉得力量悬殊?

这名侍卫中上等身材，可是站在蒙古巨人对面，却像成年人身边的十二三岁的孩子。他连侍卫的黄色制服马褂也不脱，毛边小帽低低地压在眉际，但仍可以看出他已经不年轻了。要是仔细观察，就会被这侍卫的内涵所震惊。他是那样强健、迅捷、黧黑，浑身仿佛带着战场的气味；他鼻高目深，长方脸上一部络腮胡子，锐利的目光使人联想到称雄山林的鸷鹰。侍卫的衣服掩不住他的出众气概，就像一把粗黑的鲨鱼皮鞘内的光华灿烂的宝剑。

沉醉在胜利中的蒙古大力士一触到对方的眼睛，便猛然惊觉。两人挓开双臂，半握拳，不眨眼地盯着对方，在红地毯上慢慢兜圈子，看上去平缓从容，互相并未接触，实际上双方都在积蓄力量，寻找对手的破绽，伺机猛攻。真像一只猛虎和一只黑豹在对峙。大殿上从皇帝到侍卫、太监，无不静气屏息，心弦绷得越来越紧。

蒙古力士似猛虎咆哮，腾空而起，以泰山压顶之势扑向黑侍卫。他体重在三百斤以上，在充分地使用自己的优势。黑侍卫在对手扑到的一刹那，极其灵活地闪向一旁，动作胜过矫捷的黑豹。他顺着躲闪的式子，浑身一紧，跟着，突然间像火药爆炸，谁也没看清他的动作，只觉眼前有一团极强烈的震撼，一道黄色闪电击向立足未稳的蒙古力士，那魁梧的巨人突然飞起，在空中划出一道弧线，“咚”的一声巨响，沉重地摔在大殿门边，趴在那里不动了。

一切都发生在一瞬间，人们被黑侍卫的神力惊呆了。沉静片刻，福临神采飞扬，情不自禁地喝一声彩：“好！”跟着，欢声雷动，在大殿里回荡。王公大臣们起立，随黑侍卫一起向皇上跪下致贺，高呼着“万岁、万万岁”！蒙古使臣起初目瞪口呆，后来也随众恭贺。蒙古大力士慢慢爬起来，走到黑侍卫跟前，由衷地伸出两个大拇指，憨厚地笑道：“你，巴图鲁①！”

福临一招手，御前侍卫用银盘托出赏物：一对双耳高脚菊花金杯，各重十两，分赏蒙古力士和黑侍卫；彩缎十五匹，分赏今天角力的五位勇士。乐工们又奏起《金殿喜重重》，欢快的旋律伴随着欢乐

① 巴图鲁：满语，勇士的意思。

的宴饮，保和殿大宴继续着……

宴会结束，与宴人员告退以后，黑侍卫才又一次上前向顺治叩拜："奴才鳌拜恭请圣安。"

顺治高兴地说："你回来的是时候，给大清争了光!"

"奴才刚从永平府赶回京师，一进宫就遇上费扬古，告诉奴才这儿的事。我们俩一商议，使了这一招。全是托皇上的福，奴才也光彩。"

"你从永平府呈来的专折，朕已看过。你办事是不错的。此事关系重大，朕已批下议政王贝勒大臣、九卿、科道会同确议具奏。明日议政会议，你可将查得的详情说明。"

"奴才遵命。"

出宫的路上，鳌拜一直在思索。皇上此举，竟是在发动满朝文武对永平府圈地案说短道长了。是什么用意呢?

离左翼门还很远，守门的侍卫已齐声高喊着"伊里①"，肃立阶上向他致敬了。这本是对议政王贝勒大臣的常礼，但今天的喊声格外响亮，侍卫们脸上都有掩饰不住的敬仰和崇拜。领侍卫内大臣、议政大臣鳌拜从来以刚勇著称。眼下入关初年能征惯战的诸王名将相继谢世以后，论军功朝中无人能与他比肩，他是满洲人心目中的英雄。想必是今天保和殿胜利的消息已经传开，又为他涂上一层辉煌的金彩!鳌拜沉着地点点头就过去了。他从来很少笑，此时正一门心思地想着明天的议政会议。

太和殿东侧的中左门，布置如坐朝形式，仿佛缩小了规格的金銮殿：正中设一小型宝座，座后有一扇山水屏风，屏前立两柄雀金宝扇；宝座前列有香亭熏炉，香烟袅袅，缭绕在丹柱之间。宝座两侧八字排开，摆着两列座垫。越靠近宝座，座垫就越高越精致，最后两张，雕龙绣凤，十分华美。这里就是议政王贝勒大臣会议之所，会议正在进行。

---

① 伊里：满语，起立的意思。

坐在正中宝座上的，是郑亲王济尔哈朗。顺治即位时，他受命与睿亲王多尔衮同为辅政王。多尔衮专擅，多方排挤他，甚至兴大狱籍没了他的家产，他都默默忍受，似乎颟顸无用。但他对福临非常忠心，一旦感到多尔衮的权势会危及幼主，他便竭尽心力，暗中做了许多保护福临的事情。多尔衮一死，各旗王贝勒心怀叵测，形势岌岌可危，他又与庄太后通力合作，把正黄、镶黄、正白三旗归为天子自将，造成皇权的优势，最后，以赐死英亲王阿济格，作为这一场紧张搏斗的终结，稳定了八旗内部。三年多来，他始终扶持着顺治，忠心耿耿，全心全意。顺治对他也十分尊崇。他在朝中功高权重，是皇上以下的第一人。他今年五十六岁，高大肥硕，须发尽白。由于多年奔驰战场，受伤不少，看上去相当衰老。

东首第一位是承泽亲王硕塞。他是顺治的异母兄。在皇太极的十一个儿子里，活下来八人，而真正参与打天下的，只有豪格和硕塞。肃亲王豪格英勇善战，功劳极大。顺治五年，被多尔衮借故兴大狱，削去王爵，在监中自杀。硕塞的军功远不及豪格，但因为是帝子皇兄，也封为亲王。他今年二十六岁，主管兵部衙门。

西首第一个座位空着，属于安郡王岳乐。因为案件牵涉到他，必须回避。

顺序下来的议政王贝勒还有郑亲王世子济度、信郡王多尼、贝勒尚善。此后的座位上，便是范文程、希福、伊图、杜尔玛、索尼、费扬古、鳌拜、遏必隆这些八旗亲贵大臣了。

鳌拜首先说明案情：永平府马兰村民王用修原有田地三十亩，佃给民人乔梓年耕种。后来他以此地投充安郡王庄，并买通庄头，当了粮户小头目，欺瞒主子，暗中依旧把田佃给乔家，自取余利。不久，他因奸占乔梓年之妻，逼得乔妻投崖自杀，两家结仇，他又因此受安王府责打，怀恨在心，遂将田地改投汉军旗佟图赖庄上，并将平日与他不睦的柳、袁等数家民田诈称他家私地一同投充。乔梓年气愤不平，代众告状，处处不准，终于自刃于午门。

王贝勒大臣们听罢，一时没有作声。郑亲王却很爽快，开门见山地说："佟图赖虽是我的外甥女婿，我并不袒护他。皇上在顺治八年已经下过圣旨，凡占为猎原牧场的民地，尽数退还原主。鳌大臣既已查明王用修投充之地确是民田，理当退还。”

硕塞笑笑,说：“佟图赖派人圈地，是受投充人的骗，并不知道是民田。佟图赖可以免议。”

众人纷纷点头称是。范文程咳嗽了一声。许多人的目光投向他，眉目间已透露出几分不满。范文程，三朝元老，内秘书院大学士，清初最有名望的文臣，太宗皇帝的主要谋士，是一个身材魁梧的辽东人，今年已五十七岁了，精神矍铄，很有气度。他曾一言定大计，为满洲取天下立了大功。他是汉人，自称是北宋范仲淹的后裔。多尔衮摄政时，范文程看出多尔衮的弱点，和他保持着一定距离；但对豪格那一党，他也不附从。追论多尔衮之罪，范文程曾短期受牵连而免职，由于庄太后的提醒，顺治很快发觉这个错误，立刻给他复官，并进世职一等精奇尼哈番，授议政大臣，对他言听计从，礼遇极厚。范文程在朝中威望很高，议政会议上，他的意见常常切中要害，王爷亲贵也不得不让他三分。现在，他要议论了，谁知他又会说出什么逆耳之言！

“我想，”范文程慢吞吞地开口说，“鳌大臣题本上说得明白，圈地，不止圈了乔梓年一家，安王爷与佟固山额真所争的，也不止这三十亩田。要讲退还，两家都要全退。”

事实是，王用修改投佟皇亲后，安郡王虽然远出宣化戍边，家下人却不服这口气，领了骑兵去马兰村，把佟家圈去的地，又全都圈回安王名下。佟皇亲哪肯认输，再次派兵圈地……如此往复，马兰村的民田被全部圈占，这两家皇亲国戚还在那里纷争不休。

信郡王多尼还是一个少年，和顺治同岁。他是豫亲王多铎的儿子，一向倾慕安郡王，这时便说：“原属安郡王的地，不该退还。”

郑亲王世子济度又高又壮，声若洪钟，眉头一拧，说：“王用修二次投充，应该罚处！”

鳌拜的眼睛直直地盯着地面，说：“佟府那个轻视君上的，才是罪大恶极，应该问斩！”他刚才讲起，佟皇亲家去圈地时，有人反抗说皇上已有禁止圈地的圣旨，佟家领队的竟说出“皇上小孩，什么圣旨不圣旨”的话。鳌拜刚才一言带过，众人也没留意，此刻突然拈出，众人吃惊不小。

老成持重的索尼连连点头附议：“这是正理，这是正理。”

郑亲王倏然变色。济度已经“呼”地站起来要争辩，又被父亲用目光止住。

范文程把这些都看在眼里，权衡一下轻重，和颜淡色地说：“佟府家将，可交旗下管束论罪。两家多圈的民地理应退还。倒是王用修如何处置？此人逼死两条人命，应当偿命，斩立决。”

沉默了一阵，几个人同时激动地嚷开了：“不行！”“这太过分！”议政大臣们竟一齐强烈反对，连鳌拜也不例外。

待第一阵喧闹过去后，郑亲王首先皱着眉头说：“乔梓年夫妇都是自杀，王用修并无杀人罪。况且，乔家佃种王用修的投充地，可算是旗下奴婢的奴婢，就是杀了，也没偿命的道理！”

济度刚坐下，又跳起来，捏着拳头，态度激烈地高声嚷道：“谁家里奴婢一年不寻死十个八个的？牛马不是也要死的吗？这也论罪，我们岂不都要下狱？”

“可不是嘛！”“说得对！”众人同声支持。

遏必隆是议政大臣中身份最高贵的一位。他的父亲额亦都，是太祖皇帝天命建元时设置的五大臣中的第一位。遏必隆是额亦都的第十六子，母亲是努尔哈赤的女儿和硕公主。他的家族最受信任，和皇族关系极为密切，他有五个嫂子是公主，一个姐姐做了太宗皇帝的元妃。遏必隆年岁不算大，由于和皇室的姻亲关系，辈份却不低。他平日不爱说话，遇事也很少有主见。议论以来他半天不出声，此刻，他却慢声细语地说了这样一席话：

“咱们满洲东来，流血流汗，吃尽辛苦，总算用性命挣得一份家当，左不过就是府第、牧场田园、牲畜奴婢。投充人也算一大注吧！杀投充人，就像杀牛杀马杀奴婢一样，败人家的财呀！你说皇上开恩，为万民着想，退一点猎田牧场，算不得什么，以后再置。杀投充人，这不绝了财路？以后还有谁敢投充？王用修二次投充，责罚他的主子也就是了。不然，人家十几年拼命苦战，为的是什么？”

遏必隆这个忠厚人的老实话，道出了大家的心声。范文程想想也觉得有理，便不再坚持己见了。

九卿科道会议，照例在午门外阙左门举行。所谓九卿，是指六部尚书、都察院左都御史、通政使、大理寺正卿；科、道，指都察院六科给事中及十五道监察御史。由于各官名额都是满汉各一，加上内院学士及书记等，将近百人。会议已毕，满臣有的面露悻悻之色，有的还在挥手大声叱骂，各自散回朝房。汉官或低头走开，或三三两两小声谈论。会议不顺利，出了一件前所未有的怪事。

从来的九卿科道会议，无不以满臣为重心，以满臣的意见为结果，汉官不过唯唯诺诺、画押而已。今天不知什么缘故，二十九名汉官竟敢另成一议，与满臣意见相左，而且居然都在另议上签了字画了押。满臣议得："安郡王与佟皇亲各自退还民田，王用修交主子严加管束。"二十九名汉官却进一步议得："王用修问斩。不敢受理乔梓年诉状，致其午门自尽之县府州官，一律追究问罪。"

奉旨参加会议的内秘书院学士傅以渐，收起汉官签押的奏本，沉思片刻，对为首的几名汉官说："列位胆气令人钦佩，只是……不妥吧？"

吏部尚书陈名夏仰头一笑："有何不妥！立朝纲、重法治，百年大计，万世基业。皇上聪明天纵，定有明鉴。"

傅以渐低声问："不怕有朋党之嫌？"

陈名夏一甩衣袖，掉头走开，冷笑道："正不知谁人在结朋党！"

傅以渐望着他洋洋自得的背影，叹道："得意便忘形，祸不远矣！"

陈名夏同礼部尚书陈之遴、左都御史金之俊说笑着，同归朝房，在午门前遇着了大内出来的范文程和宁完我。

五个人满面笑容，互相拱手问安。

五个人都是汉人，都说汉话。

五个人都是朝廷的大学士：范文程是初立内三院时的内秘书院大学士，宁完我在顺治二年升任内弘文院大学士，陈名夏是内秘书院大学士，金之俊有内国史院大学士之衔，陈之遴新近也授为内弘文院大学士。然而，范、宁都是辽东人，满洲崛起之时便投奔了去，所以范文程隶天子自将的镶黄旗，宁完我隶汉军正红旗，如今都是旗人，参与议政——皇帝以下的最高级会议，成为议政大臣。陈名夏三人尽管学问出众，更有才干，却只能是“九卿”。

陈名夏向范文程说起九卿科道会议的两议：“……不斩王用修无以平民愤，不处罚县府州官无以清吏治。如今天下未定，处处地荒丁亡、财尽民穷，再不收拾人心，只恐千里皆起乱萌，焉能久安长治！”

范文程听着，并不表态。后来，他高高地向众人一拱手，徐徐说：“老夫尚有他事，先行一步，失礼失礼！”他转身踏上御道，向端门走去。

宁完我素来鄙视陈名夏，此时，瞟了他一眼，讥刺地说：“据你所言，想必有长治久安之策了！”

陈名夏道：“焉能没有！只要依我两件事，便可天下太平！”

宁完我盯着他：“哪两件？”

陈名夏把头上的红缨顶子向后一推，摸着剃得发青的前额，说：“若要天下安，留发复衣冠！”

宁完我脸色都白了。他尽管讨厌陈名夏，也没料到他会说出这样大逆不道的话来。陈之遴、金之俊更加惊愕，瞪大了眼睛一起望着陈名夏。

陈名夏哈哈大笑，侃侃而谈：“何需如此惊怕！前日皇上亲临内院，鄙人也曾上奏：当年豫亲王南下江宁，招抚百官，概予留用，又求贤薄税，民心大悦。对率先剃发献媚的故明侍郎李乔予以痛骂，并出示各城门云：‘剃头一事，本国相沿成俗。今大兵所到，剃武不剃文，剃兵不剃民，尔等毋得不遵法度，自行剃之。前有无耻官员先剃头求见，本国已经唾骂。特示。’于是乎，大兵自江宁至杭州，一路传檄而定。南人大多文弱，素不知兵。江南乃财赋所出之地，本应护惜此一块土，以备供养国家之用。谁知摄政王薙发令下，本已帖然归附的江南，顿时揭竿而起，纷纷抵抗，至今此起彼伏，不得安宁。足见留发复衣冠，方可得民心。蒙皇上首肯，并无他言。”

宁完我说声“告退！”便愤愤地走了。陈名夏对着他的背影鄙夷地哼了一声。

金之俊一向谨慎，忙劝道：“此人乃开国文臣，何苦开罪他。”

陈名夏一摆手：“什么开国文臣，沐猴而冠！在前朝，他连生员都不曾考中。前日在内院，他竟然讥刺我降顺。我也不客气，劝他莫要五十步笑百步！说得他面红耳赤，无言对答。哼，左不过故明降人，又不是满洲旧族，神气什么！”

金之俊道：“还是谨慎为上。”

陈名夏笑道：“之俊兄，你就看不出？朝廷缺我们不得呀！满洲以武功得天下，国体官制尽都承袭明制。没有我们这些故明旧臣，谁来给他指点呢？再者，皇上英明无比，改黩武为招抚，足见皇上决意推行仁政，近日又常以‘满汉一体’谕示诸臣，不正是汉臣之福音？”

三人傍着御道边青绿的宫槐，边说边走。陈之遴道：“果如名夏兄所见，则龚鼎孳起复有望了。”

陈名夏说：“正是。他昨天还折柬相邀呢。过两日去看他。”

三人声音越来越远，身影越来越小，和宏伟的九重宫阙相比，小似蝼蚁，微如芥子。

次日，福临在养心殿东暖阁批本，越看越不对头，越批越不是味道，立命召大学士金之俊，学士傅以渐、王熙进见。

金、傅、王三人应召而来，跪倒在红地毯上，屏息静气，惴惴不安。福临板着脸，掷下一件题本。

金之俊展开一看，是少詹事李呈祥的奏疏，竟提出“部院衙门应裁去满官、专任汉人”的建议！金之俊暗暗吃惊：满人功高权重，多数不识字少见识；而部院中有才有识的汉官如同虚设。这种情况向来如此，纵然错误百出，但也无法可想。况且上面还有满洲诸王亲掌六部，李呈祥有多大胆，敢上这样的奏疏！

福临眼内隐隐闪出怒光，提高声音说：“李呈祥此疏大不合理，直是一派妄言！朕不分满、汉，一体眷遇委任，尔等汉官反生异意！从实据理而言，难道不该首崇满洲？不是满洲东来，尔等能有今日的荣华富贵？”

三名汉官慌忙摘帽放在地上，连连叩头请罪。

福临“啪”地又扔下一份题本，那是头一天二十九名汉官的另议奏文。他狠狠地说：“朋党之弊，历朝视为异端，不想竟再见于本朝！分明是汉官心志未协，不务和衷，对满员之见，故为乖违！历朝不能容，本朝更不能容！”

金之俊匍匐地面，不敢抬头。

第三份题本摔下，金之俊打开一看，顿时面无人色，额头上沁出黄豆大的汗珠。那是宁完我参劾陈名夏的弹章。题本的第一句，“为特参大学士陈名夏结党怀奸，情事叵测事”，而陈名夏的首项罪状便是：“陈名夏痛恨我朝薙发，鄙弃我国衣冠，曾谓臣曰：‘若要天下安，留发复衣冠。’……”

福临虎着脸，最后说：“题本发下，从重议处！”

三名汉官再叩而起，倒退着出了暖阁，急急忙忙地走了。

福临满脑门冒火，感到他在受夹板气：满族亲贵和太后都暗暗责备他亲汉，而汉官得点甜头，就蹬鼻子上脸，公然用这种方式挑战！他，毕竟是努尔哈赤之孙、皇太极之子，大清的皇帝啊！

他烦躁地在养心殿外的月台上走来走去。二月的阵风挟着寒意，兜头刮来，他不禁缩了缩肩膀。吴良辅连忙跪下启奏：“请万岁爷添衣。”

福临理也不理，只管紧皱眉头，背手快步走着。

“万岁爷请添衣裳，看着凉。”吴良辅不厌其烦地又奏。

“讨厌！”福临厉声喝，瞪了他一眼。要是旁人，也就闭口了，吴良辅仗着平日皇上的宠爱，赔着笑脸又说：“万岁爷，添件衣裳吧！着了凉，奴才怎么交代……”

福临勃然大怒，一把夺过吴良辅腰带上悬挂的鞭子，照着他没头没脑地一顿猛抽，劈劈啪啪地打了好半天。吴良辅跪在那儿，一动不动地受着，不叫喊、不呻吟，也不躲闪，就像一块石头，保持着毕恭毕敬的姿势。

福临打累了，扔掉鞭子，喝道："滚!"他自己精疲力尽，慢慢走回养心殿去了。

几名小太监悄悄扶起吴良辅，见他俊俏的脸上也着了几鞭，装出一副同情的样子直摇头，故意好奇地低声问："吴总管，不碍的吧?"

吴良辅轻轻摸一摸脸上的伤痕，微微笑着说："咱们万岁爷就是真龙天子。这叫作龙性难撄，懂不懂?"

经常挨福临鞭子的内侍们，似懂非懂地望着他，咂咂嘴，点了点头，又摇了摇头。

四

南城顾园，是龚鼎孳的住宅。用他宠爱的二夫人顾媚生的姓氏为名的这处庭园，以山石、清溪、桃花、柳荫著称于时。龚鼎孳罢官以后，终日饮酒醉歌，俳优角逐，似乎十分旷达。他家是合肥豪富，当风流寓公毫不作难。

仲春时节，满园花开草长。青青柳丝织出一片轻烟，烂漫桃花有如团团红云，山石溪水都被染上一层轻红。清溪上漂浮着娇嫩的桃花瓣，在园中曲折萦回、潺潺流淌，忽而穿过玲珑石山，忽而绕过古朴草亭，到绿杨桥下汇成一潭清池。池水如镜，映出亭台楼阁、绿柳红桃，也映出绿杨桥上凭栏而立的陈名夏和龚鼎孳。

两人都是文士装束。陈名夏身着满式无领蓝衫，外面罩一件貂皮镶边暗蝙蝠花纹的烟色缎马褂，头上一顶瓜皮小帽。龚鼎孳穿的却是前明秀士常着的直领蓝衫，夹里对襟，胸前以绦带随便一系，头上无帽。两人同岁，都在不惑之年。陈名夏风度翩翩，尚可辨出当年探花郎的丰采。龚鼎孳却神色悒郁，心事重重，他出神地望着两人在水中的倒影，伤感地说："唉，整整二十年了!"

陈名夏心头一沉，飞扬的神采收敛了些，低声应道："是啊!……这绿杨桥还是旧时物……"

二十年前，陈名夏和龚鼎孳一同金榜题名，又同授兵科给事中，同榜进士成了同僚，关系格外亲近。公余歌饮留连，曾一同来过南城。那时，这里是一所废园，断壁残垣，野花无主，只有绿杨桥完好无损。两人曾漫步桥上，对废园主人的升沉大发感慨，进而浩叹人生无常，前途难料。但那不过是得意之余的无病呻吟，故作风雅而已。焉知二十年后，历尽沧桑的当年风流进士，又在桥头相聚？感慨深到极处，反而无话可说了。

陈名夏一扬头，望着潭边红绿相间的色调，信口吟道："柳叶乱飘千尺雨，桃花斜带一溪烟。"

龚鼎孳没有抬头，却低低地吟出两句古诗："颠狂柳絮随风舞，轻薄桃花逐水流。"

陈名夏看了他一眼，他也觉得自己有些过分，便直起身子，对陈名夏忧郁地一笑："走走吧。"

龚鼎孳降清后，按原官原品授吏科给事中，迁太常寺少卿，升左都御史，进入九卿之列。不久，他属下的给事中、御史等言官发难，朝中掀起弹劾大学士冯铨和侍郎孙之獬、李若琳的风潮。这三个人最先薙发迎降，孙之獬甚至全家男女都改穿满装，取媚当权。当时，摄政睿亲王多尔衮袒护三人，诘责诸臣。龚鼎孳攻冯铨最力，当面斥之为"阉党""魏忠贤的干儿"。冯铨以龚鼎孳曾降李自成，反唇相讥道："何如逆贼御史！"多尔衮故意问龚鼎孳："冯铨所说可是实情？"龚鼎孳答道："岂只鼎孳，魏徵亦曾降唐太宗！"多尔衮怒道："只有无瑕者可以戮人，怎能以闯贼比拟唐太宗！"冯铨没有参倒，龚鼎孳倒降八级调用，补了上林苑丞这样一个小官。不多时，小官也不让他做，干脆罢免了。

龚鼎孳是江南有名的才子，诗文与号称文台领袖的钱谦益、吴伟业齐名。自顺治四年罢官家居至今，慨叹良深。陈名夏倒没有忘记同命老友，常相来往。顺治亲政后时时巡幸内院，一次在陈名夏处见到龚鼎孳的诗文，赞叹不已，还说道："真才子也！"陈名夏于是认定龚鼎孳终有起复的一天，不时以此安慰老友。

他俩顺着溪边漫步，柔弱的柳条从他们头顶、肩上拂过。前面有一树盛开的白碧桃，掩映着一座连着短廊的四角亭。短廊折而向东，与住宅的内廊相接，那里传出一阵女子的笑语。两人停步花下，不禁会意地一笑。他们是通家之好，陈名夏自然熟悉这笑声出自何人。

当龚鼎孳因投降被人指责气节有亏时，他总是回答："我原欲死，奈小妾不肯何?"这位小妾，便是发出动人笑声的顾媚生，龚鼎孳赠她一个表字：横波。

顾媚生领了两个仆妇，穿过短廊，走进四角亭。她袅袅婷婷，如弱柳扶风，步态很美，一身明末官宦家妇女家居的装束：玉色罗裙，粉色窄袖圆领衣，戴一披高领绣花云肩，浓黑的头发高高盘在头顶。她怀抱着一个绿锦缎绣百子图襁褓，不时亲昵地把脸贴上露在襁褓外的花花绿绿的小帽。她在亭中的青花瓷墩上坐定，把襁褓递给身边的乳母。乳母不敢怠慢，立刻解襟开怀喂奶，顾媚生目不转睛地注视着。少顷，喂完奶，顾媚生又对另一仆妇——保姆示意，保姆从乳母手中接过襁褓，小心地打开，抱起婴儿，撩开尿布把尿。婴儿手脚乱动，就是无尿。保姆说："禀太太，小相公尿罢了，要不要就包上?"

"包上吧，当心受风。"顾媚生懒洋洋地回答。

虽说隔着花影看不真切，总是大致不差。陈名夏很惊奇。他知道顾媚生进香拜佛，百计求嗣，始终没有结果。难道抱养了一个孩子?他转向龚鼎孳："孝升，横波不是上月还往碧霞观求子的吗?"

龚鼎孳先有几分尴尬，继而放声大笑："何需瞒你！来看看我们这位内外通称小相公的娃娃吧！"

顾媚生见二人进亭，站起来笑迎。陈名夏寒暄几句，便俯身去看保姆怀中的"小相公"，顿时大吃一惊，哪有什么孩子！那只是用罕有的白檀香木雕成的一个男婴，四肢可动，笑容满面，异香扑鼻，衣帽都用镶金嵌珠的锦缎制成，华丽非常。好一颗掌上明珠！

陈名夏扬声大笑，连连称赞："匪夷所思！匪夷所思！不是媚生，哪来如许空灵绮想！"

龚鼎孳半赞半怨地瞟了顾媚生一眼，笑道："就是这么个人，你说我拿她有什么办法！"

顾媚生也笑了，邀他们进客厅，又回脸问陈名夏爱喝什么茶。

顾媚生已年过三十，可谓徐娘半老了，但仍有令人迷醉的魅力。她一颦一笑，一举手一回身，都曾经过精心设计，对镜练习过千百次的。这位秦淮金粉世家的娇女，远非一般烟视媚行之流所可比拟。如今，她把夫人的尊贵、名妓的娇媚糅合起来，又成另一种使人爱怜的风姿了。她对两个男人点头一笑，抢先去为他们安排茶点。陈名夏看着那楚楚动人的身影，拍着老友的肩头说："真所谓惑阳城、迷下蔡！孝升艳福如此，教人羡慕不已呀！"

龚鼎孳一摆手："算了算了，谁似你官运亨通，位极人臣！有道是情场得意，官场失意嘛。"

陈名夏又放声大笑了。他很爱大笑，而且笑得很得意，很张狂。龚鼎孳见怪不怪，习以为常，他关心着别的："听说近日朝中又出了大事，由圈地引起的？"

"不错。"陈名夏把事件的经过讲了一遍，得意地说，"安郡王和佟皇亲两家都惶惶不可终日。尤其是佟家，原本不是满洲人嘛，狐假虎威！"

"二十九人另立一议……不会出毛病吗？"

"不会！绝不会！皇上天纵聪明，非凡人可比，亲政以来，颇有作为。最难得他勤学苦读，自四书五经至诸子百家，以及诗词歌赋，无不涉足。皇上的汉话、汉文，朝中满人不能及其万一！你想，我对皇上说：若要天下安，留发复衣冠，皇上竟也点头称是。可不是一代英主吗？……孝升，没有请别的客人？"

此时，二人已走进客厅，小戏台面前只摆了三张宴桌。

"还有一位，他想见你，求我引荐。"

"何许人也？"

"说来怪有意思。刑部主事李振邺那日由公事房回家，途中听见小孩子们跳着脚齐声唱：'不要喊，不要喊，来年状元名张汉。'哪知次日便在一个朋友家见到了张汉，这朋友也是听了童谣特意寻访，才把他请到的。李振邺与我有师弟之谊，就把此人引来顾园。今天邀他作陪，他还叫了戏班凑份子……"

正说着，家人禀报：张汉先生来拜。陈名夏官高位崇，又是主客，端坐不动。龚鼎孳接了张汉进来。张汉见陈名夏就拜，说了许多"大名久仰、如雷贯耳"的套话。陈名夏略略还礼让座，对张汉打量一眼，直截了当地喝彩道："好一个英俊美少年！若不是孝升引见，乍一觑面，一定当你是梨园佳弟子！"

张汉的脸红了一下，立刻赔笑说："不敢。"陈名夏的狂傲实在令人难堪，怎么一见面就将人贱比为戏子？龚鼎孳打着圆场，令仆役上菜，丫环斟酒。双庆小班班主前来请他们点戏，陈名夏当仁不让，点了《风筝误》里的三折：《前亲》《后亲》《惊丑》，龚鼎孳点了《金雀记》里《乔醋》一折，张汉点了一出《南渡记》。

"《南渡记》？孝升听过吗？"陈名夏问。

龚鼎孳摇头。张汉笑道："双庆班刚由南方来京，便会演此戏，可见流传之广。学生正要请老大人一观，可知世人心术之坏，时下风气之恶！"

"这么说，你是听过的了？"陈名夏瞥他一眼。

"是。"张汉庄重地向后退了退，说，"《南渡记》为江南许巨源所作，此人乃一失意文士，笔下刻毒之至，老大人不可不提防一二……"他竭力使自己说得义正辞严、态度忠诚，心里却不由自主地感到慌张。

戏宴开了，张汉并没有觉得轻松。在陈名夏这样的大贵人面前，他自惭形秽，战战兢兢，恨不得钻到地底下去。但这是千载难逢的进取的机会，怎能错过？

为了求取功名，张汉煞费苦心。那首童谣是他一手制造的。他正当落魄，无依无靠，也无人引荐，便想出一条妙计：买了一大包枣和糖饼，在大街小巷见了小孩就给一把，要他学说两句童谣："不要喊，不要喊，来年状元名张汉。"京师果然是首善之区，见效之速出他意料，他很快成为好客之家的座上宾，被到处引荐……想不到小小伎俩，胜过筹思多时的计划和行动，居然得到了成功。

今天，张汉观察陈名夏的态度，毫无佳兆。这位大学士目中无人的骄狂之态，反宾为主的嚣张气焰，给张汉很大压力，他不得不竭力挣扎，时时注意着陈名夏的神态。大学士喜他也跟着喜，大学士笑他就立刻笑，大学士皱眉他赶紧摇头，大学士喝彩他抢先击节。他必须给大学士留下好印象，为以后直接拜会他铺平道路。

可是陈名夏只顾和龚鼎孳吃酒议论，看也不曾看张汉一眼。在尴尬的绝望处境中，张汉勉强支撑着看过两折。第三折，是《风筝误》里顶精彩的《惊丑》，男主人公韩世勋被丑女詹爱娟吓得丧魂失魄。那小生很会作戏，水袖抖得漂亮，一脸惊惧之色惟妙惟肖，令人叫绝。陈名夏大声喝彩，张汉却蓦地站了起来，好像受了惊吓，随后又觉得失礼，重新坐下。陈、龚两人都没有注意他。

渐渐的，张汉的眼睛瞪大了，一个丑陋的脸隐隐浮现着，还有暗红的帐幔、闪烁不定的灯光……可怕的回忆纠缠着他，他浑身战栗，闭上了眼睛。但戏台上的词曲却无情地向他袭来：

……惊疑，多应是丑魑魅将咱魇迷。凭何计，赚出重围？

他再也无法忍受，摇晃着站起来，对主人拱手道："学生还有些贱事要料理，不能终席，老大人见谅！"说罢，他脚步踉跄，跌跌撞撞地走了。

陈名夏鄙夷地一笑，简单地说："喝醉了。"

龚鼎孳摇摇头："唉，如此名士！"

张汉离席，顾媚生就可以从帘后移进厅中看戏了。三人说笑着越看兴致越高。顾媚生曾是红氍毹上的一代名优，自然指长道短，格外精神。

《南渡记》开始了。两个主要人物—— 一生一末刚刚自报家门，三位看戏的立时寂静无声。台上人哪里知道他们所演的角色正坐在台下观看，还因为报酬优厚而格外卖力，又唱又说又做，曲尽其妙。

台上的陈名夏、龚鼎孳血污满面地从王氏胯下爬出的一瞬间，顾媚生一声刺耳的尖叫，双手蒙脸，跑出了客厅。龚鼎孳面色铁青，浑身颤抖，说不出话，只对闻声而来的戏班班主连连挥手，叫他们赶快退下。

一阵混乱之后，客厅空空荡荡，只剩下陈名夏和龚鼎孳。两人慢慢转过惨无人色的脸，互相看了一眼，龚鼎孳突然"哇"地放声痛哭。陈名夏没出声，只有两行泪水沿面颊缓缓流下。

龚鼎孳捶胸顿足："名节扫地至此，还有什么可说!"他的羞愤很快转为恼怒，咬牙切齿地骂道，"许巨源！你个黄口孺子！阴损如此，必杀以泄愤!"

良久，陈名夏才慢慢地轻声说道："我辈吃亏在怕死二字，自然不如史可法、阎应元，却不肯自甘寂寞，总以为天生我材必有用，要在名利场上角逐一番，则又不如黄梨洲、顾亭林……可是，我辈总也算是应运而生、应运而出。大兵进关入主中原，若无我辈，成何世界？人生在世，人生在世啊!"他突然仰天大笑，笑了好一阵，笑声既狂妄又悲酸，很像夜枭在月夜林中的呼叫，龚鼎孳直听得停止了痛哭，毛骨悚然。

陈名夏睁着泪汪汪的眼睛，笑盈盈地对龚鼎孳说："当个内院大学士，锦衣玉食，调和天下，上为天子分忧，下为万民解苦，这比当年死于忠节，比今日浪迹江湖，是强过，还是不及呢?"

龚鼎孳和陈名夏互相安慰着，心境渐渐平和了。他们约定三日后到陈名夏府上聚会。陈名夏还再三嘱咐，一定要带顾媚生去，好开导开导他的妻妾。

他们没想到，乌云已笼罩在陈名夏的头顶。

当晚，刚刚回府的陈名夏被逮锁问罪。圣旨命吏、礼二部大臣会同刑部共同审理这一案件。

五

辰初三刻，皇上退朝了。

早朝后的第一件事，是往慈宁宫向母后请安，这是福临定下的规矩。

在宫内，仪驾比较简单：前面侍卫举着四杆豹尾枪导行，便舆四角各有一名御前侍卫，挎着名叫"小神锋"的二尺多长的宝刀跟随，太监打两面雀金扇，头顶遮一柄黄罗伞，后面跟着一些服侍小太监。

福临坐在舆中，心情十分不快。没想到陈名夏的案件震动了整个朝廷，上上下下的大小官员，无论满汉，都眼巴巴地盯着。福临感受到来自各方的压力，难以应付。

宁完我的弹章参了八条，主要的，一是“留发复衣冠”；二是陈名夏父子暴恶，揽权纳贿，结党营私，士民怨愤；三是涂改谕旨。会审时，陈名夏只承认第一条，说其他各款都是诬陷。而宁完我会同内秘书院学士刘正宗共证陈名夏所犯各罪都是事实。今天早朝，吏、礼、刑三部会审后题本上奏，最后拟出的处理意见是：斩。现在，陈名夏的生死，完全取决于福临了。

朝廷里的倾向太鲜明。参与议政的王公大臣和满官对此十分快意；多数汉臣口中不说，却都表现出一种兔死狐悲、黯然神伤的忧郁。敢于替陈名夏讲情的，只有一个外国人汤若望……

刚进慈宁宫，迎接福临的，竟是一派檀板轻敲、笛声嘹亮、歌喉宛转。东配殿里新搭起小宫台，庄太后和两位太宗的妃嫔——懿靖大贵妃、康惠淑妃，还有一位太祖皇帝的寿康太妃，在许多福晋命妇的陪同下，正兴致勃勃地观看傀儡戏。傀儡大约有真人的四分之一大小，做得十分精细，说唱操纵都由太监担任。一出劝善的《鱼儿佛》正演得热闹。福临一脚踏进配殿，吓得那些福晋命妇们纷纷站起身向后退避、低头、跪倒。

福临依次向寿康太妃、庄太后、懿靖大贵妃、康惠淑妃等祖母、母后请安。她们一一受礼，问了皇帝好，便要向庄太后告辞。庄太后笑着挽留说：“今儿的宫戏怪认真的，戏码也好，还是看完吧！一会儿有北边新进的松仁、白果，正好品茶。”

白发苍苍的寿康太妃先笑着坐下，懿靖大贵妃和康惠淑妃也跟着告坐。庄太后起身笑着对她们道了歉意，领着福临往慈宁宫正殿走去。刚进殿门，她忽然想起什么似的，叫一个宫女回配殿请佟夫人。

一位衣饰华丽的满装贵妇走来向福临请安。太后笑着对福临说：“照家常礼数说，这是你的丈母，不该受礼的。”福临连忙逊谢。按宫内制度，内廷主位遇娠，有生母者允许进内照看。福临问道：“佟妃的日子近了吗？”

佟夫人连忙回答：“就在这个月了。”

庄太后笑道：“这是宫内主位第一次诞育，佟夫人要精心照料才好。早些回景仁宫陪伴去吧。”

佟夫人连连称是，后退几步，向殿外走去。

福临的不快又增加一重：太后引见佟夫人，无非是表示她对佟图赖家的恩宠。这不是又在给自己增加压力吗？

母子俩方坐定，太监来禀告：郑亲王济尔哈朗恭请皇太后召见。太后看看福临，福临立刻站起来说："额娘，皇叔一定是为了陈名夏的事情。"

庄太后扬了扬眉峰，没有说话。

"额娘，我把复审的题本带来了，请额娘过目。"福临说着，吴良辅跪进折匣。太后的贴身女侍苏麻喇姑接过打开，双手放在太后的御案上。

庄太后先吩咐太监："请郑王进宫。"然后对福临说："皇儿，你还是从安郡王和佟皇亲两家争圈民地说起，近日朝廷里都有些什么议论？"

很多次了，不等福临细说，母亲已把朝中大事的来龙去脉摸得一清二楚。福临知道，这些进宫侍奉母后的福晋、命妇们，等于是一个副朝廷，但他还是对母亲的明睿感到惊奇，不由得说："额娘，你什么都清楚吧？"

庄太后避开他的问题，只静静地望着他，道："说吧！"

于是，从午门自戕案到陈名夏狱成的全部过程，由皇帝绘声绘色地向皇太后叙述了一遍。听罢，太后不表态度，低头去看题本。

郑亲王进宫来了。他向皇太后和皇上的跪拜被止住，太后赐给他一个座位——那是一个杏黄色的织着龙纹的锦缎坐垫，置于太后右侧向南较远的地方。郑亲王盘腿坐下，因为这一阵走得太急，止不住喘着粗气，脸色泛白，看上去很虚弱，和他魁梧肥硕的身材很不相称。太后连忙命太监赐茶，并和悦地说："王兄年纪大了，要多多保重。行走不便，乘马进宫吧。自家骨肉，不必太拘礼。"

在紫禁城乘马，这是极高的礼遇。郑亲王非常感动，又要下位叩谢，再次被太后止住。他喝了那碗热气腾腾的奶茶，方觉得心定气静，这才诚笃地仰望着福临说："皇上是不是有赦免陈名夏的意思？"

福临不置可否。

“奴才就是为这事求见，请太后、皇上明察，陈名夏不能赦呀！……皇上很看重他的才学，但我大清富有四海，我皇上是普天下的主子，有能耐的人比河里的沙子还多，不少陈名夏一个！这人一向结党，是个反复小人，皇上早就瞧透他了……”

济尔哈朗指的是两年前的事情：御史张煊弹劾陈名夏结党行私，铨选不公。议政王贝勒大臣会议时，议政大臣谭泰袒护陈名夏，反而以诬奏反坐，判处张煊死刑。不久，谭泰因党附多尔衮论罪诛死，顺治复命议政王贝勒大臣按张煊所劾陈名夏罪状再审。陈名夏竭力为自己辩解，到了理屈词穷之际，便哀哀哭泣，诉说自己投降有功，希冀免死。当时福临对议政王大臣们说：“此人真乃辗转狡诈的小人，罪实难赦。但朕已有旨，凡与谭泰事有牵连者，皆赦而不问。若罪陈名夏，则失信于天下了。”这样，陈名夏才得以革职留命。福临毕竟看重陈名夏的学问才干，去年，陈名夏复职。但刚得意一年多，又生出事来。

福临不大高兴郑亲王提起往事。因为就是顺治九年那次赦免陈名夏，他的出发点也是重才而不是守信。此刻他说：“朕观历代英主用人，无不用其所长弃其所短，如汉高祖之用陈平，魏武帝之容张绣。须知金无足赤，人无完人！”

要掉书袋，郑亲王哪里是福临的对手！那些繁复杂乱的汉文，至今他仍是斗大的字识不得一石。但是他有对朝廷最实际的考虑：“皇上说的是。可陈名夏的大害不只在反复，要紧的是结党。二十九名汉官竟胆敢另立一议，本朝从来没有过！陈名夏就是魁首，就是害群之马，不加严惩还成个朝廷？”

福临半晌没作声，后来迟疑地说：“或者免官遣戍？”

郑亲王叹息道：“皇上心地慈善，奴才真怕皇上养虎伤身。这种不忠不义的小人，奴才瞧着都发怵。皇上这样待他，他对皇上又安过什么好心？”他惴惴不安地迅速看了庄太后一眼，太后坐在她的宝座上，一如既往，端庄、慈蔼、温和，看不出可否。于是，他硬着头皮使出了杀手锏：

“多尔衮摄政那会儿，皇上年幼，陈名夏不是夜谒睿王府，陈请多尔衮登皇位的吗？”

福临浑身一震，紧紧咬住牙关。郑亲王心疼地看着福临，继续说：“多尔衮虽然回答说‘本朝自有家法，非尔等所知’，没有接受，但陈名夏立时由学士超擢吏部侍郎，从此大受重用。幸亏老天爷不佑恶人，多尔衮病死，不然……唉！”郑亲王低下头，老态龙钟。

福临也低着头不出声，看不清他的表情。但济尔哈朗知道击中了要害。凡事凡人，只要和多尔衮逆谋有所牵连，就能立刻激起福临的憎恶；只要被多尔衮打击排斥过，就能立刻引起福临的好感。多尔衮一倒台，索尼、希福、鳌拜、遏必隆等人立刻参与议政，就是这个道理。

郑亲王站起，向皇太后和顺治躬身再拜。他真心疼爱这个十六岁的侄子，知道自己这么说会刺激福临，心里很觉难过，可又不能不说。他默默地望了福临一会儿，叹了口气：“唉，皇上不要过于劳累，奴才去了……”

济尔哈朗走后，母子俩相对无言，不时交换一道目光。后来，庄太后轻轻赞叹道：“真是个忠心耿耿的老臣！”她看定福临那目光游动的眼睛，温和地问：“皇儿，你的意思呢？”

“陈名夏有罪，但罪不至死。汤玛法今天还有奏本替他讲情，说身为君上的，必得仁慈为本。儿一心施仁政、行王道，怎能随意诛杀大臣！”

太后微微一笑：“玛法道德高尚，是个仁义长者。但究竟是外邦人，不懂得中土民俗人心、历朝兴衰，更不懂得治理天下的根本。”

福临乌黑的眸子盯住母亲，竭力隐藏心里的不服。

“陈名夏并非不可赦。但是赦了陈名夏，李呈祥赦不赦？他可比陈名夏罪名小官职低。陈名夏、李呈祥都赦免了，二十九名汉官结党如何处置？只得不闻不问，他们比陈、李更少罪名。三案都不定罪，议政王贝勒大臣服不服？满洲亲贵服不服？八旗将士服不服？皇儿，你坐江山究竟靠的谁？”

福临一哆嗦，垂下眼帘，浓黑的睫毛簌簌抖动。

“能靠那些汉人吗？皇儿，我屡次要你想，今天还要你想，你以为天下汉民已经都臣服了吗？如今你身践帝位，本当凛凛然如以朽缰驭六马，稍有闪失，就会使太祖、太宗百战得来的天下毁于一旦。皇儿，你千万不可大意啊！”

福临觉得背上滚过一个又一个冷战，额头也渗出了汗珠。他羞愧地低声说：“我只是想，陈名夏罪不至死，所以……”

庄太后温静地笑笑：“到了这个地步，还谈什么有罪无罪？”略一沉吟，她说：“只须治陈名夏抹删谕旨、结党营私之罪。‘留发复衣冠’的话，就不必提了。”

福临钦佩母亲。因为这样一来，不仅为福临曾首肯此话留了面子，也免得更激起汉臣汉民的反感。

佟夫人进了景仁门，绕过一架名为远山叠翠的大理石方屏风，穿过前院，由西侧门进了后院，见她的女儿端坐在寝殿前廊，身上洒满灿烂的阳光。廊边雀替上挂着几只金丝鸟笼，两个宫女给笼里添食添水。佟妃身子一动不动，只嘬着小嘴，扬着下巴颏，逗弄面前那只活泼的青绿相间、黄腹红嘴鹦哥。

“哎哟，我的姑奶奶！你可真有闲心！”佟夫人风风火火地来到前廊，倒没有忘记向她的亲女儿请安。

佟妃转过脸，睁大圆圆的眼睛：“出什么事儿啦？”

“你舅爷爷进慈宁宫，请太后一起劝皇上。也不知劝妥了没有！皇上要是非赦免那个姓陈的南蛮子不可，那可怎么办哟！”

佟妃今年刚刚十四岁。进宫时是个十足的毛丫头，还在玩抓子儿的年龄，因为想娘几乎天天哭鼻子。近年渐渐学会不哭了，却又怀了孕。自己还是个离不开妈妈的孩子，眼看又要当妈妈，真是又惊又怕又喜又忧。她的小小的心里只装得下三个人：皇上、太后和她未出世的娃娃。别的她无暇去想，也没有兴趣。对这些朝政，她更是一点不懂。佟夫人进宫后对她多方开导，她依然不那么开窍，这时便说：“一个汉官，赦不赦的，有什么了不起！”

“哎呀，好我的姑奶奶！我跟你说了这么些日子，敢情白费唾沫！这姓陈的南蛮子纠了一伙子汉官，专跟咱们过不去！”

“不就是退还圈占民地那事吗？皇上说叫退，就该退嘛！”佟妃在支持皇上这方面，毫不含糊。

“退百十亩地算什么，对咱们也不过九牛一毛。可那姓陈的蛮子又要杀投充人啦，又要处罚地方官啦，明摆着要倒咱们的架子，扫咱们的威风呀！他要成了事，还有咱们旗人的好果子吃吗？”

佟妃稚气地望着母亲。佟夫人一拍手，叹着气叫一声：“我的小冤家！这事儿还挂着你呀！”

“我？”佟妃耸了耸细细的眉毛，有点惊异。

“可不是咋的！”佟夫人赶紧把女儿搀进卧室，扶她在又软又厚的床上躺好。等宫女们都到外间侍候了，佟夫人才坐在床边的绣墩上，压低嗓音，开门见山地问：

“你就不想当皇后？”

这话太尖锐了，佟妃的脸“刷”地红到脖子根，简直像一块红绫，连颧上、唇边那些黄褐色的蝴蝶斑也被红晕盖过去了。她尽管入世不深，许多方面还是个孩子，但对自己的地位却非常敏感。皇后被废以后，她常常半夜醒来，悄悄地祷告苍天神佛，保佑她能有继立之分。这是她的秘密，平日绝不敢有所流露。她本能地感到，如果她这“非分之想”被人发现，定会招致皇上的厌弃，温厚慈爱的皇太后也会憎恶她，她将如皇后被废为静妃、永居侧宫那样，被贬为庶妃或贵人，永无出头之日。她的从不敢出口的隐秘，竟被母亲一语道破，窘得她眼泪都要掉下来了。

“脸红什么！”佟夫人心直口快，“现今皇上虽说有一位皇子、两位公主，可他们母亲位分低。主位娘娘里，你第一个有喜。我看你这肚子尖，花花脸，准生儿子！母以子贵，历来如此，还有什么说的？”

佟妃微微一皱眉，连忙伸手抚摸自己凸出的腹部。不安分的小东西，正在肚子里踢脚伸拳。佟夫人的话其实多余，佟妃自己想过何止几百回。

“你继立皇后，原是十拿九稳，偏偏这姓陈的蛮子跟咱们作对。皇上要是赦他，对咱家算个啥意思？你当皇后还有啥指望？”

佟妃愣住了。她真不曾想到这一层。

“你说我能不着急上火吗？你倒没事人儿似的！你也该瞅空子给皇上念叨念叨，可不能喝那南蛮子的迷魂药！”

佟妃扯着绫被把脸盖上，细声说：“宫里有胎训，皇上有半个月没来了。再说妃嫔不许预政，这是家法，我不能……”

佟夫人呆了半晌，“嗐”了一声，说：“真是的！好端端的美事，要是败在南蛮子手里，老娘我死不瞑目！……这南蛮子究竟有什么妖术，迷得这些人把祖宗的规矩都忘了？别瞧那安郡王，也是那路货！”

“你别说了！叫人听了笑话咱家没规矩！”佟妃突然不高兴了，显出了主位娘娘的身份。佟夫人吓了一跳，意识到自己太过分，连忙收敛，躬身谢罪，按照官定的礼节说：“娘娘恕罪。臣妾实在是心中不平……”

宫女进来禀告：“启娘娘，佟夫人的侍女求见佟夫人。”

佟夫人慌得猛然站起，旋又坐下，急煎煎地对佟妃说：“消息来了！我叫她到舅爷爷府上去打听来着！”

佟妃不知哪里来的劲，忽地坐起来：“快传她进来！”

侍女进见，先跪佟妃，后跪佟夫人。佟夫人一把拽住急问：“怎么样？”侍女抬头一看，佟妃和佟夫人神情紧张，都瞪大眼睛盯着自己，一眨都不眨，顿时心里发慌，舌头打结，半天才说道：“皇上……批下吏、礼、刑三部题本，说是，念在陈名夏率先投诚，效劳年久……”

侍女一口气上不来，那母女二人脸色刹那间雪一样白，佟妃嘴唇都灰了，脸上一块块黄褐斑变得非常触目。佟夫人急得扬手要打侍女，侍女已缓过气，继续说：“……皇上开恩，将斩刑改为绞刑。是绞立决！”

静默片刻，佟妃颓然倒在枕上，随着脸色复原，笑容也渐渐泛上嘴角眉梢。佟夫人乐得手舞足蹈，放声大笑：“哈哈哈哈！好皇上！好皇上！这才是太祖、太宗的好子孙！”她拍着大腿，爽快地说笑着，透露出早年部落妇女的带有男性味道的豪气。她扯住侍女又问："就这些？还有吗？"

侍女想了想："御史李呈祥免死，流徙盛京。二十九名汉官分别予以革职、降级、罚俸处分。"

佟夫人乐不可支，推了侍女一把："去！回府给我拿几件衣裳，今晚赶回宫里来！"这分明是要侍女回佟府报喜。侍女会意，匆匆往宫殿监领腰牌去了。

宫女侍女都不在跟前，佟夫人兴致更高了："哈哈，这一回，你爹能当国丈，我叫啥呢？国丈母娘？你兄弟可就是正牌的国舅啦！封王咱也不想，可封个公侯太师啥的，总错不了吧？永平府那些个田地，都封给咱们家好了！皇后的娘家，看谁还敢争！"她又拉着女儿的手，怜爱备至地抚摸着，笑眯眯地说："你从小儿就命贵，好几个有名的老道都算你大富大贵，有个老和尚还指实了说，你有皇后之分。我们心里明白，不敢告诉你。打你一进宫，我们就盼着这一天啦！"

她再也坐不住了，在屋里走来走去，兴奋地大声叨叨："可得敬谢老天，敬谢神佛保佑！快，快！我得立马给佛爷烧炷香！"她找来线香点着，跑到卧室后的小次间，那里佛龛上供着一尊尺多高的金佛像。她举着香拜了又拜，嘴里不住地念着祷词。不一会儿，她觉着有人挨着她跪下了。回头一看，她那身子笨重、相貌娇小的女儿，也举着线香，满脸喜悦和虔诚，对着金佛像频频拜祷。

"万岁爷，膳齐。"管膳大太监向站在一盆牡丹花前发愣的福临跪禀，福临无可奈何地回到东暖阁。洋漆花膳桌上已经摆好三十多个珐琅质、银质及瓷质的盘、碟、碗。两名摆膳太监一左一右地站着，前面还有四个养心殿当值太监垂手恭候。福临入座后，摆膳太监便把一品一品的菜碗菜盘的银盖打开，请皇上过目。看见皇上用眼瞧哪品菜，就得赶紧拿它往皇上跟前挪。福临此时毫无胃口，连眼皮都不抬。

吴良辅乖巧地走过来，用眼色支开了摆膳太监，笑道："万岁爷批本批了两个时辰，怎么也得进点膳。"他看着满桌的菜，点着数地说："万岁爷往这儿瞧，这一品燕窝丝鸡丝香蕈丝火腿丝白菜丝，鲜美无比；这一品燕窝冬笋肥鸡热锅，热腾腾香喷喷；攒盘里烧狍肉、锅塌鸡丝、晾羊肉，是北地的名菜；黄碗里芽韭炒鹿脯丝红黄相间，是太庙的供献；象眼小馒头，又软又暄；折叠奶皮子、酸奶子，白格生生馋人眼……"

吴良辅一套油腔滑调，活像是市上酒楼的跑堂，倒把福临逗笑了，说："贫嘴贱舌的，馋死你！"

吴良辅赶紧跪下叩头："奴才哪敢承望万岁爷的赏，只求皇上开开脸，进得香，奴才就是饿三天也心甘情愿！"

福临半笑半恼地说："少给我耍嘴皮子！"他在面前的几个碗里夹了一点菜，吃了几口，便放下筷子，微微蹙起眉头说："把菜赏给妃嫔们。佟妃那儿多分两品。"

太监们连忙撤膳，用黄锦缎的棉包袱将膳盒包好，捧着、抱着、抬着退出养心殿，紧赶着送往东西各宫。

吴良辅还在接福临的话茬儿："佟娘娘日子近了，是得好好保养。要是诞育一位太子，可是大清的洪福啊！"

福临心头一动：太子？为什么是太子？……佟妃想当皇后？她凭什么？

上午，他从慈宁宫回来，立刻批下题本：陈名夏处绞，李呈祥和二十九名汉官都给了严厉惩罚。下笔时他并不犹豫，甚至还有点痛快。批本很快被送走了，陈名夏的死便成定局。之后，他在批复其他题本时，脑子经常回到这件事上来。想到几乎天天照面的内秘书院大学士，才干卓著、倜傥不群，能和福临论诗谈史的陈名夏，三两天内便要成为一具尸体，他又感到心里不是滋味，感到违心的痛苦，感到受了压制的愤懑。他绝非对母亲不满，因为母亲是全心全意为自己着想的。他忍受不了郑亲王的挟制！是的，他觉得这位老叔王是在利用他痛恨多尔衮的弱点，达到庇护亲贵的目的，而最终还是为了他的外甥女婿佟图赖！

这些思绪纠缠着他，使他心情十分恶劣。吴良辅一句有关太子的话，一下子使他把两件事情联系起来了：郑亲王表面上是为江山社稷，实际上也在营私。他打击陈名夏是为了保护佟图赖，保护佟图赖是为了帮助佟妃谋取后位……

福临站在一排排蓝缎遮掩的巨大书橱边，紧紧抿住嘴唇，下巴凸了出来。史书史册浩如烟海，记载了多少帝王将相的兴亡，多少宫闱秘事掩盖着争权夺利的生死搏斗！那些昏昧的、醉生梦死的帝王糊里糊涂，像被人玩弄于指掌中的木偶。可是我福临，是大清一统江山的第一代君主，绝不能任人挟制，决不软弱！

他稳稳地转过身，背起双手，一步一步走回西暖阁，在御案上找出那两份重要题本，坚定地提起了朱笔。

佟夫人的侍女回到景仁宫，已是上灯时分。佟妃母女的喜气，因皇上赐给菜肴而更加火炽。一品燕窝鸡丝香蕈丝火腿丝白菜丝装在五福大珐琅碗里；一品山药酒燉鸭子热锅盛在红潮海碗中，另有紫龙黄碟装的干湿点心四品；五寸黄龙盘盛的奶饼敖尔布哈一品；银碟小菜四品，佟妃都毕恭毕敬地吃了。富丽的御用餐具还放在八仙桌上，等候御膳房的太监来取。

佟妃脸上一团娇慵，流露出愉快和满足。佟夫人不住声地又笑又说："……想想啊，上午批本绞了那蛮子，中午就赏来御肴，皇上的心意还不明白吗？有情有义呢！"她不再压低嗓门，满院都能听到她的声音，"啧啧！这膳具多漂亮！多精致！瞧见吗，这是龙盘，还是黄龙盘哪！拿这紫龙碟黄龙盘给你送点心，准有意思。这可不是小事！……咦，你站在这儿干什么？进来呀！"她发现侍女悄悄地站在门边，伸手把她拽进来，问：

"家里人都乐坏了吧？你家老爷再不用吊着他那大马脸啦！这可是托姑奶奶的福！……你怎么不说话？"

侍女跪下，低头道："禀夫人……禀夫人……"

佟夫人心绪正好，很爽快："有什么为难事，尽管说！"

"禀夫人，圣旨下到府里，说是圈占的永平府民地一概退还；不敢受理民词的县府州官停职待参；老爷罚俸三月，降二级……"

"啪！"佟夫人抡起胳膊抽了侍女一耳光，跺着脚喊道："你胡说！小贱人，看我不鞭死你！”

侍女连忙叩头呜咽道：“奴才有多大胆量，敢捏造圣旨……”

佟妃脸色一变，张嘴倒吸一口冷气，把手指咬在唇齿间，抽抽噎噎地哭了。佟夫人心乱如麻，顾不得细问侍女，连忙回身搂着女儿安慰：“快别哭！伤了胎气，可不是闹着玩的。小孩子家嘴没遮拦，胡说八道，别听她的！”

“佟妹妹好吗？”清脆柔媚的声音从院里传来，仿佛含着笑意，响亮地招呼着。永和宫端妃和景阳宫恭妃进来了。这一对姐妹花，都穿着蒙古式的锦缎便袍，端妃粉红，恭妃深蓝，闪着柔和的亮光。这是两位科尔沁蒙古王公的格格，难得来景仁宫串门。佟妃有喜以后，她们更不舒坦，只是慑于皇太后的威严和宫里的规矩，不敢形于辞色。这会儿，她们来做什么？

佟妃困难地移动身子，请她们坐上临南窗的短炕。宫女为她们收拾好杏黄缎垫和靠枕，奉上奶茶。她们向佟夫人表示了问候，坐下了。

端妃流动的目光，立刻集注到八仙桌上：“呀，佟妹妹，御膳房的人还没来收膳具？我那儿的早就收去了。”

恭妃笑道：“刚上我那儿去收。今儿赏的菜怪有味道的。”

佟妃不由得看了母亲一眼，佟夫人傻了似的张嘴瞪眼，一语不发。客人看在眼里，互相使着眼色，暗暗发笑。

端妃说：“佟妹妹，我们姐儿俩可有要紧事告诉你……”

恭妃连忙打断：“先别说，让妹妹猜一猜。”

佟妃强笑着摇头，表情十分可怜：“小妹猜不着。”

端妃笑嘻嘻地说：“告诉你吧，咱们就要有一位中宫娘娘了。妹妹猜是谁？”

端妃和恭妃都笑着，闪烁的目光一齐盯住佟妃。佟妃经受不住，脸色渐渐发白，心头怦怦乱跳，手心捏出了冷汗，用变得不像是自己的嗓音，哑声说：“我不知道。”

端妃柔媚的笑容里含有显而易见的幸灾乐祸：“还是我们科尔沁蒙古格格，咱们皇太后的侄孙女，静妃的侄女儿！”

恭妃补了一句："今儿下午，皇上的谕旨。"

佟妃耳中嗡嗡乱响，冷汗顺着背沟流。她们又说些什么，她全没听明白。她强笑着、挣扎着，把端妃和恭妃送出宫门。晚风送来她们的窃窃私语：

"还当自己能爬上去呢，不就仗着肚子里有货吗！"

"这下子可好了，看她还张狂！"

佟妃感到恶心，眼前金花直冒，浑身一软，晕了过去。

当晚，太医被紧急召进景仁宫。上夜的敬事房太监、御药房首领太监急得团团转，佟妃的呻吟已变成可怕的嘶叫了。萨满太太①头戴神帽，身系腰铃，手持皮鼓，摇头摆身地击鼓跳舞，满嘴里高声诵着神祝，鼓声铃声随着她越来越快、若颠若狂的舞动和叫喊，响得越急越乱。她从景仁门跳进前院，跳上月台，又在寝殿门口跳祝。佟妃的阵阵哀号，佟夫人带着哭声的劝慰，仍然透过跳神的鼓铃诵祝声传了出去。

黎明前，夜色最浓、天光最暗之际，一声婴儿的啼叫冲破黑暗飞上天空。他拼命地哭叫着，哭叫着，仿佛受了极大委屈，又愤怒，又响亮，用力呼吸着人间甘美的，又充满苦难的空气。他将走过漫长的一生，完成宏伟的大业，英名永留史册。但他的第一阵啼哭，和所有婴儿并无不同，也是一首动人的生命之歌。

第一颗晨星升上来了，默默俯视着九重宫阙。随在晨星之后，是渐清渐亮的黎明。

这是顺治十一年三月十八日。

六

顺治十一年六月十六，福临二次大婚。这一天行册立礼和奉迎礼，仪式最为隆重。由于连年征战，郑成功和朱由榔长期与清朝大军相持，互有胜负，军费开支浩大，财赋情况吃紧。但帝王的威仪必须维持，因而大婚典礼仍然那么豪华、奢侈和气派，一点不亚于第一次

---

① 满族流行的萨满教，是一种原始宗教。萨满太太是跳神作法的女巫。

大婚。

这一天，京城和全国各地都奉到喜诏，人人须穿红戴绿，家家要张灯结彩，以示万民同庆。偌大一座北京城，登时打扮得花团锦簇。新增设的十三衙门里的管事太监，领了些差役往贫民居住区发放喜饼，人们拥挤喊叫，有的哭有的笑，挤伤了许多人，热闹嘈杂的声音给喜洋洋的气氛增色不少。

这一天，是皇家的喜庆，皇城另是一番天家气派：宫内各处御道铺上了厚厚的红毡毯；门神、对联焕然一新；午门以内各宫门殿门高悬大红灯笼；太和门、太和殿、乾清宫和坤宁宫还要悬挂双喜字彩绸。从太和殿外直到天安门前，陈设着皇帝的法驾卤簿：五颜六色的旗、扇、伞、幡，金光闪闪的刀、斧、钺、戟，成百成千，站成笔直的队形，使人眼花缭乱；大辂、玉辂、大马辇、小马辇直排出午门，驾辇拉辂的大象和御马肃立在侧；午门外左右两列，站了四只巨大的开路导象、四只身背金色嵌珠玉宝瓶的宝象，它们庞大的身躯和凶野的外貌，足以吓坏初次进宫的人。中和韶乐设在太和殿前廊下的东西两侧，丹陛大乐设在太和门内廊下，与陈设在午门宝象之南的铙歌鼓吹相呼应。一旦典礼开始，三支大型乐队将把欢快的喜乐撒遍大内，撒遍整个紫禁城。

慈宁宫外陈列着皇太后的仪驾，数百人鸦雀无声、整齐森严。各宫主位及太妃们都集中在慈宁宫正殿，分列在庄太后左右，等候着典礼的钟声。

皇太后高坐在宝座之上，因为穿了全套礼服而显得越加庄严高贵：三重宝石冠顶上，珍贵的东珠围绕着一块硕大的红宝石，九只镶了珍珠的金凤环集在皇冠的四周，金凤嘴里各衔着五串珍珠垂挂，前面的垂向前额，侧后方的垂至耳下肩头；马蹄袖的深紫色朝袍外，罩着石青色绣行龙朝褂和披肩，上有山海日月龙凤图案，显示着无上的尊严。可是，即使面临这样的大典，又处在如此高贵的地位，庄太后仍不改她一贯的自然而慈蔼的大度。

午门上钟声响了。一派管笛悠扬，导迎乐队吹打着典雅的乐曲，在御杖的前导下，出隆宗门缓缓而来。后面，礼部尚书恭引身着礼服的皇帝，步往慈宁宫向皇太后行礼。一声口令，皇太后仪驾的卤簿高高举起，恭迎皇上。

乐队和礼部堂官留在慈宁门外恭候，福临进入慈宁宫。妃、嫔、贵人、常在、答应及太监宫女们跪下迎驾，懿靖大贵妃和康惠淑妃站在宝座左右，和太后一同受了皇帝的礼拜。

母子对视片刻，都微微一笑。母亲的笑容里满含着安慰与鼓励，儿子的笑容表示着体谅和一点无可奈何。

太后会意地说："此女秉性温良，恪守其职，孝敬节俭，淑仪素著，是皇儿佳偶。自此以后，中宫有主，内政可修，佳儿佳妇，永谐合好，我也放心了。"

福临深深一拜，按礼仪规定，说了一长段答辞，什么"秀钟华阀，德备坤仪"，"溯懿亲于渭阳，定嘉祥于妫汭"之类。最后，他添了一句规定外的话："母后觉得好，想必是好的了。"

福临再拜而出。乐曲声又嘹亮地响起。太后耳边总萦绕着儿子多加的那句话，心中一丝不安在扩大，似乎有某种不幸的预感。她连忙稳定心绪，闭眼静了片刻。

白发苍苍的郑亲王济尔哈朗和承泽亲王硕塞在御杖的导引下进入慈宁宫，奏请皇太后驾临保和殿。太后将在那里接受皇后之母及公主、福晋们的朝见。皇后进宫后，太后还要在那里接受皇帝和诸王的礼拜，并赐宴皇后之母。

庄太后起身走下宝座出殿，妃嫔们按各人位号有秩序地跟从在后，到保和殿参加大婚典中的内礼。太后忽然停步，回头看了一眼。面色疲惫、脸庞消瘦，身材细弱得绣袍在身上打晃的佟妃，在这群丰满鲜艳的宫妃中显得非常刺目。太后微笑着柔声道：

"康妃，你产后体弱，失于调养。大典很累人，你怕吃不消。先回宫养息去吧，喜宴我着人送去景仁宫。"

佟妃因生了皇子，进号康妃。听了太后体贴的吩咐，她心里感动，眼泪直在眼眶里打转。大喜日子是不能哭的，她连忙跪下拜谢，声音有点呜咽："谢太后恩典。"

慈宁门外乐声大作，佟妃知道，太后升舆了。又等了片刻，料想太后已经走远，佟妃才扶着两名宫女离开慈宁宫。

今天，她不能如平日那样穿隆宗门、过乾清门，直接由内左门进东一长街回景仁宫，甚至也不能从启祥门过永寿宫，穿月华门、日精门到东一长街。正殿、中宫今天只属于正位的人——皇太后、皇帝和皇后。而她只不过是康妃，要想进到正位，还有贵妃、皇贵妃两大台阶。只是皇上一直没有册立贵妃、皇贵妃，她才因生子而存了那么一段痴心妄想。如今，全都破灭了！

她满心凄楚，缓缓地、悄悄地向北走，折而向东进启祥门，出螽斯门折向北，便是那条静寂的西二长街。两旁宫墙矗立，头顶只露出窄窄的一道蓝天，重重殿阙、层层宫院，仿佛都深深陷没在厚重的宫墙之下，只有一道道深黄琉璃瓦屋脊、高高翘向天际的飞檐和檐上九个欲飞的压角兽，求救似的浮出墙头。她们的脚步声在宫墙间空寂地回响着，直走到最北头，也不曾见到一个人影。要不是骄阳似火，真会令人感到阴森可怖。

出百子门，向东直行，到了御花园。佟妃走得很累，天气又热，鬓发都被冷汗湿透了。乍一走进这座松柏如盖的御花园，阴凉的风顿时使她打了个寒噤。

这边是千秋亭，对面是万春亭。福临刚立她为妃的时候，不是常到这里来的吗？他们不是十分恩爱吗？那时她还把“千秋”“万春”当作佳兆呢……不到一年，她就失宠了。生了一个皇子，也没能挽回她的厄运。他有了皇后，还会有皇贵妃、贵妃；还会册立很多很多的妃嫔、贵人、常在、答应；她们还会为他生许多许多的皇子皇女。多子多孙，这是皇家的愿望，也是皇家的规矩，不然和千秋亭、万春亭遥遥相对的东西二门，为什么命名为“百子门”“千婴门”呢？

午门钟鼓齐鸣，打断了佟妃的胡思乱想。皇后进宫了，中宫有了主人。一年多的幸福、甜蜜、期望、野心，如同一场春梦，消失了；如同御沟里的河水，流逝了。留下来的，只是那个小皇子，刚刚三个月。在紫禁城高大厚重的宫墙内，那小小的婴儿，是她唯一的亲人……

她不敢恨谁，甚至不敢恨自己命苦。怨望，是宫妃失德的一项罪过。不妒嫉、不申辩，才算恪守谨顺之道。此时，她只热切地想要见到她的儿子。——按出生时序，他是顺治皇帝福临的第三个儿子。

孩子刚落地，就被保姆抱走，交到早已预备好的乳母手中，养在乾东五所。佟妃只在孩子满月时见过他一面：乳母抱他到太后宫中朝见祖母时，她和其他宫妃以相同身份抱了他一会儿。宫里有规矩，尽可以有宫妃在自己宫中养育其他宫妃所生的皇子皇女，甚至亲王的子女——当然，这是对宫妃的特殊宠幸——却不许亲生母子同居一宫。清代吸取历代母以子贵或子以母贵，因而结党乱政的教训，采取了这种违逆骨肉之情的宫规。

今天，不是去看望孩子的好机会吗？

她抬手抿了抿鬓边的乱发，掸了掸宫袍上并不存在的灰尘，庄重而有信心地走向琼苑东门，步履稳健，不要人搀扶。两个宫女惊异地互相望一眼，紧紧跟上。

佟妃并不由长宁左门折向南，走东一长街回宫，却头也不回地继续往东走。宫女又互相看了一眼：娘娘难道要绕远走东二长街吗？

千婴门下，佟妃停步片刻，毅然转身向北。宫女惊慌地喊了一声：“娘娘！”佟妃像没听到一样，径直走向乾东五所大门。两个宫女紧跑两步，拦跪在佟妃面前，哀求似的齐声喊着：“娘娘……”

佟妃细眉一竖，瞪起圆眼怒喝道：“想挨鞭子吗？”宫女无奈，只得让开。佟妃简直是凭着直觉，一脚踏进第二所，一眼就看见保姆抱着她的儿子在檐下逗弄。孩子又白又胖，因为大婚喜庆，也换上绣龙的黄色锦缎小袍，头上胎毛未剃，黑黑的披在额前、鬓角和脑后。“孩儿！我的孩儿！”佟妃暗暗地喊，仿佛啼血的杜鹃，心里在流着酸泪苦血。

孩子不知受了什么感应，慢慢转过头，黑亮亮的眼珠盯住了佟妃，随后伸出一只胖得像藕、手背上有四个小坑的小手，咧开没牙的小嘴，笑了。佟妃再也忍不住了，猛冲过去，一把夺过孩子，紧紧搂在怀中，发疯似的亲吻着孩子的小脸、小手、脖子、头发，一阵哭又一阵笑。

佟妃还是个孩子。儿子出生后被抱走，她并不觉得多少痛苦，仿佛抱走了一只心爱的小瓷猫或是景仁宫中一架精巧的自鸣钟，不大在意。她的感情和思虑，都被后宫的大事，自己的荣辱升沉吸引了。只有今天，只在此时，她身上那沉睡的母性觉醒了。怀里这个软软的、暖暖的、活生生的小东西，和自己竟是这样的血肉相连，紧贴着他柔嫩的小脸，感觉那小手的触摸，听着他咿咿呀呀的娇嫩声音，她的心一阵又一阵地在幸福和甜蜜中战栗。这张可爱的小脸上，有他的脸形、他的眉毛和鼻梁，又有自己的眼睛自己的嘴。她细细分辨着，大滴大滴泪珠滚落下来，落在孩子的小脸上。

保姆早吓呆了，跪在佟妃脚下不知所措。院里还有两个乳母，也都原地跪着，头都不敢抬。两个宫女十分着急，对保姆连使眼色，保姆终于明白过来，对佟妃叩了个头，躬身退下。不一会儿，本所当值太监率领着侍奉皇子的四十人同来参拜娘娘，其中保姆八人，乳母八人，针线上人、浆洗上人、灯火上人、锅灶上人各四名，还有一些守门、清扫等执事太监。

当值太监赔笑道："三爷饮食起居平安康泰，娘娘放心。"

佟妃全不在意，一门心思地撩着孩子柔细黑亮的胎毛。

"娘娘请回。上面要知道了，奴才们吃罪不起。"

佟妃视而不见地看看他。他浑身在发抖，不住叩头。

"娘娘开恩！""娘娘开恩！"四面都在哀告，侍奉阿哥的四十人环绕着佟妃母子跪成一圈，连连叩头。她们谋得这份宫里差使何等不易，要是丢了，可怎么活！

宫女小声说："娘娘回宫吧，叫人知道了，可就……"说着，她想从佟妃怀里抱过三阿哥。可是出生以来就不认识母亲的小皇子，却信赖地搂住母亲的脖子，全身伏在母亲怀中，谁也不要。佟妃全身簌簌发抖，她又怎么能舍得放开手？

前殿的中和清乐，随风时强时弱地飘到乾东五所，筵宴快要结束了。宫女急得连连说："娘娘，不能耽搁啦！各位娘娘一回宫，事情就包不住啦！"

"娘娘开恩！""娘娘开恩！"四十个人一再叩头哀求。宫女对领班乳母使了个眼色，乳母向佟妃告了罪，站起身解开衣襟，露出半边丰满的乳房，终于把阿哥吸引过去。三阿哥舒服地躺在乳母臂弯里，贪婪地吸吮着乳汁，咽得咕噜咕噜地响，不时转过眼珠照应着母亲。

佟妃不忍再看，转身便走。刚到门口，阿哥“哇”的一声大哭起来。佟妃脚一软，几乎跌倒。宫女却在连连催促：“娘娘，快走，快走吧！”

佟妃低着头，咬紧牙关，一步不停，出了乾东五所，出了千婴门，进了长宁左门，走上东一长街。可是孩子的哭声紧紧追着她，像一记又一记鞭子，抽打在她的心上，逼得她越走越快，越快越急，仿佛逃进了景仁宫。跨进寝殿的门槛，她就瘫倒了，耳边却还是她儿子那无限委屈的、抗议似的哭啼……

太和殿和保和殿的内、外盛大喜宴结束了。皇上恭送皇太后还宫后，由内监持御杖、红灯导引，前往坤宁宫。

福临缓缓走着，不慌不忙，还在回忆方才的筵宴。他打定主意要仔细琢磨济尔哈朗的表情，心里怀有一种恶作剧的愉快，相信能从老亲王脸上看到沮丧。没想到郑亲王对这次联姻非常高兴，喝了许多酒，以至于满面红光，显得年轻了很多。福临心中纳罕，召他到宝座跟前，说道：

“叔王，你像是非常快活。”

“可不是嘛，皇上。我真的担心过一阵子，怕皇上鉴于废后的不快，在联姻的事儿上发生别的意外。亏得太后明断。科尔沁蒙古与大清世代相婚好，北部屏障如故，祖宗山陵可以放心了。有太后在，真是大清的福气呀！”

由于喝酒，他的话比平日多，但绝不糊涂。去年朝廷命安郡王岳乐为宣威大将军驻归化城，准备应付喀尔喀蒙古的进犯。就是因为四十九旗蒙古，特别是科尔沁蒙古忠于大清，喀尔喀蒙古才没敢轻举妄动，乖乖地前来进贡，安郡王也才罢兵回京。要专力对付南方的郑成功、朱由榔，没有安定的北方是不可想象的。

济尔哈朗喜眉笑眼地连连说：“皇上，好！就是这样最好！”他的红脸白须相映生辉，更显出一派忠心耿耿。他并没有为佟妃谋立皇后。福临既感动又惭愧，连忙叫内侍用自己的金杯再赐老亲王一杯酒。

福临又召来了汤若望。他看看对方的眼睛，便明白两人都想起那次在天主堂关于选后的谈话。

“玛法，我……又结婚了。”有什么话令福临难以启齿。汤若望点点头，同情和安慰的目光抚慰着苦恼的少年天子。

“玛法，我不知道她，我没有选择的可能，我……”

“我都明白，皇上。你只能这样。尽力去爱那姑娘吧……你会幸福的。”汤若望说罢低头告退，可是福临还是感到了他那没有说出口的惋叹和怜悯。

现在，福临就要走进他的新婚洞房了，可是眼前仍然交替出现着两位老臣的面庞，耳边依然响着两位老臣的声音。他不由得感慨万端，长叹一声，迈进坤宁宫门。

在东暖阁门口，福临停下脚步，目光从右到左，掠过整个洞房：南窗下一铺大炕，炕桌东西设两个宝座；紫檀龙凤雕落地罩；玉如意、瓷瓶、珐琅瓶的陈设，鲜红的墙上、宫灯上、桌灯上连绵不断的双喜字；北边靠墙，东边一套简易宝座陈设，西边一座龙凤喜床：五彩纳纱百子帐、大红缎绣龙凤双喜字炕褥、明黄和朱红彩绣百子被，被上压着装有珠宝、金银、谷米的宝瓶；床前低头坐着新娘子——红衣红裙红花，连同喜床的红帐红褥，以及整个洞房的红墙红门红灯，暗红一片，逼得眼珠如同要凸出来似的，很不舒服。

福临立刻联想起上一次大婚。陈设、气氛全都一样，也这么暗红暗红的，叫人透不过气来。就连坐在喜床上的新娘子也和上一次相似，一个从无所知、素不相识的陌生人……她是前一个皇后的侄女，也会像她姑妈一样骄横、刁钻吗？记得和她相处不到三年，事事不合，动辄争吵，看来天性相忤。这一个能好到哪里？看上去也那么健壮高大……福临一下子觉得心里别扭，胸口发闷，扭头要出坤宁宫。太监们慌了。两个首领太监跪倒在地，全身匍匐着求告：“皇上，您千万可别……”

福临皱着眉头苦笑了一下：“这是怎么啦！天气太热，我出去风凉风凉，就回来。别总跟着我！”

福临信步在坤宁宫檐下走动。夕阳西下，金红色的霞光涂抹在紫禁城这一片雄伟的建筑群上，使它更加金碧辉煌。一群鸽子从殿顶飞过，清脆的鸽铃声直逼重霄。福临目送鸽群消溶在风日晴朗的淡紫色天空，不觉精神为之一爽，回头想想，心下更加空空荡荡。

轻风拂面，吹过一阵阵凉气，飘来一阵阵清香。这是茉莉和晚香玉的气息，馥郁的暗香缓缓流动着，萦绕在福临身边。福临暗暗沉吟：“哪里来的花香？”冷不防，一个甜美的声音，像低吟的洞箫，随着轻风和花香，飘到福临耳边：

“……哪能忘记江南呢？岑参《春梦》诗云：‘洞房昨夜春风起，遥忆美人湘江水。枕上片时春梦中，行尽江南数千里。’我可是梦牵魂绕呢！”

是汉话！诵的是唐诗！

宫里头，太后太妃也罢，主位贵人也罢，甚至宫女太监，一概说满语。一整天在满语的海洋中酬酢的福临，登时耳目一新，仿佛在冰天雪地中看到一朵鲜红的春花；又像身处暗室，忽然透进一束明亮的月光，十分令他动心。他向巨大的朱红圆柱边靠了靠，为的是不让说话的人发现他。她是谁？

“哦，你要是尝过无锡水蜜桃，太湖东山枇杷，别样水果，再不要吃的哟……”

这个圆润有力的声音，福临熟悉，是豫亲王的夫人，满人私下称为“蛮子福晋”的刘三秀，因为她是地地道道的江南女子。豫亲王南下时，她正孀居在家，被抢到军中。她的美貌、机智、练达，终于使她脱颖而出，做了豫王夫人。后来生了儿子，主持了家政，受了封诰，成了皇太后宫中的常客。她一定是奉命来侍候合卺宴的四名福晋之一。那么另一个说话的是谁？听声音要年轻得多……

那声音又响了，柔婉动听：“是时候了，皇上怎么还不进宫？”

蛮子福晋嘱咐着：“一会儿侍候皇上、皇后，千万别说汉话，当心得罪。”

“是。这里不是只有我们两人吗？”声音中含着笑意。

福临忍不住了，一步跨下檐阶。白玉栏杆边，靠着两位身着华丽朝服的贵妇，豫王福晋在左，福临认识。另一位呢？福临的目光急切地投向她，那位全身都沐浴在夕阳之中的娇小玲珑的年轻福晋。他们的目光接触了。刹那间，福临的心猛然缩成一团，感受着一种尖锐的痛苦，使他不得不屏住呼吸，脸色煞白；跟着一阵慌乱，心又“扑通扑通”乱跳，猛烈地撞击着胸腔，面颊像火烧着一样通红。好半天，他无法使自己平静，心神飘飘摇摇，仿佛飞上了九霄。

她太美了！她的美不仅在于桃花般的容色，珍珠贝似的牙齿，端正秀丽的小鼻子和珊瑚那样红润的嘴唇，也不仅在于那一双令人惊奇的眼睛——如同清澈的冰下游动着两粒纯黑的蝌蚪，晶莹明净、灵动活泼，她的美更在于她那开朗从容的气度和她眼睛里流露出来的聪颖、才华和真挚。满洲贵妇、宫廷妃嫔，何曾有过这样的美人？

豫王福晋很不安，怕皇上听到她们的汉话交谈，连忙拉同伴跪下：“皇上，时辰不早，请进宫吧！”

这声音像来自遥远的地方，福临恍恍惚惚，满眼都是那位不知姓名的福晋的面庞。

福临身不由己，不知怎么就进了洞房。后来的事，在福临脑子里一片模糊混乱。他记得自己坐上龙凤喜床，和皇后各吃了两个子孙饽饽，那是因为他使的筷子是她进奉的；他记得皇后梳妆上头，那是因为她在皇后跟前忙活，为皇后梳上双凤髻、戴上双喜如意、插上扁簪富贵花。他也记得合卺宴的情形：他与皇后在南炕上对面而坐，黄地龙凤双喜膳桌上满摆着菜品，他吃了没有，尝过哪品菜，他都很模糊；但是那些菜品复杂而吉利的名称却记得清清楚楚，因为那是她从门外膳房首领太监手中接来，安置桌上，并轻声细气地报着喜名。两个大赤金盘盛着猪乌叉和羊乌叉，两个赤金碗盛着燕窝双喜字八仙鸭和燕窝双喜字金银鸭。中赤金盘装了四品：燕窝龙字拌熏鸡丝、燕窝凤字金银肘花、燕窝呈字五香鸡、燕窝祥字金银鸭丝——合成了“龙凤呈祥”；两个中赤金碗盛着细猪肉丝汤，两个红地金喜字瓷碗盛着燕窝八仙汤。五彩百子瓷碗四个，各盛着老米饭和子孙饽饽，每个瓷碗都带有一个镶有十六块宝石的金碗盖……至于膳桌上原来陈设的膳具：赤金镶玉筷子、金银汤匙、赤金螺蛳碟小菜、赤金碟酱油、红地金喜字三寸接碟、带盖赤金锅和赤金锅垫等，不管多么金红耀眼，他全都没有看见，连窗外那照规矩不停地唱着《交祝歌》的两对结发侍卫夫妇，声音那么响亮，他也充耳不闻。他的视听，他的意念，全被她——那个有一双令人惊异的眼睛的福晋占据了。

福临有同龄少年人的思维特点，一旦精神被某一事物吸引，就全神贯注，除此以外的一切都会抛到脑后。此刻，他忘了时间，忘了地点，忘了侍候喜宴的另外三位福晋，忘了坐在他对面的皇后——他的新娘，甚至也忘了自个儿，今天举行大婚、身为新郎的皇帝。好在他的丧魂失魄、心不在焉，都被庄严的帝王威仪掩盖着，所有的人，或出于羞怯，或因为敬畏，都没有发现。

合卺宴罢，大婚礼成。大清顺治皇帝又有了一位皇后。

四位福晋跪叩，向皇帝、皇后告退。福临猛地清醒，有点口吃地说："怎么，你、你们要走？"

这叫什么话！那双晶莹的黑眼睛略露惊异，又闪过一道光亮，唇边泛出一丝掩饰不住的笑意，使福临一下子发窘了。蛮子福晋忍着笑，一本正经地说："皇上，这是您的大婚洞房啊！"

福临一惊，愣住了。洞房东门直通坤宁宫东过道，四位福晋鱼贯而出，陆续消失在红底金双喜字的木影壁后面。福临略一回味，顿时明白了自己可笑的处境：一个洞房花烛夜的新郎，心思不在自己新娘身上，倒被另一个邂逅的女人吸引，以致神魂颠倒，这是怎么回事啊！他胸中烦闷不堪，心头空落，仿佛实实在在的心被她带走了，只给他留下了一个心的空壳。

他再对羞怯地垂头而坐的新娘看一眼，越发觉得她和她的姑妈一模一样！穿了礼服的腰身竟像一只木桶！"粉面如土"四个字忽然闪上心头，他像吞了个苍蝇，浑身不舒服。他慢慢踱出洞房，站在坤宁宫门口，极力向天空望着。天黑了，星星争先恐后地向他眨眼。哪一颗明亮？哪一颗暗淡？哪一颗闪着蓝光？哪一颗蒙着橙黄？啊，数都数不清……可是，看哪，东天一片银光，十六的圆月大如银轮，皎似冰盘，升起来了，升起来了！灿灿银辉照亮了天空和大地，群星失去了光彩……

她就像这轮明月，吸引着他，使他的心燃烧，使他的灵魂战栗！可恨月下老人错拴了红线！今晚的新娘为什么就不是她？

福临长叹一声，依然呆望着月亮。

“万岁爷，早早安歇吧！”吴良辅轻轻跪倒，小声禀告。

“你还在这儿？”此时的福临见到吴良辅不啻见到亲人，连忙扶起他，迫不及待地问，“今天侍宴的四位福晋是谁？”

吴良辅眼珠一转：“万岁爷是问最年轻的那位吧？她是……嗳，万岁爷敢情忘了，去年这会儿选秀女，原本选过她的，让皇后给搅黄啦。”

福临忽然想起来了，像昨天的事情一样清晰。那次候选的有二百多人，每五人一班，立在殿前，由皇帝、皇后共同挑选。应选年龄是十三到十七岁。她在的一班年龄较大——她最小，也已十四了——偏偏都风姿绰约，行动婀娜。皇后一看就不高兴，立刻说这一班年纪太大，不懂规矩，走路腰肢扭动，违背宫里制度，蛮子味太重，绝不可留。这正逆了福临的意思，两人当时就顶撞起来。首领太监见势不好，慌忙把这一班人打发走了，免得加剧帝后的不和。

这么说，她今年该是十五岁了，小福临一岁。怪不得一见面就有似曾相识的感觉。

“那么，”福临犹豫地问道，“她现在……”

“禀万岁爷，皇太后指婚，配给皇十一弟了。”

“什么？”福临大喝一声，一把攥住吴良辅的胳膊。吴良辅痛得龇牙咧嘴，喘着气小声央告：“万岁爷，您轻点儿、轻点儿，您龙性龙力气，奴才吃不消！……她、她真的是皇十一弟的福晋啊！”

福临颓然放开手，如同浑身浸进冰水，冷透了心。太宗的十一子博穆博果尔，他的幼弟，懿靖大贵妃所生，今年刚十四岁。他凭什么有这么好的运气？

命运为什么这样捉弄人啊！福临心里苦极了，好像吃了黄连。唯一使他发生热烈情爱的女子，却被别人占有了！唉，福临，纵然你有三千佳丽、六宫粉黛，纵然你贵为天子、富有四海！

第二章

一

小小香荷包，璎珞飘飘，月白缎底上的绣图，像真景一样美：碧绿的莲叶从水中托出粉红的并蒂荷花，一对文彩绚丽的鸳鸯，在花下相依相傍。柳同春忙里偷闲，独自躲进青枫小林中，又一次拿出梦姑给他的荷包凝视着、抚摸着，心潮翻腾，不能自已。

他没有爹娘，从小跟着柳师父学艺，长住在永平府马兰村，边练功夫边种地。

他和梦姑青梅竹马，早已情投意合，非常要好。梦姑从来不曾用“小戏子”这样的话嘲笑他。前年圈地事发，同春受了伤，梦姑一家母女三人常来照料他这没娘的孩子。后来土地被圈的几家人实在无法生活，柳师父便把他的两个养子兼徒弟同春、同秋提前佃给了庆乐戏班，拿佃身银帮助众人渡过难关。乔梓年拼了性命，终于夺回了马兰村民的地，村民们也义不容辞地帮这孤寡一家耕种出力。去年夏秋两熟丰收，马兰村的日子好过多了；同春也在京师走红，和久负盛名的刘银官、陈玉官并称“梨园三杰”，一时身价百倍。久病的养父便要乘时为他张罗亲事，他心里早看定了幼年时的小伙伴。今年清明节，他为此专门请假回乡求亲。原以为当年同舟共济，必定一说就准，不料乔氏口紧，推说梦姑年幼，要过两年再议婚。同春心里又难过又疑惑。是梦姑的小妹妹容姑跑来，对他悄悄地透露了真情。小姑娘天真地说：

“我娘别的都不嫌，就嫌你们爷儿仨都是唱戏的！”

同春很不服气：不偷不抢不卖身，凭本事吃饭，比谁贱？他问容姑：“那，你姐的意思呢?”

容姑蹙着小眉头，悲哀地说：“我姐眼睛都哭成红桃儿啦！……她让我偷偷地给你这个包袱……”

包袱里，两双青布鞋，一件红肚兜，一个香荷包。当时他落了泪，立刻把他预备的聘礼—— 一对碧玉镯子交容姑带给他的心上人。他不能耽搁，只得赶回京师。

他常常想念梦姑，不时拿出信物来看。一见到信物，就像见到梦姑，总觉得心口发烫，鼻子发酸，泪水涌满眼眶。眼下，对着这小小香荷包，他又一次暗暗发誓：天荒地老，决不辜负梦姑的情意！

“云官！云官！张老爷叫你！”背后有人在喊同春，他如梦方醒，又跌回到现实中。今天是吕之悦先生四十五岁生辰，借正阳门外浙绍乡祠诗酒宴客。同春、同秋兄弟和京师几个有名的优童都被招来侑酒。吕先生品行道德学问，都令同春佩服，应召并无怨言。可是与宴的那些文人学士，大多是些自命情种的好色之徒，歌场流连、俳优角逐的老手。见到他们，同春就心里起腻，又不敢得罪他们，怕断了自己的衣食，只得在夹缝里觅生活，不冷不热，落落寡合。这反倒提高了他的身价。

张老爷，就是张汉，已在李振邺的帮助下，谋了个国子监监生的资格。他脸庞丰润了，服饰鲜明了，气概也洒脱了，再没有最初那种畏畏缩缩、唯唯诺诺的寒酸气了。他和李振邺、龚鼎孳围一小圆桌随意而坐，桌上摆着八珍攒盒，装了些下酒菜肴，酒壶、酒杯胡乱摆开，正兴致勃勃地议论着京师名伶的优劣。

张汉召来同春，拉他站在身边，像出示什么古玩似的对另两人说：“请看此人，近日改演小生，真可惜人也。其实他演旦角，真正秀颖无双，娉娉婷婷，绝无浮艳之态，于儿女传情之处，演来颇为蕴藉，而台下叫好声寂然，岂不可怪！依我说，好花看在半开时，闺情之动人在意不在象。若是于红氍毹上观大体双，岂不味同嚼蜡?”

大体双的典故出自七百年前五代的南汉，国君刘鋹荒淫无度，曾令宫女与人裸合，自拥波斯女旁观，名之曰“大体双”。这比喻引得李振邺哈哈大笑，龚鼎孳忍不住也笑了。

李振邺忍笑道："这话也难说。刚才来送酒的明官，诨名水蜜桃，水团脸盎润如膏，笑容可掬，见了他没有不爱的。扮出戏来，巧笑蛮声，工于妩媚，但颇带村俗气。《背娃子》一出中演乡下妇人，神情毕肖，又娇痴谑浪，真是旦色中专结欢喜缘的冤家！一出帘则叫好声四起，多有豪客捧场，门前颇不冷落。汉兄如何解释？"

张汉笑道："这叫作野花偏艳目，村酒醉人多。民谚云：三月三，荠菜花儿上灶山。得其时罢了，未必长久。"

龚鼎孳抚掌点头："正是正是。即使观戏听歌，自有风雅村俗之分。老夫最爱莲官，浓纤合度，秀雅出群，面如芙蕖，腰似弱柳，竟像吴下女郎，绝难料想他是北国男儿。观其丰采，如在粉红糅绿中忽睹牡丹一朵，艳丽夺目，使人爱玩不置……"这位老风流、老名士，津津乐道，有如吟诗作赋，一字一句念得很有滋味。

李振邺不甘落后，笑吟吟地说："老前辈言之有理。不过水蜜桃自有出奇之处，难道不曾风闻？"

"老夫不知，"龚鼎孳捻着胡须悠然自得地说，"只记得吴下金阊有一名妓，也叫水蜜桃。"

"这倒奇巧，真可谓两般滋味尽酕醄了，哈哈哈哈！"李振邺很为自己的调笑得意，笑嘻嘻地接着说，"京师水蜜桃，两只俏手妙绝人寰，老前辈不知吗？"

龚鼎孳断然道："绝不如莲官！"

"老前辈敢打包票？"

"有何不敢！你我立时来一个樽前相比。负者罚作东道，改日请客！"

李振邺拍案叫绝："好！好！这样的风流韵事，足传千古！汉兄，快请仲裁！"

宾客们闹哄哄地围过来，同声叫好。莲官和绰号水蜜桃的明官都被召到桌前，伸出自己的双手。仲裁们一个接一个，上前去又摸又捏又嗅，玩过来弄过去。他们的动作和表情，使站在一旁的同春羞得闭上了眼睛，一个接一个寒战从背上滚过，冷汗淋淋，顺着额头、脖颈一个劲儿地流。他满面通红，无地自容，恨不得钻进地里去。此时他突然明白了，在这里，没人拿他们这些戏子当男人看，没人拿他们当人看。他们是玩物，是这些名士发泄他们卑污感情的玩物！这些名士，不也这样津津有味地玩弄女人的小脚吗？……他但愿此刻眼睛瞎掉，永远不看这可羞的景象；他但愿立刻就死去，永远不蒙受这样的耻辱！

一名仲裁的曼声宣告，硬灌进同春耳中："明官之手，肌理腻滑，丰若有余；莲官之手，肢节秀削，柔若无骨。明官逊于莲官！"

又一阵哄然叫好。喧闹中有人问龚鼎孳："老前辈何以如此知根知底？"

龚鼎孳信口吟道："酒入情肠不自持，玉纤偷握笑侬痴。藕梢洁白羊脂腻，甲乙樽前各自知……"

人们鼓掌呼叫，高声称赞，乱哄哄的一片。其中却冒出一个清脆而柔媚的嗓音，娇滴滴地说："龚老前辈，我要你这诗，肯不肯给呢？"

莲官——同秋的声音！同春吃了一惊，睁眼细看，才发现今天同秋打扮得格外妖娆，脸上粉白黛绿，颊染胭脂，唇点朱红。往日的羞涩此刻像被风吹去了一般，满脸妍笑，一身媚态，那双羊羔般令人爱怜的大眼睛半睁半闭，在睫毛掩盖下闪闪发光，充满了诱惑和挑逗……这是同秋吗？什么时候变成了这样？……同春吓呆了，心头一阵狂跳。

这时，出去迎客的主人吕之悦陪同客人进来了，宾客们才恢复常态，全都起身拱手相迎。自从吕之悦由他的东翁鄂硕将军正式推荐给安郡王以后，他的声望更高了。

吕之悦性情坦荡平易，从不与人相忤。遇到能写文章的人，就一起谈文章；遇到通晓音律的人就一起谈音律；遇到善于琴棋丹青的人，就一起谈琴棋丹青。他常爱独行村落，遍游山巅水涯，碰到村翁溪叟、樵夫牧童，他也乐与谈说，周旋终日毫无倦色。

他是钱塘人，北游数年，老妻屡次寄书劝归，都被东家一再挽留下来。当了安王的宾客后不久，妻子又来信催他，他便写诗呈安郡王：

老妻书至劝归家，为数乡园乐事赊：
西湖鲤鱼无锡酒，宣州栗子龙井茶。
牵萝已补床头漏，扁豆犹开屋角花。
旧布衣裳新米粥，为谁滞留在天涯？

安王看了诗非常赞赏，说吕之悦性情之恬适无人可比，天下难得，是真名士、真才子，要朝夕请教，更不肯放还了。

适逢吕之悦四十五生辰，他的妻子又托人寄来一幅亲手绘制的故乡山水图，问他何日还乡，在文人间一时传为佳话。这一次安王肯不肯放他南归呢？

吕之悦迎进的客人，虽然也和主人一样，青衣便袍、头戴风帽，但身材高大，两肩宽阔，四十以下年纪，一双眼睛亮闪闪的，气度很是轩昂。吕之悦站在他身边，就更显得文质彬彬、书生弱质了。

宾客们都不认识这位宽肩膀的来人，从吕之悦一向具有的不卑不亢的态度上，也猜不出此人的身份。但见此人爽快地举手一拱，声音洪亮地说：

“来迟一步，搅了诸位的清兴，抱歉，抱歉！”

宾客们参差不齐地寒暄一番，来客便转向主人说：“笑翁，尊夫人的手笔，总要赐观的吧？”

吕之悦笑道：“在隔壁小间挂着，刚刚裱糊起来。”

两人相视一笑，举步走向大厅一侧。后面几个黑衣黑袍的仆人也想跟过去，来客回头制止道：“门口侍候。”

吕之悦对大厅扫视一周，说：“云官，你来。”

霎时间，同春像是脱去一件既肮脏又沉重的衣袍，离开那群风流名士，他觉得浑身轻松。

这是一间精致的小花厅，完全是江南风格。长条案上摆了两盆春兰；方屏风上水墨迷离，展示着富春江秀水，子陵滩烟雨；花梨木的窗扇和挂落，镂空细雕出喜鹊闹梅的图案；紫檀木的太师椅嵌着云壑飞泉的大理石靠背；茶几古色古香，光可鉴人。一幅长卷横挂在东墙上，题为《故乡山水图》，画的是杭州西湖全景。宽肩膀的来客在图前站定，背着手仔细看了许久，赞不绝口，并笑吟道："应怜夫婿无归信，翻画家山远寄来。可谓千古逸事啊！"

"你这风流倜傥的诗句，正可为之传神！"吕之悦和悦地赞道。

"这图运笔灵妙，潇洒幽闲，直追唐六如。贤伉俪才具，真不让明诚、易安。"

"见笑见笑。"吕之悦一摇手，"无师无法，有渎清视了。"

同春送上茶点。两人坐下，很随便地闲扯着。

"笑翁，唐六如这六如二字，做何讲解？"

"据记载，是取佛家之说。我不信佛，也不懂佛经，说它不清。但是鄙人倒愿君六如。"

"哦？"

"一如深溪虎，一如大海龙，一如高柳蝉，一如巫峡猿，一如华亭鹤，一如潇湘雁。"

"再说一遍！"

吕之悦微笑着，一字一句地重复。来客目光闪闪，精神振奋，蓦然站起，大步如风地走到窗前立定，仰望长天，宽厚的胸膛一次深深的起伏。他吐出一口长气，猛回身，向长条案一挥手，高声说："笑翁，请留此六如宝墨！"

同春早听得呆了。这是另一个境界，使他如登高山，如临旷原。吕之悦喊他一声，他才赶紧跑过去侍候文房四宝。

吕之悦写得一笔刚柔并具、古朴大方的魏碑体。这十八个字，用浓黑的徽墨写在洁白如雪的宣纸上，苍劲有力，浑如铁铸，很有气势。宽肩膀的客人站着旁观，不住点头。写罢，吕之悦正要搁笔，来客说："慢！笑翁的行草二书也闻名于时，何不一并赐教？"

吕之悦笑笑，另拿出一张宣纸，换了一支鸡狼毫，搽足浓墨，提笔在手，问："写什么好，唐诗？"

"不！我来念，你来写。题目：咏雪。听仔细了：漫天坠，扑地飞，白占许多田地，冻杀万民都是你，难道是国家祥瑞！"

才写了两句，吕之悦的眉毛就不住耸动，写罢，掷笔大笑。来客也笑，比笑翁之笑更爽快、更开朗，声音也更宏亮。

吕之悦道："想不到事隔一年有余，你还记得这么清楚！"

来客笑道："怎么能忘呢？历来都说跪谏、哭谏，唯有你来了这么个诗谏。偏偏只有你这一诗谏，令我大惭。"

吕之悦说着玩笑话："当时正逢君怒，深恐伏尸百万，流血千里。我是既怕死，又不得不谏，无奈，才出此两全之策啊……"

"笑翁再这样说下去，我可要无地自容了！"来客一挥手，接着说，"事后回味愧不可当。皇上明见万里，实在是我自己糊涂，罚当其罪！圈地一事的处置，皇上确是为江山社稷着想，为大清的万世基业着想，我没有什么好抱怨的……笑翁，我总还当得起深明大义四个字吧？"

"当得，当得！"两人相视而笑，很是坦诚。

同春目不转睛地望着来客，心里惊疑不定：他的英武轩昂，就是在汉人中也是不多见的；他的风流儒雅在满人中更是绝无仅有。既不似贵胄宗亲那么狂妄傲慢，又不似一般臣僚那样虚礼谦卑，他是谁？

同春摆下棋盘棋盂，二人入座对弈。同春又偷偷地仔细察看来客的一双手：大而丰厚，手背青筋暴露，但肤色柔润，指甲修得很整齐，右手拇指还套了一个翡翠扳指。连他的手也这么令人难以捉摸。

棋子落棋盘，清脆的声音很好听。来客一面下子一面说："笑翁执意回乡，强留不恭，只有一事请先生务必应承。国家初创，百废待兴，朝廷求贤若渴。先生巨眼识人，荐贤之任，请不要再推托了。京师朝中虽有大臣荐举，但贤才多流落山野间。笑翁性爱山水，一举两得，岂不甚好？"

"那么，复命之后？"

"礼送先生南归钱塘。"

"一言为定？"

"一言为定！"

同春一把扯住伸手下子的吕之悦的衫袖，对棋盘东南角匆匆一指。这一子若落在别处，那一角就没救了。吕之悦忙回手连出子突围，终于化险为夷。来客惊异地注视着同春，那闪闪发亮的眼睛看得同春局促不安。

“这个小幺儿忠心为主，倒有几分眼光。”

吕之悦淡淡一笑：“在他们那行，难得有他这么干净的。木秀于林，风必摧之。他日后的路正难走呢！”

“那么，此人当是梨园三杰中的云官了？果然名不虚传。”来客目不转睛地看着同春，微微点头。

吕之悦将来客送出浙绍乡祠时，云官又被宾客们拉住了，他们要为优伶赠联。伶童们一个个兴高采烈，娇媚百出，如能得到一位名士的赠联高挂楹间，他们的身价将大大提高。

云官被第一个推出。

那位满面皱纹的老名士摇头晃脑，眯着眼觑定同春，抑扬顿挫地念道：“秋水为神玉为骨，芙蓉如面柳如眉。”

李振邺连连摆手，大声道：“不妥！不妥！”

张汉接着说：“云官无媚容无俗态，有翩翩佳公子之风，在梨园如匡庐独秀，岂能用这等脂粉文字！”

那名士不服：“你来一联无脂粉气的如何？”

张汉不慌不忙地高吟：“有铁石梅花意思，得美人香草风流。”

众人拍案叫好。同春心头一热，不免看了张汉几眼。张汉微微一笑，对他点点头。同春竟生出一种知己之感。

莲官站在席间，袅袅娜娜，粉面含春，不时向龚鼎孳飞媚眼。龚鼎孳如饮醇酒，闭目品味，慢慢吟出一联赞语：“子夜清歌，宝儿憨态；汉宫杨柳，秋水芙蓉。”

莲官弯腰左敛，像戏台上扮小旦时那样轻俏地向这位老前辈致谢。冷不防李振邺哈哈大笑，别有意味地对莲官使个眼色，调侃地说：“莲官，我赠你一个别号：十全。”

“谢李大人！”莲官喜不自胜。十全，不就是十全十美吗？

李振邺醉迷迷地挨近莲官，把手搭在他的肩头，乜斜着眼，笑道：“以十全之名，我赠你一幅绝妙好联：十分如我意，全不怕人听！”

猥亵的含意太露骨了，宾客们哄堂大笑。有人笑得喘不过气，便连声咳嗽。同春的脸“刷”地红了，心头火烧火燎，像被人抽了一鞭子。他愤怒地望着同秋——莲官，却见他只露出一点儿尴尬和羞怯，很快便自如地同着众人一道笑了，笑得娇滴滴的，还作态地扭了扭身子。

又有伶童走入席间接受赠联，同春无心再听，大步走到同秋身边，压住火气低声说：“跟我来。”

同秋这回真红了脸，咬住嘴唇，低头跟着同春乖乖地来到门外廊下。两人面对面站着，同春眼里冒火，同秋却望定地面，紧紧抿住搽得通红的嘴唇。

他俩同是柳师父的养子和徒弟，同春大不到一岁，两人一同学艺，一同佃进班子，感情一直不错。同春拿出师兄的身份，劈头就问：“爹给咱们定的规矩，你忘了？”

同秋不作声。

“老实讲清楚，不然，别怪我无情！”同春瞪起了眼睛。

恐惧、羞怯，夹杂着耻辱，同秋嘤嘤哭泣，慢慢跪下，低声说：“昨天，到李府唱曲，他把我留下。后来，他就把我……”他的声音消失在呜咽中。同春直跳起来，挥手重重掴了同秋一耳光，骂道：“你这个没家教的下流东西！”他恨李振邺荒淫无耻，败坏了他柳门的规矩；他更恨同秋没出息，叫人作弄了，还对他媚笑！

这一巴掌把同秋打急了，也把他的羞怯和耻辱打掉了。他捂着脸挺身站起，抗声分辩：“怪我吗？怪我吗？咱们不就吃的这碗饭吗？人家设堂子、赚大钱，住的神仙洞府，吃的山珍海味，穿的绫罗绸缎，车来轿去，逍遥自在，不就靠的这一手？人人都这样，咱们硬撑着讲干净，谁信你？”

“咱们凭本事吃饭，自重自爱，就得出污泥而不染！”同春跺着脚，几乎喊起来。

同秋含泪的眼睛里透出一道冷光。今天这场谈话他早已想过了，也想透了。他要走另一条路。他抹去泪水，平静地说：“不染，不染，说来容易。去年一年，你在梨园红得发紫，可算是凭本事吃饭。一年下来，不就只挣了一副碧玉镯子吗？……人往高处走，我不愿意像你那样窝囊一辈子。要想干净就别当戏子。命里注定干这一行，就说不得干净！谁让咱们不投生到公侯府宅、书香门第呢！”

同春愣住了。要想清白也这么难！梦姑的娘不肯应承这婚事，有什么可怪？单是戏子这名称就足够玷污梦姑的了！……同春用双手蒙住脸，身上不由得起了一阵寒战。等他重新抬起头，同秋不知何时已悄悄走开了。他跳起来，发疯似的冲向大门，去寻找送客的吕之悦。他猛地跪倒在老先生跟前，呜咽着说：“吕先生，你救救我吧！”

吕之悦吃了一惊：“你这是怎么啦？”

“这日子我实在过不下去，我要脱籍，哪怕回乡种田！”

吕之悦点头叹道：“我早对诸人讲过，你外相虽美，但眉目间英气太重，终非此道中人。不过你是名优，脱籍身价怕不下千金。你可有此财力？老朽客居京华，筹措千金也不是易事。再有，脱籍之后，你果真能下田耕作吗？多半还得给人当书童家仆，仍然为奴，何苦多此一举？”

“吕先生，我决意回乡耕读一世，决不再入梨园！”同春回答得斩钉截铁。

“也好……难得你能如此自爱自重，理当相助。”吕之悦沉吟着，下意识地回头朝大门看了一眼，“要是他肯说句话就好了。”

“谁？”

“方才跟我对弈的那位客人。”吕之悦微微一笑。

“那位先生好大气概！他是谁？”

吕之悦从容不迫地答道：“安郡王。”

“啊？”同春大吃一惊，不觉打了个冷战。

二

两位行客一进到山脚下，就感到阴凉沁人，非常快意。吕之悦对张汉说：“我们等一等云官。”他俩各占一块大青石坐下歇脚。这里绿树合围，溪水潺潺，十分幽静。在骄阳下走了一个时辰，吕之悦不免有些气喘，张汉也满头是汗，文雅地用衫袖在脸上轻轻沾着。

同春提着一只竹篮跑到跟前，打开篮盖，把热粽子分给吕之悦和张汉，笑道：“端午节的时令货色，比平日的好。寺观里出家人做的，很干净。”

三个人都饿了，剥了粽叶大嚼，吃得格外香甜。同春一面吃一面指手画脚地介绍：“那是挂月峰，那是紫盖峰，上边，瞧见吗？松树林子中间，古塔那儿叫万松寺，西边就是舞剑峰，老人说是李靖舞剑的地方……”

吕之悦纵目观览，点头赞赏：“峥嵘突兀，峰峦竞秀，苍松擎天，飞泉奔泻，果然名不虚传，京东第一山！”

同春兴头更大了：“对，对！人们都说，这盘山是五峰八石七十二寺观，上盘奇松，中盘怪石，下盘飞泉，可以跟天下胜景比高低哩！”

张汉叹道：“九华奇秀，不入江上名山志；巢湖亦江淮巨浸，不入禹贡水经。盘山何足道，居然名扬四海。山川有知，宁不感愤！”他是在说山水还是说人？吕之悦和同春都看着他，他轻轻一笑，仿佛回过神来：“老前辈尚记家乡风物否？人道江南景似江南人，文弱秀雅有余，壮阔雄豪不足，其实不然！钱塘大潮就不必说了，只大月渡太湖，大雪渡扬子江，都是非常奇景！当年道出江左，阅月间我遍历诸地，纪之以诗，至今犹难忘怀。”

张汉请求再三，才得随同吕之悦出京访贤。吕之悦对他人品虽不无疑惑，但还是爱他才学，也就收了这个弟子。现在张汉把话说到这个地步，明明想显示诗才。吕之悦向来不爱忤人，接口便道：“想必是得意之作了，倒要领教。”

张汉清清嗓子，吟诵他的《大月渡太湖》：“广寒八万四千户，太湖三万六千顷。姮娥子与洞庭君，良夜迢迢斗冷清。弯弯月子照当头，翦翦春风不住流。如此烟波如此夜，居然容我一扁舟。”

吕之悦轻轻拍了拍巴掌，笑道：“好！看来你当年颇有气概，想必是雄心勃勃的了？”

张汉扬眉挺胸道：“丈夫既有此六尺身，何以不流芳千古！应举不作状元，仕宦不至将相，虚此一生！”

同春着迷似的望着张汉，心里充满敬仰。这样年轻、这样有才华，对同春又如此看重的人，他没有遇到第二个。

由于吕之悦的斡旋，安王府戏班把同春由庆乐班买去。庆乐班不敢讹拿，只按当初佃进的三百两身价加三成三，算了四百两银子。随后安王爷一句话，放同春脱籍为民。同春感激涕零，听说吕之悦要往京东一行，便自告奋勇地为他带路，然后便回马兰村。一路上，同春轻松愉快，活泼得像天上自由飞翔的小鸟。他拿吕之悦当长辈尊敬和服侍，也记得张汉在自己心头引起的知己感。张汉的才华和雄心，使他联想到许多戏台上的英华人物：周公瑾、李存孝、陆逊，还有潘岳、唐伯虎，等等。瞧，张汉不也很有光彩，很令人倾慕吗？……他太年轻，不明白张汉对他的看重和赞赏是为了接近吕之悦，也看不清吕之悦对张汉的保留态度。

张汉一见吕之悦含意不清的微笑，连忙自我解嘲地掩饰道："这都是早年的痴想。如今，壮志销磨已尽，此生当终老江湖了。"

同春心头又闪过泛舟五湖的范蠡、富春江上的严子陵。

吕之悦平静地笑道："真能为天下万民忧，登第拜相亦是好事。"

张汉怔了一怔，低头拱手恭敬地说："老前辈金玉良言，晚生谨受教。"

同春蹲到溪边舀水，笑着介绍："这股泉水从翠屏峰出来，一路都在石头上流，叫涓涓泉，又清又甜，四季不干，什么时候喝它都不会闹肚。……咦！这是什么？"

清澈见底的泉流中，一片字纸漂浮而下。同春连忙捞上来，吕之悦和张汉一看，却是一页刻写精美的《离骚》，不过无头无尾。纸形很方正，并无损伤。

张汉道："莫非盘山里藏有大贤？"

吕之悦看着这页湿淋淋的《离骚》出神。同春喊道："又下来一张！"他赶去捞过来。仍然是《离骚》，内容正好与前一页相接。

吕之悦说："端午佳节，或许有人在祭奠屈原。"

张汉说："果真如此，这人绝非寻常之辈。"

同春提议："我们循着溪水逆流向上，总能见到他的。"

吕之悦夸赞这是好主意，三人便沿着泉流上山。林木葱茏，峰回路转，路旁怪石十分别致：巨大的元宝石比马车还大；酷似菱角的紫石方圆数丈；古松伸臂，仿佛迎宾，可是松下横卧的一条二丈多长的石蟒，又会把来客吓一大跳。空谷下泉声低回，半山腰隐隐有吟哦之声。清溪绕半山亭流下，声音想必是从亭中传出。三个人借着茂密的林木遮掩，悄悄走近草亭，观看动静。

亭中也有三个人。一人穿着蓝袍，背身而立，一动不动，不知是在倾听，还是在观赏山景；临溪两人，一人着白色道袍、白色道冠，手中捧一册书，高声诵读，读的正是《离骚》。他每读完一页，就扯下来扔进溪水，任其漂浮而去。他身后，一个褐袍道童呆呆站着，无动于衷。

不多时，一本《离骚》诵完撕光，顺水流尽。白衣道人发狂似的大叫大喊，仰天恸哭，声泪俱下地吟出一首诗："年过四十去游方，终日修行学道忙。说我平生辛苦事，石人应下泪千行！"

蓝袍人并不回身，只朗朗地说："道兄，出家人清净无为，何苦如此作践自己。"

吕之悦一愣：这不是陆健的声音吗？他记起陆健的狱事，不觉回头看了张汉一眼，想把他支开。

同春又惊又喜地悄声说："这就是今年开春来我们村里的那个白衣道人，通医术、会看风水，可真有道行！"

张汉面色蓦地阴沉下来，说："世上最数这些出家人奸诈，多是骗子！我向来不信，也从不与结交。老前辈，我往别处走走，明日蓟州城会齐，请你去看鼓楼上那块'古渔阳'匾额，听说是严分宜①的手笔哩！"他恭敬地对吕之悦一揖，掉头转向另一条路，上山去了。

亭里的人也听到他们的声音，一时静了下来。吕之悦走进草亭，和颜悦色地拱手笑道："陌路相逢，俱是他乡之客。这位道兄，这位仁兄，都有端午登临的雅兴啊！"

道人极快地对吕之悦上下一打量，笑道："既相逢便是缘分，请坐。"

---

① 严分宜：即严嵩，明代权臣。

陆健听到吕之悦的声音，心里“扑通”一跳，回身看到是他，神色都变了。同春看见陆健，惊喜异常，张口要叫，陆健袍袖一挥，对同春使个眼色，微微一摇头。久在舞台的同春还有什么不明白，立时闭嘴。陆健见吕之悦也装出不相识的样子，才慢慢平静下来，恢复了悠闲自在的表情。听到道人殷勤的表示，他也抬抬手，吐了两个字；“请，请。”亭中石桌边有四个石墩，三人便坐下叙谈。

吕之悦说：“听道兄读骚吟诗，忧愤何深？”

白衣道人洒脱地一笑：“文人积习，至死难改。”

“那么，道兄曾是文士了？怀才不遇，真人生一大慨叹啊！”吕之悦进一步试探。

白衣道人避开话题，笑道：“往事不可追，谈它何益。总归是命里注定。”

吕之悦笑道：“说起命里注定，还真不由你不信。我认识一位老先生，钱塘张曼，已年登古稀，医卜、堪舆、风鉴之术无不通晓。前朝万历年间曾游辽东，归来后对人讲：‘据风鉴而观，王气聚于辽左；看那些人家的葬地，三十年后皆当大富贵；而闾巷间儿童走卒，往往多王侯将相，莫非天下将从此多事？’当时人们都以为他狂妄。谁知三十年后，果然一一应验。或许万事真有前定？”他说着，平日看上去有几分矇眬的笑眼，突然闪出精明锐利的光泽，盯住了白衣道人。他相信，对方一定会做出反应。

白衣道人含笑道：“这类事，检之史书，比比皆是。唐李固的《幽闲鼓吹》中，曾记苗晋卿一事。苗公落第归乡，途中遇一老人，自称知未来事。苗公于是问道：‘我应举已久，有一第之分吗？’老人答道：‘何止此，大有来头，只管再问。’苗公道：‘我久困于贫变，但求一郡守，能够得到吗？’老人道：‘更向上。’苗公问：‘那么按察使呢？’老人道：‘更向上。’苗公惊异，再问：‘为将为相吗？’老人答道：‘更向上。’苗公发怒，说：‘将相更向上，难道能作天子？’老人笑道：‘真者不能得，假者即可得。’苗公以为事属怪诞，惊出一头汗。后来苗公果然出将入相，唐德宗驾崩，苗公以首辅居摄政三日，应了老人‘真者不能得，假者即可得’的预言。可见命皆前定，安知人间没有第二个苗公？”

白衣道人修髯飘飘，风致潇洒，仿佛出世神仙。但他复述的这段轶事，以及他眼睛里偶尔闪出的寒光，令人想到山林深处目光鸷锐的鹰鹫，绝非肯低伏人下、轻易认输之流。吕之悦暗暗点头。

陆健接下去说道：“讲起定数，我也想起一个故事。前朝崇祯末年，流寇势焰大张，烈皇日夜忧劳，曾令一心腹太监便装出宫，探听民间消息。路遇测字先生，太监出一‘友’字请占卜吉凶，测字先生问占卜何事，答曰：‘国事。’先生道：‘不佳，反贼早出头了。’太监急忙改口说：‘不是朋友之友，是有无之有。’测字者皱眉道：‘更不佳，大明已去了一半了。’太监再次改口：‘不是的，是申酉的酉。’测字者长叹道：‘越发不佳。天子是至尊，至尊斩头截脚，还成什么体统？’”

三人一起沉默下来，只听得松涛阵阵，涓涓泉在亭畔低吟，是不是明朝覆亡的往事使他们心有余痛，黯然神伤？

吕之悦打破沉默：“一亡一兴，虽说有天命，却也在人力。兴亡之间，名将如云，才人辈出啊！”

陆健和道士都不搭腔。后来陆健站起身，对另两人拱手一揖：“花谢花开，时去时来，福方慰眼，祸已成胎。得未足慕，失未足哀，得失在天，敬听天裁。”

白衣道人也站起来，对陆健拱手笑道：“便是公孙子都听君此番话，躁进之心也当涣然冰释！”他顺着陆健的话题，高声吟唱着走出草亭：“上天生我，上天死我，一听于天，有何不可！”他反复吟着这四句，头也不回地自顾自去了。小道童紧跟在后，很快，师徒二人就消失在浓密的树荫山草之中，吟唱声越来越远，终于听不见了。

“文康！”

“笑翁！”

陆健和吕之悦互相紧握双手，互相重新打量，像所有久别重逢的老友一样，既高兴又感慨。同春也连忙向陆先生拜谢当年相助之恩。吕之悦这才详细地知道了永平府圈地案的全部内情，嗟叹不已。他转而问道：

“文康，这两年你怎么样了？江南狱事……”

陆健苦笑：“我？仍然逃亡在外，藏匿山泽田野间！”

“你？……唉！赦书未得，我愧对老友啊！”

“此事非你力所能及啊！……江南十旧家之案已成大冤狱，陷入图圄者何止百人，受牵连者也在千人以上。说十姓谋反，确属冤枉，只是……唉，也是十旧姓在前朝百年荣华显赫，为富不仁，平民百姓恨之入骨，一旦改朝换代，诬告在所难免！”

陆健告诉吕之悦，因为他平日以信陵君自命，周济贫困，所以狱急之后，受惠之家多方保护他，使他逃过多次追捕。好在通缉他的布告只在江浙两省张贴，他躲来北方，反而比较安全。

“你就永远匿隐山泽，做亡命之徒？可惜了你的才学啊！”吕之悦问话中感叹很深。

“还谈什么才学！”陆健一声冷笑，“终日有如被猎犬追捕的疲兔！只望老天开眼，昭雪冤狱吧！”

“这要等到何年何月！”吕之悦紧皱眉头，“朝中就没有相知肯帮一把？当年你救助过那么多人！”

陆健眉梢一动，沉吟片刻，又摇摇头：“年深日久，未必还记得我。”

“是哪一位？”

陆健凝视着吕之悦，确信这位一向慈和厚道的朋友不会有害人之心，便缓缓答道：“傅以渐。”

“傅以渐？这可是个帮得上忙的人啊！去年八月，他已经拜内秘书院大学士了。你跟他交情深浅？”

“这……很难说。只看他是否念及旧情了。”

吕之悦见陆健不肯深谈，也就不再追问，想了想，说：“这样吧，尽老夫所能，助你一臂之力，务必使此冤情上达天听。不过我位居幕宾，终归成效有限。你再给傅以渐写封信，让这个小幺儿立即送往京师，多方使力，或许平反有望。”

“好！”陆健虽在难中，仍不失他的豪爽气度，立刻向同春索取纸笔，就石桌写成一信。但交信给同春时他有些迟疑，仿佛不好出口。最终他还是嘱咐了一句："此信必须交给傅大学士的王氏夫人，就说是夫人娘家的报安书。"

吕之悦很高兴："原来你与大学士夫人娘家有交情，这就更好了。听说傅大学士伉俪情笃，至今不曾置妾。……同春，你今天就回京师送信，送罢信再回乡。"

"好的！"同春知道了底细，回答很痛快。

吕之悦又问："刚才那道人你早就认识？"

"不，今天上山才遇到。仿佛有些才学，很是狂傲。攀谈之间，觉得他对我别有所图。"

"你是指……图财？"

"不。像是图无贝之才。他吟诗诵骚，几次试探我，很有网罗我的意思。你呢？也不单是来游山玩水吧？我看你倒想把道人连同我一起网罗了去，对不对？"

吕之悦大笑道："你这个鬼精灵，真正不减当年！……不过，你听我这老友几句忠告：大清社稷得之于流贼李自成，吊民伐罪，为大明雪了亡国之耻。历数前朝，得天下之正，可与汉高祖、明太祖媲美。所以明之旧臣仕清，也算不得叛逆。皇上亲政以来，施仁政行王道，改征剿为招抚，各处逆命抗拒者渐次平定，足见海内人心厌乱求治。虽然云贵南明和东南郑成功时有动静，但强弩之末，终难有所成就。至于山野间盗贼横行，久乱之后在所难免。你亡命其间，可要看清情势、拿定心性，若真被逆人网罗了去，再要拔出来就不容易了！"

陆健笑道："放心。我一向并不热衷，仕宦之情淡然如水，哪里有作乱的兴致。十多年，实在是乱够了！"

"还有，你要尽早离开此处。我看那道人很怪……"吕之悦心里还挂着个张汉，生怕他得知陆健被追缉，告发上去，又要连累许多人。这话他不好出口。

最后，吕之悦把自己的盘缠分给陆健五十两银子，两人一揖而别。吕之悦上山，陆健下山，同春跟他一道走了。

张汉气喘吁吁地登上盘山，松林的浓密绿荫把烈日遮得一丝不透，空气中弥漫着松脂松花特有的清香。但这一切都不能使他摆脱忧郁，初上山时的愉快被无意撞上白衣道人的事完全破坏了。他见不得和尚、道士这些方外人。他记忆中最耻辱、最惨痛的一件事，就是因为相信一个道士的算命才造成的。

张汉本是浙江嘉兴府生员，原名吴自荣，在家乡颇有才子之名，可惜家贫如洗，总不能出头。顺治二年，他十七岁，决意趁鼎革之际上进，卖掉仅有的几亩薄田，奔赴京师。他认定京师是人文聚会之所，定有际遇。谁知蹉跎半年，想谋一学馆舌耕为生也不可得。他生计日益艰难，便起意走捷径以登仕途。他汇集了明代锦衣卫有关制度，趁着朝廷广开言路，具疏上奏，敬请朝廷仿明制设锦衣卫掌狱刑，使校尉缇骑缉访民间，以防谋叛害国。他本以为此疏一上，必能立受奖许，得到识拔，不料御批下来，斥责他“率尔妄陈，谬希进取，独不思圣主当阳，朝政肃然”！“至设立锦衣卫缉访一款，乃明朝极弊，尤属狂悖！”“应依上书诈不以实律，杖一百，徒三年。”幸而逢到恩诏，才免杖免徒，但被革去生员衣顶为民。

他窝囊极了。仕途未登，反而丢了顶子，断送了前程。当年在家乡被人誉为神童的才子，眼看就要沦为乞丐了。

谁想福星高照，一个老旗人看中他的才貌，要招他为婿，并说只要他肯就婚，便帮他恢复顶戴。他受宠若惊，又喜又怕，忙不迭地应承了亲事，暗中又多次求神打卦，因为这家贵人竟看中自己这么个落魄文人，总使他奇怪、不放心。神签和卦文都大吉大利。一位颇有名气的老道还煞有介事地对他说：“此婚女貌郎才，必生贵子。”

婚事办得冷清，既没有吹打，又没有请客，一顶素轿把他从南城一个破烂小旅舍里抬进内城，两扇黑色大门前，两个女奴引他到上房，拜了岳父岳母，就被送进侧院的洞房了。他心里不满：人家娶妾也比这气派！可是不敢有一点流露，反而自我安慰：或许满洲人招赘，就有从简的规矩吧？

洞房里倒是光彩焕然，喜气洋洋。炕桌上一对红烛明明亮亮，照着炕头盘腿而坐、红袄红裤红顶头的新娘。天！这么宽的肩膀，这么厚的胸脯，好大的块头！当他怀着一丝不安揭开头盖时，吓得他往后一缩，掀翻了炕桌，跌碎了碗，子孙饽饽撒了一地。他手脚冰凉，浑身寒战，这个新娘怎么这样可怕？左脸白右脸黄，一半头发黑，一半头发白，连两只眼珠的颜色都不一样：黑发黄脸这边是人眼，白发白脸那边眼睛黄蜡蜡的，像死羊眼一样。他几乎晕过去，这才明白自己上了当！

生米已煮成熟饭。他是个即将沦为乞丐的人，能抗拒这样的骗局、这样的命运吗？新娘子人虽丑陋，性情倒不泼悍。她好心地扶他起来，劝他吃菜喝酒。到了这步田地，他也就委委屈屈地上了炕。

老旗人说话算数，婚后立即着手给他活动恢复顶子。他看出老旗人心里有鬼，对人只说他是收来的义子，为他买顶戴也藏藏掖掖地怕人知道。他很机灵，坚持恢复顶子的事要自己去办理。老旗人毕竟憨厚，对他并不疑心。于是他乘机改名叫张汉，籍贯仍写嘉兴，不肯换成汉军旗。

他果然变成了嘉兴府秀才张汉，并从此抛弃了他那丑怪的妻子。嘉兴府生员吴自荣从人间消失了。他毫无内疚，一身轻松。在钻营附势的紧张活动中，有时他会想起那段生活，想起怀孕的丑妻。一年后，出于好奇，他曾改装到那条胡同去打听，可是他的岳家也消失了。邻居一个小女奴悄悄告诉他：老旗人犯了罪，全家流徙尚阳堡；他的丑女养了个儿子，也一同带走了。

在京师紧张的应酬、奋斗中，他难得有时间沉思默想。今天，在寂静的山林中，啁啾鸟语，潺潺泉流，仿佛推着他去回忆，他信步在松间游荡，任凭往事一幕一幕在心中翻腾……

两只小鸟突然叽叽喳喳地从他面前惊慌地飞起，他脚下一滑，身子向前冲倒，跟着，一个尖锐的声音朝他嚷嚷：“你干什么！把我的网冲坏了！”

张汉定睛一看，自己果然撞上了一张捕鸟网，惊得架杆上两只“呼伯拉”① 扑棱着翅膀乱叫。一个十岁左右的小男孩愤怒地跳出树

① 呼伯拉：用来做捕鹰诱饵的小鸟。

从，冲他气呼呼地喊："鹰都叫你吓跑了！你赔！你赔！"

绣花小袍子已经很旧，小黑马靴也沾满了泥土，辫子缠在头顶，汉话又说得这么好，看样子这小孩并非贵家子弟，用不着赔小心。张汉不耐烦地说："我又不是故意的！"他转身要走，小男孩一把揪住他的衣袖，大声喊："玛法！玛法！"

一个老满人从松林中冲出来，粗壮有力的大手往张汉肩膀上一拍，张汉只觉得身上像压了一块磨盘。只听那老头儿用满语吼道："你敢欺负小孩子！"

张汉一回头，两人顿时惊住。张汉向后一缩，老满人朝前一冲，双手把住张汉的肩膀摇撼着，又惊又喜地嚷着："天爷！天爷！……我到底还能见你一面！"他满面堆笑，掉头招呼那小男孩："费耀色！快来给你阿玛[①]叩头！来呀！"

费耀色迟疑着。这个不讲理的男人，竟会是自己的阿玛？看看玛法几乎要发怒了，他只好跪到张汉面前，叩了三个头。张汉愣在那里，一句话也说不出来了。

苏尔登非常激动，断断续续地说："我当初骗你，是我不好。你跑了，我不怪你。你为我留下这个小孙子，我要谢谢你。你这些年过得顺当吧？"

张汉犹犹豫豫地用满语支吾着："我……"

"当初不知哪个多嘴的告我的状，旗主发怒，因为私嫁女儿打了我一百鞭；因为招赘汉人，把我们全家发配到尚阳堡。我那女儿，你的妻，到尚阳堡不久就病死了。小费耀色三岁的时候，我的老伴儿又去世了。现在，只剩我们祖孙俩相依为命……"

张汉慢慢集拢模糊的目光，仔细看看苏尔登，好落魄的样子：衣袍敝旧，须发苍苍，皮靴已看不出本来的颜色，一双大手又黑又脏。张汉一转眼，发现费耀色一双黑眼睛正聚精会神地审视着自己，虽然眉清目秀，可也不难寻出他母亲的面影，也许不久后他也会变成半白半黑的怪人……他镇定了，后退一步，躲开苏尔登的双手，勉强问

---

① 阿玛：满语，父亲。

道："你们，是皇庄的鹰户吧？"

苏尔登直发愣："是啊……三年前，我们从尚阳堡回来，小费耀色喜欢捕鹰……"

张汉冷冷一笑："你认错人了。"

苏尔登惊住了："你，你，说谎！"

费耀色不眨眼地盯着张汉的眼睛，认真地说："说谎话的人是胆小鬼！"

张汉又羞又怒，一甩袖子抽身便走，连声说："岂有此理！岂有此理！"在松林边，他正遇上飘然而来的吕之悦。吕之悦见张汉气急败坏的模样，连忙问他出了什么事。张汉心头和嘴头都打磕绊，找不出话来回答，只说："岂有此理！认错了人，还要纠缠不清！真是岂有此理！"

张汉越是怒形于色，吕之悦越觉得蹊跷。因为他隐隐觉得张汉表现得太过火，使他忍不住要去看个究竟。张汉自顾自下山了。吕之悦进了松林，远远看见那个衣着敝旧的老满人直挺挺地叉腿坐在石头上，两手按着大腿，胸脯一起一伏，脸上毛丛丛的胡须都挓挲开来，浑身喷发着怒气。男孩子站在他身边，一手叉腰，动也不动。

"真不是东西！"老满人突然一声大吼，把吕之悦吓了一跳。他仔细地打量对方，终于很有把握地喊道："苏尔登！"

老满人吃了一惊，转过布满红丝的眼睛，猛地站起身，大步跑来，拉住吕之悦的手连连喊道："吕先生，真是你吗？"

顺治二年，吕之悦在杭州被镶白旗甲喇章京鄂硕将军罗致府中设馆教授子女。苏尔登是鄂硕的内兄，虽然已是远亲，但因随征到杭州，也常到鄂硕府中走动，因此与吕之悦相识，很敬佩吕之悦的学问，还想跟吕之悦学说汉话。不久苏尔登随队调回京师，就不曾再见面。如今苏尔登怎么落魄到这种地步？两人互叙温寒，不几句话就转到苏尔登的现状，苏尔登立刻想到刚才那个不肯认亲的吴自荣，顿时骂了起来："天下竟有这样禽兽不如的人！虎毒还不食子呢，他连自己的亲儿子看都不看一眼！"

"究竟怎么回事？"吕之悦扶苏尔登坐下，和悦地问。

苏尔登怔了一怔，坦白地说：“这事，最先有我的不是……你还记得我女儿吧？白白净净、漂漂亮亮，谁不夸她？我们回到京师，就把她聘给了本旗梅勒章京的儿子。没想到成婚不到半年，她生鼠疮，头发白了，脸也变了样，给休了回来。本旗二十七个牛录里没有人肯来再娶，我难道让女儿白放着？那次往南城办公事遇上这家伙，看他有才有貌，又孤苦伶仃，这才起意招赘……”老头儿不厌其烦，把前因后果详详细细说了一遍，最后说：“我为招了个蛮子女婿，被旗下弟兄笑骂了许多年，还流徙尚阳堡，跌了我红带子身份，吃了这么些苦头。就算我当初骗婚，这罪过也抵了吧？吕先生，你是知书明礼的好人，你倒评评看，谁亏待了谁？那小子该不该吃一顿教训？”

吕之悦心里很不平静，没想到张汉还有这么一段可悲的经历。双方都有所图，也都得到了一些、失去了一些。造成现在这种不近人情的局面，又该怪谁呢？……他慢慢地说：“苏尔登，不要生气吧！这事既怪你又怪他，既不怪你又不怪他。人生到这世上来，总要活下去的呀！费耀色这孩子能有依靠，就是不幸中之大幸了！”

苏尔登一把搂住费耀色的小肩膀，骄傲地说：“这可是个乖孩子，将来准是条好汉！巴图鲁！”

“那你还管他认不认这个儿子！他若认了，带走费耀色，你肯吗？”

苏尔登憨厚地嘿嘿笑了：“好先生，你说得对！”

吕之悦再次打量着祖孙俩：“这么说，前年在马兰村赶走圈地骁骑、救了柳同春的，就是你呀？”

“哦，哦哦，有这回事。先生也知道？”

吕之悦笑着讲了那次见闻，最后说：“小费耀色，你那会儿要肯告诉我你的姓氏，咱们不就可以早点见面了？”

雄赳赳的小好汉，这会儿才露出点难为情的样子。

“你们祖孙俩……日子过得不顺心吗？”

“哪里话！亏了鄂硕到旗主那儿讲了情，我们三年前从尚阳堡迁回来。我看中马兰村那地方好，就安了个家，有月银、有奴仆、有马群、有山场，什么也不缺。费耀色最喜欢猎鹰，缠着我要到盘山来玩，我怎么拗得过他？”

“鄂硕近日晋升护军统领，他的女儿已赐婚给皇十一弟，是一位福晋了。你不去贺喜？”

“他家格格不是你的学生吗？当然要去贺喜！”苏尔登笑眯眯地说，“我们祖孙多亏了他！费耀色说要捕两只最好的海东青，送给恩人！”

吕之悦下山走得很慢。今天遇到的事使他感慨万端。田园荒芜，可以开垦，三两年总能恢复；人丁凋敝，可以再生，二十年内可望繁盛。但大乱之后，民气复苏何等艰难缓慢；异族入主，贵贱之间的鸿沟又何等深长！士为民之秀，得士心便易得民心，刚从荒野进入中原的八旗旗主们懂不懂？号称英明的少年天子懂不懂？什么时候才能见到真正的天下太平、人间大同呢？……这一切，他都想不清楚。他决定，见到张汉，绝不提有关苏尔登家的一个字。因为此事实在令他难置可否。他一向自诩为识人巨眼，现在却在怀疑自己了。

三

柴门“喀啦啦”一响，九岁的容姑连蹦带跳地冲了进来：

“姐！姐！同春哥又要回来啦！他不唱戏啦！”

梦姑猛地停下纺车，眼睛瞪得大大的：“真的？听谁说的？”

“村里人早传开了。白衣老道给柳大爹带回来一封信，是同春哥让捎的。……姐，人家都说，同春哥是为了你才这么着的！”

“别胡说！”梦姑满脸红晕，低声斥责一句，眼睛却像晓星般闪亮。两度春秋，当年的红袄小姑娘，出落成秀美的少女：浅淡的眉峰如远远的山影，微微蹙起的眉尖使她总带着天真纯朴的神情。圆眼睛变长了，眼尾向鬓边扫去。小小的嘴像樱桃那么红，也类似樱桃一般的圆。略长的鸭蛋脸，更增加了她给人的温柔善良的印象。小妹妹一点不怕她，一晃脑袋，眨动着圆圆的大眼睛，天真地说：

“我没胡说呀，你不是愿意嫁给同春哥的吗？”

“死丫头！”梦姑一手捂住发烫的脸蛋和含笑的嘴唇，一手推开纺车跳下炕，装作生气地说，“再说看我不打你！”

容姑像小山羊似的往屋外一跳："我偏说，我偏说！姐姐天天都想同春哥！"

梦姑追出去要捂容姑的嘴，容姑撒腿就跑，一个跑一个追，姐妹俩嘻嘻哈哈，闹成一团。

"梦姑姐姐！梦姑姐姐！"院外的喊声使姐儿俩停了追闹。梦姑开门一看，是费耀色这个小鞑子。他不肯进门，只递给梦姑一个折成飞燕的纸条，悄声说："我在盘山碰到同春哥了。他让我带给你这个，过几天他就回来了……可别叫旁人知道，同春哥嘱咐的！……好啦，我走了。"

"费耀色别走！"容姑在院子里命令似的叫道，"我给你留了好些麦黄杏，等着！"她跑回屋，拿出装满黄澄澄的鲜杏的扁竹篮，杵给费耀色，才扬着小脸说："你走吧！"费耀色笑嘻嘻地对她扮个鬼脸，抓几把杏儿塞进兜里，吃着走了。

梦姑心慌意乱，手里攥着那张纸条，像捏着一团火，急急忙忙掀帘退回里间，好半天呼吸才平缓下来，抖抖索索地打开那只"飞燕"。上面工工整整地写着：

梦姑贤妹见字如晤：吾已脱籍，五、七日内将归。婚事谅无阻碍，望贤妹放心。

兄同春即日

他真的要脱籍归田！……他是京师的红角儿，吃得好穿得好住得好，结识的都是大老官，金窝银窝他都不要，全是为了我啊！……梦姑想着，感念已极，不觉热泪满腮。

这消息，娘知道了吗？……娘和村边环秀观的住持袁道姑交好，今天又上观里去了，说不定知道得更早！可娘的心意到底怎么样？

圈地官司打完以后，安王庄竟破例把那三十亩地仍旧佃给乔家，而没有收回交粮户耕种①。乔氏于是成了二佃主。由于王庄的土地不纳粮不上税，交了佃租后，乔家所获比哪一年都多。乔氏因而也有点财大气粗，眼睛高上去了。她能如梦姑的心愿吗？

梦姑一会儿站，一会儿坐，两只手扭结着，揉搓着，皱一回眉头又悄悄抿嘴笑，终于待不住，嘱咐容姑看家，自己上环秀观去了。

白衣道人来马兰村以后，因是道友，就借住环秀观。袁道姑很仗义，把前院大殿两侧的四间客房让了出来，自己领两个徒弟住到后院。梦姑一家和袁姑姑交好，后院又都是女道士，她没什么忌讳，见门虚掩着，便轻轻推开进去了。

松荫满地，蝉声悠长，幽静的观院一尘不染，确是出家人修真养性的地方。梦姑不觉脚步儿也轻了，气息儿也微了，生怕搅扰三清，受到天罚。偏偏厢房里传出人声，是那两个小道姑：一个在呜呜咽咽地哭，一个在絮絮叨叨地劝，几句莫名其妙的话飘到梦姑耳边："……哭啥哩？杨贵妃娘娘也当过道姑，武则天娘娘还剃光头当尼姑哩！"

这叫什么话？出家人不是修仙吗？梦姑心里有事，无暇多想，只管走进袁姑姑的上房，掀开门帘，轻轻喊道："姑姑！"

没人回答。堂屋正中供着天仙玉女碧霞元君的圣像，像前一尊宣德炉，青烟袅袅，香火正旺。看这样子袁姑姑并未走远。她等候片刻，到底忍耐不住，一看西耳房门上没锁，便推门而入，仍然不见人影。做法事的铃、杵、钹、锣等物擦得干干净净，在暗屋里也闪闪发亮。所有的高桌低柜，被褥法衣，都放得整整齐齐。靠北墙立着个一人高的空木柜，有些歪斜，破坏了整个小屋的和谐。梦姑走近把木柜扶正，却猛地吃了一惊，木柜背后的墙上，竟有一扇新开的暗门！梦姑心头突突乱跳。

---

① 清代皇庄、王庄等庄园下属大小庄子，由庄头率数家奴户统一耕种，庄主供给生活必需的粮食、住房及工具、籽种等物，收获所得全部归庄主。庄子分粮庄、菜庄、果庄等，奴户便称粮户、菜户、果户等。庄头及奴户都是庄主的奴隶，是庄主私有财产的一部分。

她竭力抑住慌乱，好奇地把暗门推开一道缝，贴脸偷看一下，认出来了，那边是前院老君殿的西房。阳光透过窗棂，把这间屋子照得透亮。屋子中央摆了一桌酒宴，鸡鸭鱼肉，十分丰盛。白衣道人的那位外相威猛、燕颔虎须的仆人，身着褚红色外衣，在往桌边摆酒杯，白衣道人陪着一位青衣客低声谈话。那人须发灰白，清癯有神，梦姑从未见过。她十分疑惑，白衣道人师徒是全真，怎么可以开荤？

门"呀"的一声轻轻推开，白衣道人的徒弟走了进来。看到他，梦姑不由得一哆嗦。往日每当她到观里烧香，这个道童总在旁边站着，目不转睛地盯着她看，眼里像有一团可怕的烈火，直扑梦姑，像要吃人。可是现在，他仿佛变成了另一个人，面容苍白、双眉紧皱，身姿和表情满含悲伤，显得那么清秀、忧郁，竟使梦姑对他同情了：是不是他冒犯了师父，特来领罪，等候受罚？

然而，梦姑万分惊异：白衣道人、青衣客和褚衣仆人一道站起，抢前几步，一字排开，竟齐齐跪倒迎接小道士，并恭敬地奉小道士上坐。小道士坦然承受，毫无局促。坐定后，三人又肃然行了三跪九叩礼，小道士抬抬手，三人才在左、右、下三个座位坐下了。

梦姑完全昏了头，不知眼前这怪事是真还是梦。她怕被人发现，不由得缩紧身子，瞪大眼睛，屏住了呼吸。

小道士声调呜咽地说："流亡数省，也没有找到一块立足之地。最近听说李定国退出广东、败走南宁，乐安王朱议溯兵败被杀。观时度势，天意可知……诸卿历尽艰险随我奔波，本想使我继承祖业，但大势已去，如何是好？"

褚衣仆跪在席旁启告："近日听说鞑子摄政郑亲王济尔哈朗病死，入关战将俱殁，正是主少臣疑，国事不稳之际；郑成功已陷舟山，势力大张，不如前去投他，乘机而为！"

白衣道人摇头道："郑氏名虽奉明，志在自立，可联而不可投，且舟山狭小，非用武之地。至于鞑子朝廷，主虽年少但颇具见识，上有太后挈纲，下有良臣辅佐，外有吴三桂、尚可喜一干人卖命，根基已牢，一时难以动摇。唯有南联永历，东通郑氏，立定脚跟徐图发展，或许大事可成。"

青衣客从袖中取出一图，展在小道士面前：“臣筹划六年，唯此一区可暂立国。昨日接到几处旧将密书，都正练兵积粟待变。臣意先取三山为根本，然后御驾亲临，勇气自当百倍！”他的声音越来越轻，四个人脸上表情也越来越开朗。

梦姑听不懂他们的对话，却明白了这小道士不是平常人，正处在艰难之中，不得不改装流亡。于是，说书瞎子口中许多落难公子的故事都在她心里活动起来，她更加可怜这个倒霉的“公子”，对白衣道人这些“义仆”也就格外敬佩。这些日子积存心头的对小道士的恶感，转眼间消失殆尽了。

酒过三巡，小道士低声说句什么，三位“义仆”面露难色。小道士不高兴了：“既欲延某一线祀，却又如此推托！”

白衣道人赔笑道：“臣等窃愿王爷以大业为重。况且先前已经……”

“时至今日，本王尚无子嗣！”小道士抢过话头，生气地说，“若是绝后，大业纵使成就，又是谁家天下？”

白衣道人连连解释：“王爷息怒。实在是弘光帝前车之鉴，深恐酒色误事，臣等不得不再三进谏。王爷所欲，臣已嘱环秀观主去办了。”

小道士面色转喜：“办成了？”

“想来没有阻碍。袁道姑已对她明说。她只要一见凭证。”

小道士笑道：“这好办！叫袁道姑领她见驾！”

褚衣仆出去一会儿，又领进两个妇人。前面那个头戴道冠、身穿水田衣的自然是袁姑姑；后面一位梦姑看不真切，悄悄向前探探身子，跟着猛地往后一缩，吓了一大跳！天哪，是她娘乔氏啊！

袁姑姑拉着乔氏竟也向那小道士跪下叩头了！梦姑又惊又怕，心跳得怦怦响。她自幼温良、听话，非常胆小怕事，眼前的景象，本来就比说书唱戏的那些故事更神秘，也更可怕。母亲竟卷了进去！这就更加不可捉摸。梦姑像发寒热病似的簌簌发抖，不敢再往下看，偷偷溜回家去。

她倚着炕桌，托着腮，想了好半天，拿说书和唱戏的故事套来套去，也没想出个名堂来。她叹口气，不想了，起身从炕洞深处掏出一个小布包，一层又一层地打开，那对碧玉镯子第一百次托在她小小的手心里，那么莹洁光润，像早春新柳初吐的嫩芽，像翠鸟艳丽的羽毛。她把脸儿贴在温润的玉镯上，同春哥的影子便出现在眼前……

有人敲门。她连忙藏好她的宝贝，伸了个懒腰，走去开门。

“啊！你！……你找谁？”梦姑意外地看到，门前站着小道士，他的目光像烈火一样炙热，烤得梦姑心里发抖。

小道士舔舔干裂的嘴唇，勉强笑着：“就找你！”

“不！不！”梦姑惊慌失措，急忙关门，但小道士身子一横，挡住了。“我娘不在家，谁也不让进！”梦姑竭力压抑着恐惧，正颜厉色，口气非常坚决。

“我知道你娘不在家……你娘方才找我了。你看，这不是你娘给我的吗？”他举起左手，无名指上，一只镶了梅花形珍珠的金戒指赫然在目。梦姑一见就怔住了，这是母亲珍藏多年的唯一宝贝，是当年父亲娶母亲的定物。原是一对，那一只已在十年前随父亲入葬了。

趁梦姑发愣，小道士跨进门，返身把大门插上。梦姑慌了，张口要嚷，小道士一把捂住她的嘴，用不容反驳的口气命令道：“不许嚷！跟我来，有要紧话告诉你！”

除了许多年前，父亲曾这样对她说话以外，这是第一个用强制的口吻指使她的人。她被慑住了，不由自主地随他走进里屋。小道士目光灼灼、声音嘶哑地说：“这戒指，就是你娘给我的定亲信物。从今以后，你就是我的……”他说不下去了，眼睛和脸都涨得血红。梦姑在他的逼迫下步步后退，吓得浑身发抖，嘴里不住地念叨：“不！不！……”

乔氏在袁道姑屋里待了很久，才喜滋滋地回家。

白衣道人来马兰村才三个月，治了许多人的病，救了好些人的命，远远近近谁不说他是活神仙！“活神仙”的话，谁敢不听？袁姑姑说得也对，眼下这朝廷，虽说对百姓比前朝厚道，可他是外夷蛮族，再宽厚也是邀买人心，不能信！乔氏是前朝贡生之妻，知书明礼，哪能忘记忠义为本的正理！“到底贡生之妻，有见识有心计！”这是白衣道人说的，听来很是舒心。因为她并不轻易相信小道士是龙子龙孙，她硬是索看了小道士的龙钮金印，上面确实用篆体刻着“大明阳曲郡王朱”几个大字。金印为凭，还有假吗？再听白衣道人、青衣客说起天下大势，处处起反尘，省省有接应，不出三五年，大明定当复兴，梦姑就是王妃了！

乔氏没想到自家风水如此之旺，居然能出一个王妃！那小道士也真看他不出，今天摆开架势，仔细瞧瞧，果然是龙眉凤目，面如冠玉。梦姑好福气啊！乔氏欣然同意白衣道人的安排：让小道士和梦姑暗中成婚，表面上仍维持他的小全真的身份。

她兴冲冲地回到家来，一推门，门不开，随手敲了几下，没动静。乔氏纳闷，用力打门，喊道：“梦姑，开门哪！”

一阵匆忙的脚步声、门闩响，门开了，小道士站在她面前，头发、衣裳都湿淋淋的，好像刚从水里捞出来，脸色发青，胸脯起伏，气息很不平稳。

“你？”乔氏倒抽一口凉气。

小道士笑吟吟地悄悄说：“丈母，本王已纳你女儿为妃了！”他点点头，甩开步子飘然而去。

乔氏站在门边，怒、惊、喜、怕，心里非常混乱，一时不知所措。“哇”的一声，梦姑在屋里痛哭。乔氏一惊，冲进里屋，掀开门帘，她就什么都明白了。女儿披散着头发，半裸着身子，正在往房梁上扔汗巾。她赶上去一把搂住女儿，喊一声“我的傻闺女！”娘儿俩抱头大哭。

梦姑哭得上气不接下气，嚷道：“我不活了！……我还有什么脸见人哪！”

乔氏语无伦次地抚慰着女儿：“好闺女，可别往绝路上走……他是个王爷……娘已经把你许给他，他是你丈夫了……”

梦姑哭得昏头昏脑，接口就诅咒道：“什么该死的王爷！挨千刀的丈夫！……这么作践人，叫人怎么活啊！”

乔氏温存地搂着女儿，为她梳理头发、擦去泪水，又给她穿好衣裳。等她把许婚的详情细细说了出来，刚才一心寻死的梦姑这才听懂了，顿时惊得面容雪一样白，脱口而出地说：“同春哥就要脱籍回乡了呀！”

乔氏心里一抖，鼻子发酸。今天她去找袁道姑，原是商量把女儿嫁给脱籍归来的柳同春的；带去的那只戒指，也是给袁道姑瞧瞧，用它给同春做信物是不是寒酸。谁想见到袁姑姑，事情就全变了……乔氏叹了口气，轻声说：“傻孩子，自古来女人讲的是从一而终。如今你已失身于他，就死心塌地跟他一辈子吧。同春，你还想他做什么？”

这时梦姑才弄清了今天这桩事的真情。三年来，她用少女曼妙玲珑的心、真挚的情爱，编织着神秘甜美的梦——那只属于她和同春的梦。今天，这梦破碎了。她心里一阵剧痛，眼前发黑，身子一仰，昏了过去。

“梦姑！梦姑！”乔氏流着泪，抱着女儿用力摇晃。好半天，梦姑才吐出了一口气。

“屋里有人吗？”一个响亮的铜锣般的声音在院里问，吓得乔氏一哆嗦，这才记起大门没关，赶紧迎了出去。一出屋门，她就不由自主地停了步：这是个像柏树那么魁梧结实的虬须大汉，黑红的脸庞，闪闪发光的眼睛，又生疏又熟悉。

“你……”乔氏只吐出一个字，心口怦怦乱跳，手脚暗暗打战。

“娘！你不认识儿啦？”大汉扑过来，跪在乔氏脚下，仰头道，“我是你大儿柏年啊！”

“天爷！”乔氏高叫一声，跌坐地上，盘着腿，又笑又哭，“老天，这不是做梦吧？你还活着，你回来了！……我只当乔家男人都死了，绝了后了！……你身子骨倒结实，这么大个子！……我只当我再没脸见乔家先人了，你还活着，活着呀！”她抚弄着儿子的头发、肩膀，颠三倒四地唠叨着，高兴得有如癫狂。

乔柏年用手指抹着眼睛，声调哽咽着说：“十年了，我总惦着老娘，惦着家乡，惦着祖坟。今儿总算九死一生，捡回一条活命！”

乔氏不错眼地打量儿子：“你倒还认得家，就这么照直走进院里来了！吓我一跳！”

“儿子哪里寻得着家门，是个同路进村的漂亮小伙儿指的路。可真是个人物！”

乔氏一怔，有点紧张：“你说谁？”

“指路的小伙儿呀！热心肠，好身板，俊模样。娘认识他吧？他说他叫柳同春。”

乔氏无言，拉着儿子粗壮有力的大手，哭了。

屋里的哭声再起。但已不是方才那号啕不息，泪滔滚滚。这哭声几乎听不到，那是令人心碎的、肝肠寸断的饮泣……

四

“禀太太，有位夫人来拜望。”

顾媚生放下右手拿着的《玉台新咏》，左手仍然抱着她那个装纱点银、香气袭人的“小相公”，蹙了蹙淡淡的弯眉，说：“糊涂！为什么不报来客府第？”

老仆连忙躬身，诚惶诚恐地说：“来客不肯明言，只说是太太的故旧。……坐着八抬大轿，仆从烜赫……”

顾媚生想了想，说：“请她在内花厅待茶。我即刻就来。”

老仆下楼去了，顾媚生这才把“小相公”递给身边的保姆，站了起来，端茶盏用香茶漱漱口。丫环赶忙捧上唾盂，待她吐罢，又赶忙退下。但顾媚生并不急着下楼，款款走到窗前。精雕细刻着云朵仙鹤的椭圆窗洞上，蒙着绿莹莹的亮纱，她可以清楚地直看到大门、二门、前院，外面却看不见她。

随着家中老仆，先进来两个艳妆的丫头，跟着，一位贵妇人扶着一个丫头的肩，慢慢走进来，身后随着两个丫头，丫头的背后是两个穿号衣的老仆。再看那贵妇，披了一领镶金嵌银的湖色披风，头上蒙一幅如云似雾的面纱。顾媚生不快地想：尊贵也罢，矜持也罢，犯不上到我家来摆！

话虽如此，她还是很快下楼去到内花厅，早在进门之前，就把亲切、灿烂的笑堆上面庞。跨进花厅，她心里一惊：来客已除去面纱披风，侧立壁前，观赏那一幅宋代苏汉臣的《秋庭戏婴图》。此人下着白罗裙，上穿淡绿对襟薄绸衫，一头黑亮的秀发全堆上头顶，用一根赤金点珠凤头扁簪穿住，有如乌云中展翅飞翔的一只金凤凰。面貌虽然看不见，但风姿绰约，淡雅如仙，令顾媚生为之气夺。

听到脚步声，贵妇转身面向主人，莞尔一笑，露出洁白如贝的牙齿，款款地说：

“顾太太，久闻大名，特来拜望，不见怪吧？”

顾媚生笑着寒暄：“拜望二字，实不敢当。请坐，请茶……”她心里却在暗暗纳罕：此人面容似曾相识……她称自己顾太太，难道是江南宦门的家眷？

“顾太太别来无恙……你真的不认识我了？”

顾媚生仍然妩媚地笑着，那双有名的号称横波的眼睛在笑的掩饰下，极快地上下打量来人，非常得体地、绝不使人见怪地轻轻摇了摇头。

来人忽然不笑了，正色道：“媚姐，你忘了？十五年前，荷花盛开时节，在姑苏虎丘西施井边，银炉焚香，义结金兰……阿姐，你当真记不得了？”

最后一句，用柔媚的苏白道出，立刻勾起顾媚生那遥远的回忆。她惊喜地一把捏住来客的双手，失声喊起来：“素云小妹！素云小阿妹！……阿妹，想不到你我还有见面的一天！”顾媚生动了真情，不再注意自己的表情、姿态，又激动又急切地问：“这些年你都在哪里？甲申、乙酉两次劫难怎么逃脱的？如今在何处安身？为什么到今天才来看我？这些年叫我好想啊！”说着说着，泪珠成串地淌了下来。

素云微笑地拍着顾媚生的手背，温柔地安慰着：“阿姐，你我不都好好的吗？甲申、乙酉已经过去十二年了。阿姐快不要哭，我是专来找阿姐叙旧的呀！”

顾媚生慢慢安静了，听到素云在“叙旧”两个字上加重了口气，立刻会意，说：“这里不好讲话，快跟我上楼，到我房里去！”她拉着素云的手，两人亲亲热热地走向庭院深处。一路上，她不住打量素云："阿妹，你好风姿，好气度。算来也该有三十岁了，看上去好像不到二十哩！不知谁有这么大的福气，能消受你这一代佳人哟！……你看你，仆从如云，落落大方，想必嫁了个金龟婿，做起了夫人，对不对？……他是谁呢？在京师吧？在哪个衙门当差？"

素云笑而不答，只说："阿姐，你样子没变，性情也没变，还像早年那么活泼泼的。结拜的时候，论年纪你是阿姐，论性情，你可是最小的小阿妹哟！"

顾媚生笑道："这些陈芝麻烂谷子，亏你还记得它！"

十五年前，她们都是不到十六岁的姑苏名妓。六月二十二日，姑苏人称之为荷花生日，她们相约到虎丘西施井畔焚香结拜。她们都颇通诗书棋画，选择的时间地点很有诗意。她们愿自己像荷花那样美丽清香，有出污泥而不染的品格。西施同她们一样，是美人，也是个以色事人的风尘女子，西施终于有个与心爱的人泛舟五湖的大好结局，那也正是她们所向往的。

两人携手走进顾媚生的香闺，抱着"小相公"的保姆和侍女连忙跪下请安。素云立刻上前抱过"小相公"仔细欣赏，笑道："真正名不虚传。阿姐的'小相公'精致得很呢！一定能带一个弟弟来！"

"你也听说我家'小相公'了？"顾媚生瞟了素云一眼，"我知道外面有人骂我是人妖！才不理他们呢，人妖就人妖！咱们生来是挨骂的命！再说，女人家生不出儿子，丈夫再疼爱，亲戚朋友当面不说，背后总是要骂的，什么母鸡还生蛋，母猪还下崽的，讨厌死了！……我要是有个儿子啊，顾太太三个字怕不重过千斤！"说到这里，她突然心里一动：素云上楼一见木孩子，就称"小相公"，方才进门，第一声就喊顾太太。十多年不见了，这些近日的事怎么她都知道？

当初，龚鼎孳做左都御史时，朝廷赐给命妇诰封。按制度，诰封必须颁给原配夫人。龚鼎孳不敢违命，派人送回合肥原配夫人处。夫人却说："我已受先朝两度诰封，不能再受新朝诰封。诰封给顾太太吧！"这样，顾媚生就受诰封成了命妇，而"顾太太"的称呼也就被人叫开了。顾媚生倒也欣然接受，因为可以避免"二夫人""姨奶奶"之类令她厌恨的头衔，不过，和"夫人"这样的正式称呼比，仍然不免矮了一头。

这是八年前的事，而“小相公”的出现，只在这三两年。顾媚生不高兴了：“阿妹，想来你这些年都在京师，为什么不来看我？不知道我吗？”

“哪能不晓得阿姐的大名！”素云笑着说，“早些年不敢来，近几年又不能来。阿姐莫要生气。”

“这话怎么讲？”

素云看看保姆、侍女，笑了笑。顾媚生明知她在卖关子，还是等侍女们穿梭似的在桌上摆满精致的茶点和小菜以后，才把她们打发出去。只剩下姐儿俩了，顾媚生道：“好啦，你讲啊！”

“早些年，姐夫在朝官高爵显，你妹夫无名小卒，不敢高攀；近些年，朝中满、汉同列不同权，处处要小心，又怕人说结党营私，有碍官声……”

“那么，今天怎么敢来了？”顾媚生不满地问。

素云笑眯眯地压低声音：“近日你妹夫扈驾出都，我才得空来看望阿姐。”

“扈驾？”顾媚生心中一惊，“阿妹的夫婿究竟是谁？”

素云挽过顾媚生的肩头，凑在她耳边小声说：“山东聊城傅以渐，字于磐……”

“啊！傅以渐！内秘书院大学士！”

素云不好意思地点点头，歪着脑袋靠在顾媚生的肩上，三十岁的人了，倒像个娇羞的女孩儿。

“哎呀，你是宰相夫人哪！”顾媚生推开素云，假意要拜下去。素云一把拦住，嗔怪道：“阿姐，看你！”

顾媚生无所顾忌地哈哈大笑。当年她的狂笑曾风魔了江左文士，今天也还能辨出早年那丝毫不损媚容的狂笑的影子。她心里真的高兴，这对丈夫的起复不会没有好处。她拍着素云柔软的小手，连声说：“好啊，好啊！当初结拜，数你年纪小，大姐笑你有富贵命，你还生气了呢，说什么定要效仿西施，隐居山水花木间。如今怎么说？”

素云一笑，拉顾媚生一道坐下，顺着她的话问："姐妹们近况如何？这些年一点音信也没有。"

顾媚生道："倒是我们这些在野的人家，来往走动得勤，芝麓又极好客，消息蛮灵。"于是，她扳着手指算：大姐柳如是后来嫁给钱谦益，顺治三年，钱谦益在明史馆充副总裁任上乞归，回常熟与柳如是家居，以著述自娱，颇为安乐；二姐便是她顾媚生；三妹陈圆圆已是平西王次妃，顺治初年她留京时，还时有来往，平西王接她随军，出京时顾媚生曾去相送；四妹董小宛，嫁给江南四公子之一的冒辟疆，三年前已经去世……

"金陵的一帮姐妹呢？"

顾媚生与柳如是一起，在崇祯末年去了南京，对秦淮名妓的归宿都很清楚：马香兰病死，和另一位公子侯方域交好的李香君出了家，卞玉京和寇白门也都遁入空门。

"唯有我们这些俗人，还在红尘中沉浮！"顾媚生最后说了这么一句感慨的话，随手在杯盘间拈了几块蜜饯果脯，津津有味地嚼着。

"哎哟，阿姐，再吃这些东西，你还要胖起来，再胖可就不容易养儿子了！"

"死丫头，嘴巴还那么刁！"

"阿姐消息灵通，可曾听说江南十世家谋反的事？姐妹们有没有给牵连进去？"素云终于小心地、仿佛无意地发问了。

"知道知道！那是早些年的事了，死人破家的不计其数。要是芝麓还在都察院，总会拼死进谏的。姐妹们嘛，要有，便是钱家、冒家。可不曾听说呀？"

"好像还有仁和陆文康家吧？"素云突然单刀直入，提出了她此来的中心题目，不过口气非常平缓，似在随意闲扯。

"不错，仁和陆家，弄得很惨，偌大一所宅第改作了官舍，万贯家私查抄一空。"

"家中再没有人了？"

"不是入狱监禁，就是绝了户，记不清了……你和陆家相识？"

"倒不。是一个亲戚与陆文康有同窗之谊。"素云表示很有兴趣，便夹起了一块凉藕，跟着她就暗暗松了口气，不用她再挑动，顾媚生已义形于色地讲起这场冤狱的详细经过，滔滔不绝。这些都是由来往于龚鼎孳门下的文人之口传出，比官吏的文书奏折生动得多。看来，这位二阿姐对于素云在苏州后来的遭遇竟一点都不知道，或许已经忘却了。

素云样子很悠闲，吃着点心，喝着香茶，似听非听。实际上，顾媚生的每句话，她都听进心里去了。直到顾媚生转到别的话题，她才起立，走来走去地巡视阿姐的香闺，不断向她打趣。当她停在窗前，像顾媚生刚才看她那样向外观看时，却不由得怔了一怔，她看见她的老仆正在与一个少年书童讲话，就是这个明眸皓齿的俊书童，害她找得好苦。这真是踏破铁靴无觅处，得来全不费功夫！

"阿姐，那个小厮是你家的人?"

顾媚生走过来看了一眼："那是芝麓的门生张汉的书童。说来可怜，他原是梨园名角，偏发誓不肯再唱戏，要脱籍归田。结果父亲病死，定亲的媳妇又退了婚，只落得无家可归，无亲可投，这才又回到京师。他敬慕张汉的才学人品，自荐当了书童。可是他又不肯卖身为奴，只算是个侍候张汉的伙计。张汉倒也愿意，这就叫作缘分。主仆两个，都跟画儿上的潘安、宋玉也似的……"顾媚生说着，掩嘴笑了，是那种中年风流女人说到漂亮后生时暧昧的酸溜溜的笑。

"阿姐，我们下楼去，我要找他问话。"

"哟，小阿妹，你那大学士不醋吗?"顾媚生斜瞟素云一眼，笑得更厉害了。

"阿姐，我找他可不是为他漂亮标致。一个月前他曾替我娘家捎来一封信，还没谢他，也没细问，他就走了，再没找到。今儿个可要问问清楚！"

素云到家，随傅以渐出去的仆人前来禀报：主人安好，今天下午就能回府。

素云灵机一动，身子摇摇晃晃，跟着躺了下去，喊头痛说恶心，午饭也没有吃。于是阖府都知道了：夫人中暑。

院里一派寂静，素云那深邃宽大的寝室里，更是宁谧十分，几乎能听到檀香香烟在空中袅袅飘动的细微声息。侍女在门前、在床前垂手而立，大气也不敢出。素云懒懒地躺在翠帐如烟的绣床上一动不动，头脑却异常活跃、灵敏。十四年的岁月如同一道厚厚的沉重的帷幕，慢慢揭开了。正因为时间相隔太久远，素云得以清楚地看到整个事情的全部过程，好像她是一个戏台下冷静的看客，而不是当事人。

浙江仁和陆健，才气豪放，风流潇洒，有名的佳公子。和所有豪门公子一样，喜欢蓄养歌姬侍妾。他春游姑苏，遇到十六岁的名妓素云，惊为天人，以三千两银子为聘礼，把她买回家中。素云色艺为诸姬冠，自然受到格外的宠爱。

一天，忽有山东书生投刺请见，门丁以从不相识为理由予以谢绝。这位风尘仆仆的年轻书生非常固执，安坐门前，大有候陆公子驾出的意思。陆健只好在客厅接待了他。书生无暇寒暄，自称“山左傅以渐”，因听说陆公子侍姬中有一名叫素云的，艳倾宇内，特地赶来一睹风采。

陆健颇觉意外，迟疑半晌，逡巡着说：“劳君远来，请先待茶，慢慢商议。”

傅生慷慨陈词：“某千里徒步而来，于公子并无他求。公子若幸而许我，诚当少候；否，则不必相留。”

陆健无奈，又不肯失了“信陵公子”的名声，便同意了，傅生这才就座。此时已近暮夜，陆健即命仆人摆上酒宴款待傅生。酒过数巡，灯烛辉煌，环佩锵然，十多名侍女前导后拥，如众星捧月，素云出见了。傅生起立，长久地凝视素云，叹道：“果真名不虚传，不负我来此一行！”说罢就向主人道别。陆健坚持要留他多住几日，傅生笑道：“得睹倾城之貌，私愿已遂，岂是为饮食而来！”他一揖告辞，径自走了。

陆健坐立不安，怏怏不乐，如有所失。惆怅之余，猛然惊觉，拍案大呼道：“陆健、陆健，何爱一妇人而失国士！”他立刻牵来骏马，跨上雕鞍，向北飞奔，终于在三十里外追上了傅以渐，强制他一同回府，并以最高礼遇款待他。第二天傍晚，陆健把傅以渐引进一间红烛高烧、锦帐华褥的寝房，对傅以渐拱手道：“君来此虽属无心，但其中似有天意。我今以素云相赠，此室即洞房，今晚即七夕。”

傅以渐坚辞不就，说夺人所爱将陷他于不义。陆健笑道：“君何迂腐！自古就有赠姬之事。我念君家力单，难致佳丽，我粉黛盈侧，岂少此女。我视君为大丈夫，方有此举，何必效书生羞涩之态！”说罢，侍女已导引素云出拜。傅以渐惊喜过望，便也就依从了。

在陆府，傅以渐夫妇过了满月，陆健又为素云出装奁十箱，更赠傅以渐千金，送归聊城。傅以渐安然当了富家翁，从此得以博览群书，专心举业。

甲申之变天下大乱，傅、陆两家音书断绝，整整十二年了……

素云在床上翻了个身，侍女连忙用托盘捧上一把精致的小茶壶，素云端着喝了一口，重新躺下，又跌入绵长的回忆……

这件事从头到尾，两个男人都以豪爽侠义相标榜，自以为可传为佳话，可留于青史。但陆健也罢，傅以渐也罢，谁都没有想到去问问素云的意思，问问素云到底喜欢谁，愿意跟谁——尽管她身价高达三千两银子，尽管她是个倾国倾城的姑苏美人。直到洞房花烛夜之前的那个下午，陆健才告诉素云要把她嫁给傅以渐。

素云大吃一惊，感到蒙受了耻辱。应该说，她见到的傅以渐，给她的印象是不错的：宽额、隆准、阔嘴，目光湛湛，清亮如水，当时她就想，此人仪表非凡，气度轩朗，前途未可限量；但是她眷恋的是风流潇洒的陆公子，她的主人。她哭了。

她的眼泪好像使陆健有些感动，他柔声说：“你是嫌他穷吗？你这么个超逸的人儿，竟也脱不了俗气。你想想，你就是在我府里过十年二十年，仍不过是个歌姬，嫁给傅以渐，你就是他的结发妻子。傅以渐乃国士，你还愁当不了一品夫人？”

素云使气，跺着脚说：“我不管什么夫人不夫人，我真心喜欢你。可你，拿我当一件东西，随便送人！”

陆健不说话了，在窗前默默地站了许久。他眼睛不看素云，低声说了一段话，那忧郁的声调，伤感的表情，永远留在她的记忆中：“素云，别看我只大你三两岁，在男女之间的事儿上，真情实意早就埋葬到坟墓里去了。对酒当歌，人生几何！凡事不过逢场作戏，何必认真？对你也无非如此，你有什么可留恋的？不错，我拿你送人，没有把你当人看。那么从今以后，我拿你当我的妹妹，好不好？哥哥送妹妹出嫁，当是天经地义了！”

他没有食言，送给她的嫁奁跟他亲妹妹的相同；她随傅以渐回山东后，在来往书信中他也以兄长自居，称他们为贤妹、妹夫……

这些年他是怎么过来的？听那小书童说起在盘山相遇的情景，他该是很狼狈的了。他一定老了许多，十四年没见了！

十四年来，她与傅以渐相依为命，倒也十分恩爱。傅以渐确是个不同凡响的男儿，他并不在意素云的出身，也从不问起素云在陆府的那段歌姬生涯，一心一意拿她当结发妻相待。素云为他生了一子一女后，他连娶妾的心思都打消了。顺治三年，他以头名状元大魁天下，授内弘文院修撰。为了显示荣贵，同榜进士纷纷在京纳妾，他却毫不动心。事后素云问他何不入乡随俗，也纳小星？他笑道：“任它弱水三千，只取一瓢耳！纵然美女如云，谁能比得上拙荆？”

傅以渐居官谨慎，尤其拜大学士以后，得在议政王大臣、满尚书等满洲亲贵间周旋，既要施政，又不能得罪他们，真是费尽心力。江南十世家谋反案，从顺治初年直闹到今天，满官总是一口咬定。因为这十家是明朝的首富大户，文人渊薮，在满人看来，他们谋反是确定无疑的，不严加镇压，江南就难以服帖。傅以渐敢去碰这棘手的事儿吗？弄不好，丢官丧命都是可能的。不见陈名夏的前车之鉴！

可是，人不能没良心啊！……素云努力压制着烦乱，在心里演习着如何说服激励自己的丈夫。

“夫人，你怎么样了？”还在窗外，傅以渐就急不可待地大声问。他一进门就听说素云卧病，一步未停，边走边脱朝衣、朝帽，直赶到寝室，几个大步就迈到了床前。侍女连忙把纱帐挂上银钩。

素云慢慢回脸，睁开迷迷矇矇的眼睛，看着自己的丈夫。十多年来，他的最大变化，就是唇边颔下多了一些胡须，略略遮住了阔嘴；由于薙发，额头更显得宽大，可是鼻梁高耸，目光清湛，和当初一样，是个可以依赖的男子汉。她怦然心动，忽然觉得一阵轻松，微笑道：

“你瘦了。一路劳累吧？”

“我还好。你这是怎么了？怎么会中暑呢？”

“在花园太阳底下站久了。”

“丫头为什么不撑把阳伞？”他转头要责问侍女。素云连忙示意侍女们退出，说：“不怪她们，是我不小心。”

“你现在觉得怎么样？”

“好些了。就是心里有事，总放它不下。”

傅以渐端起茶壶喝了两口，坐在床边，安慰道：“有什么大不了的事？我来帮你排遣。”

“这几日，天天晚上梦见庙里判官戳手指斥我，说什么‘女子也当报养育之恩，你岂能忘记娘家’！连梦三夜，心绪不宁，如病缠身。但我向来不记事，离家年久，又逢世乱，实在不知娘家在何处啊！”

傅以渐想了想，和悦地说：“贤卿难道忘了？按理而论，仁和陆府实在应该算是你的娘家，对不对？”

素云恍然，似有所悟地连连点头：“对的！但不知陆健在哪里？”

傅以渐叹口气，低声道：“我听说顺治初年，陆家就牵入十世家谋反冤案中了。去年拜大学士后，也曾暗地差人到仁和寻访他的消息，回报说痛遭冤祸，家没身亡。怕你难过，一直没有告诉你。”

素云静静地对傅以渐凝视片刻，说：“相公本是一介寒儒，贫困交加而得以专心向学、坐致通显，实在是陆文康的恩德；你我十数年相濡以沫，相敬如宾，也实在是陆文康的情分。我想相公不会忘记吧？”

“没齿不忘，终身铭记。”傅以渐说得很郑重。

“那么，如果文康至今尚在，你将何以报答？”

傅以渐一惊，看素云时，病态全无，炯炯目光直视自己。他毫不犹豫地说：“果真如此，以身相报尚且不惜，何况其他！”

“此话当真？”

“可对天日！”

素云立刻拿出陆健的那封信。傅以渐脸色都变了，开封时双手略略发抖，但他还是从头到尾读完了这封写给妹夫和贤妹的信。信中不过恭问起居寒温，但末后说了一句：“因遭冤狱，数载亡命山野，昭雪无由。”

素云一面看着傅以渐的表情，一面小声解释：“这是你出京后一个小厮送来的，连他也不知文康现在何方……”

傅以渐看罢，收信入封，面容严峻，沉吟不语。

素云见状，猛跳起身，从枕下抽出一把锋利的剪刀，扯下自己的头发就剪，傅以渐连忙阻拦时，已剪下一绺二尺长的青丝了。素云手捧青丝，望天发誓：“人生在世，信义为本。要是不能报恩，狗彘不如！要这荣华富贵有什么用啊！”

傅以渐夺过剪刀，生气地说：“你这个人怎么这样性急！不报文康之恩，我成什么人了？朝廷里的事你又不是不知道，大权尽属满官，汉员不过是陪从。我虽拜大学士，也不过秉承皇上和王大臣会议的意思办事，哪能说了就算数？何况逆谋大案非同小可，满官视为禁脔，从不让汉官插手……”

“照你这么说，报答文康还不是一句空话！”

“我想，唯一的希望在皇上。天子圣明，或许有开恩之举，但也需时日。我将遍谋有识之士，看准有利之时机，会同申奏，这都不是十天半月能办得成的……”

这些，素云理解。不过她还是问了一句：“那么解江南冤狱的事，你是经我提醒才想到的吗？”

“哪里。如今讦告成风，汉官人人自危，再不设法阻止，成何朝廷？成何世界？”

“唉，”素云长叹一声，又躺下了，“但愿皇上明察秋毫，解天下冤狱，让江南还如旧日江南那般昌盛明丽吧！”

第三章

一

转眼间冬去春来，到了顺治十三年。二月初八，是庄太后的圣寿节，和皇帝的万寿节一样，也是个普天同庆的日子。

一大早，皇帝就率着诸王及文武百官到慈宁宫行庆贺礼；他们退出后，皇后率六宫妃嫔、公主、福晋、命妇再进慈宁宫行庆贺礼；第三拨是皇子们在内监的导引下给太后行礼叩头。慈宁宫内张灯结彩，只这三拨人的庆贺礼仪，就把大半个上午占尽了。接下去是太后的万寿宴。按制度，寿宴应设在慈宁宫正殿，皇太后南向升宝座，皇后率妃嫔进茶进酒，殿南搭舞台，戏舞百技并作。但是，今年是太后四十五整寿，加上去年年景好，国家渐趋稳定，太后十分高兴，便格外开恩，寿宴不仅恩及近支王公的福晋、命妇，与太后有母子名分的福临的同父异母兄弟都被留下与宴，几位小皇子、小公主也被带来了。

太后仿佛要一享天伦之乐，打破了以前筵宴男女分席的常规，凡是夫妻便同在一席；凡有皇子、皇女的妃嫔，也让她们母子、母女相聚。这就成了一次真正的家宴。庄太后作为这庞大、显赫、高贵家族的最尊贵的长辈，自然能享受到任何人都无法体味的自豪和满足。

“万—岁—爷—驾—到—！”慈宁门外太监拉长声音响亮地喊着，院里廊下的人们立刻跪下、匍匐在地，恭迎皇上。福临大步流星跨进宫门，站在门内的台阶上，矜持地背着手，目光仔细地扫过每一个人，长长吁了口气，表情有些不安。他抬抬手，简单地说：“起。”他毫不停留，直奔后殿。太后身边还有许多福晋、命妇环绕着。

福临在后殿门口一出现，除太后以外的所有人又一起跪倒。福临先到母亲面前行了常礼问了安，随后一声轻轻的“起”，那些打扮得艳如春花的贵妇人都直挺挺地站起。福临对她们看了一眼，脸上一团失望，眼角都垂了下来。

太后看在眼里，嘴上却喜滋滋地说着调侃的话：“今儿的寿宴真不该让你来。我请的客人怕都要吃不饱啦。”

福临笑道：“母后说哪里话！儿为天下主，必须孝治天下。母后寿宴不与，儿子岂不是千古罪人！至于宾客嘛，我怕他们要吃得走不出慈宁门呢！”

“这倒为什么？”

“谁让母后调教得慈宁宫的厨子一个赛似一个呢？”福临在这里，心灵口巧，很能讨好母亲。太后快活地笑了。

“母后，儿子这个慈宁宫家宴的主意可好？皇家规矩太多太严。要能像平常百姓家亲戚来往，做满月，喝喜酒，随心所欲，自由自在，该有多好！”

“规矩不能没有，家人团聚也该快活些才好！”太后和悦地说，心里却在暗笑儿子拙劣的障眼法儿。她断定，她这性情热烈暴躁的儿子，绝不会在五句话之后还能掩饰住他的真实意图。

果然，福临紧接着问：“襄亲王怎么没有来？”

去年二月，也是在太后的圣寿节上，福临与他的幼弟博穆博果尔夫妻谈得十分高兴；过了三天，他派太监去博穆博果尔府，赐给幼弟一大批书画珍玩；跟着，二月二十一日，未满十四周岁的博穆博果尔竟被皇上封为和硕襄亲王，引起朝野的惊异。由此开始，皇帝突然对自己的幼弟格外宠爱。当了亲王，博穆博果尔必须参加许多以前不常参加的典礼，并每日随朝站班。皇帝因此就可以经常召见他，可以经常请他的福晋参加宫内的许多宴会。

不止一个人在太后耳边说起这件事。尤其是去年中秋、重阳、冬至三次内廷家宴，皇上不仅格外优待襄亲王夫妇，竟然在御花园多次单独与襄王福晋说笑。最令人不安的是，他们交谈用的是汉语，弄得向太后私下禀告的人也说不清他们都谈了些什么。

太后倾听这些密探们——主要是些得脸的太监、宫女和他们的主子娘娘——的密报时，从来都面无表情，不置一词。醋味太重的妃嫔若说出什么不得体的话，便会被太后斥为有亏妇德；说皇上的坏话，更是绝对不允许，那有宫规管着。宫规里也有鞭笞和杖刑，不过太后从来不用罢了。

太后绝对地维护儿子。因为他是天下之主、万乘之君。她从来明睿智慧，儿子的作为，儿子的心思，绝逃不出她那时时含笑的慈蔼的眼睛。早在大婚后的第二天，她就觉察到福临心绪不宁，对新皇后仍不满意。当福临向她提出晋博穆博果尔为亲王时，她已大致猜到了他的用心。不过，庄太后可不是一个平凡的妇人，更不是个普通的母亲。她很懂得怎样做一个太后，怎样对待身为君上的儿子。她的最有力的手段就是宽容。只要不越过危险界限，她一概宽容。事实上，这是对待她的这位聪慧异常而又喜怒无常、性情暴躁的儿子的最好办法。她确实从她的丈夫皇太极那里学到了许多东西，是个绝不亚于任何男性智士的女智多星。

听着儿子的问话，看看儿子的表情，太后心里如同黑松鸡落在雪地上，一清二楚。但她绝不点破，很自然地回答说："他俩往寿康宫迎接懿靖和康惠去了。"

懿靖大贵妃是博穆博果尔的生母。她和康惠淑妃原先都是元朝的直系后裔察哈尔蒙古林丹汗的福晋。天聪八年，皇太极领兵攻打察哈尔，成吉思汗的末代子孙从此灭亡。皇太极收纳了林丹汗的两名福晋。崇德元年皇太极改国号为清，称宽温仁圣皇帝，设置后宫。清宁中宫大福晋即皇后，是庄太后的姑妈；西永福宫庄妃便是庄太后；东关雎宫宸妃是庄妃的姐姐。当时，懿靖大贵妃为西麟趾宫贵妃，康惠淑妃为东衍庆宫淑妃。懿靖大贵妃早年为林丹汗生了察哈尔蒙古汗的继承人额哲和阿布鼐。当蒙古四十九旗归附时，皇太极以延续元朝苗裔、不忍废绝之意，命额哲为察哈尔蒙古旗的旗主，封为和硕亲王，并以皇二女固伦公主马喀达下嫁。顺治二年额哲亡故，其弟阿布鼐袭王爵，公主也转嫁阿布鼐，至今驻守察哈尔旗。博穆博果尔生于崇德六年，与额哲、阿布鼐同母异父。

庄太后对待先皇留下的其他妃嫔，一贯非常优厚。博穆博果尔夫妇先来慈宁宫问了太后圣安，太后便打发他们去迎接大贵妃和康惠淑妃。福临一向佩服母亲的大度，又知道襄亲王夫妇确实已来，也就放了心，便跟母亲饶有兴致地谈论起寿宴上的戏目。

东西两庑的中和韶乐，奏起了皇太后升座乐，曲调庄严而徐缓。庄太后在乐曲声中登上慈宁宫正中的宝座，所有的妃嫔和王公福晋们在帝、后的率领下，整齐地跪在宝座前。太后坐正，乐止，人们在宣赞太监的带领下同声祝贺：

“愿圣母皇太后万寿无疆，万寿无疆，万寿无疆！”

人多声响，大多数是女子，合在一起十分好听，在阔大的殿宇中引起了回声。

太后微微笑着，朗朗地说：“今儿的寿宴是家宴，都是自家骨肉，不要拘礼，酒随意喝，话儿畅心说，我这个子孙满堂的老妇人也要高兴高兴！”

殿堂里泛起一片笑声，比平日庄严肃穆的典礼轻松多了。福临却不肯草率，一定要正式向太后敬茶敬酒，太后只得同意。于是，排列在慈宁门檐下的中和清乐演奏起《朝天子》，福临率着他的五位兄弟走向太后宝座。他身后按年龄顺序排列着镇国将军叶布舒、辅国公高塞、镇国将军常舒、镇国将军韬塞与和硕襄亲王博穆博果尔。承泽亲王硕塞已在前年病逝，博穆博果尔就成为皇太极诸子中唯一的亲王了。按爵位而言，镇国将军离着亲王还有六级：辅国公、镇国公、贝子、贝勒、郡王、亲王，通常情况下，本不能同拜同起；而且博穆博果尔原来并无爵位，一下子晋封亲王，几个哥哥十分眼气。今天是家宴，除了皇上、皇后，只讲辈分长幼，不论官职爵位，博穆博果尔只能排在最后，叶布舒他们心里自然痛快，只是不好表现出来。博穆博果尔却是一肚子不高兴。当了一年亲王，他已习惯于处处受尊崇了。不想，行进途中福临回头看了一眼，笑笑，停步对博穆博果尔招招手。博穆博果尔赶紧跑两步追上来，福临牵着他的手，一同端着金杯，并肩走到了太后宝座前。殿里一片压抑的惊叹和窃窃私语，目光都集中到福临和博穆博果尔的脸上。博穆博果尔不免趾高气扬，得意扬扬，几个哥哥只得亦步亦趋地跟在一位天子、一位亲王的身后。福临呢，脸上泛起恭敬的微笑，正合他此时此地的身份。他心里却是一阵阵沉醉，因为在无数投向他的目光中，他感到有一双乌黑晶莹的眸子，透露出惊讶、不安和恐惧，也透露出赞美和知心。这就足够了，其他的哪怕一万双凤眼美目对他都没有意义，都不存在。他不觉把步子迈得更稳健有力，使身姿更加潇洒自如，而那使他面貌开朗英俊的微笑，始终没有离开他的唇边、眼角。

太后接过儿子们进上的金杯，豪爽地一饮而尽，然后又分赐他们每人一杯酒。趁此机会，福临向站在宝座两侧的妃嫔、福晋们很快地扫过一眼，心头一跳：她到哪里去了？再搜索一遍，仍然没有见到那双明艳无比的眼睛。一刹那间，福临浑身像缠上蜘蛛网似的不自在，面孔阴沉下来。如果她不在，如果她没有看见，没有听到，福临所做的一切，不都枉费了心机吗？福临回到设在太后宝座左前侧的御座上，情绪低落，连宝座和食案上金光灿灿的膳具仿佛都失了光彩。

《朝天子》在一遍又一遍地奏着，乐队里的歌工用嘹亮的响遏行云的歌喉，和着乐曲，唱出祝寿祝酒的贺辞。皇后率着六宫妃嫔、公主、福晋向太后敬茶敬酒。大殿中心仿佛开出一坛五颜六色、光艳夺目的鲜花，又仿佛集中了一群宛转娇啼、炫人耳目的彩鸟。福临淡漠地望着她们，“粉色如土”四个字又一次在他心头闪过。

突然，她出现在第三排最后一个位置上，是福晋中的最后一名。福临惊喜地看着她。显然，刚才她被那些躯体高大的女人完全遮住了，像一堵墙遮住了一丛芳兰。在这一群高大健壮、举止呆板、色彩艳丽的满、蒙贵妇之中，她显得越加娇小玲珑、仪态万方，那么温文尔雅、蕴藉脱俗，仿佛是一个晶莹剔透、放着光芒的玻璃人儿。“啊！乌云散开了，明月出来了！”福临在心里高声赞美着，胸际顿觉豁然开朗，周围的一切都变得更加美好：殿堂高了，宝座更辉煌了，茶酒菜肴为什么如此香美？歌工的歌唱为什么如此动听？福临觉得自己的精神仿佛进入一个从未经过的仙境，心里那么明亮、欢乐。当太后向大家赐酒以后高兴得爽声而笑时，他也借题发挥，放声大笑，像孩子那么率真、欢快、无所顾忌，惹得坐在对面皇后御座上的那位正宫娘娘胆怯地看了他好几眼，他也毫不在乎。欢乐像一道清纯甘美而又湍急的溪流，腾着浪花，从他心上流过，从他全身流过……

中和清乐奏起了轻松欢快的《金殿喜重重》，寿宴正式开始。斟酒斟茶的宫女用彩色绸袍换去了蓝布长衫，乌油油的大辫子根上梢上都插了鲜亮的绢纱花朵，脸上薄施脂粉，在各席间来往如飞，川流不息。

皇帝和皇后离座，向太后跪拜。福临笑吟吟地说："皇太后圣寿，儿臣等恭进寿礼：白银万两，上用缎纱百匹，珍珠六百串，珊瑚珠六百串，请母后笑纳！"苏麻喇姑笑着替太后接过帝、后的寿礼红单。这是每年一次的例贡，理所当然。《金殿喜重重》奏得更响了。

各宫主位也顺次进献她们的寿礼。因为帝、后的大宗寿礼已代表了她们这些晚辈，所以她们的礼品多半是象征性的：永和宫端妃献上一串佛珠；景阳宫恭妃奉进一尊金佛；永寿宫恪妃，宫中唯一的汉妃，别出心裁，用珍珠和金丝银线在两双明黄缎花盆高底鞋的鞋帮上，嵌绣了丹凤朝阳的华丽图案，引起周围许多贵妇的啧啧称赞。

景仁宫康妃，是主位中唯一有儿子的人。今天居然能抱着自己的孩子向太后祝寿，使她非常快活，万分感激太后。她紧紧搂着怀中的三阿哥，在太后宝座前跪下去。那不满两周岁的皇三子，一双小胖手用力擎着一只用金丝银丝编织、镶嵌着珠玉的玲珑小巧的手炉，高高举起，用奶声奶气的嗓音，亲切地喊：

"皇阿奶！暖暖手！"

古老厚重的宫阙，庄严辉煌的殿堂，忽然迸出这种近似天籁的声音，本来就令人心头一颤，皇三子又异常聪明伶俐，对这盛大的场面、无数陌生的面孔毫不畏惧，更使太后喜欢。她亲自下座，从孩子手中接过礼品，对康妃说道：

"生受你了。三阿哥他……"

话未说完，又发生了一件意外的事，这个长着红润的圆脸蛋、眼珠乌黑的漂亮又健康的孩子，突然张开两只小手，喊道："皇阿奶，抱抱！"

大家愣住了。太后也是一怔。怎么办呢？

因为赴寿宴，其他人可以穿礼服而不必穿繁缛的朝服。像康妃这样，只梳了隆重场合下才梳的两把头，不需戴金冠；只穿一件貂皮出锋的锦缎毛里宫袍，不需戴披肩、加长外褂，所以抱孩子不觉困难。而太后因为是“寿星”，必须穿上全套朝服：三重宝珠的九凤冠，朝袍、朝褂、朝珠、披肩俱全，一身龙凤辉煌，也十分沉重。真要抱孩子，双臂难以回环，胸前珍贵的饰物也会弄坏。况且皇太后抱小孩，实在有失身份。

康妃轻轻拍了三阿哥一下，说：“不要嚷嚷！”

太后却伸出双臂，把皇三子接在自己怀中。即使是一岁以内的婴儿，也能准确无误地判断人们对他的态度：是真喜欢他还是假装喜欢他，或者是厌恶他，这是不会说话的孩子的一种本能。皇三子偎在太后怀中，全身贴在她宽阔的胸脯上，双手紧紧搂住祖母的脖子，一张娇嫩的小脸亲亲地贴到太后的面颊上。

怀中一团温暖、娇嫩的小身体，脖子上绕着两条柔软的小胳膊，面上贴一张散发着温暖的奶香的小脸蛋，这一切，表示着绝对的信赖和无比的依恋。庄太后许多年没有这样的体会了。她不自觉地紧紧搂住小男孩，在他那胖嘟嘟的小脸上亲了一下，喉咙里涌上一股又辣又酸的热气，逼得她几乎落泪。

人们瞪大眼睛望着宝座上这祖孙俩，惊讶得说不出话。一片寂静中，太后轻轻一笑，说：“你们知道吧，三阿哥蛮有意思的。去年周岁抓盘，他张开两只小手，竟把翡翠盘里所有物件全抓起来了！……将来，应是福寿绵长，文武全才了！”

按皇家制度，皇子周岁设的晬盘，例用玉陈设二件、玉扇坠二枚、金匙一件、银盒一件、犀钟犀棒一双、弧一张、矢一支、文房四宝一份。去年皇三子一股脑儿抓了所有物件，使祖母非常高兴，赏了许多玩物锦缎，至今说起来，还禁不住地自豪。

太后开了头，皇子的叔伯婶母及其他额娘也跟着凑趣，进上许多吉言。皇三子还有一个哥哥、两个姐姐、两个妹妹。但因他们的母亲封号都在贵人以下，上不了正席，纵然心里因不服而酸酸的，也得跟着大家一起笑。

抱走皇三子又费了一番手脚，那孩子像膏药似的粘在皇阿奶身上，康妃和保姆忙得满头大汗，在三阿哥的哭声中，才把他揭下来。还是老办法，由乳母去为他止哭。

太后心里很感慨，被一个婴孩所依恋，心里甜甜的、暖酥酥的，那滋味既不可言传，又异常舒坦。

福临满脸堆笑，注视着这一幕。能使额娘高兴，他也很快活。他的长子牛钮在顺治九年夭折，没有引起他多少悲痛。一则孩子太小，死时才三个月，又瘦又弱，是一位答应所生；二则他自己那时也太小，不过十四岁。近年他才开始重视子嗣。皇二子比皇三子只大八个月，远不及皇三子健康聪慧。加上皇三子的母亲地位尊贵，福临对皇三子也很喜爱。不过，今天他的心不在孩子身上。他等着看自己的兄弟们向母后贡献寿礼。

叶布舒、高塞、常舒、韬塞四对夫妇相继上前，分别奉献了佛像、佛珠、白玉塔、金香炉。自他们各自领封建府以来，寿礼从未超出过这种格式，非常庄严、高贵、稳妥，绝无标新立异之嫌。苏麻喇姑郑重接受，太后微笑着点头。

十五岁的襄亲王和十七岁的福晋，像一对金童玉女，齐步向前，手中各执一柄鲜红的珊瑚如意，跪进太后。难得这一对如意大小、形状、颜色都很相近，在洁白的长丝穗的映衬下，更显得红似云霞，玲珑可爱。太后忍不住从苏麻喇姑手中接过这一双如意，轻轻抚摸一下，温润细腻，与上等羊脂玉一样贵重。她把如意交苏麻喇姑收好，正要有所表示，襄亲王夫妇各捧着一个玉盘又跪下了。襄亲王托盘里放了一把藕节底、荷花身、莲蓬盖的古色古香的陶壶，旁边是一只同样色泽的荷叶杯，栩栩如生，仿佛风吹来就会摆动似的。亲王福晋的托盘里放着一个鲜红的填漆食盒。两人同声说："请太后尝新。"

苏麻喇姑会意，先提起陶壶向荷叶杯里注入，淡绿色的清亮的水泠泠作响，一股清香在太后四周散开了；再打开食盒盖，小巧的盒子里如橘瓣似的分成九格，每格里放了一些干鲜果品。

太后喝了一口茶，只觉得清香沁人心脾，非常甘美；又从果盒中取了一枚长生果吃，香脆满颊。她很满意，问襄亲王："这茶是怎样烹煮的？又香又清醇。"

博穆博果尔一下子回答不上来，有点结巴地说：“茶……茶里放了东西……”

“什么东西?”

“这……我也不清楚，问她好了!”博穆博果尔不觉露出小孩子心性，朝他的福晋一摆头。

“启禀太后，”襄王福晋董鄂氏从容地回答，亲切地笑着，露出白灿灿的贝齿，“这水是去冬从松针、竹叶上扫下来的雪，攒在坛子里，烹茶时候，又添了松仁、佛手和梅花三味，水滚三道煎成。”

“怪不得!”太后笑了，“这茶可以叫作三清茶了！……那么，这果盒也有讲究吧?”

“是。”董鄂氏笑道，“这叫九九果盒，九样果品，每样九颗，都有一个吉祥如意的名色，奴才已写成名签，放在果品底下了。”

“哦，还是你念给我听听吧！皇儿，你们夫妻也来看看、听听。”太后兴致很高，对这个最小的儿媳妇似乎格外喜爱。福临巴不得这一声，立刻凑到太后桌边。

襄王福晋也不推辞，立到太后席前，一样一样地指给太后看：“龙眼，如同瀛海骊珠；栗子，仿佛上苑琼瑶；莲子，又名玉池莲颗；葡萄，胜过仙露明珠；荔枝，堪称绛囊仙品；白果，恰似宝树银丸；白枣，可比安期珍品；松子，美其名曰蓬山翠粒；长生果，能催令昆圃长春。”

“好，好!”太后很高兴，“难为你记得这么清楚。看来你的诗文颇有根底。”

“奴才自幼随父驻防杭州，父亲请了满、汉两位师傅教导。”

“怪不得你有那么一种江南水乡的秀雅文静，竟像个汉家书香门第的姑娘，不像我们满洲的格格儿。”说着，太后自己也笑了，拈一颗松仁放在嘴里，慢慢地品味。

她最后这两句话是什么意思？是贬还是褒？董鄂氏捉摸不透，一面逊谢着说：“太后赏脸，奴才谢恩!”一面小心地抬头，想看看太后的脸色，谁想遇上福临那双火辣辣的眼睛，她心一慌，连忙垂下眼帘，退回自己席上去了。

太后宝座和福临宝座之间靠后一席，是懿靖大贵妃的座位，太后略略侧过身子，笑着对她说："皇妹，博穆博果尔孩儿成亲以后，变得多了。"

大贵妃先是一笑，后又皱皱眉头，说："可不吗？这样下去，他也要变成南蛮子了！"

"怎么，你看这个儿媳妇……"太后很有兴趣地问。

"哪里，太后指婚绝没有错的。我是说博穆博果尔。咱们满、蒙八旗，毕竟靠骑射起家，尚武不尚文啊！"

这时，馔肴陆续进上，所有的人在自己席上向太后一拜礼后，坐下开宴。太后和悦地笑笑，没有再说什么。殿外舞台上，古老的队舞——打蟒式已在热烈快速的乐曲伴奏中开始了。身上挂着模型马、象征骑兵的八名八旗兵士，身着甲胄，手举弓矢，周旋奔驰，追逐十数个跳跃翻腾的象鼻怪兽。席间的气氛变得更加轻松，如同平日亲友宴会一样，执着酒杯串席说笑，也不会有人见怪。

福临径直走到襄亲王夫妻席边，并且毫不犹豫地坐到两人之间，弄得两人都有些手足无措，想要叩拜，福临连忙挡住，笑起来："太后已经明谕，今儿是家宴，只行家人礼，不行君臣礼，你们不要这样。"

博穆博果尔连忙给皇兄斟酒，福临举杯一饮而尽，随后端着金杯，对襄王福晋说："弟妹，该你了。"

福晋看了襄亲王一眼，襄亲王催促道："快给皇上斟满！"福晋低头一笑，执金壶给福临满上，福临又一口饮干。福晋道："皇上好酒量！"

福临对她笑笑，说："可惜没有好酒！"

襄亲王惊异道："宫里的玉泉酒，不是天下头一份吗？"

福临摇摇头，笑着看看幼弟，又看着弟妇说："这类酒，日饮千盅不醉，无味至极！听说江南有名酒，叫作梨花春，甘芳清冽，香沁肌骨，味厚而浓，饮一小杯就会沉醉终日。不知此生可有福气一尝。"

襄亲王说："一坛酒何足道！叫他们贡来就是。"

福临叹道："山高水远，咫尺天涯，谁知能不能一近芳泽？……不过，我今日仿佛闻到了梨花春的清香，已觉沉醉，真所谓酒不醉人人自醉啊……弟妹，你一定会说我身在酒国，沉醉终日吧？"

福晋避而不答，另起话头："梨花春确是难得的好酒，色呈浅绿，所谓倾如竹叶盈尊绿，酒质浓厚，香飘一屋……"

襄亲王问："你怎么知道？"

"我家在杭州时，师傅吃过这种酒。他的老友送他一小坛，他足足吃了一个月，每天一杯，沉睡半日。但凡开坛，便觉浓香四溢，我们这些不会吃酒的都觉醺然欲醉，连站在院里的家仆，也是直咽口水。最后那两天，酒香把我阿玛招来了，两人对饮，一齐醉得东倒西歪，好不容易才把两个老人家扶回卧室，一路上他们还满嘴嚷嚷：好酒！好酒！"

福临和博穆博果尔都笑了。福临道："你师傅这么好酒？"

福晋连忙说："不。他酒量不大，但很爱持杯，最是南士习气，每当酒酣，便议论风生，精妙无比。他本来就博古通今，诗才隽逸，半酣时文思尤其敏捷。一天，他喝醉了，伏案而眠。我跟幼弟费扬古悄悄议论，'水如碧玉山如黛'一句以何为对，争了半天，谁也对不出好句。想不到老师醉梦中眼都不曾睁开，便说道：'可对云想衣裳花想容。'说罢，仍旧呼呼大睡。等他醒了问他，他竟全然不知！"

福临笑道："接对的可是李太白的《清平乐》？你再用汉话把两句诗念一遍。"

福晋照着念了，福临点头笑着用汉话说："这些诗词，必得用汉话去读，平仄声韵才有味道。"

福晋也用汉话答道："正是呢。我为太后试写了几首祝寿的贺诗，要是用满语读，便毫无诗味，只得作罢了。"

这以后，他们的对话都用汉语。博穆博果尔全然不懂，但既不敢插嘴，更不敢表示不满。

福临道："何不将诗呈来，让朕一读呢？"

福晋笑道："乱笔涂鸦，有渎圣目。但我从师习琴数年，待皇后千秋之日，一定要奏琴献寿。"

福临心里很不受用，便道："你师傅又喝酒又作诗又弹琴，想必是个风流人物。"

福晋暗笑，只得恭敬地侧面回答："当年师傅客居扬州，有人卖鹤，师傅家道贫寒，却倾囊买了两双，准备回乡时一起带走，不料嘲笑讥讪一时俱来。师傅恬然答道：'我家门可罗雀，对鹤如对良友；我夫妇老乏丁男，抚之如倚玉树；戛然一鸣，悦心盈耳，抚琴观舞，排忧解愁，此乐何及？'为此，他赋诗十章为友人吟诵。家父听了此事，深敬师傅为人，这才千方百计聘入家中设馆。"

"哦。你师傅叫什么名字？就不愿涉足仕途吗？"

福晋庄容相对，答道："师傅姓吕，名之悦，字笑天，人称笑翁。他说：'皇清以义受命，其垂统之谊甚正。然我辈生于明世，食明粟已久，不可为失节之妇，以为异日子孙羞也。'唯愿新朝施仁德之政，顾念天下百姓疾苦。他说他虽然力量微薄，也要为此奔走，乐而不疲。"

福临倾慕地说："这正是所谓高士啊！……他如今到哪里去了？"

"前几日家母说起，师傅曾在安郡王府作幕宾，近日已告辞南归了。"

"告老回乡？"

"不是的。……据说江南近日冤狱重重，十家旧姓谋反一案，株连甚广，内情大有出入，但十数年不解，师傅想要……他要去为此奔走。"

福临没说话。他对这位笑翁的行动，既赞赏又反感。赞赏他的正气、勇气，反感他干涉自己的治理。

"万岁，"襄亲王福晋忽然改了称呼，"南人儒雅文弱，不禁摧残，江南又是财赋所出之地，如今永历伪朝及郑成功两处叛乱未平，安定江南人心、安定江南地方，实在不可小视。万岁仁厚圣明，想必早有成算的了。"

福临惊奇地看着眼前这粉光玉润的美丽面庞，那双眼睛如同晓星，灼灼闪亮，燃着一团勇敢的火焰。他心里很感动，半晌，突然问道：

"告诉我，你叫什么名字？"

襄亲王福晋"刷"地红了脸，假作斟酒布菜，低下头去，很轻很轻地、责怪地说了一声："皇上……"

一名太监走来跪下："启禀万岁爷，太后请你过去，看一件暹罗国进贡的新奇物。"

福临只得离座而去，临行又停下脚步，再回头问："你不肯告诉我？"

襄亲王福晋抬眼迅速地看了他一下，复又低头，用更轻悄的声音说："乌云珠……"

"乌云珠……"福临的心怦怦直跳，满脑子想象着用龙飞凤舞的狂草写出的这三个可爱的字，"这是说一颗乌黑闪光的宝珠啊！不是在形容那举世无双的眼睛吗？多美！……你，为什么不是个蒙古姑娘呢？为什么不生长在科尔沁草原呢？……唉，若真生在蒙古、长在草原，怕也就没有这样明慧，没有这种令人陶醉的水乡丰采和儒雅的书卷气了！"

二

乾清宫西侧的弘德殿，和养心殿东暖阁、乾清宫西暖阁一样，都是皇上常日听政视事的地方。不过，在弘德殿召臣子入商国事，更显得郑重。

汤若望第一个上前跪倒，他是那样兴奋激动，面孔红红的，映照得白发白须更加雪白，眼睛更加碧蓝。

福临看着他笑道："玛法，你怎么又行跪拜？荷兰国来进贡算得什么大事，值得玛法这样高兴！请坐下说吧。"

汤若望笑着，照规矩盘腿坐在宝座下首的坐垫上，说话比平日又快又响："皇上你是不知道，我离乡几十年，现将在这离故土万里之遥的海外接待家乡的人，心里太激动了！"

"玛法，你不是德意志科伦城的人吗？和荷兰并非一国呀！"

"皇上，我们虽分处两国，但我自幼就会荷兰语，在科伦读书的时候，许多同学是荷兰人，总有同种族之谊啊！老臣既获皇上知遇，在中华帝国得到这样的荣宠，同乡们不辞万里，远航而来，我无论如何要尽尽心。请皇上看在老臣的薄面上，给荷兰使团最高礼遇!”

福临笑道：“玛法讲情，朕哪能不准！可是玛法，看你这么高兴，你可清楚荷兰使团此来有没有别的使命?”

一直处于兴奋状态的汤若望愣了一愣，说：“他们是代表荷兰大公向陛下致敬的啊！我看了他们那礼单，真是一份重礼！送给皇上、太后和皇后的，都称得上是国宝！还有许多天文仪器、钟表，非常精美，非常精美！啊！我离开欧洲不过四十年，金属技艺竟大进了!”

汤若望说着说着又兴奋起来，福临不禁微笑了——数年以来，他一直谏正皇上保持帝王的威仪：要不苟言笑，对臣属尤应持慎重缄默态度，等等，而今天这位仁慈和蔼的道德引路大师，一旦激动，竟也如小孩一样单纯。于是福临说：“玛法，凡是你的请求，朕都很高兴赐准。这次接待荷兰使团，就以你为主，礼部侍郎陪同你去办。只是，玛法不要忘了，几年前达赖喇嘛来朝，你还对朕有过谏正呢!”

那是顺治九年，被人敬为活佛的西藏达赖喇嘛向皇帝驰报，愿进京觐见，途中将带领三千喇嘛和三万蒙古人为护卫。起初福临打算亲临边地迎候法驾，遭到许多大臣的反对。汤若望不仅上了一封很长的谏书，还亲自面奏皇帝，认为皇帝不可自失尊严招致这种耻辱。

汤若望的谏正发生了效力。皇帝改派一位亲王出京远迎大喇嘛。法驾抵京时，皇叔郑亲王迎于城下，皇帝本人则赴南苑游猎。在那里，福临坐大殿等候，达赖喇嘛进殿时，皇帝起立把手递给他表示亲敬，并在右侧亲王序列中指给他第一个座位。

后来得知，达赖来京的许多心愿中最重要的一个，是使皇帝成为他的一位喇嘛弟子。汤若望于是又向皇上陈述：这大有失于一位天朝君主的身份。皇帝与喇嘛应当各行其是，各尽其职。结果，尽管那位活佛在京受到隆重礼遇，清朝并于次年册封他为“西天大善自在佛”，领天下释教，而他的主要心愿还是落空了。

提起往事，汤若望略一沉吟，道：“皇上放心，老臣有数。现在我先去贡使馆舍看望荷兰使团。……啊，那名叫德·戈耶尔的使臣，也许认识我的许多在荷兰各地和阿姆斯特丹的老朋友呢!”汤若望兴致勃勃，面部表情非常热烈，福临不好意思再给这位老人泼凉水了。福临准许他离开时，他久盘的腿因麻木竟站不起来，皇上上前亲自搀他起立，扶持着他，直到侍卫们上来替换。福临举手一招，四名御前侍卫连忙跪下听命。福临说："你们护送玛法出宫，往贡使馆舍。路上要小心，不要惊了马，摔着玛法。"侍卫们簇拥着传教士出殿。福临良久站立，目送着白发苍苍的汤若望的背影。

当值的四名大学士，望着满怀拳拳之情的皇上，非常感慨。对于这位少年天子，他们都深感知遇之恩。

图海，字麟洲，马佳氏，满洲正黄旗人。顺治亲政时，他不过是个管理御宝的中书舍人，经常背负皇帝金印跟从福临往南苑游猎骑射，神态总是那么从容镇静，一丝不苟，不卑不亢，很有气概。福临心里认定此人不凡，很想破格提拔重用，又怕众人不服，便以他的少年心性，想出一个绝妙而又简单可行的诡计。一次大朝聚会，议政王贝勒大臣及大学士们都在御前，福临突然说：

"中书图海举止异于常人，当置于法，立斩！"

众人大惊，纷纷以其无罪为图海请命。鳌拜甚至直言陈词，说杀无辜是君上无道之举云云。当众人情绪激昂达于顶点时，福临才板着脸说："如不杀，则须立置卿相高位，方可满足其愿，不生他变！"

于是，图海当殿立授内院学士。不几年拜内弘文院大学士、授议政大臣，去年加太子太保，兼任刑部尚书，成为满洲新人中晋升最快的一名干练大臣。

金之俊，字岂凡，江南吴江人，明朝万历四十七年进士，曾官明朝兵部侍郎。顺治元年清兵入京，谕命故明内阁、部院诸臣以原官原品同满洲官员一体办理国事，金之俊便为新朝兵部侍郎，以蠲田租、赦降众、举漕政等要事得到朝廷信任。顺治亲政后，金之俊又密奏：凡旗人不得经商，王公不得私离京师，内监擅出宫门者斩等，深得福临赞赏，很快由兵部侍郎历左都御史、吏部尚书升为内国史院大学士。即使他参与了二十九人另立异议的事件，也没有对他的升迁发生影响。但金之俊心中毕竟不能无愧。当讥讽陈名夏、龚鼎孳的小戏《南渡记》在民间演开之后，也有诋骂他的顺口溜在京师私下传唱：

“从明从贼又从清，三朝元老大忠臣。”为此，金之俊怒愧交加而病倒，便上奏请求致仕。皇上不但不准，竟遣了宫中画工去为金之俊画像，说要留在自己身边，以慰想念之情。

今年初，金之俊假满上朝，福临很动感情地对金之俊和大臣们说：“君臣之义，贵在相维始终。尔等今后不要以引退请归为念。去年之俊病体沉重，朕特遣人绘其真容，是念彼已老，唯恐不能再见，故而不胜眷恋……朕简用之人，都愿皓首相依，永不离别啊！……”

一番话，说得大臣们鼻酸心热，金之俊更是唏嘘流泪，叩谢不已，发誓肝脑涂地以报知遇之恩。

内秘书院大学士成克巩的心情和金之俊相似。他的父亲是明朝的大学士，他自己是崇祯十六年进士。甲申年避乱家居不出。新朝建都北京，他被引荐进内国史院。顺治亲政后，以成克巩为世家子，对故明官制旧事知之甚多，堪为借鉴，因而不次擢用。顺治九年，成克巩由弘文院学士迁吏部侍郎，十年擢吏部尚书，十一年擢秘书院大学士加太子太保。以故明大学士之子，得到这样的重用，他怎么能不感恩戴德?

至于傅以渐，和他们三人都不一样。他在前朝只是个白丁，到新朝方应科举。自顺治三年大魁天下，到顺治十二年十个春秋，他从内弘文院修撰、内国史院侍讲、左庶子、侍读学士、少詹事、内国史院学士直升到内秘书院大学士、内国史院大学士，加太子太保。对于他来说，清朝比明朝看重他，而顺治亲政前后，他又有完全不同的感受。“以国士相待则以国士相报”“士为知己者死”这些在读书人中长期传播的信条，是非常有用的。

福临回身，正遇上四位大学士神态不尽相同，却都含着忠诚的目光。他心里很满意，缓缓走回宝座，面带微笑地坐下，以说闲话的口气随便地说：“《资治通鉴》，朕已阅过两遍，顺便也翻看了二十一史及《明实录》。据卿等看来，汉高祖、汉文帝、光武帝及唐太宗、宋太祖、明太祖六帝相较，谁为最优?”

金之俊对奏：“唐太宗似乎过于诸帝。”

福临说：“不然。明太祖立法周详，可垂永久，历代之君皆不能及。”

成克巩立即奏道：“皇上此言明见万里。去年六月皇上命十三衙门立铁牌，严禁中官纳贿干政，十一月斩纳贿贪赃之巡按御史顾仁，二事震动朝野，足见我朝立法业已初具规模。这也是天子圣明……”

福临皱皱眉头，说：“去年朕就诏告大小臣工：朕缵承鸿绪已十余年，治效未臻，疆域多故，水旱迭见，地震屡闻，皆朕之不德所致。而内外章奏动辄以‘圣’称，是加重朕之不德！克巩忘却了吗？”

成克巩连忙跪下，摘帽叩头请罪。

福临说：“这倒不必。尔等须牢记，今后凡章奏禀词，不得称‘圣’……”略一停顿，又说，“朕一日万机，岂无未合天意、未顺人心之事，尔等直言无隐，当者必旌，戆者不罪。”

事情来得突然，大学士们一时不知所对。傅以渐想要出列上前，被年老的金之俊用目光止住。陈名夏之死，给汉官心理上造成很大压抑。他们在皇上怀柔亲善的鼓舞下，好不容易来了一次抗争，第一个回合就全线溃败，整整两年，一片沉寂。如今，小皇上又要鼓动了？

福临继续说：“帝王以德化民，以刑辅治，法司用刑务求平允，方能上合天意，下得人心。江南十旧姓谋反一案，自国初以来延绵十年，株连极广，至今未结，究竟是实是虚？是实，刑部应拿出证据；是虚，诬告者就该反坐。岂能成一积案，十数年不清？”

现任刑部尚书图海忙奏道：“江南十旧姓谋反，立案于顺治二年，初时由江南领兵王贝勒处置，归刑部办理时大局已定，虽曾有人提出疑议，但不得结果。顺治八年后，顺承郡王兼理刑部，一切唯命是听。郡王乃国家重臣，事务繁多，实在无暇细细查阅案情，认定是实。尚书侍郎皆相随画诺，不敢异议。”

福临面露不悦之色：“如今你是刑部尚书，为什么不查疑平刑？”

图海迟疑着没有回答。福临眼睛一闪，目光像刀子那么锋利，直射图海。顷刻间，福临止住了怒气，说：“法者，天下之平，不以喜怒为轻重。你身为刑部之长，职守所在，有何疑虑，不敢在朕前直陈？”

图海终于跪地免冠叩头，奏道："恕奴才之罪，实在因为贵贱有别，不敢冒昧回奏，有渎圣听。江南十旧家谋反案，立于顺承郡王。顺治九年顺承郡王谢世，顺承小郡王袭位后仍兼刑部，自然不敢翻案。刑部处理重案，往往尚书、侍郎商榷未定，王爷所差司员已持王爷拟定奏本邀各官画押，当时谁敢不遵？皇上恕奴才妄言之罪，以奴才所见，亲王、郡王位望高贵，可使他们为大将军、为议政王，却不可使他们兼六部部务。"图海的话戛然而止，仿佛没有说完，仔细想想，该说的都说了。

福临的面色反倒平静了，眼睛依然闪闪发亮，那是另一种兴奋的光芒，图海说到他心里去了。他说："刑部如此，其他五部可想而知，江南十家狱可想而知。以渐，你意如何？"

傅以渐趋前几步，奏道："去岁三月，皇上下谕将'兴文教崇儒术，以开太平'，还诏示诸臣于政事之暇留心学问、荐举贤才，此诚英明之举，文武盛世当不远矣。江南乃人才渊薮，十旧姓都是百年望族、书香门第，士人众望所归的世家。解江南十旧家狱，正当其时。"

福临微微点头，乌黑的眸子里光亮闪烁，透露出压抑不住的振奋："之俊年高持重，以为如何？"

金之俊躬身答道："去岁正月，皇上命在京在外各官各举职事及兵民疾苦，极言无隐。其时江南奏折中便有几本提及此案冤枉，曾蒙皇上过问。如今讦告之风大起，不是诬人谋反，便是借投充、逃人两法害民。正可借此案严肃反坐之律，一扫此风。"

福临望着金之俊，没有作声。

在圈地基本停止之后，逃人就成了民间动乱的主要问题。通过征战、投充等各种手段，旗人从上至下都大量蓄奴。奴婢不堪忍受主人的摧残，纷纷逃亡，朝廷于是立下严厉的逃人法。此法虽也惩罚逃奴，不过鞭一百、刺字、发还原主而已，逃跑三次者方处绞刑；而窝藏逃人者却立斩不赦，妻子、家产、房地一概籍没。实际上，窝主所以敢于窝藏逃人，多数情况是因为逃人是他们多年前被满洲旗人掠夺去的父母儿女、兄弟姐妹。因此，逃人法在汉民百姓眼里，是毫无道理的诛族灭门的酷法，极其可怕。顺治初年战事频繁，许多奴仆随主出征，逃人问题还不尖锐。近年战争移到边境，中原和北方渐趋平静，逃人就越来越多，逃人法于是更加严厉。顺治十一年，议政王大臣会议议定：不仅窝主正法籍没，邻居十家也要房地家产入官，人口流徙宁古塔；乡约、地方鞭责四十；地方官降级；捕得逃人若在途中复逃，解差也要流徙。皇上认为此议过严，命议政王大臣等再议，结果仍以原议上奏，迫使福临不得不认可。这样苛酷的连坐法，加上奸恶之徒的诈索财产，使多少百姓家破人亡。

金之俊见福临没有表示反对，便鼓足勇气进一步说："直陈政事得失，乃言官职责所在，一孔之见，难免失之偏颇。况且应皇上明谕直言民间疾苦，即使有误，也罪不至流徙。求皇上宽言官之罚，否则言路缄口，朝无直臣，非庙廊之福。"

去年正月，应皇帝直言民间疾苦的诏谕，许多言官题奏逃人法害民。兵科给事中李裀极论逃人法的弊端，提出了由此产生的极可痛心的七种后果。他的奏疏在顺治御案上留了十几天，顺治很为震动，将此奏本发下议政王大臣会议。谁知议政王、贝勒、贝子、大臣们一个个气得脸色发青，痛骂李裀，竟然以"'七可痛'情由可恶，李裀当斩"奏报呈上，把顺治气得直跳起来，他批了个"不准，发回重议"。议政王大臣们于是改议为"杖八十，流徙宁古塔"。他们已经让步，顺治也不得不让步，于是便批下："免杖，安置尚阳堡。"

这些过程，几位大学士一清二楚。他们表面上在谏正皇上，骨子里的目标是议政王大臣。这个高踞于内院之上的议政会议，是实际的执政集团，使内院处于从属地位，也分去了皇帝的权力。

福临懂得大学士用心之苦，他握着宝座扶手，几个手指按笛似的轮流弹过金色的龙头，紧蹙眉峰，沉吟片刻，缓缓说道："朕念满洲官民人等攻战勤劳、佐成大业，各家役使之人皆征战所得，甚是艰辛。满洲之有役使家人，犹如中原江南之民有房产土地一般。不想十余年间，背主逃亡者日众，隐匿者尤多，满洲各家必将日益贫困，特立严法，以止此风。以一人之逃匿而株连数家，以无知之奴仆而累及官吏，亦万不得已，非朕之本心！"

大学士们万万没有料到皇上如此坦率地说出他的苦衷，一时相顾无言，不敢进一步深谏了。

福临微微一笑，熄灭了眼睛里那团明亮的火光，淡淡地说：“这几件事待朕深思熟虑后，再做定夺。去吧！”四名大学士向皇上拜辞出殿，福临又添了一句：“以渐暂留。”

傅以渐是真正的新朝贵官，福临对他特别信任。当他恭立御座旁时，发现皇上的一双眼睛又在熠熠发光，暗示着他内心一个非常强烈的念头在跃动。福临盯住傅以渐的眼睛：“以渐，你似乎没有把话讲完。”

傅以渐脑子转得飞快。福临的个性和他的处境，都使这位少年天子喜怒无常。他需要满洲亲贵支持时，就把汉大臣推一推；他需要抑制满洲贵族了，又会把汉大臣拉一拉。他的自尊心强得惊人。有位朝臣进言睿亲王多尔衮功大于过，乞赐昭雪，被他流徙宁古塔；有位言官听民间传说宫监往扬州买女子而上疏进谏，他恼羞成怒，斥为渎奏沽名，流徙尚阳堡。因此傅以渐不得不特别谨慎。当然，他也不愿意辜负年轻皇帝对他的特殊信赖。他精细地、小心地挑选着词句，说了这样一番话：“陛下上承天命，主宰天下，并非一方诸侯，当以神州万民为念，不只是八旗满洲。”停了片刻，他说起了仿佛与此并不相干的另一个话题：“有史以来，元代最无制度，马上得天下，又于马上治天下，毫无长治久安之法度，立国未到百年，便群雄并起，土崩瓦解了。其所以能箝制万民数十年，仅恃其武力而已。明太祖，诚如陛下所称，乃一代英主，承元代法纪荡然之后，参酌百代之得失，定立国之规，足与汉、唐相媲美。但所以能够成就大业，也在明太祖英敏果决，独断专行，言必信，行必果，不许他人掣肘，也绝不受人播弄，法峻典重，执法森严。若非后代嗣君昏庸乱法，大权旁落，明代享国何止二百七十年！”

福临扭开脸，目光避免与傅以渐接触，投向殿顶涂金雕龙的华丽藻井，静静地说：“然而开国之初，杀戮功臣，明太祖不免有伤盛德。”

傅以渐后退了两步，拱手说：“汉有韩信，明有蓝玉，读史至此，诚可感叹。然以国家全体而论，当开创伊始，若无约束元勋宿将之力，人人挟其马上功劳，骄纵横暴，民生凋敝，也不能立国长久。汉高祖、明太祖诛杀功臣，虽千古叹为寡恩，其实也是汉、明开国之功所以能够速就的原因。”

福临猛一低头，灼灼发亮的眸子盯住了傅以渐。他眼睛里包含的内容太复杂了：惊奇、喜悦、恐惧、恼怒、感佩、疑惑……傅以渐强迫自己咬紧牙关，坦然承受。他很明白，他若流露出一丝畏缩和心虚，就会留下“唆君之恶”的口实，弄得不好，自己的身家性命都将断送在这一点点真情的表露上。

还是福临年轻，先笑了起来，说：“以渐不愧为内国史院大学士，史学精博，立论独到。好！”听皇上自动把这一番对话纳入史学的轨道，傅以渐才松了一口气。福临一声“赐茶”，结束了君臣之间的心腹话。两人都明白，话说到这个程度，就不可再说了。

傅以渐走后，福临怎么也坐不住了。

今天听政，他原想只抛出江南十家谋反案加以解决，不想牵涉到早就梗在他心头的亲王、郡王兼理六部的惯例，进而又触及议政王贝勒大臣会议这个祖制，是他始未料及的。

福临念及祖宗创业的艰难，不能不遵循祖制，维护满洲八旗。但他是皇帝，又正当年少，血气方刚，锐意求治之心异常强烈。要顾念天下百姓的生计，必然与满洲八旗的利害发生抵触。他想在两者间寻求平衡，非常困难。福临踱出了弘德殿，走上乾清宫汉白玉丹陛。吴良辅以为他要回宫，便招呼小太监准备。福临一摆手：“不回宫，我随便走走。”

“要不要命御辇侍候？”

“不用。”福临从乾清宫门前折向南，走上汉白玉甬道。

“万岁爷可是到哪位娘娘宫里去？”吴良辅压低声音问。

“不去。”福临头也不回，只管漫步南行，也没有让吴良辅继续答话的意思，吴良辅不敢作声了。自去年六月顺治铸了严禁内监干政的铁牌以来，太监们一个个都夹起了尾巴。皇上这一年来变化也很大。如果说他过去是纵欲，那么现在可说是节欲。主位们很少应召。

坤宁宫皇后那儿，福临本来就去得不多。至于其他贵人、常在、答应，连见皇上的面都难。皇上经常独处乾清宫，批阅本章，苦读诗书，有时又对灯凝望，若有所思。大家都暗暗称奇。有的人猜到了缘由，只是不敢说或不肯说罢了。吴良辅就是其中之一。

福临信步南行，出了乾清门，心里还在翻腾。亲王、郡王兼理六部，是福临亲政时，摄政叔王济尔哈朗的意思，他也愿意以此表示对诸王拥戴自己度过多尔衮死后的危机的奖赏。这些亲王、郡王们表面驯顺，实际上各行其是，处处使顺治感到掣肘……议政王大臣会议呢？有时简直在和皇上作对！……他应该怎么办？像明太祖那样，他不行，他不是开国之主，没有那样的威望；当个窝窝囊囊、形如傀儡、无所作为的皇帝，他又不甘心！

应该怎么办？顺治的脑子非常专注，紧张地活动着……亲政那年，兼理六部的亲王、郡王都是同辈的堂兄，有战功、有威望，奈何不得。如今除了掌工部的岳乐，其他继任者都是晚辈，怕他们何来？……对！议政王大臣会议是祖制，搬它不动，但王爷兼理六部并非祖制，完全可以由此入手！福临想着，决心渐定，面露笑意：对！就以江南十家谋反冤狱为由头，从刑部入手，停了诸王兼理六部的弊政！……事关大局，必定震动朝野，又要跟议政王大臣们对垒一番了！……是不是先跟额娘商议商议？

福临停步，举目四望，才惊讶地发现，他竟步行到右翼门下来了。贴在身后的几十名太监组成的“尾巴”诚惶诚恐地跟着他，谁也不敢问他一句。他不免自己好笑。回头一望，慈宁宫已落在身后，经冬后愈显墨绿的松柏覆盖着慈宁花园高高的墙头，松柏间探出嫩绿的新叶，那是银杏和青桐今春新吐的枝芽。

不如进慈宁花园漫步一回，想想怎样说服太后。从花园直接进慈宁宫，路更近一些呢。

进了花园南门，便见青石由墙根向外散开，疏疏莽莽，有的偃卧，有的直立，渐渐聚成一丘小山，石色深青，形体规整，纹理横竖清晰，颇具苍劲深远的意趣。登上小丘，可以看到慈宁宫的琉璃殿脊，福临不由想起半月前的圣寿节。

那时，宾客们都已离去，暖阁里只剩下他们娘儿俩。太后对福临讲起太宗皇帝征伐察哈尔蒙古林丹汗的往事，从头到尾，有声有色。讲得最详细的，是皇太极如何继绝世，立林丹汗之子额哲为察哈尔蒙古旗主，如何因此而受到蒙古各旗的爱戴。太后最后笑道："蒙古四十九旗中，察哈尔旗归附最晚，兵马仅次于科尔沁。难得他们举国归附后，始终忠心耿耿，北边宁帖无事，朝廷才得以全力向南。论起来，额哲、阿布鼐和博穆博果尔是嫡亲的同母兄弟，与你也有手足之谊。你对博穆博果尔特别爱重，阿布鼐和察哈尔旗定会感恩戴德，我也高兴非常哩！"

福临笑着连连点头。但是，母亲和儿子心里都清楚这一席话说的究竟是什么。他俩思虑的中心都是那个人，虽然那个人的名字提也不曾提到。

福临那热烈的感情，哪里会因太后的反对而冷却！越不容易得到的东西，越显得珍贵。她的美丽的身影和面容在福临心上生了根。是她委婉的提示，使福临牵出江南十家冤案这个头，去打开集中治国权力的道路。她也许并非有意，福临却已把她当成知己，爱得发狂。可惜他不能任意召她进宫，只能焦急地盼望着宫廷的节日，盼望她进宫向皇太后问安时，自己能够当面遇上。即使说不上话，看她一眼也是好的。

事实上，福临有多少话想要对她讲啊！

身为皇上，谁敢对他把心里话掏尽？傅以渐不敢，汤若望不能，连额娘也不情愿。他们不是因为害怕，便是出于担心，或是需要维护某种尊严。他不是也不能对别人说心里话吗？他必须具备天子的威仪，必须不被人看透。然而，他又是多么想说说真心话，多么希望得到理解和支持啊！……皇后虽然秉性淳朴，却有德无才；其他妃嫔，除了盼他光临，盼望生皇子以提高自己的位分之外，还懂得什么？……她出现了，像荒凉沙漠上流淌的一道清泉，像孤寂原野上飘洒的一阵欢快的笛声，他的心怎么能不向她倾倒？几乎在见面的第一瞬间，一切都已不可挽回了！

今天这个特别的日子，福临的愿望格外强烈：想见到她！她明慧的眼睛，知心的笑，一定会给他勇气和力量。

福临快步穿过花坛，踏上临溪亭南的石板路，两旁古老的参天银杏已经蒙上新绿，花坛上的牡丹、芍药尚未发芽。临溪亭四周松柏繁密，枝叶相连，拂檐掩楼，满目苍翠，竟看不清临溪亭北的路径。

“扑棱棱”一阵拍打翅膀的声音振动了空气，两只白羽黑尾的丹顶鹤高叫着飞上天空，在松柏上方盘旋，福临停步注目鹤飞的当儿，一片笑语从临溪亭北传了过来。一个女子含笑的声音问：“以后我们叫你福晋呢，还是叫你格格？”

那个甜美低沉的、福临从来不曾忘却的声音回答了：“在宫里叫格格，出宫叫福晋，好不好？”

福临拔脚就跑。跟从的太监大吃一惊，皇上怎么啦？出了什么事儿？只得跟着盲目地跑，却怎么也追不上万岁爷。福临几个大步便冲过临溪亭，突然出现在襄亲王福晋面前，吓得那一群女子“刷”地全跪倒了。

福临旁若无人，眼睛只望着福晋，叫了一声：“乌云珠！”这名字，他在自己心里，在黄昏清晨、花前月下，独自叫了无数遍，今天是怎么啦？声音都不像是自己的了。

乌云珠连忙跪叩请安，随后站起来，笑道：“启禀皇上，太后今天召我进宫，认我作义女了。”

“哦？”福临望着她乌黑晶莹的眼睛，一寒，暗暗喊着母亲：额娘，我的额娘！这些全都没用，全都太晚了！什么也拦不住我了！……他稳了稳自己，笑道：“好啊，这下我该叫你皇妹啦！”

乌云珠红了脸，仍然含笑，接着低声说：“太后要我教她说汉话，读汉诗……”

“当真？”福临惊喜地扬起浓黑的眉毛。

“嗯。太后很喜欢上次我们敬献的九九果盒各种名目，她说很美，很有诗意。要是用汉话念出来，一定更好听。”

“啊！你……”福临高兴得很，一伸手，连袖子带胳臂抓住了乌云珠，“我正有要紧事跟你商量，来，到临溪亭里坐。”

乌云珠胳臂被捉，很难为情，低声地带着嗔怪说：“皇上，你……”

福临这才对周围那些使女看了一眼，仿佛现在才发现她们。他全然不把她们放在眼里，也不松手，半拉半搀地把他的皇妹请进亭中，直到两人面对面地在石桌两侧的石墩上坐下，他才放开乌云珠。

借着太监和侍女分别送上坐垫的间隙，福临已整理好自己的思绪，便滔滔不绝地就江南十姓案、就诸王兼六部事和议政王大臣会议，等等，把自己的想法倾吐了出来。

乌云珠起初十分狼狈和羞怯，神态极不自然，老是做贼心虚似的偷偷觑看亭外呆立着的侍女。但很快她就被福临的话所吸引，目光专注，心无他顾了。她虽然一声不响地听着，但她那极富表情的一双大眼睛，已把她内心的意向全都透露给了福临，福临在这明媚春光般温暖的双眸中，感到了理解和支持，这比任何语言更使他振奋和心醉。

福临终于说完了，默默望着她。她像悟到了什么，又一次红了脸。不过她迅速恢复常态，掠了掠被春风拂到额前的乌发，不再躲避福临那逼人的火热目光，镇定而坚决地说："皇上是天下万民之君王，并非满洲一部之酋长！……皇太后一定会帮助你！"

"乌云珠！"福临几乎喊起来，声音都哆嗦了。

两双明亮的眼睛互相凝视，两颗年轻的心在激烈跳动。此刻的沉默，饱含着深情，但它也阻止了感情激流的冲荡。福临努力使声调恢复正常，说起他极想和乌云珠交谈的思考："皇妹，我近日反复阅看《明实录》，受益匪浅。明之亡，一亡于制度废弛，二亡于庸人柄政。总之是君主昏聩，百官旷职，终于民穷财尽，内外交困。"

大清朝廷自太祖、太宗皇帝以来，都在探究明弱明亡的原因，或说任用宦官，或说偏用文臣，或说贪风炽烈，或说民气文弱，莫衷一是。还没有人像福临这样说出过如此深切的原因。乌云珠目光闪闪，像清晨的露珠，满脸是赞赏的微笑，这使福临得到鼓舞，想的说的更加深切了：

"我想，明亡虽亡于崇祯，明衰却早衰在正德、嘉靖间，到了万历则病入膏肓，此后泰昌、天启、崇祯三朝便益发不可收拾。纵有明太祖再世，怕也无力回天了。所以，崇祯殉国之日还说'朕非亡国之君'，可谓执迷不悟了。"

"是。"乌云珠认真地说，"从来一朝之亡，非一代之过；而一朝之兴，亦非一代之功啊！"

"说得好！"福临兴奋地说，"我必将以明为鉴，效法先贤，为后代子孙开出一条路来！……不过，"他遗憾地摇摇头，笑着说，"如今天下初定，疮痍未复，那太平盛世，我或许看不到了……"

"可是，开基创业之主，都是永垂青史，为万世所敬仰的。"

"你说，我是开基之主还是守成之主？"

"开大清疆域，创一代制度，难道不是开创？眼下两事，皇上不是正在开创吗？"乌云珠直视福临，说得很有信心。

"对！"福临立刻领会了她的意思，"开基创业，总要吃些辛苦，受些艰难……"

"皇上，你怕吗？"乌云珠像对知己朋友似的，同情中含有鼓励。

"我？"福临凝视着乌云珠的眼睛，觉得雄心壮志和似水柔情融汇进一道欢乐的暖流中，在他全身冲击回荡。他用低得只有她一个人能听到的声音，深情地说：

"我要说服太后，我需要你的帮助，我不怕。"

三

阳光明媚，百花盛开，三月来临了。慈宁花园含清斋前，白、紫两色玉兰相继开放，像是立在树间的无数只白玉紫玉雕就的酒杯，盛满春光的浓酒，散发出醉人的甜香，弥漫在清幽的小庭院，从窗际檐下直沁入雅丽的正房。

南窗下一铺长炕，铺着毛毡，毡上蒙了明黄缎褥。庄太后舒舒服服地倚着绣凤明黄靠枕和扶枕，半坐半躺，一个伶俐的小宫女拿了一对美人拳为她轻轻捶腿。炕边一左一右的乌木雕花椅上，坐着太后的两个干女儿：襄亲王福晋董鄂氏——太后左右现在称她乌云珠格格——和定南王孔有德的女儿、被称为四贞格格的孔四贞。孔四贞今年刚十五岁，长得很漂亮，但眉梢高扬，粉面含威，和乌云珠一比，她多些武气，少些文气；多些骄气，少些劲气。由于她到底还小，仪态表情中常带着些令人爱怜的娇憨。她正在讲着桂林城破、她父亲临死前的情况：

“……那时，父王对母亲说：‘我不幸少年从军，飘泊铁山、鸭绿江间，指望立功受爵，垂名青史，不料毛大将军忠心为国反被惨杀，这才归命本朝，从此青云直上，历受两朝知遇之恩，封亲王，赐藩土，荣宠至极。我受大清厚恩，誓以身殉，你们早早自作打算吧！’母亲指着我兄妹二人说：‘王爷无需虑我不死，只是小儿辈有何罪过，要遭此劫难？’见父王沉吟不语，母亲忙唤保姆背我兄妹逃走。母亲哭着把我们送出大门，对保姆说：‘此子若能脱难，当度为沙弥，再不要像他父亲，一生驰驱南北，落得如此下场！’我们才跑到城门口，回头一看，王府的大火已经烧、烧起来了！哥哥也没了下落……”

四贞呜呜咽咽地哭了，乌云珠忙上前劝慰。太后叹息着说：“定南王出身山野，血性忠烈，殁于王事，阖门死难，实在令人敬叹！乌云珠可知道，那时四贞的母亲同几位如夫人一齐自缢，是定南王亲自纵火烧了王府，他北向三跪九叩之后才拔剑自刎，家口一百二十人全都被害了……”

董鄂氏连忙说：“定南王死于王事，合朝悲悼。前年四贞妹扶榇还京时，和硕亲王以下数千人郊迎，三品以上大臣数百人日夜守丧，又恩谥忠烈，造墓立碑，岁时祭祀，太后还收四贞妹为养女。定南王泉下有知，也可安心瞑目了。”

庄太后叹道：“定南王在四汉王中来归最早，功勋卓著，靖南、平南都出自定南门下，死得太早了！”她心里的另一句话不好出口：孔有德若在，吴三桂就会受到牵制，不至于如此烜赫。如今平西王的威势已经成为庄太后的一块心病了。她转而笑道：“四贞小小年纪，生长王府，倒不娇养。我看你马上功夫不弱。”

“父王整日督催我们兄妹练武，说天下未定，骑射不可放松。我们从小都开得弓放得箭，文墨上却没功夫，不像乌云珠姐姐，是个才女。”

太后笑道：“你们俩一文一武，都可算是一时难得的女中英杰。乌云珠，你骑射功夫怎么样？……乌云珠？”

望着窗外发愣的乌云珠一惊，茫然望着太后的笑脸。四贞出声地笑了，说："姐姐，你的心飞哪儿去了？母后问你骑射功夫如何呢！"

乌云珠连忙跪下，先请太后免失仪之罪，然后答道："孩儿骑马尚可，武功不行。"

太后笑道："哪个怪罪你！不过，你可真有点心神不定呢。"

乌云珠低头道："昨夜失眠，至今还觉怔忡不安，母后恕儿不恭。"

太后轻轻"哦"了一声，看看她，不再说什么。

四贞满语说得很好，加上她那清脆的声音，色泽鲜艳的小嘴，绘声绘色地讲起"山如碧玉簪，江作青罗带"的桂林山水。乌云珠赔着笑脸，强打精神听着，但不多时，心又飞走了。从昨晚起，她就不曾平静过。她知道，福临要在今天把江南十家狱和罢诸王兼六部这两件大事批下议政王大臣会议！这是福临亲政以来的重要关头，她不由得心里七上八下：皇上能不能成功？

太后正在静静地听四贞讲述，忽然抬起手，微微欠了欠身子，说："四贞，别说话。"孔四贞吃惊地闭了嘴，捶腿的宫女也停下双棰，屋里屋外宫女、太监屏息凝神，一个个都凝固在前一刻的那个动作上。他们发现，太后在侧耳听着什么，神情很专注。

屋里一片寂静，春风掠过窗外的玉兰树，花朵落地，发出轻微的"扑嗒""扑嗒"的声响。乌云珠小声说："母后，是落花。"

"哦，"太后笑笑，重新倚倒在靠垫上，"我还以为是你们皇兄来了呢！……也该下朝了！"她眉头微微聚拢，有些担心的样子。

四贞哼了一声，撒娇地扭扭身子："人家讲东说西，卖力不讨好，都那么心不在焉！额娘和姐姐都有心事！"她瞟了乌云珠一眼，一脸娇嗔，把嘴噘得老高，逗得太后不得不笑。

乌云珠赶忙走过去，温柔地抚着她的双肩，软语温存："好妹妹，谁不知道咱们皇额娘最喜欢你？可皇额娘是太后啊，朝廷有了大事，她哪能不挂心呢？皇额娘惦记皇上，总是正理儿呀！"

四贞"扑哧"一下笑了："我是逗皇额娘高兴的！要是连这个理儿都不懂，我可成什么人儿啦？"

太后看看乌云珠，沉吟片刻，笑道："昨天夜里我也是一宿睡不着，翻过来折过去的，到现在还心不定呢。你们姐儿俩能猜得出我这是怎么啦？"

四贞笑嘻嘻地抢着说："我知道，我知道！皇额娘一定想着再抱十个二十个大胖孙子！"

太后忍不住笑出了声，道："瞧这丫头！"话音刚落，院里传进来大太监的喊声："万岁爷驾到！——"

一阵靴子响，福临兴冲冲地快步走了进来。太后已经坐正，四贞和乌云珠都跪下迎驾。一看乌云珠在，福临的眼睛亮了，唇边泛起宽慰的笑。这自然没有逃出太后敏锐的眼睛，她只当没看见，一如既往地接受儿子请安问候，并沉稳地等待儿子禀告她极其关心的大事。从福临进门时的脚步神态，她已猜出结果不坏，但不亲自听到，她是不能放心的。

请安刚罢，福临已抑制不住自己的兴奋，眉飞色舞、指手画脚地说下去了："额娘，真没想到，事情会这样顺利！……图海提出江南十家狱不实，王贝勒大臣争得面红耳赤。勒尔锦坚持原议，说他父亲定案无误。图海拿出许多证据和诬告者的供词，勒尔锦可什么也拿不出，只好认输！……额娘，我原以为罢诸王兼六部一定会吵翻天，哪知事情全然出我预料。安郡王岳乐先请解任，并且盛赞此举明智，于社稷有利。康郡王杰书随着安郡王，鳌拜极力赞同，老臣索尼虽没有作声，也没有反对。这么一来，其他议政王大臣顺水推舟，议的结果，全如儿意！"

太后点头："皇儿平辈的亲王、郡王中，以位望而言，除了简亲王济度，就要数岳乐。济度南征未回，众人自然就尊重岳乐的意见了。议政大臣中，索尼资历最老，鳌拜军功最著。难得他们对皇儿如此忠心！"

福临高兴得像个孩子，坐立不安地走来走去，直搓手指尖，恨不得跳起来才好。他笑吟吟的眼睛看看乌云珠，掠过孔四贞，望定母亲："这下子额娘可以放心啦！"

太后笑笑，说："不要高兴得太早，还会有麻烦。"

福临和乌云珠脸上的笑意几乎是同时闪没了。福临急忙问："怎么呢？为什么？"

太后安慰道："不要急，兵来将挡，水来土掩，慢慢对付就是了。哦，乌云珠、四贞，我们说的你们都明白吗？"

孔四贞显然什么也没明白，连连摇头。

乌云珠的表情和福临那么合拍，这就使太后证实了一开始就存在心头的疑问。乌云珠稍一犹豫，坦率地说：

"这是皇上英明之举，长治久安之策。"

太后缓缓地说："你像是事先已经知道了呢。"

乌云珠粉腮上泛出一层淡淡的红晕，福临暗暗咬嘴唇，不住拿眼睛看她。她不看福临，照直说："禀母后，几天前在这里遇到皇兄，皇兄说起过。"

太后问："那时候你就这样说的吗？"

"是。"

庄太后皱皱眉头，心中滚过一阵激荡，不由得十分感慨：这样有才识的女孩儿，又是皇儿痴心所爱，当初没有留在宫中，反而应大贵妃之请配给博穆博果尔，实在是埋没了她。不然，真可以是福临的贤内助了！

庄太后内心疼爱乌云珠，但她又必须顾念亲情和皇室的利害，不得不用各种办法防止福临和乌云珠的过分接近。现在看来，她的防范没有效果。她是过来人，只要看看两个年轻人的眼睛，还有什么不明白的？那不是什么天子龙目、王妃凤眼，那就是互相钟情的十八岁少男与十七岁少女的眼睛，美丽、纯真、火热！

太后正在暗自嗟叹，坤宁宫首领太监进来跪禀：皇后想请乌云珠格格到坤宁宫讲诗作画，求太后恩准。

太后笑了，说："乌云珠，你将来要成本朝的曹大家了。"

乌云珠躬身道："孩儿哪里敢当。"

太后笑道："既然你嫂子下请，就去吧，姑嫂们在一处说说话儿，把你的灵气儿、文气儿传给她些个。"

乌云珠跪拜道："女儿就从坤宁宫出宫，不来拜辞母后了。母后多保重，过些日子再来给母后叩安。”

太后说：“你去吧。我想你的时候，自会打发人去接你。下次来多住几天。”

乌云珠登上坤宁宫四名太监抬的便辇，出了慈宁花园。走到空旷的御道，风很大，坤宁宫首领太监小心地放下绸帘。便辇轻轻晃动，乌云珠仿佛坐上游船，在波浪微动的水面起伏。她慢慢闭了眼。福临便又一次出现在眼前……不，不是现在的，而是四年前，她刚从江南回到京师，第一次见到的那位十四岁的少年天子……

八旗人家的格格是很贵重的。她们都有一次当秀女入宫应选的机会，都有可能成为尊贵无比的宫妃。在娘家都是父母疼爱、兄嫂谦让、奴仆害怕的“姑奶奶”。早年在关外，满洲女子所受的束缚和限制，远不像关内汉家女儿那么严苛，姑娘家更是享有汉人女子想都不敢想的自由：不缠足、不闭锁、能见客、能上街、会骑马、会射箭。虽经太祖、太宗两代皇帝倡导从父从夫的妇德，毕竟影响不深，习俗难改。乌云珠就是这样的满洲格格，在家里是个备受宠爱、说一不二的姑奶奶，豪放、开朗、洒脱。但是，她生长在江南水乡，有一个崇信李卓吾的江南才女的母亲，一位“蛮子”额娘；又有一位钱塘老名士的师傅。母亲给了她聪慧的天赋，师傅培育了她出众的智能和过人的才华。她于是又兼备汉家才女的蕴藉、温柔和多情善感。

两者结合，造就了这么一枝奇葩，兼有满汉女子的特长，外柔内刚，含而不露，有心胸有见识。老天爷偏又赋予她绝代姿容，明艳惊人。她十二岁的时候，父母亲友和师傅便暗自惊讶，眼看着伶俐的小山鸡出脱成华美的雏凤。亲人们又喜又惊又犯愁地私下议论：“这可不是咱家留得住的，老天生就的做主子的命！”师傅教得更严格更认真了。她自己呢，笑容更美、更温柔，说话更少了。

她十三岁了，应选秀女的日子近了。

七夕之夜，在闺房里，她长久地对着镜子独自微笑。她是那样爱慕自己的倩影，不禁亲密地对镜子里的“她”悄声细语：“你看你面如春花，眼似秋水，秀外慧中，一至于此！能不叫人爱死！……你千万不能随波逐流，自误终身。无论如何，要争得个‘凤凰于飞，和鸣锵锵’!”红霞飞上镜中美人儿的香腮，乌黑的眸子像星星一样闪亮……

她最不放心的是，那人到底是个什么样的人，她能不能跟他“和鸣”“于飞”？这常使她深夜不寐、辗转筹思。人们传说他年少英俊、仁厚嗜学、果断明睿，是真还是假？选秀女是国家大典，乌云珠相信自己能入选。万一他不值得她入宫呢？她自有办法。选秀女无非选身段、气度、脸蛋。要改变这些，在乌云珠来说，毫不困难。

“应选之前，一定要见他一面!”这是乌云珠对镜子里的自己说的第二句话。他可以用国家大典来选她，她也要用她的办法去选他。如果不够格，她宁可不进金碧辉煌、锦衣玉食的皇宫，而去寻找她的“凤鸟”。

机会终于来了。一次由皇帝亲临、王公贵族都参加的大规模围猎，在京师以北延庆县的山原间举行。鄂硕将军必须参加。他领着几十名家将和护卫，在长长的万人围猎大队中很不起眼。当长号和鼗篥声遥遥传来时，行进中的队列立刻左右闪开，让出大路，皇上的仪仗热热闹闹地过去后，皇上本人骑着一匹火红的烈马，在亲王、郡王、贝勒、贝子等国戚皇亲的簇拥下，飞驰而过。鄂硕和周围的人们都跪下了，不敢抬头。但他眼睛的余光发现，他的左侧，一名护卫公然抬头向圣驾张望。鄂硕大怒，扭过脸去就要发火，可那护卫俊美的脸儿在他眼前一闪，投给他一个顽皮中带着羞涩的笑，使他张口结舌，一个字也骂不出来了。他很快就猜透了女儿的心，也就原谅了女儿的“不法”行为。他看到爱女穿上护卫的漂亮短褂长袍，格外俊俏可爱，只是夹在那些彪形大汉的家将中，太显得娇小玲珑罢了。

日出之前，号炮三响，令旗一招，万余名合围将士齐声吼叫，一时角鸣鼓响，旗帜飞动，声势浩大，惊天动地。方圆数里的包围圈迅速缩小，围中被轰赶出来的鹿、狐、兔、黄羊，漫山遍野，乱窜乱跑。皇帝站上高高的看城，挥手发令：“出猎!”人们欢呼着扬弓搭箭，跃马挥刀，纵横驰骋，尽情追逐，粗犷兴奋的呼喊和马蹄声、马嘶声、兽叫声、号角金鼓声搅成一团，随着扬起的黄尘飞上高空，在天地之间震荡。

鄂硕一直把乌云珠挡在身后。一只火红狐狸飞窜而过，撩起他的兴头，他夹马一跃，奋力追赶。追出一箭地，背后忽然传来女儿的惊叫，扭头一看，一只受伤的花斑豹扑向乌云珠，惊得他一个冷战从背上滚过。他一声大叫，纵马返冲过来。乌云珠脸色惨白，拨马便逃，豹子愤怒地咆哮着，紧追不舍。事情太突然，周围的人都吓呆了。

在合围之后、开猎以前，皇帝已命令虎枪手用排枪将包围中的猛兽全部击杀。这只豹子想必只是受了伤，受伤的猛兽却是十倍的危险！鄂硕急忙搭弓射箭，已经够不着了！眼看花斑豹离乌云珠越来越近，将士们怕伤着人，也都不敢放箭了。偏偏乌云珠的马竟冲到为围猎而挖成的二丈多宽、一丈多深的壕堑边，人们失声惊呼，鄂硕仰天大叫，闭上了眼睛，乌云珠不死于豹口，也要摔下深堑！

只见乌云珠猛力一勒缰绳，又突然放松，同时举鞭向那雪白马胯下狠狠一抽，大喝一声："冲！"那马纵身一跳，跃起四尺来高，前后蹄拼命地张开，几乎成了一条线，如同展翅翱翔的鹰，一瞬间飞过了壕堑。当马的四蹄踏上壕堑另一面的土地时，人们不顾一切地喝彩了，为这骑士在千钧一发的关头机警地逃出险境而欢呼。

花斑豹追到壕堑边，凶恶地一声怒吼，原地打了个圈子，阴沉沉地按了按两只前爪，俯下身子，肚皮贴到了地面，跟着后臀耸起，长尾一竖，眼看就要跳过壕堑。人们一片吆喝，纷纷搭弓扯箭。

在豹子纵身离地的一刹那，一支飞箭尖啸着，"嗖"的一声，直贯豹子咽喉。豹子一声哀号，从半空中摔进壕堑。

"万岁！万万岁！"四面响起欢呼。大家看到壕堑外侧赶来一队人马，在许多穿黄马褂的侍卫们簇拥之中，顺治皇帝端坐在火红的御马上，正在收弓。刚才那准确有力的一箭，是皇上亲自射的。

乌云珠骑着白马兜了一圈，转回到壕堑边时，鄂硕已率从人赶到皇上跟前谢恩，并且连忙推乌云珠给皇上叩头。乌云珠像片树叶子似的颤抖着，脸上没有一丝血色，跪在那儿说不出话。鄂硕急忙奏道："禀皇上，这是奴才府里一名小吏，没见过世面，不会说话，胆子小，奴才替他谢皇上救命之恩。"

福临笑道："还是个小孩子嘛！吓坏了吧？照他的骑术，不该这么胆小的!”

乌云珠慢慢抬起头，很快地看了皇上一眼，正遇上皇上漫不经心的目光，她慌忙低头，心头怦怦直跳。皇上显然很惊讶，扬起黑黑的眉毛，分明要问什么。鄂硕又怕又慌，手心捏出了汗。正巧一名御前侍卫来禀报：郑亲王赶出一群梅花鹿，请皇上快去开射。

福临年轻的脸上跃动着虎虎生气，看看壕堑对面的猎圈，人人马鞍上都挂了猎物，而圈中野兽仍然纷纷奔逃，多不胜数。他立刻下令道：“围开一面，任其逃窜，给来年留下种兽!”说罢，他随着那个御前侍卫催马而去。跑出十来步，他像忽然想起什么似的，回头张望。但侍从如云，马快如飞，他看不清乌云珠，乌云珠也看不见他。他和他的侍从们像一团金色的云霞，很快就在乌云珠的视线中消失了。

且不说其他，只是救命之恩就足以使乌云珠对福临感激、爱慕了，何况他仪表英俊，出言爽利，神态活跃，确有仁厚之心呢？当乌云珠从猎场回到京师时，少年天子占据了她的心，她已是情之所钟，不能自已了。她暗自盼望着早日应选，盼望着再一次见到意中人。

后来事情变成那样，完全出乎她意料之外。她竟被指配给博穆博果尔。这位皇弟还是个孩子，什么都不懂。她很伤心，恨嫉妒的皇后，恨舛误的命运，甚至也恨福临。好在她是八旗女子，没有汉族那种严酷的贞节观念，虽然违心地出了嫁，倒没有想到去上吊投河，只是哀叹自己生不逢时，落个彩凤随鸦的结果。表面上，她温良柔顺地做她的福晋；内心深处，却始终不能忘情，盼望着见到福临，甚至庆幸着作为他的弟妇，总有再见他的一天。

她正在这隐秘而强烈的感情中煎熬，福临终于发现了她。那时她已长成了，青春焕发，艳丽惊人，一面渴望着爱和被爱，一面苦度着徒有虚名的皇子福晋的生涯。对于福临的试探，他的一步步逼近，她心里又惊又喜，多少有点儿恐惧，但绝不拒绝。叔叔娶嫂子，伯父纳侄媳，在满洲习俗中很为平常，没人当作大逆不道。当年庄太后与睿亲王多尔衮，不就是这样吗？

便辇停了，太监掀帘，乌云珠扶着太监的肩头下辇。这不是坤宁宫。一路上乌云珠只顾想心事，不知来到什么地方。各座宫门大同小异，都是两面绿瓦红墙夹两扇九九八十一颗铜钉的红门，门外一块雕龙照壁，门里一面雕花琉璃影壁。乌云珠既不能分辨这是哪一座宫门，也无心观赏那些精美的浮雕。皇后召见，不论从国礼，还是从家礼而言，她都要谨敬小心。

一进院门，满目姹紫嫣红，处处盛开着牡丹，芳香四溢，招得整个院子里充满蜜蜂的嗡嗡声，各色蝴蝶翩翩飞舞，和这国色天香的花王争奇斗艳。乌云珠从花盆间的小路曲折而行，不时停步观赏，浏览挂在花下的金牌银牌上的曼妙雅号。瞧啊，这绛红的珊瑚映日，粉红的锦帐芙蓉，洁白的寒潭月，墨紫的烟笼紫玉盘，银红色的杨妃春睡，鹅黄色的大金轮，淡淡轻绿的幺凤新绿，还有一花多色的汉宫春、紫霞仙、胭脂点玉、娇容三变，等等，多少种牡丹，纷纷向她探出玉盘大的花朵，争呈它们娇艳的姿色。乌云珠左顾右盼，喜不自胜。她生来爱花，对这驰誉天下、名传今古的洛阳花哪能不动心？不过她记着此来的目的，不敢久停，勉强自己挪动脚步，穿过这由盆栽牡丹摆成的花田，轻轻分开挡在路间的花朵，终于走上殿前的月台。乌云珠这时才想起抬头看看。大殿檐下蓝青底、金色雕龙边的匾额上，用满、汉两种金字写着：养心殿。

乌云珠一愣。片刻之间，她明白了。红晕顿时飞上面颊，有如阶前那倩红艳冶的名品牡丹——洛妃妆。两名养心殿太监已经跪下迎候她进殿了。乌云珠慌乱中回头看了一眼，隔着牡丹花丛，送她进养心殿的坤宁宫太监和便辇早已离去。养心殿内外静悄悄的，只听得见自己的心跳、血流，只听得见蜜蜂的嗡鸣和蝴蝶粉翅的扇动……

乌云珠犹豫片刻，一抿嘴唇，横了心：盼望了那么久的时刻终于来到，事到临头反而胆怯了？她一手抚住胸口，帮助平息心的狂跳；略闭了一会儿眼，稳住自己的呼吸，然后从容地解开披风领扣。养心殿太监连忙上前替她除下披风，她迈步走进了养心殿。在大殿正中的宝座前，她恭恭敬敬地跪拜之后，便细细打量他日常听政、批本和读书的地方。

两壁的金画、殿顶的轩辕宝镜、燃着沉香的熏炉、各种形状的香柱香亭以及宝座四周富丽堂皇的装饰，这些她只一眼带过。吸引她的，是靠着东、西、北三面墙的那几十架紫檀木的巨大书橱。她怀着自己也说不清的敬意，打开了蒙着深蓝色绸帘的橱门。多少书啊！书的山，书的海，令她惊叹，使她赞美，她由感佩而生欣慰，轻轻叹了一口气。

乌云珠品味着自己的境遇，恍然想起一出杂剧，剧中那位素梅小姐也处在同样的矛盾中，最后她决心赴约与情人幽会，说了一句大胆出色的道白："奴想贞姬守节，侠女怜才，两者俱贤，各行其志……"乌云珠有没有当侠女的胆识，敢不敢行自己之志呢？……她在"明传奇杂剧"一栏，抽出了槲园居士的一册，随手一翻，翻在象牙书签插记的地方，啊！这不正是那出叫作《素梅玉蟾》的杂剧吗？一段硃笔勾画的眉批赫然在目："极是佳论，非具侠骨，不能道此。"正文中加了硃点的句子，就是素梅那段大胆的独白！

鲜红的硃笔点划，仿佛一朵朵跳动的火焰。能用硃笔在御用图书上勾画的，还能是谁呢？乌云珠的心潮翻滚得沸腾了一般，想不到两人的心竟如此息息相通！乌云珠因为深深被感动而热泪盈眶，眼前一片模糊。

"乌云珠！"福临站在门口喊了一声。乌云珠浑身一颤，回过身去望着。福临朝她奔来，越走近，他的步子越慢、越轻，脸色煞白，浓眉漆黑，强制的、燃烧的目光，火一般燎人。乌云珠没有后退，没有畏缩，她凝视着他，迎接着他。这不只是一位皇帝、一位天潢贵胄，也是怀着不可遏止的热烈情爱的男子，是她所爱的、愿为他献出一切的男子！

"乌云珠……"福临目不转瞬，闪烁着更加强烈的烫人的光芒，低声地、轻轻地呼唤着。

乌云珠低头，悄声喊道："皇上……"她躬身要拜，被福临一把拦住。

身体的突然接触，冲破了他们之间最后的矜持。福临张开双臂，乌云珠倒在他的怀中。两人紧紧地拥抱着，一动也不敢动。相握的手，感到彼此的血脉在手指间噗噗流通，紧贴的胸膛，感到彼此的心在腔子里怦怦剧跳，仿佛发生了强烈的共振。不知过了多长时间，福临猛然抱起了娇小的乌云珠，大步走向后殿。

正午的阳光下，满院烂漫的牡丹色泽更加娇艳。醉人的芬芳随着春风，弥漫在养心殿的每一个角落。

四

太后刚从慈宁花园回宫，顺承郡王勒尔锦便来求见太叔祖母。

勒尔锦不到二十岁，一望而知是在绮罗丛中长大的。白皙、纤弱、娇嫩，除了黑眉还像他曾祖父那样线条刚硬，高直的鼻梁还带有祖父的余威，其他，眼睛、嘴唇、肤色，乃至一双小手，都是另一样的，令人联想到女子的柔弱。

皇太极的长兄、礼亲王代善，在努尔哈赤去世后让位于皇太极，有让贤的大功。皇太极去世时，各旗为了继位争得剑拔弩张，几乎闹出一场内讧；庄太后又是靠了礼亲王的支持和协助，立福临为帝，以睿亲王多尔衮、郑亲王济尔哈朗摄政，平息了事端，为半年后入主中原、建都北京奠定了基础。因此，代善对皇室的功劳是不言而喻的。皇帝给代善一族的礼遇也格外优厚。清初八家世袭罔替的铁帽子王，代善这一支系占了三家：礼亲王的爵位由其七子满达海、孙常阿岱世袭；代善的长子岳托封克勤郡王，传长子罗洛浑，再传于子，即如今的罗科铎，改封号为平郡王；代善的三子萨哈璘追封颖亲王，其子勒克德浑进封顺承郡王，再传于子便是这位勒尔锦。现在袭爵的平郡王罗科铎和顺承郡王勒尔锦，是顺治皇帝的孙辈，庄太后的重孙辈，勒尔锦年龄又小，在曾祖母面前，不免拿出重孙子的身份，撒娇要赖，哭哭啼啼。

“太妈妈，太妈妈！”勒尔锦用满洲话口口声声叫着曾祖母，并跪着膝行，直到庄太后脚下，“玛法信不过我们了！六部也不许我们管了！我们总是玛法的亲族子孙啊！还不如那些狡诈的南蛮子吗？”

太后勉强笑道：“哭什么呢？八旗男儿抹眼泪，自来没有听说过！……你们都是皇族贵胄，位望崇高，养尊处优，朝廷不曾亏待你们。自家的兄弟子侄孙儿，哪有不信之理！只是六部事务繁杂，处事要依法依理，诸王征战出身，未必通晓。与其乱法乱政而后不得不加处治，何如防患于未然？皇帝此举，也是为诸王着想。你何必这样！”

勒尔锦怔了一怔，用手抹抹眼睛，说：“管不管六部，还在其次，就是咽不下这口气！太祖、太宗皇帝总是训……训诫，诸王与皇上共议国政。要是诸王连六部事务也不能过问，和祖宗之法不就相……相背了？”

太后明白，勒尔锦决不是只替他自己说话。从他平日的不学无术，从他眼下背书似的进言，可以断定是诸王把他推出来的。他辈分小、年岁小，不至于触怒皇上，也使皇太后易生怜惜之心。太后不禁暗暗为福临庆幸：皇儿真有福啊！在他亲政前后三两年内，平定天下、功高权重的诸王都已谢世，不然，今日进谏的绝不会只是个无足轻重的勒尔锦了。她认真地说：“敬天法祖，是皇帝的本心。诸王兼六部并非祖制。太宗皇帝在世，纪纲法度也时有更张，何况这件小事！……你这么哭天抹泪的，想是舍不得兼理刑部？那么我来考考你，刑法律则能背得几条？讲几件援例案件给我听听，好不好？”

勒尔锦的头垂下去了，不敢回答。

“那么，从今以后，你天天坐堂审案，不许游猎骑射，行吗？”

“那怎么行！”勒尔锦委委屈屈地说，“太妈妈，我不会说蛮子话，也识不得蛮子文，再说，我们天潢贵族，谁愿意亲自同那些下贱的蛮子打交道！”

“那你管刑部管些什么呢？”太后叹了口气，说，“你的祖父萨哈璘，在诸子侄中最受太宗皇帝器重，他通达敏锐，精通满、汉、蒙文，整理治道，对国家很有建树。你能有他的智能才干，又何止兼理六部呢？”

勒尔锦眨眨眼，欲哭无泪，不敢再看太后。太后也觉得无话可说了。国家开创的那些年月，爱新觉罗家族出了多少文经武纬之才！他们聚集在太祖、太宗皇帝周围，真是一派叱咤风云、龙腾虎跃的发皇气象！几十年过去了，开国元勋或死或老，顺治皇帝要怎样才能把先辈开创的大业承继下去？他也需要人才，不只为了打天下，更为了治天下……

勒尔锦前脚走，索尼跟着就进了慈宁宫。他向太后三跪九叩之后，匍匐殿中，半晌不作声。

太后料想他也是为议政会议而来。他不是没有反对皇帝吗？太后和颜悦色地说："索尼，你是太祖皇帝身边的头等侍卫，三世老臣了，有什么话不好出口呢？"

皇太极去世之际，索尼首议册立皇子而不立皇弟，使多尔衮、多铎等亲王不得不退让三分，为福临即位立了大功。多尔衮摄政时，索尼不肯阿附多尔衮，为维护顺治而结怨于摄政王，两次被借故罢官去职，差点儿杀头。直到顺治亲政，才恢复了他的职权，又进一等伯世职，擢内大臣、议政大臣，并总管内务府——实际上就是权力很大的皇室大管家。他的父亲硕色和兄长希福，在太祖时就是有名的文臣。他们父子兄弟精通满、汉、蒙文，是满洲少有的博学世家。索尼正直朴实，有时甚至十分固执。但他所有这些品行，都服从一个"忠"字。他对太祖忠，对太宗忠，对顺治忠，都忠到了忘我的程度。这时，他向皇太后再拜道："禀太后，奴才一生从不敢对皇上有半点贰心，也从不敢想皇上有举措失当之处……"他心情沉重，浓密的须眉抖索着，说不下去了。

太后安慰地说："索尼，你站起来慢慢讲。"

"不，不！奴才要讲的话，实在是为皇上着想、为江山社稷着想，可又实在是冒犯皇上！奴才决不敢不跪……"

太后决定直截了当："今天议政，你并没有持异议。"

"是！是！奴才从来不敢违逆皇上的意思。奴才是请皇太后开恩，求皇太后开导皇上，到此为止，不可再走远了……"

"这两件事，皇帝做得不对？"

"不！不！皇上没错，皇上全对！只是……只是诸王的祖先随太祖、太宗皇帝百战艰难，开基创业，功勋卓著，皇上这样处置，只怕他们私心不服。如今天下未定，众多八旗将士还在军前征战。皇上此举，不怕动摇军心吗？"

"有那么严重？"太后微笑着问。索尼连忙叩头，正要回奏，宫女禀告：懿靖大贵妃求见。太后想了想，便请她进来一道听听索尼的意见。索尼又向大贵妃叩拜一番，等大贵妃坐定后，继续谈下去。

“那么，索尼，”太后静静望着索尼略显老态的身姿，沉着地问，“依你之见，江南之狱不可解，诸王兼部务不应罢？”

“不，不敢！君无戏言，岂能更改。奴才只是恳请，一要到此为止，二要对汉官严加检束，免得他们借此又生骄狂轻慢之态，也可以安定八旗将士之心。前岁斩陈名夏、惩处二十九名汉官，就煞住了他们的气焰，朝廷内外两年间安静无事。”

太后沉吟不语。大贵妃立刻听懂了索尼的意思，说道：“皇姐，索尼三世老臣，很有见地。当初祖宗创业，满、蒙世世代代结为姻亲。太祖、太宗一统各部，皇帝入主中原，蒙古各旗立有汗马功劳，至今又镇守北疆，保护祖宗陵寝。蒙古四十九旗只尊满洲八旗在前，绝不屈居南蛮子之后。汉人狡诈，可用而不可重用。皇姐心里必定是有数的。”

太后微笑道：“索尼，听说会议时安郡王岳乐自行让贤，不肯再掌工部，康郡王杰书附议，鳌拜和图海也很赞成。”

索尼心头激动，竟跪在那儿直摆手：“再不要提起！图海等人身任六部尚书，不愿受诸王制约，自然赞同。鳌拜全然是成君之过！凡皇上所说，他没有不赞成的！至于安、康两位王爷……”索尼咽口唾沫，努力使自己镇定。因为他不管怎样不满，却牢牢记着，这是王爷，是皇室宗亲，“太后明鉴，两位王爷都是这些年满洲兴起来的‘新派’，学汉书、习汉俗、亲近汉人，离祖宗的成法旧制，越来越远……”

大贵妃紧接着说：“皇姐，这路‘新派’，不只是皇亲里有，满官里有，就连女眷里也时兴得很哩！皇上若是亲近‘新派’，更张旧制旧俗，全学了汉人，咱大清可真要换药不换汤啦！”

索尼连连叩头，连连说：“正是呢，正是呢！奴才怕的就是这个！……皇上嗜好读书，又爱书画诗词，迟早要去亲近那些文人学士。汉家文学实在厉害，如同迷魂药，沾唇便迷，奴才深知其险，实在不敢埋怨皇上……只愿皇上以大局为重，以大清天下为怀……”

太后庄静地说："天下一千数百万户，一百户中汉人占九十九。皇帝抚驭亿万黎民，岂能不通汉语汉文？只要不沉溺、不迷醉、不妨政事便好。"

"是，是！"索尼无言对答，恭受太后赐茶后便拜辞出宫了。

太后沉静地看着大贵妃，含笑道："皇妹方才说起女眷里头的'新派'，不知指的是谁？"

大贵妃保留了很多蒙古女子的粗犷和直爽。她佩服庄太后，却学不来庄太后的教养，多年的宫廷生活也磨不掉她的特性。但凡说儿媳妇的不是，做婆婆的没有一个不上劲的，大贵妃自然不例外："除了她还有谁！我真后悔当初求皇姐把她指配给博穆博果尔！她哪里还像咱们满洲、蒙古家的格格儿！只要缠上小脚、戴上髻子、穿上衫子，可不就成了个蛮子丫头了吗？走路也那么一扭二摆的，真叫人看不下去！皇姐还收她当干女儿，真白疼她！……最叫人不放心的，皇姐，你说她有没有点子狐媚？我真怕她缠上皇帝……"

太后叹口气："唉，这个我也有些担心。进关十三年了，不能总跟在关外时候那样放肆，得有规矩，要讲君德，不能叫南人看笑话。"

大贵妃想想，说："这事皇姐你也为难，皇帝总归是皇帝。我想着，先皇十四位公主，十二位都比皇帝年长。除去升天的五位，下嫁蒙古的就有五位。皇姐的雍穆长公主、淑慧长公主跟皇帝是同胞姐弟，从小就疼爱他。要是让公主们还朝省亲，皇姐可以骨肉团聚，公主们也可以帮着劝导皇上，再说，雍穆还是皇后的亲娘呢！"

太后点点头。大贵妃确实在为皇室着想。因为她的女儿端顺长公主下嫁蒙古阿霸垓部王公，已在顺治七年去世。公主死后，朝廷又以礼亲王代善的女儿续嫁过去，大贵妃不过认她为义女，公主还朝，大贵妃并无骨肉团聚之喜。于是太后说："你想得很周全。皇儿性情多变，有时候也固执得很。他对董鄂氏另眼看待，多半是因为婚姻不称心。我想，让他憋在心里，也不是好办法。定南王之女孔四贞端庄秀美，又是忠勋后裔，如能立为贵妃，或许能够使皇儿移情。"

大贵妃笑道："太后看得远、想得深，说的正是！立四贞为妃，不但可以使皇帝移情，定南王部下也会感激不尽！定南王和平西王是汉王的头儿，定南王女儿册皇妃，平西王儿子招额驸，天下蛮子哪能不附朝廷！”

太后的笑容消失了。大贵妃说到要害处，使她不快，便岔开话题说：“皇妹说的公主还朝省亲，确是个好主意。如果公主们能够带来四十九旗王公的妙龄女儿为皇儿充实后宫，就更好了……容我仔细想想吧！”

大贵妃会意，起身告辞，临行时忧心忡忡地低声道：“皇姐，咱们那个博穆博果尔年纪还小，儿女私情不怎么上心，可是脸皮嫩得紧哩，一点也不能伤……”

太后笑道：“放心。”

苏麻喇姑搀扶着太后，慢慢走回寝宫。往常，太后总要和这个自幼相伴的贴身侍女说两句轻松的笑话，今天她却没有这份心思。苏麻喇姑看她脸色不好，关切地说：“太后，叫他们上参汤吧？”太后点点头。

太后坐在寝宫明间的花梨木宽榻上，端起参汤喝了两口，放在几上，沉思地看了苏麻喇姑一眼：“你说，皇后可知道内情？”

苏麻喇姑老老实实地说：“请皇后来问问。”

太后又想了片刻，便命人召皇后来慈宁宫。

皇后来了，如往常一样跪拜后，站在一侧等候太后问话。皇后壮实高大，面貌端正厚朴，显得心地纯良。她的父亲绰尔济是庄太后哥哥吴克善之子，她的母亲是庄太后的女儿、固伦雍穆长公主。她既是庄太后的侄孙女，又是庄太后的外孙女，现在又是庄太后的儿媳，可谓亲上加亲。不过错了辈分，福临其实是她的亲舅父。在太后和皇上面前，她是小辈，皇后的身份也撑不起她的架子，常常显得畏葸胆怯。对于这个没有主管六宫能力的外孙女，一向爱才的庄太后不能不深以为憾。

对外孙女，太后不讲什么客气，劈头就问：“皇儿，襄亲王福晋还在你宫里吗？”

皇后面现惶惑之色，一时不知如何回答。

太后目光一寒，猜到其中另有蹊跷，紧接着问："上午你不是着人来接她去坤宁宫的吗?"

"是……"皇后低下头，支吾了半天，终于说，"是皇上他……要我打发人去接的。"

"接到哪儿?"

"到……养心殿……"

"你就依了他?"

皇后可怜地红了脸，低声答道："是……"

"你是从大清门抬进来的皇后，是我们博尔济吉特家的格格呀!"太后语气很重，乌黑的眉毛鹰翅般扬向前额。皇后既委屈又难过，跪下了，噙着眼泪轻轻地喊："母后……"

太后凝视着她，好半天，叹了口气，说："你也贤惠太过了!"她终于找到这样一个词代替她心里的"软弱"和"无能"一类贬义更深的词。"我现在要往养心殿，你跟我一路去看看吗?"

皇后把头埋得深深的，面容都看不见了，声音细微得几乎听不清："儿实在不便前往，求母后宽恕……"

去养心殿的路上，太后心里很不愉快。这样的儿媳妇，自己都不称心，儿子岂能如意? 门第、容貌、才能、性情都要相当，才是好姻缘。看来，这一段婚姻，又委屈儿子了！庄太后暗暗嗟叹：谁让你是皇帝呢!

福临在殿门前躬身迎接穿过牡丹花丛而来的母亲。太后一一巡视盛开的牡丹，连连赞叹，目光却不时掠过儿子的面容。福临平日白中微黄的脸色，今天竟隐隐透出红晕；眼睛水汪汪的，含着柔情、露着倦意；嘴唇鲜红丰润，敏感的嘴角微微颤动，竭力想掩住那沉醉的微笑，平日那英气勃勃的眉目间也好像揉进了几分妩媚。太后的心顿时凉了半截：晚了！已经晚了!

太后迈步进殿，转入东暖阁，仿佛不经意地问："皇儿在读书? 怎么不去西暖阁?"她看到南窗下的炕桌上摆着热茶和一函打开的书，皇帝日常读书习字、批阅本章，都是在西暖阁。

福临不大自然地说："随便翻翻，一会儿就去西暖阁。"

太后翻出书函的封面。她虽不精通汉文，书名却还是认得的：《花间集》。她低头翻书，突然抬起双目，望定福临的眼睛，毫不含糊地问："董鄂氏刚才在这里？"

福临骤然红了脸，直红到发际耳根。他避开母亲尖锐的目光，没有说话，望着侧面透雕的隔断。

"她——什么时候走的？"

"刚走。"福临声音虽低，却并不胆怯。

"年轻人胡闹，也要有分寸，不能忘了自己的身份！"

福临沉默片刻，坚决地转过脸，小声说："额娘，儿并非胡闹。董鄂氏正堪与儿作配，她才具有总领六宫、为一国之后的才德。额娘，你就看不清？"

太后摇摇头，容色略略和缓地说："皇儿，你有什么不明白？用汉人的话说：你和她，姻缘簿上没有分儿！"

"额娘！"福临的脸色骤然煞白，暴怒倏地狂风般刮起，他抑制不住，不顾一切地脱口喊道，"让我摊上两个博尔济吉特氏的平庸之辈，还不够受吗？"

"放肆！"太后提高声音，斩钉截铁地摔出两个字的斥责。半晌，养心殿内静悄悄的，母子相对，都是黑眉白脸，非常相像。太后的怒容渐收，恢复了平日的沉静，她说："传我谕旨：自今日起，皇亲宫眷没有我的特许，一概不许进宫！违旨者严惩！"这声音如生铁铸成般坚硬，像寒冰一样令人发冷，在深邃的殿堂里竟引起了回声。太监、宫女们从来没听过太后的这种声调，都吓得跪倒在地，不敢仰视。

福临也跪下了，垂头送太后出宫。他一句话也不说，太后从他身边走过，他仿佛也没有知觉。太后乘机迅速地斜眼看看儿子，他的两道黑眉紧蹙在一起，和紧紧抿着的嘴唇相配合，显出一副非常执拗的神气。太后立刻走开，步履平稳，步速中常，再没有回头看儿子一眼。她的博尔济吉特家族高傲的自尊心受了损害。哪怕这损害者是自己的亲生儿子，她也不能原谅！

黄昏时分，皇城的宫殿在暮霞的背景上渐渐变成深色的剪影，寂静的宫廷透露出一股无法言喻的忧郁和惆怅。初夏温馨的空气也不能减轻伤心人的痛苦。追随着宛转的歌声，从养心殿中送出阵阵悠扬的丝竹之音，那拖得长长的音调如泣如诉，更增加了暮夜的缠绵和哀怨：

> 平生不会相思。才会相思，便害相思。身似浮云，心如飞絮，气若游丝。空一缕余香在此，盼千金伊人何之？证候来时，正是何时？灯未昏时，月半明时。

这一曲《折桂令》，曲子高雅，词文俚俗，却道出了福临的心病。他不等煞尾，便扔开了手中玉笛，斜躺在雕龙御榻上，心头万种滋味，无法排遣，又烦躁又忧伤，想发脾气都没有精神。笛子一停，陪伴着品箫奏琴吹笙敲檀板和唱歌的小太监们都赶忙停止，不知所措地望着皇上。福临有气无力地看他们一眼，说："再唱吧，我听听。"

另一个小太监连忙拿起一根竹笛吹奏，于是歌声又起：

> 相思有如少债的，每日相催逼。常挑着一担愁，准不了三分息。这本钱儿见她时方算得……

福临闭眼听着，一动不动，心却飞走了，飞出养心殿，飞出皇宫，去寻找他苦苦思念的另一颗心……

从皇太后到养心殿来过以后，又过了六天。福临天天把自己关在养心殿里，哪儿也不去，谁都不见，丧魂失魄，寝食不安，连往慈宁宫请安的礼节都丢了。皇后和妃嫔去问候，一概挡驾，所有宫女都不准进养心门。今天是常朝之期，福临总算记得自己是皇帝，勉强去听政，草草处理了几天来堆积的国事，早早地又回来了。首领太监吴良辅怕皇上闷出病，召来乐工、歌工、太监，陪皇上奏曲取乐。福临精通音乐，尤爱吹笛。但今天，音乐也不能使他解脱。

福临突然睁开眼睛，对吴良辅说："去值房看看，苏克萨哈来了，立即引见。”

吴良辅一愣，不敢怠慢，立命召对太监去接。

吴良辅和苏克萨哈可是老相识了。当初苏克萨哈密告睿亲王多尔衮谋反，就是通过吴良辅上达给顺治的。这几年苏克萨哈一直征战在外，皇上召他做什么？

苏克萨哈来了。他是领侍卫内大臣，内廷近侍，在皇上面前本不像外臣那么拘谨，这会儿却显出几分沮丧。

苏克萨哈白白胖胖，高身量宽肩膀，带着所谓的富贵相：五官端正，眉平鼻直嘴正，看上去很是忠厚，实则十分精明。他是额驸之子，母亲是太祖的第六位公主。他自幼与皇室来往密切，又是摄政王多尔衮的亲信，非常熟悉八旗旗主、诸王与皇室的关系。多尔衮一死，他看准时机，与睿亲王府护卫一起首告多尔衮谋逆，这正投合了顺治和郑亲王的需要。多尔衮追黜王位、夺爵削谥，“多党”在朝中的势力立时土崩瓦解。苏克萨哈因此授议政大臣，擢巴牙喇纛章京。他并不就此自尊自安，深知以讦告得赏终将被人鄙视，所以顺治十年主动请命，与经略洪承畴会剿湖南。三年征战，他在岳州、武昌等地，打出六战六捷的战绩，大败大西军孙可望、刘文秀部，得到二等精奇尼哈番的军功世职，擢升领侍卫内大臣，加太子太保衔。

今天顺治临朝，苏克萨哈当值，一直在顺治身边。顺治精神不振，苏克萨哈多次奏请皇上回宫休息。顺治突然想起苏克萨哈是正白旗人，与董鄂氏同旗，便有意追问。苏克萨哈想必已从内廷听到风声，便假作无意地说起当年与鄂硕一家的来往，说起自己的妻子与董鄂氏是闺中密友的事。顺治大喜，立刻手书一信，要苏克萨哈设法带给董鄂氏，并要当晚回信。现在苏克萨哈向皇上跪叩之后，便呈上了一封浅蓝色的碎金信笺。

福临急忙接过打开，却见上面只有两行娟秀的小字：

皇上孝治天下，太后之命不可违。

今世已无望，唯盼来生。

福临颓然倒在靠背上，一团欢喜化为云烟。他是约董鄂氏私会的，却等来了这么一个令人心碎的回答！

苏克萨哈暗中打量皇上的神色，小心地说："乌云珠自幼便姿容绝代，才华出众。正白旗的亲友女眷们都以为她必定入选宫掖，与皇上作配，谁知……"

"她的母亲果真是……江南才女？"福临气息微弱地问。

"是。原是苏州世家女，到济南探亲，正遇我大兵南攻，鄂硕旗下将士抢来献给鄂硕。只当是普通妇人，鄂硕就想硬来。谁知她寻死觅活，坚不顺从，在壁上题了一首绝命诗，便悬梁自尽了。鄂硕这人皇上也知道，跟安郡王一个味道，新派人儿，最爱跟那些蛮子文士混在一起念诗喝酒。他看了那绝命诗，当下就后悔个不了，说是唐突了才女，十分罪过。好在奴婢们解救得早，才女没有死得成。鄂硕从此拿才女当菩萨供养，就差没有烧高香了。一来二去的，才女被鄂硕的真情打动，竟下嫁了他。几年后，鄂硕夫人病故，他就趁着朝廷恩准满汉通婚，把才女扶了正。才女的女儿乌云珠就成了名正言顺的格格儿。谁知道那位蛮子夫人是怎么调治的，格格、阿哥都跟玉石树珍珠花一样，照得人眼都睁不开……"

"你还记得那首绝命诗吗？"福临颇感兴趣。

"记得的。"苏克萨哈用生硬的汉语念道，"生小盈盈翡翠中，那堪多难泣途穷。不禁弱质成囚系，魂化杜鹃啼血红！"

福临听罢，低头叹息，半晌无语。

苏克萨哈沿着皇上的思路，说着福临心里想着的事儿："真是有其母必有其女，乌云珠十岁时候就会写诗。有那么一首，正白旗的格格们拿着它用汉话念，当成顶时兴的事儿呢。就二十个字：春雨过春城，春庭春草生，春闺动春思，春树叫春莺。八个春字哩！"苏克萨哈住了声，再看看皇上在灯影中显得苍白的脸，突然说："皇上，何必这样苦自己？咱们究竟不是汉人，管它那一套！德格类死了，先皇不是把他老婆赐给小叔子阿济格了吗？先皇之兄莽古尔泰死后削爵，他的福晋也由先皇之命分赐给肃亲王和克勤郡王，这还是叔母嫁侄儿呢！"

福临摆摆手，叫他不要再说了。她的信上写得明白：她不愿成君之过，要求皇上孝治天下，他难道敢冒天下之大不韪？入关了，毕竟不能与关外时候相比啊！

苏克萨哈走后，吴良辅为了给皇上开心解闷，竟旧业重操，粉墨登场，在皇上面前演戏了。只见他宽衣博带，头戴高冠，状如《九歌图》中的三闾大夫，升座高踞，自称天文地理、古今中外无所不知，三教九流、诸子百家无所不通，是万事不求人的“天下师”，态度极其倨傲。他到底是从宫中戏班出来的高手，虽然久不登台，演来仍然惟妙惟肖，看他那种“万事通”的样子，福临也不禁微微发笑。

人们于是纷纷向“天下师”求教。一个小沙弥上前问讯道：“老师既言博通三教，请问释迦如来是何人？”

“天下师”一本正经地想了想，一本正经地回答：“女人。”

小沙弥大吃一惊：“啊？如来怎么会是女人？”

“天下师”振振有词：“《金刚经》云：‘趺坐而坐。’若非女人，何需丈夫坐了然后才坐呢？”

一名老道士抢上来问：“那么太上老君是何人？”

“天下师”认真地回答：“也是女人。”

“胡说！”老道愤然斥责。

“天下师”不慌不忙，一挥袍袖：“《道德经》云：‘吾所大患，以吾有身；及吾无身，吾有何患？’若非女人，何患于有娠乎？”

道士张口结舌时，一儒生上前打躬问道：“文宣王孔老夫子是何人呢？”

“天下师”毫不犹豫：“还是女人！”不待儒生发怒，他已眼睛都不眨地一口气解释下去：“《论语》云：‘沽之哉，沽之哉，我待贾者也。’若非女人，为什么要待嫁呢？”

“天下师”那种自以为是的夸张表情，故意歪曲的三教经典，终于逗得福临哈哈大笑。吴良辅在台上看到福临大笑，立刻跳下高座给皇上叩头。福临道：“良辅久不登台，今儿该赏你点什么东西呢？”

吴良辅说：“只要看见万岁爷笑了，奴才就心满意足了，什么赏也比不了哇！”

吴良辅的忠心很使福临感慨。当吴良辅卸去戏装，再到福临身边侍候时，福临说："难为你了。"

吴良辅连忙跪下："万岁爷说这话，折杀奴才了。万岁爷这么愁眉苦脸，闭锁深宫，总不是长久之计。就是奴才献丑博得万岁爷一笑，也不过片刻之间啊！"

福临深深叹了口气，凝视着群星闪烁的夜空，不作声。

"万岁爷，别怪奴才多嘴。万岁爷总不能为这事跟皇太后对着闹哇！别说皇室八旗不会向着万岁爷，那天下百姓心眼儿里也不能向着万岁爷啊。再一说呢，万岁爷终究是万岁爷，六宫妃嫔贵人，天下秀女多着呢，难道非她不可？"

福临心烦意乱，竟自吟出一句古诗："曾经沧海难为水，除却巫山不是云。"

"话倒也有这么一说。可人生在世，谁去自找苦吃呢？相思病岂是皇上害的？这不成大笑话了吗？奴才演了半天的戏，万岁爷笑了。万岁爷倒品品那滋味啊！"

福临心里一颤悠，半笑不笑地盯着吴良辅："朕已立了铁牌，严禁中官干政，你敢以戏入谏？"

吴良辅吓了一跳，万岁爷的精细、敏感实在令他害怕，连忙笑道："奴才哪里敢预政！奴才只是说，人生不过百年，万岁爷不必这样折磨自己。三教同源，道德尊严，那毕竟在虚幻之间，说到实处，能令人乐而忘忧者，唯有醇酒妇人。虽是谐语，未必都是笑谈。沉而不溺、迷而不惑，或许真是仙境……"

福临背手站着，一直仰望着中天。不知他是否听到吴良辅的话，只是星光映在他的眼睛里，光芒十分凌乱。

此后不到三天，福临又变了，纵欲到了不顾一切的程度。他仿佛被色欲燃烧着、追逐着，寻找着一切机会发泄他惊人的热情和精力。皇后、妃嫔、贵人、答应、常在都害怕了，宫女们也唯恐被他碰到。按他的谕旨，御药房每天向他呈进强壮药。一位御药房官员上奏，请皇上保重身体，招来福临的大怒，把这官员革了职，遣送回乡。他又恢复了每天向皇太后请安，在皇太后面前也毫不隐讳地表示他与皇后妃嫔的恩爱，甚至对平日来陪伴皇太后的命妇也非常钟情。不久这样的故事也传出来了：太常寺卿某人之妻入宫侍皇后，出宫回家时，衣服头饰未改而面目全非，竟换了一个人！某人不敢声张，但传闻却一直到了皇太后耳中。皇太后只得严谕皇上：革除命妇入侍之旧例。

皇上失德的事，一次又一次地传进慈宁宫。庄太后起初还在静观事态的变化，因为福临在处理政事上还没有什么明显的混乱和糊涂。到了六月底，福临终于病倒了。庄太后才真的着了急。

五

苏麻喇姑领了皇太后的懿旨，匆匆赶到宣武门教堂来找汤若望，但被门前的仆人挡住了。苏麻喇姑只好说道："我家有重病人，求汤老爷去救命的呀！"

一听她那种夹带着蒙古喉音的生硬汉话，仆人的态度立刻由冷峻变为恭敬，说："实在不是我不肯通融，汤老爷正在对教徒大众布道讲经，这个时候，谁都不见！上回我放进一个亲王府书吏去找他，他立时大发脾气，给我一顿臭骂，差点儿把我赶走！"

苏麻喇姑惊讶道："我以为汤老爷是个没脾气的仁慈老人哩！"

"谁说他不仁慈啦？对穷人、对病人和对小孩，他那心肠软得像水；可是谁要碍了他的传教大事，那就像干柴烈火，一碰就着，可凶哩！……好在他事后总后悔，从不整治人。"

"咳，六十多岁的人了，生闲气干啥！"

"哦哟，他可不像个花甲老人。从早到晚忙个不了，不是布道施洗，领着教徒做礼拜，就是拜访教徒，还要上钦天监。他待在家里也从不歇着，写呀、算呀、配药呀、制造机器呀，他还弹钢琴哩！你想，当初睿亲王的纪功碑有多重？他都能造出机器把石碑吊到空中！……哎呀呀，真神了！"这仆人说起汤老爷的本事，如数家珍，滔滔不绝，眼看他要接着说起汤老爷造教堂、铸大炮、建要塞的奇迹了，苏麻喇姑连忙拦住他说："我不即刻求见，让我进教堂听他布道好不好？"

仆人更高兴了："好哇！你快去听吧，听了你也会入教。汤老爷讲得可好啦，石头人都要掉泪！”

苏麻喇姑刚进教堂门，便听到汤若望的声音在穹庐般高大浑圆的教堂顶内回响，黑压压的一排排教徒，像被迷住了似的瞪大眼睛，静静地听：

“……人间充满罪恶，人类充满罪恶！这来自人类的原罪，啊，这便是人类始祖亚当犯罪留给后代的无法自救的原罪！它使人类难于免除下地狱的悲惨结局。上帝为了拯救信奉者的灵魂，献出了他的亲生儿子、我们受苦受难的救世主！作为替罪的赎价，我主耶稣被钉死在十字架上。我主耶稣舍了他的身体，化为饼；舍了他的血，化为酒……教徒们啊，这都是为了我们。为了拯救我们的灵魂啊！”汤若望慷慨激昂，声泪俱下，不要说女教徒们流着泪喃喃低诵耶稣的名字，苏麻喇姑也被白发苍苍的汤若望高举双手的虔诚样子深深感动了。

“信徒们！总有一天，世界的末日会要降临，那时候，我主耶稣将对古往今来的全体人类进行最后的审判。上帝的子民将升入天堂，那些不信奉上帝的恶人罪人、那些异教徒将永堕受苦的地狱。我亲爱的教友们，愿你们时时自省自问，坚定对天主的信念吧！”

信徒们拥向汤若望，把他团团围在中心，询问教义、求解疑难、请赐祝福。苏麻喇姑远远望着，知道一时难以见到他，便走出了教堂，在那宽敞华美的大理石门廊里等候。信徒们渐渐走散，苏麻喇姑再进教堂时，汤若望已不在那儿了，只有几名执事在收拾场地。刚才那个仆人看见她，说：“你还没见着汤老爷？要想见他要腿快嘴勤。这会儿他到后面花园里去收葡萄啦，快去那儿找他吧！”

花园里一片浓绿，空气里飘散着玫瑰花丛的芳香。果树很多，红红白白的桃子、紫莹莹的葡萄很是诱人。有人站在梯子上摘果实，但茂密的枝叶遮住了他们的身形和面孔，苏麻喇姑仍然找不到汤若望。

一阵哇里哇啦的奇怪喊声从一棵大桃树下传出，一个衣饰华丽的外国人，摘下饰有鸵鸟羽毛的宽檐儿大帽子，像舞蹈似的，姿态优雅地朝树上弯腰行礼。登在梯上摘桃的人也哇里哇啦地回答着，口气异常亲切热情。苏麻喇姑虽然一句也听不懂他们的话，却听出了汤若望那熟悉的声音。那外国人是谁？她隐向树边，仔细观察着。

汤若望背着一只装满鲜桃的小篓下了梯子，两个碧眼外国人便一同在树下的石桌边坐定，仆人送上丰盛的点心、葡萄酒、烤鸡和烤肉，两人兄弟一样亲热地互相拍着肩膀，爽朗地大笑着，举起了酒杯。汤若望用荷兰话吟诵祝酒诗，他那抑扬顿挫的优美声调，像唱歌一样好听：

红玫瑰烂熳地开着花，蓓蕾在饮着春天的气息，祝福呀，爱酒的人，一切祝福！

那位外国人热情奔放，一手高擎酒杯，一手豪放地挥摆着，仰着脸陶醉地祝酒：

高高地举起盛着红色酒的杯呀，这里是自由的大地，圣人与酒徒是一个呀，农夫不殊于王帝！

两人碰了酒杯，一饮而尽，开怀大笑。

汤若望命仆人把摘下来的葡萄、桃子和地窖里的所有葡萄酒全部装车，随客人送到贡使馆舍。仆人有些犹豫，汤若望严厉地瞪他一眼，催促道："快去办，一点也不要留！"仆人无可奈何地去了，汤若望才回过头对客人说："这些人永远不懂，远离故土到异国他乡是多么艰苦！"客人莫名其妙地望着他，摊开双手耸了耸肩。汤若望一拍自己白发苍苍的头，哈哈地笑了。因为他竟随口对客人说起了汉话。

告别时客人热烈地拥抱了汤若望，又恳挚地低声向他说了些什么，汤若望点点头，客人才高兴地又行一次优美的鞠躬礼，神气地走了。

"汤玛法！"苏麻喇姑这才上前向汤若望行礼。

汤若望认识她，当初汤若望和庄太后的最早联系，就是由苏麻喇姑担当的。他有些吃惊，连忙站起来："苏麻喇姑，你怎么来了？太后生病了?”

“太后安泰。太后有要事相商，要我来跟玛法详谈。这儿……不大方便吧?”

汤若望把苏麻喇姑领进他的小书房。在那里，苏麻喇姑按太后的旨意，向汤玛法讲了福临近日的变化和病状，请玛法为福临治病，对他近日的荒淫失德，好好谏正一番。

汤若望听着，脸色越来越阴沉。除了作为传教士对传教国君主的职业兴趣之外，他真心喜爱这个聪慧好学而又性格无常的少年。福临对他的敬慕和依恋，使他这个虔诚的上帝的信徒、纯洁的传教士常常产生一种父亲般的感情。近一个月他忙于传教事务和接待荷兰使团，竟不知福临陷进了这样的感情旋涡，这使他心情沉重。他立刻回答说：“请回禀太后，我一定尽我的努力。这是我义不容辞的责任。”

苏麻喇姑忙问：“这两三天能去吗？太后很着急呢!”

汤若望立刻站起身：“我这就进宫求皇上接见。正有一件要事禀告皇上。”

苏麻喇姑很高兴，起身道谢、告辞，好像在无意中说了一句：“刚才那个夷人的帽子真漂亮。”

汤若望道：“你看见了？荷兰人航海全世界，见多识广，服饰也别出心裁。”

“哦，他就是荷兰人!”

“对。他是荷兰使团的副使，阿姆斯特丹人，是我一个老同学的弟弟。万里他乡遇故知，是人生一大乐事啊!”

“这次他们入朝进贡，贡礼真是价值连城，皇太后都说是前所未见啊!”

汤若望笑道：“是的，不只给皇太后、皇上、皇后送礼，议政王贝勒大臣也都各有一份。只送礼一项，我替他算了算，荷兰国耗银怕在二十万两上下了。”

“花这么多钱！为什么?”苏麻喇姑试探着问。

“他们想订一个通商条约，想在澳门居留，想……总而言之，想打开中国的大门。”

“那他们真幸运，在这儿遇上玛法这样的同乡同族和老朋友，又这样仁慈、热心肠。”

汤若望脱口而出，笑道：“刚才，副使也这么说……”

苏麻喇姑也笑了：“我要是你，玛法，当然要帮忙的！”

汤若望用碧蓝的眼睛望着她，很温和地说：“最终要太后和皇上定夺。”

苏麻喇姑确定地说：“能行。玛法你不也是外国人吗？他们送这么重的礼，礼重情重。太后、皇上最重情义的。”

汤若望笑了，点点头，没有再搭话。苏麻喇姑告辞走了。

汤若望沉思片刻，提笔疾书，写了一道用语尖锐的谏书，跟着就唤轿出门进宫。不费什么周折，他立刻被传进养心殿。

福临身着明黄丝织龙纹便袍，没有戴帽子，正倚在炕桌边看书。乍一见，他的病情不似想象的那么严重，汤若望略略放了心。福临看见他，抛开书，止住他跪拜，微微一笑，说：“玛法，好些日子不见了。”

汤若望不觉心下一沉：福临笑得十分可怜，面颊凹陷，眼圈发乌，嘴唇和两颧上一片不健康的潮红，看来身体已相当虚弱了。他按照入宫途中的考虑，先谈起荷兰的通商要求。

福临疲乏地说：“玛法就此事所上的奏折，朕都看过了。通商的事，不妨由内院和理藩院派人与他们谈判，订一个通商条约，只要互有好处，谅也无妨。”

“不然！通商不过是借口，通商的背后来意不善！老臣奏折中再三提醒皇上小心谨慎，就是为此。”

“难道……”福临望着汤若望，有些惊异。

“皇上，荷兰正在成为世界大国，几十年来穷兵黩武，海上舰队尤为强大，称雄一时，不久就有可能取代西班牙成为最大的殖民国家。中华地大物博，人口繁盛，哪会不使之垂涎三尺？门户一开，再想关就不容易了！”

福临点点头说：“如今我台湾一岛孤悬海外，正是被西班牙、荷兰两国占去。”

汤若望紧接着说：“正因为此，澳门还是留给葡萄牙人，不许荷兰取得居留权为好。”

福临笑道：“玛法的意思，是要他们三国互相掣肘？”

“正是。朝廷还需致力于郑成功和南明永历。他们三国相互牵制，于我有利。”

“玛法，”福临感动地说，“荷兰使团是你家乡同族，我见你那么感慨，对使团又如此关切，以为你一定要为他们说项。谁知你全不这样！朕不能不感佩玛法忠心为朕。古来客卿决难到此地步。”

汤若望不觉有些脸红，说：“陛下是疑心老臣的真诚吗？荷兰使团是老臣故乡族人，老臣欢喜、热心出自真情；老臣熟知荷兰国的用心，为陛下朝政国运着想，也出自老臣忠心。还有一层，老臣直说，陛下勿怪。陛下难道忘记，老臣是一个传教士吗？”

福临愕然地注视着汤若望，一时没有弄清他这番话的含义。

汤若望不论在朝中地位多高、钦天监事务多忙，也不论由于满洲人对天算学的无比惊讶而对他持有的无比崇敬，他时时刻刻都记着自己是传教士，一切活动，一切艰苦紧张的学习、劳作和奔走，都是为了传教，为了天主的信仰在中华大国的土地上滋生成长，使中华亿万人民皈依神圣的罗马教廷，使中华亿万受苦受难的灵魂得到天主的拯救而升入天堂。荷兰使团的故旧之情不论怎样使他欢喜感动，他都没有忘记荷兰人信奉的是加尔文派耶稣教，是与汤若望信奉的天主教耶稣会完全对立的一派。让加尔文派的势力进入中国，是汤若望无法容忍的。所以在欢迎家乡故旧的到来时，他使用他的地位、力量和对皇帝的影响，一方面给荷兰使团以最热情的接待、最高的礼遇；一方面又处心积虑地使荷兰使团的打算归于失败。汤若望简要地向福临说明了加尔文派对他传教的不利之处，而后说：“老臣以为，唯有这样，才算是既顾念私交，又不碍大局。”

福临笑道：“依玛法的意思，如何答复荷兰使团为好？”

“万里远航，万金贡礼，总不能不给一点面子啊！”

福临由炕桌上抽出一张纸签，写了几个字：“八年进贡一次，可附带小宗贸易。”

汤若望不再说什么，他已经胜利了。他的思想便转到皇太后要求他的那件困难的事情上。

“玛法，你不对我讲些有趣的事吗？”福临重新倚在靠枕上，眼睛里流露出明显的疲乏。

汤若望小心地说：“老臣有话，只能在四只眼睛之下向陛下进呈。”

“在四只眼睛之下”，是顺治与汤若望之间的口语，开始于顺治亲政那一年，意思是回避一切人，只他们两人密谈。这多半是汤若望要向顺治说些规正的话，又要照顾他那十分强烈的自尊心而特意安排的环境。福临会意地遣开太监和侍卫，汤若望便毫不犹豫地把那封谏书呈了上去。

福临懒洋洋地打开谏书，看了没几句，登时满面通红，又羞又恼，把谏书往炕桌上一摔，气呼呼地说：“你把朕当作什么！”他背着手，大步走回寝宫去了。

汤若望忐忑不安地独自站着。急躁而喜怒无常的小皇帝会拿他怎么样呢？下牢？杀头？……殿内殿外静悄悄的，毫无声息，凶吉莫测……他素以忠诚直谏在朝中著称，皇上难道会杀直臣而给自己招来不义之名？不会。汤若望掸掸袖子，捋捋胡须，慢慢地一步步出殿下了月台，穿过庭院，走向养心门。

“汤若望留步！”养心殿首领太监喊道。汤若望心头一跳，只得回头，再次进入养心殿。福临已坐在东暖阁的便榻上了，见汤若望走近站定，便指给他座垫，并赐了茶，随后福临用平静的声调问：

“玛法，哪一种罪过大些，是吝啬，还是淫乐？”

“淫乐。尤其是地位崇高的人。因为这是一种恶劣的榜样，它引起的祸害要大得多！”

福临镇静地听罢，点头默认。又问：“如果淫乐的目的不是为了寻欢，只是为了排遣郁闷呢？”

汤若望沉着地说：“淫乐是帝王失德的行为，乱伦也是一种失德。怎么能指望用这一种失德去改正那一种失德呢？”

“啊，玛法！”福临忽然失声喊了起来，“我受不了！我实在受不了啦!”他站起身，想要喊些什么，身子却摇晃起来，脸色也变得煞白。太监赶上来扶住他。他本来已经很虚弱，这一阵很动感情的谈话，使他几乎昏过去了。

汤若望协同两名太监把福临扶入寝宫的床上，为他盖上薄薄的锦被，就要告退。福临像孩子似的拉住他的手，不放他走。皇上命他的玛法坐在床边，支开了侍从，一声长叹，伤心地说：“玛法，用你们的诗句说：我是一只夜莺，然而他们却不让我去拜访玫瑰园!”他用细微的声音倾诉，像潺潺的溪流，漂着青春的花瓣，腾着晶莹的泪珠，既有甜美的蜜，又有酸涩的苦酒……汤若望屈身向床上，仔细地听着、品味着。还是苏麻喇姑说的那些事情，在这里却变得那么美丽，充满哀怨和绝望……

汤若望离开养心殿时，太阳已经偏西。他心事重重、步履缓慢，福临的忧郁症仿佛传染了他。要不要向太后进言？皇上的病将会由此而起，并渐渐加深的……

福临倾吐了许多日子以来郁积心头的愁闷，竟感到一种轻松，仿佛洗了一个澡，浑身又疲乏又舒服，吃了御药房送来的汤药，便沉沉入睡了。

太后听了汤若望的禀告，不免吃惊，儿子的状况使她不安，太后的尊严终于向母亲的慈爱让了步。她立刻带着苏麻喇姑到养心殿探望，见福临睡得正熟，不忍把他叫醒。她多时没有这么贴近地看看自己的孩子了，又不愿立刻就走。她亲自用金钩挂起玉罗纱帐，拿起床边的拂尘，为儿子挥去偶尔飞来的苍蝇。

寝殿深邃而清凉，外面的热气丝毫不能透入；空中时浓时淡地流动着花香和安息香，那是从仙鹤香柱和数盆兰花里飘散出来的；四周一片寂静，苏麻喇姑伫立门前。庄太后目不转睛地望着儿子憔悴的面孔、唇边毛茸茸的胡须、在雪白的脸庞上显得特别黑的眉毛，说不尽心头的爱怜和感慨。她目光渐渐模糊了，透过这张很有男子气概的脸，她仿佛看到了另一张脸，一张拳头大小、红红的、毛茸茸的、眼睛都睁不开的小脸，她的唯一的儿子的小脸……

她嫁给皇太极的时候，还是个十二岁的少女。皇太极比她大二十一岁。由于她聪慧秀丽、明睿豁达，很得宠爱。当她表现出一般女子少有的识大体知大局的涵养时，皇太极竟拿她当后宫谋士，举棋不定时常常找她商量，她也从丈夫那里学来知人善任、用人驭将和处理军国大事的本领。可惜她命中子星不旺，十六岁、十九岁、二十岁连生了三胎，都是公主。在她二十二岁那年，她的姐姐进宫了。次年，崇德元年，皇太极上皇帝尊号，改国号为大清，她被封为西永福宫庄妃，她姐姐被封为东关雎宫宸妃。宸妃宠冠后宫，夺去了皇太极的全部情爱。崇德二年七月，宸妃生了皇八子，皇太极便有立为太子的意思，特地为他的出生而大赦全国。如果这个幸运儿活着，皇九子福临绝没有九五之分。偏偏在福临出生的前两天，崇德三年正月二十八日，皇八子夭折了。皇太极和宸妃一样哀痛，连皇九子的出世也不能使他高兴。崇德六年宸妃病重，皇太极竟不顾前方与明军在松山、宁远大战，撇下诸将赶回盛京。宸妃去世，皇太极哭得数次昏迷，迅速憔悴衰弱，不久就病倒了，一年后驾崩。此后，庄太后扶保着五岁的福临，经了多少生死搏斗，历了多少惊涛骇浪，才使他成为顺治皇帝，才有了今天。儿子又要为一个女子憔悴病倒，丧失现有的一切吗？

福临翻了个身，喃喃地说：“额娘、额娘，你也曾青春年少，你也有你的情愫，为什么对儿子这般冷酷！”

太后一怔，心里“扑通扑通”直跳，连忙立起身向后一仰，仔细看看福临，见他熟睡如故，知道是在梦呓。她又回头瞅一眼，苏麻喇姑站在门前，仍然形同木偶直立不动，这才松了口气，重新坐下。但她的心却再也无法平静了。

我的青春？我的情愫？……是从丈夫的情爱转移到姐姐身上的时候开始的。和自己同龄的皇弟多尔衮，文武全才，何等英俊潇洒！彼此情意相通，不是也到了梦魂萦绕、寝食不安的程度吗？皇太极去世，福临得以即位，虽然是自己依靠礼亲王力争而来，但当时诸皇弟中继位呼声最高的多尔衮却甘居摄政，拥戴她的儿子、五岁的福临为帝，除了许多其他原因，为了她，是多尔衮私下向她重复过一百次的理由啊！那时她对多尔衮的感情是不言而喻的。她感激他，爱恋他，他俩不是在一起度过许多甜蜜的日子吗？……如果不是他后来囚死肃亲王豪格，又娶了肃亲王福晋；如果不是他瞒着她私自往连山偷娶两位朝鲜公主，那么他死后被人告发谋反，她是不会轻易赞同的。现在呢？往事流水般逝去，而青春的回忆却仍然令人耳热心醉，使她沉浸在美好的感情里，尽管已带了那么多的惆怅……

不知过了多久，庄太后抹去眼角的两颗泪珠，轻轻站起来，无声地离开了。

福临醒来，半个太阳已衔在西山顶，山间薄薄的翠微抹去了它的金色光芒，于是残阳如血，暮霭被染成淡淡的紫色。福临凝视着落日一点一点地被山峦蚕食，感到恼人的黄昏一点一点地向他袭来。轻松和舒适在慢慢消失，悲哀和空虚重新占据了他的心。他害怕寂寞的黄昏，黄昏使他更加思念心爱的人。但越是思念，越感到绝望，绝望更带来深深的、无可奈何的凄凉。

这些日子，他纵欲到荒淫的程度，为的是摆脱这无望的爱恋。疯狂的日夜不仅损害了他的健康，而且使他更加觉得空虚和寂寞。那些女人不理解他，她们在他那里寻求的是别的东西：恩宠、地位、权势和金钱。她们媚他、顺他、怕他，就是不爱恋他。这，他知道得非常清楚，因为他心里存在着强烈的对比。于是，事后他便觉得索然无味甚至厌恶，痛恨这些女人，也痛恨自己，陷入了无法自拔的痛苦。痛苦再迫使他寻求解脱，于是一切又从头开始，重复着可诅咒的历程，形成疯狂的恶性循环。

是病弱使他中断了这种循环，独处宫中，悔恨着过去。汤若望的谏正惊扰了他，他加倍害怕自己的罪恶。不！他再不要过那疯狂的生活了！他时时想起那个牡丹怒放的正午，一千个女人给予他的合在一起，也抵不了那片刻的恩爱，那是完全的、完全的心灵交融啊！……我不要千千万万颗星辰，只要那一轮皎洁的明月；我不要世上千万种娇艳的花卉，只要那一朵独压群芳的牡丹！老天，你为什么不成全我呢？

他凝视着西天最后一抹粉红色的云霞，那里仿佛蕴藏着生气，令他觉着一星儿温暖，以致迟迟不肯返回寝宫。暮色更浓了，绿色的萤火虫在草木间飞舞，午门钟鼓声声，震动了寂静的夜空。他若有所思地长叹一声，低吟着：“夕殿萤飞思悄然，孤灯挑尽未成眠。迟迟钟鼓初长夜，耿耿星河欲曙天……”

此情此景，古今相隔千年，何等相似啊！

“禀万岁爷，太后遣苏麻喇姑给皇上送来菜肴。”小太监也学乖了，说话都轻声悄语的。

福临点点头。苏麻喇姑和一个提食盒的宫女走上月台给福临叩头。苏麻喇姑转致了太后的慰问，福临躬身谢过。苏麻喇姑吩咐宫女道：“你把食盒送去吧！”宫女低头随小太监去了。

苏麻喇姑说：“皇上，太后那边还有事，我得先走一步。那宫女布好食盒，让她自己回慈宁宫就是。”她说罢便匆匆走了。天色已晚，福临看不清苏麻喇姑的表情，不免有些纳罕。若在病前，这是常事。可现在，一个宫女能引起他的注意吗？他不快地站在月台上，不想回殿。那宫女老不出来。他想还是亲自去把她打发走为好。总是太后身边的人，不可简慢。

福临走进寝殿，穿蓝布袍的宫女正面灯背门，在慢吞吞地摆弄食盒，一根乌黑油亮的大辫子垂在身后，随着她的动作微微摆动，煞是好看。福临全无心思，只说：“夜已深了，着人送你回慈宁宫吧！”

福临刚开口，宫女浑身就颤抖起来，她慢慢回身，低头跪下，凄切切的，含泪叫道：“皇上！”

福临大惊，猛地冲到近前，一路碰倒了两只圆凳，碎了几只玉碗、翡翠瓶，一把搀起宫女，两人面对面地站着。福临的嗓音哆嗦得几乎难以成声：

“乌云珠！”

两人紧紧拥抱，放声大哭，像两个受了无限委屈的孩子，泪水交流，湿透了他们的衣襟。

后来，乌云珠的泪水始终不曾断过，湿透了鸳鸯缎枕，也湿透了福临的肩头和胸膛。她抽泣着，痛惜地低语着：“看你，瘦得剩一把骨头了……”

福临无限爱怜地抚摸着自己心爱的人，勉强笑着：“清宫不是楚宫，可是你的腰也变得这么细，真苦了你啦……”他的声音也带着呜咽，感动得说不下去了。

天亮之前，乌云珠要回慈宁宫。福临恋恋不舍地拥着她，无限深情地望定她墨玉般的黑眼睛，说：“但愿你我天长地久，永不分离，永远记住今天这个日子！”乌云珠什么也没说，目光灼灼，亮若晨星。福临奔到案前，在一幅洒金素花粉红笺上挥笔疾书：

> 顺治十三年六月二十，书唐诗赠乌云珠，永志不忘。
> 洞房昨夜春风起，遥忆美人湘江水。
> 枕上片时春梦中，行尽江南数千里。

福临把花笺交给乌云珠，说：“立此存证，绝不相负。你还记得吗，这首唐诗？……那是我第一次认识你……”

“记得。”乌云珠的眼睛带着梦一般的神色，“两年了……可是我，四年以前就认识你了……”

“啊，什么时候？”

“我……现在不告诉你！”乌云珠嫣然一笑，转身要走。福临一把拽住，再次搂在怀中，像哄孩子似的说：“天还不亮，我着人送你……”

“不，不用了。苏麻喇姑要来接我的……”

两天之后，福临召博穆博果尔到养心殿西暖阁。这三天中，他一直想找到一个妥善的办法，把事情最终了结，然而多少有些犹豫和胆怯，尤其害怕失德的罪名。不想一桩意外使事情迅速激化，易怒的福临简直是勃然大怒了。

他勉强抑住胸中怒火，接受了襄亲王的跪拜。怒气竟掩盖了本来可能产生的内疚和羞愧。

博穆博果尔完全不知道出了什么事情，他对这位皇帝兄长一向是又敬又怕的。他施罢大礼，见了兄弟常礼，便恭恭敬敬地垂手站在一侧，准备聆听教诲。

福临控制不住自己，开门见山，冲口问道："你怎么敢把乌云珠格格囚禁内室，不给吃饭喝水？"

博穆博果尔张口结舌，怎么也想不到皇上会知道这事，并为这事召见自己。"她……她……"他很快窥了一眼皇上严厉的表情，连忙接下去说，"我，我要休她！"

福临心中一喜复又一惊，忙问："为什么？"

博穆博果尔到底只有十五岁，除了皇上、皇太后和大贵妃，他不怕任何人。此刻他急于表白，便直言不讳地说："好些日子了，她连碰都不让我碰一下。她不是我的女人吗？原来，她早有了外心！"说到这里，博穆博果尔红了脸。男子汉大丈夫，要说老婆和别人私通，无论如何是一件十分羞耻、难于出口的事。可是他偶尔抬眼对皇上一瞥，皇上竟也血红了脸，眼睛向别处张望。博穆博果尔没料到皇帝哥哥与自己如此休戚相关，很是感动，一横心，把什么都说了出来："前天，趁她睡着，我本想……哪知在她贴身小衣里，搜出一张素花笺！皇上请看，这还不是淫诗艳词吗？这野男人肯定是个南蛮子！自命风流的无耻之徒，下流东西，混账黄子！"

福临早认出了那张诗笺。有生以来，他不曾被人这样当面痛骂，顿时暴怒迸发，大喝一声："住口！"跟着，他几个大步冲到博穆博果尔面前，一抡胳膊，"啪"的一声，重重地扇了他的皇弟一个耳光。

博穆博果尔吓得赶忙跪倒，洒金素花粉红诗笺也飘落在地上，十八岁的皇帝和十五岁的亲王，兄弟俩都咻咻地喘着气，挨打的莫名其妙，打人的有口难言。

半晌，福临仿佛恢复了常态，带着傲然的神色，不顾一切地说道："这张诗笺，是我给她的！"

博穆博果尔大吃一惊，就像头顶炸了一个闷雷。可是皇帝又说了一句更加简单明确，使人眩晕的话：

"我要娶她！"

博穆博果尔面色如纸，眼睛发直，一句话也说不出来，身体摇摇晃晃，眼看就要摔倒。福临上前扶住他，盯着他无神的眼睛说："三天以后，给我回复。你去吧！”

第二天，七月初三，襄亲王府里传出丧音：博穆博果尔薨。

消息进宫，大贵妃哭昏过去，太后和皇上也掉了泪。几天以后，大贵妃向庄太后哭诉：皇十一子襄亲王，竟是悬梁自尽的。

七月中，礼部按庄太后收养董鄂氏进宫的懿旨，向皇上本奏，将择吉于七月底册立董鄂氏为贤妃。皇上以襄亲王薨逝未久，不忍举行，谕礼部改在八月择吉册妃。

六

九月重阳，秋高气爽，白云蓝天，万里金风。

山顶的草亭，是岳乐特命修建的，四柱六角，石桌石凳，下围栏杆，上盖茅草，既为今日登高所用，也算是补路修桥的善事，为行人提供方便。

吕之悦举杯，一饮而尽，对岳乐一照杯底，笑道：“下马饮君酒，问君何所之？”

“哈哈哈哈！”岳乐大笑，跟着也干了一杯，说，“要是拿这食盒薄酒为你接风洗尘，不但太简慢你笑翁，也叫人骂我寒酸。这不过是为重阳登高助兴罢了。至于接下去的两句：君言不得意，归卧南山陲，可就更用不到我身上了。”

两人酒已半醺，推杯而起，步出山亭向四外远眺。由于天气晴好，一眼能望出二三十里：北边重峦叠嶂，沟谷纵横，南边一马平川，河流蜿蜒，一时尽收眼底。劲爽的秋风涤荡胸怀，分外畅快。置身于天地间，仿佛能感到天地的抚爱、宇宙的呼吸，人变得那样渺小，无足轻重；人生变得那么短暂，转瞬即逝，心胸不由得被自然展宽了。亲王忘却尊贵的身份，布衣扔掉一贯的矜持，都变得兴致勃勃，不拘形迹。

“你不要以为罢诸王兼理六部使我有不得意之叹，”岳乐远望群山，面带笑容地说，“政务繁琐庞杂，哪有诗酒猎宴轻松痛快！出了错儿，即使皇帝不予深罪，自己的名望可就难保啦！实在不如现今这个宗人府左宗正的官儿舒服。宗人府的事嘛，我总还懂得，管得来!”

吕之悦道：“早听说罢诸王兼理六部引起朝中轩然大波，王爷首当其冲，竟能如此淡然，实在难得。”

“倒也不是一开始就能淡然处之。”岳乐虽然嗜好文学，仍保持着满族人爽直的特点，“初听皇上谕旨，心里也不是味道。可是仔细想想，满洲靠弓马骑射起家，战场上可以百战百胜，但有多少人识文断字、通史谙政呢？我还懂汉文汉话，治理部务尚觉茫无头绪；诸王尽是后辈，不学无术，多半不谙事务，弊端极多。六部乃分掌国政的衙门，岂能草率。诸王中我年最长、辈最高，学问也数得上。我若引退，诸王也就无话可说了。”

吕之悦心里暗暗叹道：满洲贵胄中如果多几个岳乐，国初战乱就不至于延续十数年而不息了！他拱手向岳乐说：“为国为君，忠心耿耿，做人做到王爷这个份上，可算得是不以物喜，不以己悲了。”

“你大概不知道吧，罢诸王兼理部务的由头，正是江南十旧姓冤案。”

“当真?”吕之悦十分惊讶。

“一点儿不错。你刚由江南来，听到什么消息?”

“啊，这可值得大书特书！江南狱解之日，万民空巷，扶老携幼往江南总督衙门外，观看各家接回受冤亲友。大哭的，大笑的，这边喊，那边叫，处处轰动。诬告者都已反坐入监，顿使人心大快。被释的一名秀才在当衢通道北向叩首，大呼万岁万万岁！引得其他被释者和围观者尽都叩首欢呼，声震重霄，那情景实在令人泪下……”

岳乐眼睛里一片喜悦，无限神往。吕之悦貌似感叹，骨子里很尖锐地说：“只凭武力或酷刑，绝难至此啊!”

岳乐脸颊一抽搐，瞥了一眼吕之悦，眼睛深处亮出一丝野性的光芒，蕴藏着一种抗拒和暴戾。吕之悦装作没看见，遥望山川，悠然自得地说：“所以，行王道者得天下长久，行霸道者得天下短促，实在是人心归向所致啊！皇上仁德，解江南狱，便是最大的安抚人心。明末人心丧尽，百姓极苦，朝廷多行仁政，能得人心。一甜一苦，百姓岂不择甜而弃苦!”

岳乐频频点头，表情又恢复了原有的从容。

吕之悦又问："我一路北上，所过之处，各州县衙门都在筹措垦荒，说是有皇上谕旨下来。是怎么回事？"

岳乐笑了，笑容中闪烁着与他年龄身份都不大相称的捉弄人的意味，道："先不说这个，还有一件大事你可知道？笑翁，贵门生进宫了。"

"你是说鄂硕女儿乌云珠吧？我早已知道，三年前就入宫为襄亲王妃了，离京前又听说太后认她为义女。"

"不，不！如今她入主承乾宫，八月初册为贤妃，本月已晋为皇贵妃，年前就要行册封大礼了！"

吕之悦目瞪口呆，半晌才说："这，这怎么可能！"

岳乐笑道："难道骗你不成！你忘了，我是左宗正。"

"要论才德姿容，乌云珠堪配天子，只是，只是……那襄亲王呢？"

"襄亲王已在七月初三去世了！"

"啊？这怎么可以！这怎么可以！兄纳弟妇，常人亦不屑为，何况一代人主！礼义之国，同族从不婚娶，治栖之俗岂可见于今日！"

看着吕之悦痛心疾首的样子，岳乐抚掌大笑："这才是你们汉人的迂腐！又非同宗血亲，皇上不过兄代弟职，满洲常有之事，有何不可！唐高宗子纳父妾，唐明皇父夺子妻，反而播之诗歌，艳羡不已，足见你们汉家文人口是心非，虚伪十足！哈哈哈哈！"

吕之悦一时竟也无话可答。

岳乐笑够了，正色道："笑翁，贵门生实在是皇上的贤内助啊！自她入宫，皇上病也好了，人也胖了，气色红润，脾性都变得平和了许多。最难得的是，皇上和太后为诸王加了俸禄，安抚了八旗，近两个月，皇上连下三道谕旨，要各直省督抚垦荒地、清刑狱、惩贪官。这些政事以前虽也有过谕令，如今却是赏罚分明：今后各官升迁都要考核垦荒之数；刑法案件一年不清者罢官；官吏贪赃十两以上者杖徙、革职，永不叙用。皇上诚然爱民勤政，其中未必没有皇贵妃的功劳！"

吕之悦非常认真地问："那么西南和东海……"

"郑成功手下大将黄梧率众归降，郑成功兵败，官军收复舟山。李定国、孙可望奉朱由榔退守云南，洪经略、吴平西、尚平南、耿靖南与孔定南部将分驻四川、两广和贵州，各自划地而守，势成远围。对郑、朱两处，皇上都一再谕命剿抚并用，以抚为主。看来，必有一段时日的平静……"

"啊！"吕之悦轻声地喊，双手举向天空，"老天，老天！你总算哀怜万民、赐给太平了！二三十年的战乱、涂炭啊！"

见吕之悦红了眼圈，岳乐不解地问："笑翁，你这是……"

吕之悦难为情地摇摇头："老啦，心肠反倒软了。王爷马背征战，崇府起居，绝想不到这三十年战乱天下万民的惨苦！……但愿太平盛世早早来临吧！"吕之悦笑容满面，突然撇开岳乐，到草亭四周的草丛中撷摘野花。金黄的野菊、蓝蓝的矢车菊、鲜红的石竹，采了满满一把，他选了几枝特别艳丽的，插进衣襟和帽边。

岳乐笑道："重阳插茱萸，你却戴花，所谓老风流是也！"

"诗曰：人老簪花不自羞，花应羞上老人头！见笑、见笑！"

岳乐道："国家承平有日，求贤更不可忽……"

"是了，是了。我只顾闲扯，竟把最要紧的事忘却了。这次我北上，是真正地交令了。再给你推荐三位贤士：湖北孝感熊赐履、江苏昆山徐元文、浙江仁和陆健。"

"且慢且慢，让我记下。"

他们一道走进草亭，侍从送上笔墨纸张，岳乐郑重地记下三人的姓氏、籍贯。吕之悦继续说："熊赐履是当今难得的理学人才。治乱世、消疮痍、安民生，非儒学不可。徐元文有宰辅之量、宰辅之才，年少英俊，前途不可限量。至于陆健，才高气豪，在江南颇负人望。此次江南狱解，他也获释。三人俱是白衣秀士，王爷不妨仔细访求。"

"三位贤士现在何处？"

"熊、徐二位，或许还在京师。陆健草泽亡命数年，一旦遇赦，总要回故乡的。只怕他不肯应承。"

“但有三顾之诚，自会感动贤士。……不过，还有一位，笑翁漏去了。”

“谁?”

“你!”

“我?”吕之悦笑着连连摇头，“贤与不贤，自己难于评说。但我这个人是绝不可做官的。”

“你总不至于迂腐到耻食周粟吧?”

“不是那个意思。”吕之悦静静地说，“我一生只堪为宾为友，不能为奴。”

岳乐不觉变了脸色，有心发作，觉得不妥；想要含糊过去，又觉此人才高气傲，太不识相，有损他王爷的尊严。正踌躇间，不知从何方传来“嗯嗯呀呀”的奇怪声音。岳乐和吕之悦对视一下，亭外的侍从也东张西望，不等他们交换意见，那声音猛地延长，“哇哇”地冲破沉寂，从草亭一侧的深草树丛中飞起。婴儿的哭声！这实在太不可思议了！岳乐立刻快步走出草亭，吕之悦和侍从们随他一起寻声而去。草丛里露出一个不大的木头箱子，哭声从里面冲出来，尖锐而响亮，表示着不满和伤心。

打开箱子，里面竟是一对半岁左右的女婴，肤色洁白，头发乌黑，哭得声嘶力竭。吕之悦惊喜异常，抢上去把两个女婴抱在怀里，用他的长袍大襟把她们包裹起来。因为两个孩子各自只戴了一个绣着莲叶荷花的红肚兜，各人的左手上勒了一只小小的缀着银铃铛的银镯子。

吕之悦招呼侍从在石桌上铺了座垫，把两个婴儿摆上。她们受到老人的安抚，已经不哭了，并肩躺在那里，一模一样的两双黑眼睛天真地打量着吕之悦，看得这位从未有过儿女的老人心里发慌，又惊又爱，不知如何是好。

岳乐也走进草亭，赞叹道：“好一对孩子！父母竟忍心扔掉！看木箱上钻了许多眼子透气，倒是还想让她们活下去。”

一句话提醒了吕之悦，他连忙在婴儿身上寻找，果然在红肚兜的一角，翻出一张字迹潦草的纸条：“念上天好生之德，大慈大悲，求恩人收养这一双无辜女婴，免入虎狼鹰鹫之口。”

吕之悦把纸条给岳乐看，兴奋地说：“老夫一世无子，不料好运当头，天送来一双女儿！定是哪家女儿生得太多，溺死又不忍心，才出此策。好！好！老夫我谢过天地，谢过她俩的父母！”他站在女婴身边，向天地和四方深深作揖。

岳乐也为这奇遇高兴：“笑翁，这真是天赐福分啊！把这一对姐妹花带回江南，嫂夫人也要笑逐颜开了。”

吕之悦笑道：“她呀，要把大牙都笑掉！”随后，他赶忙抱起孩子说：“王爷，下山吧，两个娃娃怕是饿了。”

岳乐打趣道：“才做爹爹，就冷暖连心啦？这也是两个娃娃的造化，遇上你这好心人！……好，下山吧。”

侍从们小心地抱着两个婴儿，簇拥着王爷和吕之悦慢慢下山。途中，岳乐突然压低声音对吕之悦耳语道：“笑翁，两个婴儿你先抱走，回京以后悄悄送一个给我，好不好？”

吕之悦吃了一惊，短短半个时辰不到，他好像已对这两个女婴产生了父爱而难以割舍了，他问：“为什么？”

岳乐有几分为难地小声说：“家家都有自己难念的经，你还有什么不明白？笑翁，我重重谢你。”

吕之悦沉吟着：“这个嘛……”

“笑翁，就当是老友之请吧，不肯帮忙吗？”

吕之悦只得点点头，心下很是沮丧。岳乐非常高兴，说话声音又大了：“本月中，下嫁外藩的公主就要还朝，理藩院和宗人府都要忙个不可开交。你我明天就回京。”

“也好！”吕之悦回答得无精打采。

“还有，寻访陆文康的事，还得求笑翁多多指教，回京后从速办理！”

一行人走下山去，情况相当奇怪：侍从威严，一路打道，吆喝行人回避；主人却青衣小帽，看不出身份；众多人役中又掺杂着两个婴儿，不时用响亮的哭声替主人的谈笑伴奏……

几天后，在极其隐秘的情况下，吕之悦把两个女婴中的一个送给安郡王。两人在密屋中商谈了几条协定。岳乐要求：吕之悦绝不向任何人透露真情；将来的任何时候，吕之悦名下的女儿永不进京。吕之悦要求：保存两个孩子的肚兜和手镯，为将来孩子寻找亲母留下证据。他们给这姐妹俩取名时，推敲了很久。因两个孩子肌肤雪白莹洁，便一个取名冰月，一个取名莹川。不久，吕之悦就带着莹川南下回故乡去了。

岳乐寻找陆健费了不少心力，没有得到下落，他便派专人往浙江仁和去等候了。但陆健并未离开直隶。受傅大学士夫人之托去寻找陆健的柳同春，带回了陆健给傅大学士夫妇的一封信，对邀他进京的意思表示感激，但坚决地谢绝了。信中有这样几句话："……某昔日之施，君今日之报，前后之事既奇，彼此之心交尽。自兹以往，君为熙朝重臣，某为山林逸士，两无所憾，不复相见也……"

傅以渐夫妇看后，叹惋不置，连着好几天都在议论。傅以渐感到一种无法言说的惆怅，素云更是忽忽如有所失，很长时间，心里都不平静。

第四章

一

春风绿了川原，又是清明时节。

坡上一株老杏树，曾经繁茂得有如一团淡绯色的云，此刻却在春风中零落了，花飞满天，片片飞花扑打着坡下青冢，也扑打着几株弱柳下的蓝衣少妇。她跪在两座并列的新坟面前，像落花一样惨白、憔悴。

谁还能认出这个目光痴呆、神情木然的女子，就是曾被人赞为“大乔”的梦姑？两年了，梦姑一肚子苦水向谁诉说？

当她的身孕再无法遮掩时，小道士还俗与她成婚。这引起哥哥的愤怒，臭骂梦姑无耻下流，败坏门风，像摔破抹布似的摔给她一百两银子，叫她滚蛋。母亲好说歹说，才倚着娘家的后墙，拿这银子盖起一所小院，安置了这对小夫妻。

梦姑怕她的丈夫。怕他忌刻阴沉的目光，怕他终日不言不语的恶毒的静默，尤其怕他无休无止的对她的欲念和作践，仿佛她连娼妓也不如，只是一样东西，一件衣服。她有身孕后，丈夫不踢她的腰了。梦姑明白，这是为了她肚里的孩子，他的后代，而不是为了她。就连白衣道人最终决定要小道士还俗，不也为的这个吗？他们要她生儿子，生朱家的后代。梦姑自己也盼望生个儿子，好改变自己的悲惨境遇。

不幸她生了女儿，一对可爱的双胞胎。所有的人都失望了！小道士冲进产房，凶狠地盯着自觉有罪而觳觫不安的梦姑，一步一步逼近，猛一伸手揪住梦姑的头发，让她的脸正对自己，然后慢慢地、像在一次一次地积蓄力量似的，左一个耳光，右一个耳光，直到梦姑嘴角出血、乔氏跪在地上哀求为止。从此以后，小道士像是从中获得了乐趣，几乎每天都要折磨梦姑。在这种时候，他总要梦姑面对着他，他要仔细地观看她脸上的痛苦表情，听她凄惨的哀叫。他嘴角挂着一丝残忍的笑，仿佛在欣赏一幅美丽的图画。这个小道士，把对家族败亡的痛心、对自己一落千丈的愤懑、对恢复祖业的绝望和对新朝世人的仇恨，一股脑儿发泄到梦姑身上。

梦姑无处诉怨，经常带着一身又青又红的创伤去向母亲哭诉。母亲只能陪她掉泪，决不敢埋怨。她不时悄悄抚慰女儿说：只要大功告成，梦姑就是王妃娘娘了！忍得苦中苦，方为人上人啊！

命运还嫌梦姑受苦不够，又给她准备了更大的折磨。

半年以前，白衣道人往南边联络了一路人马，说要在重阳节起事攻占县城，不成功便扯旗上山。小道士看着这种热热闹闹、成功在握的样子，甚至露出了笑脸。谁知南边有人首告，事情败露了。小道士吓得泪流满面，浑身哆嗦，脸色比纸还白，冷汗湿透了衣衫。白衣道人见他太不成话，跪在他面前，求他拿出点高贵气概来面对危局。偏偏褚衣老仆在村外遇上一队队满兵，回来一禀告，他们都觉得自己已被包围，绝无生路了。小道士吓得抖作一团，光张嘴，发不出声音，好不容易说出了一句话：“女人们……一概给我殉节！”这样，他们三个就可以轻装逃出，免得家眷被俘受辱，从此灭了活口。

小道士原想效法崇祯帝，亲手杀死女儿，却没有崇祯帝的胆量。他命令褚衣老仆抱走了两个孩子，转脸又立逼乔家母女三人和袁道姑师徒三人自缢。女人们哭哭啼啼，不肯就死，白衣道人竟发疯似的拔剑威逼。危急之际，乔柏年在院外叫喊母亲和容姑回家吃饭，意外地止住了白衣道人即将发作的凶杀。白衣道人并不放松，扣住容姑，只让乔氏出去跟乔柏年周旋。乔氏再次回来时，破涕为笑，原来村外鞑子骑兵是王爷的护从，为保护王爷登高远游而在附近巡逻的。一天乌云散开，白衣道人松了口气，小道士却瘫倒在地了。事后他们才知道，南边与他们联络的人已经逃走，知道他们真情的两名首领，一个投崖自杀，一个被官兵射死，他们竟安然躲过了厄难。

当时梦姑的第一件事就是抢出去救女儿，但褚衣老仆回报说已将她们扔进深山了。梦姑不顾一切地攀上山顶，见到的只是破碎的木箱……从此她失去了唯一的安慰和欢乐，变得痴痴呆呆，再也不会笑了。

清明节，她为两个女儿在乔家祖坟边筑了坟台，埋下她们的小衣服、小帽子、小鞋，为她们烧纸、祭奠，就像墓里真的躺着她们小小的身体似的。她默默祝祷，愿心爱的孩子每日入梦，安慰她苦透了的心……

一阵轻风，柳条拂过她的头顶，她抬头望了一眼：柳树！这柳树啊！……柳树是那年同春哥第一次从京师回来时栽的，那时候，他还悄声地问梦姑："你说，我为什么把柳树栽到你家坟地上？"梦姑怎么会不懂呢？他姓柳啊！他要与她生死相依啊！那时梦姑又喜又羞，头都抬不起来了……这一切已经多么遥远，好像发生在几十年前、梦姑还没有出生的时候，又好像发生在别人身上……梦姑手扶弱柳，凝望着天边的白云，仿佛在云间看到了同春的淡淡面影。她深深叹了口气，喃喃地说："同春哥，你在哪儿？这辈子还能见着你吗？"

两行清泪，汩汩而下。

"大姐，打听个事儿！"轻俏柔和的女人声音响在梦姑背后，她微微一惊，赶忙回身。离她不远，一个长相好看的年轻女子微笑着，一身行装，还背了个包袱，首帕拉得很低，几乎遮住眼睛。稍远的路边还有两个女子伫立着，头低得看不清面貌和年龄，也在等待着她的回答。

"你们庄子上有没有个白衣道人？"

梦姑一惊，再次打量眼前的几个人：蓝布长袍，黄白色茧绸裙，腰里束一条青罗带，打扮毫不起眼。她们表情恳切，温和的微笑和求人帮忙的低下口气，减少了梦姑的疑虑。她问："找老道有事？"

女子更加谦和了："方圆百里都传遍了，说他医道高，我们是诚心诚意来求仙方的。"

梦姑放心了，一指环秀观："就在那儿，每天下午行医赐药。"

女子低头弯腰谢了，并不就走，又小声问："白衣道人有个徒弟叫月明，也在这里吗?”

梦姑咬住嘴唇，心头怦怦乱跳。月明，这是她丈夫的道号。她慌乱地不知所云：“这……我不知道……”

三个女子很快走向环秀观。梦姑呆呆地朝她们后影儿望了片刻，叹了口气，开始慢腾腾地收拾祭品。她迟延着，真不想回家。不知她那丈夫又会在什么时候发作。一想起他歪扭着脸的怪笑，她就浑身发抖。

大路上静悄悄，只有梦姑一人踽踽而行。自从垦荒政令下到永平府，马兰村的无地平民非常高兴。他们有的按规定从县里贷得耕牛、籽种到山边去开荒，有的干脆举家离开永平，回到河南、山东去垦田。朝廷垦荒政令规定，新开土地六年不征赋税，这下可救了不少穷苦人。如今正值春耕大忙，村子里大白天也难听到人语，只有狗吠鸡鸣，东一声，西一声。

梦姑走过哥哥门首，正遇哥哥手持书卷在院子里一面踱步一面吟哦。他看见梦姑，略停了停，梦姑连忙躬身请安，再抬头时，乔柏年已转过身，用脊梁对着她了。他自梦姑成亲以来就是如此，梦姑早已习惯得不觉得什么羞辱了。她低头慢慢转过围墙，迈进自家院子，仿佛染上了寒热病，从心底里打起了冷颤。

小道士盘腿坐在炕桌边习字，这是白衣道人再三请他坚持下来的。梦姑进屋，他连眼睛都不眨一下，可是又写了几个字以后，便厉声吆喝：“倒茶!”

梦姑心里害怕。她战战兢兢地捧着茶盏一步挨一步地走近，一抬头又看到他那不怀好意的假笑，她不觉后退了一步。小道士一拍桌子站起来，梦姑顿时浑身哆嗦。

“砰砰砰”，院门被打得山响，白衣道人的声音在叫门。梦姑放下茶盏，遇赦似的奔了出去，小道士也站起身，掸掸袍子，在房门前站定。

门一开，一群大哭小叫的女人冲进院子，扑上前来，环跪在小道士周围。她们后面，跟着阴沉着脸的白衣道人，最后是抹着眼泪的乔氏和满脸心事的袁姑姑。乔氏回身把门闩好，一见门边站着的女儿，搂着她就哭开了。

梦姑又惊又怕。她认出来，是刚才问路的三个女人，此时都去掉了首帕，一个个可算得年轻美貌；袁姑姑的两个徒弟没戴压发冠，全然俗家女子打扮，虽不及那三个漂亮，但正当十七八岁豆蔻年华，面色鲜艳，体态轻盈，也很招人看。这是怎么回事？梦姑偷眼看看丈夫，只见最后一点尴尬已从他唇边消失，代之而来的是一脸毫不在乎的冷笑。他稳稳地站着，说：

“怎么都跑了来？有什么了不得的大事？”

“哇”的一声，问路的女人放声大哭，其余的也跟着哭，哽哽咽咽，无休无止。小道士脸一沉，大喝道：“不许哭！我又没死！”

女人们一起怔住，哭声戛然而止，好半天才化为轻轻的抽泣、咳嗽、擤鼻涕。问路女人终于声调凄切地说：“主上一走就是三年。古时候还有个孟姜女万里寻夫呢，小女子就没有这份志气？千辛万苦来到永平，路上遇到她们，只说是找老道求仙方的，谁知她们也是你的……”她捂脸又哭了。

“主上！主上！”一个小道姑着急地嚷，“你可是已经封过我们姐妹的了！你没有说过还有别的女人……”

乔氏一脸严正，提高了嗓门：“胡说！我女儿明媒正娶，你们谁敢夺她的位分！”

刹那间女人们吵成一团，这个申明自己也有媒证，那个证实“主上”亲口应许，有的说成亲在先位分最高，有的争辩同居时日最长的是正房……乱纷纷的一片喧嚣，吵得唾沫星子乱飞，眼看就要动手揪打。梦姑一声不响地倚在门边，静静流泪。小道士斜眼看着她们吵闹，仿佛很是惬意。

“不要嚷了！”白衣道人喝道，“你们找死哇！”

女人们停嘴一想，寻思过来，赶忙低头，不敢作声了。白衣道人郑重其事地走到小道士面前，深深一揖，十分庄严地说：“道人于草泽之间得遇主上，多年来披肝沥胆，竭尽忠诚，无非想辅佐主上复兴祖业。当年弘光、隆武在艰难之际，不是荒淫无耻、沉湎酒色，便是昏庸懦弱、毫无作为，使甲申、乙酉几度复兴局面毁于一旦。主上必得卧薪尝胆，十年生聚十年教训，方能重开天地另辟河山。如今未见分毫成就，却缠绵于女色，一而再再而三，全不以大业为念，所谓成事不足，败事有余。道人实不能再忍，就此告退！”

白衣道人一拱手，小道士慌了，满脸赔笑，拦住举步要走的老道说：“是我不好！念在我年轻任性，思虑不周……”

“你年轻，如今占着你家宝座的人更年轻！”白衣道人冷冷地说，“如今他奖励开荒、严惩贪赃、清理刑狱，天下人心尽被他笼络而去，复兴大事还有多少指望？”

“先生息怒，先生息怒！”小道士赔笑继续说，“本朝三百年来深仁厚泽，万民岂不怀想？人心思故乃是常情。那人纵然聪明有为，不过是夷狄之君，难为华夏之主，普天下汉人百中九十九，岂能容他？先生谏正，我已知错了。一来不孝有三、无后为大，这些人生不出一丁半男，我心里着急；二来《礼》中有论，天子有三宫六院七十二妃八十一世妇……”

“如今你身在草莽，性命尚且时时有危，如何便以宫中妃嫔之数为法？”

“是是是，我知错了！”小道士一再赔笑认错。

两人态度都很认真，又都有些惯熟，这一幕已经演过不止一次了。两人心里都明白，他们是一根线上拴的两个蚂蚱，谁也离不开谁。小道士需要老道帮他恢复失去的天堂，老道必须有小道士为号召才能成就大业。所以到了矛盾激化的关头，总有一方退让，维持他们的联盟。可是女人们都听呆了。她们争做王妃，却没想到“三宫六院七十二妃”！她们争夺的这个对象，究竟是谁？她们怀着更大的敬畏，跪在那里不敢动弹。当小道士对着老道突然用粗话嘲骂她们是“不会下蛋的老母鸡”时，她们居然羞愧得红了脸，自觉有罪地落了泪。

白衣道人面色转霁：“但愿主上以复明为念，时刻不忘……”

“且慢！”一个粗嗓门一声大喊，后墙头忽然跳下一个人来。人们大吃一惊。小道士拔腿窜回屋里，女人们尖声叫喊，老道“嗖”地拔出了腰间的短刀，寒光一闪，直刺向来人前胸。乔氏和梦姑同声惊叫，叫声未落，老道却失色地喊出声：“啊!”原来，来人略略一扭身躯，躲过白衣道人的刀尖，动作快如奔电，一把攥住老道握刀的手腕向后一拧，夺下武器，便架在敌手的脖颈上。这是乔柏年。他不变色、不喘粗气，站在那儿像一座铁塔，黑红的脸上一双锐利的眼睛令人发抖，低声喝道：

“说！你到底是什么人?”

乔氏连忙劝阻：“儿啊，不要鲁莽……”

“娘!”乔柏年扭头向母亲，“这道人说的是卖头的话，干的是卖头的买卖，咱可不能马虎!”

白衣道人挺身昂首，对着亮闪闪的短刀毫无惧色，冷笑一声：“不错，是卖头的事！你告官府去吧，你娘你妹子都跑不了，诛你们九族!”

乔柏年哈哈一笑：“告官府？我那么傻？就手结果了你们师徒，叫作毁尸灭迹！这二十来年，死人死得海去了，不多你们俩!”

老道不由自主打个冷战。乔氏拉着梦姑跪倒了：“儿啊，看在娘的面上，看在妹子面上……”

“哈哈哈哈……”白衣道人忽然扬头大笑，笑声拖得很长，虽然显得勉强，却含着一种说不出的悲愤。

乔柏年诧异道：“你，笑什么?”

“我笑我道人聪明一世，竟把粪土当了珍珠！我只道一位前朝贡生之子，自幼读的圣贤之书，定是个顶天立地、大义凛然的男儿，不料无君无父、无仁无义、鼠目寸光，不堪共语！罢！你杀了我吧，算我道人瞎了眼!”老道说毕，竟挺着脖子往刀刃上撞。乔柏年猛地缩回短刀，发光的眼睛盯住老道，冷冷地说：“讲清楚再死不迟。”

道人尖锐地看了乔柏年一眼，镇静地掸掸道袍，抚平弄散的乱发，从容地讲起来：

“我记得那是十四年前，崇祯十七年三月十八日，狗奸贼曹化淳这个阉党开了彰义门，李闯流贼潮涌而入。我烈皇帝登上煤山，眼望满城烽火，叹曰：‘苦我民耳!’”老道平静的面容渐渐发红，稳定的声音渐渐发抖，越来越激动，“之后，我烈皇帝回乾清宫，令送太子及永王、定王到戚臣周奎、田弘遇府第；又剑击长公主，令皇后自尽；次日天色未明，遂再登煤山，以帛自缢于古槐之下……”说到这里，白衣道人泣不成声。乔柏年咬牙切齿，竟然滴下泪来。

老道极快地瞥了乔柏年一眼，又吞咽着泪水继续说：“嗣后，太子被周奎出首，死于满廷，永王也在乱兵中被杀……”呜咽至此，仿佛底气突壮，他清清楚楚、一字一句地说，“唯有三殿下流落民间，得以存活至今。”

“什么?”乔柏年一惊，几乎跳起来。

“三太子乃先君亲子，难道不比永历、隆武、弘光这些藩府更具人君之分?”

“他，三太子，现在何处?”乔柏年嗫嚅着问，激动得发抖。

白衣道人深深地看了乔柏年一眼：“他遇到一位先朝旧臣，二人扮为道家师徒。近年他入赘一乔姓士子家中，士子之母深明大义，那士子反倒……”他盯住乔柏年不说了。

乔柏年直跳起来：“你，你是说我那妹夫，他……”

老道慢悠悠地点头，捋髯，努力掩饰住胜利的神采。

“拿证据来!”

白衣道人不慌不忙，郑重地从怀中取出一个小包，放在地上，对它三跪九叩，然后一层层解开，露出里面的三件宝物：一块九龙玉佩，是三太子幼年金项锁上的镶嵌；一颗端本宫印章，是三太子所居宫殿的金宝；一幅崇祯皇帝的御笔诗，写明了赐给三子慈炤。

乔柏年脸色煞白，对着这无可怀疑的三宝，“扑通”跪倒，伏地大哭。周围的女人们此时才回过神来，跟着一同跪倒，一齐痛哭，虽然都那么有声有色有泪，但是悲是喜，是愧是惊，只有各人自己知道了。

乔柏年拭泪而起，对白衣道人一拱双手，慷慨陈词：“我乔柏年自幼从学，岂不知礼义廉耻！鞑虏入关南下，灭我之国，毁我之家，败我之纪纲，夷我之祖宗，所谓妻子可杀，君父之仇不共戴天！孔子著《春秋》，要义在严夷夏之大防，汉族衣冠，岂能就此沉沦终古?我早有誓言：不降志，不辱身，不灭胡氛死不休!”

白衣道人满面喜色，竖起拇指："好！是英雄本色！……那么，方才你是……"

乔柏年呵呵地笑了，说："这就叫不见真佛不下拜！况且我早就疑心你不是寻常道人，正好借此机会弄个水落石出，也试试你的胆量！你没看见吧，我是拿刀背对着你脖子的！"

白衣道人笑道："这还看不见？正因此，我才敢吐露实情呀！"

两人互相注视，打量片刻，一齐大笑。乔柏年把短刀往地下一摔，刀锋"刷"地插进土里，直吃到护手。白衣道人先是一惊，随后连连喝彩：

"好力气！好身手！"

…………

乔柏年从襟怀里掏出一个红绫小包，很快打开，露出一颗两寸见方的虎纽银印，翻出印文，对老道说："请看！"

老道看罢，微微一笑，也从怀中掏出一个黄绫小包，拿一颗相同形状的银印，翻出印文。两颗印并排挨在一起，一方印上刻着"大明永历朝总兵官乔印"，一方印上刻着"大明永历朝总兵官朱印"。两人相对大笑着收起了印。乔柏年拱手向老道："先生想必是一位宗室了？"

"正是。我祖乃贤宁侯。"

"失敬失敬。先生何不将三太子之事奏知朝廷？"

白衣道人蓦地变了脸色，剑眉紧皱，目光阴沉："尊兄想必记得当年弘光朝之伪太子案……那太子十有八九是真，却被弘光帝下入监狱，满虏破了南都，太子便遭毒手……前车之鉴啊！况且，此间人马势头，远不及西南桂王，正名之事，还须待以时日。不过，有三太子在，何愁宏业不就！"

是的，朱三太子是帅旗，是号召，可以招兵买马，可以招降纳叛，可以把永历桂王的人、把郑成功的人都拉过来！名正，这是一个不可抗拒的巨大力量！就是他乔柏年，辅佐朱三太子，将来便是皇亲国舅、开国元戎，不是比效忠永历朝更加名正言顺吗？

拿着永历朝的印，使着永历朝的钱粮，却暗自经营着三太子的大业，这明明是吃里扒外的不义行为，却因了朱慈炤的“名正”而成为良臣智士的义举！“名正”真可以颠倒是非、混淆黑白啊！

乔柏年立刻整顿衣裳，领众人进屋去叩见三太子。屋里哪有小道士的踪影！大家慌了，你看我，我看你，几个女人又要哭，忽听一阵轻微的“嗒嗒”声，眼见墙边那躺柜的盖子不住地颤动。白衣道人叹了口气，上去掀开柜盖，朱三太子“哇”地惊叫出声，他正缩成一团，在柜里发抖呢。见是老道，总算放了心。几个人把他扶出躺柜，他才渐渐恢复常态。

乔柏年不敢迟疑，立刻走到小道士面前跪叩见礼，并口称：“以往不知实情，多有冒犯，乞三太子殿下恕罪。”

小道士一贯害怕乔柏年，此刻他心中尚有余悸，慌忙扶起说：“呃，呃，快请起，快请起。”

乔柏年走到梦姑面前，直挺挺地跪倒：“王妃娘娘，千万恕臣无礼。臣枉读诗书，空有见识，万不及母亲和贤妹的慧眼，能于风尘之中识真龙！”

乔氏笑得合不拢嘴。梦姑又酸又苦的心里略添了点甜味。

乔柏年又说：“敝处窄狭简陋，实在委屈了诸位。我想自明日起翻修，就后院盖出中、东、西三套房，供娘娘们起居……我家贤妹，自然是要住中房的啦？”

女人们喜出望外，小道士也很感激，梦姑的地位就在这不经意之中确立了。老道目不转睛地注视着分派住房、用具、钱粮的乔柏年，慢慢捋着长须，默默点头：这真是个人才，也可能成为劲敌……必须细心谋划、加意笼络，即使做不到肝胆相照，也需要同舟共济，好渡过重重难关……

袁道姑一直没有开口，此时突然说道：“日后居家过日子，这些大礼都免了吧！万一露了破绽，大家都得送命！”

老道连连点头：“正是正是，就是平常亲友称呼才好。”

乔柏年笑道：“说的是。娘，你陪同女眷们进屋歇息，喝茶说话儿。道长、妹夫，请过我家书房叙谈。”

三个普普通通的平民，同时又是前明的一太子、两总兵，互相谦让着走出梦姑的小院，绕墙而行，进入乔柏年近些日子新盖成的两进双院的砖瓦住宅里去了。

二

三伏日洗象，是京师一年一度的佳景盛会。洗象的地点，在宣武门的响水闸。每年到了这一天，达官贵人、文人学士、市井商民乃至优倡隶仆，无不前往观赏，聚集两岸往往达数万人。有钱的主儿自有他们的好办法，出大价钱租赁响水闸两旁的房屋。由于争相抢租，租金越抬越高，一天竟达二十两银子。有的房主更聪明，在临河一面设座，一座租钱两三千文。不少房主因此发笔小财，转而做起买卖，开起了小店。乔柏年租到了这么一个座位，不慌不忙，吃过早饭，慢慢由虎坊桥的住所向北漫步。

乔柏年怎么敢进京师呢？

乔柏年和白衣道人彼此亮明身份以后，决定合为一家共同应付越来越艰难的局面。在此之前，他们各自进行的那些秘密联络、起事准备，都没有成功。寻访的贤士们表现冷淡，不愿就“辅佐故主”的高位；平日接触的百姓平民，则对十多年的动乱大有切肤之痛，只求温饱太平，不肯“从龙”。况且新朝蠲三饷、免赋役、奖垦荒等项新政，比前朝留给百姓的活路要宽一些。老百姓可不像读书人，讲什么殉故主、念前朝。

为此，乔柏年和白衣道人兵分两路：白衣道人师徒仆三人和袁道姑，着力于联络招抚各地义士，特别是那些占山为王的绿林豪杰；乔柏年原本领有永历帝的旨意，要打进新朝充当坐探和内应。要混进朝廷的中枢，除了需要大量的银钱之外，还必须有一个正途出身。银子，南明的供给绰绰有余；要挣个出身，乔柏年这位贡生之子，自然要走科举这条路。今年是顺天乡试的丁酉年。乔柏年已在县、府花钱买了一名拔贡，过了端午便大摇大摆地进了京师。他要凭自己的有贝之财和无贝之“才”，去敲开宦途的大门。

“冷在三九，热在三伏”，乔柏年走到宣武门时，已经大汗淋漓。他抬头一望，叫苦不迭。响水闸周围，早已车轿成山，万头攒动，喧嚣嘈杂，几无插针之隙了。他仗自己力大气壮，在人群中挤来推去，竭力想靠近他租了座位的临河小楼，谈何容易！他像置身于海潮中，一会儿被人流挤到南面街口，一会儿又被更大的力量推向西边护城河桥头。他大口大口地喘气，热汗横流，不由得想起古书上“嘘气成云，落汗如雨”的典故。

宣武门里传出的一片金鼓、大铜角和画角的悠长的呜咽，盖过了嘈杂得令人头昏的喧闹。“来啦!”“来啦!”人群更加兴奋，也更加拥挤。乔柏年急了，使出蛮劲，一双胳膊抱在胸前，竖起两个生铁铸成似的厚肩膀，左冲右撞，向前夺路而去。

“乔、乔大哥!”一声高喊，止住了乔柏年的脚步。

“你，你不是同春吗?”由于同春是乔柏年回故乡见到的第一个人，也因为同春和梦姑的一段婚姻纠葛，乔柏年对他印象很深，一见面就认出来了。他一把抓住同春的手，热情地摇晃着：“两年多不见，又长大了，像个小伙子啦！……也在京师啊？做什么呢?”

他乡遇故知真是一种奇妙的感情。同春刹那间忘记了旧日的怨恨，兴奋地摇晃着对方的手，高兴地嚷：“什么时候来京师的？村里乡亲们都好吗?”三伏的炎热、拥挤的闹哄哄的人群，使他通红的脸上流着一道道汗水，明亮的眸子闪着热诚的光彩。

乔柏年快活地说：“乡亲们都好。我母亲身子骨不如过去，总是上了岁数。容姑可长大了，她们常念叨你的好处呢，当年圈地那会儿……”

同春的眼睛暗淡了，笑容在消失，脸上肌肉隐隐抽搐，紧握的手也松开了。这时人群又在骚动，几股强大的人流一起拥往护城河桥头，喊叫声震耳欲聋。原来，大象出城了！乔柏年和柳同春之间猛然挤进一大股人流，隔开了他们，他俩身不由己地被巨大的力量卷向相反的方向。乔柏年挥手大喊：“你住在哪儿?”同春挥手回答着什么，但人们被那些大得如同小山丘的象弄得如痴如醉，狂喊乱叫，乔柏年连自己的声音都听不到了，哪能听见同春的回答?

乔柏年费了九牛二虎之力，终于挤进了小楼，出示楼主人开给他的条子，被领到临窗的一张椅子上就座。乔柏年用力擦汗，并向窗外观看。只见护城河边像是突然凸起一道灰色的巨堤，二十四只大象齐刷刷地排列在那儿。鼓声阵阵，似急雨、如闷雷、若海涛，两岸数万名嘈杂喧闹的观众刹那间一齐静寂下来：哦，大象动了！迈开沉重的石柱般的粗腿，走动了！它们一个接一个地进入护城河，仿佛苍山颓倒入水也似的，眼看河水涨上了岸边，岸边的人们哄笑着、惊叫着向后躲闪。炎热的天气、清凉的护城河水必定使这些南国巨兽很开心，方入水中，便快乐地游动，一如矫捷的蛟龙，笨态全无。它们不时扬起巨大的头，扇动两片蒲扇似的耳朵，长长的鼻子舒卷自如，吸足了水往身上喷洒，满意地用细细的声音长吟着。二十四头大象，背上都坐着一个象奴，赤膊短裤，随着大象入水的深浅，他们也时时浸没水中。一只淘气的小象入水那么深，象奴有时在水面上只露出一个发髻。

乔柏年不禁感叹："果是奇观！三千钱花得不枉！"

背后有人轻轻一笑："洗象奇观不只在象，也还在人。"口吻里多少带点嘲弄，却不使人难堪。乔柏年回头，看见一位俊书生背手立在他椅后，面带笑容，优哉游哉。

楼窗边座位是三千文一客，已经客满；座位边拥挤着许多站客，都是楼上茶座的买主，二千文一位，既能看洗象，又少花一千文，不过此时无座而已。所以二千文座比三千文座还难得。乔柏年不是京师人，哪里懂得这些诀窍。京师人却能由此断定，乔柏年是个没见过世面的土老财。

"人？有什么奇观？"乔柏年不解地问。那书生笑而不答，只对河岸扬了扬头。"嗬！"乔柏年惊叫道，"这么多人！"

洗象这段护城河两岸的绿槐树下，密密麻麻尽是人，从水边直铺到堤岸高处，看不到一点黄土的地面，连槐树上也爬满了人，有些树枝都给压弯了，颤颤悠悠，很是惊险。

背后又传来书生悠闲的声调："人道是两岸头脸如鳞次贝编，尊兄以为如何？"

乔柏年觉得他在问自己，连忙回头友好地笑笑："我看，更像向日葵黄熟之日的那个葵盘！"

书生放声笑道："比得当，比得当！妙极了！"

大象浴不多时，岸上鸣金，锣声噔噔，象奴们依令吆喝着用棍子赶打，令大象起身出水。它们不情愿地拱起肥厚的背，进三步退两步地慢慢上岸。淡灰色的身体因着了水，变得黧黑了。岸边的人群给它们让开一条路，自然又引起一番拥挤叫喊。

"这么快就洗完了？"乔柏年有些失望。

"不能久，"俊书生和蔼地解释，"一久它们便要相雌雄，相雌雄就要发狂，乱跑乱踏，岸上诸君将血染尘沙了。"

鼓声咚咚，长号呜呜。大象列队，在銮仪卫的彩旗导引下，迈着落地如石的使地皮发颤的步子，消失在宣武门那古老而高大的城门洞里。响水闸附近的几万名看客又是一番喧闹拥挤，终于渐渐散去。护城河的水恢复了平静，凉气从岸槐的绿荫中缓缓透出，沁入临河的楼窗。租赁座位的客人们，经过这半天的兴奋、流汗、叫喊，都有些累了。伙计们按照惯例送上茶水和点心。

乔柏年桌上是头等点心：一笼水晶小包，一碟鸡茸虾仁酥饺，一盘两面黄的芝麻小烧饼，一大碟月盛斋酱牛肉。乔柏年邀请俊书生来自己桌上用茶点，他也不过分推辞，很大方地移座相就。

乔柏年爽快地笑道："真所谓一见如故！在下乔柏年，永平府拔贡，应顺天乡试来到京师。"

"在下姓张单名汉，祖籍嘉兴，国子监生。"

两人拱手，彼此道了失敬，方举盏推让间，旁边桌上爆发一阵大笑，把他们的注意力吸引过去。那一桌五六个人，都是儒生装束，围着茶桌正说得热闹：

"……许巨源，你们还记得吗？几年前写《南渡记》骂陈名夏、龚鼎孳变节的那位，今年乡试，他竟也列名与考！"

"这有什么奇怪！真才子里除了徐元文、熊赐履等十数人，应试者不在少数。在下有诗一首，正咏此事：圣朝特旨试贤良，一队夷齐下首阳。家里安排新雀帽，腹中打点旧文章。当年深自惭周粟，今日翻思吃国粮。非是一朝忽改节，西山薇蕨已精光！"

"哈哈哈哈！"人们笑得东倒西歪。乔柏年与张汉对视着微微一笑，都不说什么。一位老年儒生抚须叹道：“笑什么呢？人各有志嘛！”

“不错！确是人各有志。”另一湖色衣袍的儒生笑着，“有诸客围坐饮酒，各言其志。或欲生财进宝，或欲为广陵刺史，或欲乘鸾升天。一客闻而笑曰：我愿兼而有之，腰缠十万贯，骑鹤下扬州！”

笑声中，一位颔下无须的少俊立起，做手势要众人肃静，然后摇头摆脑地讲起另一个故事：“昔日一人下了地狱，应投生人间，因向转轮王道：‘要我为人，必须依我心愿方肯去。’阎王问何心愿。此人曰：‘父是尚书子状元，绕家千顷五石田。鱼池花果般般有，美妾娇妻个个贤。充栋金珠并米谷，盈箱罗绮及银钱。身居一品王侯位，安享荣华寿百年。’阎王道：‘有这样的好处我自去了，还等到你？’”

又一阵笑声哄然而起，整个楼上的茶客都被这几个人有趣的笑谈吸引了。

柳同春匆匆忙忙上得楼来，一眼见到张汉，又抱怨又急切地说：“大爷，你叫我好找！上茶楼也说一声啊！”

“同春！”乔柏年惊奇地站起身，“这位张相公是你主人？”

柳同春一回脸看到乔柏年，先是惊讶地一笑，后来脸红了红，没有那么热情了：“是。你认识我家大爷？”

“同春！”张汉也惊奇地说，“你认识这位乔先生？”

“是。我们是同乡。”同春老老实实地回答，转而一想，不由得惊奇地问，“怎么，二位大爷也相熟吗？”

乔柏年哈哈大笑，道：“真是无巧不成书啊！”

张汉也笑着说：“这就叫有缘千里来相会！”

两人心里高兴，拘束少了，喝茶吃点心，说些轻松的笑话。乔柏年初来京师，需要有依托；张汉为了生计和前程，正要寻找来京应试的财主；同春站在张汉身后，也有他的想头：要是他们俩交得好了，便能间接听到梦姑的消息了……

满脸是笑的张汉忽然一愣，夹着水晶小包往嘴里送的动作也停了下来，微微把头偏向那些闲谈的儒生，对乔柏年使了个眼色。原来他们谈起了最使人关心的本科顺天乡试：

“……学使遴选八府之秀，有四千余名；而合天下之拔贡、岁贡、官生、民监，又有一千七百余名。今年举人名额只有二百零六人，我看多数将为贡生所得！”

“这却为何？”好几个人同声问。

“君不见贡生者，乃四海九州拔尤而进之者，不是父兄为高官，就是家内称豪富；不是交结缙绅以博高名，就是挟诗文、结坛社以相恐吓。人人自以为高魁探囊可取，折桂唾手而得，实则哪一个不去通关节，探路径？生员焉能与之匹敌！”

“正是正是！今年北闱①出头怕是极难。一个个考官不是贪财受贿，就是结纳权贵。仅同考官李振邺一人，就不知卖出几多名额了，哪里还有公道可言！”

“唉！新朝会试已经五科，科场之弊愈演愈烈，孤贫才高之人岂不永无出头之日了？新朝当政者竟不闻不问！”

“这还不明白？分管科举事务的主考官、同考官哪一个不是汉员？满大人中谁个识得四书五经？关外人直朴憨厚，恐怕什么叫通关节还不明白哩。如李振邺这班少年科举名进士，哪里把不通文墨的满大人放在眼里！”

乔柏年轻声问张汉：“老弟，这位李振邺是何许人？”

这一问，正搔着张汉心头的痒处，他舒心地吁了一口长气，得意地笑了：“若问别人，我或许略识一二；若说振邺夫子，再无人比我知之更深的了！”看他那神气，仿佛儒生议论的李振邺不是在贿卖作弊，竟是在完成什么丰功伟业。自明末流传至今的多年习俗，不是都把那些精通关节路径的人视为干才而恬不为怪吗？

乔柏年不相信地耸耸眉毛：“怎么，足下与同考官相熟？”

“正是。”张汉心里如三伏天喝了口冰水一样舒坦。

“啊，失敬失敬！……多半有亲戚之谊？”乔柏年小心翼翼地试探着问。

“与在下兼为师友，还沾点儿亲，故为通家之好。”

---

① 当时称顺天府乡试为北闱，江宁（南京）的江南乡试为南闱。

“哦，难得难得！”乔柏年转脸问同春，“想必你也见过这位李大人了？”见同春点头，他暗暗高兴，想不到自己运气这么好，他奉承着张汉说：“老弟好福气，这样的师、友、亲，几世修来的啊！……这么说，李大人已经分房就聘了？”

“对。五月里奉到圣旨，将分校北闱。”

“这一科老弟是必中无疑了！”乔柏年笑着，轻轻地拍拍张汉的肩膀。张汉陶醉地微闭双眼，用尖尖的手指抚摸他秀气的面颊，笑而不答。乔柏年凑近去悄声说：“老弟能拉兄弟一把吗？”

张汉饧着笑眼、含着醉意说：“这也不难。看你肯不肯出手了……”

乔柏年笑着轻轻问：“当真？”

张汉回答的声音更轻：“信不信在你……”

他俩说话的声音越来越小，连同春也听不见了。两人凑得更近，手上的动作也越来越频繁。

“张爷，你在这儿！找得我好苦！”一个短打扮的中年男子进门就嚷，“你家娘子请你立即回家，说有要紧事呢！”

张汉起身，亲热地捏着乔柏年的手说：“难得今日相遇。”

乔柏年笑道：“但愿一言为定。”

“你这么着急？”

“大丈夫一言既出，驷马难追！”

张汉笑得更加有味道了，“好吧，就依老兄，明日下午佑圣观再会。”

“一言为定，先欢宴，后过付。望老弟玉趾早临。”

两人相对一揖，心里都充满愉快的憧憬，各得其所地告别了。只是乔柏年有几分纳闷：那个来请张汉的中年男人，为什么望着张汉的背影儿笑？笑容里分明带着掩饰不住的诡谲和幸灾乐祸。

小巷深处，一座只有三间正房、一列西厢房的小院，掩隐在一棵浓密的大槐树下。小小的门首也被两株柳树笼罩在绿丝绦般的柳条中。已不能辨出原色的双扇门上，镌刻着不知何年题上去的套话——

“生意兴隆通四海，财源茂盛达三江”。或许它曾是小商人的住宅，眼下却是张汉的“府邸”。

院门紧闭，浓荫遍地。由于槐、柳交盖，这小院虽处闹市，却清凉幽静，别有洞天。窗帘静静地垂着，房门纹丝不动地关着，知了拖着悠长的调子，不厌其烦地聒噪着。

知了突然停了声息，因为窗帘后面透出一个女人压低了嗓子、撒娇耍赖的声音：“主子要是真心爱我，这点事有什么不好答应？不为他，也得为我呀！”说话的是张汉新娶的夫人，小名叫粉儿。此时，她只带了一张银链挂颈的血红肚兜，一双雪白的胳臂勾着李振邺的脖子，揉搓得这位风流进士、本科的钦点同考官魂飞魄消，浑身骨头都像散了架。

这是怎么回事？

当初张汉结交李振邺，就是料到天子爱少俊，此人早晚要分校秋闱，所以呈身援附，为自己的科第开一条门路。李振邺见张汉交游甚广，也想借以招摇，结识各方面的“善主”，能于秋闱中大抓一把。二人顿成莫逆之交。张汉贫穷，便寄住在李振邺寓所。一对挚友形影不离，日夕相傍，食宿俱共，十分亲密。

粉儿原是南城一妓，李振邺赎出为妾，已相随两年有余。今春李振邺接到夫人家信，说端午节便要来京安家。李振邺素有河东之惧，便想出让粉儿，但是未得其人。一日偶尔与张汉闲话，说：“你客中无聊，何不觅一妙姝以自遣？”张汉苦笑道：“除非哪夜一跤跌到金窖里！”李振邺慨然道：“我家眷将来京师，有一妾可以相赠。房屋床帐什物，一切需用由我办理。”张汉欢喜无限，连连叩谢，以为当世豪杰也难与李振邺相比。粉儿见过张汉，别的不说，一张俊脸就很使她中意。就这样，张汉又做了新郎。

新房及里面的床帐被褥，一切物件，是粉儿随身带来张汉身边的，尽是李家旧物。李振邺偏偏不是厌旧之人，夫人来京也阻不住他对张汉小院的关心。很快，粉儿就成了具有双重身份的人：夕则张氏新妇，昼为李家外室。李夫人当然被蒙在鼓里。张汉呢？

三天之前，李振邺来看粉儿。粉儿趁着过去的丈夫情热之际，娇滴滴地抱怨说："主子不念旧情，何必又来亲近！真是可怜我，就该选一个富家儿郎了我终身。偏偏随了这么个儿穷鬼酸鬼，难道叫我终年喝西北风？"

李振邺连忙抚慰："别着急，我已筹划多时了。念你多年侍候，颇有情义，必令你稳坐暖炕，煤炭饽饽终岁无缺！我近日将入帘分校。你可悄悄对你那新郎说，教他寻觅好主，每主六千，使用加二，我得整数，你家得使用。倘能觅得三人，你家不就可坐得三千金了吗？你又何需忧贫！"

粉儿大喜，当晚就告诉了张汉。张汉高兴得狂喊乱叫，一会儿对着粉儿跪拜，一会儿搂着粉儿乱咬。粉儿又是娇笑，又是尖叫，好不容易才把他推开。他却眉头一皱，计上心来，对粉儿说："与其为人谋，何如自为谋。还不如就把关节卖给我，我以半价相赏，另一半算他惠赐。那样，丈夫我中举，你将做夫人，又何羡于区区三千金？你应以此计相告，他总不会驳你的面子！"

今天，李振邺又来这处别院，粉儿撒娇耍赖，就是要李振邺答应张汉那进一步的打算。

李振邺攒着眉头说："好不容易点了房考官①，哪一个不趁此机会多弄点儿？给张汉有什么好处！他一无财帛，二非权贵，三也算不得真名士。眼下嘱托之人极多，而数额有限，恐怕……"

"可是你上回说的，让我们寻三个好主，你得一万八，我们得三千六。就算我们不要那加二的使用，每主再多要他千儿八百的，你也吃不了几个银子亏！"粉儿扳着指头给李振邺算，果然相差不大。李振邺倒无言以对了。

粉儿见李振邺有了活动的意思，更加来了劲儿，身子扭得像条水蛇，边哭边说："这点儿小忙都不肯帮，早知道你不把粉儿放心上！还在这儿做什么？快回你家太太身边卖好去吧！"她翻身扯出床边李振邺的衣服，一件一件地扔到床头的木几上，"快穿上！快去

---

① 同考官为协同主考官阅卷之官，因在闱中各居一房，又称房考官，简称房官。试卷由房官先阅，加批荐给主考。

呀！……我好命苦啊！呜……我去求见太太，向她告了罪，就去死！有什么活头啊！……”

李振邺软了：“有话好商量，你这又是怎么啦？……我看你呀，小心眼儿里全装的张汉，一口一个我们叫得多亲热！”粉儿捏着小拳头，使劲往李振邺胸膛上擂。李振邺笑道：“你就像那个齐女一样：东家子富而丑，西家子美而贫，两家都来提亲，齐女却说两家都嫁，但食于东邻而宿于西邻。你不就是这样的水性人儿吗？”

李振邺原想用这个笑话逗粉儿，粉儿愣了半晌，伤心地真哭了，泪珠儿一串串地抛落下来，抽抽噎噎地说：“这怪我吗？谁叫你娶我做小婆子？……谁叫你把我让给这个穷酸！”

李振邺连忙搂住她：“好了好了，依你，全依你！”

粉儿慢慢止住哭泣，扭头对李振邺“扑哧”一笑，像只猫儿似的团起身子，滚进他的怀中。李振邺笑道：“还有一件事，你去对张汉说：我入闱期间，他那书童小同春须要借给我。难得有这般灵秀的使唤小厮。”

粉儿瞪他一眼：“你老毛病又发作了！”

李振邺连连否认：“不要胡说！棘闱森严，哪容儿戏！……再说，你个粉儿我都应付不过来，还顾得上别人？”

粉儿“哼”了一声，说不清是什么意思，懒得再搭腔了。

张汉回到家门口，满心狐疑地站定了：院里房中一片静悄悄。他犹豫片刻，伸出右手，轻轻地竖起尖尖的食指和中指，小心翼翼地戳在门上试着推了推，里面闩着！他咬咬嘴唇，有点不知所措。

同春看了一眼说：“门没锁，新奶奶在家，我来敲门。”

“慢着！”张汉连忙抬胳膊挡住。一瞬间，他的脸上飞起一片红晕，直红到耳朵根。他不敢拿眼睛看同春，害怕透露真情。刹那间羞耻淹没了他，任何一个男子汉都无法漠然视之的耻辱啊！……可是，前程呢？仕途呢？……一个寒噤从他羞得冷汗淋淋的背上滚过，他清醒了，咬紧牙关，忍过最初的冲动，避开同春诧异的目光，在柳树下慢慢踱起了步子，努力做出一副悠闲的表情。同春看着纳闷：三伏天，又热又渴，汗湿衣衫，不快回家，在自家门口游逛什么？他不满地说："不是奶奶差人请你回家的吗？要不，我敲门，奶奶怪罪下来，我担着。"

张汉面色恢复了正常，只是望着同春笑而不语。尽管他笑得难看，同春也意会到他的默许，便大胆上前敲门。

"谁呀？"粉儿拖长声音，不客气地问。

"奶奶，大爷回来了！"同春提高嗓子回答。

"等一等！"粉儿的声音仿佛在生气，又仿佛含着笑。

一袋烟工夫，门闩响了，出来的却是李振邺！同春吃惊地张张嘴，瞪大了眼睛。张汉的脸"刷"地又红了，活像煮熟的大虾。李振邺平日的黄白脸，也如抹了一层淡淡的水胭脂，光润照人。对眼前这尴尬的场面，他虽然多少有点难为情，却并非无法应付。他轻轻在张汉肩头一拍，用老朋友的亲密口吻悄声说："快回去，有好事等着你！"不等张汉回过味儿来，他侧身一拱手，说声"回见"，竟自摇摇摆摆地踏着炎热的阳光走了。

张汉定定神，总算把突然又冒出来的酸苦交加的强烈嫉恨压了下去。他再一次恢复了正常，不理会同春阴沉的脸色，重新在脸上堆满笑容，掀开竹帘走进正屋。粉儿笑盈盈地前来迎他，粉红的纱衫，桃红的撒腿绸裤，懒懒的步子，扭摆的腰肢，张汉从她肩上望过去，一眼就看到了卧室里凌乱的情状，不觉又红了红脸，但一点也没改变他脸上装出来的、显得非常自然的赞美——他知道，这是粉儿觉得最受看的表情。

"他答应了！"粉儿笑吟吟地说。

"当真？"张汉直跳起来，脸上倏地一点血色也没有了，嘴唇竟也发起抖来，抢上去捧住粉儿的一只小白手，咽了一口唾沫，才说出后面的话，"全答应了？"

"哟，你怕什么呀，手都哆嗦上了！原先他说给三个数额，其中一个就给你，只要你一半银子；另两个主儿也着你去找，每主八千，使用加二，使用仍归咱们。呶，这是他要我给你的，让看完千万毁掉……是不是就是关节？"

张汉用颤抖的双手接过来一看，那张白纸上写着："文章中填出

‘自古人生’四字，并用‘𠃊’字为记号。”张汉看罢，“扑通”一声跪倒在粉儿脚前，连连作揖：“太太的大恩大德，在下终生不忘，定要为太太挣一个夫人诰命！太太，真辛苦你了！”

粉儿的粉面刹那间红云飞起，啐了张汉一口：“看你胡说些什么！……人家还要借小同春呢！”

“好说好说！”张汉站起来，把那小纸片看了好几遍，“哧哧”两下撕掉，揉成一团扔开，仰天大笑，“哈哈，哈哈，哈哈哈哈！我张汉蹭蹬半世，总算有出头之日啦！……”

见他手舞足蹈的样子，粉儿扬扬纤细的眉毛笑道：“你这是发什么疯啊！……事情还没有办成，这么早就高兴上了？”

张汉猛地省悟过来：“真是你说的，大意不得！”他向粉儿说到日间听来的议论，不无忧虑地说：“如果他私授关节的仅此三五人，我此科必中无疑。可是如今人言籍籍，通关节者不在少数。将来出价高的上升，出价低的必退，那时还能保定我这只出半价的张汉吗？”

粉儿蹙眉想了一阵，晃了晃发髻蓬松的头，很自信地说：“没事儿！等他明后天来，我把这事砸实，非取你不可！”

张汉微微一愣，本想说：“他明后天还要来？”可是话到口边，却变成：“那就全仗太太斡旋了……”

当粉儿到厨下去备酒菜时，张汉悄悄从屋角拾起那团纸，小心地展开、抚平，藏进了怀中。

同春进院后便径直走回自己那又闷又热的下房，倒在床上，眼睛瞪着黑魆魆的屋顶，一动不动。张汉和粉儿的对话、笑声一阵高一阵低地传到他耳边。他不想听。他已经大致明白了事情的内幕。这一切如此肮脏、下流，难道世界上就再没有一个干净的去处了？……他不由忆起铺满山坡的蓝瓦瓦的马兰花，芳草青青的坟场上那绿苞初含的小柳树，那一双清澈、明净、满含深情的眼睛，那个美丽的、绣着并蒂莲花下一对鸳鸯的香荷包……多么美好、纯净的时光啊！像明月一样圣洁，山泉一样清纯……和那相比，眼前不是地狱吗？……

他苦闷，他烦恼！

佑圣观里酒正酣。宾客虽然不过五六人，却都是出得起高价的财主。张汉请他们作陪，无非是想在他们中间招揽牵头，以名利双收。他们竟也奉张汉上座，围绕着他，神色恭敬地听他吹嘘。此刻的张汉正是兴豪致逸、色舞眉飞：

“……李兄少年进士，才高气豪，是朝中难得的人才！此科点为同考官，足见上司看重，前途无量！李兄于汉为师为友，交往多年，声气最密，本人得入监读书，全仗李兄推荐。至于此科嘛……”

宾客们艳羡之色油然而生，这使张汉心里非常舒服，恨不得停下话头，专意闭眼享受一下得意非凡的乐趣。但观门外匆匆的马蹄声分散了他的注意力。他从洞开的窗扇向那边看了一眼，竟一拍桌子，站了起来，喜滋滋地说：“太巧了，正说他他便驾到。你们看，振邺兄来了，已在观前下马，必是来寻我的！……我们赶快下楼迎接，我来引见！”

张汉又高兴又得意，语无伦次。李振邺的突然出现使他非常感激，不管李振邺来干什么，都会给他一个出足风头挣足面子的机会。他撩袍急忙下楼，在楼梯上一个跌滑，险些滚下去。幸而乔柏年伸手把他扯住，他哈哈一笑，众人也凑趣地笑了。他们都有些兴奋：在这样的关键时刻见到这样的关键人物，但凡是来赴科举的人，谁不想入非非？此刻他们对张汉简直如对神明了。在乔柏年扶住张汉的同时，有好几个人争着去拍打张汉袍子上并不曾沾上的灰土，关怀备至的慰问声此起彼伏：“摔着没有？”“千万要小心啊！”“让我搀着你吧！”……

在楼前石阶边，张汉和他的朋友们迎着了李振邺。张汉恭敬地躬身拱手笑道：“李兄，来找我吧？”

李振邺一头汗水、满脸乌云，迎头就是一句：“不找你找谁！”

张汉一愣，还没回过神来，李振邺已逼到跟前，左右开弓，噼里啪啦地连抽张汉十几个耳光，大声叱骂道：“你这个忘恩负义的混蛋！我拿你腹心相待，你竟敢在外面诋毁我，败坏我的名望！”

众人惊呆了，做梦也没想到会见到这个场面。乔柏年首先醒悟过来，连忙上前拉住，大家也跟着纷纷说好话，为二人排解。张汉羞惭欲死，简直无地自容。李振邺却不顾这一切，打了骂了出了气，转身大步出观，跳上马背，一阵鞭响马蹄响，一瞬间不见了踪影。

刚才李振邺去和粉儿相会，粉儿按原定计划把张汉的担心告诉他，原想就此把事儿砸实。不料李振邺不审舆论的来历，竟认定是张汉在外面对旁人议论了他的长短，立时大怒，驰马来寻张汉，演了这么一出笑剧。

好半天，张汉方做出反应，跳起来大骂："李振邺，你算什么东西！你才是真正忘恩负义呢！……列位等着瞧，我今天回去一定骂到他家，痛骂！丑骂！大丈夫决不忍气吞声！……"

众人连忙劝解，嘴里说着堂而皇之的好话，脸上却都掩饰不住地露出鄙夷的神色，不久便接二连三地托故告辞了。最后只剩下东道主乔柏年，强压内心的失望和轻视，勉强陪着赖着不走、仍在絮絮叨叨骂着李振邺的张汉。

乔柏年的不耐烦已形于辞色。张汉突然停止絮叨，十分精明地看着乔柏年，说："昨天你我讲好的事，可以敲定了吧？"

乔柏年不快地笑笑，不答话。心想此人太不知耻，分明是个骗子兼无赖！

"刚才这事必是误会，尊兄不可一叶障目，失却良机啊！"

乔柏年忍不住说："同考官如此待你，还有什么关节能到手？"

张汉翘着尖尖手指，抚摸着被打得通红的脸，笑道："你不知内情，也难怪。此人有两样把柄在我手中，日后他不能不就范。"

乔柏年微微摇头，他不相信。刚才李振邺的行动，决非有把柄在人手中的人所作所为。

张汉犹豫一阵，终于下了决心，小声地说了粉儿的来历和李振邺借同春的事，然后得意地眯着眼儿，道："事关内宠和外宠，他岂能不顾念几分？"

乔柏年心头作恶，很想朝他无耻的俊脸上再扇一顿耳光！他别转脸好不容易才勉强忍住，望着观院中的松荫，说："粉儿的事，你们两厢情愿也就罢了。同春岂是那路人！"

张汉笑道："我倒忘了，同春是贵同乡哩！同春倒真不是那种人，不然也不会脱籍了。就算是落花有意、流水无情吧，也是钓鱼的香饵，他李振邺总要照拂一二的。况且，那关节我已到手了……”

“哦？”乔柏年转脸过来看他。

张汉斜眼看看乔柏年，忽然哈哈大笑，说：“尊兄真可谓谨慎，在下如此推心置腹，你还不信吗？……这样吧，你先付半数，事成之后再付一半。”

“若不成呢？”

“不成？”张汉脸色一变，面颊上肌肉抽搐着，使他眉眼都扭歪了，咬牙切齿地低声说，“若叫我身败名裂，一无所得，我就跟他拼了！”他抬头触到乔柏年诧异的目光，连忙收敛，又在脸上堆起笑容，爽快地说：“我立字据，如果不成功，这一半退还你！”

乔柏年望着张汉，半天没作声。

为了达到他必须达到的目的，他不能放过一线希望，只得同意，付给张汉四千两的银票。

回到住处，乔柏年止不住阵阵恶心，后来扶着桌子痛痛快快地呕吐了一阵，把佑圣观里那一顿丰盛的山珍海味吐了个干净。

三

九月里，秋闱榜发，人情大哗，物议沸腾，落榜的秀才们义愤填膺，纷纷指骂考官行贿通贿。监生张汉首先发难，愤而剪发告状，刻写揭帖投送科道各衙门，揭露分房考官李振邺纳贿；不久，嘉善考生蒋文卓再写揭帖遍传京内，嘲骂丁酉乡试行私舞弊；接着，又传出杭州贡生张绣虎借张、蒋二人事由为囮子，从李振邺等考官处诈得一千二百两银子的消息。人们的情绪被这些事件搅动得日益汹汹，连街谈巷议也拿这当作最有兴味的题目，津津乐道，一浪高过一浪，都要等着瞧瞧后面还会有什么好戏。

大学士傅以渐宅中也不例外，虽然主人从来严禁下人谈论国事。两个书童、两个茶童，在书房小院的走廊里围着主人的贴身侍从德寿，你一言我一语地议论着：

“这身体发肤受之父母，伤毁一点点都是罪过。那位张监生竟然剪去头发告状，大闹科道衙门，显见是怨愤至极了！”

“哼，考官纳贿作弊，从来如此！”德寿不免要卖弄他知道得多，教训似的说，“跟你们说吧，那同考官叫张我朴的，早就动手了。考前三个月起，客厅檐下就挂上一个鸟笼，养一只黄鸟。凡有人来求关节，他就故意当着来人逗引小鸟，时时盼顾，还大声训诫下人，要好好喂食喂水、清扫鸟笼。客人不免要问：‘此鸟何处得来，大老爷恁般珍爱？’他便说：‘此鸟从禁中来，一飞冲霄，可以上达天听。你看秀才顶子上一丢丢儿锡也值三百两，我这里难道不该十倍、二十倍？’求关节的来客自然心领神会，还不大捧银子大捧银子地送！”

“偏不送钱的主儿呢？”

“没钱，有势也行。你看京官里三品以上的大老爷家子弟，不是一个个都中了吗？”

“可就苦了才高志大的寒士了。”

“可不是！”德寿晃晃脑袋，仿佛是个主讲。俗话说，宰相家人七品官，况且是一位状元宰相，家人们一个个说话都尽力转文。德寿是主人亲随，“七品官”味儿就更足，他清清喉咙，道：“新举人王某，不过仗舅舅是显官；赵某全凭他那有钱的老婆，一副金簪，一双珠环，就值万金！……”

“真的？”没见过世面的小茶童瞪大了眼睛。

“没听说三位士人喝酒行令吗？一人道：‘京师有一舅，顺天添一秀，舅与秀，生人怎能够！’另一人曰：‘佳人头上金，举人顶上银，金与银，世间有几人？’第三位说：‘外面无贵舅，家中无富婆，舅与婆，命也如之何！’”

德寿的怪腔怪调和一脸夸张的悲酸表情，使四个小厮忘乎所以地放声大笑。

“住口！”一声断喝，大学士傅以渐满面怒容，出现在前廊月门前。他那魁梧的身体几乎挡住了半扇红门，团龙朝袍、仙鹤补褂、青金石朝珠、红珊瑚顶子朝冠，这一身上朝的礼服，使他更显威严。德寿和小厮们登时变了脸色，连忙跪倒请罪。他们没料到主人今日散朝这么早。

“大胆！放肆！”傅以渐继续训斥着，“国家大事是你们可以议论的吗？为什么犯禁？德寿，你知罪吗？”

德寿抖作一团：“求老爷……饶奴才这一回！……”

傅以渐阴沉着脸，看也不看他一眼，说：“正不能饶你，不杀一儆百，哪能令行禁止！”

“老爷！”德寿哀声求告，小厮们也不住叩头。

客厅执事手托名刺盘，快步走来跪倒：“禀老爷，刑科给事中任克溥任大人求见。”

傅以渐看了名刺一眼，扭脸恨声说：“等我回头收拾你，仔细揭你的皮！……请任大人在前院客厅待茶。”

主人的脚步声消失了，奴仆们才站起身来。德寿慌得满地乱转。大学士轻易不惩处下人，一旦犯在他手里，那可真要大吃苦头了。小书童出主意：去求夫人劝解。德寿一拍脑瓜，拔脚就往后堂跑。

后堂厢房一间精致深密的小花厅，清凉喷香，素云正在这里接待她的好友、龚鼎孳夫人顾媚生。素云横躺在窗下的美人榻上，顾媚生斜靠着榻边的竹床，身边都摆了一张放置香茗、梅汤、茶点的小圆几。两人都没心思去动那些东西，慵懒娇柔地放松全身，津津有味地说着她们的体己话。从二十年前说到眼前，从亲朋好友说到儿女丈夫。顾媚生当然想通过素云，也就是通过傅以渐设法使丈夫复职；素云由丈夫那里知道皇上看重龚鼎孳的才学和他在文坛的地位，对顾媚生也很顾念旧时情义。她们正在议论的，是一件使她们很感兴趣，却又不敢公然说出来的秘密。

“素云，”顾媚生压低嗓门，“听说了吗？皇贵妃生了一位皇子。”

“嗯。听我那口子说，皇上近日心宽体胖，神采奕奕，想必也在为此高兴。不过……至今不见宗人府宣告。”素云说着，轻轻一笑。

“可是我听说，皇子四月初七就降生了。”顾媚生的声音已近似耳语。

“是吗？”素云轻声一问，听不出她是否知道这消息。她们俩都是受过诰封的命妇，重大节庆不时出入内廷，有些事比她们丈夫知道得还多、还详细。

“皇贵妃几时进宫的？”

“去年八月底，八月三十。”素云记得一清二楚。

“九月、十月……到今年四月初七，”顾媚生故意扳着手指算，“才七个多月呀！皇子怕是早产了吧！”说罢，她拿那张粉红色纱绢掩着嘴嘻嘻地笑起来。素云从榻上瞄她一眼，也跟着笑了。她俩越笑越止不住，索性拍手哈哈大笑。素云笑得还不像顾媚生那么放肆，但春兰秋菊同在轻风中摇曳，妩媚倍增，直笑得喘不过气来了，她们才尽力止住了笑。顾媚生一句话说出了她们这阵大笑的全部含意：

“天潢贵胄尚且如此，我又何需为风流世家羞耻！”

“阿姐，说话要小心些！……不是一族，风俗总归有些差异的……哦，阿姐，我敢跟你打赌：这位皇子非同小可，一旦宗人府宣告他出生，只怕就要立为太子啦。赌不赌？”

顾媚生拿纱绢轻俏地往素云身上一甩，笑道：“鬼精灵，想得倒好，明摆着的事儿，谁跟你赌！”

侍女端了几样新鲜点心进来换碟冲茶，她小心地看看女主人的脸色，赔笑道：“夫人，德寿求见。”

“哦，什么事？”素云和顾媚生都坐起身。

“他不知为何冒犯了相爷，来求夫人宽解。”

素云掠了掠鬓发，说：“带到门上。”她笑容尽敛，端庄沉静，俨然一位德言工容俱全、威重内含的宰相夫人。

德寿跪在花厅门口，不敢仰视，只顾叩头。

听罢德寿的叙述，素云静静地、不动声色地说：“你到市上买一条大鱼，送到厨下，午饭上席。去吧。”

德寿莫名其妙，不敢违拗，连忙退下。

花厅中只留下两位闺中密友时，顾媚生忍不住问：“你卖的什么关子？连我也糊涂了。”

素云只管笑着让顾媚生品尝新送上的点心：“这是我家厨子的拿手菜，虾茸酥饼，阿姐尝尝。”顾媚生拈起一块金黄油亮的酥饼，咬了一口，果然鲜美无比。但她顾不上赞叹，又回到方才德寿引起的题目上：“顺天乡试确是弊端百出，人心愤恨。你——，你那口子听说了吧？”

素云笑笑，把一只玉盏里的梅汤小口小口地喝下去。

“垣台的御史、给事中们，一个个就无动于衷？”

素云笑道：“阿姐至今还有兴趣过问外事？——快尝尝这碟里的冰酪奶皮，这可是关外传进来的珍馐。”

顾媚生无可奈何地端起了银碟，说不上是赞叹还是不满，暗道：好一位宰相夫人！

午饭席上，傅以渐双眉紧皱，一脑门心事，对着满桌菜肴，颇有些不愿下箸的意思。素云同往常一样，面带微笑，从容而关切地为丈夫布菜，令侍女为大学士斟上一杯色如红宝石的晶莹醇美的珍珠红。她说：“天大的事儿也不用在吃饭的时候费神。忘了仇真人的养生术了？”

道家名流仇真人从江西进京，王侯士大夫纷纷延请。傅以渐在宴请他的席间问起养生术，他说：“相公如今锦衣玉食，即神仙中人。”他还指着桌上的烧猪笑道：“今日食烧猪，便是绝好养生术，又何必外求！”傅以渐对他非常赞赏，对素云说：“唯有真学道者，方能有这番见地。”

素云提起仇真人，为的要傅以渐放松情绪，从容随分。傅以渐却推开酒杯，摇头道：“你我终究不是修道人。顺天乡试闹得沸沸扬扬，朝野不安。曹本荣曹大人，你记得吧？年初和我领旨同修《易经通注》的，他是本科主考，不知为何如此糊涂，被那些分房考官搅得乌烟瘴气！”

“相公，你是内国史院大学士，修书修史是本分，科场事与你何干，你怎好越俎代庖呢？”

“唉，实在是顺天乡试太不成话！听说各房考官各有私人，千余试卷虽然糊名易书，但通关节者没有不举目了然的。为了寻到私人，考官各房甚至打纸团交换，寻剔翻索，一片混乱，成何体统？榜下之后，舆论大哗，人言籍籍，那些房官就该谨言引罪才是，偏偏那帮少年进士毫无顾忌，如李振邺辈，还动辄向人吹嘘：‘某某中举由我之力；某某本来不通，我以交好而使之登副榜；某某我虽极力欲使其中，无奈某老作祟，未能如愿。’如此等等，竟历指数十人，能不使怨恨者更加怨恨！”

“相公并未参与此科，哪里得来的消息？”

“方才刑科给事中任克溥来访，谈了许多。”

“刑科给事中！难道他想弹劾此事？”

“嗯。据他说，左副都御史魏裔介也有此意。”

素云心中暗暗吃惊，却不动声色地观察着丈夫的情绪。她缓缓问道：“任大人此来必是探你的口气。你欲何为？”

傅以渐漫不经心地夹了一片鲜笋送进嘴里，顾不上细嚼，回答道：“科场流弊自前朝到如今，延绵不绝，世人原习以为常，见怪不怪。但我朝新立，抡才大典关系最重，况事出京师，有关各省观瞻，岂能听之任之！如今物议沸腾，连走卒奴婢也……”说到这里，傅以渐火气上来了，对素云讲了德寿的行径之后，声严色厉地说，“若是下人竟也侈谈治国要事，岂不反了！德寿现在哪里？叫他来，决饶不了他！”

素云连忙对侍女使个眼色，说：“上鱼！”

一只椭圆形的鱼盘上，躺着一条尺多长的红烧鲤鱼，身上浇了一层酱红色的浓汁，香味扑鼻，使人馋涎欲滴。傅以渐一向嗜鱼如命，立刻撇开处置德寿的事，用筷子在鱼胸处揭了一大块送进嘴里细细品味，随后一口喝干了那杯珍珠红，从袖中扯出雪白的纱绢擦擦胡须，非常满意地笑道：“真难得！此鱼为何如此肥美？”

素云微微一笑，直视着傅以渐的眼睛，像吟诗那样一字一句柔曼地说：“没有别的，但水宽耳。”

傅以渐一怔，略略回味，恍然而悟，看着素云哈哈地笑了：“人常说微言谈笑可以解纷，不想夫人亦谙此机，真所谓闺阁智士也，难得难得！……好，我免惩德寿就是。”

素云嫣然而笑：“你道我只是为了德寿吗？”她敛起笑容，眼睛里的神色变得非常冷静，“相公，我不讲‘将相顶头堪走马，公侯肚里好撑船’，也不说‘不哑不聋，做不得阿翁’，只说本朝入关便连岁开科，科场考官取士尽是汉人，早已为山左诸大老[1]所忌恨。科场流弊虽然可恨，若一旦揭发，不正遂山左大老之心？他们必定以此为借口生出大事。你周旋于满汉之间已然不易，何苦陷入此事，做倾害汉官的发难之人？”

傅以渐看着素云，一时竟不知说什么才好。

顾媚生出了傅宅，乘轿到前门廊坊头条珠宝市取了定做的珠环首饰，又亲自去买了四样好酒，这才摇摇摆摆地回到她的顾园。她还没下轿，就从轿侧小窗上看见丈夫正立在大门前送客，客人骑马离去，还转身向龚鼎孳拱手致意。

“啊，夫人回来了。”见顾媚生掀帘下轿，龚鼎孳抚着开始花白的胡须笑逐颜开，夫妇俩相随着同回后堂。一路上龚鼎孳就没有停嘴，那万分体贴的口气全然像是对待一个娇宠惯了的女孩子——这是老夫少妻常有的现象：“累坏了吧？口渴吗？饿不饿？快到家躺一躺，洗洗干净，我给你预备下了你爱吃的烧鸭……”

顾媚生瞟了丈夫一眼，鼻子里哼一声：“就是烧鸭？”

龚鼎孳连忙笑道：“哪里会忘呢？炸骨头要热吃才又酥又香，我早叫人备好了料，只等你一声吩咐就开炸。”见顾媚生一双水汪汪的眼睛笑了，龚鼎孳轻轻吁了口气。顾媚生最爱把鸭骨头炸得又焦又脆，就着下酒，嚼得嘎嘣嘎嘣响。

回到寝室，顾媚生并不肯躺下休息，拿出从珠宝市取回的玉钗金簪珠环，对镜打扮。她已经三十五岁了，看上去还很年轻，一双横波欲流的眼睛亮闪闪的，在镜中与金玉珠宝争辉，引得龚鼎孳俯在她耳边笑道：“横波真乃天人，鼎孳如此艳福，不知哪世修来！”

顾媚生抿嘴一笑，瞪了丈夫一眼，突然兴奋起来，猛地站起身说：“你等一等，别进来！”她很灵活地一扭身，闪进寝室一侧的小屋，那是她梳妆更衣的地方。龚鼎孳笑笑，不觉心旌荡漾：有这样一个尤物伴在身旁，虽死何憾？他醉迷迷地微微阖上了眼皮。

---

① 山左大老：暗指满洲贵族。

“喂，看我呀!”顾媚生娇媚的声音里分明有一股自骄自矜。龚鼎孳一睁眼便不得不连连眨动，眼前的人儿太光彩炫目了：云髻高耸，双头凤钗左右贯穿；光灿灿的金步摇缀着点点水钻，垂向前额，垂向双耳和双肩，仿佛闪烁在乌云间的星光；点蓝点翠的银饰珠花，恰到好处地衬出黑亮的柔发和俊俏的脸；月白小缎袄外，披了一幅湖蓝色绣着云水潇湘图的云肩，一颗鲜红的宝石领扣在下颏那儿闪光；玉色罗裙高系至腰上，长拖到地，鲜艳的裙带上系着翡翠九龙佩和羊脂白玉环；长长的、轻飘飘的帛带披在双肩，垂向身后，更映出那潇洒出尘的婷婷风姿。龚鼎孳忍不住喝彩：“极妙！极妙！宛如二十年前初见君！岁月催人老，独独对你留情……”他心里忽然“咯噔”一跳，住了声。因为他认出来了，这是前朝末年最时兴的装束……

满心骄傲的顾媚生并不理会丈夫情绪上的微妙变化，一转身，迈着早年在舞台上练就的“水上飘”的台步，又飘回她的小屋。再出来时，已换了另一副行头：鬓角抿得油光水滑，头上的高髻不见了，头发全梳到脑后，做成两个短燕尾；戴着金丝点翠的发箍，两边各插一朵拳头大的朱红绢花；耳戴三孔三坠的金环；身穿长及脚背的宽大氅衣，银红的底色上绣了八团翠黄的秋菊图案，周身镶宽白缎绣花边，外压狭花绦子；脖子上围一条长及衣裾的雪青绸巾；衣裾下露出一双金线绣云头的高底花盆鞋；右手拿着乌木细长杆烟袋，铜烟锅，杆上坠着红缨穗的烟荷包，左手拿一只钿子。——这是目下时兴的满洲贵妇出门做客的打扮。

龚鼎孳被眼前这五颜六色的一团刺得眼花，好半天才回过神来，言不由衷地称赞道：“好！洒脱，大方!”

顾媚生笑了，把手中的钿子——那个嵌了翡翠、碧玉、东珠的贵族妇女的头饰——戴到了头上，得意地问：“如何？这钿子，听那珠宝商家说，是宫里最时兴的样子哩!”

龚鼎孳勉强笑道：“果然华贵，非同一般。不过戴上钿子，这一身衣裳就太寒酸了，须穿朝服礼服才配……”说着说着，他走神了，声音越来越轻，后来竟瞪着眼睛呆在那儿。

搔首弄姿的顾媚生还转着身子问：“我穿哪一身好看？汉装还是

满服?”她听不到丈夫回答，才转过身来，一见他那副样子，顿时败了兴头。近些日子他常常这样，顾媚生认为这是他开始衰老的最早象征，不由得心头火起，那张粉面胭脂脸，直如窗上的竹帘，说摔便摔了下来，说话也不自觉地变成地地道道的苏白：“呆鹅头！阿是吃了砒霜？发啥呆？菜油麻油，侬倒寻一件由头好哦?”

龚鼎孳皱皱眉头，顺手拉过一张椅子坐下，闷闷不乐地说：“谁料到许巨源那个狂生，本科竟能中呢?”

顾媚生不作声了。秋闱榜发后，她已不止一次听丈夫说这句话了，有时愤慨，有时恼火，今天这种带点凄然的口气倒是第一次听到。她略一思索，便明白了，正是她任情改装取乐，使他回想起三年前看戏受辱的痛苦。她能说什么呢？当时她不是也大哭出声，脸上发烧，背沟淋汗的吗？不过她终究是女人，事随境迁，不大在意。谁想到年过半百的丈夫，心头还有那么深的怨毒！她收起横眉怒目，打叠起一片温柔，软声说：

“本科考官弊端百出，他侥幸得中，未必有真才……”

“不错!”龚鼎孳一拍大腿，“方才任克溥来，论的正是此事。他要上疏弹劾呢!”

“好哇！该出口气，你要撺掇他干!”顾媚生叫起来。

“哪能这么讲话！这事关系重大，不可轻率!”

“至少也要摘了他的举人顶子!”顾媚生尖声嚷着。

“唉，总要出以公心，权衡利弊啊……”

顾媚生瞪大了眼睛盯住丈夫。她记得清清楚楚，三年前龚鼎孳曾哭叫着说：“必杀以泄忿!”……她还想问点什么，侍女在门外喊道：“禀太太，炸焦脆来了。”

龚鼎孳忙道：“上席!”

两个使女走进寝室中堂，调好桌面，摆下杯盘箸匙，然后把食盒里的菜肴一样一样地摆了满桌，都是下酒的美味：南炉烧鸭、白鲞冻蹄、卫水银鱼、江南冬笋。被许多碟盘围在正中的大盘，就是顾媚生最喜欢的焦炸鸭骨，酥黄喷香，热烘烘的，还轻微地噼啪作响。顾媚生顿时眉开眼笑，一迭声地叫添酒杯，她和龚鼎孳要一人四只杯。

龚鼎孳正在奇怪，侍女已把太太今天买回的酒斟上了。霎时间酒香飘散，满屋醉人。再看那酒杯，更令人惊叹：宝石般红、琥珀般黄、水晶样清湛、翡翠般绿。龚鼎孳故意把眼睛瞪得大大的，装作吃惊非凡的样子。顾媚生高兴得“格格”直笑，推了他一把：“憨大！天天宴客，什么没见过，做出这副鬼样儿给谁看！不认识吗？那红的是珍珠红，黄的是瓮底春，白的叫梨花白，绿的叫茵陈绿……”

龚鼎孳打着哈哈朝顾媚生一揖：“总是娘子好色，难为你集四美酒于一席，我酒福不浅！”

顾媚生伸手在他脸上轻轻一拍，嘲笑道：“天下若推好色之魁，除了夫子还有谁？小妇人哪里敢当！”

“哈哈哈哈！”龚鼎孳开怀大笑，夫妻相对干杯。龚鼎孳又不服地说：“鄙人乃多情而非好色。说到好色，登徒子之俦大有人在，无过于李振邺、张汉！”

“哟，这二位不都是贵门生吗？”

“所以，我才颇知内情啊！这二人既好内又好外，内争粉儿，外争灵秀，闹得不可开交。粉儿的事你是知道的。那灵秀，两人都得不到手……”

“灵秀是谁？”

“哦，忘了告诉你，张汉那长随书童柳同春，给李振邺入帘时借去当亲随，改名灵秀。据我所知，张、李二人都有‘不利于孺子之心’，但张汉乖巧，一心以情感之；李振邺少年进士，轻狂孟浪，在闱中必有无礼之行，被灵秀峻拒。榜发之后，张、李势成水火，于是才发生了剪发告状。仇愤虽发于出榜之日，怨恨实结胎于粉儿再嫁、灵秀易主之时……”

“那么，灵秀对李振邺在闱中所作所为，一定很清楚了？”

顾媚生脸上满是笑容，但眼睛已经不笑了。

“那是显而易见的。”

顾媚生不笑了，认真地问：“方才任克溥来，你有没有把这些内情告诉他？”

“哎，什么话！”龚鼎孳拂袖而起，“二人都是我的门生，家丑怎好外扬，况且我还是师辈。”

太太的细眉皱了起来：“倒也是。任克溥也是晚辈，当初你在左都御史任上时，他才是一名新进御史吧？……不如找内院大臣。傅以渐胆小怕事，未必有用……王永吉如何？当初他与你相交甚好，如今又兼领吏部。”

“不妥，不妥。”龚鼎孳背着手，站在那里连连摇头。

“有什么不妥！这事揭发出来，左不过革职废考。就李振邺辈的所作所为看，还不该是怎么的？……难道你就不明白，这是你起复的大好机会？”

龚鼎孳的眼睛里刹那间闪过一道光亮，又很快消失，仍在缓缓地摇头。顾媚生气得直跳起来，用低沉的语调急促地说：“你那心里什么都明白，就是不肯讲，还要逼着我讲！……我讲就我讲！满、汉势如水火，皇上虽然尽力弥合，谈何容易？你的才学早为皇上认可，欠缺的只是满洲权贵的心许了。把科场舞弊揭发出来，一定能得到满大人的欢心。你还会以寓公了此一生吗？”

龚鼎孳望着顾媚生，说不清他眼里是什么表情，似喜似悲，似笑似嗔，既有赞叹、惊异，又有屈辱和羞愧。他目不转睛地看着，看着，一句话也不说，转过身去。

顾媚生火冒三丈，一手指着龚鼎孳的后脑勺，气得连说了几个“你”字，又突然火气全消，冷冷地说：“随你吧！反正从秦桧老婆胯下钻出来的，不是我顾媚生！”

龚鼎孳猛地一扭身，满是皱纹的脸和一双眼睛都血一样红，狂怒地冲到顾媚生跟前，一把揪住她银红氅衣的前襟，抡开巴掌，“啪啪”抽了她两耳光。

顾媚生倒退几步，惊呆了。不要说嫁他以后，就是从小懂事以来，也没人敢弹她一手指头！她登时就要撒泼大闹，可是只对丈夫看了一眼，便愣了。龚鼎孳面色惨白，脸被强烈的感情刺激歪扭得几乎变了形，大口大口地喘气，张着的右手下意识地按着胸口，全身在簌簌发抖。刹那间，顾媚生全明白了。她慢慢走到丈夫面前，轻轻跪下，拉了拉丈夫的衣襟，小声叫道：“芝麓……”

龚鼎孳一哆嗦，低头看了一眼，俯身搀起顾媚生。顾媚生就势倒在他怀里，他无力地抚着妻子丰满的肩膀，两行清泪凄凉地流了下来。

四

十月小阳春，风物宜人。万绿如海、芳草芊绵的南苑，迎来了秋郊射猎的浩大队伍。龙旗猎猎，画角长鸣，黑骏玉骢迈着矫捷欢快的步子，振响了銮铃，把欢乐的一串串铃响飘洒向一望无际的秋原。

南苑，是皇家禁苑。周围城垣回环延绵一百二十里，四方九门：正南南红门、正北大红门、正东东红门、正西西红门，此外还有回城门、黄村门、小红门、双桥门、镇国寺门。苑内有海子多处，河流纵横，林密草深。元代这里就是天子纵鹰射猎的飞放泊，明代又将这里扩展为如今的规模。清朝因袭旧制，并设海户一千六百人，各给地二十四亩，养育禽兽、栽种花果，既供天子射猎，又用于大阅讲武。苑中有行宫数处，皇上不时来这里居住，有时也在这里处理政事。到了炎夏，皇太后和宫眷也时常到这里避暑。今天来南苑的，是刚刚散朝、用罢晚膳①的顺治皇帝。

福临穿了一身射猎的便服，披了一幅黑丝绒披风，骑着他心爱的玉骕骦，英姿挺拔，神采焕发。他没穿龙袍，也没戴皇冠，但谁也不会把他只当作贵族子弟。除了他本人的气质和胯下这显而易见的千里驹之外，还有一顶没有第二个人敢戴的红绒结便帽和珍贵的嵌东珠珊瑚马鞍。这马鞍以镀金银丝镂花为边，上嵌豆大珍珠二千余颗，米珠三万余粒，豆大红珊瑚珠二百五十颗，小红珊瑚珠一万余颗。鞍前像印章般突起的圆形珠托上，闪耀着列成品字形的三颗龙眼大的东珠。这具马鞍的造价或许能够估计出来，但由于它是御用之物，便成了无价之宝。

年轻的天子坐在无价的马鞍上，迎着爽劲的秋风，顶着碧蓝无际的天空，纵目四望，宽舒地长长吸气呼气，那满意的神情，竟如孩子

---

① 皇帝用膳，早膳在上午六点到八点，晚膳在上午十二点到下午两点。

一般带着几分狂喜，仿佛就要张开双臂大声叫喊。但他的手一收，收回胸前，带住了马。庞大的侍从队伍也跟着停下。福临微微扭转身躯向侧后方远望，后面跟上来一队人马，桃红柳绿、莺叱燕咤，仿佛把春天唤回到了寥廓而斑斓的秋光里。那是宫眷队伍，她们年轻貌美，马上功夫都不弱。女子乘马本来就好看，这些宫眷在皇上面前，自然更加婀娜多姿。福临却目不斜视，只不转瞬地盯着前面的那匹桃花马。

马上那位美人，玉容映着斜阳，艳如碧桃初放。她戎装窄袖，上下一色绯红，身后飘扬着玫瑰色的丝质披风，恍如暮霞飞落人间。这朵红云飞到福临身边，美人儿就要翻身下马向福临请安，福临连忙笑着做手势拦住："不必了，不必了，上马下马太麻烦。你来得真快。两年没骑马，在宫里又闷了一年多，趁着秋高马肥，正好散散心！"

"皇上挂怀，妾妃不敢当啊！"董鄂皇贵妃笑盈盈的，催马上前，于是二人并骑，缓辔同行：一个天亭表表，一个花枝袅袅，看上去那么和谐、美好。两人的随行队伍按常规自动调整：董鄂妃带来的宫眷、宫女环绕着皇上和皇贵妃，她们的后面，是皇上的侍从、侍卫。

福临微倾上身，靠近乌云珠，轻声笑道："你过我马上来好吗？我带你。"

乌云珠雪白的脸上飞起一片红晕，嗔怪地瞅了福临一眼，低声说："看你！"

"哎，我是好心啊！"福临认真地说，"你分娩刚刚半年，千万不要劳累了，看你脸色多白，况且你体质本来就弱啊。"

乌云珠笑着，神采飞扬："皇上，你太小瞧我了。忘了我头一次瞻仰圣容，不正是马上驱驰之日吗？"

福临深情地盯着乌云珠，只觉心头仿佛灌满了蜜，甜得有些呼吸困难；一股欢乐在胸间回荡，就要奔突出来。他不愿抑制，扬头大笑，青春的热血在全身奔腾。他一勒缰绳，右手高举那柄镶金嵌玉的马鞭，朝座马后臀一抽，猛松丝缰，玉骕骦欢快地一声嘶叫，飞箭一般向南猛冲，尥开四蹄，如一道白色流星，划过黄绿相间的平坦坦的草原。乌云珠心里暗暗着急，连忙鞭马追赶，侍从宫女也紧紧跟上。

但福临的那匹神骏蹄下就如生风一般，她们哪能追得上！眼看那白色的流星画出一条优美的弧线，向东边弯过去。乌云珠灵机一动，掉转马头向东，猛加三鞭，抄直线近路去拦截福临。桃花马似乎懂得主人的心情，跑得又快又稳，风声在耳边呼呼地响，地上的杂草拉出了长线，乌云珠果然在二里以外，跑到了福临马前数十丈的地方。玉骕骦见到了同类，自然而然地追跟在后，当桃花马放慢步速时，它也无意超过可爱的伴侣，和它一样改用碎步慢跑了。

福临大笑道："你真灵巧！竟然抢先一步。"

乌云珠微微笑着，略略喘过几口气，说："是侥幸取巧。"

福临审视着乌云珠，不禁挨上去替她擦拭额上的汗珠，感叹道："贤卿秀外慧中，真令人爱煞！天地钟灵秀，我们满洲也能诞育仙女！"

"陛下快不要这样说，叫人羞愧死！"乌云珠顽皮地笑笑，"天地无私，并不独爱一族。即使妾妃蒙皇上誉为天人，也忘记不了妾妃之母乃江南才女啊！"

"正是正是，塞外风云，江南秀色，才使朕得以有你这样一位才貌双绝的贤妃啊！"话未落音，玉骕骦踩着一片湿漉漉的草丛，前蹄一滑，马身往前一闪，差点把福临摔下去。乌云珠惊叫了一声，陡然伸手去拉她根本够不着的福临，也几乎从马背上掉下来。好在福临用力一勒缰绳，玉骕骦猛地纵身跃起，又恢复了平衡。福临得意地笑道："如何？朕的骑术还说得过去吧？……你怎么啦？脸色雪白雪白的，吓坏了吧？"

乌云珠抹了抹额上的冷汗，说："陛下继承祖宗鸿业，讲武事、练骑射，自是安不忘危的意思。但马蹄怎能靠得住？以万民仰庇之身轻于驰骋，妾妃深为陛下忧。"

"贤妃这一番咬文嚼字，可以做得一篇奏章了。"福临不在意地开着玩笑。

"陛下驰马疾速如飞，又凶野异常，实在叫人提心吊胆，你……也该为我想一想，为太后、为皇子……"

福临心里一阵感动，笑道："今天我不过是太畅快了。天高地阔，风爽马健，真使我一舒怀抱，烦闷顿消！”

“怎么？”乌云珠敏感地扭头注视着福临。

“唉，你不晓得，议政王大臣那帮老头子，真不知是什么心肠！”他向乌云珠细说起这件使他长期以来十分恼火的事情：

春天，郑成功被赶到福建沿海岛屿上，定远大将军济度班师回朝，于是福临的注意力便完全集中到朱由榔占据的西南。对南明的战事，福临已全权交给大学士洪承畴办理。自洪承畴出任以来，各种诽谤诬蔑之词就不断从满洲亲贵那里灌进福临耳中。尤其近两年，洪承畴围而不攻，长时间屯兵湖南，不见进取，弹章更如飞雪一般呈进皇上。福临不为所动，始终信任洪承畴。因为他知道，洪承畴正在苦心孤诣地贯彻福临的剿抚并用的方略。谁知这一来，又引起议政王大臣中的另一番议论，说什么南明拥有的李定国、孙可望，都是张献忠的养子，两员虎将啦；什么地险兵悍，攻入不易，不如划地以守啦；甚至有人提出干脆放弃云贵两省，同南明小朝廷两相和好。这把立志要做一代雄主的福临气得七窍生烟。他今天对董鄂妃说起，不免又形于辞色：“一统天下，金瓯岂能有缺！入关才十四年，这些人便如此老朽昏庸、怯懦无能，当年平定天下的锐气都哪里去了？真想挑几个最不中用的，严加惩处！”

乌云珠非常文静地说：“这等事情妾妃安能置喙？但以妾妃愚见，诸大臣纵有过失，终究是为国事着想，并非为自身谋利。陛下不必生气，喻以理动以情，总能使其心服。不然，大臣尚且不服，何以服天下之心？”

福临望着她感慨地说：“有你在身边，朕心中着实松宽多了……”

他们并马交谈，又亲密又愉快，不知不觉，东行宫就在眼前。福临看看天色还早，便说：“你先去歇息，我随意去转转，射几只山鸡野兔，明天就有下酒物了。”

乌云珠蹙紧眉头：“陛下驰马千万当心，以天下为重啊。”

福临温存地笑着，摆摆手，领着侍卫们驰走了。

太阳落下西山，暮色渐浓，福临才余兴未尽地回到东行宫。他连正殿也不曾进，直接走向后面的寝宫。刚转过正殿屋角，就见乌云珠站在后殿的汉白玉阶石上翘首盼望。她已换上了宫中常服：松松挽就的飞燕髻，只簪了一支莹洁的玉簪，淡绿的夹衫外面，加了一件长长的、镶了雪白毛边的果绿貂皮半臂，领口和衫子的下摆，都滚着银丝点缀的绣花边，拖到地面的玉色长裙在衫子下面只露出不到一尺长。她浑身几乎没有什么金银珍宝之类的华丽饰物，却绰约多姿、淡雅飘逸，有如青娥素女——她永远使福临感到新鲜，不论在装扮上还是在性情仪态上。

她立刻下阶来迎接福临，担心地说："太阳下山以后，风冷露寒，你衣裳穿少了吧？真怕你受凉。快进殿歇息吧。"

进到寝殿正间，福临刚在为他专设的宝座上坐下，乌云珠便像普通宫女似的斟了热茶送到他手上，并仔细察看他的面色，说："回来这么晚，一定很累了。先喝杯热茶。"

福临接茶，又一把拉住她的手，笑道："我一点不累，也不冷。射猎大有所获，光山鸡就三四十只，肥得都飞不动了……"

"看你手这么冰凉，还说不冷。"她抽身走进东梢间寝室，拿出一个双云头式的掐丝珐琅手炉，递给福临，让他赶紧放进怀中。福临笑道："跟你说多少回了，这些事叫侍女宫监去办就行了，你忙些什么！"

乌云珠像没听到似的，忙着出殿去传膳。

当一桌酒膳摆上来时，乌云珠侍立在福临身边为他布菜，为他剥去虾皮，剔去鱼刺、鸡骨，为他盛上燕窝冬笋鸡汤，轻轻吹去热气，吹开浮油，捧到福临面前，催他快喝。她比用膳的福临更忙。

福临说："你坐下，跟我一道用膳。"

乌云珠笑道："皇上厚意，妾妃心领了。皇上还是多与诸大臣共餐，他们也好多沾皇上宠惠，常承皇上笑颜……"

"又是这话！我已听了你的，常与王大臣共餐，也不时赐以克食。我就要你现在跟我共餐。"

"陛下，妾妃位卑，不敢……"

"胡说！你不是我儿子的亲娘吗？"福临带笑斥责着，并"啪"

的一声放下筷子，“再不答应，今儿这顿饭我可就不吃了！”

“陛下……”

“人家百姓家夫妻要是也这么拘礼，还有什么朝夕唱随、闺房之乐？你我真不如生在平民之家。”福临伸手一把拉住乌云珠，硬拽她和自己并排坐在那张宽大的七宝雕龙御榻上。乌云珠满面惊惶，急忙挣扎着站起来，连连说：“陛下，千万不能这样！千万不可！皇后娘娘也不曾有此礼遇……”

“皇后？”福临鼻子里哼了一声，随后摇摇头，轻声叹了口气，说，“眼下不在宫里，那些劳什子礼节全数免掉！咱俩过几天轻轻松松的好日子！蓉妞儿，你们端一张软垫椅子来，让你主子坐下吃饭！”

蓉妞儿是乌云珠的亲随侍女，连忙同两个宫女一道，把软垫椅搬到御榻右侧，乌云珠只得坐下，拿起了包银象牙筷。福临刚才阴沉下去的面容才重新开朗了。

饭后，庄太后的侍女苏麻喇姑领着福临的乳母来到行宫，董鄂妃连忙将她们迎进寝宫正间。福临从北炕宝座上站起来，受了她们的跪拜，向乳母笑道：“嬷嬷回来了？老家都好？怎么去了这么些日子？”他又转向苏麻喇姑，“太后安好？这么晚了还打发你来南海子，有要紧事吗？”

苏麻喇姑笑道：“我的事不要紧，嬷嬷的事要紧，嬷嬷先说。”

乳母是个面目慈祥的妇人，满面红光，身体健康。两年前她回关外老家探亲祭祖，今天刚回宫就闹着要看看福临。可是，她进了门，却一直不错眼儿地盯着乌云珠。这会儿笑着说：“有什么要紧的呢？就是两年没见皇上，心里想得慌。托太后和皇上的福，家下这二年日子都好。皇上身子骨也好？这位娘娘眼生，老奴才给主子请安了。”她对乌云珠跪下去。乌云珠赶忙搀住，柔声说：

“嬷嬷，我年轻不晓事，当不得你的大礼，实在不敢。”

“当得的！”苏麻喇姑笑道，“嬷嬷，这是新近进位的皇贵妃董鄂娘娘。你今儿在宫里见的那个白生生的四阿哥，就是董鄂娘娘诞育的。”

“哎唷唷，佛爷保佑，竟给皇上降下这么一位天仙似的娘娘来，叫我这老婆子可开了眼啦！”

“嬷嬷，”福临装作不高兴的样子，“你不是来给我请安的吗？进屋来也没看我几眼，尽盯着她瞧了！”

“哎呀，该死该死！”乳母轻轻拍着自己的脸，好像在掌嘴，“一进屋，我这心就全在娘娘身上了，谁叫娘娘生得这么受看呢？瞧瞧，可不是天生的一对、地配的一双，哪儿去找这一对金童玉女呀！”她乐不可支，说话就少了忌讳。福临和乌云珠都身着便装，并肩站在那里，年轻美貌、风度翩翩，真像一双并生的白荷花。苏麻喇姑心里也在暗暗赞美，但她可不像乳母那么毫无分寸，连忙打断：“嬷嬷喝酒怕喝多了，高兴得这样！”她双手捧上随身带来的锦缎包袱，说：“太后命我专程送来这两袭貂皮褂子，说是南苑比宫里冷，请皇上、娘娘保重，别着凉。”

福临和乌云珠连忙起立，接了母后的赐品。

“太后还说，没什么大事就早点回宫。要是皇上想多待几天射猎，就让娘娘先回去。”

福临笑着瞟了乌云珠一眼，乌云珠没有理他。

“太后让奴婢转告皇上，娘娘产后不久，要经意保重，不可劳累了。伤了身体，唯皇上是问。奴婢出宫时，太后又嘱咐一句，要娘娘早日回宫。”

福临笑着又瞟了乌云珠一眼，说：“朕是太后亲子，反不如她得母后宠爱，真真羞煞人！”

谁都听得出这是他心中得意的反话，都凑趣地笑了。

乳母同苏麻喇姑走回她们的住处——东配殿后的平房，小声说着话儿。苏麻喇姑埋怨乳母：“看在咱俩有十几年交情的分儿上，我得嘱咐你几句。你老糊涂了，怎么胡说八道呢？刚才说的那些要叫坤宁宫的人听去，有你的好儿吗？”

“唉，唉！我真是老背晦了。我一见她那模样儿，就把什么忌讳都忘了！”

“这位娘娘啊，模样儿还在其次，难得她心眼儿又好又灵，脾性儿和善，会体贴人。本来就招人爱，又识大体、明大义，太后哪能不疼她！今年三四月间，她父兄相继亡故，那会儿她正临产，闻信大哭，太后和皇上都加意安慰她，也真为她忧虑。她听说后，就发誓不再哭了。太后、皇上问她为什么忍泪，她说：‘我怎么敢因自家悲痛而使太后、陛下忧伤呢！我之所以痛哭，不过念及养育之恩、手足之情罢了。我父、兄都是心性高傲的人，在外行事时有悖理之处，深恐他们仗恃国戚为非作歹，那岂止辱没我的名声，举国上下也会说皇上为一微贱女子而放任他们肆无忌惮。我为此也曾夙夜忧惧，生怕他们闯出大祸。如今幸而安然善终，我还有什么可悲痛的呢？’……”

“果然难得，果然难得。”乳母赞不绝口。

“她学问深，琴棋书画样样都会。太后也喜爱这些，自然更疼爱她，一时一刻离她不得。你看，她才出宫半日，太后就叫我来催啦。”

“唉，真可惜。”乳母轻轻叹息。

“可惜什么？”

“别怪我胡说。皇上要是早选上她，只怕有皇后之分啦！”

苏麻喇姑好半天没搭腔，后来也叹了一声：“唉，这些事，咱们为奴婢的哪里说得清。皇上已经废了一位皇后，还能再废一位吗？再说，太后、皇上不管怎么疼这位娘娘，也抹不去她那大缺欠呀！”

“啊？什么缺欠？”

“你不知道？这娘娘的额娘是个南蛮子！”

她们不知道，那蛮子额娘的女儿，此刻也正在谈论她们。

“陛下，这嬷嬷是你最早的一位嬷嬷？”

“是啊，我从小儿吃她的奶，八岁以前都是她陪着我睡，管着我的衣食住行。”

“可是陛下六岁就即位了呀？”

“不错。我还记得即位那一天，就是她抱我出宫的。”福临已用膳完毕，一手端着茶杯，随意坐在一张软垫椅上；一手揽过乌云珠的腰，把头轻轻靠在她胸前，愉快地回忆着，“那天天气特冷，内侍跪进貂裘，我看了看，便推开了……”

“为什么呢？”

“别着急，听我说嘛。御辇来了，嬷嬷想搂着我一同入座，我说：‘这不是你能坐的。’嬷嬷又惊又喜，把我抱上御辇，便在道边跪送。你瞧，她不是很懂事吗？进太和殿登了宝座，看殿内外密密麻麻的文武百官，我倒没有发慌，可是瞧见许多伯叔兄王都在殿前立候，叫我心里有些疑惑，我悄悄问身边的内大臣：‘一会儿诸位伯叔兄王来朝贺，我应当答礼，还是应当坐受？’内大臣说：‘不宜答礼。’后来钟鼓齐鸣，王公百官分班朝贺，我果真一动不动，端坐受礼……”

“圣天子自幼便有人君之度啊。”乌云珠笑着赞美，低下头把面颊贴在福临乌黑的头发上。

“不过，看伯叔王们偌大年纪，向我这六岁的人儿跪拜，心里又着实不忍。所以朝贺完毕，朕便起立，一定要让礼亲王代善伯先行，朕方肯升辇。记得代善伯白发苍苍，见我礼让，竟然落泪了……朕得承继大统，代善伯当居首功。”

“以妾妃度想，首功当归太后。”乌云珠和悦地说。

“那是自然。我是仅指宫外而言。”福临捏住乌云珠的一只小手，轻轻摩挲着。

“貂裘的事呢？陛下还没有说完。”

“哦，貂裘，”福临笑笑，“朝贺完毕，朕回宫后才对那进貂裘的内侍说：‘貂裘若是明黄里，朕自然愿着；那里子偏是红的，朕岂能穿它？’内侍连连叩头请罪，朕倒也不曾罪他。”

乌云珠笑道：“陛下六岁便如此敏慧，晓得上下尊卑贵贱，自是世间少见。方才邀妾妃同席，又作何解？”

福临哈哈地笑了：“此一时彼一时也。顺我心者，叫作顺天行道；逆我心者，我岂不另寻出路？不然，做皇帝也太少乐趣了！”

乌云珠正想回驳几句，养心殿首领太监领了几名太监前来送奏章，这些奏章都是奏事房和内院今天送到的。福临随手翻了翻，便把奏章堆在御案上，置之不顾。他心里恼恨这些奏章破坏了他们温馨而又宁谧的交谈。

乌云珠不安地望着那一摞奏章，说："这不都是朝廷机务吗？陛下怎么搁置不顾呢？"

"没关系。都是些循例旧事，让他们去办吧！今晚我们可以清清净净地共度良宵……"

乌云珠想了想，笑道："陛下，就算那些都是奉行成法的事情，安知其中没有需要因时更变，或因他故必须洞察内情的呢？陛下常说敬天法祖、勤政爱民，一身承担祖宗大业，就是疲倦困顿之时，也当勉力支持，何况今日如此悠闲。"

福临轻抚乌云珠的背，感慨地笑着说："你呀，真成了我宫中的谏臣了！……来，一同阅本。"

乌云珠连忙站正了躬身答道："妾妃闻妇无外事，岂敢干预国政。千万不可，陛下还是专心批本，妾妃陪伴始终。"

"就依你。"福临笑着说，坐在御案后的宝座上。

乌云珠叫宫女们端上两盏白纱笼的掐丝珐琅桌灯放在御案上，点亮两侧的四盏紫檀框梅花式立灯，加上屋顶吊着的几盏宫灯，东次间明亮得如同白昼。乌云珠又命宫女把她的绣花绷架放在御案一侧。宫女们悄悄侍立，福临专心批本，乌云珠则静静地在绷架上刺绣，寝宫一片宁静，只能听到蜡烛芯毕剥的炸响和镂空梅花熏炉内木炭清脆的燃烧声。

看到一本，福临几次提笔又放下，面露不忍之色。乌云珠放下绣针，站起身："什么事使陛下如此牵心？"

"是今年的秋决疏。其中十多人，只等朕报可，便要立即置于法。朕一时不忍下笔。"

乌云珠走近，对那秋决疏望了片刻，一行行黑字透露着死亡的气息。她脸上顿时升起悲哀的阴翳，皱眉道："这十多人并非陛下一一亲审，妾妃度陛下之心，即使亲审也未必全得真情，而所司官吏中有不少愚而无知的人，怎能保这十数人尽无冤抑？民命至重，死而不可复生。恳求陛下留意参稽，凡可矜宥者竭力保全。"乌云珠的声调有些哽咽，接着又补充一句，"妾妃以为，与其失入，宁可失出……"

临福默默点头，又看了一遍，提笔在几名死囚犯的姓名上写了“复谳”两个字，在另几个死囚犯的姓名上做了减等的记号，随后折了页码。

“陛下，那逃人窝主一抓就斩，不是也太……”乌云珠的话没有说下去，因为她看到福临怕冷似的缩缩肩膀，并紧紧皱起了浓眉。她连忙返身取过太后赐给的貂褂，给呆想着什么的福临披上。福临趁势抓住她温暖的小手，苦恼地看着她温柔的眼睛，低声说：“你还不知道我？我当然知道逃人法太严。可是……有什么办法呢？……我也是不得已啊！”

他猛然松开乌云珠的手，重新拿起笔，仿佛又要埋头批本。但是，他抑制不住因刚才乌云珠的提问而产生的烦乱和不安。乌云珠在他身边默默站了片刻，安慰地摸摸他无力地放在案边的左手，轻轻退下，转身去料理那两只三尺多高的青铜鎏金、镂空作梅花纹的四足熏炉，往熏炉里撒了两把沉香，并命宫女再给福临取来一只脚炉。

当福临终于合上最后一本奏章时，夜已深了。乌云珠小心地把绣针插在绣绷上，起身到西次间的小火炉上为福临端来一直炖在那儿的冰糖银耳。福临背着手踱来踱去，看着好似悠闲，乌云珠却能感到他神情上的不安。她把玉碗递给他，看看他的眼睛，轻声说：“还有事？”

福临接过碗，用匙子在碗里调了调，喝了一口，然后说：“前日召见安郡王，他说起顺天乡试考官受贿作弊，物议沸腾，寒士怨愤，一些饱学之士不肯应试，是否预见到科场弊端？我朝新立，此事尤其不能轻视。榜发已近一月，言官奏折竟无一人提及此事，怪不怪？”

乌云珠道：“顺天乡试一事，我也听说了，京里怕是已经传遍。满洲御史对科举一向生疏，未必体察内情；汉官多半心有疑虑，不敢贸然上疏。况且有关者多是汉人汉官，相互回护徇情也在所难免。”

福临皱眉道：“朕从来不分满汉，一体眷遇委任，尤喜接纳汉人文士，为何汉官总生枝节？”

“陛下若设身处地略加体味，此事此情实在不足为怪。得民心得士心，确非一日之功。科举本是得士心的大事，万不可掉以轻心。君臣如父子，陛下何不训诫臣下以为后戒？”

“这几日，我正想下一道训诫谕旨，又觉得不够分量。看来……”他停了停，连舀了几匙子，把一碗冰糖银耳吃下一大半，随后把玉碗往炕桌上一顿，主意定了，目光闪闪地说：

“明日，朕面召汉大臣及科道官。”

“明天就面召？”乌云珠口气中虽有点儿惊奇，但脸上的笑容和眼睛里的神采，分明表现出对年轻皇帝的赞赏和爱恋，“回宫吗？”

“不，就在南苑。”

南苑西行宫的大殿，虽没有太和殿、乾清宫的规模，却也十分宏伟庄严。宝座的设置同乾清宫的一样，很是辉煌。宝座边陈设着一对铜胎珐琅嵌料石的象托宝瓶——御名为“太平有象”，还有一对质量相同的甪端和仙鹤。宝座后有绣了日月星云的宝扇，宝座前御陛左右有四个香几，上面的三足鼎式香炉里焚着檀香，香烟缭绕，大殿气氛肃穆。

丹陛之下，光润似墨玉的金砖墁地，按照品级，跪着一排又一排的汉大臣。前排是举朝知名的内院大学士：秘书院大学士王永吉、成克巩，国史院大学士金之俊、傅以渐，弘文院大学士刘正宗。其次一排是九卿，其中有户部尚书孙廷铨、礼部尚书王崇简、吏部尚书卫周祚、左都御史魏裔介，后面还有各部院衙门的副职长官，如兵部侍郎杜立德、户部侍郎王弘祚等人。这里还有一批风华正茂、才堪大用的内院学士：李霨、王熙、冯溥、吴正治、黄机、宋德宜等。不过，人数最多的还是朝廷的言官：吏、户、礼、兵、刑、工六科给事中和十五道监察御史。他们品位不算高，在朝中却有很大影响。他们有负责稽察内外百司之官的职责，有直接向皇帝上书指陈政事得失并弹劾官吏的权力，不过，他们的职守，和所有官吏一样，也受着各种因素的制约，不能真正发挥作用。三年前，言官们此起彼伏地就逃人法的弊政上书言事，被议政王大臣会议全部否决，言官李呈祥、季开生、李裀、魏琯等人先后受到流徙处分，便是一个例证。今天皇上面召汉大臣训诫，主要的用意就是针对他们的。

大殿中，除了御前侍卫、当值内监以外，只有内国史院大学士额色赫、内秘书院大学士车克、内弘文院大学士巴哈纳和吏部尚书科尔坤几员满官，再就是侍立皇上左右的带刀领侍卫内大臣鳌拜和苏克萨哈了。他们都肃立丹陛，面对着上百名匍匐在地的汉官，虽然都是蟒袍补褂、朝靴朝珠，心情到底不同。

福临的声音响亮又缓慢，不似他平日的语调。大殿太高旷了，他的话声仿佛在空中震颤，引起嗡嗡的回声：

"……朕亲政以来，夙夜兢业，焦心劳思，每期光昭祖德，早底治平，克当天心，以康民物。乃疆域未靖，水旱频仍，吏治堕污，民生憔悴。朕自当内自修省，大小臣工亦宜协心尽职，共弭灾患。"

这一段话相当平和，皇上并未把责任全推给臣下，听上去还是亲切有理的。

"国家设督、抚、巡按，振纲立纪，剔弊发奸，将令互为监察。近来积习乃彼此容隐，凡所纠劾止于末员微官，岂称设职之意？嗣后有瞻顾徇私者，并坐其罪！"

指斥督、抚、巡按，为什么要说给这些不是督、抚、巡按的人听？

"制科取士，计吏荐贤，皆朝廷公典，岂可攀缘权势，无端亲暱，以至贿赂公行，径窦百出，钻营党附，相煽成风？大小臣工务必杜绝弊私，恪守职事，犯者论罪！"

训诫越来越接近问题的核心，跪听的臣子中已经有人在努力克制发寒热般的颤抖了。

"至于言官，为耳目之司。朕屡求直言，期遇綦切。乃每阅章奏，实心为国者少，比党徇私者多。嗣后，言官不得摭拾细事末员，务必将大贪大恶纠参，其涤肺肠以新政治！"

福临收住话头，不再发挥，用几句套话结束了他的训诫。百官们山呼万岁，再次叩拜，起立，按顺序站列殿前。

礼赞官正要宣布皇上起驾，言官行列中突然闪出一员官吏。此人身材瘦小，显得十分精干，他抢上几步，跪在丹陛之下，高高托着一沓本章，高声喊道：

“臣，刑科给事中任克溥，为顺天丁酉乡试科场大弊，有疏本上奏，请圣上过目。”

众官为之一惊，顺治不觉一喜。顷刻之间，任克溥的奏章已展示在御案之上了。

大殿里顿时寂静无声，所有的汉官都望着任克溥，耳朵却仔细听着宝座上的声息。有人惴惴不安，有人暗暗高兴，自然也有人无动于衷。但这一切都只能放在心里，若形于辞色便是失礼，将被当殿纠参处分。

福临看罢奏章，满面怒色，拍案而起，厉声道：“传旨：奏本内有名人犯，立即拿送吏部，着吏、刑二部会审！”

当各人犯一起押送到吏部衙门时，又一道圣旨下来：

“着内大臣苏克萨哈、鳌拜主持吏、刑二部会审！”

苏克萨哈是皇上宠信的近侍大臣，鳌拜在议政大臣中以果断能干著称。皇上派了这样两员大臣，足见对此案非常重视。吏、刑二部的尚书、侍郎，尤其是汉官，不得不格外小心，尽量缄口不言。

五

内院大学士兼吏部汉尚书王永吉在吏部大门下了轿，进了大门。宽阔的石板路直通大堂。他从大堂傍门进中院，过穿堂，一架紫藤盖满了小院，老干如蟒、盘曲而上，如今落叶已尽，繁密的藤干藤枝纠缠在架子上，仿佛许多绞在一起的灰蛇，很容易使人联想到官场上那复杂的、绞缠不清的明争暗斗。藤架的那一边有屋三楹，檐下额匾上有三个厚实凝重的大字：藤花厅。王永吉当然知道，这架紫藤是明初吏部尚书吴宽亲手种植，距今已将三百年。藤花厅，是吏部长官治事之所，平日是科尔坤的公事房。今天，王永吉心中有几分得意，他是来到藤花厅的唯一汉官。不多时，内大臣苏克萨哈、鳌拜和刑部尚书图海都到了。他们要商讨第二审的程序。

仆役送上热茶，便退下了。五位大臣各自安坐，上来就是一阵冷场。

按皇上谕命，李振邺、张我朴、蔡元禧、陆其贤、田耜、邬作霖、张汉、蒋文卓等十多人，全数被拿到吏部审问。由于他们身份不同，是按命官、中式举人和应试三起分审的。

第一轮会审过后，气氛很沉闷。因为上有内大臣坐镇，中有科尔坤、图海等满尚书主审，平日审案的汉尚书、侍郎如陪坐一般，唯唯诺诺，不出一语。满臣对科举一向不大了然，审不出个名堂。初审下来，什么也没弄清楚，怎么向皇上交代？

苏克萨哈玩着茶盏盖，漫不经心地笑笑，扫了众人一眼，说："我看，初审不中用啊！"他白白胖胖，容颜滋润，很得皇上欢心，事事顺遂，常常流露出几分心满意足。有时目光一闪，眉头一皱，会突然透出内藏的劲气，但那种情况很少。

鳌拜点点头，喝了一口茶。在内大臣中，他的地位不如苏克萨哈，虽然他比苏克萨哈年长，又军功卓著，但从来以下属自居，又一贯不爱说话。遇到这件主要和汉人打交道的案子，说不好汉话的鳌拜，就宁肯不作声。

图海为人深沉，凡事不动声色，这时却搔了搔刮得发青的鬓角，附和说："正是，似乎不得要领。"

科尔坤较为爽直，忍不住说："可不是！审案中这也说关节，那也说关节，这关节……到底是怎么回事呢？"

四名满官的目光集中到王永吉身上。

王永吉心里暗暗好笑，脸上也没忍得住。他本来就长得一副笑模样：团团脸，细眯眼，说话之前嘴角先就咧开了，唇上的胡髭也跟着向两边翘起。此刻，他得意地抚着颔下的长须，改变一下坐的姿势，拿出行家里手的架势，用流利的满语解释"关节"一词："所谓关节，就科场而言，是指考生与考官私下约定的暗号，据此暗号，考官可在千百卷中取出这名有关节的考生。自然，因钱因势或因其他缘故，考官就将关节卖给他的私人。至于关节本身，花样极多。譬如考生将自己姓名、籍贯嵌在文章中，或者造出一两个怪僻的字，甚而事先约好用一句古文、古诗，如此等等。纵然糊去考生姓名、籍贯，试卷另行誊抄，关节仍然可以上达考官。顺天乡试每一关节至少值三千两，高的可达万金。考生若想必中，则多买几位考官的关节，那就要花大价钱了。”

四名满官这才明白。科尔坤首先恨声说：“这些南蛮子，如此奸狡，真真可恨！”

苏克萨哈带笑不笑地说：“真亏他们想得出来！”

王永吉笑道：“自有科举以来，一概如此。所以贫寒之士，科场蹭蹬者，无不怨愤。”

科尔坤皱眉道：“这帮南蛮子刁滑无比，初审毫无头绪，二审怎么办？”

确实，三名考官李振邺、张我朴、蔡元禧和三名中式举人陆其贤、田耜、邬作霖都不认账；被任克溥在弹章中点为见证的吏科给事中陆贻吉，也只供说他是见到张汉、蒋文卓揭发科场作弊，信以为真，才向任克溥随意提到自己将具疏检举，并无实证；张汉和蒋文卓则一口咬定三名考官受贿，并指出受贿银两数，但又拿不出证据。

王永吉笑道：“列位大人对这帮汉人士子知之不深，不可被他们蒙骗过去。他们之所以口硬，实在是欺列位对科场不熟罢了。列位大人若肯依我，自能立见分晓！”

当王永吉出厅去时，图海说：“就依他的意思二审吧？”

苏克萨哈和鳌拜交换一下眼色，鳌拜皱着眉头说：“他若审清楚，我们不是反居下风了？”

图海冷冷一笑，说：“南蛮子审南蛮子，我们正可冷眼旁观，侧耳细听。”

苏克萨哈频频点头，科尔坤还伸了大拇指笑道：“好主意！”鳌拜最后也同意了。

二审的第一堂，便是李振邺与张汉的对质。

大堂正中坐着两位内大臣，科尔坤和图海在他们左右设座。王永吉的桌案设在他们四个人的左侧前方，旁边还有书记的位置。四人的右侧前方则是吏、刑两部的副职长官。大堂左右，丫丫叉叉地摆了各种刑具：大杖、中杖、夹具、皮鞭、铁链，等等，看上去自是一派阴森可怖的审讯气氛。吏部大堂向来不设刑具，二审开始后，王永吉说既是吏、刑会审，就应该摆出刑具来。

李振邺和张汉被押上大堂，看到和初审全然不同的布置，先就害怕得直哆嗦。可是两人一照面，竟都恨得咬牙切齿，忘记了恐惧。张汉恶狠狠地冷笑道："李振邺，你也有今天！"李振邺不答腔，"呸"地一口唾沫啐到张汉脸上。张汉跳将起来，被衙役按住了。

王永吉故意问："你二人是新怨呢，还是旧仇？怨仇如此之深，莫非曾经相识？"

张汉跪在堂下禀诉："回老大人的话，我与他相识三年有余，他的劣迹我无所不知。今科秋闱，他竟敢犯朝廷大法，学生不顾私情参揭此弊，为天下失意人吐气！"

"哦，你倒颇明礼义呀！"王永吉赞了一句，转向另一个，"李振邺，你认识张汉吗？"

"回大人，彼乃忘恩负义之狠毒小人！可叹我两榜进士、朝廷命官，竟不曾看穿他的蛇蝎心肠。"

张汉又要跳起来，被衙役再次按住。

"忘恩负义，此话怎讲？"王永吉故作惊讶。

"他当年孤身流浪京师，下官只因动了爱才之念，将他收容府中，为他谋得监生资格。见他孤贫可怜，又为他娶妻买宅。不想此人欲壑难填，见我被朝廷点为同考，便强要关节，以求一逞，被下官峻拒。在佑圣观，下官也曾当众教训他，此后全然绝交。他怀恨在心，便使出这般手段诬陷下官，大人明察秋毫……"

"你胡说八道，血口喷人！"张汉被李振邺那侃侃而谈、毫不在乎的神态激得火冒三丈，直跳起来，衙役还想按住，见王永吉在摇头示意，便罢了手。于是张汉指着李振邺跺脚大骂："你这个伪君子、假善人！卑劣至极，无耻之尤！"屈辱和羞怒一齐涌上心头，他不再顾什么脸面，也不再留任何后路，首先就出乎意料地喊出了他一向最不敢触及的丑事："什么爱才、收容，说得好听！他明明是诱我做他的男宠！……娶妻买宅，娶的是什么人？是他不要的小妾……嫁给了我，还要当他的外室！……我也是个人，是个读书种子啊！"他声泪俱下，滔滔不绝地把往事全部倒了出来。书记不停地笔录，掭墨的工夫都很短。王永吉得意地微笑着，不时瞟一眼满大人，因为他们一个个都听呆了。

张汉直说得大汗淋漓、声嘶力竭，那根剪了一半的辫子像一根秃尾巴，在背上晃来晃去。李振邺有些沉不住气了。不过想到交给粉儿的那纸关节已经毁掉，张汉并无实在证据，便又安了心。张汉话一落音，他就急急申辩道："全然是胡言乱语，蓄意诬陷！男宠也罢，外室也罢，都是人间游戏，况且你若不情愿，谁能用强？至于出卖关节，断无此事！"

王永吉这时才插进来问了一句："是啊，张监生，口说无凭，你能拿出证据来吗？"

张汉发疯似的"哧"地撕开棉袍，白生生的飞花满堂飘扬，撕碎的布条耷拉到了地面。他从胸口的棉花里抽出了一张纸，双手呈上。

王永吉一看，那是拼贴在一张硬纸片上的六七块揉皱的碎纸，上面字迹却很清楚。王永吉笑了，拿起硬纸片对准李振邺："李振邺，来认认，是不是你的笔迹？"

李振邺只扫了一眼，顿时脸色惨白，跪倒了。好半天，他才强自挣扎，用无力的声音申辩道："这毕竟没有成为事实，我……我终究没有让张汉中举……"

"那田耜呢？邬作霖呢？"张汉瞪着发狂的眼睛喊叫起来。

"田耜，邬作霖……"面对眼睛像两团炭火的张汉，李振邺第一次害怕，心虚了。他努力振作，翕动着嘴唇，用勉强能听到的声音说："谁能证明？……谁能证明？"

"那两笔五千两银子的过付人可以作证！"张汉尖声嘶叫着，说出了两个过付人的姓名。这沉重的致命一击，把李振邺完全打垮了，他双腿一软，瘫倒在地。

王永吉满意地微微笑了，扭头看看满大人的眼色，他们都对他点头。王永吉扬脸对衙役做个手势：把张汉带下去。

"李振邺，你还有什么说的？"

李振邺瞪着失神的眼睛，说不出话。

“如今你贪赃有据，而张我朴、蔡元禧秽迹无凭，看来这次北闱科场大弊定是你一手造成。你到底贿卖了多少关节，以至于士子怨愤、物议沸腾？不重惩你怕是无以谢天下了！”

“不，不！”李振邺突然高举双手，拚命摆动，仿佛一个溺水的人在垂死挣扎，“让我一个人承担罪责，不公平，不公平啊！……”

“还有别人通同作弊吗？”王永吉的话像是审问又像是提示。

“田耜、邬作霖的银子他们都来分润，各分去一千两……”

“他们，指何人？”

“张我朴、蔡元禧。再说，他们也各有私人。”

王永吉抓住时机，乘胜追击，立刻下令提张我朴、蔡元禧上堂对质。这一下子，初审时坚不可摧的堡垒立刻垮了。这三位同考官：大理寺左评事李振邺、大理寺右评事张我朴、国子监博士蔡元禧，在大堂上像疯狗一般互相乱咬。王永吉稳坐钓鱼船，只静静地每隔一会儿抛出一个新的问题，就把他们之间的隐私全暴露了出来。

这一堂审问结束了。四位满大臣重新回藤花厅时，王永吉拿着满、汉两种文字的笔录呈给两位内大臣。鳌拜只点点头，苏克萨哈笑道：“久闻王中堂才干过人，真是名不虚传！”

王永吉谦逊道：“不敢当不敢当！要论才干，原左都御史龚鼎孳比学生高过十倍，当初学生常受他指点。”

图海道：“中堂大人过谦了吧？”

“哪里哪里。”王永吉一个劲地嘿嘿直笑。

科尔坤道：“我看只要把过付人拿到，人证俱全，此事便可结案回奏了。”

王永吉摇摇手：“早哩早哩！此案所涉远不止这些人这些事。必须顺藤摸瓜，一网打尽。”

“哦？”鳌拜鹰眼闪亮，锐利地直射王永吉，“还有破绽？”

王永吉笑道：“正是。请看这几句话。”他翻开审讯笔录，指着这么几行字：

李振邺：我叫灵秀到你房中寻对时，你做什么来？

张我朴：我没见灵秀到我房中。

李振鄴：谎话！你又支他到我房中寻对！

审讯当时，满大臣被他们三人间的凶狠攻击所吸引，对这话并未注意。此刻科尔坤不解地问：“这不过是房官们闱中无聊，闹出点子争风吃醋，有什么破绽可抓？”

王永吉笑笑，说：“不然。这灵秀可是个要紧人物。”

苏克萨哈拖长声音问：“王中堂的意思是——”

王永吉不笑了，认真地说：“立即审问灵秀。”

科尔坤立刻站起来：“我这就着人去拿他。”

王永吉也急忙站起来，连连摇手：“千万不要惊吓了他，对此人，必须用软的……”

王永吉认为自己是聪明的：既为龚鼎孳说了好话，又没有露出龚鼎孳给他出谋划策的痕迹。这样，既能向龚鼎孳交代，又不至于显得自己没有才干。

审问灵秀的地点，是穿堂东侧的一间小厅。同春，也就是灵秀，走进来时，几位满大臣不觉互相看了一眼：这小厮真个美貌灵秀！幸亏王永吉对梨园戏曲兴趣不大，否则他会立时认出这是三年前驰名京师的伶童。同春不论是当优伶还是当书童，对这些高门贵户的厅院都很熟悉，礼节也懂，不过经官司牵进重案，还是第一次，所以心里还是有些发慌，进门便跪下了。

王永吉在桌案后稳稳坐着，说：“报上姓名、籍贯、年龄。”

“小的柳同春，顺天永平府人，今年十八岁。”

“你是监生张汉的家奴吗？”

“回大人，小的不是奴婢，是平民。受雇张汉家为长随书童，期限三年。”

“你为何又当了同考官李振鄴的亲随？”

“李大人与我家主人交好，入闱前借我去服侍他。”

“如今张汉揭举李振鄴纳贿贪赃，你可知情？”

“小的不知道。”

“你随同李振邺入闱，难道不知道他暗通关节的情事？”

“……回大人，小的不知。”

王永吉笑了，命亲随把椅子从桌案后搬到桌案一侧，他坐下后对柳同春道：“到这里来，跪近一些。”

同春不知所措，只好跪到王永吉膝前，心里直害怕。王永吉和颜悦色，用非常亲切的语调说：“听我讲，你不要害怕，找你来只是做个见证，没有别的意思。李振邺贪贿作弊是他的事，你跟他非亲非故，怎会连累到你呢？只要你说实话，不会难为你。”

同春低下头，默不作声。

“你看，如今你主人揭告李振邺，要的是实据和见证，否则张汉就要以诬告而反坐得罪，你难道见死不救？”

同春心里乱纷纷的。他有时恨张汉没志气，奴颜婢膝；可是为了功名利禄，天下的士子谁个干净？张汉受欺辱的境遇，张汉对同春的爱护，都使同春同情他。况且同春虽然自尊自重，却是个本分人，既做了张汉的书童，理当向着主人。李振邺呢？同春讨厌他甜腻腻的笑容，恨他卑污的企图，想到他那副下流的醉脸就恶心！可是，李振邺是官啊！

“听说张汉颇有才学。许多有才之士不能登榜，一辈子落魄，这实在不公啊！如今李振邺坚不吐实，可是已有数名过付人作证了。你在闱中难道没有发现蛛丝马迹？”

岂止是蛛丝马迹！同春手里握着他们要命的证据，不过当时他收藏这证据别有用途……

那天，各房考官都在阅卷，李振邺忽然交给同春一张纸，上面写着二十五个人名、籍贯，要他到张我朴房中试卷里去寻找查对。考官们各有私人，而本房试卷有限，都得派亲信到各房翻找，揭开糊上的名字看了以后再封上。同春知道这是作弊，但他不能违拗，果然查出了一大半。张我朴见此情景，也写了一纸人名，托同春到李振邺房中寻对，也找出不少。事后，李、张两人都忙于应酬门生，忘记了这两片纸。

同春把这纸片留下了。他要用来防身。李振邺多次纠缠他，都被他摆脱了。如果他还不罢休，进一步逼到头上来，同春便打算用这张纸威胁他，叫他乖乖地滚蛋。同春只想以此保护自己，不懂得要挟对方获取好处，所以一直藏着纸片，不露一点痕迹。张我朴的纸片完全是顺便一道留下来的……

可是……同春怯生生地偷眼看看王永吉，小声问："那李大人、张大人若坐实了贪贿，会杀头吗?"

王永吉摇头："不至于。但必得革职，永不叙用!"

"革职……那是他们活该!"同春下了决心，解开上袄，从贴身里衣口袋里拿出了那两张纸，说明了它们的来历。这是李振邺、张我朴的亲笔，可说是铁证如山了。

王永吉眉飞色舞。满大人虽然说不好汉话，却听得明白，一起把目光投向王永吉和他手中的两张纸。王永吉得意地点着字纸说："看看，这头一名果然就是陆其贤！……哦，这里还有许巨源……啊?!"他脸色陡然一变，目瞪口呆，双手哆嗦起来。图海见状，立刻走过来从他手中拿过纸片，细细看了一遍，皱皱眉头，眼睛透出笑意，随即对衙役一挥手，示意带走同春。他目送同春被带出小厅后，才转向王永吉：

"王中堂，这关节中第五名，高邮王树德，与足下有什么瓜葛吗?"

苏克萨哈、鳌拜、科尔坤听到这一问，都凑到图海身边，仔细观看他手中的纸片。王永吉脸色灰白，一刹那就蔫得像秋霜打过的衰草。听得图海问话，他强打精神地说："……那是舍侄，不想他如此不肖！……兄弟我……向诸大人告回避。翌日将上疏自劾，陈请处分……"他说着，竭力做出一副愤慨的样子，但撑了不多时，自觉无趣，叹了口气，垂着头，慢慢出去了。

苏克萨哈对鳌拜使了个眼色，忍不住哈哈大笑；科尔坤骂了一句："狡诈的南蛮子!"也跟着放声大笑；图海一边笑一边摇头；极少发笑的鳌拜，竟也在唇边露出了笑意。

张汉和同春被拿不过三天，乔柏年已换了三次住处。科场案被揭发，牵连的人又多，乔柏年自然要特别谨慎。只是他这人胆子大、爱冒险，总想知道案子的结果，不舍得立刻离开京师，还想看看动静。

十月二十七日，他去游鹫峰古寺，信步走到西单牌楼，很快就发现自己在逆着人流行进。今天街上的人特别多，扶老携幼，骑马乘轿，都兴致勃勃地往南走。乔柏年一把拽住一个走得飞快的小厮，小厮急得跳脚、喊叫，却一点脱不开身：

“你这人，干吗？去晚了就占不着好地儿啦！”

乔柏年笑着，并不放手：“急急忙忙的，干什么去？”

小厮挣扎着，恨恨地说：“看杀头！”

“啊，杀谁？”乔柏年一惊，松了手，小厮撒腿跑了。

一向行刑都在午时三刻，现在太阳还在东天。这小厮真是爱热闹！乔柏年摇头笑笑，背了手，迈着四方步，也改了方向，慢慢顺着宣武门内大街向南走去。行人越来越密了。

眼前一座茶楼。乔柏年觉得口渴，反正时间还早，便跨了进去。门边一群长衫秀才围着茶桌又叫又笑，像疯了似的。一位士子高举茶碗，大声说：“考官认权不认人，知钱不知文章，屈杀多少名士！天网恢恢，天道好还！”

“天下寒士今日扬眉吐气！”另一个也举杯大喝一声。

“以茶当酒，浮一大白！”第三个喊声震动屋梁。

“干！”十几个秀才轰然响应，高举十几只茶碗、茶杯，“砰”地一撞，碰碎了好几只杯、碗，瓷片、茶水飞溅，众人哄然大笑，痛快的笑声把小小茶楼几乎抬了起来。

乔柏年不喝茶了，拔脚就往宣武门跑。但凡行刑杀人，宣武门口都要贴告示。莫非科场案结了？他脚下生风，竟赶上了几位服饰华丽、骑着高头大马的满洲贵公子。他不由得又放慢了脚步，因为这几位贵公子也在议论。他们年不过二十岁，说的却是漂亮的京话：

“……任克溥十六日上疏，吏部、刑部十八日拿人，二十六就结案上报，今儿个便行刑，真个干净利落！”

“这一回是天威震怒。说是不加严惩，将失天下士人之心。吏、刑两部的折子一上去，皇上立时就批下来了！”

“这些南蛮子，给脸不要脸。仗咱们满洲的余惠才当了官，不好好儿给咱们干事，饶得了他？”

“汉官没个好东西。杀吧，杀个干净，我才称心！”

“真格儿的，我家老子今儿约了帮老兄弟，喝酒庆贺呢！”

“我们家也是。都一样儿！……”

乔柏年不再听他们说笑，加快步速赶到宣武门。高大的门洞一侧果然贴着告示。除了吏、刑二部宣布行刑的事由以外，上面还有皇上批下的谕旨，盖着鲜红的御印。很多人在围看，又有兵勇把守，乔柏年不敢硬挤，只听有人在朗声宣读：

“……贪赃枉法，屡有严谕禁止，科场为取士大典，关系最重，况辇毂重地，系各省观瞻，岂可恣意贪墨行私！所审受贿、用贿、过付种种情实，目无三尺，若不重加惩处，何以警戒来兹？李振邺、张我朴、蔡元禧、陆贻吉、项绍芳、举人田耜、邬作霖，俱着立斩，家产籍没，父母兄弟妻子俱流徙尚阳堡……”

乔柏年没听完，转身走向菜市口，他一定要看看这次行刑。一个声音在心里幸灾乐祸地喊着：

“叫你们再给鞑子卖命！这回可得了上好的报应！……”

太阳升到中天。声声大锣和长管、觱篥呜呜咽咽的长鸣从内城传来。宣武门外街道两旁人山人海，直铺到菜市口。松鹤年堂前的大场子上，早就聚集了数万名看热闹的京师人，他们一会儿互相大声传告着“来了，来了！”骚动片刻，一会儿又伸长脖子向北张望，耐着性子等候。

监斩官骑着马，在简单的四杖四旗二扇一伞的仪仗导从下，缓缓地过来了；接着是穿红色外衣、手持大砍刀的刽子手行刑队；最后，便是由众多兵勇押送的七辆囚车。观看的人群顿时一阵哄乱，你拥我挤，指手画脚，乱嚷乱叫，分辨着谁是李振邺、张我朴，谁是倒霉的陆贻吉。

“为什么说陆贻吉倒霉哩？”乔柏年不解地问身边那个像是什么都知道的人。

“他呀，没落几个钱，只当个过付，以知情不举一同正法。”

“那个中式举人陆其贤呢？”

“他聪明，不必挨这菜市口一刀，落个身首异处。他在监里服毒自杀了。”

监斩官已经坐在桌案后的椅子上，桌案上笔砚俱全，放着行刑公文。因时间未到，他正襟危坐，纹丝不动。七名人犯一字排开跪在案前三丈远处，每人身边由两名兵勇把臂，身后刽子手挺刀待命。

正午的阳光晒得热烘烘的，刽子手赤裸的肩臂和脑瓜顶都沁着油汗，闪闪发亮。菜市口的喧闹渐渐平息了。按照惯例，如果朝廷有特赦，就该在这个时候送来。今天会不会有特赦圣旨？看那位张我朴挺着腰、直着脖子的强硬表情，或许有什么门路？

人群的海洋突然起了骚动。引起这阵骚动的并不是特赦使者，而是一个浑身缟素的女子。她头上银白首饰，身上白罗衫、白罗裙，一双小脚穿着白绣鞋，袅袅婷婷，一手掩着嘴低声哭泣，一手挎一只蒙着白布的竹篮，一直走到李振邺面前。乔柏年看得一清二楚，惊讶地张大了嘴：这是张汉的老婆粉儿！她是为张汉赎罪，还是为还旧情？……看哪，她跪在李振邺面前了！

李振邺在昏沉中听到有女子喊他，慢慢睁开双目，竟触到粉儿的一双哀怜的泪眼。他很意外，反倒清醒了，苦笑一声：“你来做什么？”

粉儿不回答，只管低头从篮里拿出水酒泡饭、几样菜肴，点燃了一尊香炉里的线香。这是法场生祭，监斩官和刽子手都不能干涉的礼节。囚犯七人，只有李振邺一个获得这样的“礼遇”。李振邺感慨地说：“想我李振邺，亲朋好友遍京师满天下，临死之日，唯有一个被我遗弃的女子为我送行，天哪！……粉儿，你难道不恨我？”

“恨！就因为恨你，我才把你的所有内情都告诉了张汉，原想要你吃点苦头，不料竟……你恨我吧？”

李振邺悲哀地摇摇头：“事到如今，还有什么可说的呢？我是自作自受……你来看我出丑？”

“不。就是有千般仇恨万种怨毒，你这一死也都抵消了。一夜夫妻还有百日恩呢，何况……”粉儿别转头，让泪珠滚下去。

李振邺仰天长叹：“啊！粉儿能够如此，李振邺虽死何憾！……

来，酒！”

粉儿隔着香炉和袅袅青烟，对李振邺三拜三叩，然后端起酒水饭，用匙子喂他饭，用筷子给他夹菜。李振邺大口大口地吃着，不停地喊：“酒！酒！酒！”

李振邺吃完饭菜，粉儿把那一碗泡饭的烈酒凑到他唇边，像喝白水似的，他咕嘟咕嘟喝了个碗底朝天。他笑道：“粉儿，多谢你，让我醉梦归天！”顷刻之间，他醺然大醉，眼看就要瘫倒。这时，长管铜角响了：行刑时刻到！

粉儿惊叫一声，掩面逃进了人丛。张我朴连喊带骂的声音突然响了起来：

“你们这些朝中大臣！我忍死不肯牵连你们，你们但凡有点心肝，总该为我请求一道赦书。你们装聋作哑，天地不容！我死也不饶你们！”两个兵勇揪住他，狠狠打他耳光，并把口衔勒入他的嘴中，他再也出声不得。他带着满腔愤恨，立眉竖目，但是一下子他就被推倒了，刽子手举起了大刀……

七人正法之后的第二天，他们的家资被抄没，老幼家属被逮系狱中，定案后将流徙尚阳堡。

随后，缇骑四出，提拿有关各犯五十余人，尽是贿买关节的应试士子，不久，这些人的家属也先后入狱。

接着，和这些士子有关的汉官被拿问。再后来，以风闻不举而失职的科道官也进了监狱。法网越拉越大，落网的汉官越来越多。当朝廷下令顺天丁酉科复试之后，各地应参加复试的新举人，像囚徒一样，被府、县衙门拘捕锁项，押送起解至京。这个时候，朝署半空，囹圄尽满。镇抚司前，茶馆、酒馆、饭铺纷纷开张，热闹繁盛超过前门。同这种景况形成鲜明对照的，是汉官士子震恐万分，惶惶不可终日，真不知这一科场大狱，什么时候才能了结？

主管此案的，还是那两名内大臣、两名满尚书。他们岂肯轻轻饶过那些奸狡的南蛮子？

第五章

一

退朝之后，福临按照惯例去向太后问安。才出隆宗门，他再也按捺不住心里的兴奋和狂喜，望着慈宁门，大叫一声“额娘！”撒腿就跑，像十四五岁的男孩子那样无所顾忌，弄得平日亦步亦趋地跟在他身后的那一大堆侍从内监，也只得捧着金盂、金杯、金盆等御用物品跟着一块儿跑。他们哪里追得上福临，还没有到慈宁门，便跑得气喘吁吁了。

跑到慈宁门，福临遥遥望见殿前月台上几盆菊花间露出母亲的青玉钿子，便又大喊道：“额娘！”他飞跑着进了宫门。太后抬起头，惊讶地耸起了细眉。她身边的宫女、内监们一个个张大了嘴，这太不可思议了：天下至尊、万民之主，竟这样不顾威仪地跑了起来！

然而，更令人意外的事情发生了，狂跑的福临跨过门槛时绊了一下，猛地摔进门里四五尺远，趴在地上。所有的人都“哎呀”一声，吓呆了，近在咫尺的守门太监甚至一时都没想到该去扶一扶皇上。

眨眼工夫，福临跳起身来，仍然兴高采烈，跑下石阶，穿过汉白玉铺砌的御道，一直冲到母亲身边：

“额娘！大好事，孙可望降啦！”

“什么？”庄太后瞪大了眼睛，似乎有些不相信。

“孙可望跟李定国火并，孙可望跑出云南，投降了！”

“啊！佛爷保佑。”庄太后深长地出了口气，双手合掌，两眼望天。

“这一下，朱由榔的内情，云贵的山川形势就可了如指掌，兵力布置也将成局在胸！我要立命洪承畴率军进击，我要再委一位抚远大将军率军入征云南！”他一面说，一面兴奋地挥着双手，在太后面前走来走去，一会儿转身一会儿扬头，狂喜地张开双臂，大声喊道，“这是上天助我，一展怀抱，成就天下一统大业，开万世昌明之基！”

“皇儿，你不愧是太宗、太祖的儿孙，成就这一番事业……”

“额娘，儿的心胸何止于此！儿要上越明祖、汉武，做一代有为之君！”

“好，好！”太后仔细地望着儿子闪亮的目光，红彤彤的面孔，心里既感慨又激动，一时说不出别的，便笑道，“看你，袍子都擦破了。手摔坏没有？”

福临伸出手，掌心在沁血，笑道：“额娘宫里太干净了，儿摔了这么一跤，手上也没有沾灰。”

太后托着福临的手，用雪白的绸巾轻轻沾去点点血迹，轻声说：“洪承畴经略军事四年之久，终于见了成效。”

福临眉飞色舞地说：“母后，孩儿这些年要是听了议政王大臣和皇兄、皇弟们的议论，把洪承畴罢免革职，焉能有今天？儿所以力排众议，始终重用他，实在是深知其才干见识，决不会无故屯兵四年之久。他暗中联络永历朝文武，终于拆掉了他们的一根大木梁。额娘，儿可以算得上知人善任的了。”

太后笑道：“不要这样得意哟！……远征云南，皇儿想拜谁为大将军？”

“济度春天才班师，不宜再出。岳乐如何？”

太后抚摸着一朵金黄色的龙爪菊，摇摇头：“岳乐博见有才，留在朝中事事可助你一臂之力。不如派多尼……”

“多尼？”福临心里打了个磕绊。信郡王多尼是豫亲王多铎的长子，多铎则是多尔衮的同胞弟。派他出征，福临不能不斟酌。他望着眼前一片绚烂夺目的秋菊，暗自沉吟。

太后看着儿子，轻缓地说：“如汪洋大海，包容万方，才是人君的度量。多尼因嫡母刘三秀的调教，在宗室中也如岳乐一般，从不跟你作梗，为什么不加任用呢？”

“多尼的骑射倒也罢了，可看不出他有什么过人的智谋。”

“那都在其次。多尼征云南，不过是代天子巡狩，以天子之威临滇而已。至于征战机宜，总领全局有洪承畴，攻伐阵战有吴三桂、尚可喜、耿仲明，八旗之师尽可督战……皇儿要明白，汉家天下千余年，养就了无数人才，这是我们满人万万不及的。满洲不但要善学，更要以汉制汉，才是上策。”

“母后明见万里，儿遵命，不日即拜多尼为定南大将军。”福临目光灼灼，非常精神。

“好！”庄太后看着儿子英姿勃勃的样子，心里很觉安慰，一股温存的母亲的柔情油然而生，但她立刻收敛了，转了话题，“皇儿，随我到东庑去走走。”

“额娘又为儿预备下好吃的了？”

“不是好吃的，是好看的。”

母子俩边走边说，心情振奋而又愉快。但一踏上东庑的长廊，太后就向福临做了个手势，要他不出声，要他放轻脚步，她自己首先就轻手轻脚、小心翼翼地做着样子。福临觉得很有趣，又很奇怪：皇帝和皇太后需要对谁这般小心周到？除非神佛！……走不多时，便听见苏麻喇姑用满语在缓慢地、有腔有调地说话。太后朝福临摆摆手，两人在门外站定。苏麻喇姑的声音更清楚了：

“……长白山上的天池，跟海一样，清亮亮绿莹莹，水上浮着一个鲜红鲜红的果子，那还不照眼哇？库伦仙女在天上也没见过这么美这么香的果子。她游到跟前，张嘴就把红果吞了下去。过了十个月，仙女生了个大胖小子，他就是咱们满洲的祖先布库里雍顺……”

“我知道我知道！”一个娇嫩的童声口齿伶俐地抢着说，“我还会唱呢！”他立刻高声地唱起了《布尔湖》：

布尔湖，明如镜；库里山，秀列云屏。
风来千顷秀，雨过数峰青。萃扶舆淑气是天地钟灵。
有天女兮降生池畔，吞朱果兮玉质晶莹，珍符吻合爰生圣……

歌唱的声音纯正嘹亮，节奏准确，还有一股孩子的热情。唱罢，他说："我父皇出巡，乐工奏的就是《布尔湖》。将来我长大了骑马出巡，也要他们奏《布尔湖》!"

门外，福临惊异地低声问母亲："是谁?"

太后笑笑，也压低声音说："我做主，把你的三个儿子都送来慈宁宫养育，让我也享享做祖母的福。"

福临笑道："但凭额娘。"

"苏麻喇姑如今天天领着二阿哥三阿哥，欢喜得了不得……"

"那四阿哥呢?"福临忙问。

太后看他一眼，笑了："知道你最爱四阿哥，哪能不格外经心?专拨一排偏殿养育他，你放心好啦！真是个偏心眼儿的爹!"

福临在母亲面前有些难为情，强词夺理地说："额娘就不疼四阿哥?"

太后笑道："疼，疼，是孙子都疼！四阿哥长得真好，玉琢粉妆似的小人儿，一双水灵灵的大眼睛就像他娘。连三阿哥都很喜爱他，每天晚上不去看看他，就不肯睡觉。何况我这当祖母的呢!"

"苏麻喇姑，"屋里孩子的声音又响了，"再给我讲讲脚下七星的故事!"

"都讲过十遍了!"

"不行，还要讲，还要讲!"

"唉，好吧好吧。别往身上缠，规规矩矩地坐正，像个好皇子的样儿，我再给你讲……"她讲的是老哈王①脚下有七颗形如北斗的红痣，被当作有天子气的异人，好不容易逃脱了明朝的追捕，后来终于成就帝业的故事。

外面游廊上，庄太后笑着对福临说："听见没有？三阿哥跟你一个样，从小就喜欢听这个故事。"

"四阿哥长大了，也会这样……怎么听不到二阿哥说话?"福临

---

① 东北民间称努尔哈赤为"老哈王"。

说着，同母亲一起推门进去。

苏麻喇姑赶忙站起向母子俩请安。三阿哥扬着两只小手扑向太后怀中："皇阿奶!"随后又懂事地向福临跪了说："三阿哥叩见皇阿玛!"

这么个小小的还没有桌子高的人儿，长了一副惹人喜爱的机灵相，偏偏学着大人做出煞有介事的样子，不由人不笑。太后忍不住把他抱起来，在他细嫩的脸蛋上亲了一下，说："皇阿玛刚才问，二阿哥呢?"

三阿哥搂住奶奶的脖子，凑在奶奶的耳朵边，眼睛转向次间的乌木座榻，小手指头贴在脸边指着，小声说："哥哥在那边，——你可不要骂他，啊?——他又睡觉了……"

顺着三阿哥的指示，太后和福临看见二阿哥四肢摊开，仰八叉地躺在座榻上，睡得正香。福临不觉皱了皱眉头。只听三阿哥快活地说：

"皇阿奶，你不是也给我讲过脚下七星的故事吗?我也有脚下七星!"

"你?"庄太后又惊又笑地问。

"是啊!不信你看!"

三阿哥从奶奶怀里挣脱下地，一屁股坐在厚厚的地毯上，利落地脱掉小靴子、小布袜子，把两只胖胖的小脚丫举得高高的，兴高采烈地说："看我的七星!"

太后和福临母子俩惊异地瞪大了眼睛：三阿哥雪白的脚掌心，一左一右，果然各有七颗血点般的、排成北斗形状的痣，像一串红亮的珠子。两人几乎同时蹲下身子，一人捏了一只小脚丫，仔细地看着，用手指抹了抹，才发现那只是用胭脂点的假痣。苏麻喇姑在一旁嚷起来："哎呀，我说你拿我的胭脂做什么，原来……"

太后和皇上啼笑皆非。福临故意皱着眉头说："真捣乱!小小年纪，玩的什么花头!"

三阿哥瞪大了眼睛，说："皇阿玛，我不是皇子吗?脚下有七星，不是王就是帝，我怎么能没有呢?"他很可笑地皱了皱眉头，学着大人深思熟虑的样子，光着脚丫、背着小手在地毯上踱了几步，仰起头，神色很是认真地说：

“长大了，我要学父皇，当天下之主！”

福临非常高兴，一把搂过孩子，夸奖说：“好孩子！才四岁年纪，便有这般志向，不愧我们爱新觉罗氏的子孙！”可是，他一接触到孩子那双极像母亲的眼睛，立刻就败了兴头，眉梢一耸，放开了三阿哥，沉声问道：

“两个阿哥汉话、汉文学得怎么样了？”

苏麻喇姑连忙回答说：“四十个奶娘嬷嬷里，一多半是汉人，两位阿哥汉话都说得好。就是嬷嬷们不识字，没人敢教阿哥汉文。”

福临寻思片刻，说：“母后，要请几位饱学宿儒来教导他们才好。”

太后点点头。又问：“四阿哥那儿，再去看看？”

三阿哥跳着脚，尖声地叫起来：“我也去！我也去！”

四阿哥实在太可爱了。这六个多月的婴孩，十分健康活泼。他被裹在白绒小袍子里，脸色如花蕾似的红润娇嫩，大大的眼睛犹如深夜的天空，漆黑漆黑的，闪烁着星光。他见有人进门，便从乳母怀里探出身来，张着两只小手，嘴里咿咿呀呀地叫着，两脚不停地踢动。

三阿哥跑得飞快，冲到跟前，搂住小弟弟，乳母只好蹲下身迁就这小哥儿俩。三阿哥对着四阿哥恳求道：“好小弟，你叫我哥哥呀，叫阿哥，阿——哥——……”

四阿哥闪动着机灵的大眼睛，望着三阿哥笑，张开没牙的红润润的小嘴，用力发音：“阿——哥——”

一双大手猛地把四阿哥抱了起来，三阿哥抬头看，皇阿玛已把四阿哥紧紧搂在怀里，反复亲他的脸蛋和脖子。福临的髭须撩得孩子不舒服，他哼哼唧唧地要哭。太后一把夺了过来，抱在怀里温存地抚慰着，并埋怨地瞪了福临一眼。福临笑了笑，不作声。冷不防，三阿哥天真地问道：

“皇阿玛为什么亲小四弟，不亲我呢？”

福临发窘了，看了母亲一眼，正遇上母亲那嘲笑的目光，不觉脸上微微一热。不过他很快就找到借口："四阿哥还小，你可是男子汉大丈夫了！"

"真的？我是男子汉大丈夫？"三阿哥高兴得不知怎么才好，立刻挺胸凹肚，满脸放光，得意非凡，"那我能射箭跑马了？"

"对，对，明年你就可以上马了……"福临连忙允诺，心里一动，急匆匆地看了母亲一眼，对三阿哥说，"我来问你，父皇百年之后，如果小四弟即位当了皇帝，你怎么办？"

三阿哥脱口而出："我做亲王大将军，辅佐小四弟！……"他想了一想，忽然问，"我有脚下七星啊，为什么不能做皇帝呢？"

毫无掩饰的孩子的话，勾起太后和皇上母子俩的多少心事，两人互相望着，一时竟无话可说了。后来，太后换了个话题："皇儿正值青春，子息不旺。后宫佳丽难道尽不入眼？专房之宠太过，六宫妃嫔哪能不生怨望？多子多福、多子多助，帝王家尤其如此啊！"

"是。"福临恭恭敬敬地躬身静听，神色极为孝顺。

然而，当晚召来养心殿寝宫的，仍然是四阿哥的生母，他最宠爱的董鄂妃。

今天的折子不多，时交二更，福临便已批完。他伸臂直腰打个舒展，手还没放下，董鄂妃已端着一杯热茶从东次间走出来，送到皇上手边。

福临笑着看她一眼："你在那边做什么来着？怎么就算得这样准，正好送了茶来？"

乌云珠笑笑，说："我先在刺绣，后来习字。"其实，刺绣和习字都是幌子，她的全部心思都在皇上身上。

"我今儿也还没临帖呢，看看你的字去！"福临兴致勃勃，端着茶盏，搂着乌云珠的肩膀，一同走到东次间。一张长长的八仙桌上，十几张洁白的高丽进贡的雪浪纸上，墨迹淋漓，尽是乌云珠临帖所写的隶书。福临一张张拿起来看，看一张赞一声，最后说："不想近日你隶书也写得这么好了，真是家学渊博，所谓碎玉壶之冰，烂瑶台之月，婉然芳树，穆若清风啊！"

“陛下竟拿钟公赞卫夫人书法的名句称赞妾妃，实在不敢当！妾妃无卫夫人之才，陛下草书却在钟公之上……”

福临哈哈地笑了：“多蒙才女之女奖许了！不过，今天我要考考你这才女的诗才！”他焕然生彩的目光扫视周围，掠过富丽华贵的西洋金钟、嵌珠镶宝的玉如意、珊瑚玛瑙盆景、水晶宝石屏风、金碧闪彩的孔雀宝扇、精雕细刻着龙飞凤舞的紫檀木剔空隔断，最后，停留在南窗最上角的茜纱槅上。从那里看出去，宫殿殿角的飞檐一侧、蓝黑色的深不可测的天空中，挂了一弯淡金色的月牙儿。“有了！就以新月为题！”福临笑着对乌云珠点头。

乌云珠笑道：“不限韵？”

“那不便宜了你！限十一尤。”

“好，幸尔不是窄韵！”

“给你这才女，窄韵也嫌宽！限钩、楼、头、秋四个字吧！”

“有奖罚吗？”

“自然有。做得好，我这一双白玉镇纸就归你；若是做得不好……”他看了看嫣然含笑的那双眼睛，忍不住附在她耳边轻声说了几句。乌云珠的粉面立刻飞起一片红霞，瞥了福临一眼，扭过了身子。她端起茶盏，用碗盖拨开水面上漂浮的茶叶，喝了两口；随后又打开吐籽石榴式食盒，拣了一块松仁酥饺，递给福临。福临没有用手接，只张了嘴等她把点心送进口中后，轻轻咬住了她的手指。

“呀，陛下，你还这么淘气，为君为父之人哟！”乌云珠半嗔半笑地说。

“为君是对万民。为父是对小辈。在你这里，只不过为丈夫罢了。”福临笑着，一手揽着乌云珠的纤腰，一手拿筷子夹了一块香蕈喂给乌云珠，然后说，“你不要以为拿一只酥饺便能贿赂我这考官，快快做诗！”

“妾妃哪能有七步之才？陛下也不是正牌的考官。”

“谁说不是？天下的进士，都是朕的门生。顺天丁酉乡试作了弊，朕将亲自复试。若不精通四书五经，敢揽这样的大事？你呀，怕是分娩之后文思迟滞，要考不出来了！”

“陛下真以为妾妃做不出来吗?”乌云珠扬了扬黑得发亮的秀眉,转身望着窗外新月,有声有韵地轻轻吟着,像一首柔情绵绵的短歌:“云际纤纤月一钩,清光未夜挂南楼;宛如待字闺中女,知有团圈在后头……”

“好!”福临鼓掌大喊,“真所谓情深意切,不枉了才女之号!这位待字闺中的女儿,可是你?……好了,白玉镇纸归你!”乌云珠刚伸手去接,福临却又缩回手去:“慢着慢着,我看那边还有一首诗呢!”他指着八仙桌上那张精妙的绣幅。

那是一幅绣在白色锦缎上的墨竹,挺拔潇洒于山石苍苔之中。通常题诗处空着,但下款日期却已绣好,那正是今年夏天福临往塞外狩猎的时候。

乌云珠道:“妾妃确有新诗一首,想请御笔亲题。”

“我写上以后,你再绣出来,是吗?”福临很觉有趣,立刻坐到桌边,提笔掭墨,“快快念来!”

乌云珠并不转身,依然凝视着窗外新月,缓缓念道:“此去唯宜早早还,休教重起望夫山;君看湘水祠前竹,岂是男儿泪染斑?”

福临运笔疾书,几乎不能抑制心头的激动,飞快地钩完最后一笔,把羊毫往笔架上一搁,几个大步跨到乌云珠身边,双手扳着她的肩膀,轻喊了一声:“乌云珠!”乌云珠转身,跌入他的怀抱。她温柔地歪头靠在福临胸前,悄声细语地说:“我绣这幅诗竹,为的是一旦我离陛下而去,要它同我一起入葬。有你的手迹陪伴,九泉之下我也心安了。”

“乌云珠……”福临语声哽咽,把乌云珠紧紧贴在自己的心窝上,一股激情在胸中冲荡。他突然放开乌云珠,冲回桌边,从笔架上拔下一管最大的云中鹤斑竹管大提笔,铺开雪浪纸,饱蘸浓墨,飞笔纵横,写下了一副对联:

大白狂浮客舞剑,
小红低唱我吹箫。

紧接后面，如流水般写了一段跋："上联是英雄气，下联是儿女情。人之所以为人也。"写罢，将笔用力一掷，扔出一丈多远，直摔到正间地上，留下一串墨迹。他只觉心头一股豪气，痛快异常，扬头望着乌云珠："如何？"

乌云珠笑道："确是巧对，不过……"

"不过什么？"

"对常人而言，此联摹写性情，尽够了；对陛下，则不免小巧浅淡。"

福临很有兴趣，故作庄重地说："请道其详。"

"对陛下而言之英雄气，当有包藏宇宙、吞吐天地之气概，横槊赋诗、投鞭断流略可方比一二……"

"那么儿女情呢？"福临眼睛熠熠生光，追问道。

乌云珠笑道："陛下，我不过怕你过于儿女情重。我想再续一句话。"

"是吗？续来我听。"

"陛下之跋云：'上联是英雄气，下联是儿女情，人之所以为人也。'妾妃续接一句：'用得其中为圣道。'陛下以为……"

福临畅快地哈哈大笑："续得好，续得好！'用得其中为圣道'！画龙点睛啊……乌云珠，有了你，朕于儿女情一无所憾。后宫有你在，朕不挂牵内事，正可专意综理天下，大展朕的抱负！"他用力搂住乌云珠的肩膀，炯炯目光，仿佛透过镶金饰玉的文窗、穿过富丽雄伟的宫墙，凝望着苍茫无极的南方大地，激动地说："多尼不日便要领大将军印南征。一旦收复云贵，寰内一统，且看我大展雄图，除旧布新！愿朕在有生之年，治得国泰民丰、四海归心，成就汉武、唐宗一般的大业，让万民重见尧舜之天地！"他的设想，他的计划，他的决心，如激流涌出，滔滔不绝，兴奋、慷慨，神采飞扬。乌云珠被他深深感染了，脸儿红扑扑，眼睛亮闪闪，侧着脸目不转睛地着迷似的凝望着他。福临完全沉醉在自己的雄心壮志之中，他用力捏住乌云珠的手，说：

"你看，朕能办得到吗？"

"乌云珠得遇陛下，三生有幸。陛下资质之美，旷古少有，自四龄以来，苦读诗书，习尧舜文武之道，不就是为了成就一番大业吗？乌云珠愿为陛下马前卒！"她的目光亮如天边的启明星，胸脯起伏，口中微微喘气。她的心中，鼓荡着热腾腾的激浪。她把今天作为一个特殊的日子铭刻在生命的历程上，以前，她爱皇上胜于爱福临；今后，她爱福临超过爱皇上……

"啊！你真是我的知己！"福临盯着乌云珠的眼睛，非常感慨地轻轻叹了一声。

乌云珠一下克制不住，猛然搂住福临，在他面颊两边用力地亲了好几下。福临被这突如其来的动作弄得微微一愣：文静温柔的乌云珠从来不曾这样！他大声笑着搂住乌云珠的腰，飞快地就地转了好几圈。他的心里像雨后蓝天上升起一道彩虹，纯净、开朗，莹澈无瑕。此刻，他的心头沸腾着如火的激情，灵动的目光立刻停在百宝橱中，取出他的紫竹笛，神采焕发地说：

"乌云珠，我们……我和你，真是太美满了！"

他拿竹笛凑上嘴唇，嘹亮的笛声飞腾而起，带着欢乐，带着柔情，带着一颗火热的跳动着的心，飞出寝宫，飞出养心殿，飞上星光灿烂的夜空，散落到金碧辉煌的六宫……

坤宁宫里灯烛辉煌，几名主位娘娘正陪着皇后说话，热腾腾的奶茶使她们谈兴倍增，讲起当年太祖、太宗皇帝在关外时的武功，讲起科尔沁部落的丰功伟绩，一个个如数家珍，无比兴奋，显示出草原女子的豪爽气概。在座的四位娘娘，三位是科尔沁博尔济吉特家的格格：皇后和她的妹妹淑惠妃，以及她们姐妹俩的姑姑谨贵人。谨贵人同已废的皇后一同进宫，她俩是堂姐妹，皇后被废为静妃，谨贵人也就一直得不到升位，不能成为一宫之主而居住在景仁宫。除了三位博尔济吉特氏，第四位娘娘便是景仁宫主位、康妃佟氏。

悠扬的笛声透进帘栊，热闹的谈笑倏然停止，坤宁宫里一时竟悄然无声，任凭那行云流水般的美妙声音在殿梁间缭绕。明亮的灯光透过精美的宫灯的红纱、玉佩和流苏，流泻而下，把四位年轻美貌的娘娘笼罩在一重淡淡红雾之中，犹如蓬莱仙姝。但她们都竭力避开彼此的目光，害怕泄露心头的苦痛。

笛声终于停了，但静默持续着。康妃低头不语；皇后端起奶茶无声地抿了一口；谨贵人看看皇后，两人的目光一碰，各自慌忙闪开。谁来打破僵局呢？

淑惠妃年龄最小，今年不到十七岁，跟姐姐入宫时还是个小孩子，非常疼爱她的姐姐，早就为身为正宫皇后的姐姐受冷遇而愤愤不平。刚才她一直嘟着嘴摆弄手绢，见大家都不吭声，忍不住了，冲口而出：

“又是承乾宫的主儿在养心殿，不然皇上会品笛？”

皇后像没听出妹妹的不满口气，平和地说：“皇上的笛子吹得越发好了。”

淑惠妃看了谨贵人一眼，“嗐”了一声。谨贵人皱皱眉头，说：“我也就罢了，左不过一辈子当贵人居冷宫，一辈子见不着皇上的面儿，谁叫我命不好，跟静妃一道入宫呢！可你是皇后哇！淑惠娘娘年轻美貌，佟娘娘还养了阿哥，都有位分的，怎么也咽得下这口气！”

淑惠妃撇撇她那花瓣似的鲜红的小嘴：“别忘了，人家是皇贵妃，只比皇后低半肩，比咱们都高贵！”说罢，她又看看姐姐，可是皇后的面色平静得令人失望。

康妃低声说：“四阿哥更金贵，皇太子想必是四阿哥了……”她声音越来越轻，消失在含糊的似有若无的叹息中。

谨贵人恶意地扬扬刚硬的黑眉，讥笑地说：“哼，四阿哥！谁知道这四阿哥是谁的种？”

皇后瞪了谨贵人一眼，喝道：“不许胡说！”论亲谊，皇后是谨贵人的侄女，论家法，谨贵人低皇后五级，尊卑悬殊，所以谨贵人立刻闭了嘴，低头不语了。皇后继续说：“皇贵妃颖慧过人，贞静循礼，生性孝敬，谦和宽仁，宫中上下都很喜欢她，皇太后更像待亲女一样疼爱她。虽然受皇上宠爱，她并不曾恃宠干政，说不上失德……”她有点说不下去了。

淑惠妃嘴快，立刻说：“可是人家都说，皇上渐习汉俗，亲近汉臣，随意更改祖宗旧制，都是因为她在皇上身边的过！”

“谁说的?”皇后眉头微皱，掉头看看妹妹。

“大贵妃和康惠太妃都这么说！”

皇后摇摇头，叹了口气，说：“大贵妃因襄亲王过世，自然不喜欢皇贵妃……”

“可她也真是半个南蛮子呀！”谨贵人憋不住，大声接过话头，并且站了起来，“这谁不知道?她不就是凭了她那南蛮子狐媚气儿，什么湿（诗）咧干咧，什么琴咧画咧，哄得太后、皇上拿她当心肝儿宝贝儿！……要是再立四阿哥当太子，我的皇后娘娘，你这正宫还能住几天！”

淑惠妃急忙打断她：“瞎扯什么！废过一个皇后了，还能再废第二个?皇太后不管怎么疼她，终究是咱们博尔济吉特家的人！”

谨贵人愤愤地说：“要是立四阿哥做太子，我就气不过！咱们满洲的天下，怎么能让半个南蛮子女人的儿子去坐?皇家的血统不就给糟污了?算算现今后宫的主位娘娘，就甭说太后跟皇后了，淑惠娘娘、恭妃娘娘、端妃娘娘、静妃，加上大贵妃、康惠太妃，再加上太祖皇上的寿康太妃，不都是咱们博尔济吉特家的吗?任谁养一个阿哥，也比四阿哥高贵啊！偏偏肚子都这么不争气！”

皇后看看闷头不响的康妃，责备道：“看你说到哪儿去了！”

谨贵人连忙把手搭在康妃肩上，心直口快地说：“康妃娘娘，你别吃心，你们佟佳氏好歹都是咱们旗人。我宁愿三阿哥做皇太子，也比四阿哥强十倍！”

康妃起立，脸上一无表情，谦恭地说：“夜已深了，让皇后早点歇息。谨贵人，我们回去吧！”

淑惠妃也告辞了，临行时她压低嗓门急切地对皇后说：“姐姐，你要快生一个阿哥才好！如果抢在立太子之前，那么立嫡不立庶，四阿哥就当不成太子，你的皇后任谁也夺不成了！”

皇后端庄地说：“你快走吧，不要这么胡言乱语！”

可是，当宫女们铺好锦缎被褥，放下绣着丹凤朝阳的床帐，坤宁宫内一片寂静时，皇后却用美丽的荷花鸳鸯锦被蒙住头，哀伤地哭泣了。此刻她用不着强使自己摆出皇后的派头，她也不再是富贵烜赫的万民之母，她只是一个孤寂凄凉的、时时担心着自己命运的可怜的女人……

二

十一月望日，是大朝之期。照例，从太和殿到大清门陈设法驾卤簿，殿前有丹陛大乐，午门上钟鸣鼓响，王公、文武百官及外国使臣跪拜进贺表，再入殿向皇上朝拜跪叩，接受皇上赐茶后再叩拜，然后奏中和韶乐，皇上退朝，王公、百官等依次退出，大朝典礼告成。为了表示朝廷的威仪，每月应有一次大朝。但是顺治帝为了勤于政事，也为了戒除百官的慵懒疲塌，励精图治，竟定为一月六朝，文武百官都得从四更起直忙到太阳出。年老的大臣就不得不勉力而为了。

天子年轻有为，并不因大朝而取消当日的内朝听政。于是各部院大臣由侍卫传旨宣召，经内右、内左两门，进日精门、月华门，鱼贯而入，直达乾清宫。各门前和御道、长廊上，隔不数步便有带刀侍卫肃立，气氛很是森严。大臣们毕恭毕敬，小心翼翼，目不斜视，眼前只可看到前一位同僚的朝褂下摆和朝靴。

大臣行列中的内国史院学士王崇简，今年不过五十六岁，一向心广体胖，像个笑眯眯的弥勒佛。此刻他却心神不定，眼前一片模糊，前面朝褂摆动，朝靴起落，在他眼中像木偶的动作一样呆板。他尽力想摆出平静如常的神情，但惴惴不安的心绪使他胸脯起伏，呼吸失常。他在苦苦思索，他方才说那话时，在场的有谁呢？

……大学士金之俊肯定听到了，他不是还抬袖拭了拭眼睛吗？钦天监正汤若望也听到了，他当即轻轻叹了一口气，在胸前画了一个十字。和金之俊在一起的傅以渐呢？他仿佛没有听到，不仅眉毛不曾动一动，连眼珠也没有动。可怕的是正前方离他不远的那三个人：内大臣苏克萨哈、鳌拜和揭发丁酉科场大案的刑科给事中任克溥……

他记得，自己抬袖抹泪时，苏克萨哈惊异地看他一眼，便侧脸向任克溥问话，想必是要任克溥证实。任克溥低头举目，责怪地看看王崇简，无可奈何地点点头。于是，两位内大臣的目光一起射向王崇简父子，鳌拜的鹰眼里透露着威胁，苏克萨哈不怀好意地露齿一笑……唉，当时我怎么就那么情不自禁呢？……会不会招来大祸？正赶上科场大案的气候，汉官人人自危，我父子可别……王崇简越想心越慌，可是有什么办法！大错已经铸成，只能硬着头皮进乾清宫，听天由命了！

王崇简随众叩拜后，立在内院学士一班官员中。他略一抬眼，触到儿子王熙的目光，只有他能看出，这位内弘文院学士内心也很紧张。

河南巡抚正在跪奏，响亮的声音在乾清宫正殿中回响："河南嵩山采得奇草灵芝，乃国家祥瑞之征兆，实是天子圣明所致，特进贺表及灵芝……"说着，把身边那个精致的木匣和匣上的红封贺表高举过头，等着内侍来接。

高高的宝座上，顺治略一沉吟，朗声道："政教修明，时和年丰，人民乐业，方为祥瑞。你为封疆大吏，巡抚一方，当敬天勤政，惠养元元。芝草何奇，安可用此？去吧！"

河南巡抚连忙叩头谢恩，哈着腰倒退着回班，站定以后，才用马蹄袖拭了拭额上的冷汗。

随后，各部院堂官先后面奏政事常务，殿内气氛才变得和缓了些，王崇简父子对视一下，两人的表情都轻松了许多。

不料轮到六科呈事启奏时，顺治忽然把给事中阴应节召到御座边说："你参劾江南科场的折子，朕已看过。详细面奏。"

阴应节立刻跪奏："南闱之弊比之顺天乡试有过之而无不及。主考方犹、钱开宗弊窦多端，物议沸腾，其彰著者，如取中之举人方章钺，系少詹事方拱乾第五子，与方犹联宗有素，乘机滋弊，冒滥贤书，求皇上立赐提究严讯。"

顺治又问："尤侗的《万金记》，可是近日所作？"

阴应节回奏："江南士人都说是为此而作。方字去一点为万，钱字去边旁为金，正指南闱二主考之姓氏。"

尤侗是江南有名的才子，高才不第，愤懑难平，便写了这出杂剧，描写主考万白、金云，极尽行贿通贿之能事，录取的三鼎甲贾斯文、程不识、魏无知，也被刻画得穷形尽相。此剧嬉笑怒骂皆成文章，刚刚开始在江南流传。皇上这么快就知道了？

阴应节继续奏道："北闱弊端一揭，人心大快；南闱大弊不发，无以服士子之心。两主考方犹、钱开宗撤棘归里时，道过毗陵、金阊，士子成群追舟唾骂，甚至投砖掷瓦，其激愤之情可见一斑。且江南为文人渊薮，尤需慎重……"

顺治身着朝冠朝服，绣金龙袍和花纹复杂的山海日月团龙褂同金光闪闪的雕龙御座非常相称，他那年轻的面容因头戴三重宝石的皇冠而显得格外威严庄重。他微皱眉头，平稳地说："天下一统，岂有南北之分？南闱弊端早有风闻，经尔题参面奏，朕愈可洞悉其奸。方犹、钱开宗陛辞离京之日，朕曾面谕遴选真才，竟敢罔上坏法，殊属可恶！"他说着，声音提高了，怒容也出现了。他让内监递下阴应节的奏本，转向御前大臣和当值大学士："传朕旨意：方犹、钱开宗并同考官俱著革职，中式举人方章钺由刑部差员役速拿来京，严行详审。此本内所参情事及闱中一切弊窦，著江南总督郎廷佐速行严查明白，将人犯拿解刑部。方拱乾著明白回奏！"

御座边的奏对，并不是殿中文武官员们都能听清，但这一道圣旨由御前大臣在殿前一宣布，宛如殿脚下发出一次地震，气氛骤然紧张，汉官禁不住心里打鼓、脚下发软，眼看一团裹着闪电暴雷的乌云，又逼到了头顶！

北闱大案至今不过半月，在朝汉官多半有所牵连，一个个心惊胆战，寝食不安。李振邺、张我朴等七人之死，镇住了一大批文人。就是与科场案无关的汉官，也转瞬间矮了三尺，本来就受制于无知无识的满大人，如今就更不得抬头了。谁想雪上加霜，又来了个江南科场案！这下又要有多少汉官陷进去？看看内大臣索尼、苏克萨哈、鳌拜等人的神色吧，看看简亲王济度、巽亲王常阿岱他们的冷笑吧，难道真要把汉臣一网打尽？

王崇简、王熙父子，被眼前严重的局面压得喘不过气来。年过半百的父亲，竟然变了脸色，连嘴唇都战抖了。一年前，皇上亲临内院时，召见了王熙，夸奖他这位日讲官讲得好。那时，王崇简已是内国史院学士了，皇上便当即加恩，擢王熙为内弘文院学士。王熙感激谢恩时，皇上笑道："父子同官，古今罕见。因你才德兼备，特加此恩。"于是王崇简父子同官，一时传为美谈。父子俩也就更加尽心竭力、勤于供职了。像他们这样受到特知的汉官，为什么也这样害怕呢?

各部院启奏公事完毕，人们正想松口气，却又出了一件爆炸性的事情。按照惯例，在朝会结束前，负责纠察朝会秩序、百官仪容礼节的纠仪给事中、纠仪御史要向皇上纠参失仪官员，即使没有，也要例行报告。于是，当日的纠仪给事中之一任克溥出位跪奏：

"纠仪给事中任克溥禀奏：今日大朝之前，西班文武百官与外国使臣进贞度门就位时，内国史院学士王崇简，见朝鲜使臣竟垂头而泣，大失朝仪，求皇上处置。"

苏克萨哈正在御前，立刻大声奏道："任克溥纠仪启奏不实，左袒王崇简父子，求皇上明察!"

顺治道："奏详情来。"

鳌拜出班，有条不紊地奏道："禀皇上，此事奴才亲见。西班进贞度门后刚刚就位，外国使臣便从西班前经过。朝鲜使臣头着冠帽，两侧戴貂皮耳掩。王崇简神色惨然，指着朝鲜使臣对其子王熙道：'此乃明朝旧制也!'说罢便垂头哭泣，王熙也闷闷不乐，面有悲色。奴才以为这不是失仪小事！王崇简父子受大清重恩、皇上特知，心里却念念不忘故明，分明有叛逆形迹。"

王崇简、王熙父子立刻出班跪倒了。

顺治面带怒容："王崇简、王熙，有何驳辩?"

王熙抢着回禀："禀皇上，小臣无辩。只是罪在小臣，不该向臣父问起。求皇上定小臣之罪，饶恕臣父。"

王崇简回禀："启奏皇上，臣无辩。一时情不自禁，唯请处分。"

内大臣索尼出班启奏："禀皇上，据奴才所知，当事人并不止王崇简父子。大学士金之俊、傅以渐都在场。傅以渐不制止、不举发，金之俊竟陪同下泪，居心叵测。钦天监监正汤若望也通同叹息。求皇上一并处置。"

满殿的汉官，一看殿前跪下谢罪的几位汉大臣，不是地位最高的大学士，就是受皇上特知的近臣，一个个都觉得大祸临头、在劫难逃。连侍卫内监们也吓呆了。大家都在等待着天威震怒。乾清宫中，鸦雀无声。

顺治明亮的眼睛静静地从左到右扫过一遍，竟不做任何表示，一抬手，说道："起去!"接着便站了起来，这表示要"退朝、回宫"了。王公大臣文武百官只得跪倒送驾。

皇上回宫去了，各官依次退出。被参的王崇简父子、金之俊、傅以渐、汤若望、任克溥等人，便都打点着上本自劾请罪。

福临回到养心殿，时间已过辰正，御前侍卫立刻传上早膳。今天大朝和内朝相连，他早就饿了。他把一碗略带紫色的老米饭就着燕窝鸡翅火熏片香蕈汤吃下去，才放慢了进膳的速度，有心好好品尝一下几道初进上的南菜，这是江南总督郎廷佐特地送来宫中的扬州名厨役做的，可是刚才乾清宫中发生的事情，总像走马灯似的在他眼前晃动，弄得他心绪不宁，仿佛失落了什么东西，却想不起来是什么。

福临放下五福捧寿铜胎珐琅饭碗，看了一眼那一品盛在银碟里的折叠奶皮，侍候太监连忙把它挪到皇上跟前。这时，养心殿当值首领太监领了四名小太监，各捧一个长二尺、宽一尺五的银方盘，顺序跪到皇上身边。福临扯过胸前白绸绣龙怀挡擦擦嘴，侧身对四个银盘看了一眼，微微一愣：银盘里的粉牌全摆满了，这可是多年不曾有过的事儿！平日递呈的膳牌顶多两盘。这是为什么?

福临再仔细看看，不禁皱起了眉头：银盘里泛出一片红色，那里的牌子差不多都是红头牌!

这是皇上的规矩：凡遇到值班奏事引见的日子，如果文武臣僚请求引见或需要奏事，必须在皇上用膳时递呈牌子。宗室王公贝勒用红头牌；文职副都御史以上、武职副都统以上用绿头牌；来京的外官，文职按察使以上、武职副都统总兵以上，用一般粉牌。牌上缮写姓名、籍贯、家世、入仕年岁、考绩功勋，等等。

福临顺手在银盘里翻了翻，个别几张绿头牌也是议政大臣和部院堂官，竟然没有一名汉官求见奏事。他联想起内朝时的情景，心里更不痛快了。

一起又一起的王公贵族、满洲大臣恭恭敬敬地进殿又出殿。最后一起才叫到安郡王岳乐。

岳乐叩拜后，福临赐座赐茶。岳乐接过茶盏在毡垫上坐定，抬头看看皇上：福临面露倦色，眼睛里透出无法掩饰的厌烦。岳乐体谅皇上的心情，也知道年轻的皇上最后才召见他的用意。作为国家的尊贵的王爷，或是作为宗室皇亲，他们俩交往并不密切，但是一遇政事上的坎坷和国策是非的争论，他们却暗自彼此引为知己，感受到对方的有力支持。至于爱好南蛮子悠久灿烂的文化，他们更是因有同好而情感相通了。所以他俩谈话最少客套，别人听来也许莫名其妙，但他们自己全懂。囿于皇上的尊严和王爷的身份，他们不得不维持那种不即不离的奇怪关系。不然，他们可以继伯牙、子期和管仲、鲍叔牙而成为生死之交的。

“皇上，他们都来了?”岳乐微笑着，恭敬地问。

“可不是!”福临憋了半天的闷气，仿佛一下子找到了出路，滔滔不绝地说了起来，“就跟事先约好了似的，今儿个都上朕这儿表忠来了！之后，骂一顿南蛮子，谏一通仰法太祖、太宗；更有甚者，竟然求朕恩准往山东、江南圈地，恩准严逃人之法……这是怎么了？满洲大臣、宗室皇亲也要结党营私不成?”

岳乐注视着皇上，沉静地回答道：“依我看，借仰法太祖、太宗为辞，求官求利为实。当年太祖皇帝在辽东颇恨汉族读书士人，见了就杀。太宗皇帝却反其道而行之，重用范文程、宁完我，招降洪承畴，重用孔、耿、尚等降将，方有甲申入关之壮举!”

“正是。历来治理天下并无成法，旧制必须日有更张。就以圈地而论，国初人民逃亡，土地荒芜，东来将士无以为生，圈地牧放耕作，原无不可。如今百姓安居多年，再行圈占，势必搅扰民间，举国不安。唉，这些人眼光短浅心胸狭窄，只看到鼻尖上的小利，不知顾大局、识大体；明明没有治理百姓的学问，又不肯多读书史，国家政事怎能完全仰仗他们？……汉臣呢？才具见识确实高出满臣，但竭忠效力又远远不及。难啊!”

“皇上，”岳乐忽然郑重其事地说，“就汉臣而言，思明者便为不忠，不思明者便为忠吗？”

福临一愣，闪烁的目光看定了岳乐，十分专注，轻声道：“皇兄，请说下去。”

“皇上，今日膳牌尽是红头，端倪已现。朝中满臣见机而起，排挤汉臣，近因是早上内朝，远因是顺天科场案。皇上需要心里有数。”

福临脸颊微微泛红，说：“朝廷连岁开科，选举人才，正为识拔汉族之秀民。考官贿买关节，大干法纪，不用严刑峻法，何以平天下寒士怨恨？”

“皇上明睿，远见万里。科场之弊诚然可恶，理应严明法纪，时加匡正。但凡汲引人才，自古以来，从无以斧钺刑杖随其后的道理。铨选之政纵然堪称清平，但能免贿赂，不能免人情；科举亦然，无可讳言。如今屡兴大狱，正法流徙，治罪甚于大逆，是不是有些过分了？”

福临扬扬黑眉，想说什么，又竭力忍住，面色越加红了。岳乐不是没有看到，也知道年轻皇帝脾气极大，但他还是不顾一切地说下去：“皇上不见今早内朝时的气氛？汉臣人人自危，个个失态。顺天科场案，满臣借机扩大事态，株连极广，已使汉臣缄口寒心，如今南闱弊端又发，若不妥为处置，势必蔓延全国，关系至巨。皇上，你要权衡轻重啊！”

“那么，皇兄高见？”

“科场案处置宜轻不宜重！”

“什么？”福临一拍桌子站立起来，闪着怒火的眼睛盯住岳乐，他无法忍受这样直截了当地违逆自己心意的奏对。

“皇上，恕奴才直言，”岳乐不为所动，侃侃而论，“信郡王不日南征，平定云贵。一统大业，眼见成功。洪经略、吴平西等人均在前敌，各省督抚提镇也以汉军旗汉人居多。戎马倥偬，国家根基尚未大定，一切要政，宜宽宜厚。请皇上明鉴。”

福临咬住嘴唇，刚刚升起的怒火刹那间消散了。一统大业，对他来说，是光华灿灿的闪烁在头顶的瑰宝！他沉思片刻，忽然微微笑了，凑近岳乐，压低声音，意外地说起了别的："皇兄，另有一件要事劳皇兄办理。有见于眼下情势，此事不得不格外周密……"

他们的语声越来越细，最后皇上和王爷一同笑了，还互相递着眼色，仿佛两个配合默契、通同作弊的童生。

福临走出养心门，抬头看看，太阳已渐近中天。时序虽已仲冬，正午却还晴朗和暖。他信步去慈宁宫向太后请安。这虽是每天必行的礼节，他并不以为繁琐，如果他有一天没有见到母亲，反而会若有所失，很不自在。

未到慈宁门，吴良辅便来禀告说太后到慈宁花园延寿堂去了，并出主意由揽胜门进园，让太后感到意外的喜悦。揽胜门是侧门，太后当然想不到皇帝会走侧门。福临对此很开心，到了揽胜门前，他又灵机一动，让众多的随从停在门口。进园后，他蹑手蹑脚，尽力躲在树干花丛背后，悄悄地鹤行鹭伏，全然没有个皇帝的体统。

延寿堂前的丁香、海棠、榆叶梅最盛，现在落叶已尽，但密密的枝条足以遮掩福临。当他听到母亲的声音，便隐身在一丛丁香后面，透过横斜的枝蔓，寻找母亲的身影。

正午的阳光明亮辉煌，延寿堂前的廊子被晒得暖洋洋的，庄太后坐在一张扶手圈椅上，长长的头发披散着，乌黑油亮，几乎垂到地面，仿佛披了一张浓厚的黑纱。董鄂妃手拿象骨梳，满面笑容，不时蹲下、立起，认真地为婆婆通头、梳理，并听着婆婆慈蔼而平静地说着话儿："……这种野鸡常在草中，人马一过便惊飞起来，但飞不多远，更不能翻山，力气一尽便从空中跌下，扑到草丛里，再没有别的能耐了，只把脑袋藏进草窝，看不到人便以为人也看不到它，这时候你就只管拾吧，一只只都是活的呢！"

"母后什么时候带我们去见识见识？现在正是冬狩的好时候，看孩儿给母后拾它十几只大肥松鸡！"董鄂妃一面笑着说，一面把太后的头发挽成髻垂在脑后，用一支点了水钻的金凤簪轻轻簪住。

"你昨天送来的野鸡味道就很鲜，大约是在松柏林里猎来的。只有吃松仁、柏籽的野鸡，才有这种美味。”

“母后真是博识！那些野鸡的确是儿臣幼弟从西山松林坡猎到的……母后看看，儿臣手艺可好？”董鄂妃拿了一面西洋大圆镜请太后照看，太后满意地笑道：“看什么呀，你做的事儿还有错嘛！”

娘儿俩正在说笑，两个小孩儿身着小箭袍，脚踏小皮靴，各人手中提着小弓，腰悬小箭壶、小宝剑、小佩刀，丁零当啷，滴里嘟噜，径直跑近太后、皇贵妃身边，一起嚷道：

“皇阿奶，皇额娘！我们都射中了！”

他们是皇二子、皇三子，一个五岁，一个四岁，像所有的小男孩一样，天真烂漫，活泼可爱，跑得一头大汗，雄赳赳气昂昂的样儿，使太后、皇贵妃笑逐颜开。庄太后笑着揽过两个娃娃：“射几箭？中几箭？”

三阿哥只是笑，二阿哥老老实实地说：“我没有三弟射得好。我五箭中了二箭，三弟五箭中了三箭。”

董鄂妃笑道：“都好，都好！练到十岁，就都能百发百中了！瞧这个，额娘赏你们的好箭法！”她解下襟上两个嵌银丝绣花荷包，两个娃娃欢呼着朝她扑过去。她把荷包一人一个地系在他俩的襟扣上。

太后笑道：“你的荷包本来就是六宫第一，这一对怕是最精巧的了。给这小哥儿俩，可惜了。”

董鄂妃笑道：“母后快别取笑儿臣啦！两个荷包值什么！阿哥们是大清的储君，骑射又是祖宗起家的本领。儿臣再愚笨，在这事上还有什么舍不得！……哟，瞧这哥儿俩一头汗，罩褂也没穿，看着凉！保姆呢？保姆！”

保姆应声而至，跪在阶前。董鄂妃从保姆手中接过小罩褂、小皮帽，亲自给两个阿哥穿戴好，又扯下襟边的手绢，细心地给小哥儿俩擦汗。庄太后心下感叹，眯眼望着忙碌的董鄂妃暗暗点头。随后，她也拿出两个梅花形的小金锞子赏给孙子，说：“把这装进荷包里压包吧！记住你们皇额娘的话，可要当先祖先皇的好子孙！”

别说庄太后心里感到宽慰舒坦，就是这边悄悄站在树丛中的福临，心头也是热烘烘的。所以当他出人意料地突然出现在婆媳俩和孩子们面前时，一点儿也没有平日必须摆出来的威严和矜持。

董鄂妃连忙站起，想领两个阿哥回慈宁宫。太后笑道："让保姆领他们回去吧，你再坐会儿。皇儿又不是生人，你还怕他吃了你不成？"

庄太后很少开玩笑，今天不知是心绪特别好，还是因为别的什么原因。福临觉得很愉快，董鄂妃却瞟了福临一眼，悄悄地红了脸。

按照常例，福临总是把当日朝中大事向母后讲述一遍，太后也总是静静地听，很少插话。此刻，站在旁边的董鄂妃形同虚设，大气也不出了。

福临讲罢，太后又按惯例频频点头，说："皇儿御宇多年，处事得当。总之敬天法祖、勤政爱民，能使江山永固、四海安宁便好。"她转向董鄂妃，"你说呢？"

董鄂妃欠身道："母后，儿臣身处内宫，只预内事。国家政务，非儿臣可以过问。"

太后含笑点头，又对福临说："从谏如流，乃古贤君之德。皇儿要时时记取，免致错误……"她沉吟片刻，终于说，"安郡王岳乐为国效力年久，颇有见地，多有建树，如今开国诸王均已谢世，岳乐也该进位亲王了吧？"

福临心中一喜，明白了太后是和他站在一起的！他连忙说："母后明见，儿早有此意！"

"好。"太后笑着，慈祥的目光抚慰着儿子，"午后，你该到坤宁宫去了吧？"

"额娘，"福临习以为常，笑嘻嘻地说，"午后，儿还要去瀛台，办理一些重要政务。"

"母后，"董鄂妃垂着头，红着脸低声说，"平日皇上午后总是读书、习字、射箭，并不理政的。"

"谁说的？"福临扭头瞪了董鄂妃一眼，又回头笑着对母亲说，"儿已传旨，召王崇简父子和金之俊、傅以渐、汤玛法等人进宫了。"

太后非常注意地看着儿子的眼睛，似乎有些惊异，随后便宽慰地笑了，向后靠着椅背，道："你果真越发长进了，我也就放心了……

那么，从瀛台回来就去吧。”她轻轻叹了口气，说：“皇儿，你不要忘了，你毕竟是皇帝，不是寻常人家的丈夫、儿子和爹爹……”

“是。”福临连忙笑眯眯地回答，“儿子一定尊太后懿命，从瀛台回来就去坤宁宫。”

可是，董鄂妃将福临送出延寿堂时，福临凑近她，用只有她能听到的声音，威胁地说：“你竟敢讨厌朕，把朕往外推！听着，今晚朕到你的承乾宫去！你等着，看朕不把你吃了！哼！”

乌云珠正想反驳几句，福临已头都不回地大步走开了。她被撇在那儿进退两难，委屈得几乎想要哭出来。要做名垂青史的贤妃，并不是一件容易的事啊！这时如果她回头向延寿堂望一眼，就会看到庄太后正凝望着这一对小夫妻的背影，摇头叹息呢！太后的心情，不也是很复杂的吗？

王崇简父子接到进宫的谕旨，联想到早朝发生的事，不由得变了脸色，但传旨太监似乎又没有恶意。两人满心狐疑，坐着官轿，竟被引到西苑门，在门前，与同时奉召的金之俊、傅以渐、汤若望、李霨、伊桑阿等人会齐。这里除了汤若望，都是内院学士、大学士；除了伊桑阿是满洲正黄旗人，其他都是汉官；汉官中除了李霨，都跟早朝被劾事件有关。大家面面相觑，心里七上八下，不知此来何为，也就没有心思交谈了。

几名召引太监带路，一行人进了西苑门，沿着初结薄冰的太液池南行，过一座雕栏玉砌的石堤，高高的翔鸾阁便赫然在目。瀛台上黄、绿两色琉璃瓦的建筑群犹如仙山琼楼，在苍郁如绿云的松柏的簇拥中闪闪发光。他们没有上阁，向东一拐，从牣鱼亭和镜光亭之间，踏上一条鹅卵石铺就的小路，小路掩映在太湖石间、松柏树下。走在这条小路上，如在深山，非常寂静，只有风吹树动和他们的脚步声交织着，伴随他们在山石间迂行。

他们被引到一扇小绿门前，像王崇简这样的胖子，一次只能进一个人。门两边高墙壁立，墙头露出高高的屋脊和两棵巨大的青桐。这是什么意思？会不会是一处囚禁所？

惊疑不定之际，门开了，一股梅花的清香扑面而来，他们迎着这缕花香走进深幽的小院，举目一望，太湖石砌山叠嶂，湖石间几株老梅疏枝横斜，红白相间，开萼吐芳。北边三间通屋，檐下一匾：随安室；南边三间通屋，檐下一匾：桐荫书屋。他们谁也不曾到过这里，今天来到此处是福还是祸？太监们知礼地退到门前和檐下。几个人你看我，我看你，站在院里发愣。

“万岁爷驾到！”从连接涵元殿、添韵楼的那道顺山势而下的长廊里，传来这么响亮的一声，几名年轻太监前导，顺治皇帝出现在桐荫书屋西侧连接长廊的小门前。他头戴红绒结顶冠，身穿石青色暗团龙织锦袍，外罩貂皮明黄面如意端罩，腰束黄绸绉搭包，脚下粉底皂靴。这一身家常打扮，加上他和蔼的神色，使这些待罪的臣子们放下了心，立刻跪上去叩头请安。皇上点头微笑道：

“朕日理万机，难得有此闲暇，特召诸卿一聚。众卿均是朝中饱学有才之士，平日讲学常聆赐教，今日诸卿只当以文会友，不必拘礼。”

说罢，他率先走进桐荫书屋，众人也躬腰跟进。首先投入眼帘的，是沿着墙周一圈的数十架图书，锦匣牙签，琳琅满目；书橱间排列长几和百宝橱，其中商彝周鼎、哥窑宣炉、印章图册，罗列生辉；十几个高及人胸的彩绘大瓷瓶，装满了长长短短的书画卷轴，几只掐丝珐琅夔凤纹薰炉热烘烘地喷着檀香，弥漫一屋。福临对众人惊诧的表情很得意，便进一步解除他们的拘谨，重复说道：“众卿不必拘礼，不在金殿在书房嘛！……来，上茶！”

内侍鱼贯而入，给每位大臣敬上一杯热气腾腾的茶。福临笑道：“这茶以松仁、梅英、佛手沃雪烹煮，宫中叫作三清茶。众卿品一品，其味如何？”

众人以口就杯，细细品味。伊桑阿首先赞美说：“禀皇上，奴才自来不曾喝过这样的好茶！”

福临笑道：“比奶茶如何？”

伊桑阿道：“各有其味。”

李霨道：“此茶清醇甘美，足以比之美酒。”

福临笑道：“所以啊，客来茶当酒，对饮乐陶然！”

众人都笑了。皇上今天不止和蔼可亲，还透露出一种潇洒倜傥的神态，非常接近这些文人学士们一贯欣赏的风度。他们的精神渐渐轻松了，放开了。

汤若望道："请皇上赐老臣配方，老臣也好如法炮制。"

福临扬头爽快地一笑："玛法，你早说喜欢，朕早着人给你送去了，保你三十年享用不了。"

汤若望抖动着白眉白须，笑着说："老臣哪里敢指望三十年！"

福临转向金之俊："朕记得你与玛法同年，应该都是六十六岁了吧？如今却都鹤发童颜，是寿高有福之人啊！"

两个老臣连忙躬身逊谢："陛下金口，折杀老臣了！……"

福临指着南窗下的长几说："那儿有数幅宋、元、明三朝字画，请诸位鉴别一下真伪。"

说起书画，这些人都是内行，也都喜好，登时都走到长几边，翻册开卷，或凝神细看，或啧啧赞叹，各有一种情态。福临旁观，很觉有趣。他回头发现汤若望站在一边，便小声问："玛法怎么不过去看看？"

"皇上，你知道我对中国书画实在是不通的。"

福临灵机一动，像孩子那样对玛法挤挤眼，好像串通他跟自己一起恶作剧似的，退到书屋正中案边，拔出青玉九龙笔架上的紫毫，在满雕梅鹊闹春图案的端砚中掭足了墨，抚平案上的雪浪纸，小声说："玛法，我画个人儿给你看！"

不多时，汤若望的大声赞叹把众人吸引过来："皇上，这太妙了！无处相像又无处不像。这，大约是中国画的魅力吧？诀窍是什么呢？"

福临笑而不答，把那张画出示众人。

"哦！王学士！"众人惊呼一声。画上果然是王熙：像所有的写意一样，笔墨淋漓，衣纹线条都很粗略，而姿态风度却惟妙惟肖，面部画得较为细致，须眉毕肖，呼之欲出。大家看看画像，再看看王熙，都忍俊不禁，也忍不住地赞美皇上的画工。

王熙伏拜于地，乞皇上将此画赐予。福临笑道："不行，不行，画人非朕所长，还是山水画更有意趣。”他重又提笔，略一寻思，运腕急写。笔下林峦深密，水明石秀，神清意远，潇洒疏阔，寥寥数笔，一幅清淡爽朗的水墨山水便呈现在众人眼前了。众人纷纷赞叹：

“皇上此画，真得宋元画之三昧！”金之俊捋须而笑。

“皇上以武功定天下，万机之余，游艺翰墨，真升平盛世之佳话！”傅以渐也感慨不已。

福临看定王崇简，说：“崇简精于品画，你看如何？”

王崇简连忙躬身答道：“陛下胸中丘壑，有荆、关、倪、黄辈所不到者，自是得之天授，非凡人所及啊……”

福临拿这张画递给王崇简，笑道：“那么，这一小幅就赐你留念吧！”

事出意外，王崇简愣了半天，才跪上去双手接过，连连叩谢。福临又掉头对王熙说：“你年轻，在朝中供职还长着呢，所以赐父不赐子。”

王熙红着脸含泪跪下谢恩，众人这才真正松了口气。

“众卿所观书画确系真迹吗？”

大臣们纷纷夸赞皇上的珍品都是天下独一无二的无价之宝，确系真迹。福临命内侍又拿出数幅书草，请众人观赏。金之俊看罢脸色忽变，汤若望仍是不懂行，其他人则盛赞笔力遒劲圆活，是难得的佳书。

福临道：“正是呢，朕也以为此字之佳，十分难得。……这是崇祯帝的手笔啊！”一片寂静中，他拿过一幅，小心地亲手展开，凝神注目。好半天，他才无限感慨地说：“如此明君，身婴巨祸，使人不觉酸楚耳！”

王崇简心头一热，顿觉鼻子发酸，眼角湿润。那边金之俊也低下了白发苍苍的头。

傅以渐道：“所以本朝为故明报君父之仇，不愧仁义之师。”

伊桑阿道：“正是。大清抚定燕京，乃得之于闯贼，非取之于明朝，明之遗老至今不肯出仕，实在不智之至。”

福临笑道：“今日以诗酒相酬，那些旧话就不必提了。来，上灯！”

内侍们络绎不绝，点烛上灯，请他们到随安室用酒膳。福临领先，众人亦步亦趋，出了桐荫书屋。但见院中梅树老枝壮干上，都悬了彩灯，时近黄昏，花开更盛，梅花灯火相映照，愈显精神。阵阵梅香袭来，使众人都有些沉醉了。随安室门大开，数桌丰盛的酒膳已经摆齐。福临笑道：“今日灯下持酒赏梅，众卿必得佳句。无诗无词者罚三大杯！”

大臣们都笑了。汤若望躬身奏道：“请皇上宽恕，今日是教中斋戒日，实在不敢饮宴。”

“哦，怪朕疏忽了。来，拿扇子。”福临接过内侍呈上的一把他亲手绘画，并印有广运之御宝的折扇，递给汤若望说，“玛法，这扇赐给你，请你提前回去吧！”

大臣们看着这把扇子啧啧称羡，汤若望虽然谢了恩，对扇画毕竟说不出个名堂来，将它收在怀中，向皇上和众人告辞，随着护送他的侍卫出门去了。

伊桑阿笑道：“汤玛法大约是怕做诗，借故逃席吧。”

李霨也笑道：“那把扇子出自皇上手笔，万金不换的奇宝，汤玛法怕是一点不懂哩。”

福临点头笑着叹息道：“汤玛法忠心耿耿，精于天文算学，笃于天主之教，品德高贵，有‘圣人’之称，是我朝难得的客卿。可惜不生在东土，对中国实在所知太浅了！”

王崇简和王熙借此机会向皇上跪叩下去，说道：“臣父子早朝失仪，实在罪该万死，乞皇上饶恕。”

福临看看王崇简父子，再看看众人，笑着缓缓说道：“何须如此。身为明臣而不思明者，必非忠臣！朕岂不明此理？”

皇上的话，大出众人意料，不仅王崇简父子汪然出涕，其他大臣也都跪下了。

“众卿这是怎么了？”福临连忙伸手阻拦。

大臣们激动得半天说不出话，最后金之俊颤巍巍地呜咽着说：“皇上以大义相激劝，之俊等没齿不忘……”

“众卿快起，请入席吧！”福临满面春风，愉快地邀请着，自己领头往随安室走去。但见灯光映照着红梅，景色迷人，芳香醉人，使他忍不住在梅花灯火间流连低徊，竟信口吟出四句诗来：“疏梅悬高灯，照此花下酌。只疑梅枝燃，不觉灯花落。”

金之俊忘形地高声喝彩：“好诗好诗！奇事奇句，古今未有也！”随后，自觉失态，连忙躬身谢罪：“乞皇上恕臣失仪之罪。臣实在是文人固习，一时难改……”

福临哈哈一笑：“正要众卿不拘礼仪，方有意趣。王熙，早就听说你颇有诗才，文思极快。即席赋诗填词，如何？”

王熙略一沉思，便低声吟哦道：“黄昏小宴到君家，梅粉试春华，暗垂素蕊，横枝疏影，月淡风斜。更烧红烛枝头挂，粉蜡斗香奢，元宵近也，小园先试，火树银花。”

福临连声赞道：“妙，妙极了！‘小园先试，火树银花’……‘横枝疏影，月淡风斜’，何其风流，何其妩媚！调寄《眼儿媚》，连词牌都选得好。来，来，进屋写下来！”他兴致勃勃，甩开步子，轻松地迈进了随安室。

大臣们随着进室，金之俊和傅以渐落在最后。金之俊的目光一直不曾离开过福临，这时悄悄地对傅以渐说：

“皇上气宇轩朗，风流潇洒，不仅有人君之度，兼具士大夫之风，天下将忘其为夷狄之君矣！”

傅以渐起初瞪了他一眼，后来又不禁频频点头，感慨不已。

三

一夜风雪，把熊赐履家的竹篱门都堵住了。

清晨雪霁，熊赐履呵了呵手，抱着竹帚扫雪，从房门扫出小径，又推开栅门。清晨的阳光投在雪地上，映出淡淡的粉红色，而未照阳光的阴影处，又泛出浅浅的蓝色，互相映衬，使洁白的雪地显得既纯净又多姿多彩。熊赐履不禁抬头望了望东升的太阳，却见一个身着风衣风帽的人踏雪而来。他认出来了，那是他的朋友徐元文。

两人相见，彼此拱手。徐元文洒脱地一挥袖，指着才扫出的小径说："这可谓雪径不曾缘客扫了。"

熊赐履说："我还是用老杜的原句吧：蓬门今始为君开！"

熊赐履和徐元文，是三年前在为陆健送行的酒宴上相识的。第一次见面，彼此并无好感。熊赐履看不上徐元文的才子腔调，徐元文也不喜欢熊赐履的道学面孔。这也难怪，两人的出身、境遇太不一样了。

熊赐履字敬修，湖北孝感人，书香门第。家中虽不贫寒，也非富族。当年张献忠打进湖广，熊赐履阖门数十口被杀，唯有熊赐履因随母亲躲回娘家而侥幸活命，从此母子相依，过着清贫的生活。母亲对儿子督课极严，熊赐履学问渊博精深，实在是亏了母亲的教导。三年前来京，也是母亲催促再三，要他游学四方、会见师友、增长见识的。他的学问品格，使不少人倾慕；但他的性情过于严毅，道学讲得过于认真，又使人们对他敬而远之。他对此也并不在意，就了三两处学馆，拿了丰厚的束脩，大半送回湖广奉养老母，余下的在南城龙泉寺、太清观之间的桃花坑买了两间小屋，平日独来独往，课余或读书习字吟诗，或艺花莳菊弄草，怡然自得，一无所求。于是人们给他一个绝妙的头衔：布衣高士。

徐元文大不相同。他出生于江南有名的世家——江苏昆山徐氏大族。人们无法考证昆山徐家与明初的中山王徐达、明中期的宰相徐阶有什么瓜葛，但徐家确是世代豪富，而且世代文运昌盛，出了不少学问之士，就连与徐家联姻的也都非同一般。徐元文的舅父，就是闻名南北的学问大家顾炎武。

徐元文字公肃，兄弟三人都以才学著称，徐元文尤其被人看作神童才子。人们传说他年方十二，就以秀才身份考举人。同辈见他年少，说道："小小朋友就要做官，想做多高？"他答道："阁老。"众人便出对要笑他说："未老思阁老。"他应声而对道："无才做秀才。"逗得众人哄堂一笑，原想讥笑他，反而被他讥笑了。又传说他幼年随父赴宴，一位国公和一位尚书同时赐他杯酒，他只好用两手各接一杯。尚书立刻出对道："手执两杯文武酒，饮文乎？饮武乎？"他立刻对上说："胸藏万卷圣贤书，希圣也，希贤也！"……这些传说自然更为他增添了光彩。

他诗才超妙，性格风流潇洒，文人骚客无不倾仰。金陵文人筠泉，一天忽在酒宴间扬言：愿化为绝代丽姝，为公肃执箕帚。又有无锡秀士冯云赠诗云：“我愿来生作君妇，只愁清不到梅花。”这些赞美议论，自然牵惹了元文夫人的诗肠，以至于诗中有“修到人间才子妇，不辞清瘦似梅花”的句子，那倾倒之心，爱才而兼钟情，可说是到了极点，一时传为美谈。然而这一切被狂放文人传诵的风流佳话，在严毅正直的熊赐履看来，不是太轻薄了吗？

如果不是一次偶然的机遇，这两个人也许一辈子也不肯相识，一辈子都认为彼此是格格不入的。

那年清明，徐元文与一帮朋友借龙泉寺诗会，兴遄逸飞，非常畅快。不料会散之后遇上大雨，正在归家途中的徐元文只得敲着路边一扇栅门，大声请求避雨。出来开门的竟是熊赐履，两人不免一怔，毕竟曾经相识，便都拱手为礼。雨中不好叙话，熊赐履就请徐元文进屋。

才进蓬门，徐元文顿觉眼前一亮。春初寒意尚浓，城内、郊外还是一番萧疏荒漠景象，而熊赐履的院子里已是满目碧色了。待到迈步进屋，只觉绿意盈怀，徐元文更加惊异：虽然四壁萧然，但修洁无尘，茗碗火炉、方桌圆凳，位置妥帖。最令人注目的是墙根桌边、窗台阶前，瓦盆土盎排得满满的，种的全是绿草。那些草芊绵娟秀，鲜媚非凡，徐元文叫不出名字，也从来不曾见过，连声赞美。熊赐履爱草成癖，得到这样的真心赞赏，也很高兴，引徐元文进里屋去看他最喜爱的翠云草。徐元文又惊异地看到，窗下书桌座椅都已敝旧，椅背上还缚了一张撑开的雨伞，桌上纸砚摊开，墨迹淋漓，显然主人刚才就坐在伞下写文章。熊赐履见徐元文望着伞，不在意地指指屋顶说：“一下雨便漏。”

桌上一盆翠云草，旁边两只小陶钵，一钵中盛白豆，一钵中盛黑豆，徐元文好奇地拿起来看看说：“赐履兄以此代弈？”

熊赐履摇摇头，和蔼地说：“不，这是古时性理贤人澄治思虑的良方。读书作文之余，常常默坐自省。每起一个善念，就把一粒白豆投进钵中；每起一个恶念，就投一粒黑豆。初时黑豆多白豆少，尔后白豆多黑豆少，尔后不再有黑豆，到最后连白豆也没有了，才能达到至境。小弟如今离至境还远，既有白豆又有黑豆。”他很坦率地拿另一个钵子给徐元文看，果然白豆、黑豆大致一样多。

徐元文一时心下很觉敬重，说：“不料赐履兄如此苦志苦学！……兄雨中著书，必有佳句了？”

熊赐履说：“不过读了宋史，见了几首咏诵岳王的诗词，偶有所感，得了一联而已，请赐教。”他把桌上那张纸递给徐元文，只见上面写了两句诗，墨迹还未全干：

宰相若逢韩侂胄，将军已作郭汾阳。

徐元文拍案叫绝：“好句，真说得绝！咏岳王之诗何止千万，这两句立论新奇，前所未有啊。何不续成一首整诗？”

徐元文告辞时，天已晴开了，夕阳斜照着新雨之后的庭院，翠云草贴地平铺，饮着雨珠，一碧无隙，看上去就如绿毯茵茵，春意盎然。徐元文不觉叹道：“敬修这一园芳草，叫人顿觉生意满眼，多少诗情画意，真个流连难舍啊！”

数日后，熊赐履应邀回访，受到热情款待。徐宅宽阔华丽，自然非熊赐履居处可比。但书房的清雅幽静，壁上书画的端庄大方，也使熊赐履感到满意。二人在书房酒谈茶话，很是畅快。引起熊赐履注意的是主人文具用品上的铭文。

桌上一方端砚，紫檀砚盒盖上雕了嵌绿漆的阴文，题为“自用砚铭”，字体是飞动的草书，认得出是徐元文的笔迹：“石友石友，与尔南北走，伴我诗，伴我酒，画蚓涂鸦不我丑，告汝黑面知，共我白头守。”

熊赐履拨过他俩品茶的阳羡砂壶，上面又有用隶书工工整整写下的铭文：“上如斗，下如卣，鳌其足，螭其首，可以酌玉川之茶，可以斟金谷之酒。”后面用小楷写了一行下款：“丁酉春元文志于燕京。”

徐元文见他对铭文这么注意，便笑着从书房一角的卧榻上，拿来一只空心粉底、松鹤白云花色的瓷枕，说：“这铭文是所谓游戏之作，敬修不要见笑。”熊赐履接过来一看，枕上铭文写道：“甜乡醉乡温柔乡，三者之梦孰短长？仙人与我炊黄粱。”

熊赐履暗暗称奇。这些铭文确实才气横溢，亦庄亦谐，幽默洒脱，可见作者的才华功力。尤其使他欣赏的，是铭文内含的哲理。那枕铭说得多么透彻！太合他的心意了。他真想拍案称好，但他一向没有喜怒形于色的习惯，只不由自主地叹了一句：“想不到风流才子并不浅薄哩！”

徐元文哈哈大笑，熊赐履一向严峻的面容也变得温和蔼然了。他们从彼此身上找到了共通的东西，因而产生了友情。不过，两人一贫一富，贫者十分耿介，一文钱也不肯妄取，多次谢绝富朋友的周济和邀请作客的柬帖。富朋友并不见怪，每过三五月，便亲来熊赐履陋室探望，二人诗酒相酬，长谈不倦，欢聚一日，又各自分散。徐元文仍在士大夫文人间来往，熊赐履仍往学馆教授蒙童，两人关系倒也十分自然。

今年九月重阳日，二人已经聚过，徐元文为什么又来探望？徐元文进屋，并不客套，开门见山地说：

“敬修，你儒学深湛，满腹经纶，难道就以学馆了此终身？”

熊赐履感到意外：“公肃此话何意？”

徐元文道：“大乱之后，人心思定。不日云贵收复，天下一统，疗疮痍、苏民气、安天下，非孔孟朱程圣道不可。早年吕老先生誉兄将为道学大家、一代宗师，兄就不想有所作为吗？”

熊赐履说：“这样看来，公肃也有出仕的意思了？你舅父亭林先生能够答应吗？”

徐元文豪爽地笑道：“男子汉大丈夫纵横一世，且不说博取功名、封妻荫子，就是‘天下兴亡，匹夫有责’这句老话，如今也用得着。你我满怀才学，为什么不做一番治国平天下的事业呢？能使天下万民安居乐业，博得个青史留名，也不枉此生了。至于我舅父，一向耻食周粟，要为大明守节，但近年来也不反对我们兄弟出仕了，足见人心思定已不可逆转。敬修莫非真要做齐、夷?”

“哦，倒不是。本朝剿灭张献忠，对我家倒有雪恨报仇的恩义，我也不想上首阳山。不过贫士出仕，唯有科举……”

“正是！我原也担心科场承明末之滥觞，弊端百出。今年顺天科场一案，李振邺、张我朴授首，人心大快；江南科场弊端已发，朝廷必将严惩。皇上英明有为，天下科举铨选必将一扫积秽，杜绝弊端。这不正是我辈出头之日吗?”

熊赐履已经动心，但不动声色。

“敬修，不少同道朋友来我处聚会商讨，你也同去谈叙谈叙吧。”

熊赐履想了想，说：“容我三思。今日实不得空。”

“哦，学馆有事?”

“不，我要去城外海会寺烧香还愿。”

“风雪初停，城外寒冷，改日再去吧。”

“君子平日好整以暇，便遇荣悴显晦之变化均不应改变其处世准则，天气之阴晴冷暖何足挂齿……”

徐元文见他的道学劲儿又上来了，连忙笑道：“罢，罢！不劳你的大驾，改日再聚吧。”

熊赐履走出海会寺时，天色晴好，丽日当空，田里的积雪滋润润的，仿佛就要融化似的，空气很是清洌新鲜。郊外果然不同于城里，真令人心胸开阔、精神爽朗！刚才他在佛前求签，得了个吉字，心里很高兴。自从母亲来信告诉他聘定叶家小姐后，他表面上无所表示，实际上非常兴奋，以至于借故来海会寺占卜凶吉。就是最有学问的人，面对不可知的，又无法左右的命运，有时也难免求助于神灵。不过他很看重自己的名声，特意选择了远在城外的海会寺，省得被人知道了笑话。

他迈着方步，悠闲地南行。远远望见路边一座方亭，两面招子上斗大的“酒”“茶”二字老远就能看清。他觉得口渴，不觉加快了步子。

方亭虽然敝旧，却很宽绰，位置也好，面临官道，紧靠凉水河桥边，轩窗四面，亭内很是明亮。主人家卖茶卖酒卖食物，来往行旅正好借此歇脚。因为风雪才停，亭中客人不多。熊赐履一进门，店主就连忙起身招呼。熊赐履打量四周，竟在亭柱上看到一副对联：

为名忙为利忙忙里偷闲吃杯茶去，
谋衣苦谋食苦苦中作乐拿壶酒来。

这副对联语虽俚俗，但在诙谐中含着一丝酸楚。熊赐履点点头，随店主人引导，在亭柱一侧入座。伙计送上热茶，他又要了几样点心，饶有滋味地吃着，腹内实在也饥了。

亭外一阵嘹亮的马嘶，蹄声嘚嘚，五六名骑兵在亭前下马，大踏步地走进方亭。客人们一看他们那满洲人的装束和气度，一个个低头吃茶喝酒，连说话声都消失了。

为首的那位，仿佛是个军官，忽然停步看那副对联，很感兴趣地轻轻念出声来。虽然他有满人说汉话的特别味道，但念得还是蛮流利的。好几个客人都偷偷地打量他，只有熊赐履正襟危坐，目不斜视，全不注意。

“主人家，这副联子是近日题的吗?”小军官笑着问。

“不，不，小人盘进这个酒食铺的时候就有了。”

小军官笑着点头：“难为他对得这样巧。”他环视整个茶亭，客人都连忙避开他的目光。只有熊赐履旁若无人地喝茶。这满人军官偏偏看中了他，推开要引他上座的店主人，径直走到熊赐履对面来了。

“先生是位文士?”来人笑着招呼一声。

“不敢，儒生而已。”熊赐履只得客气地一拱手，抬眼看了来人一眼。接着，他不得不再看第二眼，并在心里掂量着：虽然此人貂帽、旧袍、黑马靴，装束毫不起眼，但面若冠玉，眼似晨星，神采奕奕，顾盼生辉，决不是一般的旗下军士；但说他是贵公子，看去却不油滑；说他是皇亲，又不骄矜，到底是什么人，熊赐履拿不准。熊赐履淡然相待的态度并没有使对方不快，他体谅地笑笑，坐了下来。店主人和伙计连忙上前殷勤招待，他面前立刻摆满了点心和茶具。

满洲军官一手放在桌上，一肘搭在椅背上，姿态很好看，显然要和熊赐履谈点什么。不想随来的另两个满兵却跟同桌的和尚搭了话，声音响遍茶亭，吸引了所有的人：

“哟，我说和尚，你怎么也吃馒头哇？敢破荤？世上只有火居道士，难道还有火居和尚？”取笑的话儿出自那个小个儿满兵，是一口流利的、毫无杂质的京腔。

“阿弥陀佛！贫僧的馒头没有馅。”那和尚慈眉善眼，看上去有五十岁上下，低声慢语，很清晰。

“哦，哦，怪不得你一顿吃这么多呢！”满兵毫不放松，继续取笑地指着和尚面前的几盘白馒头，“瞧你这些个，真像、真像……”他一时找不到适当的词，眼睛朝窗外瞟了几眼，忽然开心地接下去说：“就像你们这城外的坟包！”他很为自己的比喻得意，和同伴一起哈哈大笑，同时又不住地察看满洲军官的脸色，显然是希望能博得他的笑容。

老和尚眯着眼，看了看远处的累累荒冢，确实很像。他微微一笑，清清楚楚地吟诵道：

“城外俱是土馒头，城中尽是馒头馅。”

熊赐履和他的同桌都不由得一惊，一起掉头看那和尚，神色不免有些悚然。可是那两个满兵全不懂老和尚说的什么，嘴里一个劲儿地嚷着：“胡说胡说！成心不让人听明白啊？”“什么馒头馅！谁是馒头馅？你是啊？”

和尚眼睛半闭，平静地说：“老僧若不修行解脱，也和你们一样，终为馒头馅。……总之，生死有命，富贵在天，万事莫非前定，大数难逃。该当馒头馅者必当，得解脱者终将解脱。”

“你越说我越糊涂，什么‘大数’，小数，不懂！”满兵一拧脖子，声音越发大了。

和尚又微微一笑：“也罢，今日老僧就来开导开导你。有位老翁精通数术，一天，一位道者前来问数，往老翁家竹床上一坐，床竟立时塌坏了。道者要赔偿，老翁笑道：‘成败有数，何必赔偿！’他拿折断的床脚给道者看，只见上面有一行小字：‘此床某年某月某日有仙翁来坐，床不能载，数当坏。’老翁笑着对道者说：‘你一定是位仙人！’道者很惊愕，连忙说：‘连神仙都躲不过数吗？’话刚说完，人就不见了。”

不仅满兵，连茶亭中的客人们，都被和尚一番言语说得毛骨悚然，目瞪口呆。熊赐履仍然不动声色，同桌频频向他使眼色，并悄声问：“这和尚是谁？”

熊赐履摇摇头。他确实不知道。

和尚对众人的反应很满意，动手把馒头装进布袋，移步离座。在亭柱边他又站了一小会儿，然后双手合十，对店主人道：“施主，这副对联忒俗气了，老僧赠你一联可好？”

店主满脸堆笑，连忙说：“承老和尚好意，多谢多谢。柜上的！听仔细着，写清楚了！”

和尚闭目静默片刻，一字一句地念道：“四大皆空，坐片刻无分尔我；两头是路，吃一盏各自东西。”念罢，他合掌向店主低头道谢，转身便走。

“老和尚留步！”满洲军官纵身跳起，奔到和尚身边，“请问老和尚法号，宝刹何处？”见和尚一双明净的眼睛只盯着自己而不回答，连忙补充说：“我听老和尚言语，很有才学。老和尚下的这副对，语虽浅淡，却颇具禅理，很是敬佩！”

和尚仍目不转睛地凝视着对方，说：“贫僧名性聪，法号憨璞，住城南海会寺。”

军官笑道：“老和尚谈数，不会明于人而暗于己吧？”

和尚慈和地笑了：“松阴夹径寒侵面，山色连天翠滴衣。论数，贫僧今日当遇贵人。”

军官顿时笑容尽消，瞪大了眼睛，上上下下打量着和尚。和尚也不理会，略一躬身，掉头而去。军官愣了片刻，拔脚追出门外，两名满兵也赶着跑出茶亭。店主发急了，紧迫着喊了两声，发现他们都还站在门前说话，才放了心。

熊赐履把茶钱放在桌上，掸掸衣裳，正正帽子，站起来，从另一边门出去了。外面天色仍然十分晴朗，近处村郭，远处西山，抬眼望去，非常清晰。他不想就回城里，便迎着太阳向西信步而行。此刻，他万万没有想到，他还会重逢这位陌路相遇的满洲军官。

太阳偏西以后，风很快就变得寒冷了。熊赐履倒不怕冷，只怕时间太晚，城门关了回不得家。正待转身，一声声敲打传到耳边，他不经意地侧脸一望，十数丈外，大道南边的田畴中，一所破败不堪的土坯茅屋在暴风中瑟瑟发抖。这断壁残垣也能住人吗？熊赐履好奇地走过去，一幅凄凉的图画展现在他眼前：在空无所有的土房茅檐下，一位衣衫褴褛的白发苍苍的老人，举着一把缺口旧斧，吃力地一下又一下地劈着木柴。他满头滴汗，一脸愁容，枯瘦的颈脖、手臂、腿杆，就如同他手下的那些干柴棍儿。

老人的样子太可怜了，熊赐履不禁动了恻隐之心，上前拱手招呼道："老伯伯！"

老人停斧，在破烂不堪的衣袖上抹了一把汗，无神的眼睛扫过熊赐履，仿佛不曾看到什么，又举斧劈柴。

"老伯伯，你这么大年岁了，怎么还干这样吃力的重活？你的儿子、孙子呢？"

老人手中的斧子掉了，张大了眼睛："老天爷，这是湖广口音哪！"

"是的是的，我是湖广儒生。听老伯伯说话，也是湖广人？"

"哎呀，乡亲！乡亲啊！"老人一口湖广话，丝毫未改，望着熊赐履，张着没牙的嘴，亲热地笑了，用衣袖不住地擦眼泪。

"老伯伯，你……"熊赐履话未说出，老人大惊失色地喊了一声："小心！"拽住熊赐履，一同摔倒在地上。一支响箭尖啸着从熊赐履身后飞过，把一只不知何时跑来的灰兔钉死在田原上。其实，箭离他们还很远，用不着这样惊慌的，可是老人已吓得浑身簌簌发抖了。

一马飞奔而来，骑者跳下马拾起灰兔，挂在马鞍鞒畔，随后牵马走了过来，竟是在茶亭同桌的那位满洲军官！他一见熊赐履也是一怔，跟着就爽快地笑了："啊哈，咱们真有缘，又见面了！真对不起，射箭太急，你受惊了吧？"

“处变乱而不惊，乃君子本色。”熊赐履文绉绉的回答，使军官又笑了。他指了指说：“这位老人是你相识？”

“不。素不相识。近在京畿，民贫如此，老无所养，令人心酸！”

军官这才仔细看看老人，甚至走进那间不挡风雨的土坯茅屋转了一圈，出来后，面色大变，轻松和英武的气概不知到哪里去了，眉头紧蹙，默默无言。熊赐履面对这位满洲军官，也不知说什么才好。老人乍见一身戎装的骑者，十分害怕，现在觉出他并无恶意，也敢偷眼打量他了。

军官终于叹了口气，问道：“老人家，境况何以到这种地步？有谁欺负你了？”

老人愁苦地望着他，口气中带着惊惧：“你？……”

军官道：“老人家不要害怕，我不过是一个小小的旗下牛录章京……”熊赐履忍不住看了他一眼，他竟无端地红了脸，继续说：“但我舅父在刑部供职，有什么冤屈，你尽管对我说。”

老人疑惑地看看他，不敢开口。

“老人家贫寒到这种地步……我还有一位舅父在户部管赈济的福建清吏司做事，他专管周济贫民，总能帮你的忙吧？”

这位军官的舅父真多，也真有用。熊赐履又看他一眼，他装作没看见。老人却听懂了，“扑通”一声跪在他脚前，连连叩头说：“大老爷给小人做主！大老爷给小人做主！”

老人的湖广腔太重，年轻的牛录章京听不大明白。当老人滔滔不绝地诉说起来时，他就一点也不懂了。他摆摆手，要老人停下，说：“老人家是哪里人？”

熊赐履说：“章京大人，他是我同乡，湖广人氏。我来讲给你听。……老人家，你讲吧，这位大人是一片好心哩！”

老人讲起自己的身世和遭遇，老泪纵横，泣不成声。

四十年前，老人家乡大灾，他孤身一人来到京师，从做烧饼、果子的小买卖起家，终于买地盖房、娶妻生子，家道很是兴旺。国变以后，京畿跑马圈地，他的几十亩好田尽被圈占，他到处哭号诉说，户部大人才给他换到凉水河边的沙质劣地，还分散在哩哩啦啦的三处地方。老人无奈，与两个儿子分了家，各种一处土地，勉强度日。不料顺治初年被旗下掠去的小儿子不曾死去，因为受不了主人家的毒打虐待，探得父兄消息，便逃了出来。第一次逃到二哥家，因逃人法严，二哥被当作窝主斩首；第二次逃到大哥家，大哥也因此丧命，他自己也因两次逃跑被主人家活活打死。三个儿子都没了，老人夫妇孤苦伶仃，痛不欲生。但就是这样，厄运还是不肯放过他们。旗下一位参领看中老人的房地，强迫老两口投充，老两口不肯依从，那参领竟率人打上门来，硬指老两口窝藏逃人。老妻吓死了，老人被迫献出土地、房屋、财产，留下一条老命。如今一无所有，不得不在这破草屋里栖身，借卖木柴换口饭吃……

说到最后，老人声泪俱下，熊赐履的眼圈也红了。

牛录章京脸色煞白，黑眉紧蹙在一起，粗重的呼吸清晰可闻。好不容易，他才开口问："你为什么不去上告？"

熊赐履叹气道："他怎么告呢？逃人法是朝廷大法，谁敢不遵？听说朝廷里凡是反对逃人法的人，一概革职流徙，连大臣也不放过。一个小小贫民，能有什么办法？"

老人听懂了，连连摇头摇手道："不敢告，不敢告。旗下人原本就厉害，更不要说人家还是皇亲！"

章京浑身一震："你说什么？谁是皇亲？"

老人害怕了，急忙跪倒，连连叩头："没有，没有！我什么也没有讲啊！"

费了好大劲劝解、安慰，老人才战战兢兢地吐露了实情：劫夺他财产的那参领的丈母娘，是个老早嫁给满人的蒙古格格，她的同母异父妹子，是当今皇上的贵人。

年轻的章京大人也给吓住了，目瞪口呆，说不出话来。熊赐履瞟了他一眼，心里冷笑道：原以为你真有几分胆识，不想也是个孱头！

熊赐履的想法或许从他眼睛里透露了出来，章京看他一眼后，忽然羞恼得红头涨脸，大喝一声："你笑什么？敢轻慢我？看我把你……"他猛地噎住，静默无语了。

"章京大人，"熊赐履心平气和地说，"学生什么也没有讲。"

章京气恼地哼了一声："你是什么也没讲，可是你的眼睛什么都讲了！"

"我的眼睛讲了什么？"

"你……你在怨恨圈地投充逃人法！"

"哦，章京大人，圈地投充逃人法害民如此之烈，百姓能不怨愤？你不是亲眼看见了吗？"

章京语塞。熊赐履叹道："民穷则国弱，民怨则国乱，千古不易之理啊！"

一瞬间，章京大人消了气，关切地问："你说什么？"

熊赐履自顾自地发挥说："水可载舟，亦可覆舟，先贤早有教诲，朝廷不乏饱学之士，就不懂这个道理？"

章京大人望着熊赐履，好半天，突然笑道："请教先生尊姓大名？"

熊赐履皱皱眉，严正地说："姓熊名赐履，字敬修，湖广人氏，住南城龙泉寺边桃花坑……"

"怎么，你就是熊赐履？"牛录章京惊讶地脱口而出。这回，轮到熊赐履反问了："你说什么？"

"哦，没什么。听说过先生大名，日后一定要请先生赐教。时间不早，先生可以回城了。"

"你呢？这位老人家呢？"

"放心，我自有办法。"这位章京大人恢复了爽快，弯下身和蔼地对老人说，"老人家，我这里有马，请你坐上，我们一道去找那参领评理！"说着，他得意地望着熊赐履，顽皮地挤挤眼儿。

熊赐履怀着惊异、敬佩、担心等自己也说不清的复杂感情，望着马上老人、马下章京渐渐远去的背影。在夕阳的映照下，在瑟瑟的寒风中，那背影竟那般清晰，好像永远不会从平坦的原野上消失似的。

回城的路上，熊赐履心头萦回往复的，尽是今天一路的印象。可是，还有奇迹在等着他呢！

半夜，酣睡中的熊赐履被"嘭嘭"的敲门声惊醒。他家徒四壁，从不怕盗贼，而敲门声又响又急，也不像做暗事人的行径。他高声问道："谁呀？"

门外有人答道："请先生开门，有要事相求。"

熊赐履穿衣着鞋，点灯整容，一切收拾妥帖，才出去开门。他心里猛地一惊：借着暗淡的烛光和天上的微微星光，他看到从房门到院门，一直到竹篱外的大门口、路两旁，黑压压地站满了人。就门前的几位看，都穿着一式的黑袍号衣，头戴翻边皮帽，在黝暗的夜色中，更显得一个个高大魁梧，目光灼灼。

熊赐履心里害怕，但一想到君子不畏强暴、不畏权势的古训，便又挺起胸，一晃脑袋，故作镇静地问："赐履一介寒儒，诸公到此何干？"

一个穿号衣的走近两步，赔笑道："先生大喜。京师大富翁罗公想请你设馆府中。"

"罗公？"熊赐履诧异地重复一句。他历数自己在京师的交游，并没有一个姓罗的富翁，还是大富翁。

"罗公亲自驾临了！"穿号衣的回头一望，慌忙率众人退后，让出中间的路，一个个垂手低头，屏息而立，神态十分恭敬。熊赐履本来很怕他们踩坏自己的草根、花苗，见他们这么有礼，又不禁点头赞赏了。

罗公快步走来，对着熊赐履拱手一揖，笑容满面地说："熊先生，大名久仰，如雷贯耳，今日识荆，三生有幸啊！"这一套文人初晤的套话，他说得很自然，也很真诚，熊赐履不得不答礼："实在不敢当！请进寒舍一叙。"

罗公毫不客套，立即进屋。两人分主客坐定，熊赐履抱歉地说："尊客来得意外，恕赐履不能茶酒相待了。"

罗公哈哈一笑，爽朗地挥挥手："应当我向先生谢罪，搅扰了先生清梦，失礼之极！不过迫于情势，不得不如此。罗某虽然声势烜赫，但不喜人前招摇，选在入夜来访，先生不见怪吧？"

罗公黑眉黑须，长得很有气概，尤其一双眼睛，湛湛如秋水，灼灼似晓星，而且快人快语，爽朗洒脱，很容易令人产生好感。熊赐履连连逊谢，罗公开门见山，毫不客套地说："听说先生道德文章早就驰誉乡里，如今更是名满京师。罗某有两个亲侄，苦于没有高士教诲，愿请先生为师。”

熊赐履摇头道：“盛名之下，其实难副。我乃南方下士，何足为人师。况且我已设馆三年，早生厌倦，不日将归故里了。”

罗公非常诚挚地说：“家母寡居多年，望子成龙心切。但我兄弟均不争气，幼年失学，至今憾然。家母立意要使孙辈以文章道德立身扬名，只是名师难得，总不合意。如今得知先生声望，家母指名要请先生。为人子者，敢不从命？况且罗某对先生亦是钦佩万分，还请先生念我一片至诚……”

熊赐履经不住罗公的再三恳请，也喜欢他那种豪爽的气度，便答应了。罗公大喜，说：“蒙先生高情厚谊，罗某一家感激不尽！”他向熊赐履深深拜揖致谢后，直起身，对门外一声招呼：“来人，备马！”

几名精干仆人立刻进屋，向熊赐履请示如何收拾行李。熊赐履惊讶道：“今晚就去？”

罗公笑道：“先生不必惊怪，罗某办事向来喜欢干脆利落，当日事必在当日办完。今日罗某是亲来迎接先生的。”

熊赐履无法反对，只得由他。于是罗公陪同熊赐履骑马，几十名仆从提着灯，燃着火炬，前导后从，热热闹闹地离开了熊赐履的桃花坑旧居。

走不到半个时辰，熊赐履就糊涂了，拐来拐去，都是他从未走过的道路，也辨不清东南西北。到了罗府大门，熊赐履又吃了一惊：好一所崇垣峻宇、灯烛辉煌的府第！他平生不曾到过这么富丽华贵的地方。但他牢记先贤教诲，不以物喜，不以己悲，维持着君子应有的气度。

罗公将他送进一所幽静小院的上房，便告辞而去。几名俊秀的书童立刻上来殷勤招待，端茶进水，铺床下帐。不多时，一名老仆跑到他面前，恭敬地禀告：

“禀先生，府中人多事杂，地方阔大，家规极严。先生有何需求，请立时告诉奴才，奴才当为先生奔走。先生不可随意走动，不可离开此院，免得奴才们受罚……”

熊赐履心中不快，真所谓豪门深如海啊！

次日，罗公领了两个小孩儿前来拜师。拜师礼十分郑重，光见面塾礼就是白银百两。这出奇丰厚的待遇，打消了熊赐履辞馆的念头。而且，两个弟子黑发卷卷，极为聪颖可爱，绝非他这几年设馆时的弟子可比。这样一来，熊赐履就接受了罗府家馆那必须牺牲部分自由但待遇十分优厚的条件。

罗公对熊赐履说：“因家母爱孙心切，不许他们早起。并请先生千万不要笞挞他们，有了过失请告诉罗某，自有家法处置。”

此后，两个弟子每日午后来馆读书，熊赐履便尽心教授。罗公的供奉极为丰厚，还不时前来相陪说话。至于寄往湖广的束脩，也从不需要熊赐履经手，每过数月便得母亲家书，告以“已收银若干，望安心就馆，母平安”。

四

人们不记得有哪一年冬天，像顺治十四年冬天那般和暖。呼啸的刺骨寒风很晚才来临，地面和屋檐上的冰凌都存不住，一过午便化尽了。但是，这年冬天顺治皇帝从南苑发出的一道又一道谕诏，却像猛然刮来的卷地狂风，震动了朝野，不管心里对它赞同还是反对，全被它的猛烈和突然惊住了。满洲亲贵受到前所未有的冲击。

十二月，第一道谕旨下，重申停止圈地：“京畿百姓自圈地、圈房之后，流离失所，饥寒迫身。良善者无以为命，丧其乐生之心；不肖者煽惑讹言，相从为盗，以致陷罪者多。长此以往，则国无宁日。此后仍遵前旨，永不许圈占民间房地。”

次日，又有谕旨，命吏部开列因请宽逃人之禁而得罪流徙的言官。

三日后，一道就逃人法专向满洲官兵的谕诏发下来了：

“……朕念满洲官民人等，攻战勤劳，佐成大业，其家役使之人，皆获自艰辛，加之抚养。乃十余年间背逃日众，隐匿尤多，特立严法。以一人之逃匿而株连数家，以无知之奴仆而累及官吏，皆念尔等数十年之劳苦，万不得已而设，非朕本怀也。年来逃人未止，小民牵连，被害者多。尔等当思家人何以轻去？必非无因。尔能容彼身，彼自体尔心。若专恃严法，全不体恤，逃者仍众，何益之有？

“朕为万国主，犯法诸人，孰非天生烝民、朝廷赤子？今后宜体朕意省改，使奴仆充盈，安享富贵。如有旗下奸宄横行，许督抚逮捕，并本主治罪！”

这道谕诏如同一次地震，激起了剧烈的反响。督、抚居然可以对旗下人逮捕、治罪！这不是破天荒的事吗？有的人奔走相告，喜笑颜开；有的人若有所思，深自反省；有的人神色沮丧，长吁短叹；更有人愤愤不平，哭到家庙告祖。总而言之，它触动了每一个人，不管他是汉是满，是旗人是平民，朝野一派沸腾。

顺治皇帝仿佛不理会这些已刮得很猛的风，接着又下了一道谕旨，就像在沸油里溅进了水，简直炸开了。他批下吏部上奏的官员稽考功过的题本上，要求选拔确有学问才能的人进部院各衙门，替下一批颟顸无能之辈。使人们激动的不仅是这道谕旨本身，而是由吏部传出的皇上亲自点到的那些“确有学问才能”的人名录：杜立德、李霨、王崇简、王熙、王弘祚、冯溥、孙廷铨、伊桑阿……老天爷，除了伊桑阿，全都是蛮子文士！唯一的一个正黄旗满洲人伊桑阿，也是顺治九年中式的进士！哼！文人们都交好运了！

…………

大雪纷纷，总管太监吴良辅领着小太监吴禄骑马从南苑赶回大内。吴良辅貂帽风衣，吴禄披了件斗篷，踏着雪顶着风，急急忙忙北行。

走到前门棋盘街闹市，酒楼上飘来的阵阵酒香阻住了吴良辅的马蹄。他在一间宽大的门脸前下了马。这是一处带楼座的酒馆，高悬着“杏花村”的黄杨木底松绿大字匾额，檐下吊了一串系着红绿绸子的牌幌，写着十几样名酒：玫瑰露、状元红、竹叶青、莲花白、苹果露、五加皮、黄连液、佛手露、史国公、雪花白、茵陈露，等等。

吴良辅把缰绳扔给门前冲他点头哈腰的酒馆伙计，领先上了酒楼。吴禄惴惴不安，东张西望，几乎跟不上吴良辅的脚步。老板恭敬地引他们进一间小小的雅座，酒、菜霎时便到。吴良辅脱去风衣貂帽，开怀畅饮，并招呼吴禄动筷子喝酒。

吴禄不到十八岁，是个伶牙俐齿、眉清目秀的小太监。他十岁入宫，在大内万善殿内书堂读过书，专为在御前侍候受过训练，这是许多太监一辈子也巴望不到的福分。这正是总管太监吴良辅赐给的恩惠，他对吴良辅自然感激不尽。大约是因为同姓，加上这孩子乖巧、会奉承，吴良辅居然很喜欢他，近日又把他提拔成养心殿御前太监，这可是了不得的荣耀！吴禄对于吴良辅来说，既是心腹，又像子侄，说是兄弟也不错，说是朋友也可以。吴良辅那么有权势，百官大臣都以结交他为荣；吴良辅那么凶狠阴沉，小太监见了他如同耗子见猫；唯独对这个吴禄，吴良辅是闻声则喜，觑面便笑，好像是他前世的老婆。他从来都管吴禄叫“小幺儿”，恨不得把一身的本事都传给他，把他当成亲儿子似的。有权势的大太监，多半都有这路毛病。

吴良辅喝了两盅酒，身上热和了，伸手捏捏吴禄的耳朵垂，笑道：“小幺儿，还不喝两盅暖暖身子？”

吴禄心里不安，回答说：“总管，咱们是奉万岁爷旨意回宫见皇后娘娘的，误了事……”

吴良辅哈哈一笑：“误不了！万岁爷那心里我还不知道？要不是碍着家规呀、礼法呀，他才不想打发咱们跑这一趟呢！”

吴禄点点头，一耸眉尖，又说：“可喝多了酒，怎么敢见皇后娘娘呢？”

“没事儿！喝两口醋就解了酒味儿啦。再说，还怕她怪罪？她这中宫未必坐得长！”

吴禄一惊，回头想想，又慢慢点了点头，拿起了酒杯。

“小幺儿，这些日子我忙得晕头转向，总没逮着空儿问问清楚。那天在茶亭，憨璞老和尚到底说了点儿什么，万岁爷到底给打动了没有？你细细说给我听听。”

吴禄于是绘声绘色地把那天茶亭里和尚的表演和皇上的反应细说一遍，听得吴良辅频频点头，面露喜色。吴禄最后说：“和尚说他曾经遍游江南，与南中耆旧诗词往还唱和。万岁爷听了格外高兴，说以后要往海会寺拜望他哩！”

“好，好，太好了！”吴良辅高兴得双手在胸前一握，满面含笑。这完全是个女子的动作，含着一种说不出的娇媚，一般人看了会觉得肉麻。吴禄早看惯了，只管问着他不明白的事：“就让和尚去见万岁爷不就成了？干吗要弄这么个圈套？”

“这你就不懂了！”吴良辅眯着眼儿笑，“万岁爷的心性你还摸不透。这叫作偶然机遇，最能让万岁爷上心，觉着有趣。要是和尚求见，不但身份低了，不得万岁爷看重，而且不要一两天工夫，万岁爷就会撂到脑后去了。再有一层，要是正经八百地引见和尚，汤若望又要诤谏个没完，又该咱们吃瘪。”

“可人家都说……”吴禄迟疑地望望吴良辅，又小声嗫嚅着说，“人家都说汤若望是真圣人，咱们何苦……”

吴良辅眼睛里明明有一股怒火。不过，他半笑不笑地看了吴禄一会儿，说：“实话对你讲，小幺儿，我费这么大心思，要万岁爷亲近佛爷，为的就是避开那位圣人。只要有他在，咱们总没有舒心快意的时候。他跟咱们是猴儿吃麻花——满拧！哼，他还真当自个儿是万岁爷的品德师父呢！也不想想，他那天主圣母什么的，在咱们中国谁吃那一套啊？能抗得过咱的如来佛观世音？能抗得过咱的玉皇大帝、王母娘娘吗？……要论他那个人儿，挺正经，不贪赃不枉法的，可那又顶啥？他堵了咱爷儿们的路哇！……哎，我说小幺儿，陈之遴给的那几万，银票到手没有？”

“人家说，要等那差使到手才交钱呢！”

“哈，猴精！一点儿亏不吃啊！”吴良辅转眼间又感慨起来，拍拍吴禄的肩膀，“咱爷儿们这路人，一辈子有什么指望？不就多落俩钱儿，图个老来福！不趁着年轻力壮、万岁爷宠信的当口多弄点，将来收尸都没有人啊！”他摇摇头，又点点头，表情很有点悲凉，使他漂亮的面容刹那间像是老了十多岁，眼皮下嘴角边的皱纹都越加触目了。

“可是万岁爷跟太后都那么看重汤老爷，咱们动得了他？”

“要不叫他圣人呢？要不咱爷儿们得小心着办呢？不过这话还有

另一说，”尽管两人坐在小小的单间，吴良辅还是向四周望望风，压低嗓子说，“你说万岁爷跟太后为什么赶着他叫玛法？告诉你吧，小幺儿，那是为了南明永历！”

“啊？”吴禄的眼睛瞪得溜圆，张了张嘴。

“小孩子家，这样的大事你就参不透了！永历一家老小都进了天主教，文臣瞿式耜、武将焦琏什么的全都是教徒。这天主教传来中国也七八十年了，传教士哪儿都有，永历那边儿也不老少。汤若望道德学问是传教士里拔尖儿的，你想，朝廷尊他敬他重用他，会没有道理？”

“呀，万岁爷和太后真有心计啊！”吴禄叹了一声。

“什么心计！这叫治国的本事！”吴良辅赶紧训诫他两句，又接着说，“眼下孙可望降了，永历看看就要玩儿完。只要南明一垮，这位汤玛法的好日子就不多了！……不信，走着瞧！”

吴禄生怕总管喝醉，小心翼翼地说：“总管，咱们走吧？”

“着哪门子急！”吴良辅脸一沉，要发脾气，忽而一回味，暧昧地笑了，“哦，我想起来了，你新近认了个干妹子，是景仁宫里头的吧？怪不得急着要走，半个多月不见面儿，想坏了，是不是？”

吴禄也嘻嘻地笑了。

“罢，罢！咱们走！”吴良辅端起醋壶，连着喝了三大口，酸得他龇牙咧嘴，可还不住嘴地调笑，“小幺儿，有了妹子结了对子，可别忘了哥哥。喝醋的味儿真不好受哇！”

雪下得越发大了，密如帘栊，仿佛从天顶垂下一面巨大的轻纱，透过它看远近景色，更显得庄重、肃穆，还带有一点神秘。金殿碧阁化为玉宇琼楼，皇家御苑别是一种风姿。

坤宁宫里，温暖如春。鎏金银丝罩的熏炉内，红螺炭火正旺，烧得又红又亮，和头顶悬着佩玉流苏的金红色宫灯相辉映，耀得东暖阁明亮照眼；一对绘着八仙庆寿的粉底五彩瓷大花瓶里，插着初放的红梅和白梅；几只椭圆形的郎窑水仙盆中，淡黄蕊洁白瓣的水仙花在碧玉似的长叶衬托下分外精神；浓郁的花香和着熏炉里阵阵飘出的沉香，把整个坤宁宫都包在一团馥郁醉人的温香中了。

皇后的住处，今天换了几样摆设，使前来问候、说话解闷的主位娘娘们又是看又是摸，赞不绝口。淑惠妃是皇后的亲妹子，又是每天必来的人，最为随便，守着那台紫檀龙凤五屏风铜镜台，不住口地称道那活生生的雕工，时不时地对镜台上那面荷兰国进贡的大圆镜瞧几眼，扬扬眉，掠掠鬓，欣赏自己娇美的面影。

端妃扯着恭妃，要她看那对脂玉夔龙雕花插屏。恭妃却扯着端妃，要她去看南窗下那一对金海棠花福寿大茶盘。后来，两人一道走到南边大炕一角，静妃在那儿静静地站着，低头望着八仙桌上的摆设。那是在一对翡翠瓷观音瓶之间躺着的一件古铜蕉叶花觚，蕉叶舒卷自如，像真的一样，谁能想到是用坚硬的铜制成的呢？更妙的是花觚内透亮的清水养着两朵带叶的红芍药。这便是宫中有名的唐花了。

静妃，就是四年前被顺治废掉的第一个皇后。因为皇上不在宫中，她也来坤宁宫向皇后请安。被废以来，她一向落拓，今天却特意打扮了一下，显得容貌俏丽，衣着华美，还竭力维持着当年的格格和正位中宫时的高贵气度。这是因为，尽管宫规宫礼只讲位分等级，不论其他；但在博尔济吉特家的格格里，她毕竟辈分最高——是皇后的姑妈，不能太塌架。不过命运对她的打击清清楚楚印在她的眼角和额头，二十二三岁的人，蛛网似的细纹已经铺满了这些地方，搽脂抹粉也遮盖不住。如果她笑一笑，便如三十岁上下的妇人了。见端妃和恭妃走来，静妃强笑道："瞧这花觚古色古香的，真是件宝贝。"

端妃笑道："淑惠妃刚才说，这是皇上二次大婚时的妆奁呢。姐姐你那次进宫，妆奁一定是更……"恭妃连忙向端妃使眼色，端妃缩住口，旋又笑道："妹妹有口无心，姐姐请莫生气。"

这真无异于当众奚落。但静妃几年来受冷遇，早已习惯了，不在意地说："这花觚配鲜红芍药，更是艳丽非凡的了。"

端妃道："芍药虽好，总比不上花王牡丹。"

恭妃也笑道："是啊。况且这是唐花，不是当令名花，要按月令来说，早已过时了。"

静妃冷冷扫了她们一眼，淡淡一笑，反击道："说的是。腊月当令，唯有梅花。其他百花百草，任有百媚千娇，也只好凋零自落了。”

端妃、恭妃互相看了一眼，连连点头说：“正是呢，姐姐说得对。”

那边，皇后的亲妹子淑惠妃照着镜子，头也不回地招呼皇后：“姐姐，瞧见吗？今儿个像谁下了帖子似的，咱们博尔济吉特家的人都来齐了。哦，不过，还少个谨贵人。”听皇后不答，她才回头去看。皇后坐在那里，正对着一双黄面红里百子五彩大果盘发愣。她连忙走近，看了一眼那彩色大果盘里神态各异、活泼顽皮的一百个小孩儿，顿时明白了姐姐心头的苦楚。她自己心里也不是滋味。不过她毕竟负担轻些、想得开些。她用绣花粉红绸绢轻轻往姐姐面前一扑，笑道：“姐姐，打发他们叫谨贵人来，凑个双数儿，咱们好斗牌啊！”

皇后这才回过神来，看了妹妹一眼，轻轻叹口气。

“要不，咱们打马吊玩玩？”

皇后摇摇头。

“姐姐，”淑惠妃放低了声音，“你要闷出病来的。找太医来瞧瞧？要不，到后花园去赏雪？”

皇后苦笑道：“你别瞎张罗啦。”

淑惠妃装作生气的样子：“可不是，谁叫我没长谨贵人那么一张厉害嘴哩？她不来，姐姐就不给笑脸儿！……咦？说曹操，曹操到！”

果然，康妃和谨贵人披着貂皮风雪氅，前来向皇后请安了。眼快心灵的淑惠妃一眼就看出来，这两位心里都有事。谨贵人没了平日的爽利劲儿，眼圈儿红红的。这是怎么啦？

坤宁宫总管太监跟脚儿进来禀告：“万岁爷打发吴总管和小吴子来向皇后报信儿。”屋里的娘娘们登时住了口，停了动作，眼巴巴地瞧着皇后。皇后也觉着心口跳得怦怦直响，声音有些发抖：“传他们进来！”

吴良辅和吴禄叩过了头，恭恭敬敬地跪在炕前地毯上，吴良辅说：“奴才给皇后、主位们请安。”

“罢了。回宫来有什么事？”

“禀娘娘，奴才奉万岁爷差遣，回宫禀告娘娘，皇太后前天夜里三更时分起，浑身发热，涕泪不止，头痛头晕。昨儿个病势更重，又添了咳嗽。今儿个一直昏睡不醒……”

“召太医瞧了没有？”

“太医院的院使和左院判领了八名御医在南苑侍候着。万岁爷心中焦虑，昨日往上帝坛祷祀，今儿又冒雪再次前往。皇贵妃娘娘日夜侍奉太后床前，寝食俱废……”

淑惠妃撇嘴哼了一声，背转身去。端妃和恭妃互相交换了个眼色，满脸不屑的表情。倒是平日最恨董鄂妃的谨贵人毫无表情，像是什么也没听到，望着地面发呆。

吴良辅继续禀道：“要是皇后和主位们想去南苑……”

坐在皇后身边的淑惠妃一口接过来：“南苑要是用得着我们姐妹，哪儿还等到今天？我们一个个笨嘴拙舌的，又不会甜言蜜语，又弄不来那个诗呀画儿的，没的惹人家讨厌！”

吴良辅赶紧低头，不敢说话了。

十一月中旬，皇帝和皇贵妃陪着皇太后游幸南苑，仿佛儿子、媳妇同着老母三人去享天伦之乐。皇后嘴里不说，心里可不是滋味。妃嫔贵人们，就更加愤愤不平，怨声载道了。整整一个月，宫廷的中心转移到了南苑，大内一派冷清。皇上在宫里，不管怎么说还有点儿盼头，这一个月，连点活气儿都没了。现在太后病了，又想起我们来了！哼，谁得脸谁应承去吧！别净想好处自个儿揣，坏事让别人摊！……不过，这么多妃嫔贵人，连皇后在内，敢于把这不满形于辞色的，也还只有这位淑惠妃。

看两名太监叩个头要退下的样子，淑惠妃看了姐姐一眼，对他们喝道：“慢着！还有话问你们！”

“喳，喳。”两名太监赶紧跪好。

“皇上身子骨好吗？”

“回主位的话，万岁爷今冬在南苑校猎，能吃能睡，人长胖了，面色也红润了。”

“还有呢?”

“还有?”吴良辅摸不着头脑。

“大胆!都说皇上近日办了件什么事儿,京师全传遍了,怎么还瞒着我们姐妹?”

“回主位,有,有!万岁爷办那件事可真厉害!不止京师,怕是天下人都要盛赞万岁爷呢!……小吴子那会儿就在万岁爷跟前……小吴子,还不快细细禀告!”

“喳、喳!”吴禄磕了响头之后,便发挥他口齿伶俐的特长,讲起那天皇上微服出猎、遇上劈木柴老汉的故事。最精彩、最有戏剧性的部分在后头,在皇上陪老汉到镇上找参领讲理的时候。

在参领的住宅大门,门丁根本不让他们靠近。是皇上一口流利的满语,才使门丁疑惑着进去通报。谁知那参领竟以为小事一段,自己懒得出来,叫他老婆出来应付。这女人高大肥胖,一向凶横惯了,哪里把个老蛮子和小旗丁放在眼里,兜头就是一顿臭骂,还说什么“就是抢了,就是占了,谁叫他是蛮子,活该!你敢拿我怎么样”!

皇上气极了,说:“你们竟敢这样无法无天,告到地方去,有你们什么好?”

参领老婆扬头大笑,说:“只要你敢告,去告好了!我要怕了你,下辈子不是人!”说罢,她又竖起眉毛恶狠狠地叫骂,要他们滚开。她见皇上站在那儿不动,抄起门边的杠子就朝皇上砸去,嘴里还骂着:“打死你这个多管闲事的小杂种!”

皇上大怒,一声断喝,抽出他的硬弓只一挡,那女人的棍子飞出去两丈远。这时候,皇上的侍卫队赶来护驾,几百人把这所宅子围了个密不透风。参领和他老婆一听说这小旗丁竟是皇上,登时吓昏过去。皇上怒气不息,立刻命侍卫动手,把参领全家就地斩首示惩!

皇上临走又发了一道谕旨:参领的全部财产房地,都赏给那个可怜的老汉,并亲口封这老汉为一镇之尊。

小吴禄绘声绘色,说得活灵活现,皇后和妃嫔们都听呆了。吴禄最后又得意地说:“没过两天,城外城里的人全知道了,谁不夸咱万岁爷是圣明天子啊!”

吴良辅和吴禄已经退出去好半天了，坤宁宫里还是那么静悄悄的，谁也不肯说话。

“哇”的一声，谨贵人突然放声痛哭。大家望着她，心里仿佛有某种不幸的预感，胆小的恭妃忍不住发抖，使劲往端妃身边靠。谨贵人跪倒在皇后面前，哭得头都抬不起来。

“谨贵人，你这是怎么啦？快别哭了。”皇后说话总是那么细声慢语的。

“禀皇后，那是……那是我的侄女儿啊！”谨贵人泣不成声。

“什么？”皇后吃了一惊，“你是说，刚才……”

谨贵人哭着连连点头。素来不爱说话的康妃，这时慢慢地、轻声地解释道：“我母亲今天来宫里也说起这事。那参领夫人，确是谨贵人同母异父姐姐的女儿。”

皇后沉默半晌，安慰道：“谨贵人不要这样，想必皇上他不知道那是你的亲眷。”

康妃突然沉下脸，愤愤地大声说：“他知道！他全知道！我母亲问过的！”

大家都吃了一惊，没想到平日不动声色、严谨文静的康妃会这样激愤。康妃发现众人的目光，脸上红了红，慢慢低下头，不再作声了。

“皇上他，他也太没有情义了！”谨贵人还在哭。

皇后婉静地说：“谨贵人，你也不要太难过。你那侄女实在也太过分，竟然动了棍子，皇上是万民之主……”

“姐姐，你还要替他说话！”淑惠妃不平之色溢于言表，“谨贵人的侄女怎么会知道他是皇上？……不用说了，他心里，哪儿还有咱们这些人！早被那个蛮子女人狐媚得忘了本！”

“淑惠妃！”皇后斥责道，“竟敢如此大不敬！”淑惠妃连忙跪倒，其他人也赶着跪下为淑惠妃请罪，但每个人心里未尝不为淑惠妃说出了她们的心里话而感到痛快。

妃嫔们告退，淑惠妃照例留在最后。皇后拉过她的小手，轻轻抚摸着问：“你说，我是亲去南苑问候好呢，还是打发人去问候呢？”

淑惠妃气冲冲地说："别去！一个也别去，咱们博尔济吉特家的全都别去！皇上宠侧妃、违祖训、变祖制，说到头还不是太后惯的？太后不顾亲疏，胳臂肘儿朝外拐，宠着那个蛮子女人，我都气不过！你还是大清门抬进来的皇后呢，就这么忍气吞声？咱们都不去，太后心里就会明白，咱博尔济吉特家的格格也不是好欺负的，说不定她反倒会回心转意呢！"

"可是，皇上他……"皇后迟疑不决地说，"皇上一向讲孝治天下，我要是不去……"

"他能怎么样？他已经废了一个皇后了，还敢再废你？祖宗没有过的事，就是中土历朝也没有过，他断然不敢！姐姐，你的性子也要刚强一些才好哇！"

就这样，皇后终于没有去南苑，也不曾遣使问候。

庄太后病了，病得很重。她已挣扎了三天三夜，仍然逃不出可怕的高热和半昏迷状态。无数奇特的景象、无数狰狞的鬼脸，总在她头顶盘旋。她想大声喊叫，她想双手推开那死死缠绕着她的、莫名其妙到令人心悸的五颜六色的彩斑彩带。但实际上，她连手指都无力动一动，嘴唇翕动得几乎不能察觉，轻轻的气息吹出勉强可以听到的字：

"不要……啊，不要……"

忍过一阵剧烈的头痛，她叹了口气，跌入更深的昏迷……

怎么？回到了故乡，回到了科尔沁大草原了吗？啊！草绿如茵、繁花似锦的草原啊！天是那么高、那么蓝，一尘不染；地是这么宽、这么远，一望无边。连一阵阵风都这样香，这样恬静！她跳下马背，展开双臂，扑向草地，扑向这从童年就熟悉、像妈妈一样亲爱的故乡的大地……

蹄声嘚嘚，远远跑来一骑，多么剽悍英俊的骑士！绿草黑马红披风，在蓝天白云的背景上飞驰……她来不及多想，身子一抖，那骑士像摘花一样弯腰把她从草地上抱起。两人炽热的目光接触了，啊，多尔衮！……她仿佛又回到当年，丈夫宠爱姐姐冷落她，她把孤寂怨恨都深深埋在心头，不动声色地仍然往草原上围猎。是的，那次她从马背摔下来，飞马来救她的，正是九王爷多尔衮，年轻、英武、仪表堂堂。不过，她尽管动心，却并未越礼。她毕竟是皇妃，是多尔衮的亲嫂子。

不，这不是二十多岁的多尔衮，这是装束威仪亚赛皇上的摄政王！他在笑，就像庄太后当面斥责他不该私娶肃亲王福晋时那样笑着，他重复着那句话："我多尔衮总归是个男人哪！"可是，真该死！即使他这样无耻、负心，他那红润的阔嘴、白玉似的面色和漆黑的眉毛仍然动人；她尽管又气又恨，心底却还是爱恋着他……

他的面容怎么变了？长出了胡须，添满了皱纹？天哪，这是太宗皇上，是她的丈夫啊！她跪下了，深深地低了头。

"你在我面前请罪吗？你这忘恩负义的女人！"丈夫在咆哮，"你让我在寝陵里也不得安生！我决饶不了你！"他抄起他那沉重的弓照她迎头打下。她闭着眼睛喊叫起来：

"你打吧，打吧！我对不起你，可是我对得起你们爱新觉罗的祖先！你驾崩之后，要不是我联络礼亲王，拢住睿亲王，立我们的儿子为帝，平息了各方的争端，那八旗之间一定要互争帝位，自相残杀，把太祖皇上千辛万苦开创的基业付之流水，爱新觉罗氏也将烟飞灰灭！……我有过错于你，可是有功于社稷江山！……"

丈夫的铁弓放下了，冷笑道："算你强词夺理，你就没有一点私爱？你就全心为的社稷江山？"

她不知哪里来的勇气，挺直身子："有私爱，是皇上逼出来的。宸妃入宫，皇上就忘却了早年的恩爱，使妾妃虚有其名，如处冷宫……"

"你撒谎！"她的亲姐姐、太宗皇帝最宠爱的宸妃海兰珠突然出现在她面前，指着她的鼻尖，愤愤地说，"你的私爱，绝非这一点小事！你私爱自家的儿子，一心想让他当上太子，你将来好当皇太后。就是你，咒死了太子！"

"没有！我没有！太子死时，我方临产……"她心里发慌，说话有气无力。

"没有？"姐姐的两道目光像剑一样锐利，一直射进她心底，"你嘴上说的都是好话，心里就是诅咒太子早死，好让你的儿子登基。如今你可称心如意了！我可怜的儿子啊！”宸妃放声痛哭，哭得她毛骨悚然。是的，她私下盼望过太子早死，可是她把这个心愿始终深藏心底，对谁都不曾透露过，姐姐怎么会知道呢？……

太宗沉重的叹息就像一声闷哑的雷，在她头顶轰响着，滚滚而过：“啊，帝子从来不幸，多少人要死于非命！”……

她浑身发寒，大汗淋漓，一个冷战使她从昏迷中惊醒过来。她竭力张开双目，只见寝宫里灯火荧荧，十分昏暗，床边坐着一人，双手支着下颏，正在打盹。

“水……”她轻轻一呻吟，床前的人立刻惊觉，连忙从保温的棉褥子里拿出一把热乎乎的精巧的宜兴紫砂壶，然后一手抱着太后，一手小心地喂茶水。庄太后从勉强睁开的眼缝里看了看，断断续续地说：“董鄂……你还在这里……”

董鄂妃连忙温柔地低声说：“母后大安。太医都说不要紧的，养养就好。”

太后费力地摇头：“不，我不行了……太宗皇帝召我了……”

董鄂妃“扑”地一下跪在床前：“母后，你千万别这么说！你怎么也不能走！儿情愿替你去，皇上不能没你……娘！”两颗豆大的泪珠顺着董鄂妃的脸颊滚了下来。

太后勉强装出个笑脸：“傻话……就你一个……在这里？”

董鄂妃说：“皇上刚走。他为母后已到上帝坛祈祷三天了。上天念皇上和儿臣们的诚心，一定会赐福母后……”

可是，太后已经再次跌入昏睡中去了。

第八天早上，头一束阳光射进寝宫，百宝架上那座精美的金黄色的四面转花西洋钟“叮叮当当”地打了七下，悦耳的声音把庄太后唤醒了。她觉得神志很清醒，身上也凉苏苏的很舒服，只是没一点力气。她喊了一声：

“苏麻喇姑！”

声音虽轻，在一片寂静的寝宫里却很震人，床前、矮凳上、寝宫门口、殿外走廊顿时人影晃动，欢声笑语窸窸窣窣地透过窗棂：“太后说话了！”“太后喊人啦！”……

董鄂妃猛地跳起来，为太后撩开帐子，注视着太后，嘴唇颤抖，极力忍住就要迸出的泪，笑着说：

“母后，你，你可见好了！”

苏麻喇姑在一边笑道：“太后，皇贵妃在你床边守了七天七夜了！”

“我的好孩子！”庄太后忍不住喊了一声，乌云珠扑过来，太后把她搂在怀里，两人一齐落泪了。苏麻喇姑一面擦泪，一面叫人去禀告皇上。

可皇上已经闻讯奔来，正赶上娘儿俩一边擦泪一边笑。福临连忙上来向母亲大礼跪拜，像孩子似的说：“额娘，你快把儿子急疯了！你要是再不好，儿子也不想活了！”

“胡说！”太后笑道，“亏得你孝心感动了上天，也亏了你媳妇这么细心照料！……怎么不见中宫和其他妃嫔？”

董鄂妃抢着说：“母后，这几日大雪不停，没人回宫报信，娘娘她们不知道母后得病。”

福临的面色霎时阴沉下来，像是堆上了乌云，不满地白了董鄂妃一眼，可是一看到她惨白的憔悴面容、乌黑的眼圈、强打精神的笑，又无可奈何地把目光转向窗外。

“不知道？”太后重复一句，软弱地皱皱眉头，眼睛转向苏麻喇姑，“七八天了，也该着人来问问吧？”

苏麻喇姑低下了头，不敢看太后充满失望的眼睛：“……没有听说……打发人来过……”

太后伤心地落下了眼泪：“一个也没有？”

大家都不作声。之后，董鄂妃竭力笑着安慰道：“母后，总是今年瑞雪纷纷，堵塞了道路的过。可是瑞雪兆丰年，来年五谷丰登，万民太平，天下一统……”

“我不要听这些！”太后又疲乏又厌烦地说，无力地闭上眼睛，“朝廷有党争，后宫也闹起了党争。博尔济吉特家的格格们结了党，向我这姑妈、姑祖母示威啦！”

“母后千万别生小辈的气。小辈们年轻不懂事，母后你多多教导。姐妹们或有一时疏忽，顾念不周全，对母后总是孝敬多年，各有所长。皇后主六宫，替母后分忧解愁；淑惠妹、端妃、恭妃姐妹陪母后去温泉，一路照应，多么尽心……”

太后一声长叹，打断了董鄂妃的话：“你不用说了……这些格格们，娇生惯养，不识大体，不懂事，真不懂事啊！……乌云珠，好孩子，你又太懂事了！……偏偏懂事的这么少，只有你一个……”

福临连忙搭话：“额娘，我就算不上一个？”

太后苦笑道：“算上你，算上我，不也才三个吗？”

福临顿时明白了母亲的意思：“额娘，朝内懂事的人还有的是呢，安亲王、康郡王不都是吗？”

太后微微摇头：“太少，太少……还是那边人多势大。难哪，真难哪！”她疲乏地闭上眼睛。

福临眼睛里忽地燃起一团火，明亮灼人。母亲的话从来不曾说得如此明白，一下子激起了他的雄心。他相信自己的权势和力量，他不怕那边的阻碍，他大声地说：

“额娘，你瞧我的吧！我是当今皇帝！”

太后没有睁眼，像微弱的回声似的发出一声叹息：“唉，皇帝，皇帝也不是想干什么就能干什么……乌云珠，过来。”

董鄂氏走到床前，太后捏住了她的手，含着泪，凄惶地歉然道：“好孩子，委屈你了。这实在是没有办法的事啊！”

乌云珠心头一酸，一串泪珠滚落下来。

福临暗暗咬着牙根，鼻翼剧烈地翕动着，一股红潮忽然涌上他的脸庞，染上他的双颧和眼睛，浓黑的眉毛在眉间结成了疙瘩。

乌云珠为太后盖好锦被，又着实安慰了好一阵，才直起身子，遵从太后的旨意，向皇上拜辞，回自己寝宫歇息去了。她脚步轻飘，有如浮云。出了太后寝宫，迎头看见清晨的太阳，她一阵眩晕，身子摇晃着，嘴里小声嘟哝：“别让太后知道，别让……”她脑袋一仰，昏倒在搀扶她的两名宫女的胳膊上。

五

顺治十四年年底到顺治十五年年初，宫里头大大小小的事纷乱如麻，搅得人心惶惶，过了今天不知明天又要出什么娄子。

十二月二十五日，皇太后从南苑回宫。

十二月二十八日，为皇太后病愈，皇上命拨下帑银八万两，一半赏赐八旗兵丁，一半赈济京畿贫民。

十二月二十九日，因皇太后大病初愈、皇贵妃劳累过度而病倒，皇上下令取消了辞岁迎新的乾清宫家宴和慈宁宫宴等许多内廷庆祝。这样，一年中最热闹红火的除夕、元旦，宫里却是冷冷清清，人人心头都有一种说不清的凄凉，并隐隐地觉得不安。心里最为忐忑的，要算皇后博尔济吉特氏了。因为她生性忠厚，比别人更多了一层自谴自责。

初三日，皇后和淑惠妃姐儿俩去逛后花园。淑惠妃那张利落的小嘴，吧嗒吧嗒地一个劲儿劝慰着心神不定的姐姐：“姐，你这是干吗？自找不痛快！太后不是什么话也没说咱们吗？咱们去请罪，我看她满面春风，和颜悦色的，喜人得很！后来，又赐给各宫好些南苑的猎物，待咱们不是更好了吗？我早说了，咱们一硬气，太后倒会回心转意，你瞧，这不就应了？”

“唉！”皇后心事重重地叹息道，“总归是太后病重，咱们没尽子妇之道，心下总归觉着说不过去……”她摇摇头，垂下了眼帘。

脚下是用大大小小的鹅卵石嵌就的有精巧花纹的石径，扫得非常干净。石径两边的花坛里，曾经在春三月里招得蜂狂蝶舞的艳丽无比的牡丹、芍药、玫瑰，此时花叶凋残，只剩下枯枝干茎在寒风中瑟缩；高大的乔木叶落殆尽，密密的枝丫伸向阴沉的天空。唯有松柏树依然苍翠，给冷落的御花园增添了几分肃穆。路边、树下，侍从的宫女太监悄悄站着，大气也不敢出，就像那些石坛石盆里的木变石、海参石一样。冷清的空气，寂静的园林，只回响着这两个高贵女人的花盆鞋底敲打在石径上的清脆声音，和她们那风吹竹林似的低吟絮语：

“说不过去，请过罪也就是了嘛，还要怎么样？”淑惠妃笑着，帮姐姐扯好披风的貂帽。

“……皇贵妃病了，也该去承乾宫看看……”皇后低语道。

“啊？你还要去看她？”淑惠妃瞪圆了眼睛，“要不是她，你会落得眼下这个样儿？”

“唉，她是为侍候太后累病的啊！”

“那叫活该！她就爱做这种事，讨得太后和皇上欢心，真是争宠有术、固宠有方，古今后妃难得有她这种狐媚子！”淑惠妃对董鄂妃的恶感达于极点，一说到她，话就非常尖刻，充满了鄙夷。

皇后无可奈何地摇头说：“你呀，进宫这么久了，后妃之德竟没有多少长进。妒忌，是犯七出之条的，身为后妃就更……”

淑惠妃在姐儿俩单独相对时，总是毫无顾忌地摆出小妹的娇憨态的。她双手捂住耳朵，跺着脚说：“我不听，我不听！这全是南蛮子那一套，咱们祖先没这一说！”

皇后忧心忡忡地停了脚步，无端地看看自己笼着的银灰鼠皮暖手笼套，小声说：

“皇上打从南苑回宫以后，坤宁宫一次也没来过……他……他召过你吗？”

淑惠妃脸儿红了红，跟着用冷冰冰的声调，板着脸说：“没有！一回也没有！这样无情无义的男人，不稀罕！”

“小妹！”皇后制止地喊了一声，脸也红了，“我不是那个意思……我是在想，为了咱们失于问候的过错，皇上一定很生气，会不会把咱们……”

“不会不会！太后都没有怎么样，他敢吗？他就愿意人家说他是有道明君。废了一个皇后，他已招来了失德的名声！皇后又不是宫妃，更不是宫女，关乎国家体面的事儿……”

淑惠妃侃侃而谈，头头是道，那副义正词严的样子，倒给了皇后不少安慰。一阵匆忙的脚步声打断了姐妹俩的知心话儿。坤宁宫首领太监满头是汗，气喘吁吁地跑来了，表情十分紧张，姐妹俩立刻意识到又出了大事。他一头跪倒在皇后面前，半天说不出话。

“什么事？”皇后恢复了她的端庄平静，淑惠妃也恭敬地后退两步，静静站在皇后的侧后方，像个又贤惠又淑静的宫妃。

“禀皇后，今日万岁爷发了两道谕旨，头一道说托上天爱顾，皇太后重病痊愈，是天下万民之福，所以要大赦天下，除十恶不赦外，其他罪犯都要减等赦免……”

皇后庄重地点点头，说：“皇上纯孝仁厚，大赦天下，万民景仰。”她等了一下，想听听首领太监报告第二道谕旨，见他只管低着头不作声，不得不又问了一句：“还有呢？”

首领太监连连以头碰地，口吃吃地说：“求主子饶恕奴才……奴才实在……实在不敢说……”

皇后觉得心口猛烈跳动，极力克制地说：“讲吧！”

“万岁爷谕旨责备主子……说皇太后圣体违和，皇上还三次到上帝坛宫祷祀，而主子竟无一语奉询，亦未遣使问候，大违孝道，所以……自正月初三起，停中宫笺表……”

“啊！”淑惠妃惊呼一声，用手捂住了嘴。皇后脸色顿时变得惨白。低头禀奏的首领太监继续艰难地说下去：“万岁爷还谕令：下诸王贝勒及议政大臣会议……处置办法……”

中宫笺表，是皇后特权的象征。皇后在三大节——万寿、元旦、冬至时，或在特殊喜庆日，或有特别请求，可以使用皇后之宝，直接向皇上进笺表致贺或提出要求，皇上是不能拒绝的。停了中宫笺表，等于取消了皇后的权威，而又下诸王贝勒大臣会议处置办法，下一步不就是要废皇后了吗？

皇后抬起手，扶住自己的头，一阵晕眩、恶心，她有点站立不稳。淑惠妃尖叫一声，扑过来跪在姐姐脚前：“姐姐！不，娘娘！都是我不好，都怪我！……是我出的坏主意！……我去找皇上请罪，让他处罚我吧！”她先是呜咽着断断续续地自我谴责，继而喉头梗塞得泣不成声，最后索性放声大哭，弄得皇后在扶她站起来时，也泪流满面了。

停中宫笺表的消息，如晴天霹雳，震动了六宫；又像一团乌云，迅速地遮蔽了天空，使本来就显得威严、肃静的大内，气氛更加紧张、冷酷。人们惶惶不安，不知道下一步会出现什么局面。有些乖巧的主位和宫人，不免要看风使舵。于是，往承乾宫探望皇贵妃的人，突然增多了。

董鄂妃刚从南苑回宫病倒时，除了永寿宫的汉妃石氏、庶妃董鄂氏和一两位无名贵人之外，没有人踏进承乾门；而现在，日精门之东的东一长街上，人来人往，络绎不绝，都是去向皇贵妃请安的。其中不但有庶妃穆克图氏、乌苏氏、巴氏、那拉氏以及众多的贵人、常在、答应，还有博尔济吉特氏的格格端妃和恭妃。在那天夜分初定时刻，静妃居然也悄悄地来探望了董鄂妃。只是由于董鄂妃劳累过度、心力交瘁，太医要她安心静养，所以来请安的人也只是上前肃一肃，问问安好便退出了。

福临则是每日必来，或是看着她吃药，或是陪着她用膳，有时候便坐在皇贵妃的床沿上，两人小声说笑着，谈天道地，一同消磨冬日的黄昏。如果董鄂妃已经睡着，福临就轻手轻脚地看看门前小火炉上为她熬的参汤和药剂，再到床前撩开帐子，看看她的被子是否掖紧，气色是否好转，随后便在床前轻轻坐下，静静地一坐就是半个时辰，有时竟闭着眼睛仿佛睡着了一般。只有从他嘴角不时闪过的笑意，能觉察出他不过是陷入甜蜜的回忆。承乾宫一位老太监，是明宫留下来的旧人，他惊叹不已地对同伴们说："真没见过这样的多情天子！要不说人家关外人生性淳厚朴实呢！"

承乾宫里，不论是同住的贵人、答应，还是一般的宫女、太监，对女主人都是真心爱戴感激的。董鄂妃待下宽厚仁爱。她自己穿戴住用并不奢华，却经常拿她的例银赏赐下人，帮助下人渡过难关。皇太后和皇上赐给的克食，她从不忘记分给同住的姐妹；因了她的推荐，一年多来，皇上有数的几次除皇贵妃以外的召幸，竟遍及了承乾宫的几位贵人、答应，这是何等的荣幸和恩惠啊！她们怎么能不全心向着皇贵妃呢？况且她一向又那样和蔼可亲，从无严词厉色，不摆高人一头的架子。

这次董鄂妃病倒，整个承乾宫似乎都病了。大家说话声也小了，脚步动作也轻了。开始几天，见她又瘦又衰弱，像是病得不轻，承乾宫里上上下下饭量都减少了。这几天眼见她有了起色，众人才有了笑容。皇上停止中宫进笺的谕旨，他们都知道了。但承乾宫的人仿佛事先约好了似的，对此既不表示惊异，也不表示愤怒或高兴，淡然处之，好像与他们无关。只在偶然的机会或场合，两个承乾宫的人互相交换一道目光、一个会心的微笑时，才会流露出她们内心的得意和痛快，以及同时产生的志在必得的情绪。

这个重要消息，却没人告诉皇贵妃。福临是不愿意告诉她，其他人大概怕她过分高兴、有碍病体而不敢告诉她。

这天清早，皇贵妃起床了。侍女们都很高兴，欢笑声异于平日。她们服侍她梳洗完毕，搀扶她坐在炕上的软毡靠座上，她的贴身侍女蓉妞儿连忙用莲瓣贴金圆盘托上三只带耳的青瓷小碗，一碗参汤、一碗莲子粥、一碗奶茶。按规矩，董鄂妃先喝了参汤，又喝了奶茶，然后捏着小银匙慢慢搅着莲子粥，一小口一小口地品味。

“主子这些日子吃东西都没有今儿香甜。”蓉妞儿高兴地说。

董鄂妃莞尔一笑，说：“真格的，我今儿觉着好多了。……蓉妞儿，这两天我瞧你们挺高兴？”

“主子病好了，奴才们心里都快活。”

“不是这个。我冷眼儿瞧，你们像有什么好事儿瞒着我。”

蓉妞儿把脑袋一偏，笑道：“主子的心就灵到了十二分不成？谁也没敢在主子跟前透一丝儿风呀！”

“别这么鬼头鬼脑的了！你们能眉听目语，我就不能心生九窍？快说！别招骂！”董鄂妃嘴里威胁着，脸上笑着。

蓉妞儿眨眨眼，凑近主子，小声说：“娘娘还不知道呢，昨儿个皇上下诏，停了中宫笺表啦！”

“什么？”董鄂妃吃了一惊，病后苍白的脸上骤然泛出一片红晕，“真的？”

“奴才怎么敢对主子说假话！”蓉妞儿满面得意，晃着脑袋笑道，“这会子，坤宁宫里不定怎么个乱糟糟哩！”

董鄂妃的笑容渐渐收敛，红晕渐渐消失，一双水灵灵的灵活的黑眼珠忽而瞅着蓉妞儿，忽而转向窗外，很不安宁。蓉妞儿发现她神色异样，不解地说：“娘娘你这是……奴才们这几日可都为这个快活死了！”

董鄂妃心神不定地瞟了蓉妞儿一眼，蓉妞儿错把这当成了鼓励，要害话儿直截了当地便冒了出来：

“这不明摆着吗？娘娘眼下就要进位皇后啦！”

这话太尖锐、太赤裸裸了，仿佛捅到董鄂妃的心肝肺叶上，她浑身猛地一哆嗦，脸儿顿时涨得血红，眼泪在眼眶里直打转，不是靠两道密密的、颤动的睫毛用力锁住，说话就会滚下来。过了好半天，她才控制住自己，深深叹了口气，蹙着眉头说：

“该死！你看你都胡说了些个什么！”

蓉妞儿摸不着头脑，赶紧跪下。

“蓉妞儿，你到我身边有些日子了，我有亏待你的地方吗？”

蓉妞儿大惊，连忙叩头，急急惶惶地说：“主子待奴才恩重如山！奴才一年内死了爷爷又死了爹，靠了主子恩典，才体体面面地办了事。奴才粉身碎骨也忘不了……”

“别提那个。就看在咱们主仆一场的分儿上，你实实在在地对我说，皇上停了中宫笺表，宫里头上上下下、大大小小的，说好的多，还是说不好的多？”

“这……那一条藤儿的蒙古格格儿，总是人多势众……”

“再有，要是当真皇上又废了中宫，你说宫里头赞成的多还是不赞成的多？还有议政王大臣和满朝文武呢？还有天下的万民百姓呢？连废两个国母，能算有道明君吗？”

“……”蓉妞儿瞪着眼睛，什么也答不上来了。

董鄂妃摆摆手说：“去吧。”蓉妞儿退下后，她便用手支着两腮，撑在小小的炕桌上，沉思起来。她外表平静，如同一尊玉雕观音，而心里却翻腾着暴雨狂风，久久不能平息。她想的比她说的要多得多。

蓉妞儿在院里刚喊了一声：“万岁爷来了！”一阵急促的脚步声就传到董鄂妃耳边。她太熟悉他的脚步了，立刻下了炕，边走边整鬓角，拉扯衣裳，要出寝宫迎接。可是福临已经进来，在门边握住了她的双手：“哦，你已经起身了，果真见好了！”他像孩子那样真心地欢笑着，松开手，略略后退两步说："让我好好看看你，气色如何？"他上上下下打量一番，笑道："真所谓淡雅如仙，清露晓风中一枝梨花！"

董鄂妃"扑哧"笑了："陛下错爱，妾妃有幸。愿来生化为百花之精，有百种变化，长侍君侧。不然昨天是梅花，今天又要做梨花，不知何时又要当荷花……"

福临也想起上次比乌云珠为"一枝春雪冻梅花，满身香雾簇朝霞"的故事，哈哈地笑了。

福临无心，乌云珠有意，看来是随意的谈笑，被乌云珠渐渐引到关于《三国演义》的话题上来了。福临对此很有兴趣，说："有人把《三国演义》列为六大才子书之一，倒也有点眼光。只看青梅煮酒论英雄一节，何等神采，何种笔力！太宗皇帝令人将此书译成满文，还命百官将士通读，大有深意啊！"

"正是哩！"乌云珠连忙接上话茬儿，"曹孟德虽被骂为汉贼、奸雄，但此人却真是胸怀大志、腹有良谋……"

"有包藏宇宙之机、吞吐天地之志，对吗？"福临一口接过来，二人用的都是书中原话，不觉相视而笑。福临兴致勃勃地说："朕最赏识曹孟德处，在烧乌巢劫粮草大败袁绍之后。他从袁绍抛落的文牍中，拿到他的部下通袁的大宗书信，谋士们都说这是清除内奸的好机会，他却说，当初袁绍兵多将广、势力浩大，不要说我手下的人，就是我自己也不知道能否保住头颅，又何必苛求他人呢？他下令将书信烧掉，不予追究。无此心胸，如何能成就英雄大业！"

"陛下说的是。妾妃也以为曹操目光远大，最能审时度势，极有自知之明。"

"哦？"福临笑着，和乌云珠同坐在南墙大炕上，隔着炕桌相对饮茶，"何以见得，学生愿闻其详。"这句话用的是昆曲的小生口白，很有韵味，招得乌云珠嫣然一笑。她说："三国鼎立，魏势最强。江东孙权派人往洛阳进贺表，请曹操即帝位为天子。曹操看了劝进表笑道：是儿欲踞吾著炉火上邪！辞而不受，终生就当了个魏王……"

福临目光一闪，凝视着乌云珠，短短一刹那的对视，他就明白了：“你都知道了？”

“是，陛下。皇后为人善良仁厚，说不上有失德之处。”

“不。朕以孝治天下，皇后有违孝道，无可原谅！”

“陛下责备皇后，自有道理，但皇后是皇太后的嫡亲侄孙女和嫡亲外孙女啊，太后病重，皇后哪里会不关切？妾妃揣度，皇后必是焦虑忧念过甚，反而一时思虑不周，失于询问。皇太后训诫她几句，已经足够了，皇上你却……”

福临望着乌云珠，目光里既有惊异，又有疑惑，还有深切的敬意和爱怜。他竟一时说不出话了。

“陛下一向英明，但此举……妾妃实在为陛下担心。”

“哦？”

乌云珠坚决地说：“天下初定，主少国疑。陛下为万民之主，德高则万民敬仰，社稷安定；失德则人心背离，江山难固。天下人民不只满洲，汉民南士尤其看重君德君行。陛下一身系天下安危，凡有举动都应格外谨慎。废后已是不德，岂能一而再？况且，两位皇后都是博尔济吉特家格格，陛下就不思虑蒙古四十九旗的人心？”

福临站起身，烦躁地在炕前快步踱了几个来回，站住，紧皱黑眉，望着窗外，说：“此人着实无才，难主六宫……”他猛地回头，盯住乌云珠，“你总不该不明白，我是为了什么……”

乌云珠不等他说出，已扑跪在他脚下，频频叩头：“陛下如果突然废了皇后，妾妃决不敢再活在世上！务求陛下体谅皇后的本心。要是陛下还肯开恩，让妾妃留在世间侍奉陛下，就求陛下万万不可废皇后！”

福临惊讶万分，倒抽了一口凉气。侍奉在侧的太监、宫女们，都惊得目瞪口呆，连出气的声音都给压低了。

福临终于长叹一声：“咳！历代多少宫闱惨变，莫不起于夺嫡。像你这样的，真还没见过呢，可以上得无双谱了……”

乌云珠身子一软，双手抱住了福临的双腿，像个小女孩一样把面颊也贴了上去，声音哆嗦着说：“只要陛下江山永固、社稷安定，满、蒙、汉万民一体太平，妾妃愿以侧妃了此终身……”

福临连忙把乌云珠扶起，抚摸着她瘦瘦的双肩，充满爱怜的目光在她美丽、消瘦的脸上来回流连，用感动得发抖的声音说：“朕的贤妃……朕的爱妃……只是太委屈你了！如此心胸，如此眼光，如此才德，如此容貌……”他说不下去了。

乌云珠何尝不觉得委屈！她扑倒在福临怀中，用力把脸偎进他宽阔的胸膛，听到他胸腔里心脏的搏动，想到自己的境遇、自己的命运，顿时泪如雨下。但这是无声的饮泣，那苦楚是钻心的、难忍的，又得拼命压制住，她不觉从头到脚都剧烈地颤抖了。

福临对乌云珠的异常反应害怕了，连忙轻轻拍着她的背，一再地小声问着：“怎么啦？这是怎么啦？不要这样哭啊！……”

乌云珠终于抬起满是泪痕的脸，用极低的只有福临能听到的声音说：

“妾妃也怕……被放在炉火上……烧烤啊！”

停止中宫进笺的诏令传到景仁宫，恰如雪上加霜，上上下下的人心都凉透了。

那天早起，乾东五所的嬷嬷就来禀告，说是三阿哥夜里发病，浑身滚烫，已经昏睡过去。平时不言不语、总皱着眉头的康妃也有些发急，忙不迭地跑去查看，傍晚回来时已是一脸乌云。两个说话声大了些的宫女，立刻被她竖着眉毛骂了一顿，还叫太监拉了出去，一人掌嘴二十。于是，景仁宫的人都知道大事不好，三阿哥必定病势不轻。这岂不是要命的事！自打董鄂妃进宫，这里的人就把希望寄托在三阿哥身上，要是三阿哥有个好歹，康妃娘娘还有什么想头？景仁宫的人还有什么奔头？

偏偏在掌灯时分，两个消息同时传进：皇上停了中宫进笺；太医确诊三阿哥是出花，皇上立命把他迁出宫去。

康妃当时便眼前一黑，昏厥过去了。陪伴康妃的谨贵人和几位常在赶忙上前搀扶，掐捏人中帮助顺气。她们自己不知是因为恐惧还是出于愤怒，也一个个颤抖不已。

天花，对满洲人来说，是最可怕的疾病。在关外时，他们就对之畏惧万分。当年大军多次南侵，入关抢掠，但凡遇着天花流行区，他们都早早改道绕行，有时干脆退兵。定都燕京后，几次天花流行，夺去了许多皇室贵族的生命。说来也怪，这病在满洲人身上特别凶险，十有八九难以活命。每年天花流行季节，皇上都要远驻南苑，甚至跑到长城外的草原上去“避痘”。顺治初年因此立了法令：“凡民间出痘者，即令驱逐城外四十里。”结果，不但天花患者，连偶然发热或生疥癣等疮害的人，也一概驱逐。遇到这种情况，北京城里一片喧嚣纷扰，病人、家属，一串一串地被逼离家出城，流离失所，冻饿交加，哭声震天，死于途中的不在少数。更有一些贫家的弱儿稚女，因父母无力移居城外照料食宿，便被抛弃道边，任其生死。这成了清初京师的一大弊政。只是在南城御史赵开心上书摄政王，提出比较切实可行的处理办法后，这道法令的扰民程度才缓解下来。

但这并不能减轻满洲人对天花的畏惧心理。所以，三阿哥染了天花，皇上居然把他驱逐出宫，对康妃、对景仁宫的人们，都是一个沉重的打击，其程度不下于停止中宫笺表所引起的反应。

这一夜，出于各种心理，景仁宫的人都没睡好。谨贵人屋里过了半夜才熄灯，康妃寝宫里则通宵明亮。

次日清晨，谨贵人和三位常在按常礼向康妃请安。康妃和往常一样，静静答了礼，便要她们各归住处。三位常在走了，谨贵人留下了。康妃看看她，没有作声。侍女送上奶茶，康妃做个手势要谨贵人坐下喝茶。谨贵人谢过坐下，两人相对无言，默默地端着银碟银盏，不时呷两口，吹吹热气。气氛非常沉闷，憋得人喘不过气来。

谨贵人偷眼看看康妃：天！一夜之间，她怎么换了这么一副冰霜面孔？平日显得深沉含蓄的黑眼睛，完全失去了生气，变得呆滞死板；由于一夜未眠，脸色蜡黄，眼圈乌青，像是苍老了十岁……

康妃从眼角瞟了谨贵人两眼，皱了皱眉头：谨贵人额窄颚方的带几分男子气的面孔，此刻竟是红红的，表情紧张又兴奋；低压在细眼上的刚硬的黑眉在微微颤动；她还不住地眨眼，似乎想要掩住眸子里跳动着的不安定的光点。康妃心里很不受用：这会儿你起什么劲儿！

两盏奶茶都喝下去了，康妃还没有说话的意思。谨贵人实在忍不住了，说道："娘娘，不去打听一下三阿哥给搬到哪儿去了？"

康妃冷冷一笑："爱搬哪儿搬哪儿，关我什么事！"

"娘娘！……"谨贵人吃惊地喊道。

"这孩子是他爱新觉罗家的血脉，他们不心疼，我心疼什么？"

"娘娘，要是你再不照应三阿哥，那可就更……"

康妃哈哈地笑了，笑得人毛骨悚然。她说："就得我们娘儿俩一起死了才干净，才称了他们的心！我……"她突然咬牙切齿地说，"就是死也要死在他们后头，看看谁熬过谁！"

她口气中刻骨的怨毒，使谨贵人骤然兴奋，猛地站起来说："娘娘，你不能这么着！……昨儿夜里，我得着祖宗启示了！"

"什么？"康妃皱着眉头直看着她。

"真的！是真的呀！……昨儿一听见那些倒霉的信儿，我心里那个气呀！难道我们博尔济吉特氏要败给那个南蛮子女人？难道祖宗千辛万苦开创的基业，要传给那个蛮子女人的儿子？……我气着、想着，后来不知怎么的，就迷迷糊糊地睡着了，只听耳边有人喊：'快醒醒，接驾！'慌得我登时跪倒在地。哎呀，太祖皇帝和太宗皇帝站在我面前，就跟圣容图像一模一样，威严魁梧，当下我只有叩头的分儿。太祖皇帝开口说话了，那声音就跟午门上的铜钟一样亮，他说：'朕一生南征北战，打下江山，不容外人抢夺！'太宗皇帝接着说：'子孙若不敬天法祖，朕在九泉之下也不安宁！你既是朕家儿媳，一定要为宗社、为爱新觉罗氏挺身而出！'我于是再三叩头，向二圣奏道：'儿臣领命，万死不辞！'太祖皇帝便捋髯笑道：'果然如此，朕向佛爷求情，赐你生生世世降于富贵之家！'我才要谢恩，掼了一跤，就醒了。"

康妃早听呆了，直瞪着眼，带着敬畏小声问："真的？太祖、太宗皇帝托梦给你了？"

"我的娘娘，你是谁，我是谁呀！我怎么敢对祖宗不恭？难道不怕天雷轰？"

"那，你……"康妃盯了一眼谨贵人。

谨贵人眼里放射出狂热的光芒，浑身是劲地攥着双拳说："我哪怕粉身碎骨，万死不辞！”她仿佛又回到大草原，骑着骏马，发疯似的纵横驰骋。她眉毛高扬，胸脯挺直，一股压抑不住的热情从她全身向外喷涌，使她此刻显得又美丽，又可怕，紧紧地吸住了康妃的目光。康妃心里犹豫，尽量把口气放冷些：“事已如此，你就是领了先帝圣命，又有什么法子？”

谨贵人急忙向康妃跪下，叩了个头，说：“我思谋半夜，已想出了一个好法子，心里正自不安，就有二圣来托梦。这是先帝指点，必得要这么办！”

康妃没有搭腔，谨贵人急得眼都红了，说：“娘娘请放宽心，天塌下来，我一人担当，决不连累别人！”

康妃从眼角向四周看了看，谨贵人立刻大声说：“娘娘，前日穿的那双鞋花样新鲜受看，能不能赐我多看两眼？”

康妃站起身说：“进里屋来瞧吧！”

她俩一同进寝宫里间去了。

一顿饭工夫，两人再走出来时，各自神态大变。康妃一反平日的沉静和刚才的阴冷，变得心慌意乱、举止失措，她下意识地掐下一朵唐花——花坞新送来的玫瑰，高高地擎着，一只手无缘无故地把花瓣一片片扯下来，细长的手指在不住地颤抖。她咬着嘴唇，视而不见地望着花瓣，好像决心不再开口。

谨贵人的狂热劲似乎已经过去，变得冷静沉着，像是一位女谋士，在向康妃小声地陈说利害：“我的娘娘，水火哪能相容？用蛮子的话说，得要破釜沉舟！不然对不起祖宗，更对不起后人！”

康妃的声音颤抖得听不真了：“这……于心不忍啊！”

“可这是先帝的旨意啊！”谨贵人急了，“我不修今生修来世！我宁可近支宗派继位，也不能让他当太子！”

两人忽然都噤住了。因为从北边，隔着高高的宫墙，传来一阵行云流水般优美动听的古筝乐声，叮叮咚咚，无比清越，好似玉石相击，又如泉滴深潭。但这一声声又都像重锤，锤锤击在两人的心上。乐曲间，她们甚至隐隐听到，还夹杂有清脆甜美的笑声。啊，是她！——隔一道北墙，那边就是承乾宫！

康妃打了个冷战，脸都扭歪了。她痛苦地闭上眼睛，静默片刻，再睁眼时，脸上又挂满了冰霜。她用力扔掉手中那朵凋残的玫瑰，走出寝宫，站在台阶上，呆着脸吩咐道：

“传辇，禀告皇太后、皇后，我要出宫去看望三阿哥!”

宫里的规矩，皇子出痘,只有生母可以探视。康妃只领了几名随侍宫女往西华门外福佑寺看望皇三子,这是无可非议的。

但是，两三天后，活活泼泼、粉妆玉琢的四阿哥，竟也浑身发热，染上了天花。

第六章

一

窗户纸上有个铜钱大的小洞，冬日明丽的阳光透过它照进屋里，投射下一个扩大了四五倍的圆圆的日影。望着日影从炕头移向炕角，从炕角爬上东墙；望着它由亮黄变得金黄，由金黄染上淡红，梦姑坐立不安，越来越害怕，心头掠过一阵又一阵寒颤：她的丈夫就要回来了！

东厢房里一片喧闹娇笑，多半是在斗牌；西厢房里哭声夹着骂声，一定又在吵架。她们不理睬梦姑这位“正宫”，梦姑更不敢招惹这些“妃嫔”。

春天里，白衣道人师徒亮明了身份，和乔柏年认亲结盟，共图大事。借哥哥的光，梦姑过了几天安生日子，朱慈炤不再动手打她。可是哥哥五月份到京城赴顺天乡试，梦姑立刻又陷入苦境。朱慈炤故态复萌就不必说了，连那些住在东西厢房的女人们也合伙欺负她。家庭里的事从来如此：山中无老虎，猴子称霸王。梦姑既拿不出正房的虎威和派头镇住她们，她们当然就要称王称霸，反过来镇住她，谁叫她那么温顺良善、软弱可欺呢？除了原先环秀观的小道姑还讲点儿昔日情分，其他女人，哪一天不甩给梦姑没完没了的叱骂、嘲讽、讥笑呢？

哥哥走后，朱慈炤就不准乔氏进后院，却许可容姑不时来和姐姐做伴儿。容姑才十二岁，不懂事，当姐姐的什么也不敢对她讲。但那天梦姑擦身的时候，容姑突然闯进来，一眼就看到姐姐胳膊、大腿、胸背乃至肚皮、乳头上一块块怕人的红紫伤瘢，小姑娘吓得尖叫一声，扭头要跑，梦姑慌忙喊住她："小妹!"容姑愣愣神，扑过来抱住姐姐伤痕遍体的身子痛哭失声，边哭边骂，骂姐夫不是人。梦姑心惊胆怕，从此不敢让妹妹再进后院。这一点点亲情也断绝了，说梦姑身处活地狱，真不为过。重重折磨，她还哪得活气来？

哥哥，你到哪里去了？眼看腊尽年残，你为什么还不回来？

圆圆的日影映在东墙，红得深了几分，又向上移了半寸。梦姑死死盯着日影，心底的寒颤向全身扩散。三天前，朱慈炤随白衣道人出门，说是今天日落前回来。这三天，梦姑像在做梦，梦到自己回到幼时，在过年。这三天，也像小时候的年节那样，过得飞快。她又将被拖回那个漆黑的、布满毒针尖刺的深坑，日影每移动一分，她就被拖近一步……

日影的边沿模糊了，却更加红，红得像血，像梦姑伤口沁出的血珠……梦姑恐怖地瞪大眼睛，浑身哆嗦：难道不是这可恶的日影在拖她，把她重新扔进可怕的深渊吗？……梦姑突然跃起，扑向躺柜，从柜底下掏出小铁锤和一把钉子，跳上炕，对准日影的中心，把钉子拼命砸进去，砸进去！"咚咚咚咚"！她急促地砸，砸进一排长钉，她要把日影钉死在墙上，让它不再移动！让那可怕的时刻不会到来！……不，她办不到，日影又移上去了！

梦姑愤怒地扔下钉锤，冲到窗前，"嗤"的一声，撕下一块衣襟，贴住那个窗纸洞，双手死死地把它捂住！她不要再看见那块移动的血斑，她受不了这无情的折磨！

"嘎——吱——"堂屋的门轻轻响了，梦姑一惊，衣襟块掉到炕上，她缩住身子细听：有人拖着沉重的脚步慢慢走向她这东屋。须知朱慈炤从来是要所有女人都在院门内跪接的。这是谁呢？梦姑疑惑着下了炕。

门帘悄悄掀开，站在那儿的正是他，梦姑的丈夫、这里一大群人的"主上"、三太子朱慈炤。不过，平日的骄横、高贵、刻毒、阴森，此时都不见了。他疲惫得就像要垮架子的茅棚，摇摇晃晃，虚胖的面颊和眼角一起垂落下来，脸色白得吓人，丧魂失魄地望着梦姑，又像什么也没看见。

梦姑不敢看他，只顾忙碌着：放炕桌、上什锦攒盒酒菜、烫酒、沏茶，然后低头出屋，去叫东西厢的“妃嫔”来陪酒侍候——每天的规矩如此。不料朱慈炤发出一声刺耳的尖叫：“不！不！——别去叫她们！全都靠不住，靠不住哇！——”

梦姑倒退几步，刚倚在炕沿站定，朱慈炤猛扑过来，“扑通”一声跪在她脚边，紧紧抱住她的腿，声声哀叫：

“你别离开我！别撇下我一个人！求求你，求求你啦！……我完了！全都完了！”

朱慈炤放声大哭，拿脑袋一下下地撞着地，撞得“嘣嘣”响。

梦姑吓得心头怦怦乱跳，在惯常的恐惧和厌憎中，竟生出一丝怜悯。她身子一动也不敢动，只怯生生地扯扯朱慈炤的衣袖，小声说：“爷起来。坐。”

朱慈炤此刻像个挨打受气的小孩，擦鼻涕，抹眼泪，挨在炕桌边又抽泣了一会儿，竟然向他从不放在眼里的梦姑，滔滔不绝地诉说起来：

三天前，他和白衣道人一同去都山。都山里有一支号称五千人马的绿林豪强，响应永历南明，愿受招抚，起兵抗清，恢复汉家江山。朱慈炤仍以假阳曲郡王的身份，前去封官颁印。此行是他第一次公然以王爷身份露面，所以异常兴奋，大有重见天日、不可一世之概。但是，进山一看，人马不足八百，尽是疲马锈刀；所谓的豪杰，一个个匪气十足，令人惧怕。头一天，首领对他们还十分客气，盛宴款待，再三解释说，因为鞑子朝廷出了垦荒免赋的政令，把四千人马给勾引跑了，剩下的人马虽少，却都是精兵强将，大有可为。第二天，王爷封官颁印，豪杰们声口就不大好了。得到铜印、木印和委官札付的“义士”们虽也叩谢皇恩，却又不住地提起赏赐和军饷这两件要命的事。朱慈炤随带的那一点金银珠宝，直如杯水车薪，哪里济得事，徒惹豪杰讥笑。首领们面色不善，对朱慈炤和白衣道人顿时冷下去，当晚将他二人安置在山寨背后的小独院，连服侍的下人都不派给。第三天清晨，朱慈炤和白衣道人急于挽回局面，早早起身，刚刚转过山坡就惊呆了：山寨已空，不见一马一卒，寨门栅栏焚烧尽净，昨夜见到的都山大营已成荒山废墟。两人不知虚实，赶忙逃离。出山后，道听途说，才知道都山的八百人马已受朝廷招安。这些豪杰们没有绑他俩去请功，就算是对大明朝廷了不起的忠心和怀念了！

说到后来，朱慈炤已是声嘶力竭，上气不接下气：“阳城山那路兵马去年就受了招安……林山有千把人，也在今春散尽……只有都山这一支，人强马壮、声势最大，历来寄予厚望的，却又一夜之间化为乌有！……啊，我靠什么恢复祖业？还有登龙位的一天吗？……完了！全完了！”他全身无力地伏倒在炕桌上，碰翻了几只酒杯。一只小银杯滚落地下，“叮当”一声，清亮好听。

“啊，酒！”朱慈炤抬起身，惨惨地一笑，“喝酒！喝酒！”他嚷着，攫过酒壶，抓起酒杯，自斟自饮，斟一杯喝一杯，好像这不是酒而是水，片刻间便灌下去了十几杯。他的脸红上来，眼睛也斜了，仰着脖子口齿不清地吟道：“万事——不如——杯在手，人生几见——月当头！哈哈，哈哈，哈哈哈哈！……知道吗？这是我伯父……弘光的诗，说得多透彻？……他到底坐了两年天下，皇帝的福，他可是都享尽了！……我呢？……我呢？”

梦姑脸色都白了，想要乘机退下，因为往常朱慈炤一吟出这两句诗、一提到弘光帝，马上就要动手打她、骂她、折磨她、作践她。

“不准走！”朱慈炤大喝一声，血红的眼睛闪出兽性的残忍，盯住梦姑，梦姑哆嗦着缩向墙角。“你也想溜？……你也想丢开我，去受招安？……我饶不了你！”他逼近梦姑，先朝他刚才抱着痛哭的梦姑的腿猛踢两脚，梦姑膝盖一瘘，跪倒了。他又揪住梦姑的前襟，左右开弓，“噼噼啪啪”地抽了十多个耳光。梦姑的两颊登时肿起来。朱慈炤歪扭着脸刻毒地笑道：“你只有这样胖胖的，才有点儿美人儿味道！”

半醉的朱慈炤力大无穷，拎起瘦弱的梦姑扔上炕，随即便如饿狼一般扑上去。梦姑痛苦得浑身的脉络都在缩紧、在痉挛，血液似乎也凝固了，欲哭无泪，欲呼无声，恨不得一死了之……

一番强暴过去，缠绕着朱慈炤的恐惧和绝望丝毫未减。他原要听这女人惨叫，听她哀告，那样，他会感到自己是强者，是豪壮而且高贵的征服者，便能求得心理上的些许满足，获得精神的暂时平衡。可是这个女人，外表美得叫人眼红，内里却是一坨冰疙瘩！不管他怎样肆虐，她只是一声不响，冷冷忍受，没有任何反应，简直是不理睬他，或许就没有把他当成人？……可他朱慈炤，是龙子龙孙，是太子！要不是这可恶的世道，这些该杀的人们，他早就登九五之尊，是天下第一人了！……看着躺在炕角一动不动的梦姑，朱慈炤照例又迸发了暴怒，跳上炕去，对着梦姑踢、打、拧、掐，口里恨恨地骂着："你是死人吗？你怎么不死啊！你这冰女人！冰女人！冰女人！……"

梦姑咬紧牙关，闭紧了眼，任随他打。她心中只有一个愿望：死吧！打死我，我就好了……

"姐姐！姐姐！"容姑的清脆嗓音突然在院里响了，欢天喜地，故意大声嚷着，"你猜猜，谁回来啦？"

朱慈炤住了手，眼里掠过一道兴奋的亮光，又歪扭着脸笑了笑，要下炕。梦姑看到他的笑，心里一寒，不知哪里来的力气，一跃而起，猛然拖住朱慈炤的腿，咬牙说："你不能……她还是个小孩子！"

朱慈炤俯首一声冷笑，刻毒中带着得意："哼，你这下动心了？"随即一脚蹬开梦姑，喊道："小妹，屋里来！"

梦姑不顾一切地喊："小妹，你别……"朱慈炤一记重拳打向她面门，把后面的话打掉了。

门帘一掀，容姑蹦跳着进屋，朱慈炤从门边窜出，一把将她拦腰抱住，按在炕沿，撕扯她的衣服。容姑吓得又哭又骂，又踢又打。梦姑忍着浑身疼痛，冲过来拉拽丈夫，解救妹妹。但朱慈炤不管不顾，眼睛血红，额上青筋暴起，疯了似的大喊大叫："我伯父弘光，一晚上能弄死两个幼女，我就不如他？……啊！"他尖号起来，因为容姑在他手上狠咬了一口。

"住手！"几乎同时，一声大吼震动了屋梁，一只大手抓住朱慈炤的后领，把他拎起来，狠狠摔进椅子里。

"哥哥！"梦姑和容姑异口同声地大叫，容姑立刻扑到铁塔般的哥哥身边，放声大哭。

"你！"乔柏年虎目圆睁，瞪着朱慈炤，拉风箱似的大口喘气，愤怒使他的神色很可怕。朱慈炤吓得缩成一团，直哆嗦。但君臣之礼终于使乔柏年硬压住火气，他怎么敢以臣犯君？他紧皱眉头，躬身一拜，说："主上，乔柏年回来了。"

朱慈炤也很快摆出自己的身份，大模大样、摊手摊脚地向椅背一躺，拉长了声音："哦——是你呀，刚回来？好些日子不见了。"

乔柏年怒目一闪，旋又忍住："主上，为人处事，不可逾分。"

朱慈炤扬扬眉毛："并无逾分啊？姐妹共事一君，乃千古佳话！"

乔柏年猛一抬头，浓眉下目光灼灼，颜面涨得紫红："她才十二岁，还是个孩子！"

朱慈炤仰头一笑："这，你就不明白了。我们祖上就讲究选幼女进宫侍候，叫作采阴补阳。哪一年不选个二三百！专要八岁到十二岁的。说起来，容姑还嫌大了呢！"

乔柏年满腔怒火，真想往朱慈炤那无耻的得意笑脸上狠狠扇两个耳光！前明的大好江山，不就是因为一代代皇帝荒淫无耻、昏庸腐败而断送了吗！……他拼命克制住自己，拉着容姑，掀开门帘，大喝一声："走！"

出门那一刻，容姑回头，悲切切地哭叫着："姐姐！——"

乔柏年匆匆跨出环秀观大门时，月亮已升起来了。他心急火燎：必须立刻找到白衣道人，弄清楚到底出了什么事情！

刚才他怒冲冲地来到观里，是为了找白衣道人论理。朱慈炤不成器，欺人太甚，白衣道人这位"帝师"若不好好教训教训他，乔柏年宁可不当国戚，也要另投别门！再说，他刚从南方回来，许多大事也得跟这个牛鼻子老道商议。不料白衣道人不在观中。观主袁道姑忧心忡忡地告诉他：今天下午，白衣道人师徒才从都山封官颁印回村。老道回到观里，一句不提都山，只是不停地喝酒，先要袁道姑陪饮，袁道姑量窄喝不了几杯；又叫褚衣仆同饮，褚衣仆被他灌醉了；然后拽来守观门的瘸子，他又觉得喝不尽兴，干脆身背大酒葫芦、手持酒杯出观去了。袁道姑怕他出事，也跟出观门，见他在路上遇到人就拉住人家陪他喝，实在不成体统，便上前劝了两句，竟招来他一通大骂。袁道姑无奈，只好回观。白衣道人已不知荡到哪里去了。

看这情形，莫非都山出了事？都山这支人马，是乔柏年费了九牛二虎之力才笼络过来的，命根子一般，他怎么能不着急！可是到哪里去找白衣道人？乔柏年停步四顾，月光如水，映着斑斑雪光分外冷清，万籁俱寂，哪有人影人声？

远远山坡下，忽有人在呼叫：一阵长啸，一曲狂歌，清夜遥闻，格外清晰。乔柏年循声奔到近前，果然是白衣道人！他坐在一方大青石上，醉得东倒西歪，衣衫不整，发髻蓬乱，举着酒葫芦正在喝酒。

“先生，快别喝了！”乔柏年上去要夺酒葫芦，白衣道人把他推开。好大的力气！乔柏年十分惊讶，不由得细细打量他。他仿佛不认得乔柏年，甚至不注意眼前有人，咕嘟咕嘟喝下两大口后，抹嘴大笑，笑罢高歌，歌罢狂叫，叫到后来，竟汪汪汪汪地学起狗吠，吠声不绝，声调越来越高，嗓子越叫越嘶哑，高不上去了，忽然跌落下来，呜呜咽咽地恸哭。

乔柏年连忙推他：“先生，你怎么醉成这个样子！……我是乔柏年，刚从南边回来！”

白衣道人流着泪笑道：“不醉！我一点不醉！柏年老弟，我认得你，来，陪我再喝三杯！”

乔柏年道：“还说不醉，怎的学狗叫！”

白衣道人摇头晃脑：“告诉你，我就是醉死，心里也不糊涂。至于学狗叫，每每酒足，常自为之，不肯为人道而已！其中缘故，说来伤心。多年来，我从不肯露本相，事到如今，还有什么不可说呢？……我要对你讲讲心里话，我憋得慌，憋得慌啊！”他抓住胸口，凄凉地一笑，笑得乔柏年心酸难忍，劝慰道：“先生有话尽管说，我乔柏年是什么样的人，你还不知道！”

老道忧伤地摇摇头，暗淡无光的眼睛仰望着明月，呆呆地半天不做声。乔柏年小声提醒：“先生，你要说什么？”

“是了，我要说说……”他一下子像老了十岁，佝偻了腰，龙钟之态可掬，慢慢地说下去，“当年鞑子南下，攻破郡城，我身为郡守，慨然赴死，义不容辞，便率妻妾及大小家人昭告天地，北面拜君，尔后从容就缢。我妻有孕在身，悬于梁而胎堕，家有一犬竟守之不去，邻家之犬争欲啖胎，吾犬则奋而斗杀之，先后啮死四犬，而吾犬之力竭亦死……举家男女二十六人，偕堕胎及吾犬均亡，唯我以绳断昏绝于地而独活……每念及此，心痛如绞，借醉而为犬吠，无非凭吊之意……苍天！我若不能驱杀满虏，成就光复，何颜对室中就义之二十六人？”白衣道人满脸泪水，一口气噎住，说不下去了。

乔柏年连忙为他揉胸捶背，切齿道："满虏入关，灭我社稷，杀我人民，占我地土，淫我妻女，亡国之痛念念在心，所谓人神共愤是也！先生不必这般惨苦，驱夷蛮、图恢复，正需我辈奋发！”

白衣道人仰天浩叹："无望啊！大势已去，气数将尽。与其偷生，何如一死，追寻我家二十六位义民！”他掩面痛哭。

乔柏年心下一沉："你说什么？难道都山……”

白衣道人摇头道："一夜楚歌，吹散八千子弟兵；一纸垦荒免赋政令，也吹散了都山的四千人马！”他详细说起都山、林山、阳城山三处兵马逃散降清的经过。乔柏年听得手脚冰凉，背上直冒寒气，猛地一捶青石，大叫道："这不能！我不信！”

白衣道人用无神的眼睛看看乔柏年，惨然道："不信，那就随你了……记得十年前，鞑子初进中原，江西总兵金声桓反，大同总兵姜瓖反，那才叫一呼百应，旬日间所在尽叛！其时不仅有故明皇室为号召，有李闯、张献忠人马处处抗清，还有因圈地、逃人、薙发诸令逼迫而不堪为奴、相率成盗的无数流民，正是天下大乱，杀人如麻的时候，应了三百年一大劫啊！……可惜这时机已一去不复返，不复返了！”

月下的白衣道人，毫无醉意，狂态尽收，冷静下来，但一派颓丧、绝望，像一条垂死的白鱼软弱地躺卧在大青石上，往日的从容自信、深不可测的智睿、令人生畏的劲气，此时全都消失了。乔柏年忍不住问道："难道先生你……”

白衣道人仿佛没听到，自顾自说下去："要说天下大势，合久必分，分久必合，乃事物常态；大杀大乱大劫之后，人心思定，也是常理。十年以来，鞑子朝廷看准此理，剿抚并用，渐次平定各方，又革除明季三饷，蠲赋免役，禁圈地、宽逃人法、奖励开荒，重用故明旧臣，开科取士，严禁科场弊端，种种举措，无不顺乎民心，你我还能有什么作为?”

乔柏年却不是轻易压得垮的，很快就恢复了平日的大丈夫气概：“先生不必灰心！我永历朝、国姓爷俱是兵多将广、势力雄厚。我此次乡试落榜后，去了南京，找到了永历朝廷的人。有皇上的勤王谕旨，要各路义军在鞑子攻进云贵时起兵策应。听说国姓爷第一个接了旨！只要各处勤王大兵一齐动手，未必不能重开局面!”

“做梦啊!”白衣道人冷冷一笑，“永历朝若真有大势头，也不必诏令各路勤王了！都山、林山、阳城山兵马如此，其他各处可想而知。至于郑成功，说实话，老夫从不深信，安知他没有自立之心？……如今你我兵微力薄，已然进退失据了！唉!”

乔柏年解开襟怀，拿出一大摞绢质和纸质的札付，上面有委任总兵、副将、参将等职务字样及永历年号、红印；又拿出几颗寸径的木印、铜印、银印和一面大黄旗，说：“先生请看，这都是朝廷新颁下的，正好请贤聚兵，以为号召……”

白衣道人拿起那颗银印在手中掂了掂，说：“只有这颗还值得几两银子，那些全都无用！废物!”他一举手，把乔柏年捧出的印和札付全都挥到地下。

“你!”乔柏年真弄不清这老道是醉是醒。听他说起天下大势、自身遭遇，清晰明白；可看他表情行为，又时时像个醉汉。他俯身去拾印时，老道两句话说得他也丧了气：

“重赏之下，必有勇夫。眼下只凭忠义二字……哼，无赏无银，谁肯卖命?”

沉默良久。乔柏年突然抢过酒葫芦连喝了几大口，一擦虬须，说：“主上身边无宝吗?”

白衣道人思忖片刻，静静地说：“若想就此洗手不干，自然可以拿去折卖养家；如若还不死心，则奇货可居，分毫不能动!”

“啊?”乔柏年大为惊讶，“难道三太子有假?”

白衣道人苦笑：“何必问他真假，要的不过是朱三太子这块招牌!”

“既然如此,”乔柏年提高声音恨恨地说,“这人太不成器,不堪为君!”

白衣道人平淡地说:“何止此人!他们朱家子孙,哪一个不是骄暴昏庸、不堪为君!但凡有几个如鞑子朝廷小皇帝也罢,天下哪会弄到眼下这般地步!”

“你?”乔柏年瞪大了眼睛。

“话已说到这个分儿上,何必再瞒你。我乃崇祯壬子进士,身历崇祯、弘光、隆武、永历四朝,眼见各朝无事不败坏,无处不糜烂,真正是救无可救,气数已尽了!……”

“那么,你并非以复明为志了?”乔柏年尖锐地逼问一句。

“怎么说呢?我也姓朱,但并非皇族。俗话说,皇帝轮流做,明年到我家;又道,乱世出英雄。郑成功能自立,我就不能自立?……唉,这都是早先的念头,如今壮志已随流水去,日后隐居山林,诗酒了此残生吧!”白衣道人又露出醉态,嘻嘻笑着,伸手搂住了乔柏年的肩膀。然而道人的这番话,却如石破惊天,震撼了乔柏年!他心头如雷鸣电闪,刹那间转过无数念头,生出无限感慨,仿佛从湍急狭窄的小溪流突然跳进气势雄伟、波涛壮阔的大河大江,胸襟豁然开朗。他眼里燃烧起一团烈火,明亮灼人,伸手拍拍白衣道人,说:

“先生一席话,令我茅塞顿开!先生既肯开诚布公,柏年决不相负!虽然时事维艰,大丈夫岂能忍辱偷生!你我同舟共济,总能成就一番事业!”

“你,还有出路?”白衣道人眯着布满血丝的眼看着乔柏年。

“当初我联络各地义士,除都山这三处之外,还有几处小股人马。我想约定新正举事。只要谋划得当,便能出奇兵速进速退,攻破县城,那钱粮库不就是我们的?有了钱粮还愁没人?”

“哦?”白衣道人的眼睛猛地一亮,又聚合成鹰鸷那般锐利的光芒。他不再说什么,却蓦地挺直了腰,跳下青石,俯身把他挥到地上的印和札付仔细收捡归拢。乔柏年看着他意味深长地说:“这些废物还可助你我一臂之力呢!”

白衣道人哈哈地笑了，不带醉意、不含悲怆、没有狂态，是这个寒冬月下夜话以来的第一次。乔柏年暗自嗟叹：此人真真假假、虚虚实实，有如老林巨泽，令人目眩心迷、莫测高深，总也揣摩不透啊！……但他明白，他们必须合作。于是他正视白衣道人，口气认真严肃地说：

“有件事，请先生玉成。”

“只要鄙人能办到。”

“给我梦姑妹子一纸休书！”

“哦，这个嘛……新正举事之后吧！”

“好，说定了。”

几天之后，马兰村来了十多个外路人，骑着马，后面跟着骡子，骡驮子里满满当当不知都装的什么。他们一个个身强力壮，很是神气。惹人注目的是他们身上还背了弓箭，腰下悬了宝刀。有人说是一队富商，路过马兰村，看望相知乔柏年；有的说是京师大户腊月出猎，借乔柏年家宽敞的院子歇脚；更有人悄悄猜测，是山里的“大王”，来寻他们的眼线。一时间马兰村里议论纷纷，不过谁也不敢在外面说出不中听的话。乔柏年钱大气粗，老道人道法高明，谁敢去触霉头？

二

入夜之后，京师内城各门闭锁，灯光寥落，人声渐息，而南城却到了一天中最沸腾又最神秘的时分。棋盘街，大栅栏，廊房头、二、三条胡同，肉市，鲜鱼口，打磨厂，珠宝市，是旅店、货栈、茶楼、酒馆丛集之地，灯火辉煌、人语喧闹。买卖吆喝、划拳行令，加上众多会馆的夜戏锣鼓，汇成一片夜市的特殊音响。京师两大戏楼，一名查家楼，一名月明楼，都正是笛声悠扬、粉墨登场，一派春花秋月的旖旎风光。查家楼，在正阳门外肉市；月明楼，在宣武门外永光寺西街。两大戏楼之间，樱桃斜街、玉皇庙、西珠市、东草厂，再向南，韩家潭、胭脂胡同、石头胡同、粉坊街、果子巷，则是娼妓优伶居住集中的地方，人们称之为“华灯照天，银筝拥夜，朝朝寒食，夜夜元宵”，是京师有名的“销金窟”。顺治初，曾冷落过两三年，顺治十年以后，又繁盛起来。

进妓馆闲游，叫作打茶围；到优伶所设堂中闲话的，也叫打茶围。时人改旧诗曰：“一去二三里，堂名四五家，灯笼六七个，八九十碗茶。”因为优伶家常备小纸灯数百，客来则提灯引进，客去又各给一盏小灯引出，门前还悬着灯笼。于是南城这几条胡同，入夜以后，一眼望去如列星荧荧，既是风流的招牌，又是低贱的标志。

同春居然走到这灯火辉煌、清歌缭绕的樱桃斜街来了，他说不清心头是什么滋味。

三年前，他下了多大决心，费了多大力气，才离开这个地方。那时候他发誓，这辈子决不再踏上这片土地。可是今天，他不得不来找他的师弟柳同秋——眼下京师有名的红相公、媚香堂主人莲官。十五的月亮光华四射，路边雪堆白得晃眼，寒夜冰冷刺骨，空气仿佛都冻得发蓝了。同春裹紧了身上单薄的棉袍，踏着月影，在川流不息的车马游人中，在如萤火飞动的大小灯火里，走进了媚香堂。

媚香堂主领徒弟应条子陪酒去了，再有半个时辰就会回来。因为莲官是颇具盛名的红相公，陪人筵席，只需酒过三巡便可登车它去，主人不得相留，而酬金却不得少于十两，至于赏赐的金玉珠翠、貂袍蜀锦，多得不计其数。

“做相公的到了这个身份，就算是顶尖了！”这是媚香堂的门丁对同春说的感慨不已的赞词。他把同春当成替家主前来邀请莲官的小厮，当成自己的同类，不肯放他进门，却把他留在自己的小屋内，一边等候，一边吹嘘媚香堂。同春无奈，只得听着。

门外一阵马嘶，辚辚车声直响到门前，在檐下那写有“媚香堂”三个金色大字的大红纱灯照耀下，一辆漂亮的雕花篷车停下了。门里门丁小厮赶忙迎了上去，掀开车帘，三位裘服翩翩、绣衣楚楚的佳公子下了车，匆匆进堂上去了。同春认出来，走在前面的正是同秋。

过了一会儿，门丁领同春上堂，小声嘱咐说：“堂主脾气不好，你回话可要小心着！”

同春皱皱眉头，不禁想起当年那个腼腆的、娇怯得像女孩儿一般，时时需要他保护的小师弟。

进了门，首先投入同春眼帘的，是一身月白缎貂袍、外罩镶水红珠花边的茜红短褂的同秋，满头黑发油光漆亮，脸上一层淡淡的水粉胭脂，看上去还那么娇艳。一个小童儿双手捧着铜盆跪在那里，侍候他洗手。

“禀大爷，”门丁谄笑着单腿跪下，“这人已经等了半个时辰，他说是大理寺评事大人家的……”他伸手扯扯同春的衣襟，要他跪禀。同春不动。

同秋一副娇滴滴的不耐烦的样子，像被惯坏了的女人那样从牙齿缝里说：“真讨厌！这么晚了，天又这么冷，还没完没了啦？”他甩甩手上的水珠，另一个小厮赶忙拿干净手巾替他擦干伸在那儿的双手。他这才转过身子面对同春，但眼睛并不看他，带过一阵浓烈的香味：“哪家大人？”

门丁又扯同春的衣襟，同春轻轻推开，沉重地低声说：“你……真的不认识我了？”

同秋一耸眉尖，盯住了同春，刹那间瞪圆了双眼，抢上几步，一把拉住同春的手，喊了起来：“师兄！是你呀！”

“师弟！”同春嗓音哽咽，同秋却已滴下眼泪。门丁诧异地看看同春，悄悄地退出去了。

“三年不见了，师兄你可好？”同秋把同春让在客位坐下，命徒弟进茶进果之后，无限感叹地问。

“我好。师弟你呢？”同春看着同秋女性十足的面貌和动作，反问一句。

同秋轻轻一笑，意味十分复杂。说他得意吧，却含着一些凄婉；说他无可奈何吧，又有几分矜持。他转动着水汪汪的大眼睛，说：“酸甜苦辣，此中滋味都已尝尽，还有什么可说的？”

同春心头一酸，移开目光打量房中陈设，却是意想不到的雅致简朴，并无绮罗香泽习气。室无纤尘，几净窗明，壁上是名人书画，摆设也仅古琴一张、洞箫二支、自鸣钟一座。正中墙上一轴横幅，上书十六个小篆："座中佳士，左右修竹，落花无言，人淡如菊。"潇洒风流，为一室增色不少。同春以前到过不少优伶的"香窠"，锦幪纱厨、琼筵玉几，无不光耀夺目，至于周彝汉鼎、壁钟衣镜，多半豪贵人家也很少有。寝室则更是华丽、香软，如临春阁，如结绮楼，神仙到了那里也会迷失本性。同秋不是已经上到"红相公"的地位了吗？住处怎么这样素净？

同秋看出师兄的疑惑，说："跟做生意一样，与众不同才能出众，鹤立鸡群才能不群。眼下文人秀士最时兴，唯有脱俗方能得名人赞赏。不然，红相公就红不成了！"他说来心平气和，如同武人说弓箭、文人讲文章一样。他打量着同春一身寒酸的装束，稍一迟疑，问道："师兄还在做书童？"

同春摇摇头。科场案发，李振邺被杀、张汉被囚，他的饭碗砸了。好在他是平民而非奴仆，尚能出入北城南城为人临时做工。虽然仅得温饱，却无需随人俯仰。但这些用不着对同秋说。同春笑笑，道："师弟，你这媚香堂肯收我吗？"

"啊？"同秋吃了一惊，想不到同春会提出这个要求。他为难地蹙起淡淡的细眉，像女子那样掏出绸绢沾着嘴角，轻轻地擦了擦，强笑道："师兄不要跟小弟作耍。"

同春又笑着逼了一句："听说你日陪数筵，日进百金，还养不了哥哥我这张口？"

"师兄，要是只为一口饭，小弟我能养你到老！若是陪筵接客，恕小弟直言，三年前你本可艳压群芳，独冠京华，小弟决计望尘莫及！……如今，晚了。不独师兄已晚，就是小弟也已日暮西山，不过趁芳春将歇，积蓄后半生的使用罢了！"他那竭力修饰的姣美的脸，显出和他年龄极不相称的怆然和憔悴之色，同春暗暗叹息。他知道，干同秋这一行享受盛名不过数年，大约十三四岁初次登台唱红以后，便有许多大佬出大钱奉承，使之有能力开设堂子，红遍南城、红遍京师；十六七岁到达全盛；十八岁以后便要衰落，因为人越来越像男子，被称作"浔阳妇"而门前冷落车马稀了。同秋过年不就要十八岁了吗？

"师弟，"同春真诚地劝道，"多积些钱也是正理。置些田产房屋，娶妻生子……"

"不，不，我不要子孙！"同秋突然打断师兄的话，"他们免不了也要操这梨园生涯，我宁肯孤独一世！"他紧紧地咬住了嘴唇。

听一个十八岁的男孩子说这样的话，实在令人难过。同春打心眼儿里原谅了师弟。

"师兄，你一向清清白白，今儿个怎么又……"

"不，不！我的意思你没有理会。我想请你荐个班子！"

"师兄你要登台唱戏？"

"嗯。"

"你想进哪个班？唱什么角儿？"

"哪个班都成，只要是新年往永平府一路去的就行。角色也随便，生、旦我还都能拾得起来。"

"你要去给师父上坟？"

"要去。也要挣口饭吃。"

同秋眼珠一转，问："还要看看乔家母女姐妹吧？"

"不用多问了。师弟肯不肯帮忙吧！"

"师兄是当年的梨园三杰，至今脍炙人口，任哪个班子，怕不要抢得打破头！这有什么难！师兄，三年没听你唱了，唱一折好不好？我去叫笛子、笙、板来！"

同春点了一出《桃花人面》，这是班子里常演的戏目。但同春并不唱主角蓁儿的段落，却作起博陵崔护那潇洒文雅的身段；他并不唱《初遇》那一折，偏偏要求试一试《题诗》那一折的《落梅风》带三令：《甜水令》《得胜令》和《折桂令》。

同秋为他轻敲檀板，笙笛悠扬，奏出了引子。同春半板不错，开口便唱：

[落梅风]：细雨洒轻寒，绿绣芳茸浅，隔溪的沙鸟几处如相见。满旗亭花开俨然，盼不见去年人面。

在这里有一句简单的道白："此间已是她门首了。"同春念得吞吐萦回、柔肠百转，随后便唱出那有名的三令：

[甜水令]：呀，为甚呵村庄冷落，朱扉镇锁，春风静掩，桃李笑无言？可正是云离楚岫，雾散秦楼，玉去蓝田，则教我对花枝空忆当年。

[得胜令]：千种恨，向谁言？万般愁，空自怜。你可是化朝云阳台畔？俺怎能结同心古树边？盘旋，看水上双飞燕；迁延，听枝头泣杜鹃。

[折桂令]：望芳郊晴岚半天，看几个典春衣，行歌绣筵。谁似俺春恨绵绵，良辰无那，泪洒风前。哭如痴，吟如醉，海棠边又增新病；住不可，行不能，桃花下怎寻旧缘？枉自留连，漫自俄延，空目断烟波画船，空历遍云山墓田……

同春连唱带做，唱得如痴如醉，做得活灵活现。到后来，他竟唱出了眼泪，敲檀板的同秋都看呆了。

唱完了，同秋停板，笛师停笛，笙师缓缓放下了玉笙，他们像睡着了似的愣了片刻，几双如醉的眼睛同时望着同春，又好像没看见他。终于，同秋先叹了口气，说："真是太妙了！师兄非但不减当年，简直是声情并茂，绕梁三日！"

笙师一个劲儿地打量同春，不知拿什么话赞美才好。老笛师弄清了他就是当年的云官后，捻着胡须笑道："怪不得！我说多年没有听过唱这么好的角色了嘛！搭班的事，包在我身上！"

当晚，同春住在了媚香堂。后来又来了些打茶围的客人，同春只得避到后院小屋里去了。

望着如海的天空，望着圆月和灼灼闪耀的寒星，同春的心里如沸腾了一般。出于自感自叹自写心情，他选唱了《桃花人面》，而演唱"三令"的结果，却使他心绪更加缭乱了。

他何曾忘记过梦姑？

不管怎么贫困，他都不肯卖掉那一副碧玉镯子；不管心里怎样怨恨乔家母女，他都舍不得扔掉梦姑留给他的唯一信物——那个精心绣制的香荷包。他见过优娼与狎客间的“情爱”，也见过张汉、粉儿与李振邺之间的“情爱”，他见得太多了，多得令他作呕。面对这些，他怎么不怀念少年时那纯美无瑕的情感？正如置身污泥浊水的恶臭中，回忆起一泓透明甘美的清泉一般，清泉愈显得美好，梦姑愈加令他怀念。他并不是没有成家的机会，张汉、李振邺都曾替他物色过。但怎么能与梦姑相比？虽然梦姑已属他人，成了梦里的姑娘，但他仍想找一个和她相仿的人儿。

张汉被囚、李振邺正法，他要娶亲，就更加渺茫了。

谁想得到，会有昨天的奇遇？

昨天，他当临时小工，在隆福寺帮一家花炮棚卖货。从入腊到元宵节，花炮都是热门货。但凡年前逛隆福寺，但凡家中有孩子，谁不买花炮过年呢？同春帮忙的棚摊子花色最齐全，除了一般花炮棚都有的大小花盒、各种鞭炮、烟花竿子、盆花瓜架之外，还特地办了几种新花样：水浇莲花、金盘落月、飞天十响、五鬼闹判，最响亮的名字是炮打襄阳城。所以这一摊生意最兴隆，临时伙计柳同春也忙得满头大汗。

远远走来两个鞑子，一老一小，显然是来操办年货的，身后还跟着几个专为挑担背筐的仆役。小鞑子硬拉着老鞑子在几个花炮棚间转悠过来转悠过去，这儿买几种，那儿买几样，最后停在同春守着的货摊前，爷儿俩叽里咕噜地说着满洲话。同春忙着应付别的主顾，没注意这一老一小，不料，一串清脆的、地地道道的京东话从那小鞑子嘴里甩出来：“卖花炮的！每样盒子、鞭炮给我们来五个！五鬼闹判、飞天十响、炮打襄阳城，一样来十个！”

这下子同春可认清楚了，快活地大叫：“哎呀！费耀色！”

费耀色一愣，黑黑的眼睛一闪，跳着脚叫道：“同春哥！是同春哥！你怎么在这儿！……玛法！玛法！”

苏尔登走过来，见到同春非常高兴，“呱啦呱啦”说了许多话，同春只听懂了几句，不过是问他这些年都在哪里，做什么事，如今过得可好，有没有娶亲，等等。对这些问题同春一个也不想回答，只含糊地说："都好，都好，费耀色长得这么大了，差点儿认不出来了。"

他们说了好一阵，弄得那花炮棚主人不住地用眼睛瞪同春。要不是因为费耀色爷儿俩是满洲人，他早就扯开喉咙训斥他的临时小伙计了。机灵的费耀色一眼看到那主人的脸色，对爷爷说了几句满语，老人立刻对身后的背筐仆役招招手，从筐里提出一盒红纸包的点心，又从怀里摸出一个铸成五福梅花形的小银锞子，让费耀色一起给了同春。同春心里感动，一个劲儿地推辞，费耀色就一个劲儿地强塞。苏尔登玛法指着自己的脸，笑着用半生不熟的汉话费劲地说："这个面子……不给我？"

同春不再推辞，向老玛法表示了谢意。苏尔登摸着胡子，嘿嘿地直笑，爷儿俩高高兴兴地走了。

玛法的黄狼皮帽刚刚消失在起伏的人群深处，费耀色又跑了回来，一把抓住同春的手，凑在他耳边紧张地说：

"同春哥，快去救救梦姑姐姐吧！她快要活不成啦！"

同春疑心自己听错了，但双腿一时竟软了，嘴唇也簌簌发抖，心慌意乱到极点："你说什么？"这句话是凭本能冒出来的，他自己也不知道究竟说了没说。

费耀色一口气把容姑告诉他的那些事全倒出来了：小道士怎么骗娶了梦姑，怎么把一对双生女孩扔到山里喂狼，怎么趁她哥哥不在家霸占她家的田产房屋，怎么虐待梦姑，等等。临了，费耀色再三嘱咐："你千万不要告诉别人，我对容姑发了誓的，连对我爷爷也没敢说！……同春哥，我见过的人里头，数你最侠义、最好心肠了，你快去救救梦姑姐姐吧！"这个十二岁的小男孩，很为自己眼里冒出来的泪花感到羞耻，说完话，赶快转身，抹着脸跑走了。跑出十来步又停下，双手放在嘴边，做成喇叭状，再喊一声："同春哥，可得赶早啊，就指着你啦！"

费耀色消失在稠人广众之中。同春浑身发抖，一下子瘫坐在地上，猛烈的嘣嘣心跳撞击着胸腔，太阳穴像有一柄锤子在急速地敲打，痛楚、愤怒、忧虑，一时都集中在胸臆间，闷得他喘不过气来：原来是这样的！梦姑受骗了，乔家受骗了，老道师徒必定是垂涎乔家的财产和梦姑的美貌！我，也受骗了！

可是，小道人已经还俗，梦姑已经是他的妻子了，柳同春是外人啊，有什么办法呢？……他双手抱住了头，难过得几乎要哭出来……

当年，同春是个倔强刚烈的孩子，敢斗骁骑兵，敢击登闻鼓，公堂上三十棍打下来，大人都要哭天喊地，他小小年纪却一声不哼。可是，自从进了京师，在梨园行过的是那样的日子，后来又跟了那样一个主人，天天见到的是那样的冠盖来往，世态人情在教训他，所见所闻、亲身所受的种种经历，像一层层沙土，掩埋了他的本性，他以为看透了世情，为人也变得越来越世故圆滑。梦姑，是刻在他心灵深处的青梅竹马的情侣，是永远和他那被埋藏的本性紧紧连在一起的。只有梦姑能够震撼他，能够唤醒他的本性，使他打破自封的厚壳，还原为早年那个性情刚正、侠骨柔肠的柳同春。

同春的心在颤抖，浑身在颤抖。他看见了什么？……啊，是遍体鳞伤的梦姑！她奄奄一息，痛苦无告地向他伸出双手，美丽的眼睛里涌动着泪，绝望地呼唤着：

“救救我！救救我呀，同春哥！”

同春猛地站起来，额上青筋暴起，双手捏得“咯嘣”响，黑眉紧皱，眉梢几乎飞上双鬓，但他的眼睛却渐渐变得冷静、镇定，重又闪出像钢刀那样锐利而坚毅的光芒。

就这样，腊月十五的月明之夜，他造访了三年不曾见面的媚香堂主人。

正月初一，永平府虹桥镇上比往年热闹。除了秧歌、高跷、舞狮子，还请来了一台戏。这可不是一般的野台子戏，甚至不是县里府里的那些戏班子，这是京师有名的聚庆班。因此，四镇八村、周遭百里的村民，都早早地赶了来占地方看戏，一饱眼福。爆竹声击浪轰雷也似的，和着锣鼓声、唢呐声、车马喧嚣声、买卖吆喝声、呼儿唤女声，交汇成一片，直响到戏台前。戏台前更是人山人海。

《开门见喜》《招财进宝》之类的节令开场戏已经演过去了，接着演的就是当时颇为盛行的《闹门神》。写的是除夕之夜，新门神上任，旧门神却不肯让位。钟馗、紫姑神、灶君、和合仙都被邀来劝解，旧门神执意不听。最后，还是九天监察使者下界查办，把旧门神和他的仆从顺风耳谪遣沙门岛了事。这是一出轻松的短喜剧，人们都很爱看。因为它是当令戏，写的除夕元旦，人物也是人所共知的家神；而戏中的旧门神，颇似官场上一些人的嘴脸，戏文把他骂得十分痛快。所以新门神指责旧门神的几段嘲骂曲子，竟有许多人合着一起唱：

〔踏阵马〕桃符神传说与老三台（指旧门神），他贪图则甚？腌臢无赖，骨瘦枯柴，赤髭须都变雪白，只争些门面在，那管它百事𠂤㱡，万口咳咳。

〔天净沙〕你只道多年当道狼豺，张的牙爪无对，恃神通布摆，兴妖作怪，不见那雪狮子倒头歪！

戏场上气氛热烈，还因为大家喜爱台上的伶工。唱得最多的是新门神，他唱得清越无比，而且扮相俊美，身段潇洒。京东一带自明朝中叶以来演戏成风，人们听戏看戏水准极高，如今见到这么一个好角色，真是又惊又喜、如痴如醉。还有扮紫姑神的那个旦角，虽然只有几句话、一段唱，可是风神绰约，容貌娇艳，也使人们惊异了一阵。

不知什么时候，几名衙役也走进看戏的人群。他们旁边一个平民指着台上的新门神说：“就是他，还有那紫姑神。”

另一名观众显然是个百事通，对此人不屑地看了一眼，撇撇嘴说：“连这也不知道？扮新门神的叫柳云官，扮紫姑神的叫柳莲官，上好的一对儿！下面还要唱《京兆眉》，他俩就要扮小两口儿啦，那才叫好看呢！明儿个他们唱《荆钗记》，四十多折，总得演三天吧！这回可过了戏瘾啦！……”

旁边的许多人嘘他，因为新门神又开始唱了。

几名衙役互相看看，一个小声说：“怎么样，上吧？”

另一个小声回答：“唉！唱得实在是好！”

“可不！真想看罢《京兆眉》《荆钗记》再……”第三个声音

更低。

“那怎么行！误了事谁个吃罪得起！”第四个显然是个小头目，跟那三个就有些不同。

“唉，好歹让我们看看《京兆眉》吧！”两名衙役同声恳求，小头目望着五彩缤纷的戏台，也不忍就下决心。

《京兆眉》刚刚下场，台下突然一片喧闹，不知哪里来的一队骑马满兵包围了戏场，衙役们则冲进人群，冲上戏台大叫着：“拿贼匪！拿贼匪！”他们挥着棍子、戒刀和捕绳，见戴白帽子的就抓，还不时掀下男人的帽子。一时间人群大乱，小孩哭大人叫，拼命四下逃窜。衙役打伤了许多人，又挤伤了许多人，乱了半天，谁也不知道是怎么回事。

同春和同秋他们见势不好，连忙卸装换衣，想赶快离开这是非之地，不想衙役们已经冲进后台，见到他俩，一声冷笑，上来就拿铁链当胸锁住。同秋吓得一个劲儿地哆嗦，同春气得眉眼都歪扭了，喊道：“你们干什么？怎么不分青红皂白，乱抓良民？”

“哼，好一个良民！”衙役冷笑一声，拉了他们要走。班主一群人围上来跪下哀告道：“大老爷，大老爷！他们实在是良民，放了吧！我们从京师来，回去没法交代啊！”

“别拿京师吓唬人！”衙役恶狠狠地说，“这是叛逆大案，十恶不赦！”

“啊！”同秋一声惊呼，晕了过去。同春竖起眉毛还要争辩，班主连忙抢着说：“大老爷，这两位实在是我们打京师有名的媚香堂请来的名角儿，在京师多年，相与的都是大人老爷，决无叛逆情事，求您……”他悄悄塞给衙役一个红纸包。

“哈，原来是一对兔子！”衙役鄙夷地笑骂一句，说，“老板，实话告诉你，这里出了一桩谋反大案，案中人以身带大明通宝、永历通宝、隆武通宝、弘光通宝各种铜钱为凭证，戴白帽或不薙发为记号。这两个人昨儿戴白帽，这一个还留长发，被人首告了，没个跑！”

老板和同班伙伴万分着急，老板连忙解释说：“实在冤枉啊！这位媚香堂主，一向唱旦角，头发稍长原是朝廷准许的呀；他俩昨天遥祭师父，是戴了半天白帽，今天并没戴啊……”

“不管那些！见了官再说！”

同春和同秋就这样被莫名其妙地押进镇上的巡检所。

因为抓的人太多了，巡检所监房早就填满，不得不腾出公堂大厅两侧的公务房。同春、同秋和三十多个人都被塞进一间公务房，准备下午解送到县。

同春抱歉地看着同秋娇弱的体态、苦痛不堪的表情，叹道：“都怪我！不该把你拉到这里来，让你受这苦楚……”

同秋疲惫地垂头说：“到这个分儿上，还有什么可说的？是我自己要来，不怪你……”他说着，娇怯怯的就要哭，同春连忙脱下外衣弄成坐垫，搀他靠墙坐下。他立刻闭上了眼睛，不一会儿，便嘤嘤地哭了起来。

同屋的人，尽管都是被抓进来的，都有一肚皮怨愤，但在两个戏子面前，却觉得自家身份很高，一个个都摆出不屑置理的样子。见同秋啼哭，反而轻薄地互相使眼色，几个浪荡子竟不怀好意地讪笑着去逗他。同春老实不客气地瞪他们一眼，说：“不要欺人太甚！”

一个满脸邪气的中年汉子眯着眼打量同春，猥亵地笑着说：“小可怜样儿！生气了也别有味道，来，让我瞧瞧……”他伸手就来摸同春的脸。同春怒火中烧，左手一挡，右手一掌打在那人胸口，那人“哇”的一声惊叫，一下就摔了出去，狠狠地撞在墙上，随后躺倒在地，大口大口地喘气，话都说不成声了。众人都吓住了。门外巡丁听见喊叫，吆喝道：“乱喊什么？再喊就加铁链铁镣！”

人们真的不作声了，被巡丁，也被同春镇住了。同春正眼儿也不瞧他们，独个儿走到窗前，抱着肩膀，透过破窗户纸，呆呆地向外望着。突然，他大喊一声，把众人吓了一跳：“玛法！苏尔登玛法！”他一面喊一面用力捶打窗户，高叫冤枉。

原来，他看见巡检官正客气地点头哈腰，陪苏尔登走上巡检所的正厅。同春这一喊，苏尔登果然停步朝这边看了看，对巡检说了两句，巡检立刻命巡丁把同春押过去。

苏尔登一见是同春，很是惊讶，忙问这是怎么回事。同春便把自己和同秋搭班来永平唱戏，不久要回马兰村给师父上坟，在这里无故被逮的前前后后说了一遍。巡检在一旁听着，一面看看苏尔登的脸色，一面很有几分不安地把同春的话用满语讲给苏尔登听。他知道苏尔登听汉话十懂八九，只是不会说，所以不敢胡言乱语。

苏尔登从毛茸茸的灰白眉毛下威严地看了巡检一眼，说："这两个唱戏的娃娃我认识，他们的师父我也认识，不是贼匪！快放他们回乡给老师父上坟！"

"是，是！"巡检哪敢不听从。可是苏尔登非要亲眼看着同春、同秋哥儿俩获释不可。这样，同秋也被提出了临时牢房，和同春一道向苏尔登玛法叩头致谢。

苏尔登连忙把他俩搀起来，看看这个，又看看那个，感慨地说："明明还是小娃娃，怎么转眼就成小伙儿啦？还是这么漂亮的小伙子！唉，我怎么会不老！"他又用蹩脚的汉话连连说，"老了，我可真老啦！"

同春问："苏尔登玛法，费耀色也在这里？"

"不。这里，马兰村，很乱。他，送京师去了。"

"马兰村很乱？"同秋惊惧地小声问。

苏尔登的灰色浓眉皱起来了，沉默片刻，说："那个白衣道人，那个袁道姑，那个乔家的人，叛逆！谋反！你们不要去找他们！懂吗？"

同春只觉脑子里"嗡"的一响，咬牙把一声惊呼硬憋回去。这时候，这种情况下，他应该什么话都不要问。

同春哥儿俩被一个多嘴的巡丁送出巡检所。此人因为是戏迷，又看了他俩的戏，态度相当客气，他悄悄说："你俩真走运，认识那个老满人。这桩谋反大案就是他告发的，所以巡检不敢不听他的话。要不然，才不肯放你们呢，多抓一个反叛多一份功！"

"他告发的？"同春又吃了一惊。

"犯案的人挺多，是吗？都抓住了？"同秋也问。

"可不是！都槛送进京了，年前就押走了！抄查出好些金银财宝，好些伪永历的印信、札付，真了不得！……哦，只有那个叫乔柏年的，那会儿没在家，没抓住。没事儿！过了年就会来个天下通缉！谋反大案哪，能跑得了吗？”

槛送进京了……梦姑呢？容姑呢？她们也被拖进这场泼天大祸了吗？同春的心像坠上了沉重的铅块，往下沉，往下沉……

三天后，同春送走了因惊吓而病倒的娇弱的同秋，独自回到了马兰村。

首先映入眼帘的，就是那棵独立山坡的老杏。它像一个年迈的老人，张开枯枝，迎接归来的游子。它，能唤起同春多少美好的回忆啊！抚摸着那黝黑如铁的树干，同春心里热辣辣的。他没有心思慨叹，攀着老杏的枝丫，举目北望，村边的环秀观，观后不远的乔家院落看得一清二楚。古旧的观门贴着交叉封条，崭新的乔家红漆门上，也贴着交叉封条。没有人声，没有人影，甚至也没有过路的行人。同春很快就明白了，因为乔家院边的小巷中，不时露出巡丁的红缨帽顶，他们是在监视、等候，要撒网捉鱼啊！……

最后一线希望也破灭了！乔家母女看来都……同春没有力气再往村里走了。他扶着树干坐下，坐在老杏树那从土地中突出的坚硬的老根上。原野、山川、村落，历历在目，依然和过去一样，但是，它们怎么看上去那么苍白、那么凄凉？就和同春的心一样，空落落，白茫茫……

三

车轮儿“吱吱吜吜”响个不停。两头黄牛也许是太老了吧，走得这样慢。新年刚过，天气便转暖，太阳当空，照得人身上暖洋洋的。躺在粮车上的柳同春，随着车身摇晃着，舒服得仿佛睡着了。

同春在马兰村的老邻居家住了几天，乡亲们东一句西一句的，他慢慢摸清了事情的来龙去脉。不用说了，那老道师徒谋反蓄意已久，乔家也着了他们的道儿。腊月里到村里来的那许多骑马带刀的人，想必是他们的同伙。又是那个王用修，几次去偷听，不得要领，又不敢得罪乔柏年，便去搬动老鞑子苏尔登。别瞧苏尔登平日不管闲事，也不欺负人，可一听说有人谋反，登时炸了，上旗里一告，县里也知道了。旗里县里两下里一齐动手，老道师徒和同伙们一个也没跑掉！

环秀观、乔家院都被抄个净光。谁知道那小道士还娶了那么多房妻妾？这回一网打尽，连袁道姑都抓去了。后来那伙子里有好些人自首，把凭证、记号和新正日要抢县里粮仓银库的事都说出来了。这才在各处布下罗网，捉拿不薙头的、戴白帽的人。说起戴白帽，还有个讲究。那伙人有句口号，叫作“红花开败黑花生，黑花单等白花青”，说是清朝戴的是红帽，他们戴的是白帽，就如秋霜一般，专打红花……

那么梦姑的下落呢？谁也无法回答。所幸梦姑生为女子，不至于“立斩”，但是“入官发卖”，或“给付功臣家为奴”，则是此案中所有女子逃脱不了的命运。在京师这么多年，同春见的还少吗？

常有这样的事，越是得不到的东西，越显得宝贵；常有这样的人，命运的打击越是沉重，他越是不肯屈服！在离开马兰村，离开养育了同春一生最可珍爱的情感的山山水水的那一刻，同春对天发誓：他非要救出梦姑不可！

如今，他躺在嘎嘎作响的牛车上，正在筹划如何探寻梦姑的下落。他丝毫没有睡意，头脑极为活跃。他仿佛一下子变得聪明了，而且精神百倍：他要去救人！他这样一个低贱的、为许多人所不齿的下等人，要去打救更苦的、落入火坑的人！有了这么一个明确的、引以自豪的高尚目的，纵然前途未卜、困难重重，他也觉得活着有了希望，有了味道。

这辆装满粮袋的牛车，是他老邻居的。这老汉最善种黄米和黏高粱。京师一家点心铺专要他这两样，给价比别处高一倍，只是要他每年送两趟。本当秋后就送，因故拖到立春，同春正好跟他搭伴，一路做了他的帮手。车又重，牛又慢，两人轮流赶车，昼行夜宿，到京师已经是第三天过午了。

一进永定门，同春就觉着异样，街上人马车辆比往常拥挤。老汉心里发怯，把鞭子交给了同春。同春赶车可不生疏，不管在戏班还是当书童仆役，这是少不了的差使。他“叭”地甩出响鞭，指挥辕牛沿着深深的车辙稳稳当当地往北走去。那家点心铺在前门粮食店。

“啊哈！小同春儿！好大一车粮食！打哪儿发财回来啦？”一个难听的公鸭嗓大声嚷着，吓了同春一跳。原来是他给张汉当书童时认识的一个京师长随，有名的无赖。同春不愿意搭理他，冷冷地回一句：“人家的货，我给赶车！”

那人跟在车边走着，哈哈一笑：“别哄我啦，就你这身打扮，赶车的？骗毛孩子也不信哪！”

同春皱皱眉头。这倒是真的，他还穿着年节穿的那件皮褂子呢，是打同秋那儿借来的，他自己也忘了。

“瞧瞧，圆不了谎啦！”那人很讨厌地格格直笑，“哎，我说你倒停停啊，我有话跟你说，别太不给面子啦！……”

同春无奈，喝牛停车，那人立刻亲热地拉住同春胳膊：“好兄弟，这些日子没见，怪想你的，走，上兴盛居喝两盅，我请客！”

同春忍气，应付着说：“大哥好意，小弟心领了。改日吧，我眼下要赶车送粮，天不早了！”

“哎，哎，你听我说呀，”他的眼睛骨碌碌地直往车上转溜，“哥哥我这些日子运气不好，混得穷透了，几家的活儿都辞了，眼前就揭不开锅啦。——这么着吧，好兄弟，你借给我一石粮食怎么样，过两个月准还，成不成？”

“你说什么呀！”同春责怪地说，“这粮食真不是我的！人家辛辛苦苦打永平府赶来京师送给粮主，误了事不是玩的！”

老汉赶紧下车过来，赔笑道：“这一车又不是大米白面，尽些个黄米黏高粱，桂兰斋早订下的，实在不能动。”

那人哪里肯听，死皮赖脸地缠住同春：“是你的也罢，不是你的也罢，这点面子还不给？就一石，就一石！一个月就还！”

同春懒得再费口舌，脱开他的手，跳上车帮，口里“哦吁”一声，鞭子一甩，两头牛迈开步子，大车慢慢起动前进。那无赖大怒，往前跑了十来步，拦在车前，挥胳膊甩掉大褂，“噗”的一声仰天躺在车辙中。他跷起二郎腿，抱着双臂，扬扬得意地喊道：“你们这两个老慳！敢压我吗？要敢，今儿老子等着！要不敢，老老实实给我十石粮！”

同春又气又急："你给我起来，耍什么无赖！"他跳下车去拉那无赖，那无赖叫喊起来："打死人啦！把胳膊拉折啦！——"他倒真有力气，像长在地上似的，同春不但拉他不动，而且他又喊又叫地招来许多人围着看热闹，众目睽睽，同春反而无计可施。谁不怕这个不讲理的泼皮呀！

老汉上前哀告，那无赖把头一扭，听都不听。老汉无奈，说："算我倒霉，送你一石黄米，总行了吧？"

"嘿嘿！晚啦！早给我一石不就没事了？这会儿，不行！"

"哎呀，好爷哩！"老汉急得满头大汗，"十石实在太多，小老儿一年也打不下多少，求你减些个，我给你老叩头……"

那无赖躺在那儿傲慢地笑道："叩头顶个屁用！就是十石，一颗也不能少！"

太阳偏西了，聚观的人越来越多，像几堵墙似的围着看热闹，有的说笑，有的叫骂，同春手足无措，老汉急得直掉泪，可就是没办法对付这个无赖。后面压了一长溜牛车骡车，都动弹不了，急得乱吼乱骂。

一阵马嘶，几匹高头大马跑近，一个头戴貂帽、身着绣花战袍，披一领黑绒披风的伟岸丈夫下了马。人群立刻给他让出一条道，表示对他寄予劝解的希望。他看了看情势，皱着又粗又黑的海参眉问："怎么回事？"

老汉连忙指着无赖道："他说要不敢压死他，就得给他十石粮！"

那人两大步就跨到无赖身边，冷笑一声，呵叱道："这话是你说的？"

无赖大怒，一拍胸脯："就是老子说的！关你什么事？"

戴貂帽的人一言不发，猛一回身，夺过同春手里的鞭子，"啪"的一声狠抽牛背，两头牛一惊，猛地向前蹿去，轰隆隆大车一阵响，竟从那无赖身上压了过去！车过后，一片血迹，那无赖腹裂而死，脸上是一副极度惊惧的表情。

围观的人大惊失色，胆小的吓得抖成一团，附近的司坊官和乡约闻讯赶来，车主老汉和同春都觉得大祸临头了。可是戴貂帽的人竟毫不在意，静静地说："他自己求死，何必让他活着！"他又回头催促老汉说："你们走吧，是我杀他的，没你们的事！"

可是司坊官和乡约见出了人命，哪里肯放车走，还叫来些巡检、捕役，要绑这戴貂帽的人去见官。这里正在闹闹嚷嚷地不可开交，忽然有人喊："南城御史来了！"果然，开道锣一声又一声，主管京师南城治安事项的巡城御史闻讯赶到了。

南城御史走近现场时，巡检和捕役正拿出绳索要绑那肇事人。御史一看大惊，喝退众人，赶紧冲上去几步，跪到戴貂皮帽人的脚前，叩头道："小官来迟，特地请罪！"

围观的人们哪能想到这个局面，一个个瞪大了眼睛，悄悄地直嘘气。戴貂帽的人声音有些沙哑，但气势很充沛，有一股镇人的威严："这是皇城御道，奸民横行如此，要巡城御史干什么用？"

御史连连叩头，面色如土，听他继续大声说："再有学这无赖的，今天就是样子，压死勿论！"说罢，他转身上马，那一小队刚才站在人圈外窃笑的骑兵跟在他身后，向北驰去。

巡城御史站起来，对着司坊官大发雷霆："你们这些该死的东西！为什么不早早差人来报？饶不了你们！鞭三十！"

御史身边的役吏不管三七二十一，扯下司坊官挥鞭就打，打得他们不住地叫喊求饶。人们都吓呆了。这戴貂帽的到底是什么官？这么大的威风！

同春身边那个胥役悄悄对同春说，"知道刚才那人是谁吗？我也刚知道——那是简亲王！"

人们咋舌不已。谁不知道，简亲王济度——郑亲王济尔哈朗的儿子，是眼下朝中最尊贵、最威严的亲王啊！

简亲王济度回到他巍峨富丽、仅亚于皇宫的亲王府，早有侍从家仆等在门前迎接。他觉得有些累，但又非常兴奋以至于根本坐不下来。刚才在前门处置那个无赖，以及由此引来的一场戏剧性的情节，使他很觉痛快，但更使他振奋的是，皇上任命的安南靖寇大将军、信郡王多尼，今天出师了！

他坐在舒服的软榻上，喝着热腾腾、香喷喷的奶茶，一碟碟黄黄的酥油点心引人食欲。可是他还在体味着今天浸透他全身每根经络的那种激情。

……五色旌旗飒爽飞扬，无数的龙纹伞、扇、旛、幢、麾、氅、节耀眼辉煌，金钺、卧瓜、吾杖金光闪闪，仪象、玉辂富丽雄壮——盛大的法驾卤薄直排到午门！出征大将军率出征诸将身着彩服，从午门开始，在两排卤薄的迎候和致敬中，由鸿胪官导引着，庄重而肃穆地踏着汉白玉御道，穿过王公百官的侍班队伍，一步一步升上太和殿玉阶，在雄伟无比、神圣无比的太和大殿，跪受大将军印，奉天子敕书，这是什么样的荣耀啊！……

随后，大将军跟从天子往堂子行礼，祭大纛，那又是何等的庄严！祖先的瞩望、满洲的命运，此刻仿佛一下子交给了大将军！……

长安左门外的天子黄幄中，皇帝亲自赐大将军酒，大将军跪受，饮毕上马，更有文武大臣代皇上送大将军至郊外饯行，礼、兵二部堂官亲自为大将军奉茶把盏。大将军率从征将士望阙谢恩，便率大军代天子去巡狩、平定天下了！

在这无比隆重和雄伟的大典中，最突出的人物，就是大将军。大将军是谁？今天是信郡王多尼。但济度不时有一种幻觉，仿佛他又受命为大将军，又做了一次盛大的命将出征典礼的主角！像三年前他受命为定远大将军去征剿郑成功时一样！这无与伦比的庄严仪式，是由祖上流传下来的，体现着祖先的尚武精神。济度的血管里，流淌有努尔哈赤的血、皇太极的雄心和济尔哈朗的忠诚，合成了马上得天下、马上治天下的伟大抱负！

正是这种激情，促使他越礼郊送信郡王。因为按礼节，身为亲王的他，是不必同文武大臣一样去郊外饯行的。他不但去了，还带动好几位亲王、郡王也去了。临分别时，济度执着多尼的手，虎目炯炯地说：

“多尼！杀出咱们八旗的威风！”

也正是这种激情，使他当场约请同去的子侄弟兄们，那些王公贵族中的小辈，下午到自己府中射圃练射。

三碗奶茶喝过，他沸腾的心绪略略平静了些，正想着要不要召福晋、侧福晋来说会子话，门上报进：巽亲王常阿岱、显亲王富绶与其弟温良郡王猛峨、康郡王杰书、顺承郡王勒尔锦五王联翩在府前下马，求见王爷。济度很高兴，立刻出迎。在正殿行了宾主礼，再行家人礼，济度便立刻领诸王到射圃去了。

射圃，在王府东侧，长宽都在百丈以外，高大的墙垣下一圈槐树，围着平坦开阔的场地，能跑马、能射箭、能习武。树下有几排小平房，平房的那一边是菜圃和花圃，管理菜、花和武器的奴仆就住在那些平房里。紧靠王府主要建筑这边，建了一座观射楼，那是雕梁画栋、绿琉璃瓦顶、飞檐上蹲着七只压角兽的华美建筑，完全符合亲王府的制度。观射楼是专供王爷和王府子弟练武时观射、休息用的。济度把客人们带到了这里，楼下正厅已摆好茶酒菜肴，地上也铺好了毡垫座位。

在世的皇族亲王、郡王中，和顺治皇帝同辈的，只有简亲王、安亲王和信郡王三人了。信郡王多尼今天已受命领大将军印出征；安亲王岳乐，和济度一直不那么亲近，而且论威望、论尊贵，也不能和他这位郑亲王世子相比。常阿岱、富绶、猛峨，是子侄辈里有威望的王爷。康郡王杰书虽说不完全与济度合拍，但终究是常阿岱的堂弟。孙辈的两个郡王，克勤郡王罗科铎已随多尼南征，只有这位年轻的顺承郡王勒尔锦在京。他不免有些娇弱，但正因为此，非要他来不可！……济度打量着诸王，心里很觉安慰：朝中有名气的王爷，都在这里了。他脸上泛出长辈的和蔼笑容，这和他威风凛凛的浓眉虎目极不相称。他说：

“今日送大将军出征，贤侄们有何观感？”

诸王显然都有许多感受，但在济度面前不敢放肆。常阿岱为人和他外相相似，比较粗莽，首先扬着头大声说：“真正叫人痛快！一肚子闷气全扫光啦！打天下、平四海，还得靠咱们八旗将士！”

显亲王富绶是肃亲王豪格的儿子，顺治皇帝的亲侄。他承继了父亲的勇武体格，也承继了父亲的豪迈气概，他说：“叔王，八旗男儿百战一生，不到这等地步，枉为人了！”

济度听着他们振奋的言谈，正合心意，非常高兴地说："今日真大长了八旗的威风！贤侄们胸怀大志，自有拜将受印的一天！他年都当大将军，老叔我死也瞑目！……祖宗创业以弧矢威天下，所以八旗必须以骑射为本务。今日老夫心绪振奋，特邀贤侄们来此较射，准备了小小采头，为贤侄们助兴。来，端上来！"

侍从们顺次走上，捧上几样珍品放在正中间的桌上：一只洁白无瑕的羊脂玉雕荷叶瓶，两只嵌宝石金杯，三只点翠镶红白玛瑙银碗。一个个光彩夺目，很是诱人。济度又指着射场正面的三个支架，笑道："贤侄们请看：右边是鹄子，中间是花篮，左边是绸巾。各射三箭，射鹄子中最上层羊眼者为胜，射得篮开者为胜，射绸巾穿透者为胜。九射九中者得玉瓶，九射六中者得金杯，九射三中者得银碗。怎么样？"

诸王这时都来了精神，不像刚才那么拘谨了。猛峨温顺地笑笑，说："叔王，要是我们五个都九射九中呢？玉瓶可只有一只呀！"

济度捋着不长的硬胡子笑道："要能这样，老叔补给你们四只玉瓶，就怕你们没有拿玉瓶的能耐！"

这五位亲王、郡王，是开国诸王的第三代、第四代子孙，虽说没有先辈那般神勇，一个个也还年轻力壮、武艺不凡，被济度一激，都坐不住了，摩拳擦掌地要显显本领，纷纷到厅侧的武器架上选取弓箭。勒尔锦辈分最低，年纪最轻，心也最虚。他不敢说自己骑射低劣，只能硬着头皮跟叔辈们一起去选弓箭。

要射百步之外的目标，又用的是镞长五寸、箭长三尺的祖上传下来的透甲锥，不选硬弓根本不行。勒尔锦愁眉苦脸地选了一张弓、九支箭，回到正厅，对远远的鹄子、花篮看了看。郑亲王家传的鹄子是四层箭靶，最下一层大小确和黄鹄差不多，上一层就如飞鸽，再上一层小如麻雀，最上层被称作羊眼，因为那只假鸟做得只有羊眼那么小。至于花篮就更奇巧了：那是由许多铁圈相衔合组成的葫芦形的东西，葫芦的腰间有一个红色的小木环，飞箭只有正好穿过木环，所有铁圈才能全部张开，使那葫芦变成一只漂亮的花篮。老天！别说射了，那羊眼和红环看都看它不清！

"勒尔锦，你平日也用这箭练射吗?"济度站在勒尔锦面前问他。勒尔锦心里发慌，说："没，没有。额娘说我还小……"

"还小?"亲缘上和勒尔锦关系最近的常阿岱不客气地说，"我八岁练骑射，十三岁就能开硬弓。你今年多大啦?"

勒尔锦不语。济度和气地笑笑，从勒尔锦箭囊中抽出一支箭，拿在手中，从箭镞头捋到箭羽尾，深情地说："看看这箭，不愧透甲锥的英名！射中了必定洞穿，能够连贯二人还有余力。你父亲勒克德浑当年为平南大将军，攻进南京，就用这透甲锥，开硬弓射太和门，深至没羽，惊得南明弘光朝上下百官股颤而降。八旗所以威镇天下呀！"

"是，我日后一定发愤练武……"勒尔锦低头小声说。

常阿岱不满地瞅着他："你怎么就拿不出咱们八旗男子汉的气概？看看阿里玛，就是死，也不倒咱满洲巴图鲁的架子！"

猛峨小声问："阿里玛，是不是老顺承王爷手下那员骁将，能举千斤石狮子的那个？怎么死了?"

常阿岱说："可不是他！骄横过了点，不法的事做得太多，竟闹到宗室头上，皇上赐死了，他还不当回事儿。直到坐了行刑车往菜市口斩首那节骨眼，他才明白过来。车到宣武门，他大吼大叫：'死就死，咱不在乎！可咱是满洲人，不能叫蛮子看我的笑话！把我杀在门里吧！'他拿两脚一分，挂住了城门瓮洞，那车竟走不动了。行刑官也是满洲人，禀了皇上，依了他，果然死在宣武门内。"

"真是个奇男子！"猛峨和富绶称赞着。几位叔辈王爷的眼睛都望着勒尔锦，勒尔锦羞红了脸，再不敢抬头。

"对呀，"济度拍拍勒尔锦的肩膀，"咱们满洲人，可不能让汉儿看笑话！"他说着，从勒尔锦箭囊中抽走三支透甲锥，放进三支普通的小镞头箭，说："射红环必须用小箭。好了，你们开射吧！"他稳稳当当地坐在一张铺了虎皮的大扶手圈椅上，眯着眼观看那五位王爷较射。

第一项射鹄，用透甲锥，居然个个三箭俱中，射中羊眼——自然不包括勒尔锦。勒尔锦的弓太软，透甲锥甚至射不出一百步，常阿岱和富绶哈哈大笑，勒尔锦不敢在长辈面前发脾气，羞得几乎要哭出来。济度命他用小箭射那麻雀大的中鹄，总算不错，箭箭到位，其中一箭中的，多少挽回点儿面子。

第二项射花篮，勒尔锦自知无能，收了弓，站在济度身边看他们四个人射。这回常阿岱和富绶各中两箭，常阿岱的堂弟杰书、富绶的亲弟猛峨却又三射三中，远远望见那六个小葫芦顺次翻变成六只花篮，煞是好看。济度很快活，忙命斟酒上来，射中两箭的喝两盏，射中三箭的喝三盏。他笑道：“痛快！痛快！今天都遇上痛快事儿！”他一高兴，又把在前门处罚无赖的事说了一遍。

常阿岱因射飞了一箭，心里正在懊丧，听济度这么一讲，来了情绪，说：“叔王，为你这件痛快事，再赐侄儿一杯酒吧！”富绶也附和着，猛峨、杰书、勒尔锦自然凑趣，一同敬了济度一盏酒。常阿岱还粗声大气地说：“叔王，咱们满洲人治国理政，就该这么干脆利落！快刀切豆腐！快刀斩乱麻！普天下但凡是个人，谁不怕死？凭了快刀，没个办不成的事！干吗偏去听那蛮子文人的什么仁政啦、什么民心啦，鬼话！”

“你喝多了？别胡扯！习武练射就习武练射，这不是谈政事的地方！”济度瞪了常阿岱一眼，他不敢作声了。

射绸方巾，是最难的一项。因为绸子很软，又悬在空中，射出的角度必须丝毫不差才能洞穿。常阿岱和富绶大力射出的箭，带着响亮的啸声，都从绸巾下滑走了，全都不中，气得常阿岱拍着脑袋唉声叹气。猛峨心细，射起来很慢，瞄准好半天才放箭，可是只有第三箭洞穿了绸巾。

没想到不爱说话的杰书，稳稳当当站定，左手如托泰山，右手舒张，开弓如满月，一箭出去，绸巾穿透，二箭长啸着刚离弦，第三支箭紧跟着追出去，“嗖”“嗖”的两声响，另两块悬在空中的绸巾都被穿透了！

济度鼓掌叫好，笑着站起来：“啊，玉瓶有主啦！早听说康郡王内秀，话不多本领不小，果然不错！”他把装了玉瓶的精致的檀木匣子给了杰书，盛着金杯的红木匣子给了九箭七中的猛峨，常阿岱和富绶两个大力士，都是九箭五中，各得一只银碗。勒尔锦呢？济度总归是简亲王，不会使这位顺承郡王太难堪，送给他一个质地很好的翡翠扳指。这东西原本是射箭的人戴在拉弦的手指上保护皮肉的，后来又成了一种装饰品。济度送他扳指也有两个含义，既是一个纪念，又鼓励他练好骑射。所以常阿岱开玩笑地说："叔王，我还不如也只中一箭呢！我宁肯要那个翡翠扳指！"说得勒尔锦头都抬不起来了。

新正刚过，还是日短夜长，不觉天色黑了下来。观射楼一侧燃起大火，火上架着直径五尺的大锅，锅里煮着两只七八十斤重的整猪。肉香味随着热腾腾的白气飘散到射圃的每一个角落，令人馋涎欲滴。厅内地上铺席，席上铺红毡，毡上设貂皮坐褥六个，围成一圈。每一坐褥前有一个直径一尺的银盘、一个直径五寸的银碗。众人一看便知，这是满洲祖上传下来的最隆重的吃肉大典，只有大祭祀、大喜庆，才会有这种盛举。今天简亲王竟用这种隆重的礼节招待他们，使他们十分感激。

济度仍在评论着方才的较射："贤侄们箭法各有长处。论力量，常阿岱最强；论刚柔并济，杰书第一；要论巧，勒尔锦将来还有希望……"

富绶笑道："早就听说叔王箭法神妙，可惜天已黑了，不然，真想请叔王一射，让我们开开眼界……"

济度沉吟片刻，微微一笑，令护卫把靶放在射场一百二十步之外。他紧一紧袖口，挑选了一把硬弓、三支带响哨的透甲锥，走到起射点等候。他像一个铁铸的汉子，生了根似的站在那里，不远处的火光在他脸上身上闪动，为他披了满身红云，看上去那么英伟豪壮，撼人心魄。几位王爷不觉看呆了。

布靶处远远传来一声长长的吆喝，想必靶已布好。什么靶子呢？众人费了好大劲才看清远处那三点极其微弱的淡红色亮点。哦，那是悬在空中的三点香火啊！

济度不理会众人的惊愕，搭箭开弓，盯着那遥远的微弱香火，"嗖"的一箭飞出，"呜"的一声震耳的尖啸猛然响起，很快，第二响，第三响，三支响箭，音调各不相同，一声比一声高，呼啸着飞向靶子，只见三点香火，从左到右，“扑”“扑”“扑”地依次熄灭了！

这么准的眼力！这么快的动作！这么大的力量！众人惊异得静默有顷，才一面揉着方才瞪得凸出去的发酸的眼珠，一面喧嚷着交口赞美：太叫人惊叹了！

厨役用一只二尺直径的大银盘，献上一大块十斤左右的方肉，同时端上一只尺径大银碗，盛满浓浓的肉汁，一只长柄银勺放在碗中。一名侍从则用金盘托来一只粗陶大碗，把它双手捧放在济度面前，随后向碗里倾满香味浓烈的高粱酒。诸王盘膝坐定，济度便举起这盛满高粱酒的粗陶碗，说：“贤侄们想必知道，此碗是先祖与太祖皇帝兄弟们初创基业时围坐烧肉饮酒所用。如今，我们靠太祖、太宗皇帝的福佑，靠当今皇上的恩养，得有今日的荣华富贵。切不可忘记祖宗创业的艰难，一定要承继祖业，效法祖宗！请！”

说罢，端碗喝了一口，按辈分年岁的顺序，递给常阿岱，常阿岱喝了一口，再传给富绶，然后是杰书、猛峨、勒尔锦，最后仍回到济度面前。济度从腰间解下晶亮、锋利的薄刃小刀，从那块热腾腾的方肉上片下一块薄如纸、大如掌、肥肉瘦肉和肉皮兼而有之的白肉，送进嘴里大嚼几口，然后挥手做了个姿势，大声说：“请！”

众人也都拔出小刀，连说带笑，割肉大嚼。既没有盐，也不蘸葱酱，就是白煮肉和肉汤。但肉煮得又嫩又香，这些人从早上送大将军出征，下午又较射到天黑，早就饿了。常阿岱和富绶更是狼吞虎咽。十斤肉顷刻将尽，常阿岱连声高喊：“添肉！添肉！”作为主人的济度，高兴得满脸是笑，连连向诸位贤侄称谢。肉吃得越多，则越表示对主人的敬重，主人才会特别高兴——这是满洲的习俗。满洲王公贵族都能吃肉，如常阿岱，一人一顿便能吃十斤。于是，热腾腾的方肉不断地一盘一盘送上来，浓烈的高粱酒一碗一碗斟上来，主客都吃得痛快，饮得酣畅，说笑声如同锅下的火焰，越烧越旺。

一位总管这时来到济度身边，跪安后，说：“禀王爷，宗人府哈达主事下午就来请见王爷，说是由刑部拨给功臣家为奴的人口十名……”

“已经送来了？”济度笑着问。进奴仆犹如进财物，令人高兴，也是皇上赐给的一份荣耀。

“已经押到下房，请王爷过目。”

“不必了。禀知福晋处置就是了。不要忘记入门家训。呃，这批人口是哪里拨来的？”

“主事说，是永平府的一桩谋逆案。人口不少，各王府都分拨了一些。先送到本府来的。”

“好，去吧。款待那位主事。”济度一摆手，总管退下。他转向诸王笑道：“贤侄们回府，也要有人口进项了。谋逆案多半牵连广，入官人口最多。”

富绶笑道：“可惜是北人，若是南方叛案，还能得着几个美女哩！”

众人哈哈大笑。常阿岱喷着酒气，问富绶道：“老弟，你家下口子不少啦，还贪心不足哇？……近日背主逃走的还多吗？”

富绶皱皱眉头：“不见少。”

常阿岱转向杰书：“你家呢？”

杰书文静地说：“皇上都说了话，咱也不得不松宽些。说来也怪，松宽些，给他们吃饱穿暖了，他们倒也不生事了。”

常阿岱大手一挥：“鬼！咱才不信哩！这些东西都是贱骨头！你略松宽，他就要蹬鼻子上脸啦！给他们吃饱穿暖，得多大花销？……老弟，学学我吧，我有好办法对付这些家伙！”

勒尔锦忙问：“叔王家有什么好办法？”

常阿岱哈哈一笑：“别的不说，只教你一件：每晚上给他们一人睡一条凳，用结实麻绳把他们绑在凳上，绑得紧紧的，看他往哪儿逃！天亮了解开，叫他们干活去！”

济度摇摇头，皱眉对常阿岱说：“贤侄，皇上已经谕令恩养奴仆了，你怎么还这样粗鲁呢？天天如此，未免过分了！对奴婢之辈，像驯马一样，要紧的是去掉野性，一次就足够了。我立入门家训，就是这意思。奴婢进门，先给一顿鞭打，必须打出威风，叫他梦里想起来都发抖，越是喊叫哀告，越不能住手。直打到他无声无息，鞭子抽在身上劈啪响，像打着石头木头一样，才算打消了野性，这奴婢也才可用。但只能打这一回，以后不是重罪不能轻易动鞭子，懂不懂?”

“不懂!”仗着酒气，常阿岱愤愤地说，“想咱们祖上，凭着骑射武功才得来城池、牧场、牛马、奴婢，这是老天爷给的！得了天下反倒这么多事，这也不准、那也不许，天下不是我们满洲人打的吗？皇上倒听信那帮南蛮子的鬼话!”

“可不是!”富绶面色也阴沉了，“放着自家兄弟子侄不亲近，倒把那些蛮子文士一个个提升起来……皇上离祖法祖制越来越远，离汉人汉俗越走越近了!”

猛峨紧张地小声说：“听说皇上把鳌拜和苏克萨哈训斥了一顿，怪他们科场案株连太宽哩!”

“哼！还有那位皇贵妃!”勒尔锦醉醺醺的，说话少了顾忌，“明明就是半个蛮子，皇上偏宠着她！要是皇四子真的正位太子，这天下……嘿!”

杰书也忧心忡忡地说：“看样子皇上又想废皇后，这真叫人，唉……”

济度摆摆手：“唉，你们不要乱说乱讲，皇上自有他的难处……”

可是这些人喝了许多酒，都管不住自己的舌头了，酒后牢骚，原本难免，何况他们还没有沾染多少汉人士大夫那一套虚伪的舌辩术。好在济度比较清醒，及时撤了酒，把大家带回府中，让进客厅奉茶去了。

这些满面通红的王爷们刚坐定，简亲王福晋从后殿嚷着，惊慌失措地直冲进来。诸王爷都是晚辈，连忙摇摇晃晃地站起来。福晋的表情和行动实在有些失度，她挥着手，拍打着大腿，喊叫起来：

“哎呀，可了不得啦！皇四子他、他夭折了!”

众人吃了一惊，济度忙说：“你说的什么话？别犯糊涂!”

“哎呀呀，刚才宫里的李总管来说的！皇三子死里逃生，痘出透了。皇四子没福，今儿早上就……”

“别喊叫啦!”济度生气地吼一声，福晋不吭气了。

众人你看看我，我看看你，都被这消息震惊了。勒尔锦有心露出喜色，一看连常阿岱都紧绷着脸，他也连忙收敛了。

好半天好半天，济度才双手合掌，虔诚地仰头望天，小声地说：“惩罚啊！真是上天的惩罚啊！……上天示警了，就看皇上改不改啦！”

四

阵阵春风掠过太液池水，皱起层层鱼鳞似的波纹，使得倒映在水中的白塔和玉带似的金鳌玉栋桥都轻轻地颤抖了。遥望东南，西苑的黛色接连着雄伟的紫禁城，气势逶迤连贯，与秀美的景山交相辉映；近看琼华岛，亭阁楼榭依着山势分布，高低错落有致，掩映于苍松翠柏之中；山麓沿岸一排双层六十间临水游廊，像一条美丽的花边彩带，装点得琼岛有如仙境；眼前是映着蓝天的透碧澄清的水，点缀着新绿的长长柳丝，不住地点着波面，点出一个个一闪即逝的小圆圈。

从五龙亭放眼远望，真叫人心旷神怡！庄太后的御座设在正中的龙泽亭中，她却没有坐，正倚着亭边白石栏杆，观赏水中来回游动的红金鱼。

正月里，皇四子因痘疹早殇，在宫中引起极大的震动。两个多月过去了，极其悲痛的和极为高兴的人，都渐渐平静了，余痛尽管深沉，余喜尽管悠长，却已经不再影响宫廷的正常生活了。庄太后为了排遣心中的气闷和忧伤，消消宫里的晦气，特地领了后妃们来北海散心。后妃们都很高兴。一到五龙亭，太后就要她们各自去散步游玩，无需在她身边侍候。于是湖光山色之间，绿树芳草、桃红李白的地方，处处都有身着红、绿、粉、紫、蓝各色锦缎绣袍的人儿在闪动，恰如春花绚烂，为山水生色。

太后沿着汉白玉雕栏，顺着曲折的平桥往东，走到滋香亭，送走了那条头戴红冠的大金鱼，回眸岸边，见两位宫妃正在一丛丁香花侧说话。一个穿着绿色绣花锦袍，梳着两把头，鬓边插着靠绿色的绢花，一双花盆底的绣鞋也是淡绿色的，绿莹莹的色调，和这春三月的天气很相称。旁边的那个一身汉家打扮，水红的交领宽袖衫，淡粉的百褶裙，头上松松地挽了个垂牡丹的发髻，发间金钗在阳光下射出黄澄澄的光芒。不用说，这是永寿宫恪妃石氏了，宫里头只有她是汉家装束。那一个是谁呢？一绿一粉，互相映衬，不像荷塘里出水的莲叶和粉荷花吗？庄太后命人召她们过来。

太后没想到，那个绿盈盈的美人儿，竟是她的亲侄女静妃。记得她自被废以后，日常里服饰落拓，毫无生气，配上那整日的愁眉苦脸，连宫女们见了她都要躲着走。今儿是怎么啦？

太后笑道："我真是见老了，老眼昏花的，这会儿才认出来是你！病全好啦？"

"谢母后动问，儿病已痊愈。"静妃连忙躬身回答，那双精致的绣鞋完全暴露在太后面前，她觉得非常眼熟，便问道："你这鞋面花样这么精巧，像是皇贵妃的绣工。"

静妃答道："母后真有眼力，正是皇贵妃赐给儿的。"

太后心里一动，再抬头看看恪妃，觉得她头上的金凤钗也似乎见过。恪妃发现太后的目光，连忙敛身说："太后，臣妾所戴金凤钗，也是皇贵妃所赐，本是一双，分给静妃姐姐和我了。"

太后笑了，说："难得你们这样交好。"

静妃咬咬嘴唇，说："母后大约不知道，儿上月偶感风寒，并不想惊扰别人。皇贵妃知道了，竟亲自来永寿宫侧居看视，膳食药饵，件件经心，每夜陪伴到更深，次日天刚明又来慰问，整整三天三夜，直到我病愈起身，她才重回承乾宫，我……母后，儿是被废之人，又居侧宫，宫中上下，打心底里说，谁肯正眼儿瞧我呢？石妃姐姐是永寿宫主，可她身为汉家，别宫姐姐也不爱理会她。总是只有我们姐儿俩同病相怜罢了，谁承想皇贵妃对我们这么真心呢？何况正值四阿哥去了，她心里不知怎么苦哩，倒来侍候我！……我这心里……唉！"静妃说着，泪眼荧荧，低下了头。

"她心地仁厚，实在难得……"一向羞怯胆小的恪妃，只说了一句，就低头悄悄地后退了两步。

静妃又说："儿原本心灰意懒，只觉一生无望。皇贵妃一再为我宽心。她总是说太后英敏通达，皇上一代明主，皇后仁爱有德，正要我辈内外辅助，成就大业，万不可颓然自弃。"

太后笑道：“怪不得你精神了许多。皇贵妃说的是正理儿。难得这孩子这么懂事。”

“母后，她来了。”静妃看看亭西，笑着说。果然，董鄂妃沿着太液池西岸，拂着水边青青的柳条，向五龙亭走来。淡淡的雪青色锦袍，乌黑的头发，雪白的面庞，和红墙绿柳一同倒映在水面，袅袅婷婷，煞是好看。她身后跟着一个小宫女，蓝布袍子大黑长辫，很秀丽，却又显出一团稚气。

太后眯着眼瞧瞧，说：“那跟着的是蓉妞儿吗？怎么越长越小了呢？”

静妃和恪妃都笑了。静妃说：“那不是蓉妞儿。皇贵妃说蓉妞儿已经二十三岁，该出宫配人家了，年前就送了陪嫁出去了。这个小丫头是内官监今年刚送来的。”

太后看见乌云珠，心里就很受用，她说：“你们别处玩会子去，别忘了日中回鲜碧楼用膳。”

静妃和恪妃猜到太后想和董鄂妃说说娘儿们的体己话，便会心地微笑着对太后肃一肃，离开了。

“你来做什么？我不是叫你们各处玩玩儿的吗？”太后见董鄂妃不待人请，径直来到亭中，心里高兴，却故意板着脸问。

董鄂妃全不把太后的脸色当回事，笑吟吟地带点儿顽皮劲儿走近来说：“我们都走了，娘跟前没人在。我想想心里不忍得，回来侍候着，看看娘有没有使我的地方。”

太后忍不住笑了：“好甜的嘴！怨不得连静妃这个坏脾气也服你。”

“刚才静妃姐姐和恪妃姐姐来过了？”

“论年岁，她们倒算得姐姐了。”太后笑得很舒心，“你到永寿宫侍候静妃，没听你说起过呀！”

“分内的事，还用打扰娘的清静吗？”董鄂妃微微歪头，有点撒娇的味道。她很快收敛了娇态，微微蹙眉道：“静妃姐姐太苦了。娘，都四年了……娘的亲侄女，皇上的亲表姐……”

庄太后轻轻叹了口气。

董鄂妃亲热地凑到太后耳边，悄悄地说："娘，我向皇上劝奏过几次，他，有点松口了！"

"啊？"太后微微一愣，"你劝他什么？"

皇贵妃声音更低了："要不升贵妃，最少也该封她一宫主位。娘说好吗？"

"你！"太后看着乌云珠动人的、流光四射的眼睛，心里又惊异又感慨：这个有心胸的孩子，活脱脱就是自己年轻时候的影子啊！她一反平日的矜持，拉过乌云珠柔软细嫩的小手，叹道："真难为你了，好孩子！想得这么周全。有你在我那儿子身边，我死也瞑目了……"

"娘，快别说这样的话！要死，我替娘死去！我准死在娘前头！"董鄂妃笑嘻嘻地说。

"别胡说！这叫什么话！……说真的，四阿哥去了，我这心里头……就像割去了一块！我看我那儿子也瘦了一圈。倒是你，成天不是劝慰我，就是劝慰皇帝，照看膳食寝处，忙得不可开交。我怕你因为没了四阿哥会过于悲痛，要大病一场，谁知你像没事儿一样，你就真的不想四阿哥？"

一道强烈的光焰从乌云珠眼中闪过，以致使她美丽的面容不禁抽搐了一下。但她很快控制了自己，勉强笑道："娘，人非草木，儿也不是铁石心肠。娘和皇上，都是一身系天下安危的至重至贵的人，儿纵然不肖，不能帮着分忧，也绝不能使太后和皇上为儿分心。四阿哥产下后，我常常怕他夭折，使太后、皇上忧伤。他长得越招人爱，太后和皇上越喜欢他，儿心里越是不安。如今他果然短命而去，幸而太后自重，没有因悲痛而伤圣体；也幸而皇上自重，没有因哀伤而妨政事，儿实觉自慰，岂敢为此一块肉而劳太后和皇上长久挂怀呢？唯愿母后不再伤悼，保重圣体要紧。"

太后听了这番话，非常感慨，不由得摇头道："四阿哥原要立太子的啊！皇儿早有此意，我也想待他满三周岁时行立储之礼。谁想……唉！"

"娘还是不要再想他了！儿早就想明白了。难道非得自己生的儿子为天子才欢喜吗？只要是皇上的骨血，就是爱新觉罗的后代，立贤立长，不都一样吗？”

“啊！难得你深明大义，不顾私戚，以礼自持！皇儿对我说，我还不尽相信哩！……你可真像我的女儿！”太后这突如其来的一句话，把乌云珠说笑了：“娘，你忘了？你早就收下我做女儿了嘛！”

“这是前世的缘分，让你投生到了我的身边。”太后表面是在开玩笑，其实在借机发挥她的感慨。但她很快地接下去说：“你到鲜碧楼去张罗张罗午膳吧。苏麻喇姑领阿哥们玩去了，没人去照料，还真不放心。”

董鄂妃稍觉意外，不知太后为什么要打发她走开。等她走上镜影斋的汉白玉台阶，在透空花墙外的引溪亭站了一会儿歇气时，她明白了。她看到皇后、淑惠妃、康妃和谨贵人相随着走向五龙亭。想必太后早看见她们了，为了避免不愉快的冷场，便让她回避了。

她不怕处于那种场面，她有对付的办法，那就是四个字：以柔克刚。但那毕竟很费心力、很累人，避开了也好。不过，今天避开了，还有明天，还有后天，什么时候才能相安呢？……敌视的目光是少些了，端妃、恭妃本来就是骑墙的；恪妃一向跟她不错；静妃也倒向了她，她的日子或许越来越好过呢！

“三阿哥，不要看书啦！你病刚好，皇阿奶要你出来散心，怎么不肯听话呢？”苏麻喇姑在花墙那边唠唠叨叨，董鄂妃转过墙去一看，苏麻喇姑高高举着一卷书，三阿哥伸着手一跳一跳地够，口里不住地嚷：“给我！给我！”

苏麻喇姑一眼看到乌云珠，连忙笑着说：“给皇贵妃请安啦！”说着就要下拜行礼。乌云珠赶忙拦住，笑道：“苏麻喇姑，你是太后身边的人，我们做晚辈的，可当不起你这一拜啊！再说，你还用跟我这么客气？”

苏麻喇姑笑道：“那不显得我太不懂事了吗？三阿哥，快见你皇额娘！”

三阿哥自来喜欢这位温柔美丽的皇额娘，立刻单腿跪倒，高声喊道：“皇额娘吉祥！”

乌云珠笑着把他一把搂过来，说："你病了这么些日子，让额娘好好瞧瞧你！"

孩子变得清瘦了，圆脸成了尖脸，眼窝略向下陷，面色也失去了往日的红润。最触目的，是在鼻子、前额和面颊上，添了十几颗麻子。幸亏没落下一脸大黑麻子，不然这一张清秀的脸就会完全给破坏了。但大病初愈后的苍白，掩不住孩子旺盛的生机，看他那乌溜溜的灵活的眼睛，开始泛红的蔷薇色的嘴唇，都显示了一股活泼泼的春天般的气息。他笑眯眯地说："皇额娘，我全好了，可皇阿奶还不让我上学，还老让苏麻喇姑管着我！我告诉你，"他伏在乌云珠耳边说悄悄话，"她才管不住我呢！我会偷偷看书的！"

乌云珠也在他耳边悄悄说："你看的什么书呀？"

悄悄话在继续："师傅要我背的《千家诗》。你帮我从苏麻喇姑手里要过来好吗？"

"她不会给我的。我另送你一本好吗？"

"好！我明天去拿。"

"好！"

苏麻喇姑见他俩一递一地咬耳朵，笑得合不拢嘴，说："三阿哥，别缠着皇额娘啦！咱们上五龙亭看皇阿奶，讨一只船去池上逛逛不好吗？"

"好，好！我去坐船！"三阿哥跳蹦着欢声喊叫，忽然停下来对乌云珠说，"皇额娘，叫小四弟跟我一起去坐船吧！我好久没见他了，真想他呀！"

乌云珠像被人打了一棍子，摇晃了一下，有些站立不住，脸色刹那间变得雪白。

苏麻喇姑慌忙阻止："三阿哥，不许胡说！"

"我没胡说呀？你们说我生病，不让我去看小四弟，可是我现在病好了呀！"

乌云珠拼命抑制住浑身的颤抖，喉头哽咽，呼吸困难。

苏麻喇姑拉了三阿哥就走："快些！船要开了！"

三阿哥边走边回头，说："皇额娘，叫小四弟来吧！我教他念诗！将来他长大了，我教他射箭！……”

孩子的声音消失了，周围没有人了。乌云珠猛一转身跑进那一片玲珑剔透的太湖石山景中。啊，这一棵西府海棠，竟开得这样红，这样艳丽，这样繁茂绚烂！乌云珠一头冲到树下，跌跪在花丛中，双手蒙面，失声恸哭！海棠花在风中瑟瑟颤抖，落下来的是花瓣？是泪水？是血滴？

母亲失去儿子，原是人世间最难忍受的痛苦，而乌云珠的痛苦比这更深、更重，又有谁知道呢？

四阿哥死讯传来，她把自己捂在严密的锦被里痛哭。她心疼得活不下去了。儿子死了，她觉得五脏六腑都在大出血，她自己的存在也变得没有了意义。后来，她想到了福临，才找到重新站起来的气力。为了他，为了他的大业，她得活！不管怎么难，她不能离开福临！为此，她得在自己全身披上坚厚的甲，既不让内心的悲痛透出去，也不让外来的同情和哀伤透进来。她得以恬然的神色去安慰太后和皇上；她得以绝无戚容的表情去对付那些幸灾乐祸的目光；她得表现出对儿子绝不萦念，才能最有效地帮助福临、保护自己。为了她所深爱的福临，她得付出多少代价，忍受多少常人无法忍受的痛苦的煎熬啊！

今天，她看见三阿哥，本来就容易触发对亲子的怀念，不想这孩子又在她毫无戒备的情况下，要见他的小四弟！那难忍的片刻，她极力忍住了，但这已超过了她的意志的限度，随后，郁积了这么久的哀痛，便像火山一样爆发了，她再也不能忍受了！她哭得浑身发抖，声断气噎：“我的可怜的孩子啊……”

是不忍听，还是不忍看？又一阵风过，满树摇颤，扑簌簌，片片落英撒了乌云珠一头一身……

若不是此时出现的一件怪事打断了她，她一定会哭昏过去：太湖石后面，仿佛回应，也有呜呜咽咽的哭声！

乌云珠猛地从悲痛中惊醒，记起了自己的身份和处境。她迅速地擦干眼泪，整整鬓发和衣袍，庄重地走过去，平静地问了一声：“谁在那儿哭？”

太湖石后面转出一个十三四岁的小宫女，正是今年二月里才分到她身边的小丫头，偏巧跟她原来的贴身女侍蓉妞儿同名，只少那个草字头。她喜欢这个容妞儿天真、纯洁、聪明、机灵，常常带她在身边。她为什么哭？

容妞儿跪下了，擦着眼泪叩头请罪："求娘娘别生气。我见娘娘哭得那么伤心，奴才心里也难受……奴才知道主子你哭是想儿子，奴才哭是想妈……"说着，那泪珠子啪嗒啪嗒地又掉了下来。

皇贵妃沉默了好半天，终于说："别哭了，容妞儿。只要你听话，主子不会亏待你。今儿个主子在这儿哭，对谁也不要说。听明白了吗？"

"听明白了……可是，娘娘，想儿子掉眼泪，跟想妈掉眼泪似的，谁都一样啊，你怎么就不能呢？"

乌云珠眼圈一红，忍了又忍，叹了口气，说："宫里头的事儿，你不懂。别问了，走吧！"

苏麻喇姑领着三阿哥到五龙亭时，皇后和淑惠妃已不在那里，康妃和谨贵人正陪着皇太后说话。

"皇阿奶！"三阿哥欢快地喊着，跑到跟前搂住太后的脖子，"好多好多花全都开啦！"他忽然意识到什么，放开太后，正正经经地向她跪下，说："三阿哥给皇阿奶请安！"

太后笑道："好，好！病一场，长三分见识，懂事啦！……还不见过你额娘！"

三阿哥转向康妃，嘴里喊着"额娘"，恭恭敬敬跪了一安。康妃忙把儿子扶起，看看他的气色，说："见好多了。"

太后对康妃说："过两天就是三阿哥的生日，项上金锁该换了。新锁我已经给他备下，旧锁你明儿就送坤宁宫去吧。"

这是满洲的制度：凡祭神处必须和正寝同在一处，所以宫里祭天跳神处设在坤宁宫西间。这又是皇家的规矩：幼年皇子皇女项上金锁必须每年更换，旧锁必须放进坤宁宫西间壁上悬挂的子孙袋里，以谢神天保佑。

康妃应了一声，回头去看三阿哥的项锁，见他目不转睛地盯着站在他对面的谨贵人，仿佛在竭力回想什么。谨贵人在他的注视下局促不安，但在强自镇静。

趁着那边苏麻喇姑向太后絮叨三阿哥不听话、总是入迷地看书的当儿，康妃一把扳过三阿哥，让他面对自己，说："别东张西望的，让我看看你这锁……"那边谨贵人也向太后告辞说天太热了，要去脱件小袄。太后以为康妃母子怠慢了谨贵人，所以谨贵人有些不高兴，便说道："三阿哥，你还没有给谨贵人请安呢！"

康妃手心捏出了汗，看着三阿哥走向谨贵人；谨贵人脸色微微发白，恨不得立刻扭头逃走。可是当着太后，她俩毫无办法。再说，那天三阿哥正在高烧的半昏迷中，他能记得当时的人和事吗？

三阿哥一个跪安下去，谨贵人只得谦让着扶他起来。三阿哥一抬头，很近地触到谨贵人一双细长的眼睛和唇边茸茸的黑汗毛，突然欢呼着跳起来："哎呀，我想起来了！是你呀！我的泥鹿泥兔泥鸭子，还有那个会摇头的不倒翁，你都给我的小四弟了吗？我的红肚兜儿，小四弟爱穿吗？"

康妃绝望地叱责说："三阿哥，你胡说什么！"

三阿哥不满地回头看了母亲一眼，生气了："又说我胡说！皇阿奶，我没胡说！"他兴高采烈地拉着太后的手，指着谨贵人说："上回她穿着蓝布袍子，梳着一根辫儿，我还叫她胡子妞儿，可没有今儿好看！"

太后脸上的笑容消失了，她慢慢地从宝座上站起来，目光变得异常尖锐而又冰冷。康妃和谨贵人在她寒光四射的眼睛注视下低垂了头，谨贵人身上那深紫色的锦缎袍不停地闪着光，她在发抖。

太后沉声问了一句："三阿哥，你说的是什么时候？"

三阿哥被突然出现的可怕气氛吓住了，直往苏麻喇姑怀里躲，结结巴巴地说："我，出、出痘的时候……"

长久的沉默。

一只嗡嗡叫的蜜蜂不知从哪片花丛飞来，在这些呆立不动的人们中间转了几圈，又飞走了。之后，便只有太液池的轻浪拍着五龙亭下的石基发出的汩汩水声了。

太后的表情庄重而又威严，很清晰地吩咐道："苏麻喇姑领三阿哥回宫歇息。康妃，你去吧！谨贵人随我来。"说完，她径自出了五龙亭。谨贵人突然一昂头，快步跟着走去。康妃真想喊她一声，又咬咬嘴唇，忍住了。她回过头来，三阿哥向她跪辞之后，也跟苏麻喇姑走了。五龙亭里，只留下了心慌意乱、手足无措的康妃。

走进深幽雅静的韵琴斋，庄太后坐定，命宫女关好门窗后全都退出去。然后，她的锐利目光直射谨贵人：

"你说吧，谨贵人！"

谨贵人刚才那种畏惧、惊慌，此刻一点儿也没有了。她直挺挺地跪在姑母脚前，从容地毫无迟疑地说起了事情的始末：是她趁着康妃去西华门外探视出痘的三阿哥之机，改扮随行宫女，骗得三阿哥手中的玩具和贴身小肚兜。回宫后又买通了四阿哥的一位乳母，把小肚兜给四阿哥穿上，把泥玩具放到四阿哥枕边。四阿哥果然也得了天花……

"你！"庄太后咬着牙，指着谨贵人只喊了这么一声。沉默许久，她长叹着摇摇头，痛心地说："你怎么做出这样的事来！"

"姑妈，我不能眼看祖宗的家业叫蛮子夺走，我不能眼看我们满蒙高贵的血里混进蛮子下贱的血！我宁可自己染上天花死掉，也要叫那个小蛮子滚出皇族去！母后，我为的是祖宗，一片忠心可对上天！"这一番慷慨激昂的话，谨贵人说得非常平静，毫不动容。看来，她早就想到过今天，准备好今天了。

"你就不想想，四阿哥的父亲是谁？祖父是谁？他是皇家的后代，爱新觉罗的子孙！你害死皇子，就有大罪！"

"我知道。可是我永不后悔！"

庄太后像个男子似的，在屋里大步地来回踱着，紧锁着眉头，不时停下来，略一沉吟，又继续踱下去。谨贵人仍然直挺挺地跪着，脸上是一片视死如归的倔强。

庄太后终于停步，站在谨贵人身边，眼睛不看她，一字一句地说道："你听好，阿琪。"她叫的是谨贵人在娘家的小名，"我是大清皇太后，不能愧对太祖、太宗，不能愧对祖上先辈，不能愧对当今皇帝，容忍你的罪过，必遭天谴；你是我的亲侄女，是我们博尔济吉特家的格格。身为博尔济吉特家的格格，我不能让家族的名望受到玷辱！我的意思，你明白了吗?”

谨贵人脸上掠过一阵抽搐，但她坦然回答：“我明白。”

“康妃知道内情?”太后忽然这样问。

“不！我只是说很想念三阿哥，要扮宫女去看他。”

庄太后心里明明不相信，却点了点头。沉吟片刻，她倏地转脸正面对着谨贵人，目光停留在侄女头上那朵珍珠五福梅花上，庄重地说：“好吧！姑妈成全你的忠心，给你身后的荣名位分。你放心。”

谨贵人连忙叩头：“谢母后恩典!”

太后挥挥手，转开脸，语声有些沙哑：“你，你去吧!”

谨贵人站起身，心头充溢着壮烈的感觉，快步走向门口，但她又放慢步子，停在了门口。她慢转回身，轻声说道：“姑妈，我，我去了!”

她的尾音颤抖着，划破了寂静的空气。她看见她的姑妈背她而立，肩头抖动了一下，但没有回身，也没有说话，只把右手举到两把头一侧的流苏穗边，慢慢地、轻轻地摆了摆。谨贵人心头一酸，推门而出。

庄太后一动不动地站着，听着谨贵人的鞋底敲在砖地上的橐橐声，越来越远，终于消失了。她一直仰望着屋顶那装饰着龙凤花纹的华丽顶棚，但眼前一片白雾，什么也没有看见。后来，她翕动嘴唇，低低地喊了一声：“阿琪，我的烈性孩子!”她闭了双眼，两颗沉重的泪珠，从眼角滑过高高的颧骨，沿着丰厚的腮，滚落下来……

太后把自己在韵琴斋里关了很长时间。当她出现在鲜碧楼上的膳桌旁时，谁也没觉得她有什么异常的地方。她仍然谈笑风生，和蔼慈祥。只在人们禀告她说谨贵人因身体不适提前回宫时，她的嘴角才颤抖了一下，眼睛里闪过一种既坚决又惶惑的奇怪神情。那只是一瞬间的事，除了心虚的康妃和聪明的皇贵妃，谁都没有发现。

这一天对顺治来说，是十分繁忙的。因为今天是文华殿经筵大典的日子，比一次早朝要劳累得多。不仅有许多隆重的仪式、礼节，还要讲书讲经讲史。大学士、尚书、左都御史、侍郎、学士、詹事都要充任经筵讲官。每次经筵，满汉官各选八人，分别按自己的理解宣讲，最后还要由皇帝阐发书义、经义，诸官跪听御论。讲毕，皇帝召与筵各官进殿赐座赐茶，表示礼敬恩宠。累尽管累，福临每次都从经筵中得到不少启示，常常使他灵活的头脑转动到眼前的实际治国之道中去。

回宫时，他又疲倦又愉快，带着这样的心情，往慈宁宫向母亲请安。听说太后游了一日北海，身体劳倦，正在寝宫歇息，他便立刻直奔寝宫。

太后坐在炕上倚着靠垫打盹儿，一个宫女在轻轻地为她拿捏双腿，其他宫女静悄悄地垂手站列门边炕前。福临一进屋，太后便睁开眼，笑道："听脚步声，就知道是你。今儿个有些累吧？"

"还好。额娘领后宫去逛北海，怕是真累着了。"

"哦，不算什么，还没有老得走不动呢！"太后点头一笑，又一扬头看看儿子，动作很是洒脱利落，使福临眼里也不禁流露出赞赏的笑意。

"你今儿个在经筵上讲些什么？"太后问。

"儿讲的是'文武之道，一张一弛'，阐发了足有一个时辰，又顺便讲了讲宽猛相济的道理。我看百官听得很入神呢！"福临不免有点儿自我欣赏。

"'文武之道，一张一弛'，"太后重复着，连连点头，不知她是在夸赞这圣贤之道呢，还是夸奖儿子，"讲得好！那弓弦要是张得太紧，不就要断了吗？"

"额娘若御经筵，一定是个上好的讲官！"福临由衷地赞美。

太后神色一变，笑容消失，看定福临："皇儿，你的弓，是不是张得太紧了？"

福临一看母亲的神情，立刻站了起来，恭敬地回答道："儿听母后教诲。"

"皇儿，你一心继承祖志，一心要成就天下一统的大业，壮志可嘉，我很高兴。不过太急太快，怕不妥当，所谓欲速则不达。如今内外都迫得太紧，不要生出什么大事来！”

“母后请明示。”太后的表情口气，使福临感到紧张。

太后叹道：“事情都逼到眼眉前了，你还不知觉吗？外，有六王聚会；内，有四阿哥夭折……”

“额娘，你说什么？”福临一把握住了母亲的手。

“来，让我仔细说给你听……”

母子俩进了寝宫最东端的小梢间。宫人太监们完全听不到他们的声音。可是皇帝粗重的可怕喊声却有两次透过重幔传了出来，还夹杂着桌椅翻倒、瓷器粉碎的声音。不知过了多久，无声无息，人们正有些担心这母子俩会不会出什么危险，却突然迸发出皇上暴怒的狂吼：

“这不是天意！不是天罚！我不服！——”

太后提高了的声音也隐约传出来，仍然十分平稳：

“皇儿，你不是小孩子了，好好想一想吧！”

皇上离开慈宁宫的时候，神情古怪而可怕：他的脚步和身姿，都给人一种颓然而去的印象；脸上像戴了一副木制或冰制的面具，又硬又冷，毫无表情；可是只要触到他的眼睛，就会被那里的狂暴和绝望吓一大跳，那是两团火，两团熊熊燃烧的火！而皇太后也没有按照惯例送他出宫。

第二天，宫里都知道了，昨晚上万岁爷龙性大发，用鞭子没头没脑地把几个养心殿太监抽得遍体鳞伤，还威胁说要砍掉他们的脑袋！但就在这天的晚上，景仁宫发出丧音：谨贵人病逝。

发丧那天，皇后以下各宫妃嫔都来到景仁宫。皇贵妃拿了自己最好的一套衣袍，为死去的谨贵人换装。谨贵人脸上倒没有什么痛苦的表情，像睡着了似的宁静安详。

皇贵妃为她换好衣裳，站在那里凝视着死者，一面不住地掉泪，一面感叹着轻轻说：“姐姐髫龄进宫，如今正当年华，为什么不能为皇上多多效力，就骤然去了？真叫人痛惜啊！”

皇后、淑惠妃和静妃、恪妃、端妃、恭妃等人，都在抹眼泪。倒是康妃，站在董鄂妃的对面、谨贵人遗体的另一面，虽也拿着手绢擦泪，但她没有泪，她只觉得恨！她从来没有像今天这样恨对面那个女人，那个泪流满面的虚伪奸诈的美人儿！她还哭！她哭个什么？这一切，不都是因为她吗？康妃的心被嫉恨咬啮着，浑身犹如火烧。她不能流露一点真实感情，只得无可奈何地拼命低头，竭力抵挡。她狠狠地咬着嘴唇，直到她觉出舌尖上的咸味、下唇的疼痛……

几位内廷公主也闻讯赶来。谨贵人的死对她们可说是无关痛痒，但出于礼仪和宫规，她们也都掏出手绢抹着眼圈。

这时，皇上的谕旨到了，那是谕礼部、抄送景仁宫的："贵人博尔济吉特氏赋性温良，恪共内职，今一朝遘疾，遽尔薨逝，予心轸惜，典礼宜崇。特进名封，以昭淑德，追封为悼妃……"

这就是说，谨贵人终于登上了主位，将按妃位进行礼葬了。后妃们为谨贵人幸庆：得到这隆重待遇，死也瞑目了！

妃嫔们各自休息时，孔四贞走到董鄂妃身旁，轻轻叫了一声："姐姐！"

董鄂妃抓住她的手，含笑的眼睛盯着她看，只不说话，看得孔四贞红了脸，小声说："姐姐，你的眼睛真坏！"

董鄂妃凑在她耳边悄悄地说："我早听太后讲了。什么时候进宫圆房啊？"

"姐姐！看我撕你的嘴！"

董鄂妃不笑了，紧紧捏着孔四贞的手，知心地说："好妹妹，你快来吧！你能助我一臂之力。你不知道，我多难啊！"

"我知道。我心里害怕。"四贞耳语着，"看到谨贵人那样子，我觉得怕极了！这里，陷进来再出不去的呀！"

"你真的不肯？"董鄂妃忧伤的眼睛几乎使四贞落泪，可她还是硬着心肠说："我不能……我没有姐姐那样的才干和胸怀，我会淹死的……姐姐，别怨我，你好自为之吧，我已经向太后辞过亲了……"

董鄂皇贵妃长叹一声，对四贞可怜地笑了笑，慢慢走开。她脚步不大稳，容妞儿立刻上前搀住了她。她的背影那么瘦弱，显得筋疲力尽。孔四贞眼里不禁又涌出了泪水。

几天以后，一件受贿作弊的案子被揭发了出来，因为是由宫内捅到皇太后驾前，皇上大怒。受贿卖官的总管太监吴良辅被判死刑，贿请的汉大学士陈之遴被罢官，并流放盛京，另一名汉大学士王永吉也被罢官，还有一大批汉官因受牵连而纷纷被免职、降职、罚俸，朝野又是一番震动。神气了不几天的汉官又失了神，各种不利于汉官的传说又不胫而走：没有最后定案的丁酉科场案还得从严惩治，刚刚揭发的江南、河南、山东、山西等科场案必定处置更严……

接着，皇上奉皇太后命，将已停止的中宫笺表，如旧制封进，恢复了皇后的特权和身份，同时，命静妃为长春宫主位，赢得宫中一片感恩的眼泪和欢笑。

最后，在三月二十七日，追封皇四子为和硕荣亲王。

于是，许多人都松了一口气。张得太紧的弦，松下来了。

五

五月榴花红胜火。安亲王岳乐一向喜爱它炽热的颜色，正当时令，王府处处都是盛开的红得耀眼的石榴花。不过这几日，绚丽的榴花也得让位了，因为府里张灯结彩庆贺王爷生辰。府门口的胡同好几天水泄不通，车来马去，人山人海，都是赶着来送寿礼的，抬的、担的、捧的，红红绿绿、金花银叶，流水似的往安王府里涌。那热闹红火，真跟过年一样。

今天是岳乐寿辰的正日子，来拜寿的，可就都是冠盖人物了！这使得王府门前的热闹中添了些威严和富贵气，别说下人们屏息静气，就连马到门前，也不敢扬声长嘶了。

王府东侧，是一所规模很大的花园。花园一隅有一所幽静精致的梨花院。岳乐在这里设宴招待他的显贵客人，朝中的亲王、郡王、贝勒、贝子，——也都是他的亲戚子侄。

院子正中有一个从南面房屋中突出来的小型戏台。戏台下面摆着一人一桌的丰盛席面，巽亲王常阿岱、显亲王富绶、康郡王杰书、温良郡王猛峨、顺承郡王勒尔锦、端重亲王齐克新以及敬谨郡王尼思哈等人，都在这里就座，由岳乐的儿子蕴端、玛尔浑等人相陪。左右两边是塑有圆、方、六角、梅花、石榴、宝瓶等各种形状花窗的长廊。在廊里看戏吃酒的，是来拜寿的福晋格格们，自然由安王福晋、侧福晋们相陪。正对戏台是一间正厅外的敞轩，只设了两席，坐席的右面一位是今儿的寿星，身着彩色吉服的安亲王岳乐；左面一位，便是简亲王济度。

按辈分，他俩是兄弟；按位分，岳乐新进亲王，不及济度。平日两人政见不尽一致，来往较疏。但皇族的规矩，最讲兄弟亲戚之谊，岳乐比济度年长，哥哥的生日，弟弟非拜不可。所以，简亲王着了礼服，领着福晋和两位侧福晋，早早就过府拜寿来了。

自家亲戚欢聚，照例气氛较比轻松。五月的天气已相当热了，王爷、福晋们纷纷去了礼服冠带，轻摇小扇，一面吃酒，一面闲谈，兴致勃勃地看着台上的戏文。

一出方罢，台下一片谈笑声，称赞这出《黄鹤楼》做得真热闹、真好。廊下的福晋、格格们尤其赞扬剧中的刘备和周瑜。不一会儿，戏班的班主领了扮演刘备和周瑜的伶人，直走到敞轩前，向安王爷和简王爷谢赏。

岳乐对“周瑜”看了一眼，说：“你不是云官吗？”

同春低头恭敬地回答：“是。”

“唱、做、念俱佳，比以前越发出色了。我记得你已经脱籍。”

“是。”同春恭敬地又答一声。班主连忙补充道：“禀王爷，他如今是民人，只搭班唱戏，不陪酒，不拜师父。”

“哦，也算难得……既入此门，再要谋别的出路也难。日后能做个梨园教习，也可善终其身了。”

“是。”同春第三次回答后，随同“刘备”、班主领赏去了。

“王兄，你见过这个唱戏的？”

“哦，此人在梨园，可算是佼佼者，不卖色相，没有媚容俗态，性情举止有翩翩文士风，所谓阳春白雪是也！”

济度笑道：“王兄爱和那些文士们来往，所以连这么个唱戏的也看重。文士文士，文弱之士，有多大用处？打天下打天下，总归要靠打！要靠骑射，要来武的！”

岳乐也笑了：“贤弟难道没有听说？从来成就大业的，武功文治，缺一不可。马上得天下，还能马上治天下吗？”

济度说：“马上得天下，为什么不能马上治天下？当年太祖太宗皇帝，不就是马上治天下吗？”

岳乐并不直接回答他，绕过了祖宗的武力攻战，另开议题：“历数前朝，凡享国稍久者，必有一朝之制度。我大清开国不久，要治理中华偌大疆土，满蒙汉万千百姓，为长治久安计，正需参酌古今，定下制度。”

济度鄙夷地耸耸鼻子：“明朝就有制度，还不是一样亡于李自成一帮流寇，让位于我大清？”

“不，事情不那么简单。皇上在内院阅读史书，曾亲谕道：‘明太祖立法周详，可垂永久。’足见明初所定制度原无不善，但日后逐渐废弛，国祚也就衰弱下来。到了万历末年，明朝大局实已败坏，所以还能延续数十年而后亡，制度之力也！我们不可不认真参详啊……”

济度脸上已露出不耐烦，强笑着说：“王兄，掉书袋子，我掉你不过，也没这份精神。咱们爱新觉罗氏是天女后代，天生的贵族、英雄！有上天佑护，既能得天下，就能治天下！用不着去跟那些下贱的蛮子们学什么制度！……”

岳乐耐心地带着劝解的口吻说：“贤弟武功超群，确是祖宗的好子孙。我们爱新觉罗也确是天女之后，天潢贵胄。不过，满洲一族的渊源呢？贤弟你还不知道吧？我近日查了许多史书，满洲来自建州女真，上溯五百余年，正是女真建立大金的时候，享国一百多年，与北宋、南宋共始终；更向上推，唐代的渤海国，也是女真所兴，五京十五府六十二州，为海东盛国，享国近二百年。如今大清又承大金，千年之间，三为大国，愈来愈大，终于据有天下，我满洲族之强固可想而知！但是，尧舜禹三代以前呢？谁是女真族的祖先？仔细推究，未必不是黄帝的一支……”

一刹那，济度双眉倒竖，胡须乍起，虎目圆睁，就要发作：好你个岳乐，竟然把爱新觉罗氏和下贱的蛮子联上了祖宗！他转而一想，现在是给岳乐拜寿，无论如何撒不得火。他虽然憋得一脸紫红，只是愤然说出几个不连贯的字：“你，你，竟敢……”

“贤弟，你这是怎么啦?”岳乐看着济度的样子，不知是真的奇怪，还是装的惊讶，正要招呼从人，却见门官引了一位宫中太监赶到面前跪禀：“王爷，皇上召王爷即刻进宫!”

岳乐和济度都吃了一惊，但又不能问。岳乐匆匆地向济度说：“贤弟，不能相陪了。改日到府上请罪。”

“什么话！皇上召你，不要误了，快些走吧。我也告辞了。”济度和岳乐彼此一请，岳乐便慌忙去准备进宫了。

梨花院里的客人们，因为有蕴端、玛尔浑兄弟相陪，情绪仍然十分热烈；两廊的女眷们多日不见，正好趁此时机说说话儿，交换各自知道的趣闻，谈兴正浓。济度让侍从告诉福晋要早些回府后，自己便率了部分从人离府而去。蕴端兄弟恭敬地送他到大门外，他却一直闷闷不乐，一路上都在苦苦思索：皇上这么急地召岳乐进宫做什么……

梨花院西南角一间三楹屋，是供伶人休息化妆的地方。坐在窗口的同春，正好看见简亲王缓缓离去的背影，立刻联想到他在前门轧死无赖的雄姿，回头问陪同小太监：“那位王爷不是简亲王吗？怎么不再看几出?”

小太监凑过来看了一眼说：“真是简王爷！……咱这儿净演文戏，简王爷不爱瞧!”

“简王府也常叫戏班子吗?”

“叫得少。简王府自家有王府大班，他专爱瞧《西游记》《十床笏》这路热闹戏。”

“哦……”同春沉吟片刻，又问，“小内官，像你这样的，是皇上赐给王爷的呢，还是王府自家买的?”

“都有。王府自家买来的多。”

“不是还有宗人府、刑部拨给功臣家为奴的人吗?”

“那就海啦！……可当太监的没有。他们多半到庄子里去干活，女的才留府里，洗衣局、厨下、茶上都要人。”

同春心里怦怦直跳，尽量随便地问：“今年府里又进人啦?”

小太监想了想说："没有。去年中秋节刚进过。哎，你快吃点心哪，这是我们福晋赏的，谁不知道我们安王府点心是京师头一份！……你不是还有戏吗？等着吧，准还有好些赏银呢！福晋格格们有的是私房钱，又最爱瞧戏……"

同春十分失望，却不能不笑容满面地与小太监周旋。

永平逆案中女子全都入了官，发给功臣家为奴。同春既要有可能进入功臣之家，设法打听梦姑的下落，又要找到谋生门路，解决衣食问题，两全之策只有一条，那就是重入梨园，再施粉黛。同春毫不犹豫地搭上了京师有名的戏班。凡是应王府贵宅的戏差，他总是格外出力，也格外上心。可是几个月过去了，梦姑一点儿踪影都没有打听到。今天又落空了。他真不想再往下唱了。同春动手拆包头、脱戏衫、换彩鞋。

屋子另一角的班主瞧见了，大声说："云官，你怎么啦？下面还有你的《占花魁》呢！"

同春道："我头晕，直犯恶心，浑身不舒坦。下面的戏免了我吧，找别人顶两出好不好？"

"哎哟，你这是要我的命啊？"班主急了，连连打躬作揖，"好云官嘞！人家要看的就是你这秦小官哪！怎么敢回戏呢？王爷要是发了火，咱们也别想囫囵着出府门了！……兴许是这屋里太闷，散散就好，散散就好！"

屋里真是又热又闷，可是唱戏的伶人敢随便出去"散散"？连那么喜爱云官的小太监也不敢做主。偏偏梨花院总管是个戏迷，一听云官不唱《占花魁》，当然不答应。总管一通融，小太监才敢领了云官到旁边小园子里散步透气，说好不许走远。

小园子里一派浓绿，高树矮丛挡住了阳光，空气阴凉又宁静，更衬得远远近近的石榴花像一团团鲜红的火焰。同春深深地呼吸着甜美清纯的空气，舒展着身体，随着小太监在山石水流间漫步，觉得精神爽快，连小太监跟他说话，他都半听半应的。

小太监的一句话，猛地钻进他耳中："……你演好了，各王府的福晋、格格都会有重赏，光这赏钱就够你几年花销……"

各王府？这个“各”字太重要了，竟使同春心里“咯噔”一跳。如果他今天能给各王府的王爷、福晋留下深刻印象，就为今后进各王府的戏台开了路，这不是明摆着的吗？对！得演，一定得演，要拿出本事，演得台下这些人神魂颠倒！

同春一个急转身，坚决地说：“回去吧！下头还有我的戏。”

“你头不晕了？”小太监好心地瞅着他。

“溜达了一阵，好啦！”同春一笑，顺着石子拼花路，在假山中绕来绕去地走回梨花院。小太监追在后面，疑惑地咕哝着：“这是怎么走的？绕不出去了？”

一道长廊突然横在眼前，两头蜿蜒着深入到花木深处，看不清方向。绿琉璃瓦，红柱红栏杆，檐下彩绘花鸟山水，十分华丽。隔着长廊的另一边，修竹掩映方亭，石桥跨过流水，花圃里万紫千红，各色月季争奇斗艳，玫瑰花香浓郁醉人，一阵阵飘向同春。同春很是惊奇，刚刚放慢脚步，小太监蹿上来一把拉住他，脸色都变了：“走错了！快回头！”

同春见他急得头冒冷汗，嘴唇发抖，忙问：“怎么啦？”一语未了，长廊那边，翠竹摇动，传来女子清脆的笑声。小太监一语不发，拽着同春掉头就跑，那手还在不住地哆嗦，直跑出那个绕得人头昏脑涨的太湖石山群，梨花院就在眼前了，小太监才撒开手，抹去头上的汗，摸着胸脯说：“你可吓死我啦！……那道廊子是府中的禁线，那边是府中女眷游玩的花园，男仆不经召唤，或是外人闯过廊子，就别想要命啦！”

同春吐吐舌头，静静心，进了梨花院。

从竹林小径中走出一个十八九岁的侍女，细瘦的身上，淡黄衫，白绫裙，外面罩件竹布长背心，腰里束条深蓝色汗巾。她低头出了竹林，便静静站在路边垂手侍立，等候后面的主人。她是简亲王侧福晋的女仆，是马兰村被籍没入官的乔梦姑，也是刚刚被拽走的同春极力想寻找的人。

不论她的心已怎样麻木，事变突发的那天以及此后的所有经历，她还是记得清清楚楚。

那天，老道师徒在正房里关门密谈；东西厢房的女人们嘻嘻笑着掷钱卜卦，看谁先得子；梦姑如常地呆坐着，脑子里空空的一无所有。忽然大门被急慌慌地敲开，母亲和容姑冲了进来，脸色惨白。容姑说，费耀色偷偷给她报信，说是他爷爷苏尔登跟王用修已经带了巡捕来抓老道师徒和乔柏年了，叫他们全家快跑！

老道一听，立命褚衣仆把守大门，他领着小道士开了后门一溜烟地逃了。人们又哭又喊，追着老道师徒跑上山去。可是他们刚爬上山头，就发现无数满兵已把整座山包围起来。老道当机立断，命众人分头逃跑，到一百里外落草青龙山的李秋霜处会合。后来的事情就很混乱了，梦姑和母亲、妹妹失散，却被小道士紧紧揪住不放。这位朱三太子把梦姑和另一名袁道姑的徒弟一同塞进山洞，自己也躲了进来，用匕首吓唬两个女人不许出声。

一个时辰后，满山遍野都是搜山的清兵，密密麻麻如同蚁群，沉重的脚步声好几次从头顶滚过，眼看躲不过去了，朱三太子眼睛通红，一脸疯狂，掷下匕首逼催两个女人自裁殉节。梦姑虽已多次见过他这副嘴脸，仍然觉得害怕，顺从地就要拾起匕首，却又双手哆嗦，下不了狠心。忽听那被逼急了的小道姑问："你要我们死，你呢？"

"我？我要逃到深山老林，出家当和尚，远离尘世，了此一生！"朱三太子眼里满是绝望和凄惶。

小道姑火了："什么？让我们死，你去出家？鬼话！"她一脚踢开匕首，"你不死我也不死！"

"你，你大胆！"朱三太子颤抖地指着她低声喝骂，"告诉你，我是太子，崇祯皇上是我亲爹！妻妾不能辱于敌手！你，你们立刻给我死！"

"到这个分儿上，太子顶屁用！我就不死！"小道姑越加倔强。梦姑像痴呆了似的听着这大胆的、她想都不敢想的对骂。

"好，好，你这贱人敢抗君命！君叫臣死，臣不得不死……看我收拾你！"朱三太子拾起匕首，浑身抖得像一片秋风里的枯叶，抬手就要去扎小道姑，梦姑连忙把他拉住，"扑通"一声跪下了。朱三太子回头一看，勃然大怒，举手就朝梦姑狠狠刺去。梦姑一闪，匕首划破了衣袖，把胳膊刺了一道长长的血淋淋的伤痕。小道姑不顾一切，大声叫喊起来："杀人啦！朱三太子杀人啦……"

梦姑没有挨第二刀，满兵已冲到洞口。所有跑上山来的人，一个也没逃掉。

下山时，又出了意外。窄小的山路，只容一人行走。道士师徒两个男人在前，由四名满兵两前两后地押着；妇女用长绳绑成一串，隔着一队满兵远远跟着。山路一弯，正临悬崖，那老道用不知何时脱开捆绑的双手，一把抱住朱三太子，纵身便向悬崖跳了下去。女人们尖声乱叫，满兵也慌了，队伍散乱了好一阵。后来领兵的将军下令放箭，满兵沿小路密密站成一条线，箭如飞蝗般"嗖嗖"射下悬崖，随后又用长绳吊下满兵去看究竟。女人们被押进虹桥镇巡检所，不知道那次搜索的最后结果。但是第二天，她们看到了巡检所门前的旗杆上，高吊着老道士的人头……

实在是梦姑这些年太苦了，后来的经历对她都不算什么，她漠然处之。只在刑部把她们分派给各王府贵宅为奴时，她突然意识到，从此再也不能与母亲、妹妹见面，这便是生离死别，她这才抱着亲人恸哭，哭得极其伤心，泪水滔滔不绝，仿佛借此把这么多年的屈辱、痛苦、爱和恨都哭个干净。

她果真哭干净了，从此变成一个冰雪般的人。本来就没有笑容，现在连愁容也没有了，平得如同一潭秋水，淡得犹似一缕轻烟。因为这，入简王府后那一顿凶暴的鞭打，男子汉们都在呼天抢地，叫爹喊娘，她却始终一声不出，使茶上主管十分惊奇，把她讨去做了茶上奴婢；又因为这，她被侧福晋看中，退了那个饶舌的侍女，把她要来做了身边奴婢。她今天就是跟着侧福晋来安王府拜寿，照看侧福晋的女儿的。

竹叶儿簌簌响，两个打扮得花枝招展的十二三岁的格格儿，手拉手地走了出来。身穿银红缎袍的是简亲王的三女儿，身穿雪青缎袍的是安亲王的三女儿。两人小时候就是相互来往的好友，近两年见面少了，这一聚会，就有说不完的知心话儿：

"……你后额娘对你还好吧？"问话的是简亲王的女儿，她岁数稍大些，有点儿做姐姐的味道。安亲王元妃四年前去世，现在这位年轻的那拉氏是继福晋。

“也就罢了。就是我父王，老疼着她养的那小格格儿!”

“总归是这样的，疼小不疼大。听我额娘说，你后额娘养那小格格的时候，差点儿病死!”

“真的！她住的小院都封了，谁都不许去看。后来她病好了，又说小妹妹命硬，犯了什么星宿，抱出府去养了，到十个多月才又抱回来的。”

“你喜欢那个小妹妹吗?”

“喜欢！可乖啦，长得好看，小嘴甜极了！才两岁多，什么话都会说啦!”

“是吗？抱来跟咱们玩玩好吗？我一个小妹妹都没有。”

“好！好!”岳乐的女儿跳着拍手，立刻叫她的侍女去禀告福晋。济度的女儿转过头，对梦姑吩咐道：“阿丑，你也去，帮着抱小格格儿!”

阿丑——这是梦姑在简王府侧福晋那里得来的名字——默默对小主子一屈膝，随安王格格的侍女去了。

安王福晋那拉氏正抱着那个小格格看戏。小格格听话地一动不动，只闪动着两只大眼睛东瞧西望。一听说姐姐要她去花园玩，立刻张开胖胖的小手往使女身上扑。台上的《占花魁》正演到《受吐》一折，卖油郎秦钟的温柔体贴、善良真诚，被伶人云官表演得淋漓尽致，尤其使廊下的贵妇们感动。那拉氏正巴不得有人把孩子领走。

简亲王侧福晋的席位就在旁边。她见阿丑在歌吹彩衣面前也那么低着头、目不斜视，心里好笑，想寻点儿开心，便说：“阿丑，你也不抬头看看，多风流美貌的秦小官哪!”

梦姑只得通过面前那扇花瓶形的壁窗，对戏台看了一眼。被赞为“风流美貌”的秦小官正侧脸向名妓王美娘倾吐心曲。梦姑不在意地低了头，她对什么都没有兴趣。她后退几步，转身跟随抱小格格的侍女走了。身后传来她的女主人带笑的声音：“这个阿丑，是我亲自选来的，难得她是个哑巴，酒色财气全不沾……”

梦姑静静地亦步亦趋。前面那位使女换了一下手，小格格那张天真无瑕、非凡美丽的小脸就突然正对着了梦姑。一个颤抖从头顶滚到脚趾尖，梦姑觉得心被铁爪子猛地抓了一把，疼得缩成了一团。天哪，这不是她的女儿吗？……但愿这不是在做梦，但愿这不是在发疯！

小格格全神贯注地盯着梦姑，一双乌溜溜的大眼睛从密密的睫毛下简直要望到梦姑心底。那双黑白分明的、晶莹动人的眼睛！梦姑在给孩子喂奶的时候，曾经怎样抚摸过、亲吻过这双眼睛啊！女儿，一双比画儿上金童玉女还要可爱的女儿，曾是她生活的唯一的安慰，唯一的希望……

梦姑心慌气短，眼前发黑，一片又一片白蒙蒙的雾从眼前的黑暗中飘过去，她支持不住，马上要晕过去了。可那小格格突然从使女肩膀上向她伸出小手，清脆地喊道：

“嬷嬷！西提乌伦比逼！①”

这一声明明白白的鞑子话，使梦姑浑身一激灵。她顿时清醒过来，眼前的白雾消散了。这是一位裹在绸缎金银里的格格，注定一辈子享受荣华富贵的郡主，怎么会是她那已经落入狼腹的女儿呢？

梦姑伸出了手，小格格一下子就扑到她怀中，搂住了她的脖子。这温暖的、微妙的接触，在她心里唤醒了受过重创的母爱，说不清是幸福还是痛苦的热流冲激着她冰凉的心，多少日子来她完全干枯的眼睛，竟湿润了。

雪青袍的格格先跑来抱去了小妹妹，银红袍的格格赶上去抢夺，嘴里不住地嚷着：“哎呀，多美的小奴恩②！可爱的小奴恩！”两人争着搂她、抱她、亲她，弄得她大声叫嬷嬷。两个姐姐把小格格带到花圃，吩咐侍女们采来许多玫瑰、月季，插了小格格满头满身，又把五颜六色的花瓣穿成芳香四溢的花串，戴在小格格头上、脖子上。不大工夫，她们四周就堆满花朵花瓣，招得蜂蝶纷纷，围着三个女孩儿乱

---

① 满语：你抱我！

② 满语：小女孩。

飞。小格格不肯离开梦姑，总是牵着她的手，或是倚在她怀中，似乎这样她才笑得更开心，喊叫得更痛快。直玩到太阳偏西，天色渐晚，她竟躺在梦姑怀里，把小小的可爱的头紧贴在梦姑心房，安安稳稳地睡着了，睡得非常甜美。

保姆来接小格格了。梦姑伸手递出孩子时，竟一阵心酸，手臂不自觉地一抖，小格格猛然睁开了眼睛，看了看保姆，又转脸到处寻找，一眼看到梦姑，立刻探出身子向她扑过去，大喊着："嬷嬷！我要嬷嬷！我要嬷嬷！"

梦姑不得已接住了她，她搂住梦姑再不撒手。所有软的硬的办法都使了，全都没用，小格格放声大哭，又喊又叫，身子乱踊乱动，闹得众人手足无措。安王福晋和简王侧福晋闻讯赶来，也没法使小格格离开梦姑。一时间孩子哭，大人嚷，骂侍女，骂阿丑，骂不懂事的小格格，乱成一团，谁也听不清别人说什么，谁也拿这个两岁的尊贵的小郡主没办法。

"乱嚷什么！"威严的声音不耐烦地一喝，乱糟糟的喧闹立时平息，下人们都赶忙跪倒。这是下朝回府的安亲王。福晋迎上去唠叨了一遍，岳乐惊异地耸耸眉头，亲自走到梦姑跟前，疼爱地说："冰月，好孩子，看看我是谁？"

小格格不放开搂着梦姑脖子的双手，转过脸看到安亲王，含着眼泪笑了，用叫喊得有些沙哑的声音委屈地喊道："阿玛……"

"跟阿玛回屋里去，该吃饭了。"

"我不！"抽抽噎噎的小格格更紧地搂住那简王府女奴。

岳乐轻轻地、不为人觉地叹了口气，说："阿玛给你带了一对小白兔，不去看看吗？来，阿玛抱你！"

小格格犹豫了：小白兔该多么可爱呢？……让又高又大的阿玛抱着，一定很快活的！

"来吧，冰月。"岳乐真的伸出两只手。这是两只从来没有抱过孩子的、坚强有力的高贵的手。

小格格贴着阿丑的脸，娇爱地说："嬷嬷，我去看了小白兔就来找你，你可不要走啊！"

简亲王侧福晋在一旁急得直嚷："阿丑，快答应，快应啊！"

阿丑只好点点头。小格格这才放心地扑到安亲王手中。可是这双舞刀射箭的手，却经不住一个两岁娃娃的重量，差点儿把小格格摔了。阿丑惊慌地"啊"了一声，连忙蹲身用双手去接。这时岳乐才看到了一直低头不语的这个女奴的面容：高颧骨、深眼窝，瘦削的双颊，尖得像钉子的下巴，怪不得叫阿丑。只有眼睛又黑又亮，不算太丑……

岳乐对简亲王侧福晋说："弟妹，这小丫头把你打搅得够了，真对不起。我要赶快带她回去，不能送你了，请不要见怪。"

简亲王侧福晋连连笑道："王兄别客气，自家亲戚，说什么见怪不见怪的？你快请回吧，有嫂子送我呢！"

安王福晋那拉氏送走亲友后回到她那精巧华美的寝宫，只见岳乐已脱去朝服，只穿一件洒金月白绸衫，手里端着一盏茶，在屋里走来走去，脸上一团烦躁。远远地，能听到小格格还在哭闹，大概已抱到后院去了。

那拉氏有意地笑道："听听，这小丫头还在哭。这也算是前世的缘分？"

岳乐看她一眼，皱皱眉，没有答茬儿。

"刚才简王侧福晋答应把阿丑给我了。她还说阿丑的好处就是丑，分不去男人的心。你瞧她说得多有意思！我也得想法回她件礼物才是……送她一匹绸子，可好？"

岳乐又看她一眼，还是不说话。

那拉氏急了。她是继室，按年龄她可以当岳乐的女儿。到了这种时候，她可就瞪眼了："你怎么不说话？你……"

"行了！别嚷了！"岳乐立刻接口说，"白费心机！跟你说，半个月内，这孩子要送到宫里去。"

"啊？你疯了？"那拉氏大惊失色。

"你胡说什么！"岳乐面色很难看，叱责着福晋，"这是皇上的亲口谕旨。皇贵妃丧子以后，想收养几位小郡主在身边，也好冲淡哀思，有所寄托。"

那拉氏一下子哭了："她把我的孩子弄了去寄托哀思，我的哀思往哪儿寄托呢?"

岳乐叹口气说："你怎么糊涂了呢？这是皇上的恩典呀，别人家想还想不到呢！再说，又不是你亲生女儿……"

"不是亲生是亲养！这小东西多招人爱，你还不知道？我实在舍她不得！……怎么单要咱家的格格?"

"简亲王家两个，顺承郡王家一个，咱家一个。皇贵妃抚养，将来得公主封号，食公主俸禄，这还不是天大的好事？……再说冰月进了宫，你也好时常进宫去给皇太后、皇贵妃请安，那可是我们满洲的非凡女子，好好学学她们的见识和胸襟吧!"

听了这话，那拉氏的激动略略平息了。实在也难怪她。她是在初产子殇的悲痛空虚的情况下，得到这个玉女儿似的小格格的，疼爱之情一点不亚于亲生。丈夫几句话点明了关节紧要处，她只能接受这无可更改的决定。她看了看丈夫心事重重、双眉紧蹙的面容，叹口气，反过来安慰地说："你也不要这样忧烦了吧。着人给你上些点心好不好?"说着，递给他一把扇子，"大生日的，皇上召你进宫，就为的这件事?"

岳乐不看福晋，也不回答，无缘无故地把折扇撒开，合上，撒开，再合上，又心不在焉地在胸前扇了两下，说："我到书房去坐一会儿，谁也不要来打搅我!"随后他背着双手，一步一步地慢慢走开了。

和岳乐担心的那件大事相比，送冰月进宫算得了什么?

皇上是又犯小孩脾气了？皇上是一时心血来潮？不像。他似乎已经深思熟虑，把岳乐当作第一个能接受他想法的人，紧急宣召进宫相商的。

天色暗下来，西方收尽了最后一缕暮霞，如海一般深邃无际的天空中，星光点点，争先恐后地闪现出来。岳乐盯住了最亮的一颗，那是一颗光芒中带点蓝色的大星，正从高高的天际向大地张望，令人心里微微颤抖。这不就是岳乐今天感受到的皇上的那双眼睛吗？皇上在阐述他的"新政"时，眼里不也闪射着这样令人心悸的光芒吗?

皇上推开案头那一函函、一卷卷《资治通鉴》《明实录》《文献通考》《明会典》，非常振奋地说："王兄，朕决意准酌古今，除旧更新，全力整饬制度！重要的一着，是把内三院扩为内阁，设殿阁大学士，并另设翰林院和掌院学士官，与六部同品级。最要紧的，"他停顿了一下，眼睛发亮，语气坚决地说道，"是要除去议政会议名色，内阁六部直接受命于朕！"

"这……这不是完全仿照明……明制了吗？"岳乐口吃得厉害，顿觉心慌意乱，呼吸急促。

"如果明制有效，为什么不能仿照？"皇上毫不在意，继续神采奕奕地说，"议政王贝勒大臣，年迈功高，但见识短浅，治国为政，常常不合时宜。可使他们高位厚禄、养尊处优，但从政者必须有学识有远见。不然，治国平天下谈何容易！"皇上还滔滔不绝地说了他的许多设想：考查官吏，禁绝贪污，奖励开荒，收罗人才，收集散落民间的书籍，恩养故明宗室，赐予明末殉难诸臣谥号和祭祀，以至设日讲官，天天侍皇上研读书、经、史，等等。可是岳乐已不能静心听进去了。撤议政制度、改内三院为内阁，这两件大事太惊人，压倒了一切！可以想象，一旦公布，定是朝野的一次大地震，满臣和王公贵族不但会暴跳如雷，还会……真不敢设想那后果！……年轻的皇帝啊！正月里丧太子，人人都说是上天对他违祖制近汉俗的惩罚，难道他竟毫不警觉？这才五月，丧子的哀痛还没有过去，却又要冒天下之大不韪，竟想撤掉议政这古老的祖宗定下来的大法！这怎么得了！

在满洲贵族中，岳乐常被人讥为"新派"，今天他不是还在对济度侃侃而谈，鼓吹什么"参酌古今、定立制度"吗？不料皇上比他走得更远，竟要向议政制度开刀了！这，连岳乐都难以接受，何况别人？

这时候，岳乐才明白了皇贵妃收养四个格格的用意。这是向亲贵们示恩表宠。济度将是最坚决的反对派，于是对他的恩宠最高，收养两个。她真是皇上的贤内助啊！

替皇上想想，岳乐可以理解这一切。年轻有为的天子，想要一整山河，偏偏议政王大臣掣肘分权，屡屡阻挠皇上的施政，以他那样一个性格极强的人，哪里能忍受得了？可是替议政王大臣，其中也包括他自己想一想，手中大权突然被剥夺，哪怕是去过养尊处优的悠闲日子，能心平气顺吗？

书房里的灯光一直亮到天明。安亲王岳乐在焦灼不安之中度过了他的生日之夜。

六

“嘭”！济度那铁钵大的拳头猛砸在乌木茶几上，碗托、茶碗、碗盖跳起来好高，又跌下去摔得粉碎，浅棕色的奶茶溅得到处都是，也溅了济度一身。可是，他毫无所感，瞪着虎目，额头和粗脖子上的青筋暴起，大声吼道：

“什么？撤议政？见鬼！”

他双手一背，大步在中厅很快地走来走去，分明是一只关在铁笼里的焦躁的猛虎！他呼哧呼哧地喘着粗气，黧黑的脸涨成猪肝色。他骤然停步，愤怒地又添了一句：

“敢动祖宗的大法？……皇上这是喝了蛮子的迷魂汤啦！”

鳌拜站在左侧，像他一贯表现的那样，满脸严毅刚正，不露声色，也不轻易说话。站在右侧的苏克萨哈却是从容和蔼，嘴角挂笑，永远给人以亲切的印象。他微笑着劝道：“王爷，你不要发火。皇上也只是有这么个念头，随意说了两句，并没有立即就办的意思……”

“不！”济度大巴掌一伸，粗声说，“皇上我可知道，一旦定了主意，八匹马也拉不回来！……撤议政、改内阁，这不明明是扔掉祖制，改习汉俗明制吗？你俩也是议政大臣，撤了议政，把我们这些人都搁到哪里去？”

苏克萨哈想一想，说：“听皇上的意思，王爷们劳苦功高，用尊位厚禄奉养，世代相承；大臣可以入阁为大学士，仍不失当朝一品之位……”

“汉俗！汉俗！汉俗！”济度连吼三声，一声比一声愤怒，震得堂上的屋檐似乎都在轻轻颤抖，“我们满洲八旗，英雄盖世，蛮子本是我们脚下贱奴，如今……罢！不等他撤议政，我明日便上朝辞去议政！谁受这腌臜气！”

苏克萨哈轻轻一笑，小声说：“王爷，要是辞议政的人多了，皇上兴许倒不撤议政了……”

“什么？你说什么？”济度一愣，连忙问。

“我想，如今天下未平，哪能没有百战百胜的八旗呢？”

济度一拍脑袋，恍然大悟：“哦，我明白了！苏克萨哈，你真是咱满洲的智囊！……唉，没想到皇上耽于汉俗，连兄弟至戚之情都不顾了！”

鳌拜半天不作声，这时才缓缓地、庄重地说：“王爷，这也难怪皇上。若不是当年多尔衮专擅，几乎危及帝位，皇上怎会有如此戒心呢？要说亲情，皇上还是很厚重的。皇上不日就要选几位郡主进宫抚养，加公主衔食公主俸禄。皇上亲口对我说，王爷父子对国家功劳最大，要选王爷名下两位格格进宫呢！”

“哦？”济度的气果然消了一些，沉默片刻，决然道，“我知道了，你们走吧，我自有我的办法！”

临走，苏克萨哈又嘱咐几句：“王爷，辞议政不是小事。万一皇上犯了脾气，真的准了你的辞本，反倒骑虎难下。但只微微放风，使皇上耳有所闻，也就足够了。”

济度半笑不笑地说：“怪不得人们说你善辨气色、善观风向呢，果然果然。”

苏克萨哈的脸略微红了红，哈哈一笑，鳌拜沉着脸瞥他一眼。济度这样的直肠子，一向瞧不起苏克萨哈。可是在眼下情势中，他又不能不佩服他审时度势的能力，几句不酸不凉、又酸又凉的话，正表达了济度的复杂心理。

送走两位内大臣兼议政大臣，济度闷闷不乐地走回后殿，一片笑语声从福晋的住处传来。

“姐姐，他们家那八宝鸭也不知怎么做的，实在好吃！”这是一位侧福晋的声音，显然是在对福晋说话。

“不只八宝鸭，那烧鸭也很好。难得烧那么烂，我这不中用的牙也吃得动、吃得香。”这是福晋带笑的声音。

另一位侧福晋兴致勃勃地说："我问过了，那叫南味烧鸭，还有酒焖肉，还有叫什么、什么东坡肉的，从来没见过！是人家打江南找来的厨子烧的。……姐姐，咱们家不好也买几个蛮子厨师吗？烤羊肉哇，白煮肉哇，真吃够了！"

是啊，安王府的宴席实在不同一般，连济度也吃了个嘴光肚胀，啧啧称赞，女眷们叹赏，他不也有同感？

"不只吃的呢，瞧瞧人家用的那扇子，啧啧，怎么就那么好看？那团团绢扇，香喷喷的檀香扇，哎哟哟，只要这么斜斜地往下巴颏一遮，坠着玉佩的缨子这么一晃悠，再这么抿嘴一笑……"侧福晋必定正在摆姿势作表情，引得女人们一阵笑声。"别笑哇，我学不好。可就这么一下子，再丑的女人也能把男人迷住，对不对？"

女人们嘻嘻哈哈地一阵乱笑。"额娘，额娘！"笑声中三格格尽力压过众人的声音，"人家的袍子都跟咱家的不一样！又薄又软，说是没绣花儿，可上面闪着一朵一朵的亮花儿，一走路，风再一吹，飘飘的可好看呢！可咱家这衣裳，绣这么厚，硬板得像铁片！"

"格格，跟你阿玛说说好话，"第一位侧福晋鼓动着，"人家的衣料都是从杭州、苏州特地买来的。只要你阿玛点头，咱们府差个人去江南，还不易如反掌！"

"额娘，你去跟阿玛说呀！"三格格向母亲求告，福晋笑着连连答应。

"姐姐们请看，"刚才论扇的侧福晋笑道，"这是安王侧福晋教我的，也打江南传来。这样敷粉，这样拍胭脂……拍成这样，叫桃花妆。再拍成这样……叫酒晕妆。要是这样……最后再薄薄地扑一层粉，就叫飞霞妆了。"

"哦！"女人们出自肺腑地惊叹着。不知谁轻声说："到底蛮子历国久远，连名字都这么好听：桃花妆、酒晕妆、飞霞妆……"

"还不止这个呢，人家生了病都会收拾打扮。瞧，就这样……剪三块鲜红的红绫，沾上药膏，贴在两鬓和眉心……姐姐们请看，多俏！这叫病西施妆，别是一种娇态，更招人爱啊，是不是？"

"哎呀，这些南蛮子！"女人们惊诧不已。这句话里一点不含平日那轻蔑、嘲笑的意思，倒带了一种说不出口的景仰。

济度一脚踏进门，这样一幅景象映入眼帘：福晋斜躺在正中的长榻上，笑眯眯地看着听着，两侧的四张椅子，是侧福晋和三格格的座位。第二侧福晋正拉着她的贴身侍女站在正中为大家表演，茶几上香粉胭脂狼藉一片，地上散落着一些红绫碎屑。那个被当作展品的女侍，一脸浅浅的红粉色，即所谓飞霞妆，眉间和两鬓贴着指甲盖大的圆圆的红绫膏，果然显得俏丽又娇美，仿佛变了一个人。连济度也不免对她多看了几眼。

女人们见王爷进来，连忙请安。那侍女跪下叩了个头，惶惶然退了下去。见王爷脸色不好，女人们全都敛起笑容，不敢出声，只有福晋赔着笑脸，请王爷上座叙话。

济度仍然站在门前，一双眼睛阴沉沉地轮流打量他的内眷。他竭力压着火，用讥讽的口吻说："你们刚才在做什么？这么高兴，这么有劲？"

女人们垂下眼睛，谁也不敢答话。

济度突然控制不住，大吼起来："你们也喝迷魂汤啦！混账东西！给我滚！都给我滚！——"

侧福晋们和三格格惊惶满面，连忙跪一跪，便急急忙忙地退了出去。济度还不甘休，对着她们的背影追骂一句：

"再敢学蛮子那一套，看我揭了她的皮！"

橐橐橐的木底鞋一阵乱响，女人们溜得飞快，三格格还摔了一跤，被一个侧福晋拽起来就跑，眨眼间她们就都消失在高大的殿角墙垣之间了。

济度余怒未消，转过脸来训斥福晋："看你把她们纵容成什么样子！南蛮子那些妖里妖气的东西，竟透到我的家里来了，成什么话？你不管，反倒跟她们一起瞎咧咧！"

福晋虚心下气地劝道："王爷别生气了。吃饭穿衣，都是小事，何必那么认真？再说女人家谁不爱打扮？她们打扮还不是给你看？犯得着发那么大的火？"

"我不看！这是亡国之音，亡国之妆！懂不懂？咱们满洲家要严守古朴祖风，这汉俗汉风一点不能沾！你管着府里内事，风气坏了就得怪你！”

福晋心里不高兴了，可是没敢表现出来，沉静片时，才缓缓地、温柔地说：“我不过赞了一句他们菜做得好。吃那八宝鸭、东坡肉，你不是也说比煮白肉好吃吗？”见济度一下子答不上来，她又轻轻地说：“要是都按祖先的习俗过日子，咱们还该回到深山老林里，架上火堆烤黄羊腿，何必住这大殿高堂，吃这细面白米的饭、煎炒烹炸的菜呢？”

几句话把济度噎住了。他更加生气，瞪着眼指着福晋的鼻子：“你就知道婆婆妈妈这一套！习俗风气是大事，你懂不懂？”他探手入怀，掏出一个油纸包，摔给福晋，声色俱厉地说：“我看你是忘了。给我念！”

福晋咬咬嘴唇，打开这尚有济度体温的纸包，拿出那块写满满文的白绢，跪在地面的毡垫上，展开白绢一字一句地读下去。

白绢上抄录着老郑亲王、济度的父亲济尔哈朗在病重垂危之际向顺治皇帝所上的奏疏。这道奏疏，在简亲王府处处可见。所谓的银安殿王座后面的檀木屏风上有，练骑射阅武的观射楼正厅里有，客厅里有，连济度的寝宫里也悬挂着木刻的这道奏疏。这还不够，还要带在身边，时刻不离。眼下这种情景，在简王府中，重复过何止百遍。儿子如此忠诚不渝，郑亲王泉下有知，也该安心瞑目了。

郑亲王去世到现在只不过三年，简王府里的人谁不能拿这道奏疏倒背如流？何况福晋！

“……太祖创业之初，日与四大贝勒、五大臣讨论政事得失，咨访士民疾苦，上下交孚，鲜有壅蔽，故能扫清群雄，肇兴大业。

“太宗缵承大统，亦时与诸王贝勒讲论不辍，崇奖忠直，录功弃过，凡诏令必求可以顺民心，垂久远者。又虑武备废弛，时出射猎。诸王贝勒置酒高谯，以优戏为乐，太宗怒曰：‘我国肇兴，治弓矢、缮甲兵，视将士若赤子，故人争效死，每战必克。常恐后世子孙弃淳厚之风，沿习汉俗，即于慆淫。今若辈为此荒乐，欲国家隆盛，岂可得乎？’遣大臣索尼再三申谕。

"今皇上诏大小臣工尽言，臣以为平治天下，莫要于信。前者轸恤满洲官民，闻者懽忭。嗣役修乾清宫，诏令不信，何以使民？伏祈效法太祖太宗，时与诸王贝勒大臣等详究政事得失，必商榷尽善，然后布之诏令，庶几法行民信，绍二圣之休烈……"

福晋读完，将白绢双手捧交给济度，济度接住，加重语气问："记住了吗？"

福晋轻轻答道："是。记住了。"

"起吧！"济度不看福晋，虔诚地、认真地把白绢折叠整齐、包好，郑重地收回怀中。福晋看他消停地坐下了，才试探着说："有件事得告诉你，看怎么办好。"

"说吧！"

"塔葛二娘说安王福晋想要她的那个阿丑……"福晋小心地看看济度的脸色，"亲戚家要三五口子人，我从来不吝啬。可是岳乐家……我不知深浅，你拿个主意吧！"

"岳乐……岳乐……"济度皱着浓眉，嘴里咕哝着。福晋知道他和岳乐关系不大好，不止一次在家中骂岳乐是忘祖的不肖子孙，很瞧他不起，只当济度一口回绝，再骂两句了事，见他这么沉吟着，倒有些奇怪了。

济度在窗前大步走了两个来回，猛一停，双手叉腰，大声说："哪能只给一口？要出手就得十口！拣好的，拣壮实的，别小气！……说起来，十口也嫌寒伧。去装上十斤辽东人参，十盒鹿胎膏，再加一串上等的东珠，全是咱们的家乡宝货！"他用力挥着一只毛茸茸的大手，十分豪爽，"拿咱的家乡宝货当主礼，那十口就算个添头！怎么样，这份寿礼算得厚重了吧？"

福晋不解地望着他，小声说："你……才刚还在为忘祖制近汉俗大发雷霆，怎么又……"

济度仰头大笑，笑了个痛快，然后说："女人家见识短，哪里摸得清这内中诀窍！安王总归是自家兄弟，总归也是一位议政王，懂不懂？"

黎明时分，养心殿里忙得不亦乐乎，在昏昏灯光中，人影幢幢，来去匆忙，都在为皇上起身、梳洗奔走。夜来皇上没有召幸妃嫔，早上的事原应少一些。可是今天并非常朝之期，不过是乾清宫听政，皇上却要郑重其事地穿上全套朝服。还有一层，皇四子去后，皇上的脾气格外暴躁，太监们挨鞭子已成家常便饭，所以每个人都不得不格外小心、繁忙。

一名小太监进上香茶，穿戴即将完毕的福临接到手就喝，“噗”的一口吐出来，眉毛一竖，连茶盏带茶托、盏盖没头没脑地砸过去。小太监头一闪，正砸在他肩头，顿时浑身热气腾腾，满是茶水茶叶，茶具也摔得粉碎。福临怒骂道：“该死的东西！谁让你进这么热的茶？烫死朕吗？”

小太监吓得只是叩头，话都说不出来。

“越是有急事，你们这些没用的东西越是耽误！养你们这样的有什么用！……”

首领太监连忙跪下：“万岁爷息怒，万岁爷息怒，他刚来养心殿当差，饶他这一回吧！……”

“滚！”

首领太监忙推那浑身哆嗦的小太监叩谢皇上，匆匆退下。

“朝珠！朝珠！”福临又不耐烦地大喊起来。太监们面面相觑：管朝珠的太监竟不在寝宫，看皇上这么急躁，都为他捏着把汗。福临气得直咬牙，瞪着眼就要骂首领太监，却听得前殿一声喊：“万岁爷，朝珠在这儿！”那太监像只没头苍蝇似的撞进寝宫，跪在福临跟前，双手高高举着福临要的那串珊瑚朝珠。福临一把夺过来，又一脚踢过去，那太监摔了个跟头，又爬起来恭恭敬敬地匍匐着不敢动。福临骂道：“专跟我作对是怎么的？越急越打岔！拿你们都办了！”

这管朝珠的太监赶忙回禀：“万岁爷息怒！实在是寝宫里找不着，奴才急得要死，才跑到前殿暖阁里去找的。耽搁了万岁爷，奴才该死，奴才该死！”他连连扇自己耳光，扇得劈啪乱响。

福临猛地想起是自己前日下朝到西暖阁临帖时，把这挂他认为给他带来好运气的红珊瑚朝珠，放在百宝橱中的。他不再说什么，瞪了那太监一眼,在御前侍卫的导从下,往乾清宫去了。

别的太监拉住管朝珠的太监:“行了，别打了，不疼吗?”

他叹口气:“瞧你说的！哪能不疼，可总比挨鞭子强啊!”他摸着又红又烫的面颊说:“要是皇贵妃昨儿来了寝宫，今儿哪至于这样啊!”

“可不是吗!”太监们一个个摇头叹息。

福临的心情，太监们哪里知道。今天他这么郑重又这么急躁，是因为他在自己心里，把今天看成一个非凡的、决定胜负的、一个天子生涯中了不起的日子!

皇四子的死，给他很大打击，但是他不相信亲贵们明谏暗传的那些天罚天警的危言。后来，太后在把其中真相告诉他的同时，要他想一想，是不是上天假手谨贵人来惩戒他?他有没有违背天意人心?这时他才害怕了、寒心了。透过“天意”，他看到的是满蒙亲贵对汉制汉俗的深恶痛绝，是他们对他离经叛道行为的强烈不满。谁知道这不满会到什么程度，会造成什么后果?

福临这么多年刻苦学经读史，很想有所作为，以英主明君而流芳青史。他看到，关外的、祖先的一套，不能再套到今天富有四海的大清国了。最方便、最现实的借鉴，自然是明太祖创立的制度。如果汉人的文弱能被满蒙的尚武精神所加强，而满蒙的野蛮又被汉人的文明所开化，大清国满蒙汉一体天下，不是会比历朝更强盛吗?

福临雄心勃勃，企求着天下一统而后大治的局面。然而他的每一步除旧更新，都受到阻碍，每向前走一步，都很艰难。他，大清国至高无上的皇帝，并不真正至高无上，并不能令行禁止。横在他面前的，像一座大山，就是这祖先传下来的、牢不可破的古老制度——议政会议。福临这位第三代皇帝、满洲的后辈，敢不敢动动这庞然大物呢?

福临暗自筹划很久了，第一个支持者自然是董鄂妃。他原已确定立太子后便着手撤议政，谁想太子未立而死，他的决心也几乎消失。皇四子之死，使他灰心了许多日子。

征南大军的胜利进展鼓舞了他，他的雄心又抬头了。他找到了第二个支持者：开国勋臣、太宗皇帝倚重的军师、已经致仕在家的大学士范文程。他向年轻的皇帝进言：事权集于君主，天下大治可望成就。福临提出的撤议政、组内阁，这位老臣也很赞同，不过他特别提醒皇上：撤议政极其不易，不但违祖制，而且易失满洲人心，请皇上仔细推敲参详，用最稳妥的办法，缓缓施行。

但福临岂是慢性子人？想法一旦成熟，多等半天，他也忍耐不住。于是他很快就去找第三位支持者——庄太后。这一位支持者却不那么明确，沉思了许久，才同意他不妨一试，但决不可逼得太急太紧。多作试探，不行就收。善放善收善始善终，务必稳定人心，不伤大局，才好。

召安亲王进宫向他交底，可说是试探，也可说是寻找第四位支持者。可是平日深沉坚毅的岳乐竟被惊住了，说到最后，他才犹豫着回禀说："皇上孝治天下，如果撤去议政，改动祖宗大法，恐怕人心不服。四海未平，八旗尚在征战，是否可以缓办？至于改内院为内阁，有利无害，可以施行。"

福临又有意在内大臣面前透露，听他们的反应，也让他们去试探诸王贝勒的口气。但结果多半不佳。

福临筹思终夜，决定孤注一掷：今天，他要在乾清宫轮流召见诸王贝勒，把话挑明说破，逼他们就范，——他要短兵相接了！

以天子之尊、皇帝之威临之，福临未必不能出奇制胜！但这终究是违背祖制的，是太祖太宗皇帝屡屡明谕禁止的事，干起来不能无愧，不但暗自怕人议论反对，心灵深处也觉得对祖宗不起而负担很重。——虽然他决不会承认这一点。急躁、暴戾，正是为着掩盖这软弱的一面的。

在乾清宫东暖阁召见的第一位，是顺承郡王勒尔锦。他不是议政王，辈分低，年纪又小。福临首先召见他，意在攻取薄弱环节。但他一开口，福临的心就凉了半截。勒尔锦从来没有今天这样有主见、这样能言善辩："禀皇上，撤议政、改内阁，奴才以为不可。崇德二年夏四月，太宗皇帝圣谕曰：'昔金熙宗循汉俗，服汉衣冠，尽忘本国言语，太祖太宗之业遂衰。夫弓矢我之长技，今不亲骑射，唯耽宴乐，则武备寝弛。朕每出猎，冀不忘骑射，勤练士卒。诸王贝勒务转相告诫，使后世无变祖宗之制。'祖先圣训，子孙辈不敢忘；祖先定制，子孙辈不可改。皇上明见万里，恕奴才直言……"勒尔锦说着，连连叩头。

听他像背书一般流畅平板，福临又气又好笑，但他必须拿出长辈的尊严，皱眉问道："你的骑射如何？是不是明日往景山较射，考考你的马上功夫？"

勒尔锦哪敢作声，只趴在毡垫上，拼命低头。

"怪就怪在连你也侈谈什么祖先圣训！"福临盯着勒尔锦，厉声问，"谁教你背这些话的？"

勒尔锦吓得一哆嗦，战战兢兢地说："实在是皇室宗亲……都怕皇上撤去议政，大家商量好来进……进谏，都说皇上从谏如流……奴才也事先准备下了……"

"难道你就不明白，治理天下不同于当年在辽东？制度不加更张取舍，万民怎能服帖，天下怎能安定？……"福临看了看勒尔锦空洞的眼睛，那里只有恐惧和迟钝，他忍不住高声问，"朕的话，你听懂没有？"

勒尔锦只当皇上又发脾气了，连连叩头，满脸冒汗，只是一遍又一遍地重复着那句老话："皇上明见万里，恕奴才之罪，祖宗成法，万万不可更变！"

福临说不出的气恼，一挥手："去吧！"勒尔锦忙不迭地退出了乾清宫。

安亲王岳乐一走进来，那种不卑不亢的态度就使福临觉得安慰，但他一贯沉毅坚定的眼睛后面，透露出某种难以言传的怜惜，这使福临心里很不是滋味。

果然，岳乐跪拜后，非常恳挚地说："撤议政、设内阁是皇上英明之举。治理天下原无成法，太宗皇帝若能入关为天下主，也会如此。关外关内，地理人民情势不同，国家制度若不变更，犹如二十岁大汉再穿五岁时的娃娃衣裳，不是憋死大人，就是弄坏衣裳……"

"正是正是！"福临很高兴，一时忘记臣下禀奏时应不动声色地保持天子尊严，激动地说，“大清国已是一个巨人，朕要为他缝制合体的衣袍！”

岳乐叹了口气，说：“皇上，千好万好，只是为时太早。”

“为什么？”福临一急，声音走了调。

安亲王沉重地说：“皇上明鉴。岳乐以为，待南明殄灭、云贵收复，天下一统后，再着手变更，似乎更为稳妥。”

福临寄予希望的第二个人，是康郡王杰书。他有不少地方和岳乐相似，但为人特别谨慎。因为他虽是礼亲王代善的后代，却非嫡传，年纪轻，资历浅，文不如岳乐，武不及济度，在同辈亲贵中，以谦谦君子的姿态周旋其间，使得人们都对他抱有好感，他也时时注意与各派力量保持同等距离，决不越过界限。今天应召，他显得紧张，跪拜时因误压袍襟差点摔跤，目光也闪烁不定，可见内心不安。

他这样说：“更变祖宗成法，恐怕会使满洲人心惶乱。人人都知太祖、太宗开国创业，规模制度可传永久。敬天法祖尤为满洲视为金石之言。求皇上三思而后行。”

福临不愉快地问：“你是不赞同了？”

杰书恭敬地回答：“杰书不敢。但杰书不敢独树一帜。多数王公大臣赞同，杰书也赞同。”他想一想，又补充道，“皇上切勿轻视众人对撤议政一事的愤慨。万一各位王叔王兄合力抗辩……皇上要心里有数才好！”

福临一惊，立刻追问：“难道他们敢结党乱政？”

“不，不是的！诸王贝勒大臣对皇上耿耿忠心，决无二意。然而，这样的事，不谋而合怕也难免……”

杰书已经跪叩拜辞走出东暖阁了，却又违反礼仪地重新回来，恭恭敬敬地对福临小声说：“皇上，能不能弃其主而求其次呢？……请皇上明察。”

福临明白杰书的意思。当然，改内院为内阁比撤议政容易。但对福临来说，撤议政却比改内阁更重要。

连碰了三个软钉子，福临心情很不好，也觉得累，但仍然坚持把议政王贝勒大臣以及六部满尚书一个又一个地召来单独面谈。结果很使他丧气。这些王公大臣都表示忠于皇上又忠于祖先，都歌颂皇上英明有为；都记得保持满洲优势，不近汉俗汉制的圣谕（其中也包括顺治亲政初发出的同一内容的谕旨）；都不同意撤议政——理由当然各种各样，不过，福临从中摸到了一根脉络：议政王贝勒大臣惟济度马首是瞻。

福临在暖阁里沉思着踱了好半天，命太监进食。他喝了奶茶，吃了点心，觉得心力都准备得较比充沛了，才命召简亲王议事。他要集中力量对付这最后一个回合。他认为只要成功，便可反败为胜。他预料这将是一场持久的、激烈的交锋！

哪知实际情况跟他的想象完全不同。

被福临一向看作粗鲁无文、不善词令的简亲王，行礼就座之后，就滔滔不绝地慷慨陈词。他首先从怀中掏出他父亲的奏疏，恭恭敬敬地向皇上念了一遍，然后就提起当年摄政王多尔衮的教训："皇上想必记得，多尔衮曾想削议政，把议政王大臣会议放在一边，他一人独揽大权。他又罢诸王兼理部务，使六部尚书听命于他一人。多尔衮如此变更祖制、胡作非为，引起满洲公愤，丧尽人心，一旦死去，身败名裂，岂不是报应？"

福临勃然变色：这不是明骂多尔衮，暗指他福临吗？为了打胜最后一个回合，福临竭力隐忍着。况且济度也不给他发脾气的机会，越说越慷慨激昂了：

"我满洲威临天下，靠的就是祖制旧俗，子孙万代传下去，便能子孙万代永保社稷江山。这是我们满洲的传世之宝，要是丢掉，就是金宝玉宝也是没用！千辛万苦打下的江山，又要被人家夺回去，人家无需用弓箭刀枪，只这汉制汉俗，就会将满洲这一支上天的骄子、仙女的高贵后代淹没在汉人的大海里！……满洲可就真要完啦！"

福临实在忍不住了，一拍桌子，怒喝道："胡说！"

济度眼都不眨，立刻从坐垫上站起来，"扑通"一声跪倒在地，说："皇上恕罪，皇上就是杀了济度，济度一片忠心可对皇上，可对祖先！皇上以为济度不肖，济度甘愿领罪。只要皇上一句话，济度立即辞去议政，从此不问朝事；议政王贝勒大臣也可以全体辞职告退，受皇上处分。但是议政的制度决不能改!”

一个王爷怎敢在皇上面前说出这种口气的话?他敢。因为他确是一片忠心。皇上要是因此处分他,他就更有“以死谏君”的忠名而得到更大的荣耀。他实实在在感到背后有许多人支持他,他一点不孤立,所以他无所畏惧。

而皇上呢?在济度义正辞严的指责下,福临内心深处的歉疚被触动了,竟然产生了输理的感觉,气势上不由得矮了一截。他知道,济度这种外软内硬的威胁并非戏言,只要济度一撂挑子,就会有一大串人跟上来,不仅会使他丢尽面子,还会使统一天下的大业付之流水,后果怕要更为严重!……福临心里打了个冷战,没有勇气重提撤议政的话题。他强压住心里沸腾了似的愤怒——那是对济度,对所有议政,尤其是对自己无能为力的处境的愤怒,忍气用不大平稳的声音说:“那么,改内三院为内阁呢?”

“禀皇上,明朝亡国,多半亡在偏用文臣上,那是亡国的制度,决不可照办!”

“王兄此言过分了吧!”福临冷笑一声,鼻翼迅速翕动,眼睛忽大忽小,话几乎是一口气冲了出来,像质问似的声音又高又响,“当初先皇设立内三院八衙门,不正是参照明制?太祖时候有没有这些设置?”

确实,太宗皇帝设立内三院和吏、兵、刑、户、工、礼六部以及都察院、理藩院,人人都知道是仿效明制。太宗自己都说:“凡事都照大明会典行,极为得策。”这也是人所共知的。济度顿时哑口无言,气焰弱了,但还是非常固执地说:“禀皇上,太祖皇帝定下的国事合议制度,先皇并没有改动!”

福临勉强笑笑:“那么,王兄替朕谋算谋算,如果不撤议政,只改内阁呢?就如先皇那样,行不行?”

济度微微一愣,马上意识到皇上让步了。他想了想,无可奈何地说:“那就另是一说了,可请议政王大臣商议。”

福临心里非常别扭,苦笑道:“朕想撤议政,无非是因为国事繁忙,诸王贝勒大臣功高年老,理应安富尊荣、颐养天年,朕治国理政也可得速效之用。既然王兄等以为这是祖宗大法，不可轻动，朕也有从谏如流的度量。将内三院改为内阁，设殿阁大学士，其实也不过是畅通办事渠道，再说内阁规模也应与我大清国相称才好。”

一直跪在那里的济度，低头默想片刻，非常虔诚地说，“皇上明鉴，济度以为内阁大学士比内院大学士多了一倍[①]，又有学士、侍读学士等名色，其中汉人尤多，他们参赞国政，虽然学问高超，办事有才，终究非我满洲，不可付予高位重权，免伤我大清国体……”

福临咬着牙问：“王兄的意思是……”

“济度思忖再三，殿阁大学士不应高过正六品……”

“什么?”福临吃惊地说，“内三院大学士还是正二品呢!”

济度不动声色，依然恭恭敬敬地接着说下去，好像不曾被皇上打断过：“内阁不能与六部同级，大学士不能与尚书同品，免得内阁职权太重，有碍皇上理政治国……”

内阁的殿阁大学士，在明制中是崇高的相臣，所谓一人之下、万人之上的宰辅。授大学士通常称为拜相、大拜，意思是皇上要礼敬、要拜托宰相调理天下大事。此刻，济度竟提出小小的六品官！六部衙门里的员外郎是六品，各省司、道、府、州、县中，州官的副职是六品，拿员外郎和州同的品级加给文华殿大学士、东阁大学士，这实在不伦不类，荒唐透顶！气得福临半晌说不出话。他突然身子向后一仰，扬头放声大笑：“哈哈哈哈!”

皇上的失态令济度吃了一惊，抬起头：“皇上，你这是……”

福临笑得前仰后合，全然不顾帝王的威仪，断断续续地又笑又说：“哈哈哈哈！王兄……忠心可嘉，朕……哈哈哈哈！不忘王兄……教诲，哈哈哈哈！……去吧!”

济度默默站了一会儿，担心地说：“皇上保重!”

福临一面笑一面频频挥手：“……去吧去吧！……我没有发疯!”

济度走了，福临还在笑，笑！他败了，他彻底失败了！他要撤

---

① 内阁大学士加殿阁衔，称中和殿大学士、保和殿大学士、文华殿大学士、武英殿大学士、文渊阁大学士、东阁大学士，按满汉各一人计，应有十二名大学士。

的，撤不了；他要扩展的，被他们挤压了；他要提高的，他们硬往下拉！他被他们打垮了，落荒而逃了！

像大笑的爆发一样突然，福临猛地停止了笑，大口大口喘着粗气，一股暴怒烈火一样蹿上来，撞着胸膛，烧上头面，他像战场上杀红了眼的武将，发出一声长长的、惨烈的嘶叫，抄起炕上那张花梨木的精致小炕桌，连同桌上的茶具、一套青玉文房用具，双手高高举起，狠命往地下摔去！不要说那些脆弱的器具，连小炕桌也散了架，木腿木条四处迸飞，吓得里外侍候的太监一个个合眼、闭嘴、低头，心里乱扑腾，真怕皇上迁怒自己，脑袋搬家。

福临大踏步出了暖阁，出了乾清宫。他走得飞快，不管不顾。御前侍卫和太监们一窝蜂地跟在他身后小步跑着，又不敢靠得太近。快到月华门，他才放慢了步子，最后停在门边。他既不回头，也不动弹，冷冷地说：

“从今天起，朕谁也不见！奏本全送内院。向太后禀知，朕在西苑。速召汤若望来西苑虚白室见朕！”一句一顿的命令发完，福临昂首挺胸地走了。

虚白室在西苑静谷的西北角，地势低，深陷在重重太湖石之间，被树丛的浓绿所荫蔽，深邃幽静，如在山谷。整整两天，福临和汤若望把自己关在这仿佛隔绝了人世的小屋里，只有几名御前太监才能应召进入。

长桌上摆满了瓶、罐、玉钵以及烧杯、天平等用具，方桌上堆满了书，线装的《本草纲目》和几本精装的羊皮面德文书尤其触目。福临想要知道那种极珍贵的琥珀油是怎样制成的，要亲自当一当制药师。

福临和汤若望两人一会儿翻阅书籍，研究制法，一会儿命御前太监干各种下手活。福临试图把琥珀化在一种奇怪的液体中。干了一整天，琥珀油也没做出来，福临又想制珍珠粉了。于是又查书、研究，动手制作。珍珠粉毕竟要容易些，到虚白室的第三天，福临坐在天平边，亲手拿珍珠粉一包一包地称出三百包。这时，福临才露出汤若望熟悉的那种纯真的稚子之笑。

“玛法，我估算每包珍珠粉要值十两银子呢!”

“皇上，要是加上皇帝亲手采制的价值，我恐怕它不止一百两啦!”汤若望抚着拳曲的长须，慈爱地笑道。

“是吗?”福临显然很高兴，“我要拿一半进母后，五十包给皇贵妃，余下的都给你，玛法。你拿去给穷人治病。”

“谢谢你，皇上。上帝会奖励你的仁慈。”汤若望这时才摇摇头，叹道，“皇上，你近日瘦多了。”

“是啊!”福临也是一声叹息。

“四皇子被上帝召去了。他的灵魂上了天堂……”

福临微微一笑，虚幻的安慰不能止住心头的痛楚。他不同意天主教的教义，把夭折也当作幸福。他拉开话题：“多亏这琥珀油和珍珠粉，让我镇定了。玛法你说，一个人为什么推不动一座大山?”

问题古怪而突然，汤若望并不慌张：“一个人力量太小。”

“还因为那座山太大太重!”福临气冲冲地添了一句。沉默有顷，他轻轻地说：“朕梦见朕在推一块石头上山，山顶松柏苍翠，云海壮观，可见旭日东升。可是越推越吃力，石头竟越长越大，越推越重，不多时朕便寸步难行，石头却长成大山，不但朕推它不动，一旦松手，它会向朕迎头压下，朕将粉骨碎身! ……玛法，你会圆梦吗?”

汤若望摇摇头：“请原谅，我从来不信那个。中国有句老话，叫作日有所思，夜有所梦……”

福临凝视着汤若望，很长很长时间，才低声说：“玛法，你一定能懂得……”他余痛未息，紧皱着黑眉，说起了三天前那次痛苦的失败的较量，随后便像多年前那样，真挚地望定他的玛法老师，准备得到安抚和对策。

汤若望在胸前划了个十字，合掌叹道：“主啊，饶恕这些可怜的罪人吧!”他转向当年的学生，像个指迷长者似的谆谆告诫：“体面的中国人特别顾及面子，他所视为第一义务的是外表品行端正，无可指责。至于他实际上究竟是个什么样的人，他很少顾及，只要没人知道他的缺德、缺点，或是罪恶过失，他就胜利了。这可真正是这个民族的一大缺点，这就是虚伪！许多人决不承认怕死，总拿出冠冕堂皇的理由：老母在堂、子孙年幼等等做怕死的借口。议政王爷们分明贪恋权势，却拿敬天法祖做幌子，反抗皇上的变革……真可悲啊！皇上，如果你不注重你的臣子们的道德训诫，以后的事情更难！欺骗、讹诈，哦，多么丑恶，上帝啊！”

有句话或许是他想说而不敢说的：皇上分明想集中更大的权力，却也寻找着虚伪的托词……玛法的道德说教使福临厌烦，玛法那纯洁的上帝离福临太远。面临这样严重的争夺，谁讲真诚谁就缺乏取胜的手段和下台的梯子。玛法不懂得华夏，他的上帝，不理解华夏！

玛法的说教却从另一方面点醒了福临。此时他才看清，太祖、太宗皇帝为了集权在手，是怎样煞费苦心：不仅一边强调合议制，一边设置三院八衙门分去王公旗主议政会议的权，——用玛法的话说，这又是虚伪的，——先皇不是还做过几件真正可以称得上是英明而又残忍的事吗？还有，睿亲王多尔衮若不抄没削爵，福临焉能有今天？这不是什么道德不道德，虚伪不虚伪，这应该叫作：雄才大略！

福临倏然站起，仿佛心血来潮，十分兴奋地说：“好，朕也有对付的办法了！他不是要把大学士都降成正六品吗？朕就来它一个‘照旧例兼衔’，大学士兼理六部，仍旧正二品，看他们还说什么！哼！”

汤若望的说教忽然被打断，已是吃了一惊，听福临这么一说，好半天默不作声地望着年轻的天子，好像他是一个垂危的病人，眼光里满是怜悯和遗憾。

福临心里毕竟知道正直、真诚、友爱这些玛法倡导的道德是好的，是对的，在汤若望这样的注视中，心里渐渐觉出些羞愧和不安。他“嗐”了一声，重新坐下，沮丧的心绪不知不觉地又抓住了他。

七

转眼间，又到了中秋。

顺治皇帝在学士王熙、冯溥陪同下，在西苑万善殿召见两位高僧。一位是去冬皇上在南郊偶遇的海会寺住持憨璞性聪，他后来被请入万善殿与皇上谈佛法、讲禅机，很得看重，赐号明觉法师。皇四子夭亡，顺治心绪恶劣，十分消沉，广购佛像，并在信佛的太监们怂恿下，起意召请南方高僧来京说法。憨璞性聪于是推荐了他的两位法祖：玉林通琇和木陈道忞。今天在座的另一位高僧，便是龙池派禅宗第四代得道高僧中的玉林通琇。他已到京有些时日了。

召见礼节、见面问安等等已经过去，谈话继续着，神秘而吸引人，福临简直有一种忘形的明慧感。玉林通琇那稳如泰山的打坐姿态，长眉疏髯、清瘦宁静的面庞，从容蔼然的表情，细长的眼睛里那超凡脱俗的光亮，使福临像发热的病人在额前突然敷上冰雪一样，心下的躁乱顿时化尽，无比清爽。他带了几分敬仰说："从古以来，治理天下都是祖祖相传，日理万机，不得闲暇。如今朕好学佛法，从谁而传？"

玉林通琇道："性聪来书，称皇上佛心天子，久修梵行，慧性敏捷，时以万几之暇，体究禅宗。今蒙皇上召对，果如所言。老僧观皇上，乃金轮王转世，夙植大善根、大智慧，天然种性，信仰佛法，不化而自善，不学而自明，故为天下之至尊。"

听一位高僧这样揄扬自己，福临心里非常高兴，笑道："朕想前身的确是僧。如今每到寺院，见僧家明窗净几，总是低回不忍离去。"

"皇上夙世为僧，未曾忘却习气。"玉林通琇点头道。

福临兴味更浓："朕再也不能与人同睡了。凡临睡时，都命一切诸人出去，才能睡得着。若闻得一些气息，则通夕辗转不寐。"

"此亦习气使然。有睡诀云：先睡心，后睡眼。"

"老和尚此诀真古今未发之妙！"福临欣然又问，"参禅悟道后，人还有喜怒哀乐吗？"

"逆之则怒，顺之则欢。"

"大都如此，参禅还有何难？"福临笑问道。

"也不难。不见庞公云：'难，难，千石油麻树上摊。'庞婆云：'易，易，百草头上祖师意。'灵照云：'也不难，也不易，饥来吃饭困来睡。'"

“却是灵照超过庞公、庞婆。”

“正是。参禅学道，不需别处寻讨，但二六时中，向穿衣吃饭处会，行住坐卧处会，于此平常心即是道，无憎爱心即是道。不需截根盘之固执，钻骨髓之治疴，冷地里忽然觑破，始信从前都枉用了功夫！”

福临心顺口服地赞道：“老和尚说的是！哦，请问，寿昌无明和尚与云门湛然和尚俱有高名，果真悟道善知识吗？”

“二老悟不由师，而知真行卓。无明和尚有偈云：‘冒雨冲风去，披星戴月归，不知身里苦，难虑行门亏。’至于湛师，则云流天空，事过即忘，尤称无心道人。”

福临称羡不已，又问：“还有个雪峤和尚，听说他性情真率，从不事事，末后示寂又十分超脱。老和尚可知此人？”

“雪大师乃老僧的先法叔。丁亥年八月十九日微疾，次日亲书一纸示众云：‘小儿曹，生死路上须逍遥，皎月冰霜晓，吃杯茶，坐脱去了。’到二十六日酉时，果然索茶饮，口唱雪花飞之句，奄忽坐化。”

福临听着，无限神往。高僧那圣洁的、超凡脱俗的事迹，神秘而富有诗意，对他这个在红尘欲海中沉浮得伤心、厌倦的人，有着无比的吸引力。他问起的几位老和尚，都是江南有名的大师，不但佛学精深，诗文素养也都很高。福临情不自禁地说：“朕极喜雪峤大师书法。先老和尚磬山与雪峤师兄弟书法孰优？”

玉林通琇淡淡笑道：“先师学力既到，天分不如；雪大师天资极高，学力稍欠。故而雪师少结构，先师乏生动，互有短长。先师常对琇讲：‘老僧半生务作，运个生硬手腕，东涂西抹，有甚好字，不过亏我胆大罢了！’”

福临笑道：“这正是先老和尚所以擅长书法的所在！挥毫时若不胆大，则心手不能相忘，到底欠于圆活。老和尚书法也极好，字画圆劲，笔笔中锋，不落书家时套。不知老和尚楷书曾学什么帖来？”

“通琇初学黄庭不就，继学遗教经，后来又临夫子庙堂碑。一向不能专心致志，故无成字在胸，往往落笔就点画走窜了。”

福临道："朕也临此二帖，怎么到得老和尚境界？"

"皇上天纵之圣，自然不学而能。但通琇辈未获一睹皇上笔下龙蛇势耳。"

福临立刻命侍臣就案上研墨，把笔架宣纸放在书桌上。他选了一支大笔，迅速濡毫，写了一个"敬"字。他写得来了兴趣，起立往八仙桌上，连书数幅大字，和尚和学士都凑过来看。福临搁笔，拿了最后一幅给玉林通琇看，笑道："这幅如何？"

玉林通琇也笑了："此幅最佳，乞皇上赐给通琇。"

福临笑着连说"不堪不堪"，通琇已从福临手上轻轻拽去，连连致谢说："恭谢天恩。"

福临笑道："朕字不足道，崇祯帝的字才真可称佳呢。"他立命小内监取崇祯字幅和书桌上的常读书过来。

福临拿崇祯的字幅一一向玉林通琇展示，赞不绝口。

玉林通琇不住地看，不停地点头，不说什么。这正是他的特点：皇上不问，他决不强自奏对；即使回答，也不涉及古今政治得失，人物好坏，显示出清净无为的佛门子弟的品格，这就更使福临钦佩。

福临又指着内监抱来的十多部书，说道："这些都是朕读过的书，请老和尚看看。"

通琇细细翻看一遍，《左传》《史记》《庄子》《离骚》以及先秦、两汉、唐、宋、元、明著作，无不毕备。通琇不由合掌笑道："皇上博古通今，真乃夙世之大智慧！"

福临微微叹息，道："朕极不幸，五岁时先太宗早已晏驾，皇太后生朕一身，又极娇养，无人教训，因而失学。十三岁上，九王谢世，朕始亲政，但批阅诸臣奏章，茫然不解。由是发愤读书，每辰牌至午，除处理军国大事外，经常读到夜晚。不过顽心尚在，很多不能熟记。每到五更起读，天宇空明，始能背诵。计前后诸书读了九年，曾经呕过血。从老和尚来，朕才不苦读了，今唯广览而已。"

玉林通琇确实动了真情。他原先只对这个夷狄之君能说流利的汉话，有这样高的汉文素养感到惊异，听了这一番话，他很感动，说："天子如此发愤，实在历代罕有。由此可知，皇上参禅悟道，决计不难。”

一阵醉人的甜香，随风飘进万善殿。福临深深吸一口气，道：“真香，仿佛是丹桂。老和尚以为如何？”

通琇笑而不答。王熙奏道：“皇上，今日是中秋节。”

福临恍然道：“真的！朕竟忘却了。下午还要往皇太后处拜节，不能久坐了。他日再来拜会，求老和尚赐教。”

通琇连称“不敢”，逊谢着送皇上出殿。

万善殿前，松柏成荫，几株桂树满身是花，嵌在绿叶枝干之间，香气浓郁。福临笑道：“‘山寺月中寻桂子，郡亭枕上看潮头’，这白乐天的名句，想必是老和尚身边风光了？”

“不敢说。”通琇笑道，“皇上渊博，精通古今词赋，信手拈来，皆成文章啊！”

福临觉得在松柏丹桂下交谈别有意趣，谈兴正浓，没有就走的意思。他顺着树干，向上望到一棵白皮古松的顶端，说道：“老和尚说到古今词赋，朕以为，纵观历代，词如楚骚，赋如司马相如，都是所谓开天辟地的文章。到了宋臣苏轼，他的前后《赤壁赋》，则又独出机杼，别成一调，尤为精妙。老和尚看这前后两篇，哪篇最优？”

玉林通琇沉思片刻，说：“非前篇之游神道妙，无由知后篇之寓意深长。前赋即后赋，难置优劣。”

福临高兴地一拍手，说：“老和尚论得极当，与朕意一般无二！……壬戌之秋，七月既望，苏子与客泛舟游于赤壁之下……”他竟背诵起《前赤壁赋》来，有声有色，非常流畅，一双明净如秋水的眼睛，出神地望着松荫，望着松荫之外的阳光绚丽的天空。不，他已经视而不见，完全步入苏东坡勾画的秋江月夜的清奇美景：“……月出于东山之上，徘徊于斗牛之间。白露横江，水光接天。纵一苇之所如，凌万顷之茫然。浩浩乎如凭虚御风，而不知其所止；飘飘乎如遗世独立，羽化而登仙……”

王熙、冯溥和性聪都听得呆住了。玉林通琇抚摸着稀疏的长髯，很是入神、专心。

福临以“相与枕藉乎舟中，不知东方之既白”一句结束了全文。

王熙和冯溥互相交换一下目光，笑意中甚至带了点自豪的味道。福临问：“老和尚，朕念得可对？”

玉林通琇实实在在地答道：“一点不错。”

福临道：“前后相较，晋朝无文章，唯陶潜《归去来辞》独佳，朕也为老和尚背诵背诵。”

福临接着就诵起那流传了一千多年的名篇，那位辞官归田的东晋彭泽令的佳作。从序言开始，一字不差，如行云流水，真挚明朗。像所有想要显示一下自己才智的文人一样，福临也流露出那种小小的得意。听一位“夷狄之君”、天下之主津津有味地背诵着“悟已往之不谏，知来者之可追；实迷途其未远，觉今是而昨非”，不仅滑稽，简直有些不可思议。可是博古通今的学士也罢，道德深湛的高僧也罢，都又恭敬又惊异地听着，一点不觉得有什么不和谐。

诵罢《归去来辞》，福临意犹未尽，又诵《离骚》。《离骚》很长，朗诵到中间，便有些磕绊错序。福临自己先笑了，说：“久不经意诵读，真是忘前失后了！”

今天，在玉林通琇和憨璞性聪眼里，在王熙和冯溥眼里，皇上不仅博学多才，和蔼可亲，而且天真烂漫如此，真如赤子一般。

福临呢，仿佛遇着了知音，心里非常畅快。久已郁郁的情怀，竟如得到解脱，脸上出现了消失已久的笑容。

出万善殿，沿太液池畔南行，步步都是美景，使心胸已然舒展的福临更加豁然开朗。岸边垂柳又长又密，仿佛梳妆的美人垂下的长发。溶溶碧波，倒映着荷叶莲花，越向南走荷田越密，放眼远望，竟是一碧无际了。

清风徐拂，吹来一阵阵荷花荷叶那独特的芳香，沁入福临心脾，他全身都轻松下来，竟有飘飘欲仙的遐想。不是吗？耳边隐隐有管弦之声，越来越真，悠扬动听。从天上飞来？从水面送来？从莲叶荷花中漾来？福临如同进入了美妙的幻境，放慢脚步，醉心地倾听着。管笛箫笙和着歌声越加清晰了：

白云飞，黄叶飏，秋风起，菊秀兰芳。回车步马将何往？还到湘潭上……

哦，唱的是《端正好》，尤侗的新制杂剧《读离骚》中第二折的一段。果然是水殿歌声，倍加清越。这本是屈原的唱段，由宫人们合声唱来，别有情趣。刚才还在万善殿背诵《离骚》，这不是令人愉快的巧合吗？……转过水湾，远远的一座高阁簇拥在绿天花海之中，那是刚建成的莲花阁。歌声更强了：

那湘君啊，兰旌横大江，湘夫人啊，辛楣葺曲房，中洲北渚愁予望。听瑶琴宝瑟参差曲，想碧杜红蘅飘渺香。还惆怅，空盼着九嶷如黛，几时对二女明妆……

尤侗的《读离骚》被送进宫中后，福临很喜欢那文采。后宫识汉文的妃嫔有数，而懂词曲的只有董鄂妃一人。所以福临看罢，就把本子交给了她。他曾有意令宫中乐工演习弹唱，谁知近日事事不遂心，他哪里还有兴致！如今，能够如此体贴他的意念，竟令宫人们演习出来，还能有谁？福临心里暖洋洋的，嘴角含笑，加快了步子。

莲花阁上，珠帘半卷，董鄂妃坐在长榻上，榻正中放着一张小几，几上就摊着那本《读离骚》。十几个十三岁上下的小宫女，一半人吹笛、鼓瑟、品箫、弹琵琶、吹笙、敲板，一半人和着乐曲唱词，在廊下演习不少时间了。她们见皇上突然上了阁，都停下曲子跪安。福临摆手道："罢了罢了！只管演习你们的，朕也听听。"

董鄂妃早已迎上前来。福临笑道："我猜就是你，再没有第二个。"

董鄂妃温柔地笑道："是为今晚中秋家宴演习的。此剧中，东皇太乙、东君、云中君、湘君、湘夫人、大司命、少司命、山鬼全都出场，人多热闹，又照着仇十洲的《九歌图》新作了几套行头。陛下要不要过目？"

"亏你想得周全。鬼精灵，一直瞒着我的吧？好，今夜同母后一道观看，奇文共欣赏，疑义相与析，等着瞧！"

两人说笑着，一同走到阁中。却见容妞儿那一队随侍宫女中站了一个保姆，抱着个胖胖的大眼睛小姑娘，红红的小嘴像玫瑰花蕾似的努着，非常招人爱。福临在正座上坐定后，董鄂妃才在旁座上坐下，伸手抱过那小女孩。小女孩不哭也不笑，只是好奇地东张西望。当她眨动着长长的、像把小扇子似的浓密的睫毛，定睛看着福临时，福临忍不住笑了。他拉起她一只藕芽般的小手，柔和地问："告诉我，你几岁了？叫什么名字？"

"三岁，叫冰月。"声音清脆悦耳，像小黄莺在枝头啼鸣。

"冰月。这名字好哇！……那三个呢？济度和勒尔锦的？"

"都还小，留在宫里乳母带着。这小妮子真招人爱，也大些，我试着时时把她带在身边。"

"论长相，论颖慧，她不像你的侄女儿，倒像你的亲生女儿，长大又是咱们满洲的绝代佳人！"福临笑着说。

董鄂妃正疼爱地抚摸着冰月的头，为她撩开前额的鬈发，说："也许真是前世有缘，这妮子见我就怪亲的……哦，今儿个你看上去气色挺好，怪高兴的！"

"酒逢知己千杯少。我虽没有喝酒，业已半醉了……"福临兴冲冲地讲起上午谈禅的经过，自己豁然开朗的解脱感，然后说，"你也学禅修道吧！清净无为、清心寡欲，红尘烦恼其奈我何？你也该解脱解脱，这两年，你烦恼得太苦了！"

董鄂妃垂头不语，静默片刻，后来抬头笑笑，回答说："好哇，我拜陛下为师，肯不肯收呢？"

福临也笑了。忽然他对廊外一挥手，提高嗓音道："停一停！"一直演练的乐曲停了，福临走过去，说："这一处曲子尺寸不合，要再宽一些。'水车荷盖鲛人舞'一句重新演练。檀板拿来！"

"啪"，檀板一点，乐曲重新开始。在皇上亲自指点下，曲中误差都被改正过来。又演唱了两遍，福临才满意地退了回来。董鄂妃迎着他说："古谚说，曲有误，周郎顾。可以比得眼前风光吧？"二人相视而笑。

宫女们演习完毕，董鄂妃赏她们一大盘点心，吩咐她们晚上用心演唱，唱好了另外有赏。

宫女们走后，董鄂妃说：“皇上，我们也走吧？”

“走？我正不想走呢！她们奏唱一番，便有点心吃。朕做了半日教习，连茶也不给一口。你也忒偏心了。”

董鄂妃高兴地笑着，很久没见过福临这么轻松愉快了。这使她那绷得很紧、压得很重的心宁帖了许多。她笑吟吟地说：“那叫他们送些点心清茶来，好吗？不过，你要小心点，别吃太饱。晚上太后的家宴还有好吃的呢！”

“真的吗？”福临像孩子一样高兴，“好，只打个点儿。你陪我一块儿喝茶。”

董鄂妃打发容妞儿去传差，小冰月却伸手要跟容妞儿走。董鄂妃于是只留下两名宫女在阁中侍候，其他人都下阁去了。她又不放心地走到廊下对容妞儿吩咐道：“传了差，把冰月送回宫去，哄她睡觉，不然晚上她该犯困了！”

容妞儿尖声尖气地回答，把福临也引过来了。莲华阁建在水中，周围尽是荷叶莲花，那条通往岸边的小路完全被亭亭如盖的莲叶遮住。容妞儿、保姆、小冰月和宫女们几乎隐没在这一片绿莹莹的荷田中，只是由于她们的淡蓝衫子和冰月那身鹅黄色亮纱小袍子，才使她们在翠盖红衣丛中偶尔闪出身形。

站在廊下纵目远望，西苑三海尽收眼底；琼华岛上绿树拥着白塔；雕栏玉砌的金鳌玉栋桥如一道白虹卧在太液池上；宫墙之内，重重殿阙雄伟壮观；回望瀛台，更如仙山琼阁在波光树色间闪耀。福临心旷神怡，顺手拉过乌云珠，并坐在红栏下，说：“太液秋风，果然秀丽，不枉占了燕京八景之一，叫人心怀为之一爽！”

“陛下，还记得宋人杨万里的名句吗？接天莲叶无穷碧，映日荷花别样红……”

莲花阁四周荷花怒放，在明媚的阳光中红白交错，格外精神。福临笑道：“虽不是西湖，这景致也看得过了。来年天下一统，四海平安，朕要江南一行，领略水乡风光，探究苏杭水土，何以熏陶出爱妃这样明慧秀雅的人儿！”

“皇上取笑了。”乌云珠嫣然而笑。

福临看看乌云珠，再看看水面荷花，又回头看乌云珠，情不自禁地说：“牡丹号称国色天香富贵花，哪里能比江上芙蓉风流潇洒。面如芙蓉柳如眉，正可以赠爱妃了！”

“皇上过奖。”乌云珠面色愈加娇艳。

“你我并坐临流，消受绿天花海，这是哪辈子修来的福分啊！……你读了尤侗词曲，笔下功夫可好？”

乌云珠赞叹道：“真是当今才子！”

福临笑了：“爱妃慧丽过于玉环，尤侗之才也不亚于李白，你看朕比李三郎如何？”

乌云珠心头一颤，不由敛起了笑容，一股悲凉之感像秋风似的扫过她心底。她努力压下这不祥的莫名其妙的心绪，正容答道：“那是一位昏懦之君，以一庸才安禄山尚不能制，到了马嵬之变，又不能保其所爱，英雄志儿女情无一足称，安能与创业垂统圣文神武之君王同日而语！”

福临大笑，快乐非常，说：“贤卿所言，可谓快论，当浮一大白！朕愿与贤卿同保长生，万岁千秋永无离别，断不似李三郎之始合终离，空抱绵绵之恨！……今日正是中秋佳节，家宴后你来养心殿，朕与你对月盟誓，生生世世，永为夫妻！”

这时福临的目光、面容、表情，都像一个大孩子，洋溢着真挚之情。乌云珠心头一热，鼻子一酸，竟滴下泪来。福临连忙抬手为她抹去泪珠。

半晌，乌云珠才神色黯然地说：“皇上受命于天，日月方长。妾妃以蒲柳之姿，蒙陛下宠幸，天恩高厚，没齿不忘，虽粉身碎骨也难酬答。只怕福薄之人，当此重恩，反而折寿，不能长侍陛下啊！”

福临不明白乌云珠怎么会突然生出这种念头，连忙安慰道：“朕与贤卿谈论古人，你怎么竟郁郁不乐了呢？水上逢秋，易生悲感，我们回去吧！”

董鄂妃擦净泪花，换了笑脸说：“不忙，还要等茶点来呢。”她突然跪下，说：“妾妃有两件事求陛下恩准。”

福临惊异地看着她："为什么这样郑重其事？"

"陛下看在妾妃入宫以来侍奉太后皇上尚属尽心的分儿上，务必恩准。"

"好。你说吧！"

"求皇上对各宫主位普施恩宠，不使六宫生怨。皇上如今子嗣不旺，继统承位不能无人。这实在有关社稷安危，陛下切不可因私情而误大事……"

福临不痛快地笑笑："贤卿，你再为朕生一位太子啊！"

乌云珠双目荧荧欲泪："妾妃……怕是难有此厚福了。况且，四阿哥之死，未必不是六宫怨气所钟，怨气郁结，上达诸天，上天才降下这样的惩罚……"

福临脸都白了。他想制止乌云珠说下去，他知道内情。但他没有说话，因为"怨气所钟"确是实情。

"妾妃原本有心推荐四贞妹进宫，共同辅佐皇上，不想她已向太后辞婚，说定南王生前已将她许了孙姓，妾妃一番心思就此落空了。但选秀女日期已近，妾妃有一堂妹今年候选，容貌身材都与妾妃相似，年方十六，读书明礼，落落大方，只是诗文上略差些。若皇上留意，禀告太后选她进宫，妾妃就感恩不尽了！"

乌云珠说，皇上若不恩准，她就要一直跪下去。这时送茶点的人已络绎进阁，福临无奈，只好都答应了。

用茶点的时候，董鄂妃又变得容光焕发，谈笑风生，尽力说些趣闻轶事，琴棋书画，并不住地打听几位高僧的事迹，他们谈佛的详情，打听学道参禅的方法，这使福临刚刚有点低沉的心绪又开朗了。两人说说笑笑，在近来少有的欢乐气氛中度过中秋节的正午。

福临望着董鄂妃，心里暗暗赞美："多么美，多么明慧，又多么才气横溢啊！这样的女子，真所谓钟天地灵秀之气，和她在一起，永远不会厌倦，永远没有个够。历代美人，讲才貌德行，谁能跟她相比？福临，你好福气啊！"

董鄂妃感到福临的注视，竭力不去看他。但那钟情、爱恋的目光，还像他们最初相见时候一样炽热、一样真挚。她怎么能不感动？

可她又不得不尽力避开，因为这会更加重她内心的伤痛。她的儿子去世后不久，她开始觉得体内深处产生了衰弱，这衰弱在一点点地向外扩张着。她心慌气短，常常眼前发黑，昨天还咳嗽出一口带血丝的痰。她觉得自己已得了不治之症……

这些，她不愿意告诉任何人，也包括福临。

第七章

一

一交顺治十六年，前方的胜利消息便雪片般飞来。正月，多尼、吴三桂、赵布泰等四路大军会师于平越府，随后再分三路取云南，所向皆捷，不久就收复了昆明。继而大军追击永历帝朱由榔，进克永昌，在怒江之滨磨盘山一场大战，清军虽然中伏损失不小，但最后大获全胜，李定国奉永历帝出逃缅甸，于是云贵全部收复。平西王吴三桂镇守云南，平南王尚可喜镇守广东，靖南王耿继茂镇守四川，西南诸省大定，统一大业终于完成了。举朝上下一片欢腾，满洲王公贵族更是兴高采烈，他们攀上了他们祖先不曾达到的高峰！

由于撤议政改内阁造成的矛盾和龃龉，此时都淹没在胜利的狂欢之中。各地一些响应南明的小股造反人马，都被轻而易举地平定下去了。三月里，郑成功曾率军进犯浙江太平，企图减轻云贵方面的压力，但被官军击败，远遁海岛。撤议政虽未成功，但内院改内阁和增设翰林院，总算是付诸实施了。顺治踌躇满志，开始计划许多统一后的大事：撤回大军，削减军费，改革赋税，进一步推行“招抚流亡、开垦荒地”，等等。

福临身边也一切如意。宫内平静和顺，太后福体安康，后妃相亲相爱，阿哥、格格也都平安。由于皇上“雨露均匀”，各宫主位的怨气平息了许多。董鄂妃的堂妹已经进宫，封为贞贵人，和姐姐一样受到皇上的宠爱。政暇日，顺治或与后妃们饮宴说笑、赏花看戏；或召内阁、翰林院学士谈诗作赋；或往万善殿拜访玉林、木陈等高僧，参禅学道。总而言之，一切都顺利得不能再顺利，他自己也十分满意。

七月初七乞巧节，是民间所谓天上牛郎会织女的日子。喜鹊、乌鸦之类，一整天都应当不见踪影，因为它们都去天河为牛郎、织女搭桥了。偏偏有两只喜鹊，不知为什么缺少仁义心，不曾飞往遥远的银河，只在坤宁宫前黄澄澄的屋檐上跳来跳去，喳喳乱叫。容妞儿正跟皇后的侍女在阶前卜巧，听到鹊噪，抬头呆呆地望了好一会儿，悄悄说："俺再没喜气要你报的。你别叫了，你走吧，快去搭桥吧，人家夫妻一年就见这么一回面儿，这点儿忙你都不肯帮吗?"

"哎呀！瞧我的这个多好！"皇后的一个侍女拍手笑着喊，"容妞儿，快来瞧呀！"

台阶上放了四五个盛满清水的瓷碗，晒在太阳下。女孩子们各拿一枚小针，轮流往水碗里投。沉入水底，最拙；能浮在水面，就算有巧。再看水底针影的形状：散如花，动如云，中等；如果细如线，尖如锥，这投针的女孩儿便是最巧手了。这就是俗称丢针儿的小姑娘七夕之戏，也叫卜巧。到了晚上月出的时候，女孩子们还要往供桌上摆瓜果糕点和自己的女红绣品，向银河祝拜，乞求织女保佑她们拙的变巧，巧的更巧。

阳光在水面上嬉戏，女孩子们忽而叹息，忽而欢笑。容妞儿最后一个丢针。小小银针像贴在水面的一根羽毛，极轻极稳，水面纹丝不动，碗底透出一道细细如丝的线。"哈，容妞儿最巧！"女孩子们笑着嚷叫起来。

笑嚷声惊动了董鄂妃，她走出暖阁，女孩子们赶忙低头敛容，恭敬地站好。董鄂妃看看阶上的碗，笑了，说："在卜巧吗？你们最巧的是谁?"

皇后的侍女跪下笑道："禀皇贵妃，是你宫里的容妞儿。"

"快起来，什么大事，还要跪禀。"董鄂妃和蔼地说，"倒不知道容妞儿这么好运气，今儿晚上还得乞乞巧吧?"

女孩子们都笑着连连点头称是。

"好。皇后病体初愈，你们不要大声说笑，好吗?"董鄂妃依然那么和蔼地提出要求，宫女们哪能不立刻遵行？看她移动着弱不禁风的身体回到坤宁宫，她们忍不住小声议论开了：

“多亏了皇贵妃，不然，咱们皇后这一病可就难起了！”

“可不吗！五天五夜，皇贵妃眼睛都没闭过，守在床边喂水喂药，洗脸洗脚，就是坤宁宫侍女、太监还轮着歇息呢，她连喘口气的工夫都没有！”

“唉，不管哪宫主子病了，皇贵妃都去亲自照看，她的心眼儿也太厚道了！”

“哼，谁再说董鄂娘娘想当皇后，我就不信！”年龄最小的一位皇后侍女刚不平地说了一声，就被旁人把嘴捂上了，还挨了几句申斥：“这话是你能说的吗？快闭嘴！”

容妞儿只是听着，没有搭茬儿。她比她们知道得多得多。她知道董鄂妃五昼夜目不交睫；她知道皇后病危时，董鄂妃每离皇后榻出寝门便落泪说：“皇上委我侍候照看皇后，要是不能痊愈，可怎么办哪！”容妞儿还亲眼见她设香案为皇后祈祷。但容妞儿更知道在这耗费心力的五昼夜之后，皇贵妃更加消瘦、更加虚弱了；夜晚更难入眠，痰中见血的次数也更多了。不过皇贵妃严禁容妞儿对别人提起这些，如果犯禁，她说就要把容妞儿立刻赶出宫去！

容妞儿可不愿离开这里！在她短短的一生中，还没有对谁产生过这样又敬又爱的感情。在马兰村的时候，她还是个无忧无虑的小丫头。她爱母亲、姐姐，也爱大哥。但对母亲她是爱而不敬，对姐姐是又爱又怜，对大哥是怕多于爱。怎么能跟皇贵妃比呢？皇贵妃像是天上的神仙啊！

当初容姑全家被押进京，很快就被赏给功臣家为奴了。容姑因为年龄小，干不了活，王府都不要，最后落到一家包衣佐领手中。包衣按说是满洲的家奴，可是待自家的奴婢却格外凶狠，不到半个月，容姑就被打得浑身上下没有一块好肉，一头黑发被揪得七零八落，一个漂亮活泼的小姑娘被折磨得没了人形，容姑的眼泪都哭干了。

谁知主人家忽然变了面孔，对容姑好起来。做了两套绸子的鞑子袍，另拨了一间干净屋子让她住，不仅不再饿肚子，隔三岔五总有好菜好汤款待她。容姑是直心眼的小女孩儿，对她坏她就骂，对她好她又很感激，不多时竟养得白白胖胖，倒像主子姑娘了，又恢复了原来的天真。这是为什么？容姑想不透，也不爱想。但主母很快就向她透了底：她得顶替主人家的女儿去选宫女。

宫女不同于秀女，是每年由十三衙门中的内官监办选，选自包衣佐领下各家十三岁以上、十八岁以下的女儿。她们的地位比秀女低得多，主要供内廷各宫主位役使。年满二十五岁就被遣出宫，由母家另行择配。

容姑的主人主管选宫女，暗中早已做好手脚，唯一要堵的漏洞是容姑的嘴。于是容姑受到严厉警告：胆敢透露真情，就把她的母亲和姐姐杀掉！

就这样，容姑莫名其妙地进了宫，成了承乾宫扫地送水的粗使丫头。由于她天真的笑脸、秀丽的眼睛和对本宫主子的说不清的倾慕，董鄂妃注意到她，很快就使她代替出宫的蓉妞儿，做了皇贵妃随侍宫女中的一名。

容姑心甘情愿地服侍皇贵妃，一片忠心。皇贵妃也喜欢她，但做得从不过分，恰到好处地使容姑感到皇贵妃另眼看待，又不使其他宫女、太监有所觉察。不管皇贵妃怎样得到内廷几乎所有人的喜爱和赞美，不管皇贵妃平日怎样谈笑风生，神采奕奕，容姑却知道皇贵妃有多少说不出的苦楚、有多少需要背人流泪的辛酸。在这些时候，容姑恨不得跪到皇贵妃面前，搂着她的双腿替她痛哭一场，哪怕只向她说一句安慰的话呢！但容姑不敢……

"容妞儿，你听！"冷不防皇后的侍女小声叫她，"皇贵妃又讲笑话了，咱们去听听啊？"

果然，从暖阁打开的窗纱里传来了笑声。自打皇后的病有了起色，陪在床边的皇贵妃又多了一件事，为皇后读书讲史，不时讲几个小笑话为皇后解闷。可是皇贵妃一夜一夜地睡不着、身体衰弱而又孤单的时候，有谁来给她讲笑话解闷呢？容妞儿摇摇头，她不忍心去听。

东暖阁里，董鄂妃果然在强打精神，给皇后讲笑话："从前有个邢进士，长得十分矮小，有一次在鄱阳湖遇到水盗，水盗把他的财物抢到手，便要杀他灭口。强盗刚刚举起鬼头大刀，邢进士赶忙凑趣说：‘人家已经叫我邢矮子了，假如你再砍了我的头，我不就更矮了？’强盗听了不觉大笑，收起刀，放他走了。”

皇后又笑了，道：“难得这位邢进士不怕死。”

“正是呢！万事只要想得开，死在眼前都有办法化解。”董鄂妃笑着说，很是自然亲切。

皇后斜靠在凉榻上，董鄂妃坐的椅子就在榻边。窗外强烈的阳光经过浓绿的窗纱后，已经变得十分柔和，仿佛带着淡淡的青绿。这样的冷光斜射在董鄂妃的脸上，使她的面庞更显苍白，眼圈的乌青色也更浓重了。皇后心里不过意，说：“我的病已经全好了。你辛苦了这么些日子，也该好好歇歇了，不要天天来陪我……”

“娘娘言重了。妾妃等辈理当事皇上如父，事皇后如母，母病，子女怎能不尽心尽孝呢？但凡有体贴不周之处，娘娘多加教训才好。”

皇后望着董鄂妃美丽的眼睛，感受到一阵煦煦暖意，心里很激动，却不知说什么才好。后来，她长叹一声，握住了董鄂妃的一只手，含泪道：“你真是好人！心肠好！……一向都是好的……我只当你处处邀买人心，不是想取中宫之位，也要日后当皇太后。这回我病倒，心想你不知有多高兴、不知怎么盼着我早死呢！……哪晓得你全然不是的，你这样待我，我……唉，我太多心了！”

董鄂妃把另一只手也伸过去，轻轻抚摸着皇后胖胖的手背，诚挚地说：“皇上治国日理万机，劳心费神，娘娘内为六宫之主，外替皇上分忧。如今天下归一，国事政务、宫外宫内都会更加繁忙。妾妃若能为皇上娘娘分担细务，分忧解愁，不但责无旁贷，也是一大快事，理当的啊！”

皇后道：“我病已全好，明日要去慈宁宫请安。太后遣人来问候看视，真叫我羞愧啊！……妹妹，我们明天一起去，好吗？”

听到最后这一个新的、从未有过的称呼——“妹妹”，董鄂妃心里一热，眼睛湿润了。她连连点头称是。

当董鄂妃向皇后告辞时，实际上已经筋疲力尽了。她怕自己起不来，便撑着椅子扶手，猛地一站，只听耳朵里“嗡”的一阵尖啸，顿时眼冒金花，意乱心慌，摇晃着就要摔倒。皇后惊呼一声，宫女们连忙赶来扶住她。皇后看她嘴唇都失去了颜色，忙问：“你这是……嗳呀，快去传太医！”

董鄂妃勉强笑着安慰皇后：“娘娘，我不要紧的，回去躺躺就好。你好好歇着吧！”

容妞儿和一个坤宁宫侍女扶着董鄂妃，只走了几步，董鄂妃又回头对皇后笑道：“娘娘，明儿早起等着我，咱们一起去慈宁宫跪安。”

次日清晨，后妃们按每日必修课，都往慈宁宫请安，前前后后络绎不绝。唯有皇后和皇贵妃七八天没有亲身来慈宁宫了，遇到的妃嫔都向她俩请安，为皇后康复而祝福，为见到皇贵妃而欣慰。皇后看得清楚，董鄂妃在宫中上上下下很得人心。如果在过去，她会因此而郁闷心酸的。今天她却由衷地高兴，因为她明白了：她和董鄂妃像自家姐妹似的友爱，她也会得人心的。

淑惠妃和贞贵人正陪着太后说话。见她俩一同来了，太后很高兴。两人一同跪下请安，站起来时，皇后怕皇贵妃体弱无力，向侧后方的皇贵妃斜过身子，伸过手去扶了她一把。在皇后，这是一个很自然的动作；在皇贵妃，心里很感动。其他人可就觉得诧异了：皇后怎么能降低身份去搀皇贵妃呢？淑惠妃蹙蹙眉头，愤愤不平的神色立刻不加掩饰地从眼睛里透露出来，使劲白了她姐姐一眼；贞贵人还年轻，只管看着她的姐姐，脸上泛出羞涩的愉快的笑；太后呢，显而易见地非常高兴，立刻命二人坐下，细细问起皇后这些日子生病到痊愈的情况。

皇后感激地讲起皇贵妃五昼夜衣不解带、目不交睫的辛苦侍奉。皇太后频频点头，十分感慨。皇后说完，和皇太后一起望着皇贵妃。皇贵妃红了脸，很难为情地立起身，低声说：“娘娘夸奖，实在不敢当，这原是妾妃分内事……”她的瘦弱的身姿，羞赧的神态，愈加令人怜爱。皇太后拉着她一只手，疼爱地说：“我的儿，真难为你了……”

皇太后盯着董鄂妃看了片刻，又用另一只手拉着皇后的手，笑道：“古时候有位大舜帝，娥皇女英姐妹同心，辅佐君王成就千秋大业。今日里你们姐妹相亲相爱、和顺端敬，可称又一代贤后贤妃。辅佐皇帝励精图治，做我们满洲的娥皇、女英吧!”

皇后和皇贵妃都笑着敛身向皇太后致谢。但董鄂妃心头却忽然闪出《九歌》中《湘夫人》的名句：“帝子降兮北渚，目眇眇兮愁予。袅袅兮秋风，洞庭波兮木叶下。”她联想到娥皇、女英投水殉舜的结局，太后的比方竟使她产生不祥的预感，心里暗暗发抖，但她尽力把这悲哀遮掩了过去。

太后用商量的口吻说：“立秋已过，我想到温泉去住几天。皇后病体初愈，正好去静养，乌云珠，你也去吧!”

董鄂妃迟疑片刻，说：“儿近日气虚体弱，还是不去为好。”

皇后说：“禀母后，昨天皇贵妃在儿宫中昏厥过。这些日子她太劳累了。”

皇太后说：“我知道你近年身心交瘁，亏虚太过，正需要好好静养。我特地着人命西鹤年堂配制了白凤丸、八宝丹、女金丹几种名药，专治气血不足、经血不调等一应妇人病症。……贞贵人也去，时时扶持，总是姐妹，好照应。”

听到这样体贴的、充满母爱的话，泪水直在乌云珠眼里打转儿，毕竟有人真疼她，她的劳瘁得到了报偿。

贞贵人连忙答应：“我正想去呢！跟姐姐做伴儿最好。”

太后瞪了贞贵人一眼：“不是要你给姐姐做伴儿，是要你多照看姐姐的病!”听太后的口气，分明很喜欢那个一团稚气的贞贵人。贞贵人悄悄从太后背后向姐姐顽皮地挤挤眼儿，董鄂妃只当没看见，又禀道：“母后恩德，儿铭记在心。只是这些日子皇后病重，宫内事务繁杂，许多事情都没有办完。儿想把内廷事务、宫规宫训都弄出个头绪，再……”

太后叹道：“就是一块坚玉，也经不住日夜磨损，何况血肉之躯呢？你聪明过人，才智出众，又识大体顾大局，原是好的。只是后宫一年到头多少事，你怎能事事都担在肩上？操劳过了，操劳过了！我正要你离后宫往温泉静养。这些日子老没见你，说话儿都没趣。你能不能勉强起来跟我一同去，让我这老太婆高兴高兴呢？”

董鄂妃连忙跪下，说：“母后言重了，儿实不敢当。儿一定同去。什么时候动身？”

“哦，我已让他们准备好，用过早膳就动身。你们也回宫收拾一下。淑惠妃，我们去后，宫里的事你代管几天。我已告诉皇帝，有什么大事，差人来温泉禀告。”

淑惠妃早跪下领命了。

后妃们出了慈宁宫，入启祥门，在月华门前分手。董鄂妃笑着对淑惠妃拜了拜，说：“妹妹，家里的事就累你了！”

淑惠妃微微一笑：“没什么，理当代劳……”当她眼望着董鄂妃姐妹的背影消失在月华门内，脸上的笑容霎时消失殆尽，气愤地说：“狐媚子！看把她兴头的！”

皇后皱眉道：“你又在胡说什么！”

淑惠妃两年来长大成人，稚气退了，对董鄂妃的嫉恨更深了：“我就看不惯她拿腔作势，装神弄鬼的，把太后哄得一腔心思全在她身上了！你看看刚才那个劲儿！”

“刚才怎么啦？太后说的话，句句都是真的。”

“哎哟我的姐姐，你也给糊弄住了？你当你真能跟她当什么娥皇、女英？”

“为什么不能？”

“天无二日，后宫也不能有两个皇后哇！瞧她这狐媚子把太后和皇上都灌迷糊了，谁不说她比你强？早晚姐姐你这皇后得让了她！”

皇后皱起黑黑的细眉：“她要想当皇后，我死了不是正好？前几天她为什么要不顾自己地照看我？”

“……邀买人心呗！”淑惠妃迟疑片刻，找出这么一句话，大约自己也觉得不能自圆其说。

皇后叹了一口气，说：“妹妹，做人总要讲良心。人家为了救活我，累得半死不活，我再猜忌人家，可就太说不过去了……”

“姐姐，难道你就真不明白，你们俩势如水火？”

皇后摇摇头：“水火也罢，木土也罢，我可不能忘记在我垂危之际，她陪伴我的日日夜夜。你是我的亲妹子，不也就白天来看看，晚上仍然回你的储秀宫吗?”

淑惠妃咬住嘴唇，无言以对。

“妹妹，你还是多想想这几天如何理事吧！不要再往皇贵妃身上费心思了。”

皇后走了。淑惠妃不满地低声嘟囔着：“好，好！不听劝，后悔迟!”

对董鄂妃的恶感，她无论如何也无法消除。淑惠妃已不是当年那个孩子气很浓的少女了。她认定，以门阀和大清的利益而言，皇后非科尔沁蒙古博尔济吉特的格格不可。这样，她便是当然的候补皇后。可是有了董鄂妃，不但她的希望成了泡影，姐姐的地位也受到威胁。如果董鄂氏比她们博尔济吉特氏更高贵，淑惠妃也认了，偏偏她是个卑贱的南蛮子的女儿！这是淑惠妃死也不能服气的！

谨贵人在世，淑惠妃还有个可以畅所欲骂的谈伴。谨贵人不明不白地死了，淑惠妃便想到了另一个同盟者康妃。不过，从一定意义上来说，康妃是她的另一个劲敌。因为康妃生了皇子，而淑惠妃和她的姐姐连个格格也没有生出来。康妃也是一位候补皇后，只是她的威胁比董鄂妃小得多，而且远不如董鄂氏逼近眼前，所以淑惠妃还是打定了联合康妃的主意。

“远交近攻”，这个产生于战国时期著名的连横合纵斗争中的策略，正在被一位年轻的宫妃使用。她也许根本不懂这个名词，也不知道那一大套史书上精彩的记载，但她却完全掌握了这种策略的精髓，并且用来得心应手。

淑惠妃站在月华门前想了想，便举步进门，往景仁宫去了。景仁宫主位虽然极少讲话，也极少露出笑容，但她只要讲出一句来，就很有分量，对她大有启迪。对此，淑惠妃已感受多次了。

皇太后领了皇后、皇贵妃、贞妃和身边的公主格格到温泉去后，宫里一下子冷清了许多。福临上朝下朝，军国大事不少，回宫后不需去向太后请安，也见不到董鄂妃姐妹的面，不免觉得孤寂，不习惯了。他看看书，练练字，找乐工来奏些曲子，自己也和着吹笛消遣，有时召淑惠妃、端妃、康妃来养心殿一宵，虽然不及董鄂妃那么知心着意，总可消些寂寞。一天一天，平平静静地过去，再有两天，去温泉的人们就要回来，福临颇有一日三秋之叹。

晚膳后，福临在养心殿前的月台上漫步，几盆秋海棠茂盛得如同矮树，一串串深红浅红的花开得像无尽的璎珞。海棠花下有几个十分精巧的粉彩花鸟小瓷罐，那里有小太监特地为皇上装来的蟋蟀，“嚁嚁嚁嚁”地叫得正欢。顺治幼年时爱斗蟋蟀，直到十二三岁了，还和太监们斗蟋蟀赌输赢，当然，他是从不输什么的。其实，那时他怕摄政王加害自己，故意装得像个不懂事的贪玩的孩子，即所谓的韬晦之计。太监哪知真情，只当皇上喜欢这东西；年年入秋都弄来孝敬他。他也乐得听听蟋蟀那悦耳的鸣叫。

福临顺手从门边小几上的果盘里，拿了一颗鸡蛋大的马牙枣，一点点掐碎了，喂那罐里张须高唱的斗士。

“淑惠娘娘来了！”小太监在旁边禀了一声。

福临抬头，漫不经心地向养心门看了一眼，立刻好奇地扬了扬眉梢。他身边的侍卫、太监们也都惊异地瞪大眼睛。

淑惠妃是应召来养心殿的，坐着轻便舆——一种四人抬的无顶小轿。皇上的肩舆有“尚乘轿”管理，首领太监二人，侍监、太监三十二人，随时承应抬舆。后妃当然也可以向“尚乘轿”要舆，但为了方便，有时也由本宫太监抬。今天淑惠妃乘的还是她平日所乘的便舆，而抬肩舆的人，却换成了一色的蓝布袍、大黑辫的宫女，不是四个，而是八个。女孩子们没有干过这样的重活，一个个脸儿发红，口里喘气，汗珠子顺着脖子往下流。淑惠妃虽然不重，可那肩舆是硬木家什，跟块石头似的沉。

淑惠妃早就注意到皇上和众人的惊讶表情，抿嘴一笑，轻快地下了肩舆，大声嘱咐宫女：“明儿早起来接我。还是你们几个来！”

宫女们领命，抬着依然沉重的空肩舆，脚步错乱地走了。

进到寝宫正间，福临忍不住问道：“你怎么别出心裁，弄这帮宫女抬舆？她们怎能抬得动？”

“所以呀，我才用了八个。不好吗？”

“为什么不叫小太监抬？”

淑惠妃等的就是这一问。她故作神秘地一笑，说：“哼，小太监！恣肆放浪，不成体统。我也是今儿才知道。以后哇，我宁肯走路，也不要他们给我抬舆！”

“哦？怎么回事？”

“我……”淑惠妃今天的样子又神秘又好奇，仿佛小了五岁，竟向皇上挤挤眼，笑着悄悄说，“我真……从来没听说过，太可笑啦，康妃姐姐发现的，皇上召康妃姐姐来……”

福临不高兴了：“你既知道，就说，何必再问别人！”

淑惠妃也怕福临发火，忙说：“我说我说，这真是天下奇闻！康妃姐姐还怕皇上生气，一直不敢说呢……”

福临不耐烦地催促道：“到底是什么事？”

淑惠妃心里多少有些紧张。她娇媚地笑笑，端起茶几上一盏也许是福临喝剩的凉茶，一仰脖喝了下去，这才定下心来，问道：“皇上博古通今，尤其注重前明之鉴，一定还记得天启年间的魏忠贤与奉圣夫人客氏①吧？”

福临皱皱眉头：“朕早就见到这些前车之鉴，所以立铁牌严禁中宫干政……你也想干政？”

“不，不！”淑惠妃连连否认，“这完全是内事！皇上想必知道，客氏先与太监魏朝有私，后又与魏忠贤相通。在乾清宫西暖阁，两魏因争夺客氏而惊驾……”

“朕知道。”福临不让她说下去，因为那件事情太丑恶了。天启帝一天午睡时被惊醒了，魏朝、魏忠贤与客氏只好跪请处分。天启帝竟说：“客奶奶，你到底要跟着谁？朕替你断。”客氏便指了魏忠贤。于是，经过“圣断”，客、魏竟成“夫妻”，从此狼狈为奸，结党乱政，肆意横行。前明的败亡，终于无可挽回。

“那么，皇上想必知道‘对食’的意思了？”

“嗯？这倒不晓得。”

---

① 奉圣夫人客氏是明天启帝的乳母，魏忠贤是宫中太监。

淑惠妃笑道："所谓'对食'，在前明宫中盛行，宫女常与别的宫女或太监结为'夫妻'，如同客氏与魏忠贤一般，就称'对食'。如今宫中使女仍然沿袭明宫旧俗，不过不称夫妻，而是结拜太监为兄弟叔伯……"

"也不过求个互相照应，有什么奇怪。"

"可是，明是兄弟叔伯，暗中也许还是'对食'。"

福临一笑："就称夫妻，也是假夫妻，有什么要紧？"

淑惠妃的脸迅速地红了，咬着嘴唇，嘻嘻地笑个不停，半天才小声说："妾妃原也以为是假夫妻。其实……不假！"

"什么？"福临一惊，"难道太监有假？"

"不，太监……太监也不假。"

"别这么吞吞吐吐的！"福临的眸子射出怕人的寒光。

淑惠妃面红耳赤，附在福临耳边笑着轻声说了几句话，福临一怔，眉毛直竖起来，压低声音问："你见到过？"

"没，没有！……可是宫女们私下透露……承乾宫里就有……"淑惠妃真像是在传笑话，掩着口只是笑。

福临大怒，把淑惠妃一推，她踉踉跄跄倒退几步，赶紧跪倒，吓得直哆嗦。福临眼睛冒火，直逼到淑惠妃跟前，一把揪住她的袍子前襟，脸色铁青地喊道："你撒谎！"

淑惠妃瞪大惊慌的眼睛。她想到他会发火，却没料到他会发这么大的脾气，而且来得这么快！她像憋着气出不来似的，好半天，眼泪"哗"地流了下来，连连叩头说："妾妃有多大胆子，敢在皇上面前说谎？我只当是个笑话，说给皇上解闷的，没承想皇上生这么大的气……实在是康妃姐姐宫里的太监吴禄，跟皇贵妃身边的两个容妞儿都结了干亲。这个吴禄跟别的小太监吹牛，被康妃姐姐无意听见，怕对皇贵妃名声有碍，不敢声张，只把吴禄赶出了景仁宫。可是吴禄是原先吴良辅的干儿子，并没有出内廷，又到'尚乘轿'当差了。我听了康妃姐姐的话，心里对这帮太监直恶心，才换了宫女抬舆。这都是明宫旧习、下人恶俗，跟皇贵妃怎么也不会有关联。皇上千万别生气。怪我心直口快，兜不住事儿，就别再问了吧……"

“承乾宫!”福临眼睛发直，脸色非常可怕。

“皇上，皇上!”淑惠妃跪着向前爬了好几步，哀求道，“这种事说什么也不会跟皇贵妃有关，只有那些卑贱的下人才能干这种丑事。皇上对皇贵妃情深如海，恩重如山，皇贵妃决不会辜负皇上这一片真心的。千万别张扬！千万别怪罪皇贵妃！千万别去承乾宫搜寻那个!”

淑惠妃的话，一句句像鞭子，狠狠抽在福临心上。他的心痛苦地缩成一团，痛苦又使怒气在胸中膨胀。他脑子里十分混乱。但淑惠妃的最后一句话却使他打了个冷战：

“什么？搜查承乾宫?”

“不，不!”淑惠妃竟尖声叫起来，“千万不能去搜查，千万千万！皇上，求求你了！就当我年轻不懂事、胡说八道，不，就当我一个字也没说过!”

福临红头涨脑，额上青筋暴起，渐渐失去了理智。淑惠妃越是这样说，越激得他非要弄清真相不可。他逼近淑惠妃的眼睛，问：“你为什么不让我搜查承乾宫？嗯？那些妖具在谁那里？在吴禄身边，还是在容妞儿身边?”

淑惠妃惊惧地看着福临忽大忽小的眼睛，不肯作声。

“嗯?”福临的目光像寒光闪闪的利剑，杀气腾腾。淑惠妃吓得像小老鼠似的缩成一团，抖抖缩缩地小声说：“……据吴禄说……都放在容妞儿那里……”

福临狠狠一挫牙齿，召来养心殿首领太监李国柱，命他立即率人往承乾宫搜查宫女容妞儿的住处。李国柱领旨刚要走，福临心里忽悠一闪，昏眩中似有一线光亮，他把李国柱叫回来，严厉地叮嘱道：“带去的人要牢靠，随便找个借口，不许让人知道是去搜查。要是走漏半点风声，小心你的脑袋!”

李国柱诺诺而退。不到一个时辰，他就回来向皇上交差，在寝宫的东次间，他把一个小木匣子呈交皇上，低声禀告：确实是从容妞儿床下的衣物箱中搜出。福临的手颤抖着，打开匣盒，便看到里面用丝巾包着的几个形状奇异的小包。他打开一个小包只看了一眼，便像被烫着了似的撒手扔下，“啪”的一声合了盖，扭头走开，胸口堵得发闷，如同看见百花竞发的月夜芳园中聚集了一群叫声凄厉的叫春猫，忍不住一阵阵作呕。

正间里酒膳尚未撤去，他大步冲过去，端起那一大壶新进的醇厚浓烈的玉泉醴酒，咕嘟咕嘟喝水似的仰脖灌了下去，随后用力把酒壶往门外猛地一摔，通往正殿的过道上清脆的陶瓷碎裂声在高大的殿堂内引起了回响。他声音嘶哑地大吼：“无耻！——”

他醉了，但没有忘记亲手给那小木匣加了一道御笔亲封，之后便沉沉入睡。他既不知道太监给他解衣脱靴，也不知道李国柱小心地收好那木匣，更不知道淑惠妃从西梢间跑到东梢间来看他，眼睛里闪烁着隐隐的笑意。

第二天，皇太后一行就回宫了。福临去看视母亲，后妃们也向皇上跪安。看她们的气色，都显得比在宫里时红润些，还透出一股新鲜。年轻的小董鄂贵人，更是鲜嫩得如同一朵半开的玫瑰花。

福临不动声色地看看董鄂妃，她只用眼睛对他微微一笑，这是别人觉察不到，而只有福临能够感受到的一种知心的笑。福临的心一抖，嗓子眼像塞了一团棉花，非常难受，直想喊叫：“不！她不是那样的！她是无瑕的仙女！”

当晚，福临召董鄂妃来养心殿。但不是在寝宫，而是在福临平日读书习字的西暖阁。董鄂妃稍觉惊异，并没有表现出来，她含笑向皇上行罢礼，像平日一样，婉静温柔地笑着，满目爱抚，如同春阳般倾洒在福临身上。她轻轻说：“好些天不见了，皇上安好？”

福临不作声，只是严厉地审视着她。他在心里说：“如果她心中没鬼，她会一直很坦然；如果她表现出不安，那么……”

可是董鄂妃从来没有承受过福临这种怀疑的冷冰冰的目光，心里惊异，神情上自然不安起来，甚至有些手足无措。她勉强笑道：“皇上，您这是怎么啦？”

啊，瞧她笑得多虚假，那是装出来的笑！福临心里透过一阵寒流。面对乌云珠，他原先的设想都做不到了。他没法像审案那样步步逼近中心，没法使用这样那样的障眼法儿，没法在这里那里设置圈套。他什么都忍不住了，“啪”的一声就把那小木匣撂在董鄂妃身边的茶几上，铁青着脸，冷着声音，指着木匣命令说：“打开它！”

如果她看到木匣里的东西时迷惑不解，一副见所未见、闻所未闻的表情，那就好了。那就是说，她根本不知道这种丑事！福临板着脸，不眨眼地盯着董鄂妃的动作，胸膛里，心跳得怦怦直响。

木匣打开了，绸巾也摊开了，董鄂妃的脸红了，她看了福临一眼，扭开身子低下了头。她知道！该死，她知道啊！福临差点儿喊出声，拼命克制着，故意问道：

“你……你知道这东西？”

“这……怎么说呢？……可以算是知道的……”

啊！她居然还露出那么一点羞涩的笑容……她真会装腔作势啊……不，不一定！福临猛然决定抛出最关键的情况，她只要大吃一惊，那还是表明她不知情：“这东西，是从你的贴身侍女容妞儿床下衣箱找出来的！”

福临全神贯注、目不转睛，要攫住董鄂妃脸上一丝一毫的变化。他期待着董鄂妃一声惊叫，期待着她几乎要跳起来的又惊又怒的表情。然而，他落空了！董鄂妃只是表现出了轻微的惊讶，更多的却是为难，还轻声地说道：“哦……”

福临的心一下子像是浸到了冰水里！她知道，她全知道！她却长时间地护着那个容妞儿，长时间地瞒着我！……为什么？为什么？难道她过分宠爱那个有点疯气的丫头？会不会她也和她们成了一伙？……这念头刚在福临脑中闪出，立刻就紧紧地抓住了他，他眼前竟那么逼真地出现了容妞儿使用这些妖具的影像，出现了太监吴禄和容妞儿在一起的影像，忽然，容妞儿的身影被乌云珠所代替，是乌云珠在和吴禄、在和那些下贱的太监……福临几乎要昏过去了，咬牙切齿，怒不可遏地拍着桌子大吼：“你！你还不知罪吗？”

炕桌被他拍得一跳，他的脸色倏然间变得十分狂暴可怕。董鄂妃这时才大吃一惊，忙说：“陛下，你这是……”

“啪”！一记耳光重重扇在乌云珠脸上。福临的面孔已被愤怒扭歪，涨得发紫，眼睛像火炭一样燃烧，打过乌云珠的手停在空中，止不住地颤抖着。乌云珠吓坏了，白着一张脸，瞪着一双惊恐的大眼睛，不知所措。福临恶狠狠地喝道："你！你胆敢抗辩？"

乌云珠慌忙跪倒，低头，一句话也不敢说了。

福临一个急转身，用脊背对着乌云珠，仰着脑袋对窗外看了许久，自然什么也没有看见。他用稍稍平静一点的、差不多维持了他的帝王尊严的声调，说："回宫去！自责待罪！"说完，不等董鄂妃叩头谢恩，他拔脚就离开了西暖阁。

董鄂妃眼前一黑，昏了过去。

从这天起，董鄂妃不曾出过承乾宫。皇后和其他妃嫔都不知是怎么回事。向皇上求情，皇上不理；去看望待罪的董鄂妃，董鄂妃也不提一句起因；知道内情的淑惠妃，也许还有康妃，更是一个字也不肯透露了。

整整十天，皇上没有召见皇贵妃。后宫的人们从窃窃私语变成了议论纷纷，终于传到了皇太后耳中。于是，皇太后特意召皇上进慈宁宫。

二

福临是一位以孝治天下的皇帝。每日省视母后，一年三百六十日，除了不在宫中的日子，一次也不曾缺礼。处理内廷事务的旨意，也从来都以"奉懿旨"的名义发下。至于皇太后亲自召见，他更是即刻就到，从不迟延。这是由感情和礼仪混合而成的敬仰。此刻，他正带着这种自幼而来的习惯感受，望着母亲和悦、温润的眼睛。母子已谈了一会儿了。

"皇儿，"太后微笑着说，"额娘要考考你。天下一统，一举而灭除南明，靠的什么？"

福临对此想的并不少，毫不迟疑地说："上托上天护佑，祖宗英灵，下靠兵士奋勇，将帅得人。再者，儿为政处事也举措得当，不敢自称英明，却从不昏聩。"

"那么，皇儿你为政的最大长处何在？"

福临想了想，说："明季酷政之后，满、汉水火之际，善用仁厚宽和之良药。”

太后满意地点点头：“对，这是皇儿明见之处。可是为什么明于外事而暗于内事呢?”

福临刹那间红了脸：承乾宫的丑事母后也知道了！这种房幄不修的内情，即使对亲生母亲，也是难于出口的。

庄太后装作没看见儿子的难为情，眼睛望着八仙桌上两瓶盈盈的白荷花，继续说：“先贤早就有话：男女居室，人之大伦；饮食男女，人之大欲。世无怨女旷夫，才称得太平天下。宫女久闭宫中，情窦开时，难免生事，所以本朝订有新制，二十四岁出宫婚配。前明宫女数千、宫法森严，尚且不禁‘对食’，皇儿对此何必认真计较？事情总在宫墙之内，又无真迹。常言说得好：‘不瞎不聋，做不得阿翁。’这件事，皇儿你的度量和明智，真还不及皇贵妃哟!”

“她?”福临的脸又红了。

“她早就知道，早就对我讲过。她说，讲天理、论人欲，她都得宽容。祖先在关外草创天下之际，不曾拿这当成了不起的大事，既存天理，也不灭人欲……”

福临目光闪烁了一阵，说：“那她自己会不会也……”

太后目光倏地阴暗了，望着儿子，责备地摇摇头：“皇儿你不该这么问，更不该这么想！要问后宫女子有谁肯立时裂开胸膛把心掏给你，那只有她!”

福临自觉有愧地低下头，小声嘟哝着说：“淑惠妃和康妃她们，都拿这当丑事、当笑话……”

“这当然是个疤，不是朵花。不过，就是景仁宫和储秀宫，要是也去搜查，一样都有……”

福临咬住了嘴唇。

果然，当晚奉皇上密令去景仁宫、储秀宫等处搜查的李国柱，向皇上缴来了许多“妖具”。福临嘴唇咬得更紧了。他命李国柱把它们送到本宫主位那里，要她们自己处置，并传了一道严谕：不许透露半点风声，违旨者死罪。以后也不许再提此事。

发现了这个秘密，福临应该很不痛快，这究竟不是什么光彩事儿。但福临心头却有一种云开雾散的感觉，轻松了大半。还有一小半呢？就是如何去弥合和皇贵妃之间的感情裂痕了。就这样宣召皇贵妃来养心殿？好像他在认错，这绝对不行。还是等皇贵妃自己来向他请求免罪更为体面。当晚，他没有翻任何主位的牌子，只等着皇贵妃。太后既然亲自出面和解，她怎会不知道？

从黄昏等到月出，从三星高照等到银河偏西，福临一会儿在殿前闲步，仿佛数着点点流萤；一会儿习字作画，却又将作品一张张都团了扔掉；一会儿捧起唐诗高声朗读，读不到半首便持卷凝思。总之，不管做什么，他的听觉都高度紧张、灵敏，每一点动静都会引起他的一阵心跳，还得装作不在意的样子。太监们谁心里不明白？他们暗暗好笑，眼见皇上成了那等着跳墙会莺莺的张君瑞了，可是谁也不敢有点儿笑模样，一个个装得跟面人儿似的，全无表情。

这一夜，乌云珠没有来。福临完全失眠了。焦灼和紧张，竟催得他的感情上升得比初见乌云珠时还要炽热。十二天没有见到她了！任他掩饰，任他设法转移感情，他仍然受不了那种食无味、寝不安、没着没落的相思味儿。在这十二天里，他动不动发脾气、摔东西，又打太监又踢宫女，对召来的主位们更没个好脸色。玉瓶、玉盏和碧玉如意都被他摔得粉碎。有个小太监，只是因为把书放颠倒了——没有照皇贵妃整理的样子把象牙书签朝外放，他就抽了他二十鞭，还罚他跪了半天。这些脾气，他都当着主位娘娘，好像专门发给她们瞧！想必是太后听了主位们的诉苦，才决心出面的。

相思之苦，最难排遣，何况养心殿里处处留着乌云珠的踪迹？书房里有她用过的笔砚、她临摹的楷书，妆台边有她忘在那里的一副珍珠耳环。东梢间的卧室是他们俩共有的，任何主位，哪怕是皇后来了都不能到那里和皇上同寝，如今空了十二天的卧床，似乎还保留着她的温香。他的腰边还挂着她亲手为他绣制的精致的香囊……要是走出寝宫，来到养心殿，引起甜蜜回忆的事儿就更多了，不是吗？那个牡丹盛开的美好日子，他俩在这里定情……

天亮了。福临还在养心殿的廊下走来走去，又焦躁又烦恼，其中还夹杂着说不出的甜蜜。他想念乌云珠，整个身心强烈地渴望着她。

但皇帝的威严和体面又在阻止他、束缚他。他要在两者之间寻找夹缝，想出两全的办法，让乌云珠回到他的怀抱。怎么办呢？他抚摸着腰间那漂亮的香囊，蹙着乌黑的眉毛，实在有些进退两难了。

“启禀万岁爷，武英殿大学士傅以渐、兵部尚书伊图、梁清标求见。”一个奏事太监小心翼翼地跪禀。

福临心不在焉地望望他，视而不见，仿佛没有听到。

太监不见万岁爷示下，不敢起身，又不敢抬头，只好再禀一遍，略略提高声音。

“宣进殿来。”福临一挥手，转身回养心殿等候。

召引太监领着三位大臣匆匆地进来了。梁清标一副心事重重的样子，伊图简直就是满脸乌云，唯有傅以渐仿佛不改常态，颇有宰相风度，但他微微发颤的手指，表明他在努力压制内心的不安。

三人跪拜完毕，起身抬头，只见皇上穿一身江绸暗龙纹蓝袍，黄腰带上悬着七宝小刀、玉佩香囊、流苏缨穗等杂珍，头上没戴帽子，项间没挂朝珠，乌黑的头发泛着光亮，象牙般黄白色的面庞染上淡淡红晕，一双明亮的眼睛仿佛含水的星辰，漆黑的眉，眉梢轻轻颤动，手里轻轻摇着一把墨兰折扇。好一个俊逸潇洒的翩翩美少年！他笑盈盈地问：“众卿不等朝会，有什么急事？”

伊图连忙奏道：“禀皇上，郑成功兵临金陵城下了！”

福临耳边“嗡”地响过一阵尖啸，脸色骤然失去了血色。为了掩饰心头的慌乱，他“啪”的一声，连扇子带手掌在桌上猛一击，扇骨断了。他站起来，厉声问：“甲喇额真赫特赫的大军呢？”

六月里，郑成功兵进长江口，朝廷立刻派赫特赫率军增援江浙，阻击郑成功。前些日子不断有捷报传来，如今是怎么回事？

伊图嗫嚅道：“赫特赫兵败，在镇江阵亡，所部被歼……”

“什么？镇江？”这几个字福临几乎是喊出来的，难道扼守长江险要和南北运河的重镇镇江，业已丢失了吗？

伊图触到皇上的目光，吓得不敢再说话。傅以渐竭力拿出他平素镇静、从容的气度，详细地报告这个惊人的坏消息：“禀皇上，六月里郑成功已做好大举北上的准备。他自封招讨大元帅，以张煌言为监军，率十七万水陆大军，兵分八十三营。郑成功亲率马步军在崇明岛登陆，攻焦山、破瓜州、占镇江，如今已经围困了金陵；张煌言率水军沿江而上，攻占芜湖后，又分兵四出，徽州、宁国、太平、池州等三十余州府县均已陷落；如今金陵城中只有兵马三千，总督郎廷佐困守危城，绝非郑成功的对手，而江南各地闻风而起、蠢蠢欲动者不在少数。形势岌岌可危，请皇上早做定夺！”

呆了半晌，福临声音沙哑地说：“再派八旗劲旅，增援金陵！”

梁清标心情沉重，声调也很沉重：“禀皇上，征云贵大军远在边陲，鞭长莫及；畿辅重地，岂能防卫单弱？各省驻防八旗，目下尤其不可轻动，唯有各处绿旗营尚可调遣。只是，这绿旗营……”他没说下去，但意思很明白，绿旗营是汉人军队，在这样一场战争中，未必可靠。

傅以渐竭力沉着地说：“禀皇上，无论如何，必须速发救兵，以安定人心。不然的话，江苏与畿辅间只隔山东一省，一旦蔓延，京师可危。况且这消息不日就将传开，百姓必定惊惧、混乱，甚至有人趁火打劫，扩大事态，难保不生他变。臣以为不如就近发山东、安徽各处驻防八旗及绿营，立往金陵解围，至少也要挡住郑成功北上！”

“调盛京八旗！调湖广八旗！调蒙八旗！”福临又急又怒，声音都变了，脸色铁青地喊，“一定要挡住他北上！”

三位大臣刚刚离开养心殿，福临方才努力压制的急和怒，就再也压制不住了！更可怕的是，被急和怒掩盖着的惊恐、慌乱，一阵又一阵地、越来越强烈地袭击着他，各种可怕的想法争先恐后地从他脑海里冒了出来：

江南，江南，朝廷的财赋重地，天下税赋一半都来自江南啊……平定云贵，靠的就是江南宁帖，粮饷源源不断。如今落入郑成功手中，这不断了朝廷的半条命吗？

郑成功，这软硬不吃的汉子，我杀了他的父亲、兄弟，他当然要破釜沉舟，拼死一战，决无投降余地的……他是谁？小民们叫他国姓爷，他打的是朱明旗号！汉人但凡有一星一点怀念故国，都会处处向着他！……刚才傅以渐不是说了，他已得了三十余府州县，还有许多地方蠢蠢欲动，准备响应，连朝廷的命官，那些汉官们，不是也已望风而降了？……金陵城中守兵三千，可是满兵只有五百啊！汉人军队能靠得住吗？郎廷佐也是汉军旗的，他靠得住吗？……

眼看金陵陷落只在早晚间。金陵一失，江南半壁就将完全落入郑成功手中，那时，安徽、山东起而响应，必定势如燎原，蔓延到山西、直隶，京师就将被包围，普天之下的汉人就会一起动手，拿起刀枪，杀向占领和盘踞在他们祖居田庐上的凶暴的满人，那时满洲将陷于反叛的汉人的汪洋大海！……满蒙八旗才有多少人？怎么敌得过这样的汪洋大海？这一切就要来临，这是满洲的末日，是爱新觉罗氏的灭顶之灾！

福临越想越慌，越慌越怕，大滴大滴的汗珠沁出额头。他完全失去了理智和镇静，忘记了自己的身份，突然大叫一声："额娘！"撇下惊呆的侍从们，撒腿就没命地向慈宁宫狂跑，好像背后有青面獠牙的鬼怪在追赶他。

"额娘！额娘！"福临一头冲进庄太后的寝宫。他那射出狂乱目光的眼睛、痉挛的扭曲的双手、类似疯癫的动作，把太后吓了一跳，可是她还来不及有所反应，福临已"扑通"一声跪在她脚边，气喘吁吁地说：

"额娘，我们，退出山海关，回老家去吧！回到我们祖先待的地方，回到我们应该待的地方去吧！"

庄太后黑眉一挑："皇儿，你疯了？"

"不，不！"福临慌乱地站起来，双手不住地颤抖，"江南已经丢了！郑成功就要攻陷金陵，安徽山东一反，畿辅危在旦夕！汉人几千万，几千万哪！哪能容得我们，额娘，我们快走！"

"你给我住口！"庄太后脸颊抽搐，狠狠地咬牙喝道。可是福临根本控制不住自己，仍然瞪着惊惧的眼睛在那里乱嚷乱叫、指手画脚："额娘，快走！再晚就来不及了！"

庄太后大怒，一把揪住福临的脖领，眼睛里燃烧着福临从不曾见过的熊熊烈火，使她此刻不仅威风凛凛，而且那么凶狠、可怕，福临吓住了，噤住了，看她狠狠挥开了右手，料想她就要抡过来狠狠抽自己耳光。不想那只手顺势拿过茶几上的一杯夏令冰水，“哗”的一下，狠狠泼在福临头上。福临一个冷战，被冰水浇得透不过气来，不由自主地又跪倒了。

庄太后指着福临，叱骂的话像沉重的石头，一句一句照皇帝头上砸过来：

“你这个败家子！窝囊废！草原上的兔子也比你强！你的父亲和祖父流血拼命打下的江山，你竟然胆小得要弃土逃跑！你怎么配当爱新觉罗的子孙？你的血里怎么就没有祖先的英雄气概！你这个懦弱卑怯的东西，我生你的时候怎么没拿你扔去喂鹰！”

没有见过，甚至也没有人想到过，庄太后，一向那么温和、慈爱、明智，此刻会火山爆发似的破口大骂。事实上，她真气坏了。如果不是突然想到儿子的身份，那重重的一巴掌一定要抽在至高无上的皇帝脸上。

头上、脸上、身上都湿淋淋的福临，起初惊呆得如同木鸡，继而羞愧得满脸通红，到后来，涨红的脸变成紫色，太阳穴扑扑乱跳，浑身颤抖，突然挺身一蹦，竟迸发出狂暴的急怒，大吼一声：

“我去收拾这个郑成功！”

他“嗖”的一下拔出七宝刀鞘里寒光凛凛的小刀，上指苍天，目光疯狂地咬牙切齿道：“亲征！亲征！立刻御驾亲征！不得胜还朝，就战死疆场，额娘，你静候儿的消息！”他掉头就跑，太后一把没拉住，他已箭一样冲出了慈宁宫。

愤怒得双手还在颤抖的庄太后，此刻又被儿子突如其来的疯狂震惊了。这样一百八十度的大转弯，即令她是亲生母亲，也觉得非常意外。她决不容忍她的儿子成为一个怯懦的、无所作为的君主。但是亲征，这关系着入关十六年的整个王朝的稳定甚至存亡。皇帝一旦亲征失败或是阵亡，那就毫无退路、毫无补救了！

庄太后一把抓过另一杯冰水，猛然把热烘烘的额头贴了上去。在这重大的关系社稷安危的时刻，她必须使自己迅速冷静下来。凝思片刻，她立即动身追往养心殿，劝阻福临。但她晚了一步。养心殿太监禀告说：万岁爷不吃不喝，怒气冲冲，踢倒了好几个小太监，草草着了朝服，救火似的奔往乾清宫上常朝去了。

乾清宫里，表面威严沉静的福临，脸色白得像纸，用高得刺耳的声音宣布："……朕意已决，即日御驾亲征！"

已被郑成功围金陵的消息弄得惶恐不安的王公大臣们，听得这一声，不啻暴雷在头顶炸响。他们都了解皇上的性情，也就更知道此举的巨大危险，一个个急得变了脸色，纷纷奏告劝阻。不多时，皇上的御座前、丹陛上就跪了黑压压的一大片。不想这反而激起福临的更大愤怒，他登时双眉倒竖，操起御用宝剑，左右开弓，乒乓一气乱砍，把他那精雕细刻、金光闪闪的八宝金龙御座劈成了碎块，他"当啷"一声掷剑于地，暴怒地喊道：

"谁再敢阻止朕御驾亲征，就要他像此座一样！……傅以渐、胡世安，你们立即给我拟出亲征旨意，广告京师、天下，晓谕百姓！"

福临的声音在乾清宫那高大深邃的殿堂中发出震人的嗡嗡响，王公大臣、文武百官，谁还敢再说一个"不"字？

一连两天，整个皇宫内院混乱一团，都被"御驾亲征"搅得昼夜不宁，惊慌失措。人们听说皇太后试图使这疯狂的皇帝恢复理智，用温言细语平息他的暴躁，但无济于事，皇上一直没有松口。皇太后又派皇上的乳母去皇上跟前劝诫，因为福临一向敬之如生母。可是这位嬷嬷鼓足勇气的话还没说一半，皇上就跳将起来，恶狠狠地嚷道："再要啰嗦，就把你劈成碎片！你不知道朕在乾清宫的宣谕吗？"嬷嬷吓得差点跌了个跟头，连忙离开了这个不可理喻的人。

更大的混乱像瘟病一样，已在京城中传染蔓延。金陵失陷的谣言，本来就使许多人惶恐不安，很怕刚刚平息了十来年的天下又要大乱，而各城门贴出的"御驾亲征"的布告，更证实了他们的忧虑，一场大战乱，仿佛就要从天而降，迫在眉睫，压向头顶了。一夜之间，全城各处都像被捅开的马蜂窝，乱成一片，不少商号闭门，闹市骤然冷落，动作快的人家已经在收拾细软，准备外逃避难了。至于八旗之家，则不得不准备从征，也是一派惶惶不安。整个京城笼罩在愁云惨雾之中。

深恐触了龙鳞招来杀身大祸，又不甘心眼见朝廷危若累卵而不管不顾的王公贵族、文武大臣们，便走马灯似的纷纷往慈宁宫谒见皇太后，求太后设法劝阻皇上。想必是得到了皇太后的暗示。这些人又都掉头打道宣武门，去汤若望处求他帮忙。这样，天主堂前的那条街，整日价车如流水马如龙，拥挤不开。相识的仆从们见了面，代替互相问好的第一句话是："汤老爷应了吗？"回答者总是满脸忧伤地摇摇头，仿佛去参加了一个葬礼。

亲王显贵、部院朝官都来了。汤若望不胜其扰，却一直不肯答应。事情很明白，皇上向来说话算数，又正在气头上，谁敢去劝，谁就十有八九要被"劈成碎块"的！

天黑以后，汤若望才疲倦地倒在他的躺椅上。整整一天繁忙的接待，几乎把这个白发老人累垮了。他内心还有一层说不出口的忧伤。近两年来，他的这个学生一天天亲近佛门禅宗，一天天冷淡和回避他这当年极为尊崇敬爱的玛法，使他心里很不是滋味。也许这股老年人的委屈，也是他执意不肯答应的一个原因吧。他的新来的助手，有一头深褐色鬈发和深褐色眼睛的南怀仁神甫，看了他一眼，便去倒了一杯汤若望心爱的莱茵白葡萄酒——这是南怀仁特意为汤若望带到中国来的——送到他手中，同情中带着怜惜，说道："约翰，你的神情那么忧郁，——你真累坏了！"

"谢谢。"汤若望接杯喝了一口，轻轻舒了口气。

对面的苏纳神甫感叹道："这些大人物，多么卑怯！自己没有勇气以死谏君，却要拉一位老人为他们挡箭！"

白乃心神甫又高又瘦，深陷的蓝眼珠一直望着屋顶，耸耸肩说："这有什么奇怪呢？中国的皇帝，比我们欧洲君主的权力大得多——偏偏他又是这样喜怒无常，不可理喻。"

汤若望朝白乃心摆摆手："不，不！那孩子决非不可理喻。盛怒之中，谁也不免糊涂。"

白乃心不以为然地摇摇头："你还为他分辩？难以理解！他对你不是越来越冷淡了吗？亲征这样的大事，你事先竟一点都不知道！"

汤若望张张嘴，没说出什么，脸却突然涨红了，碧蓝的眼睛里充满了泪水，全然是一个因委屈而伤心的老人情态。众人都看到了，又都避开目光，不忍看他。汤若望毫不觉难为情地掏手帕拭泪，低语道：

“哦，可怜的孩子!”

沉默片刻，苏纳神甫说：“那么，皇帝是要亲征了?”

白乃心对南怀仁说：“皇帝亲征，势必不可收拾。我刚从外面回来，北京城乱得要翻天啦！皇帝一旦将他的御林军都带走，京师畿辅之地定会大乱；皇帝若是战而不胜，天下大乱，恐怕就不可避免了!”他表面轻松、骨子里严重的话，使说话不多的南怀仁突然抛出一个很有分量的问题：“天下大乱，对我教会有什么好处？满洲垮台、皇上不幸，对我们传教大事是利还是弊?”

他虽然越过白乃心的肩头凝视着墙上的圣母画像，说话也是轻轻的，仿佛在自言自语，却使正在喝酒的汤若望动作一顿，放下酒杯，那么尖锐又那么沉重地看了看南怀仁。

大家都感到了南怀仁低语的重量。但是，殉道者毕竟不是可以劝说的，何况论年龄、论资格，他们都是汤若望的后辈。一片沉默落在了这间深邃、简朴的屋子里。

汤若望慢慢站起来，白须白发白眉，粉红的脸膛上笼罩着庄严和神圣，手抚胸前的十字架，徐缓地说：“好吧，我去。为了人民的安宁，为了耶稣会的荣誉，为了传教事业的前途，也为了那可怜的孩子，即使是拿性命去孤注一掷，也是值得的。上帝与我同在。”

次日一早，另外三位神甫专为汤若望做了弥撒，祷告上帝保佑汤若望成功。想到皇上的喜怒无常，想到满洲嗜杀的野蛮旧习，汤若望向同伴们告别时，四个人都流泪了。后来，汤若望用手指抹去眼泪，勉强笑道：“朋友们，不要像哭死者似的哭我吧！正义的事业，上帝会看到的。”

晨雾弥漫，宣武门城楼变得遥远又模糊。在悲壮苍凉的气氛中，南怀仁他们眼巴巴地望着老神甫远去，不知这是不是最后一次见他？不知他能不能生还？

紫禁城越来越近，汤若望渐渐从苍凉的心情中解脱出来，变得冷静了。不错，近来皇上疏远了他，被那些僧徒包围着。那些僧徒都是坚决反对天主教的，这对教会很不利。皇上也不是许多年前汤若望所熟悉的那个少年了，他长大成人，不可能还像小时候那么依恋他，又正在暴怒的火头上，这是汤若望处境危险的地方。不过，汤若望了解福临，知道他天资聪慧，有极高的判断能力，有极锐敏的目光。他不相信，连白乃心神甫都能看清的形势，福临会看不清。也许出于他高傲的帝王尊严，即使是气头上说错的话也不肯收回？对福临那种病态的自尊，他是太熟悉了。

聚在朝房的王公大臣们，一见汤若望，如同见到救星，一起围过来，七嘴八舌说个不了，无非是问候、感谢、钦佩、催促。原来，整整两天了，没有一个人敢向皇上进谏。汤若望打心眼儿里瞧不起这些显贵，只得静静听着。当召引太监传他上殿时，他才客客气气地一拱手说：“诸位为国爱君一片诚意，若望不胜钦佩，少陪少陪！”说罢昂首挺胸地随着太监去了，毫不理会背后那一道道含意复杂的目光。

这位召引太监一向与汤若望交好，途中便把这两天发生的事，一股脑儿细细说给汤若望听，并说：“皇上眼下已经有点安静，不像前两天那么大喊大叫了。”

汤若望心里一动，或许福临已经明白过来了？但是他决不会自动撤销亲征的旨意，必须有人来给皇上台阶下。汤若望感到庆幸，这人可能就是自己。这对转变皇上对自己的态度，对今后的传教事业真是大好事！

福临坐在乾清宫的暖阁里，面色依然严峻，双眉紧锁，双唇紧闭，有力地昂着头，一副高傲中带着固执的表情。看到皇上这种态度，汤若望心头一凉、一紧。但是仔细端详，福临右手执一柄描金牡丹折扇，左手翻着一函《玉台新咏》，汤若望心中又是一热、一松。这是他所料想的最好情况。

汤若望连忙趋前几步，跪到福临脚下，双手递上他昨夜在灯下斟酌再三的奏疏，随后便匍匐在地，不再抬头。他听到纸声窸窣，知道皇上在翻阅他的奏章。不待福临发问，他便很深挚地说：“触怒皇上，本是死罪。但若望宁肯粉身碎骨，也不能辜负皇上的信任，不能不忠于职守，有所见而不言。皇上一身系社稷江山安危，系天下万民所望。老臣以十数年忠诚，恳求皇上罢亲征之议，恳求皇上，不要使国家再濒临破坏的边沿……”汤若望说得感情激荡，曾经战乱的他，一时竟老泪纵横了。

沉默有顷，汤若望听到一声没有料到的那么轻柔的语调：

“玛法请起。”

汤若望疑心自己听错了，抬头一看，福临的情绪已经完全变了过来，表情虽然只不过可称为平缓、平静，但眼睛分明已透出温和的光泽。

“玛法一片忠诚，使朕心下感动。玛法的奏疏说得透彻。毕竟玛法博古通今，见解精到。朕虽然不敢与历代贤君相提并论，却也懂得从谏如流的道理……”

福临大约还说了些别的，但汤若望已经听不进去了。在皇上夸赞他见解精到时，他心里一轻松，顿时觉得四肢瘫软，差点动不了。好不容易才恢复了常态，他又向皇帝建议说：“郑成功即使攻占金陵，也不是无法补救，只需拿出重饷，速派援军，先堵住他北上的路，再令征云贵大军回师攻战，郑成功在江南是不能立足的！”

那些应召来乾清宫草拟诏书宣告亲征作罢的大学士和学士们，都以万分感激的目光向汤若望表示感谢。这消息风一样传遍了紫禁城，汤若望出宫时，不论内官还是御前侍卫、乾清宫侍卫，全都向他行注目礼；王公贵族对他点头微笑；满、汉文武大臣向他弯腰；一道一道宫门边的侍卫一递一声地高喊着：“伊里！”向他致敬。他们的笑容是真心实意的，他们的快乐是显而易见的。汤若望竟又被感动得热泪盈眶，想到将有许多显贵体面人物又会来拜望他，会把他当成国家的救星，他真觉得自己是个扶危济困的英雄了。他昂首阔步，向所有的人微笑，心里有一股孩子般的得意和快乐。他的得意和快乐围绕着一个中心：此举提高了他的地位和威望。他自顾自地笑着，轻声地用科伦家乡话自语道：“教会的神圣事业将因此而获得更大成功！……哦，太好了！”

福临那紧张得几乎达到破裂程度的神经，终于松弛了，他暗暗地舒了一口气。其实，昨天承乾宫送来董鄂妃的请安请罪折之前，他的盛怒已过，明白自己的错误了。董鄂妃的折子除了为自己的过失向皇上领罪，陈请贬位以外，还委婉地恳求皇上以社稷江山和百姓黎民为重，千万不可自蹈危机。立国未久，京师尤重，相信皇上能临危不惧，稳如泰山。郑成功东南一隅，决不能与天下抗衡。一番知心而明睿的话，使福临更清醒了。但是，旨意传了，布告发了，御座也劈了，怎么收回？怎么下台？

汤若望的冒死进谏，恰逢其时。玛法是皇太后的义父，掌管天文天象的博学大臣，在民间享有“汤圣人”的美称，身份、地位、威望明摆着，就着他的手下台，再合适不过了，皇上不仅不失体面，还可博得“从谏如流”的美名呢！

大臣们都已匆匆退出乾清宫，赶着去办理收回“御驾亲征”的一层层事务。完全平静下来的福临，接过小太监送上的香茶，喝了两口，眉头重新紧锁了：不好下的台下了，亲征作罢了，可是郑成功怎么办呢？……多尼、罗可铎大军尚在云贵，岳乐不能离开，济度呢？顺治十一年他曾挂定远大将军印，专征郑成功。郑成功多年不灭，退而复来，济度上一次南征不成功有很大责任，这次再让他出马，也说得过去。不过……福临早就感到济度对自己不满，让他挂印远征，能完全放心、松手吗？

福临瘦长的手指在御座的扶手上轮番按捺着，他在沉思。他忽然想起，康妃的母亲是济度的表姐，三四天以前，简亲王福晋还同佟夫人一道来景仁宫探视康妃。要不要从康妃那里探探口气，看看简亲王的怨气究竟有多大，究竟主要为了什么，然后再作定夺？

夏日天长，看看钟表已过戌初，而窗外天色还不暗。福临决定今晚到景仁宫去。刚要传旨，他又犹豫了。他从案上的红木折匣中拿出皇贵妃的奏折，不知第几遍地打开来看，那娟秀清晰的小字恰如其人，霎时就使福临产生如处春风的感觉。他轻轻抚摸着她的字，心头滚动着阵阵柔情。今晚，他原要召乌云珠来养心殿的呀！他暗暗盼望着的一天终于来了，可是……

福临终于把那折子放回匣中，心里说：“乌云珠，为了社稷江山，又要委屈你一夜了！”

此刻，乌云珠正在坤宁宫与皇后闲话。一场骇人的暴风雨、一次可怕的危机终于过去了，两人都由衷地高兴。皇后笑容满面。皇贵妃仍然带着几分忧虑说：

“虽然宫内、京师就此平稳了，可是对付郑成功，还要花大气力呀！”

皇后说：“那是外事了，自有文武大臣们辅佐皇上料理。”她爱怜地看看董鄂妃消瘦的面颊，叹道：“你身子这么虚弱，总是用心太过了。也该静心调养才是啊！”

董鄂妃一笑：“姐姐美意，小妹心领了。只是我生来的贱脾气，凡事只要过耳，便不能不过心；但凡过心，便忍不住地要细细思虑。所谓心劳命薄，不如姐姐厚福啊！”

皇后连连摇头笑道：“罢、罢！巧妹子再不要挖苦笨嘴拙舌的老姐姐。倒是说说看，皇上究竟为了什么，竟怪罪到你头上了？”

董鄂妃的头低下去了，静幽幽地说：“总是我不好，惹他生气。不怪他这么多天一直远着我……”

“唉，说不得！”皇后蹙了双眉，“他离了你，吃也吃不下，睡也睡不好，见天发脾气摔东西打人。要是有你在他身边，这回也未必闹得这么凶……”

一个坤宁宫小太监急急跑进寝宫门口，结结巴巴地禀告：“万、万岁爷，驾到！”

二人吃了一惊，心里顿时发慌，互相对视一眼：二更已过，夜这么深了，皇上为什么驾临坤宁宫？这是从来没有过的事！又出了什么意外？

皇后急急忙忙地说：“妹妹快随我出去接驾！”

董鄂妃连忙答道：“不行，我正待罪，没有皇上旨意不能面君，姐姐你快去吧！”

皇后刚刚迎出中门，福临仿佛浑身燃着烈火，大步闯进坤宁宫，从跪下请安的皇后面前，“呼”的一声挟着一股疾风闪过去了。皇后心慌意乱，赶忙站起身，随着进了中门。只见福临双手叉腰，站在正中，大口大口喘着粗气，一脸盛怒，面色惨白，牙齿咬得格格响。他厉声喝道："李国柱！进殿听宣！"接着，"哗啦"一声拔出了腰刀，吓得在场的人脸色都变了，总管太监李国柱更是跪在那儿缩成一团，像一只瑟瑟发抖的老鼠。

"哐啷"一声，皇上把腰刀扔在李国柱面前，他那愤怒而严酷的声音在殿内震响："立召乾清宫值夜侍卫，带朕的腰刀往景仁宫取佟氏之首复命！"

"啊！——"情不自禁的惊叫，来自好几个方向、好几个人之口。皇后大惊失色，急忙扑到皇上脚下："皇上！皇上！你这是怎么啦！"福临暴怒地一脚踢开皇后，皇后"哎哟"叫了一声，福临全然不顾，向李国柱吼道："你敢迟延，朕先杀了你！"

李国柱双手捧着御用腰刀，抖抖索索地跑了出去。董鄂妃从寝宫冲出来，猛地跪倒在皇上膝前，双手抱住福临的腿，哀声求告："皇上，皇上，你不能啊！"

福临一哆嗦，惊讶道："你……"他怎么也没想到，董鄂妃会在此时此地突然出现在他眼前！他又惊又痛，弯下腰，双手扶住了满脸是泪的乌云珠。

"陛下，佟家姐姐是皇子生母，于皇家有大功，无论如何，罪不当死！妾妃待罪多日，今天陈请处分。皇上若处置佟家姐姐，就让妾妃替她担待了吧！"董鄂妃说罢，朝福临一叩头，站起来转身就走。福临伸手没拽住，她已急急忙忙跑出了殿门。福临大声一喊："乌云珠！——"殿外黑沉沉的夜色里，回答他的只有"橐橐橐橐"急促的木底鞋的敲击声。福临惊呆了。皇后这时已由地上坐起，大腿侧被福临那一脚踢得很重，她一手悄悄地抚摸着伤处，重新跪在皇上面前，含泪道："皇上，看在我们姐妹的分儿上，饶了康妃吧！"

福临当然听得出"我们姐妹"是指她和皇贵妃，也发现了她轻轻抚腿的动作，知道自己踢重了，心里有些后悔，脸上怒气稍稍减退了几分。宫女、内监们全都跪下了，同着皇后求情。福临板着脸，并不作声。沉重的空气压得人无法呼吸，只有窗下那金色的西洋自鸣钟

"滴答滴答"响个不停。

李国柱满头大汗地跑了回来，一进门便跪倒在地，双手高举着那柄闪着寒光的腰刀，上气不接下气地报告说："禀万岁爷！奴才与当值侍卫赶到景仁宫，皇贵妃娘娘不知怎么也在那里，护住康妃娘娘，不准用刀，说要是动刀，就连她一起……奴才们不敢造次，特来复旨。"

"佟氏呢?"福临狠狠地问。

"康妃娘娘跪地领罪，要奴才转奏万岁爷，说她死不足道，死不足惜，只求万岁爷……她求万岁爷亲自动手杀她，她说她死而无怨……"

半晌，福临不言语，大家都提心吊胆，谁也不敢抬头，只静静听着，不知会是个什么结果。

"皇贵妃为什么不回来?"谁也没想到福临接下来问的是这么一句话。

李国柱并不知道皇贵妃刚才也在坤宁宫，所以对"回来"二字有些莫名其妙，但他一点不傻，立刻禀道："万岁爷，奴才离开景仁宫的时候，皇贵妃娘娘和康妃娘娘正搂在一处，抱头大哭呢!"

福临一时辨不清心头滋味，既感慨，又赞叹，又是愤恨，又是疼爱，酸甜苦辣，搅成一团。他长叹一声，朝着正殿中的宝座，慢慢地坐了下去。

三

京师各门贴出了罢亲征的圣谕，恰似一剂凉药，混乱局面很快平息下来。跟着，朝廷封达素为安南将军，带领索洪、赖塔两员大将率师南下增援，阻击郑成功，京师就完全恢复了往日的平静和繁华。

长街上人来人往，又变得热闹了。

远远走来两个人。前面一个穿了件显然不是他自己的肥大长衫，人几乎被淹没了，却挺胸凹腹地迈着洒脱的步子。不管他怎样强打精神，也掩不住那一脸菜色和深陷的眼窝显示出的贫寒。后面一个短打扮的佣工，扛着一袋米，亦步亦趋地随着，摇摇晃晃。

佣工一翻肩膀，把米袋放在路边，大口大口地喘气。

“你怎么又歇下来了！”穿长衫的跳着脚大声嚷叫。

“唉，实在对不住。让小人再歇口气。”佣工低声下气。

“歇气，歇气！像你这么干活，什么时候才能到家！”穿长衫的喊叫得更凶，招得街上行人和闲汉围上来看热闹。一个高大的穿灰绸袍的汉子分开众人，问：“这是怎么啦？”

瘦骨伶伶的佣工身躯单薄得像块木板，眼泪汪汪地连连说好话：“小人不好，小人不好，误了大爷的事！实在气力不佳……”

雇主瞪他一眼，没好气地说：“没力气就别拿这份脚钱！”一看穿灰绸袍的汉子高直的鼻梁两边闪动着一双炯炯虎目，气概不凡，大有爱管闲事的劲头儿，他连忙解释说：“大爷，我雇他扛米，可他倒好，三步一停，五步一歇，一顿饭工夫，走不出半里路，我能不急吗？家里等米下锅呢！”

那双浓眉下的虎目一转，直射佣工：“你也是个男子汉，这六七十斤的小玩意儿，你就这么吃劲儿？”

佣工看看雇主，又看看围观的人，不知怎的伤心起来，叹息道：“我哪里当得了佣工扛得了米啊！……先祖乃前明刘大学士，我……唉！”他抱着头蹲下去。

人群一片惊讶议论声，灰绸袍汉子不由得倒退一步，上下打量这个穷途落魄的贵公子。不想那雇主惊叫道：“天哪！你是二宝表兄？……咱们是亲戚呀！”

“你？……”佣工吃惊地站起来，瞪大眼睛。

“唉，我是张松江之孙，咱们是姨表亲啊！”雇主又喜又悲。

人群中一老者笑道：“既然都是贵胄，又是亲戚，就别难为人家了，把米分给人家一半就是。”

雇主红了脸：“这……可不行！我家断炊两天，好不容易厚了脸皮向故仆求告，才得了这五斗米、二百文钱……”他咬咬牙，转向佣工，“表哥，一同到我家去吃顿饱饭吧。”说着，他挽挽袖子，自己去扛那袋米。他还不如他表兄，那袋米竟纹丝不动，人群中腾起一片哗笑，打趣、嘲骂此起彼伏，表示着强者对弱者的轻视，发泄着对潦倒的贵公子的幸灾乐祸。两个瘦弱又胆小的豪贵子孙又羞又窘，竟互相搂抱着哭了，其中一个嘴里还呜呜咽咽念着“哀哀父母，生我劬劳……”

灰绸袍汉子没有笑，他伸手攀住路边一棵槐树的胳膊粗的树干，略一抖腕，“喀吧”一声就撅断了，略事修整，交给两位“贵公子”，说：“两个人抬着走吧！”

两人抬着米袋，趔趔趄趄地走远了，围观的人才议论着、说笑着、叹息着慢慢走散。灰绸袍汉子拦住一位须发灰白的老人：“刘大学士、张松江是什么人？”

老人正沉浸在今昔感慨中，不在意地顺口答道：“那都是前明崇祯朝的宰相啊！谁料子孙败落至此！”他又回到自己的感慨中，轻轻摇头叹气，慢慢迈步，嘴里喃喃地念着：“五斗米，五斗米，两公子，抬不起，枉读诗书怨劬劳，乃祖乃父岂料此……”

灰绸袍汉子一动不动地站着，像一尊矮粗厚重的铁狮子，他在沉思。几名牵着马的王府护卫近前跪请王爷回府，他才心事重重地跨上金鞍。

这是简亲王济度，为了散心解闷，出府来微服游走。偏偏目睹了刚才的一幕，给他沉重的心又坠上了一块大石头。

自从为撤议政的事他公然站出来反对福临并迫使福临让步之后，在满洲勋贵中，他的威望更高了。与此同时，他也感到皇上对他的戒心更大了。撤议政的风波是过去了，以后呢？济度忠心耿耿，决不向任何有损满洲八旗威望的行为屈服，哪怕是皇上的旨意！皇上会后退、会屈服吗？皇上会怎样对待他这位满洲忠臣呢？

竟派达素为安南将军南征，置他济度这个郑成功的老对手于不顾！三年前，不是他把郑成功赶到海岛上去的吗？眼下朝中有资格佩大将军印的，除了他济度还有谁？可是这么紧急的危难时刻，皇上不肯用他！猜忌之心，不是显而易见的吗？至于皇上自己，为了郑成功围金陵，闹得个天翻地覆、一塌糊涂，像个八九岁的小孩子，哪里有一点人君之度？当济度听到密报，说皇上初闻警报竟惊慌得想逃回关外去时，他在气恼和愤怒中，第一次闪过一丝蒙蒙眬眬的念头：“这样的皇上，能行吗？”

今天看到的这两个败落到如此地步的前明宰相后代，使他受到很大刺激。王公贵族、满蒙八旗的后代，他简亲王的子孙，会不会也沦落到这种地步？……那位年纪轻轻的皇上，醉心于前明制度，崇儒教、重文士、习汉俗，那不正是要拿满洲子孙送上这条败落的路吗？想到自己的孙子、重孙子也有可能变得和那两个褴褛、委琐的人一样，手无缚鸡之力，乞讨佣工为生，最后在贫困潦倒中死去，济度不觉打了个冷战，快马加鞭地赶回王府。

进了府门，他顾不上喝茶、休息，立刻在正殿王座上坐定，把他的六个儿子召到跟前，一排站齐，命他们齐声背诵老郑亲王济尔哈朗的那段临终奏章。儿子们知道父亲的脾气，并不奇怪这样的举动，加上一向害怕父亲，便听话地大声背诵：

“……太祖创业之初，日与四大贝勒五大臣讨论政事得失……”

济度的儿子们从小受到严格的骑射锻炼，一个个高大魁伟，虎背熊腰，一横排站在堂前，真像一列茁壮的小松树。祖父的遗表，他们从小背到如今，早已滚瓜烂熟，张口就来。看到这样的虎豹儿郎，听着充满青春力量的粗壮中略带沙哑的整齐的声音，做父亲的心头迸发着自豪和振奋，刚才那些阴郁的思虑暂时撇到了脑后。

儿子们齐刷刷地背诵完了遗表，济度照例来一段训话。今天的训话有内容，不似往日那么枯燥。济度纵然不善描述，还是把街头所见详细地说给儿子们听。最后，他沉下脸，把如钢似铁的话一句句掷向阶前：“我们天潢贵族、八旗世家，决不可沾染汉人文弱恶俗，不然就会亡国破家！威临天下、百战百胜，靠的就是弓马刀箭。我急急忙忙赶回来，就是要领你们到射圃去，考考你们的骑射，懂不懂？”

“是，王阿玛！”儿子们同声回答，震得窗纸沙沙响。

“二弟！二弟！”女人的声音从殿外长长的廊子那边一路响过来，呜呜咽咽的。一个穿着素色蓝缎袍、梳着两把头的贵妇，搀着两个丫头，跌跌撞撞地出现在阶前。济度皱皱眉头，站起身，大步跨出殿门。儿子们早闪开路，又一齐跟在济度身后出门迎接。他们都认得，那是济度的表姐佟夫人。

佟夫人的母亲是郑亲王的表妹，佟夫人与济度的亲缘关系隔得相当远。如果她只是一位汉军都统夫人，两家不会有多少来往。然而佟夫人的女儿是景仁宫康妃、皇三子的生母，这就大不一样了。

佟夫人还是那样说哭就哭，说笑就笑，一点控制不住自己，进门就拍着巴掌哭喊道："二弟呀，你可快想法子救救你那外甥女儿吧！"说着，拿手绢捂着嘴，放声大哭。

济度父子摸不着头脑。小辈们赶忙上前向表姑妈请安，佟夫人也只挥挥手，还是哭。济度道："表姐这是怎么啦？哪个外甥女儿？得重病了吗？"

"哎呀呀，你怎么全不知道？我的凤女儿啊！"

"什么？康妃娘娘？"济度大吃一惊，可是一见儿子们惊讶困惑的表情，他立刻一耸浓眉，对儿子们严厉地说，"退下！"儿子们听话地鱼贯而出。

"福晋呢？"济度拧着眉头问内官。

"安王福晋领着格格来玩，福晋陪她们在园中赏花。"

"安王福晋让几位侧福晋陪着，叫福晋立即到水阁！"

四周临池，只有一座曲桥通向花园的水阁，幽静又清凉，是商议机密大事的好地方。济度屏退侍从，佟夫人便向济度夫妇讲起前天晚上景仁宫发生的事情。

安静下来的皇帝，发布了新的谕旨，天黑以后，竟来到景仁宫。自董鄂妃进宫以后，皇上就不曾来过这里，这实在是主位们盼都盼不到的荣宠。康妃心头的多年积怨，这天不知怎么全都涌上心头，态度十分冷淡。皇上倒是想方设法跟她搭话，她的回答一句句都满含妒意，表面恭恭敬敬，骨子里没有一点好气。

皇上说："皇三子在太后宫里养得很好，聪明活泼，能诵四书，会背唐诗，书法也很有长进。"

康妃答："多谢太后、皇上养育三阿哥之恩，但愿他骑射过人，日后长成，威震天下。"

皇上又说："金陵局势甚是危急，朕想拜大将军南下征讨，担心的是朝中诸王未必能够胜任。”

康妃又答：“当年简王讨伐郑成功，大获全胜的。”

皇上点点头，说：“大获全胜？那何至于又有今天？”他又笑笑，眼睛却没有笑，说，“你在为你的表舅请封吗？”

康妃不敢就此事再说下去，便换了温和的口气说：“多年来，皇上对江南百般爱惜，如今郑成功一到，连皇上简派的汉官都倒戈了，足见南蛮子最无情义……”

不知是觉得康妃弦外有音，还是讨厌她有意揭短，福临的脸色一沉，故意戗着她说：“江南州府倒戈，大半由于年来政事弊端太多，南人尚未口服心服。朕为天下万民之主，无论满、汉，自应一体爱护！”

康妃一向说话不多，这时不知哪里来的勇气，竟跪下进谏道：“近年来皇上习汉俗、亲汉人，把祖宗旧制日渐丢弃，宗室满臣反被疏远，长此以往，妾妃恐人心尽变，我大清社稷江山……”

福临一口接过去，表情虽然很冷漠，眼睛已经冒火了：“这些话谁教你说的？是你表舅吧？”

“不！谁也没有教我！”康妃突然慷慨激昂地提高了声音，“皇上，你再不能做负天背祖的事了！不然天理不容、人心丧尽，一旦有事，就是想要跑回辽东，也是办不到的了！”

仿佛浑身的血都涌上了头脸，福临连眼睛都红了，他登时大怒，一脚踢倒了扯着他衣襟的康妃，气咻咻地吼道：“放肆！胆敢倚势要挟！”一个急转身，他冲出了景仁宫。

皇上跑到坤宁宫，立召侍卫封刀来斩康妃，要不是皇贵妃极力救护，康妃早就没命了。如今她待罪景仁宫，不日就要受到处置。以皇上那样的心性，她胆敢揭皇上的短处，即便有皇太后、皇后和皇贵妃求情，也未必就能留得住性命。

“二弟呀，快想想办法吧！”佟夫人说完，掩面痛哭。

在佟夫人叙述过程中，济度不止一次地捏拳、捶腿、喘粗气、耸眉，表示不满、愤怒等强烈感情。佟夫人说完了，他却变得异常冷静、沉稳，半天不说话，非常专注、非常入神地在想什么事情，面容十分严峻，毛茸茸的浓眉之下，一双暴突的虎目仿佛闪着电光，透露出某种可怕的东西。两位夫人看了他一眼，都不由自主地打个寒噤，慌忙闪开目光，谁也不敢开口了。

是的，济度心头此刻正有一种极度紧迫的感觉，危险已迫在眉睫！皇上的那些话不都是深深的猜忌？猜忌的后面还不隐藏着杀机？否则，他怎么会毫不犹豫地封刀斩康妃？这个喜怒无常的孺子，什么事情干不出来？

死，不甘心。更不能甘心的，是大清江山的命运。济度一死，满洲八旗就失去了中流砥柱，这个糊涂的皇帝会把天下拱手送给南蛮子！不行！绝对不行！济度不能眼看这个不肖子弟败坏门庭！不能让明代宰相子孙的命运降落在满洲八旗子弟的身上。

济度一横心，面颊的筋肉搐动着，似有一团烈火要从虎目中喷出，盯住面前两位夫人，从牙缝里轻轻地挤出了三个字：

"废掉他！"

这轻得几乎听不见的话，却像一声霹雳，把两位夫人震得呆住了。她们面无人色，索索发抖，不敢相信自己的耳朵，眼睛一眨不眨地望着济度。

济度深深吸了一口气，带着一种壮烈的气概，重复一遍："废掉他！除了这个没有别的办法。只有这样，我济度才能无愧于先父，无愧于祖宗英灵！"

简王福晋离开后，年岁与安王福晋相仿的三位简王侧福晋，谈笑更少了拘束。临水荷亭上，鲜果、雪藕、水瓜堆得到处都是，阵阵清风吹过水面，掠过荷田，拂动岸边垂柳，把荷花莲叶那特异的芳香阵阵送到这些贵妇人身旁，实在是惬意得很。

小冰月成了众人的爱宠，从这个福晋膝上转到那个福晋怀里。她一双大眼睛表情丰富，一张小嘴灵巧非凡，三岁多的孩子，已经什么话都会说了。

"姐姐，"抱着冰月的侧福晋向安王福晋笑道，"你的这位小格格，哦，不对，如今是位小公主了，日后要出落成个绝色美人儿啊！”

冰月小脸儿一扬，清脆的声音像黄莺儿啼叫：“就是。我皇额娘也这么说，说我将来比她还要美呢！”冰月说的皇额娘，就是抚养她的董鄂妃。她一天到晚把皇额娘挂在嘴上，比说起自己母亲还要自然、经常。安王福晋心里很不是滋味，可嘴上什么话也不敢讲。

“你皇阿玛也这么夸你吗？”一位侧福晋好奇地问。

小冰月的头垂下来了，丧气地嘟哝着说：“皇阿玛说我比不上皇额娘，他说皇额娘是天下最美的美人……”

贵妇们互相望望，有点诧异。因为她们都知道董鄂妃待罪宫中，还为此着实高兴了一阵子。冰月也因此才被接回安王府“探亲”。简王的两个格格还不会说话、走路，未被恩准接回。抱着冰月的侧福晋弯腰望着冰月天真的脸儿，用逗弄的口吻掩饰着好奇：“真的吗？”

小冰月不高兴了：“谁骗你！那天先是皇额娘抱着我对皇阿玛说话，皇额娘笑了，皇阿玛就一下子把我和皇额娘一块儿搂在他怀里，坐在他腿上，嗯，他把我们搂得很紧很紧的，我都快喘不过气儿啦！就是那会儿他说的。”

福晋们涨红了脸，想笑，不好意思笑；想说，又不敢说。因为小冰月口里的皇阿玛，就是当今皇上啊！安王福晋觉得这实在不成体统，连忙制止：“冰月，你乱说什么！”

小冰月可爱的小脑袋一歪，不服气地说：“我没乱说！皇阿玛还讲，我要是不用功念书，将来连皇额娘的一个手指头尖都比不上！”

安王福晋又气又好笑，说：“罢，罢，我的小祖宗，别在这儿嚼舌头了！阿丑，领她到园子里找格格们玩去！”

小冰月仿佛巴不得这一声，立刻伸出双手，扑到那个不声不响的阿丑怀里，娇爱地把小脸倚在阿丑肩头，一脸心满意足的样儿，笑嘻嘻地去了。

亭子里少了个孩子，冷清片刻。

“姐姐，这阿丑跟小公主就是有点缘分哩！”说话的侧福晋是原来阿丑的主人，话音里不无买好的意思。

安王福晋忙说：“正是哩，还要多谢府上慷慨相赠。冰月就是要她，怪得很。这回进宫去接冰月回府，换了好几个人，冰月都不肯回来，又哭又闹的。阿丑去了，冰月才笑了，乖乖地回来了。”她没有好意思说出口，连她亲自进宫去接，女儿也不要她。

“那样的话，可不能让阿丑送冰月回宫。”

另一位侧福晋莫测高深地露齿一笑：“送冰月回宫？怕不是一两个月内的事吧？”

第三位侧福晋较比谨慎，连忙扯开话题：“姐姐，我看阿丑该换换名字，她越来越不丑了。还是不说话吗？”

安王福晋很高兴话题的改变，笑道：“还那样，人家总当她是个哑巴。可是跟冰月在一块，有人听见她小声嘟哝呢！”

真的，在花园深处，在青桐那浓密的树荫下，几个鼓形青花瓷墩围着一张精巧的石桌。阿丑——梦姑抱着小冰月，像安王福晋说的那样，正在小声嘟哝。

梦姑成为奴婢已经一年半了。她冰雪般冷，死水般静，常常使她那些粗鲁的主人也感到惊奇。但是去年五月，梦姑初见小冰月，古井死水竟卷起波澜，天然的母性使她浑身燃烧了一般，她发狂似的疼爱这个玉琢金裹的王府小格格。只过了半个月，孩子进了宫，这像割去了她的心肝，她大病了一场。病好之后，她依然又成了冰雪人儿。

这次接回冰月，冰月还是那么依恋她、爱她，她也从孩子的依恋中感受到极大的快乐。只是她比上次清醒，知道这快乐转瞬即逝，只会留下更深更长的苦痛，不如自己心里放淡些，不要再那么神魂颠倒，寝食俱废了。

还有一个原因，分散了她对冰月的注意和感情。

那天，她抱了冰月从承乾宫出来，在二门口和三个宫女打了个照面。一眼就能看明白，中间一个是被两边的人看管监视的。被监视的宫女很年轻，面貌和行动显得一团天真，她抬起悲伤的眼睛，对站在门边让路的梦姑视而不见地扫了一眼，梦姑顿觉心口“扑通”一跳，差点儿喊出声来。老天，这不是容姑小妹吗？她怎么会到这里来了？这时，搂着她脖子，倚在她肩头的小冰月欢快地叫了一声：“容妞儿！”

中间那个宫女回头看看，对冰月心不在焉地勉强一笑，走了。梦姑的心怦怦乱跳，真想追上去看个究竟。但她不敢。这是禁地。一点差错就会丢掉脑袋。认错了怎么办？她被看管着，定是犯了事，能跟她说话吗？退一万步说，她果真是容姑小妹，那肯定是假冒进宫，她不敢，也不该去认她。透露出她们家的底细，等于给容姑带来杀身大祸。想到这些，梦姑的腿都哆嗦了，她把孩子抱得更紧，把脸紧紧贴在孩子娇柔的身体上，努力使自己平息下来。

可怜的梦姑，抱着自己的亲骨肉，却一心以为是主子家尊贵的格格；迎面遇上多年共患难的亲妹妹，却多看一眼也不敢……

然而，这次无意的碰面，却消溶了她那颗冻住的心的一个小角落，毕竟唤起了她对亲人的挂念，对手足之情的留恋，对少年时的美好回忆，一缕温暖的活气，在她胸膛中慢慢地，连她自己也不能觉察地升起来了……

此时，她大约是第十遍地向冰月咕哝了："格格，那个容妞儿到底是谁呢？什么时候进宫的？"

"嬷嬷，"冰月舒舒服服地坐在她怀里，还伸着一只小手轻轻捻着嬷嬷柔软的耳垂，"我都跟你说了好多好多回了，她是我皇额娘的近身丫头，进宫一年了。她喜欢我，我也喜欢她。那几天她给关在屋子里了，我要了她好多回，皇额娘都不理我……嬷嬷，别说她啦，给我讲故事吧！"

梦姑知道再也问不出什么了，便亲了亲小格格喷香的脸蛋，定定心，开始讲故事："很久很久以前，有个放牛娃，爹娘都死啦，大家叫他牛郎……"柔和恬静的声音，像潺潺溪水，叙述着在千百万人民间流传了千百年的古老传说……

故事讲完了，冰月哪肯罢休，要嬷嬷再讲。小手触到梦姑的脸，冰月惊讶了："嬷嬷，你哭啦？不要紧，我回宫去就叫皇阿玛发兵，到银河架一座很大很大的桥，让他们天天见面，好不好？"

梦姑也没料到自己会落泪。见到容姑，打开了她一扇心扉，旧日的感情复萌了，许多极其遥远的往事又涌上心头。牛郎织女总还有一年一会，而她那青梅竹马的情谊却被埋葬掉，永远也见不着他了！

“冰月！冰月！”简王格格和安王格格手拉手地跑来了。梦姑连忙闭嘴、擦泪、起立。两个小姑娘上来就抢着抱冰月，可是冰月觉着嬷嬷的怀抱最舒适，哪里肯让她们窝窝囊囊地抱自己？她把头藏进嬷嬷怀里，尖声叫着抗议。

简王格格眼珠一转，神秘地说：“冰月，跟我去瞧戏，咚不隆咚锵！好不好？”

冰月开心了：“瞧戏呀？我去！我要去！”她回手勾住梦姑的脖子，“嬷嬷也去。”

简王格格瞥了梦姑一眼：“去就去吧，回头不许说出去！我们要是挨骂了，阿丑就该挨鞭子！”

安王格格很高兴有了新奇事可做，连忙说：“她不敢说的。她又不会说话！”

两个小姑娘在前面一蹦一跳，梦姑抱着冰月随后，走向花园深处。转过葱绿的小山坡，悠扬的横笛声从绿荫一隅远远飞来。她们走得更快了。

“哎呀，额娘！”简王格格小声惊叫，往旁边一闪身，把另外三人一起拽到路边太湖石后，那里有一架蔷薇，正是枝密叶茂的时候。简王格格示意大家别作声，一个个小心地藏在蔷薇架外，惴惴不安：也许简王福晋看到她们了？

没有。她什么也没注意。她竟然连个丫头都没带，一个人慢慢往这边走。她走近了，简王格格吃惊地张了张嘴，几乎不相信这就是她天天见面的嫡母，脸色这么难看，神情这么惊慌不安，不住地眨眼，喘长气，看上去比平日老了十多岁，大约是腿脚发软，她扶住路边的太湖石，走不动了。

安王格格忍不住，想走出去扶她，被简王格格一伸手拦住了，嫡母就是嫡母，不是亲妈。

简王福晋站了片刻，竟往蔷薇架走过来了。吓得架外几个人大气也不敢出，小冰月觉得很有趣，跟姐姐和嬷嬷一样不出声，只透过密密的蔷薇叶小心地观察那位失色的贵妇人。

福晋是冲着架下石凳来的。她颓然坐下，像散了骨头架子似的呻吟着，不住叹气："天哪！天哪！"凄楚的声调吓得两个小姑娘面面相觑。福晋又双手合掌胸前，低头闭眼，默默祈祷，嘴里不住地念叨："佛祖保佑，佛祖保佑……保佑成功，万事如意，免受杀身大祸！"她定了定神，摇摇头，向四面张望一番，重新收拾起散掉的架子，挺直了腰板，摆出亲王福晋应有的端庄和尊贵的仪态，走了。

小姑娘的诧异只是一会儿工夫，一转身就把这些都忘了，王府戏班的锣鼓笙笛有更大的吸引力。简王格格可以卖弄的东西多着呢，她神采飞扬地向女伴介绍："我们府的班子演武戏是头份儿，《西游记》哪家也演不过我们！演孙猴子的那小内监一口气能翻七七四十九个跟头。就是文戏不济。后来我阿玛说了，武戏、文戏都得拔尖儿！管家没法子，才打外面请了个唱小旦、小生的教习。那人呀，哎唷唷，真漂亮，就跟年画儿上的人儿一个样儿！"

"真的？"安王格格也兴冲冲的。这个岁数的女孩子，通常是拿演戏的人和他们所演的角色合在一起崇拜的。

她们终于走进花园西墙边的小院，在离戏台相当远的廊下站住了。多遗憾，台上演习刚完，小内监们正在脱戏衣，伴奏的人也在收拾锣鼓家什。两位格格忍不住，走近舞台，指指点点。她们的注意力，立刻集中在唯一不是内监的那位请来的教习身上。在一色太监中，他真如鹤立鸡群，一眼就能分辨出来。俊朗飘逸，风流潇洒，是男人心目中的崔莺莺、杜丽娘、王美娘、卓文君，又是女人梦里的张君瑞、柳梦梅、秦钟、司马相如……

台上的人们立刻发现了两位花枝招展的小主子，管班大太监忙不迭地跑过来请安，谄媚地笑着，认真地报告排练情况，其他人也都垂手躬腰，满脸赔笑。那位教习扬了扬眉梢，向身边的小徒弟悄声问道："那是谁？"

"府上的三格格和安王府的三格格，神仙也似的！"

"不。我问的是远处廊下领孩子的那个女人。"

梦姑刚把冰月放在地上，给她细心整理弄皱了的小绸衫，还没来得及向戏台看一眼呢。

"哦，她呀，她叫阿丑，原来是侧福晋屋里的丫头，送给安王福晋了，是安王小格格的嬷嬷。丑八怪，像只猴子！”

教习笑着摇摇头，仿佛在嘲讽自己心里的什么怪念头，掸掸长衫，扭身转往台后。这时，梦姑抬头看了一眼，天哪！她一手捂住嘴，刹那间脸上的血色消失得一干二净，像一个单薄的、纸糊的人，在风中瑟瑟发抖，黑得像无底深渊的眼睛，射出两道疯狂的光芒，投向那教习的背影。当他的身影从戏台上消失的那一瞬，梦姑浑身绷得紧紧的弦一下子断了，如同挨了重重一击，她瘫坐在廊下栏杆上，一动也不能动了。这是他！这是他呀！

“同春哥！——”梦姑呜咽着，轻轻地动了动嘴唇，泪如雨下。谁能计算出梦姑苦难的心里积存了多少泪水？如果她能任情一哭，那么，何止如泉如流，何止三天三夜！……

“嬷嬷，你怎么啦？”小鸟儿般清脆宛转的声音，唤回了她。不，她连任情一哭的权利也没有。她能去找同春，哪怕去打听一声吗？不能。她是王府奴婢，她还是另一重意义上的奴婢——她没有脸面去见被她背弃了的同春哥……

当晚，安亲王回寝殿时，安亲王福晋已经作客回来，正逗着小冰月玩，三格格也在一旁陪着。冰月一见阿玛便扑了过去。岳乐抚摸着冰月柔滑拳曲的头发，拿出一副黄澄澄的金项圈，给她戴好，随后叫人把她领走。阿丑低头进来，把欢天喜地的冰月抱了出去。

“嗯，冰月明天回宫。”岳乐脸上毫无表情。

“啊？这么快？”

“回府十二天，已经是皇上的特恩了。”

“唉！”福晋立刻就显得那么愁眉不展了，“不能再留几天？”

“再多十天还是要走。何必呢。”

“那还不如不回来！……这么说，皇贵妃她……”

“皇贵妃自请处分，皇上一概都免了。这就好啦！”岳乐轻松地吁了口气。偏偏金陵被围的时候，皇贵妃待罪，闹得这么一塌糊涂，实在有损皇上威严。“作客作得不好吗？”

“也就罢了。”福晋口气很淡。

岳乐当然听出了她的不满，道：“两家过去交往太疏，难免有不周之处，不足为怪。”

“我……”福晋看看丈夫，脸红了，不大情愿地说，“我虽年轻些，又是续弦，可好歹总是亲王福晋，他们府里，老是三位侧福晋陪着我。”

“福晋没有陪你？”

“初时倒也出面相陪，倒也客气。后来不知简王召她去做什么，一个时辰不露面，再入席的时候，就那么一副心不在焉的样子，笑得都勉强，就像巴不得我早点走开才好，哼！”

“不要多心嘛，也许人家府里出了什么事。”岳乐笑了笑。

“可不吗！鬼鬼祟祟的，净哄人！我看她心神不定，就照直问了句：是不是另有客人？有事就请便。她倒慌了，说知道我爱静，今天只请我过府，没有其他亲友。可是我们出府那会儿，明明看到常阿岱和齐克新的亲随在门口等候，还迎面遇上尼思哈的车仗呢！”

“哦？”岳乐心里一动，眉毛也随着一扬。常阿岱就不用说了。敬谨亲王尼思哈也是反对撤议政的骁将。端重亲王齐克新虽是自己的亲侄，并不和自己同心，倒是简王府的常客。而且亲戚往来，何必讳言呢？他自言自语地说：“他府中会有什么事呢……”

三格格插嘴道：“准有事！准有事！要不大福晋干吗喊天叫地呢？”她说起花园见到的情况，只是记不清大福晋到底怎么说的。

岳乐心里有点紧张，略一思索，问：“还有谁听到了？”

“嗯，简王三格格……对了，阿丑抱着冰月也在。”

“叫阿丑来！”

阿丑跪在王爷和福晋面前，纤小文弱，倒不像一般奴仆在王爷脚下那么胆战心惊。她仍是那样冷冷的淡淡的。今天的奇遇，叫她伤心透了，她也想透了。此时，她正是任凭生死，一无所求，因而格外漠然。

福晋拿刚才的事情问她。她略一思索，淡然道：“大福晋说：‘佛祖保佑，保佑成功，万事如意，免受杀身大祸！’”

“对啦，对啦！她就是这么说的！”三格格拍手证实。

“去吧！”岳乐看了阿丑一眼。阿丑起身退下。

这是什么意思？济度要做什么？岳乐紧皱眉头，感到一股寒意向他袭来。“免受杀身大祸”？身为亲王，一人之下、万人之上，怕什么杀身大祸？除非谋逆，像多尔衮那样……难道济度他，会有谋逆之心?！……岳乐惊出了一头冷汗。

“王爷，我想起来了，佟夫人也到他们府里去了！”

“哪个佟夫人？”岳乐一时蒙了。

“咳，康妃的生母，简亲王的表姐嘛。她们也瞒着，是下人嘴里漏出来的。好像大福晋离席，就是去接她的。”

岳乐几乎一夜未眠，他竭力想弄清内幕。仅只这些蛛丝马迹，他已经感到一个危险的阴谋正在策划中。但是，光凭猜测无济于事。他焦灼地翻来覆去，仍然想不出个头绪。最后他决定明天去请教范文程和汤若望，这样才定了心。蒙蒙眬眬即将入睡之际，不知怎么，脑中竟闪过阿丑跪在那里的身姿：淡淡的、冷冷的，站起来时平稳从容，黑眉下是垂着的长长的眼睛，由密密的黑睫毛画出两道明显的小圆弧。她并不丑嘛，为什么起个阿丑的名字？真见鬼！

四

金风玉露，又是秋天时节。刚入八月，就飞来了江南的捷报：金陵围解，郑成功大败，率残部逃出长江口；皖南的张煌言也因此兵败遁走，三十余府州县次第收复。于是朝野欢腾，从大内到王府，从部院衙门到各官私宅，处处悬灯结彩，贺宴喜席摆个不了，感天恩、谢皇恩、酬祖恩，热闹了好几天。喜气也传染了京师平民，街市上一派过节景象，许多地方燃放炮仗，人人见面拱手道喜，彼此说一声“恭喜恭喜，天下太平”！二十多年兵荒马乱、人命如草的局面终于结束了，原先大明的所有版图都已归了大清，人们终于盼来了安定。

各种神神怪怪的无稽之谈，又在人们中间传开了：什么关老爷显灵，阵上助了大清；什么郑成功营内出了怪物，不战自乱，只得仓皇逃走，等等。仿佛郑成功之败确属天意，不然，十数万大军围困只有三千守军的孤城，怎么会落个大败呢？大家都知道，安南将军达素的援军还没有赶到呢!

实际情况是，围困金陵后，郑成功骄兵轻敌，满足于附近州郡的望风归附，认为金陵孤城指日可下，不需费力。困守金陵的江南总督郎廷佐无力抵抗，以谈判投降条件为借口，实行缓兵之计。郑成功竟然上了当，一心等待受降。他手下将士也就屯兵坚城之下，日夜遨游江上，张乐歌舞，捕鱼饮酒。清将苏松总兵梁化凤登高瞭敌，竟然见到围城大军军仪不整、毫无戒备，许多军士在后湖游水嬉戏。他当机立断，即刻率兵突然出城袭击，破营垒拔大纛毁营寨，炮火连发，矢石雨下。郑军毫无防备，仓皇应战，主要将领甘辉阵亡，于是全军大乱，纷纷溃退，终于立脚不住，迅速退出长江，返回厦门，从此元气大伤。北路败退，南路的张煌言孤立无援，很快也就跟着败亡了。

好像老天爷特别爱顾大清，给它特殊的气运，救无可救的危局，也会突然发生令人不能相信的变化，变得有利和顺畅。实际上，所谓的气运，包含着合理事物获胜的必然性。金陵事变的始末，撇开当事人的智能、意志、决策的正误等表面因素，从根本上讲，反映了人心的一项重大变化：经过二十多年痛苦的战乱，经过清朝入关十六年策略比较明智的统治，人们盼望天下太平、安居乐业的强烈愿望，已经超过了抗清的民族意识。

收复云贵，驱逐郑成功，完成天下一统大业，这在许多读书人心里引起了强烈反响。他们总结成四个字：天命所归。熊赐履就是其中之一，他决定要出仕，要有所作为了。

几天前，熊赐履就向管家说了辞馆的意思。管家不敢做主，主人近日又很忙，只得请他勉留几日，待主人抽空来馆再作商议。由于近两年主家的优厚待遇，熊赐履不能说走就走，只好耐心等待。

下午，两个学生来了。行礼归座后，那眉清目秀的弟弟阿金立刻问道：“先生，你要走吗?”

熊赐履道：“谁告诉你的?”

“管家昨天说的。先生别走，让阿玛再给先生加钱。”哥哥阿玉比弟弟阿金大不到一岁，两人长得很相像，都是高鼻梁、细长眼、黑眉毛。但憨厚的哥哥，远不如弟弟灵秀，说出的话也实实在在。

“真的，先生别走。我们小五弟也长大了，不久也要来读书的。”阿金说得很认真，黑晶晶的眼睛又明又亮。

熊赐履心中感慨，在小孩子面前无所遮拦地说：“想我熊赐履，说不上满腹经纶，也称得起博古通今，纵然不能安邦定国，总该治理民间，列班朝廊。岂能舌耕一世，就此沉沦？总要一登仕途，博它个封妻荫子。”

哥哥不在意地说：“这有什么难。告诉阿玛，给先生官做，不就好了吗？”阿金忙向哥哥使眼色扮鬼脸，哥哥吐吐舌头，缩缩脖子。可惜两人的怪相熊赐履都没看到，他正自摇头而笑：“孺子之言，何其狂妄！朝廷是你家开的店铺？官位也像货物一般可以送人的吗？”

“先生，”阿玉连忙报告说，“昨天你出去那半个时辰，有位先生来找你。管家没有让他进书房，说你不在，他就走了。”

“哦？来人叫什么名字？”

“嗯……不记得了。”两个学生知错地低了头。

熊赐履有些生气。他到此就馆，千好万好，只有一件不好，就是不自由。初时根本不许他出门，他以辞馆相要挟才准他一月一天假，可以外出，但不许透露此间消息；可以访友，但不许朋友来访，弄得他聚友倾谈的兴致失了一大半，自己也不愿出门了。十天前一次外出，正值江南捷报传来、京师欢腾之际。他见到了许多老朋友，听说皇上要为天下统一特开恩科，朋友们都雄心勃勃地打算蟾宫折桂，也劝他一同赴考，做太平盛世的贤臣。他着实动了心。由于决定要辞馆，也就不顾主家的禁令，把住处告诉了几位朋友。那么，来访的是谁呢？是不是他们已经为他报名应试，特地来通知他呢？

“岂有此理！连来人姓名都记不住！”

先生向来难得说句重话，小哥儿俩自觉有过，难为情地低头听训。阿金抬头，乖巧地说：“请先生不要生气，那位先生进院，我们从窗口偷偷看到了的。我还记得他的样子。”他拿出一张淡黄色宣纸，伸出小手提笔濡墨，一面在纸上轻轻地描，一面嘴里不住地讲：“他没戴帽子，头发黑黑的，额头宽宽的……眉毛也黑，是这样的……眼睛又圆又长，鼻子是这样的……没有留胡须，嘴巴宽宽的，嘴角这儿有一颗痣……穿着长衫，腰里系了丝绦……”一个人物像出现在纸上。虽然线条并不均匀流畅，人体的大小比例也不尽妥当，但五官的位置、特点，尤其嘴角那颗痣，竟使此人状貌栩栩然。熊赐履一看，笑了起来，说：“这不是昆山徐元文吗？”

哥哥拍手道：“对了！对了！他是说他叫徐元文的。”

熊赐履喜爱地望着年幼的学生。这个六岁的孩子阿金很是聪明可爱，天赋极高，记忆力很强，熊赐履还没见过比他更出色的学生。他很爱看书，几乎能过目成诵，并且记得很牢。主人要求熊赐履因材施教，这样，兄弟俩的进度就大不相同。哥哥还在念《论语》，弟弟不仅读完了四书，五经也只剩下《周易》这部变化多端、难学难讲的一经了。阿金的奇慧，曾使熊赐履起过这样的念头：我本人也许以“饱学秀才”终此身，但将以这个神童之师而扬名天下。阿金前途不可限量。只要有大海，金龙就能遨翔飞腾；只要时势来到，这孩子会做出一番大事业的！就连夺去许多小儿生命的可怕的天花，也不能奈何他，只给他脸上、手心上留下了十几颗白麻子。

麻子集中在鼻梁两侧，眉心处有三颗重叠在一起的麻子疤痕，像一朵三瓣花，由于位置适中，反给这张清秀的小脸平添了三分俏皮。

“好了，我回头再去找徐元文吧！”熊赐履一拂袖，表示要了却这段公案，“你们各自把昨天讲的书背一遍、讲一遍。”

阿金流利地背了一段《易经》，清晰地讲罢后，熊赐履要他看下一篇，等考完哥哥再给他讲解。阿金坐下，翻弄一会书页，便埋头读去，不出一声。这边阿玉背书颇费功夫。《子路、曾皙、冉有、公西华侍坐》一节，只有“子路率而对曰”那段话能够一字不差地背下来，讲得也差不多，其余都背得结结巴巴，自然也讲不明白。

按照设馆时的约定，不许先生责打责骂学生，熊赐履只得重新给这个学生讲了一遍。讲解时，他不时用双目余光注意着另一桌上的阿金。阿金一动也不动，一直在专心看书，但翻页未免太快，两只胳膊又何必都支在书桌上呢？

讲完孔子四位弟子的个人志愿，熊赐履不由得责备了学生两句：“你们兄弟一同开蒙，都从千字文读起，你怎么就不如你弟弟？还是不用功啊！你看阿金，学得又快，记得又牢，就连临帖也比你用心，看着蛮像样子。好好用功，得像个哥哥才行！”

阿玉嘟着嘴巴，坐下了。

熊赐履喝了几口浓茶，转身说：“阿金听讲书。阿金！”

阿金吓了一跳，“啪”的一声合上书，黑黑的眼睛望着老师，神色有些惊慌。熊赐履不动声色，问：“下一段看完了？”

“是。看完了。”

“能看懂吗？”

“能看懂。”

“哦？你讲一讲看。”

阿金立刻把先生指定的那一段背了一遍，并流畅地讲解了大意。熊赐履惊异地皱皱眉头：“你怎么自己会讲解了？”

阿金笑嘻嘻地说：“先生，我昨天晚上看了《十三经注疏》，书里讲得真清楚，叫我茅……茅塞顿开！”他得意地用了这句成语，晃了晃脑袋。

“哪里来的书呢？”熊赐履不相信这样的豪富之家竟会有《十三经注疏》。

“他偷的！”阿玉在那边揭发说，“嬷嬷说他没日没夜地看书伤神，把书收了起来，他又给偷出来了！”

阿金赶快瞪了哥哥一眼。

“那么，你刚才是在看《易经》后面的内容了？”熊赐履说着，走近阿金的桌子，伸手去拿那本厚厚的《易经》。阿金慌了，连声喊：“先生，不是，不是……”熊赐履看了他一眼，书已经拿在手中了，略略一翻，原来是两本。盖在上面的一本确是《易经》，藏在下面的一本，竟是司马光的《资治通鉴》！那么，刚才使他入神的，当然不是《易经》了。

熊赐履拿起《资治通鉴》问：“你看得懂？”

阿金赶忙点头，回答：“是。”

熊赐履一看封面：二百零五卷，又问：“从头看的？看了多久了？”

见先生没有发怒，阿金照实回答：“是夏天吃冰核儿时候开始从头看起的。”说着，他不好意思地伸手摸了摸后脑勺。那边的阿玉早就在盯着，这时就抢先来了句嘲笑话儿：

“猴悲摸索头。”

比较起来，阿金没有阿玉壮实，是个精瘦机灵的孩子。但凡两人斗嘴生气，阿玉总是骂阿金是猴精。阿金瞟了哥哥一眼，立刻昂着头站起来，向旁边跨了两步，说：

“虎怒纵横步！”

熊赐履忍住笑，指着窗外的假山说：“怪石巉岩虎豹形。”

阿金抬头看一眼檐上的郁郁青松：“乔松夭矫龙蛇势。”

熊赐履立刻又出一句：“蕈生钉钉地。”

阿金不假思索，应声而答：“笋出钻钻天。”

熊赐履大喜，说：“好，好！我熊赐履竟然教着了一位神童，定要与你叔父说明，不可辜负天地生你一片心意！不过，《通鉴》不妨晚看几日，先读一读王荆公的《伤仲永》吧！”他拿出为师的尊严，认真嘱咐着。

他实在很高兴。当晚主人来到的时候，他竟把辞馆的事放在后面，先向罗公把阿金的奇慧着实夸奖了一番，并要求主人为阿金更请名师，断言“此子前途不可限量也”。

罗公不住微笑点头，并不插话，等到熊赐履称赞完了，他才笑道：“更请名师，焉能高过先生？先生所言不差，阿金确非凡品，但玉不琢不成器，无名师难出高徒。先生何必要辞馆呢？”

“实不相瞒，我辞馆是为了赴科举。”

罗公略感惊讶：“我记得先生向来并不热衷啊！”

“不错。但目下情势已大不相同。云贵收复，郑成功败亡，天下一统，足见大清天命所归。丁酉顺天、江南两案，朝廷执法如山，求贤之意颇诚。我辈读书人，自当顺应天意。”

主人的眼睛里倏忽闪出两道喜悦的光亮，欢快之情抑止不住，喷泉般溢了出来。他哈哈大笑，笑得熊赐履摸不着头脑，以为自己一席话，不值得主人那般欢喜。

主人把熊赐履的请求搁在一边，先问了个全不相干的问题：“先生大才，罗某早就敬仰，正想向先生请教。先生以为，大清朝廷制胜之道究竟何在？”

熊赐履想了想，说：“征云贵，复金陵，沙场血战，其间一刀一枪、一阵一战，赐履不知其详。然而人心向背实在最关紧要。大乱之后，人心思定。朝廷顺应人心，免去前明苛政，革除国初圈地、逃人法等弊端，又能严惩贪官，与民休息，以此人心信服，自然四方宁帖，国家安定。国家安定则耕织皆兴，太平兴盛指日可待。赐履以为，这便是朝廷的取胜之道。”

主人喜笑颜开，拱手连连道：“极是极是，承教承教！以先生大才，何患不能腾达！再教吾侄二年如何？”

“乞见谅。天下初定，百废待举，赐履实不能再等了。”

主人凝视着他，露出几分感动的神色，说：“先生志大才高，令人钦佩。那么，只留一年如何？”

熊赐履心里着急，仍旧保持着他一向稳静的姿态：“感谢主人厚意。赐履将应本年恩科，已托朋友代为办理了。”

“托朋友？”罗公显然吃了一惊，“你朋友到此处来过？”

熊赐履多少有些难为情，因为当初主人再三嘱咐，不许外人到宅上来，他说：“因赐履决意辞馆，请朋友代为安排。昨日一个朋友来访，正巧我又不在……”

主人沉吟片刻，显然是这件事让他下了决心，笑道：“舍侄承蒙先生教诲，既然他们已能自学，也就不敢强留了……”

熊赐履很高兴，如释重负，立刻就要拜辞。

“且慢。”主人笑着一摆手，“先生稍待数日，鄙人还备有谢仪，为先生一壮行色呢！”

岳乐从王府后面那所隐蔽严密的小院落走回来时，天色已晚。两名护卫提着灯一前一后地为他照路。他很愉快。熊赐履的话虽然只是几句，却向他透露了一般平民的心绪和愿望。大清必能稳固！皇上所作所为虽然为亲贵不满，却很得民心！岳乐不求显达，尤其不愿意在王公贵族间出风头、争地位，他是那种实打实地关心国家命运的明智派。

岳乐走上一道月门的石阶，浓郁的花香迎面袭来。玉簪和夜来香的甜香中，可以分辨出馥郁的茉莉香。他深深吸了一口气，啊，多宁谧、多美好！一抬头，意外地看到蓝海一般广袤深沉的天空上，半个月亮闪着淡金色的光芒。月光洒在树木、假山、藤架、亭台和水面，如同涂上一层水银，变得神秘而美妙。这来过无数次的花园，他简直认不出来了。他吩咐随从灭灯，自己先进了月门，走得很慢、很轻，在尽力地享受着宁静美好的月夜：桥下溪水泠泠地低吟，水面跳动着碎银似的月光，草丛中蟋蟀"嚁嚁"高唱，淡绿色的流萤好似飞动的小星。踏着树影、花影，岳乐心头飘过一丝淡淡的忧郁，感到一些儿沉醉。

另一种香味冲进鼻子里。这是线香。谁在花园里烧香？在关外，满洲人没有焚香拜祷的风俗，祭月拜兔儿神是八月十五的事，还不到时令。岳乐顺着线香寻找来源。转过湖石、绕过花坛，紫藤架边有几株芭蕉。哦，是她！岳乐一眼就认出，这是福晋要来的那个侍女——阿丑。

阿丑对着月亮拜了三拜，跪下，叩头，把又一束香插在地上撮起的土堆里。她双手合十，虔诚地举在胸前，仰望明月，嘴唇微动，轻轻祝告。柔和的月光慷慨地洒向她，她脸庞如象牙雕就般细腻匀净，眉尖微微蹙起的细眉黑得发亮，那双满含泪水的大眼睛竟那么美、那么逗人爱怜，岳乐一时竟看呆了。

阿丑慢慢闭上了眼，双手无力地放下，身体也随着一阵松弛跪坐下去。她的头渐渐垂向胸前，月光便描出了她极其柔美的颈部线条。两颗又大又沉重的泪滴，在浓密的睫毛下汇聚，像水银珠似的，沿着面颊流下来，流向腮，流向下颏，滴到胸前。一颗滴下去，又一颗流下来，流下来……整个人形如一座玉雕，纹丝不动，只有泪水在流……一个孤独、凄婉的少女，柔弱无力、纯洁无邪、痛苦无告……

许多年以前，岳乐是个强健、顽皮、野蛮的男孩子，最爱马上驰骋、原上射猎，喜欢听野兽中箭时的嘶叫，喜欢看血淋淋的杀生壮景。一次在密林间射鹿，他竟一口气射杀了十六头！他高兴得手舞足蹈，在林间草地上打起莽式①。树根绊倒了他，他跌进深深的草丛，细弱颤抖的呻吟，使他发现乱草窝里一头猫儿大小的幼鹿，也许刚刚出生，还不会走动，缩在草里瑟瑟发抖，不时昂头哀哀悲鸣，想必是在呼唤母亲。小鹿向他转过一双温柔、美丽的大眼睛，眨动着，眨动着，竟流出了泪水。岳乐第一次觉得心里发软，眼里发热，紧紧地把这个小生物搂在怀里。他想起他射杀的鹿中，确有一头临死时还在哀叫的母鹿，肚腹间白色的乳汁流进了鲜红的血液里……他抱回小鹿，精心喂养，小鹿长大后，他又把它放回山林。从此，他心里多了一些东西，也少了一些东西。或许正是小鹿在他身上唤醒的那些本能，使他长大后易于接受“蛮子”的文明？

今天，他不是又看到那双悲哀的小鹿的眼睛了吗？刹那间，他忘记了这是他府中无数女奴中的一个，忘记了自己是一位高贵威重的亲王，他心的最深处那根最细柔的弦被拨动了，召唤他的良知和慈爱。他只觉得对这可怜的女子满腔怜惜，有一种强烈的愿望，像当年怀抱小鹿一样，把她紧紧搂在怀里，保护她，不让狂风暴雨袭击她，不让邪恶玷污她，不让残暴伤害她！

一阵夜风吹过，林木花草的窸窣响动更衬出夜的寂静。几只顺风飞舞的萤火虫冒冒失失地撞在岳乐脸上，他下意识地挥挥手，却把自己的沉思遐想也赶走了。一名护卫轻轻走来，分明要禀告什么，他一摆手，把护卫止住了。他略一思索，轻轻咳嗽一声。

不啻听到一声闷雷，阿丑倏地惊起，向四面张望，扶着芭蕉树干，以袖掩口，似乎在发抖。岳乐从藤架下慢慢走了出来，靠近阿丑，见她像一只受惊的羊羔，心里泛起一片怜悯，语调格外和悦：“这不是阿丑吗？”

阿丑一哆嗦，连忙跪倒，不敢抬头。

“这么晚了，你还待在花园做什么？”

没有回答。

---

① 莽式：满族传统的民间舞蹈。

“你烧香、祷告、流泪，到底为了什么？”

阿丑低垂的头渐渐抬起，还是默不作声。

岳乐弓马出身，战场上勇猛无敌，跟随父亲饶余亲王阿巴泰南征北战，对创立大清江山，很有功劳。父亲崇尚汉家文化，他也成为皇族中最先接纳汉族文人、精通汉语汉文、喜爱诗词歌赋的有名人物。亲贵中，像他这样文武全才的人是不多见的。但是盘问女人，他却没有多大本事。几句直来直去的问话，把阿丑问得一言不发，他就毫无办法了。再看看阿丑，连那点惊慌之色也消失了，又是平素的冰雪冷态，还带着点豁出去的执拗表情。岳乐轻轻叹了口气，挥挥手，说：“去吧！”

阿丑眉梢一抖，蹲身低头谢过的时候，很快地打量了王爷一眼，断定确实没有怒容，她才脚步轻松地离开了。岳乐站着，注视着阿丑的背影。月光下，她的衣裳都被染成银白色，衣襟飘拂如柳，裙裾闪动似波，不是一尊款款而行的玉雕仙女吗？……

角门“嘎吱”一声，她出去了。岳乐收回目光，奇怪自己的柔和心境。他一向以英雄自况，以国家大事为己任，从不在女色上打圈子。今天是怎么了？这个如冰似雪、不言不语的女子，这个无依无靠、痛苦凄切的卑贱奴婢，为什么竟牵动了他的心？……

蟋蟀仍然“嚁嚁”地叫个不了，纺织娘和金铃子又以它们的歌声加入了这秋夜大合唱。护卫们侍立许久，王爷仍然没有回寝殿的意思。他们心里着急，却不敢催促。

沙沙沙，从通府内的园门那边传来一阵急促的脚步声。护卫大喝道：“站住！什么人？”

来人喊着护卫的名字：“塞班，是你吗？我是雅库拉。王爷呢？王爷还没有回来？”他说着，走到近前。

“什么事？”岳乐转身，月光投射在他棱角分明、很有气概的脸上，看上去仍然浮动着几分恍惚。

“禀王爷，康郡王进府拜谒。”

“啊？”岳乐吃了一惊，“现在什么时辰？”

护卫赶紧回答：“戌末亥初。”

刹那间，熊赐履、阿丑、月光、流萤……都被抛到九霄云外去了，刚才那点迷迷茫茫的薄雾似的心绪，也像被一阵大风扫除得干干净净。岳乐的头脑立刻变得如往常一样冷静、锐利，短短的瞬间，无数问题潮水般涌过他的心头：

康郡王杰书虽然年轻，却是持重多思。他的堂兄常阿岱全心全意拥戴简亲王济度，杰书自然也会偏向那一边。去年那个令岳乐十分不安的“六王聚会”，杰书不是也躬逢其盛的吗？

十多天前，简王府的那次秘密会议——岳乐确信，济度一定召集了秘密会议，可能与康妃待罪有关——也曾使岳乐吃惊不小。他派了人去私下打听，回报说是饮酒聚谈，谈些什么，无从知道。怪就怪在简王福晋为什么那样心惊胆战？亲友会宴何必撒谎遮掩？岳乐费尽心机，探究不出会议的真情，也看不出那边的动静。正逢金陵围解、郑成功出江，朝野一片欢庆，皇上趁此喜庆，赦免了从皇贵妃、康妃直至下面宫女、太监的大小罪过，这不就皆大欢喜、天下太平了吗？

看来，事情不那么简单。岳乐相信康郡王此来关系重大，多半与那次秘密聚会有关。一位王爷，深夜出门拜客，决不会为了年成不好、夫妻反目、上司责怪。

岳乐脸上掠过一片阴云，眉间现出深刻的川字纹，果断地吩咐：“请至书斋相见。”护卫转身要走，岳乐又说，“传护卫班守卫，任何人不许进书斋！”

送走母亲，康妃佟氏静静地走回寝宫，静静地坐在她平日最爱坐的红木雕花扶手椅上。宫女进上茶盏，她连眼珠都不曾转一转。她能这样无声无息地坐多久呢？半个时辰，一个时辰，都是常有的事。宫女、太监们早已见怪不怪，放下茶盘、茶点，各自悄悄退下。深重、悠长的孤寂，便又严严实实地把康妃团团围住了。

许是景仁宫的侍女、太监太迟钝了，竟没有发现今日主子的神情大异于往日。只要看看她那双好像已变成两颗玻璃球、丧失了活泼的生命之光的眼睛，就足够了。她真的被震惊得痴呆了，感情和神经一片麻木，脑子像笨重的大石磨，困难地缓缓转动着：

母亲说什么？……为了挽救我，为了挽救大清，废掉他！他倒行逆施，背祖训、违天意，一步步拿天下拱手交给南蛮子，直闹得天怒人怨，再不当机立断，大清的江山就要被他葬送啦！

废掉他，把他贬为庶人，或者厚道点，封他一个安乐公、闲散侯。那么谁当皇帝？当然是你康妃的儿子，你就是皇太后了。那现在的皇太后呢？让她当太皇太后。她会同意的。

皇后呢？董鄂妃姐妹呢？皇帝都废了，他的皇后、皇贵妃、妃嫔等人当然都得废掉，跟他一起赶出宫去……废掉这个无情无义的人，你才能免除杀身之祸啊！哪怕他心里有你一丁点儿，会降旨取你的首级吗？别看眼下赦免了你，那不过是逢场作戏罢了！……孩子，你心里可别犯糊涂！

要你办的事不多，只不过记住他的行动，通个消息。千万千万不能泄露，这可是要株连九族的啊！

康妃佟氏恨福临。

跟福临圆房，成为他的一位妃子时，她还是一个对人事半通不通的小姑娘。最初的委身、最早的欢乐，使她内心里狂热地爱恋她的小丈夫。他是她的神明，她生命的依靠，她愿为他献出一切，死也甘心！他不是也同样钟爱她吗？花前月下，共度了多少甜蜜的时光。她不仅爱他，而且崇拜他，连他留下的脚印都使她倾心，恨不得跪下去亲手抚摸。如果他不得已召幸了别的宫妃，她便会抱着他的随便一件衣物，不这样就不能安眠。如果他出巡几日未归，她便如热锅上的蚂蚁，坐卧不宁，寝食不安。他一回来，总是首先召她去养心殿，两人久别重逢，竟比新婚更觉甜美。

她怀孕了，给她带来更加美妙的憧憬。他废了皇后，会不会为的就是她？她常常这么心迷神醉地猜测。受到宠爱，又有孕在身的她，应该继任皇后，这是百无一失的事情，她坚信着，毫不怀疑。而他，不也曾隐隐暗示过吗？她更爱他了，她的夫君，她的主宰，她腹中胎儿的父亲。他是这样年轻、英俊，天下万民之主啊！

谁料他竟会这样狠心，一次又一次地拿大石头迎头砸她，一次又一次地用冰水浇她那颗火热的心！

选皇后，让她冷了半截；董鄂妃进宫，使她冷透了心。她恨他全不念旧日情分；她恨他没有出息，拜倒在那个南蛮女人的石榴裙下。见到他们朝欢暮乐、心满意足，她感到钻心地痛苦，恨得把被头都咬破了。一个满怀爱恋的天真少妇，热血如潮，却被她倾心热爱的人抛弃，枉担着宫妃的虚名儿，长年累月独守空房，那孤寂不是能把人逼疯吗？她没有疯，满腔的爱都化作了冷酷的恨。要不是森严的宫规宫禁，要不是牢牢扎根于她心中的皇帝高于一切的信条，她不知会干出什么事情来。

她变得沉默寡言，变得冷峻。福临就是偶尔召她往养心殿，也得不着一点愉快和乐趣。他更疏远她了。

她死心了吗？没有。她暗自做着挽回的努力。但是，她失败了，败得很惨。这就是最近的那桩景仁宫事件。

那天福临突然来到，她很意外。她之所以说了那些话，固然是想出出怨气，但更重要的是她心里隐藏着一个希望，希望改变自己在福临心目中的形象，使自己成为一个有眼光、有胆识，敢于直言谏君的贤妃。她经过长时间的思索比较，认为只有这样她才能超过董鄂妃，才能吸引福临，才能恢复福临对她的旧情。可惜她遵循的是满洲的传统道德，可惜她对福临的了解太浅，尤其可惜的是她选择了一个极不妥当的时机，在福临自觉卑怯、无地自容的时候，偏偏揭了他的短，损伤了他极其敏感的自尊心，终于使他暴跳如雷，要取她的首级！

这一大失败，弄得她心灰意懒，简直没有了生趣。皇上的赦免也没有给她带来什么快乐。倒是同她一道获赦的董鄂妃常来看她、安慰她。董鄂妃原是她最恨的人，可是这回皇上发怒，人家拼命来救，只这段恩义，她就不能不感激人家。董鄂妃常常给她讲故事解闷，但凡皇太后、皇上赐给衣物、食品、玩意儿，也从不忘记送她一份。对董鄂妃的怨恨，无形中竟消了许多。如今，被母亲这一番惊人的嘱咐弄得心慌意乱、七上八下的她，思前想后，连董鄂妃常对她说的几句话儿也在耳边响起来了：

“……他一身而兼君、父、夫，你我命里注定和他甘苦荣枯与共，生而同命，死而同坟，还有什么解不开的！”

无声无息，一动不动地坐着的康妃，心里正翻卷着狂风暴雨，头都想痛了，天地间的一切都搅成了一团，使她难以承受，感到一阵阵眩晕。时至正午，殿前强烈的阳光耀得人睁不开眼。四周静悄悄的没有一点声息。她想，还是靠在这儿打个盹，养神吧！

忽然，两名养心殿太监来到跟前，说皇上有急事召见。她吓住了，难道他听到了什么风声？她不敢违抗圣命，只得心怀鬼胎，随他们离开景仁宫。才出内左门，便遇到骑在马上等候着的福临。他沉着脸，怒冲冲地质问："为什么这半天才出来？有什么见不得人的事？"

她慌得心都要从喉咙里跳出来了，不敢答话，更不敢看他。忽听得他哈哈地笑了："哄你玩的！咱们一起去南苑跑马，快来吧！"她这才抬起了头。心又猛地一跳，眼前是他那特别的、女人难以抵御的笑容：甜美、多情，目光如水一样流转、如丝绒一样温柔。多少日子没有看到这迷人的笑了，她心头暖烘烘的，直想掉泪。

绿草如茵，骏马欢实，他俩并辔而驰。福临不住地打量她，笑眯眯的样子使她心醉神摇，她小声嘟哝着："你干吗老看着我？"福临不答话，却把她拦腰抱了过来，紧紧拥在怀中。她感到他呼向自己脖颈、耳畔的热气，又惊又喜，羞怯地说："别这样，看人家笑话！"

福临大笑："谁敢？你是我的妃子呀！"他一挥鞭，马跑得更快了，他也把她抱得更紧了，她几乎喘不过气来，但心里却是那样地得意、欢快！

马，突然惊慌地嘶叫一声，扬蹄人立。好像从地底下冒出来似的，许多人手执刀枪弓箭，从四面八方步步向他俩逼近。啊，那不是表舅、表哥他们吗？但又不大像。他们是谁？他们在吼叫什么？

"昏君！昏君！"

"违天背祖，天怒人怨！废掉他！"

"废掉他！废掉他！"

"嗖"的一支响箭飞来，直穿福临胸膛！他朝后一仰，摔下马去。佟氏大惊，扑到他的身上，箭镞已完全没入他的肌肤。他手捏箭杆，痛苦地叫着："我要死啦！我要死啦！"佟氏心如刀绞，搂住福临号啕大哭，直哭得气噎喉干，凄楚地喊道："你不要死，你不能死！你死了撇下我可怎么办！……”

佟氏全身猛地一挣，醒了。她还坐在那把心爱的红木椅上，心在胸膛里狂跳不已，满脸泪水，遍体冷汗，头发和贴身衫子都湿透了。她侧耳听听，周围还是那么宁静。可是她的心却再也静不下来了。梦里情景历历在目，福临那痛苦的面容仍然使她肝肠寸断。她明白了，她恨福临，是因为她仍然爱恋着他，爱得很深很深……

是啊，他若死了，她怎么办？

同样的问题，他若被废，她怎么办？

她的儿子真能登上帝位？她真能当上皇太后？废掉老子立儿子，有多少可能？

董鄂妃那句话怎么说的？“甘苦荣枯与共”。无论如何，一荣俱荣，一损俱损，她能逃脱吗？

这里有最实际的利害：福临在，纵然是挂名，她是后宫主位，是皇三子的生母，将来可能有太后之分，至少是亲王之母；福临被废或是被杀，她便是废帝遗孀，将和福临的所有后妃一起给撵出宫去，决不会有好下场！……啊！表舅在骗人！母亲一定受了表舅的哄弄！

她，怎么能跟自己作对？

暴风雨平息了，天地渐渐恢复了晴朗。她沉着地洗脸、细心地妆扮，换了一套淡雅的月白色长袍，叫宫辇侍候往慈宁宫。

庄太后异常镇定从容，眼睛里凝聚着睿智和安详，神态中糅合了慈蔼和信任，像方才听康妃密禀一样，仔细地听着岳乐的密报。

刚才康妃禀罢，跪叩着替自己和母亲请罪时，太后心情激动，亲自下位把她扶了起来，并一反常态，把惶恐不安的佟氏搂在自己宽阔的怀抱中，含泪道：“好孩子！叫我这当妈的怎么谢你好呢？亏得你不念旧恶，心里明白！你是大清的功臣！太祖、太宗九泉之下也会感激不尽的！……他从小就脾气坏，那天你偏偏戳到他的痛处，也是一时冒火，事后就后悔了，你再不要放在心上。为今儿个的事，他会感激你一辈子！”当感动得哭成泪人儿似的康妃告辞时，太后嘱咐道：“不要对任何人讲，有动静立刻禀报。”

对岳乐，当然不能同样对待。她细心地听完岳乐的话，皱了皱又黑又细的眉，问："你以为，杰书为什么反戈?"

"杰书原本就和他们同路不同心。如今天下归心，杰书说他不能有违天命，定要忠于皇上。"

太后微微点头，又问："依你看，应该怎么办?"

岳乐立刻提出建议：马上以谋叛罪逮捕简亲王、巽亲王一伙，囚之牢狱，免生后患。

庄太后没有回答，又迈出男子一样的大步，在屋里快速地走来走去，步履带着风声，长袍刷刷地响。岳乐望着她，突然想起了自己的亲叔叔、太宗皇帝皇太极。有一次他为一场大战的兵力布置去见皇帝，他也是这么走过来走过去，晃得岳乐的眼睛都花了。看看这位婶母，步态、表情，连那有时一手托肘、一手抚腮的动作，都跟她丈夫一样！

她一转身，归了座，往椅背上一靠，松开紧锁的眉头，神情庄重，俨然一位成竹在胸的统帅：

"要后发制人！告诉杰书，要继续深入其中，情况一有变化，立即告诉你。我叫苏麻喇姑等人每日与你联系一次。他们是想待机而动，我们便能趁机收网。"

"是!"岳乐回答着，心里暗暗佩服。

"再者，此事出在皇室，简王又功高威重，一旦败露，必是一大丑闻，对皇室、对大清都很难堪，都极不利。因此，要缜密而又缜密，知道的人越少越好，尤其不能让汉臣汉民窥出内情!"

"是!"岳乐简直是惊服了。他心中一直忐忑不安的问题，太后一语就点破了。

"还有，皇上年轻气盛，此事断不许让他知道。但他身边须有可靠大臣特别经意护卫。内大臣索尼、鳌拜都忠诚可信，鳌拜武功也好，不妨将内情告知，要他们日夜警惕。只是千万不能惊动皇上。"

太后遇变不惊，处事明练，思虑周密，全局在胸，真称得上是女中豪杰！看太后平日那般温和、慈祥、迁就，仿佛安享清福的婆婆和奶奶，可是到了关键时刻，她那帝王的眼光、统帅的气质，糅合着母亲的胸怀，就变成转危为安的巨大力量了。慨叹之余，在护卫人选上，岳乐略有异议：“禀太后，近日鳌拜与苏克萨哈结了儿女亲家，两人无话不说。索尼年迈，不如换苏克萨哈领命为好。”

“苏克萨哈这个人嘛……”太后略一沉吟，接着说，“也好，他很机警。不过索尼还得助你一臂之力，共同把事情办好。”

其他具体事务，太后统交岳乐安排。岳乐在出宫路上嗟叹不已：皇上真正有福，承乾宫里一位贤内助，慈宁宫里一位了不起的母亲。

可是这位母亲此时正静悄悄地站在寝殿窗下，望着珍宝几上那一双嵌珠玉如意，暗暗叹息：皇儿皇儿，天下事哪能尽如你意？革旧布新太急太快，树敌哪能不多？欢庆胜利中人们容易抛开旧怨，欢乐过去之后还有更长的岁月啊！皇儿，你该收收缰了！

五

“母后！儿今岁得一佳状元！”

福临兴冲冲的，满脸是开朗的，甚至有些天真的笑容，带了几分得意，向母亲禀告。

太后用她惯常的慈爱目光迎接儿子。触到他兴奋得发光的眼睛，红红的脸膛，她心里忽悠一闪，眼前浮现出另一个福临：在初夏的阳光下晒得脸儿红喷喷，眼睛像两颗小星星，小手高高举着他摔了好几跤才扑到的美丽的蝴蝶，在碧绿的草地上拼命踮起脚跟，想让自己更高一些，也是这么兴高采烈地嚷着：

“额娘，我逮着一个大花蝴蝶！”

那时候，福临才四岁，他们也还没有进关。眨眼间十七年过去，他已是天下最大的中华帝国的年轻君主了，庄太后心里非常感慨；想到十七年的历程，那一次次险风恶浪，心里又说不出地惆怅……她终于微微一笑，温柔地说：

“佳状元？佳在哪里，皇儿这么高兴？”

“哦，母后，儿亲自出题、亲自主试、亲自阅卷，这一科状元进士，的的确确是我的门生。状元不但文才高，书法秀丽，外貌也俊美儒雅……”

“人品如何呢？”太后笑着问一句。

“儿曾面试咏鹤诗，他诗中有句道：鸣高常向月，善舞不迎人。诗以言志，可见人品必高！”

太后点点头。

“他是江苏昆山徐元文，江南才子。一甲三名，二甲一、二名和三甲一名，儿都想见见，已到隆宗门候旨了。那位南士也在其中，母后不是想看一看的吗？”

太后看看皇上，母子俩相视而笑。

传宣太监到隆宗门一唤，三鼎甲和二甲第一、二名，三甲第一名，六位新进士毕恭毕敬、亦步亦趋地随着召引太监鱼贯而行。熊赐履慢慢走着，至今还神思恍惚，如在梦中。

昨天晚上，管家备了车轿送他出宅。天色漆黑，分不清东南西北，也认不得沿途道路。仿佛有人拦阻盘问，管家不知怎么应付的，每次都顺利通过了。在一排带长廊的高屋前，管家请他下车，领他进入其中的一间，嘱咐他在此静候，不要跟任何人说话，明天主人将亲来致谢，临走又留下一包衣物，要他明日穿戴。

屋内还有数人，都已倚墙靠桌地睡着了。屋里整洁清静，不像是不正经的地方，墙边还立着一只书橱。他随手取来一本，是陈寿的《三国志》。于是，他放下心，便在灯下读书消磨秋夜。

天蒙蒙亮，外面有人大声传呼道：“新官人排班！”熊赐履吃了一惊，摸不着头脑，同屋的人却都纷纷起身出门。他正不知所措，有人进屋问他：“先生就是湖广熊赐履吧？……哎呀，你怎么还没有着礼服？快换衣帽！”熊赐履也慌了手脚，那人上来就帮他一起穿衣戴帽着靴，然后领他出屋。外面人影幢幢，已经排成了长长的两行。他被安置在右边一排的第十名。熊赐履回头望一望，隐隐约约有百十来人。近处几个人面容尚且分辨不清，后面的人就更是模糊了，只看出一个个身姿僵挺，动作生硬，显得很紧张，所有的人都一言不发。熊赐履惊疑不定，这是什么地方？这些人是谁？他放眼向远处、高处望去，极力想弄清周围环境。然而随着天色渐明，越来越浓的乳白色晨雾，像一面铺天盖地的帷幔，把一切都遮住了。帷幔后面还藏着什么？祸，还是福？熊赐履用力捏捏手背，痛得直皱眉：事情这么怪诞，竟不是梦！

熊赐履一横心：管他！我一生光明正大，问心无愧，有什么可怕的？听天由命吧！

队伍前进了。只有靴子在石板路上沙沙的摩擦声，而这石板路竟如此宽阔平整！他们在浓雾中走着，仿佛与世界隔绝了。

白茫茫的雾中，忽然传来阵阵钟声，浑厚又沉重，“嗡嗡”的尾音传向远方，震得熊赐履猛然一惊，这钟声，不是跟每次大朝之期午门上的钟声一样吗？

踏着钟声，他们又走了许久，过了深深的城门洞，跨上拱形的白玉桥，天色大亮了。熊赐履无意间往自己身上扫了一眼，惊讶地发现自己穿的竟是簇新的朝服朝靴，前后的人也是一样打扮！忽然，一派乐声悠扬，从前方传来。熊赐履定睛细看，渐渐浅淡的晨雾中，隐隐露出太和殿那宏大雄伟的轮廓。天哪，这是熊赐履熟知的太和殿传胪大典啊！他熊赐履既没有应会考，又没有参加殿试，怎么会走在新进士的行列里？是冒名顶替还是阴差阳错？熊赐履惊出一头冷汗，什么也想不下去了，因为他顶着最可怕的罪名——欺君罔上。

丹陛大乐大作，鸿胪寺官员引新进士就位，然后高唱道：“顺治十六年九月开恩科，策试天下贡士。第一甲赐进士及第，第二甲赐进士出身，第三甲赐同进士出身……”接着，他唱起名来，第一甲第一名，竟是昆山徐元文！熊赐履一喜一惊。喜的是好友夺了鳌头，惊的是他会识破自己这个假冒的进士！不料唱到二甲第二名，就是他“湖广熊赐履”！熊赐履目瞪口呆，昏头昏脑地随召引官出班，跪到御道之左，在状元、探花之后，他是第五名。天！这是怎么回事！

后面繁缛隆重的礼节很多，熊赐履像个木偶似的随人摆布。传胪后颁布上谕时，他又听到自己的大名，原来他被选为庶吉士、授翰林院检讨了。熊赐履百思不得其解，他凭什么得到这特殊的恩典？难道是罗公重金买来的吗？

今日皇上破格在乾清门召见殿试前十名，熊赐履又在被召之列。在太和殿，他们没有资格靠近皇上的宝座，而来到乾清门，与皇上的距离就不过十步之遥了。当熊赐履抬头恭觑圣容时，不想皇上正在看他，目光一对，皇上那明亮的眼睛里透出笑意。熊赐履一怔，圣容何其眼熟？他不敢再看，却在紧张地思索：那眼睛，那黑眉，那棱角分明的嘴，曾经聚成一副怒冲冲的表情……是了，是那位年轻的旗下小章京！两年前，他们在城南小茶亭初见，又相遇在可怜的老汉家门前……是他，一定是他！熊赐履悬着的心放下了。他这个进士想必是皇上恩赐的了。

不过，熊赐履无功受禄，总是于心不安。况且，整个事情的经过，处处都透着古怪。他一面想一面走，差点儿踩着前面那位二甲第一名的脚后跟。

他们被领进慈宁宫，恭恭敬敬地参见了皇太后。熊赐履大约心里有鬼，只觉得皇太后不时地打量自己，那眼光里似乎也含着笑意。这么一来，他更不敢抬头了。

皇太后见到这些年轻有才，又非常知礼的新进士，很是欢喜，说了一些鼓励的话，赏给每人一个荷包、一朵金花、一个如意锞子，状元则得了双份。他们也都受宠若惊地谢了皇太后恩典，出宫去了。

直到出了天安门，走上了东长安街，新科状元徐元文才温文有礼地一把攥住熊赐履的手，说："啊呀，赐履兄，你我竟同登金榜，真是太巧了！会试殿试，我怎么没有看见你？这两天你躲到哪儿去啦？"大魁天下的徐元文，往日那豪放不羁的气概竟一扫而净，穿上官衣还不到一天，已是标准的温良恭俭让了。

熊赐履支支吾吾，不敢照实回答。此刻他才感到浑身难受，原来汗水把从里到外的几层衣裳都湿透了。

慈宁宫里，母子俩还在议论。

"母后，儿的眼光如何？"福临得意地问。

"果然好。不负你两年来屡次复试顺天、江南举人！"

"要不是丁酉顺天、江南乡试狠刹科场邪风旧习，哪能选拔出这样的真才！所以，许多汉臣对科场案议论纷纷，总说处置过严，儿至今不悔！"

太后看了儿子一眼："顺天一案还罢了，大多赦免；江南一案，诛斩似乎多了些。”

事实上，顺天科场案只杀了开初李振邺、张我朴那七个人，其余的因顺治避免酿成大狱而全部减免。但随后揭发出来的江南科场案，十四名主考和考官全都斩首，无一幸免。

顺治立刻答辩似的说道：“太祖皇帝以来，满洲便以婚姻维系蒙古。如今天下一统，用什么来维系汉民呢？儿以为科举最为得力。江南乃人材聚集之地，藏龙伏虎，日后治国安邦的栋梁之材，未必不出于江南。严办江南科场徇私舞弊，杀十数人而获数万秀士之心，值得的！”

庄太后本想说郑成功围金陵，一些州县官望风而降，未必和江南科场案杀人过多无关，但是想到儿子薄而又薄的面皮，金陵被围的旧事是再也不能提起的了。她转了个话题：“恩科试毕，你也该休息休息了。”

确实，为了禁绝科场流弊，自顺天科场案发以来，福临花费了很大气力，不仅亲自审讯、定案，还一次又一次地亲自出题、判卷，复试顺天、江南乡试中举的举人。这回开恩科取士，他又是从头至尾地全部亲自过目，劳累是可以想见的。

顺治笑道：“文事已毕，该捡起弓马了！时当秋高马肥，正好郊原射猎。”

庄太后心里“扑通”一跳，外出射猎，最是容易出事的场合！但她维持着自然的神态：“一定要近日就去吗？”

“早就想舒展舒展筋骨了！”顺治笑道，“二阿哥、三阿哥都去见见世面！还有皇兄弟、皇侄、皇侄孙们，来一次猎场较射，扬一扬我们爱新觉罗的天威！天下一统，原该高高兴兴庆贺一番；近日贡来的好鹰，也该显显本领啦！”

福临越说越兴奋，太后越听越担心。老天，他还要邀皇族同去射猎，这不是把自己送上门去吗？

“皇儿，”太后迟疑地说，“射猎，到底不过是游乐，何必这么大张旗鼓，惹人议论？”

“额娘，”福临笑了，“射猎是顺便小事，儿有大事要办哪！”

"哦，什么事？"

"额娘忘了？不是早就商定，往昌平州祭奠崇祯皇帝陵吗？"

太后无话可说了。她懂得，这是福临应该而且必须做的事情。转而一想，让福临经一经凶险也好。只要事先有防备，她相信自己的眼光和安排。她凝望着儿子，低声用蒙语说了一句民谚："草原上雄鹰的坚强翅膀，是在暴风雨中练成的。"

福临的蒙语不大行，连忙问："额娘，什么鹰？"

庄太后笑了笑，说起了别的事情。

为了表示对崇祯皇帝的哀悼和敬意，射猎项目要放在祭陵以后。在到达巩华城，即沙河行宫的当天下午，皇上在正殿前的开阔场地上，召皇家子弟较射，十五岁以下的皇侄、皇孙和皇子一律参加。

皇上坐在殿前高高的月台上，安亲王和老臣索尼一左一右相陪，内大臣鳌拜和苏克萨哈在御座后侧左右侍立。他们和皇上一样，都是一身戎装，想必在皇族子孙们的较射后，还要练练身手。大学士金之俊、傅以渐、礼部尚书王熙等文官也在一旁陪同，加上周围密集的侍卫，金盔银甲，礼服花翎，在秋日午后的灿烂阳光中鲜明耀眼，把殿前月台装扮得如同一座彩楼。

较射的皇族子孙，年过十岁的每人射五箭，不满十岁的每人射三箭。箭靶放在三十步外，射手按着年龄顺序一对一对地入场比赛，有的挺胸凹腹、神气十足，也有的紧张失措、缩手缩脚。结果很平常，没有一个全发全中，也没有一个一发不中。他们的父兄大多在场，看看皇上没有笑容的面孔，都有些惴惴不安。

射手中年龄最小的，就是两位皇子了。二阿哥刚满六周岁，号称八岁，三阿哥还不到六岁。眼看最后的几个十岁的皇侄孙就要射完了，安亲王恭敬地向皇上说：

"皇上，两位皇子年岁太小，就免射吧！"

索尼从灰白的眉毛下望了岳乐一眼，也说："皇上，王爷言之有理。皇子年幼，筋骨稚嫩，万一受伤，太后不安。"

王公大臣们纷纷附和，不知谁的一句话灌进福临耳中："箭靶这么远，身小力单，万一射不中……”福临勃然变色，腾地站起，眼睛闪着恼怒的光。他到底没有发作，终于缓缓坐下，斩钉截铁地说：“谁也不免！”

二阿哥第一箭脱靶了，月台上死一样寂静，谁也不敢看皇上的脸。福临面色铁青，紧紧抿着双唇，额上一条暴起的青筋在卜卜地抖动。

第二箭，中红心！

第三箭，又中红心！

众人松了一口气，纷纷称赞。王公大臣向皇上躬身道贺：二阿哥小小年纪，身手不凡，将来安邦定国，武功必定横绝一代。赞颂声中，福临微微露出笑容。

三阿哥呢？该他出场了，怎么不见踪影？

这时，安王和索尼又说，皇三子太小，既然一时未到，就不必射了。福临对这个康妃所生的三阿哥，一向不怎么放在心上。他和四阿哥同得天花，四阿哥死了，他却活了下来，是不是他偷换了四阿哥的命？想到自己最疼爱的皇四子，有时福临对这个皇三子还隐隐感到厌恶。今天射箭不射箭倒在其次，临阵乱跑，却很叫人生气。福临的脸又阴沉下来，说：“找他来，一定要射！”

三阿哥并没有跑远。射场边围着看热闹的尚膳监养鹰鹞处的当值人员中，一个少年养鹰人引起了三阿哥的兴趣，因为他肩头站着一只状貌神骏、双睛猛鸷的青鹰。皇三子忘了射箭，竟跑到近处，目不转睛地打量那鹰。

“这是海东青吗？”他好奇地问。

“回小爷，是海东青。”少年见他皇族打扮，又不知他的确切身份，便恭敬地这么称呼一声。

皇三子忍不住想伸手摸摸海东青光亮美丽的羽毛，少年连忙躲闪开来：“小爷当心，它啄生人，可厉害哪！”

“怪不得书上说它玉爪金眸铁作翎呢，它准能拿天鹅！”

“能！拿过好多次了！”少年见自己心爱的鹰受到赏识，也很高兴，不由自主地夸赞着，“它飞得可高啦！在高天打旋儿，能看见草里的蚂蚱；停在树梢上，能看清云里的小雀；扇翅膀一飞，直冲上天，比流星还快，什么鸟都逃不掉！”

“三爷，快走快走，该你射了，皇上要生气啦！”一名侍卫跑了过来，打断两个孩子津津有味的谈话，拉了三阿哥就跑。三阿哥边跑边回头：“喂，养鹰的，你叫什么名字？”

回答声音很小，但顺风入耳，很清楚：“费耀色……”

偌大的射场上，现在只有三阿哥一个人面对箭靶了。他是那样幼小，像刚从土里钻出的小苗，像一朵红顶小蘑菇，像群鹰环伺的小雀子。他不觉得孤零、紧张、害怕吗？不。他全没往那上面想，也毫不懂得自己的处境，只管自自然然、高高兴兴地拿起他的小弓小箭，拉开了架势。嗬，只见他抿着小嘴，眯起眼盯着箭靶，右手一扬，小箭“吱儿”一声飞了出去，不歪不斜，正中红心！

“好！”有人情不自禁地高叫一声。大家全笑了。

第二箭，又中了！

人们的笑声、喝彩声交汇成一阵欢快的喧嚷，射场立刻热闹起来，气氛也变得轻松了。月台上一名侍卫大声喊道：“皇上谕令：再中一箭，赏穿黄马褂！”这喊声很快就淹没在阵阵笑声中了。

皇三子瞄准箭靶再射，第三箭又中红心！

“噢！——”人群欢呼了！年纪最小的三阿哥，成绩最好，连一直板着脸的皇上也不禁笑了。小小的皇三子倒挺绷得住劲，一本正经地收起他的小弓箭，一丝不苟地学着大人们的礼节，并不退回原处，反而一步一步从容地走上月台，跪在皇上面前。

福临故作不解的样子，问：“你要什么？”

三阿哥仍跪在那里，不说话，只笑着向皇上望。

福临哈哈大笑，说：“好了，好了！拿黄马褂来！”

索尼笑道：“皇上，仓促间哪里能有小褂？”

福临笑道：“大的也罢，拿来再说，岂能失信于孺子！”

侍卫拿来了黄马褂，安亲王提着领，比了比，又长又大，直拖到三阿哥脚背。岳乐笑着，干脆拿黄马褂把孩子裹着抱了起来，说：“三阿哥好箭法！将来长大要成就什么勋业？”

三阿哥望着父亲只是笑，没有作声。

福临心头畅快，叫过三阿哥，笑道："你们兄弟俩说说各人的志向，让朕听听看。"

二阿哥想了想，说："我将来要领兵打仗，做一个南征北战的安国靖寇大将军，天下最厉害的王爷！"

岳乐笑道："那么，是一位贤王了。三阿哥，你呢？"

三阿哥用孩子们特有的全心全意崇拜、爱戴的目光，望着父亲，声音朗朗地说：

"儿愿长大后效法皇父，勤政爱民，使天下国泰民安！"

福临心头一震，望着孩子纯真的眼睛，惊喜交集，很是感动，同时又泛出一丝辛酸。周围的王公大臣也被孩子这意想不到的回答惊住了：一个六岁的小皇子啊！

岳乐顿时觉得心里升起一种特别的敬意，再不敢拿皇三子当作六岁的小侄儿抱在怀里了。他恭敬地把三阿哥轻轻放下，然后说："皇上，早就听说三阿哥熟读经史，聪慧无比，果然名不虚传！"

福临笑道："未必。让我来考考他。"他略一思索，提了个古怪的问题："孤独二字为姓氏，又为性情语、意境语，诗中却极少孤独连文，即使用也不佳，是什么缘故？"

三阿哥已将黄马褂穿在身上了，简直像一件肥大的曳地袈裟，他略略伸伸胳膊，尺把长的空袖筒拖了下来。小小的人儿淹没在这件明黄绸的大褂里，看上去又可笑又可爱。他却严肃地对待皇父的考试，很愿意在众人面前显示显示自己的才学。听了父亲的问题，他眨了眨黑晶晶的眼睛，反问道：

"古诗中'孤云独去闲'，不是佳句吗？"

侍从的文士们同声惊叹，福临也感到意外。他呆了片刻，环视四周，看见月台汉白玉栏杆边摆着的一盆盆菊花，又说道："天下名卉多不胜数，何以渊明先生独爱菊花？"

三阿哥想也不想地回答说："秋菊有佳色，淡而能久也！"

福临又笑了："此儿出语可人，真有几分聪慧。傅以渐，你来试试他。"

武英殿大学士傅以渐，因为自己幼时也以神童驰名乡里，所以不像其他人那么惊异。几名太监捧着棋盘、棋盂匆匆送往后殿，正好被他看见，灵机一动，题目有了。他低头望着那大马褂中的小人儿，说：“请赋方、圆、动、静。”

三阿哥不慌不忙地说：“愿闻其略。”

傅以渐道：“方若棋局，圆若棋子，动若棋生，静若棋死。”

三阿哥略略思索，眉毛一扬，昂首挺胸，神气十足地高声说：“方若行义，圆若用智，动若骋材，静若得意。”

一片寂静。人们都被这小人儿惊呆了。一些人听懂了，惊异于他的聪明才智；一些人根本听不懂，也为他飞扬的神采、沉着自信的态度所折服。大学士傅以渐，对那神气活现的小男孩恭恭敬敬地一揖到地，然后回身向福临拜贺：“臣恭喜皇上！这实在是国家祥瑞，主我朝得人之盛。天遣奇童生于皇家，大清江山永固，万世基业必能成就！”

赞颂、祝贺、欢笑随之爆发。福临笑着站起身，一手拉了一位皇子，往后殿走去，不时弯腰去和哥儿俩交谈几句。岳乐、索尼、鳌拜和苏克萨哈或近或远地紧紧跟着。岳乐和索尼还能表现出一些安闲，鳌拜和苏克萨哈紧张之色，已时时透露在表情中了。福临却一点儿也没注意。

第二天，东方才泛曙色，福临就起身了。太监们服侍他换了一套素色衣冠。他吩咐备辇后，坐下来用茶点。这时安亲王岳乐和索尼进来跪叩圣安。他俩神色都很紧张，仿佛带进一股秋夜的肃杀之气。福临奇怪地望了他们一眼，岳乐连忙双手呈上一个黄色绢封。福临接过来打开一看，上面写了一行满文，笔迹非常熟识：

“皇儿务必照安亲王与索尼老臣安排行动。母字九月”

福临立即感到有什么严重事情发生了，惊疑地耸耸眉尖，问：“怎么回事？”

“恭请皇上遵太后懿旨，一切听臣等安排。”岳乐急匆匆地压低声音说，“请皇上退入内间，千万不要出声。”说着，岳乐和索尼连搀带扶地把福临送进东暖阁的暗黑的小内间。隔墙上开有一小孔，岳乐指给福临，请他从那里观看动静。

福临刚把眼睛贴近小窗，就见暖阁珠帘一挑，李国柱领着个人走了进来，他惊讶得差点儿喊出声：那人居然也是一身素服的皇帝装束，和自己十分相像，乍一看，如同窥见了自己的镜中影子！

那位“皇上”坐在刚才福临坐的地方，又饮茶又吃点心。拿点心的手明明在微微发抖，茶盏里的水晃晃荡荡，他却绷紧全身，故意作出悠闲自在的样子。

殿外太监进来禀告：“车驾齐备，请万岁爷登辇。”

“皇上”只挥挥手，算是知道了，接着站起了身。侍候的太监鱼贯出殿，“皇上”也已走到东暖阁门口。他回头看了一眼，暖阁中只有李国柱还站在他身边，于是他突然转身，朝着小内间，也就是福临窥视的地方，恭恭敬敬地跪了下去，连叩三个头，站起身，掸掸袍襟，竭力模仿着福临平日一手拿朝珠、一手背后的姿态，同着李国柱出殿去了。

福临认出来了，他是养心殿洒扫院廊的粗使小太监，面貌身材原本和自己有几分相像，这么一装扮，他又竭力模仿，看上去竟如自己的孪生兄弟。为什么要这样？他刚才跪叩的举动是什么意思？福临想问，岳乐和索尼向他连连示意：千万别出声。

一会儿，殿外就响起一片例行喊声：

“万岁爷起驾！——”

“万岁爷起驾！——”

旗帜飘带在风中“扑啦啦”响，仪仗队伍中斧、钺、刀、枪“丁当丁当”互相碰撞，车行辚辚，马嘶萧萧，半个时辰后，大队离开行宫，沿着西北大道，向前明皇陵浩浩荡荡地前进。

行宫内一片寂静，岳乐和索尼护着福临出了小内间。岳乐急急忙忙地禀告：“是有人想借祭祀之机危害皇上。小太监李忠愿代皇上涉险。我们将计就计，来个金蝉脱壳，看他怎样行事！”

福临这才记起那小太监的名字，真不愧叫李忠，这样忠心爱主，平日怎么不多加恩惠呢？……他顾不上嗟叹，又问：“是谁居心如此险恶？”

岳乐和索尼对视一眼，有些不好出口的样子。岳乐说：“现在罪迹未显，难拿真犯。请皇上立刻更衣，我们骑马绕南路赶过去，那里有山有松林，正好隐蔽察看……”

福临心里已明白了大半，说：“简亲王、巽亲王、端重亲王、敬谨亲王，还有康郡王他们，不是都已提前到那里准备祭奠事项了吗?”

岳乐与福临目光一碰，心照不宣。岳乐说：“正是，届时，他们都将到陵门前迎接皇上。”

索尼正气凛然地接着说：“只等罪恶彰著，叫他难逃法网!”

福临一把抓住两位忠臣的手，激动得声音发抖：“王兄、索尼，你们是国家栋梁、大清忠臣啊！处事如此明决果断、缜密精细……”

岳乐忙道：“不敢当此天奖！我们都是供差使走，听从调度，所有大事，都是皇太后细细安排，皇贵妃襄助计划的!”

“啊，额娘!”他心头腾起一个滚热的浪头，差点儿滴下泪来。

小半个时辰后，一队骑兵，三十多人，一色乾清门侍卫装束，出了沙河行宫，直奔向西的大路。他们跑得飞快，扬起的黄土弥漫四野，他们的身影全隐没在浓雾般的尘埃中了。

大队人马，旌旗蔽日，行进在寥廓爽朗的秋光里，前前后后二里多长，保持着均匀的速度，向西北山地移动。最前面是开路的銮仪卫仪仗，旗幡扇伞如同一团彩霞，斧钺枪戟像是闪光的星月。随后是数十名穿着颜色鲜明的黄马褂的侍卫骑队，他们后面，十位内大臣护卫着皇上的御辇——那是八匹骏马拉着的华丽的金顶辂。马踏着细碎的步子，车行得平稳而庄重。一些御前侍卫和太监捧着皇上的用品围在御辇四周，以备不时之需。再后面，是侍卫组成的豹尾枪班、弓箭班，从行的王公大臣、皇子、皇侄们就跟着侍卫的队伍。最后有五百精骑武装护卫。

途中一切正常，御辇边的侍卫、太监，按时给皇上进茶点；太阳升上中天，地面气温升高时，也按规矩给皇上送进香薷散、乌梅汤等清凉饮料。

两个时辰过去，浩浩荡荡的人马已进入崇祯陵墓的大门了。这里三面环山，南面平川，陵内建筑完工没几年，崭新的黄瓦红墙，与天寿山各处明陵相映，放眼远望，很是气派。只是路边新栽的松柏还不茂盛。跟着御辇的内大臣遏必隆和费扬古并马而行，看看陵上光秃秃的土山，再比比远处绿树葱茏的长陵、景陵、永陵、德陵，不免有些感慨。

遏必隆忽然听到有“扑棱棱”鸟儿扑打翅膀的声音，很奇怪，连忙寻找来源：一只雪白的鸽子，正从御辇边一名侍卫手中飞出去，冲上蓝天。遏必隆大怒，催马上前，一把揪住放鸽子的侍卫，低声喝道：“放肆！你……”话未落音，又一只白鸽飞出去了，这一回竟是费扬古身边的一位内大臣放的。平日总是笑嘻嘻的费扬古顿时变了脸，对那内大臣呵斥道：“你疯了吗？惊了驾，不要脑袋啦？”

许多侍卫、内大臣侧脸、回头观看，放鸽子的二人并不在意，那内大臣还对大家说：“我不跟他嚷，我不跟他嚷！就要到头了，自见分晓！”大家全都莫名其妙，但在行进中，又在御驾前，不便多说。眼看仪仗已停，御辇又缓缓前行了一顿饭工夫，便过了碑亭，在稜恩门前停下了。

门前早跪了黑压压一片接驾的王公大臣，他们是提前来此做准备的。随行的王公大臣也早早地下了马，加入接驾的行列。跪在最前面的是简亲王济度。

刚才看见两只白鸽飞天，知道大功告成，济度悬着的心才放了下来。感谢苍天有眼，保佑了他，也就是保佑了大清江山永固，他的疑虑也随之消除。因为方才守陵军校前来禀告：西南门来了一队宫里侍卫，说是奉皇太后差遣，有急事要见皇上。什么急事？难道发现了他济度的图谋？这不可能！他命军校告诉他们皇上未到，不能进陵。现在大功已成，那位溺爱儿子、纵子胡行的皇太后，即使发现了，又有什么办法？又能拿我怎么样？他过于高兴，过于得意，连从行王公大臣中没有安亲王和索尼这样的重要情况也没注意。

济度领着众人匍匐着，大声喊道：“给皇上请安！”声音虽不大整齐，却很洪亮，此起彼伏，山间荡漾着回声。但御辇的帘子毫无动静。王公大臣们惊异地互相交换着眼色。

“给皇上请安!”第二次请安的声音更大，过了许久，仍不见皇上掀动辇帘。简亲王开始显得有些焦心了。他是最尊贵、最有威望的亲王，此刻，大家都望着他。他于是下了很大决心，邀了巽亲王和几位德高望重的议政大臣，诚惶诚恐地躬腰走近御辇，轻轻揭开了辇帘，心里“扑通”一跳，皇上坐在那里！济度眼前一黑，强自镇定，仔细再看，皇上一动不动，垂着头，身体侧向右面，右臂扭在身子后侧，姿态很不自然。巽亲王心惊胆战地伸出手摸摸皇上，试试鼻息，顿时脸色惨白，大叫道：

“皇上驾崩了!”

“轰”的一声，人群中如炸了个闷雷，王公大臣惊呆片刻，顿时一片混乱，爬起身往御辇蜂拥而来，又是喊又是叫，不少人索性放声大哭，搅起了一团团尘土，满天飞扬。几百人都被这突然事变吓昏了!

简亲王在混乱中显得格外清醒，他虎着脸，大声发号施令。要侍卫们围成里外三圈，护住御辇，防止有人冲撞皇上的遗体。跟着，他几个大步跨上稜恩门前石阶，振臂大喝：“站住！不要乱嚷!”

他那沙哑的声音，如闷锣一样震人，一下子就把众人镇住了。大家一见简亲王站出来说话，顿觉有了主心骨，混乱局面很快平息下来，人人都望着济度，盼他赶快拿出主意。

济度首先把护卫御辇的内大臣和侍卫、太监全部召到面前，厉声质问：“早上从行宫出发时候，皇上有病吗?”

回答都说皇上好好的，也许犯困不多说话就是了。

济度的声音更严厉了：“皇上驾崩，定是途中遇害!”

遏必隆陡然从乱纷纷的思绪中解脱出来，指着那放鸽子的侍卫说：“禀王爷，他……”

话未出口，放鸽子的内大臣抢先说道：“禀王爷，遏必隆和费扬古在途中放鸽子!”

遏必隆和费扬古被这意想不到的倒打一耙惊呆了，竟张口结舌地说不上话。济度皱着浓眉，对他俩扫了一眼，故作惊讶地问：“什么放鸽子？怎么回事？”

放鸽子的侍卫口里像吐珠子，话说得飞快：“他俩在快进陵门时放鸽子，定是在递送暗号！他们见我发现，就反咬一口！王爷明鉴！”

遏必隆和费扬古，平日一个是老蔫一个是老好人，这时都一反常态，红头涨脑地暴跳如雷，厉声分辩。“住口！”济度一声断喝，止住他们，然后眼望御辇，冷笑道，“你们四个人里，总有两人使诈，一定与皇上驾崩有关联。来人，把他们四个就地关押候审！”

四个人满脸冤屈、愤慨，被带走了。

济度站在高高的台阶上，像铁铸的雄狮，浓密的海参眉下，亮如电闪的目光依次扫过王公大臣、文武百官，然后严峻而沉重地说：“皇上驾崩，实出意外，是我大清的大不幸。眼下两件大事刻不容缓：一要为皇上发丧，二要立即拥立新君。皇上归天，皇子尚幼，太后年又衰迈，难掌国政，拥立大事必得慎重计议。好在今天朝廷王公重臣都在这里，我想应立即召议政王贝勒大臣会议，确立新君，回京再向太后禀告……”他胸有成竹地侃侃而谈，密切注意着听众的表情。见他们一个个俯首帖耳，一副唯命是从的驯顺样儿，心里很满意，于是又就继位新君的选择发挥了几句，强调“敬天法祖”四个大字。说到后来，他发现听众有些异常，前排几个人怎么像受了惊吓似的张大了嘴，脸都白了呢？为什么凡是抬头看他的大臣，刹那间就呆住了呢？不行，他得赶快收住话头：“……今日的祭奠只好停下，诸位在偏殿等候。议政王大臣……”

“为什么要停下？”一个极其耳熟的声音在济度侧后方很近的地方问，声音不高也不大，却像是平空一声惊雷，济度浑身一哆嗦，心脏紧紧缩作一团，几乎不敢却又不得不回过头来：福临笑吟吟地站在他身边，继续说：“朕是专程来祭祀崇祯皇帝的。”

皇上穿着素罗袍服，头戴素色便冠，束得紧紧的玉带上悬着宝刀。他身后站着安亲王岳乐，内大臣索尼、苏克萨哈和鳌拜。只有从他们的辫发和马靴上的尘土可以看出，他们刚刚经过一段奔驰，衣服却都是新换的，干净平整，色泽鲜明。照例，护卫皇上的内大臣腰下都悬着宝剑。

惊得几乎停止了呼吸的王公大臣们，顿时回过神来，眨眼工夫，全都跪倒阶前，欢呼“万岁!”这声音比平日热诚百倍，好半天没有停息。济度也随众跪倒了。

福临的表情开朗到亲切的程度，继续大声说：“朕不过一时兴起，开个玩笑，找人作替身乘辇，朕领了侍卫郊原驰马，绕路到这里与众卿会合，不料出了这样的怪事。方才听简亲王各项处置，很是得体。日后，朕若猝然逝去，身后有简亲王这般理事妥帖，朕在黄泉，也可安心的了！哈哈哈哈!”他的笑很不是时候，不是味道。但今天的一切如在梦中，人人心中疑虑不安。皇上这么说，是真话还是反话，谁也捉摸不透。

皇上显然已决定结束这场闹剧了：“护卫御辇的侍卫和内大臣中必有奸细，一律收监待审。方才简亲王处置遏必隆四人纷争很有道理，就请简亲王审理。苏克萨哈、鳌拜，你们随简亲王清查此事，回京审讯。去吧!”

苏克萨哈和鳌拜走到简亲王面前跪施一礼，请王爷先行。济度无奈，向皇上一叩头，站起来挺身而去。随辇的侍卫、内大臣已被那些乾清门侍卫缴了刀看守在一旁，此时便一同被押走了。

福临又朝巽亲王看了一眼，常阿岱面无人色，浑身战抖。福临没有理他，继续用亲切的声音说：“诸卿各自退去休息，午时三刻开始祭祀。”

祭祀典礼很隆重，大清顺治皇帝亲自酹酒祭奠大明末代皇帝崇祯，同时遣派十二名学士分别祭祀长陵、定陵等十二陵，下令增加陵户，重加修葺，禁止樵采。

福临当天夜晚回到行宫，走进寝殿，才猛地感到了极度的疲倦和软弱，头昏眼花，耳鸣腿软。他连忙扶住门框，免得摇摇晃晃，一侧身，跌坐在门边的椅子里，浑身像瘫了似的，再挪动一寸也不能了。然而，身体的软弱还在其次，他觉得心里有什么东西在垮掉、在破碎。他颓丧已极，没有任何愿望，只想痛哭一场!

事情的内幕很快就公布了。罪魁祸首，是放鸽子的侍卫和内大臣。他们的同伙是山中盗贼。两人都被斩首，但却没有口供，刑部审问之前，他们竟都成了不能发声的哑巴。

替皇上丧命的太监李忠，受到隆重祭祀，父母得了赏赐和诰封，唯一的兄弟也承恩进了学。遏必隆和费扬古都受到皇上的嘉奖。

事情仿佛就这样过去了。

不久，追论已故的三亲王——巽亲王满达海、端重亲王博洛、敬谨亲王尼堪十年前的罪名，削去巽亲王、端重亲王的王爵，将他们承袭王位的儿子常阿岱、齐克新降为贝勒。但巽亲王是礼亲王代善的一支后代，是世袭罔替的铁帽子王。皇上谕命，亲王王爵由杰书承袭，从此便是康亲王了。

简亲王济度，一月后便告病辞朝，回府休养。又过了些时候，便报病故。有人私下传说他是自杀的，但谁也没有确证。不过济度死后封赠及赐祭等礼节，都不合亲王身份，而且袭爵的诏令迟迟不发，后来竟没了下文。

第八章

一

中天炎日高悬，七月的暑热把地面一块块巨大的方砖晒得滚烫。一丝儿风都没有。乾清门侧的值庐背靠高高的宫墙，闷热是可以想见的。

上月新落成的翰林值庐在乾清门左，一个多月来翰林们分班入值，以备皇上顾问。这真是极大的荣耀！一般文武官员到太和殿前就是极限，王公贵族的值庐也不过在乾清门的另一侧，翰林官竟能与王公贵族分庭抗礼，这真是大清入关以来闻所未闻的奇事。

今天入值的三位翰林，熊赐履是第一次轮班，徐元文、叶方蔼都已当值多次。入伏以来，皇上宣召较少，他们较为清闲。徐元文在八仙桌边濡毫作画，叶方蔼很有兴味地旁观，熊赐履坐在炕上一面看书，一面喝茶。不一会儿徐元文就直起身子，笑说一句："真热！"顺手摘了朝冠放在桌上。这举动自然不合朝礼，但叶方蔼只是一笑，熊赐履根本没有看到，屋内一派闲适的宁静。

门开了，下朝的安亲王岳乐一脚踏了进来。翰林们起身迎接，岳乐一眼看到徐元文手中执笔，连忙说："状元公不要客气，坐下画吧，我正是来向你讨墨债的！"

徐元文也不客气，不但忘了着冠的礼节，还就依了岳乐的话，入座再画，并笑道："学生此画，正是为王爷而作。"

"哦，太巧了。只管运笔，我看看就走。"岳乐笑着走近桌案，背着手欣赏徐元文挥洒。

叶方蔼深恐徐元文因失礼获罪，故意在一旁凑趣地说："山野之士，疏放自然，眼前徐某人者，真所谓‘脱帽露顶王公前’了！”

岳乐一听就明白他的用意，指着画面笑道：“君不见‘挥毫落纸如云烟’吗？”

一问一答，风流儒雅，三人相视大笑。岳乐对拱手侍立的熊赐履扫了一眼，仿佛初见，说：“这位是……”

“翰林院检讨熊赐履。”叶方霭连忙介绍。

“幸会幸会！是哪一科出身？”

岳乐一进值房，熊赐履就觉得眼熟，现在他确信不疑，这就是自己的东家，京师豪富罗公。原来他竟是当朝亲王！身为亲王，何苦用假名请自己设馆？为什么不正大光明地请师？……他正拿不准该如何表示，岳乐断然做出从不相识的姿态，一面问话，一面目光灼灼、似笑非笑地看着他，自有一种威慑的含意。于是他明白了，一年多设馆的历史应当永远忘却，从此一字不提。他还没有回答，叶方霭已经代言：“禀王爷，我们三人同榜，是为同年兄弟。赐履兄是湖广有名的道学人才。”

“好，好！”岳乐抚须微笑，“朝廷求贤若渴，列位前程无量。切不可辜负圣上一片爱才之心啊！”

“是！”三人恭敬地垂手回答，徐元文已把朝冠急急忙忙地戴上了。岳乐看他一眼，笑了：“这是送客的意思吧？我还是走了的好，状元也好免冠作画，早日令我书斋生辉！”

安亲王走后，徐元文又脱了帽子，一面画，一面听叶方霭发感慨：“皇上劝学崇儒，经训史策不离左右，绰有士大夫之风，真不愧一代贤君！”

“唉！”徐元文叹口气说，“天子英明，安王贤德，爱才用才本为社稷，却被人私下讥为‘专好延揽汉人南士’。只此翰林值庐之设，便大费周折，何况其他！”

“啊？”叶方霭惊异地说，“怎么会呢？”

“设翰林值庐，皇上早有谕示，议政王大臣会议却一再歧议，不是说‘文学之士不宜过崇’，就说‘直庐深入禁中大为不便’，顶着不办。皇上批示三次，发了脾气，议政才勉强议行。”徐元文侍从皇上机会最多，深知内情。

“皇上决策，竟也不能行?”叶方霭疑惑地问。

“唉，议政之制，是由辽东祖上所传，无人敢碰。听说前年皇上曾有罢议政之心，终因亲贵抗命而作罢。”

“咄咄怪事!”叶方霭也是江苏昆山人，徐元文的小同乡，两人同榜进士，一个状元一个探花。但他北来不久，对满洲许多“家法祖制”知道得很少，不免少见多怪。

“岂止这些！近日朝廷封孔王之女孔四贞为定南王，遥制广西，又下嫁和硕公主于平南王之子尚之隆，实在是牵制平西王的英明之举，也因议政们顶着，拖延了许久，上月才得办成。”徐元文放低声音，但并不避开熊赐履。

“议政王大臣，为政竟如此颟顸、狭量吗?”叶方霭转向一直认真读书的熊赐履，“敬修，你以为如何?”

熊赐履不动声色，放下书本，正正经经地说：“我辈既知学道，自无有违名教之处。但终日不见己过，便绝圣贤之路；终日喜言人过，便伤天地之和。”

叶方霭哭笑不得地看看徐元文，徐元文笑道：“叫你别招惹他，让他安然读书，你偏不听，挨一顿教训才舒服!”

叶方霭也笑了，咕哝着说：“这小老夫子!”

但是两人都明白熊赐履提醒他们的用心，便转了话题。

“皇上传徐元文、叶方霭、熊赐履!”门口召引太监这一声喊，使三位翰林都有些意外，连忙整顿衣冠。徐元文刚刚脱下的朝帽，又一次戴上了。三人随着召引太监鱼贯而出，走上雕栏白石台阶，穿过乾清门，向乾清宫走去。外面真热，走不多时便汗流浃背了。但这不只是因为热，他们心里都很紧张。

自去秋祭祀崇祯皇帝以后，皇上的脾气十分暴躁，几乎在每桩事情上都和议政王大臣会议发生龃龉。最近的一件发生在前天。皇上不知为了什么，大发雷霆，一道严旨，把吏部满尚书科尔坤和两名满侍郎一齐撤职查办，独留汉尚书孙廷铨和两名汉侍郎在部。这还得了！吏部班列六部之首，职掌全国文官的任免政令，是最为要害的部门，这不等于把吏部送给汉官了吗？且不说满朝王公贵族、满洲官员如何愤慨，就是孙廷铨他们也惴惴不安，立刻上表辞谢，请求皇上赶紧重新委任满尚书来部主持。

不想皇上昨日便批回孙廷铨的奏章："不准。照常办事。"内阁和翰林院，是皇上费尽心力新增设的部门，自然向着皇上。但议政大臣和揽着六部中其他五部大权的满官岂肯罢休？皇上今天宣召，会不会是为了此事？他们这些新入朝的翰林夹在皇上和议政王大臣之间，滋味很不好受。怎么办呢？他们似乎已经看到了皇上那因肝火太盛而泛出不健康红色的敏感的面容……

走近乾清宫的崇台高阶，檐角飞起的大殿矗立着，遮去了半边天，殿前的带刀侍卫直排到乾清门，几乎二十来步就站着一个，更增加了乾清宫的威严。三位翰林不常进乾清宫，此时不免屏息静气，更加小心翼翼，也更加紧张了。

进了宫门，金光闪烁的宝座就在乾清宫大殿正中设置着，他们不敢抬头，不知皇上是否在座。随着太监向西一拐，他们被带到西暖阁。太监在门口把帘子一掀，一团沁人心脾的花香就把他们围裹了，三人跨进门槛，顿觉暑热全消，如同置身于清凉芬芳的仙界。略略抬头往上一看，啊呀，炕上端坐的这位书生，这位潇洒文士，难道竟是皇上？可是这分明就是皇上啊！三位翰林公连忙跪安，口称："臣徐元文、叶方霭、熊赐履恭请圣安。"说罢起立，走到炕前，低头跪在那厚厚的红毡垫上，听候皇上吩咐。

皇上今天变得让人不敢认了：头上不戴帽，身上不着蟒，脚下不穿靴，一身淡蓝色单纱暑衫，腰下浅色禅裙，光脚上一双吴中式样的草鞋，辫发乌亮，双眉漆黑，苍白的脸庞上一双含水的眼睛，手中一柄山水折扇，玉扇坠下流苏飘飘，这不是一位风度翩翩的江南世家公子吗？这样的皇上，学富五车的翰林公们做梦也没想到过。这位文士皇帝笑道：

"列位请起。没有什么大事，不过想到列位与朕同好，爱在书山词海中打滚，闲来无事，请诸君看看朕的藏书。列位皆饱学之士，所谓读书破万卷者，正好为朕拾遗。"

福临说罢便下炕，对三人招呼一声："随朕来。"他领头走出西暖阁，进入乾清宫大殿，指给三人去看那沿着左、中、右三面墙摆着的几十架书橱书柜。徐元文他们三个沿路看过去，只觉进了书山书海，接应不暇，不仅诸子百家、经书史书无一不备，诗词歌赋、传奇小说也都万象包罗；书柜书橱群中，夹着多宝柜、百宝格，里面摆满了商彝周鼎、哥窑宣炉、古砚古墨、玉璧玉爵，至于印章画卷，更多不胜数，那些木变石、鸡血石、青金石的印刻，无论色泽还是雕工，都罕有其匹，令人叫绝。书柜、百宝柜的脚下，蓬蓬勃勃一带浓绿，浓绿中缀着星星点点白色、淡黄色、淡红色和淡绿色的花串，这是由数百盆茉莉、兰花等鲜花堆铺而成的花廊，清芳扑鼻，鲜艳耀眼。翰林们一路看，一路嗟叹，不只是要向皇上说好话，真的也觉得惊异万分。

看他们惊诧不已，赞不绝口，福临自然很得意，忍不住笑了，领他们重新回到西暖阁，赐座赐茶。福临这时才说："明末天下大乱，我朝初创，又用武多年，许多书籍流散民间，极易湮没消亡，着实可惜。朕曾下诏各省学臣搜求遗书，虽有成效，犹恐疏漏尚多。卿等何不就此将记得的重要遗书写出？朕也好着人专意搜求。"

徐元文他们三个告罪一声，就着饮茶的小几，各写了几十种目下不见版本的书名，呈交皇上。福临看了，连连点头，又指着几种不曾见过的书，问起内容和作者。即使是皇帝和小臣，一旦有了共同爱好的话题，谈话就会越来越融洽、越来越投机。翰林们见皇上如此重视书籍，也就是重视文治，心里都很受鼓舞。后来，他们觉得谈话的气氛似乎已到应该结束的时候了，不想皇上又非常从容地问：

"常言道：旁观者清，当局者迷。诸卿新进朝班，觉得群臣百官之中，何人最贤？谁最疲软？可有极不称职的官员？近日朝廷时政，得失如何？"

翰林们傻了眼，一时不敢回答。并不是他们没有看法，而是没有把握，不敢在皇上面前乱讲。一个不小心，就会断送多少人的前程，招来无限怨恨。叶方霭来得最快，躬身答道："谢皇上恩典，以朝政大事相问，但初进小臣，实不能备知。"

福临微微一笑，另起了一个话头："近来京师名流社会不少，大约是以文会友的意思吧？"

徐元文答道："士人结社乃明季遗风，流传至今。"

熊赐履说："由天启年东林党与阉党之争斗，便可知结社结党之大概。"

福临道："慎交社、同声社眼下可谓极盛。几年前两社虎丘大会，到者数百人，还在关壮缪[①]前设誓，彼此永不相侵，诸位可有耳闻？据说前科状元孙承恩也是慎交社中人。卿等可曾结社？"

三人都回答说没有。福临不再问，笑道："跪安吧！"

翰林们起立、跪安，依次向门边倒退，叶方霭不小心踩了熊赐履一脚，熊赐履脚尖奇痛，哪敢作声。退到暖阁门槛，三人才恭敬地转身出去。

他们按照朝礼，神情肃穆、步履稳重，由东廊南行。已经走到乾清门了，背后又追来一个召引太监说："叫徐元文。"徐元文看看两位好友，转身随太监返回乾清宫。熊赐履和叶方霭摸不着头脑，又不能问，只得回值房去了。

徐元文再进乾清宫，皇上身边又多了一位官员，那是礼部侍郎兼翰林院掌院学士王熙，正是徐元文的顶头上司。福临笑道："今日谈兴忽至，不吐不快。朕要往万善殿，与玉林国师谈禅，召二卿随同前往。"

于是，皇上乘肩舆，学士翰林随从步行，太监们抱了许多书画，一行人顶着七月的骄阳，径往西苑。玉林通琇早已领着徒弟茆溪森在殿前迎候了。

一切礼仪过去，玉林与皇上分宾主坐定。王熙和徐元文在皇上两侧侍立，茆溪森在玉林身后侍立。这里是玉林的禅房，屋宇高深荫凉，清茶飘香，窗明几净，松柏森森，令人清心忘俗。玉林身边的长几上，摆满太监们抱来的书画。福临笑道："前些时送来的多是朕幼年读过的书，这些是近年常常翻阅的。"

---

① 关羽尊称。

玉林略略翻看，抽出一册，题名《制艺二百篇》，那是明朝洪武年开科举以来的乡试、会试程文。玉林笑道："这些八股头文字，皇上读它何用?"

福临笑了："老和尚有所不知，朕要主持会试、殿试，点选进士们的文章。史大成、孙承恩、徐元文三科状元，都是朕亲自擢取，确是鄙门生！请看，这便是新科状元徐元文。"

徐元文向前，对玉林通琇深深一揖。玉林连忙起立还礼，对徐元文仔细看了一眼，点头赞叹，双手合十向福临说："老僧庆贺万岁得人。"

福临很高兴："他是尤西堂弟子，正所谓名师高徒啊。"

玉林道："尤侗才子之名，江南尽知。"

福临慨叹道："场屋中士子，常有学寡而成名，才高反埋没的事情，尤侗便是如此。此人极善作文，但仅以乡贡选推官。九王摄政时，他又被按臣参黜，岂非时命不济!"

玉林道："琇曾听说君相能造命。士之有才，唯恐皇上不知耳。皇上既知，何难擢之高位?"

福临的面色有些不大自然。即使是在乾清门建个翰林值庐，尚且费尽了吃奶的力气，如果把以词曲闻名天下的尤西堂提拔到高位，又不知要掀起怎样的轩然大波！不过他还是表示说："朕亦有此念。……哦，那书堆里便有尤西堂文集。"

王熙说："皇上前次御临经筵，提起临去秋波悟禅的一段公案，尤侗文中似乎写到了。"

福临说："哦，朕只浏览，未曾细读，你取来朕看。"

王熙拿书翻到《临去秋波那一转时艺》一篇，呈交皇上。福临立刻往下看去。他面带笑意，眼不离书地说道："笔砚来!"太监立刻捧上笔砚，他提起笔，在文章上时批时点，不住声地称赞说："才子！果然是才子!"玉林通琇不禁走了过去，就着皇上的手细细观看，也露出赞赏的微笑。

王熙提到的"临去秋波悟禅"，是禅宗的一件趣事。相传丘琼山路过一个寺院，看见四壁上画的尽是《西厢记》故事，便问道："空门安得有此?”寺院住持回答说:“老僧正是由此悟禅。”又问:“从何处悟?”住持说:“是‘怎当他临去秋波那一转’。”丘琼山含笑连连点头。

“怎当他临去秋波那一转”,是《西厢记》里《惊艳》一折中,张生初见莺莺时的曲词。尤侗拿它作为八股题目,模仿当时文体,戏作了一篇文章,刻入《西堂杂俎》集中。想必顺治爱读《西厢》,又识八股文,所以如此击节叹赏。他批点到篇终,看见玉林在侧观看,便指给他看文章的最后一句“更请诸公于此下一转语看”,并笑着说:“虽是游戏文字,才情之高,令人钦佩。应付八股,游刃有余。”玉林、王熙等人都笑了。

福临忽然掩卷,说:“请老和尚在此下一转语。”

玉林摇头道:“不是山僧境界。”

福临回顾正在微笑的茆溪森,说:“茆溪何如?”

茆溪森答道:“不风流处也风流。”

福临开怀大笑,众人也为茆溪森的巧妙转语叫好。它意寓双关,蕴藉圆转,出自和尚之口,别是一番意境。由《西厢》悟禅固奇,在经筵上谈《西厢》更奇,皇上与高僧以《西厢》谈禅尤奇。徐元文只听得目眩头晕,暗自惊异。

福临从书堆中抽出《韵本西厢》给玉林看,说:“这是词曲家所用元韵,与沈约诗韵大不相同。就是《西厢》,也有南调北调的差别,老和尚都看过吧?”

“老僧少年时曾经翻阅过。至于南北西厢,琇实在未曾识别。”

“那么,老和尚以为此词如何呢?”福临表面一本正经,拿《西厢》去问得道高僧,实在有些顽皮。

玉林通琇却不动声色,实实在在地回答说:“此词风情韵致,皆从男女居室上体贴出来,远非其他曲词所能及。……有一《红拂记》,不知曾经御览吗?”

福临说:“《红拂》词妙,但道白不佳。”

“却是为何?”

“不该用四六句,令人只觉头巾气十足,意趣索然。”

“正是。敬服圣论。”

“苏州有个金若采，老和尚可知其人？”

“听说有个金圣叹，不知是他不是？”

“正是其人。他曾评点《西厢》《水浒》，议论虽有无限遐思，却又过于穿凿，想是才高而见僻之故。”

“如此，他与明朝李贽就是一样派头了。”

…………

听着他们一问一答，徐元文简直应接不暇。皇上以《西厢》考和尚，考不倒，足见和尚外学之博；和尚以《红拂记》考皇上，皇上批评中肯，毫不作难，皇上读书之博也可见一斑了。至于金圣叹批《西厢》的刻本，徐元文家住昆山，离苏州不过百里，只听说近年刚刚刊行，还不曾读到，而皇上深居九重，竟能先睹，求知之勤，实堪惊佩啊！

徐元文再把思路拉回来注意听讲时，他们已谈起玉林不日出京回山的事。皇上方才那谈笑风生的洒脱气概，不知怎的，忽然消失得无踪无影，眼睛里一片消沉的愁绪，强作笑颜地说：“老和尚答应朕三十岁时前来祝寿，庶几可待；报恩和尚说他来祝四十，朕怕候他不得了。”

玉林劝慰道：“皇上当万有千岁，何出此言？”

福临用拇指和食指弹弹自己的面颊，说：“老和尚相朕面孔似略好看，”又揣着胸怀说，“但此骨已瘦如柴。似此病躯，如何挨得长久？”

“皇上劳心太甚。深幸皇上拨冗繁少思虑，以早睡安神为妙。”

“唉，朕若早睡，则终宵反侧，愈觉不安；总是谯楼响了四鼓，倦极而卧，才得安枕。”

“乞皇上早为珍摄，天下臣民幸甚。”玉林说得很真诚，不想却勾起福临更深的悲哀。他停了片刻，终于静静地说道：

“财宝妻孥，是人生最贪恋摆脱不下的。朕于财富固然不在意中，即妻孥亦觉风云聚散，没甚关情。”他咬住了嘴唇，停了停，接着说，“若非皇太后一人挂念，便可随老和尚出家去！”

在场的人都大为惊诧，王熙和徐元文甚至都吓呆了，不知该说什么好，幸而玉林通琇接过了话头：“皇上，常人剃发染衣，不过是机缘使然罢了；大乘菩萨则不然，常化作天王、人王、神王和宰辅，以保持国土，护卫生民，不厌拖泥带水的烦恼，普施大慈大悲的懿行。如果只图清净无为，自私自利，任他万劫修行，也到不了诸佛田地。就今日而言，若皇上不现身帝王，则这番召请耆年、光扬法化的盛举由谁来做？故而出家修行，愿我皇万勿萌此念头。”

他说的是事实。自从顺治崇佛以来，各处寺院的重建新建和各种法事道场，在京师变得十分频繁、隆重，皇家的大量金钱，投入了崇佛礼佛事务之中，佛门的影响在日益扩大，这不正是像玉林通琇这样的高僧们所企望的吗？许多南方高僧如憨璞聪、玄水杲、玉林通琇、茆溪森、木陈忞等，都相继来京，接力续进地围绕着福临。这些高僧都很博学，有高深的诗文素养，善投顺治所好。他们言语投机、志同道合，顺治也因醉心于汉家文学而落入佛门圈套，把早年间受汤若望感化而不信僧道的信念完全抛弃了。

另一个重要原因，在于福临自身的苦闷。如果他想一辈子享尽欢乐，当一个穷奢极欲、腐败昏庸的君王，那他决不会有任何苦恼。但是偏偏他想有所作为，偏偏他又相当英明，偏偏他又处在满族初主中原的特殊历史条件下，他就得经受无数痛苦。正是这些痛苦，逼得他向佛门寻求解脱。

玉林通琇身为知名高僧，焉敢冒天下之大不韪，接受皇帝出家呢？所以他头头是道地说了这么一番话，真不愧国师之号。顺治听了也不得不频频点头。然而顺治并不就此罢休，退了一步，说：“不出家也罢，老和尚收朕为弟子吧！”

“啊，这如何使得？”玉林没料到这一着。

“愿老和尚勿以天子视朕，当如门弟子茆溪相待才好。”

“这……也罢，老僧依皇上就是。”玉林生怕这位年轻的皇帝又会使出别的更叫他为难的招数，再说收一个皇帝为门徒，总是佛门盛事。

“那么，就请师父给朕起名吧！”

玉林推辞半天，福临固请不让。当玉林终于提笔要选择法名了，福临又从心底里深深地叹口气，忧伤地说：

“师父赐朕法号，必得拣一个最丑的字才好……”

王熙和徐元文看着皇上眼睛里游动不定的光芒，一时更加不知所措，身为文学侍从，哪里敢管皇上的这些事情？

玉林书写了十多个字进呈皇上御览。福临自己选择了“痴”，上一字则是禅宗龙池派第五代的“行”，于是，顺治皇帝的法号便是“行痴”了。

福临还要行见师礼，玉林哪里敢受。王熙和徐元文此刻却敢说话阻止了，因为这明显地与朝廷大礼不符。福临只得作罢。他望了一眼茆溪——全名茆溪行森——，笑道：

“茆溪，从今以后，朕要称你师兄、法兄了！”

福临说他“即妻孥亦觉风云聚散，没甚关情”，难道董鄂妃也不在他心上？不是的。今春以来，她便病倒了，卧床缠绵至今，一天重似一天。多少太医，开了多少药方，竟然毫无起色。福临天天都去承乾宫，每见到瘦弱得风吹就倒的乌云珠强打精神，欢颜相对，他都心酸难忍。太医早就暗示过了，但福临不肯相信她真会离他而去。虽然理智告诉他，这只是早晚间的事情了。所以，他所谓的“妻孥”中是不包括董鄂妃的。或许他出家的念头也是由此而起？

福临没有回养心殿，径直往承乾宫看乌云珠。他今天和文士、和尚一番畅谈，虽然很痛快，却也勾起了心底深深的忧郁。如果乌云珠没有患病，会最恰当地给他安慰，使他如同洗个温水澡似的浑身舒坦、精神百倍。

黄昏时分，残阳如血，给整个宫殿涂上一层使人心醉又叫人感到沉重的暗红色。福临止住下人通报，迈步进了承乾门，转过石雕影壁，走月台、过前殿，叮叮冬冬的琴声伴着晚香玉的甜香，随风飘来。福临惊喜得几乎要跳起来：除了乌云珠，宫中无人会抚琴。那么，她病体有了起色？

福临兴奋地加快了步子。琴声悠扬，更清晰了。真美啊！琴声蕴涵着空灵秀美，使他产生御风云霄之上、飘飘欲仙的美妙想象，同时，又使他不觉联想起“高处不胜寒”的名句。当福临走近寝宫时，那明媚的、飘忽的、绵绵不绝的尾音，引导他感受明月、流星、夏露、秋霜……他不知不觉地停了脚步，微微闭上眼睛，沉浸在袅袅余音和悠远深长的意境之中。

突然，铿铿锵锵，琴声震响，清越奋迅，慷慨激昂，仿佛天边雷暴，头顶电闪，狂风骤雨即将来临，使福临惊愕之极。他想象不到，七弦古琴居然能奏出这样昂扬的情绪。他也无法相信，这种大江东去似的曲调，能从他的乌云珠那羸弱的纤指下迸出。他赶紧往前冲了几步，未到门前，屋里“砰”的一声响，仿佛什么沉重的东西砸在琴上。琴声断了，代之而起的，是悲痛欲绝的凄婉哭声——呜呜咽咽，若断若续，比号啕大哭更令人心酸。福临十分紧张，大步闯进寝宫，眼前的场面使他惊呆了：

北墙上，一横卷古画端端正正张着，画下一张供桌，供着些夏令瓜果和一炉香。供桌前是矮而长的漆黑的琴桌，张着乌云珠心爱的古琴——“春风”，坐在细席坐垫上的乌云珠，正全身伏在她的“春风”上伤心地哭泣，泪水像断了线的珍珠，“扑答扑答”直往下落。但哭出声的并不是乌云珠，而是跪在她旁边托着银盘送药盅的容妞儿。药盅已经打碎在地，容妞儿也哭得跟泪人儿一样了。

福临心慌意乱，扑到乌云珠身边，扶起了她。谁知泪眼迷离的乌云珠回头看到是皇上，既没有强支病体地跪拜——她一向如此，虽然福临已免了她跪拜——，也没有在瘦得可怜的脸上泛出一丝知心的笑——她一向如此，虽然谁看了那笑容都想落泪——，竟不顾一切地扑到福临怀中，搂着他恸哭失声。福临从来没有见过她这样失态，慌得心头扑扑乱跳，手指都在哆嗦了。他紧紧抱住她，用颤抖的手轻轻抚摸她柔滑的黑发，努力咽着唾液，用发干的声音安慰着：“别哭，别哭……你是怎么啦？……你一向不这样啊……”小声说着、安抚着，触到的是一副瘦伶伶的、柔弱的、无依无靠的骨头架。福临觉得心的一角在慢慢地撕裂着，非常痛楚，一低头，两颗又大又沉的滚烫的热泪，“吧嗒”一声，落到乌云珠的耳腮旁。乌云珠敏感地一哆嗦，抬起湿漉漉的脸，望着福临："你，你怎么啦？"

福临强笑着："你怎么还问我呢？你这是怎么啦？"

"我……"乌云珠咬咬嘴唇，干瘦的面颊上闪出令人爱怜的酒窝，"我心里难过……我舍不得你……"

福临很少从乌云珠嘴里听到这样直截了当的情话，心头一热，眼睛又红了，说："你是不是听说朕要出家心里难过？谁告诉你的？"

"出家？"乌云珠大惊失色，眼泪刹那间干了。她一手抹去腮畔的泪珠，一手紧紧握住福临的胳膊，嘴唇颤抖得很厉害，"你……你为什么……"

"不要急嘛，"福临连忙说，"我没有出家，只不过拜了师父、赐了法名罢了。"

"你……厌弃我们了？"乌云珠的泪水又"刷"地落了下来。

"唉，你还不知道我吗？……实在是心里太苦，太苦了……或许只有空门能赐给我片刻宁静。"福临神色惨淡地低语着。乌云珠痴痴地望着福临，不说话。容妞儿早拾起破碎的药罐药盅，悄悄退下了。

福临站直身子，长叹一声，慢慢仰起了脸，不知是在吞咽泪水，还是要透过华丽的殿顶上视那渺茫无际的苍穹。他的声音中饱含着一种不常见的悲愤，以致分不出他是在吟诗，还是在直抒胸怀：

"天覆吾，地载吾，天地生吾有意无？不然绝粒升天衢，不然抚世安民踞帝都！平生志气，总想英明有为，不敢说媲美太祖太宗，颇愿追步唐宗、明祖。奈何力不从心，步步维艰！……我还在推那大石头，山坡却越来越高，越来越陡……我筋疲力尽了，推它不动了！它怎么就这样重，这样重啊！"

乌云珠已经不哭了，她像立在寒风中的秋杨，全身哆嗦。福临看她一眼，猛然紧紧地抱住她，喊道："你为什么要生病？你不要离开我！只有你在支持我，帮我推那大石头上山。要是失了你，我就全垮了！……啊，乌云珠！"

乌云珠伸出冰凉的小手，摸索着福临发抖的嘴唇、烫人的眼睛，低声说："不要这样，陛下。就是没有我，还有皇太后。她的心里，总是支持你的。"

“可是……”福临一下子松开乌云珠，像刚才抱她一样突然，几乎失声叫起来，“天哪，她的心里！她的心里将永远瞧我不起，永远鄙视我！……想想去年七月，她的那些话、她的声音、她的眼睛！……啊，我竟会那般卑怯，那般懦弱！多么丑恶啊！多么丑恶啊！……这是我一辈子永远洗刷不掉的耻辱！我还有什么脸面，去和额娘侈谈治国平天下！”他张开两只大手，紧紧抱住了头，跌坐在短榻上，整个身姿都表现出内心的极度痛苦，使人看了，心里非常难受。

刹那间，乌云珠忘却了自己的痛苦，走上前去，轻轻靠在短榻扶手上，又轻轻扳过福临倚在她怀中，抚摸他的头、他的手、他的肩背。她的动作中注入了那么多温柔的爱，与其说是爱侣，不如说更像母亲。她像耳语那样小声地、慢慢地说着，仿佛妈妈给生病的孩子讲故事：

“近日卧病，不知怎的，常常忆起幼时。六岁那年随阿玛下江南，额娘领我回苏州认亲。我欢天喜地地去会表姐妹表兄弟，哪知他们都直眉瞪眼地骂我‘杂种’‘小胡妖’！还合伙偷偷打了我一顿。我找额娘哭诉，额娘哭得比我还凶。原来姥爷和舅舅姨妈都不认她，说她失节败坏门风，还问她为什么不死！……后来回京师，阿玛又领我去认亲，叔叔伯伯们竟当着我一齐嘲笑我阿玛，堂兄弟堂姐妹全骂我是‘贱胚’‘蛮婆’！又打了个头破血流……”说到这里，她声音岔了调，眼圈又红了。这幼年的屈辱是深深刻在她心中的，虽然事隔多年，至今犹有余痛。停了片刻，她才平复，继续说下去：

“……那时候我真气极了！我想，我阿玛开得硬弓，骑得烈马，是战场上杀出来的巴图鲁；我额娘作得诗、画得画、弹得琴，是知书达理的才女，我阿玛娶我额娘，我额娘嫁我阿玛，哪些儿不好？又关他们什么事？阿玛、额娘爱我像掌上明珠，我必得为他们争气！那时候，我就发誓：一是要出类拔萃、出人头地，一定要胜过一切满汉女子，让阿玛那边的满亲，额娘这边的汉亲全都佩服得五体投地！……

“长大了，读了许多书，懂得了文武兼备、宽猛相济的道理，更发奇想：父族尚武，百战百胜，骁勇无敌；母家尚文，博大精深，源远流长。武功文治熔于一炉，必然锻出古今中外从未得到的宝剑；满汉一体，大清必能兴旺发达、长治久安，国富民强不就指日可待了吗？”

福临早已听得痴了。乌云珠从未诉说过幼年的委屈，今天怎么突然提起？……她的念头多奇特，可又多合福临的心意啊！

乌云珠仿佛看透他的心思，瘦弱的手温柔地抚摸着他的面颊，声音更低，说得更慢：

“妾妃不敢说与陛下志同道合，但自认是陛下的知音。皇上所作所为，皇上所想所念，妾妃以为都是识大局知大势，合乎天地正道。妾妃愿为此百年大业略尽绵薄之忱，便是死了也心甘情愿啊！”

福临看着她，沮丧和痛苦渐渐淡了，心里十分感动。

“妾妃常想，谋事在人，成事在天。如今磨难重重，安知不是天降大任于斯人，必先苦其心志而后成呢？”

福临浓黑的眸子里闪出两点光亮，微微点头道：“好，贤妃说得好！……朕越发不能让你离开了。”

“百年离别在高楼，一代红颜为君尽。”乌云珠心里一痛，冒出这么一句古诗。她眼见福临神色又变，赶忙笑着解释说：“百年聚合，终有一别。皇上一向旷达，难道还看不透？如果这样，又怎能参禅？”

福临愣了一愣，强笑说：“你我相约生生世世永为夫妻，岂是百年二字可以了的？”

乌云珠略带凄婉地笑了。

“这不是张灵的《招仙图》吗？”福临看着墙上那幅横卷，“是鉴赏，还是祭奠？”

《招仙图》，构思非常巧妙，笔法简洁潇洒。图的右下方，雕栏玉砌的石桥边，一位宫妆美女静静立着，仰望高天，满腔倾慕、企望之情。中间隔了很长很长的一片空白，一笔不画，一色不染，那是无限苍茫、寥廓、幽远的大地和天空。最后，在长卷的左上角，现出了浮云中的一轮明月。整个画面给人凄清欲绝、无限空阔的特殊感觉，既使人想到“高处不胜寒”，又使人想到“空照秦淮”的种种意境。

乌云珠答道："二者兼而有之。"

"那么，这是宫妃在招广寒宫里的嫦娥呢，还是广寒宫的嫦娥在招宫妃呢？"福临在尽力缓和气氛。

"我想，也是二者兼而有之。"乌云珠的声音打了个磕绊。

福临却没有听到，仍然注视着《招仙图》，说："这位桥畔美人儿，倒真与贤妃有几分相似哩！"

"是吗？"乌云珠几乎问不下去，把头扭开了。

"你今天是不是好些了？刚才进来听见你在弹琴。"

"是。午间起来觉得很清爽，就试了试手指，叫她们挂出这卷图，弹了一曲《广寒怨》。"

"不，不对。起初弹的是《广寒怨》，后来呢？那曲激扬壮烈的琴声呢？那声韵同风雨江涛相仿佛，绝不是《广寒怨》，你只弹了一小会儿……"

"那，那叫《烈风雷雨颂》，"乌云珠忍泪回答说，"是我幼年从师时，师父教给的。"

"你为什么不弹完，就倒在琴上哭呢？"福临关切地问。

乌云珠怎么能告诉他呢？午后她略感轻松，起身弹琴，是想试试自己的体力，也想借以抒发情怀，于是弹起了《烈风雷雨颂》。谁知弹了不几句，便觉体力不支，一时头昏目眩，冷汗淋漓，眼前一片昏黑，差点儿晕过去。她明白了，自己没有什么希望了，顿时万念俱灰，推开容妞儿送来的药，伏在琴上便哭了。

不，她什么也不肯告诉福临。今天她看到福临伤痕累累的心，他的沉重的精神负担，她决不肯使他增加新的痛苦。但是，她心里又有许多许多话要说，想要留给福临，这是她一生挚爱的人，他们一同经历了多少风浪，一同尝过多少甘苦啊！想当初青春年少，他们像一对年轻美丽的凤凰，雄心勃勃，向着朝阳，比翼奋飞。但是，狂风暴雨，明枪暗箭，给他们留下了无穷无尽的创伤！凰已奄奄一息，凤还能振翅翱翔吗？

乌云珠用双手轻轻地、无限爱怜地托住福临的面颊，泪光闪闪的黑眼睛无限留恋地扫视着亲爱的面容，最后，她努力绽出一丝微笑，小声地回答福临：

“出师未捷身先死，常使英雄泪满襟。”

福临心头掀起一重热浪，喉头哽住了，目不转睛地盯住了他的这位贴心的情侣、志同道合的知己、他心目中唯一的妻子，嘴唇颤抖得说不出话来。

乌云珠又用冰凉的手捏住福临的手指，用更微弱的声音问道：“一口气不来，向何处安身立命？”

福临像搂抱孩子似的，把乌云珠紧紧搂在怀中，低头把脸贴在她身上，阵阵呜咽眼看就要从胸中涌起，他都勉力抑制住了。他要乌云珠学佛参禅后不久，乌云珠每见到他，常常以这句参禅语相问。最初他笑而不答；乌云珠病后，他避而不答；今天呢？他满心苦楚、辛酸，连出声都不易了，怎能回答？

二

顺治帝宣诏天下，征求各地名医来京师为皇贵妃调治；

顺治帝派内外大臣，广祀百神，为皇贵妃祈祷；

顺治帝大赦天下十恶以外的罪犯，为皇贵妃祈福。

然而，皇贵妃病体日渐沉重，毫无起色。

福临亲自往西山碧云寺礼佛，为皇贵妃祈祷——在这以前，他只为皇太后的病做过这样的事情。

中秋刚过，桂子飘香，碧云寺在西山的绿海中，幽静得不似人间。福临在寺院住持陪同下，走进大雄宝殿。住持虔敬地呈上一束线香，福临接过，郑重地往佛前长明灯上点燃，“扑”，小小的火焰一跳，线香燃着了，袅袅青烟飘起。福临虔诚地擎着线香，仰头望定了慈眉善目、法相庄严的巨大的如来全身。

“扑”，小小的火焰又一跳，熄灭了。一位总管太监脚步错乱地闯了进来，撞倒似的跪下，满面仓皇，上气不接下气地说：“启禀、万岁爷，皇贵妃，病、病危！”

福临顿时脸色大变，将手中线香往香炉上一插，一言不发，转身就走。那些下不完的台阶，无穷无尽！福临心急火燎，连跨带跑，一步三阶地往下跳，随从太监们跑得张着大口喘气，也追不上他。他跑到寺院门口，撇下御辇，从侍卫手中夺过缰绳，翻身上马，猛抽一鞭，那黑骏马掀起前蹄，昂然一声长嘶，往前一纵，便飞箭一般蹿下山去。总管太监一看，急得又喊又跳，一面跑一面指着那些发愣的御前侍卫、仪驾及豹尾班、长枪班，大吼道：

“快跟上追呀！你们这些笨蛋，发什么呆，快追呀！”

太监竟敢骂侍卫“笨蛋”，这还了得！但此刻谁也记不起这些上下尊卑了，侍卫们如梦方醒，跳上马，呼啦一下跟着追下山。于是从西山通往西直门的大路上，如同一场激烈的长途赛马，道边行人都吓得东逃西散：一匹黑亮的骏马挟着风暴骤然驰过，后面又有一群马队卷着黄尘席地而来。一路上鸡飞狗跳，撞倒了踩伤了多少人，谁也计算不清了。人们不知道发生了什么事，直到跟上来了一队无法飞跑的手持笨重仪驾的骑兵，人们才知道是皇上出巡，赶紧老老实实地跪在路旁。

侍卫们在西直门前追上了皇上。那是因为门前关吏不认得骑黑马的人是谁，拦马要税。福临抬手就给了他一鞭子，准备纵马冲门。就是这点耽搁，侍卫们赶到了，大喝道：“闪开闪开！皇上御驾在此！”

关吏吓得屁滚尿流，跪在道旁像捣蒜般磕起头来。福临已经把他忘了，加鞭就要进城，侍卫们已乖巧地冲到皇上的前面，打马飞跑，大声喊叫：“闪开闪开！大小官员军民人等一起闪开！圣驾来了！”这样，才避免了更多的伤害和更大的骚乱。

福临对这一切全都没有注意，没看见也没听到，此时只有一个意念支持着他：“快，快！再快！一定要见到她！哪怕是最后一面！快！”

西直门、新街口、西四牌楼、西安门，飞也似的从他们身边闪过，远远地抛在身后。御马监精心喂养的这些骏马，大约从来没有这么狂奔过，一匹匹像从水里捞出来似的，汗水把马毛粘在一起，又往下滴答着。人也不比马强，里里外外的衣裳都湿透了，紧紧贴在身上。而皇上仍然发疯似的抽打胯下的黑骏马，只有当如注的汗水要迷住眼睛时，他才匆匆地擦了一把。

这一股旋风穿过金鳌玉栋桥，直刮到了玄武门[1]前。这里是大内，是紫禁城，任何人到此都得下马下轿。侍卫们不敢违禁，都勒住马缰，准备下马了。忽然听见“啪！啪！”两声猛烈的鞭响，皇上全身几乎贴在马背上，“嗖”的一下狂风一样冲进了玄武门！侍卫们来不及眨眼，来不及反应，只惊得目瞪口呆，没有一点办法。

福临失去了对其他一切的反应能力，几乎是凭着本能，纵马冲进顺贞门，在御花园内横冲直撞，闯出了东门，奔驰在东一长街上。自从二百多年前大明永乐皇帝兴建起这所举世无双的辉煌宫殿群以来，在重重金殿的黄瓦红墙之间，还从来没有人敢冒死牵马从这里过一过，而今这暴烈的马蹄声却在高高的宫墙间震响！

福临的耳边只有风声、马蹄声和自己心里那越来越紧、越来越响的呼喊：快！快！

承乾门闪过去了，许多宫女、太监惊慌失措的面孔闪过去了，福临直奔到后殿寝宫才勒住了马。他刚跳下来，马便四蹄一软地瘫倒了。福临连看都没看一眼，一头冲进寝殿。啊，这不是她吗？安详地躺在那里。她不是嘱咐他、等待他早早回来的吗？他要奔到她床前，有人拦住了他。谁敢这么大胆？他一抬眼，看见了母亲。但看不大清楚，恍恍惚惚，只觉得她脸色白得像纸，但有两处很红的颜色斑，这是怎么回事？他无暇多想，他要和他的乌云珠说话。

庄太后又一次拦住了儿子，用嘶哑的嗓音低声说：

“皇儿，你来晚了！……她已经……”

皇太后说不下去了，转过脸痛哭失声。

福临没有听懂，只是微微睁大了眼睛，看了看母亲，再看了看她，推开那些来搀扶他的妃嫔贵人，向前走一步，再走一步，像梦游人那么飘忽……突然，他猛地扑到她面前，双手一起伸到她口鼻之上。

“啊！”他惨痛地大叫一声。

“啊！——”他又发出一声悠长而惨烈的哀号，仿佛有人在他心

① 即神武门。

窝上捅了一刀，又像受伤的猛兽临死的嗥叫；接着，他朝天喷出一口鲜血，仰面一倒，失去了知觉。

原先来承乾宫为董贵妃哭泣的后妃们，这时又在为皇上痛哭了。她们慌作一团，围上去又是揉太阳穴，又是舒胸顺气，乱糟糟的没了章法。唯有皇太后抹着泪，命妃嫔们全都走开，让太监把皇上小心地抬到中间的长坐榻上，吩咐速传太医，自己便坐守在儿子的身旁了。

太医很快就来了。宫妃们都聚在里间静悄悄地听着。这正是方才眼看着皇贵妃咽气的那位太医，乍一见皇上的样子，吓慌了神，脸也黄了，手也哆嗦了，大滴大滴的汗珠顺着脖子滚了下来。他战战兢兢地跪上前、低着头，伸出三个手指按在福临的手腕上，竭力调平自己的呼吸，诊脉片刻，长长地吁了一口气，低头道："禀皇太后：皇上是急痛攻心，加以劳累过度，一时昏厥。待学生开一剂舒胸顺气、开窍镇惊的凉药，就会好的，请太后放心。"

太医退去，皇太后舒了一口气，里屋的后妃们一轻松，竟又哭出了声。刚才她们真被吓坏了。皇后走了出来，看看依然昏迷的福临，对皇太后说："额娘，要不要送皇上回养心殿？"

皇太后失神的目光掠过皇后，摇了摇头。

"可是，承乾宫里这么乱，董鄂妹妹的……还在里面放着，皇上躺在这里，怕不合适……"皇后低头小声说。

"不，你不明白！……"太后长叹一声，扭过头去用手绢按住突涌出来的泪水。是啊，没有人比她更了解自己的儿子。他一旦苏醒，第一件事便会是要看乌云珠，即使把她移到别处，他也会不顾一切地跑到承乾宫来；要是有人阻拦他，他会暴跳如雷，用他无上的权威把他们全部处死。他的性情，他对乌云珠的一腔痴爱和伤悼，不让他尽情发泄，憋在心里，会把他逼疯的。

皇太后沉思片刻，命苏麻喇姑召来四名壮实的宫女和四名魁梧的太监，告诉他们，一定要小心皇上的举动，出了意外就要他们的脑袋。

皇后莫名其妙地看着皇太后的这一番布置，完全不明白她的用意："额娘，你这是……"

“不要问了，”皇太后不看皇后，用手绢捂住嘴和鼻子，声音变了调，呜咽着说，“一会儿你就明白了。”

皇太后料到福临会有一番疯闹，但她也没想到会闹成这种样子，简直要把所有的人都逼疯了。

福临醒来时，非常安静，就像刚从睡梦中睁开了双眼。他看到满屋淡淡的红光和在红光中浮现出的母亲那亲切、慈蔼的面容。原来，血红的夕阳穿过窗棂，正投射在雪白的东墙上，把一屋的空气都染红了。

福临定睛望着母亲，惊讶地说：“额娘，这是什么地方？你怎么在这里？我怎么在这里？”他支撑着坐起来，太后连忙把他按住，他也浑身无力地颓然躺倒，说：“我生病了吧？怎么全身又疼又痛，一点力气也没有？……哦，额娘，我做了一个非常可怕的梦！你知道吗？好像我从什么地方拼命打马赶回宫来，可是回到承乾宫，乌云珠已经去了……”

皇太后背转了脸，仿佛去拾什么东西。

“额娘，人家都说梦是反的。我既然梦见她病死了，她就一定不会死，病一定能好，对吗？”

皇太后双肩耸动，就是从背后看，也能发现她在哭泣。

“额娘，你怎么了？咱们一起到承乾宫去看乌云珠，让她给你讲几个笑话，你就百愁尽解了！”

皇太后再也忍受不住，离座走开了。里屋传出一片压抑不住的啜泣。原先站在福临榻头的皇后，转过来走到皇太后坐过的地方，一双眼睛红红的，俯身望着福临，用她最温婉的声音，强笑着说：“皇上忘了，这儿就是承乾宫啊……”

“什么？”福临一下子坐了起来，诧异地说，“你在胡说什么呀，明明是养心殿！”

皇后也扭开脸，抽泣着转身走开了。

福临满腹狐疑，先看到自己躺着的长坐榻，又慢慢地环视四周。福临的脑子像巨大的千斤石滚，笨重而吃力地转动着，非常缓慢、迟钝，漠然的目光扫过默默无言地站立各处的妃嫔宫监，她们红肿的眼睛也没引起他的注意。他的眼光落到墙上：宋人的《风雨归舟图》；元代赵孟頫的书 法条幅；墙脚下摆满宫中的夏季三清花——茉莉、晚香玉和夜来香，照例在红、黄、蓝三彩瓷盆里栽着，为的是和白花绿叶相调和，这不是她的高雅见解吗？……那是一幅什么横卷？这么熟！啊，明代张灵的《招仙图》！

一道闪电击破了混沌的迷雾，他浑身猛烈地一颤，全想起来了！倏然间，他容颜大改，严峻、庄重、冰冷，惨白的脸上两道黑眉高高飞扬，乌黑的眼睛深处亮起两朵火光。他一下子站起来，不摇晃，不踉跄，不慌不忙，完全不像个病人的样子，迈着坚定而沉重的步子，缓缓走向寝房。

他怎么能够这样镇定？他要干什么？所有的人都惊慌地望着他，害怕地给他让路。八名宫女、太监紧跟在他身后，谁也不敢问他一句话，他脸上的表情实在冷得可怕。

乌云珠容颜如生，只是比生时更安详、更宁静，嘴角似含一丝微笑，仿佛为最终获得了解脱而庆幸。这是一尊白玉雕就的仙女，美得使人落泪，圣洁得使人下跪。福临默默凝视着她，一动不动地站了许久，然后跪下去，从她胸前拿起那双冰凉的小手，贴在自己脸上，洒了几滴热泪。他又把她的手小心地放回原处，微笑地望着她，小声说：

“乌云珠，我的乌云珠，等等我吧！”

他静静地从腰间那缀着红蓝宝石、嵌珠镶金的刀鞘内抽出锋利的短刀，对乌云珠的遗体一示意，仿佛让她看看自己殉情的决心，然后掉转刀锋，非常从容镇静地刺向自己的咽喉。

当他拔出短刀时，人们大惊失色，妃嫔中有人尖叫起来，皇太后和皇后都不顾身份地扑了上去。最靠近皇上的太监、宫女，到底身手矫健，也因为福临的动作委实太庄重沉着了，所以拿刀的手一下子就被太监扳住，夺走了短刀。两个力大无比的宫女一左一右地抱住了他，使他动弹不得。

“皇儿，你不能犯糊涂！”皇太后气喘吁吁地嚷。

“皇上，你可不能啊！”皇后几乎与太后同时叫喊着。

可是这些话福临都完全没有听到。自杀被拦住了，竟激起了他的暴怒。他一下子便如疯狂了一般，不知从哪里突然来了一股惊人的力气，左一推右一撞，挣开了两个宫女，又飞起一脚踢倒了身边的太监，大喊大叫：“谁敢拦我，我叫他立地就死！我不活了，我就是不想活了！”他的眼睛像通红的炭团，面孔烧着了似的血红。他甩开众人，略一低头，便猛力撞向墙壁。太监、宫女又一窝蜂地拥上去阻拦，裹着福临一起摔倒在地上。

哭声、喊声、尖叫声，乱得一塌糊涂，几乎要掀了殿顶。福临又从众人的纠缠中摆脱出来，左顾右盼，分明要进行第三次冲击。庄太后不顾一切地冲到他面前，哭着大叫道：“福临！你就先杀了我吧！”

福临一愣。从他懂事以来，还没有人敢直呼其名。定睛一看，面前是悲痛欲绝的母亲，而母亲又说出了这样的话！福临吃惊了，眼睛里流露出犹豫，犹豫的背后，理智闪出一星光亮。

“你是不是要我再浇你一杯冰水？”太后又喝了一声。福临打了个冷战，在母亲面前跪倒了。

皇太后颓然倒在椅子上，胸口大起大伏地喘了几口气，竭力平息了片刻，终于勉强用她平日温和的口吻说下去，不过嗓音还在颤抖：“乌云珠最后还念念不忘地嘱咐，她说：‘今日儿殁，自是天命，万望皇上自珍自爱，以祖宗大业为重，以社稷万民为重，不必伤悼。’她这样识大体顾大局，你竟敢为一己之爱而忘祖业？怎么对得起乌云珠？”

皇后走近前来，跪在皇帝一侧，含泪进言：“董鄂妹妹临终时再三说：‘妾妃将去，此乃定数，亦无所苦。唯独不及酬答皇太后与陛下恩情于万一，太后年将半百，为妾妃伤悼，妾妃虽死而不能心安……’妹妹孝养太后，至死念念于怀，皇上也需自己珍重，勿伤太后之心……”

妃嫔们也纷纷环绕着太后和皇上、皇后跪下了。满屋的人都跪下了。请求、哀告之声充斥宫内，泪水滔滔不绝。他们恳求皇上体念太后和仙逝而去的皇贵妃的一片苦心，万万不可自寻短见。福临昏昏沉沉，不死不活，最后，大约耗尽了精神，瘫倒在地，又晕了过去。

这一夜，皇宫内院处处彻夜无眠，各宫灯光都亮到天明。福临死活不离开承乾宫，皇太后和皇后只好也陪在这里。妃嫔们回到自己宫中，一夜心惊胆战，不知还会发生什么意外。许多主位烧香祷告，求神保佑皇上安好。

后来的两天两夜，二十四名强壮的宫女、太监轮班昼夜看守皇上，防止他再行自杀。一切可能造成伤害的东西，像小刀、棍棒、重物，甚至花瓶、洋钟，全都收了起来，使皇上无隙可乘。不知是皇太后那慈爱的、充满理性的谆谆教诲起了作用，还是太医的几剂越来越厉害的凉药安神定魂，在闹得天翻地覆、人仰马翻之后，第三天清晨，福临终于安静下来，跌入了昏昏的沉睡。皇太后、皇后和妃嫔宫监们也都松了一口气，各自抓紧时机歇息养神。

庄太后已经疲惫不堪，却无法入睡。福临这寻死觅活的一闹，勾起她多少心事！她不禁想起福临的父亲、她的丈夫皇太极。当初她的姐姐关雎宫宸妃去世时，皇太极也是悲恸得死去活来，动辄哭晕过去，不饮不食六天之久，半年之内朝夕痛悼，一过旧宫故地就要流泪，还数次往宸妃坟前奠酒痛哭。皇太极正是因为承受不了这样的哀痛，体质和精神日渐衰弱，一年后重病而亡。儿子和父亲竟如出一辙，他们都是大有作为的英明之君，却又都忒多情。情深情重，竟成魔障，弄得这样无法收拾，难以自拔。

宸妃是庄太后的亲姐姐，董鄂妃是庄太后的干女儿，她对这两人都知之颇深，也十分喜爱。但是，她们一个夺去了她丈夫的情感，一个占据了她儿子的心，作为妻子和母亲，她又怎会不产生一种本能的厌憎？不过，庄太后不同于一般女子，她知道应该把这厌憎限制在一个什么样的范围之内。所以，当她再往承乾宫探视福临，面对一个棘手的局面时，轻而易举地应付下来了。

福临已经移住承乾宫正殿。按规矩正殿是行礼的地方，不能住人，而今为了皇上，只得破例了。福临还很衰弱，半躺半坐在御榻上。皇后、淑惠妃、康妃、恪妃等主位围坐相陪，不管心里愿意不愿意，她们都在不断啜泣，小声地追述着皇贵妃的许多好处。

见皇太后进来，皇上和后妃们都起立迎接。皇太后从容随分，不拘礼节地坐到榻边方椅上。刚刚坐定，福临已跪在她脚下了：“儿不肖，惊扰母后，劳累母后，求母后恕儿之罪。但儿有一心愿，望母后成全。”

见他已不似前两天那么疯狂，太后料定不会再有自杀的危险，便和悦地说：“但凡合理合礼，皇儿只管令行就是。”

福临迫不及待地说：“儿要以皇后之礼为乌云珠发丧。”

殿中刹那间极其安静，仿佛被皇上这句话吓住了。淑惠妃、康妃、恪妃她们拼命低下头，不敢看皇后的表情；皇后的脸顿时通红，泪水眼看就要夺眶而出，尴尬和委屈逼得她真想跳起来逃出宫去。皇太后皱起眉头，忧心忡忡地看着福临，似乎担心他神志还不清醒。半晌，皇太后轻轻摇头，慈和地说：

“皇儿，这是从来没有先例的事啊！皇后明明在，乌云珠明明是皇贵妃，而要待以皇后之礼，你说这妥当吗？这与国家、宫廷体制全都不合，朝中众臣必有异辞，纷争不下，何苦来呢？”

福临惨然道：“儿今万念俱灰，母后若不准儿所请，儿愿削发披缁入山学佛，不再参预人间之事了！”

皇太后心头又悲酸、又愤慨，许多话想说而不能出口。此刻她心中冲出一个极其强烈的愿望：愿人间不曾有过乌云珠，愿可诅咒的天地永不使这一对痴情儿女相遇！这真是大清的极大不幸！要是她能做得了下一代皇帝的主，就决不许他有宠妃，决不让他情有所钟！

不料，皇后擦干眼泪，跪在皇帝身旁，向皇太后说：“母后，董鄂妹妹侍奉皇上五年，贤孝和顺，实在能代儿妇之职，儿妇本有心以皇后之位相让，不想她竟仙逝……以皇后之礼丧葬，实在与儿妇初衷相合。朝中诸臣若有异议，可以儿妇本意晓谕。这样，就是后世史臣，也不能将此举议为皇帝之过了……”

福临大觉意外，非常感激地看了皇后一眼。这一眼看得皇后又是心酸又是欣慰，脸不觉又红了，泪珠却扑簌簌滚了下来。妃嫔们也惊异非常，虽不敢私相议论，也互相交换了许多意味不同的目光。

庄太后让胸中的郁闷消散片刻，平稳地说：“皇后既然体贴皇帝之心，不生妒忌，我又何必拂违你们夫妇的好意呢？”她转向福临，

“皇帝就把皇后的意思谕示朝廷诸臣。至于诏书，可称奉我的旨意。”

福临喜出望外，再一次向母后叩拜，皇后也随着跪了下去。

次日，皇帝降谕礼部：“奉皇太后懿旨：‘皇贵妃董鄂氏孝敬性成，淑仪素著，才德兼备，足毗内政。今忽尔薨逝，予心甚为轸惜，应追封为皇后，以示宠褒，钦此。’朕谨遵慈命，追封皇贵妃董鄂氏为皇后，应行典礼尔部即议以闻。”

礼部不敢怠慢，在董鄂妃死后的第四天，便在停灵的承乾宫举行了隆重的追封礼，追封董鄂妃为皇后。

在董鄂妃去世的当天，庄太后见皇帝死去活来，一切不顾，自己也深爱董鄂妃的为人，所以代皇帝传谕：“辍朝五日，亲王以下，满汉四品以上并公主、王妃等哭临。”现在，董鄂妃已成为董鄂皇后，福临便以皇后之丧连续发下圣谕：

召江南、五台山高僧，遣中使迎来宫中，为董鄂皇后礼忏营斋，设水陆道场。

征天下巧匠，为董鄂皇后构设冥宅。

命学士王熙、胡兆龙编纂《董鄂皇后语录》，命大学士金之俊撰写《董鄂皇后传》。

命内阁自八月至十二月，票本尽用蓝墨，以示哀悼，明年新正方许恢复朱色。

命诸大臣议谥。

命全国服丧，自哀诏到日，官吏一月，百姓三天。

…………

从满洲入关，到天下一统，十七年以来，朝廷还没有举行过这样隆重的葬礼。于是，北起长白山、黑龙江，南到两广福建，西越河西走廊，东至海滨，广袤辽阔的大地上，处处设起灵位，飘起白幡，成为第一次震动天下的国丧。

福临把自己关在养心殿东暖阁，不许任何人打扰，闷头抒写胸怀。从第一次见面到如今，六年多了，往事历历在目，养心殿里处处留有她的痕迹影像，使他触目伤情。福临咬紧牙关，什么也不去看，任凭思绪潮涌，奋笔疾书，把一腔感念都倾注笔端。然而泪随文下，泪多还是墨多？一行行字迹，是墨汁写就还是泪水染成？

头七之后，董皇后的灵柩就要移往景山寿椿殿。福临要在今晚把这篇祭文焚化在她的灵柩前。从来做文章不像今天，哀思如泉，文思如泉，泪水如泉。只恨手笔太慢，数千言竟无点窜，手不停笔地一挥而就。搁笔之后，他仿佛痛哭了一场，胸中的郁闷、哀伤减轻了许多。他走出暖阁，走出正殿。廊下几张桌椅，是供小内监抄录皇上御笔的，此时他们一个个竟哭红了眼，哽哽咽咽地抽泣、叹气。见皇上出来，连忙跪倒。

福临拿起抄录的纸折看了看，说："哭什么？"

小内监们忙奏道："实在是万岁爷的祭文催人泪下，奴才们实在忍不住了……"

福临一个急转身，连忙走开了。

这天已是八月二十六了，二鼓以后，福临换了一身素色衣服，小内监提灯、侍卫护从，静悄悄地走向承乾宫。福临的想法，是趁夜深人静，最后一次与乌云珠单独相聚，一诉衷情。寂寂秋夜，仿佛理解他的心情，连风声都息了。满天星斗，银汉无声，因为月黑而星光格外明净，闪烁的光芒，使他不禁又想起乌云珠的那双会说话的眼睛……

走近承乾宫，便听得一片人声和哭声。这是怎么回事？董皇后死后第三日起，每天都派李国柱传旨把茚溪森和尚召来承乾宫，上堂拈香，对灵小参，福临也曾相陪。现在这么晚了，是他还在灵堂吗？原来是皇太后、皇后和妃嫔在灵堂哭泣，她们也是来为董皇后送行的。

福临向母亲请安，后妃们向皇上请安，礼毕，皇上坐到皇太后左手下，强笑着安慰道："母后不要悲伤太过，还是早早回宫歇息吧！"

在董皇后即将离宫之时，皇太后的哀痛陡然变得异常强烈，她神色惨然，声调呜咽地对福临说："她实在称得上是皇儿的嘉偶啊！我一心指望你们两人永偕和好，娱我晚年，谁知竟中道而分！从此以后，谁能像她那么侍奉我？谁能如她那般顺我心、合我意？我有话又能与谁共语？谁还能与我一同筹思谋划……"她竟说得泣不成声了。

福临低头无语，皇后和妃嫔们的哭声更恸了。

“你们不要这么大声哭了，稍稍克制些吧！”皇太后转向后妃们。但她们哪里肯听，哭声依旧，没有一个回应一声。要知道，她们的哭，并非只为悲痛，也包含着委屈、不平和对太后一番话的不满。太后叹口气，泫然泪下，说：“你们这些人，难道都没心没肺吗？怎么连一句答话都没有？她听我说话，决不会这个样子！……你们走吧，都回宫去吧！不要在这里加重我的伤心了！”

福临也厌烦地挥挥手，后妃们只好知趣地退出去了。随后，福临请母亲止哀回宫，皇太后疑虑地看看他，他苦笑道：“母后请放宽心。”

皇太后也走了，福临便独对灵柩了。小太监捧来金炉，福临就面对灵堂，拿起他亲笔写的祭文，一字一句地读下去。开始还想硬撑着朗朗而读；后来泪随语出，抑制不住；读到最后，声音嘶哑，泪湿胸襟，几乎不能完篇。小太监流着泪举起火，福临在灵前亲自把祭文一页一页地焚烧在金炉之中。

福临祭毕，便默默坐守在灵前。千回百转，哀思总难撇开，连想闭眼歇息片刻，也都做不到。乌云珠去了，福临的一切都随她去了，只剩下这无用的躯壳……

天亮时，奉旨前来承乾宫为董皇后舁柩的八旗二三品官员近百人，已在承乾门外等候。茆溪森和尚也奉命来为董皇后起棺。茆溪向皇上参拜后，手举线香对灵小参，口念偈语道：“几番拈起几番新，子期去后孰知音？天心有月门门照，大道人人放脚行！”

福临站在一旁，突然忍泪问道：

“一口气不来，向何处安身立命？”

和尚向皇上躬身道：“谢皇上重重供养。”

福临咬住嘴唇，泪水沿着消瘦的面颊慢慢流下。

抬棺柩的三十二名八旗二品官，身着丧服，帽顶饰白，各自站好位置，举杠上肩。茆溪以佛杖指着灵柩念偈道：“举步涉千岐，孤坐又成迷，且作么生，得恰好去。”他以杖上引，大喝一声：“起！”八旗二品官们一起用力，沉重的棺柩离地而起，缓缓出了满堂素帷白幔的正殿。

福临说："谢和尚提拔。"

茆溪森道："圣驾珍重。"

大员们抬着棺柩走下月台，往承乾门移动，突然承乾宫的宫女、太监们冲上去拦道痛哭，哭得死去活来，攀着棺木绳索，不许抬出宫去。眼看几个宫女就将哭昏过去，护灵大臣呵斥责骂都没有用，当着皇上又不敢动鞭弄杖，一时竟然手足无措了。福临走过来，看着这些哭得如丧考妣的下人奴婢，心里十分感慨，半晌无言。后来，他非常和蔼地问："你们为什么拦路？"

一名太监哭着回答："奴才们舍不得董鄂娘娘！"

福临笑了笑，说："她去了，你们将分发别宫主位名下，难道不愿意？"

"不！不愿意！"太监拼命摇头。他们再清楚不过，别看那些主位现在哭得伤心，日后她们会把对董鄂娘娘的怨恨都发泄在他们这些承乾宫旧人的身上。

一个宫女惊惶地哭道："那还不如跟了她去呢！"

"哦，好丫头！朕想跟着她去而不得……好，你们暂且让开，朕有话对你们说！"

宫女、太监们不敢违命，棺柩终于顺利地出了承乾门，进入东一长街了。

福临对痛哭的奴婢们细细看过一遍，缓缓说道："朕的心愿不能完成，朕可以成全你们的心愿。你们就都随董皇后去吧，替朕好好侍候她！"

哭声陡然增强了一倍，有人真的哭昏过去。福临点头赞叹，举步出宫去送灵柩。茆溪在承乾门外追上福临，躬身道："皇上悲悼，确是纯情。但我佛大慈大悲，上天有好生之德，敢请朝廷免去多人殉葬……"

福临脸一沉，不高兴地说："殉葬乃国家旧俗，不然董皇后有何人服侍？况且，朕想随她同去，尚且不能，奴婢们自愿殉主，忠义可嘉，朕岂能不成全他们？"

茆溪还想再说什么，福临已不顾而去。想到满洲贵族皇家确实有殉葬的风俗，这位以慈悲为本的和尚也就无可奈何了！

三

重阳节的第二天，九月初十，是董皇后的三七，这一天，将按国礼焚化大行皇后的梓宫。

由于不忍目睹，皇上、皇太后和皇后都不参与这个大典，委派安亲王全权主持。为此，在寿椿殿月台上，特地为安亲王设了杏黄圆伞和宝座，供他坐镇指挥。其实真正的组织者是司吏院、宣徽院和文书馆，他不过总揽其事而已。下边禀告秉炬的茆溪和尚未到，请候片刻。

参加大典的各宫主位、公主、福晋、命妇等，在正殿中等候，满洲亲贵和汉员分别在东、西配殿等候。岳乐闲等无事，举步走向东配殿。未进殿前，明明一片嗡嗡的说话声，他一进门，声音蓦然停止，只有一句没煞住："……真重得厉害，不定放进了多少珍宝……"有人撞了一下说话人的肩膀，他回头一看，忙把后半句咽下去了。

这里有康亲王杰书、显亲王富绶、信郡王多尼、克勤郡王罗科铎、顺承郡王勒尔锦以及贝勒、贝子、公等亲贵和八旗统领、都统等近百人。亲贵们都有座位，旗下大员在亲贵面前自然不敢坐，原本分散地站在各处喝茶、吸烟、小声交谈，此时一起沉默下来。这沉默表示着一种情绪，形成了十分沉重的压力，使岳乐有种暴雨前闷得不能喘气的感觉。

王公贵族们起身迎接岳乐，他现在是王公中辈分最高、爵位也最高的人了。岳乐和颜悦色地请大家坐下。许多人避开他探寻的目光，重新端起茶碗，衔起烟管。岳乐决心打破沉默，笑说："方才诸公正谈得热闹，说什么物品太重来着？"

站在窗前一位八旗都统躬身说："禀王爷，是奴才随意说的。那天我们抬大行皇后的金棺往景山来，实在很重。"

"他说的不假，"一个眉毛灰白的八旗统领证实说，"比当年太宗皇帝的棺柩重得多！"

“太宗皇帝的丧葬也没有这么排场啊!”远处人丛中，不知谁极其不满地冲出这么一句。接下去，又是沉默，长久的沉默。坐着的亲贵们分明听到了，却都装作没听到；分明心里有气，却故意装得无所谓。但这不自然的沉默，却充分表达了他们敢怒不敢言的情绪。前几天，一名辅国公和一名承政因在国丧中作乐，皇上大怒，撤了承政职差，夺了辅国公爵位，一并禁锢了起来。哭临的最初几天，凡内大臣和命妇哭而不哀的，皇上都要发火，要交礼部议处。只是由于皇太后竭力劝解，这一条才没有贯彻下去。满洲亲贵，十有八九对皇上宠爱董鄂妃大不以为然，因为董鄂妃是半个蛮子，是所谓的“新派”。如今这种局面，他们心里能不愤慨吗?

沉默许久之后，有人轻叹道：“唉！太过了！……”岳乐本想回头看看说话的人，却忍住了。一抬眼，正碰上康亲王杰书的目光。杰书微微摇了摇头，吁了一口气。

岳乐离开东配殿，又走进西配殿。这里可热闹多了。许多人大声地谈论着，简直是在炫耀。他们见安亲王来了，一起跪安。岳乐请大家不要拘礼，随后召大学士傅以渐到配殿北头净室，问道：“于磐，据说为大行皇后拟谥，很费了几番功夫?”

平日端庄稳重的傅以渐，脸上竟也一副忧心忡忡的表情，躬身答道：“是。我等先拟了四个字：孝献端敬，皇上不允；再拟六字呈进，皇上还是不允；加至八字，为孝献庄和温惠端敬，皇上仍很生气，说全不足以褒扬贤后，谕令再拟，于是才拟了十二字，便是现在的谥号：孝献庄和至德宣仁温惠端敬皇后。”

沉默有顷，岳乐说：“皇上对这谥号满意了吧?”

傅以渐摇摇头：“哪里。皇上犹以无‘天’‘圣’二字为歉，但‘承天’须嫡配能用，‘辅圣’须有子继位才能用。皇上虽然不惬于心，也是没有办法啊。”

沉默了更长的时间。外间谈话声音很是杂乱，几句特别响亮的调门直传进净室：

“张宸这小子，自来不见有多大本事，这回可抢了头功，升主事了!”

“他升主事？真想不到！兄弟刚刚回京，快说给我听。”

“皇上遍征董皇后祭文，词臣学士凡是恭拟哀诔祭文进呈的，都得了重赏，但皇上称心的祭文寥寥无几。偏偏张宸进呈的祭文中有句云：‘渺兹五夜之箴，永巷之闻何日？去我十臣之佐，邑姜之后谁人？’听说皇上读到此处，泫然泪下，连连称善，便采用了张宸的祭文，张宸也因而官升主事了。”

“哦……”答者口吻中说不清是羡慕还是嘲讽。

“何止这些，”第三个声音加了进来，“前几天叩谒金棺时候，无不呼天抢地，如丧考妣。知道为了什么吗？凡是哭得不哀痛的人，都要议处；哭得哀痛的人，动辄赐给上方珍物。听说公主、福晋、命妇们得赏最多！”

“唉，真是多情天子啊！”

这同样是一句说不上是褒是贬的叹语。

傅以渐偷眼看看岳乐，岳乐正望着他，他也就硬着头皮说：“王爷明鉴，皇上此举是否太过？”

岳乐皱眉道：“御史、给事中都是朝廷言官，理应直言无隐，直陈得失，怎么不见一人进谏？”

傅以渐道：“要是其他事体，皇上纳谏不难。唯独此事，皇上是一副固执心肠……”

岳乐无可奈何地摇摇头。他比汉官更知道皇上的脾气。如果他最崇敬的皇太后都劝他不转，别的谏正还有什么用？满人对皇上此举不满，原在意料中；汉官竟也这么忧虑重重，反应也这么强烈！朝廷里满与汉、满臣与皇上、汉臣与皇上，裂痕会不会越来越深？那会导致什么局面？济度的故事会不会重演？唉，皇上皇上，你为什么这样不管不顾？你到底能不能作一个英主明君？……

岳乐心情沉重，撇下傅以渐走出了配殿。大典为什么还不开始？还在等什么？他有些焦躁，信步走出大殿的前院。院外一处空场已收拾得干干净净，那是举行大典的地方。空场上，许多带刀卫士严密守护着两座金碧辉煌的宫殿，这就是董皇后的冥宅，由数百名能工巧匠日夜赶制而成。这是两座和承乾宫正殿、寝宫尺寸完全相等的高大木制模型，以沉檀为骨架，房顶刷金，窗棂雕银，纸壁纸墙上饰以文采富丽的云锦和西川锦，用明珠、宝石装点得豪华辉煌。董皇后生前所用的一切床帐、家具、器皿和珍宝摆设，全照承乾宫的样子在冥宅内摆好，一件不少。董皇后的灵柩已经移进冥宅正殿，周围许多僧人敲着木鱼、铙钹念经礼拜。众多僧人中间，岳乐认出那端坐蒲团、闭目养神的老和尚，正是主办景山大道场、被请来秉炬举火的茆溪森。

茆溪既已到场，还等什么呢？岳乐不解地皱起眉头。当他望见冥宅寝宫的后门大开着，恍然大悟，便在为举行焚化大礼而设的铁栏边站定了。

“站住！站住！”背后传来卫士威严的喝斥。岳乐回头一看，一个女子从寿椿殿后侧冲出来，跌跌撞撞地直奔铁栅栏。卫士见吆喝不住，“哐啷”一声，长枪相击，交叉一拦，旁边另两名卫士“刷”地抽出了腰间钢刀。那女子吓得摔倒在地，浑身战抖，挽在头顶的黑发也披了下来。卫士们厉声喝问，她不知是过于惊吓还是天生哑巴，竟一声不吭。

岳乐心里一跳，连忙大步走了过去。卫兵们一见安亲王，赶紧收起兵器，跪倒请安。岳乐不等卫兵启禀，就生气地对女子说：“怎么在这里乱跑？还不回去！”

这是阿丑。她应该随安王福晋在寿椿殿等候，这么丧魂失魄地跑出来干什么？王爷的呵斥吓住了阿丑，她眼睛里露出被追捕的小动物那样可怜的畏惧表情，怕冷似的缩紧身子。可是当她朝岳乐身后看了一眼，便惊叫了一声，趁着谁都没有拉着她，猛跳起来，像受惊的鹿，向前飞跑，撞上那道铁栏杆，便双膝一弯，跪倒了。

岳乐十分恼怒，赶上去一把攥住阿丑的胳膊，低声喝骂道：“你竟敢在这儿给我丢脸！滚回去！”

从不在王爷面前求告的阿丑突然开口了，声音很低很低，岳乐简直怀疑是不是自己听错了：“王爷，求求你！他们来了，过来了……”

他们？他们是谁？见阿丑瞪得很大的眼睛里满是恐惧和惊惶，岳乐心里纳罕，顺着她的目光看过去——

景山山坡上，转过来一列失神的人群，前面十名太监，后面二十名宫女，鲜丽整齐：袍冠是新的，宫服是新的，连头上的珠花、绢花也都是新的，宫女甚至还描了眉，搽了胭脂。不过一个个都像重病人，垂着头，腁着肩，拖着脚步，鱼贯而行。冥宅寝殿的后门是为他们打开的，他们便是为大行皇后殉葬的那三十名奴婢。他们已经服了毒药，正拼出最后的气力走进火葬场。只有死在冥宅里，才是他们最大的光荣，他们的家属亲人才能得到那笔数目挺高的赏银。

阿丑把脸贴在两根铁栏杆之间，仿佛成了一具僵尸，连她的面色也泛出死人似的惨白，只有乌洞洞的眼睛一眨不眨地盯着从面前走过去的一个又一个殉葬者。在卫士们面前，岳乐觉得难堪，心头火起，一把将阿丑提了起来。任凭他把她的手臂几乎捏断，阿丑连头都不回，全然不理睬。这可把岳乐气坏了：一个下贱的奴婢，竟不把身为王爷的主人放在眼里！他一甩手，阿丑便摔出去好远，头重重地撞在铁栏杆上。岳乐追过去，高高扬起那能拉十石弓、舞六十斤长枪的手臂，心里暗想，只要她告饶，或是吓得流泪叩头，他就放下手，不打她。

然而，阿丑那样地看了他一眼，目光就像一道闪电，亮得怕人，里面有疯狂、有反抗、有厌恶、有仇恨，就是没有恐惧和求告，撞破的额头流下的鲜血，更加强了这道目光的力量。岳乐从来没有接触过这样的目光，不由得一愣，阿丑却极快地掉过头去，继续全神贯注地瞪大眼睛，把这个威严的王爷完全撇在了脑后。岳乐倒有点不知所措，心里很不得劲，涌出一股说不上是尴尬还是羞辱，或者别的什么东西。

“啊！——”一个十五六岁的小宫女，突然发出一声尖叫，发疯似的撕扯着头发，跳起来回头拼命跑着，刺耳的尖叫声响彻景山，“我不想死！我不要死！……我要我娘！”

她跑出去十多步，押送护卫已大步赶上，一把把她扯住，手执金瓜朝她头顶一击，她张着两手乱抓了几把，仰天倒了下去。两名护卫抬着她，最后走进冥宅。他俩再出来时，便锁上了冥宅寝宫的后门。

冥宅正殿里的僧人开始纷纷撤离，只剩下秉炬举火的茆溪和他的两名大徒弟了。

阿丑自言自语，从牙齿缝里挤出了低低的几个字：“她呢？没有她？”岳乐低头看时，紧张过度的阿丑，晕倒在铁栏边。岳乐这时才悟到，可能殉葬的宫监中有她的亲人。他唤来护卫，吩咐他们扶出阿丑，交给安王府总管。他想回府以后，一定要仔细问个清楚，一定饶不了这个任性的、不驯服的奴婢！

大火终于烧起来了！躬逢大典的妃嫔、公主、福晋、命妇、王公贵族、文武百官，黑压压地跪了一大片，匍匐着恭送大行皇后归天。几百名和尚诵经祝福的巨大声浪，都被熊熊大火的呼啸声音压倒了，其中夹杂着大大小小的爆炸，那是冥宅中珍奇物品迸碎破裂的响声。火焰腾起数十丈高，五颜六色，喷出的沉香檀木的特殊香味，飘散到十数里之外，整个紫禁城、整个皇城都弥漫着这浓烈而古怪的奇香，随着阵阵微风，还飘向了东城、西城、北城甚至南城……

人们都伏地不动，木雕泥塑一般，谁也看不见谁的表情。但安亲王想象得出，那是些愤懑的、讥讽的、冷峻的、痴呆的面孔，由此可以生出最可怕的不忠。岳乐对着冲天大火暗暗祝祷：但愿就此把这件事情了结；但愿这大火使一切都成为过去；但愿人们很快就忘却这次丧礼；但愿皇上由此悟出一番道理，再不做逾分越礼的事情！

但是，皇上并不就此却步，又做了更过分、更耸人听闻的事，令所有的人都目瞪口呆了。

十月初八，由茆溪主办的景山水陆道场到了最后一天，圣驾来到寿椿殿，为董皇后断七。四十九天以来，白日铙钹喧天，黄昏烧钱施食，晚上放焰口。忏坛、金刚坛、梵纲坛、华严坛、水陆坛，热闹异常，无数僧人、无数官员、无数奴仆，忙得晕头转向。每逢七，皇上便亲临道场祭奠，呜咽不止，连出家的和尚们也为之感慨万端。七七四十九天总算过去了，大行皇后的梓宫已成为宝宫①，香花供养，备

---

① 盛骨灰的罐。

极庄严。水陆道场收了法事，朝廷上下，宫廷内外，都松了一口气。

茆溪森在极端劳累的四十九天之后，也不由得躺倒了。他要放心开怀地好好睡一觉。但他的清梦未到，皇上的圣谕却到了，说圣驾即刻就到万善殿，要他准备迎接。茆溪无奈，只得赶紧起身。这位情深似海的天子又要为董皇后做什么法事？真不知他有多少泪水，至今也流不干净。

殿前苍郁的古松柏下，迎接皇上的茆溪暗暗吃惊，哀愁悲戚已从皇上眉目间一扫而光，他神态自然、从容、平静，目光里含着某种成熟的冷峻，仿佛两个月中长大了十岁。等到迎进了万善殿，分宾主坐定蒲团时，皇上竟霁然微笑，全然是一位和善的大施主。茆溪的倦意一霎间消失了，特别小心在意地侍候着这位面容苍白的君王。

“谢和尚启建、主持景山水陆道场。大行皇后得以超生，免去轮回之苦，朕五内俱铭。”福临平静地说，表情和悦。

茆溪答道：“董皇后于庚子秋月轮满之时成等正觉，与悉达太子睹明星而悟道无二无别，真乃奇事！所以一切众生，皆具如来智慧德相。”

福临点头叹道：“唯有这样送她去了，朕才觉安心，才对得起她的一片真情。朕总算了却了一桩心愿。”

茆溪静静地说：“龙女成佛，圣驾珍重。”

福临也静静地说：“如今朕心如死灰，万念俱空，来寻和尚为朕剃度，从此出家为僧。”

茆溪大惊，打了个冷战，大声说：“万岁切切不可萌此念头！国君一身系天下安危……”他说着，紧张得满脸通红。

福临冷漠地说：“出家人参禅学道，不可任意喜怒惊惧，所谓‘一念嗔心起，百万障门开’是也。和尚岂不明白？”见茆溪被他这两句话说得垂了头，福临笑了：“师兄，这殿旁净室，从此归朕修行打坐，朕再也不回乾清宫、养心殿了。师兄度得人间一位天子遁入佛门，岂不是一件大功德？”

茆溪沉默片刻，仍然低头低声道："万岁不可，万万不可！"

"师兄不信朕的诚心？"福临平静而从容地转了转身，左手拽过脑后那根乌黑油亮的辫子，右手抽出腰间短刀，"噌"的一声就把它齐根割断了！

"哇！"内侍们惊得大叫着扑上去，但已经来不及了。福临的各种举动平静尊贵，不动声色，极合身份，惟独这关键的割辫子动作，闪电般快，任何人都来不及反应。那根乌黑的辫子，像蜿蜒扭曲的蛇，"刷"地扔到当地。众人望着它最后扭动了一下，仿佛是件活物，一个个呆若木鸡，惊得不会说话了。

"哈哈哈哈！"福临摘了帽子，晃晃脑袋，黑发散乱地披满脑后，得意地、痛快地，又带着点悲怆地大笑着，笑声在深邃阴沉的万善殿内回荡。他擦去腮边笑出来的眼泪，说："千万根烦恼丝顷刻断绝，何等容易！从此后赤条条无牵挂！……师兄，你还不肯剃度朕吗？"说罢，他又纵声大笑。

出于惊愕、出于感动、出于某种虚荣，也出于隐隐的恐惧，茆溪吩咐徒弟备香案、呈戒刀，就在万善殿内，他用颤抖的双手，为大清帝国皇帝净发。半个时辰后，这位皇帝已成为一个新剃的光头泛青、新披的大红袈裟耀眼的精瘦清秀的小和尚了。

皇上削发出家的消息，像晴天霹雳，震惊了朝廷里的一切人。大清天子竟会做出这样荒谬绝伦的事情！真是做梦也想不到。议政王大臣紧急会议，第一项决定就是严格封锁消息，议论透露者斩；第二项决定，则是所有臣子都去轮流叩见皇上，求他还俗回宫、处理国事。至于内宫就更加慌乱了。从早到晚哭声不停，皇后和妃嫔们都处在被抛弃的境地上，抚今追昔，能不伤心？

禁令再严，消息还是传遍了京师。人们窃窃私语，联想起惊人的花费浩大的董皇后葬礼，多情天子的故事便到处流传开来。汉官士子知道一点底细，更添油加醋，使这事的始末成为一件骇人听闻的丑史；佛门信徒盛赞这位舍弃荣华富贵、舍弃皇位的天子，说他不愧为金轮王转世投胎；还有人目睹这场混乱，以为时机大好，颇想有所行动。于是，五城兵马司得到许多不轨预谋的报告，五城察院飞速上报，层层抵达议政王大臣会议。又一道指令紧急下达：护军营护军统领、参领、提督九门步军巡捕三营统领等率领的京师守卫部队，一概日夜巡逻、严加戒备，以防发生意外。

亲王、郡王、贝勒、贝子、公等亲贵和满洲大臣，川流不息地往万善殿见驾，劝说皇上回心转意；公主、福晋、命妇及后宫妃嫔，也络绎不绝地往慈宁宫叩谒皇太后，为皇太后宽心解愁。说来也怪，在人来人去、繁忙慌乱之中，只有两个人一丝不乱，一点不慌。一个是福临自己，一心一意打坐参禅，亲贵大臣他一概不见，只在有兴时召请词臣学士谈诗论画，但政事一个字不许提。另一个呢，是庄太后。她既不去万善殿，也不表示悲哀忧愁。来叩谒的，她一概都见；安慰劝解的话，她一概都听，并且总是带着慈和的微笑，不对儿子出家发表任何看法。这母子俩！

在皇上剃度的大事发生之后，这是安王福晋第二次进宫了。上一次本是去劝慰皇太后的，谁想皇太后并不悲愁。她回府便和丈夫商量，把冰月接回王府。董皇后去世，皇上又做了和尚，冰月不就成了无爹无娘的孤儿？安亲王同意了，今天夫妇二人都进宫来了。岳乐自然是去万善殿见驾，一天一次，次次都吃闭门羹。今天怕也是照旧。

在东华门，夫妻俩就分了手，岳乐去西苑，那拉氏带阿丑来到景运门前。要接冰月，非阿丑不可。但没有宫内主子的特许，奴婢不能越景运门一步。那拉福晋下轿后吩咐阿丑在景运门外那一排侍女室等候，自己便进了门。

那拉氏最弄不懂这个阿丑。模样儿近来越长越好看，眼神儿却越变越痴呆。大行皇后焚化礼完毕回府，丈夫对她说起阿丑的怪异行动，要她盘问出个究竟。她费了好大精神，最后气得她不顾安王府仁慈厚道的好名声，动了鞭子，但阿丑一言不发，还是一无所获。你就是拿刀子撬开她的嘴又有什么用？她像个哑巴。丈夫对她的行动不以为然，她只好瞪他一眼说："有本事你自己去试试看！我就不信这石头人有什么心事，看热闹罢了！"

梦姑怎么会没有心事呢？但是，这些年的亲身经历和所见所闻，使她坚信只有成为哑巴，才能避免新的不幸。她一直为承乾宫的容妞儿心神不定，却没有可能打听她的情况。那天在景山，她待在侍女室的一个角落，幽幽的像只小老鼠。可其他侍女一个个都知道许多事情，你一言我一语，不几句就谈起了殉葬。天哪，承乾宫的宫女、太监都要被活活烧死！这一瞬间，梦姑竟毫不犹豫地断定，容妞儿就是她的可爱可怜的容姑小妹！积蓄已久的思亲、悲愤突然借着这个缺口喷发出来，一向无声无笑、冰冷如霜的梦姑爆发了，发疯似的冲出侍女室，冲到铁栏边……老实说，那天若不是正好由她的主人安亲王主事，若不是正好安亲王对她怀有一种说不清的好奇，她是休想活命的了。她曾向焚化大礼的场所呆呆地看了很久，价值千百万的珍奇瑰宝、沉檀冥宅、大行皇后的棺柩、殉葬的三十名宫监，都已化为灰烬。容姑呢？殉葬者中没有她，她到哪儿去了？这一切她怎么能说？也许容姑的生命就悬在她舌尖？……这该死的宫墙啊！要是能飞到承乾宫去看一眼呢！

几声唿哨此起彼伏，从南边那一片柏树林传了出来，离得不远，几个穿宫内侍从衣服的人在那里调鹰。可怜的鸟儿，原来是在高山峻岭之上、蓝天白云之间自由自在地飞翔的，现在却被锁挂着双脚，就是飞，也不过十几丈远！

一个熟悉的身影从梦姑眼前一闪，她的心怦怦直跳。这身影唤起她记忆深处那非常遥远、非常美好的梦：满山遍野蓝瓦瓦的马兰草，老杏树的繁花，母亲、容姑、同春哥、同秋弟、小鞑子费耀色……费耀色！就像是他！跟两年前跑来给容姑报信的小鞑子一模一样！只是长高了半个头。

梦姑心慌气短，瑟瑟发抖。两年多来，第一回碰到了一个熟人！她眼里突然涌满了滚烫的泪水……但是，会不会弄错？他肯不肯理我？我这低贱的奴婢……

梦姑暗暗一咬牙，豁出去了！她走出侍女室，急中生智，装作低头寻找东西，慢慢往柏树林挪去。景运门侍卫懒洋洋地看她一眼，没理会，只顾和门里太监继续小声聊天。

梦姑一步步接近了那个人，只觉心要从嘴里跳出来。她紧紧按住胸口，突然一抬头，用她自己都觉得生疏的声音抖抖索索地问：“小爷，有没有看见一张绣花丝帕？”

那“小爷”不在意地回头，说：“没有!”可他立刻张大了嘴，眼睛瞪得铜铃大：“你，你……是梦姑姐姐？”

“费耀色！……”梦姑只叫了这一声，喉头便哽咽得什么话也说不出来了。

费耀色顾不得许多，忙问：“你在哪里？怎么进宫来了？”

“我……在安王府为奴……今天随福晋来……”

“没有见到容姑姐姐？”

“她！她在哪里？快告诉我！她还活着吗？”梦姑一把拽住了费耀色的胳膊。

费耀色忙说：“别急，听我告诉你……”

就在焚化大礼的前一天，费耀色随笔帖式一同去景山送猎鹰，那是大行皇后生前最喜欢的一只海东青，要为她殉葬。同时送去的还有两只白猫、一笼金丝雀、一笼相思鸟。他们被领到景山半山腰的一所屋子里，那屋子窗户都钉得死死的、糊得严严的，谁也看不见里面的景况，但他们都知道，里面关着与猫、鸟同命运的殉葬人。

费耀色他们快要离开时，忽见一名总管太监领人匆匆走来，对看守的卫士说了几句什么，卫士便进到屋里，不一会儿押出一个神志昏乱、衰弱已极的宫女，来人便把她半搀半拽地带走了。费耀色几乎跳起来，因为他清清楚楚地看到了，那宫女就是容姑！

焚化礼上，费耀色也仔细辨认过，殉葬众人中确实没有容姑。他留心打听，一个偶然的机会，上司们闲谈中透出内情：太后身边的苏麻喇姑禀告太后，说容妞儿曾犯有过错，不配殉葬，又说她疑惑容妞儿不是旗下姑娘，那就更不配随大行皇后去了。太后立命查究，很快查清了底细，容妞是冒名顶替的奴婢！皇上大怒，把容妞原主家夫妇斩首示众，容妞没有留在宫里的资格，给撵出去了。

“……她出去以后的事儿，就再也不知道了……”费耀色说到这儿，神色突然有些慌张，赶紧小声说，“来人了！……有了容姐姐消息，早早告诉我……”

“费耀色！”随着这声大喝，一个头目模样、眉毛粗重的人快步走了过来，一把扳住费耀色，“不许跟奴婢下人搭话，你又忘了！你调的鹰呢？飞啦？怎么跟上头交差？混账东西！”他怒冲冲地抬手就是一鞭子。

费耀色抬胳膊护住头脸，鞭子抽在他的背上。他直跳起来，大哭大喊：“她丢了帕子问我见到没有，也怪我吗？鹰飞了有什么稀罕，三阿哥要我撒开来调驯的，不信去问三阿哥，干吗打我？呜……谁不知道我费耀色是尚膳监养鹰鹞处年岁最小的当差人，你雷公打豆腐，专拣软的欺负啊！呜……”他故意把自己当差的处所详细说出来，偷偷对梦姑眨眼，大声哭叫着。

一听“三阿哥”三个字，头目先就软了，可又不肯立刻低头，故作不耐烦地说：“别哭了，我不打你就是。可你撒了鹰，飞跑了怎么办？海东青啊！我也得跟着受罚！”

费耀色歪着头不屑地瞪他一眼，转身对天空打了个尖而响亮的唿哨，那只远远地落在大松树顶端傲然雄视的钢灰色鹰，展开双翅，“呼”地飞了起来，在他们头顶盘旋了两圈，轻轻落在了费耀色肩上。

“嗨、嗨，好小子！”小头目高兴了，连忙向费耀色表示好意，“算我打错了，请你喝酒行不行？把你这手教给我……”小头目搂着费耀色的肩膀，两人向南走了。

梦姑对费耀色的背影看了好半天，慢慢走回侍女室，心里高兴得乱哄哄的。亲人！同胞妹妹！活着，逃脱了可怕的无情的火，活着！她想跑、想跳，想扯开嗓子大喊大叫！但她什么也不能做。她躲进侍女室的一个小小的、昏暗的角落，面向冰凉的墙壁，先把滚烫的双手贴上去，接着又把火热的面庞贴上去。她兴奋得心里难受，对着墙壁轻轻笑着，泪珠扑簌簌直滚下来。她的暗黑如墨的心里，透进了一丝希望的光亮。

她的女主人此时心里却凉了半截，因为太后不肯把冰月还给她。太后微微笑着，慈祥得使你不能有一点不满，说出的话，即使反对的人听了也不能不连连点头：

“……我老了，就喜欢孙子孙女们陪着我，看他们玩耍听他们笑语，也是晚年一乐呀！小冰月最惹人爱了。前些日子我受风寒，门窗紧闭着防风吹，冰月倚在我怀里说：‘皇阿奶冷，所以怕风，对吗？可是风也怕冷呀！’我问她风怎么会怕冷呢？她挺认真地瞪大眼睛说：‘风要是不怕冷，为什么也喜欢往人怀里扑？’你看看！”她说得满脸绽开了笑纹，抚了抚头发说，“多乖的孩子！我这当阿奶的，怎么舍得身边少了这么个宝贝哟！”

安王福晋只好赔着笑，心里却有点发酸。太后好像看透了她的心思，又说：“还有一层，你一定想过了。冰月已经是公主，名分一定，不好降尊了！”

那拉氏连连点头。这时太监禀告安亲王求见，庄太后笑了，说：“果然来了，进来吧！”

岳乐进宫，一见妻子在座，先就沉下脸，向太后跪安后，便向福晋说：“你回去吧。”

福晋还想对丈夫念叨几句，要讨冰月回府住几天。岳乐面色很难看，根本不想听她讲话，立刻阻止她说：“我有正事谒见，你在这里不便，快向太后跪辞。”

福晋虽然满心委屈，还是听话地向太后跪安。太后一直微笑地望着他俩，听他们说话，见福晋告辞，也没挽留的意思。

福晋刚走，岳乐就急忙说：“太后，皇上仍是不肯相见。不过今天有所不同，有一小沙弥来传皇上圣意，命我来见皇太后，说皇上有事委托了皇太后。”

庄太后没有说话，只对苏麻喇姑做了个手势，苏麻喇姑走进寝宫，回来时手中捧了一只镶嵌着黄金掐丝龙凤的玉匣。太后就着她的手打开匣盖，翻出一张纸，一声不响地递给了岳乐。

岳乐接过一看，就认出了皇上那苍劲有力的字迹，题为“行痴和尚上圣母皇太后书”。才看了几行，岳乐的脸都发青了，不等看完，他已经双膝跪倒在太后面前，身上如发寒热病似的一阵阵颤抖，说：“太后明鉴，岳乐若有此念，天打五雷轰！”

行痴和尚在上书中，除了告不孝之罪和表示断绝红尘之外，中心是要岳乐主持国政，如果太后认可，他将禅位给岳乐。

庄太后笑道：“起来吧，不值得这样。我要是疑心你，也不会给你看了。”

岳乐抹去脖子上流淌的冷汗，迟疑地说：“可是——，怎么办呢？皇上他什么话也听不进，谁也不肯见……”

庄太后敛起笑容，沉思道：“不到火候，急也无益。去年金陵危急就是这般模样。越劝越不听，越压跳得越凶。但他毕竟不笨不傻，静下心来自会明白的。”

岳乐心中仍不安定，说：“这一次不同以往。董皇后去了，皇上他伤心过度……”

太后长叹一声：“唉，连你也不明白！他这样，难道仅仅为的是乌云珠吗?”

岳乐一惊，迷迷茫茫的心里忽然明亮了，一阵心酸、一阵心痛，眼泪“刷”地落了下来。

半天，太后抑住悲酸，重新平静下来，说：“要江山还是要美人，况且是已死的美人？但凡醒悟，不难选择。纵然他一时不悟，有内阁、六部和议政会议，国事还不至于因此停顿下来。我看要他省悟，恐怕解铃还需系铃人。”

“太后的意思是……”

太后笑了：“行痴和尚的师父玉林通琇即将来京，派得力大臣出京相迎吧!”

果然如皇太后所料，没过几天，十月十五日，国师玉林通琇到京，几乎是下马就直奔大内万善殿；十月十六日，皇上回宫；十月十七日，像没事人似的，皇上一早上朝，处理国事，心平气和，神态自然、宁静。确实，他从此不摘帽子，人人都知道他背后不拖辫子，但谁敢看一眼呢!

所有的人又松了一口气，危机总算过去了。

后来侍从太监禀告皇太后，玉林国师处理此事极为干净利落，劝皇上还俗也不过用了三五句话。

玉林一进万善殿，立刻命他的徒子徒孙们把茆溪森捆绑在石柱上，四周架起柴禾，因他竟敢替皇上落发，准备点火烧他。随后，玉林进了他的小徒弟行痴也即福临的方丈室。两人一见，光头和尚与光头皇帝相对，玉林纵然心事重重，也忍俊不禁了。而福临呢？又是一场开怀大笑。

福临立即对玉林说："朕思上古，唯释迦如来舍王宫而成正觉，达摩舍国位而为禅祖。朕欲效法，师父以为如何？"

玉林摇头，正色道："若以世法论，皇上宜永居正位，上以安圣母之心，下以乐万民之业。若以出世法论，皇上宜永做国王帝主，外以护持诸佛正法之轮，内住一切大权菩萨智所住处。"

福临默然沉思。殿外呼喊声喧闹一片，堆起的柴薪已经点着了火，茆溪森念佛声盖过了所有的嘈杂。福临走到窗前看了一眼，忙道："师父不要怪罪师兄，是朕命他净发的。"

"怪不怪，无需细究。除非皇上蓄发，茆溪不能无罪。"

烟火腾起，茆溪森已被裹在其中了。福临无可奈何地笑道："饶了师兄吧！朕静听师决就是。"

茆溪森得救了。代价便是福临蓄发还俗。

以为危机过去的人，又高兴得太早了。蓄发后的皇上像是换了个人。他对国家政事失去了兴趣，再没有从前励精图治、勤政爱民、日理万机的劲头了。上奏本章堆积如山，他懒得批阅；大臣们求见，他也不高兴翻膳牌。他整日不是看书便是参禅，此外便是打猎出巡。在宫内，他对皇太后恭顺如旧，但对后妃们极其冷淡。只有小董鄂妃，被他天天翻牌，召往养心殿，引起后妃的强烈忌恨。在朝廷内，他好像把对济度的愤慨和对董皇后早逝的怨恨一股脑儿撒在满洲亲贵身上，对他们格外疏远，也格外严厉。许多满大臣都害怕皇上又要搞什么新花样，大有惶惶不可终日之感。

他几乎不再提起董皇后，也许随着岁月的流逝，他会渐渐把往事忘却。

可是，十二月初，玉林通琇归山时，皇上赐给他御笔亲书唐诗一幅，笔墨淋漓，仿佛滴着泪珠：

洞房昨夜春风起，遥忆美人湘江水；
枕上片时春梦中，行尽江南数千里。
…………

四

按照惯例，各衙门腊月二十三封印，要到次年元宵节后才开印。这二十来天的年节，京师自然热闹非凡，喜气洋洋。元旦前后这几天，爆竹声彻夜不停，路上官轿、车马、行人比平日拥挤百倍，百官朝贺，士民走访亲友、祭祖祀神。至于南城、琉璃厂、前门一带，更是百货云集，人山人海。满街花灯、彩棚，鲜红的春联，五彩的门神，烘托着新衣新帽的游人；贺喜声、欢笑声、叫卖声，和着锣鼓秧歌，一片沸腾。大有太平昌盛景象。

顺治立朝以后，物价一年比一年降低，渐趋平稳。白米，从初年的每石纹银五两，降到如今的每石一两五钱。麦子，由每石二两降到如今的一两；每匹布由五钱降到二钱上下；盐，由每斤一钱降到每斤一分；猪肉由每斤一钱二分降到每斤五分左右。物价稳则人心定，京师繁华也就不言而喻了。遇到岁首元旦佳节，无论官民，自然都要畅意一欢。

过了初三，武英殿大学士傅以渐府中来客才渐渐减少。初四这天，傅以渐夫妇本想谢客休息，却又来了两位兴致很高的客人。一位是龚鼎孳的夫人顾媚生，当然由素云接到内室相待，说笑了一个时辰，便告辞而去；另一位是翰林院掌院学士、礼部尚书衔的王熙。王熙与傅以渐从前交往不多，自顺治十五年改内三院为内阁、设立翰林院之后，两人都因体制变革而高升，傅以渐拜殿阁大学士，王熙掌翰林院，并都得到了皇上的宠信，他们之间也就逐渐成了知交。他们在许多重要事情上都能常常互通消息，并且谈到过子女的婚姻之约。

王熙去后，日已当头，傅以渐沉思着慢慢走回寝处。一进中堂，意外地看到素云已端坐窗前长几之旁，面前罗列长卷、画幅和画册，正在那里优哉游哉地玩赏。素云见他进来，抬头莞尔一笑，说：“什么话说这么长时间？怎么不留他用餐？”

“哪里能如此草率！况且你有什么拿手好菜留客？”

“别的不说，只我亲手烧一道西湖醋鱼、一道南味烧鹅，就叫他双脚离不得傅宅。如何？”素云笑着说。

“好，不如犒劳了我吧！”傅以渐笑呵呵地说。素云很久没见到丈夫这么愉快地笑了，心里也很高兴，亲自为他斟了热茶，端到他面前，道：“你像是很开心。王熙带来什么佳音？”

“你这双眼睛啊！真厉害！”傅以渐笑笑，放低了嗓音，“昨天皇上召王熙去养心殿，讲论了一个多时辰。王熙很是鼓舞。他方才还在说，身为汉官，一介庸愚，竟荷蒙高厚之恩，任以腹心，虽生生世世竭尽犬马，也不足以答万一。”

“那是恩宠特重了。不知讲论些什么？”

“这，他当然不敢说。但听口气，皇上似有振作之举。”

“哦？你是在为此高兴？”

“可不是！皇上也真该振作了，一年多不专心理事……”

“一年算什么！前明的皇上，一个个几十年藏在深宫，从不视朝，一个大臣也不认识……”

“皇上毕竟是英明之主，那些昏王岂可同日而语！只禁朋党、禁中官干政两件，就是有鉴于前朝亡国而施的善政，何况皇上多年勤政，事必躬亲。也是近年多事，难免……唉！好在皇上有心收拾，一旦振作，自然见效。”

素云又慢慢回到窗下翻看拾掇那些书画，说：“即使皇上奋发，你又能有什么作为？你们内阁职责，不过是批本，批本无非援引旧例、照此办理罢了。这份差使，即便让一庸人去做，也可成为大学士，可惜了你这份才具。……除非把六部移至内阁之下，如同唐代六部之于尚书省一般，那你这大学士才像是尚书令，称得起名副其实的宰辅呢！”

傅以渐笑着轻轻说：“王熙今天言谈中，就有这番意思。细细揣摩他的话音，似乎是他和皇上讲论的主要内容哩！”

素云把目光从画卷移向傅以渐：“那么，议政王大臣能依吗？六部满尚书能依吗？近日满洲亲贵愤懑之情溢于言表，安王大受冷落，你知道不知道？”

傅以渐的笑意冻结在唇上。他知道，亲贵们早就不满皇上违祖制近汉俗，近日又增加了宠妾和佞佛两条罪名，指的当然是董皇后之丧和皇上削发修行。在他们看来，皇上失德不谓不大，所以他们的怨气不能不深。他们的怨气撒在安王头上，今年皇室元旦祭祖、走谒亲友，安王府竟冷冷清清，极少亲友贺年，尴尬万分……

“好了，我的大学士，别发愣了！”素云笑吟吟地曼声说，“你来看看这卷画，我把它挂在书房好不好？”

傅以渐凑过去不经意地扫了一眼，却走不开了。这是一幅描绘江南春色的山水图。迷濛的烟水云霭、妩媚轻柔的春风、丘壑间的隐隐翠微，竟似透过画面向他扑来，使他不禁想到了“杏花春雨江南”，想到了“春风又绿江南岸”，想到了“春江水暖鸭先知”……

门吏领着内阁一名笔帖式在门外求见。傅以渐连忙出见，笔帖式向大学士跪禀道：“御前侍卫传谕：皇上昨夜不豫，今日病情加重，大学士和九卿明晨齐集后左门问安。”

傅以渐顿觉心头发慌，但维持着表面的镇静庄重：“皇上是何病症？”

“高热不退，烦躁不安，尚无确诊。”

“去吧！”

笔帖式走后，傅以渐忙回内室，把这消息告诉了素云。当晚，夫妻俩辗转反侧，久久不能成眠。

次日黎明，诸王公、内大臣、内阁、部、院、翰、詹、卿、寺、科、道各衙门官员，齐集后左门请安。正处新正之际，但宫殿各门所悬的门神、对联都已除去，彩灯彩饰也都收起。百官见此情景，知道皇上的病没有起色。一名总管太监匆匆从宫里出来，与几名议政王大臣低头耳语，神色很是仓惶。这一切成为无形压力，使空气十分沉重。跪在内阁序列中的傅以渐，只觉身上一阵阵发冷，面孔又火辣辣地发烧，心里很乱。他听到某种响动，侧脸看时，竟是钦天监监正汤若望跪在那里发抖，苍苍白发白须白眉，把他的面容遮去了一大半，但仍能看出他发自肺腑的深深悲哀。

傅以渐代表百官朗声跪奏："今当腊尽春来，寒暖交替之时，圣躬违和，臣等微忧，恭请皇上避受风寒，静养珍摄。一应本章尽送内阁拟票请旨，皇上请放宽心。愿皇上早日痊愈，则国家万民之大幸也。"

跪着的百官同声奏道："愿皇上早日痊愈！"

御前侍卫对众人说："稍侍。"他转身要回养心殿转奏，又有人颤抖着嗓子喊道："请等一等！"那是汤若望。他流着泪请求御前侍卫转奏皇上，允许他这位老臣觐见万岁。

不多时，御前侍卫转来，向百官传达了皇上的口谕："朕偶感风寒，一二日内可望痊愈。尔等所奏，朕已具悉。部院各衙门启奏本章，一并送内阁大学士处即可。"

御前侍卫又转向白发苍苍的汤若望，传达了皇上的答复：汤玛法忠心耿耿，皇上感念至深，待皇上病体好转时，一定召玛法进见。

王公大臣、文武百官们惶惶不安地商议着。慈宁宫首领太监捧来了皇太后懿旨，谕令释囚犯、减刑狱、免死罪；要求传谕民间不许炒豆、点灯、泼水。此刻众人恍然大悟：皇上出天花了！

天花，这令人谈虎色变的可怕的病症！皇上以二十余岁的成人而患天花，危重至极啊！王公百官顿时心慌意乱，聚在那里愁颜相对，谁也没有办法，谁也说不出话，阵阵寒风吹得人五脏六腑都冰凉冰凉的了。后左门，如同一座小金殿，雕梁画栋、富丽庄重，聚集了数百名冠服整齐的国家大臣，此时却像一个人也没有似的寂静。

安亲王最后说了一句："久聚无益，散了吧！"人们这才各自出宫，竟也没有一个人再说一句话。

汤若望却不肯离去，他要内监替他带给皇上一本画册，并替他转奏皇上："陛下灵魂的永久福乐，现在已到了很危急的地步，我不能不为此着急。请陛下至少把这文本阅读一遍，这是人类死后的情景和天国的永生啊！"

内监一向尊重这个老教士，答应替他转奏。半个时辰后，内监回来了，告诉汤若望，万岁爷读了那文本，深深感叹了一番，并要他向汤若望传达这样的口谕："朕知道汤玛法是真心爱护朕的。但由于朕的许多罪恶，朕已没有见上帝的资格。朕若能康复，或许愿意信奉玛法的天主。然时至今日，痘疹凶险，万不容朕行此事了……"

汤若望老泪纵横，唏嘘不已，不住地用本国语言情不自禁地反复念叨着："主啊，宽恕他吧……"

然而，皇上还有话对他的玛法说："传谕汤玛法立即往慈宁宫叩见皇太后，有要事相商。"

劳累和伤感都不能使年迈的传教士却步，他立即随着内监往慈宁宫去了。

皇太后容色疲惫、憔悴，眼睛已经红肿，坐在御榻上以手撑额，轻声啜泣。她的忧伤、恐惧，随着一声又一声的深深叹息透露出来。苏麻喇姑一面自己抹泪，一面给她披上一件深蓝色的貂皮披风。正殿里过于空旷冷清，虽然生了好几盆火，仍比寝宫冷得多。

太监一报告说汤若望进宫，太后立刻抹去眼泪，坐直腰身，双手静静放在膝上，一股英睿的气度便从她身上驱走了愁容悲泪形成的老态。她恢复了平日的稳静、从容，只是常常闪现的温和笑容却完全消失了。她请汤若望坐下，宫女们献上了奶茶。

太后不等汤若望说通常的谒见词，便开门见山地说："玛法，皇帝病笃，继位的太子还未诏封。我督促皇帝，他却提出一位堂兄。我与诸王商议，父子相承是正理，继位者必须是皇子。皇帝想知道玛法的见解。"

汤若望心中澎湃着热浪。这样的大事竟来征求他的意见，足见福临内心深处对他还保持着少年时代的依恋。一切嫌怨委屈霎时都消散了。他噙着热泪，简直没有怎么寻思，慨然道："子继父位、父子相承，是中国自古的大道，也是西国乃至天下的大道。太后所见甚明，应立皇子！"

庄太后点点头，说："皇六子三岁、皇七子两岁、皇八子刚出生十三天，不足论了。皇五子顺治十四年十一月生，今年四岁；皇二子顺治十年七月生，今年八岁；皇三子顺治十一年三月生，今年七岁。皇五子、皇二子的母亲都是庶妃，皇三子的母亲是景仁宫康妃。这孩子极聪明，好读书，善弓马……”庄太后觉得自己说得多了，停了停，问：“玛法你看，诸皇子中谁能当大任？”

汤若望当然听得出太后的意向。如果太后所说确实，不带偏爱，皇三子应是最合适的人选。但他不愿意就这样附议皇太后，自低身份。所以，思索片刻后，他说：“据我所知，诸位皇子中，唯有皇三子已经出过天花。如皇太后所说，他又聪明过人，勤于学习，那么老臣以为，皇三子继位比其他皇子继位更有利于大清帝国的稳固。”

在当前局面中，这难道不是一个最令人信服的、可以击败任何竞争者的理由？汤若望举足轻重的建议，促成了这一个了不起的决断。只是皇太后也罢、汤若望也罢，此时绝没有料到，他们决断要继位的小皇子，将成为中国历史上最伟大的君主之一，在长达半个多世纪的岁月里，他使中国成为东方最强大的帝国，给灾难深重的黎民百姓开辟了百年的和平与安定的局面。

太后对汤若望的意见非常满意，尊敬地站起身，命太监搀送汤玛法出殿，并用肩舆将他一直送出紫禁城，又一次给这位德国传教士以极高的礼遇。

一桩重大的事情解决了，太后郁闷的心略略轻松了些。但是事情还多得很，还得她一桩一件地处理。她是太后，不是皇帝。但此时，她的决策和她的事情，比皇帝的更加重要和繁忙。亏得当年草原生活给她带来极好的身体素质，不然，这样凶猛的感情冲击和纷至沓来的事务，她是绝对吃不消的。

苏麻喇姑赶紧给太后送上热气腾腾的鲜奶茶、奶皮子和几样精美的点心，并递给她一个嵌翡翠红玛瑙的银手炉。太后把手炉放在怀中，慢慢喝着奶茶、吃着点心，仍在默默地思考着什么。等她吃罢茶点，苏麻喇姑上前收拾了家什，让宫女们端走，随后用满语问：“太后，要召皇后来吗？”

太后摇摇头，轻轻地说：“传董鄂妃。”

苏麻喇姑不敢抬头看她，悄悄退下去传太后旨意。

董鄂妃来了。她越来越像她的姐姐，连表情和动作都有几分相似。只是眼睛没有她姐姐那么灵活聪慧，气质上也像缺点什么。不准确地形容，那便是少了董皇后的雍容大度，和那一团令人起敬的儒雅的书卷气。她还年轻，才十八岁，刚刚进了妃位。向太后跪安后，她拭着泪眼低头站立，心里有几分惶恐。皇太后郑重其事地单独召她到慈宁宫，这还是头一次。

“到养心殿去请安了?”太后问话很是平稳。

“是。”

“你看，皇上的病可望痊愈吗?”

董鄂妃呜咽着：“妾妃恨不能以身代皇上受病……”

太后眼里闪过一道强光，随后又收敛了，反问一句：“真的?”

“只要能为皇上添寿，妾妃情愿折自己的寿数!”

“哦……”太后略一沉吟，断然问道，“如果皇帝眼下就归天，你怎么办?”

“我?”董鄂妃吃惊地瞪大眼睛望着太后，心头怦怦乱跳。

“你不是他最宠爱的妃子?”

“我……”董鄂妃低下头，伤心地又吐了这么一个字。

“这不是已经招来东西六宫的许多忌恨了吗?你如何能独善其身，如何自保呢?”

董鄂妃潸然泪下，双膝一软，跪倒了，直哭得浑身哆嗦。

“这又为什么?”太后蹙起眉头，突然又一扬眉梢，“你是不是有孕了?”

董鄂妃连连摇头，抬起美丽的、满是泪水的脸，像一朵春雨中的梨花：“太后，妾妃就是到死也不能明白……都说皇上宠爱我，无非是天天召我到养心殿去，皇上读书，叫我给他送茶；皇上写字画画，叫我给他磨墨；皇上打坐参禅，叫我侍立一旁，说是佛边天女。话不多说，笑容少见，更没有……”董鄂妃缩住口，脸迅速地红了，直红到耳根。

“怎么?”太后惊异了，“你是说他不曾与你同床?”

董鄂妃头更低，脸更红，声音更小：“每晚……都是在一张床上睡的……可他像是块冰，任你费尽心力，也休想化开半分。……他从不理睬我，倒头便睡，直到天明……”

“竟是这样!”太后不胜惊骇,“有多久了?”

“自姐姐仙逝以后,便是这样……”

太后呆了半晌,极受震动。她的多情的儿子,竟又如此无情!他真不该投生在帝王家啊,多少烦恼,多少忧伤!……太后慢慢抬起手,说:“去吧。”董鄂妃跪辞,捂着红红的脸儿,抹着一阵一阵的泪,退下了。

庄太后了解儿子,相信这是真的。别人呢?东西六宫的妃嫔贵人们相信吗?皇后相信吗?

傍晚,养心殿传出消息,说皇上病势减轻,热度渐退。宫里一片欢喜。皇太后领了后妃们前往探视。

福临拥被靠坐在床头,看上去衰弱、消瘦,肤色变得苍白而透明,仿佛蒙了一层薄冰,乌黑的眼睛里两点冷冰冰的光却非常稳定。他先向太后笑道:“额娘,儿子不孝,累你许多烦恼苦痛……”

太后强笑着坐在福临床前,说:“年来多事,劳累也是常情。母子间何需说这样的客气话。”

福临笑了一下,说:“二十四年养育教诲之恩,容儿来世报答。万求额娘恕儿今世不孝之罪,愿来生仍与额娘成为母子,另开一番事业。”

太后忍泪安慰道:“你眼看好了起来,还要这样说话!”

“好了起来。不错,我是要好起来了。”福临看一眼床脚边站立着的皇后和康妃,两人便走到床前跪下,含泪道:“给皇上请安……”

福临平静地说:“日后,赞襄皇太后、辅佐幼主,便是你们的事了,望尽心尽力……”

康妃心如刀绞,突然扑上前去,紧紧抓住福临的双手搂在自己怀中,放声痛哭。她的动作一下子撕掉了她历来冷冰冰的外衣,把她自己也不全理解的真情猛然喷发出来。她悲痛欲绝地仰面望着福临,泪如泉涌地喊着:“把我带去吧,我不愿离开你!哪怕你不理我,不爱我,打我,杀我!……我情愿!死也情愿!……”她哭得从头到脚剧烈地战抖着,她那烈火般炽热的真情的吐露,使在场的人都掉泪了。

面对这个热烈的、几乎不认识的康妃，福临无限感慨，叹道："你不能去。皇三子即将继位！"

"啊！"听到皇上亲口宣布，大家不约而同地发出一声惊叹。皇太后是由于欣慰，皇后是因为在意料之中，妃嫔们觉得心里踏实了，康妃却是又惊又喜又痛又愧，哭得更凶，几乎喘不过气来。

福临小心地从康妃手中抽出右手来握住皇后的手，望着她们两人说："不要哭，不要哭了……朕对不起你们。但这不能怪朕，朕的本心原不想伤害你们，只是无法违拗自己的本性罢了……但愿你们来生再不要投胎富贵人家，去尝一尝人间的情爱吧！……小珠儿，小珠儿呢？"

自从姐姐去世，再没有听到这样亲切称呼的董鄂妃，连忙从众人背后走了过来。福临想放开康妃的手，但康妃紧紧握住，只管把脸贴在上面哭泣。福临便又抽出右手来握住了董鄂妃的小手，静静地笑道："半年多了，你枉担了虚名，也亏你一声不响，默默忍受。你和你姐姐长得太像，心地也一般无二，世间、宫中怕是都容你不得的。与其日后受百般苦痛，不如跟我一起去吧。我们一起去见她。"

董鄂妃这时反倒不哭了，眼睛一眨不眨地凝视着皇上，神色坚定，连连点头。

福临的目光越过皇太后，越过面前粉白黛绿的后妃们，环视着床头几上堆积着的许多图书、画卷，长叹一声，说："朕将去矣！独念茫茫泉路，能读书否？悠悠来生，解读书否？……"只在此刻，他眼睛里的冰仿佛消溶了一点，沁出了两滴冷泪。但他很快抹去，仍用冷静的声调说：

"皇额娘，朕已想好皇三子的名字，就叫玄烨。"

次日，正月初六。三鼓刚过，王熙已急急忙忙奉召来到养心殿，此时的福临浑身滚烫，脸庞猩红，但神志还很清楚。他躺在御榻上，用微弱的声音对跪在榻前的王熙说："朕患痘症，势将不起。你可详听朕言，速撰诏书，就在榻前书写。"

王熙恭听着，只觉得五内崩摧，泪不能止，奏对竟不能成语，一片含糊，到最后，泣不成声了。

福临叹道："朕平日待你如何优厚，训诫如何详切。今事已至此，皆有定数。君臣遇合，缘尽则离，不必如此悲痛。况且已是何时，安可迁延从事？"

王熙勉强拭泪吞声，听皇上口述，就御榻前写成诏书首段。他见皇上说话困难，便奏道："如此撰诏，臣恐圣体过劳。容臣奉过皇上面谕，详细拟就，进呈御览。"

福临点头同意，把诏书大意讲了一遍，王熙便出殿往乾清门下西围屏内撰拟去了。他写好一段，便送往养心殿，先后三次进览，撰写完毕后，日已渐落西山。御前侍卫告知王熙，所撰诏书已蒙皇上钦定，皇上命学士麻吉勒、贾卜嘉二人捧诏奏知皇太后，然后将宣示王贝勒大臣和文武百官。

王熙踉跄着出宫去了。暮色渐合，辉煌的殿阙宫门在最后的一道阳光中，闪着凄凉的光泽。环顾大内，竟没有一点声响。王熙心中悲怆无名，只觉那一阵阵北风，比三九寒冬时还要刺骨！

王熙撰拟的遗诏，此时就放在慈宁宫庄太后的桌案上，她已经看过四遍了。

就这样发布吗？

不！那怎么行！福临的固执心肠，在遗诏里也不减分毫。"满汉一体"的话，现在怎么能写在遗诏上？把六部放在内阁之下，撤议政王大臣会议之制，等等，这会造成什么后果，激起什么样的反抗啊！

庄太后绕着桌案大步地踱来踱去，两道乌黑的眉毛几乎扭结在一起了。但她心里并不乱。她现在要做的，不仅是分辨是非，更要紧的是权衡轻重。

从内心深处说，庄太后是站在儿子一边的。儿子所做的集权的努力，儿子学汉文、用汉人，这一切都是为了江山永固、社稷长存，都是有远见的举措。但是他太沉迷了！不分青红皂白，全盘汉化，前明是怎么灭亡的？而且他推行得这么专断、这么仓促，怎能不激起满洲亲贵的愤慨！

如今的情势，汉族新服，满洲方张。掌国柄者所惧怕的，在满不在汉，怎么能够逆时势而为之？

至于要安亲王辅政，那就连提都不能提了！不记得多尔衮辅政、济尔哈朗辅政留下的遗痛吗？

不！遗诏决不能这样发布出去。

可是，这是自己唯一的爱子的临终愿望啊！……庄太后一阵心酸，跌坐在御榻上，双手蒙住了脸。福临幼年的面容姿态，福临短短一生遭受的无数痛苦，一时都从眼前闪过。他的欢乐，他的苦恼，他的暴戾，他的雄心，哪一桩不是她这母亲的延续，哪一件不紧紧连着她的心？做母亲的，怎么能不尽最大力量满足儿子的临终嘱托啊！白发人送黑发人，世上还有比这更使人心碎的事情吗？……泪水，像溪水似的，从她指缝间流了下来……

然而，真的要把遗诏公诸王公大臣，会是什么后果？庄太后脑海里出现了福临登基前，八旗之间为拥立皇帝而发生的那场剑拔弩张、几乎流血的争斗；出现了简亲王济度那威严固执的表情；出现了许许多多亲贵和八旗将领愤懑、疑虑的目光。是啊，国家初定，边疆的战尘刚刚消散，刚刚驯服的汉人中，还有许多不驯服的危险的眼睛，有南方的士族；有力量日益膨胀的吴三桂、尚可喜、耿继茂；还有远踞海岛，但时时威胁着大清的郑成功……这一切靠什么力量去稳定？只有满洲八旗啊！

不能因母子私情而乱国家大事！不能以个人好恶迷惑了对天下大局、朝野时势的判断！庄太后想到了丈夫的雄心，想到了自己的责任，终于站起身，用凉水洗了脸，擦干净脸上身上的泪渍，又换了一套宝蓝色的绣袍，缓缓地迈着坚定的步子，走到桌案前。

她推开王熙撰拟、经福临钦定的遗诏，另外铺下宣纸，沉思片刻，伸出手，毅然提起了笔。

正月初八，各衙门提前开印。官员们黎明时分就应盥洗完毕，穿上朝服入署办公。但他们消息灵通的长随回来禀告：天安门启而复闭，只传大学士、九卿及礼部官员入朝，进门就摘帽缨，其余官员各散回家。

本朝制度，有了大丧官员才摘帽缨。皇上虽然患病，但是春秋正富，至于有此大变吗？职小位卑的官员们不知底细，心内惴惴不安，不免出门探听，遇到熟人，便互相讯问，但谁也没有确实消息。眼看着内外城门尽闭，八旗兵卒一队队戒严巡逻，大小街道行人寂寂，一派惶骇，他们又都赶紧缩回家中等候。

等到申正，太阳垂下西天，大内传旨下来，召所有官员携带朝服入朝，先往户部领取素帛，然后在太和殿西阁门前集中等候。皇上驾崩的消息已经传遍，皇三子继位的传说也被确认，百官有了新君，心绪才比较安定了。

二更时分，皇太后亲御太和殿，王公亲贵、文武百官，按照大朝时的礼节和位置，跪听宣读遗诏。当时凄风飒飒，云阴欲冻，气氛极为幽惨，不少人竟情不自禁地呜咽失声了。丹陛上和丹墀下，各有一名宣谕官员在大声宣读，阵阵北风把一字一句都清晰地送到每个人的耳边：

“朕以凉德，承嗣丕基，十八年于兹矣。自亲政从来，纪纲法度、用人行政，不能仰法太祖、太宗谟烈，因循悠忽，苟且目前，且渐习汉俗，于淳朴旧制，日有更张，以致国治未臻，民生未遂，是朕之罪一也；

“朕自弱龄，即遇皇考太宗皇帝上宾，教训抚养，惟圣母皇太后慈育是依，隆恩罔极，高厚莫酬，朝夕趋承，冀尽孝养。今不幸子道不终，诚悃未遂，是朕之罪一也；

“……”

皇上的遗诏，便用这样沉重的口气，列数了自己的十四项大罪，其中最使人震动的除了第一项外，还有：

自责于诸王贝勒情谊睽隔、友爱之道未周；

自责不信任满洲诸臣，反而委任汉官；

自责于端敬皇后丧礼诸事太过、逾滥不经，不能以礼止情；

自责委任使用宦官，致使营私作弊，等等。

读罢十四项大罪，宣谕官员声音有些嘶哑，喘了口气，宣谕遗诏的最后部分：

“太祖、太宗创垂基业，所关至重，元良储嗣，不可久虚。三子玄烨，佟妃所生，岐嶷颖慧，克承宗祧。兹立为皇太子，即遵典制，持服二十七日，释服即皇帝位。特命内大臣索尼、苏克萨哈、遏必隆、鳌拜为辅政大臣。伊等皆勋旧重臣，朕以腹心寄托。其勉矢忠荩，保翊冲主，佐理政务，布告中外，咸使闻知。”

宣谕完毕，宣谕官郑重地宣布：“奉皇太后懿旨，遗诏同哀诏一起，遣官颁行天下！”

听谕时候，群臣匍匐，肃静一片。宣谕一完，王公大臣、文武百官放声大哭。于是太和殿前，哭声震天，和后宫那沸腾的哭声相呼应，地动山摇，日星隐耀。谁能从这满耳哭声中细细分辨号啕者的心境？有人为礼节而哭，有人因知己感而哭，有人为今后日子担忧而哭，也有人为松了一口气而哭；至于大多数满臣和王公亲贵，大约是心里满意，兴奋得不能不哭了。

王熙冷汗如雨，里外衣裳都湿透了。这显然已不是他亲手撰拟、由皇上钦定的那份遗诏了。皇上面谕的重要内容，他当时特别精心地一条条记住，在措词上很下了一番功夫的。现在，除了个别句子是他的手笔，其他的都已删除了。莫非皇上一去，朝政就要大改大变了？只听遗诏的口吻便可知道，日后辅政大臣将顺从朝内宗亲，为满洲八旗张目了。那么国事将如何？天下万民将如何？……还有，他这个见到过皇上遗诏真本的人，又将如何？能不能善保头颅？……趁着百官痛哭的机会，王熙也愁肠百转，放声哭泣了。

受命的辅政大臣索尼、苏克萨哈、遏必隆和鳌拜，满脸悲恸，步履庄严地走上丹陛，向诸王贝勒等跪告说：

“皇上遗诏命我四人辅佐冲主，但从来国家政务，都由宗室办理，我等都是异姓臣子，何能担此重任？愿与诸王贝勒共任国政。”

诸王贝勒纷纷辞谢，康亲王杰书代众人答道：“大行皇帝深知四大臣之忠诚才干，委以国家重务，诏旨甚明，谁敢干预！四大臣不必谦让。请奏知皇太后，辞告皇天上帝和大行皇帝灵前，便可受事。”

四大臣谦恭地领命，进太和殿奏告皇太后去了。不多时，皇太后命宣懿旨："国家不可一日无君。诸王贝勒大臣及文武百官勿退，候新皇登极。"

群臣于是暂时散开，各归值房和天安门内的官署。没有去处的，都在午门外露天席地而坐，静候天明。四大臣已拟好誓词，往大行皇帝殡宫前、往团城正大光明殿皇天上帝前设誓，并焚烧誓辞……

正月初九来临了。风日晴和，一扫昨夜阴霾。黎明时分，诸王贝勒、文武百官便身着朝服等候着。五鼓，銮仪使率官校到太和殿前陈设法驾卤簿，千余人组成的仪仗队伍，从太和殿直排出天安门；乐部率和声署陈设编钟玉磬等大型乐器；仪制司郎中奉在京王公百官贺表进殿内，陈设在左楹表案上；内阁中书奉笔砚陈设在右楹案上。天亮了，鸿胪官引王公和一二品官入右翼门、引三品以下官员入左右掖门，东班由昭德门、西班由贞度门同进到太和殿前，各自按品级就位。礼部堂官二人往乾清门奏请御殿。午门上的钟鼓响了。巨大而洪亮的声音振荡着，向远方传送，宣布紫禁城的新皇帝即将登基了。

因在国丧期，中和韶乐设而不作，肃静中，礼部堂官二人及前引大臣十人为前导，领侍卫内大臣二人率豹尾班执枪侍卫十人、佩刀侍卫十人后扈，簇拥出一位身着小龙袍、头戴缎台貂尾三重冠皇帽的小小皇帝。他从容地、庄严地迈着步子，小朝靴在龙袍下闪动着，走进太和殿，一步步登上了皇帝的宝座。他端坐龙椅之上，两条腿半悬在空中，但他的表情十分严肃、郑重，完全不像一个七岁的孩子。

阶下三鸣响鞭，午门钟鼓再次鸣动。王公百官的朝贺开始了……

皇三子玄烨即帝位。他就是康熙皇帝。

五

"……先皇帝不以索尼、苏克萨哈、遏必隆、鳌拜等为庸劣，遗诏寄托，保翊冲主。索尼等誓协忠诚，共生死，辅佐政务。不私亲戚，不计怨仇，不听旁人及兄弟子侄教唆之言，不求无义之富贵，不私往来诸王贝勒等府受其馈遗。不结党羽，不受贿赂，惟以忠心仰报先皇帝大恩。若各为身谋，有违此誓，上天殛罚，夺算凶诛！”

四位辅政大臣率领着文武百官，在乾清宫大行皇帝灵柩前齐声朗读、共同发誓。殿内殿外跪满了全身孝服的文武官员。殿内素帏垂地，两庑白布帘张，一阵阵徐缓、整齐的誓词声，使乾清宫越加肃穆、悲壮……

“臣等奉大行皇帝遗诏，务毕心一力，以辅冲主。自今以后，毋结党，毋徇私，毋黩货，毋阴排异己，以戕善类，毋偏执己见，以妨大公。”……宣誓的声音，响遍京师：内阁官员聚集武英殿，由大学士领誓；六部、翰林院、都察院、大理寺等部院衙门，各在官署大堂，由掌印官领誓；八旗劲旅、各旗聚集旗下带甲官兵，在校场列队，由统领领誓……随着哀诏发向全国，各省文武百官也都按照同样的程序宣誓。各处誓词一式三份，一份宣读焚化于大行皇帝殡宫前，一份赴正大光明殿焚读于皇天上帝前，另一份收藏禁中。

这一切，是皇太后接受四辅臣誓词时授意进行的。

哀诏发往全国，官员必须在本衙门守制在丧二十七日，不许回归私第，早晚哭临九天。百日国丧中，禁挂红、禁宴乐、禁喜庆，违者治罪。于是丧礼的银色浪潮，从京师起，席卷了整个中国。

正月二十一日，大行皇帝的殡宫将移往景山寿皇殿。头一天，就开始从东华门到景山陈设大驾卤簿。一般百姓凡有可能在这条路边寻到相识人家的，都想借地饱览一番。但内城居民尽是八旗人家，汉人能够攀识他们的极少，想要亲眼一睹这空前盛况，几乎没有可能。

柳同春却获得一个机会。

董皇后病逝，带来了百日国丧。柳同春和同行们一样，失业了。十二月开禁，正逢除夕元旦，戏班生意十分红火，班主还指望着元宵佳节大捞一把，不想又接着来了第二个国丧。同春是名角，平时尚有积蓄，不但自己度日，还能接济几个穷朋友。许多三四流角色只得纷纷去打零工，以度过这艰难的第二个百日。

朝中有一名酷爱昆曲的贝子爷，早就想把柳同春罗致进他家戏班，柳同春多次都婉言辞谢了。此时，他派一名管家邀柳同春到他府里点对曲本，报酬待遇从优，为日后请同春入贝子府戏班留下地步。

同春百日内毫无进项，也想借此多拿几个钱接济同行，便应承了。

贝子府在皇城内东华门外北池子，同春的住处是一座临街的小楼，正可以清清楚楚地观看北池子的街景。正月二十这一天，管家早早地就来告诫同春，无论如何都不能打开临街的窗户，否则将被治罪。但他又悄悄告诉同春，可以从窗户侧面的一小块玻璃那里偷看，看的时候要关好门，不要被人发现。说实话，同春除了失业的苦恼之外，对皇家的两次丧事是不关心的，皇帝、皇后和他这个汉家梨园子弟、卑贱的小百姓离得太远了。可是看个热闹，他还蛮有兴趣。

“啪！啪！啪！”三声带着悠长尾音的响亮的炮仗声，像在同春耳边震动，把他猛然惊醒，一瞬间，他忘记了身在何处。茫然四顾，小小的房间还笼罩在蒙蒙曙色中，四堵白墙，一道门通向外间，从门帘的缝隙中，看得到外屋的火盆、窗边的书桌和桌上的一摞摞院本。他倏地想起了今天的大事！那三声巨响，不是炮仗，而是净街的响鞭啊！他急急忙忙穿上衣裳就往外屋跑，贴在那块玻璃上向外瞧。天色阴晦，好像还在飘雪花，屋顶地面薄薄一层白。北池子整条街都已洒扫干净，寂无行人，只有无数顶子上戴孝、身穿素服的官员站在路边，一个挨一个，像一条白花花的长蛇阵，南不见头，北不见尾。这想必是恭送梓宫的百官了。他们起身比同春更早，还要在寒风中立候。同春想，皇上的官儿也不是好当的！

又三声鞭响，百官在路边跪下了。浩浩荡荡的卤簿队伍过来了。

开道二红棍，黑漆描金，上粗下细，由身穿蓝灰色布袍、顶子上红缨全除的卤簿校尉双手擎着，两人一列，过去了十几对；然后是二红棍，形状同前，但如对半剖开一般。红棍没过完，府里的管家悄悄来到，叫同春赶紧洗漱。他闩好了门，端把椅子和小几放在玻璃小窗边，把带来的早点、热茶放在几上，招呼同春一道坐下，兴致勃勃地共进早点，共看热闹。

开道棍后，武仗过来了：烂银长枪十对，方天画戟十对，戈十对，矛十对，蛇首锥十对，尽是镀金朱色漆杆；跟着的，是金光闪闪的钺、星、卧瓜、立瓜、吾仗各五对。两人从没见过这么多叫不出名字来的武器，哪里还顾得上吃茶点！

又一对开道红棍，后面如同铺天盖地，锦绮辉耀、五彩缤纷，节、幢、旛、旌、旗、麾各五对，分黄红蓝白黑五色；各种扇：圆形、方形、兜状、云头状、鸟翅状，每式也分五色；各种伞：龙纹伞、莲花伞、百花伞、圆伞、方伞，每式又各五色。最后一对黄罗曲柄伞，结束了这浩大的如云似霞的队伍。

跟着过来了八十匹有辔无鞍的散马，又接着二十多匹鞍辔俱全的御马。鞍、辔、镫一律镶金嵌珠，华丽无比。鞍首雕龙衔着一颗珍珠，怕有拇指大，鞍后三颗珍珠嵌成三花形状，也有青豆大小。马鞍上驮着枕头，枕头顶上也绣着口衔珍珠的金龙。

两个偷看的人互相比拟着珠粒的大小，惊叹不已。同春忍不住小声说："这雕鞍绣枕，哪一件都是无价之宝啊！"

管家说："可不是，拿去大丢纸，太可惜了！"

"大丢纸？什么意思？"

"焚化哇！就是烧掉！"

"啊?!"同春瞪大了眼睛。

"嘘，别说了！快看，骆驼！"

果然，几十匹骆驼，繁缨垂貂，庞然巨物，每匹都驮着绫绮锦绣及帐房、用具什器；后面跟着背弓插箭的骑马侍卫数十人，又有捧着御用弓箭的侍卫数十人，牵猎犬御马的侍卫数十人。只看看那御用箭和御用伞袋吧！箭用乌黑的鸦翎粘金制成，伞袋用的是黄色罗绮，凡是针绣缝缝处，都密密麻麻地贯穿着明珠。就这一袋上的珠子，已不知可当民间多少百姓的口粮了！这些，加上后面侍卫手中所执的赤金壶、赤金瓶、金唾壶、金盥盆、金盘、金碗、金交椅、金交床等物，金光灿灿，夺人眼目。同春看得眼花缭乱，几乎惊呆了。

管家小声说："这些都是大行皇帝御用过的，全都大丢纸！"

同春叹道："太可惜了！何必如此呢！"

"大丢纸，就得大呀！"管家眉飞色舞，"前日听小爷说，他随贝子爷进宫哭丧，亲眼见到了宫里的小丢纸……"

"还有小丢纸？"

"头七一过，就要在宫门外焚烧大行皇帝用过的冠袍衣履器用珍玩。你不知道，那乾清宫门外设了两间大棚，东佛西道，竖起幡竿，昼夜念经作法事。小丢纸就丢在两棚之间，佛祖、道祖知道了，就会保佑大行皇帝。小爷说，连皇太后都亲临乾清门，说是穿着黑衣袍，扶着石栏杆，哭得要昏过去的样子，宫女太监跟着一块儿哭，百官跪在两边儿哭，远远听着，后宫里更是哭声震天……焚烧宝器的时候，说那火焰都是五色的，声音像爆豆儿似的。那珍珠是着一颗爆一声儿，爆了不晓得多少万声儿啦！小丢纸都这样，大丢纸还不……”

“来了！”同春打断管事，叫他快看。银山雪浪也似的队伍，排山倒海地涌了过来，送过一片震天动地的哭声。道边跪迎的百官们放声大哭，加入浩大的哀悼中。白花花的人群，簇拥着黄幔软金帘、铺着紫貂大座褥的灵舆，后面便是巨大的大行皇帝的梓宫，用朱红锦袱严密遮盖着，像缓缓移动的红楼。梓宫前有青布衣裳的童子二三十人，哀哀痛哭；梓宫后面是乘马执绋、白衣孝帽、哭声不停的诸王、贝勒、贝子、公和满、汉大臣。梓宫后面还有一个较小的灵舆，随着一个较小的棺柩，用紫花缎袱遮盖着。

“后面那棺材是谁？”同春奇怪地问。

“哟，你还不知道哇？那是小董鄂妃，皇上驾崩，她跟着就从死了。朝廷赐号贞妃。她是董皇后的妹妹呀！”

“那，那些青衣童子……可是殉葬的？”

“这可不清楚……他们既能穿黑，大约是养在太后宫中的王贝勒子弟吧！哦，你看，皇太后！”

六十四名宫监，抬着一副素幔步辇过来了，由白衣袍、白首帕的宫女们簇拥着。在周围素白之中，皇太后穿一身黑缎丧服，非常醒目，她容色惨白，目光凝滞，没有任何表情，像一尊高贵而孤寂的石像。后面还有五辆素车，六七辆青幔车，那显然是后宫的皇后妃嫔和阿哥们了。

公主、福晋、命妇们的车轿洪流般涌过来后，哭声变得尖厉而嘈杂，填满了北池子整整一条街。道边百官哪敢仰视，还不如楼上偷看的两名下人来得自由。由于职务上的关系，管家对京师这些宗亲贵族知道得一清二楚，此时絮絮叨叨地向同春卖弄着：“……瞧见那辆顶上有翟鸟的车吗？那是建宁长公主，就是下嫁平西王之子吴额驸的那位公主，大行皇帝的亲妹子……街东边那辆车瞧见了吗？那是承泽亲王福晋的，论起来，还是大行皇帝的亲嫂子呢……瞧这边这副舆，上面带八宝莲盖的，喏，就在眼皮底下，是安王福晋的……哎呀！你干什么？你疯啦！”管家惊呼着，拦腰抱住了面带疯狂、要动手开窗的同春，用力一绊，同春跌坐在楼板上，“你不想要脑袋，我还要活呢！”

同春愣了愣，蓦地跃起，再凑到玻璃小窗边。

没有错，是她，就是她！随侍着那辆八宝莲盖舆的素衣丫头，就是梦姑！

千辛万苦，千回百转，千寻万觅，终于见到了一面！他想喊不敢喊，想开窗又不准开，难道就眼看着她又一次消失在茫茫人海？……他的心跳得怦怦乱响，起身就要下楼。管家一把扯住：“到哪里去？你不知道闯禁要杀头？”

同春站住，牙齿咬得格格响。

管家缓和了口气：“你见到什么人啦？这么风风火火的，不怕出乱子？”

同春简直不用现编，话已出口：“我妹子跟我失散五六年了，刚才见她在那八宝莲盖舆旁边走着！”

“那她是在安王府当差了。你去安王府打听就是了。”

“不行，我得见见她。万一看错了人呢？”

“倒也是。这样吧，大丢纸过后，队伍就要散了。安王府的车仗还得从这儿过，你看准了，上去问一问。”

同春看看街上，王公贵族福晋命妇们的车仗已经过完，道边百官也纷纷起立，准备跟大队同往景山。没有别的办法了，同春只好点点头。

上午过去了。正午时分，阳光露出了云缝。皇城内仍旧九衢寂然，一片凄清。未正时分，景山那边遥遥传出长号呜咽和说不清是鼓声还是炮声的沉闷震响。半个时辰之后，旌旗侍卫、香车宝马，如八月十五的大潮，从北池子奔涌而过，刹那间填街塞巷。早早等候在路边的柳同春，被这不可遏止的滚滚潮流冲得七歪八倒，为了站住脚，他不得不紧紧贴着墙根。他急切地寻找着，恨不得长出四只耳朵八只眼睛，可是眼前这人山人海，把他的眼睛闪花了，喧嚣的车声、马声、吆喝叱骂声，把他的耳鼓震得发木了。梦姑，你真是沙滩上的一粒石子，大海里的一根针，到哪里去找啊?

到安王府，到那八宝莲盖舆的主人家去!

梦姑，等着吧，我就要来救你了!

武英殿大学士傅以渐从景山回府时，心绪非常恶劣，一路闷闷不乐地坐在轿里，想打瞌睡却毫无睡意。

四位辅政大臣已经很快地开始施政了。

在办理大行皇帝丧礼的间隙，他们抓紧时机，以新君名义发了第一道圣旨，晓谕诸王贝勒、文武大臣，说是朝廷将“详考太祖、太宗成宪，勒为典章”，并引用大行皇帝罪己诏中“不能仰法太祖、太宗，多所更张”的话，表示“今当率祖制，复旧章，以副先帝遗意”。

傅以渐和许多汉大臣，仿佛临秋的草木，已经由此感到了寒意，料到朝廷将有一番变更。他曾迫不及待地把这些新情况告诉夫人，素云半晌不语，后来问他：“你以为朝廷变更大不大?”

傅以渐摇摇头：“皇上尸骨未寒，他们要是大变，不怕天下人之口吗?”

素云半笑不笑地说：“未必吧? 他们已忍了多年了。我看，你不妨料它变更得大而又快!”

果真应了素云的话。辅臣发出的第二道谕旨，便是三撤四复：撤十三衙门，撤内阁、翰林院，撤太常、光禄、鸿胪诸寺；复内三院，复理藩院，添六科满洲官各一员，添五城满御史各一员。总之，凡是从明朝引用来的政体制度都在被裁被罢之列，凡是祖制都要恢复。

傅以渐一班汉大臣心里顿时凉了半截，和素云又有了这样一番对话：

素云说：“这一下，议政王大臣们兴高采烈了吧?”

傅以渐勉强说：“你也不好这么讲。比方撤十三衙门、驱逐内官，总是一项善政吧？前明宦官乱政，为害之烈耸人听闻。这一下去了后患。听说逐出的太监有四千多人呢！”

素云冷冷笑道：“倒也算是一桩正事，那还是因为十三衙门仿了明制。好戏还在后头呢……你们汉臣就不想想后路？”

傅以渐苦笑道：“怎么好这样说话呢？先皇对我信赖始终，他们总不至于把我一脚踢开吧！”

素云没说话，只似笑似叹地望着他，但目光里的意思他完全可以读出来：“正因如此，你才前景不妙哇！”素云到底没把这话说出来，却关心地抚着丈夫的肩头，道：“你去秋咳血，扶病理事。眼看入春了，可要小心。”

傅以渐不明白她为什么突然说起这个，只好忧郁地望着她，微微苦笑而已。

昨天，内阁又奉到第三道谕旨，涉及两件事情，把大学士们都惊住了：一是以简亲王济度嗣子德塞袭爵；一是重新严申逃人法，恢复旧制，窝逃者斩首籍没，并连坐四邻和乡里长。

简亲王德塞袭爵，表示着从济尔哈朗到济度一班人的胜利。而重新严申逃人法，更将使天下震悚，难保不因此发生新的动乱。

傅以渐心头非常沉重，当他把这些情况告知素云时，她竟沉了脸不出声，连一句安慰的话也没有。今天在景山寿皇殿，面对大行皇帝的灵柩，傅以渐思绪万千，泪如泉涌。皇上去世才半个月，生前的心血已付诸东流了……

轿停了，从人打开轿帘，傅以渐步履缓慢地走进大门、二门、穿堂和内门，却不见素云像往常一样出来迎接。他按惯例在花厅里喝着茶，歇了片刻，心头烦闷，便站了起来，背着手在屋里踱步。他猛然在北墙边停下，因为那里悬着的画卷换了一轴新的，十分触眼。画上是大笔濡染的张果老，笑眯眯地倒骑着黑毛驴。一笔漂亮的草书，在旁边题了一首五言绝句：

世间多少人，谁似这老汉？

不是倒骑驴，凡事回头看。

傅以渐愣愣地站了半天，咀嚼着这二十个字的滋味。“凡事回头看”？……我若回头，看到的是什么？皇上宠信，为政精明，虽然居官谨慎，但以汉人而得高位，哪能不遭满官亲贵猜忌？……傅以渐想着，心里“扑通扑通”直跳。这必定是素云有意悬挂的，她是在劝我急流勇退。但是，退了以后又怎么办？不管怎么说，拜大学士、居相位，烜赫荣耀，他哪能一点不留恋呢？他要去找素云！

出了花厅，沿宽廊走到寝室前的小书房，那是他消闲、读书、作画的小方轩，进寝室非过此不可。他一眼便看到桌上铺开一幅白纸，上面墨迹犹新，用非常规整的大篆，写了这么一段俚俗小诗：

别人骑马我骑驴，仔细思量我不如。
回头只一看，又有挑脚汉。

傅以渐出神地看着，唇边露出一丝笑意，这个女子的见识和心胸真是了不得！……不过，真的就到了这种地步了？还不至于吧？他以手抚胸，慢慢地沉思着走进卧室，以为素云会在这里等他。但他没有看见人影，只有两个丫头在中堂侍候。

“夫人呢？”傅以渐问。

“夫人到厨下为老爷准备晚膳去了。”

“哦。”傅以渐在乌木雕花太师椅上坐下，一抬头，又一幅新换上的画映入眼帘。那是一幅工笔山水人物画，桃花杨柳，山溪河塘，远村近郭，半晴半阴。几处牧牛村童或嬉戏水边，或斗牛柳下，或骑牛吹笛，或伏牛背奔走，惟妙惟肖，栩栩如生。画的右上角又有一首题诗：

牧子骑牛去若飞，免教风雨湿蓑衣。
回头笑指桃林外，多少牧牛人未归。

傅以渐拈须大笑，自言自语地说："贤哉夫人！智哉夫人！……来，备纸笔！"

两个丫头连忙铺纸溶墨，傅以渐走到桌前，凝思片刻，提起了笔。此时，素云的声音在背后响起："终于提笔了！"

傅以渐回头笑道："夫人，你真可谓女陆贾、雎隋何，使我茅塞顿开。喏，我这就修本，挂冠告退。"

"我看你还难以下笔吧？恳请告退的理由呢？"

傅以渐笑道："我正为此有几分踌躇。"

素云笑道："忘了你的咳血症了？"

"哦，哈哈哈哈！"傅以渐大笑，"承见教，承见教！"

慈宁宫中，一片宁静。由于正值大行皇帝丧期，处处仍弥漫着悲痛的气氛。又因为庄太后连日哀伤劳累、病倒床上，所以悲痛中又潜伏着新的不安：要是这个时候太后再有什么意外，天下非大乱不可！宫女太监都小心翼翼地踮着脚走路，压着声音说话，生怕惊扰了皇太后。

寝宫里，太后安卧床上，似乎还在睡着。苏麻喇姑坐在床前做着针线。南窗下炕桌边，玄烨在专心看书，两个金丝熏炉烧得正旺，龙涎香悄悄地向四周弥漫。寝宫里非常静，只听得西洋钟的"滴答"和玄烨间或翻书页的声音。

一双小小的脚迈进寝宫的门槛，随后一双胖胖的小手拨开门帘，露出冰月那张圆圆的苹果似的小脸，一双黑莹莹的大眼睛眨动着，轻手轻脚地跑到庄太后榻前。苏麻喇姑向她连连摆手，示意她不要惊醒皇阿奶，随后抱起她，在她红喷喷的腮上亲了一下，送到玄烨炕桌的另一边，小声说："好好玩，不要出声。"

玄烨蛮像个哥哥的样子，又做手势又努嘴又眨眼，告诉她别惊醒皇阿奶。冰月冲着哥哥扮了个鬼脸，两个孩子都抿着嘴笑了。自从董皇后去世，冰月移养慈宁宫以来，受到所有哥哥姐姐的宠爱。皇三哥对她最好，她也和皇三哥最能玩到一块儿。

冰月立刻拿起玄烨的笔，跪在炕桌边用玄烨的御用纸墨临帖。这里不会有人指责她“僭越”，身为皇帝的玄烨还非常热心地在旁边指导。一个“凤”字，冰月总写不好，玄烨急得夺过笔，连写了三个给她示范。她开始不高兴地嘟起了嘴，玄烨攥着她的小手写了一个，她又笑了。

太后在床上翻了个身，慢慢问道：“苏麻喇姑，有什么要紧奏章送来吗?”

这边冰月撂下笔跳下炕，扬着双手直奔过去，喊道：“皇阿奶！皇阿奶!”她上去搂住太后的脖子，把小脸贴在太后的腮上：“你病好了吧？准好了！皇阿奶得什么病都会好的!”

庄太后心里一阵轻快，亲亲小冰月，说：“哎呀，真香！冰月最亲皇阿奶，是不是?”

玄烨在这边不高兴地搭茬儿说：“皇阿奶，还有我呢?”

太后笑了，说：“都亲，都亲！……亏得皇阿奶在草原上长大，要不然，这回可真活不成了……好啦，冰月放开手，让我起来。”

冰月蹙起小眉毛，摇摇头：“我不！皇阿奶不许死！皇阿奶死了，冰月怎么办，没人管啦!”

太后心头一软，笑道：“好，好！皇阿奶不死，不死……”

冰月这才老老实实地站在一旁。苏麻喇姑服侍太后穿上皮袍，靠床坐好，一面为她梳理头发，一面说：“辅臣拟的几项谕旨已经发下，是用皇上圣谕发的……”

太后听着，没有作声。那几项谕旨不能不发。面对眼前大局，她只能以辅政大臣的政见、措施，来平息前几年福临的过分行动造成的积怨。贞妃的殉葬，也平息了后宫多年的愤慨。皇帝归天没有引起动乱，内外平静，她很满意。

“方才有两件要紧折子，一件是吏部的，说江南一个叫周南的秀才，千里迢迢，专程赶来京师，上书请太后垂帘听政……”

“哦？……太后垂帘听政，我朝向无此例呀！……国家政务繁杂，我已力不从心，还是专心抚育教训为好。平心而论，要不是为了这冲龄天子，我何必再留人世!”太后说着，眼眶竟红了，声音也呜咽了。苏麻喇姑连忙劝解道：

"太后千万珍重，不必再伤心了。总是佛爷的意思，谁也违拗不得的呀……"

庄太后看了看这位从幼年就一直相伴的贴身女侍，深深地叹了一口气，抚摸着梳得很光洁的鬓角，慢慢站起身，问："还有一件呢?"

苏麻喇姑心事重重地说："是一道密折，平西王吴三桂奔丧。"

庄太后一怔，又慢慢坐下。当她们谈起国事时，冰月已懂事地跑回玄烨身边。两个孩子听着苏麻喇姑和皇阿奶说话的口气，都感到那是一件大事。

云贵收复之后，朝廷定下三藩兵制，三藩中实力最强的平西王吴三桂，朝廷委以镇守重任，就在云南驻扎下来。其间，顺治十七年，户部和兵部鉴于云南省俸饷年需九百余万两，加上粤、闽两藩，共二千余万，天下财赋，大半耗于三藩，建议召还满兵，撤裁绿营兵五分之二。吴三桂闻信，于当年四月上奏，说是边疆未靖，兵力难减，请求带兵入缅甸灭绝南明。这本是强藩拥兵自固的老伎俩，但鞭长莫及，朝廷没有办法，反而加意笼络吴三桂，搁下了撤兵之议。后来朝中多事，三藩的事反倒顾不上了。

如今全国举丧，吴三桂以奔丧名义来到京师，骨子里究竟是什么用意?对于这样的强藩雄镇，又正值朝廷遭逢大变故之际，不能不加意提防。

太后沉思有顷，说："呈那折子来!"

不多时，慈宁宫总管捧着折匣进来了，先跪安道："奴才给老佛爷请安!"

玄烨即位，已经尊庄太后为太皇太后，所以太监们都改了称呼。加上驱逐大批宦官，留下的人对老太后自然感恩戴德，态度格外恭敬。

苏麻喇姑接过折匣，打开后将折子呈给庄太后。她立即埋头看了下去。折子上禀告说：吴三桂奔丧颇不一般，他是提兵远道、络绎启行的，本人还在湖广，他的前驱已到了畿南，人马塞途，居民走匿，引起了各处的骚乱。请朝廷及早准备，以防不测。

很明显，这次吴三桂前来京师察看情势，很怕朝廷借机把他留下，所以故弄了一番狡狯。那么，要不要将计就计，把他扣在京师呢？……不妥，要是那样，当下就会激出变乱，况且还有闽、粤两藩呢？眼前只有隐忍了。

庄太后拿定主意，对苏麻喇姑和总管说："平西王及其部下，远途劳累，人马众多，不必入城，以免引起误会，惊扰百姓。但该王忠诚可嘉，命其在京城外搭棚设祭，成礼后便可归去。"

"是。"两人连忙回答，看上去苏麻喇姑是松了一大口气。

那边两个娃娃非常注意地听着、看着。大人们的表情和对话，那忧虑重重的气氛，给他们留下了深刻印象。

太后慢慢坐回到长榻上，玄烨和冰月这才跑到她跟前。冰月在说短道长地为她解闷，而她却一直目不转睛地注视着玄烨。她终于沉声问道：

"你登基已经二十多天了。你打算怎样当这皇帝呢？"

听了祖母的询问，玄烨变得庄重了。他望着祖母憔悴的、满是病容的脸，恭恭敬敬地说："孙儿无他愿，唯愿天下平安，生民乐业，共享太平之福。"

听到这么聪慧懂事的、不是一般孩子所想的孩子话，庄太后一阵心酸，搂住了玄烨，落泪道："留给你的，可是一副重担子啊。要是你不能自强不息，不肯深思得众得国之道，那，这大清天下……"

她语音哽咽，说不下去了，默默地闭起了眼睛。她觉得自己仿佛在向高空飞升，升得很高很高，俯视大地，白茫茫的一片，东南西北几万里，处处设祭，处处飞幡，处处飘烟，处处哭声，宣誓的声浪在每个角落起伏。……这广大的华夏帝国的土地啊！你埋藏着多少忧患和悲痛，又潜伏着多少可怕的动乱！……人们的目光集中到京师，京师的目光又集中到紫禁城，而在冷冷清清的紫禁城里，此刻，一个穿黑袍丧服的老祖母，搂着她的穿一身孝服的七岁小孙子，正在孤寂冷清地流着眼泪……

1984 年 2 月初稿
1985 年 1 月修改稿
1986 年 8 月三稿

从《星星草》到《少年天子》的创作反思

1981 年初，长篇历史小说《星星草》下卷发稿。当年完成了一个写给儿童的中篇小说《火炬在燃烧》之后，便转向了我早已向往的题材——康熙皇帝。用了近两年的时间蹲档案馆、图书馆，收集、阅读、抄录史料。这期间，我常常思索《星星草》的创作得失，又听了许多直接的、间接的、赞扬的、批评的意见，为创作《少年天子》做准备。

我们民族五千年的光辉历史，是历史文学取之不尽、用之不竭的源泉。然而作者选择的，只能是那些令作者激动、能够引发创作冲动的题材。在这一点上，《星星草》和《少年天子》是相同的。十年动乱中，我被捻军英雄们身处逆境而奋斗不止的精神所鼓舞所激励，写下了《星星草》；处于改革的 80 年代，我被立志变革而又步履艰难的顺治皇帝的独特命运所吸引，被他那深拒固闭的传统意识压制不住的人性光华所感动，又写了《少年天子》。《星星草》的主人公们，是我精神上崇敬的英雄；而《少年天子》中的福临、庄太后等人，像是我自认为深深同情和理解的朋友。或许因此而造成两部作品的艺术效果不同？

对《星星草》创作的总结和思索，展宽了眼界，深化了认识。可以说，《少年天子》的创作之所以比较顺畅，是因为有《星星草》的基础。

一

我理解的历史小说，必须是文学，有历史感。强调文学，是要求它有艺术感染力，有形象，有审美价值；强调历史感，便是历史小说之所以区别于现实题材小说的基本属性。这就要求历史小说的作者既要尊重史实，又不能拘泥于史实。处理好这对矛盾，我以为正是历史小说创作的一个难点。

严格说起来，当代人所写的历史小说，绝大部分都是依靠虚构和想象来完成的。谁也无法证明小说中的人物形象、场景以及大量的语言、动作、表情、心理活动，等等，确实存在于历史中；只要虚构得合情合理，就不会损伤作品的历史感。“情”“理”的标准在于：作品中情节的产生、发展和终结，必须为所处时代的政治、经济、文化等各种社会条件所允许；作品中人物的性格、命运，他们的追求、他们的生活逻辑，也应该是他们所处的那个时代的产物。这就要求作者深入历史，认识历史的发展规律，弄清所要表现的那个时代的政治、经济、文化、伦理道德等各种因素，弄清在这种社会条件下和传统影响下形成的各种人物类型，等等。用当代的观念来说，就是要比较准确地认识你所表现的时代及人物的横向联系和纵向联系。只要这些创作前提和创作根据了然在胸，那么，不论是七实三虚，三实七虚，或是一实九虚，甚至全都虚构，我想，作品都能给人以深厚的历史感。

从创作《星星草》到创作《少年天子》，我都力求深入历史而后跳出历史。不过，写《星星草》时，考虑得较多的是再现历史原貌，甚至是再现史实。捻军最后四年的战斗历程，大大小小的战役，忽东忽西的进军路线，捻、清双方调兵遣将等，都比较严格地遵照史实去写。我觉得，非这样写不足以真实地反映那次气势磅礴、波澜壮阔的农民起义。然而这样一来，就产生了一个问题，即情节的发展和人物性格的发展之间缺少必然的紧密联系。介绍《星星草》的文章常常提到作品的“传奇色彩”。我想，这既是作品的一个优点，增强了它的可读性，又是一个弱点，表明作品有写事掩盖写人的倾向。

《星星草》中也有虚构的情节和人物，如不少同志认为写得比较好的曾国藩、李鸿章游沧浪亭、微服私访凤凰街一节。这是根据史料记载的曾国藩、李鸿章当时的动向，他们的互相来往书信，以及曾国藩平捻的总的战略思想虚构出来的。虽是虚构，但也要达到言之有据的程度，心里才踏实。可见作者的立足点主要是在再现史实，解释史实。所以《星星草》有历史感强的特点，却缺少性格突出、血肉丰满、栩栩如生的艺术形象。

《少年天子》却是以写人为中心的。为了完成主要人物顺治皇帝的形象，我感到仅仅再现史实就不够了。除了对大量繁复的史料整理加工、为人物的典型化进行必要的取舍之外，还必须进行大胆的虚构。当然，虚构要合理，不能瞎编乱造。但这个合理，就不仅仅是不脱离史料的言之有据了，它应该是作者对历史可能性的推理和补充。

福临和乌云珠的爱情历程，是描写福临形象的重要的一笔。这段爱情的产生有没有可能性？董鄂妃这样一个“贤妃”的产生有没有可能性？

史料记载，董鄂妃是顺治帝的宠妃，这可以从顺治帝的《御制孝献皇后行状》及顺治朝大学士金之俊所撰《董皇后传》里得到证实。但关于她的来历，史书中却讳莫如深，不见踪迹。历史学家陈垣先生根据《汤若望回忆录》考证推断，认为董鄂妃原是顺治帝的弟弟、皇十一子博穆博果尔的妻子。看了他提到的一些原始史料，同史书记载相印证，我认为这个推论是正确的。明末清初的社会动乱，造成满、汉两大民族文化——即农业文化与草原文化——的互相冲突、互相渗透和互相融和；清入关初年，存在着大量奴隶社会遗迹和满洲由关外带来的落后风俗。在这样的特殊历史条件下，出现乌云珠这样一朵满汉交融的奇葩，产生这样一段奇特的爱情故事，我认为是可能的，不违背历史。所以，以此为前提，以虚构补充史料，完成乌云珠的形象，铺写了福临和乌云珠一段相知相爱的刻骨铭心的感情生活。

又如，济度发动政变，史书没有记载。福临要杀康妃的事，也是发生在清代的其他皇帝身上而被写进宫词里的。然而，到顺治十六年，由于福临的一系列体制政策的变革，皇帝和贵族之间的矛盾已经非常尖锐，关系十分紧张，几乎到了破裂的边沿。贵族中威望最高、地位最尊、同父亲济尔哈朗的保守一脉相承的简亲王济度，是无法忍受皇帝的“胡闹”的。他领过兵，打过仗，本人又武艺高强，性情刚烈、正直，对爱新觉罗氏祖先忠心耿耿，正逢康妃险些被杀，这如同危险信号向他示警。为了保国保民和自保，他完全有可能发动一次废除福临的政变。至于福临要杀康妃，则是由他那暴戾的、喜怒无常的性格所决定，因而也是合理的。事实上，由于这样的虚构基本上合情合理，把福临的悲剧推上了高潮，使他最后的心灰意懒、出家做和尚有了更充分的依据，读者也没有觉得突兀、牵强，反而增加了作品的真实感。

这也许就属于虽非历史的真实，却是为艺术的真实所需要的一笔吧？

二

文学的本意乃是人学。这个观念在我创作之初，并不十分明确。所以《星星草》的初稿存在大量的事件和情节淹没人物和人物的概念化、脸谱化的问题。通过一次次修改，才把“写人是第一位”的观念逐步建立起来。但创作实践却未能立即跟上认识，《星星草》里的人物，尤其是作为主要人物的捻军领袖赖文光、张宗禹、任化邦等人，没有站起来，更谈不上活起来。倒是清朝方面的将帅，如曾国藩、李鸿章、左宗棠等人，比较有深度，能给读者留下印象。于是，《星星草》的人物，在总体上就形成了喧宾夺主的情况。

究其原因，主观上，是由于我把农民英雄理想化，试图把所有起义领袖的美好品质都集中在主人公身上，歌颂他们气壮山河的英雄气概，而不忍去写他们的错误和缺陷。客观上，长期存在的极“左”思潮，文艺创作上“高、大、全”的唯心主义创作观念和方法，对我也产生了一定影响，突不破束缚和框框，表现了自身的历史局限性。

我的老师戴逸同志曾对我说：“如果你能把这次农民起义的失败写清楚，你的作品就成功了。”我终于未能从根本上写清楚这次失败。虽然我很喜爱《星星草》，却又感到很不满意，感到遗憾，原因就在于此。

从这点认识出发，在《少年天子》的创作过程中，主观上，便把人作为创作中心，具体地说，就是这位少年天子顺治皇帝福临。全书的所有人物、情节、各条线索，都围绕着他、都是为了写他的；而通过他的命运、他的奋斗和成败，又力图反映出他所处的那个时代的基本面貌和特征。

福临五岁即位，十三岁亲政，面临着与南明争夺天下的严重斗争。满洲虽然占有军事上的优势，但农奴制社会形态带来的落后传统，加剧了满汉矛盾，造成社会动乱，阻碍着统一事业。顺治帝有两个方面的追求。首先，是要打垮南明，征服汉民族，夺取全国的统治权。这也是满洲统治集团的一致目标。但军事斗争的胜败往往取决于政治上的竞争，顺治帝以明睿的目光和极大的决心，克服内部阻力，转变政策，抛弃某些落后的传统，缓和了民族矛盾，逐渐获得政治上的优势，终于战胜南明，实现了统一，为此后一个半世纪的康雍乾盛世打下了基础。

他的另一方面的更高层次的追求，是要接受元、明两朝亡国的教训，用封建社会的正统思想——儒家学说来治理国家，以求长治久安、江山永固。所以他要推行汉化，要加速封建化进程，要加强君主集权。但他在这方面的一系列努力，却受到满洲贵族势力的顽固抵抗而最终失败。在他死后的第二天，便以罪己诏的形式宣布了君权的妥协。

福临，既是一个锐意求治、具有雄心大志、暴戾自尊、喜怒无常的至高无上的皇帝，又是一个聪明好学、温文尔雅、热烈多情的少年男子。由于他的特殊地位和他自幼的微妙境遇，形成了他充满矛盾的十分复杂的性格。他短短的二十四岁的人生，大喜大怒，大悲大欢，跌宕起落，曲折变化，虽贵为天子，富有四海，却受着种种压抑和限制，经历了许多痛苦。他对事业和爱情的执著追求和努力奋斗，最终都幻灭了。当我不得不用笔送他走向死亡时，心里很为他难过。福临若不是皇帝，可以成为一个英勇的骑士或出色的猎手；如果生在今日，他的素质和他的努力，可以使他做一个生气勃勃、思想解放的企业家，甚至成为一位诗人、一位画家。他不幸生在那个时代、那个环境，承受着一次次严酷打击，经历了一次次精神痛苦，用极端的方式——削发出家，对守旧势力表示了最后的抗议之后，离开了世界。

福临的悲剧，是社会悲剧——他正处在满洲入关初年的大动乱、处在满汉两大民族的尖锐矛盾之中，阶级偏见、民族偏见无情地压制着他对真善美的追求；福临的悲剧是性格悲剧——他的极度敏感的自尊心掩盖下的自卑，他的喜怒无常、极强的个性深处的脆弱，使他经不住打击和失败，终于崩溃。但他最大的悲剧还在于，他不分精华和糟粕地接受明朝制度和汉族文化，殊不知封建制度发展到明朝，已经腐败黑暗，走向没落，朱三太子便是这个制度造就的一系列草包兼恶棍皇帝中的最后一个。福临不就是把自己的后代子孙也在向这条路上送吗？这恐怕是福临自己意想不到，却又是历史规定了的一切封建帝王都无法逃脱的历史悲剧。

基于这些认识，我使用了自己能够使用的一切艺术手段，去完成顺治帝的形象。写帝王威仪也写人性；写政治斗争也写情感；写外表音容笑貌也写内心世界；写庄太后、董鄂妃、康妃、安亲王、简亲王、汤若望以及满汉大臣、士人平民等各阶层人物眼里的顺治帝，又写顺治帝和各类人物交往相处时的不同表现，多角度地反映福临性格的各个侧面。

我认为，构成福临性格特征的，有两对重要矛盾：自尊与自卑；刚愎自用与脆弱。创作中，怎样表现这矛盾的复合，使之在主人公身上达到自然和谐的统一呢？这里以金陵事变一节为例，说说我的考虑。

入关前，满族社会正经历着从氏族社会到奴隶社会、向封建社会转化的过程，经济文化都很落后。入关后，他们竟要统治一个有数千年历史、经济发达、文化灿烂、人口百倍于满族的汉族，这对满族统治者来说，不能不是一个沉重的心理负担，也即顺治帝自卑的由来。不过，自卑一向是被征服者的高傲和帝王威严压制着的，在福临心里只能是潜意识，他决不会承认，甚至不曾想过。郑成功围困金陵的消息传到时，正值后宫借“对食”事件陷害董鄂妃，使福临处于心理不平衡之际，加上长期存在的潜意识被突然触发，平日就喜怒无常的福临一下子控制不住自己，自卑心理大暴露，竟吓得跑到母亲那儿大喊大叫，要逃出关外。庄太后的斥骂，大大损伤了福临那极为敏感的自尊心，激起他的暴怒，突然来了个一百八十度的大转弯，不顾一切地要御驾亲征。他是要用亲征的英雄形象挽回面子，洗刷“胆小鬼”的耻辱。此后，他刀劈宝座、威吓乳母，不听任何人劝阻的种种过分的、刚愎自用的表现，都是对母亲斥骂的自尊的反应。福临是聪明人，心里当然明白逃跑和亲征都不对，但直到声望地位都足够高的汤若望出面劝阻，他才肯借机下台。一波未平，一波又起，康妃一句不能逃回辽东的劝谏，又揭了福临的短处，他勃然大怒，竟暴戾地要封刀斩康妃，以至引发了简亲王的政变。政变虽然被粉碎，福临却感到雄心壮志的幻灭，感到身心的极度软弱，于是想遁入空门寻求解脱。他要求玉林赐法名，“必得拣一个最丑的字才好”，正是他此时的心理反应。最后，在重病的乌云珠面前，他的一番剖白，终于倾吐了心底的自卑和脆弱……

这样写来，我觉得人物的思想逻辑和心理过程比较合理，比较能求得矛盾性格的有机统一，使福临的形象比较丰满、完整。

其他人物，如庄太后、乌云珠、济度、岳乐等人，我也注意了多角度多侧面地刻画他们的个性，力图使他们各具特色，使作品多姿多彩，给读者留下较为深刻的印象和回味的余地。

三

创作《星星草》的时候，小说结构方面的问题，我想得不多，因为不大懂，注意力集中在尊重史实、再现史实上。所以历史上的东捻和西捻分军后再没有重逢，作品的下卷中也就平均使用力量，写一章东捻，写一章西捻，出现了花开两头、各表一枝的现象。由于不分主次，造成笔墨不集中、结构松散的弱点。

结构《少年天子》，我特别提醒自己，要注意作品的完整性，不旁出枝蔓，不喧宾夺主。

《少年天子》中写了几层人物。不恰当地比喻，仿佛是一个复杂的恒星系统，数层行星按自己不同的轨道围绕着恒星运动。这个恒星，自然是顺治帝福临。围绕着他，最近的一层，是宫廷中的人，即他的母亲庄太后与妻妾子女皇后、董鄂妃、康妃、三阿哥等；第二层是皇亲贵族，以岳乐、济度为代表；第三层是朝廷的满汉大臣，如傅以渐、陈名夏、汤若望、索尼、鳌拜等；第四层，中下级官吏，有李振邺、龚鼎孳、苏尔登、熊赐履、徐元文等人；第五层，是一批汉族士人，吕之悦、陆健、张汉等；第六层，民间百姓，柳同春兄弟、乔家母女姐妹等；还有一层，是蛰伏的故明复辟势力，朱三太子、白衣道人、乔柏年等。在这个大“恒星系统”中，同层次人物之间有他们的横向联系；各层之间又有纵向联系，辐射式地内指向中心——顺治皇帝。

全书的主要线索，是以福临为代表的君权与满洲贵族势力的矛盾和斗争，在那个具体的历史时期，也即变革派与保守派的矛盾和斗争。福临的命运和性格发展，就贯穿在这主要线索上。主线之外，又写了宫廷内部的派系斗争，满洲贵族内部的矛盾，朝廷内满、汉朝臣之间的矛盾，汉人中入仕官员与在野士人间的矛盾，清朝与南明争天下的斗争，明朝残余势力与百姓间的矛盾，满、汉两民族间的矛盾，统治者与平民奴隶间的矛盾，等等。但是，不论各种矛盾如何变化多端，结构作品时，始终遵循一个原则，那就是所有其他矛盾都依附于主要矛盾，随主要矛盾的起伏变化而起伏变化，随主要矛盾的尖锐、激化、缓和、放松而各自变化矛盾的形态和程度。

我觉得，这样结构整个作品，比较符合封建君主专制制度下人际关系的客观规律，因为小说的主人公是皇帝而使这种结构特别有利。

比如顺治十四年秋到十五年春这一单元，由于孙可望归降，使福临实现统一的雄心更加迫切。他不顾亲贵的反对，加快除旧布新，进一步改变政策，缓和满汉矛盾，于是便有在西苑召见汉臣诗酒唱和的姿态，有郊外射猎惩罚满洲亲贵的故事，又发出一道道停圈地、宽逃人法、任用汉官的谕旨。这一切首先震动了满洲亲贵，先有朝会时满大臣对汉官的纠参，后有六王爷在济度府的聚会，都针对着顺治帝的除旧布新。主线的矛盾进一步激化，引起其他线索的一系列起伏变化：宫廷里，后妃们怨恨福临变祖制宠侧妃，结党示威，导致了停中宫进笺、皇后面临被废的危险；矛盾愈演愈烈，皇四子被阴谋杀害；而谨贵人之死把矛盾推上高潮。在朝廷，却因主线矛盾的加剧而使汉官所受的压力减轻。反映到徐元文和熊赐履两位在野文士身上，则激发了人心思定、入仕进取的希望。至于蛰伏京畿的明朝残余势力，则不得不认识到由于清朝一系列顺乎人心的举措，使他们复辟的希望更加渺茫，只得铤而走险，以求保存和发展。这样一来，备受摧残的最底层的乔梦姑，则陷入了更深的苦难……

从全篇而言，福临的事业，是循着追求——成功——奋斗——失败——再奋斗——再失败——消沉——幻灭的道路发展的；福临的爱情，几乎与他的事业同步，由追求而成功，随后又连续遭到失子、诬陷、疾病等重大打击而最终幻灭，由此，连带着各条线索的起伏，各阶层人物的命运和遭遇都随之发生相应的变动。

《少年天子》没有像《星星草》那样正面写两军对垒、金戈铁马的大规模征战，也没有直接去表现朝廷内外、整个国家机构的具体变革过程，只是选择了福临这个人物，选择了以宫廷生活为主的社会生活的这一部分，作为表现的主要内容，力图通过社会历史的这一侧面，去反映那个时代，再现历史的面貌和特征，力图揭示某些规律性的、反映历史本质的东西。因为有了这样的结构，便于多层次多线索地交错编织，构成一幅较为广阔的社会生活图景，使作者的意图得以实现，使作品有了一定的深度和广度，小说的总体感觉因而也就较为完整、严密了。

四

历史小说是艺术，要具有审美价值。我认为美的至境是自然、和谐，所谓没有技巧是最高的技巧。也许我一生也达不到这样的境界，但我愿向这个目标努力。

初学写作，免不了有许多生硬的处理手法，给人以不自然、不和谐的感觉，表现出一种用力过度的毛病。造成的后果，便是或多或少的虚假。所以，求真是首先要努力实现的要素。为了完成形象，必须对史料进行典型化处理，必须用虚构补充人物和情节，但这些都必须给读者以真实感，力求不瘟不火、恰到好处。为此，我进行了两方面的探求，其中之一，是以生活化的描写，增强作品情节的真实感。

第三章第一节的庄太后圣寿节，写的是宫内的庆贺宴。创作目的，是要通过这一情节，表现福临对爱情的追寻、对汉文化的倾慕；写出庄太后的雍容大度和太后、皇帝间的母子深情；并借乌云珠的恳请，提出满、汉矛盾中一个重要症结——江南十世家冤狱问题。

写皇家喜庆，容易流于威严华贵。皇家的人物关系，也常常为强调他们之间的政治利害关系而故意显示其残酷、虚伪、冷漠和呆板。当然，事实上确有这一面，但只是在特殊的、不得已的情况下，才会撕开那层面纱，多数的日常生活中，也还要寻求温暖、亲情和天伦之乐。更何况庄太后与福临在政治上是相通的，十多年来又相依为命地共同闯过多次危机，自有一般母子达不到的感情。所以，写这一节时，力求生活化：从福临进慈宁宫、母子对话、互相打趣写起，具体而微地写了家宴拜寿的场面和过程，其中重点突出福临、庄太后、乌云珠三人和他们之间的关系。

福临向往乌云珠，想借寿宴之机进一步接近她。这番心思，庄太后完全明白。但她既不说破，更不责备，只要儿子不逾矩——她心中的“矩”和世俗或皇家的“矩”并不完全相同——她一概宽容。福临却不那么容易克制自己，心理一直处于昂奋状态，以致表情行动都有不少失度的地方。对此，乌云珠是心领神会的，但她的真情不能有丝毫流露，于是行动格外谨慎小心。当乌云珠献三清茶和九九果盒时，心直口快的大贵妃可以脱口说出不满的话；庄太后却只用一句贬褒意义不明的笑语，掩饰了赞美多于责备的心理；福临则无所顾忌地用火辣辣的目光表达自己的意向，这也是开宴后他与乌云珠进行试探性长谈的先兆。长谈中，福临步步进逼，乌云珠半推半就，引得福临终于问到他不该问的弟妇的闺名。庄太后一直暗暗注视着福临和乌云珠的动向，发觉他们亲热得有可能逾矩，便打发太监把福临支开，中止了他们的长谈。

这一节基本是实写，写环境，写庆寿，写宴会，写生活情趣，写微妙的心理状态，写细微的感触，人物的语言、行动、感情都力求符合各自的性格、身份和处境，不刻意追求戏剧性效果，也不带传奇色彩。这样写来，生活味道较浓，显得比较自然真实，较好地完成了这一节的创作目的。

求真的另一方面的努力，便是向人物的心灵境界深入，增强作品人物的真实感。

还以庄太后对待福临和乌云珠相恋的态度为例。庄太后平日雍容大度、仁爱宽和、明睿豁达，非常符合她尊贵的身份。当福临和乌云珠终于冲破束缚私自结合时，她身为皇太后，要维护满洲内部的团结；身为母亲，不愿儿子承受失德的罪名，所以坚决赶去制止；儿子的反抗，损伤了她的自尊，以致从来慈爱的“皇额娘”竟然发怒，果断地切断福临和乌云珠的联系，造成母子间谁也不让步的对峙局面；福临由害相思转为纵欲式的自我摧残，她仍采取静观的态度，以她过人的意志，极力维持她那皇太后的体面；直到儿子病倒，爱子之情才战胜了太后的尊严，主动走出母子和解的第一步；在儿子病榻边，她的母爱被充分激发，而福临的梦呓，更唤醒了久埋心底的与小叔多尔衮的那段情爱，正是这心灵深处感情的涌动，使她同情儿子、理解儿子，终于甘冒天下之大不韪，成全了福临与乌云珠的这段姻缘。

这样描写和刻画的庄太后，就不只是一般的端庄尊贵、慈爱明智。这个和常人一样具有七情六欲，具有较为丰富的心理活动、较为复杂的个性的皇太后，不是更为真实可信吗？

求真的同时，还要努力求美。要有意识地按照艺术规律去刻画形象、渲染氛围，强调意境之美。

“儿女情”这部分，对福临的形象是至关重要的。福临是拥有十数名后妃和许多宫女的至高无上的天子，乌云珠的什么特质能吸引他呢？政治上的知音、文化素养的相近很重要，但那是促成福临固执追求的原因；由于乌云珠是弟妻而使他们的相亲近成为“禁果”，这特别能激起热烈多情的少年福临的好奇，也在情理之中；不过，使福临一见钟情的最直接的原因，还是乌云珠之美：美的容貌、美的身材、美的声音、美的气质。这些美需要正面描写，但只是正面描写又很不够。它必须有某种特色，才能使表面风流嗜欲、实则心灵孤寂的年轻皇帝达到废寝忘食的程度。一首据说是白居易的短词给了我很大启示。

花非花，雾非雾，夜半来，天明去，来如春梦不多时，去似朝云无觅处。

我认为，乌云珠在福临眼里，就应该这样神秘、朦胧，只有这种难以捉摸的、时隐时现的美，才对福临有巨大的吸引力，才能激起他心灵的震动。所以在处理乌云珠进宫之前有关两人关系的章节，我都尽力按照这首短词的意境去设置和渲染。

不过，求美是个综合性的复杂问题，在这个问题上，对我的创作起作用的因素很多，如古典小说、戏剧、音乐、绘画、诗词等，是一个潜移默化的过程，我自己也不一定理得清头绪，这里就不多说了。

从《星星草》到《少年天子》，创作上有了一点长进。但《少年天子》存在的缺憾仍然不少。例如，前半部人物头绪多，显得驳杂、纷乱；朱三太子那条线索的传奇色彩与整体不够协调；缺乏从满族传统文化的角度去展示主要人物的心理和形象，因而不够丰富；对汉族文人的心理刻画比较单一、少变化等。有些问题还值得进一步探讨，比如，把南明与清朝争夺天下的战争基本上放到幕后写是否妥当；把朱三太子处理成这样一个恶棍是否过分；乌云珠的形象是否过于单一纯净等。这些都值得我认真思考，为今后的创作提供借鉴。

对于今后的创作，我也有一些想法。能不能在真实的历史背景下写完全虚构的人和事？能不能用现代的深层心理分析，去表现历史人物的心态、丰富人物的形象？能不能用现代文学的多种体裁和手法，如象征式、幽默式、寓言式、荒诞式等，去写历史小说？……这些都需要进行新的探索，就要靠今后的创作实践去回答了。

《少年天子》即将成书与读者见面了。我要借此机会，对北京十月文艺出版社对这部作品的扶植，对文学界、史学界的老师和同志们的热情关怀和指导，对许多知名和不知名的热心读者朋友们的鼓励和批评，表示真挚的谢意。

凌　力

1986 年 8 月 30 日

图书在版编目（CIP）数据

少年天子 / 凌力著. — 北京 ：北京十月文艺出版社，2021.4

ISBN 978-7-5302-2123-5

Ⅰ. ①少… Ⅱ. ①凌… Ⅲ. ①长篇历史小说—中国—当代 Ⅳ. ① I247.5

中国版本图书馆 CIP 数据核字（2021）第 038042 号

少年天子
SHAONIANTIANZI
凌　力　著

出　　版　北 京 出 版 集 团
　　　　　北京十月文艺出版社
地　　址　北京北三环中路 6 号
邮　　编　100120
网　　址　www.bph.com.cn
发　　行　新经典发行有限公司
　　　　　电话 010-68423599
经　　销　新华书店
印　　刷　北京盛通印刷股份有限公司
版　　次　2021 年 4 月第 1 版
　　　　　2022 年 7 月第 2 次印刷
开　　本　880 毫米 ×1230 毫米　1/32
印　　张　18
字　　数　518 千字
书　　号　ISBN 978-7-5302-2123-5
定　　价　79.00 元
质量监督电话　010-58572393
如有印装质量问题，由本社负责调换。

暮鼓晨钟

少年康熙

凌力——著

北京出版集团
北京十月文艺出版社

第一章

一

康熙二年。

春到得早，正月就河开雪化柳吐芽。京师的路面像翻了粥锅，处处泥泞。不料暖过几天，又下雪了，扯棉飘絮也似的，漫天飞舞，密密麻麻，把天地间的一切都包笼进那张巨大的白幔之中。拱卫着紫禁金阙的八旗内城，一时人踪稀疏，九衢寂然。

从黎明到正午，蓬松的积雪将近半尺厚。大雪天不得不出门的行人可就遭了殃。

鼓楼东街，一辆五马高车和一辆二马轿车，相撞后一起陷入泥潭！这一撞很凶猛，不但双双不能动弹，连车身都撞得变了形，车门车窗打不开，车中人成了笼中囚徒。

车中人竟都是女子！二马轿车内哭声高一阵低一阵，一直没有停止；五马高车内却传出骄横的脆生生的斥骂：

“该死的奴才！你们倒使劲儿给我推呀！……再推不出来，拿你们一个个都杖死！……”

这南来北往的通衢要道堵塞一个时辰了，前前后后被阻的车马排成长龙，都在叫骂催促。管事模样的大汉，头上腾腾地冒着热气，一边使皮帽子抹汗，一边声嘶力竭地吼叫着十几名跟班：

“再推再推！这可是大路，不能闹着玩儿！快！赶马！都上手推！一，二，三！”

十几个人拼命呼喝着号子，鞭梢甩得“噼啪”响，二十只马蹄一气乱蹬，那车只是不动。管事急得跳脚乱骂，众人累得倚着大车喘气。

"噔噔噔噔！……"飞雪织成的帷幔那边，传来沉重的喝道锣。众人细细一数，竟是十三棒锣，来了一位柄政辅国极品老大人！管事变色，众人惊慌，忙不迭地退到路边回避。

喝道锣越来越响，两匹高头大马载着击锣的骑尉从茫茫雪帘中钻出来。后面，一对对手执旗枪、金黄棍的仪仗骑尉络绎不绝。横在路中的这两辆马车把仪仗卫队挤缩道侧，使后队的中心——一柄杏黄伞停住了。

伞下，大人骑着黑马，铁塔一般威严，貂帽低低地压着浓眉，一领风雪大氅更衬出他英姿挺拔。他抬手拿马鞭一指马车，鹰眼略略闪动，问道：

"嗯？"

只这一声，护卫们如老鹰抓小鸡，把管事拎到大人马前。管事一头跪在雪水泥泞中，禀告时倒不失几分大家气派：实在不是有意挡路，惊老大人的驾。

"哪一旗的？"听管事一口地道的满洲话，大人开口问。

"回老大人，孔公主府下。"

"哦？……那边一辆呢？"

二马轿车的车夫赶紧跪下："回老大人，正白旗八答牛录下……"哆哆嗦嗦，后半截已说不真切了。

大人催马向前，对马车打量一眼，竟翻身下马，随从们只得跟着离鞍。

大人皱着浓眉，点手招来仪仗旗卫，从他们手中取来八根金黄棍，每四根合在一起，试了试软硬，头也不回地问：

"车上有人？"

"回老大人，公主现在车中！"

"回老大人，车里是家主爷的小格格玛尔赛……"

"呼"的一阵劲风，大人脱去大氅，紧紧袖口，浑身一舒展，骨骼关节"喀啦喀啦"山响，使他惬意地眯了眯眼睛。众人被这气势镇住，大气也不敢出了。

看准车底两后轮间的车轴，他把金黄棍分两组深深插进两车轴下的泥水中，不容反对地喝道：

“听我号令，车夫赶马，其余人走开！”

车夫诚惶诚恐，赶忙勒紧缰绳，举鞭静候。

众人远远站在大雪中，怀着说不清的敬畏，仿佛望着一尊天神。

“赶马！”一声令下，车夫的呵斥与鞭声齐响，所有套绳尽都拉得又直又紧，七匹马扬鬃跑蹄，打着响鼻喘着粗气，奋力向前挣。大人双肩各扛着四根金黄棍，撬那深陷泥中的后轮。

棍子向着地面弯过去，弯过去，弯成新月，弯成满弓，弯成半圆，令人担心它们即刻就要折断……

只见大人猛一挺身，大喝：“起！”恰似半空雷震，那看不见的浓缩的力，以举鼎拔山之势骤然爆发，八根胳膊粗细的金黄棍“咔吧”一声齐齐折断，同一瞬间，两辆马车的后部一下子从泥里掀出来，“轰隆隆”一片巨响，七匹马向前猛冲，眨眼间箭一般飞出十几丈，泥水四溅纷飞，“噼里啪啦”乱响！

旁观的人们，连大人的护卫在内，都忘了礼仪、忘了敬畏，不顾身份地哄然喝彩！

管事抢上来叩头道谢。

大人面不改色，口不喘息，大手一挥，制止管事絮叨，对他正眼也不瞧，只管松了袖口，弹弹身上的泥点子，听任随从为他披上风雪大氅，便要反身上马。

五马高车的门“哗啦”打开，身裹绫缎貂裘披风、满头珠翠、华贵耀眼的公主跳下车，气急败坏地冲到二马轿车跟前，一脚踢开车门，揪出车中女子，“啪啪”扇了两个耳光，嘴里骂着：

“贱婢！该死的奴才！赔我的如意！”

女孩儿不过十六七岁，又惊又怕又怒：“你！你怎么动手打人？”

公主府的从人赶忙拥过去，管事力图转移视线，息事宁人：“禀公主，多亏这位大人解咱的危难！”

公主转脸，看到一部浓密的络腮胡子装点修饰的刚劲突出的长方下巴、有棱有角轮廓鲜明的面庞和一双威严沉着光闪闪的鹰眼，略怔了怔，微微点头道：

“哦，是鳌拜大臣！”

“鳌拜请公主安。”他浅浅打了一千，“不知她怎的冒犯了公主？”

“我选的一支上好如意，要进宫进献皇额娘，被这贱婢的车一撞，摔碎了！”

女孩儿不服地扬起头：“是公主你撞了我！我们车走得好好的，公主的车从后面赶上来硬要超过，直把我们撞进泥坑，你那车才……”

公主双眉高高一挑：“大胆，竟敢回嘴！……”

女孩儿扭开脸，低声嘟囔：“又不是正经主子，明明的蛮子根儿，神气个啥……”

公主粉面刷地通红，怒喝道：“你说什么？！”

几乎与公主同时，鳌拜也大声斥责那个叫玛尔赛的姑娘：“你给我住嘴！”可是谁敢说他随斥责送过去的锐利目光中不是带着赞赏呢？

不等公主再说下去，道边忽然蹿来一个人影，高呼着：“辅政大人！冤枉啊！……”

可这尖厉刺耳的声音还没落地，就有一团沉重的东西飞过半空，砰然落地，摔进泥潭，溅起一片污泥。众人定睛看时，一名儒生已在泥潭中挣扎，满身满头污秽，不成模样了。想必是他冲到大人跟前，护卫防他行刺，一脚踢开的。

儒生不管不顾地跪在泥中，可怜巴巴地喘着气，大声哀告：“老大人老大人！晚生天大冤屈，求老大人做主！……”

一名护卫粗声喝道：“辅政大人不理民辞，有冤情往地方有司上告！”

这样的插曲，想必惯经，鳌拜仿佛没有看见，自管继续解决方才的纠纷，向公主一揖：

“公主尊贵体面，向来不与下人奴才计较。”

公主瞅他一眼，略一沉吟，粉面上随即泛上薄薄笑意，“鳌大臣能得先皇恩信，遗诏辅政，果然有见识！”

“不敢当。”鳌拜依然容色严肃，“公主出行，理应仪卫开道。”

“我要是也带许多仪卫，今儿这路可就更挤不开了!”公主说罢一笑，登车而去。

鳌拜目送公主一行走远，也不再理睬那辆二马轿车，自顾回身上马，满意地注视着缓缓流动起来的长队车马。

喝道锣又“喤喤”响起，杏黄伞、圆金青扇护从着鳌大人走了，走进飞雪的帘栊。

儒生突然拿出生死成败在此一举的勇气，尖声大叫，盖过了震耳的锣鸣：

“江南蛮子蓄谋反叛，连辅政大人都不管，还有谁来管哪！……”

杏黄伞微微一荡，再次停住。鳌拜下颏一点，儒生便被架到他马前，双膝跪倒。大人对滚成泥猴一样的告状者略扫一眼，皱眉道：“说!”

“禀老大人！晚生嘉兴吴之荣，状告湖州庄廷鑨、南浔朱佑明及海宁查继佐、仁和陆健等十八江南名士，他们私刻《明史》，诋毁本朝，实属大逆不道！……”

这位吴之荣满语说得极好，滔滔不绝，咬牙切齿，叫人难以相信他也是汉人文士。

辅政大人浓眉越皱越紧，几乎连接在一处，眼睛也渐渐收拢，仿佛闭上了。又一句简单问话：

“凭据?”

吴之荣肩膀一耸，背上那方方正正的小包袱拱了起来。护卫解下，取出里面用层层油纸细心包裹的一函书，双手奉上。鳌拜看也不看，只示意收存，仍旧半合着眼听儒生慷慨陈词，颇像一只打瞌睡的兀鹰。

“……这就是庄廷鑨撰写，查继佐、陆健等人列名参校的私刻《明史》。所有指斥本朝之逆词，晚生都一一标明。去年晚生曾以此书状告于杭州将军及浙江巡抚台前，不料封疆大吏贪赃受贿，使晚生一片忠义之心付于流水！晚生见列名参校者皆江南名士前朝豪贵，料想其中必有结党谋反情事，是以不惧艰辛，千里迢迢赶来京师，抱书击登闻鼓以进，却又石沉大海。万般无奈，方拦马告状……”

鳌拜浓眉一耸，鹰眼倏开，闪过一道强烈的光芒，混合着愤怒和兴奋，神情颇似跃跃欲起搏击猎物的猛虎。他的声音越加低沉浑厚：

“带回去，细审！”

辅政大臣受理《明史》案的消息，比旋风还快，立即在朝中传遍，激起一片狂欢！

自顺治皇帝去世以来，满洲亲贵大臣已经好几次尝到这种箭上弦刀出鞘、只待出手必见大胜的狂喜了：

康熙即位后的第一批革除新政、恢复旧制的敕令，使他们多少人高兴得落泪，不啻拨开云雾见青天；

江南哭庙案①、奏销案②、通海案③等十宗大案下来，杀一小批、整肃一大批，狠狠煞住南蛮子的气焰，一平他们胸中长期积蓄的委屈和怨愤；

如今又来了个《明史》案，那些桀骜不驯的蛮子文士，还敢不夹住尾巴，老老实实地听喝吗？

喜气到处弥漫。鳌拜上朝时，一重重宫门侍卫高喊“伊里！”向辅臣致敬，声音都格外响亮，站立得格外挺直，一双双年轻的眼睛里，满是爱戴和仰慕，就像当年他在保和殿战胜喀尔喀蒙古大力士之后一样。鳌拜不动声色，昂然而过。他越是对这些年轻人的崇敬完全不理睬、不在乎，他们越是爱慕他钦佩他。他的经验如此。

鳌拜抬脚跨上辅臣值房的石阶，头顶上滚来一串爽朗的笑声：“哈哈哈哈！鳌兄，了不起！又网住一条大鱼！”

不用问，这是苏克萨哈。他竟然领了遏必隆亲自到门前迎接，不仅礼重情厚，也足见他实在很高兴，那张漂亮的、肤色滋润的脸膛儿布满了笑，如春风拂面，暖意融融。相比之下，黄黑面孔的遏必隆逊

---

① 哭庙案：吴县生员金圣叹、倪用宾等因顺治之丧聚哭于文庙，从者千人，递揭帖告知县贪酷。兴大狱拿问，广为株连，斩十八人。

② 奏销案：以拖欠钱粮为名，将江南绅衿士子一万三千余人黜革问罪，枷责鞭笞。

③ 通海案：追究顺治十六年响应郑成功攻金陵的江南士民，广为罗织，牵连无穷，凌迟二十八人、斩八十九人、绞四人。

色多了。

鳌拜心里未尝不得意，但他这个人生性严肃，难得一笑，此刻说出的话，仍带着点儿怒气："可恨松魁，身为杭州将军，竟把这样的逆案轻轻放过，就为那么几个子儿！"

三人说着进了值房。首辅索尼还没有到，话题自然就是《明史》案。

庄廷钺的《明史》，基本上照抄朱国桢的《明史》，但补写了崇祯一朝，据实记载了满洲的崛起及其入关的屠戮。所以鳌拜说明案情后，生气地说：

"骂我们祖宗的书不烧，骂我们祖宗的人不杀，我们还有脸活在世上？"

"该杀！该烧！得叫他们知道厉害！先皇帝对他们实在是宽大无边了，就连响应郑成功攻金陵的叛臣叛民都不肯问罪……"苏克萨哈义愤形于色地说着，忽然眼珠略略一转，降低了声调，"太皇太后会不会有异议？"

"绝不会！"鳌拜直率地一口接过来，"自皇上登基，太皇太后从没驳过咱们的面子。如今天下太平，八旗兴旺，她还不高兴？老人家的心思全搁在拜佛和皇上身上。你说是不是，遏大臣？"

鳌拜性情直爽，最令人称道。辅臣议事，总是有什么说什么，而且敢说敢做。他也颇以这一点自诩，不时拉出谦恭少言的遏必隆做反衬。

果然，遏必隆想了想，说："也是。老太后对佛事很虔诚呢。"

苏克萨哈瞟了遏必隆一眼："二位，别那么放心。前儿个咱们议的那几个人几件事，忘了？……"

头一个，魏裔介，左都御史。

顺治十八年八月初八，辅臣令户部照明末练饷的数目，向全国各省加派征银六百余万两，限三个月解送进京，理由是修建孝陵及滇闽用兵。

谁知八月十三，这个魏裔介就上奏折反对，竟然说什么"兵饷正赋如果足用,加派钱粮即应停止，为百姓即所以为国家，乃培根本而长治久安之要也……”

辅臣本当不理睬，只是他这一套太冠冕堂皇，废除明末练饷，原是大清入关后的第一德政。就此一笔勾销，许多满洲亲贵大臣也觉不妥。又有内三院汉大学士李蔚等人反复劝解，婉言曲喻，不由得辅臣不踌躇。

太皇太后竟也知道了这份奏疏，虽然对加派一事只字不提，却不住称赞此疏忠心体国、有识有胆。四辅臣不好坚持，只得于八月十八下谕，除顺治十八年已加派外，康熙元年停止。

第二个，龚鼎孳。

此人是托了辅臣之力才得以复起的。大约想继钱谦益为文坛领袖，对汉人士子，但凡有几分文才，他便推重引荐，资助贫乏，得了个“汲引英贤如不及”的美誉。

奏销案遍及天下，两江绅衿无人得免，朝廷还要追迫穷治之际，此人隐然以文士救星自居，上了一道特疏，请宽奏销。文章写得漂亮，竟使太皇太后当着四辅臣琅琅背诵，称道不已。

辅臣原意要在天下各省都“奏销”一番的，终究不好驳太皇太后的面子，好在气焰最嚣张的江南士绅已然沮丧，奏销的事也就渐渐松了。

第三个，孙廷铨。

此人以首发倡议，尊庄太后为太皇太后，又率九卿上书请举行即位大礼而获两宫好感，竟不时与辅臣龃龉。议大行皇帝谥号那次最为激烈，他竟说“大行皇帝龙兴中土，混一六合，功业同于开创，应谥为高皇帝”。

辅臣手持大行皇帝的“罪己诏”，坚持谥为章皇帝。孙廷铨之议自然作罢。只是此人长期供职户部，是顺治朝奖励开荒的功臣。田赋总是要征的，荒也还得要开，纵然他不肯低头顺脑，也不能拿他怎么样，听之任之而已。

几个不驯服的汉臣何足道！

然而，今年初，首辅索尼顺应太皇太后的巧妙示意，魏裔介竟升古称“天官”的六部之首——吏部尚书！所留的左都御史缺竟补了龚鼎孳！最令苏克萨哈愤慨的，是孙廷铨这个倔巴头，竟拜内秘书院大学士！

苏克萨哈眨巴着眼，看看两位同僚，不无疑虑地说："拿这些归拢了细想去，老太后的心意咱们未必都揣摩透了，不然，这算什么意思？遏大臣，你说呢？"

遏必隆面露忧色："也是。老这么暗示借喻的，还真摸不清太皇太后的心思呢！"

"我不信！"鳌拜瞧着遏必隆说，"什么心思？妇人心性免不了爱听奉承。孙廷铨上尊号，买得老太太高兴罢了！再说，拣几个顺心听话的汉臣给点儿甜头，也是该的。"

见鳌拜理直气壮，果是有底，遏必隆频频点头，口称"也是也是"，拿眼睛去看苏克萨哈。只见他敛起笑容，正色道：

"鳌兄不可大意。套一句蛮子文绉绉的话，叫作大风起于青蘋之末。小事引出大乱子，不是没有先例！"

苏克萨哈的侄女嫁给鳌拜的侄子，二人是姻亲，每当话说到紧要处，苏克萨哈就称一声"兄"。

鳌拜眯了眯眼睛，仿佛觑定那虚幻中的"青蘋之末"，说："我料定这三员汉官背后有人，不干老太后的事。"

苏克萨哈柔润的鼻翼轻轻翕动，机敏的目光直射他这位亲家的刚毅面孔："你是说，汤？"

"对！就是那个比南蛮子还蛮的洋鬼！去年他做七十大寿，在京的汉大臣居然全都跑去奉承讨好，尊他什么'圣人'，真见鬼！最卖劲的又是这三个！……"鳌拜黧黑的双颧泛出一片恼怒的红潮，牙齿"咯咯"响。大约意识到不合宰辅良相的应有风范，他到底敛回高扬的浓眉，换了一种较比平稳的声调：

"汤若望终究是老太后的义父，咱们不好就动他，可那三个跟咱别着劲儿的家伙，还不该训诫？阿琐木！赫仑！"

两个当值的笔帖式连忙进屋，躬身听命。

"传魏裔介、龚鼎孳立刻来见！"

笔帖式飞跑而去。

苏克萨哈笑不唧儿的故作惊讶："鳌兄，你这是……"

鳌拜正色道："刚才你头句话不就夸我网住一条大鱼吗？一个大好由头！"

吏部汉尚书魏裔介、左都御史龚鼎孳，一进门槛就双膝跪倒请命。鳌拜沉着脸，一字一句地斥责：

"南人写《明史》，辱骂我满洲祖先，罪该万剐！吴之荣击登闻鼓告御状，都察院为什么不受理？浙江省府州县多少吏员在其中营私舞弊，吏部为什么不查不问？"

苏克萨哈鼻子里哼出冷笑："二位请回去查查看，参与此事的文人，在哭庙案、奏销案、通海案中是否挂名？"

遏必隆点点头："也是，真该查清楚，有前科一起算账！"

苏克萨哈忽然笑着对遏必隆挤挤眼："遏大臣，我送一个雅号给你——'遏也是'如何？"说罢哈哈地笑起来。遏必隆毫无愠色，随和地一起笑了。

鳌拜不满地瞅了两位同僚一眼，正要说句很冲的话，忽见苏克萨哈朝自己递眼色，努嘴指向跪着的二汉臣，没事人似的问："听说前儿个你又去西山狩猎了？射着虎了吗？"

"三虎二熊。怎么着，再送你一双熊掌？"鳌拜尚未摸着头脑，照实回答，目光送出疑问。

苏克萨哈拱拱手笑道："承赐承赐，有一双尽够受用，果然肥美无比，不愧山珍之首！"他接着兴致勃勃地说起熊掌的烧炙火候、作料等等。恍然而悟的鳌拜、遏必隆也跟着大谈猎虎猎鹿、好马劲弓，越说越热闹，把两员汉大臣晾在一边，似乎忘却了。

大清入关之初，规矩是汉官谒满官必跪，满官不叫起不得起。顺治帝亲政后作了变通，汉官谒满官跪行一礼后便自行起身。而今又恢复了早先的礼节，魏裔介和龚鼎孳只得长跪不动。吏部尚书倒还泰然自若，仿佛宠辱不惊；左都御史年纪大了几岁，不免有些摇晃。

"安王爷驾到！"

门外笔帖式大声禀告，打断了三位辅臣的说笑，正待出门相迎，安亲王岳乐已大步走进值房。他一眼看见跪在门边的两名汉大臣，心里就明白了一大半，于是昂然在上位坐定，受辅臣跪拜——任何臣下见王爷，必得跪拜，王爷不叫起，就不能起。

岳乐面色阴郁，满腹心事，一向明亮的眼睛，变得暗淡。他依次打量跪着的五个人，好半天，才用平缓的声音说：“魏天官，龚总宪，起去。”

两名汉大臣站起身，对安亲王再拜而退，脸上毫无表情。岳乐目送他俩出了门，才从袖中取出一纸：

“三位起吧。看看这个——午门外宫墙上贴着的。”

苏克萨哈接住，是一张揭帖，笔迹秀逸洒脱，纵横满纸的墨点颇似泪滴，写了一首五言绝句：

少小休勤学，文章误了身。
辽东千万里，尽是读书人！

苏克萨哈把揭帖递给同僚。遏必隆连连摇头，鳌拜干脆不高兴地说：“咱从来不认得蛮子书！”

岳乐黑眉一耸，盯了鳌拜一眼。苏克萨哈赶忙打圆场，朝遏必隆和鳌拜解释：“这像是从汉家小孩儿开蒙的劝学诗演化来的。那劝学诗说：少小须勤学，文章可立身。满朝朱紫贵，尽是读书人。如若这么一改……”

岳乐面容平静，声音却很压抑：“这分明是在抨击朝廷屡兴大狱，压制士人，动辄杀头流徙，有意讥刺。”

鳌拜皱皱浓眉：“也不算什么大事。令巡捕追查，杀上几个就老实了。”

岳乐的眼睛闪电般一亮，又很快收敛了光芒，只轻蔑地注视着鳌拜，仿佛在看一头执拗的蠢驴。半晌，他慢慢地说：“这几年朝廷文治不见精彩，诸辅臣作何感想？”

苏克萨哈知礼地赔着笑脸，遏必隆全然不知所措，鳌拜则紧闭着大嘴紧皱着眉头，谁也没有搭腔的意思。

岳乐冷冷地继续说：“先皇帝称道过金圣叹的才学，哭庙案起，把金圣叹杀了；先皇帝钦点状元徐元文、探花叶方蔼，奏销案起，徐元文降銮仪卫小吏，叶方蔼又因欠一文钱而革去功名；如今又要起《明史》案，其中查继佐、陆健等人是先皇帝屡请未起的贤士，是不是又要借机除掉？”

辅臣们又来一个半晌不答。鳌拜忍不住，庄容正色，拱手低头答道：“先皇遗诏说得明白，拿‘渐习汉俗、偏用文臣、委任汉官’为罪过的。”

红晕猛然泛上岳乐的面颊，他不觉提高了声调：“你们动辄说什么率祖制复旧章，以副先帝遗意，其实，把先皇帝费尽心血始见成效的文治大业，毁坏殆尽了！”

苏克萨哈赶紧躬身请了一安：“王爷息怒，奴才们怎敢冲撞王爷！只是，王爷莫怪奴才直言，我四人受先皇遗诏辅政之时，诸王贝勒都曾在大行皇帝灵前立过誓，绝不干预掣肘的！”

岳乐面色一寒，不由得咬紧了牙关，一时无话答对。

苏克萨哈一直讨好地笑着，眼角笑纹如扇褶似的牵动着额头和面颊，说话的声调涂了蜜似的甜，蜜里却包着蜇人的刺：

“王爷不愧我满洲文学世家，要不是汉习濡染太深……”

这笑脸这声调是这样可恶，一直隐忍着、力图表现出冷静大度的岳乐突然控制不住，勃然大怒，猛地起身，两步就逼到苏克萨哈面前，一伸手，连朝珠揪住他胸口的外褂，对着那张不怀好意的笑脸，“啪！啪！”左右开弓，重重扇了两耳光，随后放手一推，大步冲出了辅臣值房。

三位辅臣惊怒交加，相视愕然。自辅政以来，从未发生过这种事！

遏必隆帮着收捡被揪断的朝珠。苏克萨哈一屁股坐在炕沿上，不住冷笑，正遇上鳌拜投过来的阴沉沉的目光，他红肿的面颊抽搐起来，弄得漂亮的相貌走了形，恨恨地说：

“不能这么就完！”

二

春寒料峭。

东方云层间，太阳半隐半现，惨白的光芒没有一丝暖气。慈宁宫南花园前几天初吐芽的小草叶苞，都瑟缩着，仿佛被寒冷逼得又收敛了起来。

太皇太后扶着两个小宫女从吉云楼出来，缓步走向临溪亭。她神态依然雍容端庄，表情还是那么和蔼温厚。但谁都能看到，她瘦了，红润从双颊消失了，显得比实际的五十岁苍老了。谁都会在心里暗自嗟叹：若是旁人也如她那般遭遇，怕是活不下去的。

自顺治十七年秋天起，不幸就固执地缠住了她。她最喜爱的干女儿兼儿媳董鄂贵妃病故，揭开了灾难的序幕。五个月后，儿子顺治帝去世，犹如摘去了她的心肝。跟着，接二连三，恪妃去世，康惠淑妃去世，皇四女皇六女双双夭亡，皇六子皇八子病病歪歪，总在生死界上徘徊……

皇家的灾星不退，刚入康熙二年，皇帝的生母、晋徽号为慈和皇太后的康妃又去世了！太皇太后已经欲哭无泪，心被悲哀折磨得近于麻木。

慈和皇太后的二十七天大丧刚刚过去，宫里头由于心力交瘁而呈现出一派精疲力尽的冷清。沉郁和悲凉始终像两条绳索捆绑着太皇太后的心，不得解脱。此时她更加理解，当年她的儿子为什么转向佛法禅宗。她，不也走到这条路上来了？

神圣的佛龛、庄严的佛像、洁净美丽的五供、寿国香台上飘来的袅袅香烟，这一切组成了宁谧、神秘的纯美境界，不是最能令人忘却烦恼、完全入静？吉云楼四面墙上千万个小佛龛、千万个小佛爷，慈眉善眼地望着她，不是在给她最真诚的抚慰？每当她走出佛堂，总像刚刚沐浴一般，清爽恬静，心头一片空明，觉得又有力气挣扎下去了。这样，每天礼佛诵经，已成她生活中不可缺少的部分，也许将成为伴随她直至终年的习惯。

苏麻喇姑赶到临溪亭时，太皇太后正俯身在汉白玉雕栏边观看池中游鱼。天气太冷，鱼儿毫不活跃，懒懒地在池底滑过，尾巴都不肯多动。

苏麻喇姑递上手炉，又为太皇太后披上氅衣，轻声说："老佛爷，说是礼部已经议得，康主子谥孝康皇后，跟端敬皇后一同附葬先皇帝孝陵。"

自康熙登基，庄太后被尊为太皇太后，人们便都改了称呼，叫老佛爷。康主子指的是当今皇帝玄烨的生母康妃；端敬皇后，就是当年宠冠后宫的董鄂贵妃。

太皇太后似在专心观鱼，没有搭腔，好半天，才轻声一叹，说："他们三个，活着的时候，恩恩怨怨、爱爱恨恨，闹得天翻地覆；如今到了那边，又在一处，总该心平气和了。"

"是。"苏麻喇姑低声答道，"人家都说，过了生死间的那座桥，爱憎心、贪欲心就都没有了。"

太皇太后感慨地点点头，直起身缓缓问道："皇帝和月格格还在书房吗？叫看妈领出来遛遛，散散心。"

生母去世，玄烨异常悲恸，哭得死去活来。尽管康妃生前难得跟儿子亲热，也不能亲自抚养，但母子天性骨肉情深，二十七天大丧过来，玄烨瘦得下巴都尖了。玄烨的悲哀就是冰月的悲哀，小姑娘陪着哥哥哭，陪着哥哥不吃饭，陪着哥哥守灵，也弄得痴痴呆呆，小脸儿上仿佛只剩一双大眼睛了。两个孩子就像得过一场大病，现在都很虚弱。

苏麻喇姑看着老太后的脸色，小心地说："月格格昨儿晚上叫头晕，犯咳嗽，今儿早起没精神，皇上守着她，哪儿也不肯去……"

太皇太后摇摇头，又是一声长叹："唉，这两个小冤家，累死人！"说着，她慢慢沿着雕栏南行。临溪亭南矗立着十多株被称为帝王树的银杏，都是两人合抱不来的参天古木，茂密的枝杈集结如篷，其间透出点点新绿，那些刚刚萌生的新芽，在暗棕色的古树背景上格外鲜明耀眼。老太后静静望着初春的叶苞，若有所思。

苏麻喇姑熟练地搀着女主人，又小声嘟囔开了："这两年，辅政办的哭庙、奏销、通海十多起大案，闹得沸沸扬扬，近日又来了个

《明史》案……”她从侧边瞧瞧老太后。老太后面无表情，只轻轻地、几乎不能觉察地叹了口气，并没有答话的意思。

“听说，昨儿个安王爷为这事儿跟辅臣们闹了一场，还动手打了苏大臣……辅臣们都气坏了！”

“甭说了！”太皇太后皱了皱依然细黑的双眉，“我没心肠管他。只咱们这个小皇帝我都顾不过来，还理那些烦死人的事！要按我本心，早死过两回了！不为这两个幼年登基的小祖宗①，谁耐烦硬着头皮活到今天……”

忽然，一阵高亢、悠长的“嘎嘎”鹤唳，打断了老太后含泪的独白。仰望高天，一列洁白的仙鹤飞掠而过。它们首尾相接，队形齐整，连翅膀的扇动都那么一致，雪白的羽毛闪着光，飞远之后，更像横在天际的一串珍珠。

天上鹤阵方过，地下也响起“嘎嘎”鹤鸣。那是南花园喂养的丹顶鹤在回应它们自由自在的亲戚们的呼唤。它们受了激励，鸣叫着，展开巨大的双翼，优美地回旋着，半飞半舞，随着一首听不见的乐曲，仿佛轻柔的云雾，极力想要飞上高空，飞向远方……

“老佛爷，看这两只！”苏麻喇姑伸手指点。

一大一小两只鹤从银杏树下直舞到临溪亭畔，与水中鹤影相映，丹顶白羽黑尾，比图画还要醒目。大鹤有半人多高，或是最老寿的一只，伸展双翅宽达四五尺，昂着长颈，向天高鸣，竭力弹跳，试图起飞。它的瘦长腿在地面点了又点，缓缓兜着圈子，终于失望地慢慢收回翅膀，单腿独立，静静与水中倒影相对了。那只小鹤非常活泼，连蹦带跳，拼命扇动翅膀，想要模仿长辈舞一舞、飞一飞。可一个踉跄，几乎摔跤，它惊慌地收拢双翅，“咯咯”地叫着，赶忙依偎到大鹤身旁。

太皇太后微微点点头，低声自语道：“老鹤已经飞不动了，小鹤还不能飞！……”

---

① 两个幼年登基的小祖宗：顺治即帝位时六岁，康熙即帝位时七岁，均由孝庄皇太后抚育教养。

苏麻喇姑默然。沉静中，三两鹤鸣更显清越，又不免带着些凄凉。

慈宁宫总管太监禀告四位辅臣求见，太皇太后才从绵长的沉思中警觉过来，皱皱眉头叹口气，无可奈何地吩咐：“引到这儿来吧！”

临溪亭南设了宝座，四辅臣跪谒太皇太后。老太后素来敬重辅臣，照例赐给坐垫。首辅索尼方坐下，又起身跪倒，以他特有的谦恭禀奏道：

“臣等受先皇遗诏辅佐政务，耿耿忠心惟天可表，三载辛劳自问无过，不知因何触怒亲贵，呵责斥骂又施拳脚。求太皇太后明鉴，不然，臣等无颜立朝。”

索尼生就一副忠厚的相貌和诚实的眼睛，但并不使人产生忠厚无用之类的联想。由于出身满洲学识最渊博的家族，他带有一般满官不具备的儒雅气度。近年老态渐至，须发尽灰，倒给他增添了几分威严，颇得朝野人士好感。

太皇太后淡淡一笑：“索尼忠直，朝野尽知。辅臣摄政三载，不但无过，而且有功。少有不服者，在所难免，不必放在心上。”

苏克萨哈跪到索尼一侧，详细禀告昨天辅臣值房内发生的事。太皇太后神态从容，眼睛里却不免透露出怠倦和厌烦。苏克萨哈禀罢，她已双目微合，仿佛睡着了。

“求太皇太后示下。”索尼小心地提醒一句。

老太后睁开眼，了无表情，只想尽早结束这不愉快的谈话：“好了，二位起吧。辅臣奉先帝遗诏辅佐幼主，原不许诸王亲贵掣肘。辅臣尽管经意综理政务，安王等人干政，自有皇家家法裁夺……”

一语未了，北边靴声杂乱，还带着“橐橐”跑步声，冲来黑压压的一群人，把园中悠闲散步的仙鹤惊得“嘎嘎”乱叫，扑着翅膀逃躲。跑在最前面的，竟是身穿金黄小龙袍、头戴红绒结便帽的小皇帝玄烨！

人们惊讶不已。刚站起身的索尼和苏克萨哈又同着遏必隆、鳌拜双膝跪倒，嘴里念着：“奴才给皇上请安！”

可是小皇帝就像没有看见四位大臣，他满头是汗，惊慌失措地直冲到祖母跟前，只管尖声叫着：

“老祖宗！月妹妹不好了！”

太皇太后一惊：“什么？”

玄烨急得脸通红，一把拽住祖母的袖子，硬拉她起身，上气不接下气的只是嚷：

“老祖宗快去，你快去救救她呀！……”

太皇太后顿时心慌意乱，竟站不起来，只提高嗓音问：“看妈呢？奶妈呢？今儿谁在冰月屋里当值？”

一个跑得气喘吁吁的保姆连忙跪倒：“禀老佛爷，昨儿半夜那工夫月格格就浑身滚烫，传了太医来瞧，吃了一剂药，天亮那会子原本好些了，没承想这会子又烧上来了……”

玄烨几乎哭出来，大声抢白：“你啰唆个什么劲儿！讨厌！……老祖宗，快走！快走！”他用力扯着太皇太后，小小的身体都斜向地面了。老太后随着孙子移步的当儿，不由得仰脸望了望：天哪，你降给皇室的灾祸还没到头吗？……

走下临溪亭石桥，太皇太后略定定神，发现辅臣还毕恭毕敬地跪在那边，便拽拽玄烨的手：“看你，还不快叫起！”

玄烨魂不守舍地回头草草看了一眼，远远喊了两声：“起去起去！”重又抓牢祖母的手，“走！快走哇！”

慈宁宫寝殿侧，冰月住的三间屋子，里里外外挤满了人，连门前石阶上也站满了宫女太监，却静悄悄的连一声咳嗽、一口大气也听不到。小皇上那带着哭腔的呼喊便清晰地直达户扃：

“月妹妹，你快醒醒儿，老祖宗来了！你倒睁睁眼啊！……”

冰月烧得满脸赤红，嘴角起泡，小脑袋耷拉向枕头一侧，无知无觉的样子更叫人心疼。

“冰月，好孩子，你醒醒吧！……”老祖母温柔慈爱地抚弄着小孙女乌黑的柔发。

浓密的眼睫毛一动不动，就像贴在这张通红小脸上的两瓣黑色月牙儿。难道这双美丽的大眼睛再也不睁开？难道这清亮亮的眸子再也不能活灵灵地闪动？围在床边的太皇太后、皇太后和皇上，还有各宫主位们，都被笼罩在一团悲雾之中，有人在轻轻啜泣。

冰月的细长眉毛成年人似的痛苦地蹙了又蹙，睫毛扭动着扭动着，唇边竟牵出一丝天真的温存的笑，慢慢睁开了眼。奇怪的是，目光秋水般澄清宁静，完全不像七八岁孩子的神情，眸子黑宝石般晶莹，凝视着太皇太后，静静地、带点悲哀地说：

“老祖宗……冰月不在这儿待了……”

像剜去心头肉，太皇太后一阵痛心，声音也哽咽了：“好孩子，你说哪儿的话……”

冰月目光略转，看到玄烨，殷红的小嘴伤心地撇了撇：“三哥哥……小红马荷包没绣好，我得走了……你别生气啊！”

玄烨捏着冰月滚烫的小手，眼泪哗地落下来。

“冰月，不要瞎说，惹老祖宗难受……”岳乐站在床头轻声责备。他是应急召刚刚赶到宫里来的，心里有如兽爪在抓挠。难道召他进宫竟是为他心爱的小女儿送终？

“阿玛，冰月不瞎说。”黑亮亮的目光落在岳乐脸上，“皇额娘叫冰月了，还有皇阿玛，笑眯眯的，招手，好多好多花儿呀……红的、黄的、粉的，真好看……”冰月往枕上一仰，眼睛又合上了，卷卷额发撒满鬓角，盖住眼睛，呼吸愈加粗重急促了。太医赶忙跪上来诊脉。

太皇太后问：“怎么样？”

“回老佛爷，格格这是邪热入肺，脉象凶险，惟退得高热方有救……”

玄烨忙道：“你快开药方、快给她退热呀！”

太医叩头道：“回万岁爷，格格金玉之质，用药须格外谨慎，学生不敢冒昧从事，须得……”

“放屁！”玄烨大怒，瞪着眼珠子，戳手指定太医跺脚大骂，“你是干什么吃的？白拿朝廷俸禄吗？饭桶！立马给我开方子！要是治不好月妹妹，我要你们这帮饭桶太医的脑袋！”

完全是乳声童音的小儿斥骂，却吓得太医“砰砰”叩头、浑身哆嗦，汗水顺着面颊往下淌。玄烨抓起几上的纸笔远远往太医头上一扔，吼着：

“写！给我立刻写！”

太皇太后用责备的目光向玄烨示意。玄烨全没看见，骂过太医，回身就奔冰月榻前。

冰月手脚忽然一哆嗦，嘴里含含糊糊地嘟哝：“热呀！……火烧身上来了！……”说着就抽搐起来。赤红的面色转青，脖颈紧张地挺着，半睁半闭的眼睛看看翻白了。众人一片惊慌，哭的、喊的、叫的、揉搓的，一个个失了主意。几个看妈冲上去掐人中捏手脚，乱作一团。

玄烨突然从乱哄哄的人堆里蹿出去，一边跑一边脱龙袍。太皇太后一眼瞧见，忙命看妈跟着。不一会儿就听看妈在门外大呼小叫：

“哎呀万岁爷，这是干什么？不能脱呀！”

“万岁爷冻着可怎么得了！”

老太后不放心，正要出去瞧瞧，玄烨一路嚷着跑回来：“闪开！都闪开！”

众人吃了一惊，只见皇上只穿件贴身的月白绸衬褂，冻得腮帮泛青、嘴唇哆嗦，自管飞跑到冰月床边，一把掀开锦被，双手用力抱起烧得浑身滚烫的月妹妹，紧紧贴在自己凉冰冰的身上，还特意把冰冷的脸蛋贴紧那热得如着了火似的小脸，——他是从春寒中取了凉，回来为月妹妹退高热！

众人明白过来，望着两个小人儿，全都愣住了。

被高热折磨得奄奄一息的小冰月，骤然遇冷，神奇地停止痉挛，可怕的抽搐缓解了。玄烨感到妹妹像角弓一样紧绷绷的身体渐渐放松、渐渐柔软，非常高兴。冰月的高热吸尽了他身上的凉意，他开始觉得热了，便吃力地把冰月放回床上，转身又往外跑。看妈一把拽住：

“万岁爷，不能啦！保重龙体要紧！……”

“你少管！”玄烨甩脱她的手，头也不回地冲出去。待他一身冰凉地跑回来再抱冰月时，惊异地看到，除了太皇太后、皇太后和太妃以外，所有的人都跪下了，冰月床前五颜六色，密密麻麻一片。

“皇上天恩厚德，奴才纵然肝脑涂地也难报答……”安亲王频频叩头，语调呜咽。

“皇上是天下之主万民之父，千万保重……”苏麻喇姑也在不住请求。

“求皇上着袍！”

“求万岁爷添衣！”

四面都是忠诚的面孔、深受感动的求告。玄烨对这场面很觉意外，疑惑地看着祖母。老太后温厚地笑了，说：

“皇帝虽然年幼，却具佛心，笃于亲情友于弟妹，是仁爱之君，谁不感泣？只是，退热去病，还有太医和看妈们经管，皇帝可以放心了。”

果然，几名看妈已经端来了凉水和冰块，退热效果显见比自己这一时冒出来的笨法子强。玄烨也就顺从地放开冰月，任听她们摆布昏昏沉沉的小格格。

太皇太后嘱咐几句，心事重重地出了中堂。皇太后、皇上和安亲王陪着出来。老太后轻声说：“皇帝和皇太后去吧。”

玄烨仰脸看着祖母和伯父，赶紧拉了太后又回冰月屋里去了。仿佛感到什么，进门前他又偷偷回头看了看。

沉默片刻，太皇太后直截了当地问：“你打了苏克萨哈？”

岳乐就地跪倒：“奴才一时按捺不住……辅臣屡兴大狱，压制汉人士子，奴才深恐逼出大事，于朝廷不利，不过才训诫几句，他却出言不逊，有意冒犯……”

太皇太后伫立不动，没有表情的脸仿佛佛龛里呆板的神像。静了好一阵儿，说出的话也带着无法形容的冷气：“朝廷的事辅臣该管。汉人原本气傲，惯得太厉害，也不成！”

岳乐心头“咯噔”一跳，鼓足勇气提醒道：“老佛爷，得人心者得天下啊！”

太皇太后脸颊掠过隐隐抽搐，声音更轻了，仿佛在问自己：“得汉人心还是得满人心？以目下情势而言，孰轻孰重？”

岳乐随口接答："满汉一体，国家才能太平昌盛……"

"满汉一体，谈何容易！"太皇太后摇头，叹息一声，"为政必须刚柔相济。先皇帝过柔，理应以刚补正。"

岳乐吃了一惊：这么说来，近年兴的几桩大狱，是太皇太后默许的了？他心里阵阵发寒。

太皇太后复又显出倦怠和苍老，眼角耷拉下来，声调也欠了底气，但说出的话仍很逼人："岳乐，辅臣奉先帝遗诏摄政，诸王亲贵不得干预。"

岳乐怔了怔，不禁抬头看了这位婶母一眼。这位婶母用更微弱低悄的嗓音，说出一句更令人心悸的话：

"难道忘了多尔衮①？……"

岳乐匍匐着再不敢出声，背上凉飕飕地沁出一层冷汗。他静候下文，而因半晌无动静而抬头看时，她已经走了。

太皇太后回到寝宫，倚着炕上的靠枕喝茶，视而不见地盯着八仙桌上一盘金黄色的佛手出神。后来她放下茶盏吩咐："叫小福子。"

玄烨的乳母领班孙氏，在宫里的名字叫小福，立即应召而来，跪在老太后脚前，恭听着平稳慈和的问话：

"小福子，这些日子皇帝晚间睡得可香？"

"回老佛爷，睡得香，吃饭不香。圣母皇太后大行，皇上心里太苦。"孙氏回话意思明白，态度得体。

太皇太后点点头，又问："近日没有给他沐浴吗？"

"回老佛爷，大丧之后，刚浴过身。"

"哦。你看他……长成了吗？"

"回老佛爷，还同小时差不多，没大变。"

"嗯……你去吧。"

天色完全黑下来，太皇太后还坐在那里，也没叫上灯。她心里还在翻腾。辅臣和安王的官司、政务国事此刻都已撇开，她只想着那个

---

① 多尔衮：顺治初，皇帝年幼，多尔衮以叔王摄政。顺治帝亲政后，定多尔衮谋逆罪，夺谥削爵，并彻底清除其党。

叫人无法捉摸的小皇帝。方才他搂抱冰月看来是孩子气，并非情窦初开，教人略略松了口气。但这孩子好像比他父亲更古怪。他身上仿佛附着好几个人：这一个聪明好学，那一个顽劣异常；一忽儿诚笃仁爱，一忽儿却又骄横十足蛮不讲理……这位嗣天子，日后能够受天命负大任吗？

为同一原因心神不安的，还有一位——安亲王岳乐。老太后的话再明白不过，他已决意辞政。决心一下，许多烦恼顿时消失，大有从泥潭拔脚而出的轻松之感。但心头总是牵牵挂挂放不下，因为今天见到的皇上，和他心目中的神童三阿哥全然不是一个人，怪僻得叫人害怕！想想他跺脚骂人时暴戾的眼神、搂抱冰月时不顾一切的呆气，岳乐很担心：将来他能是一位有道仁君吗？

五天以后，岳乐再次应召入宫。

走近冰月住所，一片盈盈笑语，和着杨柳春风阵阵飘来耳边，他悬着的心放下了。

果然，裹得严严实实的冰月已靠坐在堂屋南炕毡垫上了，小脸苍白，两颊消瘦，眼睛显得越发大越发黑，看上去弱不禁风，精神倒还好。玄烨挨着冰月坐在炕桌边给她剥瓜子。太皇太后、皇太后和几位常来的福晋，都按各自身份，坐在太师椅、扶手椅、瓷墩、方凳上，说笑得正有劲，岳乐到来也没打断她们的兴致。见了家常礼，看了女儿的气色病情，岳乐也坐在一旁听她们闲谈。

那位能说会道的老福晋在继续刚才的话题：一件被宗人府经历司错判的盗案。听着听着，玄烨发议论了：

“这主事的真笨！哪儿用得着费这么大周折！”

太皇太后瞅他一眼：“小小年纪，别说大话。”

玄烨不服：“老祖宗等着瞧，日后我要是断案子，绝不这么糊涂！但凡用心思多想想多瞧瞧，那明察秋毫也不难！”

太皇太后笑笑：“叫你说的！……好吧，我来考考你。”

“考我？”玄烨兴奋得蹦起来，跑到祖母跟前摇晃她的胳膊，“老祖宗，快出题呀！”

老祖母略想了想："岳乐，你先把皇帝领出去。"

伯侄两人一出堂屋，那沉重的镂花红门就轻轻地闭上了，里面只透出几声轻笑，一句话也听不清。玄烨笑着对岳乐扮了个鬼脸。

门开了，人人脸上带笑，用好奇或诡秘的目光望着玄烨。他坦然受之，自信地扬着脑袋："老祖宗，快讲吧，什么案子？"

太皇太后指指茶几上的几个鸡蛋壳："给冰月煮的两个茶叶蛋，叫这屋里的丫头偷吃了。你来断一断，谁偷吃的？……冰月，不许给哥哥递信儿！"

屋里十几个丫头，玄烨不厌其烦地一个个问过去："鸡蛋是你吃的吗？"谁想这些丫头们一个个全点头，或含笑或羞怯或害怕，都承认自己是偷吃鸡蛋的小贼。

问过一遍，玄烨立在屋当间不响了。老太后笑起来，到底还是个孩子，略出点花样就发蒙。众人也笑了：趾高气扬的小皇上还是叫太皇太后给考住了。

玄烨眼睛一亮，闪出两朵活泼泼的光彩，吩咐受审者："听着！你们每人端一盏水，挨个儿到我这儿来，瞧我给你们断案！……看妈，拿个瓷盆搁我眼跟前！"

丫头看妈们忙起来，主子们看得更有兴趣了。头一名宫女跪到小皇上跟前，他得意扬扬地说："漱口！吐到盆里！"

大人们"哗"地笑开了，笑声中洋溢着赞叹：好个聪明孩子！今年还不到十周岁呢！

太皇太后身边的小宫女云妞儿漱口水一吐，玄烨就指定了她："是你！瞧这些鸡蛋黄！"

"小贼"审出来了，福晋们向太皇太后、皇太后跪贺，颂词说了一大篓。两宫也十分高兴，吩咐晚膳给玄烨加几品克食，以示奖励。连小冰月也笑眯眯地说："三哥哥，小红马香荷包我明天就给你绣好！"

众人又说笑一会儿，冰月看看倦上来，倚着玄烨，一副小女孩儿娇弱不胜的样儿，不住打哈欠。太皇太后说："咱们走吧，冰月该歇歇了。岳乐，你再坐坐。"

“老祖宗，我也再坐坐。”玄烨接口说。

“好吧，只别烦你月妹妹，让她多睡会子。你也早些回书房，别误了念书。”

“书都带来了，跟月妹妹一块儿念。”

“好，好。”老太后笑着说着，扶了云妞儿起身。皇太后和福晋们簇拥着一起走了，屋里顿时清静了许多。

“阿玛，”冰月竭力睁大困倦的眼睛，“你也跟三哥哥一样，坐炕边来说话给我听啊……”

岳乐顺从地坐到炕沿上，自然远出一尺多，他不敢与皇上比肩。冰月背倚着缎靠枕，小手无力地搭在织福字明黄锦绣扶手上，好一位雍容高贵的小公主！半睁半闭的眼睛看一眼哥哥又看一眼阿玛，听他们说不到五句话，就甜甜地睡着了。

伯父和侄儿于是说起别的，怕吵醒冰月，小声细气，如说悄悄话：

“王伯，你真抽了苏克萨哈俩嘴巴？”玄烨一脸兴奋。

“皇上也知道了？”岳乐惊讶地看看玄烨。

“用哪只手抽的？这只吧？”玄烨一把捉住伯父的右手，“嘿，多么大，多么有劲！准把他那臭脸抽肿了！”

毫不掩饰的痛快，令岳乐心头一动：“皇上不喜欢他？”

玄烨就势蹭到伯父身边，凑上去咬耳朵：“我最恨他啦！笑面狐狸，一肚子的坏水儿！……他不让我淘气，我偏淘！他越想管我，我越不让他管！”

“皇上你……为什么呢？他是奉遗诏辅佐皇上你的呀！”

“谁稀罕！我父皇龙兴中土，混一六合，功业同于开创，是明君英主，他竟领头不给谥‘高’字！他处处露脸出头，贬低我父皇，违逆我父皇生前的治国之道！别当我是小孩儿不懂事。我是嗣天子，是我父皇的儿子！”

听着这不似九岁孩子的话由清脆的九岁孩子的嗓音侃侃吐出，岳乐心中一热，眼睛湿润了。无论是出于小男孩儿对父亲的崇拜爱慕，还是出于未亲政的幼年皇帝的自尊，他这番话终究廓清了岳乐胸臆间的那团迷雾：他依然是那个小神童三阿哥！岳乐一阵轻松，不由得伸出臂膀，把小侄儿紧紧搂了一下，但立刻意识到自己失礼，连忙放开，小声叮嘱：

“这些话，可别再跟人讲了，传出去……”

“我知道，”玄烨严肃得像个成年人，“老祖宗跟前都没敢这么说。只跟她说，我们俩从不互相瞒着。”他指指睡着的冰月。

刹那间，一个念头从岳乐心上闪过：只要冰月在宫里，他岳乐的荣宠就不会衰败！对此，他是喜还是悲？是深感侥幸还是颇觉惆怅？……他辨不清其中滋味，只感慨地把目光再次投向自己的小女儿。

冰月雪白的小脸安详又美丽，像一尊小仙女的玉雕。岳乐心底有什么在轻轻蠕动，因为他在这张秀丽的小脸上，隐约看到了另一张面容。许多日子以来，那双同样美丽的眼睛已被纷繁的朝政推挤到极远的角落去了，此时，它越来越清晰地浮现出来，令他唇边泛出柔和的微笑。

三

数亩方塘，清澈见底。水面波平如镜，倒映着仲春时节迷迷蒙蒙的天空云影，也倒映着环塘一带盛开的桃花。一团团一簇簇，如云似霞，把绿水染得通红。

桃花深处，飞起一缕悠扬的笛声，随着缓缓春风，贴着静静水面，忽而轻柔忽而嘹亮，向四处飘散。

一个华丽动听的煞尾，笛音陡然收住。重重花树中，回声似的扬起无拘无束的开怀大笑。安亲王岳乐不戴帽不着靴，一领蓝衫，左手高擎金杯，右手拉着江南老名士吕之悦，五分醉意，十分洒脱：

“对桃花，听笛曲，饮醴泉。笑翁，你我可算是桃花源中一双神仙啰！哈哈哈哈！……我这亭匾还算贴切吧？”

吕之悦抬头一望，小小的茅顶六角亭檐上悬着一块黄杨木匾，镌了“武陵春色”四个大字，不点金不着色，潇洒的笔势、辞意，与茅亭、桃花很是谐调，不觉捻须赞道：

"好！妙！寻得桃源好避秦，桃红又是一年春……"

"避秦？"岳乐略一回味，仰天大笑，顺手把金杯朝身后一扔，大叫，"吟得好，解得透，个中滋味妙不可言，知我者笑翁也！"

岳乐真有些醉了。花下红毡、毡上盛筵美酒、侍酒的秀曼小鬟、筵前歌舞的妙龄女郎，忽远忽近，编织成一幅难以分辨的彩缎，花簇锦团芳香袭人，激得他越加兴奋，王爷的威重眼看保持不住了，伸手一点：

"过来！你！"

被点的穿月白色锦袍的侍女，苗条动人，方才歌舞间打了几个出色的莽式，已领下王爷的赏赐。此刻王爷这不寻常的召唤，使她脸色顿变，又不得不强笑着近前跪倒。

"站起来，背冲我！"岳乐命令着。

"奴才不敢。"侍女惶恐地叩头。

"快！"岳乐喝了一声。

侍女犹犹豫豫地背身而立，竭力抑止双肩的抖动。

岳乐绰起一支檀管大提笔，饱蘸浓墨，一手叉腰一手挥毫，笔走龙蛇，口中高吟。那几句流传千古的谪仙文章，便醉墨淋漓地落在侍女光亮平滑的月白锦袍后身上：

"夫天地者，万物之逆旅；光阴者，百代之过客。而浮生若梦，为欢几何？……"

此时此地此景此情，确已被醉仙太白的《春夜宴桃李园序》说尽。吕之悦与岳乐交往多年，还不曾见他如此狂放，如此失态。他猜到是辞政告归的结果，借题发挥，一泄怨愤而已。有心劝解几句，又觉得不必。

岳乐转向老友："笑翁，也来画两笔？"

"不敢。江湖二十年，老尽少年心了。只是王爷你……退居林下，果真诗酒了此一生？"

岳乐不答。

水面飘来琤琤的古筝曲。有人和着乐曲唱一首听不清词句的歌，如泣如诉，委婉中含着凄楚。岳乐的醉眼里透出悲哀，端酒杯，再提笔，在另一个侍女的丁香色缎袍上飞笔纵横，写来写去，只是那两句诗，十个字：

“不惜歌者苦，但伤知音稀。”

“不惜歌者苦，但伤知音稀。”

…………

春风和煦，阳光温馨，吕之悦却感到背后掠过一阵寒意，一时无言，遂坐花下自斟自饮。他怀着沉重的思虑，从进王庄之时起就在寻找适当时机向安王一诉。然而，多年与满洲亲贵打交道，很懂得其中奥妙，他不能随便吐露求告的意思。因为求告意味着自贬，那将招致主人的轻视，这是他自尊心所不能忍受的，更无助于此行的主要目的。

偶尔回顾，王爷业已盘腿落座，却不声不响地凝视远方，几分痴呆、几分温柔、几分沉醉，令吕之悦大为惊异。顺着岳乐的目光，透过花影越过水面，直到那座小小石桥一侧，仿佛有个蓝色的人影儿。桃花又低垂掩映，吕之悦又老眼昏花，连那人是男是女也没分清，便不解地说：

“哦，王爷，你这是……”

微微一惊，回脸与老友目光一碰，亲王刹那间竟忸怩不安，活像偷着姑娘被人当场捉住的年轻小伙儿，脸迅速地红了。他赶忙躲闪开，装作观赏桃花，装作醉意沉沉，故作旷达地一挥手，大笑道：

“醉也！醉也！归去来兮！……”

这当然是王爷借以掩饰窘态的遁词，吕之悦便也哈哈一笑，拱手告退。行不数步，他又回头看了一眼。岳乐站在一树最红的、蜂围蝶绕的桃花前微笑，那双很亮的、总闪着威严的眼睛，此刻仿佛蒙上一层含蜜涂糖的雾翳。这笑容这神色，与他两鬓的星星华发、与他浓眉大颡隆鼻方颐的英武气概太不相称了。吕之悦摇头叹息自管走开。

岳乐望着吕之悦离去的背影，也在摇头微笑，他不会不知道，半醺之际忆起往事，多么令人陶醉！

阿丑进府很久，他都不曾注意她。若不是那个神秘的月夜，若不是景山道场上她的古怪行为，他永远也不会发现她姿色中那种特殊的美。原来，她瘦弱纤小的身躯里竟蕴藏着这样的勇气！

多少年来，他勤于国事，无暇顾家。皇上病故、新皇即位后，他经常与柄政的辅臣龃龉，因而在议政王大臣会议中陷于孤立，这才经常借故告假，躲回永平的王庄优哉游哉。于是，阿丑越来越多地出现在他眼前，也越来越紧地抓住了他的心。她是那样忧郁、幽静，纯洁天真如稚子，全不懂得保护自己！

强有力的男人的爱，常常从怜悯同情开始。岳乐很快就不能自已了。这有何难？像对待府中偶尔令他动心的女奴一样，他命管家太太召阿丑侍酒侍寝，他要施恩。为了掩人耳目，另找了三个丫头陪同。

承恩侍宴，是女奴们极其难得的上升机遇，无不妆饰一新，殷勤进酒，献媚送笑。偏是她，独倚中堂大柱，侧身面壁，泣不成声。

岳乐惊异地注视着这个不知好歹的人儿，好半天才开口问道："是阿丑吗？……你是哪里人？"

没有回答。

"多大岁数了？"

仍是低头饮泣。

"原先有丈夫？"

她骤然放声，边哭边嚷："我原是良家女子，如今落到这个地步，还有什么好说？求王爷开恩，杀了我吧，我是不愿再活下去了！……"说着，突然一低头，猛地撞向朱红大柱。"砰"的一声，撞折了高高的两把头，她又要再撞，管家太太冲上去把她抱住了。她又是哭号，又是挣扎，惊得另三个女奴大气也不敢出。阿丑这样抗上胡闹，触怒王爷，还有命吗？

王爷却静静瞧着，不动声色，吩咐管家太太：领阿丑回去，好好防护安慰，不要悲损了身子。说罢一扬手，把女奴们一起挥走了。

没人能够领会岳乐的缭乱情怀：阿丑触柱求死之际，他眼中看到的是她与灯烛红光相映射的熠熠额光，粉腮淌着晶莹泪珠，不像是晓花含露吗？哭腔喊声，不正如春天树丛中娇莺呖呖吗？她跳踊挣扎，鬟髻尽散，长长的秀发一拖到地，漆黑光亮，宛如一道黑色瀑布，谁不生爱怜之心啊！……

次日，阿丑病倒了。王爷命管家太太传医诊脉，药品、糖品、果品源源不断地送进阿丑的小屋。阿丑却又恢复了她的沉默，对送去的东西瞧都不瞧一眼。

阿丑的倔强引起岳乐的疑虑：真是她不慕荣利、淡泊天真，还是为求取更大的荣利而故意作态？

岳乐一向自视甚高，不肯自坏声名自寻烦恼地强力占有她，可是提高阿丑的位分又很难。她既非贵族格格，又不是八旗女子，甚至不是平民，只是个奴婢，一个犯罪入官的蛮子奴婢！收为通房大丫头已是到顶的抬举，做侍妾则必招物议；如若再高上去，岳乐将受参劾指斥，也逃不脱宗人府的责罚。他怎肯忍受那些讥笑嘲讽！剩下只有一条路：放弃。他止步了。

年初，慈和皇太后病逝。哀诏到来，王庄举丧，上上下下的人都换了孝服。岳乐亲自到马房查看回京奔丧的车驾，出侧院门，骤然遇上阿丑。目光一撞，她赶忙低头让路，垂手侍立一旁。缟衣练裙，映出她秀眉鸦翅般黑、双眼寒潭般清，肤色如玉，神情娴静，两条素白的绸带从脑后直拖到地，飘飘摇摇，竟给她添了几分仙气，愈加神韵动人了。岳乐只觉心底某处似被长针深深地刺了一下，奇特的痛苦混合着快意刹那间穿透了全身，此刻的阿丑便长久地留在了他的记忆中。

回京，重新步入繁华富贵、花娇柳媚，还要承受无尽的烦恼：当年他为政的主张和主办的事，如今都成了笑柄，被讥为“隔年炸糕”。不久就出了他动手打苏克萨哈的故事，他辞政了，回家赋闲了。

对政事心灰意懒，他眼前阿丑的影子就愈加清晰、愈加动人。白居易宠樊素、苏东坡纳朝云，不是千古佳话吗？他怎么就不能择所爱以充后阵？参劾也罢、罚俸也罢，不就一桩小小的风流罪过，有什么不得了！还能坏到哪里去？

他下了决心，昨天赶回王庄，立召管家太太讲明，不理睬管家太太瞪得铜铃般的惊慌的眼睛，把送给阿丑的礼品不厌其烦地一一指示清楚：满装贵妇衣袍一箱、汉装绫罗衫裙一箱、人参十斤、东珠百颗、首饰一箧、宫扇两柄、荷包手帕各四件、金锭银锭各一盘。

想必管家太太已把谕令和礼品送到，那个倔强的人儿总该被这一片真情打动了吧？不然，忧郁沉默的她怎会有心思到塘边桥头闲走？说不定，她是为了隔水一望？……

想到这里，岳乐摇摇晃晃站起身，推开来搀扶的内监，穿过桃林的红云，独自走向绿水一侧的白石桥。

石桥边绿水盈盈，倒映着蓝衣白裙的秀美身影，仿佛一尊伫立花下的石像。然而，急促的呼吸、颤抖的手指、乌黑的眼圈和眸子里极不安定的光亮，透露出她内心的极度紧张和焦虑。她，阿丑——乔梦姑，胸臆间倒海翻江、千头万绪。活着，竟然这么难！……

那是年初正月十五元宵节，安王府家宴格外热闹。王府戏班演新戏，奴婢们都被恩准在廊下隔帘观瞧。戏做得好，王爷很高兴，梦姑听得他对那拉福晋说：

“到底明师高徒。不请云官教习，这班子绝不成器！”

福晋也笑了：“王爷多赏他就是。”

王爷说：“银子值什么！要他自己登台再演一出。”

福晋道：“听说他已久不登台了。”

王爷不答，只挥手令管事去传戏。于是，一出摄人魂魄的《窥妆》上场了。那位金冠雉翎的小生，英俊倜傥光彩照人，用委婉的词曲、潇洒的身段和亮如星光的眼神，把既多情又好色的吕布描绘得栩栩如生，炽热的欲念和缠绵的情怀扭结在一起，倾倒了所有的看客！

梦姑大惊失色！双手紧紧抠着廊柱，一声声心跳又急又猛，仿佛要蹦出胸膛：这哪里是什么吕布、什么云官，这分明是与她自幼青梅竹马、后又遭她背弃的未婚夫婿同春哥啊！

“吕布”到王爷、福晋席前领赏，吸引了多少爱慕的眼光！可“吕布”目不斜视，谢了赏就匆匆退回后台。隔着低垂的竹帘，他从梦姑身边擦过。梦姑双手冰凉，浑身哆嗦，一口气上不来，晕眩得抱住廊柱，瘫倒了。

偏偏福晋指定阿丑把赏给戏班教习的几品克食送去，她照例默默躬身领命，心里头悲喜交集，乱麻一团。

记得是悄没声地放下了托盘，略略蹲身，低低地说了一句："王爷福晋赏。"

背身站在窗前出神的他，竟如听惊雷，浑身一震，猛地转过身，霎时间面孔煞白，嘴唇都失了血色。只有那双瞪得大大的黑眼睛，像燃烧的火，像闪着寒光的剑，逼得她不敢抬头，逼得她浑身发寒热般颤抖！

他大步走近，一把推开挡在两人之间的托盘和菜肴，久久凝视着她，终于喃喃地说，有如梦呓："梦姑，是你吗？真的是你？……快应一声啊！"

她哪里还出得了声！咬紧牙关，怯生生地点了头。

他如大梦方醒，露出欣慰的笑，又百感丛集，摇摇头："梦姑梦姑，我寻得你好苦哇！……"

一句话，凝聚着多少感慨、多少情意？她的眼泪刷地涌出，汩汩不尽，终于失声叫道："同春哥！……"

他约她当晚花园藤萝架下相会，她摇头。

他眉毛一拧，一把抓住她的胳膊。这当儿，戏班班主一脚踏进来。她慌忙收起托盘逃开，出门时听得班主打趣他："这么多丫头你全看不上，倒相中了阿丑？人家可是福晋屋里的，小心你的脑袋！……"

后来的二十天，她受尽熬煎：盼相见又怕相见。府里规矩大，盼而不得见；怕相见，送赏的差使却又落在她头上。二月初八圣寿节，王爷福晋进宫拜寿，阖府上下每人得一份福寿饼。福晋召阿丑，指着一盘上好细点说：

"给云教习送过去，就说是我特意加倍赏他的！"

她忐忑着走进戏班小院教习的屋子。他正在给徒弟说戏，乍一见她，不但脸色变了，连眉眼都移了位置。她又羞又怕，放下托盘转身要走，嘴里支支吾吾什么也没说清。他撇下徒弟大步赶来，先是一躬到地，口称"谢王爷福晋赏，劳动姐姐辛苦"，跟着为她开门，殷勤致谢殷勤相送，不停嘴不停步，下台阶出戏班，一直送到绿竹掩映的鹅卵石小径上。

“同春哥，请回吧……”她红着脸垂着眼，低声嗫嚅道。

“你让我回哪儿去？”他声音嘶哑，狠狠地问，眼里一团炙人的怒火，“你难道就不明白，我进这王府，干这劳什子戏活儿，全都是为了找到你、为了娶你吗？”

她脚下一个趔趄，差点儿摔倒：“同春哥，你……疯了？”

“我不疯！”他怒冲冲地扳住一棵粗壮的老竹，面孔涨得血红，“是你没有情义！”“咔吧”一声，竹子断在他手中。

“我……”她可怜巴巴的，如在呻吟，嘴唇颤抖，满眼是泪。

“你？”他古怪地盯着她看，面孔忽地阴暗下来，“有了别人，早忘了当年的情分，可是？”

如同心窝上挨了一刀，她身子摇晃着，扶住身边那株青桐，绝望地挣扎着说：“同春哥，我宁可你杀了我！……”

他的脸上又燃起热情的火：“那，你就嫁给我！王爷早就要赐婚，可是找不到你，我谁也不要！……只等你一句话，咱们回家耕读度日，我再不上戏台，你再不为奴婢！”

“我……唉，同春哥，你怎么就不明白，我不配，我对不起你，我不配呀！……”她紧紧搂住青桐树，哭得全身剧烈地战抖，带得树叶儿“沙沙”乱响。因为不敢出声，她痛苦得抽心结胆，眼看要透不过气了。

“梦姑！”他差点儿叫起来，怒气全消，眼睛湿润了，满腔爱怜化作极其真挚的低语，“别这么说，别这么说……你的事我全知道。你嫁人、你获罪入官为奴，都是受人逼迫、遭人祸害。你吃了那么多的苦，怎么能怪你？你看！”他从襟怀里贴肉处掏出一个用银链挂在颈项的白油纸包，递给她。一打开，她就认出来，是八年前她送给他的定情信物——那只绣着鸳鸯莲花的香荷包！

八年的颠沛流离，八年的苦难折磨，她的心已一片荒凉麻木。今日，久旱的干枯大地忽逢甘霖，她怎能不泪如泉涌？贴在腮边的香荷包顷刻间被泪水湿遍。

他轻轻拉过她的手，把一对翡翠玉镯顺着她的指尖、手掌、手腕，慢慢捋上胳膊。风吹竹叶“簌簌”响，伴着他温存的絮语：“府里人多眼杂，不便多叙。明天我就去叩请王爷，你静等着好消息吧！……”

那一夜她不曾合眼，多少辛酸、多少感念！虽然也有惴惴不安的期待，但她总难相信好运道能这么轻易地落在她头上。果然，第二天一大早，她就被管事派遣到远离京师的永平府王庄上来了，从此隔断了他的音信。她没有等到好消息，却等来了无尽的牵挂、愁闷和焦虑。

不久，发生了那夜侍酒侍寝的事情。她震惊之余，原想一死了之。王爷竟未发怒，依然善待，并不重提旧事，也无逼迫的意思，倒叫她心中生出几分感激。怪不得同春哥说安王爷与众不同！

昨天，王爷守制期满，从京师又回王庄来了。她随众出庄跪迎，心口猛然“咕咚”一跳，因为在王爷众多的随从中，她看到了同春！莫非王爷恩准了他俩的婚姻？不然，王爷为什么特意看看她，点头微笑呢？

今天一大早，管家的满洲太太指挥许多人，抬着搬着扛着捧着，大箱小柜把她的下人小屋全填满了。许多是她有生以来不曾见过的物品。她满心感激，没料到王爷肯给她这卑贱的奴婢备如此丰厚的妆奁。她想，是王爷和福晋格外喜爱同春的缘故。

满洲妈妈朝她一跪安，把她吓一跳，连忙拦住。这老管家婆笑嘻嘻地说：“可都是王爷亲赐，情意够重啊！”

她连忙跪倒，几乎落泪：“阿丑要叩谢王爷，叩谢福晋！”

“真格的，该给福晋多叩几个头！”满洲妈妈伸手拢了拢梦姑的头发，对她出神地凝视片刻，叹息摇头，说，“王爷向来轻女色，不知撞上什么前世姻缘，府里千百婢女，偏偏看上你这阿丑！……王爷早就吩咐下来，要善待你，不可视同奴辈，你真好造化！看这意思，不只是收房哩，莫非要立你做侧福晋？……”

她只觉耳边“嗡”地一响，天旋地转，完全吓蒙了。满洲妈妈又说了什么？什么时候离开的？自己又怎么走出小屋的？她都模模糊糊。终于定下神、静下心来，发现自己已站在白石桥边，桥下清浅的水塘映着她的倒影，一张脸纸一样惨白……

千头万绪、千恩万虑，交织在一点——怎么办？

梦姑只有一条路：找同春哥。如不能摆脱眼前的罗网，就一同逃！逃不掉，就一同死！

想透了、豁出去了，也就安心镇定了。她顺手折了一枝桃花，扯下片片花瓣，逗引得小鱼儿倏来倏往地接食。还得细细盘算，怎么打听同春的住处，找什么借口搪塞满洲妈妈……

一股热腾腾的酒气喷向梦姑后颈，送来一句醉意沉沉的低语："阿丑观鱼，知鱼水乐乎？"

梦姑回头，吃了一惊。这是王爷，又完全不像王爷。平日的威重严峻，像被一阵风吹得无影无踪。他乜斜着醉眼，笑得轻佻，胡须里咧开的鲜红嘴唇间，两排牙齿闪着白厉厉的光，发颤的大手伸出来，去探梦姑的下巴颏。梦姑闪身一躲，吓得浑身哆嗦。

"躲？"王爷眯着眼赶上一步，攥住了梦姑的手，"躲得过今夜？……今宵剩把银釭照，犹恐相逢是梦中！哈哈哈哈！……"

梦姑如同浸进冰水，凉透了心，顿时冷静了，毅然甩脱王爷的手，后退了好几步，叫道："王爷！"

岳乐一愣，抬眼望着梦姑，一点一点收起了笑容。

梦姑庄重地跪倒："回禀王爷，阿丑微贱之人，无福领受如许恩宠！"

岳乐倏然醒悟，暗暗为自己不顾身份的失态羞愧。忽地一转身，背对阿丑静立片刻之后，胸挺起来了，头昂上去了，双手背到身后了，又恢复了平日的威严，斩钉截铁地说：

"今夜圆房侍寝，明日定位分。听管家太太调度，去吧！"

说罢，他自己竟头也不回地先走了。

梦姑心慌意乱，两腿发软，好半天站不起来。事情逼到了头顶，一点回旋余地也没有了！她是围猎圈里的小鹿，不死枪下死刀下，已经走投无路。找同春，怕也来不及了……

庄门外忽然一片喧闹，王庄上下顿时乱了营。奴婢下人被管事紧催慢赶，一起拥出庄门，列队迎接主母。谁也没料到，那拉福晋突然来到她不屑一顾的王庄。

梦姑在奴婢队列中瞥到主母保养得滋润娇嫩、容光焕发的面孔，长长地出了口气，并恍然感到这张面孔变得受看可亲了，或者她是来劝阻王爷收房的？至少今夜的难关躲过去了。只要福晋肯闹，叫王爷就此死心，梦姑一定去给福晋叩一百个响头！

天一擦黑儿，那拉福晋就召来了阿丑，冷冷地打量一番之后，冷冷地说："真瞧你不出，成天价不声不响，狐媚子道行倒不浅，迷了我的小冰月，又迷住了王爷！……王爷要拿你收房了，恭喜呀！要能生个儿子什么的，就跟我比肩啦！……以后可怎么称呼你呢①？丑姑娘？丑丫头？哈哈哈哈！"

笑声很难听，脸色很难看。梦姑只是低头跪着，咬紧了牙关。

那拉氏笑了好一阵，喝口参汤，像发笑一样突然蹙起眉头板起脸："你别昏了头！瞧瞧你那身份你那老根儿，还狗屁颠颠儿地爬高枝呢！你那命，撑死了就是这么个名分儿！明儿收房。去吧。"

梦姑拿定主意，一字不说、一点表情没有，静静退下去了。

二更以后，万籁俱寂，带好随身物品的梦姑，躲过巡夜的院丁，避开守门的恶犬，直奔同春和戏班位于花园墙边的住处。他的窗户还亮着，莫非也在终夜筹思？……

屋里怎会透出女人的低语？梦姑心一沉，手指尖登时冰冷！她不相信，不甘心，索性贴耳在窗纸上细听。一听之下，她腿都软了，冷汗沁满额头，竟是她的主母，那拉福晋！

主母的声音，她熟得不能再熟；但那哀告的狂热的语气，她从来不曾听到过，真给吓住了。

"……难道怪我？是你扮吕布撩拨人，害我不管不顾、胆大包天！你倒冷如冰霜！"

"福晋请回。小人已讲明，早有聘妻，实实不能从命！"

"我又不想拆散你们夫妻！到你完婚日，我助你一大笔妆奁，给你的娘子打一顶金凤冠！……只需你如吕布慕貂蝉一般，给我片时温存，让我得点儿活气儿，别闷死……"

---

① 收房后的使女，通常在原名后加"姑娘"二字作为称呼，长辈可称之为某丫头。

“王爷福晋夫贵妻荣，小人纵然九死也不敢亵渎……”

“胡说！他们男人讨小老婆玩儿优伶，我怎么就不能？我嫁过来，是黄花闺女，他可年近四十儿女成群了！我童女配不上童男，死也不能甘心！早听说你至今还是童身……”

“福晋请自重！我妻受尽磨难，九死一生，我若负她，禽兽不如！请不要逼我做出损你福晋声名的事情！”

“你，你敢怎样？”

“我可以喊叫。”

“哈哈！正可以冒犯逼奸王妃，千刀万剐了你！”

“王爷明察秋毫。此处是小人住所，不是福晋的上房！”

“你！……你的心肠就这么硬？唉，天下哪一个男人都不会像你这么傻呀！”

“不！我们汉人都知道有个坐怀不乱的柳下惠。”

“你……”福晋声气弱了，像是得了重病，“告诉我，她，是谁？”

沉默中，窗外的梦姑紧紧按住胸口，生怕擂鼓般的怦怦心跳惊扰了别人。羞怒之际，主母会干出什么事？

“你说不出来？骗人！拿我当傻瓜！”福晋咝咝地低声发狠，字字句句都是从牙缝里挤出来的。

“小人不敢诳骗福晋。她就在你府中，小人是为她才来当教习的。只求王爷福晋开恩，放她为民……”

“一个奴——婢？”福晋的声音骤然尖上去，“谁？是谁？”

“福晋请回，小人早晚要求告王爷福晋……”

“你、你、你！”福晋气得说不成句，喘了半天，终于低沉而嘶哑地挤出一串满洲话，“天爷，他竟敢这般轻贱我！我竟不如一个贱婢！哼！猛虎怎能喝狗舔过的水！……告诉你，休想娶她！王爷也帮不了你！除非答应我，不然就要你的小命！”

“福晋！”同春的声音愤怒得发抖。

福晋冷笑一声：“到头来看看谁求谁！”

梦姑闪身躲开，眼看福晋气冲冲的背影消失在暗夜中。

窗户还亮着，屋里却没有一点声息。梦姑多想冲进去搂着他痛哭一场！……不，不能了。“要你的小命！”她这样说，就会这样做。

梦姑静静地流着泪，捋下手腕边那一双翡翠镯，郑重包好，轻轻塞进门槛，随后头也不回地悄悄走了。

四

那拉氏娇慵地伸伸懒腰，长长地打个哈欠，一眼瞥见亮堂堂的天棚，哦，红日已上中天了。

侍女们鱼贯而入，服侍福晋起身。真不该打这个哈欠！应当在温暖的被窝里多躺会子，细细回味那甜蜜梦境。她无可奈何地听凭侍女为她穿衣穿袍、着袜着鞋。丫鬟们无声地在卧室来来往往，收拾她换下的衣裳睡过的床。一名侍女头顶满金盆温香水跪在面前请她盥洗；一名侍女往她颏下围好软巾，跪请她弯腰以便为她洗脸；第三名侍女端着温盐水站在一旁等候。

盥洗完毕，那拉氏懒洋洋地坐在妆台边，手托腮帮出神。使女们惊讶地悄悄互使眼色：但凡王爷不来过夜，福晋早起都要发脾气、摔东西、骂丫头，今儿这是怎么啦？

她是满洲名门世家小姐。这样的家族压根儿不把南蛮子当人看，那本应就是些被杀服了的、趴在脚底下的奴才。可说来也怪，偏偏这样的府第最以效仿南蛮子的吃喝玩乐为时尚。比如看戏，早年间太宗皇帝一再明谕，禁止演南戏为乐，以防玩物丧志。可满洲大户看戏的风气却愈演愈烈，以至到南城叫班子伺候喜宴成了常事，贵族世家更以自养戏班为荣。

她从小跟着骂蛮子，骂得最凶；可从小看蛮子戏也迷得最厉害。那做梦都忘不了的故事，那戏台上有声有色有情有味的影子，逗得人哭哭笑笑、逗得人心慌气短脸红头晕，像喝了酒似的叫人醉！比满洲家骑在马上吆喝高唱，比节庆日打莽式跳舞喊叫，可有趣、风流得多多了！

满洲姑奶奶可从来不是“养在深闺人未识”，自家的戏，亲戚朋友家的戏，她这戏迷从不放过，都看遍了。

十六岁那年，她在姨妈家看了一出《黄鹤楼》，刘备周瑜都不入眼，偏是英俊倜傥的常山赵子龙刚露面，她就像被火烫着，浑身一哆嗦。从此，银盔白袍的赵云就常常在她心头闪动了。

满文本《三国演义》她读了一遍又一遍，凡有赵云的文字她都能背下来，却怎么也查找不出赵云是什么时候结亲成家的！书上只写了他打倒赵范、拒婚其嫂的故事。难道赵云终身未娶？可他死的时候明明有儿子呀！……

少女的迷恋真不可理喻。戏台上赵云的外貌加上《三国演义》中赵云的事迹，铸成一个完美的男人，在她心里生了根。当长辈亲戚们意味深长地互相使着眼色说"格格长成大姑娘了"的时候，她会害羞地低了头，心上便闪过银盔白袍的赵子龙；当女伴们密谈，想象着各自的未来夫婿时，她又会记起那英勇无敌的雄姿；当她应诏选秀女时，心目中的皇上竟也是白袍银盔；最后，太后指婚，把她许配安亲王为继福晋时，她认定安王爷也该是位胯下白龙马、手中烂银枪的白袍将军。

事实击碎了少女的梦。

她出嫁时十七岁，岳乐已三十七岁。安王不仅有成年的已封爵的儿子，还有四位出身名门的侧福晋，其中最年轻的也长她十岁。她像浸进冰水，凉透了心。

安王府规矩比她娘家大多了，上下尊卑不许稍有差错。仗着太后指婚和正房位分，加上她自小养成的发号施令的才干，只几回暗中较量，侧福晋们就都乖乖地败下阵去。不久，她又做了母亲。况且来往亲友中也不难寻到知音，于是王府上下相安无事，只不过回忆起威风凛凛的白袍将军，她便多半日若有所失。

终于趁着节庆，她千方百计找到当年那个戏班，传来王府再唱《黄鹤楼》。当年的赵云这次扮刘备，无复昔日丰采；这回的赵云瘦小单薄、眼大无神，简直像个土偶！最可叹"刘备"、"赵云"来谢赏时满脸假笑，那谄媚的贱相把英武刚正的赵子龙的最后一抹影子也毁尽了。从此，银盔白马的少年将军灰飞烟灭。

天知道，昨晚上她怎么又梦见了白袍将军！还是那么英俊出众、威风凛凛，在对她笑。哦，白袍变成粉袍，银盔化为雉翎紫金冠，哪里是赵云，分明是云官扮演的吕布啊！他可不似日间那般冷酷，因为她此刻已是貂蝉。吕布迫不及待地跨步翻袖，一把捏住她的双手，她也就顺势倒进他怀中，啊，那胸膛和目光都烈火一样热！……

黄莺儿啼叫，惊醒了她，怎不叫她丧魂失魄！

自打看了那出《窥妆》，她就不住地向云官表示好意。云官虽不接受，却又不离开安王府，这只能解释为自高身价，于是她追迫得越加露骨。云官处处躲着，竟趁机跟着王爷跑到永平王庄来了，她也就不顾一切地追了来，不顾一切地演了昨晚那场戏。云官被迫揭秘，把她气得发疯，决心报复，向云官的心上人报复！

仔细想想，又拿不准了：谁是云官的心上人？把府中的俊俏丫头来回想了几遍，哪一个也不配，云官怎能为了她们而拒绝她——能为他谋取大好前程的亲王福晋？他又不是傻瓜！想必还是害怕，庄子那么小，又在王爷眼皮底下，再有胆再情急的男人也不敢跑虎窝里夺虎食啊！她有的是机会，来日方长。

梦，消了她的气，融化了她的心。她痴痴地望着镜中倩影：细嫩的肤色，红润的小嘴，两道弯眉如初三的月亮，额头双鬓发际刀裁似的一般齐整，眼周围的细皱纹和虚肿，都被香粉胭脂掩住，能看出这娇美佳人是个二十六岁的主妇吗？只这双柔情似水的眼睛，就足以乱任何男人的心！她满意地对自己笑了。

从前给她梳头的是阿丑，不声不响，却梳得又快又好，每次篦头都叫她舒服得闭眼享受。眼前这丫头差远了，得调教调教！……阿丑？真可笑！真弄不懂，王爷竟会看中这么个又瘦又小、苍白阴沉得像鬼似的丑丫头！必是他们男人的一时兴致，就像吃腻了山珍海味鸡鸭鱼肉，想要换换口味尝个山蔬野果，要不了几天，就会清淡得受不了了。

她撇嘴笑笑，不屑妒忌，懒懒地随口问：“阿丑怎么不来伺候？”

“回福晋，她，她昨儿晚上……逃了！”

福晋大觉意外：“逃？……回王爷了吗？”

“都说王爷昨儿晚上为了这个大发脾气，把九龙羊脂玉瓶摔了，还着人鞭打了门丁和巡丁。”

那拉氏眼珠一转，猜到丈夫定是深夜去找阿丑调情扑了个空，才发现这鬼丫头逃跑的。想象他当时会怎样气恼，她看笑话似的痛快，开心地笑道：“阿丑竟逃走，不是太傻吗？”

“是，福晋，奴才们都说她傻呢。”丫头赔笑，连忙附和。

和云官一样不识好歹，一对傻瓜！那拉氏心里悄悄骂一声，转向门前小内官：“王爷昨晚睡得好？”

小内官忙躬身：“回福晋，王爷睡得香。”

“好，你去传云官，吃罢早饭过来陪王爷说说话儿，念念曲儿，解解闷儿。”

小内官心里犹豫，嘴上应得很快：“喳！”

下人都知道云教习帮着管家去追逃奴了，谁肯照实回福晋？只要王爷不传云官，也不会让王爷知道。所有王府贵宅大户人家都一样，奴婢们对主人家最是了如指掌，主人间的复杂关系、见不得人的隐秘，他们全都一清二楚，只是谁也不敢多嘴，常常还得极力遮掩。云官的微妙地位，他们当然明白。

正说着，前院开了锅似的，马蹄声马嘶声脚步声喊叫声搅在一处、闹成一团，整个庄子都能听到。出了什么事？

鬓发苍白的管家太太跑进来。她是王府两代的内管家，一跪下就又是叹气又是拍手地嚷：“唉唉，福晋快去看看吧！阿丑那丫头拿回来了，跟那个唱戏的什么云官一块儿，说是从一个被窝儿筒里拽出来的呀！……”

那拉氏猛地站起，丫头哪里来得及松手，拽痛了她的头发根，她回手照着丫头的脸“啪啪”就是两记重重的耳光！斜眼一看镜子里自己直眉瞪眼的模样，越发生气，一挥手，镜子摔出去，砸到一只铜瓶，“砰”的一声，亮晶晶的碎片四散飞迸。她顾不上心疼这面太皇太后赐给的西洋玻璃镜，气急败坏地喝道：“还不快把发髻绾好？找死哇？”

她急急赶往前厅，一路都在念叨：不会！他们弄差了！……等她一眼看到了绑在一起的云官和阿丑的神情，顿时明白，她落空了：阿丑，就是云官一心要寻找的那个女人……

家丁领班禀告捉拿经过后退下，寂静便笼罩了整个前厅。这情景原本很可乐：主人和主母各自费尽心机弄不到手的爱宠，竟自私奔了！可是私心里想要看笑话找乐子的内官和侍女们，都被这阵寂静的阴森和沉重吓着了，气都不敢透，预感到沉寂之后必是骇人的大风暴！

上首高高的太师椅上，坐着青衣小帽的王爷和粉红缎袍、头上松松绾了个乌云髻的福晋。面色阴沉眼神灰暗，有种说不清的刻毒改变了他们的特征：王爷的威严眼看变成暴戾，福晋的妩媚刹那间化为奸险……那一对被押跪地的逃人，虽然五花大绑成包袱模样，身上脸上带着伤痕，却出人意料地平静，眉宇间一派高贵的视死如归的神情，使这两张本来就动人的面容闪出光彩……这样的情景和对比太触目、太令人心悸，逼得侍女内官们全都垂下眼睛，不敢正视。

岳乐心中怒火熊熊。她竟撇开他的情义，撇开侧福晋的富贵尊荣，去追随云官！在她心头的天平上，他，威名赫赫的安亲王，竟不如一个下贱的戏子！……岳乐突然大步冲向云官，一把揪住他的前襟，左右开弓，“噼噼啪啪”抽了十多个耳光。云官嘴角流出鲜血，却仍然毫无愧怍地直视王爷，不告饶，也不低头。岳乐不知怎么有些气馁，便怒骂一声：“忘恩负义的小畜生！我怎么待你来！……”

福晋早抬起她穿着花盆硬底鞋的脚，狠狠踢那阿丑了，嘴里不住地骂：“狐狸精！贱货！……你这搅家精、扫帚星！……”阿丑的一声不响，今天格外激怒了那拉氏，她骤然满脸通红地大喝：“拖下去！烙字！”

下人们齐声应了，却没人行动。

往逃奴脸上烙字，原是满洲人家对付逃人的办法，但要送到督捕衙门备案。近些年安王府还没出过这种事。

福晋见下人只应不动，大怒之下就要发作，却听王爷威严地说：“莫动私刑！”福晋一回头，正遇上丈夫闪着怒火却又深不可测的探究目光，听他咬牙切齿地接着说，“送督捕衙门，先问窝逃的死罪[①]！”

福晋暗自一惊。倒不是为云官将因窝逃的罪名被斩，而是她自己心虚，怀疑丈夫是看破她的私情而故意这样处置，既泄愤又暗暗敲打她。她还没有立刻想出对策，那边一直不作声的阿丑突然尖声大叫：

“王爷，要想出气，你就亲手把我们一起杀了吧！”

犹如火上浇油，岳乐额上青筋暴露，眼睛血红，猛地一撩袍襟，从腰间嵌珠镶玉的八宝刀鞘中慢慢拔出雪亮的匕首，不眨眼地盯住两名逃奴，一步步逼近去；

福晋抓住胸口，跌坐在太师椅上；

侍女们低头闭眼不敢看，内侍们跪在远处小声求告着“王爷息怒”；

云官和阿丑瞪大眼睛：他坦然正视王爷杀气腾腾的虎目，她惊惧地望定王爷手中明晃晃的刀尖。

“照我来吧！”刺耳的叫声几乎撕破人们的耳鼓，眼见瘦弱纤小的阿丑突然纵身一跳，不顾一切地扑向王爷的刀尖！岳乐一惊，下意识地缩回手。阿丑就直挺挺地站在两个男人之间，用她单薄的身躯护住云官，那模样活像小山雀想用它稚弱的翅膀保护黄莺不受猛鸷攻击一般叫人感动。她极力昂着头，脸色惨白如雪，眼睛比平日更黑，闪动着疯狂的绝望的光。她像是要继续喊叫，却喊不出来，一口口咽着泪水，哽哽咽咽地低声说：

“王爷，下手杀吧，我死也甘心啦！……他是我丈夫。失散八年，受尽了苦。蒙他不弃，费尽力气找到我，我们终于团聚了！……”

岳乐一愣，满厅人也都抬头张望，大感意外。岳乐沉吟着，对手中匕首看了一阵，慢慢送回刀鞘，移动魁梧身躯归还原座，威严地点点头：“你讲！”

阿丑在府中多年为奴，许多人今天是头一回听到她的声音。仿佛

---

① 窝逃的死罪：窝藏逃奴者立斩，是清初“逃人法”的严厉规定。同“圈地法”一样，是造成社会动荡的扰民峻法之一。

要补偿这些年的沉默，她无所顾忌，滔滔不绝：

“我家姓乔，我叫梦姑，祖祖辈辈就住在这永平府马兰村……”

父兄在战乱中的死亡失散；圈地带来的无尽灾难；她和同春青梅竹马的定亲；亡国亡命的朱三太子突然出现带给她的可怕婚配；她为此失却双生女儿，又成为罪犯家眷而入官；辗转来到安王府，直到同春费尽周折和她重逢……弱女子的不幸遭遇是一首哀曲，打动了在场的听者。侍女们不住拭泪，小内官眼圈发红，福晋眉际也透出一丝哀怜，时不时打量这个不寻常的女奴。

岳乐静听着，面无表情。只在梦姑提到她的双生女儿时，他的灼灼目光倏地投向她的面庞，不由自主地暗暗倒抽一口凉气。他终于明白了第一次见到阿丑时那种似曾相识的感觉没有骗他。梦姑与他的小女儿冰月竟如此相像，仿佛荷叶上的一颗大露珠和一粒小露珠！这逼得他不能不回忆起八年前重阳登高，他和吕之悦拾到一对女婴的往事……

“王爷！”同春不知何时面对岳乐，嘴角流血、额头有伤、头发蓬乱、衣裳扯破，神情却很从容，“你为我脱籍从良，是我的恩人；你才学高见识高人品高，在我眼里就像天上的神仙。我柳同春堂堂男子汉，怎么肯做对不起王爷你的事情？岂非猪狗不如！……”

岳乐鼻子里冷冷哼一声，扫了阿丑一眼。

“王爷，我和梦姑的往事她已说明，昨夜我去寻她，原是商量求王爷福晋成全我们婚事的。不料，她已逃走了。我在月光下追了两个时辰，才在她乔家祖坟边追上，可她已经吊在坟边那棵老杏树上了！……我好不容易才把她叫回来！生死夫妻还能拆得开吗？我们抱头大哭，总算把这些年积攒的苦泪都哭出去了……”同春用力一摆头，挥去涌出的泪水，竟豪爽地笑了笑，说，“王爷，我们已成夫妻，地老天荒不变心。容得呢，我生生死死感你的大恩；容不得呢，只管斩就是。不能同生但求同死。实在不是有意冒犯王爷，容我夫妻来世补报吧……梦姑！”他突然大叫，一个箭步蹿过去，正好用肩臂承接住精疲力竭摇摇将倒的梦姑，随后侧身半跪，让她斜靠在自己胸前。梦姑慢慢睁开眼，无限欣慰地轻轻嘘了口气，同春也回报以温存而知心的微笑，旁若无人。

众人都看呆了。前厅又是一阵静悄悄。

岳乐莫名其妙地觉得眼前一片炫目的光彩。他很迷惑，心下一团难以捉摸的惆怅。他仍然板着脸，不动声色，极力想把乱纷纷的思绪理顺。

福晋咬着嘴唇，一眼一眼地对丈夫望着。岳乐只当没看见，不耐烦地一挥手："押下去！"说着站起身大步走了。

福晋跟着补了一句："阿丑押到后院！"说罢又看了两个逃人一眼，随在丈夫身后离开前厅。

终究没有看到王爷亲手杀人，不无遗憾，但多数人都暗暗松了口气，这一对苦命鸳鸯或许还有一线生机。

岳乐端坐书房，从云龙笔架上拔下一管中楷紫毫，蘸着浓墨，拽过一张朝鲜贡纸，一气乱写乱画。福晋凑过来想说什么，他头也不抬地说："你去吧！"那拉氏别别扭扭地站了一会儿，默默走了。

岳乐飞快地写、画，又一张张揉团扔掉，烦躁、纷乱，无法平静。

"禀王爷，吕先生求见。"小内侍轻声通报。

"叫他进来。"岳乐头不回手不停。但半天没动静。他瞥见纸上隐约可辨的影子，知道吕之悦已站在桌边静观，随口问道，并不抬眼："来好一会儿了？"

吕之悦只文雅地轻轻一揖，不作声。岳乐这才看看老友，触到一双不安又带着几许兴奋的眼睛。他举笔望着笔尖，闷闷地说："都听到了？"

"是。"吕之悦低声回答，"不料两个娃娃家世如此，真可谓老天作弄人了！"

岳乐仍盯着笔尖，声音更低："若不灭口，你我后患无穷。"

吕之悦的目光突然如利剑般寒光闪闪："为了灭口，只杀这两个远远不够，还有我一家三口儿，还有当日在场的侍从和后来服侍的奶妈保姆，不止百人吧？"

岳乐点点头："所以，另有一途，收她进府，使此事名正言顺。"

吕之悦惊讶地看着王爷，暗自疑惑：杀人灭口和纳妾施宠，究竟哪是表哪是里？要么杀头，要么同床共枕，这是什么情理？终究脱不了蛮夷习气！他不禁用淡淡的口吻逼了一句："奈今日何？"

岳乐默然，只信手乱画：斜欹的枝干，几片梧桐叶，叶间弯月如钩。

吕之悦另取笔纸，写在一旁：

缺月挂疏桐，何如满月上新柳？

岳乐看了吕之悦一眼，笔下流出一联旧诗：

子规半夜犹啼血，不信东风唤不回。

吕之悦愕然，这才窥到王爷是动了真情。要唤回的是自己的青春，还是阿丑的情爱？他嗟叹着摇摇头，毅然落笔：

黄鹤一去不复返，白云千载空悠悠！

岳乐咬着牙根，太阳穴噗噗直跳，蹙着的眉头在痛苦地微微颤抖，使吕之悦不忍看，飞快地写下去：

欲穷千里目，更上一层楼。

岳乐望着这极熟的诗联，仿佛头一次看见那样品味沉思，牙关渐渐松开，眉头渐渐平展，目光渐渐宁静。吕之悦抓紧时机，迅速地另起一行：

春秋摘缨会、隋唐风尘三侠，公当与楚王、杨素并传青史。且王爷尊贵、公主荣显，何后患之有？

岳乐搁笔哈哈大笑："笑翁笑翁人中凤，发我深省启我懵懂！承见教承见教，来，痛饮三杯！……"

吕之悦也笑了，暗暗松了口气，庆幸那一对小夫妻可以活命了。

王爷此刻却不想就处置，他需要老友陪他饮酒闲谈，慢慢松开方才拉得太紧的弓。吕之悦等到了最合适的时机，酒过三巡，就放下了杯箸：

"王爷，京中近日有信来，说是《明史》案又上紧了！"

"不会吧？记得老佛爷的意思还是惩首恶不问胁从嘛！"

"只怕辅臣另有打算。据称刑部侍郎不日将为此专程出谳浙杭，江南士人危矣！"

"哦？"岳乐站起来。果真如此，必将酿成大案！难道会重过哭庙、通海诸案？不至于。他抹了抹袖口的酒渍，重又坐下，平缓地说："心有余而力不足。急也无益。"

"别人不急倒也罢了，王爷你怎能不急？"

"此话怎讲？"岳乐瞅了吕之悦一眼。此人惯于语出惊人，这一回他葫芦里要卖什么药？

"这江山社稷难道是我的？天下纷扰，人心不平到这般地步，王爷你竟能安坐钓鱼船？"

是说我不该安于赋闲，还是说我爱新觉罗氏坐不稳江山？

方才乍见那对逃奴，若不顾及自家身份，早就一剑挥去双双毕命了。那一刻他真心感激那个他向来反对的逃人大法，惟有这样的峻法能压服这些不逊的奴才，保全主子的权势和体面！结果呢？得到的验证是老子的名言："民不畏死，奈何以死惧之？"权势威风酷刑严法，连这么个卑微的弱小女子的心都不能征服，何况天下民心？

水能载舟也能覆舟，倒行逆施必将激起风浪，钓鱼船安能坐稳？……

吕之悦仍在侃侃而谈："老朽，江南一儒生；同春，燕下一优伶；梦姑，京师一奴婢。身世遭遇，王爷业已亲见亲闻，还看不清如今天下情势？长治久安，难矣！"

岳乐终于点点头，说：“容我细想想。来，干杯！”

酒膳直吃到太阳西斜，主客都醺醺大醉。

次日早晨，王爷召请吕之悦，告诉他将同回京师，尽力缓解《明史》案。吕之悦一躬到地，说是替江南万民申谢。

被开释的柳同春一进前厅，就向王爷跪拜下去。岳乐拦住，微笑道：“你出身优伶，竟有此品格，古话说的威武不能屈、富贵不能淫、贫贱不能移，你们夫妻真可以当之无愧了。”

“谢王爷恩典！……”同春方一开口，热泪涌出，以至泣不成声。他原是注定一死的，眼下也还不能分辨自己是梦是醒。

吕之悦又对岳乐深深一揖，笑着曼声赞道：“雨露春晖，寸草悠悠。”

岳乐心下果真如沐春阳，暖融融的，更加宽仁豪爽：“且慢着谢。不如今晚就在庄子里给你们完成花烛。云官既有归田之志，就委你做名庄头，替我经营农事，如何？”

同春只是频频拜揖，再说不出话来。吕之悦捻须微笑，望着岳乐暗自点头：他终究还算是有见识、豁达大度的人杰，可惜朝廷上这样的人越来越少了……

岳乐对周围略扫一眼，侍从们一个个满脸感动和敬仰，令他很满意，立刻吩咐：

“请福晋，放阿丑，备礼完婚！”

兴冲冲跑去后院的小内官很快又惊慌失措地跑回来，向王爷跪呈一纸：“禀王爷，福晋昨儿下午就回城了，带走了阿丑。这是福晋留下的。”

福晋的留言是一行简单的满文：“我的奴婢我处置。”

岳乐很有气概的脸膛红一阵白一阵，浓眉紧锁阔嘴紧闭，一把将纸团在手心，“啪”地扔出去好远。同春和吕之悦注视着他，心头一阵阵发冷：难道真是一场梦？……

五

“杭州城里满洲城，满洲城里坐将军。”

和天下各处有满洲将军驻防的大城一样，杭州城西南最繁华、房屋最密集的大片民房被圈占后，筑起城墙城门，增修房所，成为供驻防八旗军集中住家的“满洲城”。城内巨宅大第相连，最气派最富丽的，自然要数杭州将军松魁的将军署。

汉人难得进出满洲城，今天却例外。将军署内一个小偏院悬灯结彩贴红“喜”字，细乐丝竹吹吹打打地迎客——竟多半是汉人文士。

喜主叫程维藩，是松魁倚仗如左右手的幕僚。年过半百尚无子息，将军多次以府中侍女赏赠，他都婉拒，说是不愿伤老妻之心。这一回竟是他向将军讨来的，就是那个近日去服侍他们老夫妻的哑女奴。府里人议论纷纷，都道程先生傻。总是蛮子文人，谁弄得懂他们那怪僻心肠！

黄昏前后，贺客大多告辞，余下三五好友，围坐饮酒闲谈。座中陆健最是活跃，眉飞色舞大说大笑，很有几分狂态。此时他敲打着银壶高声说道：“一人向隅而泣，举座为之不欢。程兄大喜，宾朋小喜，我想这屋里惟有一人不喜。”他高擎酒杯，朝正在指挥小丫头上菜的程维藩的妻子一示意，说，“我举一联，程兄接对，是眼前风光：讨小老嫂恼。”

众人哄然。程维藩指点着陆健只是笑，不说话。这对子出得刁钻古怪，五字同韵。要另寻一副五字同韵又意思贴切的下联，谈何容易！

程维藩的妻子年岁比丈夫大，已然鬓发全白，却有一种大家风范儒雅气度。她把一碟凉拌黄瓜放在陆健面前，微笑道：“文康，老嫂来接对，可要冒犯一二：想娘狂郎忙！”

主客大笑，笑陆健作法自毙，取笑不成，反降了辈分。他倒比别人笑得更欢，拍案叫绝：“好对好对！老嫂如此，何必又纳小星！”直拍得黄瓜碟里的汤汁荡出来，他低头一瞧，忙把它推得远远的，又道，“程兄，食瓜当食东南西北瓜，这黄瓜绝不可食。”

众人笑着问原因，看他又有什么惊人妙语。

陆健以手抚脑，故作愁眉状：“陆健多年沉浮，谙透世情。我想西瓜南瓜之属，颇似人形上部之头；黄瓜嘛，却似下部之物。人之秉性，哪一个不是喜上恶下？岂能不厚爱西瓜等而厌恶黄瓜？”

又爆发一场大笑。这个拍着大腿叫绝，那个笑得抹眼泪，程维藩摇头且笑且叹，他的夫人则涨红了脸，以袖掩口，笑骂道：“贱嘴刁舌，哪里还像读书种子！”说着转身掀帘出去了。陆健大为得意，摇头晃脑，当年的温文高雅全然不见，四十多岁的人了，竟如狂生，抢着接过话头：

“嘴贱舌刁，小人也，堪为陆健写照。陆健乃真小人也！”

程维藩叹道：“文康何自贬如此！”

陆健满脸是笑：“不是哟！去年岁考本人又取头名。谒见座师，蒙他老人家赞我一句‘好秀才’！本人不胜荣幸，于是诚惶诚恐揖拜求教曰：‘禀问大宗师，晚生出署回寓，途中若遇着美妇，可以注目而视吗？’他老人家竟愕然不语，慢慢将陆健从头端详到脚，终于点头赞曰：‘一观君子，再观小人！’虽说刚考取的功名因此又给革掉了，可这‘小人’之号乃宗师大老爷所赐，还有假吗？”他朝程维藩一拱手：

“老兄道德文章甲于杭郡，最讲清白，生平不二色，如今也领将军赐娶婢做妾，堕入我辈小人之列。陆健欣慰之至，所谓近朱者赤、近墨者黑是也！”

陆健的玩笑虽使众人捧腹，但其中的嘲弄挖苦也相当露骨。程维藩始终笑而不答，朋友们却听不下去了：

“文康刻薄没完啦？我们还要拜读程兄的催妆诗呢！”

“对！对！程兄不要睬他，他那张嘴里绝吐不出象牙！快赋催妆诗，老友们送程兄入洞房！”

程维藩笑道：“还是集古人诗来得快捷。”说着走到备好文房四宝的八仙桌边，握笔略一沉吟，写了下去：

重帘双燕语沉沉［韩琥］，几阵东风晚又阴［吴文英］，旧日爱花心未了［程垓］，蕙风兰思寄清琴［薛昭蕴］。

程维藩住笔凝思之际，陆健喊道：“程兄文思何艰！我替你写吧！陆健年年要赋催妆诗哩！”说着竟拿起一张诗笺。

“岂有此理！”朋友们又是笑又是斥责，夺下诗笺，“催妆诗惟有新郎下笔，你便一年做三回新郎、赋三十首催妆，今日也轮你不着！”

程维藩微微一笑：“文康书画双绝，难得他肯留墨宝。”

陆健眉梢一扬，“嗤”的一声，拿一张雪白的宣纸扯下一半，“哗啦哗啦”团成一个纸球，蘸了浓墨，抻过另一半宣纸，飞快地印上三四个大墨团，在众人惊异的注视中提笔在墨团间勾连，于是一只仰天而飞的黑鹭鸶跃然纸上。朋友们惊叹未了，他已大草一诗在黑鹭鸶脚下：

青天一个大霹灵，千山万山无鸟迹。
鹭鸶飞入墨窑中，一身毛羽变成黑！

主客都是文人名士，岂能不懂诗中含义？上两句说的是改朝换代，汉人不肯出仕满洲；后两句显然针对主人，为他今日的嬉笑怒骂作了注脚。他是专为激怒这位宽厚的老友而来吗？众人都觉得过分、扫兴，堂中一片尴尬的沉默。

程维藩却不改笑容：“文康高才令我钦敬。这黑鹭鸶独出心裁，既怪又奇。鹭鸶飞入墨窑中，一身毛羽变成黑。白而黑，黑而白，谁解其中意呢？哈哈哈哈！……”

众人告辞之际，程维藩执着陆健的手轻声说：“请留步。”陆健敏锐地看了他一眼，默默留下了。

院子里安静下来。程维藩请陆健刚在主客位上坐定，便扭头朝厢房喊：“领阿丑来。”

门帘一掀，程夫人领进来一个娇小的少妇：水红罗裙茜红绣襦，披了一副桃红云肩，珠翠绢花插在她极丰厚的乌黑发髻上，活像顶了一朵与她小脸庞大得不相称的五色牡丹——这一身地地道道的新姨娘打扮，叫陆健惊讶得张口结舌：“这，是程兄的如夫人？怎，怎好就来相见！……”

程维藩不理他，对少妇说："去拜过陆叔父。"

又错了辈分！陆健不明不白地拦住少妇的跪拜："哎，快请起……老兄，你这是什么意思？"

程维藩笑道："还记得笑翁常提起的京师梨园三杰中的云官柳同春吗？"

"自然记得，我很认识他！"

"喏，这位是他的夫人，我们老夫妻的螟蛉义女。"

陆健看看程维藩，又看看程夫人，两人都望着他笑。他"咳"了一声说："我真糊涂了。程兄快别卖关子啦！"

原来，一个月前，梦姑被安王福晋赐给杭州将军府，由松魁的长公子从京里随其他二十余名奴婢及数车财货一起带回杭州。又哑又瘦的阿丑分拨在将军夫人屋里服侍。程夫人是将军夫人的常客，每见阿丑受同屋丫头欺辱，很是不平，便撺掇丈夫讨阿丑来做服侍丫头，一说就准。阿丑来后，像个尽心尽孝的女儿，很得老夫妻喜爱，不久她便吐露了自己的身世，求二老救她出府，成全她夫妻团聚。老两口筹思许久，才想出这个纳妾的诡计，只等完毕这些掩人耳目的礼仪，相安数日，就可将梦姑偷偷放走了。

说罢内情，程维藩笑道："老夫表明心迹，特挽文康为证，日后见到笑翁和同春，千万代老夫致意说明，莫负我老两口儿这一片热肠啊！"

陆健呆了半晌，连连作揖："惭愧惭愧！我只道你迷失本性，随波逐流，自进门始便装疯卖傻，极尽挖苦讥讽之能事……唉唉，小弟赔罪，赔罪！"说着便拜了下去。

程维藩赶忙扯住，叹道："何必如此，我还不知道你？数载亡命江湖，才回乡又遇奏销斥革，壮志消磨已尽，于是娱情山水声色，故作狂态，自贬自黜……"

望着双鬓苍然的老友，知己之感由心腑深处涌出，催得陆健几乎落泪，他极力忍住，强笑道："程兄程嫂，还有这位义侄女，真人面前不说假，陆健是来辞行的。今日一别，就不知何日再会了。"

"又要远行？为什么？"

陆健的目光阴沉下来："笑翁急书一封，说刑部侍郎将出谳来杭，陆健又是状上有名，嘱我快走……程兄，你也担着不少干系，要早作打算才好。何不一同出奔？……"

程维藩面色严峻，沉声说："吴之荣这滥小人，何其歹毒！"

嘉兴吴之荣，进士出身，曾任归安县令，因贪赃枉法革职下狱，新皇即位大赦天下时获释。想要复官，非大笔银钱不可。正巧湖州富户庄家大公子庄廷铣所修《明史》落入他手，他大喜过望，立即以书中有违碍语为口实往庄家讹诈，开口就要三千两。庄家毫不客气地把他赶走。他又告到杭州将军麾下，以为满洲大人权势最重，对斥骂满洲祖先的书绝不会轻饶。不料此事正好由程维藩经手，知道此案若发祸害不得了，赶紧秘密通知庄家重贿松魁。松魁得银，决意消弭此案，就把吴之荣进上的《明史》一火烧之，撵走原告了事。庄家也很快毁了书版。一场大狱看看遮掩过去，谁知吴之荣蛇蝎心肠，又弄到一套《明史》告到京师，惊动了辅臣，又不知有多少文士儒生要家败人亡了！……

提起吴之荣，陆健也很愤恨："此人也曾以陆某列名参校《明史》，向我索贿白银千两，给我骂出门去的！"

"既如此，你须快走，越快越好！往深山海隅政令难至的所在躲避一时，常着人回我这儿探听消息，案情略有松动自会告知。我已年迈体衰，松魁待我不薄，弃之而去不义。况且他为朝廷重臣、满洲贵胄，未必会受牵连。"

陆健想想不错，便道："老兄老嫂保重，后会有期。"

他们拱手作别。迈出老友的小院，陆健一阵心酸，不觉洒了两滴热泪。

三天之后，出谳的刑部侍郎官船果真来到杭州，就停泊在拱宸桥。一切官员，连杭州将军在内，迎接拜见全告回避。松魁登时慌了神，将军府内上上下下就都乱了方寸。趁此良机，程维藩夫妇给梦姑打点好行装，晚膳时分送她悄悄离府。

梦姑哭拜在地，义父母头顶着《明史》案将发的大灾大祸，仍不忘抢先拔救她逃走！大恩大德如何报答？

程维藩夫妇扯起梦姑催她快走，把她用力推进后花园。她这才蹑手蹑脚、隐身在树木花丛间，慢慢靠近后园门。可是，平日此刻再无人影的后门，竟也因阖府惶恐而人影幢幢。她一时心急，闪身奔到门边，竟迎头与人撞个满怀！吓得她一缩，惊叫出声："阿宝！"

阿宝一眼认出梦姑，大惊道："阿丑！是阿丑！你，你原来会说话！"这丫头满眼闪烁着极强烈的好奇，直逼近来上下打量，"你还背着个小包袱？……"

真是冤家路窄！梦姑在将军夫人处服侍那会儿，就是这个阿宝处处跟她作对，挑唆得她挨了好多鞭子！梦姑用后背紧贴着院墙，死死盯着这个脸上脂粉铜钱厚、衣饰比鹦鹉还鲜艳的阿宝，身体几乎看不出地慢慢挪向门边。

"你不是去当小老婆了吗？叫大老婆打出来了吧？哈哈，你那嘴脸，也配！咦？往哪儿蹭？你要上哪儿去？……你敢逃？当逃人？……"

这当儿，梦姑摸到了门框，倏地一个急转身夺门而出，撒腿就跑。背后追来阿宝声嘶力竭的叫喊：

"来人哪！阿丑逃啦！快拿逃人哪！……"

如果梦姑不生在乱世，就会缠上一对三寸金莲，今天也就在劫难逃。逃奴、逃妾都是逃人，逮住了就是个死！幸而她自幼逃兵逃难，顾不上缠足；做"王妃"时缠了两年已经没用；入满洲家为奴又禁缠脚，所以此刻她两只天足跑得飞快，将军府门丁招呼街上巡捕大喊"拿逃人！"之际，她已跑出了满洲城。

已经跑进一处杂乱贫穷的街区了，还没能甩脱身后的追捕。好在是汉民街，指指点点站在一旁看热闹的不少，学着巡捕腔调怪叫的光屁股娃娃也不少，就是没有一个人肯替他们出力挡一挡梦姑的道。

糟了！怎么又是这面杂货招子？准是鬼打墙、昏了头，跑得兜开了圈子！后面喊声又近了，梦姑硬着头皮往前奔，一团黄澄澄的颜色突然扑来，她被人拦腰抱住！梦姑大惊，张嘴要叫，那人一把捂住她的嘴，低声喝道："别出声！"梦姑昏头昏脑，几乎脚不点地被人扯进一道小门。

满洲城巡捕追到杂货铺前，不见了逃人踪影，立住脚东张西望，却见铺柜后坐着个妖娆妇人：杏黄衫子红罗裙，乌黑的发髻又高又蓬松，像是个倒扣的花盂，衫领敞得很低，露出一片粉白的酥胸，见巡捕瞧她，便笑眯眯地对他飞个媚眼儿，捕头一心捉拿逃人领赏，顾不上和她兜搭，只赔笑问道："阿嫂，可见到一个穿蓝衫的小女人跑过去？"

"哟，叫得结实，好甜的嘴！"女人挑逗地笑着，"叫一声阿娘，就告诉你。"

"阿嫂莫寻开心啦，那是个逃人！"

"啊哟，那可了不得！"女人描得细细的眉毛惊讶地飞起来，"逃到谁家谁遭殃！不是个白白脸儿、大大眼儿、小姑娘家一样的小腰身儿吗？从前面巷子朝正北跑了。"

"多谢阿嫂啦！"

"别走别走！拿什么谢我呀？领了赏分我几文酒钱好不好？……等一等，小气鬼！……哈哈，真吓跑了！"她笑得花枝一样乱颤，直到巡捕们的身影从巷口消失，她才敛起笑容，搔首弄姿地整整鬓弹弹裙，飞快地朝四周瞄了几眼，慢慢站起身，走回屋里。

穿过一条又黑又窄的过道，推开一扇"吱吱"响的竹门，一间又矮又潮、白天都得点灯的小黑屋里，一男一女从桌边站起来。杏黄衫笑嘻嘻地说："阿丑，连我也不认识了？"

梦姑如梦的目光在那张浓妆艳抹的脸上停留片刻，眼里蓦地涌出泪水，"粉儿姐姐！"她喊叫着扑上去，搂住那柔滑软绵的香喷喷的脖子。

粉儿笑着叹气，像拍婴儿似的轻轻拍着梦姑。那个男人不安地眨动眼皮，小心地咳嗽几声，右手想伸又没敢全伸出来，胆怯地点点梦姑，吞吞吐吐迸出几个字：

"这……能行吗？……"

粉儿粉脸一沉："不要你管！到前面招呼生意去！"

男人不敢作声，低了头耸着肩，慢慢蹭出门。粉儿又是一声吆喝："怎么不把门带好？烧晚饭时候添两样好菜款待我妹子，听见没有？”

男人嗫嚅着还想说点什么，终于没说出来，关好门走了。听他“扑嗒扑嗒”的脚步声响到前面去了，粉儿才骂一句：“死人！湿面团！”她转过脸，眼睛映着烛光闪闪地亮，喜滋滋地说，“早就看出你不是真哑巴。再叫我一声儿！”

梦姑满腔感激：“粉儿姐姐，多亏你今儿救我……”

“逃出来的？到底待不住！瞧你拼命做活儿不吭不声的，我就猜你另有所图。要往哪儿去？”粉儿满脸笑容，从没见过的和蔼可亲、真诚善良。

“回京师，找我男人……”梦姑难以启齿地红了脸。

“男人？”粉儿笑容倏失，“他怎么不来寻你？”

“他……不知道我给卖到南边来了。”

“他——对你好？真心真意？值不值得这么上刀山下火海地去寻他？到了，他怕你这逃人连累，闭门不纳怎么办？要不，他另有新欢，两口子拿你送官，你脸上刺字、挨皮鞭，就算侥幸不死，还得发回主子家，那可就——”粉儿的话一句一句又冷又尖利，慢悠悠的。

“不！不！”梦姑突然抗辩似的嚷起来，“他不是那种人！他宁肯跟我一块儿去死！”

“真的？”粉儿冷笑，“甜言蜜语海誓山盟，老娘见多了！遇上节骨眼儿，谁拿你女人当个人！哼，男人哪，没一个不是顾钱顾官儿顾名儿的东西！”

“你不知道他，你不知道他！他不是的！……”梦姑呜呜咽咽的，委屈得落泪了。粉儿赶忙搂住她，换了笑脸，大姐姐似的给她擦泪，哄着她说：

“别哭别哭，就算我把他估量错了。我只是替你担着心。自古来都是痴心女子负心汉，我这辈子实在是看透了看够了！……好，不说啦。倒是你，为啥逃这么急？要拿你收房？”

梦姑惊异地看看她，这些日子粉儿并不在府中，她怎么也知道？

粉儿笑笑：“这事儿，咱们那母主子早晚要干，不知怎么选到你了。红带子阿宝盼了多少年，做了多少法术，也没盼到哇！”

“做法术?”

“你不知道?她成天神神鬼鬼念咒磕头的，全为了魇镇母主子，好让公主子爱她，拿她收房!”

“真的?”

“你细想想!”

梦姑望着面前这张俏脸，片片段段的旧事闪上心头。

入将军府以来，并不常见到粉儿，可每次见到都有点儿特别，叫人忘不了。

头一天，阿宝领她到了住处，便扬着脸儿、斜着眼儿，滔滔不绝像决口的河水，对着梦姑猛一顿教训。冷不防屋角一个懒懒地倚在床头的女人鼻子里哼一声，说:“得了，红带子!逮着个哑巴，捞着了怎么的?”

这一口清脆纯正的京师腔，叫梦姑吃了一惊。那粉桃花儿似的腮、水汪汪的眼睛和浓艳的装束打扮，也引得梦姑多看了好几眼。

红带子阿宝一翻白眼:“奶奶叫我吩咐她!”

女人撇嘴一笑:“哟，囫囵主子摊不上，半个也过瘾是不是?可惜了你这奶奶身子丫头命!”

阿宝急了: “粉儿你胡嚼什么!安心咒人吗?看我不撕你那嘴!……”

粉儿盈盈地走来，笑嘻嘻地伸手在阿宝脸上捏一把:“小东西，跟你逗着玩儿，急什么?红带子……”她妩媚地瞟了阿宝和阿丑一眼，管自走开。阿宝呆了呆，小声骂了一句:“狐狸精!”

阿宝因为对一切比她低微的人都傲慢不逊，如同她是天潢贵胄，由此得了“红带子”的绰号。梦姑自然就成了“红带子”折腾的对象。

那天梦姑坐在窗下给主母缝一件绸褂子，红带子跑进跑出地忙，浑身是劲眼睛发亮，一会儿往纸上插针，卷成一团，拿脂粉和墨调在一块儿，对着它们磕头念咒;一会儿又拿一根筷子撅成一双，揪下自己的头发和偷来的主人头发一同缠上去，念咒磕头。她天天都干这些怪事，梦姑只当没看见，专心做活儿。

红带子一下认出那件主母的衣裳，猛地扑过来，扯起绸褂子抓一把灰黄色粉末往上乱抹。梦姑夺手要抢，两人用力，褂子撕破了。阿宝登时变脸，大喊大叫：“好你个阿丑，敢撕奶奶的绸褂子！……”说着硬拽阿丑到主母跟前告状。

将军夫人果然生气，叫人扯阿丑下去打。偏偏这节骨眼粉儿笑眯眯地进来，对夫人妖妖娆娆地请个大安，呈上一个沉甸甸的木匣子：“粉儿给奶奶凑热闹，交五千文。”

奶奶见到钱，气色好多了：“好，好，不在多少，图个交财运的吉利儿！……下回还是拿铜钱换成银子吧，这猴沉的，不好使不好收。”

粉儿笑道：“那么叫他们给银子，一回一两，可使得？”

夫人对粉儿上下一打量，笑笑：“好倒好，就怕你不值这个价儿，没人问。”

一瞬间，粉儿鼻翼翕动两下，细小的白牙咬住鲜红的唇，看看要变脸，可一张嘴，又是甜甜的笑脸，瞥了瞥旁边的阿丑，说：“奶奶，哑巴孩子，饶了吧！”

夫人一提那件褂子：“瞧，阿丑撕的！”

粉儿眼睛看着阿宝，脸朝着主母说：“还不定谁撕的呢，净欺负人家不说话！”

这么着，梦姑躲过了一顿鞭子。回到住处，阿宝扯开喉咙又吵又骂。粉儿一脸看猴儿戏的样儿，听她嚷了个够。末了，粉儿冷冷地说：“还想骂不？嗓子哑了我给你沏水。我劝你积点儿德、长点儿脸皮儿，别净盘算着欺负人。你那点子鬼鬼祟祟算不得牛黄狗宝，我懒得掏！只别惹急了我！”

阿宝登时像泄气的皮球，瘪了，嘴里还小声嘟囔却不敢放泼了。阿宝一认输，粉儿又笑嘻嘻地上去搂她，摸鼻子捏耳朵，没事人儿似的了。

真是个谜！今天，梦姑想要解开这个谜。

“粉儿姐，”梦姑试探地问，“要是拿你收房，你愿不愿意？”

粉儿微微眯了眯眼：“又没情人牵着挂着，收房当姨奶奶原也是条路。公主子本想收我，母主子不答应，说我狐媚怕我夺宠。我也不稀罕！守着个鞑子男人，又珠围翠绕的那么多妻妾，轮到我名分上也没几天。我可清苦不惯，不如这么自在！”

梦姑点点头：“怨不得呢！你这会子嫁了人，一夫一妻过日子，男人这么依头顺脑的，可不遂了姐姐好强的心！真格的，做人是得做自在人，不然活着真没滋味……”

“慢着慢着，你说什么？嫁人？”粉儿忽然瞪着眼睛问，蜡烛的光焰在她脸上跳动。

“啊。你这不是……”梦姑指指屋里和前店。

粉儿哈哈大笑，拍着手，捶着胸，眼泪都笑出来了。她像男人家那样拍着梦姑的肩头：“阿丑阿丑，你可把我笑死了！……在府里这么些日子，你就一点儿不知道？”

梦姑傻呵呵的，不解地望着她那张狂样儿。

“还不明白？母主子不放心我待在府里，我是她撒出来的一只胭、脂、狗！”最后三个字她说得又重又狠，像用力砸到地上的三块石头，“找一个相好，交给她一千文；要睡我一个月，她便宜算五两银子！”

梦姑吓傻了，心里难过得直哆嗦，半天才断断续续地说：“粉儿姐姐……苦了你啦！……”

粉儿扬头一笑：“苦什么！总比在府里为奴伏小自在！横竖我自作主张，弄一千文，在杭州城里还不容易？”

“那……你要是交不够钱呢？要是那些男人赖账呢？”梦姑可怜巴巴地缩着肩膀，倒像她比粉儿更痛苦。

“敢？母主子早拿我递了逃人牌子在案，谁赖账都跑不了，府里只要着人追捕我，他就是窝主，就得杀头籍没！”

“这，这不成害人了？”梦姑口吃吃的声音更小了。

“害人？哼，这些不要脸的男人，活该！没一个好东西！”粉儿满脸不屑，不拿这当回事儿。

梦姑悲伤地看着她，身上微微发抖，吞吞吐吐地小声说：“姐姐，人总要有良心，你……真害过人？……”

“良心值多少钱一斤?”粉儿笑着直撇嘴，可是触到梦姑善良的、带有谴责意味的黑眼睛，她突然火冒三丈，握着拳头直跳起来，对着梦姑的脸喊叫，“害过！就害过！谁让别人来害我呢?那么多害我的家伙，都是畜生！他们有良心吗?我凭什么就该有良心?你也来教训我?……”她咬牙切齿，血红的眼睛瞪着梦姑，好像还要骂，却“唉”了一声，慢慢落座，突然用双手蒙住脸，不作声了。

是什么在她指间发亮?是泪！泪滴，泪水，小小的泪的流泉，沿着指缝滚落。梦姑满心歉疚，手足无措，而她仍不出声，没有啜泣没有叹息，只泪水在不断地流淌……

粉儿终于止泪，静静地、带着讪笑自己的意味说：“小时候，我跟你一样，只当人真有什么良心。后来才知道，全是胡说！甲申年天下大乱，我才十岁，随着寡母跟伯父一家逃难。伯父就是禽兽，趁乱霸占了我娘，还糟蹋了我，过两年就把我卖进窑子。那年月，窑姐儿遭罪呀！吃粮当兵的鞑子、汉人、蒙古人，哪个不是作践人的畜类?好容易来个人赎我从良，转眼又把我送给朋友。这狼心狗肺的朋友一得志就把我卖给鞑子；鞑子玩儿够了，献给老主子；老主子玩儿够了赏给小主子；小主子又放我出来干老营生……转了一大圈，我还有什么看不透的?良心早叫狗吃了！”

“姐姐，你就没遇上一个好心的男人?”

粉儿凄凉地笑笑：“为我赎身的那个就算最好了。虽说他拿我送人，终究是他正妻不容，无可奈何，况且还旧情不忘，时常来往。后来他斩首法场，我念他这份情义，还去生祭了一场。近日还有一个刻书匠，说是要娶我……算了，好的没说头，不说了！阿丑，还记得我踢了他一脚的那个官生吗?所有的人里，我最恨他！那个忘恩负义白眼狼！我非得找到他，坐他个窝主的罪名，要他的脑袋不可！偏偏就寻他不着，真气煞人！”

梦姑太记得了。

那天将军府情景很古怪，那个叫吴之荣的儒生被推出客厅摔倒在当院之际，竟有那么多奴仆辈聚在周围呵斥叫骂！人们说此人专告黑状，告什么《明史》，将军不准，便来纠缠，要索回书画古董，真是癞皮狗一条！哄笑嘲弄的人群中突然冲出一个女子，扳过那儒生的肩膀对脸一瞧，他怕冷似的朝后一缩。她尖声大笑，笑得喘不过气，边笑边嚷：“张公子，张相公！你也有今天吗？……”她突然止笑，站直身子，柳眉倒竖粉面含威，扬起尖尖小脚，照着那个吴之荣狠狠踢过去，痛痛快快、高高兴兴地喝道：

“你给我滚蛋！”

想起这些，梦姑心里发寒：粉儿当真有杀人之心！可是看看粉儿，一点不凶狠，说那些可怕的话就像在扯家常，想必是说说解气罢了。梦姑放下心，随口问：“这人还好吧？”

“谁？哦，你是说我的这个孤老吧？”粉儿恢复了常态，高高兴兴地说，“好个屁！”

“他多老实，又那么怕你。”

“死木头，湿面团！”粉儿笑嘻嘻地数落道，“他怕我，是怕我不让他上身！”

“粉儿姐！……”梦姑脸通红。

“谁骗你！一上床，他比蟒蛇缠得还紧，比湿面团黏人还凶，腻味透了！”粉儿一脸厌恶，做了个要呕吐的鬼脸，“还小气得赛过铁公鸡！两个月没付钱，母主子要发火啦！”

“那，她要扳他窝主呢？你就不给他提个醒儿？”

“我管不着！母主子真要使那一招儿，我也没法儿，他自认倒霉吧！”看到梦姑眼里的不满，粉儿笑笑，“他是小本经营，没好地好房，油水不大，母主子未必肯大动干戈。你这有良心的人儿，放心好啦！”

晚饭本应吃得很开心，偏那“死木头”真有股子湿面团的黏糊劲，总是目不转睛地盯着粉儿，逮机会就想挨她、蹭她、摸她，粉儿瞪他骂他，他全不在意、毫不收敛，弄得梦姑不好意思抬眼，没吃饱就放下了筷子。

吃罢饭，粉儿就打发“死木头”去找船，好让梦姑连夜北上。梦姑坐在里屋，明明听着粉儿吩咐他快去快回少答多问，倏忽间粉儿一下子推开屋门，兜头就朝梦姑低声嚷：

“快，阿丑，你快跑！”

梦姑一惊：“怎么啦？”

粉儿带了几分歉疚说：“没想到母主子这么黑心，一块死木头也不肯放过，府里来人抓他的窝主了！”

梦姑急得瞪大眼睛：“你快叫他逃哇！”

粉儿蹙眉道：“他就是逃到天边，还逃得出将军府的手心？我也犯不着为这么个湿面团真当逃人！”

“你！……”

粉儿提起梦姑的小包袱，把她往后门推：“别管他啦，府里的人可是认识你呀！快走！”她双手狠命一推，梦姑跌跌撞撞，摔倒在街边，身后的门“嘭”地关上，一阵拉闩上门乱响之后，门里面就没声了。可前头腾起一阵敲门叫嚷，这间杂货铺已被巡捕围住。

梦姑爬起来，拎着小包袱就向北走。她不敢跑，虽然心跳如鼓还得静静地迈步。杂货铺那边的声音越加杂乱狂暴，紧紧追着她，转过街角，才渐渐远了。

前面一片光亮，梦姑抬头，心里“扑通”一跳：许多公差提着灯笼举着火把押送数名人犯迎面而来，吓得她赶紧往小巷躲；走不几步，又遇上许多衙役围住一家民居小院拿人！梦姑是惊弓之鸟，心惊胆战；又如网中游鱼，百般不得脱身……

这一夜，杭州城内四处捕人，从深宅大院到市井贫家，连满洲城里也乱起来，拿了好几位旗人。一时全城大乱，哭喊声动地惊天，皮鞭“噼啪”、镣铐“哗啷”，灯笼火把光焰冲天……

次日人们知道了，《明史》案大发！无论满汉官民，凡沾点边儿，全都拘捕收监待审。流言汹汹，四处传播，据说连杭州将军松魁也躲不过去了。

第三天，公布悬赏捉拿在案逃犯。十数名逃犯的姓名、年貌特征一一开列，全省通缉。那赫然列在头名的，就是仁和儒生陆健。

六

翻过前面这座山，就能看到松镇了。陆健拖着疲惫的身子，强打精神尽力迈着双脚。就要见到分别多年的老友，一吐胸中悲愤，老友也会陪他恸哭一场，他不是就能得着几许宽慰、获得几分轻松了吗？

不，到了这种地步，还装什么玩世不恭的花样！自己骗自己吗？他东躲西藏、逃亡江湖，只为活命罢了。

在诸暨他的一处田庄，已经得知：《明史》案震悚天下，上至杭州将军松魁、湖州太守谭希闵，连同参与评校的十八个江南名士，下至贩书藏书刻书者尽被株连入狱，家产查封家属囚禁，被祸两千余人。陆健是通缉文告上的头一名，家产家属自然难逃此劫，老母妻妾都下在仁和县狱……

无论陆健如他表面那么豁达，还是如他实际那么精明，并且曾经历过江南十家狱和奏销案这种大事，他还是被这可怕的消息惊呆了。如今他已是一名被通缉追捕的逃犯！从此他昼伏夜行，走山路走小路，向东再向东，选定了濒临东海的松镇。

松镇有他的好友，松镇是文墨之乡，明末以来，最以气节相尚，最要紧的，是松镇有开海之利：海船五六十艘，一日两潮，大船可得利数十金，小船也可得银数两，松镇因渔而富。一旦风紧，他就能由此买船出海远奔天涯！

就要到了！他竟然心怦怦的，拿定主意登上山顶再歇气，也好坐着眺望大海边的松镇。

当他沿着丛莽菁菁的羊肠小道一口气翻过山脊、举目远望时，突然惊呆了！是白日遇鬼还是他神志昏乱？松镇呢？繁华的松镇哪里去了？

当年环绕松镇的蜿蜒城郭，为什么只剩下残垣断础？镇北那如镜如雪的盐田，什么时候化为沮洳荒滩？曾是绿如毡毯黄如金地的四野膏腴之田，如今沟塍废圮、一望污莱；镇上千门百户茶楼酒肆都化作瓦砾、阒无人烟；最是镇东那一片深蓝色的港湾，只有层层雪白的浪花赶着潮头在晨光中闪耀，绝无片帆只船！

陆健呆呆地站了许久，大叫一声，冲下山去。踩着一块活动的石头，一个跟头滚下坡，爬起来又跑，手掌受伤出血、衣裳撕破他都不觉得，只管发疯似的狂奔！……

一条深沟拦在面前，他不得不止步，因为他越不过这山脚下的巨口。不，不是巨口不是深坑，这是宽两丈深两丈的长沟，沟边插着密密竹桩，竹桩间连着绳索，更像一条横卧的可怕的凶龙，蜿蜒曲折地伸延着，不见头也不见尾，那些竹桩正是这恶龙脊背上的鬃毛！

松镇就在长沟之外，已是一堆废墟，处处留有大火的痕迹：熏黑的墙、烧塌的屋架、黑秃秃的半截树干，满地黄蒿荒草间，隐约露出惨白的枯骨骷髅……“嗖”的一声，草间蹿出一只狐狸，把陆健吓了一跳，没等定睛细看，它已跑得无影无踪。

竹桩间悬挂着一块白木牌，似有字迹。陆健走近，一行大字映入眼帘：居民过此限者，枭示！

陆健一惊，倒退两步，赶紧离开。来不及了，远处栅栏间有一所房舍，门前两人大喊：

“站住！干什么的？……不许跑！”

他们手中提刀拿枪，跑开定要吃亏。陆健站着不动，飞快地转着脑筋寻思对策。那边见他不动，像也放了心，提刀的一个慢慢走过来：

“喂，你是干什么的？没看见界牌？不要脑袋啦？”

差役岁数不大，孩子气未脱，故意蹙眉做严厉状，恶狠狠地训斥着。陆健连忙赔笑：

“上差多多包涵，小的实在不知这界牌是什么意思，求上差指教。”

差役惊奇地一扬眉：“这也不知道？你不是此地人吗？”

“小的从陕西千里迢迢来投亲，哪里知道这边的事？小的总算没有越界，还求上差指教说明。”

几声“上差”、“指教”，听得小差役心里舒坦，便问：“朝廷的迁海令，你不知道？”

陆健摇头。其实他是知道的，但知之不详，也不相信。他以为柄政者不至于愚蠢到因噎废食，所以只当以讹传讹，一笑置之。

原来，南明永历朝灭亡之后，到了康熙初年，台湾的郑成功就成了朝廷的心腹大患。辅政大臣于是下令沿海三十里居民全部内迁，不许商舟渔船寸板入海。于是毁州、府、县城数十、村庄上千，百姓限期内迁，违期者立斩；越界外出者立斩；地方官知情容隐者立斩；失于觉察者减死罪一等。政令严苛，广东福建浙江江苏四省濒海数百万黎民又遭大劫，少壮流离四方，老弱转死沟壑……

小差役把迁海令的来龙去脉讲了一遍，好心地说："算你运气好，遇到我。你个外乡人，怪可怜的。要叫我们捕头看到，非抓了你去报功不可！快走吧。"

陆健还不甘心："可这松镇，怎么变成这副样子了？"

"松镇？你到松镇投亲？是谁家？"

"卢希南，我的远房表兄。"

"呀，你是卢先生的亲戚，失敬失敬！"小差役连忙抱拳为礼，"卢先生是我的蒙师。他现在迁到西边萧塘，还有十六里路呢！"他立刻变得十分亲切，指指画画地说明如何去萧塘。陆健谢过就要走开，又忍不住回头看看松镇，摇头叹息。只听那小差役低声说：

"迁海令就像晴天霹雳，期限只有三天。为了绝人后路，驱赶百姓的满兵先把房屋烧光，各家带不动的家具杂物，也给堆在一处烧！松镇大火直烧了三天三夜，宁死不离祖宅的老人，都烧死在内了……我家新盖的五间屋一间铺，也都化成了灰……"

陆健望着小差役孩子气的脸，心里很难过，伸手在怀里摸了半天，摸出一个小银锞子，放在那大孩子的手心里，紧紧握了握，转身走了。身后传来一声略带呜咽的低低的呼唤："大叔！……"

太阳偏西，地上的人影越拉越长。陆健顺着河边土路踽踽而行。多半日，竟遇不着一个行路人。浑浊的河面不见舟船，岸边也没有下网垂钓的。四年前他眼中秀丽丰昌的鱼米之乡，如今竟荒野般凄凉。

河水与道路分开了，萧塘出现在眼前。

看得出，这原是个中等村镇，几条纵横的街道与几条纵横的河道交错着，街道河道两侧是一排排黑瓦粉墙的房舍，石板路石板桥触目皆是，和这一带所有小镇没有两样。只是镇里镇外挤着许多泥棚竹屋草房，想必是内迁居民的临时住处。这密如蜂巢的镇子如此凌乱、破败、污秽，连河水也泛出肮脏的黄绿色，散发着恶臭。最可怪的是，这么拥挤的大镇子，却人烟稀少。好不容易看到行人匆匆来往，赶到近处又没了踪影。一片可疑的寂静。

“唰——唰——”，寂静中，这单调的声音不断重复，莫非木匠在刨板？陆健循声而行，在窄巷中弯来弯去，一股刨花的特殊气味把他带到了木匠房。房前和天井院里确有好几位匠人在刨木板。向院东的板棚下一望，陆健心里一“咯噔”，有些发慌：那里高高低低摞着许多棺材。两名匠人正把一具新漆好的亮闪闪的棺材抬上货架。没人说话，也没人理睬陆健，好像他穿着隐身衣，谁也看不见。

陆健不知所措。背后有脚步声，他赶忙回头，不觉愣了愣神：这个瘦削的年轻男子面貌很像卢希南！迎上去堆起笑容一拱手：“请问……”后面的话不得不咽下去。因为这人像是聋子，容色惨白眼睛发直，神情恍惚如梦游，径自从陆健面前走过，推开院西侧的一扇门。陆健随在他身后，一起进了屋。

屋里竟有这许多人！全都是神情恍惚的男人，行动迟钝目光呆滞，不是愁容满面就是毫无表情，对新进屋的人，谁也不看。陆健心头阵阵发寒，难道都是僵尸？

幸而柜台后面一个账房先生模样的人朝陆健他们两个点头招呼，同时对柜台前的男人说：“一大一小，合银四两，着人给你送去。”那男人付罢款慢慢走了。

又有人往柜台靠，同来的年轻男子已占住位置，声调平平，仿佛在买鞋袜：“要七具，五大二小，一寸板。”

账房先生抬眼望望年轻人，叹了口气，低头在算盘上拨拉几下，轻声说：“合共十五两四钱。”

年轻人摇摇头，静静地说：“请载宝货随我回家，当还钱与你，绝不食言。”

“尊客府上在……”

“镇西北，卢家。”

陆健一惊，连忙凑上前：“请问，府上与卢希南有亲吗？在下远道而来，特地拜望……”

无神的目光掠了陆健一眼，嘴角微微牵动："请随我来，他是我大哥。"陆健惊喜地就要打听老友的近况，对方却又落入沉默和呆滞，不再理睬他。他也就更加忐忑不安了。

装了七具棺材的木船，从木匠铺后门撑了出来，浊浪拍着船帮。香烟缭绕，不时飘向河面，因为沿岸常有供着猪头、鸡蛋、灯笼、草席等古怪物品的祭桌。时近黄昏，没有行人，香烛的特别气味弥漫一镇，忽闪的灯光有如磷火，星星点点隐隐约约，除了汩汩水声，仍是一派寂静，静得怕人。不知哪个角落，突然透出女人的尖锐哭号，颤抖着，拖得很长很长，听得人心口一阵阵抽紧。陆健自觉汗毛全都竖起，这么阴森恐怖，难道他走进了鬼国？

铺里跟来收钱的小伙计阴沉着脸，呆如木偶，缩在船头。陆健小心翼翼地指着祭桌，悄声问他：

"那是为什么？"

"祭神，送夜客，求保佑。"

"出什么事啦？"

小伙计狠狠瞪着他，狠狠地说："瘟疫！懂不懂？大瘟疫！镇上的人十停死了八停啦！"

陆健猛地站起，手脚冰凉，嘴唇哆嗦，再也说不出话来。那么，老友家也……他双手抱头，颓然坐倒：惟愿老友本人幸存于二停之中，他就别无所求了！……

船，不知何时停了。年轻人木呆呆地对伙计说："我先回去禀告，在家等候你们。家中有二十石麦足够抵价。"他又指着邻居，"宋家家主是大哥的好友，可请他帮忙。"说罢，头也不回地登岸入门，把陆健这个人都忘记了。

棺材搬上岸，船家进邻家请人，陆健随伙计进了卢家门。

门内寂然，不见人影。

进了二门，仍无人声，秋风飕飕，吹得窗纸"飒飒"作响，格外令人悚悚不安。伙计着急，冲上石阶，推开堂屋那虚掩的门，一声惊叫，"扑通"跌坐地上。

陆健赶上去，只看了一眼，登时浑身发软，眼前一片飞快旋转闪动的黑花斑，晕得他站立不稳，扶住了门框。

堂上整整齐齐列着七具尸体。正中的白发老妇是老友的母亲，左右一男一女，正是他的老友卢希南夫妇。卢大嫂这边还躺着一个姑娘一个小女孩，卢希南那边则还有一个年轻男子和一个小男孩。

“啊!”伙计又惊叫，指着年轻男人的尸身，“他，刚才不是还在跟我们说话的吗?”

不错，是他，挣扎着去买棺材，早已把自己算在其中了……

老友全家死绝了！死绝了！……陆健颤颤巍巍，老人似的走到卢希南跟前，望着老友干瘦蜡黄的面孔，欲哭无泪，胸腹间突然绞肚翻肠疼痛难忍。他跑出堂屋，扶着墙壁，眼前昏花一团，跟着就大口大口呕吐，终于昏迷过去。此前的一刹那，他看见船家领了一男一女冲进二门，惊慌地喊着什么。留在记忆中的，只是那男子很有气概的虬须和那年轻姑娘活泼泼的、充满生气的眼睛……

陆健在冰冷的黑暗中挣扎，努力不沉底。那只把他拖向无底深渊的手，终于放松、消失，他终于漂浮上来，感到有了亮光，慢慢睁开了眼睛。

“大叔，你可醒了!”

是林中早莺在啼唱?这张红润润的、布满孩子般惊喜笑容的可爱的圆圆脸，这双黑宝石般闪光的极美的眼睛，是一朵浥着朝露的春花?数月来，他千辛万苦逃避死亡，时时跟冷冰冰的无常鬼做近邻当伴侣，拼命挣开追命索才活过来，第一眼看到的，竟是这么一位仙女般的红颜少女！陆健心头一热，不知怎的，竟滚下了泪珠。

“呀，大叔，你别难过。你没有染瘟疫，你是太劳累才昏倒的。我大哥说歇几天就好，你放心吧!”姑娘一片热诚，如春风习习，驱赶着陆健那透心的寒冷。

“姑娘，谢谢你兄妹救我一命！……”陆健的声音又呜咽了。

姑娘连连摆手：“快别这么说！碰上这种大瘟，死那么老些人，再不相帮衬，不真得绝了一方吗?”

流利的京师腔，引起陆健的注意：“姑娘，你是……”

“大叔，就叫我容姑吧，我去给你沏茶，叫大哥和嫂子来照看你！”她轻盈地走到门边，停了步，因为院子里的说话声越来越响，看看要吵起来：

“宋大哥，好好想想吧，日后要是吃后悔药，可别怪兄弟不讲交情！”又尖又恶、充满威胁的声调，是什么人？

“我可不吃这一套！”回答的吼声，震得窗户纸“沙沙”颤动，“婚姻事讲的两厢情愿爱好做亲，不愿意就是不愿意！废话少说，你请吧！”

姑娘瞥了陆健一眼，脸儿红了红，突然双眉一挑、胸脯一挺，推门而出，跟着，整个院子里响彻她又急又亮、干脆利落的声音：“听着！去告诉你那主子，别说什么侧室姨奶奶，就是他三媒六证八抬大轿聘我当正头夫人，我们也不干！你给我滚！”

院子里吵闹声脚步声开门关门声，好一阵才平静下来。陆健正暗自估摸着宋家的身份、这场争闹的由来，门又响了，帘子掀开，那个眼睛很亮的虬须大汉走进来，身后随着一位温顺良善的中年妇人，端着一盏茶。陆健连忙坐起身向主人夫妇申谢。

主人拦住：“快不要如此，先生还弱，躺着说说话儿吧！”

主妇递上茶：“先生漱漱口。到底过来了，大家就放心了。”

陆健接茶谢过，又问：“不知希南兄一家……”

“先生放心，昨天都已棺殓下葬了……可怜卢先生一家，平日温文贤良，遇此大瘟，竟阖门故去，真叫人……唉！”宋大哥低头一叹，宋大嫂在一旁用袄袖拭泪，陆健默然。

“听说，先生自远方来？”主人看着陆健。

“是。在下程守仁，祖籍杭城，多年游学四方，刚从陕秦南来，依次拜访旧友，不料……唉！宋兄与希南兄有亲？”

“不，交好朋友而已，又是近邻，得卢先生教益甚多。在下名岁寒，也曾进过学的。近年世事如此，已弃文经商了。”

“难得岁寒兄侠义心肠，既为希南一家料理后事，又搭救我这素不相识的过客……”

宋岁寒苦笑：“同是天涯沦落人，相逢何必曾相识！……但不知你此后意欲何往？仍去拜望旧友？”

陆健心里一动，说：“正是，想往杭州一行，有一挚友名陆健……”

“陆健？”宋岁寒惊异地重复一句，“杭州陆健陆文康？”

“你，你认识他？”陆健的声音有些发抖。

“不。但此人正被通缉。三个月前镇上贴过通缉文告。”

“他犯了……什么罪？”陆健嗓子眼像塞了团棉花，脸色也倏然惨白。宋岁寒心里真有几分瞧他不起，但只微微蹙了眉头，答道：

“江南又出一件巨案，你不知道？”

陆健摇头。宋岁寒便说起了《明史》案。个别情节经过讹传已经面目全非，但陆健是此案中人，听得出大体不差。后来宋岁寒说他六月里正在杭州，亲眼见到此案终结。

“最后……结案了？”陆健怕冷似的缩起身子。

“惨哪！……”宋岁寒沉痛地低声述说——

庄廷𬫖已死，戮尸。其父服毒先死，戮尸。其弟凌迟。

为书作序的原礼部侍郎李令哲，连同他四个儿子一起斩首。幼子年方十六，法司不忍，令他减供一岁，可免死充军，孩子却说“父兄尽死，何忍独生！”不肯易供。

最惨莫过朱佑明，并未参与《明史》事，只因吴之荣索贿不遂仇口攀诬，竟连同五个儿子一日斩尽！

刻书印书订书送版购书以及评点校阅诸名士全斩！

行刑日六月二十七，在城内众安桥弼教坊，处决了七十余人，其中凌迟就有十八名！一时天昏地暗，日色无光……株连百余家，流徙为奴的罪犯家眷过千！

六月二十九，河面塞满流徙罪犯的船只，长达数里，船上门窗全都钉死，码头上哭声震天，两岸观者如堵，却悄然无声……

可恨首告吴之荣，竟得了庄、朱、陆三户家产的一半，骤然大富，又去做官了！松魁虽然械送京师，终究是满大人，仅削官除爵，他的幕客程维藩倒当了替死鬼，在京师斩首示众！……

陆健听到这里，忍不住“啊”了一声，随即用拳头堵住口，把惊痛硬生生地顶回去。宋岁寒满腔悲愤，竟没有注意客人的反常，继续骂道："浙江巡抚朱昌祚也不是东西！当初他也受了庄家的钱，参与压下吴之荣诬告的，这次案发，仗着与出谳的刑部侍郎相熟，重贿买通，委过于归安、乌程两县学官，致使学官被斩，换得他无事！哼，这种人不遭报应，天地不公！"

陆健心神慌乱，竭力自持："不知我那老友……陆健家中……如何了？"

"唉，能逃脱吗？家产查抄一空不说，连他老母也在狱中不堪凌辱悬梁自尽，妻妾儿女全都流徙边外为奴了……"

一阵钻心的疼痛，使陆健面孔抽搐，眉眼都变了形，脸上刚恢复的血色刹那间全失，嘴唇灰败、浑身颤抖，眼珠凝固了一般，直瞪得凸了出来！这可怕的形景把宋岁寒夫妇惊住了，赶忙摇他，不住地叫："程先生！程先生！"

陆健好不容易才缓过气，一仰头，泪如雨下，大叫着："文康！文康！你上辈子做了什么孽，此生苦难重重？如今家破人亡，妻离子散，难道陆门一脉就此断绝了？……"

宋大嫂见他对旧友如此情重，很是敬佩，连忙劝慰："先生大病初起，身子虚弱，要多保重才是。"

陆健摇摇头，闭上眼，泪水又珠串一样滚下来。有人轻轻碰他，递来一杯热茶、一张热面巾，原来是那个明眸皓齿的姑娘。她拭着泪，抽泣着说："大叔别难过了，现如今，哪儿的人都活得不容易啊！……"

陆健长叹，擦了把脸，喝了几口热茶，收住泪。

宋岁寒一直不转眼地望着陆健不作声，此时双手一拱，说："如今世事艰难，全仗朋友扶助提携。鄙人近日也遇着难题，不知能不能求程先生援手？"

沉埋在悲痛中的陆健视听尚未恢复正常，茫然不解地看着他。他于是重复一遍，又说："本不该在先生悲恸之际出这难题，可实在是火烧眉毛，不得不……"

陆健这回听懂了，迅速恢复了他的明敏："请讲。"

宋岁寒看看姑嫂俩，她们低头退出，他便转向陆健："程兄有所不知，这萧塘镇原本驻有满兵，说是防盗防贼防海外郑家的。略像样的房屋尽被他们占去，十家供养一兵，又盘放营债、奸淫妇女、捆打百姓，可恶忒甚，百姓莫敢言声。近日因瘟疫，尽数迁走，不日又将归来。小妹容姑不幸被带兵参领看中，数次遣人传话要纳为侧室。我们不肯，便日日上门吵闹，是以假说小妹已有人家。虽然讨得片时清静，日后如何交代？天使程兄光临寒舍，令我绝处逢生。程兄器宇轩昂资质不凡，若不嫌弃，就将小妹……"

"嗯？"陆健一愣，连忙抬眼看着宋岁寒，口吃吃地说，"这……如何使得？我是有妻妾儿女的人……"蓦然想到远流三千里与旗下为奴的家眷，他悲从中来，喉头哽咽着几乎说不下去了，终于借着一阵咳嗽掩饰过去，"况且云游在外数年不归，踪迹不定，又过不惑之年，令妹青春妙龄，你不能这么委屈她！"

"如果她自己情愿呢？"宋岁寒压低声音不大情愿地问。自从见到这位程先生，容姑异乎寻常地热诚，哪有闺中少女去服侍一个陌生的生病男子的道理？兄嫂宠爱她逾于常情，责备她两次，不听也就算了。瘟疫遍地之际，谁还顾得了那许多礼数？

"不，她年轻不懂事，我可以做得她父亲了！……哎，得罪得罪，此话对尊兄说，实在失礼，宋兄见谅！"陆健拱着手还要说什么，"哇"的一声，不知是院里还是楼上，响起伤心的痛哭，并不呜呜咽咽悄声悄气，是毫无顾忌、像孩子挨打一样真心实意的大哭。这是容姑，想必听到了两个男人的对话。陆健发窘了，只好不再说话。

"程兄，不勉强，"宋岁寒并不生气，豁达地说，"不能真，权且假。只要程兄应允，说你早年就聘定了容姑，这次特来接她回籍完婚，先把那参领应付过去，你就便把容姑送到我一家远亲处躲避，此后去留悉听尊便。如何？"

陆健想了想，答应下来。

下午，陆健自觉精神恢复，要去坟上祭奠老友。宋岁寒说："程兄莫怪，你这胡须无论如何要剃去才好。"

"怎么？……"

“尊容实在与通缉文告中的陆文康相似，三绺髯、长眉细目、修长身材……万一给做公的误拿入监，则百口莫辩。”

陆健心里一慌，偷看主人一眼：他是一面写账一面说那些话的，仿佛无所用心。不等陆健回答，他又说：

“还是晚饭过后，天色暗下来再出去为好。”

天终于黑了。陆健打着灯笼、提着纸钱纸锭，向镇西北的坟场慢步走去。偌大的萧塘镇死一样沉寂，灯光寥落，惨淡如鬼火。他心头也是荒凉一片、无限悲怆。宋岁寒本想陪同，他谢绝了。他要祭的，何止老友一家！

荒冢累累，新坟重重，这片坟场大得惊人，静得怕人。对着老友一家合葬的大冢，他沉痛地跪拜下去，不再起身，流泪、烧纸，默默为老友、为老母家人、为六月二十七日冤死的所有人祝祷，祈求苍天保佑他们早投福胎……

投了福胎又如何？陆健此生还没福吗？才、财两旺，享尽人间富贵，到头来一场空，有过的一切又全都失去。或者，这就是命？

他的命是什么？世家公子，风流闲人，逢遭国变，一心想以诗酒了此一生，朝政国事一概不想不问，以为能置身世外。二十年的经历，他今天才看清了，不管他愿意不愿意，他的兴衰荣枯总脱不开朝廷朝政的制约。

当年江南十家狱也因攻讦而起，他也曾因而亡命江湖，却最终狱解，是因为章皇帝在位；江南一度繁荣，民困渐苏，那几年他的财富年年倍增，不也是章皇帝对江南各省宽仁所致？章皇帝去世，辅臣摄政，一连串大狱接踵而来，杀人之多株连之广，骇人听闻。他又首当其冲，财富再多不能脱此难，想当顺民而不可得，如今，妻离子散家破人亡，八个字真真说尽他的境遇了……

纸烧完了，泪还未尽；灯笼里蜡烛只余半寸了，他还没有离去的意思。透过荒冢中闪烁不定的磷火，借着秋夜灿烂的星光，陆健望望镇上，依稀辨得出宋家院落。

宋岁寒何许人？如此豪爽豁达，又不乏读书人的明智。若不是他一家相救，陆健此刻想必已来此与老友相伴泉下了。他是否已看出破绽？为什么话里有话？若说他疑心陆健，为什么又要请婚？难道是个圈套？

不会。陆健一生经历过的女人实在不少，什么样的都有，从未见过这样天然纯情的姑娘，美貌倒在其次。她毫不做作，也没有自拿身份的闺秀气，喜怒哀乐都发自心田，就像山野间无拘无束遍地开放的红杜鹃！她竟然相中了陆健！陆健辞婚显然叫她很伤心。

今天下午，宋岁寒带匠人来给陆健剃头剃须，减了他十岁年纪。陆健原有美男子之称，如今黑眉下一双忧伤的眼睛，嵌在苍白的脸上，岂不更能打动年轻女子的心？他不想招惹是非，也因为实在被苦痛折磨得疲倦不堪，晚饭之前静静睡着。谁用火筷子戳他的腮？他猛然从梦中惊醒，一睁眼，那张美丽的脸儿就俯在他面前，一双满是泪水的明眸又爱又恨地盯着他，像火像水又像冰。陆健心里一慌，赶忙闭上眼。她“呜”地哭出声，扭头跑了。他摸摸腮帮，湿漉漉的，是容姑的泪。

他心里感动、惋叹，但他是个被通缉的逃犯啊！

烛光越来越暗，灯焰晃了晃，“噗”地灭了。陆健嘘了口气，躺在坟边，仰望天空，星星似乎更亮了。

什么声响？镇东南突然一片呐喊，爆响了鸟铳火枪！刹那间狗吠鸡叫，哭喊声动地喧天，涨大潮一般向坟场这边涌来！陆健大惊，想必是来捉拿自己，拔脚要逃，“轰”的一声巨响，镇上腾起大火！火势蔓延得极快，惊慌的乱哄哄的人潮已涌出镇口，大人叫小孩哭，立刻裹进了坟场。

陆健一把拽住一个挟包袱的汉子：“大哥，出了什么事？”

“海贼！海贼来了！快逃命啊！”

陆健随着人群拼命奔跑，直跑上山，一路逢人就问，却找不到宋家三口人。途中，染病在身和大病初愈的人陆续掉队、摔倒、死去，从萧塘镇到西山的长长的路上，又扔下了几十具尸体。

第二天太阳出山的时候，人们扶老携幼络绎回镇。镇上一条街烧成了废墟。巷子里、石桥边，处处留着海盗掠夺的痕迹，米豆撒得满地，衣物乱抛，家家户户屋里一团糟，箱柜砸烂、用具粉碎。人们哭都没有力气，无精打采地收拾着残破的穷窝。

陆健回到宋家门首，哪里还认得出来？楼塌了，房子烧得只剩屋梁，家具用品全都烧得精光，连他昨日的卧床也化为几根焦木。宋家正在烧得最惨的这条街上，海盗大约一进镇就首先抢劫了这地方。

宋家三口人呢？陆健在门口等了一天一夜，问遍了认识他家的人，都不知道。生不见人死不见尸，难道陆健遇到的是鬼仙？

宋岁寒夫妻兄妹像是消融在碧空之中，从此再不曾在萧塘镇露面。陆健不甘心，仍然四处打听，渐渐知道了一些内情。

宋岁寒并非此地人。许多年前，他先在萧塘买了田地，后来才同了妻子到此定居。由于迁海令大量居民内迁，人口杂乱，谁也弄不清谁的来历。此人在萧塘很得人望，常常扶助贫困解人危难，和卢希南先生为邻，竟成契友。只是他从不敢与官府的人作对，遇到与官府打交道的事总退避三舍。世事如此，百姓怕官，也难怪他。去年初他北上经商，年底带回来这个如花似玉的胞妹，说是失散多年，偶然寻到的。容姑长相既美，心地又好，外貌品行都与宋岁寒相像，本地人并无闲言，就是驻防萧塘的满兵参领看中容姑想纳为妾，时时以拐带人口要挟宋岁寒。若不是这场瘟疫和海贼突犯，宋家怕要吃大亏了。

至于宋岁寒的下落，日久天长，渐渐透出些声息。

萧塘瘟疫过后，满兵不敢再来驻防，但当初盘放营债的旗丁还常常跑来要账，于是人们得知，他们的参领，在萧塘大火的次日被杀。后来人们又得知，那天的海贼内犯本是假的，那些放火抢劫的蒙面海盗都是满兵扮的。参领的目标在宋家，进门就放火抢人。本要杀宋岁寒灭口，不料他武艺高超，十数个“海贼”不能近身，反被他砍死两个夺路逃走。参领怕露馅，抢走那两具“海贼”尸体就急忙退兵，天黑又慌乱，竟错抢了一具民尸。宋岁寒归来一认清那具“贼尸”是驻防满兵，便明白了真相，立刻赶往营中去救妻子和妹妹。

至于结果，传说不一。有的说宋大嫂代替容姑入洞房，刺死参领后自刎；有的说宋岁寒杀了参领、背着妹子出逃，断后的宋大嫂被乱箭射死；也有说宋岁寒假作应允，前去贺喜，杀了参领，带着姑嫂俩远走他乡。无论怎么传说，总之参领被杀无疑，宋岁寒一家确实失踪了。

陆健非常感慨，对这一家满心敬重。只要想想那天晚上的情景，可以断定传说不虚。官兵害民如此，百姓何以为生？可是又有谁敢道出真情上告地方呢？而且满洲八旗，地方官可奈其何？再说，就萧塘镇眼下实情而言，谁有心思去管那么多事！能活下来，就是天大的福分了。

萧塘经历了瘟疫、兵灾，人口锐减，日趋贫困荒僻，地方官的治理懒得触及这毫无油水的海隅僻地。陆健竟下决心在此定居。当萧塘镇的人们想起该给小伢子们念些书的时候，陆健被邀做了书馆的蒙师。

第二章

一

到了康熙三年，八旗官民、朝廷上下开始蔓延一股乐滋滋的信心，入关二十年了，好像这时候才打心眼里确认，国祚久远，大清满洲终于在中华大地立定了！看看吧，南明灭了，郑成功死了，流窜在湖广郧、襄山中的李来亨、郝摇旗等李闯余部，也在征剿大军合围中覆没，最是哭庙、奏销、通海、《明史》四大案，震悚天下，总算让那些心存异端、专爱兴风作浪的蛮子文士服帖了。四辅臣执政，真是雷厉风行，横扫千军啊！

此时，就是最公忠体国的人，也不免想到，该好好经营经营家园，过过舒心日子了。于是他们发现，家下人口不知怎么增加了许多，住处又窄又挤，奴婢不够使，庄田竟减了数，日子过得入不敷出，紧紧巴巴。一股风自然而然地刮起来，越刮越大，各旗纷纷上奏说地亩不够数或不堪耕种，乞朝廷拨地。朝廷又不能凭空变出田地，意思就是能再来一次入关之初的壮举——圈地。

今天，这件大事将由议政王大臣会议。

会议的地点还在中左门。因几位王爷未到，先来的人都在廊下值房喝茶吸烟，谈笑聊天。鳌拜进门，见苏克萨哈和议政大臣费扬古一处说话，便走上前去。

费扬古心宽体胖，是议政大臣中有名的乐哈哈，正不住地顿足笑道：“真是俗话儿说的，下雪不冷化雪冷，今儿天晴了，反倒直冻脚。”

苏克萨哈指着费扬古脚下：“我送你一句汉人诗，叫作‘地冻马蹄儿声嘚嘚’。”说罢哈哈一笑，呼出一团团白气喷向费扬古。费扬古近日学读汉人诗词，汉话说得也不错，眼睛一眯，点点苏克萨哈的嘴：“有来有往，得还你一句：‘天寒猪嘴儿气腾腾！’如何？”

两人一同大笑，把刚刚来到跟前的鳌拜笑得莫名其妙，只当在笑他。苏克萨哈忙把两人的对句用满语向他讲了个大意，自然没了味道，鳌拜也不觉得可笑。苏克萨哈怕他心上犯疑，又说：“费扬古近日又学诗词又学相法，你不如求他相相面。”

鳌拜果真朝前凑了凑：“你老兄还有这一手！来，烦你给我相看相看吧！”

费扬古滑稽地皱皱鼻子，随后便凝神静气地盯着鳌拜的脸看，半晌，十分严肃地说：“恕我直言，你左相像马元帅，右相如卢太师，后半生腾达荣显，必达高位！”

鳌拜逊谢：“哪里能够！借你的吉言吧。”

苏克萨哈突然大笑，鳌拜奇怪地看看他，他连忙忍笑点着费扬古的鼻尖：“你呀，小心他收拾你！”

费扬古哈哈一笑，拍拍鳌拜的肩膀：“小老弟，开个玩笑，别放心上！”

鳌拜完全不明白其中奥妙，还想问，侍从禀告说王爷到了，大臣们匆匆出门迎接，这个小插曲就放下了。

中左门的议政王、贝勒、贝子、大臣会议，简称议政王大臣会议，仪同坐朝，向来威严庄重。最尊贵的位置原属安亲王岳乐，因为与先帝同辈的近支王爵中只有他健在，不过去年已辞议政，所以正中放了两张小型宝座，分左右坐着康亲王杰书和简亲王德塞，他们肩下又分别有信郡王鄂札、庄亲王博果铎、平郡王罗科铎和贝勒尚善、杜兰等人的座位，再以下才是议政大臣们。大臣对王爷贝勒必须先跪安后入座，不能失礼，但议政时则允许各抒己见，这是祖宗传下来的规矩。皇上批办的事，议政会议若坚持不通过，也不能办，这也是祖宗传下来的规矩。四辅臣辅政以来，为复祖制花了很大力气，议政王贝勒大臣们心里都是感激的，作为回报，也处处给四辅臣撑腰，何况四辅臣都参与议政呢！

康亲王宣布了议题，首辅索尼随即展开一份折本，清清嗓音，大声读道：

“户部复查，镶黄、正黄、正白、正红、镶蓝各旗，壮丁一百口以上而地亩不堪者，共二万六千四百五十名。应将顺天、保定、河间、永平等府属州县圈出地亩十三万二千二百五十垧分给各旗，每一壮丁给地五垧，准令迁移，并请差部员、旗员会同地方官酌量换给……”

再读几份，都是各旗要求给地的奏本，“请诸位王爷贝勒大臣议一议，户部圈地的折本是否准行？”

费扬古扬脸问：“索大臣，太皇太后有何旨意？”

鳌拜和苏克萨哈不约而同地把目光投向索尼。索尼又清清喉咙，说：“呃，我们原照户部奏本拟了圈地方案请旨，是太皇太后圣谕下议政王大臣会议的。”

“哦，是这样……”费扬古捋了捋他卷曲的胡须。

鳌拜心里很不高兴。圈几亩地算什么大事，也值得去惊动老太太！偏偏索尼坚持上奏，无非自诩忠慎罢了。自辅臣辅政以来，凡有奏举，太皇太后总是照准，从不驳回，去年连安亲王都因得罪辅臣而辞了议政嘛！惟有这次，虽未驳回，也未恩准，来了个“下议政王大臣会议”！索尼、遏必隆、鳌拜是两黄旗的，苏克萨哈是正白旗的，可都利益攸关，碰上这么个不大不小的磕绊，能不犯嘀咕？

鳌拜向来敢说敢做，立刻接过话头：“这原是小事一桩，只消诸位王爷贝勒大臣点点头，着手办就是了。”

出乎意料，好一阵没人对这“小事”“点头”，竟冷场了。苏克萨哈转动目光挨个儿看过去，暗暗掂量：康亲王素来谨慎，庄亲王才十六岁，百事不懂，不开口倒也罢了，简亲王怎么不吭声？若不是辅臣当政，你德塞能嗣王爵吗？……还有平郡王，这也是为你正红旗谋利，你倒不说话！……

贝勒杜兰先打破沉默：“这可不是小事。是不是准行，得好好商议。”

杜兰是礼亲王代善的孙子，辈分与杰书、德塞相同，都是当今皇上的隔房堂兄。他开了头，大家才活跃了一些，不免交头接耳，小声议论。

平郡王罗科铎因顺治十五年平定云贵有功，这次又是受利旗份，气比较粗："户部此奏是正理！入关以来历年征战，旗下官兵个个争先听命，效死疆场，理当赏恤！别处不知，只正红旗许多弟兄，实在是家口日增、田产日减，穷困不堪了！"

杜兰皱眉道："就怕扰民太过而失民心。"

简亲王德塞笑笑："天下府州县千千万万，就拿这四府州县全都圈了，又算得了什么？"

杜兰领的镶红旗，想必是心存妒忌。苏克萨哈笑吟吟地说："这次圈地，虽说先题请这五旗，那是因为另三旗折子上得晚了一步。下回全都补上。"

杜兰脸上一红，瞪了苏克萨哈一眼："我又不是为本旗来争地！"

苏克萨哈依然满面春风："都是为大清兴旺嘛！八旗强则天下安，是不是这个理儿呢？"

谁也想不到，平日嘻嘻哈哈爱说爱笑的费扬古，突然站起身严正地声明：

"依兄弟看来，这圈地之法不可行！"

众人一惊。费扬古平日商议国事多半随大流，也有独树一帜的时候，但从没有今天这么正颜厉色。

苏克萨哈笑颜不改，语调里却藏着露骨的讥讽："老兄，你们镶白旗早晚有一份，着的什么急！"

费扬古瞪起了眼珠子："你当人人都只顾自家庭院田庄，只往自家旗份捞好处吗？"激动中他竟走下座位，站在会议圈中心指手画脚，"入关立国二十年了，若至今还不体会太宗、章皇勤政爱民之心，那可真是不肖子孙了！先帝爱民，爱的是宇内万民天下万民，大清版图内一切人民。入关初天下纷乱、土地荒芜，圈地之举尚且是不得已而为之；如今天下一统日见繁荣，又行圈地，就不怕失人心？"

鳌拜惊讶地扬起浓眉，盯住费扬古："你不是满洲人？替谁说话？念那蛮子的鬼书，迷了心窍吧！"

费扬古不睬他，只管往下说：“先帝圣明，早看出圈地害民，屡下严旨，永不许圈占民间房地，圈占之风才算刹住。十年来天下安定，国家财赋钱粮才得充裕，也才能平定云贵收复厦门，成就天下一统的大功业！……”

费扬古这几句话说到众人心里。圈地不同于逃人法，早在十二年前就明令禁止。从习惯和心理上说，恢复此举大家都有顾虑。至于庄亲王、平郡王一辈年轻王爷，都是在这十二年中长大的，对此更觉没有把握，都迟疑着不知说什么好。

鳌拜涨红了脸，努力压住火气，争辩道：“这叫什么话！平定天下一统四海，靠的是兵强马壮，与禁圈地什么相干！如今圈地，正是给八旗劲旅增威，才能威临万民，威镇四海！”

费扬古不屑地一摆手：“立国之本是民心还是军威，自有古训，用不着跟你争，就说这地亩不足又是怎么回事？入关之初圈的地都足够多足够好嘛！十多年来，或者经营不善不事农桑把农田撂荒，或是不务正业吃喝嫖赌还债卖田，回过头又叫唤地亩不足不堪耕种！这样下去，圈地补给还有个头吗？越是懒惰浪荡鬼越得甜头，岂不是要朝廷养着这一大堆懒虫？奖懒罚勤，傻瓜才那么干！这是十足的误国之道，不可行！绝不可行！”

索尼、苏克萨哈和遏必隆都看着鳌拜，担心他辩不过费扬古；众人也都注目鳌拜，显然认为他输了理落了下风。

鳌拜大怒，无法再维持宰相风度，一推坐墩，大步走到费扬古面前戳指骂道：“费扬古，你这背天忘祖的混蛋！……”

费扬古毫不畏缩，直盯着鳌拜，满脸轻蔑，道：“你要干什么？要讲打，咱们都是战阵里杀出来、死人堆里爬出来的，谁怕谁？要讲骂，我费扬古不比你少条舌头少张嘴！眼下是议政！既是祖宗传下来的成法，我这议政大臣议一议，也得挨你骂？你不过位列辅臣之末，竟敢如此跋扈，仗着谁来？……”

众人连忙劝阻，把两人拉回座位，康亲王责备费扬古，索尼拦住鳌拜，要他们各自谦抑，不要失了大臣的体面。一时间议政场所内乱纷纷的，费扬古在东，鳌拜在西，各围着许多人劝解，倒像是对峙的两个圈子。高高低低的嘈杂，填满了空阔的中左门。

一名笔帖式进门跪禀：太皇太后遣侍卫传旨。众人猛地一静，发现那侍卫就站在笔帖式身后，正冷冷地看着对垒的两圈大臣。这御前侍卫，正是费扬古的儿子倭赫。

众人跪倒，听倭赫朗声宣告："太皇太后谕知诸王贝勒大臣等，钦天监奏：'自去年十一月下旬，彗星见，经五十余日，历一十二宿，白光黯然。'此乃上天垂象示警，应力图修省，不难转祸为福。钦此。"

传旨完毕的倭赫，又睁着他那冷静得有如含冰的眼睛，对众人看了几眼，静静地退下。

议政王贝勒大臣们你瞧瞧我，我瞧瞧你。太皇太后命人传旨，原也没什么特别。可是谁敢断定，这不是她老人家对今日议题不表态的表态呢？"力图修省"，是什么意思？派来的侍卫，又偏偏是费扬古的儿子！

户部的这份折子，众人议了许久。最后议得："各旗地亩不堪不足者，着副都统查明回奏备案。圈地事宜，待户部尚书侍郎等踏勘回奏后一并办理。"

这样一来，圈地的事就推迟了。

会议后，四辅臣碰头，都闷闷不乐。这是他们执政以来碰的第一个钉子。索尼默默沉思。遏必隆向来难得出声。鳌拜一拳砸在桌子上，余恨未息地瞪着鹰眼：

"竟敢藐视辅臣！这样下去，咱们怎么管事！……笑面虎！以前竟没看透他！"

苏克萨哈带笑不笑地："藐视辅臣，并非自今日始。就是今日，不也侮弄你一场吗？"

鳌拜一愣，陡然想起："你是说，他给我相面？"

"还不明白？"苏克萨哈冷笑，"他说你左相马元帅，右相卢太师，按汉字，马卢相连，是个驴字！"

"混蛋！"鳌拜暴怒，直跳起来，络腮胡子都奓开了，额上青筋蚯蚓般扭动，脸也涨成猪肝色。他最不能容忍说他相貌似驴，连同音字同形物都忌讳。若下人犯忌，他早就要他们的脑袋了！遇上这个费扬古，竟也拿他没办法！……苏克萨哈冷眼看鳌拜，心里暗暗叹息：怪不得他恼火，发怒的鳌大臣脸憋紫了，又鼻梁长、人中长、下巴长，真和执拗的驴子有几分相像哩！

索尼生气地说："太不成体统了！如此狂傲，无非仗着儿子是御前侍卫，父子们有些战功，唉！"他气恼当然不止为此。辅政以来，每有举措总是鳌拜打头阵，苏克萨哈接二阵，遏必隆善后，他总揽全局。鳌拜的刚勇、苏克萨哈的圆柔、遏必隆的老成持重和他的明智忠心，配合得天衣无缝，博得朝野称善，想望治平。日后他也不难与历代贤臣名相同列于青史。今日看来，怕不容易。冲突开了头，接下去还不知有多少麻烦呢！

沉默片刻，遏必隆皱眉说着大实话："真不明白，今儿议政怎么这么不痛快！……还有钦天监那道奏本！"

"什么钦天监！"苏克萨哈懒洋洋地接过来，"不就是汤若望那个洋鬼儿！谁知道他背后捣的什么鬼！"

索尼与鳌拜互相看了一眼，也都沉默不语。

遏必隆想了半天，叹道："要是有皇上的御批，这事兴许倒好办了。"

皇上？皇上还不到十周岁，成年亲政遥遥无期。而且这位小小天子，又是如此的……索尼苦笑着，摇摇头，觉得肩上的担子越发地重了。

二

苏麻喇姑推开雕花格窗，一股清新的、混着花卉馨香的风冲进，带来远远一片细碎的脚步声和男孩子特有的忽高忽低的笑语声，似乎风和日丽的春光，由这一团勃勃生气送进了慈宁宫。她忍不住笑起来，扭头道：

"老佛爷，太后，皇上和阿哥们下学回来了！"

正在跟皇太后姐儿俩说话的太皇太后顿时笑逐颜开："他们哥儿们回来，我这儿可就没个清静了！"

她像老年人那样眯着眼睛，一腔疼爱孙子的心肠全都从笑纹中焕发出来。她已经摆脱了哀伤，面容恢复了红润，开始发胖的身体因为穿着深蓝色绣袍而显得仍然匀称；细长的眼睛依旧黑而灵活；若是皱起黑眉，抿住轮廓清晰有力的嘴，那么这副颧骨高高的相貌还是很威严，令人不敢正视；然而一笑开来，便是十足的慈祥老奶奶了，——就像现在这样。

顺治帝死后，他的皇后被尊为皇太后，由正宫迁居慈仁宫。其他妃嫔也都迁出东西六宫，住进寿康宫等专为先帝妃嫔养老的地方。二十四五岁年纪就得了皇太后、太妃的尊号，真是难得的福分。姐儿俩的气色都不及太皇太后，多半因为膝下无子女。福临的子女都在慈宁宫由太皇太后教养，她们只能相互做伴，度过此后的漫长岁月。

皇太后姐妹来慈宁宫很勤，也比较随便。太皇太后既是她们的婆母，又是她们的姑奶奶。除了每天必须的晨省昏定之外，还不时过来陪她说说话儿斗斗牌，跟慈宁宫里的孩子们也很熟。所以皇太后立刻问：

“老祖宗，今儿是二月十二，照规矩逢二不是该给阿哥们放学吗?”

太皇太后笑着摆摆手：“甭提了。不给放假吧，咱们那小皇帝心里埋怨；才定了逢二歇一天，他又说学文习字一日不可停了！……瞧，都来了。”

门口太监一打帘子，几个男孩子鱼贯而入。

最前面的一个，珠顶红缨貂帽，石青小龙袍，明黄绣金龙外褂，腰间镶东珠玉带，脚下小皂靴，很是神气，一双乌黑的眼睛异常灵活，面色春花般红润，似乎带进一团喜滋滋的又是极不安分的小旋风。才过一年，小皇帝又长大了。屋里的长辈见到他，脸上不由得都泛出笑容。按生下来算一岁，过一个新年加一岁的规矩，再过一个月，三月十八日，普天同庆的皇上生日万寿节，大清天子玄烨就该十二岁了。

玄烨背后是他哥哥——比他大八个月的二阿哥福全，还有他的弟弟——比他小三岁的五阿哥常宁。福全还是那副忠厚相，厚嘴唇、大耳朵、大眼睛，不大机灵。常宁才六岁，活泼灵巧，亮晶晶的眼珠子滴溜溜转，一看就知道长大必是个百伶百俐的人儿。他俩都是石青袍子小貂帽，理所当然，不及玄烨那么华贵。

哥儿仨向祖母和嫡母、庶母跪安的当儿，苏麻喇姑已命人端上点心和奶茶，搁在一张矮桌上。热腾腾的奶茶喷着香味，招得孩子们眼睛直往那边瞅。太皇太后忍不住笑了："行了，都去吃吧！"三个小人儿巴不得这一声，口里说着谢恩的话，身子早扭过去扑上小桌，津津有味地又吃又喝，叫人害怕他们噎着。

淑惠太妃凑趣地问："老祖宗心就那么灵，猜到皇帝心下埋怨？他横不能赖学逃学吧？"

太皇太后笑着讲了个小故事。

去秋一日清晨，雨后碧空如洗，太皇太后立在殿前月台，远望西山一派青蓝，很觉爽快舒放，信口吟道：

"天有重阳日……"

不知何时出现在侧的玄烨大声接了一句："人无放学时！"

太皇太后回头一瞧，玄烨正由捧着书袋笔砚匣的小太监陪同，满脸愁苦地往书房去。她不由得大笑，说："好啦好啦，打今儿起，逢二的日子给你放学！"

玄烨倒不是不爱上学。书房换了个师傅以后，连逢二那天午膳之前还要用功呢。这么着规矩又变了变，逢二放半天学。

皇太后姐儿俩听罢，称赞了几句。那边五阿哥眼珠子一转，伶俐地说："老祖宗，皇额娘，你们还不知道哩，皇上哥哥今儿害得二哥的伴读挨了打！五个手板心儿呢！"

玄烨连忙分辩："老祖宗，那事真不怪我，我可是好心。"

福全念书一向不行，常被师傅责备。师傅当然不敢训斥这些龙子凤孙，自有伴读的孩子代为受过。但打手板却没有过，太皇太后连忙追问详情。

今天讲完书时间尚早，先生要学生口对，依学生情形出对难易不同。最后是福全，题最简单，一个字："笔"。福全却抓耳挠腮地对不上来。

玄烨灵机一动，拿了张纸假装去糊窗户，悄悄向福全眨眼示意，教他以“纸”字相对。不料福全懵懵懂懂，竟对曰：“纸窗。”先生生气了，以为福全故意捣乱，拿福全的伴读打手板责罚一通。福全也生气了，说玄烨故意捉弄他，出书房一路都不理睬玄烨。

大家又是一阵笑。太皇太后对福全说：“皇帝是真想帮你，没有捉弄你的意思。要怪你自己念书不用心。这么多年了，这样的对子还对不上来。”

福全便低头不响，反正一有事总是玄烨对、他不对，人家是皇上嘛！……这时，后面一扇门“吱呀”开了，冰月和芷珠两个小格格，像两朵娇嫩的花朵，清脆地叫着“老祖宗”，木底小花盆鞋“呱嗒呱嗒”响，手牵着手一起扑到老祖母膝前。太皇太后疼爱地搂着两个香喷喷的孙女儿：“谁叫你们跑来的？奶茶香招来了小蝴蝶小蜜蜂吧？”

小格格扭股糖似的黏着皇阿奶，黄莺儿般地啁啾着：“来给老祖宗请安呀……我们听到皇上哥哥和二哥五弟回来了……我们肚子也饿啦……”

“饿了不会找你们看妈去？跑我这儿来捣乱！还不给皇额娘请安！”两个小格格连忙跳下太皇太后的宝座，听话地对皇太后和太妃福了一福。

“苏麻喇姑，给这两个磨人的小馋丫头添座！”

苏麻喇姑笑着应了太皇太后一声，两个“小馋丫头”高兴得跳起来，直奔矮桌。玄烨招手叫冰月坐到他身旁，悄声说：“吃罢点心上花园玩儿去，我又有新招儿啦！……”

“今儿个二月十二，”太皇太后微笑着慢慢说道，“古书上叫花朝，是百花生日。早几年董鄂妃在宫里，兴拿红黄绸条儿系花树上，说是江南民间女孩儿家都这么为花神饯行。回想起来倒也热闹。昨儿夜里叫人往御花园、西花园各处去办了。咱们都去走走瞧瞧，想必好看。”

听老祖宗提起董鄂妃，皇太后姐妹心里都有点不是滋味，面儿上倒还笑颜承欢，连连答是。

“这儿还有些个彩绸条小金铃儿，咱们娘儿们也拴几树花谢谢花神，保佑来年花事更盛!”太皇太后说着，苏麻喇姑拿几盘彩绸条儿和小金铃交随侍的宫女捧着，众人簇拥着老太太都站起来。老太太回眼瞧瞧孙子孙女，眯眼笑着吩咐：

“孩子们也好好玩儿去吧，关了十天书房，够闷的。可不许又吵架翻脸！告诉跟从的谙达，只防碰着伤着就行，别管得太严了。”

有了祖母这句话，孩子们还不高兴得蹦个八丈高！像一群“叽叽喳喳”叫个不了的喜鹊，冲进了西花园。

嗬！西花园整个变了样！高树矮树、花枝花干，就连没开花的牡丹棵子石榴枝子，都系着彩色的绸飘带，二寸宽三尺长，红的有朱红、深红、梅红、水红、粉红，黄的有姜黄、杏黄、鹅黄、浅黄、金黄，满园里随风飘舞，比花艳丽，灿烂一片。更有春花春叶春草的芳香，有无数护花金铃清脆动听的“叮叮”响，好奇妙的缤纷世界！引得孩子们一阵又一阵地欢呼。

不过他们的注意力很快就离开这一片繁华，因为玄烨想出的游戏“新招儿”把他们吸引住了，小眼睛瞪得溜圆，洗耳恭听。

新招相当复杂，也就格外有趣：大家分两拨儿，一拨儿扮官兵，一拨儿扮强盗。官兵有营盘，军旗为号令；强盗有洞穴，明珠为镇山宝。强盗若拔了营盘的军旗，官兵输；官兵若拿住所有的强盗、夺到宝珠，强盗输。

五阿哥常宁眼珠子一骨碌：“那官兵多难赢啊!”

玄烨忙解释：“可强盗见官兵就得逃哇！官兵明着拿人，追上强盗拍一下就算拿住。拿回营盘的强盗就不许跑了，除非有没拿住的强盗来救他，拍他一下就算得救。强盗跑回洞穴，官兵也不许进去拿人。怎么着，好玩儿吧?”

孩子们都觉着新奇，冰月第一个拍手赞成。跟着的李谙达不住地笑着摇头，皇上究竟是皇上，玩起来都别是一样！可就是名字不大好听，什么强盗强盗的……

玄烨忽又耸耸眉头：“不成！就咱们八个人不好玩儿！手下兵将太少，调拨不开。得添人!”

李谙达无奈，只好着人召来二十名十二三岁的小太监供皇上和阿哥驱使。小太监们到来时，主子们正在仔细分派。玄烨和福全是两个公认的各拨儿首领，他们各自的伴读，阿寅自然归玄烨，阿江自然归福全。那么常宁和他的伴读阿寿、冰月和芷珠呢？

玄烨很慷慨："今儿在书房福全受委屈了。由你挑吧，当官兵还是当强盗？"

福全一听很高兴："我当官兵！"

常宁几乎同时嚷叫："我也当官兵！"

这么一来，福全一拨儿就是四个男孩子，分配显然对玄烨不利，但他还是挺大度地说："那好吧，我来当强盗！"

李谙达在一旁惊得变了脸色："哎哟我的万岁爷，可不能这么说话，要叫老佛爷知道了……"

玄烨高傲地一扬脸："老祖宗说了不要你多管，怎么又唠叨上了？你明知我们在玩儿，谁真的当强盗啦？"

李谙达连声地"嗻、嗻"，不敢再说什么。胆小的芷珠却害怕了，小声说："我也要当官兵……"冰月瞪她一眼，扭过身坚决地说："三哥哥，我跟你当强盗！咱们拨儿人少，赢了就更能耐！"

孩子们中只有冰月管玄烨叫三哥哥，因为她一进宫就和三阿哥一处抚养，比别人自是不同。

"好！"玄烨很高兴，"你来，我封你做大将军！"

李谙达又想干涉，玄烨背过身去不理他，他也无可奈何，直摇头。平日唯冰月马首是瞻的芷珠又动摇过来：

"月姐姐，我还跟你一拨儿……也当强盗好了。"

官兵头儿和强盗头儿秘密商定了最后的奖惩办法，两人都很满意，立刻传他们最信赖的小太监去办，然后各自召集部下，到"营盘"和"洞穴"集中。

西花园南端是太湖石叠成的山，山有两峰，峰间一谷，谷中架一石板，下临清潭，悬流一线似瀑布注入潭中。山间蹊径纵横，处处有老槐、楸树、银杏和青桐，正是新叶怒生、满目青翠的时候。强盗嘛，就该躲在不见天日的地方，所以临潭那块石板就做了强盗的

“巢穴”。玄烨取下腰间一只香袋悬挂在太湖石上，算是“镇山之宝”。

从这里向北望，临溪亭再往北的那座花坛，上面花花草草和彩绸条儿嫣红姹紫，耀得人眼花，正中间飘着一面杏黄旗，就是官兵的“营盘”。官兵头儿福全站在旗下，指挥部下排成一字长龙，东西摆开严阵以待，堵死了强盗北上盗旗的各个道路。别看福全念书不行，玩起来一点不含糊！

强盗头儿玄烨在果断地向喽啰们下命令：“听着！大将军冰月率六名喽啰先攻，二将军芷珠率四名喽啰助攻，都别去拔旗，单管引开官兵。只要一个人能吸住两个官兵就行了。我跟阿寅猫在二将军后面冲上去，两个对一个，那旗准能到手！可听懂了？不管是谁，只要引开两个官兵，赏十个鹅油松瓤酥饺！”

“要能吸住三个呢？”不知谁小声问。

“加倍，二十个！”玄烨毫不含糊。他在书中读过，“重赏之下，必有勇夫”。鹅油松瓤酥饺是眼下宫里最时兴最好吃的点心了。只要有一个人获赏，他们这拨儿强盗就能赢，何况更多呢？

“冲啊！”一片呐喊，强盗下山了！官兵也情不自禁地大喊大叫。三十来个孩子可着嗓子嚷，也真够惊天动地了。被皇上赶出游戏场的李谙达、大太监和嬷嬷们，只好待在延寿堂和含清斋廊子下，伸长脖子焦虑地看着，惴惴不安。

大将军冰月率喽啰冲向官兵营盘，官兵们一窝蜂拥去捉拿，一条龙防线立刻散了。要是二将军芷珠及时赶到，然后遍地开花、四面星散，那么乘虚从中路隐蔽前进的强盗头儿玄烨和他的军师阿寅一定能得手。

可惜二将军刚过翠芳亭，绊了一跤，咧嘴就哭，小喽啰顿时傻眼，不知所措。助攻延误了战机，官兵头儿福全已清醒过来，赶忙把两追一的官兵召回来对付二将军所属。二将军已自动退出战场、哭着去找她的看妈了，下面群龙无首，进退失据，乱了套。于是临溪亭四周，官兵捉强盗，大砍大杀。玄烨一看大事不好，高叫：“回家！快回家！”福全听到他的声音，率领阿江冲过来擒贼先擒王，玄烨只得带着阿寅，丢盔弃甲大败而逃。

逃回山寨一点人马，只剩三个喽啰，大将军倒是逃回来了，二将军落马，其余都给拿进了“营盘”。

玄烨并不气馁，喘息方定便与军师阿寅商议。玄烨有八个乳母，最依恋孙氏，因为当初是她不辞劳苦日夜照料他过了天花的险关。孙氏的丈夫是正黄旗包衣牛录下的曹玺，阿寅是他们的长子，与玄烨同岁，聪明懂事，自进宫伴读，就成了玄烨离不开的小伙伴。

“阿寅，二将军不中用，得想别的法子。”

“先得把拿去的人救回来。”阿寅说。

冰月嘟着小嘴：“还那么冲啊？咱们都得叫人拿了去！”

“是啊……”玄烨沉吟着，盯住官兵的阵势，眼珠子略转了转，黑瞳仁突然放出一道光泽，异常明亮。见他这样，冰月和阿寅立刻振奋起来，知道他一定有了奇招儿。

果然，玄烨挤挤眼儿说：“有办法了！这么着……”三个小脑袋凑在了一块儿。

官兵大获全胜，好不得意！算算强盗还剩六个，十四对六，怎么也是赢！所以福全一发现穿明黄坎肩的玄烨下了山，就立即指挥官兵追拿，呐喊着朝南冲，强盗只好逃回去。过一会儿他又悄悄从临溪亭边探出头，福全大喝：“在临溪亭！快追！”官兵又拼命地追出来，明黄坎肩一闪，霎时又逃回“巢穴”……黄坎肩一次次地进退，十四名官兵跑得疲惫不堪，懒得再回“营盘”，干脆立在临溪亭南一溜排开，等着他再露面。

“快回来呀！强盗偷营啦！——”一片声嘶力竭的大叫，惊得官兵调头跑回去救，哪里来得及！强盗的军师和大将军不知打哪儿钻到“营盘”后头，被拿住的强盗们也不知什么时候手拉手连成一条长蛇，冰月往最外边的那个强盗身上一拍，高叫着：“救出去啦！——”

福全气得直跳脚，一眼望见阿寅爬上花坛要拔旗，惊得怪叫着扑上去。阿寅看看得不了便宜，赶紧喊了声“逃哇！”众强盗一哄而散，满园子乱跑，官兵拿他们不着，眼睁睁地看着他们欢天喜地逃回

“巢穴”，自家气鼓鼓地互相埋怨。

这边，凯旋的军师阿寅，又在向头儿献计，用鹅油松瓤酥饺，让一个个官兵心甘情愿地到山里蹊径兜圈子，再集中精兵强将对付他们的头儿和五阿哥、阿江、阿寿……

连他们自己在内，有谁能想到，三十年后，这位已成为江宁织造的阿寅，身负特殊使命，为今天这个强盗头儿、来年的一代英主，向江南名士们赠送了多少另外一种“鹅油松瓤酥饺”！

福全发狠，守在旗下一步不离，又分派常宁、阿江、阿寿围成犄角之势。奇怪的是，出去巡营的官兵怎么越走越远了？追强盗进了山怎么就不出来了？

福全立命召唤部下归营，冷不防一片呐喊从前面飞起，大群强盗打临溪亭冲出来了！他们是隐身在大树、花坛、鱼池边墙和亭柱后面悄悄接近的，一下子杀到跟前，真叫人措手不及！福全也不软，领了常宁他们冲出来拿强盗，强盗又是四散奔逃。福全追出去十来步，一想不对头，高叫“回守大营!”可是一回头，便听“嗷！——”的一阵欢呼，强盗们手舞足蹈又喊又叫，强盗头儿玄烨、大将军冰月、军师阿寅都已爬上花坛，玄烨手中高高举着那面杏黄旗！

强盗胜了！

绿云亭畔燃起两堆火。一堆火上立着烧烤架，大块大块的牛肉猪腿被火烤得“吱吱”响，诱人的肉香弥漫一团，官兵和强盗都止不住地频频回顾，暗暗咽着口水。这就是两个头头事先商定的奖惩方法：赢家吃烤肉。另一堆火是为输家准备的：他们得从火上跳过去，不跳或是跳不过，不给吃肉；跳歪了，给半数。

福全老实，也很勇敢，承受失败而毫无怨言，领着他的败兵从燃得很旺的火上一个接一个地跳了过去。玄烨这帮得胜的强盗大声叫好喝彩，为官兵助威。最后轮到常宁，费了些周折，他到底年岁小，害怕，站在远处不敢起步。玄烨和福全跑过去，一边一个拽着他一起跑，越跑越快，只听玄烨高喊一声“跳!”兄弟三个一同跃起！常宁迷迷糊糊，不知是自己跳起来了，还是两个哥哥把他提起来的，云山雾海，做梦似的就落了地，连火苗的热气都闪过去了。

“噢——”所有的官兵和强盗同声欢呼，既为五阿哥经住了罚，又为大家受罚完毕就要向喷香的烤肉进攻而高兴。最好的一份自然得奉给皇上，其次是阿哥、格格，再其次是伴读，余下的，小太监们兴高采烈地分食去了。

玄烨的看妈和贴身太监提着两个大食盒过来了。阿寅赶紧朝他们使眼色，这两位谁也没瞧见，只管凑前去：“万岁爷，你要的鹅油松瓤酥饺来了！新得的，还热乎着呢！……”

阿寅着急地打断：“回宫再说嘛！”

玄烨看他一眼：“这有什么大不了！玩儿完了嘛，论功行赏，还不应该？”他高兴地让把食盒放在他身边打开。恩赏别人，是件很开心的事，从中获得的高于别人的满足感，总是很美妙的。

福全这一拨儿莫名其妙，愣愣地看着。

“小鲁子！”玄烨叫过一名小太监，“你引开两个官兵，还招来一个官兵，该赏你酥饺二十个！”

小鲁子惊喜地跪下叩头：“谢万岁爷恩典！”那边阿寅递给他二十个香喷喷的酥饺。

跟着，小赵子、小七子……一帮强盗喽啰挨个儿来领酥饺，少的十个，多的还有四十的。福全他们沮丧地互相望望：咱们怎么就想不出这一招儿呢？

不料玄烨又喊起当官兵的小太监了：“小朱子，你受了招抚，也该领赏，给十个酥饺！”

小朱子心怯怯地回头看看福全，还是上前接赏，叩头谢恩。这下福全傻眼了！看着一个个官兵也去领赏，阿江对福全咬耳朵：“怪不得咱们输，敢情是这么回事！”

偏巧那边常宁兴致勃勃地拉着冰月问：“月姐姐，刚才你们来救人，走的是哪条道儿？还当是从天上掉下来的呢！”

冰月很得意：“是三哥哥的主意，趁着你们只顾着南边，我们爬树翻墙，打园子外面绕到北门悄悄进来，可不吓你一跳！”

福全把手里的烤肉往地下一摔，生气了，“赖皮，不算！”

玄烨瞪大眼睛：“谁赖皮？”

“谁兴爬墙从园子外面往我们背后绕？谁兴用酥饺赏手下喽啰，还买我们官兵背主？”福全双手叉腰，气呼呼地反问，阿江阿寿也都跟着不服地嚷起来。

玄烨也不服：“可也没说不许爬墙、不许奖赏和招抚哇？谁让你们不这么办啦？”

“那你干吗不告诉我们？”

“告诉了你，我还能赢？古书上说的，兵不厌诈！”

“你们就是赖皮，赢了也不算！”

“干吗不算？就算！”

起先只是两个头儿争论，跟着冰月、常宁和伴读们也卷了进去。小太监们领赏后早打发走了。眼看孩子们越吵越凶，却没有人敢劝解。

玄烨发火了，也摔掉烤肉，一挺胸一扬脖：“我是皇上，我说算就得算！”

常宁顶他：“皇上怎么着？皇上就该赖皮？”

福全顶得更硬：“谁赖皮就是小狗！”

冰月急了：“你怎么骂人？”

常宁嘴巴快：“没骂人，骂那赖皮的小狗！”说罢撒腿就跑，福全一帮跟着跑开，立在安全距离之外，跳着脚齐声喊叫：

“赖皮！赖皮！赖皮！……”

玄烨不假思索，顺手绰起一只酥饺照福全砸过去。

“哎哟！”一声尖叫，酥饺在一位路过的宫眷头上开了花。只见头板砸歪，珠饰砸掉，鹅油松瓤酥皮粉碎，纷纷落在她香色闪缎绣花袍褂上，刹那间污了一片，——正是宫里脾气最怪，孩子们平日最畏惧的懿靖大太贵妃。

福全一伙发声喊，哄然而散，各自逃开。

懿靖大太贵妃一眼看见绿云亭边吓呆了的玄烨和冰月，登时眉毛一竖，“腾腾腾腾”跨着大步赶过来，伸手揪住了小姑娘：“你！大胆！”

玄烨和冰月脸都白了。懿靖大太贵妃在他们眼里是怪物：不会笑、不爱说话、不爱露面，除了给老祖宗请安，别人她全不理睬。老祖宗偏对她格外厚待，赏的衣物吃食总高人一等。最叫人弄不懂的是，人老了都喜欢小的，她越老越讨厌孩子，阿哥格格们她从不正眼一瞧，对冰月特别憎恶，好像她是一只又臭又脏的小癞猫！今儿偏撞在她手里，可不是触霉头吗？

玄烨赶紧认错："太皇太妃，别怪冰月，是我失手了！"

大太贵妃仿佛没听见，也不看玄烨，扬起手，"啪！啪！"巴掌狠狠落在小冰月的屁股上。

"哇！"冰月大哭。

怒气直冲玄烨脑门儿，他不管不顾地往大太贵妃和冰月之间硬冲。大太贵妃不由得松开手，玄烨用力一推，竟推得大太贵妃朝后趔趄了好几步，差点儿摔倒。

大太贵妃大怒，站住脚，朝玄烨扬起了巴掌，却又僵在那里，不得动弹，好像突然抽筋了。

"欺负小小孩儿，算什么本事！"玄烨气极，大声责难，挺身做出一副准备挨巴掌而绝不低头的样子。

大太贵妃僵在空中的手颤抖起来，终于落下，变为戳手而指的姿势，仍旧朝向玄烨背后的小冰月，声音低哑又凶狠：

"你个仗势欺人的小妖精！一代传一代狐媚子！苦我一辈子啊！……"

她的声音淹没在凄凉的呜咽中，一转身，快步走开。

玄烨又是擦泪又是揉痛，好半天才哄得冰月不哭了。

"她不讲理！我去告老祖宗！"冰月说着，嘴角一撇，又要哭。爹妈的掌上珠、老祖宗的心尖子，从来没人敢动她一指头，挨巴掌可算是开天辟地头一回，怨不得她哭个没完。

"好了，别哭啦，"玄烨连忙安慰，"听我跟你说，咱们不能告，她是太皇太妃，高着咱们两辈儿，告到哪儿咱们有理也是没理，弄不好咱们还得挨骂。"

小姑娘眼泪汪汪："那，冰月就白挨打？"

玄烨心里一软，搂住妹妹的肩膀："别急，等我想个法儿，偷偷治她，给你出气！”

“真的？多咱？说话算话啊！”

“大丈夫报仇十年不晚，你就等着瞧吧！”

玄烨回到住处不久，苏麻喇姑就来了。迎接她的是从次间漫出来的腾腾热气。看妈连忙招呼：“苏奶奶快屋里坐，我这儿正预备水给皇上洗澡呢。”

苏麻喇姑把个布包放在长台上，笑道：“正好，老佛爷赐给皇上一套新袍褂，洗了澡换上。他人呢？睡了吧？今儿个又跑又闹的，可累着了，放炮仗怕也醒不了他。”

“哪儿啊，”看妈冲西里间小书房一努嘴，“一回来就翻箱倒柜地找什么书。这不，多半天悄没声儿的，八成又迷进去了……皇上，该洗了，水要凉啦！”看妈喊一嗓子，那边全无反应，无可奈何地直摇头，“瞧瞧，都叫他三回了。”

苏麻喇姑轻手轻脚走过去，撩开小书房的门帘，桌上炕上到处摊着书，玄烨坐在书堆里看书正入神，冷不防他一拍炕桌，叫道：“说得好！‘一人失德，四海土崩’，‘虽天道有盛衰，亦人事之工拙’！”

苏麻喇姑笑了：“皇上，叫你去洗澡呢！”

“哦，苏奶奶来了。”玄烨应声起立，拿着那本《隋书》走出小书房。看妈见他忙说：“哎呀，可把你请出来了！快来吧！”

玄烨满脑子“天道”和“人事”，嘴里还在小声嘀咕：“魏徵撰《隋书》，以隋为鉴；本朝就该修《明史》，以明为鉴……”

“小祖宗，快点儿吧！”看妈和苏麻喇姑都挽起袖子。她们从玄烨出生满月起，就给他洗澡了。

“哦，对了，洗澡。”玄烨完全心不在焉，放下书，沉思着慢慢走进大澡盆，随后习惯地坐在澡盆正中。

“哎呀！”苏麻喇姑和看妈眼睛瞪得核桃大，半天才叫嚷出声，“我的小祖宗，看书成疯魔了？衣裳！衣裳！”

“啊？什么衣裳？”玄烨莫名其妙，不知道两个老太太为什么这样大惊小怪又喊又叫，低头一瞧，“哈哈”大笑，原来他还穿着衣裳靴子哩！赶忙站起，水流“哗哗”的像个落汤鸡！进来换水的太监们都笑得合不拢嘴。苏麻喇姑又笑又叹：

“真跟他爹爹一个样！小鹰总要长成雄鹰的！”

洗完澡，玄烨舒舒服服靠在软榻上喝茶吃点心。苏麻喇姑吩咐看妈服侍皇上午睡一个时辰。偏偏御前太监来禀，说是当值的御前侍卫已在景运门等候，因为皇上今儿早起在书房曾命他们下午陪皇上练骑射。

他怎么给忘了！刚刚消失的疲劳顿时又把他牢牢捆住了，真不想练什么骑射，最好现在就摊成个“大”字睡一大觉！看妈也在小声嘟哝：“还不够累呀？骑射骑射，到底才十岁，筋骨嫩着呢……”

玄烨噘着嘴求援似的看看苏麻喇姑。她在笑，可不是平常的笑，眼睛斜着，嘴角撇着，似在说：“瞧瞧，害怕了吧？”玄烨顿时像挨了一弹弓，“腾”地跳起，大声吩咐立刻就走，并命小太监去叫福全常宁，到景运门会齐。

见玄烨头也不回地雄赳赳地走了，苏麻喇姑又笑了。

御前侍卫倭赫、西柱、折克图、塞尔弼四人在景运门伺候玄烨上了马，玄烨就缠着倭赫说说近日圈地的事。

玄烨喜欢倭赫，因为倭赫在顺治朝已在御前当值，可以告诉他许多他父亲的故事。在倭赫口中，先皇年轻俊朗英明有为，而且博学多才风流儒雅，既怀雄才大略，又有勤政爱民的仁君之德，使玄烨无限神往。倭赫对朝廷内外的事也知道得很多，但凡玄烨问起，他都能说出个所以然，比如迁海、奏销两件事办得如何对，通海、《明史》两案不免杀戮太重，有违先帝遗德等等。提起圈地，倭赫照例实话实说，表示激烈反对，并断言：

“要是先皇在世，绝不会任他们这样误国非为！”

玄烨惊讶地眨眨眼：“他们？四个人都算？”

倭赫心直口快地笑道：“四辅臣里，数索大臣忠心耿耿，人所共仰；遏大臣宽大无为，是个老好人；鳌拜可是咱满洲第一巴图鲁，刚勇无双，虽说难免功高气盛，固执起来，九头牛也拉不转，好在胸无城府，直来直去。最是那个苏克萨哈，精明能干到家了，可是见风使舵，害人害己，不知先皇为啥看中他！”

“唉，索大臣上岁数了。”西柱不由得叹了口气。

“索大臣要是没了，遏大臣能替得上去吗？”折克图挺担心。

“遏大臣？那可是个凡事不问的人。闹不好就该苏克萨哈主事儿啦！……”西柱又叹了口气。

侍卫们忧心忡忡地议论着，无所顾忌。因为玄烨终究是个十岁的孩子，不懂事，周围既没有太皇太后的心腹，也没有满口君臣之礼的大臣。可小皇帝一双乌黑的大眼睛随着说话声迅速转动，非常明亮专注，尖利得像两把小钻子，落到谁身上谁发慌。他们互相望望，都有些惊异。最为持重的塞尔弼说：

“不可在圣驾面前胡说！……皇上，天气转暖，只在宫里练射箭靶，不射活物，实在有限。”

折克图说：“正是呢，景山养的活鹿活雉，都是供先皇练射用的。要不先皇的箭法那么高呢！”

玄烨至今不曾真正跑马射鹿，一听这个，就笑嚷连声，又像个小男孩儿了：“好！好！祖宗以弓矢定天下，我也得……”

倭赫笑道：“皇上，必须要自称‘朕’啊！”

玄烨连忙笑着改口：“对，对！朕又忘记了。”

这时，玄烨差去的小太监赶到，跪呈皇上一个封函，说二阿哥五阿哥只封了这个来。玄烨开封，里面落下几张纸条儿。他看了一遍，生气地“呸！”啐了口唾沫，满脸不高兴，顺手把纸条儿塞回封函，揣进怀里。

“三阿哥！等等我！”

“皇上！我们也去！”

隆宗门那边传来两声清脆娇美的呼喊，一群从人簇拥着一匹锦绣鞍、银勒口、额前缀一撮红缨的桃花马，一阵风似的驰到近前。骑在马上的是和硕公主孔四贞，四贞怀里坐着小格格冰月，冰月用袍襟包裹着一只雪白的小猫。

“孔姑姑！月妹妹！”玄烨非常高兴，眨眼间就把那些纸条儿忘记了，“怎么把小雪也带出来了？”

冰月疼爱地抚摩着小猫耳朵："它太小了，离不开我。"

"孔姑姑刚回宫里来吧？老祖宗怎么舍得放你出来？"

四贞笑笑："跟老祖宗说了，这回在宫里多住些日子。"

"孔姑姑不如就搬回来。我们可想着你呢！"

四贞笑容更温柔，摇摇头："又说孩子话啦！"

孔四贞自顺治十七年受封为和硕公主，掌管定南王藩府军政大事，遥控广西定南王部属，已经出宫。虽然四时节庆也常进宫请安，终究不比当初同住慈宁宫时亲近。玄烨自幼就特别喜欢聪慧美貌的孔姑姑，从不以隔辈人相待，更像是弟弟对姐姐。四贞毕竟年长十二岁，自然有分寸得多。

见四贞摇头，玄烨忙说："不信问冰月，我们昨儿晚上做梦都梦到你啦！"

冰月立刻做证："是真的！三哥哥梦见你好多回呢！"

四贞不觉有些脸红，笑道："别说闲话了，咱们赶快走吧……二阿哥五阿哥呢？"

玄烨皱皱鼻子，做个鬼脸："甭等了，他们不来啦！"

说说笑笑出了景运门，来到箭亭刚下马，四位辅臣就闻讯赶来向皇上请安。玄烨只得端坐亭中受礼。索尼对皇上勤于习武说了不少恭颂的话，遏必隆等也随着问了皇上起居安好。玄烨按礼节一一答复，不住地打量四辅臣，暗暗对照方才侍卫的评论，好像真有几分道理哩！

月格格尚小，自然不用回避，抱着小白猫站在玄烨身边很有兴趣地听他们按例问答。孔四贞掌定南王藩府，等同王爷，辅臣还得向她请安。

四贞独独看定鳌拜，笑道："鳌大臣，去年此时你在鼓楼下解了我的危困，我总惦着要谢你，可不知你喜欢什么。"

鳌拜躬身："不敢当。"

四贞一笑："都说鳌大臣坦诚直爽，这会子怎么小气了呢？"

鳌拜看了公主一眼："公主真要恩赏，请把定南王爷的刀剑赏奴才一件，留个遗念。"

四贞眼里闪过一道亮光，顿时心酸、感慨、惭愧、赞叹一起涌上来，情绪颇为复杂，脸上也泛出一层薄薄的桃红，引得玄烨奇怪地频频注目。她“哦”了一声，稳了稳，说：“鳌大臣有此诚意，理当奉送，不日着人送至府上。”

鳌拜谢道：“不敢，还是奴才差人去取……”

冰月突然高喊：“蝴蝶！小雪！”

一只白蝴蝶从亭中一闪而过，小公主怀中的小白猫像个白绒球滚出亭外，小公主撒腿追出亭去。

“冰月！看摔着！”玄烨忘了皇帝身份，起身就跟着追。

“皇上！”四贞着了急，御前侍卫随她一起跟着皇上跑。

四辅臣怕君前失礼而不敢呼喊，又怕皇上出意外，不得不亦步亦趋地追跟，大批太监仆从又都蜂拥在后。这只白蝴蝶就这样牵动着大清朝的机要中枢一直朝箭亭南边跑去。那里是一片小柏树林。

蝴蝶穿过树干越飞越高，小白猫竟顺着树干爬上去伸爪子扑抓。蝴蝶飞走了，小白猫却伏在高高的树杈上不敢动弹了。

冰月绕着那棵树转圈、跺脚，边嚷边哭：“快救救小雪！嬷嬷说它刚四个月，它害怕，它会掉下来摔死啊！……”她扑过去抱住树干，仰头哀声呼叫，“小雪！下来吧！……”

“冰月闪开，我来！”玄烨推开冰月。小男孩儿的看家本事此刻派上了大用场，也亏得出来练骑射穿一身紧身便服。他手脚并用，动作奇快，“欻欻欻”，像灵巧的猴儿爬上了树！

四贞和辅臣侍从们根本来不及阻止，又惊又怕又着急，围着这棵柏树，喊的喊叫的叫，乱作一团，没了主意。

小白猫感到威胁逼近，“喵喵”叫着，向更高处躲。玄烨追着往上爬，树下又是一片惊叫。

柏树不粗，一直在摇晃，谁也不敢再上去，怕它经受不住反而伤了皇上，找梯子找绳子一时也赶不及了……树下出主意想办法发号令的乱哄哄的声音突然停止，所有人的心都提到了嗓子眼儿。

小白猫突然爬上一根更细的侧枝，小皇帝竟也不管不顾地追上去，树枝树身顿时大摇大动，冰月尖叫：

“三哥哥！……”

几乎与此同时，爆出鳌拜的一声大吼：

“不好！闪开！”

树枝“咔嚓”断了，小皇帝抱着小白猫从高高的树顶直摔下地！

人群轰然大叫！鳌拜早一个箭步飞身上前，推开树下的冰月和四贞，伸出双臂，准准地接住了玄烨！终究是个分量不轻的孩子从高处跌下，况且是君临天下的万岁爷，鳌拜再有神力，还是不由自主地怀抱幼主摔倒在地。

冰月和四贞一起冲过来：

“三哥哥！”

“皇上！”

玄烨站起来，小脸煞白，嘴唇还在哆嗦，却极力忍住不哭不叫，把小白猫递给冰月，极力皱眉生气道：“再别……带它出来了！乱……乱跑不听话！……朕没事。”

见皇上无恙，众人才松了口气。

鳌拜也已坐起，却皱着浓眉，额头沁出汗水。

玄烨转脸过来：“鳌大臣，多亏你把朕接住……哎呀，你怎么啦？受伤啦？”

鳌拜的左臂软软垂着，一动不动，脸上汗珠不停往下滚。玄烨扑过来，一碰他，他疼得浑身一哆嗦，却还强打精神说：“不碍的，多半是脱臼……皇上快回宫要紧！”

玄烨左顾右盼，喊一声：“怎么都看着？快传太医！”

鳌拜皱眉道：“不用。索大臣、遏大臣，你们请皇上站远些。”说着他已慢慢起身，定定地立住，像一座重墩墩的石塔，伸右手托住左臂肘弯，静静地深吸一口气，突然大吼一声，右手用力向肩部一推一送，“咔吧咔吧”骨节响，他痛得满脸五官都移了位置。这虎吼、这一脸狰狞怪相，镇住众人，冰月竟躲进四贞怀里吓哭了。

鳌拜躬身向玄烨道：“谢皇上关爱，奴才已经好了。”

见他帽边、领口和前胸部被汗水浸透，依然神态威重，玄烨的感激和敬慕之情油然而生，“朕定要好好酬谢你！”

“奴才不敢当。皇上受惊，是奴才们的罪过。求皇上赶紧回宫歇着，奴才们告辞。”

辅臣们拜辞而出，才到箭亭，苏克萨哈着人把倭赫叫过去，远看着仿佛在训斥他。倭赫回来，面颊赤红，表情不大自然。想必是责骂侍卫失职，玄烨没在意，还在不住地赞美鳌拜：

“真了不起！真是我们满洲的第一勇士！”

冰月也佩服极了：“真是英雄巴图鲁！要不是他，三哥哥和小雪可都没命啦！”

四贞赶紧制止：“别瞎说！圣天子万岁，百神呵护！”冰月一缩脖，吐了吐舌头，把四贞和玄烨逗笑了。四贞接着说：“果然是个大丈夫。理当禀告老祖宗恩赐奖赏。”

“四贞姑姑，你方才为什么谢他？”玄烨问，“他也救过你？”

四贞细细说起去年鳌拜从泥坑中力拔双车的故事，两个孩子听得津津有味，眼都不眨。听到后来，玄烨有点泄气：“他虽解你危困，言语间也够冷淡的！”

“是啊，那会子我也为此心里恼怒，心想定是因为三十年前他曾败在我爹爹手下，怀恨至今。要不就是瞧不起我们家根儿是蛮子……”

“不会不会！”玄烨连连摇手，“姑姑是谁？他不敢！”

四贞笑笑。先皇去世辅臣柄政以来，勒紧了天下汉人的脖子，朝廷中汉王汉臣的地位待遇都连带着下降，哪怕贵为公主的孔四贞也能感觉到，只是对小皇帝不好多说，还是把话题扯回来：“今儿他竟讨要先王爷刀剑留念，足见他真心敬佩先王爷，不愧堂堂男子汉！”

玄烨越加神往：“没错儿，好汉！好汉！”

冰月敬仰地望着玄烨，那神情颇似玄烨赞美鳌拜：“三哥哥，你刚才从树上跌下来，不哭不喊，也是好汉！”

“皇上临危不惧，镇静从容，确是人君之度哇！”四贞也笑着赞美。

玄烨脸上微微一红，转而自得地一笑：“老祖宗常说，‘士不可以不宏毅，任重而道远’，朕也是男子汉大丈夫嘛！”

冰月望着玄烨，觉得他一下高大了许多，满心崇敬，直是叹气，话都说不出来了。

回宫途中，倭赫他们不高兴地议论着。原来苏克萨哈把倭赫叫去不止骂他们失职，还责问他们为何不礼敬辅臣，为何不向辅臣请安？

折克图立刻愤愤然了："在皇上跟前当值，就是娘老子来了也不用请安！"

西柱更火："还反了他呢！咱御前侍卫要是奉旨传他，他还该跪咱呢！"

玄烨插了一句："像鳌大臣这么英雄，请个安也是该的！"

倭赫勉强笑道："该是该，可宫里规矩不兴这么着。御前只有皇上最大！"

玄烨点点头，其实并不全明白。但他知道规矩是祖宗传下来的，谁也不能乱来。

三

次日，玄烨奉太皇太后懿旨，御驾亲临鳌大臣府，探视受伤的鳌拜。

鳌拜已亲自在府门前跪迎，只是左臂用帛巾吊绑在胸前。他恭敬地向皇上跪拜请安，又恭敬地领着皇上驾入中堂，同着弟弟巴哈、卓布泰再次参拜。

御前侍卫倭赫宣读太皇太后嘉奖懿旨，并颁来太皇太后的赏赐：一席克食、一匣金珠、一柄如意。鳌拜伏地谢恩，良久不起，好半天才一口气地说下去："圣驾亲临奴才门庭，已是奴才祖祖辈辈子子孙孙的荣耀；护卫皇上是奴才的本分，怎敢当太皇太后如此奖赏！奴才便肝脑涂地，也是心甘情愿的……"说到后来，他抑不住满腔感激，声音呜咽了。

小孩哭妇女哭人们见惯了，难得动心；看到这样一个刚勇铁汉含泪哽咽，却很使人震动。玄烨目不转睛地望着跪在地上比自己站着还高一截的鳌大臣，被这番忠诚深深感动，眼圈都红了，连忙叫起赐座。

玄烨是头一次御驾亲临大臣府第，面对下首坐垫上毕恭毕敬的鳌拜，有许多话想要问，又不知从何说起。皇上不开口，臣下自然不能先出声，于是堂上出现一阵颇为尴尬的沉默，沉默越久，玄烨越发慌，越感到沉默的压力。这可不行！天子怎么能胆怯？管他的！怎么也得先出口！

“你……鳌拜……鳌大臣……”玄烨喘了口气，终于问出一句很普通很得体又很孩子气的话，“你的胳膊没事了吧？”

“谢皇上关爱，奴才伤不重，不妨碍当值办事。”

“朕念书还十天一歇呢，你受了伤就歇几天养养嘛。”

“不敢，国事政务天天忙不过来，若耽误了，奴才辜负先皇托付，愧受皇恩。”

“你……”玄烨终于冲口说出他最想说的话，“你真是我们满洲的第一勇士！”

“奴才不敢当！”

“我……哦，朕早就听说你在太宗朝攻取皮岛立奇功，在先皇朝力胜蒙古大力士，可为咱满洲长脸呢，真称得上百战百胜巴图鲁！”

“不敢！奴才此生大小仗阵三百八十九战，也还败过三五回。叫我口服心服的，只有三十三年前皮岛海战败在定南王手下那一回。孔有德是真勇士！”

“你向四贞姑姑要定南王刀剑做遗念，就为的这个？那，你手里一定存了好些好刀好剑啦？”

“是，奴才最爱好刀好剑好马好弓。”

“哎呀，太好啦！”玄烨差点儿忘了身份，像所有喜爱刀枪武艺的小男孩儿一样跳起来，“朕也最好这些！快领朕看看去！”

鳌拜于是带领圣驾来到校场边阅武楼。

楼上收藏室大门一开，玄烨吃惊地停住脚，眼花缭乱，不知该往哪儿看、看什么才好！御前侍卫们也都瞠目结舌，是不是天下的刀剑匠人都给这间收藏室进贡？

大到三百斤的关王刀黝黑乌亮；长到四尺五的宝剑寒光凛凛；最小最短的腰刀可以攥在手心，外面套着华丽无比的景泰蓝刀鞘。长剑短剑、宽刀窄刀，柄上鞘上镶满珠玉宝石，任何一把的价值都无法估量。更有人们很少见识过的蒙古刀、藏刀、西洋刀、南洋刀、波斯刀、俄罗斯刀……

室中正中一条长桌，摆满了上过阵饮过血的宝刀，直的弯的单刃的双刃的带血槽的有尖钩的……那上面斑斑点点，似锈迹又似血迹。想想当年夺人首级刺人心窝的情景，这凛凛刀锋，真令人不寒而栗！

鳌拜祖父索尔果的佩剑，放在最醒目的地方—— 一只白玉雕就的台架上。当年这位瓜尔佳部落的族长，就是佩着这把剑领了五百部落子弟投奔努尔哈赤，为大清的始皇帝贡献了一支最出色的劲旅，为统一女真各部立了大功。

两个并列的低一些的金支架上，横放着费英东和卫齐的佩刀。费英东，鳌拜的伯父，位列开国五大臣之首，曾任攻明大战的总指挥，佩刀饮足了汉人的血。卫齐，鳌拜之父，是太宗皇帝驾下一员勇将，佩着这把刀，南击明军，西攻蒙古，战功赫赫，威名远扬……

好动好斗，喜爱从弹弓、石子、棍棒到刀枪剑戟十八般兵器，原本是一切男孩子的共性。所以玄烨一进室门就迫不及待地扑向那些珍贵藏品，摸摸这试试那，忙得不可开交。当垂手恭立在侧的鳌拜一一说起藏品的来历时，他肃然起敬，渐渐沉思、渐渐坠入对满洲先世的追念之中，以至鳌拜请他下楼，他似乎都没听见。

“皇上，请到楼下阅武厅，还有弓箭……”鳌拜又说一遍。

“不，朕要看你的马！”玄烨突然兴致勃勃地要求。

鳌拜严肃恭敬的表情后面隐隐掠过一丝得意：“皇上，奴才爱马，养马也多。通看一遍，怕耽搁皇上回宫。”

“那，看你最喜欢的马吧！”

鳌拜略一思索，回头对兄弟巴哈吩咐了几句。

玄烨在阅武厅坐定，刚刚端起随从太监进奉的奶茶，耳边一片马嘶声马蹄响，他立刻跳起来，推开食盒，急急忙忙跑出厅门。鳌拜和随从们也赶紧跟了出来。

校场那一头，马群簇拥，嘶鸣蹦跳，很是热闹。从中走出一列五颜六色、鲜艳夺目的高头大马，每马有一人牵缰绳、一人在侧侍候，傍近阅武厅静静停下。

鳌拜朝那边做个手势，牧夫牵来一匹杂色马停在阶前，请立在阶上的小皇帝观看。

“这是一匹老马呀!”玄烨失声叫出来。

确实，此马瘦骨嶙峋，步态已很衰弱，鼻眼耳畔毛皮松软打皱，眼睛也如生花琉璃，毫无神采。但它身披金黄色绣虎的锦缎马衣，长而稀落的马鬃马尾里编进金箔银丝，额前用细细的银丝缕缀着一颗血红的宝石。

鳌拜动情地搂了搂马头，老马也轻轻在鳌拜手背上蹭蹭耳朵，彼此的亲切如同朋友兄弟。鳌拜轻声说：

“皇上不是要看奴才最喜欢的马吗?……它叫五花骢，我的老朋友，三十七岁半了，真是老寿星！……三十年前二次征皮岛，奴才为先锋，渡海搏战，五花骢带着奴才冲击敌阵，无往不胜。奴才因功进梅勒章京，头一次得获巴图鲁封号……”

“你那会儿几岁?”

“也有二十多了。”

五花骢被慢慢牵走了。一匹枣骝马来到阶前，身披墨绿色绣鹿锦缎马衣，额前红缨上用银丝缕缀着一颗蓝宝石。也已是一匹老马，身形臃肿笨重，无复当年神采。鳌拜亲切地抚着马鬃：

“它叫赤鹰。二十多年前奴才随郑亲王济尔哈朗围攻锦州，是它载了奴才率先陷阵，五战五捷，洪承畴总督的十万明军大溃败退，奴才率军追击，擒杀过半。此战奴才功最高，超擢巴牙喇纛章京。它那时候才是匹五岁的儿马……”

一匹白马牵来了，身上是粉红色绣豹锦缎马衣，额前缀着一块碧绿的翡翠，眼下毛色已脱落发黄，遥想当年，必定迅疾如一道白光，神骏非常。

“这是雪豹，最耐久。当年奴才随饶余亲王阿巴泰突破山海关进扫燕京，又长驱直入攻破济南，掠山东全境，得人口牲畜百数十万，凯旋途中又大败吴三桂军，都靠的是它！……哦，平西王爷那时不过是明朝一个总兵。”

黄骠马一瘸一拐地走近，已使玄烨惊讶，及至走到阶前，见它形销骨立，气喘吁吁，显见十分衰弱，更叫玄烨不解，既弱又残，何足珍贵？它身上竟披着绣麒麟的紫色锦缎马衣，额前缀着一颗紫晶宝石！

鳌拜亲热地拍拍黄骠马的长面颊，又抚摩着马胸和马后臀的几处瘢痕，说："它叫草头飞。顺治二年，奴才随英亲王征湖广，大破流贼李自成。战阵中奴才被火铳所伤，草上飞身上着了五箭，仍是奋不顾身背着奴才突出重围，奴才也才捡回这条命！它是奴才的救命恩马呀！"

乌黑闪亮的乌骓在阶前一站，玄烨眼看着鳌拜很有气概的严毅面容变得柔和、变得伤感。他像是为要掩饰什么，转身去整理那绣着白鹤仙桃的黑缎马衣，又挪移一下马额头那颗晶光四射的钻石，他眼睛里的光点也如那颗钻石一样闪烁不定。

"这是黑龙。"他终于开口说道，"顺治三年，奴才随肃亲王豪格进征四川，率先锋突袭西充，大败流贼，射杀张献忠，平垒所百余，斩首数万级。凯旋时竟落残敌陷阱。奴才之子格赛尚幼，其时与奴才同乘黑龙，身上也中了敌箭。仰仗黑龙神力，终于跳出陷坑，格赛却伤重身亡……"

鳌拜容色虽然保持平静，语调却透出哽咽。人们都知道，格赛是他惟一的亲生儿子。眼下的那摩佛是从弟弟巴哈那里过继来的。

玄烨心里十分震动，面孔发红，浑身血脉贲张。这一匹匹战马，告诉他大清江山来得不易；告诉他满洲第一勇士的荣名不虚；告诉他收藏室里阅武堂前不止是些无生命的刀剑弓枪、不通人性的牲畜马匹，它们是父祖及鳌拜一代人的喜怒哀乐，寄托着他们的生死荣辱和全部的心血爱憎，其实，已成了他们血肉生命的组成部分！

鳌拜竟也破天荒地在小皇帝面前发起感慨："咱满洲得天下，战死好男儿成千上万，那真是血和命换来的！……去年《明史》案，很有些人气势汹汹，攻劾咱杀戮太重。才杀了几个人？算什么重？再说这是什么事？不杀能行吗？容那些南蛮子毁骂咱满洲先世，他们就要得寸进尺骂当世了！招得蛮子们一起造反夺咱的天下，咱可就没脸去见太祖、太宗、先皇帝，没脸去见战死疆场的巴图鲁了！”

《明史》案杀戮太重的话，玄烨听到过多次，颇以为然，对辅臣的行事原有几分不满的。此刻却忽然觉得辅臣此举很有道理，鳌拜一番话竟令他生出一股自己也说不清的豪气：杀人不眨眼，才算得英雄本色！不过……仁呢？还算不算仁政呢？他心里又不踏实了，终于引用了所学的治国之道加以解释，点头说：“不错，一张一弛、刚柔并济、宽猛相成，弛后必张、柔后必刚、宽后必猛……”

这些话鳌拜自然一点不懂，但见小皇帝频频点头，也觉得欣慰。

最后牵来的是一匹花斑紫骝，身披绣飞燕的白锦缎马衣，额上缀了一块与它毛色相同的晶莹的玛瑙。胸宽体健，四腿细长，四蹄宽大，一双眼睛温和秀美，最特别的，是它身边跟着一匹活泼的小红马，这叫玄烨格外喜欢，忍不住总想去抚摩小红马长长的颈鬃。

“它叫紫电，跑起来又快又平稳。顺治五年奴才率兵马驻防山西，一举平定了大同总兵姜瓖叛乱，紫电有大功……”

“小红马是它的儿子？这些老马都有儿子吧？”

“是。它们的后代也都出色。黑龙的儿子小黑龙，就是眼下奴才常用来操练骑射的马。”

“让我……让朕骑骑小红马，好不好？”

“这……它才两岁，还没有驯得很熟。”

“朕六岁就练骑射，于今也有四年了，两岁小马何足道哉！”玄烨竭力使用成人腔调，拿足皇上的威严气度。

“是，”鳌拜躬身应命，“奴才陪皇上一同下场。”

“鳌大臣！”御前侍卫倭赫挺身而出，“皇上年幼，万一出点差错，倭赫没法儿向老佛爷交代！”

玄烨脸上一热，顿觉大失面子。只除了老祖宗，谁说他年幼他都觉得是一种轻视，立刻口气强硬地说：“倭赫退下！朕的事不要你管！”

倭赫不敢顶撞皇上，只有对鳌拜加压：“鳌大臣！”

鳌拜浓眉一皱：“我满洲先世，无论皇族还是八旗，子弟们哪一个不是马背战场摔打滚跌出来的！鳌拜服侍皇上上马，有事鳌拜担当！”

玄烨终于骑着鞍辔精美的小红马在宽阔的校场奔驰，劲风扑怀，使他极为舒放快意，豪气洋溢。他不时望望紧随身后、骑着小黑龙相陪的鳌拜，满心崇敬和感激，不由得大声说：“鳌拜，有你在朕身边，朕可以安心啦！”

鳌拜也诚心诚意地回报一句：“皇上不愧堂堂男子汉！”

玄烨心花怒放，哈哈大笑，扬鞭催马，跑得更欢了。

阅武厅那边，紫电突然兴奋地昂首一阵长嘶，小红马两只竹尖似的耳朵“噗噜”一激灵，猛地打住四蹄，身体向后一坐，骤然停住！玄烨收束不住自己，一下子朝前摔出去，四肢着地，打了几个滚儿，伏在那里不动了。小红马在回首嘶鸣，与母亲遥相呼应。

事情发生得太突然，又正在疾驰中，玄烨落马时，鳌拜的小黑龙已奔出一箭之地，反身救助，哪里来得及！

倭赫他们吓坏了，皇上若有三长两短，他们绝不得活！御前侍卫们蜂拥而上，围住玄烨，一个个心惊胆战。玄烨却一骨碌爬起来，“阿嚏”、“阿嚏”连打两个喷嚏，揉揉眼睛揉揉鼻子，生气地说：“小红马可恶！竟敢不听朕驾驭！……”

鳌拜赶到，倭赫立刻用质问的口气说：“鳌大臣，你看！”

想起刚才还吹嘘“六岁练骑射”，偏偏落马现眼，玄烨不禁红了脸，又羞又恼地大声斥责：“小红马真该死！哪里像家养的，根本就是匹野马！”

鳌拜躬身问了圣安，知道玄烨未伤着，点点头：“皇上放心，奴才自有处置！”

回到阅武厅，鳌拜脸色骤然变得严厉冷峻。一路上不住责骂小红马的玄烨不由得心里犯嘀咕，赶着又补了几句：“其实，也不都怪小红马，它妈妈在远处叫它，它能不听不答吗？”

鳌拜又点点头，浓眉紧皱，虬须微张，神情更加凛然，侍立在玄烨宝座边，大声吩咐：“传木梃、铁锤！”

玄烨心里“扑通”一跳，登时紧张地瞪大眼睛，只见鳌府仆役提来两根大木棍，两人抬上一柄沉重的铁锤。

鳌拜又吩咐："带紫电母子！"

紫电马母子被牵进阅武厅。厅上的主人和两边众多的仆役校尉，当地亮着的大木梃和铁锤，使久经世事的紫电垂头缩身，颤抖不已。小红马却浑然不觉，还倚在母亲身边磨蹭、撒娇。

鳌拜的声音在阅武厅内回响："紫电胆敢教唆其子不受驾驭不肯驯服，罪过极大，念在历来多有战功，功罪相抵，死罪可免，活罪难容！着撤去额宝马衣，撤去独舍喂养俸禄，梃击四十，罚下车班与常马服役半年！"

立刻有仆役上前剥下华丽的马衣，拆下额头的玛瑙奉上主人。牵出厅外受刑之际，它垂着头，温和秀美的大眼睛哀求地望着主人。玄烨心酸，说：

"鳌拜，紫电算来也不年轻了，就饶它一次吧。"

"皇上，奴才以为，功必重赏，过必重罚，才能驯出好马、练出好兵！"

厅外阶下，校尉持梃一五一十地打，紫电的阵阵嘶叫也越来越无力，越来越低沉。厅内鳌拜静静地注视行刑，面无表情；玄烨原不忍看，因要显示男子汉大丈夫本色，强使自己一脸严正、皱眉注目。

紫电受刑之际，小红马在阅武厅内摇着满头火红的长鬃，不住地昂首嘶鸣，似与母亲呼应，似悲怆不平。把它牵到厅外阶下，它却突然安静、直立、默不作声。不知是预感到不幸被吓住了，还是因为幼不懂事觉得好奇。

玄烨抢着生气地说："小红马不听驾驭，理应鞭打四十！"

鳌拜沉着脸宣布："胆敢摔天子下马，犯上大不敬，十恶不赦，死罪！来，铁锤！"

两人抬过沉重的铁锤，鳌拜伸手抓柄，如提木槌，向玄烨一躬身："皇上，看奴才亲手行刑！"说罢走向小红马。

玄烨顾不得天子威仪，猛地从宝座上跳起来，追过去拽住鳌拜："饶了它吧，它是听到娘叫唤，才出的错，也算是个有孝心的！"

鳌拜摇头："良马上鞍就跟士卒上阵一样，只有忠心耿耿拼死向前搏战，怎么可以顾念父母家人！"

“锤死它不可惜呀？它长大定是一匹千里驹！”

“皇上须知，但凡驯不服的马，越是神驹越不可留！若是被敌手弄去，更成大害，不如及早除掉！”鳌拜说着，举起了大铁锤，小红马抿住双耳，缩住身子，浑身哆嗦。

“鳌拜！”玄烨大叫，“朕命你停刑！”

鳌拜一怔，放下铁锤：“皇上，心慈手软是妇人之仁，要误大事！”

玄烨一阵惭愧，缓和了口气：“那，你把小红马给朕，就当它已经被锤死还不行吗？朕带回宫去再驯，仍驯不服就处死。若驯服了，就算你进给朕的万寿节礼，到了万寿节你就不用给朕再送礼了，还不行吗？”

见皇上一片小孩子心性，鳌拜无可奈何，只得说：“既是皇上替它求情，奴才只好遵命……”

玄烨一蹦好高，兴奋极了，冲上去一把扳下鳌拜的手，叫道：“说话算数？咱俩拍巴掌！”不管三七二十一，玄烨的小手用力在鳌拜的大手心拍了三下。

任是鳌拜这样不苟言笑、生性严肃的人，也不能不被这一份天真软化，脸上出现一丝罕有的生硬的微笑：“奴才只有一句话，这马带去宫中，必须着上好骑手严加驯驭，不然，长大必是没用的废物！”

玄烨点头，胸中又涌上一片感激叹服，半晌，冒出这么一句话：“鳌拜，朕赠你五个大字：忠、勇、严、毅、刚，好不好？”

鳌拜跪拜下去：“奴才实在当不起，奴才心里只求我满洲世世代代强固英勇，好保我皇上江山万年！”

从鳌拜府出来，玄烨像初进城开了眼界见了世面的乡下孩子，满心兴奋，喋喋不休伴着手舞足蹈，说着鳌拜，说着六骏，说着小红马，只恨自己生得晚了，没有跟鳌拜一样骑骏马经大战立军功。

侍卫们却没有小皇帝那么高的兴致，倭赫更是缄默不语，沉了脸想心事。

玄烨终于发现随从们不像平日那么凑趣：“倭赫，你们怎么啦？小红马不好吗？鳌大臣不是我朝军功第一的勇士吗？”

倭赫勉强一笑："小红马当然好，若不是皇上救它，它就死在鳌拜铁锤下了。鳌大臣驭下太严，曾因丢失一匹马杀掉好几名牧夫……"

玄烨心头忽悠一颤，嘴头却愈硬："驭下不严，怎能打胜仗？怎能驯出他那样天下无双的六骏？"

西柱又快嘴快舌了："天下一统，为政就得讲文治武功。鳌大臣军功自然没人敢比，要说文治，可就……"

玄烨大不高兴："我满洲以弓马定天下，武功就该最重最先……"他也觉得自己说出的话与书房读的治天下的圣贤之言不大吻合，但必须维护鳌拜、维护自己的尊严，特别强调对武功、对弓马骑射的重视。他突然提高声调命令：

"倭赫，陪朕到景山射鹿！"

倭赫吓一跳，"这……怎么行！"

"你们不是老说，不射活物练不出好箭法好骑术吗？"

倭赫赔着笑脸："赶明儿禀告老佛爷，准了再去。"

玄烨叫起来："那得等到哪天呀？好不容易出一次大内！不成！今儿就得去！"

"皇上，老佛爷怪罪下来，我们可担待不起！"

玄烨小脸一板："我怪罪下来，你们就担待得起啦？当我长不大吗？我……朕是皇上，你们敢抗旨？"

倭赫他们不敢再推辞，无可奈何，只得说："罢，罢！小祖宗，随你就是，但愿天保佑，躲过老佛爷惩处……"

玄烨"嘻嘻"一笑："我不说，谁知道？"

倭赫又笑又叹气，直是摇头。

这一次射猎，玄烨终生难忘。

因为，这是他头一回到景山跑马射猎，头一回射活物。当倭赫他们打开鹿栏，把大大小小的梅花鹿赶得满山林乱跑时，玄烨真是目不暇接，手忙脚乱，但终于射中了此生的第一只鹿。

因为，这是他和小红马建立起友好情谊的第一个起点。出鳌拜府后，小红马由公认的好骑手倭赫骑着，到了景山，玄烨非换乘小红马不可。倭赫怎能拗过皇上？这次小红马一点不任性不调皮，跑山道穿林木，非常平稳快捷，胜过玄烨以往所有的乘马！玄烨为奖赏它，亲手喂给胡萝卜加两块酥糖，小红马嚼得“嘎吱”响，用鬃毛长长的脑袋亲热地朝玄烨怀里拱，招得玄烨又笑又叫，开心极了。

还因为，这次射猎引起了一件大事，震动朝野，深深地刻在了玄烨的记忆中。

当然，这天晚上，他还没有意识到事件的发生。一整天的异常兴奋和异常劳累，使他刚一回宫就歪在椅子上和衣睡着了。苏麻喇姑和看妈为他脱衣脱靴、洗脸洗脚，直送上床，他都迷迷糊糊地全不知道。

四

冰月抱着小雪，踮着脚后跟走进玄烨的书房，偷偷打量四周，要找一个藏身之所。

这真是名副其实的书房，紫檀木的几案、桌、椅以及书橱书柜里，到处是书，一函函一摞摞，摊开的，用象牙签作标记的，几乎把家具上一色明黄宫缎的垫褥铺布都盖住了。南窗台上摆了两件极古的瓷器，形状怪怪的，谁也说不出是什么东西。墙边长几陈设着雕龙玉璧、如意和珠宝花盆，墙上则挂满横竖条幅，有王羲之父子的隶书草书、怀素的千字文等等。和南窗大炕相对，是一面三折屏风，左右侧扇上是烟雨苍茫的大写意山水，正中一扇五尺高五尺宽，端端正正写着太皇太后的训诫词。那是玄烨登基时祖母特意写给他的。玄烨命人刻成大字摆在书房，日日相对，倒背如流，很让祖母高兴。训诫词曰：

> 自古称为君难。苍生至重，天子以一身君临其上，生养抚育，无不引领而望。必深思得众得国之道，使四海之内咸登康阜，绵历数于无疆惟休。汝尚其宽裕慈仁，温良恭敬，慎乃威仪，谨乃出话，夙夜恪勤，以祇承乃祖考遗绪，俾予亦无疚于厥心。

冰月看准了屏风，一闪身躲进去。躲了半天不见动静，探出头来悄悄看，咦？他并不在平日盘脚静坐读书写字的桌案前，他到哪里去了？

呀，他在大穿衣镜跟前，在照镜子！哎哟，模样这么古怪？哦，他正拿一挂像戏台上用的浓浓的虬曲胡须挂在耳朵上，对着镜子左看右瞧呢！小脸儿装上个大胡子，可不像那毛栗子壳里的栗子仁！

冰月“扑哧”一笑，小雪跟着“喵儿”一叫，玄烨陡然回过脸：

“月妹妹来啦！快来瞧，我叫他们特意给做的虬须！”

冰月跑上去看看又摸摸：“做它干吗？”

玄烨对镜做出挺胸昂首的勇武英姿：“瞧，我戴上这胡子，像不像鳌拜？”

“嗯，只像一点点儿。你眉毛没他黑没他浓，眼睛也没他大，个头儿嘛……”

“哎，我还要长大嘛！将来我也当满洲第一勇士，又是有道明君英主，你说，该有多棒！”他于是滔滔不绝地把到鳌拜府的见闻一五一十、绘声绘色对冰月细说，崇敬之情溢于言表。

冰月听得不住惊叹，吐舌头，瞪眼睛，末了，蹙着小眉尖说：“哎呀呀，他真凶、真厉害呀！”

“可不是嘛！巴图鲁大丈夫就该如此！”玄烨一手叉腰，一手捻着假胡子，神态果然有点像鳌拜。

“三哥哥，你就够巴图鲁啦！那天打树上掉下来你一点儿不害怕！要是我，早吓死了！”

玄烨有点磨不开，慢慢摘下胡子，小声说：“月妹妹，我只跟你说，千万别告诉人。那天那事，其实，我心里还是有点儿害怕，有点儿慌张……”实际上，他当时体验了从未有过的惊骇，所以对鳌拜格外感激。

“那你不哭又不喊，就是最英勇啦！”小女孩对哥哥的崇拜是绝对的。说话间，小雪从冰月怀里跳到炕上，白绒绒的一团，先伸了个懒腰，一片清脆的铃响。

“哟，你给小雪拴铃儿啦？”

冰月指给玄烨看：红绒绒挂一个小金铃，圈在小雪项间，但完全隐没在又长又密的猫毛里，看不见了。

玄烨解下项间金铃，拴在小雪毛茸茸的尾巴上，白毛红线金铃，鲜艳夺目。小雪追着自己的尾巴团团打圈子，不明白为什么总也抓不住那明丽的红色和悦耳的铃声，于是它愈加起劲愈加快，神态也愈是娇憨可爱，逗得两个孩子拍手大笑。

外间的看妈掀帘一看：“哟，月格格来了。好好玩儿一会儿，皇上还是念书吧。”

玄烨一拍后脑勺儿，吐吐舌头：“糟糕！还有对子没做呢！”他跳上炕，推开一摞摞的书，拿纸铺在炕桌上，写好师傅出的四个对句，摇头晃脑念念有词地哼起了平仄。前三个顺利完成，最后一句他却犯了踌躇，端详着嘴里念叨：“春风狂似虎……秋雨细如丝？不行，虎丝不成对！……春风狂似虎……”

冰月正在重新把金铃拴回小雪的脖子上，一边结线头一边顺口续了一句：“秋水淡于鸥！”

“什么？秋水淡于鸥？好！妙！成语对成语，天衣无缝！怪不得老祖宗说你日后又是一个扫眉才子！嗯，明儿师傅考问，我准得第一！”

“真的？那以后师傅考你的对子，都归我替你做了吧！”冰月歪着小脑袋，十二分的得意。

“那敢情好！……哦，不成！叫人知道该笑话我了，堂堂男子汉，哪能这么没出息。”

“那好吧。”冰月很理解地点着头，看他把对子写好，又指着桌上的书说，“你怎么尽往书上乱画呢？师傅看到了不罚你呀？”

“哈，这你就不懂啦。这叫眉批，写的读书心得。我这书叫御览御批，天下头一份儿！”玄烨一扬下颏，也很得意。

“让我瞧瞧，成不成？”小女孩顿生敬畏，小声请求。

“看吧！”玄烨宽大地递过一本《资治通鉴》中的《汉纪》，书页的天边上密密写着：“久乱之民思治，秦民日在汤火之中。沛公入关，首行宽大之政，与父老约法三章。民心既归，王业根本已定于此。”

冰月看了两遍，说：“你讲给我听。”

玄烨拿出师傅的架势，把楚汉相争、刘邦入关的故事细细讲给冰月听。冰月聪慧的大眼睛眨了眨，说：“你写的那些话、讲的故事，可不就是老祖宗教你的吗？”她伸出胖胖的小手指着屏风中间那一行，“深思得众得国之道。”

“真聪明！”玄烨由衷地称赞。

“那咱们大清开国，也行了宽大之政吧？”

“那还用说！先皇入关建鼎，先就废三饷、招降人、奖开荒……”玄烨说着有些迟疑，后来竟不作声了。他又想起那些人们褒贬不一的种种国策：圈地、迁海、逃人法及江南几桩大案，心里的武功、文治，那两个一黑一白的小人儿又在打架了……

冰月推推他：“三哥哥，你怎么啦？”

“哦，”玄烨咽了口唾沫，换了个话题，“你找我有事吧？”

一句话提醒了冰月，赶紧从怀里掏出雪白的绸绢，里面不知包着什么，她捂在手心里笑问：“猜猜是什么？”

“给我的？”

“可不嘛！你得到了一匹小红马，可我的小红马在先！早就绣了。”冰月的小脸上一派欢笑。

“那，准是香荷包！”玄烨高兴地拍拍冰月的手。

“三哥哥你真是！干吗一下就猜着？多猜几次多好！”冰月扫兴地说着，翻开了绸绢，果真是一个雪青色的精巧香荷包，上面绣了一匹在白云中飞奔的小红马。马是玄烨的属相。

“快给我！”玄烨高兴地伸手就拿，冰月小松鼠似的一蹦闪开了。玄烨追过去要夺，冰月哪里等他近身，早绕着桌椅跑开了。一个跑一个追，嘻嘻哈哈非常开心。最后冰月跑不动了，伏在炕沿上笑得喘不过气。玄烨倒着了慌，连忙给她揉胸顺气。

“快别笑啦，再笑肠子都要断了！……”

好容易才安静下来，冰月已是满头汗珠子。玄烨心疼地使袄袖给她擦汗，一面埋怨说："看你！待会儿汗水冲了黛青，又该成花花眉毛啦！"招得冰月又笑起来。

玄烨拿着香荷包翻过来掉过去地看了半天，求告说："好妹妹，你给我挂上，挂这儿。"他从腰下垂挂的许多小饰物中挑出一根黄丝绦，上面悬着一尊亮灿灿的金佛像，是他生日时皇祖母亲赐亲挂的，一向为他所珍爱。

冰月细心地把小马荷包和金佛像并排挂好，歪着头打量，由衷地赞叹："真好看！"

玄烨笑眯眯地说："老祖宗和月妹妹，是世上对我最好的一个。天天挂着，天天记着……"他突然眼珠一转，猛拍后脑勺儿，"哎呀，瞧我这记性！告诉你，我可有好招儿啦，给你报仇去！"

"报仇？报什么仇？"

"懿靖大太贵妃呀！"

"对，对！多会儿？怎么报法儿？"

"瞧这个。"玄烨从抽屉深处木匣里拿出一疙瘩土黄色块。

"这不是生姜吗？"冰月小心翼翼地伸手摸。

"不是。这叫黄连，是一味中药，苦极了苦极了，能解热去火。咱叫她吃吃苦头！她的火太大，给她泻泻火！……别怕，没毒性。"

"要是特别苦，她怎么肯吃呢？"

玄烨不吱声，只狡黠地对冰月眨眨眼。

中午，主子们都在午睡，太监宫女也都静悄悄地坐在门边打盹。玄烨领着冰月偷偷溜出后门，贴着墙根和廊柱，绕到慈宁宫一侧懿靖大太贵妃的小院，借着花木遮掩，从门边蒙古嬷嬷背后一闪身，进堂屋，躲入了用作佛堂的西屋。

两人定定神，扒着隔断的透雕花窗偷偷看出去，门廊边果然有两个小茶炉，一个熬茶，一个煮奶。蒙古后妃大多有喝奶茶的癖好，大太贵妃更是有瘾，茶必须熬得极浓，所以茶壶得整天搁在炉上以备随时取用。

蒙古嬷嬷去下房叫丫头来扇火的小小间隙，玄烨赶紧踮着脚跟跑出去，轻手轻脚地把那块黄连投进茶壶，又赶紧缩回来。不一会儿，嬷嬷和丫头扇火熬茶煮奶，准备盐、奶油、点心饽饽，忙活起来了。两个小阴谋者看着好开心，捂着嘴偷偷笑，兴奋地互相使眼色，等着瞧好戏！

懿靖大太贵妃无精打采地从东屋卧室走出来，在摆好果品饽饽点心的八仙桌边坐定，蒙古嬷嬷用小托盘奉上热气腾腾的粉红色浓奶茶。大太贵妃端起盛奶茶的银碗，花隔窗后的两双眼睛直瞪瞪地盯着她的脸，满是狂喜和期待。

“哇！”大太贵妃惊呼着，把入口的奶茶喷吐出来，眼眉口鼻蹙成一团，大叫，“苦死了！……”跟着，“咳咳咳咳”地咳嗽不止，脸都涨红了。

两个小东西开心得差点儿跳起来，“仇人”的苦相和惊叫，让他们痛快极了，就像三伏天吃冰凌，浑身舒坦！

蒙古嬷嬷和小丫头赶忙上前问候，替主人捶背。

大太贵妃“喀啷”一摔银碗，“啪！”“啪！”挥手给两个下人一人一耳光，用蒙古话一阵气急败坏地大骂，吓得她们赶忙匍匐跪倒。大太贵妃一手揪着小丫头的耳朵，端起另一碗奶茶朝她嘴里灌下去，剩下半碗又灌给了蒙古嬷嬷。被灌的脸皱成核桃，痛苦不堪，又不敢喊叫。小丫头只能捂着嘴哭，蒙古嬷嬷却咳着喘着去捡起茶壶和奶壶，终于从中取出了那块黄连。

蒙古嬷嬷满面笑容举着黄连向大太贵妃说了些什么，大太贵妃嗅嗅黄连很快消了气，甚至微微点了点头。

大太贵妃发火打人灌奴婢苦茶，把花隔窗那边的两个小人儿吓呆了，这可是他们预谋中不曾料想到的。玄烨能说蒙古话，听得明白，大太贵妃以为奶茶里下了毒药，而蒙古嬷嬷知道药性，认出黄连，竟说是佛爷显圣赐下灵药为主子理气养血、益寿延年的，把大太贵妃哄得高兴，消弭了一场奴婢们的杀身大祸。

大太贵妃的脸却又拉长了，吩咐送上新摘的荷叶和荷花骨朵，竟向佛堂走来。吓得玄烨和冰月一头钻进佛龛之侧那长长的杏黄色帷帘后面，紧贴墙壁挤在一处，大气都不敢出。

能觉出佛前长明灯的忽闪，能听到往佛前花瓶换荷叶荷花的声响，后来又听出她点香、她跪下拜祷，再就没了动静，想必在默默诵经，一动不动。

一股似有若无的馨香飘进玄烨鼻观。不是线香，甚至也不是脂粉香，好像是冰月秀发的温香，又仿佛是从她面颊肌肤中透出的肉香，隐约如兰花之幽、轻淡如莲蕊之清。玄烨心中一动，立刻觉得紧贴在他怀中的冰月是那么温暖柔软，以至他很想环过手臂，把她搂得紧紧的、紧紧的……但他不能动、不敢动，心中顿时腾起一片焦躁，恨不得立时就打出去才好！这时，冰月拉着他的手轻轻一捏，用大眼睛示意要他听大太贵妃在说什么。玄烨一激灵，心神才略略平定。

这是蒙语夹杂着满语的喃喃祷告，把佛爷当成倾吐心曲的交谈者，诉说自己的委屈和苦痛：

“佛爷，我苦哇！黄连苦也就苦口苦喉咙，我心里头苦，除了佛爷你老人家，谁知道？

“我那博穆博果尔孩儿本已封王分府，眼看我就能出宫随子去做老太妃，真格的尊贵自在享福了，偏生娶来那个狐狸精，迷了皇帝，害我孩儿夭亡，我也样样落空！那狐狸精倒进贵妃、追封皇后！佛爷不是说善有善报恶有恶报吗？她有什么善，得这般好处？我有什么恶，落这般下场？

“佛爷，你何不早早打发我随太宗皇帝去？省多少烦恼！如今我冷冷清清孤孤单单，谁理睬我？谁心疼我？还有什么活头？你老人家若肯大发慈悲，千万保佑我，来生宁可降生在平民百姓家，只要夫妻好合、白头到老……”

好一阵又没了声息。玄烨只当她走了，把帷帘轻轻掀开一点望出去，大太贵妃正仰头呆望着佛像，唇边露出一丝古怪的微笑，轻轻说：“再求佛爷赐恩，哪怕梦里欢会，也好慰我寂寞孤苦……”她拜了又拜，终于走出佛堂，叫来宫监侍候，往后花园散心去了。

屋内院里一片寂静，玄烨和冰月打帷帘里钻出来。

“三哥哥，她刚才嘟嘟囔囔说的什么？”冰月不懂蒙语。

“她在拜佛爷，回头告诉你。咱们快走吧！”

冰月看一眼佛像，吓了一跳：“呀，她拜的这是什么佛呀？”

玄烨回头看，也很吃惊："真有点怪里怪气，没见过。"

两人走拢去好奇地打量，细细察看。

"是两个佛吧？你瞧，这不是两个脑袋吗？一个大一个小……大佛脸相好凶啊！"冰月指点着小声说。

"小的不像是佛，像个女的……"玄烨一时也看不明白。

"这大佛干吗要死劲搂那个小佛？小佛干吗不穿衣裳？他是要吃她吧？瞧他满嘴长牙，张得多大呀！……"

玄烨无意间从侧方看了看怪佛，突然红了脸，直红到耳朵根。他到底大两岁年纪，登基即位后，看妈和随侍太监短不了说几句含意暧昧的话；除了正儿八经的经书史书，小说传奇他也看过；宫里的戏也少不了才子佳人，所以此时的玄烨竟心慌意乱，不知所措了。

冰月很惊异："三哥哥，你怎么啦？脸上就跟关老爷一样！……哎呀，你是不是病了？"

玄烨皱起眉头，义愤填膺地说："邪神！妖神！非去告诉老祖宗不可！……我没事，快走吧！"

可是，当他俩神不知鬼不觉地溜出小院之后，玄烨不知怎的，眼睛不敢看冰月，只异常郑重地嘱咐她：今儿看到的事，对谁也不许讲！

冰月疑惑地问："老祖宗也不许告诉？"

触到冰月那双极美的、天真无邪的大眼睛，玄烨心里一慌，觉得脸又要红，赶紧背过身，用当哥哥的语气严肃地说："告诉老祖宗是我的事，这种事女孩子不该插嘴说话。"冰月一向最听三哥哥的，懂事地连连点头，高高兴兴地走了。

回自己住处的路上，玄烨心里老大不自在，直想发脾气，因为太阳太热，靴子太重，衣裳太厚，腰下佩戴的小玩意儿叮叮当当的太烦人……他真想立刻倒在床上，好好回味那一瞬间梦也似的经历。说实在话，当时迷迷糊糊，可现在想想，又觉得心头悸动异常，又难受，又舒服……

看妈一见他推门而入，真像是天上掉下来个宝贝，立刻催他换衣裳。原来太皇太后着人叫他去问话，看妈只推说他午睡未醒，正为找不到他急得团团转呢！

走进祖母的门槛，玄烨就感到气氛异常。祖母从案头一份奏折上抬起脸，一向慈爱安详的目光里，带着些难以捉摸的东西，令他心里紧张。

“认得这些吗？”太皇太后递给玄烨四张纸条儿。

玄烨展开看，上面各用拙劣的字写着：

“皇地赖皮！”

“皇地是小狗！”

“万岁爷赖皮！”

“万岁爷臭狗！”

玄烨记起来，这是那天练射时二阿哥五阿哥着小太监送给他的。把皇帝写成“皇地”的白字先生，可以料定是福全无疑。玄烨的名字是国讳，任何人不得直呼直写，又不能对皇上称兄道弟，就写出这种话泄愤！记得当时揣进怀里，过后就忘了。怎么会到了老祖宗手边？定是脱衣服的看妈当稀罕物上交的。

玄烨连忙说：“老祖宗，前些天我们在花园玩官兵捉强盗，福全他们输了不服气，写的这纸条儿骂我！”

“哦。”太皇太后点点头，沉默片刻，慢慢睁眼注视着孙子，缓声问道，“那么，又跟懿靖大太贵妃争论了？”

玄烨心里一“咯噔”：刚才整治大太贵妃的事，老祖宗就知道了？她眼睛就有那么厉害？……不相信！他于是只把那日争闹讲了一遍，说到后来，不免动了真气：“我拿酥饺扔着她是我不对，可我又不是故意的，又向她认了错，还要怎么着？她竟打月妹妹出气！有种跟我动手哇？拣软的欺负也算本事？”

“胡说。”太皇太后皱皱眉头，“她是你长辈，怎么可以这样讲话！她不找你动手，那是她识大体，你倒有理啦？”

玄烨噘着嘴低下头不作声了。

“出宫去探视鳌大臣，当值的御前侍卫是谁？”太皇太后又拈出一件事。

“是倭赫他们那一班。”

“从鳌拜府出来就回宫了？”

“……”玄烨动动嘴唇，垂下眼帘，后来索性直视祖母，略带点“反叛”神气，“我想射飞禽走兽练骑射，便又去了景山！”

“并未回明祖母，辅臣也不知道，可是？”

玄烨抿着嘴唇，并不闪避开自己的目光，点点头。

“在景山，他们骑了你的马，使了你的弓箭？”

“倭赫骑我的马，是我要骑小红马，跟他换的弓箭嘛……”玄烨沉了脸，那日的不快又被勾起，气哼哼地说，“西柱、折克图他们真不像话！”

“怎么？”太皇太后极其关切地盯住玄烨。苏麻喇姑在侧不住向玄烨使眼色，神情有些紧张。玄烨浑然不觉，自顾出气泄愤，往下说起当时的经过。

射猎时，玄烨屡射不中，埋怨自己的弓箭不好。西柱、折克图他们一唱一和，带着嘲笑意味儿说是“没有不好的弓箭，只有不好的射手”，并轮番拿玄烨的弓箭演示，连连射得小鹿白兔和雉鸡，弄得玄烨红了脸，老大不高兴。后来还是倭赫出来打圆场，说皇上年幼力气弱，长大自会成神箭手。

“年幼！年幼！太不把我放眼里了！我不是天子吗？天子不是至尊至贵吗？”玄烨最后意犹未尽地添了一句，“老祖宗得给我出气，好好教训教训他们！”

玄烨看到老祖宗黑黑的眉尖颤抖一下，顷刻又放平了，音容又如平日一样温和宁静：“好了，你去吧！”

玄烨一身轻松地走了。屋里只剩下太皇太后和苏麻喇姑。

“老佛爷……”苏麻喇姑轻声地似有所禀。

“天子至尊至贵，触犯天子触犯皇家原有死罪。况且不经禀告应允就私自领皇帝去景山射猎，还得了？稍有纵容，灾祸难测啊！”

“老佛爷说得是。不过……辅臣以欺君罔上、擅骑御马、擅使御弓指斥倭赫等人只怕别有用心，实在是因倭赫之父费扬古阻止圈地，与他们久有嫌隙。苏克萨哈更斥骂倭赫等人在御前不向辅臣请安，这里面可就有点儿跋扈、有点儿借端报复……”

“纵然如此，倭赫等论律当死！”太皇太后口气很坚决，“幼主尤其不能受人轻视，不然将损及国家社稷！”

“那，还有费扬古父子也都株连在内……”

太皇太后右手半握拳抵着腮帮，臂肘撑着椅子扶手，长时间地一动不动。

四辅臣来禀奏时，倭赫等四侍卫已经拿问，并以上谕形式宣判了斩刑。要不要发一道特赦懿旨？与辅臣作对，似欠明智……借辅臣之刀杀出天子威仪皇上尊严，值得！只是委屈了四名侍卫及受株连的费扬古等人……

想当初太宗皇帝怎样变四大贝勒共同坐朝为一人南面称帝？为此死于刀下、死于囚所、死于毒药的，何止四人、四十人、四百人！何况四辅臣执政以来，深得八旗之心，专横跋扈形迹未显，驳回他们，很容易使自己处于违逆众心的不利地位……

太皇太后换了个坐姿，顺手从折匣边拿过一张纸条儿，正是福全的白字杰作：“皇地是小狗”。看着、看着，她不禁点头叹息，随后便唤苏麻喇姑倒茶。

苏麻喇姑送上茶来，小心地看看老佛爷，见她神色已然平稳安详。她知道，女主人一叫茶，便是决心定了，所以谨慎地问了一句：“要给辅臣发懿旨吗？”

“不必了。”太皇太后端着茶杯，慢慢踱到窗口，窗外阳光绚烂，一缕缕热气向屋里飘，她后退了两步，“快到夏天了。”

苏麻喇姑沉默片刻，说：“皇上虽是年幼，但心地仁厚，只怕日后会对此事……”

太皇太后呷了口茶：“独有仁爱，岂不要成怯懦之君？”她似乎觉得说过了头，立刻收住。不过，当她慢慢踱回阴凉的东次间，放下茶盏，拨弄炕桌上那盘黑白子纵横的围棋残局时，又轻轻补了一句：

“只要不广加株连，就好。”

这是一个格外晴朗的日子。早起玄烨就嚷热，不顾看妈的唠叨，脱掉了坎肩，轻松愉快地上书房。

迈进书房，玄烨就觉出一种殊于往日的微妙气氛。师傅见他进屋，就恭敬地起立；等他在八仙桌前站定，师傅朝他跪叩请安；他入了座，福全、常宁和伴读们再向他跪安。礼仪程序是定式，但他们从未这么认真、一丝不苟，那诚惶诚恐的表情举止、低沉谦恭的语气，别是一种味道，仿佛玄烨不是个十一岁的孩子，倒是什么佛祖神仙，弄得他心里痒酥酥的，又顺气又舒服又得意。

今天讲《周易》，这类经书很是深奥，听着费力，讲者也吃力。师傅讲罢要学生回讲。福全和常宁都回讲不出，结结巴巴不知所云。两名伴读又倒霉了，一对儿在门边罚站。轮到玄烨，他先看了阿寅一眼，意思是准备去门边凑成三人吧！鹦鹉学舌、云山雾罩，讲到后来把自己也讲糊涂了。师傅却大加夸奖，说了些“明目达聪、生知天纵”之类的最高赞语，夸得他美滋滋的，心里却忐忑着，因为他其实还是不懂。

师傅一背身，玄烨照例坐不住，向兄弟们扔个纸团画个小人儿什么的，真奇怪，今天竟没人搭理他。就连放学，福全和常宁也都垂手低头立在门边，等玄烨先走。玄烨刚出门槛，侍卫太监们立刻簇拥上来，裹着他起步，连跟兄弟们招呼一声都没有机会。这是怎么回事？

这一拨儿御前侍卫，面生的多。途中问起他们的姓名旗份，回答都毕恭毕敬，一口一个“启禀万岁爷”，听得玄烨好不得意！后来，玄烨小声打听：

“西柱、折克图他们挨罚了吧？”

侍卫们一个个变了脸色，低下头不敢作声。还是领班的赔着小心笑道：“奴才们不知详情，不敢冒奏。”

远远看见景运门边养鹰鹞处的小当差人费耀色在调鹰，玄烨命侍卫传他过来问话。侍卫面有难色，可玄烨只对他看一眼，他就吓得连声道“嗻”，跑去传唤了。

只有费耀色还是那个他从小认识的小调鹰人，没有异样，耐心地回答皇上那许多有关调驯鹰鹞的问题。

玄烨摸着那只站在费耀色手臂上的海东青：“它几岁了？”

“差不多六岁。”费耀色答道。

“再过四年，我能去南苑射猎了，它也就十岁啦，那不太老了吗？”玄烨很遗憾。

“皇上放心，明年贡进的小海东青，选好的特为皇上驯熟它！”费耀色憨厚地笑着，露出白白的坚齿。

玄烨高兴得一拍费耀色肩头：“说话算数！……哎，我问你，”他念头一转，降低了声音，“西柱、折克图他们怎么样啦？”

费耀色奇怪地看看玄烨：“不是皇上你的圣谕吗？”

“啊？”玄烨笑笑。他知道自己的谕旨非常重要，辅臣们但凡有重大举措，无不以“圣谕”名义发令。

“不就是今天，拿倭赫他们四个开刀问斩吗？”

“什么？”玄烨大叫，几乎不相信自己的耳朵！

“皇上真不知道？”费耀色惊骇不已，“为了倭赫问罪，他爹费扬古不服，口出怨言。这回费扬古连同他另两个儿子尼侃、萨哈连尽都处绞，也是今日行刑。还有西柱的大哥、折克图的爹、塞尔弼的大哥全都革职，鞭一百、流徙尚阳堡……”

玄烨眼前一团团黑雾，他努力冲开：“你是说，今天？”

费耀色望望天色，声音像从很远的地方传来：“今天的午时三刻，已经过了……”

玄烨耳中“吱”地冒出一声尖啸，手心后背凉津津湿漉漉，他一时听不见看不清，完全蒙了。

费耀色转眼一看皇上，吓了一大跳，小脸煞白，嘴唇哆嗦，眼睛瞪着，似惊恐，又似痴呆。他赶忙跪安道：“奴才求皇上赶紧回宫歇息！……”

玄烨木呆呆地走回住处，木呆呆地和衣躺上御床，叫喝茶叫吃饭都不应声。看妈来到床前时，他已经睡着了……

“咕咕！”

“咕咕！”

西洋钟里的杜鹃柔和地叫了两声，正是三更将尽。皇上的寝宫灯火昏暗，一片寂静。

“哇！——”

玄烨突然一声尖叫，一骨碌从睡梦中惊坐而起。他满脸惊恐，石头人般一动不动，眼睛瞪得极大，可怕的是他的瞳仁也放得极大极黑，以至森森黑色似乎溢出眼眶，洇得眼圈乌黑，连惨白的面色也泛青了！

睡在旁边的看妈哪里见过这种模样，吓得胸口“怦怦”乱跳，大声叫着：“皇上！皇上！”

静夜中的喊叫，格外震耳瘆人，寝宫里里外外的乳妈保姆宫监婢女都惊醒了，拥进屋里。孙嬷嬷赶紧上前，一摸玄烨满头满身冷汗，先就把他搂在怀里轻轻拍打，细声抚慰。

玄烨猛一挺身，挣开嬷嬷的怀抱，神色恍惚地指着前方，手在哆嗦，声音也在哆嗦：“没脑袋！……一身血，全都是血！……手里提着脑袋……哇呀！是西柱！倭赫！”

他身体忽然一缩，似在躲避击打，跟着“哇”地放声大哭，一边哭一边乱喊乱叫，双手乱推乱抓，双脚乱踢乱蹬：“我不知道！我不知道！”

“皇上！皇上！你醒醒儿！……”看妈乳妈们围着他又是抚慰又是劝解，竭力想使万岁爷安静下来，终于无效。

孙嬷嬷抹着眼泪：“快去回老佛爷吧！”

总管太监蹙着眉：“半夜三更的，谁敢去惊动她老人家！”

看妈更急，跺脚道：“那也得快去传太医呀！”

太医赶到时，玄烨已昏睡过去，浑身发凉微颤，小脸惨白。看罢病情诊罢脉，太医忧心忡忡地说：“皇上病情古怪。学生先开些安神祛风的药，待天明请院使、院判及各御医同来会诊，才好……”

“皇上的病究竟要紧不要紧？”孙嬷嬷急煎煎地问。

“这个，学生说不好。还是赶快禀知老佛爷要紧！”

孙嬷嬷一横心：“我去！”一双大脚“腾腾腾腾”地跑出去，连个灯笼都没提。

太皇太后闻信立即赶来，头上没戴饰物，脚下没穿花盆鞋，只披了件丝绒披风。除了随侍婢女，几乎没人见过老佛爷穿着这么随便的。但她神态依然庄重尊贵，不慌不忙。人人都觉得有了主心骨，乱哄哄的寝宫霎时安静下来，几十双眼睛看着老佛爷坐在皇上的床头。

她听着嬷嬷和看妈的禀告，伸手摸摸玄烨的额头、面颊和脖子，好一阵凝望着昏睡的孙子，不声不响。后来，她回头望了望寝宫一通五间的屋子，说：

“把西梢间收拾出来，我搬过来住几天。苏麻喇姑这就回去，把常用物品都带来，别忘了那架天平。”

自这天起，太皇太后搬到玄烨寝宫住下，几乎寸步不离生病的小皇帝，饮食药饵，样样亲自料理，无微不至。

天亮之前，萨满太太来寝宫跳神驱邪：头戴高高的尖顶帽，身穿花花绿绿的宽衣袍，束一圈腰铃，执一面手鼓，旋转跳跃，边舞边唱。渐渐地，有神附体；渐渐地，唱诵的声音变得低沉粗壮。

萨满太太跳神是宫中惯例，人们不以为奇；通常她的唱诵是不清不楚的老女真话，谁也听不懂。可是今天，当她一步步舞进东次间、东梢间，舞到皇上的病榻前时，姿态愈显刚劲、孔武有力，唱诵也愈加清晰、宛转好听了：

我等皆星宿，投生下凡尘，辅佐天子治天下，护卫紫垣应天命，大数当死君王手，方能归位返天庭……

她反复唱诵，神情愈加亢奋，面目愈加狰狞，动作更如抽风一般剧烈迅疾，叫人眼花缭乱，仿佛被一根越拉越紧的弓弦控制着，在旋转到最急最快的顶点一刹那，“嘣”的一声弦断！萨满太太“扑通”摔倒，口吐白沫，昏迷过去。

“他们走了！他们归位上天啦！”病榻上的小皇帝半醒半昏迷中嚷了这么一声，似乎在回答萨满太太的法术。

也许御医会诊后拟定的药方有奇效，也许萨满太太驱邪逐鬼真能安神，昏迷了一日两夜的玄烨终于在一身淋漓大汗之后，重新回到温暖的世界。睁眼看到的第一个人，是背负着一片灿烂阳光而使得眉目不大清晰的祖母。他竟然没有顾及坐在床头的老祖宗披着氅衣支着颐正在打盹，管自高叫出声：

“老祖宗！我好啦！……”

太皇太后蓦地惊醒，伸手就去摸玄烨的额头，放了心，舒了口气：“果然凉下来了。真急坏人！”

玄烨一把拽住祖母的手：“老祖宗，倭赫他们……”

太皇太后本要阻止他说这件事，转而一想，不如就此说透，免得他存在心里成块病：“别急，你衣裳被子都叫汗湿了，换过再说，好不好？”

宫女们为御榻换被褥枕头的当口，玄烨像小时候那样光身子坐在祖母怀中，裹着祖母的大氅，由祖母和苏麻喇姑给他拭干身子，小衣、中衣、内裤，一件件往身上穿，再钻进干爽松软的被褥里，甭提多惬意啦！

“禀老佛爷，皇上今儿的膳品送来了。”宫女在门口禀告。

太皇太后起身要往西梢间，玄烨双手扯住：“老祖宗别走！我不要你走！”

太皇太后舒心一笑：“真磨人！好了，苏麻喇姑，去把天平和膳品拿这屋里来吧！”

这架银制的小天平，是早年太皇太后命人仿照西洋神父汤若望献给先皇的天平制作的，砝码最小到一钱，最大是五两。膳品中粮米装一盘、肉蔬装一盘，都端到榻边的八仙桌上。玄烨于是又津津有味地看祖母做那件他小时候常见她做的事情：为他这个小皇帝精细地准备膳食。

太皇太后不厌其烦地用天平分别称出适量的糯米、栗子、莲子、红枣、冰糖—— 一份不多不少的粥料；又称出一片猪肉、一束蕨菜—— 一份肉丝炒蕨菜；一块鸡脯、六只口蘑—— 一份口蘑炖鸡；一只鸡蛋—— 一小碗蒸蛋羹。

“禀老佛爷，”慈宁宫总管太监跪安道，“有黑龙江将军新进献的鳌花鱼、飞龙鸟；吉林将军进献的晾干鹿舌鹿尾和湄沱湖混同江的活鲫鱼；盛京内务府进献的鹿筋鹿肚狍肉獐肉……”

“罢了，皇帝病中膳食要清淡，只拿鲫鱼熬个浓汤，晚膳送来就成了。”

“老祖宗，我都这么大了，这些杂事你吩咐一声，叫御膳房办就是了，何苦你老人家又费心。”玄烨看祖母为自己劳累忙碌，很不过意。

“病人就跟婴儿一样，得格外精心照料，膳食最要紧：不能饿着也不能过饱，既得养人又不能过于鲜肥，招得脾胃受损。他们粗率马虎，万一再有个闪失怎么得了！”太皇太后料理罢玄烨的午膳，重又坐回榻边，温和地凝视着他，轻声问，“倭赫的事，你刚才想说什么？”

玄烨躺倒，拉被头盖住脸，小声哽咽道：“说什么好呢？都是我害了他！……”

“不能这么说。不只为射猎事……”

“我知道，辅臣恨他爹不依从，借机除对头杀人！”玄烨从蒙着的被子里冲出一句。

太皇太后不料孙子小小年纪，能看到这个点儿上，惊异之余，仍是补台：“也不只为这个。天子皇室至尊至贵，触犯者有死罪，这是自古立朝的根本。”

“那么，仁德呢？”半晌，被窝里犹犹豫豫又传出这么低低的一问。

太皇太后笑了：“傻孩子，怎么一时竟糊涂了？尊卑上下贵贱有序，是天地人间的大道，否则讲什么仁德？又向谁去施呢？”

病榻上锦被底下的病人不吱声了。

五天之后，玄烨痊愈，太皇太后才搬回她的慈宁宫，放心地熟睡了一日一夜，以消除这些日子的疲劳。

冰月每天都来探病，陪三哥哥下棋、读诗、猜谜、讲故事，还教他一些跳绳、抓子儿的小姑娘家的游戏，给他宽心逗他笑。可玄烨总是愁眉苦脸，笑也笑不痛快。

一次屋里没别人在，冰月悄悄说：“你别犯愁啦！明儿就是倭赫他们的头七，偷偷叫看妈买些香烛金银锭来，我偷偷替你祭他们一回，好不好？再不然，二七三七直到七七，我都替你祭去！”

玄烨高兴地拉着冰月的手轻轻拍打："好妹妹，多谢了，只有你知道我的心！……咱们一道去偷祭。"

"不行！"冰月很庄重地皱着眉，直摇头，"你是帝星，他们怎么敢受你拜？你一拜，他们不敢来吃东西取金银了！"

"好吧。到周年的时候，你再替我重重地祭一回！"

玄烨心里轻松了些，却并未释然。

一场病过去，他仿佛长大了许多，从早到晚沉埋在书房，沉埋在《资治通鉴》中。书房的灯光常常深夜不熄。

数十函《通鉴》，万语千言，竟不如数日后见到鳌拜时，鳌拜的几句话来得直截了当、明朗痛快：

"江山这么大，能人这么多，皇上又这么年幼，倭赫这等犯上藐君的不杀，如何镇得住？有一个杀一个，有两个杀一双，方得天下太平！"

许多天读书读得呆头呆脑的玄烨，仿佛吃了一剂定心凉药，自此才慢慢恢复了常态。

五

夕阳还未靠近青黛色的西山沿，就有十三棒喝道锣远远响过来。索尼宅第的门吏家丁都不觉呆了呆：家主从来是日落之后、掌灯时分才下朝，今天是怎么啦？不敢怠慢，他们立刻拥至大门外顺序排班迎候。

顶马、喝道和众多侍从簇拥着索尼。依他的地位和年龄，早获恩准可以乘轿。但如所有满大臣一样，不屑如汉官那般文弱，他总是骑着高头大马上朝下朝，保持祖先的勇武气概。晚风吹拂着灰白的长须，夕阳给他忠诚、端庄的面容涂了一层淡红，衬着绣衣蟒袍珊瑚顶，很是威严，看不出与往日有什么不同。

索尼下马升阶进门，穿过几重院落，径自走到他平日起居休息的四面厅。夫人照例在这里迎接他，道乏慰问，丫鬟们打水沏茶装烟忙个不了。索尼洗罢脸，舒展一下困乏的肩臂，靠坐在花梨木嵌大理石的太师椅上，接过热茶喝了两口，重重地嘘了一口气。

索尼夫人比丈夫长两岁，却比他少相，除了鬓角的几绺白发，几乎不见老态。她笑嘻嘻地说："今儿个回来挺早。"

索尼心事重重，只不作声。

"出什么事儿啦？"她望定丈夫的眼睛，关切地问。

索尼轻轻一拍前额，自语道："哎呀，真该死！……来，把皇上交办的御匣呈上来！"

立刻有从人把一个黄布包裹的匣子恭恭敬敬放在桌案上。索尼解开黄袱，小心地揭开御封，轻轻打开木匣，身子朝后一缩，倒抽一口凉气，望着匣里的东西，怔住了：一只精美细致的西洋双桅船模型！

见丈夫神色异常，索尼夫人忙问："倒是怎么回事？你说话呀！"

索尼摇摇头，愁眉苦脸地归座、叹息。今天遇着一连串的不顺心，十分恼火。就是说给夫人，能有什么用？

早上刚刚入朝办事，太皇太后就召他去慈宁宫，讲的是定南王祭祀的事情。

这事，辅臣们也常议论，总是摇头。吴三桂、耿仲明、尚可喜以三王之尊威镇边陲，已成强藩之势，对朝廷不无威胁。优礼孔四贞，难道还要养成四藩不成？所以去年腊月孔四贞要求在其父祠前立碑，辅臣便以"坟前已立碑，不便另立"为由不准行。太皇太后却特发懿旨："准行。"

今年正月工部造办定南王祠堂，辅臣示下："不立碑，不掘井，停止每岁春秋致祭。"惹恼了孔公主，拿出打人命官司的泼劲儿，立即上疏说："先臣孔有德航海投诚，舍生报国。哀吁皇上仍赐春秋二祭。"辅臣强硬地以"不准行"驳回了。

不知这位掌定南王府的孔格格怎么向她的干娘哭诉撒娇耍赖的，今天太皇太后对索尼很客气地说："定南王每年春秋二祭，是奉先皇帝旨意。依我看，是不是还应照旧遵行？请你们商议。"

索尼唯唯诺诺，心里不免嘀咕老太后过分娇纵这个蛮子干闺女。不想太皇太后笑容更深，望定索尼："说句笑话，可别让人家背后指你们的脊梁骨哟！"

索尼心头一跳。费扬古父子兄弟被杀后，八旗中就有些怪话传到他耳边，他自问无愧，为国为民嘛，所以不加理睬。可老佛爷也这么说，那就……她虽然笑容满面，那眼睛可一点笑意都没有，这句“笑话”岂能当笑话看待？

太皇太后一向自称不预外事，辅臣上奏一概准行，这种貌似商议的过问很少，但只要出现一次，就够索尼伤脑筋、好几日惴惴不安的了。当下索尼诚惶诚恐，表示立即照旧办理，随后又恭问皇上起居。得知皇上受寒伤风，在书房静养，索尼立刻表示辅臣要同去向皇上请安。

走近皇上静养的书房小院，果然一片悄然。四辅臣于是屏息静气，轻轻跨上院门石阶。鳌拜扯扯索尼，向院里一示意，索尼看到了：那位伤风受寒的皇上正蹲在当院津津有味地看蚂蚁打架，手拈一根细草来回逗弄，侍卫及随身太监竟都不在旁边。

索尼不敢惊驾，又找不到通报的人，正不知如何是好，却见皇上扔掉细草，站起来，伸了个懒腰，又朝四面瞧了瞧。随后，索尼他们到死也弄不明白，皇上怎么会突然躺倒在地上，张开胳膊伸直腿，舒舒服服地打了几个滚儿，活像一匹精力充沛的小马驹儿！站起来后，还惬意地皱皱鼻子，打了个喷嚏。

索尼实在忍不住：“皇上！”

小皇帝一惊，撒腿就跑，奔到院墙边一棵梧桐树旁，绝技再演，“噌噌噌”，几下子就爬上树去，看不见了。

辅臣们只得来到树下，对着浓绿的树冠跪拜请安：“奴才索尼、苏克萨哈、遏必隆、鳌拜请皇上圣安！”

皇上这才拨拉开树叶露出脸来看看：“哦，是你们哪！我还当又是福全领了看妈来找麻烦呢！”他慢吞吞地下树，很扫兴，不大情愿地说，“屋里赐座吧！”

辅臣坐定，自然有一番谏正。苏克萨哈口才最好，“君德”、“王者气度”之类的劝勉也最认真，最不厌其烦。小皇帝似听非听，坐不住似的东张西望。

不知怎的他突然高兴了，叫道：“赐茶！”立刻有小太监送上热腾腾的奶茶。辅臣们接茶谢恩，以口就碗，一口喝下去，索尼差点儿咳嗽，老天，这么咸！咸得发苦，不知放了多少盐！他不敢有所表示，硬着头皮把一碗盐茶灌下去，与苏克萨哈匆匆交换一道目光，暗暗苦笑，却不敢看小皇帝，生怕触着他得意的笑眼。

刚受谏正的小皇帝却又活跃了，一会儿要看鳌拜腰带上的翡翠扣，一会儿要苏克萨哈摘下帽子让他摸摸那灿烂的双眼花翎，过一会儿又凑到索尼跟前，扯着他的青金石朝珠细细地数。索尼不敢深劝，更不敢冒犯，苏克萨哈却在一旁哆嗦起来，还小声地嘶气。

小皇帝看着他："苏大臣，你怎么啦？"

苏克萨哈脸上红一阵白一阵，蹙眉咬牙，额头冒汗，勉强奏道："皇上恕奴才失礼之罪，奴才贱体不适，忽觉腹痛如绞……"

"你哪儿痛？肚子？"小皇帝盯着苏克萨哈，眼里神情很怪异，"是不是憋屎憋尿哇？"

苏克萨哈嗓音都哆嗦开了："不敢……皇上开恩！……"

小皇帝偏缠着苏克萨哈问来问去。鳌拜终于忍不住："皇上开恩，命苏大臣速退，免得君前失礼！"

小皇帝这才一挥手："去吧！"

苏克萨哈如遇大赦，弯腰抱着肚子，赶忙退出去。望着他的背影，小皇帝突然哈哈大笑，笑够了，才说："你们都去吧！……哦，索大臣留下。"

索尼留下，小皇帝命太监交给他那个黄袱匣子，嘱他拿回家再看，还吩咐说：

"照样儿再做五十个！朕要练水师打海仗！"

两宫如此，害得索尼心神不定，颇费思索：是不是皇家对自己起了疑虑？他无心再办别的事，早早离朝回家了。

现在，难题就摆在桌上。照样儿再做五十个？哪有这么容易！这么精巧的模型，索尼还从来没见过哩，工部也未必选得出能办这事的巧匠！

索尼夫人见问不出名堂，转了话题："老二朝江宁将军要的淮扬厨子今儿到了，真不赖呢。一会儿你尝尝他的菜就知道了。"

"唉，就怕牙齿不争气哟……"索尼不快地摇摇头，"老二呢？

还没回来？”

老二，是他们的次子索额图，一名二等侍卫。

“他今儿当值，回来得晚。”

“老大呢？”

“巴英格来了，他陪着说话呢。”

老大噶布喇，虽有世职功名，但没差事，是索尼府的实际管家。巴英格是远驻湖广的荆州将军的公子，索尼任内务府总管时，将军是他的副手，两家交往很亲密。

“巴英格来了？怎么不来见我？”索尼面有喜色。

正说着，噶布喇陪着巴英格进来了，对着索尼大礼叩拜。索尼略让让，叫他坐下说话。家人近况、湖广风土等等闲聊了几句，巴英格又站起来，笑道：

“家父知道府上人口多，在京花销大，命小侄带点儿薄礼，求索尼伯笑纳。”

索尼耸了耸灰白的眉毛，接过大红礼单，一手持着灰白的胡须看下去。第一项，就是白银千两，后面还列着许多湖广土特产：腊猪、风鸡、鲞鱼、笋干等等。索尼默默放下礼单，敛起了笑容。

一直提心吊胆地注视着丈夫的女主人，生怕他放下脸，说出什么难听话，赶着来了句缓冲：“许多年不见，难为你们一家总惦记着我们。大老远的……”

噶布喇站在父亲身边，小声解释：“三代交情，互通有无，也是正理。人家又不是贿求，阿玛你……”

索尼瞪了儿子一眼，他赶紧闭了嘴后退几步。索尼略略思索，唤巴英格近前，认真地说：“你父亲以世交之谊通问候，名正言顺，我领受了。我既然任职朝中，自有薪俸，尚不需此项银钱。回去对他说，赠与亲族故旧中之贫寒者，远胜于馈我。”

“索尼伯……”

索尼容色稍霁，口气缓和了些：“至于土特产品，我收下了，将致简你父申谢。”

噶布喇和巴英格退下后，索尼才生气地说：“这个老家伙，越老越不明事理！把我当什么人？一千两！这不是平白污人清廉吗？……还有噶布喇！”他恼火地敲敲桌子，“一千两就看得眼热，见利忘义！一辈子没出息！论见识论心胸，连他女儿都不如！”

“也别这么说。”夫人反驳他，“人口多花销大不是事实？你那几两俸银还不够一年的茶钱！要不是噶布喇经管田庄商号，放几笔印子钱，咱们都得去喝西北风！”

“你就偏爱你这个没出息的大儿子！一样经管田庄，他怎么就不如索额图？老二那几个庄子年年进项多得多……”

“瞧瞧，怎么说都是你有理！昨儿你还骂索额图不正道，在他庄子里学蛮子那一套哩，今儿个又说好！说你老糊涂还不认！哼！”夫人瞪了索尼一眼，自管拿着长长的烟管一口口地吸烟。

老妻拉了脸，索尼的气焰不觉低了三分。沉默片刻，也捏起那根三尺长的玉嘴烟管“吧嗒吧嗒”地抽几口，自我解嘲，又怕老妻不睬他，自说自话地嘟囔：“要说呢，论才具见识，索额图是个好的，偏偏蛮子味十足，真是个大缺憾！噶布喇胸无大志平平常常，偏趁个少有的塔拉温珠子……看来，人世间要想十全十美也难啊！”

夫人不接茬儿，也不理他。

“呃，心裕和法保呢？”索尼问的是两个小儿子。

“城外打围去了，过两天才回来。”

“唉，唉，又让他们去打猎！你真把他们惯坏了！怎么不叫他们坐书房呢？”

“我把他们惯坏了？”夫人猛地调过头数落起来，“不是你说的满洲八旗骑射为本吗？两个年轻轻的小伙子还能天天关书房？孙女儿们还不成天价念书呢，何况儿子！……”

老太太唠唠叨叨说个不了，索尼只得听着。他本想找题目寻错处发发脾气，借以宣泄一肚子的烦闷和惶惑，不想反而成了夫人的出气筒子。

“玛法！你回来啦！”女孩儿的清脆喊叫终于中断了老太太的絮叨，一红一绿，两个十一岁的小姑娘进来了，袅袅婷婷，大大方方，直走到二老跟前跪下请安，有如一对小燕子同声呢喃，“玛法、太太吉祥！”

穿红的小姑娘，脸盘圆如满月，容色桃花瓣一般鲜艳柔嫩，黑晶晶的眼睛十分聪慧，宽宽的明净的前额，使她的相貌带了一种稳重开朗的神情。这就是索尼最钟爱的孙女儿，噶布喇之女芳儿。

穿绿的小姑娘，肤色洁白如玉，身量虽高些，却小鼻子小眼小嘴，像个五六岁的孩子似的逗人喜爱。她是芳儿的堂妹、索额图的女儿桓若。

两个孩子从小一块儿长大，形影不离，比同胞姐妹还亲，都是父母的心尖肉、索尼夫妇的掌上珠。芳儿聪明大度，格外受宠爱，桓若从不妒忌，心甘情愿地为堂姐当“侍从”。有了这样一对姐妹花，噶布喇和索额图兄弟相处也很融洽。

孙女儿进屋，驱散了索尼的烦恼，他慈蔼地笑着，细细询问今天的功课：“今儿个先生给你们开新书了吧？”他记得已嘱咐先生开讲《诗经》。

“是。”芳儿回答，“《诗经》首篇：关关雎鸠，在河之洲……”

桓若笑嘻嘻地抢过去：“窈窕淑女，君子好逑。”

两人的汉话是地道的京腔，清脆动听。索尼听得很舒服，却不忘正色教导：“不要轻看了这十六个字。这里讲的是后妃之德，为女子者不可不知……”他不觉打了个磕绊，转向夫人，“丫头们快十二岁了吧？再过一两年……”他收住话头，对老妻眨眨眼。

夫人笑了。满洲家的女孩儿，年登十三岁就有选秀女之份。索尼府难道出不了进宫当主子的鸾凤？芳儿想必已经听懂，淡淡红晕染上双颧，但目光湛然、神情宁静，令索尼暗暗称奇。桓若却纯然一团孩子气，目光被桌上的双桅船吸引过去，高兴得嚷起来：“哎呀玛法！那只小船是给我们买的吧？”

索尼连忙止住就要跑去拿船的桓若：“快别动！这是皇上交办的物件！……正无法可想呢！”

“玛法，皇上又给你出难题了？”芳儿关切地问。

索尼叹口气，说明双桅船交下来的经过，皱眉道：“我何曾见过这种怪船！还要照样做五十只，怎么做？”

芳儿对着木船细细打量，想了想：“玛法，这怕是一只洋船，你书房里一本羊皮洋文书里，好像画过它……是葡萄牙国的。”

“哦？”索尼也起身过来细细察看。

芳儿埋下头，指着船舷边：“玛法你看，这儿有一串洋文。”

索尼虽然从父亲硕色那里继承了广博的学识，精通满、蒙、汉语言文字，对洋玩意儿却是一窍不通。他皱着眉头、踱着步子思索，好半天沉吟不语，突然停步失惊道：

“难道是他？汤若望？……可他已多年没有进宫了！……”

“玛法讲过，汤若望为先帝造过洋船。”

芳儿一句话点醒了索尼。对，这木模船想必是早年汤若望进献的。先皇大殡时焚烧御用器具，偶尔漏掉此物，如今被皇上得到，成了他的心爱之物……一时间，索尼心慌意乱，竟觉得两腿发软，赶紧扶着茶儿坐下了。

皇上竟被这种西洋奇巧玩意儿吸引，很快就会对汤若望感兴趣。说不定他就是拿这船做借口，逼索尼去寻汤若望呢！小皇帝心思灵动，什么花样想不出来？什么新鲜事不好奇？一旦他果真见到汤若望，岂不又要走先皇的老路、重蹈覆辙了吗？索尼拍着脑袋，真头痛！

院里一声禀告：“二爷回来了！”

靴声“橐橐”，响得又快又有劲，门边丫头一挑珠帘，索额图进来了。高大健壮，胸脯宽阔，侍卫的制服一装点，标准的雄姿英发的武士！他的鼻梁又高又直，浓眉下那双眼睛很厉害，黑白分明、亮光闪闪，仿佛收贮了刀刃枪尖的钢铁锋芒；但下巴和嘴的轮廓却很柔和，左右面颊各留着一道涡痕——在幼年，那是两个逗人喜爱的酒窝。这是所谓下文上武的相貌，由于互相抵消，显得英俊而温雅，“文”和“武”的印象反而都不那么强烈了。

索额图恭恭敬敬地捧着一个黄绸包袱裹的匣子，向父母跪安后并未起立，兴奋地说：“阿玛额娘，这是老佛爷赐给孩儿的细点，孩儿孝敬二老。老佛爷亲口应许，不日将升孩儿为一等侍卫，御前当值！”

“当真?”索尼夫妇又惊又喜，忙不迭地站起身。索尼还要再次证实：“你是说太皇太后赐你克食，应允你提升?”

“是。是太皇太后老佛爷!”

“好！快搁正案上。”索尼庄重地命令，领着在场的全家人向案上的黄绸包袱，也是向正北的皇位叩头谢恩。

索尼亲手打开，绸袱内是纸盒，盒中装满宫里最精致的点心——玉露霜方酥，是满洲大宴中点心席的上品。其中还杂放了两摞白蜜印子松饼和鸡蛋印子松饼。顷刻间，四面厅里弥漫着甜香果香奶香酥香。奶奶兴致勃勃地领着孙女儿分配这高贵的赐品，也注意听着父子俩对答。索额图正满脸放光地详细叙述今日的特殊际遇。

索额图今天当值乾清门。皇上和阿哥们一早进南书房打他跟前走过时，有样东西落在他脚边。当时他必须肃立不动，后来拾起一看竟是件非常精贵的佩物，打成双万字结的丝绦下分了两穗，一穗挂着纯金小佛，佛像下垂着小珍珠穿成的流苏；另一穗悬着一只香荷包，上绣着白云间扬鬃飞奔的红马，下端缀有三粒黄豆大的明珠，两穗再用一只晶莹的绿玉佩系结一处。

想必是阿哥们的心爱之物，他立刻呈交乾清门领班大臣，过后也就忘了。下午他忽然被召去慈宁宫侧皇上的小书院。因为皇上要见见是谁拾了他最好的佩物而毫不欺心。

说实在话，这以前，皇上从没看过索额图一眼，今天竟召至御前，这不是天大的恩宠?虽然皇上看上去不过是个大孩子，索额图仍然诚惶诚恐，荣幸非常。

但这大孩子却没有多少孩子气，态度威严端庄，说话很有分寸，神情语气间处处流露着高贵和明睿，这使索额图很惊讶，心下敬服。皇上显然十分珍爱这件佩物，失而复得他很高兴，不过他的高兴也是克制的，绝不似一个十一岁男孩子那样无遮无掩。他和气地询问拾取和呈交的经过，安详地夸奖索额图的诚实忠心，并点头微笑说：“朕要赏你。”他的目光向书房扫了一圈，“你愿要书画，还是喜欢珍玩?”

索额图赶忙叩头：“皇上厚恩，奴才没齿不忘。但皇上御赐，奴才绝不敢领!”

“这又为什么?”皇上略歪了头，流露出几分孩子气。

“物归原主，理所当然。奴才侍卫乾清门，职分所在，哪敢领赐!况且皇上书房这些书画古董都是稀世之珍、无价之宝，赐给奴才，白白折了奴才的寿数!实在不敢!”

皇上来了兴致:“你会鉴赏古董?”

“奴才大胆直言，略知一二。”

总是满人中有鉴赏本领的人太少，侍卫里更属凤毛麟角，皇上果然喜动大颜，指着香楠木架上的古鼎:“你去瞧瞧，那是只什么鼎?”

索额图小心翼翼地绕着那只泛出深绿色的古老铜器看了一圈，很有把握地说:

“启禀皇上，此器名飞龙脚文王鼎，相传始于西周文王，是珍玩中鼎属之上赏。”

皇上又指指墙上条幅:“这是谁的字?”

索额图应声而答:“仿佛是赵孟頫的行书。”

皇上笑了，从南窗台取下那两个形状特异的古董递给索额图:“你再看看这个。”

索额图恭敬地捧着它们反复审视，最后说:“启禀皇上，依奴才看来，两件都是无价的盛唐瓷具。这个叫粟纹四耳壶，这一个是双耳扁壶，古时用以注酒，后代拿来插花。”

皇上一拍大腿，脱口说:“哈!我问过好多人，都说不出个所以然，只有你……”他仿佛意识到过于随便，赶忙收敛，改口道，“那么，你通汉话汉文啰?读过四书五经吗?……”

正说得投机，忽报太皇太后来了。皇上对索额图笑笑:“你别走，我还有话问你。”

太皇太后进屋时，对站在门边的索额图并未注意，只当是随侍的御前侍卫，她的眼睛只关注孙子的举动。皇上请罢安直起身，太皇太后才静静地说:“到我跟前来。”

皇上走到祖母跟前。

“看着我的眼睛，说实话，你又淘气了?”

皇上扭开脸，用神情和身姿表现着执拗。

“看着我的眼睛，不要看别处，说吧？”

“是。”只回答一个字，口气中满是不服。

“干了些什么事？”太皇太后一直没有提高声音，但那气势却是很逼人的。

“嗯……奶茶里多放了点儿盐……”皇上声音低得听不到。

“你往苏大臣帽子里放的什么？”

“嗯……蝎子……”

“果然是你干的！”太皇太后长叹、蹙眉、摇头。

“我……我，我讨厌他！”皇上突然坚决地大声说。

“讨厌归讨厌，却不可以不礼敬他，更不能捉弄他！”

“为什么？”皇上又降低了声音，咕哝道。

“因为你是皇帝。”

“皇帝……皇帝还得干自己不喜欢干的事？……”虽然自知理不直气不壮，小皇上还是赌气地小声反问。

“不错，有的时候非这样不可！”老太后沉重地叹了口气。

好半天，祖孙俩都不作声。后来，孙子低声地认了错：“老祖宗，是我不好。下次再也不了。”

太皇太后感慨地点点头，一眼看到桌上两件古瓷器：“怎么把这个搁桌上来了？”

皇上仿佛立刻丢开了不快，变得很兴奋，向祖母介绍索额图的诚实和学问，最后竟拿出不容辩驳的至尊口吻说：

“老祖宗，我要升他做御前侍卫！”

老祖宗仍是那么安详庄重，看不出她对皇上的“口谕”有什么异同，只平和地打量着跪在一旁的索额图，淡淡地问了一句：“哪个旗分的？姓什么？”

“奴才是正黄旗的，姓何舍里氏。”

太皇太后细眉轻轻一挑，眼里的平淡消失了：“和索尼索大臣一族？”

索额图只觉自己从头到脚都笼罩在太皇太后的注视之中，不知祸福，心里发慌，老老实实回答："是。他是奴才的父亲。"

"哦？"这一声不知出自太皇太后还是皇上，老太后面露喜悦，皇上的笑容却消失了。

"起来，站着回话。"太皇太后的口气显然变得亲切了，"索尼公忠谋国，你也这样诚实尽职，真是有其父必有其子！"

家里兄弟几个？都成家没有？娶的谁家格格？有没有生养子女？都多大岁数了？等等，索额图一一回答。老太后末了笑道："皇上要你到御前，我看也合适。不过你得先升头等侍卫，才好御前当值。回去等信儿吧！"

索额图跪叩出宫之际，太皇太后又赐下克食，给索额图一府上下带来了荣宠。

索尼听了儿子这一番报告，心绪颇为复杂。太皇太后的优礼厚待，使他解除了"皇家疑我"的恐惧，一块大石头落地。但小皇帝的怪僻更让人忧虑。他父子俩见到的是同一位大清天子，却判若两人！最伤脑筋的还是那条西洋船怎么办？皇上若是进而问起汤若望、召见汤若望又该怎么办？……他满腹心事，晚饭也没吃好，比平时倒多饮了好几杯酒。

上灯以后，索尼独坐书房苦苦筹思，门吏却来禀报：有客求见。

索尼沉脸皱眉："什么人？"

"回大人，他自称徽州诸生杨光先。"

"你敢忘却门房规矩？"索尼严厉叱问，"收了多少贿赂？"

门吏吓得连连叩头："奴才不敢！奴才不敢！奴才看他年迈可怜，又称是苏克萨哈大人所荐，所以……"

苏克萨哈？索尼更加不快。黄旗跟白旗的不和与冲突，自太祖皇帝归天起，延续至今数十年了，始终未能弥合。而且对苏克萨哈本人的品行，索尼也很鄙视。只是一同列名于先皇遗诏，共为辅政，当此主少国疑之际，索尼不得不顾全大局，抑制恶感与之共事。此人滑头滑脑、一肚子鬼主意，又在要什么花样？杨光先又是何许人？……仿佛是个前朝遗民，写过斥责洋教的什么文章？……

索尼板着脸说："我从不在天黑以后见客！这是老规矩。你让他去吧，有事明日到政事堂按投文例则来见！”

门吏连声称是，起立倒退着就要出门，索尼却慢慢地又说道：“且慢着。明天一早你去噶布喇处，告诉他，就说我讲的，另换一名懂规矩的门官！”

门吏哆嗦一下，低声下气地答一声“嗻”，哈着腰灰溜溜地退出去了。

第二天，索尼来到政事堂时，另三位辅臣和属官都已到了。

当着众人，索尼叫苏克萨哈近前，严正地说：

“昏夜叩门，贤者不为。你有什么事，尽可当众直言，即便是老夫过失，亦应当面箴规。”

苏克萨哈当然知道索尼所指。常人受此指责，少不得一番羞恼，他却难得脸红，反而满面春风：“索公之正之直名不虚传，立朝侃然，果有古大臣风，佩服佩服！”哈哈一笑，没了下文。众人瞠目相视，莫名其妙，谁也不好问，索尼也就罢手不提。

四辅臣单独在座时，索尼关切地指指遏必隆：“遏大臣，你的眼睛……”遏必隆右眼发青，鼻尖红肿，相貌变得更古怪了。

遏必隆“咳”了一声，说：“天知道！昨儿出宫不知怎么竟撞上马蜂窝！哎，苏大臣，你在皇上跟前是怎么回事？发痧了还是犯羊角风？”

苏克萨哈假痴假呆地耸耸眉尖：“我也闹不清，只觉头痛难忍。出了宫门脱下帽子一看，里面竟有只蝎子！”

遏必隆恍然：“这么说，那奶茶也……”见索尼拿眼睛瞪他，他把后半句咽了回去。

苏克萨哈怪模怪样地望着鳌拜笑：“只有你老兄免难，到底救过驾，优礼有加呀！”

鳌拜瞥他一眼，只鼻子里哼了一声。

半晌，四人都不作声，闷闷的。

索尼叹了口气：“唉，总是皇上年幼，还不懂事，不去说那些闲话了，还是看看这条船吧！”他把双桅船模型往桌上一放，再一讲来历，辅臣们可真都着了急！

恶作剧虽然令人恼怒，终究是小孩子顽皮，气还受得下去。他要是摆弄起这些洋玩意儿，跟着就要去亲近洋人汉人，重走先皇帝渐习汉俗、委任汉官的老路，辅臣几年来匡正的心血和政绩，不就全都白费了？

危险逼近，紧迫感令辅臣们骤然紧张起来。

鳌拜拍案而起："奏请皇上，立地烧掉这条洋船！"

遏必隆连连点头："也是。须得及早禀告老佛爷！"

苏克萨哈眼珠一转，缓缓笑着，胸有成竹地说："二位所言极是。但治标何如治本？"

另三位辅臣一怔，都拿眼睛盯着他。他不笑了，说：

"去年此人七十大寿，朝中汉官尽数登门拜贺，聚谈间说了许多嘲骂满洲的话，列位已经知道。近日又有来报，说此人在他那教堂聚众，宣称要为江南数案中受难教徒做一台安魂弥撒！这不是同朝廷打对台吗？简直就是谋反！不除汤若望和他那妖教，终为朝廷大患！"

辅臣们眼都不眨，频频点头，对汤若望和他的妖教，他们确是同仇敌忾！

"现放着最厉害的斩妖剑，正在匣中日夜鸣响，就看我们敢不敢开匣请剑了。宝剑一旦出世，洋妖必灭，世道必清！"

另三位辅臣互相看看，神色间不无振奋。但苏克萨哈一向爱说大话，虚实难辨，也不免存疑在心。

苏克萨哈转向索尼："公为首辅，我苏克萨哈惟公马首是瞻。昨夜冒犯是不得已，可知夜访尊府的人是谁？就是那位写《辟邪论》，向礼部呈文控告洋教的杨光先杨老先生啊！"

鳌拜一把攥住苏克萨哈的手腕："斩妖剑？"

"对！"苏克萨哈和遏必隆同声一应。他们都记得那篇文章和那次控告引起的轰动，只因时在顺治十七年，先皇在位，所以不了了之。如今，可是康熙三年了！

苏克萨哈又加重语气："最要紧的，这位杨老先生是位大贤士、天算家！比当世任何自称知天文懂阴阳的学究都高明千百倍，更不要说钦天监那伙子毒虫了！”

满洲人对天算这类事情，向来怀着极高的敬意。天算家竟能算出日月星辰的出没，可不就是半个神仙？也一定知道尘世的过去现在未来。汤若望当初得到满朝钦敬礼重，就因为此。但后来他们发现汤若望和他那基督教是异端，他的交游和行为大不利于朝廷，说不定已成了汉臣依恃的靠山和精神领袖，这怎么能容忍！正当需要既懂天算、又与朝廷同心同德的人顶替汤若望时，天遂人愿，时势造英雄，杨光先来了！英雄定能造时势，可到算老账的时候了！辅臣们口中不说，目光中都充溢着喜气，都已默默领会了彼此的心意。古诗讲的，心有灵犀一点通。

“夜访索公府，是杨大贤士的自荐之举，他是想验证掌国大臣的诚意，”苏克萨哈恢复了自得笑容，“索公既已回绝，也只有兄弟我礼贤下士，恭请大驾了，终究是文人，还得兄弟我去周旋……”

鳌拜横他一眼：“怎见得只有你行，别人都不行？”

苏克萨哈又开玩笑了：“别人都行，惟有你老弟不行！他若是位战将勇士，与你试武比剑倒还相当……”

鳌拜黑脸骤然涨红：“你当我不能？我明日就拜读杨大贤士的文章！就让我来款待他！让他瞧瞧咱的诚意！”

“你？——”其余三辅臣几乎同时出声，又都同时打住。鳌拜脾气暴烈，大家都不好跟他争论。

鳌拜黑脸如铁，一声一顿：“放心，瞧我的！”

索尼没再说话。除掉汤若望，打掉汉官士人的气焰，维持满洲的权威，才能使朝廷安稳如山，这是索尼作为首辅一向引为己任的准则。他担心的是，胸无城府的鳌拜，能礼贤下士、笼络住一位天算家吗？这样一件必将牵动朝廷上下的大事，能够让一名前朝遗民、一名白丁参与唱主角吗？苏克萨哈所谓的大贤士，究竟是个什么样的人？

六

他是个年近七十的干瘦老头儿，花白的头发和胡须都很稀疏，前额宽阔，眉骨高颧骨高，于是留一撮胡须的下巴就显得更尖，而两只白多黑少的眼睛靠得又近，更增加了他相貌的狭窄和精明。他谦恭地垂着眼皮，薄薄的唇边却有一丝简傲的微笑。安静的坐姿、肥大的薄衫，使他仿佛一只衣架。这就是大名鼎鼎的杨大贤？应邀作陪的高官们不禁大失所望。但异人自有异相，又碍着主人鳌拜的盛情，仍格外热情地寒暄，极力表示他们深深的倾慕。

盛大的宴会是鳌拜专为杨光先接风的。与会者尽是鳌拜的亲朋，可称得冠盖如云。鳌拜难得有这么高的兴致，竟向杨光先一一引见来客：兵部尚书阿思哈；正红旗都统噶褚哈；正黄旗副都统马尔赛；镶黄旗副都统赛本得；宗室班布尔善；还有主人的兄弟巴哈、卓布泰，主人的儿子那摩佛、侄子苏尔玛等。

酒酣耳熟之际，鼓乐骤发，一股脂粉香冲进宴堂，八位盛装美女在筵前起舞：花盆底绣鞋敲得地面“扑哒扑哒”响，清脆整齐，十分好听；舞姿刚劲又妩媚，扭动的腰肢、晃动的肩膀和一双双流光飞动的美目，撩得宾客们心花怒放；美酒和着美色，一杯又一杯地灌下去……

鳌拜冷眼旁观，不禁暗暗点头：他的贵客，那瘦伶伶的小老头儿，目不斜视正襟危坐，仿佛这充屋填耳的鼓琴声、这酒香菜香脂粉香、这流云飞泉般飘动着的珠光钗影都与他无涉，他只管自己悠闲地呷酒品菜，自得其乐，如在野店村馆独酌般自在。

主客尽欢而散。鳌拜命儿子那摩佛送先生去住处，自己则恭敬地一直送出宴堂石阶下。

暮色已浓，不知是栀子还是夜来香的馥郁随晚风阵阵袭人。步入西园，那摩佛极尽主人之谊，再三申表倾慕之情，贵客总是淡淡的，很少说话。只在那摩佛用力吸一口园中芬芳时，老先生微微一笑，仿佛有些不屑。

书堂三楹，坐落在太湖石叠起的峰峦之中，林木环绕，青翠苍郁，阶下花草葳蕤芳香。这就是贵客的居处。廊下十数名仆从跪迎，那摩佛躬身说“请”，杨光先昂然上阶进门。

好一堂陈设精雅、典籍充栋的书斋！中间供起居待客的客厅里，六扇花鸟屏环护着一整套乌木嵌大理石家具：六椅三几，古雅沉静；

一对龙泉大瓶晶莹透翠，分立左右；百宝槅上，精致的小摆设琳琅满目。一道乌木垂花隔若续若断地连着东间书房，一面书画隔分出西间卧室。

宾主坐定，僮仆进茶。奉给杨先生的却是两盏。那摩佛端茶道：“先生请。是贵家乡徽州名茶，所谓祁红屯绿。只可惜弄不到歙县水。”

自进府以来，杨光先第一次显出有些动感情。眼皮微微颤抖，左右两手不太稳定地端起两盏茶，各尝一口。他喝得很慢，含在嘴里细细品味，然后闭目咽下，再睁眼已带了些许沉醉：“多年不曾品过真祁红真屯绿，今日如归新安，如见黄山啊！……”

那摩佛一笑：“老先生就拿此处当家乡，安心住下。来！你们都来叩拜老先生！”

四名老仆、八名俊僮齐齐匍匐堂前。

“老先生，奉家大人严命，这十二名仆从供奔走，有事只管吩咐！”那摩佛转脸下望僮仆，“老爷已有严命，侍奉老先生要如侍奉他一样，不准有半点儿差错！”

那摩佛走了。老先生仍坐在那张气派非凡的镶大理石雕花太师椅上静静品茶，目光由皱缩的眼皮下探出，透过窗棂、穿过湖石林木，不知射向什么地方。这也是他数十年沉浮养成的好处，与他同坐或交谈的人，总也摸不清他是不是在看，或者在看什么。

老仆领着一位长髯青衣的中年人进来给杨光先叩头，恭敬地说：“请试量老先生体段。”

杨光先不说什么，立起身，半合双眼，任那青衣人觑着、测量。量罢，青衣人径直去了，一句话也不敢说。

随后，老仆擎着圆圆的红纱台灯，引杨光先入卧室。檀木床，软纱帐，红毡铺地，宫灯高悬，安息香弥漫一室，真如神仙洞府。杨光先在散发着异香的、软绵绵的绣褥锦被中睁着眼躺了许久，一动不动。侍候在侧的四名俊僮不见他召唤，悄悄退出。府中巡更打了三梆，他才渐渐入睡。

次日清晨，八名俊僮在卧室中穿梭般你来我往，侍候老先生起身盥洗，动作轻悄得毫无声息。都是些十五六岁的男孩子，面目清秀，身材苗条，穿着各色织花锦袍，前额和鬓角剃得干干净净。绿袍僮仆头顶银盆，盆里盛满温水，跪在杨光先面前请他盥面，其他七名僮仆捧着巾帕，举着镜奁，奉香皂、持漱具，为他撩衣襟牵袍袖，全都环侍左右。杨光先生平不曾经历过这个，不免心慌。总算见识多，老于世故，还不至于手忙脚乱。只是洗脸时一捧水溅出来，把绿袍僮仆的锦缎衣裳湿了一大片，闪亮的浅绿顿时洇成湿漉漉的深绿。杨光先有点尴尬，故作大度以掩饰自己的难为情，直起腰吩咐道："把盆子放架上好了！"

顶盆的绿袍童仆口齿伶俐地说："奴才不敢。家大人有命，服侍老先生，要如服侍家大人一般无二。家大人盥沐从来都是这般，奴才不敢偷懒。"

杨光先略一摆手："是我所命，与尔无碍。"

绿袍僮仆不敢违拗，把银盆放到一副漆朱雕花的木架上，转身拿篦梳站在老先生身后为他梳理那根干枯的辫子。

杨光先低头洗脸之际，觉得周围有些异样，再度直起身，心里"扑通"一跳：鳌拜已站在门口，目光灼灼向他张望，身后随着护卫和仆从。这么多人来到门前，竟听不到一点声响！杨光先不免心里发寒，但外表仍很淡然，取巾帕擦脸，整顿衣裳，迎了上去。

鳌拜进门与杨光先寒暄，一眼看到木架上的银盆，顿时豹眼圆睁，扫过几名僮仆，停留在绿袍孩子身上。这小童吓得瑟瑟发抖，面色惨白，像一只可怜的小羊羔。鳌拜只向护卫一点头，便见一名武士出列走到绿袍僮仆面前对他看了看，那孩子就颤抖着随护卫出去了。

杨光先礼节周到地请鳌拜入座。两人分宾主坐定后，一时竟无话。鳌拜满脸怒容，没有说话的兴致；杨光先虽然不明就里，也只在一旁静观，绝不首先开口。客厅里的沉默是必然的，两人都在等待着什么。

护卫回来了，手里拎着一颗血肉模糊的人头，鲜血还在一滴滴地往下掉。护卫跪在门外阶前，揪着人头的辫子高高举起，大声禀告：

“禀大人，此僮不敬老先生，已斩首！”

环侍杨光先的七名僮仆，一个个面无人色，极力克制着不颤抖、不惊叫出声，可是轻轻的叩齿声却清晰可闻。门外老仆都垂目低头，不敢看那刚才还活泼泼的眼睛和灵巧的嘴。鳌拜身后的侍卫们则无动于衷，总是司空见惯，不以为奇。杨老先生乍一见到血淋淋的首级，吓了一跳，干瘦的脸不由得抽搐了两下。但他似乎惊奇多于恐惧，很快就把目光从人头转向了那位辅政大臣，目光之锐利、精明，真不像个年至古稀的老人。

鳌拜一见首级，怒气就消去一大半，颜色顿时转为平静，他挥挥手，阶下护卫退去，老仆们自去收拾地上的血迹。

片刻之间，鳌拜已忘却这血腥的场面，转脸对老先生客气地问：“夜里睡得可好？冷热还合适吗？”

片刻之间，杨光先也收回他专注的目光，瞳仁里闪过的光芒此时又深藏不露，重新眯着眼，扮演他那清高、简傲而又老气十足的角色。他谢过主人的盛情款待，说：“大人如此厚待，光先实不敢当。况且光先年迈体衰，学识浅陋，实在无法报答大人的深恩啊！”

鳌拜道：“老先生说哪里话！我岂是施恩图报的小人！谈不上恩义二字，不过表表我的一片敬重罢了。”

正说着，老仆领着昨晚的那个长髯青衣人来了。叩拜之后，青衣人打开包袱，非常谦恭地捧出一摞又一摞的新衣袍，一次又一次地送到老先生面前，满脸赔笑，不厌其烦地介绍着：

“这是一套春装，有袍有褂有帽，宁绸面子漳绒里；这是一套秋装，面料是酱色八丝缎，白罗里子，中间衬了二两驼绒；这一套夏装是两件，一件绿纱袍，一件纺绸袍；这一套冬装最多，这是貂皮里、石青江绸面褂子，这是线绉面貂皮里的袍子，这里还有一袭貂裘披风和风雪帽……都是照着老先生的身量裁缝的，请老先生过目。”

杨光先向鳌拜逊谢道：“无功不受禄，老朽如何敢当？”

鳌拜道：“不过一点儿敬意，除非老先生看不上眼。”

杨光先叹道：“唉，却之不恭，受之有愧！”

“老先生这就见外了，还是看看我家缝衣匠的手艺吧……春夏秋装不必管它，这全袭貂裘，老先生不妨穿来试试。”

僮仆们围住杨光先，替他换上全套貂皮袍、褂、披风和风帽，长短大小都很合体，瘦小干瘪的杨光先，被貂服貂帽一拥，竟然显出几分高贵的威仪，真有点贤士味道。不仅鳌拜拍手叫好，杨光先从镜中看到自己这份气概，心里也别是一种滋味。

毕竟已是夏天，貂裘实在穿不住，都脱去以后，杨光先轻松地喘了口气。鳌拜转脸对裁缝说：“衣裳合身，也没耽误时辰，好。去管家那里领三十两银子上赏。”

青衣裁缝如遇大赦，赶紧叩头谢恩，出了书堂，才敢喘口气、擦擦汗、揉揉熬得通红的眼。为了这些衣服，他和全家人领着徒弟疯了似的干活儿，整整一夜在拚命！

杨光先说：“大人厚赐，老朽无以为报。老朽家乡乃徽州歙县，所产无多，惟黄山毛峰茶及歙砚、徽墨驰名海内。老朽一生所爱，也无非好茶好砚好墨而已。这一木匣中，便是我歙县三宝，大人不嫌寒陋，就请收下。”他奉上一只用细篾丝编成的精致小匣。鳌拜接过来，郑重打开，很认真地看了一番，说：“老先生的厚意我领了。不过，我是武人，笔墨功夫浅，平生好的是刀剑，多年搜罗不少，老先生有兴趣观赏吗？”

杨光先道：“不胜荣幸之至。”

鳌拜立刻命老仆早点后领老先生阅武楼观剑，随后便告辞入朝办事了。临行约定明日下朝来与老先生共进晚膳。

早点号称点心，也丰盛得令人吃惊：一盘热烘烘的烧饼，两盘刚炸出来的甜咸两种油果，面条汤，冰糖莲子，百合白扁豆粥。菜肴摆了八样：酱肉、熏鸡、香肠、小肚和四碟各式酱菜。杨光先本来也吃不多，此时已不表示惊异，每样尝了尝，便吩咐撤去。他的神情，已俨然一位高贵的主人了。

早点后，他并没有立即去鉴赏鳌拜的收藏，倒是把住处里里外外巡视一遭，角落暗处格外留意。若不是碍着老仆在侧，他会钻到床底下、书桌底下那又深又黑的地方去探个究竟。他常常心存疑忌，害怕遭到突然袭击。书房和客堂一样，立满了乌木镶大理石的家具：书桌、书柜、禅椅、短榻、台几。书桌上有两部崭新的缎面牙签书函，他就手一翻，唇边终于带出一丝真正的微笑：这正是他的杰作《辟邪论》，一部汉文本，一部满文本，雪白的宣纸，浓黑的墨，手抄的漂亮行书令人赞叹。他翻了几页，又慢慢合上了。

他终于走进鳌拜的收藏室，自然很惊异，做梦也想不到人世间竟有这许多种类的刀剑！不过刀柄刀鞘上的红蓝宝石、珍珠翡翠的璀璨之美，更令他叹为观止。

他明白，这是主人在向他显示家族的勋业、光荣和今日的权威，向客人提供强劲的依靠和巨大的安全感。然而他终究是文人，只有惊叹，没有兴趣。一张宽大的弥勒榻牢牢吸住他的目光，因为老仆说这是家主人常来坐卧鉴赏刀剑、教训子侄的专座；因为榻边长几上摆着与周围气氛不很相容的几函图书；因为在满文本《三国演义》旁边，他看见了已翻得很旧的满文本《辟邪论》！

翻着书，看着红笔的圈点，他的手又微微哆嗦了。哪有不因自家著作受人青睐而欣喜的作者？这毕竟是他的心血，是他自认为著作中最精彩、最义正词严的一部！

一片朱红扑眼而来，这段文字竟加了密密麻麻的双圈！就像学生得意地诵读自己被先生连连圈红的好文章那样，他也摇头晃脑地小声吟诵着：

“……基督教于我大清危害尤烈！以汤若望为首之外夷传教士，最着力于败坏吾国之大臣官吏，乘机策反其间，朝廷焉可不早为防备？须知汤若望辈以传教为名，已在宇内各省预伏下无数国贼，那些基督教徒之十字架与圣牌，分明就是这班乱党的记号和标志……”

在这一段文字上方的天页上，用极刚劲的笔画写了几个满文大字：“极要紧！切记切记！”

杨光先精通满文，对这本书的翻译并不满意，觉得没有译出他原文中的紧迫气氛。但评点此书的人却完全接受了他的感情。他问道：“这函书是……”

老仆会意，答道：“这几上的书是家大人的，别人不许动。但老先生不在此列，是家大人吩咐过的……”

杨光先默立桌前，轻轻捻着他稀疏的胡须，目光又飞到不知什么地方去了。苏克萨哈也罢，鳌拜也罢，他们隆重礼遇的目的，他很清楚。他一生精明顽强，老于世故，凡事没有把握是绝不干的。他一要审时度势，二要站稳脚跟，方能达到目的。为此，他必须弄清他要依赖的靠山是不是可靠；其次，为了进，必须做出退的样子，也就是说，为了自高位置，他非得表现冷漠才好。但这冷漠的分寸火候一定要恰到好处。在这方面，他是一位大师。

第二天下午，鳌拜下朝回府，果然来书堂与杨光先会见。两人方坐定，护卫就扛上两个木匣子放在杨光先面前。鳌拜说："请先生鉴赏。"

杨光先开匣一看，喜形于色，说："大人，这可都是……"他无暇多说，只迫不及待地把匣中东西取出来：三端砚、四块墨，都用质地细密的楠木为盒，仔细收藏着。杨光先一盒一盒打开，拿出一件，惊叹一声，完全忘记了什么得体的言辞、矜持的风度。一个人，哪怕他已经七十岁，任他心有九窍，八面玲珑，只要他有嗜好，他就有无法克服的弱点。

"老天！这不是米芾的远岫奇峰砚吗？"杨光先控制不住自己，大叫起来，眼睛里闪出疯狂的光芒，"是它！就是它！你看这白色云脉，淡灰山形，真不愧叫做远岫奇峰！……啊，这里有款识，你看你看，果真是米南宫旧物！哎呀，我哪辈子修来的福分哪，竟亲眼见到远岫奇峰砚！哦！……"他兴奋极了，稀疏的胡子乱抖，干瘦的脸膛上居然泛起一点红潮。鳌拜看了，很觉怪异，对汉士人的这种怪癖，他瞧不起、看不惯，但又很高兴这一记击中了要害。

"鳌公鳌公，你莫非神人？从何处寻来这方稀世珍宝？今日能见此宝砚一面，老朽死而无憾！"

"老先生言重了。昨天老先生说起生平所好惟有砚墨，所以着人寻买。能入老先生眼中，那是它们的造化！"

"买的？"杨光先瞪大了他极少睁开的眼睛，"这是古玩珍品，买它，得多少钱？"

"也不贵，三五千两罢了。"

杨光先知道，只米芾这方砚，价值就不下五千！何况还有另外的古砚古墨。自然是卖主不敢得罪辅臣，忍痛割爱的。于是他笑道："鳌公，这几方砚实非等闲，若置之江南，可为镇家之宝，万金难买呀！……鳌公得为其主，是三生有幸啊！"

鳌拜一摆手："我要它做什么！是奉送老先生的。"

"啊？送我的？"杨光先愣住了。

"正是。我的一点儿心意。你们讲的，礼轻人意重。"

"当真？"杨光先呆呆地翻了翻眼珠。

"老先生，我鳌拜从来不打诳语。"

"哎呀！"杨光先一个翻身，拜倒在鳌拜脚前，叩了个响头，"大恩大德，没齿不忘！"

鳌拜连忙扶住，略含不快地说："老先生，你这是重物轻人吗？一个砚台，便行这样的大礼？"后面的话他没说出来：我鳌拜一家对你的尊崇难道还不如这块石头？

杨光先"嘿嘿"地笑道："情之所钟，身不由己呀！"说着，他小心地捧着那方砚石，心满意足地坐下，眼睛再不能从它上面移开了。

鳌拜吩咐老仆："替老先生把这些古董收好，不然他要吃不香睡不熟了。"

老仆已把木匣收回卧室，杨光先还在笑眯眯地不住搓他那双干瘦的手，狂喜的神色跟他的年纪、身份、面色都不相称。直到晚膳摆上来之前，他的话题一直不曾离开苏轼、米芾、赵孟頫这些收藏名砚的大家。

名酒珍肴，终于把杨光先从沉醉中扯出来。三杯酒下肚，他的神志恢复了冷静，重新扮演那个冷峻简傲的天算家的角色，可是已不大自然了。他心里有些不安，捏着那副沉甸甸的镶银象牙筷在饭碗里拨来拨去，发现米中有一颗未脱粒的整谷，他先有几分不快，随后灵机一动，悄悄瞟了鳌拜一眼，微微举高了碗，像是要看得更清楚些，拿筷子在碗里仔细拣出那粒谷子，扔在桌上。他接着专心吃饭，其实正以余光注视着鳌拜的反应。

鳌拜面无表情，似乎没有注意。但他朝身后微微一扬头，便有一名护卫悄没声儿地出去了。用膳方毕，那护卫便用托盘捧来一颗血淋淋的首级，在门外阶前跪禀：

“厨子择拣不净，怠慢贵客，已斩！”

鳌拜只略颔首，便转向杨光先，像没那么回事似的说：“老先生，看了我收藏的刀剑，有何赐教？”

杨光先愣在那里，眼睛越过门外捧盘退去的护卫，不知看到何处，只是说不出话来。

鳌拜又说：“老先生，叫他们装一袋水烟吧？”

杨光先突然神情昂奋，一拍桌子，猛地立起：“鳌公鳌公！老朽生平难得服人，如今服了你啦！”

“老先生，你这是……”

“有气概！有胆识！礼贤下士！”杨光先竖着拇指说，“首辅之位，非公莫属！索尼柔弱无能，真不足与道！……”

“老先生，不好这样讲。”鳌拜低声提醒。

“这是实话！那日吃了他的闭门羹，我就寒了心。此人枉为首相，看不到国运危若累卵，不思拔救之策，反而拒贤于千里！不足语，真不足语！……”杨光先的激动稍稍平缓，说，“老朽受此冷遇，未免心灰意懒，鳌公相请，也不敢倾心相待。时至今日，不是我杨光先自轻自贱，实在是鳌公诚信相孚，感人至深。女为悦己者容，士为知己者死，还有什么可说！”杨光先伸手向书房一示意，“请进书房，老朽有肺腑之言相告。”

“老朽今年已近古稀，一生奔走呼号，激浊扬清，以立正驱邪为己任，鞠躬尽瘁，死而后已！……

“三十年前，老朽乃前朝千户官，愤于国事日非，上书烈皇，弹劾首辅大学士温体仁，自知九死一生，并无惧心，上书之日，抬棺自随。果然道我诬陷，廷杖八十，几死者数！不但抄查家产，还将我远戍辽西。

“是夜我观天象，知明朝气数已尽；至辽西望风水，又见王气兴于大金，牧夫走卒、闾巷儿童之辈，细为推算，竟多有封侯挂帅之分。老朽便知天意将亡明兴清。识时务者为俊杰，此言诚不谬也！

“国初，老朽几经辗转，得郑王知遇，留住王府，言听计从，实天高地厚之恩。郑王也曾多次荐于朝廷，保我学识可主钦天监。而摄政睿王听信范文程一班人的鬼话，竟起用汤夷为钦天监监正，实属荒谬绝伦！且不说那西洋法天算历书舛误百出，只此夷乃前朝重用之人，便不可不防！汤夷受前朝深恩，与前朝士大夫深相结纳，广为交游，思明之念，能不日日在怀？谋反之心则必定无疑！为此老朽无时无刻不注目于基督教，多年来未敢稍懈。

“先帝亲政，郑王用事，又多次荐于帝前，奈帝惑于汤夷之邪术，不肯用。惟顺治十七年后，先帝近佛，渐悟基督教之非，老朽审时度势，著《摘谬》《辟邪》诸论，力攻汤夷之奸，并上控礼部，再三请纳忠言，直至叩头出血！总是忠言逆耳，又惜乎为时已晚，竟无下文，真可谓时运不济，老朽因此大病一场，冷淡了心肠……

“时至今日，正当其时！辅臣柄国，遵先帝遗训，另开局面，使老朽枯木逢春！所虑者，汤夷树大根深，民间有‘汤圣人’之称，朝中有汉大臣相与，内廷有太皇太后……如今得鳌公之援，又何惧哉！况且老朽也非势单力孤，受汤夷损辱之人不在少数，原钦天监秋官吴明煊、前礼部尚书恩格德等人均因汤夷而革职，一向治大统历、回回历的木士也因汤夷而失业流落，他们岂肯与汤夷甘休！

“近日，汤夷等以《天学传概》一文与老朽《辟邪》诸论抗辩，其谬百出，不可胜举，老朽将为之张扬，而后力为驳斥、唤醒人心，就此揭地掀天！

“鳌公且请放宽心，静候佳音，老朽早有誓愿，必雪二十年之耻辱也！……”

七

吕之悦坐在茶楼，一盏龙井还未品完，就觉出四周不对劲儿了。

还是这面茶招子，还是漆成红栏绿窗的楼座，还是那个笑容可掬的殷勤的伙计。可茶客们清闲无聊、无所用心的自在哪儿去了？都在讲论，都在争执，懂和不懂的人都探着头听，直着喉咙嚷，好像人人染上了热心病。悠然饮茶的吕之悦，竟成了茶楼上最惹眼的怪人。

“……但凡进了教，就不许给祖宗先人烧纸，逢年过节也不许上供，只拜那个钉在架子上的光身子人，啧啧，光身子啊！这还不邪？不敬祖宗还不是大逆？”一个中年人指手画脚，唾沫星子乱飞。

“可不嘛！我家隔壁就有一个，见人就画十字，满嘴里疯疯魔魔也不知咕噜些啥！还对我说人人都是上帝的儿女，不论贫的富的、王侯百姓，到上帝跟前一拜，都一般平等，瞧瞧，这可不是疯话！”小掌柜蹙着眉眼直摇头。

“咳，一乡一俗嘛，”旁边一人小心地说，“没准人家西洋国里就那样，未必是谋反……”话未说完，招来一片驳斥：

“什么什么？不谋反干吗弄那些花花点子？”

“不谋反干吗进教就给记号？那年朱三太子谋反，就拿永历通宝做的记号！……”

这边一堆市井平民吵个不休，窗下几个读书人的议论又高上去。一秀才猛地拍案大叫：“荒谬绝伦！荒谬绝伦！竟敢称我伏羲皇帝是他们亚当的子孙！欺人太甚！”

另一位指着桌上那本翻开的书：“看这儿！竟说我中华先贤之哲理，较之基督教学说赫赫之光，仅如萤火之明！”

“狂妄！狂妄至极！”读书人横眉怒目，愤然道，“这不是将我等至圣先师都骂在其内了吗？”

又一片吵闹，桌椅轰隆乱响，茶具砰地落地，摔得粉碎，屋角两个人已互相揪着辫子打起来，口里气喘吁吁、妈妈奶奶地乱骂。茶楼伙计们费了好大劲才把他们拉开。嘴角出血的一位指戳着对手骂道：“这无君无父的王八蛋！竟敢满口汤圣人汤圣人的，饶他不得！”

一位秀才举臂一呼：“基督教的门下狗！打出去！”

一呼百应，茶楼上一片喊打声。不容那人分辩，许多自告奋勇的义士一起动手，把他推下楼，搡出门，一个跟头摔在当街。楼上楼下的茶客、街边店铺和道上的行人，都大声地嘲骂、哄笑，把巡街的巡丁都引过来了。巡丁问明情由，只对那人喝一声：“快走开！”便不加干涉了。

吕之悦暗暗诧异，这样浓烈的仇教气氛是怎么掀起来的？他昨晚才到京师，完全摸不着头脑。他点手叫来伙计，要了花生米和小饽饽。伙计上点心时，他仿佛随意地问一句：“这是怎么啦？人们一下子都讲起基督教的是非来了！”

伙计愣愣地看了他片刻，恍然大悟地笑道：“哎哟，老爷子，敢情，你老好些日子没来，最热闹那工夫全没赶上！一个多月以前，这儿就唱开了对台戏。瞧，对面那杏花村酒店，是基督教的一个营盘，分发他们教里的书，讲他们那教多么多么有道理。这边一溜茶馆是杨老爷的营盘，分发杨老爷的一本书，叫什么什么不得已吧？两边吵过来骂过去，嗬！引得多少人逛庙会也似的往这儿跑！没多少日子，这边气势越来越壮，那边看着看着矮下去了。也难怪，那教门里净是吓人的事儿，听说进教的不论男女，都得洗身子，死了还得当众在身上抹油儿！老天爷，咱们平民百姓的，谁见过这些个妖邪！再听识字儿的人说，杨老爷的书讲的是正理儿，保不齐这基督教就是来灭咱们的哩！这不，现如今人们都疑上来恨上来了，谁要说一句基督教的好话、叫一声汤圣人，立时就有人骂有人动手！刚不又打了？可惜见血不多，要不的，这喊闹笑骂，就跟打雷也似的，气势着哪！”

伙计说得眉飞色舞。吕之悦不动声色，问道：“你说的这位杨老爷，是什么人？”

“杨老爷都不知道？当今的大贤士、大天算家！多少满大人争着相与的，名讳光先的就是。”

“杨光先？”吕之悦暗暗寻思，没来得及问什么，楼下传来一阵欢呼。伙计扬头瞭了一眼，笑道：“老爷子，好刚的口，说曹操曹操到，杨老爷过来了，你老快瞅瞅！”

吕之悦随茶客们拥到窗前，眼前景象着实少见：两名穿护卫制服的满洲骑兵做顶马开路，带刀卫士和许多仆从簇拥着，干干瘦瘦的杨光先骑着一匹高头骏马，缓缓穿过街市，不时朝向他欢呼的人群频频招手、微笑致意。后面跟着一辆三驾马拉的敞车，车里摞满书册揭帖，车上车下许多人忙着向两旁人群散发这些印刷品。

“老爷子，你老等着，我给弄一份去！”热心的伙计跑下楼，一忽儿就带回一册书和一沓揭帖，“老爷子，瞧瞧杨老爷够多气派！瞧这纸、这字儿，有多棒！全白送！人说这俩月杨老爷分发了有上万份啦！”

“杨老爷是大富豪？”吕之悦不解地问。

伙计左右看看，凑在吕之悦耳边悄声说：“杨老爷背后有靠山！知道是谁吗？辅国大人哪！……”

吕之悦一惊，皱紧了眉头，想到妻子去南堂做弥撒，不由得心里发急，再坐不住茶楼了。

当他赶到宣武门内那座巍峨的巴洛克式教堂，走进冷冷清清来往人稀的大门时，猛然悟到自己来差了。京师教中仪式是男女分别举行的，他不能进入女教徒做弥撒的大厅。无奈，只得在堂前院内许多圣像和铭文碑间徘徊等待。一阵阵风琴声、歌唱声、祈祷声从教堂里飞出，伴着他漫步，使他沉重的心获得些许安慰。

这是先皇帝赐给汤若望的汉白玉御碑。他久久伫立碑前，默默念着，体味着年轻的顺治皇帝的学识、文笔和那贯穿全文的勃勃生气。

碑文虽褒奖汤若望精通历法算学，却也表明“朕所膺服者，尧舜周礼之道；所讲求者，精一执中之理。至于玄笈贝文、《道德》《楞严》诸书，虽尝涉猎而旨趣茫然，况西洋之书、天主之教，朕素未阅览，焉能知其说哉！但若望入中国已数十年，而能守教奉神、肇新祠宇、敬慎蠲洁、始终不渝，孜孜之诚良有可尚，人臣怀此心以事君，未有不敬事其事者也，因赐额名曰通玄佳境，而为之记”。

碑中铭文的最后四句：“事神尽虔，事君尽职，凡尔畴人，永斯矜式。”已经揄扬汤若望为畴人百姓的楷模了。

先皇帝自己不信天主，但不反对别人信天主。只要事神尽虔，不论这“神”是谁，都是一种高尚品格。这宽容博大的胸襟，方称得是帝王江海之量！

比较当前，吕之悦不由得摇头叹息……

风琴声不知何时停息，教徒的众声祈祷也渐渐止了，于是，一个明亮纯净、略带老年人颤抖的声音清晰地直达吕之悦耳边：

“教友们，让我们为那些死于冤屈、死于暴政的兄弟姐妹们祈祷吧！他们是受难的英雄，他们的灵魂将升上天堂！……”

吕之悦心里一忽悠，听出这是汤若望的声音。

冤屈？暴政？他敢于这样说！

刹那间，吕之悦非常想看一眼汤若望。

弥撒结束了，在络绎不绝走出教堂的女教徒中，他迎着了妻子：“是汤神父主持？”

妻子点点头，感慨万端：“他老多了！白发苍苍……”

吕之悦的妻子孙幼蘩，是前朝登莱巡抚、中国最早一批士大夫天主教徒之一的孙元化之女，与汤若望可称世交。幼蘩少年受洗入教，施洗的神父就是汤若望。后来明末清初大战乱，幼蘩孤身来京师寻吕之悦，也是因有汤神父的救助而免于危难。幼蘩又辗转各地，终于夫妻团圆，同回吕之悦故乡钱塘定居，二十多年再没见过汤神父。她注视着丈夫，眼睛如潭水般深不可测，溢满了一个五十岁女人忆起少女少妇时代那种抚今追昔、百感丛生的酸甜苦辣：

“何止神父老了，你我都已两鬓星星也！……”

“但你我这三十多年间，金戈铁马、惊涛骇浪、风流旖旎、红灯锦帐，也非他人可方比，总算不虚此生，对不对？”见妻子含笑瞪自己一眼，吕之悦宽怀地回报一笑，说，“汤神父还认识你吗？”

“我没有单独去看他。”

“为什么？你们原是世交嘛，我还想看看他呢。”

“可知他现今是帝师、官高一品？”

吕之悦不由得又笑了。妻子这种清高，不用说是来自她父亲，来自她那书香门第。尽管他常拿这打趣，心下对她的洁身自好还是很赞赏、很敬佩的。

“好吧，咱家女高士说不看，咱们就不看。快回家吧，另有好文章给你瞧。”

吕之悦已给妻子雇好小轿，自己骑马相随，同回南城居处。他已年近花甲，并未发福，耳不聋眼不花腰不弯背不驼，马上英姿如昔，依稀可见三十年前少年将军的影子。幼蘩从轿侧小窗对他莞尔一笑，凝眸间不无赞美，心底涌动着对三十年如一日的夫妻情义的欣慰。

吕之悦这住处，是京师四合院最简单的一种。北房三间住他夫妇，东西厢房一边住伙计老仆，一边用作厨房和堆放杂物。南房三间开店，是北京城里流传久远的手艺铺子——裱糊字画。

去年，安王爷把他安置在永平府边界一处前明废藩领地上。国初圈地没圈它，又因是前朝官地，没人敢碰，竟撂荒了，成了无主地。近几年一些无地农人渐渐往这里谋生，直隶巡抚便拿此处的新开地当作垦荒政绩上报朝廷。按先皇谕旨，垦荒地六年不征田赋。吕之悦也踏勘了五十亩荒地，落脚安家。

盖了房，置了家具农具牛马，又接来妻子女儿，居然小康人家。吕之悦半耕半读，以陶渊明自况，不时亲自下田做活儿。因发现雇请的短工是位手艺高超的裱糊师傅，才起意出本钱开店铺，在京师买屋挂匾，今年元宵节后开了张。

他本名士，诗词歌赋书画都很有造诣，也选取别人的诗画。以他的眼光，入选的自然都是上品。这样，他的铺子名为裱糊，实际已成书画店，很快就在南城站住脚跟，颇有声誉了。加之他只在农闲才带裱糊师傅进京，生意格外兴隆。这不，夏收刚罢，吕之悦夫妇到京才一日，顾主们的活计已堆了十多份，多数是求字画，专裱糊的活儿并不多。

应门而出的是老仆吕福："老爷太太回来了。这就开午膳吧？"老仆一向兼作厨子，跟随吕之悦二十多年了，并不因主人家的升沉祸福而生异念。

"不忙，歇一歇。哦，帮忙的人雇到了？"幼蘩看到井台边一个女子在低头捶洗衣服。

"是她自己上门来讨生活，说是家境贫寒，出来打零工好养活老人。小春，这是家主人家主母。"

洗衣女子连忙站起，湿漉漉的双手在围裙上擦了又擦，轻轻蹲身，怯生生地喊道："老爷太太万福。"

吕之悦点点头："难得难得，赏她一餐饭。"他走到北屋门口，不觉停步回头看看：那小春瘦伶伶的，倒不软弱，举着棒槌，一下一下捶得怪有劲。

一进北房，吕之悦就拿出茶楼伙计给他抢来的那套印刷物。夫妇俩刚读了开头，就不得不急着往下看，顾不得洗脸喝茶，顾不得吃饭。

单页的揭帖，一文一义，专攻钦天监监正汤若望的历算谬误，什么遗漏紫气、颠倒觜参，即便是读书人，怕也十有八九看它不懂。

精巧的小册子，大字标题：不得已。下列副标题：斥基督教会之《天学传概》。刻印周正清晰，足见很下了一番功夫，很能吸引人。

小册子附录了基督教会的《天学传概》全文，细细列出全部有关人名，著作者东堂神父利类思和安文思；付印发行者钦天监监副李祖白；作序者翰林院翰林许之渐。

读完小册子，读完这篇《不得已》和那篇《天学传概》，夫妇二人好半天相视无语，被眼前的逼人情势震撼了！

幼蘩终于开口道："《天学传概》并无大错。基督教确是全世界宗教中最古老、最完美的，中国最初也确实信奉过基督教，有西安府的大秦景教碑为证……"

"但是它怎么可以断然宣称基督教胜过中国的一切其他宗教呢？这不把佛道儒三教的信徒都得罪了？说伏羲皇帝来自犹太国，也是亚当的子孙，平民百姓怎能容忍？再看这一句：'中国的哲学若与基督教学说赫赫之光相比，则不过萤火之明'，太狂妄了！置孔孟曾颜于何地？怎不触怒普天下士人学子！"

幼蘩皱眉道："实在不得体！这《天学传概》绝不会是汤神父授意支持的！他可算最具天朝士大夫风范的西洋传教士了。"

"就算不出自他手，可他是基督教在京的化身，人们不恨他恨谁？"吕之悦用力点着《不得已》的文章，"你看看，此人一上来就说出了被激怒的天朝人的心里话：'《天学传概》的狂妄，真正令人难以容忍，我为天朝之民、孔孟之徒，实在不能沉默，不得不拍案而起，予以驳斥！'如何？"

幼蘩愤愤然："可他也诬蔑基督教，直攻我教的《圣经》，骂基督耶稣是被当政判死刑的叛徒！还说传教士尽是无赖恶棍，因不容西洋各国被驱逐而逃来中国，这不是胡说吗？至于指斥基督教谋反叛逆，更是无中生有，恶意诽谤了！”

“你还这么天真？看看这一段吧！”

幼蘩顺着丈夫所指继续看下去：“传教士在中国煽动民众，阴谋不轨，企图据澳门为根基以夺取中国天下。而那澳门原在迁海令应迁之列，本该坠毁，是汤若望在朝中上下经营，使之保存，其险恶用心，不是昭然若揭了吗？……”

幼蘩倒抽一口凉气。

这位杨老爷的笔，真够灵活，真够刻毒，真够聪明！不但抓住读者情绪，又抓住对手的薄弱处，打开缺口，摧枯拉朽，矛头直指汤若望，最后一记力过千钧的猛攻，立置对手于“叛逆谋反”的死地。哪怕他抓住的只是莫须有的罪名，哪怕他不过是危言耸听，也能让许多人口服心服，激起朝野的一派同仇敌忾！

“这一笔文章……”幼蘩沉吟着。

“还记得顺治初年江南十世家谋反狱吗？那个杨讼师杨光先？”

“是他？！”

江南十世家狱，绵延数年、株连千里。其中有个文笔尖巧刻毒的杨讼师，似乎生性就爱告状，攀诬了许多人家，把近百名世家子弟送进大牢。后来冤狱平反，他被反坐，差点儿丢了脑袋。听说此人很是机敏，逃到京师投靠了郑亲王，后来不再听到他的消息，想来不甚得意。

谁料十数年过去，此人仍不甘寂寞，又跳出来！算来也是古稀之年，可是看看他那马上雄姿，看看他这连篇累牍、无休无止的笔墨官司，不能不惊叹这老头儿的强健心力和讼师的绵绵不断的韧劲！

吕之悦夫妇既深知眼前这场论战双方当事人的历史和他们各自的后台，情势的严重就是不言而喻的了。

先皇帝去世，辅臣执政，形势逆转。哭庙、奏销、通海、《明史》等大案；迁海令、逃人法等苛政，已经扰害天下，眼前的迹象告诉他们，逆转在继续，并将更快更剧烈！

山雨欲来风满楼。他们似已看到天边乌云在险恶地迅速膨胀，隐隐雷声阵阵电闪在告警：不是细雨，甚至也不是一场大雨，将是狂风呼啸、雷电交加的无情冰雹！

汤若望、西洋人、汉官以及信教的汉人都会是袭击的目标！……

“幼蘩，你明天一早就回庄上去，京师不可逗留！”

“我们一同回去。”

“我不是教徒，还不至于。店里事多，一时也走不开。”

“难道会波及我这样的老太婆？”

“今天的弥撒，必遭朝廷嫉恨！进出教堂的，颇有些不尴不尬的人物。”

“密探？”

“不可不防……”

窗外忽地“啪嗒”一响，像有东西从窗台碰落。夫妇俩一惊，互相交换一道目光。

吕之悦大声问：“谁在外面？吕福吗？”

没有回答，房门却无声地开了，洗衣女子低头站在门口。

吕之悦夫妇松了口气。幼蘩和蔼地说：“是来取工钱吧？我这就给你拿。”

“老爷，太太，我……”小春欲言又止，神色不定地扭头朝身后看了几眼。

“有事吗？进屋来讲。”幼蘩又说。

小春忽然快步进屋，“扑通”一声跪下了。

幼蘩温婉地劝道：“快别这样，有什么难处尽管说好了。我们虽不是富贵人家，多少还能解危困治急病的。”

小春低着头急急忙忙地说：“老爷太太，小女子实在是被逼无奈，并不想害人……他们原说明天一早来的，可我方才出门买菜，见他们已埋伏定了，只怕天黑就要动手，我真对不起你家的好心……老爷太太快避一避吧！”

“什么？”吕之悦变了脸色。

“不要急，慢慢讲清楚，究竟是怎么回事？”幼蘩依然镇静从容。

小春抬头，乌溜溜的大眼睛里满是泪水。她强忍着不哭出来，急煎煎地说：“他们要讹你家，要打掉你的铺子，要把你们撵出京师呀！我看老爷太太心肠好，又正气，才……”她突然缩住口，流动的目光直在吕之悦脸上转，“老爷，你，你……”

吕之悦刹那间有似曾相识的感觉，在什么地方也见过这么一副乍看去平常，越看越觉得妩媚动人的容貌呢？他突然发问：“你认识柳同春？”

犹如一个晴天霹雳，那女子惊得身子往下一沉，坐在地上。随后又猛地立起身，面色煞白，嘴唇翕动，望着吕之悦，半天说不出话来。

“你是梦姑！”吕之悦高兴非常，“同春找你找得好苦！……别怕，我是同春的好友！”

梦姑傻了似的望着吕之悦，脸上的表情迅速变幻着，似悲似喜，又惊又疑，终于扑倒地上，“哇”的一声大哭起来，哭得抬不起头、直不起腰，全身哆嗦，叫人看着非常难受。

幼蘩慈母一样轻轻扶起梦姑，让她坐在桌边，为她斟了热茶，递了手绢擦泪，小声地安慰着。柳同春和梦姑的故事，她已从丈夫口中听到过无数次了。

等梦姑慢慢收住泪，吕之悦方说道：“好，还是先讲眼前这桩事体，我到底没听懂。谁要讹我？为什么？我一生不做亏心事，告到哪里也不怕的。”

“他们是谁，我也弄不清，听他们声口，是急着要弄钱献给一位杨老爷，说这位杨老爷正在帮他们打官司，要是打赢了，他们就好了，得官得钱，一世不愁吃穿……”

吕之悦夫妇对视着点点头，看来杨光先真有一帮人马呢！

“我是临近京师被他们拿获的，他们一口咬定我是逃人，要拿我当囮子诈人钱财，不依就要勒死我。我不甘心这样就死，不见同春哥，便死也不能瞑目……我想何不将计就计，见机行事，或许能逃出狼窝，回永平呢……”

“他们怎会看中我这无名之辈、寒素之家呢？”吕之悦对妻子揶揄地一笑，问道。

“先生，你哪里是无名之辈！南城的人都说你是书画高手，日进千金哩！不过他们选中你，却是有人导引相请……”

“哦？竟有这事？”吕之悦真的觉得奇怪了。他很少和人交往，到此也不过半年，何处结了这份怨仇？

“总是先生的同行嫉恨不过，请这些人来的。拿我当逃人，诬先生是窝主，逼你拿出钱，从此迁离京师……”

吕之悦哈哈一笑：“不要说我没钱，便有，也不吃讹诈！他们敢拿我怎样？怕了他们，岂不是笑话！”

梦姑脸色有些改变：“不，不！你不能跟他们硬拼！他们会真把你拖进督捕衙门，你就有理也说不清，就真会被当作窝主籍没正法……”她仿佛吓住了似的，浑身直哆嗦。

“怎么会！”吕之悦不以为意，“到了督捕衙门，你可以为我做证嘛，还可以告他们个诬陷之罪哩！”

“可，可是，”梦姑口吃着，脸色完全白了，突然双手蒙脸，不顾一切地说出来，“哦，我真是逃人啊！……”

“噢！”吕之悦倒抽一口冷气，觉得一个寒噤从脊背滚过，颓然倒在椅座上。这一瞬间他感到毛发都竖起来了。

“都怪我！怪我太大意，早点儿认出先生就好了！谁知道他们抢先一步？如今先生就是逃，怕也难逃他们手心了……”梦姑悔恨不迭，流着泪，用力咬着自己捏得紧紧的小拳头。

吕之悦极力使自己镇静，混乱的脑子渐渐明晰了。他迅速估量了形势，知道大难临头。他从来不是那种束手待擒的腐儒，他的明敏、决断和魄力一向为朋辈所敬慕，何况身边还有生死相依的妻子，看她全然是一副处变不惊的平稳，正用明睿的目光望定丈夫，传递给他冷静和沉着：

“之悦，看来这不是一桩无赖刁棍借逃人法讹财的常见故事哩！”

吕之悦眉间皱纹刀刻般深，眉下一双眼睛出奇地严峻、冷静。幼蘩说得对，这事关联着当前一触即发的大风暴！屈服于讹诈或许较为高明，损失不过这个店铺，但梦姑必定被他们席卷而去，继续充当诱饵，从此消失在茫茫人海。如何向柳同春交代？怎么对得住梦姑？

要么，泼开身子，陪着去督捕衙门滚他一趟？最坏的结果，当然是送命。可是，他们想要吕之悦这条老命，怕也不容易吧！……

吕之悦像年轻人似的一跃而起，很快地在屋里走了几个来回，停在幼蘩面前。幼蘩看看他的眼睛，知心地微微一笑，说："决定了？"吕之悦用力点了点头。梦姑仰脸望着他们，惊异不定，面颊上还留着一颗晶莹的泪珠。

"梦姑，咱们就随他们去督捕衙门！"

"先生！"梦姑大惊，叫出声，"你要吃大亏的！"

"听我说，你得一口咬定，你是安王府的逃奴！"

"啊！"梦姑一手掩住嘴，脸色惨白。

见她这样害怕，吕之悦才想起岳乐后来改变主意时，梦姑已被遣发，也就谅解了她的心境。他并不说破，只目光闪烁地看定梦姑："想来想去，只有这一招儿能救我们脱险了，你肯帮我这个忙吗？"

在吕之悦锐利目光注视下，梦姑极其不安。当初安王福晋拿她送给杭州将军时，曾神情古怪地对她嚷道："趁我眼下心还软，还没改变主意，赶快给我滚蛋！再撞到我手里，就别怨我心黑啦！"福晋那种复杂的表情叫她又畏惧又怜悯，一想起来就不寒而栗。自认是安王府逃奴，不就是自己往她手里送吗？还有，安王爷能放过自己吗？

"我……"梦姑嗫嚅着，咬着嘴唇，绞着双手，为难极了。但终于一狠心，抬头迎着吕之悦的目光，说："先生放心，我会那样讲的！只求你告诉我，同春哥在哪里？他好吗？"

吕之悦夫妇望着这弱小女子，慨叹万端，一时没有回答。

"先生，要是你这场官司了结，见到他，千万把我的下落告诉他，叫他千万来看看我，我就是死，也……"梦姑的声音哽住了。

"唉，梦姑，看你说到哪里去了！放心好了。事情会有好结果的。我不过试试你心意。你真是个好女子，同春好眼力、好福气啊！"吕之悦这才把后来安亲王的决定告诉梦姑，又告诉她，同春现在仍在安王府做教习，还在费尽力气到处打听梦姑的消息。

梦姑听愣了，几乎不相信这是真的，好半天才回过神来，一面笑着，一面不住地抹眼泪。吕之悦则赶紧写了两封信，给同春，给安王爷，立刻遣老仆吕福送走了。

信一出院门，吕之悦夫妇仿佛完成了一件大事，心下轻松了许多。伙计端上热茶和点心，三人围坐边吃边谈，梦姑叙说着一年来的经历，吕之悦和幼蘩听得津津有味，似乎忘记了迫在眉睫的危险。

原来，梦姑还没有逃出杭州便被拿获。适逢杭州将军松魁被拿问，她得以从轻发落，分拨给一家满洲老夫妇。他们的儿子去征伐湖广流贼，女儿得病刚死不过半年，老夫妇竟拿梦姑当女儿般看待。梦姑多少年没有受过这样的待遇和温暖，非常感激，也就格外尽心地侍奉二老。

可惜好景不长。儿子出征，按规矩老夫妇应领一份出征钱粮，可这笔银子月月被佐领克扣。老爹气不过，去参领处控告，反挨了八十皮鞭。老爹气性极大，回家来又喊又骂，一口气上不来，竟活活憋死。老妈妈不哭不嚷，体体面面葬了老伴，一条绳子悬梁自尽。梦姑又跌回到奴婢行列，拨给另一户满洲人家。

苛刻、凶狠，男女主子都贪财好色，梦姑哪敢在这家久留，瞅个全家游湖的空子逃走了。这回她准备得早，打听好了航船，离开杭州很顺当。不想到了京师，在永定门外小摊喝豆粥的工夫，叫这帮人看破了行藏，连诈带吓，梦姑就蒙了……

吕之悦是他们用梦姑行骗的第二家。头一家是个放利钱的大胖子。梦姑打心眼儿里恨这种放印子钱的，也就不肯说破。那家伙胆小如鼠，吓得爷爷奶奶地乱叫乱磕头，被他们狠狠敲诈了一笔了事。

讲得有劲，听得有趣，不觉天色暗下来。果然前面门上一阵乱敲，人声嘈杂气势汹汹。吕之悦和幼蘩对视着，互相鼓励，吕之悦回脸安详地对梦姑说：

"嘱咐你的话记牢，不到督捕衙门，千万不要说真话，得装作和他们一气，不然你要吃亏的，明白吗？"

梦姑点点头，眼神又紧张了："那太太怎么办？"

幼蘩笑笑："我们这辈子经的事多了，不怕。"

前面轰隆轰隆打门声更急，夹杂着阵阵叫骂。

吕之悦没事人似的端茶盏喝了一口，静静吩咐：

"来人，去开门。"

第三章

一

六月廿六日，杨光先正式向礼部呈递了控告基督教的状文，状告西堂的汤若望、南怀仁，东堂的利类思、安文思四名西洋传教士，还有参与撰写、散发《天学传概》的四名国人：李祖白、许之渐、许保禄、潘尽孝。罪名是阴谋不轨危害国家、诡立邪教煽惑愚民。这两项只要坐实一项，就是十恶不赦的死罪！

先皇的玛法、顺治朝最有名望的客卿、民间传称为汤圣人的汤若望，原来竟是个妖师！

这消息犹如半空惊雷，震动了北京城。人们紧张、激动、兴奋，纷纷传告这闻所未闻的大事。街头巷尾、官署民宅都在议论，估量着双方的力量，注视着局势的变化。不过，事件的主角汤若望忽患痰厥重症，肢体麻痹瘫痪，口舌结塞。官司怎么打？朝廷真会受理这非同小可的案件吗？

七月初六，辅政大臣的决定以谕旨形式宣布：受理诉状，视之为国家最重大要案，命吏、礼二部即日审查鞫勘。

次日，七月初七，吏、礼二部开始会审。此后，每日开庭，对两项罪名逐一审讯。

一个多月以后，竟成虎头蛇尾之势。最初的杀气消失了，案子引起的紧张也减退了，几名被告竟各自回家等候传讯。这引起许多人的气愤：真是雷声大雨点小！最为不满的，自然是辅政大臣。

这天傍晚，吏部尚书阿思哈拜谒辅臣鳌拜。

鳌拜府内的后花园，有一座精致的小楼，翠阁飞檐，绿窗朱栏，绣幔重重，红灯隐隐。看上去仿佛是闺房绣楼，可是没有主人的特许，谁走入此楼二十步内就要杀头。小楼四周乔木浓密高大，灌木丛生，小花悠闲地开放枝头。武备森严的护卫们就隐身在树丛间，随时都能抽刀断人首。确实也有好些不知底细的奴婢在此丧命。

如果鳌拜有斯文气，会给这座幽静雅丽的小楼起个动听的名字，诸如望月楼春雨楼之类。但他是武人，最讨厌酸溜溜华而不实的蛮子味，只简单地称之为军机楼，一语道破其中要害。主管教案的苏克萨哈约同鳌拜，就在这里召见了他们的心腹下僚阿思哈。

吏部尚书心事重重："二位大人，照眼下这么审下去，什么也坐实不了，弄不好要落空！"

苏克萨哈只扬扬眉毛，仿佛在意料中。鳌拜却沉了脸，粗声问："什么缘故？"

阿思哈也是骑射出身的勇将，但在满官中一向以机敏多智闻名，辅臣把他安置在六部大臣之首，就是看中这一点。他小心地看看鳌拜的脸色，思虑着说：

"足以制胜的一着，是谋叛罪。杨先生状告汤若望是叛党首领，细目里列了数条，诸如传教士是同党、各地教堂是巢穴、施洗礼是入党暗号、教徒聚集祈祷是会议密谋等项，皆无实证，被告一一驳回。又比如说钦天监制历书上印'依西洋新法'五字是蔑视大清且由西洋某国王所主使一款，也被汤若望狡辩过去。他说开列五字于历书，是他的前任奉皇帝谕旨，有明文记载，他不敢擅自改动……"

"还有第二招儿呢？"苏克萨哈慢悠悠地问，"基督教无君无父、忘祖灭伦，不是明摆着的吗？"

阿思哈"咳"了一声，说起审讯中那些叫人哭笑不得的事：

传教士为什么不结婚？这不就是违背人伦？

传教士为什么远离故国、不养父母、跑到万里之外来？这不就是无君无父、不忠不孝吗？

主审人拿这两条罪名问了又问，被告的回答如念符咒，什么"信仰"、"博爱"，什么"光荣使命"，谁听得懂这些胡言乱语！那南怀仁还反唇相讥，说当年孔夫子也曾逃离故国四出讲学，也有罪吗？和尚出家也不结婚，也不祭祖而只崇佛祖，为什么不判他们有罪？……倒把审问官问得张口结舌。

苏克萨哈不快地笑笑：“你不见眼下京师内外的人心吗？痛恨洋教的人越来越多，都想看到审出个结果。你们这样……怕不好交代吧？”

“下官知道，下官知道，”尚书连声回答，“所以审案内情一概严禁外传的……难的是，承办此案的吏员也不当回事，审讯中毫无威仪，甚至令衙役给被告送茶递水！”

苏克萨哈目视鳌拜：“这自然是魏裔介的恶劣先例。”

鳌拜沉着脸，点点头。

这里提到的是初审时一件出人意料的事。

冗长的回答后，病瘫的汤若望难以支持，摇摇晃晃就要摔倒。主审官之一的吏部汉尚书魏裔介突然和气地说：

“汤玛法，你坐在地上就是。”

堂上堂下都是一愣，主审官呼被告为玛法，还让他坐下，岂非咄咄怪事！另三名主审一齐惊异地扭头看他，阿思哈不免瞪起了眼睛。这位汉尚书面若冠玉、神态儒雅，说话却是绵里藏针：

“先皇便是如此称呼，后辈小子焉敢不遵循？汤玛法虽是被告，不过来答供，并无定罪，仍是朝廷一品命官，况且年逾古稀、身有疾病，让他就座也是宣示朝廷仁心，难道不该吗？不然，再令他立起摔倒好了！”

阿思哈瞠目结舌、不知所对，魏裔介便抚着颏下疏疏长髯，向椅背上一靠，平静地吩咐：“来，为汤玛法设座。”

从人们于是送上一张小桌，一张地毡。后来的审问，汤若望就坐在这特地优待他的座位上。

说起这个，阿思哈格外气恼：“就是这个家伙！他不但礼敬汤若望，审案中也故意作梗！杨先生状告汤若望勾结澳门，意欲通同作乱，备妥三万人马，伺机倾覆我大清。被告尽可以坚辞不认，但这种事总是事出有因，大可一用。魏裔介却格外认真，提议由吏、礼两部差官吏往广东查明澳门是否真有三万人马待命谋反……这不是捣乱吗？”

苏克萨哈鼻子里哼出一声冷笑：“他从来喜欢自作聪明！可见早和洋鬼连通一气了。鳌公，你看此人……”

鳌拜从浓眉下望着苏克萨哈，干脆地说：“去！”

阿思哈面有喜色，想了想，说：“对。魏裔介原本与汤若望相熟。按汉家条律，他应告回避，可咱们没这个规矩……我遣他办理别的事去！以后这汉尚书可得细心挑选。先皇时候上过的，都不能用！实在碍手碍脚……”他发现苏克萨哈瞪他一眼，意识到说话过了头，连忙收住，恢复了下僚的恭敬态度。

苏克萨哈仰头“哈哈”一笑，说：“不用你操心！你只把审讯抓紧，放聪明些，别去跟那些汉官斗什么条律、细则、援例这些呆事。他们官场沉浮数十年，都是老油子，你我马上打天下的，哪里转得过他们，懂吗？”

“是，是！”吏部尚书心领神会。

“去吧！”鳌拜一点头，阿思哈告辞，两名护卫跟过来送客。

楼梯上脚步声消失了，从那架紫檀木屏风后转出来那位瘦骨伶仃的老先生，拊掌大笑，正是大贤士杨光先。这就是为什么把这次会见地点选在鳌拜府，因为杨老先生下榻于此。

两位辅臣恭敬地让座，杨光先依然笑声不止。他的笑声尖锐又沙哑，这么大岁数，有这么充足的底气长笑，真令人佩服！

苏克萨哈微笑着：“老先生是笑吏、礼二部劳而无功吧？”

杨先生仍在笑，苍黄的脸居然泛出依稀红晕。

“那么，是笑我与鳌公……”

“不敢。”杨光先迅速敛住笑，用衫袖拭去笑出来的泪花，“二公乃当世出类拔萃之英才，老朽安敢造次。”他忽然沉下脸，正颜厉色地说，“堂堂吏部天官，竟持妇人之仁，受邪教蛊惑，置国家荣辱安危于不顾，说出这等糊涂话来！怒极而笑，不得不然耳，二公幸勿见罪。”

果然杨光先非同凡响，一旦出语必能惊人。二位辅臣原被阿思哈一番诉苦弄得情绪低沉，若抓不住汤若望的把柄，岂不枉费心机？先皇和太皇太后总是阻路巨石，若无令人信服、令人大吃一惊的真凭实据，还真不好办哩！杨光先的正言，令他们精神一振，一齐望定这位无私法官一样的大贤士，听他拿主意：

“不说别的，只在历书上添印‘依西洋新法’这一款，便是蔑君辱国的大罪，怎能听他诡辩就放过不问？说是前任所为，谁能作证？基督教异端邪说猖獗，百姓早已为之侧目，朝廷受理本案，大得人心！老朽门下已征集了万民折，将上书朝廷！乞望革斥洋教、严惩西洋传教士！”

“哦？万民折！”苏克萨哈眼睛一亮，兴奋了。

“何日能上？”鳌拜问得更急。

“只在三五日内，请二公静候佳音。”杨先生看看辅臣，略眯了眯细细的眼睛，微笑道，“尚有一事望二公见谅。”

“何事？”苏克萨哈也在微笑。

“为谨慎计，老朽留有地步。”

鳌拜鹰眼中闪过一道恼怒的强光，苏克萨哈连忙制止地瞥他一眼，转向杨光先：

“老先生信我们不过？”

杨光先目光闪烁，低声道：“汤若望尚有大罪不曾列入诉状，捏在我手中，时候不到，掌心雷便不能发！”

两辅臣一对视，都看出彼此的心情，对这个心机深沉的老头儿既赞赏又有点儿害怕，幸亏他不是他们的对手，不然，可真不好对付。

杨光先耳语般说明了一番。

苏克萨哈拍案而起，咬牙切齿道：“十恶不赦！十恶不赦！”

鳌拜则从他浓密卷曲的胡须中吐出两个气势汹汹的字：“妖贼！”

慈宁宫正殿，每当四位辅政大臣来禀告理政诸事时，太皇太后宝座前，那两只青铜仙鹤所衔的灵芝草中就吐出馥郁的沉香。香烟缭绕，大殿中笼罩着一层薄纱似的轻雾，把陛见的气氛烘托得更庄严。这样一来，高踞宝座、浑身金银绣饰、头戴三重珠顶宝冠、项下密密珊瑚朝珠的太皇太后，就更像巍然高坐的神佛，成了名副其实的

“老佛爷”。

索尼朝前跪行几步，叩了头，才要开口启奏，太皇太后的声音从上面传来，带着点回声，显得宏大而有气派：

“索尼免跪，赐座。遏大臣、苏大臣、鳌大臣起。”

索尼得到特殊礼遇，原不足怪，既是首辅、四朝元老，又须发皤然、老态横生。但索尼自已心中不安，他偶尔触到站在遏必隆下首的鳌拜的目光，更觉得难为情。所以奏事时，他又站起身。

索尼所奏，是三藩动向：

平西王奏请朝廷令云贵两省总督、巡抚听王节制。应从之。

平西王奏言滇省初定，请开鼓铸钱，乞朝廷颁给康熙钱式。应发给。

平西王进剿广西陇纳山、荡平逆寨。应议叙嘉奖。

平西王奏请增加兵员。应从之。

平西王题补方面官，不论内外远近，一律坐缺定衔，吏部不得掣肘。

平南王、靖南王不能约束部下，以致地方人民为王下兵丁扰害甚苦，失其生理，应加申谕，等等。

和平时一样，太皇太后听罢，微微点头称是。

遏必隆所奏，是国家财赋：自顺治十八年三月定下各省府州县催征钱粮未完的处分条例以来，各地钱粮拖欠大大减少，尤其江南苏松常镇四府，虽因奏销案革黜官绅士子万余人，却使年来钱粮完解无欠。今年夏季钱粮入库已占全年应入库数的一半，库府殷实，是国家之祥瑞也。

太皇太后也微微点头称是。遏必隆退回右班侍立。

苏克萨哈和鳌拜一同跪奏，先呈上一本厚厚的万民折。小太监接过，呈递苏麻喇姑，她再呈放在太皇太后御案上。

“这是什么意思？”太皇太后静静地问。

“启奏太皇太后，”苏克萨哈恭敬地说，“这是京师万千百姓书名吁请的万民折，吁请朝廷禁洋教，惩治持异端邪说、大干风化的西洋传教士！”

太皇太后对这本两寸厚的万民折看了一眼，轻轻地“哦”一声，不表异同。

苏克萨哈赶紧奏上吏、礼二部审理详情，痛陈谋叛、异端两项大罪对大清国的毒害，痛陈京师人心仇教的公愤。见太皇太后仍不动声色，苏克萨哈痛心疾首地说：

“奴才以为，这洋教的教义，实在有碍我大清万世基业，与三纲五常相悖，不能容它再猖獗了！……”

鳌拜也出列奏道：“奴才以为，且不说谋叛异端罪大恶极，只洋教里说什么地是圆的这一款，就是妖言惑众！论律当斩！它那意思竟是说我大清不是万国朝拜的天下中心，这般大不敬实不可赦！”

苏克萨哈为了造足气氛，停了一会儿，才加重语气，接着说：“原告杨光先，深通历法天算，已有确实凭证，那汤若望所进历法有十大谬误！所以颠倒阴阳、搅乱乾坤！数年来灾异频仍、皇家多故，皆源于此！汤若望用心歹毒，实属十恶不赦！”

真是一记“掌心雷”！苏克萨哈慷慨激烈的余音在大殿梁间萦绕，更显得这一阵沉寂的空落、可怕。索尼和遏必隆原已知道内情，此时也不禁毛骨悚然。太皇太后细长的黑眉向两鬓跳了跳，又归于平静，竟如一位打坐的罗汉，眼观鼻、鼻观心，纹丝不动了。

大殿内的寂静只不过片刻之间，辅臣却感到尴尬和压力。不想鳌拜突然挺身而出，高声奏道：“求太皇太后明示，奴才等如此办理，是否妥当？”

太皇太后姿态表情一毫不变，平稳地说：“先皇遗诏尔四大臣辅政，凡事均有国家制度可循，刑名诉讼，自有程序规则，尔等自为便可。我不预外事，职在鞠育冲龄幼主、教训内廷六宫。”

索尼已觉鳌拜失礼，心中很不安，听太皇太后这么一说，连忙示意其他三位一道拜谢辞出。鳌拜却不甘心，仍然跪在那里，声音朗朗地说：

“启禀太皇太后，奴才等循国家制度，丝毫不错，汤若望罪大恶极，奴才等仍按刑法例行程序，并无越级徇私等情事。汤若望怙恶不悛，屡屡干犯辅政，竟敢毁骂朝廷为暴政，全然目中无人！且在会审中并无认罪意思，狂傲诡辩，全不把审官等放在眼里，奴才以为他这样狡恶无忌，分明是倚仗前朝……”

另三名辅臣一齐惊惶地望着他，索尼脸色尤其难看，他们实在没有料到鳌拜会说出这样不得体的话来。

太皇太后微微闭合的眼睛倏地睁开，看定鳌拜，微微一笑：“鳌大臣的意思我听明白了。十多年前汤若望确实为我调治过病症，也确实是先皇帝的师傅。不过，他若真犯了国家律条、谋逆叛乱，那就是大清的罪人。王子犯法与庶民同罪，这个理儿，我还不知道吗？”

索尼已经怒目而视了，鳌拜还是从容不迫地说：“谢太皇太后大恩。有太皇太后这句话，奴才就安心了。”

索尼赶忙跪在鳌拜上首，恭敬磕头道：“鳌大臣连日劳碌，言语恍惚，多有不妥，求老佛爷开恩见谅！”

太皇太后又笑笑：“并无不妥。鳌大臣敢于当面讽喻谏正，实属公忠耿直，我朝有此栋梁，可喜可贺！而且口才文才也大大见长了。好，很好！……来人，看赏。”

四名太监各捧着一个盖着黄丝巾的托盘进殿，在宝座下首站定。

“索尼，你们记得今天是什么日子？”太皇太后微笑着问。

“今天？是八月二十六……”索尼回答着，有几分茫然。

“启禀太皇太后，奴才记得今天是绝粮日。”鳌拜郑重地说。

“不错，绝粮日。”太皇太后神情肃穆了，“早年太祖皇帝进兵辽沈，转战极苦，八月二十六日绝粮，濒于败亡。幸而将士们搜寻各自粮袋，集了一点儿米，太祖皇帝同八旗兵丁一同用苏子叶裹饭而食……宫中今日不吃肉不用筷子，人人都吃苏子叶饭包。这里四份包儿饭赐给各位尝一尝。想必家中也都备了生菜饭包吧？”

辅臣们都回禀说不敢忘记。苏克萨哈并禀告说他家中做了苏子叶、莴苣叶、白菜叶、酸菜叶等好几种包儿饭。

太皇太后感慨地点头道：“祖宗百战创业艰难，后辈当念念不忘，如先世一般同心协力，共渡难关……哦，鳌拜谏正有功，加赏白银五十两、玉扳指一个。”

辅臣领赐谢恩，谢老佛爷教诲。鳌拜格外再拜道：“老佛爷从谏如流，奴才感激不尽！”

四辅臣出宫去了，沉寂重新笼罩了大殿。

太皇太后没有如往常那样立即回寝宫换衣裳用点心，仍静静坐在高高的宝座里，一手放在那沓万民折上，若有所思地盯着灵芝草心吐出的袅袅香烟。

“苏麻喇姑，你可都听清了？”太皇太后突然开口。

“是，老佛爷。”苏麻喇姑温顺地躬身回答。

“你说他这是怎么回事儿？真想除了汤若望呢，还是借个题目给咱们娘儿看看颜色？”

“总是汤玛法德高望重，汉官归依他门下的挺多，挡了辅臣的路。”苏麻喇姑常常用最简单的话去说明事情的实质。

“你不信汤若望谋逆叛乱？”问话更尖锐了。

“老佛爷！……”苏麻喇姑唤了一声，停了停，低声说，“除非审出结果，拿出凭据。”

“可这些年皇室多变故，四五年间死者不断，难道？……”

苏麻喇姑打个寒战，不敢接话。想起这几年故去的端敬皇后、先皇帝、孝康皇后、恪妃、惠淑妃、贞妃，还有小皇子小格格，她也满心惶惑。

“暴政？……汤若望说过这话？”

“回老佛爷，这话怕是真的。是他在西堂为江南各案受难教友祈祷时候说的。”

“难道真敢倚势恃宠、跋扈横行？”

“老佛爷，汤玛法痰厥重病、肢体瘫痪，说话已不清楚了。”

“是真病，还是为躲避审问？……”

“老佛爷！……”

又一阵沉默。

太皇太后慢慢立起身，踩着明黄软缎贴裹、铺了红毡、立了朱栏的御阶，一步步走下宝座，沉思着，轻声地又说：

“千余年前，汉家出了董卓曹操，欺他孤儿寡母，终于天下大乱。我们满洲就不会出董、曹？……”

苏麻喇姑扶着女主人，小声应道："此人刚勇果断，敢于任事，也是个难得的人才。他未必敢生异心。"

"你这么想？倒要看一看……唉，年过半百，精力不济，还是享享清福吧，哪有那么些闲心去想它！哦……不回寝宫，扶我上花园逛逛，透透气。胸口这儿怎么闷得慌……"

两个年轻宫女替代了苏麻喇姑，一左一右地扶住太皇太后，苏麻喇姑随后，太监们连忙捧了巾帕、口盂、金凳、茶具等常用物品列队跟上。偏偏大殿后门掠过一阵匆匆的脚步声，太皇太后耳朵很灵，立刻站住回头瞧，后门果然开着一条缝儿，莫非早起进殿时没有关严？

苏麻喇姑上前推开大殿后门，竟是小冰月，靠着一盆极大的金橘树站着，不知是因为众人的目光都射向她，还是因为门开得意外，她满面通红，神色慌张，眼睛不安地眨动着，身体紧紧贴着那棵金橘树，手脚都不知往哪儿放。

苏麻喇姑觉得好笑，说："格格跑这儿来干吗？"

冰月说话也结巴了："我，我等老祖宗回来，看、看我的画儿，老祖宗老不回来，我着急……"

太皇太后最疼爱这个小孙女，她轻轻拨开冰月垂下前额的微微卷曲的柔发，笑道："别急，我一会儿就来看你的画儿，好吧？"

苏麻喇姑笑道："格格跟老佛爷一道去逛花园吧？"

冰月悄悄向后一闪："我不，我在屋里等老祖宗。"

太皇太后笑道："好，好。"她实在心里有事，需要静心想想，无意和小孩子饶舌，便在侍从的簇拥下出大殿去了。冰月也像是心里有事，守着那株金橘一步也不肯离开，就连蹲身送老祖宗时，也紧紧靠着它。这挂着密密金橘的树，又大又密，垂挂下来，像一顶缀满红宝珠的帐篷。金橘共是四棵，都种在半人高的大琉璃盆中，挨个儿摆在大殿后月台上，是御苑进呈的珍品，点缀在无花无草无树木的宫院殿堂之间，格外受看。

苏麻喇姑见太皇太后容色已经平静，又没有说话的意思，便回寝宫为老佛爷备膳，心里还在疑惑：小冰月一向娇养，任什么都不怕，刚才那是怎么啦？她记得那棵金橘的枝叶曾无端地摆动了一下，当时可并没有风。

苏麻喇姑从正殿月台侧阶上去，顺着红墙绕到墙角，才一探头，又连忙缩回来：冰月那小丫头还站在那里没动窝，正东张西望呢。

“快点儿，快出来，现在没人啦!”苏麻喇姑一听这喁喁细语，赶忙又伸头去看。果然，那棵金橘树枝乱摇，从中急慌慌地跳出一个人，帽子歪了，衣袍也弄皱巴了，对着冰月长长地喘了口气，两人靠着琉璃花盆，捂着嘴小声地笑起来。哎呀，老天，那是皇上啊!

冰月替他正了冠，扯直了袍子，又点着他脸上一条条汗迹只是笑。苏麻喇姑怕惊着他们，先重重地咳嗽一声，才大步转过墙角，出现在两个孩子面前。她先向玄烨福了福，表示请安，并说：“皇上到老佛爷这儿来用膳吧，这儿吃包儿饭有好炸酱。”

冰月先就拍手跳了：“吃包儿！吃包儿！……是酸菜叶儿的吗？我最爱吃酸菜叶儿的啦！走，快走哇!”

玄烨严肃地点点头，煞有介事地迈出庄重的步子。冰月忍不住奇怪地问：“三哥哥，你怎么老变来变去的？这一会儿就跟长老了似的，都不像你啦!”

苏麻喇姑说：“皇上自然得有皇上的威仪，怎么能总是嬉闹玩笑？再说他眼看着长大了，就得长成天子气度。”

冰月天真地问：“三哥哥，你真的长大了吗？以后我是不是不该叫你三哥哥，要叫你皇上哥哥？”

苏麻喇姑纠正着：“那也不好叫，要叫皇上、万岁爷。”

冰月一边走一边反复打量玄烨，自言自语地说：“皇上，万岁爷。……还得成天绷着脸，不许嬉闹玩笑……”她渐渐地神色悲哀起来，噘着小嘴说，“我们干吗要长大呀？我不想长大了！苏嬷嬷，我不要长大了！……”

“小格格，净说傻话!”苏麻喇姑慈爱地笑了，可是一看冰月真的要哭出来，赶忙又哄又劝，“好，好！我们小格格不长大，年年十岁，年年十岁，好不好？……可是皇上，怎么能不让他长大呢？他要快快长大，早一日亲政，承继先皇，当一个好皇爷，让咱们大清国运昌盛、历祚无疆；让四海臣民太平安宁、丰衣足食。他要是总不长大，这些大事谁去办呢？”

这番话使玄烨很兴奋，他昂起头，态度更加矜持庄重，看一眼冰月后，露出和悦的仁君般的微笑，说：“冰月，就按苏嬷嬷说的，你不长大好了。”

仿佛真的被应允了就不会再长大，冰月疑惑地看看玄烨，盘算着：“再过五年，你就是十七岁；再过十年，你就二十二岁啦！呀，你都长成个大男人了，我还是个十岁的塔拉温珠子……你就不肯跟我玩儿啦！”

玄烨心头忽悠一颤，胸口跟着缩紧了，生出一阵不可捉摸的甜丝丝的战栗，一瞬间，那种奇怪的扰动，就如上次两人紧挨着躲在帷幕后那样，又被唤醒。他温存地打量着这个塔拉温珠子，声音忐忐忑忑，说：“怎么会呢，那时候，你也就十九岁了！……”他的目光和态度，都隐约透露出一点羞怯和温柔，这是从来没有过的。

不过，苏麻喇姑一走开，他回过神儿来，又笑嘻嘻地跟冰月咬耳朵：“我是装样子给他们大人看的，不是对你。咱俩总跟小时候一样，谁都不许变，好不好？”

待苏麻喇姑安排好太皇太后的午膳、再回寝宫次间时，冰月已一手抱着小白猫、一手挥着自己的画儿，向玄烨兴高采烈地显摆，快活得“咯咯”直笑。玄烨也笑着，只一声不响地看着她，颇像个懂事的、宠爱妹妹的大哥。苏麻喇姑心里惊异，不过半年前，他俩还一同在花园捉迷藏，爬树上墙。如今冰月还是那个娃娃，玄烨却像一下长大了五六岁。

苏麻喇姑喜爱地看看这个、看看那个，忽然悄声问：“刚才你们俩在金橘那儿玩儿什么花样？皇上猫树里头干吗？”

玄烨刷地红了脸。冰月惊奇地瞪大眼睛：“苏嬷嬷，你怎么知道？你看见了？”

苏麻喇姑意味深长地笑着点点头。冰月和玄烨互相看着，冰月说：“就告诉苏嬷嬷吧，她不会对老祖宗讲的。”

玄烨很快恢复了常态，坚决地说：“就对老祖宗讲也没什么。这些事，我正想要问苏嬷嬷呢！”

冰月就讲了。她真是等老祖宗等得着急，跑大殿看看。不想玄烨猫在后门缝上悄悄地听哩，见冰月发现了他，急得直摆手。偏偏四辅臣奏罢出宫，眼看老祖宗回寝宫就会撞上，两人一急，想出了个钻树里躲过去的主意。还好，没让老祖宗发觉。

苏麻喇姑哈哈笑了："要不是老佛爷今儿有心事，你们休想瞒过她去！……你们干吗不赶紧跑开呢？"

冰月答道："大殿和月台那么长，谁能跑得及呀！"

苏麻喇姑转向装作不在乎的玄烨说："皇上年岁还小，好好念书练射，这些政事，听它做什么！"

玄烨不高兴了："总说我还小还小，什么事都不让我知道！可我是皇上呀，以后我得像父皇那样，日理万机呀！念书练射我又没偷懒！凭什么不让？我长大了，已经长大了！"他一下子恢复了三阿哥的口气，"好嬷嬷，你告诉我，汤若望叛逆案到底是怎么回事？他不是父皇的师傅吗？为什么上万民折骂他？他果真有蛊惑人心的妖术？"

"什么？"冰月也嚷起来，"怪不得那木船他们拖着不办呢！……"

"什么木船？"苏麻喇姑不明白地问。

冰月征求意见似的看看玄烨，见他点头，才说道："我跟三哥哥从书房角角里找到一只很漂亮的小木船，小喜子说是汤玛法给先皇做的。三哥哥就想见见汤玛法，我们就商量，叫他们办船，那不就非把汤玛法找来不可了吗？"

"交给谁去办的？"

"索尼呗，"玄烨不满地说，"问了他好几次，他都支支吾吾的。"

"我的小冤家！"苏麻喇姑惊叹一声，她明白了，正是小皇帝想见洋教士的企图，促使辅臣动手的，"你们可把汤玛法害了！"

"我们？"

苏麻喇姑叹道："虽说他们早晚放不过他，可他那么一把年纪，晚不几年，也就善终了，何必受这般苦楚呢！……"

"他，是谁？汤玛法吗？"玄烨见苏麻喇姑只是摇头嗟叹，表情很忧伤，便一把抓住她的胳膊，像小时候那样用力晃着，"嬷嬷，究竟是怎么回事啊？他到底是好人还是坏人？嬷嬷，你说呀，你快说呀！”

苏麻喇姑一抬头，触到玄烨的眼睛，被那绝非一个孩子所有的苦恼神情吓住了，一时不知如何是好。

冰月放下小猫，用柔软的小胳膊搂住苏麻喇姑的脖子，小声哀告：“苏嬷嬷，告诉我们吧，我们对谁也不说，我们起誓！”

沉吟许久，苏麻喇姑终于说道：“眼下这谋逆案我也不清楚。但是他与先皇帝、与老佛爷的交往，是我亲眼见到的，我还到他那教堂馆驿去过，以后慢慢讲给你们听吧。眼下我还要办点儿事儿……”她一边说一边想，得向老佛爷进言，让皇上亲政前多多听政，辅臣向老佛爷奏事，皇上就可以旁听，无须使他费尽心机地偷听……

冰月顺口一问：“办啥事儿？我帮你好吗？”

苏麻喇姑顺口一答：“这可不是小孩子们该知道的事儿！”

玄烨扬扬眉毛：“我也不能知道？”

苏麻喇姑暗暗叫苦，后悔自己说话不留意，露了马脚，叫小皇上揪住，一定不依不饶，打破砂锅问到底。与其跟他斗嘴绕圈子，不如就告诉他——反正是为他办的事，早晚他也得知道。

“好吧，让你俩看看也没什么。只一件，不能说出去。要是露馅，苏嬷嬷我只好上吊啦！”

玄烨和冰月吓得互相望望，不敢出声。什么事儿这么厉害？越这样越想知道个究竟。

“来吧！”苏麻喇姑领他们走进寝宫西面的佛堂，右侧有相通的一明一暗两个小间，她掏钥匙开了门上的大锁，又开了里间的房锁。两个孩子满腔敬畏，悄悄地跟进来，东张西望乱打量，很快就失望了。

普普通通的暖阁，有炕有桌有箱有柜，宫里到处都差不多，有什么古怪？

明间沿墙摞着数十个镶金叶的旧箱子，炕上搁着四口雕花红木大箱。玄烨拍拍这个，摸摸那个：“都装的什么？”

苏麻喇姑拿出一大串“哗啦哗啦”乱响的钥匙，打开了几个箱子的锁头。玄烨手快，一下把墙边旧箱子盖揭开！

“啊呀！”冰月大叫，直跳起来。

看不清是金丝银缕还是珠宝翠玉，只觉面前闪动着一团五彩光泽，耀得人眼花！俯下身去细细看，竟是一片片厚厚的、嵌满珍珠宝石翠片的三角形物件，上面用各色丝线金银线绣满了精美细密的图案，花草鱼虫无不生动。玄烨伸手拿起两件，那三角尖尖上还缀着金铃和红绒球！

“这是啥呀？”两个孩子迷惑不解。

“汉家女人穿的鞋。”

“啊？”冰月真喜欢这精美无比的玲珑小鞋，好奇地拿起一只就往脚上套。玄烨劈手夺过来扔进箱内，沉下脸：

“是谁大胆进来的妖物？入关初老祖宗就已下了圣谕：有以缠足女子入宫者斩！此旨现今还悬在神武门，竟敢违旨！”

“哎哟，我的小祖宗，发的什么火！看清楚问清楚再说嘛！”苏麻喇姑笑着说，打开了炕上一个雕花红木箱盖。

“咦？”冰月又嚷了一声。

里面也都是嵌珠镶玉的绣花鞋，却是他们平日见到额娘格格和宫眷宫女们常穿的平底凤头鞋，虽然也五颜六色，实在不及小鞋精致华美。

“还有这儿。”苏麻喇姑进里屋，又打开一个花鞋箱和两个柜子。箱里装着各色花盆底的绣鞋，一个柜里满放着碎银锞子小银锭，一个堆着一束束纸卷。

怎么回事儿？苏嬷嬷要开鞋铺吗？

玄烨拽出一束纸卷，展开，上面用满文写着：

达贝子的七岁儿子夭亡，入了天主教，下葬时候洋教士给他身上涂油。

再拽一卷，是汉文的：

汉人因天主教不敬祖，不许拜佛拜观音拜孔子拜关圣，近日愈加仇教。

这一卷写的是蒙文：

蒙八旗人说，索大臣忠，苏大臣精，遏大臣慈，鳌大臣直。

玄烨诧异地望着苏麻喇姑。苏麻喇姑一笑，细细告诉他。

外间贴墙根儿那数十个镶金叶旧箱子，是前明宫库里找出来的。小鞋自然没用，可鞋上的珠翠宝石还能拆下来再用。红木箱里的凤头鞋，就是宫女和绣工用拆下来的珍宝重做的，进献老佛爷、太后、太妃，还下赐八旗及官宦内眷。这些内眷也不时做新绣鞋进献老佛爷和太后太妃——就是里屋花漆箱里的花盆底绣鞋。有些进献的鞋里就藏着这些纸卷，据纸卷上写的事重要还是不重要，苏麻喇姑估量着给赏银。多到五两十两，少也有二两，放在凤头鞋里跟拆下的珠玉一同送出去，送给那写纸卷的人。

玄烨知道苏麻喇姑管着宫里十数个专门做刺绣活计的女绣工，都是成天埋头绣棚的沉默妇人。她们不是宫女，有自己的家，每天清晨进神武门，日落宫门下锁前出宫。

原来，她们还有这样的使命！

“写纸卷儿的人也都是女眷？”玄烨很好奇。

“是。也有她们的丈夫、儿子。”

“朝廷不是有监察御史、给事中等类司风纪之官，为天子耳目吗？”玄烨又问。

“不错。可万一他们蒙事儿呢？万一他们不说真话呢？”

“哦！”玄烨恍然大悟，“怪不得老祖宗料事如神，敢情！古书上说的，这就叫耳目众多！……哎，苏嬷嬷，老祖宗就只靠你手下这些人探听消息？”

“那我可就不知道了，我只问我的事。”苏嬷嬷笑着回答，忽然狡黠地眯眯眼，“往大太贵妃茶壶里放黄连，可是你们？”

一直又说又笑、指东指西、活泼得像两只小山雀的娃娃顿时不吭声了。冰月看看玄烨的脸色，对着苏嬷嬷使出女孩儿常用的武器：撒娇，小身子一扭，小嘴一噘，耍赖地拖长声音：“嗯——”

玄烨犹豫片刻，脑袋一扬：“是我！谁让她打月妹妹哩？平日里她就老对月妹妹横眉怒目的！……咦？这事也是耳目禀告的吧？”

冰月跳脚道：“没错儿！宫女太监啊、侍卫啊，没准儿都是老祖宗的耳目呢！”

“那，怎么就不禀告她动手打月格格的事儿？”玄烨追问，愤愤不平。

“禀告了的。她……唉！”苏麻喇姑长长叹息一声，“她命苦哇。早先也是个有说有笑爱热闹的热心肠，自打儿子去了，她活得没了指望，才变成这样。”她连连摇头叹息，说起往事，大太贵妃的儿子博穆博果尔如何由太后指婚娶了董鄂氏、进封襄亲王，又如何十六岁而薨；董鄂氏如何进宫封为皇贵妃、宠冠六宫；董鄂妃又如何追封为端敬皇后……

“你们想啊，”苏麻喇姑轻轻地说，“她心疼儿子，可不就恨董鄂贵妃吗？冰月自小是董鄂贵妃的养女，她把恨心移到冰月身上，也难怪。可怜她无儿无女、一个孤零零的老太婆，有什么不是，你们就担待着点儿吧！”

冰月忙说：“那天看她拜佛掉眼泪，很可怜很可怜的，我们就已经觉着做错了……”

玄烨小声说：“我……对不起大太贵妃，她，她真可怜……”说罢又有些难为情，连忙转脸去看别处。

两个小孩出佛堂离开苏麻喇姑后，冰月还念念不忘：

“老天爷，那些小鞋怎么那么好看呀！梦里都梦不到！”

玄烨一板脸，拿出哥哥教训妹妹的口吻：“那都是些妖物，不许再想了！”

“怎么是妖物呢？”冰月咬着手指。

“那几十只镶金叶箱，每箱好几百双，总共得用多少珠玉翠片？这些珠宝得花多少钱去买？这一大笔钱能养多少兵马？明朝不把钱使在军马赈灾上，都耗在这些没用的东西上，难怪要亡国！亡国之物，还不是妖物！”

一番话义正词严，令冰月畏服，连连点头，目中的三哥哥又长成了大人。

这小大人沉思默想，半晌不出声。

“三哥哥……你生气啦？我再不想那些妖物还不成吗？”

“哦，不是。我在想，老祖宗耳目虽多，终究只在宫里，只在京师。等我亲政以后，要叫耳目遍天下！叫所有官吏的贪廉贤愚全都瞒不过我去！”

“真的？你有什么好法子？”

“嘘，小声点儿！听我悄悄儿告诉你……”

也许苏麻喇姑得到太皇太后的默许，自此以后，便时常给他俩讲起先皇一朝的故事。因为汤若望和先皇的交往，贯穿了顺治前后十八年，尤其是后十年的许多大事。

玄烨同许多小男孩儿一样，对父亲原本怀着悄悄的爱慕，因而更上升为敬仰和向往，因而对眼前汤若望的官司就格外关心，尽一切可能，通过各种渠道——太监、侍卫、师傅、伴读等等，打听案情。

然而他得到的消息常常互相矛盾、非常杂乱，就像从苏嬷嬷和鳌大臣口中得知的汤若望形象全然相反一样。害得他几乎天天都在和冰月悄悄讨论其中的是非曲直。

由于得知汤若望有举荐自己继位之功，玄烨几乎是本能地、不由自主地倾向汤神父。见老祖宗对这位治过病救过命的义父如此受辱不闻不问、漠然置之，心里真有些不满，当然，他不敢也不肯流露就是了。

二

太皇太后不便于过问，自有其复杂原因。但她绝非无动于衷。她自有她的特殊处置，玄烨一时还难以领会。

长期以来，太皇太后不预外事。但江山社稷是她爱新觉罗家的，辅臣不过担当大管家的职责，国家政事岂能不向主人禀告？所以自辅臣执政始，叩谒太皇太后已成定制：每月四辅臣共同叩谒一次，详尽陈述各自办理的政务；每十日首辅叩谒一次，陈奏大政方略；紧急国务则不受此限。

这一天是首辅叩谒之期。

索尼走在石板铺就的宽阔道路上，一眼瞥见自己的影子，竟有一丝悲哀从心底透出：老了，真老了！腰弯了，背驼了，当年那个文武全才、英气勃勃的太宗皇帝的头等侍卫索尼，再也不会回来了！……

慈宁宫巍峨的金顶在阳光中闪耀，宫殿的主人也老了。不是吗？当年她辅佐太宗，安定大局，拥立顺治，有智谋识权变知天命，真是一代巾帼英雄，不亚于满洲先世的任何君主！如今年过半百深居内宫，几乎不问政事，无复当年气概，雄心锋芒消失殆尽，已是一位安富尊荣、享尽人间福分的老祖宗了！……时光真如流水啊！……

索尼随着导引太监，一边走一边暗自嗟叹。慈宁宫门侍卫们大喊一声“伊里！”索尼才惊醒过来。他一向是在右配殿叩谒太皇太后的，怎么走向左配殿？索尼有些迷惑，又不便动问。因为他从不跟奴仆下人主动搭话，免失身份。

刚进殿门，一股郁烈的馨香扑面袭来，索尼吃了一惊：这不是龙涎香、沉香檀香之属，也不是隐约可闻的脂粉香。这是花香，是极浓的桂花香！他最喜爱桂花，不仅馥郁无比，还联系着蟾宫折桂这样吉祥优美的譬喻。但时已深秋，怎么还有桂花？他不敢东张西望，只一直向宝座跪叩下去：

“奴才索尼给太皇太后老佛爷请安！”

头上传来太皇太后带笑的声音：“皇帝也在这儿。”

索尼一惊，略略抬头看一眼，连忙匍匐叩头：“奴才不知皇上驾临，罪该万死！奴才给皇上请安！”

“起来吧。”还是太皇太后含笑的声音，“赐索大臣座。”

小太监连忙捧上圆圆的红毡，上面蒙了猞猁狲皮的坐垫，放在宝座左侧。索尼谢恩坐下，很快地往上瞥了一眼。

配殿的宝座不像正殿宝座那样高过人顶，只是御案后放置的一张雕龙凤的金黄色御榻。此榻深二尺、宽四尺，华美非常。此刻，这御榻比太和殿的宝座更加高贵神圣，因为上面并坐着两位世间最尊贵的人——太皇太后和当今皇上；然而，这又是看上去非常和谐的图画——慈祥的老祖母护持着聪慧的小孙子。

两人都没有穿朝服，家常打扮：祖母是平日的两把头，点缀着不多的钗环珠花，身上一袭宝蓝色缎面夹袍；孙子则石青小袍、明黄罩褂、无顶小便帽，只在帽檐正中缀了一颗桂圆大的光彩照人的东珠。若不是四周殿堂、帷帘、宫灯等种种皇家气派的烘染，说他们是普通满洲人家相依为命的祖孙俩，也未尝不可。

"相依为命"，这四个字在索尼心中一闪，竟使他眼角发酸。年岁大了，心肠不由得越来越软了。

"索大臣，从今以后，皇帝也来听取陈奏国事。但亲政之前，严遵他父皇遗诏，并不预政。你可转告他们三位。"

"是。"索尼毕恭毕敬地回答。

索尼奏事时，小皇上如他老祖母所说，一声不响，绝没有干预的意思。但他虽然静坐御榻一动不动，那一双乌黑的瞳子却像两只旋转的钻子，全神贯注地盯着索尼，仿佛要钻开他胸前的白髯、华丽的外褂，直透视到他的心里去。索尼的感觉，好像自己头上生了角，要不就是背后长了翅膀，被这双聪慧的眼睛探究得局促不安了。不过索尼为人心怀坦荡、忠诚正直，很快便习惯了小皇上的注视。到后来，他几乎忘记了老祖母身边这个像小鹿一样无声无息的小孙子。

索尼陈奏朝中一件大事：内秘书院汉大学士孙廷铨解职出缺，辅臣将以内国史院汉大学士蒋赫德补缺，以工部汉尚书博惟麟递补内国史院汉大学士缺。索尼想继续陈奏因此而引起的六部尚书和侍郎的一连串变更，却听太皇太后轻声念道："孙廷铨……内秘书院……"索尼连忙住口，等太皇太后说下去。

自内阁恢复为内三院以后，内秘书院大学士独有草拟诏敕、草签奏章的职责，权最重，所以置两名满大学士。一为巴哈纳，是十一年前就拜大学士的老资格，康熙元年又兼为镶白旗都统，在八旗中颇得人望，只是于辅臣不大买账，跟苏克萨哈尤其不和。他是红带子觉罗，辅臣也不好贸然得罪他。另一个满大学士车克，资历也不浅，颇与辅臣亲近，但能耐欠缺，学问魄力人望都谈不上。这样一来，内秘书院的汉大学士就格外叫辅臣不放心了。

好在出任内秘书院的汉大学士总是流年不利。回复旧制后的首任金之俊，次年便因老病致仕回乡；继任成克巩上任不到一年也乞休回籍；孙廷铨是第三任，供职十个月，又解任归养父母，声称从此闭户却扫、不预外事。辅臣现在推上蒋赫德，用心良苦。此人年老颟顸，最是恭恭敬敬、唯唯诺诺的了。

旁听的玄烨很熟悉孙廷铨这个名字。父皇龙驭上宾，是他发议尊祖母为太皇太后、尊亲生母为皇太后；也是他力持正议，谥父皇为“高皇帝”，等同汉朝开国之君刘邦。若不是辅臣反对……孙廷铨一定是忠臣！为什么和他的前任一样，不肯做高官、回乡为民呢？……玄烨亮晶晶的眼睛一会儿看看祖母，一会儿又转去瞅瞅须发如银的老索尼。

太皇太后终于和悦地说：“早年间我虽身在后宫，不预外事，但太宗皇帝行政治国也略知一二。他从来求贤若渴，恨不能使天下英杰尽归我大清，礼贤下士、孜孜不倦，所以范文程、李之芳、宁完我、洪承畴等相继为用，开国之业，原基于此。况且国家政体官制，原是满蒙汉一体，不可割分。任人惟贤，方显国家兴旺、政治清明。索大臣以为如何？”

“是，是。老佛爷懿旨，奴才……”

“唉，你不必拿我随便几句感触当作旨意。我只是想，文武之道，一张一弛；为政者，宽猛相济才好。”太皇太后平和稳重的话像潺潺小溪一般流动着，水面不时闪烁着耀眼的光华，索尼有不敢逼视的感觉。表面上，她的话句句都仿佛是空口大言、不着边际。实际上矛头很是尖锐，令索尼坐不住，不知如何答对才好。谁料这位老祖母突然改变策略，单刀直入，说：

“吏部尚书魏裔介，如何？”

索尼一愣。昨天辅臣会议，还拿这魏裔介当成作梗的障碍，思谋着找个借口打发他回籍或外转出京呢。

“此人识大体、顾大局，是宰辅之器。由左都御史而吏部尚书，拜大学士，资历也够了。”太皇太后还是那么和蔼，看不出她是否知道在审理汤若望案时魏裔介故意作梗的实情。索尼于是试探地说：

“启奏太皇太后，吏、礼二部会审……”

太皇太后仿佛没有注意索尼在说什么，而专心于自己的思索：“王宏祚近日守制期满还朝，就任刑部尚书，但此人久在户部，曾修《赋役全书》，劳绩卓著，还应令管户部。现任户部尚书杜立德，可补魏裔介之缺为吏部尚书。刑部尚书一职，左都御史龚鼎孳最是佳选。至于龚鼎孳所遗之缺，可着郝维纳补进……”

索尼听着，冷汗涔涔。自他辅政以来，太皇太后从来不曾如今日这样出面干预政事。但一听她的声气，索尼就明白了，她从来就不曾真正“不预外事”。朝廷内外的人和事，她全都了若指掌、成局在胸。这根本不是他一向以为的那个坐享晚年之福的老祖母，她仍然和三十年前、二十年前一样，内秉风雷之气、外持静怡之容，一位杰出的女人！

太皇太后装做没看到索尼惴惴不安的神色，嫣然一笑，颇不像个五十来岁的老妇人：“我今日有些逾分了吧？本不该说东道西、干预辅政事务。不过我每每闲来无事，也常常算计着朝中升迁转黜……你是三朝元老、顾命大臣，与旁人不同，我才说给你听，你尽可以审时度势，任意取舍，不要当作懿旨，也不必告诉别人。你看呢？”

这是在对“自己人”说话，亲切平等，满怀好意，当然也极其巧妙。忠心耿耿的大管家索尼，是绝不敢也绝不肯对主人的指令“任意取舍”的。他只觉得感激莫名，老眼里竟闪动着泪花，说不出话。

太皇太后却不容他喘息，更加随和地笑道：“还有一件，更是皇家的私事了。孔格格年过二十，额驸孙延龄进京也不少日子了。我想在东华门外另赐一所定南王府，早日给他们完婚，你瞧合适吗？……要是合适，就命礼部、内务府办理起来。你的夫人是全福人，请她来做迎亲太太，好不好？吉日嘛，由我来定。”

哪里还像主子对奴才？简直是在跟老亲家叙家常。索尼除了不住点头，只会反复说："老佛爷恩重如山，奴才实不敢当！……"好像别的话他全都忘记了。

索尼告辞出宫时，太皇太后又笑道："我不能白白请你夫人做迎亲太太呀。知道你性爱月桂，正巧有人贡来四盆晚月桂，香气怪浓的，就都给你吧。再有……来，拿礼盒过来！"

八名轻俏的宫女从侧间出来了。前面四个捧着四大盘宫中细点，后面四个每人托着一个精致的紫檀木匣子。太皇太后笑道："送给你们老夫妇俩。礼轻意重，勿嫌菲薄。"

紫檀匣子打开了：两袭珍贵的紫貂长袍，两匣光彩夺目的大粒珍珠！怎么能估出这些物品的价值？那耀眼的光泽直透进索尼的心。他跪下了，极其感激地说："奴才便是粉身碎骨，也难报皇家的世代恩宠啊！……"低头叩拜时，他的泪珠滚到绣了仙鹤朝阳的补褂上，忍不住呜咽起来……

第一次听政，玄烨大开眼界，心情也很复杂：惊异祖母的精明睿智，感叹索尼的忠诚实心；既为自己这天子的至尊至贵地位自豪和得意，又为复杂的朝政、弄不清的无数大小官员大小衙门而发愁。当祖母问他觉得怎样时，他由衷地长叹一声说："唉，可真不容易啊！"他那蹙眉皱额的小大人神气，把太皇太后逗笑了。

他毕竟是个孩子，不会想到太皇太后这次预政不仅是调整宽猛张弛，而且在遏制辅臣擅政的苗头，甚至会影响他所关心的汤若望案的进展。他的心思已迫不及待地转向另一件大事，紧张地问：

"老祖宗，四贞姑姑要出嫁了？我还能见着她吗？"

"她的王府就在东华门外，时时可以进宫。"

"那就好了，"玄烨松了口气，"月妹妹最怕四贞姑姑一去不回，那她会哭坏的。老祖宗，我去对月妹妹讲！"

这时小太监来禀：皇太后姐妹和几位先皇妃嫔来请安。太皇太后便对玄烨说：

"好，小冰月肯听你的话。呆坐了许久，你也拘得难受，找冰月玩儿去吧！"

"是。……老祖宗，四贞姑姑知道她要出嫁吗？"

“知道的。她伤风了，在屋里歇着，你不要拿这事去逗她，她要害羞的。”

“她为什么要害羞？”

“小孩子家，不要管这许多闲事，快去吧！”

听得院里一片花盆高底鞋“呱嗒”响，玄烨一溜烟跑出左配殿，省得遇上那许多皇额娘，一个个地请安，得费多少功夫！再说，他有好些感想得赶紧去告诉冰月哩！

去寝宫，正路过孔四贞在慈宁宫里的住处。玄烨一脚踏进去。屋里的随侍宫女一个都不在，孔四贞娇慵地拥被坐在炕上，以手支颐，斜倚着靠枕，平日粉红细润的面容有些苍白，眼圈发乌，闭着眼睛一动不动，不知是睡着了，还是在养神。

玄烨停步炕前，痴痴地望着她，也不知自己在想什么，只听得呼吸之声和那只西洋钟在“滴答滴答”响；只觉得胸臆间有一团热、有一团酸楚。

孔四贞漆黑的头发绾了个家常髻，髻上簪着的那支凤头球坠金钗因她斜倚的姿势在慢慢向下坠溜。玄烨一个箭步跳上炕，在金钗落地前的一刹那接住了它。

四贞睁开眼：“咦，你怎么来这儿？今儿不是听政吗？”

玄烨细心地把金钗重又插回四贞发髻，回答说：“才刚听完了。姑姑，就你一个人？下人们呢？”

“我心里发烦，全打发出去了。”

“可是你病了呀！”玄烨揽着四贞的颈子，仔细看她的脸，“看你，鼻尖红了，眼圈黑了，眼睛泪汪汪的……”

“没事儿，一点儿小伤风，两天就过去了。”

“你是不是不想出嫁，不想离开我们，心里难过？”

四贞一怔，望着玄烨孩子气的面容，轻轻叹了口气，没有回答。

“老祖宗也真奇怪，早不嫁女晚不嫁女，怎么偏偏挑中了这个节骨眼儿！”玄烨顺口一说，意在安慰四贞。

“什么节骨眼儿？”

“汤若望天算案不是正在审吗？”

四贞微微一笑："老祖宗说不定就成心挑的这节骨眼儿呢！"

"啊？"玄烨一愣，张了张嘴，心里飞快地算计：汤若望必定被认为有罪，案子即将由吏、礼二部转往刑部，而刑部……刚才老祖宗那一大片升迁补转，最终是把龚鼎孳转到了刑部尚书任上！而龚鼎孳跟汤若望可是几十年的老交情啊！况且六部中只有刑部的汉尚书最能说得上话！

"哈！我明白啦！"玄烨眼睛里倏地闪出亮晶晶的星光，得意洋洋地笑道，"公主下嫁，旬日喜庆中停审停杀，保定天算案移交刑部日，龚鼎孳已然到任！对不对？"

孔四贞惊喜地抚摩着玄烨的小脸，赞道："好高的悟性！真不愧先皇之子！"

玄烨越发得意："别看老祖宗不动声色，原来心里还是向着汤若望！我还以为……"他缩住没说，心里却为消除了对祖母的不满而轻松。

"这也未必。"四贞又给他泼冷水，"汤若望在外面对朝政说三道四，原本令老祖宗不高兴，若果真以邪法妖术危害国家，老祖宗绝不会徇私宽贷。但是得顾及先皇声望、皇家体面，不能过分，更不宜闹得满城风雨。"

"哦……"

"你看老祖宗这一番布置，举重若轻，不着痕迹，有多么巧！为政精到，常人是万万不能及的。"

"对！对！棋中高手，就是走一步瞧三步……"

"老祖宗可是棋圣，早瞧出去十步百步了！皇上你呀，可得用心学着点儿！"

"那当然！……你这么明白，也是个极聪明的了！我和冰月可舍不得你出嫁走了呢！"玄烨索性像小时候那样，坐在四贞腿上，把脑袋倚在四贞暖融融的胸前，"老祖宗说你出嫁了也能见着，可到底跟从前不一样，是不是？"

四贞像哄婴孩睡觉似的轻轻拍着玄烨的肩背，低声说："有什么法子？女孩儿再尊贵也得出嫁，舍不得也要舍，难道一辈子守在娘家当养老闺女？——又不是亲娘家，额娘但凡亲热些宠爱些，就有听不完的闲言碎语！”

玄烨猛然抬起头：“姑姑，我有个法子。这回你就别嫁了。再等几年，我长大亲政，选后妃的时候把你也选上，咱们不就能长久聚在一块儿啦？”

四贞“扑哧”一笑：“胡说什么，我是你姑姑啊！”

“那有什么！又不是亲的，跟嫂子婶子也一样。”

“是啊，你们满洲不讲究，我们汉家可忌讳这个。”

“哦，姑姑是汉人……”玄烨并非不知道，但一向不在意，此刻突然发现，原来差异竟如此之大。

“再说，我比你大十三岁，怎么能做你的妃子？”

“对了，我是听人说过，我父皇原要纳姑姑为妃的……”

四贞心头一酸，闭了眼，仍然轻轻拍着玄烨：“过去的事，说它做什么！但老祖宗、先皇帝、先端敬皇后，还有你和冰月待我的恩情，我到死也不会忘记……”

“那，姑姑，你一辈子不忘记我，一辈子跟我好，对吗？”

“对，一辈子。可你得当个好皇上。”

玄烨跳起身，站在炕上，双目熠熠生光：“说定了，谁也不反悔！来，击掌！”

玄烨与四贞很响亮地“啪啪啪”对击三掌，一起笑了。

四贞从炕桌上取两贴膏药往太阳穴贴，说是治伤风头痛。玄烨灵机一动，把膏药涂在剪成小圆的红绫上，亲手贴在四贞眉间印堂，说也治头痛。贴罢，左右端详，开心地笑道：“姑姑，你这一贴，可真像观音大士啦！”

四贞揽镜照照，果然妩媚动人。见玄烨又在剪红绫涂膏药，四贞笑道：“我已经够了，你又弄它做什么？”

玄烨包好膏药：“月妹妹昨儿也嚷头痛，去给她贴！”

他连蹦带跳跑得飞快。绕过正殿，远远看见寝殿廊下蹲着几个宫女，其中似有人抬头瞧了他一眼，他心上一“哆嗦”，想起了自己的身份，猛不丁立住脚，长长地吐了口气，按照肩平步正挺胸昂头的规矩，端庄严肃地走上寝宫月台，那几名宫女已在阶前跪迎了。

“你们在做什么?”他大人似的拧着眉头问。

“禀万岁爷，奴才们在……在抓子儿、扔沙包儿。”回答参差不齐，但很恭敬。这些十七八岁的女孩儿，服侍太皇太后两三年了，虽不是花容月貌，也都温柔可爱。

“你们玩儿吧!”他挥挥手，目不斜视地迈步进了寝宫。

冰月的看妈在西次间门口打瞌睡，一溜五间相通的正间、次间、梢间，静悄悄的没有一点声音，处处飘浮着若有似无的甜香。廊下宫女们抓子儿时的轻悄低语打窗口溜进一星半点的，使他一下子想到那句古诗：“鸟鸣山更幽。”他不舍得打破这美妙的宁谧，踮着脚跟轻轻走进西次间。

哦，冰月在南窗下大炕上睡着了。自上个月她的住处漏雨修缮以来，她一直住在太皇太后寝宫。

他犹豫片刻，退出去，在正间站了一会儿，忽然心血来潮，转身穿过东次间，一直走进东梢间祖母的卧室。小时候他常来这儿，不知从什么时候起，他被领来这里的次数越来越少，最近一年，他就不曾进过这间屋。

屋里静极了，他只听到自己的呼吸。温馨的气息依然亲切熟悉，是他自幼便习惯了的祖母的气息。他好奇地东张西望，没有发现和他记忆中不同的地方。还是那八盏精致鲜艳的宫灯，五光十色的珠挂和灯穗曾引起他多少绮丽的幻觉；还是那碧纱隔扇的卧床，他和冰月、福全曾在这床上床下捉迷藏；还是那座和他差不多高的天然白玉山子，他曾为它洁白中透出的奇妙纹理而惊叹；坐炕炕头多宝槅里的翡翠花插、玛瑙碗、水晶杯这些摆设都跟从前一样。就连炕几上的棋盘和黑白玉琢成的棋子，也是他七岁那年教祖母下围棋，内务府从太和门故明六库里寻出来的。

那是什么?卧床一侧的条案上，在九龙青瓷笔架和金福寿双喜红罩灯之间，一方明黄丝帕，蒙着一件五寸高的东西，莫非是一顶新凤冠?

蒙了明黄丝帕，别人谁也不敢动，但他是皇上，天下还有不许皇上动的东西？他想也不想，顺手掀开黄丝帕，登时就愣住了，几乎不相信自己的眼睛：这不就是那尊邪神妖佛吗？那次他和冰月想要揭开懿靖大太贵妃的秘密，那秘密就以这尊邪神的面目把他们吓得惊异不定，至今不敢对任何人透露。祖母是太皇太后啊！她的卧室里，怎么也供这邪神妖佛呢？

他瞪着这古铜色的双体佛像，不知所措。头戴毗卢帽的男相，张着大嘴，露出獠牙，瞪着眼珠在得意地狞笑，一脸疯狂；而他搂着的女相，却那么美丽，既苗条又丰腴，既活泼又温顺。看着看着，他觉得一股热潮袭来，面颊、颧骨、耳朵阵阵发热，连眼睛好像也烫得要滴出泪来了。

上次见到它，至今已半年。从那时起，他的心就像被一只看不见的、火辣辣的手撩拨了一下，渐渐生出一种他自己也说不明白的渴望，使他常常注视祖母和嫡母庶母身边的宫女，暗自比较她们的优劣。当然，冰月总是站在一切人之上，比任何少女更可爱也更亲切，以至他小小的心坎里，不止一次地想象：如果冰月是梅妃，自己是唐明皇，就不会去宠那个祸国殃民的杨玉环，而与梅妃白头偕老，使大唐国泰民安了。

使他脸红，还有一个原因。在他那些荒诞的、可爱的、乱纷纷的梦境中，曾有两次，他成了这个面容疯狂、头戴毗卢帽的妖佛，而怀中那温顺美丽的裸女却是冰月……他觉得自己的梦很下流，连着好多天不敢去找冰月，见到她连眼睛都不敢抬。直到冰月生气了，他才赶着去赔不是。

老祖宗既然也供这尊佛，那么它不是邪神了？他的那些梦、那些想象、那隐隐约约横在胸中的渴求，就不是下流的了？……心“突突”直跳，他退出卧室，在正间又站了一会儿。西次间仿佛有一股强大的吸引力，他一步一步走到冰月身边。

冰月搂着洁白的小雪，小人儿和小猫儿一同睡着，小人儿呼吸均匀、气息如兰，小脸红润润的，鲜艳的嘴唇像红珊瑚雕就的一般滋润，浓密的眼睫毛静静地合在眼皮下，像一把小扇子。安详、纯洁、秀丽、温柔，她美得教人吃惊，令人战栗。他凝视着她，心跳得如同揣了个小兔子，层层热浪冲击着他，一时比一时汹涌。他自己也说不清为了什么，弯腰低头，在冰月那桃花瓣似的脸蛋上小心地、悄悄地亲了一下，便轻手轻脚地倒退几步，一转身，拔腿就跑，把什么威仪、端庄全撇到九霄云外，好像有人在背后追他似的，狂跳的心差点儿从嘴里蹦出来。

太和门前那对巨大的铜狮子，蹲踞在这里总有数百年了。张牙舞爪、凶猛威严，人们须从很远处才能看清它的全貌。这是太和门的卫士，显示着君王的尊贵和宫廷的威严。无论是大朝会还是进宫晋见，人们在它面前是不敢仰首的，犹如它也是紫禁城内的皇亲。可是今天，当紫色的暮霞把它涂染得浑身闪光的时候，两名红珊瑚顶、仙鹤补褂的头品大员竟大不敬地靠着它那汉白玉莲瓣底座，竟然也没人出来干涉。

这是苏克萨哈和鳌拜，刚从辅臣办事的体仁阁出来。鳌拜黝黑的脸由于表情严肃而显得更黑，浓眉下那双鹰眼闪烁不定。苏克萨哈则皱着眉头，眼珠子一会儿转向东，一会儿转向西，挨个儿捏着自己的手指，"咔吧"、"咔吧"响声不绝，弄得鳌拜乜斜他一眼，鼻子里"哼"了一声。

苏克萨哈手掌往石狮座上一拍，说："真弄不懂这个老索尼，糊涂了还是疯了？魏裔介怎么能拜大学士？这不是存心给咱们难看吗？"

鳌拜愤愤地说："哼！还有杜立德、龚鼎孳！"

"这两个倒也罢了。杜立德罕言少语的，从不与同官龃龉。龚鼎孳复官还靠了咱们的扶持，谅他不敢……"

"大意不得！南蛮子最无信义，说变就变。"

苏克萨哈沉默片刻，说："倒也是，不能不防。"

鳌拜冲慈宁宫的方向一示意，小声说："难道，是她老人家的意思？"

苏克萨哈一愣，脸色微微泛白："看老索尼这么固执、寸步不让，倒有点儿像……可她老人家何苦跟咱们作对哩？咱们辅政虽是先皇遗诏，也是她老人家的保荐嘛！”

“她必是见咱们嫌魏裔介掣肘，调去秘书院明升暗降。”

“嗯，可能。不用半年，这个讨厌家伙准保受不了夹板气，解职回籍了事！……只是，她老人家对天算案可从没透过口风！别忘了，她还是汤若望的义女呢！”

“什么陈芝麻烂谷子！十多年前的事啦！如今汤若望真相大白，为害社稷、颠覆大清，她老人家岂能容他？上次叩谒，她不是亲口应许，绝不袒护！”

“谁知道那是真心话还是应付话？”

“嘿，你想得真多！她老人家既说了，咱就照着办。治乱世就得用重典！说到底，咱们辛辛苦苦、劳神费力，还不是为大清江山永固，她老人家哪会不明白！”

苏克萨哈点点头，后又摇头：“这案子也实在熬人！害得我吃不下睡不着，烦死了！”这是在对亲戚兼副手的鳌拜诉苦。

鳌拜瞪他一眼：“现在嫌烦了？早听了我的，照《明史》案那么干，大风大雷，该杀的杀、该流的流，把基督邪教一股脑儿清除，也就干净了！就算拿教徒全抓全杀，也不够万人，什么大不了！偏要照什么刑法程序一天天地磨，哪天是了？精气神儿都磨没啦！”

“我说你失之粗疏吧？这是天子脚下，不是江南边地，不能乱来！多少人瞪眼等着拿咱的错处呢。况且照刑法程序审案是老佛爷的懿旨，谁敢不遵？……”

“好，好！我粗疏，你细！只不要胆子也细就好！”鳌拜不耐烦地又补充一句。

“罢！罢！咱们不争这个！还是商量商量案子。魏裔介迁调，吏、礼二部结案倒也容易了。转案到刑部可要赶紧，一定得在龚鼎孳到刑部就职前，刑部就定罪结案！”

鳌拜一时反应不过来，疑问地望着他：“嗯？”

苏克萨哈眼珠极快地转了几圈，说：“你看哪，魏裔介去内院，杜立德接任吏部尚书，所留的户部尚书缺给王宏祚；王宏祚留的刑部尚书缺给龚鼎孳；龚鼎孳留的左都御史缺又交郝维纳。每一项交接都需要不少日子。只要上紧，龚鼎孳上任之时，汤若望案早已过去，纵然她老人家有心回护，也鞭长莫及了！妙！哈哈！”他越说越得意，兴奋得连连拍那铜狮底座。

鳌拜一把攥住苏克萨哈的手，说：“这是个逗弄狮儿子的母狮，要拍，拍那边那个滚绣球的，那才是雄狮哩！”

苏克萨哈喝声彩：“说得好！”随即仰头大笑，笑得太和门前的侍卫不住拿眼瞧他，他也不在意。

次日起，按照索尼提出的方案，开始了长长的链锁般的官吏升迁，同时天算案的审理也加快了进程。

杨光先就汤若望故意使用谬误的天算历法倾害国家一事，继续上控、广发揭帖，就像往滚热的油锅里洒了凉水，京师内外霎时间炸开了，要求严惩洋教士的声浪又一次高涨了。

紧锣密鼓，一切都如辅臣预想的那样顺利进行。

十月中旬，天算案的被告将被吏、礼二部宣布有罪，当作囚犯移交刑部，而此时的刑部只有满尚书尼满主持，王宏祚已调任离位，龚鼎孳尚未到职，只需三五日，刑部便可定罪结案了。

没想到，这个节骨眼儿上，太皇太后要嫁闺女。

十月十二日，辅臣奉到太皇太后懿旨：“定南王孔有德殁于王事，阖门死难、忠烈难泯。孔女四贞为予养女，视郡主食俸，掌定南王事，遥制广西。康熙元年，予下诏求得孔有德部将孙龙之子孙延龄，以践旧约，为订婚配。值国家变故频仍，延迁至今。现封孔四贞为和硕公主，赐第东华门外，即日下嫁。着礼部立援公主下嫁之例办理！……”

成婚的正日，选在十月十六日。

公主下嫁，其典礼之隆重、声势之浩大，虽不能同皇上大婚相比，但也是皇家的喜庆，京师八旗、官宦人家要悬红挂彩，表示庆贺；一旬之内，刑部法司要停审停刑停杀；一切不吉利的事都不许在这一旬内办理。所以一接到懿旨，辅臣们就愣住了：怎么不早不晚，偏选在这个日子？是偶然巧合，还是老太太借此表示某种态度？然而娶媳妇嫁闺女，这是人家不折不扣的家务事，太皇太后没有丝毫干政的痕迹。辅臣们真是有苦难言，除了恭恭敬敬地跪接懿旨、老老实实地执行以外，别无出路。

索尼皱着眉头一声不响，心情复杂。苏克萨哈看了鳌拜一眼，说："看来，这桩谋逆大案的审讯是要延误了。"

遏必隆神态倒很平静，笑道："可是孔格格的婚事，也不能再耽搁了。老佛爷真正英明！四贞以少女而开军府、袭封爵，遥制广西，维系定南王旧部，与平西、靖南、平南三藩成掎角之势，也实在是我大清的功臣！"

索尼点点头。遏必隆虽然软弱无主见，大事却颇不糊涂。

鳌拜也点点头，说："下嫁公主，哪里会想到谋逆案！绝不相干！喜事办完，只管办案就是。太皇太后说了不偏袒，那就不会偏袒，没什么好担心的！"

话虽如此，预定的计划受阻，鳌拜心里也不大痛快，仿佛输了一合似的。但他不气馁。他从来就是个不达目的不罢休的人。

从慈宁宫到东华门一路，张灯结彩，喜气盈盈，身穿彩服的宫女太监沿途排列，为公主送行。慈宁门到隆宗门间，排着公主的仪驾；慈宁门到慈宁宫门直至宫内大殿前，排列着太皇太后的凤驾。这是老佛爷的特别恩典，以凤驾送亲。銮仪卫卫士们持着金光闪闪的瓜、钺、星、骨朵，艳若彩霞的旗、伞、扇、麾；乐部教坊司的乐师们细吹细打，把和悦嘹亮的乐曲高高地送上云霄。

慈宁宫大殿的月台上，和硕公主孔四贞正与养母告别。母女俩都穿着华丽非凡的吉服，头戴缀着金凤、垂着珠串、镶着红宝石的三重顶朝冠。太后的袍服是深褐色龙文缯，外褂上绣着金黄色的全龙；公主的袍服则是喜气洋洋的朱红龙文缯，外褂上绣着四个团龙，褂边有艳丽的彩绣。由于装饰特别复杂、特别富丽，目不转睛地望着祖母和姑姑的玄烨，觉得她们变得陌生了，仿佛被这耀眼华贵的服饰压矮了，变得臃肿而且丑了。但他又不得不承认，她们比平日更显高贵。今天一早，他被服侍着穿上皇帝的全部冠服时，对镜子、对阳光下的影子看了好多遍，心里不也很得意吗？

“……天命八年，太祖皇帝御盛京八角殿，召诸公主教以妇道，再三谕导，不许凌辱丈夫，不得恣意骄纵，违训者将罪之。四十年来，大清公主无违此训者。皇儿今日下嫁，也须牢记祖训，勿骄勿暴，相亲相敬。皇儿生性爽朗，快人快语，在为娘跟前，自是娇养，从今以后要为人妇，须得克己容让，不可再如当闺女时那般任性啊！”

“额娘教训，儿记下了。”四贞谦恭地一躬身，头上的大簪、金约、耳饰、领约、饰珠等五光十色的珠宝金饰一起闪烁，非常耀眼。

“你上无公婆，又无妯娌小姑，持家全靠你自己。几年来你以闺中少女而掌藩府军政，颇有才干，朝廷上下敬服，额娘心里也高兴。但治家不同治理军政，更要庄肃婉和，内外舒顺。与京师各王府通来往吊问，礼仪所在，不可忽视。建宁长公主进宫请安，常提到你，很想与你深交。听她说，你原是吴额驸的义妹？”

建宁长公主，是太宗皇帝第十四女，顺治十年下嫁平西王吴三桂之子吴应熊。孔四贞微带娇嗔地说：“额娘真善忘，女儿早对额娘讲过好多次，父亲与平西王有姻亲之好，哥哥聘了吴世伯之女为妻，吴世伯又将女儿收为养女。虽然名分如此，儿已多年不曾见吴世伯了……”

太皇太后笑道：“好，好。吴平西虽远在云南，但平西王府与你的定南王府相距不过一里，你们晚辈来往既方便又热闹……唉，可别忘记常回来看看我这老太婆……”她脸上笑着，声音却有些哽咽。四贞连忙接过话来：

“额娘，养育之恩，四贞粉身难报。娘说这样的伤心话，女儿不嫁了！”

太皇太后连忙笑道：“真是胡说，傻话！额娘还指望你干大事业、当巾帼英雄呢，一辈子守在娘跟前，有什么出息？”

四贞眼圈红了，抽搭着鼻子看看要哭出来，可还勉力笑着说：“额娘，儿近在东华门边，能得时时亲近慈颜。万一宫中有事，就当女儿是额娘的头等侍卫吧！……”

两人絮絮叨叨，总说不完。索尼夫人，身着头品夫人冠服，以全福人的资格做男家的代表——迎亲太太。她鬓边插了一朵红绒喜花，和白发相映，衬得她红润的面庞越加慈和、喜气洋洋。她第三次走来跪下催促了："启禀太皇太后，启禀皇上，吉时已到，请公主升辇。"

太皇太后点点头。霎时间，喜庆乐曲骤然响起，这是设在慈宁宫门檐下的大乐。太皇太后和孔四贞的眼里蓦地涌出泪水，四贞跪拜下去，向太皇太后和皇上行告别之礼。一直痴痴地听她们母女话别的玄烨顿时有些发慌，心里一阵难过，连忙躬身受礼想说句吉利话，想了半天，脱口而出："公主吉祥如意，早得贵子！"

四贞刷地红了脸，又不能如平时那样反诘，只得叩谢圣恩。起身时，望定玄烨，悄悄伸右手在胸前，做了三次击掌的动作，知心地一笑。玄烨回报了一笑，心下才觉得平顺了些，却又遇着太皇太后的惊异目光，想到祖母必是没料到他会说出"早生贵子"的话，玄烨的脸也红了。

这时宫女送上两个散发着香味的楠木匣，打开长方形的一个，里面躺着一柄莹洁清澈如同秋水的翡翠如意。如意头雕琢成一朵盛开的牡丹，牡丹上盘旋着一只凤凰，凤凰的长尾便成了那线条流利舒卷的如意长柄。用料精贵、图案富丽堂皇、雕琢巧夺天工，使这柄如意堪称无价之宝。就是久住宫中的孔四贞，也从未见过这样精美绝伦的制品。她呆呆地看着碧绿的如意，露出迷惑的表情，再抬头看她的养母时，目光变得那么心不在焉，如在梦中。

四贞的表情使太皇太后非常喜欢，心里很觉满足，她慈蔼地说："带着它，额娘愿你事事如意！"

"额娘！"四贞喊了一声，跪下，双手接过楠木匣，抱在怀中，深深低头，以掩饰迸出的泪花。

太皇太后又拿过那只四方的楠木匣，没有打开，递给四贞，淡淡地笑了笑，低声缓缓说："这是一尊欢喜佛，供着它，额娘愿你夫妻好合百年。"

四贞接过手，满脸通红，耳根脖颈部泛出红晕，薄施的脂粉也掩不住羞态。她低垂的睫毛颤颤抖抖，不敢抬眼，旁观的玄烨看着好生奇怪。突然，他心上一机灵，像是厚密的帷帘一下子打开，恍然大悟：这就是他在祖母卧室见到的、蒙着黄绢的那尊妖佛！老祖宗叫它——欢喜佛……

鼓乐声渐渐远了，从大殿月台上再看不见那些仪驾中的五色旌旗了。前来送亲的皇太后和妃嫔们也已各自回宫。太皇太后领着皇上慢慢走下月台。玄烨仰头看看祖母平静的面容和显出疲乏的步态，突然忍不住地问道：

“老祖宗，那两个人形，哪一尊是欢喜佛呢？”

“嗯？”平静和疲乏一瞬间消失了，太皇太后那双仍然年轻的眼睛立刻转到孙子身上。为了不使玄烨不安，她竭力装作不在意地说：“你见过欢喜佛？”

玄烨舍近说远，讲起半年前在懿靖大太贵妃那儿见到的怪佛像，而且完全不提冰月的参与，事情就成了他的独自行动。

太皇太后听罢，初时没有作声，后来笑了笑说：“现在跟你讲不清，以后你就会明白了。”

“以后？以后是什么时候呢？”

太皇太后又微微一笑，看看玄烨，打算回答什么，可不知为什么又皱了皱黑眉，重新打量孙子一眼，目光很是锐利，使玄烨心里很有些疑惑。

她不知想到了什么，径自沉思着，不再说话。回到寝宫，换衣、盥洗、吃点心、午睡，一直到第二天、第三天，她再没有提到玄烨的问题。玄烨呢，被老祖宗的异常表现吓住了，也就不敢再问。

三

礼部终于从公主下嫁的繁杂事务中解脱出来，便会同吏部，审核了汤若望案的全部文件、口供，做了宣判。这宣判经辅臣认可，判定汤若望等人有罪，予以公布，所有被告将作为罪犯送交刑部。

由于“天算谬误害国害民”的议论广为流播，人们联系先帝英年早逝及皇家朝廷近年的一系列不幸，把日常的天灾人祸都算到邪教妖异头上。此时京师已充满仇教气氛，无数双眼睛转而盯住了刑部，无论满人汉人，无论支持原告还是同情被告，全都拭目以待，看这几位掌天下刑法政令的“大司寇”如何量刑定罪。

新上任的刑部尚书龚鼎孳，更是人们注意的中心。

龚鼎孳在衙门里办事，从来都是儒雅大度，风致翩翩，沉着冷静，处变不惊的。当下属向他禀告十一月初三刑部便要对汤若望案进行初审时，他也不过微微扬眉，点点头而已。可是下朝出署，远远望见家中青砖黑瓦的屋顶，望见庭院里落叶已尽的大树上的鸦巢，焦灼和忧虑便油然而生，使他忍不住想大发脾气，忍不住想立刻见到他的横波夫人，盼望从她那里得到安慰，找到解脱之路。

这几年，龚鼎孳官运亨通，家运却不济。顾夫人缠绵病榻已经数月，请遍了京师名医也不见效。她只是隐隐腹痛，恶露不尽，人参、当归、红花、黄芪吃下去十多斤了，人却越来越消瘦苍白。龚鼎孳带了两名小妾别院居住，但每天都要到夫人床前探视，说说体己话儿。两位小夫人尽管年轻美貌，才学风韵却差得远，哪有顾媚的见识谈吐？时间长了倒使他生厌。

只是顾媚自卧病以来，就不许丈夫擅自入屋，必须先行通报，报罢一两刻后才肯开门。最初龚鼎孳很不高兴，很快他就谅解了顾媚的苦心。顾媚要用这一两刻的时间除去屋中恶味、精心梳洗打扮，使自己在龚鼎孳这个才子心目中，永远是当年那个娇媚风流的顾横波。龚鼎孳很感慨，却从不说破这一层。

今天也是一样，龚鼎孳独自在前厅歇了好一阵，僮儿奉上的香茶已经凉得没气了，顾媚的侍女才来请他进屋。门帘一挑，热气和着香气直冲脑门儿，龚鼎孳灵敏的鼻子已分辨出其中的百合香、腊梅香、药香和没有被完全驱散干净的腥臭。顾媚坐在里间的乌木雕花床上，背后垫了几个梅红和粉红的锦缎靠垫，身上盖着洋红锦被，披一领大红猩猩绒披风，露出里面一件茜红衫子。乌黑的发髻向左右高耸着，用镶着紫貂毛的昭君兜绾得紧紧的，这帽兜上镶满米珠，齐额一排珠勒口，粒粒都如黄豆大，衬着她浓妆艳抹的瘦伶伶的脸儿，分外妩媚。床前摆了两盆盛开的腊梅，仿佛取“花似美人，美人似花”的古诗意境。

龚鼎孳当然不难发现，她的铅粉搽得太白，面颊上胭脂染得太红，嘴唇艳得刺眼，而眼圈的乌色仍然透过脂粉不客气地宣示了她的病态。然而他还是笑着喝彩道："好一个红孩儿！越发俏丽了。"

顾媚嫣然一笑，但看看龚鼎孳走进来，照例抬手制止道："你坐下吧，咱们好说说话儿。"

离床头五尺远，那只花梨木雕的缠枝牡丹小圆几边，是龚鼎孳的专座，几上的纱罩已取开，里面是他一向喜爱的花雕酒和几样小菜。

"今日觉得好些吗？"龚鼎孳关切地问，"要不要再换一位太医来瞧瞧？"

"哦，不用，这位刘太医的药吃了不错，连着吃下去的好。你不喝两盅吗？这酒是江南送来的。"

"是吧？"龚鼎孳转着那小酒坛子，了无情绪地看了看。

"衙门里又遇上什么为难事了吧？"

"唉！"龚鼎孳长叹一声，摇了摇头。

顾媚脸上最有神的，是那双明净如秋水的眼睛。龚鼎孳题给她表字横波，正出于此。岁月流逝，她青春已去，又病入膏肓，只有这双眼睛，还不减当年风采。她不用再说什么，眼睛已经提出了问题。

龚鼎孳看她一眼，苦笑道："人人都说我官运亨通、福星高照，此中甘苦，他们哪里知道！……"

自龚鼎孳起复以来，先升左副都御史，又升左都御史，再升刑部尚书，不到四年，连升三级。难怪有人羡慕、有人眼红、有人切齿。顾媚合上那双水汪汪的眼睛，妩媚地微笑着点头，表示她都懂得，都理解。

"这次升任刑书，更是如上刀山！多少人眼巴巴地盯着，要拿我的错处、看我的笑话！刚接任视事，兜头来的一棒，就是吕之悦那个案子。明知他是我故交，偏要我出面审理，偏偏还是窝逃这样的大罪！……你还记得吗？"

顾媚点点头，同情地小声说："满洲人一向如此，但凡犯罪，总是令罪犯父兄执法，大约以此辨别忠奸吧？据说，遏必隆之父、鳌拜之伯，都亲手杀过自己的亲生儿子啊！……"她说着，不觉打了个寒噤。

龚鼎孳也有些毛骨悚然，沉默片刻，离开她的思路继续刚才的话题：“那件事算我有福，逃妇幸而是安亲王府的，安王爷亲笔一函解了此狱，吕之悦方得无恙而归。反倒是那些讹诈刁棍被轻轻放过，——据说和辅臣有什么瓜葛……想要秉公执法，谈何容易！”

顾媚又闭了双目，点点头，这次却没有笑。

“眼下，汤玛法的案子，真如泰山压顶！辅臣那边早就递过话来，要重判；满尚书也多次暗示这是在辨忠奸，说什么一生荣辱在此一举，要我舍私为国、秉公执法。昨日上朝，正逢初雪霏霏，我未穿风衣，那苏克萨哈竟把他那猞猁狲披风连风帽一起，脱下来赠我，用心昭然，叫我受也不是，不受也不是……”

顾媚静静地凝视着他，眸子里流动着闪烁不定的光。龚鼎孳对这双熟悉已极的明眸默望片刻，浩然长叹，仰面向天：

“哦！……我龚鼎孳什么时候才能不违心地说话行事呢？……此番复出，实有两桩心愿：一要以己之长才，分君之忧、解民之怨；二要汲引英贤、维护士林，得补前半生之憾，或者说，赎罪……”

他的声调低哑，有如呜咽，面容惨淡，唇边却露出一丝嘲讽的凄凉的笑。顾媚眼睛里流动的光点定住了，变得尖锐严肃，透出智慧。她那张两颊精瘦、下巴尖尖的脸上，竟显出几分星相卜占者流的成竹在胸的意味，和她浓艳的装扮怪不相称。

“汤玛法是位渊博的学问大师，有功于我朝。所治时宪历早在三十年前就为烈皇赏识而采用，屡试不爽。国初，朝廷人才济济，见识也宽，先皇虽然英年理政，却也广博好学、兼收并蓄，汤玛法以治历、天算得宠，原在情理中。如今柄国者视先皇一朝政治为乱，以重典治乱世，一心复旧，所有循明制近汉俗之政之事之人之物均遭唾弃，连汤玛法一个七十二岁的老人也不肯放过！兴此大狱，无非杀一儆百。其实，于天算历法这样艰深的学问，他们哪里懂得？至于基督教，无非同佛、道、回回教一般，可信可不信罢了，何必视为异端？岂非柄国者目光短浅、不能容物耶！……”

龚鼎孳越说越激愤，忘乎所以地立起身绕着圆几来回踱着步子，不时地挥手、摇头。顾媚唇边掠过一丝揶揄的笑，低低地、温柔地说了一句话，像一支利箭直中红心，滔滔不绝的龚鼎孳顿时张口结舌：

“要想不违心，除非不做官。”

这话太冷静、太明睿，到了使人感情上无法接受的程度，造成了片刻默然，既沉重又辛酸。后来，顾媚轻轻朝靠垫移了移，取了个更舒服的姿势，声音像一缕流云，袅袅不绝：

“你最善审时度势，还有什么不明白？螳臂当车，无济于事。车不因而停驰，螳却因此身成齑粉。以你眼下情势，能够做的只是不露形迹地暗助，明里不能不敷衍他们。但谋事在人，成事在天，未必有用，无非心中略自宽慰一二罢了！……”

她说得多了，不觉气短心慌，额上沁出一层绿豆大的汗珠。龚鼎孳要近前为她擦汗，她无力地摇手止住。贴身侍女连忙过来服侍她躺下，拿纱绢小心地搌去汗珠，生怕损污她的黛眉粉腮。当她轻轻的耳语般的声音再起时，已说起更切近的话题了：

“钱塘苏小，二十六岁病故，自以为乐事，因为她留于人世的永远是她风华才貌横绝一代的音容影像。我顾媚年将四十，风韵不减，正应死于此时，永不以老丑示人，亦是快事！所谓红颜薄命，绝难为我抒写情怀……或者我只是福薄，当你青云直上之时，是我香消玉殒之日？……”

“横波，你何必说这些伤心话？于病体无益啊！”龚鼎孳很不安，皱着眉头叹气。

“不，不——”顾媚拖长声音，又向丈夫飞了个媚眼，气息微弱地说，“我并不伤心……倒是你，年岁一天天高上去，尤要善自珍重，多方保养，切不可虚淘了身子……”

龚鼎孳勉强笑着，故意调侃：“谢夫人美意，鼎孳早已领悟，所谓老来方知妒妇贤是也！……”

顾媚露出疲乏的笑容，眼睛半合半开，声音小到听不见。从她嘴唇的翕动，他猜到了她说的话：“你去吧，我要睡了……”

龚鼎孳轻手轻脚地出房去了。他背后，侍女已小心翼翼地放下了罗纱帐。

十一月初三，刑部大堂开审汤若望谋逆大案。

刑部官署在皇城西，原是前明锦衣卫故址，大堂壁间还留有锦衣卫题名碑。刑部官署南接大理寺、北连都察院，三衙门合称三法司。二百年来，恐怖笼罩着这一片建筑，尽管它的格局与相邻的太常寺、銮仪卫等衙门并无很大差别，但人们总觉得它森严、阴冷，总觉得似有若无的哀号从它那深深的房宇中传出。所以，行人都不大敢从它门前过，哪怕远远望它一眼，也觉得心寒。

前明嘉靖年间，有名的嘉靖七子中的王世贞、李攀龙、徐中行等人同在刑部为官，大概是为了改变人们的成见，在刑部院内建白云楼，相聚吟诗酬唱，一时传为佳话，刑部竟被称为外翰林院。但那时的刑部在长安街西，俗称刑部街，旧址早已荒废。大清建鼎，设刑部于此，又嫌恶前明锦衣卫名色，所以数典征名、附庸风雅，仍在如今的治事之所高榜“白云”匾额。但仅这一点是无法改变平民对这可怕衙门的畏惧的。

然而今天，刑部东向的大门外早早地就聚了许多人，把门前方圆数十丈的场子、照壁前后，以至沿着皇城根到直通刑部门前的几条不宽的右府胡同、制造库胡同都填得满满当当。京师人都知道这个案子，都想亲眼看看这些阴谋叛逆造反的罪犯，何况其中还有好几个洋人！

飕飕寒风卷地而来，刮在脸上刀割似的，可人们只不过耸肩缩脖，裹紧身上的袄袍，不时伸着脑袋向东向南张望。因为今日赴审的全部有关人等，都要由此进刑部衙门，一干人犯，则必定由礼部、吏部衙门押出，穿过棋盘街、进右府胡同而入会审大堂。

一片欢呼，像喧嚣的巨大海潮声，从东席卷而来：

“杨贤士！杨老先生来了！……”

“快瞧哇！快瞧哇！这么大岁数的老先生，多么有精神，多么正气！”

“杨老先生后面跟着的那俩是谁？”

“哟，这也不认识？是恩格德和吴明煊两位大人哪！早先遭汤若望那帮妖教陷害，差点儿送命呀！”

“真是好样儿的！今儿个可该着扬眉吐气啦！”

欢呼一浪高一浪，震耳欲聋，人们热心地向反洋教的正气英雄表达敬意。杨光先满面笑容，稳稳骑在马上，向四面八方的百姓挥手或作揖。恩格德和吴明烜多少有些不自然。他们原先都是朝廷命官，走到哪里，都有开道锣令百姓闪避。百姓怕官乃天经地义。今天这么热烈的场面从未经过，心里不免惴惴不安，生怕有奸民借机生乱，只想赶快进刑部大门了事。

三位原告和他们的随从已进门好半天了，人群仍不平静，还在议论纷纷地摆谈着他们的业绩。每个人都想显示自己比别人知道得多，每个人都想用更高的嗓门儿压倒对手，刑部门前一时喧闹得如同每月逢九开庙市的大隆福寺。

“嘡！嘡嘡！——”东边锣声震响，浩大的人群悚然一惊，喧闹很快消失，仿佛大潮突然退走，片刻之间，连那些如同残留的小浪花小水泡一样的悄言细语也没有了。偌大的场子，偌长的胡同，寒冬午夜一般寂静，惟有铜锣的悠悠余音在寒冷中瑟瑟发抖。

人们又自动让出一条路，瞪大眼睛。他们忍寒受冻站了许多时辰，终于看到他们巴望着要看的情景和场面了：

两面开道锣过去了。

马蹄嘚嘚，敲出一团杂乱的响声，一百多名全副戎装的带甲八旗骑兵过去了。

当每两名巡捕押一名罪犯从人群夹道中走过来的时候，寂静又被打破了。犯人每走一步，铁链就随着“哗啷哗啷”响，他们反手捆绑着，身上还系缠着九条铁链：三条绕颈项、三条缠臂膀、三条系腿足。沉重的铁链使他们步履艰难精疲力竭，一个个蓬头垢面，满眼惊恐凄惶，用力低头团身，恨不能缩进地里去。人群大声哗笑，尽情嘲弄这七名倒霉的钦天监官员：谁让他们自作聪明参与汤若望修历书的？看看那晦气样儿！没几天活头啦！……

铁链声声，又送过来许之渐和许保禄。他们昂着头，静静地只管走，仿佛周围没有这些充满愤怒和恶意的观众，仿佛他们是去办事去购物去散步。只这平静，就足以激怒观众了。

“没事人儿似的！还怪神气！”

“不忠不孝、出卖祖宗的狗腿子！”

“狗官！臭太监！”

“打！打！”

人群腾起怒潮，有人冲上去动手，后面的浪头推涌着前面的浪头，四面八方都在响应，高声喊打。押送囚犯的士兵用力横着长枪，拦住愤怒的人群。

“洋狗子！洋狗子！”声声怪叫，激得人们疯了似的，用更新更大的热望朝前拥，以至押队的领兵官赶紧把后卫骑兵调上来挡住汹涌的人潮。怒骂、诅咒早已准备好，霎时间填满道路填满胡同，汇成了叫人难以忍受的喧嚣，谁也听不清别人在骂什么，连自己精心结构的叫骂也都被淹没了。

利类思和安文思拖着铁链一出现，人们就朝他们吐唾沫，石子、土块、臭鸡蛋、破鞋烂袜子，雨点一样袭向洋教士。每击中一次目标，人们就“噢嗬”同声欢呼，从中取得平日无法取得的极大乐趣……

“罪魁祸首来啦！汤若望！汤老狗！”一人跳起好高，嘶声吼叫。

人群“轰”的一阵大喧嚣，之后，竟奇特地退潮了。

人们目不转睛地注视着这个大名鼎鼎的首犯，原以为会看到一个青面獠牙的妖人，或是满脸横肉、红眼钩鼻的强盗坯。可是他们看到的是什么？

偏瘫的汤若望，由李祖白和南怀仁搀扶着，十分困难地一步挨一步地向前移动。寒风把他雪白的头发和胡须吹得乱蓬蓬的。他是那样消瘦、虚弱、衰老，簌簌地抖动着：手脚在颤抖，白发苍苍的头在颤抖，嘴唇在颤抖……李祖白和南怀仁似乎忘却他们自己的可悲处境，像对待衰迈的老父亲那样小心翼翼地搀着，轻声念叨着安慰的话，脸上一片诚挚的关怀，甚至顾不上看一眼周围的人群。

人心有时竟这么容易感动？还是这个民族历来对老弱愿意显示悲悯宽宏？或者多数人家中也有衰迈的祖父和父亲？总之，喧嚣的潮头跌落下来，疯狂的咒骂化为一片嗡嗡议论，有人低声地惊讶道："原来是个这么老的病老头儿！……"

犯人已经走过去了，人们仿佛突然醒悟过来，有人朝着被告的背影大叫："洋狗子！装蒜！"嘲骂的声浪随之再度掀起：

"绞死他！"

"淹死他！"

"拿卖国贼千刀万剐！"

…………

刑部大堂可就不像礼部、吏部大堂那么客气了。阶前摆开了一排排刑具，以突出此处的严酷恐怖：各样规格的杖、皮鞭、夹棍；一堆堆铁镣、手铐、锁链；从十斤二十斤直至五十斤、八十斤的沉重木枷；各种尺寸形状的囚人木笼等等，用来威慑罪犯，也用以维护国法。这是头等大案，又是刑部接手后的第一堂审讯，尚书尼满、龚鼎孳和四位满汉侍郎都出席。虽然头堂审讯内容很简单，不过是原告被告当堂确认各自讼词，确认吏、礼二部的判定。

龚鼎孳高坐在主审官位上，神态自若。他不注意汤若望，也不和被告中的任何人接触目光，就像从来不认识这些人。只和杨光先的眼睛不期而遇时，微微点了点头。

几十年的历练，做到这些并不困难，但心里的苦味只有自己知道。耳边响着笔帖式宣读案卷的声音，往事却一幕幕地从眼前闪过：许多次造访汤若望，为他渊博的学识所折服；一同品尝教堂葡萄园酿制的葡萄美酒，畅谈欧洲的雕塑、戏剧和中国的诗歌；汤若望七旬大寿的喜宴上，他撰文赋诗，以表拳拳之忱……如今，他是主审官，他所敬仰的老友汤若望，却成了阶下囚！何其荒谬！……

南怀仁、安文思、利类思都和龚鼎孳有过交往，也知道龚鼎孳与汤若望的交情。看到主审官位上坐着这么一个熟人，不禁互相使眼色，感到一点希望。但跪在汤若望身边的南怀仁，轻声用德语告知这个特别情况时，他眼皮都没有抬，白茸茸的浓眉抖动着，用德语小声回答：

"你还不明白吗？没有人能够挽回，靠我们自己奋斗吧，上帝与我们同在!”

果然，大堂初审结束时，发生了一件意外，使囚犯们私下诅咒了好几天。

当时，满尚书已站起郑重宣布，全然是结束初审的意思：“此案自明日起，由刑部陕西清吏司、河南清吏司经管复审，半月之内，量罪定刑……”

杨光先突然高声嚷叫，打断堂官的话：“大人！小民还有禀诉!”

满堂为之一惊。

“讲！——”尼满不耐烦地瞅他一眼。方才的初审陈诉，这位老先生的得意、精明和尖刻，已经使人诧叹不已了。

杨光先把一张诉状高举过顶，激愤的控诉犹如一串连珠炮：“汤若望治历荒谬绝伦！天佑吾皇历祚无疆，汤若望只进二百年历，居心何其阴险毒辣！汤若望所修时宪历，小民粗粗看过，便已摘出大谬大误达十余处！国家肇造鸿业，以授时定历为急务，治历明时，帝王所重。汤若望乱我历法，实为祸国殃民之罪魁!”

“你——，为什么至今方提及此事?”尼满问。

“回大人的话，小民六月里向礼部上控的诉状中，已列此为汤若望诡立邪教罪之一款，但至今尚不见审讯此事，是以小民补写诉状，求大人明断！……”

看着杨光先精瘦的脸、灵活的眼睛和利如剃刀足以翻波掀浪的一条舌头，龚鼎孳突然醒悟：就像人家请客吃酒，好菜放在最后一样，有心机的人往往最后才拿出他的压轴戏，而这最后的一手，最是隐藏着他的真实意图。邪教啦、谋反啦，都是外衣。他是要从历法上打倒汤若望，取而代之，确立他当代最大的天算星相大师的崇高地位!

默默听罢杨贤士口若悬河、滔滔不绝的陈诉，龚鼎孳不动声色地命令笔帖式：

“接过杨先生诉状。”

这一句话，堂上堂下无不愕然！连杨光先都觉得意外，怔了片刻，才伏身叩头。

不想，龚鼎孳又点着被告问：“汤犯若望、李犯祖白，为何不上刑具？”

押解人犯的礼部官员连忙跪禀：“回大人，先皇遗下朝廷旧例，大臣命官因罪拘禁发问者，均不戴锁。汤若望原为正一品太师，李祖白为从三品监副，故而……”

“既进刑部衙门，职衔尽革，无从再援旧例，罪犯一视同仁，刑具不可免，上吧！”龚鼎孳下命令毫无表情，也未提高声音。

一阵“哗啷”乱响，几名衙役拿九道铁链分别加锁在两名被告身上。汤若望一脸漠然，听天由命。李祖白却忍不住瞪着龚鼎孳，愤怒的目光说出了他不曾说的话：“你这投井下石的无义小人！”

龚鼎孳感到了各方射来的各种目光：惊诧、赞美、愤怒、仇恨、轻蔑、鄙夷……宦海沉浮，早已惯经，完全可以视而不见。他平静地继续执行他的公务：“汤犯若望、南犯怀仁，囚禁北所，其余人犯囚禁南所！……尼大人，你看这样可妥当？”他转脸向满尚书赔笑问。

“好，好！很稳妥！”尼满连连点头。

退堂了。罪犯们将被分别带走。他们聚在一处，互相画十字祝福告别，求上帝保佑，又一个接一个地跪到汤若望面前，请他为自己祝福。汤若望露出一丝笑容，轻声地说：“上帝和我们同在！……我心里充满了幸福，我们将为信仰而死，将获得殉教的无上光荣！……上帝啊，饶恕你有罪的仆人吧！……”

“哈哈哈哈！”大笑骤然在罪犯们身边喷发，尖利而绵长。是杨光先，笑得几乎喘不过气，瘦而长的手指，指定汤若望，尽情地嘲弄着，嚷得满堂处处听得见回声：

“死到临头，还要打肿脸充胖子！你们那上帝、那无夫生子的马利亚不是万能的吗？怎么不赶快来救救你们哪？从西洋跑来天朝太远了吧？你们的上帝和马利亚都跑不动吧？说不定呀，那偷汉子的马利亚还晕船呢，哈哈哈哈！……”

一个书吏上前扯扯杨光先的衣袖，想止一止这不顾刑部大堂威仪的狂笑。杨光先挥手甩脱，笑得更加恶毒，一串串蘸着仇恨的话又迸发出来：

“汤若望，你到底也有今天！二十年前，你就不把我放在眼里，你夺去了原本是我的一切！还把我踩在脚底下剁，这样剁啊！……你，没想到吧？真假黑白终要分清，我！我杨光先终有出头的日子！而杨光先出头之日，就是你汤若望下地狱之时！我早就发下这誓愿了！二十年，二十年哪！……”

汤若望扶着南怀仁，一双碧蓝的眼珠不转瞬地看定了杨光先，极力回想着。

“你这死囚！看吧，好好看看我！”杨光先冷笑着，“跟二十年前比，没有大变！”

“请原谅，”汤若望声音微弱，竭力克服謇涩不灵的舌头带来的发音困难，缓缓地说，“我不记得见过你，你讲的事情，我实在不明白，真的不明白……愿上帝饶恕你吧！……”

刹那间，杨光先也愣住了，无以答对。

两个白发萧萧的老人，面对面站着，目不转睛地对视着。周围的人们惊讶地望着他们，口中不说，心里都有些疑惑：罪犯为什么像是位仁慈平和的长者，而胜诉在望的原告，反倒像是个恶毒阴险的巫师……

辅臣的担心看来多余，人们的预料也落空了。龚鼎孳一开始就用他的行动证明了他的忠诚无私。后来此案在刑部审理特别迅速，也是因为他的努力。

初审后不过十天，刑部就宣布了量罪定刑的结果：

南怀仁、安文思、利类思、李祖白拟各杖一百、驱逐出京；许保禄拟杖一百、远戍三千里；汤若望以阴谋不轨之首领，拟处绞监候，但应就其传布舛错虚妄之天文历法的重罪，做出有凭有据的证实，方可执行死刑。

刑部满汉两尚书又联名另上一道密折，提到本年十二月初一是日食之期，可令当今三种天算学派——汤若望的欧洲时宪历、杨光先的大统历、吴明煊的回回历，将各自推算结果呈送礼部，当场测验，便能以最简便、最公正的方法坐实汤若望的罪名，绞监候便可实施而不至于招来言路的议论和抨击，也可服天下人之心。

杨老先生和吴明煊得知此事，兴高采烈。他们赞美这提议的英明，借上天之手置汤若望于死地，再好不过了！

于是，辅臣决定：十二月初一，议政王贝勒大臣、内三院大学士以及九卿、詹事科道各官并钦天监全体官吏，会集于观象台，共同验看杨光先、吴明煊、汤若望三种天算学派的推算结果。

于是，汤若望案震动了朝野，波及天下，成了千百万人注目的中心、大清国朝廷的头等大事。人们紧张、兴奋，热切地等待着十二月初一的来临……

四

内城东南隅堞堵之上，一台突兀而起，上摩苍穹。上面古铜色的龙形凤形、铜圭石台、圆球方架，更为它涂染了古老崇高又神秘的色彩。这就是建于元朝至元十六年的观象台，台上那些怪物，是元朝大学问家郭守敬所制的浑天仪、简仪、量天尺等天文仪器。它已经历了四百年的雨雪风霜，它身边演出过多少成败兴亡的传奇故事。今天，又一场悲喜剧要在这里出台了。

老天爷真助兴，竟特意赐给一个冬日最难得的艳阳天：万里无云，丽日当空，空气中纤尘皆无，只要眼前没有障目的房、树，在东城都能清楚地望见戴着白雪帽子的青黛色的西山。

日方过午，观象台下已经车马填衢、热闹非凡了。朝廷几乎所有的王公官员，都聚集到这里，成了紫禁城外的一次小朝会。他们都被请进紫微殿等候，按照尊卑高低，王爷和贝勒贝子们坐在正中，其他官员散坐大殿各处。究竟不是上朝，没有纠仪御史在一旁瞪着眼抓礼节仪态上的错处，大家轻松得多，三人一堆五人一丛地小声谈笑，或是走来走去地同熟识朋友打招呼。就连王爷们也悠闲地衔着三尺长的烟管，聊着即将开始的测验。

“你看今儿这事怎么样？”

“这天地日月的大事儿，咱凡人哪儿弄得懂？说有日食就真的天狗吃太阳？我还不信哩！”

“杨老先儿早就传出话来，皇历准胜！没跑儿！”

“说得是。咱们天朝人不信皇历还信什么？”

“真格儿的！这帮西洋鬼儿，汤若望，黄鼠狼给鸡拜年，能安好心吗？使那西洋历，可不就是专来乱咱中国的！再者说了，拿他们西洋的日月星辰，怎么能跟咱们的日月星辰瞎搅和呢？两码事儿嘛！……哎，索尼，你说是吧？”

索尼只得对这位功高爵显但已颟顸之态可掬的公爷笑着点头，连声称是，心里却七上八下地不安宁。他是有学识的老臣，当苏克萨哈和鳌拜力主观象台测验时，他就不大赞成。他俩极力说服他，保证杨光先必胜，遏必隆也随着相劝，他不好违众，只得违心，勉强同意。他当然希望杨光先胜，可并不赞成这么兴师动众，闹得满城风雨。不过，天算案酝酿闹腾了近一年，到如今已成骑虎之势，他也不能收缰，只好无可无不可，且待结果了。

“索公，”有人在背后悄声叫他，回头一看，是苏克萨哈，心里顿时起腻，他很不喜欢苏克萨哈这么鬼鬼祟祟，总是趁人不备地吓人一跳。他克制住自己，面无表情地问：“什么事？”

“你家二公子也来了。”苏克萨哈笑着，眼睛却毫不掩饰地探索着首辅的表情。

“哦？他也来了？”索尼果真不知道，“这几日他当值，没有回家。”

“这么说，”苏克萨哈眼珠一转，“他……”

“你看见他了？在哪里？”

苏克萨哈笑着指指观象台。果然，索额图就站在观象台的阶梯口，正出神地往台上看呢。索尼步出紫微殿，停在门前，叫一名侍从唤索额图来见。

索额图匆匆走来向父亲请安。索尼偶一侧脸，见苏克萨哈也跟了过来，离他们父子五六步远，眼睛不住往这边扫，发现索尼看他，若无其事地一笑，扭头去跟鳌拜说话。

索尼不快地压低声音：“你为何在此？谕旨里并没有准许你们来！你要是敢凭借我的位望擅自来此……”

“不，不！阿玛，儿是奉皇上圣命来看测验的。”

“皇上？”

“是。皇上一向喜欢天文地理，听说今日盛况空前，特令孩儿与会，回去向他禀奏。”

索尼皱起了茸茸灰眉，半晌，说道：“皇上尚未亲政，又在书房攻读，不宜用这些繁杂政事去搅扰。况且朝廷大事，尔等小辈岂知深浅真伪，怎能以一己之见有渎圣听！此番回去，你绝不可在皇上面前信口雌黄！”

“是，阿玛。”索额图恭敬地垂手低头，父亲不说叫他走开，他只好仍旧站在那里。老爷子盯着观象台看什么？

“上面那几个窜来窜去的小太监，是你带来的？”

真的，四名身穿黄底红花袍、头戴插了一管灰翎毛红缨帽的小太监，正在台上那些古老的天文仪器间乱跑，摸这个敲那个，一会儿蹲下朝底下窥探，一会儿蹦着高往顶上瞧。太监嘛，不是宫里的就是王府的，谁敢管他们？

索额图连忙躬身答道：“是，阿玛。他们都是皇上的亲随小太监，受皇上命笔录日食测定，好向皇上禀报。”

沉默好一会儿，索尼才说：“不要让他们乱跑，当心摔伤，让皇上不安。你去吧。”

索额图刚走开，苏克萨哈和鳌拜就过来了。苏克萨哈笑道：“索额图仪表堂堂，越来越跟索公相像了。他来传信？”

索尼相信他们父子的谈话苏克萨哈早已收进耳中，这么明知故问实在讨厌，便直言不讳地说：“他是奉皇上圣命来看日食测定的。”

“哦？”苏克萨哈故作惊奇，赞叹道，“皇上聪明天纵，尚在冲年，就喜爱天文地理！将来必是明主。”

鳌拜补上一句：“理当文武全才。”

正说着，门外车马声喧，又来了几位王公。为首的一位，竟是安亲王岳乐。三位辅臣只得上前跪安。岳乐面色黑红，满面笑容，显得很健康。

索尼道：“安王爷久不在朝，百僚渴想不已。不料今日莅临，索尼等不胜荣幸，但愿从此王爷归朝议政……”

岳乐笑着连连摇手：“索公说到哪里去了！我不过对天文天算十

分好奇，想来看个新鲜。归朝议政，我已力不从心，不必再提了。”

苏克萨哈笑道：“王爷气色极好，必是秋来狩猎、养精蓄锐所致。”

岳乐大笑：“哪里顾得上！如今我自己经营庄田，忙得不亦乐乎。倒是很有意思的……”他于是津津有味地说起他的田庄：哪里种谷、哪里种麦、何处开鱼塘、何处设牧场，直说得三位辅臣都不耐烦听了，又不敢表示出来。幸亏遏必隆走来请安，苏克萨哈忙指着他对岳乐说：

“王爷，遏公最喜欢牧场，他的庄子八九成牧放牛马羊。”

“真的吗？”岳乐转向遏必隆，“不置农庄？怕不合算吧？……”两人一边进殿一边还在很有兴味地谈着田庄。

摆脱了安亲王，三位辅臣都感到轻松。苏克萨哈小声说：“当年，安王爷何等刚毅果决。”

索尼叹道：“财货子女，最能消磨壮心。”

鳌拜说：“还是南蛮子的书卷气害了他！”

索尼看他一眼，正想说什么，礼部一名官员近前跪禀：

“大人，时辰已近，杨老先生和吴明煊已在浮漏堂候命。汤若望……刑部告知，汤若望五天前又病了一场，胸闷气喘，时复昏迷，这两天刚见起色，他们用木床将他抬来了……”

苏克萨哈冷笑：“无非以老病之态博人哀悯而已，装腔作势，不要理他！”

索尼想了想，说：“把他连床一起抬上观象台。”

“是。”礼部官员又说，“他的旧属送来他常用的望远镜……”

“让他用好了。”索尼冷冷地说。

“可是，他身上的刑具……”礼部官员吞吞吐吐不敢说下去，不住地看几位辅臣的脸色。

“那是朝廷的法度，不能动！”苏克萨哈一皱眉。

索尼又想了想：“观测时候，去掉手臂上的铁链就是。”

鳌拜猛一回头想要反对，索尼摆摆手：“他到底是七十三岁的老人，况且看望远镜是要用双手的嘛。”

另两位辅臣对视一下，不再作声。

又有几名礼部官员带了一张书写得整齐漂亮的满汉文告白，进紫微殿向诸王爷大人禀告今日观测办法：告白上写着三种历法推算出的日食时刻；大殿前摆了许多水盆，供王爷大人们从水中观看日食情状，以免阳光直刺双目而看不清楚；另有专人根据浮漏堂的铜壶、晷影堂的日晷，向众人报出准确的时刻。

大家看那张悬挂殿中的告白，上面大字写着：

大统历法算得日食时刻 未正三刻
回回历法算得日食时刻 申初初刻十分
西洋历法算得日食时刻 申初二刻十一分

礼部官员最后大声说："现已是未正一刻，距杨老先生用大统历所算日食时刻，只有两刻工夫了。请诸位王爷大人莅临大殿檐下验看！"

于是王爷贝勒先行，诸大臣官员随后，有秩序地出殿在檐下一排排水盆边就座。光芒刺目的火红太阳落在水盆里，变成一颗苍白的明珠，很圆很亮，光芒柔和多了。不一会儿，钦天监的官员又呈上一片片涂了墨的玻璃。虽说玻璃这玩意儿也是西洋传进来的，眼下要用还得用。

杨光先、吴明煊、汤若望已经上了观象台，除了他们的三五名随从和监管人之外，观象台上只站着几个报时的官员。索额图和那几个小太监也在那里，不过都跑到台南端去了，大殿这边的人看不见他们。

官员、护卫、侍从都停止走动，找到各自的位置。

观象台上传来"哗啦啦"的声响，解除了汤若望手臂上的三道铁链。

呼报时刻和从不同角度观测的官员们也都各就各位。

万事齐备，一切就绪。

"未正二刻到！"浮漏堂传出报时声。

“未正二刻到!”晷影堂传出报时声。

“离大统历推算的时刻还有一刻!”观象台上报时官员大声地喊了三遍。

大殿檐下的人们听到这三遍喊，仿佛不怎么经意。尤其是王爷贝勒大臣们，自有他们处变不惊的派头，仍然谈笑自若，只不过时时从眼角瞟瞟水盆、向观象台迅速地扫去一眼而已。

但是，谈笑声渐渐小了、轻了，以至完全消失了，装出来的轻松终归经不住考验。当沉寂完全笼罩了观象台上下时，气氛就变得非常紧张。时间一点点流过去，预定的时刻一步步逼近，有的人额头沁出薄汗，有的人手指微微颤抖，甚至连呼吸都不那么顺畅了……

弦越张越紧，看看就要绷断!

呼喊声突然划破长天：

“未正三刻到！——”

“未正三刻到！——”

“大统历推算的时刻到！——”

苏克萨哈的脸刷地雪白，克制不住地握着拳头直跳起来，人们也兴奋地骚动了一阵，有的俯身盯着水面，有的举着那片黑玻璃对天上张望，嘴里喊着、说着或小声嘟哝着：

“来了！快看，日食来了！……”

“就来！马上就要来啦！……”

骚动渐渐停息，兴奋渐渐消失。光芒四射的太阳高挂碧空，异常明亮，看不到丝毫被食的痕迹。

时间缓缓地、笨重地走过去，失望越来越沉重。虽然还有“快了、快了”的低语，谁都明白那是在宽慰自己也兼宽慰同伴……

“回回历推算的时刻会更准的!”苏克萨哈笑着响亮地说，既掩饰自己的失望已极的灰败情绪，又给众人打气。回回历推算准了，也是对汤若望西洋历的胜利!

吃太阳的天狗啊，你跑到哪里去游荡了？你该来助一臂之力！为了朝廷的体面、为了大清江山，快来吃太阳吧！日后我们暗中好好祭祀你，用汤若望他们洋教禁止的最丰盛的酒祭、肉祭，哪怕活人祭！……

“申初初刻十分到！——”

“申初初刻十分到！——”

“回回历推算的时刻到！——”

后一句呼喊照例重复三遍，人群一片沉默。许多人竟仰着脑袋，手搭凉棚直接去看太阳。他们已无心议论什么，只盼着日食即刻出现。片刻间，看太阳的人就都看花了眼，再低头看别的，眼前金星乱迸，扑来一团团绿色灰色的麻麻花花的雾，好半天恢复不过来。

人们静默地、沉闷地等待着，枉然，日食仍未出现。

“啪”的一声，鳌拜把手中的黑玻璃片扔进水盆，溅了自己一脸的水，水面被击碎的太阳，像闪光的碎金片在抖动。鳌拜用他特有的粗而浑厚的声音说：

“什么日食！或许今天根本就没有日食！”

苏克萨哈立刻响应：“正是西洋历算得今天有日食，才哄得大统历和回回历跟着一起推算。可见西洋历之蛊惑人心，绝不可信！”

更多的人响应了！

“不用看了！反正不会有什么日食！”

“白费这么多时间陪着受冻！还不如出城打围哩！”

真的有人起身要走。安亲王安详的声音留住了他们，含着笑意，不高不低，却人人都能听到：

“既已来了，干吗不看到底呢？测验测验，总要测个水落石出，验出孰优孰劣，不然，一锅粥，岂非白费这把子力气了？”

人们无可奈何地继续等候。时间过得真慢，太阳红彤彤的，仿佛在嘲笑下界这些愚蠢的芸芸众生。他们不耐烦地站不定坐不宁，聊天说笑来回踱步走动，只等挨过西洋历推算的时刻就打马回家。回家就告诉等候消息的妻儿亲友，什么大统历回回历西洋历，全是骗人的鬼话！哪一家都别信，还是信咱们祖上传下来的萨满神、大喇嘛，还有真武大帝、关玛法……

“申初二刻十一分到！——”

“申初二刻十一分到！——”

“西洋历推算的时刻到！——”

拖得长长的声音还没落地，有人“啊”地高声一呼，漫不经心的人们精神一振，集注目光于头顶那个金色的光球，顿时惊住了！事后有人回忆说，就在那一瞬间，太阳惶恐地抖动了一下，接着就渐渐昏暗下去；又有很多人纠正说不是那么回事，而是仿佛飘过一层轻云，遮住了阳光，但天空晴好，一丝云影都没有。总而言之，不早不晚不前不后，就那一刻，阳光忽然发昏，随着，人们就看到，太阳的边边上给蹭去了一小条。

多数人不敢相信，揉揉眼珠，闭目养神片刻，再看。天空可不管地面上人类的愿望，照着应有的规律，毫无顾忌地显示着壮观的天象。在死一般的沉静中，太阳被食去的缺边渐渐大了、展开了，月牙形、镰刀形、玉玦形，日食得越来越清楚，大地越来越昏暗。南城那边突然传来一阵高过一阵的敲锣打鼓吆喝呐喊，那是小民百姓在为吓跑天狗、拯救太阳而奋力拼争。

这是千真万确、无可辩驳的了！

“果然是日食，难为他时刻推算得这么准！”安亲王岳乐沉静地笑道，“我上台去借那望远镜再瞧瞧！”他起身离座，好几个人也跟着去了。由于震惊而半晌说不出话的人们，这时也才解除梦魇似的活跃起来，谈笑中仍带着惊诧和无法克制的兴奋：

“老天！真的是日食！可算开了眼啦！”

“人家说是什么时候就是什么时候，一点儿不差！”

“日月星辰的事都能掐算这么准，怕不是神仙？”

“嗯，是鬼仙吧？要不，是妖仙、妖怪！”说话的人朝苏克萨哈瞥了一眼，鼻孔不住翕动，像要笑出来。

太阳被食的面积不断增加，又有好些人上台去观看。侍从们接二连三地递上茶来，人们的议论说笑声音更大更杂更露骨了。

苏克萨哈坐不住，小声对鳌拜说：“也上台去看看？”

鳌拜脸板得像石头，浓眉结成黑疙瘩，愤然道：“不去！”

苏克萨哈自我解嘲，笑着说了两句现成话：“大丈夫能伸能屈，宰相肚里好撑船！”举头四望，遏必隆还举着那片黑玻璃，十分认真地望太阳，饶有兴味；索尼回殿去了，只来得及看到他微微弓腰驼背、踽踽独行的背影。

苏克萨哈踏上观象台的石阶，正遇上下阶的杨光先、吴明煊和他们的助手。吴明煊等人满面羞愧，无精打采，迎面撞上苏克萨哈，难堪得头都不敢抬。杨光先却是一脸暴怒，额上青筋乱跳，两只靠得很近的眼睛火炭般通红，目光近似疯狂，握着干瘪的拳头，用谁都听不懂的家乡土话叽里咕噜地咒骂叫喊，他仿佛激怒得神志不清，以至认不出面前这位辅臣大人，直挺挺的只管下阶而去。但是细心的苏克萨哈觉察了他临去那一瞬眼珠子对自己的飞快一瞥，立刻明白这老头儿为摆脱困境而以攻为守的苦心，不由得暗暗骂一声“奸诈!”表面仍然笑眯眯，从容登上观象台。

天上的太阳，只剩下新月一样窄窄细细的一条了，这竟是一次可以算得日全食的日食！黄昏竟然在申时降临，观象台上人来人往，非常兴奋。那些从汤若望手中接过望远镜观天的王公官员们，竟忘乎所以，又“汤玛法、汤玛法”地叫个不了，似乎没有看见这白发老人身上和腿脚边还缠绕着六条铁链。苏克萨哈连这也忍下去了。他只是恨这浓重而又虚假的暮色，使他无法看清并记住那些不知深浅的大胆妄为者!

苏克萨哈是最后一个去拿望远镜的。他背过身，举起这个像支鸟铳的东西，对准那个不是太阳又不像月亮的怪物，没好气地看上去。他觉得，“天狗”开始向外吐那个火球了，就像一张贪婪的嘴，不得不把它实在吞不下、又烫得它无法忍受的油果子吐出来一样。他于是渐渐心气平静下来了。

背后，一个清脆的孩子声音在兴奋地赞美：

“汤玛法，你真了不起!”

苏克萨哈忙回身，只见一个小太监刚从汤若望床边跑开去，帽子上羽毛一跳一跳，黄底红花的衫子一飘一飘，在昏暗中也很分明。而汤若望却完全惊呆了，坐在床上不得动弹，好半天合不拢嘴，抖抖索索举起右手在额胸间不住地画十字，喃喃地低声说：

“上帝啊！上帝啊！你让先皇帝显圣了吗？……”

苏克萨哈觉得脑门儿顶上“轰”的一响，顿时心慌意乱，连腿都软了……

一连四天，首辅索尼没有上朝办事。他遣人来告假，因偶感风寒、高热不退，只得在家静养。

首辅病假，按遗诏排列顺序，理应苏克萨哈主事，遏必隆、鳌拜襄赞。遏必隆是再随和不过的人，凡事多无主见，实在是因为他世系盛贵、生长侯门，对朝政世事都不甚了了。好在苏克萨哈精明老到，鳌拜刚毅果断，朝中政务井井有条，甚至比索尼主事时办事还利落。不几天，就有赞美苏克萨哈的言语传到辅臣耳边。遏必隆浑然不觉，鳌拜心里却不大痛快：一些明明是他的政绩，都算到苏克萨哈头上，让苏克萨哈盛名独享！

第五天，索尼还未上朝，三位辅臣联袂登门问候。他们在府门下马，正遇索尼的长公子噶布喇送客，见到三位父执，赶过来跪迎。

“索公病体如何？”苏克萨哈首先问。

噶布喇恭敬地答道：“已经大好了。刚才这位御医说，再静养两日便可上朝办事了。”

“哦，你送的客是太医院的医官吗？哪一位？可是最擅伤寒科的钱医官？”苏克萨哈又问。

噶布喇颇有些不安：“不是的。是宫值御医司先生。蒙太皇太后洪恩，每日来视看两次……”

真是非同寻常的恩宠！司先生是宫里最负盛名的御医，专给老佛爷、皇太后切脉的。苏克萨哈点头微笑道：

“好！好！皇恩浩荡，索公之病当无恙矣！……”

索尼在东跨院小客厅接见了三位同僚。请安见礼、敬烟敬茶，繁重的礼仪程序过后，大家才坐定。索尼只穿了一件貂皮袍子，头戴便帽，清瘦了许多，脸色黄中发灰，尚未完全复原。

“索公素来强健，这次竟一病数日。我等竭力支持，实在是吃力得很哪！……”苏克萨哈笑着，俨然第二把交椅，说着貌似谦逊的话。

“让各位受累，实在抱歉。听说这几日政事毫无延误，我也就安心静养了。唉，年过六十五的人，还谈得上什么强健！也就是那日观象台进出大殿，一热一冷，回家就伤风流涕，咳嗽不止……那么，汤若望的案子，你们如何办理呢？”索尼一下子便由病因转入主题，省去许多迂回之力。

苏克萨哈看了鳌拜一眼，恭敬答道：“索公未上朝，这样的大案，我们怎敢自作主张？”

遏必隆拂拂袖子，说着显而易见的话：“谁也没想到，弄出这么个结果！”

这真是辅政以来一次最大的失败！最丢脸的错误！无怪乎朝野盛传首辅索尼之病是“羞愧交加，不得不闭门思过”！

索尼自己是否听到这些议论呢？他轮流打量三位同僚，皱着茸茸灰眉，清清嗓子，说：“这几日，我着实为此忧虑，思前想后，拿不出个万全之策，欲退不能，欲进也难……那日观测结果可出文告了吗？”

“这……这怎么好出文告？”遏必隆不解地问。

“有目共睹，还不如出文告取信于民为好。”索尼叹道。

“那么，索公的意思是，就此罢手？”苏克萨哈试探地问。

索尼眉头皱得更紧，沉默不语。

“怎么，要认输？”鳌拜嗓门儿压得很低，但能听出声音在隐隐发颤。

索尼的茸茸浓眉下一双眼睛忧郁地望望鳌拜，说出的话却很有分量：“除非你拿出凭据，证实西洋历法舛错虚妄、一无可取！”

“这……”苏克萨哈也犹豫了，“日食观测，刚刚给他加了胜筹，哪里就有……不如暂退一步……”

“退？”鳌拜勃然大怒，直跳起来，眼睛瞪得铜铃大，脸涨得通红，继而发紫，一脸连鬓虬须全都奓开，握着拳头猛然吼道，“这江山是谁的？这朝廷是谁的？咱手里还有天下无敌的八旗雄兵，竟要向这些洋狗子南蛮子低头？任他们得胜？咱们的脸往哪儿放？还凭什么立朝辅政，啊？！……”

苏克萨哈被他指着鼻子痛骂，早红了脸，本想做出一副大度的姿态笑笑了事，却没成功，脸上肌肉一抖，尴尬地摆出一张啼笑皆非的怪相。

鳌拜继续不管不顾地吼叫着，“咚咚”地拍着他厚墩墩的胸膛：“交给我！这案子交给我鳌拜！要退你们退，我不退！倒霉受罚我担着！我准保拿出凭据让你们看看，西洋历法是妖术！……你们都别管！”

索尼一直静听静观，并不阻止鳌拜突发的雷霆，当鳌拜气咻咻地把那碗已放凉的奶茶一仰脖灌下肚里去时，他微微点头，仿佛改变了主意：

“天算历法，有学之士方能置喙。你要能证实西洋天算虚妄，必须令人口服心服……”

“放心！”鳌拜大手一挥，“我鳌拜一辈子不服软，只要我想办，没个办不到！”

索尼深沉地再看鳌拜一眼，移开目光，说：“也好。此后这案子就交鳌大臣主管。但此案关系重大，又遇着日食这样一个大闪失，尤其不可鲁莽从事。苏大臣还要不时过问才好。”

“好吧！”苏克萨哈淡淡地应了一声。

鳌拜看看苏克萨哈，没有表示反对。

三辅臣拜辞出府，同行不久，遏必隆分道走了。鳌拜和苏克萨哈并辔而行，至亲好友，一时竟无话可说。

马蹄嘚嘚，北风阵阵，一群寒鸦掠过天空，对着将落入西山的残阳“嘎嘎”乱叫。苏克萨哈拿足亲戚至交的情分，宽宏大量地笑着首先打破沉默。

“我不过就那么一说，大家商量就是了，何苦发那么大的火儿？”

“我看你们都染上南蛮子的臭气了！”鳌拜说着，又怒上来，“见好处争着向前，看看要吃败仗抢着逃命！要这么打仗，咱八旗能得天下吗？天算案这样的大事，还能前怕狼后怕虎？除了干到底，没路！”

“唉，你是不知道，这儿有块病。”苏克萨哈指着自己心口。鳌拜沉脸瞪他一眼，不客气地说：“你讲！”

苏克萨哈压低嗓门儿，说起观日食那天他在观象台上听到的那个声音及当时情景。

鳌拜皱着眉头：“一个小太监，什么大不了！”

“唉，你怎么就不明白，那个小太监如果是皇上呢？”

“皇上？”鳌拜心里一忽悠，记起观测前两天的那件事：

那日正逢四辅臣共同叩谒太皇太后和皇上，陈奏在观象台测验三种历法的事。出宫时，一个小太监追上来，说万岁爷召鳌拜往上书房教习射术。自皇上亲临鳌拜府之后，这是常事，人人都知道小皇帝与鳌拜格外亲近。所以，鳌拜和另三位辅臣不以为意。

鳌拜进书房叩拜罢，小皇上一反往日论刀剑说战事的常例，劈头就问：“那汤若望真是要倾害我大清吗？”

鳌拜直言无隐，把汤若望和基督教的罪状一一奏明。

“可是已经查明，澳门并没有基督教的三万人马谋反呀？”

“那只是他们还没有聚起来罢了！皇上可知道，汤若望他们竟敢说我大清不在天下的正中心！藐视我大清，可不就是大不敬？又亲近笼络蛮子，推拒满洲人，近日越加猖狂，毁骂朝廷是暴政！那不就是骂皇上你是暴君了吗？”

“啊？岂有此理！”小皇帝扬扬黑眉，很是生气。

“汤若望一党聚起汉官蛮子造反，那是早晚的事！等他们动手，不如咱们先下手！”

“对！”小皇帝连连点头，复又迟疑道，“可人们都说，汤若望学问好、品行端庄，管他叫汤圣人呢！”

“那又怎么样？比如一棵树，又高又大又直，可偏偏拦着你的路，难道不砍掉它？”

小皇帝又点点头：“我明白了。汤若望谋反和异端两项罪名虽然查无实据，却是事出有因。可说他讲谬误历法危害国家，又是怎么回事？”

“奴才打个比方：凡征战出师，总要选个黄道吉日，避开黑道凶日。历法若出了错，颠倒了黄黑吉凶，还不得打败仗？丧师失地，危害还浅吗？汤若望用他那西洋历法，暗算朝廷多少年没人知道，这回可算抓住他的狐狸尾巴了！”

小皇帝忽然坚决地说：“那，观象台测验，朕也去看！”

“这却不可以。皇上怎能轻易出大内！”

“鳌拜，你替朕去向太皇太后求情，好不好？”

眼看着小皇上低声下气地向自己求告，鳌拜有点心软。他发觉自己打心眼儿里喜爱这个聪颖的孩子，有时竟大不敬地拿他与幼年夭亡的独子相比较……但他终于硬起心肠，严正地拒绝了：“皇上宽恕，奴才不敢，万一出点儿意外，奴才就是千刀万剐，也悔不及啊！……”

“那好，你去吧！”

记得小皇上当时一副无所谓的样子，鳌拜放心地退出，事后也没多想。不料他终究还是瞒天过海，上了观象台！……苏克萨哈的声音还在耳边响着：

“……那身量、那声音都不差，况且汤若望还说了那么句话！皇上虽在冲年，可勤奋好学、博采众家。这些天算天文什么的，最能蛊惑年幼人。如若真是他在场，把那天的头头尾尾都看在眼里记在心上，可怎么好？”

鳌拜鼻子里轻蔑地哼一声：“当年你上阵冲杀也不软，那七战七捷的豪勇都哪里去了？他不过是个十一岁的娃娃，什么事不好奇？什么时候不顽皮？你就吓得这样啦？”

苏克萨哈着急了：“哎呀，你怎么还不明白！皇上现今虽小，总要长大吧？汤若望的许多事都关联着先皇帝，判汤若望叛逆大罪，皇上日后追议起来，你我要拿得出话来回复哇！……”

鳌拜恍然大悟，跟着也落入沉思，轻声自语：“这倒是……不可不早早防备，总得有个交代！……”

观象台测验日食后的第十天，礼部发出了三派天算学观测结果的文告，称三派天算学都算对了。西洋历法略胜，其他两派仅差二刻、三刻，因此不足以区分优劣。

同时，辅臣又下一道旨令：鉴于观测日食难以证明汤若望西洋天算学之正谬，而授时修历关乎国家鸿业民生民用，不得不格外慎重。为此，特将汤若望案发回礼部复审，务必审理清楚、明辨是非正邪。康熙四年新正之后，将为此召集御前大会审，最终结案。礼部及三法司，须在御前大会审之前，将各自的判决议妥上奏。

由于日食观测，使这个大案突然来了个回转，案子仿佛又从头开始审讯。到康熙三年腊月二十三，各衙门封印准备过年了，礼部还没有审出眉目，三法司的审判自然更是悬而未决了。

五

“万岁爷！万岁爷！……”

压得很低的声音在小心地呼唤。玄烨半醒半睡，蒙眬中还在圆形方形勾股弦等等图案里徜徉。被窝真暖和，睡梦甜得像蜜，粘得眼皮死也张不开。隐约觑见窗户黑乎乎一片，又闭上眼嘟囔：“喊什么！天还不亮呢！……”

“是昨儿个万岁爷亲口吩咐……”声音透着委屈。

玄烨一下子睁开眼，醒过来，小声说：“是我忘了。快来服侍我穿衣裳，快！嘘，小点儿声……”

两个当值小太监小鲁子、小秦子摸着黑儿赶忙给玄烨穿好衣裳，三人合作，放个长枕头进被窝，露一点儿出被头，就像有人躺着一样。玄烨捂着嘴笑问：

“什么时辰了？”

“寅正初刻刚过。”

“好！到天亮还有一个半时辰呢！……咳，说多少遍了，叫你们别跟来书房，待会儿她起来一查，见少了人，不就露馅啦？”

“那……点心在炕桌抽屉里；热茶用锦褥套子包好了，在炕角边；这里是手炉，刚笼好的火，用它点灯；窗帘子门帘子万岁爷可得小心些个，要叫她知道了，我们哥儿俩可是吃不了兜着走……”

“行了行了，瞧你像个老太婆，快跟她一样啦！”玄烨捧着手炉，踮起脚跟，鹤行鹭伏，从门外长榻上睡得呼呼的“她”身边小心地蹭过去，一溜烟儿钻进了书房。

“她”是玄烨看妈中最爱管闲事的一个，偏又忠心耿耿地拿玄烨当眼珠子似的疼爱，因早先是八乳母之一，有身份，玄烨的事无论巨细，她都要管。玄烨身边的大小太监，明着笑脸恭敬，背后无不讨厌她老悖晦。玄烨一满十岁，就借口自己长大了，听不得打呼噜，从此不和看妈一床睡。她真难过了好一阵，以后就睡在外间长榻上终夜守护，不时各处查看。玄烨的行动自由被限制了，很不痛快，可又怕她没完没了地唠叨，也不肯伤了老妈妈的脸面，这才玩了这么个花招儿。

点亮灯，细心查看了挡亮的帷帘，玄烨便安心地坐到炕桌边。炕上桌上窗台上照例处处是书，书目却与从前大不相同。

元代郭守敬的《授时历》。

前明徐光启译出的《历指》《历表》《几何原本》。

本朝薛凤祚的《算学会通正集》《西域回回术》。

最是沿窗台一本本排列的黄绫面套的时宪书气派！那是钦天监进呈的，记载着从顺治元年到康熙三年这二十来年的月、日、节气时刻以及太阳月亮土木火金水五星的出没时刻。

炕桌底下是厚厚的一摞又一摞算草纸，上面画满了图形和算式——是玄烨两个多月来的成绩。

缘由自然是汤若望。

自打天算案起，玄烨心里就有两个汤若望在打架。一个是学识渊博、道德高尚、仁慈和善、为自己即位立了大功的先皇师傅、通玄教师汤若望；一个是居心叵测、阴险毒辣、处心积虑倾害大清、谋图叛乱的穷凶极恶的妖人汤若望。他既相信苏麻喇姑的亲切的旧事回忆，又绝不能怀疑鳌拜的耿耿忠心，也就更想弄清真相。

那日辅臣奏说汤若望故意用错误历法危害国家，把旁听的玄烨惊得目瞪口呆，这真是闻所未闻的大罪！翻遍《资治通鉴》也不曾有过！玄烨心头于是安了块试金石：汤若望历法若错，他就是坏蛋；若不错，他就是好人。

所以，他想尽办法跑去观象台，目睹了那次测验，感到异常震动，以至情不自禁地跑到汤若望面前说了那样一句真切的话。

所以，他也想要弄清其中的奥秘。

回宫之后，他便以少年人特有的热诚，投入一大批天算、时宪书籍之中。历数二十一史，可有皇帝懂得天算历法？玄烨要成为第一个！

很快他就碰壁了。深奥的天算历法书籍他看不懂，南书房的师傅对此一窍不通。收拾书房的太监望着他画得横七竖八的圆圈三角，常小心翼翼地问：

“万岁爷也要学道吗？这纸上画的可是符箓符咒？……敢扔不敢扔？……”

想必有耳目通了消息，太皇太后立时给他增了一位精于算学的师傅。玄烨这才知道，必须先通算术，从加减乘除，进而勾股弦，进而正弦余弦正切余切，又进而点线面体交错综合的几何学……没有这个根基，进不了天算的门！

玄烨冲进了算学世界。这陌生的世界如此广博、神秘，变化万端又妙趣横生，好奇的少年进入忘我境界：各种数字，小到分数，大到千万亿；各种三角形、方形、圆形、梯形，经常在梦中与他携手转圈跳舞捉迷藏，与他争吵打架抱成一团儿摔跤，为他弥补日间万乘之君缺少友伴的遗憾；他又以读史读经的浓厚兴趣和勤奋劲头儿，演算题目、画图解答，几乎到了废寝忘食的地步。

然而日常的读书习武不能停废，时间就不够用了。玄烨才想出提前起身的办法，钻进书房算题。

算草纸越摞越高，而银花烛台上的五支红烛身量一齐矮下来，像五个胖墩墩的小矮人儿。玄烨沉浸在算题中，手不停笔，越算越有精神。书房那个黄金底座的自鸣钟“叮叮当当”响了六下，他全然没有听到。

门上轻轻敲三敲，像鸡啄米。玄烨开门，小鲁子进来，先请了跪安，然后禀道：是皇上起身练弓马的时候了，御前侍卫已在宫门外侍候。

玄烨说：“她没看出什么吧？”

“没有。她照平日那样，钟敲五点就进来了，拿小灯照照万岁爷的帐子，直点头，还小声说：‘成天价念书，累成什么样儿啦，多睡会子吧，可怜见的！’”

两人一起悄悄地笑了。小鲁子给玄烨戴上风帽和貂皮里披风，一同出了寝处，玄烨这才大声说：“今儿骑射时间不能太长，我得抢头一个去给老祖宗拜寿呢！”

这一大声是说给看妈和随侍太监们听的。一出寝宫门，就是另一回事。他吩咐御前侍卫们再等候片刻，领了两个随侍小太监，顺慈宁宫与寿康宫间窄窄的夹道一溜烟向北飞跑，直奔宫中太后、太妃们日常礼佛的英华殿。

天刚麻麻亮，老远就看见英华殿前那连成一片的七棵大菩提树，仿佛一团浓云，树下三团黑影，最小的一团直扑过来，尖细的嗓音发抖，像小羊羔“咩咩”叫：

“三哥哥，现在才来！快把我冻死啦！”

春天的清晨果然寒气袭人，玄烨连连赔不是：“月妹妹别生气，一道题特别难，害我忘了时间！……”

“别说那个了，快上吧！”

跟着的看妈、丫头、随侍太监都提心吊胆，你看我我看你，不知这两个娃娃为什么单挑黎明时分跑这儿来。突见玄烨紧紧袍子，手脚并用，“唰唰唰”地爬上那棵最高大的菩提树，都惊叫起来：

“万岁爷！”

“老天！这是干什么呀？”

“别嚷啦！”冰月不高兴地斥责着，“跟你们说了的，我们要给老祖宗上寿，让她老人家又惊又喜！谁敢先说出去，我就告苏嬷嬷扣谁的月钱！”

“找着啦！”树上传来玄烨的喊声，“我往下扔，接好了，树上可没多少！”

菩提子接二连三地撒下来。冰月和随从们赶紧捡拾，装进冰月的黄杨小花篮。

“够啦！”冰月喊。

玄烨下树，凑在花篮上看了看，说：“再去弄一串儿。”

“干吗？”

玄烨捂着冰月的耳朵悄悄说了几句，小姑娘点点头。

玄烨又上树，冰月篮里的菩提子装满了。

临了，玄烨笑着对冰月说：“后面的事归你办，我练骑射去啦！”

玄烨练罢骑射驰马回宫时，天已大亮。虽然太皇太后早有懿旨停止圣寿节祝贺礼，王公百僚不需进宫叩拜，但宫内仍是一团喜气。各处宫门红灯高悬，张挂着寿字彩绸；一张张粘金沥粉、透出金黄色龙凤花纹的朱红绢笺上，草书一个大大的寿字，在各个正门上对称地贴着，更增加了热烈的气氛。玄烨跳下马就往太皇太后的寝殿跑，顾不上，也忘记了应该回屋换换衣裳。

“老祖宗！老祖宗，来给你老磕头拜寿啦！”玄烨快活地嚷着，毫无阻碍地走进祖母的寝宫。他站住了。没人应声，一派寂静，连个人影儿也不见。正对着的老祖宗的宝座，干干净净，一尘不染，两柄孔雀羽扇分列左右，金碧圆纹，煞是好看。宝座透花围屏上缠着红绫，后屏风上也悬着大大的寿字朱红绢笺。正间与东次间隔着玲珑剔透的百鸟朝凤落地罩，玄烨从百鸟百花丛中朝老祖宗的寝处东梢间看过去，没一点动静。

“老祖宗！……”玄烨又喊了一声。

“嘻嘻！……”什么地方传来笑声，像是捂着嘴。

玄烨回头，正间与西次间隔着的是透雕缠枝花卉的栏杆罩，中间是空的，一眼便能看清西梢间的楠木雕花隔扇门，门上绣着本色花纹的锦缎帘子似乎轻轻地动了动。冰月！也不知她寿礼备好没有，倒在这儿猫着想吓唬人？瞧我给你点颜色看看！……玄烨故意大声说：“咦，都到哪里去啦？准上了西花园，没错儿！”他用力顿脚走几步，表示他出去了，随后轻手轻脚地靠近西梢间，闪在门口的百宝柜旁。

“哎呀，三哥哥真的走啦！”这是冰月着急的声音，“看妈你快去追他，告诉他老祖宗去的北花园！”

看妈慌慌张张掀开门帘追到外面去了，跟着是一个小宫女的声音：“老佛爷反正回来用早点，格格你还用去吗？刚梳好的头，又要跑乱了。”

“不成，要是看妈找不着他呢？我还有事跟他说！快点儿啊，你别缝啦！”冰月说着已经走出门来，那小宫女还拽着她袍子的后摆，用针线缀着花边。玄烨原想大喝一声，此时却怕把她吓坏，不忍那么干了。直等她俩一前一后、一个跑一个拽，拉拉扯扯走到正间就要出门，他才哈哈一笑，说：“上哪儿去？我在这儿呢！”

冰月急慌慌的脸上立刻绽开笑容：“好哇！敢情你逗我们玩儿！”

小宫女也高兴了：“哎哟，格格快回屋吧，让我给你把活儿干完哪！”

冰月一步步走回来，小宫女还在后面托着带针线的袍边。玄烨站在那儿，竟目不转睛地看呆了。冰月见他那副样子，“扑哧”一下笑出声：“三哥哥，你怎么了？直眉瞪眼的！”

玄烨情不自禁地赞叹道：“今儿个你真好看！”

冰月不知怎的，瞥了玄烨一眼，忽然红了脸，不好意思地低了头。孩子的天真里掺进了少女的最初娇羞，她显得更美丽了。

小宫女连忙告诉玄烨：“老佛爷今儿上午宴请亲友，叫格格在西配殿主陪呢，特意要格格精心打扮……”

小宫女说什么，玄烨全未入耳，他的眼睛离不开冰月。

她个头儿不算高，可穿了高底绣鞋和直盖脚面的丁香色闪缎长袍，真就亭亭玉立了。幼时圆圆的脸，不知什么时候起开始变长，变得细腻柔润。天真无邪的眼睛，也似乎蒙上一层薄薄的、不曾见过的神采，如梦一般温柔、神秘。一只渐渐成熟的仙桃，散发出越来越浓的甜香；一位渐渐长大的小姑娘，透露出越来越多的少女风韵。真是一天一变样，再变下去，童年友伴，会美得叫人看一眼就晕头转向……

“你看，菩提子穿好了，每串都是一百零八颗……”冰月把两串念珠递给玄烨，他竟怔怔地忘了接，念珠“哗啦”一声掉到地上。

“你看你，发什么呆呀！”冰月生气了，推他一把，自己俯身捡起。

玄烨一惊，醒悟过来，耳朵有点热，面颊有些热，心里却像偷吃了霜糖，怦怦地跳，丝丝地甜……为维持做哥哥的尊严，他连忙皱起眉头打量一番，惋惜地说：

“呀，你这眉毛可描坏了！”

“真的？”冰月有点发慌，用手轻轻地摸。

“别动，别动！去照照镜子看。”玄烨推冰月进屋，拿镜子给她照看，“看见吗？你就像一首最好听的乐曲，这眉毛呢，就像曲子里一下冒出来的怪调；要是比作一首协律的好诗，这眉毛可就是错了平仄、差了韵脚……”

冰月擦去两道淡淡春山似的眉峰，拿起眉笔，却又蹩手蹩脚，自己不敢动。

“来，我给你描。”玄烨一把抢过眉笔，左右端详一番，便捧着这张五官精妙的小脸，细心地描画，嘴里还在说明，“要这样，慢慢地弯，眉尾要长长的，像古画里的美女，双眉修长……”

小宫女在一旁偷偷地抿嘴一笑，退出去给他们备茶。

“还没有好吗？”冰月小声问，暖融融的气息带着一股清香呼到玄烨面颊上。他猛地醒悟：原来他和冰月离得这么近！心里“怦怦”直跳，不知怎的，一句这样的话就冒了出来：

“我这就叫张敞画眉，所谓闺中乐事……”

“谁是张敞？他为什么画眉？你为什么又是张敞？”冰月疑惑地看着他。

“张敞啊，是汉朝的京兆尹，他喜欢给他的妻子描眉，因为他最爱他的妻……”

“可是，你不是张敞，我也不是你的妻呀？”冰月还是那么认真地看着他。

他顿时觉得胆怯了，垂了眼帘说：“唉，我不过那么比方……”他忽然想到自己是天子，永远不该有令天子胆怯的事！于是又抬起头，鼓足勇气说：

“不管张敞不张敞了！将来你肯做我的妻吗？……”

“我？……”冰月显然很意外，“你是说，要我嫁给你，是吗？”

玄烨点点头。

冰月严肃认真地想了想，说："这不要告诉老祖宗吗？"

"现在不要。以后告诉。……就问你自己愿意不愿意？"

"我自己？当然是愿意的！你对我多好啊！……可是，嫁又是怎么回事呢？书上讲，男女居室，人之大伦，就讲的是这个吧？"

"是。"玄烨又心慌又高兴，不知怎么向冰月解释，因为他自己也并不十分清楚。他突然想起那尊欢喜佛，便说道："还记得懿靖大太贵妃佛屋里的那尊佛吗？……"

冰月那刚刚画好的修长的双眉皱起来了："那个样子？多可怕！那个大佛像要把那个小佛吃掉似的……"

"不是，不是的……"玄烨小声嘟囔着，心慌意乱。皇上还能这么无能、这么慌乱？不！玄烨坚决地伸出双臂，轻轻地搂住冰月纤细的小腰，非常小心地，仿佛她是个易碎的水晶制成的绝世珍宝一般，把她抱在自己怀中，用自己的面颊贴着她香喷喷的鬓角，低低地耳语道："他们是这样，非常亲非常亲……"他看了看冰月惊慌失措的眼睛，心里感到从未有过的快乐，低下头，在那珊瑚般红润的小嘴上很快地亲吻了一下。——这就是玄烨心目中的"男女居室，人之大伦"。

也许就是这匆匆一吻，唤醒了少女本能的羞怯，冰月忽地红了脸，推开玄烨，脱身出来，连着跑了几步，一下子跌坐在南窗的坐炕上，低着头，哭了。

这下子玄烨真慌了，什么天子的威仪、皇上的至尊，全撇到脑后，赶上去拉着冰月的手，连声地说好话："哎呀，别哭，你别哭哇！……"

"你欺负人！"冰月呜咽着说。

"没有没有！我发誓！我一点没有欺负你的意思！我实在是……唉，好妹妹别哭了，饶我这一回还不行吗？不然老祖宗回来我可要挨骂啦！……求求你，好妹妹，我以后再也不敢了！……"

玄烨央告着、哄着，冰月终于不哭了，但还是扭着脸不理这个三哥哥，任他哀求，也不回头。可是，当小宫女端了茶同看妈一起进屋来，冰月便循着他俩"对外一致"的惯例，立刻跟他说话，说的还是一件要事：

“三哥哥，咱们的小雪病啦！”

“啊？在哪儿？”玄烨这才记起，进屋后没听到熟悉的金铃响，没看到那跳上跳下、活泼可爱的白茸茸毛团儿。

“昨儿晚上叫了一整夜，天亮才睡着。”冰月指指炕头，一个绣花鸟的水红缎软垫上，小雪蜷成一团，像一个大雪球，“累坏它了，叫得可难听呢，平日从没这么叫过。”

玄烨摸摸小雪，小雪一哆嗦，抬起了头，抖了抖身上洁白的长毛，站起身子细声细气“喵喵”地哼了两声，之后，就昂起头，张开嘴，叫得一声比一声粗大，一声比一声狂野，像是身体内什么地方受了伤，痛苦难忍；又像在呼叫救星，等待回应，叫得声嘶力竭。

玄烨吓住了。冰月极其心疼，赶忙把小雪抱在怀里。小雪的叫声低下去，变成了呻吟。

“三哥哥，你看，这可怎么办？”冰月眼泪又要掉下来。

“哎呀，小雪，你是怎么啦？哪儿不舒服？……唉，它又不会说话！”

看妈在一旁道：“格格，你放它下来，拍拍它的背看。”

冰月把小雪放在炕上，玄烨赶着去拍背，轻轻地顺颈子往后拍，刚拍到臀部，小雪突然四肢蜷曲，肚皮贴地，毛茸茸的尾巴直竖起来，呻吟、哼唧，更加娇赖，更加难听。

“三哥哥，它是肚子痛！”冰月含泪嚷起来。

看妈暧昧地撇撇嘴：“没事，是闹猫，到时候了，猫儿叫春呢！”

“你说什么？”玄烨和冰月都不懂，一齐望着看妈。

看妈笑得怪模怪样：“小孩子家，说了你们也闹不清，小雪发情啦，要找个公的来配它……”

看妈的话，加上她那带着猥亵意味的笑容，令玄烨难堪，尤其觉得侮辱了冰雪一样的月妹妹，他骤然变了脸，呵斥道：“你大胆！敢说这等下流话！”

看妈大惊，跪倒叩头求饶：“皇上恕罪，奴才再也不敢了！……”

“不成！”玄烨非常坚决，“我得回老祖宗，宫里不能用你了！”

冰月莫名其妙："三哥哥怎么啦？看妈说什么了？"

玄烨皱眉道："你别问，没好话！走，咱们去找老祖宗！"

二人手拉手去北花园接太皇太后。

太皇太后听了小皇帝的禀告，只笑了笑，没说什么。那个看妈终究到慈宁宫去侍候皇太后姐妹了，小雪也被送去宫中猫狗处待了两天。送回来时，冰月说它又脏又瘦，边哭边给它洗澡。从此它再也没有怪叫过，这是后来的事了。

正午，太皇太后在慈宁宫东配殿设宴，款待亲友。能与此宴，便是殊荣。因为请的人不多，除亲王郡王福晋、出嫁的公主之外，只有开国五大臣额亦都、费英东、何和礼、安费扬古、扈尔汉家族的直系当家夫人。辅臣遏必隆是额亦都的儿子，承袭宏毅公的世爵；而遏必隆的母亲是和硕公主、太宗皇帝的妹妹，六十多岁了，还精神矍铄，领着儿媳妇遏必隆夫人和两个孙女儿喜气洋洋地来给皇嫂拜寿。既不是公主、福晋，又不是五大臣后裔的，只有一位，那就是索尼夫人。令人惊羡不已的是，宴前，太皇太后竟在西配殿单独召见了她和她的两个孙女儿，为上次孔公主下嫁向她致谢。

索尼夫人毕竟是见过世面的一品命妇，面对正方宝座上的太皇太后和宝座左侧就座的那位十二岁的小皇帝，应对娴熟、礼节周到。倒是那两个从来不曾进过宫、不曾见过这般场面的芳儿和桓若姐妹，站在祖母身后，一动不动，眼睛都不敢抬。芳儿表情还算从容大方，桓若不免露出几分胆怯。

太皇太后偏偏把两个小姑娘叫到身边，拉着手儿，问了名字又问年龄，很是喜欢。苏麻喇姑立刻叫宫女呈上两份赏：一副银丝嵌珍珠手镯，一对嵌翡翠金戒指。太皇太后还连连说赏薄了，两个小姑娘连忙跪下谢赏。

玄烨最喜欢宫里这些节日，虽然庆祝礼仪繁缛，令人头痛，但可以见到许多事许多人，那是平日冷清清的宫院里见不到的。他很想知道宫廷外面的生活，他的子民、普通百姓都是怎么过日子的？所以，他很注意对面这两个小姑娘，尤其那个看上去很老实的穿绿衫的女孩儿，叫什么来着？哦，叫桓若，这名字不是挺特别吗？……那一个名字真俗气，叫芳儿，可是仪态倒是端庄大方，看上去秋水一般宁静。她自己一定也知道她的长处，两把头的正中发板上，簪了一朵绢制的可以乱真的红芙蓉，跟她真相称……

玄烨正在胡思乱想，只见两个小姑娘跪在他面前行礼告辞，太皇太后在招呼："苏麻喇姑，领二位小姐去找冰月格格。她们一定能玩儿到一块儿！"

冰月！玄烨心里一颤，唇边止不住地露出微笑。他不合时宜地想起清晨那一幕，满心自豪：他的冰月是最美最好的，天下的女孩儿任谁也比不上！……幸而两位老太太正谈得有劲，没人注意他的表情，他赶忙收回心神，勉强去听，以维持起码的礼节。

"……她呀，虽说只有十三岁，读书明理，端庄文静，多半大男人都不及她的见识哩！去冬她随她父亲下乡上坟，住在庄园里。她父亲出门修坟，她独自在楼上看书，望见家中一少爷殴打庄户，正值大雪，庄户咯血满地，沾衣尽赤。同来缴粮的庄户一时相聚数十人，气势汹汹地要闹事。这丫头立刻遣苍头去问清情由，那少爷原来是一远房侄儿，在庄里横行惯了。芳儿当下命人把庄户抬进屋内，召大夫来救治敷药，并发十两银、五斗米差人送到庄户家中。随后把那侄子召来，以主人身份，当众杖责了二十大板。众庄户口服心服，各自散去，还传说了许多芳儿的好话。家里人都不料她小小年纪，临事如此有决断。索尼也最喜欢她……"

一切祖母说起心爱的孙儿都是滔滔不绝，以卖弄夸奖为乐事，仿佛天底下只有她的小宝贝最可人疼。

"好见识，好心胸，小小年纪便如此贤惠，索夫人，你好福气啊！……"太皇太后用赞美打断了索尼夫人的话头。她一直耐心而有礼节地听着，不时点头微笑。她当然猜得着索尼夫人夸孙女的背后，隐藏有别的企求。但是，做祖母的碰到一块儿，谈孙子是情不自禁，身为太皇太后的孝庄也难逃此例，她心里实在不服，忍不住要卖弄卖弄自家的孙子：

"论岁数呢，皇帝比你家芳儿还小了一岁。都道男孩儿开智晚，他可作怪，从小就爱读书，比他父亲还甚……”

“正是正是，”索尼夫人连忙接口，“我们都听说皇上六岁那年在沙河行宫校射三发三中，赐穿黄马褂；对诗讲赋，震惊诸王大臣。”

“骑射文才也罢了，最难得他心地仁厚，天生纯孝……”太皇太后眯着笑眼，喜爱地望着孙子，兴致勃勃地说起今天上午的事情。

早膳过后，各宫主位宫眷都来慈宁宫给太皇太后拜寿。因行家人礼，没有仪驾奏乐等大礼的许多庄严华贵的场面，反而喜气洋洋，和乐异常。老祖宗正座，左边拥着玄烨、福全为首的十多个孙子，右边围着冰月、芷珠为首的十多个孙女儿，花团锦簇，绕膝承欢。拜寿的太皇太妃及皇太后、太妃们，无不对老佛爷这福分、这福相赞美备至，提议召画师作一幅《佛母百子图》，以传永久。

按照惯例，众人要一一奉上寿礼。因为是自家人，所以寿礼也都简单：或一对耳环、一副手镯，或一袭绣袍、一双绣鞋。太皇太后不分厚薄，都笑容满面地接受，而上寿者也自觉菲薄，总要加上一句：“老祖宗收着，赏阿哥、格格们使吧！”

阿哥、格格们都还没成年，只有受礼受赏的份儿。

谁料众人上礼毕，小皇帝竟跑出来跪在太皇太后面前，双手高高举着一串念珠，大声祝道：“孙儿孙女进奉圣祖母圣寿无疆，一百零八牟尼珠，一珠期寿三百年！”

满堂惊诧之后，哄然大乐，这礼品这祝词，盖过了所有的人！

“你看，就是这个。”太皇太后不无自豪地指指项间的一串念珠，“能认出来是什么做的？”

深黄颜色，精圆光润，大小不很匀，穿在一起却非常别致受看，显得静穆庄重而素雅，不像珍珠翡翠珊瑚那么珠光宝气、俗不可耐。索尼夫人认了又认，终于笑道：“老佛爷，恕奴才眼拙，实在认它不出。”

“这是菩提树子，他今儿一大早上树采来的。他还说，菩提树下佛陀成佛，修到菩提便是佛；天光初露，菩提子上含佛光……瞧瞧！”太皇太后笑着摇头，说不尽的喜悦和得意。

“哎呀呀，老佛爷还说我们有福气，皇上仁孝无双，普天下谁有老佛爷的福气大呀!”索尼夫人真心赞叹。

太皇太后情不自禁，又说道：“仁孝是他本性，最难得他小小年纪便这般懂事，识大体顾大局，真不愧……”她缩住了后面的话，望着孙子一笑。

玄烨还给祖母会心的笑。他知道祖母所指，也知道为了后宫体面，她不肯继续说下去。但他心里对后一件事更感到得意，更自我欣赏。

当他向老祖宗献过寿礼之后，又从冰月手里接过另一串念珠，也是一百零八颗菩提子，只珠子小一点，奉献给坐在太皇太后下首的懿靖大太贵妃：

“太皇太妃在上，请受儿臣礼敬，愿祖母福体安康!”

大太贵妃一愣，竟忘了起身去接。玄烨更凑近她，在她耳边轻声说道：“儿臣与冰月冒犯祖母，求祖母饶恕，以此宽怀畅意，颐养天年!”

大太贵妃接过念珠，手在哆嗦，眼里涌出泪花，扶起玄烨时，回头望着太皇太后，喊了一声：“皇姐！……”

大太贵妃与太皇太后以目光互相致意之时，玄烨赶紧又小声说：“菩提子是儿臣采的，念珠是冰月穿的……”

从没见过她脸上有这样的亲切，转向冰月伸出两手。冰月乖巧地跑过来，一下子扑进大太贵妃怀中，搂住她脖子，把香喷喷的小脸蛋儿贴上大太贵妃的粉面。这样一来，大太贵妃的泪珠子终于搁不住，滚了下来。

太皇太后没说完的话，玄烨可以接续下去：他玄烨真不愧皇天之子、江海度量！他心里舒服又得意，眼前两位祖母夸孙子的较量，他胜了！转眼看看索尼夫人，老太太仍是十分乐和，没有一点失败的沮丧，似乎玄烨的出奇聪明仁孝是天经地义，理所当然，这令他的胜利感大大失色，不禁想起那位对手，叫什么来着？对了，芳儿。

这芳儿这么敢作敢为，看上去又那么文静，想必很有学问，而且她既在索尼身边，知道的事情一定不少。玄烨打定主意，要从她那里探听关于天算案的消息。因为索额图大约是受了父亲责骂，许多话不敢随意告诉他这位小皇上了。

于是，当东配殿里舞乐百伎并作，太皇太后向各席分赐茶酒肴馔、宴席的气氛变得轻松愉快时，玄烨离开了他的御座，跑到配殿北侧专为一帮女孩子们设席的屋里去了。冰月是这里宴饮的主人，正在热心又很讲礼数地向小姑娘们劝茶劝酒。一屋子酒香果香脂粉香，各色各样的点心鲜果珍肴，五颜六色的衣袍，闪闪发光的头饰，娇声细语和着清脆的浅笑，还杂着玉镯环佩珠钗金锁的“叮叮当当”。哦，满目粉脸红唇、黑发俊眼的小美人儿，玄烨乍一进来，便被这浓郁的香、色、味包围了，眼花缭乱，不知所措。小姑娘们也吓了一跳，赶紧起身给小皇上请安。

玄烨定定神，走过去坐到冰月的筵席上。冰月懂事地向后退了两步，心里却又是高兴又是得意。

满洲人家的男女避嫌从来就不严格，何况小姑娘们多是公主和福晋的女儿、玄烨的表亲，又都是小孩儿家，所以玄烨只说了几句客气话，这些表姐表妹们也就释然，没什么拘束了，玄烨也就迫不及待地与芳儿、桓若姐妹攀谈起来。

很快，玄烨就发现，桓若虽然胖胖的，身量又高些，却总是看芳儿的脸色，每回答他的一句话，就得看芳儿一眼，似在寻求保护。由此断定她没有主见因而也不会有多少学问，不是交谈对手。玄烨于是把注意力集中到芳儿这里。

果然，芳儿对天算案也很关切。她告诉玄烨，礼部有关天算案的复审尚未结束，而三法司的判词却已经下了，他们维持刑部原判，但又不顾刑部附加的“待天算案结案后再判”的意见，确认汤若望处绞刑！据说，那些洋教士到三法司听判时，都曾作有辩护状文，郑重发誓他们绝非叛逆之党，实在是一种神圣的敬天宗教的传布者。可想而知，没有人理睬。

玄烨心里气恼，又不能表现出来。他沉了一沉，问：“你听说没有，三法司六名主审，竟没有一个提到天算的事？”

芳儿静静地想了想：“听说三法司只有五名主审，刑部尚书龚鼎孳宣判那天不在场。”

“哦？”玄烨眼珠一转，问，“你还知道什么？”

芳儿温静地笑道：“不知道什么了。”

“你一个女孩儿家，对政事也关切？”

“不是的。我只是记性好。玛法理政，从不避我们姐妹，我听到了，就能记住。有时候，汉文蒙文的函牍太多，玛法看不过来，别人又不懂，便要我帮他抄写。”

“你还通蒙文？”

“是。”

“哎呀，真了不起！怪不得你看上去有一团书卷气，我就猜你读书肯定不少……”

芳儿笑了，道：“皇上还会相面？”

玄烨得意地一拍手：“相面还不容易！咱们这里的姐姐妹妹，我都能相出来！”

芳儿微笑：“你相我什么来着？”

“你呀，额宽颡广，肌肤滋润，是个有福气的，但人中欠长，难以高寿；眉清目秀，聪颖端庄，气度儒雅，有君子风。所以，我说你头上这朵芙蓉花跟你非常相称！”玄烨信口胡诌，很想在这个温静婉和的女孩儿面前显示显示才学。芳儿被赞得不好意思了，但她究竟是大家风范，并不故作羞态，只是脸上微微泛出红潮，笑道：

“皇上真会说笑话！……”

芳儿的话未落音，冰月“腾”地起身走来，插到玄烨和芳儿之间，气鼓鼓地睁着大眼睛，先瞪了玄烨一眼，又转向芳儿愤愤地喊叫：

“我喜欢你这朵芙蓉花！把它给我！”

玄烨和芳儿一愣，还没弄清怎么回事，她已经毫不客气地伸出手，将芳儿发板边插着的红芙蓉一把拽了下来！

“冰月！你怎么可以这样！……”玄烨拿出做哥哥的架势，想要教训两句。冰月在外人面前这么失态，他觉得难为情。芳儿开始有些尴尬，但很快恢复常态，笑着对冰月福了一福，非常和婉地说：

“公主尽管拿去。公主要是喜欢这种绢花，我明天叫他们给公主献上十盒，各种花卉都有，很精致的……”

玄烨抱歉地对芳儿说：“她年岁小，不懂事，不要见怪。看妈，去把盆里的唐花芍药剪一朵来给这位小姐！”

冰月原本挑衅地看着玄烨和芳儿，听玄烨这么一说，“啪”地把那朵芙蓉花扔到脚下，涨红了脸，转身就跑，才到门口，听到背后玄烨在说：“不要紧，别理她，一会儿就好了！”冰月顿时满心委屈，“哇”的一声就哭开了，捂着脸跑出东配殿，正好迎面碰上“来看看女孩儿们”的太皇太后。

“哎呀，我的小冰月怎么啦？”老祖宗一把搂住了小孙女儿，心疼地说，“看看，脂粉叫眼泪冲掉了，成花花脸儿啦！”

“皇上哥哥，他，他不理我！”冰月抽抽搭搭，委屈得直撇嘴。

“谁敢不理我们小冰月？看皇阿奶教训他！小冰月是北屋的东道主啊，怎么可以跑出来呢？走，咱们进去瞧瞧！……”

苏麻喇姑在旁边笑道：“小孩子家有什么正经，好一阵恼一阵的，不用老佛爷操心。今儿早起，他还给冰月画眉毛，玩儿得好好的呢！闹就闹一会儿，半天就没事啦！”

太皇太后想了想，笑道：“可也是呢，多半为了争果子争饽饽，闹红脸了？”

冰月嘟着嘴说：“不是果子饽饽，是花儿！”

“好啦好啦，待会儿给你们送一大箩好花儿，让你们这些小姑娘家每人插一头，这该行了吧？来，冰月，我送你进屋，接着当你的东道主。你不是念过书上的话，什么来着？‘主雅客殷勤’不是？你那个皇上哥哥，我教训他！”

冰月不情愿地随着祖母回到北屋。不用太皇太后两句话，一场风波就过去了。不过，冰月就不肯搭理玄烨，倒和芳儿、桓若姐妹说得热热闹闹。

太皇太后把守在旁边的看妈叫出去问了问经过，嘱咐几句，又到别处应酬去了。

下午是家宴。宴散之后，安亲王岳乐被太皇太后留下，在西花园延寿堂待茶。

人逢喜事精神爽，又喝了些酒，太皇太后的弯弯黑眉下一双眼睛格外有神采，看上去竟如四十多岁的人。一如既往，她的表情总是那么端庄、慈祥、和蔼，今天更多了一些女性的温柔、长辈的亲切。她像对自己的孩子一样款待这位侄子，跟他无拘无束地聊天：家里人大大小小都好吗？近日家下可操办了什么红白喜事？亲友们来往有什么趣事？琐琐碎碎，听得津津有味。岳乐说起来也很随便。他对这位了不起的婶母一向充满敬意，只是在敬意的背后，还隐藏着一团疑惑和因此而来的畏惧。

你永远也弄不清这位至尊至贵、端庄慈祥的太皇太后究竟是怎样的一个人！说她端庄吧，为什么早年跟多尔衮暧昧不清？说她不正经呢，这么多年来她又玉洁冰清、宫闱肃静。说她慈祥，先皇去世以后，大狱冤狱接踵不断，她却不闻不问；可说她不仁不慈呢，她又经常拿她宫中节省的银两去赈灾救荒，恩惠恩赐遍及八旗满洲以及天下。先皇在世时身体力行地学汉制近汉俗，她不曾反对；先皇去世，辅臣们恢复祖制闹得这般乌烟瘴气，她也不阻止。尤其是先皇那份痛骂自己的遗诏——罪己诏，她在其中到底有没有做手脚？……岳乐一直和先皇息息相通，是先皇帝学汉制习汉俗的追随者，因此，他对这位慈祥仁厚的婶母太皇太后，就不能不存一番戒心。那么，今天太皇太后挽留他，为的什么？只是一叙亲戚之情吗？

“你的气色看上去很好，又红又黑的。”太皇太后笑着说。

“是。儿臣年来多在田庄上走动。”

“哦。今年收成好吗？”

“好，比往年增收了五成光景呢！”岳乐说起来很高兴。

“哦？是什么道理？别人家都在叫喊庄田减产呀！”

“这……”岳乐赶忙缩住口。他不敢把自己在庄田上的那些变通说出来，那又是些大违祖制的事。——然而他的庄田增收，确是靠了这违制的办法。他想轻巧地支吾过去：“托太皇太后和皇上的恩福，风调雨顺，所以有十成收。”

太皇太后明亮的眼睛注意地看了他好一会儿，看得岳乐心里发慌：莫非对我在庄子里的作为已有所闻？他表面尚能维持镇静，伸手端起茶盏，凑到嘴边喝了一口，却听太皇太后笑道：

“你真要终老田园，学那个陶渊明？”

岳乐嘴里含着茶水，心里极快地琢磨，学陶渊明？这是什么意思？是暗指他学汉俗吗？……幸而她很快地说出了下一句话：

“你不打算回朝议政了？”

岳乐差点儿被这口茶水呛住。哪里敢在太皇太后面前咳嗽啊！他只好用力往下咽，使劲憋住想要咳出来的那股气，试着用清喉咙的办法缓和一下，心里不无疑惧地想：这是不是今天她要说的最主要的话呢？

岳乐终于摆脱了那口茶水带来的困境，从容地说：“先皇遗诏四大臣辅政，议政王大臣诸人都很满意。儿臣办事做人常常不合时宜，当有自知之明以让贤，不好再厕身其间了。”

“贵为亲王，理当为朝廷分忧解愁。”太皇太后容色还是那么和蔼可亲。

“有辅臣在，儿臣不便多管闲事，惹人议论。”

太皇太后出神地看着岳乐，突然道：“听说几日后御前大审天算案，推你为首席主审？”

岳乐笑道：“实在是辈分和爵位使然，非儿臣自己所愿，御前大审又属国家大典，不得不参与。”

“那么，你以为此案应如何审理？”

“儿臣实在不知案情，惟有临审时秉公而断。”

太皇太后不得已地点点头，也就不再提这些事，转而笑道：“见到冰月了吧？快长成大姑娘啦，越来越漂亮，是不是？”

岳乐笑着点头称是，心里却万分感慨：冰月越来越像她的生母，那个他以亲王的权势、男人的真情、苦刑和死亡的威胁都不能征服的女人……

“她真是个招人疼爱的孩子！”太皇太后笑眯眯地说，“我的几个女儿都远嫁蒙古，多年不得见面，有了这么个小孙女儿在身边，堪慰老境，颇不寂寞了！……岳乐，日后为她议婚，你们夫妇想过什么人家？”

“老佛爷，冰月蒙你老人家恩养，在宫里长大，以后的婚姻大事，就全凭你老主持了，这也是她的造化。”

太皇太后高兴地“呵呵”笑了：“说来你别见怪，要不是有同族不相婚配的祖训祖制，冰月和三阿哥倒真是天生一对、地配一双啊！”

“哦?!”岳乐吃了一惊，赶忙悄悄瞥了太皇太后一眼，但见她缓缓地点着头，眯着笑眼慢慢说起几件孩子们中间发生的事：游戏呀，画眉呀，为那朵芙蓉花儿斗气呀等等。岳乐心头一时翻腾起来。

辅臣遏必隆的八哥图尔格，娶的是太宗皇帝的妹妹和硕四公主。他们的三女儿嫁给了贝勒尼堪为福晋，因自己不生育而拿仆妇的女儿收养为己女。事情不幸败露，太宗皇帝大怒，以混乱皇家血统，不仅加罪于尼堪福晋，图尔格贷死夺官，公主革去封号，尼堪也因此由贝勒降为贝子。

前车之鉴，岳乐有什么不明白？他是为这对小儿女青梅竹马的情意所感？还是企求女儿做皇后的荣宠？还是依恋冰月生母的情愫在作怪？总之，说不清什么道理，他自己也不知为什么，竟然不顾一切地说道：

“老祖宗，要是冰月与三阿哥并没有血缘之亲呢？……”

太皇太后的笑容倏然消失，眯着的笑眼慢慢睁开，一道闪电似的目光直射岳乐，很是尖锐，带着冷峻的压力。岳乐不自觉地在这威严的目光下低了头，后面的话像被风吹跑了，再无声息。

沉默片刻，她慢慢收回目光，恢复了和蔼，说话声里也像带着笑：

“岳乐，你今儿喝酒喝多了吧？不然，哪能说出这样没体统的话？就是说着玩儿也够吓人的。幸亏只有我听见。好了，你去吧！……”

岳乐告辞出来，额头早沁出了冷汗，但出西花园之前，他是不敢动手擦的。

太皇太后却在延寿堂一声不响地坐了许久，后来她举起右手，用手掌蒙住眉眼，臂肘撑在桌案上，长长地、深深地叹了一口气。她心上翻腾绞缠着的，远比岳乐想象的更多更乱也更复杂。过去，现在，将来；家族，朝廷，江山；丈夫，儿子，孙子……

她眼前异常鲜明地又出现了那一幕：九年前，也是她的圣寿节，在慈宁宫盛大的家宴上，她首次目睹儿子福临如何钟情地探求着另一个女人的目光，那是一个他不应该钟情的女人。为了这个女人，儿子发疯、发狂、生病，二十三岁青春年华便离开了人世。她不该恨这个女人、诅咒这个女人吗？如果天地间没有她董鄂妃，一切原本可以不是这样啊！

还有这一幕：三十三年前，盛京大内凤凰楼后清宁宫，在她的东二宫里，是她亲自布置，促成太宗皇帝纳了她的姐姐海兰珠，于是便有了一个宠冠后宫的敏惠元妃，使太宗皇帝冷淡了皇后，冷淡了她，冷淡了后宫的所有女人。敏惠元妃海兰珠病逝，太宗皇帝悲痛逾常，数度昏迷，水米不进达五日之久，终于一病不起，撇下未竟的宏图大业，撇下五岁的福临，驾崩于沈阳城。

今天，她又看到，她的孙子，大清帝国的继位天子，再次面临着同样的危险。冰月不会是另一个董鄂妃吗？玄烨不是也像他的父亲、他的祖父一样多情吗？一个皇帝，有一个宠冠后宫的爱妃，能是一件好事吗？不，绝不是。太宗皇帝宠爱敏惠元妃，顺治帝宠爱董鄂妃，都使他们本人、都使朝廷和社稷江山付出多大的代价啊！

两代人的教训！还不够吗？难道还要在第三代，她心爱的孙子身上重演？

不，她绝不能容许。

况且，她原来还有更重要的计划。

她平静了。慢慢站起身，掸了掸袍上并不存在的灰尘，她迈着坚定的步子出了花园。

第二天天擦黑儿的时候，玄烨应召来寝殿谒见祖母。祖母和平日一样慈蔼亲切，对他轻言慢语地说：

“你一天天长大成人了，不能老让乳母看妈跟着你，小太监到底粗心，办事不牢靠。我这里的四名宫女拨给你，以后你的饮食起居就由她们服侍。我给她们添了四个名字，叫云、霞、雨、露，你也好使唤。……阿云，你们来给皇上叩头。”

四个十五六岁的宫女走来，齐齐地跪倒在玄烨面前请安磕头。因为事情来得突然，玄烨未免有些心慌。看看四个宫女，虽不是娇艳照人，一个个也端庄文静，举止得体，很懂规矩。

“苏麻喇姑，你领她们去皇帝住处。”

待她们出去以后，太皇太后指着案几上蒙着黄绫的木匣子，简单地说：“这是一尊欢喜佛，你把它供在你卧室里。”

玄烨惊异地瞪大眼睛，想问又不敢问，心头“怦怦”乱跳。

太皇太后看了他一眼，觉得有必要再解释两句：“早年间，蒙古族笃信佛教，出家修身者甚多，于是人口渐少，部落渐衰。有佛幻化为高僧从西方来，传此佛像，专司传宗接代大事，后又传入我满洲，自此，满、蒙两族日渐兴旺……好了，你去吧！这两日太累，我要早点歇下了。”

忐忑不安的玄烨出了祖母寝宫，背后跟着小太监，恭敬地捧着黄绫蒙盖的木匣，亦步亦趋，往后殿走去。

当晚二更以后，苏麻喇姑巡视了慈宁宫各处后，回到太皇太后这儿伺候她上床。她正在拆取女主人头上的饰物，忽听女主人问道：

“皇帝睡下了吗？”

“没有。他还在书房读书呢。他那书房的灯，总要亮到二更以后。”

“你进书房看了？”

“是。皇上还要赐我点心呢。”

“哦……”太皇太后沉吟不语，再没有说什么。只在安安静静躺进熏得喷香的锦被里之后，才轻轻地叹了口气，似忧虑，又似宽慰。苏麻喇姑能够理解女主人又高兴又担忧的复杂心绪。她到底在女主人身边四十多年了。

六

明月高悬在夜空，淡淡如水的光芒，均匀地洒向大地。一切建筑物，无论是雄伟森严的宫殿，还是寒碜贫穷的茅屋泥舍，都被慷慨地涂抹上一层银光。千门万户的京师北城，落入深深的寂静。

刑部衙门西北隅，一株古老的榆树伸展着它枝丫繁多的躯体。相传它是明代名臣杨继盛亲手栽种，站在这所监狱之侧已经百年有余。也许是戾气所钟，竟十分茂盛，树形也格外古怪。月光透过那如同巨鸟趾爪的树杈，照着一个个又高又小的窗户。从北头数起第十三个小窗洞的那间牢房里，便关着汤若望和南怀仁。

牢房里又冷又脏又阴暗，开春以来处处滴水，充满了霉烂、臊腥等种种令人作呕的臭气。地上突出一个木桩，两名囚犯像野兽一样，被颈圈的铁链拴在木桩上，这样他们不能立、不能坐，只能躺在地上。事实上，就只九条铁链的重量，也使他们无法长久站立支持了。从监外的走廊中，传来一阵又一阵闹嚷，那是奉命日夜看守汤若望和南怀仁的狱卒，共是十人，一入夜就赌钱喝酒，闹得不可开交，难得有心思过来看看犯人。

汤若望和南怀仁各自躺在冰冷的草席上，看不见彼此的面容，只能在黑暗中用他们的语言轻声交谈。

一缕月光转过来，照到汤若望一动不动的面孔上，他不说话了，静静地望着从小窗洞里向他窥视的明月。月光把他雪白的头发胡须照得亮灿灿的，使他的面容更加清晰、平和，他脸上渐渐现出一丝微笑。南怀仁看着，心里感动，多像一尊神圣的殉道者的大理石雕像！仿佛是米开朗琪罗那天才的双手塑造出来的。

“亚当·约翰，你在想什么?”沉默片刻，南怀仁轻声问。这就是汤若望的真名字——亚当（Adam），缩读音便是汤；约翰（John），译音便是若望。

汤若望的眼里闪过梦幻般的神采，由于说着本国语言，发音顺畅了许多：“我在想，这月光也照在莱茵河畔的科隆城，河水闪着银光，河面传送着科隆大教堂的阵阵钟声和唱诗班美妙的《安魂曲》……多么遥远啊！童年和少年……”

“请别见怪，我早听人说，你是沙尔·冯·白尔这支德国最古老贵族的一脉爵位继承人。你们家族的纹章上有飞鹰和著名的红银两色方格。”

“是的。”汤若望仍然沉浸在他的遐想之中，眼睛不离开渐渐偏移的月亮，“我们家族的英雄，是菲里普·沙尔·冯·白尔，利富兰国的最后一位修会骑士，德意志骑士阶级的骄傲！一百年前率领骑士团抗击俄国暴君伊凡的入侵，不幸被俘，在莫斯科被俄国沙皇处死。……亚里士多德说，一个勇敢的人，有坚定、刚毅、不动摇的德行，可以用方形做象征。沙尔族纹章上的方格排列得如同棋盘，就取义于此。我和我的哥哥约翰·来因哈得，都放弃了继承权，献身天主，并不以沙尔家族的出身为荣。但是这纹章的用意，却是我们发誓要终身奉行的。”

“哦，亚当·约翰，你是无愧的！这样多的痛苦，你毅然忍受，英勇坚强……”南怀仁感动地低声自语着，话锋一转，他问道，“你想，我们还能恢复自由吗?”

沉默片刻，汤若望静静地说：“你们三位尚有一线希望，我不能了，他们必定要置我于死地。”

“这不可能!”南怀仁几乎叫出声。幸而赌钱的狱卒闹嚷正凶，没有被惊动，不然他们这样的交谈也将被剥夺。

“费迪南特，很快你就可以看到，谋逆的罪名是虚假的没有凭据；宣布天主教非法，也只是为了封闭各地教会，打击我们的传教事业；西洋天算法虽然将被不顾正误地强行停止，总不能构成死罪。你们三人会有释放的一天。而我，他们绝不会放过。即使各项罪名都落空，也会拈出一件想不到的罪案，堵住所有人的口，有凭有据地拿我处以极刑！……”汤若望思路很清晰、很有条理，又很冷静，仿佛在说别人的事情。

南怀仁一腔怒火，突然抑制不住，握着双拳低声吼起来：“这个野蛮的、迷信的国度！这些不辨是非的没有心肝的人们！上帝啊，你为什么不降罪他们？为什么不惩罚这可诅咒的地方?”

南怀仁的愤怒，汤若望可以理解。

这些时日以来，为着天算案，他们二人拖着沉重的锁镣，来往于刑部监狱和礼部大堂接受复审。南怀仁作为汤若望的代言人，必须向那一大批无学无识的愚昧官员们答复和解释他们那许多往往是极其幼稚可笑的问题，比如，为什么日食可以测定？为什么金星时而早上出现、时而晚上出现？等等。最令人愤慨的是，即使他尽全力解释回答，那些官员们仍然丝毫不懂，却掌握着判断他正误的权力，可以随心所欲地说他是错的！

“不！不！费迪南特，你完全错了！”汤若望突然急躁地打断南怀仁的话，用不容反驳的语调这样说，随后又意识到什么，迫使自己沉静片刻，才换了一种平和的口吻，“这是一个了不起的民族，一个伟大的民族，足以同欧洲古老的罗马帝国相媲美。它的文化之博大精深，它的伦理道德之完整牢固，是难以想象的。你来中国的时间太短，接触的人太少。你看到的那些邪恶的残酷的人，偏偏又不是这个民族的代表和精华。”

“我知道，你是说那些汉官……”

“也不尽然。不过，难道不能从汉官身上看到端倪吗？日食测定延缓了此案的进程，这不是我们的老朋友龚鼎孳的巧妙提议带来的好处吗？前次三法司定案，两位汉尚书不是对我们颇表同情吗？”

“龚鼎孳？不就是他给年迈病衰的老约翰加上本来可以免去的九道铁链吗？而且，三法司定案他为什么不出席？还不是躲开了！汉尚书的同情有什么用？最终还得屈服于满尚书！这些怯懦的人！”

汤若望深深叹了口气，缓缓地说：“被征服民族的悲哀啊！……三法司定案或许是故意选在龚鼎孳不能出席的时候。你不知道吗？他的夫人病逝了……一位多么美丽聪明的夫人……”

“亚当·约翰！太皇太后不是曾经认你为义父吗？她怎么就不能……”

汤若望的声音更低弱了：“她嘛……她的处境，也许并不比我们轻松啊！……”

南怀仁不服地还要说什么，监外走廊上一派喧嚷，赌钱的人们散了，四周渐渐安静下来，两名囚徒的交谈便停止了。不想，一团明亮的烛光慢慢向这间牢房靠近，三名值夜的狱卒开门进来了。

他们沉着脸把长长的蜡烛立在破烂的小木桌上，又一声不响地为两名囚犯打开了身上的锁链。其中一人放下一捆包袱和一个很大的提篮。

提篮盖布揭开，食物的美妙香味顿时压倒了牢狱恶臭，向四周弥漫开来：篮子里全是各种各样精美的食物，从糕饼饽饽、面包馒头到熏鸡酱牛肉烤猪肉饼，什么都有，甚至还带着教堂自制的几瓶葡萄酒。狱卒中那个小老头儿小声说道：“你们的教友送来的。”

得到解放的汤若望和南怀仁顿感一阵极度轻松，对三位狱卒万分感激，正待表示谢意，那名身高体胖的狱卒很凶地说：“别啰唆！我们不过可怜你汤若望年纪老，又有瘫病，积点阴德罢了。天明时候还得给你们锁上，懂不懂？”

汤若望对南怀仁眨眨眼，南怀仁乖巧地把篮中各样食品取了一些，已足够他俩吃三天的了，把余下大部分食品的篮子又递回给小老头儿，说：“感谢你们的好意，请你们共享，我们才能安心。”

小老头儿接过篮子，那胖大狱卒像没看见似的，大声地骂骂咧咧，转身走开。小老头儿提着篮子跟随其后，却又回头附在汤若望耳边小声说：“别怪罪他，我们都害怕杨老先生的探子……”

汤若望靠着墙坐起来，轻松地舒展着身子；南怀仁耸身站立，伸胳膊挺腿，嘴里狂喜地低喊着：“啊！啊！太美妙啦，上帝！……”

又是一阵欢喜：留下来的这位狱卒打开那捆包袱，竟是两块厚厚的、用来隔潮的温暖的羊毛毡垫褥！里面包裹着《圣经》和其他圣书，书里还夹了纸张和笔墨！南怀仁高兴得像孩子一样跳了起来。

“这也是教友们送的。”狱卒轻轻地说。

“啊，感……谢，感谢！他们总……总惦记着我们！”汤若望结结巴巴地说着中国话。

“不会忘记，永远不会忘记。……可是，神父，你还记得我吗？”狱卒问着，慢慢抬起了头。

这是一张女人的脸！两位神父猛地向后一缩，惊呆了。

这张面容已经不年轻，眼角的鱼尾纹和开始松弛的面颊，表明她已在半百之龄。但那明洁宽阔的前额、依然灵动闪亮的眼睛、依然秀美修长的双眉，使她看去充满生气，而宁静稳重的风度、扑面而来的书卷气，更透出大家闺秀的端庄。

“你？……”汤若望惊异不定。

她突然拿过蜡烛，举在自己脸跟前：“神父，你再仔细看看我！……还不认识？……三十三年前，我爹爹蒙冤被斩西市，临刑前夜，是你装扮成送煤小贩，进到这刑部狱中探视，听取了他最后的告解，为他送去了最后的圣餐……”

“幼蘩！……幼蘩！……”汤若望已泪眼相向、泣不成声了，“你……竟在此时此刻……探望我这……老头子，谢谢你！……”

“神父！……”幼蘩搀住老人的胳膊，像小时候缠着他要求做修女一样，把头埋进他的臂弯里，默默地流着泪。

南怀仁纵然不知道前朝登莱巡抚孙元化这位最早的天主教徒的故事，不知道汤若望与孙元化一家久远深切的关系，也已被眼前的景象深深感动了。

“神父，”幼蘩替汤若望也替自己抹去泪水，“你想不想逃出这地狱？”

汤若望摇摇头，庄重地、很慢很慢地说：“我是教士，身负圣职，惟有静候主的处置……当年，你的父亲、我的朋友孙元化，也是这样，光明磊落地度过他生命的最后日子！”

“是的。也许就在这同一间牢房，相隔三十三年……”幼蘩感慨万端，轻轻叹息，不再提这个话头，一面铺好羊毛毡垫褥，扶他们在上面躺好，又打开随身带来的药包，为他俩被镣铐铁链磨伤的地方涂抹药膏、细心包裹，一面轻轻向神父叙述这些年的经历，叙述这次被卷进逃人案又侥幸解脱的过程。

临走，她说：“神父，主会赐给你们勇气！只要你们仍在狱中，我会常来探望，送来你们需要的东西。祈求主保佑你们，拯救你们脱离苦难！”

“幼蘩，我不明白，”汤若望脸上忽然冒出一片老年人的委屈，“这十几年，你明知我在京师、在钦天监供职，竟不来看我，直到今天才来探监！”

幼蘩安慰地拍拍老父执痿痹的手，微笑着说：“神父，现在，你最需要我啊！”

她走了。

牢房里静默了许久，似乎还留着她的温馨气息。

汤若望一直在伤感地微笑着，终于轻轻地说："现在，费迪南特，你对中国人是不是有了新的见解？"

南怀仁深深地吸了一口气，猛然坐起，激动地说："约翰，你知道我要做什么吗？我要写辩护词！写一篇绝妙的、锋利的、出色的辩护词！要以真理和正义去抗争。即使我们为天主牺牲，这辩护词却要留在人们心里，真理和正义要留在人们心里！你说对吗？"他不等汤若望表态，便向那支仿佛无意间留在狱中的长蜡烛扑过去，在粗糙的小木桌上铺开了纸。

当他奋笔疾书之际，忽听得汤若望的喃喃自语："他们若能送一本《天体运行论》来，就好了……"

南怀仁一怔，是哥白尼的《天体运行论》吗？那是阐述日心学说的书，是说太阳是宇宙的中心，地球自转并同五大行星一起绕着太阳公转，只有月亮绕地球运转。实在是十足的异端邪说：它完全违背地球是宇宙中心，所以存在着天堂和地狱的天主教基本教义。汤若望对此一向反对最力，曾写过许多漂亮文章据理驳斥，并极力主张异端裁判所对此书及其作者进行缺席裁判，因为裁判所虽然在1600年判处鼓吹"宇宙无限论"的布鲁诺以火刑，但这一切异端邪说来自哥白尼的日心论。哥白尼和他的《天体运行论》是根子、是罪魁祸首，汤若望是要求斩草除根！

可今天他是怎么啦？在这个连"地球是圆的"都不能接受的国度里，还有心肠去批判日心学说吗？看来真是老病而糊涂了！

南怀仁心念浮动片刻，又赶紧收回，聚精会神于笔下的辩护文了。

三天之后，举国注目的御前大审开始了。

这天一大早，由刑部大门到东华门一路，排满了巡街的持刀丁勇，头目们骑着高头大马在官道上飞跑，向各处传令和招呼。当囚犯们在众多兵勇押解下，拖着沉重的镣铐出现时，挤满观众的街道上，又重演了数月前刑部衙门外的那一幕，不过声势更大、咒骂更恶毒。每个人都要表现自己对朝廷和皇家忠心耿耿，所以格外起劲卖力。于是唾沫、石子、脏物如雨如雹，使押解兵勇不得不出头制止，因为他们有些人的身上也沾了这些东西的光。他们不明白，这骤然降临的兴奋，使一向浑浑噩噩过日子的京师平民快乐得发疯：终年平淡无味、终年受人欺负，这下可遇着强猛的刺激，可有机会欺负欺负别人，大骂几句脏话而不必担心遭报复了。

汤若望在南怀仁的搀扶下，在咒骂的吼声里，在愤怒、鄙视、嘲笑的万目睽睽中，镇静地、鼓足勇气地一步步走着。他们竭力不使脸上有任何表情，只保留对天主的虔诚，把目光的焦点放得远远的，远到不可测的天空与大地的交点……

“啊！亚当·约翰！费迪南特！多么伟大！多么壮观！”一声高叫，传来了亲切的祖国语言的赞美呼喊，汤若望、南怀仁和押解兵勇都愣住了：迎面走来另一队人，也是由兵勇押送的外国传教士，也穿着一样的神甫长袍。汤若望痛楚地闭了眼睛：他认出这是从外省解送进京赴审的教士们。

两拨儿穿黑色长袍的人站定了，在异国的土地上，在异族人们黑眼睛的闪闪注视中，这些来自同一大本营的、为天主的事业做奉献的上帝的儿子们相逢了，各自眼睛里闪动着泪花……来人中的为首者，那个多米尼克派教士，竟冲动地扑倒在汤若望脚下，弯腰亲吻汤若望的铁链，虔诚的、赞美的泪水，顺着面颊淌了下来。

这突然的相逢，曾使嘲骂声突然停息了一阵，可这位多米尼克教士的行径，在人们眼里是那么滑稽，那么不可理喻，于是又爆发了哄然大笑，嘲骂以更大的声势重新卷起更大的狂涛。这个小插曲，很快就以洋人的怪异而传遍京师，成为一大笑谈。

汤若望和南怀仁心里都很明白，哪怕有十万、二十万人围观咒骂也无关轻重，外国传教士的命运并不取决于他们。真正严重的时候就在眼前。辰正初刻，在举行朝会大典的太和殿，第一次御前大会审就要开始了。

三重白玉崇阶环绕的太和殿，这显示着天子的神圣权威的金銮宝殿，以它雄伟的气派、宏大的规模，使全世界瞩目。御前大会审设在这里，是前所未有的事情。

金黄色盘龙大柱支撑着大殿，殿堂广阔得足以跑马。地面乌亮的金砖像镜子，倒映着富丽堂皇的陈设、来来往往的太监侍从和端坐殿中的会审官员——这些大清帝国的精华和最尊贵的人。他们是：二十位亲王、郡王、贝勒、贝子，九位内院大学士，十二位尚书，八位八旗都统，还有七十多名有关官吏。他们坐在垫高的铺有毡毯的座位上，按照品级高低，丝毫不错乱地依次排列着。在王公与内院大学士之间，有两个特殊座位，属于主办此案的辅政大臣苏克萨哈和鳌拜。无数顶戴花翎、玉带朝靴、花绣复杂的袍褂、色彩各异的朝珠和满殿金色银色五彩缤纷的景泰蓝的混合光芒交相辉映，令人眼花缭乱。

座位分东西斜向排列，这类似八字的排法，是要表示对终端的御座的尊崇。那里，才是太和殿的正中。须弥座式的宝座拔地而起，高过人顶。宝座的正面和左右，是铺着明黄缎垫的陛，宝座前矗立着四个高大的香几，几上是三足鼎式掐丝珐琅香炉。宝座上有一副七扇的雕龙髹金屏风，屏风前，由甪瓶宝象、盘龙香筒、角端仙鹤等绮丽高贵的陈设所环绕着的，是一张雕龙髹金大椅，这便是皇帝的御座，金光闪闪，灿烂夺目，令人不敢仰视。但是，御座上只蒙了一张明黄色的绸布。因为皇帝年幼，不能亲政，此座只是虚设。所以，今天的御前大会审，实际上，只是御座前的大会审。

被告拖带着他们身上的九条铁链，被押进了太和殿，进门向右，面北而跪。

南怀仁是第一次进入这个宏伟庄严的大殿，他极为惊讶、极为赞叹，但面临的审讯气氛使他心情紧张，没有余力多看一眼，他要集中全力为西洋天算、为汤若望辩护。

汤若望已记不清自己多少次跨进太和殿的高门槛了。但今天，他不再是受人尊敬的一品太师，而是一名囚犯。他缓缓地用宁静的目光扫过堂上众多的官员，因为大殿深广空阔，他们并不显得多。他看到许多熟悉的面孔，但都避开他的眼睛装着和别人说话，或是做出一副全然不认识他的样子。正中座位上的两位亲王他也认识，右边一位首席是安亲王岳乐，左边的次席是康亲王杰书。他心里或许感到一点慰藉？他轻轻呼出一口气，疲乏地跪倒在地。

与汤若望、南怀仁相对而跪的，是目光坚定、表情严正的杨光先。

官员们坐定后，苏克萨哈宣布，御前会审开始，所有的人起立，向御座三跪九叩，山呼万岁。

礼部尚书走下座位，跪在大殿正中，仿佛向皇帝启奏一般，恭敬地宣读礼部审讯西洋天算案的记录。

对汤若望，在座的许多人早就有一腔怨愤。满洲人多半恨他和他的天主教亲汉轻满。有的汉族官员也嫉恨他前些年在朝廷的名望和地位。钦天监、礼部的官员则更是对他咬牙切齿：为他曾经用西洋新法使他们颜面扫地，为他身受先皇帝恩宠官高品极，为他平日以尖刻的态度毫不留情地嘲讽他们的贪婪卑怯……而近半年来的大狱，仇教的气氛一浪高过一浪，他们怎会不懂柄政者的意图？所以，礼部的审讯记录刚读完，第一批发问便继之而起：

"我天朝历年沿用元代郭守敬历算，号称精密，三百余年以来，并无舛误，为什么要修改？"

"西洋历法，为什么首重太阳出入、昼夜时刻？"

"历代旧法，每日十二时，分成一百刻，你西洋新法改为九十六刻，是什么道理？"

…………

各种问题如雨点抛来，有些尚有一点历法常识，大多数则对天文一窍不通。被告若想从中理出一点头绪，非得从基本的数学、物理学的概念开始讲解不可。

于是南怀仁鼓足精神，借助随身带来的一些简单仪器，向在座的王公贵族、文武大臣讲解欧洲天算的基本原理。他年轻力壮，不时地挥手转身，带着铁链子"哗啦哗啦"乱响。他说着腔调古怪的中国话，常常词不达意，当他觉得困难的时候，便回头去看汤若望，汤若望就会给他一个恰到好处的提示。花了一个时辰，南怀仁满头大汗，汤若望疲惫得卧地不能动弹，而那些听众——审判官们，大多数依然莫名其妙，并未被这位启蒙者引入西洋科学的神秘之中。

这样，第二批问题又接连撒向传教士，问题更加荒谬，甚至质问刚才南怀仁使用的是什么妖具。

第二次回答自然就更加困难，汤若望已经无力再做指点，南怀仁虽说得口干舌燥，也没有任何效果。他只好再出王牌，提议说：今年春分就在眼前，正可以借春分的时刻，做一次天象观测，来证明欧洲天算的优越性。

南怀仁那怪腔怪调的话刚落音，那边杨光先已一口接了过去：

“启禀诸位王爷、诸位大人，万不可听信洋人的妖言妖术，他们一向借此蛊惑人心！西洋历法与我东土绝不相合！这些洋人是拿天算作晋身之阶，为传他们的邪教开路，最终毁灭大清、毁灭我中华，纳天下人尽归他们的天主为奴，断然不可信！至于汤若望所进新法，有十大谬误，决计不可继续使用！……”

他滔滔不绝地一口气说了一串谁也不懂的术语，什么太阴五星陵犯；什么颠倒觜参、罗计；什么日月交食、天象占验等等，极其流畅熟练，俨然天算大师。然而，被南怀仁的一套数学物理加仪器的讲解弄得糊里糊涂的审判官们，更闹不清杨光先的这些神秘如符咒的术语了。苏克萨哈耐心地等杨光先讲完，转向王爷们说：

“杨老先生精通历法，凡人难得明了。是不是按杨老先生所指的十项谬误，一一细审，把西洋历法从头到尾弄清楚，日后公布天下，人人心服。”

王爷们自然点头。苏克萨哈便说：

“原告杨光先，可将十谬一一指明，逐条审讯！”

杨光先叩头领命，眼珠微微一动，大声道：

“大清宏业，定鼎中华。天佑吾皇，历祚无疆，而汤若望只进二百年历书，是何居心？”

太和殿里猛一沉静：这个问题提得太精明了！审判官们又都兴奋起来，这个问题他们懂，可以毫不迟疑地审讯！它虽有关天算学，更关乎政事刑法。

被告不得不强打精神，努力解释：任何一种历法，历时久远便有误差，必须及时修正。所以治数百年后之历，只是参考，并无意义……

这回答激起更多的愤慨，审问者又提出更严厉的诘问：是不是想用缩短年历的妖术为害国家？……

苏克萨哈和鳌拜对御前大审的气氛很满意。他们一直严密地注意着会审的首席——安亲王岳乐，担心这位尊贵的王爷会冒天下之大不韪，说出什么不得体的话，破坏大审，打乱他们的计划。其实用不着，从开审到现在，安亲王只是静静地专心地听，一句话也不曾说过。……他怎么站起来了？对康亲王说什么呢？是不是要问些走题的话？……

岳乐离座而去，从太和殿的后门退出了这场审判。苏克萨哈对鳌拜使个眼色，便起身跟了出去。在太和殿东的中左门前，他追上了安亲王。

“王爷请留步。”苏克萨哈恭敬地垂手低头站着。

“哦，苏大臣。”岳乐微微一笑，立定。

“王爷不等终审了？”

“这样细审，怕是十次八次也审不完。”

“事关重大，不得不谨慎。”

“是啊，”岳乐仿佛很同意似的点头笑道，“日后也好有个交代。”

一针见血的话，说得苏克萨哈脸色都变了。不过他还是毕恭毕敬地维持着原来的姿态、原来的口吻：“那么，王爷的意思……”

“噢，记得对你说过，我不过以为天算天文这些学问有趣。方才听了半日，全然不懂，自难分辨是非曲直。好在有辅臣主持，又有许多饱学之士，想必能审个水落石出，做个公正合理的裁决。我就不与此事了，免得搅扰这桩大案。”岳乐说罢，谦恭地笑笑，乌黑的眼睛却没有笑，转身走了。

苏克萨哈站在石阶上躬身敬送，心里却在冷笑：正巴不得呢，你倒有自知之明！要卸这副担子，岂在乎你安亲王一人不肯分担！想想御前会审的声势，他更加理直气壮了：此举必得人心！

就在距苏克萨哈站立的中左门不到三百步的地方，后廷慈宁宫里正闹得人仰马翻，太监宫女一个个惴惴不安，川流不息地向苏麻喇姑禀告着关于万岁爷的许多消息：

“苏嬷嬷，万岁爷不肯盥洗换衣裳……”

“苏嬷嬷，万岁爷从早起到现在，不肯用膳也不肯用点心，把奶茶盏都摔到门外去了……”

“苏嬷嬷，万岁爷发怒，打了云姑娘就跑进书房，从里面插了门，谁叫都不开……”

“苏嬷嬷，万岁爷自个儿关在书房里，没声没息，急死人！……”

苏麻喇姑心上火烧火燎，不时透过乌亮的镂空落地罩向次间张望，想给老佛爷递个眼色。可老佛爷仿佛什么也没听到，坐在炕桌边，安安静静、一心一意地写她的大字。

事情其实是昨天起的头。

玄烨跟着太皇太后听奏报时，得知次日将对天算案第一次御前大审，当下就眉飞色舞。回宫后吃不下饭，看不进书，全心全意盘算着御前大审的事。早早就嘱咐管衣帽的云姑娘，仔细备好朝服朝靴朝珠，放在床跟前枕头边。

他太兴奋了，很晚还睡不着，好不容易迷糊过去，半夜醒来又高声嚷：“朕的朝服预备妥了吗？要戴那副红宝石佛头的大东珠朝珠！……”

天还不亮，他就急急忙忙爬起来，急急忙忙命云姑娘她们伺候他梳洗、吃早点，又非常仔细地穿好了全套上朝的衣装。随后，在宝座上坐定，镇静而又威严地喝着奶茶，用和他庄重的神态颇不相称的男孩子的亮嗓门儿从容吩咐：

“传御辇，传御前侍卫，传领侍卫内大臣、礼部尚书，传前引大臣：朕往太和殿听审！”

在场的人全都愣住了，一个个大惊失色、面面相觑。玄烨要朝服，他们只当又是小皇帝常玩的无数把戏中的一折，没料到动真格的，又是这样关乎朝廷大礼大仪的大事，谁敢胡来？首领太监连忙赔笑：

“启禀万岁爷，奴才们不知道万岁爷今儿要起驾去太和殿……”

“废话！”玄烨一皱眉，“朕现在不是告诉你了？”

“是，是！”首领太监一面回答，一面飞快地转着眼珠子，“启禀万岁爷，若驾往太和殿行大朝礼，应先诣太皇太后行礼才是……”

玄烨的眼珠子也一转：“不错，朕这就去！”

玄烨一步跨进太皇太后寝宫，正由宫女太监们侍候梳妆的老佛爷和在侧的苏麻喇姑都觉得眼前一亮，太皇太后不由得笑道：

“真叫鲜亮！不过年不逢节的，是怎么啦？”

小皇帝头戴藤丝朱纬前金佛后舍林顶上三层金龙东珠朝冠，身着明黄色两肩前后绣正面金龙及五色云的朝服，腰系饰满红蓝绿宝石及珍珠的镂金龙文朝带，脚蹬粉底鸦青缎朝靴，从上到下极是灿烂华贵，衬着小小的圆脸、尖尖的下颏、乌溜溜的眼睛，越发聪颖可爱。只是那故作庄重严肃又装不大像的成人表情，叫人看着忍俊不禁。

“孙儿请太皇太后圣祖母安，这就前往太和殿听审。”玄烨一板一眼，一本正经，全然是一副办正事办大事的模样。

“什么？”太皇太后扬起细而黑的眉毛，转而一想，笑了，“这怪我没说清楚。审案的事，你就不必去了。”

“啊？”玄烨猛地直起身子，满脸惊诧意外，“不是说御前大审吗？御前，不就得在朕之前吗？”

“话虽如此，你年纪还小，尚未亲政，不便参与。”

“我只坐在那儿听。不说话。”

“不是已命你身边的小鲁子去听了吗？那小东西猴儿精，随时给你回报，还不行？”

玄烨忽然收起那副庄重严肃的皇帝威仪，恢复了小孙子身份，凑近梳妆完毕的祖母，一伸手，搂住了老太太的脖子：

“老祖宗，玄烨命苦，六岁就没了阿玛，七岁又没了额娘，全靠了老祖宗把我养大，以后，我就管你叫额娘叫阿玛好不好？比叫老祖宗不是更亲吗？……”

“好是好，可错了辈分又不好啦……”太皇太后心里虽然舒服，却也明白这机灵的小东西在施甜头软化她，暗暗笑着看他怎么迂回到主题。

玄烨干脆拿小圆脸贴在祖母丰满的面颊上，搂着祖母跟自己一块儿摇晃："要是阿玛额娘，还不让我去听审……"

"那呀，更不让你去了。这是国家大事，非同儿戏。"

"可我是皇帝呀！"

"就因为你是皇帝，又这么小，你在场好些事情不好说不好办。辅臣理政，你不能干预。"

"可这江山是我的呀！至尊至尊，连御前大审都不能听，算什么至尊？算什么皇帝？"玄烨放开老祖母，不平地嚷嚷着，迸出急泪。

"皇帝至尊还兴哭鼻子？"太皇太后并不认真，笑着调侃，"不听审有什么要紧？我也不去嘛！"

玄烨冲动地一张嘴："可老祖宗你……"他心里一激灵，赶紧把后面的话咽下去。后面的话是："不能坐太和殿，当然不去。"他气哼哼地换了另一句：

"皇上不到就不能叫御前大审，朕不到场不准开审！"

太皇太后不笑了："你不可以这样任性！"

"我要是就这么发圣谕呢？"玄烨神情上带点挑衅，又似故意装作说玩笑话。

"那是胡闹！没人听你的！"

玄烨呆了半晌，终于激愤地大叫："天算案是冲着我父皇来的！拿汤玛法当妖人，我父皇还能称英明？明明是在彰我父皇之过！我不服！不服！"

他没忘记匆匆地向老祖宗请了个安，"噔噔噔"地跑了。

"皇上！皇上！"苏麻喇姑追了几步，回头看看太皇太后，"老佛爷，你看这……"

"苏麻喇姑，你看我头上这朵绢花是不是太艳？上了岁数，大红大绿就扎眼了。"

苏麻喇姑只得回来为老佛爷另挑绢花。

老佛爷有条不紊地照常办她的事，照常写她的字。玄烨一回寝宫，就这么不听话地闹腾，算算也是即位以来第一次，好像也没对老祖母产生什么影响。

苏麻喇姑终于沉不住气，走进次间，说：“老佛爷，三阿哥这事……”

太皇太后像没听到一样，提着饱蘸浓墨的斑竹管大提笔，转以成圆，折以成方，在一幅梅花玉版笺上非常用心地写着直径半尺多的大字，表情泰然，呼吸平稳，眼睛凝视着笔端，既没有答话的意思，也不希望别人打扰她。

苏麻喇姑硬着头皮又说：“老佛爷，要不，就让三阿哥去听听……”

太皇太后没有放下笔，连眼珠子也没向她转一转，但是，皱了皱乌黑的细眉，说：“怎么连你也说这种糊涂话？眼下是什么时候？别人不懂，你也不明白？”

苏麻喇姑不敢作声了。

“怎么着也不能给辅臣出难题，伤了忠良的心哪！”

苏麻喇姑想说什么，忍住了，咬了咬嘴唇。太皇太后放下笔，端详着自己的颜体大字，满意地说：“来看看这几个字。”

苏麻喇姑自己不会写大字，但在宫里耳濡目染，见得多了，也成为习惯的欣赏者。但见这十六个大字，字字刚劲端庄、风度英俊、气派大方，所谓铁划银钩，有横扫千军之势，不由得连连赞美。她忽又小声说：

“三阿哥这么闹腾，别气着老佛爷……”

“气什么，我真的一点儿不生气！”太皇太后笑着，眼睛里充满愉悦和疼爱，“这孩子精灵之极，就像颗水银珠子，不管滚到哪儿、滚成个什么形儿，都亮光闪闪，与众不同。瞧他为了听审，甜的酸的辣的，什么花招儿不使啊？最后明明冒火儿了，还没忘记请了安再退出去。好孩子啊！”

“可他这么折腾，不吃不喝，饿坏了可怎么办？”

“他会饿着渴着？甭费心！他那寝宫五间屋子，哪儿藏不下精致点心好奶茶？不信咱们过会子去瞧瞧！”

苏麻喇姑也笑了，心里感慨不已：太皇太后自来爱才如命，就连对自己的孙子孙女也不例外。知人善任，可不是为君上的最重要的才具品质吗？

“还有，他寝宫那首领太监得撤！”太皇太后眉头微微一皱，“昨晚上皇帝叫备朝服，他为什么不禀告？今儿皇帝闹着上朝，他又往咱们这儿一推了事。不能用了。”

“是。”苏麻喇姑恭顺地答应一声，半晌，又迟疑地说，“也是奴才瞎操心，我看汤玛法这个案子……势头不善哩。皇上虽幼，也虑得有几分道理。”

太皇太后胸有成竹地笑道：“辅臣终究是为大清社稷江山着想，自有他们的苦衷。汤玛法是先皇帝的师傅，又救治过我的病症，他们不会把事情办得很绝。御前大会审之后，便会减刑的……倒是三阿哥，要给他找一位理学深厚的先生。不然，他也会如他父亲一般任性……”说到这里，大约触着心头的伤痛，她皱了皱眉。沉静片刻，她恢复常态：“先上西花园逛逛，树芽子都生出来了，我得去瞧瞧。回头再去看他。”

书房的门仍旧紧紧关着。门前跪着求告的太监、宫女已经换了三拨儿，眼见着太阳升到当头，斜到西天，看着离一片翠微的西山只有尺把远了，书房里的万岁爷对门外这一刻不停的念经般的求告依然不理不睬。看妈、奶妈赶来求他喝茶吃饭，他也跟没听见一样不应声，只要有谁推推那两扇门，里面就会传出一声呵斥：

“谁敢推门，赶明儿个我办了谁！”

首领太监、云妞儿急得团团转，禀告老佛爷，只得来三个字：“别理他。”

真的不理他？万一出点意外，这些人还不得个个灭九族哇？他们只得隔一会儿推推门，换取那一声斥骂，证明皇上安然无恙，也好略略放心。

冰月悄悄转到书房小院的时候，门里门外双方仍然僵持着。她怕人看见了不好意思，又轻手轻脚绕到了书房的北窗下。

自从圣寿节筵上两人闹崩以后，一个多月了，冰月就不肯理睬玄烨。玄烨私下赔礼赔罪，好话说了三大车，也不能让冰月回心转意。可刚才冰月一听说玄烨自己关在书房，整整一天不吃不喝，登时着了急，赶紧收拾些自己心爱的吃食玩具，匆匆忙忙往书房跑。

真的来到北窗下，她又有点磨不开了。叫他一声吧，别人听见怎么办？他再来个报复，不理睬怎么办？不叫吧，白站在这儿算什么事？真有点无所措手足了。她忽然灵机一动，四面看看没人，便凑近窗户，伸出小手指头，濡些唾沫，在雪白的窗户纸上捅出一个个小洞，小洞洞连在一起是六个字：“三哥哥别恼了”。

真是冰雪聪明，为让里面的人认清，个个字儿都是反向的。

“月妹妹！”玄烨果然冲过来，隔着窗户惊喜地嚷了一句。

“嘘！”冰月示意他小声，并从洞眼里看进去，正遇上玄烨从里往外看的目光，两双亮晶晶的眼睛互相凝视着，那边是意外喜悦、感动和委屈，这边是羞涩、歉疚、关怀和同情。

“月妹妹，你愿意理我啦？”玄烨声调有些哽咽。

“三哥哥，别这样，气坏了身子可怎么好？”冰月小声地说，也含着泪，“你快出来吧，到花园散散心，我给你带了好吃的，在老地方等你，好不好？我先走了……”

“月妹妹，等等我！”玄烨跳起来就往前门跑，“哗啦”一拨门闩，呼地打开两扇门，“扑通”“哎哟”连声，靠门跪着的几个小太监一起摔进书房！看到门边跪着的黑压压一片，玄烨一愣，猛地记起，自己是在发火赌气、闭门不出呀！登时进不是退不是，窘住了。

“万岁爷息怒！……”

“请万岁爷用茶……”

“求万岁爷进膳……”

匍匐着的人们纷纷求告，“嗡嗡”一片，倒叫玄烨自在了许多。一眼看到小鲁子也跪在那里，脑门儿顿时一热，沉下了脸：

“小鲁子！老佛爷差你办事，胆敢不去！”

小太监连忙磕头回答：“奴才已经去了，听完了赶着回来禀告，可书房闭了门……”

“这么快就审完了？……进来，细说说。你们都起来！”玄烨朝其他跪着的人一挥手，反身回书房坐定，小鲁子跟进来，首领太监也随着，赔笑道：

“万岁爷，还是先喝茶用膳吧！”

“不要你管！退下！”玄烨瞪他一眼，他赶紧低头，“嗻、嗻”地退出去了。

小鲁子细细禀告了第一次御前大审的经过，玄烨还没听完，就“腾”地跳起来，嚷道：“这叫什么审判？这不是诚心要审个一锅粥吗？……鳌拜也这么说？他没提点儿别的？”

小鲁子照实回禀：“没有，苏大臣怎么说他也怎么说。”

“什么？跟着苏克萨哈跑？”玄烨瞪大了眼睛，“刚刚测验出来，西洋历法最准，他竟睁着眼儿说瞎话！不敢主持公道，算什么英雄！我白对他好啦！胆小鬼胆小鬼！”

玄烨非常气愤，冲到柜子那儿翻出模仿鳌拜的那部胡须，又撕又扯，扔到地下：“不成！我要去找老祖宗！御前大审竟也这么不明不白，天下人准拿我当傻瓜！我一定得去看这大审，我得说话！”

首领太监赶紧从门外进来，跪到玄烨脚前：“万岁爷，求求你啦！老佛爷交代了，万岁爷千万别出宫门，闹不好，我们可要掉脑瓜儿呀！”

玄烨狠狠地咬着牙根，满心委屈说不出来，又气又恼，在屋里转了半天圈子，一跺脚，扭头就要出去，云妞儿她们和小太监们“呼啦”上前一起围住劝阻，玄烨气得大叫：

“我不去太和殿还不成？我上御花园还不成？”

他的力气很大，一推一冲，宫女太监倒了好几个，他像一头牛犊子似的撞出门去，跑了几步，又回过头来威胁地嚷道：

“你们谁敢跟着我，看我不回来使鞭子抽他！”

他撒腿跑向花园，不理睬沿途遇到的许多慌忙回避、面向宫墙跪倒的太监宫女，也不听仿佛是哪个偶尔碰到的皇额娘的呼唤，满脑门儿的愤慨、激怒，嘴里一个劲儿地念叨：“这算什么？欺负我年岁小？就在我眼皮子底下这么颠倒黑白、混淆是非！还不让我管！不让我管！……”

冲进花园，他仍然无目的地乱跑，仿佛要用这样的疯跑发泄他心头胀得满满的愤懑：这些部院大臣、这些都统学士，有几个人懂得算术，懂得几何？他们怎么知道历法天文？他们怎么能判断天算的是非？可是，我懂！我知道！却不让我管！我是谁？我是皇上！我是天子！我的江山，我的天下，偏不许我问！而且，辅政大臣，尤其是那个苏克萨哈，老狐狸，皇祖母就看不出来？他不是好人，他在出我父皇的丑！皇祖母怎么就听之任之？……

玄烨十分强烈地感到自己被剥夺了！当他奔跑得疲乏、速度越来越慢的时候，这种被剥夺感升起来，越来越膨胀，最终完全吞没了他，压倒了其他一切愤慨。他惶惑地停下脚步，不知所措地望望四周，一时竟忘记身在何处，只觉得满心凄楚，胸口憋闷。

皇帝？天子？想知道的事不让知道，喜欢做的事不许做，要去的地方不准去，这不是愣摁住一棵刚出土的小树不让长、硬捆住一只小鹿不许动吗？

什么至尊！谁眼里有他？祖母拿他当长不大的小孩，辅臣拿他当小木偶，兄弟姐妹都离他远远的远远的，不敢跟他亲近，阿玛额娘又早早地撇下他去了，在这个世界上，连明明理当归他的都硬给夺走了，他还有什么？……他只是一个孤零零的、可怜的孩子，没人疼，没人爱，没人理，长大了，也就像那棵七歪八扭、怪模怪样、丑陋不堪的歪脖子圆头老槐树！……

喉头有一团棉花样柔韧的东西堵在那儿，热辣辣，酸溜溜，忽大忽小，难受极了，逼得他想喊叫、想痛哭，他只得用力紧攥双拳，直紧得浑身颤抖。

"三哥哥！……"背后一个怯生生的小嗓音喊了一声，玄烨一哆嗦，猛回身，见冰月一手撑着亭柱，蹙着眉尖，满腔同情地望着他。

"月妹妹！"玄烨大叫，如飞地奔过去，搂住冰月，放声"呜呜"大哭。

冰月也跟着一起哭，可哭得比玄烨文雅，后来，她像个大姐姐似的轻轻拍着玄烨的肩背，边哭边小声安慰："好了好了，不哭啦，再哭该伤身子了！……人都说你一整天没吃没喝……哎呀！"冰月惊呼着推开玄烨。

玄烨吓一跳，止住痛哭，忙问："怎么啦？"

"把带来的吃的都压坏啦！"冰月说着，掀开她披在外面的红丝绒大披风，露出搭在两肩前后像褡裢一样的口袋，翻开胸前的两个，可不是嘛，芙蓉糕、炸角子挤碎了，凉糕和盆儿糕也给压成了扁团子。

"真糟糕！"冰月懊丧得几乎哭出来。为了收拾这许多样的美味小食品，她可费了不少心机。

"唉，怪我不好，没想搂那么大劲儿呀！"玄烨赶忙认错，"没事儿！压碎了也好吃！"他拿了几块碎糕炸角子就往嘴里送。

"快别吃这碎的了，"冰月一把拦住，"背后还有呢！"

玄烨干脆为冰月脱去披风，敢情背后还有四个口袋！一一打开：萨其马、奶皮子、酥皮松仁饺、果馅烤饼、肉馅饽饽、佛手酥、喇嘛糕、核桃仁饼，还有一小块炙鹿脯、一小条酱野鸡瓜子，花生、松子、瓜子、榛子各两把，甚至还有一个扁扁的小壶，里面的茶水已经温乎了。

"哎哟我的妈！这么多！五个人也吃不了哇！"玄烨惊叹着，"哈哈"笑起来。

"要是前面两包不挤碎，还有你爱吃的螺蛳饽饽跟荷花糕呢！"冰月意犹未足，遗憾得直叹气。

玄烨不笑了，望着冰月眼睫毛上亮晶晶的泪花，感动地低声说：

"好妹妹，你真好！"

冰月略略有些忸怩地低了头，旋又扬脸抿嘴一笑："我不好谁好呢？早听人说过的，路遥知马力，日久见人心嘛！……倒是你这回为的什么？不吃不喝，闹得这么惊天动地的，可不要伤老祖宗的心吗？"

"好妹妹，听我细细告诉你。"玄烨拉了冰月一只手，就像他们自小以来从不互相隐瞒一样，把心里的委屈和愤慨一五一十地说了出来。有冰月和他一同气愤、一同伤心，有冰月为他抱不平，他觉得心上轻松多了。一副重担两人挑，两人之间就格外息息相通。

冰月愤愤地问："三哥哥，辅臣果真敢给汤玛法判罪吗？汤玛法是先皇的师傅哇！还给老祖宗治过病……"冰月和玄烨一起，都是苏麻喇姑的忠实听众。

玄烨的眼睛倏地闪过一道强光，身上像被冷风吹着，蹿过一阵寒战。他面色发白，恍然有所悟似的说：

"那么，他们表面上审汤若望，其实是审我父皇！"

冰月大吃一惊："他们敢吗？这可是无君无父、不臣之心啊！……老祖宗不能答应的！"

玄烨又尖起眉毛，疑惑地说："我也不明白，老祖宗竟答应他们开审！说是怕那教会里真有谋逆。我看呀，多半还是因为汤玛法说了这几年朝廷是暴政的话，叫老祖宗生气了……"

"那么，究竟是不是暴政呢？"

"我父皇在位，行仁政，讲满汉蒙一体。辅臣柄政，复内三院，撤翰林院，排挤汉臣；江南有奏销案、《明史》案、通海案；江北是逃人法，又嚷嚷着要圈地，哪一桩不是逆着我父皇的旧制？能不能叫暴政我说不清，可总不能叫仁政吧？……"

"叫什么名称，有那么重要吗？"随着熟悉的语音，藤萝架后面转出来身着龙凤团花杏黄袍、外罩出风貂皮绒披风、淡紫与深黄绢花簇着如意式发髻的太皇太后。和平时一样，苏麻喇姑随侍在侧。

"老祖宗！"玄烨和冰月赶紧上前请安，玄烨忙向冰月送个眼色：刚才的话题别再说了。

"不用递点子，我全听到了。"老祖宗微微一笑，又敛住，神情渐渐认真了，"仁政，暴政，宽猛张弛，这些自然重要，可终究不过是治国手段罢了。"

"为什么是手段？"玄烨问，聚精会神地盯着祖母。

太皇太后没有立刻回答，只静静地用目光环视：四周亭台树木花草都染上夕阳的金红色，树芽花蕾春草都茁然挺拔，生机盎然。她似乎也被感染，微笑着若有所思。

"老祖宗快说呀！"玄烨着急，催促一句。

"你们看这个花坛，"太皇太后双手在空中画了一个方框，"花丛不高不矮，草地不深不浅，恰到好处，所以看去很合适、很漂亮，花和草也各得其所，缺一不可。花丛若是太盛，夺了青草的地盘，花坛不美；青草若是长疯，淹没了花丛，就更不成话。所以，花丛要修剪，青草也要修剪。修剪就是手段，好让整个花坛茂盛漂亮。”

玄烨乌溜溜的黑眼珠仿佛胀大了，凝神地注视着花坛。

“你父皇只修剪花，结果草疯长上来，弄不好会淹没花、憋死花！所以必须用修剪草的办法来补正。”

玄烨轻轻地自语：“那么，草是汉人汉官，花是满洲官民？……”

太皇太后不置可否，继续说：“我大清固然要讲满蒙汉一体，可这上下尊卑不能错了规矩，不能存非分之想。只有各安其位，才得天下太平。天算案也罢、其他事体也罢，都会依着规矩次序一一摆正摆齐……”

玄烨不作声了，只静静垂手立着，等待祖母继续教训。太皇太后看他一眼，突然收住话头，回脸道：“苏麻喇姑，过一会儿把我今儿写的那幅字给皇帝送去。还有，今儿的糖醋樱桃肉和清蒸鸭子做得地道，也让他尝尝。”

玄烨一跪：“孙儿谢老祖宗赐。”

“还没到手呢，谢什么！哦，我来看看这几个口袋。”太皇太后翻看着冰月背的褡裢，“哟，这么多好吃的！要是有一天我这老太婆也病得不吃不喝，冰月怕不肯送吃食来吧？”

“送！送！就送！”冰月急得连连点头，“送得比这还要多！”

“真的？为什么？”

“老祖宗比三哥哥大，吃得多呀！”

太皇太后不由得哈哈一笑，夕阳把她的脸照得通红。

晚膳，玄烨吃得极香极饱，糖醋樱桃肉和清蒸鸭子被他吃个精光。随后，他打开苏麻喇姑专门送来的太皇太后写给他的字幅，十六个大字映入眼帘：

代天理物，端在躬行；

致治兴化，必先修己。

仿佛昏热中下了一剂凉药，玄烨顿时沉静了，黑黑的眉毛庄重地在眉心聚拢。十六个字，四句话，字字句句都在提醒他告诫他，任重而道远；端正又刚劲的字体，更传导出强制的肃穆之气，逼他庄重、迫他深思、催他成熟。他带着这幅字走进书房，贴在书桌对面的墙上，然后面对字幅在书桌边坐下，沉入到一函函书册之中。

此刻，他略略回想起今晨自己不顾一切的一场大闹，觉得那么可笑，就像三四岁的小孩闹剧。真正微不足道！——一场阴霾终于被风吹散了。

此后，连着好几个晚上，玄烨书房的灯光彻夜不熄，人们觉得，几天中间他仿佛又长大了许多。不久，宫里传说皇上的汉文师傅又要换了，要换一位学问渊博的理学大师。

玄烨仍然注视着御前大审的进展。他沉稳多了，再不闹小孩子脾气，连撕扯坏了的鳌拜式胡子，也重新修整如旧。有时候，大审中一些叫人哭笑不得的荒谬故事传到他耳边，他也尽力喜怒不形于色，只是无可奈何地仰头望望屋顶或是天空。就连练骑射与鳌拜单独相处的时候，他也不再缠着鳌拜反复盘问御前大审的事了，甚至“天算”、“历法”、“西洋”等字眼他也避免使用。只有一次，他很小心地凑在鳌拜耳边悄悄说道：

“苏克萨哈最恨洋教，人家说他有一百二十个心眼儿。你是个直性子，可别叫他给蒙了！”

当然，注视御前大审的，远远不止玄烨一个人。传来的消息越来越紧张。在第九次御前大审中，西洋天算学被完全否定。一向支持西洋天算的许多汉官，只有龚鼎孳和吏部侍郎冯溥两人敢于出头力争，但归于无效。辅臣苏克萨哈和鳌拜，立刻以谕旨的名义，批发了从此革除西洋天算的最后决定。

太皇太后还是神态自若、和蔼如常。只有苏麻喇姑知道，她比以往任何时候更加爱读史书，尤其是《汉书》，简直有些入迷了。

七

第九次御前大审革除了西洋天算，结束了冗长的、繁复的天算法辩论。突然，汤若望之狱急转直下，爆出了皇子殡葬案这一重大变化，使得谋反、妖言惑众、邪教异端、虚妄天算等等一切罪名都黯然失色，都被推开，仿佛暗夜中数点火把间蓦地燃起冲天大火！

可怕的皇子殡葬案由原告杨光先揭发出来，这就是他的第二记掌心雷！正如汤若望自己所预料，是最后的致命一击。

皇子殡葬案的终审判决呈文说：由原钦天监刻漏科杜如预、杨宏量二人做证，是汤若望指使修改了董鄂皇后之子荣亲王的葬期葬地，不用正五行，反用洪范五行，山向、年月俱犯杀忌，致使端敬皇后、贞妃和先皇帝先后死亡，事犯重大，十恶不赦！因此汤若望及原钦天监七名官员尽应斩首示众！

辅政大臣毫不迟疑，立刻批准了礼部的呈文，并决定召集第十次御前大会审，以御前的最高等级终结全案，给汤若望最后定刑。

因此，第十次御前大审气氛极不寻常，除了岳乐、龚鼎孳、魏裔介等少数王公大臣因故不能出席之外，参与的官员总数竟达二百余人，可说是荟萃满汉英俊于一堂了。审判的内容又极富刺激性：这个七十三岁的白发白须洋教士，竟是一个要毁灭大清江山的魔鬼，一个用妖术断送了大清皇帝、皇后的妖人！文武官员得知这耸人听闻的罪名，大审之前业已义愤填膺，许多人甚至临行时请萨满太太跳神驱邪，要在这最后的审判中破妖灭魔，一显身手。

当辅政大臣苏克萨哈宣读礼部的最后判词的时候，太和大殿显得格外森严肃静，王爷、大学士、尚书、统领，这些全国最高的首脑人物们，一个个瞪大眼睛，几乎屏住了呼吸。苏克萨哈朗朗的声音，在高阔深邃的阴暗的大殿中回响，与从四壁和藻井深处传来的回声混合一起，竟如沉沉闷雷拖着不绝的余音在人们四周震荡，造成极其威严的效果。于是，一张张脸都铁青着，为了适应这个场面，大家都戴上了这副令人生畏的面具。

被告席上，除了汤若望和南怀仁，还有钦天监那七名官员，一个个低着头，全然是听天由命、无可奈何的姿态。但是，苏克萨哈宣读刚停，大殿内还被沉静所控制的瞬间，一声高叫“冤枉!”几乎刺破人们的耳鼓。这是钦天监监副、主持历科的李祖白，他抬头对着高高的皇帝宝座连喊三次，一声高过一声，尖厉而又凄惨。

苏克萨哈勃然变色，喝道：“御前大审，胆敢咆哮大堂！来人，给他衔口勒!”

立刻有人上去用口勒塞住李祖白的嘴，他痛苦地挣扎了两下，低头不出声了。

证人杜如预和杨宏量跪在正中，再一次义正词严地证实了汤若望十恶不赦的大罪——指使他们以洪范五行安葬荣亲王。

御前大审的首席康亲王杰书，跟身边的王爷贝勒交谈几句，正色道：“洪范五行是什么来历?”

苏克萨哈恭敬答道：“禀王爷，原告杨光先精通天文历算，学问渊博，五行之学尤为其所长。”

杰书点点头。苏克萨哈看了一眼跪在原告席的杨光先，杨光先立刻昂头应命，说：

“启禀王爷，五行之学确是小子所长，愿为王爷及诸位大人细细分剖!”

他略一沉思，竟直起身腰，侃侃而论。话题却似漫无边际，引自千里之外：

“小子原籍安徽歙县，曾有一黄富翁，世代业农，腴田数千顷，又乐善好施、有求必应。虽年逾八十，仍伉俪白首齐眉，子、孙俱已婚娶，老夫妇膝下曾孙元孙环绕，五世同堂，历有年矣。人口虽多，但亲丁四十余人向来不曾分家。老翁精神矍铄，所居山地僻壤，迥出尘嚣，仿佛是羲皇以上之古民。凡过其居处者，无不艳羡其盛，以为莱衣焕彩、玉树联芳，此福正未有艾也。谁料眷属相继染病，十日间先后亡故者竟达三十九人，惟老伉俪凄然独存，孤苦伶仃……是时，他家请小子去看风水，小子才发现，年前老翁一元孙落生便死，葬时葬地，正是用了洪范五行！急忙寻找当初择风水之人，早已无影无踪。半年后，真相终于大白，正是老翁的仇家，借机买通风水先生，下此毒手，断送了好好的一家人！三十九口哇！……”

听众们目瞪口呆，毛骨悚然。洪范五行实在太可怕了！究竟什么是洪范五行且不管它，但顺治末后几年，朝廷连遭大丧，却是千真万确的事实！

杨光先愤愤地向躺倒在地不能动弹的汤若望投去那么憎恶的一眼，特意解释说：

“这个洪范五行，流传多年，但在前明崇祯年间最为盛行，它的另一个名称就叫作‘灭蛮经’！……”

“轰”的一声，审判官们中间起了一个小小的骚动，许多人不由自主地重复着这三个字——“灭蛮经”。

杨光先提高嗓音，压住周围的嗡嗡议论，得意洋洋地、痛快地说出了最后的也是最关紧要的话：

“汤若望在前明崇祯年间，参与明朝修历局，掌管推算，对‘灭蛮经’所知甚多，其险恶用心，不是昭然若揭了吗？”

“灭蛮经”！只这个“蛮”字，就足以触怒在场的所有满洲人了！他们愤怒地、不顾威仪地吼叫起来，有人已经开始捋袖揎拳。洋教士着实丧心病狂！汤若望万恶滔天、罪不容诛！一时间，太和殿里人情激愤，“轰轰”的喧嚷声在殿堂的大柱间震荡回响，与这庄严肃穆的朝会之所颇不相称。

审判官中有博学之士，有汉大臣，不乏豁达开朗、不信风水不信鬼神的君子。但是，事关忠君立朝的大节，谁敢站出来为害死皇帝、皇后、皇子、贵妃的大逆不道的罪犯说半句话？非但不敢说话，连一点怜悯之色都不能流露，还要随满洲同僚一起表示愤慨，表示要给这个他们明知是无辜的老人以最严厉的惩罚！

一般地维护公正，并不困难；要冒着受贬辱、受打击甚至付出生命的代价去维护公正，却是大多数人都难以办到的。如果说这是丧失天良，也无可辩驳，但“在人屋檐下，不得不低头”，迫于人类求生的本能，丧失也只好丧失了。

出人意料的是，首辅索尼在众人的喧闹渐渐平息以后，持着他苍白的长须，突然问了一句：

“汤若望，罪证俱在，你还有什么分辩？”

倒卧在地的汤若望，只费力地抬了抬头，嘴唇翕动着，却发不出声音。南怀仁一步抢上去跪到汤若望的前方，伸出两只戴铁镣的大手，再不顾一向维持的温文和蔼的神父风度，激动万分地喊叫起来：

“你们这是冤枉他！冤枉他！……你们明知道他在钦天监只从事科学的天算工作，从不过问吉利日期时刻的选择；你们明知道应对殡葬事件负责的不是他，而是另一个人，可是你们却心安理得地把罪责加给他，这个七十三岁病体缠绵的老人的身上！这是陷害！是陷害！……”

南怀仁声嘶力竭的喊叫，只激起人们更大的愤怒。至少从表面上看，人人都向他投去仇恨的目光。苏克萨哈冷峻地说：

“鉴于你当堂诬蔑、大胆犯上，本大臣可以立地命人给你施刑！你说这是陷害，那么，你懂得什么是洪范五行？你知道皇子殡葬的时刻地点是怎样犯了杀忌？嗯？”

南怀仁张口结舌，回答不出。他到中国时间太短，对于风水五行、星相占卜这些东西一概斥为迷信，不屑置理。不知道的东西，怎能识破并且批判呢？南怀仁不由得低下了头，痛悔自己的浅薄无知……

于是，第十次御前大审，以议政王大臣会议的名义做出了最终判决：

“历代旧法，每日十二时，分一百刻，西洋新法改九十六刻；天佑吾皇，历祚无疆，汤若望只进二百年历；选荣亲王殡葬不用正五行，反用洪范五行，山向、年月俱犯杀忌。因事犯重大，汤若望及刻漏科杜如预、杨宏量，历科李祖白，春官宋可成、秋官宋发、冬官朱光显、中官刘有泰等八人，皆凌迟处死；可成子哲、祖白子实、有泰子必远、汤若望义子潘尽孝皆斩；家产入官及妻、女、媳一并入官……”

还是苏克萨哈那朗朗的声音，宣判过程中，不时有惊呼、有尖叫、有欢笑，但都不能打断他坚定有力、满含胜利意味的宣读。判词读完，他首先看到了原告杨光先狂喜的眼睛，那老头儿已抑止不住地直跳起来，动作之快之麻利，真不像古稀之年。他的伴从倒还清醒，连忙提醒一句，他才乐滋滋地又跪下去。被告那边，两个昏倒，一个痛哭，其余的人面如雪纸，目光痴呆。卧地的汤若望一动也不动，或者也吓晕过去了？凌迟，这可是千刀万剐的最可怕的刑罚啊！

南怀仁跪在地上，高举双手，挺胸仰面，向殿顶、向苍穹、向上帝呼吁，大颗大颗的眼泪，从眼角滚落下来：

“天主啊！你难道没有看见？……”

他觉得有人在轻轻扯他的黑袍下摆，低头一看，是汤若望。汤若望撩开散在脸上的蓬松白发，露出一个非常温和、虔诚的微笑，费力地大口大口喘着气，说：

“不要，不要这样，费迪南特！……我心里平静、温暖……我主耶稣钉上了十字架，为拯救人类受尽了苦难……能追步我主后尘，我欢悦……我荣幸……”

南怀仁搀扶着这个病瘫的可怜同胞，看到他极度衰弱苍老的面容上，一双眼睛仍然明亮，心头一热，眼泪又滴了下来。

这场吸引所有人关心的西洋传教士大逆案，从康熙三年七月二十六至康熙四年三月初一，经过了整整七个月。从礼、吏二部初审，到刑部定刑、三法司复审、礼部复审、御前大会审，一整套完整的司法程序，终于结案了。顺治朝最有名望的客卿、皇上的师傅、基督教传教士、欧洲科学的代表汤若望，将因为跟他完全无关的过失，在康熙朝的第四年，被判处中国刑罚里最残酷的凌迟！

消息传遍四面八方，自然有人暗中嗟讶叹息，但更多的人兴高采烈、拍手称快，盼着行刑日亲临现场，先睹为快。可什么时候行刑呢？

第十次御前大审结案后，本可以立即行刑了。可四位辅政大臣会议一番，竟又增加了一道程序：将判词奏呈皇帝和太皇太后，取得最后的批准。

谁都知道这最后的批准只是个形式。年幼的皇帝、年迈的太皇太后绝不会有异议。京师人便安心等待着菜市口将要出现的奇观：八名罪犯同日开刀碎剐，而且其中有一名洋人！这可不是前所未有的大事？兴奋、好奇激起的残忍，像传染病似的蔓延开来。

三月初二巳正三刻，四名辅政大臣朝冠朝服朝珠，端端正正，严肃庄重，按索尼、苏克萨哈、遏必隆、鳌拜的固定顺序，离开他们的政事堂体仁阁，亦步亦趋，往慈宁宫求见皇上和太皇太后。四名书吏跟随在后，捧着装了判决词的折匣。

“伊里”声声，把他们送进慈宁宫。正殿里，太监和宫女分列而立，簇拥着高高的宝座。太皇太后和皇上就坐在那金黄色的雕龙大椅上。

照礼节说，臣子见君不能仰视。出于习惯，也可能出于自己都没意识到的担心，苏克萨哈极快地闪动细目，朝太皇太后和皇上的龙颜凤目上偷偷投去一瞥，他心上登时一哆嗦，觉得不大对头，事情未必如他们所想的那么简单容易。平日里太皇太后满面慈祥，胖胖的脸、细长的眼，实在像一尊普度众生的大佛。可是今天，细长的眼睛睁大了，弯弯的笑眉拉直了，神情专注，目光凛凛，竟是那样肃穆、严厉！就连皇上，仿佛也一下子长大了许多，那双乌黑的眸子里，闪动的不再是稚气的好奇，他觉得那目光十分尖锐，当他已经低头跪定、口里说着参见请安的话了，仍然感到那双眼睛还盯在自己身上，使他有如芒刺在背，大不自在。

太皇太后没有像平日那样，立刻请他们起身并赐座，只是冷峻地轮番打量四位辅臣，缓缓说：“诸位因了什么事，特地破例来慈宁宫求见？”

索尼开口道：“是为近日御前大审汤若望案的最后判决……”

不知何处“呼”的一声怪响，外面陡然起了大风，刹那间尘土上扬，漫空飞舞。刚才还是日近正午、满地阳光，眨眼工夫就天昏地暗，狂风卷着黄沙扑打得大殿门窗“呜呜”怪叫，掩住了索尼的话音。殿里的太监宫女拘于礼仪，不敢乱动，可是眼珠子都在骨碌碌地乱转，急切地向殿外张望。

苏克萨哈向前跪进一步，双手呈上折匣，尽力镇定自己，一字一句地说道：“启奏皇上、太皇太后，这里是议政王大臣会议的判决，众口一词，判汤若望、李祖白等八人凌迟……”

太皇太后此刻心里十分恼怒。她没料到辅臣把事做得这么绝，不留一点余地，不留一毫情面！竟又如此堂而皇之地当面奏请，把凌迟汤若望的责任最后塞到她手中，让她来承担出尔反尔、喜怒无常的恶名！如若拒绝辅臣，激怒他们，他们会怎样报复？怠工，还是故意出难题？或者别的？无论哪一种，眼下都不好应付……不容她多想，伴着苏克萨哈的奏报，一阵“隆隆”的雷鸣自远而近地传来了，但他们君臣注意力太集中，竟没有在意。

听罢苏克萨哈禀奏的太皇太后，脸色苍白，眼睛乌黑发亮，一拍桌案站起，正要说什么，那雷声已轰然响到脚下，窗外什么地方忽然闪过一道极强烈的光，耀得人眼花头晕，跟着，门窗梁柱“喀啦喀啦”乱响，巨大的宫殿突然剧烈地摇撼，整个地面猛然拱动起来，似乎地底下有一条无比巨大的凶龙在翻腾！

太皇太后浑身陡然滚过剧烈的战栗，大祸临头、世界末日的可怕感觉猛地罩住了她，心口“怦怦怦”地跳得极其凶猛，冷飕飕的寒流从背上阵阵掠过，从未经历过的惊慌使她眼前昏花一片。

“地震!”好几个声音尖叫出来！强烈地震发生了！“咕咚”、“咕咚”，一个个香炉陆续晃倒；“嘭嘭”、“啪啪”、“哗啦”乱响，花瓶摔碎，宫灯落地，屏风砸下。古老的殿堂“吱吱嘎嘎”呻吟着，从根基深处晃动着，沉重的殿顶似乎随时都会倒塌下来，把所有的人压成肉饼！宫女太监尖叫乱跑，没头苍蝇般胡撞，更增加了恐怖和混乱。

“快护着主子出殿!”索尼高叫着，一个箭步冲上宝座去搀扶太皇太后，那边鳌拜已抱起了惊呆的玄烨。不想太皇太后一把推开索尼，说：“保住皇帝要紧！出去!”索尼晕晕乎乎跌下宝座，同鳌拜一起用身体护住玄烨，赶紧冲了出去。

太皇太后努力压住惊慌和恐惧，迅速观察、迅速判断，她的至尊身份和高于所有人的位置帮助她镇静下来，她跟着就大喝了一声：“不准乱跑!”

这一声竟震动了殿堂！出自她这样一个老妇人之口，真正不可思议！混乱的人们被镇得愣了一愣，然而大地的晃动太剧烈，人们都站立不住，殿外不断传来房屋倒塌的吓人巨响，一个摔倒的宫女又发出一声尖叫。太皇太后大步跨下宝座，“呱嗒呱嗒”，几步就走到那宫女跟前，抡臂狠狠地抽了她一耳光：“再要乱喊乱叫，先杀掉你！”她猛地一个大转身，像男人一样坚决果断地命令：

“前门后门窗户一起打开，太监在前，宫女随后，不准拥挤！出殿！快！”

遏必隆领着几个强壮的太监冲上来围住太皇太后，他不容分说，赶紧将她背起来，太监们手持着伞、扇等类简单的用具，遮护着她一路往外冲。仿佛在惊涛骇浪里动荡的小船上奔跑，许多人步履艰难，摇晃、摔倒，仗着遏必隆坚实的体格和武功底子，终于冲出了大殿。在大殿檐下，迎面遇到苏克萨哈，他是跑出去又跑回来救驾的。太皇太后挥挥手，命大家赶快到空旷处集中，不要在大殿、房屋和宫墙附近停留。又一阵宫墙倒塌的“轰隆轰隆”响，苏克萨哈回头张望，偏偏殿角“沙沙”落土，跟着一块翘角掉下来，人们惊叫，苏克萨哈醒悟过来，拔腿就逃，但已来不及，百余斤重的殿角砸伤了他的小腿。

在慈宁宫庭院空地临时设置的宝座边，四位辅臣连连慰问着皇上和太皇太后，太皇太后仍然皱着眉，不作声。

“老祖宗！三哥哥！”冰月尖叫着，飞快地跑过来，一头栽到太皇太后怀里，大哭失声。

“老佛爷！皇上！”皇太后、皇太妃们也都惊恐万状地陆续赶来问安，见老佛爷那么沉着镇定，威严得有如统率千军的大将军，她们才渐渐定下了心。

见各宫眷属无恙，太皇太后转脸命辅臣立刻出宫，她说：

“京师这一番大地震，平民百姓受灾必重，许多事务急等你们去办理，你们各自府第亲眷如何，也该赶紧回去弄清。这里很快有内务府来员安排，你们尽管放心。至于呈上来要我和皇帝批复的判词，我不能批。你们明白吗？”

辅臣们慌乱又沮丧地望她一眼，赶紧低头。

她目光闪闪，愤怒地竖起黑眉，指着天空，严厉地说：“上天示警了！这大地震，不是天意吗？我不能违背天意！”

几十年的政海搏战，使她几乎在地震的一刹那，就联想到了天罚，联想到了天怒，这是天命！她立刻抓住了这最有理、最有利、最有力的天意！

天色阴暗得怕人，浓云中隐隐传来闷雷和电闪，一场大暴雨就要来临。玄烨拉着冰月的手，两人充满敬慕的目光一刻不离祖母。他们紧紧靠着祖母，如同靠着一座威武厚重的大山，心里觉得很踏实。

但是，地震并没有停止。只三月初二这一天，大地震又出现了三次。北京已成了黑暗与恐怖的世界，民房倒塌不计其数，古老的城墙有上百处塌陷，城内几条街道上地面裂开大口，陷进许多无辜百姓。“轰隆隆”的倒塌声一整天都没停过，人们都逃窜到街头避难。九城提督的兵马在各处巡查，捉拿乘机逃跑的囚犯、奴婢和趁火打劫的小偷、强盗。夜晚来临，春寒袭击着受灾的人们。皇宫内院、王府宅第都搭起帐篷，平民只好露宿街头，等待着他们的是疾病、冻饿、无穷无尽的忧虑、沉重的负担……

连续三天，大震每日发生一次。于是，人们都相信，这是上天在表示愤怒。为了什么？自然是那桩震动中外的大狱！这冤狱上干天和，招来了惩罚，必须要挽回天心，避免更大的灾祸。

三月初五，朝廷宣布大赦。次日，利类思、安文思、南怀仁、许保禄被赦出狱。汤若望和七名钦天监官员刑罪减等，由凌迟降为斩首——仍然是死刑。

三月初九，御前第十一次大会审。南怀仁以自由人的身份跟随汤若望，继续做他的代言人为他辩护，以至康亲王杰书情不自禁地指着南怀仁大声说：

“这样的勇气和孝友之情太叫人佩服啦！”

这次大会审中，刑部尚书魏裔介当场宣布刑部复审的判决：

“皇子殡葬一事汤若望并未与闻，所以情有可原，死罪应赦免；杜如预、杨宏量勘定先皇陵地有功，应免死；李祖白等五人罪情重大，不赦。”

这本是一个既挽救汤若望性命，又不失辅臣颜面的判决。辅臣却不肯接受，批复迟迟不下。

三月十五，紫禁城里皇太后所居的寿康宫和皇上的书房起火，延烧房屋四十余间，据说皇上直闹到太皇太后跟前。太皇太后降旨严责辅臣："为何还不赦免汤若望？上天还在示警！"

四月初一，第十二次，也就是最后一次御前大审，终于宣布了赦免谕旨：

"……汤若望效力多年，又复衰老；杜如预、杨宏量勘定陵地有劳，皆免死。李祖白等五人所犯情实，恩赐斩首，子孙免死，各杖四十，终身流戍宁古塔……"

四月初三，李祖白等五人处斩之日，汤若望被释出狱。气息微弱的老人由成群结队的同情者簇拥着抬回住处。不断有教友和非教友奔来向他致贺慰问。汤若望非常感动，南怀仁扶持着他竭力撑起身子，向众人致谢，声音呜咽不能成语。

当晚，汤若望坚持要到教堂门口去。南怀仁为他披上一领遮风的黑斗篷，像一个贤孝的儿子，扶着他慢慢走，如同这半年来，他扶着他出入监狱、一次次过堂一样，始终那么勤谨不懈，小心翼翼。

教堂门上贴着盖有官府大红印的封条。昔日教友们来来往往，做礼拜、受洗礼，这里曾经是欧洲天主教在东土的一块绿洲，而今，阒无一人，万籁俱静，只有他们的脚步声伴随着他们的身影，只有头顶的半边月亮在最后的晚霞中投给他们冷清的光芒。

汤若望慢慢扑倒在门前的大理石碑座下，伸出颤抖的、苍老的手，轻轻抚摩着洁白美丽的碑体，抚摩着碑上的橄榄叶浮雕，抚摩着一行行精雕细刻的满汉碑文，终于摸到石碑上端的几个大字：钦赐尊号通玄教师。

他的声音也颤抖得很厉害："费迪南特，你能够看清吗？……请你读给我听……请读一遍……用中国话……"

南怀仁于是操着他那特别的汉语，一句一句地读那碑文。这是十一年前顺治皇帝敕封汤若望为通玄教师的诏书，因汤若望格外珍爱而特意另制大理石碑镌刻永存的：

国家肇造鸿业，以授时定历为急务。羲和而后，如汉洛下闳、张衡，唐李淳风、僧一行，于历法代有损益。元郭守敬号为精密，然经纬之度，尚不能符合天行，其后晷度遂以积差。尔汤若望来自西洋，精于象纬，闳通历法，徐光启特荐于朝，一时专家治历如魏文魁等，实不及尔。但以远人，多忌成功，终不见用。朕承天眷，定鼎之初，尔为朕修大清时宪历，迄于有成。又能洁身持行，尽心乃事。今特赐尔嘉名，俾知天生贤人，佐佑定历，补数千年之阙略，非偶然也。

时大清顺治十一年三月……

南怀仁还没有读完，汤若望已经老泪纵横，泣不成声了。南怀仁安慰着汤若望，自己也心酸难忍，他当然知道这块大理石的无可估量的价值：它与皇上亲赐的那御制碑文一起，曾经是汤若望的身份证、保护伞，汤若望把它们立在教堂门口院中，它们就兼而成为天主教的身份证和保护伞，在他们伟大的传教事业中，这两块石碑有极大的功劳。可是今天……

汤若望喃喃地重复着碑文里的话："……但以远人，多忌成功，终不见用！……但以远人，多忌成功，终不见用！……"白须白发被晚风吹乱了，他抱着这块冰冷的大理石，抚今追昔，有多少难以言说的慨叹啊！

南怀仁强笑着安慰说："总是天主慈悲，用这样特殊的警告解救了我们！约翰，你能活下来，这是奇迹！……以后一切都会好起来，会的，会好起来。"

汤若望抬起头，泪光闪闪的眼睛里映着月光，他悲哀地摇摇头："不！不！……"

七十三岁的汤若望，已经积累了深厚的人生经验，他决不像南怀仁那么乐观。后来事情的发展，证实了他的悲哀。

第二天，新上任的钦天监监正杨光先、监副吴明煊，在两位礼部官员的陪同下，带来大批人役包围了教堂。汉尚书沙澄庄严宣布了朝廷取缔天主教的法令，随后，满尚书只略略一点颏，人役们便在杨光先与吴明煊的率领下，狂怒地冲进教堂的各个角落，于是各个角落便传来一片可怕的喧嚣，其中夹杂着杨光先尖厉而痛快的狂叫：

“撕掉！给我撕掉！……砸！砸！砸个一干二净！……堆起来，烧！烧！烧！……”

所有的天主基督圣母等等圣像都被撕毁；所有带有褒扬崇敬言词的匾额都被砸碎；神圣的宗教器物，木质铁质的被破坏，金质银质的被洗劫。一切被毁掉的东西，都堆在院子中心焚烧，成了巨大的火堆，鲜红的火舌蹿得老高，仿佛舔着昏暗的天空，由于火中许多檀木楠木圣器，缭绕的浓烟透出奇妙的、令人心醉的馥馥芳香。这火，这香，把汤若望的心都碾碎了，他一生的心血啊！……南怀仁扶着老人，映着火光的眼睛布满血丝，阴沉得如同寒冬原野上的饿狼。

“咚！咚！咚！”沉重的打击声，震得地面簌簌发抖，人役们举着大铁锤，正在敲碎那两块碑，那块刻着顺治皇帝敕谕以通玄教师衔号赐汤若望的大理石碑和那块御制亲赐的汉白玉碑。南怀仁冲过去，一把拖住大锤，喊道：

“你们不能！你们不可以！这是先皇帝的圣谕！……”

礼部的两名官员毫不客气地把南怀仁推了个趔趄，理都不理他，指使挥动大锤的人役：快点儿干！

“费迪南特！”汤若望微弱的声音透过锤击呼唤着，他左手按着胸口，可怜地喘着气，南怀仁赶紧跑过来搀扶他回屋躺下。

空空荡荡的屋里，填满了大火燃烧和锤击石碑的声音，两人都说不出话来。汤若望忍不住轻轻地呻吟，好像那大火正烧烤着他，一记记大锤都敲在他衰老的头顶。

房门“哗啦”一声推开了，十几名人役顺序而入，每人都朝汤若望床前狠狠扔下两块碎石，那便是大理石碑和汉白玉碑的碎片残骸。不多时，这些乱七八糟、有的还留有零星字迹的石块，就在汤若望床前堆成一个碎石的小坟包。一阵狂笑，人役背后走出了杨光先和吴明煊，吏部两官员就站在他们身后。杨光先痛快地尽情嘲弄着自己的对手：

“汤若望！你还想做你那太师爷的春秋大梦吗？睁眼看看！你的惊人业绩、惊人徽号，如今已然碎尸万段！你逃脱了凌迟之刑，以为就此完事吗？先让你的招牌替你受受千刀万剐的滋味吧！哈哈哈哈！”

这透心入骨的侮辱，汤若望生平未遇，他闭目仰卧，一言不发，浓密的胡须眉毛，以至满头白发都在抖动。

“你听着，汤若望！”杨光先突然停止狂笑，厉声喝道，“这馆舍是公产，是钦天监正的住所！限你一日之内迁出！老夫明天就要搬进居住！”

第二天，病入膏肓的汤若望迁出西堂之际，杨光先大笑着迁了进来。他一生坎坷不得志，终于在古稀之年一展抱负，自然快意非常。他命人将他的画像悬在教堂的祭坛上，因为他的七十三大寿在即，他要在这高大宽敞的大堂里大宴宾客，操办此生最风光、最热闹的寿辰庆典。

汤若望和南怀仁来到东堂，东堂的神父安文思、利类思，率领着居住东堂候审的外省传教士，到门口迎接。东堂顶上的巨大十字架，在大地震中震倒，摔成碎块，圣堂也在前一天被洗劫一空，堂门重新被封。劫后相逢，悲喜交集，汤若望被众人搀扶着、簇拥着，但所有这些残破、凄凉的景象，都映入他满是老泪的眼中。他骤然扑倒在众人脚下，跪在那里，浑身颤抖，泪如泉涌，声嘶力竭地说：

“我的错误，我的罪过啊！……给教会招来一场这样大的、令大家吃苦的迫害！……”

他昏倒在南怀仁的怀中。

后来，他在病痛和迫害中又煎熬了一年多。因为杨光先确实不肯罢休，仍在不断控告汤若望和天主教的种种罪恶，要求将传教士流放宁古塔，要求处死汤若望。汤若望不得不被人用木床抬着一次次过堂。每次过堂都使他病情进一步恶化，常因呼吸困难手脚乱抓乱打，直至昏厥。与此同时，他的心境和表情却越来越平和、宁静，似乎在安然等待死亡的降临。

那天，他躺在夏夜的星空之下，忽然少有地激动了，对侍候在侧的南怀仁说：“知道吗？我昨天梦见了一个人！你猜是谁？是布鲁诺……”他沉静片刻，叹了口气，缓缓地接下去，“仿佛是在罗马的一条昏暗的窄巷，石子路上湿漉漉的，我竟迎面碰上了他！……仍是那副苦行修士的打扮，腰里系着麻绳，一脸悲天悯人的愁容……他看我一眼，摇摇头，做了个又是同情又是嘲讽的怪相。我赶上去想要质问他，他却一动不动，眼看着变高变大，化为一座巍峨的大理石雕像，窄巷也扩展成一个小广场，四周都是鲜花……”

汤若望近来说话很少这么清楚，使南怀仁惊异，但他说话的内容，他对离经叛道者的态度，却让忠于自己信仰的南怀仁不知如何回答。

汤若望极力望着深远无极的神秘的银河，眼睛里有一点微微闪动的光：“如果哥白尼的太阳中心说、布鲁诺的宇宙无限论是对的，那么，我们不也是在扮演杨光先之流愚昧残酷的可悲角色吗？……”

老人的声音极轻极微，却震动了身边的南怀仁，他不由自主地顺着老人的思路想了下去：

中国不能容忍地圆说，因为地圆说等于否定了中国是世界的中心，触犯了天朝的自大心理，于是，把持地圆说的传教士们指为异端，残酷迫害；

天主教不能容忍日心说和宇宙无限论，因为这理论等于否定了天堂和地狱，否定了上帝的存在，所以宗教裁判所用火刑烧死了布鲁诺。

然而，地球毕竟是圆的。

那么，地球果真是绕太阳运行？宇宙果真是无限的？

那么，天主教也是愚昧落后的，也在阻碍着科学和真理？

那么……

南怀仁不敢再往下想了。他没有勇气怀疑自己，他是神职人员，是上帝的虔诚信徒！他回眼去看汤若望，老人已经睡着，脸上似乎浮现出一抹淡淡的红潮。

汤若望死了。

他的死日，无论对天主教或对中国习俗而言，都是个神圣的日子，这是康熙五年的七月十五——中元节或称盂兰盆节、鬼节；公历1666年8月15日——圣母升天节。十四天后安葬汤若望，送殡者在五百人以上，其中有远道赶来的吕之悦、孙幼蘗夫妇。

一场牵动这个古老帝国的各条神经、大起大落惊心动魄的大狱，以汤若望及其代表的西洋天主教、欧洲科学的惨痛失败而告结束。失败者沉寂下去，无声无息，仿佛就此消失在历史的洪流中，湮没了。

兴起大狱的表面上的原告杨光先，安富尊荣地登上钦天监监正的官位，因有强大的后盾而高枕无忧。他是个彻底的、毫不妥协的斗士。汤若望去世那天，他在钦天监痛快地宣称："这个可恨的老家伙到底死了！但京师还有三条洋狗，我得把他们全都收拾干净！"他当天就向朝廷呈递状文，要求将罪大恶极的汤若望碎尸万段！不久，他又上书辅臣，要求拆毁西堂东堂，铲除天主教和西洋欧洲在中国的一切痕迹。辅臣们倒是相继批准了，但执行日期却被拖延。后来，竟无限期地拖延下去，化为乌有。

朝廷上出了大事，比拆毁西堂东堂严重得多。辅臣们以至整个朝廷，无暇再理会这类区区小事了。

第四章

一

二月底三月初，岳乐躲在他的庄园里办他自己感兴趣的事，东跑西颠，忙忙碌碌，颇有味道。那天他正骑着马在几个庄子间巡游，刹那间觉得头晕，仿佛站在颠簸的小船上。他没怎么在意，只当一时眼花，回到庄园才知道是地震。次日，传来了京师大地震的消息。

别看他平日悠闲散淡，仿佛真要成为不问世事的隐士，可一听到这个消息，脸色都变了。报信的京中管事说不清京师有什么变故、朝廷有什么危机，只知道府里倒了多少间房、砸坏了多少用具、伤了多少奴婢、福晋怎么哭天抹泪、姨奶奶怎么吓出毛病……岳乐只听得怒火冲天，一脚踢倒管事，午膳也不用，一迭声地传来坐马，带了几十名护卫，飞也似的向京师奔去。人不下鞍、马不停蹄，五个时辰他就赶到了朝阳门。民房倒塌、百姓露宿，人们的凄惶之色虽然使他忧虑，但看到九城提督的巡丁和守卫严谨的八旗兵勇，他到底还是松了口气。

回王府只待了三天，岳乐已觉得腻烦不堪。大赦令宣布、汤若望免死的消息传来，他就没有必要留在京师，把家中必须办理的事务略作安排，又回庄子上来了。临行交代几个儿子：把汤若望案的最后结果以及能够探清的案情内幕，差可靠人来庄上禀报。

安王福晋原要同行，但府中修缮等事她不大放心，便与岳乐约好，天热时候来庄园避暑。自从他妥善地处理了与梦姑、同春的纠葛，在福晋眼中居然变得可敬可爱，夫妻感情竟然好起来。

天气，一日热过一日，看看榴花照眼、睡莲满塘了。

这天吃过早点，岳乐着了一件宽大的蓝绸长衫，拿了一柄轻罗小团扇，坐在池边柳树下的石凳上，细细看着儿子们的来信，随后便沉入深深的思索：

汤若望大狱，不过是顺治十八年以来一系列大狱的继续。这当然是辅臣执政以来的一贯策略，凡有汉俗汉化嫌疑，一概排斥；凡不利于满洲祖制的，一概复旧。这实际上造成了完全与先皇帝背道而驰，甚至一步步否定先皇作为的情势。他们的根据，就是那篇“罪己诏”。这正是岳乐引退的主要原因。

辅臣们肯定要沿着这条路走下去。

这条路的起点，岳乐相信，是太皇太后为他们铺设的。

可岳乐渐渐发现，辅臣走下去要出格。

很显然，太皇太后不同意杀汤若望。辅臣却不管不顾，竟下凌迟令！这大大损伤了皇家的尊严！太皇太后很精明地借用大地震表示她的反对，称之为上天旨意迫使辅臣后退。她成功了！不过，这也表明，她还不想得罪辅臣。

是她实际上仍然支持辅臣的治国方略，还是她养虎成患，已没有力量与他们抗衡？……如果是前者，岳乐应继续引退。如果是后者呢？想到自己被迫辞政的屈辱，对这位老祖宗如今自食其果，他心里多少有点幸灾乐祸，但又不得不自问，要不要助她一臂之力？……

可惜，岳乐近日对朝政的细节了解太少，无法对这些做出准确的判断。看来，还要和朝中灵通人士多通消息才好……

岳乐想着，背手闲步，走上背靠湖石面对清池的听雨轩。轩窗四面，绿意盎然，初夏的小风吹来，令人浑身舒泰。轩中一张乌漆长榻，枕边一部《玉茗堂四梦》，他悠然靠在榻上，取书翻看。小童送上清茶，他喝了一口，香满齿颊，心里十分娴静舒适，不知何时，靠在枕上睡着了。

“王爷！王爷！”虽然怕惊了王爷，声音压得很低，但急促的喘息，表明管事十分紧张。岳乐睁眼见到跪在榻前的老管家，一骨碌坐了起来。不是特别紧急的事情，下人绝不敢打扰他的昼眠。

“什么事？”岳乐镇静地问。

“启禀王爷，佟……佟国舅请见！”

“哦？”岳乐惊异地扬扬眉。即使他在朝为议政王之时，与佟家也没有多少来往。康熙即位，生母佟佳氏康妃尊为慈和皇太后，佟家骤然贵盛无比，岳乐便有意识地回避得更远一些。何况当年两家曾为圈地的事闹过纠纷，佟家会不会乘岳乐背时之机，挟嫌报复？他不得不存几分戒心，于是故作平淡地说：

“列队迎接就是，何须这样大惊小怪、变脸变色的！”

管事急得脖子上青筋拱起，凑近两步，小声说：“王爷，庄外十里以内，处处有骑兵巡逻，佟国舅大人还……还领了五百精兵！”

岳乐一惊，心里飞快地转过许多念头：来兴师问罪？来寻衅讹诈？或者，朝中出了大变故？……他果断地吩咐道：

“命王府卫队整好武备，在园墙四围和客厅左右侍候。没有动静，不许露面。仪仗出大门迎接！”

岳乐在大门前一露面，佟国纲便赶上来要跪安，岳乐连忙搀住，执手为礼。两人笑逐颜开，寒暄了好一阵。论家法，岳乐是皇叔，佟国纲是国舅，彼此平辈；但论国法，岳乐是亲王，佟国纲是内大臣，有君臣之分。岳乐以平辈礼相待，佟国纲心里过意不去，自然就对这位人称古怪的亲王产生了最初的好感，他连忙说道：

“王爷，请你老快去接驾吧，皇上来了！”

岳乐大惊失色，跌跌撞撞跑下台阶。果然，在四百名亲军营兵和一百名剽悍的侍卫骑兵簇拥之中，十二岁的玄烨披着骑马大氅，勒着缰绳，昂然坐在一匹神骏的火焰般红马背上。岳乐连忙双膝跪倒叩头，口中称道：

“不知皇上驾到，迎接来迟，望乞恕罪！”

玄烨已灵巧地跳下马，搀扶岳乐起身，说：“王伯免礼，不在宫里，不要这般拘礼。”

跟随玄烨的一等侍卫索额图等人也向岳乐请安。玄烨俨然天子气度，雍容大方，迈开步子便进了园门。岳乐陪着领路，佟国纲和索额图一左一右跟在身后，他们后面还有数十名侍卫保护。

岳乐把皇上一行让到正厅，川流不息的太监侍女，送上精致的奶酥点心和梅汤、冰果、冰奶酪等饮料。玄烨很高兴，也就不客气了。

岳乐起身到廊下，把管事们叫来，严厉下令："将王府护卫派作两拨儿，一拨儿出庄周遭巡逻，一拨儿在园中各处设哨位。一切闲杂人等全都回避，必得安静、安全，出了纰漏，提首级来见!"

管事们面无人色地领命而去。

岳乐再回正厅，佟国纲和索额图正领皇上赐，小口小口地喝着冰凉酸甜的梅汤，并十分轻松地悄悄嘘气，看样子，他们真是又累又渴了。玄烨已经喝了两碗梅汤一碗冰奶酪，安闲地站在正厅北窗边，正在往花木扶疏，浓阴中露出亭台楼阁、湖石小桥的园子里张望。绿色随着轻风从北窗沁进来，还带进隐隐约约溪水流淌的好听声音。

"真不知皇上驾临，什么都没有准备。"岳乐担心地说，"皇上怎么能轻离京师呢？太皇太后知道吗？"

玄烨看了岳乐一眼，答非所问："王伯，你这园子真好！今儿个我就住这儿啦!"

岳乐不知怎么回答才好。佟国纲说："皇上不去奴才那园子看看？"

"明儿个再去。"玄烨回答得很干脆。

"皇上，那得跟康亲王打个招呼才好。"索额图提醒一句。

"哦，那，索额图你去回康亲王。"玄烨顺口一说。

"这……"索额图不知为什么有点迟疑，很快地说，"我派侍卫去一趟，皇上的意思可以吗？"

"去吧。……王伯，你领我看看你的园子。"

"皇上鞍马劳顿，歇一歇再去，好吗？"岳乐用既是对皇帝，又是对侄子的双重口气，恰到好处地征求玄烨的意见。

"看完了再歇，就歇在园子里，不比这正厅好？"玄烨不知是天子的金口玉言不可更改，还是小孩子家的固执心肠，已经站到门边等候了。

岳乐的这个园子，因为不在京师，占地很宽阔。叠山堆石、亭榭曲廊，与许多王府花园并无二致，但风景幽深，曲折变幻，毫无富丽堂皇之概。忽而小桥流水，忽而松风鹤舞；可以登上山道，直奔小山顶上的峰亭；可以分花拂柳，和清池中的游鱼并行。玄烨好奇地张望，听岳乐讲着这些景致的诗意，再想想宫中几个花园，真呆板得令人讨厌。

最后，他们在听雨轩停下来。玄烨大人气十足地说：“王伯这个园子真好！好就好在不见雕琢，处处自然，故而格外使人动心。”

岳乐暗暗诧异。小皇上尽管有些装腔作势，不自觉地卖弄书房里学来的文采，却一语道破他营造此园的苦心，不由得他不连连称是。玄烨又对周围一指，说：“这里最好！青山宁静，绿水淡荡，轩边松竹交荫，室内尘氛不到……这清池中，荷芰下，想必有鱼？”

“是，皇上。特意养育热河鲫鱼千许尾，供垂钓，也供凭栏观赏。”

“真的？”玄烨高兴得一跳，露出十二岁男孩子本色，顾不上转文了，“王伯，今儿个就让我下网捕鱼好不好？晚膳吃鲜鱼！”

岳乐不敢笑出模样，只蔼然回答说：“皇上想下网想垂钓都成。要吃鲜鱼，园子里养有刚从南方送来的鳜鱼，一会儿请皇上品尝。鲫鱼刺多，只可做羹汤……”说罢，他就吩咐人去取钓竿，把下网的船划到听雨轩来，然后陪同玄烨和佟国纲、索额图进轩品茶等候。

玄烨坐上舒适非常的长榻，倦意很快就向他袭来。起初还强打精神，竭力睁着眼，但男孩子的瞌睡来得非常快，几乎没有什么过程，他嘟囔着又问了一句：“钓竿和船，还没……来？”不等岳乐回答，身体一歪，已经睡着了。

索额图去传御前太监来照应皇上，岳乐也派了几名小太监听用。趁着索额图出去的当儿，岳乐神情严肃地问佟国纲：

“究竟是怎么回事？皇上是私自离京的吗？朝中出了什么事？”

佟国纲拉岳乐出了听雨轩，在松荫下，倚着池塘的栏杆，轻轻地说出了原委：

入夏以来，京师热得厉害。康亲王邀约另外两家郡王出口外打围，一为练武，二来也好避暑。临行前一天，太皇太后召康亲王进宫，原说她老人家要带着皇上跟他们一道往塞上的，康亲王劝说再三，老佛爷才答应自己不去，但让皇上随康亲王同去打围，以长见识、习弓马、强体质。康亲王不敢违命，只得加意布置防护。太皇太后又召佟国纲嘱咐一番，说他的这位外甥近日寝食不安、心绪不好、日见消瘦，要他精心养护，使皇上在塞外风云驰骋之中开阔胸襟、消解郁闷。

初到塞外，皇上很兴奋，处处觉得新鲜，追黄羊、射马鹿、架鹰寻雉兔，十分痛快。可是日子一长，他又打不起精神了。常常沉思默想，表情阴郁，初到塞上壮实起来的身子，又渐渐消瘦下去，加上晒得很黑，就显得更瘦了。康亲王于是急着回京。昨天过喜峰口进关，今天大队在野鸡坨休息，皇上便执意要到安王爷和佟家在永平的庄园来看看。康亲王不敢过分阻拦，想亲自跟来皇上又不许，只好派了大队骑校和亲兵营护卫着来到庄前。

岳乐听罢，小声问道："国舅知道皇上为什么忧闷吗？"

佟国纲摇摇头："老祖宗没有说，皇上自己一个字也不肯透露……"

其中的秘密，不久就向岳乐揭开了。玄烨执意要来安王庄园，竟是专为向安亲王吐露这个秘密的！

玄烨睡足了一个时辰，美美地吃了鲜香无比的江南鳜鱼和塞北珍珠蘑之后，在听雨轩面水的一侧，岳乐陪他下棋。白玉黑玉棋子敲击出清脆动听的声响，水面风动，拂动岸边柳丝，送来一阵阵荷叶的清香。岳乐没料到玄烨有这样高的棋艺，又常常出一些他想不到也没见过的怪着，使他难以应付，不得不集中精力，用心来战。

身边只有几名御前小太监，侍卫们都在听雨轩四周较远的地方守护，佟国纲和索额图还在轩内侧间吃饭，这里气氛很是宁谧，除了棋子响，都是天籁之音：柳叶"沙沙"，蜜蜂"嗡嗡"，水波"汩汩"，莺鸟"啾啾"。玄烨仿佛不愿破坏这种恬静，说话声音很轻很轻：

"王伯，你知道吗？……老祖宗要给我定亲……"

"哦！"岳乐的声音也很小，似有若无。虽然还能不动声色，心里却颇惊异。太皇太后抱孙心切，可以想见，但皇上实在还是个小孩子，论实足年龄，不过十一岁，怎么能成亲？是不是先定下，过几年再大婚？……于是说道："先定下来也好，过几年……"

“不是的，王伯！”玄烨有些发急，话音仍然轻得近似耳语，“老祖宗说今年就要办大婚！可我，我还没有亲政呢！……”

“是这样！……”岳乐真有些摸不准了。他心头倏地一亮，忽然想到，皇上大婚，便是成年的标志，而皇上成年，就该亲政。太皇太后莫非借此示意辅臣归政？这是否表示老祖宗对辅臣为政已经有所不满？他赶忙追问一句：“那么，老祖宗给你选的是谁家格格？”

玄烨的脸一下拉长了，赌气地说：“索尼家，噶布喇的女儿！”

岳乐倒抽一口冷气，半晌说不出话来，刹那间，他全明白了：为什么给未成人的玄烨大婚，为什么这样选择。又是一举两得：既表示了归政的要求，又笼络住辅臣，不至于伤他们的心。他惊叹又佩服，他的婶母、这位太皇太后，真是精明过人！比人们想象的精明更精明！

当年，为使丈夫太宗皇帝的后宫成为蒙古博尔济吉特氏的天下，她费尽了心机；后来，为儿子选的前后两位皇后也都是她这个家族的格格，虽招致儿子的不满、招致帝后不和也在所不惜；如今，为了大清江山社稷的稳固，她竟能一反数十年的定则，自己打破自己的成见！若没有英明君主的阔大胸怀，断难如此作为！……好一个厉害的太皇太后！

岳乐笑了笑，轻声说：“自然应该听从太皇太后的安排。”

玄烨用力把一粒白子塞在棋盘上，乌黑的眼睛盯住岳乐，诧异地说：“连你也这么讲？”他急了，不由得提高了嗓音，“那冰月怎么办？我要娶的是冰月呀！”

岳乐陡然变了脸色，猛地站起，竟觉得双腿发软，呼吸不畅了。他连忙扶住身边古松瘢痕累累的树干，眼睛避开那双明亮的眸子，心里千头万绪，却一句话也说不出来。玄烨的坦率把他吓坏了。

如果岳乐像成人听到孩子们这类带着稚气的知心话那样，哈哈一笑或是意味深长地眨眨眼，玄烨就会像同样情况下的孩子一样醒悟过来，涨红了小脸，羞得抬不起头，立刻撒腿跑开了事。可岳乐这不一般的表现，更刺激了玄烨进一步发挥他的意见：

“王伯，你是冰月的亲生父亲啊！你说，我应该……”

玄烨缩住口，因为岳乐的古怪表情使他说不下去了。刚才脸色惨白的王伯，此刻面孔涨得发紫，额上青筋都暴了出来。过了好半天，岳乐勉强恢复了常态，强笑着说："我突然有些头晕，求皇上不要见怪……你这心思跟老祖宗说过没有？"

玄烨这时却有些不好意思，扭开了泛上红晕的脸，半晌，才低声地从头说起。

那天他去慈宁宫请安，陪着太皇太后说话，因连日苦读，竟乏得坐在椅子上睡着了。醒来时，发觉被安置在次间炕头，老祖宗寝宫的绣褥锦被特别绵软，他舒服得赖着不想起，便装作没醒，眯着眼儿悄悄打量。寝宫已经上灯，炕桌两侧各坐着一位头梳如意髻的宫眷，挨着他的是老祖宗，另一位竟是懿靖大太贵妃！炕桌上一盏红纱罩桌灯的柔和红光映在她们脸上，竟都那么心事重重，仿佛正在谈论一件非常严重的大事。玄烨屏住气息，更加不敢出声了。

"我这人不知深浅，这些年多亏你包涵容让，我心下着实感念，也着实不安。汤若望是好是赖我本不清楚，可先皇帝跟他的交情谁不知道？这回大审汤若望，他们倒是安的什么心！皇姐你可要多长个心眼儿才好哇！"

"谁说不是呢？我这心里也犯疑惑。事先我放过风，要他们减刑，竟也不听……"

"啊？这还了得？辅臣也不过就跟个大管家似的，百事还得听主子拿主意！这不反啦？"

"眼下倒还难说，也许是一片忠心呢？"

"这是什么事，可大意不得！管家不听话，就该撤换！"

太皇太后轻轻摇头叹息："谈何容易呀！……除非皇帝亲政，才能名正言顺。可三阿哥年岁还小……"

两位老太太愁眉相对，忧心忡忡，半晌只是叹息。

大太贵妃眉毛一扬，拍手道："皇姐，不如早点儿为咱小皇帝操办大婚！"

玄烨心口不知被什么猛地一撞，跟着就"怦怦怦怦"跳个不了，一时又喜又惊又羞又慌，两只耳朵火烧火燎，脸蛋儿滚烫，连忙借着翻身，缩头进了被窝儿……

他朝思暮想，盼着亲政，盼着像父亲、祖父一样综理国事，敬天法祖，勤政爱民，做一个名副其实的真皇帝、好皇帝，已经不是遥遥无期，已经近在眼前，怎能不欢喜？

为了亲政，先要大婚！若是能遂心愿，娶月妹妹做皇后，那更是锦上添花，玄烨还有什么不足！老祖宗知道孙子的心意吗？肯不肯成全呢？会肯的！

玄烨被一股非凡的勇气所鼓动，此刻他甘冒天下之大不韪！他突然掀被坐起，一晃脑袋，仿佛甩脱慌乱和羞怯，坚决地说：

“老祖宗，我若是汉武帝，月妹妹不正好是阿娇吗？”见两位祖母吃惊地看着他，他又急急忙忙地补充，“都是隔房兄弟姐妹呀！……”

太皇太后几乎在刹那间就收敛了惊讶，哈哈一乐，仿佛不经心地说着家常话：

“你倒比我还急！”

一句话，把玄烨说成了大红脸，“哧溜”一下又钻进了被窝儿。只听祖母从从容容地说：“不一样，还是不一样。汉武帝与陈阿娇是表姐弟，你跟冰月是堂兄妹。咱们皇族规矩，同宗不婚，谁都不能改……”

玄烨脑袋“嗡”地涨大了。老祖宗又说了些什么，他再没听到。此刻他已预感到，又要面临一次新的苦痛，一道更深的情感的沟壑，他得费尽气力地跨过它。他能跨过去吗？……

听了侄儿的述说，岳乐微微点头，完全从复杂慌乱的情绪冲荡中脱身出来，正色道：“老祖宗的话千真万确。皇上试想，太祖、太宗直至先皇，哪里有娶宗室之女的先例？”

玄烨不语，只呆呆地望着伯父。

“皇上再想，自太祖创业迄今，皇族世世代代与蒙古联姻，使我大清得以入主中原，成就帝业，一统天下。天子至尊至贵，系天下安危于一身，立后选妃所关事大，切不可以私心好恶为转移。”

玄烨仍然望着岳乐，眼睛都不眨。这些道理祖母都讲过，而且委婉含蓄得多，不像这么赤裸裸的毫不掩饰。

“皇上精通经史，不见妲己亡商、褒姒破周、玉环败唐的故事？皇上日后治理天下，务必敬天法祖、勤政爱民，为一代明君，致四海万民以太平。而好色必定妨政害身，后患无穷。况且我大清世代孝治天下，皇上至德纯孝已为四海传诵，绝不可以婚姻事拂太皇太后之意……”

玄烨这时才渐渐垂下眼帘，小声说：“我怎敢违背皇祖母的意思！……只是觉得对冰月妹妹不起，心里难过罢了。”他轻轻叹了口气，又拈起了棋子。

岳乐不由得心里感动，原来他在为此不安，足见他心地善良仁爱。只可惜冰月没有福气啊！……

佟国纲和索额图出得轩来，只见这伯侄俩正专心一意地下棋，黑白纵横，杀得难解难分，连话都顾不上说。两位旁观者互相看了一眼，刚才吃饭时候商量的问话，怎么个开口法儿呢？

玄烨执意要来安王庄，这两位或明着撺掇或暗着旁敲侧击，都起了作用的。

他们的父亲佟图赖和索尼，都是朝廷重臣、八旗名将，把祖宗的制度习俗看得如命根子一般。早年在关外关内南征北战，从来都是英勇无敌、杀人如麻。杀，是他们最有效的手段，也是他们的光荣。

佟国纲和索额图虽然生在关外，却长在文化昌明的中原帝都，过着富贵平和的贵族世家生涯，整日触及的是深厚悠久而迷人的汉家文化。耳濡目染、潜移默化，早就对父辈的固执信念不以为然了。

世界上有些事就是那么怪，当权者或家长越是严厉禁止的东西，平民百姓和小辈人就越觉得好奇、越要想方设法去接近，何况被禁的东西又确实那么美轮美奂、光彩照人呢！所以，索额图和佟国纲他们这代人对汉家习俗，从诗词歌赋到音乐绘画，从衣着修饰到饮食游乐，反而怀着强烈的倾慕，处处效仿，互相攀比，并引以为荣。索额图珍爱古玩、佟国纲嗜好花雕绍酒，不过其中一斑。

安亲王府祖孙三代，从关外到关内，邸中都养着众多文学之士，文风之盛，朝野知名。辅臣执政，禁令愈加森严，而安王竟如汉家名士，自处江湖，如闲云野鹤，多令人钦羡！结果，安亲王被同辈人目为古怪，却被这些年轻一代暗中羡慕崇拜，真成了一大奇观。索额图和佟国纲早就想拜访安亲王。但朝廷有禁令，大小百官不得私自来往于诸王贝勒府第，他们哪敢轻易犯禁？

近两年，索额图风闻安亲王在他的王庄上又进行了一桩惊世骇俗的变革，引得老一辈满洲人都痛心疾首，不知皇室怎么会出了这么一个疯子，纷纷或忧虑或幸灾乐祸地传说，安王的王庄完蛋了，有了这么个败家子，这一脉怕是要绝……

索额图再三打听，只知道安王的王庄撤了十个庄子、几个庄头，如今只剩下五处庄田了。可是和其他王府相比，安王府来自庄田的收获却多出去好几倍！

索额图早就在自家的庄子上试着把牧场改成农田，又偷偷到民庄花钱请了几位把式给地里安水车挖渠道种菜。安王府的这个消息就特别叫他动心。正巧遇上侍卫皇上出猎的机会，还不紧紧抓住？

佟国纲是佟图赖的长子、慈和皇太后的弟弟，康熙元年授内大臣。他认识索额图是因为弟弟佟国维。佟国维与索额图同为一等侍卫，二人堪称知己，佟国纲也跟索额图交往，觉得很对心思，颇多同好。索额图是这次出猎才向他们提起安王王庄的怪事。佟家兄弟自然非常好奇，极力怂恿。至于他们的父亲与安亲王当年的龃龉呢？那总是老辈子人的事了，与他们何干？

“王爷！”索额图趁着岳乐和玄烨默不作声地各收棋子的空儿，笑道，“早听说你的王庄使了新招数……”

岳乐很敏感，立刻回过头来盯着他：“你听谁说的？是令尊吧？”

“不，不只是他……”索额图没说完，佟国纲便抢过话头：

“我也听说了，说王爷你老的庄子撤了不少，可收益反倒多出去了。”

“怎么？疑心我在庄子里施妖法，跟汤若望似的？”岳乐带笑不笑地打趣说，“我知道好多人都在骂我，说我邪门歪道、违祖败家，对吧？”

“有那么说的，”索额图很坦诚，“可我们不这么想。说真格的，我早就想求王爷你老指点了!”

“是吗?”岳乐表面上不大经意地漫应一声，心里却在暗暗掂量这两个年轻人。

玄烨听他们说得热闹，也从忧郁的沉思中走出来，听了两句，兴趣上来了：

“我在宫里也听说了，说是王伯把赐给你的庄子全糟践了。可是后来又说没糟践，年成比哪家庄子都好！王伯，到底是怎么回事儿?”

岳乐无可奈何地笑笑，说：“我也不知道怎么会招来这么多议论。其实我也没干什么，不过是不得已而为之……这样吧，皇上明儿不是到国舅庄上去吗?正好路过那几个庄子，到那时候我再给你们细说。”

“是从马兰村那边过来吗?”佟国纲问。

“对。我的庄田最远只到马兰村。”

“马兰村?”玄烨反问，眼珠一转，说，“我想起来了！永平府马兰村。费耀色说他从小就住那儿。太好了！明天他就能重回故土啦！叫他给我们带路!”

新鲜的地方，新鲜的事情，对男孩子永远有强烈的吸引力。玄烨哪能例外呢?

“好，王伯，这回你该跟我们好好说说了吧!”玄烨笑眯眯地望着岳乐，好奇心已把他从忧郁中解脱出来。

这是第二天清晨，玄烨一行在安亲王陪同下往佟国纲庄子去的路上。他们停在一座小山丘上的草亭里歇息。这是个小秃山，除了野草野花矮灌木，一棵像样的大树也没有，这倒方便了他们四望远眺。

一片河谷平原从小山脚下向东西北三面铺开，河流蜿蜒如一条银色的带子，从平川的中心穿过，大道几乎与河平行，小路则纵横田间。虹桥镇遥遥在望，安王那一处美丽的庄园更在镇子之外，隐隐沉浮在淡青色的晨雾中。已经是初夏了，田野上绿一片黄一片，斑斑驳驳，一些庄子像一簇一簇砖堆木块，点缀在平川上，只有村落上方升起的袅袅炊烟，显示出活泼的生气。平川的边缘是青蓝色的山，重重叠叠绵延不断，直到天边。

岳乐指着眼前这一片土地，说："这都是先王留下的，此处原有十个庄子。那庄头在庄子里可就是太老爷，无人敢违的了。每个庄子有地一百三十垧，壮丁十人，牛八头，拨给房屋、田种、口粮、器皿，每年粮庄收粮、豆庄收豆、菜园取菜、果园缴果，这不是自来祖宗传下来的规矩吗？……"

索额图想了想，说："要讲咱们老祖宗，原本渔猎为生，耕作都在其次。太祖皇帝天命七年下令'计田授丁'，后来才有田庄的，至今也就四十多年。"

岳乐不禁对这个有心的年轻人格外看了一眼，平静地继续讲下去："要说祖宗成法，原也尽善尽美。只是庄头委派，哪能尽合人意？庄头贤愚不等，结果便大相径庭。庄头不善驭下，府里管事又不明是非，便常有虐待奴辈的事情，打、骂甚至私刑都难免。逃人法虽严，也止不住庄子里壮丁逃走。一个庄子十名中只要逃走三四名，此庄一年便所得无几，扣除田种口粮，几乎没有剩余，还能有什么收益？请看最北头那个庄子，我刚把那里的庄头撤下来。他手下奴仆逃走了八人！今年农事就完全耽误了。"

众人举头北望，果然一片荒芜，几乎不见绿色。

索额图问："难道就让它荒下去？"

岳乐像是瞪了他一眼，说："无非另派庄头，领壮丁进庄。可这样哪是个头？凡弄到这个地步的庄子，人跑了，地也种薄了，后续的人好几年都缓不过来。逼得没法子，我才想了个新招儿……"他停下来，看到众人都聚精会神地盯住他，玄烨的眼睛更像一把锥子，极力要从他眼睛里钻探出点什么，他嘘了口气，笑笑，说，"这就是人家骂我邪门歪道的地方了。我听了一位贤达之士的劝告，把那一百三十垧地，分租给十户人家，年下收成，各取一半。"

索额图目光闪闪："还是家下奴仆耕种吗？"

"十有八九。庄头不够，也租给平民。"

佟国纲恍然大悟："噢，怪不得那么多人背后指戳呢，皇上这就是汉人租田种田的法子嘛！……”他忽然觉得失口，赶忙缩住，造成了片刻尴尬的沉默。

玄烨全不在意，只管追问：“结果呢？能补上损失吗？至少补上一半，对不？”

岳乐不高兴地笑了笑，说：“地里的庄稼可不管是汉人法子还是满人法子，下力气种就长得好，没心肠干就没收成。”他又指着面前那片平川，“请看，那边一块一块均匀得像毯子的绿油油的田块，都是租种出去的；这边一簇一堆癞痢头样的地片，全是庄子上的……今年还不知道，去年秋下我结算了一番，同是一百三十垧地，租出地收回的麦谷，比庄子缴来的多五成都不止。”

岳乐不说什么了，玄烨和索额图他们也不问什么了，事情明摆着：绿绒毯和癞痢头，土地是不会骗人的！

佟国纲意犹未足，又问：“王爷打算把王庄都改了吗？”

岳乐摇摇头，感慨地笑道：“不能啊！现在我就不大吃得消啦！只要壮丁不逃，我何必这么独出心裁，招人笑骂哩？再有，像菜园、果园、稻庄、蜜户、苇户、棉靛户这些庄子，总是不能改的……”

佟国纲也不再作声了。

太阳升高了，天气热起来。岳乐请皇上上马，好早点赶到佟家庄园。

小红马牵过来了，玄烨突然问：“马兰村呢？马兰村在哪儿？”

岳乐指指前方：“翻上那个小山就能看见了。”

玄烨一面上马一面高兴地说：“快传费耀色来，我要听他讲那个马兰村！”

于是，费耀色被赐骑马，挨在玄烨的侧后方，与安亲王、佟国纲、索额图一起被护卫们簇拥着。一路上玄烨不住地问起他的身世，他便毫无隐瞒地讲起自己的来历及为什么会住到马兰村。皇上和王爷都听得津津有味，不时扬起一串串笑声。

眼看离小山不远，玄烨对费耀色一招呼：“来！跟我赛马，看谁先到山顶！”

岳乐和佟国纲正要劝阻，玄烨举鞭朝马臀一抽，大喝：“闪开！”

他胯下那匹火焰一样鲜红的骏马，昂首嘶叫着箭一般飞蹿出去。费耀色不知如何是好，憨憨地笑着。岳乐朝他喊道："还不快跟上！"顺手给费耀色的马猛甩一鞭，那马一蹦好高，差点儿把费耀色颠下来，他慌忙拉紧缰绳，稳了一稳，猛松手飞也似的追上去。其他人和大队护卫跟着跑起来，扬起漫天黄尘。

玄烨第一个冲上山顶，费耀色和岳乐随后赶到，佟国纲和索额图也上来了。这儿也有个草亭。山比刚才的山高，草亭也比那边的草亭气派。正值初夏生长旺季，树木丛生，一派浓绿，空气中充满了青草和树叶的新鲜气味。阳光透过密密树冠，向地面投下点点光斑，爽风阵阵，令人心旷神怡，真有登高远望的味道。晨雾已经散尽，辽阔山川在明亮的阳光照射下历历在目，非常清晰。玄烨大口大口呼吸着清香流溢的空气，兴奋地大声说："真所谓江山如画！比登上景山纵观京都还要开阔呢！王伯，你常到这里跑马吧？多畅快呀！怎么不把你的园子搁这儿呢？……王伯！"

独自沉思、若有所失的岳乐微微一惊，他没听清玄烨的话，只能含糊地躬身答道："是，正是。"玄烨听他答非所问，不禁笑起来，体贴地说："王伯，你累了吧？"

岳乐感到自己失态，连忙谢罪。上到这座小山，他如临梦境。路上，他忽然有种熟稔之感。山路拐弯，他觉得拐过去的山崖上应有一棵古松，策马转过去，果然一棵古松迎头向他伸手；快到山顶，他又想，那里该有一块龟状巨石，刚踏上山顶，那块巨石赫然在目，就像一只团缩的乌龟！怎么回事？他什么时候来过这里？难道梦魂曾到此游历？他费力地搜寻记忆，却怎么也想不出来……

"啊！马兰村！"费耀色情不自禁地喊起来，"那是梦姑家祖坟上的老杏树！那是环秀观！那是我跟爷爷住过的房子！"

梦姑？岳乐心头一震，举目顺着费耀色手指的山下望去。玄烨连忙问：

"在哪儿？你说慢点儿，别嚷啊！……"

可是费耀色那么兴奋、那么激动，不住地说："皇上，是真的，是真的！那就是马兰村呀！……环秀观里有梨园，我跟梦姑、容姑还有同春哥、同秋哥在那里吃过好多梨，又大又甜！……就是这座山，爷爷还领我来逮过鸟儿……对了，梦姑姐姐的一对小女儿，就在这山上丢了，叫狼吃了……”

像是一把拉开了重重帷幕，那些模模糊糊、似有若无的影子，一下子变得明晰了，岳乐记起了往事：九年前，那个秋高气爽的重阳佳节，他约吕之悦载酒登高，就在这里山上，拾来了一对被遗弃的女婴……

“费耀色！”玄烨无可奈何地笑着喊道，“你能不能静下心，把话说得清清楚楚、有条有理？你这么又喊又叫，东拉西扯，手之舞之、足之蹈之的，我可是什么也听不明白！”

费耀色一愣，不好意思地笑了笑。玄烨示意索额图拿水葫芦给费耀色。费耀色喝了水，平静了一些，看着皇上急切好奇的眼睛，看着索额图鼓励的脸色，终于理了理自己的思绪，边想边说，那张看去只有十六七岁的清秀的脸，慢慢变得沉静和老成了：

“皇上，我自个儿的事，路上都讲完了。我给皇上讲讲马兰村的姐儿俩吧！她们那事儿，比眼下演的连本戏还要奇呢！……”

费耀色是宫里的一个养鹰人，只因为年幼的皇上特别喜爱海东青，所以才喜欢他，他也因此才有可能接近皇上。他对朝廷大事、官场沉浮毫无所知，陪同皇上的这些王爷大臣是谁他也全不关心，他就是想让小皇上高兴，像街头说唱故事的艺人那样，讲一讲民间的悲欢离合、喜怒哀乐。也许他心底有借此劝喻皇上关心民间疾苦的用意，但并未意识到，因为皇上和他年岁都还小，所以他的讲述便毫无忌惮。

故事就从十三年前的那个秋天开始了。乔梦姑、柳同春、乔容姑、乔松年、朱三太子、白衣道人纷纷上场；旗兵圈地、午门自戮、道人进村、乔家悔婚……一个完整的、极尽人间悲欢的往事，真像一出最能打动人心的传奇，在玄烨面前演示出来，他听得入迷了……

索额图听着，不禁想起父亲的忧虑：今后如何对付朱家后裔？先皇帝主抚，安置了不少朱姓藩王。但崇祯帝的三太子朱慈炤一直流落民间，生死不明。他大约不敢相信朝廷会收留他，以前抓到的朱三太子，不是都以假冒为名斩杀了吗？费耀色故事里的朱三太子是真是假呢？无论真假，朱三太子总是个隐患！……

佟国纲受到触动。圈地的情状被费耀色一一道出时，他很有些愧意地低声对岳乐说："王爷，先父在世，颇少雅量，幸王爷气量宏大……"

岳乐摇头，神情恍惚地应付着："过去多年了，何必再提……"他心里实在乱纷纷的难辨滋味。梦姑——阿丑，同春——云官，原来是这样的！

记得去年刑部平反了吕之悦窝逃一案后，阿丑被送回安王府。她消瘦黧黑，神情痴呆，额上"逃人"两个烙字分外醒目，当初的灵秀气一点也不见了。岳乐曾顾虑再见阿丑会死灰复燃、旧情难舍，一看她变得这么丑，早先的眷恋之心便消失殆尽，只余下一点怜悯了。吕之悦领同春到府里来见阿丑，两人竟毫无顾忌，当众抱头大哭！一个浓眉俊眼英气扑人，一个干瘦丑陋了无光彩，看着这两张毫不相匹配的面容，岳乐心里还觉得可笑，觉得同春不可理喻……今天，他仿佛有点儿明白了。除去慨叹，他还有什么呢？

玄烨呢？起初，他不过是好奇，听故事；后来他真被梦姑的不幸遭遇打动了。继而他由此及彼地想到了许多人，想到了他治下的百姓，想到了皇祖母谆谆教导的，他这个天子"统一区夏、乂安百姓"的职责。他坐不住了，像个成年人似的紧皱眉头，绕着草亭踱步子。他的心里或许头一次认真地在掂量皇位的分量。

玄烨踱到岳乐身边，岳乐正在观察一段折断的松枝。透明的松脂从断开处渗出来，那么大大的一滴。

"哦，王伯，多像一滴眼泪呀！"玄烨惊讶地说。

"是，皇上，很像眼泪。是从受伤的地方流出来的。"岳乐郑重地看看玄烨，说，"等它干透了，受伤的地方也就痊愈了。你看，那一枝就是的。"

玄烨没有去看那一枝，他在琢磨伯父的话。说树，还是说人？是在说他自己，还是在说玄烨？……

刹那间，玄烨觉得自己又长大了……

二

鳌拜出东华门，上马便直驰北新桥东校场。今天满洲镶黄旗头、二、三参领下，各有三佐领近千人马来校场操练，由镶黄旗副都统图必泰主持。图必泰为人粗莽，一向对鳌拜崇拜得五体投地，镶黄旗中事无巨细，无不详细禀告。今天这样的会操是旗中大事，图必泰早早就恭请鳌拜亲临检阅了。

鳌拜一如往常，浓眉紧锁，面色严肃。侍从们一个个小心翼翼，不敢有半点差池。他们从鳌拜上马时的迅疾、打马时的鞭声、浓眉下眼睛的灼亮，隐隐感到主人心绪不好。在这种时候，一点点过错都会掉脑袋。

自天算案之后，辅臣都仿佛矮了一截。鳌拜虽不像其他人那么瞻前顾后、缩手缩脚，心里终究也是结着一个疙瘩。只是今日他不仅恼火，还觉得沮丧，这在他很少有，却是另有原因。

今天早上，辅臣奉到太皇太后懿旨：将礼聘正黄旗何舍里氏噶布喇之女为皇后，询问辅臣们的意见。

传旨的慈宁宫总管太监走了，四名辅臣也已各自立起归位了，却好半天没人说话。他们的心情很复杂，除了惊愕之外，还有许多其他说不出口的东西。

汤若望案结束后一直消沉的苏克萨哈，在这件事情上触动不大，因为他没有待字闺中的女儿或孙女，于是，勉强地笑笑，说：

“这真是咱们大清少有的事！我原以为太皇太后指婚选皇后，怎么也得是科尔沁蒙古博尔济吉特家的格格！……大喜大喜，索公！我说你这两天怎么红光满面，原来有这桩喜事！蛮子拿皇后之父叫国丈，索公是皇后之祖父，该叫什么呢？叫国丈父吧！啊？哈哈哈哈！”

遏必隆也跟着取笑道：“索公，这样的大喜事，你怎么瞒着我们？怕我们讨喜酒讨喜钱吗？”

“哎呀呀！”索尼忙不迭地摆着手，“老天爷知道，我也是刚刚听说呀！这可怎么好呢？”

鳌拜插进一句："吉祥如意，千好万好！别人巴望不来呢，你又何必过谦！"

索尼可深知这几个人。他们打着哈哈，说着恭喜的话，其实是疑心他早就暗中做了手脚，眼下又假惺惺装作不知，以掩人耳目。他于是正色道：

"诸位不必疑心。噶布喇之女虽然年岁与皇上相埒，要论贤德淑仪，实不足以当皇后之尊。毕竟年幼，不大懂事……我这就进宫去向太皇太后禀奏！"

苏克萨哈笑道："难道索公竟要辞婚？这怕不是为臣之道吧？令孙女贤名在外，如今正位中宫，极是相称。索公，我同你一起去见太皇太后！"

鳌拜张目看定苏克萨哈，流露出强烈不满。苏克萨哈觉察了，对他无可奈何地笑笑，跟索尼一同走了。鳌拜站在窗前无目的地向外望着，遏必隆无目的地捏着珊瑚朝珠，半晌，两人找不出话来。

"鳌公，你以为如何？……皇上年岁尚小，聘定皇后不是太早了吗？"

随和到没有主心骨的遏必隆，今天竟然首先开口，并且还表示了意见！鳌拜当然能意会到其中的奥妙：遏必隆和他一样，家中有一个与皇上同岁的女儿，无论怎么软弱，未必没有做过国丈梦！

鳌拜立刻响应："着实太早。要紧的是，太宗皇帝、先皇帝的皇后都是蒙古亲王格格，于满蒙亲善一体极为得力。索公不是自己也觉得不妥吗？走，去禀奏太皇太后，把这层意思说一说！"

遏必隆欣然同意，两人迟后片刻进宫入奏。

太皇太后静静听罢，和蔼地说道："索尼辞谢，自然出于谦；苏克萨哈力主，你们二位力阻，也都是为国为君的一片忠心。好吧，让我再想一想，去吧。"

想一想？这位叫人琢磨不透的老太后还要想什么？无非是托词。皇族事务，辅臣怎敢干预？

鳌拜心头既有不得志的沮丧，又有对索尼的妒忌，苏克萨哈阿谀之态令他愤怒，而遏必隆忽然表现出的主动聪敏又叫他惊讶。不过，哪怕心头思绪万千，他都能不露声色，一张严毅的毫无笑容的脸，遮住了内心的一切……哦，图必泰已经领着参领佐领们在道边迎接来了。

鳌拜坦然受礼，绝无寒暄笑谈的那些废话，立刻领头进了校场、登上阅将台。图必泰和镶黄旗的将领们反倒像是客人，亦步亦趋地跟在鳌拜身后，也上了台。

一队队骑兵的整齐方阵过来了，旌旗飞动，刀枪如林，马蹄声像下冰雹似的响过去，军容威武严肃。鳌拜捻着胡须微微点头。

接着，骑兵分队的进退、冲锋，操练得也很出色。最使鳌拜感兴趣的，还是一队又一队骑兵们马上射箭的雄姿。一百五十步远的箭靶，从阅将台上看得很清楚。镶黄旗一招，威武的骑兵纵马奔驰，挽弓搭箭，觑定箭靶，在战马飞腾的一刹那，响箭尖啸，直中目的。有好几队骑兵，十个人，箭箭不落空。

鳌拜高喊了几声“好!”立时兴致勃勃地脱下朝衣朝冠，要亲自下场去一试身手。喜得图必泰等人笑得合不上嘴。

鳌拜的侍从们忙着为主人整理弓箭戎装，许多早有耳闻从未亲见的佐领侍卫们，纷纷围过来看那罕见的大羽箭：白翎羽尾、漆金箭杆，链长一尺六寸，径三寸，围九寸，周边六道觚棱，镞尖和镞棱都尖锐异常，箭杆长三尺六寸，括之受弦处，宽可容指。如果没有挽百石弓的力量，这箭绝不能发，即使发也难中。鳌拜的弓已被侍从背下场去，没来得及细看，但只弓弦也有小孩手指粗细，弓硬的程度可想而知，这弓箭主人的神力，也就可想而知了!

人们小声地惊叹，不住向鳌拜投去崇拜的目光。鳌拜只当没看见，准备下场试射。

偏偏一名侍从领了一位风尘仆仆的笔帖式来向鳌拜叩头。鳌拜皱着浓眉一寻思，很快舒展开：“你是江宁将军府中笔帖式阿尔丹，对不对？你们将军的书信我都已收到。让你带来的东西交给他，一会儿都给我送到校场来!”

被鳌拜指定的侍从惊异不定，小声说：“启禀大人，那些都是敬赠大人自己的……”

鳌拜不耐烦了："我知道！去办吧！限一个时辰到！"

侍从与笔帖式互相交换一道紧张的目光，赶紧走了。

戎装的鳌拜更显得威风凛凛，骑在高头大马上，如同一座铁塔，列队的骑兵们忍不住朝他欢呼，于是整个校场上此起彼伏，三千多人的欢呼声直冲云霄，向他们的满洲第一勇士致敬！

鳌拜被飘扬着的绚丽旗帜辉映着，被无数热烈的崇敬目光包围着，雄壮有力的欢呼使他胸中充溢着豪迈，不禁举手向弟兄们致意，掀起了更热烈、声势更大的回应！一瞬间，鳌拜只觉胸腔里的心奇特地膨胀了，感受到一股沉醉，仿佛烈酒在融化，化出一丝丝淡淡的甜味。

哦！这就是我们满洲的八旗健儿！我的满洲弟兄！数十年来，他们祖孙父子世代苦战，抛头颅洒热血，终于夺得江山。还要靠他们平定天下，保大清社稷千年万年！鳌拜与他们息息相通，血脉里流淌着同一祖先遗传的强悍和无畏。此刻，他突然强烈地意识到自己的责任：永远保住满洲强悍尚武、英勇不屈的祖风。这样，才能长久地保住八旗健儿天下无敌的力量和威名，才能保大清朝长治久安。

鳌拜绕场一周，终于勒住马，欢呼声渐渐平息，几千双狂喜的眼睛期待地望着他，他似乎也该大声地向弟兄们说上几句勉励的话。可是他缓缓地仔细环视一周以后，什么也没有说，只微微偏着头，吩咐一声：

"弓箭！"

身背硬弓的大力士连忙双手捧上鳌拜的弓，另一名壮汉抱着镶珠嵌玉的箭壶，护卫从箭壶中抽出一支三尺六寸长的专用箭，双手献上。

鳌拜骑在马背，稳如泰山，把长箭搭在弓上，慢慢运力开弓。弓张如满月，箭紧扣在弦，发亮的虎目盯住了二百步外的箭靶，满校场三千八旗劲旅，一时寂静无声。

鳌拜口中轻轻喊一声："着！"弓弦"嘣"地一弹，长箭骤出，"嗤嗤"作响，划破无数目光织成的密密的网，飞向箭靶。

"哗！——"三千人同声惊呼！原来，鳌拜胯下战马在这一瞬间

“扑通”一声卧倒了。它口吐白沫，再也站不起来。想必它经受不住出箭那一瞬间的巨大冲击。

“噢！——”紧接着是一片欢呼，因为长箭呼啸着穿透了箭靶红心！

图必泰连忙命人给鳌拜换马，鳌拜大手一挥止住，回头叫护卫牵黑龙来。

场外传来高昂而兴奋的马嘶，校场大门骤然亮过一道黑色的闪电，一匹黑马飞蹄扬鬃，直奔它的主人鳌拜。全场像刮过一阵烈风，猛地轰动片刻，跟着就无声无息了。这匹黑骏马简直像天马临凡，使所有的人震惊、赞美，说不出的倾慕，说不出的害怕，老天！它实在太骏太神，绝不是凡人能够享用的凡马！

它浑身如墨玉雕就，闪闪发光，粗大丰厚的尾巴飘拂着，高昂的头颈上浓密的鬃毛迎风飞动，多么高傲又多么英俊！一对眼角充血的、洋溢着青春热情的乌黑大眼睛，对鳌拜周围只瞟了一眼，那些人们就以为它在看自己而不由得心底颤栗起来……

鳌拜疼爱地搂着马头，拍了拍它的长面颊，抬脚踩镫上了马鞍，在宽阔的校场中心轻快地兜了一圈，人们鸦雀无声，几乎屏住了呼吸：眼前的情景真叫人如痴如醉，不可思议！那轻捷而神速的步子，那威武洒脱的雄姿啊！……

鳌拜兜马回到原处站定，又喊了一声：“弓箭！”

黑骏马有力的腿像四根铁铸的柱子，纹丝不动。鳌拜身躯微扭，弓开满月，“嗖”的一声尖啸，长箭带着风声飞了出去，紧接着，“嗖”“嗖”“嗖”，响声不断，一支接一支的白羽箭，像列队俯冲的白鹤，向箭靶飞去，箭靶的红心片刻之间插上了二十支箭，仿佛蜷缩一团的红刺猬！

欢呼、喝彩、挥旗、擂鼓，顷刻间如风如雷，震撼了整个校场。鳌拜面不改色口不粗喘，平静地向八旗弟兄挥手致意。

刚才被遣去办事的侍从满头大汗地赶回来了。鳌拜一见他，张口就问：

“送来了？”

“禀大人，一起拉来了，共是……”

鳌拜打断他：“好！来得正好，都拉进校场来！”

五辆双马一骡的大车鱼贯而入，在阅将台前停住。车上苇席围护油布包捆，看不出是什么货色。鳌拜站在台上，再次巡视全场，突然向前迈了几大步，走到台边，用他极浑厚有力，又十分宏大的声音说道：

“镶黄旗弟兄们，连日操练，辛苦了！”

“鳌大人辛苦！”骑兵们同声回答，校场上空滚过一个闷雷。

“弟兄们！我们满蒙汉八旗劲旅，是大清国的支柱，满八旗更是太祖皇帝自创的亲军，南征北战，功高无敌！我们镶黄旗又是满八旗中上三旗的一支，天子自将旗！如太宗皇帝说过的，‘最娴于骑射，所以野战则克、攻城则取，立则不动摇，进则不回顾，威名震慑天下，无人敢与争锋’！……太宗皇帝在世，常恐日后子孙忘旧制、废骑射、效汉俗，屡以莫忘祖宗为训。今日看弟兄们演阵骑射，果然不负太祖太宗，不愧天子亲点上三旗！”

憨厚而剽悍的骑兵们听得非常认真，鳌大人赞扬他们，便一个个咧开大嘴笑了。

“弟兄们！汉人文士们总是咕哝他们的一句老话，说什么马上得天下，焉能马上治之？我要说，马上得天下，就能马上治之！”鳌拜举手用力一挥，又召唤起一片震耳欲聋的欢呼。

“弟兄们为国辛劳，应给奖赏！”鳌拜对台前的五辆大车一指，提高声调，“这里白银五万两，全部犒赏镶黄旗的弟兄们！”

寂静。人们惊讶地张大了嘴瞪大了眼，几乎不相信自己的耳朵。这不是五万斤粮食，这是五万两白花花的银子啊！

突然，一个聪明的骑兵放声大吼：“谢鳌拜大人赏！”

“噢！——”最强烈的欢呼骤然爆发了！人群沸腾着，笑嚷哭叫嘶喊，不约而同地高高举起旗帜，长枪和刀剑猛烈挥动，就像平地蓦然长出了一片密林！欢呼经久不息，在校场上空盘旋飞扬着。

面对着火海一般的热诚，鳌拜眼角也有点热了，胸中如雨后晴空一样明快。他忽然意识到，他这一番行动也是在检验天算案后辅臣究竟失去了多少威望，他鳌拜满洲第一勇士的光荣有没有蒙受玷污。

没有。他依然得到八旗将士的拥戴，他仍然是满洲人心中的英雄！

鳌拜心上的阴云被驱散了！他愈加自信、愈加坚定。

欢呼声中，图必泰领着镶黄旗的参领佐领们向鳌大人叩头致谢。鳌拜走下台，扯开苇席和油布，一包包装盛白银的银鞘露了出来。他用腰刀割断一包银鞘的绑带，拿出一块五十两银锭，扔给经办送银的侍从，说：

“事情办得漂亮，没有违限，这锭银子赏你。”

侍从连忙跪倒谢赏，并呈上一份柬帖：“禀大人，这是苏大人府上送来的，正好途中相遇。”

柬帖是苏克萨哈亲笔，说在家备了小宴，有一道新鲜菜肴，邀老友品尝。鳌拜与苏克萨哈以往常有这样的小柬来往。汤若望案以后，两人疏远了。既是苏克萨哈主动迈出和解的一步，鳌拜总不能拒绝。他决定中午到苏府赴宴。

酒过三巡，苏克萨哈笑眯眯地对鳌拜说：“今儿请你来尝的新鲜菜，叫作紫玉红丝羹。原料倒算不得珍贵，做法却很别致。跟我去瞧瞧？”

因为小宴只是他们两人对酌，没有陪客，说走就走。鳌拜随着苏克萨哈出小花厅，过一带短廊，进了那间专为苏克萨哈烹调珍馐奇肴的小厨房。厨师上来叩头，苏克萨哈挥手让他走开，自己兴致勃勃地当讲解，说：“走近些，才看得清楚。”

初进厨房，只觉满屋蒸腾之汽，鳌拜确实什么也没看到。走近灶台，方才发现灶上支着一个大木架，架梁上倒悬着一条三斤左右的活鲤鱼，鱼头正冲着烧锅，满屋蒸汽，就是由这满锅“咕嘟咕嘟”乱响的滚水散发出来的。鱼头已敲破，鱼血正向水中慢慢流。但鱼还活着，被滚烫的蒸汽一逼，摇头摆尾，拼命挣扎蹦跳，没有一刻停息，鱼血便流出更多，有如一缕红丝。

鳌拜看着有趣，问道：“这叫什么做法？有什么好处？”

苏克萨哈笑道："你看这红鳞大鲤鱼，挣扎跃跳将死，全部精华便集萃于这一缕鲜血。取精华而食，甘美无比。"

"你尝过了？"

"不然岂敢邀老兄共享！实在鲜香之至，莫可名状！得此一缕而全鱼可弃了。"

沸水中红血已成紫丝，连绵不断，煞是好看。鳌拜点头称赞说："怪不得叫紫玉红丝羹，好，好！"

架上的鱼停止摆动，死了。厨师赶忙取下来扔进死鱼桶，另换上一条活鲜鲜的红鳞大鲤鱼。这条鱼生气勃勃，力量狂暴，尾巴被铁钩挂定，身体却在努力地抖动、蹦跳，几乎跃下铁钩，挣得木架都在"吱吱"晃动。鳌拜和苏克萨哈并肩而立，欣赏着，这情景引起他们的各种联想。

"你看，这不像一个上吊的家伙吗？……只不过是倒吊。"苏克萨哈笑着比方。

"是啊，不管它怎么挣扎，力量再大，也难逃一死。"

"它要不死，谁给咱们奉献那一味美妙无比的紫玉红丝羹呢？"苏克萨哈说着，哈哈大笑，两人一同回花厅继续饮酒。

紫玉红丝羹上席的时候，又添了香蕈、鸡脯、火腿等配料，果然鲜美异常。鳌拜说，将使他三日不思肉味了。苏克萨哈说，二十条红鲤，只得此两碗羹，若到不了这个份儿上，那真让金鳞含恨了。

两人闲扯漫谈，不着边际。好几次苏克萨哈有意把话题引向朝中政事，鳌拜或是避开，或是不答，总谈不下去。苏克萨哈无奈，当酒足饭饱，撤去席面，两人对坐吸烟饮茶时，只得直截了当地说：

"鳌兄，半年多来，你我不觉疏远了许多。我自问并无过错，也没有失却亲戚礼仪。不知鳌兄为何见怪？"

鳌拜只管喝茶，并不答话。

"鳌兄，四辅臣中，索尼年迈，遏必隆面软，幸亏有你我兄弟支撑大局。咱们至亲好友，原应同心合力，如今却让我一人落了单……"

鳌拜哼了一声："那又怪谁？"

“天算案我们是跌了跟头，败了一阵。其实我也是左右为难。索尼怨我过苛，招得太皇太后不快，还得罪了上天；遏必隆怪我专擅，说事情弄到最后那个样子，让朝廷在万民眼前丢脸；你呢，又恨我柔弱……”

“你就是柔弱寡断！”鳌拜的旧怒被勾起，说话顿时不客气了，“汤若望为什么不可杀？杀了还不就杀了？斩草不除根，来年添麻烦！那些洋教士为什么不一口气赶走？叫他们滚回他们的老窝，什么德意牙、葡萄国的，干净利落，一了百了！你又要讲什么天朝气度把他们留下，日后还不都是祸害？……”

“咳，赦汤若望，那不是上天示警、太皇太后力持不准的吗？我怎能违逆呢？”

“那又何必向太皇太后禀告？就不能先斩后奏？”

“禀告太皇太后，是预为日后留余地，你当时也力主的嘛！”苏克萨哈有些生气，“如今都埋怨我，弄得我里外不是人！索尼、遏必隆倒也罢了，连你也……”

“我？”鳌拜浓眉一皱，气不打一处来，“你要真拿我当亲戚待，真想着相互扶持的话，今儿早上在议事堂你为什么又去给老索尼敲边鼓捧臭脚？”

苏克萨哈一愣，随即轻叹一声，说：“你连我这点儿苦心都不明白，非得我自己说破不可吗？……汤若望案之后，你也知道，弟在朝中声望大减，不得不虚心待人以图渐进。索尼终究是首辅，又自来与弟不相善，此次太皇太后议婚他家，他一定心下受宠若惊，表面还不得不逊谢推辞，正需要有人扶他下台阶……”

“所以你就去拍索尼的马屁，借以恢复你那声望？”鳌拜充满恶意的嘲骂，把苏克萨哈骂愣了。

鳌拜尽管嘴上从来不提，心里早就认定自己的女儿应该有皇后皇妃之分。因为他功高，因为他是辅臣，因为他的女儿聪明美丽，更因为皇上从小对他信赖和倾慕，而他心底里也真的喜爱这个十二岁的少年。如今皇后之位平白被夺走，就像从他手心里抠走了他最心爱的红宝石，他却眼睁睁地无能为力！这成了他心头的一个痛点，一触即跳，怒气就不可遏止，此刻竟不顾体面地尽力发泄开来：

“你也算满洲子弟？看你这没骨头的熊样儿，我倒想知道，当年常德六战六捷到底是不是你打的！”

苏克萨哈脸都气白了，冷笑道：“说话好歹留点儿分寸吧！你以为天下独有你是英雄？”

鳌拜横了苏克萨哈一眼，不屑地哼一声，说：“难道我教你当懦夫做小人啦？”

“懦夫”、“小人”，这是苏克萨哈私心最忌讳的话。他浑身发抖，直眉瞪眼地看着鳌拜，好半天，才冷冷地点头道：“好，好，我是懦夫，我是小人！……可你也别忘了，先皇遗诏辅政，苏克萨哈排在哪儿，鳌拜排在哪儿！”

鳌拜心里“咯噔”一下，面上没有表情，只紧闭了嘴。

苏克萨哈的恶意冷嘲却发作了：“五万两银子能拢住镶黄旗，一样能拢住正白旗！都是上三旗，都是天子自将，谁比谁更高贵？谁能爬到谁头上拉屎撒尿？哼，做梦！送客！”

鳌拜就这样被请了去，又被赶了出来。他黑着脸，满腔怒气，默默回府，阴沉的眼睛望着远方。

街市远处路边，几个小男孩儿在斜阳中追打，喊声笑声直传到鳌拜耳中。他心头一忽悠，一件遥远的往事突然闪现在眼前：十岁的他，不顾家人的百般阻拦，叫了三名奴仆，顶着夏季狂风和松花湖上如山的大浪，硬要驾船往湖心岛小庙烧香。

他从小就独来独往、傲岸异常，兄弟和邻居孩子都不愿与他为伴，父亲远征在外，没人能管得住他。那日，他竟然到达小岛，登上山顶，迎风远眺，顾盼自雄，觉得这才像个顶天立地的男子汉！

日暮时分，风力更猛，他又命奴仆解舟渡湖回家。奴仆哀求等风力稍减再行，他竟左右开弓把奴仆的脸都打肿了。奴仆不敢忤他，冒着随时翻船的危险，穿过大风浪，竟然安全回到了家。母亲和兄弟把他团团围住，那一双双眼睛中惊异又钦佩的目光使他得意非凡，简直无可名状！他对着母亲侃侃大言：

“阿玛随老哈王东征西杀，打下江山。儿子今年已经十岁，也该像个男子汉大丈夫，经经风险长长见识。如果儿子日后福大命大，今日遇险就不该丧命；如果儿子没福没出息，干脆淹死在湖里喂鱼拉倒！”

鳌拜至今记得，他这番话令母亲怎样地惊奇和狂喜，令兄弟们怎样地拿他当成英雄；就连父亲出征回来得知此事后，也乐得哈哈大笑，立刻把老哈王赏下的一柄嵌珠镶银乌木雕花把的雪亮匕首送给了他，从此对他另眼看待。

从那时起，四十年来，鳌拜从来不甘人下。战场上争锋、朝廷里沉浮，他不承认自己有过失败。凭着他的军功，也凭着他过人的刚毅，他终于身列辅政、手操权柄、位极人臣！可是今天，竟有人这样尖刻地嘲弄他侮辱他——这位上午还受到八旗将士欢呼拥戴的英雄！而此人，又是一向以阴柔奸猾著称的反复无常的小人！

鳌拜一向有睚眦必报的信条，只是多年来因他的地位所限尚未充分施展。今天报复的愿望突然挣开羁绊，猛烈地摇撼着他，把他胸中的怒火扇得更旺。

但是，他还有另一个信条：在下人面前、在众人面前，必定威严持重，绝不流露自己的喜怒。这样一来，恼怒、愤恨、怨毒、嫉妒等等交缠一起，卷成一团狂风，在胸膛里旋转腾跃，左冲右突，越来越猛烈。他那又厚又宽、钢铸般的阔胸，眼看就不能抵挡，要炸开了……

在府门前一下马，鳌拜就大踏步地进门，护卫连忙跟上，他却不耐烦地一挥手，叫他们走开！眼看着主人如去救火似的猛走，进二门，左拐，沿着长长的游廊，直奔西跨院，护卫们互相看一眼，更不敢向前了。西跨院住着鳌拜最宠爱的四夫人。

四夫人娇美而又专横的声音，使鳌拜在门前立住脚。“嘴张大点儿呀！怎么到了这个节骨眼儿，一个个都成樱桃小口啦？给我用舌头往外舔！……再抿不湿梳子，今儿个都不许吃饭！每人给我喝三大锅汤，看你们出水不出水！”

鳌拜阴沉沉地透过珠帘往里瞧，他的四夫人正坐在镜前晚妆。八个漂亮丫头，手持梳洗装扮用具，环侍在她身后，两名贴身婢女各拿一把密齿小梳，从那八个丫头嘴里浥出津液，往四夫人鬓边发顶梳抿。这是四夫人不知从哪里弄来的方子，叫什么“群仙液”，说是能令人到老不生白发。鳌拜对她的这些古怪花样早已见惯，虽然二夫人私下告诉他这“群仙液”的方子传自明宫，妖媪客氏是始作俑者，他也不大在乎。

鳌拜一掀帘子，大步跨进屋，婢女们都吓得连忙跪倒叩头，不敢仰视。四夫人轻盈地站起来，笑道：“今儿回来可晚啦！……还带进来一股子酒味儿，哼……”

两名婢女近前来为家主人脱去礼服，另两名婢女抖开鳌拜的家常便服，请他伸手入袖时，鳌拜闭着眼粗重地喝一声：“去！”婢女们心惊胆寒地匆匆跪拜，鱼贯而出。

四夫人脸上还挂着娇媚的笑容：“哎哟，今儿个可热死人啦！我叫他们冰镇了西瓜果子，给你解解暑气……”她一下子噎住了，发现进屋后一直不动弹的鳌拜，正用一双亮得可怕的眼睛盯着自己。那眼睛血红血红的，喷着怒火、带着狂暴，不像是人的目光，那是一头狂怒的猛兽的令人胆寒的凶光。她吓坏了，浑身哆嗦：“你，你……”

鳌拜如同一只蹲踞的猛虎，喉咙里“咯咯”作响，猛一展腰，低头，一口咬住了她裸露在外的雪白的肩头。牙齿深入到柔嫩喷香的肉里，一团快感如闪电从他身上蹿过，右手拦腰一抱、一提，四夫人就被夹在他的肋下。几个大步，他像扔包裹似的，把娇嫩艳丽的女人“扑通”一声摔进墙边的长榻，跟着就纵身扑上去，发疯似的撕扯她绣金绣银的罗纱衣裙。

四夫人惊悸已极，又不敢反抗，只在此时才勉强小声说：“你，你又发什么疯！放开我！青天白日的……”

鳌拜暴怒地大吼：“你给我闭嘴！”

四夫人不敢再看眼前这张可怕的、五官歪扭变形的虎脸，一横心，紧紧合上眼睛，冷汗和苦泪一同滴了下来……

鳌拜心头那团怒火终于平息了。他静静地仰面躺着，静静地望着贴着本色花缎的房顶，脑子里空空如也，身体也轻飘飘的没有了分量，很舒坦也很倦，眼皮发沉，直想睡觉。耳边谁在嘤嘤哭泣？他懒洋洋地投去一瞥，是捂着脸的四夫人。这才想起刚才自己干了些什么。沉了沉，他略带歉意又不失威严地说：

“苦了你了。回头补给你十串大号珍珠，十串大号珊瑚。”

四夫人“哇”的一声敞开嗓子大哭，坐起身，握着两个粉团似的小拳头，照鳌拜厚墩墩的胸脯擂鼓似的捶，边哭边撒娇地骂：“谁家像你？谁家像你？少拿珠子珊瑚填和我！不稀罕！你这个饿狼！贪狼！……不对，你是老虎！你还不如吃了我呢！呜呜呜……”

鳌拜反倒得意了：“虎？不错，我就是虎！……你也有虎气呀，不然我会这么宠着你？你可以算得一只胭脂虎、母大虫！”

“啊？”四夫人一下子冒火了，刹那间泪水全无，“你说谁母大虫？”

“当然是你。”鳌拜平静地说，“虎毒不食子，你可比母老虎还厉害。”

鳌拜所指，是去年发生的一件事。那时四夫人生的儿子刚刚两岁，乳母抱着在院子里看花。鳌拜下朝回来，就乳母手中逗弄孩子，正好四夫人从帘后看见，疑心乳母跟鳌拜勾搭，次日就把乳母鞭死了。乳母死后，那个不懂事的孩子日夜号哭，不吃不喝，半月之间染上一场重病，也死了。这是四夫人心上的一块疮疤，鳌拜竟然当面揭短！四夫人勃然大怒，直跳起来，指着鳌拜又气又恨地嚷道：

“好哇，连你也这么奚落我！知道你在朝里受了人家的气，跑回家来往我身上撒！算你什么本事！……”

鳌拜一捶床坐起来，威严地命令道：“住嘴！”

“偏不住嘴！偏说！什么英雄好汉，专会欺负自家婆娘！成天价夸功夸能，在家里称王称霸的，敢情你也有叫人制住的时候哇？真男子汉真大丈夫，上外面去争这口气呀！作践我一个女人家……”

“滚！给我滚出去！”鳌拜大吼，震动屋宇。他的脸涨得猪肝般紫，太阳穴“噗噗”直跳，额上颈上青筋蚯蚓似的扭动，浓密的虬须眉毛一起颤抖，狂暴的血红眼睛，真像要噬人的猛虎。恃宠撒娇要赖的四夫人惊得大气也不敢出了，抓到一件长袍披上，赶紧溜走。

外面的门“哐啷”一响，闭上了。鳌拜颓然倒在枕上。

制住？谁能制住鳌拜？鳌拜软弱过、退缩过吗？

天算案的失误弄得他们垂头丧气，我偏要知难而上！这才叫危难之际见英雄！

索尼年老，遏必隆软弱，朝廷的重担眼看要落在鳌拜和苏克萨哈身上。苏克萨哈能当此重任？笑话，时至今日，鳌拜必须勇于任事，急流勇进，当仁不让！

苏克萨哈难道就此乖乖地受鳌拜左右，听鳌拜摆布？

那么……

鳌拜心头乱纷纷，杂象环生。纷乱的影像中，有一件东西却越来越清晰，在动弹，在闪光……是鱼！那条金鳞大鲤鱼！倒悬在铁钩上，拼命挣扎、摆动，鲜红的血，不绝如缕……还有那精美绝伦的"紫玉红丝羹"……他突然意识到一个尖锐的问题：谁会成为那条倒挂的金鳞鲤鱼？

鳌拜豁然开朗：他和苏克萨哈，必定有一个成为鱼，另一个将安坐席上，品尝那碗萃全鱼精华于一缕鲜血的美味的汤！

鳌拜当然要喝汤！

鳌拜又一次跳起来，紧闭门窗，隔绝一切外来声音的搅扰，然后从百宝柜中端出他心爱的百宝盒，打开来朝榻上一扣。各色各样的宝石滚了出来：水蓝宝石、紫纹宝石、红宝石、猫儿眼、祖母绿、水钻石，五光十色，灿烂夺目，价值无可估量。他双手抓了满满的两把宝石，紧紧地握住，握得手指关节"咔吧咔吧"响。当他想象那宝石的美丽光芒已深深切入他的肌肤、透进他的血脉，心头霎时一片温暖、一片光明。这种特别的感受慢慢平息了他胸中的风暴雷电。他渐渐陷入了沉思……

需要深思熟虑的时候，他总是这样的。

一个时辰后，门开了。鳌拜走出来，恢复了平日的严毅威重。他叫四夫人传膳时，四夫人偷偷看了他一眼，觉得他比往常多了点什么。

成竹在胸的坚定。

第二天下朝以后，他竟破天荒地主动去拜会了遏必隆。随后，两人又一同去探视因病请假在家的索尼。

三

连着几场大雨，洗尽了暑气，金风玉露，便到了初秋时候。

“七月七，天上牛郎会织女”，街市上的孩子们，手牵手地跳着脚喊。清脆的童音、爽利的京腔，像唱歌一样好听。牛郎和织女，都是仙人，谁能见到他们鹊桥相会？可是七月七这一天，住在西单、西四这条街面上的孩子们，却看到了大人们说的为牛郎织女相会纳彩礼的惊人行列。小家伙们站在街边人丛的最前面，含着手指头，都看呆了。

最前面的是开路的仪仗，之后，两名顶翎辉煌、蟒袍补褂的大官儿手持节仗骑马而过，人群立刻议论起来，大家都知道了，这是皇帝派去向皇后家纳彩的正副使节，他们是在太和殿领了纳彩御旨，从太和门中门出宫的！出午门、端门、天安门，一路走的都是中门，可真了不得呀！……

跟在正副使节后面的，就是皇帝家聘皇后的彩礼了：全副鞍辔的文马趾高气扬地走过去，首尾相接，銮铃阵阵，共是十匹；金光灿灿，银光闪闪，一副副甲胄被人抬着，共是十副；三百名内务府司员，身穿红缎绣花长袍，捧着一百匹绢、二百匹布；后面又一人捧着金茶筒，一人捧着大银盆；最后，一百辆马车络绎不绝，每车上有饽饽桌一张、酒宴桌一席、礼奶酒一瓶、烧黄酒一瓮，马车后面，还跟有九九八十一头白羊……

皇帝娶亲，真排场啊！可皇帝是天子，天下之主、万民之君父，为万民娶母，哪能不特别隆重呢？

纳彩的大队人马，通过西单西四，直奔正黄旗所居的西北内城。很快人们就都知道了，当今皇上聘定了当朝首辅索尼的孙女何舍里氏为皇后。

一个半月后，又过了一次这样喜气洋洋的队伍，仍是向皇后家送礼，仪式跟上回差不多，但是叫作“大征礼”。这次的礼可就更重了：黄金二百两，白银一万两，金茶器一具，银茶器二具，银盆二具，彩缎千尺，全副鞍辔的文马二十匹，闲马四十匹，驮甲二十副，等等。行了大征礼，那就是说，再过半个月，大清朝就要册立皇后了。

盛大的仪式，长久地成为京师百姓议论的话题。皇上不是尚在冲龄吗？怎么就能册立皇后、行大婚礼呢？人家关外人兴的是早婚，再说真龙天子自有龙马精神，不同凡人的。皇上大婚之后，就该亲政了吧？但愿他也如先皇一般仁德宽厚、勤政爱民才好哇……

民间瞩目并寄予希望的这位真龙天子，其实还是个孩子。纵然他好学苦读，比同龄人渊博、成熟，终究不到十二周岁。这几日，他如热锅上的蚂蚁，坐立不安、寝食无宁，惊慌、恐惧、好奇、羞怯、内疚等等一起缠绕着他，弄得他心里长了草似的乱糟糟。他于是努力作出大人般的庄重，时时可笑地拧着眉头，避开一切含意暧昧或好奇或好心的目光，成天埋头书斋，尽量不出来见人。

难道这也躲得过去？玄烨暗自命名的“第一关”临近了：大婚之前，他必须为自己挑选四名贵人。

八月二十九，一清早，照太皇太后嘱咐，穿了一色崭新礼服的玄烨，来寝宫向祖母请安。太皇太后业已梳洗完毕，觑着眼打量面前心爱的孙子：

明黄缂丝绣金龙袍，外罩石青直地褂；项下一挂红珊瑚朝珠，三串念珠却是绿翡翠穿成；腰束一条镶金玉板头的丝板带，带下垂挂着荷包、小刀、扳指套等类带穗的小活计；脚下一双青缎皂靴；头顶白罗胎丝缨东珠冠，一颗龙眼大的珍珠在冠顶闪光，俨然一个高贵庄重的小皇帝！只是他表情不大自然，眼睛里满是羞怯，一触到祖母含笑的目光，便慌慌张张移开去看宝座后面屏风上的蓬莱仙山了。

太皇太后心里暗暗好笑，表面上倒像个成年人似的，认真地问：“还没吃早点吧？来，一块吃。”她说着站起身，不再像从前那样拉着他的手，而是径直往东次间走过去。玄烨也就顺从地跟在她身后。

早点已经摆好。既有祖上传下来的酸奶子、奶皮子、奶饼、奶茶、熏鹿肉、酱野鸡、鹿尾酱之类，也有京师江南有名的银耳汤、糖莲子粥、香肠、卤肉、糟鹅掌，还有早在明朝就开业的六必居酱园的小菜。太皇太后这里的饭食是宫里最好的，热气腾腾，香味扑鼻。太皇太后面南正坐，玄烨面西陪坐，宫女恭敬地上前为他们掖好怀挡，祖孙俩就开始用膳了。

太皇太后胃口很好，也许是人逢喜事精神爽，她把每品食物都尝了一口。而玄烨却无心吃饭，拿把汤匙在银耳汤里搅来搅去，半天才喝一口。

老太太并不像往日那样劝玄烨多多进餐，甚至也仿佛没注意玄烨的不安，只娓娓对孙子讲着今日选秀女的事。那口吻，好像玄烨已经选过十次八次，全然不是什么了不起的大事了：

"……今儿个应选的，可是秀女里选了又选、挑了又挑、最拔尖的六个格格。叫我看，个个儿都好，巴不得都留下。可是家法不许呀，大婚前，顶多选四个贵人……"

今年选秀女，玄烨一次也没去看，他不好意思。从头到尾都是户部主持、太皇太后和皇太后亲临挑选。但最后敲定，还是非玄烨不可。一想到过一会儿自己将要在六个素不相识的姑娘中挑选四个贵人，而她们从此将永远属于他，玄烨的心就"怦怦"乱跳。他努力定了定神，伸筷子夹了几块香肠在嘴里慢慢嚼。

"……一个个温静端庄，柔顺孝敬，淑仪素著，颇有福相。其中也有你认识的。"

"啊？……是谁？"玄烨这半天第一次抬头正视皇祖母的笑容。

"你的表姐，佟国维的女儿蕊仙。"

玄烨想起表姐温厚的脾性，天生一副关怀别人的热心肠。母亲在世时，她常来宫里玩，和玄烨很说得来。有时玄烨对她来点小小的恶作剧，她也从不生气，总是眯着弯弯的像月牙儿一般的笑眼，温柔好心地笑着。想到这位表姐，玄烨乱慌慌的心平帖了许多，他又问："还有谁？"

看到孙子表情比较从容了，太皇太后心里很高兴，但还是一本正经地说下去："有辅政大臣遏必隆的女儿，秀美温柔，沉默可亲；有辅政大臣鳌拜的女儿，俊俏苗条，聪明伶俐；有郎中索尔和的女儿，护军参领昭格塞的女儿，她们两个都恭顺有礼，而且生就福相。还有佐领三官保的女儿，只有她与你同岁，虽说稚气未脱，倒像依人小鸟一般，可人心疼……”

听得入神的玄烨忘记了难为情，不知不觉地喝过银耳汤，喝光酸奶子，把自己面前的三碟菜都吃干净，临了还添上两块奶酥点心。

吃过早点，祖孙两人步出寝宫。选贵人安排在长春宫，站在门口等候的宫女太监立刻跟了上来。太皇太后朝他们摆摆手，意思要他们别急着走。她和玄烨要慢慢散步消食。

正殿后面的檐下那年摆金橘树的地方，新摆上了许多早开的秋菊，一朵朵硕大艳丽。金黄色的耀眼夺目，红色紫色粉色的绚烂多姿，在晨风中微微地点着头，给这庄严肃穆的高大殿堂带来几许喜气和秀丽。

玄烨最爱菊花，三步并作两步，带着小跑跳上白石台基，兴奋地一盆又一盆看过去，最后停在靠边的那盆洁白如雪的白菊花前，高声喊起来：

“老祖宗，快来看！快来呀！”

太皇太后一笑，快步走近，玄烨一把抓住她的手，眉飞色舞地连连说：“老祖宗快看，这盆白菊有多美！白得像雪，白得像玉，又那么活泼泼的，好像一只展翅将飞的鸥鸟！……”

太皇太后点头道：“不错，这白菊是陈秧细种，名叫白鹤卧雪。”

“对，对！是白鹤卧雪！去年冰月和芷珠都争着要戴它！是这些菊花里的魁首！菊状元！”玄烨热烈地赞美着，情不自禁地又说下去，“皇祖母，这一溜菊种的名字我都知道！这叫金盘献露，那边花瓣下垂如丝的叫金带风飘，这盆淡黄的叫金如意，看它的花瓣多像一柄小小的如意呀！……这里还有紫绶金章、银红针、枫林落照，这是桃花人面，这盆花开并蒂的粉色菊叫二乔争艳……”

太皇太后看他这阵子重新显现的一团孩子气，笑着摇摇头，指指正中两盆开得特别华丽的花朵：“左边这盆叫文经武纬，右边这盆叫凤管鸾笙，它们才是对你最适宜的菊花。”

玄烨微微一愣，立刻明白了祖母在以花喻人，稚气很快从眼睛里消失了。

太皇太后表情仍然那么慈爱，仍然站在美丽的菊花旁边，却说出了一番玄烨永世不能忘记的话：

“从今以后，你就是大人了。不能再像从前那么蹦蹦跳跳、孩子气十足。你还不是一个普通的大人，你是大清皇帝、一国之君、至尊至贵的天子。不论在臣民面前还是与后妃相处，甚至对奴婢太监，你的一言一语、一举一动，都要合乎你的身份，都要有皇帝无上的、特别高贵的威严！对菊花也罢对人也罢，或是对其他任何事情，不可再如今日这样外露和饶舌……”

玄烨脸红了，深感羞愧。他倒没有低头，仍然崇敬地望着慈祥的祖母，用心聆听她的谆谆教诲：

“凡事要冷静，举手投足都要讲究威仪。你要记住，沉默寡言和少摆姿势，比任何其他德行更能提高你的权威，使你变得莫测高深。而你要想当个好皇帝，非得莫测高深不可。”

“这……为什么呢？皇祖母？”玄烨小声地问。

太皇太后深邃的目光从玄烨的脸上移向高远开阔的蓝天，在高高的白云下面，两只苍鹰平展双翅，稳稳地翱翔。她沉思着说：“一般人对自己看不透的人和事，都容易觉得神秘、觉着敬畏，而对自己太熟悉的人就难以尊重。所以，你必须离所有的人都远一些，不让他们把你揣摩透……”

玄烨惊异着祖母精辟透彻的忠告，心悦诚服地接受了这不寻常的又是直截了当的教诲。在后来的悠长岁月中，他用自己一生的行动，实践了太皇太后这人生经验的结晶，受益极深，终身感念他的这位了不起的圣祖母。

祖孙两人终于在浩浩荡荡的侍从队伍的簇拥下，登上御辇，进入长春宫。那里一切都准备好了，只等着皇宫主人的来临。

太皇太后在正中御座坐定后，玄烨才在左侧的宝座就座。选贵人的仪式开始了。

一名大管事太监手托银盘，高高举过头顶，跪在太皇太后案前。太皇太后缓缓说道：“请皇帝过目。”

大太监立刻站起身，倒退三步，向左微转，再前进三步，在玄烨案前重新跪下，高举银盘如故。玄烨庄重地说："放下吧。"大太监把银盘放在万岁爷的案上，恭敬退下。

银盘里并排放着六张粉地水牌，上面写着今天候选的六位格格的姓氏、年龄、旗分和父亲的姓名官职。如果是初选秀女，原应五人一班，由太监按班引入，立而不跪，合意的留牌子，不合意的撂牌子。但这一次是经过初选、复选又复选，最后一次挑选，而且皇帝亲临，必须更加仔细。候选的格格是一个一个引进来的。

大太监垂手恭立门侧，喊道："钮祜禄氏进见！"

玄烨忙拿眼睛往银盘里一扫，右边第一块牌子上写着："钮祜禄氏，辅政大臣遏必隆女，镶黄旗满洲人，年十三岁。"

钮祜禄氏由一个太监引进。她向太皇太后和皇上叩安之后，便站在屋子当间了。她穿了一身茜红色的缎袍，宽大的镶边以深紫色为主；高高的两把头，被一团团粉红深红的绒花簇拥着。映着红袍红花，她那薄薄施了脂粉的脸膛也红红的，略带一点羞涩，但毫无诈羞做作之态。她眼睛不大，但睫毛很长，配上两道修长的细眉，有种说不出的秀气。微微上翘的嘴角边，有两个小小的笑窝，使她看上去总是那么喜人。玄烨觉得她看上去有点眼熟，仿佛与她父亲相像，但细细寻思，又说不出像在哪里。

"佟佳氏进见！"随着喊声，一个身穿湖蓝缎袍的格格被太监引进。玄烨还没回过神来，却见他的蕊仙表姐向祖母和自己跪安了。他赶紧看看名牌，右边第二张果然写着："佟佳氏，一等侍卫佟国维女，正蓝旗汉军人，年十三岁。"

才两年不见，表姐出落得一朵荷花似的了，亭亭玉立，那件闪着湖水一样亮光的缎袍穿在她身上多好看！玄烨想看看她那弯月一般的笑眼，并且相信表姐和自己目光相对的时候，那温柔的脸蛋就会泛出可爱的倩笑，他们是熟人、是亲戚呀！可她只是垂着眼皮，表情非常严肃端庄，好像她既不认识上面喜欢她的老奶奶，也不曾见过旁边的这位小表弟。只是在大太监喊到下一名格格、众人的目光都集中到门口时，她才飞快地偷偷瞥了玄烨一眼，正好遇上玄烨的目光。她赶忙心慌地扭开脸，玄烨心里也才安分了。这样，大太监喊出的姓氏，玄烨就没听清楚，他低下头去看牌子，上面写着："瓜尔佳氏，辅政大臣鳌拜女，镶黄旗满洲人，年十四岁。"

玄烨抬头，正好瓜尔佳氏在门口露面，屋里的人不觉眼睛一亮。这不是因为赞美，而是因为惊异。她固然十分俊俏，眼睛简直像两颗乌黑的宝石，但众人不惊异于她的美貌，惊异的是她的服饰。她穿了一件颜色极淡的淡绿袍——接近鹅黄色了。而黄色，是皇家独占的尊贵之色。鹅黄虽不算犯禁，一般人为了表示敬重，也还是尽力回避的，而她却敢！一阵不快登时从玄烨心头掠过。她的步态，是严格地遵循满洲习俗，直直的、挺挺的，腰肢僵住了似的绝不摇摆，这更给她增添了几分高傲和得意，令人极容易想到她是鳌拜之女。这使玄烨更不高兴，心里暗说：瞧这样儿！倚势压人吗？仗着她爹救过我，就认定我会选她，早早就黄袍加身了！

"那拉氏进见！"

这个格格看上去比牌子上注明的十四岁还要大些，红喷喷的圆脸，配上细长的眼睛，略厚的小嘴，憨厚可爱、态度恭顺。一头极其浓密的黑发，用一支大号的翠玉根扁方都绾它不住，像一朵黑牡丹开放在头顶。身材结实又丰满，偏偏还穿了件粉红色的袍子，就显得比前面三位格格富态多了。玄烨暗暗想笑，原来祖母说的福相就是这个样子。

第五个格格章佳氏，穿了一件宝蓝缎袍，也是一个有福相的，嘴唇右下角还有一颗小小的黑痣。

最后被引进的，是一个娇小玲珑的格格，穿一件雪青色的缎袍。只瞄了她一眼，玄烨不由得浑身一哆嗦，心在胸口那儿"怦怦"跳个不停，连气息都急促了。那身段体态，那眼睛，那秀丽嘴唇的轮廓，活脱脱的就是一个冰月呀！……满屋的人，只除了太皇太后，都张大了嘴盯着这姑娘，谁都觉得惊讶，这不是老佛爷心爱的小孙女儿、尊贵的月格格吗？瞧她睁着天真无邪的大眼睛，好奇而又大胆地看看太皇太后，看看皇上，那神情也都像得很哩！……

玄烨咬住嘴唇，一个冲动，伸手就要去拿最后一张牌子！忽然感到祖母在看他，飞快地瞥去一眼，果然，太皇太后眼睛含笑，难以觉察地对他轻轻摇了摇头，他骤然记起一个时辰前祖母的教诲——“举动要合乎身份”！“要有皇帝无上的、特别高贵的威严”！……玄烨缓缓放下手，按在桌子边，俯身去看最后的那张牌子：“郭络罗氏，佐领三官保女，正白旗满洲人，年十二岁。”

六位格格整整齐齐站成一列，比花娇艳，比月明媚，仿佛春天来到了院子走进了屋，真不愧叫作长春宫啊！侍从的宫女们也都忍不住用赞美的目光打量这些非凡的格格，皇上挑谁呢？都那么好！

候选者神情倒还坦然，事先已经通告她们：中选的将为贵人，以后在宫中侍奉恩养等项内职。若是勤谨，或是能够诞育皇子皇女，便可按贵人、嫔、妃、贵妃、皇贵妃的品级渐渐升上去。不入选者，将由太皇太后为亲王、郡王、贝勒、贝子等皇族指婚，便是王爷福晋。

太皇太后转向玄烨：“我瞧这些格格，哪一个都招人疼惹人爱。你心下怎么样？喜欢哪一个，就把牌子翻个个儿。”

玄烨脸上泛红，多少有些拘谨，不过他还是保持着庄重，挺着胸，坐得直直的，不低头也不弯腰，只把右手慢慢伸向银盘。屋里顿时寂静无声。六位格格中的五位低了头，只有郭络罗氏的黑眼睛目光流转，好奇地随着玄烨的手移动。宫女太监们远远地注目，不敢失态。太皇太后依然平静从容，只看玄烨的脸而决不瞧他的手，不过她自己平放在膝上的手，却不自觉地互相捏在一起，越捏越紧。

“咔嗒”一响，第一张牌子翻过去了，银盘发出好听的声音，寂静中，甚至能觉出银器颤震的袅袅不绝的尾音，像游丝一样在人们耳边缠绕。郭络罗氏大眼睛一眨，高兴得要笑，忽然意识到不能放肆，立刻满脸红晕，赶紧低头。她看到皇上翻的是最左边的牌子，——那就是她呀！皇上第一个选上了她，这个小牛录佐领家的格格！

“咔嗒”“咔嗒”，连着两声，皇上又翻过去两张牌子。随后，长时间没了动静。

“怎么了？还得翻一张啊！”太皇太后一眼就发现他翻的是右边第一张和右边第二张，不觉松了口气。

“皇祖母，就这样不行吗？……”

“不行，必须双数，才能吉祥如意。”

玄烨对银盘中的三块未翻的牌子瞠目而视，又抬眼看看面前这六个低头而立的少女，再次向银盘伸出了手。太皇太后不由得心头一紧，双手握成了拳头，紧张地注视着。“咔——嗒!”第四张牌子翻得很缓慢，缭绕的余音也格外长。他翻的是左边第三张！太皇太后暗暗嘘了口气，一下子松开拳头，便觉得血液猛地冲进手掌，手掌顿时变得热乎乎的了。

后面的事情就顺理成章了：总管太监领着一名手托金盘的小太监，先到两位未入选的格格面前，宣布：瓜尔佳氏由太皇太后指婚，配给敬谨郡王兰布为福晋；章佳氏由太皇太后指婚，配给贝勒董额为福晋。金盘上有两对精致的荷包，两位格格各赐一个作为信物，另一个将赐下郡王兰布和贝勒董额，令他们择吉期下聘迎娶。

两位未来的福晋由太监引导出宫之后，苏麻喇姑带着两名手托翠盘的宫女，向四名入选的格格分送定礼：荷包一对，钻戒一对，珠凤宝钗一对，翠玉手镯一对。随后，宫女们将她们送往养心殿寝宫两侧的体顺堂和燕禧堂。待皇上大婚礼成，钮祜禄氏和那拉氏将迁往翊坤宫，佟佳氏和郭络罗氏将迁往承乾宫。

格格们走了，为最后这次挑选忙进忙出的一大批太监宫女也退出去了，眼皮子底下总算清静了，太皇太后向椅背靠过去，坐得更舒服一点，眯起眼睛，望着心爱的孙子，唇边露出满意的微笑。

多次的挑选、比较，最后留下这六位格格，太皇太后经过了深思熟虑。从治国的需要，她留下了钮祜禄氏和瓜尔佳氏；从延续家族的需要，她看中了那拉氏和章佳氏，——两位格格的福相说透了，就是宜男相，取多子之兆；为了玄烨的情愫，她精心挑选了佟佳氏和郭络罗氏。最是这个郭络罗氏，出身不高、年龄又小，找到她还真费了大功夫哩！她本来担心玄烨不能体贴自己的心意，过于认真而钻了她为别人设下的圈套，结果她的担心是多余的。不知他是真的懂得了太皇太后的权术，还是本心就不喜欢瓜尔佳氏的高傲，或者对鳌拜的敬慕因天算案而渐渐失色？总之他没有翻那块牌子，聪明的孩子啊！……

太皇太后笑道：“从明日起，直到大婚前，皇帝要迁入养心殿寝宫。大婚后，在坤宁宫住一个月，你就在乾清宫长住了。”

“是。苏麻喇姑对我讲过了。”玄烨恭敬地回答。

“瞧你额头，一层汗珠子！这屋里可比慈宁宫热。穿多了吧？快回去叫看妈给换换。谁给你管衣裳呢？云妞儿？”

“是。”

“你去吧。晚上叫她们笼上火，好好洗个澡，可别把汗渍留在身上。”

玄烨出长春宫由启祥门向南，回慈宁宫他的住处。御辇前五十步远，一名小太监嘴里“哧、哧”地“打吃”，相当于外面官员车轿前面的开道锣。一些来往办事的太监宫女赶忙躲藏，躲藏不及的，就面墙壁而立。这些都是玄烨自幼惯经的，引不起他的注意。何况他一出长春宫、离开祖母身边，神色就不知不觉变得悒悒不乐了。

娶妻纳妾，就是普通平民家也是人生之喜，何况皇帝。可是，玄烨在新鲜好奇之余，总有一种若有所失的怅惘，使他郁闷。六七年的苦读没有白费，今天挑选贵人时，他一眼就看透了祖母的用心，做出了使祖母和自己都满意的选择。对祖母的眼光精明、深谋远虑，玄烨佩服之至；而郭络罗氏的出现，又使他对祖母的善于体贴分外感激。

不过，因为这个十二岁的小贵人，又一次勾起玄烨心底的那一团深深的、深得如墨一般黑的忧伤：郭络罗氏再像冰月，终究不是和自己从小一起长大的月妹妹啊！月妹妹也许还以为我会娶她，我们不是发过誓的吗？现在，我违了誓，怎么也该向她说清原因吧？不然，我不就成了戏台上演的王魁、蔡伯喈了吗？……只是，事到如今，我又能对她说什么呢？……

自从玄烨五月里行围回京、同意聘定何舍里氏以来，和冰月就疏远了。玄烨觉得对不起冰月而避着她。冰月呢，初时奇怪，继而有一段不理睬玄烨，等七月七日行过纳彩礼，又跟他说话了，只是像成年人那么冷静，再也不曾提起只属于他们俩的往事。

大婚期一天天近了，今天选了贵人，明天就要迁往养心殿，离慈宁宫、离冰月就远了。玄烨觉得心里像坠着个铁秤砣，沉甸甸的，那是对冰月的越来越重的负罪感，他真的几乎要自以为有罪了！不卸掉这个道义上的包袱，他怎么也不能安心。该怎么对她说呢？……玄烨痛苦地盘算着，眼看到了慈宁门。

门南花园里初初带些黄红秋色的树丛，在阳光中很是鲜明，更牵惹着玄烨的目光。他陡然想起，今秋那园子里专门辟了一方菊圃，其中也有白鹤卧雪的名种，是因为冰月最喜欢它，去年特意央告老祖宗为她多种了五十株。要是带一束白鹤卧雪去见她，不就容易开口说话了吗？

玄烨赶忙回寝宫，叫云妞儿找衣裳换了，又急急忙忙出宫门，快步进了南花园，直奔他们曾经“官兵捉强盗”的假山之侧的菊圃。老远就从亭台楼阁的空隙间看到那一片色彩绚丽的花田，可是一过临溪亭，他的脚步越来越慢，终于呆呆地停住了：冰月就在离他不过十步远的地方，站在那片最美的白鹤卧雪旁边，望着那如琼玉雕就的花儿出神。

她穿着一件月白色的缎袍，头上只用一支玉簪绾了个松松的飞燕髻，没有别的饰物，脸上也没有胭脂粉，但她沉思的面容给她增添了好几岁，仿佛一个成熟的少女。她一双手温柔地抚摩着怀中与洁白菊花相对的洁白的猫儿小雪，心思不知飞到哪里去了。纯净无瑕，美丽动人，是花儿像她，还是她像花儿呢？白菊、白猫、白仙女……这景象深深印刻在玄烨心中，很多很多年都不能抹去。

玄烨慢慢挪动步子，既不愿惊动她，又想她能注意自己。他的衣服拂动了花叶，簌簌响声使她抬起了头。看到玄烨，她既不惊奇，又不表示高兴，也没有任何怨气，只是默默地、不眨眼地望着他；她怀中小雪的碧色瞳仁、她周围的一团团雪白的菊花也同她一起默默地望着他。在这样无声的注视中，玄烨觉得如处凛冽寒风，又似受骄阳炙烤，每迈一步都很困难，但他还是走到了跟前，走到了冰月、小雪和白鹤卧雪的面前。

两人默默对视片刻，又一同去看那些菊花。玄烨第一次没有勇气在他的月妹妹面前直截了当地说他想要说的话，他嗓子有点喑哑，伸手摸摸小雪丝一般光滑的柔毛：

“这几天，小雪好像又长大了。”

“嗯。”

“记得吗？那年春天，它逃上树梢我爬树拿它，它才这么一点点大！”

“记得。”

“白鹤卧雪……名字真好听，对吗？”

“嗯，好听。”冰月轻轻叹了口气。

“所有这里的菊花，名字都起得好，”他又一样一样地说起那些花名，见冰月没接茬儿，便紧接着又说下去，“可是不管红的紫的，还是黄的粉的，都比不上这白鹤卧雪，它最好看、最美！牡丹芍药都没有菊花的气节呀！……有句古诗赞菊花说：宁可抱香枝头死，何曾吹落北风中！……”玄烨生怕沉默尴尬，便信口乱说，说个不住嘴，心里真恨自己无能、恨自己不知所云、为自己害臊，却又无法停下来。

冰月的眉尖耸了耸，乌黑的眼睛闪出两点光亮，小声道：“你说什么？宁可抱香枝头死，何曾吹落北风中……”

“是啊！还有陶渊明的‘采菊东篱下，悠然见南山’，不也是颂菊的名句吗？你还记得……”他说不下去了，因为冰月仿佛在细细咀嚼那两句诗，并没有搭话的意思。玄烨忽然情不自禁地说：“刚才我站在远处看，你和小雪跟它在一起，真是一幅最好看的画！它真像你，真的！你就像一位司菊花的仙女……”

冰月目光一闪，又那么看着玄烨，轻声说：“真的？”

“真的！是真的！”玄烨过分热烈地连声嚷着，忽而沉默片刻，没头没脑地小声说，“你看，我刚去了长春宫……明儿就要上养心殿了……九月初八眼看近了……”

冰月懂事地点点头。这让玄烨陡然增加了勇气，更小声地说：“你恨我吗？……咱们发誓的事儿？……”

冰月突然嚷了一声“我对谁也没说过！”猛地扭开脸，就在这一刹那，泪水涌满了她的眼眶。小雪被主人的动作吓了一跳，赶紧仰脸“喵喵”叫了两声。

“不，不是那个意思！……你千万别以为我是故意这么说话的，我，唉！……叫我怎么对你说呢？”玄烨又着急又苦恼，拍着自己的头，竟说不出个囫囵话了，“这由不得我呀！……有祖宗的规矩管着！……我给你起誓！”

冰月到底把眼泪憋回去了，她急忙拦住要跪下起誓的玄烨：“你别！我都明白……五月里，苏嬷嬷就对我讲过了……谁都不怪，不怪你，也不怪别人，只怪咱们生到一个家里，咱们命里注定不能一辈子待一块儿啦……”

“冰月！”

“三哥哥，只要你以后老能不忘记我，我就高兴了。”冰月悲哀地笑着，泪水还在眼眶里打转，忧伤得简直不像是个十岁的孩子。

“看你在胡说什么？我怎么会忘记你？等我亲政以后，一定要把你嫁给一个最勇敢、最英雄、最漂亮的小伙子……”

出乎意料，冰月又添了一句：“还得有才学呢！”

“对对！得有才学！诗词歌赋、琴棋书画……”

“三哥哥，不说那些了。我想要这棵白鹤卧雪。”

“叫他们再端两盆到你屋里去就是了。”

“不，我只要这一棵。你不是说它像我吗？一会儿我向老祖宗要，你可得帮我说话呀！”

“老祖宗最喜欢你，还用我说？”

“不，”冰月聪慧的黑眼睛里又透出沉思，“老祖宗可没有从前那么喜欢我了……”

“哪能呢！”玄烨对此倒不怎么敏感，“近来事情多，老祖宗太忙太累了。”

他们就这样和解了。玄烨满心轻松，负担卸掉了，问心无愧了。他暗想，要是老祖宗知道他今天说了这么多的话，又该责备他不合身份、不够威严了。可这是对月妹妹嘛！不过，以后就是对冰月，大概也不可以这么随便了。

他俩离开南花园，没有像过去那样手拉手地跑着跳着边说边笑，而是温文尔雅地漫步而行。玄烨背着双手，冰月抱着小猫，不互相张望，也不看别处，只注视着脚下的路，随意谈天，说着溜出嘴边的话题，俨然一对成年的兄妹在踏着夕阳散步。这景象令专程来寻玄烨试新衣的苏麻喇姑感到惊奇有趣，并肃然起敬，后来心里又觉得不是滋味，以至不忍打断两个小人儿的散步交谈，一闪身避到绿云亭侧，悄悄地目送兄妹俩的背影从揽胜门消失。

苏麻喇姑轻轻地叹了口气，无意间向南看了一眼，又惊呆了，她看见了什么？

是太皇太后，披着一身金红色的残阳，手里摇着一束被夕阳染成粉红的菊花，踏着长长的影子，步履那么轻松洒脱，神态像孩子一样活泼愉快，居然边走边唱：

生性明智的诃额仑母亲，
穿着百结的衣服，
扎着破乱的裙，
来往于斡难河畔，
捋拾野韭野葱、掘取红蒿草根，
抚育着幼小的儿子们。
用野葱野韭抚育的儿子们，
都有英勇气概，威武、矫健、聪颖；
用野草根抚养的儿子们，
个个都有治国的才能。

这久违了的、极其亲切熟稔的高亢悠长的曲调，叫苏麻喇姑骤然间心热鼻酸、泪水满眶，宫殿、亭台楼阁、花园小径一时间模糊了、消失了，她眼前仿佛出现了故乡的大草原，无边无际的科尔沁啊！……

四十年前，也是这样的季节，也是在落日的光灿灿的余晖中，饱受凌辱蹂躏的十岁小女孩儿苏麻喇姑，躺在深深的野草间痛哭，用最毒的诅咒，咒骂那几个禽兽般的男人，她乞求佛爷降灾，让天下的男人都不得好死！让所有的男根全部烂掉！

一阵歌声打断了她的哭泣，从拂动的草叶间，她惊奇地看到落日仿佛迸裂开，一匹骏马从裂口中奔来！马背上是个姑娘还是位小仙女？或者就是阳光的金辉编织出来的金人儿！她的高亢嘹亮的歌声响遏行云，在辽阔的草原上飞扬：

骏马的尾巴上，飘起云雾，
骏马的飞鬃上，扬起美丽的太阳的红光……

无依无靠的孤儿苏麻喇姑，深信自己遇到了救星，不顾一切地奔过去跪在小仙女的马前，把科尔沁蒙古塞桑贝勒的十岁幼女布木布泰吓了一大跳！当苏麻喇姑痛哭着求告仙女收留的时候，骑在马上的那个活泼可爱的小格格毫不犹豫，一口答应，说："别哭了，跟我来，谁敢欺负你我打谁！"那个时候，幼小的主仆二人哪能想到，四十年后，小格格成了广袤的中华大帝国的太皇太后；又怎能想到，她们竟相伴相依，始终不渝，直到生命的最终？……

苏麻喇姑用手掌搭上前额，似遮阳光，似遮泪水，忍不住抽了抽鼻子。

歌声戛然而止，走到近处的太皇太后看到了苏麻喇姑。她停下脚步，微微一笑，借以遮掩那几分尴尬。

苏麻喇姑赶忙趋前禀告："奴才来寻三阿哥试新衣裳。"

"哦，他已经回宫去了。——你看这菊花可好？"

"咦，原来是白菊花，远看着倒像是粉红的，真好看！就像玉雕雪堆的一样。"

"这叫白鹤卧雪，名字也雅致有趣。其他名种菊花有比它富丽华贵的，可再比不上它纯净高洁！"太皇太后的目光仍留在菊花上，嘴唇和丰满的双颊都漾着笑意，"苏麻喇姑，你去传一桌酒膳，晚上我用。"

"老佛爷今天这么高兴？"

"原以为有一场暴风雪，冻死羊群、摧垮帐篷，竟然自然消散，牧人能不高兴吗？"

"那是天赐的福分。"苏麻喇姑笑着接一句，心里明白了八九。

太皇太后笑容不减，目光从白菊花移上一重重金黄色殿顶，轻声赞叹："好孩子啊，定能胜过他父亲！……"

大婚热热闹闹、隆重而堂皇地举行了，一切都很平顺，大清国于是有了一位皇后。

其间，只发生了一件小小的、微不足道的事故：大婚那天，夜深人静之后，冰月悄悄起身，借着窗外半轮明月的淡淡银光，走到奉皇上圣命特意送给她的那盆"白鹤卧雪"旁边，对那些在月光下格外美丽的花朵看了好一阵，然后把花瓣一片一片揪下来，揪完了一朵又揪另一朵；揪完了花又揪叶，盆边地面上，霎时像落了一层厚厚的雪……

第二天，人们看到这盆秃秃的无花无叶的光杆儿，看到卧在一片白菊花瓣绿菊叶片上酣然大睡的小雪，都非常惊奇，很怕冰月看见这惨状会大哭大闹，因为她平日太爱惜这盆花了。宫女太监们都心惊胆战地一再声明，这事不是他们干的。不想冰月一点没有生气，她说：

"这花的大限到了，不跟人相干。白鹤卧雪，白鹤卧雪，白鹤飞走了，雪很快也就化了。就是这么回事！"

虽然这话老气横秋得叫人疑心，不像十岁女孩的口吻，可既然冰月都不在乎，谁还没事找事地向上禀告、去惊动老佛爷？玄烨自然就更不知道了。人们很快也忘记了这件小事，只有细心的苏麻喇姑暗暗叹息了好些日子。

四

几场大雪给川里铺上厚厚的雪毯，给群山戴上美丽的雪冠，入腊以后，又陆陆续续地小雪不断。常言道：地盖三层被，枕着麦饼睡。田家百姓都叩谢上天，将给他们一个难得的丰年。于是更加欢快地准备着祭灶祭祖祭天地，表示他们不忘本的虔诚。所以，尽管天寒地冻，大路上积雪难行；尽管已经到了灶王爷上天的前夕，年关就在眼前，官道上还是人来人往、车去马还，给覆盖了白雪的宁静世界增添了许多生气。

柳同春骑着小黑驴，从官道分岔口转上了山，随后便上坡下坡，径直东行。小黑驴脖子上的铜铃“叮当叮当”地响，在白茫茫的雪原上，传得很远，也许惊动了附近村落里警觉的看家狗，不时有阵阵犬吠回应着铃声。太阳已经有一小半落下西山，暮霞如胭脂，把天空、群山和雪地都染红了，连同春拖在雪地上的长长的影子，似乎也在放着红光。这一切在同春的眼里心上，都那么喜滋滋的，因为再上一道山坡，就能看到他的家，就能见着他的妻子啦！

这千真万确是属于他的家，而不是寄居之所；这千真万确是属于他的妻子，而不是别人的奴仆！他和梦姑经历了那么多曲折和苦难，终于如愿以偿了。

当初，他们叩谢了安亲王的拔救之恩以后，随同吕先生来到永平府西界的小小靠山村。这是前明藩王封地，本朝八旗又不曾圈占，地广人稀，最是落脚的好地方。一位老人去世，他大半辈子都租种那位明朝藩王的土地。大清入关、明朝灭亡，他租种的地就成了他自己名下的田了。偏偏他两个儿子都在京师做生意，不肯回乡务农，于是，吕老先生做中人，老人的房屋院落便折价卖给了同春夫妇。

奇怪的是，老人的两个儿子却压根儿不提田地的买卖，同春一说起要给田价，兄弟俩就慌忙回避，直怕沾包。后来，吕先生给同春解了这个谜：一是因这地原是明朝藩田，他们若当作家产出卖，怕有后祸；此外，老人二十多年来，只除了顺治元年外逃没有耕种，其余各年交罢官粮还记着按老主家故明藩王的规矩缴一份租。只是他无处可缴，便折成银两年年积存。这么多年下来，好大一笔钱哩。儿子们再三劝说，他固执己见，一文也不许动用。直到老人过世，兄弟俩才得银子到手。这事若叫当局知道还得了吗？所以那哥儿俩只想快快了结，根除后患为要。

就这样，同春夫妇名正言顺地继承了老人名下的十亩田地。

同春有的是力气，积蓄也不算少，农忙时还可以雇请帮工。家事有梦姑操持，小日子过得很和美。第一年就落了个丰收，赋税不算重，年下丰衣足食、无债无忧，于是同春专门去一趟京师采办年货，还帮吕先生和吕师母买药材办事。仿佛遇上了大顺风，件件遂心如意。不过这是他和梦姑落户以来第一次分离，回家的喜悦自然更使他怦然动心，急不可待了。

小黑驴驮着同春上到坡顶，坡下那个二十来户人家的小村便尽收眼底了。袅袅炊烟飘落着渐渐消失，顶着白雪、檐下挂着冰凌的房屋，都被夕阳抹上一层粉红，天空蓝得透明，初出的星星越发像梦姑闪光的眼睛……哦，那是什么？村口大槐树下，怎么跳出一团鲜红鲜红的小圆球？好像雪地上滚着一个山里红……

“阿叔！——”“山里红”发出尖亮的呼喊，那是莹川！这小丫头，大冷的天，还跑出来玩儿……不，她牵着另一个人，蓝色的，天空那样明净的蓝色！是梦姑！同春兴奋地抽打小黑驴，“叮叮当当”，小黑驴快乐地冲下山坡。

同春跳下驴背，梦姑领着莹川迎上来。她的面颊冻得通红，连鼻子尖都红了。呼吸也有些急促，吐出一团团白气，头发、眉毛和长长的睫毛上结了一片白霜，可是乌黑的极有神采的眼睛，喜悦地闪动着，温柔得像丝绒，活跃得如火花，伴随着嘴唇的微微翕动，是甜美轻俏的话音：“你——回来了！……”

同春嗓子眼儿滚过一团热气，他真想立刻把他的娇妻抱起来，托回家。在京师的十天里，他常常想念的，就是这样的一张忠诚、温柔、充满爱怜的美丽的脸啊！

“阿叔！”莹川摇着他的手，很不满意他只盯着阿婶看，完全不搭理自己，仰着头喊道，“阿叔，我跟阿婶都连着第四天在这儿等你了！……”

“哎呀！”同春着急了，“这么冷的天，要把你们冻坏的呀！……小莹川快来，我抱你上驴背！”

小丫头兴高采烈地坐上了驴鞍，同春牵着驴，跟梦姑一路走，两人不时互相望着，知心地微笑，默默听莹川不住地唠叨：“今儿个我说天太冷，不来了。可阿婶说你今儿准回来，我不信，她就说她昨晚上做了梦的，我还是不信。刚才我们躲在老槐树背后避风，听见铃儿‘叮当’响，阿婶就说是你，可不，真是你呀！……阿婶，你的梦就这么准？”

“当真？”同春扬扬眉，温柔地问妻子，梦姑点点头，睁着梦一样的眼睛，笑了。

“莹川，你爹妈都好吗？”

“好着哪！……就是我爹前些日子老咳嗽，姆妈给他扎针拔火罐子，这两天好多啦！”

梦姑轻轻地说：“你走了以后，多亏吕先生和吕师母时时照应我，还让莹川给我做伴儿……”

莹川歪着脑袋很认真：“爹说的，我阿叔不在家，阿婶晚上会哭出好多好多眼泪，把枕头都漂走！有我跟她睡一块儿，帮她揪住枕头拽住被子，就不怕了。”

“那么，你阿婶真的哭了没有？”

莹川看看梦姑，犹豫片刻，还是说：“哭了的。枕头哭湿了，可是没漂走哇……”

梦姑满脸通红，在小丫头身上轻轻一拍：“莹川，别瞎说！”

同春满心甜蜜，又不好说什么，只用火一样热的目光盯了梦姑一眼，梦姑的脸红得更厉害了……

屋里真暖和。炕烧得那么热，进屋就像走进了春天。同春把沉重的搭袋背进来往宽大的八仙桌上一放，莹川立刻凑上去瞧新鲜。梦姑却赶忙坐到灶边拉风箱，锅里的水很快就哼起来了。

同春把搭袋里的年货一样一样地摆出来，和莹川一问一答的，像是小黄莺与杜鹃在交谈：

“这个大包，是给我姆妈带的草药，对不对？”

“一猜就着！下回有人给吕师母送‘妙手回春’匾。可别忘了阿叔我跑腿的功劳哟。”

“忘不掉的，请你吃汤团！”

“哈，小莹川这张嘴，就像大鸭梨，又甜又脆！”

“这是春联纸，这是年画，这是门神……呀，这个红绸小包真好看！”

“这呀，是给莹川的，现在不许打开，过年时候才能拿出来呢。”

“里面是什么呀？告诉我一点点好吗？”

对莹川的求告，同春只不作声。灶前的梦姑笑着转向同春，用目光问他，他眨眨眼，朝梦姑轻轻一点头。

他去京师时，梦姑嘱咐再三，卖了她精工绣制的荷包、手绢、绣鞋以后，一定要给莹川办点年礼。自打他们夫妻到这里落户，吕先生老两口的恩情自不必说，连莹川这小姑娘对他们也非常依恋，没事就跑来依着梦姑学女红学烧饭。梦姑的绣工精巧，有多年根底，她的活计都卖了好价钱，所以给莹川备的年礼也不薄。但此时同春对莹川的哀求视而不见，硬着心肠大摇其头："不行，没有过年呢，一丝风也不能透！"

眼看莹川的小圆脸拉长了，梦姑连忙起身把热水舀进铜盆端给同春："来洗脸，解解乏。热茶在小火炉上壶里煎着。"放下盆，便笑着走过去搂住莹川说：

"别理你叔，他最没正经。来，婶陪你瞧瞧，还有什么新鲜物件儿。"

莹川的小脸儿又圆了，两人在灯底下折腾那个搭袋，什么茶叶包、点心盒、蜜饯果脯、徽州爆竹……摊了满满一桌子。搭袋好像百宝箱，又似无底洞，大包小包、红包绿包源源不断地往外拿，小莹川的喊声笑声银铃一般，响个不停。夫妻俩不时交换着会心的微笑。温暖的小屋里，人心也这么温暖、纯真、亲密，瞧那明亮的灯焰，仿佛也欢笑着，笑得发抖呢。

"咦，买这艾条做什么？我家有的是！"小莹川翻出一大包透出好闻的药草气息的蜡烛似的纸筒。

"熏蚊子吧？"梦姑也问。

同春走过来，故作神秘地说："这可是大有用处！不过还得两样东西配它。"他像个变戏法的，慢条斯理地把手伸进搭袋去摸，倏地一抽手，往桌上一放，莹川先抢到手一看，挺失望："一包药。"

梦姑低头闻了闻："像是药膏？"

同春眼望屋顶，手还在袋里摸，口中念念有词："更有一件，精美绝伦，买者得意，用者欢欣。瞧！"他刚洗过的脸上闪着光亮，手中托出一个粉红的小圆盒，小心翼翼地打开盒盖，一顶毛茸茸的兜帽！

“呀！真好看！”莹川拍着手直跳直嚷。

“这么贵的东西，咱们哪儿用得起！买它做什么？”梦姑一眼就认出这是紫貂皮制成的，不由得责怪地瞧他一眼。

同春自管把三样东西并排一起，一本正经地说：“你额头那些瘢痕，得先用艾绒灸……你别害怕，只有一点点痛；灸好以后就涂上这药膏。这可是京师最有名的西鹤年堂配制的膏子，能去腐生肌、整旧如新！这个兜帽嘛，上了药膏以后要防风吹，就是不上药，你戴了它也会很好看的！……别生气啊！我跑了好多路才求到这个方子的。”

梦姑呆呆地望着丈夫，眼睛蒙上一层发亮的泪水。额上“逃人”两个字，由于当年钱塘县令的好心，烙得不深，但它终究是梦姑的耻辱，也是她危机潜伏的所在。她随时有可能再去经历一场督捕衙门的过堂，虽然事情总会清楚，但免不了要受一番苦楚。为此梦姑一直留着长长的齐眉额发，把那两个可恶的字盖得严严实实。

与同春团聚后，他只在初见面那次抚摩着烙印滴下了眼泪，以后就再不曾提过，也再没有注意过。只有一回他取笑她说：“出嫁这么多年了，还额发齐眉，学小女孩儿那般梳妆吗？”当时梦姑心里一酸，捂住脸哭了。同春连忙搂住她极力安慰解释，说自己实在是信口胡说，并且拉过她的手，在自己面颊上轻轻拍了两下，算是惩罚。直逗得梦姑破涕而笑，他才放了心。

丈夫虽不嫌弃，可是年轻女子，谁没有好美之心！梦姑每每对镜，撩开头发，抚着隐约可见的烙痕，忆起噩梦般的往事，总觉得十分伤感，有时也为此闷闷不乐。当然她尽量不流露，在丈夫面前总是含笑相对。为了这个家，同春已经够操心的了。

同春却什么都想到了！梦姑心头汹涌着感激和情爱，望着丈夫说不出话来，这竟使得同春有些难为情了，小声说道：“别这么看我……咱们是夫妻嘛！……”

莹川注意不到这些细节，拈着兜帽左看右看，又缠着梦姑戴上叫她瞧瞧。梦姑用微微发抖的手把兜帽绾在发际。莹川一脸小女孩的衷心羡慕，盯着梦姑，嘘着气轻声说：“好看，真好看……”

同春目不转睛，竟看呆了。

梦姑红了脸，羞答答地小声说："这叫昭君兜，也叫昭君套……"

这昭君兜齐额缀了一排细细的珍珠，边沿并不齐平，而是紧贴着眉峰走了两个柔和的弧形，这样，在双眉间便有一处下弯的小半圆，正中有一颗圆形水钻；珠勒口以上便是毛茸茸的紫貂皮，乌黑的发髻又从兜帽上方透出，像一团轻柔的乌云。梦姑额上的烙印全被遮住了，她最美的眼睛、眉毛和嘴却更加突出，而眉间那颗水钻，晶莹夺目，简直像落在她额头的一颗晨星！

"阿婶，昭君一定没有你漂亮！"莹川越看越爱，嗓门又高上去。

院子里一阵门响，吕之悦在喊："莹川哪，你又在乱喊乱叫啦？"

"吕先生！快请进来！"同春大声招呼。梦姑连忙要摘帽，同春拦住，小声说："戴着，你真好看！"他出门迎接，两人在门前好一阵问候寒暄。

吕之悦边说边进屋："我看你这里早早亮了灯，想着是你回来了，果不其然！莹川也该回去了，还没吃晚饭吧？"

莹川往梦姑身上一靠："我不！"

"啊呀！梦姑这昭君套，真好，真好！江南妇人一入冬就喜欢戴它。可是梦姑戴着最合适！嗯，好！……"

同春一脸得意之色，看着梦姑，说："请老先生在这里用饭吧！烫壶酒来，搭袋里还有京师带回来的酱肉、香肠。"

两位男子进屋上炕，就着炕桌上的几碟下酒菜，一人一盅，边喝边聊。梦姑在中间屋里烧火做饭，莹川快活地自愿充当了端盘子的小伙计。

同春先取出清单，交代了吕师母购买的药材，又拿出一本册子和三个红绫包递到吕之悦手边：

"先把先生的事交代清楚了，我才好宽心吃酒。册子上是欠先生书画润资的人名和银数，我去取银的日子、银两数都开在上面，欠据都已交还，共取回一百四十八两四钱五分银。这两包各五十两，这一包是四十八两四钱五分，请先生收好。"

"竟有这许多银子！"吕之悦很惊讶，"你一家一家去讨的吗？怪不得耽误到今天才回来。"

“先生的书画本来值钱。有余钱雅兴买书画的，哪一个不是大户富户？当然要一家家挨个儿讨还！还能让他们占穷读书人的便宜不成?!”

吕之悦翻着册子赞叹：“真难为你，办事这么精细。好，老夫可以过一个肥年了，请!”他举杯一让，痛快地干了一盅酒，夹了一筷子油汪汪的煎鸡蛋送进嘴里，一面嚼一面问，“可到安王府去请安?”

“去了的，也代先生向王爷致了谢意。王爷问先生全家好。……王爷看上去又黑又瘦，像老了许多岁。反是福晋还跟从前一样，倒发福了。”

“哦……王爷不得意啊！心事太重。”

“正是呢。听管事私下对我说，王爷因为听了先生的高见，把无人耕种的王庄地租出去，得了好处，招来一帮人眼红。不光背地里骂他违背祖制，还说要联名参奏他倒行逆施，无法无天哩!”

“岂有此理!”吕之悦忍不住拿酒杯往炕桌上一顿，愤愤地说，“宁可把良田肥土撂成荒地，也不肯来一点点变通，真所谓肉食者鄙！要是柄政者都这样昏聩糊涂，毫无进取之心，那这天下……唉，怎么得了哇！先皇在位，原是很有一番作为的，可惜故世太早。当今已经大婚，眼看要成年，不知可有乃父的英睿？……”

吕之悦这个老名士，一向以谦恭、慈祥的长者之风闻名，近年来时世逼得他越来越爱发牢骚，也越来越爱喝酒了。每一发牢骚必要喝酒，酒一下肚则牢骚更多。同春不知不觉受了感染，也有些不安。他抿了一口酒在嘴里含了片刻，才咽下去，微微皱起眉头说：“先生，我这回听到一个传闻，不知真假，可是细细想去，不免叫人担心。先生见多识广，给咱分剖分剖……”

外间风箱声停了，莹川端着蒸热的酱肉和香肠进来，放上炕桌；跟着梦姑也进来了，略通了通炕头的炉火，坐好铜壶，悄悄在丈夫一侧炕边的椅子里落座，莹川便乖乖地偎到她怀里去了。两双乌黑的瞳子一起望定同春，蜡烛的光亮照到她们脸上已很微弱，仅仅勾画出面庞的轮廓，这样一来，她俩就像瓜棚下一大一小两个金瓜，惊人地相像。坐在她们对面的吕之悦无意间看了一眼，心里顿时大不自在，不敢再看第二眼了，一时心绪缭乱，不能自已，连着喝了两杯烈酒。同春的话在他耳边一句句滑过去，他什么都没听懂，什么都听不进去。那个老题目又在头顶上闪来闪去：要不要告诉梦姑，莹川就是她的亲生女儿？……

渐渐地，他的注意力被吸引回来，不再走神，因为同春讲的事情很要紧，甚至可说很惊人，莹川和梦姑又退到了其次。

那天，同春在最热闹的前门大街，从棋盘街、打磨厂到鲜鱼口、珠宝市一带挤来挤去，在采办年货的急匆匆的人群中跑得满头大汗，终于买到了称心如意的昭君兜。他实在又饿又渴，走上那座大张着“孙胡子食馆”招子的小酒楼，要了一大碗蒸汤羊肉面，就着店主人敬客的一碟熏豆腐，大口大口地吃起来，津津有味，不免呼呼作响。

他觉得背后有人站着看他吃面，用的是那种说不上是轻视还是羡慕的眼光。他并不在意，吃完了，又大声唤堂倌“再添一碗”！

背后那人声音轻俏柔美，懒洋洋地赞了一句：“朋友好胃口！”他当然要回头看一眼，一看之下，两人一齐愣住，这个衣饰华丽、神情娇慵淡漠的俊人儿，竟是他的师弟同秋！他们有三年多不通音信了。

同秋抢上去抓住同春的手，上下一打量：“师兄，你这是……”

同春直截了当地笑道：“我回乡下种田了。怎么样，我这一身打扮还像吧？”

“哦……”同秋又看看师兄的布衫棉袍、沾满尘泥的棉靴和桌上那一大碗蒸汤羊肉面，竭力不表现出轻视和怜悯，可那双俊俏的眼睛却没能把它们掩饰住，他急忙地说，“是来办年货的吧？……师兄快请坐下，今儿的东道怎么也该我，师兄就赏小弟这个面子吧！”

同春一笑：“难得师弟不嫌弃我这乡下佬儿，那就叨扰啦！”

同秋赶忙在同春对面坐下，伸手打了个榧子，刚才给同春端面的伙计应声而来，恭敬地哈腰听罢这位俊爷的吩咐，机灵地赶紧收走桌上的汤面大碗，擦净台面，对着柜上提高嗓子，有腔有调、吐珠子似的一口气把同秋点的菜复述了一遍：“橘酒一包瓮底春一斤梨花白一斤筒子鸡烧鸭银鱼羹火釜子带上烧饼糖蒜肉末冬菜呀！——”在拖得长长的尾音中，他已经走下楼梯去了。

同春笑道：“好个铁嗓子！不是上好的丑行材料吗？”

同秋闷闷不乐地瞅了同春一眼：“师兄，真不明白你，竟甘愿回乡和泥巴打交道！承欢侍宴你不肯也就罢了，当一名梨园教习，虽不能锦衣玉食，也可举家温饱、无忧无虑。以师兄的技艺名声，何至于落得这劳身劳力的苦下场？”

同春笑笑说：“说起劳身劳力，苦是苦点儿，可身心自由。早年随人俯仰，以声色娱人，纵然锦衣玉食，又有什么意趣？你说是苦下场，我道未必，苦中有乐呀。”

“真的？”同秋被这几句话说得不自在了，勉强笑道，“黄连树下抚瑶琴，苦中也能取乐嘛。”

同春听出他话中有刺，正想反驳，伙计送上了酒和菜。橘酒一包，是用蒲席包装的四瓶酒，色金黄；梨花白晶莹透明；瓮底春浓如琥珀色的蜜；烧鸭酱红色，筒子鸡淡黄色，银鱼洁白如玉。最后一只大托盘，盘内八九个瓷碟，装满生切的鸡鸭鱼虾猪羊肉薄片，围绕着中间烧炭的火锅，锅里乳白色鲜汤翻滚着，热气腾腾直冒。哪怕窗外朔风凛冽，坐在这样特殊的炉边，也会得到春天的温暖。

师兄弟喝着吃着，说起京师梨园行的变迁，说起师傅的坟地，也说起幼年在一起学艺的甘苦，这样，方才几句话造成的隔膜才溶开了一些。同春慢慢呷了一口清香的橘酒，缓缓问道：“还记得马兰村的小伙伴吗？还记得梦姑吗？”

“记得！你不是一直在找她吗？找到了？……”

同春不无自豪地说：“我已经娶了她。我们就在乡下安家落户，自食其力，过得很好……”同春装作没看见师弟瞪得很大的眼睛，也不等他追问，便情不自禁地说起了他们这对患难夫妻曲折艰辛的历程。

起初，同秋做出注意的样子，眼神却很冷漠。但很快他就被吸引，凝神屏息地听，眼珠都不转动一下，表情也越来越复杂：惊异，赞叹，伤感，惆怅……

同春说完了，自己也落入兴奋的沉思中。

同秋猛地举起橘酒，笑道："为了我的梦姑嫂子，干！"同春跟他碰了杯，心情激荡地喝了满满一盅。

同秋却又把酒盅斟满，说："为了师兄你成家立业，干！"同春又陪着喝了第二盅。

"为了师兄和嫂子百年好合、子孙兴旺，干！"同秋又举起了第三盅。同春看他脸色微微泛白，也不吃菜，这么一盅复一盅的，不免有些担心，连忙拦住说：

"慢慢喝，急酒要伤人的！……你从前可没这么大酒量啊。"

哪里拦得住！同秋只管灌酒，眼神阴沉地笑道："酒量还不是练出来的！干我这行，哪能没酒量！……师兄，我佩服你！自小儿你就有股子认死理儿的牛脾气，认准了要干的事，真是百折不回！可惜我就没这股劲……我吃不得苦，我没志气！……"

同春怕他喝醉，劝阻道："你就别喝了，多吃点菜。过了年，你事儿不忙，就下乡来家看看，你梦姑嫂子常念叨你呢！……"

"是吗？"同秋苦笑，"还有人真心诚意地念叨我？我哪里配哟，我这不像男人的男人！……"

同春怕他往下说，赶快扯开话题："师弟今年也有二十五岁了，成亲了吧？是谁家的姑娘？"

同秋咬着牙根，"嘿嘿嘿嘿"地笑了好半天，笑得同春脊背发凉。

"但凡正经人家的闺女，"同秋乜斜着眼，带点邪笑，说，"谁肯嫁给兔儿爷？下三烂的门户，咱也看不上！花钱买个漂亮丫头，配当正头太太吗？只有跟胡同里的粉头儿们混呗，兔儿爷嫖粉头儿，再没这么可乐可怜的事儿啦！可不就是同病相怜吗？相怜归相怜，谁又有真情实意？谁不是闹着玩儿？哈哈哈哈！……"同秋笑得趴在桌子上直抹泪。

同春看看周围，幸而酒客不多，便拍拍师弟的肩膀劝慰道："快别说了，这些丑话叫人听去多寒碜！怪哥哥我不好，提了这么个叫你伤心的话头。……如今师弟是搭班唱戏呢还是……"他把后面的话咽下去了，是说收徒弟设堂子。那其实就成了专门陪酒侍宴名为

“小唱”的开业男娼了。

同秋苦痛地皱皱眉，又喝下一盅酒：“过了二十岁，上台唱旦还不招人笑话？设堂子收徒弟，我还不至于那么缺德，把人家好孩子往火坑里送！……现如今，我也走了你当年的路，在信郡王府当了一名教习。正是你说的呢，吃得好穿得好住得好，只是事事由不得自己。”

“王爷和管事对你好吧？”

“我们这位王爷年轻，性子最是喜怒无常。好的时候把你捧着，转眼一变脸，说不定就踹你两脚。什么好不好赖不赖，我不也是他们手里的一件玩意儿吗？”

同春默然。他知道其中滋味。

“前儿个，我教他的那王府戏班给他露了脸，他一下就赏了我一件貂褂，五十两银子；昨儿个去请他点戏，他倒赏了我一个大嘴巴，还说叫我快滚蛋！……可我哪儿知道他们八旗里的事呢？赶上他发脾气，那些眼红的促狭鬼们偏把我推到他跟前，唉！”

“为的什么？你办错了事？”

“天地良心，跟我一点儿不沾边儿！说是镶黄旗的旗地不够数，辅政大臣指说正白旗占了镶黄旗的地，要跟正白旗换地……”

“王爷的王庄谁敢动？换地也跟他无关，他发什么脾气呢？”

“你忘了老辈信郡王是正白旗旗主啦？如今正白旗的都统副都统，大臣参领们，都跑来向主子诉苦，说镶黄旗仗势欺人，王爷原本暴躁，这还不发火？”

“当真要换地？那有多麻烦！”

“镶黄旗人多势众，四个辅臣里，三个属黄旗，正白旗未必……哼！”

“镶黄旗人多，那正白旗的地怎么够他们换？”

“那有什么，再圈近旁的地补足呗！辅政大臣是代皇上掌管国事的，那可是说一不二！”

“难道又要圈地？……”同春惊异不定，心里直打鼓。

“换地也罢、圈地也罢，黄旗白旗就是闹个天翻地覆与我什么相干？我凭什么吃这口气挨这一巴掌？还不是命贱！……”他嘟嘟囔囔地发了许多牢骚，又是冷笑又是傻笑的，他醉了。

同春极力安慰他：“师弟，别这么想不开，还是攒点儿钱，买地种田，买货行商，干点正经营生，离了这一行吧，日后娶妻生子，也好承继你家的香烟……”

同秋仰天大笑：“哈哈！哈哈！承继谁家香烟？我连自己姓什么都不知道，还管那个！……我才不要儿子孙子哩！叫他们顶了兔崽子的臭名儿，骂得我在阴司也不得安生！……不要，一个也不要！吃光喝光用光！把人间的福都享尽，死了也甘心！这才叫作赤条条来去无牵挂！哈哈哈哈！”他大笑、大说，一副使酒发疯的狂模样，可是两行清泪，却如泉水涌出，顺着眼角、面颊、耳根，直落到他那绣花绿缎面的狐皮坎肩上。他真醉了，酩酊大醉。同春只得雇了辆驴车把他送回去。

…………

同春暖和和的小屋里，灯焰在闪动，仿佛也被同春讲的故事说动了心。梦姑悄悄抹着泪，吕之悦沉重地不住叹息。同春自己的眼角也闪着泪光，嗓子哽咽得怪难受。只有莹川，不知何时已乖乖地偎在梦姑温暖的怀抱里睡着了。

好半天沉默之后，同春望着吕之悦说：“老先生见多识广，你老看这两旗换地的事，会是真的吗？”

吕之悦额头上鼓起深深的皱纹：“满洲的黄旗跟白旗明争暗斗怕有四十多年了，虽然各旗势力消长变化不小，可黄白两旗裂痕弥合不易。黄旗如今恃势欺人……以情理而论，大约不假。”

同春着急了：“正白旗的旗地就在东边，一旦镶黄旗换地，亩数不够，不就要把咱们这块宝地圈了去吗？”

“这……还不至于吧？停止圈地，先皇帝有数次明谕。前两年也传过一阵谣言，说八旗地亩不够，要在顺天、保定、河间、永平各府再圈十数万亩田地补足。一时人心惶惶，后来不是也没有圈吗？此处究竟不是旗地。再说，这里多是近年新开垦的，是朝廷明令奖励的三年不征、五年不征的民地。如果竟然圈去，岂不大大失信于民？不，朝廷还不至于这样没见识!”

听吕老先生说得这么斩钉截铁，同春也就渐渐安心了。

夜已深，吕师母遣老仆来接吕之悦父女回家。好不容易把莹川摇醒，她却赖在梦姑怀里不肯走。老仆上去抱她，她哼哼唧唧地搂着梦姑的胳膊要哭，大约是甜梦被搅断她很不痛快，像随时都会大发脾气似的。

梦姑温柔地抚摩着她的小脸蛋，哄道：“让阿叔送你回去，明天再来，好不好？阿叔买回来好多好多颜色的丝线，明天我们俩一起拆排，好吧？莹川乖，听话。”

莹川用小拳头揉着眼睛，嘟着嘴，爬到同春背上去了，嘴里还咕哝着说：“阿婶，等我来了再拆排，啊？……”小脑袋一沉，又睡着了。梦姑往莹川身上披一件棉袍，同春顺手提过一个装了大红包小绿包的竹篮。

吕之悦拦住同春，指着竹篮说：“同春，你这是干什么？”

同春笑道：“一点心意罢了。我们没有老人，你们二老就像是我们的长辈……”

“唉，快不要说了！……”吕之悦连连摆手，带着一种奇怪的苦恼看看面前这一对善良真诚的夫妇，如有一道清泉涤荡着他的胸怀。他窘态毕露地说，“莹川真是个天性不泯的好孩子，她这么眷恋梦姑，我真是应该把她送还给梦姑……做干女儿……”

梦姑连忙笑着说：“先生说哪里话！我知道莹川是你和师母的独生女儿、掌上明珠。你们是长辈，我从来拿她当小阿妹，怎敢越辈认她做干女儿？言重了!”

吕之悦本想说什么，却愣了一愣，长叹一声，摆摆手，扭转身走开。同春背着莹川，和老仆说笑着跟了出去。

梦姑并不在意，轻快地收拾着屋子。不一会儿同春回来了，梦姑问：“除了各色丝线，你到底给小莹川办了什么年货，别卖关子啦!”

“来看!”同春招呼梦姑，把揣在怀里的小红绫包打开，摊在桌面上，烛光就投射在两朵银白色的小梅花上了。银制的花朵很精巧，花蕊都凸得清清楚楚。梦姑拿它们托在手心里满意地笑了。同春得意地说："这是拿一两银子从钱店兑来的压岁钱，每个五钱，再用你绣的那对荷包装上，你说小莹川高兴不高兴？"

梦姑笑着："真看你不出，怪细心呢！"

"细心？就只细心吗？"同春对梦姑挤挤眼，"你太小瞧我啦。小事能做，立家业的大事我也不含糊！"他兴奋起来，神采飞扬、目光灼灼，"刚才吕老先生给我吃了定心丸，明年我要大干了！再买进十来亩地，雇请几个人。庄稼地还照今年这么种，再开一片菜地，辟一个果园，把咱们马兰村环秀观那梨树移些个来，还栽些葡萄，开池子养鱼种藕，跟城里几个商号拉上钩儿，鲜菜鲜果鲜鱼鲜藕，城里人最稀罕这些个东西了，咱们也能卖它个好价钱！……你呢，就只管家、管绣活计。做饭、送饭什么的，雇人来干！用不了三年，我准保让咱这草房土墙小院，变成二进三进的青砖大瓦房！再到京师去买个门脸儿，自产自销，又务农又经商。你倒说说看，到那会儿咱们该是什么日子？……"

面对同春的勃勃雄心，梦姑也很振奋，但还是温柔地瞅瞅丈夫，说："想得倒是真够美的，谁知道官家能不能放准咱这么办呢？"

"凭什么不让？太守、县令不是还有下乡劝农这一说吗？咱不用他劝，好好耕种，他能不让？再有一件事，你千万别对旁人讲，这可不是闹着玩儿的，懂吗？……我在京师还遇到了费耀色呢！"

"他？他还在宫里？"梦姑很惊奇。

"在。他问起你，我就把咱们的事都讲给他听了。他说他还把咱们的故事告诉过皇上呢！"

"啊？告诉皇上！"梦姑大惊失色，嘴唇都白了。

"别害怕，不碍的！费耀色说，皇上虽然年岁不大，可是仁德爱民，心肠好着哪！又文武双全，很有本事，日后亲政，准是个好皇帝。你想，有了好皇上，百姓还不沾恩、天下还不太平吗？"

梦姑长出一口气，点点头，旋又说道："可你想做的事也太多了，得雇多少人哪！操心都操不过来，你又没有三头六臂，我也不是千手观音！"

同春一本正经地说："这就要看你的了。"

“我?”

“是啊,”同春忍着笑，故作严重口吻，“你得给咱们生儿子呀!雇的人再好，能顶上儿女贴心吗?”

刹那间梦姑脸上泛出红晕，娇嗔地瞪了丈夫一眼。同春哈哈笑了，补充说：“不用多，五男二女，七子团圆，好不好?”

梦姑一甩手，出东屋到堂房去了。同春连忙赶上去：“你还忙活什么呀?”

“给你烧水烫脚。”

梦姑盘腿坐上蒲团，熟练地拉起风箱。同春挨着她坐下，说：“你不信我刚才立家业的盘算?”

梦姑笑道：“信。一块儿下力气呗! 除夕辞岁的时候，我去听谶语，看看上天可肯保佑。”

所谓听谶语，是在除夕之夜更尽分岁之际，悄悄出门听路人言语，以其吉凶卜来年之休咎。这是本地古俗，无论是否灵验，已流传许多年了。

梦姑又瞥了同春一眼，笑着揶揄：“你这回去王府，见到福晋了吗? 她对你……还那么情深义重吗? ……”

同春捉住梦姑的手，使劲儿捏了一下，笑道：“胡说! ……有什么不明白，当初她看上的是戏台上的赵云吕布，拿我当了替身；如今我是庄稼汉了，她哪里还肯多瞧我一眼?”

“正是呢! ……那次从刑部出来到了安王府，王爷只那么看了看我，我心里就一阵子轻松。倒是亏了我额头上这个烙印，把王爷那点心思打消了……偏偏你，就跟没瞅见也似的!”

同春笑了笑，沉默片刻，思索着慢慢说：“戏文上常唱道，贫贱夫妻百事哀。细想想，也对也不对。日子是苦点儿，可是情义谁能比呢? 说到头，还是贵人情浅情虚、贫贱人情深情真啊! ……”

他伸开左臂，搂住梦姑的肩膀，两人都不想再说什么了，只互相深深地看一眼，便一同去看炉中的火。红红的火光映在两双黑亮亮的眼睛里，闪动着跳跃着，熊熊地燃烧着，那是火光还是目光? 或者就是这对年轻夫妻的心? 窗外呼啸的寒风卷起雪尘扑打着门窗，可是他们身边却弥漫着温暖、甜美和深深的情爱……

除夕那天晚上，梦姑真的拉了同春悄悄藏在院门后面听谶语。可是除了一片震耳的爆竹声，什么都没听到。同春说爆竹红火响亮，主今年大吉大利；梦姑说隐约听到一声小孩哭啼，恐怕小有不顺。同春立刻反驳，说儿啼是今年得子之兆，把梦姑说得一扭身跑回去了。

正月过得快快活活。二月二，龙抬头，家家收拾农具牲畜准备春耕，风声却越来越不妙了。

先是东边正白旗旗地那边传来消息，说是镶黄旗要求在春耕前就与正白旗把地换妥，好各自耕种。这么一来，旗地上人心惶惶，谁还有心思种田？房产也得一起换！住了近二十年的老屋，说要换就换？谈何容易！也太凶了嘛！……

接着，圈地的风声传到这块故明废藩土地上，平民们就更慌了：这地还能不能种？会不会被圈？圈了地还补不补给别处的田？……人们互相打听，哪里有个准信儿！只有吕之悦和柳同春两家不听谣传，老老实实开始了春耕。

麦苗儿刚刚探出寸把长的绿秧秧，朝廷派下来查勘土地的大小官员，领着烜赫如云的护从到永平府来了，到处查看、丈量田地，一一登记在册。所有民地、开垦地、多出地、投充地，都在丈量范围之内。吕之悦和柳同春的田地也在其中。

丈量那天，情景十分凄惨。民地的田主们，丧魂失魄地远远跟着丈量土地的官员，又害怕那些手执武器、如狼似虎的护从兵丁，只能站在远处看那无情的软绳在田土上划来划去，像是在划他们的肌肤、割他们的心肝。妇女们早就开始哭泣，预感到大祸将临。有人大着胆子向小吏询问，一概不给回答，只说是朝廷圣旨。百姓们更加六神无主，凄凄惶惶。再没有人下田做活，也再没有人播种了。眼看田地将属他人，难道还要白扔进去几斗种子！

吕之悦以他不同常人的气度和才学，折服了一位户部的汉员小官，他偷偷向吕之悦透露了真情：

索大臣、遏大臣、鳌大臣都是两黄旗的，对此次换地非常坚决。

因为这是有关遵循太祖太宗皇帝例行的大事，绝不能含糊！但镶黄旗迁移壮丁四万余人，而正白旗迁移壮丁仅二万余人，换地之后，正白旗份内地当然不敷分配，所以辅政大臣已指定：将正白和镶黄两处旗地附近蓟州、遵化、迁安、永平、滦州、乐亭、开平及延庆州一带民地、开垦地、多出地、投充地丈量圈出，分别拨补，只等户部议定就要动手了。

吕之悦极为愤怒，两夜未眠，与幼蘩反复筹思商议，终于拟就了一道上巡抚书，痛言生民之苦，圈地之弊。第三天一大早，便骑着小毛驴直奔保定而去。他留给柳同春一封信，说，如果他一去不复返，他的家事就拜托同春夫妇了，望他们以他老妻为老嫂、以莹川为女儿，他吕之悦就是命丧黄泉，也安心瞑目了。

五

由天安门向南，延伸出去一道千步廊，直通飞檐重脊的大清门，使黄瓦红墙的皇城向南凸出一个长方形，在它的东西两侧，集中了大清帝国的重要国家机构。京师人说到这个地方，有六个字，叫作“东管生西管死”。因为掌管刑法案件的三法司——刑部、都察院、大理寺都集中在西侧；而六部中的其他五部：兵、礼、吏、工、户，以至宗人府、鸿胪寺、太医院等等官署，都集中在东侧。

户部之长，古称“地官”、“大司徒”或“大司农”，掌管全国疆土田亩及户口钱谷的政令，官署就在礼部与吏部之间，大门西向，正对着皇城那高高的红墙。

直隶总督朱昌祚、直隶巡抚王登联，一前一后，随着导引的户部笔帖式，目不斜视、亦步亦趋地走进户部大堂一侧的中厅。他们来拜会内国史院大学士兼户部尚书苏纳海。一名记室来跪禀道，苏大学士请二位稍候，他很快就回来。仆役奉上茶后退下。

朱昌祚缓缓向四周略一打量，便在客位的第一张椅子上坐下，神态上多少有些忐忑；王登联却一直不停地踱着步子最后在窗前站定，紧皱眉头，心事重重。

他们刚进大内体仁阁谒见了辅政大臣。索大臣和苏大臣不在场，只有遏大臣和鳌大臣接见，直接指示他们：即日起，会同户部尚书苏纳海酌办圈换地土事宜。鳌大臣的命令就无所谓酌商了，他指定要把蓟州、迁安、遵化的正白旗屯庄改拨给镶黄旗，另圈玉田、丰润、永平、滦州等处民地给正白旗。鳌拜生性严厉，说话明决果断，没有一个多余的字。朱昌祚唯唯诺诺，王登联一声不响，很快就拜辞出来了。

辅臣说得明白：旗地的改拨由苏纳海主管；另圈民地则要他们两人承担。因为这些将圈的民田，正在这两位封疆大吏治下。

“捷轩，你——对此事如何打算呢？”朱昌祚拖长声音，慢吞吞地问，一字一句仿佛都经过了斟酌。

王登联迅速转过身来，面向朱昌祚，眼睛炯炯有光，说：“这事，从开春嚷闹到今日，半年多了，几起几伏，最后怎么闹了这么个结果？真叫人糊涂！”他伸手摸了摸胸襟，“吕之悦、罗兴邦等人所上之书我都带来了，看准时机，我要为民请命！”

朱昌祚眼睛里流露出一丝惊恐，小声说：“捷轩，此事关系满洲旗分，不可鲁莽啊！……”

王登联叹了口气，反剪双手，又转身望着窗外出神了。

王登联，字捷轩，汉军镶红旗人，由贡生授河南郑州知州，由于政绩优异，擢山东济宁道，又升大理寺卿。顺治十七年，皇上亲授为直隶巡抚。到任以来勤于政事，宽以待民，严以缉盗，直隶境内竟有一番太平景象。他年方四十许，精明强干，颇想有番作为。而圈地必将给他这位巡抚带来许多分外的压力，诸如田赋锐减、百姓流离失业、盗贼蜂拥而起等等。这是顺治初年大圈地时百验不爽的，他怎么能不担心呢？所以，吕之悦等人上书言事，极力反对圈地，就特别得到他的赏识。吕之悦的文字书法，又激起他这个老贡生的同好，他竟让心腹幕僚陪同，微服私访吕老先生于客店中。吕之悦上书中的要紧文字，他都可以背下来了：

……夫土地人民者，乃皇上之大宝。皇上统辖万里，咫尺之土亦为君土，匹夫之人亦为君民，此乃天经地义、定而无疑之理矣。然今圈占之地，既非皇上之地；投充旗下之人，亦非皇上之人。多圈给旗下一地，皇上则减一地之赋；多投充旗下一人，皇上则少一人之税，岂非有悖大义乎？况且地多圈占、人效投充，以一切招买喂养之役，尽责之现存孑遗之民，必将相率逃徙，流离失所。更有铤而走险，相从为盗，穷民将何以为命？……

王登联思考着能不能据此大义作一番抗争。

朱昌祚的心思要复杂得多。

朱昌祚，字云门，汉军镶白旗人。以宗人府启心郎出身。顺治十八年以工部侍郎巡抚浙江，和邻省的江苏巡抚朱国治的严苛相比，他还算宽和，也较清廉。所以《明史》案初起，他还想大事化小、小事化了地马虎过去。不料吴之荣进京复控，朝廷决意严惩，派刑部侍郎出都谳狱，朱昌祚便陷入了困境。幸而那位刑部侍郎与他相识，又有幕僚暗中奔走行贿，他才脱了干系。惊弓之鸟，哪里还敢太岁头上动土？

只是，对于《明史》案的残酷后果，特别是为他做替罪羊而被斩首的归安、乌程两县学官，他一直怀着深深的内疚，常常想要做点好事善事为自己赎罪。所以面临又一次圈地苛令，他既有与王登联相同的心思，又有他独自的忧虑。王登联向他呈进吕之悦等人上书，他都看了，心里暗暗喝彩，但尽量不形于色。谨慎、小心，不到有十分把握不轻易表态，免得一着失误、满盘皆输，把自己的前程也搭进去。此时，见王登联闷闷不乐，便安慰道：

"捷轩，且听苏中堂的意思再定行止，岂不更好？"

王登联不知是否听进朱昌祚的话，低声地自言自语："当年圈地，哪一处不是良田沃壤？不善耕种、不善经营，二十年下来，抛荒了一大半，却又要来圈民地补偿！民何以堪？……新开垦地原是百姓们苦做苦受，省府州县都出了力的，奖励开荒原是朝廷政令，如今竟也要圈占，出尔反尔竟至于此，如何取信于民？"

朱昌祚听他说话声音越来越响，连忙提醒道："捷轩，此处不是保定，谨慎为上啊！……"

王登联肩膀略略一耸，回头说道：“苏中堂来了。”

内国史院大学士兼户部尚书苏纳海大步走来，朱、王两人上前跪迎，苏纳海连声说着表示歉意的话，主客行过礼，分别坐下。

苏纳海年近五十，健壮敏捷，疏朗的眉目间透出一股英气，五官端正，须发浓密，坐立身姿很有气概，表现得堂堂正正，决无虚伪奸诈。他属满洲正白旗他他拉氏家族，原是豫亲王多铎的王府护卫，后来擢升弘文院学士，任过工部尚书、加太子少保衔。康熙即位，拜内国史院大学士兼管户部至今。

从康熙三年开始，八旗中就刮起了一阵风，要更换旗下不堪耕种的地亩。向谁换？自然是要耕种得好的平民百姓的土地。由于议政大臣费扬古阻拦，闹出一场大狱，杀了不少人。紧接着因汤若望大案吸引了京师内外所有人的注意，也牵扯了朝廷的大部分精力，换地的风势才弱了一阵。到去年夏天，这股风倏然又起，并越刮越烈，八旗统领参领们纷纷以地土不堪耕种，具文呈请更换。

户部对此自然最敏感，都说这股风背后有大来头。果然，去年十一月，辅臣便将这些呈文全部移送户部。户部大伤脑筋地商议了许久，终于由苏纳海领衔上了一道奏本，说地土分拨已久，而且先皇帝早有明谕，民间地土不许再圈，因此不便更换，请将八旗移文驳回。

这些经过，朱昌祚和王登联都是知道的，所以对苏纳海不觉流露出几分敬意。朱昌祚说明了来意，苏纳海连连点头表示他已知道，王登联于是迫不及待地说：

“苏大人，圈换之风，今年初就已经吹到直隶所属州县，一时人心惶惶不可终日，幸赖苏大人执言、户部明决，驳回八旗移文，民心渐安。如今又旧事重提，是什么缘故呢？”

苏纳海笑着捋了捋他那部大胡子，说：“户部嘛，征收全国钱粮赋税，为天下理财，为国家支饷。圈一亩地便少一份田赋，我们心里最清楚不过了。户部不赞成圈换土地，难道还不可信？哈哈哈哈！”

朱昌祚和王登联也陪着笑了。

“看样子，后来的事情你们还不知道。户部奏本呈上以后，辅臣旨令议政王贝勒大臣和九卿科道会议，议得须差员实地查勘各旗旗地。所以，三月二十一日，上面来了一道圣旨，当然是辅臣的意思。这里有副本，二位请看。”

副本中提出了圈换土地的新根据：二十年前因摄政王多尔衮尊崇白旗，擅自更改太祖太宗皇帝所定的八旗两翼顺序，把应给镶黄旗的地拨给了正白旗，致使镶黄旗地处右翼之末，旗地远在保定、河间府一带，劣地多良田少，多年来水淹沙压，不堪耕种。所以，“仰承先皇帝遗诏，凡事俱遵祖制，庄田房屋应照翼分拨给，将镶黄旗移于左翼，仍从头依次拨给。至于其他各旗不堪地亩作何分别、圈占之地作何补还，镶黄旗移出旧地作何料理，着户部一并酌议。”

朱昌祚和王登联看罢，默默无言。

苏纳海冷笑道：“起初还说是八旗各旗都要圈换，至此方才挑明，只是镶黄旗要与正白旗圈换！……其实两旗换地的风，他们早就吹出来了，闹得正白旗惶惶不安……”

王登联一针见血地低声说：“那么，必是鳌大臣所力主了？”朱昌祚连忙瞅他一眼，王登联只作没看见。

苏纳海却坦然点头说：“正是。旨意既然提起复祖制的大事，我苏纳海又身在正白旗，对两旗换地的事就不好再奏。多尔衮摄政那些年，果是轻黄旗、重白旗，如今镶黄旗想要换回近处，户部也没有理由阻拦。所以四月里户部复议时，便赞同圈换，提出两种方案请旨。这不，才交五月，辅臣便召二位来京酌商圈换事宜了吗？”

沉默片刻，王登联忽然说：“此事再没有回旋余地了吗？”

苏纳海眼睛一亮：“你要什么回旋余地？”

王登联鼓足勇气，站起身来，正色道：“苏中堂，我王登联为江山社稷计、为万民计，请停圈换！国初因圈地而起的动乱不可重演！登联知道辅臣势大权重，我这小小巡抚原不在眼中，但登联有一腔忠义，愿慷慨陈词，为百姓请命！……”

苏纳海笑着打断他的激昂言辞，挥手要他坐下，说：“你不必往下说了，我都明白。直隶百姓有你这样一个巡抚，真是他们的福气……”

王登联忙说：“朱督也同此心。”

苏纳海笑道："那就太好了！"他的神态变得更加从容随便，甚至带了点儿亲切，"我方才到辅政苏大臣处去了，所以累你们久候。苏大臣颇不以圈换为然，只因他属正白旗，不好公然出面反对……近日朝廷内有些动静，你们可知道？"

前不久，御史董文骥上疏，指责辅政大臣任意更易先皇帝制度，不合天意人心，应当改正。这不顾死活的大胆直谏震动了朝野，使许多人又兴奋又担心。奏疏呈上后，辅臣竟没有反应。有人说是因为奏疏中统称辅臣未指名姓所致；有人又说鳌大臣有"收拾"董文骥的意思，可首辅索尼不许；也有人说是太皇太后干预的结果。传说纷纷，莫衷一是。

紧接着，刑科给事中张维赤又上了一疏，说："伏念世祖章皇帝于顺治八年亲政，年登一十四岁。今皇上即位六年，齿正相符，乞择吉亲政。"奏疏呈上后，批下一个"知道了"。

一前一后两道疏文，像是往死水潭里扔进两块大石头，朝野上下顿时议论纷纷，许多不利于辅臣的谣言也开始由人们私下里传来传去，仿佛辅政真的就要结束，皇上明天就要亲政似的。

辅臣的阵脚也真的有些乱了。康熙初年四人同心的局面已一去不复返。索尼号称首辅，苏克萨哈和鳌拜都不听他的；苏、鳌二人又时时相左；遏必隆更是漫无主见，就连如何处置董文骥、如何对付张维赤的奏疏，辅臣们都拿不出一致意见……

苏纳海讲罢这些"动静"，意味深长地看看朱昌祚又望望王登联，说："来日方长，谁也说不准朝廷里还会出什么变故。所以苏大臣说，不如边走边看……"

王登联立刻明白了："我们不如就到镶黄旗旗地、正白旗旗地和永平、滦州、乐亭等处走走，实地查看一番，再等着看京师朝中……"

朱昌祚持重地静静地说："俗话讲得好：故土难离。还是苏中堂的话，八旗地土分拨已久，垂二十年矣，均成老宅。正白旗也罢，镶黄旗也罢，未必都那么愿意更换搬迁……"

苏纳海大手往桌上一击："说得对！如果连镶黄旗旗民都不愿意换，你我更有确凿凭据，可再次上疏朝廷，请停止圈换！"

他们越说越觉得投缘。王登联摸摸衣襟，想要拿出吕之悦等人的书信，朱昌祚看在眼里，连连向王登联使眼色。王登联不明就里，又放下了手。当他二人从户部告辞出来后，王登联不解地问："那几封书呈送苏中堂，不合适吗？"

"自然不够稳妥。"

"可是书中言圈地之害，极是痛切、极是在理呀！"

"捷轩，我说你聪明一世、糊涂一时！那书中以土地人民是皇上之大宝立论，苏中堂也罢、辅政苏大臣也罢，却都是有旗地田庄的……"

"哦，我真是糊涂！"王登联恍然大悟，"这几封呈文，要皇上亲览方好。"

"正是。必须审时度势。你我上疏时，将它写进奏文之中，方显分量！"

王登联频频点头，脸上露出一丝笑容。

熊赐履步履徐缓、端庄，注意保持他宠辱不惊的神态，谦恭地由召引太监领往乾清宫。

其实他心里绝不似他外表这般平静，着实有几分疑惑哩。

先皇帝故去以后，他们这些被先皇拔识，对先皇深怀知遇之感的文人学士们，几年间零落殆尽：

被顺治帝大喜过望地称为"佳状元"的徐元文，名列江南奏销簿籍中，由翰林院修撰贬谪为銮仪卫经历这种无所事事的小闲官。他借着丁父忧，回乡守制去了。

同科的探花郎叶方蔼，因"探花不值一文钱"，为欠一文税钱而在奏销案中彻底丢官，也回昌山原籍。

哭庙狱、奏销案、《明史》案，一连串的大事故，把大批江南文士出身的官员们牵连进去，纷纷丢官降职，一派凄惶。熊赐履一向罕言笑、少交游，来往较密切的只有徐、叶二人。他们都离开了京师，熊赐履就更加孤苦伶仃、形影相吊了。

在百草凋零、万木萧疏之中，熊赐履的境遇似乎比别人好些。翰林院解散，把他迁去国子监做司业[①]。但康熙二年后，国子监附属到礼部之下，再不似先帝在世时能够独立理事、自成体系、备受重视了。这样国子监司业就成了可有可无、名微禄薄的冷官。

眼看着世风日下、文人遭劫，汤若望一案惊天动地，眼下又乱哄哄地传说着重新圈地，可不成了“国无宁日”！三年的冷板凳坐下来，熊赐履虽然恪守着他的君子性君子行，内心里对前途也不无悲哀。

突然一道特诏，晋升他为弘文院侍读学士！侍读，是御前的贵官、侍奉皇上读书的学士，兼有师友的身份。这来自天外的荣宠，是熊赐履做梦也不曾想到的。谁选中了他？难道是对汉官文士嗤之以鼻的辅政大臣？难道是对道学百般嘲弄的国子监的满洲祭酒？分明不可能！

弘德殿前，御前侍卫们威严地静立两侧，召引太监进去禀告，熊赐履肃立等候。不多时，便有小太监出门来低声喊道：“叫熊赐履。”

熊赐履小心翼翼地低头跨进殿门，刹那间想起七年前他的第一次进宫。也是这样一个初夏的日子。但是那位风华正茂、儒雅广博的顺治皇帝已不在人世；同时应召的徐元文、叶方蔼被贬下沉、久无音信；而自己却重来乾清宫，叩见顺治帝之子——当今皇帝，一位尚未亲政的少年天子。熊赐履心里不免一阵伤感，一阵喟叹，心头一丝隐隐的凄凉……

他不能多想，赶紧收神，因为高大的殿堂正中，铺了明黄色压黑边桌袱的御案就在眼前，坐在御案后低头看本章的，不就是皇上吗？和这宏丽辉煌的宫殿相比，在巨大的御案、宝座、鎏金雕龙屏风和珐琅香亭、珐琅宝象瓶之间，皇上实在显得太小了！

熊赐履摘下朝冠，朝前迈了几步，双膝跪倒，将朝冠放在一侧，叩头参拜，说：

“臣，弘文院侍读学士熊赐履叩见皇上，万岁万万岁！”

出乎意料，皇上抬头看看他，竟站了起来！年轻的声音很嘹亮：

---

① 司业：国子监相当国立大学，祭酒相当校长，司业相当副校长。

“请起，赐座。”

熊赐履诚惶诚恐地坐上套了夏布坐垫的矮凳以后，皇上微微一笑，亲切地说：

“先生别来无恙？”

一直不敢抬头的熊赐履听到这话，十分惊异，不禁对皇上小心地看了一眼，顿时大惊失色，愣住了，难道是在做梦？这分明是他两个学生中那个聪慧过人的小阿金啊！怎么可能？……可是天下哪有这么相像的人呢？虽说形貌长大了些，可相同的面容、相同的黑眼睛、相同的声音，还有，连鼻子两侧那几颗稀疏的白麻子、眉间的“三连花”都一点不差！那个小神童留给他太深的印象，他怎么会弄错？而且皇上说“别来无恙”……

熊赐履慌了，连忙下座，重新俯伏在地，叩头说：“求皇上恕臣无状之罪！……”

玄烨只笑笑，说：“过去的事不必再提。朕今日召你，另有要事。起来坐下说。”

大婚之后，玄烨明显地丧失了孩子气，变得庄重，威严，沉思，虽然这跟他男孩子的面貌身材颇不相称，但所有人都认为理所应当，并且打心底里产生敬畏。

他获得了许多过去没有的权力：单独住乾清宫，摆脱了太皇太后的监护；可以不时往坤宁宫居宿，也可以宣召那几位贵人；在浩大的皇家卫队跟从下，到南苑居住射猎。这些，是皇室的制度。还有两项，玄烨自己筹划许久，经过太皇太后，颇费了些气力才争到手。

他还没有亲政，不能批发本章。但他已远远不能满足随着祖母听辅臣启奏的地位了。他要知道详细的下情，因为皇位是他的、天下是他的。对于治理大清国，他有他的想法。这些想法，如同隐藏在花蕾中的子房，花开了，花落了，孕育着的果实渐渐成形、渐渐长大——虽然它们还藏在密密的树叶底下不被人发现。所以，他要求阅读本章，无论是否经过辅臣处理他都要看，理由也很充分：学习治理国家。不过，他的合理要求没有被迅速接受，倒不是太皇太后反对，而是辅臣觉得皇上年幼，国事繁冗，怕有伤圣体等等。直到今年春天，董文骥和张维赤的两道奏疏在朝廷里造成一种微妙的气氛，辅臣才同意了。

现在，御案上两堆奏章都摞得一尺多高。右边是未看的，左边已看过，正前方摆了几份单独挑出来的，大约是要再看几遍。

另一项，玄烨要求派精通经史、学问渊博的侍读学士来御前当值。这么合理的事，又被拖延了许多日子，近期才同意的。玄烨首先想到的，自然就是熊赐履。

可是熊赐履已被皇上从容自信的人君风度惊住了，再次叩拜后，起身坐下，竟不知所对。见一向古板严正的熊先生这般模样，玄烨心中隐隐得意。他温和地说：

“朕将召请博学之士充任侍读，以备顾问。卿久居翰林院、国子监，经历不浅，还有谁人堪当此任？可一一举荐。”

熊赐履恢复了常态，很快思索一遍，立刻回奏道：“臣荐举徐元文、叶方蔼及陈廷敬三人。当年先皇帝于景运门边建翰林院直庐，此三人应对多称上旨，屡蒙优奖。”

玄烨点头：“朕也久闻其名。”他又拿起面前那几份挑出来的奏章说，“你先看看这几个折子。”

御前小太监用托盘将奏章托给熊赐履。熊赐履于是毕恭毕敬地一份一份往下看，玄烨则坐在宝座上目不转睛地打量着老师。看他端正的面容渐渐变色，平直的双眉渐渐皱拢，玄烨暗自点头。

第一份是兵部的题本：“云贵二省武职员缺，臣部推升之后，本官尚未到任，而平西王吴三桂已另题有人，以致部推之官中途返回，似属苦累。请照吏部例，将此二省武职员缺悉听该藩题补。如无可补之人，该藩题明，臣部再行推升。”题本后面有朱批：“从之。”

熊赐履看罢，想了想，问：“皇上已经批本了？”

玄烨摇摇头：“尚未亲政。辅臣批的。”

熊赐履没有再问，继续看第二份。那是工部的题本：“黄河水性汹涌，以后修筑堤岸，一年之内冲决者，参处修筑之官；过一年冲决者，参处防守之官。至运河与黄河不同：修筑堤岸三年之内冲决者，参处修筑之官；过三年冲决者参处防守之官。如限年之内，修筑官已去、防守官不行料理，致有冲决者，一并参处。”后面又是朱笔批示：“从之。”

第三份，是直隶山东河南总督朱昌祚的奏疏：“镶黄正白两旗拨换地土一事，奉差大学士管户部尚书苏纳海，侍郎雷虎，会同臣与巡抚王登联酌议圈换。臣等履亩圈丈，一月有余，而两旗官丁较量肥瘠，相持不决。且旧拨房地垂二十年，今换给新地未必尽胜于旧。口虽不言，实不无安土重迁之意。至于被圈夹空民地，百姓环诉失业，尤有不忍见闻者。若果出自庙谟，臣何敢越职陈奏，但目睹旗民交困之状，不敢不据实上闻，仰祈断自宸衷，即谕停止……”

紧接着是直隶巡抚王登联的奏疏，文字虽短，却更为坚决：“……旗民皆不愿圈换。自闻命后，旗地待换，民地待圈，皆抛弃不耕，荒凉极目。亟请停止。”

熊赐履问：“这两本奏章未批？”

玄烨说：“刚从奏事处调来，辅臣还没有看。”

熊赐履又不作声了。因为他还摸不透玄烨要他看这些本章的用意。玄烨似乎也明白熊赐履的困惑，正色道：“黄、淮二水，几乎无岁不决，河患之深，日甚一日，既害民生又害漕运。而河工经费浩繁，至今未见成效。卿博古通今，可否在近日内，将历代治河遗书遗编汇集一起，呈来朕潜心习读。”

熊赐履连忙站起来躬身回答：“皇上国计民生时刻在怀，臣敢不效犬马之劳！”

玄烨目光一闪，又说：“其余奏章也循此例，卿可荐历代类同故事，朕要细细阅览。”

熊赐履心里一动，忍不住急急忙忙地抬头望了皇上一眼——这要算是不敬的举动。在玄烨，此时当不会计较；在熊赐履这位律己极严的人来说，实在是罕有的。因为他真是太惊异了。

不错，这是一张孩子的脸，轮廓还很稚气，肤色也那么柔嫩，声音虽已开始沙哑，也还是男孩子腔调。可是那双眼睛，那双乌黑眼睛里透露出的神情，却绝不是少年人所能够达到的。那是一双沉思的、含着男子汉的刚毅和睿智的眼睛！

熊赐履出了弘德殿，一路走一路想，心里着实有些乱。外有强藩，内有权臣，再加上老天爷不帮忙，水旱频仍、灾情不断；和这一切力量对峙的，只不过是孤零零的祖孙俩！祖母日渐衰老，这个十二岁的少年，能抗衡吗？能应付吗？将来会是什么局面呢？……

悲惨的景象在熊赐履眼前活灵活现地浮现：四权臣胁迫着孤儿寡母，三藩王霸占着南方数省，那个小小的皇上，不是权臣手中的傀儡，就是藩王祭坛上的牺牲。他仿佛看到小男孩儿惊惧的使人哀怜的眼睛，太叫人悲哀了，可怜的小天子啊！……

且慢！这个十二岁的少年，也许并不那么简单呢！小时候他何等机敏，想想如今他从容的气度、深邃的智者的眼睛！最重要的，是他挑出来的这几份奏章！……不错，不错，他已经看清了他面临的一切！想到这里，熊赐履惊得心口"突突"乱跳，刚才怎么就没有想到这个呢？三藩、河工、漕运、辅臣，他不是把他面前的一道道难关都指给我看了吗？好个皇上！好厉害的眼睛！

熊赐履豁然开朗，玄烨的用心他全都明白了。他惊叹着，满怀敬畏。他是个诚笃不过的道学先生，君命无上。想到这位幼君的所作所为，他心头燃起了希望，透出了光明。自然，在举止上，他永远不会表现他的激动罢了。

晚膳之后，时间还早，玄烨又在书房练了一阵书法。他最欣赏王羲之的曹娥碑，那份曹娥碑真迹绢本就摆在案头，时时观玩模仿，每天都要很认真地临它五六张。

放下笔，夕阳已向窗上涂抹一层鲜红。他决定今晚去坤宁宫。在他的皇后和四名贵人中，他还是最喜欢皇后，不但端庄静婉、明达有识，而且很能体贴人意，跟她在一起，就像身处春风之中，很是舒泰。

御前太监提灯引导，玄烨踏着殿间夕阳来到坤宁宫。皇后已领着太监宫女在门前迎接了。他们一同进到寝宫，玄烨边走边问："你在做什么呢？"

皇后笑道："李谙达在陪我下棋。"

李谙达是坤宁宫总管太监，六十多岁，眉毛头发尽染白霜，已经在坤宁宫伺候了三位大清皇后了。他连忙躬身笑道："奴才哪里是主子的对手？娘娘的棋子儿一个顶十个哩！"

"我瞧瞧。"玄烨走近南窗下长炕，就着炕桌上的棋盘看了看，笑道，"黑子溃不成军，眼看就有灭顶之灾呀！"

李谙达连忙凑趣："谁说不是呢，黑子是奴才下的，再不得翻身的。"

玄烨仔细地看看局势，说："我来试试，看能不能起死回生。可有言在先，不许故意相让，那样就没意思了。"

皇后抿嘴笑了："皇上还想赢回这一局吗？"

玄烨对皇后看了一眼。她穿了一件淡绿色的纳纱氅衣，襟袖上是大朵的金银线绣的荷叶荷花，领沿、袖口、襟沿、下摆都镶了黑底的寿字和荷花边饰，边饰内侧还有一条用料珠和金线丝线织成的盘长花边。她粉红的脸蛋，洁白的前额，衬得细眉下一双眼睛秋水般明净，头上的乌发高高地绾了个堆云髻，用金凤珠钗别住，鬓边簪了两朵淡红的绢花，松松的鬓发垂下盖住了耳朵，只露出耳垂上三联珠的乳白色珍珠耳珰，这一身淡妆常服，使她本人也像一朵初出绿水的白荷花。她触到玄烨的目光，是热乎乎的，含着赞美和爱怜，她不觉微微红了脸，低头去抚弄棋子。

棋盘上，黑子已没有多少地盘可争，白子攻势正盛，大有横扫千军，不留一点余地的气势。玄烨知道，皇后棋艺再高，也不可能占尽风光，把三百六十个棋眼都塞满白子；李总管虽不敢赢皇后，至少也可以偏安一隅，可他连这一点也不敢坚持，任凭白子长驱直入。

玄烨对着棋盘沉思片刻，先在白子攻势最凌厉的地方，下了几个关键的黑子，顶住白子的继续进逼。随后，他左一子、右一子地乱跑，把皇后弄得莫名其妙，看不出他用心何在。但他连着又下两子之后，局势明朗了：他的黑子连成了几条线，把白方分割成了互相不能呼应的几片。

皇后着急了，便在她的各个地盘上尽快地经营活眼。可惜她补救得晚了，并且有一个大失误：白子占位不好的东北角，她竟没有注意。而玄烨早就看准，那一角将“牵一发而动全身”，又是白子最薄弱的地方。他撇开皇后与他争夺最烈的南方一条边，突然集中力量在东北角下了几个狠着，白子的活眼顷刻成了死眼；东边一带、北边一带同时告急。玄烨乘机夺回了东北一角和北边一带，战局发生了根本变化。

他真喜欢皇后娴静安详的模样。棋盘上那样剧烈的厮杀，白子连连被吃、丢城失地，她却始终不曾变脸变色，惊慌失措。如果是他，能不能有一样的涵养呢？玄烨自己都想：未必。

最后，皇后反以五子之差输给了玄烨。

李总管赞叹着：“皇上的棋太厉害了！把奴才眼都看花了。还没定过神儿来呢，怎么闹得全局就变了？”

玄烨望着皇后笑道：“是皇后相让吧。”

皇后一笑，说：“我才不肯让你呢。不过，皇上的棋法确实出奇，叫人摸不着头脑，动不动就发蒙。”

玄烨听得高兴，端茶喝了一口，忽然说：“李谙达，朕早听人说，宫里棋艺你最高。”

李总管连忙低头赔笑：“不敢不敢，都是人们瞎传。”

“来，与朕对弈，让朕试试你的真才实学。”

“奴才的大败之势都是万岁爷挽回的，奴才怎敢……”

“别啰唆。我饶你五个子。”

皇后也在一旁凑趣催促。李总管无奈，只得应承。于是玄烨落座，皇后旁坐观局，李总管哈腰站在对面，主子与奴才对弈。

时过一刻，李总管认输，整输却一路。

玄烨命再弈。又是一刻，李总管输，又输一路。

玄烨向皇后一闪眼：这老家伙诈输哩！鼻子里哼一声，生气道：“朕饶你五子，你还输这么多！这局你若又输，就使鞭子抽你！”

第三局毕，棋子布满棋盘，黑白纵横，一个眼儿没有，竟成不生不死之势！

气得玄烨一拍桌子，棋子“叮当”乱跳：“再围一局！你若胜了赐表里一端；不胜，就投进泥里水里去！”

第四局下得极快，不到一刻，清盘算账，不胜不负，竟是平局！

玄烨眉毛一竖，恨恨地说："是你故意不胜！来人，把他投进太液池！"

随侍的太监不敢不领命，又不敢领命。眼看万岁爷动了气，只好几个人一起动手抱起李总管扛上肩就出宫。跨出宫门之际，李总管才急着大声呼喊：

"万岁爷！奴才手心里还攥着一颗子儿可下！……"

玄烨哈哈大笑，皇后忍不住用手帕掩着嘴也笑了。

"回来！回来！"玄烨边笑边嚷，"逗你玩儿的！你到底胜了。朕也不食言，快取一端表里一双荷包来！……"

李总管跪拜谢恩领赐后，依然规规矩矩垂手站在一侧。

皇后笑道："连李谙达在皇上跟前都不敢露真本事，其他人可想而知了。"

玄烨心中一凛，登时许多联想电闪般掠过去：他是皇帝，是天下的主子，手握生杀予夺大权。普天下的人都是他的奴才，怕他杀，怕他夺，企盼他给生路，给荣禄官爵，谁敢在他面前露真相？谁敢真的对他诚实无欺？他想要知道真相，比别人难过十倍百倍！就是最亲近的人，怕也……

玄烨笑了笑，说："你我再弈一局，如何？"

"好哇！"皇后命侍女上茶添灯，笑道，"这回从头开局，我可要认真对付了。"

八盏垂着长长玉佩流苏的巨大宫灯，放射出明亮的光芒，透过灯壁薄绢上绘制的山水仕女花卉翎毛，色彩更加丰富绚烂，使这无比富丽的寝宫分外浓艳；炕桌边两架金丝掐花的凤戏牡丹灯台上，亮煌煌的盘龙烛照耀着棋盘和两位青春年少的皇帝皇后。宫女如花、侍从如云，寝殿里却安静得连一声轻咳都听不到，只有棋子"叮当"和灯芯燃烧的"哔剥"声交响着。"天上神仙府，人间帝王家"，这不是金殿玉堂中一对无忧无虑的仙侣吗？过了好久，他们才开始轻声交谈。因为这样的宁静，他们两人都喜爱，舍不得打破它。

"太皇太后、皇太后安好吧？"玄烨问。大婚之后，玄烨离开慈宁宫，就不能那么近切地依在祖母身边了。此时满族的“晨省昏定”还没有汉家那样严格，玄烨每日读书骑射阅看本章忙得不可开交，便依着太皇太后的旨意，隔三两天才去问一次安。晨省昏定的职责，自然由内廷之主——皇后，率领诸贵人来担当了。

“老人家都好。”皇后拈着一颗白子，想了想，点在一个星位上，瞥了玄烨一眼，又说，“老祖宗问起皇上这两日寝食是否安好。”

“叫吃。”玄烨说着，放一粒黑子，“你对老祖宗怎么讲的？”

皇后搁一颗白子顺延出来，依然小声说：“自然照实说。”

“两旗圈换土地的事你说了？”玄烨捏着棋子，问。

“是啊，皇上这几日不是为了这件事想得饭都不乐意吃了吗？”

“唉！……你祖父会不会出面挡一挡呢？”

皇后团着几颗白子在手心里凝视着，轻轻说：“别的事也罢了，有关黄、白两旗，只怕他也很别扭……”

“那，你自己怎么想？”玄烨下一粒子，轻描淡写地问。

“这……我对此事无定见，再说，又不知详情……”

玄烨瞅了皇后一眼，又转脸望着墙上一幅热闹非常的百子戏图，忽然琅琅背诵了起来：“夫土地人民者，乃皇上之大宝。皇上统辖万里，咫尺之土亦为君土，匹夫之人亦为君民，此乃天经地义、定而无疑之理矣。然今圈占之地，既非皇上之地；投充旗下之人，亦非皇上之人。多圈给旗下一地，皇上则减一地之赋；多投充旗下一人，皇上则少一人之税，岂非有悖大义乎？……”

他背得非常流畅，想来已读过许多遍；他背得十分忘情，到后来眼睛发亮，面颊泛红，竟激奋得一挥手，提高嗓门儿，抑扬顿挫地问出最后一句。

“皇上，这是？……”皇后惊异地问。

“这是直隶巡抚王登联的奏本，如何？真所谓义正词严！不但忠君为国，又明敏练达有远见，这样的大臣是出类拔萃之辈，理当重用！只巡抚一省，着实大材小用，委屈他了！”玄烨对王登联极其赞赏，越说越兴奋。

“皇上的意思，要褒奖他？”

“何止！我若亲政，就调他回朝入阁拜大学士！还有苏纳海和朱昌祚不畏权势，上疏为民请命，也是忠直之臣，理当提升！明日去慈宁宫请安，定要禀告老祖宗，褒奖这三位大忠臣！”玄烨自顾自说得眉飞色舞，不听皇后有反应，扭头看去，她玩弄着手里的几颗围棋子儿，若有所思。

“你说呢？”玄烨问她。

“朝廷大事，原应圣心独断。我只是想，皇上为天下万民之主，理当关爱万民疾苦。八旗满洲也是皇上子民，近日渐困苦也是真情。况且八旗打天下有功，皇恩浩荡，自应格外厚待。臣妾一孔之见……”

玄烨的兴奋收敛了，消失了，恢复了平静和凝重，伸手慢慢拈起黑子，慢慢放下棋盘，棋子“叮当”，在寂静中格外响亮。

玄烨终于沉思着问了一句：“老祖宗怎么说呢？”

皇后把白子一起丢进玉盂里，望定玄烨，道：“老祖宗说，可以送给皇上三句话，叫我得空儿告诉皇上。”

“三句话？”

“是。第一句：审时度势；第二句：隔岸观火；第三句：欲速则不达。”

“隔岸观火？”玄烨眉头微皱，抿紧嘴唇，手里狠狠捏着一颗棋子，像要把它捏出水来似的，已经忘记下棋的事了。他眉毛陡然高扬，眼睛里闪过一片金属般的光泽，刹那间悟出了老祖宗的用心。

不错，这次刮起的换地风，与三年前那次大不相同。眼下，换地是虚，再次圈地是实；要求各旗按祖制公正排列位置是表，打击苏克萨哈的白旗是里！

所以，老祖宗要求他不介入、不轻举妄动，要求他“隔岸观火”。

或许，老祖宗认为这是除掉苏克萨哈的好机会？

玄烨一回头，正触到皇后探究的目光，心里隐隐觉得不舒服，便故作轻快地一摆头，松开眉头，让唇边带出笑意，看一看棋盘，顺手把那颗沾满手汗的黑棋子漫不经心地撂了下去，说道：“老祖宗啊……真是老祖宗!”

这句话意思很含糊，可以理解为对太皇太后的极高赞美，也可以认为是对老祖母过于持重的不满。皇后不去深想，继续布着她的白子，又轻声说：“孔姑姑要往广西驻防去了!”

玄烨差点儿跳起来！只是记住了自己身为天子应有的风度，才勉强抑制住，但却掩不过眉目间的喜悦：“也是太皇太后的旨意吗？孔姑姑愿意远去广西？”

“是孔姑姑自己要求去的。刚才她也来给太皇太后请安，我去慈宁宫时候，她已经跟老祖宗说好半天了。听老祖宗的意思，要封额驸孙延龄一个广西将军，孔姑姑给郡主品级执事，一同前往，掌定南王旧部哩！……孔姑姑以一年轻女子而为一镇藩王，和平西、平南、靖南三镇平分秋色，也是咱大清的一段佳话呀！……”

玄烨又是那句话：“老祖宗啊……真是老祖宗!”他喜滋滋地又下了好几个子，把东北角先占到了手。

“哦，对了，”皇后仿佛刚刚想到，又说，“老祖宗说，冰月妹妹也快要出嫁了。”

玄烨的手一哆嗦，棋子“叮当”一声落下去，砸到另一颗棋子上，跳了两下，掉到炕桌底下去了。侍从宫女连忙抢过一步跪下拾起棋子，轻轻放进棋盂。

玄烨另拿了一颗棋子，好半天不能出手，垂眼似在看着棋局沉思，睫毛却在簌簌发抖。皇后专心专意地在棋盂中挑选棋子，其实白玉棋子颗颗都一模一样，能挑出什么呢？但可以不看皇上的容色。

“下嫁哪一家？”

“靖南王耿继茂之子，三等子爵耿聚忠。听老祖宗说，可是一位英俊有为的少年将军呢！配得上咱们的冰月妹妹。”

玄烨全然没有答话的意思，仍然拈着那颗黑子低头沉思。

皇后于是又轻声说：“咱们大清的公主，自来下嫁蒙古。蒙古各旗对朝廷也亲情深厚、矢忠不二。只近十年，公主才有下嫁汉家藩王之例。建宁长公主下嫁吴应熊、和硕和顺公主下嫁尚之隆，如今又下嫁耿家。这三藩要是再生二意，可就太没良心了!”

玄烨抬头，皇后眼睛里满是同情和体谅，这使他格外难以忍受。他终于把手心里捏得发热的那颗棋子扔回去，慢慢站起身，喑声说：

“下午奏事处又送了奏本来，我想还是今晚把它看完的好，明天就可转到辅臣那里批转，不至于误事……”

皇后眼里闪过一丝失望，但又立刻换上笑容，柔顺地一低头：“皇上说的是。”

小太监服侍玄烨披上一领漳绒披风，他便在两对红灯的导引下，离坤宁宫回乾清宫去了。皇后在门外跪送，眼看黑沉沉的夜色中，浅浅淡淡的星光之下，那两对红灯如同浮悬在空中，越飘越远，心头很不是滋味，在宫门前站了许久。

回到乾清宫，玄烨便钻进他的小书房。等侍从的太监宫女都退出去、书房里只剩他一人时，他才猛地伏在炕桌上，紧紧抱住了脑袋。心像被挖掉了一样，空空荡荡的，难受极了。嗓子眼儿里一块又热又酸又柔韧的东西死死堵在那儿，憋得他出不来气……如果能大喊大叫大哭大闹，也就痛快了！可是他不能，他是皇帝，他得顾及皇帝的体面和身份！

他已经大婚，有了一位皇后和四位贵人；冰月是他的堂妹，皇家家法不许通婚，这都是实情，并非他负心。一年多来他也习惯了，自觉没有对人不起的地方，心情平静自如。

今天，冰月将要出嫁的消息，一下子揭开了他心上蒙着的自我安慰的假面纱，此刻，要永远失去她之际，他才悟出她的宝贵：世界上只有她最懂得玄烨，而玄烨只有在她面前，才觉得无拘无束，可以按照自己的本性去说去笑去做任何事情，并绝对知道自己所做的一切她都能领会、都能接受、都真心实意地喜爱，而不必像在皇后贵人们面前，必须维持一副皇上的嘴脸和架子。这种知己感，亲切感，玄烨不能从任何其他人那里得到，从今以后，玄烨到哪里去寻找另一个自我呢？

走了，走了！都走了！

四贞离京而去，冰月下嫁了，幼时的红颜知己风流云散，再难相聚了！

怪谁？玄烨以皇帝之尊、天子之威、赤子之心，都不能够留住她们。

四贞自然有她的苦衷，她不愿意。可冰月呢？

说到头，是他对不起她，是他负心，是他负义啊！

对冰月，如冰似月的花蕾般的女孩儿，一片诚挚之心的女孩儿，他有罪呀！……

她就要走了，玄烨真诚无邪的少年情爱，也被她带走，永远不会回来了！玄烨正在一点一点地埋葬自己最可珍爱的真情……

玄烨竭力克制，却无法止住喉头的几声呜咽。他手中抚弄着一只美丽的荷包，包上粗简地绣着白云之中扬鬃飞奔的小红马。这是冰月给他的生日礼物，看着它，多少令人心醉的往事涌上心头……然而，这都是梦，都是叫人割舍不了的美梦。她走了，梦醒了，花谢了，月亮被乌云遮住了……

玄烨猛地用双手蒙住脸，大滴大滴的泪珠，从指缝间淌下来、淌下来……

六

八月初九，定南王孔有德之女孔四贞受封为郡主，随同她的丈夫广西将军孙延龄出京，往广西驻防。太皇太后亲自送行，直至永定门外。文武百官都随同相送。北京城里万人空巷，都出来看这盛大的场面。孔郡主的仪从，太皇太后的仪驾，把古老的北京街道装饰得绚烂夺目，仿佛彩霞落到了人间。百姓们许久没看到这样的热闹了，过了好些日子，还在津津有味地谈着那天的见闻。

九月底，安亲王岳乐的女儿、自幼抚养宫中的冰月，被封为和硕柔嘉公主，下嫁靖南王耿继茂之子耿聚忠。京师又是一番轰动。下嫁礼仪之隆重、排场之大、妆奁之丰富豪华，都令人叹为观止。太皇太后把东华门外原来孔四贞住的那所宏大华贵的府第，赐给了柔嘉公主，靖南王耿继茂也专程由福建赶回京师，迎接第二位皇家的女儿进入耿家。第一位，是肃亲王豪格的女儿，一位郡主，下嫁耿继茂的长子耿精忠。耿精忠因此被封为和硕额驸。

八九两月，与喜庆同时，还有另外一些叫人鼓舞的迹象。经首辅索尼认可，一批有真才实学、精明干练的汉官升入六部都察院，顶替了原来那些唯唯诺诺的老官僚，使六部的办事效率明显好转。他们是：礼部尚书梁清标、兵部尚书龚鼎孳、刑部尚书郝维纳、工部尚书朱之弼，加上原有的吏部尚书杜立德、户部尚书王宏祚，还有新任的左都御史王熙，成为康熙年以来六部尚书汉官中最有能力的一批人才。

特别引人瞩目的，是王熙。他父子两代都受顺治帝的特知，极为宠信。顺治将逝之际，曾召王熙赴养心殿撰写遗诏，可算是心腹之臣。康熙即位、四辅臣柄政，王熙这位加礼部尚书衔的翰林院掌院学士，竟被改派为弘文院学士，当了许多年的闲官。这次他被重新起用，意味着什么？朝廷内外许多人都注视着，猜测这次官场变动的真实背景。

直隶河南山东总督朱昌祚和直隶巡抚王登联，借着这股风又向朝廷上书，请求停止圈换土地。苏纳海和他手下去丈量土地的官员，一面消极怠工，一面收集许多不愿圈换土地的正白、镶黄两旗旗民的诉词，也将向朝廷奏请停止圈换。

人人都看到朝廷里辅臣的气势在往下跌，皇上就要亲政、辅臣即将交回权柄的消息已经传得满城风雨。有人已断言，明年，康熙六年的元旦起，皇上就要坐殿、亲自处理机务了。朱昌祚、王登联和苏纳海很可能得胜。

不料，十一月二十，辅政大臣连传两道圣旨，立刻粉碎了所有的谣言！

第一道，专门针对朱昌祚和王登联的奏疏："总督巡抚俱各有专任职掌，这地土事但应照所委料理。将已定之事越行干预、纷更具奏，事属重大！着吏、兵二部会同议处，具奏！"

第二道谕旨就更厉害了："谕吏部，户部：镶黄旗户部官员、旗下官员差去换地，俱已回来。户部尚书苏纳海等，带如许官员、数月之久尚未给地，官员擅自回来，何不奏明？尔二部速差人去，将镶黄旗换地去的副都统三员禁守，尚书苏纳海拿来禁守；总督朱昌祚、巡抚王登联拿来，尔二部议奏！圈换地土事情，着侍郎巴格前去料理！”

真如晴天霹雳！顿时震醒了许多人。

苏纳海、朱昌祚、王登联被拿入狱，令人们看清了：辅臣仍然操持着国柄；黄旗与白旗的争端，发难的鳌拜绝不会认输，支持他的遏必隆和索尼也绝不会后退；六部的掌印堂官仍旧是满洲大员，而吏部满尚书阿思哈此时又兼任兵部尚书，正是鳌拜的心腹……一时朝野悚然，意识到，又一场大狱即将开始了！

果然，吏部兵部很快就议复：苏纳海、朱昌祚、王登联俱属事犯重大，应革职，交刑部议罪；其下办理圈换地土的大臣、副都统、郎中等，分别给予革职、降级处分。

事情交到刑部，便成了公开的刑事大案。京师、直隶又一次震动了。

十二月二十，四名辅政大臣应皇上宣召，来乾清宫陛见。这是玄烨第一次正式召见辅政大臣议政。虽然昨夜老祖宗已经跟他仔细交代了议什么，如何议，以及议时应有的分寸，他还是有些紧张，有些兴奋，有些激动。他牢牢地记着祖母的教诲，拿定他天子的威严气度，何况还有众多的御前侍卫、御前太监在前后左右威风凛凛地排列着为他壮胆呢！所以，在香烟缭绕的乾清宫，当四名功高权重、神态威严的辅政大臣一起跪在他面前叩头时，他能够十分坦然，声音清朗响亮，从容地说：

“卿傅请起。赐座。”

他的气度，自己满意，辅臣们也暗暗惊奇。当他们按顺序分左右坐在貂褥坐垫上时，都不由自主地从不同角度悄悄地打量这位少年皇帝。

皇帝身着便装，外衬貂皮出锋的明黄绎丝披肩，头上一顶貂帽，帽顶和帽前都缀着硕大的东珠。脸的轮廓还是个少年，严肃的眼睛却流露出成年人的深思。这双明亮的眸子，顺着鳌拜、苏克萨哈、索尼、遏必隆的顺序，细细看过一遍，停留在首辅索尼身上。他口齿清晰地说：

“朕尚冲龄，而天下事务殷繁，赖卿傅等代为料理，忠劳可嘉。”

索尼连忙答道：“先皇帝遗诏付托，辅政乃奴才等本分。索尼、苏克萨哈、遏必隆、鳌拜等庸劣愚鲁，惟以忠诚仰报先皇帝大恩。”

玄烨于是开门见山地说：“镶黄、正白两旗圈换土地，吏兵两部议复及刑部议复，朕已看到，愿闻其详。”

鳌拜向以直言著称，便首先摆出了正大光明、无懈可击的理由：仰承先皇遗诏，凡事俱遵祖制，恢复太祖太宗皇帝所定的八旗两翼顺序。

玄烨听罢，点点头：“两旗换地，原在理中。但圈占民地，有无不便之处？”

索尼奏道：“奴才等商议，八旗是立国之本，使八旗安居乐业，乃朝廷诸事务之首。二十年来，旗下人口繁衍，日增日多，而庄田日减日少，不足以赡养家口，如何能安心披甲征战、为国宣力？圈地之举，不得已而为之。况且只在直隶数州县，无伤大局。”

玄烨皱了皱眉头，不禁想起王登联奏疏中的话：“夫土地人民者，乃皇上之大宝。皇上统辖万里，咫尺之土亦为君土，匹夫之人亦为君民……”这段话曾让他热血沸腾，拍案而起；曾让他在太皇太后面前琅琅背诵，并兴奋地向老祖母保证：他一定要制止两旗换地、圈占民田的弊政！

记得太皇太后那时没有说话，连平日慈祥温和的笑容也消失了，只用那么忧郁的目光望着他。等他渐渐平静下来，她才令孙子走近跟前，慢慢的、轻轻的，给他泼着一勺又一勺的凉水：你还未亲政便干预朝政，随意推翻辅政大臣的决定，他们如何感想？他们若因此谢政告退、撒手不管怎么办？若是更坏，因此而生异心怎么办？你一个十三岁的小皇帝，凭什么力量与他们抗衡？……

玄烨冷汗淋淋，清醒了，第一次发现自己处在尊贵而又孤独的地位上，第一次懂得了自己面临的危险。但他不想退缩，反而在心底生出要较量一番的强烈愿望。他要接近和重新认识这四位辅臣，摸清他们的底细。史书和通鉴里，不是有好几位这样聪明的皇帝吗？……所以他向太皇太后说：这事他可以不管，但要过问。当时太皇太后用锐利的目光盯着他看了片刻，他勇敢地经受住了，没有把眼睛移开。太皇太后终于点点头，说了一句至关重要，但过于露骨的话：

"眼下要谨慎小心，不可得罪他们。"

眼下？那么以后呢？是不是太皇太后已经预见到，以后皇帝和辅臣之间，终究要发生"得罪"的事情呢？

现在，真的和辅臣一接触，玄烨立刻明白了，在圈换土地的事情上，辅臣们是不会让步的。他眨了眨眼睛，"哦"了一声，再次对辅臣们看过一遍，说："那么，刑部议复的处分，卿傅意下如何？"

刑部审讯后上奏说："苏纳海拨地迟误、朱昌祚王登联纷更妄奏，事属重大。然查律无正条。苏、朱、王俱不准折赎，鞭一百，除妻妾外，家产籍没，照兵丁留给财产。"

鳌拜立刻站起来回答皇上的询问："禀皇上，苏纳海身在正白旗，故而对两旗换地心怀不满，再三阻挠。他本是专差圈换地土的大臣，却屡屡拖延，今日说镶黄旗章京不肯受地，明日说正白旗佐领下人不肯指出地界，又不指名题奏，足见是谎言惑众！一见督、抚等题请停止圈换，更有意观望迟误。对奉旨责成之事毫不尽力，种种奸巧，实属藐旨慢上，情罪重大，应置重典！"

鳌拜奏罢，拿眼睛看看对面的遏必隆。遏必隆也立起身启奏道："禀皇上，朱昌祚王登联将奉旨已定之事，不钦遵办理，妄行纷更题奏，已属犯上；竟又私自将奏疏给苏纳海看，有结党营私之嫌；最不可恕的是身为汉军旗地方官，疏中不止言民间困苦，竟敢将旗下不愿迁移之处一并具题！王登联更是危言耸听！……情罪俱属重大，应置重典！"

玄烨没料到平日极少说话的遏必隆也这么义愤填膺。他所指王登联的"危言耸听"，想来定是令玄烨大为赞叹的那段"此乃天经地义、定而无疑之理矣"了。看来，这段话触着了他们的痛处，连遏必隆都奋起反击，何况鳌拜、索尼这些人呢？

索尼果然也站起来了。他近日常常生病，须发尽白，显得更老了。但在镶黄旗与正白旗这场争斗中，他毫不犹豫地站在镶黄旗一边。这是因为几十年来正、镶两黄旗同枯荣共生死的命运，也因为多尔衮执政时，索尼作为正黄旗大臣吃尽了正白旗的苦头，受了许多凌辱。他长期对苏克萨哈的成见，除了鄙视其为人而外，也是把对多尔衮两白旗的怨恨迁怒于他了。所以他的奏对也很坚决：

“皇上，圈换旗地是恢复祖制，仰法太祖太宗皇帝的大事！苏纳海朱昌祚王登联反复阻挠，其实在违逆先皇遗诏、违逆皇上登基时文武百官之誓。誓言中曾提及：凡结党乱政之人，夺算加诛！眼下正应此誓，绝不可宽贷！”

玄烨把目光转向苏克萨哈。玄烨一向不喜欢此人，暗中用“阴柔奸猾”四个字去形容他。但此时见他低头垂手、默默无语，怕冷似的缩着肩膀，显得十分孤零胆怯，玄烨不由得生出一丝怜悯，口气中就略带了一点鼓励，说：“苏大臣，你看呢？”

苏克萨哈像个病人，缓缓站起，躬腰垂头，声音又低又弱：“禀皇上，奴才是正白旗人，不便奏对。乞皇上见谅……”

他还能说什么？辅政之初，他就看到了自己的劣势，所以结了鳌拜这门亲以为援手。当初他讦告多尔衮谋逆，虽然因而受到顺治帝的宠信，获得了尊荣富贵，可是两白旗信服他的人并不多。忠于多尔衮的人恨他骂他，背叛多尔衮的人妒忌他。他花了很大气力，好不容易因皇上的暗助才在正白旗里站稳脚跟，渐渐有了自己的一帮人马，这些人也渐渐分布到内院六部等处。但和两黄旗相比，实力还是大大不如。

汤若望案起，苏克萨哈野心勃勃，要借此良机扩展一番；谁知闹了个打不着狐狸惹一身骚，反与鳌拜结了怨恨。他也曾努力弥合裂痕，可鳌拜已不念姻亲之情，拈出两旗换地这么个题目来踩咕他。鳌拜的性格和能力他太清楚了，知道他不踢开自己绝不罢休，所以先下手为强，借朝廷今年秋天以来的一股“汉气”，鼓起余勇跟对手较量。结果他败下阵来。因为鳌拜联合了索尼、遏必隆，苏、朱、王三人被逮问判罪，便是苏克萨哈的垮台，他哪里还能挣扎？惟一的出路，就是俯首乞怜，从此亦步亦趋地听他们摆布。

玄烨对苏克萨哈泛出青色的面容瞥了一眼，既可怜他又瞧不起他。如果此时他还敢奋起抗辩一番，或许还能赢得玄烨的尊敬。可他却是这么一副脓包样！……玄烨请四位辅臣入座，镇静地说道：

“苏纳海身为内国史院大学士兼户部尚书，朱昌祚王登联也是国家封疆大吏，不同平民小官，处置必须十分慎重，方得人心信服。索尼乃四朝老臣，一向忠谨，此事必能把握。卿傅等再仔细商议商议，务必既合朝廷法度，又体上天好生之德。去吧！”

四位辅臣叩拜后，出宫而去。他们心里明白，十三岁的小皇上无论怎样聪明天纵，无论怎样关心朝政、喜爱治国之道，终究不过十三岁！他用清亮的童音所表达的乃是太皇太后的意思。所以一路默默无语，各想各的心事。鳌拜又被皇上召回，大约是询问明日南苑射猎的事，不一会儿也回到体仁阁。四人自办手下的一摊事务。

苏克萨哈借一件题本为由，与索尼讲了几句闲话后，说：“索公，皇上的意思，还是要慎重为上。刑部所议，照准便可。你说呢？”

苏克萨哈刚刚走开，鳌拜又过来，沉声道：“索公，我已拟好旨意，请过目。”

索尼看了一遍，惊讶地耸起白茸茸的眉毛：“皇上刚才还说……”

鳌拜认真地说：“这是皇上后来的意思。”

索尼沉吟着：“皇上并未亲政，不过咨询而已。太皇太后……”

鳌拜浓眉一竖，气概飞扬，斩钉截铁地说：“这事至关紧要，已到了这个地步，有进无退！有人怪罪，鳌拜担当！”

索尼看看鳌拜，又盯着鳌拜拟就的圣旨，半天没有说话。

十二月二十一，午时方过，刑部北所那棵大榆树旁曾囚禁过汤若望的监房，牢门突然大开，一名刑部满郎中出现了，四名旗丁分列两旁。他脸上毫无表情，大喝道：

“圣旨下！”

身缠铁链的王登联撩袍双膝跪倒，静听宣读：

“苏纳海奉差拨地，种种奸巧，不愿迁移，迟延藐旨；朱昌祚王登联身为总督巡抚，各有专任职掌，拨地事不照所委料理，妄行具奏，又将奏疏与苏纳海看，且疏内不止言民间困苦，竟将旗下不愿迁移之处一并具题。情罪俱属重大。苏纳海、朱昌祚、王登联着即处绞，其家产免籍没。钦此！”

王登联跪在地上一动不动。满郎中收起圣旨，向前走了几步，对王登联一个跪安：“王大人，小官给你老道喜了！”他站起来，见犯人仍无反应，便对身后的旗丁一招手，旗丁手执白色帛带就上来了。

王登联突然猛地立起，大喝一声：“慢！”旗丁们被这震动屋宇的一吼吓得一愣，不由得后退了两步。

满郎中惊异不定，目露凶光地笑道：“王大人，你老可不要……”

王登联一挥手，仿佛挥着一把长剑，截住了满郎中的话音，他威严地命令：“解铁链！”

缩在牢门口的狱卒，在满郎中的示意下，连忙上前开锁，取掉了王登联身上所有的铁镣。

“笔墨伺候！”

众人被他的气势慑住了。狱卒恭恭敬敬地用木盘端着笔砚走到他跟前，竟不由自主地“扑通”一声双膝跪倒，把木盘高高举过头顶。

王登联一把抓住大笔，饱蘸浓墨，左手撩着胡须，向牢房阴暗的墙壁挥去，运笔飞快又非常有力。他动用的不只是胳膊和手腕，而是全身的每一根经络每一块筋肉的合力；洒向壁上的仿佛也不是浓墨，而是他的一腔热血！十六个龙飞凤舞的大字，闪烁着逼人的光芒：

为民请命，死非其罪！
为民请命，死得其所！

王登联把大笔一扔，仰天长长地呼出一口气，伸出右手，从眼角抹去几滴滚烫滚烫的泪，向长空挥手一弹，随后，像一尊石像一般，高贵地挺立着，平静地说道：

“来吧。”

…………

朱昌祚听完满郎中宣读的圣旨，顿时瘫在那里，四肢颤抖、脸色大变，片刻之间就泫然涕下，泪流满面。

满郎中照例一跪安："朱大人，小官向你老道喜！"

朱昌祚呜咽着说："我……知道了！……朝廷免我家产籍没……皇恩浩荡，朱昌祚……谢恩了！……"说到后来，他已泣不成声。

"朱大人还有什么嘱托？"满郎中问了一句。

朱昌祚站起身，狱卒把他身上的铁镣取走，他便在窗下踱着步子，不时用泪眼透过窗户看看外面阴沉沉的天色，语无伦次地说："……我还有什么话好说呢？但愿儿孙们读书成器罢了……"

"朱大人，时候不早了！"满郎中催促。

"是，是！我知道！……"朱昌祚满面惊惶，容色惨白，望着四名旗丁手中的帛带，徘徊着、颤抖着。

满郎中不耐烦了，大声说："朱大人，看你敢上疏请停圈换，人人以为你是条忠烈汉子，武死战，文死谏，最是气概！没承想你是这么个怕死的孬种！"

朱昌祚先是愣了一愣，跟着就泪如雨下，呜咽着说："报应，这是报应啊！……三年前我为自救，陷乌程、归安两学官于死地；三年来，我日夜不安，有愧于心；而今日，果然追到我头上来了！……天道好还，天道好还哪！……"

满郎中见朱昌祚终不肯自行引绝，便对四名旗丁一点头，示意他们动手。四名健壮高大的旗丁大步上前，猛地抱住朱昌祚，朱昌祚惊叫一声，失去了知觉。他们将他胖大的身体放倒，一名旗丁从容地把帛带绕在朱昌祚的脖子上。

…………

苏纳海一见牢门大开，刑部满郎中和四名旗丁站在面前，立刻就明白是怎么回事了。满郎中展开圣旨要读，苏纳海大手一张，笑道：

"我知道了，你不必读。这是鳌拜他们的旨意，欺皇上年幼罢了！"

满郎中只得向前跪安道喜。

苏纳海说："不用跟我来这个。我是朝廷大臣，旗下勇士，自有体度。拿酒来！"

苏纳海是满洲大臣，所以虽监禁也不上铁镣，允许家奴进狱服侍主人。听他一声唤，家仆连忙奉上酒坛酒杯和食盒，跪在一旁为他斟酒，那眼泪忍不住就滚落下来，小声说道：“主子有什么话要吩咐的……奴才好禀告主母和小主子……”

苏纳海瞥了家仆一眼，生气地说：“不许哭！旗下勇士战死疆场，虽死犹生，是家族的荣耀！告诉他们，就当我是战死的英灵！”说罢哈哈大笑，举杯痛饮。后来，他扔了杯子，端起酒坛，如长鲸吸川，一饮而尽。高举酒坛，往地下一摔，“哗啦”一声巨响，在寂静中震得人们悚然失色。

苏纳海捋着胡须，从容命家仆把垫褥铺在牢房正中，随后对着正北方向三跪九叩，高声说：“皇上，奴才不能为皇上尽力了。奴才去见先皇帝，禀告一切。先皇帝绝饶不过这些乱他法度的奸贼！”

苏纳海起立，重新整理了辫发和胡须，之后，端端正正地躺下，盖好皮袍，拿一块衣襟蒙住自己头脸，淡淡地说：“可以了，来吧。”

旗丁战战兢兢持着帛带走近苏纳海，苏纳海突然掀开衣襟，吓得旗丁惊叫，后退不迭。只见苏纳海指着帛带神气十足地说：“我差一点儿忘记了。这帛带性软，不足以致我死。取弓弦来。”

弓弦取来了，那是十五石弓的弓弦，崭新的，又粗又硬，雪一样白，闪着刺目的光。旗丁使用它的时候，都不由自主地落泪了……

苏纳海、朱昌祚、王登联处绞的次日，辅臣又宣布追论原户部尚书英武尔代之罪。英武尔代是正白旗大臣，太宗皇帝之婿、顺治皇帝之姐夫、多罗额驸一等公，和苏纳海同族。因为最初拨地不公平就出于此人，所以谕旨中说：“英武尔代若在，应行正法。因其已故，将官职尽行革去，家产地亩籍没。”

第三天，圈换土地的最后圣旨下来了：镶黄旗迁移壮丁四万零六百名，拨给蓟州遵化迁安三处原正白旗分内地、民地、开垦地、投充汉人地二十万三千垧。正白旗将迁移壮丁二万二千三百六十一名，拨给玉田丰润永平滦州乐亭开平等处民地、开垦地、多出地、投充汉人地十一万一千八百零五垧。自今日起，立即圈换。

圈地那一日，天寒地冻，北风凛冽，滴水成冰。小小的靠山村二十来户人家，男女老少上百口子，除了老病走不动的，都出来了，默默地站在村边、站在地头，在刺骨的寒风中抖瑟着，一声不响，满脸凄惶，眼巴巴地望着他们的田地。户部官员大呼小叫地指挥着人役，正在那儿往地下砸进一根根石桩和木桩的标志。沉重的铁锤、锐利的尖桩，扎进地里不会冒血吗？……是他们的心在冒血、在颤抖！

户部官员一进村就向百姓宣告朝廷圣旨：这一片地是前明废藩地，原在应圈之列。二十多年未圈，被村民无偿占用，虽然按年完纳田赋钱粮，可还欠着朝廷的地价银两。今圈归正白旗为旗地，地价银开恩免征。

真是霸道！夺了地还要充恩人！可谁敢吭声？——远处威风凛凛地站着一队全副戎装刀枪闪光的正白旗骑兵！

梦姑身子已不大方便了，还非要出来看不可。同春为她披上厚厚的斗篷，小心地扶着她，一同站在村口的大槐树下。北风卷地而来，扑上面庞，两双眼睛里蓄满晶莹的泪。梦姑凝望着田里奔来奔去的人影，小声说：

“同春哥，还记得咱们马兰村那回圈地吗？”

同春沉重地叹口气：“十多年了，又来了！”

“马兰村这次怕也剩不下，都圈了吧？”

同春愤愤然：“何止马兰村！永平府还能剩下几块民田！”

梦姑的眼睛像小孩子一样惊惧：“我们怎么办呢？眼看我就要……唉，费耀色讲的好皇上，在哪儿呢？”

同春小声安慰着梦姑，脸色却越发阴沉了。

地头一片喧闹，村民和户部差役卷成一团，越吵越凶。同春赶过去，见村民们围着求告说好话，因为两名差役扭住了本村一个小伙子，而小伙子正在跳脚大骂：

“我不知道什么鸟藩王！这块地是我爷爷传给我爹、我爹传给我、祖祖辈辈的民地！我还要靠它养活我老娘！说圈就圈，还让不让人活啦？……”

两个差役口口声声说小伙子打了他们，是造反，非要拿去见官不可，满嘴里吆喝着：“反啦！反啦！”

小伙子是同春的东邻吴小六。他家兄弟姐妹八个，早年夭折加上战乱、疾病，如今只剩娘儿俩相依为命，每年苦苦挣扎，去了田赋钱粮，刚够母子度日。圈去了地，不就是要了他们的命？看着吴小六，同春如同看到十三年前的自己。那时也因为旗下圈地，还是少年人的他，也这么挺身而出地抗争，跟来圈地的公差动了手……真不料旧事又会重演！同春分开众人，近前拦住两名差役，含笑说：

“二位差爷行行好，放了他吧！”

差役瞪眼喝骂：“你是什么东西！敢拦大爷的路！快滚开！”

同春仍然满脸赔笑，伸手在其中一个的肩膀上一拍：“念他年纪小不懂事，差爷就高抬贵手吧！”

“哎哟哟哟哟！”被拍的差役突然尖声叫唤，肩膀斜着歪下去，“扑通”一下摔倒了。另一差役见状大惊，指着同春道：“你，你，你是什么人？竟敢伤害公差、抗拒皇上！你，你有几个脑袋？”

同春笑道：“列位都看到了，是他自己站脚不住，我何尝用力？”

人群中喊道：“吃喝嫖赌，淘虚了身子，怪谁哩！”

差役拉起同伴，连连后退，威胁着说：“你小子等着！你好好等着！”两人转身飞跑而去。

同春推一把吴小六：“还不快走！你要有个好歹，你老娘靠谁去？”

吴小六恍然大悟，冲出人群，撒腿就跑。

众人小声议论着，渐渐散开，却被大队正白旗骑兵四下拦住，围在了正中。

八旗兵手挽强弓，钢刀出鞘，杀气腾腾，虎视眈眈；村民们挤成一团，面无人色，吓得直哆嗦，孩子们躲进大人怀里，刚哭出声，又被大人捂住嘴，唬回去了。

为首的旗下佐领瞪着圆眼，从铁叶红缨头盔下，冷森森地扫视着面前的百姓，突然喝道：“谁敢抗拒皇上的圣旨？”

一片寂静，只有北风呼啸着，扬起阵阵黄沙。

佐领的马蹄颠了几个碎步，站定，又喝问：“是谁大胆，敢伤害差人？”

两名差役拿出狗仗人势的威风，立刻扑向人群，把同春揪住。

初见这剑拔弩张的情势，同春也发了慌，知道自己闯下大祸，心里像揣个小兔，“突突”乱跳，紧张地寻思着如何脱身。可是危险一旦迫在眉睫，他反而迅速冷静下来，一横心，甩开差役，从容地大步走到佐领马前，恭敬地一拱手，问道：

“阁下必定是前来受地的正白旗的大人？”

同春气度轩昂、声音洪亮，佐领不由得暗暗赞赏，说：“不错，我是。”

“方才我不过无意拍拍这位差官的肩膀，他不知怎的脚下滑倒，便诬赖小人伤他。父老兄弟都是见证，也请验验他肩头有伤无伤。”

佐领回脸望那差役，差役一手护肩，表情尴尬，狼狈地后退了两步，不敢说话。同春刚才只向他显示一下力量，以便救助吴小六，并没有伤他。另一个差役跳起来，指着同春的鼻子嚷道：

“佐领大人，这小子把那个反叛放跑了！那个反叛不准我们圈地，还说了好些大逆不道的话！……”

佐领发亮的眼睛又盯住了同春。同春沉了脸，镇静地敌住佐领的目光，慢慢地说：

“谁的心不是肉长的？他家祖祖辈辈种着这块地，他就靠这点地养活他七十岁的老母亲，如今舍不得、说几句气话，也是人之常情……佐领大人和旗下满洲不也是从蓟州、遵化迁来的？对耕种居住二十多年的旧地，不也舍不得吗？……”

佐领把目光移开了。站在近处、听懂了同春的话的正白旗骑兵们，也都不由自主地放松了手中的武器。这是确确实实的。受着镶黄旗的逼迫、受着辅政大臣的压力，正白旗不但牺牲了他们的英雄苏纳海，而且不得不抛弃经营二十多年的家园，跑到这里来圈占民地！数九寒天，拖家带口，重起炉灶，重立家业，哪一家正白旗满洲没有一肚子怨恨！……

好一阵沉默之后，同春又说：“小民们并不敢抗拒皇上圣旨。我们即刻收拾，搬走就是。”

佐领呆呆地坐在马背上，一言不发。这显然是默许。同春和乡亲们转身慢慢地回村。挟弓持刀的正白旗骑兵也就顺势后退，渐渐开了合围口，让出一条路。

“站住!”佐领突然大喝，村民们一惊，立住脚；骑兵们也发了怔，又习惯地举起武器。佐领催马向村民走近几步，皱着眉头说：

“这一处田地房屋都已圈给旗下，限你等三日之内全都搬走！若愿投充，可来我这儿商谈。我们暂住山坡上的关王庙。”

总算有点天良，正白旗佐领没有立即驱逐村民。下午就有好几户人家往关王庙去了，他们实在不愿意十冬腊月逃亡他乡。但多数人却准备迁走。

次日晚，同春夫妇收拾好了，去向吕之悦一家告辞。吕家忙乱不堪，打包，装箱，人进人出，师母累得早早躺在床上歇息，吕之悦把同春两口儿让进他空空落落的书房。

“真抱歉，无茶无酒，只能干坐着了。”吕之悦苦笑着一摊手，请他俩坐在两张准备扔掉的方凳上，自己随意坐上一张条桌，伸手到背后捶腰。这两天又忙又累，心绪纷乱，吕之悦满脸皱纹，神情疲惫，又老了许多。

“先生，我们明天一早就要走了，来向你老人家告辞。”同春拱着手说。

“哦，明天就走？好，好，都走了才干净！我收拾好了也走！人口多麻烦也多，不知道明天能不能成行呢，唉!”他显然心烦意乱，随口说着溜到嘴边的话。当他的目光从梦姑身上滑过时，愣了一下，冷静了，认真地看看他们俩，说：“你们怎么能走？梦姑身子这么重了，又天寒地冻的，万一有个好歹，不是闹着玩儿的!”

“不，我一定要走!”梦姑少有这么坚决的口吻，“村子里人家，但凡有头脸略周正些的年轻闺女媳妇，都要走……”

吕之悦叹了口气。以往圈地圈房，常常把年轻妇女也圈进去，谁也不敢说什么。他急着要走的原因之一，就是莹川已经十二岁了。于是他轻声地说：“走吧，同春路上多照应吧！……你们到哪里去呢？”

同春说：“我们合计着，还要找这样的前明废藩地。听说山东境内不少。那里远离京畿，圈地圈不到的。”

吕之悦点点头：“也好，就是路途太远，你们路上一定要当心才好。雇了车吧？千万要少行多住，开春前能赶到就可以了。”

“先生，你呢？跟我们一起去山东好不好？”梦姑认真地提议。

吕之悦激动了，他站起来，在空落冷清的小书房里快步地走来走去，神情又痛苦又坚决，眉毛在额头上不住跳动。他猛地停住脚，眼睛里的光芒亮得叫人很不好受，哑声说：“我再不能这么下去了！不能再当隐士，耕读诗酒了此一生。我要去当官，要做事！”

小夫妻俩惊异地互相望望。先生大半辈子清高自诩，不屑为官做宦，如今须发灰白，怎么竟一改初衷？

吕之悦看看两人的表情，从怀里掏出一封信递给同春：“我负了一肩忠义之债，必得投袂而起了！”

同春展开信笺。信是直隶巡抚王登联的儿子写来的。同春知道，吕先生去保定上书，大受王登联的器重和优待；王登联处死，吕先生难过了好些日子。信里详细叙述了王登联就死的过程，并转述了王登联遗言中有关吕之悦的话：

“为防意外，有害吕先生，书房所藏吕先生所上之书要立即销毁。若能见到吕先生，代我致意：先生高才，一生隐处山林，销声匿迹，实在辜负了一腔热血、满腹经纶。愿先生记取登联一句赠言：不念朝廷念苍生！……”

同春望着吕之悦，十分感动，又不知说什么好，他毕竟对官场士子们的喜怒哀乐隔着一层。半天他才憋出一句较为得体的话：“先生，如今正是奸臣当道啊！”

“正因为如此，才激起志士仁人一番搏击之志！苍生何罪，遭此颠沛流离之苦？”吕之悦慷慨激昂，目光闪闪如电，花白的头发有些蓬乱，他一手攥着自己的胡须，仰天长叹，拖长声音，大呼着王登联临终写就的那十六个字：

“为民请命，死非其罪！为民请命，死得其所！”

同春和梦姑望着这位古怪的老人，心里既钦佩又觉得有些生疏。梦姑小心地问道：“那，先生要往哪里去呢？……”

吕之悦一愣，从悲壮慷慨的神游之中，蓦然落回到现实里来。他略作平静，说：“只有去京师，以书画或授徒为生，待入幕为宾和科举的时机了……”

莹川飞也似的跑进来，扑到梦姑怀里，搂着她哭着嚷道：“婶儿，你们为什么不跟我家一路去京师呢？我舍不得你走，我不要离开你！呜呜……”

梦姑眼圈也红了，抚摩着莹川的头发，喃喃地说：“婶儿不走，今儿个不走，现在不走……”

“可你明儿一大早就走啦！……”莹川越加伤心，索性放声大哭起来，“哇……啊，啊……再见不着婶儿啦！……”

梦姑抹着泪安慰说：“别哭了，快别哭了！……以后我们去京师看你，好不好？等你出嫁的时候，婶儿一定给你绣一套花袄花裙花鞋……”

这样的话，小女孩一听就害羞了，哭声也就低下去。

吕师母走来，递给梦姑一个大包袱，在她耳边低声说：“里面有小人儿衣服、帽子、兜布，还有包脐带的药膏、产妇常用的草药和下奶药，你都收好了……”

梦姑红了脸，埋头进师母怀中：“师母，你待我这么好……”

两人搂抱着一同掉泪，莹川凑过来，依着母亲和梦姑，哭声又高了。

同春连忙劝道：“都别哭了，身子要紧。时候不早，莹川也该歇着了。家里这么忙，莹川还不顶事干活儿呀？”

吕之悦点头叹道：“也真难为这孩子，顶半个大人用了。”

莹川泪汪汪地搂着梦姑，对吕之悦说：“爹，明儿早起我要给叔叔婶子送行，可别忘了叫我啊！”

“好，好，到时候准喊你，快去睡吧！”吕之悦连连应着。等莹川母女走后，他若有所思地对不停擦泪的梦姑看了很久，看得同春都奇怪了：

“先生，你这是……”

吕之悦转过脸来，同春又一次觉得仿佛有好几双别人的眼睛透过吕之悦的目光望着自己，里面既有内疚，又有歉疚；既有同情，又有忧虑……吕之悦终于低声说："看见你们娘儿俩这么恋恋不舍的，我心里也不是滋味。前些日子我可真想过，把莹川给你们……"

同春忙道："先生快别这么说，我们怎么敢当！"

吕之悦有口难言地连连摇头："不是这个话，不是这个话！……上有天下有地，中间有良心哪！……我真是对人不起，可又没办法！……"

同春和梦姑越听越糊涂。吕之悦继续说："你们为人忠厚有志，莹川就随了你们，我也没有什么不放心……后来梦姑有了身孕，我这点儿想头也才打消，你我两家都有了膝下儿女，也就没有什么遗憾了……"

同春笑道："还是叫莹川拜梦姑做干妈吧，不就两全其美了吗？"

吕之悦沉吟片刻，说道："我的意思呢，既然如此……"他犹豫着不好出口，但终于坚决地说了出来，"既然如此，从今以后，梦姑还是不要再见莹川为好。"

梦姑和同春全怔住了，以为他们听错了。

吕之悦疲倦地又添上一句："这样对梦姑对莹川都好。"

同春陡然涨红了脸，立刻站起身要走，他觉得受了侮辱。梦姑扯扯他衣襟，送去责备和抚慰的温柔目光，同春领悟，咬住了嘴唇。梦姑也站起来，像懂事的晚辈一样，诚挚地说："先生，时候不早，我们告辞了。先生一家待我们的恩情，容日后报答。先生的嘱咐，我们都记住了……"

吕之悦一时说不出话来，眼看着小夫妻俩向他跪拜告辞，他木呆呆的，嘴里含糊地应着，把他们送出了大门，直望到他们的背影消失在黑暗中，还愣愣地站在门口向寒夜呆望。星光颤抖，天地寂静无声，干冷的风一阵又一阵从小巷穿过，扑打着他的衣襟。广大的世界，渺小的人生！……他突然用冰凉的双手蒙住热烘烘的脸，痛苦地自言自语说：

"我！我算得上什么正人君子、饱学之士！我也是一样的卑鄙怯懦呀！……"

天还不亮，同春夫妻就离开了这小小的靠山村。同春雇了一辆骡车，把他的整个家都载上了——包括简单的家当和三口人：同春、梦姑和梦姑腹中的婴儿。

路上，夫妻俩还在谈论着吕先生昨晚那不近人情的态度和要求。同春一直为此生气，梦姑却在劝他：吕老先生久历沧桑，世故很深，既然说出这样不通情理的话，必定有他的难言之隐。谁没有自己不可告人的心事呢？又何必见怪这样一个好老人家？同春无可奈何地笑道："只有你，总用好心肠去猜度别人！……"

太阳出来以后，他们走上南去的大路。路上，男女老少，行人络绎不绝，一家家愁眉苦脸、啼饥号寒，都是永平府被圈去土地的百姓。有的往换到远处州县的新地去安家，有的到外省或京师去投亲靠友，也有的和同春他们一样，想另找落脚处谋生。牛、马、驴、骡、大车小车，这都是有根底的人家。更多的还是挑着行李、担着孩儿，牵着大的，背着小的，在冻得邦硬的大道上踽踽而行的贫民。长长的官道上，前不见头，后不见尾，像一列逃荒的流民队伍，慢慢向南移动……

七

"野猫①！"

"又一只野猫！"

"快放狗！"

"费耀色！放鹰！"

狩猎队伍里一片兴奋的喊叫。几只猎犬"汪汪"吠着，箭一般蹿出，追赶林间雪地上飞跑的两只灰兔。费耀色摘去鹰帽，大鹰拍击翅膀，"忽啦忽啦"冲上天空，朝野兔飞追而去，整个狩猎队伍也跟着策马追奔呼喊，声震远近。

红马的主人勒紧缰绳，马减了步速，终于停下来。

---

① 野猫：清代人避免称兔（为男妓别名），故而将兔子叫作野猫。

整个大队也随着停止。

骑红马的少年一身猎装，外裹风雪大氅，毛茸茸的貂帽围着一张稚气十足却又忧郁沉思的面容，他心不在焉地望望远处的野猫、猎犬和大鹰的追逐，无精打采地说："还是早点回南海子吧！"

"皇上，已经进了南海子。瞧那远处的晾鹰台！皇上不是想要射猎的吗？"

"唉，现在又不想了！……"

这正是玄烨和他的侍从们：头等侍卫索额图、佟国维，内大臣佟国纲以及费耀色等鹰犬处的侍候人。

天算案结案以后，玄烨心里始终不平。别的不说，那次日食观测是他亲眼所见。明明西洋算法最准确，明明大统历、回回历误差大，却硬要说对是错、说错是对，难道为治国的需要，这样颠倒是非也是必须的？

天算案最后竟落到荣亲王殡葬案上，杀了那么多人。究竟什么是洪范五行？小四弟的葬期葬地、日月山向又怎么犯了杀忌而带来父皇母后大行及一系列皇室的灾难？

最近出了两件事，使玄烨疑惑更多。

一件是，钦天监监正杨光先因其历法测算与气候屡屡不应，奏称要采用一种久失其传的候气之法，上疏要求准许他寻访延请博学有心计之人制器测候，而制器需"宜阳金门山之竹管、上党羊头山之秬黍、河内之葭莩"等物备用。礼部只得劳民伤财地派遣许多人不辞千里跋涉之苦，去采集这些稀罕物。

这不可笑吗？即使把西洋历销毁，即使有辅政大臣撑腰，大统历不准仍是不准！若说历法关系国运，那么，行这错误的大统历，难道就不危害国计民生？

另一件，汤若望去世的消息，终于传到宫中、传到玄烨耳边。对这个他只见过一面的可怜的外国老头儿，玄烨心里一片哀悯。他怎么也无法把这个白发苍苍的病老神父看作是施魔法害皇家的妖人！

于是，玄烨起意，亲眼看看荣亲王墓地。

但皇上平日是不能随意出大内的。只有南苑行猎，能得较多自由。他便借射猎之机，出南郊，奔驰了一整天，终于见到位于黄花山的他的小四弟的坟园。

小四弟死时还不到一岁，但因追封荣亲王，坟园建筑按亲王规格，十分壮丽宽阔。石牌坊及石人石马石象石狮都洁白如新，享殿、配殿的绿琉璃瓦顶在冬日中闪着耀眼的光。四周白雪覆盖的山川形势一目了然。玄烨因近年攻读，已知堪舆术的大略，他看到这里背山面川、风水绝佳，而荣亲王的坟，正处在上好的结穴之地，毫无犯杀忌之嫌！至于下葬日期，既然被斥为妖人妖法的汤若望西洋历法一直能准确地上应天象气候，而被尊为钦天监监正的大师杨光先的大统历却屡屡错误，那么，杨光先所称犯杀忌的葬日，还可信吗？

当然，这些他一句也不会对旁人说，只牢牢记存于心。

使他心情沉郁的，是荣亲王墓前的石碑。那是御制碑，他的父亲顺治皇帝亲撰亲题的“皇清和硕荣亲王圹志”：

> 制曰：和硕荣亲王，朕第一子也。生于顺治十四年十月初七日，卒于十五年正月二十四日，盖生数月云。爰稽典礼，追封和硕荣亲王，以八月二十七日，窆于黄花山，父子之恩、君臣之义备矣。
>
> 呜呼！朕乘乾御物，敕天之命，朝夕祗惧，思祖宗之付托，翼胤嗣之发祥。惟尔诞育，克应休祯，方思成立有期，讵意厥龄不永！
>
> 兴言鞠育，深轸朕怀，为尔卜其兆域，爰设殿宇周垣。窀穸之文，式从古制；追封之典，载协舆情。特述生殁之明，勒于贞珉，尔其求妥于是矣！

他在碑前默默地站了许久。

离开墓园回南苑的途中，他一直在沉思默想。

对那个粉雕玉琢般美丽可爱的小四弟的亲切追忆，已经退向远处，他满心里是与小四弟无关又有关的许多感慨和念头：

父皇称小四弟是“朕第一子”，那就是说早死的大阿哥牛钮以及在世的二阿哥福全、三阿哥玄烨，其实都不在父皇心上，都不被父皇承认！

父皇心里只有小四弟，因为父皇最爱小四弟的生母——死后追封为端敬皇后的董鄂妃。圹志上说得多明白：“惟尔诞育，克应休祯，方思成立有期，讵意厥龄不永！”小四弟若活下来，必定立为太子；那么，顺治十八年即位的就只能是小四弟这位“皇长子”，而绝无玄烨的份儿！

父皇大行之际，也没有传位于玄烨的意思。若不是汤若望的适时进言和皇祖母的全力主持，承继大统的新皇帝，也未必就是他！

对玄烨而言，汤若望的恩惠实实在在、有凭有据，而汤若望的罪恶是一片云烟，不见真迹。对于这位几乎受凌迟极刑，终于忧愤而死的老人，这位先帝的师傅、祖母的义父、自己的恩人，他不有愧吗？身为万岁天子，至高至尊，而几乎保不住恩人，那么，何高？何尊？……

一片喝彩声，把玄烨从沉思中唤醒。猎犬和大鹰各叼了一只野猫回来了。

大鹰放下猎物后，听着费耀色的轻轻呼哨，落在他臂上。费耀色喂它一块鲜羊肉算是奖赏。

玄烨伸手顺着大鹰的翎毛，辨认着：“这不是你为朕调驯的那只海东青。”

“不是的。”费耀色顺手给大鹰戴好鹰帽，交给旁边的小当差，从另一特制鹰架上替过来一头蓝灰色的青鹰，体形不大却神骏非凡，兀立在他肩头，铁铸的一般，“皇上请看，这就是前年皇上指要的那只小海东青！”

玄烨想要摘去鹰帽看看，费耀色说他调驯了一种新花样，要演示给皇上过目，先不能除帽。

玄烨顿时来了兴致：“索额图，着人驱赶猎物！”

号角响了！一队护从皇帝围猎的虎枪营兵排成长长的行列，从林间雪地拉网般蹚过，大声吼叫，敲打着锣鼓和应手武器家什，喧嚣一片。就要蹚出疏林之际，突然跳出一头毛茸茸的灰色大狐狸，惊惧失措地一头栽向空旷的雪原，飞窜逃走。

玄烨兴奋地大叫：“追！”

人喊马嘶，猎犬“汪汪”，旋风一般奔逐过去。

费耀色在马上喝一声：“起！”他肩上的海东青早已展翅飞起，同时另一只鹞子也急速起飞，从海东青翅边闪电般擦过，竟将海东青头上的绣花锦帽抓下。目障一除，海东青顿时满眼光明，舒展开宽达数尺的双翼，姿态极为潇洒雄健，有力地猛扇高飞，直追上去，很快就超过了所有的人马，飞到狐狸前头。

“好哇！”玄烨忍不住大叫喝彩！

“好海东青！”追猎的侍从们也一片喝彩声！

“皇上快看！”费耀色比所有从人更知情更急于显摆。

海东青突然两翅一剪，倏地落在狐狸身上！狐狸纵翻跳跃，终于躲不开大鹰专啄眼睛的利喙，海东青铁钩般的尖爪，一抓头，一抓胯，紧紧扣住，用铁翅狠狠一扑扇，狐狸哪里经得住，顿时昏迷。猎犬也已赶到，咬住了狐狸的咽喉。海东青似乎不屑于捡取猎物，又倏忽飞上高空，略作盘旋，仍回到费耀色的肩头。大队也随之停下了。

玄烨亲自给他的海东青喂鲜肉，以示特殊恩宠。他极其喜爱地打量着它高傲不群的英姿、它有如镶着金环的亮闪闪的年轻的眼睛，不住地赞叹：“着实非凡！是神品！竟有高士品格！……”

索额图从虎枪校手中接过狐狸呈送玄烨：“皇上请看，这毛色毛品也少见哩！”

确实，这是一只少见的银灰色狐狸，体格硕大强健，摸上去绵厚的底绒柔软稠密又纤细，外披一层长长的针毛，像银丝一样闪闪发光。得到这样的猎物谁不自豪！玄烨扬眉挺胸得意扬扬：

“朕要亲自奉献给皇祖母，给老祖宗做一对暖筒！”

“皇上仁孝，老佛爷一定欢喜！”索额图夸赞。

“皇上孝治天下，必得万民敬仰！”佟国纲称颂。

“我皇上文武全才……”

“我皇上聪明天纵……”

侍卫们纷纷凑趣，玄烨不觉拂去了心头的忧郁和伤感，恢复了常态，又带出一点十三岁男孩子的口气：

“想想看，刚才拉队赶兽，如果赶出来的不是狐狸，是大熊，是老虎！那该多有意思！”

“皇上，那可不是海东青、鹞子和猎狗能了账的事儿啦！咱们就得拉开架势，真的行围射猎啦！”索额图笑着说。

“可不！皇上要能亲开弓箭、亲燃火枪，射死虎熊，可就更有劲儿啦！”佟国维跟着也说。

“朕是想，若是鳌大臣在场，定能奋力搏虎击熊，必是惊天动地的一番争斗！咱们就看鳌拜大获全胜吧！那才叫好看呢！”

玄烨的话落了音，竟无人接茬儿。玄烨奇怪地看看众人，一个个都借着整理衣裳、清理缰绳避开皇上的目光。好半天，还是索额图回了一句：

“皇上说的是。”

玄烨心里犯疑。想到这一路众人仿佛都不约而同地瞒着什么事，莫非与鳌大臣有关？趁着行间歇马，玄烨借口看鹰，悄悄问费耀色：

“你告诉我，这些人有什么事瞒着不让我知道？”

“还不是换地圈地的事！都说镶黄旗仗势欺人！”

“镶黄旗？是说鳌拜遏必隆吧？可镶黄旗人口多，地委实不够种，难道让他们喝西北风？”

“不够种去开荒嘛，干吗平白地换人家白旗的地、圈人家平民百姓的田？圈地的事先皇早就禁过了，这会子又圈；朝廷说奖励开荒，人家开出了好地就给圈了去，以后朝廷的话谁还信？”

玄烨心里一“咯噔”，竟无话可说。

坐到侍从们生起烧水的火堆边，玄烨干脆直截了当地问：“舅舅，索额图，两旗换地的事儿，是不是动静挺大？”

沉默片刻，索额图先开口：“奴才身在正黄旗，不便多嘴，可也觉得不很妥当。”

“舅舅？”

佟国纲谨慎地挑选着字句：“奴才作壁上观，要说辅臣为政，这些年倒还都出于公心。惟有换地，不免行私之嫌。”

“舅舅是说遏必隆、鳌拜？”

佟国维比哥哥心直口快：“遏必隆算什么？没主意的人！”

“那就是说鳌拜？”玄烨身体前倾，眼睛瞪得好大，“不对！鳌拜忠直刚勇，最无私心！念念在于朝廷，总归是替国家着想！”

大家又都不作声了。

玄烨心里冒火，直想发作叫喊一通，又强压着，再问一句：“你们怎么一下子都不说话了呢？”

佟国维终于忍不住：“无论如何，一下子杀掉苏纳海、朱昌祚、王登联三位大臣，总有点儿欠妥吧！……”

“什么？”玄烨大惊，睫毛簌簌抖动，“果真杀了？”

“不是说，有皇上的特旨吗？”索额图轻声地似自语似问话。

“我原是……”玄烨说不下去了，脸色苍白，耳朵里“嗡嗡”乱响，完全蒙住了。

“嗖”的一声箭啸，众人惊起寻望间，“扑通”一声，一只带箭的雉鸡摔落在火堆旁边，雉鸡晃动着五颜六色的漂亮羽毛挣扎片刻，不动了。

远处一丛人马在雪地上奔驰，正向这边跑拢！谁这么大胆，竟敢来皇家御苑射猎！索额图等侍卫率着护军营立刻飞身上马，采取包抄队形，大叫着催马迎上去阻拦盘问。但，十面迎风飘展的销金龙凤旗和那柄耀眼的曲柄九凤黄伞，令他们惊慌地勒马止步了……

玄烨隐约感到又来了什么人，努力从恍惚中挣扎出来，把目光集注到面前，顿时噤住：这匹鬃散五花、耳披双竹的玉面凝霜骢的金鞍上，稳稳当当坐着一位中年人，竟敢头戴东珠顶子朱纬熏貂帽、身着绣团龙的得胜褂；竟敢脚蹬饰龙纹的黑皮靴、腰佩嵌珠玉的黄色箭袋；外面竟敢穿一件黑狐皮面明黄缎衬里的端罩！从头到脚，都是天子的服饰，都是只有玄烨才能穿戴的御用物！

是谁？面貌熟识极了，玄烨似乎生来就认得，熟识得竟一时想不出这一身骑射戎装的贵人是谁！

“皇帝，怎么了？”

一听这圆润、温厚、慈爱的声音，玄烨喉咙里热辣辣的，泪水猛然涌上来，直在眼眶里打转转，满心的委屈苦痛一下子找到了归依，大叫着扑过去：

“老祖宗！——”

太皇太后连忙下马，刚好迎着玄烨，用温暖的手握住了那双冰凉的小手，很注意地看看孙子汪着许多泪的眼睛，小声地只让玄烨听见：

“有话回去说，别在外头掉泪！”

玄烨咬住嘴唇，点点头，感受着祖母手心传来的绵绵不尽的温热，眼泪渐渐化开了。

“皇帝到哪里去了？昨晚没在南苑？”太皇太后问。

“老祖宗，我去看小四弟墓园了。昨晚宿在行宫。”

“哦。”太皇太后立刻明白了玄烨的心思，便撇开这个话题问，“这是我刚射的那只雉鸡吗？将将好落在火堆旁边，莫非自行烧熟供我等美餐？”

众人都笑了。

“老祖宗，我还从没看过你骑马射猎哩！刚才乍一见都认不出来啦！”玄烨摸着祖母的箭袋，笑着说。

“草原上长大的人，哪个不会骑射！祖母虽然上了岁数骨头硬了，还是忘不了哇！来，跟祖母赛上一场！”

孙子的小红马如一团赤霞，祖母的凝霜骢像一道月光，在南海子空旷辽阔的雪原上并辔飞驰，侍卫和护军营、銮仪卫的人马蜂拥在后，朝着南苑行宫那一片金碧辉煌的殿宇别馆奔去。

回到行宫，第一件事是盥洗。

梳洗完毕的太皇太后，出神地对着镜内面影。脸色红润，眉毛乌黑，眼睛明亮，由于容光焕发而显得年轻、显得动人。她深心里不知何处轻轻颤抖着，震荡出一波又一波的甜美和沉醉。是自怜自爱，还是自满自豪？不由得对“她”妩媚地一笑。“她”与三十多年前宠冠后宫的蒙古美人、太宗皇帝最喜爱的西宫小福晋布木布泰越发相像了。

镜子里进来一张细眉细眼高颧骨的圆胖脸，那是苏麻喇姑。

两人在镜内相视一笑。

太皇太后说：“若是平日也有这样的气色，浓脂艳粉就可以免了。”

苏麻喇姑笑着从首饰箱里取出一副极细腻匀称、看去极珍贵的红珊瑚珠环，奉给太皇太后：“现在戴了它可不正好？”

太皇太后一笑，接过珠环边戴边说：“看来今后得多骑马，多来南苑驰骋，不然，老得更快了。”

“老佛爷不老。”苏麻喇姑仍望着镜中。

“是啊，眼下，我还不能老！”说着，她目光冷静地看定镜中的苏麻喇姑，两人笑容倏失，同时想起今早上的情景，想起引来这次大雪天南苑之行的那件事。

今天早上，苏麻喇姑亲手为太皇太后梳头。象牙梳从她头顶的乌发慢慢刮向脑后时，她舒服得合上了眼睛。随皇后同来请安的年龄最小的宜贵人郭罗络氏冒冒失失地“哎哟”一声，说：“怎么翘出几根白头发呀？”

皇后慌忙回头瞪她一眼。她自知失言，惊慌地红了脸，赶紧垂头朝后缩。苏麻喇姑已拿出小镊子，准备拔去那透出黑发直直竖在脑门心的几根触目的白发。

“别拔它了。”太皇太后微微一抬手，轻声说，“往日一根一根地长，如今一丛一丛地生，拔不净啦！”她伤感地叹了口气，凝视着镜子，好半天一言不发。贵人们和苏麻喇姑也都不敢开口。

后来皇后说：“老祖宗气色好，脸上都看不出皱纹。我们到了老祖宗的岁数，只怕难有老祖宗的容色。”

太皇太后摇摇头，伸手拿起水粉和胭脂，慢慢地扑脸，慢慢地说：“老就是老，不想老也没办法。水粉胭脂也遮掩不过，还不如不施脂粉的好。……可咱们皇家的身份摆在这儿，吉服朝服必须金碧辉煌、必须色彩缤纷，这是国家制度管着的。穿着这么华贵艳丽的衣袍，你们年轻人容色丰润新鲜倒也相配，我们上岁数的若不靠脂粉装点，就得叫这些衣袍给打扮得越发干枯老朽了！……”

苏麻喇姑递上一副珊瑚珠环，太皇太后拿来放在手心细细观赏：极其温润细腻极其红，红得纯粹，红得透明，亮得耀眼。周围的人们看着它眼睛都直了。太皇太后轻轻抚摩着它赞叹不已：“好一副珊瑚珠环！我算它至少值一千两银子！”

苏麻喇姑笑道：“是，册子上写着价值一千一百两。”

太皇太后望着镜子，又摇摇头，笑容里有一点捉摸不住的凄凉：“可惜我再不能戴它了！它太鲜亮，太明艳了，会把我这老太婆的脸形容得分外暗淡老惫……还是戴一副珍珠耳环为好。淡灰色的珠光对上岁数的人倒还合适些……”

苏麻喇姑和皇后贵人们静立两侧，有些不安，有些惶惑。她们从未听老佛爷发过这样的感慨。她真的老了吗？岁月真无情啊，天底下最尊贵、最有才干、几乎是无所不能的老佛爷，也逃不出它的管辖！

皇后贵人们已经出宫去了，太皇太后还沉浸在伤感中，无心说话。这时，慈宁宫总管匆匆赶来，进门就跪下，紧张地禀报说：

“老佛爷，苏纳海、朱昌祚、王登联被杀了！”

“什么？”太皇太后猛地一起身，首饰盒“哗啦”摔落地上，珠花、凤钗、耳环、戒指滚了一地，她回头看了苏麻喇姑一眼，苏麻喇姑也倒抽了一口凉气。

“老佛爷，”总管连忙接着禀告，“说是有皇上的特旨！”

“皇上特旨？”太皇太后皱起黑眉，慢慢坐下了，思索了片刻，问，“皇上去南苑几天了？”

“三天。”苏麻喇姑答道。

“好吧，”太皇太后仿佛下了决心，“传他们备马仪驾，我也去南苑。”

“老佛爷，刚下了大雪，天气太冷……”苏麻喇姑和总管有心劝阻。

“不怕！”太皇太后口气很坚决，停顿片刻后，她又看定苏麻喇姑，一字一句地说，“看这样子，我还不能老！”

同是这句话，今天到南苑的大雪地里放马驰骋之后，太皇太后又说一遍，更加有信心、有分量了。她似乎意犹未尽，又用不太流畅的汉话，慢慢吟了几句诗：

“老骥伏枥，志在千里。烈士暮年，壮心不已！”

苏麻喇姑虽通汉话，对诗却外行，只是因为太皇太后此刻忽然勃发的虎虎生气、一种优雅与强劲兼备的特殊风采，不由得呆呆地望着她，目光里满是敬慕。

“老祖宗！咱们吃饭啊，我肚子都咕咕叫啦！”玄烨边说边进门，已经盥洗完毕，干干净净、清清爽爽。

“好好！”太皇太后满脸堆起笑容，说，“传膳，传膳！”

晚膳后，祖孙俩在后殿西次间坐着说话，苏麻喇姑陪侍在侧，照应宫女太监们煎茶送水上点心。

两只银丝罩熏炉暖烘烘地喷溢着轻淡的百合香，奉上的热腾腾的茗茶飘着清香，桌上一碟碟精巧点心果子散发着甜香。由于在雪地奔驰多半日，五十三岁的祖母和十三岁的孙子脸上都泛出红润润的光彩。他们的话题也如这温馨宁静的气氛一样亲切而舒适：

“还记得你小时候往脚心儿里点痣的事吧？”祖母笑着问。

“记得，点的是北斗七星，红的！”孙子立刻回答。

“可不嘛，”苏麻喇姑笑着说，“偷我的胭脂去点的！”

祖孙俩都笑了。玄烨回忆着说：“那会儿父皇还抱了小四弟问我：‘父皇百年之后，如果小四弟即位当皇帝，你怎么办？’我还问呢：‘我有脚下七星啊，为什么不能做皇帝？’”

太皇太后只点头不说话，眼睛里弥漫着一片欣慰、一片哀伤。

苏麻喇姑笑道：“这就是命啊！终究三阿哥气数旺，生就的天子命嘛！”

“还记得你初登基，我大病方起，曾问你打算怎么当这皇帝？”太皇太后又问。

“记得的。那天除了皇祖母、苏麻喇姑，还有冰月妹妹也在……”玄烨嗓子眼儿里打了个磕绊，又接着说下去，“孙儿回说，惟愿天下平安，生民乐业，共享太平之福。”

太皇太后微笑着点点头：“确是仁心流露，此乃为君上之要啊……”

这毫无宫廷森严的亲切温暖气氛，令玄烨毫无顾忌，一口气就说到太皇太后想知道的要点上："老祖宗是说杀三大臣的事吧？我……"

太皇太后用安慰的口吻提出严重的问题："这事我也不明白。咱们祖孙俩原商议好照刑部所议，只问罪不杀头的，你不是宣召四位辅臣说明了吗？"

"是说了的。可是后来为出猎的事再召鳌拜……"

玄烨于是说起那天的事情经过：

召回鳌拜布置南苑行猎之后，鳌拜提到刑部议处太宽，不足以立朝廷之威。

玄烨心里存着回护三大臣的意思，对鳌拜也就直言无隐："你没看见王登联的奏疏吗？他说土地人民者，乃皇上之大宝，终究还是一片为国为君的忠心呀！"

"皇上毕竟年幼，被他们的漂亮话儿蒙骗了！为国为君是虚的，为私为己是实的！苏纳海属白旗，自然心中不满，那两个汉军旗的，也怕圈地减了他直隶的钱粮收入！都在那儿假公济私！"

"就是有私，问罪罚处也就是了，何必置于死地？"

"皇上还不明白？他们这是借着题目抗上！要是不给点厉害，日后朝廷的政令还下得去吗？各省各处学着行私抗上，还得了？咱这朝廷、皇上你的天下，可不就反了？乱了？"

玄烨觉得鳌拜说得也有道理，不禁点了点头。

鳌拜更加激昂了："打仗行军，不遵将令、乱说乱道、扰乱军心的，还杀无赦呢，何况朝廷大事！"

玄烨又犹豫道："杀，总是近于暴，有悖仁政……"

鳌拜连连摇头："皇上，咱满洲天下难道不是杀出来的？当年太祖太宗立国开疆，杀人如麻，血流成河，那是何等英雄、何等气概！不杀，能有今天？再说了，乱世用重典，不杀这三人，镇不住天下督抚！"

想到祖宗开国的伟业，玄烨一时豪气满怀，有点惭愧自己胸襟不大、魄力不雄。

"皇上看看那个汉献帝，当初杀大臣杀太监杀狠些，后来哪会三国鼎立？心慈手软成不了大事，当皇上，更不能学那些妇人之仁！”

玄烨不由得又点了点头。

“皇上年幼，更应借此立威，叫朝廷内外，天下百姓不敢小瞧！”

这句话，使玄烨大受鼓舞，顿觉热血沸腾，终于开口道：“好吧！就照你的意思拟旨就是。不过……”

鳌拜立刻接过话头：“皇上若是十分不愿，还有一个法子，招呼议政王大臣会议不准，也就是了。”

玄烨一想，既拟了死刑旨意为自己立了威，又有议政王大臣会议议个减等免死，两全其美，何乐而不为？便完全同意了。

鳌拜告辞时还非常恳切地劝谏道：“奴才虽不敢当皇上屡屡称赞，但此生确是勇字当头、一往无前！但凡有阻路的，管他是人是兽是神是鬼，决计斩杀清除，从不手软！愿我皇上日后为政治国也如太祖太宗！……”

玄烨向祖母讲完这段经过，又急急忙忙地解释说：“鳌拜实在是忠心耿耿，处处替朕着想！……三大臣赐死，想必是议政王大臣会议不听招呼，议决处死的！……”

屋内还是那么和暖，还是芳香流溢，但那种温馨亲切的气氛已从太皇太后心头消失了，她忧心忡忡地望着孙子，拿不准他这一番话有多少水分。玄烨也同一般的十三岁满洲男孩子一样，把出卖朋友看作是最卑鄙的行为。他从小敬重鳌拜，天算案玄烨那么气愤，也只把账都算在苏克萨哈头上，处处替鳌拜开脱，说鳌拜老实，受了苏克萨哈的蒙骗。今天他说这些，究竟是他真实的念头，还是为保护鳌拜编的谎话？或者有真有假、半真半假？……

参汤送上来了。太皇太后端碗喝了一口，又伸手捶捶腰和肩，笑道：“多年不练骑射了，真有点腰酸背痛呢！”

“孙儿从没见过老祖宗骑射，今儿个怎么想起来的？大冷的天儿……”

太皇太后望定玄烨，目光闪闪：“你猜猜，祖母为什么大冷天出来练骑射？”

玄烨一下怔住，不知如何回答。

太皇太后像看生病的孩子一样看着玄烨，温和、爱怜，又带着点儿忧郁，半天，才说："去歇着吧。得空儿想想看。"

玄烨疑疑惑惑，脚步迟疑地走了。

太皇太后把瓷盏里的参汤喝完，拿在手中，似在端详盏上精美的花纹，口里仿佛自言自语："不料此人竟僭越位次，专擅朝廷生杀大权！"

苏麻喇姑轻声说："不怪皇上看他不透。若不是索尼老遏必隆软，苏克萨哈弱下来，也显不出他呀。"

太皇太后放下瓷盏，仍是慢声慢气，仿佛还带着笑："大婚一年多了，辅臣竟无人提起归政的话头儿。满朝文武百官，也只出了个张维赤！这可不是什么好兆。咱娘儿们不能再打盹儿当老奶奶了。"

"打他们判汤玛法凌迟那会儿起，老佛爷不就看出苗子了吗？眼下这情景儿，看着要步步上紧啦！"

苏麻喇姑最明白女主人的心思。

辅臣们不顾皇家体面，不顾老佛爷的暗示，竟要凌迟处死汤若望，这颇出太皇太后的意料，顿使她警觉了。于是在去年八月，为不足十二周岁的小皇上举行了大婚礼，表示皇上成人，逼迫辅臣归政。

辅臣不仅没有归政的行动，就连口头表示都没有。天算案他们还最后奏请皇上和太皇太后定夺；这回换地圈地案，竟不顾太皇太后的反对，干脆矫旨杀却碍事的三大臣！大学士苏纳海春天里还膺获代皇上日坛祭日的殊荣呢，他们竟毫无顾忌！

看来，随着鳌拜手握的实权渐多渐重，辅臣的偏离也就渐远了。

鳌拜，这位功高权重的满洲第一勇士，最终会走到什么地步？……

"不急，"沉默片刻后，老佛爷又轻声地说，"连三阿哥都看他不透，更别说朝中文武、满洲八旗了。咱娘儿们也得再瞧瞧。还是那句老话，审时度势。总要等蕴毒尽发、疮脓出头哇！……要紧的是，怎么对三阿哥说明？"

太皇太后这时才对自己的贴身女侍看了一眼。苏麻喇姑望着女主人细长眼睛里透出的威严和沉思，立刻应道：

“老佛爷，让奴才去说。”

太皇太后想了想：“也好。明儿你陪他往昌平打猎跑马。多带些护卫人役！”

次日，天气更冷，云层时厚时薄，却始终不散，一整天都日色昏黄，照在人马身上，没有一点暖意。

玄烨失去了平日骑马飞奔时兴高采烈的常态，神情恍惚、若有所失，老是在想什么事情，提不起精神。苏麻喇姑担心地看看他：

“皇上身子不舒服？”

“没有。”

“嫌天儿冷风大？”

“没那个！”玄烨立刻否认，“再冷朕也不怕！”

“那，怎么发蔫呀？”

玄烨苦恼地说：“苏嬷嬷，我昨儿夜里做了个梦，醒过来心里就不痛快，老觉着别扭，可又记不得梦的是什么。老想，老想不出来。不知怎么回事儿，怪不自在！”

“能想出一点儿来吗？苏嬷嬷给你圆梦！记得吧，打你会说话起，就是苏嬷嬷给你圆梦呀！”

“是啊。我怎么就一点儿影儿也想不起来呢？……只影影绰绰记得红宝石，一块红宝石……红宝石又怎么的啦？”玄烨使劲敲敲自己的前额。

“成了，别费那脑筋啦。你快朝前看，看见那边那个庄子吗？”苏麻喇姑用鞭子指着大路前方，一个百十户人家的村镇。庄里房屋参差不齐，既有土坯茅草顶的贫屋，也有砖墙环绕的大宅院。

“这镇子有什么古怪？”玄烨看看和一路所见的村镇没有多大差别。

“记得我给你讲过的先皇帝微服出猎，遇上劈木柴老汉的故事吗？”

“记得记得！”玄烨来了兴致，“那老汉三个儿子因逃人法全给斩首，老汉的田地也给一个参领强占了去。我父皇替老汉去找参领讲理，参领不依，反要动手打我父皇，我父皇龙颜大怒，把参领一家处死，拿参领的房地财产都赏给老汉，还封他为一镇之尊！京师内外、天下百姓无不称颂我父皇是圣明天子！……哦，我明白啦，就是这个镇子吧？”

苏麻喇姑点头：“对。知道那参领是谁吗？”

“是谁？”

“是你父皇后宫谨贵人的侄女婿！……”

“哦！那是我父皇大义灭亲！”

“记得领你父皇见这老汉的那个蛮子儒生吗？”

“记得。他是谁？”

“就是你的师傅熊赐履！”

“真的？”玄烨满脸兴奋，眼睛放光，跃跃欲试，“咱们这就进镇去瞧瞧，看那劈柴老汉还在不在？”

苏麻喇姑摇头：“不用去了。参领一族早把房地财产收回了。那老汉若不死也早撵出去了……再说进镇歇马，要招来好些麻烦……”

“什么时候的事儿？”玄烨瞪眼问，旋又领悟，自语道，“我知道了，准是我父皇大行，那些人捏着他的罪已诏干的！”他狠狠甩了一鞭，小红马抢开四蹄飞跑。这一簇人马跑出好几里，把那个镇子远远扔在身后。玄烨忽又回头望着苏麻喇姑，继续着方才的思索：

“苏嬷嬷，你说，跟这次两旗换地圈地，是不是一回事儿？”

苏麻喇姑微微一笑：“皇上你说呢？”

当苍黄的太阳已经偏西，这一队人马行进在昌平县通明陵的大道上时，苏麻喇姑又低声地向玄烨详细说起当年那个极其险恶，而今为存体面依然隐秘不发的故事——简亲王济度想要废掉先皇的一系列阴谋，以及老佛爷与先皇帝的一系列对策。桩桩件件惊心动魄，玄烨听得眼不敢眨、大气不敢出，一颗心在腔子里“怦怦”直跳。

苏麻喇姑娓娓道来，不时向玄烨指出与当年有关的地点：

“方才我们歇马吃午饭的沙河行宫，就是小太监李忠顶替皇上蹈险的地方。那天你和二阿哥都在。你父皇召皇家子弟较射，你三发三中，还赏穿黄马褂哩！……那会子你刚五岁，不记得了吧？”

“记得，清清楚楚！”玄烨很得意，这是他记忆中最光彩的一幕，他完全凭了自己的才干获得奖赏。不像后来，即便是震动天下的登基大典、节庆朝会，他只不过是被人捧着、送着，全不由己。

“咱们走的这条路上，当年銮驾护着御辇，浩浩荡荡。不知何时侍卫太监进上搁了毒药的茶点乌梅汤，不知何时代主乘辇的小太监李忠死在途中……

“就在这棱恩门前，迎驾诸王百官迎得个辇中死皇上，登时乱了营炸了窝儿似的，大哭大叫。济度立马站出来主持，说是一要为皇上发丧，二要拥立新君。偏这时候你父皇赶到了，将济度一伙解送回京……”

边走边忆边说，玄烨和护卫着他的这队人马，循着当年顺治皇帝祭奠明代最末一代皇帝的道路，一直走进了崇祯的墓园——思陵。

陵内松柏苍郁，道路规整洁净，棱恩门、棱恩殿、明楼等建筑的黄琉璃瓦顶闪着高贵富丽的光彩。满耳边只有风声、马蹄声、枪戈相撞的“叮当”响。苏麻喇姑不再说话，索额图、佟国纲兄弟一路上都默默地跟在身后一段距离，以表示回避。玄烨于是自然而然地落入沉思。

棱恩殿前，皇上下马。这时，他对苏麻喇姑说：

“苏嬷嬷，我明白了。前有多尔衮，后有济度，皆因身为亲王、功高权重，所以父皇大行，令大臣辅政而不用摄政王。对不对？”

苏麻喇姑点点头，半晌，又说：“功高权重，容易生异心，可就不止亲王了！”

玄烨一愣，眼珠骨碌骨碌转了几圈，无数念头飞一样从心头掠过。

皇上在棱恩殿拈了香、行了祭礼，苏麻喇姑陪他登上明楼，又绕着宝宫走了一圈。这回，由玄烨把崇祯皇帝一生勤政爱民的事迹和最后感叹着“君非亡国之君、臣是亡国之臣”而以身殉国的故事讲给苏麻喇姑听。

“苏嬷嬷，你看！”玄烨突然指着宝宫上的一棵树，没有一片树叶，却挂着几颗鲜红的果实，“那是什么？”

“哦，那恐怕就是你父皇亲手植下的那棵柿树，只待它柿熟自落，没人敢擅自摘取，经了秋霜冬雪，真像红宝珠一般！”

“苏嬷嬷，你说什么？”玄烨追问，竭力回想着。

“那年处置济度之后，你父皇便亲自大礼祭奠崇祯皇帝。他也登上明楼，他也绕宝宫周行。他当时心绪激荡，难以自持，就站在此处，你现在站的地方，拍着宝宫顶上的黄土，洒泪痛哭，大声喊道：‘大哥大哥！朕与你一样，皆是有君无臣啊！’……”

如雷轰顶，玄烨心灵受到极大的震动，“扑通”一下跪倒在地，大叫道：

“父皇！……”

他的眼泪猛地迸出，他的委屈、苦恼，因错杀三大臣而产生的自责、失败感和心底的惨痛，也随之一涌而出，奔流直下，无可抑止。然而，他没有像孩子那样放声大哭，只在静静地流泪，不时耸动着十三岁男孩的瘦小的肩头。

苏麻喇姑正要上前搀扶劝解，玄烨倏然立起，喊出声来：

“我记起来了！苏嬷嬷，我记起来了！”

“什么？皇上你说什么？”

“昨儿晚上我的那个梦！”

……玄烨骑着小红马，在雪原上飞奔，寒风扑面，非常痛快。玄烨在笑，小红马在欢快地嘶叫。

小红马突然惊慌地扬蹄人立，尖声怪叫，玄烨定睛一看，鳌拜手持大铁锤站在面前，严厉地竖眉瞪目，大声道：

“犯上大不敬，十恶不赦，绝不容它活命！”

小红马声声哀鸣，似乎知道自己厄运临头。

玄烨求情：“鳌大臣，饶它一回吧！”

鳌拜摇头不准。

玄烨再求情：“杀了它，朕没有坐骑了！”

鳌拜戳手一指，一长串名马络绎走来，一匹匹英姿矫健、意气雄豪，额头上缀着蓝、绿、紫、黄各色晶莹的宝石，耀得人眼花。

“皇上，奴才拿这些名马换回小红马！”

“不！朕不换！”

“那么，奴才用这些宝石换皇上那块红宝石，可成？”

玄烨诧异地看到，那一长串名马消失了，留下浮悬在空中的晶光四射、五颜六色的宝石。他惊骇不已，说：“朕没有红宝石换给你。”

“皇上不要哄奴才。请回头看。”

玄烨回头一看，心爱的小红马不见了，化作一块巨大的、血一般红、阳光般耀眼的红宝石！比鳌拜朝珠上的红宝石大百倍，比鳌拜所有的宝石珍贵千倍万倍！

鳌拜扑过来，猛然把红宝石攫到手中，他立刻升高长大，像一座山！他放声大笑，“轰隆隆”的像是打雷。

玄烨急了，仰脸大叫：“还我的宝石！夺朕的珍宝，你还算朋友，还算忠臣吗？”

鳌拜俯视玄烨，像在看一只小蚂蚁……

玄烨讲完自己的梦，心情激荡，跺着脚嚷起来：“原来是他！原来就是他！……是他欺朕年幼，擅权专横！想叫朕也落个‘有君无臣’？没门儿！……朕真不该听他的话，错杀了三大臣！……”玄烨捶着胸口，又落下眼泪。虽然痛苦不堪，却因终于说出了口，反而觉得痛快了许多。

“皇上不必这样自责。三大臣的事，不管皇上你对他说什么，他都一样要杀的！”

“朕一直……拿他当大忠臣，当心腹好友，敬重他、信赖他，处处都护着他……”玄烨说着，很觉伤心，哽哽咽咽地说不下去了。

“皇上快别这样。有件事奴才还不大明白，你刚才说起鳌拜朝珠上的红宝石，皇上见过？”

玄烨一愣，仰头想了想，恍然道：“是了。那日他为拟旨杀三大臣与我说道时，戴了一挂翡翠朝珠，垂在胸前正中的那个佛头是块桂圆大的红宝石。它比朕的帽顶服饰上的红宝石都大都好，闪出的红光亮得刺眼……”

苏麻喇姑又笑了：“皇上，奴才要说，皇上心里早就对他存了戒心，只是自己没领会罢了，皇上信不信呢？”

玄烨心里一忽悠，飞快地把往事一件件想过去，回溯着往前想：或许在去鳌拜府探病的时候；或者更早，在鳌拜树下救驾的时候。总之，在他显露出与众不同的、超人的武功胆气的时候，在小男孩儿敬佩爱重英雄勇士的同时，是不是已经暗暗发生了君王对难以驾驭的人才的担心和疑忌？……

玄烨一时说不清。无论是否，都无损于他天子的德行。说是，便表现他聪明天纵，有知人之明；说否，则是他存心仁厚诚挚，待臣下如心膂，不疑不忌。

眼下的紧迫情势，玄烨总算理清了。他叹息道："朕这才懂了，老祖宗何以年逾半百又练骑射。强筋健骨，以备万一，以备不测之变。对吗？"

"是啊。此人勇武无双，又军功极高，为八旗所尊崇，不得不早做防备。"

"苏嬷嬷，苏纳海他们三人，朕本心是想升任重用的，至少也要保全。不料被他哄弄，反而送了他们的命！后果如此之惨痛，绝非朕所预料，我……唉！"

见玄烨再三提起此事，痛悔不已，苏麻喇姑心里赞叹小皇上毕竟心地仁厚，劝解道："三大臣虽然死得冤枉，能唤得皇上醒悟，也值了。错事谁不做？错了改正就是。但皇上一身关系非轻，纵然错，也不可以随便认错；即使可以认错，也绝不可以示弱！"

玄烨跳起来："苏嬷嬷，朕这就回宫去，找鳌拜算账！"

"不。老佛爷说了，皇上经一次挫败，当有一次长进。必须咬牙顶住挫败的后果，万不可鲁莽行事。"

玄烨的黑眼珠定定地看着苏麻喇姑，渐渐安静下来，慢慢转过脸去望着柿树上那红宝珠一样的果实，沉思片刻，终于，像成年人一般严肃地说：

"不错。照老祖宗的话说，审时度势。"

第五章

一

这真是迅雷不及掩耳的打击！辅臣竟有这样的胆识魄力，一天之中诛杀三员大臣——一名大学士、两名封疆大吏。所有的人目瞪口呆，整个朝廷震悚了。

刹那间，不利于辅臣的流言被阵风吹去，消失个干净。原本面有喜色，心怀希望，想着伸伸脖子吐吐气的汉官们，又屏住了声息低下了头。只除了两黄旗和辅臣门下，朝野上下一片沉默。

曾有私下传说，皇上并不同意处绞，是鳌拜假传圣旨，消灭异己。但这传说很快也烟消云散，因为皇家在三大臣被杀之后，对鳌拜表示了异乎寻常的恩宠。

鳌拜和他的家族，在康熙六年刚开始的那几个月份，喜庆重重，如同烈火烹油，鲜花着锦，从来没有这么兴旺发达、这么威焰逼人：

一月里，太皇太后许婚，以和硕恭悫公主下嫁鳌拜之侄纳尔杜；

二月里，鳌拜之女与敬谨郡王兰布完婚；

三月，春末夏初，温馨宜人，公主下嫁大典正式举行。

和硕恭悫公主，皇二女，是顺治皇帝亲生的六个女儿中惟一活到成年的一个，比皇二子福全小四个月，比当今皇上大三个月，是娇贵非常的长公主。纳尔杜，是鳌拜弟弟巴哈之子。但鳌拜一家并未分府，鳌拜乃一家之主。以长公主下嫁纳尔杜，实在是皇家对鳌拜的特殊恩宠。所赐公主府第，就在鳌宅左近，便于新婚夫妇早晚向长辈请安，与同辈来往，又表示了异乎寻常的亲厚。

婚礼正日子这一天，鳌拜府前车马轿辇水泄不通，几无插针之地。因为朝廷所有三品以上的官员，都接到了喜帖，请到府中宴饮。官员们不得不去，也不敢不去，还要带上与他们身份相称的礼品。于是，悬灯挂红、高结彩棚的鳌拜府里，正门是高冠彩服、顶翎辉煌的官员络绎不绝；侧门是礼车礼担流水般出进，那景象，真有大节庆日百官朝贺太和殿的味道了。

喜宴摆在正堂和正堂前搭了天棚的院子里。那一桌桌五颜六色、一吃二看三拿的极其丰盛的席面，都是皇家赏赐的。院子里两人一席，招待的是三品官和二品汉官；正堂里一人一席，请的是内院大学士和六部堂官，但占多数席位的，还是八旗都统副都统。鳌拜坐在主位，他的三个弟弟巴哈、卓布泰、穆里玛分在他的左右席陪客，鳌拜的儿子那摩佛，侄子塞本得、讷莫和刚刚成年的孙子达福、侄孙苏赫等也都在这里。

鳌拜穿着吉服，头上一顶白罗胎的凉帽，帽檐正中镶着一块晶莹夺目的红宝石。他坐的姿势很有气概：腿盘得周正，腰板挺得笔直，脸上的表情倒是难得的和气，就像雨后初霁的天空，不叫人感到威严和压力，使与宴的文武大臣们轻松了不少。

鳌拜闪动目光，把正堂里的这些大臣们看了一遭：朝廷里举足轻重的人物都在这里了。眼见文武济济荟萃一堂，而这是鳌拜家的正堂，使他心里有股说不清的振奋。他擎起酒杯，感慨地说道：

“我鳌拜到如今也五十四岁了，不敢自吹丰功伟绩，倒也不是庸驽之辈。我家三世受太祖太宗先皇厚恩，粉身碎骨也难报答！今日列位大驾光临，鳌拜感激不尽，说一句心里话吧：但愿各位与咱同心合力，全始全终，兢兢业业，治理国事。待幼主长成亲政，交还皇上一个强盛大清国，咱就告老还乡，不问政事，安安乐乐了此一生，岂不是好？照眼下这么龙争虎斗，处处结怨，日夜辛劳，吃不下睡不安的，苦日子着实过够啦！……”

人们从没听鳌拜说过这种话，一时都有些发蒙。

内弘文院大学士李蔚笑道：“三国时候曹孟德领八十三万大军南下赤壁，横槊赋诗，鳌公气概何其相类！只是曹公不过保了汉天子三分天下，鳌公却辅佐着一统江山。胸襟更为开阔，志向倒越加恬淡，真不愧是一代的雄杰啊！……”

吏部尚书杜立德也笑道：“鳌公如此急于还政皇上，下官倒有点疑惑——那御史张维赤请皇上亲政的奏章，莫不是鳌公授意的？……”

坐在主客位上的遏必隆笑道：“岂敢！言官何等厉害，谁敢去招惹他？”众人嗡嗡地起了一片笑声，笑声中，遏必隆自管继续往下说：“总是皇上冲龄，不肯亲政；而辅臣受命于先皇，总要全始全终。不然，辅臣早就谢政了。”

新任秘书院大学士班布尔善，是皇室宗亲，其父塔拜是努尔哈赤的第六子，他与顺治帝是堂兄弟。内秘书院大学士出缺，鳌拜力荐他补了上去，成为宗室中任内院大学士的第一人。他善辞令、有文采、敏捷多才，对鳌拜十分推崇，这时便立刻证实道：

“鳌公、遏公多次向太皇太后禀奏，请皇上亲政，太皇太后总是回说皇帝尚幼冲，如尔等俱谢政，天下事何能独理？缓一二年再奏。太皇太后老谋深算、明见万里，自然不好违拗的。”

阿思哈前些时调任兵部尚书兼正黄旗都统，这时也感慨万分地说：“天下之大、事务之繁杂，着实不易治理。这些年若不是赖有鳌公等辅臣鼎力务国，哪有如今天下太平丰昌景象？鳌公之功可比周公了！”

镶黄旗副都统图必泰已有三分酒意，拍着桌子大声道：“天下可以没有周公，绝不可以没有鳌公！”

正红旗都统噶褚哈也嚷道：“鳌公是天下英雄！八旗强盛离不开鳌公！”

正白旗副都统马尔赛擎着酒杯，直进到鳌拜席前，笑眯眯地颂赞道：“鳌公以一身系天下安危，当日天算案搅得恶浪滚滚，鳌公挺身而出，砥柱中流，终于转危为安。年前谣言四起，弄得人心纷乱，又赖鳌公使出回天手段，一举处置了罪大恶极的苏纳海之流，方才风平浪静，真所谓大清不可一日无鳌公！谁不赞鳌公是我大清一根擎天栋梁！……”

阿思哈等人的奉承不过使在座的有些汉官暗暗鄙夷嗤笑，而马尔赛的话就令正堂里的气氛迅速冷却和紧张了。年前的“谣言四起”，是在指斥那时盼望皇上亲政、结束辅政局面的一股潮流。在座的汉官多是加入了的，至少心里是同情它的。后来旗地被迫圈换、苏纳海遭冤杀，堪称正白旗的耻辱。而身为正白旗副都统的马尔赛，竟说出这样一番话！真叫人为他脸红！或者，他是语含双关，借以发泄不满？那可又太危险了！……

鳌拜却毫不见疑，举杯与马尔赛一碰，豪爽地一饮而尽，随后从大盆中叉起一大片滴着金黄色浓汁的香喷喷的烤牛肉，送进嘴里，用他坚强锐利的牙齿像磨着磨扇一般咬嚼着，发出的声音也似磨盘在转动。无意间，几片肉渣带着汤汁掉到他漂亮而又浓密的虬须上。

这时，谁也没想到会出现这么个场面：马尔赛一弯膝跪到鳌拜左侧，恭敬地弓下腰身，伸出右手，小心而仔细地拈去鳌拜胡须上的肉渣，临了又翻过簇新的月白缎子袖头，轻轻抹去那些亮晶晶的油汁点子。他那卑躬屈膝满脸讨好仿佛在干一件了不起的大事的样子，实在令人肉麻，许多人连忙调头去望着菜盘、酒杯、彩灯、屋顶。这位正白旗副都统的忠心嘴脸，叫人不敢多看一眼。

鳌拜起初也觉愕然，继而舒服地点了点头，看到别人的恭顺，总免不了心中得意。他想说一句含有谢意的褒奖的话，却一时想不出来。不料，席间有人却在这短短的沉静之后，放声大笑，长长的笑声无休无止。笑得马尔赛不由得红了红脸，站起身，回过头。他和众人的目光一同集注在那个笑得满脸通红的人的身上——兵部汉尚书龚鼎孳。

龚鼎孳终于触到鳌拜那双闪闪发光的眼睛，这才止了笑，端起酒杯，也豪爽地一饮而尽，露出几分他当年的名士风致。

鳌拜冷静地问：“龚尚书，什么事这样好笑？”

汉大臣们都不禁为龚鼎孳暗暗捏了把汗。

自顾媚去世以后，龚鼎孳仿佛塌了一根精神支柱，变得苍老而凄凉。他把全副精力都放在朝政部务上，早年饮酒醉歌、俳优角逐的习气不知不觉消失殆尽，成了一名严肃认真、不苟众议的大臣。今天是不是多喝了几杯酒、故态复萌了？也不看看这是什么场合，当着什么人！……

龚鼎孳一拱手，果真带了几分醉态，也斜着笑眼说："鳌公有所不知，鼎孳只因眼前风光与四百年前北宋故事巧合，前后辉映妙不可言，一时忍俊不禁，多有得罪，望乞见谅。"

鳌拜颇有兴趣："是宋朝什么人的故事？"

龚鼎孳庄容答对："宋朝一贤相，名寇准，正如鳌公。寇准属官有一丁谓，也如今日马尔赛都统对鳌公一般，毕恭毕敬、忠心耿耿，实属难能可贵！"

汉大臣哪一个不是饱读诗书、精通经史？龚鼎孳一提寇准，他们就知道他在借古讽今，借丁谓谄媚寇准为其揩须一事，与目前作比，着实绝妙，也都暗暗发笑。可是满大臣，包括鳌拜遏必隆在内，却对此一窍不通。鳌拜于是转脸问班布尔善：

"班中堂，你想必知道这位寇准？"

"是。龚尚书讲得不错，北宋仁宗年间，确有一位宰相叫寇准，是两宋知名的贤臣。至于丁谓嘛……"班布尔善看了马尔赛一眼，不再往下讲了。

鳌拜也不想深究。龚鼎孳以他比寇准，而寇准是北宋名相，这就足够了。正巧，打莽式的五彩缤纷的队伍在乐队的伴奏下，欢舞着来到筵前。他们戴着面具、身上挂着马头马尾的模型，动作矫健有力，乐曲粗犷热烈，宴会的欢庆气氛更浓了！一些半醉的满洲大臣，也挥舞着双手，踢腿摆腰、前弯后仰，嘴里喊着唱着，加入了打莽式的队伍……

太阳靠近西山，地面上的人影拉得长长的了，鳌拜府里的喜宴才散。鳌拜留下了几位最近切的大臣，请他们一同到后花园的流翠亭散心。

宫里和王爷府，大多有专供饮宴的流杯亭，亭中地面开有蜿蜒曲折的细细的水道，流水便可载着酒杯在水道中流走，使得亭中任何位置都能得到酒杯。鳌拜府无权建流杯亭，因为那将逾制，逾制则为大不敬，被指斥为有逆谋的大臣通常都有这条罪名。

那么这个流翠亭是什么呢？

班布尔善、阿思哈在穆里玛和那摩佛的陪同下，随着鳌拜登上了流翠亭，忍不住地拍手叫绝了。亭子四面环绕着一道翠绿色流水，水声泠泠，其中仿佛有细细的花纹。凑近看才能清楚，水原本无比清亮，但水底铺了绿色锦缎，锦缎织着本色花，衬得流水一泓青翠，别具风韵。

“真不枉叫作流翠亭！”班布尔善不住喝彩，“从哪里想来的！”

穆里玛笑道：“除了我家四嫂子，谁有这么灵巧的心思！”大家都知道，他指的是鳌拜最宠爱的四夫人。

阿思哈俯身水上，半天不起，啧啧连声，只是说不出话。

鳌拜很高兴众人的反应，又指着流水的来路让他们看：从花园池塘引向流翠亭的整整一条水渠都铺了绿锦，远望去，像一根长长的翡翠簪。

班布尔善心里暗想，往花园引活水，只除了皇上和亲王，都是逾制。这是不是逾制呢？他嘴上却直赞美。鳌拜反倒是望定班布尔善，认真地说：“这段流水，只在待客的时候才放，也不是从园外引进来的。班中堂，你看这是不是合适，是不是逾制？”

班布尔善连忙笑道：“鳌公说哪里话！”

阿思哈道：“莫说并未逾制，就是逾一点儿，又有什么要紧？鳌公丰功伟绩，于大清可算再造之勋劳，便封个异姓王也不为过！”

班布尔善想一想，说：“倒也是。看太皇太后对鳌公的恩信，未必没有这一天！鳌公的功绩，难道还比不上吴三桂、孔有德！”

穆里玛在旁边双手一叉腰，大大咧咧地说：“没错儿！这回两旗换地，要不是我大哥拿得准、下得狠，索尼就又软啦，什么事也办不成！……你们日后在太皇太后和皇上面前多说几句，让我们瓜尔佳氏也出个把王爷！”他因年前平定湖广的李来亨、郝摇旗，立了大功，正在飞扬的兴头上，说话口气很大。

鳌拜皱着眉头瞅了穆里玛一眼，穆里玛的神色才收敛了一些。

“不扯闲话了，还是讲咱们的正事吧！”鳌拜此言一出，班布尔善和阿思哈都赶忙用眼睛盯住了他。

“用人的事，我早就说过，吏、兵、户、工这四部堂官，非得可靠又能办事不可！可靠又是最最要紧！这回两旗换地，咱可得着教训了。换地的事，原本去年一开春就要办的，就因为苏纳海占着户部尚书，跟咱们作梗，直拖到去年底才算完结！”

阿思哈说：“可不嘛，要不是下决心干掉他，还不定办成办不成呢！全仗鳌公……”

鳌拜看他一眼，他连忙缩住口，静听。

“所以，咱们得时时防备着。这四部中，凡作梗、扎手的都不能留！礼、刑两部无关大局，不妨松活些……这样吧，阿思哈，你仍回吏部掌印，你留的兵部尚书缺就给了噶褚哈吧！”

阿思哈喜形于色，立刻向鳌拜跪安道：“多谢恩赏！”

自康熙元年起，阿思哈一直是吏部掌印满尚书，渐渐成了忠心耿耿的“鳌党”。去年迫于形势的压力和朝野的不满，他不得不离开这班列六部之首的“天官”、“冢宰”的崇高位置，调换到兵部去当尚书。兵部哪有吏部的威风！想想看，吏部职掌全国文职官吏的任免，天下十三省的督、抚、藩、臬、道、府、州、县，都在掌中啊！今天，形势变了，他又回来了！

鳌拜又说：“图必泰这个人倒是忠心耿耿，可以重用。可惜脾气太暴躁，撑不起大场面……这样吧，让他补吏部右侍郎缺，阿思哈也多一个帮手。”

班布尔善笑道：“鳌公想得真周到。还有工部尚书和礼部尚书缺，补给谁合适？”

“礼部就给正红旗副都统觉罗外库，他是红带子，和你们也都投缘儿。工部尚书缺嘛……”鳌拜沉吟着，没有往下说。

阿思哈道：“让马尔赛补了吧！”

班布尔善多少有点诧异：“马尔赛？正白旗的，可靠吗？”

鳌拜瞥了班布尔善一眼：“就因为他是正白旗副都统，重用他才更有意思！不过马尔赛想要的是户部尚书缺，这户部尚书……”鳌拜又把下一句话咽下去了。要满足马尔赛的愿望，他还得花些力气，不大顺畅。

阿思哈小声对班布尔善说：“你还不知道吧，马尔赛早就过来了。他跟苏纳海不对劲。去年苏纳海犯案定罪，好些个内情都是他手下的人探来的……”

班布尔善这才恍然大悟，既佩服鳌拜广罗人才的魄力，又称赞马尔赛识时务的眼光。不过，马尔赛与鳌拜更深一层的关系他就不知道了。而阿思哈知道，因为阿思哈是他们的搭桥人。

原来，马尔赛有个美貌的堂妹，生性豪爽，三年前死了丈夫，寄居在马尔赛家中。马尔赛要她再嫁，她一口咬定要嫁就嫁给当世英雄。马尔赛问这当世英雄是谁？她红着脸半天不言声，最后竟脱口而出地说出了鳌拜的大名！马尔赛又惊又喜。喜的是堂妹将给他搭上一座通向荣华富贵的红粉桥；惊的是鳌拜年过半百，家中又有个尽人皆知的母老虎四夫人。他有言在先地告诉堂妹：那位四夫人极美极悍，因妒忌笞死婢妾乳母无数，以至从她以后鳌拜不曾正式纳妾，堂妹难道不怕自寻死路？堂妹竟说她都不在意，只愿终身守在鳌拜身旁。

阿思哈得知此情，极力怂恿，并自告奋勇地去向鳌拜提亲。鳌拜尽管听的时候毫无表情，还说了几句年貌不相匹配的谦逊话，可是久与鳌拜相处的阿思哈看得出他心里其实很高兴、很得意，对这个女人的出人意料的心愿，很觉得好奇和兴趣。所以阿思哈当下就请鳌拜应下亲事，心里不禁暗暗说：自古英雄皆好色，鳌公也难逃此例！

但是，阿思哈知道的内情也并不透彻。比如，今天的宴席上，马尔赛借着打莽式的热闹当口，又凑到鳌拜身边，低声说：

“恩公，定个日子吧，我好把舍妹送进府来。”

鳌拜想了想，说：“如今这两件大喜事都已办过去，你明后天送来好了。不要过于张扬，免得别人议论。——令妹叫什么名字？也好称呼。”

“她叫玛尔赛。”

“怎么跟你同名？”

马尔赛“嘿嘿”一笑，满脸笑纹皱成一堆，小声嗫嚅着说：“我……我想，这，这不就能使小的贱名……常达于恩公听闻了吗？”

鳌拜心头一动，不禁对这忠心无限的马尔赛既感激又怜悯，停了好一会儿，才说：“日后，你我就是亲戚了，不要这般讲话了……近日京察[①]，出缺不少，你有没有意思补一个好缺？”

“承恩公厚爱，马尔赛不过旗下一副都统，怎敢痴心妄想部院大臣的高位？”

“不要紧，尽管讲！”

“若恩公不嫌马尔赛驽劣，马尔赛愿往户部补苏纳海之缺，为恩公效力。”

鳌拜当时捻着胡须点点头说：“你去吧，等候吏部委任。”

鳌拜答应了马尔赛，自然要说到做到。可是户部尚书一缺，在苏纳海处绞之后，小皇上提点马希纳补上了。马希纳既是皇上亲点，上任才三个月，鳌拜自然不好就动他。但马希纳自视甚高，不大听鳌拜的招呼，却对汉尚书王宏祚言听计从，倒是鳌拜的心病。户部急需要有可靠的人在那里盯着！但是这马尔赛……

鳌拜终于对班布尔善和阿思哈说：“马尔赛先补工部尚书缺。其他的侍郎缺，你们商量着办，拟好了回我。”

班布尔善说：“已经商量妥了。”他又流利地把议定补缺的人选说了一遍，每个都简要介绍一番，自然都是忠心可靠的人。他的记性、辞令和才干真令人羡慕，说得鳌拜、阿思哈和穆里玛都连连点头。班布尔善最后道：“还有一事，京察、补缺这几项，索大臣会不会……”

鳌拜目光一闪，想了想，说：“不足为虑。我来办吧。”

两天以后，鳌拜府里又办了个不大不小的喜事：一家之主的鳌拜，收纳五夫人。

既不像正式娶亲那么大张旗鼓排场豪华，又不像收房那样简便。办了几十桌喜筵，请了些相知的亲朋好友，吃酒看戏，也着实热闹了一天。可是，连鳌拜自己也没想到，他这位久历沧桑、功高爵显的名将，朝廷里大权在握的辅政大臣，在喜宴将散未散、太阳将落未落之际，心中竟也躁动不安，像三十多年前初婚时一样，急于见到他的新

---

① 京察：指对京官每三年按一定标准进行一次考核，分别加以奖惩。

娘子了！

这实在是因为这位五夫人太与众不同了。

她要嫁当世英雄，她指认鳌拜是她的意中人，不顾一切地要嫁给他！为了什么？权势？荣华富贵？谁也说不清。但鳌拜坚硬的心却被这古怪的女子打动了。他急于看到这个置一切于不顾而倾慕他的人！鳌拜一生受过多少人的赞美、崇拜和倾慕，他早已无动于衷。可是来自一个年轻貌美女人的痴情，任何男人都不会怒目相向。因为，说到底，即使是一颗如冰如石的心，它的最深处，也还是渴望着温暖、渴望着真实的情爱……所以，鳌拜随着两名手提红灯的侍女，一步步走近他的新房——花园一侧连着游廊的小楼时，心口竟“突突”地跳起来。想当年，即便是力量悬殊的恶战之前，他可从来都是冷静如铁、手指都不抖的。

上了楼，丫鬟撩开新房的珠帘，喜娘战战兢兢地上前向鳌拜跪安道喜，不敢多说一句话，就跟丫鬟们一起下楼去了。

红纱灯，红喜烛，一片红光笼罩着床帐。她坐在床边，头上的红盖头和新房内喜气洋洋的红光互相衬映，越发火热火红了。身上肥大的红缎衫子也掩不住她青春苗条的体态：细细的腰，柔美的小削肩，丰满的胸……

鳌拜忽觉疑惑了：这是一个很年轻的女子，她怎么会有那些想头？也许是她堂兄在说假话以邀宠。那么他将遇到以往常常遇上的惊慌而恐惧的眼睛、紧缩的发抖身体、无穷无尽的令人讨厌的眼泪，甚至还有刺得人耳鼓生痛的尖叫！……想到这里，鳌拜顿时少了兴头，上楼时的神秘感刹那间失去了光彩，心里那快意的颤栗也消失了。他觉得索然无味，随随便便走上前，顺手揭开了她的红盖头。

玛尔赛，慢慢抬起头，慢慢立起身。鳌拜不由得倒退了几步，吃惊地瞪大了眼睛：这娇艳异常、风姿绰约的女子，实在美得叫人惊奇，叫人迷惑。她不是那种姑娘家纯洁的花朵般的美，也不像一般新娘子那样被包围在一团羞怯和恐惧中，这是一个青春焕发的少妇，二十多岁，肌肤如玉，柔美的颈子轻昂着，高高的胸脯起伏着，红润丰满的嘴唇翕动着，燃烧着热望，满含泪光的俊俏眼睛里既有似水的柔情，又有倾慕的狂喜，大胆地注视着他、竭力捕捉他的目光。鳌拜这个杀人不眨眼的英雄，竟像被雷击一般，呆呆地站在那儿，不知所措了。

玛尔赛慢慢走到他面前，猛然屈膝跪倒，挺着腰搂住了他的双腿，仰头望定他，无限宽慰、无限欢喜地说："巴图鲁，巴图鲁！真是苍天有眼，到底听到了我的祷告，到底把我带到了你的身边。我就是死了，也心满意足、心甘情愿了！……"说着，她把桃花般娇润的面颊紧紧贴在鳌拜的袍子上，笑着，眼泪却滚落下来。

鳌拜说不清心里是什么滋味，连忙把她扶起来，让她重新坐回床边，自己在床前的椅子上坐定，迷惑不解地问："玛尔赛，你说的什么？我从来没有见过你呀！"

玛尔赛流转的目光在鳌拜脸上盘旋爱抚，除了幼时感受过母亲的类似注视，他再没有经过同样的温暖，一阵震颤从胸间涌过，他极力抑住它。

"巴图鲁，你真不认识我了？"见鳌拜凝神注视、竭力回忆后仍是摇头，她颇有些伤心地笑笑，"是了，你这样的人，胸中大山大海，不会记得芥籽儿一般的玛尔赛……"

"玛尔赛……"

玛尔赛眼睛里出现梦幻般的神色："还在我头上梳冲天小辫儿的时候，我就知道你！你能征惯战、威武无敌，是我们的巴图鲁，我们满洲的英雄！从五六岁到懂事，爹妈拿我当儿子养，你也就是我心上最崇敬的人！后来我对天发誓，一定要嫁给你，哪怕只跟你过一天呢，也不枉活了这一世！……可惜我生得太晚，到我出嫁的年份，你的儿子侄子都当官领兵了。我们毕竟是世家，父母哪肯让我做偏房，我只好嫁给了别人。我哭、我喊、我向老天求告，全都没有用……偏偏在我出嫁三月回娘家的途中，又遇上了你！"

"哦？什么时候？"

"四年前，正月十八，立春以后下大雪。"

"四年前？什么地方？"

"鼓楼东街。我的马车被孔公主的马车撞着，一起陷进泥潭，不得动弹。正遇你上朝，竟亲自下马，运神力，把我们拔救出来！”

“原来是你！……那会子，你还是个塔拉温珠子啊！”

“塔拉温珠子也要长大的呀！……孔公主不讲理，反倒动手打我，又是你上前替我说话，解了围……”

鳌拜全记起来了。明史案的揭发人吴之荣，就是在这个节骨眼儿出现的，朝廷得以借题发挥，把南蛮子的气焰狠狠打了下去。玛尔赛的在场，莫非也是天意？

“那日回到娘家，我整整哭了一夜，恨老天爷不长眼，晚生我二十年，又让我嫁给我不愿嫁的人！从此心里再也撇你不开……”

“你那丈夫，是……”

“婚后不到半年，他就在湖广战死，我爹娘也在我守寡的三年里先后去世。我一个孀妇，要嫁人就用不着管什么偏房不偏房了！真是绝路逢生啊，老天爷的好心，让我如愿以偿，让我今天见到你、嫁给你，啊！我真是好运哪！……”她小巧的鼻翼翕动着，一阵阵的红潮，使她的面目格外明艳动人。

沉醉使鳌拜觉得心的一角在悄悄地、甜甜地融化。大约是习惯在作祟，他伸出大手，托住了玛尔赛的下颌。往常只需稍稍一用力，新娘就会惊慌失措。而此时，他只轻轻地抚摩着那柔嫩下巴上的小酒窝，说出了一句从来不曾对任何女人说的话：

“你正在妙龄，我可已经年过半百，老了！……”

玛尔赛瞪着泪光闪闪的大眼睛，一眨不眨地凝视着他，如火的目光中，充满了崇敬的狂热、爱恋的渴求和一种无法表述的怜悯。鳌拜一生不曾受过这样的注视，他几乎经受不住了。玛尔赛却闪电般扑过来，鳌拜还没有清醒，她已经紧紧搂住了他的脖子，热情地喊出来：

“不！不！不许你这样说！你永远是我心中的巴图鲁！你就是我的天神！我疼你！我爱你！只要我有一口气，就绝不离开你！……”

鳌拜完全惊呆了，迷醉了。如雨似的喁喁情话，随着一阵阵喷向面颊的热气，在他耳边缠绵地诉说：“哦，你不知道我有多爱你！……爱你这巴图鲁的天神般的身材，爱你的雄鹰一般明亮的眼睛，爱你宽广的前额，爱你的浓眉、你的卷曲的黑胡须！……你为什么不抱着我？抱紧些呀！紧紧的！我的巴图鲁啊！……”玛尔赛哭着、笑着，激动得浑身都在颤抖。

鳌拜眼里，女人从来是战利品，连结发妻子在内。因为她也是被征服的一个部落长的女儿。他经历过的女人，也从来都是奴隶，在他面前或是低头哭泣，或是仰面献媚，她们是他的财产，他可以为所欲为。可是这个玛尔赛，在他心里激起一缕前所未有的柔情，以至于他不能奴视她，不忍粗暴地对她，更舍不得摔她打她咬她。是因为他的铁石心肠被感动了，还是在崇拜自己的人面前必须表现得更崇高呢？

他做了一件对女人从来没有做过的事情：小心翼翼地搂住玛尔赛，仿佛她是一朵容易碰坏的娇弱的花，用右手轻托住她美丽的头，对她那像两汪清潭一般的眼睛凝视片刻，俯下去，在她火热的红唇上印了一个庄重的、长长的吻……

第二天一早，天蒙蒙亮，鳌拜照旧上朝办事。临走吩咐玛尔赛，不要下楼，也不要去拜见其他夫人，待三天后，他将安排她去叩拜祠堂祖宗，与全家人会见。——这可不合纳妾的礼数了，只有正娶才有三朝拜祖宗的规矩。一向以“法祖”为立身之本的鳌拜，竟会做出这样糊涂的事吗？

新婚第三天，鳌拜上朝以后，玛尔赛又睡了一个时辰才起身。用了些茶点，便当窗理云鬓，由婢女们服侍她梳妆。玛尔赛心神宁帖、容态娇慵，弯弯的红唇透露出心满意足的笑，微微眯着的眼睛满含着沉醉，她得到了曾是遥远如梦的幸福。她不顾一切、不怕一切而终于获得的，比她想象中的更甜美。对着镜子里如花似玉的容貌，她的思绪又飞向更远的地方：她要为她心爱的巴图鲁生许多儿子，一个个都是俊美无比、强健无敌的英雄！……

“什么时辰了？日头都上树梢啦！还赖着不起床！”一声吆喝从楼下传过来，尖锐又刺耳。为玛尔赛梳洗的婢女们立时变了颜色，惊恐地互相推诿，谁也不敢出去应声。玛尔赛心里明白了一半，小声问道：“可是四夫人？”

婢女们连连点头，神色像被追捕的小兔子一样可怜。楼下的骂声却一句接一句地泼上来：

“国有国法，家有家规，哪里来的这么个不懂规矩的东西！还不给我滚起来！连上下尊卑的礼数都不知道，难道是野人家的野种？”

玛尔赛咬住嘴唇，不动也不吭声，只低头听着，密密的睫毛在颤抖。婢女们提心吊胆地互相望着，手足无措。一名婢女大着胆子小声跪禀道：

“赛姑娘，请你避一避吧。四夫人厉害得紧，有五位新娘都死在她手里……都是趁着主子上朝，拖出去笞死了事……”

玛尔赛朝四面一望：“避？避到哪儿去？除非跳楼！”

楼梯响了，骂声近了，婢女们慌作一团，玛尔赛仍然一动不动地坐着，眼睛瞪得大大的，盯着那个女魔随时可能出现的楼梯口。

“你这不要脸的浪货，狐狸精！你以为缠住了男人，就敢不把老娘放在眼里？哼，别做你娘的黄粱美梦！老娘在这儿等着你呢！叫你这骚货悔不该进府！……”四夫人嘴里不停地骂着，“噔噔噔”地上了楼。一眼看到高卷的珠帘后面，安坐在那儿的玛尔赛竟是那么艳丽，那么光彩夺目，顿时怒火中烧，凶神恶煞般直扑过去，还对楼下带来的仆妇们大吼着：“都给我上！”

说时迟，那时快，玛尔赛动作迅如闪电，跳到楼梯口看准了抬脚一踢，四夫人一声惊呼，竟倒撞着“咕咕咚咚”滚了下去，摔在楼梯脚下。玛尔赛跟着“噔噔噔”跑下楼来，一屁股坐在四夫人身上，挥拳就打，边打边骂：“你这个泼妇妒妇悍妇，早就听说你干的那些好事！别人怕你，我不怕！我敢嫁到这里来，就敢跟你比试！姑奶奶怕了你，不算满洲格格！敢骂我野种骚货？你才是无知无识的野种！不要脸的骚货！”拳头如雨点，直往四夫人身上砸。四夫人动弹不得，还不肯服软，尖声诅咒着：

“好奴才！好浪货！反了反了！”

“好个煮烂的鸭子——嘴倒硬！敢骂你姑奶奶！”玛尔赛一手揪住四夫人的头发，一手戳着她的额头，义正词严地说，“你听着！我今年才二十二岁，又是满洲世家，家中厚富，用不着仰仗别人。只因为敬仰他是我们满洲的英雄，这才千方百计一心嫁他！可是你这泼悍妇，害得他连个亲生儿子都没有，几乎要绝后了！我今儿个就打死你，我替你偿命，着他另娶，好生儿育女！也为那些死在你手下的新娘乳母和小儿子们报仇！姑奶奶明人不做暗事，今儿就叫你死个明白！”说罢，举起拳头，又狠狠地捶下去。

众人都惊呆了，以至忘记上前拉扯劝解。玛尔赛那一脚一坐一挥拳，叫人一看就知道是有几分功夫的。而主人对玛尔赛非比寻常的态度，也使仆妇们有所顾忌，不敢厚此薄彼。结果，玛尔赛只管痛痛快快地打，四夫人一声接一声地喊叫，起初还硬着嘴骂，后来又大呼救命，全都无效了，就一边“哎哟”一边哀告了：

“哎哟，姑奶奶饶命！……高抬贵手饶了我吧，再也不敢啦！……哎哟，痛死我啦！我发誓再也不敢冒犯姑奶奶……从今以后，任他再娶，娶一千娶一万，我再也不敢胡说八道了，姑奶奶饶命吧！……”

众人见玛尔赛打得重了，四夫人声气越来越低，一口接一口地大喘气儿，便都纷纷跪下求情。

“玛尔赛，放开她吧！”一听是家主人的声音，大家都吃了一惊。只见鳌拜从廊柱后面走出来，身上还穿着上朝公服，体格魁梧、气度威严，亮闪闪的眼睛里分明含着掩饰不住的笑意。他一步一步走到众人面前，玛尔赛也随众一同跪迎。可是鳌拜一把将她搀起来，缓缓地说：

“我都看到了。玛尔赛，真不愧是我们满洲格格，英气逼人、豪爽过人。好！从今以后，你来主持家政吧！”

“不不！”玛尔赛又跪倒，连连辞谢，“我绝不这样犯上的！夫人在上，我情愿服侍夫人。只求和睦，不受人欺，我就很欢喜了！”

鳌拜满意地点点头，吩咐扶四夫人回房，传太医给她调治。而后，便同玛尔赛一起上楼去了。

二

当值了好几天的索额图，今天回宅，第一件事就是去东院正房向父亲请安。近三年，每一入冬，索尼便咳嗽不止、痰壅气喘，总要到开春才能见好。去冬病发得越加厉害，有两个月卧床不起，立春出九后也未见好转。索额图离家进宫时，他还在床上躺着，不知这几天会不会恶化。眼下局面这样错综纷繁，父亲得病，很令索额图心焦。

侍女打开门帘，他一脚跨进正房。房里门窗紧闭，还烧着熏炉，他顿时觉得燠热难耐。再向次间的居室一望，不禁高兴了，他父亲已经穿着便袍、戴着便帽，安坐在屏前的太师椅上，母亲在南窗下的炕桌边吸着水烟，一个丫头在给她捶腿，两个丫头在一旁垂手侍立，家里的一名管事正低头站在屏风一侧，仿佛在听着主人的吩咐。索额图连忙走进次间，单腿跪下请安说：

“阿玛额娘吉祥。”

“哦，老二回来了！”母亲眯着眼睛笑道，“快坐下吧，好说话儿。”

索额图在父亲身边坐下，注视着老人的面容，宽慰地说：“阿玛，你气色好多了。这是从太医院要来的药，专治咳嗽气喘，说老佛爷去冬伤风咳嗽，就是吃这服药吃好的。”他把一个精致的药盒捧给索尼看。索尼接过，就手闻了闻，说：

“生受你了。老佛爷又打发太医来了几遭，我见好多了。这不，都起来了。”

“大哥进宫去了？”索额图问。因为芳儿成了皇后，皇后之父噶布喇就被任命为领侍卫内大臣。

索尼夫人笑道：“你们哥儿俩进宫当值的日子总是错开，成了参宿商宿，总也碰不上面儿！”

管事局促不安地说：“二爷回来了，我就下去吧？”

索尼说：“不用，你那点事儿还怕他知道？今儿召你来，可是要你喝酒。”

管事摸不着头脑，只是不知所措地望着老主人。索额图明白他们是要继续被自己打断的谈话，也就很有兴趣地听下去。

这人是家生奴子，因为聪明能干，对主人很忠心，得到索尼赏识，给他配了妻室，又提拔他做了管事，专管庄子进上来的收益。前些时夫妻反目，吵闹得很厉害。究其原因，却是管事嫌他妻子丑陋，府中一时传为笑谈。索尼夫人和索额图都斥骂过他，他却总是那么一副闷闷不乐的样子，成天无精打采。

索尼这样一位朝廷首辅，难道会关心这种小事？他召这管事来，想必有更重要的差遣。

索尼一招手，婢女从屏风后面端出一个漆盘，盘上放着一个细瓷酒壶、一只精雕细刻的掐丝银杯、一只粗陋不堪的瓦盏。索尼用手指往下点了点，另一名婢女上来执壶酌酒，把银杯瓦盏都斟满，一股浓郁的酒香就在屋中弥漫开来。索尼于是靠在椅背上，很平和地说：

“你喝吧。”

管事连忙跪下，擎杯举盏，喝进了主人下赐给他的不知所为的酒。

索尼目不转睛地注视着管事，问：“酒，好不好？”

“谢主子恩赐，奴才从没喝过这么好的酒。”

“银杯里的酒好呢，还是瓦盏里的酒好？”索尼又问。

管事一愣，连忙答道：“都好，都是一样的，都好！”

索尼侧脸看了看其他人，说：“索额图留下，你们都到对面屋里去。”

索尼夫人闹不清老头子在变什么戏法，又不能在儿子和下人面前违拗他，只得瞪了丈夫一眼，领着三名侍女走开了，屋里便剩下了三个男人。索尼这才面露微笑，看了看索额图，然后对管事说：

“杯有精粗，酒无分别，你既然知道这个，就不要嫌你的妻室丑陋了嘛！……好，你去吧，等你醒悟了这个道理，我赐你一坛美酒！”

管事皱着眉头想了片刻，恍然大悟，向主子叩头道：“奴才明白了！……以后再也不敢胡闹。”

“好。你到库里领一坛梨花白，去吧。”索尼等管事出了门，转向儿子，笑道，“他到底还算个聪明人！”白发苍苍的索尼，须眉舒展开来，眼里露出小小的得意。

对眼前这场喜剧，索额图尽管心事重重，也忍不住暗暗发笑。他甚至想，父亲声称平生不二色，从不纳妾，也无风流韵事，是不是因为早就领悟了“杯有精粗，酒无分别”的道理？这使他更加忍俊不禁。可是看到父亲的神色，又一个不大痛快的念头闪过：父亲是朝廷首相，肩负军国大事、身系天下安危，对这样一件小事如此精细、机智，甚至为此而得意，是不是得体？……当然，索额图绝不敢表现出他的疑惑，倒是恰到好处地赞颂了父亲的仁爱心肠。只是在索尼问起近日朝政时，他才不由自主地面色阴沉下来，低声说：

“阿玛，今天马希纳和对喀纳先后应皇上宣召进宫，他们和我约定下朝后来家探视阿玛。”

刑部尚书对喀纳、新任户部尚书马希纳，都是索尼的门生，两人同时来探病，却有些不寻常。索尼皱起眉头问：“朝中出了什么变故？”

索额图道：“详情我还不大清楚，只听说京察已毕，一大批旗下都统副都统升任六部尚书侍郎……”他其实完全知道详情，只是怕父亲久病初愈，一下子受不了真情的冲击。但不说又不行，只好步步深入，先下雨，后打雷。

索尼果然变了脸色：“这事怎么不跟我商量？谁定的？”

“听说是鳌大臣、遏大臣称圣旨……”

“那苏克萨哈呢？他怎么就不阻止……”索尼提高嗓音脱口嚷了这么两句，就没了下文。父子俩都明知道苏克萨哈树倒猢狲散，在朝中已没了声望，不可能阻止鳌拜行事，他们一时都陷入了沉思。

父子俩想的并不一样。父亲在考虑有没有挽回弥合的余地；儿子却早已看清养虎遗患的后果，决心要督促父亲迈出关键的一步，但又不能冒犯老人，因此颇费斟酌。正好门吏禀告对喀纳、马希纳两位大人来探病，才结束了这阵不大自然的沉默。

两位门生问候了老师的病症后，不等索尼多问，就迫不及待地说起朝中京察这件大事。对喀纳一口气把这次官吏升迁黜革做了详细介绍；马希纳则对鳌拜遏必隆竟敢甩开索尼和苏克萨哈，擅自称旨做这样的重大决定非常愤慨。他们说朝野上下都被鳌拜的行为所震惊，但慑于他的威势，没人敢出头说话。

索尼起初只是一言不发地听着，后来，抚着银须叹道：“便是我出头说话又有什么用？鳌拜执意不听，我又能怎样？终不能跟他争吵动拳吧？现在我既生病在家，他和遏必隆原有权裁定京察大事，只是不该不同我商量就是了。至于称旨，辅政理国自然要声称是圣旨，不然哪里能够辅政？唉！……这次京察保留你们二位，足见鳌大臣还不敢冒犯我，并不那么放肆嘛！”

听了这番几乎是替鳌拜开脱的话，对喀纳和马希纳面面相觑，瞠目不知所对。老师是不是久病之后，把明睿和锐气消磨光了？

索额图忍不住地说：“阿玛，不能这么步步退让啊！抱残守缺，最后连立足之地也会丧失干净！……”

索尼瞪了索额图一眼，严厉地斥责一声：“多口！”

索额图咬着牙，涨红了脸，忍了又忍，终于一下子跪倒在父亲脚下，不顾冒犯尊长的罪过，大声说：“阿玛，你老难道就真的看不见，事情已经逼到头顶了吗？鳌拜一个接一个地收拾了费扬古，收拾了苏纳海，收拾了许多不肯党附他的大臣。眼下情势，苏克萨哈已经垮台，下面就要照着阿玛来了！……”

索尼从毛茸茸的眉毛下重重地看了看儿子，没有作声。但索额图注意到父亲眉间的川字深纹在颤动，知道他被说动了心，便紧接着一口气讲出了要害：“鳌拜结党营私，任人惟亲，明明是背负先帝重托，为臣不忠嘛！”

马希纳连忙附和：“二公子讲得有理，我近日听说，鳌拜要往户部硬塞进他的私人。如今三藩在外，年支钱粮占天下一半还多；又水旱灾荒不断，户部是入不敷出，军饷薪俸支给都很作难。幸有王宏祚这班老于部务的汉员在竭力支撑、惨淡经营。鳌拜的私人若是挤进户部，后果不堪设想。此人居心叵测，老师可不能掉以轻心哪！”

对喀纳也进言道：“外有强藩、内有权奸，这可是国家之大害！老师身为首辅，不能听之任之……”

索尼摇摇头，益发显出龙钟老态，叹道：“多一事不如少一事。我身居首辅，偌大年岁，数十年声望，怎好去与人争论？非但无益，兼而无用，徒然贻笑大方，反被人讥我无气量。唉，朝廷事国家事千头万绪，只要相安无事，便是上上策。况且，鳌拜敢于背着我这样为所欲为，难道不是有恃无恐？……”他看着自己一双瘦削的、骨棱棱的手，仿佛不大经意地说：“长公主下嫁到他家，女儿又指婚郡王，大操大办、大庆大贺，天下的人都沾到了喜气……”

索额图暗暗跺脚，觉得父亲真是老了、糊涂了，斤斤计较于这些小事体！他克制一下自己的情绪，说道：“阿玛不妨细想想，老佛爷与我们家和鳌拜家，到底谁近谁远、谁厚谁薄、谁亲谁疏？阿玛是当今皇后的爷爷，鳌拜是公主的伯公；皇后是天下之母，公主呢？况且还是庶出！还有一层，”索额图眼睛发亮，压低了声音，“以老佛爷这样的女中智星、女中豪杰而言，她就不会欲擒故纵？”

这句近似耳语的话，具有炸雷一样的效果，倾听的三个人都不由得身子往后一闪，或张口，或扬眉，既惊愕又激动。索额图把这个似在意外却在意中的事儿一下子点透，叫他们额头鬓边都渗出一层细细的汗珠，——也可能是屋里太热的缘故。

索尼盯住了自己的儿子。他当然知道索额图的才干和能力，但近日他的见识眼光变得如此锐利、深刻，倒出乎意料。索尼尽量用平淡的口气说：

“你以为怎么办好？”

索额图似乎早就等着父亲这一问，认真地说：“眼下下手虽然为时已晚，但还有救。依儿子看，只有两条路可走。”

“哪两条？”索尼和他的两位门生情不自禁地同声问。

“一条，联通苏克萨哈，重新扩充实力，慢慢把他手里的权势分出去、夺过来。这一着要用慢功，因苏克萨哈元气大伤，恢复不易。但阿玛若肯援之以手，也并不多费力气。总因辅臣位序原本阿玛是首、苏克萨哈第二，名分上已压他一头。孩儿以为这是上策，名正言顺。当初既是鳌拜遏必隆上赶着阿玛联手才把苏克萨哈压垮，现在要破他的法，就得反其道而行之。”

索尼哼了一声，对喀纳看了老师一眼，不大痛快地说：“这不是扶起曹孟德去除掉司马昭吗？”

“不错，”索额图说，“这些年总该看清了，对付苏克萨哈要比对付鳌拜容易。”

大家一时都不说话了。燠热的屋里弥漫着熏炉中飘出的浓郁的沉香味儿，越发叫人喘不过气来。沉默片刻，索尼说：“第二条路呢？”

索额图回答很简单："只有请阿玛领衔，逼迫他们三个认可，奏请皇上亲政！"

索尼倒抽了一口凉气，半晌无语。他的两位门生也静悄悄地不敢作声。还政于君，不论是臣子如何显而易见的大节，也不论如何忠君爱君，实行起来，总免不了一番辛酸苦痛。

马希纳不敢看老师，小声问道："二公子，就没有别的办法了？"

索额图叹了口气，说："不是没有，是行不通。大清国来得不易，我们不能当不肖子孙，做千古罪人啊！……"

索尼大手一挥，厉声道："不用讲了！……容我三思。"

当晚，索尼独自在书房里待了很久，窗纸上清晰地映出他来回走动的身影，传出他忽重忽轻的咳嗽吐痰的声音，直到天明。

索额图一早去请安，见父亲正在烛光下书写奏章。看到儿子，他把笔一搁，说："传管事备好马匹随从，我今天要进宫办事。"

索额图见父亲两颧发红，眼睛布满血丝，便劝道："阿玛歇着，孩儿替你送去。"

"不行。我要鳌拜他们今天就跟我会衔上奏。"

索额图带着三分惊异七分遗憾望着父亲，索尼避开儿子的目光，说：

"我决定了。奏请皇上亲政。"

听得儿子鼻息沉重，知道他不满意，索尼闭了眼睛摇摇头，轻声补了一句：

"总得为儿孙们留条后路吧！"

"熊学士，你听这一处。"玄烨坐在弘德殿的宝座上，指着案上的《水经注》，对侍读学士熊赐履读下去，"惠帝闻蛙鸣，问：'官蛙私蛙？'太子令贾胤对曰：'在官为官蛙，在私为私蛙。'帝曰：'若是官蛙，可给廪。'"玄烨读得笑起来，惊奇地说："竟有这样的痴皇帝！或许他生来呆傻？"

熊赐履侍立在侧，答道："晋惠帝并不呆傻，但久居深宫不知民间事，耽于游乐不理朝政。永兴元年起，关中连年灾荒，生民百不遗一二，臣下禀告惠帝说长安都中乏食，饿死许多人，他竟不懂百姓怎会饿死，反问道：‘何不食肉糜？’……”

玄烨又笑又皱眉，渐渐笑容敛去，只余下深思。

熊赐履继续说：“所以，惠帝即位次年便爆发八王之乱，乱到永兴三年，惠帝被东海王毒杀，再十年，西晋亡，就天下大乱了。可见，为君者君临天下，应知天下事，尤其需要知晓民间疾苦。尧舜禹三代以下，能称有道明君者不过数人。臣寄厚望于陛下。”

玄烨从容答道：“不敢当。日后朕也要学古人读万卷书行万里路，不然，安知天下事？最是江南水乡，文风荟萃、人才繁盛……前日读辛稼轩的《西江月》，只‘稻花香里说丰年，听取蛙声一片’，便令人神往。耳畔仿佛鹊声蝉声蛙声、风声水声树声汇合交融，极有情致。”

熊赐履说：“天籁之声，令人心旷神怡，人家之声，更能察民情、知民意。”

玄烨目光闪动着，很有兴致地说：“愿闻其详。”

熊赐履道：“臣以为，人家要有三声：读书声、孩儿声、纺织声。闻读书声，则圣贤在他口中、在我耳中，不觉神融；闻孩儿声，或泣或笑，自然籁动天鸣，觉后来哀乐情致较此殊远；闻纺织声，则勤俭生涯、一室儿女，觉有豳风七月景象。最可厌者，妇人谇骂声，恶也；饮酒喧呶声，狂也；街巷笑谈声，谲也；妖冶歌唱声，淫也。与其闻此，不若聆犬声于夜静、听鸡声于晨鸣，令人有清旷之思！”

玄烨笑道：“学士之言，真是妙论！天下百姓尽是朕的子民，朕愿日后听遍学士所述之七声。”他笑，是因为一向喜怒不形于色的端庄的熊学士，居然说出这样激烈的话。

熊赐履正色道：“臣以为，天下治，则三声多；天下乱，则四声繁。望陛下思之。”

玄烨也赶紧收回笑脸，庄容点头，道：“学士言之有理。”

这时，御前侍卫索额图来禀告：辅政大臣鳌拜求见皇上。

玄烨立刻回答：“宣他进宫。哦，等一等，索额图。着他们去传，朕有话问你。”

立刻另有侍卫出去宣召，索额图恭敬地躬身候旨。

玄烨问："奏请朕亲政的折子，仿佛是索尼亲笔？"

索额图答道，确是他阿玛起草，另外三名辅臣次日、又次日会衔签订的。

玄烨道："朕料想必是如此。此折朕已呈进太皇太后，太皇太后也屡赞索尼忠诚可嘉哩！"

索额图道："谢老佛爷皇上圣恩。不知皇上几时行亲政大礼？皇上可不要忘了分派奴才御前当值，好见识这千载难逢的大典！"

玄烨含糊道："此折暂时留中不发。——太皇太后与朕的意思，都想给索尼加授爵位，以褒其忠。"

留中不发？索额图愣了一下。那么近期内皇上没有亲政的意思了？他不敢多问，只得说："奴才叩谢太皇太后、皇上圣恩。奴才阿玛此折，可算他辅政以来最有见识之举。"

玄烨摆脱了一瞬间的不快，望定索额图："哦？"

索额图到底在御前当值了好几年，不那么拘谨，想了想，说道："子不言父过。奴才不是说奴才阿玛的不好，求皇上恕罪。奴才只是说，近些年奴才阿玛年迈多病，于朝廷政事，不免明于细碎而暗于大局……求皇上要心里有数才好。奴才多嘴，皇上恕罪！"

玄烨眼睛里先是惊讶，后来又透露出一片赞赏。不过他什么话也没说，只在默默沉思。熊赐履对满洲话虽然说不好，却听懂了十之八九，也在心里暗暗掂量着。弘德殿内沉静了片刻。这时，鳌拜来了。

为了表示对辅政大臣的尊重，玄烨从宝座站起来迎接，等鳌拜进屋跪安罢，方坐下，并立即赐座辅臣。

鳌拜在坐垫上盘腿坐定，望着玄烨说："老臣此来，专为户部尚书一事请旨。"

索额图暗暗一惊，难道他已有所觉察，要提前下手？

玄烨道："卿傅之意，朕不大明白。苏纳海之后，朕不是已经提点马希纳补户部尚书缺了吗？所遗国史院大学士缺，尚无合适人选，所以不曾委任。"

鳌拜说："老臣的意思，再补一名户部满尚书。"

大约从苏纳海等三大臣处死以后，鳌拜单独陛见时，常常自称老臣而不称奴才了。

玄烨一扬眉：“哦？这又为什么？”

鳌拜说：“户部职掌天下财赋，最是要紧，田亩、户口、赋役、钱粮等项部务最是浩繁庞杂，常有差错。增补尚书最是急需。”

玄烨不由得降低了声调：“卿傅，现今马希纳、王宏祚掌管部务颇为得力，也不见有许多差错……”

鳌拜的声音却提高了：“启禀皇上，这户部多是苏纳海的旧人，必须严加防范，免得再出第二个第三个欺君藐上的苏纳海！”

玄烨有些不知所措，无目的地把御案上的书合上又打开，突然问道：“户部设两名满尚书，可有先例？”

鳌拜把两手撑在盘着的大腿上，魁梧的身形竟成了一个厚重的方块，几乎是玄烨的三倍。他胸有成竹地说：“入关之前，虽有六部，却无尚书名色，或由贝勒理部务、或由承政掌印。顺治元年六部方设尚书。礼、兵、刑、工四部均设满汉尚书，而吏、户两部只设满尚书，并无定员。直至顺治十五年，户部尚书也曾满汉共三员。所以，授两员户部满尚书，并不违制。”

玄烨声气显然弱下来：“卿傅荐举何人？”

“正白旗副都统、现任工部尚书马尔赛正当其选！此人精明能干、才识过人，掌户部印，百无一失！”

刚刚举荐了马尔赛，就旁若无人地提出要他掌印！眼里还有谁？玄烨、索额图和熊赐履都一腔愤慨，却又都不敢表现出来。玄烨还不大甘心，还想挣扎一下：

“卿傅，朕记得正白旗马尔赛及光泰、噶达浑三族，是太宗皇帝和先皇帝时不用为侍卫之人……”

鳌拜严正地说：“皇上为天下之主、万民之父，应当有容人之量。老臣虽然力主处死苏纳海，却也敢重用正白旗的马尔赛哩！”

玄烨无言答对。

“老臣荐举的奏本，明日送到，请皇上过目，老臣便批转吏部就是。”说罢，鳌拜起身，向玄烨再次跪叩。

玄烨无可奈何地站起来，说道：“卿傅请便。”

鳌拜立起，躬身后退到门，出去了。

玄烨竭力克制自己，没有重重地坐下去。他默诵着太皇太后对他有关威仪的教导，才算摆成一副平静从容的样子。只是，弘德殿中深深的沉默却无法改变。

玄烨拿过书，视而不见地翻看一阵，渐渐冷静下来。他凝思片刻，抬起了头：

“索额图，传命秘书院，替朕拟一道谕旨，下部院科道詹事，诏求直言朝廷政事得失！”

“遵旨。”索额图说着，匆匆一跪，立刻去办。

玄烨转向熊赐履：“内弘文院职掌之一，是注释古今政事得失。熊学士理当进言。”

熊赐履跪下，沉默了许久，说：“臣早有隐衷，如骨鲠在喉。臣将应诏上疏，细论朝政得失。”

玄烨点点头，说：“去吧。”他望着熊赐履退出去，心里暗暗称赞。熊赐履是侍读学士，常在御前，尽可对皇上说长道短。但他却从不肯背后讲人的是非，宁愿明疏进言而不怕结怨于人，真是一位刚方耿直的大臣！

直到用过午膳，在书房小憩片刻之后，玄烨心头的不快才渐渐消去。鳌拜毕竟是辅政大臣，终究要请皇上亲政。索尼奏请亲政的折子上，他不也会衔签名了吗？

玄烨到阶下拉了半个时辰的硬弓，舒开了浑身的筋肉，也舒开了心中的闷气。于是他记起，昨天在坤宁宫，正遇皇后的母亲来探望女儿，说今天给女儿送两筐樱桃来的。不知送来没有？玄烨换了件衣服，喝了两口热茶，信步往坤宁宫走去。

坤宁宫东边一半是皇后的住处，西边一半改作祭神的所在，大婚后的一个月中，天天有萨满太太在那里跳神、烹煮祭肉。说实在话，住坤宁宫真没有住东六宫西六宫那些宽敞宁静的宫院舒服。太皇太后曾经允许皇后搬到长春宫或储秀宫去的，可皇后不愿意住偏宫。本来嘛，她是从大清门抬进宫里来的大清皇后，当然要住中宫，不然还叫正宫娘娘吗？

玄烨想着皇后的这些郑重端庄的脾性，敬佩之余，有点说不出的遗憾。她若是随便一些或许更好？……他止住宫门太监的通报，悄悄进了门，站在珠帘外向屋里看，一眼就看到了皇后的身影。

她背门而立，侧面临窗，正对镜梳掠鬓发。身上一件杏黄衫子，薄薄的亮亮的，描画出她略显丰满的腰身；披了一领珍珠披肩，披肩上每五粒珍珠簇一红宝石心为梅花形，光华灿灿，极其华丽；乌云般的黑发绾上头顶堆成云髻，光可鉴人；领口那里露出一截雪白柔嫩的颈子，柔发在两侧妩媚地卷曲着，这很使玄烨动心。他情不自禁地踮着脚，轻轻走到她背后。一抬眼，皇后已从镜子里看到了他，对他嫣然一笑，正要回身，冷不防玄烨从背后猛地搂住了她，贴脸在她颈子上亲那柔媚的小发卷。

皇后涨红了脸，挣出手来又推又扯，拽他的手拽不开、推他的脸推不动，急得直跺脚。偏偏两名太监捧着红樱桃进来，看了一眼，放下果盘慌忙退走。金盘在桌上碰得一响，玄烨才放开她。忙回头时，刚见到两太监急急避走的背影。皇后很生气，又不好说什么，瞪了玄烨一眼，低声说："还笑呢！叫下人看了去，成何体统！"

玄烨笑道："少年夫妻、闺房之乐，人之常情。再说，哪一个大胆敢嚼舌头？"

皇后满脸红晕，气喘吁吁，鬓发蓬乱，眼含娇嗔，玄烨不由得动情，一把将她搂住，贴在她耳边说了一句悄悄话，皇后脸红得更厉害了，竭力挣扎出他的怀抱，后退了好几步，不自禁地嚷出声：

"你疯了？拿我当什么？……"

玄烨不肯放过，又逼近了几步。皇后朝着他"扑通"跪倒，说："臣妾言语无状，求皇上恕罪。但臣妾身为六宫之主，己不正焉能正人？万不能使皇上蒙受荒淫无度之恶名……"

就像有人迎面泼了一杯凉水，玄烨登时暗暗一"哆嗦"，热烘烘的心渐渐冷却下来，脸上也讪讪的不好意思。他慢慢转身走到南窗下，一歪身，坐在炕上，垂头不语。皇后也觉得自己有些过分，连忙亲自端过一金盘红樱桃，送到玄烨面前，说：

“这是家母着人送来的，请皇上尝新。”

红艳艳的樱桃，像一颗颗硕大的红宝珠，极其鲜亮诱人。玄烨拈了几颗送进嘴里，果真甜美无比。他看看皇后那窘迫的样子，不免又觉得可怜，便说：“你也尝尝。”

皇后于是隔着炕桌，与玄烨坐个对面，两人就你两颗我三颗地静静吃樱桃，谁也不说话了。

大约这樱桃实在太好，少年夫妻的别扭也难以持久，不多时，玄烨的目光就频频投向炕桌上那面圆镜。桌上樱桃与镜中樱桃相映成趣，十分受看。皇后笑道：

“皇上对这面镜子怎么如此爱顾？妇人奁中物，实在不值得君王注目的。”

玄烨笑道：“你说话总头头是道、句句在理，叫我无言答对！真不愧是索尼之孙、噶布喇之女、索额图之侄女！”

皇后有些惊异：“皇上此话何意？我家中……”

玄烨摆摆手笑道：“没事，不过赞你家学渊博，我都难你不倒。”他想了想，又添了一句，“我看，索额图才堪大用，将来胜过索尼。”

皇后道：“臣妾祖父也是这样说的。叔父确是可信赖之人，才干极高又极果敢，不似臣妾阿玛那般平庸。”

“是吗？”玄烨目光炯炯，“我近日越发看重他了。”

皇后想了想，转了话题：“近日皇上频召郭罗络贵人，臣妾以为不妨普施君恩，更能得众心……”

玄烨盯着皇后，说：“你不肯留我，还要管这些事？”

皇后脸上又微微泛出桃红，笑道：“那拉贵人，你总不肯宣召。可是老祖宗说过许多次，四位贵人中她最宜男相，皇上应为后嗣着想啊！”

见皇后侃侃而论，辞意正大，神情又那么安详，玄烨不知怎么的，突然心头冒火，他勉强笑道：“你是我的大总管吗？”

皇后奇怪地瞅瞅他，又说：“昨儿我往承乾宫，见佟佳贵人那儿有个新选来的宫女，很是温良贤淑，笑模笑样的。我想拨她到乾清宫侍候，你的意思怎么样？要不要先召她来看看？”

皇后那忠顺而又平淡的词色，仿佛在安排酒席茶点一般，更增加了玄烨的不快，他干脆地说："不要!"随后一扭脸，望着窗下那盆玉石玛瑙石榴盆，说，"我倒想要问问你，你今儿个到底留我不留我?"

皇后见他变了脸色，摸不着头脑，说："昨儿你不是已经在坤宁宫待过了吗?今儿应当宣召……"

"哼，"玄烨冷笑一声，"我今儿个谁也不宣召！我那里还有云妞儿她们哩!"他挑战似的大声说着，脖颈儿也直了、气息也粗了，生气地斜眼瞪着皇后。

皇后倒笑了："你怎么不早说呢?好了好了，算我多嘴。云妞儿她们都是老佛爷亲自挑的，错不了。"

玄烨忍不住了，一下推开炕桌上的樱桃盘，猛然站起来。盘子"哐啷"摔到地下，鲜红的樱桃滚了满炕满地。皇后诧异地扬起细眉，不知所措。玄烨直逼到皇后跟前，盯着她的眼睛狠狠地说：

"你怎么就这样心平气和?你到底在意不在意我这个人?你把我推给这个贵人、那个宫女，你心里就一点儿不难过?"

皇后慌乱地眨着眼睛，面对玄烨的怒火，她不明白，也不理解。呆了半晌，才嗫嚅着说："皇上，你这是怎么啦?……"

"你说呀?你为什么这么不在乎?"

皇后容色平静下来，重又那么端庄贤良，她微笑着说道："没有不在乎。可我是皇后，是六宫之主啊！……"

玄烨"咳!"了一声，转身大踏步地出了坤宁宫。

他心里很难过，什么原因，自己也不能完全说清楚。皇后的态度激怒了他。

在朝廷里，他感到受辅臣的忽视；在内宫，他感到受祖母的忽视，他们是拿他当孩子而不把他放在心上。可皇后，他的妻子，竟也这么忽视他！如果她对他跟别的女人亲近表示一点妒忌、哪怕是一点点不满，他也不会这么难过的。冰月会这样吗?……

玄烨陡然记起那次圣寿节，为他称赞了另一个女孩子头上的花，冰月恼得那个样子，又哭又闹、大发脾气。当时玄烨觉得尴尬生气，可现在回忆起来又多么亲切美好，令人怀恋啊。冰月心里只装着玄烨，珍宝似的，绝不许别人碰一碰；皇后呢？对他玄烨有多少情分？她心里装满了家法宫训！然而，冰月毕竟是去了，永远地去了！

记得冰月出嫁那天，盛装浓抹、天仙也似的，艳丽得惊人。向皇帝皇后这一对兄嫂拜辞的时候，低着头，几乎没有表情，很容易被人认为是羞怯，但玄烨不敢跟她的眼睛相遇。皇后温存地微笑着，祝福妹妹瓜瓞绵绵、白头到老。冰月从浓黑的眼睫毛下面很快地看看玄烨，正遇上玄烨的不安目光，两人很快地闪避开了。但玄烨相信，这一瞬间，他们想起了同一件事情、想起了他们的盟誓……

整个拜辞过程中，冰月没有任何不得体的地方，只是表情平淡，眼睛冷得有如蒙了一层冰霜。最后一拜时，她深深地、深深地看了玄烨一眼，那是怎样的一眼啊！冰月一生经历过的情感，都包含在这令人心悸的一瞥中：幽怨、依恋、凄切、悲愤……很长时间，玄烨一闭上眼，就觉着这双乌黑的瞳仁像钻子一样钻进他的心，把他的心钻得流血，钻成碎片，使他难过得寝食不安。后来，听宫女说，冰月是在拜辞太皇太后就要上轿的时候，突然放声大哭的，哭得如痴如醉，哭得声嘶力竭，跳踊得珠钗绢花都甩脱了，落了一地，引得老祖宗和皇太后也忍不住落了泪。

不论什么时候想起这件事，都像刚刚发生过一样清晰，或许它们将永远栩栩如生地活动在他的记忆中。他很长时间不敢想象下一次见面会是什么情景，就像不敢去碰那刚刚止血的伤口一样。

然而，事实却大出他的预料。八月十八他的生日，万寿节，柔嘉公主与和硕额驸耿聚忠一同进宫祝贺，非常得体、非常有礼地一同向皇兄皇嫂叩拜。这一对夫妻如金童玉女，绝顶美貌惊人、绝顶风流潇洒。冰月看去比实际年龄大，像个十五六岁的贵女；耿聚忠看去比实际年龄小，像位年方弱冠的贵公子，天造地设似的般配，人人称羡不已。玄烨强颜欢笑，和皇后一起接受他们的寿礼和跪拜，心里却是说不出的酸楚，只觉得那个耿聚忠不该这么挺拔、不该这么英俊，眉不该这么黑、口不该这么方，处处不顺眼，怎么看也觉着他配不上冰月。

冰月的模样很文静，眼睛里既没有欢乐，也没有忧愁，唇边挂着一种无法形容的寂寞的微笑。那笑容的后面是什么？玄烨猜不透，只觉得几滴苦泪从嗓子眼儿往心里滴答，并且相信她也一样。

啊，皇后怎么能与冰月相比！……

玄烨在灯下拿着那只绣着小红马的荷包，看着，想着，郁郁不乐，一个人长吁短叹，没有察觉夜已渐深。云妞儿小心地进了书房，给他披上薄薄的江绸披风，低声说：

“皇上，时候不早了，回去歇吧！”

这声音像丝绒那么低柔而且厚，充满女性的动人的温柔。玄烨听到这声音，不知怎么的直想哭，他一把捉住云妞儿的手，哀求似的说：“云妞儿，你别走开！……要不，你跟我一块儿回去，你陪着我……”

云妞儿显然误会了玄烨的意思，竟不自觉地向后缩了缩，小声而又坚决地说：“皇上，我……我不！”

玄烨大觉意外，猛然从茫然的境地中清醒过来，盯住云妞儿：她怎么敢在皇上面前说这个“不”字！

云妞儿局促不安，低下涨得通红通红的脸，用更低的声音，几乎是含着泪说：“我……我有了……”

玄烨没听明白：“什么有了？有什么啦？”

“有了好些日子了，三个多月了……”

头顶“嗡”地巨响，玄烨只觉得有人使大棒子敲了他一下，顿时明白了。他慌乱地双手捏定云妞儿的手，激动得透不过气来，好容易才憋出了这么一句话：

“我……我要做阿玛了？……”

云妞儿羞得抬不起脸，却咬着嘴唇轻轻点了点头，随后在玄烨脚边跪下了。

“哦，老天爷！”玄烨仰天长出一口气，狂喜地喊着，“感谢苍天！感谢神佛保佑！我玄烨有后了！大清有后了！……我就去禀告老祖宗！禀告皇太后！大喜呀！这是大喜事啊！”

云妞儿忙扯住他的衣角，小声说：“皇上，天太晚了……”

玄烨立刻把云妞儿搀起来，快活地说：“你起来，快起来，以后别跪啦！宫里的杂事也别干了，好好养着。等你一生下阿哥，我立马封你主位，让你住西六宫去！……”

玄烨极其兴奋，几乎一夜不曾合眼。他将要做父亲了！这真是不可思议得令人发狂！……实在也难怪他，他刚刚度过十三周岁生日嘛。狂喜之余，他突然问自己：如果皇后不是何舍里氏而是冰月，那会怎么样呢？

只是到了此时，他才意识到，对于一个皇帝，对于爱新觉罗家族，何舍里氏这样的皇后才是最需要的。刹那间，他对自己的端庄贤淑的皇后，突然萌生了强烈的感激之情……

三

天气真热，和硕额驸耿聚忠出东华门回府，没有多少路程，觉得里衣都湿透了。他急着要脱换衣服，却不能忽略了礼节，必须先到公主那里照个面。于是便绕过影壁和正殿，由第二进的西配殿前，往公主的寝宫走过去。

站在寝宫月台上的两名太监都连忙跪下给额驸爷叩头。耿聚忠朝寝宫宫门看了一眼：珠帘低垂，毫无声息，隐隐约约可以见到有侍女肃立门内两侧，木雕泥塑般纹丝不动，一缕淡淡的香味，从珠帘内向外飘逸。耿聚忠往前走了两步，停下，有些犹豫地低声问太监：

“公主又在祭祀？”

“是。额驸爷。”

“快完了吧？”

“回爷的话，瓜果香案刚刚摆齐。”

耿聚忠转了转眼珠，又试着往前走了几步。一位嬷嬷，公主的保姆，掀帘出来，赔着笑脸向耿聚忠请安：“额驸爷吉祥。公主祭祀先贤，求爷稍候片刻，别惹得公主生气。”

耿聚忠笑道：“我不进去，就在外面悄悄看一眼，行不？”

嬷嬷无可奈何地笑了：“爷这么说话，奴才哪里敢当。”

耿聚忠轻轻走近西屋窗户，贴着新糊上的银红窗纱往里瞧，果然，她又在祭祀那两位大舜的妃子。

靠西墙的那道围屏正中，悬挂着一幅精美的工笔画，淡淡的色彩，描绘着无尽的滔滔湘水；洒满啼痕的疏疏斑竹之侧，两位仙袂从风、绣带飞扬的女子，满目凄楚地向远方眺望。图画的一角，写着“娥皇女英图”。屏前八仙桌上摆着仙桃、佛手、香橼、饽饽、松饼等五盘祭品；正中一个兽纹三足鼎式香炉里，已经插上了两炷香，袅袅轻烟从香头升起，向高高的殿顶飘散。八仙桌前的蒲团上，手擎线香静静跪在那里的，正是公主；公主膝下盘成一团的，又是她心爱的小雪。

她向二妃礼拜之后，原应插香入炉的，不知为何，却望定娥皇女英，呆呆地一动不动。眼睛发亮了、闪烁了，后来，晶莹的泪珠就沿着脸颊滚落下来。

耿聚忠连忙后退了几步。他最怕见到公主哭泣，初婚的那些日子，真领教够了。转身走到保姆面前，把自己的跟班叫过来，让他们把捧着的拜匣交给她，随后小声说：“嬷嬷，我就不打扰公主的正事儿啦，这就回西跨院儿。公主要不叫我，我可就往后园杏雨轩凉快去了！这天气实在太热！拜匣里是朝廷的抄报，进呈公主就是，拜托了！”他说罢，对保姆讨好地笑笑，走了。

几个月来，他对此已经习惯。当初他独自住到西跨院去时的委屈和羞辱感，现在已完全消失。那时他觉得自己是被撵出来的，如今呢，倒真个是自得其乐呢！

耿聚忠是靖南王的儿子里模样最俊、文才最高、性情最温良的一个，想让他做女婿的豪门贵族可不是少数。好几家已经提到靖南王耿继茂跟前，只等王爷拍板下聘了。结果却是太皇太后指婚、柔嘉公主下嫁，耿家的荣贵登时又提高了许多。同是和硕额驸，耿聚忠娶的是公主，比大哥耿精忠娶郡主身份更高。聚忠又是小儿子，自幼受父母娇宠，他能不分外得意吗？可万万没想到，公主的丈夫不是好当的！

公主天仙般的美貌，使耿聚忠欢喜若狂、心花怒放；可是公主古怪得不近情理的心性，却似一阵寒风，扫尽了他的喜悦，吹落了他的心花。

新婚的那天，所有的典礼仪式，公主都老老实实地遵行了：

喜轿抬进寝宫堂屋，额驸弯弓搭箭对着轿门底部连射三箭后，有人打开轿帘，她红袄红裤红盖头，袅袅婷婷地被搀出轿；

进新房门时，她准确地接过内装五谷杂粮的红绸扎口的宝瓶，在全福太太的搀扶下，毫无磕绊地越过了新房门槛儿上的那个马鞍；

坐帐时，她一动也不动地垂着头，任凭新郎拿秤杆挑下红盖头，任凭新郎从她头上摘去红绒花，插到喜神方向的南窗。随后，两人又在南炕盘腿对坐，喝交杯酒，吃阿什不乌密。按规矩，新郎此后应出新房去陪陪客。

客人多、亲友多，耿聚忠再回新房时，公主的保姆和全福太太说话了：时间太晚，已过子时，是第二天了，按规矩合卺礼必须推迟到第二天夜间。耿聚忠毕竟是汉人，满洲婚礼的规矩懂得不多，于是不敢违背，既然不能在新房内停留，便老老实实地另觅宿处。这宿处就安置在了西跨院正房。

第二天夜晚的合卺礼继续下去。新郎新娘临睡前，又上炕对坐，中间扣着铜盆，两名服侍的全福太太各夹起一个半生不熟的饺子，让新郎新娘各咬一口——这是子孙饽饽，半生取“生子”之意；又各挑起一丝汤面让新郎新娘各吃一口——这是长寿面。窗外的萨满太太不住地喊着谁也听不懂的歌谣。

全福太太们把新人扶到床边坐下，挤满新房的看热闹的亲友们才络绎散走。最后出去的是公主的保姆。眼看她笑模笑样地在公主耳边悄悄说了几句话，又向新人叩了头，起身退出新房，并回手拉住门鼻，要把洞房门关上。耿聚忠不由得心口“突突”乱跳，想入非非。

“精奇妈妈!”尖锐的喊叫一下子止住了保姆关门的动作，耿聚忠听来不啻一声闷雷：她怎么啦？为什么这样惊叫？她要做什么？……保姆也是一愣，连忙走来，安慰地说：“格格还要什么？”

公主一把搂住保姆，“哇”地放声大哭。保姆慌了，抚着公主抽搐的背，不住地劝：“哎哟哟，这是怎么啦？快别哭，快别哭哇，格格的大喜日子，怎么回事儿呢？”她尴尬地看看坐在公主身边发愣的耿聚忠，抱歉地笑道，“格格从小跟着我，夜里从没离开我身边儿过……额驸千万别见怪……格格快别哭啦，叫人听了笑话！”

公主哪里肯听，抬起泪眼，说道：“妈妈你别走，我不让你走！……”说着把头埋进保姆怀里，哭得更凶了。

太皇太后指婚那会儿，耿聚忠隐约听说过公主年龄还小，可他怎么好意思打听？刚才揭盖头时，他很想仔细看看新娘的年貌；但那会儿他被公主出众的美貌惊住了，又心里慌张，没注意她的身量。现在，脱了那些肥大的礼服，又缩在保姆怀中，公主看上去简直是个动人爱怜的小女孩儿，哪里会有十三岁呢？再说，她终究是公主，他耿聚忠终究是臣下。于是他大度地说：

“精奇妈妈，你就听公主的吩咐，留下吧！……”

就这样，合卺之夜，耿聚忠在南窗下的炕上安睡。而公主仍按她在宫里的老习惯，抱着她心爱的白猫小雪，跟她的精奇妈妈一同睡在他们的合婚床上，由精奇妈妈轻轻拍着，哼着满洲的催眠调，把她送入梦乡。

也许公主和额驸的新婚之夜，公主都要这样端端架子，给额驸来一个下马威吧？耿聚忠想错了。合婚后，他们在寝宫同住了一个月，他就在南炕上睡了三十夜。公主根本不许他靠近。当只有他们两人在新房内相对时，公主就旁若无人地自管绣花、读书或闲坐，从不跟额驸搭话，宁可嘟嘟囔囔地和那小白猫交谈。大面子上倒还都过得去：无论是祭灶祭神祭祖，还是叩见父母行双礼、与本家亲戚分大小论辈分行单礼，她都进退有度，谁也挑不出毛病来。大家都夸赞耿聚忠的好福气。

没过多久，夸赞的人就越来越少了。皇家女儿娇贵无比原在意料中，但公主这样生性乖僻，可真把所有的人都吓住了。

从婚后第五天始，公主便开始显露威风了，每餐膳食必定用水牌点写肴馔。许多宫里的菜品名字稀奇古怪，什么巴尔哈肉、什么奶饼敖尔布等等，耿府有几个人知道？有一回她点了饽饽，也就是汉人说的水饺，竟要求一两白面包二十四个，把厨下难为得满头大汗，天天做菜像是受刑。因为公主吃得稍不合适，立刻摔碎碟盘，并一头钻到桌子下面用力一拱，满桌饭菜膳具全都翻在地上。她呢，却掩面大哭，倒像是受了天大的委屈！额驸只好惩罚厨下奴仆，替公主出气。

那天午膳过后，公主看去吃得还满意，额驸很想趁她高兴搭上几句话。不料府里侍女进茶，奉给公主时，稍不小心手指擎着了杯口，公主立时夺过茶杯，摔碎在地，指着侍女骂道："肮脏的东西！你也能奉茶？下去，看家法！"侍女被拉下去，笞了二十。公主却又泪如雨下地哭了一场。

还有她的祭祀，保姆说在宫里就不曾断过。公主崇敬大舜的两个妃子，每月都要上香，逢春秋两祭还要写祭文，十分郑重。在祭祀的日子里，谁要冒犯了她，可是了不得的事，若是下人，就免不了杖责鞭笞。

在寝宫里新人同住的那一个月，天天都要出类似的事情。有些看上去根本不值当：穿过的里衣洗过以后又送回来，用过的手绢忘记扔掉，等等，公主都会哭闹一场。耿聚忠不明白，这么一个如花似玉、看上去那么高贵雍容的少女，内里心性竟如此乖戾！她到底有什么不满意、有什么委屈，要这么借题发挥地闹腾？

正是借题发挥！耿聚忠受了一个月的气恼，终于悟出了公主行为的真谛。

耿聚忠有苦说不出。他不敢违拗公主，又不便向父母兄嫂告状。就是告了状又能怎样？谁敢去向太皇太后和皇上抱怨，说皇家的女儿不懂人事呢？寝宫一月即将结束的时候，耿聚忠决心要向公主挑明了说一说，可是被公主的保姆劝住了。保姆把他拉到一边，悄声对他说：

"额驸爷千万别生气，听奴才几句话，好不好？公主自小儿娇生惯养，先皇帝和董鄂皇后都拿我们格格当心尖儿，太皇太后更是把我们格格宠得什么似的，亲孙女儿都靠后了。我们格格是金人儿，一点儿委屈都受不得。说透话吧，她实在年岁太小，说是十三岁，其实刚过了十二岁的整生日，还是个小塔拉温珠子，用戏本子上的话说，叫作情窦未开，不知道这男女间的事儿。额驸得要有耐心，慢慢儿打动她才行呢，千万不能动粗。她要是恼了，这事可就再没指望了……以额驸的人品才貌，和我们格格正是一对儿。只要慢慢来，我们格格也不是铁石心肠，额驸爷说是不是？等岁数大些个，自然就好了。这样天仙也似的玉人儿，满世界上哪儿找呢？”

保姆的话说得在理，耿聚忠只得收起了他怜香惜玉的心肠，独个儿住到西跨院来了。这样反倒好了，每天夫妻见面的时候，公主也居然降尊屈就地跟他说几句话。虽然不过是客套，总比不说话强得多吧？耿聚忠每每对镜微笑，满怀信心地等待着公主成年、回心转意。

但是，公主难道真是个不懂事的孩子？她后来的那些惊人之举又怎么解释？不然，耿聚忠能这么无怨无尤、相安无事、怡然自得吗？

耿聚忠回到西跨院正房住处，随侍太监赶着给他换了家常衣裳，他又啜了几口清茶，见公主没有召请他，便沿着长长的游廊往后花园的杏雨轩去了。

杏雨轩四面绿窗，两侧和北面净是杏树，现在正是树荫浓密时节，红杏黄杏挂满枝头。轩南一面月台，台上两个长方形石砌花坛，坛内叠石种竹，空灵剔透的太湖石边，还栽了两棵绿莹莹的珍贵的芭蕉。月台下三阶石磴，临一潭清池，池上荷叶田田、莲花亭亭，几尾金红的游鱼在莲梗间穿行游翔。

一进杏雨轩，只觉清风徐来，暑意顿消，他胸中烦闷一时散尽，倒在凉床上，极其舒适地盘算着如何消遣。几名太监穿梭般来来往往，提着食盒抱着酒坛，在杏雨轩中堂安放桌椅。耿聚忠叫住一个太监问了问，知道是公主吩咐的，便笑着重新躺下，不再盘算什么了，只想美美睡一觉，养养精神，好应付公主为他安排的宴乐。

果然，在他舒舒服服地睡了一个时辰之后，太监轻轻把他唤醒，并在他耳边低声说：“额驸爷，纤姑娘她们就要来了。”

耿聚忠笑笑，坐起身，擦洗了脸和手，整理了辫发，就在堂中坐定了。一切都安排得恰到好处。他刚刚呷了一口茶水，杏雨轩的细细竹帘微微一动，两双小巧的白手把它从下往上卷，于是两名穿蓝布衫子梳长辫儿的宫女就全身现露在门前。她们拿玉钩挂住帘子，便分左右站在门外两侧。跟着，四位骨柔气清、面容秀美、衣饰艳丽的女子，各自捧着银盘，鱼贯而入，列成一排向耿聚忠请安。

耿聚忠笑道：“免了吧！今儿个谁下帖子啦，怎么一股脑儿都来了？”

为首的红裙粉衫的女子，叫纤纤，笑着回道：“公主差我们来的，说今儿天热，额驸爷累了，让我们姐妹都来给额驸爷解闷儿。”

耿聚忠点点头道：“让公主费心了。让我瞧瞧你们带了些什么来。”四位姑娘轮番上前，呈上她们的银盘。耿聚忠也就借着看物，把她们一一看过。

她们都是明朝时装：纤纤和白娟穿着交领窄袖衫和长裙佩带，一红一白，很是鲜明；春荑和晕儿穿着长领长袖衫，里面露出鲜红的抹胸，长裙系住细细的腰，都加了一件绣花缀珠的腰裙，一鹅黄一碧绿，更显得活泼。春荑和晕儿各持一盘时果：鲜桃和黄杏；纤纤和白娟的银盘里，则各放了一本线装书，书内有彩线标志着页数。

耿聚忠先翻看了书，压有彩线的地方特意多看了两遍。这是公主亲自标志的。凡史书中有奇事、可读事，她就这样令纤纤她们奉进额驸。至于桃杏也如海棠樱桃一般，凡是时新果品，她都遣纤纤她们奉进。有时公主自己写成新诗，或偶得一二佳句不忍独赏，也遣纤纤她们送额驸吟诵。不过，这样的奉进，通常是由这些女子一人一天轮流送到西跨院或杏雨轩。

这些女子都有特殊才能，如纤纤善筝，白娟善歌，春荑善鉴古玩、善品箫，晕儿善舞、善丹青，一个个又貌美非凡，便替公主尽了伦常的内职。每当其时，耿聚忠无不乐之以酒，酒罢继之以诗，诗成美人起而歌舞。修竹清池、细帘嘉树的杏雨轩，便是一派莺啼弦乱、浅斟低唱、牵衣抱袖、红白低迷的旖旎风光。往往次日清晨起身，尚可见到草头蕉叶之上，尽是墨迹酒痕。

耿聚忠还有什么不快意？对公主的贤淑哪能不感激？

像今天这样，纤纤她们一起来到，表明一会儿公主也要驾临。这样的相聚，一月不过三两回。由于大家都很知趣得体，也总是尽欢而散。

宴席排开了，食盒上桌，酒盅斟满，笑语盈耳，阵阵荷风送香，吹得纤纤她们薄薄的纱衫绸裙飘飘拂拂，体态愈加苗条袅娜。耿聚忠乐得大笑，高举金盅畅饮，满心宽舒。望着那两盘硕大的桃杏，他静静凝思片刻后，一手擎杯一手提笔，写下了一首《长相思》：

“桃花红，杏花红，两样春光便不同，各自逞娇容。　　倚东风，笑东风，绿叶青枝共一丛，静爱碧烟笼。”

他把这阕词往白娟桌上一扔，笑道：“唱吧！”

于是纤纤鼓筝、春萸品箫、晕儿鼓着檀板，白娟曼声地反复唱起了这首《长相思》。耿聚忠带着沉醉的表情，倚在榻椅上，微微眯住俊俏的眼，心中好生得意。

从他的祖父第一代靖南王耿仲明，到他的父亲第二代靖南王耿继茂，征战起家，军功卓著，耿家子弟也多以武事胜，哥哥耿精忠更因武艺出众名列头等侍卫。耿家出了耿聚忠这样一个人才，实在难得。他怎能不得意？而他不正是以这一长处，打动了公主的心吗？

大约在搬到西跨院后十天左右，他照例到寝宫去见公主请安行礼时，正遇上公主起身迟了些，梳妆未毕。他看着镜里倩影、镜旁娇容，不觉心头一动，笑道：

“公主，这妆镜颇有意趣，我为它作一铭文如何？”

公主看他一眼，略示惊讶。因为成婚至今，他还从未在公主面前舞文弄墨、一显才思哩，公主也不知道他这“多才”的评语里究竟藏着多大学问。

耿聚忠于是故意摇头晃脑，像才子一般曼声歌吟着：“炼形冶神，莹质良工。当眉写翠，对脸敷红。如珠出匣，似月停空。绮窗绣幌，俱涵影中。”

耿聚忠于是第一次看到了公主淡淡的笑容，从此以后，他们的交谈才有了内容。渐渐地，公主把耿聚忠当作了文友，互相唱和、互相考问，最初的戒备也就日见放松。终于有一天，公主把额驸请到寝宫堂屋小宴，举杯畅饮之际，公主说出了一番令他不胜惊讶的高论：

“我这人天生喜爱艺文，孜孜不倦、日日批注，一向孤独惯了，实在不习闺中谑浪。我想为你置妾数人，既可延续后嗣，又不夺你房闱欢爱。你我夫妻名分在，正可以诗文交往，相敬如宾。”

耿聚忠怎么也不相信，这些话这些念头和这独特的折中手段，会来自这个十三岁的格格！然而她说得从容不迫一本正经，显然是她那小小的心眼儿里早打定的主意，俨然尊贵的女主人！耿聚忠怎敢拒绝？私下里不无欣欣然。

不久，公主拿出六百两黄金，买来了六名花容月貌的美人儿。除了眼前纤纤她们四个，还有两位，名绿丝、碎桃，能骑马、善鼓琴，但使她俩深得公主宠爱的，还是因为她俩特别会种花。无论什么断枝残根，经了她们的手，没有不活的。公主从宫里带出来一盆奄奄待毙的菊花名种“白鹤卧雪”，就由她俩莳弄，不但起死回生，而且欣欣向荣，绿叶都如翠玉片似的坚挺有力，长出许多新芽，今秋定会开出好花。公主特别喜爱这种白菊，要她俩多分盆多栽培，说是要在屋里屋外摆满“白鹤卧雪”。如今正当盛夏，绿丝、碎桃来得不多，总是在为秋天的菊花忙碌吧。

公主给耿聚忠这样的稀世艳福，耿聚忠自然感激不尽，对公主格外恭敬顺从，但暗中并不死心。因为这显然是由于她情窦未开，又生性倜傥而做成的一段风流韵事。等到三五年后，公主会出落得更艳丽，到那时候……

耿聚忠在《长相思》的歌声中，只管胡思乱想，歌声却突然中断了，宫女来报：公主到。纤纤她们立刻放下乐器，随耿聚忠出轩迎候。

满园绿树浓荫、湖石林立，在花木亭台的掩映中，八宝顶盖的紫帷小车隐约晃动着。车轮压在鹅卵石铺就的小径上，“吱吱咯咯”的声音与车顶的银铃声交会着，透过花草树木的芬芳，透过郁郁蓊蓊的绿荫，传向花园的每一个角落。

八宝紫帷车停在杏雨轩前，扶车的绿丝和碎桃上前掠开帷帘，公主像九天玄女庙里的主神，端坐其中。纤纤等四人连忙跪下迎接，耿聚忠也笑着请了安，绿丝和碎桃才将公主扶下小车，一同进了杏雨轩。

公主和额驸坐了主位，六名侍姬三人一席，分左右陪坐。于是弹筝鼓琴，继之以舞，纤纤她们各展长技，赞颂皇家恩德和公主额驸的仁慈。每人献艺毕，一定向公主额驸敬一杯酒，祝家主人康乐长寿。公主微微笑着，每杯酒都轻轻抿一口，随后额驸立即从她手中接过，一饮而尽。

额驸饮罢第六杯酒后，拿酒杯往桌上一顿，笑嘻嘻地指点着侍姬们说：

“好啦，这下该看你们的了！可别又让我这业师丢脸哪！”

侍姬们也笑起来，纷纷由怀里或领中探出一个小小的绣囊，囊中是她们近日所赋诗词。按往常惯例，上寿酒过后，侍姬们要向公主进上她们的近作，而公主呢，就会立刻命人另设一案，案上香炉焚香，她缓缓坐在案边，对侍姬们的文章细加品题，定出先后，优者奖励，末一名罚酒三大盅。诗词中平仄有差、叶韵错误的她都为之改点。但每改一字，辄以巨觥罚额驸。理由很充分：额驸是老于诗词的高手，不为美人更改，想要含糊蒙混、悄悄溜过去了事吗？“我可不念这点香火情，不罚不足以警来日！”每当此时，侍姬们也都凑趣，一起跟着笑嚷道：“公主说得好，该罚该罚！”于是，这便成了规矩，公主一改诗，额驸就得受罚，连饮数觥，直至沉醉，尽欢而散。

所以，耿聚忠看到侍姬们献上诗作，便摆出一副英雄架势，笑道：“公主，酒觥已经备好，在下谨候命。”

公主笑了笑，说：“今儿个，你原本逃不了这顿罚的，偏偏你自己把自己救了。纤纤，你们的锦绣文章暂且收回囊中，下次一并评点。愿意喝酒呢，就坐坐，不想喝出去散散心也成。我有事要跟额驸说。”

侍姬们何等乖巧，都说要出去看荷花数红鱼，相随着出轩去了，只有绿丝、碎桃还在公主身边侍立。耿聚忠心想：这小格格，不知又要闹什么花样！他笑容满面地说：“公主有何见教，在下洗耳恭听！”

公主瞅他一眼，说：“别这么油腔滑调的，我有正经事跟你商量。”

她脸上一副成年人深思熟虑的表情，倒叫耿聚忠微微一愣，看上去真怪严重哩！他只好强打精神，可是酒意慢慢升上来，眼皮发沉，脑袋晕乎乎地很舒服，身子直打晃，嘴里有些含含糊糊地说：“噢，噢，公主请讲……请讲……”

公主说了几句什么，都像是从很远的地方传来的，听不清楚，似乎公主只动嘴唇没出声。耿聚忠便用力地睁开眼睛，笑道："公主，你大声点儿，我听不清……"

公主望着额驸，咬咬嘴唇，又回眼看看桌面，那儿有一盆湃果子的冰水，她就着额驸脑袋下垂的势子，伸手一用劲，把他的头脸按进了冰水里。

耿聚忠"哎哟"一声，灌了一口水，浑身打了个寒战，直起腰来摇摇脑袋，甩开水珠，惊讶地望着公主。公主对绿丝点点头说："给额驸丝帕！"随后笑道，"现在我的声音够大了吧。"

额驸顿时清醒了许多，一面用丝帕擦脸，一面哈哈大笑。也许在用笑声掩盖心中的恼火，那就难说了。

"额驸，你带回的抄报，我看了。皇上下诏求直言，应者多数言之无物。惟有弘文院侍读学士熊赐履所上奏疏最有分量！"公主说着，竟拿出抄报，诵读起来，"'民生困苦孔亟：私派倍于官征，杂项浮于正额。一旦水旱频仍，蠲豁则吏收其实而民受其名，赈济则官增其肥而民重其瘠……'他敢说这样的话，可不是忠臣吗？"

耿聚忠回答得有些迟疑："公主所见不差……熊学士此疏在朝中很是轰动，不过……"

公主不听他的，兴奋地指点着抄报继续说："还有这里，这一段，你听听：'今朝廷之可议者不止一端，择其重且大者言之：一曰政事极其纷更，而国体因之日伤也。国家章程法度不闻略加整顿，而急功喜事之人又从而意为更变，但知趋目前尺寸之利以便其私，而不知无穷之患已潜滋暗伏于其中矣……'"

"公主，别念了。熊学士的疏本，正是这一段得罪人了。"

"此段却正是疏文之精华！"

"公主有所不知，鳌大臣对此疏大不高兴，指问谁是'急功喜事之人'？'无穷之患'又是什么意思？……"

"这还不明白？已禁圈地，此番又圈，不是政事纷更？两旗换地杀三大臣，他不就是急功喜事之人？真是的！心里没有臭疮疤，为什么怕人揭？谁认就是谁！"

"鳌大臣已请皇上以妄言治熊学士之罪哩！"

“当真？”公主双眉一挑，“皇上能依他？”

“倒是，这回皇上是没有准。可熊学士结怨鳌大臣，日后鳌大臣总会找个不是整治他！熊学士这不自找倒霉吗？……图个什么呀！”

公主斜了额驸一眼，不高兴地皱皱眉头，又忍住了。耿聚忠正在整理湿乎乎的衣领，没注意公主的不满。公主又从容地说：

“还有这里。索大臣多次率辅臣请皇上亲政。皇上倒一直没应允。这君臣之间的忠义道德，足以光耀史册了。”

“正是正是。”耿聚忠接口极快，“索大臣奏请皇上亲政，皇上虽然未允，但下诏褒奖索尼忠诚，加授一等公爵，与他原有的一等伯爵一并世袭。这荣宠也是空前的了。”

“是啊，我看抄报上写着，索大臣辞谢爵封，皇上不许。”

“索大臣对皇上的耿耿忠心，实在古今罕有其匹，满朝文武都很敬仰哩。”

“那么，你呢？”公主话锋一转，乌黑的眸子闪着剑一般锋利的寒光，盯住耿聚忠的眼睛，像要把他的心底看穿似的，“你为什么不同索大臣一样，奏请皇上亲政？”

突然的一问，耿聚忠措手不及，不知如何回答。

公主的眉梢扬得高高的，慨然道：“你们耿家，受皇家三世厚恩，郡主、公主联袂下嫁，享尽了人间的富贵荣华，难道你们还不该对皇上忠心耿耿？难道还不如索大臣？”

耿聚忠回过神来，连忙低声下气地说：“公主言重了！我们耿家即便粉身碎骨也难报皇上大恩。只是眼下这件事，很有些为难处。我耿聚忠怎能与首辅索大臣相比？又怎能与鳌大臣相抗衡？……”

“哼，”公主冷笑一声，“惧怕鳌拜的权势吧？”

“不，不！谈不上怕他……可现如今他整垮了苏克萨哈，又趁索尼多病包揽了京察，排除异己安置亲信，已然大权独握了。索大臣奏请皇上亲政，实在也是觉得力不从心、无法节制鳌拜，不得已而为之啊！……”

“你的意思，那鳌拜竟要摄政了？”公主这一问，耿聚忠不得不更加认真。公主的头脑和眼光，实在比她的年龄成熟得多。他小心翼翼地低声说：

“公主不要着急，听我细细分剖。鳌拜虽然权势日增，但人望日减。两旗换地事他偏袒本旗，得罪了正白旗，也吓住了其他各旗，各旗又没分得一点儿好处，对鳌拜难道没有怨言和戒心？京察之事他更做得明目张胆，举朝为之侧目，满汉官员哪能无动于衷？……不过，鳌拜之势力养成并非一日，到了如今的地步，就是要去其羽翼，也要大费手脚呢，何况……”

公主不耐烦听他絮絮叨叨地“分剖”：“别的不必说了，我只问你，你为什么不奏请皇上亲政，给索大臣加一把子力气？”

耿聚忠躲躲闪闪：“我，我不过是个皇亲，并无显职，怎么好上奏呢？况且又势孤力单的……”

“那么吴应熊、尚之信，还有你大哥二哥呢？你们可以联名会衔上奏嘛！……再不然，你们这些王世子、王子们，给各自的父王进言呀！要是平西、平南、靖南三家藩王再加上定南王孔格格一同奏请皇上亲政，朝廷能不理睬？鳌拜敢不答应？”

耿聚忠迟疑着没有回答。他不敢把什么话都端出来。

事实上，耿家兄弟跟吴应熊、尚之信时相往来，朝中这些大事互通消息，早就在一处商讨过了。

前些日子，平西王吴三桂突然上本，以眼病为由，求解云贵两省事务，用心无非表示自己虽然威镇边疆，却没有任何异志野心，也借此试探朝廷对他的态度。不想鳌拜急于揽权，立刻同意吴三桂解任，并明谕两省事务交总督巡抚管、两省文官任免事权仍收回给吏部。这自然使吴、尚、耿三家极不高兴。对势力雄厚的三藩而言，一个小皇帝，总比一批老奸巨猾的辅臣好对付。所以他们倾向于皇上早日亲政是必然的。只是在京的这几位王世子、王子都还没有得到父亲们的明确指示，朝廷中形势变幻莫测，也使他们不敢轻易露出真面目。

公主并不了解额驸的苦衷，见他迟疑着不答话，心里更加着急，说：“还有那么多汉大臣呢？不也可以联名会衔请皇上亲政吗？”

耿聚忠皱着眉头说：“汉大臣谁敢管这样的事！躲都躲不及呢！谁知道日后是什么结果？多嘴多舌杀的流的还少吗？还不学个

乖？……哼，熊学士那样的主儿，显见是书呆子，傻瓜！……”

“啪！”公主抽手给了耿聚忠一个耳光，接着对他那张俊脸愤愤地瞪了好半天，临了，从牙齿缝里挤出了两个无比轻蔑的短句：

“胆小鬼！窝囊废！”

她再不看耿聚忠一眼，昂着头径直走了。

耿聚忠愣了半晌才回过神来，急忙追出轩门看时，暮霭之中，八宝紫帷车摇摇地向远处驰去，车轮车铃声很快就消失了，仿佛溶化在沉沉暮色里。除了两名随身侍奉的太监以外，侍姬们和宫女们也都不见了，想必跟紫帷车一同走了。

耿聚忠摸摸被打的左脸，这可谓结婚以来公主与他的第一次“授受之亲”。他心里又是懊恼又是不安，只得自我解嘲地嘟囔：“这么大的脾气！真是公主娘娘！”

一回眼，发现太监还站在他方才挨打的宴席之旁，想到刚才的那一幕落在他们眼里，脸上更挂不住，便恼怒地喝道：

“还待着干什么？还不快收拾！”

四

已交亥时，寝宫里只有挂得高高的几盏宫灯发出暗淡的光芒，其他桌灯壁灯都已熄灭，仍然闷热难当。床边两个宫女“呼扇呼扇”地打着扇子，院里金蝉拖着长长的声音叫得人更加烦躁。

床上的太皇太后又翻了个身。

坐在南炕桌边打盹的苏麻喇姑立刻惊醒：“老佛爷还没睡？”

太皇太后轻轻一笑：“唉，上岁数的人，心里搁不住事儿。”

“还是天气太闷的过。这些日子热得出奇，准要憋一场大雨……”像是证实苏麻喇姑的推测，远远地响起一阵敲湿鼓似的闷雷声。她接着笑道：“瞧瞧，雷来了。大雨过去，老佛爷就能睡个凉快觉了。”

“老天肯帮忙，雨后一凉爽，明儿上船就舒服多了。”

说话间，雷声越来越近、越来越震人，持续不断的轰鸣，响得屋里人们互相说话都听不清。

狂风骤起，“呜呜”怪叫，门窗“乒乓”乱响，太监宫女们全都惊醒，一窝蜂地跑去关窗户关门。

“啪啦啦”！一声骇人的霹雳，仿佛就炸在寝殿顶上，惊得人们掩耳失色，胆小的宫女吓得互相搂成一团。

“噼噼啪啪”！寝宫顶、窗户外、树叶上，一片撒豆子一样杂乱的声响，越来越密，很快扩展成充塞在天地间、充塞在每个角落和每个人耳鼓中的“哗哗”大雨。这声音虽也宏大无比，人们反倒安心了，静静听着雨声。

太皇太后撑着一肘，从枕上抬起头，语调有几分焦虑：“雨声里怎么‘叮当’乱响？该不是下冰雹吧？”

几个宫女赶紧出门去瞧，片刻间捏着几颗绿豆大小的冰粒儿跑回来。

太皇太后一看，坐了起来：“这还不把荷叶打穿了？”

苏麻喇姑连忙安慰：“老佛爷放心睡吧。冰雹这么小，伤不了荷花荷叶。都说雹打一条线，太液池哪儿就那么巧正可在线儿上呢？就算打穿几片荷叶，不过多几个小眼儿，也不难看……”

“你倒会说。”太皇太后笑笑，重新躺下。看看风停，命宫女打开门窗。一股凉飕飕的水汽冲进来，驱走了闷热和烦躁，而暴雨的“哗哗”声也就越发震耳了。

太皇太后忍不住又坐起来，径自下床、径自走到窗口朝外看。在宫门的淡淡宫灯衬映下，雨水如天空悬下来的一条条粗大的白丝线，毫无停息的意思。她紧蹙着眉头，默默看了片刻，说：

“还是着人去金鳌玉蛛桥边看看，这么大的雨，别把荷花骨朵儿打坏了。”

苏麻喇姑立刻传总管太监差人披了雨布去看。那边太皇太后又添了一句：“要是荷花受不住，得想法子给遮挡遮挡。”

几名太监领了差赶紧去了。太皇太后仍没有睡的意思。苏麻喇姑心里好笑，可是见老太太不安地踱着步子，只好再次劝慰：“老佛爷只管放心，荷花水里生水里长，还能怕下雨吗？夜深了，老佛爷还是早点儿歇着吧！”

太皇太后终于还是等差去的太监回报了“荷花荷叶没事儿”之后，才松了口气，上了床。她觉出苏麻喇姑神情中隐隐的不以为然，躺下时暗暗叹息：自己是不是真的老了？这么琐碎唠叨！……可是，明天的事关乎荷叶荷花，关乎日色天光，关乎风云阴晴，也关乎朝廷大政、皇帝进退，至关紧要，至关紧要！只能成功不能失败，她又怎么能够不念念于心啊！……

太皇太后却无暇顾及，这场夏季暴雨，也使京城的许多王府贵胄之家的女主人彻夜难眠、心绪不安：大雨若是不停，老佛爷召见会不会取消？若不取消，则冒雨见驾就有许多不便，必须早做预备；大雨若能停息，明日少几分炎热，也就少了几分御前失仪的危险，大热天见驾实在不是舒心的事。也不知这位老佛爷老祖宗高了哪门子兴，要这许多福晋命妇们天亮前就进宫，见驾的地点又不在大内，究竟为了什么事情？……

老天爷真肯帮忙，不到四更天，雨就停了。

五更时分，天色刚有些麻麻亮，西苑五龙亭四周仿佛灯会一般，数百盏灯笼将应召入宫的福晋命妇们送进亭中见驾，又送上那只凤头平底的大篷船。

一声“起驾”，数艘小船护卫簇拥着大篷船，慢慢驶离五龙亭，向金鳌玉蝀桥平稳地划去。

天色渐渐透亮，琼华岛上白塔隐隐约约似模糊的剪影，撑船的太监一左一右，动作整齐；除了水声汩汩，大船小船全都静悄悄的没有声音。

当凤头船划进金鳌玉蝀桥东北那一片极其茂盛浓密的荷田时，老佛爷开口了：

“停船。”

船停住了，被四周密密的荷叶荷花包围着。

“好了，我们就在这里静静地等着。”老佛爷语调安闲而沉稳，却掩饰不住那种变戏法的人即将揭底时的神秘和得意。

她应该得意：天气好得不能再好，随着东方发白，整个天空像一整块水洗过的深蓝色宝石，晶莹透明；昨夜令她不安令她焦虑的荷叶荷花毫无损伤，亭亭玉立，陪伴在身旁；宣召进宫的福晋命妇们全都不知所以、莫名其妙。这是最逗她开心的一件。

没人敢问一句等什么。因为老佛爷说了静候，就得静候。

人人都悄悄的，大气都不敢出。西苑各处也不见灯火，仿佛还在沉睡。只有晓风轻轻，拂动着荷叶“沙沙”响；只有几只漂亮的翠鸟“扑棱棱”扑动翅膀飞翔。

“太阳快出来了，”太皇太后抑住自己的兴奋，压低声音说，“你们留神瞧着，看看那些含苞未放的荷箭会怎么样开放！”

船上掠过一片轻轻的嗟吁和叹息：原来太皇太后就为这个把福晋、命妇们天不亮召进宫里来！不过，她们中显然没有一个见识过这种奇景，所以一双双眼睛果然去寻找那些荷叶间躲躲闪闪的蓓蕾。

晨光透出，天色越来越亮，船上的人们彼此看得清衣裳的色彩和精细的花纹了。

晨风似乎停息，微波也消失了，人们都在期待着，不但紧张、专注，甚至有几分神圣庄严。

一束红光骤然射出，人群中不知是谁低低地叫了一声，太阳露头了！随即便听得太皇太后兴奋地用耳语般的声音悄悄说：

“快瞧，快瞧哇！……”

无边的荷田里，千百枝肥大的荷箭在摇曳着、膨胀着，一刻比一刻地开放着。

太阳在上升，露出半边透红透红的笑脸。

那千百株花蕾如同受到鼓舞，向太阳回报美丽的笑，越放越大。

太阳升起来了！圆圆的，不停滚动的大火球，整个天空被它染红了、染紫了。

花蕾开放了！一枝，十枝，百枝，千枝！仿佛在“噼啪”地轻轻炸裂，仿佛在“沙沙”地舒展花瓣。荷花那特有的清香刹那间迎面扑鼻，弥漫在荷田的上下左右东南西北，笼罩了凤头大篷船。荷花越开越大，花香越加浓烈，香浸眉目鬓丝，香染绣领衣襟，人们的呼吸都是香的，直沁心脾！

这些贵妇人，终究不失女子天性，终究忍不住，好几位不约而同地赞叹起来：

“实在太奇太妙啦！”

“香得人醉，香得人晕！”

“这可不就是仙境啦？”

最伶俐的安亲王福晋那拉氏领先向太皇太后谢恩：“谢老祖宗天恩！要不是今儿老祖宗给奴才们开眼，奴才们可是白活一世了！”

福晋命妇们纷纷叩谢，乖巧的话说了一大箩，倒也是真心赞叹。

太皇太后笑眯了眼：“谢什么，这就叫天地造化之功啊！……”

太阳越升越高，光芒四射，渐渐透出炎炎夏日的威焰。但水面上、荷田中，清风习习，吹面生凉，芳香袭人，衣襟映碧，更有船篷遮去日光，清爽有如新秋。

船篷正中，一道雕花乌木围屏环绕着一张宝榻，太皇太后端坐榻上。福晋命妇们围坐在她面前一长列矮桌边。按太皇太后吩咐，小船陆续送上几个冰桶，用来拔瓜果，食盒、果品点心、茶水酒水摆了满桌。几个大盘子里，一芽芽绿皮红瓤黑子西瓜飘出一阵阵冰湃之后的又凉又甜的特殊香味，最是诱人。贵妇们领命不再客气，有的吃西瓜，有的切桃子，有的拣几块精致的宫廷点心品尝，体质弱的不敢吃冰，轻轻呷几口温茶。她们往常也不时被召进宫，在这位慈祥和蔼的太皇太后面前，礼节很周到，却又不是那么拘束。

安亲王福晋笑着说：“老祖宗，我们虽说应召，原也早约好一同来向老祖宗谢恩的，没带像样的谢礼，反倒叨扰你老人家一顿果席，可太没道理啦！”

福晋命妇们纷纷随声附和，笑语盈盈，在水面上格外清晰动听。

今年直隶京畿一带春旱，收成不好，许多旗人家庄子上没有多少进项。太皇太后懿旨拨发宫中节省费用及库存内帑共二十四万两银、十五万匹绢，分赏八旗。其中正白、镶黄两旗因圈换土地，收成更差，酌情多加恩赏。懿旨一下，八旗兵丁无不感激涕零，纷纷谢恩谢赏，向阙跪拜。各旗都统及旗主王公们都上奏赞颂太皇太后的恩德。他们的夫人自然要借应召之便格外表示谢意了。

太皇太后微笑道：“总是自家人，十指连心嘛！谢礼呢，我也不要。你们来陪我说说话儿、逛逛园子、赏赏荷花，我就挺高兴，抵得过谢礼啦！”

那边一位身材苗条、着月白素缎袍的巧嘴福晋连忙说：“我倒想天天进宫来陪着老祖宗呢，可就怕老祖宗瞧不上眼儿：哪儿来这么个又粗又蠢的傻丫头，真讨厌！”

太皇太后笑了：“我倒想天天召你进宫来陪我呢，就怕惠贝勒背后骂我：老太婆当什么法海和尚！”

贵妇们忍不住都笑了，笑得那一身月白的福晋脸儿都红了。老太后说了逗趣儿的话，她们都得笑，不笑便是失礼失敬；但又不能笑得过分，失于张狂，也是失礼失敬。她们熟能生巧，都笑得恰到好处。

一位都统夫人从矮桌另一头大声地说：“老佛爷恩赏银两缎匹，实在是及时雨普救众生，旗下人家，家家户户男女老少都感激皇恩，给老佛爷烧香添寿呢！”

太皇太后笑道：“我太祖以遗甲十三副起兵，首创八旗。统一满洲，进关立国，一赖天地保佑，二赖主上圣明，三赖八旗奋战，才有今日大清一统天下。今后，上承太祖太宗及先皇帝之志，下开一代太平江山，还要靠八旗忠勇哩！”

福晋命妇们争先恐后地纷纷表示：

“主子圣明，奴才一片忠心，至死不变！”

“主子厚恩，奴才们粉身碎骨也要报偿！”

索尼夫人说出的话见识最高：“奴才们都是叨了主子的福分，才有今天的荣华富贵，忠心不二乃是奴才们的本分。有二心的，天地不容！”

“你们是怎么了？起誓赌咒的！”太皇太后笑着说，“今儿个是赏荷，说说话儿尝尝鲜儿，瞧，来了。”

只见一叶轻舟由金鳌玉蛛桥洞下撑出来，两个小太监伏在船帮上洗涤刚刚从湖底挖出的鲜藕。小舟驶近大船，两个小太监头顶银盆，盆中满满的，净是雪白肥圆的嫩藕，向太皇太后跪呈。大船上的宫女接过来，太皇太后又命赏他们一人一盘点心。小太监跪叩谢恩后，小舟如飞划开，不多时就隐没在远处岸边的柳荫中了。

鲜藕在冰水里湃了一阵，便削皮去梗端上了桌。最大的三节藕，有胳膊粗，白如象牙，水淋淋的，看见的无不惊叹。宫女们舍不得拆散它，传给在座的众人。众人传看称赞一番，一致议决献给太皇太后，说是她们实在没那么大的福分，吃了这样的福物，怕当不起，折了寿数。索尼夫人还说：

“太皇太后崇养两朝，护佑两代君王，是天下第一大福人！我们都是跟着沾光的，能看见能摸着就算福气了！”

太皇太后接过这支肥大的藕，也很高兴。见这三节藕形似一支如意，不由得心里一动。这些天她筹思这次宣召的主要用意，直到现在还没找到非常适宜又非常自然的出口处。这藕来得恰逢其时，令她兴奋，但想到身为太皇太后还须这样思前想后，不免又有几分伤感，于是，若有所思地对着它直是看。

福晋命妇们都在品尝新上的冰藕片，脆生生凉津津，嫩如笋尖、甜似蔗霜，赞美声夹着“嚓嚓”的咀嚼声，真是妙不可言。太皇太后望着众人，神色渐渐庄重了：

“我昨晚做了个梦，梦见太祖皇帝亲手赐给我一柄玉如意，许我为厚福之人。我向太祖皇帝叩拜谢恩，太祖皇帝又说：‘朵毛洛虽然年幼，却是英明异常，将来是一代圣君，其福过于乃父乃祖，汝尽心抚育教训为盼。’醒来以后，记忆不清。今见这支藕，形状酷似太祖所赐玉如意，梦中景象竟赫然在目！”

朵毛洛，是曾孙的意思，指的当然就是当今皇帝玄烨。

满洲贵族家最信托梦，太皇太后的梦境就是天上的旨意！众人都连忙向太皇太后跪叩祝贺，这是吉祥佳兆，大清皇上万岁万万岁，大清江山万年万万年！一时间，荷花丛中的游船上，叩拜恭贺之声响彻太液池面，大家的兴致更高了。

“本来呢，索尼他们四位辅臣早就上奏请皇上亲政了。”太皇太后拈着一片鲜藕，似不在意地微笑着说，“我想皇上终究还在冲龄，不到他父亲亲政的年岁，国事繁重，四大臣勤苦劳碌，一时离不得，不如再迟些年……哦，真鲜嫩，真甜！”话题未完，她将藕片放入口中，有滋有味地嚼着、赞叹着，仿佛把后面的话忘记了。其实正借着品味鲜藕注意观察福晋命妇们的反应。

索尼夫人立刻接过话头："老佛爷的知遇之恩，我们子子孙孙都铭记在心。索尼年迈体衰，早就有恳请皇上亲政的意思，只为年来多事，总想综理清楚，好交还皇上一个清静平稳的朝廷。如今，可是正当其时了！……"

"按理说起来，"安王福晋略皱皱眉头，神情颇有点安亲王的韵味，"皇上大婚便是成年，理当亲政的。迟到今日，是老佛爷皇上敬贤谦恭的美意呀！"

一都统夫人笑道："八旗谁不知道咱们皇上英明聪慧仁爱，举世无双？秤砣虽小压千斤，秦甘罗都能十二岁拜相，何况咱满洲的龙子龙孙！"

福晋命妇们纷纷接茬儿：皇上亲政千该万该，天意人意，正当其时。

太皇太后点头笑笑："是啊，有了昨晚这个梦，有了太祖皇帝的御旨，我这心里还真踏实了……"

垂柳依依，轻拂水面，像一带绿色帘栊，掩映着太液池曲折的岸。忽见两团浅蓝色在柳帘中飞快地滚动，直到靠到船头，才站出来，原来是两名奏事太监，急急忙忙上了小舟，急急忙忙向大船飞快地划过来。

太皇太后还拿着大藕端详，说是越看越像梦中的如意；索尼夫人和安王福晋立在太皇太后身边，指看满眼的荷花世界，议论着南蛮子把六月二十四定为荷花生日有没有道理。冷不防两个奏事太监在船头跪定，气喘吁吁地叩头请安，向太皇太后奏报：

"启禀老佛爷，辅政大臣索尼索大人，归天了！"

"啊?!"太皇太后不出声地张了张嘴，手指一哆嗦，大藕失落，掉到她膝上，微微一蹦，摔向地下。身边一个眼疾手快的宫女，急忙一个蹲身伸手，在大藕落地前的一刹那托住了它。这是太皇太后福气命运的象征，万一摔坏，那还了得！

索尼夫人脸色煞白，她不相信自己的耳朵，翕动着无色的嘴唇，对安王福晋喃喃地说："他在讲什么？在讲谁？……"话音未落，她两腿一软，“扑通”一声瘫坐在那里。好半天，终于哭出了声，朝着太皇太后跪倒，流着泪，喊道：“老佛爷！……”

太皇太后很少像现在这样心慌意乱，手脚都控制不住地直哆嗦，只觉得眼前发黑、口干舌燥，一股凉气直往嗓子眼儿里灌，冷汗从发际慢慢渗了出来。事情来得太突然，把她的计划全打乱了，这打击不可谓不重啊！……她用力咬紧牙关，努力平息自己这一阵突发的慌乱。福晋命妇们都吓住了，一个个老老实实地低头坐在自己的座位上，好一会儿，只有风吹荷动的声响。

太皇太后默默地望天，难道天意阻止玄烨亲政？难道天意不佑护爱新觉罗氏的江山社稷？……玄烨即位以来，四辅臣互相牵制，维持着朝政的平衡。索尼一死，平衡打破，从此朝中就要多事了！……看来鳌拜专权已成定局。现在再去扶助苏克萨哈，已来不及了。而且从根本上看，苏克萨哈和鳌拜这两个人，一旦专权，对玄烨的利弊，是没有多大区别的……

太皇太后努力压住失败感带来的沮丧，终于稳定了自己，以平静得令人疑心的声音问：“谁来报丧？”

“回老佛爷，是索尼之子，内大臣噶布喇、一等侍卫索额图。”

“现在何处？”

“苑门外候命。他们请接索尼夫人回宅。”

“传他们来琳光殿。”

太皇太后和索尼夫人一同来到琳光殿时，噶布喇和索额图已在那里等候。见到两位老太太，跪着膝行扑向前来痛哭，娘儿三个哭得气噎胸堵，但还竭力维持着必要的贵族体面，很是端庄肃穆。太皇太后看了，不由得陪着落了几滴酸泪。

噶布喇收住泪，向太皇太后和母亲禀告事发经过：中午索尼下朝回家，好好的，饮茶用膳都与往常一样，膳后午睡，醒来便进书房看书。不到半个时辰，只见他把头一低，就睡着了似的一动不动了。书僮好半天不知主人为什么没动静，看他脸色微微发红，映着白须白发，倒像很有神采。是他口角流出的长长涎水，让僮儿害了怕，急忙叫人来看时，索尼早就没气儿了……

竟是这样的突然死亡，真叫人猝不及防！太皇太后思绪纷纷，一时又有些发慌，但多年风浪行船的磨炼，使她很快摒弃了一切没有用的杂念，拈出几个最要害的问题。她低声问道：

“索大臣身上有无外伤？”

噶布喇一愣。他没注意这个。他是个只管家务田庄的老实人，一向对政事不明不白，此时便茫然不知所对。索额图就立刻接过去回答说：

“回老佛爷，奴才仔细看过，并无外伤。”

“茶水、膳食都干净？”

“回老佛爷，一向是经下人尝过才进呈，都是干净的。”

“在他故去前一两天中，他没有自觉不久于世吗？”太皇太后的眼睛闪闪发光，分明言外有意。索额图琢磨不定，迟疑着不敢回答。

太皇太后沉痛地摇摇头，倚向宝榻靠背，缓缓地说：“索大臣身历太祖、太宗、先皇帝，于今已是四世，一生对皇家忠心耿耿，极其难得。索大臣一去，朝中可以倚仗托赖的老臣就所余甚少了。可叹索大臣一片忠诚，自三月以来，屡屡上奏请皇上亲政。我总想皇上年幼，国事殷繁，还须再倚任数年，所以屡次未允。今日想来，实在有伤索尼忠爱之心了……我想——”她慢慢转过半面，炯炯目光再次盯住索额图，一字一句地轻轻问：

“我想，索尼病故时，一定对此事念念不忘吧？”

噶布喇眼睛里仍是一片茫然。索额图立刻奏道：“正是。奴才阿玛在书房看书时，奴才曾在侧侍候片刻，那时奴才阿玛还向奴才提及此事，说是还要率辅臣和文武百官上奏恳请皇上早日亲政。”

“那么，索大臣必定有遗疏了？”太皇太后的目光更加专注、更加明亮，眸子深处仿佛有两个火点。

索额图略一迟疑，马上接着回奏道：“奴才见到奴才阿玛确有一份疏稿在案上，只是当时尚未写完。等奴才再进书房时，奴才阿玛已经故去，一家人慌作一团，疏稿之事就无心查看了……”

太皇太后暗暗嘘了口气，声调更加亲切了：“索大臣不但是国家砥柱、朝廷首辅，与我皇家还是至亲。葬祭谥恤，必须从厚从优，方能与索尼一生忠义相称……”

当噶布喇兄弟搀扶着他们的母亲叩别出宫之后，太皇太后立刻起驾回大内，同时命奏事太监往乾清宫召请皇上来慈宁宫议事。这一回，她要和孙子好好地说一说。有些话得说透，把自己的意图、计划和对政事的分剖细细告诉他。他已经长大，已经十三岁了！

索尼之死，朝野震动。

他确是一位公忠体国、颇负人望的大臣，更是朝政中举足轻重的平衡力量。满汉大臣也罢，八旗官员也罢，王公贵族也罢，尽管对他的看法各不相同，但都念及他正直无私、全心全意为国操劳的好处，对他的去世无不悲痛。同时，人们都惴惴不安：索尼一死，朝政将发生怎样的变化？瞻前顾后，许多人真是不寒而栗，心头很是沉重。

朝廷恩礼有加，十分隆重。赐给索尼文臣中最高的谥号——文忠，除了按一等公爵规格葬祭抚恤之外，又加赐鞍马两匹、银二千两，并给予王爷规格的礼遇：赐春秋二祭之外，又赐加祭四次。这可是从没有先例的。前年孔四贞为父亲定南王孔有德争赐春秋二祭，还费了许多功夫呢！

索尼卒后第三天，皇上亲自向王公贵族、文武百官批转了索尼的遗疏，再一次嘉奖了索尼的忠诚。

索尼遗疏中写道：“……初，三月中，奴才索尼、苏克萨哈、遏必隆、鳌拜等联名会衔，奏请皇上亲政，皇上留中未发；之后，奴才索尼等屡次陈奏，皇上再三不允。然世祖章皇帝亦于十四岁亲政，今主上年德相符，天下事务总揽裕如。奴才索尼年老且病，不久人世，乃恳切奏请，伏乞皇上鉴奴才一片忠心，早日亲政，奴才便死九泉，也能安心瞑目……”

遗疏在朝中引起的震动，并不亚于索尼病故产生的影响。皇上亲自批转遗疏，用意已很明白：表彰索尼忠诚为表，力争早日亲政为里。那么说，十三岁的少年天子，真的想要登上这个复杂纷繁、厮杀残酷的大舞台了！

朝廷上上下下一时十分紧张，人人瞪大眼睛四面八方地观察，看谁敢冲破严酷的沉静，响应索尼的遗疏。大家心里都清楚，这样做固然可以得到小皇上的赏识，但必定结怨于权臣，小皇上的恩惠好处尚可望不可即，而权臣的威胁却就在眼跟前！那人是动不动就要你掉脑袋的！

索尼宅内设了灵堂。用寸蟒红缎罩遮护严密的棺材，安放在正厅正中。正厅前从月台衔接前廊，搭出一座高大的起脊席棚。月台正中安放灵床灵桌，桌前有亭状景泰蓝长明灯及香炉、烛扦、香筒等五供，饽饽桌供在灵前，下有奠池和拜垫供亲友祭奠。从正堂到大棚，高张素白帷帘，四周挂满了亲友同僚敬送的挽联。大棚左右各站了两排僧人，不住口地念着经卷，为亡者消灾祈福。二门外左侧竖起幡杆，长过丈余的荷叶宝盖头的寸蟒红缎幡在风中飘动，向人们报丧；二门外右侧，称为驱路的八面正黄长方旗插在架上，又备太平杠一份、椅轿一乘，向人们表明死者的身份，杠夫、轿夫昼夜侍候在杠、轿之旁。大门外立着大鼓锣架，金漆上面黑色花纹的鼓帮，是丧事的标志。大门内则是一班由号筒、喇叭、锣等乐器组成的官吹，随着门外鼓声的节奏而吹打，迎送来来往往的吊客。

从早到晚，连续好几天，到此吊唁的满汉大臣络绎不绝。他们黯然神伤而来，在灵前一掬哀痛之泪，恭敬地深深跪拜，赠送祭礼、挽联，向浑身孝装的孝子孝孙婉言安慰，又默然沉思着离去。

索尼宅门前，虽是从未有过的车如流水马如龙，却人声寂静，就连车夫马夫轿夫到了这里，也都低头不语。只有那天上午鳌拜鳌大人来的时候，热闹了一阵。因为同来了许多显赫的大人：大学士班布尔善，尚书阿思哈、马尔赛、噶褚哈等。他们进大门前还在不可一世地说笑着，毫无戚容。只是进门时，鳌大人不高兴地瞪了这些人一眼，他们才收敛了几分，默默跟在鳌大人身后进了灵堂。

人们常听说鳌大人与索大人不大对头，可是今日看来，并非如此。鳌大人在索大人灵前嗟叹徘徊了许久，还亲自赠送了一坛喇嘛经，又拉着孝子噶布喇和索额图的手，说了许多话，神色很是和蔼。离开灵堂前，又频频回首，大有不忍离去的辛酸，使索尼家的目睹者都很感动。

夏日昼长夜短，酉末戌初，天还没有全黑，但吊客已经寥寥。时交戌正，主人送走最后一批客人，便都退回寝处歇息。一天三次家祭，加上无数应酬奠酒跪拜不计其数，把他们累坏了。于是，白天人来人往、忙忙乱乱的灵堂，终于静了下来。僧人们还是敲着木鱼，拖着长长的平板声音念诵着经文，仿佛在为香炉中袅袅升起、慢慢飘散的香烟伴奏；经桌上一列列烛光闪动着，与灵前的长明灯相辉映，惨淡的黄色光芒照不透弥漫在堂上的烟云，灵前变得半明半暗。这声音、这光线，迷迷蒙蒙，使人昏昏欲睡，因此留下来代主人守灵的管事和家仆，都渐渐打盹了。半醒半睡中，管事觉得自己仿佛还在老主子身边，领受那银杯瓦盏两盅酒，倾听他深入浅出的劝谕。如今他宜室宜家，夫妻相得，不都是老主子赐给他的福分吗？……

“索公，索公，你竟去了！……”有人喃喃地说着，一声长叹。管事大惊，连忙睁眼，只见灵前站了一个瘦瘦的穿深蓝色长袍没有戴帽子的男人。他灰暗的脸上满是悲怆，蹙得他额头眼角全是深深的皱纹，叫人辨别不出他的年龄；毫无神采的眼睛，呆滞滞地盯着灵位，神色真令人害怕。若不是他身后跟着的四名从装束看身份不低的随从，管事真要以为这是个神志不清的人了。

“给大人叩头，请大人留名。”管事乖巧地抢上前跪叩，来人却毫不理睬。两名家仆也已惊醒，连忙跪在拜垫之侧，一人执壶一人举盏，斟满酒水，双手奉给来人。来人双手向灵位举献后，将酒倾入奠池内。再举献了二盏、三盏，交还酒盏，恭恭敬敬地凝视着灵位，低声说：

“索公，你竟先去了，你竟先去了……”

他的低语越来越轻，越来越慢，最后淹没在模模糊糊的呜咽之中。当他对着灵位恭恭敬敬三叩首时，有两滴沉重的泪珠从眼角滚下来。

烛焰“啪啦”一声爆了个灯花，周围猛然一亮，管事骤然间认出，这位身着便服的黑瘦吊客，乃是辅政大臣苏克萨哈！他大为吃惊，连忙再请一跪安，口吃吃地说：“奴才眼拙，没认出大人金面！奴才该死！……奴才这就去通禀……”说着如飞跑开。

苏克萨哈苦笑着摸摸面颊。半年来他掉了四十斤肉，老了二十岁年纪，连他自己也快认不得自己了。索尼家这管事的眼力真是最上等的了！

他已树倒猢狲散，失去了最后的地盘，名为辅政大臣，实际上连朝政中最小的事务也没人向他请示，他已成了一件摆设，只有这些把品位尊贵看在眼里的奴仆们才对他还那么毕恭毕敬。东山再起，他没有那样的力量；向鳌拜投降，他不甘心，鳌拜也未必受降；即使他靦颜依附鳌拜，鳌拜已非昔日。只苏克萨哈名列鳌拜之前这一点，就足够成为被除掉的理由，遑论其他！

这些日子以来，全靠索尼保护他。索尼虽然一贯讨厌苏克萨哈，但他是个正直忠诚的人，声望又高，不容忍仗势欺人，每每讲几句公道话，使鳌拜有所忌惮，不敢随心所欲地对待苏克萨哈。如今索尼突然死亡，他失去了最后一道屏障，举目四望，一片孤寂凄凉。他哭索尼，也是哭自己。感戴索尼的为人，感慨自己升沉不定的一生和凶险莫测的前景。

索额图随管事匆匆赶到灵堂，急忙向苏克萨哈跪安请罪："不知苏伯伯驾到，小侄迎接来迟，苏伯伯恕罪！"

苏克萨哈扶起索额图，苦笑道："是我不让门上通禀的，哪能怪贤侄呢！……我正在拜读这些挽联，真是大手笔啊！"

索额图心里惊讶，不敢过分流露，只耸了耸眉尖。

四名辅臣中，惟有索尼精通满蒙汉文字语言。遏必隆和鳌拜全不知汉字，入关久了，能听懂一些汉话，却绝对不屑说的。苏克萨哈正在两者之间，汉话汉字只是粗通。如今却读挽联、赞大手笔，仿佛文字上有很大长进似的。也许这半年闲官当得他长了学问？索额图一向瞧不起苏克萨哈，但面对已经失势的人，总不免觉得可怜；何况他是父辈，还有辅臣的名位，自己还有过扶他一把的设想，人家又是专来吊唁，所以格外殷勤，陪同他在灵堂指看挽联。至于什么时候又起了别的念头，连索额图自己也说不清。

挽联很多，楷、隶、行、草各种字体，长联短联各种内容，或沉痛，或哀伤，或精巧，或简朴，琳琅满目，目不暇给。当然，绝大多数出自汉官之手，能做对联、能泼墨书写的满官，此时还寥若晨星，百无一二。

索额图指着东墙上首一副行草挽联，“苏伯伯请看，这是吏部尚书杜立德所赠。”

能任天下，伊尹似之，治亦进乱亦进；
不以兵车，管仲之力，如其仁胜其仁。

苏克萨哈能看懂杜立德以索尼比伊尹管仲，别的就不大明白了。接着，他又按索额图的指引顺序看了许多挽联。索额图不时讲解一两句，常常点着联文的精髓。

这是左都御史王熙的：

父忠而子果孝；
身贵而后有闻。

这是内弘文院大学士李蔚的：

披帷无术回生，最痛离魂心不死；
掷笔微闻太息，已知有药国难医。

苏克萨哈听着索额图的解释，心想：“‘国难医’？指的什么？国手难医索公之病？国家已得难医之病？……”

这里是内院大学士魏裔介的大笔：

大云不出山，天下苍生饮其泽；
朝露庸非福，世间群盗况如毛。

“大云”，自然是赞颂索公；“朝露”，是什么意思？有所指还是无所指？是不是说，世间盗贼如毛，就是因这非福的“朝露”而起？……苏克萨哈紧张地思索着。

这一笔潇洒飞舞的草书，确是出自礼部尚书龚鼎孳之手：

可为诤友可为诤臣，当此主少国疑，独惜斯人憔悴死；
吾见其人吾闻其语，太息风萧雨晦，更无便坐雅谈时。

苏克萨哈不禁一愣：龚鼎孳是在挽索尼还是在自挽？“主少国疑”，这话说得不是太露骨、太大胆了吗？……不容他多想，索额图又指给他看那副书写得恭恭正正的内国史院侍读学士熊赐履的挽联：

善战不败，善败不亡，疏论廷诤动关至计；
主忧臣辱，主辱臣死，皇天后土式鉴精忠。

苏克萨哈触到“主忧臣辱，主辱臣死”这八个凛凛大字，心里一阵发慌。面对这最高的又是最基本的为臣道德，他内疚不安。索额图目不转睛地注视着苏克萨哈的表情，又把他领到一副挽联下面。这是洒金雪浪纸写就的大幅挽联，一个一个粗豪丰满的尺径颜体大字非常醒目，内容也别具一种质朴风格：

以只身障狂澜，未及成功身先殒；
行百里半九十，完公遗志益知难。

苏克萨哈凑近去看下款，不由得倒退了两步。此联竟是安亲王岳乐所题！他略一沉吟，带着掩饰不住的惊讶口吻说：“难道，王爷他，与索公，有什么计议？……”

索额图盯着苏克萨哈：“苏伯伯，‘主少国疑’，‘主辱臣死’，这些词句用得不是很确切的吗？”

苏克萨哈半晌不作声，低着头，背了手，来回踱了几步，终于抬头，很不自然地笑道：“我也想到一副挽联，哀挽令尊。”

索额图诧异地看着他，猜想他不知从哪里抄来两句应景，口里还是很客气地说："多谢苏伯伯厚意。"

苏克萨哈道："我写不好，念给你听吧！只有十二个字：狂歌可以当哭，众醉何必独醒？"说话间，他脸上是一副可怜的、软弱到无可奈何的微笑。

索额图见惯了他以往趾高气扬、目空一切的神态，眼下这个消瘦的老头子，简直是另一个人！他逼进一层："苏伯伯，你看不出吗？我阿玛一去世，苏伯伯的处境可就……小侄深为伯父忧，那并不是一个能容人的谦谦君子。"

苏克萨哈肩膀轻轻一哆嗦，避开索额图锐利的目光，长叹一声，低低念了一句戏里的唱词："船到江心补漏迟，晚了……"

索额图眼里终于掩饰不住地透出鄙夷，说："兔子急了也咬人，难道坐以待毙？"

苏克萨哈眼睛突然一亮，瞪着索额图："贤侄，你这话是什么意思？你要我……"

"没什么，小侄不过是为苏伯伯着想。"索额图不敢对苏克萨哈深信，很快截住他的话头，"小侄能让苏伯伯怎么样呢？小侄只是想起阿玛常常引用唐太宗的一句话，这话怕也是从蛮子书上摘来的……"

"什么话？"

索额图望定苏克萨哈的瞳仁，缓缓的、低声的，却是一字一句地说道：

"当断不断，反受其乱！"

苏克萨哈似乎打了个寒噤，脸上一片奇怪的畏惧、迟疑乃至茫茫然的神色，使他更显得苍老、可怜。直到索额图送他出了大门，他都没有从这种心境中解脱出来。这让索额图百思不得其解，当年那么飞扬跋扈，又那么精明能干的苏克萨哈，一旦失势，怎么就变成这样的软骨头？简直不堪一击。他对苏克萨哈离去的方向看了许久，认定自己白费了心思，白费了口舌。

索额图分明小看了苏克萨哈的胆量。第二天，苏克萨哈就响应了索尼的遗疏，明疏上奏，恳请皇上亲政，打破了朝廷紧张的僵局，冲开了这严酷的寂静。他只得这样冒险，不然也没有出路。这是他为改变自己命运所做的力所能及的一搏。

苏克萨哈奏请皇上亲政的本章一经公布，鳌拜和遏必隆就被将了一军。遏必隆向来软弱怕事，赶紧跟着奏请亲政。鳌拜不得已，只好也上了请皇上亲政的奏本。

不料，远在桂林掌定南王事的孔四贞格格请亲政的奏本同时到达朝廷。若推算起拟奏的时间，比辅臣们还早了半个月。

跟着，势大权重的三位藩王吴三桂、尚可喜、耿继茂和他们在朝中的儿子们，也一同上奏请皇上亲政。

有了辅臣和四藩的榜样，朝中的三院六部满汉大臣减少了疑虑，联名会衔上奏请皇上亲政。之后，王公贵族、八旗都统副都统也都表示了同样的愿望。

奏请皇上亲政的呼声，就这么一浪推一浪，达到了高潮。

七月初三，皇上下旨曰："朕年尚幼冲，天下事务繁殷，未能料理，欲再俟数年。辅政臣屡行陈奏，朕再三未允。辅臣等奏云：'世祖章皇帝亦于十四岁亲政，今主上年德相符，天下事务总揽裕如。'恳切奏请。朕乃率辅臣往奏太皇太后。太皇太后谕以帝尚幼冲，如尔等俱谢政，天下事何能独理？缓一二年再奏。辅臣等复奏：'主上躬亲万机，臣等仍行佐理。'太皇太后谕允择吉亲政。其吉期，礼部选择以闻。"

由上谕中，人们看到，皇上和太皇太后何等谦逊，辅政大臣又多么忠心耿耿啊！

礼部选择的吉期，是七月初七日。

只有四天准备时间。朝廷上上下下一派紧张的忙碌。

五

第一缕曙光从东方透出，古老的帝都仿佛还在沉睡。而紫禁城内外却已人头攒动，千万人瞩目的亲政大典，即将开始。

天安门外金水桥南，早早地聚集了成百人的听诏队伍，他们都是京师各城备受礼敬的耆老士绅；天安门城楼上，宣诏台和金凤朵云都已设置齐备，奉命宣诏的官员们全套朝服，恭立候命。

由天安门进端门、而午门，如平日三大节和大朝一般，隔不远便有一对武士夹御道而立，很是威严肃穆。

午门外，大辂、玉辂、大马辇小马辇已经一字排开，四匹开路象、四匹驮宝瓶象，正移动着它们柱石般的腿，把小山似的身体乖乖地摆成左右分列的队形。辂与象的旁边肃立着数百名校尉，仿佛山丘脚下排列了整齐的红石块。但是和崇高雄伟的午门相比，大辂与大象，又都如孩子手中的泥老鼠竹风车了。

三千多人组成的大驾卤簿，陈列在太和殿前。在曙色中闪出金光和银光的，是斧、钺、瓜、戟等五百多件金银器具；在晨风中“啪啦啦”发响、五彩缤纷耀得人难睁眼的，是绣着龙凤云霞花卉的伞、盖、扇、旗、纛，天上的彩霞也不能与之比美。这绚丽威武的仪仗，排列得如此整齐，旗、纛、幡、幢随着风势全都向南飞扬，极为壮观。

太和门内东西檐下，陈列着由云锣、方响、管子、仗鼓等乐器组成的丹陛大乐；太和殿的东西檐下陈列着由编钟、编磬、琴、瑟、箫、笙等乐器组成的中和韶乐。教坊司的乐工肃立在侧等候。

顶翎辉煌、朝服鲜明的人流，分作几路，源源不断地流进太和门与太和殿之间的广场。王公及一二品官，由鸿胪官导引从右翼门进到太和殿下，三品以下官由鸿胪官导引从午门的左右掖门进紫禁城后，东班由昭德门、西班由贞度门通过太和门。朝鲜、琉球、荷兰、暹罗、安南等国使臣随西班行止，他们特异的服饰和面貌，给朝会大典增添了异彩。

太和殿高踞于三层白玉崇台之上。和它相比，川流不息、来来往往的所有王公大臣、外国使节、宫中侍卫、太监校尉，成千上万，都像是忙忙碌碌的蚁群！渐渐的，蚁群的运动缓慢了、停止了。他们已各就各位：丹陛之上，亲王、郡王、贝勒、贝子、公等人，按爵位的大小排列就绪；三重白玉阶下的丹墀内，御道东西各摆了两行铜制的品级山，上面刻着由正一品、从一品到正九品、从九品，共十八座，定了丹墀内文武百官的行礼位置。一丝不乱的十八列官员，静静地肃立着，仰望高高的太和殿丹陛。三重丹陛中陈列的十八只铜鼎、两只铜龟、两只铜鹤，吐出袅袅香烟；铜龟铜鹤之侧，日圭、嘉量高高指向天空。

广阔的丹墀、雄伟的金銮宝殿，此刻全都奇迹般地沉默了、寂静了，停止了一切动作和声音，所有的人都肃立着，被隆重的仪仗、静穆的气氛感染，几乎是屏着气息等待着那个庄严时刻的来临……

太和殿、中和殿、保和殿这三大殿之后，乾清门外，两位领侍卫内大臣率着豹尾班执豹尾枪立候，另有侍卫十人、佩刀侍卫十人站在豹尾班身后。礼部满汉两尚书立在乾清门阶下，他们更是大气也不敢出，站得笔直，等候着，等候着……

皇上即位以及每年的元旦、万寿、冬至三大节，都有这样规模极其宏伟的大朝会。可是，今天，人们心情格外不同，格外觉得新鲜。新鲜中或许还掺杂着某种希望、某种兴奋？或者对前景的惴惴不安？……总之，是要开始一个新的时期了！

皇上年幼，对千头万绪的朝政，对这个幅员辽阔、人口众多的大清国有多少治理能力，谁也不清楚。但事实如此，少年天子从今日起，就要亲自处理朝政了！他是仁慈还是凶恶，他是明智还是昏庸？这关系着普天下每一个人的命运啊！谁敢说自己不关心不在乎？

时间过得真慢，鹄立的人们望眼欲穿。好在眼睛转动不会发出声响，也不会招来纠仪御史的非难，众多的目光不由得频频投向重重金顶之中的乾清宫……

“噹——”“噹——”“噹——”

“咚咚——”“咚咚——”“咚咚——”

午门钟鼓楼上，钟鼓齐鸣，巨大的声浪冲击着古老的宫殿，悠长而沉重的余音，颤动着，缭绕着，震撼着每个人的心。乾清宫门“轰隆隆”地打开了，十六个人抬着金圆顶下两层穹盖、四角饰金色行龙，盖檐垂明黄缎绣金立龙重檐的礼舆，庄严而徐缓地走出来了。在这尊贵华美的礼舆后面，内大臣率御前侍卫、乾清门侍卫扈从。

礼舆中的金龙宝座上，坐着穿了全套朝服的康熙皇帝：三重红宝石顶冠，明黄缂丝单金龙袍，石青绣正龙直地褂，金镶珠松石四块瓦圆朝带，青缎皂靴，东珠朝珠，俨然一位尊贵无比、威严无比的天子。

玄烨的心，和着震撼天地的巨大的钟鼓声兴奋地跃动。乾清门大开的那一瞬间，他热血喷涌，心口“突突”地跳得又猛又有力，他的胸怀仿佛也随着乾清门那两扇钉了八十一颗金钉的大门而敞开了！他亲政了！成了名副其实的皇帝了！他要继承祖宗的鸿业、继承父皇的鸿业，实现他自幼立下的志向：效法父皇，使天下乂安，生民乐业，共享太平之福，做一个好皇帝！……

礼部两位尚书恭敬地上前引导御辇，等候在乾清门的领侍卫内大臣及豹尾班、侍卫、带刀侍卫等也加入扈从队伍，直进到保和殿前停下。侍卫分开辇帷，玄烨下辇步入中和殿，在宝座就座暂息。在典礼中将要侍班、导从的执事各官及一直在太和殿后阶恭候的十名前引大臣，同来此见驾行三跪九叩礼，礼毕各自出殿回班肃立。

玄烨在中和殿喝了一杯茶，吃了几块点心，心绪宁静下来，自觉精神振奋，又不失沉毅自信。他把茶盏一放，轻快地站起身来，对天上深深地看着，心里暗暗喊道：“皇阿玛，儿子要顺着你的道上路了！”

扈从官员见皇上起驾，连忙站好队形，礼部两尚书及十名前引大臣前导，四名内大臣及御前侍卫、乾清门侍卫、豹尾班等近百人后扈，步步升上太和殿后阶。

太和殿后二十扇金扉，正中的四扇缓缓打开，金钟玉磬之声扑面盈耳，琴瑟箫笙嘹亮入云，中和韶乐徐缓庄严，铿锵合鸣在丹墀之上、丹陛之前、殿堂之中，迎接至尊至贵的天子登上太和殿——举世无双的乐声，举世无双的太和殿！

玄烨很稳地控制着自己的步履，保持着堂堂正正的姿态，踏着他最喜爱的金编钟那悠远圆润而动听的音韵，一步一步升上九陛宝座，在那个宽五尺、深二尺、通背高四尺多的九龙髹金须弥座大椅上坐定，一双灵活明亮的眼睛，便直视前方了。

从掐丝嵌宝的珐琅制的宝象、甪端、仙鹤、香筒、香炉内，一阵阵檀香气息随着缭绕的云烟，飘散在整个殿堂之中，玄烨觉得自己像受供的仙佛一般，在高高的云端之上。透过云烟，他看得到丹陛、丹墀上下文武济济，成千上万，这都是他的臣子，都是皇家的忠仆，也是他治理天下的刀和笔，他能不能使用得得心应手？能不能去和历代的英明君主争雄？……

导从官们各就各位，中和韶乐停止。銮仪卫官走到中阶之右，高声赞道：

“鸣鞭！——”

阶下一名极其强壮剽悍的校尉，绰起那条胳膊粗的静鞭，猛然一抡，鞭身如同一条大蟒蛇，在空中急速地划了一个复杂的图形，“叭！——”一声又亮又脆、拖得又长的鞭响在人们头顶炸开，就像炸了一个响炮，划过寂静，震悚人心。

“叭！——”

“叭！——”

静鞭三声后，金殿内外玉阶上下一派肃静，一只苍蝇飞过也能听得一清二楚。鸣赞官挺胸凹肚地站出来，用他经过训练的特别浑厚响亮的嗓音大声赞道：

“排班——”

丹陛大乐震耳地响起，云锣和仗鼓敲击得地皮“沙沙”颤抖。随着丹陛大乐冲破寂静，朝贺的人们不约而同地松了口气，总算结束了长时间的侍立。王公百官各就拜位，鸣赞官洪大的声音可以盖过丹陛大乐：

“进！——”

丹陛、丹墀内的王公百官一起进三步。

“跪！——”

丹陛、丹墀内跪倒了黑压压的一片。

“宣诏！——”

宣诏官由左门入太和殿，从殿内诏案上奉诏出中门，至殿檐下，展开诏书，丹陛大乐暂停，他便用他发自丹田的洪声，向丹陛丹墀上下的王公百官、向京师向天下的万千百姓，宣告亲政诏书：

“朕以冲龄嗣登大宝，辅政臣索尼、苏克萨哈、遏必隆、鳌拜谨遵皇考世祖章皇帝遗诏辅理政务，殚心效力，七年于兹。今屡次奏请，朕承太皇太后之命，躬理万机。惟天地祖宗付托至重，海内臣庶望治方殷。朕以凉德夙夜祗惧，天下至大政务至繁，非朕躬所能独理，宣力分猷，仍惟辅政臣、诸王贝勒、内外文武大小各官是赖。务各殚忠尽职，洁己爱民，任劳任怨，不得辞避；天下利弊，必以上闻，朝廷德意，期于下究，庶政举民安，早臻平治。凡我军民，宜仰体朕心，务本兴行，乐业安生，以迓休宁之庆。于戏，政在养民，敢虚天地生成之德？时当亲政，恒念祖宗爱育之心。布告天下，咸使知闻……”

诏书内附有恩赦十七条，宣诏官一一宣读完毕，将诏书送回殿中后，退下。

鸣赞官又赞：“宣表！——”

宣表官入太和殿左门，从表案上奉贺表出殿，三名辅政大臣同至殿檐下，宣表官正中向北跪，辅政大臣分左右跪，宣表官于是朗声宣读贺表，代与会的王公百官、代各省督抚官员、代天下臣民向皇上敬贺，向皇上赞颂。玄烨端坐静听，表情很是严肃。贺表中提到了尧舜禹汤，引起他许多遐想。看着从宝座脚下延伸出丹陛丹墀、直到遥远的太和门间一排排匍匐在地的千官万吏，至尊至贵、天下第一人的感觉从来没有这么强烈过。身为天子，能不能按照自己的志向造就太平盛世，媲美于数千年前的尧舜禹汤呢？……

丹陛大乐再次响起，拉回了玄烨的思绪。王公百官在乐声中向他行三跪九叩礼。之后，引外国使臣就拜位，行三跪九叩礼。礼毕乐止。王、贝勒、贝子、公和大学士鱼贯进殿，排好班次，向皇上跪行叩礼。皇上赐群臣座，并赐奶茶与王公以下、文武官三品以上及外国使臣。受茶者恭恭敬敬坐饮，决不敢失仪。玄烨从宝座下望，环视殿中和丹陛上的官员，一一辨认他们的面貌，努力记在心中。大清国的栋梁、朝廷的支柱，都集中在这方寸之间了。

朝会中王公的班次以爵位高低为序。这些人都是玄烨的叔辈、兄弟辈和子侄辈的亲戚，除了三大节朝会，还有家宴、祭祀等等聚会场合，所以很熟悉。亲王中爵位高、辈分大的，只有安亲王岳乐了。他站在最前面，亲王冠戴朝服，使他看上去更显得心事很重，只低头喝茶，并不抬起他发亮的眼睛。玄烨也不敢和这位伯父的目光相遇，因为他立刻想到了冰月，心头顿时紧巴巴的，很不舒服……

亲王一班里，挨肩而下的，是康亲王杰书、庄亲王博果铎、显亲王富绶和简亲王德塞。他熟识他们，都是他的堂叔堂伯和堂兄。

郡王一班里，有显亲王之弟温郡王猛峨、平郡王罗科铎、安亲王之子勤郡王蕴端、信郡王鄂扎、多罗郡王兰布。玄烨记得平郡王和信郡王出色的骑射、勤郡王过人的文采，也没有忘记近日由贝勒晋升郡王的兰布是辅臣鳌拜的女婿。

贝勒董额、贝勒察尼是豫亲王多铎的儿子，大有父亲勇猛好战的遗风；贝子尚善、贝子傅喇塔也以武功著称。他们都是玄烨的叔辈，较多地保存了祖先尚武善战的风气。至于贝勒杜兰、勒尔锦、齐克新和贝子彰泰等，都是玄烨同辈或下辈王爷，爱好特长已花样百出了。

公爵一班里，有几个最熟识的人：辅国公大学士班布尔善、他的亲伯父辅国公高塞，还有遏必隆、鳌拜这些一等公、二等公，和班布尔善相似，无论以辅政大臣的身份还是以公爵的爵衔，都有资格进太和殿。

玄烨的目光投向另一侧——内三院大学士。这些学问渊博、精明能干的文臣，到底不同于王公武将，行礼就座，甚至接茶饮茶都别是一种文雅姿态，处处流露书卷气，令玄烨感到可亲可敬。他对大学士们印象很深，记得格外清楚：从容不迫、胸有成竹的内秘书院大学士魏裔介；体弱消瘦、常请病假的车克；内国史院大学士苏纳海处死后，只剩巴泰和卫周祚两名汉大学士了。巴泰正直忠诚，卫周祚精明强干。内弘文院三名大学士图海、李蔚、蒋赫德也各有千秋：图海是父皇拔识的才俊，蒋赫德稳健持重，至于李蔚，拜大学士时才三十岁，至今也不过三十七八，极其英敏机警，又深沉多智，喜怒不形于色，玄烨暗中对他最为赏识。

辅臣苏克萨哈也在这里。他可大不如从前了，眼神、行动都有几分痴呆。方才进殿以前，苏克萨哈、遏必隆、鳌拜站在一班，按遗诏定下的顺序行礼。可是进殿之际，玄烨清清楚楚地看到，鳌拜抢在苏克萨哈之前，昂然由殿左门随王公一队进殿；遏必隆略一犹豫，竟跟在鳌拜身后也进了殿。苏克萨哈被甩在丹陛上，孤零零地站立片刻，只得转身往殿右门，走大学士的路线。看他消瘦的面容、沮丧的表情、受鳌拜欺负的可怜相，玄烨不觉对他有几分同情；可是回忆起几年前杀费扬古、掀起汤若望大狱时他飞扬跋扈的气势，玄烨又暗说：自食其果，活该！

玄烨不熟悉的，是六部尚书侍郎以下的各衙门堂官。不过，从奏疏和太皇太后口中，他已经知道了杜立德、王熙、龚鼎孳、王宏祚，以及阿思哈、马尔赛、噶褚哈等人的名字。他决定自明日起，连同各旗都统副都统，分别一一召见，熟悉他们、考察他们，摸清底细，不能有丝毫含糊。还有平西、平南、靖南、定南各藩王和王世子，还有蒙古各旗王公，还有外省督抚以至州府县官，他都要了解熟悉。对这个属于自己的庞大的国家机构，玄烨像一个站在迷宫外的孩子，充满好奇和兴趣，不管多么复杂混乱，他都决心走进每一座殿堂、每一间小屋，察看里面的每一点内容。

巍峨壮丽的迷宫既然属于他，他就要把其中他不喜欢的地方改过来。他已经用十年时间刻苦地读了许多圣贤之书，对治理天下有强烈的爱好，也有一些自己的想法。他很自信，有一股少年人的热情和惊人的求知欲，亲政，给他提供了最好的机会……

受茶的王公大臣、外国使臣坐饮已毕，又都跪行叩礼。銮仪卫官传呼“鸣鞭”的声音再次响起，阶下静鞭三鸣，中和韶乐大作，皇上起驾还宫了。

玄烨端坐礼辇之中，心里还挂念着亲政诏书宣示天下的情景。因为这诏书是他亲自拟定、交内秘书院颁发的。

这份诏书将从太和殿正门，走丹陛中阶、丹墀中道，出太和门正门，直到午门正门外，由大学士交礼部尚书，再交仪制司官，在文武百官的护卫下，放入庄严华贵的龙亭。每一交接都有一跪三叩礼。然后，由八名銮仪卫校尉抬着，前有御仗和乐队导行，后有文武百官扈从，一直送上天安门。

诏书将由礼部尚书在天安门上宣读，文武百官和耆老士绅将跪在金水桥畔听宣。

之后，诏书将放进做成云朵形的盛盘中，这云朵又将由一只做得惟妙惟肖的金凤凰衔着，名为“金凤衔诏”，它将缓缓地由天安门城楼上用细索垂下金水桥头。这不就是九重天外凤凰降瑞祥吗？难怪金水桥头接旨的人群要山呼万岁了！……

诏书还将隆重送至礼部，刻版印刷在吉祥的黄纸上，颁行天下。

天子一言，重于九鼎，是这繁琐隆重仪式的根本意义。玄烨非常想看到那只光华灿烂、五彩缤纷的金凤凰，怎样口衔白云环护的诏书，从黄顶红墙的天安门楼冉冉降下，想出这个绝妙主意的人实在太高明了！可惜，他只有下诏的份儿，他的身份和地位注定了他永远看不到他极想看到的这富有诗意的场面。

退朝后，玄烨几乎没有休息，用了一些茶点，便往乾清门听政。这是他与太皇太后商议了好几次的事情。父皇理政没有固定处所，乾清宫、养心殿居多。玄烨决心要做一个勤政爱民的好皇帝，一眼就选中了乾清门。乾清门是内廷的门户，外臣到此止步。门外有王公大臣及翰林学士值庐，奏事听政都很方便。

乾清门听政自今日始，以后习以为常，成为康熙数十年理政的重要方式之一。

玄烨到达乾清门时，部院奏事官员已经在那里恭候。几十名身着朝衣的一二品官员跪迎着玄烨升上御座，才站起来，分班垂手侍立阶下。辅政大臣苏克萨哈、遏必隆、鳌拜站在诸官上首，见皇上就座，三人顺序沿东阶走上乾清门。快上最后一级石阶了，走在最后的鳌拜突然咳嗽一声，遏必隆迟疑地停了步。鳌拜越过他，伸手向苏克萨哈肩头一拍，苏克萨哈回过头来要发作，一看是鳌拜，不知是意外还是被鳌拜的气势镇住，压住了火，想要装出个笑模样。鳌拜全然不理会，“腾腾腾”几个大步，又一次冲到苏克萨哈前面去了。苏克萨哈眉毛一竖，眼睛闪出愤怒的光芒，瞬息间又强自镇静，努力咽下了这口气，继续前行，但那张瘦脸已涨得通红。遏必隆向鳌、苏两人看了看，眨眨眼，做不出任何表示。

鳌拜由于抢在第一名，便占住了御榻左边上首这个最尊贵的臣位，这在他是理所当然，没有丝毫不安和歉意。苏克萨哈不甘居鳌拜之下，便不顾辅臣序列左立的礼仪，径自站在御榻右边上首，那是记注官的位置。遏必隆稍一犹豫，竟折向东，立到鳌拜的下首去了。这样一来，辅政大臣的序列就完全乱了。乾清门阶上阶下连侍卫加各官员百十多人，一时寂静无声。

玄烨隐隐听到右边传来的极不平衡的喘息声，那是苏克萨哈在拼命控制自己不失态。玄烨也由余光发现，鳌拜像没事人似的，丝毫不动声色，昂首而立，很是轩扬。但那亮闪闪的鹰眼很快地在自己和阶下诸臣身上扫视，使玄烨一下猜着了他的用心：他是在试探今日亲政的皇帝和部院大臣的态度。

面容忠厚的遏必隆，像个打坐念佛的喇嘛，对这一切仿佛没有注意。至于阶下的群臣，是事出意料来不及反应呢，还是被这大大失礼失仪的行为惊呆了呢？一个个垂手低头，木雕泥塑一般。玄烨心里极快地盘算一下，便沉着地像什么也没看见似的，缓缓说道：

“自今日起，朕每日御门听政，部院各衙门政事可于此时面奏。天下至大，政务至繁，非朕躬所能独理，赖辅政诸臣辅佐，谅不至有误。卿傅等以为如何？”

他最后一句是向三名辅政大臣说的，尊称为“卿傅”，很是亲切和蔼。三辅臣连忙躬身谢道“不敢”。

“皇上，这就开始吧！”不等玄烨再说什么，鳌拜便奏道。他面容肃穆，底气充沛，声若洪钟。

玄烨点点头。御前一名侍卫走到阶前传旨道：“奏事官员顺序面圣！”

第一个，是吏部尚书阿思哈。他奏了三件政务：一、云贵川桂四省文武官员，是否全由平西王题补？二、自康熙元年吏部都察院甄别各省督抚后，至今未再考察。眼下京察已毕，是否再次甄别督抚？三、各省地方官拿获逃人原有议叙嘉奖，如今逃人日增、逃风大盛，逃人法应严，捉拿逃人之议叙嘉奖是否应宽？

玄烨一听就明白，这是在给他出难题。他不慌不忙地面向苏克萨哈说：“卿傅以为如何？”

“这……”苏克萨哈一时无法回答，因为吏部向来把持在鳌拜手中，不容他置喙。在他犹豫的一刹那，鳌拜抢过话头：

“启禀皇上，老臣以为，平西王乃开国勋臣，威镇南疆，题补四省文武官员缺，应照准。京察之后甄别督抚顺理成章，自然也该照准。逃人之禁非严不可，地方官拿获逃人，原应嘉奖！”

鳌拜讲话，斩钉截铁，果断明确，没有反驳的余地。玄烨佩服这个毫无文采的武人的魄力，频频点头，心里却在暗暗答对：“一番京察，你将异己全都换成心腹，部院尽成了你的地盘，这回又想借甄别把各省通通收进你掌中吗？未免太贪了！”

苏克萨哈撞出来一句：“皇上初亲大政，熟悉部院京官等尚需时日，各省甄别似应暂缓。”

鳌拜目光如电，狠狠瞪了苏克萨哈一眼。苏克萨哈只装作看不见，神色却不免瑟缩。

玄烨连忙说：“二位卿傅所言各有道理，容朕三思而后行，如何？吏部可具列部院大臣职名，朕将亲加甄别。”

鳌拜和苏克萨哈都飞快地看了玄烨一眼，都在心里掂量：这个小皇上，到底是爱做和事佬儿，还是仍旧不懂事，或者是个小滑头？他们哪里知道，经过太皇太后精心调教的玄烨，绝不会在初次听政时显露锋芒。

跟着来奏事的是户部尚书马尔赛，他奏的是今年直隶、江南、江西、山东、山西、陕西、甘肃、浙江、福建、湖广等省一百六十个州县遭灾免赋，户部岁入将大减，请增市镇商税以补不足。

接下去是兵部尚书噶褚哈，禀告迁海令下之后，台湾郑氏并未因而困窘，不时派遣兵船骚扰沿海，而东南沿海仍有人以“反清复明”为号召，暗通台湾以为内应，请增添水师巡海，捉拿叛党。

工部尚书额赫里奏报黄河淮河连年决口，水患不止，且败坏运河河道，有损漕运。秋汛将临，请增工部治河款项。

礼部尚书外库老老实实地把后半年应进行的祭祀大典说了一遍：

中元节祭永、福、昭、孝四陵；

秋分往西郊月坛祭月；

八月初六祭大社大稷；

八月初九是太宗文皇帝忌辰，祭昭陵；

八月十一是太祖高皇帝忌辰，祭福陵；

八月十二应祭历代帝王、祭城隍之神；

九月二十七是孝慈高皇后忌辰，祭福陵；

冬至节祀天于圜丘，祭永、福、昭、孝四陵；

十月初一享太庙，祭永、福、昭、孝四陵；

十二月二十八，岁暮，祭太庙，祭永、福、昭、孝四陵，祭太岁之神。

此外还有十月初三皇太后圣寿节、十二月十七皇后千秋节等等。其中有些祭祀可以遣官代祭，但一些重大的祭祀，如祭太庙、祭社稷、祀天等项，皇上须亲自行礼。

外库讲得口干舌燥，亏他记得清楚！可鳌拜并不肯轻易放过他，说道：

“礼部尚书不妨把上半年的祭祀大典向皇上仔细禀奏一遍。”

外库哪里敢违，又从头至尾细数一遍。上半年的祭祀大典比下半年几乎多一倍，需要皇上亲自行礼的也更多。从正月初一祭堂子直到七月初一享太庙，礼部尚书的嗓子都说哑了。皇上只是端坐静听，既不见得很有兴趣，也不见表示出疲倦和不耐烦。总是小孩子心性，觉得祭祀大典很好玩吧。

满洲最重祭祀，得天下以后，更把祭祀当作头等大事，是否勤于祭祀是皇帝是否敬天法祖的最重要的表现。而祭祀的内容，则天地日月社稷祖先，先农太岁孔圣关帝真武东狱城隍土地乃至历代帝王都在其中。就是今日亲政大典，也还分遣内秘书院学士数人，告祭狱、镇、海、隍诸神呢！这就怪不得外库奏罢下阶之际，朝服胸背都被汗湿透了。

刑部尚书对喀纳一本正经地面奏一项江南逆书案。这和以往的案件大不相同，那是江南奸民沈天甫等人撰逆诗两卷，诡称为黄尊素等一百七十人作、故明大学士吴甡等六人写序。沈天甫以此书进京向吴甡之子中书吴元莱索诈财物。吴元莱细察其书不是其父手迹，便向巡城御史控告。经几级审理，刑部定案，沈天甫等人应斩首，被诬告者应不问，请皇上裁夺。

玄烨才点了点头，还没开口，鳌拜已在大声斥责了："刑部一向处事欠妥！这样的大案怎么能草草了事？被诬者不问？为什么不问？无风不起浪，他们就都那么清白？南蛮子最是奸狡，不可被他们哄了！"

对喀纳只管对皇上跪着，并不作声，也不认可。鳌拜无名火起，叱道："还跪着做什么？下去！重新审过！"

对喀纳再拜而起，循东阶而下。玄烨并无惊奇和不满，只是望望鳌拜阴沉的表情，望望对喀纳忍气吞声的样子，满脸是孩子气的好奇。

大学士班布尔善、都察院左都御史尼满也加入了奏事的行列，列出了许多繁难的政务，要初亲政的小皇帝处理。玄烨只是不置可否，心安理得地让鳌拜裁决，仿佛他是一个谦逊、认真的小学生，正在学习理政。

排炮般的第一轮轰击总算过去了。玄烨心里暗暗嘘了一口气，神色和悦地说："国家政务之繁难，朕今日方亲身体会，更知多年来卿傅等辅政之辛苦劳碌，朕定要好好酬谢。卿傅等对国事明睿练达，朕十分感佩，有卿傅等佐理政务，朕也放心了。"

听皇上这么说，鳌拜的脸色转霁，他也觉得放心了。苏克萨哈的表情却越来越阴沉，眼睛里满是绝望的凄惶。

玄烨接着说："今日只听部院掌印官面奏，朕尚感不足。明日朕将再次下诏文武百官，直言朝政得失，以集思广益。卿傅以为如何？"

鳌拜微微一愣，无法反对。苏克萨哈和遏必隆都连连称是。三人一同向皇上拜辞，下阶而去。

鳌拜回府，同班布尔善、阿思哈、马尔赛等议论一番，对第一日御门听政都还满意。皇上脾气好，又柔顺，若不是苏克萨哈作梗，皇上可说是百依百顺了。一个普普通通十三四岁的男孩子，似乎还不如小时候聪明机灵。最后他那一招儿——诏求直言，也是新君即位的例行公事，小皇上自然也得装腔作势一番。大家都觉得轻松，只有班布尔善恨恨地说了句："真不料苏克萨哈日暮途穷，还想借皇上之势东山再起，岂不是做梦！"鳌拜听了没有作声，眼睛却冷森森地闪了闪，颊上筋肉隐隐抽搐了一下。

玄烨回宫，向太皇太后禀告了头一天亲政的过程。太皇太后详细地询问了许多细节，诸如几位辅臣的神色、说话口气、听了皇上降旨以后诸臣的表情等等。玄烨都很具体地回答了出来，这使老人家很高兴。对玄烨得体的言行，她满意，玄烨自己也满意。不过老祖宗还是再次告诫小孙子：惟谨惟慎。

苏克萨哈回到家中，沮丧已极，喝茶吃饭都没有了心思。他的长子内大臣查克旦和族弟前锋统领白尔赫图，已经知道了太和殿行礼时鳌拜的无礼行径，一同来安慰他。可是他除了摇头叹息，竟无话可说。查克旦和白尔赫图再三请求，苏克萨哈才把皇上乾清门听政时自己所受的贬辱讲了一遍。讲到后来，老泪纵横，唏嘘良久，他才绝望地缓缓说道：

"我原指望皇上英敏决断，能借亲政之机，摆平三辅臣的位序。不想皇上不仅年幼，而且平庸，处处向着他，哪有英主的气概？……三院六部，凡要紧的掌印官，都是他的人，哪里还有我苏克萨哈说话的份儿！我与鳌拜结怨已深，此人睚眦必报，外相忠勇，内里极是凶暴，一旦行事，毫无顾忌，绝不会善罢甘休。只怕我……要死无葬身之地了！……"他用手蒙住眼睛，深深陷入太师椅中。……炽热蒸腾的沸水上，那摆头甩尾、拼命挣扎的金红鲤鱼，就在眼前跳动，一丝鲜血，不绝如缕……确实，鳌拜正等着这碗紫玉红丝羹呢！……

查克旦忧心忡忡地说："阿玛，咱家与鳌大臣家毕竟有姻亲之好，他总不至于……下毒手吧？"

苏克萨哈不拿开他的手，连连摇头："开国立朝这许多年了，谁还不清楚？到了紧要节骨眼儿，哪一个不是六亲不认？何况他！"

白尔赫图是一员战将，顺治元年入关，曾在一片石击败李自成手下大将唐通，随豫亲王西克潼关南征江南，又跟郑亲王下湖南，屡建奇功；顺治十五年又随信郡王进征云贵，直至顺治十八年与定西将军爱星阿会师缅甸，擒获南明永历帝，为大清朝立了大功，进一等阿思哈尼番，授前锋统领。他是武人，对朝廷大员之间的钩心斗角搞不大清楚，然而却很气盛，愤愤地说：

“大哥！你是先皇遗诏指定的托孤顾命大臣，位置在他之上，他敢把你怎么样？上殿参他一本！”

苏克萨哈苦笑：“无权无势，那不是自投罗网？”

白尔赫图一跺脚：“我去把他杀了！”

苏克萨哈瞪他一眼，低声喝道：“胡说！”

查克旦小声道：“别说他警卫森严，近不得他身，就是武功骑射，你也不是他的对手……”

白尔赫图急了：“难道大哥就坐等他来收拾？”

苏克萨哈像老年人那样可怜地瘪瘪嘴，叹息着说：“只要不祸及亲族子孙，就是上上乘了！”

“唉！”白尔赫图握紧双拳，用力坐下去，椅子“嘎啦”一声断裂了，气得他一脚把它踢开，一屁股坐在地上。

查克旦沉思许久，说道：“阿玛，我有个主意：不如以退为攻。最坏的结果也不过是阿玛致仕养老，阿玛下台，把他也拖下来！如何？”

苏克萨哈和白尔赫图都望着查克旦，仿佛不懂他的话。

玄烨坐在书房里，闷头读那一摞又一摞奏章。都是朝廷大臣应诏直言所上的奏疏。满臣的少，汉臣的多。满臣所奏多是微言小意，而汉臣却真有几份分量颇重，玄烨反复看了好几遍。

左都御史王熙疏言：“世祖章皇帝精勤图治，诸曹政务皆经详定。数年来有因言官条奏更改者，有因各部院题请更张者，有会议兴革者，则例繁多。官吏奉行，任意轻重。请敕部院诸司详察现行事例，有因变法而滋弊者，悉遵旧制更正……”

玄烨看得明白，这是在呼吁恢复顺治时期的政体，反对辅臣们的“变法滋弊”，“言官条奏”、“部院题请”是陪衬，而“会议兴革”才是他指斥的主要对象。什么会议呢？自然是由辅臣一手操纵着的议政王大臣会议！

奏章里，有陈奏民间之苦的："民穷之由有四：杂捐私派、棍徒吓诈、官贪而兵横。请严察督抚举劾当否，以息贪风、苏民命。各省藩王、将军、提督有不法害民之事，许督抚纠劾。请饬破除情私，毋更因循，贻误地方……"

奏章里，有请宽逃人法的："逃人之禁，立法太严，株连穷治，天下嚣然，丧其乐生之心。窃恐下拂人心，上干天和，非寻常政治小小得失而已……"

有陈奏奴婢悲惨命运的："八旗家丁，每岁以自尽报部者不下二千人。人虽有贵贱，均属赤子。请饬谕八旗，凡蓄仆婢，当时其教诲、足其衣食、恤其劳苦、减其鞭笞，使各得其所……"

玄烨知道，对于圈占民间房地产为旗产，人心极为不满。但鉴于半年前的苏纳海之狱，没人敢冒风险上奏了。

还有两本奏章引起他注意。一是御史田六善请求反坐的，一是礼部郎中周中奇请访求精通天文的博学之士的。

田六善说："近见奸民捏词诈害，在南方不曰'通海'，则曰'逆书'；在北方不曰'于七贼党'，则曰'逃人'，谓非此不足以上耸天听，下怖小民。请饬督抚：即于审理情实者据实奏闻，情虚者依律反坐！……"

周中奇说："近年钦天监编制时宪、观测天象，屡有错舛。上年五月之月食、六月之日食，测算误差甚巨。事关重大，请饬吏、礼二部，请求精通天文博学之士……"

玄烨因此联想到皇阿玛去世后的一系列大狱：从哭庙狱、奏销案、通海案、明史狱，到费扬古、汤若望、苏纳海三大狱，还有逃人、迁海、圈地等项政令，朝廷到底在怎样行政？天下震悚，民心到底如何？得民心者得天下，失民心者失天下，这是玄烨读书十年树立起来的坚定不移的信念，他不由得用这个准则衡量以往的所有国策方略。他看到，父皇是想顺着这条路理国的，而辅臣呢？……

玄烨边看边想，有时候离座在御榻周围踱着步子，细细揣摩那些汉官奏章的内涵，细细思索着这些重大政务之间的关系。

握拳探臂伸腿地做了几个练武姿势，活动四肢、舒展躯体，再使冷水擦一把脸，他又坐到御案后面去，翻开了下一本奏疏。

奏疏不长，玄烨很快就看完了，但他不大相信，又翻过去看了第二遍、第三遍，心里想，这是在玩儿什么花样？

这是太子太保、内大臣苏克萨哈的奏疏："臣才庸识浅，蒙先皇帝眷遇，拔授内大臣，夙夜悚惧，恐负大恩。值先皇帝上宾之时，惟愿身殉以尽愚悃。不意恭奉遗诏，名列辅臣之中。臣分不获死，以蒙昧余生，勉竭心力，冀图报称。不幸一二年来，身婴重疾，不能始终效力于皇上之前，此臣不可逭之罪也。兹遇皇上躬亲大政，伏祈睿鉴，令臣往守先皇帝陵寝，如线余息，得以生全，则臣仰报皇上豢育之微忱，亦可以稍尽矣……"

苏克萨哈竟要求辞政，去为先皇帝守陵墓！这倒有些出乎意料！

"他是惧鳌拜，还是逼鳌拜？"这问题闪电般从玄烨心头划过，他一动不动地坐在御榻上，低头沉思。

他刚亲政，苏克萨哈就辞政，还说什么"如线余息，得以生全"，不也给他一个难看吗？皇阿玛若当此时会如何处置？如果去禀告老祖宗，她会怎样回答？……鳌拜和苏克萨哈，苏克萨哈和鳌拜……

小太监送上热茶，捧了茶盘要走，玄烨叫住他：

"小禄子，我记得你家在平谷县？"

"是。万岁爷。"小太监毕恭毕敬。

"在山里还是川里？"

"回万岁爷，奴才家在山里。"

"那么，你该见过老虎豹子啦？"

"回万岁爷，山里虎豹狼虫多，夜里全不敢出门，只听得它们嗥，哪敢跟它们照面儿！"

"没见过总听说过。没听说过老虎豹子打架？"

"回万岁爷，奴才就听猎户大哥说老虎跟老虎打，没听说老虎跟豹子打过。"

"老虎跟老虎打？打得凶吗？"

“回万岁爷，猎户大哥说的是……是……”小太监窥视着玄烨的脸色，不敢开口，显然有些忌讳。

“你说吧，不怪罪你。”玄烨辞色很和气。

“回万岁爷，猎户大哥说，春三月里老虎发情，常为争母虎斗得山摇地动。有时候也为争地盘互相咬个半死。奴才记得平日有句俗话儿，说两虎相斗必有一伤，想来不会错。”

“哦。”玄烨一手按着茶盏盖，沉吟着。过一会儿又问：“要是两虎相斗的时候，插进一个人来，会怎么样？”

小太监迷惑不解：“回万岁爷，这人莫非疯了？那还不叫两只虎撕着分吃了？连纽襻儿也会一股脑儿给吞掉！”

玄烨笑了笑，又说：“要是插进来的也是一只虎呢？”

小太监完全摸不着头脑，眨着眼睛呆里呆气地想了一阵，说：“回万岁爷，要是来只母虎，它就会卧在一边，睬也不睬，任那俩咬个毛飞肉烂；要是来的也是公的，那……那奴才也说不清它们谁死谁伤了。”

玄烨点点头：“你去吧。”

小太监赶忙回一声“嗻”，恭恭敬敬退出去了。

玄烨思索片刻，拍了拍手。一名御前侍卫应声进来候命。

玄烨说：“传鳌拜。”

鳌拜进乾清宫之前，正是一肚子气恼，满脸乌云。

以前的奏章，凡汉文的他都不懂，全凭索尼处理，或是大学士、学士们译给他听，多少知道点大意罢了。如今班布尔善当了内秘书院大学士，精明至极，奏章中言外之意、含沙射影之处，全都逃不过他的眼睛，也就躲不过鳌拜的视听。这几天应诏上奏的折子，仿佛串通了一般，全都明里暗里指斥他鳌拜当政这几年的政事。想必是那些汉人蛮子以为皇上亲政，可以乘机露脸，还想倒回到顺治十三四年宽大无边的日子里去，真是做梦！这些家伙就像池塘边的蛤蟆，天黑了，下雨了，一阵子鼓噪，只要扔一块石头，砸起一片水花，马上就老实了，能躲多远躲多远。

使鳌拜真正光火的，是苏克萨哈的奏疏。鳌拜是个明眼人，苏克萨哈这一招儿明明是以退为攻，以自己辞政逼他鳌拜交权！真没想到，苏克萨哈已经奄奄一息，心下还这么恶毒，想闹个鱼死网破、同归于尽的局面！鳌拜真恨透了这个奸恶的家伙！

鳌拜不能辞政，不能交权，皇上还年幼，要是尽着那批汉官文士在皇上耳边胡说乱讲，皇上再着了他们的道儿，满洲人又要吃亏，祖宗的规矩、祖宗的成法又要给扔到不见天日的地方去了，那可是鳌拜无论如何也不能答应的！这些年鳌拜费尽心血建立起来的秩序和权威，就那么轻易地坏在苏克萨哈和一班蛤蟆手中？哼，可笑！拿鳌拜当孱头了！鳌拜心里暗自冷笑。

进了书房，鳌拜抑住心中的恼怒，向皇上跪拜。

皇上亲切地请他起来，指着案上的奏疏说：“这奏章卿傅想必看过了？”

“禀皇上，这些蛮子汉官，多是文人习气。皇上看看罢了，不可认真。太祖太宗皇帝常常教训说，前明亡国就因为重用文臣，皇上千万要引以为戒。”

玄烨笑道：“那是自然。不过，朕讲的是苏克萨哈的奏章。”

鳌拜浓眉顿时竖起，大声道：“苏克萨哈此奏，实在有负先帝，罪该万死！”

玄烨道：“卿傅不必如此。尔等三位辅臣，受皇考遗诏，辅朕七年，朕正欲酬谢辅臣勤劳，不意苏克萨哈竟奏请辞政守陵，不知是什么缘故？苏克萨哈奏疏取去，交议政王贝勒大臣会议后回奏。”

玄烨殷切地望着鳌拜。鳌拜正中下怀，接过奏本，没有多说几句话，立刻叩拜退出书房。玄烨望着鳌拜怒气冲冲的背影，暗暗猜测自己这一试探会引起什么样的后果，能不能与自己预料的一样？

六

玄烨心里非常着急，恨不能一步踏进慈宁宫，向无所不知的老祖宗讨计。不过，这两年的“修身养性”，已经练得可以不动声色地始终维持着端庄威重的外表。他还得静静地坐上便辇，耐心地让太监们把他一步步地抬到慈宁宫门外，着急也是没用的。

“老祖宗吉祥！”玄烨走进寝宫西次间，向太皇太后跪安。

太皇太后正在习字，抬头含笑道：“皇帝怎么今儿个来啦？来瞧瞧我这字，见不见起色？”

玄烨只好把冲到嘴边的话止住，走到案前去。案上一条长一尺半、宽三尺的横幅雪浪纸上，写着两行刚劲中糅合着妩媚的柳体大字：

戒骄戒躁
毋怠毋荒

玄烨心中“突”地一跳，仿佛大热天咽下一口冰雪奶乌塔，头脑渐渐冷静下来，笑道：“老祖宗的字，越发好了！赐给孙儿吧，叫他们用心裱好了，挂书房去。”

太皇太后笑道：“那可不行。写着玩儿的，又是修身养气，一举两得。”

“老祖宗，你再写一幅行草吧，一并赐给孙儿！”

太皇太后微笑着，对玄烨凝视片刻，又提起了笔，说：“写便写，给不给你，以后再说。换一张条幅纸来。”

侍候在侧的苏麻喇姑连忙铺好另一张纸，太皇太后饱蘸浓墨，略一思索，落下去运笔如飞。两行水墨淋漓的字迹，真似龙飞凤舞，了无迟滞，大有一泻千里的气概，重重地落在雪白的条幅上：

嗟尔幼志　有以异兮
独立不迁　岂不可喜兮

玄烨目不转瞬地望着，立刻记起这是屈原《橘颂》中的句子，赞美橘树自幼就有殊异于众人的志向，有独立的品格，有不变的胸臆，所以极可尊贵。老祖宗不是在用这两句话激励自己吗？玄烨一时血脉贲张，满腔豪气，喊了一声：“老祖宗！……”

太皇太后把大笔搁在九龙环峰的龙泉瓷笔架上，慈爱的目光抚慰着孙子，伸手接过宫女进上的茶盏，呷了一口，习惯地靠坐在紫檀木雕福寿花纹的圈椅中，轻声说：“你像是心里有事，很着急。”

玄烨一听，不由得又急上来，说：“老祖宗，你还不知道吧？鳌拜竟将苏克萨哈下了狱！定了二十四项大罪，要凌迟处死！就这么三天之内的时间，他竟然就……”他“咳！”一声，说不下去了。

太皇太后倒很沉着：“我已经知道了。昨天议政王会议此事之后，我便听说了。”

玄烨惊异地看看老祖宗，又说：“三天前，我确实命鳌拜拿苏克萨哈的奏章交议政王大臣会议具奏。我的意思不过是投石问路，试一试深浅，并没有一点儿要杀苏克萨哈的意思！……”他的个头儿已经不小，可是脸貌还显得稚嫩。此时他眼睛里流露出了不安和沮丧，使他更像一个做错了事的孩子。

“皇帝何至于这样不安？你没有做错什么事情。”太皇太后平静地说。

“啊？”玄烨张了张嘴，不知如何回答。想一想，又说，“老祖宗，我是不明白，我只是让他们会议回奏，怎么就擅自将苏克萨哈下了狱？”

“哦，让苏麻喇姑讲给你听。”

苏麻喇姑于是向皇上禀告详情：

鳌拜拿了苏克萨哈的奏本，在议政王大臣会议时传达皇上的旨意，是这样说的：“尔等系受皇考遗诏辅朕七年，朕正欲酬尔等勤劳。兹苏克萨哈奏请守陵，说‘如线余息，得以生全’，不知有何逼迫之处？在此何以不得生？守陵何以得生？朕所不解，着议政王大臣会议具奏。”

议政王大臣们接此圣旨，很快就议得回奏：“将苏克萨哈及伊子孙并本旗下弟兄俱拿问。”而辅臣们很快就得到了皇上的谕旨：“依议。俱着拿问。”

听到这里，玄烨争辩道：“我没下这道谕旨！下给议政王大臣的谕旨也没有说那些何以得生、何以不得生的话！鳌拜怎么可以擅自矫旨！”

太皇太后望了望自己修得洁净纤美的手指，说：“辅政七年，哪一道圣旨不是由他们代下？你刚亲政八天，他们还有佐理之权，怎么就不可以自传圣旨？”

玄烨咬住嘴唇，皱起了黑眉。

“苏克萨哈的二十四项大罪呢？拿给我瞧瞧。”太皇太后说。玄烨忙命小太监跪呈折匣。苏麻喇姑接过、打开，奉给太皇太后。她从头看下去。静静的殿堂里，只有翻动折子的细微声响。

太皇太后看罢，放在案上，说：“这二十四项大罪，也并非全然无理。前面数项实属犯上大不敬。说他奏请守陵是不愿归政，只怕也说着了根儿。”

玄烨记得，第一项大罪便是苏克萨哈怨望，奏请守陵是不愿归政；第二项大罪，当年哭送先皇帝梓宫时竟敢乘马；第三项大罪，竟敢用先皇帝陵寝之陵砖砌自家茶房厨房；第四项大罪，皇上射猎嫌弓软而加硬，竟在一旁说“我们此人寡嘴琐碎，自作知识”，诚为大不敬等等。其余都不如这几项来得骇人听闻。玄烨略一迟疑，说道：

“老祖宗，苏克萨哈固然有罪，但罪不至死，更不该判凌迟严刑……”

太皇太后扭头关切地望着他：“你想怎么样呢？”

“罢了他的辅政，在家赋闲，也就可以了。”

“鳌拜难道就此罢休？”

“鳌拜未免太跋扈了！”玄烨眉宇间隐隐露出怒意。

“那么，你最初要鳌拜传旨议政王大臣是什么用意呢？”太皇太后乌黑的眼睛变得更加专注，一眨不眨。

“我想议政王大臣们能议得苏克萨哈是受鳌拜逼迫不得不辞政，鳌拜专横之状自明。这样，两人都罢辅政，只留下一个遏必隆。”

太皇太后点点头：“我说你并未做错。只是墙倒众人推，议政王大臣也难逃此例。鳌拜权倾中外，他们不能不有所顾忌，实在也难怪……不过，苏克萨哈罢辅政已成定局，也算清除一个隐患。”

“老祖宗，你的意思是……”玄烨心里惊异，嘴上不敢说。

“傻孩子，两个都垮办不到，垮一个也是好的。对于你，没有多大区别。”

玄烨明白，如果苏克萨哈得势，其专横跋扈也不下于鳌拜，或许不像鳌拜这么粗鲁、直截了当，但刁滑的笑面虎不是更难对付吗？玄烨只是觉得处死苏克萨哈这样一位辅政大臣，而且使用凌迟的酷刑，太伤朝廷的脸面，会给皇阿玛带来知人不明的昏昧恶名，所以他又说：

“老祖宗圣明，孙儿明白了。可苏克萨哈最好不死……”

太皇太后微微叹了口气：“唉，那样自然最好。可是苏克萨哈死不死，恐怕由不得我们了……”

玄烨咬咬牙，眉头皱得更深。是啊，如今鳌拜权势那么大，他又刚亲政，什么都不熟悉，朝廷上下有多少人真心服从？难道能为苏克萨哈跟鳌拜撕破脸皮吗？他沉默不语了。

“你也不必太费神。”太皇太后又微微一笑，“当年太祖太宗皇帝开创江山，杀人如草。因怨望和大不敬而杀却的大臣也不在少数，算不上失德。”

玄烨心里一动，再也说不出什么话了。

“《左传》你早已读过了吧？再读一读《郑伯克段于鄢》，或许能揣摩出几分道理来……”太皇太后意味深长地看着玄烨，笑着这样说。

当晚，玄烨真的打开《左传》，翻出《郑伯克段于鄢》，把熟得可以背下来的文字，又看了几遍，默坐着想了想，叫道：“小秦子小赵子过来，听我来给你们讲个故事！……别跪别跪，好好听着就行。”

两名书房随侍小太监赶紧垂手立在炕桌边。

“有一个国君，他的幼弟仗着太后宠爱，总是桀骜不驯、逾制犯上，不但有不臣之心，还想夺位篡国。大臣们屡屡禀告，请国君制止，国君只是不睬。禀得多了，他才淡淡一笑道：‘多行不义必自毙，子姑待之。’直到那幼弟明目张胆地起兵造反，国君才发大军一举克之。你们说，这国君如何？说真心话！别敷衍！”

小赵子立刻赞扬："国君真聪明！不，不是聪明，是高明！这就叫不到火候不揭锅嘛！……"

"小秦子，你说呢？"

小秦子低头想了好半天，说："国君明知幼弟所行不义，为什么不早早劝告制止？"

小赵子立刻回答："皇上说得明白，这幼弟是太后的心尖子，国君责备幼弟惹太后不高兴，不就有伤孝道了吗？"

小秦子反驳："那等到最后幼弟造了反又除掉他，就不惹太后伤心、就不伤孝道了？"

小赵子张口结舌："这，那，谁叫他造反呢？自找倒霉嘛！"

小秦子又反驳："这倒霉才不是自找的呢！是国君养成的！有意姑息养奸……"

玄烨暗暗点头：姑息养奸，书房师傅们讲到《郑伯克段于鄢》时，就是这样批评郑伯郑庄公的，说他不该故意养成幼弟段的奸谋，又反手去除掉他。

小秦子又说了一句，叫玄烨心下"咯噔"一跳："照我们老家老人们的话说，这人就叫阴！"

"阴？是什么意思？"

"阴还不懂？阴险、阴毒、阴狠，对你好对你赖都居心难测，还不把人吓死！用这一手对付亲兄弟好朋友，可就算是卑鄙小人啦！"

"胡说！胡说！"小赵子忽然找到有力根据，来了反驳的劲头儿，唾沫星子乱溅，"是那幼弟先有异心，国君才想这法子。要不，干等着挨刀吗？干脆让位给他幼弟好啦！"

小秦子连忙退却："我又不是说的故事里的国君哥儿俩，我是听老人们这么空指着一种人说的……"

"好啦，别争了！"玄烨出面制止，"各有各的理，去吧，弄点热奶茶来。"

小太监们退了出去，书房里只有玄烨一个人了。他又沉浸在思索中。

太皇太后要我从中揣摩什么呢？是不是说，鳌拜恶迹未显，应静待他自毙？或者，放手让鳌拜为所欲为，养成他骄横跋扈之势，待众叛亲离，再一举除之？那么，我就须暂时忍耐，积蓄力量，徐图自强，待机而动……

阴险？卑鄙？

如果别人用这样的手段对付我呢？……真叫人不寒而栗！

确实阴险，确实卑鄙！

然而，江山社稷、朝廷生杀予夺大权，本来就是我的！由他代管而已，管出瘾了，不想归还，不肯归还了！

欺负孤儿寡母，不是更阴险、更卑鄙吗？

从小苦苦读书习武，学得一身治国安邦的大本事，早就安心大展奇才、一舒抱负，让天下人、让祖先、让后代见识见识玄烨！

他却占着原不该他占的位置不让，把理应在位上的皇帝推到一边，捆住手脚不得动弹！

“是可忍孰不可忍！”玄烨嚷出此刻心头浮上的一句古话，声音之大，把自己吓了一跳，赶忙收住。

不停地在书房里踱过来踱过去，不觉东方已露出鱼肚白。

与宫里的重要交谈同时，鳌拜的宅院深处，也议论着同一个话题。

正厅里坐满了鳌党的主要人物。好几根烟杆喷云吐雾，厅上十多支大烛的光亮，都照不透那层空中浮荡的呛人的烟云，加上话题令人烦躁不安，在这初秋的晚风送爽的月夜，他们一个个都感到燠热难当。尽管都身着便装，可是在鳌拜面前谁也不敢过于随便，连帽子都没有摘下。

主位上坐的是鳌拜。他一直皱着浓眉，很少讲话，但听得十分仔细，表情始终严毅，毫无笑容。他的下首坐着他的弟弟巴哈、穆里玛，儿子那摩佛，侄子苏尔玛等人。客位上顺序坐着班布尔善、阿思哈、马尔赛、噶褚哈、图必泰、济世等。这都是朝廷里最有权势的大臣，是大朝廷中真正左右政局的小朝廷。

班布尔善做着极快的手势，他的话也像他的手势一样又快又流畅："……苏克萨哈的二十四项大罪，是鳌公同我详细议过的，只头几条就足够把他处死！再说，他早已一垮到底，手下没人能为他翻案，有什么后患可虑！"

"自古两雄不能并立，"马尔赛立刻响应说，"苏克萨哈绝不可留！杀他有百利而无一害！"

"未必，"巴哈慢声细语，微微耸了耸眉尖，"苏克萨哈毕竟是顾命大臣，先皇遗诏名列兄长之前，如今杀了他，只怕朝野震动，人心不服。"

也就是鳌拜的亲兄弟敢说这样的话。在座的人听了都有点失色，拿眼睛去看鳌拜。鳌拜只不作声，但严厉地看了巴哈一眼。巴哈默默低了头。穆里玛哼一声，调头向着巴哈道：

"巴哈哥哥，你忒懦弱！是不是也中了蛮子的毒，这么前怕狼后怕虎的！人心服不服顶个屁！咱八旗开进山海关，杀遍中原江南，蛮子哪一个心服了，可咱大清不是照样儿取了天下！不服？他妈的，砍了头他就服了！"

巴哈低声地又嘟囔一句："皇上刚刚亲政，就……"

一直不出声的鳌拜沉着脸突然反问："就怎么样？"

巴哈的眼神与鳌拜那亮闪闪的目光一碰，胆怯地躲开了。鳌拜狠狠地说：

"就是要在这时候，来他个下马威！"

众人一震，一起望定鳌拜。

"班中堂方才说了，朝廷里那些蛮子趁着皇上下诏求直言的空子，稀里哗啦说了好多狗屁话，把辅政这些年的国事贬得一钱不值。这是个浪头，还想用蛮子那一套偷换咱满洲人的天下。这可不是小事。就得借杀苏克萨哈给他们颜色看看，非把这个浪头打下去，压个粉碎不可！"

众人神色一凛，纷纷赞美鳌公深谋远虑，拿得准打得狠，不愧满洲智勇双全的英雄。

马尔赛笑嘻嘻地对身边的噶褚哈说："对对！这下马威最是要紧，别说那些蛮子要吓个屁滚尿流，我看小皇帝也……"

噶褚哈笑道："还用你说！这下马威就是要对这小皇帝威一威哩！"

鳌拜喝道："胡说！你们胆敢讲这些大不敬的话！"

马尔赛和噶褚哈连忙谢罪，发誓以后再不敢胡说。阿思哈却赔着笑问："杀苏克萨哈当然千该万该。可是，皇上能准吗？"

鳌拜胸有成竹地说："皇上年纪虽小，却聪明有见识，自幼就讨厌那个家伙。对咱十分敬待，只管放心。"

他们又商量了一气对苏克萨哈亲族亲信的处置，眼看夜色已深，各自告辞回家。鳌拜叫住马尔赛，说他妹子有事找他。马尔赛就随同鳌拜到玛尔赛的楼上去了。

见哥哥来到，玛尔赛很高兴，摆出茶点款待。三人坐定后，她又问起嫂子和侄儿侄女们安好，从柜里拿出一大包衣料首饰，还有许多细点，要哥哥带回家去。

马尔赛拿起酥饼咬了一口，笑着对妹妹说："小妹，当年仗势欺人的苏克萨哈，这下子可完蛋啦！"

玛尔赛也笑道："正是呢，咱爹娘泉下有知，也该安心瞑目了。"她明媚的眼睛热辣辣地望着鳌拜，毫不遮掩地赞道，"人们只知道称赞爷是第一等巴图鲁、军功天下第一，安知他的见识才具更是出类拔萃呢！"

当着别人，哪怕是马尔赛这个大舅子，鳌拜从不对玛尔赛表示亲昵，他脸上淡淡的，只不过没有平日的严毅而已。听玛尔赛赞美，他扭头回视，触到她热得发烫的目光，心里一荡，忙低头去呷了一口奶茶。

马尔赛立刻响应："正是呢，大清亏得有了鳌公，蛮子才不得染指。鳌公文武全才，定是上天特意降生人间降妖伏魔，护佑太祖太宗皇帝千辛万苦打下的江山……"明知鳌拜善武缺文，硬说是"文武全才"，反正吹牛拍马不花本钱，马尔赛滔滔不绝、天花乱坠，他妹子听得心里十分受用，鳌拜只不作声，仅唇边略略透出一丝笑意。

马尔赛又说："这回扳倒了苏克萨哈，朝廷里就再没有人敢作梗了。鳌公便是一人之下、万万人之上，总管朝廷内外军政大事的第一人啦！”

鳌拜略皱了皱眉，道：“不要胡说！还有诸多王爷在上。”

马尔赛诺诺连声：“那是，那是……不过，王爷虽然尊贵，论权势决然不能与鳌公相比……再者说了，打江山的王爷们早已过世，眼下这些王贝勒贝子公，哪个不是承袭祖荫、吃老爷子的功劳？于我大清又有什么建树？安能跟鳌公相比？凭什么高踞鳌公之上呢？……”他一面说一面不住偷看鳌拜的脸色。鳌拜瞥了马尔赛一眼，神色很是古怪，似喜似怒，叫人摸不准其中的含意。马尔赛决定进一步试探：

“我这话许是说得过头点儿，可是实情。要论鳌公对咱满洲祖宗的勋劳，只怕当今皇上也未必能……”

“嗯？”鳌拜陡然沉了脸，目光森然，瞪着马尔赛。马尔赛吓了一跳，连忙缩住口，尴尬地“嘿嘿”一笑，端起了茶碗，心头怦怦乱跳。这前后，玛尔赛只微笑着听哥哥胡诌，不当回事。见鳌拜真的生气了，连忙又倒了碗热奶茶，轻轻递在鳌拜手中，把玉葱般的小手搭在他肩上，柔媚地笑道：

“我哥哥心直口快没遮拦，别理他，犯不着生他的气。”

鳌拜面色转霁，端起茶碗要喝。可马尔赛不把那层意思说透，总不甘心，便赔着笑脸说：“鳌公有所不知，我这妹子周岁时，有大喇嘛给她推算过，说她有贵妃娘娘之命，那么，奴才我，也有当国舅的一天啦？……”

话未落音，“啪”的一声，鳌拜挥手摔了茶碗，那刻花的银制茶碗登时七歪八扭地变了形。他直跳起来，虬须怒张，目光如电，面孔涨得发紫，一把揪过马尔赛的胸领子，挥手重重地扇了他两耳光！马尔赛顿时嘴角涌出鲜血，脸颊失去知觉，被打得头昏脑涨，吓得浑身哆嗦。鳌拜一字一句，斩钉截铁地说：

“你听着！我们瓜尔佳氏，世代忠良，敢有不臣之心，亲生儿子也立杀不饶！你今儿胆敢说这等大逆不道的话，看我饶得了你！”

说着，鳌拜反手去腰边摸佩刀，偏偏身穿便服，没有任何刀具。他用目光四下寻找，左手仍紧紧揪住马尔赛不放。

马尔赛吓得丧魂失魄，连连用眼睛向妹子求救。可玛尔赛只站在那里，并不动容，没有援之以手的意思。总算他有急智有口才，笑着连声道：

“鳌公，鳌公，你怎的这般性急！要杀奴才也不在这一时半会儿的。奴才实在不过是想试试鳌公的忠心，说了个笑话，唉……何必当真，何必生气呢！……”

“嗯?”鳌拜盯住马尔赛，手上的劲儿减弱了些。

“真的，真的！早听人说鳌公功高不居，对朝廷忠心耿耿，奴才总想试试深浅，这才说了几句不咸不淡的话。不想鳌公之忠果然惊天动地，盖世无双！奴才真是五体投地、千服万服！……就看在我妹子的面上，饶了奴才这一回吧……”

鳌拜左手又一加劲，马尔赛全身几乎僵硬了。只听鳌拜毫不留情地喝道：“马尔赛小子，你听好，再敢胡说八道，我把你脑袋拧下来！”

“是，是！奴才再也不敢了！”

“滚吧！”鳌拜撒手一推，马尔赛一个踉跄，差点儿摔个跟头，连忙立住脚请个跪安，就要退出。鳌拜一眼看到呆立在侧的玛尔赛，心下有点后悔，便又喊了一声：“回来！把你妹子带的东西拿上！”

马尔赛猛地一松弛，顿觉眼花头晕，他强撑住捧起那个包袱，又感叹一句：“今儿个我算明白了，这大清朝廷果然是不可一日无鳌公啊！”

“快滚吧！”鳌拜再喝一声，已不是方才叱咤的口吻了。马尔赛极其识相，赶紧对鳌拜叩了个头，向妹子做个鬼脸，退出去了。直到出了门，才使袖子抹去嘴角血痕，用手轻轻抚摩肿起来的腮帮子。

鳌拜皱着眉头对玛尔赛说：“你这个哥哥真够混蛋，无法无天！不教训教训他，他还得痴心妄想！”

玛尔赛只站在那里，目不转睛地看着鳌拜，不动也不说话。

鳌拜猜想她不高兴又不敢说，便把口气放缓：“这也是为他好。做臣下的心里若存了那点儿念头，还得了吗？天地神灵不容、祖宗不容啊！”

玛尔赛还是不作声，像看一个陌生人似的细细打量他。

鳌拜口气更软了："你……生我的气了？"他眼里的冷酷全消失了，目光十分柔和，与他严肃的面容形成奇怪的对照，慢慢向玛尔赛走去。

玛尔赛一声尖叫，直冲过来，"扑通"一声跪倒在他面前，仰着脸，哽哽咽咽地哭了。

鳌拜连忙扶她起来："你这又是为什么？"

玛尔赛含泪笑着抽抽搭搭好半天，才说道："奴才是心里高兴。奴才果然没有看错，爷不但是当今最大的英雄，还是当今第一个大忠臣！……"说着，就把娇美的脸深深地藏进鳌拜那又宽又厚的胸怀里去了。

鳌拜心头一热，伸臂紧紧地搂住了她。

次日，玄烨听政方毕，鳌拜便随同皇上到了乾清宫上书房，请求皇上批下昨天议政王大臣会议关于凌迟处死苏克萨哈的奏本。

果然，玄烨一口咬定，苏克萨哈虽然有罪，但罪不至死，所以不允所请。这原在鳌拜预料之中，他也已想好了对策，便拿苏克萨哈的二十四项大罪一条一条地陈奏。照他的说法，每一条都是死罪，所以必须凌迟处死并且灭族。

这样，从早到晚，鳌拜喋喋不休，强奏苏克萨哈之罪，定要皇上应允。玄烨只是不肯松口，但又不能得罪这位辅政大臣，只得听他强奏。

眼看着太阳从东边移到西边，又从西边一点一点地向西山靠近，君臣二人还在僵持之中。鳌拜不住地上奏，玄烨半听不听地就是不肯点头。玄烨已用了两次点心、上了好几回奶茶清茶，而鳌拜只被赐给一杯清茶和两块松饼。鳌拜觉得把自己一辈子的耐心全聚在今天使用了，唇焦舌燥、又饿又渴，可那不达目的决不甘休的信心支持着他，他非要这不懂事的小皇帝屈服不可！这小皇帝平日文静听话，今天不知怎么犯了牛脾气，真是个十足的、不知轻重的娃娃！

当太阳的金边贴在青蓝色西山峰头的时候，鳌拜觉着焦躁异常，他的耐心到头了。

他忍着饥渴、忍着气，不知是第十几遍还是第几十遍地问道："皇上，究竟准奏不准奏？"

玄烨脑袋略略一歪，像个任性的孩子："朕不准。"

鳌拜再问："难道苏克萨哈这些罪恶皇上都不认？"

玄烨道："卿傅，朕已反复说过，苏克萨哈有罪，但罪不至死。罢了他的辅政也就是了，何必做那么绝？"

鳌拜道："自皇上幼年，老臣就时时谏正，凡事不可心慈手软。此事必须斩草除根，不留后患。如皇上这般行事，岂不是留给他卷土重来的机会？"

玄烨一时不知如何回答。因为太皇太后不是也这样说吗？

"苏克萨哈心怀怨恨，大逆不道。其子查克旦招权纳贿，罪在不赦。倘不明正典刑，只恐怕天下人都要说皇上枉法徇私了！"

一句重话甩过来，玄烨气得涨红了脸：究竟是谁在枉法徇私？知道此刻不能发作，又实在气他不过，只得强压怒火，竭力平静地问：

"卿傅，常言道兔死狐悲，物伤其类。你与苏克萨哈都是先皇帝顾命大臣，为什么定要把他凌迟处死呢？"

鳌拜心火上冲，也在极力控制，愤愤地大声说："老臣要正国法，也要为君除奸，一片忠诚可告先帝！"

玄烨好半天地瞧着鳌拜，全然是十三岁的男孩子不相信大人说话的神情。鳌拜越加生气，也就越加不屈不挠："当初先皇帝龙宾上驭，不以老臣为不肖，面嘱老臣须时时教诲陛下。老臣耿耿忠心，无非为着大清江山，为着皇上的天下……"鳌拜说着，竟又滔滔不绝了，什么敬天法祖啦，什么先皇遗诏啦，什么太祖皇帝如何、太宗皇帝又是如何啦，越说越多，总而言之一句话，皇上应当听辅政大臣的话。

玄烨起初还听着，后来东张西望一会儿，竟翻开桌上的一本《通鉴》，自顾自地看起来。

鳌拜一直低头进谏，喉咙又干又痛，嗓子全都哑了。忽听翻书的声音，抬头一看，小皇帝全然不理睬自己的一番苦口婆心，倒翻着一本线装汉文书看得起劲，顿时勃然大怒，一切礼仪忌讳全都抛到了脑后，厉声说：

“好哇！你刚亲政几天，就力拒忠谏，不拿我鳌拜放在眼里了，我，我……”他气得浑身发抖，呼吸不畅，胸口憋闷，眼前发花，想到自己一生为皇上打天下，九死一生，浑身是伤；这些年厉行严政，被人暗中唾骂，还不都是为了他爱新觉罗氏的社稷江山？几十年沥血呕心保他皇家，却被这丁点儿大的小皇帝如此轻慢，直是视若无物！向来极其高傲自负的鳌拜，怎能忍受这样的侮弄！冲动之下，头脑发昏，竟捋起袖子，伸着钵盆大的拳头，向玄烨逼过去，要教训教训这个不懂事的小顽童！

玄烨听到鳌拜声气不对，一抬眼，却见鳌拜像棵魁梧的大树逼了上来，虬须尽张，青筋暴起，通红的眼珠似乎要蹿出火苗子，肤色原本黧黑的面容，因愤怒而涨成青紫色，竟成一副狰狞的凶相，十分吓人。玄烨大惊，高喊一声“哎呀”！从御座上直跳出来，退到御座后的屏风边，心头怦怦乱跳，尽管表面极力镇静，嗓子却在发抖，鼓足勇气喝道：

“鳌大臣，你……”

一句“你要干什么”立刻就要冲口而出，但玄烨立刻意识到，这句斥责似的问话会火上浇油，激化眼前的事端。百念电转之间，他换了另一句平稳妥当得多的话：“你这是怎么啦？”说话间，两只手紧紧扶住御座的靠背，随时准备撒腿飞跑，逃离现场，眼睛仍一眨不眨地盯着鳌拜。

鳌拜一愣，刹那间清醒过来。刚才他只是恼羞成怒，激愤过度，以至一时失去理智，并没有别的意思，被玄烨一问，反倒呆住了。

门外侍卫听得皇上“哎呀”一叫，立即心急如火地冲进书房。皇上要是有什么意外，他们和他们的亲族休想活命！冲在最前面的是索额图和鳌拜的幼弟卓布泰。索额图见状，立刻纵身一跳，插在鳌拜与皇上之间，一手按刀，厉声喊道：

“鳌大臣，请往后站！”

鳌拜连忙后退了几步，又听得自己的弟弟小声嘟囔着：“又犯脾气了……”

鳌拜躬身垂手，分辩道："老臣只不过……"

玄烨飞快地对所有的人扫过一眼，心念飞转，跟着就"哇"的一声，张嘴大哭起来，一面抹眼泪，一面慢慢走回御座，把鳌拜和侍卫们都哭得愣住了，一个个不知所措。

玄烨指着鳌拜，哭着说："你，你……"

鳌拜"扑通"一声双膝跪倒，摘下顶子放在身旁，向皇上连连叩头谢罪，不安地说："老臣武人出身，气性不好，过于粗鲁，惊了皇上，罪该万死，罪该万死！……"话虽如此，他的表情语调并不诚惶诚恐，仍是一团焦虑和急躁，"老臣实在是赤胆忠心为皇上着想，并无恶意啊！……"听玄烨哭声渐低，便又迫不及待地说，"这苏克萨哈……"

玄烨哭声又大了："啊啊……我不管啦！我不管啦！……朕刚刚亲政，就杀辅政大臣，于情于理，哪儿说得过去呀……"

鳌拜的火气又冲上来："大逆不道、奸佞狡诈的家伙，有一个杀一个，绝不可留！"

玄烨畏畏缩缩地看看鳌拜，垂了头，声音小小地说："依卿傅的意思，该怎么办呢？总不好杀人太多吧……"

这是玄烨的真心话。自他长成懂事以来，每向自己的宝座跨进一步，都要付出血的代价，都有人掉脑袋。不是吗？费扬古家族和四侍卫，汤若望和李祖白以及王登联、朱昌祚、苏纳海三大臣……每每深夜辗转难眠，常为此抱憾，心里不无歉疚。如今又是苏克萨哈！他虽自幼不喜欢这个人，但要他下令诛杀辅政大臣，为那累累人头上再加一批，他无论如何不忍心！

鳌拜反倒哈哈笑了，道："什么'仁'啊'宽'啊，蛮子的书也信得的吗？要是太祖太宗皇帝也讲这一套，咱们满洲现在还在长白山黑龙江打猎捕鱼哩！太祖太宗皇帝、开国诸王，哪一个不是杀人如草的英雄！那会子但凡有叛臣逆贼，都要诛九族。老臣进谏多少遍了，皇上你承继祖业，就不能学学祖上的英雄气概？"

玄烨心里忽悠一颤：这分明在嘲骂他是不肖子孙！刹那间，本来就被怒火填满的胸膛几乎炸开！他猛地站起，一把拿住御砚——下一个动作也许是要向鳌拜砸过去，也许是想摔到地上大发脾气——捏得手都在哆嗦。大概是索额图轻声一咳嗽，也可能是皇祖母赐给的那支经天纬地御笔使他骤然冷静下来，仿佛拖着千钧重石走过独木桥，非常费力，非常沉重，他终于松开砚台，拿起了笔，慢慢抬起头，又是一张哭丧脸，含着泪抽抽搭搭地说：

“那，那就依你了……”

御笔在玄烨手中十分沉重，有些下不去。苏克萨哈一家人的性命就悬在这笔尖之上了。但是，势在必行，由不得他了。玄烨一咬牙，落了笔，一行朱字批在奏折之后：

“苏克萨哈、查克旦即赐帛自尽，余如议。”

鳌拜一看御批，脸又沉下来：“他父子身犯二十四项大罪，是大奸大恶大逆，凌迟处死都轻了，怎么能改为赐帛？”

玄烨小声嘟囔：“怎么死还不是个死？人家跟你同僚这许多年，这点儿余情还不肯给呀？……”

鳌拜还想再奏，一看皇上小脸通红，说着又要哭，赶忙哄道：“就依皇上！就依皇上！老臣这就去办！”

鳌拜离宫时，心情极好。小皇帝不只孩子气十足，心肠还这么软，想来日后也会温顺软弱，绝不至于像他父亲那样瞎闹乱干。有鳌拜倾力辅佐，祖宗宏业满洲天下必得长久。那么，今日一番累饿交加头昏眼花的苦谏和劳神伤身的暴怒，也算值得了。

玄烨回宫，满脸乌云，眼睛都发黑了。云妞儿她们服侍皇上更衣盥洗，皇上像个木头人，只下意识地伸胳膊转身子，一句话也没有。奉上奶茶，不喝；奉上冰糖莲子羹，看都不看；奉上冰镇乌梅汤，他端起来一仰脖儿，“咕嘟咕嘟”灌下去。再看他的眼睛，还是那么直直的，仿佛对什么都视而不见。云妞儿她们一个个心里发慌，又都不敢问，只得悄悄地叫小太监传膳。

膳桌渐渐摆满了。云妞儿示意小太监扶皇上入座，又亲手为皇上掖好怀挡。

皇上突然发问，声音又高又刺耳，把众人都吓了一跳：“雪梨石榴，哪里来的？”

桌上果盘里，淡黄雪梨皮薄如纸，如同汪着一嘟噜水；石榴咧开笑嘴，露出晶莹的红宝石似的榴籽，很是诱人。云妞儿连忙说：

“是兰布郡王家敬老佛爷的，老佛爷着人送来……”

“那烤小猪呢？”玄烨的声音还是那么古怪。

一只二尺长的椭圆盘上，躺着两只尺半长的烤得焦黄红亮的小猪，散发着浓重的肉香。云妞儿答道：

“是鳌大臣特意进献皇上的，他们家的烤小猪京师闻名……”

一语未了，“轰隆”一声巨响，玄烨用全力推翻了膳桌。“噼里啪啦”、“叮叮当当”，地上便迸散开一大堆餐具的碎片，菜肴汤饼到处飞溅。皇上暴跳而起，尖声怒骂道：

“混账东西！谁叫你们收他的臭猪！”

就像发了疯，他不顾脏乱，一脚踏进那一堆碎片中，照着烤小猪狠踩狠跺，又扬腿一踢，小猪飞出次间，撞在正间儿盆开得非常娇艳茂盛的大叶秋海棠上。玄烨咬牙切齿地追到正间，扑向门边的御前侍卫，把侍卫吓得“扑通”跪倒。玄烨从他背上一把抽出那二尺来长的“小神锋”，对准秋海棠一阵乱砍，棕色的叶水红的花顿时满屋狂飞。云妞儿、霞妞儿她们赶来一字跪倒，云妞儿哭着劝道：

“求皇上息怒！万一伤了身子，奴才们吃罪不起……求皇上别砍了。这花儿是长公主特意给的，毁了花，岂不要伤长公主的心？……”

玄烨一听，挥刀砍得更凶：长公主是他家媳妇！今天，但凡沾着他一点气息的东西，都使玄烨的愤怒火上浇油。

“天哪，这是怎么啦？”太皇太后的声音使玄烨和众人一愣。她站在门口，对凌乱的正间、次间只扫了一眼，便把目光集注到玄烨脸上。玄烨满头满脸是汗，额上青筋凸起，竖着黑眉瞪着眼睛，面颊抽搐着，大口大口喘粗气，仿佛认不出面前的祖母了。

太皇太后心里一酸，差点儿落泪。她温和地微笑着，对玄烨伸出手：“来，快别生气了，到皇阿奶那儿去吃螃蟹。”

玄烨对祖母呆呆地望了片刻，大叫一声：“老祖宗！”跟着扑过去，搂着祖母号啕大哭，泪如雨下，哭得几乎顺不过气儿。太皇太后轻轻摩挲着孙儿的脖颈，又心疼又感叹地柔声说：

“哭吧，哭吧！好孩子，真难为你了！我都知道了……这会儿你就痛痛快快地哭吧！……”

玄烨靠在祖母温暖的、坚实有力的怀中，痛哭一场，这回是真的哭、真的泪。他的愤懑苦恼、他的被压制得透不过气来的委屈，终于找到了出路……

两天后，玄烨去太皇太后处请安。她问道：“苏克萨哈的事了了吗？”

玄烨回答说：“昨日午时已经行刑。”

“哦，这么快？”

“鳌大臣着急得很。行刑正选在我亲政满十天的日子，真是个下马威！”玄烨的语调中满含怨毒。

沉默片刻，太皇太后回头问苏麻喇姑：“杀了哪些？”

苏麻喇姑看了皇上一眼，低声答道：“苏克萨哈处绞。其长子查克旦处磔。另有六子二侄一孙皆处斩，家产籍没。族弟白尔赫图、额尔德皆处斩……”

太皇太后吃了一惊：“白尔赫图有大功，是勇将，是朝廷有用之才，竟也株连了？”

苏麻喇姑声音更低：“是。菜市口人山人海，哭的骂的乱扔脏物的都有。查克旦确是做过许多坏事……”

太皇太后叹了口气：“苏克萨哈终归还是有罪，死不足惜。白尔赫图可惜了……朝廷上下还安静吧？”

玄烨冷笑着，恨恨地回答：“安静，安静极了！一点儿声息也没有！都被他的下马威镇住了！现下六部三院都赶着去向他禀事奏报，汉官们热闹了一阵，又都噤若寒蝉了。哼，我这个小皇帝不也叫他给降住了吗？”他越说越气，声调不由得提高了，看看又要站起来，触到祖母责备的眼神，他知错地低了头。

太皇太后劝慰道：“审时度势，不可鲁莽，我已对你说过多次。要紧的是你必须不动声色，让他不知虚实，不敢贸然行动。来日方长，慢慢对付吧！”

玄烨犹自愤愤不已："他真如王莽、曹操一般，专门欺负孤儿寡母。朕却不是孺子婴、汉献帝，可以任他摆布！……"

太皇太后望定他，问："事已如此，你打算怎么办呢？"

"我？"玄烨眉毛一扬，脸色骤然转为平静，乌黑的眼睛深处亮光闪闪，像是映在深深井底的星光。他略略一顿，胸有成竹地说道：

"头一件，要加恩辅臣。鳌拜、遏必隆辅政七年，大有功于社稷，此次又扳倒了苏克萨哈，为朝廷除了后患。我想，遏必隆于原有一等公外加授一等公；鳌拜于原有二等公外，授为一等公。他们原有的一等公、二等公爵位，由他们长子承袭……"

太皇太后的目光始终不离玄烨，她没料到孙子会说出这样一番话来。

"其次，这回联衔上书奏请亲政的四贞姑姑、平西、平南、靖南各王及王世子等人，也要找个恰当机会加爵封赏，以示国恩……"

太皇太后听着听着，目光由惊异变为赞扬，由赞扬转成感动。不待玄烨说完，她心头一热，眼角发烫，赶忙背过身去，掩饰闪亮的泪光。玄烨连忙停了话头，起身走到祖母身边问道："老祖宗，你怎么啦？"

太皇太后没有回身，肩头微微抽动，声音也克制不住地有些发抖，但还极力带笑说道："小鹰长大了！……你这样明白事理，我还有什么不放心？就是你阿玛九泉之下，也该瞑目了。总算我没有白费心血……"声音嘶哑，说不下去，她赶紧咬住嘴唇，抑止将要冲出的呜咽。

"老祖宗……"玄烨连忙拉住了老祖母的手。

"没事，没什么，"太皇太后极力使自己平静，轻轻拍着孙子的手背，笑道，"要知道，人太高兴的时候，也容易落泪的……"

太皇太后为人慈祥温和，但玄烨也从没见过她这样动感情。想想她养育、教导、护佑两代冲龄皇帝，历了多少艰险、经了多少惊涛骇浪，如今又面临着鳌拜这个强大对手的挑战，望着她那露出星星白发的双鬓，玄烨不由得一阵心酸，也潸然泪下了……

第六章

一

皇后去慈宁宫晨省出来，坐上肩舆，唇边还留着微笑，心里还在默默回想着方才太皇太后摘桑叶喂蚕的动作和她如深色丝绒一样温厚柔密的声音。

皇后清晨进慈宁宫时，太皇太后已不在宫中。苏麻喇姑请她到南花园临溪亭南的东房去，说昨天把那儿布置成蚕房，设了监蚕太监和采桑宫女，今天天刚亮，老佛爷就兴冲冲地去看那些蚕宝宝了。

她赶到蚕房，看到了这么一幅景象：在宫女太监簇拥之中，太皇太后坐在蚕筐边上，双手平举着，左手心里托着一条小手指粗的雪白的蚕儿，右手拈着一片碧绿的桑叶喂它，蚕儿蠕动着柔软的身体，晃着脑袋一遍一遍地吃过去，桑叶很快就变小了。

皇后上前跪安："老祖宗吉祥！"

"哦，你找到这儿来了。"太皇太后向皇后微笑点头示意起身，"快来瞧瞧，这蚕儿多会吃，吃得多乖啊！"

皇后脚步迟疑，欲进又退。她虽然处事之谨慎老练、沉着大胆远远超过她的年龄，但生来最怕那些肉乎乎的没有脚的软体虫子。现在那蚕儿的形状和动作，让她身上一阵阵地发麻。她硬憋住气，把一声尖叫堵回嗓子眼儿里。

太皇太后高举左手，让掌心的蚕儿向着光，喜爱地眯眼望着："等它整个儿身子变得雪白透亮，就该吐丝了。一肚子全是丝啊！喏，你也瞧瞧。"说着，把蚕儿往皇后手中放。

皇后浑身哆嗦着伸出手，咬住嘴唇，在蚕儿将落之际，赶紧闭住了眼。可是在那冰凉的软软蚕儿触到掌心时，她再忍不住，猛地尖叫一声，好像落下的是一块火炭，急忙甩掉，几乎出于本能地飞快躲到太皇太后宽阔魁硕的身体后面，十足的吃惊小女孩儿娇模样。

太皇太后先是耸眉惊异，随即就哈哈大笑，笑得十分开心。周围的人也都低头抿嘴悄悄地笑了。

“看你娴静温雅，事事知大体懂道理，竟怕这小小的蚕儿!”太皇太后抹去笑出来的眼泪。皇后红了脸，不好意思地笑着，垂手站到老祖宗椅侧。

“从今往后，你得历练历练，抽空儿多来蚕房看看养蚕，自己也动手喂喂桑叶什么的。”

“老祖宗，我……”

“不是我老太婆故意难为你。养蚕是轩辕黄帝的皇后嫘祖兴起的，我看历代都有天子亲耕、皇后亲蚕以劝天下的大礼，所谓农桑农桑，是国家之本、万民之本，男耕女织嘛。咱们满洲蒙古起自关外，祖先渔猎游牧为生，如今天下一统，农桑才是正道，耕、蚕之礼也得兴起来。你说呢?”

“是，老祖宗。”

“待皇帝年长之后，当行亲耕之礼，设先农坛祭农神；皇后自然要采桑养蚕，行亲蚕礼，设先蚕坛祭嫘祖，为天下万民作则。农桑兴旺，天下自然温饱丰足了……”

后来，老佛爷看定皇后，说：“你早些回去吧，看看皇帝那里有无要事……”她迟疑地打住了话头。

皇后没有注意，只恭敬地禀告说，要到乾西五所去看望大阿哥。

老太后笑了，微微点头。皇后出门之际，听见太皇太后不知对谁在夸赞她：“好孩子，贤惠人啊！……”

肩舆有节奏地轻轻晃动，皇后体味着老祖宗的赞美，心里阵阵温暖。她拿定主意，明日起，天天进蚕房，无论怎么害怕、恶心，也得让那肉乎乎的家伙在手掌里爬！……

皇后要去看望的大阿哥，是去年九月出生的，就要满八个月了。皇后身为后宫之主，自然要拿任何皇子皇女都看作是自己的子女，才能合乎慈孝和顺的妇道。

大阿哥的生母，是太皇太后赐给皇上的使唤丫头云妞儿。生了阿哥，她便进位荣贵人，成了小主，住进了永寿宫。人们这时才知道她的家世姓氏：马佳氏，员外郎盖山之女。云妞儿平步青云，引起多少同伴的羡慕。如今，后宫的眼睛又都盯住了霞妞儿。看她身子一天比一天明显，或许又是一位贵人。

大阿哥出生的时候，皇上刚亲政两个月，忙得不亦乐乎，光是亲自甄别部院大小官吏、引见外省督抚司道府州县各官，就花了好长时间。对每个人皇上都做了评点，以求心中有数。虽然很辛苦，却乐此不疲，津津有味。记得大阿哥出世的消息禀告皇上时，他正在往吏册上注评语，一听此信，登时把笔一扔，高兴得直跳起来，完全忘记了平日的威仪，哈哈笑着大喊大叫：

"啊哈！我有儿子啦！我当阿玛啦！"

那时，他真是坐立不安，兴奋至极，搓着手满屋里乱转，后来突然一挺身子，把胸膛拍得"嘭嘭"响，笑着对皇后说："有了儿子，男人才真正觉得自家是男子汉大丈夫！如何？"瞧他那得意自豪的样子，真叫人忍俊不禁。要不是皇后提醒，他连去太皇太后和皇太后处致贺的事都忘了呢！他给大阿哥起了个蛮子味十足的小名儿：承瑞。太皇太后和皇太后居然都很满意。

自那以后，皇上再没有那么全心全意地高兴过了。

这八个月里，皇上的举动是颇为奇怪的。上朝听政和颜悦色，对辅臣崇礼有加、言听计从。时不时地，把皇上的威严撇到脑后，露出小孩子家爱玩的本性：今天去打猎，明天要捕鱼，过几日又想起来要往名刹烧香访僧，使两位辅臣颇为头痛。不过，御门听政天天举行，一切祭祀大典，皇上都亲自行礼。顶多说他缺少治国才能，却指不出他有任何失德的地方。

但是皇后很清楚，玄烨心里十分苦闷。回宫以后多半埋头读书习字，沉默寡言，心事重重。原因她也清楚：辅臣专擅，完全剥夺了皇上治理国家的权力。如果皇上是个平庸的人，也就罢了。偏偏他从小就认定他承继祖业是天意，这天下是他的，他一心要当治国理政的英主，怎能忍受当傀儡的处境？何况辅臣擅权本身就包含着某种威胁呢！

皇后叹了口气，又想起昨天晚上皇上来坤宁宫时，精神不大好，说是有点伤风，不知今儿是不是见好了？……夫君那疲倦的面容、忧伤的眼睛，此刻好像就在眼前，皇后一阵心悸，满怀同情和爱怜。

太皇太后刚才说："你早些回去吧，看看皇帝那里有无要事……"有所指吗？是什么事？皇后心里一慌，去乾西五所看大阿哥的事顿时撇到脑后，微不足道了。

"停下！"她对抬辇的小太监们吩咐一声，"去乾清宫！"

皇后在乾清宫前下辇，正遇十几名侍卫顺序而出，见是皇后御驾，一排跪下请安。恍惚间，最后两名侍卫又奔回殿中，大约是忘了什么东西。领队的索额图禀告说："奴才们奉太皇太后和皇上御旨，往文渊阁领取《大学衍义》，颁赐部院诸臣。"

皇后见领队是自己叔父，也就不再多问，点点头，起步就要往前走。索额图又说："启禀皇后娘娘……"皇后停步，回头看看叔父欲言又止，想必是娘家有事，当众不好说，于是吩咐道：

"你去吧！皇上和老祖宗的事要紧。"

皇后走过去了，侍卫们还跪在那里。望着皇后将进乾清宫，众人暗暗着急，却又无可奈何。

皇后跨进宫门槛，两名侍卫一跪一立地迎着她。跪着的原来是佟国维，恭恭敬敬地说："奴才请安，皇后娘娘吉祥。"

另一名侍卫好大胆，见了皇后竟不跪！他站在佟国维身后门扇的阴影里，只能看到他黑黑的胡须和瘦瘦的身段。他竟敢直冲着皇后走过来！不容皇后愤怒地叱出声，他已贴近她身边，低声说："你千万不要声张，等我晚上回来告诉你！"说罢，两名侍卫一起出门，会同队伍匆匆走了。

老天，这是皇上！皇后愣住了。他要干什么？

早些年，皇上扮小太监去观象台看日食测定，那实在是小孩子的好奇心。亲政之前，他又不时穿上侍卫服色，借机往内三院、内务府各处溜达，和那些满蒙汉族的中书、笔帖式、书吏们聊天闲谈，皇后也不以为不妥，还代他隐瞒，不让太皇太后和皇太后知道。可今天，他已经亲政，认识他的官员越来越多，再要出紫禁城往六部衙门赐书，可就太危险了！万一……霎时间皇后心慌意乱，第一个冲动就想追出去把他喊回来；看看赶不上，又想立刻回转慈宁宫禀告太皇太后，派人把他截回宫。但是……皇后耳边又响起他压得很低的声音：

“你千万不要声张，等我晚上回来告诉你！”

他信得过她，不瞒她，她又怎能违逆他的心意呢？借太皇太后去压制他，岂不是更蠢！再说有叔父和舅父伴随，一行侍卫都是对皇上极为忠诚的巴图鲁，六部终究还在紫禁城边上，也许不必那么提心吊胆……

不对。刚才老祖宗说：“看看皇帝那里有无要事。”她像是知道的。不错，一定知道！他们祖孙俩总是这么默契、这么知心知意，我这皇后，反倒像是隔了一层……皇后在乾清宫里站了一会儿，让忽然泛上来的委屈、心酸慢慢消散，然后转身回坤宁宫，立刻传来坤宁宫首领太监，命他带领二十名强壮年轻的太监往文渊阁见索额图，看他是否需要有人帮他们搬书。

玄烨杂在众侍卫中上了文渊阁。其他人在管阁笔帖式带领下搬书的时候，他由索额图和佟国维陪着静立廊下，透过阁上轩窗的竹帘往下看，宽大的院子今天做了考试场，是他十分关注的所在。

院子里数十排桌椅摆得整整齐齐，三百多名赴试者都着了簇新的朝服朝冠，坐下后便把自己带来的笔砚文具小心地放在桌端。他们都是有功名的进士、举人、贡生、监生，熟知朝廷礼仪，一个个毕恭毕敬，咳嗽都不敢出声。

文渊阁正堂檐下的白石月台上，一排铺了蓝呢的桌子，簇拥在许多笔帖式、书吏等办事人员之中，那自然是考官的尊贵座位。坐在正中的是辅政大臣鳌拜，紧挨着他的是大学士班布尔善。内三院大学士图海、李蔚、巴泰、魏裔介也在座，两侧还有礼部尚书外库和兵部尚书龚鼎孳。

敕诰房是内阁的一个重要机构，掌管皇上的敕令，设在紫禁城午门之内。能在敕诰房当差，自是极荣耀极清贵的。现今敕诰房中书人手不够，需要添额。内阁和礼部对此事很重视，于是选文渊阁为考试地点，在进士举人贡生监生中选拔，规模和等级仅次于四年一度开科取士的保和殿文进士殿试、紫光阁武进士校射。人们看到当朝最显贵的辅臣鳌拜和大学士班布尔善主试，更觉得非同小可，无不屏息凝神万分恭敬。

考试时刻已到，礼部满尚书外库、汉尚书郝维纳走出来，向上面主试的鳌拜、班布尔善及各大学士禀告，并请主试和龚部堂当面出题考试。这是礼部为防作弊以拔识真才的一番苦心。龚鼎孳供职兵部，原不应参与此事的，但他是举朝公认才学最高的尚书，礼部特意请他来做考官。

但凡涉及文学，满大臣便要皱眉，何况出这些他们自己也不懂的文绉绉的题目呢？虽说满汉两种文字都考，可是除了班布尔善，满大臣的满文功夫，多半还不如在座的汉大学士。

鳌拜坐在正中，见李蔚、魏裔介、龚鼎孳几个聚在班布尔善身边，满口《大学》《中庸》，动辄之乎者也，早就不耐烦了。而班布尔善居然也《春秋》《左传》地说着他全然不懂的话题，心里更加不快，一挥手，头也不回地皱着眉头说：

"敕诰房中书，哪里用得着这么麻烦！不就要会写字、写得好看吗？何必作文！"

李蔚、魏裔介和龚鼎孳顿时不作声了，互相交换一道眼色。班布尔善也是一愣，随即笑道："鳌公必有简单易行的考试选取办法！"

这时一名笔帖式送一份题本给班布尔善。他只当是紧急军务，忙打开看了一遍。

鳌拜也不看他，只管问道："什么事？"

班布尔善笑道："是云贵总督的题本。因平西王近日平定乌撒作乱，请予嘉奖，还附有平西王在乌撒地方的安民露布。"

"哦，"鳌拜点点头，"正好，叫个笔帖式来读，让这些应试的写在卷子上，谁写得好，取谁。"

班布尔善稍一犹豫，立刻笑道："好！鳌公的办法果然简而且精。来吧，你送来的就你读吧！"他也随随便便地把附来的露布往送题本的笔帖式手中一塞。那笔帖式做梦也想不到，这么庄重的国家大事会落在他这个无品无级未入流的小吏身上！当着这些国家重臣，他吓得浑身发抖，两腿一软，跪倒在班布尔善脚下。

班布尔善一瞪眼，叱道："跪到前面去！大声读！每句读一遍满语、读一遍汉语！"

笔帖式硬着头皮，从战战兢兢的嗓子眼里逼出一种难听的、变了调的声音：

"露布……大清平西王吴三桂谕……"

真像铁铲刮锅底的声音那么叫人难受，叫人不忍卒听。可是考场上三百多与试者一齐低头提笔书写，李蔚、魏裔介正襟危坐毫无表情，龚鼎孳却掩饰不住地流露出不满，这真是斯文扫地！

露布读了不过三分之一，鳌拜便又一挥手，说："够了！"

班布尔善立刻笑道："够了，够了！收考卷！"

两边执事的书吏立刻下场收卷，这里鳌拜已立起身来，对两旁陪着起立的大学士及尚书们略一点头，便向外走去，班布尔善随他一起离开。他们毫无顾忌的大声交谈，一句句都十分清晰，传入恭立而送的与试人们耳中：

"取三十名，列名上奏，请皇上钦点。"

"是。请皇上点多少名？"

"十五名足够了！"

"是。"

目送鳌拜和班布尔善出了大门，玄烨才看看身边的索额图，眼睛里又透露出忧伤。他轻声说："我们走吧。"

侍卫们捧了书下阁，正遇其他主考出门，便在楼梯边稍候。走在最后的正是学问最高的三位汉大臣主考：魏裔介、李蔚、龚鼎孳。李蔚一向沉默寡言，喜怒不形于色；魏裔介心事很重，只管低头走路沉思默想；龚鼎孳却在忍不住地发议论：

"……内阁中书，品虽不高，但位在枢府、职掌机要、身近天子，最是精华之选，内可升部郎，外转犹不失郡司马。两榜进士盼此推选，望若登天之难，不料今日如此考选！军国大事，直同……"

他把最后一句话咽了下去，叹息着走远了。玄烨完全可以把他这句话补足："军国大事，直同儿戏!"他也忍不住叹了一口气。

侍卫们跨马驰出紫禁城，分成六队去六部颁书。玄烨最关心吏部，便同索额图和另两名侍卫进了吏部衙门。

大堂之后一架紫藤，藤荫覆地几乎有三亩之阔。花事早过，藤萝蔓生，非常茂密，一庭皆绿。吏部门官原要通报，被侍卫们拦住。门官只得恭恭敬敬地领着四位宫里来的贵使去见本部堂官。哪知刚跨进藤荫，便听得一片吵闹声。玄烨盯着门官看了一眼，门官只觉得这个身量不高的黑胡子侍卫目光惊人，心里害怕，连忙赔笑道：

"是本部堂官、副堂官在那里议事。"

"议事?"索额图看看玄烨，又问，"经常这么吵闹?"

"是……呃，呃，不，不经常……有时候喜欢争论……"

原计划索额图进去颁书，玄烨和另两名侍卫留在议事厅外听他们议论。既然如此，玄烨示意索额图把门官打发开，四人一同在议事厅外站定静听。

阿思哈的声音一出来就压倒了别人："好了好了，这件事就依图侍郎的意思去办！不必多说了！……"

玄烨移近门厅，从破损的窗纸中看进去，果然吏部的两尚书四侍郎都在座，阿思哈和杜立德分坐在上首左右，图必泰、常额、冯溥、梁清标，各自坐在尚书的下首，真是个左满右汉，满汉分明！阿思哈不知做了什么决定，图必泰显然很开心，摸着胡子得意地附在另一位满侍郎耳边说悄悄话，两人会心地相视而笑，看看忍不住，就会大笑出声。那边杜立德却皱着眉头，很不愉快；冯溥仰头注视顶棚，一只手轻轻转着桌上的茶盏盖。

"还有一件要事，"阿思哈又说，"鳌公有手谕给兄弟，说是各省督抚威权渐重，恐有不测之变，应请皇上向各省分派满大臣二员，设衙门于督抚所在地，以便监视。我将此意奏上，皇上面谕'此事关系重大，着吏部议妥回奏'。就请诸位议一议吧!"他略一停顿，首先表态说，"天下大事，尽在鳌公胸中。鳌公深谋远虑，正可遥制各省，定能收指臂之效。兄弟以为应该速行……"

这正是玄烨选定私访吏部的主要原因。

他听到阿思哈启奏时暗暗吃惊，看来鳌拜一党不把各省通通抓到手心是绝不罢休了，可皇帝不更是空架子了？玄烨也知道出京放外任是发财之道，官吏梦寐以求；鳌拜设监守大员的办法，定为满官所拥戴，当下不便表态，来个缓兵之计，让吏部议奏。而吏部，玄烨很清楚，是鳌拜势力最强，也最得力的地方。怎样既不得罪鳌拜，又不使他们得计，玄烨很费踌躇。今天特地来此察言观色、细看动静。

不出玄烨所料，满侍郎交口赞同，还不住地称颂鳌公英明，是大清朝安邦定国、文韬武略的栋梁之臣。汉侍郎梁清标迟疑地望了望毫无表情的杜立德，也表示了赞同的意思。玄烨站在窗外，心冷了一半。

冯溥双手一拱，和颜悦色，慢吞吞地准备开口了，阿思哈和图必泰顿时龇牙咧嘴，一副难受的样子。想必冯溥经常说些个不中听的话：

“阿部堂，诸兄，兄弟以为此议不可行……”

图必泰登时双眉一竖，站起来就要争辩。杜立德淡淡地说：“且听冯兄讲完。”

阿思哈也向图必泰示意，他只得忍气坐下。却听冯溥有板有眼、胸有成竹地说：

“我想朝廷设官分职，怎可以妄自更改？国家设督抚皆是重臣，如今又不信任，岂不使人人自危？怎能勤于厥职？遣派大臣前往监视，日后，莫不还要再派大臣监视今日所派大臣？若无诚信相孚，必将陈陈相因，成何道理？所以兄弟以为另遣大臣稽查督抚，实在无谓之至！”

图必泰大怒，暴跳而起，瞪着牛眼指定冯溥喝道：“你这家伙，竟敢处处作梗，不给你点颜色看看，你也不知道厉害！”说话间纵身一跳，极显出马上功夫深厚，直奔冯溥，一把揪住冯溥的褂子，举拳就要打。阿思哈喝了一声：“图必泰！”冯溥也举手支住图必泰的拳头，毫无惧色，直盯着他的眼睛，徐徐说道：

“鸡肋何足饱尊拳！不过你我同为吏部侍郎、朝廷命官，又是公议，怎么就容不得我说话？况且此议之可否，自有皇上圣裁，岂是你我所能自专？你何必拿出这等举动！”

图必泰一时语塞，见阿思哈对自己频使眼色，只得退回原处，愤愤坐下。众人方才拥来相劝，此时也各归位。阿思哈脸上有些讪讪的，图必泰此举实在是欲速不达，输了理。杜立德像什么事也没发生一样，说道：

“阿部堂，就以两议奏上吧！”

“也好，皇上钦定就是。”阿思哈只得这么回答。

玄烨在窗外看得清楚。一直不动声色的杜立德，目光炯炯，始终严密地注视着事态变化。冯溥固然胆气可嘉、镇静忠直，焉知他背后不是杜立德在支撑？……

回宫途中，玄烨骑在马上默默沉思。索额图和佟国维一左一右骑马跟随。佟国维是往户部颁书的，正在低声禀告此行所见：户部两个满尚书，马尔赛尤为跋扈，但其才干和熟悉部务远不及汉尚书王宏祚。马希纳与马尔赛又时有异同，关系极是错综复杂。今天又为洲田和废藩田的处理争论不休，虽然没有挥拳动手，也闹得不欢而散。看马尔赛对王宏祚的脸色极其不善，估计要寻机赶王出户部。末了，佟国维忍不住说了几句刻薄话：

“户部是什么地方？管着普天下户口钱粮呢！多少表册数目！王尚书若给赶走，再找个理得清的人可就难了。马尔赛是什么人？就吃喝玩乐溜须拍马在行，只怕自家的手指头脚指头还数不清哩！”

索额图感慨地说：“唉，咱们满洲官儿，总是用关外那一套来对付国事政务，那怎么行！法祖，法祖虽说不错，也得要因时因势善加变通，方称国体。如果太祖太宗皇帝也一味法祖，大清哪能有今日？总要讲究武功文治。人家汉人的好东西怎么就不能学？……”

玄烨扭头看他一眼，索额图只当话说过了头，连忙解释道：“奴才是说，如今天下一统，皇上富有四海，爱育满蒙汉万民，施政自然也该有别于关外之时……如图必泰今日之所为，实在不成体统。难道是争抢猎物？居然动拳头！中土素称礼仪之邦，没的叫人耻笑！”

玄烨心中一动，不禁想起鳌拜的行为。他那一党的大大小小，举动言语如出一辙。玄烨忍不住笑了笑，低声说：

“索额图，调你出任吏部侍郎，你可敢去？”

索额图一愣，随即说：“怎的不敢！只是皇上身边少人，奴才不放心！”

玄烨又不说话了。他需要多想、深想、细想。他面前是一座大山，挡住了他的路。他怎么办？他能不能越过障碍，走进新的境界？

次日，御门听政时，吏部尚书阿思哈禀告本衙门的其他事务后，说道：“奴才奉皇上谕旨，回衙会议向各省派遣大臣之事……”

“此事不必面奏了。”玄烨立刻打断。他知道阿思哈若是把两议提出来，坐在御案左侧的鳌拜又要跳起来，当着他这皇上的面呵斥冯溥的建议，这样一来，冯溥的主张就要被摒弃。玄烨打定主意，等两议的奏章上来，亲自来个朱批，肯定冯溥的意见。鳌拜对皇上的朱批总还有所顾忌吧？玄烨轻易不做这样的事，以免逼得太紧。但此事太重大，不能让步。他接着把话说得更明确：

“将吏部所议奏上，待朕批复。”

阿思哈退下，兵部尚书噶褚哈上来禀奏：“平西王吴三桂近日有札文到部，因新编许多兵马，知照备案，谨奏圣闻。”

去年吴三桂装模作样，以眼病为由求解云贵两省事务，其实不过是试探朝廷对他的态度，哪里真肯把两省大权交还朝廷？果不其然，朝廷允其所请不到三个月，就有云贵总督卞三元，提督张国柱、李本深合词请平西王仍总管滇黔事务的奏本。朝廷也就顺水推舟，准奏。其实，准也罢、不准也罢，云贵就在吴三桂手中，朝廷焉能置喙？如今吴三桂又添兵马，强藩必有异志，更加是一大威胁。玄烨常常觉得身边的鳌拜和万里之外的吴三桂，像两座不断膨胀的大山，把自己挤压在中间，他们越来越庞大，自己也就越来越危险。而眼下情势，他又没有和他们中的任一个对垒的力量！……玄烨暗暗长叹着，平静地回说道：

“吴三桂乃奇功伟勋之旧臣，添招兵马，想必为强固南疆。着传旨照准！”

玄烨始终避免与辅政大臣冲突，竭力把有异议的事情引到幕后去办理。但是，并不是事事都能避得开。户部尚书王宏祚一上来奏事，鳌拜的脸色就明显地阴沉下来。

因近几年国库始终入不敷出，玄烨命户部议一议改善办法。户部提出节省开支、裁撤兵马、改善赋税等不少建议。其中马尔赛首先提出了查清故明废藩田产、变价出卖的办法。

全国的故明废藩田地，共有十八万六千八百多顷，如果全部作价出卖，加上房产，国家可以得到很大一笔收入。马尔赛的办法颇受鳌拜赞赏，认为是一大功劳，极力向玄烨推崇。玄烨却很谨慎，批示户部查明藩田实情。这件公事就落在户部汉尚书王宏祚的身上。玄烨冷眼看去，王宏祚今天显然是要向皇上禀告察访结果，而这结果显然鳌拜已经知道，并且很不合他的心意。

王宏祚出口便直奔要害："启奏万岁，故明废藩田产，在直隶省的，臣已大致查清。除已圈为旗地的二万余顷外，其余三万余顷并非荒地，均有农人耕种，二十年来尽照民田征粮纳赋。臣料想各省废藩田产也大抵如此。所以，臣以为将此项田产作价卖给耕种之农人，甚为不妥……"

话音未落，鳌拜便冷冷地插问："有什么不妥？前明藩王的田产还不该变价发卖？"见王宏祚不敢回答，鳌拜突然发怒，厉声大喝，"王宏祚！你到底是不是我大清的官儿？为什么不作声！"

这威风凛凛的呵斥，恰如半空一声雷，玄烨惊得一跳，阶上阶下的大臣也都变了颜色，低头不敢正视。王宏祚呆了呆，反倒镇静了：

"鳌大人何必发怒？下官只是依情理而论。既以地易价，又征额赋，双倍负担，岂不重为民累？我皇上仁德爱民，岂能不问？……"

鳌拜冷笑道："军饷拿不出、俸银支不够，要你这户部尚书何用？想不出法子，倒在这里说大话！"

王宏祚的倔劲儿上来了，直着脖子奏道："军饷俸银不足，户部绌于支销，应以节省国用、裁撤无用兵马相济，怎好敲诈百姓？臣惟有一片忠诚，求万岁明鉴。"

鳌拜讥讽地哼一声："汉官就爱动不动表忠，谁知道真假！"

王宏祚倔头倔脑，不管不顾地说：“天知地知君知人知！绝不会当着万岁之面发威以震悚百官！”

鳌拜浓眉一竖，又站起来：“你大胆！……”

遏必隆赶忙拦住：“鳌兄何必跟他一般见识！王宏祚，你还不退下！……班布尔善，取折本请旨。”

王宏祚下阶时并没有认错的表示，鳌拜虽然很生气，但御前呵斥大臣毕竟失礼。理上有亏，也就不好再发作，紧张的空气略略缓和了些。

所谓折本，是皇帝批本时觉得有疑问的奏章题本，折页为记号，取出来御门听政时与辅臣及大学士们商议的。班布尔善立即拿出来，每读一本，玄烨便提出质疑，各大学士根据例则解释并提出几种处理意见，鳌拜选定其中的一种向玄烨推荐，玄烨自然“从谏如流”，纹丝不动地采纳辅臣进言。亲政以来，折本请旨一向循着这定例。

可是今天，玄烨心里很窝火。鳌拜当着他这至尊，竟这样威风凛凛地呵斥部院大臣，哪里还把他这个皇帝放在眼里？这不是公然向皇帝示威恫吓了吗？阶上阶下那么多部院大臣、满汉官员，只有王宏祚这个倔老头儿敢有异同，敢指出他御前失礼的罪过。其他人是被他吓住了，还是熟视无睹？大清毕竟是我爱新觉罗氏的，是太祖太宗皇帝开创的，玄烨毕竟是天子、是君主，你鳌拜功劳再大也是臣子！你竟然跋扈到君臣大礼都不要了吗？玄烨心里怒火升腾，盘算着如何还报，但这一切都被他轻而易举地掩盖在一团略带稚气的认真表情之下。

第四道折本，是革职的漕运总督吴惟华的密疏，请征各州县镇市的房号银，并提出在江南三十余州县划出江边洲田，招民付钱佃种，以充实国库。看得出来，吴惟华是在以此讨好朝廷，为自己复职开路。

不等大学士们援例议论，也不等辅臣表态，玄烨突然抢先说：“吴惟华因贪赃枉法革职，本当闭门思过、痛改前非，却不肯安分守己，又上此密疏，敛财害民！极是可恶！朕意交刑部议罪！”

玄烨几句话简单又有力，声调不高，效果却极强烈，不啻鳌拜方才那一声吼。部院大臣都惊呆了，阶上阶下又是一片寂静，谁都不敢抬头，尤其不敢看鳌拜。实际上，这是从另一个角度表明，皇上在反对鳌拜极力推崇的变价出卖故明废藩田的办法。以洲田招民付钱佃种是“敛财害民”，以废藩田变价出卖，不也是敛财害民吗？鳌拜浓眉下的一双眼睛闪出愤怒的光芒。

玄烨又补充说：“征收房号银，自来无此先例，祖宗也无成法。洲田与废藩田不同，原属百姓，怎可剥夺变卖？朕初亲政，治理国事未能熟谙，断不听此害民之论！……”

此话一出，鳌拜的怒气消了一半，暗想：终究是小孩子，喜欢一个“爱民”的好皇帝名声，原不足怪。只是今天公然自作主张，弄我个措手不及，倒须要好好开导教训他一番……

听政完毕，皇上命赐诸臣奶茶各一碗。诸臣跪饮后叩谢皇恩，皆退阶下，等着跪送皇上回宫。

玄烨对诸臣环视一遍，微笑道：“时过芒种，春麦将熟，明日朕要出城视看农田收成。部院各衙门当有人从行。诸卿可各自回去，略作准备。”

阶下诸臣自然又对皇上赞颂一番。玄烨退回书房略事休息之际，大臣们各自出宫去了，鳌拜和遏必隆却跟脚也进了书房。一见他俩的神色，玄烨便猜出他们的意图，故意笑着问：“卿傅还不回去准备吗？明日出城视麦，要早起哩！”

鳌拜心里直冒火，暗说：这个贪玩儿的小皇帝，想出这些个刁钻古怪的花招儿！什么观麦，还不是在宫里住腻了，想出城散散心！他完全避开出城的事，直截了当地说：“启禀皇上，如今国用实在艰难，请皇上恩准户部马尔赛所奏。”

遏必隆也说：“启禀皇上，故明废藩田产原本不是民地，明亡之后，都应归我朝廷分给皇室王公及旗下。如今既然查明，若不分封，就该变价才是。”

鳌拜又说：“明朝亡国已经二十多年，还存着藩地名色，不正合了那些思念明朝的蛮子们的心意吗？”

玄烨笑道：“藩地名色要尽行革除。至于藩地如何处置，还应细查。生地还是熟地，是否有人耕种，耕种者是否纳粮上税，等等，处置总要合情合理，不好违逆人心。”

遏必隆看看鳌拜的脸色：“闻听人说，藩田多半抛荒十数年，和无主荒地一样。”

鳌拜接着说：“许多废藩田产被蛮子耕种多年，理应交还朝廷！”

玄烨说：“民人种田纳粮，天经地义，无罪无过。朝廷又凭什么夺人之田变价出卖？岂不是形同籍没了吗？”

鳌拜一时语塞，怒色升上眉际，声音也提高了：“皇上怎么只想着那班下贱的蛮子，却不替朝廷想一想呢？要是户部拿不出钱，军饷薪俸全无着落，这朝廷还成个什么朝廷！皇上你……”他想说“你这宝座还能坐得住吗”？到底心有顾忌，没有出口。但玄烨何等聪明，早听出他未尽的意思，心里怒火“腾”地燃起，只得咬紧牙关，半晌不作声。

遏必隆只当他在沉思，又奏道：“奴才以为，鳌大臣之言实在是为江山社稷着想，皇上不可固执。”

好半天，玄烨才把那团怒气硬咽下去，竭力从容地说：“卿傅之言自然是为国为君，容朕细细思索。太宗皇帝圣谕：治生者务在节用，治国者重在土地人民。朕当敬天法祖、勤政爱民，不负卿傅等数年辅政之辛劳。”

鳌拜又逼上一句：“求皇上务必早早批下马尔赛的折子，户部已备好吏员，只待圣谕一下，便先在直隶省开办。”

玄烨心里气极了，只觉身上不知何处在簌簌发抖，很难看地笑了一下，说：“好吧，卿傅稍等两日，视麦归来再批发红本。”见鳌拜、遏必隆跪辞后就要出书房，他又说，“卿傅可往慈宁宫向太皇太后奏明，朕明日一早就要出城视麦，不得前往请安了。”

遏必隆本要应一声，不想鳌拜毫不在意地说道：“皇上自己去奏明就是了。”说完，竟昂然转身出书房走了，遏必隆也赶紧跟了出去。

玄烨耳畔“嗡”的一响，直气得头晕眼花，脸色煞白，手脚冰凉，嘴唇不住地哆嗦。他真想一脚踢翻书桌，把那些砚台水盂茶盘茶碗摔个粉碎，出一出憋得胸口疼痛的这口窝囊气！他赶紧在书房里飞快地兜圈子，好几圈过去了，脚步才渐渐地慢下来，终于停住，双手一拍，一名御前侍卫进来，垂手听命。

玄烨问："费耀色宣来了吗？"

"回万岁爷，已到多时了。"

"叫他进来。"

侍卫出去了好半天，也不见费耀色到来。怎么回事？玄烨等得心急了。

玄烨一天天长大，幼年的知心朋友离他越来越远。冰月出嫁，更给他心头留下无法愈合的伤痕。与他年岁相若的哥哥弟弟、堂兄堂弟，都拿他当至尊，敬而远之；皇后贵人有家法宫规管着，也不敢随心所欲地跟他亲近；至于身边的侍卫太监，更是害怕犯上的罪名，对他百依百顺。这样一来，玄烨在宫里真心实意的好朋友，只剩下了一个，就是养鹰人费耀色。

玄烨自六岁那年认识费耀色以后，八九年来两人时相来往。别人只当皇上承继祖风特别喜爱海东青，其实他们的友情早就超越了对海东青的兴趣。尤其是三年前驾临安亲王庄园，玄烨发现费耀色不仅懂事知礼，而且对民间所知极多，不同于那些出身王公贵族家的侍卫，就像一脉掘之不尽的宝藏，是极有趣味的交往对象；加上幼时的交情，他们便成了极好的朋友。

他今天召费耀色，是跟他商量明儿个出城观麦后，上玉渊潭或九龙山一带近处打猎的事。玄烨有个使海东青捕黄羊的新法子，急等费耀色来说说。正要另差人去召，费耀色进来了，面孔发红、气息不顺地向皇上跪叩请安。玄烨看他神色不对，问他为什么来晚了，出了什么事。费耀色并不隐瞒，一五一十地说了。

费耀色未进书房先遇上了两位辅政大臣。他们一脸愤愤不平，正在说着什么，一见费耀色跪安，问明是应召来见皇上的养鹰人，越发激怒了。鳌拜阴沉沉地看一眼费耀色，对遏必隆道：

"你瞧，我说什么来着！他纯是个贪玩儿的小孩子！"

遏必隆也皱眉道："不像话！国家大事不管不顾，只想着鹰犬游猎，成什么体统！”

费耀色听出他们在说皇上，不由得惊奇地看了他们一眼，惹得遏必隆大怒，喝道：

“你是什么东西，不老实低头跪好，胆敢拿眼睛看我？还有点儿规矩吗？”

鳌拜问得更凶：“皇上召你到书房，我们为什么不知道？你要向皇上禀奏什么事体？为什么不先向辅臣关白？”

费耀色只得说明，应召之事，鹰犬房长官知道。皇上宣召多半为使海东青，又不确知，无法关白。辅臣听了更加恼怒，两人一起把费耀色责骂一通，叫他小心。最后总算骂够了，才大摇大摆地走了。

玄烨听罢，紧皱眉头，沉默不语。后来他说：“我本要你明天随我出城，可是他们也要去的，一旦看见你，记起今天的事，只怕真不肯罢休呢！……明天你就别来了。可是后天呢？大后天呢？他这人最能记仇，再跑到鹰犬房去找你的错呢？……当初倭赫他们被杀，还不是揪住几句话！……”他说不下去了，低着头在御案前踱来踱去，颇费踌躇。幼年时四侍卫被杀的往事，至今想起来还心寒鼻酸。

“皇上别费心了。我不怕，大不了回乡下种田！……”

玄烨一听，愣了一愣，仔细寻思片刻，眼睛倏地发亮了，猛然兴奋起来，说：“我有了个好主意！一举两得，你能躲过这场风波，又还替我办了大事！……这事你去最合适，唉，我前些日子怎么就没想到！……”

玄烨叫费耀色走近，压低嗓音，对他说了很久。费耀色起初吃惊地扬起眉毛，后来脸色越来越严肃，不时庄重地点点头。

二

江南秋色如画。远山含黛，江天寥廓。时令已至霜降，田野依然绿色盈目。

一道清澈的小河，来自西南群山，蜿蜒环曲，绕过一带小丘，在平川上流淌不过半里之遥，便汇入小小的浒江；江水滚滚东下五十里，便是入海口。那里曾是慈溪县产盐最盛的地方，自迁海令出，海盐业断绝，盐户内迁，昔日繁华尽成过眼云烟。

山丘一侧，小河岸边，一处农家院落，茅顶竹篱都掩映在一丛丛青翠如云的竹林之间。门外石板小径曲折上下，通水边，通大路；小径两侧，万竿青竹直拂云天。门前站着四位来客，要拜访主人——

杭郡陆狄初，自称是主人的老友，多年不见，特来相访；

松江府周浦的凌天与悟真和尚，久仰先生大名，远道来拜望；

年纪轻轻、身材挺拔、面貌英俊的费崇儒，说来向先生拜谢救命之恩。

听说主人不在，来客都非等先生回来见面不可。老仆看他们衣衫整洁，态度亲切，没有邪恶习气，便大胆地开了院门，请到家中等候。

陆狄初略一寻思，笑道："且慢。请赐笔墨纸砚，让我在门前题诗一首，主人归来，一看便知。"

来访客人中，常有狂放怪诞文士，老仆早已见怪不怪，很快就端来笔砚，在门边粘好宣纸。陆狄初提笔在手，细心弹去笔尖的脱毛，挥手便写下一绝：

南山松粉未飘花，西湖风轻日脚斜。
身是旧时王谢燕，一年一度到君家。

凌天拍手高声喝彩，悟真和尚和费崇儒也交口称赞。陆狄初得意地笑着逊谢，众人随老仆一同进院。院中花木茂盛，并无深秋意味。阶下数十盆兰草，长叶葳蕤，淡淡的兰花藏在绿叶中，吐出似有若无的高雅的清香，令人心醉。正面一间敞轩，两侧有书房和卧室，小小的廊子连接着左右厢房。最妙在无处不竹：竹榻竹椅竹栏杆，整个廊子都由竹木制成，檐下挂着竹笼，笼里养着叫声宛转如歌的不知名的小鸟；轩内竹架上，竹篮、竹盘、竹碗盛着各种鲜果干腊；小小的竹制琴桌上摆着七弦古琴，长长的竹架上，悬满了箫、笛、阮、琵琶之类的乐器……多别致的住处，多高雅超俗的主人啊！

老仆送上茶，客人们随意闲谈。主人不在，他们又素不相识，谈话时断时续，不怎么起劲。费崇儒对着悟真和尚一拱手，笑道："请问师父，在哪里打坐？"

悟真和尚连忙还礼："不敢，小僧在松江府龙珠寺为住持。"

"师父是自幼出家还是半路为僧？"

悟真盯了费崇儒一眼，见他满脸带笑，相貌淳朴，便随口答道："在下自幼出家。"

"听师父说话，仿佛带几分北音，莫非去过北方？"

悟真一愣，又狠狠盯了那年轻人一眼，不高兴地说："从来不曾！"

费崇儒赔笑道："是我听错了，师父莫怪！"

问答间，一缕悠扬的笛声远远地传来，大家侧耳细听，笛声似乎又远去了。陆狄初推开轩后的窗棂，放眼一望，山石平野之间，河水连着湖泊，水塘串着水渠，一派水乡景色，那嘹亮的笛声，自烟波间飞起，在山丘林木中萦绕，越来越近了。老仆在一旁笑道："这便是我家先生吹笛声了……哦，那就是先生！"

果然，河水从山后绕出，送来了一叶小舟。透过霭霭水汽，一个青衫飘洒、长身玉立的身影隐约可见，一支长笛横在他胸前，长长的流苏随风拂动……

陆狄初笑着："我们只在院中等候，且不出去，看他还识不识得旧日好友？"

众人会意地笑了，都聚到院门边等候。

船声汩汩，在柴门外竹林边停下，脚步"嗒嗒"，穿过竹径走近。足声猛然停住，门外有人"哦"了一声，接着便吟诵门上的诗句，读到最后，他大叫起来：

"狄初兄！一定是你！再没人写得这一笔如此怪诞的草书！……"

柴门"噼里啪啦"给推得大开，陆健一手提着鱼篓一手握着竹笛，哈哈大笑地喊着"狄初兄！"冲了进来。一眼瞥见三位形貌陌生的人，他一下就站住了，极快地收住大笑，精明的目光飞速地往那三人身上一扫，放下鱼篓长笛，很得体地拱手微笑道："守仁不知列位光临，实在失礼，快请坐！"他又以"程守仁"自称了。说着，转向陆狄初，抓住他的手笑说，“陆兄久不谋面，少说也有三年，却题什么一年一度到君家，言过其实啊！”

陆狄初笑道：“不过承上句旧时王谢之意而已，何必吹毛求疵？”

陆健伸出一个手指威胁说：“你道我不知你的言外之意？借唐诗旧时王谢堂前燕、飞入寻常百姓家之句，嘲我为寻常百姓耳。如此美意，程某人心领，心领啦！”

陆狄初道：“程兄，精明不减当年哪！”说罢，二人一同拊掌大笑。另三位客人恍然大悟，也赞叹不已地笑了。

落座以后，凌天和悟真和尚先自我介绍，说是早就听说程先生学富五车、才高八斗，精通书史，文采超群，今日特来拜会，以表倾慕之情。陆健连称不敢，又把目光转向坐在末位的费崇儒。费崇儒立起身，“扑通”跪倒，朝着主人连叩了三个响头。陆健吃了一惊，连忙扶住说：

“这位小哥行此大礼，程某人可承受不起。”

费崇儒叫出声来：“恩公，你当真不认识我了？一个月前，在富春江上，你救过我的命啊！……”

“费崇儒！是你！”陆健惊喜地拍打着费崇儒的肩膀，“好，好，太好了！”

众人摸不着头脑，看着他俩只是笑。陆健这才向大家说起事情的经过。

一个月前，陆健雇船游览富春江，黄昏泊舟七里滩。夜半月明如昼，照耀着两岸连绵高山，绝壁如削、危石欲坠、奔竞起伏、千姿万态，而一水中流，净如匹练。面对如此美景，他哪里能够入睡，便安坐船头如坐天半，尽情享受天地造就、独钟神秀的奇山异水。

正因为月光明亮，他清楚地看到一团黑色物体仿佛人形，由上游漂来。他立即命船夫拦截打捞。救上来的是个年轻汉子，胸口尚有一丝温热，费了许多气力，总算把他救活。原来他是京师南货商的儿子，初次出门经商，往金华采购火腿等物，不想回杭州路上遇盗，银钱货物全都被抢，又被一桨搠进江水。他这北方人着水便昏迷，若不是遇到救星，必死无疑。他说在杭州有亲戚，他将到那里去报案，然后回京。此人就是这个费崇儒。

费崇儒听恩人讲完，说："对，就是这么回事！在下是个直性子人，说不出许多好话，一句家乡老理儿却记得清楚：知恩不报，猪狗不如！这点儿心意，恩公务必收下。以后有用得着我费崇儒的地方，上刀山下火海，万死不辞！"

果然北方汉子侠义威猛，说出话来斩钉截铁，叫人听了精神陡振。及至陆健接过那个红布包着的"心意"，打开看时，众人尽都惊住：这是三块摆得整整齐齐的马蹄金，每块重约五十两，闪着黄金特有的柔和的光彩。

陆健立即重新包好，拉过费崇儒的手，放回他掌中。费崇儒像被烫着似的，一下子缩回去，愤愤地说："恩公，你瞧不起我！"

陆健静静答道："施恩图报，非君子所为。"

费崇儒"呼"地跳起，面孔涨得通红，瞪大眼睛，大声说："我这条命是恩公救下的，如今恩公不肯让我报恩，我宁可死也不当猪狗般的小人！"说着，他一手从靴筒里"嗖"地拔出一把明晃晃的匕首，照着自己的胸口就刺。众人大惊，凌天眼疾手快，猛然扳住费崇儒的手；陆狄初则跳到背后，双手搂住费崇儒的腰；悟真和尚吓得脸色煞白，嘴唇哆嗦，一句劝解的话半天说不完："别……别动……别动刀……"

凌天夺下匕首，直眉瞪眼地说："小哥，你好大气性！"

陆狄初放开手，笑道："守仁兄，还是先收下再说吧，不要闹出人命哪！"

陆健叹息着无可奈何地说："真没办法，我收下就是……小哥，早知道你的命这么值钱，我该把你让给别人去救，笃定能让个穷汉发笔大财。"

费崇儒一听他肯收了，立刻笑逐颜开，又趴下朝他叩了个头，笑嘻嘻地说："我爹是京师大富商，有的是钱，这不算啥！日后恩公若肯到京师去，我包你春风得意！"

陆狄初笑道："小哥的脾气真是热诚豪爽，不像个富商之子，倒有点满洲子弟的味道。"

费崇儒神色一凛，旋又笑道："是吗？我跟他们来往不少。满洲子弟也是有好的有赖的……"

凌天鼻子里一哼，很不高兴地说："能有什么好东西！"

"哎，凡事不能一概而论嘛。"费崇儒笑嘻嘻的，像是还要说点什么，凌天一句话就给挡回去了："你家要跟人家做生意，赚大钱，自然要说人家的好话！"说罢对悟真和尚一使眼色，向主人表示要到院中赏花，二人便摇摇摆摆地离轩下阶而去，分明要显示对费崇儒的轻蔑。费崇儒张张嘴，不知所措。陆健觉得不过意，连忙请费崇儒坐下说话。

费崇儒想了想，又说道："恩公，黄金何足道！家父与朝廷许多大官相熟，早就听说朝廷下诏求贤。我想，先生大才，怎的不去做官？叫家父求人举荐，先生日后定能做到尚书大学士什么的，却不是光宗耀祖？当一朝栋梁，也是男子汉的一番大事业哩！"

陆健和陆狄初没承想他会说出这一番话。可是看他满脸热诚，一双眼睛像小孩子一样纯良，不免打消了疑虑。陆狄初笑呵呵地说：

"小哥，如今是满洲人的天下、满洲人的朝廷，我们蛮子哪能站得住脚？别说栋梁了，当那千人踏万人踩的台阶，也是难为得很了。"

陆健指指自己的院落、房屋、花草，说："我这里什么不好？我还有什么不足？"说着，他扬头悠然自得地吟诵道：

"神仙无分，且藏身烟村水村，看白鸥撞破残霞，靠青山界断红尘。清风明月共三人，去住悠悠一片云！"

陆狄初喝彩道："妙！这一阕《玉抱肚》着实妙得紧！"

陆健又和悦地对费崇儒说："给你讲个典故吧！宋朝一名处士叫魏野，隐居不仕，宋真宗屡次诏求，他坚不出山，并对捧诏使者吟了一联，说是：九重丹诏，休叫彩凤衔来；一片野心，已被白云留住。那宋真宗嘉许他人品高，以后便不再召他。程某虽不敢与前辈老先生相比，心境却无二致。你明白了吧？"

费崇儒愣呵呵地望着他俩，不知所措地笑笑，又无可奈何地皱皱眉，后来很真诚地叹道："唉，那不是怪可惜的吗？……"陆健和陆狄初以为他还要再劝，不料他豪爽地一笑，说，“恩公，我真服你！你的人品跟那个宋朝的处士一样高！叫作……叫作林中高士！”

主客都愉快地笑了。这个话头也就没有再提。只是，直到陆健请大家一同品尝他钓来的鲜鱼的时候，凌天和悟真和尚都不肯搭理费崇儒。而且一吃过饭，这两位来自松江府的客人便要求主人陪他们往竹林散步，显然有避人的话要跟主人私下说。陆狄初知趣地留在老友屋里，蛮有兴趣地向费崇儒打听着京师的风俗物产。四十多岁了，他还没有渡过黄河呢。

也就两盏茶的工夫，外面突然腾起一片喧嚷，人喊马嘶，“抓起来！”“往哪儿跑！”吼叫声此起彼伏，小小的院落周围刹那间亮起无数灯笼火把。陆狄初和费崇儒吃了一惊，推窗四望，不知哪里来的人，已经把这儿围了个水泄不通。是强盗还是官兵？来勒索财物还是……屋里的两个人惊异不定，互相看看，发现对方都变了色，神情非常紧张。

老仆跌跌撞撞地冲进来，气急败坏地说：“……是，是官府的人！把先生和两位客人……都抓了起来，用船装走了！……”

他话没说完，十几个如狼似虎的差役一拥而入，巡捕头挥手一喝：“搜！”他们便冲进各个房间乱翻乱找。厨房里发声喊：“在这里！”差役们便都拥往厨房。不一会儿就提出来三条二尺长的鱼。捕头打量一番，点点头，招呼一声：“走吧！”

费崇儒忍不住跳过去，陆狄初一把没拉住，他已拦在捕头面前：“请留步！请问为什么要拿程先生？”

一听这地道的京师腔，捕头由不得一愣：“你是什么人？”

“我是程先生老朋友的儿子，刚从京师来看望他的。”

“从京师来？”捕头摸不清对方的来路，但冲着京师两个字，与其凶暴，毋宁客气一点。他放低声音说，“足下既从京师来，对我们这边的事多半不大清楚。我为你着想，还是不要掺和的好！这程守仁犯了通海大罪！不是玩笑话！”

“哦？”陆狄初倒抽一口凉气，不敢作声。

“什么？”费崇儒瞪大眼睛，口吃吃地问，“那，那和尚和那个，那个客人呢？”

“那是松江府来的咨文里要捉拿的两名要犯，犯大逆的！”捕头一看这年轻人完全被吓呆了，轻蔑地笑笑，领着差役自管走了。

“犯大逆的！”捕头这句话，一下子揭开了费崇儒脑海里由久远岁月织就的那层纱幕，他突然明白了悟真和尚的面貌和口音为什么似曾见闻。九年前，当他还是个孩子的时候，就见过他，只不过那时他是个道人！……

费崇儒，是康熙皇帝给费耀色起的汉人名字。康熙把他升为三等侍卫，命他往南方暗行察访，要紧的是三项：

故明废藩田的变迁；

迁海令的利弊；

隐居民间的贤能人才。

另外，顺便察访各处官吏的贪廉、各地农田的收成、各省驻军扰民的重轻等等。

他的察访区是福建、浙江、江苏，带有证明他钦差身份的绢质圣旨，但只能在万不得已时使用，免得被辅臣抓着把柄。费耀色猜想其他各省，皇上也一定派了同样的亲信。见皇上小小年纪就这么精明有为，他很高兴，察访中也倍加努力，不辞辛劳。

他从京师直奔福建，一月后折回浙江，不想江上遇盗，使他这北方大汉差点儿淹死在富春江。程先生救起他时，他除了贴身的那道圣旨之外，一无所有了。到杭州他用圣旨从知府那里秘密调了一笔现款，选定慈溪为察访重点，他想在这里完成皇上交他的三件要事中的两件：查询迁海实情和访贤。因为他认定救他的程先生是大贤。

可是，谁料到眼前这变故呢？如果程先生牵进那和尚的逆案中——费耀色记得这个谋逆大案的主犯朱三太子——他还能荐这样的贤吗？……

陆狄初也吓呆了。他知道程守仁的真实身份，知道他是从《明史》案中漏网的陆健。他不清楚这次捉拿陆健的原因，是新事还是旧案？若是旧案，任何救援都没有用了。

两人相对无言，各自满腹心事，各有疑忌，不敢轻举妄动。老仆满脸老泪，哀求陆先生和费先生救一救他家主人。

后来，费先生一扬黑眉，说："放心！我们明天就去探听消息，设法救出恩公！"

在萧塘镇、慈溪县四处奔走探听，忙了四五天，两人总算弄清了内情。

原来萧塘镇一村民偶尔在河沙中拾得海黄鱼数尾，卖给鱼行，鱼行主人之子曾从学于程守仁。多年来海禁森严，禁绝下海捕鱼已久，忽然得到黄鱼，很是珍贵，鱼行主人便令儿子送两尾给程先生。偏偏此事被鱼行主人的仇家看见，便往守镇的王千总处首告，许多人趁机诈索鱼行主人，诈索不遂，便以通海罪告到慈溪县，于是便有那一场大搜大捕。黄鱼是物证，拾鱼村民、收鱼的鱼行主人、得鱼的程守仁和另两名买黄鱼的顾客，总之，凡和黄鱼有关的人，都拿到县衙审问。

这样，两人才松了口气，无非是要钱罢了。费崇儒有的是钱，连他送给恩公的马蹄金也安好无恙。搜查那日，红绫包就放在正轩的书桌上，那些人心全在黄鱼上，竟放过了这笔大财。

陆狄初这个老乡绅，长于应付官司纠纷，带了五十两银子，在县衙走了半天，便垂头丧气地回来了，告诉费崇儒一个坏消息：有关通海案的所有人犯，都在前一天全部提往宁波府去了。

费崇儒目瞪口呆，半晌，说："这慈溪县令倒是能干得紧，这么快就审过了？"

"什么能干！不知从哪里挖出来的傻瓜！一字不识，居然也能当父母官！"陆狄初摇头叹息，说起他的亲眼所见：

他被让进签押房时，县令正在师爷的指点下签署告示，填上日子盖上印，就好张贴出去了。这天是十七日，师爷教县令画了个"十"字，又告诉他，七字和十字差不多，但竖须右曲而后钩向上。县令提着笔慢慢画下一竖，竟弯向了左边。师爷大约耐心也到头了，生气地说："错了！该向右弯！"那县令欣赏自己杰作似的，审视良久，突然把告示翻过来，说："这么张贴出去，七字不就正了吗？"师爷气得说不出话，陆狄初在一旁忍了半天，好不容易才把笑憋住。

“牧民之官如此昏聩贪财，百姓有安生日子过吗？”陆狄初说罢感慨不已。

费崇儒很奇怪：“这样的人，怎么会对通海案格外上紧？”

“他何尝上紧！是宁波新任太守，说是见了县里的呈文，便立刻来提了。”

宁波太守或许是认定这案子有油水可捞。如果症结只在银钱上，倒也不着急了。于是费崇儒和陆狄初一同往宁波营救。

他俩赶到宁波的当天，便打听得次日太守就要提审这件通海案。两人略略收拾一下，第二天一大早就赶往太守衙门听审。在南方，早就听说宁波人厉害，讼风特盛。真是名不虚传，他俩起个大早赶到大堂时，两旁栅栏外已聚了许多观审的百姓，费了大劲才找到一个紧挨栏边的位置。

知府的派头可比知县大多了，呼喝升堂，十分威严。陆狄初怕那年轻人没经过这场面，心存畏惧，转眼瞧他，竟是一副自若神态，全不在意。细想想便也恍然，既是富商之子，身处天子脚下的京师，大世面见得多了，哪儿把小小知府的威风放在心上！陆健终是有福，有这么个年轻人为之奔走，真乃不幸中之大幸也！

费崇儒目不转睛地看着升堂的宁波太守，用察访的眼光审视思索：慈溪知县不用说了，是昏庸无能的一例。这位太守呢？

此人已是中年，相貌还十分俊美，一双眼睛熠熠生光，蓝顶子凉帽、石青绸褂，显得既雅又威。他迫不及待地将此案调来府审，是不是看出其中有诈？或许他是个精明能干的爱民官哩！那不就多了一例良吏清官了吗？……

他忽然觉得身边的陆狄初哆嗦了一下，又听他低低地喊了一声“老天！……”忙扭头看，发现同伴眼睛发直，面容苍白，赶紧拉住陆狄初的手，手也冰凉。

“陆先生，你怎么啦？”费崇儒急急地小声问。

陆狄初也不看他，直是摇手，浑身仍是紧张地直挺挺绷着，眼睛一眨不眨地盯着太守看，用嘴向费崇儒示意，要他静静听审。

不想第一个案子就是慈溪通海案。太守开口向原告问话，只说了两句，这边陆狄初便如断了线的木偶，顿时散了架似的靠在了栅栏上，嘴里喃喃低叹："完了，完了，竟撞在他手里！……"

费崇儒赶忙扶住陆狄初，陆狄初却伸出手无力地指指公堂："你听着吧！……"

太守挨个儿询问被告，正问至程守仁。

"程守仁？"太守这一声不像在呼名，却如疑问。

"子民在。"程守仁低头回应。

"程守仁，你……抬起头来。"太守声音很温和，拖得很长，带点不自然的懒洋洋。

程守仁犹豫片刻，断然抬头和太守一照面，太守"哈哈哈哈"地笑起来。这一笑，眼边腮帮都是皱纹，弄得他那张漂亮的面孔难看了许多。笑了一阵，他得意扬扬地说：

"踏破铁鞋无觅处，得来全不费功夫！文康先生，没想到你我在这里相见吧？从康熙二年到如今康熙七年，可整整五年没会过啦！"

陆健低头跪在堂下，决不说话。

"如今你三案俱发，还怕你插翅飞上天去吗？"太守突然面色一冷，严厉地说，"陆健！你听着，通海之罪你逃不脱；《明史》案中你的逆行也一起清账；如今你又交通大逆凌天，意欲拥立朱三太子造反，实属十恶不赦！此案暂停审理，先将一干人犯收监，呈文臬司，再作定夺！"

…………

陆狄初拉了费崇儒，急急忙忙出了府衙，找了个茶馆的雅座坐下。伙计上来送茶摆碟子，陆狄初一言不发，费崇儒惊异不定。三杯茶喝下去，陆狄初才恢复了常色。

"陆先生，这是怎么回事？太守认识恩公？"费崇儒问。

陆狄初叹道："不料文康命运如此蹇乖，偏偏撞到这个妖孽手中。唉，此番没救了！……这人便是首告《明史》案的吴之荣啊！"

"吴之荣？吴之荣是谁？"费崇儒莫名其妙。

陆狄初便滔滔不绝地说起吴之荣的来历、《明史》案的前前后后，说了一个多时辰。费崇儒的面色越来越阴沉。《明史》案，皇上对他说过，只说辅臣借机杀人，杀给汉人文士看，太过分。不想其中还有这许多冤枉的株连！……

听罢讲述，费崇儒呆了半晌，终于握紧拳头，非常坚定地说："陆先生，程先生对我有救命之恩，我发誓就是丢了性命，也要救程先生出险！若违此誓，有如此盏！"说着他"啪"地把茶盏摔在地上，碎瓷片飞迸而起，四处飞落。他在心里暗叫："皇上，恕奴才之罪，实在是到了万不得已的时候了！"

钱能通神，更能通人。费崇儒被当作太守的客人接待，让进了知府衙门内宅的花厅。

在京师，他到过不少大户人家和高官宅第，无论如何也想不到，一个小小的太守，住宅如此华美！到处是淡红浅绿的纱幄流苏，走廊、门窗、隔断上都点缀着精美的梨木檀木透雕；更没想到这小小的太守衙门，竟如此戒备森严，每重门户都有健壮勇武的家丁守卫，真不亚于京师的王公。

花厅倒布置得十分高雅，一堂梨花木嵌大理石的家具，配上一架同样质地的四扇屏风，四墙上的名人字画、青花瓷盆中盛开的秋菊，真有几分古色古香的意味哩！窗外靴声"橐橐"，费崇儒转身注视，他要好好见识见识这位一手铸成了震动江南、震动天下的《明史》大狱的人！

门前两名健仆分开珠帘，宁波太守走了进来。两人目光一对，心里都"咯噔"一跳，不免都呆了一呆，这才拱手为礼，口中寒暄着推让着，分主客坐下。

在大堂上，因为离得远，费崇儒并未看清太守的容貌。现在面对面了，他才吃了一惊：这张面孔他见过，却怎么也想不起那是在什么时候、什么地点、在什么情况下，他竭力搜寻着记忆，竟忘了说几句应酬话。忽见对方也在凝神地望着自己，不觉有几分尴尬，脸上略略一红，连忙拱手道：

"大人公务繁忙，本不该来打搅，实在有难处，不得不求大人开恩。"

太守仿佛也在发愣，被客人一说，方回过神来，多少有些失态，脸上讪讪的，笑道："不要客气，不要客气。"他又情不自禁地叹了口气，没来由地感慨道，"乍一见老弟，如同在镜中见到二十年前的……唉，老了，老了！"

费崇儒皱皱眉，觉得这叹息好没分寸。自那天听了陆狄初一番讲述，他已恨透了这个以诬陷、讹诈起家的恶人吴之荣，并打定主意要向皇上细细禀告，要狠狠罚处这个贪婪无耻的家伙！可是一见面，吴之荣的英俊轩昂的面貌、很讲人情的风度，加上这文雅潇洒的花厅气氛，又使他迷惑了。听吴之荣问说"兄弟能给老弟帮什么忙"，他没有多想，张口就说明来意：

"大人，陆健陆先生是在下的救命恩人，求大人开恩放他出狱。"

吴之荣吃了一惊：这人莫非神志有毛病？略沉一沉，他说："陆健身犯叛逆大罪，十恶不赦！你竟敢为他讨情？你是他什么人？"说话间，他神色一变，满脸乌云。

"我原先并不认识陆先生……"费崇儒一五一十地讲起陆健救他的经过，最后说，"即使陆先生有罪，我也要报恩。你说吧，要多少钱才肯放他出狱？"

吴之荣瞪大眼睛："你要买他一命？"说罢仰头大笑，半天方止，"老弟，果然是富商之子，动辄称钱。要知道，偷窃行奸之罪，用钱买下不难；这是十恶不赦的叛逆大罪，谁敢行私卖放？况且你出钱买他，能出多少？能抵得过我这黄堂太守的似锦前程吗？"他说着，连连摇头，端起了茶杯，自己心里也有些奇怪，碰到这种大有油水可捞的事情，通常他早就下手了，讹诈他一番，弄一大笔钱到手，再把他也栽进逆案中了事。可是对这个年轻人，不知怎的，竟使不出来。大约他太爱惜自己了，对这个面貌与自己相像的人也留情一二。

看着吴之荣连连摇头、一脸不屑的表情，那只端茶杯的手，小手指高高翘起，形如兰花状，和他的年龄身份不相称得使人发笑。就是这兰花指，拨开费耀色眼中云翳，心头骤然亮过一道闪电，不由得浑身一震：是他？记起来了，是他！

从那年端午节和祖父在山上捕鸟时遇到这个人以后，费耀色就把他的相貌深深地刻在心里：这是他的生身父亲，那忘恩负义、毫无心肝的父亲！那时候他矢口不认费耀色是他儿子，也是这样不住地摇头！……片刻间，费耀色胸中犹如卷起狂暴的旋风，愤慨、伤感、怨毒、哀怜一股脑儿绞缠一起，使他心乱如麻，这样的父亲，一个无情无义、可诅咒的小人！……

吴之荣见客人不作声，微笑道："好了，你回去吧，这种事再也莫提。我不难为你。换了别人，你也得下大狱！"

费耀色沉默了许久，努力平息自己粗重的呼吸，慢慢抬起头，一双漆黑的眼珠盯住吴之荣，冷冷地说：

"这位陆先生，你明明知道他没有罪！"

吴之荣一愣，脸色骤然阴沉下来："你说什么？"

"你为了一己私利，诬陷讹诈，一手造成《明史》大狱，近百人死于非命，上千人远流边疆、家破人亡，江南百姓恨你入骨，你的仇家遍天下！至今你还不思悔过，不多行善以赎罪，老天爷肯饶过你吗？"

费耀色正颜厉色一番话，说得吴之荣毛骨悚然，但他跟着就直跳起来，怒喝道："大胆！放肆！你是什么东西？来人，给我拿下！"

两名健仆纵身而上。可他们哪里是宫中侍卫的对手，费耀色挥拳踢脚，两人已莫名其妙地重重摔在地上爬不起来了。吴之荣大惊，正要呼叫招人来救，费耀色一个箭步蹿到他面前，威胁地低声喝道：

"不许喊！我只要你放出陆先生，对你并无恶意。劝你行善也是为你好！你不认识我了？"

"你？……"吴之荣吓得面色发青，嗓子颤抖得几乎发不出声音。

"哼！"费耀色一声冷笑，"你不记得镶白旗旗下佐领苏尔登了？"

吴之荣一愣，瞪大双眼，不由自主地重复着："苏尔登……"

"你总还记得他的女儿吧？"

吴之荣面色一寒，像木雕一般，完全怔住了。

费耀色却一句接着一句，冰雹似的向吴之荣砸过去："十三年前，端午节，盘山道上，你忘了吗？你那个时候新改的名字叫张汉，你说你不认识我们祖孙俩，你拔腿就跑了，你忘了吗？我是费耀色，这名字，你也忘了吗？”

“你……你……”吴之荣昏头涨脑，说不出心里是什么滋味，也不知道如何应付眼前的局面。怪不得看见他就像看到年轻的自己映在镜中的面影，怪不得对这小伙子抱着说不清的好感和好意。难道人世间果真有父子天性这种东西？……是的，就是他！目光像小豹子一样明亮，带着某种固执的刚强……多少年过去了，往事，不管是受辱还是作恶，都已淡忘，惟一不能忘却的，就是自己曾有过一个儿子。这多半是因为他始终没有生出后代的缘故……今天这个儿子竟找上门来了，却是为陆健而来！吴之荣猛然警觉，乱纷纷的心迅速冷静明晰，他脸上毫无表情，冷冷地说：

“找我做什么？你要什么？”

费耀色盯着这张漂亮又冷酷的脸，想不到他竟这样无动于衷，顿时怒火中烧，只觉得胸口就要炸开。他拼命克制自己，大口大口地吞吐着气息，好容易平静了些，立刻冲出几句惊人的话：

“你听着！你认不认我费耀色，我不在乎！我要你放陆健，自有我的道理！这里，瞧瞧吧！”

费耀色一下子敞开外褂，从贴身衣袋里拿出了那张防水油布包裹好的圣旨，放在桌上，气虎虎地昂头站在桌边。吴之荣一脸狐疑，打开油布，见到黄色的龙纹绢面上的“圣旨”两个字，登时变了脸色，展开一看，上面写着：

特命三等侍卫费耀色往福建、浙江、江苏三省公干。沿途督抚提镇、道府州县均予协助，不得有误。

后面是“大清嗣天子之宝”的鲜红大印。

吴之荣连忙把圣旨供在桌上，双膝跪倒，行了三跪九叩礼，这才赔着笑站起来，斥退那两个健仆，像是变了一个人，和蔼可亲地说：

“许多年不见，你长得这么大了，一表人才，好一个堂堂男子汉！在宫里当差啦？真是太好了！……苏尔登他老人家好吗？”

对方这么迅速地换了面孔，费耀色反倒手足无措，想到他毕竟是自己的生身父亲，说话间不觉和缓了许多：“玛法是顺治十六年去世的，随后我就进宫当差了。”

“唉，你不要怪我不肯认你们。当初苏尔登老人家被流放尚阳堡，是朝廷的罪人，我身为朝廷命官，怎好相认？现在好了，总算父子相认、阖家团圆了，真不容易啊！……”吴之荣这番话说得很真诚，泪眼汪汪，使费耀色很感动，不禁问道：

“阿玛又娶额娘了吧？添了人口吗？”

吴之荣叹道：“那年中进士之后，便上任完娶，至今只有一个女儿。我真怕绝了吴门香烟，对不起祖宗。如今寻到你，吴家有后，我也放下一桩心事了！你今年该有二十三岁了，可曾娶亲？订的什么人家？……”说起这些家常话儿，吴之荣完全像个慈爱的父亲，真诚亲切的态度，很快赢得费耀色的好感，暗暗想：他的一生也很不容易，有些事情大概真是不得已啊！……

说话间，吴之荣像是无意地问了一问：“你出京师，没有带鳌大臣的手谕吗？”费耀色摇摇头，继续说着当今皇上如何少年有为、如何英明睿智的话题。于是吴之荣又一次警觉了，他猜到了内情。如果不当机立断，他不但将得罪皇上，也要得罪他赖以平步青云的辅政大臣，而任何一方都不会轻饶他！得罪皇上将来有灾，得罪辅政大臣眼下就有灾！反过来，他若能把这一纸圣旨投给鳌公，让他知道小皇帝在背后搞什么名堂而警觉起来，自己定能更上一层楼！明摆着，他和辅臣鳌拜息息相关，早就拴在一起了。那么，小皇帝、小皇帝派出的费耀色，不管怎么说，都是他的敌人，因为他们要平反《明史》狱！而平反，则意味着自己的杀身大祸！……无数念头在吴之荣心间雷鸣电闪，如历一场风暴，表面上仍在和蔼慈祥地与费耀色交谈。费耀色实在太年轻，看着吴之荣颤抖的双手、鬓边渗出的汗珠，竟然想不到他心里激烈可怕的斗争。

费耀色许愿：只要放出陆健，以后皇上追论《明史》案时，他将为吴之荣将功赎罪担保。吴之荣诚恳地连连点头，说了许多忏悔的话。眼看费耀色露出满意的微笑，他关怀备至地说：“这么半天，你饿了吧，我去叫他们备酒来，为你我父子相会畅饮几杯！”

吴之荣说着，已走到门口，吩咐健仆之一到厨下传两桌酒膳来。他慢慢抬起了手，抬到一半，停住了，颇有些不忍心，这到底是自己的亲骨肉啊！……这么年轻，才二十三岁，还不曾娶亲……他的手果真有些举不动了。

亲信仆人望着他，很是诧异。他从来没见过主人如此优柔寡断。

吴之荣目光一闪，盯住墙上那自己手书的绝句条幅：

十年勤苦事鸡窗，有志青云白玉堂；
会待春风杨柳陌，红楼争看绿衣郎。

是了，是了，想当年，二十四岁的他以此诗向有识人巨眼之称的笑翁吕之悦卜问前程，笑翁答曰：“十年勤苦，仅博红楼一看，当为风流进士。”他果然屡经磨难终成进士。但笑翁之言也并非准定，他不是以百般腾挪、千种心机，几起几伏，又成县令，进而五马高车、黄堂太守了吗？仕途哪有止境，人心也不可知足！……孟德公的至理名言又在胸间闪亮：宁教我负天下人，不教天下人负我！多年来，就是靠了这座右铭的支撑和磨砺，经历了无数的精神意志的搏斗，他终于从泥里水里爬出来，从低贱步入高贵，眼看着前程似锦，今天是怎么啦？哪里来的妇人心性？

……儿子，儿子又怎么样？是他先有不利于我之心，我难道甘就斧钺不成？他既没有父子义，我何必念骨肉情！况且我年未半百，后房不乏佳丽，求个把后嗣又有何难？……吴之荣嘴角下撇，泛出一个嘲讽的微笑，那手猛地抬上去，一左一右，顺当地摸了摸他那形状十分好看的黑眉毛。

仆人会意，口中答一个“是”，闪身往厨下去了。

这两桌酒膳非常丰富，父子俩兴致勃勃地同干了三杯著名的绍兴女儿酒。儿子生长在北方，喝惯了烈酒，觉得这酒不够劲儿，又喝了许多杯方觉畅意。低头夹了几块宁波名菜烧白鲞在嘴里慢慢嚼，心里很愉快，进知府衙门的目的全达到了。扭脸想对父亲表示谢意，倏然触到的竟是一双阴沉可怕的眼睛，叫他打了个寒噤，口吃着说："阿玛，你，你怎么啦？"

吴之荣表情极是古怪：含泪的眼睛里闪射着恶毒的光芒，眉尖不住耸动，面肌阵阵抽搐，双唇咧开似笑，嘴角却在痛苦地颤抖。他的声音也断断续续，笑中带着呜咽：

"费耀色，与鳌大人作对，绝无好下场！你本不该到江南来，更不该来到宁波。我这人只信此世不信来生，更不信什么轮回报应。你已成后患，我不得不除掉你！不是你死，便是我死！"

费耀色大惊："阿玛，你疯了吗？刚才说得好好的……阿玛，虎毒还不食子呢！"

"虎子却能伤老虎！"吴之荣眼睛里的残酷压倒了其他，"你只要出了我这府衙，我就没命了，这不是明摆着的事？说什么都晚了，你的酒里放了砒霜！"

"什么？！"费耀色大吼一声，极其愤怒，朝吴之荣冲过去。吴之荣一动不动，恶魔似的大笑，表情有如疯狂。费耀色一转身，举手向天，痛苦万状地高呼：

"天哪，你为什么让我摊上这么个禽兽不如的父亲！我为什么害怕弑父的恶名，不敢把这恶鬼一刀两段！……皇上，奴才不慎落进陷阱，辜负你一片忧国爱民之心了！"

费耀色弹去眼角的两颗滚热的泪珠，转身面向吴之荣，瞪目怒视，仿佛一棵扎根在地底的大树，等待死亡的来临。吴之荣也不退缩，觑眼冷冷地看着费耀色。他的手指在袖中簌簌发抖，只有他自己知道。斟酒的两个亲信仆人脸色惨白，望着这如同一个模子浇铸出来的惊人相像的两张脸直哆嗦，只有瞎子才看不出这是亲生父子。他们为主人干这种事不止一次了，可今天看到主人竟对亲生儿子下手，也吓得心惊胆战。

花厅里静得怕人，窗外的"沙沙"响声就格外清晰，那是一个女人的轻盈的脚步。吴之荣大喝："谁在那儿？不想要眼珠啦？给我滚开！"

来人不但没有滚开，反倒推开门，分开珠帘，直走进花厅，靠在门边站定了。

说不清她的年龄，也许刚过三十，也许四十出头。穿一件立领窄袖的宽幅花边棉袄，外罩皮里绣桃花湖绉坎肩，长裙刚及脚面，腰系一方围裙，显然是府里做粗活的使女。她的面颊和前额有一片一片红色的伤瘢，嘴角也有两道长长的伤痕，两只眼睛一高一低，模样十分古怪。此时她古怪的眼睛亮灿灿的，甚至有点发绿，直直地盯住了吴之荣。

两个仆人一见她，顿时不自在了。吴之荣也隐约认出是厨下烧火的仆妇，竟敢跑到上房来，胆大包天！他一瞪眼，一个仆人就恶狠狠地吆喝起来："快滚出去！这么没规矩，想挨鞭子啦？"

女人嫣然一笑，那张脸更显得怪诞，娇声浪气地说："你嚷什么呀？昨儿晚上你还光屁股跪在床头求我呢！忘了？"她蓦地脸色一变，咬牙切齿地说，"老娘哪儿也不去！为了今天，老娘等了整整十年了！"

吴之荣心一虚，惊恐地问："你，你说什么？"

"老娘吃尽辛苦受尽罪，咬牙忍痛鲜血淋淋受那江湖郎中一刀一刀的划拉，改容换貌，就为的这一天。到底盼来了，我十年苦楚换来的，哪里肯不来亲眼看看！"

吴之荣顿时凉了半截，张皇地看看两个仆人。

"看什么？"女人毫不留情地说，"除了我这身子，再没别的报仇本钱了！他俩都是老娘的相好姘头儿！可惜总不凑手，等了这么久，才等来了机会！你这毒过虎狼的家伙，替你的儿子吃砒霜吧！"

"啊！"吴之荣脸色惨变，浑身哆嗦。费耀色和两个仆人大出意料，目瞪口呆。

女人恶狠狠地说："总算盼来了今天，我能看你临死的惨样儿，看你挣命、叫唤、打滚儿、蹬腿儿，直到最后咽气儿！啊啊！老娘痛快得要上天啦！"她"嘿嘿嘿嘿"地笑个不住，令人毛骨悚然。

"你，你到底是谁？"吴之荣面颊手指痉挛着，极其恐惧地盯着这个可怕的女人。

"哈哈，你忘了你明媒正娶的老婆粉儿啦？"女人眉毛一竖，一高一低的眼睛喷出怒火。

“啊！——”吴之荣绝望地尖叫，左手按着腹部，右手指着粉儿，豆大的汗珠从脸颊往下滴答，还竭力撑着架子，喝令仆人，“抓，抓住她！打……打死她！”

两仆人迟疑地走近粉儿，粉儿顺手赏了一人一个耳光，骂道：“他妈的，昨天还搂着老娘心肝儿宝贝儿地叫，今天就敢动手？看老娘不把你们的好事抖搂出来，叫你们老婆把你们抓个稀烂！”两人尴尬地互相望望，竟不敢动手。粉儿哈哈大笑，说：“好汉做事好汉当，老娘绝不会逃走叫你们背黑锅！就是打死我，也救不了你们的主子啦，哈哈哈哈！”

吴之荣腹痛如绞，站立不住，倒在躺椅上，居然咬紧牙关不呻吟。

粉儿阴沉沉地看定他，说：“冤有头，债有主，你们谁都不许动，听我说道清楚！吴之荣，张汉，你这狗东西，老娘今儿叫你死个明白！……我爹我娘卖我为娼，那是叫穷逼的，没法子，心里还是疼我；李振邺把我让给你做正妻，是礼数逼的，没法子，心里也还爱我，怕我受苦；可你呢？竟把老婆卖给鞑子为奴，心肠有多歹毒！害得我比娼妓还不如，苦挣苦度，三次做逃人，满脸是烙印！若不是靠当娼妓的那点儿本事，若不是你们男人个个好色的心性，我早死过一百零八回了！……

“偏偏你又在杭州诬陷好人，弄什么《明史》大狱，把我那阿昌也折到里边，给杀了头！……阿昌不过一个刻书匠，满世界除了爹妈，只有他是真心实意疼我爱我的！你，你，你不把我逼到绝路，就不肯罢休吗？好吧！我，我就搭上我这个人、我这条命，报仇！为我自个儿报仇，为阿昌报仇，为叫你害死的那许多冤魂报仇！……

“你肚子疼了吧？你眼前儿发黑了吧？你喘不过气儿了吧？滋味儿好吗？你快躺地下滚哪！翻哪！……”

粉儿越说越兴奋，满脸血红，眼睛雪亮，恶魔似的笑着，“啊——啊——”地大声嘶叫着、跳着，一头黑发披散下来。

吴之荣滚到了地下，号叫起来：“给我水！……给我水呀！……”

两个仆人如梦方醒，就要跑出去喊人；费耀色不忍看吴之荣伸手乱抓、蹬腿乱踢的惨相，就要去倒水。但粉儿断喝一声："都给我站住！你们俩敢去叫人？那我这主犯可就逃走啦！我去投案自首，就说你俩是从犯！"

两个仆人"哇啦"惊叫，连忙跪下给粉儿叩头，全身匍匐在地，不敢动了。

粉儿又静静地转向费耀色："别给他喝水。喝了水死得更快！"

费耀色犹豫间，吴之荣叫起来："费耀色！费耀色，看在父子情分上……给我水……早一刻死，少受一刻罪！哎哟！……"他又剧烈地翻滚、抽搐、哀号。

粉儿的眼里闪着狂喜的光，昂奋地喊："让咱们最后再亲近亲近！"说着纵身一跃，一头黑发"唰"地甩到背后，她已骑到吴之荣身上，动作之快、力量之大，出人意料。她紧压住对手蹬动的双腿，从腰间抽出粉红色的汗巾把他双手绑住；跟着，翻手撩开他的袍子，另一只手闪电般伸进他裤腰，"哧"的一声响，扯下一块裤裆，随即猛地朝前一跌，全身压住吴之荣，顺手把那块裤裆布用劲塞进他嘴巴，又倏地立起身，专心看定痛苦至极、"呜""呜"地叫不出声的吴之荣，眼睛瞪得大大的，嘴巴也张得大大的，生怕漏掉一丁点儿他受苦的细节，就像吞下什么美味珍馐似的快意。

吴之荣再没有挣扎的气力了，脸色渐渐变得青紫，大口大口喘气，变成一息奄奄。

粉儿残忍地笑了，"咯咯咯咯"，像猫头鹰的叫声："你要死啦？人家被你害得千刀万剐而死，比起来你死得不是太痛快了吗？今儿你就替天下那些欺我骗我耍我霸占我的主子们吃我这一刀！"她"嗖"地拔出一把雪亮的短刀，扑上去，照吴之荣胯下用力一挥，吴之荣全身猛地一缩，喉咙里发出一阵非人的尖叫，最后抽搐了几下，断了气，地上慢慢积起一摊血。

粉儿俯身瞪眼看了片刻，心满意足地长长吐了一口气，古怪的脸上浮起愉快的笑容，举起手中短刀刺向自己胸口。费耀色清醒过来，一个箭步蹿过去，攥住了她的手腕。她宁静地望定费耀色，说："你这又何必！”

费耀色沉着脸：“要留你做活口！”

粉儿笑得更娇媚，也更无力了：“我要是不死，你们三个怎么开脱？明摆着争风吃醋下毒阉割的红火场面儿嘛！留下我不怕咬你们一口？再说，我怎么肯去吃那千刀万剐的苦楚呀？”

费耀色知道，粉儿若判罪，一定是凌迟处死。听她这么一说，也犹豫了。

粉儿又低声地、无限感慨地说：“这些年我一心一意报仇雪恨，打听他，追着他，想尽法子混到他身边儿，吃苦受罪，心甘情愿，活得有劲头儿、有滋味儿。如今大仇已报，再活着也没趣儿了……”她看着费耀色，真诚而又辛酸的眼光，深深地透进费耀色的心，她终于凄然低语，“你是好人，我看得出。你就帮帮我的忙吧！……”

费耀色还没弄明白她的意思，她竟连带着他的手，猛抡了一个半圆，短刀直插进她高高的胸膛，深没至刀柄！那里正有一枝绣得十分艳丽的、犹如含笑女儿面的盛开的桃花……

费耀色大吃一惊，连忙松手时，她连哼都没有哼一声，便倒地死去了。

费耀色沉默许久，然后单腿跪下，对粉儿的遗体行了一礼。至于吴之荣，他再没有看一眼。满洲部族祖传地尊崇母亲。除非父亲是真正的巴图鲁，才能赢得与母亲同等的敬爱。这也能算是父亲，豺狼虎豹都不会伤害自己的孩子！

费耀色一转脸，见到那两个面无人色、抖成一团的仆人。有几处令费耀色迷惑不解的地方，必须问他们。他在主位上大模大样地坐下，点手喊道：

“过来！”

两人惊魂不定，走到近处，双腿一软，“扑通”跪倒。

“你们主人的家眷呢？”

“回老大人的话，主人家眷都在杭州，尚未迁来。”

“家中还有什么人？”

“夫人和三位姨奶奶，夫人身边有位小姐，刚十岁。”

费耀色皱皱眉头："真不明白，刚才这花厅里又喊又叫又打又闹的，怎么就没个人瞧瞧？"

"回老大人的话，主子对下人厉害得紧，不招谁谁也不敢进屋。有人偷看，就要挖眼睛。再说主子的屋里常常有人'吱哇'喊叫，大伙儿全听惯了。"

"刚才的毒酒呢？怎么回事？"

"这……"仆人害怕，互相看着不敢回答。

"你们受他指使，我不怪罪。照实说。"

"是。求老大人看那酒壶就明白了。"

壶在这里，两个壶嘴雕成双凤头，壶身画着精巧的折枝花朵，细腻得如同白玉。开盖仔细看，才发现壶中有夹层，互相分隔，各自与一个壶口相通。凤头上一定有记号，外人是不知道的，还以为同壶饮酒而毫不疑心呢！粉儿想必从相好口中探得内情，趁其不备，把毒酒与好酒对调了，这才救了费耀色的命，而让吴之荣作法自毙！

费耀色注视着壶内浑浊的酒浆，想想今天九死一生，险些毁在自己生身父亲手中，天下还有比这更荒唐、更令人心寒齿冷的事吗？他怒火冲天，抓起那漂亮的酒壶狠命一摔，酒壶顿成碎片，残酒溅了一地，棕红色，浓浓的，颇似地上那两片血迹。

费耀色冷冷打量那两个助纣为虐的家伙，问："我是什么人，知道了吧？"

"是，是！小人知道，小人知道！"

"你们去地方报案吧！"

"小人不敢，小人不敢！"

"什么不敢！再说不敢我拧下你们的脑袋！"费耀色一声怒喝，吓得两人连连叩头称是。"可你们记清楚，敢提到我费耀色一个字，就跟着你们主子去吧！"他对那两人冷笑数声，大踏步地出去了。

第二天，知府被害的消息就在宁波传遍。传说的人都带着暧昧的笑容，低声渲染那个毒死太守后自杀的女人，或者把声音降成耳语，猥亵地斜视着，交换太守被阉割的详情和原因。陆健的官司倒因此搁下了。

可是谁能想到，费耀色和陆狄初再次设法营救的时候，宁波府又出了大事：

罪犯陆健被人劫走了。

三

南苑射猎，是玄烨有限的活动范围内最使他高兴的事。

秋末冬初，晴光万里，霜林萧疏，遍地黄草，骑上奔驰如飞的骏马，搭着角弓羽箭，追击那些养得又肥又壮的梅花鹿、黄羊和野兔，任寒风掠扫着发热的面孔，一箭飞去，直射鹿身，那巨大的猎物立时翻身倒地，滚起一片烟尘。这时，全身心腾起一股兴奋，胜者的喜悦、强者的自豪油然而生，令人心醉！

不过，射猎是习武而不是游猎，军国大事没有一刻去怀。同是十五岁的少年，玄烨比他的父亲克制得多。所以，围追射鹿时他可以尽情驰骋、箭飞不绝，而每晚批阅奏章仍然直至深宵。尽管他喜爱南苑较为自由辽阔的生活，但从不延长驾幸南苑的时间。因为冬至将临，他必须率全体王公文武大臣祀天于圜丘，这是最隆重的祭祀礼。

由南苑回宫，御驾在南城停下了。皇上久闻广安门内善果寺是京师有数的古寺庙，特意临幸拈香。住持须眉皆白，但面相红润，精神矍铄，恭敬地率众僧在山门外跪迎。玄烨谦恭地请住持导行，一同进了善果寺。随从大臣及侍卫等数十人跟着踏进山门，其余浩大的扈从队伍，都在寺外等候。

进到方丈净室，住持向皇上献茶，皇上也向住持介绍了随行大臣：辅政大臣鳌拜，大学士班布尔善、李蔚，内大臣佟国纲、噶布喇，工部尚书王熙。住持合掌向他们一一施礼。玄烨身后的亲随侍卫是佟国维和尚之信，他们的身份自然不能与住持抗礼。但住持白眉下一双仍然年轻的眼睛，却停留在尚之信身上，看得他怪不自在，直想冒火。

玄烨立时注意到了，笑道："老方丈认识他？"

住持也笑了，说："老僧眼拙，若没记错，这位当是平南王爷的世子。果然与尚老王爷相像。"

众人都很惊讶，尚之信更是瞪大了眼睛。玄烨笑道：“老方丈想必见过尚可喜。”

住持感慨地说：“那还是顺治三年的事情，二十多年转眼就过去了，岁月催人老啊！……”他话锋一转，“说起来，万岁更像先皇。方才，我真以为先皇又进我山门来烧香了呢！……”

玄烨顿时敛起笑容，神情肃然，轻声说：“老方丈见过我父皇？”

“正是。那时先皇正值英年，与万岁眼下相差无几。陪同先皇的是大学士范文肃公……”

鳌拜站在玄烨身边，瞪了住持一眼。住持虽漠然地装作没看见，但也停口不说了。

范文程是开国文臣，辅佐太宗创业有大功。入关及入关后的一系列安民措施，大多来自他，犹如汉有萧何，受到太宗、顺治、康熙三代皇帝的礼敬。他在康熙五年八月病故，葬礼极其隆重，十三岁的皇上亲自撰写祭文，遣礼部侍郎谕祭，立碑纪绩，谥文肃。皇上又亲笔为其祠堂题了四个大字的匾额：元辅高风。当时轰动朝野，以为是臣下从未有过的特殊恩荣。

鳌拜对此事很不满。一来他始终牢记“明季失国多由偏用文臣”的教训，从来瞧不起文臣，何况是个汉军旗的文臣！二来他隐隐感到，小皇帝是故意做给他看的，后面或许还有太皇太后指使，因此不大痛快。今天这个老和尚平白地旧事重提，鳌拜恨他多口，可毕竟不在朝房，他不便随意发作，却也怒形于色了。

玄烨的目光从鳌拜脸上匆匆扫过，仿佛没有发现他的脸色，仍然追问道：

“是什么时候？”

“顺治十年四月，先皇到御马厂检阅战马并观看多尔衮的甲胄，转道来我善果寺，盘桓了整整一天。那时，范文肃公陪先皇在这方丈室中坐了许久，君臣相得，如鱼似水，谈笑风生，真如萧何、曹参之于汉高祖，诸葛亮之于刘先帝，令人钦敬。至今历历在目，难以忘怀……”

“这么说，老方丈在侧了？”玄烨不胜神往。

“老僧侍候始终，不曾离开半步……喏，那时先皇就坐在万岁这个首位。”

玄烨倏地站立起来，扬眉问道：“当真？”

住持不理会鳌拜的脸色，亲切地说：“万岁请随老僧这边来。”他转身走向一侧的小门，打开门帘。鳌拜气冲冲地往玄烨面前一拦，叫道：

“皇上不可！……”

玄烨朝他一看，眼里的寒光使鳌拜心下蓦地一惊。但玄烨立刻收敛了，轻声说：“卿傅，随朕一同去看看。”说着大步进了小门。鳌拜无奈，跟着内大臣噶布喇、佟国纲一齐跨进门槛。

这间八尺见方的小屋很空旷，只在正北墙边放一张八仙桌，桌前一物，蒙着一块佛门最尊贵的杏黄色细布。住持上前，恭敬地揭开黄布，竟是一张毫无雕饰的红木圈椅。玄烨立刻就明白了，颤声道：“这是……我父皇坐过的？……”

住持庄重地点点头。玄烨几乎是扑过去，跪在椅前叩了三个头。身后的大臣们也都跪下了。玄烨直起身子，双手轻轻地抚摩这极其普通的椅子，心里百感交集。

玄烨六岁失父、八岁丧母，从小没有得到过父母的爱抚，感情上十分孤零；幸而有祖母疼爱，他才没有像许多孤儿一样冷漠、怪僻或者软弱、自卑。在他内心深处，就格外渴求那从未得到过的父母之爱，每一件带有父母遗泽的物件都会使他心情激荡。但是，宫里父皇和母后的一切日常用品，包括宝座、御榻等，都在葬礼中随珍宝一火焚尽，只有丰富的藏书藏画里间或见得到一些遗迹。他知道父亲曾经在顺治十年来过善果寺，今天御驾临幸原本有思亲的意思，可是一旦见到父亲坐过的椅子，这样普通又这样被人珍视，心里真是又惊又喜、感触万端，竟不由得热泪盈眶，嘴里刚念叨了一句“皇阿玛！”那泪珠儿就扑簌簌地直落在椅座上……

回到方丈室，玄烨拭去眼角泪痕，问道：“老方丈，还记得当日先皇帝与范文程都讲了些什么？”

住持捻着佛珠，略一沉吟，说：“讲了许多……”

鳌拜实在忍不住，一步跨上来对玄烨躬身道："皇上，时候不早了，还没有去拈香拜佛，回宫晚了，老佛爷要担心的。"转过身，瞪眼斥那住持，"和尚家，哪有这许多啰唆！一二十年前的话你也记得清？说错一个字，就是欺君之罪！你给我小心！"

住持连忙躬身合掌："不敢不敢。"

玄烨咬住嘴唇，不易觉察地狠狠瞟了鳌拜一眼，不再说什么。一行人由住持导引着，往大殿拈香拜佛。

他们穿过塑着四大天王和护法韦陀巨像的天王殿，走进高耸的大雄宝殿。殿内极其空阔幽深，正中莲台上端坐着三尊两丈高的佛像，那是释迦牟尼佛、药师琉璃佛、阿弥陀佛，殿顶高悬天井龙头，口衔长明灯，两旁十八罗汉，姿态各异栩栩如生。殿中香烟缭绕、灯火暗淡，三大佛庄严慈蔼，低眉垂眼，透过烟云俯视着他们。

鳌拜平日虽然专横，敬佛却很虔诚，当下拈了香在佛前跪拜，起立后把香插进佛前的巨大铜鼎香炉中，便恭敬地站在一旁。

鳌拜抢在皇上之前拈香，内大臣和李蔚、王熙脸上都有不平之色，但因司空见惯，多以皇上礼敬辅臣为解喻，只默不作声。尚之信刚从广东来京入宫侍卫，还没见过这样无礼的举动，登时浓眉一竖、怪眼圆睁，就要跨出行列呵斥，不想只迈得一步，便觉得有只胳膊在他胯边一拦，叫他打了个趔趄！定睛细看，猛吃一惊，拦他的竟是皇上本人！不过他背尚之信而立，根本没转身，看不到他的表情，只是那身姿令人觉出他的成人般的沉着和凝重。

玄烨跟着到佛前拈香。他从住持手中接过九支合成的一束线香，双手捧在胸前，虔诚地仰脸对高高在上的三大佛望了片刻，侧脸问住持：

"朕——当拜不当拜？"

众人一愣，没有料到皇上会提这样的问题，不觉都拿眼睛去看住持。住持捋着白花花的胡须，嘴角露出赞赏的笑意，随后双手合十，清晰地慢慢说道：

"不当拜。"

这回答更出乎意料，鳌拜沉着脸问：

“为什么不当拜？”

住持合十姿势纹丝不变，半合了眼睛，仍然沉静地回答：

“现在佛不拜过去佛。”

一阵沉默。人们表情各异，却都在细细咀嚼这句意味深长的话。鳌拜恼怒地眉毛一立，瞋目就要呵斥，看看老和尚完全闭上眼睛，众人也如参禅一般低头默不作声，略一寻思，竟忍住了。

玄烨心头涌上欢喜的热浪，他占了上风！当然外表不过庄重地微笑颔首而已，把那一束香插进香炉后，到佛座前左侧站定，看内大臣、大学士等依次向佛叩拜上香。

出了大雄宝殿，院中唐槐汉柏清气袭人。东西偏殿各三十间，西偏殿中便是善果寺有名的五百罗汉山。罗汉们高高低低簇簇拥拥，叫人目不暇接，四周还有伽蓝、祖师、观音、地藏四大菩萨殿。东偏殿内则是按照山海经、万鸟图塑成的各种异兽飞禽及蛇蝎五毒等物，煞是壮观。

玄烨命佟国维向随从大臣们宣谕：各自去数各自的罗汉，不必随侍了。他自己则由住持陪同，身边只跟了佟国纲、佟国维、尚之信，迈步踏进西偏殿。他是左脚跨的门槛，住持便由左手的罗汉数起，数到了第十五尊，住持的手哆嗦了，眼睛在黝暗中闪闪发亮，显然涌出了泪水。玄烨奇怪地看着他，佟国纲问：“老和尚，你怎么啦？”

住持的声音有些呜咽：“十五年前……先皇到此数罗汉，数到的也是这一尊！……”

玄烨神色一凛，几个人的目光全都投向这尊了不起的罗汉：圆圆的脸膛笑嘻嘻，无须无发，纯然一副慈面仁心的佛子相貌，双腿盘屈，座下白象，一手执笔，一手托宝瓶，瓶中有刀枪剑戟。

“万岁你生性仁厚好文，太平有象，必为盛世之君。兵刀战事恐是难免，但万岁厚福，总能取胜……”住持喃喃地讲着这尊罗汉预示的祸福朕兆。

“我父皇也是这样的吗？”玄烨突然这么问。

住持轻叹，说：“请万岁细想，果真不错哩！”

玄烨立刻追问：“当年先皇帝数到这尊罗汉，怎么说的？”

“记得先皇笑眯眯地对范文肃公说：朕不能徒具仁厚之貌！穷兵黩武、徒恃军威，而德政不足以上合天心下顺民望，天下焉能大治！”

玄烨呆呆地望着这个年轻的、象征他们父子两代的罗汉，心里翻腾不已。

国家开创之后，长时间民心不足恃、兵力不足恃、钱粮不足恃，顺治九年十年间桂林、衡州战败，定南王孔有德、敬谨亲王尼堪阵亡，使敝势达于极点。当此危机，父皇以十五岁少年之心，能看清“穷兵黩武”的方略不宜于时，采纳范文程的建言，转为“抚剿并举、抚重于剿”的国策，是何等的胆识、何等的英明！

数罗汉的时候，想必是在父皇与范文程已经周密谋划、反复磋商之后了。范文程于社稷有大功！……

而今，国事政务宽严失当，天下嗟怨。安得良臣如范文程，安得握国柄如父皇，玄烨也能同父皇一样，完成一个巨大的转折，使天下乂安，万民早享太平……

在一尊降龙罗汉面前，住持停了脚步。那条青龙耸须抖鬣、张牙舞爪，形状很是凶恶，而骑在龙背的罗汉却是个温文儒雅的老者，头戴浩然巾，双手合十，绦带飘动，一位博学多才、诚挚谦恭的君子。住持说，先皇见到这尊罗汉，立刻对范文肃公笑说，他从中领悟到文教治天下的奥秘，所以“帝王敷治，文教是先；臣子致君，经术为本”，大乱之后，惟有兴文教、崇经术，才能开创太平。必须提倡德治和教化，禁止苛政，禁止嗜杀……

走到一尊高举金环似要砸下的怒目金刚式罗汉脚下，住持仿佛在自言自语：“先皇严惩贪官，颇似这位罗汉。当年大计[①]天下，被革、降官员达九百余人，还派出监察御史巡视各地，纠举不法不公、蒙蔽专擅、纵兵害民的封疆大吏……记得御史临行先皇都要亲自召见，而御史一经点差，便不许见客，不许收书信，不许沿途官员铺设送

① 大计：全国各省督、抚、藩、臬、道、府、州、县各官吏，每三年进行一次考察，根据优劣，决定其升迁留黜，名为大计。

迎……”

玄烨惊讶地看看住持，老和尚或许真没有感觉到，指着对面的长眉罗汉继续说：“这慈眉善目的长眉尊者，正和这位金环罗汉相对，一文一武、一宽一猛。先皇一统天下，武功文治皆有成就，又为政宽和、满汉并重、爱育万民，实在是一代贤君，不然，焉能入我佛门？至今令人怀想思念不止。先皇是金轮王转世，有大智慧大仁德，故而……”

玄烨一直目不转睛地注视着住持，这时突然问道：“老方丈，你是什么人？”

住持一愣，旋笑道：“皇上天圣聪明，老僧言语有什么不妥之处吗？”

玄烨微微摇头。

“那么，老僧怀念先皇政绩，可也是一片忠心吧？”

玄烨微微点头。

“既然如此，皇上又何必要知道老僧的来历呢？”

玄烨笑了笑，什么也没有说，却也不再往下问。

在鳌拜的催促下，玄烨不得不离善果寺回宫，住持率寺中众僧送出山门。玄烨心里一直热烘烘的，父亲的为政为人，使他热血沸腾，他努力地克制自己，端庄沉着地跨上了马鞍。

大队人马刚刚行至善果寺所在的土地庙斜街胡同口，玄烨一眼看到一面残破的影壁上墨迹淋漓，有字有画。正中，用洒脱的笔墨画了一个和尚，手中提着一个很大的布口袋，鼓鼓囊囊。画左画右都有字迹，看不清楚。最奇怪的是，这个布袋和尚突睛努嘴、相貌严酷，神态竟与鳌拜十分相像。玄烨童心顿起，悄声对身边的佟国维、佟国纲兄弟说：

“舅舅，你们看准墙上的布袋和尚，我再叫你们看一个活的布袋和尚。”

说罢，他突然喊道：“鳌大臣！”

鳌拜正因为善果寺之行心里恼怒，听得皇上叫他，急忙回头。原本莫名其妙的佟国维、佟国纲顿时大吃一惊：鳌拜的面貌、表情、神态，竟与墙上的布袋和尚一模一样！兄弟俩又惊讶又好奇，几乎忍不住要笑出来。玄烨生怕他们失态，连忙说：

“卿傅，那边壁上有字有画，去看一看。”

鳌拜很不耐烦，说：“时候不早了，还是快些赶路回宫吧！”

玄烨笑道：“停一停何妨？”

内大臣噶布喇止住后面的扈从队伍，前面的仪仗也停下来。玄烨催马回到影壁，鳌拜无可奈何，率其他大臣跟着也来了。一看之下，人人脸上变色。

原来布袋和尚的右边，是一首写得龙飞凤舞的七绝：

大千世界浩茫茫　收拾都将一袋藏
毕竟有收还有散　放宽些子又何妨

画的左侧还有几行满文，是这首七绝的译文。明明是在讽刺朝政过于严苛！而且，谁都看得出来，矛头直指辅政大臣鳌拜！墨迹犹新，看似写过不多时，显见是知道圣驾和辅臣要打此经过，故意题在壁上的。

谁这么大胆狂妄？连玄烨在内，大家都非常震惊。鳌拜文字上有限，没有看懂，班布尔善却气得脸色发青，指手画脚地向鳌拜解释。鳌拜顿时大怒，立刻喝道：

“护军营给我留下人马，把画画的人拿了来见我！”

护军营是皇帝的亲兵扈从，怎么能由鳌拜指挥？玄烨不便说话，佟国纲在一旁委婉地说：“鳌公，此事似应召本处巡捕五营办理。”

鳌拜一拍前额：“我也真气糊涂了。班布尔善，你留下办这事！我们且扈从皇上回宫。”

回宫路上，玄烨再没说话。布袋和尚诗画总在他眼前闪动，许多想法把他头脑填得满满的，急于回去向祖母倾吐。

鳌拜回到家中时，阿思哈、马尔赛等心腹大臣已带领各部院奏事官员在门前恭迎了。自苏克萨哈被杀，遏必隆愈加唯唯诺诺，朝廷政事就集中到鳌拜这里，于是便出现了这个以鳌拜为中心的朝廷中的朝廷。一切政事都先在鳌拜家议定，然后奏请皇上批准施行。近来又加扩充，连各部院向皇上启奏的官员也要先到鳌拜家酌商。若鳌拜认为不妥当，他们的本章就将被拦下来，不许上奏。

鳌拜精力过人，虽然今天天不亮就扈从御驾由南苑动身回城，眼下已经日过中天，他却不露一点疲惫之色，立刻着手处理各项事务。

他理事极果断干脆，往往三言两语就把一起要事打发过去。他说，阿思哈记，间或也跟阿思哈、马尔赛、穆里玛商量几句。不到一个时辰，部院奏事官就都领下指示走了，剩下的，是被人们私下称为“鳌党”的那些尚书侍郎、都统副都统们。他们都已发现鳌公不大愉快，便纷纷报喜，说笑话奉承，尽力讨鳌拜欢心。鳌拜没有什么表示，只说大家散了吧，另找日子会聚畅饮。这样大多数“鳌党”也走了，只有阿思哈和马尔赛，加上鳌拜的弟弟穆里玛还留着。他们都是和鳌拜休戚相关的“鳌党”核心人物，此时一个个脸上都显出不安。

穆里玛问：“大哥是不是太累了？早些歇着吧！”

鳌拜摇摇头：“不累。……走吧，到思恩堂去少喝点儿酒。”

阿思哈惊异地望着鳌拜紧皱的眉头：“鳌公，你这是……”

鳌拜哼了一声，说：“等班布尔善回来再细说。”

班布尔善赶到思恩堂时，小宴刚刚摆开。鳌拜居中，左右两桌是穆里玛和阿思哈，再下来便是马尔赛和班布尔善的席位了。各桌上放了酪干、奶卷和乌塔这些乳制品，又各有一个十六拼的格装锡盘，里面分格堆满了炉肉、酱肉、小肚、熏鸡、烧牛羊肉等下酒菜。班布尔善告座以后入席，表情也不大舒坦。鳌拜问：

“怎么着？”

班布尔善摇摇头：“毫无头绪！”

阿思哈等人迫不及待：“出了什么事？”

班布尔善捧起酒盅一饮而尽，把今天善果寺外布袋和尚的诗画说了一遍。马尔赛立时拍着桌子激愤地嚷起来：“这还得了！这样诽谤朝廷，简直就是犯上作乱嘛！真正大逆不道！拿住了碎尸万段！”

穆里玛切齿道："应当把南城各门立即关闭，立即搜拿！一家一家地搜！那五城巡捕是干什么吃的？着我旗下兵丁去搜！"

阿思哈问："为什么只关闭南城呢？"

穆里玛道："这还不懂？这种事，只有蛮子才干得出来！"

班布尔善沉思着说："这倒未必。此人应是精通满汉文字，又精于绘画。那布袋和尚纯是写意，神形果然与鳌公相像，造诣不深者绝难到此地步！……"这些人中只有班布尔善懂得书画，听他这么说，倒都有些作难了。

阿思哈心思到底灵活，说："你的意思，也许是旗下人所为？"

班布尔善皱眉道："怎么不能？王公贵戚子弟，近汉书习汉俗的大有人在！哪里还把祖制祖法放在心上？"

"不过，"阿思哈看看鳌拜的脸色，小心地说，"要到王府贵戚家捕拿，恐怕……"

这事确实关系重大，鳌拜沉着脸，一直不说话。

站在堂门外的管事进来向鳌拜跪禀："五奶奶听说爷今日回府就忙公务，特意亲手烧烤了一味玫瑰鸭子，着人送来了。"

鳌拜神色稍霁，说："难为她这么细心。传上来。"

五名旗装少女各端一只银盘进了思恩堂，上面是烧烤成绛红色、盘成圆圆一团的油光闪亮的肥鸭，飘散出的仿佛杂有鲜花气息的特异香味使人馋涎欲滴。众人不禁笑逐颜开，眼看肥鸭奉到自己面前，纷纷向鳌公称谢。

鳌拜的银盘里是两只肥鸭，香得令人心醉，他不由得心里笑骂着：你个鬼精灵，小心眼子转得比什么都快！看谁敢埋怨你独占老子的情分！

丫鬟禀告说，鸭子肚里填满了火腿丁、香菇丁、笋丁、糯米和鲜玫瑰花瓣儿，所以香得特别，而玫瑰则是在暖房里养出来的……

这是典型的南味烧鸭，厌恶南蛮子的满洲大臣们吃得津津有味，赞不绝口。阿思哈说，他差一点儿把舌头也吞下去了。这道烧鸭冲淡了席间的沉闷，也驱去鳌拜脸上最阴暗的几片乌云。他喝了一盅酒后，慢慢说道：

“要紧的是，这个布袋和尚诗画，皇上亲眼看见了！所以，无论如何也得把那个该死的家伙查清拿获，凌迟示众！不这么着，皇上的心思可就越来越跑得远，越来越不听话了！”

阿思哈忙问：“有什么迹象吗？……皇上年岁还小，我看他对鳌公言听计从，敬如父执一般。前些时王宏祚革职，这些日子达素复职，光泰、噶达浑起用，皇上都了无留难……”

对户部尚书王宏祚不肯附议废藩田变价，鳌拜很生气，马尔赛更是觉得如骨鲠在喉。正好户部一名书办自制假印偷盗库银事发，马尔赛把失察之罪扣在王宏祚头上，奏报朝廷，把王宏祚革了职，皇上倒也没有回护，只着沉默寡言的原礼部尚书黄机转为户部尚书了事。

班布尔善皱眉说：“却是不可大意。熊赐履屡次上书，含沙射影诋毁辅臣，鳌公两次命议处，又要给降二级调开的处分，皇上都为之宽免。还有变卖废藩田的事，皇上也留中不发，至今不置可否……”

变卖废藩田，马尔赛自然最关心、最着急。他抢着说：“正是正是，查明废藩田产、估价变卖的吏员我都已经分派，偏偏皇上不肯批下……以后这么重要的奏章，就不必奏给皇上知道，省得老是拖延！”

鳌拜点点头：“如今皇上年岁渐渐长大，又像先皇帝的样子，读那些蛮子书，跟那些蛮子文人说东讲西，有什么可讲的？蛮子书画最是迷魂汤！再有蛮子文人一煽，那还了得！先皇帝好好一个满洲天子，不就生生地给迷魂汤迷倒了，年纪轻轻的，便升天去了！……咱们提防要早，不然，这些年的心血可就白费了！”

穆里玛用力点头：“大哥说得对！我看皇上还不至于那么糊涂，先皇帝的罪己诏明摆着嘛！再说，他怎么能不听大哥的话呢？三院六部，他不都得靠大哥靠咱们才拨拉得动吗？不听也得听！”

马尔赛眼珠子转了两圈，说：“鳌公，何不试他一试？”

鳌拜粗重的眉毛略略一扬，没作声；其他人都望定马尔赛，异口同声地问：

“怎么试？”

马尔赛侃侃而论：“我想，自先皇帝仙逝以来，军国大事多亏鳌公主持办理，名为辅政，其实是辛辛苦苦替他掌国，他要是忘恩负义，那绝说不过去！我们也决计不答应！……”每次进计献策前，他都要表忠，已成定例，好在鳌拜爱听，大家也都习惯了，常做出赞赏的样子频频点头，希望他早入正题。好容易他才说到他的主意：

“……拣几件皇上最不愿认可的事情，由鳌公当面向他亲口要求，看他如何。像废藩田产变价的事搁置了这么久，大可用来试一试嘛！”

班布尔善皱眉笑道：“你好心机！明明是替自家打算盘！变价的奏本，皇上一直留中不发……”

马尔赛连忙说：“对呀对呀，那是因为我们这些小臣所奏。要是鳌公亲口向皇上去提，皇上买不买鳌公的面子，可就大有文章啦！皇上的心意不就试出来了？……只此一件自然不够，多找两件叫皇上为难的事，才能试出真心！”

穆里玛笑道：“你的鬼花样真不少！怎么想得来！”

鳌拜沉吟片刻，点点头，仿佛成竹在胸，说道：“试一试也好。不过，先得把布袋和尚诗画查个水落石出！”他的虎目顿时闪射出刚毅中含有暴戾的光，“顾忌什么王公国戚？那些忘祖的子弟们早该给点颜色瞧瞧了！真是他们干出来的，活该犯在我手里，绝不宽贷！”

穆里玛振奋地大拍其手，说：“好！好！就该借此机会，从上到下滤他一遍，把后患除它个一干二净！”

马尔赛眉开眼笑：“鳌公英明之至！先搜查过滤，杀杀他们的气焰，长长咱们的威风，再去试皇上，那可就……大功不难成就哇！嘿嘿嘿嘿！”

鳌拜瞪了马尔赛一眼，是嫌他太张狂。马尔赛立刻会意地止笑，就像突然被刀切断了似的，一点声息都不出，悄悄地喝酒、悄悄地笑。

阿思哈想了想，说：“要论蛮子味最足的，当数安亲王。可是安亲王为人威重，辈分又大，只怕……”

鳌拜沉下脸，厉声说：“你以为就只是查拿题诗画画的人吗？先皇遗诏能不能奉行到底，才是我们做大臣的首要机务，懂不懂？”

马尔赛立即出来解释鳌拜的话："阿兄，这还不明摆着？这一两年朝廷里变故层出不穷，这些王爷们、皇亲国戚们心上到底怎么样，不也正好能借此探一探吗？"

"哦，哦，明白了！"阿思哈恍然大悟，露出了笑容。

鳌拜转向班布尔善："班大学士，你是宗室觉罗，对诸王心里最是有数。这回诸王府的追查大事，就交你专办好了。"

"是。"班布尔善明白，交他办这件棘手的事，其实是鳌拜对他的考察，他当然不能犹豫。

阿思哈自告奋勇："鳌公，三院六部就交给我吧！吏部原有清查官员的职守。"

鳌拜突然问："索额图去吏部就任后怎么样？不跋扈吗？"

阿思哈答道："他居官十分安静，从不掣肘，上上下下的人都喜欢他。这也难怪，他出手大方啊！"

鳌拜点点头，没说什么。皇上毕竟少年，哪能那样深谋远虑，派索额图到吏部牵制阿思哈？自己这一番借题发挥或许全是多余！……不过，一想到今天在善果寺皇上看他的那一眼，鳌拜就觉得不安。闪闪目光冰冷如剑，乌黑的瞳仁里是不是含有他只能意会而无法表达的怨愤？这个十五岁少年的瞬间一瞥，竟使他这叱咤风云、权倾朝野的重臣无端地感到心底深处的颤栗。但愿这不过是自己疑心太重。经过与心腹大臣这么议论布置一番，鳌拜心下踏实了许多。

两天之后，便有圣旨批下一道议政王大臣会议的奏本，命在京师全城搜捕布袋和尚诗画的作者，知情不报者与该犯同罪。所有能写满汉文字、能画画的人，不论是王公贵族还是平头百姓，都要书写两份文件，一份写明康熙七年十一月初二这日上午，自己在何处、在做什么事情、有谁为证；另一份应画一布袋和尚，并用满汉文字写出"大千世界浩茫茫"七个字。若有欺瞒作假情事，一旦查明，连同证人一概加重治罪，绝不宽贷！

这一下，整个京城翻了天似的一片混乱，尤其是各衙门，哪里还有心肠办公事儿？人心惶惶，流言乱飞，巡查巡捕白天黑夜满街走，不识字的百姓也不放过，要一个个地去指认图画。诬陷告密者蜂起，扳害仇家者层出不穷，至于讹诈的、趁火打劫的，就无法数计了。连尊贵的王府也没有躲过搜查。

混乱和恐怖延续了整整一个月……

四

北风凛冽，暮色渐合，浓重的阴云低垂在空旷寂寥的原野上。费耀色勒马回望，竟看不到一处村庄、一户人家。寒风打着旋儿在马蹄下掠过，刺得面孔生疼，仰头向天，仿佛已有细细的雪珠落在脸上。手脚已经冻僵了，他还是奋力举鞭向马臀上一抽，那灰花马一声长嘶，又在原野上奔驰了。大路向北延伸，无穷无尽，直通天地相接的远方，仍然看不见房舍和人踪……

都怪他心事重重，一路上对程先生被劫之事反复寻思、反复盘算着下一步救助的办法。也怪他心里着急，因为和皇上约定了年前必须赶回京师，可还有山东、直隶的几处废藩田未看，贪图赶路，过了宿头。谁想几十里路中竟再没有落脚的地方？这样的数九寒天，若到半夜还找不着住处，怕要连人带马冻死荒野了。

又跑了小半个时辰，人困马乏之际，忽见右侧的旷野中闪出星星火光。费耀色大喜，拍马奔去。等他赶到，天已全黑了。面前是一所被人称作野店的简陋客栈。土房几列，外围土墙，大门外高挂一盏风灯。费耀色此行或住官驿，或进城镇客栈，还没住过这样的野店。早就听说这种地方不干不净，多半与响马强盗有瓜葛。但今日情势不得不进，容不得他犹豫。况且他年少气盛，又很机警，借此长长阅历不也很好吗？

费耀色跳下马背，高喊“住店！”大门边的小屋里立刻有两个矮子男人提灯走出来殷勤接住，一个把马牵去马厩，一个替他背着行囊，领他穿过空落的院子，往头排土房正中的大屋走去。门一开，三四名看不清面目的女人，带着一股粗劣的脂粉香，笑语喧哗地迎上来：

“哎哟，你老人家来啦？”

“今天可冷，你老人家快屋里坐吧！”

…………

费耀色心里暗暗惊讶，生平第一次被叫作“老人家”，又忍不住想笑，便问伙计：“这些女子都是你们店里的？”

伙计笑着附在他耳边说：“都是来觅钱的野鸡！我们店主心善，不肯绝她们生路罢了。客人喜欢，听她们唱唱，随意给俩子儿；要是留下过夜，也不过三五吊钱，不值什么……”说话间，众人拥着费耀色进了屋。

屋里却温暖如春。七八张方桌，桌子四面摆了条凳；墙壁上嵌着土灯台，几盏油灯照得屋里半明半暗；屋侧有烧水沏茶的炉灶，火势正旺，映在墙上红光闪闪；灶上水壶里咕嘟咕嘟响着，白气从壶嘴壶盖向外喷冒，五六名装扮妖艳的女子围着炉火取暖，低声嬉笑；方桌边还有四五个客人，各有一个女子陪着说话喝茶，见费耀色进门，都扭头看他两眼，复又回过去调笑，没人理睬他。

伙计把费耀色让到靠近炉灶的一张桌上安顿好，给他上了热茶点心，然后恭敬地哈腰问：“爷要住通炕还是睡单间？晚饭开来桌上还是送到房间？”

“睡单间。晚饭过一会儿再说。”费耀色实在太累，一时吃不下饭。他端茶欲饮之际，突然发现刚才出迎自己的三名土妓都到炉灶边去了，背身而立，似在对同伴耳语，这是什么意思？

他连喝三杯热茶，驱走了寒冷，冻僵的四肢麻麻酥酥地缓过来了，觉得浑身放松，不觉背靠墙壁，轻轻合眼，舒了一口气。袭人的脂粉香逼得他又睁开眼，不胜惊讶：围在炉灶边那七八个女子，都围到他桌边来了，一个个涂脂抹粉，脸颊鲜红，嘴唇血红，穿红着绿，满头绢花。这个手提胡琴，那个怀抱月琴，还有一个敲着牙板，笑嘻嘻地娇声昵语：

“大爷，缓过劲儿来了吧？”

“你老人家点个曲子吧！”

“我们这唱曲儿的，可是百里内再寻不出第二份哟！……”

费耀色板着脸说：“我这人从来不爱听唱曲！”

女人们相视一笑，有两个就退回到炉灶边去了。余下的并不放松，怀抱月琴的女子妖妖娆娆地走近费耀色，手拨月琴“叮咚”一响，笑道：“不听唱曲，听我弹琴可好？”说着她微微侧头，秋波一飞，向炉灶边的同伴递了个眼色。费耀色顿时生疑，便觑了双眼，格外留神。

女人中看去年纪最大的一个站起身，也朝炉灶边一回顾，笑嘻嘻地走上来，把一只手搭在费耀色肩上，说：“你老人家今儿晚上留我好不好？我的被褥是新做的，可干净哩！”

费耀色终于发现，这些女人不管做出什么媚态，对他说什么疯话，进退坐立之际，总要回顾。她们在看谁的眼色呢？

那两名只对他招呼一声就退出竞争的土妓，就倚在炉边闲谈，其中那个周身黑衣、结束轻窄的女子，确实有些与众不同，既不携琴板之类，也没有浓妆，是不是她？

费耀色突然抢过对面女子手中的月琴，好奇地说：“这是什么东西？像个王八盖子！”伸手一拨，“嘣嘣”两响，弦全断了。女人“啊”地叫一声，立刻回顾。费耀色赶忙道歉，并从怀中掏出五钱银子来说：“对不住，我赔我赔……”说着偷眼去看那黑衣女郎。只见她丝毫不动声色，只把一双大眼睛眨了两下，仿佛表示认可，眼珠再游向一侧示意。抱月琴的妓女立刻站起来，收下钱，道谢走开了。费耀色顿时感到一个冷颤顺脊梁掠过。

山东临沂，向来为响马渊薮。听说土妓乞丐之辈多与响马强盗勾连，侦察来往客商囊中金银，指引响马打劫。这黑衣女为诸土妓首领是无疑的了。而她的举止神态中自有一种威严和宁静，眉目间神采照人，不像风尘中人，若非响马之伥，则必是强盗头目！……自己如今落在这荒村野店，无处求援、无法脱险，囊中数百两黄金是为救程先生用的，劫去也就罢了，可再想办法，即便自己这条性命搭上也不足惜，可皇上还等着回报呢！迁海令、废藩田、访贤，加上江南诸省收成、民心、吏治，哪一桩不关系重大？哪一件不急需回禀？……费耀色心急如火，又不敢粗莽行事，一时心头震颤，冷汗如雨。

他又远远看了黑衣妓一眼，闪烁的灯光照着她乌黑的纤眉，眉目间透出一股英气。费耀色猛然醒悟，暗想：黑衣女绝非常人，要想脱险，非她不可！这么一来，他定了心，听四周的土妓七嘴八舌缠了片刻，然后笑着大声说：

“你们以为我是个土老伧吗？也不瞧瞧你们这伙残脂剩粉、粗姿劣首！都给我走开吧！……伙计，请那位黑衣姑娘到我房里来。给我房里上一席头等酒膳！”

土妓们惊讶地笑着，用一种说不出的、带点幸灾乐祸的目光看着费耀色。费耀色全都明白，咬定牙根不动声色，笑眯眯地看那黑衣女子如何表示。但见她嫣然一笑，低头弯腰向费耀色福了一福，说：“多蒙大爷错爱，小女子我这就去抱铺盖。”

小小土屋又矮又窄，但炕炉里火旺，炕桌上酒热肉香。两人坐在桌边对饮，暖烘烘香喷喷，和刚才在寒风中几乎全身冻僵的境地，真是不可同日而语了。只是身体的舒适换来的是内心的紧张。黑衣女子虽然满面笑容地陪费耀色喝酒，但费耀色能感到她冷冰冰的眼睛毫无笑意，唇边也时不时不怀好意地微微翕动。他抑住内心的不安，尽力自然地跟她随着攀谈，讲些苏杭的景致、江南的风物，黑衣女子也搭讪几句，动手把烧鸡和牛肉撕扯开，又为他斟酒，把一只鸡腿递到他手中。她做这些都郑重其事，毫无娼妓的媚态。费耀色不由得说道：

“听姑娘说话，不是山东口音……”

黑衣女子目光一闪，盯住他：“大爷听我是哪里人？”

费耀色道：“听不出。仿佛直隶口音，又有一点儿南音。”

黑衣女惨然一笑：“你听得不错。我原是直隶人，田产都被鞑子圈去，全家南逃，又不得生路；再逃到山东，还是不能落脚，眼见全家贫病交加，活不下去，不得已忍辱含羞做这等下贱营生，实在是……”她低下头，眼圈儿红了。

费耀色也不禁黯然神伤，温言安慰道：“姑娘遭遇，实在叫人难过。以姑娘这等才貌气度，堕入烟花，真是太可惜了！……不过世事沉浮，人生无常，未必就再没有出头之日。”

“唉，堕入风尘，苦命到极处了，哪里还想什么出头不出头！”

“不然！姑娘莫道苦海无边，风尘中自有侠义女子在！”

“哦？”黑衣女子抬头，目光闪闪。

"隋末天下大乱，杨素家妓红拂俊眼识英雄，认定李靖是天下奇才，夜奔客店与他结为夫妻。后来李靖辅佐李世民成就帝业，为大唐开国元勋。姑娘你说这红拂如何?"

黑衣女眉目间升起一股股豪气，大声说："讲得好！干他一杯！"她举杯一饮而尽。

"南宋安国夫人梁红玉，原也出身娼门，于风尘中得识韩蕲王韩世忠，与订终身之约，资助投军。韩世忠果然战功卓著，夫封王位妻做夫人，夫妻双双保大宋。那梁夫人当年击鼓战金山，杀败金兀术五十万大军！何等气概！何等威风！"

黑衣女子神采飞扬、眉目耸动，大叫道："好极了！来，同干一杯!"她拿酒杯对费耀色一举，两人一气饮干。

"姑娘，你的才貌资质，难道就不如红拂女、梁红玉吗?"

黑衣女子一愣，旋即放声大笑。她笑得非常狂放，却又丝毫不损她的妩媚。费耀色看得呆住了，一时心旌动摇，几乎忘了自己身处危境。哪知她笑到最后，竟笑出两行清泪，泪珠在烛光映照中亮晶晶的。

"你这是怎么了?"费耀色惊讶地问。

黑衣女子一脸慷慨，摆头甩去泪珠，说："我不过恨自己生不逢时!"

费耀色心中一震，更加断定此女不是常人，他愈加冷静下来，说："其实，要论际遇，我比姑娘又能强到哪里去呢?"

女子眼光一转，和颜悦色地问起他的生平。费耀色便不厌其烦地细细说起自己的身世。真真假假、絮絮叨叨地说了许久，黑衣女子听得十分专心，之后问道："你初次经商便失利，我看你行囊又小又轻，大约赔得差不多了，回去怎么向你养父交代?"

费耀色顿时心里发慌，他感到黑衣女子的眼睛里有一丝掩饰不住的狡黠，是不是她刚才帮他提行囊时已经觉察?他虽然心中念头电转，辞色间却毫不犹豫，说："行囊虽然轻小，却有我向至亲借来的黄金三百两，是为救我的一位恩人性命的……"他讲起舟行江上遇盗被救的过程以及报恩未成、恩公下落不明的情形。

黑衣女子听得津津有味，纤眉一挑，似要问什么，又忍住了，只赞叹地点点头说："找不到恩公，你打算怎么办呢?"

"我就用这几百两黄金四处打听，总要得他安好的确信，报他的恩义……"

窗外飒飒有声，两人一同揭开纸帘看，只见大雪弥漫，与微微月光相映，一白无际。女子只着一件黑缎薄棉袄，此时不由得抱住了肩膀。费耀色打开行囊，找出了珍珠羔皮短袄，亲自为她披上。回视桌上，残灯将尽，炉火不温。费耀色添油添火，屋里又亮堂堂热烘烘了。他笑容满面地请她对坐继续饮酒谈心。她惊异地看了费耀色一眼，说："你有这么多的话要讲吗?"

"难得遇到姑娘这样的人。所谓酒逢知己千杯少嘛!"

女子沉默片刻，嫣然笑道："你忘了招我来做什么的?"

费耀色正色道："我不敢自认是君子，但平生从不做乘人之危的缺德事，姑娘你放心好了!"

黑衣女子凝视着他，挪动身体又在他对面坐定，随后对他微微一笑。这一笑包含着感激、赞美和一点敬重，是至今为止的第一次不带冷气和嘲弄的真笑。这甜美又天真的笑，勾起费耀色心头的一丝迷惘，仿佛在梦中见过，细想想，又毫无踪迹可觅。

他们又天南地北地谈论开来，更加亲切友好。窗外鸡叫了，黑衣女照例应当告辞。她脱下皮袄放在炕头，就要拜别。费耀色赠她十两白银，柔声说道："你家中若有父兄等男子，拿这钱做个小本生意吧，不要再让你来受这苦楚了，好吗?"他随手又拿皮袄给她披上，"大雪后格外寒冷，你这么早出门别冻坏了。一件皮袄不值什么，你穿着也好挡挡风寒，不必介意。"

黑衣女很不过意地说："承蒙君子怜惜，虚度良宵，受银钱已觉抱歉，哪敢又领赐衣物?"

费耀色郑重地说："我之所以看重姑娘，实在是气味相投，难得遇到。要是贪图床笫欢爱，岂不是亵渎了姑娘?断然不可！这又有什么可抱歉呢?"

黎明的曙色中，黑衣女一双眼睛亮得惊人，里面分明含着泪水。

她动了动嘴唇，似乎还想说什么，却又咬住，低头拜谢下去，匆匆离开了。望着她的背影消失在雪原上，费耀色不由得叹了口气。他若有所思地坐在炕沿边，觉得她的影子似乎还在屋里晃动。

方才与她相对，心弦绷得很紧，时时注视着她的动作、表情以至眼神的每一点变化，倒把她的容貌忽略了。现在回想起来，她是个很美的女郎呢！那面庞，那轮廓秀丽的嘴，尤其是她那双深沉的乌黑的大眼睛就像深潭的水，不知牵动了费耀色心灵深处的什么，总令他惴惴不安……真可惜，这样一个好女子竟堕入风尘！以后还能再见到她吗？……

费耀色正在胡思乱想，忽然门上几声急促的叩击，又让他吃惊：天色未明，谁来叩门？他拔出靴筒里的匕首，凑近窗户朝外一看，却是黑衣女！连忙开门，她大步进屋，又反手关了门，表情和气度完全成了另一个人，挺胸昂首、满面自得，如同一位高贵的小姐，爽快利落地说：

“实话告诉你吧，我哥哥是响马首领，我也领一帮女子沿途探听消息、侦察财货。我一向守身如玉，起邪心歹意者，尽都手刃以报，从不留情！好在我黑衣黑裤貌不惊人，招我的客人不多，刀下鬼也就没有几个。但像你这样的君子，我还是第一次遇到，不得不报答你。你还要走远路，皮袄理当送还，另有一件宝物相赠。现在大雪刚停，路上还不泥泞，你就踏雪走吧，早早离开这里！”

费耀色又惊又喜，躬身长拜。女郎睬也不睬，转身开门就走。走出三五步，又停下想了想，回过身，借着晨光对费耀色再看一眼，皱着眉头问：“康熙二三年间，你可曾去过浙江？”

突如其来，费耀色很奇怪，忙摇头道：“没有。我这是头一次去南方。”

女郎不再说什么，调头大步而去。看着雪地上她的脚印，费耀色心里一惊：她不是小脚！可她明明是汉人女人呀？……难道是前几年太皇太后明令禁止全国女子缠足之后，重新放开的？

半个时辰后，有个中年人来归还短皮袄，并从怀中掏出一个小布袋交给费耀色，说：“这是我家主人赠给你的，嘱我告诉你拿它藏在马辔头上行路，千万不可遗失。到了杨柳青自会有某镖局来人索取，请付给来人即可。千万不要误事。”

费耀色收下小包，又拿出银子赏来人，来人连忙摆手说：“主人有命，不得受一钱之赐，小的不敢违命。”说罢匆匆走了。

小包里不过是一撮红缨，其中杂着一面杏黄色的三角小旗。他不解其意，暂收怀中。此时天色大明，他算了房钱就要启程。几位客人都劝他再等一时辰，多些人同路，互相也好照应。因为前面这一两百里路最不“干净”。费耀色哪里肯等，叫伙计牵马装行囊，上马前，把那撮红缨三角旗缀在马的前额上。众人相顾愕然。一个老车夫羡慕地说：“大爷哪儿来的这宝贝？真好福气，走遍山东不发愁了！”

费耀色将信将疑，跨马加鞭而去。

跑出不过三十里，迎面来了二十多个骑马带弓箭刀枪的人，他们已擦肩而过，却又回马盘绕一周，盯着红缨小旗看了看，才打马南去了。再前行三十里，又遇到同样情况。于是费耀色不得不相信那老车夫的经验之谈了。

费耀色的目的地是济宁。那里有一大片故明废藩田。在两三天的路程中，每天都要遇到几起带弓箭刀枪的骑马人，每次都安然无恙地通过了。当初南下他走的水路、跟的官船，真不知道商旅行客出门原来竟如此艰难！在客栈歇宿时，他常常抚摩着红缨小旗，想起那位古怪可怕而又可爱的黑衣女郎，虽然自己和她身份悬殊如同天壤，但总忍不住希望以后能够再见到她。若不是她，他囊中那三百两黄金休想保住。

如今，黄金纤毫不少，可费耀色的恩公，改名程守仁的陆健先生，到底在什么地方呢？费耀色是个血性男儿，负救命之恩而未能报答，他无论如何也不能忍受！

一觉醒来，忽见一片阳光直射在自己身上，陆健大吃一惊，不知身在何处。手脚上的铁镣哪里去了？他不是睡在阴暗潮湿、充满恶臭的牢房里的吗？环视四周，是间木制小屋，自己就躺在木榻上，耳边橹声咿呀，莫非在船上？他伸手推开木窗，清凉的风送进一股水汽，举目一望，水流滚滚，映着帆影，两岸正慢慢向后退去。

门帘一掀，一个年轻人进了舱，笑着对他说："你总算大醉初醒了！昨天我劝你少喝几杯，你不听，看看怎么样？烂醉如泥了吧？明天就要入山东境，坐不成大船了，你不出舱看看？"他一边说一边对陆健使眼色。陆健何等聪明，也立刻笑着答道：

"我只道自家海量，到底年岁不饶人，逞不得英雄了。是贤弟把我扛上船的吧？累你了！"两人同声一笑。舟人送进洗漱温水，陆健披衣而起，盥洗着听同舟人们谈话。看样子都是客商，同行少年跟他们搭话也说得热闹，自我介绍姓金，陆健姓李，两个合伙做布匹生意。谈起生意经，姓金的还真在行呢！

饭后，陆健倚在舷窗，眺望两岸稀稀落落的村舍和冬初荒寂的原野，细细地回想着这些天的事情。对自己竟然获救出狱，总要理出个头绪来。

自那日在公堂见到吴之荣，陆健抱定必死的念头，反倒十分坦然。不知是监狱人满为患，还是故意要折辱他，竟未把他这重犯单独囚禁，却扔进了死牢。

同牢只有一个人，状貌十分凶恶，一头乱蓬蓬的短发，一脸又黑又脏的胡子，高颧骨、大颚骨，黑黑的脸上有许多麻子，浑身虬筋结体，非常强健。狱吏狱卒都怕他。他一瞪眼，狱卒们就赶紧赔笑脸说好话。平日大酒大肉从不间断，多数日子都在醉乡。陆健到来，他非常生气，大骂狱吏不该扰他的清静。但这是太守大人亲口嘱咐的，狱吏怎敢不遵？这囚犯就迁怒于陆健，或骂或嘲，甚至还要动手打他。陆健既不示怯也不发怒，淡然处之，反倒令这囚犯大为叹服，主动和他亲近了。等到他听说陆健原是《明史》案的要犯后，竟钦敬之至，拿陆健当先生一般尊重。

相处久了，彼此无间，陆健这才知道，同牢人就是著名的绰号"飞虎"的山东大盗。陆健虽隐居江南，也听说过他的大名。此人劫盗半天下，在山东、江苏、安徽、浙江数省作案最频，官府久久不能擒获。后有人告密说他母亲在宁波府，于是把老太太拿进监中，扬言要杀头。五日之内，飞虎便亲来宁波自首，换得释放老母。他的死刑要等太守、臬司审毕上奏刑部，经皇上御批方可执行。太守受了飞虎手下人的大笔银子，案子就这么拖了下来。

在这期间，飞虎的党徒常来狱中探望，在牢房里陪他喝酒说笑，狱吏不过问，狱卒还供他差遣买酒买肉。陆健很奇怪，私下问飞虎：“你和徒弟们来往这么方便，何不越狱逃走？”

飞虎对他眨眨眼皮，笑道：“越狱有什么难？要干得既不露痕迹，又不难为朋友。狱吏狱卒待咱们不错，我要是跑了，他们可得坐监！”

陆健说：“狱吏狱卒好像都很怕你。”

飞虎哈哈地笑了：“他们既怕我手下人杀他满门，又喜欢我给他们白花花的银子。这叫作软硬兼施，他们能不老老实实吗？”

陆健点点头，心里却有几分疑惑：飞虎是个直心肠的粗莽汉子，不像心思这么密这么细的人。

不久，知府吴之荣暴死的消息就传来了，官府上下像炸了窝的蜂巢，乱了好一阵。飞虎在狱中也焦躁不安：这是个逃脱的极好机会，若是错过就可惜了。

那天，飞虎突然面露喜色，对陆健说：“我一向不曾提到救先生出狱，实在是为等人等机会。现下机会来了，就在今晚！”

陆健长叹道：“孑然一身，生亦无聊！你尽管逃吧，不必救我了。”

飞虎诧异地说：“先生发疯了吗？是人谁不想多活几天？”

陆健心灰意懒，只是摇头。

飞虎犹豫片刻，说道：“先生知书达理，有大学问。我是个粗莽汉，可也知道不孝有三，无后为大。先生一家都已死尽，你要是再死了，你们陆家不就……不就绝了后嗣了吗？……不行，我一定要救你出去！”

陆健万不料飞虎会说出这样一番话，什么“不孝有三，无后为大”，什么“绝了后嗣”等等语言，他说来很是别扭。莫非有人在教他？是谁？

当晚，这位姓金的年轻人便来到狱中，和飞虎如同久别重逢，刺刺不休说了许多，一多半陆健全然听不懂，想必是他们行中黑话。飞虎告诉陆健，这是他的弟弟，号“飞燕”，轻功绝伦，救他们出狱，非他不可。

陆健在狱中，常常夜不成寐，这天恶臭的狱中突然飘来一缕异香，仿佛是由风从远方吹送来的，氤氲馥郁，令人心醉。他竟然很快就感到困倦，蒙蒙眬眬中又看到狱卒和各栏中的囚犯也都伸胳膊打哈欠。他意识到有人在做手脚，未及多想已入梦乡了。

一觉醒来，便在船上，又听飞燕说将进山东境内。那么这一觉他睡了多少时间？现在似在运河行船，他是怎样从宁波走到这里来的？……这些谜他解不开，在船上也无法跟飞燕交谈。他已获得自由，逃脱了牢狱和死刑，这却是千真万确的！他尽管已把生死看淡，也在尽力地享受自由的空气和阳光。

进入山东，在一个小镇，飞燕领陆健下了船，有一个人在码头上相迎，走近一看，竟是飞虎！三人重逢很是快活，在镇上一家饭铺饱餐一顿，又买了许多烧饼牛肉卤鸡做干粮。陆健被请上一辆骡车，而飞虎兄弟各骑一马随车而行，加上十多名伴当，一行人上了北去的大路。不多时便离开官道，走下僻径，路过的也都是野店小村。陆健确信飞虎他们无恶意，也不多问，在车中或坐或卧；飞虎兄弟也不时离马上车陪他闲谈。这时他才知道自己和飞虎获救的经过。

原来那天晚上飞燕溜进府衙，先取走太守官印。此时代理太守的护印官乃是府丞，飞燕就把官印扔到府丞夫人的镜奁上，用印压下一纸，上面写着：“劫狱者飞虎也！小心你的狗头！”之后才回狱用闷香迷倒诸人，只把陆健救出，连夜离开宁波。

第二天府丞晨起，见到官印和字纸大为惊惧，又听说陆健被劫，更加惶惑不知所以。正值太守暴死期间，他也暗暗料定吴之荣因诬陷而起《明史》大狱，被天下人唾骂，如今突然死去绝非偶然，心里十分害怕。他既庆幸陆健被劫，免了他一大难题，又疑惑狱中所系并非是真的飞虎。他手下的吏胥及狱吏狱卒等人都得了飞虎的贿赂，极力为飞虎说好话。府丞也就顺水推舟，把飞虎也释放了。陆健他们乘船，飞虎骑马，虽然晚出狱两天，还是在小镇会齐了。

说罢，陆健和飞虎兄弟都哈哈大笑。陆健寻开心地问："就没送府丞一些贿礼吗？"

"哪能忘了他的好处！一串珍珠就价值百金，况且还有千两白银，怎么也够他吃喝几年的！"飞虎说罢，三人又一同大笑。

这兄弟俩都是不通文墨的豪客，粗莽爽直，一身江湖气。陆健不免暗暗寻思，这样巧妙的同时解脱陆健和飞虎的计策，是他俩筹划的吗？或者，他们还有一个高明的军师？……他还注意到，离舟换车走陆路之际，飞燕从怀里掏出一簇红缨，夹裹着杏黄三角旗，插在骡车的轿顶正中。途中不时遇到三五成群的骑者，明明来意不善，一见小旗便退避了。有时还向飞虎兄弟友好地打个招呼。陆健于是更加确信，飞虎背后还有人。是谁呢？他为什么要救自己呢？

又走了几天，远望十数里外，山峦重叠如屏障，很快走近山脚，山路蜿蜒转入山中。陆健下了骡车换骑了马，飞虎兄弟一前一后，沿着山路引他进山。

山行六七里，山坳间忽见阡陌纵横、茅屋相连，有人从茅屋中迎出，牵了他们的马走开。飞虎兄弟领陆健踏上一条上山的弯弯石径。不久，就远远望见松柏林间露出一带瓦顶屋脊，走近了方见高高的砖墙，两扇朱红大门敞开着，白石台阶上站着一个魁梧的汉子：蓝缎皮袍镶毛边风帽，很有气概的虬须衬托的宽脸上满是笑容，一双眼睛亮如晨星。他拱手高喊道：

"程先生别来无恙！"

陆健吃了一惊！这人的身姿、面貌、声音都似曾相识，到底是谁呢？他努力辨认着、回忆着，如坠五里雾中："你……你是……"

那人哈哈大笑，得意非凡，几个大步跨下台阶，一把执住陆健的手，说："不记得慈溪萧镇的大瘟疫了？不记得宋岁寒了？"

"宋大哥！"陆健失声大叫，跟着双臂一张，扑到他宽阔而坚实的胸膛上，两人紧紧相抱，陆健居然掉下了眼泪。五年，整整五年了！多少艰辛和苦难，今天能活着相会，该有多不容易！……陆健哽咽着说不出话，宋岁寒脸上笑着，心头也很激动，不由得眼眶发红了……

大家终于在既宽敞又气派轩朗的正厅坐定了。陆健和宋岁寒还在笑着互相打量。五年的岁月夺去他们很多东西，但朋友间的信赖和情谊却都珍重地保存在各自心头。

飞虎笑着对陆健拱手道："陆先生，我这个假飞虎该下台了。我的真名叫吴小六。宋大哥才是真正的飞虎呢！"

陆健对宋岁寒倒头就拜："宋大哥，你两次救我性命，大恩大德，叫我陆健此生怎么报答啊！……"

宋岁寒连忙扶起，说："快不要这样。自家兄弟，说不上恩德二字！好不容易见了面，得要好好地庆贺庆贺！……来人，备酒宴给陆先生洗尘！"

酒宴就摆在正厅，大家开怀畅饮。席间，陆健才知道，一切都是宋岁寒策划的。吴小六假飞虎之名救出老太太，然后由飞燕假飞虎之名盗官印警告太守，迫使他放出吴小六。虽然发生了太守暴死和解救陆健的两个意外，却使他的计划实现得更加完满了。说到高兴处，四人一起哈哈大笑。吴小六告诉陆健，宋岁寒是他们的大哥，手下有好几百人马，都在山中，另外还与山东、安徽、苏北多处有名的绿林好汉结盟，眼看着势力越来越大了。

陆健有些紧张，问："宋大哥聚集人马，为的杀富济贫吗？"

宋岁寒未及回答，吴小六抢着说："杀富济贫算什么？反清复明才是正理呢！"

陆健暗暗沉吟，他没料到事情如此重大。宋岁寒向吴小六使个眼色，连忙把话题引到别处。

宴罢，小六和飞燕各自回家。宋岁寒和陆健送他们出门，天色已晚，空中飘下雪花。宋岁寒笑道："陆兄，你我多年分手，有许多话要说，不如同榻抵足而眠。"

陆健也笑了："极好！有些事我始终想不清楚，今天正好打破这个闷葫芦！"

两人一夜没有停嘴。陆健终于证实了当年的传说。那驻防参领确实假扮海盗杀进萧镇抢走了容姑姑嫂。宋岁寒潜入营中救人时，正遇上满营大乱，姑嫂二人都已受伤，左冲右突几乎逃不出重围。宋岁寒到得正是时候，仗着黑夜的掩护，也仗着他对这一带地形极熟，一家三口奇迹般地逃出了险境。宋大嫂终因伤重而死，兄妹俩匆匆埋葬了她。容姑假意允亲，在洞房刺死参领之时，并没有人觉察；可她去救嫂子却被满兵发现，险些重陷魔掌。如今嫂子终于没有救成，容姑直哭得死去活来。

兄妹俩历经奋战、悲痛，加上几天几夜的奔波，又累又饿，几乎不能支持。幸亏一位农家老妇人收留了他们。这老妇人就成了他们的义母。后来宋岁寒到山东扩展势力，站住了脚，数次差人接老太太北上，怎奈老人家故土难离，不愿受北地风霜之苦，于是才有为擒拿飞虎而囚禁老太太的故事。

陆健也谈起这些年的经历：先当了三年教书先生。江南素称文风昌盛，大乱大瘟之后，仍然旧习不改，对教书先生很是礼敬，所以那三年并不难过。后来一位代他经管商号的远亲知道了他的下落，每年派人偷偷给他送来商号赢利约一千两银子。他便辞了书馆，在靠山傍水的地方买地筑园，一心做个与世无争的隐士。偏偏几条黄鱼惹出滔天大祸，差点儿把命也搭进去……

听到这里，宋岁寒笑道："我看还要谢谢这两条黄鱼，不然，你我此生怕是再也无缘相会，那可是终身之憾啦！"

两人说一回笑一回，眼看东方发亮，才互相催促着睡觉，各自拥被卧倒。

陆健哪里睡得着！他的心思总在两件事上打圈子：

宋岁寒招兵买马、纵横山东，"反清复明"的意向已然明了。那么他救自己是出于义气还是想拉自己入伙？如果他真的提出此事，答应还是不答应？心下很是踌躇。

宋岁寒为什么不提容姑的近况？嫁人了还是已不在人世？想起这个美丽的小姑娘当时对自己的一片真情，陆健至今感念不已。可也正因为此，他不好意思主动相问。暗夜中又浮现出容姑的一双热烈、真诚、美丽的眼睛，面颊上仿佛又因滴了她的泪水而灼热起来……

陆健大概想不到，同榻的宋岁寒也没睡着，也在为相同的事情反复思索呢！

天色大亮，宋岁寒和陆健洗漱时才发现，一夜大雪，漫山皆白，雪后朝阳，照得山间林木亭台如同琼瑶仙境一般。吃罢早点，宋岁寒便兴致勃勃地拉着陆健往半山亭赏雪。刚刚在亭中坐定，宋岁寒又站起身，倚栏远望，随即招呼陆健，指着山下一片铺向远方的雪原说："看到那一小队人马了吗？"

初升的太阳把雪原染成淡金，有五六个骑手在这淡金色的原野上飞驰，越来越近了。不多时就见他们进了山，峰回路转，忽隐忽现。当他们再次出现时，已经离得很近，可以看清马匹的颜色和骑者身后飞舞的披风了。

宋岁寒笑道："咱们下去吧，看样子是来找我的。"

两人刚到正厅，门外一片呼喊，蹄声"嘚嘚"乱响，眼见一匹桃花马从大门外直奔进院中。骑士一勒丝缰，马儿掀蹄直立，"咴咴"地欢叫了一阵，才踏着碎步停下来。黑衣黑裤黑披风、头上包着黑头巾的骑者跳下马，爱抚地拍拍马颈上的长鬃。

宋岁寒笑着喊道："阿容，怎么这样托大，不来见见客人？你看这是谁？"

黑衣骑士漫不经心地一边摘头巾一边回身，抬头朝陌生的身影只扫了一眼，浑身一震，头巾落在地上，人愣在那里。

宋岁寒又笑道："傻闺女，你到处奔波寻找打听他，现下他当面站着，你怎么不认识啦？"

黑衣女郎慢慢往前走了两步，突然奋起猛跑，冲进正厅，一把揪住陆健的两只手，说道："我可等到你了！……"一语未了，小嘴一撇，"哇"的一声，号啕大哭。

陆健很窘，给一个女孩子当众握着双手，实在不成体统！可是容姑的面貌、容姑的眼泪、容姑的真情深深地打动着他的心，他竟不由自主地抽出一只手轻轻抚摩她哭得颤抖的肩头，柔声安慰道："别哭了……我不是好好的在这儿嘛……"

容姑就势把头靠在陆健胸口上，哭得泪人儿一般抽噎着说："整整五年了！……一点信儿也没有！……你叫我……怎么活！……"

陆健抚着容姑的头发，感念她这一片痴情，也滴下了眼泪。谁都会以为这是一对恩爱夫妻久别重逢，无不露出感动的笑容。宋岁寒转眼去看山中雪景，也在感慨万端地笑着……

过了好半天，容姑平静了，发现自己当众倚在陆健怀中，霎时红了脸，赶快站开。为了掩饰自己的窘迫，便转身生气地问哥哥：“你既然早知道他的消息，为什么不告诉我？还叫我到处乱跑？”

宋岁寒笑道：“让你得意外之喜，不是更好吗？”

容姑越发磨不开了。宋岁寒转而对陆健说：“这就叫天缘凑巧，有缘千里来相会，命里注定的鸳鸯，棒打不散！对吗？”

陆健也红了脸，笑着，无话可说。

宋岁寒看着妹妹，感叹道：“容姑对你，实在是一往情深，你别辜负了她才是啊！”

陆健看容姑，正遇上她情意绵长、深如清潭的眼睛，心头顿时涌上一重又一重感激的热浪，喉头哽咽，难以出声，只是连连点头而已。听宋岁寒继续说道：“往日她出门探听你的消息，总要一两个月才回来。这次却回来得早，莫非真有心灵感应？”

容姑有点忸怩地说：“嗯。在七里铺小店，遇上一个年轻人，亏他为人正直坦诚，又说他……”她脉脉含情地瞥了陆健一眼，“是他的恩公，无故被官府捉拿，又无故被劫得无影无踪……”她说起野店所遇的全部经过。

“哦，那必定是费崇儒了……”陆健点头，讲述了与费崇儒的来往，自然提到被拿捕那天的情况，讲到来访的几个客人，其中有被指为大逆的凌天和悟真和尚。

宋岁寒一听大为惊异，立刻招呼吴小六、飞燕等人一同坐下，请陆健仔细说说这两个特别的人。

“当日，这两人是带了珠宝金银和银印、官照来请我出山辅佐做军师的，因我不肯应，他们也就不曾亮出真相。后来拿到官府，才听说悟真和尚是自称朱三太子的大逆犯。”

宋岁寒急问：“你记得悟真和尚的形貌吗？”

“三十二三岁年纪，瘦瘦身材，长脸高鼻细长眼，胆子很小，仿佛眉梢近太阳穴处有一颗黑痣。”

宋岁寒猛地站起来："果然是他！"

陆健惊异地看看他，不料身边的容姑也站了起来，愤愤地说："大哥，你竟然对这家伙还不死心？"

宋岁寒像没听到似的，面露兴奋之色。

容姑更加不满："大哥，那是个白眼狼，得志就伤人！他把咱家、把梦姑姐姐害得多惨哪！"

那边吴小六惊奇地重复一句："梦姑？"

宋岁寒喜色不改，对容姑笑道："这些事你不懂！……小六，你听过这个名字？"

吴小六问："梦姑嫂子是大哥的什么人？……噢，噢，明白了！容姑娘活脱脱就是个小一圈的梦姑嫂子嘛！她必是大哥的妹子、容姑娘的姐姐，对不对？"

容姑直跳起来，忙问："你知道梦姑姐姐的下落？你叫她什么！……嫂子？……"

吴小六哈哈地笑了："梦姑嫂子同春大哥跟我当了几年好邻居，多亏同春哥出手，我母子才逃出了永平府。后来又见过一面，我们直把他夫妻送到临清……算起来，他们的小孩儿也该有两岁了！"

宋岁寒兄妹又惊又喜，容姑忍不住嚷道："大哥，快去找他们！这就去！我去！"

吴小六也笑着拍手道："着！着！早知道跟大哥是一家子，那会儿拉他们一块儿上山来倒好啦！"

柳同春自幼便得人心，每到一处，朋友无数，这样的人，正是宋岁寒起事最需要的，何况又是妹夫！

"同春？可是艺名叫云官、当年梨园三杰之一？"陆健也慢悠悠地插上一句，见那兄妹俩频频点头，他才感慨地说，"在下与他相处时日不多，却交得甚好。他为令妹吃了许多辛苦，真可谓患难夫妻，情深义重了！"

容姑一忽儿向吴小六打听姐姐姐夫的现状，一忽儿又转向陆健询问当年与同春相交的详情，二人哪里招架得住她急如雨点的盘问，只能无可奈何地笑着。

宋岁寒兴奋得如同喝醉了酒，满脸通红，笑道："这真是喜事重重，一起上了门！阿容你也不必问了，咱们略作准备，过三天让小六领我们去临清，把梦姑一家接来！"

"干啥还要等三天？现下即刻就走！我可是一时一刻也等不及的了！"容姑急冲冲地转身就要出厅。

"慢着！"宋岁寒微笑道，"你从小任性，这么大的姑娘了，对自己的事还这么顾此失彼吗？你把陆公子置于何地呢？"

容姑刷地红了脸，羞答答地看了陆健一眼，低头不响了。

宋岁寒"哈哈"笑道："依我说，今日就给你们二位完成花烛、成亲毕姻，三日后同往临清。梦姑见到妹妹妹夫，不是更欢喜吗？陆公子，你意下如何？"

陆健的脸也红了，心口竟"突突"乱跳，见容姑送来的毫不掩饰的期望和爱恋的眼波，顿觉满心甜美滋润，了无难色地深深一揖，说："就依大哥！"

容姑头一低，一道烟似的跑出正厅，惹得厅上的人都笑了。

宋岁寒伸手拉着陆健说："咱们已然是一家至亲，我就不用瞒你了。我并不姓宋。我们姓乔，我叫乔柏年。"

陆健庄重地点点头，他记得，这是十年前曾经天下通缉的名字。

五

"禀王爷，圣驾到！"

门官惊慌失措的一声通报，使岳乐大感意外，连忙问：

"是宫里来人告知接驾吗？"

"不，不不！"门官急得咬字不清，"顶马已到府门了！"

岳乐来不及换上礼服朝冠，一面往外走，一面往身上披石青狐皮袍，戴上本色貂皮缎台冠，大步到大门外迎接。直到他恭敬地把皇上迎进正殿，行了三跪九叩大礼之后，那种恍惚的紧张才渐渐松弛下来。多半是皇上表情和悦亲切，打消了他下意识的恐惧，安了心。

"王伯请坐。"玄烨虽然坐在正位上，口气中满含对长辈的尊敬。岳乐谢恩，在皇上左侧的貂褥坐垫上就座。

玄烨温和地望着岳乐，说道："前些日子听说王伯病倒，朕心不安，想来府中探视。但朝政繁忙，一时不得空，只遣人问候送药。今日奉太皇太后懿旨，特地来慰问王伯病体。太皇太后赐下人参十斤、细点十盒，命王伯好生诊治，早日康复。"说着，他轻轻一点手，二十名太监鱼贯而入，向岳乐颁给赐物。岳乐离座跪倒，感动得声音有些发颤：

"皇上日理万机，以至尊之体亲临奴才家门，已是极大恩典。圣母太皇太后又恩赐人参等物，奴才无德无能，怎敢当此，折杀奴才了！……"

"王伯乃开国勋臣、宗室长辈，又是朝廷砥柱，当得的！不必辞谢了。"玄烨几句话，说得岳乐心头一动，对皇上的来意猜着了几分。他只得连连叩头谢恩。

重新坐定后，玄烨望着岳乐叹道："王伯果然面庞清减了许多，还须好好保养啊！"

岳乐看看眼前的皇上，面部轮廓还是个少年，一双眼睛却成年人一般深沉，隐隐透露着忧郁。这使他格外像他的父亲福临。不是后来那个雄姿英发、才华横溢的皇帝，而是多尔衮摄政时那个阴郁的少年。这发现让岳乐心里不是滋味。可玄烨气度凝重、端庄，胜过当年喜怒无常的福临，又使岳乐感到安慰。他连忙回答说：

"皇上日理万机，已是辛苦非常，奴才微恙，实在不足让皇上挂怀。倒是皇上圣体要好生保养，皇上安宁，天下万民之福啊！"

自玄烨借故跑到岳乐庄园去之后，已过去三年多了。两人再次单独相对，亲切之感如故，彼此早已通过暗暗观察确认对方是自己的同道。只是岁月的流逝、朝政的变迁、君臣的尊卑以及冰月的存在，在他们之间造成隔膜，无法直抒胸怀。而这些必不可少的官样对答，更使他们的倾心交谈产生困难。玄烨决心打破隔膜：

"王伯这次生病因什么而起？隐约听说，班布尔善无礼，冲撞了王伯？"

这是真的。搜捕布袋和尚诗画，闹得京师天翻地覆，家家鸡飞狗跳。只除了皇宫内院，连尊贵的各王府都不能幸免。凡识文断字的，上自王爷下至庶民，都要辨墨迹写具结，简直神鬼不安。更不用说六部三院了，从大学士尚书到笔帖式以至门吏，人人过关。汉官最是查询重点，一次又一次反复查，漏掉一个，问罪长官。班布尔善这次十分卖力气，只把鳌拜的女婿兰布郡王府除外，其余王府一家家过滤。王、贝勒、贝子们或强颜相迎或怒容满面，或亲自接待或儿孙出面，倒是早早晚晚地把他索要的一摞摞本府人的具结都交了出来。班布尔善好不得意！

但是，在信郡王府，他碰了个软钉子。信郡王六岁的儿子——是班布尔善孙子一辈的小世子——以宾主之礼接待了他，奶声奶气地告诉他，阿玛同着两位玛法，贝勒董额和贝勒察尼，都出城冬猎去了，有什么事须等他们回来才能办。

接着，班布尔善在顺承郡王府又碰了个不软不硬的钉子。郡王勒尔锦——按辈分也比他低两辈——喝醉了不能见客，叫他过几日再来。

那日，班布尔善是挟着威势和碰了两个钉子后的气恼来敲安王府大门的。岳乐懒得理他，命王府长史接待。

班布尔善说明来意，要求召集王府上下立刻办理。

王府长史毫不客气地回答说："王爷吩咐下来，从不知道什么布袋和尚！安王府的人个个清白，用不着对墨迹写具结！"

班布尔善"嘿嘿"冷笑，说："这可是关乎朝廷安危，是公事不是私事！我班布尔善不能徇私，王爷还是不要意气用事的好！"

王府长史只是不应。班布尔善于是仗着权势，借口给岳乐哥哥请安，竟闯进王府西跨院的书房，意欲查找书画墨迹。岳乐正在那里习画，见他不顾阻拦擅自强进，立刻大怒，斥骂长史门官：

"混账东西！如此贵人贵客，怎不通报？令老夫便装相见，成何体统！"

班布尔善嬉皮笑脸："王爷说哪里话，小弟再贵，还贵得过王爷你吗？"

岳乐冷冷地说："一登龙门，身价百倍，王爷何贵，焉能望其项背？否则又怎能劳动你的大驾？一家家王府、贝勒贝子府查证过去，真够辛苦！也真亏你下手！”

班布尔善装作听不懂：“同为国事辛劳、为主上分忧，理当的！只求王爷赏小弟个面子，做成朝廷这件大事。”

岳乐不料他脸皮如此之厚，厌恶至极，低头作画，不再理他。他却凑上前，指着岳乐笔下：“哥哥字画果然与那布袋和尚不一样，具结取证又有何妨？”

岳乐登时大怒，回手就给他一耳光，臭骂他一顿，立刻命王府护卫们把他撵出府去，第二天上本参劾班布尔善目无尊长，倚势凌人。

后来，反倒是鳌拜出面做和事佬，命班布尔善登安王府请罪，对各王府的盘查也就停止了。

岳乐想起这些事，叹了口气，回答说：“奴才年岁大了，反而吃不得气！……原以为奴才的本章定被他们扣下，不想皇上还是看到了。”

“哦，不是的。王伯的本章确实被拦截去了。我是从其他途径看到的。”玄烨说着，微微一笑。

岳乐心里一忽悠，暗暗点头。只听皇上又问：“布袋和尚诗画，朕亲眼看见。依王伯推想，出自什么人之手？”

“不管是谁，奴才以为此人有见识、有气概、有胆量，诗画俱皆高明！”

玄烨不料岳乐敢讲得这样直率，看着他又惊又喜，心里盼望他说得再深一些。可他口风一转，又回到班布尔善身上：“班布尔善这家伙，不过当了个大学士，就一心去抱粗腿，把自己姓什么都忘了！哼，哪里配称爱新觉罗氏的子孙！真正有辱祖先！”

玄烨立刻意识到，岳乐现在所说，比布袋和尚的话题含意更深、更重要，立刻逼上一句：“班大学士是王伯堂弟，宗室中才具如他的确实不多。得辅臣赏识重用，他自己恃势而骄，怕也难免。”

岳乐看了皇上一眼后，把目光转向别处，激愤地说：“像他这种人，趋炎附势，忘了自家身份，可不下流吗？帮着外人欺负自家人，可不卑鄙吗？查墨迹写具结，只有他才想得出这些鬼花样！弄得天怒人怨，不要说庶民百姓，就是宗室皇亲，谁不恨之入骨？这几日各府子侄辈来探病的，说起来真是人人咬牙切齿！”

玄烨心里暗暗惊异，岳乐一向沉稳威重，喜怒不形于色，今天这是怎么啦？不过他很快体会到了王伯的一片苦心：这样的话，只有借怒而发才显得自然真实。将来万一被人抓住把柄，还可以用“酒后失言”、“怒迷心窍”之类的托词遮掩一二。这正是王伯独特的聪明之处。玄烨不失时机，立刻又说：

“旗下统领、副统领们，或许看班大学士顺眼。”

这话原本有些不伦不类，但岳乐完全明白它的内含，仍然愤慨地说：“不会！他出任以来，只帮着镶黄旗从正白旗手里夺地，别的旗什么好处也没得。这回查捕，哪一旗也没放过，谁会谢他？倒是皇上和太皇太后不时恤老怜贫，以宫中节省银两周济八旗弟兄，人人感念不已。况且各旗统领副统领，原先均是王府家奴，就有天大的胆儿，谁敢违拗老主子？”

玄烨的黑眼睛闪出光彩，心下更加明亮。太皇太后打发他来探望王伯，绝不是无意之举。他们叔侄谈的是家事，是皇族中一个激起众人厌憎的子弟。另外的人他们毫不涉及，连名字也不曾提到。心照不宣，是有身份的聪明人之间一种十分美妙的默契，这种默契，使两个人心里都很愉快。隔膜更加薄了。

“皇上，自冬至大祭到今日，也不过半个多月，皇上看去又瘦了些。想是政务繁忙，劳累太过吧！”岳乐关切地说罢，见玄烨眼里又透出忧郁，心里暗暗叹息。他能体会龙困浅水，有志难伸的苦楚。自己虽不常上朝，也不议政，但鳌拜的跋扈情状却知道得很清楚。只是他一时摸不清太皇太后的意向，也不了解玄烨到底敢不敢、能不能跟鳌拜较量，所以只能旁敲侧击。

玄烨若有所思地说：“政务繁忙，并不令人苦，苦就苦在……”他一眼发现岳乐专注于自己的目光，心头一动，脸上露出微笑，说，“王伯，如今我听从熊先生所奏，从前翰林院择选博学翰林学士，陪侍左右，朝夕进讲献纳，对圣贤之书、历代政治多所探求，受益不浅，颇有心得。不过用以治国理政，难处却不少。王伯若能参与议政，岂不是好？”

岳乐心里一“咯噔”，定了定神，笑道：“鳌大臣、遏大臣受先皇遗诏辅政，又有太皇太后懿旨令其佐理皇上亲政。奴才与辅臣一向不大合得来，皇上是知道的。”

“正是。朕近日处置几件政务，心下有几分踌躇，不知是否得体，要请王伯指点。”

岳乐忙说：“奴才实在不敢当。皇上垂问，奴才理当竭诚上达。”

玄烨想了想，说起这两天的几件事情。

追查布袋和尚诗画的事，毫无端倪，倒使俗称南衙门的刑部和俗称北衙门的步军统领衙门塞满了嫌疑犯，整日拷打追逼，一个也坐实不了。连内务府掌审上三旗刑狱的尚方院和宗人府圈禁皇族罪犯的空房，也因此人满为患。这实在太反常，几位看不下去的御史上书朝廷，要求慎刑。

昨天御门听政时，御史的奏章作为折本在御前商议。不待旁人表态，鳌拜已经怒形于色，指斥这些御史心怀叵测、恶语伤人，必须交吏部追论其妄言之罪！鳌拜并要求皇上即发谕旨，从此禁止科道官上疏陈言，免得乱政！

见鳌拜发了脾气，气势汹汹，在场的大学士和六部尚书等官员都不敢作声了。但禁止科道官陈言，其实就等于取消朝廷惟一的监察机构都察院。这样的大事就凭鳌拜一句话就定下？大臣们也不敢轻易赞同。一时间御前静悄悄，谁也不说话。

后来，玄烨辞色谦和地说：“卿傅以为御史奏章出言无状，尽可议处该御史就是。一概禁止科道官陈言，恐怕不尽妥当。”

鳌拜鹰眼对玄烨一瞥，怒容不减地粗声说：“老臣上了岁数，又愚昧无知，求皇上训诲，怎的不妥啦？”

玄烨笑道：“卿傅言重了！朕时时牢记卿傅教诲，仰法太祖太宗皇帝。朕记得都察院之设，在崇德元年太宗皇帝建国号为大清之时。太宗皇帝下谕说：‘凡有政事悖谬及贝勒大臣有骄肆侵上、贪酷不法、无礼妄行者，许都察院直言无隐。’……”

鳌拜神色凛然，说：“皇上的意思，倒是老臣妄行了？”

玄烨笑道："卿傅多心了。朕不过说祖宗制度成法不可轻动。若禁止科道陈言，只怕难以摘发情弊，反而堵塞言路。"

鳌拜一时语塞，说不出什么反对的道理，只得点点头："就依皇上。"

玄烨细察当时情状，觉得鳌拜别有用心，料想他第二天还要有事。果不其然，次日鳌拜态度分外谦恭，奏上两件要事，请皇上依议。这两件事都曾由部臣提过数次，玄烨实在不愿同意，故而拖着留中不发，始终不给定论。

一是工部尚书人选。原工部尚书因忤了鳌拜被贬，吏部会推济世出任。玄烨不知此人是谁，但断定必是鳌党，因此不肯就批，令吏部再议。现在鳌拜亲自出面极力推荐，玄烨准不准呢？

另一件便是故明废藩田的变价，户部尚书马尔赛数次上奏，玄烨也知道他已派下吏员办理此事并四处放风。若是准了此奏，废藩田上的百姓要倒大霉，所以玄烨一直压着，不说准也不说不准。现在鳌拜以辅政大臣的身份力请此事，玄烨准不准呢？

鳌拜昨天为什么过分发怒？今天又为什么过分谦恭？玄烨不禁格外戒备。从鳌拜不同平日的特别注意观察自己反应的眼睛里，玄烨猜到了他试探自己的用心。想到给他探出真情会造成什么后果，玄烨心头"怦怦"乱跳。眼下既无力与他对垒，只能退避了。

这一切念头闪电般从玄烨心头飞过，他立刻很顺当地说：

"这两件事留中未发，实在是朕思虑不周，投鼠忌器。卿傅多年辅政，所见毕竟老到，对政事得失了然在胸。朕岂有不依之理，着照准！"

鳌拜略愣了一愣，忙说："皇上英明，真是我大清朝廷的福分！"他阴沉的面容豁然开朗，竟不由自主地透出几分得意。看见他这种表情，玄烨更加确信自己的判断。身为天子、大清皇帝，不得不违心地同意自己不愿同意的事，处理自己的国家政事还要这样受制于人，还得不动声色地强露笑容！对一个十五岁的少年来说，是非常困难的。玄烨暗暗握紧拳头，努力压制心头的怒火，借着听大学士李蔚读折本之机，稳定自己的情绪。读完了，玄烨竟没听明白。偏偏这是汉文本，文言虚词很多，鳌拜也没听懂。

玄烨皱皱眉头："再读一遍。"

李蔚略略犹豫，道："这是御史俞铎的奏折……"

玄烨立刻想起来了。一月前，这个俞铎上了一本说："近闻在京诸臣违法遣人往各省官员处，借名问候，索取财物，又干预地方事，挟持请托，颠倒是非，甚为良民之害。有一等游行闲棍讨取官员书札，或雕刻别人图章，投见地方官员，恣行欺诳。此等情弊深可痛恶，乞天语严饬!"

玄烨对这道本章很注意，朱批道："令指名奏闻。"

俞铎于是再次上奏，词气却没有上次那么尖利了，说："往年曾见刑部左侍郎石坤遣家中管事往江南等处索取财物，干预地方事。"

玄烨看了此奏，甚不满意，特地传旨召俞铎面奏。此时便问："俞铎可宣来了?"

李蔚道："在阶下候旨。"

玄烨道："着他上前面奏。"

不多时，俞铎已踏上乾清门白玉阶，跪在皇上御座前的咫尺之地。玄烨很温和地说："俞铎所奏，既关乎国计民生，又关乎吏治。在京诸臣遣人往各省官员处请托索贿，极是可恶。你据实奏来。"

俞铎低头回奏道："臣闻刑部侍郎石坤，曾遣家中管事往江南等处索取财物……"

玄烨说："这是康熙五年的事，石坤久经革职，何必再说?当检举现任官员。"

俞铎唯唯诺诺，竟不知所云。

玄烨和悦地安慰说："俞铎身为御史，稽查各衙门原是职分所在，即使有误，亦不怪罪你。据实奏来。"

俞铎在皇上的再三申问下，仿佛鼓足了勇气，直起腰杆想要补充几句什么。可一眼望见御座左侧前方的貂褥坐垫上，鳌大臣盘腿踞坐，一双鹰眼正一眨不眨地注目自己，眼光中满是威胁。俞铎浑身一哆嗦，顿时被慑住，吓得匍匐在地，默默无言。

玄烨一直注意观察俞铎的表情举动，见此情景，勃然大怒，强压了许久的怒火再制不住，借机爆发了，猛一拍案，大喝：

“俞铎！你好大胆！竟敢欺君慢上！”

俞铎连连叩头，却终于不敢说话。玄烨怒不可遏，脸都气白了，乌黑的眉毛抖动着，恨不得冲下御座，在这张怯懦的丑脸上狠狠甩两个耳光！他咬紧牙关，仅仅使自己没有冲出去，站在宝座上使劲跺脚，指着俞铎喊叫：“你这种胆小鬼，也配在我朝廊上来往！也配穿靴戴帽！滚！给我滚蛋！革职查办！”

自玄烨亲政以来，臣子们从没见他发过这么大的脾气，一时都吓住了。皇上不仅面貌像先皇帝，他身上流的到底还是他父亲的暴烈的血液啊！

鳌拜像劝一个任性的孩子一样，亲切地说：“皇上息怒。不必跟他一般见识，把他交吏部议处也就是了。”

玄烨依然气冲冲地：“不行！非革职为民不可！”

鳌拜道：“皇上昨天还说不可禁止科道官陈言，今天若革斥此人，也有堵塞言路之嫌嘛！”

玄烨心中一凛，没料到他在这儿等着。鳌拜又凑近他低声说：“皇上至尊，威仪要紧，不可小孩子气，惹大臣们笑话！”

玄烨心里一动，看了看鳌拜掩饰不住的得意神色，暗暗有了主意。当下愣了片刻，平息了怒气，不高兴地往御案后重重一坐，说：“就依卿傅，交吏部议处！起去！”

又议论了几个折本，皇上才恢复常态。待奏事大臣一一下阶之后，玄烨笑着对鳌拜说：“卿傅，步军统领出缺了，朕想赏给佟国纲。”

“这……”鳌拜迟疑了。步军统领掌管着京师的警备防卫，既有防守缉捕之责，又有断狱审案之权，兼管巡捕三营马步兵，加上所辖八军步军，共有三万多人，交给并非亲信的佟国纲，怎么舍得呢？

见鳌拜不肯痛快答应，皇上不高兴地说：“佟国纲是朕的舅舅，他要朕补给这个缺。朕要是给不出，太丢脸啦！”

原来是佟国纲伸手要的！这是个肥缺，不怪他眼红。佟国纲这人处事稳妥，鳌拜对他倒也没有恶感，只是有些肉痛：此缺若许给心腹下属拉来的人，少说能到手十万。

见鳌拜还在沉吟，玄烨拉长脸生气了："卿傅，那济世朕听也不曾听说过，卿傅说让他当工部尚书朕便依你，那还是一品部院大臣呢！朕的舅舅要做个小统领，卿傅都不肯吗？"

这竟像小孩子跟人家交换物事一般了。鳌拜必定在暗暗失笑：别看皇上时时装得威严端庄，却是大人样子小孩儿心肠。不如应了他，若是不妥再换下来又有何难。鳌拜终于欣然同意，毕竟济世当上工部尚书他得的好处更大。

于是，点任佟国纲为步军统领的谕旨当日就发下了。

玄烨委婉而又简略地叙述了事情的经过，并无夸张的意思，最后说："舅舅算是朕特简的统领，明后两日就该上任。王伯，朕此举可有任人惟亲之嫌？"

岳乐久处朝堂，就是玄烨不细说，也能想象出皇上与辅臣斗智斗力的艰苦。他原先只怕玄烨胸无大志，一心在辅臣羽翼下当一世安乐皇帝。后来发现玄烨年纪虽小，却精明出众，颇有父风，便又担心他不善自处，激起朝中大变故。今天他一讲，甚觉宽慰，又极为感叹，听玄烨这么一问，不由自主地说出一句心里话：

"皇上，与其让他任人惟亲，何如自己任人惟亲！"

玄烨一愣，心下顿时大彻大悟，从正中尊贵的座位上直跳起来，上前握住岳乐的手，极其欢喜地说："王伯，你讲得太对了！……你早早回朝议政吧！"

皇上拉住岳乐手的一刹那，岳乐已跪倒了："皇上如此理政，奴才很觉放心。以奴才的身份地位，想来不入议政对皇上更好，更容易着力。皇上细想想自然明白，无须奴才饶舌了。"

玄烨略一寻思，知道他是想站于暗处帮助自己更有利，这也有理。他便放开岳乐的双手，后退几步，笑道："王伯，早就听说安王府花园风格独具，极富江南情趣。如今正事说完了，王伯该领朕观赏一番了！"

岳乐不敢推辞，说道："皇上这半天怕是又渴又饿了，传他们送些茶点来，用过之后再去，可好？”

玄烨笑道：“王伯好小气！一桌酒膳都舍不得吗？我知道王伯家厨下烧得天下名菜名汤，就不肯见赐侄儿？”

皇上是开玩笑，岳乐连忙躬身道：“不敢，不敢！”

“王伯，还是先陪侄儿逛园子，然后到园子里最好的处所摆膳，请侄儿尝尝名酒名菜！”

岳乐也笑了：“可惜时值仲冬，林木凋落，少了许多佳趣。奴才领路。”

安王府的花园果真名不虚传。同是亭台楼阁、水榭画廊，这儿的格局布置怎么就看着比别人家秀丽深邃、赏之不足？同样是石径小桥，这儿怎么就格外曲折高下、别致有趣？就连家家园中都有的石山，在这里也特别瘦、透、秀，说不出的空灵蕴藉，别有韵味。玄烨在入园之前还说说笑笑，进了园门，穿过蔷薇架、绕过太湖石，就不再作声了，眼睛里渐渐泛上梦一般沉醉的神色。几名太监轻手轻脚跟在后面，拿着皇上常用物品侍候着；两名王府老太监在前方开路，岳乐走在皇上一侧轻声介绍：

“相传此园是故明某大学士别业，出自江南叠山名家文伯仁之手。先父住进时，后园已废圮残落，赖有府中文士善绘事者打稿重修，十数年经营，方有起色。春夏秋冬，各擅其妙。请皇上一一过目……”

望着花圃红栏、鹅卵石拼成花色图案的小径，半天不作声的玄烨忽然感叹地说：

“王伯，冰月妹子小时候必定常在园中嬉戏的吧？”

岳乐心头忽悠一下，说不出是感动还是惊异。皇上已立后选妃生子，冰月也已下嫁，难为他至今还不忘情于她。

岳乐当下含糊地应了一声，见前面松荫沉绿，十几棵又高又直的古松环绕着精舍三楹，舍前一架藤萝，只有虬曲如龙的藤茎藤根，沁人心腑的松香在藤萝架四周缓缓浮动。岳乐说：“皇上，这里是园中书房。”

玄烨定睛看时，只见檐下挂着一匾，上面四个柳体大字：松萝书房。楹柱上一副对联：

渐不为人识
时还读我书

玄烨笑笑，说："王伯此联极妙。不过，当此多事之秋，只怕既不易静心读书，也难以不为人识吧？"

岳乐多少有些尴尬，也笑了。不料玄烨又说："记得冰月妹子在宫中时，文思极其敏捷，先生出句对诗，她总胜我一筹。我那时百思不得其解。看来必定是她回府探亲之际，在这松萝书房格外受家学家教的熏陶所致了。"

"不敢不敢，"岳乐连忙说，"她的学识，都应感激太皇太后、先皇帝和先端敬皇后的教诲养育之恩……"

一带山坡，长廊环曲而上，半坡上小亭翼然，亭上黑底匾上题三个松绿色草书：枕红亭。长廊两侧小亭前后，密密麻麻，全是略呈红色的树，虽然落叶已尽，但枝干纵横交叉，密树深处不时传出几声鸟鸣，很是幽静，倒也别有一种情趣。再看那亭柱上的楹联：

山鸟似犹啼往事
桃花依旧笑春风

这难道不是在抒写玄烨的心曲？他竟望着这副楹联呆住了。岳乐多年深藏心底的惆怅被玄烨触动，也翻腾上来，胸臆间不知何处奔流着一股辛酸。这副楹联是他集古诗而成，有感于那段不能自已的情愫。这么多年过去了，他以为早已淡忘，谁知道，并非如此……

半晌，玄烨才指着山坡上这一大片林木问："都是桃树？"岳乐答是。想到春天桃花盛开之际，这里必是云蒸霞蔚，"人面桃花相映红"，该有多美，多令人心醉！如今，人面何处？桃花业已落尽了……

观赏夏景的最好处所是望云水榭，楹联也很有情趣，玄烨十分赞赏：

有约白云来唤渡
且邀明月共开樽

可惜湖水结冰，既看不到天光云影共徘徊的一鉴方塘，也不能体会四面荷花三面柳，清风徐来、月明如昼的佳景。

远远望见一座绿窗四面的方轩，走近时听到泠泠水声。轩前十多个绿色大木桶中，桂树依然含绿。一道镶着湖石边沿的溪水曲折而来，清清水流在轩前蓄成小池，又从小池的另一端蜿蜒流去。池水不曾结冰，清澈见底。几条鲜红的游鱼还在水中石边游动，极是安闲。轩前开阔宽敞，白石雕就的莲座花坛显得华贵，石桌石凳安排有致，又令人有清旷之感。当丹桂飘香、中秋月圆之际，这里不是家人赏月欢聚的好地方吗？玄烨抬头一望，只见轩门上一副楹联：

闻木樨香否
知游鱼乐乎

“好！从何处想得来！”玄烨忍不住高声喝彩，“王伯，不料你才分如此之高！何其潇洒清俊啊！”

岳乐迟疑着没作声。却听玄烨又问：“此轩为什么名为黛语轩？莫非安王福晋也是一位不栉进士？……”

岳乐不得已地说道：“皇上莫笑奴才舐犊情深。实在是冰月撰了这副楹联，奴才方题此轩名为黛语……”他很怕玄烨再问下去，可玄烨却目不转睛地望着楹联，口中颠来倒去地念道：“闻木樨香否？知游鱼乐乎？……”他又俯身水池看那红鱼，并不抬头，说道：“这里既是秋景，怎么不种些菊花？”

岳乐忙答道：“八九月间，这一片都摆菊花的。”

“嗯。”玄烨直起身子，点点头，说，“冰月妹子最喜欢那种叫白鹤卧雪的白菊花。乾清宫里养了许多。明儿个我叫他们送几盆来！”

说罢，他转身离开。

顺着清清溪流，听着淙淙低吟，他俩都无心说话，漫步前行。小溪流入湖水，他们也走上曲桥。曲桥七折，石板红栏，左右两望，湖面结了薄冰，更加透亮，可以一眼看到湖底，柔柔袅袅的水草间，细长的小鱼儿追逐嬉戏，自由活泼的情态令人羡慕。

何处飘来似有若无、不可捉摸的暗香？玄烨深深吸了一口，笑道："好香的梅花！想是已近冬馆了？"

岳乐也轻松地笑了："正是，过桥便到。"

桥头连着泊船平台，登上数阶，一座玲珑精巧的小院出现在眼前。玉砌雕栏回护着院落，也回护着两株古梅，一红一白，正在盛开。花虽不繁却很精神，红梅宛如胭脂染就，嫣然含笑；白梅恰似白玉妆成，皎洁无双。走近了并无气息，离远了倒有阵阵清香袭来。古梅身后，奇石叠成小山，玲珑剔透；山石间几竿修竹绿叶青枝，为这万木凋零的冬天点缀出一团生机。

"疏影暗香馆，"玄烨仰头读匾额，道，"好一所梅花院落！水、月、梅、竹、石，都占全了！正是当令佳处！"

岳乐道："酒膳就摆在馆中，请皇上赏脸。"

玄烨一笑而入，迎面一副楹联扑进眼帘：

竹外疏花冷香飞上诗句
梅边吹笛此地宜有词仙

虽然也对仗工整，不免刻板，远逊黛语轩楹联的空灵蕴藉，那简直匪夷所思！这断然不是冰月所为。玄烨道："倒是眼前风光。不过下联落空了。"

岳乐对一名本府太监使个眼色，太监便低头走开。当岳乐陪着皇上各坐一席，先饮热茶时，一缕嘹亮的笛声远远飞来，透过梅花，透过轩窗，随着阵阵梅花香，直送到他们耳边。玄烨望着岳乐，快活地点点头，细心听了片刻，叹道：

"这一曲《瀛州古调》吹得真好！高昂处鹤唳长空，低回时雨打梨花，真是绝调绝技！宫里乐师未必有这样的造诣。王伯，这笛师果真是曲中高手啊！……定是王伯传笛师演曲，以足下联，对吗？”

岳乐一面点头称是，一面谢皇上夸奖，一面又暗暗惊异：本府的笛师从来没有这么高的技艺，难道不是笛师所奏？……

太监们提着食盒，川流不息地从厨下向疏影暗香馆送菜送汤送酒，在门口就由御前太监接过。王府也同宫中一样，每道菜肴要经试餐银牌和尝菜太监试过断定无毒无害，才能上桌。这在普通人家，会被客人看作无礼，但在这里却是当然如此完全应该。

先敬上万岁爷的是一冷盆，叫作龙凤呈祥。盆中金龙彩凤绕日飞腾，极其生动华美。玄烨夹了一片龙鳞尝尝，却是火腿裹着鸡丝做的；龙睛凤眼和凤尾的三眼花心嵌着亮闪闪的红宝珠，竟是七颗糖渍樱桃！不但外形精巧，味道也各处不同，全不似宫中御膳房的千菜一味。

上来四碟下酒菜：蝴蝶海参、银花香菇、南味杂烩、凤尾明虾。这分明是一只红翅带眼的大蝴蝶，那分明是一朵由绿叶紫杆扶托起来的大白牡丹！最是那南味杂烩叫玄烨奇怪，是什么食品能集中这么多颜色，又这样鲜美？他忍不住询问王伯。

岳乐告诉他，这九样都是南味中的上品：海参黑亮、鲍鱼嫩白、鱼唇粉红、火腿鲜红、鸽蛋青白、香菌深棕、鲜蘑淡黄，象牙色的是冬笋和鸡脯。排在一个碟中，深浅相隔，确实好看。江南历来富庶，菜肴传世积千余年，自然非同寻常。

说话间，太监捧上酒坛，当面打开泥封，顿时酒香满屋。岳乐说：“这便是有名的绍兴女儿酒，皇上想必尝过。”

玄烨饮了一杯后，笑道：“酒气很足，到口却淡。”

岳乐笑道：“南人禀性文弱，不禁火酒之刚烈。”

玄烨道：“如这女儿酒，便饮十盅百盅也不得醉的。”

由于菜肴香浓，很合口味，片刻间玄烨已三杯下肚，叔侄二人边吃边谈，不像在宫里吃饭，静悄悄的没人敢出声，玄烨很觉心情欢洽。

菜肴又流水般地上席了：

四盘鱼肴：松鼠黄鱼、醋椒鳜鱼、糖醋鲫鱼、红烧鲤鱼；

四盅海鲜：牡丹虾仁、松子鱼米、白汁鱼唇、干焙鱼翅；

四品南味烧烤：叉烧酥方、脆皮烧鹅、七星葫芦鸭、八珍叫化鸡。

玄烨对这些菜名又感到了兴趣："王伯，这烧烤鸭形似葫芦，叫葫芦鸭就罢了，为什么还要加七星二字？"

岳乐道："皇上只需打开闷葫芦，便知端的。那葫芦中还有切成小粒的七样美味，宛如星星一般。"

"当真？"玄烨打开尝了尝，果然鲜美异常，问道，"是哪七样呢？"

"奴才记不太清，大约有鱼肚、精肉、鲍鱼、火腿、冬菇、鸭胗、莲子几种吧。"

"那么八珍叫化鸡肚中也装了八种美味吗？"

"八珍似乎是八种养生的补药，诸如人参、黄芪、枸杞子、茯苓、肉桂、当归之类。想是烧烤时喷过八珍所浸的酒。"

玄烨叹道："只吃这一项，便有这许多花样！匪夷所思，真真是匪夷所思！……南味菜品果然无双，酒却平常。"

不知玄烨是否有激将的意思，岳乐却沉不住气了，命人取出一个亮光光的陶制小酒坛，说："皇上，这酒是江南一老僧所赠，名梨花春。已存二十年，泥封如故，不信皇上可亲自验看。但坛中所存之酒已不及坛之一半。这便是酒客求之不得的'坛高三尺酒一尺，去尽酒魂存酒魄'。奴才业已饮罢一坛，色香俱美，但万不可多饮。奴才酒量可算洪大，也只敢饮两杯，多则必醉……"

听他这么一说，玄烨大为好奇。一杯饮下，只觉芳香透脑，杯底胶饧，他从没有喝过这样浓厚的好酒，忍不住要求王伯再给他喝一杯。岳乐无论如何不敢答应，说是将此坛酒进奉，现下皇上却不宜再饮，小半杯也不行。皇上醉倒，不是闹着玩的！

玄烨哪里肯信。可是待冬瓜盅、鱼肚汤、银耳粥、三鲜烩等汤菜上桌的时候，他便觉得四肢酥软、双眼微饧，一种极舒服的腾云驾雾的沉醉感透过全身，他根本不想动弹了。岳乐不料玄烨酒量如此之窄，也觉得自己过于孟浪，连忙命御前太监搀皇上进馆中寝处歇息，自己转身去布置府内外的防卫。万一有个闪失，可就是灭族大祸啊！

玄烨躺在软榻上，只觉得自己正向一个甜蜜的深渊慢慢坠落下去，身心都非常舒放。在朝廷中有鳌拜在侧，他那芒刺在背的痛苦，此刻早撇到九霄云外去了。在他即将入睡的当口，隐隐听到窗外王伯和一个女人在说。哦，是安王福晋，虽然声音很低微，还是有几句飘进他耳中：

"……执意要见，怎么好阻拦？"细柔的问话自然出自福晋。

"总是不妥当。再劝一劝……"

"那脾气跟你一样，劝得转的吗？况且自家骨肉……"

"你呀！……唉！……"

玄烨听不明白，也无力弄明白了，因为他已经睡着了。

不知酣睡了多久，玄烨恍然觉得脸上仿佛移来一片阳光，暖暖的，身边似乎有人在轻声叹息，还有一样温软的小东西轻轻摸着他的手背，痒酥酥热乎乎。他努力一挣，醒了。方睁眼便愣住，猛然跃起，坐在床上仔细一认，可不是冰月吗？正痴痴地望着他呢！玄烨心头一热，嗓子眼儿哽咽起来，一把捏住冰月的手：

"月妹妹，真是你吗？……我不是在做梦吧？"

"三哥哥！……"冰月极力忍住就要涌出的泪水，赶紧咬住小小的哆嗦的嘴唇不敢答话，生怕一出声就会号啕大哭。

玄烨可管不住自己了，张开双臂，一下子就把冰月搂在怀里，亲着她的柔发，声音颤抖得几乎不能成句："我，我可……我可想死你啦！……"

冰月不再忍了，把脸埋进他的怀中，泪如雨下，只哭得整个身子都在发抖，玄烨也不由自主地跟着流下了眼泪。小雪仰着头，一双多情的深蓝色圆眼睛望着它的主人们，受感应似的轻声喵呜，有如悲伤地长声叹息。

泪水有时可以洗去心上的哀痛，哭了一阵，两人才觉得轻松了些。

玄烨看冰月，更加出落得风韵超逸，眉青发黑，衬映着白净到几乎透明的肤色、盈盈如秋水般的俊目，她真是美到不能再美，美得使玄烨倍觉伤感。

冰月看玄烨，虽然个子高了、身体壮了，眉目间刚劲内敛、英气扑人，比过去多了许多威严，可是那双柔和明亮的漆黑的眸子，情意绵绵，还是她的三哥哥……

还有小雪，仍然那么一身洁白，眼睛仍然像梦一样深蓝神秘，仍然那么温顺亲热地紧贴在主人身畔，寸步不离。

“月妹妹，你怎么在这里？坐守的太监呢？”

“父王有病，回来请安的。坐守的太监谁不认识柔嘉公主？我把他们都打发出去了。”冰月脸上含笑，声调却是苦涩的，“我不许他们来打搅咱们。三哥哥你不记得了？咱们在慈宁宫一处读书一起玩儿的时候，不也这样的吗？”

“月妹妹……”玄烨感动地捏住冰月的手不放，轻轻抚摩。

“这些日子我读了许多书，也想了许多事，有的想得通，有的想不通。你刚才跟我父王说的那些话，我都听到了。我心里早就害怕、早就为你担心了……”

在冰月面前，玄烨从来是无所顾忌地说真话：“我心里也害怕呀！他们实在是人多势大！万一他真有司马昭之心……月妹妹，小时候我那么敬他爱他感激他，他还救过我；可现在一见到他，就像芒刺在背，浑身不自在！”

冰月反过来握住玄烨的手，安慰说：“我细细想过，只要老祖宗在，他不敢把你怎么样。可他这个人专擅恣肆，我倒是出宫以后才知道的。真干了不少坏事哩！三哥哥，你要想当好皇帝，当英主，非得推开他不可！”

玄烨像小时候那样，拿冰月柔软的小手掌在自己面颊上轻轻拍着，沉思着说：“这个我早想过。只是他于国家有大功，总想着他能改恶从善，也好全始全终。”

“那就要看三哥哥的本事了。依我看，怕是难改……不过，今天听了你跟父王说的话，我放心了好多。只要他总拿三哥哥当小孩子家，就不会在意你、防备你、害你了……”

玄烨眼睛骤然一亮："冰月，你说什么？再说一遍！"

冰月认真地说："可不嘛，你就总是做出一副小孩子气性，别摆出明君英主的样子，别叫他摸去你的底细，总觉着你听话、不碍他的事，他自然一时就不生异心啦！"

"哦，月妹妹，你真聪明！真聪明！"玄烨高兴得放开冰月的手，拍起了巴掌。不想馆外太监听到掌声以为在召唤，赶紧进来两名躬身说：

"万岁爷吩咐，公主格格吩咐。"

玄烨好久没有这么畅快舒心了，兴头突然被打断，大不高兴，沉下脸斥骂道："谁让你们进来的？滚出去！谁再敢来打搅砸断他的腿！"

太监吓得脸都白了，诺诺连声地赶忙退出去。

玄烨转眼凝视冰月，怜惜地说："月妹妹，你瘦多了，脸色也不好，生病了吗？"

冰月凄然一笑，并不回答，反倒问："老祖宗可安康？皇太后、太妃们都好吗？"

"都好，你放心。"

"皇后可好？各宫妃嫔贵人，还有小皇子，都好吗？"

"唉！"玄烨叹道，"你哪天进宫给老祖宗请安，再一个个地问吧，咱们好不容易聚一回，只说咱俩的体己话还说不过来呢，管那么多！"

冰月抿嘴一笑，欲言又止，脸上泛出淡淡的红晕，微微低了头。那一种羞怯娇爱的女孩儿情态，使玄烨心中爱极，又拉着她的手笑道："月妹妹，自你走了，我在宫里一个知心的好朋友都没有了，说话都找不着人，无味得很……"

冰月撇撇嘴，全不相信，伸出小小的食指，在桃花瓣似的腮帮上划着羞他。玄烨一把捏住那个手指头，攥在自己手心里，说："我知道你羞我什么，可我真的一点儿没骗你！皇后呀，佟家姐姐呀，还有那些贵人，她们对我好，都是不得已，谁像你这么真心知我爱我呢！……调换过来说你就明白了。耿额驸也不敢对你不好吧？可他比得上我真心吗？”

冰月脸上飞起一片红云，缩回手，痴痴地望着玄烨，乌黑晶莹的大眼睛里游动着泪光。玄烨心里刀剜似的阵痛，仰天叹道：

“老天，老天！偏偏这般作恶，把你我生成堂兄妹！不然……”

冰月的脸色骤然雪一样白，咬着的嘴唇都失去了颜色，她终于小声地说：“三哥哥，我要告诉你一件事！……”她深深叹息一声，又低下头去，“唉，说也无益。”

“你说呀，好妹妹，告诉我嘛，到底是什么事？”

“我告诉你，可再别对旁人说……我，我并不是我阿玛的亲生女儿！……”

“啊？！”玄烨大吃一惊。

“阿玛的亲生女儿落草就死了。阿玛重阳登高，在山上拾到了我，就……”冰月的泪水在眼眶里直打转，羞耻得抬不起头来。老天爷，一位尊贵的公主，原来竟是个私孩子！

“你怎么知道的？”

“阿玛和额娘说悄悄话，被我偷偷地听到了……”

“啊呀！要是早知道，我说什么也不许你出宫啊！”玄烨愣了半天，一捶脑袋，懊丧至极，“老祖宗又那么疼你！……”

冰月的眼泪终于搁不住，扑簌簌地滚落下来：“老祖宗她……她是知道的，但是她也不能，也不肯的……”

“为什么？”玄烨脱口一问，随即自答道，“可不嘛，若将此事公之于众，王伯将得大罪，你也会给撵走；若不公布，你我仍是堂兄妹，名分上我也不能娶你……”

冰月点点头，抹着眼泪说：“我知道老祖宗还有一层心事，害怕你对我像先皇帝对端敬皇后那样……”

“那有什么不好！”玄烨刚冲出这么一句，便缩口不说了。他学得的道理中，这样就是不好！而他自认对冰月的情分，一点也不低于先皇帝对端敬皇后。一时间心绪激荡，只觉四肢手脚乃至嘴唇都在控制不住地颤抖，竟说不成话。

冰月玉容惨淡，满怀哀伤，啜泣着说：“三哥哥，我今天一定要来见你，就为要看看你，告诉你这件事。咱们缘分浅，是老天爷故意作弄人。我知道你总是想我，以后就别想了，只当我已经不在了……”她说不下去，声音淹没在呜咽中，双手掩面，盈盈地站起身就走。玄烨一把扯住，急得连连说：

“你别走！你别走哇！……人家那么想你，好不容易见你一面，你……当年咱们就白好啦？”

冰月长叹一声，又坐下。两人脸对脸，手拉手，心里都有说不尽的爱和愁。冰月发恨道：“当年我要是不进宫、不认识你，也就干净了！”

一句话打开了闸门，情爱的怒涛呼啸着汹涌奔腾而来，把两个小人儿淹没了！两人几乎同时张开双臂，紧紧地搂抱在一起，泪水夺眶而出，流泉般滚落。玄烨的泪珠滴在冰月脸上，冰月的泪洇湿了玄烨的胸膛。玄烨泪眼迷离地看着怀中的泪人儿，极度的爱怜攫住了他的心，忍不住低下头，用力贴住了那不住颤抖的珊瑚般的小嘴，他立刻感到了回应，顿时情火如沸，浑身燃烧起来……

当年他们在慈宁宫中青梅竹马、两小无猜，虽然又是起誓赌咒又是斗气，实在还是孩子气十足，情窦未开。可是今天……

或许是受了氤氲缠绵之气的感染，屋里两盆含苞的水仙骤然开放了！碧玉叶白玉花一同摇曳着，吐出浓烈的芳香；那边两株枝干虬曲的古梅，疏枝上几朵清丽的花儿微微颤动，羞红了脸，笑红了脸，静悄悄地飘散着香气，直送向榻上那一对销魂荡魄的情侣。他们已经忘记了身外的一切，进入了他们的极乐世界。这个世界只属于这两个自幼就互相爱慕互为知己的孩子，这个世界只剩下他们两人——又是一人，是最自然、最完全、最充分的结合。

了却相思债，这在传奇文章、戏台演曲中被无数支笔无数张嘴写旧了唱滥了的套话，原来竟如此贴切、如此新鲜，堪为绝唱！

甜蜜中带有苦涩，就不会甜得发腻；苦涩完全浸入甜蜜之中，可就变得清奇无比；两者的特殊糅合，使这段恋情超出一切世俗的情爱而深入心底、沁入骨髓……

旁观的只有那只白绣球花一般的小雪。这灵性的小猫静静地蜷卧在杏黄色绣榻的一角，微微合着双眼，似乎沉醉在芳香中，只有长长的白髭须，随着甜美的摇晃在轻轻地颤动……

幸福和痛苦，都会使人忘却时光……他们终于重新面对面地坐起。

玄烨双手捧定冰月秀丽的脸庞，感动得嗓音发抖：“你，你……下嫁一年多了，你竟然一直没有破身！你……”他说不下去了，用一个急剧的动作，把冰月猛地揽在怀中，搂得那么紧，仿佛要让她和自己合成一个人。一股热泪，顺着他紧贴着冰月的面庞之间潸潸而下，不知是谁的，玄烨的？冰月的？抑或是他们两人的？

冰月满脸红晕，满脸羞怯而又沉醉的笑容，但泪水还在流，声音仍是哽哽咽咽：“为你守身，我死也情愿！……我总算没有违负当年的盟誓。好哥哥，我这一辈子都不负你！”

玄烨泫然泪下，道：“可是我……我负了你啊！……”

冰月低低地叹息道：“有什么办法呢？你是皇帝啊！……我一辈子都不怪你！不管怎么样，都不怪你！”

…………

六

精巧的宣德炉上插着线香，蓝灰色香烟直直升起尺余高后袅袅飘散，旁边摊放着一部《妙法莲华经》。太皇太后原本坐在这里半合着双眼看经书，轻敲木鱼念经，寝宫西次间原是一派慈和吉祥宁静。

是那位急匆匆赶来的公主府使者破坏了美妙的气氛。使者退出后，屋里仍是悄然无声，空气像凝固了一般沉重，太监宫女们都拼命低头看地看自己的脚尖，谁都不敢也不忍抬脸看太皇太后一眼。

太宗皇帝名下有十五位公主，只有皇四女、皇五女和皇七女是太皇太后亲生。前年皇七女固伦端献长公主病逝；去年皇四女固伦雍穆长公主之夫、科尔沁亲王弼尔塔哈尔去世，公主守寡；今天来报信的是老佛爷最喜爱的皇五女固伦淑慧长公主府的使者，报告额驸巴林辅国公色布腾去世，公主又成了未亡人！

太皇太后默默无语，一动不动地端坐着，似在用双肩顶抗着什么，但却低垂着眼帘。

苏麻喇姑用托盘进上参汤和一颗药丸：“老佛爷请用参汤，这是御医新进的驻颜养心丸，可用参汤送下。”

太皇太后接过药丸，寻常膳食般慢慢咀嚼，又喝下参汤，静默片刻，问：

“皇帝回来了？”

苏麻喇姑答道：“还没有。”

“他姑姑的事先别告诉他。”太皇太后说着，双手撑着椅子扶手站起来，挥退跟从的太监宫女，独自慢慢走回东梢间的寝处，坐在妆台前，长长地叹了口气，缓缓吩咐道，“苏麻喇姑，开梨花木箱，取我那金胎珐琅首饰盒来。”

“老佛爷……”

“取来。”

苏麻喇姑不敢违拗，进储物间倒柜翻箱，从老佛爷陪嫁的古旧梨花木箱深处，取出了那只宝贵的首饰盒。

太皇太后对首饰盒呆看半晌，轻轻打开，拉出了上面的四个小抽屉，小心地并排摆在妆台上，又把每个抽屉里的络丝金盒一一揭开。抽屉的黑丝绒垫底上，散放着一颗颗小牙齿和更细小的月牙形指甲，络丝金盒里装着乌黑柔软的胎发。太皇太后的手触到这些胎发和孩子们的小东西，就簌簌地颤抖不止，眼睛顿时蒙上一层晶莹的泪……

轻轻抚摩着金盒里的胎发，她轻轻地说：“这是福临的……他一生下来就是一头黑鬈发，黑眼睛睁得大大的，不像他的姐姐们眼睛都闭着……满月剃头，胎发又软又细，不料长大却是暴烈性子，唉！……”

她又拈起第三个抽屉里的一枚小牙：“阿图这孩子，妹妹都换牙了，她的门牙还是只动不落，后来在门槛上绊一跤，才把门牙摔脱，还流了血，吓得哭了一场……”

她像是自语，又像是对苏麻喇姑说，是忆起年轻母亲的满足和自豪吗？她嘴角竟现出一丝微笑，但这笑意随即消失。她叹息着说：“我四个儿女，二死二寡。雅图去年丧夫，好在嫁回我娘家，不会受亏待。阿图最懂事，我也最疼她，偏她运蹇，两次丧夫……是命太硬还是命太贵，额驸竟承受不起？……”

雅图是皇四女的小名，生于天聪三年，嫁给了庄太后哥哥吴克善的儿子，是姑表亲。阿图就是今天来报丧的皇五女淑慧公主，生于天聪六年，十二岁下嫁喀尔喀蒙古额驸索尔哈，不到三年夫亡，再嫁巴林辅国公色布腾，十九年后，如今又守寡。

“老佛爷的意思，她们守还是不守？”

“为什么要守？她姐儿俩既是嫁回蒙古，自应从咱们蒙古习俗，理当再嫁。寡妇不是好当的，空房不是好守的……”太皇太后声音越来越轻，越来越慢，越来越苦涩，“孤寂能把你逼疯，不是常人可以忍受啊！……”

苏麻喇姑不敢作声，听太皇太后半晌无言，悄悄瞥了一眼：老佛爷正对着妆台的明镜出神，面前又多了两只小抽屉。一只抽屉里红丝绒垫上放着一双莹碧无瑕、匀称光洁如无痕秋水的玉镯；另一只抽屉里的蓝丝绒垫上竟是一块镂金嵌玉镶边的椭圆形象牙小像——一个眉清目秀、无冠无袍、一领蓝衫的翩翩美少年！只有苏麻喇姑知道，这一双玉镯，是她的女主人十二岁做新娘，洞房花烛夜，当时身为皇子大贝勒的太宗皇帝亲自为之佩戴的定情信物；至于那象牙小像，苏麻喇姑还是头一次觑着，显见是顺治初年的摄政王、女主人的小叔子多尔衮……

冷不防女主人对着镜中倩影轻声悄语，有如梦中：

“还记得当年吗？不敢说倾城倾国，也称得俏丽无双！无论后宫大宴还是皇族会亲，只要你丽影一现身，便是明月出山，群星顿时暗淡，多少恩宠、关爱、崇敬、倾慕投向你，百鸟朝凤啊！……那时，你曾想到今日吗？至尊至贵、至高无上的孤老太婆！……”她的语调中满是伤感和无可奈何的嘲弄。

“老佛爷何曾孤单！”苏麻喇姑笑着轻声劝解。

太皇太后回头看看她，苦笑，说：“你不明白。你以为尊者贵者很快意？有快意的时候，但历来也有曲高和寡一说。尊者贵者从来少知己少友伴。岁月流逝，老人去了，同辈去了，如今子女晚辈也一个个去了，连有本事跟你作对的人也都去了，更不要说当年的倾慕者们了……”她摇着头，脸上和眼睛里一片寂寞冷清。看贴身侍女不以为然地微笑，她又说：

“比方许多好骑手去登一座极高极难上的大山，起初你追我赶，或是相助，或是相争，一窝蜂地竞赛，都想第一个登上峰顶。山高路长，荆棘丛生，或是马力不济，或是骑术不佳，有人落后，有人回头，有人半途掉进山涧，总之，登得越高，同行的人越少。最后，只剩你孤零零一个人，既没有友伴，也没了对手，站在山巅，高是极高的了，可是举目四望，一片空寂，一派苍凉……”

老太后声音有些嘶哑，似乎含得有泪，略晃了晃头，振作一下，勉强笑道：

“方才念经念到一句，真也想问问：我是谁？谁是我？……这么多年没有人叫，自己都快忘记我的名字叫布木布泰了。”

“老佛爷的名讳，谁敢上口？罪过大啦！”

老佛爷又叹了口气。

“还是咱们蒙古草原，”苏麻喇姑笑道，“把这些看得透看得淡，男女为伴，天经地义，没有许多讲究。”

“如今入主中原，一统天下，不能不从汉俗，免招物议，损及皇家体面。……你呢，苏麻喇姑？这四十年不出嫁、不碰男人，也过得来。”女主人话说得真诚和蔼，毫无调笑的意思。

苏麻喇姑幼年在草原上惨遭几个男人的蹂躏，一生对此事深恶痛绝：“老佛爷，奴才能陪老佛爷进宫，躲开那些狼心狗肺的臭男人，真是一辈子的大福分！”

太皇太后出神地看着自己的老女仆，悲悯的泪光在眼睛里闪动，怜惜地说：“你啊，还是未经人事，不知其中妙处。这虽是你此生一憾，倒也省却许多烦恼。我如今老了，总算熬过去了……”她忽然皱皱眉，自觉说得过于忘情，用一声长叹抹去了后面的话，把抽屉小心地一一放回首饰箱，示意苏麻喇姑收回原处，便重新坐回到西次间的香炉边，拿起了木鱼槌。

她念经颇不同常人，但见唇动不听有声，只用木鱼的清脆音响控制着心经的节律。

奏事太监走来禀报：奏本送到。

木鱼敲击没有停，太皇太后简单地说：“没心肠看它。明儿再来。”

奏事太监求救似的看看苏麻喇姑，连忙说明此奏本很要紧。

太皇太后仍半合着眼看经敲木鱼，说：“搁着吧。”

苏麻喇姑接奏折时，从奏事太监目光里看出事关重大，就禀告一声先拆了封，一看之下，果然变了脸色：

“老佛爷快瞧瞧吧，兰布，就是鳌拜的女婿，上奏请封，要承袭敬谨亲王爵位，议政王大臣会议已准下了！”

“什么？”太皇太后双目陡睁，射出两道闪亮的精光，“来得这么快？……你在鳌府的人不是说昨儿个才议及此事的吗？”

“是昨儿鳌拜的弟媳妇卓布泰夫人请她家萨满太太带来的口信儿，说是还要从长计议呢。”

“那就是说，已经迫不及待了！”太皇太后扔下木鱼槌，蓦地起立，浑身顿时生发出振奋的勃勃生气，大步在房间里走来走去，一双炯炯有神的眼睛犀利地左右闪动，使她脸上表情顿时变得威严、英睿。

她此刻感到的是乌云压顶的威胁！兰布挟鳌拜之势请封，不能不准；但一旦册封，兰布便是玄烨下一辈子侄中惟一的亲王，在玄烨无嗣的情况下，他就可能是承嗣继位的第一名皇储！

这里面不就包藏着弑君夺位的祸心？

如若兰布嗣位，这大清江山还能姓爱新觉罗吗？

何等阴险！多么可怕！

苏麻喇姑想必悟出其中厉害，脸色都变了，期期艾艾地问：

“老佛爷，这，这可怎么办？”

太皇太后走得更快，大步流星，袍子“唰唰”响。苏麻喇姑的眼睛追着她，不一会儿就酸痛起来。

太皇太后突然停住，说：

“兰布请封，拟准。并封福全为和硕裕亲王，参与议政！”

苏麻喇姑长长地嘘了一口气：好一个太皇太后！把玄烨的亲哥哥封和硕亲王，而且是议政王，压住兰布一头，真个是兵来将挡、水来土掩！上等对策！她不由得露出笑容："老佛爷老谋深算，无人能比！等皇上回来……"

太皇太后微微一笑："先别说明，只给他看奏本。咱们瞧瞧他怎么处置，有多大长进！"

院里一阵脚步响，太监大声禀告："万岁爷驾到！"

靴声"橐橐"，玄烨大步走进来。

"老祖宗吉祥！"

"回来了。"

"代安王请老祖宗安。"

"好，起来，坐下。岳乐一家都好？"

"王伯安好。"

接下来竟是片刻静默。太皇太后神色怡和，正在等待玄烨禀告此行的结果，见他只不作声，有些意外。闪眼瞧过去，小皇帝脸上红扑扑的，神情很不安宁，黑眼睛忽闪忽闪地不知在想什么。

"安王请你喝酒了？"太皇太后笑着问。

"哦，是。"玄烨仿佛惊醒，赔笑道，"喝了一杯梨花春，真是我此生喝到的最好的酒啦！……"

"还是先说说岳乐肯不肯回朝议政。"

玄烨怔了一怔，好像没听懂，好半晌才回味过来："哦，这事孙儿对他说了……"他这才把安亲王那些至关紧要的话一一说明。

太皇太后微微点头。岳乐宁愿站在暗处的态度，如她所料。入不入议政无足轻重，要紧的是已与朝中辈分和威望最高的安亲王互通声气了，值得庆幸。只是小皇帝今天怎么有些魂不守舍？

"刚才你说喝了什么酒？这名儿有点耳熟。"

"是梨花春，江南名酒。孙儿怕真要沉醉三日了！"

梨花春！太皇太后心里忽悠一闪，猛记起十多年前的一次圣寿节家宴。她的儿子顺治皇帝福临借题发挥，就借这江南梨花春，以酒喻人，去试探当时还是他弟媳的董鄂氏，沟通了二人的情愫，引来了无穷后患！

居然，梨花春又来了，殃及她的孙子、大清嗣天子玄烨！太皇太后眼睛倏地一亮，完全摆脱了这半日精神迷茫的苍凉心境，两道精气充足的目光直射玄烨。她看到了什么！

沉醉的红晕迟迟不肯退去的面容；含着柔情、留着倦意的水汪汪的双眸；被无法掩饰的欢乐牵动着的微微颤动的嘴唇；还有似曾见过的、眉目间那出人意料的几分妩媚……

她是看见过！她记得清清楚楚！

当年她的儿子福临第一次与董鄂氏偷情欢会之后，就是这么一副样子！

她的心缩紧了，指尖发凉了，黑黑的眉毛鹰翅般扬起来了。然而，她很快稳住了心绪，平静地说：

“你在安王府，见到了冰月。”

这不带疑问的问话，问得玄烨脸通红，眼睛望着别处，低声应了个“是”。但他很快扭过头，鼓足勇气直视着祖母的眼睛，声音在发抖：

“老祖宗，她下嫁一年多了，可她，她至今还是璞玉浑金，不曾破身……”

太皇太后黑眉急剧地一耸：“你怎么知道？”

玄烨答非所问：“她，她这都是为了我……”

“我是问，你怎么知道？”

“她，她给了我！她是我的人了！”玄烨不顾一切，带着一股从未有过的、赖以支撑自己的傲然之气，几乎喊起来。

好长时间，老太后如凝固一般，不言不语，一动不动，巨大的失意笼罩了她。花许多心思去防范、去阻止，以她这天下最尊贵的太皇太后所竭尽的努力，撞在这一双小儿女的痴情上，竟粉碎了！

可是，孩子们不也很苦吗？可怜的冰月！竟执著如此！……

沉默许久，似乎能听到香烟袅然升空的突突响。

“唉，傻孩子！……”老太太嘴角轻轻一抽动，终于落泪了，“都是傻孩子，傻孩子啊！……”

玄烨就势“咕咚”跪倒：“老祖宗，成全了吧！把月妹妹接回来，求求你！”

太皇太后扯过襟边的绢巾，抹去泪，叹道：“怎么可以呢？耿家怎么办？安王怎么办？皇后怎么办？”

玄烨似乎早就想好了，脱口便出：“另嫁一个公主郡主给耿聚忠，就说冰月是安王福晋娘家侄女过继来的，立两个皇后分东西宫，史书上有先例！……”

“冰月要做皇后？”太皇太后一眼看定玄烨。

“不，是我要立她做皇后！”

太皇太后又是叹息摇头：“唉，我自己养大的女孩儿，还能不知道？论起品貌才具，她做个皇后还能不够格？可惜生不逢时，有这份儿命没这份儿运哪！……”

玄烨迷惑不解地仰望着祖母此刻格外显得久历沧桑的眼睛。

“你是聪明孩子，怎么会不明白？

“耿聚忠能忘却夺妻之恨吗？靖南王没有受辱之愤吗？加上平西王吴家、平南王尚家，三藩不会因此同仇敌忾，对朝廷怨望吗？别忘了，他们可不是咱满洲人哪！

“祖宗有制度，乱宗族血亲者死罪。你表姑尼堪福晋就因为冒女仆之女为己女，事发被处死，难道能让如今朝廷位分最高、最有人望、于你父子两代最忠诚的安亲王因此而得罪受死？若不问罪何以服众，何以对祖先？

“天无二日，国无二君，后宫何尝不如此？况且皇后是索尼孙女，何舍里氏族及正黄旗能心服吗？索大臣身历四朝，门生故旧满朝野，人心能平吗？”

说至此，老太太歇了口气，扶起玄烨，揽在身旁，抚着他的肩头，用满是忧虑的目光望定他，做了个总结的综述，无意间传达出了她为政大半生经验中的精华：

“孩子，天地人间，最要紧的是均衡。天地和，万物生；人际和，致太平。朝野内外、满汉之间、八旗上下，乃至君臣、官民、各宗各派各党各门，务必有恰到好处的势均力敌。为君者之要，就在眼观全局，时时洞察失衡，及时消除，抑强扶弱，恢复均衡，使之各得其所，方能致天下太平，是为大治。

“可你为冰月而出的这三个法子，哪一个都将促成失衡！天下至大，国事甚繁，往往牵一发而动全身，激出难以想象的变乱，后果不堪问啊！

“为大清江山永固，为天下万民太平，这事不能准。你可明白？”

“老祖宗，求求你！……”玄烨又跪下，不再振振有词，只是抱着祖母双膝哀告。

“不成。”太皇太后疲倦地摇摇头，声气依然和蔼，语意却越加强硬，“我不能眼看你再走你父皇的老路。你是皇帝，至尊至贵，责任至重至高。今日有两本奏折极是要紧，你快去看来，如何批复，尽快回我。你去吧！”

她轻轻推开玄烨抱着她双膝的手，叹口气，眼睛回到经书上，说：“苏麻喇姑，领他去吧。那两个折子在次间条案上，笔架旁边。”

她不再回头。听得衣裳“窸窣”、脚步“橐橐”，知道玄烨随苏麻喇姑走了。

“老祖宗！……”门口传来玄烨惨惨凄凄、含着泪水的一声，想必他在止步回望，再次哀求吁请。太皇太后咬紧牙关，硬着心肠不回头，闭上眼睛，又举起了木鱼槌。

接下的两天，乾清宫里，皇帝不吃不喝，不批本不听政不临朝，不是睡觉就是读唐诗宋词；慈宁宫里，太皇太后不闻不问不理不睬，照常日一样，不是习字看书便是礼佛念经。皇后妃嫔们不知出了什么事，来往于两宫之间请安问好，全都不得要领，不知所措。最心慌意乱的要算知道内情的苏麻喇姑，明知不会有结果，还是一天几趟两头跑、两边劝，不如此她就不得心安。

第三天一大早，苏麻喇姑又要跑乾清宫，正在梳头的太皇太后发话了：

“你真爱瞎忙！活了大半辈子，什么事没经过，还这么瞎操心，总没长进！”

苏麻喇姑笑道："奴才是操心的命，那小祖宗不吃不喝的，饿坏身子可怎么好？"

"他会饿饭绝水？还不是做给我瞧！乾清宫里里外外，太监宫女，再加上皇后贵人，他还少了同党帮他不成？那个猴儿精的真挨饿，我倒不信了！"

苏麻喇姑笑道："老佛爷说的是。"

"上回天算案御前大审不许他去，不也这么闹腾了一阵？过去了也就好了。他总归是个聪明孩子，凡事心里有数，一时发蒙终究会醒悟，不像他父亲……"太皇太后声音微微一颤，止住不说了。

苏麻喇姑连忙把话岔开："今儿的参汤用的高丽新近贡来的老山参，待会儿老佛爷尝尝可合口味……"见外间一名宫女露了露头，她打住话音走了出去。

慈宁宫总管太监急匆匆地进来，向太皇太后请安罢，又急匆匆地禀道：

"老佛爷，皇上传旨，要往边外狩猎行围！"

"哦？"太皇太后对镜整了整鬓边的珠花，"多咱？"

"今儿早起皇上召乾清宫侍卫传下圣旨，三日后起程，辅臣及王贝勒贝子亲贵大臣随行。"

"知道了。去吧。"

总管太监刚走，苏麻喇姑又回来，脸上一团焦虑，将一信函呈交太皇太后。

老太太镇静地拆着函封："怎么得来的？"

"皇上交给他的看妈送信，看妈不敢瞒过老佛爷，就送我手上来了。"

冰月吾妻：

在天愿为比翼鸟，在地愿作连理枝。心已定，情不移，不求同生求同死。三日后边外狩猎，便可随安王同往，待机相聚。万种情怀难以尽述，匆匆书此数字，慰心报知。

…………

太皇太后把信装入函封，投进折匣锁定，平平的黑眉突然扬起峰峦，平稳的声音里不难辨出威严的决心和当机立断的刚劲：

“传舆，去乾清宫！”

“你不能去边外狩猎行围，我不准。”太皇太后毫不含糊地望着小皇帝。他手执一卷唐诗，低头站在炕边。这是乾清宫西暖阁明间书房。

苏麻喇姑随在太皇太后身边，从没见过玄烨这种执拗不驯的身姿和表情，祖孙之间从未有过的紧张气氛令她极其不安，却又不敢表示出一点偏向。

玄烨扭开脸，半晌冒出一句：“我已经亲政了！”

太皇太后不动声色地顶回去：“我是你的祖母！只要我活着，就要对你抚育教诲！”见玄烨低下了头，她继续加压：

“你不能娶冰月进宫。借边外行猎约冰月私会，更错！”

玄烨猛抬头，又惊又怒：“怎么？……”

“你给她的信，我收起来了。”太皇太后极其冷静，又毫不留情。

玄烨惊愕之余，涌上一片绝望，愤慨使他不顾一切，突然激烈地大叫起来：

“我！我算什么天子！什么皇帝！朝廷大事我做不得主，后宫里家事我做不得主，连我自己爱恨好恶，行坐寝食都做不得主，样样都捏在老祖宗你的手心儿里！……老祖宗，你就一点儿都不心疼我这孙子，不心疼冰月这孙女儿？”

“三阿哥！”苏麻喇姑赶紧劝解，“怎么能这样说呢？老佛爷不疼你怎么选你继位登基？不疼冰月怎么册封她公主？老佛爷一心为你好，为大清江山社稷着想啊！”

玄烨慢慢地笑起来，笑得很怪，很难看：“老祖宗，孙子明白了，你最心疼的最爱的，还是大清江山社稷，不是我玄烨，更没有冰月的份儿！……这皇帝，我不当了还不成吗？要不，我也出家当和尚，还不成？”

太皇太后心中一阵绞痛，迫得她不得不闭眼忍过。

他说他“也出家当和尚”！真是有其父必有其子！儿子的暴烈任性，终究还是遗传到了孙子的身上。平日不显山不露水，一旦爆发，往事重演，又是这么难以控制难以收拾！是前世的冤孽吗？这令人心碎的折磨就没有尽头了吗？……

不！

玄烨毕竟不是福临。

太皇太后也不是当年的太后。

重新睁开的眼睛，明净沉着，并不提高声音加重语气，却一句句坚冷如铁石：

“你真叫我痛心失望。算我这十五年白费了心血！出家当和尚，要断绝七情六欲，难道能娶冰月？废帝降位仍是闲散皇族，也不能夺额驸之妻，娶同宗姐妹！”

望着渐渐垂下头去的玄烨，她声音更加冷酷：“要挟，没有用！不比你父皇当年，独子一个。如今你不当皇帝，还有福全，还有长宁，眼睛盯着宝座的人还少吗？兰布！兰布是不是一个？”

已被太皇太后的威势压得直盯着自己脚尖的玄烨，蓦然一惊：“兰布？哪一个兰布？”

太皇太后站起来，大步走到御案前，随手一翻，找到那本奏折，语调严厉了：

“我命你看的折子，你竟不看！兰布仗着岳父的势力上奏请封，要承袭敬谨亲王爵位！议政王大臣会议已准，就等你皇上的旨意了！人家这么凶这么厉害的一招，专冲着你刺过来，你倒不放在心上，在这要命的节骨眼儿，偏闹着当和尚！你！……”

眼看就要发作，她却又平静下来，叫苏麻喇姑给自己披好披风戴好风帽，慢慢踱向殿门，玄烨垂手低头跟送。她立住脚，回头盯住孙子的眼睛，一字一句地说：

“给你半个月，仔细想想。要江山就不要美人；不要江山，美人还是得不到！若要玩儿出殉情之类的愚蠢把戏，便是我爱新觉罗氏的耻辱！就算我这祖母白认了你这孙子！好了，是非轻重你自己权衡。

传舆回宫。”

自此日起，朝廷不断有奏本劝谏皇上，不宜边外狩猎。劝谏最力者，是皇上的汉文师傅熊赐履。

不久，因皇上偶感风寒，需调治静养，朝会及听政暂停，朝政仍由辅臣代为综理。

卧听萧萧雪打窗，原是极富诗意的境界。何况室内笼着温暖的熏炉、飘着安神的沉速香，躺在温香软暖的锦衾貂褥间，静听窗外簌簌竹叶在风中微语，佛塔角铃在风中“叮当”。寺院的特殊宁静，更使这一切染上仙风佛意而超脱于红尘之外。

身处此境的玄烨，却没有得到一丝一毫的安宁。

这是祖孙间激烈龃龉的结果。他当天就被秘密地护送到西山皇家鹿苑之侧的碧云寺。

寺外禁卫林立，格外森严；寺内却虫蚁不惊，浑若无事。

是给予清境，使他脱离尘事的干扰，“仔细想想”，还是要他尝尝当和尚的滋味？也许二者兼而有之？

到达碧云寺已经入夜，玄烨被安排在佛殿西侧一处幽静高雅的禅房，随行太监服侍他用膳、洗漱、就寝毕，全都退出，好让万岁爷安眠。

多半日鞍马劳顿，清幽的山林气息，万籁俱寂的境界，玄烨却不能分辨自己是醒是睡，不能分辨身处清凉世界还是烈火地狱，不能分辨是过去是现在是未来……

放弃冰月？

放弃皇位？

人生难得一知己，怎么能放弃冰月！

那一双俊美无比的，直透入玄烨心底的乌黑明亮的眼睛！那一张无比亲切的殷红又多情的嘴唇！那软香温玉般的柔美躯体饱含着对玄烨的热望和依恋……这都像是他的身体他的心的一部分，割舍了去，他就会流血，会痛得死去活来。

如今，他已是过来人。男女间的那件事，有情和无情完全不同、情深和情浅大不一样，而和冰月，却超出所有这一切，是神、形、韵的完全融和，恨不能团成片片飞花一时散尽，恨不能死在登仙的一刹那！天上人间，哪里还有这样的欢乐？每一忆及，无论何时何地，都会如眼下一般，情热如沸，腔子里甜蜜得似在嗞嗞作响，沉醉得阵阵眩晕，心头时不时地隐隐疼痛，疼得透不过气，又疼得那样舒服！

老天爷为他造就了冰月，老天爷为冰月造就了他，他和冰月，怎么能离分！

回到了夏天？

五岁的他和四岁的她不肯午睡，偷偷跑到花园扑蜻蜓。他站定撒尿，她看着奇怪：

“三哥哥，你为什么站着尿尿不蹲下？看尿湿裤子！”

“拉屉屉才蹲，尿尿就得站。提着小雀雀湿不了裤子。”

“我尿尿就要蹲着。”

“你不会提小雀雀？”

“怎么提？”

“我教你。你看，就这样。”

“哎呀，我怎么没有小雀雀？”

“不信！我瞧瞧看。哎呀，真没有！怎么回事呢？”

“这小雀雀摸着这么软，真好玩儿！我的是不是藏起来了？”

“我再瞧瞧。还是没有哇？……对了，我是阿哥，你是格格，男孩儿和女孩儿是不是就这不一样啊？……”

玄烨心头滚上一重热浪，眼里涌出泪水，不出声地笑着，翻了个身。

又长大了两岁。她像所有小女孩儿一样爱玩过家家，小碟小碗小箸小匙摆满一桌，两个泥娃娃，佩弓箭的是儿子，戴花的是女儿。她是额娘，他自然给派作阿玛，一家四口喝酒吃菜分月饼，赏月观灯庆团圆。

从小到大，两人好得如同一人，从不互相隐瞒。

他即位后，祖母大病初愈，不也是两人同在老祖宗膝下承欢？祖母问他，打算怎样当这皇帝？他是怎么回答的？

“孙儿惟愿天下乂安，生民乐业，共享太平之福。”

她眼睛里第一次出现的尊敬、仰慕、爱戴的笑脸给他多少快乐和得意！

当时祖母说什么来着？

“留给你的是一副重担。若不能自强不息，若不肯深思得众得国之道，那，这大清天下……”

受命于危难之际，不是男子汉的英雄本色吗？他何尝一日忘记过自己的志向、自己的责任？

四岁那年，他问：“我为什么不能做皇帝？”

五岁在沙河行宫较射，当着父皇和亲王大臣，他理直气壮地宣称：“愿效法父皇，勤政爱民，致天下国泰民安！”

即位以来，苦读诗书史籍，勤练骑射，孜孜不倦地探求治国的根本，汲取历代兴亡的教训，为的就是实现自幼的志愿。

想要有所作为，说起来冠冕堂皇，骨子里，他真喜欢治理国事、听政批本，乐此不疲，觉得其乐无穷。谁能猜到，其中饱含着他的喜怒哀乐呢？

天算案、圈地案，他一定要看到自己日后御批的后果！

吏治、文治，他一定要来一次翻天覆地的激浊扬清！

三藩、治河、漕运，他一定要运用智慧和毅力解决之！

还有迫在眉睫的权臣专擅，如泰山压顶。每想到此，他就如搏战前的斗士、临出击的鹰鹫，浑身是劲，紧张又兴奋！他喜欢这紧张，爱好这兴奋！

冰月最知道他，最支持他，所以他引为知己！

可是为了他的志向，又必须舍弃冰月！

这是个什么怪圈？怎么就转不清楚，转不出去？

冰月下嫁前数日，他曾去道喜。未进屋就呆住了。宫婢在为她梳头，她头发太长，只得高高站在榻上，浓密柔细乌黑的秀发，如黑色瀑布，直拖到地面，光可鉴人；又似黑丝绢黑闪缎，那俏丽、那柔媚，令他心醉复又心酸。想到再不能两小无猜、青梅竹马，想到抚摩这一片乌云的将是另一只男人的手，嫉妒和痛苦咬啮着他的心。他转身而去，回宫叹息到夜半更深。

可是朝政呢？鳌拜步步逼近，兰布封亲王，他的势力已侵入皇室宗族。弃皇位而去吧，福全糊涂，长宁又小，难道眼看着老祖宗无依无靠、孤身奋战？……

迷乱、茫然，胸臆间气血上涌，四处乱窜。

头晕心烦，神志昏昏，浑身燥热，如受地狱烈火的炙烤，像离水的鱼一样，张大了嘴拼命喘气，自觉着被折磨得就要狂喊，就要发疯了！……

“镗！——”

静夜中何来一声巨响？玄烨倏然一惊，仿佛打了个寒战，顿时觉得自己从头到脚完全被包容在这声响和它无尽的、嘹亮的嗡嗡余音之中。

十分好听的袅袅余音轻柔地飞向远方，飞向山间，飞向天际。玄烨凝神地倾听它最终消失、又归于寂静之际，又来了第二声：

“镗！——”

玄烨恍然而悟：这是寺院的钟声，一百零八响。

深夜寂寂，钟声阵阵，徐缓、庄严、宏大、悠长，聆听着、聆听着，他迷乱的神思渐渐安定，胸中涌动跳荡着的气血渐渐平伏，纠缠成乱麻一团的思绪，似被这钟声一根根一条条轻轻扯开带走，他心里渐渐透亮、渐渐清楚，乃至空明了……

他慢慢坐起，轻轻穿衣着袍，披上连风帽的貂皮风衣，从熟睡的太监身边悄悄走过去，出了门。

天空漆黑一团，雪已经停了，寒冷而清新的空气似含有梅花和松脂的芳香，吸一口如饮冰酪，一身清爽。地面积雪泛出的白光，足以引路，他追寻着钟声，从侧门进了正院的西廊，在廊柱边站住了脚。

大殿的长明灯光，如一幅幅、一束束扯得笔直的黄纱，从窗口从门洞投向大殿月台，投向院中雪地。殿角蹲兽仰望夜空，那里似隐似现地闪烁着一颗蓝色的小星。“嘎吱”一声刺耳的门轴响，有人出去，脚步声、衣裳窸窣声、小便溅地声，又是衣服脚步响、门响，随后归于寂静。

两次钟响之间，隐隐可以听到鼾声，几句模糊不清的梦呓，不是僧舍的僧人，就是随来的护卫。他们都在沉睡，一切都在沉睡，醒着的只有他和钟声，还有天空的那颗星。

宁静，沉静，寂静，深深的，深深的……

第三十六响钟声之后，他登上月台，走进佛殿。

佛殿内空无一人。

地面排列着整整齐齐百十个蒲团，满殿悬挂着无数条幡、佛幛、佛灯，在暗淡的光线里更显得繁多拥挤，以至看不清两侧十八罗汉的形态。

他仰望，佛宁静庄严，高坐莲台之上，一手安放胸前，一手伸出，拇指与中指相接，似在指教似在抚慰。佛前长明灯辉映着香花宝烛，自下照上去，佛身竟如真人一般有肉色有光泽，似有气血在肌肤下流动；半睁半合的佛眼也如解人意，那样慈祥，那样亲切，那样智慧，那样通达，从上方静静地注视着他，一直透进他的心底，仿佛阴冷的地窖射进了一束温暖的太阳光。他骤然受到巨大的感召，获得心灵的慰藉，竟不由自主地跪倒在佛前的蒲团上。双手合十，双目轻合，心神空明，静静领受佛光的洗浴。

“小施主，我来教你礼佛。”

玄烨睁眼，昏暗中，只见一个慈眉善目的老和尚站在面前，很平静地向他演示拜佛的礼仪：立，眼望我佛，合十默拜；跪，叩，双手翻掌向天；再翻回，起，再叩，三叩；起立，合十默拜。

玄烨不由自主地跟着做了一遍，老和尚满意地连连点头。

此刻玄烨才发现，一百零八钟已敲完，现在是佛殿内的小钟在鸣响，许多披袈裟的和尚已经就位准备做早课，而自己身后这一侧，也跪了一些信佛的护卫太监。只是由于殿内灯光太暗，又香烟缭绕，彼此分不清面目。

念经，像是在唱一首悠长平稳的安魂曲，清越的撞钟、清脆的碰铃、深沉的大鼓小鼓、余音袅袅的磬，适时加入，使平稳中不时荡出活泼的涟漪。

置身其间的玄烨，心气完全归于平和宁静，一连串的佛事，为他解除了爱欲情感的缠绕，还给他智慧，为他造就了极其自然的自省境界。

他生来这个世界，就为的继承祖宗宏业，当一代英明之君。这也是他自幼立下的志愿，难道能儿女情长英雄气短，就此放弃和葬送他的宏图大业？

虽然人生难得一知己，但人生得为一代君主的机缘不是更难得？

他要的是既做皇帝又得到冰月。冰月能帮他做好皇帝。

可是两者不可兼得之际，他何取何弃？

弃冰月，他将心碎，永生难补此憾，终身再无真情爱；

弃皇位，他能庸庸碌碌过一世吗？再不坐朝受贺，再不御门听政，再没人对他山呼万岁，再不是至尊至贵至高无上，他还能活得下去吗？须牢记圣祖母教训：自己肩负着的，是祖先基业、社稷江山、亿万黎庶！

孰重孰轻？

此刻想想老祖宗的责骂，句句有理、句句真情啊！

老祖宗说："盯着皇位的人还少吗？兰布是不是一个？"

为什么是兰布？……对！不只是鳌拜的势力侵入皇室宗族，是兰布晋升为玄烨下一辈皇族中的惟一亲王！只要玄烨死或退位，他们就会坚持祖宗父子相承的制度，把兰布推上皇位！下一步，便是篡皇权、夺帝位、覆宗庙的大灾难！……

怪不得老祖宗发急，怪不得老祖宗极力制止我出边狩猎，真是太危险了！……老祖宗，你真是明见万里，孙儿永世感戴不尽啊！

…………

佛事已近尾声。住持和尚率领大众擎香念经、绕佛行走三圈。玄烨也在队伍中随行，只觉耳聪目明，心静神清，四体舒适，步履轻松。

归位后，又三跪叩拜毕，早课结束。

那位慈眉善目的老和尚再一次走到玄烨身边，对他，也对他身后许多礼佛的施主们非常安详仁慈地轻轻挥手，说：

"你们都解脱了！都解脱了！去吧。"

玄烨确实有全身心的解脱感。出佛殿下月台轻松得仿佛没有抬脚动腿，仿佛在轻飘飘地飞。

月台下，出人意料地看见一方池塘，几片干枯的莲叶浮在清水上。

玄烨俯身下望，水中天空仍然漆黑，在自己模糊不清的面影一侧，竟印着半轮皎洁的月亮！静静的，明亮的，轮廓非常清晰，沉静得令人心志一片澄澈。

玄烨心里微微一哆嗦。

冰月，已成为过去。佛家讲缘法，或许他俩就是缘悭缘浅？他要把她当作永远珍爱的瑰宝，藏在心的最深处，把自己所有的真情实爱都交给她，不分一星儿给任何别的女人。他只能这样回报冰月的情分了……

一个念头忽又尖锥样偷偷硬钻进他心间：我还小，冰月还小，老祖宗年过半百，还能管我们一辈子？日后那么长的路，谁敢说再没有机会了呢？……

玄烨直起腰身，又朝大雄宝殿里的如来佛看了一眼，那一点念头勾起来的心跳脸红和血热再一次渐渐平息冷却，佛爷的相貌叫他想起善果寺长老和那句令他凛然自警的话：

“现在佛不拜过去佛。”

他以佛况我，天下人不也以佛期我？

如来佛讲爱一切众生，讲舍己行善，解普天下众生苦难；

现在佛也要解普天下臣民的苦难！

“呦呦——”一声高昂的鹿鸣骤然响起，仿佛在群山中振荡，引起阵阵回声。那是御鹿苑的雄鹿，在兴奋地迎接着一个新的黎明。

天亮了。

数名急使驰马从西郊返回大内。他们奉命禀告太皇太后，皇上病愈已大安，出边狩猎行围作罢，明日回宫，后日清晨上朝并御门听政。

七

费耀色勒马停在村口。马儿喷着白气，不时用蹄子刨着地上厚厚的积雪。费耀色抬头打量着这个三四十户人家的小村。一个老人指点着告诉他，这一片方圆十里左右，是前明临清王的藩田。临清王是个小王，藩田有限，如今留在这片地面的只有四个村子，其中最小的便是眼前这个东辛庄。

整个庄子仿佛都埋进了尺余厚的积雪，低矮的房檐差不多和积雪相接了，像一所所土笼子。土墙纵横，掩不住家家户户院落的简陋和贫苦。冬日的太阳容色惨白，在雾腾腾的云中忽隐忽现，刚刚过午，村里连一点声息都没有。隐隐几声鸡鸣狗吠，也像是从很远的地方传来，而面前却是没人居住的死寂世界。

费耀色心头发寒，转眼看到侧面一道影壁，壁上告示的红色大印，在这一片白色世界中分外夺目。他上前细看，正是县太爷为变价发卖废藩田产事出的通告，要求来年春天以前将价银交纳清楚，否则不许耕种。费耀色暗暗吃惊，他已访察过的数处废藩田，只有变价的传闻而无实信，也已招得人们骂不绝口。不料，朝廷居然采纳了变价发卖的恶主意，又要害多少人家破逃亡了！是不是皇上终究拗不过辅臣？

身后有踏雪的声响。费耀色回头，见一妇人挑着一对空桶来村口打水。费耀色正想饮马，便跳下马鞍，牵马走到井台边。

“大嫂，借我水桶用一用。”

妇人看他一眼，把桶递给他，并不说话。

费耀色摇着辘轳，先替妇人把另一桶倒满，又摇一桶倒进井台边的石槽，最后摇上第三桶，提到妇人身边，说：“大嫂，多谢你了。”

见这年轻人这么勤快有礼，妇人不由得低声说一句“谢谢你啦”！说话之际，微微一笑，蹲下身子，挑起水桶就走。

费耀色心头如同飘过一层轻雾，这低低的一声分明是京师口音，她又一双天足，莫非是个逃人？可她的笑容却似曾相识，在什么地方见过呢？费耀色愣在井台边。眼看妇人挑着水趄进小巷，那背影的姿态实在好看，像是在水上飘动一般，这，他好像也见过，不过在很久很久以前了。他连忙向前冲了几步，“大嫂”两个字还没出口，小巷里一个男子跑出来迎着妇人，喊道：

“哎呀，梦姑，谁叫你去担水啊！这不叫人笑话我吗？”

这人费耀色却认得准，登时一蹦好高，冲过去大喊道：

“同春哥！梦姑嫂子！你们怎么在这儿啊！”

“费耀色！”同春又惊又喜，一把抓住了费耀色的手。

“费耀色？”梦姑打量着这个年轻汉子，极力寻找当年马兰村那个小鞑子的影子，哪里能够找到！

“你怎么会跑到这儿来的呢？快进家暖和暖和！”同春热情地邀请，又从梦姑手里夺过扁担挑着水，费耀色牵着马，三人一同走进同春家的院子。

两口子为招待远道的客人，忙了好一阵儿，总算热汤热水地把费耀色安顿在温暖的炕头坐定了。三间小屋，泥墙草顶，家具也很简陋，但收拾得干干净净，整整齐齐。炕上叠摞的被褥鲜艳清洁，绣花枕头的花样新颖美丽，破旧的躺柜上，苫了一块精心刺绣着梅竹松岁寒三友图的柜帘，不但遮了丑，还给屋里平添了几分雅气。不用说，那必是梦姑的手艺。

梦姑在灶边“哔唧哔唧”地炒着花生，阵阵新花生的香气直往里屋飘。同春笑道：“嗳，你快点儿吧！弄上来，我们哥儿俩喝几盅。你也来。”

梦姑在堂屋里笑答道：“别急呀，不生不煳才好下酒，还得给你们炒俩鸡蛋哩！”

费耀色羡慕地说：“同春哥，你真好福气！别人再吃得好穿得好住得好，这，可怎么也没法儿跟你比呀！”

同春满面春风地隔着门帘对梦姑的背影那样地看了一眼，那是无法形容的热恋中的情人的目光，压低声音，但叫梦姑可以听得到地说：“要不然我干吗跑南走北地死追着人家呢？”

梦姑一掀帘子，把一只盛满炒花生的竹编小笸往炕桌上一顿，再从柜里抓出几把大红枣，随后娇嗔地白了丈夫一眼，小声埋怨道：

“说话没轻没重的，不怕费耀色笑话！”

费耀色凑趣道：“嫂子，我眼红还眼红不过来呢！”

同春边倒酒边说：“从小一块儿的小兄弟，怕什么！”

梦姑“哼”了一声，忍不住笑了。转身要出去炒鸡蛋，同春拉住，三人一同喝了头盅酒，才放她去了。

“兄弟，你不是在宫里当差吗？怎么跑山东来了？”

“宫里差我到南边办事。这不，要回京师，路过这儿，偏巧就碰上嫂子啦！合着我跟同春哥梦姑嫂子就是有缘分儿！”

“宫里差你？……该不是皇上吧？”

“哪儿能呢！皇上那么高，我哪儿够得着！”

同春拿酒盅在手里转了个圈儿，放下，问道：“上回，咱们在京师见面的时候，你说皇上文武全才、仁德爱民，最重民间疾苦，只要亲政，百姓就有好日子过了。这不，去年皇上亲政的诏书就贴出来了，我们这儿，唉！……”

费耀色忙问：“是为废藩田产变价出卖的事儿吗？”

“你怎么知道？”

“唉，我北上这一路，处处听到风声。今儿个又在村口看到了县太爷的告示。”

同春愤慨起来：“这明明是借题搜刮小民！不知哪个奸臣想出来的坏招儿！皇上若是爱民如子，断然不能应允！可告示上说得清楚：奉皇上圣谕！”

费耀色一时无言答对。

同春对窗外示意说：“瞧见吗？今冬多大的雪！‘麦盖三层被，枕着馒头睡’，明年原本是多好的收成！村里最穷的人家明年都有盼头。这告示一出，哼，多少家又得走了，跟逃荒一个样！”

费耀色问：“田亩开价多少？”

“上田五两一亩，中田二两一亩，下田也得一两五。要想养活家口、完足钱粮，怎么也得十亩中田或是五亩上田。二十五两银子啊！还有房钱呢，院钱呢，上下打点的费用呢？怎么也要刮你五十两！你看我们东辛庄这个样子，谁家拿得出这么大一笔钱！叫人怎么活？”

半晌，两人都不说话了。梦姑送上一盘炒鸡蛋，让费耀色快吃，自己靠躺柜坐着，看他俩喝闷酒，轻声问道：

“听人说南方地好收成多，地价也便宜。费兄弟从南方来，可是真的？”

费耀色叹道：“话虽不假，可江南的钱粮，要比山东河北多十倍哩！杂税杂赋多如牛毛，你们千万别去。”

同春夫妇对视一眼，神色间十分失望。

“同春哥，梦姑嫂子，你们别着急。兄弟我在宫里当差，官俸赏银不少，又是光棍儿独个儿，帮衬你们五十两银子，还拿得出来……”

同春脸色阴沉下来，眼睛顿时闪出不信任的神情，冷冷地说：“那倒不必。五十两银子我们不缺！你能帮我们东辛庄几十户家家五十两银子吗？”

费耀色差点儿脱口而出，说“能”！可不是嘛，他身上还有几百两金子哩。

“同春！”梦姑责备地瞥了丈夫一眼，转脸对费耀色抱歉地笑道，“他从小好强，你是知道的，不要见怪啊！”

费耀色笑着说：“同春哥别生气，怪我不好，小看了哥哥嫂子，兄弟给你们赔礼！不过，依兄弟看，这废藩田产变价的事儿还难说呢！”

“为什么？”同春夫妻惊讶地异口同声。

“同春哥说得不错，朝中是有奸臣。这变价的事儿就是他们兴起来的！五月里提过一回，皇上说这累民，不准行。我离开京师的时候，那伙奸党又提，皇上还是不准。这告示莫不是在假传圣旨？我也弄不清。可皇上不准，千真万确，绝不骗你！”

“皇上既然知道是奸臣，为什么不处置他？”梦姑问。

费耀色叹道：“这就是皇上的难处了。”

同春和梦姑惊诧地互相一对视：皇上还会有难处？

费耀色笑着转了话题：“我说半天啦，你们还没讲怎么来到山东呢。”

同春“嘿嘿”一声冷笑：“说起来，还是那个奸臣给害的！……”

他说起当年黄、白两旗圈换土地的往事。他们夫妻流亡南下途中，遇到邻居吴小六，那母子俩感激同春的拔救之恩，竭力帮助同春两口儿在临清东辛庄落了脚，老太太又服侍梦姑坐月子。孩子才过了满月，吴小六母子竟不辞而别，再也打听不着他们的音信。

正说话间，院子外有人高喊："柳同春在家吗？"

同春应了一声，对费耀色点点头："你坐着再喝，我去瞧瞧。"

同春刚出去一会儿，就听得外面又喊又叫，还有尖脆清亮的女人声音。梦姑和费耀色互相望望，不知出了什么事，又不见同春回来，两人起身一同往外就走，去看个究竟。刚到堂屋，一个女子直冲进来，猛地停在梦姑面前，两人一齐愣住。

费耀色大吃一惊，连忙退回里屋，吓得心头"怦怦"乱跳：那女子虽然换了一身鲜艳的茜红袄裤，外面还披着一领镶貂毛边的漂亮风雪大氅，可他一眼就认出了，这是那个野店里的黑衣妓！

"姐！——"来人大叫着，扑上来搂住梦姑，放声大哭！梦姑抚摩着妹妹的头发、肩膀，只喊出两个字："容姑——"再不得出声，眼泪"扑嗒扑嗒"直掉，姐妹俩哭成一团。

费耀色这一惊不亚于方才。怎么，她是容姑？是他从小最要好的伴侣，是他少年时代隐约地、害羞地悄悄喜爱的那个小姑娘？她曾是那么天真活泼、坦白直率，简直是春天的化身！……她就是容姑？容姑变成了她？这太可怕了！……费耀色浑身发凉，却又忍不住地由门帘缝向外张望、打量。

同春笑嘻嘻地陪着乔柏年、陆健一同走进来，梦姑扑上去，悲喜交集地喊道："大哥！……"跟着就要跪下去。

乔柏年连忙扶住，眼圈儿红了，笑道："快别这样！难得咱们兄妹重新相会，只要再找到咱妈，就能合家团圆了……"他的声音哽咽，说不下去了。两个妹妹又一同哭了起来。兄妹三人能够活着见面，真是天大的福分，为什么单单缺了母亲？十年了，毫无音信，母亲是否还在人世？

这时，陆健上前，文质彬彬地对梦姑一揖，说："久闻大名，今日才得晤面，不胜荣幸之至。在下陆健，浙江杭郡人氏，我……我该怎么称呼你呢？可是叫大姨？”

容姑“扑哧”笑出声，众人也觉得有趣，梦姑却茫然失措。里屋的费耀色不免又是一惊：这不是恩公吗？怎么跟容姑他们在一起呢？……

容姑白了陆健一眼：“书呆子！叫大姨叫姐姐都行！”她搂着梦姑的肩膀，爽朗中终究带着几分羞涩，“姐，他是……是你妹夫！”

众人哈哈大笑。费耀色心头一酸，说不清是什么滋味，同时又惊醒了西屋里的另一个人，他抗议似的哇哇哭叫开来。

“啊！”容姑惊喜地跳脚，“小侄子！”她立刻随梦姑跑进西屋，抢先打炕上抱起那个胖胖的、黑眉大眼的娃娃。娃娃睁眼看了她一会儿，突然笑了。容姑心花怒放，刚叫道：“哎呀，他认识我！冲我笑啦！”孩子却一歪身，伸出两只胖得露出小窝窝的手，向梦姑喊道：“妈妈！”直拱到妈妈怀里，才安生下来。气得容姑在他小屁股上轻轻一拍，说：“就知道要妈！”

梦姑笑道：“等你有了孩儿，他也只认得你呀！”

容姑脸一红，推着梦姑娘儿俩出了西屋。孩子睁着水灵灵的大眼睛，望着一屋子陌生人，由梦姑抱着，一一见过长辈，乖巧地把两只藕芽似的小胖手合在胸前作揖，跟着妈妈喊着：“大舅！”“小姨！”“姨夫！”最后纵身扑过去搂住爹爹的脖子，不肯放手了。

只除了陆健，都没尝过当长辈的滋味，心里都有说不出的高兴。随手从怀里掏出些小锞子、戒指、镯子等做见面礼。一时欢声笑语几乎要把这茅屋顶子掀了去。

乔柏年大声说：“今儿可不能没酒！为咱们一家团聚，为这个小乖乖，咱们痛饮几杯！”他指指随身带来的酒和食品，“看看，我早就预备下啦！”

众人拍手叫好。同春猛地想起一件事，笑道：“只顾高兴，把另一个客人给忘了。”

梦姑也“啊”了一声，连忙朝东屋走去。

同春挤挤眼说：“别忙。梦姑，咱们别说，让大哥和三妹猜一猜认一认，看看他是谁？”

费耀色在东屋里心绪缭乱，十分不安。许多往事一齐涌上心间，他实在不愿意出去和他们见面。但是梦姑进来请他，他只得硬着头皮，挺着胸脯走了出来。

容姑先吃了一惊，睁大眼睛，说：“你？……”

乔柏年疑惑地望着他，摇摇头，他不记得他了。

陆健却很高兴，说：“啊，真所谓天下之大，无奇不有，人生何处不相逢啊！……”

费耀色直趋陆健，跪下叩头，说：“恩公，你总算脱了这一场弥天大祸、牢狱之灾，在下也就放心了！”陆健连忙扶起。

容姑急问道：“那天在野店，你……”

费耀色低头，不敢看她的眼睛。

乔柏年恍然大悟：“这么说，容姑讲的店中仁人君子，就是这位小哥？”

容姑点头。陆健更加高兴，拍了拍费耀色的肩膀。

同春夫妻不明白他们在说什么。容姑便把野店相遇的事说了一遍。同春笑道：“这位小哥坐怀不乱，果然难得。不过，他却不是一位过路客商。再往早些日子想想，容姑、梦姑和我，还有大哥，都认识他，在永平府马兰村……”

容姑凝视着费耀色的眼睛忽然眨动了几下，说：“难道你是费……”

陆健接口说：“不错，他叫费崇儒。”

“不！不是！”容姑喊起来，“你是费耀色！费耀色？”

“费耀色？”乔柏年浓眉一竖，“哪一个费耀色？”

同春笑道：“大哥忘了？马兰村苏尔登的孙子费耀色啊！”

“小鞑子！”乔柏年大怒，抽出腰刀“唰”地就向费耀色迎头砍去！费耀色大惊，闪身抓起凳子一挡，“当”的一声，刀刃直入凳腿。乔柏年拔刀又砍。费耀色再次挡住，喊道：“乔大哥！我们到院子里去比画，别伤着孩子和她姐妹！”说着纵身一跳，冲出堂屋，在院中站定。

事出意外，大家都惊呆了。容姑和同春回过神，赶紧一边一个抱住了乔柏年的胳膊。同春着急地说："大哥，你这是为什么呀!"

乔柏年眼睛血红，粗声说："你们难道都忘了？不是苏尔登，我们乔家会弄到家破人亡的地步？老天爷把他送上门，是让我报仇，我饶不了他!"

容姑忽然冷冷地说："大哥，好汉不杀手无寸铁之人。这可是你常常对我们讲的!"

乔柏年一愣，默默地把手中钢刀向门外一扔，说："小鞑子，接住!"

费耀色接了刀，轻轻放在脚边，说："乔大哥，我不跟你拼！你也不该找我报仇!"

乔柏年"嗖"地从护腿中拔出另一把短刀，吼道："你说什么?"

"我说，当年的告密者是王用修，你明明知道。你跟我爷爷一样，各为其主，谁又能怪谁？小时候你总给我们讲忠义故事，你忠义就对，我爷爷忠义就错啦?"

乔柏年怔住，无言答对。

同春一闪身，站在费耀色与乔柏年之间，说："大哥，出事那年，费耀色还是个十二岁的孩子，懂个啥？再说，他于我有救命之恩，看我薄面，饶过了吧!"

"救命之恩?"乔柏年觉得奇怪。同春便滔滔不绝地讲起当年他和同秋二人被巡捕捉拿，靠费耀色祖孙之力得释的情由，并且说："要不是他那年腊月进城买物，告诉我梦姑的苦境，我也许此生也不会再回永平寻梦姑的了。他其实是我夫妻的媒人。"

梦姑也说："大哥，当年若不是他悄悄告诉我容姑未死、被放出宫的消息，我也就寻死去了。大哥，你若杀了他，我夫妻还有脸活在人世吗?"

乔柏年手里的刀眼看着举不上去了。

容姑念及儿时的情谊和那一夜的感受，上前一把夺过哥哥手里的短刀，说："大哥，冤家宜解不宜结。费耀色是你看着他跟我们一起长大的，你就真下得了手？……"

乔柏年又瞪起了眼睛："你们都糊涂！他是鞑子，就不能轻饶!"

费耀色惨然一笑："鞑子？我其实是半个蛮子、半个鞑子。说起来，是汉人的种！"

"什么？"众人都很惊奇。陆健对今天的事情这么恩恩怨怨、奇奇怪怪，非常有兴趣，当下便说："何必站在院子里？怪冷的！回屋里去坐着说！"

桌上菜肴酒盏业已摆好，陆健张罗着要大家入席。在这些人中，他离纠葛最远，最适宜出面调停，所以不顾乔柏年满面怒容，把费耀色安置在桌子下首、自己和梦姑之间，并解嘲地说："就是杀头，也还得有一餐祭酒祭饭嘛！"

费耀色于是说起自己的身世，说起宁波太守府那惊心动魄的一幕，众人全都听呆了。陆健身历其事，知道不是虚构。同春梦姑更加嗟叹，比别人多一重哀思。同春不由得看看梦姑，彼此明白，此刻两人都想到粉儿。同春叹道：

"粉儿一个烟花女子，竟如此烈性，真正难得！……"

乔柏年暗自沉吟，原来吴之荣就是张汉，就是费耀色的生身父亲。自己同张汉原有一面之交的，虽然讨厌他的为人，却也没料到他后来掀起那么一场大狱、心肠又那么狠毒！……

陆健感触最深。早年江南十世家狱，起自汉人讦告，皇上平反；近年明史狱，是汉人诬陷，满臣加刑。他从中想到了很多。人们静默许久之后，他才和同春交换了个眼色，缓缓说道："看来，汉人中有忠义之士，有大恶之人；满人中也不乏忠义之士，也有大恶之人。仅以满汉种族区分是非曲直善恶，似乎并不妥当啊！……"

乔柏年冷笑道："照你这么说，难道我们汉家锦绣江山该让那鞑子来坐了？"

陆健连忙向内兄一拱手："大哥，我不是那个意思。夫天下至大，惟有道者居之。当今无道、荼毒万民，自应图之倾之，以奉有道。大哥一片忠义之心恢复朱明，朱家子孙若是有道，倒也不错；若是无道，也去奉他吗？"

乔柏年大怒，一拍桌子："陆公子，你竟敢如此无君无父！"

小孩儿吓了一跳，张嘴"哇"地哭出声，梦姑连忙抱进西屋，小声地哄着。

陆健一怔，苦笑着摇摇头，不说话，自顾喝酒，容姑不满地瞪了哥哥一眼。乔柏年也觉得自己有点过分，但这里又不是陈述拉旗起事的场合，即使把话挑明了，这些书呆子、蠢丫头也不一定弄得懂，眼珠一转，又盯住了费耀色，说：

“你既在宫里当差，为什么事跑到江南来？采买货物？东西在哪里？”

大约是受了陆健的启发，费耀色突然一横心，说：“我并非来采买货物，实在是南行察访！一查迁海，二查藩田，三访贤。此外，察访贪官污吏、农田收成、民间疾苦。”

“谁许你察访？为什么察访？”乔柏年暗暗吃惊，不动声色地追问。

“总是辅臣为政严苛累民，上司奉了皇上圣命，差我等察访，足见皇上将整饬朝纲！”

乔柏年冷笑：“这些年，何曾见有仁政！鬼话骗人！”

费耀色争辩道：“这些年辅臣执政，何人不知？”

乔柏年瞪着费耀色：“有何为证？”

费耀色从贴身内衣中取出他的奏报草稿，上面记着费耀色沿途察访的实情。最是迁海害民、废藩田变价累民和一串贪官污吏的姓名，令大家心里感动，不住点头。

乔柏年猛地起立，绕着桌边大步踱了几个来回，突然停步，对着费耀色，举手指门说：“你走！我放你回京师，去告诉你们那当官的，告诉那鞑子皇帝，有人不信他这一套！”

费耀色一扬眉毛，也站了起来：“这用不着我说，他们早知道。早就听他讲过，一旦朝政在握，必以仁德治国，那时人心思定，逆者必顺，天下万民必能共享太平！”

乔柏年吼道：“滚！快给我滚！”

费耀色略露遗憾地看了看乔柏年，慢慢收起他的奏报草稿，叹道：“你我之间的恩恩怨怨，就不能一笔勾销吗？……”

座中各人自有感触，但身为尊长的乔柏年盛气而立，大家也就不好多所表示。费耀色到东屋取出他的搭袋，向家主人同春夫妇躬身一拜：“同春哥，梦姑嫂子，我告辞了。”

夫妻俩一起点头，低声说道：“兄弟走好。”

费耀色又转向陆健跪了下去：“先生救命大恩，容日后报答。先生与容姑娘新婚之喜，在下以此略表心意。”他从袋中取出那个红绫包，复又笑道，“恩公可还记得？这一包，原在你山村时就奉送了的，幸好没被县里差役抢了去……”

陆健感动地点点头，接过了红绫包。

费耀色再向众人一揖：“后会有期！”他转身大步出去了，跟着便听得马蹄声响。容姑咬住嘴唇，看了丈夫一眼，又瞪了哥哥一眼，不管不顾地朝外跑，费耀色已牵马出了大门。

“费耀色，你别生我大哥的气！……”容姑赶上去抱歉地说。

费耀色心里难过，望着阴霾的天空，忍泪笑道：“形势使然，我为什么生气？……要是天下的人永远不再有贫富贵贱、这个族那个门，都一样，那该多好！……”

容姑看他强自欢笑的样子，又说出这等话，心里也不是滋味，低声地说：“你是好人，我知道……”

费耀色凝视着容姑的眼睛，伤心地叹了口气：“总算又见到了你，可惜太晚了！”

容姑心口一热，低下了头。

费耀色跨上马背，眼睛望着苍茫的远方，说：“外面怪冷的，你快回去吧！”他一咬牙，朝马身抽了一鞭，那马蹽开四蹄，飞一般地跑开了，不多时便成了一个黑点，最后，消失在白茫茫的雪原中。容姑轻轻叹息着，转身回屋。

屋里空气很沉闷，正在议论今后的行止。乔柏年要两位妹夫一同上山聚义，同春低头沉思，梦姑抱着孩子坐在那里喂饭。陆健望着酒杯，只不作声。见容姑进门，乔柏年道：“容姑快劝劝你姐夫姐姐，待在这穷地方种田跟牛屁股，有什么出息！一道上山，共图大事！”

容姑毫不客气地说：“大哥，我们还是那句话，要是还请那恶人回来当什么主子，我不但不劝姐姐入伙，我们也要下山了！”

乔柏年喝道："容姑大胆！全无上下尊卑了吗？"

梦姑一惊，眼睛里陡然透出恐惧："容姑，你说什么？谁？谁来做主子？"

容姑横了大哥一眼，说："姐姐，大哥到处寻访，又要把那恶人找回来，辅佐他哩！"

梦姑登时脸色惨白，声音发抖："大哥，他，他还在？……"

乔柏年沉着脸不作声。容姑嘴快，一口气说出来："陆公子见过那恶人，一点儿不错，就是他！现今不做道士，做起了和尚，叫什么悟真，已经给拿到松江府了。大哥算计着要劫他出来，号召举事哩！"

梦姑眼前一黑，身子摇晃着就要倒。同春一步蹿上一手扶住她，一手把差点儿摔下地的孩子接住。孩子吓坏了，瞪着惊恐的大眼睛，愣了片刻，大哭起来。同春大口大口地喘着气，好半天才冷静下来，说：

"大哥，你想怎么处置我们一家三口？"

乔柏年昂然而立，目光闪闪，满腔豪气地说："生为大明人，死为大明鬼！故主既在人世，我乔柏年哪怕肝脑涂地，绝不变心！"

同春冷冷地看着内兄好一会儿，突然爆发了："大明对我柳同春有什么恩情？要我把三口人身家性命都贴给他？那个朱三太子差点儿把梦姑折磨死，我们为什么还要拿他当主子？谁不乐生恶死？好不容易死里逃生，又要我们再进火坑？大哥别见怪，我不去！梦姑是我老婆，我也不许她去！"

乔柏年一跺脚，狠狠地说："你们这些人！就计较小恩小怨，一点儿不懂得大信大义！"

同春笑笑："平头小百姓，无非求个温饱太平，只能从身受恩怨分辨好歹，所谓将心换心嘛。大哥要做大事业，自然要去讲大信大义。我们不能跟大哥相比了。"

乔柏年叹道："如今世道不平，民心愤恨，举义旗复朱明，还的是我大汉天下，有什么不明白？一旦功成，开国元勋，子子孙孙富贵荣华，这大事业还不值得一干？"

沉默片刻，陆健轻声道："天下大势已然改观，大乱之后，人心思定。除非大灾大荒，以至民无所食铤而走险，则此事难成啊！……"

乔柏年虬须四张，发亮的眼睛如同烈火，挨个儿打量屋里的这些人。这些人都受不住他的注视，低下了头，但仍是谁也不说话。乔柏年突然一仰头，哈哈大笑，声震屋顶。笑够了，收住，见众人惊异地望着自己，便满面笑容地说：

"我原也想过，三太子若来，同春夫妇不好相处，只不过想接你们去山里盘桓几日。天气冷，孩子又小，看来还是不勉强为好。这里五百两银子留给你们，算是补送一份妆奁。另有十两金子，是给外甥的见面礼。"

礼品一一放在桌上。同春看了看梦姑，见她脸色恢复过来，略觉放心；梦姑触到同春的目光，向他肩头靠得更紧了。

乔柏年又转向陆健，笑道："公子乃文人，绿林中只可暂居，不能久留。这些年我各地奔波为容姑择婿，可叹这丫头当年一见钟情，一心都在你的身上。只道人海茫茫，再无盼头，谁想于缧绁中得到，真所谓天从人愿，也完了我一桩心事。不过陆公子留在此处，官府未必肯罢休。我在南洋爪哇岛上买有商号，明日使人送你们出海漂洋，那商号就算容姑妆奁。梦姑容姑各有所归，我也就一无牵挂了！"

乔柏年突然这样一个大转弯，全出众人意料。陆健暗暗想：龙之为物，能大能小、能幽能明、能短能长、能屈能伸，欲上则凌云，欲沉则伏泉，变化万端，不可捉摸。这位妻兄倒有几分飞龙气概！或许真的能够成就一番事业？……不过龙从云虎从风，时势已去，便是神龙也有困在沙滩的时候啊！……

告别之时，姐妹俩又搂着哭了一场，这一别，不知何年何月才得相见？

陆健握着同春的手，低声说："一旦朝政改变，《明史》狱解，我们就立刻回来。父母之邦，怎能忍心相弃……"

乔柏年站在门前笑眯眯地大声说："东南西北，高山大洋，人生何处不相逢！走吧！"

第七章

一

康熙八年元旦，天气晴和，虽然檐冰垂挂，处处积雪，但人们隐隐感到有春意从细微处透出。

紫禁城午门外，王公大臣穿了簇新的朝服，聚集在各自的朝房中，等候礼部官员导引。元旦庆贺大典即将开始。

阙左门北三间朝房，是皇族近支王公的聚集之所。他们相互都是亲戚，而满族人家对亲情尤为看重，所以今天朝会气氛倒很轻松。辈分大的王公，如安亲王岳乐，贝勒董额、察尼，贝子尚善、傅喇塔等人，都坐在炕上，或吸烟或喝茶，不时支着炕桌问候交谈。其余的亲王、郡王、贝勒、贝子、公们，或在桌边闲聊，或在窗下聚谈，也有坐在炕边促膝谈心。一年伊始，无不和颜悦色，大讲吉祥喜庆的祝辞。

只有一人遭到众人冷落：他往人堆儿里凑，人们便迅速散开，令他讨个没趣儿；他找人说笑，人家本来的笑脸一闪即没，敷衍几句便躲开；他向亲族中长辈请安，长辈王爷们都爱答不理地“呃呃”几声，算是受了礼，弄得他又羞又恼，却说不出什么来。朝房中他的本房兄弟叔侄寥寥无几，大多羞缩不肯出头，他就更加落了单。此人就是敬谨亲王兰布，鳌拜的女婿。

兰布的曾祖父褚英，是太祖皇帝的长子，因罪处死；祖父尼堪却是开国的一员大将，极是能征善战，顺治六年进封亲王；父亲尼思哈袭了亲王爵，后被先皇帝降为贝勒。兰布承袭的乃是贝勒爵位。康熙即位，说是追念尼堪以亲王阵亡，进兰布为郡王，同时便娶了鳌拜的女儿。去冬，皇上养病的那几天里，又准了他晋封敬谨亲王的奏本，成为第五代皇族里惟一的亲王！这样快的王爵升迁从无先例！既无战功又无才具，谁不说他靠的老丈人？兰布心里愤恨，却又无可奈何，因为他自己也知道，事实如此。

兰布四顾，人家都不瞧他。忽见贝勒杜兰独个儿坐在炕边吸烟，知道他素来孤僻，便凑上去和他搭讪。

“杜兰叔大安！元旦吉祥！”

杜兰点点头：“你也大安。”

“等了这么大工夫了，庆贺大典怎么还不开始呢？”

“不知道。”

“今年咱们还是先跟皇上去慈宁宫，给老祖宗行礼吧？”

“那是。”

“老祖宗不知会赐咱们瞧什么新鲜玩意儿……”

问答之间，朝房中间的大门打开，大学士班布尔善在前，吏部尚书阿思哈、礼部尚书布颜随后，昂然而入，依次站定，满面笑容，神气活现地说：

“鳌大臣向各位王爷请安来了！”

兰布连忙离开杜兰，转向中门。其他人为了表示对辅政大臣的礼敬，也纷纷站起来，惟有杜兰坐着不动。

鳌拜缓缓迈进门槛，兵部尚书噶褚哈、户部尚书马尔赛随后。众人不由得眼前一亮，心下一惊：鳌拜那天青色四爪正蟒方补出风貂褂的下面，竟穿了一件杏黄色的蟒袍！黄色，无论正黄明黄杏黄，是皇家独占的颜色，尤其黄色蟒袍，绝非寻常所可妄用。鳌拜竟然敢做，竟然敢穿？众人暗暗吃惊，却没有人敢有所表示。

鳌拜破天荒地满面春风，微微弯腰，垂下右手，做了个打千请安的姿势，说道：“奴才给诸位爷们儿请安啦！”

“好说，好说！”“不敢当！”屋里一片含糊的逊谢。鳌拜锐利的目光把所有的王公扫视一遍，触到他眼睛的人都连忙躲闪开了。鳌拜眉宇间泛出一股得意。

忽然他浓眉一蹙，盯住这长长火炕的最北头，那里竟有人独自躺在那里，洋洋不睬。鳌拜向班布尔善使个眼色，班布尔善转身一看，脸都黑了，立刻走过去。兰布跟着岳父的视线看到，是杜兰不知何时竟然躺倒，便也随着班布尔善去助威。

“哦，是杜兰贝勒。”班布尔善虽然不过公爵，却高着杜兰一辈，况且正是时兴要人，说话绝不那么和悦，“鳌大臣来向诸王请安，你怎么还躺卧不起？”

杜兰是礼亲王代善的孙子。代善一族世代显赫，子孙茂盛，在皇族中势力最大。多年的黄、白两旗明争暗斗，他们红旗始终不介入，冷静地作壁上观。鳌拜掌权后，红旗没有得到任何好处，对鳌拜的专横跋扈也就越来越不满。杜兰一向托大，去年搜寻布袋和尚诗画时，他就把来人骂个狗血喷头；今天鳌拜这种目空一切的样子落在他眼里，干脆躺倒不看不睬。听班布尔善一问，他慢慢坐起来，说：

“我肚子疼，歪了一会儿，不成吗？又不是皇上驾到，干吗这么大惊小怪！”

班布尔善一时语塞。确实，论起尊卑来，皇家子孙都是主子，臣下再显赫，也是奴才。奴才请安，从没有主子还礼这一说，凭什么要起身？

兰布立刻跟上来：“你刚才跟我说话还好好儿的，怎么就肚子疼啦？分明在作伪使诈！”

杜兰气不打一处来，瞪眼回击：“跟你什么相干？狗仗人势！”

兰布大怒，直跳脚：“杜兰大胆！竟敢藐视本王！……”

杜兰冷笑：“你也算个亲王？别看咱杜兰不过是个贝勒，低着你两级，可咱这贝勒是皇上赐的、祖宗留的、军功挣的，一不拽女人的裤脚边儿，二不靠丈人的舌头尖儿……”

他们互相争执的时候，朝房里没有其他声音，众人都静静听着。大家心里痛快，可又都为杜兰担心，怕他闯下大祸。“丈人的舌头尖儿”的话一出口，鳌拜忍不住了，大喝道：“胡说！……”几个大步跨到杜兰面前。杜兰依然摆着一副主子的派头，不低头，还轻蔑地扫了他一眼。

一瞬间，鳌拜意识到自己的一声大喝已经错了尊卑之分，可是众目睽睽，又在这样一个特殊的场合下，他绝不能后退，一步都不行！鳌拜沉住气，盯住杜兰满不在乎的面孔，用深沉的丹田气送出震慑人心的浑厚声音：“我鳌拜奉先皇帝遗诏辅政，你敢不服吗？”

杜兰不由得手指一哆嗦，却没有回答。

“太皇太后懿旨，命鳌拜等佐理政务，你敢心怀不满吗？你哪里是对敬谨亲王不敬、对奴才发狠，说到头，还不是对先皇帝、对太皇太后、对当今皇上不敬！”

杜兰一惊，瞠目道：“你，你竟敢……”

鳌拜不再理睬杜兰，转身招呼阿思哈和布颜：“吏部尚书和礼部尚书正好都在，你们立时议一议杜兰贝勒罪情！”

阿思哈和布颜多少都有些作难：这儿到底是王公皇室的朝房！可是见鳌拜狠狠地瞪过来一眼，顿时气壮，小声议了片刻，阿思哈说：

“杜兰口出狂言，实为大不敬。应交宗人府治罪！”

杜兰冷笑：“你还想一手遮天不成？我要叩阍告状！……”

鳌拜冷冷地说：“你尽管去。不过今天的元旦庆贺大典，你就不必参与了，请回府候参！”

这是辅政大臣的特权，鳌拜不轻易使用，但用就要用在点子上。今天，可算正当其时了。

杜兰还想辩驳，却听他的堂兄、康亲王杰书喝了一声：“杜兰！还不回府反省！”他一扭头，正遇上杰书的目光，满含着担忧和歉意，又带着长兄的强制。杜兰一低头，在寂静中步出朝房。

礼部官员来请众人往太和殿行礼，这才打破了朝房中紧张的寂静。这寂静令鳌拜心中得意，因为这是他权威的最确实的明证。进来时那昙花一现的笑容早已消失，鳌拜此时表情虽然保持着和悦，但极其威重而且神足气沛，嗓音洪亮：“王爷，贝勒贝子爷，请吧！”说毕，班布尔善、阿思哈、布颜前导，马尔赛、噶褚哈后扈，他径自首先出门，向午门的左门走去了。

王公们瞠目相视，默默无言。因为他们中间除了敬谨亲王，谁知道还有没有“鳌党”？毕竟像杜兰那样硬干的人，还是太少。

慈宁宫里里外外，一派新正年节喜气。王公大臣、文武百官在皇帝的亲自率领之下，向太皇太后行元旦庆贺礼。正殿中太皇太后宝座之前，皇上率亲王、郡王、贝勒、贝子、公等跪叩致贺；正殿外月台上，部院大臣匍匐行礼；三品以上的文武百官在慈宁宫月台下的院中跪拜；三品以下各官，自慈宁门一直排出慈祥门外。中和韶乐高奏着，鸣赞官一声递一声地指挥着，由正殿到月台到庭院到宫门以至宫门之外，上千名彩衣朝服的官员组成庞大的庆贺队伍，同跪拜同叩头同起身，真个是中华大国、礼仪之邦，煞是壮观！

宝座上受礼的老妇人，头戴三重红宝石九凤冠、身穿绣金龙袍，外加石青色绣匹龙褂，项下一百零八颗东珠穿就的朝珠，耳垂三孔三坠的金耳饰，面容红润丰满，眼角细密的皱纹掩不住她明睿的灵活目光，端庄的神态，慈祥的表情，自有一种威严和高贵的气度，令人敬仰。

太皇太后今年元旦格外高兴。受礼之后，赏观庆隆舞。皇帝和王公大臣们一齐谢恩。皇帝立在太皇太后宝座的左侧稍前，鳌拜与遏必隆随在皇帝的下首，安亲王立在太皇太后宝座右侧，比皇上的位置稍远些，其他王公随在安亲王之后。月台上的大臣分立两侧，空出地方让庆隆舞队上场。

太皇太后向岳乐问了几句家常话，又回过头来对鳌拜说："鳌大臣，遏大臣，又是一年过去了，你们佐理政务不易，辛苦了。"

两位辅臣连忙躬身答道："奴才不敢当。"

鳌拜和站在他前面的玄烨，服饰打扮几乎是一样的。玄烨穿着明黄缂丝面狐皮绣金龙袍，鳌拜穿着杏黄色九蟒四爪朝袍；玄烨龙袍外罩一件石青直地褂，鳌拜蟒袍外罩一件天青方补貂皮褂；玄烨项下一挂东珠朝珠，鳌拜项下一挂玛瑙朝珠，居然色泽与东珠相似。所不同的只在帽子上：玄烨戴了一顶黑貂皮沿缎台朝冠，冠顶缀一颗大东珠；鳌拜戴着黑狐皮沿缎台朝冠，冠顶缀一颗核桃大的红绒结。太皇太后看着，暗暗吃惊。只听玄烨在一旁笑道：

"二位辅臣着实勤劳国事，若不是太皇太后令鳌大臣、遏大臣佐理政务，儿臣真要手忙脚乱，不知所措呢！"

两位辅臣又转向皇上躬身道："奴才不敢当。"

太皇太后看玄烨神态自若，毫无异常，暗暗点头。这时太监们奉上奶茶，庆隆舞队随着欢快热烈的乐曲，或脚踩高跷，身挂马头马尾，或涂花脸戴面具披野兽皮，跳上场来。大家一起喝茶观赏。骑马人和野兽跳跃着你来我往，忽儿人追兽，忽儿兽反扑，几个回合过去，人在马背弯弓一射，野兽应弦倒地而毙，皆大欢喜。众人按照满洲习俗同声欢呼。

接着上场的是一对对布库，他们那特殊的剃得铁青的头皮和脑后盘着的小跤辫儿在月台上一出现，王公大臣文武百官中便有许多人情不自禁地大声喝彩。

布库之戏，就是摔跤，从关外到关内，从民间到宫廷，极为盛行。八旗将校士卒必须通晓摔跤，王公贵族也都喜爱摔跤术。子弟们相聚，饮宴骑射之余，常常摔跤角力，赌彩头以为乐事。太皇太后赏看的布库戏，自然是最优等的了。而在今天的特殊场合，布库们当然也格外卖力。月台之上，精彩的场面层出不穷：

这一对张着双臂，两手虚握成拳，全神贯注地盯着对方，回旋腾跃地"跳黄瓜架"，都不轻易出手，都在紧张地窥伺对方破绽，寻觅战机；

那一对中一方忽然伺隙猛进，不料对方早有防备，运劲一抵，防个正着，进攻被遏阻，成了相对峙的紧张局面；

第三对已经扭成了一团，其中一个突然来了个鹞子翻身，垫步侧击，以为势在必胜；但对手更高明，扭肩一闪，竟如狡兔似的倏然脱身避开；

第四对的双方看上去强弱悬殊，大布库健壮魁梧，熊腰虎背；小布库精悍瘦小，灵动自如。如果角力，小布库绝非对手。但他尽量避免斗力，仗着身手矫健，虚虚实实，明明暗暗，忽而声东击西，在对手肩上猛击两拳；忽而虎伏猿进，专攻对方吃力的下三路，弄得大布库穷于对付。蓦然间形势一变，大布库搂住了小布库的腰，脚下使了个极其纯熟的大绊子。小布库脚一离地，眼看要仰面摔倒，不料他突然出手，左手拉胁右手拍胸，一声大喝，如有千斤气力喷出，大布库身子一歪，“扑通”倒地。小布库顺劲一跳，反而立起身来，双手叉腰，稳稳地站住了。

“好！”打雷也似的喝彩，轰响在慈宁宫庭院中。太监立刻端盘子过来，赏给胜者一大碗酒，一盘烧羊肉。

玄烨看得极为高兴，不住地对两位辅臣说着喊着，并不等也不听他们回答：

“瞧这布库手上功夫多棒！准练过铁砂掌！”

“瞧他站得多稳当，就像钢铸的一般！”

“啊呀，这小布库真叫高手，懂得以柔克刚，所以才能化险为夷呀！……”

见皇上此时露出的男孩子本性，鳌拜觉得可笑，又很高兴，同时也有些疑惑：自己今天精心打扮，皇上竟然一点儿没注意！不然他怎么全不在乎呢？终归还是小孩子，想不到许多。那么太皇太后也不动声色，毫不提及，又为什么？自然还是因为朝廷离我不得，不敢多说什么！……鳌拜想着，快意在心头慢慢膨胀开来，有些眩晕了。

玄烨急切地对祖母说：“老祖宗，这一对儿布库就赏我吧！我那儿的布库不成，摔起来一点儿不好看！”

“皇阿奶的东西总是好的，对不对？”太皇太后调侃地笑道，“你想要哪一对儿？”

玄烨指定那一大一小：“就要这一对儿！”

太皇太后沉吟着，可以看出是在故意逗皇帝。玄烨却真急了，连声央告：“老祖宗，求求啦！给我吧！……要不，我拿东西换还不成吗？”

太皇太后扬一扬依然纤长乌黑的眉毛：“拿什么换呢？”

“一对儿会说话的翡翠小鹦哥！”

太皇太后忍不住笑道：“好吧好吧，给你就是！……明儿个把鹦哥着人送来。”

玄烨应了一声，迟了片刻又说：“老祖宗，要是一对红脚画眉子，换不换？”

岳乐、遏必隆都忍不住笑了，连鳌拜唇边也露出笑意。这小皇上在祖母身边，不知有多么顽皮盆赖呢！

…………

元旦这一日，是皇帝最忙的一天。从半夜子正一刻起身之后，拜佛、祭祖、烧香、叩头、祀堂子，给太皇太后、皇太后行庆祝礼，受臣子们的数次朝贺，受内宫后妃们朝贺，乾清宫设大宴；直到下午酉初以后，整整十个时辰，几乎不得喘息。但玄烨在寝宫只歇了片刻，竟又往慈宁宫来了。

慈宁宫里灯烛明亮。太皇太后坐在正间的宝座上，微微合着眼，似在养神。玄烨对太皇太后左右的人一摇手，轻手轻脚地进了门，在祖母身边悄悄站了一小会儿。苏麻喇姑在侧，向玄烨努嘴示意，让他到东次间去。玄烨便踮着脚跟轻轻走过去。

东次间的炕桌上摆了一席极精致的酒膳，里面有一碟玄烨最爱吃的芥末鸭掌，晶黄透亮，芳香无比，其他酒肴也都色香味俱佳。玄烨不禁赞叹地"啊！"了一声，跟着就听到祖母带笑的语音：

"馋了吧？我料到今天大宴上没有几味菜合你的口。"

"这是给我预备的？"玄烨开心地问。

"还用问！我猜到你要来。快吃吧！"太皇太后说着，已经走进东次间，倚坐在炕头的座上。眼看玄烨吃得又香又甜，她比自己吃还觉得愉快。去冬那一场龃龉已烟消云散，祖孙俩谁也不再提起，仿佛没有发生过一样。实际上，双方心里都因为在那件事上伤害了对方而竭力弥补，相互间的感情反而更亲切更融洽了。

屋内温暖如春，酒香菜美，老祖母目光慈爱，玄烨不由得心欢意惬，一边吃着，一边絮絮叨叨地向老祖母讲起今日典礼中那些错了礼数、出了毛病的许多趣事。正说得高兴，一眼瞥见地上有东西在动，玄烨开心地叫起来：

"老祖宗快看！你那大鱼缸里的螃蟹爬出来了！"

"哦，"太皇太后不在意地说，"八成儿是水浅下去了。别理它，只管吃你的。"

"咦，螃蟹背上有字哩！"玄烨一奇怪，嚷得更有劲儿，跳下炕就去抓。那螃蟹见人近身，扁圆的身体一挺，两把大夹子一竖，气势汹汹，怪吓人的！玄烨却不怕它，伸手到它背后，一下就掐住了它的硬壳。拿起来一看，背上竟有两个朱色汉字——鳌拜。

“老祖宗！看！”玄烨大叫，举着螃蟹到太皇太后面前。太皇太后也愣了一下，祖孙俩目光一碰，一时忍不住，都笑了起来。玄烨笑了好半天才止住。这用意很明白，直指辅政大臣鳌拜横行无忌。或许还有这个意思：看你横行几时？

玄烨想了想：“这是谁干的呢？”

太皇太后道：“今儿来过慈宁宫的人可太多了，哪儿找得出来？此人总是好心，提醒咱们。他既不肯出头，也就不用找了。你这会子还到慈宁宫来，不就为着这事儿吗？”她向那螃蟹点点头。

在这之前，玄烨是一个老祖母的小孙子，不折不扣的十四五岁少年；太皇太后这一句话，魔幻般地抹去了他眼睛神态上一切少年人的特点，顿时变得庄重沉着，黑眉也皱了起来，说道：

“今儿我一看见他，就猜着他的用心了！他既要试探王公大臣、满朝文武，又要试探我和老祖宗。好哇，你就来试吧，我才不会上当！我偏偏没看见，偏偏待你格外和气，叫你以为我怕你、我服你，这还不成吗？……”说到这里，玄烨咬牙切齿，愤怒得脸涨红了，眼睛也红了，自尊心忍受着巨大伤害。

“你这样最好。”太皇太后连忙安慰，“我一看他那个样子，直怕你沉不住气哩。能做到这个地步，也真难为你了，我也放心。——可惜杜兰撞到他的网上，恐怕要吃点儿苦头了。”

“这事老祖宗已经知道了？”玄烨犹自愤然，“瞧他跋扈到了什么地步！拿王爷贝勒都不放在眼里！他的意思，要我革去杜兰的爵位，羁禁在家，还要撤去所属吏员呢！……哼，杀鸡给猴看，真要一手遮天了！可惜宗室里只有一个杜兰，不然……”

“不说话的未见得就是心服！我看……”太皇太后慢慢睁大了眼睛，非常明亮有神，直盯着玄烨说：

“是时候了！”

玄烨直跳起来，一把搀住老祖母的双臂：“真的？真可以动手了？”

“不是就动手，是着手准备。”太皇太后毫不激动，沉着地说，“今天上午布库之戏，你没有得到什么启示吗？”

玄烨目光闪闪，好像成竹在胸，朗声答道：“制胜之道，在于攻其弱点。必须因势而动，虚虚实实、明明暗暗。”

“你以为他的弱点在哪里？”

“天算案！”玄烨毫不迟疑，“汤玛法无故冤死的天算案！无论人心还是天心，他都输理！而且这几年杨光先为钦天监监正，闹得人仰马翻，可历书年年出错儿，不应天象，不应天时，早就怨声载道了！辅臣也不得不下诏征求精通天文贤士。汤玛法的徒弟南怀仁应诏，去年腊月上奏，弹劾杨光先、吴明煊制历错舛，种种差误。我想就得抓住这件事做文章！”

“好！”太皇太后脱口而出。看着孙子成长得如此明睿英俊，她心情激荡，不由得仰望上苍，仿佛在告慰儿子、丈夫和公公的在天之灵，刹那间泪水涌了上来，她强自抑止，继续说道：

“此事关系重大，稍一大意，后果不堪设想，定会酿成大乱！此人已养成很大势力，党羽极多，耳目灵便，他本人又是个身经百战的宿将，力大无比，所以必须谨慎而又谨慎。来，我们还是到花园含清斋去坐一会儿吧，细细地合计合计……”

元旦之夜，处处灯光笑语，宫里也显得热闹，不像平日那么死气沉沉。慈宁宫门口的两个守门小太监闲得无聊，提着灯在阶前掷骰子，忽然觉得有人在一旁观战，两人兴头正高，一同激将：“看个什么劲儿？有种的来下注哇！”来人不应声，他们奇怪地回头一看，登时吓得跪倒阶前，因为那是一群宫女太监簇拥着的两位裹着绣金龙披风的主子，正是当今最尊贵的太皇太后和皇上！

小太监们赶紧叩头请罪。太皇太后却笑起来：“别叩啦，小心把头磕破。元旦节令，原准你们乐一乐，用不着这么拘礼。”说着竟随手把骰子拢在手里，递给玄烨说，“来，你也掷一把。”

玄烨一笑，拿六枚骰子合在两手掌中摇了摇，顺手掷下。骰子滚动撒开，太监们一起喝彩，嚷了起来：

“皇上掷了个顺花儿！”

果然，六只骰子，只只不同，一、二、三、四、五、六，六种点儿全啦！宫中惯例，掷顺花最是吉祥之兆。

太皇太后异常欣喜，说："好兆头！上上大吉！"她又对夜空默默地看了一会儿。

"老祖宗，你在看什么？"

"我在许愿。"太皇太后小声地回答。

"许什么愿？"问话也压低了嗓音。

"如果这把顺花吉兆成真，顺顺当当过关，"回答有如耳语，"那今后每年新正，专铸金银钱各千枚，赐赏给这些掷骰子的小赌鬼儿！"

"好！好！"玄烨大笑着响应，"就起名叫娘娘钱！好不好？"

自正月十三到正月十七，是灯节。其中十四到十六，朝服三天，庆贺上元佳节。其时，真所谓冠盖蹁跹，绣衣络绎，城市张灯，金吾不禁。

索额图虽然调任吏部侍郎，与原来侍卫处的朋友们来往依然频繁，和佟国维尤称莫逆，推心置腹无话不谈。年前就约好，正月十六一同去逛灯市。因为十六的灯最多、人最多、月最亮、花最繁。而且佟府就在灯市口附近，要看灯，不是十分方便吗？

索额图这几日吃各处宴席，吃得一肚子油水，正经饭也吃不下去，随意塞了几块点心，喝碗奶茶，离家不过酉时。他想想离得又不算远，便带了两个仆从，骑了马出鼓楼南大街，进地安门，由皇城里北池子出东安门，慢慢往灯市口溜达。

皇城里家家户户都挂出了花灯。一些衙门官署也无例外，红红绿绿，密如繁星，十分好看。街市上的孩童们提着狮灯象灯羚羊灯，前推旋转的橄榄灯、就地滚动的绣球灯，又喊又叫又笑，一队队从索额图身边跑过。仆从们一个劲儿地催主子快走，说是走得晚了路要不通的，索额图还不深信。一出东安门，索额图不由得叫了声苦，要想走到灯市口，天知道要花多大气力！

首先劈头而来的，是如雷的哄闹声：秧歌锣鼓敲个不住，踏歌摇铃无休无止，丝竹箫管、唢呐竹笛响成一片，腰鼓花鼓羯鼓太平鼓此呼彼应，这里喊那里叫男的唱女的笑，喧嚣得令人头晕。其中还夹杂着一阵又一阵的鞭炮的“噼噼啪啪”、二踢脚的“乒乓”巨响。索额图放眼往前看，灯棚十里，映着月色，把街市照得如同白昼，半边天都泛出了红光，到处人山人海，万头攒动。索额图迟疑片刻，咬咬牙，投身扑进人和灯的海洋。

街市两边，悬挂的各色彩灯令人眼花缭乱：走马灯、盘香灯、莲花灯、荷叶灯、花篮灯、盆景灯、龙灯凤灯鳌鱼灯，还有迎风转动的太极镜光灯、飞轮八卦灯，五光十色，恍如仙境。一些大的商号门前，各色灯堆成灯山，气概更是不凡：三阳开泰、五子登科、八仙过海、十面埋伏等等，引得游客停步观赏。索额图尽管有事，也免不了东张张西望望，两名仆从更是指手画脚、兴高采烈。

一路上，挨挨挤挤，笙歌沸天，香车宝马，玉佩金貂。看灯的人，上至贵戚王孙、下至平民仆役，不约而同地都集中到京师几个最繁华的悬灯胜处。索额图走的路线，正是从东安门到东四牌楼内城东边的灯节中心。

这边搭戏台，敲打着南十番；那边对台演着传奇故事，高歌着河清海晏。前面有一帮杂耍，翻筋斗、竖蜻蜓、叠罗汉、变戏法；后面又跟着一群半大小子鞭陀螺、踢石球、放空竹、跑竹马。索额图主仆三人，一路数不清遇上了多少百戏舞队：舞龙灯耍狮子的刚过去，又来一队玩九曲黄河灯的；才拐过路口，高跷秧歌又唱又跳地穿街而来，扮着一套一套的小戏：唐僧取经、观音送子、张君瑞与崔莺莺、潘必正与陈妙常等等。秧歌队还未停歇，又一路大头和尚打着十不闲、敲着八角鼓，载歌载舞地从人群中穿过……

月亮升高了。都说十六的月亮比十五的更亮更圆，真有点道理。灯市和填满街衢的游人，映着明月倍显精神。索额图这时发现，游人中的年轻女子，并不像前几日那样穿红着绿，多半一身月白色衫子，被月光一照，格外娇媚。他奇怪地问：

“这些女子难道是一家子姐妹？怎么穿一样的衣裳？”

仆从想笑又不敢笑，连忙答道：“爷不知道京师风俗，正月十六晚上，是女人们走桥的日子。这些年轻的，多半还要往正阳门去摸钉呢！走桥摸钉，兴穿葱白绫衫米色绫衫，号称夜光衣。”

“走桥摸钉？是什么意思？”索额图仍不明白。

仆从忍笑对他解释。京师妇人结伴行游街市，前面一人燃香开路，叫作走百病，走一趟，百病消；遇到有桥的地方，就三五相扶而过，叫作“度厄”，度过今年就不再有厄。总称为走桥。年轻妇人多半要走到正阳门中门洞乘夜摸门钉，据说心诚而摸，今年可生男孩儿……

索额图不禁笑了：“怪事儿真不少！”

四周忽然欢声雷动，只见亮光一闪，空中开出了万树银花，“噼噼啪啪”的鞭炮声响彻云天。原来，几处富户门前的烟火花炮棚子开始放花了。游人都停步仰头观看，索额图他们想要前进，已不能举步，而烟火花炮又绚烂夺目，火树银花不足以比喻，也吸引着他们的目光。只得等放完一过，游人走动了，他们才能跟着走。

就这样，看一处，走一段，停停走走，挤到灯市口时，简直就没有了出路。佟府门前的花灯鳌山已经遥遥在望，可是要挤过人群走到近前，不出两身大汗怕是办不到。

这里是灯市的中心，灯棚数十架，气势浩大；各店肆高悬五色灯球，如珠串如霞标；而铙鼓歌吹之声，更是如雷如霆，游人互相说话的声音都听不清。灯市东口和西口，各有一架高达十丈的巨型烟火架，把万千游人紧紧地吸引在那里，不得动弹。

两边像是在竞赛。西口这边的不用说是佟府，他们家年年在这儿放花。东口那边，难道是鳌拜家吗？索额图记得，鳌拜新近搬了家，不知看中了哪一处园子，好像就在这一片儿。

这两家放花就是怪，西边不放，东边也不放；西边放上去一种花，东边一定也放，而且一定盖过西边，总是压着西边一头。这不，已是本夜第二过了。斗牌斗蟋蟀斗鸡斗鹌鹑，今夜竟有斗放花！一时间灯市口一条街挤得水泄不通，游人争看，大饱眼福。

西边放了一个灯笼锦，照得数丈以内一派红光；东边跟着飞上一支月明帘，如同空中又升上一轮明月，把四周照得雪亮。

西边点燃了架上的水浇莲，火花飞速转动，如同开了数十朵金花；东边立刻把线穿牡丹烧着，顿时烟火架上开出了五颜六色斗大的牡丹。

西边气不过，“唰”的一声，一座葡萄架放上夜空，紫色的星光密密闪动，仿佛垂下一串串成熟的葡萄；东边毫不放松，随着向天空放了一副珍珠帘，那变幻不定的色彩四方流荡，实在令人惊叹。

西边飞出滴滴金，也叫叠落金钱，漫天金球雨点般下坠；东边却斜射十几只千丈菊，长长的金丝亮得叫人睁不开眼！

…………

每放出一种花，千万人便同声欢呼，这声势、这气氛，真像身处山摇地动之中。眼看着西边的烟火不如东边，游人纷纷向东边流动。几句议论传到索额图耳际：

“年年灯市，佟皇亲家烟火盒子最棒，今年怎么栽啦？”

“打对台的是鳌大人，懂不懂？”

“哦哦。是鳌大人……”

“打十四起就较上劲儿啦。前儿赛炮，昨儿赛灯，今儿个赛花儿，佟府都输了。人家拿升高三级浪响炮，赢了他的双响震天雷；拿冰灯水晶灯胜了他的彩灯纱灯羊角灯。今儿个，你也瞅见了。走！过去就近瞧瞧！”

“那，我不去了！”

“嘿，你这个人！看烟火嘛，还管他什么忠啊奸的！走吧……”

人群向东边流走了一部分，西边才疏通了许多。索额图主仆三人得以穿过人丛，踏进佟府的大门。

不料佟氏兄弟就在大门内临时搭起的观灯楼下坐着。佟国维脸气得通红，伸拳捋袖地要亲自出去再买大花盒子来放，非要压倒东边，出一口气不可！佟国纲倒不怎么在意，以长兄的身份，不准他出府。索额图到来，正好消弭了兄弟俩的争执。

佟国维大骂鳌拜老东西欺人太甚，一五一十地把这三天斗赛的事告诉索额图，并说：“我们并没有跟他斗赛的意思，他偏偏压上头来欺人！他妈的！这口气怎么忍得下去？这老混蛋也太目中无人啦！”

佟国纲皱眉道：“花灯烟火，算什么大事，也值得动肝火？皇上平日怎么教导你来？气量这么小，能托给你大事吗？”口气间，颇有步军统领领兵大员的威严。

佟国维一愣，冷静了一点，说：“我是恨那老混蛋过于嚣张，气焰太逼人！”

索额图笑道：“忘了皇上说的啦？月盈则亏，水满则溢。这不正是他盈满的朕兆？”

佟国维想了想，顿时拍手笑道：“索兄说得好！索兄说得好！小弟敬你一大杯！”

三人一同开怀大笑，上了楼，在铺着厚厚地毯的小屋里盘腿而坐，一面饮酒谈笑，一面观赏灯市一条街上的花灯烟火游人，惬意非常。

“元旦朝贺日，鳌拜的穿戴行为，你们都知道了吧？”索额图突然问一句，佟氏兄弟脸色立刻沉下来。佟国纲点点头，心事重重地说：

“鳌拜居心叵测，皇上不可不防！”

佟国维愤然道：“要照我的性子，一道圣旨，赐帛！”

“哪有那么容易！”索额图说，“不过，我也不大明白，皇上为什么还不动手……”

佟国纲又皱起眉头：“皇上何等英明，你我哪能预料！……索兄，你在吏部，侍郎官儿做得如何？”

索额图笑道：“还是皇上说的话：驭将之道，无非置腹推心、恩礼优渥，使之感激奋发而已。吏部虽然是阿思哈所掌，这些日子以来，也增加了许多感激奋发之辈！佟兄想必同感？”

佟国纲笑而不答。佟国维却说：“正是正是。皇上的话真是至理名言！不但我大哥，就是我那边也是一样！……”

正说得有劲，索额图的一名仆从随佟府管事急急忙忙赶上楼来跪禀道：

“府里派了专人来寻爷，要爷立刻回府！”

“什么事？”

“来了两位乾清宫的公公，说皇上有旨，召爷进宫弈棋。”

索额图松了口气。可是眼珠一转，便意识到事情绝不这么简单。他立刻向佟家兄弟告辞。那兄弟俩一直把他送出大门，眼看他消失在无穷无尽的欢闹喧嚣的人丛之中。

上元佳节的最后一夜，还远远没有结束呢……

节后开印，朝廷政务日日如流水般进行。不久，索额图上奏，以力不从心为由，自请解除吏部侍郎职，要求仍在皇上左右效力。于是，皇上准奏，命他仍为一等侍卫，在御前侍候。

二

“先皇帝曾经训示：国家肇造鸿业，以授时定历为急务。天算历法，关系重大。南怀仁劾奏钦天监监正杨光先、监副吴明煊推算历日种种错误一事，朕已下旨着议政王贝勒大臣九卿科道会同确议具奏。今日诸卿当面，就此事议一议。”

这一番话，是端坐在宝座上的玄烨郑重宣布的。他的目光依次扫过乾清门阶前和阶上的近百名王公大臣。这其实是他亲政以来规模最大的一次御前会议。他的目光回到近处，先看了看右侧的遏必隆，又看了看左侧的鳌拜，特意和蔼地添了一句：

“卿傅以为如何？”

遏必隆连忙深深地一弓腰，表示毫无异议。鳌拜并不改变他盘腿昂然而坐的姿态，先是一愣，睁大了眼，随后垂下眼帘，表情有些无可奈何。

历法的事，礼部官员向他埋怨了不止一次了，他也觉得头痛。

杨光先就任钦天监正以来，历法推算屡屡不应，年年错舛。又要什么宜阳金门山竹管、上党羊头山秬黍等古怪东西来候气，闹得人仰马翻。好不容易把这些物件凑齐了，这位监正又说此候气法是一千二百年前北齐所用，其法已经失传，历法仍是推算不准，为此，他以年迈体衰为由要求致仕还乡。鳌拜心里已疑惑他其实对历法茫然无知，是个骗子，嘴里无论如何不能说就是了。

去年年末，杨光先制出了今年即康熙八年历，鳌拜依惯例批发，传送天下为准则。不料今年杨光先上奏自劾检举，说是推算康熙八年闰十二月错误。这不是明明往支持他的鳌拜脸上抹黑嘛！然而天象历法是朝廷大事，鳌拜也不敢干犯天怒，只能同意小皇帝的决定，立即敕谕天下停用康熙八年历。虽引起朝野一片哗然，他也只能听之任之了。

其实，鳌拜私心里不仅恨杨光先不争气，也担心历法错误给江山社稷带来灾祸，遭到天谴。玄烨提出会议此事，他实在也说不出反对的道理，便只简单地回答一句：

“但凭圣意裁夺。”

玄烨心里暗暗一喜：鳌拜可从来没有这么驯从过。看来这一着是击中了要害！

康亲王杰书上前一步，跪在御前，代表参与会议的议政王贝勒大臣、九卿科道各官复奏道：“禀皇上，南怀仁所奏杨光先、吴明煊推算历日差错甚多。如算得康熙八年的闰十二月，应是康熙九年正月；又如算得康熙八年一年中两春分、两秋分等等。只是历法精微，天算高深，奴才等学识疏浅，遽难定义。应差大臣同南怀仁、杨光先、吴明煊等测验，以便议定一确切无误之推算法则。”

一说测验，在场的人不约而同地回忆起三年半以前那次惊心动魄的日食测定，汤若望被公认为最正确，杨光先、吴明煊则丢尽了脸。可是最后，仍然是正确的汤若望差点儿千刀万剐，丢脸的杨光先倒成了英雄！

“测验？”鳌拜本能地反对这种方法，“眼下既无日食又无月食，测验又麻烦难懂。有没有别的法子？”

玄烨朝向鳌拜：“卿傅，且听听杨光先、吴明煊、南怀仁有没有合适的法子。”

御前侍从学士把皇上的意思宣布了。杨光先和吴明煊还没想出对策，南怀仁已应诏上阶回奏了。他恭恭敬敬地跪在御前，非常谦逊地说：

“回回历、大统历、时宪历三派测算法确实完全不同。不进行实地测验，不能确定哪种方法可靠，也就难以区分优劣。臣想到一个测验方法，简便易行，立见功效。”

南怀仁卷曲的胡须头发、高耸的鼻梁、深深的眼窝，都使玄烨回忆起那位可亲可敬的汤玛法——在东方人的眼中，西方人的面貌总是大同小异的，回忆起深深铭刻在他心头的那次日食观测，回忆起那苍苍白发、“哗啷啷”的铁镣声，这就是祖母的救命恩人、父亲的师傅、自己得以继位的关键人物啊！……玄烨心潮澎湃，几乎难以自制。但这只是一瞬间，他很快就定了神，垂示道：

“将你的测验方法据实奏来。”

“启禀皇上，只需随便立一长竿于日光之下，令三派天算家分别预算正午时分投在地上的影子长度，到了正午再实测，把结果与预算相比较，就不难看出谁优谁劣了。”

玄烨频频点头，问道：“二位卿傅以为如何？”

鳌拜、遏必隆躬身称是，实则他们也不懂得。

“议政王贝勒大臣及九卿科道各官有没有异议？”玄烨又问。这些官员们一起躬身回答：“此法甚妥。”

“那么，礼部与钦天监呢？杨光先、吴明煊以为如何？”

在这种情势之下，这些人也不得不躬身回答表示赞同。之后，杨光先突然挺身出列，跪在阶前，出人意料地大声道：

“启禀万岁爷！这南怀仁与汤若望乃是一路，他们的基督教乃是妖道魔教，汤若望曾害死了先皇帝、端敬皇后、贞妃和荣亲王，绝不可信他们的鬼话！……”

他故技重演，喋喋不休，越嚷越响，声音越尖。阶上阶下的王公百官听着他像刮锅底的嗓门儿，见他如此不顾身份、不看场合，不知趣到了不知天高地厚的地步，都感到说不出的讨厌。玄烨脸一沉，眉目间露出一股怒气。他咬咬牙，皱紧眉头，没有马上发作，却扭过头去看鳌拜。

鳌拜当然能感到皇上的注视和目光里疑问夹着揶揄的含义，仿佛在说：这就是辅政大臣重用的钦天监正吗？他觉得丢脸，杨光先这样不识时务太叫他难堪了！鳌拜登时虎着脸，呵斥道：

“杨光先！还不退下！皇上面前胡乱唠叨什么！”

杨光先一愣，看见鳌拜鹰眼中恼怒的亮光，忙叩头谢罪，下阶后恭立一旁。

玄烨神态恢复了平静，说：“既然众卿都无异议，朕意就在乾清门外竖起竹竿，竿长一丈。你们三家现在就当着朕各自预先计算，算出正午时刻的影子有多长。到午正时分再测竿影的实长，与各家算出的结果相比较。”

辅政大臣、王公百官一时都静悄悄的。他们中间许多人刚才并没有听懂南怀仁的测验方法，玄烨这么一重复，熟练得如同行家，不由得他们不暗自惊异。玄烨闪目扫过自己的这些大臣，一个一个地点出一些名字来：

“着图海、李蔚、多诺、吴格塞、布颜、明珠、黄机、郝维纳、王熙、索额图、科尔科代、董安国、曹申吉、王清、叶穆济、吴国龙、李宗孔、王白高、田六善、徐越等二十员同往测验。去吧！”

三张矮桌连同上面的笔墨纸砚，被抬到乾清门外数丈远的地方排成品字，令三位天算家各坐一张进行计算。老对头，新冤家，又碰上了！三人入座前，面对面地互相望了一眼。南怀仁深蓝色的眼珠里蕴藏着怒火和坚强的自信，脸上却不动声色；杨光先枯瘦的面孔每一道皱纹里都盛满了鄙夷、刻毒和仇恨；吴明煊急忙躲避开两人的情绪强烈的目光，连头也扭到一边去了，满脸的无可奈何。他着实有些心虚。

被皇上差点的二十名大臣，分别围着三张桌子，看他们计算。稍远处的空地里，几名侍卫在摆弄尺子和竹竿，准备着正午时刻把它直立在日光下。稳坐乾清门的皇上，像是把这些人忘了，继续和辅臣商讨处理着其他政事。奏事官员一个接一个上阶奏事，皇上注意听着，不时向鳌拜问上几句。鳌拜有时回答得驴唇不对马嘴，皇上也不见怪。

大学士图海和李蔚、多诺三人带着三位天算家和三个计算结果上阶向皇上禀告。玄烨接过，看了一遍，交给李蔚，说：“读给众人听。”

李蔚遵旨宣布：“回回历吴明煊算得影长应为一丈一尺七寸二

分；大统历杨光先算得影长应为一丈二尺九寸；时宪历南怀仁算得影长应为一丈一尺九寸五分。三位有异议吗？”

杨光先、吴明煊、南怀仁一起回答无异议。玄烨点点头，说：“下阶等候。”他又调头去处理理藩院关于蒙古察哈尔亲王阿布鼐多年不来京师朝请的事。他问得很详细，听得很注意，又不时地皱着眉头沉思，或与鳌拜、遏必隆商议，天算测验似乎又给扔到脑后去了。

理藩院尚书正在细细禀告，玄烨抬头看了看太阳，抬手止住理藩院尚书的话头，从怀中掏出一只金壳金链的洋表瞅了一眼，回脸对图海、李蔚、多诺说：“午正将到，立刻立竿测影长。”

三名大学士下阶，侍卫们立竿测影，二十名大臣一起围上观看。连测三遍，大臣们验看无误，立刻向皇上禀告：

日影长度是一丈一尺九寸八分。

南怀仁预算之数仅比实测数短三分；

吴明煊预算之数比实测数短了二寸六分；

杨光先预算之数比实测数竟长出九寸二分。

事情明摆着：南怀仁胜利了，时宪历的测算法优于大统历和回回历！

对于三年前经历过日食实测的官员们来说，这个结果早在预料之中。所以当皇上微笑地问起：“众卿以为如何？”他们一个个都称赞南怀仁算学精深，非他人可比。碍于鳌拜的面子，没有人敢出言肯定时宪历。

玄烨于是逼问一句：“时宪历是最优的了？”

吴明煊迫不得已，低头奏道：“臣只知天文，不知历法。”

杨光先气势毫不衰减，大声奏道：“臣不知历法，惟知历理！”

玄烨眉毛一扬：不知历法，竟敢混入钦天监供职主事！但他还未想好恰如其分的问话和应该使用的语调，下面杨光先的嗓子却又突然拔高上去：“禀万岁爷！老臣鞠躬尽瘁，死而后已，只为阻止西洋妖术！那全然是不可信的妖术！用洋人历法，必定亡国败家！先皇帝、先端敬皇后……”

玄烨大怒，喝道：“谁问你来？身为监正，文过饰非，怎么不知进退到这种地步！”

大臣们极少见小皇帝发怒，鳌拜也觉得尴尬。杨光先连忙叩头退下以后，御前气氛仍然相当紧张。玄烨勉强压下怒火，转向鳌拜：“卿傅，依你看呢？”

鳌拜原本讨厌杨光先无礼，可玄烨一怒，他倒要维护杨光先了。这到底是他鳌拜一手支持和提拔的人嘛！打狗还得看主人呢！于是他朝着玄烨，如平日那样表情严肃地说：“皇上，洋人素来精于算术，只凭测算竿影长短，怕不足以判定历法的优劣是非吧！……”

玄烨一想，确实轻率了些，再说鳌拜的面子也需要敷衍一二，便笑道：“卿傅说的是。”他回头对大臣们说，“鳌大臣所言甚是有理。朕意遣图海等二十员大臣会同钦天监满监正马祜，详细测验今年雨水、惊蛰、春分三节气，太阴及火木二星躔度。分别验看三种历法预算，最后定出是非优劣。”

大臣们躬身领命，心里无不暗暗惊异着小皇帝的博学。

从这一天起，钦天监的测验便又牵动了整个朝廷上下的心，吸引了京师许多人的注意。

二月的春风，拂面不寒，头顶的蓝天晴得发亮，阳光暖暖的，晒得人很舒坦。护从的小伙子们敞开了衣襟，呢檐的红缨帽也戴不住了，直推到后脑勺儿，露出剃得青光油亮的大脑门儿。只在鳌大人出朝时，他们才赶紧整顿衣帽，老老实实地列队跟随，大气也不敢出。他们看到，主子脸上有一团乌云。这时候惹了他可要倒大霉，少说挨上二百鞭，弄不好要掉脑袋！

他阴沉沉地骑马回家，对春意盎然的气息毫无感觉，倒是心头袭来一阵阵寒意。鳌拜一直在回想着今天皇上御门听政的经过。

三派历法的推算结果，经了钦天监一个多月的实测验证，不论雨水惊蛰春分的节气，还是太阴及火木二星躔度，都是时宪历最准确。奉旨同往测验的图海等二十员大臣，盘问钦天监满监正马祜和所有属官，究竟哪一种历法适用，这几位满洲官员很直率地说：原来以为大统历优于时宪历，经这三年验证，还是南怀仁的西洋历法——时宪历法上合天象。

这结果原在意料中。这一个多月里，每过一个节气，人们就翘首而望，打听钦天监的一次实测情况，随后便轰动上好几天，四处传告议论，表现出少有的热心和痛快。人们虽不敢当着鳌拜的面多说什么，可鳌拜也非傻瓜，哪能感觉不出人们借此隐隐发泄出的对他的敌意呢？

今天，奉旨测验的图海等二十名大臣向皇上报告了测验的最后结果。议政王贝勒大臣会议又推康亲王杰书奏告皇上，请将康熙九年历交南怀仁推算。这是鳌拜在议政会议上同意了的——既然错了，改过来就是。时宪历确实优于其他历法，就用它也没什么要紧。可是谁想到皇上偏偏揪住这个题目追问个没完，把旧账一股脑儿翻了出来，面色很是严厉：

"四年前杨光先弹劾汤若望，议政王大臣会议为什么以杨光先为是、以汤若望为非？时宪历是西洋新法，为什么当日议停、今日又议复？其故安在？"

事情明摆着，若只论历法优劣，当初测验日食就已经分出高下了。而停新法、非汤若望，原因并不在历法，议政王大臣们也不该负主要责任。只是眼下谁敢当着和尚骂秃子？当着鳌拜的面，谁敢说出当日的真情？

议政王大臣们诚惶诚恐，奏了一通"新法上合天象"的话，至于杨光先和汤若望谁是谁非，便含糊回避过去了。

皇上倒也没有再问。可是议政王大臣们下阶去后，他转向鳌拜，皱着眉头笑道："卿傅你看，朕问他们的话，他们都不肯一一回答，是昏昏懦懦、言不及义呢，还是瞻前顾后、文过饰非呢？"

鳌拜一向不喜欢听皇上说那么多南蛮子的成语，他也听不大懂。但今天这两句他却听懂了，不由得心里一抖，莫非是冲着自己来的？

再想不到，皇上又笑了，像是跟鳌拜串通好了似的挤挤眼儿，小声说："卿傅，逮个机会瞅个空儿，咱们俩收拾收拾这帮唯唯诺诺的大老官儿！"

瞧，又露出了小孩儿脾气儿，顽皮嘴脸儿！你能拿他怎么办？

所以，鳌拜在马上总是心神不定，皇上的三张脸儿——严厉的、皱着眉头笑的、像小孩儿一样挤眼儿串通的——在眼前交替出现。他以为自己早对皇上摸透了，可突然觉得有时又一点把握也没有了。

鳌拜在前院和正房都没有停留，急急忙忙赶到后花园楼上。玛尔赛的脾气很怪，虽然主持家政，却不肯搬到前面去，分派处理家务在楼下，住处仍然是当初她嫁来时的新房。

一走进玛尔赛的住处，鳌拜就发现不对劲：梳妆台前为什么这样纷乱？首饰和绢花到处扔，梳头匣子还开着，香粉撒得妆台上好像泼了一层霜雪，地下还有摔碎的胭脂瓷盒和断成几截的骨梳。

她出什么事了？鳌拜觉得心一下子缩紧了，慌得厉害，控制不住地大喊着，嗓子竟有些发抖："玛尔赛！玛尔赛！……"

立刻有仆妇进来跪下禀告："五夫人娘家来人报信，说是舅老爷不行了，要五夫人快回去瞧瞧！"

鳌拜吃了一惊。这半个月马尔赛告假在家，他以为是受了风寒，一向又过得荒唐，静养些日子自会好的。怎么突然加重了？由于玛尔赛的缘故，鳌拜早把马尔赛倚为心腹，言听计从，以前的几位同党诸如阿思哈、噶褚哈、班布尔善、图必泰等，反而靠后了。所以得此消息，鳌拜无暇多想，立刻转身下楼吩咐备马，往户部尚书马尔赛府中探视。想到马尔赛兄妹感情极好，万一当哥哥的有个闪失，妹妹一定会悲痛之极。她会怎样哭泣、拒食、消瘦啊！……为此，鳌拜一路都在暗暗叹气。

熟门熟路，鳌拜不用家人通报，直接走进马尔赛养病的西跨院芷兰书屋。院里两棵高高的梧桐已抽出翠绿的嫩叶，把整个小院罩在清幽的淡绿色的柔光中。绿叶深处，不知什么鸟儿在啁啾，动听的鸣叫更衬出四周的宁谧，使鳌拜怀疑，马尔赛是不是真的在这里养病？

鳌拜从月门穿过钻山廊子，停了片刻，这古怪的沉静倒让他心里不安了。正要举步，很近的地方有人叹了口气，随后弱声弱气、满腔哀怨地说了一句话，完全不像是马尔赛，可又确实就是马尔赛，他的语调使鳌拜一愣，止步不前：

"你，难道一点儿也不顾念旧日的情分？"

全然是一个濒死的人在绝望地请求着什么。但他的话无人回答。

“我知道，你恨我在身边放了那么许多女人。可我怎么能不这样呢？我是一品尚书，哪能没有一品尚书的派头？再说，对男人你还有什么不明白？多少人都可以跟许多的女人胡调，而心上一点儿不动情。我心上从来就只有你一个啊！……”

对方仍然一言不发。

鳌拜想起马尔赛内宠极多的荒唐生活，料想他又在故技重演。连病中都不忘好色贪花，真太不知道养生了！鳌拜暗暗一笑，转身要走，心里突然起了个疑惑：玛尔赛不是来探病的吗？她在哪里？难道……

马尔赛又说话了，声调更加绝望低沉：“我眼看活不了几日，妹子就不肯见谅？”

女子的声音一出，鳌拜顿时一哆嗦，这是他的玛尔赛！

“你的情意，我记住了。但我也绝不肯负他！”

马尔赛呆了半晌，声调格外伤心：“这么说，毕竟弄假成真了。”

“不错！”玛尔赛好像站起身，在屋里来回走了几步，接着说，“他从来就是我心目中的英雄，现今，我更是真心实意地敬他爱他疼他惜他！跟他比，你可真是个奴才坯子！哪像个男子汉？为了报仇，拿自己心爱的女人送礼！我！……我如今瞧不起你，一点儿也瞧不起你啦！”

鳌拜惊异地扬起粗黑的眉毛：怎么，他们不是兄妹？

好半晌，马尔赛再次开口：“除了他，又有谁能给我们报仇呢？他不仅除掉了我们的仇人，还带给我们家族荣华富贵，连故去的父母祖先都受到了荣封……”

玛尔赛又伤心又气愤地一口接过去：“所以，我宁可喜爱他，忘掉你！”说罢，她哭了。

马尔赛长叹一声，说：“我没法儿怪你，也绝不怪你。他为九王报了仇、为爹妈报了仇，我就是九泉之下也感激不尽。我最珍爱的就是你，我应该把自家最珍爱的宝物献给恩人，以表感激之情。我……我至死不悔！我们满洲勇士若是为女人而后悔，会被今人后代看作孬种，耻笑几辈子！”

玛尔赛几声抽泣以后，没了声息。

“眼见我活不长了，有几句要紧的话，求你千万转告他……”

鳌拜一脚踏了进去。精美玲珑的书室内，并没有多少书籍，但家具摆设非常精美。一架紫檀木雕花大床上，撑着绣了四季花卉的浅红罗纱帐，帐钩高挂，倚床而坐的是病容满面的马尔赛。他身边的床沿上，玛尔赛倚在他胸前哭泣，眼睛又红又肿。他的双手无力地揽着玛尔赛的腰，不住地叹气、落泪。

“不用转告，当面对我说！”鳌拜低声一喝，把那两个搂抱哭泣的人吓了一跳，顿时魂飞天外，闪电般分开了。马尔赛脸色惨白，仿佛立刻就要昏死过去；而玛尔赛满面血红，好像要涨破脸皮一般。

想到以往玛尔赛回娘家一住好几天，不知给自己头上戴了多少顶绿帽子，鳌拜怒火中烧，恨不得一脚踢死她！想到这对假兄妹一唱一和地欺骗他，一个混到户部尚书的高位，一个主持了他家的内政，鳌拜更是咬牙切齿，想在眨眼之间把两人的脑袋削下来挂出去示众！可是看到玛尔赛娇怯痛苦的样子，想到她平日的恩爱，尤其她刚才那番一心向着自己的掏心窝子话，鳌拜又下不了手。更没料到，玛尔赛竟克制了最初的恐惧，盈盈地走过来，“扑通”跪倒在鳌拜脚下，珠泪滚滚地说：

“奴才无状，冒犯了主子，求主子立即赐死！只是求主子不要把赐死奴才的因由泄露出去，以免主子丢脸。再有，家中事务还须交代，最是主子的四季衣帽袍靴、主子喜爱的酒烟菜肴、主子常用的珍宝朝珠，一定要亲口交代清楚，不然，奴才便是死了，也放心不下的……”

鳌拜胸中的怒气，已随着玛尔赛的一句句交代而一点点减弱了。如果他真的杀了玛尔赛，今后的日子可怎么过？……鳌拜不理玛尔赛，大步走到南窗下的长炕上，那里有坐垫、扶手，是主人的尊贵座位。鳌拜一屁股坐上去，盘起两腿，表情冷酷地问：

“到底是怎么回事？给我老实招出来！”

马尔赛惊得手脚冰凉、浑身哆嗦，哪里还说得出话来！玛尔赛此时完全镇静了，说起了辛酸的往事。

马尔赛的父亲，是睿亲王多尔衮的亲信护卫。顺治八年，由于苏克萨哈的诬陷，这位生前威严无比的摄政王在死后大受贬辱，以谋逆大罪削爵撤庙，他的下属被各旗瓜分。马尔赛的父亲正好被分给了因功高升的苏克萨哈。老头儿始终忠于多尔衮，也就格外痛恨苏克萨哈，有此便利，更是日夜谋算着为多尔衮报仇。苏克萨哈何等精细，早就发现老头儿心怀叵测，终于找个借口、问个罪名，把老头儿夫妻俩流放到宁古塔极寒冷荒苦的北地。老两口到那里不过一年便双双死去，说是病死，其实是自杀。

马尔赛把仇恨强咽下肚，换一副笑脸奉承苏克萨哈。那老狐狸却一直不敢对他完全放心。玛尔赛的父亲早在入关时候就阵亡在江南，母亲便带着女儿做了马尔赛父亲的侧室。当宁古塔传来老夫妻双双亡故的消息，留在京师的这位侧室也就一病不起，把女儿托付给马尔赛，咽下了最后一口气。偏偏正白旗都统看中了马尔赛的人品，要把女儿嫁他，央了苏克萨哈为媒。马尔赛为了日后的报仇大事，一口应承，娶了妻子，嫁了妹子，终于爬上了正白旗副都统的地位。

后来玛尔赛的丈夫死了，又回到娘家依靠兄嫂孀居度日。她和马尔赛原非血亲，自小青梅竹马，是天生的一对，偏偏命乖运蹇，弄到这种结果。兄妹重逢，感情激荡在所难免。马尔赛的妻妾啧有烦言，也不能阻断他们自幼积累起来的真情。

鳌拜压垮苏克萨哈，马尔赛出了大力，二十四项大罪中许多条都是由他出首、由他作证的。随后，马尔赛受到鳌拜重用，青云直上，他感恩不尽，于是才攀了这门近亲。玛尔赛嫁了鳌拜之后，一颗心就全在鳌拜身上了，从来不曾有异志。就是马尔赛，对鳌拜也是忠心耿耿、终生感戴……

鳌拜沉着脸听完玛尔赛有条不紊、有情有理的叙述，表情并无改变，对马尔赛瞪着鹰眼说："你有什么要紧话？讲！"

马尔赛战战兢兢，几乎说不成句："求……求主子赏给奴才……一个谥号……"

鳌拜重重地"哼"了一声，说："还有呢？"

"奴才以为……近日朝中情势仿佛有……有变，请主子千万小心，好自为之……”

鳌拜沉思片刻，无所表示，又问一句：“还有吗？”

马尔赛上气不接下气：“班布尔善身为宗室……主子要留神，不可深信他……阿思哈私心太重，不可重用……玛尔赛真心爱主，求主子赦她的罪……还有，还有……”

“还有什么？”鳌拜不耐烦地喝了一声。

“……主子权威声望天下无双，何不自谋大业？……”

“住口！”鳌拜大怒，跳到马尔赛床前，不顾他病体沉重羸弱，抬手就给了他一记响亮的耳光！玛尔赛尖叫一声，扑过来跪下抱住他的双脚，马尔赛则又惊又怕地昏了过去。“你这该死的东西！竟敢说这等大逆的话！……”鳌拜须发尽张，面孔涨得血紫，眼睛冒出骇人的凶暴的光，像一对虎目，注视着面前要撕碎的猎物。

大约是马尔赛的死相使他怒火渐渐平息，他大口地吐了一口气，一把将玛尔赛拉起来，拦腰搂住，挟在胁下，像提什么东西似的提着她就往书室门口走。玛尔赛并不喊叫，只是轻声地说：“我的爷，这叫别人见了，不笑话吗？”

鳌拜略一迟疑，放下玛尔赛，又回头看了一眼，见马尔赛微微地蠕动，知道他已清醒，便转回身，威严而阴沉地说：

“前头那三句话我都记住了。你放心地死吧！”

那个病恹恹的躯体，忽然颤抖了，抖得帐钩敲在床架上“叮当”作响。玛尔赛猛地扑过去，哀痛地哭喊着：“哥！……”

鳌拜大步上前，拽起玛尔赛，转身便出了房门。

马尔赛死了。鳌拜好几天没有上朝。他的心情很复杂：恨其夺爱，又感其忠心；佩服他义气，又瞧不起他攀附；看到哭得像个泪人儿一样的玛尔赛，又觉得马尔赛太可怜……但是，令鳌拜昼夜不安的，却是由这一对兄妹情人的故事启发出的一种思索：既然有这样不顾一切地向苏克萨哈复仇的人，难道就没有同样等待着他鳌拜的复仇者？追查布袋和尚诗画毫无结果，不了了之；可是那个作画写诗的人是确实存在的！

马尔赛兄妹投靠鳌拜向苏克萨哈复仇，那么那个人也会投靠什么人向鳌拜复仇！投靠谁呢？还有谁比他鳌拜更强呢？除非是皇上！

想到此处，鳌拜猛一惊，记起马尔赛临终遗言："近日朝中情势仿佛有变！"他是什么意思？变在哪里？鳌拜定下神反复想了又想，决定次日上朝，见机而行。

果不其然，次日他在议政堂听了遏必隆和下属报告这几天的朝中政事，登时心头冒火，转身就进宫，要求皇上接见。太监哪敢怠慢，立刻奏请，皇上也毫不迟延，立刻传见。

鳌拜昂昂地走到上书房，还离得老远，就听得书房里一声又一声的叫喊：

"行了，别跳黄瓜架啦！"

"使勾子！"

"出别子！"

这是皇上在嚷，嚷的全是摔跤的行话。鳌拜知道皇上自元旦从太皇太后那里要来两名布库以来，对相扑就入了迷，专门从太监中挑了二十多个身强力壮的小子，跟着那两个布库当小布库，看他们摔跤、练功，就连鳌拜和遏必隆去奏事，小布库也不回避。鳌拜不止一次看到，小布库摔得鼻青脸肿、怪模怪样，逗得皇上哈哈大笑……

鳌拜走进书房，皇上像是根本没看见他，正在兴高采烈地比比画画，为一对对相扑的小布库大声出招儿：

"出右手！快出右手！进腰拿他的肘儿！……"

鳌拜近前跪拜："老臣给皇上请安，皇上吉祥！"

玄烨转过兴奋的脸，看了鳌拜一眼："哦，你来了。赐座吧！……哎呀，真笨！叫你拿他的胳膊肘弯儿！……"他的心思显然全不在什么大臣、什么朝政大事上，说了归齐还是个爱摔跤好斗架的小小子儿！鳌拜沉甸甸的心不觉轻松了许多，马尔赛真是杞人忧天！

"皇上，老臣有要紧事禀奏。"鳌拜大声说，要压倒小布库摔跤呼喊的角斗声，又要提请皇上注意。

"嗯？"玄烨又回头，脸上分明是一股扫兴的表情，不过在勉强地掩饰着，说，"卿傅有事尽管奏来。……你们到门外去练吧！"

皇上一声吩咐，小布库们跳起身，出了书房。立刻，他们"嘿"

“嗬”的喊声又从窗口传了进来。玄烨听得笑起来，就要跟到窗口去看。鳌拜用力清了清喉咙，使他突然意识到自己贪玩得不像一个端庄威严的万岁爷，赶忙敛神，咳嗽两声，说：

“卿傅奏来。”

“启禀皇上，户部尚书马尔赛病故，求皇上赐谥。”

“哦，此事部议赐谥的奏文朕已看过，部拟恪、忠、勤、敏四个字供选，朕已批回奏本。马尔赛供职时间不长，亦无显功，赐谥似乎不必。”

鳌拜仿佛没有听懂皇上的话似的，不动声色地说道：“老臣以为赐谥忠恪二字正合适，马尔赛泉下有知，必定叩谢皇上大恩！”

玄烨呆了片刻，眼睛望着窗外扑跌的小布库们，微微笑道：“既是卿傅要给他谥号，那么就由卿傅去恩赐好了，不必问朕。”

鳌拜一听皇上话中有刺，抬头却见玄烨一副笑脸，便也就不在意，又奏上第二件：“启禀皇上，通州知州欧阳世逢等官革职，吏部兵部及直隶督抚等已然知罪，求皇上开恩，免予处分。”

玄烨一听，顿时皱紧黑眉，不高兴地瞥了鳌拜一眼，说：“当时卿傅也在场，朕将他们革职，难道不对？”

二月上旬，皇上巡行近畿，在通州驻跸，召见当地官员。知州欧阳世逢庸劣无才；州同李正杰连自己的名字都写不出来；驻通州副将唐文跃，步射骑射，十箭只中一箭。玄烨登时大怒，立刻将三人革职！回京后，又下谕说：

“文官有抚循百姓、绥理地方之责，武官有训练士卒、防守地方之责，必得其人，乃可胜任。朕巡行近畿，见通州知州欧阳世逢、州同李正杰庸劣无才，副将唐文跃不娴武事，俱着革职。吏、兵二部及各省督抚所属文武官员内，有庸劣无才、不能胜任者，应不时察参，以副朕倚任之意。乃吏、兵二部及直隶督抚不将欧阳世逢等官早行参奏，理当议处。”

随皇上在通州时，鳌拜亲眼看见那三名官员着实不成样子，觉得皇上处置得对、处置得坚决。可是回到京师，才知道这三人都是从阿思哈和噶褚哈的门路走上去的。去年一串碧莹莹的翡翠念珠和一万两白银送到家中，就是这一注交易所得。鳌拜顿时觉得亏了他的两位亲信。所以，当他们将被议处而求他宽恕、求他在皇上面前说好话时，他就一口答应下来。此时便对玄烨说了许多吏、兵两部事务繁多、难免疏忽，既已将庸劣者革职，便足以杀一儆百了等等。

玄烨半晌不响，后来说："既然卿傅说情，吏、兵二部宽宥一次就是。"随后又笑眯眯地说，"卿傅有旨，朕焉敢违抗呢？"

鳌拜鹰眼中陡然射出一道寒光，沉声道："老臣一片忠诚，实在是为大清、为皇上……"

玄烨笑道："罢了罢了，你不必往下说了。朕都知道了，说句笑话嘛！"

"皇上怎么可以说玩笑话！"鳌拜一本正经地又教训了一通。玄烨半听半不听，一会儿翻翻案头的书，一会儿又举目向窗外小布库遥望。鳌拜心头恼怒，连着奏上第三件事，这是使他最不痛快的事：

"启禀皇上，老臣几日不上朝，皇上怎么就自食其言，把废藩田产变价的事儿给全改了？"

玄烨心不在焉地"啊"了一声，眼睛望着窗外，忽然高兴地指着说："哎呀，卿傅快看，我的小布库又把大布库扳倒啦！……卿傅不是也精于相扑的吗？好不好教我的小布库两手呢？……"

鳌拜气极了，声色俱厉地喝道："皇上！老臣在奏事！"

玄烨诧异地回头看看鳌拜，鳌拜也觉得有点难为情，和缓了口气进谏道："皇上至尊至贵，统理天下事，不能总这么小孩子脾气。叫臣子们知道了，成什么体统！"

玄烨叹了口气，道："你刚才说什么来着？"

鳌拜忍气答道："说废藩田变价的事！"

"那件事嘛，"玄烨好像刚想起来，"不错，朕已将它蠲了！"

"为什么？"鳌拜压住一肚子怒火，问。

"卿傅想啊，既征了额赋，又以地变价取银，百姓出双份钱粮，不是重为民累吗？所以朕决意免了变价，撤回差去办理此事的户部官员，将现在未变价田地交与各省督抚，分给原种田之人，令其耕种，照常征粮，以副朕爱养民生之意呀！……"

玄烨的声调透着得意，一定认为自己干了一件大好事。这小祖宗，一下子就把要到手的数百万两银子化为灰烟！鳌拜心疼不过，越加愤怒："皇上，你竟乘户部尚书马尔赛病故之机，瞒着老臣，将这么一件大事，轻易改变！……"

玄烨眉毛一竖，乌黑的眼睛里突然闪出一道雪亮的光芒："卿傅这算什么话？马尔赛故去、卿傅不上朝，朕就不能处理朝政了吗？只听说奴才瞒主子是不忠，没听说过主子还得事事跟奴才商议，否则就有错呢！"

一句话噎得鳌拜张口结舌、作声不得，面孔涨成猪肝色。玄烨收敛了突发的威严，和悦地说："卿傅，先贤早有训教，得人心者得天下，失人心者失天下。若不爱养万民，若无一副仁厚慈蔼心肠，天下未必能稳得住哟！"

鳌拜愤愤地说："那全是南蛮子的迷魂汤！老臣从来不信！咱们大清的天下就靠征杀得来的！打进关来，东扫西荡，南征北战，不是放手砍杀、屠城烧镇地把那些蛮子杀怕了，他们哪肯臣服？哪有今日的大清？"

玄烨叹道："就因为那时候杀得太多，如今才要施仁政以补救，挽回人心。不然，满洲人有多少？汉人又有多少？十个、二十个汉人打一个满洲人，大清国还能稳住吗？真要叫人家轰走了！"

鳌拜大吃一惊，怎么也想不到小皇帝会有这等古怪的念头！呆了半晌，他叫道："皇上，你莫非中了邪？大清皇帝哪能说这种话！"

玄烨平静地、像成年人一样认真地说："卿傅，汉人天下已经历了两千多年、数十个朝代，治国为政有许多高明方略，我们焉能不学？一位当代大儒写了一部《明夷待访录》，固然有许多言词过分激烈，却也讲出一些值得深思的道理。朕以为，有句话他说得对：为君者应不以一己之利为利，而使天下受其利；不以一己之害为害，而使天下释其害。若能如此，何患太平不至！朕当身体力行。"

鳌拜虽不能句句听懂，大意却是明白的，不觉脸上阴云重重，越来越难看，猛地立起身，愤然道："皇上一味崇儒亲汉，拿南蛮子的胡言乱语当作至理！老臣实在为皇上担忧，为大清担忧！"

玄烨目光一闪，敏感到自己说多了，便道："卿傅担的什么忧？"

"先皇遗诏，纪纲法度、用人行政都应仰法太祖太宗皇帝，不可近汉制、习汉俗。如今皇上已入歧途，老臣受先皇帝的顾命之恩，不得不向皇上进谏……"

玄烨皱眉道："彼一时此一时也，岂可相提并论？如今正位中原，是大一统之君，子民所习所尚，朕焉能不知不晓？卿傅怎的这般见识不广呢？真该平心静气地思忖思忖才是！"

鳌拜听皇上忽然教训起自己来，顿时火冒三丈，几乎跳起来："怎么？说老臣见识不广？皇上尽可把老臣的意思交付议政王贝勒大臣会议，倘有错处，老臣愿伏斧钺以谢皇上！"说着，一步跨到玄烨御座前，做出一副引颈受戮的姿态，满面怒容使他看去十分凶恶，高昂的头又表现出十足的跋扈。

玄烨再也压不住心头怒火，把手中茶盏往御案上一顿，站起来，口气也强硬起来：

"这又不是什么大不了的事儿，也值得这么拼死拼活？朕平日待你如何尊崇礼敬，你待朕却日加凌辱。朕倒想问你，可对得起先皇，可对得起太祖太宗皇帝？"

鳌拜一愣，没想到玄烨敢如此顶撞，他怎能咽下这口气！当下瞪着眼睛粗声说："皇上拒纳忠言，妄斥先帝顾命重臣，老臣实不敢再供职左右，惟有痛哭于先皇帝及太祖太宗皇帝陵寝！"说罢，对着玄烨一个跪拜，转身大踏步出了上书房。

玄烨气得脸色煞白。呆坐了好半天，才把小布库召进书房相扑为戏。在他们的呼喝摔打中，他渐渐恢复了常态。

次日，鳌拜上本告病，不肯上朝了。

三

门前月台上，摆着几盆西府海棠，树干有胳膊粗细，正在开花，一团团一簇簇，云蒸霞蔚。繁盛的深红浅红的花朵拥挤不开，把枝干坠得往下垂落，仿佛一串串美丽的璎珞。鳌拜正烦躁地在花下踱步，艳丽的花朵、清淡的花香、嗡嗡嘤嘤的蜂来蝶往，引不起他半点情绪，他连眼珠都不曾向海棠转过去。

称病不朝，在这独门小院里静养，已经十天了。阿思哈、班布尔善等心腹大臣，每天来通报朝中情况。皇上并没有惊慌失措，朝廷政事有条不紊。皇上照样每日天不亮就起身，早早往乾清门御门听政。遏必隆样样都依着皇上：

废藩田产变价已完全蠲除，领差往各省的部员全部撤回；

杨光先、吴明煊被革职，而西洋人南怀仁被授为钦天监监副；

被马尔赛想尽办法逼迫去职的原户部尚书王宏祚，以“系皇考简用之人、效力年久”为由，起照原职补用；

最大的一件事，是皇上三日前亲临太学祭孔、讲书经，在朝野上下引起极大震动！

这一切也极大地震动了鳌拜！他真是有苦说不出。早知道这个小皇帝竟然这样胡作非为，他无论如何不会称病告假，无论如何也要阻止他的这些倒行逆施！……现在，他可真成骑虎难下了。

再有，皇上至今不肯亲临探病，也使鳌拜感到尴尬，这尴尬随着时间的延续，渐渐变成了愤怒。皇帝亲临府第探病，是一般人想都不敢想的极大恩典，除了辈分高的亲王，还没有人享受过这么大的荣耀。可是，鳌拜是谁？早年，鳌拜为救皇上臂骨折伤，皇上还领了太皇太后懿旨亲临鳌府探视。那时他对鳌拜何等钦佩敬爱！说实在话，皇上对他鳌拜，难道不该像阿斗敬重诸葛亮一样？鳌拜难道不也是一位“相父”？

皇上若终于驾临，还则罢了；若他就是不来，那就十有八九心怀叵测了！他想干什么？他能怎么样？……想到玄烨的小孩子脾性和贪玩的劲头儿，鳌拜摇摇头。他才十五岁，懂得什么！可是想到上一次的争论，鳌拜又觉得皇上并不那么简单，不那么好对付！……要是由着皇上的性子，放了手让他干，将会怎样？

鳌拜仿佛看到自己告老在家赋闲，成了个无人理睬、更无人奉承的古怪老头儿。或者更糟，由于皇上震怒，一道谕旨，籍没流放，像马尔赛的父母那样，死在遥远的宁古塔……鳌拜不由得浑身一哆嗦，握紧了双拳。他强迫自己继续想下去：

那时候，朝廷上又将重文轻武，部院等要害衙门的掌印官都被蛮子夺去，满洲人辛辛苦苦流血流汗打下的天下，到头来还是双手捧给汉人！

那时候，天下百姓又要崇尚儒雅，一个个宽袍大袖、礼节繁缛、文弱不堪、手无缚鸡之力。一旦北边蒙古、西边西藏乘虚而入，还不是束手就擒？百年宏业必将土崩瓦解！甚至朱明余孽也会起来造反复明！那是什么景象啊！

或许鳌拜的宅院田庄奴仆，将会分给朝中那些口是心非、面善心黑的汉大臣？也许，鳌拜起解时看热闹拍手叫好的，就是当年跪在他马前，被他像割草刈麦般杀掉的南蛮子的后代？……自太祖时代起便奋战至今、军功累累的辅政大臣鳌拜，难道就要落得个这样屈辱的下场？……

鳌拜越想越气，怒火烧得胸口发胀。偏偏走过树下，一簇海棠花钩住了他的帽子，差点儿闹了个顶子落地！鳌拜狠狠咒骂一句，生气地朝树盆踹一脚，想把它移开去。这一脚，使红艳艳的花朵儿雨点般簌簌乱落，刹那间地面就铺了红毡毯似的一层，树身也在剧烈地摇摆。在鳌拜眼里，却像是什么人笑得前俯后仰。笑什么？笑他！笑他！

鳌拜骤然爆发了，大吼一声，发狂似的举拳用力朝树身一砸，“喀嚓”巨响，树齐腰断了，带着红云般的树冠可怜地倒垂下来，“呼”地栽倒在地，震颤不已。鳌拜并不解气，又对着树下的大木盆狠狠踢一脚，木盆飞起好高，从空中划了一道弧线，直跌下月台，“扑通”、“哗啦”摔得粉碎，泥土散了，树根残乱，木盆成了碎片片。

“王八羔子蛋！让你们再笑话老子！”鳌拜发着狠，冲进正房他的住处，一路“乒乒乓乓”，把经过他手边的东西一样一样全都摔到地上：瓷瓶、陶罐、香炉、茶具……

冲进正间，冲进卧室，迎面却有个状貌凶恶的魁梧汉子，怒冲冲地朝他直撞过来！鳌拜一愣，对方也猛地一停，刹那间他清醒过来，他面前是卧室内的大穿衣镜，那个凶神恶煞般的汉子，就是他自己！

鳌拜望着自己的面貌、身形，呆呆地站了片刻，若有所思。忽然他脸色有些发白，眼睛不安地眨动。他养病的这个小院，家里的人，除了玛尔赛非召不得入内的，但他还是小心地朝四面望望，走去把正门关好，把卧室的帘子放下。然后他打开衣柜，拿出元旦上朝时穿过的那件杏黄色绣金蟒袍和那顶红绒结的朝帽；又开了柜里一个皮匣子上的锁头，从小首饰盒中取出一颗桂圆大的东珠，换下帽顶的红绒结；再揭开珍宝匣盖，那里面躺着一串东珠穿就的一百零八颗朝珠，每一粒都如黄豆大，又圆又整齐，闪射着珍珠特有的柔和而美丽的宝光。

鳌拜穿袍戴帽挂朝珠，心里极是忐忑，手指不住地颤抖，好几次都差点儿把朝珠掉到地上，还没有穿戴整齐，冷汗便把里衣湿透了。

鳌拜克制着从未有过的恐惧，一步比一步缓慢、迟疑，但终于走到穿衣镜前。镜子里这个一身帝王装束而又脸色惨白、满头冷汗、嘴唇颤抖、目光畏缩的汉子，难道就是他鳌拜吗？他并不是第一次照镜子，也不是头一回打量自己，他当真这么丑陋委琐？额上的皱纹怎么这样深？面颊的筋肉怎么这样难看？两道浓眉怎么像扫帚似的不成模样？……那个气概轩昂、刚勇无敌的勇士鳌拜到哪里去了？

鳌拜身历四朝。太祖皇帝、太宗皇帝、世祖皇帝，一个个从他记忆中走出来，仿佛也在镜中，也穿着这一套帝王冠袍对他望着。不知为什么，他们自有一种威严端重的气概，自有两道安详自信的坚定目光！就连眼下这个小皇帝，有时也会突然显示出一种说不出的、令人敬畏的气质。难道这就是人们所说的帝王之相？……

鳌拜凝视着自己的影像，半天不动弹，心头古怪地感到绝望的悲哀，长叹一声，轻轻地自言自语：

“毕竟不像，没有这么大的福分哪！……”

他动手去摘项下的朝珠。冷不防背后有人低低地惊呼了一声：“啊呀！……”

鳌拜手一哆嗦，朝珠扯断，珍珠颗颗落地，“噼啪”乱响。鳌拜又惊又怒，纵身一跳，猛虎扑食般攫住帘后惊呼的人，右手从靴筒里“嗖”地拔出一把明晃晃的尖刀，举手就刺。那人吓得“扑通”跪倒，双手搂住了他的腿，浑身颤抖地小声说：

“奴才该死！……奴才该死！……”

是玛尔赛。鳌拜举刀的手下不去，可也不肯放下。他咬牙切齿地低声吼道：“该死的东西！”左手一推，玛尔赛一个踉跄，“扑通”摔倒在卧室正中，膝盖和胳膊肘摔得生疼，腰部重重地撞上古老沉重的桌腿，痛得她揪心，忍不住哀叫出声。可是一触到鳌拜疯狂而暴戾的眼神，她不禁一激灵，打了个冷颤，头脑顿时清醒，连忙忍着浑身剧烈的疼痛，直起腰、挺起胸、昂起头。她乌黑的秀发如黑缎丝帘，披在肩头胸前，惨白的脸上没有一点血色，更显得弯弯的眉毛漆黑，乌亮的眼睛像两朵黑色火焰。此刻的玛尔赛无比俊美，俊美中甚至含有女神似的尊严。

鳌拜眼中从没见过这样的玛尔赛，不由得暗暗倒抽一口凉气。但他立刻大步赶上，一脚踏住玛尔赛的小腿肚子，右手仍然持着尖刀，对准玛尔赛的胸脯，望定她秀丽的侧影，恶狠狠地说：

“玛尔赛，你知罪吗？”

玛尔赛毫无惧色，并不扭头，却一把扯开了绸袍的胸襟，用她雪白的胸脯对准寒光闪闪的刀尖，视死如归地说：

“奴才该死！奴才的眼睛看了不该看见的事！求主子立刻下手。死在主子手里，奴才心甘情愿！……”

鳌拜心里一阵迷乱，不由得魂飞神醉。他连忙敛住气息，收回神思，好半天才放下举刀的手，说：“好吧，我今天破个例，听你说几句话再让你死！可是你得给我说实话！……你说吧，你刚才看见了什么？……”说话间，他一把揪住她的头发，迫使她面对自己，一双阴沉、暴戾、闪着吓人威光的眼睛，一眨不眨地盯住玛尔赛。

任何人面对这样一双眼睛都会发抖，玛尔赛也一样。不过她知道，此刻她的生死，就悬在自己的舌头尖，只要说出一句不合鳌拜心意的话，鳌拜就会像捏死一只苍蝇一样把她处死！她是不是应该回答：什么都没看见，什么也不记得了，一辈子也不会想起有过今天？……他能够满意吗？他会放心吗？他肯饶过玛尔赛吗？

玛尔赛果断地摇摇头，仿佛摇去心中的杂念，一口气说出来：

"奴才看见一位满洲最了不起的巴图鲁，穿戴着最不合身儿的衣帽！"

鳌拜的浓眉惊讶地高高扬起，抓住她头发的手立刻松开，追问道：

"为什么不合身儿？"

"因为他是大忠臣。因为他不姓爱新觉罗。"

鳌拜长长地嘘了一口气，踏在她腿上的穿着沉重朝靴的脚也收回来了，眼睛里的杀气顿时消了大半，说："你想他穿戴什么最合身儿？"

"他秉承先帝遗诏，摄政辅政，天下共尊。否则，八旗将合力而攻，他一生英名将付流水……"

鳌拜突然笑了。像所有生性冷峻严酷、很少有笑容的人那样，笑得冷涩生硬，但却是真正地笑了："玛尔赛，你对我真是忠心耿耿！你想的和我想的一样。"他就手扶起了宠姬，又添了一句，"如果你说谎，讲你什么也没看见，我的刀早就进去了！"他抹了抹尖刀的刀刃，把它小心地插进靴筒。

玛尔赛心里翻腾着极复杂的感情。面前这个男人，真叫她又恨又爱又怕又怜，一眼瞅见他鬓边的星星白发，说不出满腔的难受滋味，委屈万分，眼圈儿一红，差点儿掉泪。但玛尔赛是个聪明人，知道生死攸关，不是撒娇的时候，便拼命咬住嘴唇，把即将夺眶而出的热泪使劲咽下肚，直憋得胸口一阵阵疼痛，一阵阵发闷，几乎晕过去。

"来，把头发绾上、衣裳扣好，咱们坐着说话。"鳌拜先在南炕盘腿坐下，等玛尔赛在他面前坐定以后，才捻着坚硬的胡须，长叹一声，说，"玛尔赛，依你看，我是不是老了，不中用了？"

他的桀骜消失殆尽，第一次变得忧伤。这和他的形貌极不相称，仿佛熊罴长了一双兔子眼，叫人看了很不舒服。玛尔赛轻声问："主子有什么难处？奴才愿为主子分忧解愁。"

鳌拜一伸胳膊，像挽一棵纤弱的灯芯草似的，把玛尔赛揽坐在自己怀中，心绪烦乱地说："我哪里会有异心呢？……实在是当今这个孩子不听话，凡事自作知识。唉，我怕他又要走他父亲的老路，弄得天下大乱，满洲人人怨愤！况且，这人越来越不把我放在眼里，今年开门就翻出那个汤若望的天算案！按说这几年杨光先那个老东西也不争气，该踢开，可这到底是我经管的案子，就不留一点情分？……弄得我在朝野大丢脸面！嘿！……”他愤愤一拳砸在自己的大腿上，向玛尔赛细细讲起今年以来的种种不顺心。末了，他问：“玛尔赛，天下只有你一个是真心对我好，你说说，我该怎么办？”

题目太重大了，问得玛尔赛头昏目眩、心惊胆战。但在经历了刚才那样的惊吓以后，这已经不足以搅乱她的神智，白亮的小牙齿咬着红润的嘴唇，凝思片刻，说：

“他对你到底有没有歹意？”

“这可怎么说呢？平日纯是一团孩子气。不过，有时候又有些味道不对、眼神古怪。前几天公然教训我，倒是头一回。这些天生病在家，他天天遣太医来诊视送药，对其他大臣从没有这般尽心……可是，这么多天了，也不见他亲临探病！……”

这一席数次转折的话，令玛尔赛揣摩了半天，终于点头说：“这就是了。若他肯御驾亲临，便有致歉的意思，你自应竭尽忠诚，辅佐他成人。如果他不来……”

鳌拜皱紧眉头，定定地望住玛尔赛。不料玛尔赛目光一闪，嫣然一笑，贴在他耳边小声地说：“爷，曹孟德不是英雄吗？伊尹不是圣人吗？”

鳌拜浑身猛地一哆嗦，眼睛里“刷”地闪出一道雪亮的光芒。当初为女婿兰布进封亲王时心头那一缕隐秘的念头，此刻蓦然展开，明亮如火！不是吗？曹操胁迫献帝迁都许昌，伊尹放逐乱商汤国法的国主太甲，曹操得以“挟天子以令诸侯”，伊尹得以维护商汤旧制旧法。英雄、贤人万古留名啊！何况他手头现备着个言听计从、倚丈人如泰山的敬谨亲王兰布！……

鳌拜目光冷静了，沉吟片刻，道：“说得对！英雄也好，贤臣也罢，总不能容忍败家子！另扶一个最是上策。……只要听话，遵先皇遗诏就好。”

玛尔赛不由好奇地问一句：“那么主子拿这一个怎么办呢？”

鳌拜脸一沉，冷冷地说：“这是你能问的事吗？多嘴！”

他的喜怒无常，玛尔赛已经见惯，平日闺房之中他都是这样阴晴难测，何况这样的大事？她只能缄默不语。

院门外一名管事叩云板禀告：班大学士请见，已在大门外下马。

鳌拜吩咐请到小院来相见。玛尔赛连忙跳起身替鳌拜更衣，捡起满地散落的东珠，便急忙退了出去。班布尔善跟脚进了小院。管事打开一重重门帘，班布尔善一直进了卧室。

"鳌公，请做准备，午后皇上将御驾亲临，探病问候。"班布尔善边说边擦汗。

"皇上真的要来？"鳌拜追问，"臣下怎么敢当！"

"是皇上差我来说知你的。皇上还嘱咐，御驾到时，鳌公不必拘礼铺张，安心静养为是。"

"皇恩浩荡，鳌拜粉身难报！……"鳌拜嘴里说着惯常的例话，心神一时没着没落，十分恍惚。

班布尔善看他魂不守舍的样子，觉得奇怪，只当他真的病了，连忙说："鳌公气色着实不好，还是早早躺上床等候圣驾吧，兄弟这就进宫复命。"

见鳌拜没有话说，班布尔善施礼告辞，倒退几步便转身走开。刚走到卧室门口，忽听鳌拜叫道：

"班布尔善！"

班布尔善赶忙回头，走到炕前，等鳌拜吩咐。鳌拜却面无表情，呆呆地说："午后，你陪圣驾一同来吗？"

"是。兄弟一定来。"

"好。去吧。"鳌拜仍然呆着脸，挥了挥手。

班布尔善出卧室、出正房，刚跨出门槛，听得里面鳌拜又在叫：

"班布尔善！"

他不免感到惊异，却仍是十分顺从地回到鳌拜身边："鳌公，还有什么吩咐？"

鳌拜倏然改变，仿佛揭去了刚才的木呆呆的面具，眼睛比刀子还锐利，细细地从头到脚地审视着班布尔善。班布尔善此时只觉得自己的皮肉似乎被这目光剥刮得一干二净，冰凉的冷气直透骨髓。他不由得打了个寒噤，口吃着说："鳌公，你，你……"

"班布尔善，你一向说你对我忠心耿耿，到死不变，可是？"

"鳌公！"班布尔善慷慨地昂起了头，"你至今还信不过我？我已经多少次对天发誓，若有三心二意，天地不容，夺算凶诛！"

"好。去吧。记住你的话！"鳌拜一点头，目光移开了。

班布尔善疑惑着，又不敢多问，匆匆走了，心里还在细细推敲鳌公的古怪举动。

鳌拜召来兄弟子侄，布置接驾事务后，遣开众人，单独留下穆里玛、塞本得父子。

这父子俩等了半天，不见鳌拜开口，抬头一望，都有些吃惊：鳌拜眼睛血红，闪着暴戾的、几乎是疯狂的光，但容色又十分憔悴苍老，两者的不谐调，犹如一个垂死的老乞丐手拿着一把宝刀。

"伯父！请示下……"塞本得拱手提醒。

"好。你们听好！"鳌拜深深吸了口气，下了决心，"皇上对我已有猜忌疑虑之心，今日探病，祸福难料。此人若不是我鳌拜尽心尽力扶持辅佐，哪有今天？就是大清江山，若不是我鳌拜，若不是咱们一家流血拼杀做顶梁柱，也没有今天！他若不仁不义，难道我束手就擒？"

塞本得吓得上牙打下牙，说不出话。穆里玛瞪了儿子一眼，骂道："孬种！"转脸向着鳌拜，"大哥，你尽管吩咐！"

"召集家将，备好甲胄马匹弓箭刀枪，全力提防。一旦有变，立刻出手，必须叫他出不得府门半步！"

穆里玛领命："大哥尽管放心！"

"塞本得立即去与镶黄旗图必泰、正黄旗阿南达等相知都统副都统说明，各领亲信兵马待命，一旦有变，也好接应！"

"遵命！"

穆里玛父子俩匆匆离去，小院卧室里只有鳌拜一个人了。

周围一片肃静，心中百念丛生。鳌拜在卧室里来回走动着，像一只铁笼里的猛虎。最后，他拔出了靴筒里的尖刀，凝视了许久许久，刀光映着目光，目光凝着刀光，都那么寒光闪闪，又亮又冷，杀气逼人……

未正二刻，御驾亲临鳌拜宅门，几百名护军亲兵把门前宽阔的空场子填得满满当当。御前侍卫开路，豹尾班随后，拥着玄烨在大门前停辇。陪同皇上的内大臣噶布喇、噶都、巴尔泰、大学士班布尔善以及佟国维、索额图等头等侍卫先下了马，鳌拜的三个兄弟巴哈、卓布泰、穆里玛领着那摩佛、苏尔马等子侄辈在大门外跪接。

穆里玛叩拜道："鳌拜有病不能起身，特命奴才等代接圣驾，皇上吉祥！"

玄烨下辇，穆里玛在前引路，侍卫和内大臣前呼后拥，不多时便走进鳌拜静养的小院。玄烨在廊子里停了步，对着蓊郁清幽的庭院、娇艳含笑的海棠静静地看了看，微微一笑，对穆里玛说："多清静！养病就要在这样的地方才好！"说着迈步跨进了门槛。

鳌拜满面病容，躺在床上，看上去十分虚弱。见玄烨进来，便揭开锦被挣扎着跪倒在床上，叩头道："老臣贱病，怎敢累皇上圣驾亲临！未能远迎，罪该万死！"

玄烨笑容满面地说："卿傅快躺下吧，不必拘礼。"说着，他坦然在鳌拜床头的椅子上落座。索额图、佟国维、费耀色、和托、尚之信等御前侍卫环侍左右，穆里玛陪同班布尔善和内大臣佟国纲、噶都、巴尔泰等侍立在床的另一头。

"卿傅果然容色不佳，"玄烨仔细看看鳌拜，"这几日太医回禀都说卿傅大有起色，看来并非如此，太医也是庸医！"

鳌拜脸色灰败，勉强答道："老臣近日确实见好了……"

玄烨道："卿傅数日不在朝，朕如少了臂膀，着实有些吃力。朝中事务，实在少卿傅不得呢！"

鳌拜脸上忽地涌上红潮，又忽地变得煞白，不住用眼角打量周围情势，心中暗暗盘算：门外门口想必站满了侍卫，噶布喇拳术精奇，巴尔泰是满洲有名的力士，穆里玛可不是他们两人的对手；班布尔善是个书生，不中用；而自己呢？能不能招架住佟国维、索额图等五个御前侍卫呢？隐隐约约，皇上的话在耳边浮动，是什么意思？"朝中事务，实在少卿傅不得呢！"这不就是来致歉意的吗？……鳌拜斜眼对床头褥角扫了几回，下不了决心，嘴里含糊应道：

“皇上恩典，老臣粉身碎骨不得报答……”

“费耀色，把药品赐给鳌大臣。”玄烨对费耀色一点头。费耀色上前一步，捧出两个精致的紫檀木匣子，打开来给鳌拜看。一盒是一对非常齐整的新鲜鹿茸，一盒中装着一支雪白的、极像人形的重逾半斤的人参。鳌拜从来没见过这样大、这样珍贵的参，一时心里感动，又趴在枕上向玄烨叩头谢恩。玄烨笑道：

“卿傅于朝廷有大功，些许微物何足挂齿，不能酬卿傅辛劳之万一啊！”

鳌拜恭接两盒赐药，转交给穆里玛收起。穆里玛正想退下，玄烨叫住他：“穆里玛，朕近日正有件要事委你去办。”

穆里玛连忙跪下：“皇上吩咐。”

“清明节在即，朕要遣大臣往祭永陵、福陵、昭陵、孝陵。讨此要差的大臣甚多，终不及你去妥当。你意如何？”

穆里玛大喜，连连叩头：“奴才谢皇上恩典！”

在京师做官当都统，虽然尊贵威风，实利却极少。“要想肥得快，时时谋外差。”往奉天祭陵，穆里玛便是钦差，一来一往，户部支放祭费，沿途迎送馈赠，可比在京供职那点子收入丰厚数十倍！况且他是鳌拜的兄弟，更得锦上添花！穆里玛喜形于色，嘴都合不拢了。

鳌拜心里的犹豫一点也遮掩不住，显得那么心神不定、惴惴不安。费耀色一进屋就不错眼神地暗暗盯住了他。见他不住地从眼角偷觑褥边，一只手也有意无意地总向那个地方摸索，要不就放在褥上，指尖却不时轻轻颤抖，费耀色立刻断定，那儿，锦褥底下，定有名堂！

那边穆里玛叩谢方罢，费耀色瞥见鳌拜脸色突变，一股暴戾残酷突然从眉目间涌出，面孔霎时铁青，他老筋暴起的右手，像一条阴险的多头毒蛇，慢慢地、坚决地向那处要害地方伸过去，伸过去……

费耀色一个箭步冲上前，正挡在鳌拜与皇上之间，猛地一掀，锦褥揭开，一柄抽出半截的带鞘短刀赫然在目！刀锋如同映着日月，闪着凛冽的寒光！

满屋子人一下子都惊住了，另四名御前侍卫同时冲向前！那边佟国纲和巴尔泰一起拔出了腰刀！穆里玛目瞪口呆，班布尔善浑身哆嗦。鳌拜面如死灰、战战兢兢，不敢抬头，但一双醋钵大的拳头紧紧握住，骨节“咔吧”作响，浓眉在剧烈地耸动。刹那间，这一切都映入玄烨眼中，趁着众人惊呆的一瞬，他动作比谁都快，闪电一般把那柄宝刀连刀带鞘夺在手中，“唰”的一声，抽刀出鞘！

顿时，屋内静得没了声音，只有重浊的呼吸在此起彼伏，只要有一星儿火点儿，立刻就会引起大爆炸！炸毁的不只是鳌拜或皇上，也不只是京师直隶，刚刚安定下来的大清帝国又要混乱，刚刚从战乱中存活下来的万民，又将跌入战乱的火坑！……

玄烨此时惊人地冷静、清醒，他谁都不看，全神贯注于这柄锐利无比又华贵耀眼的短刀。伸手试了试刀刃，又翻来覆去地欣赏着刀鞘，那上面用米珠和红蓝宝石绿翡翠镶嵌成美丽的福寿花纹，精美珍贵，价值连城。他赞叹不已：

“卿傅，这把短刀可真是无价之宝哇！祖上传下来的吧？”

鳌拜心里一阵迷糊，口里含混地咕哝说：“嗯，正是……”

玄烨明净澄澈的眸子回视索额图他们一眼，说：“你们也来开开眼界，可曾见过这样的好刀？”

索额图他们几个御前侍卫只得退了回去，互相交换了几遍目光，又来观赏这把了不起的短刀。索额图很快明白了玄烨的用心，凑趣道：“禀皇上，这刀天下无双！”

穆里玛强笑着，结结巴巴地说：“这刀，刀，确是祖上遗下的……宝刀。我大哥他，他……早就有意……拿它敬献给皇上，怕皇上不赏脸，今天……”

鳌拜脸色渐渐恢复正常，接着顿首道：“皇上恩典，天高地厚，奴才们献上家传宝刀，求皇上赏脸，奴才阖家老小感激不尽！”

玄烨笑道：“朕可是爱刀如命的，卿傅真的肯献，朕可就真的带走了，卿傅可不要心疼啊？”

鳌拜、穆里玛连连说：“奴才不敢！奴才不敢！”

气氛眼看着和缓下来，不料直性子的内大臣巴尔泰却厉声喝道："禀皇上！带刀见君，不能无罪！"

一句话，众人脸上又变了颜色！鳌拜和穆里玛红头涨脑，欲辩无词；侍卫们又都虎视眈眈，松下来的弦忽地又绷紧了。

玄烨一挥手，笑道："刀不离身，是咱们满洲人的勇武习俗，有什么可怪的？况且卿傅原有贡献宝刀的美意，更是情理之中嘛！不要胡乱猜疑。"

随后，玄烨没事儿人似的，和鳌拜商议察哈尔蒙古亲王阿布鼐无藩臣礼的事情。鳌拜慢慢定下心，出了几个主意，提议派内大臣往察哈尔蒙古审理此事。玄烨让他提人选，他提了三名：遏必隆、佟国纲、噶布喇，请皇上点定。

玄烨想了想，说："佟国纲乃汉军旗人，往察哈尔不妥；遏必隆是辅政大臣，朝中政事他怎可离开？……"

穆里玛在旁边插了一嘴："大哥，差巴哈去吧！"

"巴哈？……"鳌拜皱皱眉头，没接茬儿。

玄烨却如茅塞顿开的样子，高兴地说："正是哩，我怎么把巴哈忘了呢？巴哈既是内大臣，又是皇亲，还是卿傅的兄弟，到了察哈尔定能压住阵脚。你看如何？"

"就依皇上。"鳌拜只得点头。

又议了几件事，玄烨站起身："卿傅多多保重，安心静养，朕随时差人来问候，有要事自会命班布尔善来与卿傅商议。朕去了。"

鳌拜忙跪在床头叩送圣驾。脚步声、说笑声、衣袍窸窣声、刀剑铿锵声，像一团沉重的黄云，从卧室里飘出去，飘远了。小庭院里恢复了寂静。

鳌拜猛地摊开手脚往床上一躺，顿时觉得四肢软绵，想动一动手指头都没有力气，从里到外，好几层衣裳都被冷汗湿透，也懒得叫人来换。但他的头脑很清楚，今天经历的每一幕都能清晰地重演。他仔细想过一遍后，大惑不解：他已布置了家将、联络了心腹亲信，足以对付随驾护卫的几百人马，要紧关头，自己为什么软了，下不去手了？莫非感念他幼时对自己的那段依恋敬佩之情？……这小皇帝究竟是孩子气盛，还是心机深沉？……他毕竟只有十五岁，小模小样儿的！他对我鳌拜依然信赖敬重，丝毫不疑！只要他听话，又何必费手费脚地再把兰布推上去？……

此刻，鳌拜发现，自己深心里，其实还是很疼爱这个“忘年交”的小友的……

已是深夜，九衢寂静。猛然一阵凌乱细碎的马蹄声从金鳌玉蝀桥上掠过，一小队人马，趁着朦胧的月色，急匆匆地向紫禁城驰去。一道道街禁栅栏为他们迅速打开，毫无阻滞，因为前面领路的一位太监腰里别着刻了金龙的圣旨牌。

领路太监是翊坤宫马总管，他方才往辅政大臣、太师遏必隆家中传太皇太后懿旨：因遏必隆之女、翊坤宫昭妃钮祜禄氏病危，宣遏必隆夫妇立即进宫探视。遏必隆夫妇登时慌了，又急又痛，立刻上马。遏必隆夫人一向出门是坐轿的，此时也顾不得了，一路上不住地向马总管打听女儿的病况，马总管言语支吾不肯明说，大约是怕当妈的吃不消。遏必隆夫人无奈，只有拼命抽打坐下骏马跑得飞快，使那些镇日走马练射的护卫们都追得气喘吁吁。

在西华门下了马，宫里有人提了翊坤宫的灯笼来接，遏府的护卫家将都被留在西华门外，遏必隆夫妇随着接引太监往北而行。淡淡的月色，把九重宫阙涂染得琼楼玉宇一般，既雄伟又神秘。他们惦记着女儿的安危，无心多看，只觉得脚下的路长得令人心焦，一会儿过石桥，一会儿走石径，穿一道门，又一道门，早就弄不清东南西北了。最后，来到一座三扇大红门的白玉台阶上。遏必隆猛地发现门边那一双黝黯而又神采飞扬的青铜麒麟，心里蓦然一惊：这不是慈宁宫门吗？

不容遏必隆多想，夫妻俩已被引进西偏殿。殿内宫灯辉煌，台烛明亮，太监宫女一排排地垂手侍立，宝座上一位便装贵妇正在灯下看书，不是太皇太后又是谁？

遏必隆夫妇连忙跪拜请安。太皇太后微微点头，苏麻喇姑上前对遏必隆夫人轻轻说道：“随我来。”遏必隆夫人连忙站起来跟着她缓缓走进北边的次间里去了。

太皇太后说："赐座。"

太监们捧出绣墩，遏必隆称谢坐定。

太皇太后又说："下去。"

太监宫女们鱼贯而出，宽阔的大殿中，只剩下太皇太后和遏必隆了。遏必隆心头惴惴不安，他觉出气氛异常，可又不知底里，更不敢开口发问。

"遏必隆，翊坤宫昭妃不过偶感风寒，没有大病，你不必担心。"太皇太后的声音和悦又安详，遏必隆心里更加慌张：昭妃没有重病，那么深夜宣召入宫可就非同小可了！……听老佛爷口气并无恶意，遏必隆连忙答道："奴才不敢。"

太皇太后的语调更柔和了："去了君臣礼数，咱们是亲家，你不必这么拘谨。"

"是，是。"

"论起亲戚之情，恐怕满朝里没有人比你们钮祜禄氏跟皇家更亲，对吧？"

"是，是。"

"你的父亲宏毅公额亦都，先后娶了我们皇家的两位格格，一位是太祖皇帝的族妹，一位便是你的母亲，我的小姑子和硕公主。太祖皇帝的四公主下嫁你八哥图尔格，五公主下嫁你二哥达启；你的亲姐姐又跟我称姐妹，嫁了太宗皇帝为元妃；如今咱们又攀了亲。要说世代姻亲，可真一点儿不虚啊！"

"是，是！"遏必隆第三次同样地回答，心里纳闷儿，半夜三更召他入宫，就为了说这个？

太皇太后赞叹地说："镶黄旗钮祜禄氏一族，对大清，对皇家忠心耿耿、忠勇忘身。你们家老四、老五、老七、老十五都在从征中战死，老六彻尔格、老八图尔格、老十伊尔登、老十一超哈尔，还有你最幼的老十六遏必隆，都是开疆拓土、有始有终的战将功臣。最难忘宏毅公额亦都公忠体国，第二子达启恃宠而骄，遇诸皇子无礼，宏毅公竟覆被抽刃、亲手斩除！大义灭亲，为国深忧，何人能及！……"

“奴才祖孙父子兄弟，受皇家厚恩，荣宠无比，世世代代，没齿不忘。惟以忠心，仰答天恩。”遏必隆郑重回答。

“我知你不会有异心，所以连夜召你来，事先通个消息。”

遏必隆大惊。“异心”二字，向来是自称忠臣的人最忌讳、最害怕的，他立刻下位跪倒，连忙叩头说：“奴才一片忠心可以对天！如有二意，雷殛毙命！”

“唉，何必下这样的狠咒呢！”太皇太后的语调渐渐透出严峻，“要是有人意图谋害皇上呢？”

“奴才立刻拿了他来千刀万剐！”

“要是此人势力比你大呢？”

遏必隆脸色刷地煞白，但仍然坚决地说：“奴才拼了老命不要，保皇除逆！”

太皇太后微笑着点点头，从案头拿起一把短刀交给他：“你看看，认识吗？”

遏必隆无须细看，华丽的珠宝纹饰他太熟悉了！刹那间，他脸上一点血色也没有了：“难道是鳌公？……”

“什么鳌公！是个罪大恶极谋逆之人！”太皇太后愤然说着，轻轻一击掌，门外太监领进一名年轻的一品武官。遏必隆定睛一看，正是他十哥伊尔登的儿子、内大臣噶都。

噶都跪拜请安后，太皇太后道：“噶都，将你今日陪皇上探视鳌拜的详情说给你叔父听。”

噶都满脸激愤，滔滔不绝地讲了一遍，惊得遏必隆出了一身冷汗。他还没来得及表态，太皇太后又拍拍手，北次间的门开了，苏麻喇姑领着遏必隆的夫人和女儿走了出来。母女俩都眼睛通红，一起跪倒在太皇太后面前。遏必隆夫人呜咽着说：

“老佛爷只管吩咐，要我们全家做什么都行，只要保住皇上安泰，死也情愿！”

昭妃望着父亲，期望地喊了一声：“阿玛！……”

遏必隆连忙跪倒：“老佛爷，遏必隆为保皇上，万死不辞！”

太皇太后微微笑了：“我知道你们家世代忠良。只是遏必隆生性软弱，这些年多被鳌拜挟制，不能解脱，或许对他有几分畏惧，所以特地宣召进宫，晓以君臣大义，实在也顾念你的身家性命和女儿终身。其实我要你做的，并不需要死，也不必去拼，但要多受些委屈……”

遏必隆难得有如此坚决的口吻：“死都不怕，委屈还有什么受不得的？老祖宗尽管放心！”

“好。此事关系重大，鳌拜权倾朝野、耳目众多，必须格外谨慎。遏夫人就不必回去了，留在翊坤宫与昭妃同住，遏必隆回府去也好说明今晚宣召情由……”

遏必隆心下一怔：这固然可以向外证实昭妃病危的消息，可也在宫里留下了一对人质！……他哪里敢把这想法透露在脸上，慌忙转向另一件他最关心的事：

“老佛爷，皇上英睿机智沉着，实在是圣明天子啊！圣明天子百灵呵护！”

“承你夸奖。”太皇太后笑得很舒泰，十足像个爱听人赞美自家孙子的得意的老祖母，“此后的事，如何准备如何办，他会细细跟你商议。”

“皇上现在哪里？皇上可安好？”遏必隆紧接着问。

“哦，他来了！”太皇太后一双笑眼投向南次间，那儿珠帘一挑，一位身穿绣金龙袍、腰系玉带、头戴红绒结便帽的少年天子，神气完足、双目炯炯、器宇轩昂，从容不迫地走出来。遏必隆一家四口不由得一起跪倒，叩头请安道：

“皇上吉祥！”

玄烨看看祖母，又望望遏必隆一家，和悦地说：“起来吧。遏大臣随我往乾清宫，再仔细推敲推敲。”停了片刻，他半感慨半顽皮地看看人们额头上的汗珠，说：

“想想也好笑，今天，连朕在内，不知有多少人惊出一身冷汗哪！”

四

“老爷你推窗瞧瞧！”老仆喃喃地说，显然很惊奇。

龚鼎孳放下书，顺手推开舱窗，一股新鲜清凉的风，带着盎然的春意，带着滋润的水汽冲了进来。太阳照着粼粼波面，反射出的强光照进舱房，晃得他睁不开眼睛。但他还是看清楚了，高高的运河堤岸上，生机蓬勃的柳树青翠一片，犹如两道绿墙，树下络绎不绝地站着许多百姓，男女老少，人人手中擎香，缭绕的烟云被轻风吹散，香味直扑进舱里来了。还不时听得有细乐吹打夹杂其间。

龚鼎孳暗暗沉吟：自己一路北上，为了免去官场迎送的繁琐，一直待在船上，大镇大市不拜客，小村小港才下去散散心。船上又去了所有威风凛凛的衔牌仪从，完全像一只普通客船，不曾惊动任何人。这些夹河焚香的百姓不可能是来迎接自己的。那么他们在等什么人？是哪个青天大老爷，受到百姓这样的爱戴？……

岸上焚香等候的人真多！向前看、向后望，人群和柳丛相始终，都看不到尽头。仔细观察，发现人们都向北方翘首远望。来人会是谁呢？

一片欢呼声中，锣鼓声响、细乐悠扬，扶老携幼的两岸百姓跪倒了，高举着线香。站在船头的龚鼎孳看到，一只大型官船远远地迎面驶来，船头船尾仪从如云，舷左舷右插了十多块衔名牌和回避肃静牌，舱门口一左一右悬了两只巨大的红纱灯，灯上几个扁平的黑字：钦差大臣、户部尚书王。龚鼎孳心里奇怪：难道会是王宏祚？他不是已被革职了吗？……

“孝升！是你吗？怎么现在才回来？”官船上竟传来王宏祚沙哑的喊声，“喂，船停一停！”

两船相并，搭好跳板，龚鼎孳上了王宏祚船，两人在船头握手言欢、互道温寒。王宏祚翎顶补服，龚鼎孳便帽青衫，但都是一派文人气度，很是儒雅潇洒。

他们两人都是前明崇祯三年的举人。龚鼎孳后来中了进士，入都察院为给事中；王宏祚却因强习掌故、精于算术的特长，直接由知州迁户部郎中，成为户部中精明能干、清楚事理的年轻官员。顺治初，二人又都降清。龚鼎孳数年沉浮，王宏祚却因熟悉部务，一直在户部供职。两人殊途同归，都升到了六部尚书的高位。由于境遇相同、心思相近，两人最是莫逆。但他们是汉官，朝廷又最忌官员们结党营私，所以在京师他们来往不算密切，只不过私心里一直相互引为知己。如今在这里相遇，自是喜出望外。

龚鼎孳请假送顾夫人灵柩回祖坟安葬，离京已三个多月了，许多朝中大事只能从邸抄上知道个大概，极希望了解内情。见了王宏祚，哪里肯轻易放过？王宏祚告诉龚鼎孳，自己是奉旨往直隶省撤废藩田变价差，还田于民的。

“哦！”龚鼎孳恍然大悟，指着两岸张乐焚香夹河十数里迎接的百姓们说，“他们是在迎候你？”

王宏祚叹道：“正是呢！皇上还田于民，此举真一大德政！我出京后刚办理了两处废藩田事务，风声便传开了。之后，不论我走到哪里，百姓们都这样焚香跪道相迎！其实，我们做臣子的办事而已，还是皇上英明啊！……今日到临清，将旧临清王藩田藩产办妥，便要回京复旨。孝升何不再延误几天，随我临清一行？事后结伴回京，岂不是好？”

龚鼎孳假期未满，原想到杨柳青、天津盘桓几日的，此时便欣然同意。于是两条大船一前一后，向南往临清驶去。

晚饭已开在临清钦差行辕的花厅里了。两个老朋友一杯又一杯地对酌，很是欢洽。斜阳透过窗棂照着他们：一样的蓝衫、一样花白的双鬓、一样布满皱纹的眼角，两人都留着唇髭。只是龚鼎孳显得消瘦，而且容色发暗，不能与白白胖胖的王宏祚相比。王宏祚看了老友一眼，叹道：

“孝升，你此番回乡，憔悴潘郎，见老了啦！”

龚鼎孳端着酒杯，怅然道：“江湖十年老尽少年心！何况已沉浮三十载？横波一去，我已死了一半。所余一半，只想做几件积德的事，以补前愆，以了余生……”他一口气喝干了杯中酒。

“孝升何颓唐如此？以兄之高才，遇汲汲求贤之英主，正可一展昔日抱负嘛!”

“唉，老了!”

“不然!门前流水尚能西，休将白发唱黄鸡。如今皇上励精图治，今年以来屡有举措。先就拈出天算案，罢杨光先、任南怀仁；巡视京畿，革斥贪官污吏无能之辈；如今又撤废藩田变价之议，还田于民。当初天算案起，你不是还替汤若望暗中使力的吗？如今时势转换，你反倒气馁了？”

“皇上聪明天纵，自不待言；这些举措也颇得人心。不过，只革斥杨光先，为何不为汤若望平反？只将废藩田分给原种之人，为何不严禁圈地圈田？再说，这都是趁他告病在家不上朝之机才敢动作，可见……唉，也不知皇上是碍着他的面子，还是畏惧他的势力。总而言之，皇上终究还是少帝，年少啊!……”

王宏祚默然。他在皇上与辅臣之间做了一回直接的筹码。鳌党把他打倒，皇上将他扶起，除了死心塌地跟定皇上，他没有第二条路，不像龚鼎孳有犹豫和选择的余地。他想了想，说：“孝升所虑不无道理。弟以为皇上虽幼，却极是成算在胸。汤若望平反想来不远，圈地之禁皇上也早有意。前年因黄、白两旗圈换土地，致使各处田庄人心浮动、逃人剧增，米粮几乎无收；去年又春旱秋涝，八旗尽靠漕粮度日。两年歉收，满洲人家对圈地也觉沮丧。若不是鳌大臣阻奏，圈地之禁早就下了。”

“如何？有此人作梗，能成何事？……看来恢复先皇帝制度，只有等到此人归天之日了!……”

前院传来一片喧哗。王宏祚立命老仆去看。他回来禀告说，有一名士人闯辕门告状，被军士阻拦，正在争吵。因为王宏祚有过吩咐，手下人都不敢随意动棍动鞭，只把他推来推去，他却执意不肯离开。

王宏祚放下酒杯：“孝升，我们去见识见识，是个什么样的士子!”

门前诸仆从见主人竟亲自来了，连忙闪开，并参差不齐地喝道：“大人出来了!还不上前跪拜!”

那人果然文士打扮，一领蓝灰色长衫，头顶黑缎瓜皮帽，颏下疏疏的长须已经灰白，说他士子未免抬爱了，因为看面貌他不比王宏祚、龚鼎孳年轻。不过此人腰板直身架适中，最是一双眼睛顾盼有神，毫无老年的迟滞。这双眼睛轮流在两位官员身上停留片刻，便很快上前，深深一揖之后，跪拜下去，口中称道：

“小民给王大人、龚大人叩头请安！”

众人惊异不已。一来此人的礼节颇怪：见面一揖，是江南士人的习俗；而他这请安叩头，又是地道的满洲礼儿！二来，他竟能一见面就呼出二位大人的姓氏！

王宏祚打量着他，缓缓说：“本部堂乃钦差办事，不理民词，有什么诉状，可往地方有司投递。”

那人拱手道：“王大人受命办理还田事务，救活直隶百姓无数，当得沿途百姓焚香迎接、欢声雷动。小民所诉，正是废藩田变价之事，不找王大人又去找谁？”

王宏祚沉吟片刻，说：“你有诉状吗？”

“这有何难！请赐给笔砚纸张，小民可以立就！”

龚鼎孳一向对不得志文人深怀恻隐之心，当下命人取来纸笔。那人接过就要写状。

“且慢。”龚鼎孳略一抬手，“我看你文士装束，外相倒好，不知内才如何，愿意当面一试吗？”

那人笑道：“久闻龚大人负士林之望，汲引英俊如不及。今日亲见，果然不虚。学生愿领教，请大人出题。”

龚鼎孳微微点头，捻着胡须略一沉吟，道：“去秋在京师，我写了半首咏雁诗，一直不得佳句完篇。且看你的文才，能不能续得完满。”说罢，他背手吟道：

“只只衔芦背晓霜，昼随鸳鸯立寒塘。”

那人在两名仆从张着的宣纸上听写这两句。王宏祚和龚鼎孳眼随他笔端运走如飞，好潇洒的草书！写完“寒塘”二字，笔头略停，跟着如行云流水接了下去：

“晚来渔棹惊飞去，书破遥天字一行。”

“好！”龚鼎孳喝彩，“多半年来，我搜尽诗肠皆不得，你却举重若轻、一气呵成！负才如此，岂可使不成名耶？懋自，你看如何？”

王宏祚也叹赏再三，说：“难得难得，诗书双绝！……姓氏籍贯可赐教否？”

“小民住在京师，姓吕名之悦……”

“笑翁！”龚鼎孳又惊又喜，几乎不相信自己的眼睛，“你我曾有数面之缘啊！这些年下来，竟认不出了！真所谓老眼昏花呀！”

“难得龚大人还记得小民！拔救之恩，终生难忘！”

“那么，你便是京师书画装裱行家，人称笑翁的名士吕先生了？”王宏祚也注目吕之悦，不胜惊奇。

“不敢当，叫二位大人笑话。”吕之悦逊谢不已。他自己当然知道，他不但是有名的字画裱糊行主人，还以篆书和青绿山水著名于时。因为近年下笔少，他的字画在京师还很贵重哩。

王宏祚笑道：“你也不必写诉状了，且说说缘由吧。”

吕之悦正色道：“二位大人想必早已知道，前明临清王田产分散于临清镇四方。如今一半在直隶，一半在山东？”

王宏祚点点头。

“如今大人奉旨出行，将户部原派往直隶省各处办理废藩田变价的官员尽撤，又把田地归还原种农人。直隶百姓自然感激不尽，而山东百姓望眼欲穿哪！……”

王宏祚面有难色：“下官奉旨，只办理直隶境内之事，山东嘛……”

吕之悦道：“大人，同是前明临清王藩产，只因尺寸之隔，顿成天渊之别，山东百姓困苦就不过问了？况且户部派往山东的吏员，在那里暴虐百姓，强迫人家变价买田，无钱买田之家意欲逃荒他乡，竟被户部吏员拿了去下狱！如此办理，岂不要激出变乱？”

王宏祚吃惊道：“有这等事？在什么地方？”

“临清以南十数里。小民到此访友，正遇户部官员威逼，以致民怨沸腾。直隶还田的消息传到彼处，百姓更加怨愤。大人公忠体国，务必前往平息事端，安定民心为要。”

王宏祚皱着眉头，半天没有作声。龚鼎孳见他这样，也猜到他的难处，轻轻叹了口气。

吕之悦一双明睿的眼睛对二位大人打量一番，冷冷地笑了，双手一拱，微微弓腰，说："小民无状，不识时务，搅扰了大人的清兴。直隶百姓有福，山东百姓同为大清臣民，偏偏灾星不退，可奈其何！小民告辞，恕罪恕罪！"一甩袖子，说走就走，果然一派清高不羁的名士风！

王宏祚一抬手："请留步！且慢走。今日天晚，赶不到了。明晨一同前往，如何？"

吕之悦一笑："王大人，龚大人，毕竟名不虚传！好！小人明日五更来辕门相候，领路启程。明日正是大人下属给百姓期限的最后一天！"说罢躬身一拜，回身走了。

王、龚二人望着吕之悦的背影，半天不说话。龚鼎孳后来低声问："懋自，你当真要去管闲事？"

王宏祚沉下脸，点点头："不得不管！"

"好吧！"龚鼎孳下了决心，"舍命陪君子！我也同去！"

王宏祚露出笑容，但没有改变他闷闷不乐的神情。

二人一同回到花厅，待周围侍奉的仆从都不在眼跟前之时，龚鼎孳拿出吕之悦手书的咏雁诗，小声说："懋自，你仔细看看这首诗，这笔字！"

王宏祚拿到灯下细细看了两遍，忽然惊诧地说："你是说？……不错，果真不错！"

龚鼎孳不觉伸出大拇指："有见识！有胆量！当世文人罕有其匹！"

东辛庄村口，气氛紧张已极，甲兵林立、战马如墙，把村民紧紧围在中央。高高的土台上，摆了几张桌子、摊着几本册簿，正中坐着一位面孔严厉、身坯强健的满大人。土台下跪着三个昨夜逃走的村民，一个个遍体鞭痕，像被捕获的猎物一般紧紧捆作一团。村民们挤成一堆，低着头，顽强地沉默着。

县吏站在土台上，扯着他难听的公鸭嗓，不知是第五遍还是第七遍地喊叫着：

“大人已经格外开恩，给你们五天期限去各自筹款买地。现在上来缴银画押！银不足或无银的一律开欠据，两年还清。谁想赖账、想逃走，这三个小子就是样儿！大清太平世界，哪里容得任意逃亡！……上来画押！上来画押呀！”

村民们无人响应。

“你们不要听信那些谣言，什么还田于民，全是假的！天下没有那么便宜的事儿！这前明废藩田产，乃是朝廷的产业，是满洲流血拼命挣来的，想白种？没门儿！”

“我们可年年缴纳钱粮的！”有人小声地反驳。

“可这地是朝廷的，你花钱了吗？”县吏怒冲冲地提高嗓门儿，回头讨好地看看满大人，再面向村民时已换上一副凶相，“你们这些下贱的蛮子，敬酒不吃吃罚酒，不给点儿颜色不知道厉害！来人！一个一个往上拖！”

同春也站在村民中。他原先是准备忍痛纳价买地的。直隶省还田于民的风声传来，他和几位情况相同的邻里议定，且等一等再说。不料官府竟来了这么一手，死活要钱，连另寻生路都不许，这使他非常愤慨！眼见差役冲进人群来拖人，他实在忍不住，大声说道：

“买卖花生瓜子儿还要讲个公道自愿呢，何况买卖土地房产的大事？你说这房地是官家的，要卖，咱们买不起。不想买，还硬要人买吗？天下哪有这个理儿！”

“就是嘛！我们不买还不行吗？”许多人附和，有的大声喊，有的小声嘀咕。

高台正中的满大人一直沉着脸注视着村民，此时一拍桌子，指定同春，大喝道：

“妖言惑众！给我拿了！”

县里的差役和满大人的随从旗兵，由四面冲进人群。村民却挤挤挨挨，故意绊手绊脚，不让他们靠近同春。满大人看得冒火，叫道：“要造反哪！你们这些蛮子！忘了二十年前吃过的苦头啦？不顺从，就让你们再尝尝！弓箭手！上！”

一名骁骑校手拿一面三角旗朝四方连挥三下，围在远处的骑兵们一阵呐喊，向村民们合围逼近，从身上解下强弓，探手往箭壶中取出了长箭。冲进村民中的差役和旗兵纷纷要退出去。

同春急中生智，发声喊：“拖住他们，别放他们走掉！”

村民恍然大悟，立刻五人扯住一个官兵、三人围住一名差役，紧紧按定抱住，谁也不得脱身。这样一来，骑兵也就不敢轻易放箭了。偏偏这当口，村子里沸天震地，哭哭啼啼、又喊又叫地冲出一群老弱妇孺。梦姑抱着孩子跑在最前头，身边跟着小莹川，他们尖声叫着：“要死死在一起！……”

同春一看，急得直跺脚，大喝道：“你给我回去！全回去！你们都疯啦！……”

梦姑真像是疯了，那一群母亲妻子和儿女也都像是疯了，直扑过来，要和亲人同死同生。满大人那里又是挥手一喝：“都给我拿下！”

骑兵们立刻驰马阻拦捉拿，人群登时大乱，哭喊惨叫，声震四野！被围的村民眼看着妻儿被鞭笞、被扭打，眼看着鲜红的血从他们额头嘴角流下来，全都悲愤得大喊大叫。同春心中念头一闪：真不如当初跟了乔柏年造反上山！就这一条命，怎么死也是死，拼了！……

“嗆嗆嗆嗆！”村外一片锣声，敲得如急风一般，大路上一队人马裹着黄尘向东辛庄飞奔而来。官兵和村民刹那间静下来，一起扭头注视。

黄尘散开，急急奔来的，是钦差大臣的仪仗：顶马、清道、旗枪八骑、金黄棍二骑、圆金青扇二骑、回避牌四面、肃静牌四面、满文汉文衔名牌各两面，上写“钦差大臣户部尚书王”。一柄杏黄伞下，骑在通体红紫璎珞的五花青骢马背上的，正是身穿二品官服的王宏祚。龚鼎孳身着便服，与吕之悦一左一右骑马跟随其后。停马村口，都跑得有些气喘。但一见这里剑拔弩张、犬牙交错的形势，再看看土台上暴跳如雷的满大人，他们顿时明白了七八分，连忙下马。

一行人走近土台，满大人不情愿地下台来迎接钦差，王宏祚心里顿时犯了嘀咕。原来此人是户部满郎中巴图，职位虽在尚书侍郎之下，按本朝制度，汉官比满官低二品，所以满郎中与汉尚书同品，这位巴图又怎么肯把王宏祚这个革过职的汉尚书放在眼里？何况巴图是鳌拜、马尔赛的心腹，马尔赛死后，他是候补继任者之一。他肯下台相迎，无非看在“钦差”两个字的份儿上。

“巴大人，还没有回京吗？”王宏祚笑着说，话里有话。

“差使没完，怎么能回去？你没看见这些刁民蛮子抗命犯上吗？”巴图满眼凶光，一举一动都竭力模仿着他的大靠山。

“这些百姓胆敢冒犯巴大人，真是罪该万死！”王宏祚皱着眉头向人群扫了一眼。

巴图毕竟性子直，听王宏祚这么一说，心里高兴，立刻介绍：“可不是！叫他们买田，他们偏不买；叫他们在欠据上画押，他们一个也不画，倒想逃走！鳌大人马大人早有旨意，一个也不准逃！逃走者全按逃人处置，绝不宽容！”

王宏祚和他周围的人都听得悚然失惊，不由得瞠目相视。王宏祚沉了一沉，试探着笑道：“皇上已有明谕，直隶省废藩田地，全都给予原种之人，停止变价……”

巴图不耐烦地一挥手：“这里是山东，不是直隶！”

王宏祚进一步说：“皇上有旨，户部所差办理废藩田变价事宜的吏员全都撤回。巴大人你？……”

巴图眉毛一竖：“鳌大人没有让我走，我就不走！”

王宏祚勉强笑着，放低声音：“皇上的圣旨，巴大人不肯听吗？……”

巴图一急一窘，脸皮涨得赤红，眼睛瞪成一对铜铃，发火道：“你少拿这大话来压老子！谁不知道皇上还是个孩子，凡事要听鳌大人做主！……”

“巴大人，你这话说得可出格了！”龚鼎孳往前走了一步，义正词严地说。巴图方才根本就不曾看他一眼，突见朝廷的兵部尚书站出来说话，倒也吓了一跳。龚鼎孳乘机对王宏祚说：“还是让差役兵丁先放了妇孺，村民们也会放开旗兵，然后问问百姓，到底是怎么回事。”

其实事情已经很清楚，龚鼎孳不过借此缓和紧张气氛而已。吕之悦指着人群中的柳同春说：“大人，那个穿紫布长衫的便是我朋友，最明事理，一问他便知底细……”

巴图直跳起来：“他是煽惑百姓抗命的反叛，绝不能轻饶！你们这帮汉员跑这儿来，到底安的什么心？”

王宏祚脸一沉：“巴大人，你说话要有分寸！本部堂乃朝廷钦差，你违抗圣命、为非作歹，如今又血口喷人，你眼里还有朝廷，还有皇上吗？”

巴图气得哇哇直叫：“我不跟你们这些蛮子斗口啰唆！鳌大人亲口应许可开杀戒，就拿他们都砍了头也没什么大不了的！来人！把全庄子的男女老少都给我拿了！……王宏祚，龚鼎孳！有种跟我去见鳌大人！”

王宏祚也火了：“见就见，什么大不了？更得去见皇上！”

巴图跳起三尺高，刹那间一片混乱：巴图一手揪住王宏祚的前襟，一手抓着龚鼎孳的胳膊，口口声声回京找鳌大人评理；巴图的侍从冲进人群去抢他们的同伴；王宏祚、龚鼎孳的仆从又要从八旗骑兵手下解救老弱妇孺，争夺、喊叫，这里哭那里骂，黄尘飞腾，马嘶人闹，喧嚣声直传出几里远，真不知如何收场了。

一名在村外守望的满丁跌跌撞撞地跑来，跪在巴图面前，气喘吁吁地喊道：

“大人！不好啦！咱们给包围啦！”

“啊？”巴图又惊又恼，“什么人？”

“骑兵！都是骑兵！成百上千哪！……”

巴图展眼远望，脸色大变。王宏祚与龚鼎孳也惊诧不已。东辛庄四周，全副武装的满洲骑兵，穿梭般来往，把庄子围了个水泄不通！看那旗号，部分是钦差的护军，多数竟是最精锐的前锋营骑队！

众人惊愕中，粗壮的牛角号、长号阵阵吹响，数十人大声喝唱：

“王——爷——驾——到！——”

人们立刻匍匐跪倒，头都不敢抬。一阵杂乱的马蹄响，十来骑骏马在村口停下，没有仪仗、不设顶马，但在曲柄绣龙杏黄伞下，那位一身戎装、威风凛凛、目光似电的人，不正是朝中最尊贵的安亲王岳乐吗？

权威就是权威，东辛庄村口犬牙交错的复杂形势立时解开：百姓一拨儿，王宏祚龚鼎孳他们一拨儿，巴图及县吏们又一拨儿，各归各位。岳乐三言两语就问明了缘由，随后面不改色、神情威严地宣布：

“皇上圣旨，各省废藩田产，均照直隶省办理，免其易价，改入民户，给予原种之人令其耕种，称为‘更名田’，从今以后，全照普通民田征粮!”

岳乐停了停。周围一片寂静，所有的人都瞪大眼睛，不知是真还是梦。良久，一村民突然喊道：“吾皇万岁！——”

四处欢声跟着一起爆发，百姓们高叫着“万岁万万岁!”全都跪在尘埃中不住地叩头谢恩。

“至于易价银两，”岳乐继续说，“未征者一概免征；已征收在库者，准许抵次年及二三年正赋!”

百姓们又是一片欢呼！人群中年岁最大的耆老，拄着拐杖，哆里哆嗦地说：“圣明天子在位，是小百姓的福气。咱们一村人可有活路啦！……”说着，他又费力地埋下那白发苍苍的脑袋，不住叩头。

同春直起腰，拱着手朗声说：“皇上圣明，这一道圣旨救活天下百姓无数！小民等感激不尽，要为皇上烧香添寿，求王爷恩准!”

兴奋的村民们跟着嚷成一片：

“对呀，王爷开恩，容我们回去烧香来!”

“烧香添福添寿哇!”

“大清天子万寿无疆！……”

岳乐已认出同春和他身边的梦姑，微微一笑，点点头，又转向县吏，指着方才翻看过的册簿说：“你立刻将这些册簿改造，写明各人名下‘更名田’亩数，拿鱼鳞册对照，填上各田主姓名及应纳钱粮数，一会儿与田主当面对证无误，签字画押，再将更名田划分详情造册上报。明白了?”

县吏从没见过王爷的威风，这时更吓得浑身发抖，只会连连叩头。村民的欢呼声更高了。岳乐这才面向百姓，霁颜道：“百姓们知恩图报，心意可嘉。只管去办吧，但不要忘了来更名田册上画押!”

村民们喜盈盈地你喊我叫、扶老携幼，很快就各自散开。片刻间，便听得村子里鞭炮“噼啪”乱响，唢呐、锣鼓随着阵阵笑声飞向四方，家家户户大开门窗，一缕缕香烟飘散而出，在小巷里、在村头汇合，在绿树间萦绕，不多时，香雾便笼罩了东辛庄，似乎给这平原上的小小村落平添了几分仙气。

岳乐还坐在土台的正位上处置后事。他严厉地盯着巴图，说：“巴图身为部院大臣，竟敢违抗圣旨、藐视皇上；又不听皇上训诫，借机勒索、生事害民，其罪难容！来人！押回济南，暂且囚禁候参！”

巴图脸色惨白，一道道汗水流下来，但心里不服，叩头道：“王爷开恩容禀！奴才所为，皆是鳌大人亲口……”

“嗯？”岳乐盯他一眼，目光亮得怕人，带着一股在这位儒雅的王爷身上不常见的虎威，周围的人都被慑住，巴图不敢再出声，低头随护卫出村而去。

岳乐笑着转向王宏祚、龚鼎孳：“二位大人快快请起，受惊了。”

王宏祚拭去脸上的汗珠，笑道：“王爷来得正好，不然真不知要闹出什么乱子！”

龚鼎孳也说：“这巴图仗势胡为，要不是王爷驾到，还真拿他没办法哩！”

岳乐道：“这倒亏了王大人的亲随，他看势头不对，溜回临清来搬救兵。我也是刚到临清，闻讯赶来，实在是想到巴图不服管的。”

王宏祚道：“王爷领了圣命南下吗？”

“正是。”岳乐庄重地点点头，“皇上决意革旧图新，以仁政治天下。岳乐奉旨南下，一往绍兴代主祭大禹陵，二往扬州修史可法生祠，三往东岳代主祭泰岱。沿途办理两件要事，一是改各省废藩田为更名田；二是展宽海界，使四省濒海之民自由出界，及时开垦，给予牛种，蠲其租赋……”

王宏祚和龚鼎孳老于官场应酬，轻易不动真情的，可是听了岳乐的话，竟都呆住。王宏祚说了一句：“皇上他……”便语音哽咽，再不能出声。龚鼎孳的眼圈都红了，好半天才说：“皇上如此爱民，是大清之福、是天下之福啊！……”

吕之悦走上来，深深一揖：“王爷！得民心者得天下，确非虚话。百姓得以休养生息，太平盛世也就不远了！”

岳乐一见是他，爽快地笑起来：“我说在京师几次差人找你不着，原来你跑这里来了！”

王宏祚颇有些惊奇：“原来王爷认识吕先生？”

岳乐笑道：“何止认识！不过这笑翁如同孙猴子，十多年来云里去雾里来，藏头藏尾的，难得找到他呢！”把众人说得笑起来。

“嘭！”

“嘣！”

如雷震耳，东辛庄的各个角落又响起了大炮仗，鞭炮声更如密密的炒豆儿，锣鼓唢呐之中又夹进阵阵细乐，更加欢乐动听。人们擎着香烛，络绎不绝地走出家门，又向村口集中去画押。他们都换上了过年节才穿的新衣裳，妇女们戴了红喜花，小孩儿脸上点了胭脂抹了粉，一团团喜气，一片片笑声……

岳乐他们走下土台，立在一边，观看这一派欢乐景象。岳乐感叹道：“皇上圣明，一道御旨，竟使这穷乡僻壤顿时改观，如遇节庆一般啦！”

龚鼎孳道：“真所谓欢声雷动！”

吕之悦说：“王爷若是把皇上旨意带往江南、带往四方，普天下都要过节，都会欢声雷动啊！”

岳乐感慨万分，频频点头。此刻他才懂得了“天下归心”这四个字的分量！

同春和梦姑手里擎着青烟缭绕的线香，身畔随着一手擎香一手牵着个小男孩儿的莹川。小男孩儿手中也持着短短的红烛，不过为了小心没有点燃。四口人来到岳乐和王、龚等人面前，深深跪拜下去。同春感激地说：

“皇上是救星，王爷是救星。要不然，我们这一庄子人今天是没命了！……”

岳乐命他们站起来说话，不由得将这一家人重新打量了一番。

同春和梦姑都是靠三十岁的人了。同春的面貌更加冷静成熟，眼角和额头的皱纹掩不住他眉宇间的英气，而透过眉骨、双颧和下巴那有棱见角的刚硬线条，当年梨园三杰之一的云官的俊俏依稀可辨。梦姑却全然不同，岳乐几乎认她不出了。以前那个消瘦得只剩一双眼睛的又黑又怪的阿丑，如今竟成了一位面色鲜艳、体态丰满、容貌秀丽的少妇。她明亮宁静的眼睛里，幸福和满足几乎要溢出来。触到这双眼睛，岳乐心里一动，往事历历又在眼前，顿时一股惆怅升起，说不出心里什么滋味，很不自在。他勉强笑道："真所谓绿树成荫子满枝，孩儿都这么大了！……"

梦姑对身边的莹川轻轻一推，莹川领着小男孩儿向前走了几步，跪在岳乐面前叩头道："给王爷请安！"那小男孩儿也乖巧地跪下，口齿不清地用脆生生的童声学舌。岳乐借机哈哈大笑，一下子把小男孩儿抱了起来。这孩子又胖又黑，黑得非常有趣，就像来朝进贡的暹罗、越南人一样，黑得均匀、好看，嘴唇鲜红、牙齿雪白，最是一双乌溜溜的眼睛，非常灵活，不仅眼睫毛很长，而且眼梢眉梢都向鬓角扫上去，成为一般人所说的"吊梢眼"，最为梨园弟子所看重。这小黑孩儿哪里懂得什么高低尊卑，被安亲王举在空中，照样高兴得又喊又叫、手脚乱跳。岳乐大笑道：

"好小子！又黑又俊！莫非又是一个梨园英杰！"

同春脸上掠过一道阴影，笑了笑，说："还是务农为本。"

岳乐点点头："好！这是正道。"他把孩子交还莹川，莹川才敢抬头去接。岳乐不免又是一愣："你！你是……"

莹川朝站在岳乐身后的吕之悦顽皮地一笑，对岳乐小声说："王爷伯伯，你不认识我，我可知道你呢！"

岳乐恍然道："哦，你是笑翁的女儿莹川！……长得这么大了！……"他还想说跟冰月出奇地相像，但没说出口，心里却越发感慨。看小黑孩儿亲昵地搂住莹川，他又奇怪地问："你怎么跟同春一家在一起呢？"

吕之悦笑道："莹川是梦姑的干女儿呀！……当年离开他们，莹川得了一场大病。今春又为思念干妈而病倒。这不，一见到梦姑，她的病也就好了。"

“哦，莹川竟如此多情！”岳乐不知是慨叹还是取笑，说了这么一句便沉默了。他想到他的冰月，这些日子来郁郁寡欢，日见消瘦，眼下连精神都有些恍惚痴呆，是不是也由于这种天性中的思亲所致？是不是也该像吕之悦一样通达，让冰月见见梦姑，让女儿获得慰藉？能出现莹川病愈一样的奇迹也说不定哩！……

这边，龚鼎孳忍不住问同春：“丁酉年你是不是在京师？可认识当年一位赴试举子叫张汉的？”

同春对他细细看了一番，失惊道：“哎呀，龚老先生！没想到是你老！小的眼拙，老先生恕罪！”

龚鼎孳叹道：“十二年过去，你大了，我老了，难怪不敢认！……张汉呢？到处钻营，终于做官了吗？”

同春沉默片刻，讲起张汉的故事，怎么从吴之荣变成张汉又变成吴之荣的，从科场案到《明史》案，一直到去年被杀，滔滔不绝地说了很久。岳乐、王宏祚、龚鼎孳和吕之悦都默默地听着。同春讲完，仍是一片沉默。后来岳乐摇头叹道：

“唉，这些年哪！……”

吕之悦不禁愤然：“奸臣当道，如苍生何？”

又沉默片刻，岳乐突然倾侧身体靠近吕之悦，悄声笑道：“布袋和尚确是这般口吻！说得好！放松些子又何妨！”

吕之悦愕然不语，岳乐笑开了：“你呀！七十二变也瞒不过我这双眼！好好！大手笔！大胆量！”

吕之悦也笑了。其他人没有听清他们说的什么，但看这情景也暗自纳罕：原来吕之悦还有这样硬的靠山呢！

即使在临清，即使在省亲途中，柔嘉公主也是自己单独住着一个精致的小院，而把额驸客气地打发到别馆与那些美人儿同处。近来她消瘦忧郁，寝食不安，一天说不了三句话，终日沉默地看书习画，焚香弹琴。若在途中，她就在自己船上长久地倚栏独立，凝眸远望。这就怪不得岳乐为自己的女儿担忧了。

“冰月！”

听到父亲的声音，冰月抛开书卷，抬起苍白的脸，站起迎接。父亲兴冲冲的样子，使她多少有些惊奇。

“父王，什么事情，你这样高兴？”

“冰月，你看阿玛给你带来什么人！”岳乐笑着朝门口一指，侍女已打起帘子，一位丰姿绰约、满脸温静善良的美丽妇人走了进来。

冰月的心猛然怦怦跳起来。这是一张经常在她梦中出现的面容。自小起，这温暖慈爱的笑容就笼罩在她的头顶，当她不安，当她恐惧，当她经受病痛折磨的时候，只要这笑容出现，她就能躲进一个极其温馨的爱的怀抱，她就觉得一切可怕可厌的搅扰都退去；只要能投入这怀抱，她就能安心，天塌下来也不可怕了！……后来，冰月失去了这笑容和怀抱，却永远怀念、永远向往，对冰月而言，她永远这样美丽、年轻、温暖，却又永远似一个遥远的、云端里的梦！

梦，竟成真了？

冰月大叫一声，冲过去，一下子扑在梦姑怀里，差点儿把正要向公主跪拜的梦姑撞倒。冰月刹那间觉得软弱至极，竟“呜呜”地哭起来，嘴里还喃喃地喊着：

“嬷嬷！我的嬷嬷！”

梦姑也不由自主地紧紧搂着这位华丽尊贵的少女，泪如泉涌。

一个农家妇人和一位皇家公主抱头痛哭，天下哪有这样的事！屋里的侍女太监们看得目瞪口呆。谁知，还有更令他们惊异的奇迹呢：眼睁睁地看着他们的主子，穿了蛮子姑娘的绣袄花裙、梳着蛮子姑娘的牡丹堆云髻，袅袅婷婷地从门外走进来，与他们那位华贵的主子相对而立，他们真是连气也喘不过来了！

那蛮子姑娘轻轻跪下去，黄鹂般清脆的声音也跟公主相似：“民女吕莹川给公主娘娘叩头！公主娘娘福体安康！”

冰月从梦姑怀里抬起头，跟莹川打了个照面，两人同时惊住，都不由自主地吐出一个字：“你！……”

怎么能不惊心？她们仿佛在梦中看到了自己，仿佛对着镜子里自己的面影，两滴水并蒂莲似的，一模一样啊！

梦姑蒙住了，她一手搂着一个，看看冰月，又看看莹川，怔怔地、小声地挤出两个字：“你！……你！……”

岳乐完全证实了他要证实的一切，正要有所表示，只听梦姑低低地喊了一声：“天哪！……”她紧紧地搂住怀里的两个女孩儿，心痛欲绝，眼前一黑，竟晕了过去。

“嬷嬷！嬷嬷！”

“娘！娘啊！”

两个女孩儿慌了，手足无措，只会喊个不住。岳乐连忙命人扶梦姑到侧屋花厅解救。莹川白着一张脸，急惶惶地跟着去了。屋里只剩下岳乐和冰月这父女俩，好半天不作声，各自默默低着头。后来，岳乐不敢抬眼，低声地说：“冰月，我原想……”

冰月抬头，面色如冰雪一般惨白而晶莹，眼睛里闪动着月亮那样寒冷的光芒，她凄切切地喊了一声：“阿玛！”跟着扑进岳乐怀中，放声大哭！

她哭得非常伤心、非常悲痛，泪水不断地涌出来，像无尽的寒泉，把岳乐胸前湿了一大片。岳乐也满眼是泪，终于有一颗滴到冰月的颈边……父女俩都是绝顶聪明的人，这一哭，彼此心里都已雪亮。他们哭，因为内情是如此可悲可怜可痛可泣，因为他们虽然由此得到了许多许多，却也失去了更多更多！……

当冰月终于止住哭泣时，父女俩默默地长时间互相注视，说了许多不能说出的话。岳乐深深地叹了口气，移开了目光，听得女儿在耳边轻声说：

“阿玛，请把她俩带走吧，我永远也不要再看见她们了！……请你重重地赏赐她们。一会儿我也要收拾一些金珠服用之物送过去……”

岳乐点点头，又觉得眼前模糊一片，咽喉那里出气不畅。他在东辛庄决定带梦姑和莹川来见冰月时，预想过种种后果。现在，不是一个最好的结局吗？冰月，这深明事理、顾全大局的好女儿啊！……

一名王府扈从急匆匆地在门外禀告：两位宫中侍卫带着圣谕来见安亲王，说是紧急召安王回京！

岳乐吃了一惊，连忙到前厅去了。

冰月也十分惊异，顿觉坐立不安。想起与玄烨分手时他说的那些话，心头便如小鹿乱撞。

冰月最后一次见到玄烨，是今年三月十八万寿节的宫中家宴。宴后照例是喜庆节目，他俩避开众人，重回慈宁宫花园他们从小玩在一处的地方欢聚。到了应该分别的时候了，他们却紧紧搂在一起，谁也舍不得离开。冰月嘤嘤啜泣，玄烨也眼圈儿红了又红。冰月问起后约，玄烨却半晌没作声，之后长叹着说了一番让她至今记忆犹新的奇特的话。如今，那字字句句又在冰月耳边响起：

"没承想我竟如此地离你不得，每一相会便十数日心绪不宁、情怀缭乱！……便又盘算着下次团聚，挖空心思地设法谋划，心神全乱了！……我是不该这样的呀！一场恶斗迫在眉睫，我，我是努尔哈赤的子孙哪！……好妹子，你离开我，离得远远儿的，我就安心了。半年以后你再回来。如果我胜了，就接你进宫痛饮庆贺酒；如果我败了……好妹子，你就到我坟上祭我一祭，把你的泪洒到我头上，我便是死了，心里也是快活的！……"

那以后，只过了半个月，就有谕旨下到府里，准柔嘉公主暨额驸耿聚忠往福建省亲。冰月进宫去拜辞之时都没有见到玄烨，老祖宗说他幸太学祭孔老夫子去了……

此刻，冰月眼前又出现了玄烨的面影：苍白的脸，飞扬的黑眉，深邃的眼睛里燃着两团灼人的火，燃烧着慷慨和悲壮，仿佛是一位将赴死战、有去无回的英雄！……为什么要紧急召阿玛回京？他出了什么事？开始了决战？……胜了？败了？……

岳乐终于回来了，表情很沉重。冰月越发慌了，忙问："阿玛，怎么啦？"

岳乐摇摇头："不清楚。只是命我星夜回京。"

"那更名田、展界、祭祀这些大事呢？"冰月更加着急。

"上谕暂停。"

"啊？！……"冰月变了脸色，嗓音发抖了，"阿玛，我……还要去福建吗？……女儿随阿玛一道回京吧！"

"不！你一定要去福建省亲！"

岳乐的声调使冰月不敢违拗，泪光盈盈，忧心忡忡，哀求地望着父亲。

岳乐竭力把口气放得和缓："你的嬷嬷和那姑娘都已安排妥帖，你就不必牵挂了。我皇命在身，立即就走，不能耽搁。你一路平安吧！"

安亲王匆匆离去之后，公主忽然大发脾气，把所有的丫头太监全撵出上房，只留下她最心爱的白猫，又"嘭嘭啪啪"地把门窗一一紧闭。下人们只得站在院中廊下小心侍候。一顿饭工夫过去了，谁也不敢吭声。

窗口门缝中，突然传出铿铿锵锵的七弦琴声，不过和平日优雅徐缓的古琴曲大不相同，曲中如有风暴雷雨，极其高昂壮烈。只有一名公主的贴身侍女听得明白，这叫《烈风雷雨操》，是端敬皇后留下的琴谱，公主只在出宫之前弹过，只跟皇上一起弹过。

五

初夏的夜，带着它特有的温馨和宁谧，降临了。

每年到了这个时节，宫里的人便在香海中浮沉。茉莉、晚香玉和夜来香这"三白"又盛开了。花事最盛的地方是慈宁宫。殿内殿外、廊下道边，上千盆"三白"点缀着红墙黄瓦，走进宫门就如步入芳香无比的梦一样美丽的世界。那就怪不得皇上皇后每天都来向老佛爷请安，常常皇后都回宫了，皇上还赖着不走。今天又是这样。

皇后拜辞回宫之际，显得十分疲惫困倦。她走后，太皇太后问玄烨："近日皇后身上不好？"

玄烨想了想，说："倒也不见有头疼脑热，就是爱犯困。睡不醒，吃饭不香，早起呕酸水儿……"

太皇太后高兴地说："傻孩子，她八成儿是有喜啦！"

"啊？"玄烨一愣，心事重重的表情被喜气冲淡，"真的吗？"

老祖宗感慨地笑着直点头："好了，这就更好了。要是生个阿哥，你就有了嫡子！皇室人丁兴旺，是天地护佑啊！"

玄烨霍地站起来，心情激荡地喊叫道："老祖宗！现下我更是一无所惧了!”

“坐下，坐下。”太皇太后细声慢语地安抚着玄烨，“凡事要沉住气。周密、精细，想深想透了，自然不会怯场。”

玄烨点点头，冷静下来。祖孙俩喁喁细语，讲起几个新来的太监在宫里迷路的笑话，阵阵细碎的笑声随着花香透出帘栊，向寝殿内外飘散……

月亮升起不多会儿，慈宁宫总管太监来禀告说几家皇亲赶着来送夏至节的礼品，都在西华门外候旨。太皇太后笑盈盈地看看玄烨，吩咐道：“一个个领进来。”

第一家是安亲王。王府的总管太监向太皇太后和皇上跪叩请安后，命小太监抬上敬奉的礼品：两株栽在青花大瓷缸中的石榴树，树上花开正盛，浓绿油亮的树叶衬托得簇簇花朵像燃烧的火焰一般耀眼；两丛栽在粉彩金花瓷盆里的美人蕉，花大如斗，朱红色的花瓣在翠玉般的碧叶簇拥中无比娇艳，送出一团团喜气；两只口径三尺的白瓷鱼缸，翡翠似的茸茸水草间，十多尾金红色的鱼儿摆动着纱裙翩翩游动……

太皇太后笑道：“这三红真可与三白媲美了！一派喜气，真红火。皇帝喜欢吧?”

玄烨连连点头：“太好看了!”

康亲王府的太监抬上来五格大红漆的食盒。打开来看，第一格，是一双点了红的焦黄香脆的烤鹅，又大又肥，就像两只烤猪。第二格，十只绛红色的烤鸭，顺序排列，油光闪亮，又整齐又好看。第三格又是一双烤鹅，不过点的是蓝花。第四格又是十只烤鸭！看得玄烨非常兴奋，叫道：“老祖宗，一个两鹅十鸭！又一个两鹅十鸭！杰书真能干!”

太皇太后满意地点点头。只有祖孙俩明白，这意味着两红旗十参领、两蓝旗十参领都可以完全信赖！两白旗自然不用担心，至于天子自将的两黄旗，历来不会背叛皇上!

警卫京师、管理内城外城及驻守九门的步军统领、国舅佟国纲送来的礼品简单明了：一大盒精致的龙须贡面——这是京师夏至节吃冷淘面习俗的必备物，所谓都门美品，天下无双；另外一盒盒盖方开，香味已冲出来，那是一只躺在青豌豆、嫩玉米、绿蒜苗、扁豆角之间的肥美喷香的烤全羊！

一见烤全羊，太皇太后和皇上互相一望，便都那么眉开眼笑，使得侍候在侧的宫女太监都暗暗纳罕：总是好些日子没进羊肉菜品了，要不老佛爷这么高兴！他们怎能猜到，这是佟国纲在向太皇太后和皇上禀告，他已完全准备妥当！

遏必隆进上的是时鲜果盒。桃盒里盛着硕大的麦熟桃、鹰嘴桃、纯白的银桃、纯红的五节香、绿皮红点的秫秸叶、红绿相间的缸儿桃，还有扁圆的蟠桃、又大又白的肃宁桃、粉红色的香气浓郁的深州桃。杏盒里盛着驰名南北的香白杏、八达杏、麦黄杏、海棠红杏。李盒一开，浓香扑来，玉黄李、玫瑰李、麝香李、梅李，像硕大的珠宝一样诱人！累累果实，象征着瓜熟蒂落、水到渠成。

礼品一一收下，送礼使者领了赏也都出宫了。太皇太后让苏麻喇姑把桌案上的几份奏折收入折匣，交玄烨的随从太监带去，然后笑道：

“南怀仁到底是有学识的，不但善知天文，也善于审时度势。他能看准节骨眼儿上疏请为汤玛法平反，够聪明！你回去再推敲推敲。他们毕竟是外洋人，处置总要谨慎妥当才好。”

“是。”玄烨躬身回答。

太皇太后又深深地望了玄烨一眼，慈爱地说：“你去吧，好好歇息，养精蓄锐。放心，只要防住疏漏和意外，无论才智还是机敏，他都算不得你的对手了！”

玄烨心头“怦怦”跳，问：“是吗？真是这样吗？老祖宗你什么时候看出来的？”

太皇太后和悦地笑笑：“如果当初恭悫公主下嫁、他的女儿指配兰布之后，他能够自谦自抑，而不像他后来那样扬扬得意、恣横专擅，那他就真是一个难以对付的劲敌了！虽说多行不义必自毙，但不义行得如此之快如此之多，毫无顾忌，此人无才略、无城府则可想而知……”她的眼睛里又一次透出寂寞和孤独的冷光，似乎因为对手太弱而感到索然无味。但她很快抹去了这一丝悲凉，语重心长地叮嘱小孙子：

“主少国疑，向为历代朝廷一忌。你身为幼主，立威信、揽人望在此一举。小心谨慎周密，则必胜。还记得元宵节你掷的一把顺花吗？”

玄烨胸口起伏不止，却在竭力抑制着，向祖母拜辞。太皇太后扶起他，握住他的两只手，眼睛一眨不眨地盯住玄烨，轻声说：

“去吧，是时候了。”

玄烨觉得祖母的手心温暖柔软，但最后紧紧一握又非常有力，仿佛要把她那深厚无比的力量和智慧，通过这一握注入他身上！她的手很快放开了，但这股柔韧绵长的热力，使玄烨的心搏动得更加强劲，有力地撞击着胸膛。他深情地向老祖母膝前一跪安，说道：

“放心！”

星月交辉，玉宇无尘。

慈宁宫花园之南的武英殿，是宫里树木花草最繁盛的殿院，崇脊飞檐、高树短丛都被涂抹上一层银色而变得玲珑剔透，仿佛琼楼仙境。因太和殿、乾清宫大修，玄烨移住这里，这里的警戒自然就格外森严。费耀色在殿前值夜，不安地瞅着书房。皇上从慈宁宫回来，吃罢点心便进了书房。夜已经这么深了，书房的灯还亮着。

玄烨夜读的习惯已近十年，原不足怪，可是今晚皇上并没有读书。从殿前可以清楚地看到书房纸窗上那孤独的人影。

影子就没有静止过，忽而大，忽而小，忽而清晰，忽而模糊。一会儿是整个身子完整的全形，能够看得出皇上头戴便帽、身着便袍、腰里系着宽宽的玉板带；一会儿却又是半个身子的侧影：细挑身段、高耸的鼻梁和微微前伸的下巴……可以想见，皇上正背着手在书房里来回踱步，陷入了深深的沉思。

半个时辰过去了，又是半个时辰。月亮升得很高，月亮悬在头顶了，书房里的灯还亮着，窗上的影子还在不住地移动、改变。

费耀色不敢去打扰皇上，但见他深夜不眠也觉得心焦。值夜的侍卫们在殿外轻轻走动巡视，互相遇着时都看看书房，又交换一道忧虑的目光，然后再轻轻走开。

书房门“呀”的一响，在静夜中非常清晰。费耀色连忙走过来，只见皇上全身已沐浴在银白色的月光之中了。

“费耀色，你在这儿？”皇上的声音不高，听去平静而轻松。

“皇上早早歇着吧，明儿个……”

“我正在想明儿个的事儿。已经细细滤过三遍，看来没有什么疏漏。总要万无一失才好！”月光慷慨地洒上玄烨的面庞，一双眼睛熠熠发光，显得比白天更加年少，英气扑人。

费耀色用力点头，激动地小声说：“皇上必胜！”

玄烨笑了：“我倒想得睡不着觉了，出来走走。……今夜当值的侍卫换班了吗？”

“没有。他们心里都有数，要求值到明天午后。”

“不用他们求准，明天午时以前，没有朕的特旨，当值的侍卫谁也不许出宫，免得万一泄露。……哦，费耀色，你再把去年冬天南下的故事讲几个来听，好不好？讲讲江南的风土人情，吃什么，穿什么，喜欢什么，有哪些跟咱们不一样的节庆？……”

于是，像对一个好奇的少年，又基本维持对皇上的敬意，费耀色低声细语，娓娓动听。于是，梦姑、容姑、同春、陆健以及吴之荣和粉儿的故事，又一次在玄烨眼前展开了。他们轻声地闲谈了半个时辰，费耀色送皇上进寝殿，东方已隐隐约约透出鱼肚白。

太阳探出红喷喷的笑脸，照亮了万里无云的晴空。鳌拜对晴好的清晨毫无感应，他心里正不痛快，打算今天要好好教训教训这个不懂事的小皇帝。他约同遏必隆一道进了午门，便直接出熙和门、奔武英殿去见皇上。

五天以前，鳌拜病体痊愈，恢复正常辅政。皇上对他仍然敬重，他在皇上面前也不失昔日威信。部院大臣中他的亲信们仍然炙手可热、惟鳌拜之命是从，控制着整个朝廷。令鳌拜生气的，是南怀仁的奏折。此人真是得寸进尺，竟敢要求为汤若望平反昭雪！而皇上竟然把这奏本留为折本，将交议政王大臣会议！这不是对辅臣的不敬又是什么？天算的事，已经让辅臣丢够了脸，还不够吗？

昨天鳌拜与遏必隆商议，遏必隆也觉得愤慨不平。两人讲定今天赶在御门听政之前一同求见皇上。皇上答应了，命宣召太监领他们来武英殿书房。

太监在前面引路，鳌拜与遏必隆一前一后随行。鳌拜心里本瞧不上遏必隆，懒得搭他的话茬儿，一心想着一件家事：今天一大早玛尔赛就喊头痛，说是胸口发闷、浑身不舒服，要鳌拜留在家陪她，不要上朝。鳌拜哪能因私废公、因小失大！安慰了许久，他才脱开玛尔赛的纠缠，应宣召进武英殿，已经晚半个时辰了。让皇上等候大臣，怎么说也于理有亏。

耳畔水声泠泠，那是御沟里的水在流，一座青白石面、汉白玉栏杆的单孔石券桥迎接着他们。桥头四蹲兽是形似狮子而顶生一角的怪物，前爪用力地支撑着栏杆，一双石雕的眼睛就像活的一样始终盯着过桥的人。鳌拜不禁皱了眉头，想起这座雕刻精美的桥的种种传说：两条石雕行龙曾经半夜消失不见，清晨再现时一身湿雨潮雾；但凡后妃过桥，都须先用黄布袋将中间那只左手舞瓢、右手提裙的栩栩如生的石猴密密套牢，以防它惊驾得罪……四周极其安静，无声无息，走在这桥上，不知怎的有些令人心悸。只听遏必隆慢悠悠地问那太监：

"这桥，不是叫作什么……什么断魂桥吗？"

鳌拜不高兴地抢过话头："你糊涂了？什么断魂桥！这桥叫断虹桥！"

"哦，我当真糊涂了！"遏必隆抱歉地笑着。说话间，已然过了桥。

桥北地广数亩，古槐成林，一棵棵树身粗大、姿态苍老，三人不能合抱，树下幽阴，长满绿苔。清晨的阳光透射过来，可以看到一条条光柱和地面上细碎的光斑。这里是宫中有名的十八槐，也属紫禁城一景。此处更是沉静，鸟啼声都听不到，只在粗大的树干缝隙间，能见到几个侍卫在慢慢巡游。

沿御沟折向南，打武英殿侧门进去，太监引导着他们走进前殿西庑的书房。

一进书房门，眼前便是鳌拜极其熟识的场面：小皇帝端坐在御书桌后，桌上摞着高高的线装书，面前摊开一本木版汉字书。可皇上他也并不看书，而在聚精会神地注视着屋里一对对摔得难解难分的大小布库和太监，兴奋得满脸放光。辅政大臣进门他也只漫不经心地看了一眼，竟忘了像平日那样起立招呼。

鳌拜心里更加恼怒，昂然直奔御前。这时背后“吱呀”一响，鳌拜略略侧脸，用余光看到书房的两扇门关了。些微不安之后，他就把这点情理之外的细节撇在了脑后，不管不顾地气冲冲地往御案前一立，大声说：

“皇上，老臣恭请圣安！”

他看到小皇帝奇怪地瞪大了眼睛，直直地望定了他，他被这双眼睛里的惊异和威严弄得有点心神不安，才勉强地跪下去，叩头道：

“皇上吉祥，老臣……”

话未落音，鳌拜觉得身边蓦地起了风暴，一股巨大的力量，顺着他叩头的势子，从背后猛然压下来，两只胳膊和手同时被许多有力的手紧紧抓住按牢，手腕扭得极痛，几乎折断。他来不及思索，大吼一声，仿佛平地起了个霹雳，全身筋肉猛一收缩之后，拼命一挣，耳边一片惊叫，眼看着几个小布库狠狠地摔出几丈远。鳌拜浑身骤然轻松，就要跳起，一瞬间，他觉得太阳穴受到重重一击，顿时头昏眼花，摇晃着倒下了……

书房大门关闭的一刹那，埋伏在两庑的百名侍卫便守住了四面门窗，鳌拜那一声大吼犹如一道号令，侍卫们一跃而起，打开门窗就要冲进去，但已无须他们动手了。力大无穷的满洲第一勇士，当朝最有权势的辅政大臣鳌拜，已被绳索铁链紧紧捆绑，就像一头陷入罗网的黑豹！

发现被缚，他曾经有过一次短暂而激烈的挣扎，伴随着一声长长的、无法形容的号叫，那是惨厉的、绝望的、饱含着屈辱的愤怒的长号。之后，他不再作声，漠然、冷静地保持着高傲和尊贵。他永远不会知道，大概也不屑于知道，那致命的、打在太阳穴的一拳，来自他多年的同僚，另一位辅政大臣遏必隆。

他始终昂着头，冷漠的眼睛视而不见地望着数十丈远的地面。只在被押出之际，鳌拜停步回身，遇上了小皇帝的目光。一相交便粘住了，两人都顽强地不肯收回。两双眼睛里的神情都极为复杂：惊诧、愤怒、痛心，而后终于绝望，直至平静；欢快、兴奋、得意，不免带着遗憾感慨乃至不安……

对视刹那间，多少往事从两道目光中流过！

骨折的手臂，神骏的小红马，精心模拟的虬须……

三大臣的绝命，苏克萨哈的赐帛，嵌满珠玉珍宝的寒光闪闪的短刀……

他们原本可以是互相钦敬、互相扶持的忘年交，他们都想强固满洲、兴盛国家，使大清江山社稷长治久安，为什么没有成为周公旦与周成王？为什么没有成为诸葛亮与刘后主？因为不可避免、不可抗拒的原因，他们终于由友而化为敌！……

书房门大开，皇上步履平稳地走出来。他乌黑的眼睛闪闪发光，表情可以算得从容镇定，只是脸色仍然发白，唇边留着齿印，胸口还在微微起伏，可知这场短兵相接的搏战何等紧张。他的身后是威风凛凛的大小布库，虽然有的腿折手残、头脸上血迹斑斑，一个个仍旧挺胸凹肚精神非常。他们后面，便是由布库们连搀带拖的两位辅政大臣鳌拜和遏必隆，铁链缠身，脚下铁镣“哗啦”。遏必隆低头垂眼，鳌拜扬头闭目。他们被押往东华门内务府暂时囚禁。

皇上走到阳光中来了！索额图、佟国维、费耀色等人率着百名侍卫环绕皇上，跪倒欢呼：

“万岁！万万岁！”

皇上移步到武英殿前丹陛之上，更多的侍卫、太监，从后殿、从两庑奔了出来，跪在丹陛之下，同声欢呼：

“万岁！万岁！万万岁！”

玄烨只觉得脉管偾张，浑身的血“呼呼”奔流，兴奋和狂喜把他的心都填满了，他恨不得立刻蹦跳、立刻大喊大叫大笑！他终于自己割断了捆绑全身的绳索，他终于搬掉了面前这块碍路的大石头，他终于能做一个名副其实的天子了！他勉强抑制着解脱的欢快，不跳起来，却极为兴奋地大踏步从白玉栏杆的御道上，一直冲向宫门，他要立刻告诉老祖宗，他胜了！

他走得飞快，“嗖嗖”的风声从耳边掠过。索额图、佟国维、费耀色等人跑着碎步紧跟紧追，几乎追他不上。

宫门“轰隆隆”大开，片刻沉寂之后，忽然响起震撼屋宇的整齐的欢呼：

“万岁！万岁！万万岁！”

玄烨一愣，这才发现，武英殿的白玉石阶上、阶下御河的三座石桥上、环绕着宫殿的御道上，整整齐齐地跪满了侍卫，密密层层不下五百人。他们的同声欢呼，可不是惊天动地吗？玄烨兴奋达于极点，一把将费耀色背的劲弓拿过来，由箭壶中抽出三支长箭，“嗖嗖嗖”向远方天际连射三箭！箭尾的白色羽毛，像三颗雪白的小流星，欢快地飞出去，倏然间消失在碧蓝的天空，融化了。

玄烨放下弓箭，扭头一看，阶下跪着的是头等侍卫和托，便问道：

“不是命你们护卫慈宁宫吗？”

和托叩头道：“老佛爷只留下了十名侍卫，其余全都打发到武英殿来听皇上差遣。奉老佛爷懿旨在殿外埋伏，叫防意外之变……”

玄烨心头一热：“哦，老祖宗！……”真的，有老祖宗这样布置，鳌拜他就是个神怪，也休想脱身！费耀色轻轻地、只让玄烨一人听到，感慨地说：“老佛爷周密精细，深谋远虑，真正无懈可击！”

玄烨脑子里登时如划过一道电闪似的，骤然一亮，发现了自己的疏漏，情绪立刻冷静下来。他略一沉吟，表情重新变得威严而从容，说：

“索额图，你立刻率内务府有关吏员驰往步军统领衙门，协助舅舅佟国纲办理一应事务！”

索额图庄重地一跪安，立刻下阶而去，不多时便听得数十匹马蹄声响，很快移出西华门。玄烨知道，佟国纲已经派兵将鳌党要人宅第包围，索额图一到，便都束手就擒了。

“佟国维，你率侍卫队，立召议政王贝勒大臣来武英殿议事!”

佟国维领命。又是一片马蹄声飞出紫禁城。

“好，起驾慈宁宫!”玄烨一声吩咐，御前太监、御前侍卫们立刻排好队列，前呼后拥地护卫着皇帝，过御河桥，又过断虹桥，向北去慈宁宫。其余侍卫一律原地待命，不许单独行动，更不准出宫门一步。

御驾刚刚走进慈祥门，玄烨已遥遥望见慈宁宫门前太监和宫女、侍卫整整齐齐地八字排开，如有所待。玄烨向前又走了十数步，便听得慈宁门里不大的一声传旨，两列太皇太后的亲随侍女有如二龙分水，鱼贯而出，分列东西站定。后面，一个他从小就那么熟识的尊贵而又端庄的身影，缓缓移动，走下玉阶，在阶前站定。这位身历四朝，养育了两代皇帝，扶持他们冲龄登基，而又稳定了大清天下的孝庄太皇太后，竟然亲自出宫门外迎接得胜的玄烨!

无论离得多远，她那温厚的、光彩照人的微笑都闪烁在玄烨面前；她的深邃的眼睛里那海一样的智慧和力量总是使玄烨奋发，使玄烨勇往直前！玄烨此时心头腾起巨大的热浪，再也忍不住，好像生了翅膀，如飞地奔到祖母面前，一下子跪倒了，嘴唇颤抖、热泪横流，千言万语竟一个字也说不出，只哽哽咽咽地笑着喊了一声：

“老祖宗！……”

太皇太后把他扶起来，上上下下地打量着他，就像许多日子不见似的，脸上的每条皱纹都埋藏着无限感慨，都抒写着无限欢喜。她轻声地笑道：

“好孩子，真的长大了。我总算放心了！……”

满眶的亮晶晶的泪水到底没能止住，还是顺着她的眼角、面颊滚落下来……

玄烨搀着祖母的胳膊，感激、兴奋和自豪在胸臆间冲荡着，就要喷发而出。他极力抑住，把它们化成了这样一句话：“老祖宗，我这就命户部宝泉局特铸金银铜制娘娘钱各一千枚！……”

太皇太后愕然：“为什么？”

玄烨一笑：“老祖宗忘了？要还愿哟!”

太皇太后由衷地笑了，满面春风，轻轻地拍了拍玄烨的手背：“好！好！”

第二天，惊人的消息像烈火一样传遍京师：辅政大臣鳌拜、遏必隆拿问了！鳌党的大大小小头目班布尔善、阿思哈、噶褚哈、济世、图必泰、迈音达等一网打尽，鳌拜的兄弟穆里玛、巴哈也从外地出差处拿回京师问罪，鳌拜的子侄通通下了狱。以康亲王杰书领衔的议政王大臣们，将遵旨勘问这一特大案件。

仿佛开春的第一声春雷震动了大地，这消息震动了京师内外、朝廷上下。负担沉重的大地终于喘了一口气，满天乌云终于散开，露出了青天。京师百姓欣喜若狂，人人奔走相告，一时间酒楼满、戏班忙。恰遇夏至节令，各处庙会突然兴起，人们借此过节庆贺：开路、中幡、杠箱、官儿、五虎棍、跨鼓、花钹、高跷、秧歌、十不闲、耍坛子、耍狮子之类，到处扮演，随地演唱。整个京师花团锦簇、鼓乐震天，热闹了好些日子。南城更是繁华兴盛，有感而发的喜庆比上元佳节更动人。

外省宁静如常，毫无动乱迹象。朝野人士这才明白，上年十二月为什么皇上一下子任命了三位新总督，以麻勒吉督两江、甘文焜督云贵、范文程之子范承谟督浙江，替换了鳌拜的亲信。鳌拜被拿追究罪行，又供出莫洛、白清额、阿塔等地方督抚是其党羽，皇上为此特下圣谕，以“受事以来颇有政绩”为由，一概“从宽免罪，仍留原任”。所以，波澜不惊，就把一桩震动中外的大事处置了。这胸怀、这魄力、这眼光实在不同凡响，那些在心底里始终把皇上看作小孩子的满汉大臣们，不由得肃然起敬，进而敬中生畏了。

五月底，经皇上亲自审理定罪，问得鳌拜罪款三十，遏必隆罪款十二，班布尔善罪款二十一，其余党羽也各有十款、十二款不等。最后，玄烨亲自拟了一道谕旨结案：

> 鳌拜以勋旧大臣受恩深重，皇考遗诏辅佐政务，理宜精白乃心，尽忠图报，不意结党专权，紊乱国政，纷更成宪，罔上行

私。朕久已悉知，尚望其改行从善，克保功名，以全始终。乃近观其罪恶日多，命诸王大臣公同究审，俱已得实，以所犯重大，拟以正法。本当依拟处分，但念鳌拜在累朝效力年久，且皇考曾经倚任，朕不忍加诛，姑从宽革职籍没，仍行拘禁。遏必隆知鳌拜树党乱政，不豫行纠劾，故坐之罪。今念其为皇考顾命大臣，且勋臣子，其咎止于因循瞻顾，未尝躬负重慫，特为宽宥，仍以公爵宿卫内廷。那摩佛亦免死，革职拘禁。其弟巴哈宿卫淳谨、卓布泰有军功，免从坐。宗室班布尔善绞，阿思哈、噶褚哈、穆里玛、图必泰、讷莫、塞本得俱立斩。余各从轻治罪……

鳌拜一党彻底垮了，连他的女婿，那不可一世梦想嗣位的敬谨亲王兰布，也连降四级，成了镇国公。受够欺压的人们可该出气了！

后面的事情，顺理成章，一件件陆续进行：

六月十一日，圣旨下到兵部："昭雪苏克萨哈案，将此案所革官员俱行查明议奏。"

六月十七日，圣旨下到户部："朕缵承祖宗丕基，乂安天下，抚育群生，满汉军民原无异视，务俾各得其所，乃惬朕心。比年以来，复将民间房地圈给旗下，以致生民失业、衣食无资、流离困苦，深为可悯。自今以后，圈占民间房地，永行停止！其今年所已圈者，悉令给还民间，尔部速行晓谕，昭朕嘉惠生民至意。至于旗人，无地亦难资生，应否以古北口等边外空地拨给耕种，其令议政王贝勒大臣确议以闻。"

六月二十三日，下谕：凡投充旗下之人，入旗之后倚恃旗下告讦提解、牵累平民，一概严加禁止，不许受理。以逃人诬告者，严反坐之律！

七月十一日，下谕：昭雪苏纳海、朱昌祚、王登联案。

一道又一道的圣旨，在京师内外、朝廷上下激起一浪高过一浪的热潮。到了年底，平反汤若望狱，把这热潮又推上更高峰。

十一月十六日，一个隆重的仪式在汤若望墓前举行。新任礼部尚书龚鼎孳代表皇上主持祭礼，礼部官员、钦天监官员及汤若望的生前好友都参加了这个庄严的祭祀。皇上特赐祭银五百二十五两，谕令在汤若望墓前宣布昭雪平反，恢复他生前所有职衔。

还有一项隆重节目——在墓前竖起一座汉白玉石碑，上面刻写着皇上亲自为汤若望撰写的祭文：

> 皇帝谕祭原任通政司通政使、加二级又加一级、掌钦天监印务事、故汤若望之灵曰：鞠躬尽瘁，臣子之芳踪；恤死报勤，国家之盛典。尔汤若望，来自西域，晓习天文，特畀象历之司，爰锡通微教师之号。遽尔长逝，朕用悼焉。特加恩恤，遣官致祭。呜呼，聿垂不朽之荣，庶享匪躬之报。尔有所知，尚克歆享。
>
> 时大清康熙八年十一月十六日

龚鼎孳亲自在汤若望墓前宣读祭文，声音不免颤抖，人群中也有呜咽抽泣与之响应。哀乐起奏，参加祭礼的人们顺序到祭桌前跪拜。

不知何时，哀乐竟被更宏大、更壮阔的鼓乐歌吹所淹没。等龚鼎孳和礼部钦天监官员醒悟过来时，圣驾已临近了。人们惊讶得透不过气来，官员们则慌慌张张地赶上去接驾。于是众人都向两边回避、跪迎。无数仪仗开路，伞、扇耀眼，斧、钺夺目。侍卫们前导后拥，拱卫着两位最尊贵的祭客：孝庄太皇太后和当今天子康熙皇帝。

玄烨轻轻扶着祖母，祖孙俩表情都很庄重肃穆。他们缓步前行，在汤若望墓前立住了。他们身后，随同而来的再入议政的安亲王岳乐、康亲王杰书、平郡王罗科铎、贝勒尚善以及部院大臣等，都静静地默哀，向逝者致意。他们谁都没有说话，但谁都在心里向这位汤玛法诉说着他们心底最深的感慨，回想起他们和这位博学的西洋老先生交往的遥远的往事。从为时最久的太皇太后，到只见过一面的玄烨，或许都在思索人生的路多么曲折多变，要想驾驭它，又是多么艰难……

腊月十二日，皇后诞生了一位皇子。这位嫡子被命名为承祜，天下披红挂彩以示庆贺。京师百姓竟悬灯放爆竹，人人称庆，说这是上天保佑皇上，后继有人，江山永固。因为皇上清除鳌拜不过半年，却做了许多顺天心顺民心的大事，国家长治久安、岁稔人丰是指日可待的了。人们都说，当今皇上已经完全承继了老皇爷顺治的衣钵，敬天法祖、勤政爱民，真正是第二个顺治皇帝啦！

尾 声

到了康熙十年，四海宁静，国事平稳，风调雨顺，人心安定。皇帝以寰宇一统，亲奉太皇太后、皇太后往谒太祖、太宗皇帝的福陵、昭陵，行告成礼。九月初三，大驾启銮，出德胜门，向东北方向缓进。

九月初九，重阳佳节。

当绿茸茸的屏障似的峰峦中起伏蜿蜒的长城出现在远方时，玄烨不由得精神一振。绿色关山的背景上，那脊吻高耸、飞檐展翅的雄伟城楼越来越近，城楼檐下的字迹越来越清楚，玄烨浑身的血液流动得越来越快。近了，又近了，白底黑字，字迹似乎凸了出来，雄浑苍劲，四海驰名——

天下第一关

这就是山海关！

玄烨从来不曾离开过京师京畿。第一次远巡，第一次看到祖先鏖战取胜、终于跨出辽东小天地、迈开统一天下的决定一步的地方，他心跳如鼓、热血沸腾！

重阳登高日，他要做一次特殊的、永志不忘的登高。

大队车驾继续缓慢向东，今天预定在姜女庙驻跸。玄烨领了一队侍卫，策马飞奔，沿着长而平缓的引墙，直奔关上。守关官兵早已沿途跪接，众星拱月一般，把骑着火红的赤龙马的皇帝，簇拥上了城楼。

玄烨耐着性子接受官员们的进谒跪拜，又仔细地询问了守备状况，随后便出城楼，在那块“天下第一关”的横匾下立住了。

晴空万里，秋风送爽，西斜的太阳照耀着山川，远山近树都极其清晰，空气如水晶般透明。迎着阵阵劲爽的风，玄烨举目四望，心旷神怡。东南望渤海，烟波浩渺，云水苍茫，气象万千；西北看燕山，长城如巨龙盘绕在群山之间，雄伟的城堞，巍峨的城堡，烽火台高接青天，无比壮观！玄烨深深吸进一口含着海风和山风的空气，全身心地沉浸在一片豪情之中，深邃的目光投向遥远的天地之间。

他在想什么？

清除鳌拜以后，他没有止步，并不想只当第二个顺治皇帝。

康熙九年正月，公布了全国各省实施“更名田”的谕令，把十六万六千八百多顷前明废藩的肥沃土地，分给原耕种的佃户，成为向国家交纳钱粮的普通民地，数量上已超过入关初八旗圈占的土地。一时大江南北、黄河上下腾起一片欢声。

三月，皇上又下令改变官制，将汉官品级与满官划一，从此消除了同是内院大学士，满人一品而汉人五品的怪现象，在汉人官吏儒生士子中引起极大冲击。

八月，谕命将内三院恢复为内阁，设殿阁大学士；恢复翰林院等文职衙门。到十月份这项变革完成时，内阁和部院衙门都已人才济济，充实了一大批有真才实学的贤臣。他们是：保和殿大学士索额图、魏裔介、李蔚、杜立德、图海；文华殿大学士对喀纳、冯溥；翰林院掌院学士熊赐履；都察院左都御史明珠；还有黄机、米思翰、龚鼎孳、王宏祚、王熙等六部尚书。

十月，谕令礼部，要效法古帝王，尚德缓刑、弘敷教化，亲自拟定了训迪劝导的十六条颁发天下：

> 敦孝悌以重人伦；笃宗族以昭雍睦；和乡党以息争讼；重农桑以足衣食；尚节俭以惜财用；隆学校以端士习；黜异端以崇正学；讲法律以儆愚顽；明礼让以厚风俗；务本业以定明志；训子弟以禁非为；息诬告以全良善；诫窝逃以免株连；完钱粮以省催科；联保甲以弭盗贼；解仇忿以重身命。

这便是贯穿有清二百多年、作为道德最高准则的《圣谕十六条》。一代又一代的君主奉为经典，朝廷把它作为官书大量印发，大力宣讲。

与此同时，玄烨身体力行，谕令礼部，即日开始举行经筵日讲大典，把讲求圣贤之道，作为皇帝的必修课。

十一月，谕令大计天下各官，要求严肃吏治，清除一切贪酷、软疲、不谨、浮躁、才力不及和年老有疾的官员。

年轻的皇帝锐气方盛，全身心地投入到他自幼喜爱和向往的治国大业之中。

他已经完成了他幼年的志向，做了这个广袤无际的庞大帝国的主人，结束了一代摄政，成了真正的手握生杀予夺大权的国君。

他满足了吗？

他可以安心地当一个太平皇帝了吗？

修造太和殿乾清宫告成，玄烨由武英殿移居乾清宫之日，他命人在乾清宫正殿上悬挂起一块巨匾，上面是他亲自临摹他父亲手笔的四个大字：正大光明。这块匾从此成为乾清宫的象征。后世皇帝最重要的传位密诏，就放在这块正大光明匾的后面。

玄烨又按自己的心意布置了他日常起居的坐室，摒除了华丽珍奇的珠宝饰物，家具摆设素雅简朴，处处是书是文具。坐炕正中的颜面，是他亲笔所写的两个大字：敬天。左右两联，也是他自撰自书："以爱己之心爱人，以责人之心责己"。他把自己经常地放置在这样的环境气氛中。

他又亲自书写了眼下政务的三件要事，贴之木板，悬挂在宫中梁柱上，时时提醒，夙夜廑念在胸，思谋善策以治。这三件大事便是：三藩、治河和漕运。

所以，他不能也无法满足，他还远远当不成太平皇帝，面前的路并不好走。三藩日益强大、日益跋扈，是朝廷面临的一大威胁，使他日夜忧虑；而黄河清、吏治清更是他自幼立下的志向。这次他东巡谒陵，虽然有许许多多正大光明的名义和理由，但很重要的又不便公之于众的一条，是他和圣祖母心里都很清楚的，那就是巩固后防，巩固与蒙古四十九旗的亲密联系。这样，一旦三藩有变，就不至于有后顾之忧了。

他上有太皇太后、皇太后的疼爱，下有二子一女，后继有人。后宫有年轻美丽、堪称坤范淑典的皇后，又有钮祜禄氏、佟佳氏、那拉氏、郭络罗氏等温柔美貌的妃嫔和许多贵人，内廷家事也是十分美满。钮祜禄氏的父亲遏必隆在同鳌拜一起受了严厉处分、供出一切内情之后，完成了使命，很快被赦免。三年后，皇后病逝，钮祜禄氏便继位为皇后。这是后话了。

不过，即使这次东巡，他也没有忘记把那个绣着小红马的荷包戴在身上。这是他心底永久无法弥补的缺憾。

冰月省亲回京以后，和他见过几次，但事随时迁，他成了一统大皇帝，又要做万民的典范，便不能再和她亲近了，何况柔嘉公主还联系着三藩之一的耿聚忠！……冰月更瘦了，脸上似乎只余下一双忧郁的大眼睛，见到玄烨时勉强一笑，笑得他心酸。她全都明白，毫无怨言。玄烨对她怎能不更加感念？

他的政敌鳌拜正在拘禁中苟延残喘。免其死罪，为玄烨赢得了仁厚之君的赞誉。部院每日遣人送来的本章，玄烨都在驻跸地连夜批阅，绝不积压。昨日刑部的一道奏折，说鳌拜的五夫人冒死上诉，要求陪同年老体弱的鳌拜一处拘禁，以求同生同死，尽妇道之责。他批准了。下笔时，他突然想到，如果这次恶斗战败的是他，有没有人也能为他做出玛尔赛这样的壮烈举动？如果有，那只能是冰月了！……

风更大了，吹得关上成排的旌旗“呼啦啦”地响。玄烨的目光射向更加辽远的地方。

东北望，越过重重叠叠的青山，他仿佛看到白山黑水那祖宗发祥的宝地，埋葬着一代又一代先人的躯体，焕发着勇武奋发的强大力量；西南望，透过层层白云，他仿佛看到中原无边无际的山川，数千年岁月，孕育生息，造就了无比灿烂的文明和繁荣，其博大精深足以融会一切。

他的根、他的骨来自长白山麓黑龙江源头；他的精神和血肉中又汲入并融进了神州大地的神秀。

他，不就是这融合的象征？

玄烨豪情似火，跃上赤龙，立马关上，劲风吹拂着他的袍襟，粗大的马尾马鬃在风中翻飞。他扬鞭一挥，赤龙迈开有力的步子沿着城堞飞奔。他要奔上高高的长城，他要继续他已经开始的大业，他要像历代有名的英主那样武功文治横绝一代，他要实现他七岁登基时的诺言：

“惟愿天下乂安，生民乐业，共享太平之福！”

十七岁的康熙皇帝玄烨，告别了他的少年时代。

1984 年 5 月初稿
1986 年 5 月二稿
1990 年 4 月三稿
1991 年 4 月四稿
1992 年 3 月五稿

后　记

《暮鼓晨钟——少年康熙》的书稿终于完成了，我不由松了口气。

八年前，《少年天子》初稿完成的时候，原分两卷，上卷《高处不胜寒》，下卷《青山遮不住》。上卷写顺治皇帝，下卷写康熙皇帝初政，父子两代少年天子。遵从出版社意见，先着力修改《高处不胜寒》，《青山遮不住》就放下了。

1986年，上卷在《长篇小说》期刊上发表，出版社召开了作品讨论会，会上评论界的朋友提出：《高处不胜寒》本身已经是一个相当完整的作品，建议独立成书，就以《少年天子》作书名，少年康熙的事，以后再说。我觉得很有道理，就接受了。这样，长篇历史小说《少年天子》就先问世了。

作为姊妹篇的《暮鼓晨钟——少年康熙》，却迟到了六年。

因为我有了新的想法。

当初，完成《星星草》的创作后，我作为人民大学清史研究所的研究人员，很自然地把目光投向波澜激荡的清代历史。于是，写康熙皇帝成了我的心愿。随着不断地收集、整理、阅读、研究史料，我越来越感到这题材的强大吸引力，也越来越意识到没有宏大的规模就不足以表现它。我甚至担心，倾我一生之力，是否能够完成。

因为，要表现的虽然是康熙皇帝这个人，实际上要写的却是整整一个时代。

是明末清初的那个时代。

是有清一代。

是中国封建社会历史上的第三个黄金时代。

是中国延续了三千年的封建君主制时代。

大题目，难题目。任重而道远。

不管是不是“不自量力”，既然着手，就干下去，不复顾及后果了。因为我实在很喜欢写历史小说、很想写康熙。

所以，在完成《少年天子》以后，没有立刻接下去写少年康熙，而是转向了在历史时序上比《少年天子》早二十多年的、反映明末清初社会动荡的《倾城倾国》，并有意识地从《少年天子》向前作了延伸，使《倾城倾国》的时间和人物与《少年天子》有了某些衔接。

现在，《暮鼓晨钟——少年康熙》出书，就可以同以上两部并称为长篇系列历史小说的前三部。

按历史时序，它们是：《倾城倾国》《少年天子》《暮鼓晨钟——少年康熙》。

长篇系列的总题目，曾想用《康熙皇帝》《康熙大帝》等等。但这书名已经很多，小说、回忆录、电视剧都采用过，再说，它也容易限制作品的发挥。斟酌再三，我选择了一个较有亮色的书名——《百年辉煌》。

“百年”，从《倾城倾国》的大明崇祯年，到大清康熙末年，整整一个世纪。

“辉煌”的意义，可以有不同的理解。

固然，康熙皇帝玄烨是中国历史上为数不多的有作为的皇帝之一，是位成功的政治家、伟大的君主，他的一生用“辉煌”来形容，也许并不过分。

接触了大量的史料之后，才懂得“苦难深重的中华民族”这句话的含义。除了春秋战国、三国、五胡十六国、五代十国这些显而易见的数十年、数百年的大战乱，除了秦、汉、唐、宋、元、明、清等大一统时改朝换代之际的动乱，就是各朝各代自身的内战、边患也是数不胜数的。但凡战火燃起，首先跌入水深火热中的，就是平头百姓、芸芸众生。残暴是那种时代的特征。

就以明末清初的那场大动乱来说，清军、明军、农民军都公开地肆行暴虐、杀戮抢劫，在他们争夺天下的战争中，多少小民家破人亡。尤其是他们杀过来杀过去的那些拉锯战区，情况就更惨。

广东新会被围之初，城门将闭，乡下求入城避难者数百人，县令不许，守城军头目说：“这是围城紧急时的十日粮啊！”便开门纳之。城围八个月，粮草尽后，将士果然杀人以食，所食近万人。有一家数口被食者，事定后遇守者于道，遽跪拜不已，守者怪而诘之，答曰：“我父母妻子俱葬公腹中，家无坟墓，清明节近矣，得不望公一拜乎？”

一旦城破，胜利者的大屠杀就更加残暴，《扬州十日记》真实地记载了八十万扬州平民死于屠城的令人触目惊心的经历。幸存者每每感叹“小民不如草”、祈愿“宁作太平犬，不为乱世人”，实在是很可以理解、很应该同情的了。

由此可以推想历代的战乱，绝不在这以下。曹孟德《蒿里行》里所描述的“白骨露于野，千里无鸡鸣，生民百遗一”的情景，着实“念之断人肠”！

而康熙，加上雍正、乾隆，他们祖孙三代皇帝，以“敬天法祖、勤政爱民”为座右铭，医治战争浩劫遗留下来的创伤，努力实现中国传统文化长期提倡和颂扬的仁政，给中国平民百姓带来了近一个半世纪的和平与繁荣。这可算得一件“辉煌”吧？

下面，我想引用柏杨先生在《中国人史纲》中的一段话：

> 站在当时的民族感情上，由汉人组成的明王朝的覆亡，使人悲痛。但站在中国历史的高峰回顾鸟瞰，我们庆幸它的覆亡。明王朝本世纪（十七）的疆域已萎缩到三百余万方公里，而仍继续不断萎缩，内政的改革根本无望，只有越变越坏。如果拖下去，拖到十九世纪，跟东侵的西洋列强相遇，我们可以肯定地说，中国会被瓜分，中国人会成为另一个丧失国土的犹太民族，而且因为没有犹太人那种强烈的宗教感情作为向心力的缘故，将永远不能复国。至少，注意一点，二十世纪清王朝一再割地之后（总共割掉了一百五十余万方公里），中国仍有一千一百四十万方公里，比明王朝要大三倍，使中国具有翻身的凭借。

我认为，这是康熙的另一件“辉煌”。

当然，完成这辉煌事业的不只是康熙一个人。他继承了其父顺治皇帝乃至其祖父皇太极、其曾祖父努尔哈赤的雄心壮志和创业精神，又为其子雍正、其孙乾隆奠定了国基，铺平了道路。何况，完成这大一统富国强兵事业的不只是皇帝，也不只是王公大臣官吏将士，即便是站在对立面的三藩、台湾郑氏、准噶尔蒙古噶尔丹等等，也是参与者，他们共同创造了历史，创造了辉煌。

但，谁能否认在那个封建君主时代，康熙作为大清皇帝所具有的决定性的作用呢？

有人定义英雄是人类社会中活动的天才，而军事政治的天才，则透过外表之身体之动作、意志之感召力与鼓舞力，使得“凤不及栖，龙不暇伏，谷无幽兰，岭无停菊，风行草偃，当者披靡”，以显其生命的光彩与风姿。他们是“天地灵气自然之流露，恒可遇而不可求”。

我以为，康熙同样具有慑人的光彩和豁达大度的机敏。

但由于封建社会的禁锢，很难从史料里看到至高无上的皇帝作为一个活生生的人的真实面目，很难了解他们的音容笑貌，性格爱好。因此，还原并进一步挖掘这样一个皇帝的性情、心理、道德观念、性格魅力等等，就成为一件极具吸引力的事情。于是，我也就陷了进去，难以自拔了。

清代发展到乾隆初年，到达黄金时代的顶峰，最为强大和繁荣。那确是一种辉煌。那是在前辈苦心经营的基础上发展起来的辉煌。比较之下，我更赞叹无中生有、从艰难困苦中开创新局面的辉煌。也就是说，奋斗的成果固然令人赞美，而奋斗本身则更为辉煌。把系列的总标题名为《百年辉煌》，用意在此。

康熙一生的事业，如果罗列起来，又是一大篇，就不必赘述了。但我将沿着康熙走过的路，继续写下去：平定三藩、治河南巡、三次亲征，直至他的晚年。我不能确定还要写多少，只要还能写，我会很努力的。

说了这么许多，也不知有没有把意思说清楚。虽为后记，其实又是序言，我自己找来的紧箍帽，从此就戴定了。

命也如此，又何憾焉！

凌　力

1992 年 11 月

图书在版编目 (CIP) 数据

暮鼓晨钟：少年康熙 / 凌力著. — 北京：北京十月文艺出版社，2021.4
ISBN 978-7-5302-2124-2

Ⅰ. ①暮… Ⅱ. ①凌… Ⅲ. ①长篇历史小说—中国—当代 Ⅳ. ①I247.5

中国版本图书馆 CIP 数据核字 (2021) 第 038043 号

暮鼓晨钟
MUGUCHENZHONG
凌　力　著

出　版　北京出版集团
　　　　北京十月文艺出版社
地　址　北京北三环中路 6 号
邮　编　100120
网　址　www.bph.com.cn
发　行　新经典发行有限公司
　　　　电话 010-68423599
经　销　新华书店
印　刷　北京盛通印刷股份有限公司
版　次　2021 年 4 月第 1 版
　　　　2022 年 7 月第 2 次印刷
开　本　880 毫米 ×1230 毫米　1/32
印　张　22.5
字　数　648 千字
书　号　ISBN 978-7-5302-2124-2
定　价　99.00 元
质量监督电话　010-58572393
如有印装质量问题，由本社负责调换。

倾城倾国

凌力——著

北 京 出 版 集 团
北京十月文艺出版社

第一章

一

落日之前，烟尘滚滚，大金国八旗骑兵如同一股股奔腾的洪流，从四面八方汹涌而来，把坐落在重峦叠嶂之中的永平府城团团围住，数万女真铁骑在同声怒吼：

“速促那！哇[①]——”

“速促那！哇——”

“速促那！哇——”

这怒吼好似平地爆发的骇人闷雷，天宇震撼，大地颤抖。三声呐喊方停，余音还在原野上回荡，却听角声四起，八旗军环城立营。

旗帜如林，十彩辉耀，鼓荡着北风，猎猎作响。

阵阵马嘶，此起彼伏，在长空回荡。

粗犷的笑语，野蛮的叱骂，被呼啸的北风送出很远。

重围之中的永平城，四门紧闭，城墙上阒无一人，千门万户无声无息，仿佛鸡犬尽都死绝。

城外东北一隅，山坡上营帐重重，熊腰虎背的小校们正把串灯吊上高高的灯杆。灯下一人，貂帽戎装，抚髯远望。他腰悬宝剑，胯下战马，夕阳照着他魁硕的身体，北风掀动他宽大的褐色披风。此刻他眉宇间流溢着的忧郁和柔情，与他威风凛凛的外貌，与周围弥漫着的腾腾杀气极不相称。

他凝望着、慨叹着，竟吟哦出声：

---

① 速促那：女真语，冲。哇：女真语，杀。

“……四面边声连角起。千嶂里，长烟落日孤城闭……”

“范章京，又发雅兴了?”背后突然有人这么问，洪亮、爽朗，笑声随之滚了过来。范文程不用回头便知是谁，连忙翻身下马，单腿跪倒：

“给汗请安。”

“起，起。”金国大汗皇太极下了马，三十多名侍卫在他身后八字排开，静静地站得笔直。他满脸笑容，细长的眼睛里有掩饰不住的好奇：“你在独个儿念什么？可是南朝的诗词？讲给朕听听。”

范文程笑道：“好教大汗知道，这是我家祖上范文正公①的名篇哩!”他把这首流传至今、脍炙人口的《渔家傲》细细讲了一遍。皇太极静静听着，目光投向积雪的远山。侍从们早为主人布好坐墩，两人却都没有坐的意思。

“好一个龙图老子!”皇太极听罢，大声赞叹，“不过，‘将军白发征夫泪’，不免颓丧了些。上午，朕道经碣石山，不由得想起先生你讲的曹操征乌桓和他的《观沧海》：‘日月之行，若出其中；星汉灿烂，若出其里’……这才是雄才大略呢!”

“所以，”范文程沉静地笑笑，“先祖志在做一代良臣，曹公却具帝王之量呀!”

是说古还是比今？这一语双关，引得皇太极哈哈大笑。范文程的机敏使他非常满意。

“范章京，”皇太极在黄龙绣墩上一盘腿坐定，“你又为大金立了一大功！反间计已经奏效，南朝小皇帝果然把袁崇焕下了狱。除掉他，咱们可就没对手啦！哈哈哈哈!”

范文程耸耸眉头，惊讶道：

“真不料这般容易！……崇祯多疑，自坏长城，足见明朝气数已尽了。”

“正是哩。朕想乘此良机，取永平为家，攻破周围城池，连成一大片，也好打开关内关外通道。”

---

① 范文正公：北宋名臣范仲淹，谥文正。

范文程沉吟片刻，说：“只怕他各路勤王兵马齐聚京畿，我们还是难于撑持的……”

皇太极大手一挥：“那有什么，敌不住便回关外，下次再来，我们又不失什么。若能立住脚，岂不是好?”

范文程正视皇太极，面色严肃了：“大汗，若想立足，则严明军纪，禁止滥杀无辜，就不能不……”

“好了好了，先生放心就是。”皇太极笑着抢过话头。

亲随侍卫库尔缠来报：诸贝勒[1]已齐集帐下候驾。

皇太极站起身：“这永平城已劝谕再三，不肯归降，理当今夜攻破！城破之时，可就难说什么不滥杀了，规矩如此……走吧，去寻一个攻城口。”上马之后，他勒住躁动不安的青骢，“范章京，今晚你往遵化守城去吧。遵化城得来不易，旁人去朕还不放心哩!”

一听说要攻破永平，贝勒们兴高采烈，顿时精神百倍。只有这种拒降的地方，他们才能放手屠戮掠获，各显英雄。这回出征伐明因是大汗亲率，规矩比老汗王还大，拘得人怪难受，有了这么个任情舒放的机会，谁不快活！所以绕城跑马选攻击点很是快当，众人几乎没有异议，全都赞同大汗指定的西北、东南两角，一正一佯。

如果不是一桩意外，那么，明天拂晓，这个死寂的永平城就要热闹了！多少财富、人口、美女等着他们去取，三天之后大汗才会下封刀令，能整整杀他三天，够痛快!

这当儿，两名侍卫押来一人跪在大汗马前，说是前哨所擒，不敢自专，特地献上。

众人都有些纳罕，纷纷围上前来。

贝勒济尔哈朗心疑，催马近前看了一眼，暗暗吸了口凉气，说：“大汗，是刘爱塔的侍从!”

御用青骢猛地昂头一跳，皇太极勃然变色，用可怕的声音吼了一句：“刘爱塔！……”

---

① 贝勒：满语，原为满族贵族称号，清崇德元年定封爵，位于亲王、郡王之下。崇德以前的贝勒，即后来的亲王。

济尔哈朗转向俘虏："说！刘爱塔在哪里？"

俘虏必是横了心，回答很平静："刘兴祚将军奉命率兵驰援沙河，闻说金国大兵已到永平，故直奔太平寨。遇见北兵押了掠获的南朝人在途中吃饭，刘兴祚将军袭斩五十级，令我等携首级往官厅请赏。"

"刘兴祚是谁？我在问你刘爱塔！"济尔哈朗倒不发火，皱着眉头追问。

"刘兴祚便是刘爱塔。他归降南朝，阁部大人特地为他改了名字，是兴隆明祚的意思……"

俘虏话未说完，刀光一闪，头颅忽然飞去，一腔血立时喷溅好高，无头的躯体随之倒地。这种场面众人司空见惯，并不在意。但看到动刀的是皇太极本人，无不惊异，大金国汗亲手杀这么个无名小卒，未免有失身份。

这一刀却使皇太极的愤怒得以发泄，涨红的脸和凸出的眼睛渐渐复原，气息也渐次平静，他板着脸对贝勒们说：

"朕的意思，擒获刘爱塔，胜得永平城！……他忘朕恩养，竟敢诈逃！今日送来手头，真乃天意！"

他眼睛阴沉，声音沙哑，每逢到这种时候，谁都不敢抬头看他。

"阿巴泰！济尔哈朗！你两个各率三百骑兵追杀刘爱塔，活要见人，死要见尸。处置了刘爱塔再破永平！"

阿巴泰瞥了瞥济尔哈朗，眼里透露出不满：一个人竟胜似一座城池！济尔哈朗连忙眨眼示意接旨，二人领命去了。诸贝勒也各归营帐。范文程留在最后，迟疑片刻，走近皇太极低声说：

"大汗，刘爱塔有罪，但……"

"范章京，大兵伐明，降者不扰拒者戮，朕已明谕天下，何况背恩叛主，死有余辜！刘爱塔不杀，何以警来者？"皇太极脸色已平静，眼中却还透着执拗。

"刘爱塔毕竟不同……"范文程还想说什么，皇太极脸上突然涌来一片潮红，一挥手，背转了身：

"范章京，遵化守城，请多费心……"

范文程心事重重的背影消失在暮霭中。皇太极心烦意乱地踱来踱去，抬眼望了望西天最后一抹晚霞，一颗星在云丝边闪烁。他站住不动了。

“大汗，奴才请随阿巴泰贝勒擒拿刘爱塔！”有人跪在脚边低声请求。

“你？……”皇太极听声音知道是亲随侍卫库尔缠，静默片刻，终于叹了口气，说，“去吧！……”

二

滦河这一段，宽不过十丈，却水深流急，最冷的时候也不封冻，何况已是“七九河开”的季节。

右岸伸展出一片平滩，明军大队人马在这里歇脚：有的河边饮马，拾柴生火炊饭；有的背靠背坐着打盹，或者干脆头枕鹅卵石横躺着呼呼大睡。他们穿着各色各样破旧不堪的绊袄、罩甲、战裙、遮臂；戴着生锈的铁帽、头盔、红笠帽、五色扎巾，跟手中的斧钺刀枪一样，多是百年前祖爷爷辈留下的古物。五六千人铺满河滩，像是给河滩盖了一张破烂龌龊的地毯。

杂沓的马蹄声由远而近，蓝色旌旗如同一团蓝色的云飘来对岸，数百名金国骑兵不紧不慢地沿河行进，鲜明的甲胄在阳光下闪亮。

自从去年十月金兵南侵、围攻京师以来，从山海关到北京，整个滦河流域都成了明、金交锋的战场，犬牙交错，你来我往，两军猝然相遇的事很平常。有时会成为一场遭遇战，有时也可能各有各的使命，互不相扰擦肩而过。今天的形势，本应是后者。但是，蓝旗骑兵过于整齐强壮，他们的马过于矫捷神骏，他们的神气过于扬扬得意，使右岸河滩上几乎不能称之为军队的明军兵勇们火冒三丈、气冲牛斗，仗着人多势众，也许还仗着河水阻隔，竟忍不住地大声叫骂：

“臭鞑子！去奔丧啊？”

“骚胡狗，挨千刀！”

一呼百应，河滩上空骂声喧嚣。蓝旗骑兵们不知出了什么事，住马停下，向河滩张望。

明兵越骂越上劲，搬出了祖传的看家本领：

“我×你奶奶！我×你姥姥！”

“×你妈！×你祖宗！”

“我×你老婆！我×你姑娘丫头！”

…………

大金国那些不上阵、未谋面的女人全都遭了殃，无一幸免。蓝旗兵们惊愕地听着，想必有通事把这阵臭骂的意思讲明了，岸上猛烈爆发了大笑，闹哄哄的如在擂鼓。乱了片刻之后，竟由队伍中驱赶出四五十名妇女，或老或少，或丑或俊，有的身着绫罗，有的布衫褴褛，但短袄长裙，都是明朝妇人装束，一个个掩面捂嘴低头哭泣，踉踉跄跄跪倒在河边。只见一名戎服金将用流利的辽东味汉话隔河大喊：

“看见了吗？这都是你们的妇人！你们的奶奶姥姥，你们的老婆、女儿、娘！尽都被爷们儿×够啦！你们反想×人？有脸吗？哈哈哈哈……”

“轰！”河岸上又腾起大笑。河滩下一片寂静。

“哗啦”一声响，蓝旗下的领队拔出长剑在头顶一挥，大吼：“哇！速促那——”

“哇！速促那——”狂野的吼叫轰然如雷，几十名骑兵激箭般飞出队列，冲向河边，挥刀砍倒了临河而跪的十数名妇女后，连人带马跃入水中，似要浮渡过河。

河滩上悚然失色、呆若木鸡的明兵中，不知谁惨叫一声：“天啊！逃命哇！”数千明军顿时大乱，调头狂奔，如失魂魄，丢盔弃甲，互相推挤。不到一顿饭工夫，五六千大明官军逃得无影无踪，只留下数十具死于挤撞践踏的尸体。

浮渡的金骑兵只前进了十数步，便勒马停住，望着逃窜的对手，和大队人马一起鼓掌大笑。

阿巴泰没有笑，他一直冷眼静观，此时厌恶地骂一声：“熊包软蛋……济尔哈朗，我们不在这儿耽搁了！”跟这样的对手打交道，真是乏味！他的脸拉得更长了。

“是。”济尔哈朗是阿巴泰的堂弟，语气带着恭敬。他看看河边，还活着的女人们互相搂抱着哀哀哭泣，道：“把那些累赘……都杀了吧。”

他俩昨晚奉命后立即出发，午夜时分，以拒降为名攻屠了一个村庄，便在那里宿营。天亮前探哨来报：刘爱塔率军二百人由太平寨去山海关，他们决定在途中拦截。集队出发不久，就遇上刚才河边那一幕。没料到各佐领不少弟兄战马上都绑了一个掠来的女人。杀掉当然干脆，可总是一份资财玩意儿，就没有更好的法子？阿巴泰想了想，说：

“差十名甲兵押回大营收管，各人做好记号，回去后再领。”

少了女人的拖累，行军加快了，不久就接上了前哨。哨官请两位贝勒爷登上小山，眼见那队打着“刘”字旗号的人马正远远走来。阿巴泰和济尔哈朗一齐盯住旗下棕红白蹄马背上的骑者，半晌，不约而同地自语道：“是他！……”

阿巴泰表情活跃多了，兴奋地扫了堂弟一眼，说：“刘爱塔可不像刚才那群熊包蛋。你我要小心对付！”

被这许多人关注的刘爱塔——刘兴祚，正在他的“刘”字大旗下缓辔而行。三十二三岁年纪，身材挺拔，动作洒脱，一看便知马上功夫到家。面白微须、修眉俊目，可以想见十多年前是个漂亮人物。他率领的这队人马和一般杂牌明军一样，锣齐鼓不齐，衣装已破旧，军械不成样子，但他从不回顾，只管领头前进，仿佛那是一队精兵，仿佛他是凯旋的将军。

他身后随行的侍从亲兵可不像他们的主将那样沉默寡言，正小声议论着眼前那件震动朝野的大事：兵部尚书兼蓟辽登莱总督、天下无人不知的抗金名将袁崇焕，在金兵大举南下围攻京师的危急关头，竟被发现是通敌卖国的内奸，一夜之间沦为阶下囚！

“娘的！他袁崇焕也有今天！真是报应！”毛承禄满脸大胡子，眼睛瞪得赛铜铃。他原本姓王，投奔皮岛毛文龙①后被认为义子，改

---

① 毛文龙：浙江人，以都司援朝鲜，逗留辽东。辽东失于金后，率部自海岛遁回，乘虚袭杀金镇江（今丹东北）守将，得授总兵，累加至左都督，挂将军印，佩尚方剑，率军镇皮岛（今朝鲜椴岛），牵制金后方。崇祯二年五月，被袁崇焕以跋扈等十二项大罪斩杀。

姓毛。

“谁知道哩。兴许是咱大帅讨命追魂也说不定!”高大魁梧的孔有德，是典型的辽东大汉，长相憨厚，甚至有些呆气，说完就傻呵呵地笑了。

同是辽东人，耿仲明却灵巧俊俏，灵活的眼睛飞快地朝众人一扫，压低声音：“论起来，上天有眼，也算冤冤相报，可要说袁督师是内奸，我还真有点儿难信呢！……”

一时，众人都不作声了。

他们这些人，心头的天平和京师内地人不一样。满洲人占辽东，杀得他们家破人亡，只得逃出故土投奔毛文龙以图复仇。袁崇焕在大明军屡战屡败屡退、丧失大片国土之际，砥柱中流，宁远大捷打败了努尔哈赤，宁锦大捷打败了皇太极，为他们出了一口恶气，曾是他们最崇敬的英雄。英雄竟然杀掉了在危困中收留并重用提拔他们的恩人毛大将军，这笔账又该怎么算?

“哎，你在看啥?”孔有德捅捅刘兴贤，因为他一直呆呆望着远方，“咋不说话?”

刘兴贤愁眉苦脸地瞥了孔有德一眼。他是刘兴祚的弟弟，身形相貌都小了一号，却显得猥琐、怯懦。他小心翼翼地四下瞅瞅，策马贴近孔有德，探过上身耳语道：“孔哥，只求你尽心尽力保住我二哥，我们刘家就指望着他啦!”

孔有德耸耸浓眉：“这是咋的啦!”

“唉！要是还在皮岛，也就罢了。如今天天跟金鞑兵照面，一旦知道二哥的行踪，他们必定要来擒拿；一旦被他们拿去，怕要碎尸万段了……”

“咋会呢!”

“你不知道，”刘兴贤声音更低、眉头蹙得更紧，“如今这位大汗，早先最喜欢二哥。在那边二哥叫刘爱塔，便是大汗起的名，依着辽东话‘爱他’的音……哎呀，来啦!”他神色突变，尖叫出声。

前面山路转弯处，忽然漫出一片尘土，如同黄色的雾，雾中杀声震天，一团蓝旗骑兵裹着风沙从黄雾中涌出来，直奔“刘”字大旗。

刘兴祚脸上出奇地镇静，只对后队做了个手势，兵勇立刻散开，排出迎战队形；他伸向后队的手又向下一压，骑兵们立刻翻身下鞍，拉着战马一起卧倒。这真及时！随着一声响箭的尖啸，强劲的羽箭如密密飞蝗掠着他们头顶飞过，奔涌而来的人马已看得清面目，听得清吼叫声了：

“杀刘爱塔呀！——”

“杀刘爱塔！——”

刘兴祚却不卧倒，只用长刀和弓左右挥动，拨开射来的箭。他确实灵活敏捷，箭雨过去，只左胸甲和右臂甲上各着了一箭。

阿巴泰已经逼近，满脸亢奋，狂野的光芒在黑眼睛里跃动，大吼着：“刘——爱——塔！——”

刘兴祚挥长刀“当”的一声架住阿巴泰砍来的宽背金环大刀，左手扔了弓，迅速拔掉身上那两支箭。两人对视的一刹那，阿巴泰满眼鄙视和仇恨，但又极度兴奋，鼻孔张大，额头青筋暴起；刘兴祚冷漠的眸子里闪过一丝悲哀，嘴角微微一动，竟牵出一个苦笑。

阿巴泰一愣，随即大喝一声：“杀！”双方抽回刀，便你来我往，你进我退地斗成一团。三百正蓝旗骑兵把不足两百人的明军团团围住，刀枪相击，人喊马嘶，不断有人惨叫落马，落马后又被马蹄踏死……

寡不敌众，疲兵胜不了精兵，明军剩余的人越来越少，厮杀也就越加酷烈了。

孔有德催动着胯下黑马，挥动着七十二斤大铁棍，左右开弓，抡出去力大无穷。蓝旗骑兵被他杀伤十数人后都不敢近身了，他便如舞飞轮，把铁棍甩得溜圆，冲出重围。耿仲明紧随其后也杀了出来。孔有德回头一望：

“刘爷杀出来没有?”

耿仲明在马鞍上踮脚远望：“没有，还在里头!”

孔有德一勒缰绳，驱马转身重新杀回，直撞到刘兴祚面前，大叫：“刘爷，快跟咱老孔杀出去!”他抡着铁棍杀出一条血路，领头冲出包围。回头一看，刘兴祚并没有跟他出来。他急得拉了耿仲明弃马步战，再次杀进，就是拖也得把刘兴祚拖出来！

刘兴祚与阿巴泰厮杀许久，已呈败相，只能招架了。阿巴泰看准时机，大刀往下一扫，刘兴祚的棕红儿马突然惊跳，竟把主人掼下地！阿巴泰举刀就砍。偏偏孔有德赶到，一棍架住、推开，背起刘兴祚，还空出右手舞棍，在耿仲明的护卫下，第三次溃围而出。

刘兴祚刚刚喘过一口气，便推开孔有德，夺过耿仲明的长枪灰马，跃上马鞍又要杀回去。孔有德一把拽住马勒口，大叫："刘爷，你疯啦？送死吗？"他膂力千斤，身长腰粗，一使劲，就把刘兴祚从马鞍上举起，小心地放在地上。

刘兴祚倔强地挺着脖子，伸手又去揪缰绳。突然，孔有德怒吼一声，胸前中箭：可怕的箭雨尖啸着飞来，又是一团蓝色！数不清的镶边蓝旗骑兵包抄围拢，杀出重围的数十明军再度陷入包围。孔有德感到钻心的疼痛，他拼命睁大眼睛，看到了耿仲明中箭倒下，看到了刘兴祚前身像刺猬似的直插了十多支箭，仍然站着不动……

在孔有德丧失意识之前的最后一刻，他听到了刘兴祚的一句低语，安详而欣慰：

"总算死在该死的地方了！……"

两队金兵会合了。明军已没有一个活的。那直挺挺站立不倒的刘兴祚就格外显眼。金兵渐渐在他面前围成个半圆，气氛很古怪，谁也不知道该说什么，该怎么办。

二位贝勒过来了。他们打了胜仗，生擒了刘兴贤做证，杀尽了明兵。济尔哈朗兴冲冲地面带笑容，阿巴泰的脸又沉下来。骑兵们连忙给王爷让路，他俩就站在了刘兴祚的面前。

阿巴泰突然发作，跳起来照刘兴祚脸上狠狠一拳。他心里有一个狂暴的声音在怒吼："你不肯拿出本事跟我比试！你瞧不起我！到死也瞧不起！你浑蛋透顶！……"

已经死去的刘兴祚禁不住这一拳，"扑通"倒地。济尔哈朗眼里泛上一片恶意，喝道："扔掉！喂狼！"

兵士们一拥而上，他们早看中了刘兴祚护身的上等甲胄丝质衣袍。片刻争抢，剥光了他身外的一切，他便如初生到这个世界上来的时候一样，赤裸裸地躺在寒冷的大地，斑斑血迹，像是几朵绚丽的红花覆着白皙的身躯。

济尔哈朗暧昧地笑笑，说："怪不得叫刘爱塔！"阿巴泰盯他一眼，冷如寒冰，使他赶忙换了话题，"咱们回去交令吧，载上他的尸体……"

"等一等，贝勒爷。"库尔缠不知何时来到他们面前，满头是汗，口中仿佛还在喘气，"既已杀了，何须载回尸体？"

阿巴泰问："汗有新旨意？"

库尔缠头也不回地望着刘兴祚的尸体，答非所问地说："有我做证。"他突然转身，边走边脱衣甲。他细心地给刘兴祚穿上自己的长袍，又顺手拽过两匹马，推下马上兵勇，夺来马鞍上的被子，抱起刘兴祚放在被子上，命令道："挖坑！"

兵勇们都知道他是大汗的侍从，谁敢违拗？坑挖好了，库尔缠最后看了看刘兴祚的脸，那上面有一种大彻大悟的宁静。他叹口气，合上死者的双眼，用棉被裹好尸身，下葬了。

济尔哈朗好奇地注视着这一切，阿巴泰却装作没看见，吩咐部下检查战场，有没有漏网敌兵。

"哇呀！——"一声怪叫，查看战场的兵士"扑通"倒地，一个浑身是血的大汉突然跳起，嗬嗬怒吼着，像受伤的猛虎，一头撞进金兵最密的人群，抡起铁棍乱打乱杀。金兵大惊，纷纷举刀上前围攻。

"轰隆隆！"一声巨响，土裂泥飞，铁屑四散，金兵一片呐喊。

"轰隆隆！"又一记巨雷，这发炮弹打到人群中，顿时血肉横飞。

紧接着，"噼噼啪啪！""嗵嗵！""轰隆隆！"声响不绝，震耳欲聋，是西洋大炮、佛朗机和火铳的骇人齐射。刹那间，尘土飞扬，硝烟弥漫，人喊马嘶，金兵完全被打蒙了！

阿巴泰勒住惊慌的马，沉着下令："吹角集队，撤！"他一扭头，发现总是平静愉快的济尔哈朗脸上罩满乌云，眼睛直冒火，便问，"是他吗？"

济尔哈朗咬咬牙，恨恨地说："就是他！"

四年前的宁远大战，许多八旗名将死在他的西洋大炮之下，济尔哈朗也受了重伤。今天相遇，仍然得避开这个可怕家伙的锋芒！这口气，怎么忍？

库尔缠低声叹道："怪不得人说'孙家兵'不可侵!"

阿巴泰又有些兴奋了："南朝人也真怪！熊包的连缩头乌龟都不如，厉害的又胜过深山猛虎、大海蛟龙！……"

金兵撤走了。满地尸体的空旷战场上还飘着硝烟、浮着尘埃，只有那浑身是血的大汉，还没命地挥舞着铁棍，向虚空用力砍、击、抡、扫，嘴还在狂野地吼着：

"杀！杀！杀！……杀光你们这些狗娘养的！……"

有人架住他的铁棍，他怒吼一声，跳起来抽棍就打，一棍扑空，背后好几个人抱住他，夺下他的武器。

"孔有德!"

大汉一愣，转着脑袋四面搜寻。这声音从哪里来？好像是天上？他拼命睁开被鲜血糊住的眼睛，顿时被面前的神奇景象惊呆了：

一团紫雾弥漫，一片红云缭绕。云雾中一匹金色的神马，驮着一位威风凛凛、金光闪闪的神将，从天上缓缓下凡。他从戏文里、年画里知道，这就是托塔李天王！……神仙竟知道他的姓名，竟亲口唤他！孔有德说不出的惊喜和惶恐，"扑通"跪倒，连连叩头：

"弟子孔有德，拜见大仙托塔天王!"

旁边的人都忍不住笑了，知道是因为夕阳、烟尘和下坡的大路，造成这位杀得发昏的大汉的错觉。

白马上的将军跨下雕鞍，走近来，又说道：

"孔有德，你静静心，不认识我了吗？"

孔有德一哆嗦，这带着南方口音的话语那么亲切，那么温和受听。他愣住了，用劲摇摇头，目光渐渐由模糊变清晰，终于看见了面前的人：内束中甲，外罩红袍，头上红顶缨玉簪瓣明铁盔，脚下护甲短靿靴，四十七八岁年纪，疏疏的五绺髯使长方形面容透出一团书卷气，剑眉下一双丹凤眼炯炯有神，与高直的鼻梁、轮廓鲜明的阔嘴相映衬，是一张集中了智慧、精明和才干的相貌，一旦微笑，又如春风拂人，温和慈祥。对着这样的微笑，孔有德双腿一软，跌坐地上，如同见到亲人，放声大哭。

将军安慰地拍拍这位浑身血迹的辽东大汉的肩膀，直起身环顾四周，微微叹息，转脸问身边的中军官："只剩他一个人了？"

右前方的尸体群里，又挣扎着站起来一个人，走了两步，嘴里艰难地吐出几个字："还有……我，耿、仲、明……"他又摔倒了。兵勇们赶忙上前搀扶。

将军皱着眉头下令："掩埋尸体，收集散马军资，今夜赶回抚宁！"

他是镇守抚宁的山东右参议兼宁前兵备道孙元化。

三

清明过后，初暖还寒，河边柳树刚刚蒙上一层似有若无的鹅黄。大金国汗领右翼大贝勒代善、贝勒岳托、杜度，左翼大贝勒莽古尔泰、贝勒阿济格、多尔衮、多铎、豪格等，统帅大军班师回朝。大金国都沈阳城一片欢腾，举国若狂。这是满洲立国以来第一次攻进山海关，第一次占领了关内土地——永平、遵化、滦州、迁安四城！从朝廷到民间，从宫外到宫中，都在欢庆拜贺，喜宴不断，所有的人都沉浸在胜利的欢乐中。

大殿的庆功宴结束后，皇太极就想回宫，却又被留住，因为他必须接受漠南诸蒙古部落使臣的拜贺。侍卫们见汗王不住地看窗外天色，都知道为什么，但那些憨厚的蒙古人仍是一板一眼、有条不紊地履行使臣的职责。

皇太极终于脱身回宫，踏上翔凤楼的高台阶。昨晚，他的大福晋率领后宫的福晋、格格们在翔凤楼上设宴为他洗尘。满堂粉白黛绿，鬓影钗光；满座娇声笑语，眉挑目许。但却只有一双明媚的眼睛使他神往，向他奉送着赞美，传递着思念之情。出征五个月中，也只有这双眼睛常常在战事间隙挤进他的心头，如那个人一样变化万端捉摸不定：时而天真无邪，如同五六岁的小奴恩[①]；时而狡黠顽皮，仿佛整

① 奴恩：女真语，妹。

日攀树骑马的哈哈珠子[1]；时而似迷人的少妇含情脉脉；时而又像冷静的智士明睿机警。想到立刻就能与这双眼睛单独相对，皇太极竟兴奋得怦怦心跳，一步三阶地跨上了拔地一丈一尺四寸高的台基。

翔凤楼后的高台上有他的内宫，不甚宽广，颇像一所富贵人家的大四合院。正北清宁宫是正宫，左右有东西配宫，西配宫之南是西一宫、西二宫；东配宫之南是东一宫、东二宫。惟有顶上的黄琉璃瓦、镶绿剪边、花脊上的龙凤纹五彩琉璃装饰和椽间檐下那些精致的雕刻彩画，使这一组质朴实用的建筑带有一些皇家气派。

皇太极向右一拐，几个大步就跨到东二宫前。宫婢们向他蹲拜。他只管走进去，宫里竟静悄悄的，没有人。环顾这稔熟的堂屋，听得到胸膛里"扑通、扑通"的有力搏动。五个月没见面了！……他咽喉发干，有些气短，缓步走近南里间，掀开门帘，一步跨入，自言自语：

"这个塔拉温珠子[2]！跑哪里去了？……"

语音未落，一双香喷喷的手臂猛然从背后搂住他的颈子，灵蛇般柔软轻巧的身体紧紧贴上他宽阔的脊背，热辣辣的亲吻雨点儿似的落在他后颈和两腮。他一回身，便把这柔若无骨的小美人儿抱在强有力的双臂间。她秀眸含笑，樱唇微启，似要说什么；他却用他男人的方唇用力堵住那鲜红的小嘴，仿佛要把她闷死，好半天不肯放开。她挣扎了一下，也就顺从地让烈烈情焰在两人间燃烧了。但当他的大手摸索着要解她的袍纽时，她却用力推拒。汗王沙哑着嗓子低声说："这么些日子，想死我了！"她身子灵活地一耸一转，溜出丈夫的怀抱，笑着小声说："青天白日的，叫人笑话！"

皇太极立刻想起，自己前些日子刚以"白日宣淫"的罪名处罚了皇弟，不免有些尴尬。真不知她怎么会这样快，眨眼间一碗冰酪递送过来，如同解酒的乌梅汤，冰酪平息了他胸中的焦躁。他再次打量自己最宠爱的小福晋时，目光已然清湛平静。她忍不住拍着手，娇爱

---

① 哈哈珠子：女真语，小男孩。

② 塔拉温珠子：女真语，小女孩。

地歪头笑道：

“啊呀，你真是我的大皇帝、大英雄、大男人！”

皇太极笑了，心头升起了一股说不清的软酥酥的复杂感受：沉醉？自豪？怜爱？……他在南炕坐定，把她拉过来像小女孩儿似的拥在怀中，道：“昨儿庆贺宴，你为什么总不到我跟前来？是怨我夜里在大福晋宫里宿吗？”

樱唇边的笑意倏然消失，她惊异地耸耸眉头：“我难道这么不懂事，敢跟大福晋争？回宫头一夜怎么能不在正宫宿？若这个理儿都不明白，我可成什么人啦？”

皇太极拍拍她粉嫩的面颊，叹道：“怪不得老福晋、大福晋，宫里上上下下的人都喜欢你！识大体明大义，别人总不能及啊！”

皇太极有六位福晋。中宫大福晋博尔济吉特氏，是科尔沁蒙古贝勒莽古思之女；西一宫福晋钮祜禄氏，是皇太极娶来最早的福晋；东一宫福晋乌喇那拉氏，是皇长子豪格的生母；西二宫住着二位侧福晋，叶赫那拉氏和颜扎氏；东二宫小福晋就是这位蒙古小美人儿布木布泰，她的父亲科尔沁贝勒塞桑，是中宫大福晋的亲哥哥，所以她是中宫大福晋的嫡亲侄女，今年十七岁，进宫却已五年，最得汗王欢心。虽然她姿容秀美、生性活泼又知书达理，但皇太极特别钟爱她却并不只是因为这些。

“好，我家女才子、女学士、女状元又在读书！”皇太极见妆台桌几处都摊着蒙文书册，不禁也用布木布泰的口吻取笑，“是周公之礼还是孙子兵法？”

聪慧的眼睛目光流转，布木布泰忙接口道：“奴才看的是《三国演义》，蒋干盗书，东吴周瑜施反间计杀却碍事的蔡瑁、张允……”

皇太极大笑：“你猜到了？小精灵！”

布木布泰抿嘴一笑：“袁崇焕岂是蔡瑁、张允能比？我家大英雄妙计胜周郎！”

“是侍卫们送信回来透的风吧？你还知道什么？”

“知道……知道……”她忽然敛住笑，正色道，“听说汗要杀库尔缠？”

皇太极微微一愣，心下暗自沉吟，脸上却带出明显的怒意："此人身为近侍，朕待他不薄，胆敢屡屡抗上违命，岂能容得！"说着，从眼皮下注意地看他那小福晋的反应。

"说是因为刘爱塔？"问话很是轻柔。

皇太极板住了脸："不错！"当日两贝勒回来复命，皇太极见他们损兵折将，心里已是恼怒，问他们要刘爱塔的尸身，却说是库尔缠夺军士衣被裹尸下葬。皇太极大怒，立命挖回刘爱塔碎尸万段。不料又是库尔缠偷偷收去碎尸骸骨，偷偷掩埋。"这样与朕作对，哪能轻饶！"皇太极说到这里，怒冲冲地站起来。

"库尔缠是西宫福晋的族弟，杀他，岂不要伤了福晋的心吗？"

"哼！朕要杀一儆百！"

"杀刘爱塔，也为了杀一儆百？"

"不错！"

"那又何须弃永平城不顾而追杀一人？又何必碎尸弃骨？"

"朕最恨这种忘恩负义之徒！安得快人如翼德，诛尽天下负心人！"

小福晋似笑非笑，眼里流露出不加掩饰的奚落，道："只怕是爱之太深而恨之尤切吧？……"

皇太极苦笑："在你跟前，朕也无须隐讳。"

小福晋半晌不作声。皇太极奇怪，转身看到，她目光灼灼，只在那里沉思默想，"布木布泰，你……"

"汗常说不以私情坏国家大事，可是？"

"当然。"皇太极立刻想起太祖归天后，他逼请大妃阿巴亥殉葬的事，那时支持他的正是这一条信念。否则子以母贵，阿巴亥的三个亲子阿济格、多尔衮和多铎就会成为乱政乱国的势力，大金国汗位也未必属于他皇太极了。

"那么，奴才斗胆进言，汗此举实为不智！"布木布泰突然双膝跪倒，做请罪状，口气却十分强硬。

"哦？"

"杀刘爱塔已是不智，若斩库尔缠便错上加错！"

“砰！”皇太极一拍炕桌，声色俱厉地呵斥，“放肆！今天若不把话说明白，连你一同斩！”

“是。”小福晋很镇静，神态自信，目光明睿，“请问汗王，我大金国定都沈阳以来，东征朝鲜，南伐大明，最碍手脚的是什么？”

“早告诉过你，是皮岛！”

“正是。毛文龙占皮岛，使我征朝鲜则侧翼分兵，伐大明则后背受敌，十分不利，所以汗即位后便一再招降毛文龙。不料去年五月毛文龙被袁崇焕斩杀，致使功败垂成。现下皮岛明军二万八千，分为两协。领东协者副将陈继盛，领西协者刘爱塔之弟刘兴治。刘爱塔兄弟七人，除刘爱塔和刘兴贤调往宁锦，其余尽在皮岛领兵镇守，若生擒刘爱塔，不难以为人质，动以厚利，招降皮岛刘氏兄弟，取皮岛，除后患。处死刘爱塔，岂不是自坏计谋？至于库尔缠，不但无罪，而且有功。”

皇太极听得极其专注，急问一句：“为什么？”

“汗既有心与南朝争天下，便如汗平日所说，须以仁义恩德服人。库尔缠为尊者讳，替汗掩过扬威，岂不是功？”

皇太极忘了生气，探过上身追问：“依你说该怎么办？”

“库尔缠只可赦不可斩！”

“刘家弟兄呢？”

“反间计能扳倒袁崇焕，还不能叫刘氏弟兄倒戈？况且他们不是南朝人，在皮岛未必有好日子过，只要……”

“哈哈哈哈！”皇太极大笑，一把拉起跪着的小福晋，“我是逗你玩儿的！不料你的见识计谋竟与范章京一样！朕已命将囚禁狱中的刘氏家眷放出善待恩养了……朕有范章京做军师，又有你这个宫中谋士，取南朝江山当是天意了！”

原来，皇太极要杀库尔缠时，范文程力劝并陈说利害，与小福晋不谋而合。小福晋也笑了，又蹙起眉头，说：“只是孙元化那西洋大炮不好应付，还得针锋相对以毒攻毒……”

“正是正是！朕与范章京也曾计议此事。铜铁器具是明朝禁运物，往年常借皮岛通商之便，以貂皮人参换取。所以招降刘氏弟兄更是刻不容缓了。”

小福晋嫣然一笑：“好哇，竟这样耍我，还要斩我的头！给你，斩吧！斩呀！”她不管满头绢花珠翠，把脸往丈夫怀里乱拱。皇太极只是笑，疼爱地搂紧了娇美的小妻子……

远远传来一阵婴儿咿呀和女人笑语，小福晋推开皇太极，走到门前喊道：“阿春，抱雅图来！”回脸又一笑，“雅图就要周岁了，长得真像你呢！”

皇太极笑道：“女儿嘛，像你才漂亮！……阿春，是那个朝鲜女子吧？阿敏想把她要回去哩。”

阿春，是二大贝勒阿敏征朝鲜归来献给汗的美妇之一。今天上午庆贺大典，三位大贝勒与汗王并座受拜。皇太极虽然继承了汗位，这由太祖定下的四大贝勒共同执政的制度却一直未变。趁着大家高兴，阿敏突然向皇太极讨还阿春。

小福晋皱眉问道：“给他吗？”

皇太极道：“岂能因一妇人而败坏兄弟之好？”

两人都沉默了，心里都明白，这不单单是讨还女人。阿敏是皇太极的堂兄，蓝旗旗主，与代善、莽古尔泰、皇太极并列为四大贝勒。那年他率大军征朝鲜，定盟受质后却不愿班师，说是一向羡慕朝鲜城郭宫殿，想留兵屯耕，与子侄同居王京。虽因部下极力反对而罢，但心怀异志已露迹象；这次皇太极出征伐明，阿敏留守沈阳，惟耽逸乐，屡行出猎，岳托、豪格先回师，阿敏竟坐受其拜，俨如国君，不又是一个明证吗？

还有代善，还有莽古尔泰，他们都有实力，有大贝勒的声望威信，对皇太极的汗位岂无觊觎之心？可是限于祖制，又在攻伐征战的紧要关头，皇太极不能贸然行事。

小雅图的到来改变了气氛。不满周岁的小女儿在父亲怀里蹦着跳着，“咯咯”地笑。皇太极亲亲小雅图，把她举得高高的：“雅图快长大！长大了进中原，到北京去当公主！”

小福晋站在远处一笑：“进北京？还早吧！京西四镇能守得住吗？孤军深入啊！……”

“守得住！范章京辅佐阿巴泰、济尔哈朗，错不了！哎呀……”小雅图快活地揪住父亲的胡子，用力拉拽，痛得皇太极叫了一声，扭头对小福晋说，“瞧她多有劲，像个男孩子！……哎，我说，你给朕生个儿子呀！”

小福晋脸上微微一红，笑道：“那，要看你的本事！”

“这还不容易！走着瞧！”皇太极大笑着，对女儿说，“雅图，带个弟弟来……”忽然，耳边飘来轻轻的一句话：

“不如换阿敏去守四城……”

“嗯？”皇太极猛地停住动作，眼睛一亮。

小福晋继续说：“军师不能长时间远离主帅呀！……”

三月初十，大金国汗遣派二大贝勒阿敏率兵五千往守永平等四城，换回阿巴泰、济尔哈朗、范文程等。临行，汗亲嘱：一要善抚百姓；二要避免与守抚宁的孙元化相遇。

阿敏离沈阳后，汗又将朝鲜美妇阿春赐给有功总兵冷格里，在一次朝会中，向众人说明阿敏献美又索美的经过，以及自己不愿伤手足之情又不肯成兄弟之过的苦心。

四

大金国汗敕谕皮岛副将陈继盛知悉：

朕大兵于年前十月内，从蓟镇边上节次征进，效命归顺者数十有余处，市肆不扰，秋毫无犯；逆命抗衡者，全城屠戮刁遗不留。沿边各镇，将帅不谓不多，兵马不谓不精，连次接战，全军覆没。在阵杀死并生擒总兵赵率教、满桂、孙祖寿、麻登云、黑云龙等；在城投顺文职郭侍郎、白参政、马副使等不止数十人。凡归顺者，朕皆复其官职、安其家业。顺天者昌、逆天者亡，此之谓也！然天意属朕，故兵不血刃，长驱直前，北京咫尺可下，谅难久存。况你南朝皇帝，贪财好利减克军饷，不恤民命不忧臣僚，此又非天意乎？

尔水泊中弹丸之地，能存几多？一勺之水能活几人？尔等不过农民，或为人诱迫，或畏惧逃走，岛中有何滋养利欲？权时安身，岂得已也！

今朕体奉天心，广行仁政，除残去暴，设官安民。尔等各想自己身家，小民情苦，乘时速来，官加品爵，民享生全，何等好处！且今春耕在即，农不容缓。尔果回心转念弃暗投明，任从尔等各人心愿，拣选地方住种，不教尔等北来奔驰。

“良鸟相木而栖，贤臣择主而仕”，古今皆然。朕一片良言，甚是怜悯尔等，各宜三思早图便计。

特谕。

差人赍去此谕帖共七封：

皮岛副将陈继盛一封；

皮岛游击刘兴治一封外带刘兴贤家书一封；

长山岛游击刘兴沛一封外带刘兴贤家书一封；

鹿岛游击刘兴亮一封外带刘兴贤家书一封；

大獐子岛游击李友良一封；

广陆岛都司毛有候一封；

旅顺口游击一封。

时天聪四年二月十四日

弟兴贤字拜大、三、四、五爷得知：

去年七月内，袁督师差人到岛调取，弟随二哥于九月廿二日到觉华岛下船，至锦州见过袁督师，吩咐送回皮岛练兵，全管岛民。因秋天风高，未得去，遂驻扎宁远。冬至月，闻汗大兵进了长城，二哥奉命拨给人马六百往太平寨防守。汗闻听二哥在太平寨，差库尔缠侍卫来招二哥。比二哥回关途中，行至山沟，还未见库尔缠，倒先撞遇前哨探马，乱箭误伤，这是我家不幸。弟随即跑出声言高叫，方遇库尔缠听见，将弟救出。

后带弟见汗，汗吩咐说：“他兄弟们，我甚疼他。今听说他二哥在，恐他畏惧，故差库尔缠招服，不想误死，可怜可怜！”随将弟交付大人说：“先送回沈阳见他母亲，免她挂牵。”沿途路上，王子大人比常恩爱，一日苦也不曾受。及到城见太太、众嫂子孩子们，一家团圆，养活的甚好。弟到时，汗送缎子二匹、布十匹、棉花十斤。虽是监中，另盖的房，凡少物件，一一送来。太太这边衣服都是汗送来的。委实是疼我们，不是虚怯。况阿沙副将也是逃走了又回来，汗照旧养活，前程照旧，日前跟汗到西边有功，又升总兵，也不是他们一个骨血，你们可细思之。

我弟兄逃去，原是怕死。如今这样养活，汗是怕我们甚么？况前在阵上拿住的黑总兵、麻总兵，如今养活，做貂鼠皮袄、狐狸皮袄与他，甚是优厚。阵上拿获之人尚是如此，我们坏了他甚么！你们可速将岛子里人带来，岂有不升赏之理，有个不养活我们的么？

汗这样恩典，且今二哥又没了，你们在那边住着也无好处。况北京周围，各边兵马都杀败了，府州县城得了一多半，北京看来料也难保。承汗这样养活，好心不记前恨，此时不来还等何时？若是不来，那时汗恼了，我们与太太受法，你们于心何忍？弟虽不足惜，就是该死的，太太及孩子们，你们不思想可怜么？太太养我们一场，不能孝顺，反带累死辱，天也不容你们，生居也见不得人！我们就死在阴司也是抱怨你们！

弟思汗一则实心养活，二则要以仁服人，要声名远播，这是实情，可熟思之，千万千万！

我因不会写，烦人代写。你们若不信，差人先来讨我真信。弟跟二哥去时，留下三个皮箱，可带来，莫要疏失忘了。弟交与李天禄往临清买货银子一千两，此时不知到否？如到，你们收贮，来时带来。忙中草草，不及多叙。

千万速来，免我与太太悬望。至嘱至嘱！

大金国汗敕谕刘大、刘三、刘四、刘五、刘七知悉：

当初朕闻尔兄在太平寨，特遣阿巴泰贝勒、济尔哈朗贝勒并令库尔缠送书令兄，以告朕意，不想二位贝勒尚未曾到，令兄已被前探人杀死，只得刘六来了。

朕想尔等奔岛，不过以令兄不在，内不自安，故单身独马逃命去耳，何尝伤朕甚么来么？尔等若说："我们既弃汗走了，又没了倚靠的兄长，虽是回去，岂肯养活？"则大不然。

朕心思之，若得尔等回来，待以厚礼，天下人必不谓我计人之过，有好养之德，皆慕朕矣！朕欲尔等来，原为我名声。朕正要播仁义之风于四方，岂肯诈尔五人乎？

尔等如以朕言为是，来归若是轻身，即依尔南朝官爵，母子妻小团圆。若能带岛中人来，不拘多少，俱封尔等择地住种，长享其福。朕之此言，是尔等再造之天也。朕为尔等谆谆如此，尔等若不来，则尔母弟侄妻子，全杀不留！此杀非朕也，朕百般欲全尔等，而尔等不肯，是自杀之也。

若不信朕言，宜先遣个心腹人来，朕亲与他当面说誓；若信朕言，宜速速来，勿令人觉知不便。

但尔等勿痴痴思南朝，南朝丧天下之时近矣！尔等当熟思之，勿失机会，后悔无及。

特谕

时天聪四年二月十四日

被大金国汗视为威胁，又甜言蜜语屡屡招降其守将的皮岛，又称东江，在辽东半岛与山东半岛之间的大海中，绵亘八十里，远南岸，近北岸，向北八十里海路即抵大金界，东北隔海与朝鲜相望，原是大明辽东所属的荒岛。努尔哈赤占辽东，大肆屠戮，汉人逃命者纷纷上岛。后来毛文龙受命镇守，招纳辽东人为岛兵，分布哨船，连接登州以为犄角，多次出兵袭扰金国，使之颇有后顾之忧。

不幸毛文龙胸无大略，狂妄自尊，每战辄败，往往掩败为胜、杀良冒功。又极贪财奢侈，以自筹军饷为名，广招商贾，贸易禁品，私开马市，鬻参贩布，名济朝鲜，实通金国。去年六月，身为兵部尚书的袁崇焕，因毛文龙专制一方不听约束，以十二项大罪为名将其斩杀。

毛文龙虽死，他经营多年的皮岛，却已成为村镇星布、商贾聚集、农耕渔猎俱全的大岛。他麾下健校悍卒数万，除调出的刘兴祚一营之外，都不曾散离。当初袁崇焕收缴毛文龙的敕印、尚方剑，令副将陈继盛代掌。但陈继盛只能在自己兼领的东协发号施令，统领西协的刘兴治根本不听从他。

东西两协各自称雄，素日来往极疏，岛民都知道是“面和心不和”。而今天，东协陈继盛却领了数十骑随从，带了礼品宴席，登上西协的游击署大门，因为西协刘兴治选在今日为他的二哥刘兴祚治丧。

大门外扎着素花牌楼，牌楼下丧鼓云锣伴着吹打；佛、道经棚各一台，为死者诵经；执幡打伞的晚辈在哀哀号哭；挂孝的兵勇焚烧着数不清的冥器——车马衣箱、金锭银锭。执事拖长声音高唱：

“东协陈副将赴奠吊丧——”

大门内影壁后转出十多名威风凛凛的侍从，各个戎装，头盔缀着白麻。骤然间，人们眼前雪亮地一闪，一个浑身素白的人大步流星跨下石阶，双手一拱，声音闷哑地说：

“陈大人光临，先兄泉下有知，也当感激不尽。请!”

此人身量不高，非常结实，像一块重石，又似林中猛熊，脚步落地“咚咚”有声，白帽白袍白腰带，更显得脸色棕红，眉毛浓黑。他就是西协游击刘兴治，刘氏兄弟中排行第五。

陈继盛客气一番，指示从人担进奠礼。刘兴治眼皮一抬，布满血丝的眼睛里倏地闪过一道强烈的光。陈继盛背后突有一人大叫着直挺挺地倒下去。周围侍从一阵忙乱，把他扶起，他仍然昏迷不醒。这是陈继盛的副手，参将沈世魁。带病人入门吊唁最为丧家所忌，陈继盛只得命人将沈世魁送回。

素帏高张，香烟缭绕，灵堂就设在大堂。正中雪白的幕帘上缀着五尺见方的“奠”字，灵桌上灯烛、香花、供盘、鼎炉供奉着刘兴祚的灵牌。到了这里，陈继盛才发现，镇守皮岛及周围大小岛屿的将领们都来了。

陈继盛在刘兴祚灵位前奠酒跪拜，从人在灵桌边的奠池里烧了百锭金元宝。礼罢，陈继盛正要向刘兴治说几句哀悼的安慰辞，刘兴治却对他高高地一拱手：“请坐！……诸位将军也请坐，刘五有几句话。奉茶!”

家丁络绎上堂进茶，诸人只得落座。刘氏七兄弟中，刘兴祚最有才干，最出色。刘家兄弟先后学成武艺，当上营官，都靠这位二哥的提携。所以他们弟兄悲痛逾常，可以想见。不料刘兴治却淡淡一笑，说：

“陈大人，我昨夜做得一梦：你我跟另几位弟兄赌纸牌叶子，众人手中还有四五张，你的牌竟都出光，便喊了一声：‘我没牌了!’——陈大人，你可圆得此梦?”

陈继盛莫名其妙，不知是自己听错了，还是刘兴治出了什么毛病。

刘兴治浓眉一扬，两道目光像利剑般戳向陈继盛的脸上：“‘只怕刘兴祚阵亡是虚，降金是实。’这话可是你说的?”

陈继盛一惊，随即哈哈大笑：“刘五弟，你也太认真了，一句玩笑话，什么要紧!”他说着伸手去拍刘兴治的肩膀。刘兴治抬胳臂一拦，冷笑着：

“玩笑话?你平白诬我二哥诈死，又假惺惺地来灵前吊祭，岂是大丈夫所为?堂堂大明将军，竟是这路鸡鸣狗盗之辈，没的叫人羞煞!”

陈继盛强压怒火：“刘五弟，那金国汗送来的帖子，专给你们弟兄附上刘六弟家书，谁能不生一点疑心?但鞑子诡计多端，你我不可上当!……”

“你这叫将计就计，还是叫借刀杀人?”刘兴治“嘿嘿”一笑，顺手把茶盏“砰”的一声摔碎在堂前，如同回响，灵堂四周一片吼声：

“拿住他!”

“不许乱动!”

素帏帛帐后面、侧门和正门冲进许多披甲戴孝、手执武器的刘家兵：大门进来的是长山岛游击刘大刘兴沛；左右两侧来的是鹿岛游击刘三刘兴亮、守备刘四刘兴邦；后堂拥进的是千户刘七刘兴基，各领全副武备的精兵武士共数百人。诸将来灵前祭奠，按礼节不带兵器，此时只能乖乖地听任刘氏兄弟摆布。

“绑了!”刘兴治一声令下，家丁们蜂拥而上，把陈继盛和随他同来的部属一起捆绑。刘兴治这才转向堂上的各岛守将：“诸位弟兄受惊，莫怪刘五鲁莽，实在是火烧眉毛，迫在眼前，不得不出此下策。”他从袖中抽出一封信，继续说，“这是陈继盛差人送上朝廷的密信，被我截获。信中竟一再诬告我二哥诈死投金，又以谋叛大罪诬陷我们弟兄，要拿我们置于死地，他好独揽东江大权!”他果真把这封密信从头到尾念了一遍。

那边陈继盛跺脚吼叫开来：“弟兄们莫听他胡说八道！我并未写此密信！……他们这些高丽种子，低贱之辈，不同我们一个骨血，凶狡好乱成性！……”

刘兴治猛冲到陈继盛跟前，咬牙切齿，面目狂暴可怕，嘶声喊叫：“你！你果然一直拿我们当异类，浑蛋！——”他血红的眼睛闪出凶光，夺过家丁的大刀，高高挥起，寒光一闪，陈继盛被杀，倒在血泊中。

刘兴治撇了大刀，拍拍手：“都押下去，一并处死!”

东协的营官都被押出大堂，家丁们拖走尸体，收拾干净血迹。皮岛诸将眼睁睁地望着，没人吭声。

刘大刘兴沛扬着一张纸，大声宣告：“这里有岛上商民官兵上奏朝廷的折帖一件，请朝廷优恤刘兴祚，并命刘兴治掌敕印、尚方剑镇东江，东协兵马由刘兴邦、刘兴基暂领。诸位请来签字画押!”

事态如此，谁敢反抗？当诸将离开西协游击署，看到素花牌楼外的东协陈继盛等十余人的尸体时，不免兔死狐悲、黯然神伤，深感皮岛大乱方长，正不知日后还有什么变故哩!

…………

诸将走后，刘家弟兄齐聚灵堂。

刘兴亮急不可待：“老五，既已做出事了，就给汗去信，打点着投过去，好救老太太和老六他们的性命，又给朝廷上的什么奏折!”

刘兴基迟迟疑疑地说：“五哥，果真投金吗？只怕……那鞑子茹毛饮血的，我实在过他不惯。再说，汗虽应允得好，下面人真能善待咱？……”

刘兴沛终于也开了口：“老五，你倒拿个正经主意呀，这么脚踩两只船，终不是事儿！”

刘兴治胸有成竹地笑笑：“就是得脚踩两只船！两边都牵着拽着，都不给他实信儿，咱们才好慢慢走着瞧！天赐给咱这块海岛、这个良机，可不能错过了，两边都好好应付着，偷出空儿来，干咱们自个儿的！”

刘兴沛惊异地瞪大眼睛：“你是说……”

刘兴治一拍桌子站起身来，脸膛发红泛亮：“毛大将军说过，以皮岛兵力，牧马登州、南取金陵易如反掌。南京咱不敢想，登州还不去逛逛？那可是七里十万家，富商如云的地方！……”

差往北京送奏折的专使刚出发，刘兴治与皮岛诸弟兄放舟南下，沿途登上海洋岛、隍城岛、大钦岛、砣矶岛，直攻到长岛。长岛南端距山东半岛的登州府只有四十里海路。守岛明军在烽山顶的烽火台燃起了报警的烽烟。烽烟只燃了半日，就被赶到的刘家兄弟扑灭，在烽火台上竖起了“皮岛大帅刘”的大旗。他们在岛上一如南下途中所为，大肆烧杀抢劫、扣押渔船和来往商船，并不时派出一队队战船在登州附近海域耀武扬威，放出话来，要上岸到登州府借钱借粮！

登州濒海，向有水陆重兵镇守。但此时驻登大军已由登州总兵张可大率领勤王，赴援永平去了。登州城内异常空虚，被刘家兄弟的威势吓得惶惶不可终日，满城店铺货栈关门闭户，四方贸易商船不敢再来，渔民不敢出海，平民百姓纷纷准备逃难。历来号称繁盛富庶的登州府，霎时间成了鬼门关！州府衙门只得赶紧向朝廷发出六百里告急羽书，并驰请山东巡抚和周围府州县救援！

五

兵部尚书梁廷栋急急忙忙赶往内阁，带着登州的告急公文。皮岛事变不断，经常是朝廷的一块心病，可是闹到眼下这种景况，实在是出人意料的。

那一道请求优恤刘兴祚、请求朝廷任命刘兴治镇守皮岛的奏折，直令举朝大骇。但当时京畿战事正急，皮岛毕竟孤悬海外，未遑深问。不料刘兴治居心难测，竟攻占长岛，窥伺登州。万一登陆占领州城，取青、莱，下济南，山东一乱，则京师腹背受敌，形势岌岌可危，他这位总理天下兵马的兵部尚书，能保住官位，保住人头吗？

近日，他连连遭到言官弹劾，攻击他举措失当、临阵退缩。他当然也按朝臣公认的惯例：凡被参劾，在疏辩的同时，立刻上奏请求解职，以示气节和自尊。但他心里有底，只要他的靠山还在，皇上就不会准奏。此刻他去内阁，就是参谒靠山，通消息，讨主意。一旦告急文书到了宫里，勤于政事的皇上，说不定半夜三更就会召见兵部尚书。

内阁，连同它左右的制敕房、诰敕房，在大内会极门东南，与午门西侧归极门西南的六科廊相对称，是这辉煌雄伟的紫禁城内独有的两处朝廷官署。一进宫门，那森严冷峻的气氛使人不得不屏息静气。梁廷栋步态端庄、含胸垂目，小心谨慎地走进被臣辈视为最高、向往最切的中书省——人们惯用唐代权力最重的政务中枢来称呼内阁。

正逢大学士们会议，梁廷栋被领往议事堂一侧的小屋坐候。板壁上有处一指宽的裂缝，大学士们议事一声高一声低地从那里透出。他有心贴耳去听，又怕被人撞见不是模样，便坐在客位的红木椅上，侧着脸对准裂缝，故作悠闲品茶之态，恨不能把溢出的每一个字都收进耳中。

一个厚浊的声音，操着刚硬的大名府腔调，梁廷栋很熟悉，这是当朝首相成基命，口吻是公事公办的，又带着些疑虑："徐璜虽以风闻谢罪，皇上大不高兴，对我说：'都御史岂可轻授！徐璜直是前后矛盾！'各位议一议，如何处置？"

徐璜事件，眼下朝中满城风雨，无人不知。

崇祯即位后，锐意图治，经常召见群臣论事。但臣下言语稍不合圣意，便遭呵斥谴责，能得皇上首肯的极少。鬼使神差，这位户科给事中徐璜上书言事道：

陛下召对，有“文官不爱钱”语。而今何处非用钱之地？何官非爱钱之人？向以钱进，安得不以钱偿？以官言之，则县官为行贿之首，给事为纳贿之尤。今言者俱咎守令不廉，然守令亦安得廉？俸薪几何？上司督取、过客书仪，又有考满朝觐之费，不下数千金。此金非从天降，非从地出，而欲守令之廉，得乎？臣两月来辞却书帕金五百两。臣寡交犹然如此，余可推矣。伏乞陛下大为惩创，逮治其尤者。

崇祯阅奏大喜，立刻召见廷臣，即令徐璜当场宣读他的奏疏，并命内阁诸大学士遍读，谕令：“徐璜忠鲠，可简都御史。”

当下吏部尚书王永光不服，奏请皇上令徐璜指实，徐璜唯唯诺诺，仿佛不愿当面攻讦旁人。皇上体谅，命他密奏。一时间满朝文武拭目以待，以为能揭出大奸大贪，也颇有人惶惶不可终日。不料，这位新升的副都御史迟延了五天，实在搪塞不过，竟举发前朝[①]旧事为对。皇上于是再次召见廷臣，手持徐璜奏疏，亲自琅琅诵读。读到“此金非从天降，非从地出”，则掩卷而叹，问徐璜道：“你说书帕金五百两，是谁所馈？”徐璜诚惶诚恐，结结巴巴，终于没有指出人名；皇上再三追问，徐璜仿佛是聋子听不到问话，只管恭恭敬敬，一会儿说是风闻，一会儿又拈出前朝旧事敷衍。皇上本因朝野贪贿成风，正想借徐璜指实，好顺藤摸瓜、借题发挥、大加惩处，见徐璜又缩回去，能不气恼吗？

“嗯咳，咳，”几声尖细的咳嗽，一听而知是内阁大学士中年岁最高的何如宠，小心翼翼地问，“皇上的意思，莫非要夺官放归？”

“徐璜向有直声，谏官中难得的人才，”这一口令人听得吃力的吴越乡音，是梁廷栋的老师钱象坤，“夺官放归，过分了吧？”

“哈哈哈哈！”一阵大笑，轻松、嘹亮，甚至有几分妩媚，但任何人都能听出其中的嘲弄，感到在这种场合发出这种笑声的人的狂妄。梁廷栋精神一振：除了他，谁有这么令人倾倒、使人心悸的笑？

---

① 前朝：指明天启朝。

他就是梁廷栋的靠山——东阁大学士周延儒。笑声虽止，他的语调仍带笑意：“徐璜虽有直声，未必就是直臣。这也不必说它。皇上恼他不错，但他终究是皇上亲自拔识的。依我说，略略小降，迁佥都御史①……二老以为如何?”

梁廷栋连忙凑上壁缝，果然看见周延儒正笑眯眯地向何如宠、钱象坤扬手揶揄。

周延儒字玉绳，宜兴人，万历四十一年状元，入翰林授修撰，年方二十，文才高，相貌美，风动一时。去年入阁辅政，也才三十六岁，由于善保养，看去仿佛二十七八的人。同是盘领宽袖、胸背缀仙鹤補子的紫袍，同样是漆纱展角幞头、素玉一品腰带，成基命穿戴着显得庄重威严；何如宠、钱象坤穿戴着却更显老迈颟顸；而周延儒被这一套宰相官服装扮得越加风流潇洒，更映出面白眉青、眼如晓星、唇若涂朱了。他微微一摆头，幞头两边各长一尺二寸的展角也随着得意地上下晃了两晃，似在重复着主人的笑语：“二老以为如何?”

钱象坤沉了脸不作声，何如宠叹口气，又咳嗽两声，眼望着首辅成基命：“这也不失为一高招儿。”

成基命点点头，道：“另一件，有人往通政司投疏，说年号崇祯之崇字，宜用古体作‘密’。因以山压宗，则宗庙不安，若宗庙安于泰山之上，方为吉兆。诸公以为……”

“见怪不怪，其怪自败!”周延儒一拂袖，断然道，“但凡出语怪诞，多属蛊惑人心。不必奏知皇上。”

梁廷栋离开壁缝，重又正襟危坐，不禁赞赏地点头。他佩服周延儒就在于此，既有气派，又明决果断。那边周延儒又添了一句，教梁廷栋忍俊不禁：“二翁以为如何?”可以想见何、钱二相的悻悻之色，看来周相也不免欺弱怕强的俗态，他总也不敢取笑首相成基命。

一个人名把他飞走的注意力又拉回来：袁崇焕。这是眼下朝野最为关注的大事，他赶忙竖起耳朵细听。

---

① 佥都御史：都察院有纠劾百司、辩明冤枉、提督各道之责，为天子耳目风纪之司，长官为都御史、副都御史、佥都御史。

袁崇焕下狱，牵连了一大批原来支持和保护他的官员，魏忠贤余党蠢蠢欲动，颇有借机兴大狱、翻旧案的势头。成基命身为首辅，首当其冲，近日不断有人以袁崇焕事为由弹劾他。成基命详细说明了错综复杂的内情之后，故作坦然地说：

“既有言路弹劾，我自当上疏求罢回籍。只是小人得逞，天启年党祸怕要重演，国力如此，怎当得内外交困？”

“老师尽管上疏！”周延儒昂昂然一派正气，“皇上明察秋毫，不会准奏！至于阉党借题生事，势在必然，只怕好戏还在后头哩！”

“难道就袖手旁观？”钱象坤声音里透出不满。

“这种事，目下无显迹、无把柄，你我还能怎样？就党争而言，何朝无之？烈与不烈而已。皇上聪明天纵，果于诛杀，对朝臣党争最为痛恨，或许早有觉察，我等怎好越俎代庖，启皇上疑忌之心呢？”

智士出言，常把最精辟最尖锐的一句话淹没在一堆废话中，仿佛一簇荆钗中的金钗。梁廷栋一下就拣出了这根金钗，忍不住心里一哆嗦，小声重复：“果于诛杀……”

可不是吗？皇上即位不过十六岁，便要斩决弃地丧兵的辽东经略杨镐、辽东巡抚王化贞等人。阁臣上书说，正逢中宫诞生皇子是国家喜庆，不宜诛杀，乞加恩宽赦。皇上慨然道：“祖宗封疆不能保，何有于儿孙？”立时下令处决，毫无犹豫。一开了头，以后督、抚大员失机战败者，骈首累累矣……昨日吏部尚书王永光还同礼部尚书温体仁来访，专门说起袁崇焕结党谋逆的事，那么，他们或许暗中与阉党一派？……可不能沾这个边！皇上英明，小心头颅……

“散了吧，有事明日再议！”随着成基命的宣布，一片桌椅响脚步声。梁廷栋本想出去，又缩住脚：他是钱象坤的门生，却来找周延儒私下商议，当面撞上怎么也不好看。他向门后挪挪身子，打半掩的门里朝外望。

成基命已步下台阶走了，何如宠咳嗽，钱象坤伛着腰，两人都龙钟老态，须眉皤然，这多半日议事，十分劳累。周延儒却神采奕奕，想是今日当值，站在堂门前目送两位同僚，不无得意地笑道：

“二老翁慢慢走，摔着可不是玩儿的！”

“二老翁”对视一眼，都有愤慨之色，何如宠转身，点着周延儒，尖声细气：“君莫欺老，须知这老，终究亦要留与君的啊！”

钱象坤一拽何如宠的衣袖，出言可就不那么厚道了：“走！走！莫留与他，莫留与他！免得后人又欺他！”

周延儒哈哈大笑。随后站到他身边的梁廷栋望着老师远去的背影也笑了：“钱师偌大年纪，一张利口仍不饶人，可想当年了！”

周延儒这才意识到钱象坤是在咒他命短不得到老，心里骂一声，脸上仍是笑容可掬：“大司马[①]到此，有何见教？”口气轻飘、轻松，说不上是开玩笑还是讥讽。

梁廷栋连忙笑着拱手：“周相忒客气，廷栋哪里敢当。因登州府六百里告急羽书……”

周延儒敛起笑容，皱着眉头：“我已知道了，危局可虑！……兵部理应先拿出对策。”

“我想，可否令张可大回镇登州？”

“嗯。不过平定皮岛，还须另遣良将……这样吧，我荐一人，可授大将印，其才具抚定刘兴治绰绰有余。”

“是哪一位？”

“哦，周文郁。”

梁廷栋心里一“咯噔”：奸巧也太过了！竟推荐自己家将外任封疆！……表面当然要五官堆笑，连声附和：“不错不错，早听人说周文郁才兼文武，所谓近朱者赤，真是上好人选！”

次日，周延儒得知，皇上为登州事连夜召见梁廷栋，并采纳了这位兵部尚书的进言，令登州总兵张可大星夜率军赶回登州，并授周文郁大将印，平皮岛抚定刘兴治。他轻松地嘘了口气。周文郁多年来赤胆忠心护卫周府，后来补官入朝，仍不忘旧主的恩情，时有进献。近日又送来金珠一箱、童男美女各二，求周延儒为他谋个外差。这一下，总算了却一份人情债。

---

① 大司马：兵部尚书又称大司马。

周延儒这个人，才学高见识广，有气派有心胸，然而软美多欲，凡亲友门生有所求，他从不驳人家面子，事事给办；凡酒、色、财，他都喜好，绝不拒之门外，多多益善。实在的，少年科第、弱冠状元、春秋三十六入阁为宰相，古来能有几人？岂能辜负老天爷的厚爱？到了如今的地位，他需要费心对付的，只有皇上一人。

皇上即位时，还是少年，却能诛魏、客①，斥阉党，平东林诸臣冤狱，顿使天下想望治平。三年来，皇上励精图治，勤于政事，颇想有所作为，重振祖业。不过，皇上的心思周延儒还是揣摩透了：沈机独断，不无忌刻多疑之嫌，却又自认英睿过人。但凡于此处迎合，就如猫儿搔着痒处那么舒服惬意，自能无往而不胜。

一般来说，一位聪明的三十六岁宰相，足能应付一个十九岁的小皇帝，不管这小皇帝怎样号称英睿。

“周相爷，万岁爷召请！”内阁仆役一声禀，打断了临窗伫立的周延儒的沉思。他连忙转身，只见面前一位二十六七岁的太监，红色织金线云纹衣、蓝腰带、黑色金线缝靴，膝间有膝襕，胸前缀补，浆过的衬衣露出一道雪白的领圈。这一身只有司礼监秉笔、乾清宫执事及皇上近侍才能穿，但此人面生，周延儒居然记不得何时见过他，心下沉吟。太监却已对他半跪见礼：

“奴才吴直，给相爷叩头。”

周延儒连忙谦让。崇祯元年诛杀魏忠贤以后，太监们似乎都夹起了尾巴，变得谦卑，周延儒却深知他们的厉害，绝不敢怠慢。

“万岁爷因永平、遵化等四城次第恢复，请相爷商谈功赏事宜。”吴直面目俊秀，口齿清晰，很得周延儒好感，往后右门见驾的路上，两人一直在交谈。

“公公在宫中哪个衙门供职？”

“原在尚衣监，昨日才到司礼监秉笔，是万岁爷恩典。”

“必是公公才高学富。不然岂能得皇上看中！”

“相爷过奖，奴才不敢当……昨夜梁大司马也如此说。”

---

① 魏、客：魏指太监魏忠贤，客指明天启帝的乳母客氏。

“哦？昨夜是公公在皇上跟前侍奉？”

“是。哦，相爷……周文郁可是相爷家将？”

周延儒一惊，忙问：“是梁大司马奏告？”

“不。梁大司马已出宫。万岁爷问起，我不清楚，可杨公公回说是。”

周延儒背上凉飕飕的似有一层薄汗。杨公公杨禄，他认识，是司礼监老资格的秉笔太监。他尽力使口吻无所谓：“我倒不知梁尚书竟荐了周文郁！……皇上怎么说？”

“杨公公说罢，万岁爷只笑笑，没再提起。”

沉默中，只听两人的靴子擦得地皮沙沙响，一同踏上御河白玉桥。周延儒的声音更柔和、更善意了：

“公公仙乡何处？家中还有何人？”

“老家在山东登州府海边，父母早就没了音信。这不，上月刚认了个干儿，日后入土也好有人烧纸钱……”

“别这么说，”大学士眼睛里波光流动，暖如春阳，但凡见到美貌俊秀的男女，他就有些情不自禁，不由得亲近起来，说道，“不论经商业，走仕途，只要是个好的，干儿也胜过亲儿嘛！”

“若能得相爷扶持，就是我父子的造化了。”

“你……尽管放心好了！”

“奴才谢过相爷。”他们正走到廊子的一处拐角，吴直趁机跪下便拜，周延儒连忙扶起，两人目光一触，脸上微微泛红，便都会心地一笑，默契达成了，往后双方都能获得极大的好处。

“来日周文郁拜印南征，着他给你好好打听。”周延儒的口气顿时近乎了许多。

吴直机警地四下瞧瞧，压低了声音道：“万岁爷似有增设登莱巡抚的意思……”

“哦？”大学士只随口应得一声，却有无数念头在心里飞快地转动，“圣意可有所属？”

“眼下还难说。今儿一早万岁爷差内侍驰赴永平，召右参议兼宁前兵备道孙元化进京陛见。”

“孙元化?”周延儒猝然止步，重复一句。

“就是那位善筑炮台、善用西洋大炮的孙元化！当年宁远大捷与袁崇焕齐名，却不似他那般张狂。如今袁崇焕下狱头颅难保，他却能善始善终，很是难得。”吴直的赞赏似乎出自真心。

“不错，不错，孙元化！半年来，守抚宁、援开平，所属五城二十四堡屹然不动，收复永平、滦州、建昌之役，他都功绩卓著。虽不过是举人出身，确是才干超群！皇上召见之荣，他着实无愧！公公可知道，他乃徐光启老先生的门生?”

“徐大宗伯[①]吗？修治我朝历法的徐老先生？啊呀，是我朝的大贤人哪！都说他上知天文，下通地理，万岁爷对他极是敬重!”

“不止不止！他师徒二人渊博多才，尤善西学，兵、农、律、历及火器诸门均有造诣。他们为购买铸制西洋大炮，真是耗尽心血……”周延儒说起来也十分感慨。

“这我就弄不明白了，”吴直疑惑地扬扬眉，“西洋大炮最为金虏所惧怕，很给咱大明立功，怎么朝廷上上下下总那么鸡一嘴鸭一嘴唠叨不休，好像用了洋炮是多大罪过也似的!”

大学士不痛快地笑笑：“谁让咱是天朝大国哩！西洋大炮不是又叫红夷大炮吗？用洋夷之物上阵，体面何存?”

“这……”秉笔太监直咂嘴。

“所以，无论孙元化怎样出类拔萃，留在京畿非但不能尽其所长，只怕根本就施展不开……”周延儒嘴上说着，心里早已经盘算妥当，风向既改，就须立即转舵。他已经看到自己的计划在一步步实施。

陛见时，他首先赞颂皇上知人善任，使收复京东四城大功告成；其次论诸臣功劳时，他特别提及孙元化善守能攻。这番话很合皇上心意，所以孙元化应召进京陛见时，周延儒得以与兵部尚书陪同。

皇上对孙元化大加赞赏，赐给蟒服、金币、貂皮，孙元化感激谢恩。召见完毕，周延儒首先向皇上推荐孙元化出任登莱巡抚，随后又

---

① 徐大宗伯：指礼部尚书徐光启，时人多以此尊称。

拿出礼部尚书徐光启的表明同样意向的奏折。皇上很高兴，但问起周文郁如何安置，周延儒愕然答道："几乎把此人忘却了！既起用孙元化为巡抚，周文郁自当解任。"梁廷栋虽然惊讶，但说不出什么；而皇上对周延儒公而忘私很是满意——这也就解除了对他在周文郁一事上的疑忌……

徐光启、孙元化师徒也感激周延儒，为他们致力的红夷大炮提供了一个施展宏图的新天地。徐光启在朝中德高望重，他的感激和倾向，对周延儒可不是无足轻重的。

比较之下，周文郁又算什么？话又说回来，只要周延儒相位不倒，提拔他的机会还会少吗？

一如既往，周延儒稳操胜券，事情的进展，尽如他所算。但有一件，孙元化的影响比他预料得还大。推荐孙元化的不仅有徐光启，还有名重两朝、节制天下勤王兵马的中极殿大学士孙承宗。皇上召见孙元化，不仅按常例赏给蟒袍、金币、貂皮，说了很多奖许的话，还御笔亲题"劳臣"两个大字颁赐，敕令苏州府嘉定县官员制成匾额，以大队仪仗送往孙元化故里。

朝廷敕令：擢孙元化为右佥都御史巡抚登莱东江，有援辽之责，并相机收复被金虏侵占的金、海、复、盖四州。

孙元化似乎并不十分乐意，竟上疏辞谢，说：

> ……今日大势，恢复四州，进而收回辽东，宜从广宁进取。一旦去累年所备器甲、所练营伍、所抚士民、所修城堡，而往一无可倚之蓬莱，何以立功？况且登、莱阻海，往来不便，军机缓急，风汛难恃，接济调拨俱不易行……

不要说内阁其他大学士，就连周延儒心机这么灵活的人，也觉得孙元化不知好歹、不识抬举——以举人出身而骤升封疆大吏，历数前朝，直若凤毛麟角！不是皇上励精图治、破格提拔，哪有这样的鸿运！

孙元化的奏折不准。敕令六月底前赴登州上任。

第二章

一

“大人！来了！”中军官管惟诚喊了一声，原登州镇总兵官、现任登莱副总兵官张可大站在涌月亭，顺着中军指示的方向，回首西北望：

通体赭红、拔海而起的丹崖山侧，朱碧辉映的蓬莱阁下，绿波滚滚，白浪点点，长岛、庙岛、大小黑山诸岛重重叠叠，直铺到大海尽处，与钢灰色的云层相连。海天之间，突然升上一片如林的樯帆，无边无际的斑斓色彩古怪地乱飞，闪烁的光点刺得人眼痛，海面掀起了一团撼山摇岳的飓风，天外饱含暴风雷霆的乌云，向登州扑来了！

张可大定定神，驱去心头这不祥的幻觉。他明知那色彩是飞动的旌旗，亮点不过是刀枪铁器的反光。而且孙巡抚率军不过八千，连同各营家眷、辎重军资，最多二百艘大船。反身巡视，他的陆师水师一万余名官兵都在这里！水城的城墙头、平浪台上、水门水闸两旁，密密麻麻排满了他们的队列，就连那道由天然巨石堆砌而成的长长的防波堤上，也有一列举着五色旌旗带着鼓号乐器迎候巡抚大人的仪仗队！……不过，那队形可不怎么像样！他一扭脸，叫道：

“中军！传令仪仗，少时抚院进关，他们如果还是这副屌样，我就揭了他们的皮！”

管惟诚领命，着人飞跑传话。

张可大轻轻嘘了口气，出涌月亭，侍从亲兵簇拥着他快步走向码头。那里已用席棚彩帛红花搭了一座接官亭，在蓝海绿树白墙环抱中格外鲜艳夺目。登州、莱州所属州县各官都已集齐。迎接上司的礼节，朝廷本有定制，但张可大这次格外精心布置，超出了常规，也超出了他一向的习惯。

孙元化，他久闻其名。这次天下勤王兵马齐集京畿，他却总没有机会与孙元化相遇。不能说张可大对孙元化的战绩功劳不钦佩，但是，得知孙元化出任登莱巡抚的那一刻，他心里突然冒出一股愤懑。由于登莱巡抚的设置，登州降为副总兵镇，他只得以总兵衔任副总兵职。无端降了一级，吃粮领饷甲马军资跟着靠后一步，别说张可大自己，就是各营营官又有谁能服这口气！

都说孙元化长期供职关外，训练出一支悍勇善战的辽东兵，难道就一定强过登州兵？孙巡抚就一定强过张总镇？张总镇世袭南京羽林左卫千户，怎么说也是武将世家！孙抚院呢？听说是个文人，连进士都没考中，只凭了西洋炮和炮台，就弄上个巡抚，不知他走的是什么路子，竟然混上了这么个肥缺！

所以，说是迎候巡抚上任，多少人肚里都存着个比试的心思，尽力收拾打扮，使军威雄壮，让他们瞧瞧登州兵！

“轰隆！”“轰隆！”“轰隆！”海上三团强烈的光亮之后，三声巨响震得地皮发抖，人们被这震耳的轰鸣惊得变色。海上的庞大船队，如展翅大雁排开队形，缓缓驶近，用他们特有的红夷大炮向登州致意。

“嗵！”“嗵！”“嗵！”水城东西两炮台的佛朗机同时开炮，对客人们表示欢迎，相形之下，未免失色。幸而防波堤上长号、喇叭、金鼓震天价响起来，客船上的皮鼓、铜锣、觱篥、螺号与岸边相呼应，使迎候的气氛骤然添了喜庆之色。

两条苍山船打着红色蓝边的清道旗驶在最前面，后随着四艘金鼓船，飞扬着七尺见方、缨头雉尾珠珞的素黄色金鼓旗。之后，前营旗号出现了，二十艘高大如活动城垒的福船排成雁翅缓缓驶来，船上大桅旗和五色五方旗迎风招展；前营两翅再分左右，飘动着左营和右营的大旗；左右两营侧翼的相交处又排开雁翅人字，是后营船队。后营之后，人字排列跟进的便是家眷船、辎重军资船，虽杂但丝毫不乱。在前后左右营环绕的菱形中心，中军营的大旗淹没在一片五色旗帜的海洋之中。想必那就是孙巡抚的帅船了。

不管张可大对孙元化是什么心情，看到这样井井有条、纹丝不乱的行船阵势，作为领兵大将，他不能不敬服。

水关前，登州水师营的战船左右摆开，水兵列队等候，将登上来船把他们引入水城，停靠码头。

关门上一声大吼："起桥！——"

关门门垛间架设的巨板"嘎吱嘎吱"地响，被两条胳膊粗的铁链缓缓吊起，客船落了帆，从水门鱼贯进入小海，分别驶向预先指定的停泊处。

中军营的福船陆续地驶向接官亭。那艘飘动着一丈三尺高、方七尺的黄边飞虎旗，又有黄青红白黑五面高一丈五尺的五方转光旗的大福船，定是孙巡抚的座船！接官亭边顿时响起细乐吹打，散坐各处的官员将领都整顿衣冠，列好顺序，准备叩拜。

一道雪亮的闪电倏地划过长空，"噼啪啦"一声霹雳在半空炸响，从清晨起就酝酿着的浓云，顿时化作倾盆大雨，劈头盖脑地浇下来，铜钱大的雨点打得海面溅起水汽，地面飞起尘土。接官亭里的官员将领，虽有席棚遮护却还慌作一团，亭外的兵丁更是乱跑乱喊，卷旗收枪往树下房檐下躲雨，乱糟糟的没了队形。

"站住！"一声大吼压住了四周杂声吵闹，一位头戴红缨着铁盔、身罩锁子甲的军官，扯过哨长腰间悬挂的皮鞭，照着炸群羔羊般的兵丁猛抽几鞭，反身跳上一块大青石，挥手大骂："混账东西！都给我滚回来！"

兵丁们拖着脚步，嘴里叽叽咕咕，不情愿地站回原位挨淋。军官俊俏的脸扭歪了，涨得血红，忍着气狠狠瞪着部下，压低声音喝骂："给老子丢脸！看看人家！"

登州兵们移眼看去，只见暴雨狂风中，满载客兵的船拢近小海，浸水的旌旗仍在招展，长号喇叭照样在吹，湿透的金鼓还在敲，船头站立的一列列兵士木雕泥塑一般，直挺挺地纹丝不动，任凭雨点打得人睁不开眼，任凭湿得贴身的衣服如小溪般往下流水。只有靠上码头的大福船，一记锣响才解除了定魔法，兵士们立刻行动，收桨下锚，抬炮扛枪，有条不紊。看人家这炮！娘哎，咋就造得这么大？炮筒填得进西瓜！怕不有六七千斤！二丈来长，还带轮子，神气得像四大天王！这么大家伙，又这么大雨，几个辽丁推推拉拉的，居然就下船上岸了！是施了法术，还是辽丁有神力？凭这样的大炮谁也能百战百胜！……登州兵说不出的惊讶羡慕，妒忌不服，一个个瞪着眼，张着嘴，雨水流进去都觉不出。

绣着飞虎的黄边大旗终于靠岸，搭板刚刚放定，船上便快步走下一名将官和两名侍从，直奔接官亭。这边张可大率着文武官员迎了上去。那名将官二十余岁，亮铁尖顶盔的庇眉下有一双似睁非睁的画眉眼，他迅速地打量一周，对张可大深深一揖：

“甲胄在身，恕不跪拜。卑职是孙抚院麾下中军官、都司耿仲明。孙抚院因故未到，诸位大人免接请回。”

一片嗟呀之声。张可大眉尖一竖，没说什么，旁边知州忍不住了：“那么，孙抚院他，尚未出京？”

耿仲明又是深深一揖：“卑职不知，大人恕罪。”

接官亭内众人在小声议论猜测。张可大沉脸站在亭边。

乌云翻滚的天空，大雨如注，就像不打算停息似的。

雨终究停了。傍晚，夕阳从云缝露出了半边。雨后的清新中又添进夏日燠热，使张可大愈加烦躁。上午未接到孙巡抚他已感不安，刚才在校场又看到那么一场争斗，他心绪更烦躁了。

四郊和水城内外有十数处校场，场边营房密集，一排挨着一排。向来登州驻军，只有正五品守备以上的军官才在城内设有公署住所，其余官兵都住在这些营房里。孙巡抚麾下八千兵马，也照此例按水师、陆师分别住进几处营区。雨停之后，张可大去各处看看客军的安置，尽地主之谊。

客军各营已经安顿。也许是有意炫耀，五门西洋大炮连炮车都推出来了，昂然挺立，黑洞洞的炮口骄傲地望着天空。辽丁们正围着这些庞然大物忙碌着，擦拭上油，要把着雨有了锈斑的“巨人”们重新拾掇得崭新乌亮。登州兵不免要围过来看稀罕。张可大下了马，悄悄走进围观的人群，这是他体察下情的机会。从心里说，他对这久闻大名的洋夷奇具也有几分好奇。

“这家伙！真不老小！”一个登州兵忍不住伸手摸炮筒。

“别动别动！”膀大腰圆的辽丁扒拉开他的手，“没看见有油吗？哼，不老小？八千斤哩！”

“啧啧！”登州兵眼都瞪圆了，“这么大家伙，真能打出十多里路去？”

“那还有假！对你说吧，早年宁远大捷、宁锦大捷，去年守卫京师，今年收复四城，杀鞑子成千上万，俺们这大将军可是立了大功、披过红挂过彩的！”

“成千上万？吹牛！”周围的人笑了。笑声中有人反驳：“上阵杀鞑子，真刀真枪凭武艺，使这西洋大炮不照面就杀人，也算本事？”

立刻有人接茬儿，不无恶意地讥笑：“算！咋不算！泥胎木桩也似的站着淋雨，也是大本事哩！”

围观的人群中腾起一片揶揄的哄笑。辽丁给笑恼了，一拍胸膛叫阵：“笑俺们辽东弟兄身上没功夫？敢来比试比试？”

登州兵果然推出一名山东大汉，上来就是个懒扎衣的出手架子，下势连单鞭，一拳劈头打下。辽丁金鸡独立，横拳一拦，两人你来我往地斗在了一处。几个回合过去，辽丁收拳扭身后退，仿佛怯阵，山东汉乘虚而入，不料辽丁使的是倒骑龙，待对手猛力硬攻之际，突然回身，双拳齐上连珠炮。山东汉着了几拳连忙后退，脚步略有错乱，辽丁乘机来了个伏虎势，伸腿向后一扫，山东汉“扑通”一声摔了个四脚朝天，擦炮的辽丁们哄然大笑。山东汉半天挣扎不起，恼羞成怒，跳起身又扑上去，状如拼命，破口大骂：

“丧家犬！跑登州逞能来啦！奶奶的，饶不了你！”

辽丁大怒，出拳就打：“你妈个蛋！敢骂老爷！”

许多人上去拉架，但骂声越来越高，越骂声音越杂：

“他妈的，骂谁丧家犬！”

“就他妈骂你！老窝叫鞑子端了，跑我们这儿神气啥？”

“王八蛋狗杂种！老子跟你拼啦！”

“就骂你，丧家犬！丧家犬！谁是王八？老婆姑娘叫鞑子占了，那才要出杂种哩！……”

骂架的越骂越不成话，劝架的也卷入了相骂，你推我搡，眼看成了相打。张可大呵斥不住，下令侍卫亲兵拿住动手的送交各自营官处罚，一场风波才算平息。

头一天才见面，互相就这么鄙视，以后的日子还长，谁知道会出什么事？张可大满脑门儿的不痛快，索性一摆缰绳，大喝一声：“加鞭！”于是，在侍从们簇拥下，马蹄生风，冲上了山坡。坡下大道弯向海滩，影影绰绰似有行人，但张可大来不及细看，因为下坡路极平坦，又迎风，骏马欢快地奔跑，勒都勒不住。最前面两骑侍卫高叫着：“闪开！闪开！总镇大人在此！闪开！——”骑队如飞，冲下坡来。

果真有人立马道边！是聋子吗？竟一动不动！海滩上有人惊叫，他才慢慢回头，已经来不及了，骑队冲到跟前。喝道的两骑从他左右两边闪过，前仪卫却没那么幸运，几匹马都惊得扬蹄而立，高声嘶鸣，两名仪卫兵被颠下马，摔得不轻。骑队乱了一阵，便有人喝骂着扯住闯祸的红马缰绳，几只大手一齐把马背上的人拽下来，举鞭就打。那人猛地一闪，站到路边，鞭子抽空了。侍卫大怒，赶上去又要打，那人笑道：“诸位慢动手，我有话说。”

侍卫们见惯了在他们面前吓得发抖的百姓，听得这么一句，反倒愣了。那人已走到张可大马前，拱手谢道：

“贪看夕照，冲撞了总镇大人仪卫，实属无心，大人见谅！”

他的声音仿佛大阮的最粗弦在振荡，很低沉，又浑厚有力，使人感到一丝说不清的震颤，不由得一齐注目：一领蓝衫，包巾裹着发髻，两带垂于双肩，衣着简单却不贫陋，满脸书卷气，温文尔雅，眉梢眼尾都斜扫双鬓，疏疏的五绺髯须，掩不住方唇阔嘴边的笑意。张可大不禁被此人风采所吸引，下马拱手道：

“下人无知，先生不要见怪。”

蓝衫人笑得更爽：“久闻可大兄有儒将风度，果然。舟山张公堤，百姓称颂至今，真不虚传啊！”

张可大吃了一惊。十一年前，他以副总兵镇守舟山。当地海潮甚烈，农田常年受害。张可大率部下筑堤、挖塘、蓄淡水，数千亩田地尽成膏腴，当地人把长堤冠以张公之名来颂扬他。此人竟知！张可大疑惑地看着他："先生是……"

他谦和地微微低头："我是孙元化。"

张可大大惊，翻身下马跪拜："卑职叩见巡抚大人！不知大人驾到，冲撞了大人，死罪死罪！"他的部下也都吓得跪倒一片。张可大喝令把冒犯抚院大人的侍卫捆绑拿下，要重重处罚，孙元化连连摇手，和蔼地说："不必如此。他们原有开道职分，事关朝廷的威仪，怪他们不得。是我不好，没有及早躲闪。"

张可大过意不去，又不好违拗，只得罢了，随即请问："大人下午刚到登州？"

孙元化笑了笑："请总镇不要见怪才好，我来此已经五天了。"

张可大心里不快，只含糊应了一声。巡抚大人的随从已从海滩赶来，众人一同上马，拥了登莱巡抚和总兵官回城。孙元化对张可大笑道：

"元化离京陛见之际，周相延儒，梁大司马廷栋均在侧，皇上说了许多鼓励的话，其间，对周相说：'往例巡按出朝皆微服访民间，近日则高牙大纛盛气凌人，且衙门前后皆启窦通贿，每外差归来，富可敌国，成何体统？须得重重惩治以儆来者！'在下虽非巡按，但圣言在耳，为臣子的岂可无动于衷？"

张可大点点头，心里并未释然：总归是微服私访。

"元化才疏学浅，所谓盛名之下其实难副。蒙主恩宠骤领封疆，不胜内惭之至，尤不宜张扬其事，以避招摇之嫌。然既任职于斯，则山川地理形势、民情民风民俗不可不知，这才……"他微微一笑，不再往下说了。

张可大拉长的脸上第一次有了笑意："大人，微服私访，也是一段佳话，又何必讳言呢？"

孙元化眼睛里满含着慈祥："我只是不愿大人你多心啊！"

张可大笑出声："啊，巡抚大人，你多虑了。"

两人一起笑了，气氛轻松下来。

新任巡抚使登州总兵和他的下属惊讶，其原因和程度却大相径庭。此刻就有一双锐利的眼睛仔细探究着孙元化，惊讶很快转为失望，又渐渐化为轻视：这不是他想象中能和无敌的红夷大炮联系在一起的孙元化！这双眼睛乌黑深邃，闪烁不定，它属于那位在接官亭外挥鞭制止混乱的陆师游击营营官吕烈——登州驻军最标致、最有才干、最放荡不羁、最难捉摸的年轻都司。

二

镇守登州的军队中，本地卫所兵多是登州人，少量客兵也都来自中原，自然瞧不起关外人。还有一层，登州是个富地方，照例聚集了不少有来头有根底的名门贵族子弟，那都是见过大世面的，哪里把孙元化放在眼里！

这天傍晚，名门子弟们又聚在中军管惟诚的游击署里喝酒赌钱。

管惟诚把竹筒里的骰子摇得“克啷克啷”乱响，咧着大嘴笑道：“怎么着，咱们这新巡抚，没啥能耐嘛！”

“能耐？”守备[1]姚士良是位侍郎的儿子，一翻白眼，“简直是窝囊废！领了一帮傻头傻脑的辽呆子，呸！那股土腥气没把我熏死，又脏又臭，这路货色也能打仗？”

“也就仗着红夷大炮，别人不趁，他独一份儿呗！”这是最小的子弟官——千总张鹿征，登州总兵张可大之子，一边说，一边又摇头又撇嘴，还不住讨好地瞧瞧吕烈，指望他给予证实似的。

吕烈不接茬儿，只管叫着：“下注下注！我的五两。”

游击陈良谟也拍上一块银子：“我也五两！”

吕烈从眼帘下朝他一瞥，鼻子里哼了一声。张鹿征连忙凑趣：“老陈官儿最大，家里头金山银海，好意思拿五两银子哄人？”陈良谟的老爹做过一任漕运总督，捞足肥足，是登州子弟官中的“首

---

[1] 守备：明末的军衔等级为总兵、副将、参将、游击、都司、守备、千总、把总，品级分别为正二品、从二品、正三品、从三品、正四品、正五品、从五品、正六品。

富”。

陈良谟笑道：“我添！我添——加五两！……没准儿真是个脓包哩，头次辕参①过去五六天了，没点子动静嘛。”

“就会这个营看看，那个营转转，谁跟他说好说歹，他总是个笑，没话。滥忠厚，没用！多半一辈子没管过这么大地盘，不知怎么好了。就像叫花子白得了一笸箩馒头，摸这个拿那个，恨不得都咬一口！……”姚士良的话越说越刻薄，把大家都逗笑了。

唱曲的银儿袒着胸，掠着乌云似的鬓发，袅袅婷婷走来给他们斟酒，从管惟诚手里夺过竹筒子，娇笑着：“管爷，你只管押银子，骰子我替你掷！”

管惟诚在她粉馥馥的脸上捏了一把：“好好掷，赢了钱跟你对半分！……也难那么说，常言道，仰头老婆低头汉最难斗，说文点儿，叫作大智若愚……”

“糊弄人罢了，骗谁去！”陈良谟做了个鬼脸，“点他出任巡抚，朝廷里多少人不服！好些进士出身，熬一辈子也不过知县知府里转两圈，他个小小举人，竟然……哼，谁不骂他借物进身无耻下作！等着看笑话的多了去啦！”

“就是嘛，”姚士良又翻翻眼皮，“朝廷不是差他来平定刘五的吗？如今刘家那伙子王八蛋还站在长岛撒尿哩，他可连屁也不曾放一声！……哎，吕哥，你说呢？”

登州卫无端降级，激起他们本能的反抗，他们不敢对做此决定的朝廷说三道四，就把怨恨都发泄到新巡抚头上。

吕烈嘴角冷笑：“我有啥说的？掷骰子，掷骰子！”说着端起酒盅一饮而尽。银儿殷勤地执壶再斟，他挥手拦住，银儿顺势托住他的手轻轻抚摸，他抽身离座走开。张鹿征连忙补座，涎脸去捏银儿的小手，银儿甩开，重新偎到管惟诚身边去，替他拿起竹筒，径直向桌上铜盘倾倒，骰子蹦了几蹦，定住。

“哈哈，十点！好银儿，小心肝！”管惟诚眉开眼笑，搂过银儿

---

① 辕参：下级武官定期进辕门参见总兵以上的高级武将，称辕参。

就要亲嘴，银儿推开他："急死你！别人还没掷呢！"众人嘻嘻哈哈笑成一团。吕烈自己斟了酒，拈了块酱肉嚼着，独自走到一边慢慢地喝。

孙元化，孙巡抚，到底怎么样？……

亲兵告诉他，孙巡抚曾两次夜巡到他吕烈的都司署，都逢他夜饮未回。昨夜他扶醉归来，又过了二更。亲兵急忙跑来禀告：孙巡抚又来了，正在书房等他。他做出不在乎的样子，趁着酒意，晃进了书房大门。

案前灯光明亮，孙巡抚一身便装，正在灯下看书，神态自然洒脱，温文尔雅。短短的一瞬间，赞赏抵消了心中的敌意，他暗暗叹息："好好的儒雅之士，何苦到这兵刀险恶之地来搅浑水！"但瞬间软弱顷刻消散，他哈哈地笑着长揖不拜，口齿不清地说："抚院大人不愧出身举人，至今善读，不胜钦佩，钦佩之至！"心想，若能惹得这位巡抚大人勃然发怒，也算一件开心事！

孙元化只望着吕烈，口气很温和："你又醉了。"

他说"又醉了"！他用的那样慈和悲悯的口吻，好像吕烈是个淘气的孩子，是个任性的病人！吕烈觉得怒气倏然撞上胸膛，立刻顶了一句："我从小不要保姆，见道学先生就作呕！"说罢，又嘻嘻笑着凑过去，涎着脸问，"大人所读何书？"

孙元化指指函封：《汉书》。

吕烈乜斜着眼笑："既读《汉书》，请问，汉高祖何许人？啊？哈哈哈哈！……"他不等孙元化回答，自管大笑着挺身躺上便榻。他有意借酒冒犯巡抚大人，但实在醉得支持不住，躺倒便呼呼大睡，也不知孙元化何时离去。

今天一整日，吕烈都等着巡抚大人叫他去斥问，对答词都想好了，回来定可在同伴中吹嘘一番。然而他白等了，没有一点消息……想起他的微笑，那居高临下的可恶的微笑，他恨透了！——他深信，一切笑脸迎人的都没有好心肠！

"吕烈，该你掷了。"管惟诚叫着，他回过神，懒洋洋地拿竹筒晃了晃，骰子跳出来：六点。管惟诚嘻嘻笑着把三十两银子都搂到自己跟前，不住地嚷："再来再来！这回我押十五两！"

吕烈半睁半闭的眼睛猛地睁大，闪出一道亮光。张鹿征立刻来了精神："吕哥，你又有好点子啦！"

吕烈对众人眨眨眼，狡黠地抿嘴一笑："咱们来掂掂他到底几斤几两！要能激得他发怒，最好再赏咱们十几棍子，他那笑模样可就戳穿啦！……"

这些人，一个个从小就是混世魔王，哪肯放过这个泄愤出气的好机会！兴高采烈地计议了一番，甚至定下了捣鬼的赏格：一桌酒席、五十两银、一百两银等三种……

押宝赌钱的第二轮，管惟诚又赢了。他真有个豪爽劲，分了一半银子给银儿，说："银儿，小宝贝儿，今晚就陪我宿了吧！这份钱够我去你家住一个月的啦！"

银儿掩着嘴笑，目光却飘向吕烈，恋恋地一眼又一眼地瞅，拿出打情骂俏的身段，尖尖食指一戳管惟诚的额头，娇声嗔笑道："缠死人啦！要是吕爷……"

张鹿征抢过话头："哎呀，小银儿，别做梦啦，也不照照自个儿！你又不是不知道，我家吕哥呀，除了原生货，你们这号娘儿们，倒贴他也不要！"

银儿啐他一口，众人哄笑，各自散去。

进巡抚署大门，转过影壁，先看到一座湿润的、点满绿苔的太湖石山立在水池中，水面莲叶青青，红白两色睡莲给人带来凉意。一个小男孩儿迎着他们，口齿伶俐地叫道：

"孔叔，耿叔，帅爷①让我在这儿等你们。"

"哎哟，小陆奇一！"孔有德一步跨上，把孩子抱着举起，小家伙两条瘦腿高兴地乱蹬一气。

耿仲明也伸手拍拍孩子清秀的小脸蛋儿："可有个人模样了！要不叫我，谁还认得你这个小叫花子！"

---

① 帅爷：巡抚有兼管一方军事的职权，可尊称为帅爷、抚院、抚台等。

孩子生气地瞪他一眼：“你再叫我小叫花子，我就叫你小白脸儿啦！”他挣扎着跳下地，“跟我来，帅爷等着你们呢！”小脑瓜一晃，挺胸凹腹，俨然帅府小执事！孔、耿二人相视一笑，随他穿门过厅走廊子，来到东花厅。孙元化放下手中书，起身迎接：

“二位来了，请坐。倒茶来。”

两位辽东营官向孙元化行礼落座。孔有德笑道：“帅爷，才几天呀，陆奇一就出息多啦。”

耿仲明眣眣眼：“这小鬼头，拿住他那会儿就像只小狼，还咬了我一口。我这伤还没好利落，他倒变了个人儿啦！”

送茶来的陆奇一正好听到，悄悄对耿仲明做个鬼脸，一溜烟退出去，引得三个大人又笑了一阵。

这陆奇一，小鼻子小脸，脖子细长，瘦骨伶仃，一个十一二岁的娃娃，是孙元化收养的小亲兵。原是个不知天地的小野人，居然也伏管了，除了孙抚院，别人再难办到。

“自家弟兄，我也不用客套。”孙元化习惯地朝扶手圈椅的椅背上一靠，神色十分和悦自然，姿态也洒脱受看，“我想你二人原先都在毛文龙帐下，与那刘兴治可相熟？”

“帅爷跟前，咱老孔从不说瞎话，”孔有德直性子人，毫不隐讳，“刘家弟兄咱只服刘二，别的，哼，都不咋的！”

孙元化笑了：“不咋的？什么不咋的？”

“瞧不上呗！一个个好勇斗狠，又奸诈又野，不懂礼义，不知王法，高丽棒子，比鞑子也好不到哪儿去！再说他们弟兄七个，我到今儿也闹不清谁是谁。”

耿仲明细眼长眉，很清秀，一看就比孔有德机灵。他有个眣眼皮的习惯，眣得极快，活像蜜蜂呼扇翅膀，或许他心思动得更快。他说：“孔哥粗心不记事儿。刘家弟兄里除了刘二，就数刘五是块材料，有心计着呢！当初我和孔哥随刘二出岛那会儿，我就想过刘五早晚要闹事，果不其然……”

“哦？你何以料得？”

“这天底下，刘五只怕一个人，毛帅毛文龙；只服一个人，他二哥刘兴祚。如今毛帅死了，刘二阵亡，谁还管得了他？陈继盛哪在他眼里！他早认定他该是皮岛大帅，早晚得找个茬儿把陈继盛收拾了。这不，直闹到长岛来了！……这人能干是真能干，可也横得厉害，真开了杀戒，野着呢！”

“对，对！”孔有德想起来了，“他随刘兴祚来皮岛，不到一个月就娶了十五个小老婆，哈，每天晚上拈阄陪他睡。刘兴祚劝他减些个，他就摆了一盘珍珠串、一盘珊瑚串，招来那些女人说：愿意留下的取珍珠串，愿意走的取珊瑚串。女人嘛，哪知深浅？十五个人里倒有十三个取了珊瑚串。他还笑嘻嘻地告诉刘兴祚：‘我听二哥的，把她们全嫁出去！’一回头，全杀了。刘兴祚听说了又惊又怒，他倒像没事人儿似的，说：‘我不是讲明了吗？拿她们都嫁给阎王爷呀！’——瞧瞧！”

耿仲明蹙蹙眉头：“他倒也不是一味耍蛮，还算个能屈能伸的汉子。孔哥，还记得沈世魁跟他要女人的事吗？”

孔有德拍拍额头：“那事也是刘五的？”

孙元化也问一句：“沈世魁，好像是毛文龙的亲戚，现下仍在皮岛，可是？”

耿仲明连连点头：“帅爷好记性，没错！他仗着女儿是毛帅的小夫人，当年可是皮岛上的二太爷！刘五的一个爱妾才色双绝，出自书香门第。刘五虽也识得几个字，笔下却画不成形，得了这个美人儿，连公文书信都有人代理了。沈世魁那天找到刘五说：‘我有一事相求，肯答应，才告诉你。’刘五哪敢不应，恭恭敬敬地说：‘只除了我刘五这一身，任凭你取！’沈世魁哈哈一笑，说：‘那我就先谢过了！’一声令下，手下人竟把刘五的爱妾强扯进轿，抬了就走，沈世魁还笑着连连拱手致谢说：‘在下所求就是这位新嫂子，承赐承赐！’刘五气得脸都白了，硬是站着一动没动，把这口气咽下去了。寻常人岂能办得到？”

孙元化拈着胡须，默默点头。

“我记得毛帅一死，沈世魁挺知趣，赶紧就把那个美人儿送还刘五，还搭上好些珍珠人参，算是赔罪。刘五倒真的全收下了，对不对？哈哈哈哈！”孔有德笑得很开心。

“后来的事更怪，这女人反倒对沈世魁念念不忘，多半也是嫌刘五的根儿是外夷，总瞧他不上。偏又没事找事，写诗作词说什么彩凤随鸦，偏偏又叫刘五看见，登时大怒，一把揪住美人儿说：‘你讲彩凤随乌鸦不是？告诉你，乌鸦还打彩凤哩！’一巴掌扇过去，刘五力气大得赛狗熊，美人儿何等娇弱，竟给他打折了脖颈，倒地毙命。刘五不在乎，一口薄木棺材埋了，倒是沈世魁，听说还偷偷去祭了几回……”

孔有德一拍大腿，说：“所以呀，我说他高丽棒子不知礼义嘛！”

“也难这么说，他对他结发妻子就情深义重！”耿仲明看了孔有德一眼，“他们弟兄逃出来，老母妻子可都叫鞑子下了狱。刘五在这边，吃饭留着发妻的座位杯盘碗筷；睡觉留着发妻的床帐被褥；多少小妾进门，都要先向他发妻的座位拜主母；就是跟小妾睡觉，也要往发妻位子那儿禀告一声，说是不为寻欢取乐，为的刘家后嗣……”

孙元化惊讶地问：“这是为什么？”

“听说当年刘五在阵上受重伤，看看将死，发妻割臂肉入药，又日夜服侍，衣不解带一月有余。刘五活过来了，他那发妻却病累交加，死了好几回。好不容易捡回一条命，如今，又受刘五连累下了狱……刘五感念发妻，原是发誓终身不近别的女人的，可他发妻定要他纳妾生子，为他留后代接香烟。刘五便一个接一个地娶妾，至今也没生下一男半女……”

孙元化沉吟片刻，问道：“据你们看，他们会不会暗通金国？”

孔有德抽了口冷气：“不会吧？他们弟兄反出沈阳，那鞑子恨他们不死，还悬赏买他们的脑袋哩！”

耿仲明也说：“鞑子拿他们家眷下大狱，刘五那性子，还不恨透鞑子！……不过，要说当初，鞑子汗王待他们弟兄也真不薄。”

孙元化默然，孔耿二人也不言声了。半晌，耿仲明迟疑道：“帅爷，不知当讲不当讲……我随刘二出岛赴宁远，又奉命守太平寨，那会儿他不知为啥，总是心事重重。我想……他像是自己要寻死，最好死在鞑子手里头才甘心也似的！”

孔有德恍然："对！对！我也觉着刘爷自打去守太平寨就不对劲，可说不明白。今儿仲明这么一说，是那意思！"

"哦？"一道寒光从孙元化眼中划过，大家又沉默了。

陆奇一匆匆走来禀告："张总镇来拜。"

孙元化站起身："二位随我去迎接。"

孙元化亲自到大门把张可大接到西花厅，分宾主坐定。抚标中军[1]耿仲明和游击孔有德站在孙元化身边，镇标中军[2]管惟诚和千总张鹿征则随侍张可大一侧。

寒暄一番之后，张可大开门见山："抚院大人经纶满腹，韬略在胸，平刘兴治之乱想必早有成算。近日又有商民上书，因长岛为刘兴治所占，往天津、旅顺等处货船不敢出海，陆路又十分艰辛，是剿是抚，望大人示下。"

孙元化叹道："正是。渔民也半年不敢下海，桃花鱼汛已白白放过，眼看秋汛在即，不能再等。不过，剿抚二策，大人以为何者为上？"

"下官以为，良民百姓杀一个都是罪过，但叛逆之徒须斩草除根，便杀千杀万也不为过！刘兴治凶狡好乱，绝非善类啊……"

"大人不以为他进据长岛扬威海上，是为逼迫朝廷任他为皮岛东江之长吗？未必真有叛逆之心吧？"

张可大惊异地张张嘴："这……"

孙元化神态和悦："我有意在蓬莱、长岛、庙岛之间海域来一次水战演练，邀刘兴治出兵船合练，看他如何回答，是剿是抚，我们便好相机而动。"

张可大点点头："也好。"

"这样，便须训练士卒，排演阵法战法。我意自明日起，先会集营官、哨官、哨长讲习三日。"

"今日正好有几位营官随行，不如就此请大人教训。"

---

① 抚标中军：即巡抚卫队长。

② 镇标中军：即总兵卫队长。

说话间，六七名登州营的参将、游击、都司、守备衔营官也来到西花厅，张可大一一向孙元化引见。待众人分列站定，孙元化和蔼地鼓励了几句。

忽见一名守备衔营官，喝醉了似的踉踉跄跄走进花厅，在巡抚和总兵大人面前一站，便旋风似的原地打转，仿佛西域胡人跳胡旋舞，又重重一顿脚，停住，瞪着眼努着嘴，腰也不弯地高高一揖，嘴里口齿不清："卑职姚……姚士良，参拜……参拜帅爷……"再旋一圈，摇摇晃晃地出去了。

张可大张口结舌："他……这……"

孙元化视如不见，对张可大说："我想，讲习地点，选在关帝庙。关帝庙，如何？……"

张可大尚未回答，便呆住了：又有一个身穿碧绿纱衫、脚蹬护甲皂靴的高大男子，中了邪一样哼哼呀呀地唱，手舞足蹈地进五步退三步，一会儿蹲一会儿跳，仿佛巫婆跳鬼装神，又满脸涂墨，看不清面目，挥动着一副营官头盔，遥遥对巡抚大人躬身一拜，转身慢跑离开。

张可大语无伦次，很是不安："这是游击陈良谟……素日胡闹惯了，责罚多次，全无效用……怕是又喝多了！"

登州营诸将领都在偷偷地笑，一眼又一眼地瞅着抚院大人。孔有德、耿仲明脸都气白了：这不是公然戏弄帅爷吗？孙元化仍然继续说他的要事："讲习完毕，要一个个地考查，不合格的不准参加演练，待补习合格，方可领兵……"

人们的注意力又被引开，全都注目厅前：那儿出现一个女子，鹅黄衫儿水红裙，高髻横钗，浓施粉黛，但身材高大魁梧，当她袅袅娜娜直趋庭前时，裙下露出一双穿粉底皂靴的大脚。她羞答答地低垂了头，冲着巡抚大人拜了四拜——新嫁娘拜见公婆的礼数！有人"扑哧"地笑出声，又赶紧捂嘴，多数人拼命咬住嘴唇隐忍不发。孔有德大怒，挺身欲出又被耿仲明扯住，向他努嘴示意：沉住气，瞧帅爷的。所有的人都看明白了，这女子是男人扮的，专为戏弄耍笑，以激怒巡抚大人。

张可大尴尬万分，对那“女子”发怒道：“吕烈！大胆！竟敢如此！真是……”他口气却又软了，叹道，“这么闹，成什么模样！……”

装成女子的吕烈，挑衅地望定孙元化，就盼着他变脸。戳穿假面具，是吕烈最痛快最开心的事，他一向喜欢这么干。只要巡抚大人一拍案，他就跟他吕烈站平了，吕烈就获得心理胜利；若能拿吕烈叉出辕门捆打几十棍则更妙，吕烈就更能在登州营兄弟伙里称雄，身份就更高了。遗憾的是孙元化看都没看他一眼，只管继续对张可大说话：

“还有，得让登州将领们都懂得西洋大炮。随炮同来登州的葡萄牙国教官可莱亚汉话说得不错，届时请他示范……”

众人毕竟是军官，西洋大炮毕竟是闻名天下的兵器，大家肃然静听，不再窃笑议论，也不再看那个男扮女装的吕烈，而吕烈也不知何时悄然离去了。

总兵大人告辞时，为难地苦笑道：“帅爷明鉴，这帮贵胄子弟，下官也……唉！”

孙元化体谅地安慰：“不必如此，哪里都一样。何况此乃私厅相见，并非公堂公事，不用太认真。”

孔有德出府时愤愤不平，横眉怒目地说：“帅爷是封疆大员，这不成天下人的笑柄了？就该当场惩戒，打他五十大板才对！”

孙元化缓缓摇头：“我若如此，岂不称了他的心愿？现在成笑柄的是这些贵胄子弟，于我无损。”

晚上，孙元化退回私第，夫人沈氏、长女幼蘩、幼子和京、幼女幼蕖迎接慰劳。饭后一家人说笑片刻，孙元化仍回书房，重新拿起量尺三角尺，画一会儿演算一阵儿。为了提高西洋大炮的准头，他一直想造一件实用的量器。

“爹爹！”幼蘩在门口叫了一声，走进来站在桌边，眼泪汪汪地摆弄着桌上的文具。

“蘩儿，怎么啦？”孙元化小心地从女儿手下移开演算草稿。

“他们……这些登州营官，太欺负人！”姑娘说着，便抽抽噎噎地哭了，“难道爹爹还怕他们？……”

“陆奇一告诉你的？……责罚他们有何难，爹也不怕那些名门望族。只是初来乍到，辽东兵与登州兵已见裂痕，些许小事就会引来争斗，若坏了大事，辜负圣恩，岂非得不偿失？……好了，你去吧，爹没事。”

在作图演算过程中，孙元化眼前不时出现一个人的形影：忽而威风凛凛中带着严酷，挥鞭抽打散乱的兵丁；忽而男扮女装怪模怪样，一脸狂妄挑衅之色。那日候他夜归，他竟反问：“汉高祖何许人？”意思不就是说，汉高祖也好酒好色贪财货，照样可以成就大业，何必以小节苛求他吕烈呢？

这是个古怪的、不可捉摸的人，看来颇有才干，只是他那么深的敌意，是从哪儿来的呢？

三

一盘点缀着绿叶红丝的菜肴捧上桌，酱红色的浓汤泛着油光，异香扑鼻，在满桌鱼虾中显得很特别。刘兴治瞟了一眼，随口问：“什么玩意儿？”

“回爷的话，因爷昨儿说海参鲍鱼吃腻了，厨下特地给爷烧的大红螺，深水下头才捞得着……”侍从对应殷勤小心。

“这红螺肉味儿好？”

“好，好！又鲜又嫩！”

刘兴治看他一眼：“你吃啦？”

侍从很惶恐：“小人怎敢！”

刘兴治瞪眼：“没吃怎么知道味儿好？又来诳我！扯下去打！”

侍从跪地求告：“饶了小人吧！爷先前应许过的……”

“嗯？”

“前儿小的服侍爷去海边，爷见沙滩上荆条子很好，说是打人正合用，就拿小的试笞，小的说无罪不当受，爷应许以后有过错折免，便打了小的三十。今儿爷就饶过小的，权当抵了上回……”

“放屁！”刘兴治喝骂，“没过错都能打，何况有过错！打！”他突然火冒三丈，拿大拳头用力捶着桌子，尖声大叫，“诳人！他娘的诳人！全是些诳人的狗杂种！……”杯碗碟盆给擂得跳起来好高，有的碎了，有的倾倒，汤汁菜肴溅了一桌子。

侍从被扯到庭院当间，一五一十地数着打，刘兴治这才拿起匙子，偏偏他最小的兄弟刘七刘兴基脚步匆忙地闯进来。刘兴治把匙子一摔，这顿饭他是吃不安生了。

刘兴基却不顾五哥难看的脸色，口中呼呼喘气：“五哥莫怪，有大事！孙巡抚要上岛来了！”

刘兴治一愣：“他，他果真来了？……多少人马？”

“说是只有一条福船、两条海沧船，不到二百人。”

刘兴治浓眉一耸：“他敢单刀赴会？”

“探得他前日从蓬莱水城启航，现已走遍了各岛，果是巡视的样子。此刻怕已在北长岛靠岸了！”

刘兴治双手用力按住桌案，桌腿嘎吱响，他却不作声。

“五哥，你倒是拿个主意呀！”刘兴基直发急。

刘兴治双手抱着胳膊，木头墩子似的一动不动，站了许久，终于紧皱浓眉，说：“传令各营弟兄，不准擅离驻地，各查军资兵器，结队待命！”

“五哥！你是要……”刘兴基惊叫出声。

刘兴治不理他，自管说下去：“凡是有职有衔的弟兄，都随我到北长岛，迎候！”

还是晚了一步，刘兴治赶到北长岛泊船码头，巡抚大人已经离码头向北去了，湾子里只停泊着一大二小的福船和海沧船。船上旌旗飞扬，旗下数十名兵丁在收拾整理船上器具，不紧不慢，从容自然，仿佛日常出海。

刘兴治只得率刘四刘兴邦、刘七刘兴基和下属赶往北长岛北端。大老远，他就看到在洁白似雪的海滩上，几十名甲胄侍从环卫着一位头戴纱帽，身着暗红色圆领宽袖袍的官员；蓝色遮阳官伞旁边有三位头戴红缨遮阳笠帽、身穿宽袖交领长袍、腰挎宝刀长剑的军官，那官员正对着海湾指指画画，向军官们解说着什么。这还能是谁！刘兴治快跑几步，上了海滩，脚踩得满滩球石“哗啦啦”响，海滩上的人一起回头看。刘兴治不敢靠近，五丈之外就跪下高声禀告：

“卑职皮岛游击刘兴治迎接来迟，抚院大人恕罪！”

“哗啦哗啦”一片脚步响，他们走近了。

“请起。果然与兴祚有几分相像。”低沉浑厚的声音明明近在耳边，却像撞钟从远方传来，带着些撼人心腑的“嗡嗡”余响，一股说不清的魅力。刘兴治忍不住失礼地抬头看：开朗慈祥的笑容，压得低低的纱帽两侧鬓间的几缕银丝，使孙元化仿佛仁厚长者；但高挑的眉梢眼角显露着才华和机警，轩昂的神态自有他慑人的威严。刘兴治刹那间历数自己一生的交游，何曾见过这样的气度风采！他倾慕之余不免惶恐，不免自惭形秽，慌忙又埋下头，不知如何对答才好。

“啪”的一声，刘兴治肩头挨了一巴掌，一个大粗嗓门儿快活地嚷：“哈，刘五弟，久违啦！你可好哇？”

“孔大哥！果然是你！”刘兴治赶忙拱手为礼。

“刘游击，咱们又见面了，今日又有好宴吧？”吕烈半笑不笑，话里有话。刘兴治很尴尬地笑着，躬身道歉：

“吕老弟别见怪，武人粗鲁，不过试试二位的胆量……”

十天前，孙巡抚差耿仲明长岛下书，照知刘兴治整顿兵船，参加一月后的水战演练。因为不明刘兴治的态度，此行颇有几分危险。不知为什么，吕烈三番五次上书请求同行。他说他虽不及耿仲明是刘兴治故交，但熟悉地形水情，愿去做个向导。人们议论纷纷，说赌气说显能说争功的都有。孙巡抚却准了吕烈的请求。

耿仲明和吕烈不辱使命，三天后按时归来，取到刘兴治的回信，说是“愿领抚院将令参演水战，但手下各营素无训练，兵船更不懂阵法，乞抚院大人亲临长岛予以教诲，驻岛各军引领以望”等等。谁都看得出这是刘五的托词，可能还包藏祸心。张总兵更劝巡抚大人不可轻动，焉知长岛上摆的不是鸿门宴？若非去不可，他愿率水师五营随行。孙巡抚却决定巡视诸岛，只带三条船、一百多人。

人们也问起耿仲明和吕烈上岛送信的经过，不知为什么两人都守口如瓶。今天该真相大白了吧？

耿仲明跟着吕烈，也是一脸讪笑：“刘五哥，前儿你可是拉弓搭箭，叫我们打刀门下钻过去的！咱们好歹是老相识，亏你干得出来！我都没脸跟人说！”

“是哥哥不好，耿兄弟饶恕了吧！”刘兴治赔着笑脸。

“大人，”吕烈恭敬地对孙元化说，“岛上可看之处颇多，卑职当向导。”

孙元化一笑：“刘游击在岛时日不浅了，比你更熟吧？”

“他？嘿嘿，他能占岛为王，他能杀人如草，他能聚货敛财，可就是岛上的掌故他一些儿不知。刘游击，”吕烈转向刘兴治眯眼笑道，“算你走运，好好伺候着巡抚大人，让我这个向导给你开开眼！”

刘兴治无可奈何地瞪他一眼：“我怎敢劳你！你既无事不知，就先说说眼前！”

吕烈瞥了他一眼，不屑地转过半身，对孙元化介绍：“大人，此湾名半月湾，又叫月牙湾……”

“半月湾？月牙湾？地名妙！景致更妙！哦……”孙元化放眼四望，舒展胸怀，长长地嘘了一口气。

北长岛最北端的这道半月湾，环抱一泓碧水，直铺向遥远的天边，左右两座山峦，似绿丝绒装点的矮屏风。最难得这延展里许的长长海滩，竟如新月一样圆柔，弯得那么匀称，那么婀娜。湾内波平浪静，风软水凉，夏令时节竟如浩爽空寥的新秋。长岛原本夏无酷暑，月牙湾更是岛上的凉湾。

吕烈指着轻轻拍动卵石滩的层层白浪花：“人称此湾海浪为女儿浪，状其温柔轻缓。早年间此处停泊小渔船，每到黄昏，归帆片片、渔火点点，与霞光相映，与星月争辉，何等情趣！如今再难见到了。”说着他瞅了刘兴治一眼。自然，刘兴治上岛以后，岛上商民能逃的都逃走了，谁还敢把渔船停在海湾！

刘兴治不满地小声嘟囔：“这也算掌故？”

吕烈理也不理，只管朝着孙元化：“大人，请看脚下。”

“啊！”孙元化惊叹一声，一个很强烈的动作，仿佛立刻就要蹲下，但他止住了自己，停留在弯腰下视的姿态上。

满滩洁白光亮的球石，浑圆的如珠，扁圆的似饼，椭圆的则像鸟蛋，很是玲珑可爱。而经海水浸润的球石更呈现出缤纷色彩，或洁白如玉，或红艳似玛瑙，橙黄犹似橘柚，青绿仿佛海天。吕烈捧起一把晶莹的石头给孙元化细看："大人，这石上花纹图景，天地点染，自成情趣，真是胜过人间画师千万！"

孙元化拣过一块椭圆扁石，不胜赞叹："真是难得，这不是一幅绝佳的林壑飞瀑图嘛！"

"大人不记得苏东坡的《北海十二石记》？"

孙元化恍然："那'五彩斑斓、秀色粲然'的赞语，就是为此石所下？"

"大人果然博识强记。苏东坡不过做了五日登州太守，并未亲临长岛，居然也有人渡海献石逢迎讨好。将古比今，能不令人慨叹！"

孙元化注目手中球石，微微点头："诚然。但因此而传下这篇锦绣文章，也足以为半月湾增色了。"

吕烈一笑而罢。孔有德也跟着笑，他是个不通文墨的粗人，听不懂那对话的奥妙。耿仲明心细，听懂了也不说破，只陪着微笑。刘兴治却心绪缭乱，半懂不懂，总觉得输给吕烈，在孙抚院面前抬不起头。

南长岛与北长岛相距五里，中通一路，宽二十余丈，全由珠玑石铺就，真是名副其实的玉石街！只有十五大潮日海水能把路面淹没。孙元化一行人骑马走过，望着两面喧闹的蓝色大海，望着脚下如同浮在海上、蜿蜒延伸的白色路，惊叹不已。

"这像是海上飘着的一道白练呀！"耿仲明小声地啧啧称赞。

"什么白练！是条白龙！"孔有德大口吸着海上的凉风，非常快活，"咱们骑在龙背上游东海呢！哈哈哈哈！"

孙元化捋着髯须，微笑四顾："我想，它更似一道白虹，连天连海，雄伟壮观！"

吕烈仿佛没有这份诗情画意，望着右面那一片风平浪静的海面侃侃而谈："这一片俗称庙岛塘。南北长岛是它的东北屏障，挡浪、大小黑山等十数岛环聚四周，恰似一串翡翠，任凭外海波浪滔天，塘内总是清风徐来，水波不兴，最是商船泊锚的好地方。早年间这里帆樯林立，舟楫穿梭，珍宝如山，商贾如云，北去津京，南往吴淞闽粤，东北到高丽、到倭国，可谓四通八达。每至傍晚，十里灯火亮如繁星，盛极一时也！现如今却……”他哼了一声，又瞅刘兴治一眼。

庙岛塘，真像一个碧玉盆！水平如镜，倒映着远山浮屿，几只白色鸥鸟贴着海面低翔，又倏然冲上天空。只船片帆皆无，冷清寂静，只有海浪轻柔地拍打玉石街，和着轻风在人们耳边叹息。自从刘兴治占了长岛，商船哪还敢来庙岛塘！

刘兴治恼火地脱口而出：“人为财死，鸟为食亡，总不能看着弟兄们饿肚皮！……再说，你这又算得什么掌故！”

“当年唐太宗东征到此，与大将尉迟恭分兵驻扎南北长岛，”吕烈果然讲起了掌故，“一日，太宗得知尉迟恭重病不起，欲往探视，却遇狂风巨浪，船不能渡。太宗仰首而歌曰：‘恨苍天之寡情，探爱将兮无路，舟兮舟兮何以渡！’他忧虑入寐，竟得一梦：一条白龙扬鬃探爪，腾出海面，卧伏于二岛之间，竟化为晶莹洁白的长街。太宗惊醒，赶至滩头，宛然梦中景象:玉石长街嵌连南北长岛，兵勇呐喊，万众欢呼……唐初君臣相依，推心置腹,情无隔阂，善始善终，所以得贞观、开元之治，百年盛世。唉！……”他很快地看了孙元化一眼，惋叹着不说了。

孙元化的眉头痛楚地耸动了一下，远望西北海上浮云，默不作声。君臣相依，推心置腹？……当年他与袁崇焕同在辽西，堪称好友。袁崇焕得大用为总督、为兵部尚书时，就是以此自诩的。后来袁崇焕下狱，他也曾上疏援救；一旦定下卖国通敌大罪，他只得缄口不语了……如今他时时事事都在吸取袁崇焕始信而终弃的前车之鉴，不求达到君臣相依、推心置腹、情无阻隔，但以他的聪明博识，善始善终总还是可以的吧！……

烽山是长岛的最高峰，登上烽山，则南北二岛尽收眼底：北望半月湾玉石街，如月如玉，更加惟妙惟肖；南隔四十里海域，登州城雄踞滩头，万户人烟；西看庙岛塘，平铺出几十里蓝绿色锦缎，一团团岛屿、一串串礁石，似翡翠，如琥珀，在潋滟水光中闪烁；东临汪洋，广阔无垠，波涛汹涌，极目远望，海天相连，融化在一片朦朦胧胧的蓝色雾霭中。孙元化举目四望，由衷赞叹：

“何等壮阔！何等雄伟！定是观日出月出的上好所在！”

吕烈轻轻一笑：“大人，此处看日落月落也极难得。”孙元化看他一眼，他装作没看见，向西指道，“大人请看，那便是庙岛，又称沙门岛，历朝罪犯流放之地……”他开口就是这些不中听的话，好像人世间一切都欠他的债，令他痛恨。

孙元化一口接过去：“不错，庙岛向以海神庙著称。原建于宋宣和四年。前年皇上即位，特令增修扩建，赏景祈祷者纷至沓来。每逢七月七，广闽浙苏许多南船在此办盂兰会已成百年老例，其时商客云集、繁盛非常，可算登州府一大盛事。”他转向刘兴治，“今年七月初七就在眼前，商船竟无一敢至，盛极一时的海神庙会难道就因刘游击而废吗？不知刘游击何时率部返回皮岛？”

刘兴治一怔，他没料到孙元化会问得这么直截了当：“这这这……小的来长岛，实在是粮饷无着，不得不……”

孙元化微微点头：“不错，前些时朝廷忙于收复四城，粮饷有缓急之别，果是对皮岛顾及得少。下面弟兄不得不自出寻食，原是朝廷的疏忽，但百姓商民看来，不就是抢掠吗？……如今京东四城收复，金兵尽都赶出关去了，皮岛粮饷自会及时转运，也就不容将军擅自征饷，擅离汛地了……刘游击可明白？”

刘兴治几次想打断孙元化的话，终究不敢，这时便急急忙忙地问：“四城果然已经收复？金兵确实全都退了？”

他最关心的竟是此事？孙元化心念一动，敏锐地盯住他：“怎么，刘游击竟然一点消息也不知道？”

刘兴治慌乱地避开孙元化的注视，心里暗暗咒骂鞑子的奸狡，想起了皇太极不断送来的谕帖中那些甜言蜜语——

“金国汗书与刘府列位弟兄知道：我国与南朝争雄之际，尔果杀其官员，率其岛民归我，此天意特使尔等助我也！诚如尔言，但凡尔等率来金、汉、蒙古人等，绝不令其入我境，皆与尔为民，在境外任尔择地住种，做个属国过活。青天在上，我言皆实，我若哄你，天不罪我乎？……

"……尔等书信中有云：'闻西边探报，汗得城池，未几复被汉兵占守'，必是说建昌也。永平攻下后，建昌参将马光远率众归降，时朕欲发兵防守，以其城小地窄，恐扰官生军民，故未发兵……"

这位金国汗必是窥出刘氏弟兄首鼠两端的隐秘，竟应许他们"做个属国过活"，对刘兴治实在是很大诱惑：属国！国主除了他刘兴治还有谁？刘家祖坟或许真有王气哩，保他称孤道寡当真龙天子也说不定！但金国汗至今不承认已经退出关外，极力掩饰真相，哄骗刘氏弟兄，这却是刘兴治无法容忍的，不觉怒形于色。

孙元化一直注意观察刘兴治的表情变化，进一步逼上去："京畿四城收复，关内安定，则海路必须通畅无阻，朝廷断不容刘游击驻兵长岛为所欲为，所以，已升副将黄龙为总兵，驻镇皮岛！"

孔有德、耿仲明、吕烈三人听孙元化突然把话挑明，顾虑变生不测，不约而同围拢来护住巡抚大人，一齐警惕地盯住刘兴治。刘兴治果然吃了一惊，一把攥住腰刀刀柄，怒声大叫："黄龙？他是什么东西！凭什么？"他一挥手，刘兴基和岛上将领们突然都按剑集拢到他一边，立眉怒视。

孙元化迅速接住刘兴治的话："凭他收复四城新立大功，连晋三级为都督佥事，世荫副千户！刘游击也是领兵打仗的人，岂不知武将惟有战场上一刀一枪杀敌立功，方能加官晋爵，光宗耀祖，封妻荫子？"

刘兴治噎住，瞪了眼哑口无言。

孙元化口气更加和缓："刘游击武艺高强，才量过人，本帅早有耳闻，可惜没能在勤王一战中杀出威名立得功勋。纵然你才具堪为岛帅，朝中谁人知道？军中谁个服气？恃强任性而行，则更失人心。我为刘游击计，莫如龙归大海，虎进深山，他日往战场杀金虏立奇功。收复金、海、复、盖四州之日，本帅亲自为你请功；倘能驱逐金兵恢复辽东，我敢断言，那便是你拜印挂帅、封侯晋爵之期了！"

刘兴治呆了半晌，扑通跪倒在地，很响地叩了一个头，说："我刘五自小气性不好，弟兄们多让着我，长到这么大，从没有人像帅爷这般正言教导，不欺不诳，是非曲直利害都摆得一清二楚！还有什么好说？我服了帅爷你！四哥，老七，弟兄们，都来给帅爷磕头！”

孙元化谦和地扶起诸人：“不必如此。目下国家危难，强虏猖狂，更须我等同仇敌忾抗击金虏，以期还我河山！元化愿与诸公共勉！”

孔有德、耿仲明眉开眼笑，不料真能化干戈为玉帛。吕烈心里未尝不为孙元化审时度势、因势利导的才干和魄力所折服，但表面绝不肯表露一点。

众人簇拥着孙元化下山，孔有德忽然嚷出声：“好作怪！那也是棵树吗？”

好一株状貌奇特、苍老遒劲的古树！高数丈围八尺，树冠圆阔茂密，似擎天伞盖，浓荫方圆数亩，树干皮暴棱凸，好像八九条龙蛇紧紧绞缠盘结一起，又各自伸向天空。

孔有德拍拍吕烈：“喂，你这百事通，怎么哑巴了？”

吕烈一时回答不来，随口说：“山草野树，谁能识得许多！便是大人恁般渊博，怕也说不出这怪树的名目。”

孙元化笑笑：“果然难认。只是因这树，我想起一个人。”

“末将倒不信了，”孔有德惊奇地问，“何人有这般胖大身躯？”

“不是形似，是神似。”孙元化不笑了，绕着这株怪树慢慢地兜圈子，沉思着，说，“此人幼蒙倭难，幸遇大将军刘绥平倭定朝鲜，携回中国养为亲兵。萨尔浒之战，明军大败于金，刘大将军战死，他因此自觉有罪，不敢回关内。辽东失陷，他竟被金国掳去。因他聪明机警，深受汗王喜爱，多方善待恩养，先嫁以贝勒之妹，又任为副将，管金、海、盖三州，可谓荣华富贵极矣，此人却视如草芥，一心要归南朝，暗中交通毛文龙。多次被人告发，也多次定罪下狱，几回要杀，金国汗王因特别爱他才干，竟都赦宥了。受此磨难，他并不灰心，归朝之意愈切，费尽心机才用金蝉脱壳之计，假托自焚逃走，于前年十月携带属下二百余人归来。金国汗闻知大怒，将他家眷数十口全下了狱，他也并无回顾之意。金国汗恨他入骨，今年正月闻知他在太平寨，专遣两路兵马夹击，置他于死地，他身中十数箭而直立不倒……”

刘兴治兄弟此时已泣不成声，孙元化对他们望了好一会儿，叹息道：“在宁远，我与他相处月余，一见如故，三生有幸，常相往来晤谈。闻他在太平寨遇险，急领兵救助，已是不及，连遗体也不曾寻得，只救得他两个回来。”孙元化指指孔有德、耿仲明，“当日战事详情，耿中军上次来岛想必都说与你了？”

刘兴治连连点头，跺着脚恸哭。

“他生时心中纠结缠绵如此树的，是一片忠君报国、一心向明的情怀，死后英灵不散，定将护佑我朝国泰民安。但愿你们弟兄承继令兄遗志，不辱令兄英名！”孙元化说罢，虔诚地对天一揖，刘兴治兄弟连忙跪倒，哭着对天叩头，随后站起身擦泪，呜咽着说：

“帅爷教诲，我兄弟铭记终生！”

众人早听得呆了，孙元化突然转了话题：“吕都司，我记得此树乃小叶朴，本地人呼之为‘祖宗树’，不知是也不是？”

“这，卑职不知。”吕烈还在恍惚中。

孙元化便告诉众人关于这棵树的传说：二百年前，安徽凤阳一老人携了八个子侄逃难至此，一住十年，垦田开荒，终于丰衣足食，老人却一病不起。临死遗言说：“要想守住家业、世代兴旺，你们八个千万不能分心……”八个孩子埋葬了老人，各自在坟前栽一棵树，表示齐心协力在岛上扎根创业的心意。这八棵树从此不管日烤风吹、雹打霜侵，愈长愈旺，愈挨愈近，渐渐并在一处，长成了一棵。后代都知道此树是得了老人的灵气儿，对它格外虔敬，“祖宗树”的名儿便世世代代流传下来。

最后，孙元化说：“我等弟兄们也当如这祖宗树一般齐心协力，不生外心，抱成一团，方能抵挡暴雨狂风啊！……”

他的低沉厚重的声音，像古钟一样在每个人耳边震动，直响到了他们心底，在那儿激起颤栗。今天，是他成功的一天，他光辉的一天！这些人都被他迷住了，为他丰采夺人，为他器宇轩昂，为他博学多才，为他沉静慈祥，甚至为他疏朗诚笃的面容，为他深沉动人的声音……

院子里搭起天棚，排桌设宴款待孙元化一行。刘家弟兄不再提水战演练的话头，决定十天之内北返皮岛，宾主皆大欢喜。

不想入席之时，吕烈对主人的座位故意地看了一圈，冷冷笑道："刘游击那张别致的椅褥怎的不见铺出来?"

刘兴治双眉一竖，似要发作，继而软下来，颇有几分尴尬，笑道："闹着玩儿的事，何必又提它。"

上次吕烈和耿仲明来岛下书，刘兴治也设宴款待，入宴前向两人指看他椅上的坐褥：似兽皮而无毛无尾，似帛缎又四肢宛然，椅背处的褥上黑毛丛密，仿佛人发。吕、耿二人都认不出是何怪物。刘兴治嘿嘿一笑，请他们转到椅后去看，坐褥后垂的那一块竟是一张人脸！耳目口鼻分明，但已干缩，原来是人皮坐褥！两人惊诧不已，刘兴治却扬扬得意地夸耀此物如何冬暖夏凉。

这是刘兴治的下马威，并未把吕、耿二人吓住。耿仲明不快地笑道："刘五弟还是这么爱杀人玩儿!"吕烈却极其鄙夷地从鼻子眼里哼一声，说："蛮夷陋习!"几个字就把刘兴治激得面红耳赤，差点儿发作。

今天吕烈哪壶不开偏提哪壶，不是专要刘兴治难看吗?

孙元化看定刘兴治闪烁不定的眼睛，亲切地说道："刘五弟，我大明乃礼仪文明之邦，不可再学那茹毛饮血的蛮族行事，免被同僚耻笑。"

"是。"刘兴治面有愧色，低头恭敬地回答。

海参宴极是丰盛，为贵宾特意准备了清汤原汁鲍鱼，用的是最上等的皱纹盘大鲍，一只只有剖开的半个鹅蛋大小，摆成六六如意图案。鲍肉上剜了花纹，撒上红椒、青葱、黄姜切成的极细的丝，鲍贝内壁闪着华美的珍珠色泽。对着色香味形俱美的上等佳肴，谁不开怀畅饮？几个清俊的十三四岁小亲兵，在席间调丝弄竹，为宾主唱曲：

……徒捧着泪盈盈一酒卮，空列着香馥馥八珍味。慕音容，不见你；诉衷曲，无回对。俺这里再拜自追思，重相会是何时？揾不住双垂泪，舒不开咱两道眉。先室，俺只为套书信的贼施计；贤妻，俺若是昧诚心，自有天鉴知……

这曲《雁儿落》是《荆钗记》中王十朋祭祀亡妻的唱段，极是流行。酒已半酣，许多人跟着点板打拍，轻声哼唱。那边刘兴治持杯不动，呆呆地听着，眼眶里竟盈着泪光。他的部下都不敢看他。孙元化瞅着他暗自嗟叹，知道他不只是因为有了酒意。这次事情完满解决，表明自己对他的判断相当准确……

早知道这般样拆散啊，谁待要赴春闱？便做到腰金衣紫待何如？说来又恐外人知，端的是不如布衣！……

一句“端的是不如布衣”，刘兴治眼里的泪搁不住，终于滚下。他连忙举杯仰头饮酒，双袖掩过了两滴豆大的泪珠。

“停！檀板拍——拍错了！”耿仲明摇摇晃晃，撑着桌子站起来，指着小亲兵，已有七八分醉意。

“仲明，你醉了！”孔有德赶忙拉他坐下。

刘兴治不高兴地瞪住耿仲明：“错？错在哪儿？”

“就是这句‘端的是不如布衣’！这‘布衣’之‘布’字，出口应在后半拍，是这样——”他竟以手代板在宴桌上拍击，摇头晃脑地把这句唱了一遍，然后说，“他，抢了半拍！”

身为营官，当众唱曲，成何体统！刘兴治却笑了：“真看你不出，精通音律呢！”

“哈！我若不是会唱曲儿，早就见阎王去了！”耿仲明很兴奋，眼皮也不眏了，只顾絮絮叨叨，再管不住自己的舌头，“早年间，努酋[1]破辽东，恨贫民作乱，拘来贫民杀个干净，叫作‘杀穷鬼’；第二年又说富人聚众思叛，再拿富民抓来杀个精光，号称‘杀富户’，两趟大杀，辽东还剩几个汉人？……只有四种人不杀：一是皮工，鞑子留了做快鞋；二是木工，鞑子留了制器具；三是针工，鞑子留了缝

① 努酋：指清朝开国皇帝努尔哈赤。

裘帽；四是优人，鞑子留了看戏听曲儿。最杀得狠的就是念书人，杀光不留！我幼时原是读书种子，偏又生得白净，那年鞑子拿住我时问说：‘你必是秀士！’我急中生智道：‘不是秀士是优人。’鞑子道：‘既是优人，唱支曲子我听！’亏我平日爱听戏，便唱了一曲，就是方才那支《雁儿落》，才得活命……”他醉眼蒙眬地望望这个，瞧瞧那个，大家也都静悄悄地看他。他凄切地笑了，抹了抹额头，说：

“何必嘲笑我呢？咱们这些人，只除了帅爷和吕都司，谁不是打鞑子刀下逃出来的呢？谁又不是丧家犬呢？……”他说着，突然伤心，呜呜地哭了起来。

主客满座，一个个神色惨然，有人低头饮泣。

“哈哈哈哈！”吕烈不合时宜地仰天大笑，笑声很刺耳，令人讨厌。刘兴治、孔有德诸人禁不住怒目相视，孙元化也不解地蹙起眉头。吕烈自顾自地笑了个够！非如此，不能抵消心里因受孙元化感动而低他一头的感觉。他一拍桌子，傲然大言：“男子汉大丈夫，何屑作此妇人态！”揽过大杯一气喝干，掷杯于地，喝道，“酒来！”

四

“孔叔，帅爷在这儿吗？”陆奇一跳下马背，就气喘吁吁地冲到孔有德面前，尖声尖气地问。

“哈，小猴儿！”孔有德喜爱地一摸小亲兵的脑瓜儿，“怪神气呢，帅爷来过，待了一会儿就走了。”

“又跑哪儿去了！”陆奇一可笑地蹙着小眉头，俨然管事的侍从模样，“校场我全部跑遍了，全都是这句话：来过，又走了！……”

“哎，小陆奇一，”孔有德突然把这小兵拉到身边咬耳朵悄声问，“那几处校场，他们那伙儿练的什么？……”

陆奇一当然明白“他们那伙儿”指的是登州兵，他溜一眼周围举石担、舞石锁，一个个汗湿衣衫的辽丁们，说：“一样一样，练得狠着哩！陈良谟营练射箭练格斗；姚士良营练刀枪剑戟外带火铳佛朗机；管惟诚帮着张鹿征摆阵……放心！他们才开练，比不过咱们！”他一张小嘴极其伶俐，吐珠子似的一串说下来，又快又清楚。

孔有德声音更小了："悄悄儿告诉我，帅爷定下哪天会考？到底……考啥题目？"

孙巡抚大义收服刘兴治的故事传开以后，登州人松了口气，对孙元化感戴佩服起来。他也就看准这个时机，下令登州驻军练将练兵。各营都挂出孙巡抚的军训格言："校场多流汗，战场少流血。"他每天亲自督导，又制定小考、大考、会考的种种奖惩办法，逼得各营从早到晚地苦练，累得晚上上炕都抬不动腿。

孔有德竟想作弊！小亲兵脑袋摇成拨浪鼓："不知道！不知道！你这么大个人还想偷题？没门儿！"

孔有德嘻嘻地笑，低声下气："好兄弟，我生来的笨，要考煳了丢咱辽东人的脸！就告诉一句，回头请你吃大螃蟹！"

"告诉你不就哄了帅爷？不成！"陆奇一扮个鬼脸，转身就走，冷不防孔有德大手往孩子腰间一拿，眨眼间就单手把他高高举起，耍坛子一样在空中旋转，仿佛他不过是根羽毛。小亲兵手脚乱晃尖声嘶叫，招得营兵们瞧着他俩哈哈大笑。

"我说我说！"陆奇一笑得几乎岔气，吱吱叫。孔有德轻轻一托放下孩子，双手叉腰，笑着威胁道："叫你知道我的厉害……"一语未了，小鬼头像只松鼠，打孔有德腿裆"哧溜"钻过去，一蹦好远，拔腿就跑，边跑边笑边嚷：

"大狗熊！熊瞎子！就不告诉你，就不告诉你！……"

魁梧硕大的孔有德真像只大熊，起动得慢，待要挪步去追那机灵的小猴子，他已爬上马背如飞地跑了，留下一串揶揄的笑声。

天黑了，半个月亮从蓝海里升上天空，陆奇一终于在水城西炮台找到孙元化。

西炮台是由孙巡抚亲自设计督造改建的，把城墙延伸到丹崖山峭壁上，这样，东西两炮台就像用力打出去的两个拳头，呈掎角之势，封锁了海面，护卫着水门。近日炮台刚刚成形，道路崎岖，人行马走都很吃力，真不知那两门八千斤西洋大炮是怎么弄上去的！

守西炮台的是登州陆师游击营。到了这里，陆奇一便板住面孔拿足架子，昂昂地回答哨兵查问。借着暗淡的营灯和月光，他摸索着攀上丹崖山，爬上西炮台。转出门道，眼前一亮：几十盏营灯高挑，几十把火炬熊熊燃烧，上百人来来往往围着两门大炮忙碌，只有脚步声、旗帜飞动声、火把燃烧声和阵阵海潮声，没人言语，连咳嗽声都听不到。灯火下所有的人看去都一模一样，陆奇一揉揉眼睛，觉得如同在梦中。

“不行。炮身俯仰少了半度，定位时间慢了半刻，差得远。”低沉柔润的声音来自炮口前，孙元化手持铳规在那里测量，静静地评判着。

从那几十名抬炮身、推炮垫的营兵群里，站出满头大汗的吕烈，走到炮身一侧眯着眼端详片刻，对部下一挥手：“重来!”他反身回去又同营兵们一起操弄那沉重的大炮。

一个嘹亮的、腔调古怪、说不清是哪方人氏的声音赞叹着：“据窝（我）的这个……精盐（经验），孙大人，泥（你）的车拴（测算）亨蒸觉（很正确），窝（我）非唱（常）……奇，奇怪！窝（我）说的，泥（你）明白?”陆奇一认出是葡萄牙教官可莱亚。他又高又瘦，淡色鬈发与众不同。

“哦，这很简单。”孙元化微笑着解释，“我的脉搏每刻九百次，用来计时多很准确。至于俯仰，我做了一个铳规，插进炮口，便可测知。”

“通（铳）……规?”可莱亚很惊奇，“可以给窝（我）刊刊（看）吗?”

“禀帅爷!”陆奇一抢上一步，“张参将请你回署，有要事。”

登州参将张焘，与孙元化同是徐光启的门生，同是天主教徒，随孙元化同来登州，做他的副手。

“知道了。”孙元化对水城内的小海看看，那里船上水面灯火通明，水师仍在操练。他原本还要上船去的，只好等明日了：“可莱亚教官，我已命人在福船上架设大炮，请你去看看装架得是否合理。”

“是。窝（我）这就去。”

“吕都司，就按方才的顺序反复演练，务必练成定位准、用时少的本领。”

“是!”此时的吕烈极其沉默，应对发令都减省到了只用一两个字。剑眉在眉心执拗地纠结一团，少有的威重。

孙元化赶回巡抚署，刚在书房坐定，张焘一脚迈进来，神色有些紧张，机警的眼睛飞快地向四周一扫，朝门外唤一声：“抬进来!”

两名亲兵用轻便担架抬进来一个人。此人一见孙元化，便挣扎着要起身，哽咽着喊：“帅爷！……”

孙元化很惊讶，忙扶住他：“刘兴基?”

“正是小的。”刘兴基垂泪道，“家兄不仁，不听良言，反将小的杖责，还说要打死。小的无奈，只得投奔帅爷。”

“前日刘兴治来函，道是即日将归皮岛，要率队来登州辞行。”孙元化注视着刘兴基。

刘兴基急忙摆手：“帅爷断不可信他！他想诱帅爷再次上岛，好擒了去做降金进见礼！……”

“哦?”孙元化暗吃一惊，“他又变卦了?”

“是。”刘兴基竭力忍住呜咽，“他是故意请求率队来登州辞行的。他说就算帅爷答应，登州地方及张总镇也决然不准，定能逼得帅爷再次赴岛送行。原是他欲擒故纵的计谋……”

刘兴治果然机敏过人！事情正如他所料，他的辞行来函遭到张可大及登州太守、蓬莱县令的坚决反对，怕刘兴治积习难改，为害地方。孙元化确已准备二上长岛送行了，险些落入陷阱！

孙元化揭开盖在刘兴基下身的单布，那臀、腿上的棒伤肿起好高，青紫处、溃烂处惨不忍睹。孙元化皱眉道：“自家亲兄弟，竟下如此毒手!”他扶刘兴基俯身卧倒，为他轻轻拭去额上汗珠，问起变故的起因。

刘兴基长叹了一声：“帅爷驾临长岛，不嫌我弟兄愚鲁，以大义相劝，岛上弟兄无不感戴，便是我五哥也是真心归服。谁知三日前由皮岛开来一条大船，持着黄龙总兵的手谕，说是奉孙巡抚之命特地差人迎我们弟兄北归。这原是帅爷与黄总兵的好意，却不知为何差来的人役尽是沈世魁的家将亲兵！黄总兵难道不知沈世魁与我五哥有仇吗？好歹也该打听打听！这些人上岛就倚势诈索银两海物，闹得鸡飞狗跳。我五哥当下就要翻脸，被我们大家劝住。只说次日起锚，不料又起了变故……”

刘兴基接着讲了一件传奇一样的故事。

刘兴基劝回五哥，陪他在屋里喝闷酒，听他不住咒骂沈世魁，发誓回皮岛去收拾他。忽有亲兵来报，说有四名朝鲜参客搭那大船来了长岛，要往登州做生意，求刘爷使船送去，有重谢。

刘兴治酒刚入肠，十分暴烈，哈哈大笑：“真是央求老虎放牛羊哩！上好的生意，叫他们进来！”

四名参客一进中堂，先跪倒三个，独有最瘦小的不肯跪，只愣愣地瞅着刘兴治。刘兴治暴怒，劈胸揪过那人就挥拳头，那人双手猛地攥住刘兴治的青筋大手，笑得很凄楚：

“你，你还是这样粗莽……”

只这一声，满堂下漫不经心等着看笑话的刘家弟兄和亲兵们都呆住了，几十双眼睛一齐盯住瘦小的参客，不敢出声。刘兴治挥出去的拳头猛然停住，转而擂在自己的胸膛上“咚咚”乱响，大叫一声“贞姐！”两人便搂在一处放声大哭，跪倒在地。

“五奶奶！”“五嫂！”“五弟妹！”堂上一片叫喊声，跪的跪，扶的扶，陪着一同流泪。

还是五奶奶先收了泪，说：“蒙汗恩典，差这三位爷护送我来此团聚，一路上多少劳碌险阻。四哥，劳你款待三位爷，不可差了礼数。”

退回后堂，五奶奶才取出金国汗的书信：“汗的意思这回讲得明白，他年灭明之后，与我刘家分国而治。为表和好诚意，将我送了来。太太及六弟，还有各位嫂子侄儿，还在那边，汗养活着。若失信于汗，一家人就难保了……”

刘家弟兄沉默良久，无人搭茬儿。五奶奶哭了：“不看别人也罢了，就不看太太的面？太太年高，一辈子吃尽辛苦，把你们弟兄七个拉扯大，容易吗？就眼看她老人家死在刀下？你们七个堂堂男儿，连自己的亲娘都……咳！”

刘三刘兴亮沉不住气，直跳起来：“老五，就应下！先救下母亲再说。到头，我们弟兄终是不降金不归明！”

刘兴基直是摇头：“若是这般行事，有何面目见泉下的二哥？如何对得住孙帅爷？”

计议半晌，举棋不定，刘兴治牙咬得“咯咯”响，只不作声。这时刘四刘兴邦匆匆进来，很有些慌乱：“沈世魁的那些家将亲兵一直盯咱们的梢，似已发现五弟妹……”

堂上气氛骤然紧张。刘兴治一拍桌子，立命众兄弟各自回营准备船粮兵器，随时听他将令。

刘兴基回营，忐忑不安，不知五哥到底拿什么主意。直到傍晚，他才应命去大堂听点。却见营门栅栏上挂一排血淋淋的人头，仔细辨认，竟都是沈世魁的家将亲兵！刘兴治已决意叛明降金，收编了皮岛来船和余部。叫刘兴基来，是计议诱擒登州大将以献俘金国汗的！

“……我再三劝告，却把他惹恼，竟要乱棍将我打死。亏了五嫂讲情，才留了我一命……”说到这里，刘兴基伤心欲绝，伸手从怀中取出几页纸，呜咽道，“这便是金国汗和我六哥的密信，我抄录了来……”

孙元化接过展读。读着读着，孙元化慈和的目光陡然变得尖利，直刺刘兴基：

“这么说，你们一直与金虏交通？”

刘兴基局促不安地分辩：“古来敌国尚通书信，当年袁督师、毛大将军也都如此。何况我五哥并非真心投金……”

“难道忘却你家二哥生而归明，死不降金的志向？”孙元化慨然追问一句。

这话不知怎么触动了刘兴基，他痛苦地咬住嘴唇，闭上眼睛，泪珠不住地顺着惨白的面颊滚下来。好半晌，他终于抑住呜咽，缓缓地说：“帅爷，我敬服你如敬天人，不忍见你入陷阱遭擒害，所以冒死报信。我心里其实与五哥并无不同，既不愿归明也不愿降金。我们是朝鲜人，大明也罢，大金也罢，谁也不待见我们，跟了谁也是奴才，有什么好？……帅爷提起我二哥，其实我二哥他……他是悔不过，自己寻死的呀！……”刘兴基哭得抬不起头。

孙元化顿时想到刘兴祚自己就死的迹象，还有那句古怪的话：“总算死在该死的地方了！……”

刘兴基擦擦泪，伏在担架上歇了口气，接着说：“去年腊月底，二哥从关里捎了封信来皮岛，里面的话尽都凄凉不堪。说是我们弟兄皆因仰慕中华，故而不避险阻，九死一生投奔了来。只说毛大将军忠勇为国，又有袁督师这般英雄主兵事，皇上又如此英明，收复辽东赶走金虏必是指日可待的了。谁料袁督师竟杀了毛大将军，使皮岛人心涣散；皇上又将袁督师下了诏狱，如今人人自危，谁还有心阵战？大明乃礼仪之邦，没想到原来如此，有甚兴味？细想起来，金国汗待我们弟兄本是不薄，倒是我们负了他。惟愿死在金人刀下箭下，恩义相抵，我也就安心瞑目了……”他泣不成声，喘息片刻，又说，“前日来了探报，说袁督师在京受磔，京都人竟买他的肉吃！我们弟兄心里……实在受不得了……”

孙元化耳中“嗡”地掠过一道尖啸，一时听不见刘兴基又说了些什么。前两天京里来人兴致勃勃地告诉他十六日西市磔杀袁崇焕的盛况。京都百姓怨恨之极，每人使银一钱买袁崇焕一块手指大小的肉，生嚼血食，嚼时必骂一声“卖国奸贼！”然后吞下。共剐了一千余刀，皮骨已尽而其心肺间仍叫声不绝，半日方止。刽子手对人夸示说：“我服侍的老爷多了去了，从没见像袁爷胆这么大的，看看，赶上鹅蛋了！……”

太活灵活现了！血淋淋的酷刑，皮肉、筋骨，直至五脏六腑……孙元化咬紧牙关，不愿也不敢再想下去，但刘兴基的哭诉声声入耳，却在逼着他想……这一瞬间，他看到刘家兄弟是那么孤立无援、走投无路、受尽欺压，他们是迫不得已啊！这也能算是背叛吗？……

孙元化舒放软化的心似被重物一撞，骤然缩紧坚强，蓦地醒悟：我这是怎的了？竟有这样的怪念头！对背叛行为姑息怜悯，岂非不忠？他悚然起身，走到窗前站定，对窗外沉沉暗夜凝视片刻，回转身来，已恢复了庄重和严厉：“你们弟兄这样出尔反尔，周旋于明、金之间，将来明、金联手，你们不怕碎为齑粉！”

刘兴基苦笑：“帅爷，我们不过想寻几处岛屿容身，自成小国，与世无争罢了……”

“这不是痴想吗？明、金两国交兵，谁能容得你们？便是金国汗那些对天盟誓的话，也不过一片烟云！”

刘兴基长叹一声：“这，我们兄弟岂不省得？只是老母妻子都在他手，不得不……只求帅爷，若是拿住我五位哥哥，千万念在我们兄弟不得已的苦衷，饶恕一二，该斩的长流，该流的充军，该充军的杖责，我便担个不忠不义的恶名去死，也是情愿的！”他猛然起身跪倒，扑地大哭。

刘兴基被抬走后，书房内沉静了许久，孙元化和张焘相对无言，各自想着心事。

孙元化终于望着夜空的星月，轻声说：“明日将有大雨，后日上岛吧。着孔有德、耿仲明先去。”

多年相交达成默契，简单几句话，张焘已明白了孙元化心里一整套相当复杂的方案：“要把内情告诉孔游击吗？”

“不必。他不会装假，易出纰漏……着吕烈同去，把内情对他讲明。”

“他？登州营里的，又性情古怪……”

“这都不假。但他大事不含糊，且其才堪用。”

“是！”张焘静悄悄地退出书房。孙元化仍站在窗前，仰望天空，一动不动。

五

一下船，吕烈就一反常态地大说大笑，指手画脚，又是刻薄，又是打趣，招得人们一阵阵哄笑。不仅让亲身来迎接的刘兴治感到奇怪，就是与他同行上岛的孔有德、耿仲明也难解难猜。都知道吕烈是个怪人，只得见怪不怪，由他去。

“盘古开天地，天地生万物，万物之中人为灵。而人中圣贤，自古难得。”吕烈说着，挓开五指高高伸着，“伏羲以八卦穷天地之旨，一也，”他屈下拇指，“神农植百谷济万民，二也，”他收回食指，“周公制礼作乐，百代常行，三也，”他屈下中指，“孔子出类拔萃，四也，”他屈下无名指，“孔子之后，再没有屈得吾指之人了……”半晌，他又屈下小指说，“连我吕烈算上，不过才五耳！”

人们乱哄哄地笑嚷，耿仲明摇头道：“狂！狂！真不知天高地厚！”

随从兵勇中有人笑道：“吕都司，连关老爷也不算数？”

吕烈搔搔额头，装作为难的样子：“要说呢，他原与孔老夫子并称文武二圣的。只是他太热闹，势力太大，我岂肯去巴结他！”

孔有德最崇敬关圣大帝，立刻不满地说：“这是什么话！”

“不信？你算算，但凡剃头店、茶坊、酒肆、商铺，哪一家堂前不供他关老爷红脸神像？可怜孔夫子只有坐冷板凳的私塾先生那儿供一尊泥胎哄哄小孩子。再数数，小儿寄名给关老爷的有多少！凡乳名关囡、关保、关金、关银的一切关字辈小把戏们，都是关老爷的干儿干女，孔夫子只有几个虚名的穷酸做门徒，无人肯拜他做干爷，弄得初一、十五的香烛元宝都骗不到手。再看看，每座城池，孔庙只得一所，关帝庙则无论僧寺道院都能附设。孔夫子每年只有春秋二祭吃几口冷牛肉，关老爷可是一年四季月月日日，都有善男信女烧香供斋的，可惜也没有吃得胖点儿……”

吕烈说一句，众人笑一阵，这样挖苦贬损孔夫子、关老爷的话，即使这些粗鲁武人，也是头一回听到。

孔有德瞪了吕烈一眼，说：“你小子毁骂文武二圣，就不怕遭天雷打！”

吕烈哈哈笑道：“天雷且打不到我头上呢！文武二圣教导的是，文官不要钱，武将不要命；而今早已是文官三只手，武将四条腿啦！……天雷打那三只手四条腿还忙不过来，哪有闲心照顾我！……”

众人又是一场大笑。孔有德恨得咬牙道：

“帅爷不得来，你就如脱锁的猴儿了！……”

刘兴治连忙关切地问：“帅爷的伤势重吗？”

“昨日大雨，他还上炮台巡查，不慎滑跤，又是这把年纪了，怕是跌得不轻。不然，他早惦着上岛来捡球石、观日出，况且雨后大雾，这长岛更如海上仙山，妙不可言，他岂肯放过？”吕烈说着举目环顾，果见云雾如从海上蒸出来似的，渐渐从四周向岛上弥漫开来，填洼塞凹，沿着山脚往山顶缠绕，就是近在数十步内的礁石岩块，也被云涛吞吐着忽隐忽现，奇妙非常，蓝天绿海都消失在缓缓飘游的雾幔之中。吕烈心里暗暗佩服：好一个孙帅爷！果然料得准，真个是上知天文下识地理了！

浓雾中，数十艘福船、海沧船在南长岛东侧一处人迹罕至的海湾抛了锚。帅船上，静立船楼观望的，便是那位“滑跤跌伤”的孙元化。前营头起哨探正在向他报告：

“禀帅爷，孔游击他们已被刘兴治迎去大堂赴宴，刘兴治不见帅爷尚无疑心。”

“刘兴基投登州的事，岛上没有传闻？”

“禀帅爷，岛上兵丁尽知刘七爷被五爷杖责几死，羞愤难当闭门养伤，不见客。”

“好，你去吧。”

不一时，二起哨探回来，禀报军情大同小异，但有一桩意外：北边开来一支船队，数十条大船，意思要在北长岛东岸停靠，没有旗号，行动诡秘。

孙元化和张焘交换一道目光：这不是节外生枝吗？

“这样的大雾，商家渔民是不肯开船的。”张焘小声提醒。

孙元化点头：“若是兵船，朝鲜不会南下，金国水师尚无雾中行船技能，惟有皮岛诸营有此胆量。若接应刘兴治，则无须隐匿，那么是来寻仇的……”

三起哨探赶到了：“禀帅爷，北来船队停在望夫礁外一里许，正以小船运人偷偷上岸，都穿的明军号衣，说汉话，并无鞑子和蒙古人。”

孙元化略一思索：“令各营划开浪船网船登岸，集队后埋伏于烽山北麓东沟内，其处下临大道，是去刘兴治大营的必经之路，且待北来人马经过，相机行事！”

张焘领命而去。不多时，各大船拖带的开浪船网船载满兵士，像在海面撒下一大片柳叶，纷纷偷渡上岸了。

还是那个院落，仍然搭着天棚，宴席的摆设位置都跟上回一样。大帅不在场，客人们少了拘束，说说笑笑很是随便。刘兴治冷眼看去，对方毫无戒备，心里虽因孙元化未来而觉得不足，却又因孙元化未来而暗暗松了口气。这两天一想到要亲手擒拿捆绑孙帅爷，他就心慌。真是怪事！为孙元化预备的柏木大台桌仍居首席，上面排列着十六件盛满菜肴的沉重陶簋以示敬重，果盒酒具也摆得整整齐齐。看一眼台桌，刘兴治心里怪不舒坦，命亲兵撤了。四名亲兵上去抬，竟抬它不动。

“熊包！给老子丢人！”刘兴治忍不住喝骂，见孔有德他们调头来瞧，又赔笑道，“去了首席，大家平起平坐，也好开怀畅饮！”

耿仲明对柏木桌打量一番：“让我试试。”挽挽袖子，掖紧袍襟，他走到跟前蹲下，两手各握一只案脚，大喝一声：“起！”柏木台桌便慢慢地、稳稳地离地，被他举了起来。众人齐声喝彩。喝彩声未落，耿仲明又慢慢放下，笑一笑，说：“却是行动不得。”

“我也试试！”吕烈上前，只用一手握案足，也把沉重的柏木桌单臂举了起来，桌上杯盘簋盒微微晃动，却未倾斜。他试图抬腿行走，又改了主意，慢慢放下桌子，长长喘了口气：“嗬，真够重的，我也不得行动。”

“看我的！”孔有德搂袖攥拳，站在那里浑身一使力，不知是筋还是骨，“喀啦啦”一阵响得像爆豆儿。他大步上前，一躬身，大家还没看清，他已单手抓着案足把桌子高高举起，瞧他那轻松样儿，好像沉重的桌子、十六个沉重的陶簋都是纸糊的！迈腿就走，绕着院落走了三圈，步履轻捷，手臂就像铁铸石雕的一般，食具陶簋也长在桌面上了，纹丝不动。神力！真是神力！营官兵勇们，不分主客，哄然叫好。

刘兴治看得惊呆了，不由他不格外谨慎。他笑吟吟地高举大杯，声音响彻院堂：“今日既是接风，又是饯行。弟兄们难得相聚，定要一醉方休！来，换大杯，抬酒瓮！”

刘三刘兴亮极力响应着："对对！难得今日，大块吃肉，大碗喝酒，喝醉了倒头睡大觉！明日扯大帆回老家！"

众人哄然大笑。孔有德手执大海碗，咧着大嘴笑道："多谢盛情高义！诸位回到皮岛，见了老朋友，替咱老孔问好！"一仰脖，"咕嘟咕嘟"响，大海碗霎时底儿朝天！大盘油亮鲜红的熗大虾上席了，"嗞嗞"地爆响。

"孔大哥海量！"刘兴治击案赞美："满上！再满上！"

酒如流水，菜如流水，与宴的人都沉醉了……

烽山北麓东沟，原本就被丛生的野草遮掩得影影绰绰，如今云遮雾迷，千余人马竟踪迹不见。拨开密密草木，孙元化和张焘注视下面的大路，费力地分辨那些匆匆赶路的兵勇。他们是明军，但既无旗号又无标志，营官兵勇没有一个面熟。他们是谁？

一片薄雾夹在浓云之间从大路上飘过，景象骤然清晰了许多，数十名扈从簇拥着一位将官骑马前进。几个奉命靠近观察的来自皮岛的营兵快步跑回，气喘吁吁地指着那名将官："禀帅爷，他是沈世魁！"

"沈世魁？"张焘很觉得奇怪。

"这就对了。"孙元化点点头，"他来寻仇，偷袭刘兴治。"

"他远在皮岛，哪里就这么快赶来？"张焘不解地问。

"他的部分家将亲兵乘大船登长岛之时，他必定率兵船暗暗跟随在后，隐藏在砣矶岛或大钦岛静观动向……"孙元化没有往下说，他推断沈世魁是故意激反刘兴治，再来名正言顺地除掉他，省得刘兴治回皮岛对他沈世魁造成威胁。

张焘皱着眉头笑笑："他倒替我们把事办了。这份功劳就让给他吧？"

"不！不在功劳属谁。他若得手，必置刘兴治于死地。"

"刘兴治谋叛有据，原是死罪。沈世魁杀他，倒也公私兼顾。"

孙元化一时无话可说，沉默有顷，挥挥手："传令集队，快速跟上！"

“当！当！当！”三声铜锣响，刘兴治的部下突然跃起，把海吃海喝、业已大醉的登州贵宾按倒在地，对刚才举桌案显力气的三位就更不客气，用船上的粗缆绳上绑。耿仲明和吕烈醉得不省人事，任从摆布。半醉的孔有德还当是跟他闹着玩，一个劲儿笑嘻嘻地嚷：“别闹别闹，儿子敢欺负老子？”待到给捆成一团包袱，挣扎不开了，才明白是怎么回事，顿时暴怒，瞪着血红的虎眼吼骂：

“好你个黑心肝的刘五！好你个无君无父的叛贼乱党！帅爷怎么待你来？我老孔哪些儿对你不起？你个忘恩负义的王八蛋！高丽贼坯，没有一个好东西！……”

刘兴治面孔涨成猪肝色，冲上去抡开手臂，“噼噼啪啪”抽了孔有德十几个耳光，嘶哑地大叫：“填土！填粪！把他那臭嘴给我填满！看他再骂！”

刘家亲兵一窝蜂拥上去，十多人压住孔有德，往他嘴里塞泥土马粪，孔有德怒吼挣扎，周围的人又喊又笑，乱哄哄地闹成一团。

“砰！”“砰！”四面突然一排火铳震响，院里飞来如雨的铅子，数名兵勇惨叫着倒下，人群惊得乱逃乱躲。刘兴治大喝：“快！跟我冲出去！”

“别动！”“站住！”四面八方一片呐喊，墙头房顶、掀开的天棚上，密密麻麻布满了鸟铳手、弓箭手，大门外又冲进来许多兵马，刘家兵勇纷纷扔下兵器，乖乖投降。

刘兴治慢慢倒退，想退进屋从后窗逃走。未到台阶，脚下被人使了个绊子，“扑通”摔倒，一只穿厚底靴的大脚踩住了他的脊背。他用力扭头看，竟是双手还反绑着的吕烈，毫无醉意，望着他冷笑。

刘兴治束手就擒，苦笑道：“这么说，孙帅爷他，他猜透了？……啊！——”他突然惨烈地大叫一声：两把利剑，几乎同时，一前一后地把他刺穿！吕烈大惊，阻拦已是不及。胸前一剑是孔有德刺的，背后那一剑来自一位不相识的中年军官之手。吕烈连忙说：

“孙巡抚有令，要留活口！”

中年军官阴沉地笑了笑，说道：“斩草除根，免留后患！老孔，别来无恙啊？”

孔有德“呸呸”地吐着口里的粪土：“啊哈，沈世魁！早点儿来多好，我就少遭这份儿罪哩！呸！呸！这狗娘养的高丽贱坯！……”

倒在地上的刘兴治，按住胸口汩汩出血的伤处，极力抬起上身，瞥了沈世魁一眼，并不理睬，转脸望定孔有德，恨恨地说：“我是高丽贱坯，你也不过是辽呆子，丧家犬！谁又比谁有脸？……”

此刻，后院押出的一串脂浓粉香、红袄绿裙的女人，正打旁边经过，一个个吓得浑身哆嗦，不敢抬头。那个病病歪歪、瘦小得像个孩子的女人突然冲出来，谁也来不及阻拦，她已扑到刘兴治身上。刘兴治胸前的血顿时沾满了她的衣领和面颊，她凄楚地哀叫一声：“五哥——”

刘兴治竭力聚集力量和精神，在唇边弯出一丝微笑：“贞姐，累你受了一辈子苦，真对不起你！可我实在没有别的法子。下辈子报答你……下辈子。”他一直表现得神完气足，仿佛是个正常人在说家常话，清清楚楚送出“下辈子”三个字以后，双目一合，停止了呼吸。

“五哥！——”那小女人肝肠寸断地低声呻吟着，搂着刘兴治的尸体，似乎在哭，却发不出声音，好半天不抬头，不动。等到沈世魁、孔有德、吕烈、耿仲明他们围过来，令人把她拉走时，才发现，她已经死了！……

众人瞠目相视，一种说不清是恐惧、惊诧还是敬佩、羡慕的复杂感情，突然压到众人心头，很沉重，压得他们都说不出话。孙元化进来了，正遇上这死一样的寂静。

“他……死了？”孙元化问。

没人回答，大家都呆呆地望着那一对拆不散的夫妻。良久，孙元化叹了口气，低声地、像是在回答自己的问题：

“他死了……”

六

正月十六，是一年一度的五天海神庙会中最热闹、最隆重的一天，因为这一天是海神庙主神、辅国佑民显灵感应神妃，即人们俗称的天妃娘娘圣诞之期。商民畏之如虎的刘兴治已死，各岛变乱平定，渔民扬帆出海，商船停泊往来一如既往。又因辽东失陷，与朝鲜的参貂布帛贸易改由此处转输；皮岛驻军每年的八十万两饷银也以此处为孔道，一时商旅云集，游人如织，登州恢复了胶东首府的地位而富甲六郡。所以今年的海神庙会格外热闹，登州举城狂欢，趁着元旦、元宵节的余兴，还是过年的那身最像样的穿戴，扶老携幼，拖儿带女，纷纷走迎仙桥，出振扬门，拥向丹崖山。

丹崖山仿佛水发的海参，骤然胖大了许多：各条盘旋至山顶的路上，支出来的那五颜六色的各种棚摊，是它身上的一行行参刺；拥塞在蓬莱阁、三清殿、龙王殿之间那密如簇簇蚁群的香客游人，是它膨胀的参体。嘈杂的叫卖声、呼儿唤女声、说笑打闹声、争吵叱骂声海潮般喧嚣着，其中又透出天妃宫前大戏台上那脆亮高亢的锣鼓响；香火味、酒菜味、柴烟味、尘土味、海腥味，还有汗酸臭、脂粉香，弥漫在每一个角落……

吕烈走出望日楼，正在欲醉未醉之际，很是舒泰。他一早赶来，看到了最宁静澄碧的海上那最清晰壮观的日出，饱了眼福。在楼上品尝了三清殿道士最拿手的八珍素斋，饮了久仰大名的千日酒，饱了口福。又和几位儒生指点山海，谈诗论赋，逸兴遄飞，十分畅快。现在他惦着去饱耳福——今天在天妃宫唱戏的是驰名登、莱、青三州的聚仙班。

吕烈穿过蓬莱阁下的廊子，在香客游人中间竟无法迈步，当他终于挤到天妃宫殿前，便知道耳福享不成了：高高的戏楼东、西、北三面堆积着数千香客游人看酬神戏，挤得针插不进，水泼不进；台上锣鼓铿锵，演的是八洞神仙的热闹戏文，台下人声嘈杂，大人喊小孩哭，一些浓妆艳抹的妇人嗑瓜子剥花生嚼栗子山响，还不住嘻嘻说笑。吕烈顿时兴趣索然。转到戏楼背后，人群稀疏多了。那儿多是卖吃食的小摊。游人香客在这里买上一碗热腾腾的豆浆、豆腐脑儿、老豆腐汤，就着香喷喷的馃子、蟹壳黄烧饼吃下去，也是一件乐事。所以各处摊位买卖兴隆。吕烈记起戏楼南边原有两两对峙的赭红色巨石六尊，有人叫它三台石——因为一对低一对高；有人叫它坤爻石——因为它正合了八卦中的坤卦：☷。都说这六块巨石连着丹崖山根，吕烈早就想要看个究竟。眼前都是人，坤爻石到哪里去了？他按往日印象寻找，发现它们都被摊棚遮住了。矗立的石柱搭起棚来最方便不过。

吕烈走到一块坤爻石边细细打量。它有一人高，两人合抱，通体赭红，上尖下圆，像是山里钻出来的巨大石笋。摇摇它，似蜻蜓撼柱；背抵石笋用力后推，仍是纹丝不动。他乘着酒兴，退出几步，对准石头猛冲，用肩头狠狠一撞。

“哎呀!”有人惊叫。“噼里啪啦”，“扑通”，响声一片，篮子筐子水桶一齐被吕烈撞翻，水流满地。老翁忙着扶桶，旁边老妇赶着捡拾草药。肇事的吕烈却只管捡起被他撞碎的几片碎石，得意地哈哈笑道：“果然根深!”——他听过传说：撞动坤爻石的男子，能降服天下女人。如果他知道这一撞将给他带来多少苦恼，也许就不会这么漫不经心了。

老翁急眼了，揪住吕烈直嚷：“你这人！如此鲁莽！撞翻药箱也罢了，撞翻这许多水!”

吕烈看看闻声围上来看热闹的游人香客，看看两位上岁数的老夫妇，嬉皮笑脸地狡辩：“我后脑勺儿上又没长眼！一桶水什么要紧?挑两桶赔你!”

“赔？你赔得起？这是五泉四井的好水，攒了三个多月才攒齐！……”

好家伙，要讹人啦！吕烈一打量：棚上悬着一面“舍药济贫避瘟”的布招子，一位黑袄黑裙黑绫首帕盖头的女子舀出桶里剩余的水，往一穷婆婆的陶钵里倒，又拿一束草药递过去，小声嘱咐：“煎三滚，分三次，每次一人一茶盏。”

吕烈鼻子里哼了一声：“原来是摇‘夺魂铃’[①] 的！……”复又嘻嘻笑道，“算我倒霉，撞上你二位老人家。也罢，我就让让，宁可受你脚踢几下子出气，可好?”他说着，扒拉开老翁揪住他袍襟

---

① 夺魂铃：明代卖草药郎中多肩背药箱，手摇一个带铜舌的铁圈或串铃，俗称“响传”、“病皆知”或“铁响虎撑”。因多有庸医误诊，俗称“夺魂铃”。

的手。

围观的人笑着当和事佬：“打两拳岂不便当？”

吕烈故意装得惊惧万分，连连摇手：“不敢不敢！经他手定难活命！”

人群哗笑，笑声中有人争辩：“人家是济世救人的！”

吕烈冷笑：“走江湖卖假药、惟利是图草菅人命的，哪一个不打出济世救人的幌子骗钱！”

老翁气得说话都结巴了：“我们并、并不取……一文钱！”

“不骗钱骗名！欺世盗名是也。如今这世道、人心，哼！”吕烈说罢拂袖就走。黑袄黑裙女子倏地转过身，惊讶地看看吕烈，小声地自语：

“他怎么把别人都……都看得那么坏呢？”

吕烈一扭头，和那女子打了个照面，竟是位很年轻的姑娘，由于清瘦苍白，更像个小女孩儿。不知是因为鼻梁太细，还是因为眉峰不平，她那长相普通的脸显得不够端正，只有一双眼睛又大又亮，湛如秋水，配上一对秀美细长的黑眉，成为整个面容的精华所在。这孩子气的问话使吕烈失笑，顺口反问：

“是我把人看得太坏，还是人本来就坏？”

女子蹙了眉尖，认真地想了想：“世上的人千千万万，总是有好有坏，哪能都坏？便是一个人，他心里也是有恶念也有善念的啊！……”

吕烈觉得意外，这细弱温婉的声音怎么会说出这样的话？他不由得盯住那女子：“这么说，你家是行善不是骗人的了？这桶里真有五泉四井的水？”

她垂下眼睑，微微低头摆弄那一束束草药，不看吕烈，轻声答道：“是真的。这里攒了城外花山泉、卧龙泉、金沙泉、白石泉和七里泉五泉之水，又添进城内化龙井、玉寒井、凤眼井和甜井四井之水，用来煎药，为的是洁净和气。冬春交替之际常有瘟病，所以将板蓝根、连翘、甘草入药，清热解毒。药都在此，总不至于有草菅人命之嫌吧？”

吕烈愣了半晌："请问，贵姓？"

黑衣女子仍不看他，静静地说："我们并不想骗名。"

围观的人们又笑了，是笑吕烈自食其果。吕烈又羞又恼，却不能发作。正无解脱处，忽听有人喊他，他赶忙应了一声，孔有德拨开人群急匆匆地进来拽了他就走：

"算了算了！大节下的，天大的仇也不能这会儿报哇，当心海神娘娘怪罪！"

吕烈甩开他，脸上挂不住："你瞎扯些什么！"

孔有德一怔，疑惑地看看吕烈，转身问老翁："你是不是姓舒，叫舒四？"

老翁连连摇头。

孔有德大喜，满脸赔笑："真对不住，弄错啦，弄错啦！你老别生气……走！走！咱们快回去吧！"连拉带推把吕烈拽出人群。吕烈频频回顾，分明还想说点什么，无奈气力不敌孔有德，被他一直揪出海神庙山门。

吕烈十分恼怒："无缘无故，你发的什么羊角风？"

"我疯？我是怕你疯！报仇杀人，原是大丈夫的本色。可现在登州，你又身为营官，杀人犯事，前程岂不白白断送了？再说哩，非杀不可，悄悄干就是了，哪能敲大锣擂大鼓地满世界说去！"

吕烈越听越糊涂："说的什么，谁要杀人啦！杀谁呀？"

"你自己说的嘛，不是要杀一个叫舒四的人吗？"

"舒四是谁？我多咱说过？"

"就是刚刚，在望日楼上。我刚上楼梯，就听到你在楼上大叫什么'舒四真可杀，逼得我没路走啦'！急得我连楼也没上，赶着去找你的朋友快来劝劝你，一个也没寻着！我回头再寻你，就看你跟那老汉一家子斗口……"

"哈哈哈哈！……"吕烈大笑，眼泪都笑出来了。

孔有德憨憨地看着吕烈，不由得也随着笑："嘿嘿，你笑啥呢？想是悟过来了，心里高兴？"

吕烈冲他连连摆手，一时笑得说不出话来。

原来，他与几位儒生在望日楼上饮酒论诗时，说起做了五日登州太守的苏东坡和他的海市诗，秀才们赞美“斜阳万里孤岛没，但见碧海磨青铜”，吕烈却喜爱“人间所得容力取，世外无物谁为雄”。谈到东坡妙处，说他占尽风华，已有醉意的吕烈拍案大叫：

“苏轼真可杀！逼得我辈再无出路了！”

竟酿成一场误会！事虽可笑，足见孔有德的为人憨厚坦诚。吕烈不觉把平日轻视辽人，轻视孔有德的成见消了大半。但他并不说破，因为报仇杀人最使血性刚肠的辽东汉心折，能为自己增加一层神秘色彩。他平息了大笑，问道：“孔大哥上望日楼也是去观景吗？”

孔有德恍然记起：“哎呀，我是肚子饿了去找点吃的。”他一按门板一样阔大的胸肚，“哈，刚想起来，它就又叽里咕噜叫开了！”

“来，我请客！”吕烈把孔有德拉进山坡上那处悬着“福山大面馆”招牌的食棚里坐定，“这儿的炸蛎黄、韭菜炒海肠子原是双绝，可惜今儿海神娘娘诞辰，馆子里不敢拿她的臣民下油锅。不过还有几样菜很有味，福山大面也算南北驰名。”说罢，他要了带子条、柳叶条、细扁条、韭菜条、绿豆条、细匀条、一窝丝、灯草皮的面各半斤，要分别浇上温卤、大卤、三鲜卤、炸酱卤、肉丝卤、麻汁卤、清汤卤、鸡片卤；又要了油爆肚仁、爆双脆、九转大肠、熘腰花、烧五丝，还有就菜吃的三斤叉子火食、三斤硬面锅饼、三斤酒。

吕烈原已酒足饭饱，只端了那碗清汤卤的一窝丝相陪，孔有德却“稀里呼噜”，饮酒吃菜嚼饼喝面，如风卷残云，不大工夫，把满满一桌子东西吃个一干二净！吕烈看呆了，各桌的食客也都停箸搁杯看着孔有德笑，啧啧称奇，有人高喊：“老兄好量！”孔有德摸着微微凸出的肚子，心满意足地眯着眼笑：“痛快！痛快！吕兄弟，生受你了！”

孔有德竟是来拜神的！吕烈看他认真地买香烛黄表纸，连价也不敢还，觉得有趣：“你也拜海神娘娘?”

“不敢，我老孔哪里配！”

“不如去拜月老拜送子观音拜孔夫子！”吕烈取笑他。

孔有德一双大蒲扇样的手乱晃：“不拜不拜！月老没给我寻老

婆，观音不给我送儿子，孔夫子又没教我识字，我凭啥拜他们哩？”他领了吕烈挤出人群，走进天妃宫前殿，把香烛分别插在左右守门神将前的香炉里，烧罢黄表纸，向二位门将虔诚地各叩了三个头。吕烈站在一旁看得奇怪：

“这两个无名之辈，也值得孔大哥去诚心拜他！”

孔有德略略迟疑：“吕兄弟是贵公子，念过书的人，也难知道江湖上的事。这两尊神一个叫嘉祐，一个叫嘉鹰，哥儿俩原是海上豪雄，称霸一时，后来给天妃娘娘收服，替娘娘守门，也成了干海上营生的守护真神。当年投奔毛大将军以前……”他撂下半句话，一把拽住一个匆匆进殿的人，“仲明，跑啥？还不快来拜拜嘉祐、嘉鹰！”

耿仲明想也不想，跑上去就拜，站起身就着急地问：“二位可见着帅爷？”他擦着脸上的汗，眼睛眏得更快了，“明明跟着他，人堆里一挤就挤散了，也不知帅爷身边还有几个人！”

孔有德也急了：“这还得了？快走，一路去寻！”

吕烈想了想：“多半在海市亭观沧海哩！”

孙元化是在海市亭。一领石青袍，蓝色风衣风帽，颇似一位游山的名士。背手而立，面对浩瀚的海天，貌似观海，眉间深如刀刻的皱纹里，埋着无数忧虑。

平定刘兴治之后，他巡视了自己的管区，登州、莱州、东江各岛、陆师水师各营都走遍了。他历来认为，攻防攻防，先防后攻，先要强固各处守卫，然后加强攻击力量；先保登莱东江不失，再设法收复金、海、盖、复四州乃至辽东全境。为防，各处需筑炮台制大炮；为攻，需造海船，船上列炮。要办这两项，怎么也要八十万两白银才能初具规模。他尽力节省，从各种费用里抉、摘、耙、罗，顶多能筹到三十五万，还有四十五万怎么办？这些天他日夜为此算计设法，实在智穷力竭劳顿不堪，今日趁天妃宫庙会来散散心。见三位部下匆匆赶到，他收起重重心事，蔼然笑道：

“可惜正当冬末，不然此处确是观海市的好地方。”

“是，所以名为海市亭。”吕烈回答着，向孔、耿二人说明蓬莱海市的奇景。忽听孙元化问道：

“此处有正月十六祭奠的风俗吗？”

孙元化正指着东边田横山脚海边礁石群，那儿有数人举着白幡烧纸招魂。吕烈看了一眼，讲起一段本地传闻：

早年间一家招商客店的女儿跟一位住店客人有了私情，海誓山盟，订下娶嫁之约。客人一去不返，女孩儿天天在海边盼望。后来父母又打又骂逼她出嫁，竟打得女孩儿小产，招来满城人的唾骂。女孩儿抱着死孩子正月十六投海自尽，投海前她赌咒发愿，要她的情人为她母子报仇！海神娘娘准了她的诅咒，一旦她的情人或情人的后代来到登州，登州便要遭一大劫……

“这些烧纸的是求她收回诅咒，求海神娘娘减轻惩罚……咳，无稽之谈！”吕烈说罢，挥手一笑。

“是什么时候的事？”孙元化问。

“小妞儿投海吗？”吕烈的话语又近于轻薄，“有说是二百年前，有说是正德年间，有说是二三十年前，谁知道！”

直到他们缓步下山，还在讨论这个触动人心的传说，耿仲明惋叹女孩儿痴心真情，孔有德痛骂那情人负心不义，孙元化则微笑地静听他们争执。

“这是镜石亭，咱们进去看看？”吕烈领头进了一座小亭，这里游人不似其他地方那么拥挤，北墙上嵌了一块光可鉴人的方石，“这就是镜石，凡思乡心切的人，可于石中见到故里家山。”

孔有德忙问：“果真灵验吗？”

吕烈笑道：“诚则灵。”

孔有德拽了耿仲明去镜石上照看：“让俺们来看看俺们金州老家！……孙爷不来看看？”在人群中他们不敢称“帅爷”，因为出来逛会，都换了平民便装。

孙元化淡淡一笑：“若是三生石，能映出过去未来，还值得一照；只现故里，徒增乡愁，不看也罢了。吕贤弟，你说呢？……吕贤弟！”

吕烈正心神不定地向亭外张望，闻唤一惊，答非所问，令众人愕然：“正是，冬春交替之际，易生瘟病……”

“两位也是金州人吗?”一声清晰的辽东话，招得孔有德、耿仲明连忙回头。两个高身量的男子站在背后，说话的一位貂帽貂袍，华丽富贵，长得眉目清秀，疏疏的五绺髯衬出他一派斯文，亲切地笑道:“他乡得遇故乡人，真难得呀!”

孔有德、耿仲明分外高兴，立刻攀谈上了。此人姓程，原是沈阳生员，金鞑占了辽东，他逃到旅顺，因家境富裕，便做起了参貂生意，来往于朝鲜、旅顺、大沽之间。这是头一回来登州，不料登州如此繁富，海神庙会如此热闹有趣，他下回还要来。

耿仲明挺内行:“参貂生意可是大买卖，老兄赚不少吧?”

程秀才笑了笑:“托海神娘娘的福，这两年出海趟趟不回空。方才已在娘娘跟前谢祷过了，添了一炷灯油钱。二位同乡若有难处，在下理当帮衬。在下住在鼓楼后街悦来客栈。”

孔有德摇手道:“不客气，不客气!如今旅顺海面城里还都平顺吗?”

“平顺，平顺!多亏官军平了刘五。黄总镇在旅顺整饬兵马，严肃城守，大炮都排上了城门，金鞑轻易不敢来犯。不过，比起来，旅顺总归不如登州。”

孔有德一扬脸:“那还用说!孙巡抚驻节登州嘛!”

程秀才指点着伸入大海的东炮台笑道:“便是大炮，登州的也多。年前在旅顺听人说金鞑也要造大炮了，闹得人心惶惶的……”

耿仲明轻蔑地一皱鼻子:“鞑子也会造大炮?笑话!”

沉思默想的孙元化悚然一惊，立刻调头细听。

“可不吗，我听了也不信!还说也叫什么红夷大炮哩。”

“不中嘛!不中用!”孔有德高傲地大摇其头，“他们没有铳规，打炮不过放炮仗一般，哪有准头!”

程秀才惊喜非常:“咱官军竟有这神器!岂不是神炮?”

孔有德极为得意，心痒难挠，忍不住凑在程秀才耳边，压低嗓门儿吹嘘道:“那神器是孙巡抚孙大人亲自制造的，可是能……”吕烈碰碰他，他一眼触到孙元化责备的目光，赶紧把后面的话咽了下去。

程秀才愣了一愣，说:“可是名讳元化，字初阳的?大英雄!辽东人谁不敬仰！……”

孙元化很诧异，从旁边默默打量这位提到自己名号的秀才，立刻从此人身上感到了使他觉得亲切的儒雅书卷气，还有一般腐儒不具备而他非常赏识的精明，好感油然而生。他对程秀才一拱手，笑道：

“尊兄弃儒就商，出雅入俗，委屈了。”

程秀才连忙还礼逊谢：“命也如此，不敢抱怨。尊兄想必也是文教中人了？”

“不敢。在下县学一教官耳。”

“失敬失敬！”程秀才再次躬身拜揖。

孙元化拈须笑道：“尊兄书生弱质，海上风涛险恶，却也应付得来？”

程秀才丝毫没有误会问话的用意：“在下手无缚鸡之力，全亏我家老护院。”他指了指身边那个结实的红脸汉子。那人穿着打扮也很华丽，腰间悬一口长刀，只看那镶金嵌宝的白玉刀柄，便知是价值很高的宝刀。听程秀才提到他，赶紧拱手抱拳低头为礼。

孙元化打量老护院：“想必马上功夫不弱！”

程秀才笑吟吟地说：“正是哩，十八般武艺件件精通，又力大无穷。当年救过家父的性命，在下从不敢以下人待之，只当是叔辈。可惜天生不会说话。”

“哦。”孙元化点点头，邀程秀才同游多寿阁。一行人已走出镜石亭了，吕烈还倚着亭柱仰望蓬莱阁，不知在想什么，孔有德喊了他两声，他才无精打采地跟了出来。

途中，孙元化问起近日参貂的行情市价，程秀才很在行地一一说给他听。面前正对小海，各式各样的商船在码头排得密密麻麻。孙元化突然顺手拍拍老护院的肩膀：“那条大红船是你们的吧？”

老护院一抬头，看了孙元化一眼，只张张嘴，便指着自己的舌头，对孙元化摇摇头。孙元化心里一震：这人好厉害的一双眼睛！黑白分明，极其灵活，而且光芒夺人，深不可测。他抱歉地笑笑说：“我拍错人了，还当是秀才哩。”他目不转睛地注视着老护院，看他作何表示，老护院却已移目足下，静静地迈步随行。

将入多寿阁，孙元化对老护院腰间华贵耀眼的宝刀发生兴趣，忍不住伸过手去。老护院极其敏捷地向后一闪，一把攥住了刀柄，似要拔出。孙元化连忙按住他的胳膊，笑道："不要多心，我只是看这刀柄似白玉雕就，十分稀罕……"

程秀才也笑了："不碍事，不碍事。他靠武艺纵横一方，平日总是机警过人。教官不要见怪才好。"

游过多寿阁，就要各自分手走开。孔有德突然问道："秀才，我好像在哪里见过你？"

程秀才笑着捋捋须髯："你现在才记起？我方才一见你就认出来了。昨天夜里。"

孔有德细细一想，恍然大悟："老书生？"

众人听他俩说得奇怪，忙问原委。

昨晚虽是元宵节，但登州因地处海疆，仍行宵禁，不过把宵禁时限延迟到子时。孔有德率营兵夜巡，拘到一个犯夜的。他自称老书生，因在朋友家谈诗论文，忘了时辰。孔有德诈他："既是书生，我要考你一考。"老书生毫无难色，请他出题。这一来反倒难坏了孔有德，想了半天也想不出半个题目，便大喝一声："造化了你！今夜幸而没有题目，快回家去吧！"

这小故事把大家都逗笑了。孙元化道："这正应了那句俗话儿：秀才遇着兵，有理说不清！"

程秀才也笑："正是呢，还亏得将军好心肠啊！……"

归途中，吕烈一直拉着脸不作声。孙元化沉思默想，也很少说话，有一两次停步回顾，目送程秀才高大的背影在人群中忽隐忽现。孔有德自顾自地说着福山大面，很开心。耿仲明瞪他一眼，示意他别饶舌了，随后低声问道：

"帅爷，你是不是疑心那位程秀才？"

孙元化点点头，又说："程秀才倒罢了，那位老护院绝非等闲之辈，真是当世英雄！"

孔有德大为惊异："什么？莫不是金鞑的坐探？"

"不，不像。"孙元化摇头，"坐探不会有这般气度！况且借着按刀柄，我摸了他的脉，博大稳定，不乱不慌。做奸细的不是这等脉象。着人去悦来客栈探探他们的来历。”

耿仲明忙应道：“回营就办。”

孙元化转眼看看吕烈：“你今天怎么啦？身子不好？”

孔有德哈哈一乐：“他呀，从不饶人，今儿可吃亏啦！”

吕烈突然满面通红，瞪眼发火：“关你什么事？真是狗拿耗子！……”他大约意识到自己失态，立刻住了声，扭开脸，低着脑袋只管走路，对谁也不睬。

孔有德不知他这阵无名火自何而来，张大嘴愣愣地看了他片刻，嘟囔道：“真是狗咬吕洞宾，不识好人心！……”

身畔的斗嘴，孙元化似听非听，他的心思已飞向别处：金国也会造大炮了！他感到一阵阵紧迫，实施那一整套攻防计划更是刻不容缓，可是从哪里弄那四十五万呢？……真伤脑筋啊！

第三章

一

如朱砂堆就的丹崖山，渐渐隐没在初春的雾霭之中。今年的头一场东南风推送着巨大的白帆，数十丈长的艨艟巨舰轻松地划破海浪，行进得十分迅速。

孙元化静坐舱中，面前一盏热茶，手执管笔急速挥动，聚精会神地演算着。海浪拍击船帮和风吹帆樯的“嘎吱”声响，使四周更显宁静。孔有德不好出声，便对侍立另一侧的吕烈耸鼻子歪嘴地示意：出舱去。吕烈视而不见。孔有德又指天画地做手势：有话对你说。吕烈竟扭头去看舱外，把孔有德气得咬牙。正没法子想，听得孙元化说：

“你们各自回舱吧，有事再差人去请。”

二人施礼退出。一出舱门，孔有德揪住吕烈，笑骂道：

“你这小子！装什么蒜？故意晾我呀！”

吕烈永远是那一副似笑非笑、对什么都无所谓的模样：“老哥，我可没料想到你还如此好奇。”

孔有德奇怪了：“咦——你知道我叫你出舱干啥？”

“那还猜不着，不就是想知道刚才码头上的那档子事儿呗。”

“啧啧，你这小子！”孔有德咂着嘴惊叹。

方才在码头，孔有德领来一个衣着华丽的年轻人，一见孙巡抚就叩拜下去。孙元化看着他，寻思着：“你——不是——吴？……”

“孙大人好记性！小的吴同，小的叔父乃司礼监秉笔吴直。”

孙元化沉吟间，前来为巡抚送行的张可大发话：“去年五月里你不是已寻着你的祖母了吗？登州府还差人专送到京的。”

“是。那次寻的不对，今年重新寻过，方才寻着真的。听说孙大人有家眷船进京，小的大胆，想陪祖母随舟同行，乞大人恩准。”见孙元化迟疑不语，他连忙补充，“我们自家有船，只求途中有个照应。”

这事真有几分为难：司礼监秉笔太监权势惊人，不能得罪；但与阉竖交往将为士大夫所不齿，有碍清名。

孙元化终于点了头：“难得吴公公一片孝心，富贵不忘本。若能母子团聚，也是一桩美事。孔游击，带他同行。”

归结到“君子成人之美”这种人所共钦的德行，一切难处便都迎刃而解了。既抬高了吴直，也表白了自己，就是张可大，怕也不能不佩服孙巡抚的精明独到，更别说孔有德了。

后来，孔有德奉命领吴家老太太上船，正碰上吕烈来找他，尚未开口，突然愣住了。孔有德顺着他直直的目光看过去，原来吴家老太太掀开轿帘朝外张望。那是个富态的妇人，虽然鬓发已经灰白，却徐娘半老，风韵犹存，想来三十年前姿色必定动人。

“她是谁？”吕烈目不转睛，嘴里轻声问。

“别老盯着看个没完，”孔有德小声埋怨道，“人家是贵妇人……”

“什——么？”吕烈一扭头，发红的眼睛里的狂暴把孔有德吓一跳。这时轿停在泊船处，跟从的丫头打轿帘，吴同恭敬地上去搀扶。孔有德有心也献个殷勤，却走不动，回头一看，束甲带被吕烈攥住，不让他向前。

披着茶色绣福字锦缎披风的老太太向他们扫了一眼，走了两步，又回头一望。吕烈双臂抱在胸前，微微低着头，一动不动地从浓眉下接住她抛来的目光。老太太脸上掠过一片不安甚至惊慌，随即老练地微微一笑，摇摇摆摆地顺着踏板上船去了。

“你认识她？”旁观的孔有德很奇怪。

“她到底是谁？”吕烈反问。

孔有德说起吴同叩请附舟的经过。吕烈先是耸起眉尖吃惊，继而放声大笑，再后来大笑渐渐变成冷笑，竟至沉默不语了。这时好几名侍从亲兵来找他们，很快又淹没在开船前的一大堆繁杂事务中了。

这个孔有德！平生头一回进京，见识帝都花花世界，多少事不惦着打听，偏记住了这件事盯着问！由于平定刘兴治，两人常在一处混得熟了，吕烈暗自也喜欢孔有德的憨厚坦率，所以在登州兵和辽东兵之间，他们俩要算交情最厚的了。吕烈于是懒洋洋地倚着船帮，对孔有德眯眼笑着问道：

“帅爷上任才半年，不够述职时间，干吗急着进京？”

“这呀？咳，一句话，要钱！帅爷想明年就渡海北上，收复四州哩！可造船造炮得多少钱哪？还缺四十五万，不找皇上，谁给？”

“哦……我再问你，登州营官数十上百，帅爷为啥单选我随行？”

“这还用问！看你能干呗！”

吕烈目光咄咄逼人：“当真？”

孔有德茫然不解，这点小事吕烈何以这般认真？他搔搔额头：“这有啥真假可说？”

“不是旁人荐给帅爷？”

“这……说不准。好像听说，张总镇荐过你。”

吕烈叹口气，又那么懒洋洋的了，唇边露出那惯有的嘲讽：“是荐我才干出众？”

“对。”孔有德记起来了，很高兴地接下去说，“还说你家大人是朝廷贵官，增拨军费的事好通融。”

吕烈“哼”一声，无精打采地闭了眼晒太阳，不再问了。

“别打盹啊！我问你的事呢？你认识那老太太？”

吕烈微微睁眼，怪模怪样地一笑：“什么老太太贵妇人，是个老娼妇老鸨子！早他妈断子绝孙了，怎么会养出个太监儿子？”

孔有德吃惊地张大了嘴：“啊？……该不是一伙剪绺儿骗子吧？你多咱见过她？没认错？”

“错不了！骨头烧成灰儿我也认得！”恶狠狠地说罢，吕烈又解嘲似的笑开了。

孔有德更加担心：“要是骗子，不过省几个船钱，哪怕捎点赃银赃物也有限，若是鞑子奸细……哎，不成，得去禀告帅爷！”

吕烈一想，也觉着严重，两人相随去见孙元化。不料路过吕烈舱房时，传出一声低喊："吕哥！……"他俩惊异地对视一眼，慌忙进舱去瞧，竟是张鹿征！他惊慌失措地迎着吕烈跪下去，连声哀求："吕哥，救救我！"

事出意外，在辽东孔有德面前，吕烈尤其觉得丢脸，板起面孔厉声问："谁叫你来的？帅爷可知情？"

张鹿征胆怯地瞥了瞥孔有德，低头不语。

吕烈对孔有德说："老兄且去见帅爷，先别吭声，过一会儿我领他去。"

孔有德想了想："也好。可得问明白了，别出事。"

孔有德一走开，吕烈就发了火："你这是干什么？往登州兵脸上抹黑吗？告诉你爹，看不打折你的腿！"

"哎呀吕哥，千万别叫我爹知道！……"

吕烈眼珠一转："怎么，你跟你小姨娘的事发了？"

张鹿征垂头丧气道："咳，别提了，谁料老头子的醋劲儿竟那么大！……今早起因要给孙巡抚送行，小姨娘过来给我篦头。那一股股体香，那扭扭的腰，颤颤的奶子，还有钩子也似的媚眼儿，撩得我直冒火，摸她揉她，又是笑又是喘。正美呢，老头子从后房出来了，吓得我赶紧抽手，不想太慌了，把裙带拽断，她那裙子可不就落下来，什么全露了……老头子眼多尖？全看了去，拔刀就来斫我，我还不撒丫子跑哇！想来想去没路，就偷偷上了船……"

吕烈又是笑又是皱眉又是骂："你这小兔崽子，这么不小心！偷情偷情，要紧是偷，还能敲钟打鼓！况且又是你爹最宠爱的小妾！唉，走吧，去见帅爷。"

张鹿征直缩脖子："啊呀，那可不行！"

"谁藏得住你这么个大活人？总得讨他的示下。"

孙元化见到张鹿征，也很意外。听张鹿征说失手打碎玉瓶招得父亲大怒、持刀赶杀的缘由后，他沉吟道："张总镇一向不是这等计较小事啊……父子间家事也难说清。这样吧，我写信劝劝你父亲，告之你在我处，也好叫他放心。待他消气，我们也回登州了，你去向父亲谢罪。”

张鹿征喜出望外，连忙叩谢。

这位孙巡抚处事，果真是面面俱到！吕烈不快地暗想，孙巡抚却已转向了他，问道：“听孔有德说，你认出那吴直的母亲是……确实吗？不会认错？”

“没有错！”

“但这位吴直的侄子吴同，也确是真的。”

“帅爷认识吴同？”吕烈和孔有德异口同声。

孙元化点点头：“那是五年前，宁远大捷之后，吴同奉叔命，送来因大捷为魏忠贤请功请封的折本，邀我签押，被我回绝了。他那时不到二十岁，已经十分骄横，很说了些不中听的话……这次倒谦恭了许多。”

孔有德又不明白了：“那吴直不就是魏忠贤逆党了吗？如今怎么反成了大太监？”

吕烈冷笑：“苍狗白云，谁说得清！”

孙元化和颜悦色：“听说吴直查逆案逆党颇有功，很得圣上信赖。或许此人幼年入宫，他的母亲迫于穷困，不得已堕入风尘。如今，吴直富贵不忘根本，不嫌贫贱，也算难能可贵。我们还是隐恶扬善为好。”

孔有德连连点头。吕烈咬咬牙根，没说什么。

二

“……求主赐天恩与主的子民，更赐恩典与在这里聚会的人，叫他们谦恭听圣经的道理，都深信在心里，终身圣洁，做事合理，诚心事奉主。在这容易逝去的世界上，凡遇难的、受苦的、生病的、有缺欠的和遭别样灾难的人，伏求主大发慈悲，安慰拯救他们。阿门，愿主与你们同在。”

这庄严热情、水晶般纯净的声音，在这间小小的礼拜堂四壁间回响。主礼的汤若望神父立在圣坛边，身着黑色长袍，头戴黑色小帽，胸前悬着耶稣受难十字架，深深的蓝眼睛、高鼻宽额、线条刚劲有力的面容以及整个身姿，都显示着一种极富感染力的虔诚。一排排祷告席上的教徒报以同样的热情和虔诚，齐声回应：

“阿门，愿主与你同在。”

因为全是女子，声音像林中莺燕齐鸣一样温婉好听。

女教徒们纷纷起身，有的到圣坛前问教义，求神父祝福，有的往捐献盘里投银钱，之后，三三两两相随离去。汤若望微笑地看着这番景象，心里很觉安慰。

汤若望，原名约翰·亚当·沙尔·冯·白尔。一五九二年他出生于沙尔·冯·白尔这个德国莱茵州古老贵族之家的科隆城爵邸。也许是因为自幼就在闻名于世的科隆大教堂的庇覆之下，他们的弟兄三人中，两人都献身于上帝的事业，成为教士，另一个勉强留下来继承爵位。

沙尔家族的纹章，是各色方格上一顶飞鹰的盔帽。据亚里士多德的学说：四方形象征一个勇敢者的坚定和刚毅。沙尔家族确实产生过这样的英雄，那位因抗击俄国暴君伊万而被俘、在莫斯科附近被处斩刑、宁死不屈从容就义的菲立普·沙尔·冯·白尔，就是这个家族的光荣。

汤若望并不以他出身为荣，在姓名中有意识地去掉了表示贵族世系的“冯”，但他终身奉行家族纹章上方格的用意，坚定勇敢地选择了一条荆棘丛生的路，从未动摇。十六岁离开科隆往罗马进神学院，从此再不曾回过故乡。

二十六岁那年，约翰·亚当神父乘“善心耶稣”号船赴中国传教。墨西哥湾的强猛海流、基那阿海令人谈虎色变的无风带——“死气层”、可怕的“基那阿”疟疾的袭击，都没能摧垮他的意志，他终于到达澳门。不过，由于近一年的困难的海上航行，由于疟疾的折磨和惟一的放血治疗法，他是被抬上岸的，奄奄一息，像一具骷髅。

他不顾一切地跨上这片广大的、没有上帝不知圣经，却又生息着千千万万黄皮肤生灵的国土——这几乎和整个欧洲一样大的国家。他的心里充满悲悯和自豪，因为他从事的是伟大的事业——拯救千万个苦难的、罪恶的灵魂！

前面只有一位先行者——利玛窦。在澳门神学院的三年中，汤若望完全接受了这位先行者传教的有益启示，努力先使自己变成一个中国人，特别是，变成中国人中的“士”。如今的约翰·亚当神父，已是一位精通中国语言文字、因能准确地计算日食月食而在中国朝廷中享有“天算家”名望、在朝官士大夫中有不少朋友、吸收了许多虔诚信徒的出色的传教士了。为了适应这里强烈的东方色彩，约翰·亚当神父变成了汤若望神父——若望是约翰的转音，而亚当（Adam）便成了他的姓：汤。汤神父还制定了与欧洲不同的规矩，即男女教徒分堂做弥撒，以消除“男女防嫌，惟严惟谨”的这个国家平民百姓的疑虑。

今天是礼拜日，这里是女教徒聚集的地方。

渐渐空下来的小教堂还有最后四名妇女，虔诚地低着头，依次投献银锭、银锞和两串铜钱，末位的黑衣蓝裙姑娘伸出玉藕般的胳臂，把一双光灿灿的金镯子褪下来，恭敬地放在那堆银钱的顶端。

“阿囡！”身着香色外衣的中年妇人，用浓重的吴语叫了一声，显然有制止的意思。

汤若望走近，拿起那对金镯递还姑娘，慈和地说：“教会不接受金银饰物的捐赠。况且，捐献要自愿……”

“我自愿！”姑娘抬起头，“金镯算得了什么？我愿献身于主！汤神父，今天当着我母亲和徐太师母，我再次请你接受我做中土的第一名修女！”

“幼蘩！”

“阿囡！”

“小姐！”

“依沙贝拉！”

旁边的四个人同时叫出了四个不同的称呼。汤若望一开口，另三人都恭敬地缄默了。他惊异地看到面前是教名海伦娜的徐光启夫人、好友孙元化的夫人沈·阿嘉达和他们的女儿孙幼蘩·依沙贝拉：“阿嘉达！依沙贝拉！你们怎么会在这儿？”

徐夫人笑道：“神父，他们刚由登州来到京师。”

“伊格那蒂欧斯也来了？”汤若望骤然兴奋起来。

“是，正在那边做礼拜。”徐夫人指的是男教徒聚集的另一处大些的教堂，“他们会等候你的。”

“太好了！我这就去！……哦，依沙贝拉，你的心愿是可敬的，但你的父母愿意奉献吗？阿嘉达？”

孙夫人自入教以来，一直把汤若望神父当作上帝的化身，尊崇敬畏，此时怎敢明确表态，只含糊应道：“这要听听她爹爹的意思……”

汤若望笑了笑：“依沙贝拉，以后再说，好吗？”

幼蘩失望地蹙起长长的秀眉：“七年以前你就这么说，四年前你也这么说，今天，你还这么说……”

汤若望慈爱地摸摸幼蘩的头：“并不是人人都能够做修女。只要对主怀着爱心，常存善念做善事，同样是为主服务啊！——这一位？……”他鹰隼般锐利的目光转向四名妇女中那张陌生而秀丽的脸，她比别人站得远些。

“她是我娘的伴从，叫银翘，”幼蘩连忙介绍，“她是头一回进教堂，我们想她会皈依主的！”

汤若望点点头，眼睛里充满慈父般的关怀：“信奉主吧，孩子，你的灵魂将得到解救，人世的罪恶将得到洗涤！……”

银翘惶恐地低下头，不知所措，后退了几步。

徐夫人领着三位女客告辞回府。徐光启一家都是虔诚的教徒，所以特地在教会旁租赁住宅，开辟了专通礼拜堂的旁门。汤若望把他们送到门边，反身赶往礼拜堂的会客室。

会客室里，礼部尚书徐光启、登莱巡抚孙元化、都察院御史金声闲谈着等候。汤若望一进屋，几乎是冲上去的，一把抓住孙元化的手，孩子般兴奋地喊：“伊格那蒂欧斯！是你吗？我们又见面了！”

孙元化也很高兴地笑着，用力摇晃紧握的手。

金声略感惊讶：“哦？原来他们也相识！”

六十九岁的徐光启捋着颔下银白色的漂亮胡须，笑眯眯地说：

“哦，岂止是相识……”

十年前，刚刚来到澳门的汤若望，接受一位想要入教的商人邀请，去船上吃饭。走到码头边，汤若望不禁惊叹：从没见过这样玲珑精巧的船！它像一栋漂亮的二层小楼，楼檐廊柱乃至窗台窗框的雕刻，从色彩到花纹都极其复杂繁细，显得金碧辉煌。两人在一间艳丽中带点俗气的小厅坐定，热茶和各色各样精致茶点流水般摆了一桌。汤若望学着中国人的样子端茶闭目品味之际，一双温软的手臂缠上脖颈，带着浓烈的脂粉香，一个妖艳的姑娘力图挤进他怀中。汤若望大惊，茶盏摔了，热茶溅了一身。他的狼狈相招来一阵大笑。商人搂着另一个姑娘，跟那个被他推开的女人互相做手势，笑得喘不过气。

汤若望指着商人，说着半生不熟的汉话：“你！骗，欺骗！”

他的指责只换来更加放肆的狂笑。汤若望压不住火爆的脾气，怒吼一声，掀翻了桌子，整个船身颤动了。雕花木隔断上悬着的粉红色帷帘忽然拉开，那边一些吟诗作画、饮酒谈笑的文士围过来看究竟，其中一人大声说：

“他是一位有学问的传教士，出家人不近酒色，你们不该坏人家的道行！”

汤若望发完火又后悔了，因为他今天没穿教士的黑袍，便指着满地狼藉说：“我，赔偿！”他转向替他说话的文士，猛然认出他是同住在耶稣会公学、前来澳门为朝廷募购西洋大炮的学者之一，是老友徐光启的学生。为徐光启和他的学生们自捐资费购炮的爱国热忱，汤若望还非常感动哩。

于是，他知道了，这就是中国广东一带有名的水上妓院——花船。美丽掩盖着丑恶，文雅庄重与淫逸并存，对他将要毕生传教的这个国家的复杂古怪，有了第一次体验。

他们第二天在耶稣会公学再见，就像相熟的朋友了。可惜三天后新朋友就押运大炮去了广州，给汤若望留下了难忘的印象和名号：孙元化，字初阳。

过了三年，汤若望随传教组沿北江、赣江、长江来到可爱的江南小城嘉定，那里已有了规整的教堂和数百名教徒，成为传教江南的基地。当传教组被引导与捐助地盘、出资修建教堂的教友见面时，汤若望不禁惊呼出声："啊，老朋友！孙元化！孙初阳！……"

"哦，汤神父，你的汉话说得这么好了！该称我的教名，伊格那蒂欧斯！……"孙元化紧握着汤若望的大手，文静而含蓄地笑着，汤若望却忍不住放声大笑。

他们共同度过整整一个秋天。汤若望成了孙元化家最受欢迎的客人，尤其成了十岁的幼蘩的大朋友。孙元化跟从汤若望研修火炮及炮台，他是徐光启的得意门生，有很好的数学几何基础，所以掌握得很快。在后来的宁远大捷、宁锦大捷中，孙元化"以台护炮，以炮护城，以城护民"，辅佐袁崇焕立了大功。

立功升任的孙元化回到北京时，本已赴京传教的汤若望已被教会遣派去了西安，他们未能见面。今天他们重逢，三十八岁的汤若望已晋升了教职，四十八岁的孙元化，更是独一无二的、以举人出身而获超擢的方面大员了。

"啊，我已经见到依沙贝拉，长成大姑娘啦！"汤若望感慨地笑着连连摇头，"还像小时候一样，想当修女。"

"我对她说了，如果到二十四岁决心还不变，就送你去当修女！"孙元化说罢，众人随他一起笑了。

得知孙元化此行目的后，汤若望十分关切地问："皇帝召见了吗？"

孙元化叹了口气："召见过了。"

沉默片刻，金声摇摇头："一说要钱，兵部户部就叫苦；一提要办西洋大炮，就有许多奏本大喊：堂堂天朝，岂可用夷人的淫巧小技御敌！甚至竟有因诛杀袁崇焕而罪及西洋大炮呢！……"

徐光启皱起苍苍浓眉："当初只为京师处处有人掣肘，动辄得咎，才荐初阳出任登州。只要登州能成为天下武备最精良的重镇，见仗得一次大胜，西洋大炮才能正名，在九边各镇推而广之，实用于抗金复辽。所以初阳的通盘防守之策务必成功!”

又是一阵沉默。徐光启是他们这批奉教官吏士大夫的主心骨和靠山。徐光启的话他们当然赞成。无奈，巨大的军费开支非私人所能包揽，非皇上点头、朝廷通过不可，然而，这很难很难……

徐光启府上一名老仆来禀：司礼监吴公公差人到处寻找孙巡抚，直找到徐府来了。徐光启和金声都惊讶地看看孙元化。孙元化脸上掠过一丝难堪：“他找我做什么?”

回说是特意致谢，并代他家太夫人请孙夫人赴宴。

孙元化有点脸红，连忙说明吴直母亲随舟同行的缘故，并解释说：“难得他有此孝心，我也不好当面拒绝，并不是想与他来往……”

徐光启叹道：“何必拒绝他……那么，我们告辞吧。神父，晚上过来一同进餐，可好?”

孙元化递给汤若望一卷图纸：“这是我新近想要修筑的依山面海炮台的草图，请神父测算一下是否可行。”他又取出一个直角铁尺夹半圆形量角器的古怪器具，“这是我新近制作的铳规，在炮口测算距离和发射角，也请神父过目。”

汤若望笑了：“你已经成了大明的炮台和火炮专家啦!”

孙元化逊谢着：“学生的成绩，是老师的光荣。”

“谢谢！这是对我的最高奖励。”汤若望拍拍图纸，“晚上我们一同讨论吧!”

徐夫人请客人在小花厅坐定，命人取来两只二尺多高的长方木匣摆在桌上，说：

“幼蘩，这是送给你的。打开看看，喜欢不喜欢?”

幼蘩解绳带，开木盖，“啊”的一声惊呼，高兴得大叫：“啊呀姆妈！铜人！是铜人!”

果然是身着彩服、一男一女两个笑眯眯的铜人。

“哎哟！女孩儿家恁响喉咙!”孙夫人疼爱地责备女儿。

“姆妈，你不知道，这叫针灸铜人。”幼蘩扶起铜人对母亲比画，“铜人头顶灌进水，就可隔衣裳找穴位扎针。找得准，针进水出，穴位不对，针刺不进的！”

徐夫人笑了：“我原想难难幼蘗的，她竟识得，可见读书不少。”

幼蘗像孩子喜爱玩具一样抚摸着铜人，嘴里念叨着：“书上讲，铜人是北宋御医王惟制的……太好啦！谢谢太师母！”她朝徐夫人一跪。

徐夫人扶起她：“不要谢我，是你家太老师请人仿制的。早听说你喜欢医术针灸……做个好郎中也能济世救人，何必一定要做修女？”

“啊呀，这个囡囡啊，真正是孔夫子的褡裢——书呆（袋）子！只信书上的话。我对她讲，这是中土，勿是西洋，做修女那是大黄牛钻老鼠洞——行勿通。她却是东西耳朵南北听——横竖听不进！我再三劝她也是鸡毛敲铜锣——白费劲！……”孙夫人一口又响又脆又快的嘉定话，一串有趣的歇后语，说得大家笑个不停。她一改在教堂、在神父面前的庄重敬畏，恢复了平日的爽朗。

幼蘗立即就想试针，徐夫人命丫鬟领她去小书房，说那里有针灸图可以对照。孙夫人又嘱咐道：

“银翘，你陪幼蘗一同去。”

那位二十五六岁的娴静秀美的女子躬身领命，嘴里几乎听不见地道了声“是”，捧了木匣随幼蘗去了。

徐夫人眼见她们的身影从门边消失，转脸笑道：“银翘，蛮好听，是草药名吧？……从前没见你身边有这个人，看上去蛮稳重、蛮聪明。”

孙夫人笑得很得意：“师母见得不差，家里的使唤丫头都是幼蘗给取名，那才是老鼠钻书箱——咬文嚼字呢，全都是草药汤头！银翘虽说成天像只浸了水的爆竹——一声勿响，却是喉咙里吞萤火虫——口里勿响肚里明，样样家事拿得起放得下，有了她半个管家婆，我真是省心省力！”

“你从哪里寻来这么可靠的人？”徐夫人不无羡慕。

孙夫人的笑容渐渐收了，蹙眉叹道：“若讲她的来历，真是黄连炒苦瓜——苦上加苦啊！都是五年前的事情了……”

孙元化用两天时间安置好来京居住的家眷，又急急忙忙赶回宁远。他心绪很沉重，和所有心怀良知的士人百姓一样，对国家面临的局势简直绝望了：强敌金虏在东北崛起，官军屡战屡败，丧师失地，九边震动；朝中天启帝深居后宫不问政事，魏忠贤和客氏勾结擅权乱政，势焰熏天；奸佞当道，朝政一片混乱；东林党人尽遭罗织，下狱累累，毒杀殆尽……他是一个小小的兵部主事，官微言轻，不能在朝中有任何建树，便把一腔忠义和心血都投入抗击金虏的宁远大战之中。然而，无数将士浴血奋战，却使魏忠贤一党奸佞因宁远大捷升赏封侯，连五岁的侄孙也授爵位，前方将士能不寒心？他孙元化能不寒心？……

胯下银鬃马忽然昂首长嘶，扬蹄人立，差点儿把正在沉思的主人摔下去。孙元化定睛一看，已到顺城门大街，路上行人萧疏，并无阻碍，马竟停了四蹄，死不肯迈步，不时扭转长鬃飘拂的马头，回首西南，终于不顾缰绳辔头的控制，猛然侧身跑了个小圆弧，往来路飞奔，怎么也勒它不住。

惊异中，孙元化忽听有类似湿鼓闷雷之声发自地底，从他背后“隆隆”滚了过来，声响愈来愈大，银鬃马逃命似的狂奔，惊慌嘶叫。猛抬头，方才还炎日当空，天晴气朗，此时黑沉沉的乌云骤然涌聚，顷刻盖满头顶，四周屋宇竟也摇晃动荡起来。

孙元化疑心自己头晕。须臾，大震一声，有如霹雳，天崩地塌，昏黑如夜，万户千家陡然间纷纷摇落晃倒，“轰隆”、“哗啦”声延绵不绝，沿路滚动，尘土冲天而起，瓦砾石块乱飞。房倒柱摧的巨大声响止息了，刹那间万籁俱寂，仿佛时间和空气都被惊呆，跟着就爆发了混乱和喧嚣：人们狂跳突奔，呼天抢地，喊爹叫娘，呼儿唤女，哀告救命，痛哭惨号，如同踹了穴的蚂蚁，燎着窝的马蜂。老天爷并不发善心，又刮起了飞沙走石的怪风，吼叫着拔树掀石，把受难的人们卷得团团乱转，被瓦砾石块击伤无数。孙元化只得拉马一起卧倒，闭眼听天由命了。

狂风终于打着旋儿离去。孙元化起身，满耳哭叫呻吟，四周一片瓦砾。他担心妻子儿女，一时心急如焚。但放眼望去，十数里目及处尽都残破，无法辨认道路门户，只好喝一声“回家!”放松缰绳，任银鬃马认路奔回。

一路上尽是狂奔乱走的行人，目光惊慌疯傻，口中乱嚷，有的直撞到孙元化的马头竟也毫无知觉。走得时间长了，才见到扒土石瓦块救人救物的百姓。

不远处，几名匆匆赶到的书办差役，手持铁锹镢头，立在一片小丘般的瓦砾上大吼：

“底下有人吗？快应一声!”

“救命！……”瓦砾下传出尖细微弱的哭叫。

“你是谁?”诸人大声问。

“我是小七姐……”

“老爷呢?”

“老爷太太都……”接下去的是哭声。

众人抄起工具，挖开积土瓦砾，小心地搬抬，一个年轻女子慢慢爬出，竟是一丝不挂。虽然身上泥土和青红伤痕满布，在黑灰的背景上，仍显得粉白细嫩。她拿一片瓦遮着下体，虽是满面泪痕，十分羞赧，却带着几分孩子般的狂喜，仰望苍天，“扑通”一声跪在瓦砾堆上。众人只觉眼前一亮，全都愣了，顷刻间哈哈大笑。女子也是一愣，随即匍匐在地，放声大哭。

路过的孙元化看不过去，脱下外面的大衫扔给女子。女子连忙拿去裹在身上，抬头投来感激的一瞥，随即敏捷地扯住身边一匹脱缰的黑驴，骑上驴背，哭着走了。从书办差役口中得知，此女是他们本官八个小妾中的一个，看来本官一家只活得这一口人了。

远远望见自家门墙安然，孙元化松了口气，正待下马进门慰问，骑驴女子已经跟到近前，纳头跪拜，请予收留，孙元化无奈，只得引她进家，交给夫人沈氏……

徐夫人长叹：“唉，那场地震，实在是魏阉作恶太多，天怒人怨，招来上帝的惩罚呀!”

孙夫人道：“正是呢！银翘初来，我还想替她打听家乡父母，好让她一家团圆。她却是个没嘴葫芦，倒不出放不进，一点口风不透，死不肯走。看她又懂事又勤快，蛮难得，就留到了如今。”

“她也有二十四五岁了吧？再不寻人家，怕就耽误了。”

“咳！提过八九十来回，她是三锥子戳不出一点儿血，牛皮筋一样，只摇头不作声。看起来牛吃稻柴鸭吃谷——各人自有各人福，也勉强她不得。她琴棋书画样样通，拿她当丫头，真是檀香木当柴烧——大材小用了！要不是咱教里头有规矩，我就做主把她收到房里，倒蛮合适……”

被二位夫人作为慨叹话题的银翘，此刻正在小书房里帮着幼蘩兴致勃勃地扎铜人，仿佛不把倒霉的铜人扎几十个透明窟窿就不罢休似的。

窗外传来脚步声和苍老的笑语：“我们小书房谈天。”

“老师先请。”

后面一句声音厚重温润，震得窗纸微微发颤。银翘手里的书“吧嗒”掉到地上，她连忙俯身去拾。

“是太老师和爹爹！”幼蘩高高兴兴地到门前迎接，搀扶着父亲的恩师，“谢谢太老师惦着幼蘩，幼蘩给太老师磕头！”她真的跪在徐光启膝前，“嘣嘣嘣”叩了三个响头。徐光启捋着胡子笑得合不拢嘴。

看见铜人，孙元化也向老师致谢，随后吩咐女儿：“你们收拾收拾，到别处去吧……哦，银翘今天做了礼拜，觉得好吗？愿不愿受洗入教？”

自男主人们进屋就俯首跪倒的银翘仍不敢抬头，低声回答：“礼拜……好。老爷要银翘入教，银翘就入教。”

孙元化笑了：“入教可是你自己的大事，谁也不能替你做主。你想好了告诉夫人。去吧。”

银翘一直眼帘低垂，长长的睫毛颤抖得像不安的蜜蜂，小心翼翼地站起身，无声无息地随幼蘩走了。

“贤契果然体恤僮仆，待下宽厚。”徐光启赞了一句。

“神父常说，人们只有职分责任的不同，他们的灵魂在上帝面前都是平等的。”

“既然如此……”徐光启沉吟片刻，望了望门生，“方才你又何必拒绝吴公公呢？”

他们一回徐府，孙元化便对来送信的吴同说妻子近日伤风，不能赴宴。吴同代吴直说了许多仰慕的话，见孙元化一直冷着脸，只得放下书信告辞而去。

孙元化叹了口气：“我知道他们是可怜人。只是魏忠贤作恶太甚，丧尽人心，与此辈交往必为士林所不齿，徒损名声！”

徐光启指了指桌上放着的吴直的信，字迹秀美流利：“他们这一茬司礼监太监，都在内书房读了多年书，由学士大学士调教，颇有学问。吴直近年尤得皇上信赖，首辅周相也与他过从甚密……”见学生低头不语，徐光启也有些难为情，想说的话不好启齿，心绪复杂缭乱，干脆换了话题：

“贤契此次平定刘兴治之乱，为朝廷立了大功，可算旗开得胜，你这举人巡抚可以坐稳了。”

孙元化笑笑：“多谢老师挂念，刚刚起个头，以后的事，唉，难说了。”

“张焘还好吧？”

“千斤重担他挑着五百呢。我这次进京，登州的事就靠他主持着。那位张总兵张可大……唉！”

“很棘手吗？故意作梗？”

“也谈不上。他或许并非有意，但总是想不到一处，别手绊脚地不得顺畅。我那里监军道尚出缺，还可进人，老师再荐一个得力的人出任好吗？”

“监军道？也是巡抚之下的要职，非四品官不能出任，就是特简也不能低于五品。你看中什么人？”

“老师，王征如何？”孙元化赶忙笑着问，神情活跃了许多，“我还没有来得及去看望他哩！……”

“我料定你必要提他！”徐光启也笑了，“难得你们彼此投缘，他那么孤傲的人，长你十岁，又是进士出身，竟也服你。不过嘛……”他迟疑着没有说下去，另起话题：

“你还想到谁?”

“瞿式耜可成?”

“唉，他自元年谪官，至今未起用，荐他难以获准。”

“那么金声、陈于阶……”

“金声近日方擢监察御史，不妥；陈于阶乃老夫外甥，则更加不妥了……此事我记下，慢慢物色，总要得力才好。好不容易得了登州……哦，贤契陛见，圣意究竟如何?”

孙元化又变得心事重重：“奏说增建炮台打造海船以备恢复四州之时，圣上频频点头称好，神色很是振作；提到需拨款项，圣上默默无语，不时手脚浮动，但见袍袖袍襟荡漾不止，想来……”后面的话不便出口，缩住了。

徐光启起身从柜中取出一个半尺见方的木匣，打开给孙元化看，尽是干人参：“圣上虑及国用军饷不足，特地命将万历年间储存下来的辽东人参到市上发卖，朝臣多有认购。但总共也只卖得数万两。”

孙元化十分惊诧，道：“竟然到了变卖家当的地步！破落户吗？……”

徐光启苍眉一扬，连忙制止：“不可如此说话！……”突发的严厉使孙元化略感意外，徐光启自觉过分，沉默片刻，又说下去，但声音压低了许多，“日前礼部主客司郎中出缺，礼、吏二部共推尚相隆补官。圣上道：‘主客司分掌诸番朝贡接待给赐之事，当简循良有礼之人。尚相隆因买茶不合意，打破家奴头脸，岂能掌主客司事?’吏、礼二部大臣无不惊愕，回来细访，果有此事。以为是言官密奏，但都察院缉事之人说道：‘我辈钩察，皆关于钱粮重事，居家打骂奴仆，何从问之！’连诸内侍也都相顾惊诧，真不知如此细事何以上达圣聪？……”

孙元化懂得了老师的用意，仰望屋顶，似不经意地低声说：“陛见将毕之时，圣上忽然问我昨日饮酒没有，我说饮了；又问我同坐者谁？我答之以同在宁远的李、胡两幕僚；还问吃了什么菜，我只好一一奏上有油鸡、烧鸭和猪肚。圣上便笑了，说：‘一点不错，孙元化果然诚谨不欺！’……”

师生二人好半天相对无言，四周一片沉寂。

“这不行！”孙元化一下坐在椅子上，用力敲着扶手，“别人说什么我不管，炮台非建不可！大炮海船非造不可！刻不容缓！”“咔吧”一声，扶手的云头木雕被他敲断了。

“自然，当然，可是到哪里去弄这四十五万呢？……”老头儿弹着自己宽阔发亮的前额，一筹莫展了。半晌，他迟疑地老话重提：“眼下最得圣上恩宠的，宫中自然是司礼监，朝中要属首辅周相了……”

“我宁可去求告周相。”孙元化痛苦地蹙了蹙眉毛。

“论才干，论学识，周相可算一时之选，况且终究是士林中人，便与之交往也不辱没你我，但凡亲友故旧有事相求，他都肯尽力。只是……”徐光启打住了。孙元化完全明白，周延儒从不接待空手上门的亲友故旧。于是他口吃吃地说：

“我这里……尚、尚有二千余两……”

徐光启摆摆手，牙痛似的苦着脸：“不。金银形迹过露，不如将你带来送我的貂皮、人参转赠他……”

“老师！”孙元化站起来喊一声。

徐光启只管皱着灰白的双眉，唏嘘着，十分痛苦地往下说：“给他，全都给他！……这是我的主意，由我向主忏悔！主会理解我的苦心，原谅我的罪恶！……”

“老师……”孙元化心热鼻酸，忍不住想跪倒在白发苍苍的师尊面前。

“保尔！伊格那蒂欧斯！”汤若望兴奋地推门而入，红通通的脸上满是笑，手里举着那件铳规，“太好了！有了它，大炮能打出最大射程，还提高了准确度。这可是登州守军最要紧的秘密，千万别让对手得到！哈，这样一来，你的大炮，每一门都是最好的，无敌的！……”他终于发现他的两位教友神色不对，这才收了笑容：

“出了什么事？我能为你们做些什么？”

徐光启庄重起立，蹒跚地走到神父面前跪倒，道：“神父，我要向你忏悔……”

“不!”孙元化急忙在汤若望另一侧跪下，坚决地说，“是我的罪过，请听我忏悔，求主饶恕我！……”

三

“舅，不能帮着说句话吗？我们登州拿这四十五万有正用!”吕烈不管说什么，都脱不掉那漫不经心毫不在乎的行径儿，夹了一个鹌鹑蛋扔进嘴里。这是吕烈回家的第三天下午，舅舅下朝比往日早，不到未时已吃上了午饭。一家三口，舅舅上座，舅妈打横，吕烈下席，围着摆满菜肴的饭桌。其中有吕烈从小爱吃的烧鹌鹑和虎皮鹌鹑蛋，这两道菜一直是舅妈亲自下厨烧的。

自从吕烈日渐由千总、守备升到都司以后，当初对这个弃儒从军的外甥暴跳如雷的舅舅，也渐渐收起了旧日的严厉，变得越来越和蔼。此次吕烈回京到家，舅舅的慈爱可亲中竟多了一分讨好，并再次提出要吕烈改姓徐，正式过继给无儿无女的舅父母，接续徐门的香烟。这一方面叫吕烈不大自在，另一方面又看出是个讨价还价的好机会，便审时度势地抛出四十五万的问题。看到舅舅那一本正经的瘦长脸上挤出来的尴尬的笑，吕烈的心不由得下沉了。

徐璜拿怀袖一角沾了沾胡须上的汤汁：“唉，我是风宪官，怎好过问兵部户部拨款事项?”

舅母冯氏帮衬一句：“登州事总归关系烈儿，你不好去和兵科给事中促成一下？都是同僚……”

徐璜对妻子一板脸，斥道：“哇！妇道人家，不准胡乱插嘴！国家大事，岂尔辈所能知!”

冯氏立刻垂下眼低了头，再不敢出一声。

吕烈从小就替舅母抱不平。舅母的娘家在朝中很有权势，照常理，舅母应该压舅舅一头才对，可是自他记事起，就见舅母在舅舅面前像恶婆婆手下的童养媳一样受气。如今二人都已年过半百，舅舅的气焰倒更盛了！真不知关了门放下窗的闺房之中，他俩怎么处怎么过怎么上炕!

"舅妈你请。"吕烈有意站起身，恭敬地用匙子敬上舅母一块烧鸭腿。舅舅装作没看见，这叫吕烈忍不住想替舅母"报仇"。他眼珠一转，故意淡然道：

"舅舅身为天子耳目，专职纠劾百司，凡贪恶小人均在被纠之列。别的不说，前朝东林杨涟、左光斗二公，因忤魏忠贤罹祸，乃君子也，而舅舅其时竟也纠劾之，何故？"

徐璜一时神色有些沮丧，仿佛痛悔前非，半晌才说："此话也难讲了。一时有一时之君子，一时有一时之小人。前朝我居言路时，举朝皆骂杨涟、左光斗诸人，我自纠小人耳。如今看起来，却是两个君子。"他摇头叹息不止。

君子小人不分，是非随风而动毫无定见，居然荣升佥都御史！也不知当初怎么心血来潮，写出有名的"何官非爱钱之人"的奏本！吕烈心里冷笑，搅动着碗里的汤，哪壶不开偏提哪壶："言官贵直。周延儒将起时，言官多半阻止。舅舅也说他软美柔佞不堪重用，却又推举他入阁，算什么道理？"

"我说你阅世浅，果然。"徐璜索性放下筷子，耐心教导外甥，"彼羽翼已成，明知必不能遏而故意阻之，徒留他日隐患，不如玉成。此即古人所云'宽一分则受一分之赐'耳！"

吕烈突然换上一副嬉皮笑脸："既如此，舅舅就宽我登州一分，替我们那四十五万说句好话嘛！"

徐璜又拿起筷子夹菜吃饭："四十五万不是小数，说好话未必有用。况且你们那位孙巡抚……"

吕烈一口接过来，故意激昂地说："我见到过的大小文武官员中，他是最有才、人品最高、为官最清廉的！"

徐璜极力掩饰心里的恼怒："不料世间还有人令你心折，倒也难得！只是你那孙巡抚以举人出身得此高位，朝中多半不服，就连这次平定刘兴治，朝中也多说是天意自败，非他之功……他的事自然格外难办。况且又能受他何赐？"

吕烈心里气极了。不知朝中这帮人是何心肠！平定刘兴治，他是从头到尾参与了的。多少心血、多少危难，惊涛骇浪，枪林弹雨！天意自败？区区四个字就一笔抹杀了！对付异己，确实得着刀笔吏的真髓，杀人不用刀！可他们还想不想再招天下贤士替国家出力？他努力压下愤懑，只在嘴角撇下几分嘲弄：

“终不成要外甥贿赂舅舅？……”

徐璜变色，“啪”地把碗一放：“什么话！我最恨这两个字，你难道不知？凡事只要沾着钱字，无不卑污！我才干品行虽不敢夸口，自问清廉二字却是无愧，一向总在这二字上痛下功夫，名声也颇不恶。饶是小心如此，一班失意小人还是心怀妒忌，造谣惑众，惟恐天下不乱。你是我亲子侄，竟也如是说，真正岂有此理！”

见舅舅生了气，吕烈不得不收敛几分，并转移话题：“怎么造谣惑众？朝中出了什么事？”

“你看看这个！”徐璜从怀中取出一纸，“啪”地拍在吕烈面前，激愤形于辞色，“这匿名帖，竟贴上了皇极殿边墙！叫他这一写，我大明朝堂直是一团漆黑，成何体统？欲启圣上疑忌之心、置九卿于死地而后快，用心又何其毒也！”

吕烈拿起匿名帖一看，惊异地瞪大了眼睛：上至辅政大学士，中至六部尚书，下至御史、给事中、翰林，最受重用最时兴的二十四人，一一列名，编为二十四气，各注一绰号。首先列出的，是几名辅政大学士：

成辅基命	杂气	顺风火
周辅延儒	妖气	摩登伽女
钱辅象坤	尸气	痴虎伥
温辅体仁	贼气	桃树精

…………

“哈哈！妙绝！”吕烈才看了几行，就忍不住拍案叫绝。实在是太像其人了！连他们那些见不得人的隐私，也藏在“气”和绰号中了。

“放肆！”徐璜把筷子一搁，口气不重，但瞪了外甥一眼。吕烈耸耸眉毛，收住笑，低头看下去：

梁司马廷栋	油气	九尾狐
倪宗伯元璐	淫气	假姜诗
房少司空可壮	臭气	海上暴客
…………		

列名最多的，是参与会推荐贤的言官：

章都谏正辰	阴气	灰地蛇
吴佥宪甡	杀气	再生吴起
王都谏道纯	霸气	塑大虫
…………		
徐佥宪璜	痰气	两头蛇

吕烈一下子看到了舅舅的大名，想笑，极力忍住。痰气！两头蛇！真是惟妙惟肖，太精彩了！吕烈暗暗叫绝。想想去年舅舅御前面君时的丑态，不是如痰壅喉，吐不出真话吗？想想他平日口是心非假正经，可不是两头蛇性情吗？真佩服这位“造谣惑众者”的眼光和才气！

哈，骂得痛快，骂得绝！还有“棍气”、“秽气”、“浊气”、“瘴气”、“毒气”、“逆气”、“戾气”，甚至命名为“粪气”、“膻气”、“疝气”！至于绰号，更加琳琅满目：“赛黄巢”、“金枪手”、“靠壁鬼”、“黑面豹”、“啮人马”、“泼天罡”、“喉下癣”、“金甲神”、“水棉花”、“假飞虎”……如果都如舅舅之“痰气”、“两头蛇”一样准确，则朝堂上衮衮诸公，尽是何等货色？怎能不一团漆黑！

这表面轻薄、骨子里恶毒的匿名帖，不但极尽嬉笑怒骂之能事，而且着实包藏祸心。吕烈直是想笑，一忍再忍，还是捅出了这个要害问题：

“皇上若是见到此帖，不知作何想？”

徐璜已吃完饭，从妻子手中接过茶水轻轻漱口。妻子忙捧过水盂接去他吐出的漱口水，再交给侍立在一旁的丫鬟，态度之恭敬，笑容之殷勤，与丈夫的视如不见的冷漠，一齐落在吕烈眼里，又激起他一阵不痛快。徐璜却站起身，说到皇上颇为郑重：

“幸而皇上英明，为此事特地下谕说：‘命司礼监收集焚毁，不许流传，勿再令人见，以全大臣之体面，也表明朕无疑于诸臣！’……如此，则小人辈不能得逞了！”

皇上不疑，难道朝野不疑？今日不疑，难道今后不疑？小人骂小人，舅舅的神态再次使吕烈觉得可笑可鄙，不想再继续这个话题：“不说了，不说了！小人之辈十恶不赦，都该千刀万剐！……还是说说我们登州的四十五万吧！”

徐璜皱皱眉头：“你向来是从军吃粮、万事不管的人，对这四十五万何以这般牵肠挂肚？莫非拨得款下有你的回扣？”

吕烈冷冷一笑，靠椅背坐定，一声不响地看着舅舅。

徐璜越加慷慨：“如今贪风炽烈，朝野尽然。今日在朝房，不知谁提到一个新城王叔圃，竟然众口一词，赞美不已，大有荐举之意。哼，必是广行贿赂，如此朝政安得不乱！”

他正高谈阔论，守门老仆持一名刺禀告：“老爷，新城王使君候谒。”

徐璜一看名刺，正是他刚才骂的那位王叔圃，登时发怒：“谁叫你乱递名刺？没眼色的奴才！这不是要坏我清白，辱我名声吗？拿鞭子来！听见没有？”他瞪眼冲妻子吼。老仆吓得叩头求饶。吕烈坐在一旁剔牙，仿佛没看见。

丫鬟取来鞭子双手捧给冯氏，冯氏又双手奉上，胆怯地小声劝说：“老爷息怒，不要气坏身子……”

“多口！”徐璜顺口斥责，冯氏立刻垂头不语。他拿着鞭子反复折拗试着软硬，却一眼一眼地看吕烈，嘴里还不大连贯地念叨着：“清廉家声，岂容亵渎！……”

吕烈只不作声，毫无劝阻的意思。舅妈硬着头皮小声说：“吴桥王家是大族……我家表姑夫姓王，祖籍仿佛……不是吴桥，便是新城……”

徐璜想了想，沉吟道：“若是亲戚……”

这时吕烈才哈哈一笑：“舅舅，不见面怎知他来意?”

徐璜连忙接过话茬儿：“依你说，是见见他为好? ……也罢，传他客厅相见。若有不轨之心，我可不留面子!”说着气哼哼地去了。

吕烈又坐回桌边陪舅母，替她布菜端汤。舅母感激地笑笑，温和得可怜：“你难得回家，不要为我忙累。”

“舅妈，舅舅怎么还是这般行径儿?”吕烈很不平。

“随他去吧。烈儿，你老大不小，到下月初八就二十六岁了。再不求亲成家，惹人笑话。不孝有三，无后为大啊！……”说到后来，舅母的声音微微发抖。吕烈不愿引起无儿无女的舅母伤心，但又不愿对柔弱温存的舅母说假话，哼了一声，咬牙道：

“父慈子孝，他不慈我便不孝！若不看在母亲面上，我都懒得叫他这声爹！……”

想起吃喝嫖赌无所不为的浪荡父亲，吕烈打心底里厌恶。照说男子汉不嫖不赌上不得台盘，但他那样不成器、没皮没脸却世间难寻。记得小时候家里全靠舅父舅母周济过活，父亲竟也心安理得地游手好闲吃白食，好多次把家用粮米银钱偷去赌博输个精光，害得母子在家挨饿，他却又向舅舅伸手。钱一到手，进妓院一住就是半月，无赖至极，填不满的无底洞！舅父舅母仿佛欠他什么情也似的，总是有求必应，真叫幼小的吕烈难解难猜。

还是母亲怕耽误了孩子，在吕烈八岁那年送他进京，从此在舅舅家长住。舅舅为使外甥安心攻读，竟把妹子也接来同住，直到九年前病故。母亲去世，独自留在钱塘的父亲另娶，吕烈和他几乎断绝了来往。舅舅得知吕烈的父亲婚后连生二子一女之后，便提出过继吕烈为子，改姓徐。据说父亲无异议，吕烈却不肯。为什么，他自己也说不清，越是厌恨父亲，越不愿改姓。或许还是自小养成的习惯：想方设法，专跟父亲作对，叫他不得痛快!

冯氏叹息着劝解：“他终归是长辈，你怎好这样说他！如今他年将五十，家累又重，听说业已收心，改好多了……”

吕烈哼一声，心想：狗能改了吃屎！只听舅母用更加温存的口吻说：“烈儿，我看着你长大，就像自己亲生的一样，过继改姓，你怎么就不肯依呢？”

吕烈一抬头，正色道：“舅妈，看舅舅这么待你，叫我想起那人待我母亲的样子，心里怎么能顺！……舅舅是为什么？”

舅妈怔怔地看着吕烈，泪光荧荧，默默无语。

“嫌你不生儿女？再娶几房侍妾又有何难！”

舅妈渐渐低了头：“我也劝他纳妾，劝了十多年，他终是不松口，宁可去勾栏瓦舍……我也弄不明白……”

吕烈愣住了，这是头一次从舅妈嘴里获悉的真情，竟是如此不近常情。他思忖片刻，随即冷笑了几声，说：“这也不难解，要倚仗舅妈娘家为靠山，他焉敢纳妾娶小！”舅妈的娘家亲友门生遍朝野，而舅妈的亲娘最是忌刻，舅舅在此事上，不得不格外赔小心，免失老泰山的欢心。

舅母张嘴“啊”了一声，叹口气，放下了碗筷。

守门老仆快步走来禀道：“夫人，老爷命奉茶待客。要好茶，快些送去客厅！”

冯氏如闻军令，赶忙起身催着丫鬟快去唤人送茶。吕烈不怀好意地笑道：“看来，留面子给他了！”他陪舅母回到后堂，刚坐定吃茶，老仆又追来禀告：“夫人，老爷命上酒肴待客，用状元红，八珍攒盒。”

冯氏又急急忙忙地安排去了。吕烈怪模怪样地笑着，拖长了声音：“舅舅为何前倨而后恭？想必受他厚赐矣！”

冯氏脸色有些变，这样明显的恶意她不会没感觉。她像对小时候的吕烈一样轻轻抚着他的后颈，难过地说：“别怪他。昔日他不是这样的。不记得八年前了？……”

吕烈狠狠咬住嘴唇，不说话了。

那时候，他才十七岁，翩翩小秀才，带着舅舅筹给的五千两银子回原籍会试。他十三岁考中生员，有神童之称，人们都认为他中举如探囊取物，进士出身的舅舅自然期望更殷。不料秉性不羁的他，一路挥霍，竟在金陵滞留三月，混迹于秦楼楚馆，及至杭州，囊空如洗，又抱病不能入场，借贷而归，沮丧到了极点。舅舅闻讯大怒，列出家法、小杖、皮鞭，严阵以待。舅舅管外甥，那是正管！

吕烈叩拜舅父母，已是病得骨瘦如柴，还因跌跤摔脱一颗门牙。舅母一见便哭了，舅父却黑着脸大声责骂，声言要打断败家子的“狗腿”！奉命搜查公子行箧的书僮送上公子的诗稿，舅舅愤愤然翻看，突然停在一处，很快看一遍，吟一遍，竟至摇头晃脑地吟哦出声：

“比来一病轻于燕，扶上雕鞍马不知……好，妙语好句，可怜可喜！哈哈哈哈！得此两句，则五千金花得值也！”

吕烈已因软弱瘫倒，昏眩中也还是听到了舅舅的话，庆幸轻易过关，感激之情涌上心头……然而他却从此抛弃儒业，次年以武举出身，踏上了以武功立身的另一条路……

想起往事，吕烈也觉得自己过分，有意识地收敛了几分狂态。这时舅舅回后堂来了，脸上有酒色红晕，还有兴奋、得意、感激的奇怪表情。他看了吕烈一眼，又恢复了些许舅父的严厉：“你回西楼书斋歇息去吧！”

吕烈扭头就走。舅舅终于忍不住，又拦住外甥，从怀中取出一帖红礼单递给他，笑得十分得意：“王使君之父王象春原在朝为阁臣，故而知我素负雅望，敬慕我人品学问……”

红帖上金粉字写着：“侍生王叔圃敬赠玄色绢丝纺绸五百匹”。吕烈冷笑着扔下礼单，转身走了。

回到西楼，另是一番喧嚣：千万声鞭炮震天响个没完，和着鼓乐吹打喜气洋洋地隔墙送到耳畔，不想听也得听，躲都躲不开！小书僮笑道：“少老爷，不瞧瞧热闹？隔壁家老公给他娘做寿哩！”

三天前吕烈进家门回到西楼，发现邻居院子翻修一新，还栽花种树、垒石构亭地起了一座花园，正中的四方轩气派之大，足与阁臣宅院相媲美，——原来是司礼监吴公公为他母亲新置买的宅子。从楼上，吕烈得以清楚地看到吴直认母的一幕：年近三十的司礼监秉笔，炙手可热的权势人物，竟像个五六岁的孩子那样哭叫着，张臂扑向那个仪容丰美、风韵尚存的老太太；老太太竟也搂定这个大汉子，一声儿一声心肝地哭叫，旁边许多人陪着掉泪。若是真的倒也动人，偏生是假的，可就叫知道真情的吕烈觉着肉麻，觉得可笑到极点！戏做得越认真，他看得越滑稽。他既鄙视那些不是男人的货，又恨这黑心肝的老鸨，王八遇乌龟，他乐得一边看笑话瞧热闹，都倒霉才好！犯不上去戳穿它。

此刻，看那身着鲜红福字寿衣的胖老太太，妩媚地整整鬓角，斜飞一眼，这与她年龄极不相称的卖弄风情，直令吕烈作呕，随意抛出一句嘲笑："老公成孝子，公鸡抱窝啦！"

"孝？"书僮诡秘地笑笑，"天知道！这漂亮老婆儿未必真是他娘！"

"你倒圣明！"吕烈也笑了，"谁说的？"

书僮兴致勃勃地讲给少老爷听：半年前花园完工的那会儿，就听说吴老公遣了专人打山东把寻访到的老娘接来了。也在那个气派的四方轩母子相会来着。那老太太又黑又瘦，长脸眯缝眼，合不拢嘴的大龅牙，说实在的，吴老公虽俊，可说不上啥地方跟她真有点儿相像。丑老太太一看吴老公耳垂儿上的黑记，就悲切切地哭开了，哭得那个伤心哟！吴老公不知咋的，登时翻脸，一把将丑老太太推得一屁股坐在地上，叫来陪同的人，"啪啪"几个大耳刮子扇过去，大发脾气，说这不是他娘，叫他们重新去寻！手下人屁滚尿流，赶紧把丑老太太弄走了。今儿个看起来，多半儿是因嫌那个丑，不长脸……

吕烈听罢淡淡一笑："刑余之人，心性自然古怪。"

"没错儿！这回他可认了个拿得出手的娘，足显摆！到处下帖子给娘庆寿。咱这一条胡同家家都送，第一张就是咱家！还是老爷在朝中有人望啊！"

"他送他的，老爷素有清名，不会去的。"

"这个嘛……"小书僮不服，又不敢直说，"吴老公是司礼监大太监，得罪他可是要命的事儿！他们那路人心眼儿小着呢，下帖子请不去，恨你几辈子！……说不定老爷也……"

"胡说！"吕烈拉下脸。他对舅舅反感瞧不起，是自家的事，不容下人外人置喙。再说他也深信舅舅总还爱惜声名，不至于卑贱到与阉竖为伍的地步。

吕烈的面色吓得书僮不敢出声了，悄悄退了出去。门扇一开，那边花园的喧闹便直灌进屋，报客唱名的声音更是有腔有调，高入云霄。书僮又跑回来，跪在门边，极力做成恭敬的态度，小声嗫嚅着："少老爷，请听……"

"佥都御史徐璜徐夫人拜寿！——"尖锐响亮、口齿清楚的唱名拖得长长的，很是悠扬。隔一会儿报一遍，没有新来客人，就一遍一遍报下去。吕烈像给人狠狠抽了一耳光，书僮眼里幸灾乐祸的胜利闪光，更像炙烧人心的火，他一脚踢倒书僮，冲到楼外步廊：四方轩就在眼皮底下，他的舅妈穿着做客的命妇品服，跪在大红团绒垫上，正向那个胖胖的老妖婆拜寿！

热血一瞬间涌上头面，眼睛几乎爆出烈火！但另一声更清晰、更摇曳好听的唱名更加尖锐地刺进他的耳鼓：

"登莱巡抚孙元化孙夫人拜寿！——"

他的脸色骤然苍白，白得像纸：一张鬼一样的脸上一双鬼一样的眼睛，阴森、恶毒，盯住那位身穿二品命妇吉服、笑容满面、嘴里不住讲着什么的中年贵妇。确确实实，那就是他心目中人品高、为官清廉的孙元化的夫人！

他不是瞎了眼吗？什么正直清廉！太可笑了。他怎么还会相信这一套鬼话！居然还用来敲打形容舅舅！……

他突然噤住了。孙元化夫人之后，又走来一个女子，她的容貌，她的步态，她的身材，她那不时举袖掩唇低头一笑的动作……是她！竟然是她！她怎么会出现在这儿？吕烈心里一团混乱，疯狂、仇恨、痛苦交织着，烈焰从心底延烧到全身，炙烤得他忍不住想嘶叫狂嗥……她登上台阶，进四方轩跪拜了，吕烈猛地意识到又有好戏看了。

果然，女子跪拜后起立抬头，寿星婆吃了一惊，后退数步，仿佛见了鬼；女子双手一起蒙住口鼻，把一声惊呼硬生生堵回胸膛。周围的人好奇地打量她俩，她俩极快地恢复常态：胖妖婆边笑边拍手掌，喋喋不休地向客人们解释着什么；女子微笑着一手抚胸，一手扶额头，显见是在说明头昏恶心之类的病症。鼓乐吹打鞭炮响掩住了她们的声音，但吕烈看得明白，两人都在努力掩饰她们是老相识的真相。

他骤然转身回屋，一屁股坐在书桌前，先是从鼻子里哼出一两声冷笑，跟着越笑越急，收不住，笑个没完没了，“咯咯咯咯”，像怪鸟在叫，把书僮吓得目瞪口呆。

他认识这两个女人，太认识这两个女人了！

…………

道经金陵的十七岁小秀才吕烈从来没想到，他们这些文人学子借住的贡院街的芳邻，就是大名鼎鼎的乌衣巷、钞库街，拥有河房灯船的风流世家鳞次栉比，布满秦淮河两岸。所以，当一枚圆圆的白果壳落在他肩头，逼他举头仰视之际，珠帘绣阁上凭栏微笑的小美人儿立即抓住了他的心。少年性情，无所畏惧，当下就敲门入院。老妈妈领着漂亮的女儿们出迎。满目星眸桃腮，满耳娇声笑语，满院花香粉香口脂香，从未经历此境的少年能不心慌意乱？只记住抛白果壳的姑娘叫翠翠，桃叶院老妈妈的第十八女。

穿朱门入绣户，别是一重洞天。燃香炉，烹清茶，献鲜果，奉茶点，姐妹们都倾心于这俊秀的小男子，争着为他品箫吹笛弹琵琶。翠翠坐处离他最远，似笑似嗔，每每目光流转，偏又欲语却止，更教小秀才心旌摇动。

要显示豪侠气概，他出手便格外大方：要来最上等的宴席，请了院中所有的姐妹。江南精美的佳肴，原应使北方生长的吕烈惊叹才是，但他已醉翁之意不在酒了。姐妹们都已稔熟，有意无意地向他献殷勤，或抚颈摸背，或捏手贴腮。小秀才窘迫之际，竟吟出一句古诗：“除却巫山不是云……”众女郎哄然一笑，几个姐妹上前，把翠翠生拉硬拽到他身边，将她的裙带与他的腰带丝绦系在了一起。

门外一声叫喊：“十一娘回来了！”席边所有女郎如听号令，闻声而起，一齐拥向楼梯口。老妈妈脸上堆满殷勤的笑，抢先迎接，一路嚷下楼去："哎哟，好宝贝儿，可回来了！老郎会①花魁定是我儿无疑了！"

一派欢声笑语和杂沓的楼梯响，一位丽人被簇拥着骤然出现。吕烈只觉眼前亮过一片红光，登时灵魂出窍，像铁屑被磁铁吸引一样，眼睛、鼻观、耳朵以及心神意念，全都被她牢牢地吸附住了：红衫红裙、华彩缤纷、富丽高贵……是人吗？不，是神仙妃子、牡丹花王、鸟中凤凰！就连她那不愉快的强作笑颜的神色，也那么招人爱怜。轻启樱唇、缓吐珠玉，莺燕之声令小秀才神乱心慌，哪怕他完全听不懂那话中含意：

"唉，妈妈，今年老郎会点了双花魁。兰馨院王月月今日做面子的酒席与我一样多，难分高低，所以就……"

她的目光缓缓扫过席面、扫过众人，高雅雍容、淡漠疲倦、傲然冷然，当它停在小秀才身上的一刹那，眸子陡然放大，精光四射，少年的心骤然被这可怕的闪电击穿，不由得发寒热般地颤抖了。

老妈妈凑在她耳边轻声说什么，她竟然如同没听见，只目不转睛地望定屋里惟一的男子，输送出一股股烈火，传递过去一阵阵春风，她终于妩媚地举袖掩唇，低下头甜甜地一笑，无边无际的蜜糖劈头盖脑浇下来，小秀才被淹没了。他双腿一软，跌坐在椅子上。眼看着十一娘款款走来，袅娜无比，兰麝喷香，令他心醉神迷，几乎失去知觉。她极优雅、极迷人地笑着，轻轻解开翠翠拴在吕烈丝绦上的裙带，轻轻携住吕烈的手，领他下楼出门，再进门上楼。吕烈驯顺地随着她，呆呆的、傻傻的、憨憨的，除了她，什么都忘了，连翠翠的痛哭也没有听见……

吕烈的童贞就这样丧失在秦淮河畔。

十一娘名灼灼，是桃叶院乃至秦淮河两岸最出色的艳帜独树的名妓。因为吕烈的适时出现，灼灼挣足了面子，击败了与她平分秋色的

---

① 老郎会：秦淮妓家有老郎会之举，每年三次，皆在十一日，所祀为管仲和唐玄宗。届时妓女极意修饰、陈设鲜妍，要求平日交好客人为之设宴张乐，谓之做面子。妓女名声愈大，酒宴愈多。

另一名花魁王月月。翠翠因此曾寻死觅活地要跳河，但谁都明白是闹着玩，哪里当回事儿！不久她果然对灼灼敬慕如初，风平浪静，吕烈的那点儿歉意也就消失了。

风流世家自有一整套生意经，未经人世的小秀才失陷其中，魂魄荡漾，自以为可以写一篇《遇仙记》，哪里还能脱身回头？不几天就把行李银箱搬进桃叶院，住下了。

后来，就是最普通最常见的故事了，“姐儿爱俏，妈儿爱钞”，五千两银子冰消雪化。会试落第，吕烈又大病一场，妈妈笑脸变苦脸，继而冷言讥讽，后又恶语伤人，直至下逐客令，灼灼柔肠百断，流尽了眼泪。

虽然他爱灼灼爱到骨髓，却不是个肯受气的软骨头，立刻向情人告别：“务必等我三年。三年中我若不来赎你，那必定是不在人世了!”

灼灼扑进他怀中，哭成了泪人儿：“灼灼委身郎君，发誓不重操旧业，不再做路柳墙花。但怕你日后变卦，使灼灼伤心绝命!”

吕烈立下重誓：“若负今日情义，万箭穿身不得好死!”

灼灼抽泣着：“嫖客发誓，过眼烟云一风吹。须留给灼灼一件信物。”

少年人皱着眉头笑了：“在下囊中所有尽入姐家，哪还有信物可赠?”

灼灼搂住他的脖子，在他耳边哈着热气：“古人云‘践齿之约’，请凿一颗玉齿！……”

少年气血偾张，情热如沸，毫不犹豫，当下凿断一枚门齿。虽然血流满口痛不堪言，两人却都由于感激彼此紧紧搂抱，恨不能一同化为水。

离别之时，灼灼哭得天昏地暗，涔涔泪水把吕烈的衣袖肩领湿遍。自小倔强、以哭为耻的吕烈，竟也落下几滴热泪。他把这张带雨芙蓉一般迷人的面容永远刻在了心里。后来的三年，他拼命发愤，干得极苦，忍受了常人难以忍受的苦痛，不惜投门路走捷径，还干了一些为常人也为自己所不齿的勾当，终于以武进士及第，得了官，得了许多钱，这都是为了她，为了她啊！……

不幸，当他三年后践约去见他的这朵芙蓉时，一切都变了。这本是重复过千遍万遍的陈旧故事的一次再重复，却把二十岁少年多情的心撕成碎片，把他变成了另一个人！

桃叶院那娘儿俩的两张面孔两双眼睛啊，如冰霜，如刀剑，如蛇蝎……然而，今天，她们又出现在吕烈眼前！

四

脱去公服，穿上福字纹的熟罗袍，头戴一顶浩然巾，孔有德兴冲冲地去逛最热闹的大市口。他觉得自己这身打扮很像走南闯北的客商，很是风光。帅爷放他两天假去四处见世面，特地嘱他不可撒野生事。别说帅爷的话对他从来是金科玉律，只看这天子脚下的威严也把他镇住了，不由他不凛然生畏，事事小心，早早就下鞍牵马步行了。

他出生在辽东苦寒的乡间，后来从军打仗，不是深山荒野，就是茫茫大海、海上孤岛，虽说豪雄之至，实在也孤陋寡闻。初到登州，民居稠密，市面繁富，人物俊秀，已使他赞叹不已，以为前所未见；这次来到京师，更是话也说不出来了，眼睛也不够使了：老天爷！山一样高的城门！蛛网一样密的街巷！蚂蚁般稠的人群……紫禁城里数不清的金顶大殿放光，玉皇大帝住的也不过如此吧？……

越往前走越繁华，人多车马多店铺多，五颜六色，真叫花花世界！他东张西望，左顾右盼，目不暇接，眼花缭乱。别说一间挨一间的店铺里，千种万种货物他叫不出名儿，就连那些字号匾额、招牌幌子上的字，他也认不得几个……哎，这边倒有几个眼熟的：那是参将游击的“参”；耳朵鼻子的“耳”；大小的“大”；店铺的“店”。啥叫“参耳”呢？木耳？地耳？……识得四个字，一块招牌，孔有德高兴非凡，一把拽住一位路过的读书人，指着招牌高声问，大有卖弄的意思：

“请教请教，参耳味道可好？比得上地耳木耳吗？”

“什么参耳？”那人莫名其妙。

“咦，就是这个参耳大店卖的参耳呀！总不是猪耳朵羊耳朵吧！”

孔有德指指招牌。那人瞧了一眼，略一回味，大笑：

“哈哈哈哈！我道又出了怪物，从未听说过！参耳！……那是参茸！懂不懂？参茸大店，人参鹿茸！”

周围的京师人也跟着大笑，无数嘲弄乡巴佬的话向他摔过来。孔有德却不像许多薄脸皮勃然大怒，只是尴尬地伸手摸摸后颈，随后发出一阵压过所有人的更响亮更有气派的隆隆长笑。京师人被他镇住，反倒不笑了。

一个京师娃娃忽然指着他身后嚷道：“汉子，你的马，脱缰跑啦！”

孔有德高声咒骂着，扭头就追。开春了，这匹强壮的五岁公马早就躁动不安，不是叫声就是气味，引得它离开了主人。孔有德追上它时，它已经闯进离大市口不远的胡同里，冲乱了一长列仪卫队伍，直奔那匹栗色母马，把马背上的持旗兵撞下马鞍，竟亢奋地堂而皇之地扬蹄伏了上去，激起一片嘶叫呵斥和粗鲁猥亵的大笑。栗色母马拼命踊跃，踢打后蹄，混乱哄闹片刻，这个“强奸未遂犯”终于被一名骑手制服，紧紧勒住缰绳，另有人挥大木棒照着马身狠狠击下去。小公马乱晃着一头鬃毛，暴跳嘶叫，声音凄惨又委屈。

孔有德心疼不过，跳过去一把攥住胳臂粗的木棒，赔着笑脸：“爷们儿行行好，饶它这一回……”

“啪！”一鞭子朝孔有德头脸抽过来，他一愣，面颊顿时火辣辣地疼！他瞪眼吼道：“怎么打人？不讲理吗？……”

“啪！”又一鞭子抽在孔有德身上！持鞭人恶狠狠地说：“头一鞭打你擅闯仪卫，这一鞭打你不服管教！”“啪！”孔有德腿上又挨一鞭，“第三鞭打你目无尊长犯上作乱！天子脚下岂容你这野种撒泼耍赖！讲理？这就是理！”

旁边有人搭茬儿：“再赏他两鞭！竟调教出这样的下流畜生！”

“想必他也是个下流坯！”一句话招来一通怪笑，深深的胡同里笑声延绵不绝。孔有德又羞又怒，脸涨成紫茄子，想要发作，但对方声势浩大，不知什么路数，自己应了帅爷嘱咐，绝不敢在京师闯祸，只得强压怒气，又挨了他两鞭。幸而大门深处一递一声地由远而近传出口令：

“上马！——”

“上马！——”

“上马！——”

…………

仪卫兵们这才撇开孔有德，纷纷登鞍上马排好队列，挺胸凹腹地稳坐等候，一片寂静。寂静中又传来一声大喝：“走动啦！”

“噢！”胡同里犹如响了一声闷雷，数百仪卫兵可着嗓子同声大吼；跟着，胡同口的开道锣“噹噹”响，整个队列河水似的向前流走。队伍中段簇拥着一顶八人抬的绿呢大轿，轿前有银浮屠顶、黑色茶褐罗绢三檐伞盖，轿后有青圆轿扇、红圆轿扇各四副，之后又是无数带刀卫兵，好半日才过完。

好威风！好气派！孔有德呆呆地望着，暗自庆幸事情没有闹大。不料有人喊他的名字，倒叫他吃了一惊，回头一看，那人从大门口跳下石阶朝他跑过来，竟是营里经管采买事务的偏将李九成！

“孔爷！果真是你！”李九成细眼削颊断续眉，鼻侧两道又深又弯的法线纹①里抖出笑意和惊奇，“你怎么也来了京师？”

“随帅爷来的。你呢？不是去口外买马的吗？”

“帅爷也来了？我是想省几个买马钱，才在京里找门道，找到这侯爷府的。府里执事跟口上管马市的有交情……咦，你这脸上……”

孔有德一摸，脸上凸出长长的鞭痕，自己三品游击竟受此羞辱，登时心头火起，张口就骂：“他奶奶的，打马又打人，这帮王八蛋，太横了！……”李九成赶忙捂住他的口：“快别说了！”他回头左右瞧瞧，压低了嗓门儿，“方才我远远地都瞧见了，可没认出是你！亏得侯爷不知道，也亏得那些仪卫只想寻开心找乐子，没跟你认真，要不然哪，哼！……”

孔有德眼一瞪：“这么厉害！”

李九成拉了他就走，他还不住地回头看，高高的围墙上，只能看

---

① 法线纹：相面法称鼻翼至嘴角的纹路为法线纹。

到一个个翘角大屋顶和隐隐约约的楼台亭阁。“别看啦！这两三条胡同连成片，都是侯爷府的地界！”

孔有德一伸舌头：“天爷！他是龙子龙孙？”

李九成摇摇头。

“是皇亲国戚？”

“不是。”

“跟咱帅爷一样，进士举人，文武全才？”

“也不是。倒跟你一样，”李九成几乎在耳语了，“从兵卒当起，百户千总地步步升高……”

孔有德脚下一绊，猛地站住，愣了半天，突然打雷也似的吼了一声：“当真？”

李九成吓了一跳：“怎么啦？”

孔有德摸着脸上的鞭痕，陡然间，脸涨得血红，鼻孔翕张，气息粗重地喷出几句不连贯的话：

“他奶奶的！他能，我就不能？……”

“哎，哎，孔爷小心！孔爷小心！这儿可不是登州，更不是皮岛……”

强光在孔有德虎眼中跃动，有如闪电。他极愤怒又极兴奋：“他是人，我老孔也是人！……走着瞧，他奶奶的！……不把他狗日的比下去，老子不姓孔！”

“老天爷，你就别嚷啦！致这份气干啥哩！……弄点儿伤药敷上吧？”

孔有德这才回过神来，笑了笑：“不用！老孔皮厚，片刻就好。走，找个酒楼喝它几盅，我请客！”

李九成满口应承，打量着孔有德的坐骑：“好马！多大？”

孔有德揸开大手：“五岁口。”

李九成哈哈一乐：“怪不得，青春正当年嘛！”

孔有德忍不住也笑了。

李九成凑近低声道：“别说马，旷得久了，人也难受。”

孔有德嘿嘿一笑：“有啥法！”当年李九成父子跟随他一同投奔

皮岛毛文龙，后来又在孙元化麾下再次相聚，交情原非泛泛。李九成秀才出身，经过商当过师爷，给人称辽呆子的孔有德出过不少主意，可算心腹之人了。此刻李九成隐秘地挤挤眼儿：“等会儿我领你去个好地方解解馋……”

从酒楼下来，两人都是半醉。孔有德原要尽量，出出肚里的闷气。李九成再三拦住，乜斜着眼笑道：“喝醉了可不行！这事原要你开开眼，再饱艳福。醉里过不得瘾可就亏了！”说得孔有德心痒难挠，少喝了五六成。

孔有德跟着李九成在小胡同兜来转去，头都晕了，才到了地方：一棵大柳树刚冒青芽的枝条拂着一带平房，土墙上没窗户，只有几个烧饼大的洞。有人在小洞上张望片刻，便笑嘻嘻地叩门而入。

李九成叫孔有德去瞧。孔有德皱眉道：“这怎么好，青天白日，偷看人家屋里，叫人拿住当贼打！”

李九成用力推他：“不碍的！人家巴不得你瞧呢。”

孔有德身材高大，为了凑上洞眼还得矮下身子。只一看，顿时满脸通红，扭头转身就要跳开。李九成用力按住笑道：“尽管看，没事。这是人家的生意。”

孔有德张大嘴：“啊，真的?”

李九成笑得五官都皱到一起：“谁骗你！看中谁，叩门进去要。瞧刚才那人，不是进去了?”

屋里聚着十几个涂脂抹粉的女人，全都一丝不挂，想是身上也搽了粉，白光光的像一串大白鱼，嘻嘻哈哈笑个不停。只有两人穿着衣裳：一个满脸谄笑的中年婆娘，一个刚才叩门而入的男人。男人显然老于此道，在这排光溜溜的女人身上乱摸乱掐，女人们娇声笑骂，好一阵子，他才从中扯出一个。中年婆娘笑嘻嘻地接过男人掷给的一串铜钱，把他们送进屋里的另一个门。

女人们散了队形，懒散地在长凳上各自坐下。发现窥视洞里出现了眼睛，一个个又打起精神，朝着洞口做出她们自认为最拿手最迷人的姿态表情，或扭动腰肢飞媚眼，或捧着高耸的乳房微笑，或哼唱着淫靡的小曲，或举起双臂打舒展，甚至相搂着做交欢状……

孔有德费力地咽口唾沫，嗓子嘶哑了：“走，进去瞧瞧!”他只觉耳朵里“呼呼”乱响，昏头涨脑地闯了进去。婆娘嚷了声什么，女人们挨挨挤挤地在他俩面前列成不整齐的队形，孔有德这身富商打扮，招得女人们嚷成一片：

“大爷，挑俺吧！……”

“大爷，俺能伺候你时候长……”

“大爷，我有新花样，包你不悔，下次还来!”

孔有德眼前一片模糊：无数粉腿粉臂，无数血红的嘴，颤巍巍的乳峰，软塌塌的肚皮，黝暗暗毛茸茸的私处，和着脂粉香、汗酸臭混合的古怪气味，一股脑儿扑向他，缠绕着他。他全身的血都烧着了，昏眩的烈焰炙烤得他舌干口燥，失去了说话的能力……

李九成指指屋角：“孔爷，那个雏儿，可好?”

屋角一个赤身少女羞怯地低着头，不敢往女人堆里挤，细瘦的身材还未长成，小小的乳房刚刚鼓成一个小馒首，尖上一点嫩红。看她浑身发抖，孔有德觉着可怜：“太小了……怕还没有十五岁……”

李九成笑得很淫荡：“大哥，羊羔怎么也比老羊好吃，多嫩啊……”他伸手要点那少女，孔有德一巴掌打落，另指了两个身强力壮的：“就这俩。多少钱?”

婆娘赔笑：“一回十文，多一回加倍，伺候得爷高兴，爷就多赏下，另加炭火钱三十文……”

这么便宜？孔有德疑惑地看看李九成。洞眼那儿猛然传来尖声叫喊：

“孔有德！李九成!”

孔、李两人大吃一惊，互相看了一眼，洞外一串大笑。孔有德拔脚就走，婆娘连忙阻拦：“大爷，都点了人啦，不兴走，这是规矩!”

洞外另有个冷冰冰的声音：“掏给人家一百文吧，早早出来要紧!”

是吕烈！孔有德叫苦不迭：偏叫他抓住了小辫子，真倒霉！吕烈又在叫魂：“快些出来！府里有事找你。”

孔有德一听不敢怠慢，两人赶忙付钱出门，果然是吕烈和张鹿征站在面前。张鹿征一双眼贼忑忑的似笑非笑；吕烈一脸冰霜，鼻子里哼一声："跟我来！"

本朝太祖皇帝明令，严禁官吏狎娼。二百多年过去了，时下就连有老婆有家口的军官也常跑妓馆，何况孔有德这种光棍儿？这是公开的秘密。但是叫人劈面抓住总是难看，何况被登州营的家伙捏拿在手，回去一张扬，这张脸往哪儿搁！孔有德、李九成默默跟着吕烈走，心里七上八下。

吕烈瞟一眼孔有德，却冲着李九成发作："李九成，准是你把孔游击领来的！知道这是什么地方？"

李九成干笑一声："唉，旷得久了，寻寻开心而已。"

吕烈一瞪眼："寻开心？这是你们该去的地方吗？"

眼看他要搬出朝廷禁令，连损带骂地给辽东人难堪，李九成心里骂道："谁不知道你是什么东西，偏会假正经！"脸上却赔着笑，"哎呀吕贤弟，大家心里明白，何必较真？就算我们哥儿俩错着一步，老弟也别拿了棒槌当针，我们眼底浅，实在搁不住哇！……"

吕烈一本正经："听着！这种私娼窝叫窑子，从老鸨王八到大小姑娘，全是乞丐。"

孔有德一惊："怪不得这么便宜。"

李九成嘟囔："我说怎么有股子怪味……"

张鹿征嘻嘻怪笑："怪味？怕是剩饭垃圾香吧！女叫花做土娼，怪不得精光赤条的，没钱买衣裳首饰呗！"

吕烈眉头一皱："要紧的是脏病！这么贱的地方，什么下作东西不来？一张大炕上容得五对野鸳鸯，不过上毒疮才怪哩！"

"啊呀！"孔有德吓呆了，李九成的瘦脸也发白泛青，结结巴巴地问："领我们……上，上哪儿去？"

"上你们该去的地方！"吕烈神色依然严峻。

默默地走了许久，不知东南西北地穿进一条长长的胡同，远远望见一处朱红院门，大白天的，门上也高悬着两盏明亮的鲜红栀子灯，灯上扁扁的三个黑字：藏春院。吕烈率众进门，门边四名头戴绿色青色卍字顶巾的伙计，殷勤地迎上前跪接，笑嘻嘻地齐声说：

“小的们给吕爷叩头！”

吕烈拿出一锭银子扔给为首的伙计：“交到柜上，要最上等伺候！”又扔下四个小银锞子，“你们的赏钱！”四个伙计眉开眼笑，千恩万谢，为首的嘴里高声唱出一串不知什么名堂，向后院飞跑；另三个挽缰牵马，搀臂掸灰，问寒问暖，察言观色，极小心极巴结。再看院内，青砖黑瓦，雕梁画栋，长廊映着水榭，楼阁连接亭台，绿窗红帘，柳暗花明，一派浓艳富丽，透出隐隐丝竹、阵阵娇笑。孔有德从没有到过这样的地方，不觉心里发慌，哪敢迈步？

吕烈一阵好笑：“这里地处南居贤坊东院，名粉子胡同，是京师有名的藏春院。孔游击，这儿才是配得上你身份的地方！”他转向伙计，“拿出你们的看家本事，好好伺候这几位爷，给他们解乏。办得好了再赏！”

一个时辰后，他们四人又聚在藏春院红春楼上的留月阁，一人一桌丰盛的宴席，几个袅袅婷婷的丫鬟斟酒，几个歌喉娇美宛转的乐伎弹着琵琶、敲着檀板唱曲侑酒；每人身边还倚着一个遍体绫罗满头珠翠的美人儿撒娇献媚。孔有德、李九成、张鹿征都有些迷迷糊糊，睁不开眼的样子。

吕烈挨个儿看一遍，笑道：“滋味如何？”

张鹿征软软地靠着椅背，只会咧嘴傻笑。李九成拱手讨好：“承你高情厚谊，在下没齿不忘！”见孔有德还搂着身边俏笑的女子低声说话，吕烈大叫一声：“孔大哥！怎么样啊？”

孔有德一回脸，眯眼笑道：“还用问吗？骨头都酥啦！”

一屋子人哈哈大笑。

“头一杯取这留月阁的意思，斟月波酒；第二杯上花露酒，第三杯取个吉利，来状元红！”东道主吕烈兴致勃勃地吩咐，又左顾右盼地指说，“孔大哥是主客，使的紫霞杯；李大哥的是垂莲盏，张兄弟手里的叫鸂鶒卮，我这个名为凤凰樽，都是酒器中排得上名号的珍品……”

孔有德见这些杯盏精雕细刻、玲珑剔透，极是贵重，忙道：“我这粗手笨脚，可不敢使这个。再说这么小模小样儿的，喝不痛快！”

吕烈一笑："好，给孔大哥换一只银酒船！"

果然送上来一只镂花丝嵌松石的船形酒具，可盛五大杯。孔有德又惊又喜。吕烈说声请，大家举杯一饮而尽。

酒美菜香，孔有德有生以来头一回尝到这么精致的东西，头一回享受富贵温柔乡的滋味。刚才两个美人儿领他去香汤沐浴，那两双玉手温软如绵，一双从脚向上，一双从头向下，揉搓按摩他的全身，舒服得他筋麻骨醉瘫软如泥，真恨不得化成水变成粉，又恨不得把两个知疼知情的美人儿吞下肚里去。他从来没想到天底下人世间还有这般妙不可言的境界！他只道自己还算个不好色的汉子，哪知全不是的……至此他还恍恍惚惚，仿佛身子悬在半空。忽听李九成伶牙俐齿地致谢：

"我等有何德能，敢当吕公子如此厚爱？"

"说不上，尽地主之谊罢了。"

"我只当吕公子要拿我们的错处哩！"李九成嘿嘿地笑，眼珠子滴溜溜转。

吕烈拿酒盅往桌上一蹾："什么话！拿我当何许人？圣人云：饮食男女，人之大欲。实则男女之私，比饮食尤为要紧，难道不是？"

在场的人，连陪酒女妓在内，一齐嘻嘻地笑。这大大鼓动了吕烈的情绪，他举杯一饮而尽，乘着酒兴，滔滔不绝，大发议论："天下事本无真是非，惟以习惯相传为是非。譬如祖先古人以生吃父母之肉为大孝，又出几位圣人阐明吃父母的道理，加以扬揄倡导，世人自会相信吃父母为大孝，王法律令便会立下条文，将那些养父母之人杖责流徙，甚或斩首监候，甚或凌迟处死……"

大家从未听到过这等大逆不道的怪论，都当他喝醉了说胡话，既骇又笑还想听。吕烈只管发挥他的奇想："男女饮食也同此例。若是古来习惯相传，大众人等都须钻在被窝里瞒着旁人耳目始能吃饭，男女之事不妨看狗连体的样儿，在光天化日之下当众演练，则世界当另是一番景象：开茶馆饭馆者将如娼妓一样下贱没脸；沿街卖吃食梅汤的贩夫便如私窠子拉客一般罪名；公堂审吃饭案子须禁人旁听，以免有伤风化；朋友来往交游，绝不可请吃饭，只能请夫人出面与朋友男女一番……”

众人听得笑成一团，几个女子捧腹弯腰，眼泪都笑出来了。吕烈静坐，笑声平息，这才一本正经地下他的结论：“所以，男女与饮食原无分别，原本无须这般大惊小怪，防闲严禁则大逆人伦之道。若说有分别呢，这男女之事最要讲两相情愿。我家乡的老话说得好：两厢情愿脱裤子，一厢情愿吃官司。一些儿也不错的！”

这句粗鄙的俗话，又把众人引得大笑一场。外貌文秀冷漠的大家公子，说出这等话，实在古怪！

“说起官司，我倒想起一件，”张鹿征接过话头，“人说前些年也有四个客人在旅店共饮，一人忽借酒大骂魏忠贤，其余三人都惊恐不安，劝他小心。他越发上劲，说是‘魏忠贤再恶，终不能拿我剥皮！’酒后熟睡，半夜忽有厂、卫①的人拿灯火照脸，立即擒去此人。后又提另外三个到一处所，见所擒那人手脚都钉在门板上，魏忠贤道：‘此人说我不能剥他的皮，且试试看！’令人取沥青浇那人一身，再使大木槌敲打，不多会儿果真皮肉脱离。人说那张皮壳仍像个活人，鼓囊囊的……吕哥，浇沥青真能脱皮？要烧焦了呢？”

吕烈也罢，其他人也罢，谁也不理会他的提问，都被这故事弄得毛骨悚然。人恶到这个份儿上，不是比禽兽还可怕吗？

李九成要炫耀自己所知不比张鹿征少：“没错，只要进了东厂锦衣卫，管你有事没事，哪怕铁打的汉子，不用三天就让你依样儿招供，再不过三天就会官处决。听说前些时有一名江洋大盗赴西市斩首，临刑时叹息说：‘我贼也不曾做，如何诬我为盗？’……”

孔有德愤怒地一拍桌子：“还有天理吗？厂卫这帮王八蛋龟孙子！有朝一日犯在老子手里……”

吕烈更是怒形于色：“骂得好！这帮王八蛋龟孙子，不是人！都该五马分尸，零刀子碎剐！实在是猪狗不食，坏到了顶！”

见他敞口大骂，众人都是一愣，张鹿征有点害怕，忙道：“吕

---

① 厂，卫：厂，东厂、西厂，受命于皇帝，由太监主持的特务机构。卫，锦衣卫，为皇帝卫队，直接受命于皇帝。

哥，喝酒，喝酒！……”

吕烈甩手扔掉凤凰樽，气呼呼地嚷：“不喝了！闷酒没喝头！掷骰子，押宝！快，拿骰子筒来！”

侍候丫头赶忙奉上装了象牙骰、镂刻着江南山水的竹骰筒，四个男人吆三喝四地开赌了。酒灌得越多，赌注下得越大，嗓门儿越高。女人们也捋起袖子替自己的客人摇筒下注，骰子的“咔啦啦”和着女人的金翠玉镯的叮叮当当，又是助兴呼喝拍桌捣椅，又是惊叫喜叫高声惋惜长声叹息，酒香菜香花香脂粉香，汗臭屁臭酸呃臭木炭烟臭，留月阁内热烘烘乱糟糟混沌一片……

“哈！全吃！”吕烈攥拳在桌上猛一击，大吼一声，众人一齐静下来，惊骇地望着他。寂静中，吕烈稀里哗啦把桌上所有银钱用两只胳膊一扫，全搂到自己胸前：“哈哈哈！你们都脱裤子光屁股啦！我全赢啦！……你们情场得意，该我赌场得意！哈哈哈哈！……”他就像没看到众人的表情似的，沉醉于自己的胜利，一下子蹦上椅子，又跳上桌子，手舞足蹈，控制不住地往下说，往下说：

“我就爱赌博这一门！如今这世道，事事不得自主，成败不由自身，连拉屎撒尿不是有人管着，就是有规矩管着。惟有赌博，这输赢谁管得着？全凭自个儿运气，谁也不靠！天地君亲师，全他妈的干瞪眼！……运气这玩意儿才叫公道，你就龙子龙孙，该输还就是输；哪怕叫花子窑姐儿，说赢还真赢……瞧瞧今儿个，我这个天下头一等的坏蛋有多走运，大赢家！哈哈哈哈！我这个不是人的人！哈、哈、哈！……”他的笑声刺耳又难听，仿佛乌鸦叫，又像蛙鸣。一个个“哈”、“哈”怪里怪气地从他口中蹦出来的时候，他的眼泪流下来了，终于“哇”地大哭出声，捶胸顿足，哭得非常苦痛。

众人见他醉成这样，赶紧拥上来搀他下桌子坐椅子，好言劝解。不料他双臂一架，把众人推得踉跄后退，气哼哼地环顾一番，一把拽住藏春院当家鸨母，拉开她胸怀领口，把赢得的银锭、银锞、钱串大把大把往里塞，沉着脸，翻着阴凄凄的眼睛，说：“听着！银子钱全归你，你得好好伺候这几位爷，事事要头等：吃的喝的用的睡的，姑娘也要最好的！两日的费用，够了吧？”

鸨母满面堆笑："足够，足够！"

他没有醉。但这一场大笑大哭之后，他觉得很累。身子累，心头更累。原想借藏春院一席酒，笼络同僚，也借以自我排遣、游戏人生，不想触动了真情，引发了他对自己、对周围一切人一切事的习惯性的厌倦和痛恨。他信步走在自幼熟识的街巷中，只感到孤独，内心深处生出无可言状的空落和凄切。

他痛恨自己，痛恨舅舅，痛恨藏春院，痛恨张鹿征、李九成，痛恨那个曾使他出乎意料地产生过敬意的孙元化！所有的人都在装假，一切都是欺骗！……自己不是也在装假欺骗?!

是了，是了，如此而已，可笑罢了！……这也值得真动情？可笑，可笑！

当吕烈跨进隆福寺庙门时，已经心平气和，洒脱而从容了，嘴角又如平日一样挂上一丝嘲弄的微笑。

正逢庙会，隆福寺里人山人海，百货云集，喧闹嘈杂，香烟缭绕。卖艺的、说书的、耍猴的、算命的，和各种买卖一样，摆着地摊大声吆喝着招徕顾客。吃食摊和五颜六色的果饼糖人小车，更像磁石一般吸住了一群群小孩子。吕烈举步艰难，便转到书摊集中的西院，清静多了。他忽然想起前日在朋友家看到的一函春册，图画得精美，题词也别致有趣，不知能否买到？

他走进一处气派颇大的书肆棚，点手招来肆主："《花营锦阵》有货吗？"

肆主对他略一打量，满脸堆下笑："有，有！头等货色，好纸好版，不比那些野狐禅！只是价钱嘛，嘿嘿……"

"只管拿来！……"一套锦缎函表、象牙插扦的书摆在面前，确实精美，很得他好感，又问，"还有什么？"

"还有一部李卓吾先生的说部《绣榻野史》，极是风流酣畅……"

"也取一部来。"他说着，想开函看看《花营锦阵》，略觉不妥，又怕上当，终于随意翻开一页，果是精品。猛然间背后一个清清亮亮的声音柔婉地问：

“主人家，请问你这里可有孙思邈的《千金要方》?”

吕烈的手一哆嗦，赶忙合上书，又觉得耳熟，忍不住回头。一看之下，顿时呆住：正月十六在登州天妃宫邂逅的黑衣女郎，竟站在面前！还是那么清瘦苍白，一双眼睛仍是又大又亮，湛如秋水。刹那间，吕烈觉得腿软心慌，觉得眼眶发热，耳边“吱”地响过一声尖啸。此刻，他才明白，为什么这些日子心神不宁喜怒无常；为什么有空就在小小的登州城里东逛西游南来北往，只不过是为了她，为了再遇到她，这个像小孩子一样，像清泉一样，像寒梅一样毫不起眼并不出色的少女！

黑衣女子看着他，也怔了怔，蹙起长长的秀眉似在回想；跟着，那双纯净灵动的眼睛朝吕烈手中的书函瞥了一眼，吕烈“腾”地红了脸，眼皮颧骨耳根发际，直到脖根前胸后背，全都火烧火燎。多年不知道脸红、忘记难为情是怎么回事的吕烈，这一瞬间突然觉得无地自容，恨不得能找个地洞钻进去……

五

京师人特别看重水泉，往往加以尊称，水面超过里许便称海；水面顷余宽阔便是湖；水面不过数亩就叫河。崇文门城东角的泡子河，就是这么一个不大的积水洼子，却东西修了堤岸，岸上建有园亭，堤外林木葱茏，水边芦荻萧萧，鱼在水下翔游，鸟在芦苇水面飞掠，居然成了京师一景。南岸北岸的张家园、方家园、傅家东园西园等等，亭台楼阁、曲桥月门，成了官员、富商们住家和文人雅士诗酒酬唱的胜地。

孙元化骑在马上，遥遥望见河边绿柳如烟，不禁想起初来京师还是“草色遥看近却无”的时节，十来天奔波劳碌、穿梭般地拜望求告，那四十五万仍无着落，朝廷里也不见有一点动静。他知道焦躁不得，惟有尽全力争取，可心下不无“谋事在人，成事在天”的慨叹。今天他不着官服、不带仪从，只跟了几名亲随，风帽蓝袍地前来拜望住在泡子河边的王征。老友相聚，乃是私事。但对眼下的孙元化而言，已没有什么纯粹的私事了，纵然会友，也包含了两项重要的目的——他要将王征拉到登州，出任他的监军道；他要为那四十五万再努一把力、再做一次呼号。对此，他心里不能无愧于老友，却又无可奈何；但惭愧和无可奈何之余，未尝没有些许自矜和自赏。

门丁进去通报，孙元化下了马，整一整衣帽。门里却是一片脚步声伴随着说笑声，直传出来："初阳兄，稀客！真是稀客！哪阵风把你吹来了？"

孙元化微微一怔：这不是王征的声音。

门里急急忙忙迎出来两个人，笑着向孙元化拱手为礼。又瘦又矮的丁易垣不停嘴地问长问短，责怪孙元化进京这么些日子不到他家去玩；又高又胖的王征却只是笑着携了孙元化的手，简单地连说了几个"请，请"。

王征这个住宅，院门不大，里面却很宽敞。大门、仪门、二门、正堂、后院、客厅、花厅一应俱全，还带了一个东跨院和一个花园。孙元化知道，无论王征有钱没钱、是借贷还是家资，作为一名四品京官，这是必须维持的起码排场。

一路走来，王征都没有放开孙元化的手，进了客厅，王征细细对老友打量片刻，才松了手，拍拍孙元化的肩头，摇头叹道："又瘦了许多！"

孙元化笑道："瘦了好，骑马省力。你还是老样子，十年如一日嘛。"

丁易垣笑道："心广体胖，笑弥陀一个！"

他们都是老朋友，又都是徐光启门下，交往中自然就可以免去许多礼节客套，主人王征吩咐仆人换上新茶新点之时，丁易垣已经和孙元化聊上了：

"初阳兄，你进门之前，我们俩正在说你呢。"

"怪不得我一路上耳朵都热烘烘的！定是在骂我来京这么些日子没来拜望，良心叫狗吃了！"孙元化为了轻松气氛，故意说着玩笑话。

"不，不，"丁易垣连连摆手，"登州求饷的事，我们都知道，初阳兄的处境可想而知。想要助兄一臂之力，可叹官卑职微，无着力处。方才我说一同去兄处拜望，看看可有用得着小弟的地方，良甫却说你诸事繁冗，不便打扰，还说你但凡有闲隙，自会来访……”

“哈哈，果然是生我者父母，知我者王兄也!”孙元化依然说笑，似乎显得很轻松。

王征微笑着摇头，眼睛却没有笑意：“初阳，真难为你了!”

这充满同情的温润、低沉的声音，竟令孙元化鼻子有些发酸、眼角有些发烫，他端起茶杯，一饮而尽，掩饰这种与他极不相称的软弱。然而这推心置腹的知己之感，却令历历往事刹那间泛上心头……

五年前，得罪魏忠贤的孙元化受谴革职，被勒令回籍。其时，魏党的熏天势焰压得人们不敢言，甚至也不敢怒了。孙元化立功受赏升官时，可说是相交相知满京华，笑脸盈目、赞语盈耳，多少人以盖世奇才、中兴名将相期许；而此刻，孙元化一剑一琴两筐书悄然离京，敢于不避嫌疑前来送行者，只有王征一人。

正如孙元化盛时王征待他不改常态一样，孙元化走逆境时，王征仍是不改常态，温润安详。送出京门，五里长亭之外，他们执手道声珍重，默默相视，感到彼此心灵的相通，因晦暗艰难中获得可贵的支持而无比欣慰。那时，王征也这样眼中没有笑意地微笑着摇头，也这样说：

“初阳，真难为你了！……”

孙元化放下茶杯，叹道：“自我出任登莱，朝野上下，无不以为元化侥幸，以为元化小人得志，以为元化荣华富贵、威福莫比，我只道甘苦自知，却不料良甫倒能体谅我的处境，真所谓人生得一知己足矣!”他很快收起感慨，直入主题，“登莱事务虽然繁冗艰难，却是大有可为的所在，徐师对此可谓殚精竭虑，期望于此建起天下第一坚固的海上要塞，以此起步，收复四州、击败金虏、中兴大明。我那里又要造船铸炮，又要赶修炮台，又要操练水军炮队，真正知情懂行的人太少，只有张焘一人实在支应不来，忙乱之时常常顾头顾不了尾。眼下监军道尚出缺，良甫兄，你看……”

丁易垣一拍大腿："嗨呀，初阳你晚了一步哇，不然良甫可是上好人选！"

孙元化心里一凉："怎么？"

丁易垣说："你还不知道？今上励精图治，器重真才实学的实心之臣，王征首当其选，已被特简为南赣汀韶巡抚，不日就要上任了！……徐师门下竟在一年中出了两位方面大员，真可谓双星闪耀，好不光彩也！"

"哦？"孙元化也很高兴，"大好大好！以良甫兄之才具，足以担当大任！这是南赣汀韶百姓之福啊！"但他心里明白，他的第一个目的就此瓦解消散。四品的监军道怎能与二品巡抚相比？他又怎能将一位封疆大吏召到自己麾下做属官？想也不要再想！为了掩饰自己的失望，他取笑王征说："南赣汀韶可是赛过蒸笼的酷热之地，再加上官务繁难，看你这笑弥陀还笑不笑得起来！"

王征揉一揉圆圆的鼻头，笑道："胖子怕热不怕难。再说，怎么难也比你轻松。"

"何以见得？"孙元化笑问。

"我那里不是前敌，无须打仗，少了一多半的繁难；我又好歹有个进士出身，少听那些小人的口舌是非、冷嘲热讽，耳根清净，又少了一小半繁难。"

孙元化看着王征，心里甚感温暖，半晌方点头道："不是王征，说不出此话呀！"

就监军道的人选，三人又商议了一会儿。孙元化便顺势提出了第二件大事：四十五万。对登州而言，这是怎样的性命攸关；要得到它，又是怎样的艰难；朝廷对此至今沉默，莫测其高深；而孙元化则是不达目的誓不罢休……

王征一听就明白，说："我和丁兄为此上书言事原也义不容辞，况且并非难事，诚恐成事不足败事有余呀！"

丁易垣张了张嘴，没说什么，叹了口气。

孙元化若有所悟："你是说，避嫌？……"

王征团团的圆脸上掠过一片无奈："我何曾惧怕嫌疑？我等均属

徐师门下，所谓同门好友，又都是天主教徒。今上英明过人，也与历代明主相似，最恨臣下结党营私，若将我等奏本视为同党相援，岂不坏事？”

三人一齐沉默下来，沉默中有一种挥之不去的郁闷：仕宦之途原本就是荆棘丛生的，官位越高，前途越难预料，古人说的，天威难测！

丁易垣闷闷地坐着不语，王征背着双手在客厅踱来踱去，孙元化捧着茶杯起身浏览东西两壁悬挂的画轴，终于停在其中一幅《松林秋壑图》前，极力用轻快的声调说：“这画倒也罢了，难得题诗好，字好！”

王征好似没有听到他的话，拍拍自己的脑袋说：“听你方才说起，来京后四处求告，怎么独独少了一处最要紧的所在？”

孙元化无言，暗暗咬住了嘴唇。

“对呀对呀，”丁易垣也恍然悟道，“你怎么没有托人去疏通司礼监呢？”

半晌，孙元化不大情愿地说道：“你们知道我，从来不跟他们打交道的。”

丁易垣道：“这就是你胶柱鼓瑟了。阉人可怜者居多，不少宫中内监也入了天主教，受洗成了教徒的嘛。”

孙元化连忙分辩：“我并非鄙夷其人，只是不愿攀附权贵，托请他们，终非正道，无论成事与否，徒损我辈清名！”

王征又是一笑，笑中不无苦涩：“你呀你呀，只学来徐师的好学、机敏，没学来他老人家处世的开通随和！务有用之学，要就在一个实字上。为了做成一件实事，需从权时且从权——反正不是谋私，问心无愧！”这段话他像是在劝谏孙元化，更像是在给自己打气，因为沉吟片刻之后，他提出了这样一个从权的途径：

“我那不成器的内弟，学问品行一无可取，吏部一小官耳，花花公子一个，却与司礼监某太监之侄为酒肉朋友，我嘱内人要他办事，他总还得念同胞之情，不能不办的，由他经那太监之侄将话递到司礼监，多半就能上达天听了。”

“不知那位司礼监大太监是何人？”孙元化问。

“听内人说，姓吴，名吴直，很得今上任用。”

丁易垣连连点头，说这不失为一妙招儿。孙元化便也默认了，心中却苦兮兮地不是滋味：老友启动他显然很不待见的内弟的关系，间接再间接，绕如许大圈子求到其名下的吴直，正是他回避、推拒如不及的数次求上门来的人物。当他迫不得已地命夫人去为吴直的母亲拜寿时，还一再叮嘱她礼到即可，千万要疏而远之。古人视“得虚名而受实祸”为一大不幸，他这岂不是得清誉又受实利吗？虽是幸事，对老友可能无愧？他心念丛集，冲折回荡，丁易垣连呼了他好几声，他才清醒过来，不知他们俩刚才说的什么话题，一脸迷茫。王征笑道：

“你赞这《松林秋壑图》诗好字好，今日我叫你们看一幅真正的好字！”

丁易垣道：“你又得着什么上好碑帖了？”

王征不正面回答，只说：“今天风和日丽，是佳时；难得二位老友来访，是良朋。佳时良朋，瞻拜观赏，方不亵渎此绝代宝卷也！请——”

三人一同走进这幢后花园里新近盖好的精巧小楼，沿着赤龙抱柱的木制楼梯上到了最高一层。刚刚站定，便有一阵风动塔铃之声遥遥送到耳边，清脆悦耳，孙元化信手推开两扇雕花木门，门外还有一圈游廊，倚在廊边栏杆四望，他不禁赞了一声：

“何其开阔！”

他来此的两项目的，一个完全无望，另一个也算不得有着落，他虽不难做到神态自若，心情实在不佳。这样登高远望，春风和煦，满目柳色，令他心神一爽，沉重感顿时减轻了许多。

丁易垣惊奇地问：“阁下这新楼何时落成的？我怎么一点不知道？”

正在嘱咐仆人准备食盒酒具等杂物的王征，胖胖的圆脸上满是得意的笑，说：“二位是首莅此楼的嘉宾。”

孙元化在门外大声笑道：“不胜荣幸之至啊！”

王征越发得意，也来到廊下，向两位老友一一指点：北边的贡院遥遥在望，密密麻麻的考棚颇似棋盘；泡子河岸一带红墙倒映水中，是京师有名的道观吕公祠；掩映在一片青青烟柳之中的佛塔，属金刚寺，庙小香火盛，离得这么远，也能听到那里的晨钟暮鼓、诵佛念经……

孙元化一笑："良甫，你身处释、道、儒三教包围之中，坚信天主之心可不能动摇哇！"

王征笑道："本人定力，当不在初阳之下！无用之物，弃如敝屣！"

丁易垣迟疑道："三教源远流长，崇信者正多，这无用二字……过分了吧？"

孙元化收起笑容，很认真地说："绝不过分！如今国事艰难，海内纷扰，大丈夫理当建功立业，报效国家。佛门道教讲的是出世，讲的是清净无为，岂不是水火不相容？儒门虽然讲求修身齐家治国平天下，然而自孔老夫子至今，千余年下来，却是世风日下，人心不古。"这话题似乎触着了他的痛楚，他剑眉飞扬，情绪越来越激烈，言辞也越来越尖刻了，"朝野上下，尽都自称忠良、自以为贤能，其实多是蝇营狗苟之辈，惟利是趋；满口仁义道德，一肚子男盗女娼！何来修身齐家？又怎能治国平天下？要挽回国家颓势，挽回世道人心，惟天主教耳！我辈不正是因此才信奉天主来救世的吗？愿天主真仁真义的光辉临照，使我大明于衰朽之中复兴！"

孙元化一向温和沉静，很少疾言厉词，这一番话令王征和丁易垣十分意外，不由得惊异地互相对视一眼。孙元化立刻感到了，很快收敛了自己的锋芒，和缓地笑了笑，自我解嘲地说："我这也算是矫枉过正吧！……丁兄也在汤神父教区，上次做礼拜怎么没见到你？"

丁易垣表情有些尴尬，一时未答，王征在侧忙向孙元化努嘴摇头。

"良甫不用递眼色了，"丁易垣窘笑道，"我其实还未入教哩。"

"当真？"

"我知徐师门下皆教徒，也有入教之心，但不孝有三，无后为大，纵然我不以后嗣为重，父母亲族断难依从。何况小妾已然有孕在身，我实在……唉！”

入教者必须遵守一夫一妻的严格教规，所以一些信教受洗的官吏士大夫都将侧室小妾休离。但许多人终于不肯入教，不愿放弃三妻四妾是主要原因。没想到老朋友丁易垣这样洒脱的人竟也过不了这一关。孙元化淡淡一笑，说：“这也难强求，还当水到渠成为好……此匾想必是良甫的手笔，好劲的魏碑体！匾名有什么典故呢?”他指着檐下大书“快雪阁”三字的黄杨木匾，故意另找话题，免得丁易垣受窘。

王征脸上不仅有得意，还带了几分神秘，将二人请至桌前坐定，自己却亲自搭了一架小木梯，爬上阁顶的小屋，开门锁、开柜锁、开箱锁，取出一个尺余见方的皮箧子，下得木梯，满脸庄重地放在窗下的八仙桌上。取下箧上铜锁，扯去带封识的火漆，王征开始一层又一层地打开箧中物外面的包裹。孙元化和丁易垣一声不响地看着，不知被王征如此珍藏的东西究竟是什么。

箧中物原来是两件长方木盒。王征拉开其中之一，取出一卷轴，双手捧着，笑嘻嘻地说：“我这快雪阁是为它才造的，二位请来观赏吧！”

两人展卷一看，立刻又惊又喜。

这是一幅装裱得非常精美的碑刻，前后题跋多是如米芾、赵孟頫等辈历代名家，“墨林秘玩”、“稀世之宝”、“内府珍玩”等印章表明了这件藏品曾出入于历代宫苑。碑刻的正文，是遒劲秀美、结体均匀、气势贯通、筋骨血肉恰到好处的二十四字草书：“羲之顿首快雪时晴佳想安善未果为结力不次王羲之顿首”，后面有“山阴张侯”四字为结。

孙元化和丁易垣都是书画内行，一眼就看出，这就是被世人誉为无双神品的王羲之的《快雪时晴帖》。此帖早在唐代就有记载，宋时已有三本摹本，依题跋记叙，这当是唐代摹本。多少书法名家都以难得一见此帖为终身之憾事，如今这绝世珍宝就在眼前！

丁易垣揉揉眼睛，惊诧道：“果真是《快雪时晴帖》呀！怎会落到你的手中？莫不是在做梦？”

孙元化却欣然笑着说：“今日春和景明，得以见此无上法书真迹，乃百年中之一大快也！当浮一大白！”

王征只是笑，并不说话，自顾打开另一个方木盒，取出两只拳头大小的双耳杯，略一清洗后，小心地放在桌上，这才手执酒壶笑道：“此壶中乃京师最好的玉壶春酒；此杯乃我王家最珍贵的犀杯，必须捧此杯饮此酒，方配赏此天下第一法书！”

两人不由得一齐去细看那一对双耳杯：仿佛是玉，但质地更细腻；说它像象牙的，又呈半透明状；不白不黑不红不棕，却每样颜色都带了一点；杯子的形状很普通，只是双耳有细雕，一杯为龙形，一杯为凤形。乍一看，不觉得它们有什么特殊好处。

丁易垣恍然道：“我隐约听人说良甫有家传宝杯一对，莫非就是它？”

王征点点头，道：“不错。龙耳杯为雄，说是雄犀牛之角所制；凤耳杯为雌，是雌犀牛之角所制。杯中注水注酒，饮之均有妙用：龙杯可调治各种弱症阴症，有壮阳强身之效；凤杯可调治各种亢症火症，有滋阴养血之功……”

孙元化笑道：“当真吗？”

王征也笑了：“谁知道，只不过老辈人一直这么说、这么往下传就是了。近百年吾祖吾父直到我，都拿它珍藏，从未用过。至于那帖，得到我手却是缘分。上月我一好友病故，无儿无女，恨亲族无情无义，感念我多年接济相帮，便将一生所积蓄的金石书画都遗赠予我了。真不料其中竟有此帖，所谓老天厚爱，侥幸侥幸！”

丁易垣叹道：“这也是良甫兄厚德之报啊！”

孙元化点头道：“天主的赐予，是天主的意思……良甫，你这两件宝贝看来均是唐代以前的古物，你又祖籍关中，唐代好几位皇后娘家姓王，莫非你家就是后族？”

王征笑道：“这我就不知道了，没有细细查过族谱。”

丁易垣说：“无论如何，这双杯、名帖都是国宝，无上之宝，无价之宝！”

王征得意地笑道："那是当然！冯铨那家伙不知从哪里听到风声，请人来说，要拿三十万两银子换我这二宝呢！"

冯铨是极令士人不齿的魏党分子，曾是魏忠贤的干儿子；魏忠贤倒台后，他又因貌美多才巴结上了当朝辅臣周延儒，再成新贵。肯花三十万两银子买古董，可知其实力并未因魏党垮台受损，也可见清除阉党并不彻底。

孙元化十分愤慨，他为国事要筹四十五万，弄得焦头烂额而不可得；冯铨这种小人竟能轻而易举地花三十万去买两件古董！他当然不肯拂了老友的兴致，只淡淡地说了一句："岂有此理！"

王征笑道："所以啊，我才特意筑了这'快雪阁'贮藏二宝哇！"

三人相视，哈哈大笑。又商定，每人喝一龙杯，必须再喝一凤杯，取阴阳调和之意。聚知己、持宝杯、酌美酒、赏名帖，实在是人生难得的快事，丁易垣连连大呼："今日定要一醉方休！"

偏偏他不能一醉方休，酒到七八成光景，赤龙抱柱梯上一片脚步声。王家老仆领来了他家的仆人，上来就急急跪禀道："老爷快家去！姨奶奶就要生了！"丁易垣一惊，又一喜，立刻起身，拜谢两位好友，兴冲冲地快步下楼。他在楼梯上脚步慌张错乱，摔了一跤，几乎滚下去，咚咚咚的声音，楼上听得一清二楚。王征和孙元化在廊下目送着他的背影离去。王征笑道：

"难怪他入教这么犹豫，求子之心太切了！"

孙元化笑笑："他或许是如此，但多数人不过以此为幌子，不肯放弃贪淫纵欲的罪恶罢了。"

王征点点头，两人慢慢踱回阁中。孙元化拿起那只龙杯，又注目着《快雪时晴帖》，轻声说："良甫，你知道天主教的教义中哪一条最令我折服？"

王征不作声，只默默看着他。

孙元化接着说："就是这一条：无论是谁，无论是什么样的人，生来都有罪！这其实也与诸子百家中人性恶的论说相合。只有认定自己有罪，不断向主忏悔，不断清洗自己的罪恶，人才能变好，人心才能挽回，国家才能得救，你说对不对？"

王征点头，知道老朋友多少有点醉了，不然不会把这种想法这样直白地说出来。

孙元化又说："如果我们不是受过洗礼，不是时时忏悔谢罪改变自己，使自己完善完美，那岂不要玷污这绝世的名帖和宝杯！"说罢，他双手捧起龙杯，恭敬地对《快雪时晴帖》一照，仰头把杯中酒喝干了。

六

"……京中士人好着马尾衬裙，因此官马被人偷拔鬃尾，有误军国大计，乞要禁革……"司礼监秉笔杨禄念到这里，朱由检皱眉打断：

"谁的奏本？"

"是兵科给事中方龙正。"杨禄见皇上只嗯了一声，没说什么，便又拿起一本，先报姓名，"佥都御史徐璜建言：皇上崇节俭以变风俗，诚英明之举也。但观京中各处茶食铺店所造看桌[①]糖饼，大者省功而费料，小者省料而费功，乞令有司擘画定式，功料之间务在减省，以使风俗归厚……"

朱由检又哼一声，眉宇间的不快更显著了。杨禄连忙放下奏章，恭敬地垂手而立。

"朕命言官建白，内忧外患一字不涉，偏又将这些小事体，生扭在极大题目上，怯懦之至！"朱由检恼火地朝御榻一靠，双手抱住了肩头。

杨禄立刻对侍候在侧的小太监一示意。小太监伶俐解事，赶紧捧来一件暗龙纹夹披风递上，杨禄抖开了披在皇上肩头。朱由检看了一眼，问："是新的吗？"

"回皇爷，洗过两次了。"小太监连忙回禀。

"至少再洗一次，记住了吗？"

"是，皇爷。"

---

① 看桌：宴席中摆满一桌果点菜肴，只看不吃，用作排场。

杨禄满脸堆笑："奴才服侍过的三位皇爷，所御衣物皆是隔夜便换新。万岁爷衣必三浣，真励精图治圣主，节俭之德中外称颂……"

朱由检微微摇了摇头，顺手提起披风下襟，从面前撩了一下，说："熏的什么香？"

"回皇爷，是万春香。"小太监回应如流。

"不好，香味不正。改用龙桂香，黑色的那种。"

"是，皇爷。"

皇上虽节俭，却有洁癖，衣物不浣净不熏香则不服用。他对香料的精通、对各种香味的辨别力，更是高得令人敬服。

四年前，十五岁的信王朱由检以弟承兄继位，是为崇祯皇帝。登基之初，对天启帝宠信的魏忠贤、客氏一党任用如旧。魏忠贤不摸底细，不敢乱动；外廷文武官员也都观望，不知新皇上打的什么主意。

一天，皇上在便殿召文臣讨论治理天下之道，兴致很高，初更打过尚未回宫。正讲论间，皇上忽然命太监秉烛绕巡查看，墙角屏后都走遍了，寂无所见。他自己竟然起身离座，径直朝一处殿角走去，仔细打量殿壁，令人立刻拆毁，此墙竟是夹层！一个十一二岁的小太监手持线香端坐其中，壁上有几十个细眼，燃着的香烟正通过这些细眼袅袅飘向殿中。一盘问，吓得浑身哆嗦的小太监招认说，是魏老千岁命他所为，因皇爷勤于政事，太过劳倦，爇香为皇爷解乏。

朱由检对众臣说："方才朕正静摄思索，而心忽动，欲念顿起，立时想起所谓'迷魂香'之属的邪香。果然如此！"他正颜厉色地转向服侍太监，"从今以后，再进此香者，杀无赦！现存宫中者，一概焚毁掩埋！"

太监们战战兢兢领命接旨之际，朱由检忽然望着群臣叹息道："皇考、皇兄，皆为此所误啊！"

一句话，如震春雷！群臣惊喜交加，明白了万岁爷的真情：绝不会再任用魏党，绝不再是好色荒淫、昏庸懦弱的天子。

果然，朱由检很快杀掉魏忠贤和客氏，定逆案，把魏党一网打尽，为东林党平反追谥。他励精图治，勤于政事，事必躬亲，罢土木织造贡品，不近声色货利玩好；又英明果断，礼敬大臣，朝堂上仿佛刮起一阵清新的、生气勃勃的劲风，大有横扫百余年来陈腐死滞之势！

大明朝自正德皇帝浪荡了十余年之后，万岁爷一代比一代懒散昏庸，一个比一个更深地沉溺于自己的癖好，置朝廷大事于不顾，只享受万民君父的威势和奢华，绝不肯负万民之主的一星半点儿责任。

嘉靖帝醉心于求长生，修道炼丹会神仙，二十多年不上朝。许多阁臣、六部尚书，从上任直到离职也不曾见万岁爷一面。

万历帝更是彻底荒怠。深居后宫，近三十年不视朝、不御讲筵、不亲祀郊庙、不批答本章，不批补中外缺官，一切不闻不问大撒手，只孜孜不倦于酒、色、财。

泰昌帝在位仅二十九天，起居无节，溺于女色，一枚号称仙丹的强壮补剂红丸送了他的命。

天启帝又是深居后宫不问政事，酷爱做木匠活儿，不肯摆弄令他大伤脑筋的政治，把这一切顺手推给宠信的太监魏忠贤和奶妈客氏，闹得朝廷大乱，天怒人怨……

终于盼来这么一位英明天子好皇帝，扶大厦于将倾，拨云雾以见青天！自然天下欢悦，人心大定，士人相聚，无不额手称庆：大明中兴有望了。

宫里太监眼中，这位皇帝可太出众太英明太叫人敬畏了！身经万历、泰昌、天启、崇祯四朝的庞老太监就是这样说的："好容易出了个管事儿的万岁爷——准是赤脚大仙下凡！"所以太监们全都诚惶诚恐、小心翼翼、全心全意，不敢有丝毫疏忽。这会儿，杨禄就这么不敢错眼儿地侍候着，见皇上扯顺披风坐定，微微颔首，便立刻拿起奏章要念。

朱由检问道："谁的？"

"宗室朱术珣。"

朱由检点点头。即位四年以来，他每每对文武百官失望。无能昏庸者办不了事，精明强干的又多贪贿成性，所余几个略有才干或略为清廉的，又多结党营私，门户之见极深，互相攻讦，几无虚日。他深为忧虑，很怕自己挽回大明衰势的勃勃雄心付之东流，不得不走上历代君王的老路，转而信任宗室和内官。内官们没有妻儿家室之累，孑然一身，不会像百官私心那么重；宗室是自家人，无论如何比百官可信。这位朱术珣，就是被特意召来京师，授给户部主事分管草场。这是一项肥差，又关乎兵马之用，很重要的。不知他上疏为着何事？

“……珣以奉旨钦召，御口亲承召对之言，不料一出门外，便被户部尚书拿去买草……”

朱由检又气又好笑：无知无能到这种地步，又憨得可怜！他说：“拿奏本来。”杨禄忙把奏本呈放御案，朱由检迅速浏览一遍，竟有两处白字。他叹了一口气：“杨禄，拿昨日和今日这些没用的奏本，送去内书房传看，能校正其中一个错字讹字者，赏银五钱。”

杨禄领命而去。宫中的大太监，尤其是司礼监文书房秉笔太监，多自幼在内书房读书受教。今日当值御前的杨禄和吴直，都是就读六年，熟史事、谙掌故、擅书法、颇具文采的。由于种种原因，杨禄总高出吴直一头，所以杨禄在侧，吴直宁肯不作声，此刻才走过来，拿起奏章要继续为皇上诵读。朱由检端起龙泉青瓷的精巧茶盏，说：

“不必全读。讲讲各奏章贴黄①大意。”

“是，皇爷。”吴直半读半讲，一本一本揭过去，“湖广汉阳徐孝妇剖肝进姑，汉阳令杨苏奏请旌表……给事中刘懋上言秦寇剿抚失当……御史吴甡奏报赈济陕西饥荒、招抚流盗七千有奇……巡抚延绥副都御史洪承畴败贼张献忠于清涧、怀宁……”

朱由检心里一阵轻松。去年此时，东虏围京师、占据京东四城之时，适逢陕甘流贼大起，一时东西交困，寝食不安。幸而勤王兵马击退东虏收复四城，陕甘流贼也因自己施行剿抚并举之策，得以渐次平定……他啜了一口茶水，清香满颊。

“鸿胪寺卿奏报乌斯藏贡使请陛辞归国……户部奏请增田赋以充饷……礼部尚书徐光启奏请增拨款项以固登防复四州……御史余应桂纠劾首辅周延儒揽权纳贿……”

---

① 贴黄：将奏本的主要内容简化到百字以下，用黄色纸写好，贴在奏本首页，称为贴黄。

“啪”！朱由检不高兴地放下茶盏。即位以来他看清了这样的事实：他重用谁，言路就必定参劾谁。言官们不是怯懦无用，尽上些“马尾”、“糖饼”之类的细事，就是专攻首相内阁大学士以博取直谏的名声！周延儒才学渊博，风度翩翩，机敏潇洒，不论御前应对还是票拟条陈，都令朱由检称心满意。他心里暗暗骂着：这帮信口雌黄的黑乌鸦！……他皱着眉问道：“余应桂所奏指实何事？”

吴直浏览一遍：“禀皇爷，奏本劾周相受三边总督杨鹤重贿，为之掩败为功，又受登莱巡抚孙元化参貂等贵重珍品，为登州加饷。”

“哦？”朱由检心里一动，沉吟道，“拿徐光启奏本来看。”

他并未看奏文本身，是在看内阁的票签①。那确是他熟悉的周延儒一手极纯熟流丽的行书，写着：“拟准行，四十五万银着兵、户部酌商，以加饷拨给。”

难道是孙元化施贿，周延儒受贿，徐光启敲边鼓，为了弄到这四十五万？

“吴直，你记得孙元化此人吗？”

“回皇爷，奴才认识孙元化不自今朝。他忠君爱民，才干优长，勤劳王事，为人也极是刚直正气。”

朱由检微微笑了，想必因孙元化由自己破格提拔，吴直便极口赞美以讨好，不禁问道：“何以见得？”

“先皇在世日，奴才该死，曾替魏逆奔走，蒙皇爷宽恕赦免之恩，方有今日……”

朱由检微微点头，闭闭眼睛，表示不愿听他感恩，要他说下去。

“奴才曾受魏逆示意，邀他在奏本上具名乞朝廷封魏逆爵位。其时正当宁远大捷之后，他名望几与袁崇焕齐。袁崇焕具了名，他却严词拒绝，给奴才好一场难看。奴才虽说一时羞怒，心下也佩服他的骨气。后来袁崇焕升任兵部尚书兼蓟辽总督，他只得了个小小的宁前道，便是因此。惟皇爷知人善任，孙元化方得以破格重用，大展

① 票签：辅政大学士代皇帝拟出的处理意见，合皇帝意则封出照办，不合意则退回内阁改票，或皇帝直接批发内阁，称为中旨。

其才……”

朱由检又微微点头，神色越加和悦。慢慢又呷了几口茶水，剔着指甲，平淡地问：“厂卫方面对他品评若何？”

“登州那边有一位锦衣卫指挥使，东厂不便再去。锦衣卫回报孙巡抚才干优长，未见异常，尚无过失。”

登州要冲，至关重要，何况还关乎收复四州乃至恢复辽东的大事！徐光启德高望重，学问大家；孙元化是自己破格提拔的封疆大吏；周延儒就更不用说了。几斤人参，几张貂皮算得了什么！但若不闻不问，岂不是容忍朝廷内已经很不成样子的贪贿之风吗？还有，四十五万两可不是个小数目啊！……朱由检委决不下，放下茶盏，打个舒展，说：

“传软舆，往承乾宫。”

承乾宫是朱由检宠爱的田妃住所。田妃是个地地道道的扬州女子，娇小玲珑，聪慧秀丽，体态娴雅，最能揣摩迎合朱由检的心意，因此从信王府到紫禁城，受宠始终不衰。

吴直因为收发奏本，晚了一步。赶到承乾宫门，不禁吓了一跳，敢情皇爷还没进去。跟从的小太监全都泥塑木雕般站着，不动更不敢作声；承乾宫的总管太监和宫女还是跪着接驾的姿态，想是皇爷没有叫起。皇上呢？正静静地站在影壁边那棵老柏树底下。吴直小心翼翼地朝皇爷脸上看一眼，那确是都下百姓和朝中文武再三赞颂、叹为不世出的煌煌天表：容色白皙，方面阔耳，两眉长过眼梢，瞳神亮如点漆，丹唇秀髭，莹然玉润，似乎没有表情，怡然蔼然，又似乎若有所伺。吴直侍候皇爷已经四年，还是摸不清皇爷在想什么。

这位皇爷可不像乃祖万历、乃父泰昌、乃兄天启那样从小生长在宫禁之中，世间百事不懂。当他是信王的时候，就常常微服行走都市街坊，熟知民情，智识深远，寡言少笑，不轻易示人以异同。魏忠贤擅政嚣张时，暗中派人夜投信王府，向这位皇上的亲弟弟慷慨陈词，控告魏、客一党种种不法，求信王为朝廷除害。信王答道：“忠贤才可辅主，皇上眷宠方盛，赖以治国。尔等危言耸听，意欲何为？况且吾乃外藩，行将就国①，尚须借重忠贤。尔等无须多事，若招其怒，必将祸及家身性命！”魏忠贤闻得回报笑道：“信王果然对我有畏惧之心，不足虑也！”后来天启帝暴卒，信王登基，魏忠贤竟一无措施，也许就是错以为信王能成为第二个天启帝的缘故吧……

承乾宫里又飘出一阵琴声，叮叮咚咚，很是幽美动听，精于此道的朱由检听出是那首名曲《高山流水》，也听出弹者若非有十年功夫，不得到此。弹者，自然是他宠爱的田妃。但田妃到他身边五年了，从不曾说过她会弹琴。这一曲知音难得的感叹，寄托什么心绪？田妃之父出自市井，不会有此雅兴，那么她这一手技艺来自何人？……朱由检越想越疑心，只是为了体面，不便流露。

止住通报，朱由检一脚踏进田妃的寝宫，田妃吃了一惊，连忙起身跪接圣驾，心中颇有些惴惴不安。待到皇上命她坐下说话时，体味他略略不同往常的表情和声音，田妃更感到惶恐。

“朕倒不料你也会抚琴，更不料你指下功夫如许深。”朱由检微笑地看着田妃，眼睛却不笑。田妃是个极聪明的人，连忙离座跪下请罪：

“妾妃于琴理原能识得一二，因见皇上励精图治，勤劳国事，不敢以此微末小技亵渎圣听……”

“不必如此，”朱由检做个手势命田妃起来，“我听你指法纯熟，琴韵清幽，当不是寻常功夫。”

“是，皇上明鉴，妾妃学琴实有十年了。”

“师从何人？”朱由检精明的目光盯住爱妃甜美的面庞，其犀利无情，使田妃心跳不止，她连忙嫣然一笑：“妾妃还能师从谁人？自然是家母亲授。”

“哦……”朱由检的目光还在田妃脸上打转，田妃竭力保持柔婉的笑容，竭力自然轻松地添上一句：“非但抚琴，便是作大书、撇兰、下棋，也都师从家母啊！”

---

① 就国：明制，除太子以外的皇子，成年后封王，离京到所封地区建王府居住，称藩王。藩王离京赴封地，亦称就国。

“你母亲真是多才多艺!”朱由检还看着田妃。

田妃脸上绽出那一向讨皇上欢喜的、压倒六宫的甜笑，露出雪白如珠贝的皓齿：“所以皇上才有多才多艺的田妃啊!”

“嗯……”朱由检这才移开目光，同时也站起身来。田妃慌忙喊道：“皇上！——”

朱由检唇边做出一点微笑：“朕因批阅奏章劳倦，出来随意走走，是这琴声把朕引来承乾宫。奏本尚多，今日怕不得闲了。”他点点头，转身出了寝宫。

田妃送到承乾门外跪下，眼泪汪汪地说：“求皇上节劳养生，是六宫之福，是万民之福!”她望着皇上的御舆离去，想起方才一番问答，心里越发惶惧，泪珠儿竟锁不住，“吧嗒嗒”滚落，连忙装作抬手理鬓，用袍袖偷偷拭去，重整端庄贞静的神态，慢慢退回承乾宫。她知道，此后的几天，她别想吃得下睡得稳了……

回到乾清宫的朱由检，拣出徐光启和余应桂两本奏折细细看着。一阵小风微微掠过，他不自觉地裹紧了披风。吴直立刻奉上一盏热腾腾、香喷喷的茶水，他就手端起来喝了一口，又觉得脚下升起一股热气，身上顿时暖融融的很是舒服。移目注视，是吴直正弯腰跪地，把一只嵌松石银丝脚炉端放在他两脚之间。他不由得轻声叹道：

“反倒是你们一片忠心啊！……”

吴直忙跪拜道：“奴才肝脑涂地，也不能报圣恩万一!”

这是一句常用的十分夸张的感恩用语，但却是吴直的真心话。他对朱由检的崇敬达于极点，远远超出一般臣子奴辈对天地君亲师应有的情分。

当初，御用监太监崔文昇进丹药，天启帝服用后大泄不止，以致晏驾。登基后的崇祯帝进宫的头一件事，就是拿住崔文昇问罪杀头。不料各宫宦官成群结队喧嚣不止，形同哗变，直逼到乾清宫。皇上临乱不惧，镇定如常，立在宫前丹陛上，俯问总内监说：“为何事喧哗?”内监们七嘴八舌纷纷乱嚷：“崔官儿是好人，理不应杀!”皇上很痛快，立刻下令免崔文昇一死。内监们欢呼着散去，只以为这个十五六岁的少年皇帝不难相处、不难驾驭。却不知数日后皇上已有了心腹太监，通过暗地查访，弄清为首闹事的四名内官，连同崔文昇一起拿住杖杀了。太监们这才吓坏了，从此不敢不夹住尾巴。

吴直是首先倒戈成为新皇爷的心腹太监中的一个。他虽也是魏党一员，却不如崔文昇得脸。他的相好菜户是翊坤宫茶上宫女，两人已得主子许可同屋居处，形同恩爱夫妻，却被崔文昇倚势活活拆散。常人的夺妻之恨不共戴天，太监的夺菜户之仇也一样深长。他无力与崔文昇争高下，便跑去佛寺企图出家，出家未成又逛到娼馆嫖妓，直闹到与他做了一场干夫妻的妓女化装成男子，到紫禁城里索取他没有给足的度夜资。他被判“杖毙”。待死之际，新皇爷进宫，亲自审问，他毫无隐讳，供出所有真情。皇爷竟免死免罪，从此对他大加任用，直到今日的高位。所以每当吴直谢皇爷圣恩之时，眼里总有泪光闪动。

吴直的言行，引得朱由检容色转霁，忽然笑道：“朕再赐你一个菜户，可好？”

“奴才不敢当！”吴直感动得终于落泪。

朱由检确实比较喜爱吴直。吴直并不算最有才干的内侍，但他肯说心里话，像一条忠心耿耿的看门犬。朱由检初践帝位、初入大内，很需要这样的侍从。见他诚惶诚恐，朱由检进一步表示说：

“旧的怕不好了，配个小宫女给你，如何？”

“皇爷恩典，折杀奴才！奴才是怕……咳，女人嘛，老的小的，旧的新的，丑的俊的，又有几个是不欺哄人、作弄人的呢？……”

朱由检目光一寒，这话正点在要害处。田妃宠冠后宫，抚琴之技的小事，竟也瞒了五年！为什么？真如她自己解释的那样？对皇帝而言，最近切莫过于后妃，后妃尚且如此，更何况文臣武将？……那登州府的四十五万增饷，果真其中无弊？周延儒、孙元化，以至那位老学究徐光启之间，果真无私？无风不起浪，言官难道尽是捕风捉影？朝臣党比最是可恨，足坏大事，切不可掉以轻心！……

“吴直，着人去田弘遇府，召田妃之母入宫陛见。”朱由检说罢这句话，再不作声，沉埋进一本本奏章中去了。

午膳，皇上召中宫周皇后共进。

乾清宫中殿两侧的内府乐女奏起细乐，朱由检夫妇分别在两张南向宝座上坐定。口兜绛纱袋的宫女们侧着脸，防止口鼻气息出入污了双手捧着的菜肴，流水般传送，把一品品金丝笼罩的膳盘膳碗先放在旁边的几个大食案上，再依次送上帝后的御案。

一案米食：蒸香稻，蒸糯米，蒸稷粟，稻粥，薏苡粥，西粱米粥，凉谷米粥，黍秫豆粥，松子菱芡枣实粥；

一案面食：玫瑰馅、木樨馅、洗沙馅、油糖馅、肉馅菜馅馒首，发面，烫面，澄面，油茶面，撒面等；

一案常用菜肴：熏鸡，炙兔，炉鸭，烧羊肉，黄焖山雉，清炖牛肉，烩狍蹄筋。

另有特设的一桌小碟菜品。朱由检指着它们对周后说："这都是民间时令小菜小食，朕命膳房不时进来，庶几不忘外间百姓辛苦。"

周后笑道："陛下勤政爱民，食用节俭，足为臣民表率。何不将菜食名目一一报来?"

朱由检很高兴这个提议，一一唱名，定能传扬中外，他的节俭焦劳就能为百僚百姓知道，不仅圣名大著，更得教化之用。他心里很感谢皇后的体贴入微，便转向司礼监掌膳事的杨禄："报来!"

吴直望着杨禄替他着急。升到秉笔太监，虽然掌膳事，哪会注意这些小菜？可杨禄胖胖的如中年妇人的脸上没有一丝惊慌，清清嗓子，用女人一样细柔的声音报起了菜名：

"皇爷娘娘容禀：这小菜有苦菜叶、苦菜根；蒲苗、枣芽、芦苇根，苏叶、葵瓣、龙须菜，蒜薹、匏瓠、蒲公英，苦瓜、野薤、野蔏芹。小食样数也不少：苜蓿、榆钱、锦葵、杏仁糕；稗子、高粱、杂豆面；麦粥、炒面、艾汁糕；稷黍枣豆糕，仓粟小米糕，还有边关将士征战随身的干粮饼和重阳糕……"

杨禄数得又流利又好听，博得帝后一笑，命随侍宫人内监各取小菜一碟尝试。自然不好吃。但两位主子都面带微笑地咽下去，皇上还连连点头，杨禄、吴直和许多宫女内监都心里感动，几乎落泪。

周后感叹地微微点头："陛下洁己爱民如此，文武百臣若肯体念圣意，节俭一分，廉洁一分，国用也不至于……”

朱由检瞥了皇后一眼，脸上笑意倏然消失。

皇后使象牙箸拨弄着小碟里的菜叶，并没注意丈夫的脸色：“孙元化为登州请饷四十五万，不知有多少要流进周延儒的相府……”

“啪”！朱由检一拍牙箸，沉脸叱道：“你深居后宫，知道什么孙元化？谁告诉你的？”

周后一惊，忙离座跪倒：“皇上息怒！是今日上午，臣妾去慈庆宫问候皇嫂，皇嫂说起此事，道周延儒软美多欲，揽权纳贿，深恐皇叔为其所误……”

周后所谓的皇嫂，就是天启帝的皇后张氏。天启帝驾崩，张皇后力主召信王朱由检入继大统，因其时魏忠贤仍柄大权，她特意密嘱信王切不可用宫中饮食，朱由检于是藏了些麦饭团在袖中，熬过了入宫最艰险的头几天。张皇后于朱由检继位有大功，于朱由检本身有大恩，所以崇祯元年特晋张氏尊号为懿安皇后，住慈庆宫。

“登州之事，皇嫂听谁说来？”朱由检阴沉沉地追问。

“臣妾不曾问……”

朱由检大怒，一脚踢翻食案，“哗啦”一声巨响，碟碗盘盆摔得粉碎，菜肴粥米溅了一地。内监宫女都吓得屏息静气，不敢仰视。殿中一片寂静中，朱由检声音格外严厉：

“吴直，速往慈庆宫，问清是谁将外廷事传进宫中！快去！朕立等回话！”

吴直领命急忙退去。朱由检端坐宝座，全然是严阵以待的样子。皇后低头站在旁边，哪里敢劝。

不一会儿，吴直气喘吁吁地回报：懿安皇后只说全然为皇叔着想，传言之人则坚不肯吐。

“胡说！”朱由检怒气冲冲地呵斥，“今天非吐实不可！不然，朕亲自到慈庆宫请教！快去！”

吴直汗都不敢抹，急匆匆地又向慈庆宫跑去。

周后硬着头皮小声劝解道：“陛下……”

朱由检断喝一声：“不用你说！”

他觉得太阳穴“突突”地跳得很凶，额头发涨，眼前一片片一丛丛发黑起花。他是气坏了。他从来不许后妃干政，认为那是对他天子独断的亵渎；他从来严禁内外交通，因为那将是外廷借助后宫乱政的途径，特别是他一向以“闺门有序、家法严谨”自诩，认为胜过唐太宗。然而，他心里也在暗自奇怪，仅仅因此他不至于如此失态地大发雷霆。分明还有什么别的令他愤慨的原因。是什么呢？他一时也说不清。

吴直过了好半天才又跑回来，慌得直眉瞪眼，说懿安皇后不住流泪，请禀告皇上，她只是为皇叔为朝廷着想，并无歹意。但传话之人她绝不说，她不能害人。如果定要逼问，她愿一死以谢皇叔！说罢果真退回后殿，找帛带搭上了梁，被慈庆宫管家婆率一帮宫女死活拦住……

殿内无人出声，只有禀完事的吴直还跪在那里呼哧呼哧喘气。此刻必得皇后出面缓解。她果然轻声地说道：“皇嫂于社稷有功，于皇上有恩，求陛下三思……”

朱由检心头一动，忽然明白了：他之所以特别气恼，就是因为皇嫂于他有恩！这是他心理上一个不能触碰的“痛点”。他最不愿受人恩惠，只愿施恩于人。他不能容忍自己处在受恩的地位，哪怕是不得已。受恩，意味着受恩者的无能和屈辱，而他是天子，是至尊！皇嫂这种纵然是无意的干政，也颇有恃恩不法、恃恩藐君的意味，正触犯了他的尊严，招致异常的“龙颜大怒”。

懿安皇后为人严正，闹成这种局面，他本应想到。眼前怎么下台？他不理睬周后，独自沉吟。

一名乾清门太监来禀：“启皇爷，田弘遇夫人进宫。”

不料台阶来得这样巧！朱由检立命宣田夫人到乾清宫见驾，又命吴直去承乾宫召田妃来见，然后仿佛忘了刚才一场风波似的对周后说：“御妻稍候，将有双琴对抚，你我来判个高下。”

喘息未定的吴直又匆匆奔去承乾宫，慈庆宫那边的事就不了了之。

半个时辰后，乾清宫东暖阁中，帝、后上坐，下首两张琴台，东边琴台边坐着田妃，弹着绿漪琴；西边琴台边坐着田夫人，弹着同样珍贵的凤尾琴。母女二人都乌发如云，面容秀丽，有江南水乡女子的细腻娟美，只是田妃娇媚纤巧，田夫人丰满雍容。她们的琴韵和指下技巧的差别也在于此。两琴合奏虽然奇特好听，皇上还不满足，又命母女俩分别独奏名曲《水仙操》：叮叮咚咚，凌波仙子冉冉飞翔而来，在水面回风转雪地飘逸而去……

朱由检终于露出笑容："好！田妃果然师承乃母，虽造诣和韵味还差着几分，也算名师高徒了！"

看到皇上龙颜大悦，周后和田妃都各自松了口气，而朱由检本人，也在这一刻拿定了主意。

嗣后，周后、田妃及田夫人，还有翊坤宫的袁妃，都应召在乾清宫用晚膳，肴香酒美，歌吹细乐动听，万岁爷谈笑风生，和蔼可亲。

田夫人告退出宫，后妃们陪着皇上说了会子闲话，见他没有留谁的意思，便拜辞各自回宫。朱由检重返西暖阁批阅奏章，专心致志，头都不抬。暖阁中只间或有纸页翻动的窸窣响，极为安静。

"咚，咚！噔，噔！"更鼓金钲的敲击从寂静的深处隐隐传进来。朱由检往御座背上一靠："哦，二更二点了，真快！"他打个舒展，呷了两口热茶，在黄麻纸上写了几个字交给吴直，"去内阁值房。"说罢，又埋头去看奏章。

吴直看纸上写着"登州增饷事就教于周先生温先生"，是宣召首辅周延儒、辅臣温体仁的。早点召不好吗？何必定要过二更呢？想来是为让臣下看看皇上勤政吧？此念一动，吴直立刻觉得是亵渎和冒犯，暗骂自己"该死！"忙叫了提灯小太监，持着黄麻纸御书直奔内阁去了。

内阁值房就在乾清门外，不一时周延儒、温体仁都宣到，向皇上叩拜。朱由检待辅臣一向恩礼有加，立刻赐坐，赐茶汤果饵，寒暄几句，方入正题：

"登州增饷四十五万，朕看周先生票拟拨给，甚当。惟恐各边卫所起而效仿，难以应付。"

周延儒半年前升任首相，更加自信潇洒，笑容很有魅力："陛下，登州乃水陆要冲，既护卫京师，又隔海与东虏相峙，万万不能有失。登抚孙元化乃皇上特简，善用西洋大炮，又有收复四州重任，拨发四十五万专为修筑炮台，造船造炮，各边卫所安能攀比？”

朱由检点点头，转向温体仁：“温先生，你意如何？”

温体仁长身多须，面容黑黄，远不及周延儒漂亮，也不似周延儒那样才华横溢。但他深陷的眼眶里的一双眼睛，却是异常灵活，不时闪烁着或冷或热的光亮。若不见这双眼睛，他颇似一位迂腐的老儒，只要一触到他的目光，便会惧然而惊，悟到这其实是个心思很密、心计很深的不寻常人物。他去年六月入阁为大学士，几乎完全靠了首辅周延儒的援引推荐，因此对周延儒毕恭毕敬，言听计从。他比周延儒大二十多岁，仍像门生对老师那样亦步亦趋地跟随其后。今天也不例外，立即应声道：

“周相说得明白，登州若要固防，非四十五万不可……”见皇上眉间几乎不能察觉地皱了一皱，他立刻想到皇上最讨厌臣下结党，自己若鹦鹉学舌，难免党比之嫌，便很聪明地另辟蹊径，“当年往澳门募购西洋大炮，尚需八千两一门，况且还要筑炮台、造海船，四十五万用来也算拮据了。”

朱由检又点点头，沉默片刻，突然盯住周延儒，慢慢说道：“周先生，你看，又有言官弹劾你哩！”

周延儒一听便知，离座跪下，愤然道：“陛下明鉴，受杨鹤贿为之掩败为功，纯是无中生有！至于参貂，臣并未受孙元化馈赠。数日前臣偶感风寒，徐大宗伯前来探病，他精通医道，看脉后说臣肾水不足，元阳有亏，所以畏寒受寒，百病丛生，出于仁心，赠我人参两斤貂裘两袭，也是同僚的一番情义……不料言官平白诬蔑！臣已修得辞政回籍本章，明日便上！”

温体仁连忙离座挨在周延儒身边跪奏道：“陛下，余应桂此疏甚是无理！近日言官不是摘取细枝末节夸大其辞，就是捕风捉影、无事生非。周相身为首辅，最是众矢之的。受贿之事决然无有！参貂一事，确系徐光启为周相疗疾所赠。据说是孙元化赠给徐光启的。但孙元化是徐光启的门生，门生馈赠老师乃天经地义！”

“二位先生请起。”朱由检笑道，“此事朕早有决断，所谓用人不疑，疑人不用。朕岂是那种猜疑忌刻之昏主！……朕已拟定批答，请先生看过。”

吴直将余应桂的奏章交周延儒，见头一页贴一张御用宣纸，上有朱批：“应桂谗谮辅弼，必使朕孤立于上，乃便尔行私，是何心肠！着降三级调用！”

周延儒忙拱手谢道：“陛下待臣之恩天高地厚，延儒虽粉身碎骨不足以报。只是余应桂若因劾首辅而得罪降调，恐钳众人之口，难服言官之心。伏乞陛下宽免，薄惩足矣。”

温体仁看了朱批，说：“周相忒谦了。余应桂一干人若不切责重惩，内阁如何行事？不杀一儆百，攻讦之风难息；攻讦之风不息，朝中党争终无了时！”

朱由检取了两位辅臣意见的折中，将余应桂降调一级以示警戒。此后，君臣三人讲说些个通鉴史事、前代兴革、人才进退等等，很是和谐惬意。三更鼓起，辅臣才告退出宫。

周延儒与送他们出宫的吴直边走边说，说的虽是闲话，却都因四十五万终于落在实处而有一种完愿的愉快。只是周延儒想到余应桂的降调心中仍然不安。他知道，皇上这种逾常的恩宠，会给他招来更多的敌视和攻讦，所以他仍以谦恭的语气请求吴直：趁皇上哪天高兴，免了余应桂的处分。

看到周、吴二人的亲密情状，温体仁有意稍稍避开。他的内线尚不为人知，是皇上跟前的另一名秉笔杨禄。既然读书，就要中状元；既然做官，就要做阁老；既然入阁，就要当首相——这是温体仁的信条。眼下麻烦的是，首相周延儒对他有举荐之恩，使他在取而代之的路上不得不多几道迂回。比如处置余应桂，他就来了个明助暗拆台，给周延儒多树几个政敌；还有一个大秘密，只有他和杨禄两人知道——“周延儒受孙元化贿，批拨四十五万增饷以分肥”的消息，就是他通过杨禄，再通过懿安皇后的娘家灌到慈庆宫里去的。可惜没有成功，使他略感沮丧。但他可不是一个肯认输的人。他还有一个信条：大丈夫能屈能伸！

白天，孙元化得到批拨四十五万增饷给登州的批件，一直抑不住兴奋：眼看一个强固的登州要塞就将屹立在海湾。二更已过，他还在书房画炮台图，计算土石方和经费。忽听一声呼喝：“圣驾到！——”惊得他直跳起来，以为自己是在做梦。老家人郝大连滚带爬地冲进书房，结结巴巴地禀告：

“老爷！快，快！果真是圣驾！车马停在门外，万岁爷銮驾已进中堂啦！”

孙元化拍拍脑袋，打死他也不敢相信自己竟会获得这天大的荣耀！他手忙脚乱，气促心慌，哆嗦得嗓音几乎发不出声音：“来！快取朝服、朝冠！……”

不知是老家人还是他自己的过，几次伸胳膊都伸不进朝服的袖筒，靴子也高低穿不进去。忙乱一阵，总算就绪，急忙出书房往中堂。一出书房门，院里已站满了人。从这东跨院到中堂，一串串大红灯笼射出的红光，连成一片红雾，罩住了周围的一切：房屋、道路、密密麻麻的人脸、光华灿灿的斧钺刀枪……孙元化腾云驾雾似的，自己也不知是怎样迈进中堂门槛的。

中堂里塞满了侍卫仪从，无一点缝隙，青烟缭绕，香气氤氲，满目缤纷，鲜亮得难以逼视。孙元化不知皇上在哪里，也不敢寻找，只面北跪下，叩拜不已，口中大声念着例行的参觐词：

“登莱巡抚孙元化叩见圣上，万岁万岁万万岁！……”

朱由检正倚在东窗栏下看月，此时不由得笑了，喊道：“孙元化，朕在这里。”

孙元化忙转过来，重新叩拜。

一些礼节性的问答完毕之后，朱由检屏去左右，跨步上前，执了孙元化一手，说：“东北患金虏，西北患流寇，朝廷患党争、患贪贿，国事维艰。登莱要冲之地，朕就委托你了！”

看着皇上白皙年轻的面容，和与这面容不相称的充满忧虑、充满期待的深沉目光，孙元化心头震荡，热泪忽地涌出，哽咽道：“伏乞圣上宽心，元化必与登州共存亡！”

朱由检略略变色，觉得此话大不吉利，但立刻掩饰了过去，笑道：“酒来！”

太监捧过斟满御酒的金杯，朱由检接在手中，赐给孙元化。孙元化跪下双手接住，一饮而尽。朱由检说：“好，此为壮行酒。这杯也赐给你了。”说着他回头望了一眼，身后的吴直便大声喊道：

“起驾！——”

一片红光之中，圣驾远去，黑夜的黝暗又笼罩了街市。良久，孙元化还像送驾时一样跪在大门前，心潮澎湃，热血沸腾！似真非真，似梦非梦。口中尚有御酒香，怀里揣着御赐的双耳龙纹嵌珠金杯……皇上恩重如天，孙元化觉得自己几乎承载不起。他感念已极，不觉泪湿前襟……

第四章

一

孔有德随孙元化回到登州，已是仲春。得知刘兴基终因伤重，呕血而亡，不免兔死狐悲。清明节邀了耿仲明，换上素服去为刘兴基扫墓。

出城西迎恩门，过观音堂行不到二里，便见南面一带绿色平冈，冈上粉粉白白，团团如云，尽是盛开的桃李，远望游人如织，在花间行坐不定。惟有冈北郁郁葱葱，是松柏覆顶的墓冢。树下时见火光闪动，纸钱飞扬，仿佛一群群白蝴蝶翩翩飞舞。这便是胭脂冈，刘兴基长眠于此。

新土新坟，一块不足二尺高，凿刻得十分粗陋的新石碑，端端正正面向西北，如在行注目礼，在周围一律坐北向南的群冢间，非常触目。孔有德和耿仲明对死者的用意心领神会，不忍说破，只默默地跪拜，默默地烧纸钱，默默地示意侍从亲兵摆上祭品祭菜，每样拣一点撒在坟上，又默默地斟满杯酒，从墓碑顶慢慢浇下去……

“嘻，无家人祭无家鬼！”耿仲明高举酒杯，笑嘻嘻地拖长了声调，带着浓浓的辽东腔。此时两人已遣开侍从，就着余下的祭品祭菜，在墓前盘腿而坐，相对而饮了。

孔有德白了他一眼，只管仰脖喝酒。

“大哥吃菜，别呛着！”耿仲明连忙点头哈腰，推碟子假献殷勤。

孔有德放下酒杯：“咱哥儿们还用这一套？你是怎么了？全没个正形儿！”

耿仲明哼一声，没精打采地向树干一靠，眼睛顺树干看上树梢，呆了半晌，说：“咱哥儿们真不该上这条船！”

孔有德脸色一沉：“仲明，你听着，谁敢说帅爷一句不是，我老孔可不答应！”

耿仲明一摆手：“我哪会对帅爷怨恨！只是想当年随大哥在皮岛何等逍遥自在，如今来到登州……受不完的窝囊气！咳，哥哥进京这些日子，登州人欺咱辽东人更甚了！别说南兵登州兵、城里的官商士民不把咱放在眼里，连卖唱卖身的娘儿们、要饭的花子也敢对咱鼻子不是鼻子脸不是脸！男人家到了这份儿上，不如一头碰死！”

孔有德皱着浓眉，慢吞吞地说：“咱哥儿们手下弟兄在关外在岛上野惯了，拽出哪一个也都够横够恶的，不怪登州人怵咱！”

“怵？他们恨不能把咱哥儿们撵出登州！咱可不能认㞞，不给他们点儿厉害瞧瞧，出不了这口气！”

“又胡说！”孔有德责备，“有帅爷在，谁敢撵咱们？帅爷为咱们担不是，咱们也得为帅爷争气！就说为了你我弟兄的前程，也得忍着，管住自己，管住下面弟兄！”

人人都知道，领兵大臣中，惟有孙元化强调“辽人可用”，并大量招募和使用辽东的兵将，虽因此承受朝野上下许多攻讦和劝告，始终不屈。

“大哥，”迟疑一阵，耿仲明问，“这回你去京师，莫非吃错了药？像是变了个人儿，话都不投机了！”

孔有德一愣，随即哈哈地笑了：“不错不错！咱老孔是喝了一大碗醒酒汤，再不能糊里糊涂地混日子啦！”他大手在满脸迷惑之色的耿仲明肩上轻轻一拍，知心地小声说，“仲明，想不想挂帅封侯当大将军？”

耿仲明一笑：“就咱们弟兄这号？狗屁！”

“怎么狗屁？若讲文韬武略，咱不敢巴望到帅爷的万一；要讲带兵打仗不怕死，咱哥儿们怯过谁？只要遵朝廷的法度，给朝廷打胜仗立功，小兵卒子也能封侯！”孔有德情绪高涨地讲起此次进京令他震动最大的事：威风凛凛贵盛无比的侯爷大将军，原也起自民间，出身士兵！他是个大开大阖、拿得起放得下的豪爽汉子，这回却一眼看准，死活不放，决心这条路走到底了："仲明，一辈子怎么过不是过呀，可人往高处走，水往低处流。当年在皮岛那般逍遥自在地混，混到头也不过是绿林英雄、海上豪客，有啥出息!"

耿仲明摸着自己白胖的腮帮，飞快地眏着眼睛。

"爬山不也是越往高处越累人吗？就得忍苦忍累忍羞辱，瞧瞧咱帅爷！文才德行，咱这辈子也不想了，可帅爷忠君爱民，帅爷待人处事儿，咱还不能学学吗？"

"大哥，你说帅爷会不会来给刘兴基上坟？"耿仲明突然冒出来这么一句。

"这……"孔有德搔搔头，说，"刘兴基虽说免了罪，可终究是叛臣的兄弟……"

"可是他举发刘兴治逆谋，于帅爷有救命之恩。"

"帅爷终究是封疆大员，节制一方，怎好……"

两人都没有把话说完，可都明白彼此的意思，一时都不作声了，仿佛在静听风过松柏带起的树涛声和周围墓冢间隐隐传出的哭声。

耿仲明突然兴奋地指着冈边大路，一簇人在那里下马，其中十数人缓缓上坡向墓地走来。走在前面的一位，长衫飘飘，风帽披肩，似一老儒，但身躯修长步态洒脱，白净面膛和五绺美髯已隐隐可辨："帅爷！帅爷终究来了！……旁边那人，哎呀，是吕烈！还有张鹿征那小子，吕烈的跟屁虫!"

孙元化走到鼓楼下的画桥边时，遇上了吕烈，没有讳言自己要往胭脂冈。吕烈一听兴高采烈，说要去上坟，正好随行。同到西门，又碰上张鹿征。此人只要见到吕烈，便紧跟紧随不放的，于是一同出城西南行。

好像感于郊野明媚的春景，又像是安心要大显其才，吕烈一路谈诗说赋，摇头晃脑，滔滔不绝；张鹿征硬充行家打边鼓，赞叹不绝；孙元化只静静听着，微笑不语。

"……当年我初到金陵，还是一个不懂世事的小秀才，为赋新诗强说愁，又自命才高八斗，便目空四海。最得意一阕《减字木兰花》，单咏着过秦淮：春衫乍换，几日江头风力软。眉月三分，又听箫声过白门。红楼十里，柳絮蒙蒙飞不起。莫问南朝，燕子桃花旧溪桥……”

“好！好！字字珠玑！”张鹿征大声嚷叫、拍掌。

“帅爷以为如何？”吕烈恭敬地在马上躬身问。

孙元化抚髯微笑：“虽然摇曳有致，但过于妩媚浓艳了。真不料你当年能作此语。”

吕烈哈哈一笑：“少年心性，哪有定准！……后来弃文从武，只有诗词一道未弃，曾题一绝道：十里五里出门去，千峰万峰任所之。青溪无言白云冷，落叶满山秋不知。”

“妙！妙！真如行云流水！”张鹿征又叫好，心里暗暗准备下一次的赞语，不可与前两次重复，叫人笑话。

孙元化微微点头，沉吟不语。

“近年参透世情，看破红尘，若能脱离苦海，跳出三界，其乐何如？”吕烈指着田野丘壑边掩映在绿树间的竹篱小院、草屋土房，叹道，“反倒是山野村夫平民，令人羡慕！阆苑瀛洲、金谷琼楼，算不如茅屋清幽。野花绣地，草也风流，也宜春也宜夏也宜秋。酒熟堪筝笃，客至须留，更无荣无辱无忧。退闲一步，着甚来由，倦时眠渴时饮醉时讴！……”

“绝！绝！真是高人雅士大手笔！”张鹿征费了好大劲，终于找到这么一句不伦不类的赞词。

孙元化终于首肯，笑道：“如此境界谁不想？当年我也作小词赞道：笑指吾庐何处是？一池荷叶小桥横。灯光纸窗修竹里，读书声……至今神往啊！只是君忧臣劳，国事如此，岂容我等去寻求那番清福？也不忍只图一己的逍遥受用吧！”

吕烈连连点头称是，有热诚得过分之嫌：“大人出言便是正论，令卑职受益不浅！听说大人十二岁便进学，次年考中秀才，三十岁方中举，其中十多年不肯出来应试……果真是不同凡响！”

孙元化诧异地看看吕烈：“这些琐事你竟也知道！……说来或许是我的偏见，但至今不悔。少年登科，是人生之大不幸。侥幸中举为官，一点世情不谙、一毫艰苦不知，任了痴顽心性鲁莽做去，必然上误朝廷，下误当世，自家也被功名所误，未必善终。不如迟中晚进，多学些才术在胸。所以安心研读，不肯躁进。也亏了那十多年拜师求学，才得于算学、天文、火炮等项要务擅一技之长……”

他们谈论着，走上胭脂冈，孔有德、耿仲明已迎到路边行礼。孙元化笑道：

“你们也是来为刘兴基扫墓的吧？好，领我们同去。”

孙元化在刘兴基墓前郑重奠酒祭拜，孔、耿站在他左侧，吕、张站在他右侧，全都默不作声。耿仲明对登州兵将一概恶感；孔有德虽与吕烈有交情，却讨厌张鹿征；至于登州营的吕烈、张鹿征自然绝不肯向刘兴基俯首下拜——哪怕他已经入土。孙元化拜罢回身一看，立刻感到凝聚在四名部下之间的冷气，而他正处在这团冷气的正中，不禁暗暗慨叹：若能化冷气为和煦，这些人都会是他有力的左膀右臂，登州事就大有可为了！

他抚着乌黑冰冷的墓碑，仔细看去，心中一凛，问：“这碑文……是谁撰写的？”

因为碑石黝黑暗淡，只有“刘兴基”三个大字很明显，孙元化一问，众人才看清，碑上刻着十一个阴文：

朝鲜嘉州居昌刘兴基之墓

耿仲明连忙答道：“是刘兴基自拟的碑文，他临终嘱咐墓碑立向西北，是不忘本的意思。”

孙元化点头叹道：“论公，刘兴基首发叛逆，得以殄灭隐患于海上；论私，于我有救命之恩。这次进京之前，本来要为他请功请赏，他都再三谢绝……我想，应在他墓碑上添写‘大明义士’四字，也好表彰忠义，令他泉下心安。”

耿仲明嗫嚅着：“帅爷，他……他万万不肯的！”

孙元化扬扬眉梢：“哦？”

耿仲明硬着头皮往下说：“他临死跟我唠叨，他自念卖了同胞兄弟，罪孽深重，日夜不安，便活下去也无生趣，能够一死逃脱悔恨折磨，他求之不得。若为他建功树碑，是张扬他的罪过，使他死不瞑目……”

“真所谓一死掩百丑，死得值！死得该！”吕烈忽然插了一句，顿时破坏了墓前的哀思叹惋气氛。耿仲明眼里冒火，那样子若不是孙元化在场，他就会朝吕烈扑过去了。

吕烈冷冷一笑：“他若不卖了他那些狼心狗肺的兄弟，就得卖了帅爷和一干同岛弟兄，还不是一样罪孽深重？照样儿日夜不安，活得没有生趣儿！”

耿仲明一愣，愤愤地问：“叫你这么一说，刘兴基怎么着都是死路一条啦？”

“那还用问！”吕烈尖刻地说，“除非他全无良心，全无人味儿，全无羞耻，否则终究难活！”

几句话像一股冰水，浇得几个人心里寒飕飕的。吕烈还不罢休：“其实何止刘兴基这个死鬼，刘家兄弟早就身处绝境，非死不可了。刘二聪明，自己在两军阵前寻了个光明磊落的死法；刘五不甘心，还想蹦跶挣扎条活路，看不清时势杀人的厉害，枉自聪明一世！”

孙元化远望长空，喟叹不已。耿仲明低了头，盛气全消。孔有德却绕不过来了：“吕老弟，你说这时势杀人，是怎么个意思？”

吕烈高谈阔论的劲儿又上来了：“听我给你分剖分剖。刘家兄弟投我大明，金国饶得了他们吗？立马将他们的老母妻子下狱为质；刘家兄弟再回头降金，我大明饶得了他们吗？定发大兵剿灭尽净。刘家兄弟都是不肯为人下的豪雄，然既非汉人又非金人，投明投金，能够取信吗？不得信用，刘家兄弟能忍受吗？终究是复叛而亡。刘五听信金国汗鬼话，想以属国之分独立于明、金之间，岂不是做梦？如今刘兴治兄弟一死，金国汗不就将刘家人质男女老少都杀光了？……”

真是绝境！没有出路、没有希望，必死无疑的绝境！想起刘兴祚战场送死，刘兴治皮岛作乱、长岛陈兵，刘兴基冒死首告，刘家兄弟拼命挣扎的种种往事联在一起，令人惊心动魄！连浑浑噩噩的张鹿征也听明白并觉得害怕了：

“吕哥，这左也是死，右也是死，难道咱们每个人都得遇上？”

这个不学无术的纨绔子弟，忽然问出这么一句有分量的话，真有点儿当头棒喝的味道，叫在场的每个人都不由得同声自问。接下去还有一句：遇上了怎么办？

吕烈不屑理他，又不忍不理，轻飘飘地说句风凉话：“遇上遇不上，要看各人的造化。”

“吕哥，真要遇上，你怎么办？难道非死不可？”

“我怎么办？你怎么不先问问你自己怎么办呢？”

“我？……我可真没辙！不知道该怎么办……”

“孔大哥，你说呢？”吕烈揶揄地眨眨眼，找到孔有德头上。

“我？我不信啥时候能死活没路走！总能死里求生，你说是吧，仲明？”

“可不是！这些年，咱们弟兄经的险事儿还少吗？……”

“帅爷，你说呢？”吕烈的态度口吻都很恭敬，眼睛却亮光闪闪，一派挑战意味。

孙元化神态雍容，微微笑了笑：“刘氏兄弟的处境原属罕有，吕烈所说的绝境怕也是千载难逢。若真的临到我头上，那么只要一死是我职分所在，死就是了。”他扭头看着吕烈，“你呢？”

“我呀，除非上了阵武艺不如人叫人杀了，别的死法我都不干！实在没路，宁可逃到深山老林，与鸟兽为伍！人生百年，容易吗？……”他又说又笑，半真半假，谁也摸不清他到底怎么想。

孙元化心中不安，从吕烈的态度中又感到了敌意，这本是他初到登州时曾经感觉过，后来渐渐消失了的。不知为什么，从京师回登州后，吕烈故态复萌。他一直想与吕烈深谈一次，但回登州后极为繁忙，总不得空。或者借今日踏青之机，遣开诸人，单独相对，说说心里话？……

孙元化沉吟之际，冈下驰来几骑，一个瘦小的身影滚下马鞍就往冈上飞跑，一面跑一面大叫：

“帅爷！帅爷！——”

尖锐的嗓音和捯得飞快的两条细腿，除了陆奇一这小猴子还有谁？孔有德笑道："帅爷穿便袍，为的不叫人知道，偏他乱喊乱叫！"

"帅爷，快回府！张参将说有急事！"陆奇一满脸汗水，气喘吁吁，龇着牙眯缝着眼儿直是笑。

孙元化略一寻思，顿时笑逐颜开："好！好！耿中军，我们赶紧回城！……哦，孔有德，你们三个自去郊游踏青吧，不要坏了兴致。"他迈步就走。吕烈在一旁不冷不热地冒出一句奉承话：

"刘兴基这个罪徒之弟，高丽种子，能得巡抚大人一祭，也算他几辈子修来的福分了！"

走出几步的孙元化停下，回身，看定吕烈，诚挚地说："所有的人，死后的灵魂在上帝面前彼此一样，只有善恶之分，不论贫富贵贱荣辱。你我也是如此。"他对吕烈微微点头示意，转身下冈，脚步很轻快，仿佛年轻的营官。

孔有德连忙声明："我也回城！"跟着一路下山，揪住陆奇一悄声问有什么好事，这么笑眉笑眼的？陆奇一那清脆高亮的男孩儿嗓门儿叽里呱啦，反复一句话："我就不告诉你，气死大狗熊！……"

眼见那一行人说说笑笑下冈，上马，在大路上驰远，方才还在高谈阔论嘻嘻哈哈的吕烈顿时没了兴致。张鹿征不知高低，讨好地笑道："吕哥，草桥三官庙后边，新开张一家什么春院，厨下烧得好海货，粉头儿唱得好曲儿，咱们去尝尝啊？"

"不去不去！"吕烈不耐烦地挥手，"要去你自个儿去！"

"我请客还不成吗？刚从我娘手心里抠出来二十两！"张鹿征嬉皮笑脸，拽住吕烈的衣襟往冈下拖。吕烈气冲脑门儿，一把推开："你干什么老缠着我！"

张鹿征没料到这一推，一屁股坐到地上，又是惊诧又是委屈地望着吕烈。他虽又蠢又顽劣，花花公子，但好坏都在外面，从不装假道学，对自己又是忠心耿耿，吕烈觉得他可怜，自己过分，连忙拉起他拍打灰土，抱歉地说：

"你先回城吧，我还想独自散散心……没摔着吧？"

张鹿征立即释然，高高兴兴地下山回城去了。

吕烈离开墓地，缓步走上冈顶，渐渐，桃李树代替了松柏，他视而不见，过冈下行片刻，恍然发现置身在一片嫣红粉白的花海之中了。

一枝颤巍巍的白花擦过他面颊，像一下子点燃了炮仗捻儿，招得他暴跳而起，对着这株倒霉的老杏树拳打脚踢，嘴里呼喝叱骂，压制已久的怒火和不平之气喷涌不止。

京师之行，叫他发现自己又一次受了欺哄。他开始真心钦佩的孙元化，却原来也是个伪君子！和朝中贪贿无耻的百官，和自己那位假清高的舅舅并无两样！他无情地嘲笑自己有眼无珠，更恨孙元化骗取自己的真情。他想了许多叫孙元化难堪丢脸的花招儿准备付诸实施，出出胸中这口恶气！

令吕烈愤愤的是，一旦与孙元化在一起，就不由自主地受他吸引，为他的风度学识所倾倒，那些捉弄人的花招儿就使不出来，甚至刻意对他嘲讽讥刺之后，心里还老大不过意，仿佛做了错事。这难道是吕烈？是看破红尘、玩世不恭的吕烈？是无情的大丈夫吕烈？

吕烈恨自己无能，恨透了！老杏树成了出气筒，花瓣像雪片一样纷纷扬扬满地飘洒，幸而根深干壮，它才未曾折断。吕烈发作一通，浑身乏力，无精打采地靠树坐下。阳光温暖，流荡花间的春风轻柔又芳香，蜜蜂嗡嗡唱着催眠曲，他眼饧身懒，迷迷糊糊睡过去了。

是莺声？是燕语？被春风送进他的梦中：

“……银翘姐姐，你这句‘水含山色难为翠，花近霞光不敢红’真好！可算是诗中画了。”

“这哪里比得上姑娘的‘雨足一江春水碧，风甜十里菜花香’？真可压倒须眉！”

“噢，一腔忆江南、忆故园的心境罢了……”

“姑娘先生！银翘姐姐！走慢些，我们紧追慢赶跟不上！”

“哎哟，哎哟，气也喘、喘不过来了！……”

“姑娘，这里花树最浓，草地又软，不如就歇一歇。”

“也好。可也不能轻饶了这两个懒读书的小鬼头！……”

“哎哟，姑娘先生，饶——紫菀这一回吧！”

“姑娘先生，紫菀背不出书，罚黄芩代她背就是。以后姑娘先生有赏，也让黄苓代她领好不好？嘻嘻！”

朦胧中的吕烈，不知是在做梦，还是遇上了花妖树精。可以辨出，那柔美稳静的声音出自“姑娘先生”，是此间身份最高的；甜而略带沙哑的嗓子属于那个银翘；清脆似银铃，一急一缓，一伶俐一笨拙，便是两个十六七岁的小丫头黄苓、紫菀了。就算是狐狸精迷人也罢，静听娇语软笑如听天籁，令人心醉神怡，不也是人生一乐？纵然是梦，何须便醒！

“真有些怀想江南呢……我们家乡，每到清明，男女老少戴荠花，前后十五日，出城扫墓祭祖，折竹枝悬纸钱，门上挂柳，墓边插柳，女孩儿踏青、荡秋千……”

“登州这儿，清明时节女孩儿也打秋千。只是这里人头上簪柳，不戴荠花……”

“姑娘先生，荠花是什么呀？……”

一阵风过，簌簌落花洒吕烈一身，似乎已入缥缈幻境：茅舍竹篱小院，桃杏繁花似锦，他醉卧花下木榻，家人悄言笑语，步履轻轻。温柔静美的娇妻，时而课读小儿女，时而曼声吟诗，时而怀想江南春色、清明乡俗，絮语连绵，娓娓动听……何等宁谧恬静，何等悠然天真！兵刀战阵的凶险，宦海沉浮的狞恶，离此十万八千里！吕烈愿长梦不醒，终老此境！……

“呀，真所谓落花似雪！……荠花也洁白如雪，是荠菜的花。荠菜虽野生野长，味道极是鲜美。”

“姑娘先生，这一棵可是荠菜？”

“这是蒲公英，别名黄花、地丁，性苦，可入药，有健胃之功……”

“姑娘小小年纪，便如此博学多才，真不枉了自名小字二乔……”

二乔！吕烈心口蓦地一跳，顿时惊醒。难道是她？……又是她！——不是冤家不聚首啊！

“你……”慌得不知所以的吕烈，忘却了书肆主人在侧，还有许多流连书丛的顾客，竟冒昧地张口要向黑衣女子说话。黑衣女子倒退一步，注视着吕烈，似乎认出他，又似乎以为他有癫病，流露出一丝好奇和怜悯。

也许正是这怜悯激怒了他。他这样的情场老手，什么阵势没见过，很快稳下心绪，记起调戏女子的要诀：不问她肯不肯，只看她笑不笑，只消朱唇一绽，就有好消息。他要先引得她笑，调侃话儿张口就来："女孩儿家何不朱阁绮户描龙绣凤，而来书肆佛院舞文弄墨？"

她惊异地耸耸长眉，张大孩子般黑白分明的眼睛："我并不曾舞文弄墨，这《千金方》乃济世救人的医书啊！"

这么老实，这么认真！戏弄这样的女孩儿真是罪过！但吕烈开了头就收不住："哦，女华佗，失敬失敬！然而除了《千金方》，尚有一部更要紧的济世救命医书……"

"莫不是《本草》、《黄帝内经》？要不然是《伤寒论》？"见吕烈直是摇头不认，黑衣女郎更加热切，"先生请告诉我好吗？果真能济世救人，何惜重金购买……"

吕烈指着柜上一部当时称为"图文并茂、绘刻印三绝"的万历年师俭堂刊印的《鼎镌陈眉公先生批评〈西厢记〉》，有心再调侃一句：还有这疗治天下怨女旷夫的济世文章！偏是这要紧当口，一个京中相熟子弟闯进来，见了吕烈一把扯住，便大喊大叫："放着这位大手笔竟不知道求告！快拿我那画儿来，就要他题诗！"

肆主连忙对吕烈打躬作揖道："恕老夫眼拙，不识足下尊面……"

那熟朋友放开喉咙只是嚷："快拿那画儿来，笔砚伺候！连他都不认识？当年小神童，徐府大公子吕爷！"

"哎哟！原来是徐大公子，吕爷！大名久仰如雷贯耳，今日识荆三生有幸！……"一串儿套话从肆主口中滚出，伙计早把一张摆好笔砚的八仙桌抬到吕烈面前了。这份殷勤，他的名气，让他在黑衣女子面前十足长脸。他不由得看了她一眼，见她正好奇地打量自己，心头好不得意。

桌上铺开的画，是泼墨芍药，笔锋奇恣怪诞，不同常法。那朋友只管絮叨："这画来得不易，人说出自徐文长之手，你看此处有个小印章，仿佛青藤道士四字，像不像？……你只管题写，是诗是词都好！……”

看到黑衣女郎全神贯注于《芍药图》，一脸赞叹，吕烈安心一展七步之才，好勾起她爱慕之心。略一沉吟，挥笔而下，嘴里伴着吟诵——全然为了给她听：

“花是扬州种，瓶是汝州窑，注以东吴水，春风锁二乔。如何？”

为了与奇恣的画面相和谐，他选用了怪异的字体。朋友哈哈大笑：“妙极妙极！春风锁二乔！……”

黑衣女子突然变色，面带怒容，对吕烈生气地说：“我又不认识你，你怎么可以随意出口伤人！”她调头就走。

吕烈慌了，追出书肆：“小娘子留步！在下真不知何处得罪，乞明言相告！……”

女子回头瞪他一眼：“这岂是正人君子行径！”

吕烈尴尬地立住脚，眼睁睁地看她消失在隆福寺进进出出的人流中。他一向放荡不羁，哪里把天下脂粉辈放在眼里。而这个貌不惊人的女孩子，对他竟有管束之力，一句话就止住了他的进一步妄想。

历数这一番书肆奇遇，她全然是个情窦未开的娃娃，一本正经说的是大人话，却丝毫不解男女之间的奥秘，拿他吕烈和书函、画卷等量齐观，全无意思。惟独最后瞪他这一眼，有那么一点女人味儿。

他回到书肆，不但买了他要的两部书，把她要的《千金方》和自己指给她看的《西厢记》也全买下，还说好说歹，出重价把《芍药图》硬从朋友那里抢到手。他觉得自己这些行为很可笑，但还是忍不住地做，为的供日后慢慢咀嚼回味。

他只是百思不得其解，他怎么会突然惹恼了她？

“二乔！”吕烈心里“怦怦”乱跳。那“春风锁二乔”的诗句，可不就像是专门戏弄小字二乔的姑娘的吗？怪不得她变色生气，真是无巧不成书了。

真会是她吗？她怎么会又回了登州？她究竟是什么人？

要想探清她的来历，吕烈可说不费吹灰之力，以前这种事他做得还少吗？但对她，偏偏作怪，自己也说不清道理，心下竟藏着些敬畏，若使出那些鬼蜮手段，一旦被这个正大光明的女孩儿识破，他将无地自容。如同那日在书肆她的目光投向他买的春册时，吕烈感到了这辈子不曾有过的自惭形秽一样。

难道是三生冤孽，前世姻缘？……

吕烈睁开眼，完全醒了。听觉恢复正常后，顿感那片燕语莺声中有些听来耳熟。循声望去，触目尽是一团团、一簇簇如烟似雾的红桃白李，在蓝天下幻出无穷色彩，耀得他眼花。轻轻站起，轻轻迈步，穿过花丛向那边挪近……啊，她们在这里！那就是她！

与前两次不同，她身着银红衫子玉色罗裙，外面仍披了一幅边缘绣红花的黑丝绒长披风，仿佛黑丝绢包裹的一枝桃花，站在那里，亭亭玉立，小巧玲珑，正低头注视着蹲在那儿的两个丫头用树枝在地上画字，十分认真地皱着眉头。虽是个孩子，俨然一副严师模样。吕烈一阵感动，心头发软，荡着温柔。她并不是美人儿，相貌毫不俏丽，但那种纯真，那份娴静，那清新绝俗的姿质风韵，却是吕烈此生所仅见。

她蹙额一叹："唉，紫菀，又写错了！叫我拿你怎么办？"

那个胖墩墩的小丫头站起来，咬着手指头，满含歉意地望着她的"姑娘先生"不敢说话。

"姑娘别生气，一会儿下山打泉水，罚紫菀多提两桶。"冷不防，略带沙哑的声音轻俏地钻进吕烈耳中，这记忆深处的声音太清晰了，清晰得叫人不相信。他不由得一哆嗦，连忙由声寻人：一个绿衫女子！那背身盈盈而立的后影，那腰肢微扭、双肩微弹的楚楚动人的姿态，还能是谁？……吕烈目不转睛，心上一片混乱。

"也好，"吕烈的意中人点点头，"咱们也玩儿得够了。清泉井水是城西南最好的水，紫菀多提两桶，多做善事赎罪，天主一定高兴，是奖不是罚了！"

她们说笑着相随下冈。吕烈不眨眼地盯着绿衫女子，转身的一刹那，吕烈确认无疑，是她，灼灼！……

她们的身影已融进花海，笑声也渐远渐消，吕烈还呆立着一动不动。他胸中怒火滚滚，想狂叫，想大骂，这该诅咒的命运！为什么专来折磨他，叫他在同一地点同一时刻，意外惊喜地见到他此生最向往的姑娘，又意外惊怒地见到他此生最恨的女人！……但他既叫不出又骂不出，浑身无力、四肢瘫软地靠在树干上。是他太爱捉弄人，所以被人捉弄？是他做坏事恶事太多，所以受此报应？……

一个念头令他悚然惊起：灼灼是风尘女子，口口声声称她“姑娘”，那么，她?!……他一把捏住了自己的喉咙，几乎不能出气：一切都明白了，都可以解释通了！她们都是登州的艳户卖笑女，一同去跑京师大码头，探了路赚了钱，又一同回了登州！

吕烈几乎经不住这狠狠的一击，眼前发黑，指尖冰凉，冷汗涔涔。老天爷为什么这样残忍，为什么要剥夺光他的所有真情，一点点都不肯留给他？……

他轻声地、连续不断地冷笑。他笑，因为人间原本没有什么纯情真心，而他百试不爽仍存侥幸；他笑，因为他是大丈夫，岂能为女人落泪！……

然而，他真想痛哭一场。

过了许久，他才慢慢踱回城中。却见举城若狂，男女老少都奔向水城，奔向蓬莱阁，说是运到了许多红夷大炮，随船来了许多红毛夷人。登州自古是海上商船停泊码头，登州人见多识广，从来见怪不怪的，这次却出门俱是看炮人，川流不息，热闹得如过年节。

吕烈此刻觉得一切索然无味，周围人流的拥挤、兴奋、好奇和喧闹议论，都鄙俗可笑，他猛一转身，回署睡大觉！

二

丹崖山下，小海岸边，水城墙头，到处人头攒动。清明节出城上坟踏青的登州人，都被吸引到这里，兴致勃勃地指看几艘新到的大海船。船上矗立着十多门巨人般的红夷大炮，一尊尊炮口朝天，立在双轮炮车上，更显得魁伟。一百多名炮手已经登岸列队。鲜红的军装，金黄色的肩饰领饰，亮闪闪的衣扣腰带黑皮靴，威风凛凛的头盔和腰间长剑，在春阳照耀下醒目漂亮。他们大多是人们称之为红毛夷的葡萄牙人，粉红脸膛、高鼻深目、棕红色鬈发鬈须，在周围无数黑发黑眼黄皮肤的东方人中间，格外奇特突出。人们用喧笑表示他们的欢悦：又增加这么多大炮和红毛夷炮手，登州城可称固若金汤啦！

“巡抚大人亲自来迎接了！”不知谁高叫一声，人群“轰”地响应着、拥挤着，又都争着伸头踮脚寻看孙大人。可不嘛，孙大人在许多随从簇拥中来到小海边，一下马就快步走过来。红毛夷队里一个穿黑袍的迎上去了，孙巡抚竟执了这红毛夷的手，边说边笑，好不亲热！黑袍红毛夷多是传教的，莫非与孙大人是旧交？……

“汤神父，”孙元化仍握住汤若望的手，高兴地摇晃着，“公文只说请一位传教士押送大炮，却没想到是你！”张焘和可莱亚也笑容满面地分别用中国话和葡萄牙话向汤若望致意。汤若望一一答谢，又转向孙元化笑道：

“还有一位你没想到的人呢，看！”

一个穿着华丽织锦长袍、头戴瓦楞棕帽，仿佛富商的胖子已经走到跟前，团团圆脸泛着红光，小眼睛笑得眯成一道缝，早早地就用鼻音很重的关中腔招呼道：

“初阳，咱们又见面了！”

“王征！”孙元化确实很意外，高兴地迎上去，“你老兄来登州有何贵干？去赣州上任，走海路也太绕远了嘛！”

“咦，你这里不要我？”王征仍笑眯眯的，滑稽地皱皱鼻梁，“不是说监军道出缺的吗？敕书、印信、官照我都随身携带着，少时交割……”

孙元化吃了一惊：“什么？我出京之时，你不是已经定下巡抚南赣汀韶了吗？”

“是啊，是啊，”王征揉一揉圆圆的鼻头，“是赣州还是登州？我想来想去，到底熟人好办事，就投到你麾下来了。朝廷公文尚未到？必是陆路迟延误事，反不如水路迅捷。”

“你！……”孙元化心头猛地翻起一个热浪，眼角发烫，感动得一时说不出话来。王征竟然放弃雄踞一方的巡抚要职，就任他孙元化属下的监军道！好半天，才极力笑道：“人都说宁为鸡头，不为牛后，你却反其道而行之……”

“嗨，嗨，不在那个！”王征笑嘻嘻地连连摆手，“我这关中人，自小长大到如今，从没见过沧海是啥样子。忽闻海上有仙山，山在虚无缥缈间。我是冲着蓬莱仙山来的！”

张焘也是王征的老相识，平日寡言，但一开口便是实在话：“虽说官阶低了两级，大处上算，值得。可除了王老夫子，谁也办不到！”

“唉，说过了，不在那个！闻得你这蓬莱阁上有苏东坡和董其昌手迹刻石，说都是真迹，我不亲眼看看，是万分不肯信的！”

孙元化笑道：“明天我就陪你去看！”说着，他转向列队等候的红毛夷炮手，王征、张焘随后，一直兴奋地大声说着拉丁语的可莱亚和汤若望也停止了交谈，一同上前向这些远离故土的异乡人一一慰问致意，又与随船同来的数十名造炮造船工匠问答一番。孙元化命可莱亚教官统领葡萄牙炮手回他的教练营，命中军耿仲明领工匠们往制作局报名，妥善安置。

孙元化携了王征的手，率先登船巡查大炮。他心情振奋，精神焕发，满面春风，步履矫健。王征虽胖，尚不臃肿，行动还很敏捷；张焘跟在两人身后，亦步亦趋，不稍迟延。汤若望落后一些，微笑地欣赏他的三位教友，这是他施洗入教的教徒中最杰出的三名，都在五十岁上下，正是男人最成熟、最富魅力、最有气派的年纪。有了这样的左膀右臂，孙元化如虎添翼，必定更有作为！……

他们停在一门铁色黝黑、有少许锈斑的大炮旁边，汤若望道：“还认识吗？是你当年去澳门募购的四门大炮中的最后一门。”

“哦，”孙元化目光闪闪，轻轻抚摸炮口炮身，像抚摸小儿女一样充满感情，轻声说，“久违了！……”沉默片刻，回头笑道，“神父，张焘，还记得吧，那时候多艰难！”

十年前，张焘、孙元化受徐光启委托，在澳门募购大炮四门，征募葡萄牙炮手数名。即将北上，广州地方官以未奉上谕为借口不准外国人入境，葡萄牙炮手都被遣回澳门。孙元化与张焘只得自捐经费，历尽艰难，好不容易把这四门炮北运到江西广信府，却接到徐光启急信，要他们停运。因为他们这次私人捐资发起的购炮运炮行动，引发朝廷里一次攻讦大风潮，纷纷指责他们“辱我天朝国体”、“心怀叵测”、“沽名钓誉”，徐光启已因此而辞官回籍养病。这样，四门大炮就陷在了江西。直到辽东失陷，金兵直逼山海关，京师受到威胁，才又起用徐光启，四门炮才运抵京师。其中两门立刻送往宁远，一门试放时炸裂，余下一门防卫京师，如今又来到登州阵前……

孙元化拍拍大炮笑道：“恭贺你熬到出头之日。”

汤若望叹口气：“你看看吧，这是徐保尔的信。”

徐光启在信中告诉孙元化：共运到刀、铳、铁盔各两千件，大炮十五位，并有放炮教师一百人及他们的仆役一百人，造炮造船匠人五十三人随船同到登州。因其中有五位大炮是旧物，所留二十万银尚余十万五千两，也随船队押到……

王征在侧，伸手点了点信纸末端的地边，叫孙元化注意那里数行小字：“原于澳门征募一百五十名葡人教师和炮手往登，因言官连本上疏有‘华夷有别，国法常存，堂堂天朝，何必外夷教演然后能扬威哉’之说，又有弹章谓我等‘骗官盗饷’，‘以朝廷数万之金钱，供一己逍遥之儿戏，越俎代庖其罪小，而误国欺君其罪大’。我已上辩疏，据理力驳。但募葡人教师炮手事不得不停，只将在京教演火器的葡人一百名送往登州，望贤契好自为之。切切。”

孙元化恭敬地收好信，沉声道：“幸而还有登州!”

汤若望笑了：“登州没有痛恨夷人夷器的?”

孙元化笑笑，指着四周围看红夷大炮、久久不肯散去的兴奋的人群，说：“登州若能建成强固不破的要塞，最为高兴的莫过于登州百姓、登州守军！登州可不是京师，如今也不是十年前，旧事岂能重演!”他顿了顿，开玩笑似的添了一句，“这里，我说了算!”

他转脸向王征，凝目注视对方细细的眼睛，仿佛还不敢深信，好半天才微笑道：

“真没想到，良甫，你竟然来到登州！……这真太好了!”

王征报以诚朴的微笑，知己之情，真挚温馨，弥漫在两位好友之间。他们感到了彼此的信赖、理解，心上一片光亮。

孙元化不由得又说：“昔日君送我，而今我迎君。但你这样去高就低，叫我……”

王征打断他：“海市诗刻石就在山上吗？我可等不到明天，现下就去看吧！”

“风涛行船，苦了许多天，先歇歇气，养养神。再说，汤神父也很累了……”

“什么话！”汤若望笑着说，“王利欧（Leo）都不怕累，我竟然怕？一起去，一起去！是叫蓬莱阁吗？那么，谁是蓬莱仙山、蓬莱仙岛呢？”

孙元化、王征、张焘都笑起来。

他们果真下船上山，一路说些京师传闻、相熟朋友的近况，谈笑风生，很是愉快。待看过刻石，话题就再离不开字迹真伪了。直到下山上马出水城回大城，还在继续争论。刻于天启甲子年的董其昌手书是真迹，大家无异议。但苏轼的《题吴道子画后》手迹，张焘认定是假，却不说理由；王征坚信是真，滔滔不绝地加以考证，很是认真；孙元化不置可否，只微笑着听老友的宏论；汤若望全然不懂书法的妙处，但很喜欢观察争论双方一胖一瘦、一动一静的鲜明对比。

“……观其书法，先楷书后行书，由行书而草书，新意自出，不拘法度，最是东坡风格，令人击掌叫绝，必是据真迹上石无疑！”王征的圆脸上一团热诚。

“也只草书相似而已，绝非真迹！”张焘不肯认输。

“岂止最后草书，统观全篇，如行云流水，游刃有余，的确是大家风采！……可惜丁易垣不在，否则，他必能令老弟折服。”王征说着，抹抹头上的汗。

“丁易垣近日可好？”看王征争论得那么认真费力，孙元化笑着引开话题，“他终于受洗入教了吧？”

王征摇摇头，笑道：“他终是舍不得那位如夫人……其实那小妾足可做他的孙女了。还有几位，皆同此病，仍是犹豫不决。”

孙元化笑叹一声：“唉，世上多少人打不开这重关锁，参不透这层谜团。”

王征道："也难一概而论，乏后嗣终是人生大忌呀！……哦，此处竟有祭海的习俗？"他指着海边打幡举伞、向海中烧纸钱投祭物的人群，奇怪地问。孙元化正在专心回首远望薄霭轻笼的蓬莱阁，仿佛没有听到他的问话。张焘于是简单地讲起客店女儿母子投海的传说。

汤若望听着，心里不无感慨。他的传教事业进行得相当艰难。天主的十诫，为什么中国人如此难以接受？士大夫们的智慧才能并不逊于欧洲人，又很讲道德修身，却不肯遵守一夫一妻制和不许邪淫的戒条；平民百姓崇拜祖先，崇拜无数杂乱繁冗、奇奇怪怪的邪神，却不愿只拜上帝而不拜其他偶像。他的讲道能感动得听众欷歔落泪，慷慨捐款，但是真正愿意奉行十诫、皈依天主、受洗入教的，总是极少数。望着城外处处可见的扫墓烧纸祭祖的人们，他眉头打结，轻声叹息："哦，可怜的灵魂，何日才能听到主的召唤啊……"

孙元化把目光从遥远的海滨收回，说："神父，我和张焘属下，均有十数名奴婢仆从愿奉天主，愿受洗礼。正好你来登州，过两天，请你为他们施洗，可好？"

"为什么要过两天？"汤若望精神一振，蓝眼睛发亮了，"就今天吧！早一天早一时都是好的呀！"

历数天下两京十三省的总督、巡抚府第，惟有登莱巡抚府中有一间祈祷室。房间不算太大，洁净朴素，一尘不染。北墙神龛上高高悬挂着耶稣受难像，长明灯日夜映照着他垂头俯视人间的痛苦又仁慈的姿态表情。神龛下放一张供桌，桌上摆了两瓶鲜花和许多支红烛。今天，供桌铺上清洁白布，用作讲道坛，一排排长条凳上坐着的有孙元化夫妻儿女、王征、张焘、孙家老仆、张家老仆等入教多年的教友，也有今日受洗的新教徒。汤若望很容易就造就了最恰当的境界，他用纯净嘹亮的嗓音讲经布道，热情地歌颂天主和耶稣，领大家一字一句地诵读主祷文：坚信天主，拯救自己有罪的灵魂，施行仁爱，死后得进天堂，获得灵魂的永生……无数支大大小小的蜡烛围绕着神龛，把亮光一起投向受难的耶稣，圣体像涂了金似的光华一片。神龛下神父那绣了银丝的法衣和胸前的金十字架，都在这灿烂的光华中闪烁。神圣庄严的气氛感染了每一个人，把他们从日常的烦嚣、苦恼、怨恨中解脱出来，升上蓝天白云之间，得着片刻精神的安宁、心灵的净化……

教徒中迸出哆哆嗦嗦的一声：“神父！……”

是银翘。她脸色苍白，不敢抬头，浓密的睫毛垂下，不安地颤动着，仿佛被自己的大胆吓住了。

“孩子，你有什么问题?”汤若望的声音是那样慈祥淳厚，就像白发苍苍的老父亲在安慰自己生病的女儿。两串泪珠陡然从银翘眼角滚落。她咬咬嘴唇，坚持说下去：

“罪孽深重的人，天主也肯接纳吗?”

“我的孩子，全能的上帝，我们的天父，发大慈悲，应许把赦罪的恩典赐予一切真心悔罪、诚信主、归向主的人，耶稣降生，就是为了拯救这个世界上的罪人。”

“若犯贪财害人罪……犯奸淫罪违反十诫呢?”银翘口吃吃地把极难出口的话到底说出来了。

施洗仪式前，孙夫人曾把受洗者的情况一一告诉神父，他知道银翘曾是某京官的侍妾，所以并不见怪：“我的孩子，只要真心悔罪，与人亲爱和睦，立志自新，从今以后遵上帝的命令，行上帝的圣道，他的灵魂就一定能得到拯救，升入天堂。”

他极而言之，讲了圣女玛德莱娜的事迹：玛德莱娜原是一位绝色名妓，极其奢侈豪华，每日花天酒地，又生性淫荡，多少名门子弟为她身败名裂、倾家荡产，被时人痛恨唾骂，原是必下地狱的罪恶女子。后来她受天主感召，悔罪自新，屏弃一切华服美味，居住木屋，着粗衫，以清水面包为食，每日诵读圣经、赎罪祈祷之外，还不住鞭打自己，苦苦修行，终于得到天主的赦免，灵魂升上天堂，进入圣徒圣女之列，为千万教友所敬仰。

“愿上帝怜悯你们，”神父向大家宣读着安慰文，“拯救你们脱离一切所犯的罪，赐你们行善的力量，赐你们永生，阿门!”

“愿荣光归于主!”教徒们同声回答，其中可以辨出银翘呜咽抽泣的叹息。

受洗的十八名教徒跪在神坛之下，神父口中诵读着施洗礼的经文，庄严地把圣水一一点向他们。当他的手触到银翘额头时，不禁呆了一呆：多么光洁柔嫩的肤色啊！那是自幼精心保养、经过修饰调理的皮肤，诱人的芳香仿佛生自肌理之中，隐隐袭来，令人心旌摇动。汤若望连忙摄神静气，暗暗吃惊：她绝不是普通婢女或侍妾……

教徒们同声赞道："主与我们同在，阿门。"

洗礼完成，新老教徒都感到兴奋：前者有了几分归宿感，后者为了同道的扩大增强。受洗的都将得到教名：约瑟、大卫、玛丽亚、保罗、赛西丽亚、露西亚、玛德莱娜等名字被提出来。一个异国情调的新名字，多么有趣啊！而在今后的圣事中，彼此将用教名相称，连帅爷、夫人、小姐也一样，好像大家是同辈人似的，这怎么敢呢？喔唷，想想都叫人害怕！……

银翘虔诚地问："神父，我的教名可以选玛德莱娜吗？"

"可以。孩子，你就叫玛德莱娜吧。"汤若望和蔼地微笑着，为银翘画十字祝福，暗暗确认自己的判断——这或许是一个中国的玛德莱娜。

教徒们散去了。汤若望尽管因传教的新成绩十分高兴，却也实在身心俱疲，以至幼蘩问他能不能告解时，孙元化夫妇连忙制止，责备女儿不懂事，竟然看不出神父若再不立刻上床休息，眼看就要站不住了。

幼蘩难为情地低了头："真抱歉，神父！"

"不！为什么？"汤若望蹙眉道，"上帝任何时候都不会拒绝他的孩子告罪的急切请求，汤神父不可能渎职偷懒！伊格那蒂欧斯，阿嘉达，我曾是你们全家的忏悔神父啊！"一瞬间，他如注入了神药一般，垂下的双肩挺起来，重新显得神采奕奕、热情蓬勃，疲倦憔悴仿佛被一阵风吹走。

孙元化真佩服汤若望对他的传教事业的崇高热情和无穷的不知疲倦的精力。他不再多说，指着祈祷室边垂着厚重帷帘的忏悔室："请吧，汤神父。"

合拢帷帘关住门，小小斗室便如同开天辟地以前一样漆黑、混沌一片了。神父静静站着，忏悔的幼蘩跪在他脚边，这真是一个供人思索、令人内省的环境气氛……

这次一见这姑娘，汤若望就发现她变了，难道两个月间忽然长大了？她没再请求做修女，行洗礼仪式时，她又心事重重，显得很苦恼。借此机会，汤若望用注满慈父情的纯净低音安慰这个可怜的孩子：“上帝爱这世界，所以差遣独生圣子耶稣基督把我们从罪恶中拯救出来，并在天上为我们代求，使我们进入永生。让我们省察自己对上帝、对人的过错吧，让我们除去灵魂的重负吧！……”

幼蘩终于鼓足了勇气，低声忏悔：“神父，我曾发誓要做修女，终生供奉天主。如果……如果我终于不……终于没有做修女，违背了自己的誓言，这是背信弃义的罪恶，对吗？”

“放心吧，我的孩子！天主原没有允许你当修女的请求，只要坚定对主的信仰，仁爱的主会原谅你。”

“我……我……不该思念一个不认识的人……犯了不洁之罪……”幼蘩的声音小得像蚊子叫。

“这人是教中兄弟姐妹？”

“我不知道。”

“与你父母家庭相识吗？”

“我不知道。”

沉默片刻，神父把手轻轻地按在幼蘩的头上：“可怜的孩子，幸而你迷途知返，能够悔过改正。全能的上帝宽恕你所犯的罪，赐你进入永生。阿门。”

平日豪爽有男子气、说话极利落的孙夫人沈氏，进了忏悔室跪在神父脚下，竟激动得结结巴巴、语无伦次：“我有罪，求、求天主宽恕……我悔改自新，我犯了嫉妒罪……”

“不管是何种过失罪行，天主将赐予所有真心悔改的人以赦免的恩典，拯救他们的灵魂。”

“我，我……”沈氏突然流泪了，“我早就不能尽为妻的职分了，丈夫有家其实没有家……我却总怕他移情别恋，便嫉恨所有能与他相见的女人，暗地诅咒她们不得好死……哎哟，我真是罪孽深重，怎么有这样的坏心肠哦！……”

孙元化进到忏悔室，又是另一番气象。他虔诚地跪倒后，很长时间默不作声，黑暗中只听得二人的鼻息：神父平缓悠长，忏悔人起伏不稳。终于，孙元化长长嘘了一口郁积胸中的闷气，低声徐徐说来，如在梦境中与人畅谈：

“我一生为情所累。少年荒唐，游学大江南北之际，结了许多露水姻缘，犯了奸淫之罪。但因事在三十年前，自己业已淡忘，又因其时尚未皈依天主，所以不曾忏悔告罪，终于受到主的惩罚……来至登州，便听说客店女儿被情人所弃，母子正月十六投海自尽的故事，从此被罪恶感缠绕，总觉得这是自己当年做下的孽，常有噩梦见那母子讨命……

“当年情泛，至今不能记清是否在登州有这一段。但那许多女子，其中岂无得此结果之人？为此特辟忏悔室，每每祈告天主拯救她母子灵魂得升天堂，乞求天主饶恕我的罪恶。我以为主已怜悯我，接受我的忏悔和求告了，孰知……唉，我是否注定此生为情所累至死？情魔时时诱惑，年近半百，仍不能自已，有许多次险些又破了主的戒律！

“我必须灭除心中罪恶的火苗，求天主怜悯他的仆人，饶恕我的罪恶，求最慈悲的父拯救我！……”

孙元化走上仕途之时，也曾努力实践“吾日三省吾身”的先贤教诲，来痛悔自己少年时代的荒唐。但自省功夫越做到家，内心的罪恶感就越重，这沉甸甸的精神重负完全得独自默默承受、不敢被他人窥见，痛苦郁结五内，实在难忍。是天主教的告解仪式给予了他所需要的一切——他有了倾诉的地方，有了忏悔的机会，他把灵魂深处的罪恶重负卸下来，交给了天主，于是他得到了解脱。他不断地自省、告解，由浅而深，今天，终于借着忏悔最新过失之机，倾吐出了埋藏心底困扰他数十年的往事。如果能得到解脱，也不枉此生做一回虔诚的天主的教徒了。

汤若望接受过许多信徒的忏悔，从未如听孙元化忏悔这样震惊，震惊不在他忏悔的事实，而在于他那威严、正直、英明的外表之下，竟然埋藏着这样深的秘密，这样可怕的隐痛！……按照常规，他向忏悔人宣读了解罪文，代上帝宽恕了忏悔人的罪恶，允许他们仍旧得着天主的恩宠，获得灵魂的永生。忏悔人沉重的心得以轻松，获得极大的安慰。

汤若望作为神父，必须为忏悔人绝对保密；但作为孙元化一家的朋友，却不免为这个家庭担忧。因为夫妻、父母、子女间心灵上的隔阂太深了！

然而，在接下来的几天里，汤若望看到的是一个和谐美满的家庭。告解之后的母女俩，像是经了一番沐浴似的精神焕发，幼蘩恢复了天真，沈氏又那么兴高采烈、快人快语，对丈夫关怀备至。孙元化不改常态，仍是威严中带着儒雅，仁慈里显出精明，全身心地投入了造船造炮筑炮台的庞大繁杂的事务中，并且总是拉着汤若望同来同往。

在登州盘桓了十天后，汤若望回京师了，留下一个随军牧师陆若汉主持教务。汤神父得意于此行传教工作的成绩，想到孙元化一家又觉得心里不安。中国人的内心沉埋得太深，和他们的外表相差太远，他真担心朋友一家还有更深的隐忧，引起料想不到的后果。

三

登州初夏的夜晚，总是那么温馨，纵然没有月亮，灿烂的星空也给人明亮的感觉。远远的海潮声随风送来，比白天更清晰。三个月来因赶制红夷大炮和造海船、筑炮台而日夜不息的火光、日夜不息的铁器木器的敲击喧嚣已经停止，千门万户一派宁静，整个城池都已落入沉睡，只有各处巡街的营兵偶尔来往，脚步匆匆，提醒人们：这里是海防边城，军事重镇。

巡抚府墙外小巷中，巡夜的抚标卫兵们，正在嬉笑着逗弄小侍卫陆奇一：

“嘿！春困夏乏秋打盹，睡不醒的冬三月，这小东西快成睡鼠了，死活叫不醒！”

“陆奇一，别仗着帅爷宠爱，就混赖不想上夜！”

陆奇一恼了，一扭头："谁混赖了？胡说！……"他猛一激灵，"腾"地跳起来，大叫，"什么人？站住！——"拔脚向小巷深处追进去，还大声招呼着，"快！快！有人想上墙！"

"站住！"另外三人也看到黑影倏忽一闪，跟着大喊，迅速分两路包抄过去。

那人没料到自己钻进一条死胡同，只得慢慢走出来，对四名巡哨点头哈腰、满脸赔笑："唉，唉，小的是本城百姓，到亲戚家喝酒，出来晚了，实在不该，不该！"

领班提灯笼照照，一个不起眼的普通百姓，但还是竖起眉毛盘问："见了我们跑什么？"

"小人胆儿小，这年月兵荒马乱的，怕遇上歹人……"

"你怎么往墙上贴？"陆奇一粗了嗓门儿尽量严厉，仍然尖声尖气，招得那人赶紧朝小兵解释："哎哟，小爷说哪里话！小人是喝多了，头重脚轻站不稳啊！"

众人确实闻着一股浓重的酒气。

"住哪儿？"领班又问。

"城隍庙北街桃柳巷。"回答极流利。

"叫什么名字？"

"李宝山。"

"喝的什么酒？"

"嘿嘿，自家酿的，不曾上市卖过……"此人赔着笑脸连忙说明，似乎怕加给他造私酒的罪名，而这正是登州府今年才兴的规矩。领班的口气和缓下来，但责任所在，还是说道：

"如今登州军情机密，凡百姓不准黄夜行动，得把你押送巡检司，明日叫你家里人来领……"

"哎哟，好我的大爷小爷们，就饶我这回吧！我家娘子脾气凶得很，我吃酒晚回家一刻，就要顶日头罚跪，若迟到明天，我还能囫囵个儿见人吗？……"

巡哨们哈哈大笑。自命为大丈夫的男人们，对怕老婆的同类多半极力取笑，而内心却是理解和宽容的。领班笑个不停，挥挥手："饶你这回，去吧！”

李宝山连连作揖：“多谢包涵！小的再也不敢啦！……”他转身要走之际，小兵凑到他身边，漫不经心地小声问：

“莫林雅卢非几何欧?”（满语：骑马来的吧?）

李宝山顺口答道：“瓦卡，莫德里伯几何额。”（满语：不，从海路来的。）

陆奇一大喝一声：“鞑子奸细！”

李宝山拔脚就跑，四名巡哨大叫着：“抓奸细！”猛追上去。

突然一道强烈的红光，把小街窄巷照得透亮，跟着“轰隆”一声巨响，天崩地裂也似的，静夜中格外骇人，耳朵给震得嗡嗡乱鸣，被追的和追人的都吓得扑倒在地，不知老天爷降下什么大灾大祸。

顷刻之间，像滚油锅里滴进了水，全城顿时炸开了！女哭男叫，鸡飞狗跳，灯火纷乱，喧闹声盈天动地，似有千军万马从西门向东奔涌，越来越近，仿佛隆隆的闷雷就要砸到头顶！巡哨们心里发慌，领班赶快回府禀告帅爷，另三人追赶奸细，很快隐没在夜幕中。

“鞑子兵打来啦！——”

“鞑子兵攻破西门啦！——”

人群的大潮涌过来了！一浪推着一浪，惊慌恐惧迅速蔓延。鞑子兵杀人如麻；鞑子兵攻破一城就七日不封刀，杀尽汉人；鞑子兵杀男霸女抢孩子，抢到他们四季冰雪的寒阴地当牛马使唤……这些年可怕的消息传了又传，早把多年安享太平的登州人吓坏了。一听鞑子杀进城，惊得丧魂失魄，男女老少冲出自家院门，背着大包小包，牵着骡马牛驴，哭喊着逃命，潮水般涌向东、北、南三个城门。登州城里顿时大乱。

守门的官兵蒙了，不知出了什么事，又不得上司命令，哪敢随便开城门，眼看人流汇集门下，越挤越多，哭喊怒骂震天动地，尽都束手无策。

十几个急红了眼的汉子吼骂着强行推开守门兵卒，人们便像狂暴凶猛的巨浪，合力向厚重的城门拼命冲撞。前面的人被挤倒了，后面的人跟着踩上去，惨叫、哀号，都被疯狂的喧嚣吞没了。

沿着古城坚固的城堞，许多骑兵打马从西门飞奔而来，吹着螺号，举着灯笼火把扬手大吼：

“没有鞑子兵！是西门上大炮炸膛！——”

“是大炮炸膛！——别乱啦！都散了吧！——”

一遍一遍声嘶力竭的吼叫，终于使沸腾的人群渐渐安静。他们伸长脖子向西疑惑地望着听着，确信没有异常，才叹息着，小声议论着，慢慢各自散开。蓦然间迸出尖厉的哭叫：

“孩儿他爹！孩儿他爹！天哪，这不坑死俺这一大家子老小哇！——”

那个背着孩子、怀抱婴儿的妇人，扑在被众人踩得奄奄一息的汉子身上。怕担干系的许多人都加快了步子，绕过妇人，赶忙离开这是非之地。

天快要亮了，孙元化才从西门回到家中。一进中厅，发现全家人连同婢仆都在，看样子从他听到爆炸声出府以后，一直在这里等候。

沈氏急忙迎上来：“老爷，不要紧吧？”

孙元化紧皱眉头，看看众人，轻松地挥挥手：“没有什么大事，一门大炮炸膛。”

幼蘩搂着七岁的小妹妹，很担心：“爹爹，没有伤人吧？”

“半夜里炮身自炸，就是伤人也有限……好了，天还不亮，各自回房歇息去吧！”

众人放了心，各自走去。沈氏关切地说：“老爷昨夜睡得晚，又跑出去忙了这半天，也好歇歇啦！看你一头一身的汗，叫他们烧热汤来洗洗，换换衣衫……”

“算了算了！”孙元化大不耐烦，“我还有事，偏你有这许多麻烦！”

“哦哟，这真是老虎头上捉虱子——好心无好报！你在啥地方吃炸药了？”沈氏很少受这种对待，立刻不客气地反击。眼看要絮絮叨叨数落下去，幼蘩过来拦住：

“姆妈，爹爹既有要紧事，我们不要去扰他，女儿陪娘回房。”

说着同弟弟和京去搀母亲。走出几步，沈氏回头问：

“哎，你啥辰光用早点？早点送到啥地方？”

孙元化自觉不该口气生硬，招夫人发火，当下换了笑脸：“有劳了。早点做好送来书房就是。”

“书房？”沈氏愣了一愣，狡狯地笑了。出门以后，她低声问女儿：“阿囡，为啥不见银翘？”

“姆妈不是打发她昨晚去书房伺候爹爹茶水的吗？”

“那么，她还在书房里？……”沈氏笑着，频频点头。

“姆妈，你做什么呀！……”幼蘩语调里有不能出口的埋怨。

沈氏白了女儿一眼，冲口说道：“做什么？我是石臼里舂夜叉——捣鬼哩！”

孙元化自然听不到母女俩的悄悄话，自管重新回他的书房。银翘果然没有离开，怀里抱着茶壶，靠墙角坐在那里睡着了。孙元化大步从她面前走过，不是走动的风声就是掠过的衣角把她惊醒。只见孙元化已除下纱帽，大声唤着书僮：“青豆！青豆！”

银翘知道，孙元化很爱整洁，不论着官袍穿便服，都要求无污无尘无皱，衬领须每日一换，雪白洁净。但凡从外面回来，头一件事就是洗脸、更衣、换衬领。

银翘赶忙捧出怀中仍然温热的茶壶，斟了一盅茶水，双手捧上，笑着说：“爷辛苦了，先用温茶漱漱口，我这就去备热水伺候净面，不用叫青豆了……”她声音微微发颤，脸儿红红的，递茶盅时，一双白嫩温软的、有意无意蹭着孙元化的手也在微微发颤。

孙元化心不在焉地看她一眼：“哦，你还在这里。不用了，回后堂去吧。”

银翘一惊，眉峰颤抖了，又不敢违拗，轻声地问道：“爷这是……那……那昨夜……”

孙元化的目光早越过她，又喊：“青豆！”

小书僮捧着一铜盆热水赶忙进来，又是开柜取衬领取衣服，又是为老爷解衣带脱官袍，忙忙碌碌，仿佛也没注意书房中还有个银翘，仿佛她不过是桌边的一只圆凳、墙角的一副木雕花盆架……

银翘心一酸，眼泪涌上来，急忙向主人低头一跪拜辞，扭身出了书房，沿着窄窄的长廊快步跑着，满心委屈恓惶，虽用手帕捂住嘴不让呜咽漏出，泪水还是忍不住，流了满脸。

她二十六岁，半世风尘，阅人多矣，一生不曾动过真情。良家女子视为神秘非常、羞于启齿的男女之情，由于是她们的日常生计而变得毫无意趣。她自小争胜好强，争的一是钱，二是拔尖，永远占住第一把交椅。一次突然的严酷打击，彻底改变了她的信条。为了赎罪，她从良为人姬妾，自然也说不上柔情蜜意。谁知老天叫她遇上孙元化，叫她背负了孙元化的救命之恩，于是，由感恩而敬仰，终于启开了爱慕之心。晚来的爱恋却倍加浓烈，她几乎不能承受。她愿为孙元化做一切，别说入教，哪怕下地狱，只要他喜欢；她愿把自己的所有都奉献给孙元化，只要他肯要。

她忠诚勤勉，沉默寡言，悄悄地讨好府中上上下下每一个人，竟以卑微的身份，得到夫人的信赖，小姐当她闺中友伴，使女们叫她“好姐姐”。有谁能知道，她做这些都是为了孙元化呢？可偏偏就是他，在所有的人中，最不注意她！难道他从来就没有发现她姣好的容貌、动人的体态和含情脉脉的目光吗？银翘心头的焦灼和渴望，从来没有这样强烈过，比她年少时渴望金银珠宝，渴望出人头地更加热烈、更加痛苦！

昨晚不是一个转机吗？多少次奉夫人命在书房服侍他，只有这一回有了点消息，要不是那一声炮响，唉，该死的炮，为什么不晚一刻再响呢！……

那时，他正摆弄着尺规和铅条，画着银翘永远看不懂的图。忽然一声“添灯！”惊起了门边静候的银翘。想必是图画到精细处灯亮不够了，她连忙又点了一盏羊角明灯，站到孙元化身边，把灯高高举到案前。她从没有离他这么近过，似乎有男人汗体的特殊气味袭来，似乎感到他的体温，银翘的心跳得“咚咚”响，不信他听不见！

他终于从他的图上抬起头，神情竟如此和蔼亲切，笑道：“把灯放在案上吧，不用老举着，太吃力。”

银翘只觉热血一阵阵往脸上涌，生怕自己透不过气、说不出话。然而，早年那个秦淮河畔乌衣巷里伶牙俐齿、风情冠绝一时的灼灼，忽然在她身上复活，几乎不假思索，调情话儿便出了口：

“古来名士蓄有灯婢烛奴，爷何不收银翘充当?”

他似乎吃了一惊，是不料她有此才情，还是不料她有此胆量？他的目光更温和了。

一阵轻风吹进窗来。五月的风自然不凉，银翘却忍不住浑身一哆嗦。是由于风清，还是因为心头的战栗，或是有意作态，连她自己也弄不清。而他却伸手在她肩头抚摸着，说：“穿得少了吧?”

他的手热烘烘地隔着衣裳熨烫着银翘，眼神骤然变了。对男人目光的变化，银翘能够分辨得非常细致、准确。在这之前，他还是庄重的主人和长辈，此刻，那眸子深处蓦地亮起两团欲求的火，忽隐忽现，忽放忽缩，在挣扎着向外冲突，强烈得使银翘既兴奋又害怕。她抿嘴一笑，低下头视而不见地看看自己的双手，而这双手又突然被他紧紧捏住，声音低沉又沙哑，热气哈进银翘的脖颈：“连小手也冰凉冰凉的……”

银翘腿发软头发晕，仰脸笑道：“爷给银翘暖暖……”

他的两只大手猛地抓住她的肩头用力揉捏，脸膛和眼睛如烈火焚烧，鼻翼翕张，呼吸粗重，也许他就要把她搂进怀里，可那该死的大炮就在这时响了！他立刻撇下她走了，没有再说一句话，没有再看一眼！……今天重见，竟是这般模样，就像昨晚什么事也没有发生一样！……他是太无情还是太与众不同？唉，他终究是个奇男子啊！

银翘埋怨，银翘苦恼，但她绝不后悔，绝不退却。

四

若在平日，为了夜来书房里险些破戒，孙元化定然早早地就进忏悔室了。然而，眼下炸炮事件中所隐藏着的危机太严重，把他心中那点惶惑和悔恨挤到微不足道的小角落，终于无影无踪。脑海里面翻来覆去都是炸炮的现场，疑点很多，难以定论。

炸膛的，是西门城楼南侧的那门西洋大炮；守西门的是登州镇陈良谟营。孙元化到达西门时，陈良谟率部迎接，从营官、哨长到兵卒，全都绷着脸，十分紧张。

木制的两轮炮车完全炸碎，包了铁皮的轮子一东一西，都变了形。炮身不复存在，像遭了一场大火的地面洒满了它的残骸——乌黑的铁块、铁片、铁渣。城楼的窗户震坏，一个翘角炸塌。炮位上有两具肢断体残血肉模糊的尸体，数步外还有一具完整的尸身，似被飞来的弹片击中胸膛。炮位四周尽是鲜血残肉，惨不忍睹。

说起炸炮因由，陈良谟竟是一问三不知。因为他住在城中他的游击署，是被炮响惊醒后匆匆赶来的。孙元化立刻查对盘问。原来，白天西门操练大炮，装填手刚把火药填满压紧，装上碎铁弹头，有人来向他要赌债，几句话不合打了起来。众人只顾了先瞧热闹后劝架，操炮的事就搁下了。装填手一肚子闷气，也就忘了取出弹头、扫出火药。

这样，有人半夜潜上城楼，点着了引火绳，引起大炮炸膛。

这样，这三具尸体便可能是点火绳的人。点火绳为的是发炮，炮膛爆炸是意外事故。

他们为什么发炮？向哪里发炮？

他们是什么人？

面目清晰、尸体完整的一个，西门守军无人认识。

孙元化命陈良谟查点本营官兵。一个不缺。

孙元化又命所有营官认尸并查点本营，结果与陈良谟营情况一样。

因侍从飞马来报：巡抚府侍卫巡查拿住一个鞑子奸细，他立刻赶回，急于知道详情，哪里还能想到银翘！

换洗完毕，孙元化在中堂传见中军和四名巡查侍卫，仔细询问追捕经过。他觉得大炮炸膛和金国奸细同时出现，不是偶然。问到后来，孙元化笑了，很有兴趣地说：

“陆奇一，你怎么想起用女真话试他呢？”

陆奇一得意地笑眯了眼：“他呀，把‘人’念成‘银’，‘日头’说是‘意头’，又不是登州腔，倒带着好些辽东味儿。我心想试一试有什么要紧。哪知他不禁诈，立马露馅儿！”

“也亏你城中混乱之际，仍能盯住不放，终于成功。”

“帅爷，当年他们逮不住我，现今我可得逮住他，叫他们也知道知道我的厉害！”陆奇一越加雄赳赳气昂昂。

陆奇一是京东通县人。十岁那年随爹妈往锦州探亲，赶上金鞑大军攻锦宁，抢掠人口财物，他一家被掠到沈阳，分赏给有功将士。他在贝勒豪格旗下为奴，从此再没见过双亲。他不堪受役使，几次逃跑，终于成功。沿途乞讨进关，四处流浪。

去年六月，孙元化上任途中收留了这个衣不蔽体的肮脏的小流浪汉，让他吃一份军粮。这小鬼头一听说打鞑子，很来劲。因为他记得清清楚楚，在鞑子家为奴的一年里，他挨了一百二十九次鞭子，每次不打三十，也打二十。

他不记得自己姓什么。主家叫他“宁温汤古那丹卓木”，那是女真话六百七十一的意思，标志着他是那年贝勒名下得到的第六百七十一个奴隶。孙元化按“六七一”的谐音，给他取名陆奇一，时年十三岁。今天他头一回立功，难免得意。

“给他们上功劳簿，按例升赏。”孙元化说着走下座位，拍拍陆奇一的肩膀，“果然出息了，当初真没有白留你。除了例赏，你还想要点什么？”

陆奇一长了个小模样，肩窄脖子细，到登州一年了，好饭好菜仍养不胖，还像个十一二岁的娃娃。他滴溜溜的眼珠子早盯到帅爷腰间，那把镶金嵌玉的小佩刀，梦里都忘不了。可这么贵重的东西，怎么好开口？他把话硬缩回去，狠狠咽了口唾沫，耸耸鼻子，挤着眼嘿嘿地笑了。

“小鬼头！”孙元化点点陆奇一的大额角，随手解下腰间佩刀递给他，“拿去吧！盯了有半年了吧？”

陆奇一眉开眼笑，抢上去叩了个响头：“谢帅爷恩赏！”

众人都笑了。中军耿仲明待笑声过去，禀道：“帅爷，奸细嘴硬，什么都不说。要不要押来帅爷过目？”

孙元化想了想：“请张总兵过署来一同审问。”

陆奇一不满地小声咕噜："我们逮的鞑子奸细，干啥要他们登州佬来掺和！"

旁边有人捅捅他，他连忙闭嘴。孙元化继续吩咐耿中军："在前堂小侧厅开审，布置不必过分郑重，去办吧。"回过头来眼睛望住陆奇一，"在登州抓了鞑子奸细，是军机大事，登州镇总兵不管谁管？"

审问颇出人意料。

奸细反剪双手在厅下站定，极是从容；中等偏矮身量，极是普通。既不像陆奇一他们说的那般猥琐油滑，又不故作大丈夫气概昂首挺胸，只是干瘦的身躯似乎很重，稳稳站着，像多半截埋在地下的拴马桩。

"跪堂！"两边侍卫按规矩大声喝令。那小个子却似没有听见，只展眼扫过去，自正坐的孙元化、侧坐的张可大、张焘，挨个儿看过耿仲明、孔有德、管惟诚、吕烈，最后又回到孙元化身上，大声道：

"上坐的定是登莱孙巡抚本人，可对？"

众人一惊，孙元化不动声色地点点头："正是。"

小个子大步走到中厅，对着孙元化再看一眼，自语道："不错，凤眼斜挑，双眉入鬓，一脸书卷气……"说着他跪下去，一拜，又起身，仍是稳稳地站着。

众人更是惊疑不定，平日熟视无睹，并不觉得，经这鞑子奸细一形容，可不正是孙巡抚的写真！

抚标中军耿仲明忙喝一声："大胆奸细，敢不跪堂！"

小个子一笑："我们从来只跪英雄！咱佩服孙巡抚是个忠臣，敢跟我们比试高低，不然，刚才这一跪也没有！"

镇标中军管惟诚也喝一声："死到临头，还敢犟嘴！"

"我不过一时大意，犯在那个小猴崽子手里。要是胯下有马，手中有弓箭，别说你们四个，四十个也不是我的对手！"

张可大一拍堂案："张狂之极！废话少说，快快招供。你是何人？从何处来？到我登州来做什么？"

小个子不答，站堂的侍卫同声大吼："快招！快招！"震得窗纸簌簌乱响，奸细依然沉默。

张可大是世袭武官，原本没有审问的经验，更没有坐堂的兴趣，加上这小个子方才那一跪，比得他心里很不自在，早就窝着火，此刻便乘机发作："骚鞑子狗奸细！留着何用，推出去斩了！"

侍卫们一声呼喝，推了奸细就走。脚步声远了，孙元化才对张可大道："观甫这样吓他一吓，倒也使得，或者能逼他说出真情。"

张可大脸上微微一红，有几分尴尬，口中只得含糊应道："这些胡人夷种，全不知好歹……"

孙元化连连点头，命道：

"中军，招回来！"

奸细二次上堂，不住叫骂："要杀要剐老子认啦！怕死就不算大金国的巴图鲁[①]！……"

待他嚷够了，孙元化才静静地说："两军交战不斩来使，张大人不过试试你的胆量。"

众人听得糊涂了：明明是奸细，怎么成了"来使"？明明张总镇要杀他出气，怎么成了试胆量？小个子也有些吃惊，忍不住露出喜色，放松下来。

"此番来登州打探军情，只你一个人吗？"

小个子眨眨眼，再次缄口不语。

"昨夜大炮炸膛，那一声巨响你可曾听见？"

小个子不由自主地点点头。

"西门炮炸之处，有几具尸体。"

小个子倏地变了脸色："几具尸体？……"

"不错。虽然残肢断腿纷飞四处，但那脚上着的鞋却不是关内所有，软皮鞋底，草编鞋帮，那草生在辽东长白山间，名曰乌拉，你不会不知道吧？太大意了，竟穿着一样的鞋来闯登州！"孙元化锐利的目光直射小个子，众人一齐注目，这名金国探子果然穿着一双编制得十分精细的皮底草鞋！

---

① 巴图鲁：满语，勇士。

小个子脸色发白，慌忙问：“有几……几具尸体?”

孙元化紧接着问：“你们来了几人?”

小个子脱口道：“四个。”

“那，本帅只好据实相告，只有你还活着。”

小个子呆了半晌，突然跪了下去，仰头向天，嘴里默念着什么，随后弯腰垂头至地面，抬起来，再垂下去，反复三次，默祷片刻。重新立起时，如遭了霜打的禾苗，神色很是沮丧。

孙元化知道女真人尚武，战死者灵魂必能升天，被当作英雄敬仰，小个子是在为三名同伴祝福送行。尽管是敌国，他不能不暗暗钦佩，痛感大明官军多年来荒于训练、怯于上阵，再不整饬强化，前途可忧……他敲敲堂案，口气温和地提醒：“说吧!”

“没指望了！……还当他们得了手哩，我便一死，也还有世袭爵位，子孙荣耀……”小个子失神地喃喃自语。

张可大又忍不住了，喝道：“休再啰唆，快快招供！何名？受何人指使？来登州何事?”

小个子不理睬张总兵的呵斥，突然又跪在孙元化案前：“孙巡抚，我自知必死。只求你拿两样东西让我瞧上一眼，我索赫扬古虽死无憾!”

“你要看什么东西?”

“铳规。”

“什——么?”孙元化一惊，众人也很意外。

铳规，是登州炮手的秘密，他竟然知道！不过，使用它虽然能提高大炮的准确性，终究有限，所以孙元化正在算计着制作一种新的瞄准器来代替铳规。昨夜那一声巨响之前，他正在绘制瞄准镜的分件图，准备近日开始打造。

不想这个索赫扬古又说了一句话，孙元化完全蒙了——

“还有一件，瞄准镜。”

孙元化一时竟不知怎么往下问了。他太吃惊了。倒是张可大紧锁浓眉，气冲冲地喝问：“看它作甚?”

“索赫扬古实在想知道，它莫非是宝石打造黄金铸成的？一个铳规，怎么就值得四个一等阿思哈尼哈番[1]呢？”

耿仲明瞪大眼睛喝道：“不许胡扯！”

“怎么是胡扯！汗王亲口应许，若能带回一个铳规，我们四个每人都赏一等阿思哈尼哈番！”

汗王亲许！一等阿思哈尼哈番，相当于明朝的世袭副将衔！只为了一件小小的铳规？大金国汗莫非疯了！

“那么，瞄准镜呢？”孙元化问，“也是你们汗王命你们盗取的？”

“这倒不。”索赫扬古流露出几分得意，“是酒馆里你们营官争骂透的风：一些人大骂红夷大炮空耗巨款，是榔槺无用之物，立刻有人回敬说待孙帅爷的瞄准镜拿将出来，大炮就百发百中天下无敌，足见登州佬是坐井的癞蛤蟆！……可知这更是神器，若能弄到手，定能赏我们世袭一等精奇哈番[2]！”

好大口气！一等精奇哈番，相当于大明的世袭一等子爵啦！比在座的任何一位审讯官的爵位都高，何况是世袭，子子孙孙的俸禄荣耀！

“早已探得西门防卫最松，我们便兵分两路，他们三个去西门盗铳规，我来巡抚府寻找瞄准镜。不知他们撞上什么陷阱，竟被炸死……后来的事，你们都知道了。”

众人面面相觑，大致窥出事故的真相：西门大炮里火药和引火绳忘了清扫，盗铳规的三人点火寻找，无意间引燃了火绳，发炮时炮身炸裂，神差鬼使，歪打正着，送了三条奸细的命。天下竟有这样的巧事！

“那么，你究竟是什么人？”

“大金国汗王驾前正黄旗甲喇章京[3]索赫扬古！”

厅上一阵沉静，人们迷惑不解，难道大金国汗特别喜爱这些奇巧机栝玩意儿？一个不足尺长的铳规，竟花这么大气力、出这么高赏格、差这样的亲信勇武之士深入险地，被捕被杀在所不惜！想来倒与喜爱木匠制作的天启皇帝相似，也是个不足成大事的昏庸之主，岂非

---

①②③：皆为清爵名。

大明之福！

孙元化却暗暗吃惊，又一次感到危机的紧迫。

刘氏兄弟败灭后，他读罢金国汗与刘氏兄弟的私通信函，有过同样的紧迫感。已经称帝建国号的皇太极，为要笼络刘氏兄弟，不惜自贬以讨好之，甚至指天为誓，言甘如蜜，较之大明君臣间事事隔膜，真不可同日而语。况且肯尊刘氏兄弟为一国，尽用友邦对等之礼相待，其审时度势、可盈可缩，确有欲上则凌云，欲沉则伏泉，变化万端、不可捉摸的神龙气概，绝非器小易盈之辈！

他在宁远、宁锦之战中败于西洋大炮，回去便自己造炮，又不惜代价千方百计获取小小的铳规！回想十年来和老师朋友们为引进西洋大炮经历的万千磨难，至今仍时时如踞炉上受烤，即使是支持引进的朝官，又有谁知道铳规是什么？……相比之下，他的见识和心胸大不寻常，难道真是人中龙，真有天下之分？……孙元化不敢往下想，也不该往下想。他回头对张焘说："拿那铳规来，给他看。"

张焘果真拿出一把铜制铳规，着侍卫递过去。

股长一尺，勾长一寸五，宽四分厚一分，勾股间连一弧形规。规分十二度，勾股连接处垂下权线，这就是红夷大炮特有的炮具铳规。索赫扬古拿在手中小心翼翼地翻看，满面敬仰之情。

"是从其中一具尸体身上搜得的。"孙元化添了一句。

"啊！"索赫扬古高叫一声，"差一点儿就成事了！……唉，运气不好！……算了，算了！"

孙元化正要示意耿仲明把索赫扬古带走，耿仲明却不在厅上。孔有德小声禀道："皮岛送来紧急军情，他去接收，少时就回来。"

那边吕烈在张可大耳边说了句什么，张可大点点头，立刻大声发问："你方才一上堂，为何就认得出孙巡抚？"

"临行时，汗王亲口交代，说孙巡抚相貌不凡，凤眼斜挑，双眉入鬓，一脸书卷气……"

"你们汗王难道会过孙巡抚？"张可大此问口气平淡，原是顺理成章，孙元化听来却十分险恶，惊得头皮一阵发麻，生怕背上难以洗刷的嫌疑。

“汗王说，只见过面，不曾说过话。”

孙元化急忙追问：“难道你们汗王来过登州？”

“来没来过，非我等奴辈所知。但汗王对孙巡抚极是赞赏，说南朝督抚中，只佩服袁督师与孙抚帅二人！”

孙元化不禁暗暗咬牙：如今朝廷上下、万民百姓，人人唾骂袁崇焕卖国贼，此话岂不是又在给自己增添不祥？前有强敌，后有朝廷猜疑，同列排挤，前后作战、左右应付，虽智殚力竭，也难周全！他只能千谨慎万小心，连忙说道：

“我看你也是个铮铮汉子，若肯归顺我朝，必得重用！”

“归顺你们南朝？哈！那刘爱塔兄弟不知好歹，非投南朝不可，得了什么好？家破人亡！若留在我国，前程无量！”

他说的是实情，众人都觉得脸上挂不住，总兵大人红头涨脑地大喝：“斩！推出去斩！”

索赫扬古不等人推，扭身就大步出厅，走到门口，忽转身，气昂昂地笑道：“听我一句劝，你们朝廷极是无道，好不容易出了个大忠臣袁督师，还叫你们那小皇帝给杀了，足见气数已尽！我们汗王是真龙，你们都该识时务知天命，归顺我们大金才对！”

孙元化冷冷地说：“我若背主投敌，你还敬我是忠臣吗？”他一挥手，侍卫把面现惶惑之色的索赫扬古推出去了。

厅内又出现片刻寂静。孙元化为这一场审讯心绪激荡难平，好半天才感慨道：“如此顽劣，少见！”

耿仲明匆匆进厅，才要有所禀告，孙元化只当为索赫扬古的事，皱眉道：“不必多说，按张总兵将令斩了就是。”

“禀帅爷，是皮岛黄爷的告急文书！”耿仲明赶快呈上。

孙元化拆封，皮岛总兵黄龙禀告：金国派兵一万五千余人往朝鲜借船，将入袭皮岛、旅顺等处，乞大帅立派援兵。孙元化把告急文书递给张可大时，竟喜上眉梢，掩不住跃跃欲试的兴奋：

“好哇，终于来了！正好一试锋刃！如今我们新造的炮船足以陈兵海上，邀击敌船，水战定能成功！”

张可大诧异地看看孙元化，脸上掠过一丝阴云，又掩饰地低头去读函件。孙元化已经窥见，预感到要有为难。

张可大并不抬头："理当救援。只是风向不利。"

"四五日内风向便可转南。"孙元化眉宇间一团英气，眼睛闪亮，"我意张总兵挂先锋印，率登州水师五营在前……"

张可大沉吟着，皱起了眉头："这……"

孙元化立起身笑道："观甫，我们到厢房去坐，喝茶吃点心，这半日实在是又渴又饿了！"

半个时辰后，孙巡抚送张总兵出府。属官们不知他俩谈了些什么，但可以看出心绪都不佳。张总兵拜辞时说："卑职肺腑之言望大人三思。"孙巡抚只点点头而已。

回到厢房，孙元化坐在案边，一手托颐，一手轻轻敲着茶碗盖只管默想，似笑非笑，表情透着古怪。

"初阳，他怯战了？"张焘问，在私下场合，他总以好友身份相待。

孙元化摇头。张可大不怯战。他是一员良将，但他拒绝海战中使用大炮，今天头一回态度激烈地、有条有理地阐述了他反对的道理。

他说："堂堂天朝，精通火器，能得先臣戚继光真传的，也有的是，何必外夷来教演？仗夷器为水战先锋，招夷兵助阵杀敌，纵然得胜，岂不惹人耻笑？我辈世代军职，实无颜面对我百姓，对我祖先……"

他说："红夷大炮固然歼敌多，但我用以制人，人夺得也可用以制我。若海战有失，落入鞑兵之手，转而以红夷大炮攻我，岂不为祸更烈？……"

还有一层他没直说，但孙元化能体味到：金国眼红于登州城防的红夷大炮及铳规、瞄准镜之类的炮具，必定反复设法争夺盗取，他这个坐镇登州的登州镇总兵，从此多事，将不得安宁了。

至于挂先锋印，张可大说得清楚：昨夜炸炮之惨，登州军民如遭一劫，各营官兵均惶惧不安，深恐用这大炮未杀敌而先自伤。若在先锋水师船上架装大炮，人心恐慌，士气不扬，绝难取胜。所以他出任先锋责无旁贷，但不能用红夷大炮。

孙元化能说什么呢？再仔细说明红夷大炮与戚少保所习火器大不相同，必须格外教习吗？再告诉他只要铸造炮身冶炼铁汁不留砂眼，炸膛事件就可以避免吗？看他义正词严，一派磊落，全然是一副犯颜直谏的庄重神态，孙元化什么也没有说，只苦笑着送客。

是啊，他只想着千方百计地打胜仗，收复失地，而朝廷上下的大多数人把体面看得比胜负重要得多！他所争的在目的，他们斤斤计较的是手段……

耿仲明小声问起那个很使他放不下的疑点："大哥，你说鞑子汗王会不会真来过登州？"

"不能！鞑子汗王就跟咱们万岁爷似的，哪能随便挪窝？就是真要出门，銮驾不也得摆一气儿的！"

"他要是微服私访呢？"

"那也不能！咱登州兵是兵山，将是将海，他敢走这险？"

"他要是真有这胆量呢？"

张焘看看他，一皱眉头："你在说什么？"

耿仲明一眼又一眼地偷偷看着孙元化："我是说，我是说……正月十六海神庙会……"他触到孙元化的锐利目光，对视的一刹那，彼此都明白他们想到了同一个人。

孔有德一捶脑袋："参客程秀才！……不对，我去客店寻过，他已经走了，并无可疑之处哇！"

耿仲明说："不是他，是那个老护院！"

孔有德大悟："对！帅爷说过那人非等闲之辈……可他若身为大金国汗，又怎肯降低身份扮一个又哑又聋的奴仆呢？……"

孙元化此刻似乎又看到那张气度轩昂、目闪精光、广额方颐的红脸膛，真是能伸能缩、为达目的不惜任何代价的雄杰！对付这样的敌手，也得针锋相对，不拘常格。孙元化长眉一扬，拿定了主意：

"孔有德，此次救援皮岛，渡海作战，我若委你为前队先锋，你可敢接印？"

如雷轰顶，孔有德不由得浑身一战："什么？我……我，我老孔，当先锋？……”

他做梦也不敢想，先锋印能落到他手中，一时血脉偾张，面红耳赤，宽阔的胸膛大起大落，里面的心跳得“怦怦”响，就像擂起了营中最大的那面一人高的战鼓！

五

辽呆子孔有德竟然被点为先锋大将！

登州大哗。上至登州府、蓬莱县的知府、知县各官，陆师水师各营营官，下至商民儒生贩夫走卒尽都议论纷纷，惊诧之后转为一片讪笑，准备着瞧好戏。

自从孙巡抚率领八千辽丁来登州驻防以后，家乡沦于金鞑、死里逃生的许多辽东难民也因之投亲靠友，大批来到登州，有数万之多。他们久在北地吃苦耐劳，各个身高力强，既憨厚又剽悍豪爽，与当地浓厚的商人气息自是格格不入，加上他们什么活计都肯干：匠人、伙计、杂役、堂倌、老妈，直至扫街、背水、担粪，既夺了本地人的饭碗，还被本地人讥为下贱。一年多来，不是辽民吃亏上当，受本地人的蒙骗欺侮，就是本地人吃辽民痛打，甚至砸铺面、烧房子，大小官司无日不有。驻防的辽东营兵自然也成了登州人嘲弄鄙视的目标。

登州镇各营至少行动上一直不曾介入这类争端，这是因为总兵张可大的管束和巡抚孙元化在军中的威望。可是孙巡抚这样点先锋大将，一下子就使强制隐蔽的登州营与辽东营的紧张关系突然升温，公开化了。在等候海风转向的三天里，双方不断发生冲突，由相骂转为斗殴，终于闹出了昨晚的恶作剧，造成严重后果。

孔有德匆匆从城外回到他的游击署。他一直虎着脸，被人称为“巨目”的眼睛瞪得很大，布满血丝，大嘴阴沉沉地紧闭着，使得紧随其后的李九成、李应元父子和中军、侍从亲兵们都不敢发话。

他在前厅像笼中猛虎似的大步磨了几圈，突然举起醋钵大的拳头往茶几上一砸，吼骂出声：“他奶奶的！看老子不扒了他的皮！”

茶几垮了，碎木片四处飞迸。

被点为先锋大将，是他生平第一回。帅爷拨给他前、右两营共三千兵，是他此生领过的最多人马。当此重任，他极为振奋，立刻将三千官兵集中在濒海的西校场，日夜操炮练船，演习水战队形。万事俱备，只待南风。

昨夜二更北风停息，三更南风渐起。一直焦急巴望着的孔有德满心欢喜，准备次日启锚。不料四更时分，一声拖得长长的刺耳尖啸从北面飞来，直飞到西校场上空，随后又是两声震耳的鸟铳轰鸣。久在辽东的官兵听出尖啸是金鞑用来发攻击令的响箭，只道鞑兵偷袭，全营立刻起而应战，刹那间佛朗机、鸟铳伴着喊杀声，惊天动地。杀出营区，却一场空，海上没有帆影，营外不见人影！白白耗费许多火药铳子，最可恨的是黑暗难辨，发生误伤十数起，其中两人伤势很重，性命难保……

李九成那黑瞳仁很小的眼睛不住转动，看着孔有德的脸色说："定是登州营干的！他们气不过点你做先锋大将！"

李应元是先锋手下的营官，更加年轻气盛："孔叔，不能忍下这口气！……我看多半是吕烈那坏小子……"

孔有德摇头。

李九成道："那么，定是陈良谟！他为西门炮炸的事受帅爷申斥，降了两级，心怀不满！"

见孔有德默认，李应元跳起来："走！孔叔，找帅爷告他一状，非要这小子挨上一百军棍不可！"

孔有德反倒一屁股坐下，只不出声。李九成见状，转向儿子："眼下大战在即，帅爷岂肯准状？无非做和事佬，反倒教人知道咱们吃了亏，笑掉大牙！"

李应元狠狠地一拍大腿："那就吃哑巴亏？……"

门外一声接一声地喊叫着"大人！"两名游击署内使卒，进门就撇下踩扁的菜篮，跪在孔有德面前连连叩头，"大人，大人，替小的做主！"

菜篮里蔬菜鲜肉上糊满泥土，还有酱碗和酒坛的碎片，两人衣衫扯烂了，脸上、手臂上有一道道血红的鞭痕。

"怎么回事？"孔有德问，显得心平气和了些。

两名内使卒，一个气哼哼地说不成句，一个口齿利落，说得极是清楚明白，有声有色——

他俩买了菜蔬后上酒楼打酒，正遇几名镇标侍卫喝酒听歌，大说大笑：

“老兄昨夜手段高，可给咱登州弟兄出了口恶气！哈哈！”

“那帮丧家犬，辽呆子，也配当先锋！笑话！”

一内使卒气愤，想上前理论，被同伴拽住。那些人见他们在场，骂得越加放肆：

“他娘的上万丧家犬，把咱登州都吃穷啦！”

“有啥了不起！什么英勇善战，不就仗着红夷大炮不照面伤人吗！哪有真本事！”

“可不嘛，就跟没胡子的老公，买个驴大的假货，就算把娘儿们×死，又算啥本事？终究还是个没屌子的货！”

“哈哈哈哈！”满桌面、满屋子、满酒楼一片狂笑。

内使卒气得满脸通红：“你们敢辱骂先锋大将！”

“辱骂？”一名侍卫拍着桌子给自己打点，“他不是丧家犬？他不是辽呆子？他能当先锋，登州没人了？中国没人了？”

另一个醉醺醺地大叫：“那孙巡抚也是瞎了眼，失心疯！用这个老海贼老强盗做先锋，不怕人家鞑子笑歪鼻子！”

虽然众寡悬殊，内使卒还是气不过地低声骂一句：“该死的登州佬！”

柜上打酒的伙计听到了，瞪眼叫骂出声，酒楼上下的本地酒客一哄而起，骂声沸腾。镇标侍卫立刻擒住二人，挥鞭痛打，每人挨了四五十鞭，临了还把菜篮扔当街踩烂……

李九成父子听罢，气得咬牙切齿，捋袖揎拳。他们知道孔有德最忌讳“盗贼”二字，必定勃然大怒。出乎意料，孔有德仍然平坐平视，了无表情，也不说话。只是面颊上咬筋耸动，仿佛有条蛇隐藏在肤下翻滚。

孔有德是只虎。身躯魁伟，虎头燕颔，巨目丰颐，口可容拳，力举千钧，足追奔马，能拽其尾使之倒行，刀盾铳炮无不精通。为人豪爽重义气，又有几分憨呆，很得孙元化赏识。早年行劫江海，也曾杀人越货，野性十足。投奔毛文龙后有所收敛，到了孙元化手下，受主帅人品心性的熏陶感染，野性越加减退。年初京师之行给他巨大震动，他发誓要挂帅封侯，时时勤于职守，学着温良恭俭让，已经微弱的野性在他的心中差不多熄灭了。此刻，怒气攻心，那一股野性的火“呼”地复燃，好像一只生长得极快的狰狞怪物，眨眼间便由崽子变成庞然巨兽，吞噬了近些年他修身养性的全部正果！

孔有德突然笑了，笑得很怪。熟悉他的李九成父子和内使卒被他笑得心头一噤。孔有德若无其事地说：“你们这些下三滥，斗殴是常事，哪天没有两三起……”

两内使卒面面相觑。

“你们俩是胜了还是输了？”孔有德一脚蹬在座椅上，一只手叉腰，不再如近来那么注意仪表姿态了。

“给擒去挨鞭子，怎么敢争胜败……”口齿伶俐的曹得功话还未说完，孔有德大怒，踢翻椅子大喝：“来人！拉出去斩了！”几名亲兵应声上前，捉住大叫冤枉的两内使卒的胳膊。孔有德戳手骂道：

“窝囊废！几个登州镇侍卫都不能胜，还能上阵杀敌？斩！”

两内使卒挣脱亲兵，一下子蹦起来，这一个连连叫着：“不服！不服！”那一个高声嚷着：“我俩碍着孙帅爷的面子，又见是总兵大人亲随，才让他们一让。求爷准我们重新去斗过，要是不胜，甘愿受这一刀！”

孔有德沉着脸，手一扬：“滚！”

两内使卒叩个头，扭身就走，大声商议：如何去叫阵，如何骂他八辈祖宗、八代子孙……

游击是三品武官，署衙中外有公事房，住吏员文书中军卫队，内有厅堂寝所安置家眷和婢仆家丁。孔有德没有家眷，从中军到厨下伙夫，所有从人都是自他出道以来就相随的，人人武艺不弱，只是不为外人所知罢了。两内卒此去挑战骂阵，大打出手，定能叫这些登州佬吃一惊，叫他们知道孔有德强将手下无弱兵，连买菜的杂役也不是孬种！

不到一个时辰，两内使卒飞跑回来，进门便大喊大叫：

“胜了！大胜特胜啦！”

孔有德大喜，也不问详情，立命：“抬两块门板来！”

门板来了，孔有德又命两内使卒：“趴门板上倒着！”

两内使卒应命卧下，孔有德再令：“提鸡来！”

侍从送上一只红冠大公鸡，孔有德捉鸡在手，刀往鸡脖子上一勒，鸡血顿涌，他叫着：“别动！”提着乱扑打的鸡挥动着，把鸡血淋在两内使卒身上。随后扔鸡大吼：

“抬好伤卒！列队！去总兵府！”

总兵府不远，只隔了一条街。但孔有德骑了高头大马，领了数十名彪形卫兵，抬着血淋淋的内使卒，过宏济桥，从宜春门、考院、都土地庙、镇海门、草桥、鼓楼、画桥、钟楼、县署一路，走过半个登州城，到达总兵府门时，已围了数百看热闹的人了。

张可大闻讯率下属来大门相迎，孔有德立刻上前拜揖参见，不容总兵大人开口，便大声说道：

“总镇大人，我们辽人各营虽由孙帅爷带来登州，但也属大人麾下。昨夜先锋营受人捉弄，黑暗中放铳厮杀，误伤四十余人，其中两人重伤难治，性命不保，特地禀告，求大人查明内情，严惩首恶！”

张可大方才正在向部下追问此事，他心里明白十有八九是登州营的人干的，确实太过分，所以他提高礼节规格，亲自出大门迎接，此时更满口答应：

“此事太不成话！本镇定要查清，严惩不贷！”

“好！抬过来！”孔有德一声令下，血淋淋的内使卒连门板抬到总兵大人面前，“大人，这是卑职属下两名兵丁，被大人亲随侍卫打成这样，求大人发付凶手到我营惩治，不然人心难服！”

张可大愣住了。围观的人群也被这两个血人镇住，表现出了同情。总兵身后有人小声咕哝：“他们也动手了的……”

孔有德冷笑一声：“哼！辽人虽是生长关外，也是大明百姓、朝廷赤子！如今大战就在眼前，是行军用人之际，辽东士卒不惜性命，为保登州出死力，大人理应一视同仁！”

张可大火了，呵斥中军管惟诚："谁干的？嗯？为什么不回禀？"

管惟诚见总兵大人变了脸，只得结结巴巴地说："禀大人，是他们几个……喝醉了闹的事……"

孔有德五指挓开，大手一张："不是醉酒！这帮小儿辈仗着总兵大人亲信昵爱，无故鞭打兵卒，还当众在酒楼大骂我孔有德，大骂孙巡抚，实在是动摇军心，伤我先锋大将威风！大人若不发付凶手给咱，先锋各营人人愤恨，军心一散，大战败阵，难道大人你能逃过朝廷的责罚？"

张可大脸涨红了，眼睛也红了，对自己的卫队吼道："是谁？给我滚出来！"

属官中甩出一句冷冰冰的话："好汉做事好汉当。酒楼上逞英雄，眼下当狗熊吗？"

不用问，说话的定是吕烈。他竟像是在帮着孔有德，恨得总镇府侍卫们不住斜眼瞅他。

管惟诚无奈，对属下示意，终于走出来两名酒气未消的侍卫。孔有德叩谢了总兵大人，带着两名"凶手"，率着从人一拥而去。

张可大大发脾气，把部下臭骂一顿，心里却庆幸着总算体面地下了台。

孔有德一回到他的游击署，只喊了一声："走！"人马尽出，留下一座空署。

孔有德一马当先，领着人众驰出北门，直奔海边西校场。胯下赤骝马四蹄翻飞，好像不沾地，马鬃马尾飞扬，如一团烈火跃动。阵阵劲风冲荡着这个辽东大汉的胸怀，复苏的狂野，带着崭新的力量，使他感到浑身的劲气像要裂开肌肤迸发开来，眨眼间挣断了一年多来"修真养性"的束缚。他突然觉出解脱的狂喜，陡增勃野的生气，仿佛又回到当年称雄海上、自由自在的豪杰生涯……

奔回西校场，立刻传令升帐，各营营官戴盔束甲齐集先锋大将帐中。孔有德神采飞扬，声音里洋溢着豪气：

"发公文飞报孙巡抚、张总兵：今日上上大吉，先锋启行杀敌去也！"

令旗一挥，众将听得一声虎吼："齐集沙滩，祭海！"

顷刻间，三千先锋营整整齐齐列队岸边，孔有德亲执金杯美酒，向大海三拜三酹，一回身，圆睁虎目，喝道：

"血祭！"

那两名总兵侍卫被推上礁石。他们惊恐地瞪着眼睛，张大嘴，却喊不出声。刀光闪过，鲜血喷溅，两颗人头一前一后落进海中。刽子手顺着海潮涌来的水势，将两具尸身一起推进海中。海神龙王定能保佑他们得胜成功！

"轰隆！""轰隆！""轰隆！……"大炮九响，震撼了海天，震撼了整个登州，宣告先锋营出征，顺风扬帆北上！

六

浩大的船队，载着一万五千名金国官兵离开陆岸，驶出江华湾后北上，直奔皮岛。南风把巨大的白帆鼓成弧形，水声汩汩，行船顺利。

船队正中，由四艘开浪船护卫的艨艟船上，插着一面牙边大蓝旗，旗上有新定满洲文字书写的姓名：贝勒阿巴泰。这位贝勒爷正坐在宽阔的主舱，全神贯注地看着一本书：新近译成满洲文字、汗王要求八旗官兵都读的蛮子书——《三国演义》。他看得津津有味，一点也不理会两名年轻副手的不满。

那个肤色白相貌俊眼睛灵的苏克萨哈，也许仗着自己是额驸之子，与主帅阿巴泰有甥舅之亲，终于忍不住故意碰倒一张弓，以期引起舅舅的注意，然后一面扶弓一面自言自语地嘟囔："就这么走了？太便宜姓李的杂种了！"

他说的"杂种"，是朝鲜王李倧。他们这一万五千官兵受命到汉城向朝鲜索取战船兵马攻打明朝——自然说是借船借兵。照说四年前大金国征朝鲜，李倧归降结盟，愿从此绝明，该是打怕了的。不想这回一说伐明，朝鲜王还是婉言谢绝，实在推脱不了，只奉送十艘开浪船和这艘艨艟船，还都是早先朝鲜从明朝买来的。阿巴泰居然收下这点破烂就打回头了，岂不太窝囊！

阿巴泰眼睛没离开书："照你说，该怎么办？"

"杀呀！杀出威风给这家伙看看，他就老实了！"

"就知道杀！"阿巴泰脸一板，"你的三等甲喇章京是怎么削掉的？"

苏克萨哈脸上红了红，故作不在乎的样子："不过多杀了几个人，算得什么？当年老汗王杀人如麻，流血如海……"

"那是老汗王的时候！不杀立不住脚。如今要开基立国，成就大业，滥杀还不坏事？罚得轻了！"阿巴泰转向另一名副手，"鳌拜，依你说呢？"

鳌拜还是个少年，面色黧黑，唇边下颏和两腮却已冒出茸茸的络腮胡子。他从早到晚总是沉着脸，一整天也说不上两句话，但是行动敏捷，灵活有力，一看就是自幼练武的好手。这很自然，他的家族就是以武功显赫于八旗的，他很小就从征上阵，屡屡有功。此刻听到问他，一双黑眼睛忠诚地望定主帅，简单地回答："鳌拜听命。"

阿巴泰心里不由得佩服他的弟弟、大金国汗皇太极的眼光和赏罚分明：苏克萨哈去年征讨察哈尔，收降蒙民两千户。听说降民要叛，便把男人杀尽，俘回八千妇女返京。汗王责他妄杀无辜，革去三等甲喇章京，降为牛录章京，罚到阿巴泰身边为副官；鳌拜却是因战功破格进升牛录章京，奖到阿巴泰身边为副官的。临行皇太极曾嘱咐他说，这两个孩子都是好坯子，全靠时时磨砺，方能出锋。

阿巴泰拍拍《三国演义》："你们说，刘备为什么死在白帝城？"

苏克萨哈快嘴快舌："陆逊火烧连营，蜀汉大败，气的！"

"蜀汉为什么大败？"

"刘备不听诸葛亮的话，偏要去伐东吴……"苏克萨哈眼珠子不住地转动，似乎悟到什么。

"诸葛亮说的什么话？"

"东连孙权，北拒曹操……那就是说，要东连朝鲜，南击大明了？"苏克萨哈见舅舅又埋头书本，便转向鳌拜，这黑小子也不作声，只蹙着两刷浓眉，沉思着微微点头。"那就是说，得留着力气，专攻皮岛……咳！皮岛有什么大不了的！咱们上去杀他个片甲不留！”苏克萨哈颇有以豪言壮语博取主帅欣赏的意思。鳌拜仍是点头，眼睛却亮了许多。

阿巴泰仍不理睬，但都看在眼里，听在耳中。皮岛并不好啃，强将手下无弱兵，既在孙元化辖制下，它不可能一捅就破。两个小鬼说大话，上阵就知道厉害了！……

再难啃也得啃，还要力争速战速决。阿巴泰有一份不好明言的心事。

出征前夕，他去参见汗王，看还有什么嘱咐。尚未进门，汗王的朗朗笑语早飞出庭院：

“好，好！这一招儿极要紧。打铁先要本身硬嘛！……看来，凡事都照大明会典施行，极为得策呀！”

阿巴泰立刻悟到，汗王又将有重要决策了。

果不其然，汗王见他迈进门槛，立刻笑道：“七哥来得正好！兄弟子侄辈惟你和萨哈璘算得有学问，倒要听听你的高见。”

汗王承袭女真旧俗，极重兄弟情谊，除了坐朝公会，平日延见多是兄弟相称。旁边的文馆大学士范文程于是告诉阿巴泰，近年大金国人口日增，地域日广，朝廷政务日繁，想要参照明制，也设吏、兵、户、礼、刑、工六部管理国事。

阿巴泰大喜，立刻说道：“太好了！这才像个大国嘛！极适时，极妥当！……但不知选何人为六部之长？”

皇太极的红脸膛上尽是笑意：“自然是诸兄弟子侄，怎敢放手外人！”

阿巴泰狡狯地眨眨眼，说：“这一来，要跟南朝争天下可就……”

皇太极连忙摇手：“切不可如此说话！”他也对阿巴泰使个眼色，会心地一笑，“我大金立国，无非求个民富国强、安居乐业，天下太平。自顾不暇，哪有心思跟人争什么江山！况且大明天朝，我远夷小邦安敢望其项背？”

阿巴泰自然明白他这位八弟说的是反话。越是秘而不宣，竭力掩盖，那心思越是强烈。可以断定，汗王取中原的雄心已是坚定不移的了。他不由得问道：

“几时设置六部？”

皇太极又一笑：“偶尔动些念头，刚刚与范先生计议，离施行还远着哪！”

汗王这么说，阿巴泰心里就着了急，看来此事近日就会付诸实施。他可是当仁不让，目光紧紧盯住吏、兵、户这三大部，决心争他一番！别人难道是傻瓜？他估摸着强劲对手至少有四五个，而且多数现都在沈阳，近水楼台先得月，自己远征在外，吃亏太大。他必须尽快结束征伐，赶在设六部之前班师。

“舅舅，守皮岛的叫黄龙吧？没听说他有啥本事！”

“黄龙也许没大本事。你们知道，皮岛归谁辖制？”见两个小将都瞪着眼摇头，阿巴泰暗自叹了口气——是啊，六年前宁远大战的时候，他俩都还是小孩子——“知道孙元化吗？”

两个小将互相对视一眼，苏克萨哈道：“可是那善用红夷大炮的孙元化？”

“不错，你竟知道。如今他是辖制登莱、旅顺、东江、皮岛的大帅，驻节登州。”

“登州隔着大海好远。况且红夷大炮是守城火器……”

前方隐隐传来发闷的炮声。阿巴泰手一摆，大步出舱，立在船头观望，果然最前面的开浪船上升起一串小红旗：前方发现敌军船队！

阿巴泰顿时脸色冷峻，神态沉着，下令：各船准备弓箭火铳盾牌迎敌，主帅船加速向前！

强劲的海风吹得满船五色旗帜哗啦啦乱响，持铳张弓的甲兵密密麻麻布满船舷。各船队统领不眨眼地望着艨艟船头的贝勒爷，而贝勒爷阿巴泰却不眨眼地盯着前方越驶越近的明军船队，并且看到对方的背后，隐约掩映在海上雾霭中呈淡青色的陆地影子，那就是皮岛，他们此行要夺取的目标！

两支庞大的船队对开着，迅速接近。船数、兵力数五对一，大金占有绝对优势。

它们已能看清彼此的标志：大金船队上空密如丛林的五光十色的旗帜，大明船队帆篷上密密汉字书写的将军官爵姓名。铺满海面的大金船队人多气盛，大有泰山压顶之势；大明船队却在极力收拢队形急进，并无畏惧怯战的迹象。然而，双方竟不开战。

它们离得更近了，已能分辨对方的身形四肢……已越过了火铳击发的距离！……已越过弓箭射杀的距离！仍然一片沉寂，像两只巨型海兽，狠狠地盯住对方，悄没声儿地迅速接近，在最有利的时机，突施猛袭，制敌于死命……

“阿巴泰，你这狗鞑子！接着吧！”一声虎吼从对面船上响起。几乎是同时，阿巴泰认出吼叫着的孔有德，手中令旗一挥，一场海上大战爆发了！

飞箭如雨，铳声震天，火药的浓烟刹那间弥漫开来。

战鼓隆隆地敲响，喊杀声和叫骂声搅成一团。

水面激起水柱，翻成水花，急雨般击打着船头和交战的人群，燃烧的火箭尖啸着在空中乱飞。两只金国的船帆燃着了，一瞬间烈焰腾腾，燃烧开来，兵丁纷纷跳海逃命；不多时，明军一船也着起大火，火药及喷筒烟罐爆炸，“轰隆轰隆”地飞出无数碎片，引起一番混乱。

两军离得太近，收束不住，海沧船与苍山船撞在一起，船上的将士竟跳上对方船舷，持短兵器对面搏杀，斗得难解难分。而明军战船更发挥了火器的专长，掷火桶烟罐，打火砖火炮，佛朗机炮子威力巨大，击断敌船桅杆大橹，药弩火弩连发，一排排射出的弩箭火箭，杀伤敌兵无数，金国船队四处起火，兵员损伤惨重……

鳌拜沉着脸，弓开满月，一箭射出，极其有力，看上去远不能及的孔有德突然中箭，踉跄几步，扑倒了。阿巴泰大喜，用汉话高声呼喊：

“孔有德死啦！”

金国船上轰然回应，欢呼声压倒铳声炮声，震撼海天：

“孔有德死啦！孔有德死啦！”

孔先锋阵亡！明军官兵大惊。蛇无头不能行，他们顿时心慌意乱，阵战不稳了；在金兵猛然高涨的士气压迫下，势头立刻低下来，攻上敌船的将士纷纷退却，几艘大福船开始转舵……

倒下的孔有德突然挺身站起来，挥着空拳，一声霹雳落在海面：

“孔有德在这儿！阿巴泰死啦！”

他一把夺过侍从为他准备的大刀，高举过顶，连声大吼，巨雷滚滚：

“杀！杀！杀！——”

已呈败相的明军闻声士气大振，欢呼呐喊此起彼伏，连绵不断，后退的又冲上前，转舵的又闯进水阵，射箭发铳突然凶猛密集了一倍，大战愈加炽烈了！

阿巴泰盯着孔有德，情不自禁地赞了一句：“真是一员虎将！”他命鳌拜、苏克萨哈向各船队传令：以多胜少，围住明军各船，四面击射，务必拿住孔有德！

同是这句话，同是评价孔有德，数天前也有人说过，用的同样是赞赏中含有别的复杂意味的口吻，那是登莱巡抚孙元化。

风向由北转南的那天，从早上起，孙元化的心就一直像绷得将要断裂的弓弦，没有一刻平缓和松弛。传令兵穿梭般进进出出，送来一件件惊人的消息，往往他还没有想出对策，情势又生巨变：先锋营无故惊乱自伤；城内数起辽丁与登州兵斗殴；先锋大将孔有德抬了两个血人往张总镇署衙寻衅，并擒去两名亲随侍从；当他立命侍卫快马去招孔有德，着他释放总兵亲随之际，“轰隆轰隆”大炮九响，震动了全城，先锋营的两名持公文报卒正好赶到，报告了先锋大将祭海启行的消息。

亲随被斩祭海！在座的张可大惊怒异常，眼瞪得彪圆，看看要发作，又极力忍住，对着孙元化双手一拱，愤懑地喊了一声：“巡抚大人！……”

孙元化也暗自吃惊，不料憨厚的孔有德会干出这种事情。然而，这一连串行动如风似火，雷震电闪，极是豪壮，无愧先锋大将身份，自己若不回护一二，辽丁今后在登州将无立足之地。他一拍桌案，紧皱眉头：“不成话！这个孔有德，如此大胆妄为！……”他略一沉吟，转向张可大，“终究是一员虎将！此战必能成功。张总镇，容他将功补过吧?”

“大人，你!……”张可大眉间深纹里耸动着受伤害的怨愤，使孙元化心中生出一丝愧意，只好装作没看见，说:

“张总镇，先锋既已启行，诸军也当继后出海。就命各营整装，今夜三更启锚，你看……”

张可大愤愤抢过话头:“大人，卑职请命，留守登州!”

孙元化心里一凉，他明白这其实是强烈抗议，他明白嫌隙将因此而愈加扩大，不知要用多少气力去弥合……

此刻，孙元化率领着后续船队六千余人，经过三天三夜的航行，赶到了皮岛东南的海面上，立刻投入了鏖战。皮岛总兵黄龙也率船队驶出接应，敌方生怕腹背受敌，及时鸣金收兵，向东北方向遁去。

孙元化登上先锋主舰，探望受伤的先锋大将。

孔有德伤势原本不轻，又带伤鏖战半日，鲜血浸透了绑带，染红了半边身体，敌船一退，他就昏倒了。孙元化一行进舱时，随可莱亚教官同来的葡萄牙医生正在为孔有德上药包扎。孔有德刚从昏迷中苏醒，一见榻边的孙元化，叫了声“大帅!”便挣扎着要起身。孙元化连忙按住，在一旁的葡萄牙医生也摆手示意，用生硬的汉话说:

“乱动不可以，生气不可以，喝许多酒也不可以。七天以后，伤口才能封好。”

孙元化微笑地安慰他:“如今大军赶到，金虏攻皮岛之势已被遏止，便安卧十日也无妨碍。”

孔有德愤然道:“只烧得他十条船，可恨没捉到阿巴泰!”

“七贝勒阿巴泰?”孙元化暗自盘算:对手不弱，不能大意。“以寡敌众，初战成功，先锋各营辛苦了!本帅奏疏当列孔先锋首功。”

副先锋李应元和中军互相补充，详细禀告了战况，尤其是先锋大将身先士卒、勇冠三军的神威。孙元化不住点头称赞说好。只是最后，都讲完了，孙元化问道:

“你们福船上没有架红夷大炮吗?”

“架了。十条船上都有。”

“为什么不用?”

沉默片刻，李应元支吾道：“敌我船舰相距太、太近，怕误伤，不敢发、发炮……”

“敌我船舰总有相距不近的时候吧?”

李应元不作声了，方才眉飞色舞的中军也低头不语。

“是怎么回事？火药潮了？炮弹出毛病了？……要不然，你们也惧怕大炮炸膛?”孙元化声音陡然严厉了。

“不不，不是的……”李应元和中军不好说，只望着他们的主将。孔有德“嗐”了一声，“咚”地一捶床榻坐起，恨恨地说：“我要叫那登州佬瞧瞧，咱老孔不凭红夷大炮，照样打胜仗、立大功!”

“咳！真糊涂!”孙元化觉得可气又可笑，这么大的汉子，又是生死攸关的大战，竟如小孩子一样赌气！……由此可见辽、登嫌隙已到何种程度！日后如何收拾？……他极力使思绪平缓下来：“躺下躺下！好好养伤。耿中军，另备小船，送孔游击去皮岛上养伤。”

“不去，不去！老孔死也要死在我这条福山船上!”

随来的张焘、耿仲明、可莱亚、吕烈等人也上前慰问。待孙元化一行回到主帅船上时，探哨来报，敌方船队在东北二十里外一小岛边下锚。

孙元化沉思着点点头：“看来，明日将有一场大战!”

张焘看着主帅说：“我方先锋及后续船队共九千人二百艘船，加上皮岛黄总兵水师两千人五十艘船，人数船数均弱于敌方……”

孙元化突然一笑，又敛住，说：“孔有德不肯用炮，反成好事，金兵当无防备。”

张焘领悟，面带笑意：“若如此，则不啻增我一倍雄兵!”

耿仲明、可莱亚等人听糊涂了。孙元化道：“我们这样安排……”他忽然停住，看看诸将，“明日之战，不要让孔有德知道，他伤重，须安心休养。”

“是。”众人同声回答，瞪大眼睛等候主帅布置明日战事。

如孙元化所料，孔有德确不是能安心养伤的人。他的船在皮岛之南海域停泊，离战区甚远，但他早把侍卫分派成瞭望和传信两拨儿。瞭望的三人，爬上高高的桅杆顶刁斗内，观察战场上的进退动静；传信的十多人得随时把瞭望来的战况禀报孔有德。所以，天亮以后，金国船队像密集的巨大鱼群向皮岛方向袭击时，孔有德知道得一点不比孙元化晚。得讯时他正俯卧榻上，侍卫替他按摩疼痛的肩臂，只问了一句："帅爷的船队呢？"

不一会儿，传信侍卫近前禀告："咱们船队迎战了！雁行队形，正对敌船，快得像箭头！"

孔有德点点头，闭目忍受按摩带来的痛楚。

"禀将军，我船队前锋行进减缓，两翼张开成一字阵。敌船黑压压一大片，也在展翼拉开！"又进来一名侍卫禀告。

孔有德闭着眼问："咱们船队两翼间还有船吗？"

"禀将军，我方船队前锋退后，成倒雁行，全队退向皮岛……"

"什么？后退？不是还没交火吗？"孔有德猛地睁开眼。

"禀将军，我军有二十艘辽船、数十艘三板唬船突了出去，方才都藏在两翼之间……"

"好！"孔有德兴奋地大叫，"可要有好戏瞧啦！"

几乎与他叫喊同时，"轰隆隆"一阵巨响，海空震动，跟着，"嘭嘭""啪啪"铳声炮声大作，一片轰鸣，连川流不息地奔来禀告的侍卫，都得扯着嗓子大叫才能听清："禀将军，我军二十艘辽船上均架有红夷神炮，冲敌正面，已有三炮轰中贼船，死伤无数，一沉一翻一着火！"

"禀将军，我军数十艘三板唬船都架着三眼鸟铳和佛朗机，驶进如飞，四面攻打贼船！"

"禀将军，又有两艘贼船中炮着火！"

"禀将军，五艘贼船中炮翻船，鞑兵落水无数！"

…………

好消息不断递进，孔有德非常高兴，忙命侍卫扶他到窗边观看。只见战舰蔽日，炮烟弥漫，火光四起，铳声、炮声、呐喊声排山倒海，他一生从未见过如此壮阔、如此撼人心魄的大战！他更加信服了孙巡抚，信服了红夷大炮！

“鞑子打退了吧？啊，贼船转舵了吗？”他连连发问。

“禀将军，鞑兵伤亡惨重，贼船已不得前进，他们却又不肯后退一步！……”

“什么?!”孔有德瞪起了眼珠。他背后的李应元朝传信侍卫连递眼色，这些机灵鬼岂能不懂？于是后来跟进传递的消息，又都是贼船中炮，贼帆着火，贼兵落海，孔有德便放心地躺回榻上静候大胜了。不多时竟沉沉入睡。

半醒半睡之际，飘来一声焦虑：“哎呀，这下可糟了！怎么办哪……”后面的话仿佛被人用手捂住了。

孔有德陡然睁眼，见两名传信侍卫捂着嘴，李应元在指着他向他们摇手。

“什么事糟了？啊？”孔有德问。

“没什么事，没有……”李应元和侍卫一齐赔笑脸。

孔有德突然坐起，“嗖”地拔出床头宝剑，威胁地指着他们：“快说！”

众人无奈，只好禀告详情：敌军伤亡虽重，却不畏炮火枪弹，极力快速靠近我船，使红夷大炮和佛朗机因要避免误伤而不敢开火。更有一艘快船，船头立一员敌将，竟冒着如雨枪弹飞矢，直冲我军帅船，似要碰撞拼命，逼得我船阵震动后退，主帅船竟而搁浅，诸贼船企图随后冲入环而围攻，我各船拦截混战，孙巡抚已入险境……

“传令！升帆，救援主帅！”孔有德大吼，震得众人耳内嗡嗡作响。李应元赶忙阻拦：“孔叔，你千万不能动气，不能上阵哪！……”

“放屁！”孔有德一把推开李应元，催促侍卫们，“发什么呆？快！拿墨斗鱼那黑汁，把帆篷上我老孔的大名描得浓浓的、黑黑的、大大的！”

片刻之间，先锋大将的船启动了！它带领着二十多艘福船、海沧船，又会合了赶来救援的皮岛水师五十艘船，浩浩荡荡杀向战场。

诸将战船的篷帆上书写的官爵姓名，字大二尺左右，远看犹如蝌蚪，惟有孔有德大船帆上只写“孔有德”三个大字，每字方广各二丈，看得见船就看得清字。

“孔有德！孔有德来了！”明军一片欢呼，军威大振！

“孔有德！孔有德来了！”昨天领教过他的虎威，也认得他这特别帆号的大金官兵不由得有些胆怯，互相提醒。心气一低，攻势顿减。

孔有德乘机急进，扑入船阵，直奔搁浅的帅船，指挥新投入的生力军，犁田般一路猛攻。这艘像海上活动城堡似的巨大福船，撞翻撞沉那些小的敌船，鸟铳、佛朗机、弩机把火药子弹火箭倾泻向大的敌船，就像它的主人一样横冲直撞，如入无船之境……

敌船终于不能支持，放弃围攻明军主帅企图，退了下去。孔有德挥师追击，跳上敌船拼杀。八旗兵优势原在马上功夫，如今船上步战，吃了一多半的亏，何况对手是这些整日在海上训练的登州水师！不多时就伤亡惨重，失掉了招架之功。孔有德夺下敌方几艘大船，请孙元化换乘。“孙”字帅旗又在船头飞扬，主帅又在船楼指挥了！

主帅脱险，明军士气高涨，金国船队终于大败。

阿巴泰鸣金收兵，又命苏克萨哈去把仍在孤舟奋战、不肯撤退的鳌拜紧急招回。

金国的船队，分成几股，向南绕过皮岛回鸭绿江口。明军船队听主帅号令，严守皮岛海岸，远望金国战船遁走，也不再开炮。

浑身血迹、头上缠了帛布的鳌拜，随苏克萨哈回到艨艟上时，阿巴泰正阴沉着脸听属官禀报战况：

“禀贝勒爷，托佛爷保佑，大金国官兵神勇，共击沉敌船十二艘，击残敌船二十艘，杀敌三百有余，只是许多沉入海底，难取首级……”

“我方损伤实数，报来！”阿巴泰一脸冰霜。

“是。沉船三十一，损伤船近五十；死八百一十弟兄，其中有两牛录三孤山，带伤弟兄不止千人……实在是他们的大炮，谁能料想到，大炮也上了船？……”

阿巴泰一挥手，止住了禀报。半晌，他咬牙切齿地低声说：“我真想会一会这位孙巡抚！”

苏克萨哈满面烟尘，衣甲也撕破烧黑，愤愤难平：“要不是这个孔有德，至少能打成平手！”

一直不吭声的鳌拜发作了，黑脸涨得紫红，额上颈项上蚯蚓般的青筋跳动，血红的豹眼凸了出去，跺脚怒吼：

“不拿下皮岛，我不是人！”

七年以后的大清崇德二年，二十五岁的满洲勇士、甲喇额真鳌拜为先锋，征伐皮岛，渡海搏战，所向披靡，皮岛终于从大明疆域中丧失，成为大清伐明的前哨基地。

此时得胜的明军另是一番景象，各营营官，各船领队都聚集在孙元化的帅船上。虽然人人烟熏火燎，衣甲焦煳了，眉毛胡子烧了，身上沾着血迹，有人还带着箭伤，但欢声笑语、互相打趣，情绪很是振奋：他们打了个大胜仗！

不知哪个侍卫发现这艘夺来的船舱下存着几坛烈酒，孙元化立命大碗盛来，诸将同饮。

孙元化举着酒碗，笑容可掬：“今日一战成功，皮岛安然，又歼敌无数，实属海上首捷。诸将英勇敢战，果然不负朝廷厚望！本帅将红旗报捷，拜疏为诸将请功！请！”

众人欢声雷动：“谢帅爷恩典！”同饮一碗。

孙元化嘹亮浑厚的声音在宽大的主舱内外回响：“此战首功当属先锋大将孔有德。孔有德，本帅敬你一杯！”

在众将欢呼声中，孙元化与孔有德对饮。

“本帅还要特别为西洋统领可莱亚都司，还有他所率领的十五名西洋炮手请功！”

又是一重欢声浪潮。可莱亚站得笔直，恭恭敬敬地向孙元化一鞠躬：“能允许我，和孙大帅碰碰杯吗？”他的白脸上一道道黑灰，说出的汉话又怪腔怪调，众人不由得哄笑起来，气氛更加活跃随便。孙元化手持酒碗，在舱内舱外人群中走了一周，向所有的营官领队们一一敬酒慰劳，神色极是和蔼，又不失主帅的威严，使躲在人背后倚在船边的吕烈看呆了，又落入矛盾的心境中。

“吕都司，辛苦了，本帅敬你一杯！”悦耳的低音磁石般吸引着吕烈，他心头微微振荡，双手接过孙元化递来的酒，一口喝尽。

“吕都司，今日一战，感觉如何？”

吕烈脖子上带了伤，衣襟也溅了不少血迹，他望定主帅，第一次不含恶意地说：“辽东兵善战不畏死，登州兵不如。”

孙元化笑着摇头：“不尽然。你率着营中弟兄与苏克萨哈对射就很勇猛，跳船近身搏战，你身先士卒，登州兵奋勇冲锋，也都善战不畏死啊！”

吕烈噤住了，心潮翻腾，却不知说什么好。孙元化放低了声音嘱咐，只让他们两人听到：“你那话，回登州后不必再提起。”

吕烈点点头，仍是说不出话来。

孙元化再次走到孔有德面前，执着他的手察看他肩背伤势：“医生嘱咐你，七日内戒怒戒酒戒走动，所以我戒禁左右，不许把战况告诉你。这才不到一天，你怎么竟来参战了呢？”

孔有德眨眼笑了：“主帅被围，咱老孔哪能安闲养伤？就算箭疮迸裂要了命，那也是天定，咱老孔不悔！”

孙元化心头腾过一个热浪，眼前这张粗犷憨厚的大脸模糊了。他赶忙举碗饮酒，好一会儿才把这碗酒喝完。

七

“黎明即起，洒扫庭除。”尽管孙元化一家信奉天主，居家度日，还是严格遵循颜氏家训，何况今日是七月初七女儿节？幼蘩、幼蕖姐儿俩天不亮就起身了，梳洗完毕，到父母房中问安。照惯例，今天她们将得到一份礼物。

果然，爹妈已坐在中堂饮茶了，看去都很宽和愉快，这是近些日子少见的。行了家常礼，孙元化笑道：“还是两副镯子两包银锞子，先寻着的赏一只紫晶戒指。”

沈氏接口笑着说：“你们爹爹真是八月里的石榴——满肚皮点子，想出个赏戒指的花头。快去寻吧，两个囡囡好运道，笃定是独眼龙相亲——一眼看中！”

一家人笑得合不拢嘴。两个女儿进了父母卧室，四处寻找被藏起来的礼品。开柜子，拉抽屉，翻枕头，掀被子，嘻嘻哈哈非常开心。七岁的小幼蕖像只快活的小猫，一会儿在床上打滚，一会儿钻到八仙桌底下喔喔学鸡叫。沈氏笑着数落：“这小囡，真是热油锅里爆虾，活蹦乱跳，穷开心吗？还不好好寻！蚂蚁钻磨盘——条条是路嘛！”

孙元化摸着胡须提示一句：“首饰嘛，总该在梳妆台……”

沈氏连忙阻拦：“你不要响好勿好？……”

两个姑娘已经扑向母亲的妆台，从首饰箱里找到一大一小两副晶莹细润的青玉镯，大声喊叫着：“多谢爹爹！”“多谢姆妈！”她俩立刻套上玉镯，转着胳膊腕看来看去，非常快乐。

“镯子是两人一同寻着的，不分先后，那就要看谁先寻着银包了。”孙元化提醒女儿。他喜欢天真纯洁的女孩们嬉笑欢闹，从中感受天伦之乐，这真是赏心悦目、极为恬静怡和的美事。一幅可爱的图画：两个小仙女，穿梭般飞来飞去，脸儿红润，眼睛黑亮，裙裾飘舞，神采飞扬……可仙女总找不着属于她们的银包，引得她们的母亲不住唉声叹气。

孙元化又忍不住了：“真所谓司空见惯浑闲事……”

幼蘩展目略略一扫，果然发现两个红绫小包就挂在帐角。她却转向一旁的搭衣架翻看，嘴里喊：“小妹，别碰帐架子，小心帐钩脱掉！”

幼蕖跟着欢叫起来：“寻着啦！爹爹，姆妈，是我先寻到了！”

孙元化看在眼里，暗暗点头，笑道：“好，好！紫晶戒指归幼蕖！”

沈氏也笑了：“恭喜恭喜！昨日已吩咐厨下做巧果，你姐妹两个拿去分给府里的大小丫头女孩儿！”

巧果，是用糖和面扭成各种小花油煎而成，七夕夜拜银河吃巧果，是嘉定老家的习俗。

幼蘩说：“孩儿还要去开元寺摘凤仙花、捉蜘蛛乞巧……”

七夕夜捣凤仙花染指甲，捉蜘蛛扣在碗里，天明开碗以蛛网多少卜来年女儿之巧，这是登州的民风。

孙元化道：“你不是常于礼拜日在开元寺舍药针病吗？凤仙花、蜘蛛何处不有？”

幼蘩神态中有点捉摸不住的羞涩：“黄芩这丫头说，本地风俗，只有七月七开元寺的凤仙和蜘蛛最灵验……姆妈，要银翘姐姐陪我同去，好吗？”

“那可不行。你银翘姐姐今天有要紧事体。”

“什么事？”从不过问家事的孙元化竟追问一句。

“家务事不要你管！”沈氏口气甚至带点威严，“还是快叫篦头师傅来与你栉发修面，才好去大宴众官！……巧果就归我家小囡看着散发就是。小囡啊，可不要黄鼠狼看鸡——越看越稀哟！”

幼蕖又笑又叫，滚到母亲怀里撒娇，娘儿俩闹成一团。

幼蘩兴奋地仰望着父亲：“爹爹的庆功宴，终究办成了？”她知道，自海战大捷归来，爹爹绞尽脑汁费尽心血，与每一位营官将领都做过深谈；朝廷颁来升赏嘉奖诏令，爹爹就想借庆功大宴各官，弥合往日裂痕。由于辽、登双方抵制，始终不能如愿。看到爹爹不展的愁眉，鬓边日多的白发，幼蘩十分忧虑，常常到书房陪伴父亲读诗写字作画，以她的温柔沉默，给孙元化很大安慰。爹爹终于走出困境，幼蘩能不喜上眉梢？

孙元化含笑点头，心里感激女儿的至性真情，伸手抚平了幼蘩额前的黑发。

“爹爹姆妈，那我就带黄芩、紫菀去开元寺了？”幼蘩不厌其烦地又说一遍。

“去吧去吧，女儿节嘛！”沈氏笑嘻嘻地瞥了丈夫一眼，对女儿别有深意地眨眨眼，“女儿节，七月七，天上牛郎会织女……”孙元化听她说得不伦不类，回头瞅她一眼，她却搂着小女儿看她的玉镯和戒指，笑个不了。

幼蘩骤然间面红过耳，赶紧低头退出，心里直打鼓：难道心事竟被母亲看破？……从来没对人说过，连天主也不知道，母亲竟能猜到？……幼蘩领着两个丫头坐小轿到开元寺，一路上自问自答，心里七上八下，不得安生。

开元古寺在府署前街南端，府学和文昌宫的斜对面。寺僧声称此寺建于唐朝开元年间，规模不大，庙宇也不甚宏伟，不像天妃宫、东岳庙那样，一逢庙会，惊动四方，周围数十里百姓来赶会，热闹得如同节庆。开元寺置身城隍庙、关帝庙、观音堂之间，颇有点矫矫不群、闹中取静的意味：山门内两进佛堂，佛堂边数楹僧舍，古柏森森，花木繁茂。最难得佛院中有一口玉寒井，说井其实是泉，清凉的泉水由地底涌出，填满一石砌方井，再流入佛堂前的荷花池，池中荷花莲叶年年茂盛非凡，都说是因泉水质美之故。

开元寺没有庙会，因而没有赶会的热闹人群；开元寺没有祭祀礼，因而招不来众多求签还愿的香客。这里住持及僧人专心修行礼佛，佛学文字造诣最高，使开元寺也染上了文人清高习气。寺门附近、佛院两侧、荷池周围，只有为数不多的小摊，都带点文人味儿：字画摊、算命测字摊、草药摊、书摊、文房四宝摊，其中杂着几处茶点摊和登州面摊，比起那些百货杂陈、喧闹拥挤的大庙，真可算得寥落清静了。

幼蘩走到荷香四溢的池边，扶着那株老干斑驳的古柳，缭乱的思绪渐渐平静。哦，那一枝初开放的红荷花，娇而不媚，艳而不俗，在微风中摇曳得多么动人！……

为了用这股清凉洁净的寒泉水和药，半月前的一个礼拜日，她将善事摊选在了这里。为了行善不留名，也为了不露她大家闺秀的身份，和往常一样，她洗净铅华，不戴饰物，如她想象中的修女那样黑衫黑裙，领着早年入教的老仆郝大夫妇，为求医的人诊脉、针灸、施药，散发避瘟解暑的清凉汤药饮剂。

那时，她正低头在池中净手，一阵大笑从佛堂传出，惊得她浑身一哆嗦，顿时心头狂跳，两腮火红，慌忙躲到古柳背后，好半晌，气息才渐渐平缓。是他！使她不想做修女，使她向天主忏悔过的那个她认为不该思念的人！

自京中返回登州后，幼蘩千百遍地回忆那次书肆奇遇，一言一动，一颦一笑，他怎么说，自己怎么答，记得清清楚楚，忆得烂熟于心。他高贵的公子派头，傲慢的“神童”姿态，都掩不住他眉宇间的忧伤，眼睛里的落寞和神情中的孤独，而正是这些打动了她，并立刻联想起天妃宫的邂逅。她猜测这位京师翩翩佳公子定是游学登州而偶然相逢的，日后再难见面，为此她曾生出无限憾恨。如今骤然又见，怎不令她喜出望外？

她悄悄地移动脚步，调整位置，使那个人的音容笑貌、一举一动都落入自己眼中。

他大笑，是因为陪他游寺的僧人请他拈香拜佛。他指着佛像金身：“就这袒胸露腹，赤脚光头，不衣不冠的，也值得我低头拜他？”

僧人一脸不自在，强笑道：“吕爷不肯，不拜也罢。”

他仰视佛像片刻，忽又庄重点头：“若论年齿，少说也长我两三千岁，还是该得一拜！”说着跪下，深深一拜。

僧人笑得合不拢嘴：“吕爷诙谐真个少有！……爷可肯随喜施舍？”

他哈哈笑了：“真是得寸进尺，登鼻子上脸！好吧，拿你的化缘簿来！”

“吕爷，小寺住持留得有话，若是吕爷肯随喜，不化你香火银灯油钱，只求吕爷手书一幅，为敝寺增光。”

“哈哈，好个文墨和尚，真不该出家！……取纸砚笔墨来。”

“请爷往静室焚香烹茶……”

“不用！这供桌上香花宝烛，青烟缭绕，对佛吟诗走笔，诚为大快事也！……”

那番狂态，那种洒脱，能不令人倾倒？

小和尚料理好文房四宝，他真就面对佛像挥毫，引得不少人围过去看稀罕。幼蘩实在好奇，也躲在人群背后从缝隙中窥视。啊，好一笔行草！潇洒流畅，刚劲锋利，而笔下情思更令人叹绝：

一声梧叶一声秋，一点芭蕉一点泪，三更归梦三更后。落灯花，棋未收。叹新丰孤馆人留，枕上十年事，江南万里忧，都到心头。

幼蘩觉得，只有自己这样生长江南的人，才知道这词的情景何等真切，忧思何等深。然而围观的人们也在啧啧称赏，赞字好，赞词面漂亮，这些摆字画摊的毕竟肚里有些文墨。

忽听一个女人拿腔拿调的娇声："哎呀，字儿倒也罢了，词不过一首动春心的曲儿，有什么好？也未必是此人所作，抄录来的也未可知……"

那是个满头珠翠、一脸脂粉、遍体绫罗的中年肥胖妇人，竟穿了一件胸前布满横襻纽的月白罗衫，淡鹅黄裙，愈显其矮胖，竟如一桶。令人难受的是她故作斯文、故作娇小娉婷的姿态，幼蘩只觉像给搔着脚心一般哭不是笑不是。众人却都忍不住地揶揄嘲弄，哂笑不止。

他放下笔，对那女子上下一打量，信口吟道："一幅鲛绡剪素罗，美人体态胜姮娥。春心若肯牢关锁，纽襻何须用许多。"

人们哄笑了。胖妇人先怒后笑，不知是她不懂诗意，还是因毕竟得了美人二字而得意。他淡然一笑，转身答人问话。眼看要与他照面，幼蘩心跳如鼓，赶忙避开，逃走一般回到荷池边，让浓密的柳丝儿把自己遮掩，却又后悔，不如让他认出自己，又会怎样？……

幸亏那个跛足老婆婆来了，难道不是命里注定？……

他究竟是哪里人？做什么的？徐大公子？吕爷？……

"姑娘先生！姑娘先生！"草木深荫中传来黄苓快乐的叫声，"凤仙花红得了不得！蜘蛛也好多呢！"

营官们骑着马，带着侍从，三三两两在登州窄巷小街上络绎而行，去巡抚府赴宴。鼓楼下画桥边，吕烈忽然拨马回走，说是要去顺路看看开元寺住持僧是否云游归来。

那日开元寺重逢，叫吕烈半个月心神不宁。

当围观的人各自散开，他向陪同僧人道别之际，佛殿阶下一片笑声叫喊，原来一位跛足老婆婆指着几个跟在身后学瘸腿扮鬼脸的淘气娃娃在叫骂："不学好的猴崽子！促狭鬼！你们爹妈怎么教出这种缺德东西！……”

偏偏此时吕烈从跛足老婆婆身边走过，偏偏他昨晚崴了脚，走路也是一瘸一拐，旁观的人不觉大笑。老婆婆则回首大怒，指着吕烈嚷道：“你这人！那些猴崽子是顽皮，做这短命事！你穿衣戴冠读书人，也这么促狭人，还有天理良心吗？”

“老妈妈莫急，误会了！”刚才嘲弄富商肥妇人时极尽嬉笑怒骂的吕烈，此时对着跛足老婆婆却极力赔小心，“实在不是学你走路，我的脚脖子昨儿伤了……”

老婆婆只是不住口地骂，“缺德”“没良心”“短命鬼”，一串儿一串儿倾向吕烈。吕烈再三解释，她终是不信。吕烈无可奈何地笑道：“我若调头便走，老妈妈你更要说我故意学瘸子形容你；若不走，就得听你骂我一天；说你误会你又不肯信，这怎么办？”

“我老人家是来求避瘟消暑药饮的。只要那行医施药的一家子说你是崴了脚，我便信。”

好固执的老婆婆！吕烈左脚瘸，老婆婆右脚跛，二人一拐一拐直到施药摊前。吕烈脱下云头鞋，抬腿踩着凳边，翻下布袜，对那灰发老夫妇道：“请看，可是崴了？”

果然一片红肿，像发起的炊饼。老头儿惊道：“莫不是伤筋动骨了？”跛足老婆婆眯着眼说：“你们一家济世行善，就替这位相公治治吧！”她讨了一小罐避瘟消暑汤，对吕烈满意地点点头，径自去了。

老头儿按一按红热的伤处，为难地看了老妻一眼，老太太只得回身叫道：“姑娘，请来瞧瞧……”

老柳树后面转过来一位黑衣少女。吕烈两眼发直，想要收脚穿鞋也来不及了，竟然又是她！清明扫墓之后，他已下决心忘掉她了，只要不看见，时间长了，印象淡了，也还是容易的。可是，眼前……

她极快地看了吕烈一眼，他能觉察到其中的慌张羞涩，像一个未经世事的小女孩儿。但那目光一投到他的伤处，立刻变得认真庄重，拧着眉毛，俨然一位包治人间伤痛病患的救世良医，这神情跟她年轻的身形面貌是这样不相称，叫人觉着可笑又很可爱。她严肃地查看片刻，冷静地吩咐：

“取银针，烧艾灸！针刺足三里、三阴交、太溪、昆仑，艾灸丘墟、解溪。”

老头儿立刻烧艾条拿银针，照指示的穴位给吕烈灸刺。

“取酢浆草、鹅不食草捣烂，待他灸罢，敷在红肿处。”老太太听命赶紧翻找草药，和水捣烂，摊在长条帛布上，准备给吕烈敷用。

素来以能言善辩著称的吕烈，此刻竟不知说什么好。那老少三人谁都不看他，只专意地为他的伤痛忙碌。黑衣女子低头捻针，他呆呆地望着那黑亮头发衬出的洁白聪慧的前额，心乱如麻。

敷好药绑好帛带，吕烈放下脚走了两步，轻松多了。

“好一些吗？”黑衣女子微笑着问。

“一点儿不痛了！真是神针神药！多谢姑娘，多谢老爹爹、老妈妈！……”吕烈连连作揖，连连致谢，摸袖子要拿钱。

少女一摇手：“施药行善，岂能要钱？再说不会真是一点不痛，我们也算不得神针神医，相公不要言过其实。”

“哦，施药行善，姑娘莫非是侠、侠……”吕烈本想说“侠妓”，后一个字却无论如何出不了口。这姑娘一团天真，凡事认真，言笑举止端正，也实在不像烟视媚行的小家女子。他急忙改口：“侠医侠女流？请教尊姓大名。”

他拱手弯腰口说“侠、侠”之际，黑衣少女已转身离开，走到柳树后面，临水坐在石凳上了。他抬头时，只见老头儿揶揄地对他眨着眼：“济世行善岂须留名？我们原不是欺世盗名的！”

吕烈想起年初天妃宫的冲突，这老头儿，亏他还记得清楚！他对着老夫妻，更是对树背后的姑娘深深一揖：“小子无知，当日唐突，多有得罪，现下赔礼，赔礼了！”

轻轻的笑声，似一个开心的小女孩儿为自己的恶作剧成功而得意。吕烈忍不住绕过柳树，对黑衣女郎的后背一躬到地：“姑娘既不肯以姓氏相告，那么，二乔可是姑娘小字？”

她猛地回头，细长的眉毛轻轻耸动，似嗔似喜。二人目光一撞，便知彼此都想起京中书肆、《芍药图》题诗。她慌乱地垂下眼帘，苍白的脸飞上桃红，十分局促，声音像蚊子一般悄小："你……相公猜到了？……"

吕烈怎敢提起清明节桃林偷听的事，他含糊道："也不难猜。只是二乔乃双称，不如就字小乔。"

她匆匆看了吕烈一眼，脸儿更红，但眼睛更亮，微笑中有一种特别的自信："兼金双璧，名有相当。"她伸手点了点荷池中自己的影子，"此亦一乔也！"

绝妙的解释！绝妙的表字！但不等吕烈赞叹叫绝，她已起身去施药摊，因为又来了求助的人。

吕烈更不敢打听这位"侠女"了。不只是怕亵渎了她，更怕自己的推测被探听结果证实，毁坏了心目中这个洁净天真绣口锦心的女子真容。他又觉得不安，她指着水中影说"此亦一乔也"，那种奇特的、隐藏在微笑下的几乎可称为傲岸的自信神情，是他所熟悉的，却又说不清自何而来。

此后，他以种种借口，又几次到开元寺，希望再次相遇，却再没有如愿。他什么目的也没有，只是想看见她。今天他又来了，难道又要落空？

方进寺门，黄莺般妙曼的声音飞送他耳边：

"黄芩，捉蜘蛛小心，别伤着它，明早用完就放它走。"

"唉，知道啦！"

吕烈心头突突地跳，停步观望：静静佛院，两处字画摊，摊主在打瞌睡；一池莲叶，浓绿欲滴，映日荷花焕然耀眼；几株池畔古柳，蓬蓬勃勃，生气盎然。并无游人踪迹……突然，他看到了她！她从"她的"那株古柳后面缓缓转过来，拂开柳条，在池边站定。轻风吹过，一朵皎洁的白莲摇曳着散落，白玉般的花瓣跌到荷盖上，又跌到水面，慢慢飘向岸边。她微微一笑，注目池水荷田，低声吟诵着什么……

佛院不存在了，寺门佛堂字画摊都不存在了，吕烈眼中只有这位飘浮在荷花莲叶清泉古柳之间的少女：银红纱裙，藕色夏衫，腰系紫玉绦，头上金凤钗，眉黑发青，朱唇皓齿，真神仙中人也！……吕烈从来没有想过她是不是美貌，因为从一开始他就不是因为美色而被她吸引。而此刻他却深信，人间天上，没有比她更美的人了！

两个丫头兴冲冲地跑来给她看什么东西，叽叽呱呱说个不停。她笑着掩耳摇头，又说：“紫菀，拿笔来。”

胖丫头显然惯于这种差遣，立即从身上斜背的布包中取出砚台研墨，把纸笔递给她。她接过来，想了想，扔开纸，指着池中的白莲瓣：“用它好。”

小丫头抢着捞上来一把，她拣了一片大的，写了几个字，沉吟片刻，看看天，望望树，一会儿抿着嘴唇，一会儿又咬咬笔杆，像煞背书做文章的应考童生，那模样极是逗人怜爱。吕烈恨不能去帮她出点子，学一学苏东坡的“投石惊开水底天”……

她突然叫一声：“有了！”笑容满面地续写了几个字，得意扬扬地晃着可爱的小脑袋，“黄芩，你看我这两句！”

吕烈再忍不住，顾不得礼仪忌讳，疾步上前，拱手弯腰低头一揖，声音有些发抖：“姑娘！……”

三个女子吃了一吓，花瓣落得一地。

“你？……”她眸子里明明是一团惊喜，脸上明明泛出娇羞的潮红，不知怎么对他上下一打量，倏地变色，明媚的眼睛顿时闪出惊慌，后退了好几步，慌忙转身，急急忙忙绕着荷池的另一边出寺门去了。

吕烈莫名其妙，看看自己，一身为了赴宴而着的三品武官服饰，猛然想起以往几次见面都是文士便装，难道她被这套官服吓跑了？吕烈纳罕地摇着头，从地下拾起她失落的那片白莲花瓣，两行墨字映入眼中：

荷叶鱼儿伞
蛛丝燕子帘

他笑了，真所谓女郎诗，小儿女诗！清新可喜，语出天然，难得对仗如此工巧。想想她的“雨足一江春水碧，风甜十里菜花香”，不也是天然风韵，不事雕琢吗？诗如其人，一个纯净、真实的女孩子，还是个小才女呢！……

可是，那令人痛恨的灼灼，她竟称之为姐姐！

难道这一瓣白莲，又如当年的白果壳，不过是穿针引线的媒介？……吕烈悚然而惊，额上沁出了冷汗。

“吕哥，你果然在这儿！可莱亚教官寻得你好苦！”耳边熟悉的喊声使他回过神来，吕烈定睛一看，是张鹿征和葡萄牙教官可莱亚，都穿着崭新的武官礼服，都是去赴宴的。

吕烈几乎是本能地把花瓣藏进怀中，故作洒脱地说：“我来访住持僧不值，偶得诗句，在此吟哦……”

“什么好句？快吟给小弟听听！”张鹿征竟然十分急切。

“这不是公鸡下蛋，老母猪上树了吗？”吕烈嘲笑张鹿征向来肆无忌惮，可是一看到他倏然下垂的眼角，满脸沮丧，又可怜他了，“好，念给你听听：荷叶鱼儿伞，蛛丝燕子帘。如何？”

张鹿征眼睛望天，想了想：“也罢了，只是忒小气。你听我这两句。”他清清喉咙，十分得意地拖长声调，摇头晃脑，“叶垂千口剑，干耸万条枪。咏竹的。如何，气象可大？”

吕烈笑道：“果然武人本色。好便好，只是十条竹竿共一片叶，何其萧疏！”

张鹿征愣住，半天回不过味来。吕烈转向一直有礼貌地微笑着旁听的可莱亚：“尊兄何事见教？”

他俩在五月海战中互相支援，并肩杀敌，情谊颇厚，彼此再不像从前那样许多虚礼酸文，尽可直问直说。可莱亚却面孔微红，看看张鹿征，笑而不答。张鹿征正在那里呆头呆脑地面对荷池，盯着柳条，嘴里絮叨着：“要么，叶垂万口剑，干耸千条枪？也不好，一条竹竿十四叶，还是稀了……”

吕烈挽着可莱亚离开数步：“他正疯魔着呢，说什么也听不见，你尽管讲。”

“这个，听说你们中国人，求婚，要先向一个媒人求婚？”

吕烈惊讶地眼珠一转，笑了：“不是向媒人求婚，是请媒人为你去求婚。”

“哦，哦。听说你们婚姻，有许多许多限制?”

“嗯，按律条而言，同宗不婚、士庶不婚、良贱不婚、官兵不婚、宗妻不婚、外姻不婚、逃亡不婚、仇雠不婚、先奸不婚、买休不婚……多啦多啦，对，还有僧尼道冠不婚!”吕烈说着，自己也笑了。

“好像，你们的婚姻仪式，也很复杂?”

“不错，堂堂中华礼仪之邦，重的就是这个。”吕烈撇嘴一笑，说不清是嘲讽还是卖弄，“自古婚姻行六礼。六礼者，纳采、问名、纳吉、纳征、请日、亲迎之谓也!”他滔滔不绝，详细地一一说明——

纳彩礼：男家（称乾宅）向女家（称坤宅）送一点小礼物表示求亲的意思。礼物种类很多，如玄纁、羊、雁、清酒、白酒、粳米、稷米、蒲苇、卷柏、长命缕、延寿胶、五色丝、合欢铃、九子墨、凤凰、鸳鸯、鹿、乌、香草、金钱、鱼、受福兽等。每样礼品都有讲究：玄象天、纁象地；羊者祥也；雁则随阳；清酒降福；白酒欢悦；粳米美食；稷米粢盛；蒲苇性柔而久；卷柏屈卷附生；长命缕缝衣；延寿胶能合异类；五色丝屈伸不穷；合欢铃音声和谐；九子墨长生子孙；凤凰雌雄伉合俪；鸳鸯飞止相匹鸣相合；鹿者禄也；乌知反哺，孝于父母；等等。

问名礼：乾宅问明坤宅女子姓氏生辰，回家据此占卜凶吉。

纳吉礼：乾宅在礼庙卜得吉兆，再送礼物到坤宅报喜。

纳征礼：亦即订婚礼，乾宅要送大宗贵重物品做聘礼，聘礼必须符合双方身份。如天子选后，聘礼可达黄金万两，其余人等而下之，但即使是庶民百姓，也得竭力支撑。

请日礼：乾宅择定完婚吉日，再带礼品，向坤宅征求同意。

亲迎礼：这才算正式结婚，大红花轿把新媳妇娶进门。

…………

这每一项都十分繁琐费事的六礼，把可莱亚听得糊里糊涂，目瞪口呆。

“尊兄莫非有婚于中国的意思？”吕烈笑着问。

“唉，你是知道的，我们不可以跟异教徒结婚。所以，来中国，没有这个打算。可是春天里，汤神父来登州，做弥撒，领圣餐，我见到她……”可莱亚脸色渐渐发白，蓝眼睛闪烁不定，像含了许多水，声息也急促了，“哦，她是那么可爱！就像圣母马利亚！我爱她，她是我心中惟一的人！……哦，我的安琪儿，我梦里的爱神！”他双手合在胸前，一脸狂热，动情得几乎落泪。吕烈觉得可笑可叹，试探地问道：

“她是谁呢，你的这位安琪儿？”

可莱亚就像没有听到问话，自顾自地继续说：“原来，我觉得配不上她，怕受到拒绝……现在我海战立功，也得朝廷封为游击，是三品武官了！所以，想请你做我的媒人……”

“嗨，说了这半天，你要向谁求婚？”

“向……孙帅爷。”

“什么？”

“是的。请求孙帅爷把他的女儿嫁给我。可以吗？你愿意当媒人吗？”

吕烈愕然。不论他如何参透世情、玩世不恭、行动乖僻、惊世骇俗，但替一个红夷鬼子做媒，向巡抚大人求亲，只有疯子才会应承。可是一口拒绝，他又不肯。想到这个求亲将由自己向孙元化提出，孙元化会如何表示，他又觉得很有趣。于是故作庄重地皱起眉头：“这可不是小事！尊兄不要着急，容我好好思谋，明日咱们再商量，可好？”

“好的。呃，一会儿赴宴，我跟你在一起，好吗？……自从我想要求婚，看到孙巡抚，就害怕……”

看他一副苦脸，吕烈忍不住想哈哈大笑，终究忍住了。

三人同往巡抚署。张鹿征骑在马上还起劲地吟哦，吕烈不解地拍拍他肩头：“老弟中了什么邪？”

张鹿征突然忸怩地看看可莱亚，欲言又止。吕烈会意，没有再问。但在巡抚府前下马之后，张鹿征把吕烈扯到一边，悄悄告诉他：

想向孙巡抚求亲……

吕烈忍不住大声说："怪了！难道孙家小姐是天仙？"

张鹿征赶忙制止："吕哥千万别嚷！……"

前几日张鹿征在树上绑了只小狗练飞刀，小狗腿上着刀，汪汪惨叫，把随孙夫人来总镇府做客、正在花园赏玩的孙小姐引过来了。她惊呼着扑上去解绳子，赶忙把发抖的小东西抱在怀里抚慰，生气地涨红了脸，回头质问张鹿征："你这人竟如此忍心！小小犬儿有何罪过？练武尽可设靶，何苦要伤害一条小命？"她立刻叫随侍的胖丫头打开背着的药箱，寻草药嚼碎了敷在小狗腿上，再用帛布条裹好。

"哦哦，可怜的小东西，就好就好，敷上药就不疼了，就不会留残疾了！乖乖的，别乱动……"她轻声轻气地安慰着，手下动作又温存又轻柔，仿佛她医治的是个能听懂她说话的可怜的小孩儿。

张鹿征起初觉得可笑，当从人悄悄告诉他是来府做客的孙小姐时，他可就愣了神，嘴里期期艾艾地再说不清楚："这……这只小狗……"

孙小姐定是以为他要讨还伤犬，瞪了他一眼："就当它已经给你砍死了，行不行？……赔给他三十文钱！"胖丫头真的取出一串小钱挂在树上，主仆俩怜爱备至地抱着小狗，悻悻离去。

那一刻，张鹿征恨不得以身代犬，伏在那温软的怀中，领受那温存的抚摸、温柔的细语、温馨的气息……他这位总镇公子，自己又是有品级的武官，在家里只除了父亲，谁都不怕，谁都怕他，无法无天，寡廉鲜耻，追逐从父亲姬妾到粗使丫头的所有女人，从不曾遇到拒绝，他也习以为常。这回被斥责几句，又被那一双清澈无比的美丽眼睛瞪了一下，心里竟然荡过一阵难言的惬意，立刻着了迷……

"孙帅爷是举人出身，他的千金文才出众，你想，我若一点诗不懂，如何能攀得上呢？"张鹿征一副哭笑兼半的面孔，真叫人可怜。吕烈笑骂道：

"诗蛆！没的玷污了诗赋清名！……那你怎么打算？终不能毛遂自荐吧？"

张鹿征愁眉苦脸："我也犯愁哩！我老爹对孙帅爷嘛……口服心

不服。就算他能准下，着人去求，谁去？方才我就想请吕哥拿个主意，却被那个红夷鬼拉你去絮叨了半天！”

吕烈暗笑：你若是知道这红夷鬼因何絮叨，怕不蹦起三尺高！嘴里却含糊应道：“好说好说！容我寻思个十天半月，总能想出妙计！”

“十天太长了呀，我的好吕哥！”

“那就七天！也长？好，三天！”吕烈忍着笑，一本正经地拧着眉头，做出为朋友两肋插刀的气派。那边“红夷鬼”一直站着等候，朝他俩招手，那觳觫不安的样子，没有吕烈陪伴，他决不敢独对孙巡抚。吕烈心里一阵好笑。

然而，还有更可笑的事情等着他。宴会厅左右花厅分文武聚集着与宴官员等候入席。耿仲明坐在角落里，正对孔有德轻声讲着什么，姿态的无精打采、面孔的萎靡不振，活像一个受委屈的女人在诉苦。吕烈怀着恶作剧的心情，想开个玩笑，悄悄扯过孔有德，小声问：

“耿中军是怎么了？害相思吗？”

孔有德一点不会掩饰惊讶，瞪大眼睛：“你，你怎么知道？”

吕烈索性把玩笑开到顶：“莫非相中了帅府小姐？”

孔有德张了张嘴，却出声不得，用力咽口唾沫，低声嘱咐：“你千万别到处张扬！……”

这真见了鬼啦！轮到吕烈发怔了。想想这滑稽的三凤求凰，吕烈回过神来，再忍不住，哈哈大笑，笑得孔有德莫名其妙，站在旁边看了一阵，说：“你癫了吗？”见吕烈笑个不停，只是朝他连连摆手，他哼一声，转身走开了。

八

宴会厅武官一侧，登州营和辽东营营官们的宴桌交叉排列，当然不是无意。孙元化不仅用心安排了一切，还以身作则，频频举杯祝酒劝酒，谈笑风生，极力促成席间不拘不束、轻松愉快的气氛。众人都响应主帅的努力，一时间觥筹交错，笑声不断。

雄杰之士济济一堂，都是自己属下将领，孙元化看着，感到欣慰，感到沉醉。也许还因酒力催发，他生出无限感慨，不觉喟然长叹。与宴文武渐渐静下来，听他自抒情怀：

“元化本江南小镇一介书生，耕读田园，寄兴山水，养亲教子，诗酒为伴，平生愿足矣！但先贤有言，君忧臣劳，君辱臣死，当此国家危亡，焉能坐视？于是进京师、走边关，竟得寸功，忝受明主恩遇，实属侥幸！而今文武一堂，登莱蓟辽雄杰尽聚于此……当年何曾承想有今日啊！……”

他笑了，很舒心快意。他想放声大笑，体味当日曹孟德横槊赋诗的豪情，却又感到不妥，不可过于张扬矜夸，连忙敛住，洒脱地往椅背一靠，恢复平日的慈祥和蔼，叙家常一般讲起他早年的趣事：

“当日从师读书，诸生中惟我不善交游，沉默少言。一苏州籍同窗最是狂傲，每每夸口苏州出才子出进士出状元，又每每讥笑嘉定人粗俗无才。我从不与计较，他却得寸进尺，一日竟当众嘲骂嘉定人孱头，还故意问我比得像不像。我气不过，回他一句，从此他竟不再来招惹了。”

登州太守忙笑道：“老大人必是以仁义之心相感召，而令其幡然悔过。”

孙元化笑着摇头：“哪里！其时，我也不知为何，突觉豪气撞胸，竟不客气地拍案而起，直对他脸静静看了许久，方说道：嘉定人固不才，然非我；苏州人固多才，然非汝！何得相欺弄？”

文官和一些武官击节叫好。多数武官没太听懂，也被笑语盈盈的气氛所感染，互相探问议论。宴会情绪居然添了几分热烈，颇有庆功的意味了。

孙元化高兴地顺着西列武官宴桌看过去，一件要事陡然兜上心来：日前张可大因幼蘩为其老母针灸肩痛见效而向自己致谢时，话语间透露了求亲的意思，若真遣了媒人来，怎么办？张鹿征无才无貌，绝非幼蘩之匹，但因此而结怨于张可大也不明智；耿仲明呢，漂亮、精明、能干，可惜出身太恶；可莱亚纵然忠心耿耿，终究不同种族……这些虽未明说而孙元化早已觉察的求亲者都不尽如人意，倒是那个无意求亲的吕烈处处皆好：才干出身相貌无不拔尖，但又处处皆不好：所有拔尖处无不令人疑惑，难以捉摸……

孙元化想着，不觉看到吕烈身上，却正撞着他一道寒冰似的目光。孙元化想有所表示，微微一笑，吕烈却急忙扭脸避开，令他心头涌上一阵不快。

孙元化哪里知道，他的往事趣谈令吕烈失惊。因为吕烈骤然联想起那位二乔的话："兼金双璧，名有相当"，同样是柔中含刚，同样是掩藏在谦恭之下的傲岸、自尊，甚至说话的神情也有一种无法言传的相似！……她与孙巡抚会有什么瓜葛？或许就是孙元化的千金？想到这，吕烈心慌意乱，一时嗓子干得发痛，连灌了好几盅酒，才慢慢平静下来：不，不可能！灼灼是什么人，他太清楚了，称之为姐姐的会是什么人，还不显而易见！况且他比别人更知道，孙元化一家都信教，他身边两个女儿，小的尚未成人，大的一心想当修女，不见男人也不嫁男人。这种孤僻古怪的女人和二乔怎能相提并论？怎么可能是一个人！

心绪平静了，四周谈话也才入耳。而这些谈话不知何时起，又变得紧张了。

海战中孔有德有大功，原应晋三级，却因杀总镇侍卫祭海事受罚，功罪相抵，只由从三品的游击升为正三品的参将，心里想必窝火，情绪一直不高，也不理人，只管一盅接一盅地闷头猛喝酒猛吃菜。他食量本大，更加显眼。与他邻座的陈良谟便隔席对张鹿征笑道：

"小本官，给你讲个笑话：有一酒客见同席吃喝极猛，惊讶问道：'老兄属相是什么？'其人答说属犬。酒客道：'幸而是犬，若属虎，连我也吃下肚了！'"

众人都望着属虎的孔有德笑，他浑然不觉。耿仲明却有了三分气恼，大声说："孔哥，我也给你讲个笑话：有一猴儿死后去见阎王，求转人身。阎王道：'既要做人，须将身上的毛拔去。'即唤小鬼拔毛，才拔得一根，猴儿便极口叫痛。阎王笑道：'你一毛也不肯拔，如何想要做人？'"

辽东营官们哈哈笑着叫好，谁不知张鹿征属猴，又出名地吝啬小气？张鹿征涨红了脸，要跳起来争辩，中军管惟诚把他按住："我又想起一个笑话，山中仙人养了一头老虎服役，每每差虎去请客，常将客人吃在肚中，没有一客请到。仙人知道了责骂道：‘你这畜生，既不会请客，如何又去吃人？’”

孔有德再呆，也听得出这笑话是冲他来的，瞪起了眼珠子：“怎么？咱属虎也不对啦？你怎么拐着弯子骂人畜生？咱吃的是帅爷的庆功宴，吃你了吗？”

耿仲明立刻帮腔：“属虎有什么不好？跟猪狗鸡猴这些挨吃的货比起来，老虎，兽中王，英雄！”

这话惹下了一大堆人，真真假假，嚷成一片。喧闹中吕烈冷冷地吟道：“说英雄谁是英雄？五眼鸡，岐山鸣凤；两头蛇，南阳卧龙；三脚猫，渭水飞熊！……”

孙元化提高嗓音问：“吕游击，你在说什么？”

吕烈默默站起来，其实心里有些后悔，自己实在有些过分。不知为什么，今天对耿仲明特别反感，总想给他难看，却令其他许多人都难堪，破坏了喜庆气氛。他立刻换了笑脸：

“大人，卑职不过有了几盅酒在肚里，随口胡诌……只喝闷酒，终是不畅快，卢纶《从军行》中尚有‘醉和金甲舞，擂鼓动山川’的名句，我们这庆功宴也当有余兴。我想，不用刀枪弓箭不骑马，只较射术。诸君何不一显身手，大家同乐？”

孙元化一想，又不角力比武，倒是缓和气氛的好办法，于是笑道：“好，本抚备下彩头，为诸位助兴。”

张可大及太守知县等文官也纷纷凑趣，最后以两匹锦缎、四朵金花为彩物，与宴诸将自选方法演练射术。

孔有德隔着桌子吼：“吕烈！你出花样难我老粗，我也叫你出出招儿！你不是能写会画吗？给我画个猴儿！”

“干什么？”吕烈瞅他一眼。

“用来显显咱的射术！”

吕烈哪能认栽？纸墨笔砚立刻送到。孙元化看着吕烈提笔，暗暗替他为难。但见他略一思索，濡染大笔，泼墨挥洒，片刻间猴头猴身猴尾一笔刷下，惟妙惟肖；略加点染，猴儿露出笑脸；换了朱笔，染出滑稽的红脸红腚；再蘸深红浅红，猴儿双手便捧出一只斗大的仙桃！人们大声喝彩，孙元化微微点头：果然绝顶聪明，画了一只仙猿，既不输给孔有德，又不开罪张可大父子。

“悬到二十步开外！”孔有德又大声要求。

好奇的陆奇一早就跃跃欲试，见帅爷朝自己示意，抢先上前拿过吕烈的画，拽了另一名侍卫站在大厅门口，各拈画纸一角，张着等候。

孔有德端起桌上的一碗花生米，右手动作奇快，连续拈花生弹射。人们眼看着一串花生豆激射出手，洞穿画纸，耳边如听雨打芭蕉，流泉飞迸，转瞬之间，猴儿被弹掉了，就像被大剪刀剪去一般，而艳丽的仙桃除了底部因抱桃的猴儿胳膊爪子弹成空洞而略显欠缺而外，其他全都完整无恙。

“好！”“好！”大厅里喝彩雷动。陆奇一撇了画纸，对孔有德高举起两只伸出拇指的手，不住地跳着叫好。

“花生米弹猴子也作数？不如使大饭盆扣癞蛤蟆！”恶意的讥讽来自陈良谟，他已站起来。

“陈都司！”张可大制止地喊了一声。

陈良谟只管大声喊：“拿绿豆来！”

真有侍从送上一碗绿豆。陈良谟挥挥袍袖，轰起十数只苍蝇，嗡嗡地四下飞舞。只听轻微的“嗖嗖”响，每颗绿豆弹出便击死一只苍蝇，人们就跟着惊呼一声，直到空中苍蝇被尽数击毙，和绿豆一起落了满地。大厅里的笑声喝彩轰响一片，把窗纸都震得窸窣作响。

“耿中军，咱两个赌赛！”吕烈突然主动挑战，“染红豌豆对射十枚，身上着红点少者胜。”

登州营官叫好声中，耿仲明勉强应战。吕烈立在席边笑道：“你先攻，我守。”

一粒又一粒沾染了胭脂的红豌豆射向吕烈，吕烈顺手抄起席上小接碟左挡右接，叮叮当当，红红的小流星纷纷坠落，一粒也没有击中目标。吕烈边接边揶揄：“耿中军中气不足，精神不济呀！怎么力道越来越小，弹射越来越慢了呢？……”说着，他撇下接碟，一张手，对准射来的最后一粒豌豆用拇指和食指轻轻一弹，红光划出一道弧线，飞出窗棂。众人哄然叫好，登州营官格外开心。

“气力不兴，哪能射得中！”一名登州营官借题发挥。

“对呀，举不起，自然射不出！”另一名同伴做鬼脸窃笑。

旁边陈良谟拍着巴掌大笑：“应当说不能硬焉能射！哈哈哈哈！昨日市上一秀才看劁猪，咏道：双手擘开生死路，一刀斩断是非根。那才叫痛快哩！……”

这一群人大笑。冷不防孔有德冲过来，一把揪住陈良谟的脖领，举起醋钵大的拳头，脸涨成猪肝色，怒冲冲地吼：“你说的啥？给老子说清楚！要不老子一拳把你贼眼打瞎！快说！”

陈良谟咒骂着挣扎，孔有德张开簸箕大的巴掌，兜头抽了他一耳光，众人拥上去拉架劝解，但孔有德力气大，谁也撕拽不开。一时喊的叫的笑的闹的，乱成了一锅粥。

“孔有德大胆！快放手！”孙元化喝道。众人见帅爷和总兵过来了，纷纷闪开。孔有德听喝一惊，张狂的神色收敛些了，但仍像老鹰抓鸡一样死死揪住陈良谟不放，气哼哼地说：

“帅爷，这事必得弄清楚问明白！绝人后嗣断人香烟，太阴损毒辣了！我老孔宁可冒犯帅爷，拼了这条命不要，也不能与他甘休！”

“先放开陈都司！如此粗鲁，成何体统！”

孔有德看了孙元化一眼，顺从地放手。陈良谟抹了一把嘴角的血，竭力不摇晃地站住，眼睛不看任何人。

“怎么回事，陈良谟？”张可大严厉地问。

陈良谟低着头，一副绝不招供的样子。孔有德抢着说：“帅爷，总爷！近日我们营里又出了怪事：凡是住在校场的辽东官兵，那东西都硬不起来了。下面哨官兵丁的家眷们吵骂浑闹，搅得人头昏脑涨，什么难听的话都骂将出来，男人家的脸难道放裤裆里？”

众人听得想笑又不敢笑，因为孔有德愤怒得厉害，如同在禀告一次本不该败的败仗：“刚才他们几个取笑耿中军，什么硬不起来不能射，明摆着就是他们撮弄的！又说什么劁猪啦，一刀斩断是非根啦……那还不是断根儿绝后啦？……”

辽东营官们愤怒地围过来，乱哄哄地吼成一片：

“谁干的这缺德事？”

“审清问明，先把他小子阉了！”

“欺人太甚！这些断子绝孙的王八蛋！”

“咱们弟兄干啥要给人来守这臭登州！”

…………

气势汹汹，人心激愤，辽东营官那一边沸反盈天。孙元化只是望望张可大，眉头微蹙，并不作声。张可大心里不安，怒斥陈良谟：“你又惹的什么是非？快说，究竟是怎么回事？”

陈良谟心里被辽东营官这阵势吓住了，表面上仍做出无所谓的样子：“说就说，没啥大不了！……他们辽东兵因了海战大捷，恃功逞威，在登州为非作歹，强买强卖，横行霸道，百姓谁不侧目？又贪色好淫，包占行院妓馆，白日宣淫，丑名四播。我等不过想劝诫罢了，以回龙草掺杂在菜蔬中，令菜贩卖给辽东各营。此草不绝后不伤身，只令男子阳痿一月而已，体格强健者，还到不了一个月哩……”

回龙草确是一味驱寒阳痿的怪草药，历来守边军队时有采用。久在军间的孙元化、张可大虽不曾用过，却也都听说过。他俩互相看了一眼，都明白此刻最要紧的是平息事端，便相继训话，斥骂自己的亲信，褒奖对方的部下，洋洋洒洒，说了小半个时辰，无非阐明同舟共济的意义。

毕竟回龙草不致绝后，而且辽东兵恃功为非作歹，诸事有凭有据，孔有德诸人虽感大丢面子，却也不好再争强；而暗中作弄人终究是小人之行，纵然能搅三分仍还是无理，登州营官们也只得唯唯诺诺听训。

庆功宴不欢而散。散前备了四份相同的彩头。分赠出手竞技的孔有德、陈良谟、吕烈、耿仲明。孙元化并再三警告：回龙草之事到此为止，谁再敢因此挑起争端便重罚谁！

孙元化送张可大出府时，张可大忧心忡忡，神色犹豫，欲言又止。孙元化很担心，怕他一时糊涂，贸然求亲，反使自己难以应对。张可大终于开口，说的却是军国大事：

“巡抚大人心慈面软，是有佛性之人。卑职深恐辽丁不谙王法、不遵军律，有损大人威名……”

“张大人好意，我领受了。辽东官兵家园祖坟沦于敌手，如今背井离乡来守登州，同仇敌忾之勇当倍于关内诸军，况且生性淳朴憨厚、上阵剽悍威猛，此次海战可见一斑。如今国家危难之际，正堪大用啊!”

“大人所言极是。只是……孔有德此人不免有跋扈之嫌，辽东营官兵也多蛮横无礼，望大人明鉴。可用而不可重用，此乃卑职一孔之见，不知大人以为如何？……”

孙元化和蔼地微笑着，把话题岔开：“新秋将至，天气凉爽，各营练兵练阵又将开始，要张大人费心劳累了。”

张可大轻叹一声，道：“这是卑职的分内事，何言劳累二字!”说罢，拱手告辞，转身而去。

孙元化望着他匆匆背影，陷入沉思。陆奇一清亮的童声把他唤醒：“帅爷，王监军和张参将在小花厅等候。”

两位老友见孙元化进厅，都迎了上来。

“初阳，不料如此争闹！后患无穷啊。”张焘眉头皱得很紧，很是忧虑。

“我想，要尽早弥合才好，日深月久，嫌隙愈难消除。”王征不安地眨动着细眼，一张圆圆的红脸膛仍很慈和。

孙元化示意大家一同坐下，然后说：“此事双方都有责任。辽东兵逞强跋扈是有的，但登州人排外也太过分。”

“要论起来，辽东汉人大多祖籍山东。”张焘明显地倾向辽丁，“人家落难，竟无一毫亲情!”

“唉，原来二人分食一个肉蒸饼，一人一半；冷不丁挤进一个人来强分，每人只能分得三分之一，不怪登州人心下不平。”王征说得也很实在。

孙元化苦笑道：“这笔账谁不明白？是金虏占辽东逼出来的。登、辽两方本该同仇敌忾才对，互相斗什么！其实金虏一日不灭、辽东一日不复，登州乃至山东与外来辽东人的争斗一日不得解！还得把此中利害向双方反复讲清。”

张焘道：“讲道理各个点头，遇事又各个争闹，把道理忘个一干二净！”

孙元化也皱眉了：“是啊，就算营官哨官明白事理，互相谦让，兵丁们无知无识，依然浑闹，一点小事还会引发互斗。”

张焘想了想：“着军官们向属下宣讲。”

“嗯，是个办法。不日练兵，就把这个内容加进去，专讲同仇敌忾！王征，你说呢?”孙元化转向王征。

王征点点头，又摇摇头：“好是好，但兵丁多半愚鲁，长篇大论，他们未必听得明白，听了也未必记在心上。”

这是事实。孙元化沉吟不语。

张焘道：“有胜于无。”

王征边饮茶边寻思，放下茶盏，说：“初阳，我想，依照此地四季小唱节律，编上几段小曲儿，把劝谕的意思写进去，叫各营弟兄传唱，或可收教化之效。”

“哦？好哇！”孙元化神色一振，很高兴，“这个办法好！快叫文案师爷，着他们即刻编起来！”

王征笑道：“不必了，我已经诌了几段，请初阳过目。”说着他已走到桌案边铺纸选笔舔墨，孙元化和张焘赶忙上前观看，只见他笔下如飞，墨迹纵横：

春季里来百花香，
大明海上打胜仗。
登、辽兄弟杀金虏，
立功受赏喜洋洋。

夏季里来柳条青，
辽东兄弟多苦情。
家破人亡恨金虏，
妻离子散痛在心。

秋季里来菊花新，
登州辽东本同根。
同仇敌忾抗金虏，
卫国保家兴大明。

冬季里来雪茫茫，
登、辽兄弟练兵忙。
收回四州逐金虏，
恢复辽东返故乡！

王征写罢，搁笔，仰头笑吟吟地问："如何?"

孙元化大喜鼓掌："好！好！不料你文思敏捷如此！又朗朗上口，颇有民间小曲韵味，难得！"

张焘也一展愁容，猛地一拍王征的圆肩头："好你个笑弥陀，真才子！"

孙元化想了想，道："各营弟兄多半称金鞑，虏字是否太文了?"

王征道："好，改虏为鞑，声韵更嘹亮。"

孙元化笑着说："不日登州满城传唱，王征就可以与贵同宗王之涣的《旗亭宴听歌》古今辉映、前后媲美了！"

王征揉揉圆鼻头，细眼笑成一条缝，连连说："不敢当，不敢当！"

九

送走王征、张焘，孙元化脸上的笑意慢慢消逝了，耳边又响起张可大那句刺耳的话："可用而不可重用。"他咀嚼着这句话的意味，慢慢踱回后院。

他居官辽地日久，带领手下辽丁转战数年，屡建奇勋。他们是他花了许多心血，亲手训练出来的，犹如自家子弟一般，他们也敬爱尊崇他有如父兄。一个个忠诚可靠，战场上更是与他生死相依。可用而不可重用？那不成了笑话！……恃功而骄，为非作歹，乃是所有驻防官兵的通病，登州各营也不例外，为何苛求于辽丁呢？

这次海战虽然告捷，但也破碎了孙元化收复金、海、盖、复四州的雄心。登州兵与辽东兵之间的嫌隙因战事而格外突出，使他不能冒险行动。海战之后，他的全副精力都花在弥合裂痕上了，不料又出了个回龙草，宣告他的一切努力无效！在这种情势下，还谈什么渡海作战！

雄图壮志，因这些鸡毛蒜皮的内斗的牵掣而不得施展，真如同威震山林的猛虎无法对付可恶的蚊蝇跳蚤一样，叫人窝火憋气，满心愤懑！孙元化回到后堂，坐在那里静静喝茶，似在解酒，心里其实非常沉重，甚至有几分凄惶。一杯热茶已在手中端凉了，身上的官服也忘了脱换。

上房使女来禀："夫人请老爷去书房。"

孙元化从沉思中惊觉，奇怪夫人不在后堂，来传话的也不是夫人最宠信的银翘。她被差去哪里了？近日总是她服侍孙元化更衣洗脸用茶，沉静温柔，动作轻盈，时时透出似有若无的幽香，不知来自肌肤还是来自柔发？这团温馨常能使他在劳顿疲累之后得到舒放，但有时也撩得他心绪不宁，要费一番按捺心性的气力。

出了后堂门，两名提了大红灯笼的使女便走向前领路，孙元化这才发觉天已擦黑儿，面前有如两团红雾，显得喜气洋洋。

"夫人有什么事吗？"孙元化感到几分疑惑。

"老爷到了书房，夫人自会说明。"使女恭敬地回答。

在回廊的石板路上走了片刻，进月洞门是西跨院，院墙和太湖石上爬满了常春藤，石边矮丛竹依着两株古松，浓密的松针团掩映着檐下一块孙元化手书的木匾，上面三个端正的松石绿颜体大字：松竹轩。这就是孙元化心爱的书房。奇怪的是，檐下廊柱间竟结着红绸彩花，正门两边各悬一个直径三尺的大红灯笼，上面还贴了金箔剪成的"囍"字！夫人沈氏穿了大红的暗蝙蝠纹软缎吉服，鬓边插了一朵红绒花，笑嘻嘻地在门口相迎。

"夫人，什么喜事？我怎么一点不知道？"孙元化一边问着，一边同夫人一起走进了书房。书房里也洋溢着喜气：墙上、窗上、书橱上都贴了“囍”字；新的红缎绣花桌袱椅垫替换了旧的；桌灯壁灯也添了带“囍”字的红灯笼罩；正中八仙桌上一对大红喜烛烧得正明亮，连东侧卧室的门帘也换成了绣八宝花样的红缎。

沈氏并不回答丈夫的问话，只不住地吩咐使女：服侍老爷盥洗，给老爷更衣换吉服，给书房备茶备酒，给老爷夫人在八仙桌边安置座位，下设跪垫……

“夫人，究竟是怎么回事?”孙元化忍不住又问。

“哎呀，我这里螺蛳壳里做道场——正施展不开呢，你就勿要多问了，听我摆布……”话未说完，她又急急忙忙跑去支使婢女往净瓶插荷花，在门边摆两盆石榴树。树上大大小小的果实，在红烛照耀下像宝珠一样闪亮。她显得异乎寻常地忙，忙得有些过分。这叫孙元化感到不安，又没办法，只得安坐八仙桌边。

悠扬的细乐吹打由远而近，直响到跨院来了。两名使女拨开松竹轩的珠帘，走进三个人来：两个喜娘模样的仆妇搀着一个红衫红裙红云肩、满头珠翠绢花的女子。尽管她粉面低垂、行动拘谨，孙元化还是一眼就认出，是银翘，心里“咯噔”一跳，不由得发慌。这一身新娘子的装束，这一切办喜事的布置，显然是嫁娶之仪。莫非他未能掩饰住对银翘的特别兴趣，莫非那几次梦中欢会由梦话泄露春光，因而夫人要将她遣嫁出去以绝他的邪念?……

银翘已跪在孙元化夫妇膝前一拜再拜，哽咽着低声说：“夫人恩义，奴才此生此世永不敢忘……”

这告别的感谢词，竟令孙元化鼻中一酸。想到从此再见不到这个面目姣美、温柔体贴、善解人意的女子，他突然感到难言的惆怅，一时竟有几分悔恨：当初夫人劝纳她为妾，若自己首肯，如今早是床头人了；还有，许多次夫人遣她来书房服侍到深夜，原也是良机……

沈氏扶起银翘，看一眼默默无言的孙元化，笑道：“老爷，虽是纳妾收小，你也该还人一礼呀！梁上的麻雀——好大架子!”

“什——么?”孙元化回过味来，吃了一惊。

“这事我做主了！省得你又推三阻四!”沈氏抬脸扬眉，颇有几分男子豪爽，话说得很快活，“今天七月七，牛郎会织女，正是良辰吉日。这书斋就是洞房，你们就……”她脸上笑着，嗓子眼儿里不知怎的一哆嗦，打个磕绊，有点儿说不下去了。

“夫人，你这是做什么！”孙元化真的发急了，“早跟你说过：不纳妾不收房不置家姬！你这不是坏我清名吗？”

“什么清名！谁家里不是三妻四妾？你这样才迂得惹人笑话哩！再说，收了银翘，她就是半个主子，掌管家事、调教奴婢也就名正言顺，没人敢不服，我也好享享清福了。”说着她起身就要出门，孙元化一把拽住她的衣袖：

“夫人，我们都信奉天主，你真要违背主的十诫，陷我于罪恶，让我的灵魂堕入地狱吗？”

沈氏甩脱丈夫的手：“这是按了礼数规矩娶妾，也好算奸淫罪的吗？瞎说！那么皇帝老倌三宫六院七十二妃，可就要万世不得超生了！”

“夫人不可信口胡说！”孙元化连忙制止。

沈氏快步走到门口，一手扶着丫头，一手扶着门框，举步要出门槛，这一刹那她停住脚，回身对丈夫笑笑，笑容里带着某种愤慨和难以言说的无可奈何的酸楚：“我不愿意顶着个不贤妇的恶名，也不要你落个怕老婆的笑柄！不然，怎好为官，怎么做人呀！……”她声音有些沙哑，赶忙跨出门槛。两名仆妇一左一右关了书房门，照夫人吩咐，在外面落了锁。

“夫人！夫人！”门里孙元化还在喊，沈氏不敢回头，急急忙忙出跨院回后堂。她抬袖要拭拭额上的汗，半道却揾住眼鼻，泪水“呼”地涌出来，软缎大红吉服的袖子顷刻便湿了一片……

嘉定府的孔庙建于南宋嘉定年，青瓦粉墙，飞檐戗角，雅致古朴，巍峨壮观，古有“吴中第一”之称。孔庙之南有魁星阁、应奎山。登上应奎山凌云阁，远望可见“雨中春树万人家”的繁华城中街市，俯瞰山下，一潭碧水环绕，便是有名的汇龙潭。

汇龙潭碧波涟漪，深不可测，有五条进水河道。都说每条河底有五眼大井，其中一眼直通东海，即使天下亢旱，此潭也不干涸。水由五条河道入潭，潭中又坐落着绿树葱茏的应奎山，恰成五龙抢珠之势，注定了嘉定好风水。每年端午节，四乡百姓各自装饰出一条条生动逼真、威风凛凛的龙船，有喧天的锣鼓助威，有飞扬的彩旗点染，有划手和观众的呐喊欢呼，五条水道五条长龙，同时飞桨竞渡争先抢划，冲入汇龙潭，那才是真正的五龙抢珠哩！

就是这样一个端午节，就在汇龙潭畔一株古枫杨树下，沈家艾艾和女伴们像一簇盛开的艳丽的十姊妹花，临水观看赛龙船。她们咬着瓜子杏干，小声地说，悄悄地笑，不时偷眼看看拥在潭边看热闹的人群。比较起来，艾艾自幼帮爹娘经管织机、买棉丝卖布帛，是见过世面的，不像女伴们那么羞怯，倒成了热心的百事通，一百句话里八十句是她在讲。

“知道魁星吗？读书人能得魁星笔头一点，定中状元！魁星阁里供的就是他老人家。”艾艾只怕说得还不详细，指着阁上重楼，“看，那阁上开了四扇门，听我爹爹讲，都有名字，喏，南朱雀、北玄武、东书府、西墨林……”

她后侧一个男子扭过头，认真地纠正她：“说反了，是东墨林，西书府。”

“关你什么事！”艾艾没好气地白他一眼，立时有些后悔。那人虽是年少，黑眉斜飞、凤眼含威，文静的读书人相貌中蕴含着几分英气，很是慑人。刹那间，她面热心跳，不由自主地后退了两步，正踩上潭边青苔，脚下一滑，竟“扑通”一声落入水中！

一片惊叫，女伴们吓慌了，她也吓慌了，双腿一软，跌坐水底。幸而岸边水不深，不至没顶，但她双手乱挥，大叫救命，却怎么也够不着女伴们战战兢兢乱伸乱挥的纤手。

受她白眼的男子猛地拽下腰间长剑，把剑鞘伸到她面前，她双手紧紧抓住，浑身软得站不起来。剑鞘那一头传来的强大力量，教她腾云驾雾一般，转眼就上了岸。浑身水淋淋的，衣裙都贴在身上，她又羞又窘，双手捂住脸，但没有忘记致谢，嘤嘤哭泣着说：

“多谢相公救我，请问尊姓大名？”

“区区小事，何足挂齿。”他眼睛望着别处，只应了这么一声，便转身离去。

旁边有认得的人插嘴：“他是孙公子孙元化。”

艾艾像是挨了一棒，忘记自己的狼狈相，惊问道：“是高桥何家巷的孙家吗？”

“你也闻知他父子贤名吗？正是高桥何家巷孙秀才孙继统之子……”

艾艾连忙咬住嘴唇，极力压住心里的翻腾，一回到家，便伏在床上大哭，哭了整整一个端阳节。

这位救援她的孙公子，原来是她的未婚夫婿啊！如今却白白错过了……

她爹爹原也是读书人，可是从十二岁进学，考到三十岁，连个秀才也没考上，灰了心，改做生意。先营酿酒，后来又试着做糖，都不成功，亏了本。六年前，倾其家私，购进一张织机，织麻织布织帛。靠了妻子女儿勤劳灵巧，也靠了他有些水墨丹青的底子，织品精良，染色雅致，上市后竟然售价高销路畅，大获其利。于是添购织机、雇请机工，鸡生蛋，蛋生鸡，三四年间竟大发了，成了嘉定城中数得上的大户。

还在他当老童生的时候，某次县考认识了孙继统，谈得投机，结为好友。孙继统中式为秀才，仍挈带他参与文会，流连诗酒，切磋举业，他既感激又羡慕，便与孙继统定下了儿女亲。等到他弃儒经商以后，想起当年文人骚客之行，只觉得惭愧，白白耗去十数年光阴，耽误了千金万银的进项，好不后悔。那位亲家孙继统得了秀才便不再上进，整日吟诗作赋，声称绝不做官，何等可笑又可恨？与这样人家结亲有何益处？又听人说孙家儿子也是不事产业经营，只知读书游学，还喜欢摆弄红毛夷火器，怪头怪脑，叫人害怕，怎能把女儿配他？和妻子一商量，便退了亲。

定亲又退亲，母亲都告诉了艾艾。她又没见过孙家人，哪知深浅？爹娘嘛，总是为女儿好，替女儿着想的。

原来爹娘眼里的好歹，与女儿眼里的好歹是不一样的！就连他们自家眼里的好歹，十年前与十年后也不一样！

艾艾哭了又哭，不吃饭不喝茶不睡觉，今天说要上吊，明天又去跳河。终究因为挣得这一大份家私有女儿好多功劳，爹娘拗她不过，到底老着脸皮去孙家赔礼，重新续上婚姻。两年后，沈家艾艾过了门，成了孙家媳妇。其时夫妻同年，二十岁。

人们都想，一儒一商，两不般配；以女求男，艾艾过门必定受气。哪知竟是一对佳偶。沈氏大有贤妻良母之声，又治家有方，无人不赞沈氏命大福大，给孙家带来三旺：家道兴旺——不上十年，又添了两处好田、两处房产，孙家也搬进嘉定城，落户在天香桥畔禾在堂；人丁兴旺——夫妻俩共得三子二女，长子和鼎、次子和斗、三子和京、长女幼蘩、幼女幼蕖；官运兴旺——孙元化婚后十年得国子监生，不久中举授官，终于做到封疆大吏，巡抚一方。

结缡至今近三十年了。孙元化绝不纳妾娶小，自称君子不二色。这固然因为信奉天主，遵行天主倡导的一夫一妻；也因为国事焦劳、重任在身，无暇追欢逐乐；更因为许多年同甘共苦，伉俪情深。沈氏生产幼女时已年过四十，很是艰难，伤了元气受了内伤，夫妇居室之私其实已不能应付，对年事方壮的丈夫，每每歉疚于心，也曾劝说丈夫收房以自代，但丈夫不允，她自己私心里也并不愿真的再娶一房，直到今夏她和幼蘩应邀去张总兵府拜访为止。

一到张府，沈氏就感到自己颇受注意。门卫门丁、家院仆妇虽不敢抬头直望，却都借着跪禀、问安、搀扶的各种机会，偷偷闪眼瞧她。从大门到中堂，一路穿过厅绕回廊，她都能觉出有许多眼睛隐蔽在各种缝隙洞罅后面向她张望，并伴有隐约的耳语和窃笑，对她的好奇甚至超过了对幼蘩，这可真怪了，好像她是什么头上长角背后生刺的怪物！

一大群女眷将她母女迎进后堂，她只觉满眼粉馥馥的脸蛋儿、红艳艳的樱唇，满耳娇声笑语，胭脂香花香四处流溢，真有些目不暇接。正中一位鬓发如银的老太太由一位中年贵妇搀扶着来与她母女见礼，这便是张总兵的母亲和夫人。双方寒暄一番，分宾主坐定。那七八个花枝也似的俏丽少妇齐齐跪倒堂前，同声娇呼：

“孙夫人安康！孙小姐安康！”

沈氏母女连忙起立答礼，那边张夫人笑道：“孙夫人就坐受了吧，这些小妮子理当跪拜的。”

沈氏心里拿不准，没听说张总兵有这许多女儿。张夫人又笑道：“都是我们老爷的身边人，都还和睦亲热，姐妹也似的。”

沈氏吃了一惊，脱口而出：“这么许多！”

张夫人掩口低头而笑。老太太笑眯眯地指着儿媳对沈氏说：“亏了我这贤德的媳妇，知大体不嫉妒，我张氏家门多子多孙，多福多寿，她可真是功臣哟！听得人家说，孙夫人不许丈夫娶小……”

张夫人忙向老太太使眼色：“老太太，这茶要趁热喝，松仁是新剥的，老太太快尝尝……”后来幼蘩给老太太把脉看病的时候，张夫人悄声对沈氏说：“孙家姐姐，我们老太太岁数大了，有时候糊涂，说话没深浅，姐姐可别见怪，我们小辈人替她赔罪了！”沈氏心里再不痛快，也只能装出笑脸敷衍。

后堂宴罢，孙夫人被安置在一间精致卧室午眠，因为有点醉意，又有两个灵秀的小丫头给她轻轻捶腿，她舒舒服服、迷迷糊糊，很快就进入半睡之境，偏是耳朵醒着，把门口几个看猫狗赶鸟雀的小丫头的议论一句句都听了进去：

“我看孙夫人蛮和气，也挺好看，怎么人都把她说得凶神恶煞也似的？”

“哎哟，花花面子谁不会装！我认识巡抚府里的人，巡抚大人真的没有姨太太，也不收通房，可见她就是不贤！”

“难道巡抚大人还怕了她不成？”

“可不嘛！都说巡抚大人文有文才，武有武略，又堂堂正正，一表人才，样样好，就是怕老婆！多怪？谁说谁笑！”

“怪不得，营里那些老爷小爷们私下都拿他取笑儿！可真是太没汉子味儿啦……”

捂住嘴压下去的窃笑，像虫子一样啮着她的心。因酒而红的脸，又红深了一层。羞愤使她浑身滚烫，泪水也在眼眶里打转儿，就是这一刻，她决定了七夕之夜要做的事情。灵魂上天堂还是下地狱，毕竟太遥远，先顾眼前要紧。

她果然这样做了，心里果然获得某种宽慰和满足，在人前说话走路都比平日格外精神。然而一回到自己的卧室，早上女儿们来翻寻礼物的卧室，心底又涌上一片凄凉，还得要把悲泣强咽下去，不能让别人听到……

“哗啦”一声，门外落了锁，孙元化陷入了尴尬境地。

以他的身手气力，不难破门越窗，但身份所限，他不能。怎么办？望一眼卧室里低头端坐床沿、艳丽非常的银翘，他轻叹一声，真有些进退两难了。

误以为遣嫁银翘时偶生的怅惘，此刻早不知丢到哪里去了；而且心里暗悔是一回事，真的破戒而行是另一回事。几十年清介端严的名望，比文武全才、机敏过人之类的褒奖难得得多！因为朝野上下，后者车载斗量，前者当世也只屈指可数，万不能毁于一旦！

孙元化拿定心性，缓步走去，熟练地在书橱里选了几部书，坐进他平日惯坐的红木圈椅，渐渐沉入书卷之中，在历代政坛宦海、战场边塞中徜徉沉浮。

四周一片他心爱的寂静。灯花跳动，烛芯轻爆，书页翻动、改换坐姿时，衣服窸窣声显得格外响，倒衬得寂静格外深。

不知过了多久，一盏香喷喷的茶水照常放在他手边，他也就如惯常一样端来呷了一口。

又不知过了多久，一双从鲜红的绫袖中伸出的纤纤素手打开案头的博山炉，续进一把龙涎香末，随着书房内骤然转浓的芳香气息，飘来一声似吟诵又似叹息的低语：

“红袖添香夜读书，可不是风流才子的得意境界？……”

孙元化必须做出置若罔闻的样子，又翻过一页书。

纸页上渐渐添进一片红光，越加亮堂了。她轻柔的脚步声伴着含笑的问话：“老爷看的什么书？”

孙元化头也不回，庄重地皱眉答道：“《通鉴》。”

略停了停，她悄悄一笑，声调很是柔媚：“灯婢烛奴侍候老爷读书，权当作肉台盘、肉屏风，竟不能博得老爷一回眸吗？”

孙元化只得掩卷扭头看她一眼，心下一惊，这光景小妮子真的要缠上来。她已把外面的大衣服脱了，只穿着薄薄的淡粉色纱衫纱裤，不但能看见绣了荷花鸳鸯的大红兜肚、果绿的绉纱汗巾，粉颈酥胸以至丰腴柔美的全部体态，都像薄雾中的山峦一样若隐若现，逗得人意马心猿；最是那一双星眸，眼波荡漾着的柔情蜜意，像泛滥的春水，足以把任何男人淹死在里头……孙元化自觉出气不畅，赶忙扭开脸，不敢再看第二眼，极力把持住心念，用相当平稳的声调说：“我这里不用服侍。你去卧床上睡吧。”

“那，老爷你……”

“我还要看书。”

“老爷，我……”脂粉香、发香、肌肤香混合一起，越加浓烈，她逼得更进了一步。孙元化不得不站起身制止：

“银翘，不要如此，夫人不该办这事，老夫也决计不肯置姬妾。”

如同被浇了一盆冰水，她抱着双肩，怕冷似的缩紧身子，满腔热情化作一脸懊丧，眉梢眼角浸透了失望。半晌，伤心地小声说：“那么，定是银翘不中爷的心意……原以为爷心里对银翘还留情几分……”

“银翘，”孙元化连忙打断她的话，“你何苦要自轻自贱，为人做小？与其整日受气受苦楚，何如出去嫁人做正头夫妻，自己当家做主，才不辱没了你这份才具……”

“不！不！”银翘惊叫着，“扑通”一声跪下，伸臂紧紧搂住孙元化的双腿，“银翘不出去！哪里也不去，银翘死也不离开爷！”

孙元化轻轻叹息，道：“府内虽是荣华富贵、锦衣玉食，可是身为姬妾，俯仰随人，你……”

“爷竟以为我，”银翘抬头，满脸涨得通红，满眼委屈的泪，嘴角急剧抽动，“以为我贪图富贵！……”她猛地扑在孙元化膝头，“哇”地放声大哭，倒把孙元化弄得不知所措。膝盖上温湿一片，那是她的泪水——她真的伤心了。

“我知道我是个坏女人……我配不上爷，可我已经赎罪了，受了那许多苦楚，天主也已接受了我的忏悔。你……爷还是这么嫌弃我！”她断断续续、呜呜咽咽地说着，泪落粉腮，浸湿的长睫毛恰如花蕊，令孙元化联想到一枝带露的桃花，不觉看得呆了。

“我……实话对爷说了吧！原是个无情无义没心肝的青楼女，也算秦淮有名的花魁娘子，上过花榜，中过榜眼探花……那时节眼里只认银子，心里只想出人头地拔尖称魁，拿情义二字当笑话取乐儿，害了不少子弟，一个个倾家荡产半死不活……”她揾着泪，遮掩着羞得通红的脸，有些说不下去。

当初收留银翘时，她的身份，她的相貌姿质、才情风韵，都不像普通女子，对她今天的表白也就不甚吃惊，倒是由于她能鼓起勇气承认可羞的过去，令孙元化感动。他安慰地抚摸一下她的柔发：“不要哭了，过去的事说它做什么！”

“不，不！我要都说出来，都说给爷听！……那今年欢笑复明年、秋月春风等闲度的日子，终也到了头，报应来了！是现世报啊！极酷极烈的现世报！……我的高傲和我的钱财癖，都给人家踩到脚下狠命地踩，直踩进土里泥里，变得一文不值！到了痛极悔极，我悬梁自尽，即便在气息将断、魂灵将坠之时，那一双双无比怨愤的眼睛仍是紧追不放，仍在讨索……”她双手蒙住脸，泣不成声。

孙元化的手从她的发际落到肩头，轻轻抚慰，心里不由得应和共鸣。三十多年前那一双双怨恨的眼睛，那些至今不时袭扰他清梦的模糊的面貌、身影……

“……我被妈妈和姐妹们救转回来，在地狱边过了一趟，从此不是以前的花魁，自知罪孽深重，一心一意想要赎罪。我选中狂躁凶狠、家中已有一妻六妾的王推官从良，就为的受苦受难受折磨，好抵罪消灾……在王家两年，那两年啊，唉，说不得什么九九八十一难，只除了抽筋剥皮下油锅，没有没尝过的苦楚。既是甘愿赎罪，我也都受过来了，再苦也没想去死……那年大地震，全家人都压死了，独独我活着，连伤也没有！这是上天应许了我！我的罪孽洗清赎完，我就像初生的赤身婴儿一般干干净净、清清白白了！……不料我给救出来的时候，真的赤条条一丝不挂，众人的耻笑像皮鞭，像尖刀利刃，我……两年里我不曾想死，可那会儿，直想一头碰死！……这时候爷来了！……”她仰起脸，满含崇拜和爱恋的眼睛烈火般燃烧着，两片鲜艳丰润的嘴唇诱人地翕动着，把一阵阵快意的颤抖注入孙元化的心，逼得他胸口发闷，呼吸困难，昏沉沉的脑海里又闪现出当年从瓦砾堆中升起的那具娇美白皙的年轻躯体……

“爷来了！骑着高头大马，身披红袍，头上的盔、袍内的护甲像是金子打造的那般金光灿烂！威风凛凛，相貌堂堂，是神将，是天将，下凡显圣来救我出苦海啊！……爷丢给我裹身的红袍，那上有爷身上的温热，有爷身上的气味，它把我的心我的身我整个儿人都裹去了。就在那时候，第一眼见到爷的时候，我就是爷的人了！我心里明白，不管水里火里，刀山剑树，我绝不离开爷！……我洗净罪孽，重新得来的干干净净清清白白的身子，这些年都加意珍爱保护，只留给爷一个人……”

“银翘，你不要说了……”孙元化很感动，眼角发烫，声音嘶哑，带着一点哽咽。世上的男人，哪一个面对这样的深情挚爱能够无动于衷呢？但是，不可再继续了……

“爷莫非不信？”银翘说着站起身，后退了几步，由于激动亢奋，眼睛亮得叫人不敢接触，脸儿燃烧得火红，敏感的鼻翼急促翕动，鲜红的嘴唇不住哆嗦着，两手急促地解衣带除汗巾，“爷若不信，就请今晚验看！……”

薄如蝉翼的淡粉色纱衫纱裤轻柔地飘落在她脚下，血红的绣了荷花鸳鸯的兜肚也落在她脚下，一具耀眼的娇躯出水芙蓉般亭亭玉立在孙元化眼前，丰润柔美，无与伦比，是造物主完美无瑕的杰作！数遍他少年风流时的所有际遇，数遍他目睹过的杨妃出浴、汉宫春色种种画册画卷，不曾见过如此动人心魄、炫人耳目、令人心醉神迷的躯体！

孙元化只觉体内不知何处发生强烈的震荡，压迫得浑身的血噗噗乱窜，几乎要爆开血管迸出肌肤，一股股炙人欲焦的烈火，一阵阵刺人骨髓的寒流，是震惊于眼前这极美的躯体，还是惊恐于自身强烈的男人欲念？……不等他分辨清楚，银翘已旋风般扑过来，紧紧搂住他的脖颈，仰脸相对，热烘烘的气息带着口唇胭脂和她特有的幽香一股脑儿把他罩住了：

“要了银翘吧！……爷已鳏了这许多年，银翘愿都为爷补上！”

火上浇油！孙元化的封闭了七八年的中年男子的欲念，被完全调动，以骇人的力量，冲破了他极其坚固的理念堤坝。一个强猛的动作，犹如云间炸开一个闷雷，亮过一道闪电，丰美的娇躯已紧紧拥抱在怀，亲吻便如雷电之后的滂沱大雨，急促地落在杏眼柳眉、桃腮樱唇、玉颈酥胸上，他的大手也被柔滑细腻的肌肤奉承得沁出汗水……

他的理性、意志终于被完全冲垮，他原来是这样渴望得到她，渴望得到床第之爱、肌肤之亲！他终于抱起这团柔媚，一步步走进卧房，轻轻安放在销金帐里，安放在绣着百子图的红罗被褥婚床上。他宁愿那销魂时刻来得慢一些，好细细体味，细细咀嚼这久违了的醉人甜美……双臂还缠绕着他颈子的银翘，在他耳边亲热地低语，为的是解除他最后的疑虑：

“银翘向天主祈祷，天主应允，我们这不算犯戒，不是罪恶……”

孙元化悚然一惊，仿佛有只冰凉的手按在他热烘烘的额头上，狂乱的血流、躁动的心顿时静了许多。不是犯戒？不是罪恶？是什么？

她赎了罪。我呢？早年的罪恶至今沉重地压在灵魂之上不得解脱，又要罪上加罪？信奉天主二十年，靠主的仁慈宽恕，时时为我解罪，赐给我心灵的平静，怎能又违背天主，明知故犯？

举朝上下，以学问才干勤勉而论，自己确属一流；若论道德品行清白廉正，则除了老师徐光启，他绝不让第二人！不纳妾不二色，尽管有人讥为道学，实则是他出类拔萃、几乎无人能够做到的令人钦敬的特点。今日若一步走错，就会丧失他的最大优势，从政为官以来的清名，岂不付之流水？……想到此事成真后朝官同僚、老师门生、神父教友乃至亲友儿女的各种嘲笑、讪笑、匿笑和恶意的幸灾乐祸，他背后滚过一个个寒颤……

心念电转之间，冲垮的堤坝又倔强地挺立起来。孙元化解开银翘的双臂，费力地慢慢转身，如在转动一扇巨大而沉重的、难以转动的石磨盘，是磨轴在“嘎吱”作响，还是他的骨节在痛苦地呻吟？……但他终于转过身，大步走出卧室，端起那盅凉茶一饮而尽。凉水入口下喉，令他轻轻打了个冷颤，胸中狂涛随之平息，心神终于安定，渐渐清明。他在案边踱了几个来回，然后走到卧室门边，背着身，十分温和地说：“银翘，穿好衣服，到外间来。”

当银翘惴惴不安地穿着那一身红衣红裙走到孙元化面前时，他慈和地说：“银翘，老夫老矣！不能做这种伤己害人、有违天主的事。如果你不嫌弃，便拜在我二老膝下做螟蛉义女，你可愿意？”

银翘惊得蒙了，慌乱之中不知所云：“做义女？我……我不知道……”

“老夫已有三男二女，添了你，正凑成三男三女，六子乃是吉数哇！”

“不！”银翘猛然挺身，“爷不老！我不愿拜干爹，我……”她说着又要扑过去，猛听孙元化厉声喝道：“玛德莱娜！”她被震住了，猛然想起这是自己的教名，想起自己教名的来历，立刻呆住了。

“玛德莱娜，”孙元化又缓和了口气，“要向主忏悔罪过，忏悔那些不该有的念头，主会原谅的……”他没有说明要谁忏悔，求主原谅谁，是“你”还是“我”，还是“我们”。

银翘低了头，半晌不语。

“不勉强你……你去吧！”

银翘低头转身走向卧室，在门边停住，又回头慢慢走到书房门口，站了片刻，终于扭过脸，一步步挪到孙元化面前，双膝跪倒，低低叫了一声：“爹爹！……”泪水随之夺眶而出，泣不成声。

孙元化闭目忍过心头一阵酸楚，强笑道：“好，好！女儿起来。”他做个扶的姿势，并未真扶，此刻他其实很怕碰她，像怕碰着火一样，“按姐妹排行你为长，幼蘩仲幼蕖季，你就改名叫幼蘅吧，孙幼蘅。”

“谢过爹……”银翘吞咽着泪水，声音淹没在呜咽中。

“你先到卧室去歇息，天明他们自会来开门，你便去禀告夫人叩拜义母。不要怕人笑话，我们但求于心无愧，众人也终究会明了真情……”

“帅爷！帅爷！”窗外喊声急促，嗓门儿又尖又亮，定是小侍卫陆奇一，“有紧急军务！……”

门外的锁“咔嗒”一声打开，孙元化忙拉门扇，开锁的仆妇已退在一旁，陆奇一挡在门边跪禀：“帅爷，山东余巡抚派员刚刚赶到，有紧急公文要面呈帅爷！”

“在哪里？”洞房红烛销金帐、哀哀哭泣的银翘眨眼间全都不存在了，他的声调面容顿时恢复了沉静庄重。

“在前堂公事房候着呢。”

孙元化抬脚便走。仆妇拦着跪道：“老爷要不要更衣？”孙元化恍然记起身穿吉服、出见差人不妥时，银翘已取来常服披在他身上了。

孙元化一边穿衣一边走，陆奇一絮絮叨叨地诉说各班侍卫如何不敢深夜惊动帅爷；他如何自告奋勇；夫人起先如何骂他不识相，得知军务紧急又如何催他快来书房等等，孙元化一句也没听进去。他在想，差人深夜赶到立即求见，必是事急；要求面呈，必是事情重大。山东巡抚余大成，是他任职登莱以来待他比较坦诚、比较不怀恶意的少数人中的一个，登莱巡抚下属各处军饷，也是由山东巡抚筹办拨给，从来没有延误过，对此他很感激余大成。此刻则不免心中忐忑，仿佛预感到某种不祥。

山东巡抚的专差跑得衣裳都湿透了，见了他立刻呈上信函。信是余大成亲笔写的——

初阳兄台鉴：

顷接朝廷谕旨，金虏大军围攻大凌河，情势紧迫，令各地调兵员粮饷驰援解围。弟受命分拨山东粮饷一半押送军前，兄处军饷也不得不照此例递减，望兄谅解弟之苦处，实属万不得已。

据闻朝廷将诏调登莱兵马由海路往援大凌河，或可免几分减饷之苦，弟也获些许慰安。

又接京中邸报，上特命太监张彝宪总理户、工二部钱粮，又命内监王应朝、邓希诏监视山海关、宁远镇兵粮及各边抚赏，内监吴直监视登莱皮岛兵粮及海禁，兄可早为预备……

看着看着，孙元化额上冒出冷汗，拿信函的手指不听使唤地发僵发直，事情比他预感的不祥严重十倍、百倍！

调遣兵马往援大凌河，是他职分所在，虽说眼下夏秋之交，风向不利海路北上，还可转为陆路驰援，正好调孔有德率辽东营应援。一来大凌河地处明、金交锋的辽西锦州前沿，这些悍将勇兵为报失却故土、家破人亡的深仇大恨，定能一以当十，所向披靡；二来辽丁调离登州，也可缓和登、辽双方久结不解的矛盾。

内监来登州监军，自然有许多麻烦，难免掣肘受制，只要小心在意，也还应付得来。

可是，粮饷！这是头等大事！怎么办？

增拨的四十五万军费和以登莱巡抚名义筹集的二十五万经费，他以一个学者和发明家的狂热，几乎是不顾一切地全都投入造炮造船筑炮台的无底洞里了。海战后伤亡的将士需要优恤，受损的船炮需要修补，正嫌费用不够，从何处挪借还没有着落……若是粮饷不继，军心必然浮动，不要说他筹建天下第一海上要塞的雄心，更不必说他收复四州乃至收复辽东的壮志，就连维系军心防海守城，恐怕都难以支撑！

多少次兵变、兵乱，历朝的本朝的，哪一次不起自欠饷缺粮？三年前宁远兵变，辽东巡抚因而自杀……

冷汗涔涔，温馨的秋夜之中，他却感到严冬将临的寒意。但无论忧虑如何沉重，他必须保持沉着从容的神态外表。回到后堂，一迈进门槛，就听到沈氏慌张的一声高叫：

“老爷！……”

他心头一紧，难道又有什么坏消息？

沈氏和银翘都在。沈氏是听了银翘一番禀告，惊异和感动之余，又有几分不信，见孙元化进来，连忙问：

“老爷！银翘说……说收她做干女儿？”

孙元化扫了夫人和银翘一眼，皱皱眉头，极力从忧虑中挣脱出来："哦，不错，我们认她做干女儿，改名幼蘅。以后夫人再不要费心办昨天那种蠢事，可好?"

沈氏看看孙元化和银翘的神态，立刻明白了真相，呆了半晌，竟滚下眼泪，感动之至，长叹道："你呀！……真服了你！你是圣人……就是天主临凡，也不过如此啊！……我个老太婆糊里糊涂，唉，怎么配哟！……"

她抹着泪，说不出心头是悲是喜，银翘——幼蘅，赶忙上前含泪安慰，娘儿俩小声地絮语，不时望着孙元化。而这位可比天主的"圣人"安坐在那里不声不响，心神早不知飞到哪里去了。

第五章

一

他做梦也没想到，自己竟闻名遐迩！自打九月底离登州由陆路北上驰援大凌河以来，所经之地竟人人知道“辽呆子孔有德”！真是好事不出门，恶事传千里，就没有一个人称颂他的海战功勋！常有小孩子和闲人对他们指指戳戳，就像看耍猴，就像他们都是大山里跑出来的野人！沿途县府官厅拿他们当下等，供给的粮食草豆又霉又湿，按例接送过路勤王军队的犒赏，一顿也没吃上。连街面集市上这些山东买卖人也看准了他们拼命敲竹杠，菜蔬盐酱无不价高质次！他多年率领这一千辽丁，情同手足，都是一听说打仗拼命就蹦高的家伙，这不平的待遇把出关打仗引上来的快活劲儿全压没有了，大家全都吊着脸，倒像是千里奔丧！

昨天遇上了入秋后的第一场大雨雪，淋得大伙儿狼狈透顶，好不容易赶到吴桥县城，真是见鬼！城门紧闭，城关所有店铺统统关张！找来一个闲汉，不知他是缺心眼还是胆子忒大，要不就是没拿他们辽丁放眼里，竟直言不讳，笑眯眯地说：县太爷毕自寅，好父母官儿，听说辽呆子孔有德提兵将到，生怕骚扰地方，故而下令闭城罢市以避之！

这不是拿他们当盗贼防吗？又冷又饿、浇得落汤鸡也似的辽丁们指着城上破口大骂。墙高城坚，静悄悄地毫无反响，连个人影儿都没有。孔有德只得下令退回到这河滩坡地扎营，胡乱挨过寒冷的一宿。清早向帐外一望，白茫茫一片，雨雪天成了大雪天，扯絮般的雪片漫空乱飞。

孔有德在他的帐中低着头急步来回走，像囚在笼里的猛虎。他不住地咬牙叹气搓手，实在进退两难。帅爷每每责他姑息部下以致辽东兵声名不佳时，他总是哈哈一笑了事。眼下吃了苦头，后悔莫及。他心里头发誓：从今以后定要军纪严肃、赏罚分明、秋毫无犯！

寒风卷着雪花随着门帘的开合一阵阵窜进大帐，属官领队们络绎不绝地来见主将，七嘴八舌纷纷诉苦：

“没吃没喝，弟兄们都走不动啦！”

“牲口缺草少料，全都耷拉着脑袋，哪有脚力赶路？赶散了放生吧，还积积德哩。”

“大哥，昨晚上，我那儿营帐叫雪压塌了，两个弟兄伤了腿，还有几个冻坏了……怎么办哪？”

孔有德只觉脑袋胀得斗大，怒气上撞，陡然发火：“瞎吵吵什么！都给老子闭上臭嘴！问我怎么办，我问谁去？饿了吃干粮！渴了河里喝去！冷了抱团儿暖和着！大活人还叫尿憋死？……”

他发作一通，骂得大家不敢回嘴。看看众人低头受气的样子，他又不落忍，不由得降低了嗓门：“行了行了，大伙儿忍着点儿，雪停了就开拔。咱们是朝廷发诏令调的援兵，帅爷说的，咱们叫王师……”

“王师？”领队陈继功忍不住冷笑，“山东地面上，谁认咱们是王师！”

“哼！净拿咱们当叫花子打发当贼防哩！”曹得功因海战前与张总兵侍卫大斗一场，很得孔有德赏识，新给升了哨官，说话更少顾忌，“自打来到山东，咱就没过一天舒心日子！如今风里雪里，千里万里为朝廷出力打仗，那是流血拼命的事儿呀！他奶奶的，连口饭都不给吃！家里面养条狗也得喂饱哇！……弟兄们早就忍不下这口气啦，眼看着……”

“胡说！”孔有德怒喝，虎眼瞪住老部下，“你敢扰乱军心，我揪下你的脑袋！……都怪我平日太宽，惯得你们没深没浅地胡吣！要是早早严明军纪，照当年岳爷爷的样子冻死不宿民房，饿死不抢民粮，也不会有今日！”

曹得功等人连忙缩了头，垂下眼皮不吭了。

“咱们离登州工夫，帅爷怎生嘱咐来着？登州钱粮库翻了底儿，都付给咱这千把弟兄了。帅爷身上担着多大干系，顶着多大骂名儿？不为别的，也得为帅爷争口气，不能叫登州那帮王八羔子看笑话！……”

帐外闹闹哄哄，一群百姓拥在营门口要见领兵官。孔有德只好停下训话，率众出见。

一个方脸汉子打量着孔有德：“你大人就是领兵官吧？”

“不错，咱就是孔有德！”

“轰”的一声，人群里腾起呼喊不像呼喊、笑声不像笑声的骚动，无数好奇中带着轻蔑的目光落在孔有德身上。

“管管你的兵吧！”方脸汉子把一名辽丁推倒在孔有德面前，“他去偷鸡，叫老先生逮着，他踢倒人家就跑，老先生跌伤了腿，磕掉了牙，他可是我们村的秀才，尊长！老先生你说。”

头戴秀才方巾、身着棉直裰的老先生年过半百，满口是血，愤愤地点着那辽丁：“侮辱斯文，侮辱斯文！……窃鸡事小，以下犯上、以卑侵尊事大，乃逆贼之行，是可忍孰不可忍！……”

孔有德虽不能全听懂，大意却是明白的，对老先生一拱手：“秀才官人，失敬！咱老孔不识字，敬的是念书人。”他一扭头，盯住辽丁，喝问，“可有此事？说！”

辽丁不敢看他，却被他目光压得跪倒了：“大……大人，弟兄们……又冷又饿……”

“不会啃干粮？”孔有德大声问。他身后有人答一声：

“干粮早吃光了！”

孔有德扭头找答话者，不觉一怔。不知何时，背后聚集了一大群营兵，围得里三层外三层，无数张脸，胖的瘦的、方的圆的、长的短的、丑的俊的，此刻在他眼中全都一模一样：直眉瞪眼，愤愤不平。

孔有德虽然生性粗犷，但要紧关头心里还是有计较的。此刻，他要维护自己的面子，要安抚受扰的百姓，要镇住部属的不驯，何况他刚刚下了整顿军纪的决心。于是他脸一虎，道：“咱老孔上阵打仗不软，处置这号孬种也不软！来人，笞三十！就在这儿打！”

“啪！”“啪！”一竹板一竹板抽打人肉的声音清脆响亮，挨打的辽丁哀号哭叫，营门外的百姓和营门内的士兵都铁青着脸看着行刑，除了竹板响和惨叫，竟像再没有旁人，都缄默着。

“手下留情！”营内有人大叫，行刑者停手，士兵们像听到号令似的立刻闪出一条路。前队领兵官李应元一干人匆匆走来，对孔有德躬身行礼：“标下特来领罪，求大人格外开恩！”

孔有德瞪着他：“是你手下的？干出这种丢脸的事，你竟敢讲情？接着打！”说实在话，若偷的是大牛壮马，他反倒未必这样生气。可是他伸向行刑者示意的手被人一把攥住：

“孔兄弟，就看我的薄面，还不行吗？”

“你？”孔有德很意外，“你怎么在这儿？不是又去塞上了吗？”

“是啊，事已办毕，回登州缴令，遇上你们，特来营中望望小儿。”瘦颊深鼻沟断眉毛，黑眼珠很小的细长眼，一起抖动出一脸殷勤的笑，这正是李应元的父亲李九成。他怜惜地看着正在挨打的辽丁，叹道：“就为了一只鸡，何必……”

“打的不是鸡！”孔有德生气地打断，大声说给众人听，“打他没有上下尊卑，打他乱我军纪营规！”

“孔兄弟，唉，”李九成满面不忍，“若不是为朝廷办事，谁愿意数九寒天千里奔波、受苦受累挨冻挨饿去打鞑子哩？要不是吴桥县闭城罢市，既无官厅供应又无集市购买，弄得没吃没喝，谁肯去干偷鸡盗狗的下作营生哩？”

“你！”孔有德瞪着他，直想发火：这家伙口若悬河，是说给百姓听还是说给辽丁听？是在息事劝解还是火上浇油？可一时竟憋不出一句像样的话驳他，急得脸涨得通红。

老秀才在一旁发话了：“大人，也打得他够了，老朽与他讲情，余下的免了吧！”

“老先生讲情，咱得给这面子。饶了他吧！”见围着的兵丁还站着看，孔有德不耐烦地喝道，“还没看够？再有人犯事，加倍惩打！都散了，快走开！……”

老秀才对孔有德拱拱手，转身而去，走出数步又转回身来，小声道：“大人，此事遇着我也就罢了，若是招惹了王乡绅家，那就……大人可要小心在意呢！……”

孔有德目送老秀才及乡人们踏雪离去，回过头来，营中兵丁也渐渐散开，李九成父子还站在那里说话。孔有德走过去责备说：“老李哥，你是怎么回事？不浇水就罢了，怎么反倒在一边煽火添乱！”

“哎呀，只顾了说情，没想那么多，认罪认罪！”李九成抱歉地笑着，连连作揖。

“你小子一肚子花花点子。离登州这些日子，快把老子肺气炸了！如今进退两难，给出些个主意呀！”

“嘿嘿，好说好说！”李九成满脸堆笑，像一颗核桃，他偷空看了儿子一眼，意味深长。

李应元心里直扑腾，赶快装个笑脸，把一连串的恐惧、疑虑、慌乱掩盖过去……

父亲是入夜时分突然赶到的，连亲兵侍从一行十来人，都戴着雨盔披着雨布，人强马壮很是精神。安顿妥帖后，侍从取出随身带来的美酒熟鸡酱牛肉，父子寒夜对酌灯下闲话，李应元度过了离登州以来最无忧虑的夜晚。李应元不免牢骚满腹地诉说这一路的艰难，弟兄们的怨愤，父亲听得十分仔细，竟无端兴奋起来，连着喝了五大杯，眼睛都血红了，嘻嘻地笑一阵，又笑一阵。

李应元只当父亲醉了。父亲却狡黠地对他挤挤通红的眼，喷着酒气，口齿清楚地慢慢说道：“给你讲一段故事。当年咱村里黄家婆子园中有几棵好李子树，一个机灵鬼约了两个伴儿趁夜去尝鲜。他刚刚翻墙头跳过去，便踏着陷阱，该死的老太婆把粪坑移到陷阱下面。他双脚一插进就知道坏事了，奇臭无比不说，深得直没到衣领……”

“真，真有这事？”李应元不由得笑起来。

“不错，这机灵鬼心思转得飞快，立刻仰头低声呼叫伙伴们：‘快来快来！好大个的甜李子！’果然一个伴儿跟着坠进粪坑，张口就要惊叫，机灵鬼一把捂住，仍旧连喊快来快来。第二个伴儿跟着也‘扑哧’一声摔进来了……”

“他们岂不要恨死这个机灵鬼啦?”

“不错，百般辱骂。若不是怕他有几手拳脚，当下就会打他个满脸花!”

“那他为什么明知故……”李应元似乎领悟到什么。

父亲仰头一笑：“那机灵鬼说得好，只要咱三人中有一个不落陷阱坠粪坑，日后你们笑我羞我终是没完没了。果然事后谁也不敢提起这次失风，哈哈……告诉你，儿子，这是真事，机灵鬼就是你老子我!”

拖人下浑水，使之不得开口的故事李应元听过不少，从未与父亲联系在一起。若不是听他亲口讲出来，做儿子的怎么也不会相信的。他呆呆望着父亲笑得大张的嘴和鼻沟延伸两侧的几道圆弧形深纹路，不知作何表示为好。

父亲突然止笑，愁苦地望着儿子。半晌，低声道：“元儿，为父如今又落粪坑了!”

“啊? 爹这话……是什么意思?”

“为父此次口外买马上当受骗，一匹马没有到手，买马官银却被马贩子一卷而空……”

“多，多少银子?”

“五万多两。”

“啊?!”李应元惊得变了脸色，“不曾报官追捕马贩?”

“那些贼头都通着鞑子，不是去了沈阳，就是进了漠北，上哪儿去追? 再说，若报了官，为父项上这颗人头……难保哇!”

“这，这如何是好!”李应元慌了手脚，“如何向帅爷交代? ……”

“还管得了那个?”父亲焦躁地抢过话头，“失了大宗官银，就算为父一死，咱家也赔累不起啊！家产变卖入官，人口也要折价发卖为奴。元儿，你的前程可就……唉!”

李应元乱纷纷的思绪突然明晰，却又口吃了：“那爹讲、讲的那故、故事……”

父亲猛一抬头，目光闪烁：“你都明白了? 好！咱父子就这条生路啦！……”

所以，李九成刚才那一番被孔有德责为“煽火”的话，李应元完全明白其用心，知道父亲正在把孔有德往粪坑里招呼，想起孙帅爷的为人和孔有德的厚待，他于心不忍，但想到辽丁入关后及这一路受的气，他又心安理得。只是他不会想到：那五万两官银并非被马贩子卷逃，而是被他父亲挥霍在京师歌楼舞榭赌场的大销金窟中了。

孔有德忙着向人称百事通的李九成打听：“你知道此地有个什么王乡绅吗?”

“王乡绅?”李九成眼珠子一转，“可是叫王象春的?”

“谁知他叫什么！只听说势力大，想来是个富户，咱找到他家去买些粮来，总不能叫弟兄们挨饿!”

“势力大？那定是王象春家！算得山东省的头一号大人物！早年在朝做到大学士，如今致仕家居，门生故吏满朝野遍天下，听说省城王巡抚赶着与他家联宗，他家公子进京都是温相爷府上的人接送……啲啲，真叫手眼通天哪!”

“手眼通天？什么意思?”孔有德不解地搔搔耳朵。真是个十足的乡巴佬！李九成自觉又多了几分把握，嘴里殷勤地解释着：“手眼通天，是说他的情能一直求到皇上跟前！……怎么，朝他买粮？不妥吧，别闹个老鼠舔猫鼻梁，玄！……”

又一片杂乱的喧闹，数十人推开守南门营兵一拥而入，扯着嗓子大叫：“领兵营官出来！领兵营官出来!”

孔有德大步迎上去：“咱就是。什么事?”

一个穿一袭黑缎皮袍的矮胖子，神色倨傲地看看面前铁塔似的大汉，略略有些吃惊，态度明显地平缓下来：“大人可是姓孔?”

“不错，咱就是孔有德!”

“哦啲，久仰久仰。”他一摆手，两名穿着黑号衣的汉子押上一名五花大绑的人，那头盔，那蓝色绊袄红色号衣，竟又是一个辽丁！“他盗伐家主爷祖宗坟茔上的树木，其罪难容!”

“家主爷?”

“你不知道？眼跟前你脚下的田土，你们立营的山丘饮马的河湾，都是我们家主爷的地界！来到山东，谁不知道新城王乡绅！”

“你又是谁？”

“这地界是我们家主爷在吴桥的庄田，我是庄头！家主爷说你们是客兵，要我把这家伙交还你孔大人处置，你就看着办吧！”家仆解了捆绑，把辽丁推到他的主将面前。

孔有德脸色极难看，就像挨了一耳光。他一把提过辽丁，重重摔在地上，骂道：“你这不作脸的孬种！”

这辽丁却是个犟脾气，爬起来梗着脖子争辩：“那么大地界，又没见着坟包石楼，谁知道是他家祖坟！这大冷天，弟兄们还不兴弄点柴火烧烧，暖和暖和啦？……”

孔有德气得大喝：“给老子闭嘴！”

李九成凑近孔有德：“王家可千万不能得罪，后患无穷，不重重处罚怕打发不了他们……”

孔有德一咬牙，吼道：“来人！贯箭游营！”

陆续围拢来的营兵“轰”地喧嚷起来：

“凭什么？就为一根破木头？”

“欺负人，欺负人！”

“遭瘟的王乡绅！”

“该死的山东佬！”

…………

两名侍卫只得遵令，不顾四周的不平之声，各拿一支箭，贯穿插在那倒霉的辽丁左右耳朵上，反绑了双手，推搡着他依次游过营区的四门。

带血的箭头高高竖在头上，辽丁双颊和肩头的斑斑血渍更衬出他面容惨白，满是屈辱的痛苦，一步一步地走，一声一声地喊：“我犯了事儿，活该受罚，弟兄们别学我！……我犯了事儿，活该受罚，弟兄们别学我！……”

营里的士兵们围着他，跟着他，更多的辽丁从帐篷里跑出来，互相询问，一起追随在后，小声议论，大声咒骂，到处是不平和愤恨，到处是对受难者的同情。

营区不大，游营辽丁嘶哑的喊声时近时远，一直可以听到。孔有德重重地嘘了口气，对庄头说："该罚的也罚了，你请回吧！"

庄头傲然一笑："不忙。"

游营的游回到南营门，孔有德发现所有的营兵都加入到这浩浩荡荡的人流中来了。于是，沉默又一次出现，比上一回更沉重，更令人不安。李九成暗喜，借着捋胡须对李应元伸出三个手指示意，表示有了三分征候。

久在军中的孔有德也感到潜在的危险正暗暗压迫而来，急于结束纠纷，不客气地再下逐客令："庄头请便，不送了！"

矮胖子冷笑一声："这就算罚完了？"

孔有德愕然："还要怎样？"

"我们家主爷早就请到朝廷和省城巡抚巡按大人的谕令：践踏坟茔一株草者断脚；折坟茔一根树枝者斩手；冒犯茔墓坟土者死无赦！你这贯耳游营算什么东西！"

营兵哗然，翻卷过一重愤怒的浪潮。

孔有德脸色煞白，粗眉倒竖，气息粗重："你，你！……你们杀了他，岂不干净！"

"这是我们家主爷的意思，要你亲自动手，才好教训教训你手下的这帮……"矮胖子轻蔑地撇撇嘴，不屑于说下去。

李九成愤然大叫："你不要欺人太甚！我们是奉旨出关救援的官军，是王师！懂不懂？"

"官军？王师？"矮胖子反问一句，口气十分可恶，跟着就放肆地仰头大笑。他一笑，他身后那一群也跟着笑，互相使眼色做鬼脸笑成一团。这是嘲弄的轻蔑的耻笑，笑得孔有德脸上红一阵白一阵，笑得李九成跺脚乱吼，笑得营官领队们咬牙切齿眼睛冒火，笑得营兵中又卷起一重更加喧嚣的怒潮。

矮胖子边笑边抹泪，说话越加轻薄："孔官儿！交还你自家处死是为你好，若等省里参你们登莱巡抚一本，朝廷问下罪来，你们一个个吃不了兜着走，后悔可就迟了！"

孔有德勃然变色："你！……"李九成赶忙拦住他，瞪眼向矮胖子：“少来唬人！你到底要怎么着？杀了他？”

矮胖子极其傲慢地说：“先得斩手剁脚，以为后来者戒！不然……”

营兵们掀起了第三次哗噪，喊叫咒骂轰然四起，挥臂伸拳、跳跃起伏，像是一只巨大的多头怪兽，愤怒地摇动着它百千个可怕的脑袋，急促地喘着气，眼看就要爆发。

孔有德原本微弱的自制力终于垮了，虎目喷火，浓眉飞扬，大手当胸一抓，眨眼间把矮胖子拎起来用力一掼，吼道：“去你奶奶的！”

矮胖子却有几分功夫，着地打了个滚，跳起来指着孔有德大叫：“好你个辽呆子丧家犬！你要反哪？”

孔有德一怔，未及答话，背后那匹多头巨兽惊天动地地吼了起来：

“反！反就反啦！”

“不干了！散伙！”

“杀呀！——”

孔有德背后卷起一股烈风，剑光一闪，矮胖子惊叫倒地，心口插进一柄长剑，只挣扎了两下就不动了。

孔有德大惊，还没回过神来，背后这匹被血腥刺激起来的巨兽移动着沉重的脚步，砸得地面“咚咚”有声，排山倒海地扑向一色黑号衣的“来宾”。骄横惯了的王家家丁哪见过这个阵势，吓得调头就跑。有人喊声：“追！”一呼百应千应，轰然雷鸣，营兵们怒涛般涌出营门，追上去大打出手，发疯似的，狂暴地、痛快淋漓地大喊大叫：

“反啦！反啦！——”

李九成和李应元等营官策马跟着孔有德，侍从亲兵簇拥在后，沿着大路急速南下。父子俩不时交换一道目光：儿子在沮丧中透出一副无可奈何、听天由命的神情，父亲一脸自嘲的冷笑，眼睛里却闪烁着压抑不住的狂暴和愤怒。

李九成怎么也没想到，事情会变成这个样子！

当曹得功那一剑把矮胖子捅个对穿之际，当营兵们山呼海啸般扑向那群不速之客时，李九成禁不住高兴得心头怦怦跳，以为大功将成。不料营兵们原都是拥来看热闹的，没人带武器；那些家丁又都有点拳脚功夫，逃得又快，竟没能打死一个；回来营里又是一团混乱，只会乱哄哄地胡说八道：这个要杀到吴桥拿县太爷吊死，那个要抢了县城，大家分了银子散伙；还有的要求孔参将领大伙儿上山落草，劫富济贫……李九成只恨自己棋误一着，如果事先联络些心腹、商量好事后的行止目标，后果就会大不相同了。他当初只想嗾反辽丁闹出大事，摆脱自己的困境，没料想事变来得这样快，这样突然，仓促间，连他这个有无数心眼的伶俐人也抓了瞎。

更不料孔有德一声虎吼，竟使乱哄哄闹嚷嚷的千名辽丁顷刻间静下来。他说什么来着？

“弟兄们，不能反！大丈夫生长天地间，要紧的是个义字！咱们反了朝廷，岂不害了孙帅爷？还有咱留在登州的家眷！我老孔一辈子就讲恩怨分明，这山东地面走不得了，咱们回登州，到帅爷台前讲理！求帅爷上朝廷给咱们讨个公道！……要是不听我的，弟兄们硬要反，那就先杀了老孔吧！”

是畏惧孔有德的虎威、佩服他的功勋，还是感念他平日待弟兄乡亲们的恩义？辽丁们立即响应。孔有德便下了三令：

令曹得功快马日夜兼程赶回登州向帅爷禀报详情；

下令封刀，回登州途中不得开杀戒；

下令往县城官仓“借”粮“借”银，不得骚扰百姓。

就这样结束了吴桥之变，李九成能甘心吗？千名辽丁直奔东南，走陵县、过临邑、围商河，只不过以“借支”为名将几县银库粮库抢掠一空。临邑知县闻变惊死，商河县丞因失银粮上吊自杀……

李九成由此明白了，想要这千名辽丁直接听命于自己是不可能的。他只能拥戴孔有德，借孔有德，逼孔有德才能达到目的。回登州，自己怎么交代？望着阴沉着脸、一语不发的孔有德，想起他既憨直粗鲁又倔强暴烈的性子，李九成真觉得无计可施了。

前方低矮平缓的山坡后面，隐隐扬起一片尘烟。探哨飞马赶到，禀报说：从省城大路来了一队兵马，约有千人，打的是抚标中军沈、分守参将陶的旗号，扬言奉令讨逆。

李九成愤然："我等又不是叛军，讨什么逆？逼人太甚！"

孔有德略一寻思，果断下令：各队立住脚，严阵以待，听号令而动，违令者斩！

千余人立刻散到路侧的山坡上，按前后左右中五方，占据有利的高地势，井然有序，军容威整，黑白红黄青五色旗帜随风飞动。讨逆官军领队沈廷谕、陶廷铳见此阵势暗暗吃惊，不敢大意，止住了兵马，向对方仔细打量。

"官军在此！孔有德快来马前受缚！"不知多少人在同声大喊，虽是逆风，也清楚地传入立马前军的孔有德耳中。他立刻拍马迎上去，属官及侍卫亲兵紧随其后。

沈廷谕身为抚标中军，是巡抚大人亲信，又有副总兵衔，气势自然不同，厉声大喝："巡抚大人有令，叛将孔有德，立即率部投降，可免一死，否则，杀无赦！"

孔有德怒声分辩："二位大人，末将没有造反！……"

"不遵朝廷法度，不听圣谕调遣，又纵兵抢掠，滥杀无辜，还说不反！"

"吴桥县官闭城罢市，王家庄头仗势欺人……"

"你少啰唆！"沈廷谕极不耐烦，"现下指给你一条生路：一、放下兵仗马匹，率队投降！二、交出杀人凶手；三、你要亲往新城向王家负荆请罪，杀凶手抵命！……"

孔有德的脸顿时涨成猪肝色，胸脯大起大落，鼻息粗重如风箱呼呼作响，好半晌才咬咬牙，阴沉沉地眯着眼说："你们不要以为我孔有德好欺负！"

"你敢怎么样？"沈廷谕放下脸，瞪眼喝问。

孔有德深深吸了口气，缓解胸口的憋闷，略略平静了些，说："我要叫你知道，我孔有德不反。我不跟你动手，我让着你，这总行了吧？"说着，一勒丝缰，胯下油亮的枣骝马扬蹄人立，跳着步兜个圈子跑回阵中，手中杏黄旗一挥，大喝道，"撤！"刹那间，山坡腾起一团烟尘，五方阵各成一列长龙，穿过烟尘沿着大路向北退走，不一会儿转过小丘没了踪影，只留下满地蹄痕和慢慢降落的尘埃。

陶廷铣犹豫地看看北去的路："沈大人，怎么办？"

"追！"沈廷谕很坚决。

追出二十多里，只见着大路上杂乱的人马脚印，路边一棵大树上，长箭深入没了镞头，钉着一封信函，呈交抚标中军沈大人。字是流利清秀的行书，文却是不折不扣的孔有德口吻：

咱们井水不犯河水，你走你的阳关道，我走我的独木桥！咱老孔说不反就不反，你别逼老子造反！

陶廷铣赔笑道："沈大人，不如先回省城禀告上峰……"

沈廷谕挥鞭一指："辽呆子不战自退，倒像真是心亏理短，怕着官军哩！追吧！"

向北又追二十里，竟出了丘陵地，眼前无遮无碍，一马平川。他们追击的对手赫然在目，千余人密布在冰封的河岸，刀枪林立，旗帜飞动，像是突然生长出来的芦苇丛。队列之前，斗大的"孔"字绿旗下，孔有德手提大刀，胯下枣骝马，威风凛凛，像一尊泥塑天神一动不动地立在寒风中。官军靠近到二百多步，"嗖"地一支飞箭射中"陶"字大旗的旄头，官军不睬，继续进逼。"嗖！"第二箭射断"沈"字大旗的旗杆。二箭示警无效，第三箭急啸着飞来，正正插在陶廷铣盔帽顶，把红缨射得满天乱飞，陶廷铣惊得险些落马。

沈廷谕狡黠地笑道："还不明白？他们不敢伤人！杀伤官兵可就坐实了叛逆的大罪名！咱这叫虎入羊群，天赐良机，杀！"

官兵士气大振，借着下坡的便利，勇猛冲击！

"当！"迎上来的孔有德大刀一举架住沈、陶二将的长枪双刀，黑着脸嘶哑着声音阴沉地说："再劝一句，你们退回省城！"

沈廷谕冷笑："辽呆子！看你这熊样儿！那海战大捷勇冠三军，想来都是谎报战功、欺君罔上，哄弄人吧！……"

孔有德浑身的血仿佛突然逆流，这只被激怒的东北虎暴吼一声，犹如平地炸响了霹雳：“我×你奶奶个熊！杀！——”大刀猛挥，千钧重石当头压下。沈廷谕横枪迎挡，“咔嚓”一声枪杆折断。他大惊失色，提缰退马撤身，陶廷铳忙使双刀掩护主将接战孔有德。怒火冲天的孔有德，“嗬嗬”吼声震天，“呼呼”大刀飞舞，招招挟着风声，不过三个回合，陶廷铳就招架不了，正待回马避开，大刀追来，砍在他肩背上！虽有钢片锁子甲护体，力大无穷的震动仍迫得他喷出一口鲜血，摔下马鞍，被护兵赶忙救走，十几员偏将赶来围住孔有德，战得团团乱转。

方才被“虎入羊群、天赐良机”鼓舞起来冲进敌阵的官军，此刻成了冲进虎群的羊。他们长住省城吃粮当兵，一年操练不到两回，十年上不了一次阵，哪里是这些久经战阵的辽东大汉的对手！这里喊妈，那里叫娘，不多时就全无斗志，纷纷后退，待听得及时的一声收兵金钲响，立刻跟在沈廷谕的马后沿来路南逃。

孔有德杀性大起，吼一声“追!”憋气憋了许久的辽丁可找到发泄的机会，跳上战马，拼命追上去大砍大杀，又喊又叫又笑又骂，就像一群疯狂的恶魔！官军吓得没命地奔逃，逃进丘陵地，山坡遮住了他们的背影，追杀也陆续停止，辽丁们说笑着回营：

“真他娘的痛快！可出了口恶气!”

“省城的兵竟这么熊包!”

“可不是！烂菜瓜，一碰就流汤!”

“哈哈哈哈！……”

说笑倏地收住。辽丁们见他们的主将立马山坡一动不动，眼睛呆呆地望着前方，脸像石头人，没一点表情。他们也顺着孔有德的目光看过去：长长的大路，从接触交手的战场起，到进了山坡转弯的路口，这里那里，到处都是官军的尸体，不上百也得有七八十！辽丁们互相望着，不由得心里打鼓：真不料杀了这么多人！说不反、不反，这一来，可不就反了吗？……

李九成小心地窥伺着孔有德的表情。他心里是高兴透了，真是意外之喜、天赐良机！事到如今，仅仅为遮掩自己那小小过失，就太小气了。宰鸡焉用牛刀，但牛刀在手，何妨试试去杀虎？

“孔兄弟，事已如此，悔也无用。西水黄流东水海，南山老虎北山狼，横是死路，竖也不得活，绳上不死刀下死，九九归原，总归是死路一条！……”

孔有德如同没有听到，仍傻呆呆的。

“这是逼出来的，没法儿呀！你令小儿连发三箭示警，他们总不肯听，逼着来杀，难道该伸了脖儿请他砍？……”

孔有德突然伸手指着远处，丘陵脚下隐隐约约一片冬季疏林，掩映着一带墙垣门楼：“那是什么地方？”

李九成迷惑地四下张望，嘴里念叨着：“奇怪了，这么眼熟……”他突然提高一倍嗓音惊叫，“是他！就是他！新城王乡绅王象春家！我还……”他猛地噤住口。他曾经拜望过王家，在那里喝过茶吃过饭借住过几宿。

“王乡绅，王象春。”孔有德慢慢重复，一个字一个字似乎都被他咬碎。他惨然一笑，笑得极其难看，又十分可怕，“今晚咱们去他那里宿营。九成兄，你说好不好？”

孔有德狰狞的笑使李九成心里突突乱跳，但仍表现得义愤无比：“千该万该！弟兄们落到这个地步，都是他闹的！……”

“杀呀！——”孔有德的狂吼淹没了李九成的余音，他挥刀拍马冲下山坡，冲上大路，冲向王家庄园。

“杀呀！——”千余辽丁同声响应，驰马飞奔，跟在主将后面咆哮呼喊，把一腔腔怨愤喷洒出来，都发泄到那个可恶的王象春头上！

王家庄园再坚固，王家家丁武艺再高强，也挡不住训练有素、携有鸟铳、佛朗机的叛乱军队，壕堑吊桥土城垣，都被叛军轻易攻破。城门楼子一开，叛军如洪水涌入，抢！杀！烧！大火熊熊，腾起十丈烈焰；王象春和他在家的兄弟子侄全都被杀；家中银米财物被抢掠一空；五百多名奴仆家丁逃的逃散的散。四乡却拥来成群百姓同烧同杀同抢。他们自称是王家佃户及邻近居民，王家倚势逞强、鱼肉乡里、横暴至极，而官府庇护，百姓哭告无门，今见王家遭受报应，大快人心！其中一些精壮汉子竟是来投孔有德，情愿入伙反他一场的。

孔有德坐上了王家华丽客厅正中的太师椅，米襄阳的山水画中堂，已被叛军用长枪戳得七零八落，蒙上了“孔”字大旗。四周都是他们为泄愤而砸得稀烂的古董瓷器花瓶等摆设的碎片。堂下跪着两个辽丁，是因趁乱奸淫王家妇女被侍卫亲兵拿住来见主将的。孔有德拍案大骂畜生，命人立刻将二人拉出去砍头，并叫来随军书记，命他记下军令，颁送各队：凡淫人妇女者，杀无赦！

他抬眼依次扫过站立两侧的营官领队，虎着脸说：“就是当贼做强盗，也不能奸人妇女，坏人名节！采花贼，天报应，要坏大事！听清了？回去管好各自弟兄！”

众人走了。阔大深广的厅堂里只剩下孔有德了。痛快劲儿这时已经过去，他觉得异常疲乏。“当贼做强盗？……采花贼？……”他仰头看着厅堂顶上规整的花纹想，竟不由自主地又用起了当年做海盗时候的惯常话儿！

这堂顶的花纹为什么看起来这样眼熟？……当贼做强盗……当年不就是为要跳出黑道，才去投毛大将军，才去投孙帅爷，一心要在战阵中一刀一枪杀出个功名官爵，杀出个封妻荫子吗？流血拼命，在正道上干了这些年，转了一大圈，又回去了！叛军变兵，还不就是盗贼行径？……又当了盗贼！……

这花纹，与帅爷客厅顶的花纹相像！……临行的头天晚上，就在那间客厅里，帅爷千叮咛万嘱咐，要孔有德杀敌立功报效国家，约束部众挽回名声……就在那间客厅，帅爷亲口许婚，说他有一螟蛉义女，才貌出众、年岁相当，正堪与孔有德作配，待孔有德援救大凌河归来，便可遣媒人问征，开春之后就可成亲了。当时孔有德感激涕零，如今想来，不就像一场梦，不就像前一世的事情？……

“贼子强盗……”孔有德品味着，心中有如刀割，一股此生从未有过的凄凉袭扰着他，使他鼻喉间有股难以忍受的酸热苦楚……自他跟随了孙元化，才知道什么是圣贤，孙元化就是他心中的圣贤，不由他不五体投地。京师归来，他更加奋发，他要拼命干，日后定要当大将军要封侯。此次出征，他更发誓要立大功得朝廷封赏，给帅爷长脸，叫人人都佩服帅爷的识人之明、举才之贤，叫孙家小姐一辈子不后悔嫁给他这个辽东汉！……

一切，所有一切，都成了泡影！

从此，他只是叛贼，是强盗！……

“噢！——”孔有德发出一声惨烈的、拖得很长的、荒野的狼一般的嗥叫，花纹规整的厅堂顶棚被震得簌簌颤抖，落下许多灰沙。

二

“夫人，难道真得下官给你下跪吗？”孙元化仍是微笑着，但眉宇间已透出难言的忧烦。沈氏不忍看，别转脸偷偷抹去眼角的泪，收起方才的盛气，叹道：

“那所房产虽说离城远，终究是祖业……”

“唉，不是告诉你先典出钱只当挪用吗？明年朝廷给补上欠饷，再赎回来就是。”

“那么容易？到时候朝廷不补，无钱去赎，岂不就白白丢脱？”沈氏说着说着又有气了，“都道登州繁富，兵精粮足，怎么转眼间粮库银库全空？说没有钱，给那个吴公公修房盖楼怎么就有钱？”

上午街市一派鼓乐歌吹，引得百姓夹道围观，原来是州县各官为监视登莱兵马粮饷的内监吴直送贺礼，庆贺他的监视衙门、署堂及署后高楼落成。其中以知府送的大匾最触目，长宽竟与楼顶尺寸相同，大书“迎恩楼”三字，又加彩绘镂刻，十数人抬着，极是气派……

“不要讲了！”孙元化提高声音，心里有说不出的烦躁。吴直也给他发来署衙落成宴的请帖，他因坚持不与内监私交而谢绝，却不得不送去回帖和一份普通的礼物致贺，为此心里正不自在，沈氏偏偏提起！沉默片刻，他强使自己平缓下来，耐着性子向妻子解释：“吴公公是钦差，建署的钱粮登州岂能不出？孔有德率千人驰援，饷银必得给足，还要预支安家费养家银，终不能叫他们的家眷留在登州挨饿受冻吧？省里例拨粮饷已停三月，要我自筹，眼下已到年底，府库县库将空，难道忍心加派赋税捐款，叫百姓过穷年？典房产筹款也是不得已之举，你竟不明白？”

“登州官民有的是财主，偏你这穷巡抚典房筹饷？便筹得来也有限，登州上万兵马，济得甚事！”

“我总要先以身作则，才好劝谕旁人。济事不济事，支撑一时算一时吧！……”孙元化吞咽下一阵酸楚：当初来登州雄心勃勃，要建火炮要塞，要渡海收复四州，恢复辽东，完成岳穆武都未能完成的痛饮黄龙、一洗国耻的勋业，让英名永垂青史！不想困难猬集、障碍重重，逼得他步步后退，国耻不得雪，复四州也成幻梦，如今竟落得个典房典地苦苦支撑的局面！

沈氏看看丈夫，和解地说：“罢了罢了，我知道你是和尚头上插金花——忍痛要好看，心里头黄连炒苦瓜——苦上加苦。也没啥好讲啦，就是气你事前不告诉我，要不是郝妈说起，我还不知道你叫郝大回嘉定了呢！连把幼蘅许给孔有德的事也不对我讲！”说着，又瞪了丈夫一眼。

孙元化极力从沉闷的心境中摆脱出来，静静地说：“总要人家遣了媒人来才算数。”他不信沈氏猜不到他许婚的用心，这也是一举数得：既笼络了大将，又使幼蘅终身有靠，还消除了自己身边的隐患。至于有时午夜梦回，忆及此事心头偶尔涌上的惆怅，与“数得”相比，就算不得什么了。

门外一声“客来！”家仆递进名刺：“张总爷来拜！”

夫妻俩一对视，都觉出对方的担心。孙元化吩咐“书房待茶”，自己起身换上公服和纱帽。沈氏赶忙嘱道：“他要是提起那事，你可别应承，这可不比那处房产！”

“唉，看你说到哪里去了！”孙元化撇下这么一句，走了。

沈氏却坐立不安了。

她早就知道张总镇府上有求婚的意思，她可看不上那个惫赖相的张鹿征，也不喜欢他们府上的家风，所以常在孙元化耳边说张家的不是，借女儿之口表示对那家人的不满：女儿恨张鹿征虐待小狗，欺侮弱小，生性残忍；女儿亲眼见张总兵命家仆铲除门前院内牡丹、芍药、杜鹃、玫瑰等一切花草，惋惜不已，张总兵却严正地板着脸，说什么“吾辈武人岂效妇人女子”等等。孙元化每每只是听而不答，有时还笑道：“小孩子脾气！”也不知他说女儿还是说妻子。沈氏深知丈夫的公而忘私，为了朝廷取四州复辽东的雄图，会不顾一切，生怕他用和亲联姻的古老办法，达到收服张可大，弥合登、辽嫌隙的目的。

直到上月中，张鹿征登门拜望，她才放了心。

张鹿征实在枉为总兵之子，举止言语处处不得体，畏畏葸葸，汗流满脸，明明无话找话，说不两句，又另拈话题，一点不着边际。孙元化倒能和颜相待，耐心对答。侍立一侧的和京与一众婢仆都忍不住低头窃笑。后来他做出很谦恭、很好学的样子，拱手道：

“小侄每常有一事想请教前辈，总是忘记。常听人说一姓欧的，叫……叫欧阳修的。他是个什么人？”

孙元化愣了一愣，问道：“世兄早年不是也有秀才功名的吗？”

张鹿征忙答道：“正是正是，小侄乃书生。”

孙元化道：“欧阳修亦是旧时一书生，后来显达，曾参与大政。”

“那么，他也能写文章了？”

孙元化嘴角微微一牵，旋又忍住，道：“文章也可以。”

沈氏身边七岁的小幼蘖“扑哧”一声刚笑出来，赶忙捂嘴，转过身子藏到母亲背后去了。

张鹿征走后，孙元化摇着头又笑又叹。

后来，孙元化约张可大谈及请登州文武各官捐俸助饷、共渡艰难的事，谈得很不愉快。孙元化当众拿出仅有的七百两银子，张可大和众官才你二十、他三十地勉强捐助了些，合共也只一千两。孙元化事后颇伤感，大约就是那时起意典房产救急的。这样，孙、张结亲的可能性更小了。

今天张可大又上门来做什么？沈氏越想越不放心，正要叫个小厮到书房去探听，孙元化却很快回来了，一面脱官服换常服，一面主动告诉夫人说：“他因去年勤王有功，晋衔右都督，已调任，佥都南京左府，不日就要离开登州，特来致意的。”

沈氏长嘘了一口气：“这就好了，再不用敷衍他们那一家老小。恭喜他老雄鸡戴帽子——官（冠）上加官（冠）！”

孙元化皱着眉头笑：“你这张嘴，太不饶人！知道你怕把蘖儿给他家。其实要回他有什么难？——教徒不能与异教徒结亲，一句话就够了。”

沈氏鼻子里一哼：“说得好听！就怕你不肯回。”

“是啊，他既调任，自然再无关碍。他倒是个好官，只是他那位公子，实在配不上咱家蘖儿……”

“咦，你也知道！”

孙元化并不理睬她的挖苦，坐在扶手圈椅里，喝着新沏的热茶：“咱家这三个女孩儿，幼蘅配给孔有德，两全其美；幼蕖配给峒曾兄的幼子研德，也算得上门当户对；最能相夫立业的还要算蘖儿，我业已看好一个人，还拿不准……”

说起女儿的婚事，没有比做娘的更关心，老两口很有兴致地谈论起来。近两个月难得有这样轻松的气氛。沈氏当然猜到是因为张可大离任调走的缘故，不过她不说破，她知道孙元化口头上绝不会承认。

晚饭后，儿女们来父母跟前昏定问安时，孙元化问：

“幼蘖呢？”

幼蘅很快与沈氏交换一道目光：“蘖妹偶感风寒，身子不爽，我劝她歇下了。”

幼蘖从不这样娇嫩，而且幼蘅向夫人使眼色，是什么意思？孙元化起了疑心，说：“那么我们去看看她……”

幼蘅忙道：“爹爹不必去了，蘖妹自己通医道……”

沈氏也说：“小孩子感风寒什么要紧，老爷累了一天……”

孙元化立起身：“走吧！”

在楼梯口迎接的小丫头黄苓跪着告罪，说小姐刚服了药，蒙被发汗，不敢请她起身迎接老爷夫人。孙元化走到幼蘖闺房门前止了步，因为他看到放下绿纱帐的乌木雕花床上，女儿确实拥被躺在那里，已经睡着，一动不动。他低声询问了病状、服药和饮食情况，吩咐婢女们经意照看，之后便下楼去了，毕竟做父亲的不宜在成年女儿的闺房久留。

孙元化和随侍使女的脚步声从木楼梯上“咚咚”地响下去，出门下台阶，终于消失。沈氏忙拉住幼蘅：“是怎么回事？”

幼蘅疑惑地问黄苓：“你不是说……”

黄芩跑到床边，掀开帐子：“快起来！老爷走了……真吓死我了！”

床上猛然坐起的是紫菀这胖丫头，也拍着胸口，正好和黄芩同声道出：“真吓死我了！”

沈氏急了：“幼蘩呢？到哪里去了？”

三个姑娘都跪下了。

近些日子，老爷为筹饷精疲力尽，身心劳瘁。幼蘩、幼蘅与母亲商量，要助父亲一臂之力，将她们与丫头们几年来刺绣的帐帘门帘、桌罩椅袱等大件拿到市上去卖，得银助饷。几次庙会，已卖得近三百两银子了。今日逢真武庙大集，外来客商最多，幼蘩要亲自去卖，一早便同郝妈出了北门。晚饭时节郝妈带着卖得的五十多两银子高高兴兴地回来了，说小姐去买纸笔文具，晚一步到家。不料左等右等，到现在还没人影儿。因为事先商定卖绣品筹饷的事先要瞒过老爷，刚才是黄芩机灵，急中生智故弄狡狯，才把老爷哄过去了……

“哎呀，这个郝妈！常年跟幼蘩出外摆摊施药，怎么今日竟糊涂了！这可怎么办？”

四个人愁眉相对，眼看着天色越来越暗了。

吕烈踉踉跄跄地踏着夕阳，一会儿嘟嘟囔囔地说，一会儿轻声地笑，惹来行人惊异的注视，怕这醉汉生事，都远远躲开。

他醉了，醺然大醉。偏又和酒友打赌，乘醉独个儿回署，叫他们瞧瞧，我找得着门走不错路，我没醉，还能喝！

他从来不会醉透。今天的许多事历历在目，记得一清二楚：

吴直这老公竟也配住这么排场的楼！高大宽敞，只那朱红楼柱和雕花窗棂就得费上千两银子，不到两个月就完了工，无怪乎这不男不女的家伙乐得颠颠儿的，大宴宾客！……

酒嘛，好东西！宴嘛，不吃白不吃！接了帖子的登州文武官员、缙绅名士有几个不去的？又有几个不送礼致贺拍这老公马屁的？……知府送上大匾，道员进奉地毯，一个个满脸谄笑，就像这没屌子的家伙是他们老子，恶心！……我偏不送礼，偏来白吃白喝！你怎么着？……

这老公，真歹！竟朝我要画：“我知道你，徐大少！画一幅，权当还我酒债！”哼！这个蹲着撒尿的怪物，也配要我的画！……要他一要！要他二丈长的条幅，画个小孩儿放风筝，一根风筝线跟纸一般长，那头出一个小小蝴蝶风筝，影影绰绰。瞧他笑嘻嘻的团团脸跟着我这风筝线越拉越长，好不痛快人也！浮一大白！……

他要我添几笔，好，一边添一边喝酒，对饮同干……干一杯，加一簇绿草；喝两杯，添一座青山；饮五杯，桃红李白；更尽三杯，松柏郁郁葱葱……笔下狼藉，酒兴却愈浓，周围的宾客吓得吐舌头！……喝醉了，不摆平日的官威，不故作文雅状，他倒真有了几分男人气，把劝解的人都骂出去！书房里就我们俩，喝酒，画画儿，你一句我一句地说，哈哈！喝得痛快，画得痛快，说得痛快！……

他眼儿都斜了，不住念叨：“我知道你，徐大少，我知道你！……”他想说什么？我可不客气，还他一句：“我也知道你！”

他翻白眼：“你知道我什么？”

“我知道你妈……”可见我还不糊涂，掂得出轻重，没把那个老鸨子的底细兜出来，顺口就改了，“你妈的不仗义，就为了我们孙巡抚不肯拍你马屁，你就专跟他过不去，拿粮饷卡他！……叫登州营的弟兄吃苦不是？”

他是真醉了，要不怎么说酒后吐真言呢，他竟认账：“没错！咱要是密奏万岁爷给登州拨饷，十有八九准得下来！可我干吗要当那好人？你瞧不起我，我还不巴结呢！看看谁求着谁！……”

他还说什么来着？“他个举人出身，小小兵部主事，骤然荣升巡抚一方的封疆大员，没有我吴直，他做梦去吧！……我凭什么就该以德报怨？”他连着灌了几大杯，挤着眼睛尖声说，“你瞧着，你瞧着，总有一天，我得叫他求我！他赶着要把女儿嫁我，我还不定理不理他呢！……”

我哈哈大笑！实在可笑，孙巡抚的女儿是什么香饽饽，这么多人抢，惹得太监也跑来争当门婿！……把他笑急了，瞪眼骂开了：“你知道个屁！历来就有皇上指婚，把大臣的女儿嫁给有功内监……”

我说，就算有，不也是干夫妻？缺了那玩意儿，还有娶老婆的兴头？

他那眼泪竟哗哗往下淌，还笑着说哩：“知道不知道，聋子送礼喜欢送人铃铛，瞎子送礼爱送人灯？一个意思！”

我说，怪不得，你一来登州，别的事不问，先打听回龙草，准是想叫天下男人都痿了，跟你们一样你才开心，是不是？

他忙说，不是不是，访回龙草是皇爷的意思，说回龙草真名叫蔫草，一可痿阳二可避寒，正堪边军使用……

他是大醉，大醉，竟敢说出这些话！……我没醉，没醉，不要人扶，自己找得到归路！……

吕烈右摇左晃，浑身燥热难当，一阵阵酒劲涌上撞击咽喉，终于扶着路边树干，“哇哇”大吐一阵。吐毕，又往前走了数十步，见一块大青石板，原想坐下歇歇，可坐下去就不想再站起来，竟裹着锦袍躺下，沉沉睡去。

这一睡不知多久，醒来睁眼看天，分不清是暮是曙。十数步外就是大路，路上影影绰绰有几个推车汉坐在那里歇脚说笑，远远传来十分清晰，讲的都是今日大集上的趣事。他定是被说笑声唤醒的。恍然记起今日是真武庙会，那他顶多只睡了一个时辰，没什么可着急的了。

他慢慢坐起，打个哈欠，太阳穴隐隐约约地刺痛。等那些路人推着吱吱嘎嘎的车、哼着小调、说着家常话走远了，才懒洋洋地扶着树干站起身。

一缕细细的哭声送来耳边，断断续续，似有若无。他朝着声音走了几步，脚下荒草窸窣乱响，哭声倏然消失。他赶忙止步，用一双久在军营练就的夜视眼细细搜寻，终于发现离路边不远的一棵树下，有一团不时耸动的黑影，仿佛伏着一头小兽。他轻手轻脚走近一看，是个坐在树下蒙脸哭泣的瘦小汉子，忍不住招呼道：“喂！你……”

那人吓得一哆嗦，惊慌地看着吕烈直往后缩，淡淡的月光照着他尖瘦苍白的脸，可怜的细脖子，窄小的肩膀，完全是个未成年的孩子。

“你是谁家小厮？哭什么？迷路了？家里大人呢？”他向四面瞧瞧，没有一个人影。

孩子眼睛一眨不眨地盯着吕烈，只不作声，还在发抖。

“你怎么不说话？哑了？”

孩子突然点点头，指着嘴，发出“啊、啊”的沙哑声，果然是个哑巴。他又指着自己的膝盖，做了个摔倒的样子，然后连连摇头皱眉做痛苦状。

“哦，哦，你绊了跤，把腿扭伤，很痛，走不动路了，是这意思吧？刚才路上过去好些行人，你怎么不招呼呢？”

孩子比画着：那些人又高又大，掰着手指数有七八个人，指指自己背着的蓝布包袱，缩身蒙脸做恐惧状。

“哦，你怕他们打抢你。你就不怕我打抢你？”

孩子怔了怔，一笑，指指吕烈的头盔官衣，又指指吕烈的口，皱着小鼻子，用手在面前扇了两下，那意思是说吕烈是长官，又是醉汉，逗得吕烈哈哈地笑了：

“好，你既信得过我，我就送你回家。你住在哪里？”

孩子又指又画，嘴里“啊啊”地帮助解释。吕烈越看越糊涂，问道：“你会写字吗？”

孩子赶忙点头，伸手就在地上画字，哪里看得清！吕烈说：“我的住处不远，先到我那儿去，写出地址来，我再着人送你回家，好吗？”

孩子闪动着乌黑的大眼睛，半晌，点头同意。

吕烈扶孩子站起来，孩子浑身一哆嗦，齿间嘶嘶响。

“很痛吗？摔得不轻哩。”吕烈担心地看看他一脚不敢沾地的姿势，发愁地说，“看这样儿，还得背着你，算我倒霉！……小兄弟，你冷得很？病了吗？”孩子一直在发抖，一双小瘦手凉得像冰棍棍。吕烈伸手去摸他额头，孩子躲闪不及，额头倒是汗涔涔地温热，吕烈才略略放心，脱下身上的锦袍，裹在小家伙身上，不顾他的反对和挣扎，背了就走。

吕烈的脚步还不大稳，目光还有些迷茫，头也还发涨发晕，也许是因为醉后心绪特别柔和，特别容易感动，背着这个缩成一团、又小又轻的小哑巴，他忽然觉得强者的自豪，对自己行为的赞赏，由此感到了前所未有的真诚的满足，并对这可怜的孩子生出长兄对幼弟的怜爱……

到了屋里灯光下，孩子依然索索发抖。吕烈猜想一定是自己署衙前的兵丁及进门后众多迎接侍候的亲兵把小家伙吓着了，连忙命人端上热茶和点心，款待陌路相逢的小病人。

他一定饿坏了，只管低头喝茶吃点心，姿态很文雅，像个书香世家的子弟。吕烈拍拍他背着的蓝花布包袱，笑道："什么宝贝，不舍得放下？不嫌沉？"

孩子解下包袱，摊在桌上打开，吕烈眼前一片色彩缤纷，全都是非常精美的锦缎绣品！绣图又都是"麻姑上寿"、"天女散花"等极繁难的人物故事，绝非一般岁寒三友、鸳鸯蝴蝶等俗品可比。吕烈自己善画，很容易就发现，无论构图还是设色，都是一流的。他顺序看过，看一样赞一声：

"好！好！怪不得怕人打抢，果然是上品！是从集上买来的？"

孩子以口就杯喝着热茶，摇摇头，拿笔在茶几上为他铺放的白纸上歪歪斜斜地写了一个字："卖"。停了停，又写了一行："肯买否？一副三件，十五两银子。"

吕烈笑了："不愧是登州人，小小年纪便会做生意！……十五两不算贵，拿去京师三十两也有人抢。只是我个男人家，要来有什么用？又不置嫁妆！"

孩子好奇地眨眨眼，灵活地转动着黑眼珠，又写了一行："买与父母妻女，家用。愿让价。"

吕烈鼻子里哼一声，狠狠地说："妻儿老小一概没有！光杆儿独个儿过一辈子！"

孩子怔了怔，见吕烈的目光从纸上移向自己，赶忙又低头去喝茶，听得他又问："你个小小男娃子，哪里来的这些东西？敢莫是偷了家中物事来卖钱，去吃喝嫖赌吧？"

孩子惊惧地把头摇得像拨浪鼓，又写道："家父有难，家母命卖绣品积钱济难。”

“你父亲是谁？做什么的？”

孩子抬不起头，犹豫片刻，纸上又出现一行字：“不敢使长辈蒙羞，乞见谅。”

吕烈点点头，看来确是世家子弟，遇到家难，只得靠变卖家产救急。怪不得他这么文质彬彬、有礼懂事。于是命亲随取出两封银子，放在孩子面前，笑道：“咱们今天路遇也算缘分。把你这包绣品留下，不是三副九件吗？我给你一百两银子，这里两封，一封五十两，你收好。偏巧眼下我手头紧，要是平日，再捐助你一二百也不难！”

孩子猛地抬头，泪光荧荧，十分感动地撑着茶几站起来，对着吕烈慢慢地深深一揖到地，瘦肩膀耸动着，看着就要哭出来。吕烈见他如此感激，反倒不好意思，连忙扶住他：“别！别！小心你的腿伤！”

孩子倏地扭脸向茶几，拿起一封银包打开，从里取出一块五两重的小银锞子，连同另一封银向前推了推，表示不要，把手头那封四十五两揣进怀中，并一本正经地在纸上写了三个比前面的大三倍的字：“不二价。”

吕烈笑了，心里感动，走到孩子跟前，抓住他的手，把他不要的硬塞在他手上：“拿着吧，小兄弟，算我捐给你爹救急还不行？……”见孩子还是硬推，他干脆拿银子塞进他怀襟，“我可是诚心诚意，你再不要，就是瞧我不起啦！”

孩子脸涨得通红，用力把吕烈塞银子的手推开，背身垂头站了片刻，终于回眸一笑，不好意思地点了点头。

吕烈犹如雷击电触，傻了，目不转睛地望着孩子，结结巴巴不知在说什么：“你……你是……”

孩子见他瞪眼张口的样子，吓了一跳，满脸疑问地看着他，忽然想到什么，赶紧又转过身去细细打量墙上的字画。

瞅瞅孩子摘了毡帽后略显蓬乱的包着发巾的头髻；瞅瞅那罩在宽大的蓝绸棉袍里单薄的身体；再瞅瞅他脚上沾满泥土的双云头棉靴，吕烈不禁叹了口气，说：“小兄弟，问你一句话……你是不是有个通医道的姐姐？爱穿黑衣黑裙，常常施药济世行善的……”

孩子一惊，眼里透出奇怪的难以捉摸的神情，迟疑片刻，轻轻地点了一下头。

“那么……”如有鬼魂附体，吕烈竟脱口问出一句极不得体、极倒架子、事后一想起来就脸红的话，“你姐姐她……那么，你可有，可有姐夫?”话一出口，吕烈自己倒先吃了一惊，立刻骂自己该死，问这干什么？你不是决心一辈子不娶、一辈子不相信女人的吗？只要能收回这一问，吕烈情愿，情愿……受什么罚都行！

孩子果然竖起了黑眉毛，涨红了脸，满面怒容地瞪着他，逼得他慌慌张张赶忙改口：“在下……身有贱恙，多次投医不治，想……致函令姐求医，若得指点一二，感激不尽！”

附在身上的鬼魂真也超群，竟急中生智想到求医，好像图谋已久似的！

孩子嘴唇抿得看不见了，眼睛却灵得像水中的黑蝌蚪，在吕烈和四壁书画间打了好几圈，低了眼皮，几乎看不出来地微微点了点头。

吕烈万没料到孩子能接受自己的解释，更没料到自己拿起笔写求医信时竟如此心慌意乱，手指簌簌直抖，几乎不能成字，绮词丽语、挑逗芳心的情话，竟一句也想不起来。屏息静气好半天，再提起笔，却一气呵成，在孩子灼灼目光的监视下，他用流利洒脱的行草写下这段既不似情书，又不似求医信的特殊文字——

女华佗妆次：

仆有病，病在心，心悸失眠；仆有病，病在肝，肝郁不舒。三日后仆欲再往开元寺求医，惟乞神医仙姑不吝赐教，普济众生……

幼蘅跪在神龛前默祷，不多时便出了神，变成一尊身姿优雅的彩塑泥像。

一双热烘烘的小手突然从背后伸来蒙住她的眼睛，她惊叫着直跳起来，背后突施袭击的人也嗟叹地“咦”了一声。

“哎呀！可回来啦！把人急死！”幼蘅扑向义妹。

幼蘩看着手上沾满的泪水，又低头细看幼蘅的眼睛：

"姐姐，你怎么又哭了？"

幼蘅避开幼蘩的问话，忙道："娘急得团团转，又不敢告诉爹，只好暗暗着人去集上寻，集早散了！……娘知道你回来了吗？"

"郝妈去禀告了。又卖得一百两，给娘送去了。快要凑足五百两啦！"幼蘩脸儿红得像海棠，眼睛亮晶晶，喜悦中透着得意。

郝大、郝妈老两口是孙家世仆，在府外草桥边有一处住所，幼蘩每次出府施药行医都在那里落脚换装，由他夫妇相陪。近日郝大被老爷差回嘉定，幼蘩出行只有郝妈陪同了。

"又扮成小秀才吗？怕一老一少两个女子做生意被人欺哄吧？"幼蘅故意找开心话题。

"这倒不。"幼蘩认真地说，"往日施药行善，出自本心为世人做善事，应当以本来面目；现下为了换钱交易，扮个小厮，心里少些羞耻，方得安宁，行动也方便……"猛然觉察"小厮"二字是在重复他的话，不禁一阵心跳耳热，连忙转了话题："姐姐为何落泪？这么早就做晚祷了？可是天主没有答允姐姐的祈祷，气哭了？"

幼蘩的调侃又触动了幼蘅，她笑着推了妹妹一把："去，去！不要瞎说！……"声音却又哽咽，眼泪又滚落下来。

幼蘩"哎呀"一声，身子晃了晃，忙扶住墙。幼蘅慌了，过来扶住了问："是怎么了？"

"没大事！集散归家，一脚踩空，扭伤腿筋走不得路，所以回来晚了。不要紧，方才在郝妈处已取药敷上，此刻业已消肿，还有些余痛罢了。"

二人的心事，都这么轻巧地掩盖过去。

夜色浓重，女孩子们与往日一样在灯下刺绣。她们要悄悄凑足五百两，在元旦之日献给父亲，好让多年忧劳的老爷得到一个意外惊喜。

最精细传神的人物由幼蘩操针，花鸟鱼虫是幼蘅的手艺，丫头们编绦子织花边，成品交夫人，只瞒着孙元化。

弯弯月牙高悬楼角，呼啸的寒风吹得窗棂"咯咯"响，闺房内却一片明亮温馨。黄苓早把脚炉放在小姐脚下，手炉放在绣架一侧。紫菀在门边煎好茶，用托盘捧上热腾腾的茶盏和几碟精致点心，随后也凑在亮煌煌的几盏桌灯下做活儿，热心地听幼蘩兴致勃勃地讲那百两纹银的来历：她如何扭伤，如何遇着一位军营大叔管她叫小兄弟，这位大叔又如何慷慨解囊、助人救急……

紫菀神往地说："这位大叔真好！准是又高又壮，力大无穷，说话跟打钟那么响，待人极是厚道……该不是到府里来过的孔参将吧？眼睛好大，眉毛好粗……"

"不对不对！"黄苓抢过话头，"这大叔想必是细高挑红脸膛，黑胡子又浓又长，盖过肚子，就像关老爷！关老爷不就最有义气吗？"

"都是胡说，"幼蘩又笑又皱眉，"他不胖也不高，不黑也不红……"

"那么是个白脸儿？有耿中军那么年轻那么俊吗？"黄苓脱口而出。耿仲明身为中军，常在府中出入，下人都认识他。

"放肆！"幼蘩沉了脸，"女孩儿家怎么讲话！大叔就是大叔，胡子一大把，说他家里五男二女七子团圆哩！……"

幼蘩平日话不多，今天为什么如此兴奋？幼蘅不由抬头看看她，幼蘩正好触到这道疑问的目光，骤然红了脸，不自然起来，有关"大叔"的话头再不提了。沉默片刻，她接着自言自语地问："要是典房产的钱还不够关饷，怎么办？咱们就得卖首饰了吧？……"

夜深了，胖丫头紫菀熬不住，倚着桌腿睡着了，轻轻打着鼾。幼蘩和幼蘅都笑，正要收拾睡觉，黄苓神秘地说：

"亏得紫菀睡了，我才好说。她嘴不严，露出去叫夫人知道了，准要骂我偷听，挨顿打可就冤了。"

"什么事，神神鬼鬼的！"幼蘩瞪了她一眼。

黄苓的一双圆眼睛滴溜溜直转，声音更小了："晌午，张总镇过府来拜……"

"他来做什么？"幼蘩十分敏感，忙追问。

黄苓这才把她偷听来的老爷夫人关于三个女儿婚姻事的话儿说了一遍。"千万可别让夫人知道是我说的哦！"黄苓是姑娘的耳报神，传过无数次密语，每次都忘不了嘱咐这么一句。随后便叫醒紫菀给两位小姐铺床、熏香。

幼蘅站在屋角那张花梨木文几边，仰头观赏那粉青美人肩哥窑瓷觚中刚开了一两朵的水仙花。幼蘩走过去叫了一声“姐姐”，赶紧住口，原来幼蘅已是泪流满腮了。

幼蘅什么都好，就是常爱落泪。她的底细幼蘩不全知道，也不好问，但料想有她的伤心事，也能觉察到她不是名门闺秀出身。她能待这位义姐亲热友好，却不能从心底消除自己对她的优越感。她此刻的泪，想来是不愿配给那位孔有德。这使她对义姐多少有些不满，她虽然说不出“不识抬举”之类的话，心里觉得她未免自高位置，辜负了父亲的一片好心。于是幼蘩拉了幼蘅的手，笑道：“他……他是一员虎将，前程无量，登州谁不知道？日后必有一番作为。常听爹爹说起，他忠厚淳朴，是个靠得住的人呢！……”

幼蘅甩脱义妹的手，哭道：“不要讲了！……”

幼蘩一怔，耸起了眉尖。

幼蘅忙拭泪赔笑：“我失手了，妹妹莫见怪！……”她长叹一声，低头走开。

幼蘩与义姐苦乐迥异。回掉张家，她一身轻松，仿佛洗去一层粘在身上的柳絮。

那次为张家老太太诊脉后，他家十二岁的小姐也来请幼蘩看病。走进小姐闺房，小姑娘才捋起袖子，露出红肿溃烂的胳膊，叫幼蘩吓了一跳。问起因由，只不过是陪父亲用饭，已经吃饱，父亲又递给她一个热腾腾的馒首。家中严格遵循古礼，长者赐，幼者贱者不敢辞。她不敢不吃，又实在吃不下，只好假装掰着吃，把掰下的馒首块往袖筒里装，烫得要命还不敢说、不敢哭……

看那小姑娘郁郁寡欢的面容，总是闪着惊慌神色的从不会笑的眼睛，幼蘩的心在发抖。这样严刻的人家，幼蘩是绝不能忍受的！何况那个张鹿征，她绝不想见他第二回。幸而爹娘圣明，她打心底感激。

今日的奇遇，更在幼蘩心头激起了从未有过的欢乐和从未有过的慌乱不安。她已安枕帐中了，仍没有丝毫睡意，满脑子装的全是他！

他的面容，他的笑语，他的目光，他的神态……他的手多么粗大，多么暖和啊！想到伏在他背上的光景，脸上羞得一阵阵发烧；想到他问起黑衣黑裙姑娘时那专注、那真切，她心里又甜得嗞嗞作响……“求医信”就在怀里，摸上去烫人！信热还是自己心口热？……三日后去不去开元寺？就是没他的信也该去的。到时候他会怎样呢？要是认出我就是那个“小厮”、那个“小兄弟”呢？那不羞死人了？……天哪！这不就是结私情吗？被人知道，怎么得了？败坏爹爹官声，败坏门庭，羞愧死！……

不！相爱慕的男女结成夫妻，是天主的意思啊！只要他正正当当遣媒来说亲，又有什么不好？……可那样一来，我就要告诉他爹爹是谁了！真可怕，上回在开元寺就是猛见他身着武官品服，想到他是爹爹部下，才慌得跑开了的！……爹爹能看得上他吗？……他将来肯受洗入教吗？……

幼蘩心里乱纷纷的，翻来覆去无法入睡，突然想起忘了做晚祷，赶忙坐起身，合掌低头祈告：“天主，饶恕我！……”

府院深处的小姐绣楼一派宁静，而巡抚署前堂此刻却灯火煌煌。幼蘩做梦也想不到，她的意中人近在咫尺。从吕烈、曹得功半夜进府之时起，突然降临的危机感压得人们气都透不过来。

孙元化正坐大堂，副将张焘、中军耿仲明左右侍立，亲兵武士站满一堂，无不面色阴沉，细听曹得功禀报吴桥兵变的经过。

曹得功最后说：“弟兄们被逼无奈，无法北行，要回登州来，乞帅爷向朝廷讨个公道！”他拜伏在地，不肯抬头。

“吕游击，你怎么遇到他的？”孙元化问。

吕烈昨晚送那小兄弟回家后，返署途中与曹得功的马头相撞，曹得功竟摔晕过去，待救得他醒，惊闻事变，不敢耽搁，半夜闯辕门，领曹得功进了巡抚府。吕烈不及说完，侍卫匆匆带领两名省城来的急使进堂，呈上两函急件。孙元化立即拆看——

查原登州营参将孔有德目无法纪，纵兵骚扰民间，于闰十一月丁卯叛于吴桥，陷陵县、临邑、商河，屠新城，焚掠甚惨，又击杀追剿官兵，罪不容诛！该乱兵呼啸东去，意在登州。特谕知沿途郡县严加防范，各卫所备兵助剿，并移文登莱巡抚及登州镇副总兵速发兵马堵截合剿。

巡抚山东等处地方
督理营田兼管河道　提督军务
余大成
巡按山东监察御史　王道纯
崇祯四年十二月戊寅

另一函是山东巡抚余大成的亲笔信，请孙元化出兵截击，并约在青州府会见，面商剿抚之策。

看罢信函，孙元化靠在椅背上，沉入思索之中。他看上去沉着从容，一副胸有成竹的样子，使堂上堂下的人们绷得很紧的心弦稍稍松缓了些。沉寂中，上百双眼睛都凝视着孙元化，等候他决策。

孙元化的手慢慢伸向大案的签筒，抽出一支镌有“令”和“巡抚登莱东江地方赞理军务孙”字样的令箭，说：

“吕烈，你领一哨人马立即动身，持我令箭往谕孔有德等人，命他立即停止杀伐攻掠，速回登州待命。本抚将往青州与山东巡抚会商，力争招安赦罪。”

“遵命！”吕烈接过令箭，匆匆下堂离府，天亮前就率队出发了。他喜欢这激烈变化的刺激。驰出百里之外，才记起开元寺之约，懊丧片时后，一笑置之。

大堂上侍立的耿仲明有些着急：

“帅爷，若是省城兵将、各卫所兵马逼杀，孔大哥岂能忍气不还手、白吃亏？……”

“耿中军，若孔有德真反了，你将如何？”孙元化望定耿仲明。不料张焘小声插了一句：

“事出激变，非其本谋，孔有德憨厚忠诚，未必真反……”

孙元化瞪了他一眼，他闭嘴低头。耿仲明态度很坚决：“孔大哥若反，定是被逼无奈。但无论如何，仲明绝不负帅爷恩义！”

“这就好。明日随我出兵。”

“是！”耿仲明和张焘一齐躬身。

“张副将留守登州，须防备金虏北来侵袭，报海战大败之仇……”

侍卫又匆匆上堂呈送信函，竟是即日就要南下升任南京左府将军的张可大写来的，劈头便说：

“孔有德狼子野心，今日乃大白于天下！辽人犷悍，视登州为金穴，欲得而甘心久矣……”接着又说，“可大虽离任而责犹在，得省城巡抚巡按移文，即率兵马前往征讨！惟兵已欠饷三月，粮草难以为继，乞大人急为筹措，早日运抵军前是盼……”

孙元化一抬头，急问：“张总兵何时出兵？”

侍卫答道：“听那送信家将说，已出城西去了。”

孙元化双手一按大案，猛地站起身：“这么快？……”这可不是吉兆！他佩服张可大忠于职守，又担心他深怀登、辽嫌隙而鲁莽行动铸成大错。他眉头一拧，立刻点了四营兵马，下令五鼓集队动身。随后又传急檄，召来登州知府、蓬莱知县等官员，说明原委，要他们会同各州县设法募捐以救粮饷之急，限五日内押送军前。

地方官员们愁眉苦脸地离去之后，孙元化也赶回后堂向妻女告别，最后跪在天主像前默默祈祷。

他的祈祷，从来没有具体的近切的题目，而今天，他却非常明确地乞求主保佑他：保佑他能追上张可大，阻止他与孔有德动武结仇；保佑抚局早成，兵乱平定；保佑粮饷得济，登州无恙……

三

辽呆子孔有德叛兵作乱的消息传到省城，满城惊惶。因为叛兵攻掠的临邑、齐河、齐东、新城，都是济南府属县城，相距不远，朝发夕至；剿贼的官兵又盛气而去，大败而回，一时间店铺关门，粮价暴涨，东郊北郊百姓竟开始投亲靠友进城避难了。直到孔有德全军向东、意在回归登州的确切消息传送到省城，民心方定。大明湖上，游船来往，又如昔日一般优哉游哉，趵突泉边，歌台舞榭，仍旧繁华热闹。

喝道的锣声阵阵响过来，数十兵马簇拥着一顶大轿走过街市，却也因行人车马过多，不得不多次停步等候。轿中官员不时掀帘朝外看，他浓眉细眼，胸前一把浓须已夹杂了灰白，脸上神情几分意外、几分不快、几分着急。街边一些中年人、老人瞥见他的面容，顿时惊喜出声，一传十十传百地互相传告：

“徐大人！是徐大人！”

“徐大人又回来了，这就放心啦！……”

于是许多人夹道瞻仰这位徐大人，几位老头儿竟跪下向徐大人伏拜了。

若在平日，他早就停轿出来与子民相见慰问了，今日事急，他要赶着去弄清局势，实在顾不得。为此，他从仪仗中去掉了官衔名牌，只留了一对回避牌、一对肃静牌，不想还是被人认出。他叹了口气，低声命随轿的侍从：“快走！”

他，徐从治，二十年间，以知府、右参政、右布政使三次出任济南，颇有政声。这次因吴桥兵变，接山东巡抚急檄，由武德兵备道任上召来省城监军。他接调令后急如星火，连夜赶赴省城，来解危救难，不料眼前一派娱乐升平；去拜谒巡抚大人，却被告知抚院出巡青州，将与登抚会商围剿叛兵事宜，已为他收拾出监军署及一切应用物品，要他在省城候命。他一时摸不着头脑，跟着就去谒见山东巡按王道纯。

巡按乃代天子巡狩、考察所按藩服大臣、府州县各官的钦差监察官，举劾尤专，大事奏请皇上裁夺，小事可以立断。他们同朝中的御史言官一样，品级不高，权力却不小，最为各地方官员所畏惧，一旦被巡按弹劾，丢官罢职不说，更有性命之忧！

按参拜礼节，徐从治应该谒访巡按，倒不是为要巴结。他们私交甚好。做官多年，徐从治引为同道知己者寥寥，王道纯是其中之一，虽然他们相识也不过两年。

远远望见巡按府门外两个大青石狮子，四周车马纷纷，许多仆役在墙根站着坐着晒太阳聊天，想必来拜谒的官员不少。徐从治止住仪仗，命侍从去递手本。

片刻间，巡按府的门官摇着纱帽的小帽翅，随着侍从匆匆赶到徐从治轿前跪拜：“徐爷，您老可来啦！我们老爷打昨儿晚上就吩咐小的候您老大驾光临，直等到这会儿……您老快请，您老快请……”他满口京里的常用语，满脸堆笑，哈着腰陪徐从治走进大门。登上台阶，他一转身，笑脸眨眼间变成冰霜脸，对门丁严厉地下令：“吩咐下去，其他各府署，一概挡驾！”再一回身，对着徐从治，又是笑容可掬。这令徐从治惊叹不已。

在二门边，府里管家接住，门官非常谦恭地告退，徐从治便由管家陪同进二门，过穿堂，不走正门，折向左侧的垂花门。老管家看出客人的疑惑，忙笑道：“徐爷不是寻常客，是家主爷至交，家主爷昨日就吩咐了，不用官场客套，迎徐爷去书房待茶。”

徐从治点头微笑，心里很舒坦。官场那套繁文缛节，虚假伪善，他极厌恶，所以一而再地告退回乡。有人赞他清直，也有人讥他不识时务；然而一发生重大变化，又都不得不请他出来收拾局面。

管家又笑道：“近日公务繁杂，家主爷从各府州县巡视归来，昨夜修本直至天亮，只怕就睡在书房，这时分或许还未起身哩……”

“嘻嘻嘻！……哈哈哈哈！……”一串清脆稚嫩的笑声令跨进书房小院的徐从治吃惊地停住脚，看看管家。管家迷惑地耸耸眉，恍然悟道：“家主爷定是醒了，这是小爷的声音，就在书房……”

小爷的声音在撒娇撒赖：“嗯，我不嘛！肚子里没有，不尿！”

“就尿一点点，”这是山东巡按王道纯的声音，可没有平日巡按的威严，倒像个老妈妈柔声软气地哄孩子，“好乖宝宝，掏出小鸡子，对准了，尿一点点就行……”

早就听说王道纯极疼爱他的独子，都十一二岁了，还常常要孩子骑在肚子上玩，叫他往自己肚脐眼里撒尿。徐从治只拿这当笑传，并不深信，不料今日竟当面碰上。

“从治兄到了？快快请进！”王道纯听了管家禀报，抱着儿子迎出来。书房门首“求道轩”篆字匾下，两人随意寒暄了几句，说笑着一同进了屋。

徐从治笑道：“大人舐犊之情，毋乃太过?”

那小爷瞪了徐从治一眼，反身紧紧搂住父亲的脖子。王道纯笑了笑，轻轻拍着儿子的脊背，叹道：“可怜只有此一个哟！……”说着，把儿子交给侍立在侧的保姆，“领他到街口买油馃子吃……王洪，支给五个大钱！……不够？好，好，唉，支给十个吧！……”

管家王洪领命，带着保姆、孩子一同出去了。

“快拿我衣冠来！”王道纯一迭声地喊着，并对徐从治笑道，“不敬之至，不敬之至！”

徐从治也笑道：“彼此稔熟，何必认真。”

“嗳，朝廷礼法，还是要认真的呀！”王道纯说着，两名小僮进来为他更衣：皮袍外罩上官便袍，戴上乌纱帽，换上粉底皂靴。

此间，徐从治转到窗下案边，案上有尚未写完的奏折，案头还有厚厚的一本宣纸册，封面规规矩矩五个正楷：“求道轩日记”。翻了翻，尽是每日几时起身、几时用饭、共饭几人、食用几样菜的菜名等等，仿佛流水账；偶尔，某日记之下有一行小字：“本日与老妻敦伦一次。”

徐从治差点儿笑出声：这种闺房秘事，他果然一本正经地逐次记载！他知不知道外间对他这怪癖的讪笑嘲讽，称之为“半疯道学”？他知不知道他凡事认真诚实、讲究正心诚意之学的言行，被人看作古板矫情、嗤之以鼻？细想去，徐从治又十分感叹，笑不出来了。

王道纯见他翻看日记，并不在意，他奉行“无事不可对人言”，对自己的正和诚非常自信。他吩咐下人送茶，一面问着徐从治的一路行程。徐从治随口答过，接着说：

“道纯兄，不孝有三，无后为大，何不纳副室以广子嗣？”

王道纯摇头苦笑道：“纳妾娶小，要多少花销！我的境况须瞒不过从治兄……”

徐从治的目光迅速扫过陈设简陋的书房、下人送上的清淡茶水、王道纯身上的布面羊皮袍以及那只炭火不旺的小火盆，心里很是感慨。王道纯是山西蒲州人，为官极是清廉，除了官俸之外，一毫不取。擢升御史、巡按山东以来，更以海瑞自况，不仅有直声，也以清贫著称。靠那点俸银，既要维持官体，又要养活家口，纵然十分精细节俭，也过得十分为难……徐从治有心弯腰取出靴筒里的礼单，又怕触犯了这位巡按大人，正犹豫间，听王道纯问：

“从治兄可能猜到，此番调兄赴省监军是谁的主意？”

“自然是巡按大人一力促成！余抚院于剿、抚两途，怕是主抚的吧？”

“从治兄，你若再称弟巡按大人，弟就要尊称你为老前辈了！”

“不敢，不敢！……”徐从治连连摆手，二人一同大笑。

他俩的交往颇奇特。徐从治今年五十七岁，海盐人，万历三十五年进士；王道纯今年五十二岁，天启二年进士，比徐从治晚了四科，理当称之为老前辈。徐从治授右参政兵备道职，正三品官；王道纯官不过七品，却因山东巡按身份，有代天子监察百官的特权，事实上又临各官之上。二人的仕途原很难相交，也不属同一个圈子，因志同道合，竟成契友，这是很少见的。

徐从治道：“吴桥兵变，原不难收拾，余抚院不知为何简派沈廷谕、陶廷钺去办？武将有胆无略，焉能应付激变反戈之兵哉！”

三年前，蓟州军因欠饷数月而哗变，将顺天巡抚王应豸围困在遵化城内。身为蓟州兵备道的徐从治单骑驰入城中，部署抚标兵将分守四门，按甲不动。他亲自登上城门楼，扬臂高呼：“粮饷现已调到，将给每兵分发三个月口粮，立刻各归分守汛地领取！否则大兵出击，悔之晚矣！”变兵竟应声而散，纷纷归营领粮，一场哗变平息。变兵首领被斩，徐从治因而进秩左布政使。

“从治兄所见极是！弟正为此，特请大驾来省……”王道纯一言未了，门外院内一片争闹声、脚步声，管家气喘吁吁地嚷着：

“你这个人，怎么不明事理！快扯住他……”

书房门“哗啦”推开，一人撞了进来，“嘶啦”声响，此人衣襟和袖子扯裂，断在阻拦他的仆人们手中。

王道纯与徐从治同时站起身，王道纯厉声问道：“干什么的？怎么回事？”

那人一头扑倒在王道纯脚下，伏地大哭，嘴里不清不楚地喊叫着：“都天大老爷[1]做主！……都天大老爷！……”

老管家怒视来人：“你！你不是说……”他转身向主人跪禀，“老爷，他自称是老爷的亲戚，族侄儿，说家里出了大事，特来禀告。小的只当事情紧急，故让他进来等我通报，他，他竟冲进书房！”

“你是谁？来做什么？”王道纯皱眉问，忽沉吟道，“我好像在哪里见过你。”

来人抬头，满脸是泪，边哭边诉：“小的王叔圃，乃新城王象春之子，特来献银助饷，捐给官兵，剿灭辽呆子孔有德，替我家被难遭害的三十六口男妇报仇雪恨！……”他抹着泪，从怀中掏出一个函封袋子，双手高举过头，献给王道纯。

王道纯点头，对徐从治说：“不错，去秋我往新城巡查，见过王乡绅一家，此子其时也在场。王叔圃，你们新城王家有此义举，亦是好事。但我这里乃巡按衙门，不受理捐助钱粮事，你往抚院大人处投递去吧。”

“抚院大人不在省城……”

“或投藩司、臬司，或投济南府，自有管钱粮的衙门。”

“老大人，我新城王家虽然遭此大难，根基未毁，捐助钱粮不惜血本……求老大人过目……”

听他说得古怪，想必那封函里有什么名堂。王道纯开封一看，勃然变色：在写了捐助银五万两、粮五万斛的红帖中夹了一张小红帖，上写“请奉千金为同宗大人寿”。他“啪”的一声合上红帖，冷笑道：

“老夫从不做寿，且诞辰还在夏六月，你热心太过了吧？”

王叔圃瞪大了眼睛，很是意外：“老大人，这、这乃是常例，我……”

“我这门上没有这等龌龊常例！”王道纯正颜厉色，“你家四处宣

---

① 都天大老爷：各省巡按都有都察院御史之职，故时人以此称之。

扬，说是与我同宗，我几时与你家联过宗来？你父亲居家不谨，鱼肉百姓，你们王家子侄辈更是恃强横暴、仗势欺人！四乡投来诉状近百宗，若非吴桥兵变，本按原要拿你王家的人来问话！……如今还不深自反省，反又四出钻营，竟遣十数人进京，越级上控，将两院两司置于何地！”说到这里，王道纯十分生气，用力拍了桌子。

两院两司，自然是指山东巡抚（抚院）、山东巡按（按院），山东布政使司（藩司）、山东按察使司（臬司）。子民上京控告，是对本省地方官员极大的轻视，一旦告准，常常会危及他们，降职、罢官，甚至被逮回京打下诏狱受罪都是可能的。

王叔圃痛哭着伏地叩头：“老大人见谅！老大人见谅！……可怜我家三十六口老小惨死刀下！我等报仇心切，出此下策，更听说省中大人主抚不主剿，我等气愤难平，才起意京控……”

王道纯蹙额道：“是剿是抚，乃军国大事，岂容尔等小民置喙！”他将两张红帖装回封套，“啪”地掷回王叔圃身边，“捐助粮饷，乃是义举，此功不可泯。你往藩台衙门投递去吧！”

王叔圃再叩而起，掩面哭着退下。

徐从治耳闻目睹，既感慨又不无疑惑，略一拱手：“道纯兄清直，令弟佩服。”

王道纯略作沉默，然后说：“你我知己，自不必讳。但求兄莫与他人言及此事。”

“这又奇了！如今贪贿者毫无廉耻，道纯兄此行足令侪辈羞愧死！”

王道纯叹了口气，说：“做官固然第一要清，然勿求人知。若为显示张扬，则同列不谨不清者众，必定谮我；而为上司者多不加详察，适足取祸耳。惟默默行之，但求无愧于心而已。”

徐从治也点头叹息着说：“足见高明！……”他转而一想，望定王道纯，问道，“这样处置王叔圃……莫非于吴桥兵变也持抚议？”

“唉，抚、剿两途，近日省内已成争端，自上而下，两院两司乃至幕僚，无不争论，喋喋不休，听说巡抚署中几动老拳……”

徐从治陡然拉下脸来：“道纯兄，若为招抚叛兵而调弟来省，便大错了！弟一生最恨这个抚字！否则，我徐从治也不是今日了。”

徐从治虽是正途文官，却不书生气，机敏通变，凡平叛向来主剿不主抚。天启元年徐鸿儒反郓城，连陷邹、滕、峄三县，他正在兖东副使任上，力主剿灭，不仅捕杀其伏于兖东之党徒，还保举强将能吏，献捣贼中坚之策，终于平定叛乱，他因此大功进升右布政使。不久白莲教复起，当时按院主抚，徐从治争执不果，辞官告归。崇祯元年重新起用他，因平定蓟州兵变再进秩为左布政使，却又因对山贼主剿而与当权者主抚计议不合，再次辞官告归。这是他第三次起用，不到一年，竟又遇上剿、抚之争，难怪他变色。

“岂有此理！”王道纯笑道，“别人不知兄，难道我也不知？若讲抚字，谁敢请动从治兄大驾！……吴桥之变初起，省城里一片喊剿声，大是同仇敌忾！待得剿灭不成，铩羽而归，转而又是一片主抚。弟有心砥柱中流，但时至今日，已有独力难支之势，所以极力向抚院举荐从治兄……”

“怎么，余巡抚他……”

“余巡抚为人尚好，素有清正名，但不知兵。莅任山东以来，于白莲妖教及逃兵之乱，皆不能讨。闻吴桥兵变，又托病数日不出面，被弟追逼不过，才遣将发兵，不料又败回省城，要他主剿，想来为难。但此人耳根不硬，于兵事无定见，尚不为大害。难只难在那位登莱巡抚了。”王道纯停下来，拈着胡须忧心忡忡地摇头。

“兄是说那孙元化？”

“正是。余巡抚此去青州便是与此人会商，只怕被其左右。孙元化这个人嘛……自关外辽东至此，素言辽人可用，标下也多用辽人。骄兵悍将，说起来也是他纵容出来的！一旦出乱子，他力主抚议，那是势在必然。”

“我记得，此人乃举人出身？”

“唉，还是买得个监生资格。天启元年顺天乡试考中的举人，也还算正途就是了。”

“天启元年才中举？在下比他早十三年就已京师会试成进士，可人家倒巡抚一方，封疆大吏！……”

“他终究还是有才学。”

“有才学为何中不了进士？才学？什么才学？与他拥兵自重一样，不过是挟夷术而自重、献淫巧以邀宠罢了！我很看不上这路人物！”徐从治越说越激愤。

大明开国以来，渐渐形成重文轻武的风气，官场中对仕途出身尤其讲究。进士出身是正途中的翘楚，宰相大学士及六部尚书，非进士出身不可。哪怕官至方面大员，若非进士出身，也常常自惭形秽。进士瞧不起举人、举人瞧不起秀才、秀才瞧不起童生、童生瞧不起不识字的白丁，则更是人之常情了。所以王道纯并不劝阻牢骚满腹的徐从治，只轻描淡写地说：

“此人年不上五十，资历浅，骤获重膺，多半急功近利，企图一言解纷，一纸书退百万兵，以显其能，主抚可想而知。只要余抚院力主剿灭，他怕也得退让三分……”

正议论间，管家又急急忙忙送进一封信函，禀道：“登州来人，说是监军道王大人致函巡按大人……”

“王征！”王道纯接信，并不急于拆封，冷冷一笑，“果然是山雨欲来风满楼！我猜他必是为孙元化的抚议说项！”

“王征？可是陕西泾阳王征？记得与你同榜进士，颇有才名哩。”

“是啊，他与我同榜同门同姓同庚，人品才学俱属上乘，可惜堕入邪门左道，去拜什么天主！不然，何以弃封疆之任而就佐贰之职呢？”他开了封函，匆匆扫过一眼，“果不其然，做说客来了。”

徐从治哼了一声，说：“四面楚歌，尽是讲抚声，只怕余抚院也难独树一帜吧！”

王道纯叹道：“其实把话说透，有什么不可解？历代直至本朝，但凡能一举而剿灭者，绝不讲抚！讲抚，无非权宜之计，多是为安抚胁从，暂让一步，以便于伺机拿住倡乱首恶，杀一儆百。所谓剿、抚并用，抚其实还是为了剿。今上初即位，平定宫内哗变，最得此策精髓，极是少年英明之君！孙元化、王征辈不明此理，竟以抚为目的，岂非大错特错？乱臣逆子，人人得而诛之，若连此理都含糊过去，真可谓荒谬绝伦了！”

徐从治闻言神情振奋，拍案大呼："正论！正论！义正词严，好畅快人也！"

"砰啪！"茶盏被他拍得跳起来跌碎了，两位好友相视大笑，感到彼此心意相通，很是愉快。

"余抚院临行，我已交代再三，"王道纯平和地说，似乎胸有成竹，"务必剿灭乱兵，平定叛乱，方可以大功告慰皇上。他总不至于置按臣进言于不顾。"

徐从治想了想，张目盯住巡按大人，神采飞扬地说："道纯兄，咱们有言在先，若是两巡抚青州会商竟商出个抚局来，在下可是万难从命，只得第三次辞官告归，那时勿谓弟言之不预！"

王道纯哈哈大笑："从治兄快人快语！弟也与你约定，两抚院若真是定下抚议，弟必力争于朝廷，求皇上亲自下敕令剿！若仍不奏效，弟也挂冠去，绝不食言！"

四

令全山东各级文武官员注目的两巡抚会商，将在青州府举行。山东巡抚行辕在西，设在府衙院内；登莱巡抚行辕在东，设在府学中。两位巡抚的庞大侍从卫队及各种仪仗，使青州府城前所未有地拥挤、热闹、光彩夺目。居民纷纷拥上街头看稀罕。听说两位巡抚大人各带了好几千兵马，驻扎城外，被孔有德兵乱消息吓慌了的百姓，顿时吃了定心丸。

孙元化上午到达，听说余大成中午在府署下马，午后才交未末，孙元化便具了名帖，带了十数名随从，来到山东巡抚行辕。

余大成接到名帖，吃了一惊。按照常规礼节，两巡抚应当先遣派各自属官互致问候，然后由各自的抚标中军商定见面日期地点，才能正式相会。许多讲究气派排场的巡抚，常要在这种时候拿身份，自高位置，故意刁难，使对方屈就于己有利的地点，或者迟迟而来，令对方坐一会儿冷板凳。余大成是准备受孙元化的这种慢待的，不料他会如此谦恭，以晚辈下官的礼节，首先来拜会自己。他捋着花白的胡须，沉吟片刻，吩咐："客厅待茶！"亲自出大门迎接。

两位巡抚互相拜揖，互道寒温，说着“久仰”、“幸会”之类的礼节话，都在仔细打量对方，心里暗暗掂量。孙元化黑眉黑须，宽颐隆准，奕奕有神的丹凤眼，温文慈和的神态和低沉浑厚的声音，使余大成感到意外，几乎掩饰不住自己的惊讶；而余大成花白的胡须、疏朗的眉目、骨肉停当的相貌表现出的忠厚、宽大，也叫孙元化暗暗松了口气。

彼此初见时生出的好感，对后来的会商极有好处。但进入客厅分主客坐定，下人献茶之后，两人的话题却与吴桥兵变全然无关。

“余大人清德，元化倾慕已久。常闻大人于天启年间忤魏逆以维护士林，实可钦佩！”孙元化望着两鬓斑白的余大成，拱手致意。他实在想象不出这样一个慈颜老者，当初敢于在魏忠贤的熏天势焰中挺身抗争。

魏党倒台已三年多了，但提起当年勇，余大成仍很自豪，嘴里虽也谦逊几句，却忍不住又滔滔不绝地讲起往事：魏阉遣人带了礼品笼络他，如何被他回绝；魏阉令他以贪贿罪拷问东林党，他如何据理力争以致忤魏罢官；回原籍江宁后，他如何险些为阉党所害等等，虽然不无夸张之处，但因出自这位面貌忠厚的长者之口，听来还是很教人信服的。

见孙元化神色那么恭敬，想到人们对这位举人出身的登莱巡抚的种种传说和非议，余大成心下慨叹：可见以讹传讹，流言不足信也！他突然改变话题：“孙大人才干卓异，前途无量，更蒙当今信用，正可一展宏图，所谓龙从云虎从风，风云际会君臣相得，历代难遇啊！”

孙元化连忙低头谢道：“不敢当。”

“皇上亲赐御笔‘劳臣’匾，中外轰动啊！……日前道经济南，老夫也曾亲迎亲送，听专差官员回程时说起，贵省两院两司及苏州府上下官员郊迎十里，鼓乐传送直至孙大人府上，实在是非常之际遇，旷世隆恩……”

去秋，御笔亲书的“劳臣”匾，自北而南，从京师到嘉定，沿途地方官隆重迎送，确实风动一时。余大成提起此事或许是赞美，但也可能是以赞美过去表示责备眼前。孙元化连忙避位起立，拱手低头：“天高地厚之恩，元化虽粉骨碎身也难报万一。如今却因治军不严以致属下辽丁哗变生事，贻朝廷忧，贻君父忧，又累余大人劳碌奔波，元化之罪也……”

“我不过随意说起，孙大人不要误会。”余大成笑着解释，请他坐下，然后进入主题，“吴桥兵变，一省震动。孔有德悍勇难制，官军初战失利。若东西夹击，南北合围，或可奏效。不知孙大人可有取胜良策？”他眉头微皱，眯眼注视着孙元化。

孙元化不料余大成开口便是“剿”，与他的推断大相径庭。略一思索，决定开门见山，不兜圈子：“在下以为，此事一抚便了，无须战。”

“哦？”余大成扬扬灰眉，看不出是赞同还是反对，“孙大人倒有这等把握？”

孙元化命传曹得功上堂，禀告吴桥兵变的起因和经过。曹得功原本口齿伶俐，余大成也听得很专心，有时不由自主地点点头，又迅速敛住。曹得功禀毕叩头退下，余大成听罢默然，并不表态，显然与他在省城听到的情况大有出入。

孙元化索性把话说透：“此事确实事出有因，是激变而非预谋，当抚不当剿。在下之所以主抚，一可免黎民百姓遭战乱之苦，二可免官兵受伤亡之累，三来也要为朝廷笼络住孔有德这员虎将。”

“哦？”余大成睁大了眼，很感兴趣的样子。

孙元化于是讲起孔有德的身世，讲起太平寨之战、长岛之战及今夏的对金海战，并说：“此人忠厚坦诚，相随数年，最讲义气。此次吴桥兵变，他必有隐衷。所以，在下闻变，便立即差人持我令箭去招抚他。料得近日便有好信回报。”

“哦。”余大成脸上喜色方露便逝，只微微点头。

“我想若能成就抚局，则应早日檄令有关府州县，不得邀击袭扰，使孔有德部早回登州就抚。”

“这个嘛……还要从长计议。不知孙大人遣去招抚孔有德的差人，何时能够回报？”

孙元化暗暗叫苦，真是百虑一失：吕烈走时，竟没有想到应该叫他来青州回报！他只得安慰余大成："回报不回报，结果都一样，下官心里有数，余大人请放宽心……"但他看得出，余大人是不能够放宽心的，通常能够升到巡抚这样的封疆大吏，谨慎是必不可少的重要品质。孙元化暗自犹豫：是继续说服，还是暂时告辞以待明日正式会商，再进一步分剖利弊？……

耿中军匆匆走来，俯身在他耳边，压不住喜悦地低声说："帅爷！吕游击，他来啦！"

"怎么？"一向喜怒不形于色的孙元化，心情激动，以至声音都有些发抖了，"他，他到青州来了吗？"

"是。正候在辕门外求见。"

眼下没有比这更叫孙元化欣慰的事了！想什么就来什么，难道天主答允过他有求必应？他心里充满对吕烈这个怪人的感激和赞赏——他从耿仲明的语调里已猜出吕烈此行达到了目的。他满面春风转向余大成："老前辈，巧得很，我遣去招降孔有德的游击吕烈来到青州，正在辕门外候命……"

"这么巧？快请！快请！"余大成也显得很高兴。

风尘仆仆的吕烈进了客厅，立刻感到人们投给他的好奇中带了赞赏和钦羡的目光。他身材挺拔，面貌英俊，进退礼节娴熟周到，更有一种威势与劳倦都不能压倒的冷峻和洒脱，使他在众人眼中为登州军官挣足了面子。余大成也不由得对他另眼相看，特赐他茶酒以示慰劳。

吕烈向两位巡抚说起他此行的经历。

他率队离登后，日夜兼程，两天后在小清河岸边，遇上了大队乱兵。他那一哨人马不过三十余人，立刻被包围了，四面高声喊杀，又叫他们下马投降。吕烈上前大声说明，他是孔有德的旧友，特地到此相会的。包围他们的人群才静下来，走出两个领队模样的人，横眉怒目盘问好半天，又命人收缴了一行人的武器马匹，才叫出两个壮汉吩咐把吕烈送去西庄。

这些人，没有一个登州辽丁。途中吕烈问起押送他的人，才知道他们都是新近投来的。那两个领队原是新城王乡绅的家丁，因入伙最早，所以得当小官。

一路上不断遇到大队乱兵，村东村南都能看见成片的帐篷。进了村，来来往往说笑喊闹的全是乱兵，不但见不到一个村民百姓，连牛马猪羊鸡鸭猫犬也没有踪影，不是被乱兵杀光了，就是被他们吓得跑光了。

在一所大宅院门前停下，押送兵正要进门通报，人来人往的大门口忽然飞起两声高叫，一惊一喜：

“吕烈!”

“吕游击!”

吕烈一看，是李应元和陈继功，刚要答话，李应元飞身冲到跟前，拔剑就砍。吕烈遇变不惊，身子往左一闪，抄出右手顺势一把攥住他举剑的右手腕，用力向后一翻，李应元“哎哟”一声，吕烈左手跟上夺了剑，回手架在他脖子上，大喝：“谁敢乱动，我先杀李应元!”

事情发生在眨眼之间，周围的人都吓住了，陈继功半天才回过神来，埋怨李应元：“你，你怎么不问青红皂白？——吕游击，你怎么来这儿啦?”

吕烈铁青着脸：“少啰唆，叫孔有德出来!”

“谁在大门外头乱喊乱叫？看我不揭了他的皮！……”孔有德的声音老远地从后院轰隆隆响过来，一伙人簇拥着他走到大门口，一见这场面，惊骇不已。孔有德喊起来：

“吕老弟，是你！这是怎么了?”

李九成“哇呀”地叫着，提刀就要向前冲。

“站下！敢过来我就杀了你儿子!”吕烈一喝，李九成白着一张脸，果然不敢再动。吕烈一声冷笑：“孔有德！李九成！春上你们到京师，我吕烈如何相待？今天我好心好意持帅爷令箭招抚，给你们开一条生路，竟让这猴崽子见面就动刀！十足负义小人、狼心狗肺!”

孔有德浑身一颤：“什么？帅爷差你来的？曹得功他见到帅爷啦？哎呀，快快请进，快快请进!”

吕烈傲然道："不进！我放了他，你们乱刀砍了我，我可就亏本儿了！"

孔有德疑惑地看看李应元，又看看陈继功。陈继功忙说："孔爷，我跟李守备出门办事，见到吕游击，我招呼一声才要搭话，李守备不知怎么失心疯也似的，拔剑就砍，他又不是个儿，眨眼就叫吕游击制住了。"

李九成连连拱手、作揖，满脸赔笑："唉，吕兄弟，你的恩德我一辈子都忘不了，哪能有害你的心呢？犬子喝多了酒，最见不得登州营的人……再说，回登州报信的曹得功又没回来，他八成是心里犯疑惑……"

李九成的话，果然使孔有德等人现出戒备的神情。吕烈暗恨李九成狡诈，索性直截了当："帅爷要在青州与山东巡抚会商，曹得功随了去替你们说明原委，才好招抚哇！"

孔有德激动起来："你说的当真？"

吕烈又一声冷笑："我平白无故地跑这儿来干什么？专挨这猴崽子一愣剑吗？告诉你，孔有德！若不是帅爷替你兜着，这山东省内各郡卫所武备和登莱各营数万兵马，东西夹击围剿，你这小小千把人马，早就灰飞烟灭了！"

孔有德嗓子眼儿里打个磕绊："帅爷他，他怎么说？"

"帅爷命你们立停攻掠，速回登州，驻军蓬莱县西南三十里北沟村待抚。"

"口说无凭。"孔有德分明激动得气息不畅了，仍在勉力抑止。

"这里有帅爷的令箭！"吕烈右手仍执剑对准李应元，左手从怀中掏出令箭递给陈继功，陈继功双手捧着交给孔有德。孔有德拿着这支见过多次、从孙元化手中接过多次的令箭，轻轻捋了一遍，双手高举过顶，叫了一声"帅爷！……"便慢慢地屈膝跪倒了。李九成、陈继功及所有将弁卫兵也都跟着跪倒。吕烈收起剑，用力一推李应元，李应元踉跄几步，跪在他父亲身边，再也不敢抬头。

孔有德站起身，黑脸红通通地发光，兴奋地大喊："传令：各路人马齐集村外打谷场！搭高台，我要亲自传令！"

吕烈注意到，多数将弁都露出松了一口气的喜色，但也有人不大愉快，比如李九成父子。可那位干巴瘦的父亲发现吕烈在注意他，立刻又笑得满脸皱成核桃样，过来拉着吕烈的手，亲热地说："老弟的恩德我何曾忘！应元这兔崽子实在不是东西！说心里话，他因处处逊你一筹早就嫉恨你，没见过世面的小子！这不，才得意了两日，就不知天高地厚，连我这老子都不放在眼里了！……我一定狠狠教训他！老弟你大人不计小人过，就饶他这一遭儿吧！……"

"算了算了，别啰唆啦！"吕烈讨厌他甜腻腻的腔调。

"好，好！老弟果然大度，佩服！……吴桥的事，曹得功既已禀告，就不多说了。只是一件，我们兄弟闯了大祸，得罪了各处各方许多大人老爷，孙帅爷讲抚，我等信，又怕作不得数，务必求朝廷发一道赦罪圣旨，既往不咎，大家才好放心……"他嘿嘿地笑着，细小的黑眼珠游动不定。

对李九成的话连连点头的孔有德，也赶来拍拍吕烈的肩头："好兄弟，就是这话，拜托你回去千万对帅爷说明，千万求一道赦罪招抚的圣旨。有了圣旨，还怕他山东省的人作怪吗？帅爷也好少些麻烦，免许多口舌是非。"

吕烈倒不料平日看去粗莽的孔有德还有这点细心，于是想到应该首先赶赴青州，将孔有德一干人的要求及早回明，或可有利于两巡抚会商。

吕烈没有就走，他等着看了孔有德传令。那景象颇为壮观：黄昏后，西天留下最后一抹晚霞，映照着村外连成片的打谷场，一团一团黑压压的人群，高举着数不清的松明火把，如千万盏明灯，照得四周亮如白昼。临时搭起的两人多高的松木台上，灯笼火把簇拥着孔有德高大的身躯，他手中高高举着孙巡抚的令箭，震耳的声音能传出一二里外：

"弟兄们！咱孙帅爷来了将令，咱的委屈，咱的苦楚帅爷都知道了！特地命吕游击来告诉咱们，朝廷就要下圣旨赦咱的罪，安抚弟兄们，回登州和家人老小团聚！……"

"噢！——"人群中爆发了欢呼声。

“咱老孔在这儿要对弟兄们说清楚：自今日起，不准再攻地掠财，不准杀人，咱这回真下封刀令了！谁敢违令，别怪咱老孔翻脸不认人！听明白了没有？”

“明白了！——”

“后来入伙的弟兄是留是走，自愿！明儿一早起，咱就打点上路，回登州！”

“噢！——”一片欢呼淹没了孔有德的话音。火把灯笼乱举，红红的火光跳荡，黑黑的松烟弥漫，那些在烟雾中忽隐忽现，闪着油光的各种面孔，发亮的各种眼睛，在吕烈看来，不仅亢奋放纵，而且狂暴粗野，更像是绿林群盗的聚会，因而生出一种说不清的不真实的幻觉感，莫不是某种捉摸不清的可怕的预兆？

不过，这种预感，也和吕烈对李九成父子的不信任感一样，是存于心间，说不出根据和道理的。所以他在向两位巡抚大人禀告时，就略去不提了。

余大成和孙元化都听得很仔细。其中余大成插问了一句：“以你所见，现下孔有德有多少兵马？”

“只以那晚集队传令看来，约在三千上下，马步各半。”

“哦……”余大成有些吃惊，端起茶盏遮掩过去。但细心的孙元化已看出端倪。待吕烈退下，便抓住时机进一步说：“余大人，可见孔有德求抚之心颇诚。还有一端……”他故意迟疑片刻，接着说，“余大人乃忠厚长者，在下就不揣冒昧，直言了。孔有德乃虎将也，激愤而变，又胜了官军，气焰正高，若行追剿，所谓缚虎难，缚怒虎更难，伤人必多为害必久。与其剿而难灭，何如抚而速成？……在下管见如此，老前辈指教。”

余大成终于拈须微笑点头：“孙大人所见不差。只是……”他侧身略略靠拢孙元化，放低了声音：“按院王大人难与共语也。他司朝廷风纪监督之职，又力主追剿……”想起王道纯数次为兵变事上门催督，出语伤人，余大成不觉愤怒：“这些御史言官！怪不得朝野称之为乌鸦！”

“一省军政，责在巡抚，按院但有监督之权。若是剿而失利，兵变愈演愈烈，为害地方，残害百姓，你我均难逃罪责……”

下面的话孙元化不说了，但余大成自能意会：地方出事，按院极易推卸责任。这使他终于下了决心。其实，在沈廷谕、陶廷铱败归之后，他就已主抚不主剿了。但他的话被按院王道纯堵回去不得说，今天孙元化替他说了。他一时觉得身上如去重负，很是轻松。但孙元化的一句话，又给他肩上压了担子：

“余大人，吴桥兵变起于粮饷不继，如今登莱各营缺粮欠饷很是为难，军中多有怨言。若不及早设法，万一再出王有德张有德，就更难措手了。”

事实是，应由山东巡抚筹送的登莱粮饷，七、八两月减半，九月、十月减三分之二，十一月、闰十一月及眼前的十二月，则全停，要登莱巡抚自筹。对此，余大成确实心里歉然，长叹道：“老夫上奏朝廷为登莱乞饷，有何难哉！便一日三发又有何用？难在登莱兵粮的监视中官吴直，他若不上奏，总理户部工部的中官张彝宪决计不会理睬……”

他也没有把话说完，孙元化也照样能领会：要想监视中官及总理中官发慈悲，非得卑躬屈节送礼行贿不可，孙元化又拉不下这张面皮……

吕烈的到来，促成了孙元化原以为会十分吃力、需要据理力争，甚至会争得不欢而散的两巡抚会商。山东巡抚与登莱巡抚联名奏请朝廷速下招抚谕旨，尽快平息事端。同时又联名向孔有德部东归途中各州府县发下照文，告之变兵已就抚，各地不得袭扰邀击。

会商以孙元化出人意料的拜访开始，又出人意料地圆满结束。孙元化便要告辞，余大成极力挽留，设宴款待。山东巡抚果然有大省大员的气派，出巡时也带着极好的厨师厨娘，菜肴精美丰盛，酒醴更是醇香醉人。二人谈论诗词歌赋，闲话平生，很是投缘。余大成一一问起登州文武各官，特别问起吕烈。听孙元化一一答过后，他笑着点头：

“孙大人麾下皆才俊之士，多谋略、知变通，颇为难得，所以上下同心。老夫回去省城，正不知还要费多少口舌，生多少闲气呢！……”

孙元化知道他在担心巡按王道纯作梗，便苦笑道：“所以呀，必须请下圣旨，抚局才能定啊。”余大成频频点头。

难道他孙元化就不担心？登州总兵张可大不也是他难以克服的阻碍？这位已经卸任的将军，仍然那么忠于职守。他绝非有意与孙元化为难，却又处处与孙元化为难。两巡抚会商后回登州，孙元化首先就要面对他——张可大。

孙元化此次率师西进那么急迫，就是要追上早几个时辰出发的张可大，阻止他和孔有德部接触。一直过了黄山馆，他才追上那五营登州兵。

张可大父子应召来大帐见孙元化，举止语气还是恭敬的。可是孙元化一说明招抚的意向，张可大就拉长了脸；唤曹得功来向他禀告吴桥之变的详情，尚未开口，张可大父子已然怒目相向。事后孙元化也责怪自己没弄清曹得功与张可大的过节，以致张可大不顾身份地在大帐中发火，怒声宣告：“乱臣贼子，人人得而诛之！孔有德辈辽人狼子野心，谋划已久，如今乘机发难，图谋登州，只能剿，不可抚！……”

孙元化请他息怒，说明自己将往青州与余巡抚会商，抚局必成，请他率队速回登州，不要滞留于此，免生意外。

张可大竟不领命：“下官身为登州镇总兵，职守登州，必得阻住叛兵东来攻伐登州城！”

孙元化见他固执得不可理喻，有些生气：“张大人已荣任南京左府都督，登州镇总兵出缺，待朝廷任命新员。大人不在其位，就免谋其政吧！”

张可大脸涨得发紫，态度仍是硬得像石头：“孙大人只管去青州，张某人在此相候，若是议成抚局，我随大人同回登州；若是讲剿，张某人驻此正可备缓急之用！”

如今会商完毕，抚局已定了，但想到等候在黄山馆的张可大，想到他得知抚局后又会怎样争辩，怎样怒形于色，孙元化还是觉得心里发怵，觉得不痛快。

孙元化就是孙元化，他当然不会像余大成，把这些官场中、僚属间的嫌隙说出来。宴会中，他自始至终都那么谦恭从容而又脱俗不凡，以至余大成擎着酒盅感叹不已：“外间盛传，说你以举人出身得方面之任，不无侥幸；又道你清高自许目中无人……今日看来，尽是虚词！唉，果应了一句老话：木秀于林，风必摧之；堆出于岸，水必湍之；行高于人，众必非之！……仕途险恶，元化兄须要小心谨慎才是啊！……”

就任登州以来，还没有人对他说过这样亲切的话，没有人这样理解和同情他的处境呢！孙元化心下感动，又多喝了几盅酒，一时眼睛都湿润了。

此后，他们竟成了好友。在接踵而来的险恶的惊涛骇浪中，余大成顶着各种压力支持孙元化，始终不渝。

五

鹅毛大雪从除夕下到初一，纷纷扬扬，没有停息的意思。登州城银装素裹，别是一景。三十余名貂袍风帽的缙绅富商冒雪走进巡抚署的大门，心头都有些惴惴不安。元旦日民间耆老向地方长官贺节也是有过的，但巡抚大人召请却少见。莫非与孔有德有关？……孔有德一众数千人马就驻扎在三十里外的北沟，说是“待抚”，难保不出意外！登州人提起这就发慌，过年的兴致都低了，一夜没响几个鞭炮……

沿着鹅卵石铺就的小径，一行人被引到东花厅。阶下几株红梅应时开花，送出缕缕幽香。宁静中诸人才有了瞻仰观望的心绪。一人指着花厅门柱上的楹联道：

“这是巡抚大人自撰自写的呢，好笔力！”

注有“嘉定孙元化撰写于崇祯三年秋”小字的楹联，确实不俗不凡：

载来吴下寒梅，为与此间补春色
扫却庭前落叶，何妨竟夕共清谈

另一人拈须赞叹："恤民勤政之心，真真令人感佩啊！……"

他们互相谦让，推推搡搡，终于在花厅内数张八仙桌边坐定。仆役送上清茶和果盒。水好茶香，众人啧啧称赞。果盒一打开，却都愕然了，八瓣攒心果盒里，只有两味茶点：瓜子花生，连一般人家过年必备的桃红酥油馃子都没有。心思灵活的珠宝商对同伴们眨眨眼：

"诸位总该解得其中味了吧？"

人们微微点头，初进巡抚署的惶恐不安迅速被难言的愤懑所代替，一个个耷拉了头脸。近些时，县里府里不住地召请，今天巡抚大人也亲自出马，定然又是劝捐！自家的钱粮如同贴骨的肉，割一点也是痛的，凭什么要给别人？他们都不是没见过世面的乡巴佬，既能软磨硬抗过了县关府关，到了这里，外甥打灯笼——照旧（舅）。

巡抚大人和善地笑着进了花厅。一片拜节贺喜的喧闹围绕着他，歌功颂德不绝于耳。孙元化却在简单的答谢和致贺拜节之后，立刻开宗明义：

"常言道，兵马未动粮草先行。登州粮饷素无拖欠，只因六月里金虏围大凌河，各地勤王军北上，山东省只得停了拨给登莱的协饷。眼下欠饷已达三月，军心势将不稳，一旦生乱……孔有德吴桥兵变诸位想已知道，其起因也是欠饷，如今待抚北沟，登州无饷，如何招抚得来？更有金虏在北，虎视眈眈，若乘时来袭，各军如何守城？万一城破，本抚受朝廷责罚事小，登州繁富之地，则百姓遭殃啊！……向闻诸位识大体顾大局，素有忠君报国之心，请各借给饷银，维持营伍之需，共度时艰。"他推出桌上的一本名册：

"请各写认捐之数，日后也好偿还。"

花厅内一片寂静。偿还？日后谁敢向官府索要？还不是老虎借猪！

孙元化苦笑，又说："还有一途，便是邀登州人家养兵，管吃管住。家境贫寒者，三户养一兵；家境中等者一户养三兵；上等家境可养十兵，至若大户首富，家中有成百僮仆家丁者，养百兵也不作难……”

众人早已不满地低声议论开了。大户人家，家家门内有影壁，怕的就是外人窥探家中的隐秘，怎能让生人住进家里，况且还是兵！那位穿着最为陋朴寒酸的瘦老头儿连连摇手，忘记了子民应有的谦恭，大声嚷嚷，看得出是真的着了急：“不成不成！我们穷商家哪里养得起兵！官府不养，朝廷不养，摊给我们穷百姓？不公不公！”

他一嚷，别的人也都跟着表示拒绝，闹嚷起来。不过他们都注意控制自己，不超过干瘦老头儿的程度。孙元化向身边的书办低声询问，书办小声禀告说，瘦老头儿姓胡，从开招商小店起家，如今人人都猜测他富甲一县，可他生性极吝啬，日子过得极苦，吃穿俱都简陋至极，中年纳过几次妾，都饿跑了。如今老两口儿度日，无儿无女，整天还为针头线脑拌嘴争吵……

“姓胡？……”孙元化心里一动，掠过一丝难以捉摸的不安。老头儿十分可怜，也就不计较他的无礼，仍然温和地说：“既不肯认捐，又不愿养兵，万一营中生乱，或是贼兵破城，那时玉石俱焚……诸位就毫无远虑吗？”

胡老头儿一把抓下头上皱皱巴巴的毡帽，往桌上一摔，尖尖的下巴上胡须直抖，站起身嚷叫得唾沫星子乱溅：“不出银子！不养兵！辽呆子来也好，金鞑子来也罢，我老汉全都不管不怕！反正就这句话：要钱没有，要命就这一条！……”

竟敢如此犯上！众人都吓住了，连忙拦住他，按他坐下，又向巡抚大人赔笑作揖：这老儿年过古稀，老糊涂了！……只见大人沉着脸呆坐不动，恐怕冒犯大人的胡老头儿要倒霉。

胡老头儿摘帽露出右侧缺了大半的残耳，孙元化心里一个冷颤，浑身的经络骤然抽紧了。三十年岁月的浓雾刹那间廓清，他终于找到自己负罪感的来由。三十年前，就在这个半只耳朵的胡店主的小客栈，由于登蓬莱阁观海天而兴奋得大醉而归的十九岁游学士子孙元化，把店主那娇羞的十六岁独女关在自己房中，春风一度，海誓山盟，次日便带着满身的脂粉香泽，跨马出登州。后来他游历大江南北，类似艳遇不在少数。当他终于决心安身立命于济世报国，特别是当他皈依了天主，以“十诫”律己以后，便与少年时的风流性情一刀两断，忘却过去，重新做人了……

难道真有报应存在于冥冥之中？偏在他最感棘手的艰难关口，胡老头儿出来领头跟他作对？他陡然记起海边祭奠投海母子的习俗，难道登州大劫就应在自己身上？……

“诸位莫嚷！”肥胖的珠宝商站起来向四面作揖。人们静下来听他说，他却恭敬地转向孙元化：“老大人有命，小民等焉敢不遵。只是年来登州多事，各人生意田庄也都艰难。论起来，大人莫怪，只怕登州府县各官、登州营各营将官比小人们还强些哩！……大人！”

孙元化猛地回过神，只见珠宝商对自己躬身而揖，不怀好意地笑着，满厅的人也都眼睁睁地望着自己，他有些迷惘，吐出含义模棱两可的常用语：“什么？”

珠宝商一惊，把话又说了一遍，口气更加谦恭。

“正是，大家都艰难，才更须同心协力。”孙元化显得很疲倦，端起瓷盏喝茶。侍候在侧的陆奇一见帅爷被这些人气得脸色都变了，心中不忿，忍不住戳指头指着珠宝商大声道：“你们这些啬皮！帅爷为了筹饷，把自家田产房屋都典出去了！……”

“放肆！”孙元化喝一声，“谁许你乱插嘴？退下！”见陆奇一垂头退后，他才回头来和气地说，“只因嘉定远在江南，典田产所得至今未能送到，缓急之间周转不来，才请诸位助一臂之力，实在是不得已。这里有府内眷属为筹饷捐助的一箱首饰，足下给做个价，就算足下一份捐款如何？”他说着，把管事家人送来的首饰箱指给珠宝商。

这一招儿大出众人意料，一时都怔着不出声了。珠宝商带着他那一行人特有的精明和极力掩饰的贪婪，搓搓手，打开了首饰箱，把一个个小抽屉拉出来，人们情不自禁“啊”地同声惊叹：两副金项圈、两副金镯、两副白玉镯、三副翠镯，还有一抽屉各色戒指、珠环、玉钗、银簪。看样子，巡抚大人宝眷的心爱物都捐出来了。珠宝商朝孙元化再三拜揖：“小的惭愧，小的惭愧！大人忠心为国，小的也该报效一二，否则，真不成个人了！……大人这箱首饰我收下，出价二千五百两，小人自己再认捐一千两！”

有人开了头，其余的人出于对巡抚大人的钦佩，出于自尊，出于无可奈何，也就纷纷表示愿捐。书办很是欢喜，一面写册，一面大声地报出来：“姚乡绅慎仁，捐八百两——李封翁振石，捐五百两——……”

报到后来，认捐数目越来越小，总和竟没超过六千两。登州驻军万余，加上孔有德三千人马，六千两能济得甚事？况且按册去收捐银时，又不知要打多少折扣了。

胡老头儿倔强不屈，仍然一毛不拔。

还有一位客人，是登州最大的人参药材商带来的，也不认捐。书办问他，他笑而不答。当孙元化暗暗叹息着送客时，此人却留下了，——有人托他带给孙巡抚一封信、十匹绢，并务必要面呈本人。

孙元化开封，信写得十分简单——

初阳先生台鉴：

识荆天妃宫前，三生有幸。先生才干学识、道德文章冠绝一时，令我钦佩无地，怀想至今。恰遇便船南下，托参客彭君带信，并赠表里十端。区区贱物不成敬意，望先生笑纳。

辽东参客　　不第秀才程顿首百拜

程秀才！他为什么这样？有所求吗？……

“劳你带信捎物。怎么称呼？”孙元化转向来客。

“小的彭富。”

“你与程秀才相熟？”

“都是做参貂生意，在旅顺相识的……大人，请着人随我取货吧，就在门外车中。”

几名侍卫抬着绢箱进来，显得很吃力。彭富跟在后面指手画脚：“定是上好锦缎，不然不能这么重，我带这些上船下船，也好费一番气力……”

打开封包的三层白布，果真是织得十分精美的锦缎，香色、红色、紫色、墨绿色交织成细密绚丽的花纹，闪着丝织品特有的光亮，把大家都看呆了。

孙元化对锦缎的富丽似乎并不动心，以检查的目光打量，不住地摸、捏、抬，后来干脆提起一匹，扯出锦缎匹头一抖，展开，缎匹翻了几滚，色彩缤纷的锦缎就断了，闪出一道白光。原来包在锦缎里面的是薄而轻软的雪白的丝绢！孙元化又扯住白丝绢头用力一抖，在场的人不约而同地惊叫出声：丝绢之间竟裹着密密的黄金叶子！怪不得重得出奇！

孙元化见彭富张大了嘴呆若木鸡，料想他不知道绢匹中的秘密。又命侍从们依次扯开其他九端表里，结果一样：五彩锦缎里全是夹着金叶的白丝绢，金叶集拢竟有二十斤左右！

这一大笔意外之财，弄得众人大眼瞪小眼，全糊涂了。

终于，在一匹白绢中心找到了一封信。笔迹与彭富带来的信一致，是畅如行云流水的草书，内容却叫孙元化大吃一惊——

> 大金国汗致书孙巡抚元化知道：朕敬你是当世英雄，才学出众。当日天妃宫前又有一面之缘，特赠黄金三百两以为新岁贺礼。文馆当值章京范文程代书。
>
> 天聪五年腊月朔

天妃宫！程秀才，老护院……范文程，金国汗！……往事在心头电闪，孙元化自觉额头沁出冷汗，咬紧牙关忍住背上掠过的寒战，指着彭富，扬眉喝道："拿下！"

侍卫应声将彭富扳倒跪地，反剪双臂绑了。彭富筛糠般抖个不住："冤枉，冤枉啊！小的犯了什么罪？……"

"你这奸细，还敢强辩！这表里和信件究竟是谁着你送来的？老实招供！"

"冤枉啊！实在是旅顺参行的程姓客人托我办的，说是办成了有重谢。这边还能结交巡抚大人，日后生意可得许多方便……小的实在不知其中有诈呀！……"

孙元化挥手命侍从将彭富关押起来，但不可虐待。此事实在关系重大，必得保护活口为自己做证。

这时，吕烈大步走进花厅，向孙元化行礼，抬头就见八仙桌上锦缎丝绢堆上那黄澄澄的一团金叶。他眼睛一亮，惊喜万分："大人，何处筹来这许多黄金？登州有救了！"

孙元化摇了摇头，板着脸将那两封信递给他："你来得恰好，可为我做个见证！"

吕烈看罢信，吸了口凉气："好家伙！那金国汗竟亲身来过登州？"

"可记得正月十六天妃宫庙会，那位程秀才的老护院？"孙元化心里惶恐不安，也很沉重。既为对方的气魄心胸所震撼，又怕此事洗刷不清，落个袁崇焕的下场。

"真厉害！不料这些鞑子竟有……"吕烈打住即将出口的赞叹，心里还在估量那个皇太极，顺口就说，"求之不得，咱登州正闹欠饷，多少也好补上点儿！"

孙元化诧异地看着他："你糊涂了？这种金子难道也好用的吗？"

吕烈一回神："该死，我真糊涂了！……大人打算如何处置？"

"你来得正好，做个见证。请你携了书信、金叶和那个下书的商客去见吴监视，向他禀明，他再禀告朝廷，咱们才能脱清干系。"

"遵命。"吕烈心里暗暗思忖：我若是孙元化，就杀了送书人烧了书信，拿这三百两黄金救登州之急！不过事情万一泄露，那就是通敌大罪，落个身首异处……他虽不免有些迂，却迂得有道理……

"吕游击进府何事？"孙元化的问话，打断了吕烈的胡思乱想，他连忙拱手道：

"禀大人，卑职特为粮饷事而来。卑职属下各营因欠饷日久，元旦之日无犒赏无喜钱，午餐竟是米粥，弟兄们怨愤不已，人心汹汹……"他详细叙述了兵丁们今天泼翻粥锅，成群拥到粮台索饷的经过。

孙元化心下越加沉重。他没有要求乡绅们捐粮，也严禁走漏缺粮的风声。但他心里最虚弱的正是这军粮，相比之下，欠饷银尚好对付。各营粮库都已见底，存粮只能维持三五天了。这消息一旦泄出，定致军心大乱！他努力抑住心头的烦乱，严峻地说："此事着实令人忧心。各营情状大致相同。可莱亚说他手下葡萄牙教官一致宣告，再不发饷就回澳门，不在这里等死；张焘手下辽丁更不成话，竟放风说不如去跟孔有德，吃香喝辣……岂有此理！正邪不分，平日里教导他们忠义报国，此刻竟都忘记了！"

吕烈不料孙元化如此坦率地告知真情。近日他常感到矛盾，他发觉在登、辽之间，在张可大与孙元化之间，自己已明显地偏向后者，却又并不是他心里愿意的。进府之时，正遇缙绅们出门，听到孙元化为筹饷典房产、卖钗环的事，知道他在尽着最大努力，心里很感动。但一见他那沉稳的表情，有条不紊的举止，反感又油然而生：此人城府太深，很难以诚相待。此刻，吕烈的心境又是一变，关切地问：

"大人约见那些乡绅是为筹饷吧？筹得多少？"

"认捐不过六千。"孙元化眼睛里满是无可奈何。

"这帮老悭！"吕烈骂道，"一个个都是家财万贯！那些富商，每人就出万两也不过九牛一毛！老悭！老悭！……我着人扮成土匪，绑他几个，叫他家拿十万两银子来赎，看他出钱不出钱！"

"胡闹！"孙元化笑得脸色难看，"如今登州已是内外交困，再这么瞎搞，更加不可收拾。登州人一定认准是孔有德干的，那还得了？岂不要大乱！"

"招抚孔参将的谕旨怎么至今不下？"吕烈忙问。

"我正为此事着急。谕旨不下，人心难定。北沟这三千人马就悬于一纸诏书啊！……"他真想说，这是悬在他头顶的一把利剑，随时可能落下来致他于死命；这又是一股蹿腾不安的火苗，随时可能爆发成大火，延烧到登州。拖的时间越长，危险就越大……

耿仲明领了一名校尉，急急忙忙走进来："禀帅爷，余巡抚差人送来加急信函！"

孙元化看那校尉，认出他是余大成的亲随，连忙问余巡抚安好，等他拿出信来。但那校尉只是跪近孙元化低声禀告："家主爷因此事不好写信，特命小的日夜兼程来告知孙大人：朝廷抚旨已然下到省城，但被巡按王大人扣住不发，他会同监军徐从治联名上奏，力请朝廷收回抚命，速发敕令会剿叛军。家主爷已再次上奏力争抚局，特地命小的赶来，请孙大人会同吴监视上奏请抚……”

耿仲明、吕烈都被这消息震惊：眼下情势若改抚为剿，北沟待抚的孔有德军岂不要孤注一掷围攻登州？登州岂不要内乱？后金会不会趁火打劫？登州城的前途，所有人的身家性命……真是不堪设想！

孙元化命耿仲明领信使去歇息用饭，随后沉思有顷，叹口气，说：“事已至此……唉！吕烈，你随我同去见吴监视，为这注金子和夹带书信做个见证。”

“大人你……也要去吴监视府上？”吕烈知道，自吴直来到登州，孙元化从未去拜望过这位司礼监大太监，一切公事都是公文来往、书吏传送的。

“不得不去了……”孙元化很有些黯然。书香门第文人，一方封疆大吏，去向一名阉人低眉弯腰，实在是屈辱！“登州所欠粮饷，非他上奏不能调拨；乞朝廷即发抚旨的奏本，非他会签不能奏效，奈何？……”他抬头看看眼梢嘴角尽是苦笑的吕烈，突然问了一个与此时此地极不谐调的问题：

“吕游击，你我共事一场，还不知道你有无家室，是否聘亲。若不嫌冒昧……”

吕烈十分意外，好半天才答道：“尚无家室之累，也未定亲。”他心里有些忐忑，暗暗盘算如何回答后面接踵而来的问题。

“哦，哦。”孙元化只点点头，这个题目没了下文，而这又出乎吕烈的意料。

孙元化领着吕烈和侍从去拜会吴监视。走到钟楼下，忽觉今日街巷上行人骤然增多。多是从南门大街拥入，挑担背筐。更有用小车或骡驴载着妇女老幼和大小包袱，一个个脸上像落尽金漆的土偶，极其憔悴疲劳，满是惊恐之色。远远望向南门，竟是源源不断。孙元化下马，叫住一个推车汉子，问是怎么回事。汉子大约从没见过跟着上百员随从的纱帽红袍大官，吓得直往后缩，结结巴巴地说：

“南、南边打、打仗了！来城里，躲躲……”

“打仗?”孙元化吃惊不小，忙问，“谁跟谁打?”

“说、说是辽呆子跟官兵，打起来了！……”

孙元化只觉心向下一沉，顿时脸都白了。张可大率军正驻在南门外！他转向吕烈：“此事非同小可，我必须亲自去看看。拜会吴监视的三件要事，就请你代办了！”

“谨遵台命。”

吕烈是吴直的酒友，没有费多少口舌，他就进了新近落成的五进大院、两处楼台、雕饰崭新的监视府，被两名清俊小厮一直领进他从未去过的书房。

一切都大出他的意料：环墙的满架图书；半人高的青花瓷瓶装满了画轴；北窗下的琴桌摆着名贵的寒泉古琴；一幅《秋林山溪图》的中堂画，一看便知出自名家之手；中堂之下的八仙桌上黑白子乱纷纷，棋局已残；他的酒友、此行要拜谒的举足轻重的大人物监视中官吴直，正在挥毫习字——竟是一笔雍容中兼含妩媚的柳体！这里分明是文学之士的书斋，谁能相信书斋的主人是令世人鄙视的阉官?

“小邻居今日怎么有了空闲?来报败阵之仇吗?”吴直不停笔，笑吟吟地说。上次斗酒，吕烈先醉。

吕烈呆望着吴直运笔转腕，答非所问：“你这一笔字，难得！干什么还赶着朝我要字要画?”

“交朋友嘛！……我这字当真不错?”吴直很高兴。

“裱成轴子，能卖大价钱!”吕烈有意奉承。

“哈哈，眼下还不缺钱花，赶到穷途末日，再指着这字儿换饭吃吧！……为练这字儿，当年在内书房没少挨打，隔三岔五的，就得扳着两炷香，那日子，嗨！……”

只有吕烈这样的朝廷大臣子弟，懂得这个“扳着”的意思：在孔圣人像前直立弯腰，用两手扳着两脚，不许屈腿，稍屈则戒尺乱打如雨。这是宫里内书房专用来责罚太监的办法。吕烈索性再奉上一顶高帽子：“俗话说得好，不经一番风霜苦，哪得梅花扑鼻香。”

吴直开心大笑：“哈哈哈哈！说得好！真不料你这么知趣！上回你画风筝，我就看你与众不同嘛！今儿我谢了客专陪你，咱俩喝个痛快！我的厨子那烧江鳐、拌鸭掌，登州城绝找不出第二份儿！”

“慢着慢着，”吕烈这才乘机抛出主题，“我今儿来可有公事。办了公事再喝，喝个一醉方休！”

“公事？什么公事？”

“登州欠饷日久，招抚孔有德谕旨至今不下，这两件事，孙巡抚都要请监视大人会签上奏，设法催办……”

吴直笑容倏失，顿时拉下脸，眼睛也变得阴凄凄的，对吕烈不言不语地看了片刻，对随侍的小内监一扬下巴颏儿：“取我那奏本来！”

小内监熟练地开柜取折匣，拿出两件奏本放在写字桌案上。一本题为《为登州欠饷日久陈请户工总理张尽先尽早调拨协饷事》，另一本题为《为招抚吴桥变兵孔有德部请速下谕旨事》。吕烈又惊又喜，认定这是留底的副本：

“原来监视大人早有先见之明，已上了奏本！”

吴直呆着脸摇头：“不曾。”

“怎么？……”

“我是万事俱备，只候东风。”

“东风？莫非要黄白之物助功？”

吴直凶狠地一笑：“旁人或许可以金银财宝顶替，惟有他不行！”

“他？是谁？”

“你们的巡抚大人——孙元化！”

“你要他怎样？”

“我要他亲自来我府中，亲自跪在我脚下求告！”

尽管知道阉人多数喜怒无常，吕烈仍觉得不可思议，叹道：“你这也太过分了！”

“我过分？”吴直忽然激动地跳起来，一把团掉桌上他的那些柳体大字，滔滔不绝倾泻而出，“多年来，我何等仰慕他，尽力助他，无非敬他是个忠直之士，学识过人，才干超群。一心想亲近他，这也是我向善爱才的好心吧？他却从不正眼瞧我，总是躲着我，好像我是瘟疫，是肮脏之物！……这次我出任登州，更是吃尽了他的冷脸子，多少次下帖子请啊！……老实说，我吴直得圣眷，得首相学士青眼，文采学识不逊于人，他怎敢这般轻贱我？整个儿就不拿我当个人！难道他比万岁爷，比当朝宰辅们还高贵？我真不信了！……”他说得气喘吁吁，苍白的脸上泛出红晕，使他那无须的胖面庞更像一位中年贵妇了。他突然伤心了，眼中饱含泪水：“唉，我们这些刑余之人哪，可怜啊！别说活着叫人瞧不起，死了也没脸去见祖先呀！……”

吴直这一番发作，吕烈感到厌恶，却又不由自主地同情。他从来都拿太监当下贱奴才——不管他们权位多高。和太监交往，不是另有目的，就是他游戏人生的一小出。今天他第一次想到，在残废了的身躯内，更伤心而羞愤地躲藏着痛苦的、需要自尊的心灵……于是他第一次不加戏谑地认真劝道：

“何必如此！今天孙巡抚原要亲自登门拜访的。南门外出了急事，他才委托我……”

“当真？”吴直兴奋了一下，随即又泄了气，叫道，“骗我的！他是不肯来的！……”他发了狠劲，咬着自己的嘴唇，恶声恶气地说，“好哇！也有求我的时候！你回去告诉他，奏本早写得了，若想会签上奏，他过府来跪我求我！或者……拿一万两银子来！他一跪拜值万金，够高贵的吧？哈哈哈哈！……”

一瞬间，他又变得这样可恶可恨，吕烈真想扇他一个耳光，就像教训泼妇一样。怎么能把军国大事交给这些不明事理的泼妇！吕烈冷冷地听吴直尖声笑罢，斜视着他，说：

“你竟勒索这样一个忠臣，佛祖饶得了你吗？你知道不知道，他为筹饷典了自家田产、卖了妻女的首饰钗环？”

“啊？你说什么？”吴直叫起来。

吕烈说起上午巡抚府花厅里发生的事，吴直呆若木鸡。

吕烈又说起金国送绢详情，孙巡抚委他送人证物证交吴监视，不仅显示了孙元化的忠耿与廉洁，也表明了他对监视大人的尊重和信赖……

半晌，吴直“哎哟”一声，恍然大悟的样子：“这么说，是我错怪了孙大人？……可也是，早几年魏逆猖獗，把太监的名声给弄臭了，正人君子谁不得远着点儿呀！……嗨，该死该死，真是佛爷不容！……我这就再上一道奏本，乞朝廷表彰孙巡抚公忠体国，清廉正直！”

“三百两黄金，就用来充饷不成吗?”吕烈赶紧建议。

“这可不行！除非户工总理批下回文准许。好吧，奏本上再添一笔，若不批，再押送这些黄金进京不迟。黄金与证人何在?”

“都随我带来了，在二门等候，请监视大人复审。”

复审地点在前院西廊公事房。吕烈做梦也没想到此事会与他有关。

嫌犯兼证人彭富押进门，那垂头丧气的身形步态不知怎的，令吕烈微感不安。这参客跪倒在地，叩头如捣蒜，不住哀告饶命，声调和掩盖不了的钱塘乡音竟使吕烈心头“怦怦”乱跳，耐不住地喝了一声：“抬起头来！”于是，那张自幼就刻在他心上的凶恶、蛮横、无赖的相貌，虽然被密密的皱纹和惊恐哀告的神色所遮掩，还是叫他厌恶得浑身一颤，不错，就是他！这个他一辈子都不能原谅的吕梦龙，他的父亲！

吕烈头戴眉庇压得很低的六瓣明铁盔，身着柳叶甲，外加绿色罩甲衣，吕梦龙自然认他不出。

刹那间，吕烈胸中电闪雷鸣，滚过无数往事，兴起无数念头，恨与怜交织，恐惧与痛快共存。他自以为看破世情，对一切无所谓，此刻却心乱得自己都不知如何是好了。

“砰！”吴直一拍惊堂木，把吕烈从云雾迷茫中惊醒，赶忙定了定神，听他审问。吴直气派竟十分威严震人：

“大胆奸细！竟敢潜入登州，图谋不轨！你受金虏何人指派？到此为何？从实招来，若有半句谎话，立斩不饶!”

“冤枉啊，大老爷！小的杭州人，近年经商，专贩参茸等药材，不时来登州、旅顺等地泊船买卖货物，此地许多商界朋友、原籍保甲里长都可做证，小的实在不是奸细呀！……”

“哼！纵然你不是金虏所派，但交通敌国、私买私卖，就有杀头之罪!”吴直面色愈加严厉冷酷。

“大老爷饶命！……不知者不为罪，小的着实不知情啊！……可怜我蹭蹬大半生，好不容易才谋得经商的正经营生。可怜我三个孩儿大的不满五岁，小的还在吃奶，杀了我，他们去靠谁？都活不成了！……大老爷高抬贵手，饶我一条狗命吧！……”他“砰砰”地叩头有声，泪水如涌泉，顷刻就湿了前胸。

坐在侧位不作声的吕烈大为惊讶，他从未见过父亲的泪水，不料父亲为他的三个孩儿竟然这般动真情，伤心到这种地步！他记忆中的父亲，从没给过他一个哪怕稍稍和善一点的脸色！打骂都在其次，他最忘不了那日常的嫌恶、厌弃的目光和冷酷的面容，没有温暖没有笑意，只有不知因何而生的寒冰似的憎恨！当年他落魄金陵无法北归，去向父亲求援时，父亲竟闭门不纳，只露出一张幸灾乐祸的冷笑的脸，扔石头般扔给他一句咬牙切齿的诅咒：“可得着报应啦！……”他从来认定父亲有一副与常人不同的铁石心肠。如今是怎么了？上了岁数，心肠变软了？……

但这个彭富絮絮叨叨说起他的子息，却犯了吴直的大忌。吴直的脸骤然铁青，拍案喝道：“混账！三个孩子也值得炫耀？你便有三十个儿子，饶不得只是饶不得！不是奸细也是奸民！吕游击，拿他正法吧，奏本上交代一句就是了，省得押来押去空费钱粮，麻烦死了！你说呢？”

彭富吓得浑身抖个不了，手脚并用地爬到吕烈座前胡乱叩头，语无伦次地哀求：“大老爷，大老爷，发发善心吧，救人一命胜造七级浮屠！……”

吕烈一双锋利的眼睛闪着寒光，从眉庇下盯着面前这个卑污小人。他从小就恨这个人，变着法儿跟他作对、给他添乱、暗地捉弄他，一直巴望着有一天能以其人之道还治其人之身。这一天不是来到了吗？……

“饶命吧，大老爷！不看僧面看佛面，求大老爷就看在我那小儿小女的分上，呜……呜……”彭富竟至失声痛哭。

是“小儿小女”的真情哀痛感动了吕烈？是“不看僧面看佛面”令他想到了母亲？吕烈也弄不清自己这一瞬间转了些什么念头，突然朝吴直一拱手：

“监视大人，此人来往于登州、旅顺经商，确属实情，末将曾见过他。方才孙巡抚也叮嘱在下，说此人似不知情。况且监视大人事佛虔敬，最能体上天好生之德……”

“怎么不早说！”吴直笑着埋怨，“你既见过，孙大人又有话，何须我啰里啰唆，费半天口舌！你说怎么办好？”

情势急转直下，颇令吕烈感到意外，不禁更加信服京师里朋友们对阉人的准确形容：喜怒无常，瞬息万变，时具妇寺之仁心焉……吕烈于是正色道：

“公事自要公办。着他亲友具结交保，万一日后有事，不怕他飞上天去。”

一颗将要落地的人头，就这么阴差阳错，凭了吕烈一句话，依旧长在他脖子上。吴直此刻是一好百好，样样随顺，一心要显示佛门弟子的仁心善心。照彭富提供的名单，果然寻着几名保人。保人们纳了保金，具结了保状，又对着吴直和吕烈千恩万谢地跪拜，陪同彭富出府去了。

吴直要留吕烈痛饮，又要同他对弈。吕烈一一婉谢：“我营中还有急事，改日叨扰。”他又知心地进言道，“日晕而风，础润而雨。目下登州军心浮动，谣言四起，情势叵测，前程难料。监视大人千万小心在意，早做防范为好。”

吴直竟大为感动，几乎落泪：“在下来登州将近四月，奉承阿谀听得耳朵起茧，谁肯如足下这般真心为我着想？……也罢！你回去禀告孙大人，我立即将三本奏章封好着人送去巡抚府，请他会签后快马驰送京师！”

一百八十度大转弯！前后判若两人！

“监视大人公而废私，如此用心，则登州之幸也！”吕烈心中感激，如释重负，对吴直顿生好感，说出的话，有送高帽之形，已无故意奉承之实了。

临行，吕烈突然想起一事：“有一回酒醉，听你说起想求孙大人之女为妻。莫非此女果真沉鱼落雁、闭月羞花？”

吴直突然难为情地垂下眼睛，忸怩道：“哎呀呀，那是我酒后气话！我是什么人，怎配与孙大人攀亲！孙家小姐，只听得人说极是能干有才学，并未见过……”

吕烈忍不住调侃：“如若孙巡抚真成了你的老泰山，登州的粮饷、孔有德的抚旨，怕早就到手啦！”

吴直哈哈大笑，彼此一拱而别。

吕烈急着辞出监视府，确实有一件要事。

他沿着河边那条有名的无数石磨盘铺就的车马道，匆匆赶往城中店铺茶楼酒肆最集中的三官庙附近。如他所料，保彭富出来的几位大商贾，就在名扬东三府的鹿鸣园为这个参客设宴压惊。还在楼梯上，吕烈便听得那肥胖的珠宝商中气充沛的洪亮声音在让菜：

“……快尝尝这味西施舌，白嫩细腻足使你消受，平平胸中气；再吞上一个天鹅蛋，来年黄金万两，大发大发！……”

吕烈在雅座小门前一站，一屋子人顿时鸦雀无声。彭富脸色惨白，怕冷似的缩着身子，装出一副可怜的笑脸，招呼着：“大……大老爷驾……驾到，请……请入席……”

“请出来，借一步说话。”吕烈直盯住彭富。

彭富脚下犹如拖了千斤石碇，艰难地走出小门。有人跟过来，吕烈伸手在门前一挡：“都回去！”

走进楼梯口的一小间，吕烈带上了门。彭富已然面无人色，“扑通”跪倒，仍然赔着笑脸，指天画地，装出豪气满怀：

“大老爷救了小的一条狗命，便是小的再生爷娘。大老爷是要银子还是要人参鹿茸，小的便当了房子卖了裤子，也要奉承大老爷你高兴！老天爷在上，我彭富若敢存半点欺心哄骗，五雷轰顶，尸首不全！……”

卑贱的笑脸和举动、极尽恶毒的赌咒发誓，吕烈见过无数次！许多年前，每当见到舅舅徐璜，此人就要演上一回，讨好卖乖，竭力奉承，最终总能得舅舅一笔资助，一转身，又去吃喝嫖赌，挥霍一空！……吕烈皱眉喝道：

“起来！别跪着。听见没有？起来！”

彭富莫名其妙，站起身，仍对吕烈满脸赔笑。

“你当真不认识我了，吕……吕梦龙?”不管吕烈怎样憎恨他，怎样决心一刀两断，但亲口叫出父亲的姓氏名讳总是不孝，总是磕磕巴巴，难以出唇，声气骤然低落。他慢慢除下了头上的六瓣明铁盔。

彭富浑身一哆嗦，呆呆地望着吕烈，好像傻了。

吕烈提起中气，一字一句很用力，愤愤地说，透出少有的痛快劲儿：“你听着！我不幸生为你的儿子，你给了我这条命；今天我救了你，还了你一条命。从此咱们两清，我不是你的儿，你也不是我的爹，谁也不欠谁了！”

“原来是你！”吕梦龙傲然地说，挺直了腰，眨眼间就恢复了长辈的威严，刚才那一副讨好谄媚的卑污相一扫而净，仿佛从未出现过，竟在唇边露出冷笑，“不过仗着官亲势力做了官，就不把尊长放在眼里了，十足的忤逆！”

“你！……”吕烈对他的突然变脸，既觉得意外，又十分恼怒，还无法反驳，一口气憋在胸口，脸都涨红了。

“要是比作做生意，你这回亏本儿可亏大啦！”吕梦龙想必也被今日的事激怒了，羞愤无地，说出的话一团团尽是恶意，“你原本就不是我的儿子，我跟你不沾半点血亲，换什么命？怎么个两清？哈哈哈哈！……”

“什么？……”吕烈蒙了，瞪大眼睛。

“告诉你实话你听不听？就算报答你救我一命，怎么样?”吕梦龙又换了一副讥讽嘲弄的腔调，“听仔细了——你那舅舅舅妈才是你的亲爹娘！你妈其实是你姑姑，我不过是你姑父罢了！”

吕烈也像方才的吕梦龙一样，好半天不能从极度的震惊中醒来，视听一时都出了毛病，眼前只有那张从小就又恨又怕的面容，此刻布满惬意的幸灾乐祸的表情，唇边凝固着残忍的冷笑……吕烈努力一挣扎，恢复过来，迷惑不解地说：

“纵然没有骨肉情，我终究是你的亲戚，是你的内侄儿，又不是仇人，为什么……”

“我恨透你了！从来就恨你！”吕梦龙突然爆发，不管不顾地嘶声喊叫出来，眼珠子通红，激愤把他的五官扭曲成一副狰狞面孔，不住地挥动着拳头，“你简直就是我的羞耻！看见你我就五脏六腑不痛快，百骸不自在！……我，一个堂堂男子汉、知书达礼的秀才相公，为什么要觍颜忍辱，拿个私孩子当自家儿子养活？就为了巴结老婆的娘家，为了她那份嫁妆，为了她兄嫂用来封我嘴巴、替他们遮丑的每年二百两白花花的银子！……白得的银钱为什么不花？花了消灾！偏偏你，从小就跟我作对！还仗着你那亲爹亲妈的势力，弄得我家破财尽！……如今我有自个儿的生意，有自个儿的老婆儿女，真正亲生亲养的，再不用去巴结谁、讨好谁、求告谁，我还怕什么？”他盛气地看着吕烈，大口大口长出气，一副痛快淋漓的样子。

吕烈喃喃地说：“我是私孩子？……”

“你生在万历三十四年秋七月癸未，南下运河的官船上。对不对？你爹是在万历三十五年春闱中进士之后，迎娶你娘完婚的，对不对？你爹还不是也为了巴结你娘那娘家的权势，不然，他那样的风流才子，早把你娘甩了！……”

吕烈心里乱哄哄的，乱得一塌糊涂，却又觉得刹那间明白了许多以前想不通的事：舅舅、舅母为什么待他那样好，为什么催他改姓过继——其实是归宗，真所谓用心良苦……舅舅——也就是亲生父亲，虽然不敢得罪有权势的外公家，却因“先奸后娶”而一直轻视母亲；母亲也自认为品行有亏而默默忍受丈夫的无礼，事情不就是这样的吗？……

吕梦龙不知何时已经自管推门走了，好像留下几声干笑和几句话。吕烈似听未听，已经全不在意。当他慢慢走出酒楼，牵着马，踏着雪地“嘎吱嘎吱”响着漫步时，飞扬的雪花不时落在他头上身上、扑打他的面颊、撞进他的眼睛。他也像是没有知觉，在专心致志地想，却又任凭思绪东流西窜——

他受了愚弄，人生最大的愚弄！他的出生、他的寄养乃至他的过继，全然是一场大骗局！拿他当局中棋子，随意摆来摆去。设置骗局的，却是他的生身父母！还有比这更可悲可恨的事吗？他一向认为人间只有欺诈，不料至亲骨肉间也脱不出这两个字！

奇怪的是，他想要愤怒，却怒不起来；自认受辱却没有受辱的痛苦。舅舅、舅母，也就是父亲母亲在他身上倾注了多少心血和爱！他懂得他们的迫不得已，他们的欺骗，最终是为了不失去他！

……先奸后娶虽不体面，在吕烈眼里还不失为风流韵事。原来，严正的、满口道学的舅舅也有他青春年少、风流放荡的时候！怪不得我那两句诗便赢得他的欢心，原谅了我的放荡……可怜的舅妈，为了一时失足，一辈子不得展颜，可她实在也是离不开舅舅的呀……舅舅不也很可怜吗？为了前程功名，必须遮掩风流罪过，否则潦倒一生，也会走上吕梦龙的那条路。

……吕梦龙就没有他的道理吗？有的！他原是个心高气傲的人，为生计不得不含羞忍辱，收下一个与他毫不相干的私生子做儿子，可能还附有不许他另生亲子的先决条件，他怎能不恨这个孩子，又怎能不向醉梦中寻求解脱？……

吕烈陡然记起近日在哪部书上看到的一句话："天下所有可爱之人都是可怜人，天下所有可恨之人都是可惜人。"当时，他嘲笑作者滥好人，而今他忽然觉得其中有真味……他是不是真该像二乔姑娘说的，问问自己：为什么把人都看得那么坏？

来往行人，脚步匆匆，几次撞着他而不觉，有人在跑在喊叫着什么。下雪天原应寂寥的街巷，竟许多人三五成群交头接耳，神色很是紧张，几句话冲进他耳中：

"可不能让辽呆子进城！"

"城里还有这么多辽人呢，都是祸害呀！"

吕烈一把拽住那个叫喊的汉子："出了什么事？"

汉子像是认识他，立刻嚷道："你是登州营的将官吧？快去求求巡抚大人！可了不得啦，他要放孔有德进城！……"

周围一片附和声，七嘴八舌地求告，拿吕烈当救星。吕烈很吃惊，也很疑惑：孙巡抚怎么会做这种危险的决定？

"大人！可找到你了！"一名传令亲兵飞马赶到，"巡抚大人命你即刻赶赴西门，有要事！"

吕烈无暇多问，跨上马背，加鞭飞奔而去。

六

当孙元化赶到南门外校场时，在张可大率领下追杀“孔有德乱兵”的陆师左右两营已经大胜而归。竟敢违令出战！孙元化感到震惊，不待通报，径自大踏步闯进校场营房张可大的临时住处。门卫见是巡抚大人，赶忙跪倒迎接，耿仲明一步跨上，猛然推开门，孙元化顿时一怔。

张可大尚未卸甲，筋疲力尽地瘫卧在躺椅上，浑身是血，厚厚堆积的血呈紫黑色，糊住了他的手臂和手握的大刀，以至手与刀柄都黑红一片无法区分了。

“张大人，你……受伤了?”孙元化进屋站定，问道。

张可大睁眼见是巡抚大人，挣扎着要起身行礼，孙元化做了个制止的手势。张可大不安地说：“失礼了！在下不曾受伤，只是天寒血凝，这刀一时脱不了手……”

正说间，亲兵端来一大盆热汤，将他的手连同刀一起浸入，水顿时通红，冒出的热气也带了难闻的血腥味。好一会儿，他手上凝血化开，“当”的一声，大刀落下，他才把右手从热汤中取出，那已不是热水，是一盆浓血了！

这都是孔有德的辽东兵的血？他杀了多少人？孙元化只觉怒气上冲，撞击心扉，变了脸色，喝道：“张可大！你胆敢违令出战!”

张可大一惊，赶忙起身恭敬站立：“卑职怎敢违令！但变兵游勇威逼城池，我身负守城重任，焉能袖手旁观!”

孙元化极力忍住怒气：“什么变兵游勇？如何威逼城池?”

“禀大人！自孔有德驻兵北沟以来，每日都有他的辽丁三五成群跑回来探望家小。卑职也曾禀告大人，大人说天伦至情，阻之不德，只要不聚众不滋扰，可问可不问。卑职领命。不料他们得寸进尺，近日来人愈多，甚至留宿家中不去。今晨竟有三百余辽丁结伴而来，骑马带兵器，先抢掠了南洼庄，又要进西校场营区，既聚众又滋扰，且心怀叵测。营中弟兄早已忍无可忍，卑职也怕生出意外，便领兵驱逐……”他侃侃而言，很是磊落，但他没有说起他与几名亲信商议的更深用心。对辽丁恨之入骨的管惟诚、陈良谟诸人，力主再次激反孔有德，使抚议不成，朝廷必调大军剿灭辽丁，便能为登州彻底除患，为国家也为登州百姓成一件大功业！当时张可大觉得这举动甚不光明，追杀行动时也不无内惭，此刻面对孙元化的指责，却突然理直胆壮、无愧于心了。

西校场是登州四大驻军营房之一。孔有德率一千辽东兵救援大凌河，他们的妻儿老小便都集中住在这里。孔有德北沟驻兵待抚，手下官兵偷跑回来探亲，原也不是什么大事，谁知竟闹成这样？莫非孔有德真是别有所图、心怀叵测，还是他治军不严、队无纪律所致？……

孙元化气恼地说："你杀得痛快！坏了抚局谁承担？"

"不抚便剿，又有何难？我不信登州万余官兵，竟对付不了孔有德三千乌合之众！"

"张总兵！"孙元化怒极，大喝一声，周围的人吓得一哆嗦，从没见过孙元化发这么大的火。张可大"咚"的一声跪倒，索性大声进谏："孙大人，卑职一向以为，似这等叛臣乱兵，害民贼子，有一个杀一个，有两个杀一双，须是手软不得，免留后患！便杀千杀万，也是有功无罪！招降安抚只能是权宜之计。否则叛逆不灭，国何以安、民何以安？……"

"孔有德多年患难相从，断不会弃我反叛！"

"纵然孔有德念故主恩德有仁义可言，但辽丁却不乏狼子野心，早就眼红登州财富地利！……大人请三思！万一孔有德诈降，登州城破，你我就算逃得出兵灾，也免不了西市一刀！"

弃地失守的官员有杀头之罪。张可大把话说到这个份上，已是极处，顾及他新升任的右都督的身份，也不好再责备他。实际上，一个最重要的原因，也就是促使他决意主抚不主剿的根本点，孙元化无法说出口：登州城内的辽丁比孔有德所部人数更多，他们是决计不肯剿杀共患难的同乡，所以，剿必败，剿必乱，终将造成不可收拾的局面，以致毁灭他多年亲自训练、亲自带领、屡立功勋的当年人称"孙家兵"的辽东军！面对复杂纷乱、内外交困的形势，他真觉得力不从心，焦头烂额了……

孙元化极力使自己镇静、不表现慌乱，静静思索片刻，说：“这样吧，张大人，请你率陆师左右两营及水师诸营专守水城，严防金虏自海上来攻。本抚率陆师其余五营守大城，防止孔有德部中途变卦。各专其职如何?”

张可大一时摸不清孙元化的用意，只隐隐觉得他是在设法把登州兵与辽东兵分开。从避免内外冲突而言，也无不可，他领命了，但还是不放心地问一句：“孔有德手下屡侵西营房的事……”

“我另有安排。朝廷抚旨不日将到，孔有德部便受抚也不可入城。我意命西营房辽丁家眷迁入城内，腾出房舍给孔有德部居住，西营房住三千兵马，绰绰有余……”

张可大十分吃惊：“大人！万万不能让孔有德部逼近登州城！万一有变，防不胜防啊!”

“自然要等朝廷抚旨到了……总得安置他们吧? 国家正值用人之际，难道将他们就地遣散?”

张可大无法回答，只得再三重复：“事关紧要，大人请三思！……”

侍立在侧的耿仲明暗暗吃惊。长年做孙巡抚的中军，他早就发现，巡抚大人凡有举措，通常不会只有单纯的一个目的，往往可收一举多得之效。此刻他立即意识到，为孔有德部腾营房的同时，迁移进城的辽丁眷属便都成了人质，招抚背后，也在进行剿除的准备！……孔有德是他把兄，辽丁是他乡亲，他哪能不牵肠挂肚呢? 但孙大人待他恩重如山，他自己又存着那么一段不敢出口的心思：以他的年貌武功、机敏勤谨获取帅爷的欢心，终能坦腹东床也未可知……他心头的天平尚无偏向之时，表面上更得不动声色，立刻将换防和迁移辽丁眷属入城两道命令下达，督促即行。

毕竟是军队，换防很迅速地完成了。迁移辽丁家眷，竟极其繁难，孙元化不得不亲自出马，坐镇西门。

孙有德部留在登州的家眷不过五百余户。奉召而来的吕烈率部下帮助搬迁。吕烈的游击营原是登州镇诸营中的精锐，向以“南兵”自诩，不要说辽丁，连河北兵、晋中兵都不放在眼里。摊上这个差使，心中极不情愿。但帅爷在城楼上监督、营官哨官哨长在身边管束，又限两个时辰内迁完，他们不得不忍气吞声，驾了军车马匹，去搬迁他们最讨厌的肮脏愚鲁的辽丁家眷。说不尽的哭闹争吵、拖赖撒泼，少不了相骂相打、强推硬拉，总算把这五百余户连老带小，锅碗盆瓢箱、鸡鸭鹅猪羊，全都装上车马。搬家的行列长达五里，乱糟糟闹哄哄，这里叫那里哭，喧嚣一片，向西门滚滚而来。

西门内外，拥挤着闻讯聚集来的登州百姓，声声高叫着："滚出去！别叫丧家犬进城！"嘲骂诅咒嚷成一片。饶是游击营的兵卒在吕烈指挥下用力排开他们，好让辽丁眷属入城，还是有好几次人们冲开士兵的拦阻，扑上去揪打，对着进城的老小挥拳大骂。

七月里，王征监军编写的四季小调在各营传唱，很快传到城内四郊，几成民歌。自那时起，半年以来登、辽间的争斗确实平缓了许多。街市间登人辽人相打相骂的事日益减少，凡有争斗也有人出头劝解、责备了。登州军各营同仇敌忾的气象也渐渐有了眉目。孔有德这档事一来，这点喜人的景象几乎在一夜之间尽都化为乌有，登、辽之间重又燃起仇恨的烈火！

西门内外的混乱和仇视，都落在坐镇城楼上的孙元化眼中。他几乎没有精力为自己与王征的努力终于失败而伤感，因为他正被求见的登州耆老缙绅所包围，他们对他发起了车轮大战，激烈反对辽属入城，仿佛辽属是可怕的瘟疫。孙元化咬紧牙关，硬着头皮，脸上挤出微笑，装作认真倾听的神态，口里不时客气地应酬几句，任随缙绅们乞求哀告，恶言讥刺，心里一丝一毫也不动摇。

他知道，辽属入城，只过了第一关。进城后如何安置？他命地方安置借住居民家中；实在住不下，则集中暂住开元寺、万寿宫、文昌宫三处。这又要引起多少纠纷、争吵和打闹，登州人将如何不满和愤怒，他都想象得到。然而，与促成抚局、免遭战火之劫相比，又算不得什么了。

在西门城楼上，他写了一封信给孔有德，说明登州军出战实属误会，叫他别疑心；朝廷抚旨不日即可颁下，要他耐心等待，管好属下官兵，严禁掳掠骚扰；告诉他已将各家眷属迁进城，腾出营房预备他率三千人众归来居住等等。

孙元化把信交给耿仲明时，全神贯注地盯着他迅速眨动的细长眼睛：“耿中军，此信关系重大，所以差你，务必送到。”

“是。”耿仲明双手去接，孙元化却没有放。耿仲明奇怪地一抬眼，正触着帅爷的深不可测的目光，像两潭寒泉，不由得心中一凛。只听帅爷的声音比平日格外低而厚：“云台，你与孔有德是结拜弟兄，可要以国家为重、万民为重啊!”

耿仲明一咬牙：“帅爷恩义，仲明绝不敢负！愿对天发誓!”

“不必了。”孙元化温颜道，“速去速回。”他终于松开手指，信函轻轻落在耿仲明手中。

夜已很深了，孙元化才拖着极其疲累的身体回家。跨进中堂，沈氏忙迎上来，松了口气：

“哎呀，你可算回来了，大年初一的，一整天不照面……”

“怎么?”孙元化一怔，“家里也出什么事了?”

“没有哇！……他们为候你回来，都等得睡着了。”沈氏指着孩子们，幼衡、幼蘖、和京都揉着蒙眬的睡眼，赶上来向父亲问安，七岁的幼蕖还偎在奶妈怀里熟睡。

孙元化抬手示意，眼睛不看面前的儿女：“难得你们一片孝心，各自回屋歇息去吧!”

“咦，你这人！糊涂啦？初一的团年饭还没吃，就等你回来呀!”沈氏有些急了。

“以后再说，”孙元化满脸倦容，疲惫不堪地往椅上一坐，又挥了挥手，“你们都去吧!”

儿女们不敢违拗，陆续离开。沈氏伸手摸摸丈夫的额头：“啥地方不舒服？可是病了？……”丈夫脸上的忧虑、沮丧和紧张，惊得她问不下去了，好半天，才嗫嚅道，“出……出什么事了？……”

孙元化在西门监督辽属入迁以后，又去各营巡视，发现粮米之缺比他想象的更严重。为了省粮，各营都改三餐为两顿，已使士兵怨声载道。今天大年初一，多数营区仍喝稀粥！十之七八的营兵因此闹得不可开交，怨声已变成怨恨、怨愤，以致随行的陆奇一，为了争辩说没有克扣粮饷，竟被一群登州兵打得鼻青脸肿……孙元化悚然悟到，与城外的孔有德相比，城内军心怨愤是同等强大的威胁！

回府的路上，踩着厚厚的积雪，看着被大雪装点得十分庄严洁净的城楼、庙宇及千门万户，他心头忧虑万分。宁静美丽的银色世界之下，处处埋着火药桶，已经开始冒烟，不及时灭掉引信的火星，立刻就会大爆炸。他，必将在爆炸中粉骨碎身！……

这样的预感，他当然不能对沈氏讲，但又不能完全瞒着她："夫人，须对你实说，登州城危在旦夕，不见得会被孔有德攻破，倒可能断送在城内乱兵之手！"

"啊！"沈氏大惊，"城内也……哗变了吗？"

"眼下还没有。但欠饷日久，内外交困。今日劝捐的银子只收来四千余两，我令发下各营，首先买粮，务必使营兵按例吃着元旦日的春饼卷葱丝鸡蛋……不过，此举只能缓得一时，不能持久……"

"这，这可怎么办？……"沈氏面无人色，坐立不安。

"还有一层，"孙元化紧蹙的眉头忽然放平，语气也变得格外从容，"夫人你是知道的，此城无论是被攻破，还是因叛军哗变而失，本抚与张总镇均有死罪，除非坚守两个月无援军，否则不能宽贷。张总镇奉调南京，已无守土之责，所以守城之责在我。如今前途难料，夫人你要预作打算……"

沈氏"呜"地哭出声来："就再没有法子好想了吗？……"

孙元化轻轻一叹："田产典了，珠环首饰卖了，吴监视已答应上奏求饷，但远水救不得近火。士绅耆老认捐也只是如此，终不能也如孔有德一般抢大户吧？如当年曹操借粮官之首级平息乱兵的卑鄙险恶手段，我又使不出来……除非大赐我五万两白银补上一月欠饷，或许能有回旋余地……"

沈氏哭出声："五万两！……把你我卖了，也得不着五万两啊！……"

门"哗啦"一声推开，门帘掀处，幼蘅冲进来，"扑通"跪在孙元化夫妇膝前。她脸色雪白，浑身发抖，耳坠和凤钗、流苏跟着忽闪，声音更是颤得可怜，说出的话却令人震惊：

“爹！娘！把幼蘅卖了吧！”

老两口一怔，还没来得及回答，门帘又一掀，幼蘩随后进屋，跪在幼蘅身边，昂首挺胸，脸上一片救苦救难、视死如归的庄严，声音却也有一点颤抖：“爹，姆妈，还有我！”

“爹娘待儿恩重如山，就成全儿报恩行孝一番心愿吧！”幼蘅双手合掌胸前，仰脸望定孙元化，泪水盈盈的美丽眼睛里满是哀求和痛苦。孙元化触到这柔如水、温如春、锐利如剑的注目，赶忙移开自己的眼睛，忍不住心头一阵悸动。

昨晚他半夜从梦中惊醒，极为不安，充满罪恶感，向天主祈祷了许久。因为他做了一个荒诞不经的怪梦：

……一声轰隆，炮弹在巡抚府炸响，喧闹哭叫的混乱中，侍从冲进来禀报：“夫人身殒！”他大吃一惊，拔脚就赶去救援。跑了许久，竟跑至一处山间院落，有人告诉他夫人在此养病。他进院推开上房的门，果然见到房中木床和床上的蓝花布帐。只手拨开帐幔，露出沈氏带着病容的笑脸。她请他在床前机凳上坐定，却又惊惶不安地偷偷把床边一双小鞋儿推进暗处，怕他看见。他顿起疑心，站起身四下观看，大床后面竟有一张小床，小床上竟睡着一个女婴，女婴的脸貌竟活脱脱是吕烈的模样！他登时大怒，指着女婴厉声质问。妻子却是一副毫不在乎的样子，不否认有私情，又不肯供出野汉子是何人，竟翻过身去不再理他！

……恍然间，他独自在荒野大步走着，气闷难耐，愤恨不已。幼蘅从背后赶来劝他息怒，捏着他的手，抚着他的肩背，倩言巧笑，软语温存，又如七夕之夜，大胆地投入了他的怀抱……

他不是少年，不是涉世未深的书生，完全明白这个梦是怎样向他揭示了他的理智绝不肯承认的、深埋于心底的愿望：他希望得到幼蘅，却又不能违反十诫，不能损害自己不二色的名望。想要两全，只有沈氏死去或被休弃，才能空出位置。醒来后他心中作呕，痛恨这个梦，也就更相信天主关于人类充满罪恶、不赎罪绝不能超生的指示。一整天的紧急军务已使他忘却一切琐碎家务和私事，此刻她突然冲进来，梦境又栩栩然如在眼前。一旦面对她深明大义的求告，孙元化又是另一番心境了。

“爹爹！姆妈！”幼蘩扬扬黑眉，“耶稣舍身救世，正是女儿的榜样！平日舍药医病，不过救得数人。今日如果舍一身能解父母危难，救全城生灵，女儿虽死无憾！”

沈氏把两个女孩儿一齐搂在怀中，流泪道：“难得你们一片孝心，但孩儿们受苦，父母心头怎么能忍？……况且你爹爹总是朝廷官员，巡抚一方，落得卖女儿的下场，还有脸在世上吗？……”

“不然！”幼蘩紧紧捏住母亲的手，“张巡守睢阳，杀妾饷士卒而使军心复振；张伾鬻爱女助饷而令将士感泣坚守危城！……历代名将贤士流芳百世，女儿此举，也一定能得天主赞许！”

孙元化听得心头一动，万一山穷水尽，这也未必不是一项权宜之计。只是……

老仆在门外禀报一声：“老爷，耿中军求见，有紧急军情！”

孙元化赶忙出后堂，快步走到外衙公事房。耿仲明满面惊惶地迎上来：“帅爷，孔有德他，他率兵围城了！”

“哦？”孙元化心里一震，竭力保持平静，看定耿仲明：“你上午去送信，不是说他很恭敬的吗？”

“他确是恭敬，但他手下各营，都有被张总兵所杀的弟兄，愤恨不平，他或许拗不过众人……那些乌合之众，难说有军律听号令的……”

“围城何意？不愿受抚？”

“不，不！他们射上城来的信函，是要求交出追杀探亲辽丁的凶手，以命抵命……”耿仲明说着，呈上书信。

真是雪上加霜！难而又难！孙元化目光灼灼，凝视着耿仲明说：“云台，你随我时日不浅，当此危难，可要心定神清啊！”

中军官竟激昂地喊起来：“我耿仲明若有半点不利于帅爷之心，叫我碎尸万段！”说着猛一跺脚，跪倒在地。

“起来！立刻遣人往水城与四门传令：加意防守不得松懈；令可莱亚游击督率各教官及火器营速上城楼，不得离开大炮一步！”孙元化沉着镇定，有条不紊。围城并没有使他慌乱。登州城高壕深，大炮四十余位，中炮二百多门，要坚守城池，绰绰有余。

然而，命运注定了崇祯五年的元旦之夜是个灾难频仍的夜晚，充满了爆炸性事件。

传令兵急促的马蹄声击碎了雪夜的沉静，各处守军在急匆匆地调动，车声辚辚，马嘶萧萧，官兵纷纷开往四门，拥上城墙。城中跟着乱起来，孔有德围城的消息顷刻传遍登州！登州人在惊慌之余，同仇敌忾，首先把愤怒掷向白天迁入城中的辽丁眷属，全城各条街巷，凡是住有辽属的人家，都在驱赶房客，铺盖、家什、杂物扔得满街都是，怒骂、推搡直到拳脚相加。那些辽丁眷属老的老小的小，在雪地里哭叫挣扎哀告，只换得恶意的痛快的狂笑。

登州人的愤怒一浪推一浪，目标由辽丁眷属渐渐波及所有的辽东人，他们一概被斥为“辽呆子奸细”，被一群群提着灯举着火把的登州人追赶、捉拿。愤怒的人群抓到发泄对象，就发疯似的拥上去拳打脚踢，咒骂、怒吼与挨打人的声声惨叫填街塞巷，形成一股股喧嚣的声浪，整个登州城沸腾了！人们终于红了眼，失却了理智。不知谁一声号召，拿刀执杖的数百成千人，疯狂地冲向辽属集中的开元寺、万寿宫、文昌宫，郁积许久的对辽东兵的怨恨猛然爆发，使他们一次一次猛撞庙门，越撞不开，渴望越强烈：要冲进去，大开杀戒！

孙元化得到城中大乱的报告，心急如焚。事态如此恶化，是他没有料到的。他立即传檄令登州太守及蓬莱知县即率得力巡捕兵役，制止城内的疯狂。

两名侍卫背上檄文立刻走了。但孙元化在他们紧迫的脚步声间隙中，听到由远而近的喧响，仿佛一重重海浪拍打岸礁，又似一阵阵朔风卷着黄沙。他想是劳累过度产生的错觉，嘘了口气，在大案后的圈椅中重重坐下，闭目养神。恍然觉得又有人进来。睁眼一看，竟是刚刚遣出去送檄文的侍卫。

“禀帅爷，我们出不去了！”

“帅爷，许多兵士围住了巡抚府！……”

“什么?”孙元化轻声问了两个字，眼前飘过一朵颤动的白花，晕眩得直恶心。他最担心的事终于发生了。

“他们来索饷……”

“说是若不补足欠饷，就不守城！”

孙元化竭尽全力集中精神，死死盯住两名侍卫，半晌说道：“快去送檄文，这里的事你们不要过问！”

侍卫惶惑地说：“巡抚府已围得水泄不通……”

孙元化大怒，双眉倒竖、满面血红，拍案怒喝：“冲出去！给我冲出去！”

从未见过帅爷如此震怒的侍卫吓坏了，没头苍蝇似的撞出中堂，赶紧跑了。

七

“大人！大人！快醒醒！”

吕烈明明听得人在耳边呼唤，仍是迷迷糊糊醒不过来。时而面对吴直纵声狂笑，时而扯着吕梦龙的衣襟与他争辩不休。仿佛又见到舅母羞愧的面色，恨不能跪到她脚前大喊一声“母亲！”忽又觉得在乱糟糟的、面色严峻的人群中，远远看到了二乔姑娘惊慌失措的眼睛……

醒过来！快醒过来！他对自己呵斥。面对吕梦龙而产生的强烈感情冲击和随后承担的搬迁辽属入城那繁杂无比的各项事务，弄得他身心极度疲倦……

他忽地被人一推，坠下万丈深渊！可怕的不是下坠时的风声和黑暗，而是着地而粉身碎骨的一刹那越来越逼近，教人惊恐得要发疯！他张口要叫，猛然从梦中惊醒，眼前是自己的亲兵和巡抚府传令侍卫的紧张面容。他一跃而起：“什么事？”

孔有德率兵围城！城中百姓围三寺！营兵索饷围着巡抚府！传令侍卫急忙传知这三件大事，匆匆离去。

风云突变！石破天惊！

吕烈立召属下哨官哨长，急下三令：全营立即戒备，随时待命出动；三哨一百二十人去协助府县解三寺之围；一哨二哨共二百四十人随营官往巡抚署解围!

一哨哨官欲言又止，很是惶恐，终于跪倒请罪：“大人，恕卑职管教不严之罪，营中兵丁十之五六，都去巡抚署了！……”

“荒唐!”吕烈低低骂了一声，“起来！跟我走!”

还离得很远，就看见巡抚府四周那数不清的松明火把，无数张激动愤怒、满是尘土油汗的士兵的脸在火光中闪动，伴随着嘈杂得令人头晕的喧嚣，所有的人同时在喊叫、咒骂，在诉说、争吵。黑压压的人群，超过千数。

巡抚府大门到照壁间的那一大片空地，挤满了索饷的士兵，最前列的十多人脸红脖子粗地朝门官侍卫喊叫：“快请巡抚大人出来说话！……不散！就是不散！巡抚大人不照面，欠饷不发，我们就不走！……”

有士兵冲上去“咚咚”地敲那大红门。守门卫士急忙阻拦推搡，不多时便扭打纠缠在一起，人群助威大呼，喊声震耳欲聋。

吕烈本想上前排解，忽见后方人群较为稀落的地方，火把映出几张熟悉的面孔：有登州营营官陈良谟、姚士良，有可莱亚这位西洋领队，甚至有辽东营的都司陈光福！吕烈明白了，士卒索饷闹事，背后有各自营官的支持。这样看来，各领兵将领对孙元化的不满也已达到极点!

不知出于什么，玩世不恭，幸灾乐祸，还是别的，吕烈突然也不想出头了。他勒住马，命部下止步候命，自己静立大槐树下，倒要看看事情究竟能闹成什么结果，孙元化究竟有多大本事，能不能化解这块压在头顶的重石……

“轰隆隆!”巡抚府两扇高大沉重的红门缓缓打开，门前的索饷士兵不由自主地往后拥退，掀起一阵惊惶的骚动：是不是冲出一队见人就砍的铁骑？或者更糟，推上几门可怕的铁炮，只要一次齐射，就能把门前数百人轰个尸骨横飞！……

门开后，里面竟无声息，但见十数名侍卫，手持上写“登莱巡抚孙”的黑字大红灯笼肃立两侧，正中的人纱帽红袍一身官服，双手端着腰间的素金束带，一动不动，如同一尊翁仲。

“巡抚大人!”一声惊叫，压过了四周的喧嚣，杂乱的闹哄哄渐次减弱终于完全静下来。人潮的涌动渐次收敛以至完全平息，登莱巡抚便与他属下最低一级的索饷士兵们相距不过数尺地面对面了。一时静得只听到火把的“毕剥”作响和人们粗重的呼吸。这一瞬的寂静很可怕，像一团超重的浓浓乌云，看不透将爆发雷电还是砸下冰雹；不知道打破这寂静的是一场严酷的镇压，还是一次流血的兵变?……吕烈远远望着，冷得从心里向外颤抖，手心却捏出了汗。

其实，此刻的孙元化非常镇静，已将生死置之度外。他既无力拿出欠饷和缺粮，惟有据实把长期以来瞒着士卒的真情说明，以诚信相待，动之以情，或许能收拾涣散的军心。若达不到目的，则死于变兵之手和死于朝廷之刑，不过只差一步，没有太大区别。

士兵们都被巡抚大人的气势镇住。平日里哨长差遣役使、打骂责罚都是正管，哨官管哨长，营官又管着哨官，巡抚大人则管着所有的营官和大人们，就像爷爷的爷爷，就像高不可攀的天神一般威严！他不就是朝廷、就是王法吗?不敢冒犯啊！最大胆的前排士兵有勇气与府中冲出来责罚鞭笞他们的人拼个死活，面对庄重肃立的巡抚大人本人，竟是惊畏得说不出话了。

巡抚大人却首先开口：“弟兄们三个月未关饷，元旦日未得犒赏喜钱，反而喝稀粥，下官无能，累弟兄们受苦，在此向弟兄们谢过!”他双手高高拱起向四周示意。

他的声音低沉浑厚而又慈和，像余音袅袅的钟声在每个人的耳边振荡，竟是那样真挚而且有力，深入众人心底。如果他出言凶暴专横，开口就责骂这些违令聚众的士兵，以王法军律相恫吓，那么必定有许多人冒死一搏，不但索饷，还能留得个不畏权势不怕死的英名。但这位最高地方长官，对他们这些最低下的小兵卒，却是一口一个“弟兄们”，态度这般谦恭，将欠饷的过错算在他自己头上，竟然向他们谢过！这是他们做梦也想不到的。人之常情：天雷不打送礼人。暴力发作，不是产生于受压太过的反抗，便是由于恃强凌弱的欺辱。眼下巡抚大人毫不加压，更没有恃权威盛气凌人，士兵们哪能发作?众人没了主意，竟不知说什么才好，因为他们要说的话，已被巡抚大人自己说了。

“当兵吃粮，吃粮当兵，没有粮吃当的什么鸟兵！辽呆子又围城，难道叫弟兄们饿着肚皮守登州！”说话的是一名哨长，故意气势汹汹以示胆大无畏。四周士兵都拿眼睛看他，竟有不少责怪的意思，和孙元化的谦逊相比，嫌他过于无礼，有人小声嘟哝：“连大人都不称一声，成个什么体统！”

“这位弟兄说得对，”孙元化愈加和颜悦色，尽管消瘦憔悴，仍是风采独具，“咱们登州粮饷历来丰足，超过边镇。弄得如今这样，若论怪谁恨谁，我说须恨金虏内犯！其中原委，今日便对弟兄们细细说明……”他说起金国攻大凌河，天下兵马勤王集饷，山东只得停了例拨给登莱的协饷；他说起登莱巡抚若自征钱粮须得朝廷特准，但至今未能得到准征的诏谕；额外向朝廷申请的拨饷，又因吴桥事变道路阻隔而停发……他充分发挥了他的声音魅力，头头是道，极令人信服。众人静静听着，不像来索饷，倒如同来听大人训话了。

哨长突然又提了个话茬儿：“孔有德率兵援辽，你不该将登州饷银尽数付给他！”

人群中“嗡嗡”地掠过一重骚动和议论。孙元化立刻接过话头：“这确属下官的不是。一来为使援辽弟兄安心，留下养家银；二来以为朝廷的额外拨饷及山东协饷不日送到，即可补上空缺，不料后来又生他变。元化只得另觅别途。喜得我府中眷属深明大义，捐助钗环首饰，所得银两，为弟兄们置办了元旦晚餐例食……”

“噢！”不少士卒惊叹，原来晚餐丰盛的过节酒肉和春饼卷鸡蛋葱丝，竟是孙大人家眷用首饰换来的！

“又喜得本城耆老乡绅认捐五千余两，元化日前已遣人回乡典去房产田地，近日将归。若能凑足五万两，就能为弟兄们补上一个月的欠饷了……”

孙大人典田产助饷！士兵们听得发怔，躲在后面的营官哨官们也都面面相觑，不知该信还是不信。

那哨长想来是索饷的发起人，感到了众人情绪的变化，心里发急，说话就少了分寸，多了虚张声势的大话，极不明智地逆着多数人的情绪，近似恶言挑拨："说得好听！谁信？典田产卖首饰？骗鬼去吧！大过年的，你羊羔美酒娇妻美妾过得可是舒坦？可知道我们弟兄吃不饱穿不暖，家里头老的叫小的哭，叫人还活不活啦？……"他后一半说的是实情，触动了许多士兵的苦楚，纷纷附和；但前一半却又使一些人觉得他冒犯了巡抚大人，因为孙元化有一件最有力量的武器——他一贯的清廉正直不二色的官声。所以尽管哨长说得指手画脚，大团大团白气喷向寒夜，很有鼓动人的架势，却惹得很多人拿白眼珠子瞪他。

孙元化叹了一声："弟兄们的苦楚，我怎能不知？怎能不问？可恨元化无能，叫弟兄们受苦，元旦佳节竟然饥寒交迫，不得不聚众索饷，罪在元化，实在上负君恩，下负黎民，愧对诸位弟兄……"他低沉厚润的声音撕裂了，沙哑了，连忙闭口不说，沉默下来。索饷的士兵们竟无人接上去再质问，不同程度地被打动了。

孙元化费力地侧过脸去，不知对谁微微点头，人们目光随着转过去，那两列红灯笼的尽头，黑暗的二堂垂花门下，一前一后缓缓走出两个人影，进入灯笼晕染出的一片红光之中，袅袅娜娜，竟是两个女子！这突然发生的奇迹使大门外又一次静下来，千百双眼睛一齐投向那两个娇小玲珑的身影。

走近了，从红灯尽头走来了，看得人眼花缭乱，是两位神女，还是一对花仙？高高的云髻略饰几朵绢花，苗条的身上披着一红一蓝风雪披风。红衫女明眸粉腮，神采飞扬；蓝衫女修眉秀目，面似寒玉，双双跪在孙元化面前，一同颤抖着嗓音喊道："爹爹……"

孙元化的声音也在哆嗦："孩儿们，朝前跪……"

两个女孩儿走到大门阶前，面朝众人款款跪倒，前排的士兵不由自主地后退，引起一阵小骚动，又很快止息。红衫的幼蘅极力支撑着，昂首挺腰，蓝衫的幼蘩被眼前这从未见过的阵势吓住，惊慌羞惭得不敢抬头，浑身阵阵颤栗。

孙元化的声音忽断忽续，颤抖得厉害："赴任一年……有余，元化家中更无长物，惟有这两个小女……愿将小女作价，以为将士们元宵佳节饱足之费用……弟兄们可愿……可愿领情？……"他的声音呜咽嘶哑，热泪盈眶，再也说不下去了。

老天！谁能想到这个！所有的人惊得呆住，不知是真是梦，不知是不是听错，一时都反应不过来，满场一派惊愕的寂静。寂静中，忽然响起女孩子战战兢兢、细柔悲伤的求告，那是幼蘅，闪着满眼的泪光：“伯伯叔叔大哥，行行好，成全了吧！……成全我爹爹的忠，也成全我们做女儿的孝！……”

凛冽的寒气传递着悲切的颤抖，越传越远，飞逝在夜空。

“不！——”大吼突然爆发，这是吕烈。在他看清那两副袅娜身影和熟悉面容的一刹那，仿佛有一只可怕的巨手掐住了他的喉咙，他透不过气，几乎昏厥，拼命挣扎、抗争，终于吼出了这一声，击碎了沉重的寂静。

“不！——不能啊！——”许多人回应着，大声喊叫起来。

“帅爷！——”另一声狂呼，几乎与吕烈同时，来自人群的后方，那是都司陈光福，同样激起了一片响应：“帅爷！——帅爷！——”

陈光福不管不顾地撞倒许多人，直冲到大门阶下，“扑通”跪倒，泪流满面：“帅爷！我是大浑蛋，我对不起你老人家！为了几颗粮几两银子，逼得你老人家卖闺女，我还算个人吗？该死！真该死！……”他提起大巴掌，照自己的脸“噼噼啪啪”地抽起了耳光。

周围是一片不由自主跟着跪倒的士兵，他们几乎忘记此举的目的，真心悔恨着，落着泪，语无伦次，不清不楚地嘟哝：“可别啊！千万不能啊！不能啊！……”

最心爱的女人和最痛恨的女人并排跪在那里！她俩竟都是孙巡抚的女儿！而孙巡抚正要卖女助饷！这是梦吗？荒谬得不可思议！为了二乔姑娘，吕烈要立刻冲上去替她挡住一切有形和无形的伤害！但因为那个灼灼，他又恨不得调头就走，绝不看第二眼！强烈的吸力和同样强烈的斥力，深深的爱和同样深的恨，用力撕扯着他，把他的心撕成两半，他简直要疯癫了！……

他一眼看到站在两个女儿身边的孙元化，那勉力支撑的身姿，那耗尽心血的憔悴神色，那强忍悲痛力求从容平静的表情……这不就是鞠躬尽瘁、死而后已吗？吕烈从不相信现世还有这样的人，但这人就站在他眼前！他诅咒自己，一拳击在自己胸口，翻身跳下马，直奔巡抚府门，如入无人之境。士兵们见他来势汹汹，赶忙上前阻拦，都被他拳脚齐出，撞到一边去了。他对孙元化双手高高一拱，跪地深深一拜，语调有些呜咽："帅爷！我吕烈今日真心诚服！……"他霍地站起来，转身对士兵们大喊：

"弟兄们，咱们齐心协力，死守登州！"

索饷的士兵们早被感动得鼻酸心热，却都拙于言词不知该怎么办。吕烈一声号召，打开了宣泄感情的闸门，上千条大汉同声大吼，震天动地，屋瓦为之震响，檐下冰凌柱也被震断跌碎：

"齐心协力，死守登州！"

"誓守登州，不求犒赏！"

"帅爷放心，我们再不索饷了！大家苦在一处！快请二位小姐回去吧！……"

后面的话，已是许多人乱纷纷的劝告了。陈良谟、姚士良、可莱亚等营官都从后面拥上前来，表示愿与帅爷同甘苦，可莱亚更用他那腔调怪异的中国话再三地说："姑娘们离开，快回家，夜晚，天气冷……"

暗夜中的街巷里，忽然一片马蹄声车轮响，和着数十人的大喊大叫：

"饷来了！饷来了！……"

众人一齐回头看，巷口的人群已自动分开，让出一条宽路，数十名高头大马上的骑士手举着火把，护拥着三辆马车直驰到巡抚府前，领先一人急忙跳下马朝孙元化跑过来，竟是监军道王征，老远就拱着手说道：

"初阳！但愿我不是迟来一步！"

"良甫！你这是？……"孙元化大觉意外，也实在猜不出其中缘故。

王征却来不及向孙元化解释，立刻转身向众官兵们扬手大声喊道：

“弟兄们！这里有筹来的三万两饷银，各营营官这就随我到粮台领取，天亮以后，就可以分到弟兄们手中了！弟兄们安心守城，今年所欠饷银，朝廷很快就要送来了！弟兄们但放宽心，都包在我王征身上！……”

人群中传出一阵欢声。

“良甫！”孙元化一把抓住王征的手，“从哪里筹来的银子？”

王征笑笑，说：“无非把死物变成活物罢了！”

孙元化嗓子一哆嗦：“你，你把宝杯和那帖卖了？”

王征意犹未尽地说：“可恨冯铨那个小人！知道我急等着用，把价硬压到三万！事情紧急，没法再跟他讲究，不然还能多弄点儿！”

孙元化心头一热，眼里充满泪水，两手一齐将王征的双手握住，嘴唇颤抖得说不出话来。

周围人群却听明白了他们的对话，一圈一圈地传开来：巡抚大人卖家产卖女筹饷、监军大人卖传家之宝筹饷，嗡嗡的声音越传越远，越传越大，形成一层层感情的波澜，回荡着一片又一片的赞美和感叹：

“好巡抚啊！”

“好监军大人啊！”

“真是大好人啊！”

…………

这真是雪里送炭！却又何止是雪里送炭？

望着王征热切而又诚笃温和的面容，望着周围无数激动得泪光闪闪的眼睛，孙元化心头思绪万千、百感交集，再也抑止不住，不由得仰天呼道：

“天主啊！我孙元化原不过三尺微命，一介书生，何德何能，竟赐我如此侠骨丹心的挚友、如此深明大义的这许多好兄弟！……”

他弹去眼角遏止不住的热泪，双手抱拳高举，向王征和所有围府的官兵们示意，喉头哽咽地高声说：“好兄弟，请受我孙元化一拜！”他后退两步，便深深地、深深地躬身拜了下去，而且不顾王征和身边诸人的阻拦，好半天不肯直起身来。

“帅爷！……”士兵们参差地喊出声，有人感动得咧嘴大哭，带得许多男子汉落泪。巡抚大人，朝廷的封疆大员，登莱东江各军之主帅，竟向他们这些最低贱的婢仆隶卒流的小人们下拜！谁见过？祖祖辈辈，谁见过？……

孙元化拜罢起身，憔悴的面容重新露出明睿和自信。但一瞬间又皱眉微怔：他站在台阶的最高处，一眼就发现开元寺方向冲出一片火光，必是又出了意外！他果断地立刻向面前的营官们说：“请诸位领各自属兵速回守地。吕烈，你率骑队赶赴开元寺，协助府县制止攻寺！”

“遵命！”围府官兵立即行动，千余人马顷刻走光。

吕烈在强烈的激动之后，浑身乏力，自觉体腔内空无一物，五脏六腑似乎都被摘去了。但他还是强打精神，拱手领命之际，朝孙元化身后看了一眼：两个袅娜的身影已走到红光与暗夜的接界处，正在回头寻找什么，目光落到他身上，两位姑娘都一激灵，迅速缩进夜幕中去了。

八

“着火啦！”望楼上传下一声高叫，望楼和将台四周聚集的三千名整装待发、臂缠白巾的兵马顿时沸腾，人叫马嘶，跃跃欲动，像一片黑色的、起伏涌动的海浪。

李九成急不可待：“孔兄弟，发令出动吧！”

孔有德瞪他一眼：“急啥！”转向望楼高叫，“着的是啥地界？”

望楼上传下禀告：“是开元寺那头儿！”

轰！兵马又是一番骚动。他们已经知道，他们的父母妻子有许多暂住在开元寺。

孔有德沉着黑脸吩咐：“不是魁星楼的火，不作数！弟兄们耐下性子且等着！”

自打小清河边接了吕烈送到的帅爷令箭，孔有德心里一块石头落地，一心一意等候招抚谕旨。在北沟等了许多天，全无动静。上上下下的弟兄，连孔有德在内，都犯嘀咕。有些弟兄忍不住偷跑三十里回去探望家小，顺便听听消息，总是人之常情，孔有德虽禁止可哪里禁得住？张可大的登州兵却挟旧恨驱赶殴打，终于开了杀戒。昨天是大年初一，回去探亲的人多一些，也不过三百多弟兄，张可大这个狗官竟亲自率兵马追杀二十里，死伤弟兄一百多！若非抚局不成，他岂敢下这样的毒手？孔有德闻讯领人马援救，在赤山脚下与张可大大战一场，新仇旧恨煽得双方都杀红了眼，登州兵死伤过百，而孔有德手下兵马前后合共死伤超过二百，吃了大亏！

收兵回北沟，营里处处哭声处处叫骂。大小首领纷纷跑来，红着眼珠子，要求攻破登州，拿张可大千刀万剐！

孔有德心里满是说不出的愧恨。赤山对阵，论年岁论气力论武艺，张可大都不是对手，他满可以将这老对头一刀劈于马下！但他心里顾念那个“抚”字，自然下不去手。面对一排排血污肢残的弟兄们的尸体，真觉得对他们不起。然而要下决心攻登州，他又犹豫了：怎么对得住帅爷？……

他举棋不定之际，耿仲明来了，在火上浇了一盆油！

耿仲明带来帅爷的手谕和指令。

耿仲明对孔有德，还有什么话不说？耿仲明身为登莱巡抚标下中军官，还有什么事不知道？随着一道道鲜美的菜肴，一杯杯浓烈的醇酒，登州城内的大事从耿仲明口中滔滔涌出——

抚诏被省城王巡按扣住不发，同着王象春的门生故旧一齐使力，要改抚为剿，朝廷中有阁老宰相做靠山……

登州城里，帅爷为抚局受尽张可大一干登州官员的明抗暗挤，处处作对。帅爷为筹饷，已到典当田产、变卖眷属首饰的地步……

迁入城内的辽属，备受本地人欺辱，集中住进三寺的辽丁家眷，处境更是岌岌可危……

一桩桩一件件，孔有德越听脸越黑，气息越粗重，旁边李九成父子、陈继功、李尚友等人早就臭骂开了。

耿仲明最后说：“大哥，看来招抚恐怕是夜长梦多……”

孔有德跳起来，眼露凶光：“抚个屌！滚他娘的招抚！老子不干啦！”

李九成立刻响应："杀进登州！宰了张可大那个王八蛋！"

大家捋袖挥拳，嚷成一片：攻城！杀张可大！

陈继功一拍耿仲明："老弟，别回去啦，一块儿反了吧！"

耿仲明苦着脸摇头："这不害了帅爷？朝廷不分黑白，登州狗官该杀，可帅爷待咱恩重如山哪！……况且弟兄们家眷都迁进了城，这城池又坚固无比，等闲攻它不下，旷日持久，老小妻儿还有活命吗？……"

登州城池周九里，砖石城墙高三丈五、厚二丈，城墙外池深一丈、宽二丈，东西南北四门均是四楼七铺五十六，马踩吊桥响，极是易守难攻。他们久在登州，岂能不知？至于帅爷的恩义、家眷的安危，更是难题，众人一时都没了主意。

李九成有心提议"管他三七二十一"，但立刻意识到众怒难犯，一句话说错就会前功尽弃。这位孔有德的智囊，当此关口，只好一声不响。

不料孔有德双拳往桌上猛地一砸，杯盘酒菜"叮咚"飞起，"哗啦"摔下地，他一字一顿，斩钉截铁地喷出一句话：

"咱们拥戴帅爷，永镇登州！"

一句话，解决了所有的难题，与宴的这些辽东大汉们大声欢呼，为此同干一大杯！剩下的，就是具体办法、细节安排了……

"火！魁星楼着火啦！"望楼上欢声大起，"东门楼上悬起两盏红灯啦！"

望楼下兵马躁动汹涌，爆发了狂野的咆哮。

孔有德浓眉耸动，目光如炬，毫不含糊地发着命令："不准喧哗！按计议的干！谁敢伤帅爷一根毫毛，我老孔定把他劈成两半！起动！"

三千兵马，像黑色的箭，朝登州城东门扑去。

东门守军陆师中营，全是辽东弟兄，早就悄悄放下吊桥。都司陈光福和巡抚府传令侍卫陆奇一打开了城门，辽东老弟兄们顿时搂在一块儿！孔有德如往常一样，把陆奇一高高举起、轻轻放下。

陆师中营迅速把预先准备好的白布缠上左臂，随同进城的辽东军分兵两路，一路由李九成、陈继功、陈光福率领去救护三寺的眷属，占领府、县及另外三门；另一路跟随孔有德、李应元，由预先到达北门的耿仲明策应，杀进水城，攻占总镇府，捉拿张可大。

“轰隆”一声，天崩地裂，随后爆炸声不断，一团巨大的烟雾腾空而起，城内储存火器火药的火药局燃起了大火，喊杀声惊天动地，扑向登州各处衙署和城门。登州城内顿时大乱！

头一声巨响传进水城内总镇府，震得侍卫们面面相觑。接二连三的惊人爆炸，带来一阵阵人喊马嘶，使张可大变了脸色，知道出了大事，急忙领着亲兵出内衙，直奔白天刚搬迁粗定的大堂，并指令侍从：立即着人回大城探听消息！

前脚才迈进大堂，一名亲兵满头大汗、满脸惊慌冲上台阶，扑倒在张可大面前：“大人！不好啦！孔有德乱兵攻进东门，城内辽丁辽民一起造反，大城已陷，四处起火！……”

“啊！”张可大脑袋嗡的一响，他预料中的最坏结果出现了！耳边的喧嚣呐喊如海潮汹涌，夹杂着零星的炮声铳声，由远而近。他眉头一拧，喝道：“带马！快！”他要往各营督战，无论如何要守住水城！

马还未带到，又一名亲兵跌跌撞撞地冲了进来，大喊着：“大人！振扬门！……”他一口气上不来，昏死过去。

振扬门！这是水城与登州大城连接的惟一通道！振扬门怎么了？跟脚奔来的守门哨长跪禀：“大人！耿中军持巡抚令箭叫开振扬门，孔有德乱军一拥而入，杀进来了！”

张可大沉脸提刀跨马，领了亲兵侍卫冲出府门。水城各处已是烈火熊熊，杀声震天，一片混乱了。他略作判断，便大刀一挥：“向南杀出去！接应大城！”

两马飞驰奔到，一个浑身是血的校尉滚下马鞍：“大人！孔有德来势极猛，意在攻取总镇府。我们守备大人率部死守道口，阻住乱兵向北，着小的来禀告大人，他定拼死命拖住孔有德，多一刻是一刻，求大人你由水门快走，再迟就来不及啦！”他一边说着一边痛哭。

“大人！水师游击营和平海营从乱造反，响应乱兵在水城里杀将起来，水师左营还在抵抗，右营和中营已经被打散了！……”另一报信营兵也已声嘶力竭。

“哇”的一声，张可大喷出一口鲜血，捶胸恸哭，仰天大叫：“老天！老天！果然登州难逃此劫吗？……”

中军管惟诚连忙劝道：“大人，事已危急，是不是收集余部，火速从水门北撤，以图再举？……”

张可大收泪，瞪了管惟诚一眼，厉声道：“回府！”

张可大进了他的总镇府，两扇铜钉铁叶大门便紧紧关闭了。他大步走进后堂，丫鬟仆妇都已吓得面无人色，老太太正惊慌地左顾右盼，询问儿子的情况，因无人回答而大发脾气，一见儿子进屋，才松了口气，露出笑容：“可大，我晓得他们在骗我，外面闹嚷，总是过年的喜气吧！”

张可大强笑：“娘说的是。现下叛兵贼子在城外作乱，儿身负守土之责，将要出战。娘不必挂念儿的安危，儿去后，叫鹿征陪娘过年，我已命人备了暖轿……”他说不下去了，对着母亲跪下去，三跪九叩，泪水哗啦一下涌出来……

辞别母亲出屋，他叫来了独子张鹿征，厉声道：“眼下危急，你立刻带亲兵及服侍丫鬟，侍奉祖母到水门上船，连夜出航，离开登州！取道天津往京师……”

“爹！”张鹿征大叫，涕泪双流，“那你老人家……”

“快走！”张可大喝道，“再迟疑就来不及了！”

张鹿征犹豫着，哭着：“还有母亲、姨娘许多人呢！……”

“畜生！”张可大发怒，一把拔出佩剑，“再啰唆就要你的命！”

张鹿征吓得“哇呀”喊叫出声，掩面跑开。

张可大回大堂，稳坐大案交椅上，神色又是一变，从容中有一种说不出的威严，目光灼灼，亮得惊人。

“吴振姬，过来！”那个每战跟在鞍前马后为他打着“张”字大旗的忠心耿耿的旗鼓尉，连忙应声而出，跪在当前。

张可大解下腰间所佩的刻着双龙双虎、贯以红丝绦的金符牌，郑重交授给吴振姬："你立刻持此符牌出水门，走小路西去济南，再上京师，将此间事变上报山东巡抚、山东巡按，并报兵部知道，快去！"

吴振姬匆匆一叩首，站起身匆匆离去。

"管中军！"张可大解下佩剑，"哐啷"一声扔在地上，把应声而出的管惟诚吓得变了色，"拿我宝剑去后堂，命夫人自裁，斩尽诸婢妾！快去！"

管惟诚看一眼总镇大人冰冷铁青的脸，冒血一般的红眼睛，什么话也不敢再说，提剑去了后堂。

"具我朝服衣冠，持白练来！"张可大威严地缓缓命令。

"大人！"满堂惊叫。

"快！"张可大厉声喝道。

亲兵侍从们一个个浑身发抖，泪水横流，不只为张可大，也为自己，不知大人最后怎样发落他们。他们总算迅速地服侍大人穿好最庄重富丽的朝服：头戴六梁冠，身上赤罗袍缀着狮子补，腰系镶金雕花犀带，脚下一双崭新的粉底鸦青缎靴。这一身在灯光下格外耀眼绚丽的朝服，与悬在大堂梁上的闪着冷森森白光的素练一对比，每个人的心都在颤栗。

张可大站在白练之下，一座山那样沉稳，缓缓说："你们从后门走，若能追上鹿征及老太太，便一同乘船离开，路上也好有个照应。"

"大人！"众人一下子哭出来，"呼啦"跪倒一片，同声喊着，"大人，随我们一同走了吧！……"

张可大神情威严地摇头："身为一方总镇，必须与此城此土共存亡，方不负朝廷世代恩养。况且士可杀不可辱……"不再往下说，只摆摆手，"去吧，都去吧！"

众人纷纷叩头，哭着离去。忽听大人咬牙切齿地说："你们记住，谁敢回来将我救下，便是我不共戴天的大仇家！"最后一个离开大堂的亲兵忙乱中回头再看一眼，只见总兵大人面向北肃立，恭恭敬敬地稽首一拜、再拜、三拜，他是在向朝廷向皇上礼拜告辞！……亲兵泪水骤涌，不敢再看，飞快地逃走了。

由于阻道的守备官采用死缠软磨的战法拖住孔有德，力大无穷的他就像老虎捉老鼠一样使不上劲，气得哇哇乱叫，费了好一阵工夫，才觑着破绽，一刀把守备砍下马。营官阵亡，下面兵勇被杀散，道路打通，孔有德扬刀大呼，恰似半空中一声响雷：

“攻打总镇府！捉拿狗官张可大！——”

“杀啊！——”红了眼的辽丁怒吼着从四面八方冲向总镇府。紧紧关闭的大门，激起他们更大的愤怒，咒骂叫战声如同沸腾。

几十个辽东大汉，抬来两根最粗大的桅杆，狠狠撞击铜钉铁皮门，千百条喉咙同声喊着号子，压倒了“嗵嗵”的撞击响。不过七八次猛撞，“轰隆!”两扇大门齐齐倒下，辽丁们欢呼怒吼，潮水般往里涌。孔有德一马当先，冲在最前头。

马蹄踏在前院的石板路上，“喀啦喀啦”像敲铁锤，孔有德急于找到他的老对手。为无辜而死的弟兄们，为自己来登州后所受的屈辱，他要亲手劈了张可大这狗官！由于复仇在即，他非常兴奋，大喊大叫着自己也不知是什么意思的字眼，痛快得有如疯狂！

大堂竟也掩上两扇门！孔有德拍马冲到近前，挥大刀猛力一劈，堂门“哗啦”洞开，微弱的烛光映照着大堂正中一个悬在空中的人，倒把他吓了一跳，赶忙招来打火把的侍从，随他骑马绕着已经断气的尸体转了一圈。没错，这个衣冠鲜丽的官儿正是张可大！孔有德心头顿时涌上一阵失望。

兴高采烈的弟兄们扬着火把刀枪，敲打着应手家伙高声大叫：“狗官死啦!”“张可大悬梁自尽啦！……”一时间总镇府内外欢声如潮。孔有德突然发火了：

“都乱号个啥？还不快给我搜!”

五进院子里顿时火把灯笼到处闪动，把每个角落都照得通明。几个弟兄惊疑不定地跑来禀告：后面房里院子里尽是死人！

孔有德策马来到三进院、四进院，血腥味儿浓得就像大战后的战场。院子里屋子里，东一具西一具，尽是妇道人家的尸体，好几十！

院里的看去多是婢仆，斑斑血迹染红了白雪，凝成硬块；屋里的多半衣着华贵，想必是张可大的妻妾亲眷，都是颈中受剑而死……

院一侧的楼上，传来“咚咚”的楼梯响，夹着可怜的、喘不过气的哀告：“饶了我吧！……求你高抬贵手，求求你，饶命，饶命啊……啊！——”尖厉的号叫戛然而止，侧门突然跌出一个披头散发的年轻女子，扑倒在孔有德马前两丈远的地方，猛烈地抽搐几下，断了气，左胸有个从背后穿透的窟窿，往外汩汩地流着鲜血。随后，一个高大的男子出现在侧门边，浑身是血，满脸凶残狂暴，身体摇晃着，用长剑拄地勉强不倒。

“管惟诚！”孔有德怒吼，“你这混账王八蛋！孬种！追杀女人，也算你的本事？”

管惟诚瞪着火炭般赤红的眼睛，野兽一样舔着干裂的嘴唇：“我，奉的大人将令，夫人自裁，斩尽全家婢妾，共是四十五口！……哈，我管惟诚上阵还没杀过这么多人哩！杀得大人这把宝剑都缺了口卷了刃，我这胳膊也抬不动了！……哈哈！杀得好！死得好！一门忠烈，举世无双！……”

孔有德想发火，想怒吼，不知为什么没有办到，反而和缓下来：“管中军，我知道你是条汉子！只要你随了我，保你富贵不尽！……”

“放狗屁！”管惟诚破口大骂，“你这乱臣贼子，人人得而诛之！还想保别人富贵荣华？别做你娘的春秋大梦了！……”

“张可大已经上吊死啦，这水城，这登州铁定是攥在我老孔手心里！你要死还是要活？”

管惟诚摇摇晃晃“扑通”跪倒，仰面痛哭：“大人！大人！你为国捐躯，英灵不远，我管惟诚绝不负你！”不知哪里来的力气，他陡然站起，指定孔有德，“你这十恶不赦的叛贼，我跟你拼了！”长剑一挥直扑过来。不等他靠近，侍卫持短刀猛地掷出，另一侍卫的鸟铳也及时发火，管惟诚胸前中刀、腹部中铅子，倒地后再也没有动一下。

孔有德回头喝骂侍卫：“混账东西！谁叫你们飞刀放铳！就让他跟我对打几个回合，死也好死得服气！……”

他们重新回到大堂时，一直骑在马背上，扬言绝不在总镇府内下马的孔有德居然下了马，命人把张可大从梁上放下来，停在大案上。牵马出堂之际，他略一迟疑，转身回去，对着张可大的遗体拜了三拜。拜罢，抬头碰上辽丁们迷惑不解的诧异目光，他不高兴地说：

“看什么看？他到底还算是个男子汉，对不对？……算了算了！快给我滚吧！……”

孔有德的声调很不耐烦，是为了掩饰心里那股说不清的不痛快、不舒服。对手就这样死了，他原先充塞着报复、比个高低的膨胀的心突然变空了，没着没落了，这使他的兴奋、他的疯狂的胜利感一下子失去了光彩。此刻他心里似有若无地闪过一个影子，一个在尸横遍地的荒野上独立支撑、发疯似的向虚空乱砍乱杀的人——那是他自己，为了杀鞑兵，做不怕死的武将英豪。如果他那时死了，不也是忠烈之士吗？……

他绝没有想到，二十年后，他果然成了大忠臣，重演了张可大的这一幕。

变兵入城，城内辽丁辽民立即响应，因而声势浩大。况且以有备攻无备，攻方对登州城内大街小巷、官署民居又都了如指掌。攻占四门，夺取大炮，孔有德的军队很快就掌握了全局。守方一直没能够形成有效的抵抗，几次有组织的反击被打垮以后，守军就崩溃了。天亮时分，铳声、喊杀声零落了，变兵开始了抢劫，官署、富商、财主、士绅及平日与辽丁有宿怨的人家，成了抢劫的主要目标。

太阳升起，照着白雪笼罩的大地。城中还有几处房宅余火未尽，黑烟在袅袅飘散。城头街巷，尽是夜来激战留下的尸体和血迹。被俘的要人用长绳绑成一串，被变兵押往考院集中，其中有知府知县以及昨天上午被请进巡抚府的所有富商士绅，他们从一具具尸体边走过，或叹息或惊恐，不一而足。饱掠而归的变兵背着各种包袱箱笼，大声说笑呼喊着，对尸体看也不看，毫不在意。但他们不敢走近城隍庙后三贤祠一带，这是孔有德刚刚下的禁令，违令者斩无赦！

因为，登莱巡抚就被困在三贤祠内。

孙元化靠在供桌边喘气，精疲力竭，口焦舌燥。举目望去，小小的三贤祠堂内，只有张焘、吕烈和几名亲随侍卫散坐各处，院内还有三十多名抚标亲兵守卫着祠堂大门，一个个都疲惫不堪，身上血迹斑斑。

昨夜变起仓促，孙元化来不及安慰委屈的女儿和饱受惊怖的妻子，便立刻投入战事。然而已经晚了，他调集兵马的将令传不下去，各营的抵御作战行止也传不上来。只有陆师游击营吕烈率部分人马来保护巡抚府。不久，张焘一行二十余人赶来禀告城中混战的局势，因为他属下火器营同几个辽东营一起响应孔有德而全都叛变了！孙元化知道大势已去，不顾一切，率领身边仅有的兵将百余人冲出巡抚府，与叛军巷战。从半夜战到天明，身边的侍卫亲兵越来越少，他也说不清砍杀了多少叛兵，但身上却丝毫没有受伤，只溅满了对手的血。到了黎明，能辨认面目时，他发现了，只要遇着叛军中的辽丁——他当年从宁远带到登州来的部下，对手就慌忙闪避，不肯与他接仗，而换上一些眼生的士兵。即使是这些人，也不敢伤他，只用令人眼花缭乱的枪法刀法阻住他的进路或退路。就这样，进进退退，杀来杀去，他们被逼进了三贤祠。

孙元化用力呼吸几口气，努力打起精神。他急于知道外面的战况，但派出去的亲兵都被挡回来，说是三贤祠外各个路口都有大量叛军把守，通不过。他立起身，沉声道："我们得出去，设法联络上耿仲明、陈良谟。"

张焘紧皱双眉："耿仲明？我怕他已经……"

"不会！"孙元化断然说，"他向我发过誓！走吧，吕烈。"

吕烈倚着堂柱，正静静打量着三贤的泥塑像——他们是宋朝的马默、李师中、苏轼，因为都当过登州太守，又都为登州办过几件好事而被百姓祭祀至今。听孙元化这么说，吕烈冷冷一笑："帅爷，你信他发誓赌咒？我可不信！三贤若有灵，助我一臂之力，我定要亲手杀了这个吃里爬外的奸贼！"他"哗啦"抽出腰刀，领头出了祠堂，张焘、孙元化在后，所有的三十余名侍卫亲兵簇拥着他们，一起冲出院门。

刚转过巷口，便有大队叛军扑上来阻拦，呼喊喝骂，刀枪铿锵撞击，双方又战成一团。

一骑远远奔来，扬臂大叫："住手！住手！——帅爷，是我呀，我是耿仲明——"

一语未了，这边吕烈弃刀夺过对手的长枪，跳起来直奔耿仲明，举枪就刺，耿仲明连忙出枪抵挡："哎，哎，吕烈，先别动手，我有话说，我有话对帅爷讲！……"

吕烈全然不理。尽管以步敌骑很是吃力，他仍是不顾一切地急风暴雨般进攻，招招都挟着杀气，倒把耿仲明逼得步步后退，退到混战的人群中。

"帅爷，帅爷！……"耿仲明要应付吕烈，又得回顾招呼着孙元化，"帅爷，你听我说……哎呀，不好！"耿仲明大叫一声，调转抵挡吕烈的长枪，刺向与孙元化对阵的叛军小头目，几个声音同时惊叫：

"啊呀！……"

一刹那间，大家都停下手，怔住了：孙元化倒地，叛军小头目身亡，耿仲明落马，同时发生！

原来，年近半百的孙元化体力不支，不耐久战，出剑已显出迟滞吃力。对手却是个精壮汉子，刀刀裹着风声。他乘机飞身跃起，一个泰山压顶的猛势砍下，孙元化举剑一迎，抵挡不住，长剑脱手飞出；这一刀力势太猛，收不住，眼看落在孙元化右肩，将削去他的臂膀；耿仲明情急，转过头挺枪一刺，正中叛军小头目咽喉；而他自己左侧暴露，吕烈就势一枪刺进他肩窝，他翻身摔下马鞍。

侍卫亲兵连忙扶起各自的将军。孙元化臂上擦过一刀，受了点轻伤。耿仲明肩窝却是血流不止，亲兵在给他包扎。

孙元化、张焘和吕烈瞠目相视，都不明白耿仲明为什么要因救孙元化而杀掉叛军小头目。他一出现，臂上缠的白布已表明他是孔有德的人了。也奇怪这些与他们交手的叛军见小头目被杀都无动于衷，此刻站立两侧，全无继续动手的意思。

那么，耿仲明救护孙元化，总不是恶意吧？

“耿仲明！”孙元化咬牙切齿，“你这叛贼！竟敢如此！”

耿仲明捂着肩伤，跪在孙元化面前，忍着疼痛说：“帅爷，仲明对天发过誓，决不负帅爷恩德！”

“你还有脸提这话！”孙元化又怒又恨又奇怪。

“禀帅爷，眼下，原登州总镇属下各营散了两营，降了两营，俘获三营，营官陈良谟、姚士良、可莱亚均已阵亡，张可大在水城署中自缢而死，知府知县各官也都被执关押，登州城已是辽东营的天下了！……”

“哦，张总镇！……”孙元化悲愤交集，痛悔地闭上眼睛。

“弟兄们要来拜见帅爷，让仲明先到一步请告，不料……瞧，他们来了。”耿仲明指着巷口北头。

一片五颜六色的旌旗，簇拥着一面绣着巨大的“孔”字杏黄旗和一面绣着黑色的“李”字红旗，像灿烂的云霞停在巷口，杂乱的马蹄声引出一队骑马的将领，盔帽锃亮、甲胄鲜明，下马便朝三贤祠快步走来。越走越近，辨认得就越清楚：那是孔有德粗悍的身躯；那是李九成精明的瘦脸；那是陈继功、李尚友、李应元、曹得功；还有留在登州的陈光福；他背后那个瘦小的影子，竟是陆奇一！……孙元化心头一阵刺痛，不得不再次闭了眼睛。

“帅爷！”一声大吼，震得众人一怔。孔有德飞跑着，直扑到孙元化面前，“扑通”跪倒膝下，伏地大哭，像三岁小孩一样哭得无所顾忌，胸脯大起大落，浑身直哆嗦。

“帅爷！……”其余同来的将领也都跪下了。

孙元化睁眼注视痛哭的孔有德，胸中百感激荡、气血上冲，好一会儿才缓过一口气，愤懑地说：“想不到，竟是你在哭！”

“帅爷，我只当这辈子再也见不着你啦！……”孔有德抽抽噎噎，热泪纵横，满腔忠诚，一脸憨厚，绝不像干出这种杀人放火掠地攻城叛逆大事的奸恶之徒。

“我命你驻兵北沟待抚，为什么围城攻城？”孙元化又疲倦又厌恶，紧蹙着剑眉，冷冷地问。

“帅爷，张可大无故杀了我们二百多弟兄，难道就罢了？岂能不来讨还个公道？后来城中赶杀辽人及弟兄们的家眷，难道就白挨刀，怎能不救？……”

“你就这样救！攻占城池，擅杀国家官吏，烧杀抢掠百姓，尽是叛逆大罪，十恶不赦！我既落在你手，是杀是剐随你处置吧！”孙元化冷冷说罢，又闭上眼睛。

孔有德大惊，再次伏拜在地：“帅爷这么说，我老孔怎么做人！弟兄们都身受帅爷大恩，我老孔的命都是帅爷拾起来的，不然一百回也死过了！怎敢负了帅爷遭天雷打！事情弄到这个地步，实在不是咱老孔和弟兄们故意的。但既到了这个田地，干脆破罐破摔！朝廷无道，逼得弟兄们没路走，上上下下嫉贤妒能，帅爷你夹板气还受得不够？……”

孙元化突然睁眼，目光亮得不可逼视：“你要干什么？”

李九成赶忙凑近，极其恭敬地低头说：“帅爷，弟兄们此番举兵，绝非去当草寇！众人议定，占登莱，扼渤海东江，据有山东，拥戴帅爷为主，永镇登州！”

孙元化大惊失色：“什么？”

孔有德赶忙补充：“正是正是！咱们自家征田赋收租税筹粮饷，安定一方！大明气数已尽，何必受它挟制！咱们怎么就不能也立个国？帅爷你怎么就不能也当皇帝？……”

“住口！”孙元化怒喝，决眦欲裂，痛心疾首地恨道，“大逆不道！大逆不道！算我孙元化瞎了眼，错认你孔有德！”

“帅爷！”孔有德还在解释说服，“我老孔绝不负帅爷恩德，心甘情愿从龙听喝，为帅爷包打江山！……”

孙元化只觉得内脏似乎都在大出血，脸色灰败，心中绞痛。他竭力支撑，陡然挺胸，提起中气，凛然宣告：“我孙元化生是大明臣，死是大明魂，绝不苟且贪生！决不与乱臣贼子为伍！”

他没有气力一直响亮地把话说完，脚下大地在塌陷，头顶天空在旋转。他那收复四州、筑起天下第一坚固的登州要塞的美梦已成灰烬，日日夜夜奔波策划耗尽的心血已经白费，皇上的殷殷期望、天颜纶音有如隔世，此一刻他万念俱灰，惨然笑了笑，说："孔有德，我如何待你，你竟陷我于大逆！……孙元化臣节无亏！"话音未落，腰下宝剑已经出鞘，极快地反手横向脖颈，用力向下一拉。吕烈眼疾手快，一个箭步上前夺剑，却已晚了一步，孙元化颈间鲜血迸流，倒在了地上。

"帅爷！——"孔有德大叫，扑在孙元化身上，眼泪狂喷如泉，泣不成声。

"帅爷！——"周围的人一起大叫，喊声在窄巷间滚动、回荡，震得人们耳朵嗡嗡乱响，催逼得这些粗莽、野蛮、杀人不眨眼的汉子们掉下了眼泪。

第六章

一

元月初七是人日，温体仁到首相周延儒府上拜节。

照理说，元旦皇极门大朝会，百官朝贺天子之后，同僚相聚，已经互相致过新年祝贺了。然而，正是在朝会中，温体仁从首相保养得光润白皙的面容上觉察出几丝阴云，从那俊朗的眉宇间捕捉到掩饰的烦恼，也从百官的态度中感受到他们对首相的强烈不满。

确实，朝中人言籍籍，都在或明或暗地指斥首相的种种劣迹：他的连襟陈于泰竟不顾回避制度参与朝考夺得状元；他的哥哥周素儒竟冒名顶替入锦衣卫得千户职；他的弟弟周正仪仗他的宠爱公然招贿卖官，标出“七千得词林，五千得科道”的价格；他的家将周文郁一升再升，竟得到副总兵的高位；他推荐的各地总督巡抚大员，大车小车流水般往周府送礼，金银财宝、美女狡僮无所不备……最令满朝议论纷纷的，就是吴桥兵变及由此而来的抚剿之争。耿直之臣有识之士无不主剿，这原是平叛除逆的正道，他却偏袒他荐举的登莱巡抚孙元化，极力主抚——谁知道孙元化暗地给首相送了什么厚礼？这个举人出身而任封疆大吏的人，当初就有许多朝官认定他难以胜任，迟早要出毛病。“果然应了不是！”朝会时一谈起吴桥事变，这成了口头禅，不无幸灾乐祸，自诩先见之明。入冬后，首相又遇上一件灾祸：由于他的子弟家人横暴乡里，百姓愤怒群起，烧了他的老屋故居，掘了他的祖坟！这奇耻大辱非常人所能忍受，何况当朝首相？朝廷言官反而据此纠劾他纵容子弟胡为，有失教之责，非大臣之体！

在这种情况下，温体仁岂能不关心？岂能不主动向首相表示忠诚和支持，给首相以适时的安慰？……

周延儒亲自出门相迎。温体仁只觉眼前一亮，差点儿没认出主人。进到客厅待茶，分宾主坐定，温体仁闪眼细看：这位头戴凌云巾、身穿姑绒圆领沉香色长袍、外罩玉色貂皮长半臂的当朝首相，竟如风流才子一般潇洒出尘，大约是饮了酒，白皙的脸上微泛桃红，眼睛如同含了水，不仅显得比平素年轻，还露出几分妩媚。温体仁压下心头自惭形秽的说不清的酸楚，笑着与主人贺节，互道寒温，随后蹙眉道：

"昨日张副宪来我处，说起宜兴刁民闹事详情，真正可恼！定当严办！言官竟颠倒是非纠劾玉绳公，真不知是何肺肠！这些铁嘴乌鸦，委实令人痛恨！"

周延儒一笑："随他去，君子坦荡荡。"

"人道宰相肚里好撑船，果然汪海度量！我虽痴长十数岁，也得侥幸入阁，却是万万不能及的！"

"长卿兄当年独力撑拒，力敌诸言官御史，辗转不屈，也可谓惊天地而动鬼神了！"

"哪里哪里！若非玉绳公援手相助，体仁焉有今日！早被那帮铁嘴乌鸦扇回乌程老家去了！……"

二人相视而笑。首相笑得如他平日一般狂放，温体仁笑声只在喉头打滚。

当初御史们参劾温体仁为魏逆建生祠作颂诗、贿赂魏党大奸崔呈秀，揭发他在朝中排击异己以邀帝宠，温体仁一概否认。在皇帝召集的内阁九卿会议上，他与诸官辩诘舌战，始终不屈，并奏告皇上说："诸人排击为臣者百出，而无一人左袒臣，臣孤立可见……"这话正打动了最恨臣下结党的朱由检。偏偏此时，又一御史弹劾温体仁娶娼、受贿、夺人产业等不法行径，周延儒暗体皇上心意，立刻指摘此劾本失大臣体，有损朝廷威仪。这激怒了崇祯帝，以奏本语亵的罪名将此御史降级外调；又由周延儒荐举，温体仁终于入阁。周延儒虽是首相，但同阁为相，温体仁原不须如下属般谦恭的。

"家乡之事，玉绳公还要宽怀，万一伤心损神，朝中大事却去靠谁！……”温体仁忧心忡忡，十二分体贴安慰。

“长卿好意我领了。我周延儒岂能那般小家子气！当年郭令公祖墓也遭人掘，仍是七子八婿汾阳王，富贵寿考古今稀！哈哈哈哈！……”大有自况郭子仪的豪气。一转脸，问道：“听说吏书想要起用王之臣等人，长卿知道吗？”

“吏书也向我提起过。”温体仁心里一惊，回答却不含糊。难道他起了疑心，知道此事其实是我的主意？

“此事断不可行！王之臣等人乃魏党，起用他们，必致人心混乱。皇上为此召我咨问，我奏说：‘若用此辈，则无异于昭雪阉党了。’皇上醒悟，才没有准吏书奏本。”

一瞬间，温体仁极恨面前这个风流才子！果然是他作梗拆台！看他扬扬得意，好像皇上是他的！魏党又如何？谁不知道你那娈童冯铨也是魏党大将？……

“长卿，闻听你为此事对我颇有不满？”

“哪有这话！”温体仁极口否认，“我温体仁怎敢对恩公说半个不字！我还成个人吗？”看看四周无人，他突然离座，竟直挺挺地跪倒，右手高高指天，左手抚着心窝，慷慨激昂，“此心对天可表，温体仁绝不负恩公提拔栽培！”

周延儒见逼出这种表示，未免过分，连忙扶起，笑道：“何须如此！我不过想提醒你。儿女之私，人之常情，言官攻你娶娼，攻我多欲，俱是小节，不足深怪。但杀魏阉除逆党，是皇上即位第一大德政，却是大节。所以，冯铨与我私交甚好，才学也出众人上，我却从无罗致选用之意。”

温体仁听他提起娶娼旧事，邪火直冲脑门儿，不料他又说及他的男宠，毫不难为情，彼此扯直，倒也平息了心头的恼恨，连连点头称是。敷衍了几句闲话，他忽又说道：“方才进府，见到好几副车仗，以为还有同僚在座哩……”

周延儒略一迟疑，终于笑笑：“果然有几位。来吧，也请你入席。”

温体仁随周延儒走进一所精致的小花厅，宴桌后面的人都站了起来。虽然一个个忠静冠、飘飘巾、锦袍罗衫，温体仁也能认出他们是兵部、吏部侍郎、佥都御史徐璜和一位江南名士龚鼎孳，都有才子之名，常与周延儒诗酒唱和。一番寒暄问候，再为温体仁添了一席宴。

三巡酒过，温体仁才仔细打量四周，心里混合着刺骨的嫉恨和刺骨的羡慕：这个状元宰相风流才子太会享乐了！

自家花厅怎么就没有这样敞亮？原来四面皆是雕着精美的山水人物花木的镂空花轩窗；自家食具酒器怎么就毫无雅意？哪像这里满桌都是晶莹如玉的古窑名瓷；自家也有一堂螺钿家具称得上精致，却比不上这里的紫檀古董那么名贵富丽；自家也有熏炉，却从未见过图案如此精巧细密的银丝嵌镂的大罩花熏炉，热气里喷出浓香，整个花厅暖如春末夏初，怪不得这些人只着薄薄的罗衫！

早听说周府家僮侍婢多解音律，其中最聪俊的十名僮儿皆以“些”命名，什么云些、月些、雨些、露些，眼前来来往往上菜斟酒的俊俏小厮，或许就是“十些”？自家最清俊的书僮，也只配给他们提鞋牵马！……

温体仁正在胡思乱想，耳边隐约飘过一句话：

“登州近况，你继续说。”

这是周延儒的声音，在对徐璜讲。看来是要继续被温体仁突然到来打断的话题。温体仁连忙收摄神思，饮酒吃菜，似不在意，耳朵却极其敏锐地听着。

“我家人是从钱塘回京师途中，绕道登州去看望我那外甥的。据他带回的家书来看，吴桥之变确实应抚不应剿。孙巡抚在登州颇得人心，尤为辽丁所敬重。抚局必成，登州也很安静，难处只在缺饷。”

“粮饷之事，处处为难，何止登州！只是登州有钦差监视兵粮，别人难以置喙……登州富足，我料它出不了大事！”周延儒但凡出口，总是很自信。

徐璜笑道：“那岂不令朝中诸公失望？他们拿孙元化做靶子，实则寻你的不是哟！”

周延儒扬头一笑：“这些人糊涂之至！说我庇护孙元化，我为什么庇护他？没有一点好处到我手边嘛。他是皇上亲自提拔的，我周延儒岂能不护着皇上！皇上英明如此，有什么看不透的？……算了算了，不说这些烦人的事了。云些，月些，快上鸡羹烹鱼，诸位且尝尝我这寻常鸡鱼的味道！"

温体仁同着众人一起拍案笑着，心里却七上八下：周延儒的话是不是有意说给他听的？他原想借吴桥兵变大做幕后文章，万一招来皇上疑忌，那可不是闹着玩儿的！或许该收敛一些？可是放弃这大好机会，太令人沮丧了！……

"十些"托着银盘络绎走来，给每个宴桌摆上两尊形状特异的紫砂器：有的方，有的圆，有的带提梁，有的加撑脚，有离桌面五寸高的高脚碗，有环耳圈足式样的彝敦，十二件食器件件有盖，通体花纹，精美古雅，或刻或雕，各尽其态。众人啧啧称羡，反复打量抚摸这光泽温润的奇物，爱不释手，谁也叫不出它们的名称。

众人的神态令周延儒得意："不认识吗？这是我家乡宜兴的紫砂陶。本人出的样子，仿照古代礼器，着名陶工精制，每样只烧两件，出窑便毁其一，使之成为独一无二的绝世珍品，无价之宝！如何？仿得可有几分神似？"不待客人回答，他已兴冲冲地一一指说：高脚碗仿的是齐太公豆，泥色为海棠红；方圆盘仿的是周讳季甗簋，泥色为朱砂紫……

"妙极！妙极！"温体仁抚摸着面前深红色蟠夔敦边极生动的云龙雕，没口子赞美，"叹为观止啊！真不知盛装何等佳肴才不辱没它！"

周延儒一笑："诸君且尝尝。"

身后伸出两只粉白玉润的胳臂，翘起尖尖兰花指，轻轻揭开食具的盖子，浓烈香气直扑人面。温体仁几乎照顾不过来，是看菜肴还是看玉臂？此时他才发现，主客身后都站了四个妙龄女郎，难道专司揭盖？

"喔唷！绝世美味，可称天下第一羹！"徐璜高声赞美。

"这煎炒太鲜美啦！令我三日不思食！"吏部侍郎直咂嘴。

温体仁从未尝到过这样的美味，恨不得把舌头咬下来！他忍不住请求："玉绳公，快快公布秘方吧！口福只一享，实在不甘心！"

“云些、月些，把制肴之法说与诸位大人先生！”

月些口齿极是伶俐爽快：“那杯羹名为珍珠羹。须将两岁母鸡驱出笼外追打奔跑至力尽倒地，一身精华萃于双腿，立即杀却，取腿上无筋无膜色嫩白之活肉，煎成珍珠大小的肉球，加十种作料文火慢炖，一日夜可成。”

“盘中煎炒名曰银芽玉瓣。银芽者，鸭舌也；玉瓣者，鲤鱼眼侧活肉也……”云些说话纯然文绉绉的文人腔。

诸人惊叹，匪夷所思！徐璜道：“这珍珠羹、银芽玉瓣须得多少鸡鸭鱼才能配足？”

云些道：“一杯羹，不过以三鸡充之；一份煎炒，只用鸭、鱼各三十足矣。”

月些赶紧补充：“鸡取腿、鸭取舌、鱼取肉瓣之后，所余皆粗陋不可食，尽抛弃了，不曾入肴上席，请诸位大人先生放心！”

温体仁且笑且叹：“今日不但一饱口福，也大开眼界了！……”见周延儒正与徐璜说话，便转脸问龚鼎孳，“还有歌舞助兴吧？”他微微指点着身后的盛装女郎。

龚鼎孳眯眼笑着低声说：“虽无歌舞，胜似歌舞！至于她们……君不记前朝肉屏风？不觉得背后温香暖玉遮风挡寒吗？嘻嘻……”

温体仁恍然忆起，唐代杨国忠、嘉靖朝严世藩都有这癖好，专选肥婢于前遮风，号“肉障”“肉阵”“肉屏风”。周延儒毕竟不同，四名女郎长短肥瘦相同，各着红黄绿白四色纱衫，玉体若隐若现，芳香馥馥，肃立身后，既是八宝四扇屏，又是美人阵……这个风流子，真非常人可及！

酒到五分醉，主客越加不拘行迹，有的便忍不住去撩拨身后的“肉屏风”，招来阵阵娇呼俏笑。周延儒醉态可掬，叫道：“诸公诸公，一时半刻便忍不得了吗？……”他哈哈笑着，双手连拍三下，眼见四面轩窗垂下重帷，花灯内亮起灯烛，虽也明灿辉煌，较之青天白日终究暗了许多，而灯下观宴席观主客，则又另是一番景象，恍若神仙了。

绣帘开处，十数名五颜六色的人儿鱼贯而入，尽是十六七岁小男女，或鬓光钗影，云髻高耸，长裙曳地，帛带飘飘，袅袅婷婷俏女郎；或头戴软巾，襕衫褶袍，脚下镶边云头履，潇洒风流美少年。在闪动的烛光中，一个个秀色倍增，春意频添。

温体仁正不知这是出什么戏，那边周延儒连声高呼："孝升孝升，负过一局，今日若又输却，东道不可再赖脱！"

龚鼎孳笑道："且看我今日手段！……我爱寻白玉绵团！"

徐璜跟着调侃："的确是此公本色！"

众人哈哈大笑。温体仁不明所以，起身去问隔席的吏部侍郎，此人却张着嘴只是笑，目不转睛地盯着龚鼎孳在这堆妙人儿中挑选，有口无心地答着："且看他选，且看他选！……"

龚鼎孳选中一个俊俏女郎，一把揽进怀中，伸手入裙捏摸片刻，长叹一声："天！又错了！还是红霞仙杵！……"

一片哗笑叫嚷："记下，快记下！两番东道，却是赖不脱了！……"

这时吏部侍郎才低声告知，此乃周相欲得"味外之味"特地而设的乐事。这十余少年中有男有女，但常常男扮女装，女服男衣，灯下绝难区别，往往猜错，便罚作东道请客以为笑乐。周相好观美妇之臀、美男之势，故而号臀曰白玉绵团，号势曰红霞仙杵……

真所谓见所未见，闻所未闻！但温体仁一旦入此境界，立刻乐此不疲，反复赌赛，和众人一样借酒增兴，兴豪饮酒，已是头重脚轻，还不住地品尝"味外之味"，直至十数名仙女仙童全都原形毕露为止。

少年男女们退去，重帷再开，灯烛熄灭。看着宾客们一个个满脸潮红、眼神狂乱，周延儒高兴得大笑："如何？如何？天下好色谁能及我？……我前世乃宋朝蔡京，以作孽太重而堕地狱，幸而记得日日诵经，耳目为之一亮，免入畜道，却又罚作扬州寡妇，守空房四十余年，好不辛酸惨苦也！哈哈……"

龚鼎孳点头："难怪玉绳公癖好奇异如此，非世人所省！"

"正是！"周延儒越加得意，"男子之美在前，女子之美在后，世人易之，非好色者也！……"

温体仁如厕不在席间时，徐璜凑近周延儒："因何请此人共饮？

相公须要小心！”

“他亲自上门拜望，又跪天指心誓不相负，我见他心意颇诚，况且他也见到你们几位的车驾了。”

“相公疏放面软，当不得几句好话。”

“此人长于心计。阁中诸人票拟奏章，每遇刑名钱粮，名姓之繁多、头绪之纷错，皆相顾攒眉；独他一览便了，从不因舛误被皇上驳回改正，众人皆服其敏练，皇上也颇中意。若能推心置腹，岂不是好？”

“凡观人当观其骨，今日指誓，他年下石，不在少数。此人外曲谨而中猛鸷，机深刺骨，不可不防。今日宴乐入他眼中，岂不授柄与人？……”

“放心！上次御史参他娶娼，皇上发怒严惩劾者以后，无人再敢以亵语入奏。况且他已参与，必陷之深，诸公均是见证，我料他无此胆气揭发！”

“哦，哦，”徐璜笑着拱手，“足见高明！”

于是，温体仁得以随同其他人一起，离开花厅，进入花木掩映的西跨院中一个更小的小厅。厅门是圆月形的，温体仁指看门上一块写着“归古洞”三个篆体字的匾，笑着赞美：“好俊笔！必出玉绳公之手！可谓一字千金了。”

周延儒哈哈大笑：“不错！一点不错！在下的字果真是一字千金，这可不是我自己吹嘘哟！”

此言一出，连这些惯于奉承首相的知交好友们也不由得一怔：无论如何，表面的谦逊文章还该做一做，哪能这般自吹自擂、狂妄自大呢？

周延儒趁着酒意自管大说大笑：“长卿可知道王叔圃？王象春之子。他为他父亲求谥，拟了一个‘毅’字，吏部不肯受理，他直求到我门下，奉上四千银为使用。我见他委实可怜，在他的奏告折本上签了‘还与他谥’四个字。皇上果然准奏。四千银，四个字，我这下可不真成了一字千金了吗？哈哈哈哈！……他没有去求告你？”

温体仁笑着连连摇头："不曾！不曾！在下哪有周相书法大家的才名啊！"他故意把话题还落到书法上来，引得其他人争着向周延儒赞美不绝，周延儒越加得意、欢喜。温体仁肚里却在暗骂：好你个烂心肝的周延儒！天下第一大贪！

事实是，王叔圃来京，两次找到温体仁门下。头一次献银五千两，请温相爷促成朝廷发兵剿灭孔有德，为他家报仇。温体仁拒贿不收，却着实在为此事出力，只是未能奏效。听说他转去求告首相，贿银增到了一万。周延儒收了他的银子，却丝毫不为他办事，何其卑鄙！第二次求谥，他还是先求温体仁，偏那时温体仁不在家，即使帮这个忙，他也不会受这笔银，却肥了周延儒，供他自鸣得意！……

温体仁从来喜怒不在脸上，肚里骂得千般毒万般恶，神色依然和悦谦恭。况且，一进这个归古洞，便置身一个更加隐秘、更加奇特的环境：红色的帷帘重幕把门窗遮得不透一丝光线，地上是厚厚的紫红色地毯，壁上红灯、桌上红烛吐出的红光氤氲一屋，使每个人的容貌身形都发生了奇特的变化，变得年轻了、古怪了。温体仁也不由自主地沉入朦胧和迷乱中，忘却了一切。

周延儒的雅兴，令温体仁再一次目瞪口呆：十多名俊僮——其中大约有著名的"十些"，同十多名侍女——其中或许有"肉屏风"，款款进入归古洞。他们黑帕蒙首，身上却一丝不挂，在宾主们喘不过气来的笑声中互相乱探乱摸，互相猜说对方是某郎某姬，猜对了有赏——赏他们就在红地毯上交合……

这就是周延儒的"活秘戏"。宾主以观看种种姿态为笑乐，仿佛看戏。即使年过半百的温体仁、徐璜，也看得脸红耳热，心脉狂跳，口干舌燥……

"什么！"周延儒突然大叫一声，众人一惊，都转脸看他。原来是月些匆匆走来，不知向主人禀告了什么，使他蓦地变了颜色："见鬼！……快快有请，中堂待茶！"说罢呆坐片刻，似在计谋盘算，宾客们都不敢打扰他，一起沉默下来。周延儒终于站起身，对两位侍郎说："二位代我陪孝升再坐坐。长卿、温之，请随我来。"

去往中堂途中，温体仁和徐璜忍不住探问事由。周延儒脸上一层灰暗："梁大司马来了，说是登州城陷!"温、徐二人都很吃惊，见首相面色极难看，也就不便多问了。

"周相温相！孔有德攻陷登州，张总兵殉国!"梁廷栋顾不得常礼，劈面就禀告这个坏消息，还不住拭着额头的汗。

"确实吗?"周延儒拧着眉头，似乎已镇静下来。

"东抚余大成送来告急文书，同来的是张可大的旗鼓尉。张可大之子也已赶到京师，来兵部禀报详情，乞朝廷发兵剿灭叛军，收复登州……"

"登莱巡抚呢?"周延儒沉脸问，"有他的奏章吗?"

"这个……"梁廷栋没有把握不敢乱说。因为张鹿征提供的消息说孙元化是孔有德陷登州的内应，他不敢信又不敢不信，只得含糊其辞："没有他的告急文书，也不知他下落……"

"那么，登州究竟出了什么事，还不清楚。"周延儒沉吟片刻，道，"这样吧，此事暂不宣扬，待弄清实情再向皇上禀告。长卿以为如何?"

"很是很是，"温体仁连连点头，"山东巡抚必有详情奏本随后送来，那时才好定应对之策。"

周延儒想着，各署衙均在封印过节之际，这件事短期内不至于闹得很大，尚有转圜余地；温体仁却不料登州事有此一变，所谓峰回路转、柳暗花明，真天赐良机也！……

与首相的愿望相反，一两天内，此事就传得沸沸扬扬，"登州陷、孙元化反"的消息，直使举朝大哗，无不义愤、无不慨叹。而真正与孙元化休戚相关的礼部尚书徐光启，却一点也不知道，正趁着年节假期，在书房里埋头修订他自己最为喜爱和得意的著作——《农政全书》。

徐光启幼年家境清贫，在故乡上海过了一段耕读生活，在钻研天文、数算等门学科的同时，也很爱好农事。虽然后来考中秀才，讲学授徒，却始终不忘农事，阅读各种农书，游历各地收集访问垦殖栽培技术，已积累几十年。在中举中进士做官以后仍然不放弃努力，开始编写这部考古证今、广咨博询、总括农家诸书的巨著，共六十卷，分十二门：田制、水利、农器、农事、开垦、栽培、蚕桑、牧养、酿造、造屋、家庭日用、荒政等，全书文字约五十万。编写它、修改它，对年近古稀的徐光启来说，不是一件易事。但他屡屡在奏本中提、向学生们讲："富国必以本业，强国必以正兵。"他为正兵而费尽心力引进西洋大炮和火器，他为农本而耗尽心血地编写《农政全书》。用行动实践自己的主张，这就是徐光启。

徐光启生平务有用之学。早年同利玛窦合作翻译了欧几里得的《几何原本》这著名的西洋数学书以及《测量法义》《测量异同》两部应用几何学著作。他又自译了水利科学著作《泰西水法》。这几年他领受钦命，开设历局，延请汤若望、罗雅谷、龙华民等耶稣会教士共同修订历法。一部一百三十余卷的《崇祯历书》完成在即。然而他自己仍是偏爱他的《农政全书》。

近日，他收到两封信。一封来自漳州，一位门生应他的要求在当地采访，从甘薯最初由吕宋岛引进漳州、渐渐在福建安家，大灾年依然丰收、救命无数的经过，到甘薯的栽种技术、食用方法等等，详详细细写了数页纸。另一封是家中老管家写来的，向他报告按他要求饲养的蝗虫和白蜡虫的生长繁殖过程。他很高兴，要在书中《树艺·蓏部》一章专为甘薯写的一节里再增添些内容，还要把灭蝗虫、养白蜡虫的时机方法写得更详细准确些。

早饭后，他便来到书斋，铺开了纸笔和两封信。清茶一杯冒着热气，他安适地坐在扶手椅中，取出旧稿，细细推敲。

书斋内并不寂静。他的夫人领着孙子和外孙在外间玩彩选格戏。两个孩子稚嫩清脆的笑声细语阵阵传来，十分近切，是他称之为"天籁之音"而格外喜爱的，不但不扰乱他，反而令他心境格外平和、安定。

婆婆怀里抱着家中人人喜爱的花狸猫，同孙子外孙轮流掷骰子，桌上那一大张彩选格，是刚从西庙护国寺庙会上买来的《梁山泊》：从时迁开始回转，直到最中心持令旗的宋公明，共一百零八格，每格中一位梁山好汉都画得有模有样、色彩鲜艳、呼之欲出。按掷骰点数挪动各自的码子，有升有降，先到宋公明处者得胜。胜者的奖品婆婆事先已应允：可以从桌上的敞口瓷盆中选两尾最好的红鱼自家去养。

徐光启伏案改完一个段落，直起腰打个伸展，啜口热茶，眯着眼享受这番舒心宁谧：小孩儿鸟雀啁啾似的对话；骰子在碗里“叮当”跳荡；狸猫“呼噜呼噜”念佛不止；夫人哄孙子的温静慈爱的语调，汇成了一支和谐优美的动人乐曲，轻轻抚慰着他的心灵。他平生淡泊自爱，不好色不贪财，连一般士大夫好酒的习气都没有，一辈子致力于求知，孜孜不倦，从未做过亏心事，良心十分清白。此时他半醒半睡，进入一片温馨宁静，这不就是最真切的清福吗？到此境界，于愿足矣！……

“我先到宋公明！我胜啦！”外孙子脆生生的欢叫，引得徐光启合着眼睛笑，仿佛看见那小人儿山雀般蹦跳……不知发生了什么混乱，一时孩子嚷，大人喊，“泼剌剌”水响，“喵呜喵呜”猫叫；跟着“砰嘭”一声大响，什么东西摔碎了，两个小孩“哇”地一起大哭，夫人和保姆絮絮叨叨地劝……

徐光启赶忙走到外间：地上一摊水，布满白瓷鱼盆的碎片，孩子们捧着茶杯在哭，等两个保姆把到处乱跳的红鱼捉住放进来。见爷爷出来，赶紧跑来诉委屈：外孙子胜了，扯过鱼盆下手捞奖品，狸猫却猛蹿过来叼了鱼就跑，孩子们急得去追，又把鱼盆碰翻摔碎……都怪狸猫不好！

“怪狸猫不好吗？猫吃鱼是天性，就像你们要吃糖狮糖果饼一样，是不是？”徐光启故意不笑，认真地说。

“那……怪我不好，不该下手去捞鱼……”

“也怪我不好，碰翻鱼盆……”

“好，好，这就对了。”徐光启笑了，对保姆说，“领他们去街上，每人买一个面具。”

孩子们立刻忘了眼泪，欢天喜地地去了。

徐夫人笑道：“我也有错呢，没有按牢云姑，把小孩子们吓着了。”云姑是她爱猫的小名儿。

“谁敢派老太婆的不是！”徐光启开着玩笑，心情很好。

徐夫人瞅了丈夫一眼，也笑了，又摇摇头：“可惜这鱼盆，连这十数头朱鱼，还是去春幼虁辛辛苦苦从登州老远带来的……还有几个月就是你七十大寿，元化他们一家子不知能不能来京师聚聚？”

笑容从徐光启脸上消失了。年前，因吴桥兵变引起朝中的那场波澜，令他十分担心，夫人的话，又触动了他心底的忧虑。他仍用说笑的口吻道：

“摔碎鱼盆，算不得不祥之兆吧？”

“勿算勿算！”夫人笑得很文雅，“岁岁（碎碎）平安嘛！”

“岁岁平安，他们一家必定平安，便能趁陛见之期来与老夫的七十诞辰了！”徐光启是安慰夫人也是安慰自己。

老仆进屋似要通报，院内已响起熟悉的、兴高采烈的喊声：“徐保尔！看我带回来了什么！”

徐光启夫妇相视一笑，早听出这是汤若望的声音。在教内，汤若望是他们的忏悔神父、灵魂的指导者；在学识上，他和徐光启同修历书，常就天文、数学问题相互切磋争论，又如同平辈。然而汤若望毕竟年少三十岁，在老两口眼里有时又是个远离父母亲人、身处异国他乡的孩子。所以汤若望在这一对虔诚慈祥的老夫妻面前，有时免不了一点放纵，孩子般无所顾忌。此刻，他就不待说请，径直进了书斋，捧着一大摞花花绿绿的纸张放在桌上，双手一扬，开心地笑着，露出一口洁白坚实的牙齿：

“太美了！知道从哪儿弄到的？城隍庙市，很便宜很便宜呀！我挑选了这许多张，才要一钱银子！”

汤若望非常喜欢收集中国民间刻印的图画。这些画在徐光启夫妇看来很是粗陋艳俗，上不得台盘，与文人画相去何止千里。再一翻看，果然是集市上最普通的年画，大红大绿，花里胡哨，汤若望竟拿着当宝贝！二位老人只是笑，并不作评论。

“难道不好吗？”汤若望热心地递过一张张灯画、斗方、窗花，急切地介绍着，活脱是急于得到长辈夸奖的孩子，“看这色调，多鲜明、多大胆！……这一幅构思多巧妙，三个胖娃娃的头脸，连在一起却成了六个胖娃娃！……”

“这叫《连生贵子图》，”徐夫人笑着指点，“拿它转着圈看，这些娃娃们反转上下、如升如降，所以又叫《娃娃升降图》。”

汤若望连忙转图，果然看出升降效果，高兴非常：“太妙了！妙极了！……那么这张呢，还有这张呢？是什么意思？也有什么巧妙变化吗？”

两位老人不得不像对待提出无数个“为什么”的好奇的孩子那样，耐心地一张张讲给这位洋孩子听：《天河配》说的是牛郎织女——得把故事讲个大概；《双美图》画的是莺莺、红娘——得把《西厢记》的戏文说个明白；这张小小的木刻画里老两口四周七子八婿十九个孙儿，居然个个面目清楚，神态生动，画的是汾阳王郭子仪，名为《满床笏》；这张斗方满目桃红，三人对着乌牛白马焚香叩头，说的是桃园三结义……

“啊，多美的故事！跟我家乡的《尼伯龙根之歌》一样动人！”凝神细听的汤若望赞叹着，又翻出一张，“这是什么故事？或许是寓言？”

远山近松之间，一只猴儿骑在一匹飞奔的花马背上，马鬃马尾飞动，抓耳挠腮的猴儿提心吊胆地回头仰望，一只大过猴脑袋的蜜蜂紧追其后，看看就要猛扑下去。情态活泼有趣，栩栩如生。

徐光启呵呵地笑了：“这叫‘马上封侯’，借了蜂、猴的形和音。”他向汤若望说明中国借谐音字说吉利话、画吉利图的风俗。诸如“莲（连）笙（生）贵子”、“笔（必）锭（定）糕（高）粽（中）”之类。汤若望瞪大蓝色的眼睛：“不可思议！太妙了！……看，这儿还有一张怪画，画了一个怪人儿……”

这张画无处不圆处处圆。外面一圈花环图案，环中一圆胖人头扎双圆髻，耳戴双环，项挂金项圈，身穿八宝团花锦衣，屈膝盘坐成一团，浑圆的脸眉开眼笑，双手展一弧形卷，上书“一团和气”四个字，全体浑然一团形，观之令人顿生和气愉快之意。这其实既有谐音，又是画意。徐光启被触动，在说明此画之后，联系到了别的事情：

“闻得宪宗皇帝曾御笔作《一团和气图》。远望如一圆球，近观是一位笑眯眯的圆胖人，细细看才能发现是相抱一起的三个人，团团如球……”

“皇帝亲自画《一团和气图》?”汤若望从未见过皇帝，而中国皇帝的森严和神秘远远超过欧洲君主，他居然也画画?

徐光启叹了口气，讲起一百八十年前那件震惊中外的“土木事变”、“夺门之变”以及由此引起的大冤案。讲起这位宪宗皇帝平反冤狱后，怎样以《一团和气图》表达他对朝廷诸臣消弭积怨、同心同德、建功立业的企望。徐光启虽然位在大九卿①之列，却是个务求有用之学的大学者，朝中各党各门派都不去沾边，而且对党同伐异、争权夺利、互相倾轧的风气深恶痛绝，不由得由古及今，口气变得愤懑了:

“时下所缺，就是这一团和气！事办不了，功建不成，总有忌恨者排挤中伤。但凡才识超人，又不幸出身低微，略得重用便群起而攻之！唉，风气已坏，即使皇上也作一幅《一团和气图》，怕也无济于事了!”他连连摇头，神态确已是位皤然老翁了。

徐夫人当然听得出他有所指，但不好明言，只是轻声地安慰着丈夫。汤若望倒也毫无顾忌:“你是在说孙伊格那蒂欧斯?他真了不起！登州是我见到过的最强固的要塞，他是杰出的司令官！有人在中伤诽谤他吗?”

朝廷内情，徐光启不愿深说，敷衍几句，换了话题:“神父，我记得崇祯十年一次月食测算略有误差，请将算草取来，一同查明原因。”

“哦，还有几处日出日没时分也不太准……好的，我去取来。”汤若望捡起他的收藏品，向徐夫人招呼一声，匆匆离去。

徐光启送神父出书斋后，没有立即回屋。初春的阳光照在身上暖洋洋的，书斋小院面积不大，又堆了几座玲珑山石，一点风都没有。南边院门一阵脚步声，进来两位熟客——金声和瞿式耜。徐光启待他们转过石山，才笑着呼喊他们的教名:“金利欧（Leo），瞿托马斯（Thomas），元旦刚拜过节，今天怎么有空儿来串门做客?”

---

① 大九卿：明代称六部尚书，以及都察院都御史、大理寺卿、通政司使并为大九卿。

正在低声谈论的来客一起抬头，徐光启立刻发现他们脸色不对头："二位怎么啦？出了什么事？"

"徐师，登州……登州失陷了！"金声沉重地说。

"啊！……"像被人推了一掌，徐光启身体晃了晃，脸上渐渐失了血色，"初阳呢？"

瞿式耜眉头打结，气息粗重："尚无确信，只是满朝人言籍籍，都传'登州陷、孙元化反'……"

"胡说！"徐光启发怒了，脸涨红了，像是蒙受了奇耻大辱，他颈上青筋凸起，高声斥责，"岂有此理！孙元化会反朝廷？笑话！"

瞿式耜瞪大眼睛："徐师，没有人比我更不愿意相信这流言了！可是朝廷上下人情汹汹，有十数名言官及各司臣僚扬言要挂弹章①进揭，声讨叛逆、追究登州城陷的罪责！"孙元化最初入朝为官，除了大学士孙承宗的提拔，就是瞿式耜、侯震旸的推荐。荐人不当，最是朝官引为羞愧的失职罪之一。

徐光启冷静了一些："年前不是抚局已成，登州只有粮饷事作难的吗？怎么会有此一失？"

金声满脸阴云，又不敢说重："登州失陷若是谣传还则罢了，不然，登州总兵张可大已殉国，初阳到哪里去了？若说城陷殉职，又怎的没有消息？……"

"不不！"徐光启不高兴地瞅了金声一眼，露出老年人那种令人生畏的固执，"初阳忠心耿耿勤于国事，绝不会反！或者，死于乱军……"他有些说不下去了。

"徐保尔！"汤若望大声喊着快步由侧门走来，"登州出事了！被孔有德乱兵占领了！……"看到金、瞿二位教友，连忙打了招呼，又急促地说下去，"陆若汉刚刚脱险回来。"

果然，前不久教会派去登州的随军神父葡萄牙人陆若汉就跟在汤若望身后。徐光启三人立即迎上去慰问。陆若汉消瘦憔悴得失了形，

---

① 挂弹章：明制，凡弹劾大臣，均先于朝廊挂出弹劾奏文要点，名为进揭，然后写奏疏上达皇帝。

宽大的新黑袍穿在身上，真像个可怜巴巴的稻草人，他苦笑着答道：“进屋细谈。”

陆若汉说明了吴桥兵变后登州的所有大事：孙元化主抚张可大主剿；辽人与登人的不断冲突；粮饷欠缺带来的动乱，以及登莱巡抚为此所做的一切努力直至卖女筹饷、激励军心守城等等。然而城还是破了，轻而易举地破了。葡萄牙炮队教官可莱亚阵亡，全队死伤过半，他和两名葡萄牙炮手跳进城外深雪中逃跑，历尽辛苦，今天才赶回京师，炮手们已去兵部报告了他们所知道的详情……

“孙元化呢？”几个声音同时问。

“不知道……张总兵自杀了。乱兵抢劫了城市。孙巡抚不肯扰民加赋去筹措军饷，如今钱财都落到乱兵手中……”

“他，也许已经阵亡……”瞿式耜试探着。

“不会。乱兵都是他在辽东带出来的部下，他们敬爱他，没有一个敢跟他对阵。”

“你！你是说他，从乱了？”徐光启从毛茸茸的白眉下直直盯着陆若汉。

“我不知道。”声音极低，非常疲倦，有气无力。

“若汉，”汤神父拍着同行的肩膀，“我们来为登州阵亡的教徒兄弟做一坛弥撒吧！……”

“不！我绝不信！”徐光启目光灼灼，突然迸发出与他七十高龄不相称的喊叫。但他立刻收敛了，眼睛里混合着老人的固执、学者的严肃和智者的自信，一字一句地低声说：

“我要修本上奏，愿以全家百口人性命，保孙元化不反！”

二

今年立春在腊月十五，元旦日正逢雨水，比常年暖得早，才过新正便已春光明媚。御道小草青青，树上叶苞花蕾被春风摇荡得洋洋欲放。依照禁中衣制，元旦节六宫后妃及上下女侍一概着新春葫芦锦和彩胜八宝锦，凡衣帨裙衫膝裤必须一色，只限于红绿两种，自然很浓艳喜气，但不免单调。现下过了初十，依例换上了各色灯笼锦裙衫袍服，一时姹紫嫣红、蓝翠交映、黄绿争辉，装点得禁苑一派春色，仿佛百花盛开。

崇祯帝朱由检心境十分宽和愉快。政事难得有这一段平稳安定，家事也幸而轻松地越过一条沟坎。此刻他同他的周皇后、田贵妃、袁贵妃在才人宫女们簇拥之下来到御苑，观赏早春开放的、一团团、一簇簇繁密无比的樱花、山矾、迎春、望春、山茶、春兰和几株珍贵的绿萼梅。

借着看花，朱由检看了周后一眼，见她平和质朴的面容透着大家风范的凝重，毫无浮躁骄矜之态，心下感慨，暗暗惭愧，若不是她大度知体，他无论如何下不了这个台。

事情的起因，还是田贵妃。

田贵妃生长扬州，母亲原是广陵风月名姬，所以田妃自幼受母教，善琴棋能书画。当年入宫便以作大书高于诸女，又雅步纤腰，娉婷如仙，容貌甜美，沉默少言，更有一头扬州女子最令人称道的黑发，极茂密极柔软极长。她心思之巧，却往往出人意料。

宫中多有夹道，夏日盛暑，皇帝行走烈日中只得张盖。田妃命做草竹席覆盖夹道上，从行打盖持仪仗的太监们得以休息，下人盛赞田妃仁德，朱由检也为之称道。

田妃住承乾宫，却厌恨宫闱高崇、巨门大窗，给人以禁严空洞之感，近日命人改装了廊房，低槛曲栏，隔成小间，用采自扬州的桌椅床榻精巧摆设布置一新，颇有小阁香闺味道，倍觉亲切，以至朱由检频频临幸，私心里不得不承认比高大宫室住着更加适意舒心。

善于装饰梳拢的田妃，还不时以维扬新服饰小小改变一下宫中仪法：将居顶高髻撤下，梳向两侧，名为蝉鸣髻，梳向一侧，号为堕马髻；在轻纱软縠上杂缀精致绣品，蒙在其他颜色裙衫之外，以求色彩变幻、风韵独具；又撇去端庄的凤头宫履不穿，而着行走无声的软平底尖头小缎鞋……弄得宫中女子人人喜好江南装扮，进而令京师妇人尽以南装自好了。

周后也是江南人，但从小生长在京畿大兴县，父亲是位穷医生。她生性质朴温厚，身为六宫之主，对田妃的违制邀宠也曾婉言劝导，田妃总是低头不语，神情间却隐然有恃宠相抗的意思。

此时，某才人因嫉恨田妃，为中宫抱不平，私下奏报周后，暗示田妃有夺嫡企图。周后以其言而无据、背后伤人，将她训斥一顿，但私心不能无动于衷。她决定以礼制裁，制田妃的傲气，裁田妃的野心。于是，便发生了冬至拜节的龃龉——可算是皇后以天下之母的身份，对田妃实行的小小惩戒。

冬至是大节，按宫礼宫规，各宫妃嫔此节应往坤宁宫朝拜中宫娘娘。

这一天很是寒冷。田贵妃乘翟茀来到坤宁宫后，便停在庑下等候，无人过问。良久，方来宫人传告皇后御殿升座，命田妃前去朝拜。田妃拜毕，周后便很快下了宝座，连一句寒暄的话也没有，板着脸转身回了寝殿，把田妃独个儿晾在空殿里，极是尴尬羞惭，只得含泪迈步出宫。却见西宫袁贵妃也来拜节，翟茀方停，中宫女官宫女们已纷纷上前迎接，导引袁娘娘入坤宁宫。田妃虽离得甚远，也能听到皇后与袁妃的欢声笑语，很是亲热。一冷一热，如此折辱！田妃羞怒交加，当下回她的承乾宫，痛哭了许久。次日朱由检召田妃去乾清宫时，田妃双目依然红肿。皇上惊问缘由，田妃才哽哽咽咽哭诉自己挨冻受冷遇的委屈。

那日在交泰殿，朱由检便以此事责备周后待遇不公。周后说起田妃违制的过失和田皇亲恃宠奢侈无度、横暴京师时，朱由检尚能心平气和；而当周后劝他不要宠侧妃，还提起了李隆基宠杨玉环、殷纣王宠妲己的故事，他却陡然发了火：

“竟敢将朕与亡国乱政之君并论！你走！你给我出去！”

他暴躁地一把推开皇后。周后娇小玲珑，哪里禁得住他气头上这一推，“扑通”倒地，摔得趴在那儿半天起不来，把侍候殿中的太监女官们都吓呆了。周后涨红了脸，忍住满眼泪珠，在侍女们的扶掖下站起身，不看皇上一眼，不说一句话，自管出交泰殿回她的坤宁宫，从此日起愤而绝食。

皇后摔倒的一刹那，朱由检已经后悔了：怎能将母仪天下的中宫娘娘推倒呢？待得知皇后绝食，他更加内愧不安。他与皇后是结发，有几分少年夫妻的情分，皇后又为他生育了皇太子慈烺、皇二子慈炯，位分正而又正。以情感而论，他钟爱田妃，但从没有以田妃取代皇后的念头。他是英明之君，一向重视正庶之分，宠侧妃而废皇后，这种失德的事他绝不会做的。所以，他立即遣乾清宫大太监持最珍贵的貂皮垫褥往坤宁宫赐给周后以示慰问，并按时差人送去御膳珍肴，殷勤问候起居寒温。但周后完全复原，却是在朱由检处分田妃之后了。

田妃在得知皇后被皇帝推倒愤而绝食消息后的那份得意、那种笑容，使朱由检很不愉快。他最不能容忍犯上，也为了向皇后向朝臣表白自己绝不好色，一次宫中大变故借着一件小事为由头爆发出来。

宫中习惯，四时节令，宫人以插戴绢花饰物互相馈赠。承乾宫婢戴的新样花别宫都没有，袁贵妃翊坤宫的宫女们向皇上叩头求赐。朱由检令宫使外出采买，不料跑出京师数百里外也没有寻到。朱由检询问田妃，田妃一时得意，脱口笑道："这叫象生花，独出钱塘，由徐御史家人携回京师，妾妃托人买来……"

一语未了，天威大怒："大胆！后宫无与外事，乃祖宗家法，你竟敢以买花为名，交通外官吗？……"

田妃吓得连忙跪倒，待要解释，皇上已怒气冲冲起驾而去，不多时中官便来承乾宫宣旨："贵妃田氏，不识大体，出言无状，着即日起斥居启祥宫思过！不得上表自陈，不得面君！……"

此后，两个多月，田妃一直还在启祥宫内闭门反省，皇上一次也不宣召她，连元旦庆典似乎也把她忘记了。宫廷上下朝廷内外都很惊讶，而皇上励精图治、不近声色的贤君之名，也就传播宣扬得更加响亮了。

若论朱由检私心里，其实很想念田妃。不只为她多才多艺、心思明慧，六宫无人可及，也因为她宜笑宜愁的姣好面貌、善解人意的秋水明眸，使他得着宽慰和温暖。还有一层，作为天子正妻的周皇后，即使床笫之间，也必须端庄贞静，拿男女交合当作求嗣君的国家大事来办，稍稍流于佚荡就是有伤妇德；袁贵妃虽也是侧室，理应不同于正宫，却缺少田妃那种销魂夺魄的魅力。每每忆及鱼水同欢时的沉醉，他就忍不住想召田妃侍寝。但终究管住了自己，因为他是有道明君。

今天早膳后往御苑观花，想起每年初春赏花总是四人同行，朱由检不免心下黯然，低头上辇。周后突然笑道：

“陪从陛下赏花，尚少一人。”

朱由检不作声。袁妃见周后向自己使眼色，哪有不明白的？忙道：“正是呢！去年观梅，田贵妃吟的那首七律着实出色。”

朱由检装作没听见：“我们走吧！”

周后笑容宽和：“陛下，田贵妃启祥宫思过已近三月，该赦啦！我已接了她好几封请罪表了。”

朱由检仍不应声，自管坐进御辇。

周后会意而笑：“我做主啦！来，用我的凤辇去启祥宫迎田贵妃，往御苑飞霭亭赏花！”

田贵妃来了。她匍匐在帝后脚下，哽咽着低声奏道：“妾妃罪该万死，蒙皇爷娘娘仁爱宽宏，雨露之恩粉身难报！……”泪随声下，滴落阶前。

朱由检心头一酸，眼角发烫，连忙举目去看高高树梢的疏梅以遮掩。无论如何，他不能给人柔弱的印象。他既不回答也无表示，心里却暗暗称赞田妃的聪明：同时拜谢帝后，表面上没有厚薄之分，实际用意是抬高了娘娘，也暗示了自己对皇上此举的体谅；再看她一身装束，雪青色灯笼锦裙衫外罩一层薄薄的纱縠，披了一幅鲛绡帛带，脸上淡淡妆了脂粉扫了蛾眉，素雅如仙，既没有故意穿着寒酸不施粉黛表示受了苦而令皇上难堪，又没有浓妆艳抹对再次宣召显示兴高采烈而使皇后不快。

周后扶起田妃：“过去的事休要再提。难得皇爷今日高兴，姐妹们欢聚，春光如许，要尽兴一游才好。”

确实，飞霭亭面临太液池，远望琼岛，广寒殿、清暑殿金碧辉煌，一座座白虹般的石桥倒映金海，水色山光美不胜收。身处事外的袁妃能够感到那三人之间还有些不能出口的别扭，便竭力张罗，一会儿指看如笼翠烟的湖边柳，一会儿赞美蓝天上一群群飞鸽。当宫婢们络绎进亭布果盒上香茗时，她又抢先拈了一块果馅饼尝着，赞着：“味儿怪好的！难得馅细皮酥，甜香适度……”

周后和田妃一齐响应，各自尝了都说好。

“果然好吗？是朕昨夜偶尔想起，命他们去办的。”朱由检看了随身小太监一眼，“查查是谁办的，给赏。”

不多时，司礼监一名管皇爷御膳的大太监就来叩头了，从怀中掏出一本册子，躬身念道：“崇祯五年正月初十日，奉皇上旨意制果馅饼。御膳房起面者刘二可、王珍；剥果者苗千、李四保；制糖者张玉、张永泰。用面三斤，果仁三斤，糖三斤。另有炭油等物、烧火看锅诸人，连工费食费，共用银五十七两八钱三分……”

朱由检越听越奇，不禁笑起来：“这是报账吗？何须御膳房费这许多气力？只需三钱银，便可在东华门外买一大匣了！”

管膳大太监极是尴尬，满脸冒汗赶紧跪下叩头不止，把周后和田妃袁妃全都逗笑了。

周后笑道：“皇爷早年在潜邸何事不知？御膳房胆敢如此蒙事！”

田妃也微笑着说：“皇上英明，明察秋毫，军国大事无不了然在胸，遑论这点小伎俩！”

袁妃故作怒容：“还不快退下！把那些冒功求赏的奴才每人赏他十板子！”

大太监连连称是，倒退着出亭，一脚踏空，摔了个趔趄，又赶忙跪倒谢失仪之罪，这才抹着汗匆匆地去了。

这个小小插曲，竟扫清了最后一抹阴云，茶点之后的赏花，帝、后、妃之间才得以谈笑风生，情意欢洽。

最是田妃的赞语受听：“英明，明察秋毫。”再加上刚烈勤谨、俭朴爱民，朱由检心里这样自诩，也竭力要完成这个贤明君主的形象。

今夜，他理应要去坤宁宫，可以料想周后一定劝他去承乾宫或宣召田妃来乾清宫，但他一定不准。一来，他要表明自己对嫡正的重视，绝非好女色的情种；二来，也要一申对周后全大体明事理的谢意；三来可以彻底压住田妃的骄矜，免其日后觊觎正位的侥幸之心……在后妃之间，身为天子也须这般思前想后，曲曲折折，钩心斗角，他并不以为苦，反而从中体味到特别的乐趣。

田妃明晚相聚时会不会撒娇埋怨？……朱由检把目光从一盆盆香风四溢的春兰上移向那几株云蒸霞蔚、烂漫成阵的樱花。刚才她就立在花下，人花相映，如同一幅仇十洲的《美人图》……他怔了怔，站在树下的不是田妃，却是司礼大太监杨禄，如平日一般恭敬，低头垂手略哈着腰，一副随时听从差遣的姿态。已准他十日休沐假回私第了，怎么又出现在这里？

“杨禄，什么事？”似有某种预感，朱由检语气有些紧张。

“禀皇爷，内阁送来许多本章，奴才怕他们忙不过来，便回来伺候着。”杨禄趋前一跪而起，谦恭地低声回答。

时近元宵佳节，臣僚通常不会在此时上奏言事，除非……朱由检眉头一扬：“到底什么事？”

杨禄小心地朝正在一处说笑的皇后贵妃们远远望了一眼，声音压得更低：“禀皇爷，登州失陷了！”

“啊！”朱由检嗓子里迸出又高又急的一声，见周后她们停了说笑望过来，连忙按捺心头的惊乱，极力表现从容和威严，“着将有关奏本全都送来乾清宫！”霎时间，后妃的明争暗斗、春游赏花的旖旎风光以及夫妻之情、床笫之爱都变得微不足道，可以扔到九霄云外，他恨不得一步迈回乾清宫。

几名司礼监内使抱了好些个折匣走进乾清宫西殿，分类放在了长案上，络绎退下。杨禄检看一遍，禀道：“皇爷，这里有六本因登州事弹劾阁臣的……”

朱由检端坐龙椅，端着一盏茶，立即打断：“拣一本读那贴黄。”

“是。御史宁有光，为登州陷、孙元化反事弹劾阁臣徇私弄权溺于抚议致误军国大事……”

“孙元化反？”朱由检“砰”地一蹾茶盏，茶水荡了出来。

“禀皇爷，这几日朝野盛传登州陷，孙元化反，各弹章多是据此弹劾政府、词连周相的。只有徐大宗伯上奏愿以全家百口人命，保孙元化不反。”

“哦，徐老先生……”朱由检辞色和缓了一些，“究竟是传闻还是确信?”

“日前有兵部题本，说登州总兵张可大殉国，其子向兵部报知城陷详情，又有葡国炮手跳城逃来京师禀告……”

“念!”朱由检虎着脸命令着。听罢兵部奏本，立刻又问：“山东巡抚、巡按的奏本呢？孙元化的下落呢?”

杨禄连忙找到最底下的两本：“皇爷，这两本今天才到京，尚未经内阁票签……”

“快念!”

“是。山东巡抚余大成，为登州兵变事再乞速下招抚谕旨，以安军心，以定登莱……”

“什么？还要招抚?”朱由检听得糊涂了。

“是。余大成本章中附有孙元化的奏折！……”

“啊？快！快读!”朱由检猛然站了起来。

孙元化奏本不长。从久候抚旨不到、孔有德变兵及登州守军均怀疑虑，以至互斗造成城陷兵乱的经过，说到自己不肯从乱拔剑自刎未死，又经反复晓谕大义，孔有德、李九成及从乱耿仲明等人追悔莫及，情愿就抚，就抚后或援辽东或守登莱，惟朝廷之命是从。拟将私开城门启肇事端的小校陈光福、陆奇一斩首示众。现下登州平静，只待朝廷速下抚旨，速拨粮饷……

朱由检慢慢坐回龙椅，迷惑不解。事情会这样变化吗？抚旨年前就已发下，登州怎么会久候不至呢？……“念山东巡按的奏本!”

山东巡按王道纯与监军徐从治共同署名的奏本言辞慷慨激昂，充满了对抚议的极端愤怒：“……当日贼过青州，余大成拥兵三千，剿灭甚易，而孙元化遗书谓‘贼已就抚，尔兵毋东来’，余大成遂止兵不追，致贼延蔓。今贼陷登州，孙元化被执，余大成犹主抚议，是何心肠？闻得贼在登州以巡抚印檄州县纳饷，又移书求抚于余大成曰：‘畀以登州一郡，则解。’何其猖狂！……”

“猖狂之至!”朱由检一声断喝，拍案站起，怒道，“罪不容诛！一统天下，岂容小丑跳梁！……”略一转念，王道纯既说孙元化被执，那么他的奏本……“拿孙元化奏本来看！”

杨禄忙将孙元化奏折递上。朱由检记忆力很强，一眼就认出不是孙元化亲笔，心中大疑，再问一句：“吴直没有密奏送到?”

“只有一本，是城破前一天送出登州的，也是催请抚旨、催请增饷，还替孙元化请功。”

“为什么?”

“说是孙元化典卖家产和家眷首饰助饷，又缴上金国贿赂的金叶三百两……”

“哦？……锦衣卫也无密奏?”

“没有见到。皇爷，吴直一向敬重孙元化……”

“你是说他们做了一路?”朱由检厉声一问，杨禄赶忙低头不敢出声。朱由检心烦意乱，在殿中走来走去。他此刻疑窦丛生：孙元化自是难逃失地陷城之罪，他那奏本未必可信；吴直如此褒他，什么用心？若是吴直私通孙元化，孙元化私通孔有德，孔有德这个辽东人又私通金鞑，则后果不堪设想！……他的注意力全集中在臣下的结党徇私、不忠上，独独放过了抚旨下不到登州这个重要疑点。如果他顺这条线索追查并采取些措施，后果也许就是另一种了。

他面墙而立，背手呆望。墙上悬挂着天下各省总督以下知府以上文官、都督总兵以下指挥佥事都司以上武官姓名职务的大幅图表。听得杨禄自言自语地低声嘟哝：

“治乱嘛，是要用重典，总不能示弱于贼人……”

朱由检猛地转身：“给我拟中旨，发下内阁！革余大成山东巡抚职，授徐从治；革孙元化登莱巡抚职，授谢琏；命山东巡按王道纯监军，速调王师剿贼平乱，恢复登州！”

圣心独断，讲剿不讲抚了！杨禄心里很高兴，但绝不表现出来，只连连低头称是，连语调都与平常没有区别。不料皇爷一句话，把他吓了一跳：“杨禄，你去登州看个究竟，如何?”

登州是眼下最险恶的地方，杨禄怎敢冒这个险？但他又怎敢不应？谁知皇爷顷刻间改了主意：“不成。得遣一个既认得吴直，又认得锦衣指挥使的人。”

杨禄赶忙奏道："奴才的徒弟侯继禄，常来往于锦衣卫，人全认识，又是个通贞，极是可靠的。"

宫里称自幼净身的中官为通贞，成年后净身的为净贞。通贞升官比净贞快得多，皇上更相信通贞的忠诚。

朱由检想了想："也好，就命他做个视监视官，去看看监视官吴直究竟在干什么，相机行事！"

当晚朱由检没有去周后的坤宁宫，也没有宣召田妃。面前的奏本视而不见，心念总离不开孙元化。想起自己对他的信赖和倚重——钦赐御笔亲题"劳臣"匾，御驾亲临他府邸，亲赐御酒金杯——如许恩宠竟全然辜负了！君臣交孚的情意终究还是没有的！……

这一夜，乾清宫寝殿的灯亮到深夜，朱由检被沉重的失意笼罩了。不过，他很注意控制自己的表情言语，以为别人不会发现他是怎样的沮丧。

三

东宫门前守卫的数十名巴牙喇[①]，都认识这位文质彬彬又高又瘦的文馆昂邦[②]，知道他是汗王最宠信的范章京，未加阻拦盘问，倒有不少人对他点头微笑。

一进门，眼前一片开阔。十座漂亮的封闭式方亭整齐地分列两厢，中间那笔直宽阔的甬道直铺向正北的八角重檐大殿。大殿建在须弥座台基上，周围绕以青石雕栏，黄琉璃瓦的殿顶上，十六道五彩琉璃脊攒向正中的宝瓶火焰珠尖顶，阳光照射，光芒耀眼。范文程心情振奋，脚下步子迈得更快更有劲了。他要把刚刚得到的登州城陷的消息禀告汗王，对大金国而言，是个难得的良机！

大殿正门精美的双金蟠龙柱下，汗王的亲随侍从库尔缠迎上来，小声说："范章京才到？汗刚刚还问起你哩！"

"汗王在殿上？"

---

① 巴牙喇：满语，汗王及贝勒、旗主的精锐卫队。

② 昂邦：满语，官。

"是。汗召诸贝勒会议大凌河一战得失。我去禀报。"

"不必。我自己进去，不要扰了汗王和贝勒。"范文程说着从小侧门轻轻转进大殿，站在属官和文书吏员背后。

在精致的斗拱、藻井、天花之下的高大台基上，并列着三个云龙绣墩，正中坐着汗王皇太极，右首是大大贝勒代善，左边是三大贝勒莽古尔泰。台基下面分左右列坐着阿济格、多尔衮、济尔哈朗、阿巴泰、德格类、萨哈璘、岳托、豪格、杜度等大小贝勒及扬古利、达海、佟养性等文武大臣，济济一堂，十分威严。自从老汗王努尔哈赤归天、四大贝勒共理朝政以来，范文程每每见到这样兄弟同坐共受朝拜的形式，总觉得别扭。不过，凡属皇族内事、弟兄纷争，他总是聪明地回避，不置一词，只对军机政务向汗提供各种建议和办法。

皇太极宏大的声音在斗拱藻井间回荡："……大凌河一战，我们受益匪浅哪！你们还记得那日祖可法的话吧？"

明军守大凌河，粮尽马死，城中人相食，仍然拒不投降，大金军损失惨重。拿住明朝来使祖可法，问他们为何死守空城？祖可法回答说："因见你们屠戮辽东及永平降民，既然降亦死，不降亦死，又何必降！"

其时皇太极对他讲："辽东之事我等不胜追悔，永平杀降乃二大贝勒阿敏所为，已经论罪幽禁了，尔等尽可放心。"又命诸贝勒与他折箭为誓，遣他回城。三日后，祖可法之父、大凌河守将祖大寿果然举城投降。

此事给惯于杀降的领兵贝勒旗主们很大震动。皇太极更抓住时机，常在不同场合向各个贝勒议论，今天又当着众人提起，并再次重复祖可法的话。他说得很慢，很清楚，还微微地摇头叹息："'降亦死，不降亦死，又何必降'！……若不善待降者，日后攻城略地，还要碰许多硬石头！"

皇十弟德格类长相和声音都很粗莽："善待有什么难？费这牛劲攻下大凌河，毁了城池就扔掉不要，为啥哩？又跟那年攻到北京城也似的，只围不攻。汗的意思，敢莫真要跟南蛮子议和？"

皇太极笑笑："取大凌河也罢，取北京城也罢，易如反掌。但南朝疆域广大，各处兵力聚集一起也还不好对付。我等得地不难守地难，不如练军自强以待天命，多取人口、多得财物才是富强国力的当务之急！……所以，当年辽东杀降、阿敏永平杀降极其不智。种田、养马、织布、造甲都要人，真要想进关夺天下，兵力财力还远远不够哇！……”皇太极闪眼向一个个威武健壮的贝勒旗主大臣们依次望过去，声音更加和悦平缓：

“所以，朕再三谕告尔等，取中原争天下的话，切不可随意乱说，更不可传到关内去，令天朝疑我大金有异志。南朝人最讲名正言顺，日后但凡攻地掠财取人口，必得有缘有故，人犯我，我才犯人……朕的话，尔等可都听明白了？”

众人嘴里应着，有的振奋，有的互相会心地微笑，有的怀疑，有的则一点不领会此中奥妙，一时大殿内响起“嗡嗡”的低声议论。

皇太极敛起笑容，声调陡然严厉：“我国兵将去年弃永平四城，皆因阿敏及诸贝勒不学无术！此次大凌河之战，城中人吃人，仍然死守，到了援尽城降之际，左近锦州、松山、杏山还是坚守不下，不就是因为人家读书明理、尽忠其主吗？自今以后，定下法令：我国子弟凡十五岁以下八岁以上的，都要读书！违令者责罚父母和旗主！”

贝勒旗主们频频相顾，有些不知所措。几年前他们连议政这样的大事都不上心，常常在会议时嬉闹玩笑，正说着进军攻地布置，会突然插进打猎跑马、鹰犬优劣的话题，经汗王多次训斥才刚刚有了些体统。所以读书识文在他们大多数人看来并不要紧，没必要这样郑重其事。不过汗王说得如此决断，谁也不敢出头反对。

“日前，朕阅读达海所译《武铨》一书，”皇太极仿佛在以身作则，“其中记述狄青将御赐美酒倾入河中，使全军将士同饮，古良将体恤士卒如此，所以三军乐为效死。若蓝旗莽古尔泰见士卒阵殁，竟用绳曳拖而回，这般作为，安能得人死力！”

阿巴泰霍地立起：“我有一句话，各位兄弟侄儿议一议。太祖爷崩逝后，四大贝勒共理国事。二大贝勒阿敏已因罪幽禁，三大贝勒莽古尔泰此次大凌河之役有罪，论理也不当与汗并坐受朝贺！”

此言一出，殿中又一片嗡嗡议论。与皇太极并坐的莽古尔泰和代善，脸上显出尴尬和难堪。

当年二大贝勒阿敏弃永平四镇、屠城而归，诸贝勒合议阿敏有十六项大罪，当诛。汗命免死幽禁。

这次大凌河之战中，因为属下兵将征调不平均，莽古尔泰与皇太极口角，竟拔刀相向，大违兄弟情谊。他难道不知道汗即位以来，独领着八旗中最强大精锐的正黄、镶黄两黄旗兵马吗？况且，大大贝勒代善的正红旗以及阿济格、多尔衮、多铎三个小王爷各自领的正白、镶白、镶红三旗，也都全心全意辅佐汗王，从实力上他绝难与皇太极抗衡。此事只能再一次暴露他气量狭小、性情暴躁、胸无城府。后来他也自知糊涂，口称“空腹饮酒四大碗，醉得头昏，对汗口出狂言，不知说了些什么，冒犯了尊长”，向汗王叩头请罪。汗王命下诸贝勒议处，诸贝勒合议，以御前持刀露刃、冒犯汗王罪，削夺五牛录属员，罚马二十匹，银一万两。

和今日汗王显示出的雄才大略、气度胸怀一比较，莽古尔泰实在粗莽无知不成器。莽古尔泰连忙下了台基，对皇太极一跪，又粗声对众人说：“我莽古尔泰才德不如，早就不该与汗王同列，今又戴罪，再要并坐是罪上加罪了！”

那边大大贝勒代善也走下台，对众人笑道：“岂独莽古尔泰？汗王居大位，我也不该并列。从今以后，请汗王南面登宝座，我与莽古尔泰侍坐于台基下左右两侧，诸贝勒坐在下方，才合礼仪。”

众人鼓掌称赞，都说理当如此。皇太极并不推辞，端坐台基上的宝座中，微笑不语，坦然接受由大大贝勒率领诸贝勒的贺礼。范文程跟着众人一起礼拜，心里惊喜交集，没想到“独尊”的难题这么容易就解决了，不由得对皇太极更加钦佩。

阿巴泰继续他被打断的话题：“早先诛杀太过，以致人怀疑惧，虽是极力晓谕，人终不信。如今上天赐我大凌河降众，正可使天下知我善于安抚人民，归顺者必多！”

皇太极大喜：“此言正合朕心！可有良策安抚降众？”

岳托进言：“臣以为抚养之道，当先给以家室，出公费赡养。比如，降人中原一品官，以诸贝勒之女嫁给；二品官，以我国大臣之女嫁给，并各给田庄；至于降人士兵，可配给贝勒属下庄头女子或殷实商贾之女。总之，不使一人失所，则人心归附，大业可成！”

不仅皇太极，在座诸贝勒旗主大臣都面带笑容，交口称赞。皇太极却又问了一句：“此事范章京知道吗？”

岳托说：“还没来得及跟他讲。”

皇太极道：“还是先跟范章京详细议一议再定。”

范文程高声应道：“汗王，臣在此！……此举大善！此举大善！……”汗王的信赖使他深深感动，而改杀降为安抚的善政，更令他喜出望外。两股热流交集，不觉声音都发抖了。

诸贝勒大臣望着他哈哈地笑，笑声在殿顶轰响。皇太极洪亮的声音盖过笑语：“范章京怎么现在才来？你在讲什么？”

范文程这才恍然悟到，方才一时兴奋，脱口而出，说的尽是汉话！自己也觉得好笑，忙用女真话又说了一遍，并建议：“汗王今日原要往演武场阅汉兵观试炮，大凌河归降兵将也要参与，何不于阅兵时宣谕善政，使我大金国善抚归顺兵民之名广为流播！”

“说得好！”皇太极目光闪闪，很兴奋，立刻站起身，“范章京所言极是。诸位随朕上马，这就往演武场！”

演武场在城北，异常宽阔。东西北三面仿佛与荒原相连，南边可以看见远远的城堞的青色影子。总理汉人军民诸政、节制汉人各官的额驸佟养性所部三千乌真超哈，擐甲跨马，列成十个方阵，军容整齐严肃，玄青色的大小旗帜卷着北风哗啦啦响，铁盔钢甲长箭弯刀在冬日的阳光中闪着刺目的光芒。皇太极和贝勒们策马走过，方阵上空滚过整齐而宏大的呼喊：

“万岁！万岁！万岁！”

佟养性骑马陪从在汗王身边，向他解释这一汉语呼喊：“汉人称皇帝为万岁爷，是祝愿皇帝活一万岁。奴才看这两个字意思好，喊起来也顺口，就没有叫他们改用国语……”

“不必改，”皇太极赞许地点着头，“这样很好！要汉人说国语，不是一朝一夕的事。”

太祖天命年间，阵战俘虏的明军，不是杀掉就是发下满洲人家为奴。皇太极即位后，汉人丁壮披甲当兵的渐渐多起来，便别置一军，称为乌真超哈。去年更任命佟养性为昂邦章京，总理汉人军民诸政，节制诸汉官。其实，是承认了汉人参与国家军政事务的权利。由早年的屠杀汉人到如今的设置汉军汉官，这实在是皇太极的一大德政！范文程策马跟在皇太极身后，不无欣慰地想到了许多，心头一个英明君主的形象渐渐地越来越明晰了……

四十门镌有“天祐助威大将军”字样的红夷大炮蹲在两轮炮车上，整齐地排列在校场之东。佟养性手中令旗一扬，装填手们迅速地向炮膛内装药、装炮弹，装罢退回炮后方伏地不动。佟养性手中令旗左右挥动两次，四十名炮手在各自副手的配合下点燃了药捻，又都迅速后退伏倒。顷刻间，火光闪闪，硝烟弥漫，大炮怒吼，震天动地的“隆隆”巨响充满了天宇，压倒了一切声息，即使在大凌河之战有过大炮攻城亲身体验的贝勒们也为之振奋。那些从未见过数十门大炮连发的其他人等，更为这壮观的场面所震慑！

“好哇！好哇！”炮响停止后，皇太极两手叉腰，满怀豪情地连连大声喝彩，忽然调头对范文程说道，“我们大金国，终究也有了红夷大炮！……”一语未了，紧紧地抿住嘴唇，仿佛要笑，眼睛竟湿润了。

大金国没有人会忘记，自太祖皇帝兴兵以来，天命十一年的宁远之战是惟一的大败，就败在明朝的西洋大炮之下——太祖背受炮伤，半年后驾崩；皇太极即位后天聪元年的宁锦之战，又败在西洋大炮之下，将士死伤无数。八旗将士恨西洋大炮入骨，因其来自红夷，称之为红夷大炮。两次大败，皇太极决心自己造炮。然而谈何容易！铸铁造炮所需材料工匠，本国奇缺，炮匠炮手更是无处寻觅。直到那一年君臣微服造访登州……

“范章京，还记得那年登州之行吧？”

范文程也在回忆同一件事情，不禁笑道：“汗王为这红夷大炮煞费苦心，亲历风波之险，当得有今日上等好报应！韩六儿和穆二郎，如今都是小头领了！……”

当年他随皇太极潜入登州，仔细察访了登州守备。皇太极对登莱巡抚孙元化极其赞叹，立意要网罗来为大金国所用。范文程知道此事不易，只能慢慢相机行事。皇太极只完成了他的另一个计划：设伏，暗暗劫走登州营的制炮工匠韩六儿和炮手穆二郎，还制造了二人出海船翻身亡的假象。这两个要紧人物分拨在监造大炮的佟养性麾下，终于造出第一批四十门红夷大炮，就是这些“天祐助威大将军”，在大凌河之战大显神威。

皇太极心犹未足地叹口气：“可惜孙元化的铳规，至今也未能弄到手！”

“孙元化……”范文程又想禀告登州之变的消息。这是军机要事，必然牵涉皇太极下一步进军方向。诸贝勒中虽不乏目光明睿如多尔衮、阿巴泰、岳托、萨哈璘这些英杰之士，却也有莽古尔泰、德格类、豪格一班勇鲁之夫，机要内情知道的人越少越好。范文程赶紧收住话头。皇太极回头看他一眼，似要问什么，铜盔铁甲威风凛凛的佟养性已走上阅武台，行礼道：

“请汗王、诸贝勒教训！”

皇太极很高兴：“好！很好！佟额驸治军有术，此次大凌河之役，乌真超哈战功卓著。朕赐你雕鞍良马一匹、银百两。自副章京以下各官至披甲兵，分别奖赐银两，设宴慰劳！”

佟养性再拜道：“谢汗恩赐！眼下加上大凌河归顺新编汉兵，马步合共三千六百余人。奴才想照八旗旧例，有事持兵器上阵，无事则回庄务农；另外，火器攻城非红夷大炮不可，应增铸大炮；再有，兵粮困乏，还应多垦荒地，但民力不足，奴才请官中借给牛、种，收获时以十分之一分偿值。乞汗王恩准！”

皇太极笑逐颜开：“治军有方，治民为政也有方！好，朕都准了！范章京，你与佟额驸一同去向乌真超哈宣谕朕的奖赐，宣谕朕对降人给配抚养诸事！”

范文程和佟养性并辔策马，重新下场，对集结成大方阵的三千六百乌真超哈大声宣谕。阅武台上听不清宣谕的言词，只听得每宣谕一句，人群便迸出一声欢呼。后来，人群突然一静，静得出奇，跟着爆发了更热烈更长久的欢呼，“万岁万岁万万岁！”喊声直冲云霄，眼见许多官兵滚下马鞍，伏倒在地，向着阅武台连连叩头大叫，汉语女真语混杂一起，震耳欲聋：

“谢皇上圣恩！谢万岁爷圣恩！”

“谢汗王天恩！”

…………

皇太极轻拈颔下黑须，点头微笑，侧脸看到诸贝勒一副副惊愕、兴奋和喜悦的表情，他很满意，再扫一眼恭敬地坐在自己左右下侧的代善和莽古尔泰，说：

“欲得天下，非得人心不可。二位王兄以为如何？”

代善笑道：“汗王说得极是。”

莽古尔泰叹口气：“莽古尔泰见识浅，只晓得骑射战阵，为政着实少远见。”

皇太极心绪愉快，格外大度：“难得五哥开窍明理。朕以为……”他转向代善，“大贝勒，将罚去的五牛录人口还给五哥吧！”

代善笑道：“就依汗王所言。”

莽古尔泰连忙行礼致谢：“多谢汗王恩典。”

校阅结束后的阅武厅饮宴很是欢畅。皇太极因为心里高兴喝得过多，有些不胜酒力，先退席到厅侧小间饮茶休息，躺坐在扶手椅上闭目微笑，沉醉在今日的一系列成功之中。他原本是个红脸汉子，即位后被誉为“颜如渥丹”，酒后面色更红，几乎近似女真人最赞美的关玛法关羽了。

范文程终于等到了机会，跟脚进来，迫不及待地禀告：

“汗王，登州城陷了！”

皇太极陡然一惊，睁眼急问：“哪个登州？谁陷的？”

“孙元化的登州府！缺粮饷闹兵变，乱军攻占了府城！”

皇太极猛然挺身坐直：“孙元化呢？他的大炮呢？”

范文程稳住心绪，详细禀告了登州之变的经过：从孔有德驰援大凌河到登州城破、张可大殉职、孙元化自刎……

皇太极惊道：“孙巡抚死了？”

“有消息说他没死，但伤势不轻。”

"谁说的？可靠吗？"

"在登州永泰货栈坐店的巴克什，特地差人连夜送回来的军情……"

这也是范文程不愿当众禀告此事的原因之一。他以巨商程秀才之名，在旅顺、锦州、登州等地设了货栈客店商行，既做合法的表面买卖，又做禁运的铜铁火药等秘密生意，更重要的是收集情报。这是中国可以上溯到春秋战国、风行了数千年的间谍之计，实在不足为质朴无文、崇尚武功的贝勒旗主们论道。当然，皇太极很知道此举的重要和机密。

汗王半晌不语，凝视屋顶的眼睛闪闪发光，心念在飞快地转动。突然用不大肯定的语气说：

"若是出奇兵突袭登州呢？"

范文程沉吟道："春季风向转南，不利舟行。况且陷登州者辽丁，孔有德、李九成、耿仲明辈都是当年逃出辽东的……"他没说下去，皇太极已明白那言外之意了。辽丁多是从太祖的屠刀下逃出一命的，大金国如若兴兵登州，他们必定拼死抵抗。当年棋错一着，苦果吃到如今！……皇太极暗自嗟叹，听得范文程在说：

"不如趁机劝降孙元化。"

皇太极精神一振，拍案道："若得孙元化，胜似拿下登州！"

"正是。但此人是目下大明朝中少有的实心谋国之臣，如今他身临绝境，召他来降或有一线希望。"

"绝境？"

"正是。如今他只有两途，或被迫随从部下叛乱，则大兵围剿，自是死路；或部下念旧情放他回朝，则弃地失城论律当斩，也不得活。趁此时劝降我国，不是一条生路吗？但，即便如此，也非高位厚禄不可。"

"高位？我与他一等精奇尼哈番世职，如何？"

"一等精奇尼哈番，不过同于明朝一等总兵官世职。他原是一方巡抚，封疆大吏。"

"你范先生也不过才二等甲喇章京世职。"

范文程笑笑："孙巡抚文武全才，天文、数术、火器、炮台乃至水利农事无不精通，是当世奇才，文程安能望其项背！文程不过萤火之光，孙巡抚却如一轮明月……”

“先生也太谦了！”皇太极心里不高兴范文程自贬如此，勉强插了一句。

“不是的。汗王若真有取天下的宏愿，就该具刘玄德三顾茅庐之忱！”

皇太极悚然一惊，顿时醒悟：“那么，朕当以封异姓王召请孙巡抚！”

范文程连连点头：“正是。不过，诸贝勒大臣于封王事能无异议吗？”

皇太极一时沉默下来，端碗喝了一口奶茶，嫌不热，推到一边，忽对范文程眨眨眼，笑道：“试试看。”他对侍卫嘱咐了几句，少顷，代善、莽古尔泰、德格类、阿济格、多尔衮、多铎、济尔哈朗、阿巴泰、豪格等陆续来到。

皇太极劈头就抛出了问题：“朕想以异姓王招降孙元化，诸位看看怎样？”

众人果然十分惊讶。

莽古尔泰首先反对：“给汉人封王？自来没有过！前些年杀还杀不过来呢！这不叫人笑话？”

代善也皱眉道：“既无军功，又无政绩，封王，难服人心吧？”

阿济格小声问身边的弟弟多尔衮：“孙元化是谁？”

多尔衮瞥了哥哥一眼，对他低声讲起孙元化和红夷大炮。皇太极的幼弟十五阿哥贝勒多铎伸头凑过来听了几句，拍手笑道：“那还不如把这王位封给红夷大炮哩！”

贝勒豪格是皇太极的长子，二十多岁，极是魁梧健壮，在这些叔辈面前，不敢过于放肆，但又忍不住自己的不满，便嘟哝着说：“一个南蛮子，又是文官，杀不得人，上不得阵，凭什么封王！”

皇太极等诸人说罢，微笑着问了一句：“尔等心里，究竟想不想取大明天下？”

众人一怔，一时反应不过来。

皇太极接着说：“南朝疆土东西南北几万里，骑快马半年都跑不到边；南朝人口千千万万，比天下的蚂蚁蜜蜂还要多！打仗行军，没个向导还不行哩，咱们日后难道不要个引路的？再说，这位孙元化可是块无价珍宝，让范章京给你们说一说其中缘故。”

范文程清清喉咙，一一分剖：孙元化的价值，西洋大炮的威力，招来孙元化于治国、于强兵、于日后成就帝业何等必要……

那边德格类、阿济格、豪格听得没有兴致，凑在一块儿交头接耳，小声说笑：

“嗨，告诉你们，”德格类虚掩着嘴，眉飞色舞地说，“我新得的一对儿海东青，俊死人！腊月围猎，半日里就给我叼回来十六只兔子！还抓了两只黄羊三匹小鹿哩！”

“当真？这可是少见！”豪格咂嘴羡慕。

“十哥，吹牛哩！”阿济格不信，斜眼看着他笑。

“吹牛？告诉你们，我那海东青还识货呢，抓来的活物滋味儿头一等！生切活兔肝、生切活鹿舌，拿酱一拌趁热吃，啧啧！天下再没那么鲜那么美的了！我差点儿把自己的舌头都吞下肚里去！”

“十哥，孵出小的别忘了给我！”

“十叔，还有我！”

“忘不了，忘不了，一人给一对儿！……”

“豪格！”皇太极呵斥一声，三个说笑的连忙住嘴，见汗王沉脸瞪着他们，虽心中不以为然，也还是低下了头。“朕说过多少次，商讨国事，不许交头接耳、嬉笑说闲话，你怎么老毛病不改？出去！”

豪格并不是“主犯”，只因他是儿子，拿他作法最少顾虑。豪格垂头对父亲一跪，退了出去。德格类和阿济格面有愧色，互相看一眼，不敢作声了。

范文程详细说明了利害，诸贝勒沉默片时，又是三大贝勒莽古尔泰先开口：“既是这样，招他来降，多赐金帛参貂，配以皇女，格外善待也就可以了，何必定要封王？”

代善也说：“不是太祖皇帝子孙，竟也封王，只怕皇族人心不服。”

“济尔哈朗，你说呢?”皇太极点着名问。

“若为红夷大炮，理应重赏。只是封王太显赫，我怕不只皇族，满洲、蒙古多半也难服气……”

“七哥，多尔衮，怎么不作声?”皇太极再问。

十八岁的多尔衮浑身一团英睿之气，又不乏深思熟虑：“只要汗王决心取南朝天下，则此举能服汉人之心！何妨试一试?”

阿巴泰微微一笑：“我无定见。凡事相机而动，还须汗王独断专行。”

皇太极看着阿巴泰，也是微微一笑，彼此心照。

不料诸贝勒退出之际，年最幼小的十五岁的多铎，指着范文程不高兴地说：“就是你兴的，要给汉人封王，还不是因为你自己是个南蛮子!”

范文程脸色刷地变白了，咬紧牙关，什么话也不说。

皇太极生气地一扬眉，斥道：“多铎！你也喝醉了吗?”

多铎瞪了范文程一眼，噘着嘴、拉着脸，闷闷不乐地随众退下。

皇太极安抚自己的文馆学士：“范章京，多铎是朕幼弟，从小任性惯了，莫见怪，朕替他赔不是。”

范文程苦笑道：“多铎贝勒并没有说错，在下确是汉人，是南蛮子！……”

范文程确是北宋名臣范仲淹的后代，明初自江西迁居沈阳。他的曾祖父范锪，是正德年间进士，曾任嘉靖朝兵部尚书，宦海沉浮几十年，颇有政声，天下推为长者，却因奸相严嵩的排挤陷害，革职削籍，郁郁而终。范文程自幼好读书，颖敏沉毅，家庭的遭遇，使他比同时代的许多人更早地预见到大明气数已尽。所以，当努尔哈赤攻占沈阳，俘获范文程为奴，因他是名臣之后而免死，要求他参与政事之时，他半推半就，成为大金国最早的汉人文臣。只有在皇太极即位之后，他才真正施展才干，真心真意竭尽全力辅佐汗王。因为他认定这位四大贝勒有成龙之才，具沧海之量。做开国元勋、从龙文臣，难道不是一介寒儒的最高向往?

他对皇太极，大有“士为知己者死”的感激。然而，大金国的贝勒王爷，并不都有汗王的胸襟目光。今天这样的羞辱他不是第一次遇到，但由此而产生的对重要政务决策的干扰和误解，却令他很伤感，甚至有点儿灰心。

皇太极见范文程神色黯然，便更加和蔼地劝慰说："范先生，闲言碎语何足论！朕从来都拿你当我国人一样看待，你就是我们金人嘛！"

范文程抬眼对汗王注视了许久，终于慢慢地摇头，鼓足勇气，说："不，为人不能忘本。汗王尽可责骂我，我却不能说假话奉承讨好汗王。掏出我心窝里的一句话，说给汗王你听：我范文程是大明骨、大金肉！"

皇太极眉毛一耸，眼睛闪过一道亮光："什么？"

范文程目光移向别处，轻声地说："日后若得了南朝江山，天下一统，难道不也是大明骨、大金肉？"

长久的沉默之后，"嘭"的一声，皇太极拍案而起："好！说得好！"他的神情由深思渐渐转为激动，"不错，不错！大明的骨架来自朱元璋，来自赵匡胤，来自李世民，来自汉高祖、秦始皇！千百年下来始终不倒，如钢似铁啊！如今骨架尚在，而长在上面的大明血肉皮筋却已腐坏发臭，终将成痈出脓，化作血水烂掉流光！到那时，朕的大金国定能重新生出丰硕强健的筋肉，滚热跳荡的血脉，或许是个比历朝历代都要魁硕奇伟的巨人哩！"

"汗王！……"范文程声音发抖，激动得几乎不能成声。他虽然认定皇太极是个气度恢宏的英杰，却也没有料到他能如此强烈而近切地与自己共鸣。

"范先生，多谢你的直言，多谢你诚信待我！令我……耳目一新，还是茅塞顿开？或者叫柳暗花明又一村？"皇太极一口气说出好几个汉文成语向范文程请教，二人一起放声大笑。

范文程心下感慨不已，非常欣慰地对自己说：这不就是君臣相孚的情意吗？

四

独尊地位的最终确立，是一个令人兴奋的大成功，终于水到渠成！与范文程一席推心置腹的长谈，也是一个令人兴奋的大成功，拓宽了他的眼界胸怀，燃起更强烈的希望和自信，酝酿出更坚实的计划！但皇太极就是皇太极，并不因而沉醉，因而忘乎所以，反倒更觉得紧迫：他要抢在大明枯朽垮倒之前，抓住飞逝的流光，让大金国强大得足以取天下！这需要筹办许多要事，还要走很长的路……摆在眼前，就有两件大事要他决断：

如何招降孙元化？

大凌河之战后，大金国向何方进取扩展？

以异姓王招降孙元化，贝勒大臣们几乎一致反对，原在意料之中，他自己不是也觉得过分吗？

大金国夹在明朝、蒙古和朝鲜之间，是南下掠明边、由海路攻登州，还是东出击朝鲜，或者向西北打一打近日气焰特别嚣张、一向以成吉思汗后裔自居的察哈尔蒙古林丹汗？

…………

他从来处事果断，这两件大政却让他委决不下，回宫途中仍在专心思索。远远望见高台五宫的鲜明轮廓，他嘴角蓦地绽出笑意：还有他那聪慧的后宫谋士呢！她的启迪，常能使他定下最后的决心。

他在翔凤楼前下马。侍卫禀告说，科尔沁大妃来朝，在清宁宫大福晋那里候他。他怦然心动，满脑子政事倏然闪开一条通道，走进一个女人。

一个艳丽、娇媚、女人味儿十足的少妇，眼波春水般温柔，嘴唇海棠样丰满鲜红，高耸的乳胸和圆臀之间连接了一副细柔的柳腰，宽大的缎袍也掩不住体态风流。女人的气息，从她粉颈酥胸、从她娇嫩的耳朵，甚至从她形似藕芽却又红润肥满的手指尖向外冒，足以令每个见到她的男人想入非非。皇太极也未能例外，就像骤然间触到寒冰和烈火，心里不知何处嘶叫一声，怦怦地跳个不住，几乎难以维持他那汗王的尊严。

她叫海兰珠，大福晋哲哲的侄女、小福晋布木布泰的同胞姐姐。

天聪年皇太极即位之后，大福晋之母、小福晋之祖母科尔沁大妃屡来沈阳朝贺，看望女儿和孙女。后来小福晋的母亲科尔沁小妃也随同来朝。去年大妃小妃婆媳俩同来时，又随带来一位身穿素色团衫的少妇，就是海兰珠。

海兰珠比小福晋年长四岁，早年嫁给察哈尔部林丹汗之弟。林丹汗因为是成吉思汗的直系后裔，自称蒙古大汗，在漠南诸蒙古中最为强大，经常对诸部侵扰欺凌。科尔沁蒙古为了自保，不得不采取嫁女和亲的办法。两年前海兰珠死了丈夫，照例她应该由林丹汗收纳。但林丹汗的大小福晋、那些原是她嫂子的女人们，生怕海兰珠入宫夺宠，便借口科尔沁与金国交好，心怀叵测，免留后患，将海兰珠撵回了娘家。

海兰珠温柔如水，脾性极好，话不多，总是未语先笑。和她妹妹布木布泰恰是强烈对比，对政事、对经史文章毫无兴趣，除了蒙语，只会说极简单的女真话，喜爱的都是女人那一套：调脂弄粉，集攒艳丽的绸缎、皮毛和绢花，最爱摆弄珍珠，把大颗小颗分类，用金丝银丝穿成各种各样精致的头饰、耳饰、项圈……来到清宁宫，也总是伴在祖母和母亲身边，对身材魁伟、神态威严的皇太极十分敬畏，几乎不敢正眼瞧他。有时她在东宫里跟妹妹说话，一听到皇太极的声音就急急忙忙躬身行个礼，头也不敢抬地离去了。她大约一直没有觉察皇太极的爆着火星的目光……

海兰珠这一次随大妃来了吗？皇太极加快步子，走进清宁宫。

大妃和大福晋赶忙起身、下拜，迎接汗王。

请安，问安，问政事劳累、起居安好，问家中老小平安、行程旅途疲乏等等。常礼过去，皇太极在正中宝座落座，大妃在右，大福晋在左，各自坐下叙话。

“小妃和海兰珠没有同来？”皇太极问。

“小妃家中有事，临行又留下了。”

皇太极点点头：“布木布泰怎么不来相陪？”

“刚才还在这里。”大福晋四面瞧瞧。

“姐儿们去说体己话了。”大妃眯着眼笑。

“这姐儿俩!”皇太极也笑了。

大福晋瞅他一眼：“我们娘儿俩正说这姐儿俩呢!”

大妃笑道：“也真是怪，同父同母，都长得花朵儿似的，脾性怎么就差得这么老远?”

“你呀，真把你的温塔拉珠子①惯坏了！各宫的侧福晋私下里都有点儿埋怨哩!”大福晋的口气既是姑妈又是中宫之主。

“不就是妒忌吃醋?什么要紧!”皇太极不在意，对大妃笑道，“你的孙女儿实在聪明绝顶，朕真离她不得哩!”

“聪明太过也不祥，”大福晋的语调已透出不满，“参议军国大事，合适吗?你不是令文馆撰写内则，说内廷之要在不预外事吗?”

皇太极无言对答，随口一问：“布木布泰她们去哪里了?”

“站的时间久了，我怕她不好过，命她回宫歇着，海兰珠陪着去的。”

大妃咧嘴笑道：“但愿这回得一个皇子。”

小福晋怀着第二胎，已经六个多月，皇太极也担着一份心，起身道：“我去瞧瞧。晚上在清宁宫为大妃洗尘。”

皇太极料定小福晋躺在寝房歇息，进了东二宫，急匆匆穿过中堂，一边伸手去掀南里间的门帘，一边问：“温塔拉，你不舒服了?还有事要听你的高见呢，你……”

他陡然住了嘴，从锦榻貂褥上坐起的，是粉红的海兰珠！她大约喝了酒，眉梢嘴角似含春色，眼睛里的春水看看就要漫出，嘴唇红得像要裂开。也许借了酒劲壮胆，她不似平日见了皇太极时那样畏惧，缓缓站起身，扯平身上闪亮的粉红色缎袍，扶正头上粉红色绢花，整一整鬓角的乱发，低低地哑声说：“汗王，是我……”

眼前扑来的这团粉红色的云，突然点燃了他体内的烈火，熊熊火焰“呼”地蹿上来，烧得他口干舌燥、眼睛血红。他想也不想，张开粗壮的臂膀，一个猛烈动作，把这团粉红色紧紧搂在怀中，不知是

---

① 温塔拉珠子：满语，小女孩。简称温塔拉。

谁的骨骼“咔吧”一响。

粉红色一惊，出于本能，突然爆发了反抗，挣扎、推搡、踊动，像一头绝望的小兽。这反而激起皇太极征服的狂热，是原始的雄性征服异性的狂热，又是想要征服天下、称王称霸的狂热，两者结合，使他的行动极其有力又极其狂暴。他“刺啦”一声撕开粉红缎袍，专横地把阔嘴压上那两片鲜艳丰厚的红唇，怀中粉红色的抗拒和骚乱突然停止，渐渐化为一团氤氲香雾，化为一片柔美起伏的波涛，把他引入极其和谐、融洽、欢快的极乐世界。他灵魂出窍，他被征服，忘却了自己的存在……

隔着中堂，北间布置成书房，被皇太极亲昵地简称为温塔拉的小福晋布木布泰，呆呆坐在炕桌边，盯着面前打开的《元史》，一个字也没看见。

南里间的事，完全按照她的算计发生了。她需要姐姐进入翔凤楼内的后宫。迎合丈夫心意，能加固汗王对自己的宠爱；海兰珠与她手足情深，能多一个帮手去分担姑妈大福晋对自己的压力；后宫增加一名博尔济吉特格格，就能抵消几分其他家族侧福晋们联手的势力；大金国后宫形成博尔济吉特氏天下，就能保证科尔沁蒙古称雄于漠南诸部；而大金与蒙古联姻越紧密，大金国力就越强盛……布木布泰这从小到大、从私到公的一举数得，实在精细之极。可是，她的预想终于顺利实现的这一刻，心里却又一片缭乱，说不出酸甜苦辣。小小的东二宫不过三间大屋，透过两道门帘，南间的动静声息清清楚楚传来耳边。想起平日的夫妻欢爱，想到腹中他的后代，羞愤和委屈猛烈撞击着心窝，迫得她喘不过气。她极力抑制自己，用紧闭的眼睑极力锁住泪水，逼得它只在眼眶和鼻腔咽喉间流转……

“不必这样，不必！”她安慰着自己，“不是海兰珠，同样会有别人。日后果真得了中原，做了天子，三宫六院七十二妃，委屈还有完吗？……”

她在适当的时候，出现在寝房门前。她早把宫女们遣开了，笑眯眯地说：“今儿我来服侍你们！”说着把捧来的热手巾递给皇太极，再奉上一碗人参汤。

皇太极略露窘态，但极力表现得若无其事，一声不吭地拿手巾擦脸擦脖颈。海兰珠却别转脸，耳朵都羞红了。小福晋故意拿眼睛瞅着皇太极，笑着低声对姐姐说：

“海兰珠，恭喜，恭喜！”

海兰珠猛扑在小福晋怀里，把脸埋在她胸前，说不清是在哭还是在笑。

“哎哟，海兰珠，轻一点儿！小心我的孩子！”布木布泰夸张地大声说笑，一面为海兰珠擦汗，整理头发，匀面点唇，看着她换上另一件鲜蓝色缎袍，然后伏在她肩头耳语，“你去吧，我替你说。”

海兰珠水汪汪的眼睛与皇太极照了照，脸又红了，使劲捏了捏小福晋的手，转身跑出去了。

皇太极看着那腰肢摆动的柔曼背影，心头又涌上一阵沉醉：真是个柔美到极处，叫人爱怜不够的女人！……他慢慢啜着人参汤，平息心绪，懒懒地笑道：

“温塔拉，是你安排的？”

“不好吗？你是大舜，我们做娥皇女英。”

“多谢了！难得你一片热心肠……你怎么知道朕愿意纳她？”

“你当别人是瞎子吗？头回看见她，你盯着人家，眼睛就跟狼似的，哼，恨不能把人家吞下肚里去！……就把她留下吧？”

皇太极沉吟片刻：“这次还是随大妃回去，免得察哈尔借词寻衅。等我攻破了林丹汗……”

“怎么，汗已决定先攻察哈尔部了？”小福晋反应极灵敏。

“你以为如何？”皇太极看定小福晋，“我来，原为听你的高见。”

“先攻察哈尔部为上策。”

“登州兵乱城陷，可正是南攻的好机会！”皇太极把登州兵变详情说了一遍。小福晋一手托腮，听得眼睛都不眨，极其专心，听罢思谋片刻，反问道：

“汗以为明朝、蒙古、朝鲜三者谁弱谁强？”

“自然明朝最强，蒙古次之，朝鲜最弱。”

“汗即位以来，一直与明议和，连前年兵临北京城下，还遣人送去议和书，不就是避免真的大打吗？漠南蒙古各部多已归附我大金，只有察哈尔部与明结盟。朝鲜原是大明属国，虽经我大兵征讨，订下江都和约，使之脱开南朝制约，却仍是口服心不服。眼下若南取登州，好处不过多得大宗人口财物，并不能占城扩地，却毁弃与明和议，若明朝联察哈尔部与朝鲜夹攻，以一敌三，于我大金则极不利……”

皇太极笑道：“攻察哈尔就不怕以一敌三了？”

“林丹汗横暴，蒙古各部相助者必少；明朝、朝鲜均欲与我讲和，明朝不会为保护林丹汗与我开战，朝鲜更无力独自发动背后攻势……”

皇太极哈哈大笑，道：“布木布泰果然绝顶聪明！思虑之精无人能及！……”他渐渐收起笑容，若有所思，“莫说以一敌三，只对付明朝，怕也力不从心哩！……那毕竟是天朝大国、礼仪之邦啊。以我大金国这点子兵马，想要征服天下，谈何容易；相反，若是大明倾一国之兵来攻战，我大金国稍有不慎，难免覆国之灾！与大明相比，我们毕竟是东北一隅蕞尔小邦，中原历来视我为夷狄……”在小福晋这个知心知己的智囊面前，皇太极不由自主地吐露了他不肯在任何人面前吐露的担心。

小福晋骤然变色：“怎么？汗王成就帝业、入主天下的雄心，竟冰消雪化了？”

皇太极神色凛然一怔，心下有点儿迷惑：“我说什么了？”

小福晋进逼一步：“汗王害怕天朝，害怕明军不成？”

“笑话！”皇太极醒悟，顿时恢复平素的自信，“朕有何惧！明朝气数已尽，迟早而已。如今他血脉皮肉病症已深，朕不过以为，与其强攻，莫如静待其变，等他成痈化脓，无法收拾，更能事半功倍！我大金国要乘此时机，力图自强，日后才好相机而动。”

小福晋嫣然一笑：“我说嘛，你怎么会长他人志气，灭自己威风！不过，真要静待其变，必须释去大明疑我之心。汗王虽是一再与他们议和交好，恐怕仍不足以取信……”她咬着嘴唇思索着不说话了。

“怎么?”皇太极正听得专心，见没了下文，忙催问一句。

“布木布泰有话，若冒犯汗王，请恕罪。”小福晋贴近皇太极膝前，忽然跪下。

“你看你，又来了！有话尽管讲。”

“求汗去王号、称属国，尊大明为宗主国!”

“你!”皇太极只觉胸口“扑通”凶猛一跳，双眉倒竖、两眼瞪圆，一时间心慌气促。是惊是怒，还是又惊又怒?连他自己也难以分辨了。

“今日退一步，正为日后进十步，进百步!”小福晋目光炯炯，精神十足，如往常一样，并不把汗王变脸变色放在心上。

愣了许久，皇太极平静下来，把小福晋扶起，嗔怪道：“你身上有孕，跪什么！伤了我的儿子可饶不了你!”

布木布泰站起身，抿嘴一笑，知道自己的话汗王已听进去了。

“你真是个鬼精灵!”皇太极叹道，“南蛮子的话是怎么说的?是我肚里的应声虫！莫非我想什么，你都知道?要不然，我说梦话给你听去了?我正在筹划算计此事哩，还没有找人商议，你倒跟我不谋而合了！……好，这几日就施行，向明朝上个贺表，把这个意思讲明！……”

他嘴里说着，很是豁达开朗，心里却在奇怪自己的一肚子不痛快、奇怪自己除了“惊”之外还有“怒”。怒的什么?小福晋如此聪慧明睿难道不好?……汗王的福晋，才智原应相配相当，只是不该高出去……这叫什么话！太小气了，不成体统！皇太极连忙收摄分散的神思，笑道：“还有一事，替朕决断。”他说起招降孙元化。

这回轮到小福晋沉吟了，好半天没有回答。

“怎么?”皇太极催问。

“此事两难。太低，难以招致，更被旁人笑我大金国小家子气；太高，日后降者众，便难以位置……”

“给个一等精奇尼哈番世职?”皇太极试探一句。

“太低了吧?还不如他现今的品位。”

“那么，封王?”

“这……汗王，招别人不可以王位，招孙元化，奴才以为非王位不可！”

“哦?”皇太极说不出是惊是喜，只觉心里踏实下来。

“奴才还想，他既身临绝境，何不遣大将劫救他归来我国?”

“好！好！你这一说，朕可以定心了！真是我的宫中谋士！”皇太极大喜，不禁伸手拍着小福晋的肩背，忽又故意眨眨眼，半真半假地说，“你可得当心，不要聪明过头哟！”

小福晋心里一惊，敏锐地直视皇太极喜悦的眼睛。这目光、这拍肩的动作，都不是丈夫对妻子、男人对女人，倒像将军对属官、兄长对弟妹。而且，最后那句话是什么意思? 她心头掠过某种不祥的预感，不由得缩了缩肩膀。

“哦，你冷了吧? 快快披上貂袍！”皇太极也没料想自己竟脱口说出那么一句不尴不尬的话，连忙补救，但已清楚地觉察到自己心绪的变化：和海兰珠一比，小福晋算不得女人，倒像个灵秀机敏的孩子，而她的智慧谋略，竟与范文程不相上下；她的勃勃雄心也不输于自己。那么他的不痛快就是因此? 说是有点妒忌? 这不成了笑话！……他回过神来，格外关切地张罗着，高声唤宫女来添火，送茶点侍候，恢复了多情丈夫疼爱小妻子的常态，小福晋轻轻地叹了口气。

布木布泰的预感不幸成真。两年后海兰珠正式进宫；又过三年，崇德元年，皇太极上尊号宽温仁圣皇帝，改国号为大清，立清宁宫大福晋为皇后，封小福晋为永福宫庄妃、海兰珠为关雎宫宸妃，又从夺取来的察哈尔蒙古林丹汗的几位福晋中，选了两位博尔济吉特家族的格格充实后宫，即麟趾宫贵妃及衍庆宫淑妃，后宫于是成了博尔济吉特家格格的天下。不过，宸妃海兰珠宠冠后宫，夺去了皇太极的全部情爱。布木布泰在生了三位公主以后，第四胎终于生育了儿子——皇九子福临，但也未能改变被冷落的处境。

五

“咚！”

"咚!"

"咚!"

三声号炮从辕门外传来，宣告私开东门，因而引发这场登州大乱的两名罪犯陈光福、陆奇一人头落地!

大堂上一片沉寂。

正中上坐着孙元化，两侧大案，左边是朝廷钦差监视官吴直，右边是监军道王征。再往下，有登州府、蓬莱县各官的座位。陆师水师各营官则分列肃立两厢。登莱巡抚到任以来，从未因审讯罪犯而如此济济一堂!

孙元化颈上伤痛钻心，又头痛欲裂，已经许多日子没有睡好觉了，消瘦、黧黑，几乎脱了形。他满心激愤，目光一一扫过堂上堂下的人们：这回，你们总该称心如意了!……辽东营官兵卸去了罪责，宽心了吧？登州各官亲眼看着处决肇事者泄愤了吧？斩刑之后将在四门悬首示众三天，受了这次兵火之灾的登州百姓也该出气了吧？……

大堂上为什么静得这样可怕？众人为什么都长出一副彼此没有区别的、奇怪的、没表情的面孔？

整个审讯过程由监军道王征主持，孙元化一言未发。但最后要命的朱笔那一点，却必须由巡抚大人下手。孙元化从不知道，不逾四两的笔，有时会这样沉重，重得他拿不动、举不起；那红彤彤的笔尖，细小如米粒、如针尖，却能悬挂住满堂文武的各种各样的目光，堆积起那么多的复杂情怀：企求、解脱、幸灾乐祸、忧虑、不平、悲悯……只有王征送来一片鼓励和督促，警告他不可犹豫……

这会儿怎么都成了泥偶？一个个戴上了严峻到木然的面具，呆望着大堂阶下!……大堂阶下……是的，那里似乎还留着陆奇一那尚未成长足的瘦小身影；死一样沉寂的大堂穹顶，似乎仍然回荡着那尖亮的孩子声音大人话：

"俺们开城门为的救人!说咱犯事那就是犯事，好汉做事好汉当，甘受军法!"

"砍头又咋的啦？不就碗大个疤!过二十年又是好汉一条!"

"过二十年再回来，咱还是这句话：俺们草头百姓小卒小兵，认不得啥君啊臣的。谁对咱好，咱对谁也好；谁对咱孬，咱也不尿他！哈，就是这么个话！……”

倔强的陆奇一，跟陈光福这个辽东汉子一样，到死也不肯说出谁指使他们去开东门，一口咬定是见城里围巡抚府、围三寺杀辽东人，以为城中大乱，一时急了，才开门求救于孔有德，“他是辽东人，自然要来救乡亲！”

孔有德匆匆回到大堂，对孙元化躬身拱手，似要说什么，却又说不出来。

刚才孙元化用朱笔在陆奇一与陈光福的名字上一点，掷下斩首令牌，两人立即被押往辕门外行刑。一片寂静中，孔有德一步跨出列，粗声粗气地说：“帅爷，容我老孔……送送他！”孙元化沉着脸，没说同意也没说不准，孔有德已噔噔几个大步赶下堂去了。送死刑犯升天，要备酒、菜和水酒泡饭喂食，使之于醉中不知不觉挨那断头一刀，少受苦楚。有人送行，是犯人的荣耀。

见孔有德欲言又止，孙元化眉头紧皱：“他讲什么了？”

孔有德憋了半天，突然直泻而下：“他说，鞑子王八蛋，大明朝也王八蛋！他说对不住帅爷的恩情，容来生补报！他说埋他时候别忘了拿帅爷赐给的佩刀搁胸口上！他说帅爷何必两头受气左右为难，好心没好报，还不如……”

“不要说了！”孙元化生气地拦住话头。

“他的意思是……”

“住口！”孙元化怒喝，猛地一拍大案站起来，突然身子一晃，左手捂住右颈缠着白绢的伤口，朝后一仰，昏厥过去。众人惊叫着围上来，眼看白绢慢慢沁出鲜血。

代替受伤的耿仲明暂任中军官的吕烈赶忙宣布退堂，指挥侍卫们七手八脚地把帅爷抬回中堂。

二十多天以前，他们也是这样七手八脚地抬起受伤的孙元化送回巡抚署。是离孙元化最近的吕烈眼疾手快，夺剑不成便一拳打脱巡抚大人自刎的长剑，减轻了横剑割颈的力势。孙元化于是没有伤到要害，却也血流如注，昏死过去。

孔有德、耿仲明等人又惊又悔，辽东营从官到兵无不是孙元化费了无数心血培养训练出来的，此情此景，哪一个不是良心发现、痛悔不已？所以当孙元化傍晚苏醒，提出几宗要求时，竟无一人反对，全都老老实实地应承了。

这些要求是：一、立即停止抢劫烧杀，各兵卒立即归营，哨长哨官营官以军律军法制止一切混乱；二、释放府、县及所有在押官吏，恢复府县各衙门日常政务，不得无理扰乱。只要变兵回到服从巡抚将令的原状，孙元化将奏请朝廷维持抚议，所欠粮饷将用登莱巡抚印信檄令所属州府县筹纳。

登州又平静下来。乱兵各归营房校场，或修整变乱中毁坏的城墙房屋，或操练兵马战阵；各衙门迎回旧主人，继续日常事务，催饷纳粮打官司；商号店铺大小食馆客栈也渐渐开张；胆子大的商人又打点货物准备扬帆北上天津、旅顺了。

但孙元化知道，这平静是极其脆弱的。因为张可大已死，登州镇诸营或散或降，已经垮了。孔有德的辽东营实际上控制着登州，他们就像暂时瞌睡的熊罴，缩在灯芯草编的笼子里。孙元化对辽东营的多年栽培之恩就是这灯芯草笼，只要愿意，熊罴不费吹灰之力便能把草笼踏个粉碎，冲出来大闹乾坤！

怎么办？孙元化与王征、张焘反复计议，几乎一筹莫展。尤其是还须向朝廷解释交代。

兵乱那天晚上，王征离开巡抚府门不久，就被围三寺的登州百姓拦住，不得脱身。孔有德乱兵一进城，就飞马赶到三寺驱杀围寺百姓，人们一哄而散，纷纷逃命，手无缚鸡之力的王征就落在了乱兵手中。所幸辽丁都认识他是编唱小曲的王监军，未加伤害，颇为客气地软禁他两天，直到他们接受孙元化的要求，才恢复了他的自由。

王征苦苦思索，终于说服孙元化相信，为让这可怕的熊罴睡得更死而再行催眠，是惟一可行的办法。于是，孙元化就不得不同意：孔有德所部是因为听信了辽人被驱赶杀害和城内变兵攻打巡抚府的谣传而急于进城救援的；登州镇各营是以为孔有德部发起叛变攻城，所以竭力抵抗的。双方都因误听谣传、情况不明而相互厮杀，造成一场可悲的误会。这样一来，擅开东门的陆奇一、陈光福就成了肇事者，登州事变的首恶。

今天的审讯行刑，是向各方做出的姿态，也是向朝廷做的一个交代。

监视官吴直接受了这个交代。

看样子，各方面也满意这个交代。

只有一个人在心里冷笑，轻蔑地注视着一切。他是吕烈。

他认真地尽着中军的职责，将帅爷送回中堂，命人去禀告夫人，随后便静静守在一旁。

沈氏从后堂冲出来，背后跟着脚步匆忙的苍白的幼蘩，母女俩惊慌地叫喊着“老爷”、“爹爹”扑向孙元化，忘记了周围的一切。

幼蘩比母亲要镇静一些，因为已多次充当父母的家庭医士了。她跪在榻前，打开随身带来的布包，取出银针在父亲的上颌和肩颈部取穴针刺止血，又熟练地解去白绢，往伤口敷上药粉和草汁膏，拿新白绢重新裹好伤口。

她站起身，拭去脸上的汗，宽慰地喘了口气。一抬眼，陡然发现近在咫尺的吕烈，素来苍白的面容飞上一团红霞，惊喜中交织着窘迫和女孩儿的娇羞，犹如带露而开的红杜鹃。

吕烈心头的冷笑已升到嘴角，对孙元化的愤懑早已扩展到他的女儿身上。想想元旦日巡抚府门前的那场戏，那场苦肉计！欺世盗名无过于此！她自然是同谋！于是吕烈给那含羞而多情的目光一个寒冷如冰的回报，轻蔑地哼一声，扭开脸背过身去仰望窗外。

这是古往今来、天上人间最冷酷无情的一瞥！幼蘩仿佛挨了一记耳光，蒙了，脸上红晕霎时褪尽，面容比平日更加惨白得可怕，乌黑的睫毛簌簌发抖。她用力低下头，羞辱、委屈、辛酸催得她泪珠儿成串地滚落……

陆奇一和陈光福的首级在四门悬挂示众了三天之后，被取下来，找皮匠把头和身子缝在一起，装进棺材，葬在田横山坳的一片坟场。因为陆奇一临死嘱咐孔有德，说他喜欢海，死后的坟墓要能看见海潮涨落，日出月出。

因是刑死，没有祭礼。但下葬时，却有不少生前好友来送行。吕烈不是辽人，原先与陆奇一、陈光福并无交情。他的出现引起不少送葬者的疑惑，他也不解释。待众人散去各自归营，他却一步步走上浓密的松林。记得林中高处有万松亭面海而立，是观潮远望的好处所。

松林中流溢着松针松花松脂的清香，海风送来潮声，松风卷起松涛，一阵阵撞击着吕烈的耳鼓，他心事浩茫，与海天青松的声浪共振共鸣。

当元旦日亲见孙元化卖女筹饷时，当跟随孙元化身边在激烈的巷战中拼杀时，当眼看着孙元化拔剑自刎时，吕烈的崇敬之情在胸中沸腾了。世上确实有这样忠烈无私的人！确实有这样正气凛然、大节小节尽皆无亏的君子！他惭愧自己以往的小人之心，刹那间洗净了对孙巡抚的一切疑惑和猜忌。他不顾一切打脱孙元化自刎的长剑，使他免于一死；他心甘情愿地听从巡抚调遣，离开他的游击营来当抚标中军官；他甚至要遣媒去提亲，求幼蘩为妻室——哪怕此举会使他丧失前程，甚至流亡逃命，他也在所不惜！

谁想到，孙巡抚竟拿陆奇一、陈光福开刀！

无爹无娘、十四岁的小侍卫陆奇一，竟做了登州事变的替罪羊！替谁的罪？替孔有德、耿仲明，替辽东营，归根到底，还是替他孙元化抵罪！这够多么卑鄙、奸诈！当年曹操命仓官克扣军粮，引起军心愤恨，却又借仓官首级来解众怨，孙元化不是如出一辙？

由此推想，卖女筹饷未必不是演戏！……调自己任抚标中军，无非为了维系现存的原登州营官兵。想到自己也不免为孙元化所利用，吕烈格外愤怒，他又被人欺弄、被人当傀儡耍了！……

万松亭里有人声。吕烈一闪身，隐在一株两人合抱不来的古松后，因为他看得清楚听得明白，亭中两个人，坐着的是孙元化，立在一侧的，却是那晚在路边救助，后来他百般地寻不着的哑巴孩子！不，他不哑，正在说话，声音细嫩柔和……他忽然明白了，不是什么小秀才，正是孙巡抚的爱女幼蘩！

又一个骗局！吕烈只觉得眼前一片昏黑，忍不住想诅咒，想要大喊大叫，想要冲上去责问：为什么对他仅存的最后一点真诚也要给以无情的嘲弄？难道就没有一点心肝？——然而他冷冷一笑，全忍住了：人生原本如此，是你自己做白日梦，不肯接受教训，那就活该！……

万松亭内，确是孙元化父女。

今天一早，孙元化不顾妻女阻止，下了床。他很沉默，默默梳洗、默默立在庭院，又默默走进小忏悔室，许久不出来。沈氏怕他因伤而昏厥，打破家中不准干扰祈祷的禁规，大着胆子悄悄走进幕帘四垂、一灯荧然的斗室，只见丈夫跪在救世主神像面前，低头闭目，满脸泪光。她从未见过丈夫落泪，不由得惊叫一声："老爷！……"

孙元化没有动弹，只甩出两个字："出去！"如同训斥下属一般严厉。他从未对妻子使用过这种语气，沈氏却顾不得委屈，低头退出，满心惴惴不安和恐惧，连忙找女儿商议。

幼蘩、幼蘅赶到上房，孙元化已步出祈祷室，命人为他更衣，要素色衣袍和风帽。

"老爷，你这是……"沈氏喃喃地问，没了平日的爽快机智。

"出去走走。"孙元化脸上毫无表情。

"那么，传侍卫跟随……"沈氏调头要唤人。

"不！"

"叫僮儿们伺候着……"

"不用！"

"女儿跟随爹爹出行。"幼蘩、幼蘅双双跪请。

"不。我想一个人散散心。"

"爹爹伤口未愈，万一再出差错，无人在侧，母亲和孩儿们如何放心得下？还是幼蘩带了药包跟随爹爹最为稳妥。"

"你……"沈氏指指幼蘩的头发和衣裙，才要反对，幼蘅一口接过去："还扮个小秀才吧，行动方便些。"

沈氏和幼蘩赶忙向幼蘅使眼色，幼蘅醒悟，立即噤口。幸而孙元化心不在焉，没有听出这个"还"字里隐藏的文章。

父女俩就这样出后门骑马走了。父亲是一身素蓝夹袍，黑色风帽遮住了大半个脸，只露眼睛眉毛。女儿是海蓝绸袍，浅蓝色包发巾，还是那次上市卖绣品的行头，只是背上的药包代替了绣品包。一路无语，来到万松亭。

进亭后，孙元化面海坐定，望着前方，又沉浸于冥思默想。幼蘩害怕父亲落入这种于养伤不利的心境，便有意选择轻松话题，故意说错，以分散他的阴郁：

“爹爹，这老北山人称田横寨。当年田横麾下的八百壮士，果真是从此处投海的吗？”

孙元化果然来纠正了：“不是八百，是五百。此处是田横结寨预备入海之地。五百壮士也不是蹈海而死，这些忠烈千秋之士，是听到田横死讯而全体自刎于海岛的……”他说不下去了，眼睛呆呆地望着山下。

幼蘩起初后悔自己选错了话题，不该触动父亲自刎的伤痛，后来顺着父亲的目光看下去，发现了那里的新坟和渐渐散去的送葬人，顿时明白了缘故，一时竟说不出什么话了。

良久，孙元化轻轻地缓慢吟诵着。幼蘩从小就习惯于他的吟诗，因而听得很明白：

“吾闻两头蛇，其怪不可弭。昔贤对之泣，而吾反独喜……”

吟到这里，孙元化叹了口气，为这个“喜”字下得无可奈何而摇摇头，随后仰脸望定亭顶那墨绿的松团，继续低吟：

“喜者意云何？以我行藏似。蜿蜒不停留，奔赴孰驱使？当南更之北，欲进掣而止。首鼠两端乎？犹豫一身尔！……”

幼蘩呆呆地看着父亲。她自幼把父亲当成天底下最有才学、无所不能的人，像一座大山那样坚实可靠。看到大山软弱忧郁，她的心在颤栗。

孙元化俯脸看地，继续他的思索和吟诵：“蛇也两而一，相率无穷已。混心腹肾肠，各口颊唇齿。毕生难共趋，终朝不离咫。屈伸非自甘，左右何能以。岂不各努力？努力徒萦累！……”

他是在吟诵两头蛇？是在抒写登州城两股势力的争斗？是在影射朝廷中可怕的党争？是在表达自己内心在进退、上下、和战、剿抚等种种矛盾中的犹豫和痛苦？连他自己也难说清了……他对隐隐雾霭中迷蒙不清的海天线凝视了许久，终于吟出了最后四句：“杀一诚便一，一杀一亦死。并存终奈何？听之造物理……”

这无可奈何的故作旷达，叫幼蘩心酸。她偷偷抹去眼角的泪珠，强笑道：“爹，你真的见到两头蛇了？”

“嗯。”

“什么时候？”

“三天之前。”

“三天之前？……”幼蘩欲言又止。

“对，就是陆奇一赴死的那一天！”孙元化自己说出来了，“我知道，你们都不高兴。”

“他……还是个孩子，又没爹没娘的，难道非杀不可？……我还怕爹的灵魂负罪，受主的责怪……”

孙元化惨然一笑：“蘩儿，元旦日在府门卖女筹饷，你心里可觉着委屈？”

“不不！”幼蘩连忙摇头，“那是女儿自愿的！蘅姐姐是螟蛉，尚知大义，我是亲生女儿，焉能退缩反不如她？若是只有她没有我，人家岂不要说爹爹偏心，有意欺哄，反而要把事情弄坏……”

“难得你们姐妹俩深明大义。那日事到临头，舍此无他，我也是不得已……陆奇一，唉，并无两样，仍是不得已……”

“就不能不杀？”

“他是我收养的，乃我的私人，违了军法军律，犯了死罪，不从重惩处，何以服众？何以立威？”

“和京哭了整三天……”幼蘩声调呜咽了。

和京与陆奇一同岁，自来玩得极好。这次陆奇一刑死，他自然比任何人都悲痛。孙元化哼了一声，谁又能知道他的伤感？他极力平淡地说：“你到别处去走走，让我清静一会儿！”

幼蘩只当自己的话冒犯了父亲，当下不敢违拗，低头应了声“是”，便悄悄绕到父亲背后，走出亭去。

转下山梁，走向松林，能从侧面观看丹崖山上蓬莱阁，不料背后匆匆脚步响送上一阵冷笑和稔熟的声音：

“嘿，你好哇，小兄弟！”

幼蘩脚下一绊，骤然转身，竟是她日夜又是记挂又是钟情又是怨恨的人！她一时忘了自己是男子装扮，倒退一步，气冲冲地说：“又叫我做什么？不是不理人家的吗？……”说话间一阵心酸委屈，眼圈儿红了，声音哽咽了，赶紧背过身去抹泪。

这天真的女孩儿使小性儿的娇憨态，叫吕烈的心骤然软了一下。他竭力抵抗，把目光浸了冰，在唇边做出嘲讽，让声调生硬又刺耳：“好说！做梦也难猜！堂堂巡抚千金小姐，半夜三更在大路边扮哑巴小厮，骗人家银子！拿我当猴儿耍吗？”

“谁骗你的银子啦？”幼蘩急得赤眉白眼，“四十五两买绣品，那五十五两是你硬塞给的，我原不肯要！你，讲理不讲理？”

“咦，你骗了我的银子，我倒不讲理啦？”

“你还说骗！你还说骗！”幼蘩顿着脚嚷起来，忽又咬住嘴唇寻思片刻，正正经经、有板有眼地讲理了，“好吧，让你先说：我那三副绣品可值四十五两？”

“嗯，还值。”

“后来你硬要给足一百两，算捐给我爹救急，可是？”

“有这话。怎么，难道……”吕烈暗地一惊，似有所悟。

“登州缺饷，你不知道？我们母女姐妹加上丫头仆妇，都帮着出绣品卖钱，想凑个整数，新年送给爹爹充饷，权作年节贺礼。因怕家下婢仆出卖吃亏，我才自己上集市，又怕爹爹知道了不依，才扮成小厮……你！你也在登州吃粮当差，我们捐助的饷银，你未必没有享用，竟说出这等话来！……”幼蘩一口气说个痛快，理直气壮，不由得用眼睛去瞪吕烈。

“哎呀，小兄弟！是你……”吕烈猛地拍了拍自己的脑袋，“我……”

“谁是你的小兄弟！”幼蘩余怒未息，转身就走，又把一句旧话远远地甩给愣在那里的吕烈，“哼，总把别人想得那么坏！……”

可是，当吕烈慢慢走回原处，从古松背后看到孙元化独自一人在万松亭对着山坳里陆奇一的坟茔遥遥下拜时，当他清楚地听到孙元化喃喃地祝祷陆奇一、陈光福、张可大、管惟诚、陈良谟、姚士良、可莱亚和所有死于这次事变的弟兄父老们灵魂早入天堂时，闪上心头的，又是那恶狠狠的两个字：伪善！

“大人！”他冷不防冲口而出，能吓这位巡抚大人一跳，也能得着一番小小快意。

孙元化微微一怔：“哦，吕中军。署内有事？”

镇静如常的神态，令吕烈失望甚至愤怒，他克制不住地想要刺痛对方：“署内无事。大家都来送小兄弟陆奇一下葬了。”后一句挑衅味十足，他目不转睛地盯着孙元化。

孙元化微微点头，平静地说：“哦。”

“帅爷不去看看他的坟茔？”

“不了。不便去。”

“不便去？他可是大人你亲自收养、两年来一刻不离的小亲兵哪！”

面对咄咄逼人的目光和语气，孙元化疲倦地摇摇头，苦笑一下：“吕中军，要说什么照直说好了，不必绕弯子。”

“说就说！”吕烈拉出不顾一切的架势，把一束束刀箭正面投向孙元化，“你明明知道登州之变的远近因由，且不说吴桥知县省城官员，也不说张总镇与孔有德的积怨，就只这回城破，也至少是耿仲明暗中策划、与孔有德李九成勾结！你却放过首恶大奸不是问，拿这小孩子开刀，为他们替罪！无非是讨好那帮泼赖，换得个平安局面，才好稳坐你的巡抚大位！……”

孙元化望着吕烈，面无表情，或许嘴唇抿得更紧、眼睛微微眯起而已。这更激怒了吕烈：“陆奇一千不该万不该，不该过堂那天说什么占据登州、拥戴你当皇帝！纵然论军法，他也在可斩可不斩之列，就是这句话把他送上死路！”

孙元化脸色有些变了：“你是说我杀人灭口？”

那日审讯，问到为什么私开城门，陆奇一说：“放进咱们辽东兵，解了城里的难，这登州就归给帅爷！咱也能打鞑子，咱也能保土卫民，干什么定要听北京城里那个昏君捉弄？咱帅爷就当皇帝，准比他强！”

当时孙元化大怒，厉声斥责。

此刻吕烈心头一团恶意，化作一句尖刻的嘲讽：“心里无鬼，何惧钟馗！”

孙元化瞪着吕烈，一动不动。突然喉头鼻腔冒出“嘿嘿”几声短促的冷笑，不料一发不可收拾，化为一阵仰天大笑，倾泻而出，仿佛无穷无尽、无休无止：

“哈哈哈哈！……哈哈哈哈！……”

有谁见过孙元化如此失态，发疯了，还是又在演戏？吕烈用冷眼旁观的姿态，掩饰心中的不安。

笑声突然停止，孙元化眼睛血红，上下打量着吕烈，轻声地自言自语：“说吧，说吧，无非骂我奸诈、伪善，是小人！……又如何？”他伸手用力一点吕烈，“你，尽可以诋毁我，污蔑我！可是你能不能告诉我，我该怎么办？”他突然爆发，悲愤地仰天大叫：

“怎么办？我到底该怎么办才对？”

刹那间他的表情极其强烈，迫得五官都变了形：浓眉飞扬，眼睛忽大忽小，鼻翼剧烈翕张，面颊筋肉抽搐。他攥着双拳，挥动臂膀，浑身散射出炙人的热流，随着火一样暴烈的语言，一团团扑向吕烈：

“这上万官兵和几十万黎民百姓，身家性命都压在我的肩头，有多重？辽东人受了委屈，登州人受了伤害，难道就罢了不成？孔有德的人马控制了全城，你难道看不见？如今登州局势一发系千钧，极其危险，丝丝火星就能引爆，你难道不清楚？稳住局势、平定人心难道不是当务之急？用一两个罪人的命，换取几十万百姓的平安，不如此又当如何？啊？”

面对孙元化燃烧着悲愤的赤炭般的眼睛，面对这连珠炮一样的凶猛反诘，吕烈一时竟无言以对。

“难道我不知道陆奇一罪不至死？我收养了他，拿他当儿子一般，难道我不心疼他？他，他才十四岁啊！……”孙元化泣不成声，垂下两鬓斑白的头，胸口和肩头都因竭力抑止悲泣而在剧烈地颤抖。

吕烈惊愕异常，呆呆地看着眼前这位从未见过的痛苦而又软弱的孙元化。

“我向天主祈祷，告罪，我求天主指导我选择，谁不愿有个清白的灵魂，谁愿意背负罪恶的重担呢？……可是为了登州几十万人平安过这一关，我能有别的选择吗？……此次变乱若能平安消弭，陆奇一、陈光福便是首功！……如果能由我一死而完此愿，我绝不犹豫！”

这，吕烈相信。当初孙元化若自刎而死，如今的登州早被乱兵烧杀抢掠，糟蹋成一片废墟了！

孙元化朝吕烈点点头，仿佛此刻才认出他：“你很干净。你手上没有无辜者的血，你灵魂上没有罪恶的污秽和负担，所以你可以任意责骂他人！我呢？谁来超度我，谁来拯救我的灵魂呢？当初我雄心勃勃，一心要收复四州，恢复辽东，建功立业，不负皇上恩宠，不负此生。岂料步步艰难，每况愈下，落得个典产纾难、卖女筹饷，还不够，还要逼我杀子解危！……我究竟做错了什么，上天要这样惩罚我？我究竟在哪里冒犯了天主，定要让我来背负这般沉重的、沉重的罪孽啊！……”

他仰天长叹，老泪纵横，灰白的鬓发被风掀散，在脸面上乱飞。孙元化一下子变得苍老、孱弱，只需轻轻一击便会摔倒，甚至再也爬不起来。

吕烈如遭电击、如被雷轰，受到极大的震动，心潮激荡不已。他看到了从未看到的东西：埋藏在每一个人内心深处的巨大痛苦；他明白了从未注意的事情：每个人的行为都有他自认合理的原因，所谓情有可原……他想到孔有德、吴直、张可大、张鹿征，乃至他自己、他的父母、他的姑父姑母，他一生遇到的形形色色、男男女女，谁不在命运的重压下挣扎、颤抖、呻吟？哪一个不曾忍受从身体肌肤到心神灵魂的种种煎熬？受苦受难的人们啊！……他仿佛从山谷登上了山巅，世界变得宽广了，他的心怀也随之深沉博大了。他毅然撩袍跪倒在孙元化面前：“帅爷恕罪！”

孙元化多少有些意外，倒也阻住他无尽的悲愤伤感。他用一双大手在脸上一搓一抹，拭去泪痕，理顺乱发，只当吕烈为出言不逊而赔礼道歉。他做了个“请起”的手势，淡淡地说：“不必如此。”

吕烈一口气说下去：“求帅爷恕我不恭之罪，——吕烈当面求亲，求幼蘖小姐为妻。”

既是意外，又在意中；既是夙愿，又感念危难中的真诚。孙元化庆幸自己的眼力不差，但又不得不说道：“眼下登州危机四伏，似不宜论婚。况且求亲事还当禀告双亲，以得父母之命的媒妁之言。贤侄于危难中救援相助，这份情义我心领了。待朝廷下来抚旨，登州事毕，再作商量，可好？”

话虽如此，但一个从未用在吕烈身上的“贤侄”称呼，把两人的关系大大拉近，等于默许。吕烈感愧不已。有件事他难以启齿，但又必须说明，否则既对不起孙元化，更对不起幼蘖。他硬着头皮，涨红了脸：

“帅爷，我……”

“帅爷！帅爷！大好事！”孔有德的大嗓门儿从松林那一头“轰隆隆”响过来，转眼间已驰马奔到亭前，跳下马鞍，大步“噔噔噔”冲上亭来，一团喜气袭人：

“帅爷！哦，吕老弟也在！钦差到啦！”

“什么？”孙元化与吕烈异口同声，又惊又喜！

“真的！真的！好家伙，总算把他给盼来啦！”

“现在哪里？”孙元化急问。

“说是皇上亲口封的，叫什么视监视的官儿。一传校尉已到巡抚府门首，说是二传三传之后，钦差便要驾到，急得我赶紧来寻帅爷！”

“好！赶快回城！”孙元化很是振奋，喜色充沛，匆匆下亭。突然想起女儿，叫道：“蘖儿！蘖儿！回去了！”

幼蘖低着头从亭侧大松树后面转出来，一言不发地从拴马桩上解下缰绳。看她一脸羞怯，想必吕烈求亲的话被她听了去，正磨不开呢。

四个人三匹马，孔有德只当这小厮是帅爷的侄儿，热心地建议：“吕老弟，你与小兄弟同乘一马正好！”

此语一出，另外三个人一起红了脸。幼蘩的头更抬不起，吕烈捶了孔有德一拳，孙元化则连忙转了话题：

“钦差是几时到的？”

“听说昨天夜里就来啦，先到的府署……”孙元化心里一惊，吕烈看他一眼，神色也有些不对。孔有德却毫不知觉，自管开心地大说大笑：“这下好啦！钦差带来抚旨，咱老孔也松口气，还是出关去打鞑子，不在这儿受窝囊气！……帅爷安抚登州，大功一件！钦差准定带着朝廷封赏，要是升官去九边，还带上咱老孔去吧！……说不定钦差还解来欠饷银子哩！我得告诉弟兄们，让大伙儿都高兴高兴！……”

孙元化跨上马鞍，勉强笑了笑：“走吧！吕中军你随后快来，回署预备接旨。”

吕烈在山脚下骑了自己的马，追上孙元化他们三个。途中，他还是找到了机会，向幼蘩说出了那句最要紧的话：

“你可愿随我浪迹江湖，受苦受难？”

幼蘩一直没抬脸，看不清她是什么表情，但她清清楚楚地、用力地点了一下头。

六

“圣旨到——”

“圣旨到——”

拖得长长的呼喝，从巡抚府门一声接一声地直传进二门、大堂。随之一对对骑尉和穿着公服的小中官跨门槛而入，后面百十名带刀护卫，簇拥着钦差视监视侯继禄、原监视吴直两名要员走进巡抚府。

巡抚府门前万头攒动，人们大声议论，兴高采烈：

“这下好啦！朝廷到底儿下了招抚圣旨啦！”

“难为孙大人拼力支撑，可该给升赏升赏！”

“用你说！不光孙大人，咱们就抚官兵，不只免罪，多少也得给赏啊！”

“赏不赏的先别说，钦差八成押了饷银来的，瞧瞧这些随从人高马大的，身上都有功夫哩！”

…………

两名官员进府以后，跟随的护卫与登州府衙役、吏卒就将前后左右各门守住，并立即驱赶围观的军民人等。谁知越驱赶，聚的人越多，巡抚府四门乱哄哄一片喧嚷，竟如闹市。

孙元化跪在香案前，吴直及署内官员、文书、侍卫等人在他身后跪了黑压压一片。侯继禄则站在案边大声宣读圣旨。大堂上一派惊愕的肃静，人们几乎不相信自己的耳朵，但这位宦官变了调的女里女气的声音，毫不含糊地灌进每个人的耳内：

“……孙元化姑息养奸，举措失当，致使登州内乱频仍，军事糜烂，民情汹汹，总兵张可大殉国，游击陈良谟以下死十数人，罪不可逭！着革去登莱巡抚职，即日逮送进京候审。特简侯继禄为登州视监视，暂理登莱巡抚职事，候新任巡抚到职后回京。钦此！时崇祯五年正月初十日。”

侯继禄读罢，四周竟如死绝了一般，没有一丝声息。侯继禄得意于钦差的赫赫威势，向下看看伏地跪着的孙元化，高声喝道：“宣诏已毕，望诏谢恩哪！”

“谢主隆恩，万岁、万万岁！”孙元化木然地抬头，看一眼盖有鲜红的“敕正万民之宝”皇帝印鉴的圣旨，叩头谢恩，脸上没有血色，眼睛没有光泽。这一刻，他觉得自己的心血耗尽了，浑身的精力流干了，耳边嗡嗡乱响，仿佛头顶刚刚挨了一闷棍，一时间失却了思索能力。

随来的锦衣校尉拥上前，摘去孙元化的乌纱帽，脱去他身上的补服，持着铁链要向他颈上套。侯继禄一抬手：“慢着！”他把圣旨恭敬地供在香案之上，走近孙元化，“孙大人，咱还奉旨验看你的自刎剑伤。”

孙元化挺身跪在那里一动不动，任凭侯继禄翻开衣领，扯开帛带，好奇地左右端详，伸手摸按，好像不是一道鲜红的伤口，而是什么假造的新奇玩意儿。侍从们都深感受辱，扭开脸不忍看。孙元化却毫无表情，泥人石人般承受加在伤口上的冰冷沉重的铁链。

"爹呀!"

"老爷!"

沈氏、幼蘅、幼蘗、幼蕖、和京及家中的仆妇丫鬟被锦衣校尉们押出后堂，一见孙元化的模样，一齐惊叫哭喊，不顾阻拦，扑过去围跪在他身边。

"老爷，这，这是怎么回事呀?"沈氏惊怒悲愤交加，捶打着自己胸口，"天下还有这样不讲道理的吗？……"

"爹呀！这是为什么？……"幼蘗、幼蘅姐妹们哭得上气不接下气。

"你们不要如此，"孙元化疲倦已极，只能微微摇头，声音低弱得听不清，"不要如此……"

侯继禄目不转睛地打量着孙元化的家眷，回头向吴直轻声询问："就是那两个女孩儿?"吴直低声答是。侯继禄点点头，拿定了主意，走近孙元化，十分客气地说：

"孙大人，久闻你才干超群，为官清正勤谨。今日栽在乱兵手中，咱也深为你可惜。此番进京或能辨明是非，也未可知。但我奉圣旨来，万事不由己，孙大人必能见谅。"

孙元化仍是木然，但点了点头。

"按理，孙大人今日就该起解赴京，家眷也应当立即递解回籍。我想事出仓促，大人家下必有未了之事须得料理，迟至明日谅无大碍。只是本视监视奉旨权理巡抚事，行辕只得借用巡抚府，孙大人一家就暂于书房小院委屈一日，如何?"

孙元化又点点头。

"孙大人，闻得你典产纾难、卖女筹饷，又自刎不从乱，在下好生敬佩。但不瞒大人你说，此去京师凶多吉少。咱有一策，或可保大人性命无虞……吴监视，劳你送孙大人一家去书房。"

吴直应了一声，随领锦衣校尉们站在孙元化一家身前身后做押送状。孙元化随众走了几步，忽又转身，问道：

"钦差大人，可带来朝廷的招抚诏书?"

侯继禄暗想此人太不识时务，不由得讥讽道："孙大人不在其位，可以免谋其政了！”

孙元化怔了怔，记起自己对张可大说过同样的话，伤感地摇摇头，又说：“目下登州情势尚危，一着不慎，满盘皆输，钦差大人千万仔细！”说罢，转身而去。

侯继禄没有在意，只觉得可笑。随令抚标中军、队长及标兵来堂下听命。堂下顷刻间站了三百多人，静听训话。

“孙巡抚被逮问，不干抚标事。各位可愿照旧供职，听命于本钦差？”

“愿听大人差遣！”有几处声音应道。

“好！中军何在？”

“回大人，中军大人不住府中。”

“中军是谁？”侯继禄一用力，声音尖上去。

“回大人，眼下中军是游击吕烈。”

“吕烈？哈哈哈哈！好！”侯继禄咧嘴大笑，“他乃是我的故交，这话就更好说啦！”他立即差标兵去各处传令：明日卯时辕参，登州各营、各衙署必须按时辕门听点，误卯者军法论处！

侯继禄准备按自己的口味重新布置巡抚府，好好过一过钦差大臣、封疆大吏的官瘾。他不料外出做钦差这般惬意，更不料事情办来如此顺利。一面吃着精致茶点，一面向门外张望，惦记着吴直说项能否成功。

他幼年入宫，净身时还不到十二岁。因为年幼不省事，净下来的“宝”被动刀儿的老家伙吞没。他不知道以后每次升迁必得验“宝”，就是老死入葬，也得请人把“宝”缝回身上，方有脸见祖宗，不至叫阎王爷当成废人，转生投胎做母驴。为这事儿，他急得差点儿上吊，再买回“宝”来需五十两银子，他如何筹得来？是杨禄救了他，帮他把“宝”赎回，他感激万分，认杨禄做了爹，名字也由侯成器改为侯继禄。从此杨禄得宠升迁，他也步步高。因此他对杨禄不止百依百顺、毕恭毕敬，还总想着要像儿子孝敬老子，办点叫老头子开心顺气的事。

前不久，杨禄得到皇上亲赐的一座休沐别馆，就在紫禁城边金水河岸，原是魏忠贤一个住处，十分精致幽闳。杨禄感激欢喜之余，却忽忽若有所失。他向干儿子吐露真情：老头子虽有“对食”，但是宫女不准出紫禁城居住，每逢休沐期独在别馆，太冷清了。从那时起，侯继禄就留心为干爹物色夫人、如夫人。以杨禄的身份、品位、权势，女方不可出身贫贱、岁数不可大、相貌不可丑。但年轻美貌的好人家女子，谁又肯嫁太监？——便说出去也不好听！

昨夜吴直提及孙元化卖女筹饷，他就留了心——女儿既肯卖，买主还有什么好挑拣的！方才见到姐妹俩，正是在京里百挑不就的好女子！他倒不是乘人之危，他真心对孙元化有几分敬重，想以此救他一命。

他心里很明白，孙元化此番回京，十有八九是不得命的。温体仁饶不过周延儒，自然不放过孙元化，那么老头子也就绝不肯相帮孙巡抚。孙元化罪刑而死，家属入官为奴，这两个女孩儿也就糟蹋了。如若孙元化献女儿给杨禄为妻妾，杨禄必定能救下他一命，还免使他女儿沦为奴婢，侯继禄也尽了做儿子的孝道，这还不是积阴德的善事？当宦官，多是上辈子作恶落得报应，此生还不赶快行善修赎？……

好不容易，吴直从书房小院回来了，侯继禄忙问：“如何？”

吴直不愿说出孙元化大怒、一家人骂不绝口的经过，免得激怒侯继禄，但又不能不告之实情，只得哭丧着脸，摇摇头。

“啊？不知好歹！……”侯继禄正要大发脾气，门外暴喊一片，有人吼骂，有人惨叫，脚步声“轰隆”滚动，似有马队兽群闯进来。他连忙探头去看，脸上倏地变了色：十几名身着营官戎服的大汉，后面拥挤跟随着数不清的营兵，早把拦阻的前门卫兵打得抱头鼠窜，潮水般涌上大堂。

“大胆！你们……你们是什么人？”侯继禄要维持钦差的威风，又怕吃眼前亏，伸出手指呵斥，声音却不作脸地直打颤。

为首的军官像铁塔，一把揪住侯继禄的脖领子，怒喝声如同雷震：“快把帅爷还出来！”

侯继禄直翻白眼，哪里出得声来！吴直连连拱手道：“孔参将，不可鲁莽，他是钦差！……”

“哦？钦差大人？”孔有德眼珠一转，放开了手，“也是，还有话要问问呢！……咱老孔鲁莽了，钦差莫怪！”他双手略略一拱，朝后退了一步，身后的人潮也向后拥了一下，略有些小骚动，很快静下来。

侯继禄一辈子没受过这样的惊吓，孔有德那声虎吼，就如耳边炸了个霹雳，震得他头昏脑涨，几乎晕过去，一时间四肢都软了，哆嗦得几乎不能成声：“你……你就是孔、孔有德吗？……忒、忒莽撞了！……”

“也是。”孔有德想了想，对众人做个手势，人群哄然退到堂下。他再回过身来，表情谦恭了许多：“咱老孔是个从军汉，不会客套，直话直说。钦差大人来登州，可是颁发朝廷的抚诏？”

“这……”侯继禄沉吟着。他头一次当外差，没有经验。刚才他吓得一身冷汗，以为自己难得活命了。吴直一句“钦差”，使孔有德这个凶神径自手软，侯继禄不禁又胆壮了，必得拿出朝廷的威仪、钦差的气概！态度渐渐又傲慢起来：“本视监视奉皇爷钦命来至登州，原为查明真情，并与变乱各营商定就抚条款，方好禀告朝廷，求下抚旨。现下尚未查明商定，怎能讲抚？你们速速退下！……”

“那，你可带来朝廷拨发的粮饷？”

“什么粮饷？”侯继禄一愣。

“登州各营自去年九月欠饷到如今，朝廷竟不知道？”

“这……这……”侯继禄骨碌碌地转着眼珠，“本钦差为视监视官，权代巡抚职守，有监视原监视登莱兵马粮饷中官之责……”

“什么监视，视监视，绕口令吗？你干脆说吧，有没有粮饷？”孔有德听得不耐烦，火气又压不住了。

“只要乱军就抚，与本钦差谈妥条款，登州安定下来，朝廷自会将欠饷送到。”

孔有德忽然和颜悦色，甚至还微微地笑了笑，凑近去小声道：“不知咱老孔猜得对不对，与钦差大人商定就抚条款，我们得备礼吧？”

“此乃常例，又不是我兴出来的！”

“你要多少?”孔有德笑得狡黠，声音更低。

“仍是常例。登州陆师七营，水师五营，每营也不过这个数。”侯继禄伸出巴掌翻了一翻。

孔有德浓眉一挑，勉强忍住，笑着挤挤眼：“登州各营若能拿出这个数，还会闹欠饷?”

侯继禄此时一点不怕了，因为说着他此行最关心，也是孔有德最关心的关节处。他冷冷一笑：“你们打吴桥南下，一路回登州，所获颇丰，这不用我提醒儿吧?银子不够，珠宝古玩也可以替价嘛!……再说，花一万二，换得十二万饷银，还不够便宜?……”

孔有德眼睛倏地冒火，几乎发作，却硬生生地压住，喷出一串大笑，震得巡抚大堂起了回声。他转脸笑着对堂下的官兵们大声说：“弟兄们吃粮当兵，拿的饷银可是卖命钱，钦差大人要咱们每营拿孝敬例银一千两去换，便宜啊!啊?哈哈哈哈!”

这人怎么不懂规矩?侯继禄急眼了：“咱们私下商议，你怎么……”他的话已被堂下官兵愤怒不平的喧嚷淹没了。

孔有德一挥大手，喧闹戛然而止，他再回过脸对着侯继禄时，已无一丝笑容了：“朝廷知道不知道，登州兵马早已各归营伍，听从法纪军规，听从孙巡抚将令，按兵等候抚诏?”

“是有这么一说，但不知虚实，所以遣本钦差来查看。可是你今日如此……”

“孙巡抚安定登州，对大明朝廷有大功，你看清楚没有?”孔有德不容对方转移话题，强制着追问。

“这……”

“有功不赏，反倒加罪逮问，什么道理?”最后四个字，孔有德忍不住地吼出来，震得侯继禄一哆嗦，却竭力挺胸做义正词严状：

“逮问孙元化是朝廷旨意，皇爷亲口传谕，圣旨在此，谁敢大胆犯上?”

孔有德被噎得一时说不出话，脸膛憋成绛紫色。堂下李九成一个箭步蹿上来，从供桌上扯过圣旨，扬在手中，向官兵们大喊：

“朝廷无道已极，皇帝是昏君!这圣旨听它不听它?”

群情激昂，同声大呼："不听！"

随后是无数杂乱的吼叫："撕了它！""扯了它！""扔茅厕！""烧掉！"……

吴直急得拽住李九成的胳膊连连哀告："千万不可，千万不可！……"

侯继禄却发怒了："反啦！反啦！"他一手扯住孔有德，一手指定李九成，尖叫声刺得人耳膜几乎撕裂，"锦衣校尉！赶快把这两个叛贼拿下！连同孙元化一起押送进京！……啊呀！……"

最后这声惊叫，是从空中传下来的，孔有德像拎小鸡一样拿他当胸一抓一拎，高高举过头顶，那边李九成早已经"刺啦刺啦"把圣旨撕成碎条子，官兵们欢呼着拥上大堂，迅速把伺候两厢的锦衣卫校尉们制住了。

好似轰隆隆的雷鸣，孔有德大声说道："要不是看着孙帅爷，我老孔早反十回啦！你们竟拿孙帅爷开刀，真他娘的瞎了狗眼！今天你这钦差下令放出孙帅爷，咱们各走各的道儿。不然，我拿你摔成肉酱！"

四面，李九成、耿仲明和官兵们吼声如雷：

"摔呀！"

"摔扁了他！"

吴直连连向各方作揖："千万不可！千万不可！哎呀孔参将，不要加重孙大人的罪名，有话好好说……"

侯继禄惊得心胆俱裂，只会高叫"饶命！"威风和森严早扔到九霄云外了。他忽然看见匆匆踏上大堂石阶的吕烈和吕烈身后随从的武士，可盼到了救星，鼓劲大喊：

"吕指挥使！吕指挥使！快救小弟！这些叛贼又反啦！……"

他的嘶叫比众人高好几个音，在乱哄哄的大堂嘈杂声中格外清晰，众人不由得愣神了，顷刻间一静，几百道目光一齐射向刚刚走进来的吕烈。

吕烈也很吃惊，说话都结巴了："侯……你，你是钦差？"

"吕指挥使？"李九成、耿仲明等好几个人异口同声地重复一句，因为这绝不是本地方驻军的官衔职名。

吴直吓住了，脸苍白，嘴唇哆嗦。

孔有德满心狐疑，目不转睛地打量吕烈。

吕烈大怒，直跳起来，指着侯继禄："你浑蛋！胡说！"

不知是要拉个垫背的，还是要借势唬人，侯继禄不管不顾地大喊大叫："吕烈！你这锦衣卫指挥使可是皇爷亲赐的！着你暗中监视，此次又特命我寻你查明真情，你怎么不认账，见死不救哇？……"

"锦衣卫！"孔有德吼了一声，愤怒地甩手一扔，将侯继禄"嗵"地摔在大堂石阶之下，又指着吕烈大喝，"拿下！"

辽丁蜂拥而上，把吕烈扳倒绑了。

吴直浑身打战："孔参将，三思而行啊！……"

"吴直，你给老子说清楚，吕烈究竟是什么人？"孔有德又一把揪住吴直的脖领子。

"他，他确是锦衣卫指挥使，受命来登州的……"

李九成笑得又阴又冷："好一个朝廷的坐探！"

肩头还缠着帛绢的耿仲明红头涨脑，怒目而视："怪不得抚诏总不下，欠饷总不发，有这个奸细暗通消息，把帅爷和咱们弟兄都卖了！"为肩窝挨的一枪，也为说不出口的争当孙家门婿的暗斗，耿仲明极恨吕烈，把罪过全都扣到他头上。

"奸细！"

"宰了他！"

堂上堂下腾起一片愤怒，耿仲明一把抽出了腰刀！

吕烈只静静地、冷冷地看着孔有德的眼睛，对别人全不理会。孔有德被他看得不自在了，喝道："死到临头，你还有什么可说！"

吕烈坦然道："我确属锦衣卫，来登州确有监视之职。但吕烈从未送过一件不利于帅爷和诸位弟兄的禀帖，这，我吕烈问心无愧！要杀要剐我也认了，只是要提个醒：帅爷原来被逮进京，尚有一线生机，如今业已被你们剪断……我吕烈一死何足惜，天下再难有第二个博学多才、勤政爱民、能造火炮抗击鞑虏的孙元化了！"他悲愤地昂着头，不再说什么。

“孔参将，他，他死了……”吴直指指阶下，掩住了脸。钦差大臣的脑袋撞在石阶上，七窍出血，已经不动了，身边是扯成碎条的绣着龙纹的圣旨。

一时，大堂上静下来，渐渐，连小声议论的嗡嗡响也消失了。

“大哥，他?”耿仲明指着吕烈小声问。

“关起来！严加看守!”孔有德皱着浓眉一挥手。

“孔兄弟，这，咋办?”李九成用眼一瞟钦差大臣的尸体和圣旨。

孔有德用力吐了一口胸中的闷气：“呸！现在，没别的路了！……”一抬头，大声下令，“把随这死鬼来的人通通给老子关起来！吕烈单独关。”

耿仲明提醒一句：“大哥，帅爷还在……”

孔有德一拍脑袋瓜，大喊：“快！快去收拾掉那些看管校尉，请帅爷出来!”

顷刻间，耿仲明率着抚标侍卫们簇拥着孙元化来到大堂，一路高喊：“帅爷救出来啦!”

大堂上欢声雷动，阵阵响应：“帅爷救出来啦！——”

欢呼的声浪从大堂滚向二门、滚向大门，一浪高过一浪，直传到巡抚府外，数万围在四周的官兵百姓欢呼声骤起，惊天动地，为孙元化，更为伸张了正气：

“帅爷救出来啦！……”

孔有德连忙迎上去：“帅爷！可把弟兄们急坏了。一听到消息，登州十二营兵马全都开来啦，非得救出帅爷不可！帅爷你听，你听听!”

欢呼吼叫拍岸大潮般冲荡着天地，飞进大堂。

“帅爷，弟兄们为救你，敢上刀山敢下火海!”孔有德呵呵地笑着，“这回可是逼上梁山啦!”

孙元化依然一领蓝衫，头上浅灰色包巾裹着发髻，目光恍惚，带着些梦游的神态，似还没有从革职逮问的打击中完全恢复过来。他茫然地看看四周，轻轻一叹：“唉，我已革职候审，不要再称帅爷……”

“帅爷，你还在梦里哪！你看！”孔有德兴冲冲地一指阶下。

孙元化目光一触到尸体，顿时一惊，立刻清醒了：“怎么，钦差死了？”

孔有德得意地：“他不禁摔，略略使了点子劲道，他就成烂茄子啦！”

“杀钦差，扯圣旨，滔天大罪！造反吗？”

“可不是反了！登州全反啦！”孔有德一脸兴奋，眸子闪闪放光，“不反救不了帅爷你呀！”

孙元化一阵晕眩，摇摇欲倒。侍卫忙扶他坐到堂案后的椅子上。孔有德下令各路兵马退回本营待命。巡抚府外顿时沸腾了一般，马蹄声脚步声和着欢歌笑语，仿佛一支支凯旋的大军。

孙元化回过神来，侍卫送上热茶，他努力镇定，但面色死白，端茶盏的手微微颤抖，荡出的水湿了衣袖，眼睛不看任何人：“弟兄们意欲何为？”

“帅爷！事到这份儿上，再没路啦！索性自立，就叫登州国！不，叫蓬莱国！”孔有德眉飞色舞，“我早说过，当日太平寨帅爷救我那工夫，我头一眼就见帅爷红光护体，紫云绕膝，天神下凡一般！那就是帝王相嘛！诸家弟兄这回就辅佐帅爷当皇帝！……”一看孙元化要变脸，连忙改口，“好，好！不当皇帝，当国主，当大元帅大将军还不成吗？再不受朱家皇帝的腌臜气！”

“帅爷！”李九成虽不似孔有德手舞足蹈，也非常兴奋焕发，黑黑的八字眉在额头跳上跳下，“咱们文臣武将，人才济济，火铳大炮无人能及，登莱富庶，海上更有贸易之利，自成一国，何必仰仗他人！”

“帅爷！”耿仲明的建议更加具体，“就依巡抚府地基起造宫殿，我们奉帅爷为国主，奉夫人为娘娘……”或许他还想到公主，想到自己驸马爷的前景，但孙元化默默摇头，表情极其沮丧抑郁，使他竟说不出后面的话了。

“弟兄们此议大谬！”孙元化沉重地叹息着说，“元化抚登，失职无能，圣上问罪，罪有应得。朝廷法度纪纲，元化焉能不遵？弟兄们此举，是加重元化的罪孽了！”他缓缓站起身，“事已至此，劝你们怕是劝不转了。若肯念同事一场，就请明日拨海船一艘，送元化北上还朝领罪。”

“帅爷！”孔有德、耿仲明、李九成等异口同声地惊叫。

“若肯听我一句，则千万不可自立，不可叛逆朝廷！如今外有强敌、内有寇乱，正值国家多难之秋，若因登州乱而致天下乱、致国亡山河破，则千古之下，我等均是十恶不赦的罪人！万劫不得翻身！……”孙元化声泪俱下。

“帅爷！”耿仲明不平地嚷起来，“朝廷从来对你不安好心，你还这么忠心耿耿！那吕烈是锦衣卫派来登州，专为暗中监视你……”

“吕烈？”孙元化疲倦地笑笑，“果然如此。这也无足轻重了。”他迈步走向后堂。

“帅爷！你要是回朝，可就没命啦！”孔有德抢上一步，拽住孙元化的袍袖，急得大叫。

孙元化挣脱孔有德的手，渐渐恢复了脸上的沉静和从容：“孔参将，还记得去春为刘兴基扫墓日的那番话吗？”孔有德一愣，一时回不过神来。孙元化一字一句重复着他的旧话：“只要一死是我职分所在，元化不辞。”说罢，径自往后堂去了。

堂上的几个人面面相觑，好半天不知所措。

“大哥，明日真的遣船送帅爷还朝？”耿仲明不安地问。

“这……”孔有德搓着粗脖颈儿直犯愁，“发船有什么难！可帅爷回京明明是送死！咱这是把恩公往虎口里塞，良心叫狗吃了？”

李九成摸着面颊，睞　眼睛：“还有个安置帅爷的地界！”他附在孔有德耳边轻声说了两句，孔有德勃然大怒：

“胡说八道！谁叫你去跟他们打交道！告诉你，再敢跟鞑子勾搭，别怪我老孔翻脸不认人！大仇还没报呢！……”

李九成等孔有德的炮仗脾气过去后，再轻声分剖：帅爷已临绝境，蝼蚁尚且贪生，为人岂不惜命？当着众人只得堂而皇之，私心难道不想寻条出路？就是登州情势，日后还不知有多少艰难险阻。狡兔还营三窟，咱们就不多留条后路？说起来，恩仇恩仇，或者人家真是王气所钟也不一定哩……

李九成尽管有一张能把死人说活的嘴，费了好半天劲才使孔有德熄火，但他依然虎着脸，不肯认可。倒是耿仲明在一边若有所思地盯着李九成，微微点了点头。

七

暗夜淹没了这间小屋，只能隐约辨出房梁和墙壁。吕烈望着漆黑的顶棚，苦苦思索着前景。

孔有德也许会念昔日情分，李九成阴鸷难测，耿仲明对自己则怀恨在心。锦衣卫、东西厂人人恨之入骨，如果变兵这一次决心造反自立的话，自己必死无疑了。

“或许拿我剖心挖胆祭旗起事哩！……”吕烈忍不住心头惊惧的悸动，浑身的筋肉都缩紧了。随后又一横心：随他去！生死有命！……但是，登州怎么办？孙巡抚会怎么样？她，幼蘩姑娘，会落个什么下场？他们一家是否领会自己这一片衷肠？对已经暴露身份的吕指挥使持什么态度？痛恨、鄙视，还是原谅？……

自己竟走上这么一条古怪的路！应该恨谁？恨自己？恨这充满奸诈欺骗的人世？还是恨那个最初把他引入歧途的女人？……他怀着莫可名状的伤感和自嘲，渐渐坠入无尽的回忆……

隔壁的门“咔啦啦”响，夹杂着一片吆喝，吕烈惊觉，直起身子，仔细倾听。

“快走！快走！过堂！”

有个嘟嘟囔囔的声音随着一片脚步走远了。

“咦，这家伙有点儿面熟！”

“嗨，元旦那天，他不是替鞑子给帅爷送过金叶子的吗？那个姓吴的臭老公不知得了他什么好处，把他给放了。这回他又来给鞑子送信！”

“喝！这家伙吃了豹子胆啦？这么铁了心给鞑子办事。一刀两断，宰了拉倒！”

“谁说不是！孔爷恼得了不得，立时要斩，叫李爷给劝住了，说留着有用，多半日后祭旗使吧！可这半夜三更的，怎么又要提去过堂呢？……”

两名看守的闲聊，叫吕烈暗暗吃惊：难道是吕梦龙？他怎么又来了登州？又替鞑子送信？看样子是落在孔有德、李九成他们手中。他们要拿他干什么用？……

淡淡红光透过窗纸，使他眼前一亮。当他意识到那是两盏红灯时，已听到近在窗下的问答了。

“谁？”侍卫喝一声。

“厨下小厮登儿、亮儿。”小厮答话很清脆，“耿中军吩咐说今夜天寒，着厨下给各守卫值夜的送酒菜暖身子。”

“多谢多谢！拿过来吧。”

“耿爷待下人真没说的，总这么体恤！”

“好酒！牛肉又香又烂！小鬼头，来一块儿喝，热闹！”

“不敢呀，偷喝酒偷嘴吃，师傅知道了要打！”

“你们西（师）傅是掌晓（勺）的，还是管红案白案？”因为大口吃喝，说话不清不楚，“你们两个……倒面熟……”

“嘻嘻，那还不面熟！厨下茶上十来个小厮，天天递茶送饭，你们守在帅爷身边，敢情认识。”

“快着些！俺们还等着收碟子收酒壶哩！……”

吃喝说笑打趣，阵阵浓烈酒香打门窗缝漫进囚室，勾起吕烈的饥饿和酒瘾。他赶忙伏身倒地，生怕肚子的咕噜响、心口的怦怦跳惊动了外面的人。这间囚室原是巡抚府后花园花匠用来放置花盆家什杂物的，十分隐秘，又派有专门侍卫日夜看守，足见拿他当重犯。这个时候出现了两个送酒菜的厨下小厮，吕烈敏锐地感到非同小可！但他们是什么路数，什么来意，一时还摸不清。孔有德想来是要以他为人质与朝廷讲价钱，那么这是耿仲明瞒过孔有德派人来暗杀他泄愤，还是他游击营的老部下冒险来救他？他心里非常紧张，浑身每一根经络都绷得很紧，屏息静听。

说笑停了，竟响起阵阵鼾声。

两团红光倏地熄灭。

门上的锁“咔嗒”一下轻响，吕烈迅速地一个滚地翻身，缩在门后墙边。门轻轻开了，黑黝黝地闪进一个瘦小的人影，手中却有件在暗夜闪着寒光的器物。

“谁!”吕烈轻声喝问，他手脚都被捆住，惟一可以抵抗一下的只有头，他已侧过脑袋蓄势，准备拼命一搏了。

“嘘!”来人示意他不要作声，随后他便感到冰凉的手指在他手腕脚脖子处摸索，小心地用尖刀割断了绳索，拉住他的手，急促地耳语道：“随我来!”

刹那间，吕烈鼻中扑进淡淡的脂粉香，来人竟是女子！他心中一阵混乱、迷惘，身不由己地随她出了囚室。这位看不清面貌装束的救命者非常细心、非常迅速地消灭了一切痕迹，重新关门上锁，把钥匙掖回守门侍卫的腰间，招呼一声“快走!”吕烈就被两只孩子一样的小手一拉一推，快步闪进了树丛浓密、曲径通幽的后花园。不知过了几道廊子、几个月洞门，面前陡然出现了一座掩映在青竹丛中的精致小楼，黑黝黝静悄悄，仿佛在沉睡……

绣楼！吕烈蓦地认出这对侍卫和男仆而言是府中禁地的建筑，不禁惊喜交集，一颗心几乎从腔子里蹦出来！救他的莫非是他的意中人幼蘩小姐？真不料这么文静单纯的少女还有这份胆量！

有人开门，把吕烈一行人让进去。灯光一闪，吕烈发现自己身处一间小小花厅，四窗帷帘低垂，一点光也透不出去，身后那两个小厮僮儿——不，就是名叫黄苓、紫菀的使女，正在脱去肥大的皂衫、解掉发髻上的包巾，跟开门的丫鬟小声讲着什么，神色依然紧张。那么，进囚室救自己的是谁呢？是她，穿了一身黑色短袄长裤的女子，正背对自己指着楼上，向另一个小丫头轻声吩咐着。

她不是幼蘩。是谁？背影也有些眼熟。

她！……难道是她！

她转过身，跟他面对面了！吕烈无法避开、无法后退、无法调头不顾而去，只得眼睁睁地看她慢慢地一步步走到自己面前。这是她，她的面貌，她的身姿，她的那埋葬了无数男人的情义和财物的樱唇；但这又不是她，从来没有过的端庄、娴静、虔诚，眉目间竟有几分仁慈！

“是你，灼灼！”吕烈声音嘶哑，心里乱哄哄的，窝着无法理出头绪的团团乱丝。

“是我，徐爷。哦，不，吕游击。我终于赎了罪！”幼蘅说着，对吕烈跪了下去。

赎罪？

吕烈能够原谅在这个世上他最恨的女人吗？

当年，十七岁的他，为了践齿之约，为了得到他铭刻于心的这朵灼灼芙蕖，下了多大力、吃了多少苦啊！一切都归到一个钱字，而要得钱则非做官不可。向舅父伸手，不是吕烈的秉性。但舅舅的声望和关系，尤其是舅舅“一党”的朝官子弟们，本来就是茶来酒往的好友，这时更成了他钻营的本钱。

一个人竭尽全力的时候，能耐大得惊人，何况吕烈是有靠山有才干有运气的官宦子弟，更有许多人奉承。在六部、司、寺、院、监庞大复杂的各色衙门中来往自如、如鱼得水，不上三年，他耗费了无数心血，赢得了武进士出身、万贯钱财及锦绣前程。这一切他都不放在眼里，他的目的只有一个：迎娶灼灼！只有一件他内愧，不敢告诉舅父母和亲友，因为他办的是为士林所不齿的事：他暗中接受了锦衣卫缉防侦察京官的任命，升到锦衣卫总旗，从中获取了一大笔钱。

他就是带着这种喜愧交集的心情南下金陵赎娶灼灼的。不仅预备了三千两赎身银，还带去了婚礼所需的一切。他要在金陵大办婚事，来他个惊世骇俗，让他和灼灼这一段始终不渝的情事成为佳话，在六朝金粉之地永世流传。

一位朋友，不知出于好心还是有意揶揄，说：“你何不装作贫贱，来一个秋胡戏妻，以博诸友一笑？”

吕烈知道这朋友是不相信送旧迎新的青楼女子有真情，他偏要亲身一试，向众人证明他的灼灼出污泥而不染，以塞众人之口，挣足自己的面子。

他果真扮作乞丐，破衣烂衫蓬头垢面，趿着两片鞋，拖着打狗棍，挎起装着饭碗的破筐，蹒跚着脚步，从贡院街，过桃叶渡，走乌衣巷，来到钞库街这一带芬芳罗绮、嘹亮笙歌、足使裙屐少年迷魂荡志的香窠。那时他还十分得意自己演戏的本事，满心里想着过一会儿对灼灼说破真情后如何向她赔罪，她将如何娇嗔、娇怒乃至娇泪纷纷……

悄悄走进久违的曲廊房舍，走到那间用木架支在秦淮河上的小小河厅，他惊住了：他的灼灼，他的发誓不重操旧业、发誓等他归来的意中人，正坐在一个胖大富商怀中，娇笑着持杯劝酒！他喉咙里火辣辣的，竟不得出声。倒是灼灼一眼看见，全不相识，大叫鸨母，肆口骂道：

“妈妈儿，干什么去了？眼瞎啦？怎么放这腌臜花子进来败兴？快打出去！不然放狗咬断他的腿！”

鸨母颠颠地跑来，赔着笑听骂，转过脸来便是一副凶相，顺手抄起木杖，边撵边骂：“滚出去！臭花子、赖乞儿！……”

吕烈突然从惊愕中醒悟，立刻哀告：“姐姐莫骂，妈妈莫打，我是徐大少，姐姐不认识了？”

桃叶院母女俩对视一眼，又一起细细审看这个叫花子。女儿放下脸，反身向胖商人耳语，胖商人知趣地起身，故作风雅，背手去看屋外的秦淮水。鸨母惊问：“怎么落到这地步？”

“备了赎金聘礼来迎姐姐的，不想中途遇盗……”

灼灼骤然面对旧情人：“今日来此，尚欲何为？”

“来践三年之约啊！姐姐不记得……”

灼灼一声冷笑：“我身在金玉锦绣中，尚且三天两头地病，还能做乞儿妻？一刻都不得活！去吧，不要妄想了。”

沦为乞丐的旧情人哀哀哭泣：“我也知道婚姻无望，只是小生贫病交加，不久将填沟壑，求姐姐怜念昔日情分，赐一点棺材钱吧！”

灼灼双眉一扬：“谁见过青楼勾栏化作施财局？笑话！”

“那……”旧情人羞惭万分，“小生已两天没吃饭了，腹鸣如鼓，求姐姐……赏给一餐，能当饱鬼，死也瞑目。”

灼灼背脸不理。鸨母反有些可怜他，往他破碗里倒了些残羹剩饭，折了两根笤帚秆给他当筷子。吕烈此时心冷如冰，做戏更加逼真，边吃剩饭边哭泣边哀告：“婚约既已毁却，求姐姐把小生那枚牙齿交还……”

灼灼突然嫣然一笑：“好吧，拿我那皮箧来，让他开开眼！”

鸨母从内室捧出一个二尺见方的大皮箧子，对着吕烈的脸蓦然打开：箧中漳绒铺垫的软板上，一排排，一行行，白若列贝、灿若群星，竟都是人的牙齿！仿佛卖假药的招牌。一颗牙，一颗无知男儿的心！这一百多颗灿灿贝齿，是多少痴情少年沉沦的标志！

吕烈大怒，“啪”地狠狠摔掉饭碗，碎片和着残饭汤汁飞溅，转身大步飞走。出门之际，还听得灼灼在河厅内哈哈大笑，高声唱道：“花郎好气性啊！——”

门边站着几位看热闹的姑娘，他一眼认出了翠翠，他少年金陵行的第一个梦，如今已是千娇百媚的名花了。他不由自主地凑上去，刹那间忘记了自己的花郎装扮，满心悔恨地叫了一声“翠翠！”跟着，深深地一揖到地。他心中闪过的强烈念头是，要把自己准备的一切奉献给翠翠，大吹大擂，让灼灼悔死羞死！

“你要干什么?”翠翠惊叫着倒退了好几步，摆出一副上等姑娘盛气凌人的骄横姿态，尖声骂道，“真是一团臭油，碰上谁粘谁，甩都甩不脱!”

吕烈胸膛里“腾”地烈焰熊熊，面孔、眼珠、脖颈子乃至全身都燃着了一般炽热滚烫。他大踏步地跑出这该死的桃叶院，翠翠的娇声笑语还是追出来，在他耳边缭绕：

“亏得当年没让他沾身，真是白眉神爷爷保佑哟！……”

第二天，他穿了最鲜华的服装，雇了许多随从，把携来金陵的一切婚礼洞房用品全都扛抬到桃叶院门首，一件件摆出来，行列好长。其中只那张紫檀木床、沉檀木妆台，穷极雕镂，价值何止千金！更有有品位的新娘才得以穿戴的抹金银凤冠、绣缠枝花霞帔、云霞练鹊花纹褙子、镀金钑花银坠子等令人眼花缭乱的服饰，以及罗帐锦被貂褥箱笼等精致用品，至于绣裳珠履，更不计其数。他高声说着、笑着，对层层围观的人们数落着灼灼的无情无义，随后将所有物品堆放一处，纵火焚烧，登时烈焰冲天而起，“毕毕剥剥”珍珠迸响，“嘶嘶沙沙”锦绣成灰，檀木燃出的香气，浓烈郁馥，笼罩了整个钞库街、乌衣巷，直飘到贡院、桃叶渡、文德桥。

看着大火，他感到有生以来从未体验的痛快！像蜕了一层皮的蛇、挣出外壳的蝉，撇掉了少年的梦。他的真情和爱心都被这场大火烧成灰烬。从此，他不再相信女人，不相信任何人；从此，他玩世不恭、游戏人生，对一切都冷漠都嘲笑，直到去年天妃宫庙会，他见到一双纯净无瑕的眼睛为止……

恶妇竟与仙女同在，过去总是跟现在纠缠，搅得他不得安宁。今天，摧毁他人生信念的第一个凶手，又成了他的救命恩人，还口口声声自称赎罪！这笔账怎么算？

吕烈一言不发地看着灼灼跪下又站起，不做任何表示，只把牙齿咬得“咯咯”响。灼灼——幼蘅却已泪流满面了，呜咽着，虔诚地合掌向天：“感谢主、赞美主，终于给我这个赎罪的机会，我纵然死在今日，灵魂总可以得救了！……”她正眼望着吕烈，欣慰地含泪而笑，喃喃地说，“你恨我，理该的！死过一回的人，好歹总算大梦方醒。”

“死过一回？”吕烈仍是他惯常的嘲弄神情，语气之中却真有几分惊异。

“是。你火烧檀床那日，我曾自缢寻死。下地狱的半路上被招回，没有死得成，为的就是赎罪呀！……”

是的，她现在认定那次自杀未死是上帝的意思。那场大火是现世报，是一个徐大少的报复，还有那百数颗牙齿的主人呢？还有来生来世呢？这恐惧这羞辱震撼了她、摧毁了她，逼她选择了自我惩罚的赎罪的路，逼她终于找到天主、找到圣女玛德莱娜，她的罪恶灵魂得救了！今天天主终于赐给她赎罪的快乐，她怎能不热泪盈眶啊！她真想把一切原原本本说给吕烈听，但眼前事态紧迫，哪里容她细说。楼梯在响，妹子幼蘩下来了，她连忙笑道：

“过去的事儿，也难事事说明，你早晚会知道。若肯念我今日的赎罪真心，宽恕我原谅我，我到死不忘你的大德大恩；若是不肯，也不怪你，是我罪有应得！……眼下我们姐妹有更要紧的事求你……”

"你们姐妹？……"

"是。去年秋天，老爷收我为螟蛉，幼蘩小姐便是我义妹。若不是这场变乱，或许你已是我妹夫了……蘩妹，吕中军请到了，有什么话，你就快说吧！"她上前拉着呆立在楼梯栏杆边的幼蘩。

"你们……从前认识？"幼蘩迟疑地问。

"回头我全告诉你，毫不相干的，你快去说吧！"幼蘅推了妹子一下，扭过身去，抹了一把突然迸出的泪。

幼蘩低着头，似乎在发抖，整个人向内收缩，使她更像一个瘦弱的、孤立无援的小女孩。恐惧、羞怯，还是耻辱？她眼眶里噙满了泪水，终于掠了掠鬓发，紧紧抿住嘴唇，抬起头脸，带着一种少见的庄严和神圣，仿佛去殉难，一步步走到吕烈面前，直挺挺的，"扑通"一声跪倒了！

吕烈大惊，一时手足无措："小姐，这……实在不敢当！快、快请起！……"他的心绪还在方才的震动余波中摇撼萦回，不料又来了这更强的冲荡，他几乎不辨身在何处，眼前一片昏眩。幼蘩温婉而冷静的声音，有如一块千钧重石，把他心头翻滚的狂潮热浪有力地镇压下去：

"吕将军，我爹爹执意回京，定是凶多吉少。吕将军始终未离他身边，应是知道他冤枉！……闻得将军是锦衣卫指挥使，纵然厂、卫尽是恶人，但将军必能伸张正义，为我爹爹洗清耻辱，向朝廷奏明真相！所以我们姐妹不避嫌疑，冒死救出将军……"

幼蘩苍白的面容泛出衰弱和病态，眼圈乌青的大眼睛却闪烁着勇敢和神圣的火热光芒。这强烈的对比造成一种惊心动魄的美，怜爱之情潮水般淹没了吕烈。他想用自己的宽阔胸怀保护这纤弱的躯体，他想拿她当作仙女供养在自己心窝，哪怕轻轻握住她那垂在镶边袄袖外的冰凉的小手，用自己男子汉的火热去温暖它……然而他什么都不能做，为了克制强烈的愿望，他竟从头到脚不由自主地起了一阵颤栗。

"小姐！……"他嗫嚅着，断断续续，有时竟只是张着嘴发不出声音，"请小姐……放心，令尊确属冤枉。在下职分所在，理当回朝为他申辩！……在下今日便动身！"

幼蘩再拜："多谢将军拔救，我全家感激不尽！……只是登州已属辽丁，将军难以脱身，必须改装。管家说明晨有商船往天津，将军便随此船，可好？"

当吕烈改扮成厨下烧火小厮，穿一身胖袄，脚下牛鼻鞋，头上大毡帽，脸上抹许多煤灰，面目全非地来向幼蘩、幼蘅道别时，紧急中，没人顾得笑他这身行头。幼蘅对他拜了三拜，说："盼你早日赶到京师。"

吕烈一时心软，叹口气道："往事如烟，消散了罢！……帅爷阖府，还需尽心照顾！"

幼蘅点头，静静走开，留下吕烈与幼蘩单独相对。二人半晌默默无言，只是相互凝视着，仿佛第一次见面在互相审视，又似多年相知在互用目光惜别。

终于，吕烈道："昨日田横山下你应了我那句话，还作数吗？"

幼蘩脸上微微一红，反问："你的话作数吗？"

吕烈庄容道："有如天日！"

幼蘩又一次用力点一下头，望望吕烈，又看看天，异常庄严地说："天主做证！"

吕烈心头一热，终于大胆地猛然捏住了幼蘩的小手："幼蘩，我……"

幼蘩脸涨得通红，急急抽出手，口吃吃地："不，不行，不可以！天主会怪罪的！……你快走吧！"她像受惊的小鹿，赶紧跑开了。

吕烈又感动又觉得好笑，心里一片柔情，目送幼蘩的身影消失在帷帘后面，他才定了定神，把毡帽拉得低低的，盖住眉际，转身离开。刹那间，机敏、冷峻又回到他身上，眉间嘴角出现了深刻的皱纹。

吕烈心急如焚，恨不能生出双翅，立刻飞到京师，事实上却不得不忍受十数日海船颠簸、数日陆路奔驰。他无心拜神，无心赏景看花，却又不得不来到沙门岛的海神庙，捺下性子，装出拜神赏景的模样。

但凡登州的船出海，必须一登丹崖山拜海神，二上砣矶岛拜风神，才能放心打鱼和远航。吕烈乘的这艘货船，因为出海匆忙，没来得及上丹崖山烧这炷香，作为补赎，非得到沙门岛亦即庙岛停靠，拜海神求平安不可。

吕烈是被当作烧火夫送上船的，在离开登州辖属地界之前，他还得维持这个身份，免被孔有德的守岛官兵发现。此刻，他紧了紧旧胖袄的束腰布带，把毡帽拉下来，埋头走上高高的琉璃砖砌就的三门洞海神庙山门。

海神庙落基在凤凰山东坡，坐北向南，庄严肃穆，前后傍山，左右邻海，果然气势不凡。时值初春，各岛来烧香的香客船上人并未受登州兵变的影响，仍是络绎不绝。置身人群中，吕烈更觉得安全。

进山门，过钟鼓楼，穿前殿，来到宽阔的前院。风过处，清香扑面而来，浓时沁人心脾，淡时似有若无，引得吕烈驻足观看：

院内绿影森森，碑碣铜鼎都掩映在青松翠柏古桧之间；几处石砌花坛，一丛丛芍药花芽争先恐后蹿出土来，像一簇簇鲜红的箭；矮矮的丁香尚未绽叶，枝头悬挂着一串串去年的籽粒。香自何来？原来那边有一株玉兰。

树身不过一人高，细细的树干不过如两岁孩子的胳膊，从上到下竟开了二十余朵洁白如玉的花，朵朵都有茶盏大。开得那么盛，那么重，细小的树竟能承载得起！风吹树动花摇，像要折断似的令人担心……然而这小小的一株树、满身花，却把芳香送到了整个大院子的每个小角落。

吕烈面对玉兰，如对幼蘩。这就是她！纯洁、秀美、白玉无瑕，以柔弱的女孩儿之身，承担着城破家毁父狱的一连串灾难的重负，还要承担人间一切不幸和伤痛疾病的重负……谁求你了？又有谁在乎你呢，小傻瓜？你自己的苦还不够受吗？……你总是那么认真地拧着眉头，固执地干着那些与你并不相干的善事，像这玉兰花一样奉献着芬芳。你当人世间就缺少你这个救苦救难的仙女吗？……

一声笑语吹进他耳朵："恁个粗汉，竟也看花！"

吕烈一激灵，骤然醒悟：自己这一身粗蠢打扮，呆呆看花，太不合常情，也真亵渎了这娇小美丽、亭亭玉立的白玉兰！

忽然一个念头钻出来：他吕烈有没有亵渎幼蘩小姐？他能不能配上她？

吕烈一时心跳如鼓。想想自己踏上仕途以来，多少恶行，多少劣迹！入锦衣卫之后，为了弄到更多的钱，又干过多少违心的事、昧心的事！……试看抚标的侍卫们，昨天还是自己的部下，毕恭毕敬，很是爱戴；一旦知道这个代理中军是锦衣卫派遣来的指挥使，立刻变了面孔，一个个恶言相向，捆绑毫不留情，推搡撞击，手脚很重，大有泄愤的意思。实在是锦衣卫、东西厂作恶多端，太招人恨了！

以她纯良的心地，怎能不厌恶他的过去？她应许他，或是为了救父，或是对他所知不深。但她早晚会知道他过去的一切，会认为他古怪丑陋、心地恶毒而最终不肯要他，那他怎么办？那他还有什么希望？……瞻前顾后，吕烈不寒而栗，只觉得自己是个陷入泥潭的可怜人，她是惟一能够拉他出来的救星。如果她松开手，弃他而去，他只好沉入那无边的黑暗，在恶臭中窒息了！

他绝不能失去她！从不信神的吕烈，猛一转身，匆匆进入大殿，“扑通”一声跪倒在祈祷的人群中。抬头望一眼，香烟缭绕着的海神娘娘，面如满月，唇若珊瑚，慈祥的微笑，修长的双眉，跟她真有几分相像啊！……吕烈双手合十，闭目内视，低低垂头胸前，默默地忏悔：为此生的一切恶言恶行忏悔，愿受命运的惩罚以赎罪，只要不失去她，他甘愿承受一切！他默默祈祷：求神保佑他和幼蘩婚事如意、白头偕老；求神保佑帅爷冤情上达天庭，不求复职升官，但愿终老林泉；求神保佑他的亲生父母老健安康，不要虚假的过继，他要真正归宗……

“求海神娘娘保佑，保佑我妻儿安然无恙，一家团聚，共享天伦……”

吕烈灵敏的耳朵骤然把这极稔熟的声音，从乱哄哄的香客们的祷告中分离出来，不觉吃了一惊。睁眼从毡帽下向那边打量，没错，就是他，姑父吕梦龙！一身华贵的富商装束，双手高举点燃的香束，在虔诚地拜祷。

吕烈立刻想起那天夜里看守的对话。他果真是金国的奸细？怎么会出现在这里？吕烈不能暴露自己，又不肯放过吕梦龙，便慢慢移动位置，向他靠近。

一个卫兵匆匆进殿，在吕梦龙肩头拍了一下。吕烈吓了一跳，赶忙把头埋得更低。因为他认出那是李九成的贴身亲兵！

眼见吕梦龙随那亲兵出殿去了，吕烈也起身，隐身在来往香客游人中远远跟着，直跟到海神庙外院的大戏楼下。那里站着一簇人马，为首的果然是李九成那宝贝儿子李应元！吕烈一缩身子，躲在墙角装作晒太阳，竖着耳朵听那边的动静。好一阵客套废话，要紧的关节在最后几句，李应元说道：

"我们的船就在下面，这就扯帆回登州。一应大事拜托彭先生，东西也已放在先生船舱，先生一路平安，千万仔细！"

说话间，李应元递给吕梦龙一个小皮箧子。吕梦龙连连回道："放心、放心！"可接那箧子时手直哆嗦，差点儿摔在地上。看这样子，李九成父子也在避人耳目，所以约到远离登州的沙门岛上交接。他们要避谁？只能是帅爷和孔有德了。吕烈心里明白了八九。

李应元一行人走了。吕梦龙呆呆地站了片刻，摇头叹气，把皮箧揣进怀里，慢慢走出后院，无心再去烧香，下山往泊船码头走去。

山路平缓，时有游人悠闲来往。吕梦龙嘴里小声自语："庙岛，沙门岛，历代流放罪人之所，可不是什么好地方！……"走到拐弯处，忽觉背后有人贴过来，一把明晃晃的尖刀在他眼前一亮，耳边响起威严的低喝：

"别出声！不然一刀结果了你！跟我走！"

吕梦龙吓破了胆，腿肚子直哆嗦，哪敢反抗，乖乖地随那人离开山路，走进山坡人踪稀少的杂树林中。

吕烈不由分说，探手撩开吕梦龙襟怀，一把将皮箧子掏了出来。吕梦龙大惊，连忙跪地哀求，不住叩头："爷爷饶命！大老爷饶命！"

吕烈恶狠狠地说："看看我是谁！"

吕梦龙抬头，"咦"了一声，哭丧脸刹那间有了转机，就要站起来，吕烈一脚踏上去，把他扶地的手牢牢踩在脚下，冷笑道：“上一次你说不知情，饶你不死。这回又替金鞑送信，还替李九成牵线勾搭，你这鞑子奸细，还想跑?”

吕梦龙原本还在挣扎，听吕烈这么一说，顿时瘫倒，伏地大哭。

“不许哭!”吕烈暴喝，吕梦龙吓得一哆嗦，不敢出声，只拿袖子捂着嘴脸抽泣。

吕烈打开皮箧，果然如他所料，里面是李九成写给金国汗的信和礼单。看信中口气，倒像是头一封。除了说明孙元化无降意之外，在道了许多倾慕的客套后，竟有“借兵贵国，联手共伐无道明朝”的话！吕烈大怒，黑眉倒竖，反手一抖，亮出藏在袖中的匕首，顿时杀气腾腾：

“吕梦龙！你通敌卖国，十恶不赦，死有余辜!”

吕梦龙忽然不哭不抖，似乎横了心，猛一挣扎，跪直了身子，满脸灰败，全无人色，双肩双手下垂，仰脸伸脖，闭眼等候迎受吕烈这一刀。

吕烈一怔，反倒下不了手。老实说，他这一辈子还没杀过手无寸铁的人。即使在锦衣卫，他也不肯参与拷打犯人，虽被同僚讥为古怪而绝不改，因为他觉得那有失身份，是下三滥行为。犹豫间，吕梦龙说话了：

“我读书明理之人，岂不知通敌内奸罪不容诛?只管动手，我无怨恨，你也公私两便……”

“怎么?你说我公报私仇?”吕烈眼睛里冒火，手上的匕首更扎不下去，“饶过你一次没有?”

“我该死！……我实在没有别的路哇！……”吕梦龙仍然仰脸伸脖，两行泪水汩汩而下。

吕烈持刀的手垂下来：“你说!”

“我，我是上了贼船下不来呀！……千不该万不该，我不该去年出海贩货带着儿子！……”吕梦龙这才呜呜咽咽地说起他的遭遇：

去年夏天出海之际，他实在舍不得，便将心爱的七岁儿子带在身边。在旅顺认识了大参客程秀才，一见如故，过从甚密，帮他做成了好几笔大买卖，谁知道他是金鞑的官员哩！替程秀才捎信到登州时，吕梦龙确实不知内情。最为不幸的是，离旅顺来登州时正值寒冬，程秀才劝他把孩子留下，孩子也惧怕风浪，不肯长途乘船。吕梦龙只当程秀才一片好意就听从了。元旦日登州城破，他趁乱上了那艘张鹿征护送祖母的船，中途转道回到旅顺，程秀才和孩子都没了踪影，但有人命他立即再往登州送信，此番若无回执，就杀他的儿子！

“我，我难道眼睁睁看着亲生骨肉去死？……”吕梦龙说罢，放声痛哭。

吕烈望着此人，心绪缭乱、复杂，痛恨、厌恶、怜悯、鄙视，一股脑儿涌上来，好一阵翻腾。良久，他冷笑一声，说：“你钱塘家中还有一子一女吧？就不怕他们受你株连？”

吕梦龙脸色“刷”地惨白，眼皮面颊全耷拉下来，顿时显得十分苍老、软弱，可怜巴巴地喘着气：“我，唉，我也是火烧眉毛，只顾眼前，先救下儿子性命要紧……”

沉默了好一阵，吕烈终于叹了口气：“既如此，我就再饶你一回！”

吕梦龙眨着眼睛，几乎不相信自己的耳朵，跟着就叩下头去。

“慢着！你得起誓，从此回归钱塘，隐姓埋名，另谋生路，永不出海！”

“是，是是！”吕梦龙连连应声，复又迟疑道，“那……那我的孩儿……岂不……”

吕烈掏出皮箧中的信揣进怀中，把皮箧和礼单交还吕梦龙：“你另造一封信做回执，依着来信原话和李九成的口气，就说孙帅爷不肯降，如今辽东军主登州事，因昔日家破人亡之惨，无不恨金国入骨，惟有阵上交手一决雌雄，更无他途！……礼单所列珠宝玉器，正可用来赎你的儿子！金鞑夷狄小邦，无不见钱眼开，这一大笔礼品，足可买动他们的王爷！弄得好，你再落下三五件，也够吃一辈子了！”

吕梦龙如听圣旨，不住叩头称是。看着自己从小的“仇人”这般低首下心，一片恭敬，吕烈心中非常快意，觉得仇也报了，往事也勾销了。但临了他还是加了一句，不无威胁：

“你要快去快办，尽早领儿子回钱塘！如若另起歹意，中途变卦，哼，别忘了你家中还有一儿一女！”

吕烈立在高坡，一直望着吕梦龙匆匆上船，望着那船扯帆离岸起航，慢慢消逝在海天之间。他忽然想到，今日这一番作为，大异往昔自己的性情。若在以前，纵然不杀吕梦龙，也要把他送进大牢，岂肯轻轻放过？是忏悔之功，还是心肠变软了？……若幼蘩得知，想必会给自己一个赞许的温存笑容吧！

忽见自己搭乘的船上慢慢升起风帆，他摸了摸怀中的信件和匕首，大步下山，奔向码头。

八

十天后，拒绝一切劝解挽留、执意就逮还朝的孙元化，就要上路了。

青衣小帽，外罩一件带风帽的宽大深蓝色风衣，身后跟着他十四岁的小儿子和京，还有年近六十须发已白的世仆郝大，既无巡抚的官派，也没有下狱赴死的凄楚，倒像一位出门远游的文士。他脸上一片宁静从容，这些天心灵的折磨和煎熬，已重重刻写并隐埋在他眼角额头的深深皱纹里了。

对大门外矗立的、体现登州第一官威仪的巨大影壁看了一眼，轻声叹口气，迈步下石阶，他要到小海去乘坐为他备好的海船。这一路三里多，必须步行，因为从十天前起，他已把自己当作革职就逮的犯官了。

一出西辕门，他猛吃一惊，停住脚，几乎不相信自己的眼睛！和京“哎哟”惊叫出声，郝大用力擦拭自己的老眼。自西辕门外开始，两排筵席，一桌连着一桌，无穷无尽，直摆向最北的镇海门！席上香炉焚香，袅袅香烟随着微微南风向北飘散。成千上万的官兵百姓拥在筵桌边，见孙元化步出辕门，“轰”地跪倒，罗拜痛哭。烟味、酒味、菜果味，哭声、喊声、叩头声，纠结一起，萦回缠绕，催人泪下……

孔有德、耿仲明、李九成等人跪在西辕门外第一坛祭桌边，向孙元化频频叩首，一边拜一边哭一边献酒。孔有德呜咽着："帅爷一定不肯留，一定要回京送死，弟兄们不敢违命。今日送行，只当作生祭，日后想要往帅爷坟上祭酒，怕是不能够了……"他说不下去，连忙低头弯腰，把酒爵高高举起，奉给孙元化，声音越加梗塞不畅，"请长辈……领受我孔有德……子婿孝敬情分……"

孙元化合眼，忍住突然涌上的心酸，再睁眼时，依然平静从容。看到孔有德为他设的生祭竟是太牢—— 一牛一羊一猪，是京师以外地方祭祀的最高规格，不禁苦笑了："以太牢祭我，实不敢当，是僭越了。"

"帅爷！惟有你配！"耿仲明眼睛红红的，激愤地嚷着，高举酒爵，"是弟兄们一片心意！"

孙元化接过孔有德献上的酒爵，一饮而尽，随后孔有德、耿仲明、李九成诸人便陪着他继续北行。一张张祭桌，是登州诸营设的，筵席之盛，见所未见。官兵们痛哭罗拜道旁，不住地嚷着、叫喊着：

"帅爷，不要走！"

"帅爷，留下吧！"

孙元化对官兵们微微笑着，微微点头，间或停步，接过拦道哭拜的士兵献酒，略抿一口，向天地洒去。他心里愈感动，就愈加坚定，甚至有一点自豪：正是他坚持回朝领罪，才使他在官兵心目中格外忠义英雄！原有的那点辛酸的泪，此刻都随晶亮亮的清酒洒出去消散一空，他心里一片宁谧的悲壮……

登州营官兵之后，竟是数不清的百姓们的祭桌！这使他诧异。人心多数同情弱者、替受冤者不平，或许，百姓们是在可怜他的处境？

百姓们的祭桌自然没有官兵奢侈，但无论酒桌、菜桌、果桌、茶桌、面点桌，都摆设得颜色鲜艳，十分好看，还罩着许多剪得非常精美的纸花。居民们捧着点燃的香束在路侧跪送，乡绅耆老更是拦路痛哭献酒。

孙元化缓缓摇着双手，说道："我孙元化到任不过一年半，有何恩德于诸位父老兄弟？怎敢当此礼遇？"

"老大人公而忘私，磊落光明！……"

“老大人廉洁公正，百姓受惠多矣！……”

“老大人宁可卖女筹饷，也不加赋百姓，是天下第一等善人，登州百姓谁不钦敬！……”

“老大人是治世能臣，卓异超群，可叹生不逢时……”说话的老头儿语声呜咽，再次敬上酒卮。

孙元化感慨道：“哪怕有一点好处，百姓们也记在心里，为官者岂不惭愧！”他接过酒卮，对四周百姓拱手示意，一饮而尽。周围哭声大作。

“巡抚大人！……”随着这又尖锐又颤抖的叫喊，一对白发老夫妇互相搀扶着挤出人群，向孙元化敬酒。蓦然见到缺了半耳的胡老头儿，孙元化顿时百感交缠，愣在那里。

“巡抚大人，我们这一对无儿无女的老蠢物，永世不忘你的恩德！你若去了，一定在家供你的长生牌，年年岁时祭祀不断！……”白发夫妇俩高举酒杯，说着就要跪下，孙元化赶忙止住。

原来，正月初二城破时，辽东兵抢劫了所有平日与辽丁辽属作对的商号、货栈和住家。胡老头儿本有巨富之名，平日又极刻薄，与辽丁多次结怨。元旦巡抚亲自出面筹饷，他又出言不逊，这就足以使他成为首先打抢的目标。当日冲进胡家的是李应元部，没料到眼前竟那般寒酸：一切用具器物都破旧古老，家中婢仆与主人相似，衣衫破烂，面有菜色，弄得李应元以为找错了人家。是一个蓬头垢面、脖子上生瘰的小丫头向他们悄悄地朝卧室努嘴，他们才再次冲进那间破寒窑般的陋室。粗布被褥葛布帐，老两口躺在床上，不管辽丁们如何嘲笑、呵斥，竟不肯起身，一拉扯那老太婆就尖声喊叫。李应元看出破绽，命人强行抬开老两口，掀开被褥，下面竟不是床，是大半截埋在土里的大长木箱，木箱砸开，众人眼都直了，全是白花花的百两大银元宝，竟有三百多个！李应元一声令下：“搬！”顷刻间搬个精光，把常年日夜睡在箱上守护这笔财富的胡老夫妇气得哭叫吼骂，要与李应元拼命，李应元真的拔刀要砍，他们又吓软了，躲到外间号啕大哭。

孙元化第一次平定兵乱以后，胡老头儿到巡抚府求告哭诉，说知道军饷为难，情愿捐出一半，另一半乞求还给他养老送终。孙元化查清内情，要求属下全部归还抢劫来的财物。辽东各营纵然万分不情愿，终究还是归还了一部分，胡老头儿居然收回了二百多个大元宝！他，他的老伴儿，还有这许多排列香案祭桌的登州百姓，这样诚心诚意地生祭孙元化，或许主要因为他替他们争回来被掠抢财物的一部分？仅仅这一点，就能博得父老兄弟的爱戴，百姓们所求实在太低微，他们的心肠实在太好、太善良了！……

孙元化气息不畅，为眼前，也为三十年前的那段罪孽，他接过胡老头儿的酒，右手蘸了酒水向天空及四方弹洒数次，又将余酒缓缓倾洒地上，随后，出乎众人意料，也出他自己的意料，孙元化一撩袍襟，单腿跪倒，朝着胡老夫妇，朝着乡绅耄耋，朝着四周敬酒擎香的百姓，深深地一拜再拜，道：

"元化有罪，对不起登州父老，对不起辽东营弟兄……"

他的声音撕裂了，无法再发出声，低头静默片刻，再拜而起，毅然北行，不再回顾，很快就隐没在浓重的，由无数香烟团聚而成的雾障之中。

踩着踏板，登上水师为他准备的一艘海沧船，孙元化心头仍然萦回着一路的思绪，视听有些麻木。身边和京突然大叫："张叔父！王叔父！吴公公！"

孙元化凝神看去，船舷站着一排迎接他的人，除了船工舵手及四名甲长、四十名甲兵之外，站在最前列的，竟是张焘、王征和吴直！

侯继禄宣谕的圣旨中，还指斥登州参将张焘、监军道佥事王征等人纵部下通敌，诏命革职逮送京师问罪。孙元化多次表明自己承担全部责任，暗示他们逃遁，他们竟都同自己上了一条船！孙元化心情激荡，紧紧握住张焘和王征的手，半晌，才说出一句话：

"决意同行了？"

张焘紧闭双唇，沉稳地点点头。

王征轻声地坚定地说："天主与我们同在！"

他们三人都是最早的天主教徒，都是徐光启的学生，都为引入西洋大炮加强大明国力军力费尽心血，都有把登州建成天下第一要塞的宏伟设想，以收复四州恢复辽东、抗击日渐崛起的女真人。而今他们的壮志化成泡影，他们一同成了罪人，这使他们彼此心意更加贴近，得到一种互相支持的安慰。

孙元化转向吴直："吴公公，你何必与我们同行？"

吴直苦笑了："我到底还是钦差的监视官啊！再说，不回京师，我有什么去处？……"

大家都感到了他话底的辛酸，觉得他比自己这些犯官更可怜。他实在是无处可去。

初春的东南小风鼓着篷帆，船离陆地越来越远，送行的人群已看不见。水城的城楼、箭垛、雉堞渐渐变成一片青灰色，浴在初阳中的蓬莱阁隐入轻纱薄雾中，有如仙宫。到后来，蓬莱阁与田横山连成一片，远远望去，竟似一只巨大的、匍匐不动地浮在海波之上的垂头丧气的海龟，丹崖山便是它红色的脑袋。

一年多前意气风发统率雄兵来此镇守，不过五百余日，竟成罪囚由此独回京师受审，此中滋味、此时心绪，岂是愁苦缭乱数字所能包容表达？孙元化一直立在船舷。张焘和王征虽然同在革职待罪中，仍然保持着对上司的敬重，向他禀告后各自回舱，容止平静，倒像是在执行例行公务途中。和京与郝大也被他挥手示意退回舱房，他要自己静心待一会儿。

海上风和日丽，海水极清极蓝极光润，如天青色的绸缎在抖动，船边腾起的细浪，像跌碎的绿琉璃。凝视间，登州陆岸终于消失在海天之际的雾霭中，他的心微微一抖。忽然觉得迷雾中隐着一双乌黑深邃的眼睛，饱含泪水，满是怨恨，似冷似热，欲直视又闪避……是她，螟蛉义女幼蘅！

他决意回京之时，同时决意先公后私，嘱咐夫人必须待他离开登州之后，再率家眷回嘉定原籍，不得给人以孙元化营私的口实。他将此意向每日晨昏来书房问安的孔有德说明，却得着一个未曾预料的回答。那位铁塔似的辽东大汉，面孔红一阵青一阵，嘴里像含了水，半晌说不成句，突然又冲口而出：

“大人但放宽心，子婿辈理当效力……”

大人？子婿辈？孙元化一惊，孔有德从未用过这种称呼和这样文绉绉的口气，是什么意思？

孔有德局促地挪换着坐姿，断然道：“去秋末将离登州，大人亲口许过婚的……是大人膝下螟蛉女儿……”

此时求婚太不合时宜了！他莫非以此挽留自己，或有意相要挟？一瞬间孙元化心头闪过许多推测，疑惑地望着那张粗犷的脸膛。

孔有德的容色终于复原，口气也回复他的原样儿：“我孔有德好歹是条汉子，不能叫人笑话咱不仗义！大人得罪，咱偏要攀这门亲！”

孙元化一时心潮翻滚。他记得天启年间阉党大杀东林党，前七子之一的贤臣魏大中被逮路过吴县，吴县周顺昌送别之际，当面提亲，将女儿许给魏大中之孙。这等正直忠义原是士林的骄傲，不料孔有德一介莽夫，竟也有此风骨！他立刻想到，知书明理的幼蘅，也许能够羁绊住这个“辽呆子”，在他离开后，维持住登州的不叛局面，于是笑道：“记得当日许亲，是说解大凌河之围以后。”

孔有德不大自然地笑说：“如今大凌河早毁掉了……如果还差咱去打鞑子，咱静候大人之命——只要朝廷不难为大人！”

孙元化夫妇将原委告知幼蘅，以大义相激劝。她很温顺，频频点头称是，像个听话懂事的大孩子，虽然自始至终不曾抬眼，那也是女孩儿家提及自己婚事时常有的羞怯。只在离去出门之际，她迅速回头看了孙元化一眼，那饱含泪水、满是怨恨、如冰如炭的眼睛！……

将幼蘅许嫁孔有德，孙元化心里有两层轻松：可以报答她对自己那片不能实现的痴情，为她选了一员前程无量的虎将，嫁过去就是有品位的贵妇，又可以从身边除去诱他犯戒的危险。然而幼蘅临去这一回眸，却使他的心窝骤然一缩，有些发酸、有些怅然，他知道自己终归还有舍她不得的隐衷。

孔有德迎娶的头天夜里，幼蘩抹着泪给爹娘送上一函柬帖，是幼蘅留下的：

不孝女幼蘅叩拜父母老大人膝下，求老大人恕儿不告而去之罪。儿尚有要事在身，不能完成花烛。乞老大人认紫菀为义女，代儿出阁……

她到哪里去了？投海？上吊？远遁？谁也不知道。紫菀这个忠厚的胖姑娘，虽然羞得抬不起头，竟然应允了。于是认义父义母，开脸上头做新娘，大红花轿抬走了；三日后，随新姑爷回门，俨然富态满足的少妇，与幼蘩、黄苓聚在一处，哭一阵笑一阵，说不完的悄悄话，那避人视听的神情，使孙元化隐约觉得，她们与幼蘅是串通一气的……

不告而去，是因“要事在身”，是什么要事？莫非另有誓约？……仿佛又看到七夕之夜的她，银翘，眉若春山，眼若春水，玉体横陈，热血如潮……孙元化的眼睛和心底泛着苦涩，那总是海风吹的。他缓缓移步回舱。舵工看见他，恭敬地跪下行礼，他连忙扶住这中年汉子：

“我乃犯官，再不可行此大礼！……此船需几日到塘沽？”

“回大人，只要风顺，四日内可到天津。须求海神风神老爷保佑。”

“海神风神？”

“是，大人。离岸前去天妃宫求告过了，还须往砣矶岛风神庙拜祭。走这条海路都要烧这两炷香，不然……”他为难地笑笑，不敢在船上说犯忌的话。

孙元化点点头。他知道使船的无论渔家还是水师，这方面讲究都很严很虔诚，“砣矶岛不远了吧？”

“是，大人，现下还在庙岛塘，一会儿见到宝塔礁，就要出珍珠门了，再有四个时辰，待得姊妹峰现身，便能见到砣矶，今晚还要在岛上过夜……大人劳碌这半天，好回舱歇息了。塘内波平不颠，还能读书消遣哩！……”舵工见多识广，一片热忱。孙元化谢过，慢慢离开。

船行极平稳，仿佛在海面滑行，几乎感觉不到它在移动。几只白色海鸥倏上倏下，绕船翻飞，也像孔有德辽东兵、登州百姓一样来送行吗？……

细想起来也很怪，自己竟会那般极力主抚，无论如何不肯改弦易辙。要是当初听了张可大的劝告，早下手剿，此乱或许已消弭在吴桥、在北沟了，自己也不至于落到这个下场……为什么？当然出于仁心，出于情分。“辽人可用”是他的主张，他也因用了辽人而得到从政生涯中的超擢。如今登州兵乱击碎了“辽人可用”，他也就栽下来，走向败亡……

一只雪白的海鸥几乎贴着他面颊掠过，似一道白色闪电，他浑身一颤，忽然意识到，自己极力主抚，除了情理之外，还有私心。不管他承认不承认，实际上多年来辽丁是他所恃，是蛟龙得势之水！只有抚，水才能继续存在，蛟龙才不会失势！……原来，他也在营私！他并不是一心为国为民，他并不完美无瑕！几十年修身养性，自信人生，也都是水中月镜中花，又虚又假的了！……

他骤然对波平如镜的庙岛塘一阵厌倦，走进中舱。和京已面向板壁熟睡在床，郝大坐在床头的凳子上打盹，四周寂静无声，好像已不是人生的境界。孩子和老仆或许都是假的？都是死的？他顿时感到极度的疲倦，身体内和精神上那根一直绷得很紧很紧的弦，此刻一下子断了，颓然坐下，无力地倚住床头，再不想动了。郝大惊醒，连忙站起身想说什么，他厌烦地皱皱眉头，闭上了眼睛。

用不着向任何人表示自己的从容风度，用不着硬挺着视死如归、忠烈正直的气概，没有了受冤屈的愤懑和对登州一干人的叹惋，也没有了对妻子儿女的挂牵，什么都没有了！只有彻底的心灰意冷——心如死灰，意似寒冰，即使回京挨那西市一刀，也无所谓，孙元化此刻已经死了！……

昏沉迷茫，不知过了多久，耳边悄然出声，那般温和、亲切，叫他不知怎的想起幼年时母亲的语调和气息：

“……用茶吧，趁热……”

是梦是醒？是幻是真？他一用力，睁开眼睛，床边小桌上真的放了一盏热气腾腾的盖碗茶，流溢着清香。舱门的厚棉门帘晃动，分明刚刚有人出去。转眼见郝大在向和京使眼色，和京却是一脸兴奋，几欲跳起。

“是谁?”他淡淡地问，坐直了身体。

“是……”郝大终究没有说明，“奴才好几次要回老爷，见老爷没有心思，就……”

“哦,”他想起上船后老仆确实几次欲言又止，便追问一句，“谁呀?”

和京跳起来喊道：“爹爹，是……”郝大拉了孩子一把，抢着说：“是老奴的远房侄儿。老婆子上了岁数，这回路途长，她怕误了老爷的茶饭，特地找这孩子来做帮手……”

郝大夫妇伺候孙元化父子上京，郝大管杂事，郝妈当厨娘，是夫人特意安排的。孙元化点点头：“也好，快传他来见见……”

和京终究未被按住，叫出声：“是幼蘅姐姐!”

孙元化一震。刹那间犹如夏日雷雨降临，既有狂怒的震雷、愤恨的豪雨，又有云间斜阳透出的柔情、雨后彩虹腾起的欢快和开朗。这纷乱矛盾的情绪把他噎住了，努力咽了一口气，才把愤怒和微笑一齐堵藏在胸膛里，好不容易声调平稳地说：“叫她来!”

她来了。帽子低低地几乎盖住眼睛，肥大的深皂色交领大衫几乎掩过耳朵，一身家仆打扮，俨然茶僮模样，低头跪在孙元化膝前。

“你！你竟敢……唉!”孙元化极力表现怒容。

“爹尽忠，儿尽孝,”幼蘅不抬头地低声说，“大人赴死，女儿岂能谈婚论嫁!”

“夫人知情吗?”孙元化紧皱眉头。

“谁都不知，是幼蘅自己所为。”

“郝大，你说!”孙元化此时已洞察内情，夫人或许不知，幼蘩一定参与了。郝大夫妇从小带大幼蘩，也是“帮凶”。

“回老爷，大小姐一片孝心，奴才们怎好违拗……”

“爹爹，不与他人相干，女儿愿与爹爹一同去死!”幼蘅抬头直视孙元化，眉目间说不尽的爱与恨，还有执拗、庄严和不顾一切的痛快。

“谁说我一定是去死?”孙元化也不料自己会说出这话，仿佛惊了一下，又十分急躁地接着往下说，“此番回朝，我将要申辩，要争个是非曲直！要将前因后果细细奏知圣上，为登州各营求一道赦罪诏书、安抚诏书，那样，我们还能重返登州，全家重新团聚，天主会保佑我们的！……”他说得兴奋了，灰白的面颊泛上一丝红润，像往日那样习惯地捋着疏朗的髯须。屋里的三个人：幼蘅、和京、郝大一齐望着，眼角唇边都露出几分宽慰。

“禀大人，看见姊妹峰了！”舵工在舱外大声招呼，“砣矶岛就要到啦!”

“我就来!”孙元化立刻起身出舱。他奇怪自己体内突然激发出的这股活气。他确实想回朝辩驳一番，确实想象着赦罪甚至无罪的前景。当他约同张焘、王征等一同下船上岛，见幼蘅和郝大远远跟随在后时，隐约感到，这股活气也许来自她……

舵工和水师弟兄都去风神庙拜祷，孙元化他们是天主教徒，不能拜邪神，便在庙宇左近泊船港口边的小街游逛。因为南来北往的商旅都来这里下船祈祷，麻雀虽小五脏俱全，小街上居然无所不有。他们三个领着和京在小街上漫步，随意地说着闲话。

“良甫，我还是不大明白，一直也没空儿问你，”孙元化笑道，“你筹那三万两，怎么恰恰能赶到节骨眼上呢?”

王征也笑了：“你不是遣郝大回嘉定典卖田产筹饷吗？他走之前悄悄对我说了。我想远水难解近渴，毕竟这里距京师路程短得多，冯铨那家伙眼红《快雪时晴帖》也不是一天半天的了，容易成交不是?”

孙元化叹道：“可恨舍了孩子也没打跑狼，反倒害得你失却了传家至宝……”

王征皱眉笑道：“你看你，这是什么时候了，还说这种话!”

和京忽然嚷道：“爹爹快看！前面还有个文房小铺呢!”

他们赶紧快走几步，进了那小铺，而铺主人拿出的十几方砣矶砚，立刻使他们爱不释手了。

“此砚油润细腻，平滑如玉，颇似歙砚。”王征抚摸端详着。

张泰指点着砚身上的几处黄斑白线，简单地说：“金星罗纹。这实在是砚中少见的珍品，竟在小岛上遇着！”

孙元化点头笑道：“不错，金星闪烁，雪浪腾涌，所以名为金星雪浪砚，是鲁砚中珍品。宋代李元彦、本朝徐渭称赏不已，道其细中有峰，柔中有刚，研不起沫，涩不滞笔，质理锋颖，佳处不减龙尾……”

铺主人听得呆了，张着嘴只是点头：“是，是！客官真乃此中巨眼！”

孙元化笑道：“我若再赞，贵主人必要加价了！……我欲买这五端砚，贵主人索价多少？”

主人一看，客人选出的端方正直、凤舞蛟腾、五岳朝天、花中君子、松寿万年等五端砚，无论质地、形状、刻工，确是他铺中顶尖儿的好砚，笑道：“客官好眼力！此砚每端非十两不售。但卖与客官这等识货人，小的情愿减半！”

孙元化于是在其中两端砚上亲手写下“杕左堂珍藏”的字样。杕左，是他嘉定故居悬挂皇上钦赐“劳臣”匾的堂名。立即有石工当场镌刻，围看的人更多了。

“什么烂石头块子，也值这许多银子！”一名粗腰圆膀的大汉大声笑着嘲弄。

铺主人瞪眼道：“烂石头块子？你知道什么！你若想买，五十两银子一端，我也不卖！”

大汉哈哈一笑，叫从人背过褡裢，“咚咚咚咚咚！”连着取出五个五十两大银锭，砸在柜台上，说：“二百五十两，买那客人指的五端砚，你卖不卖？”

众人“啊”地同声惊呼，铺主人眼珠子几乎瞪出来：“你，你！……”

孙元化对大汉一拱手：“尊兄何必如此，我不买就是……”

大汉连忙回礼：“不是对尊兄，莫怪莫怪！主人家，你既敬他识货，就该把砚送他，何苦还要讨钱？我出十倍价买来送他，你还有何说？”

孙元化连连摇手："不必不必！学生绝不敢纳！"他连忙抬腿出铺，张焘、王征紧随其后，铺主人和大汉一起喊道："哎，哎，先生！……"

偏此时郝大急匆匆赶来道："老爷，甲长领着弟兄们和舵工去西头吃饭了……"

"老爷？"人们惊疑地看着孙元化，"他是……是个老爷？……"

孙元化苦笑道："列位不必惊恐，学生不是微服私访的官员，乃是罪官孙元化，就逮回京路过此处……"

"孙巡抚！"好几个声音惊呼，跟着便有许多围观的人向孙元化跪拜。这都是他在任上时的子民，他赶忙躬身搀扶，连说不敢当。

铺主人埋头把五端砣矶砚包裹好，双手捧着走出柜台，向孙元化一跪："孙大人，小民以此相赠，略表敬重之意！"

孙元化连连推辞，铺主人长跪不起。大汉接过砚石，笑道："孙大人，人人皆知你是朝廷难得的忠臣，怎好辜负百姓们敬忠的心意。我代你收下！……在下想请孙大人痛饮几杯，肯赏脸吗？"

孙元化喜欢此人的豪爽，何况此时一无牵挂，便也爽然一笑："那就叨扰尊兄了！"

大汉陪孙元化出门之际，铺主人喊道："喂，那汉子！快把你的银锭收了去！"

大汉回头哈哈大笑："你既敬重忠臣，我也敬你好义气。银子，都送你吧！哈哈哈哈！"

人们都惊得不知所措，铺主人张着的嘴再合不拢，纷纷猜测大汉是什么人，绿林豪客？海上巨商？……

穿过小街，几处饭馆面铺酒楼都没有停步，竟一直走到泊船港湾，一艘十分气派的大海船边，大汉满面笑容地抱拳殷勤相邀："请上敝船小酌，容在下申表敬意。"

却不过这番盛情，孙元化带着和京，与张焘、王征以及跟从的郝大鱼贯上船。郝大习惯地东张西望，船上的豪华摆设和一个个虎背熊腰的水手仆佣令他不安，有心上前对主人提醒两句，却挤不上去。

孙元化一行被让进宽阔华美的中舱，茶桌酒席已经摆好，仿佛早就等着客人的到来。孙元化起疑，向大汉拱手，正要问点什么，郝大在舱门边大叫一声：

“不好！船开了！”

孙元化三人掷杯而起，冲出舱门，果然船已离岸十数丈，船舷边站满五大三粗的水手，竟都手持腰刀长剑，有的还背着弯弓和箭壶。

孙元化回身，对大汉怒目而视：“这是什么意思？”

突见岸边一蓝色人影追着船奔跑，尖声叫喊着：

“老爷！——老爷！——”

那是幼蘅，被什么绊着，一跤跌出去好远。郝大不顾一切地大吼：“幼蘅！快着人来追呀！——”他被人捂住嘴，按倒在船板上。幼蘅却已听明白，爬起来一瘸一拐地跑走了。

大汉仰天大笑，笑声隆隆。孙元化皱着眉头望定他，心里迅速地判断着。万没料到大汉突然止笑，喝道：

“都来！都来！大礼参拜王爷！”

船上所有人众，除大汉之外，全都向孙元化跪倒，整整齐齐同声呼道：

“奴才给智武王爷请安，王爷吉祥如意！”

这一来，孙元化明白了，反倒镇静下来：“那么，尊驾是……”

“哈，老对手了！前年在太平寨，去年在海上，都曾有幸与王爷你交手，不胜佩服之至！……我是七贝勒阿巴泰！”

孙元化暗自沉吟。他知道七贝勒阿巴泰骁勇善战，却不料他能说汉话，豪爽直率，又有谋略，竟使自己受赚中计。登州变兵杀钦差的次日，孔有德李九成曾领着上次送金叶的商人来见他，呈上大金国汗的亲笔劝降书，说是只要归顺大金，将封他为智武王，与诸贝勒同等，绝不食言，誓以天日。孔、李认定孙元化回朝必死，所以希望他避往沈阳逃命。他当然严词峻拒。谁想皇太极招降之意坚不动摇，阿巴泰竟不顾危险，深入砣矶岛来劫持逼降！孙元化愤慨之余，也不得不暗暗赞叹金国这一拨新决策者的胸怀之宽阔、意志之坚强。

他镇静地问：“七贝勒此举意欲何为？”

“救智武王出险。”阿巴泰的回答胸有成竹。

“你我各处敌国。我若随你北去，则卖国求荣，将为天下人所不齿，遗臭万年!”孙元化表情安详，却义正词严。

“你回北京，是白送命！再者，眼下大金与大明正相结好，暂往友邻之邦避难，也算不得叛国。”

“你们金国国主讲和求款，不过是借小心以图大事，假退步以求前进，积蓄势力待机而动，终要进取中原，这瞒不过人！至于我，情愿回京领罪，纵然一死，也不能愧对君上国家百姓，不能玷污祖宗父母亲友，不能贻羞后人!”说着，他指指船尾的海面，“七贝勒，他们赶来了，那是载我赴京的船，请放我们回去。”

果然，那艘海沧船鼓着风帆，紧紧追赶——是幼蘅搬来的救兵。阿巴泰的船要庞大得多，远不如那船灵快。海沧船越求越近，已能看见船头兵甲帽盔的闪光和那件深蓝色的飘动的大衫了！

阿巴泰突然跳起，猛地揽过和京，像拎小鸡似的横空一甩，挟在腰间，抽出宝剑对准男孩儿纤细的颈子，笑道：“我们在山里猎虎逮熊，最好的办法是捉幼崽儿！虎熊再凶猛，却无不顾念后代。王爷可不要白送了小世子的性命!”

和京又惊怕又愤恨，尖叫着不住挣扎。张泰、王征一起惊住，又被四周汉子按住了不能行动。孙元化双眉一竖，怒喝道：“和京住嘴！不许喊叫！男子汉大丈夫，宁死不屈!”

阿巴泰骤然翻脸，用满语大喝一声：“绑了他!”方才还在向“智武王爷”跪拜请安的武士们，同声大吼：“杀!”“哗啦”、“吭啷”一片金属摩擦撞击声，刀剑纷纷出鞘，长箭搭上弓弦，数名勇武侍从冲过来了！……

越是这种时刻，孙元化反倒越冷静，他略略侧身闪开来人的擒拿，顺手向离他最近的持刀武士当胸猛击一掌，飞快地夺刀在手，一反腕，刀刃横向自己颈项，寒光闪闪！

“夺刀！夺刀!”阿巴泰大叫。

“谁敢走近三步之内，便以颈血溅之!”孙元化决眦欲裂，威严地大喝，人们都怔住了。随后而来的是长久的沉默，沉默中可以听得海浪击打船帮，听得后面海沧船上的一阵阵呼喊：

“停船！送还孙大人！——”

“放回孙大人！——”

其中那尖声嘶叫，若不是吴直，就一定是幼蘅。

后来，孙元化从容又静穆地说：“七贝勒，如果我孙元化左右是死，就让我死个光明磊落，何必多此一举。”

阿巴泰只觉自己的心突然膨胀发热，几乎要把胸腔胀裂开，眼角也热辣辣的又酸又烫。若不能生致孙元化回沈阳，那么逼死一位自己真心佩服的对手，是他所不齿的卑劣行径。他一松胳膊，放开了和京。和京扑向孙元化，又被孙元化喝住在三步以外。阿巴泰见孙元化缜密如此，知道将虚此一行，索性换了笑脸，改了称呼：

“孙大人真乃当世英雄，小王敬服！既如此，不敢强留。只有一件，求孙大人赐小王砣矶砚，有你亲笔题刻的那一方，行不行?”

“砚，尽在你手，便都取去就是。”

“不敢，只留一方做个纪念。来人，放小舟，送孙大人回船!”

当孙元化一手捧着所余的四方砚，一手抚着和京柔软的头发，由张焘、王征、郝大、幼蘅相伴立在海沧船头时，要不是眼看着那艘豪华的大船慢慢驶远，要不是眼看着呆立船尾的七贝勒阿巴泰的高大魁伟身影渐隐在雾霭中，这一切真像一场梦。

九

入大沽口西行一百二十余里，海沧船终于来到天津城北的三汊河口，即古津门。南则卫河受南路诸水，北则白河受北路诸水，至此合流而后东南入海。所以商船、粮船来往如梭，旅舍、货栈、酒楼、食店栉比鳞次，热闹非凡。西岸之北有望海楼一座，崇宏壮丽，正对三汊河口。海沧船从楼下驶过，入上水后停泊岸边。张焘、王征约了吴直往游望海楼；舵工水手们要在此购买粮米菜蔬、日常用具，因为由此到通县尚有三日路程，若风不顺，还须雇纤夫拉船；甲长领着甲兵们全都上岸看热闹，他们巴不得罪犯跑脱，可这三名犯官硬是不肯逃；郝妈要到菜市买鸡鸭肥鲜，调换这些天的餐餐鱼虾，把老头子拉去帮忙；这样，除了守船的两名甲兵水手，舱里只有孙元化一家三口。

床边案头，四方砣矶砚整整齐齐地排列着，孙元化俨然收藏家，在仔细地摩挲，翻来覆去地鉴赏，不时指出金星、雪浪给儿子看："金星石砚不算奇，歙砚中也有金星、银星等品。广东琼州万州金星石砚颇贵重：以水湿之则金星自现，干则隐，且极发墨，久用不退乏……但这几端砚，金星雪浪同在，所以难能可贵……我已分派好了，你要记清楚：松寿万年砚，送给徐太老师；花中君子砚，留给你幼蘩姐姐用；这端端方正直砚，背后刻了'杕左堂珍藏'题文的，带回嘉定杕左堂收起来。可惜凤舞蛟腾被人拿走……"

"爹爹，这一端呢？"和京指着五岳朝天砚。

"用来为我陪葬吧。"孙元化淡然说，却是很经意的。这一路第一次向儿子明确讲到死。

和京顿时眼泪汪汪，又硬撑着不落下，喊道："爹爹不要说这话！不要！"

"好，我不说。"孙元化笑笑，摸着儿子的后脑勺儿，"你在鞑虏胁下挣扎之时都不掉泪，现下却是怎的啦？"

和京"哇"的一声哭出来，再也止不住。孙元化摇摇头，沉默片刻，叹口气。正要劝解，幼蘅抱着一囊琵琶在和京对面坐定，强笑道："好弟弟，莫哭，听我弹琵琶唱歌，解闷解忧，好不好？……女儿献丑，爹爹不要见笑……"

"哦？……是幼蘩教你的？"

"女儿原也能弹，但这《天问》的曲是蘩妹传的。"

"《天问》？楚辞？"

"是。"幼蘅郑重答过，转轴拨弦之际，情绪已深深沉入，凝眸窗外水天，左手按弦，右手几番轮扫，似急雨敲窗，似铁马奔驰冰河上，悠扬动听的歌声透出弦索，婉转入耳，唱出千百万年人类的迷茫和疑惑：

> 曰：遂古之初，谁传道之？
> 上下未形，何由考之？

冥昭瞢暗，谁能极之？
冯翼惟象，何以识之？……

是啊，世界最古老的开端，天地尚未形成，明暗不分、大气混混沌沌，谁传说来？谁见识过？谁考察得到？那时的人类可有这许多烦恼？……孙元化静静听着，许多感慨。

歌声渐渐激越起来：

不任汩鸿，师何以尚之？
佥曰何忧，何不课而行之？
鸱龟曳衔，鲧何听焉？
顺欲成功，帝何刑焉？……

远古竟也如此！若说鲧不能胜任治理洪水，众人为什么推举他？都对尧帝说不必担忧，又为什么不让他试试？鲧有何圣德，能使鸱龟之类帮他治水？他顺应民愿把水治好，尧帝为什么加刑于他？……孙元化骤然觉得鲧是在指他，鸱龟仿佛孔有德一帮辽丁，而尧帝……他看了幼蘅一眼，幼蘅的歌声更加高亢：

比干何逆，而抑沉之？
雷开何顺，而赐封之？
何圣人之德，卒其异方？
梅伯受醢，箕子佯狂？……

孙元化听得心惊了：比干并非逆，只是忠谏纣王，就落得剖腹剜心！雷开并非顺，而是谄媚奉承君主，就赐给高官厚禄！梅伯、箕子这些圣贤之臣具有一样的高尚美德，却一个被剁成肉酱，一个假作疯狂！……她是在历数贤臣忠良的悲惨下场，在为孙元化唱挽歌吗？他心下十分混乱，想要阻止她，但她的歌声愤怒、激越、响遏行云：

天命反侧，何罚何佑？

齐桓九会，卒然身杀！……

最后那个“杀”字一出口，她的声调颤抖，热泪奔涌，再不能成音，撇了琵琶，搂住小和京，姐弟俩失声痛哭！和京哭着小声诅咒：“这该死的天命！该死！”

“和京！不要胡说！……”孙元化斥道。然而，《天问》的这一问，不是问到他也难解的委屈？天命反复无常，它究竟惩罚什么？保佑什么？齐桓公九次会盟诸侯，功业彪炳史册，竟落得暴陈尸骨的下场！孙元化忠心耿耿、鞠躬尽瘁，一而再抚平危局，于社稷有大功，却也落得革职问罪，以致斩首西市的结果！人间有什么善恶是非？天地有什么公理公道？……孙元化悲从中来，愤从中来，一时无法克制，张臂搂住痛哭的姐弟俩，仰面朝天，几滴滚烫的沉重的泪自眼角缓缓沿腮滚下……

“帅爷！”窗外轻轻声唤。

“谁？”孙元化蓦地回首。那人已闪身进舱，快步近前拜倒在地：“帅爷，末将吕烈等候多时了！”不等孙元化他们反应，他急急忙忙一口气说下去，“快随末将逃走吧！眼下没有公道，没有天理可讲！”他看了一眼怀抱琵琶缩作一团的幼蘅，苦笑着：“姑娘唱得一点不错啊！……”

“你怎么会在这里？”孙元化惊中有喜，如见亲人，连忙扶起吕烈请他坐下，“有话慢慢说，不要急。”

当日吕烈逃离登州，水陆兼程，星夜赶回京师，出现在舅父舅母面前时，二老惊得说不出话来。舅母一把攥住他的大手，惊恐不已：“烈儿，你怎么反倒往京师来？你……进府时可有外人看见？”

吕烈立即感到出了事，赶忙追问。舅父忧心忡忡地说：“家里在为你着急，来不及报信，你竟跑回来了！”

吕烈发急：“我是为孙巡抚辩冤，要将真相禀知朝廷……”

舅舅用力摇手：“罢！罢！快不要提那个孙元化！前日听说派去

登州的视监视送回密报，圣上阅罢龙颜大怒，摔碎了龙案上的御笔筒，举朝震恐！费了许多力气，才打听清楚，视监视侯公公已查明原监视官吴直与孙元化沆瀣一气，败坏大局，由主抚而徇私而庇护，愈演愈烈，已成反势，似有北连金虏，回马中原，内窥畿辅之心……”

“一派胡言！危言耸听，用心何毒！”吕烈拍案而起。

“你还发急？还关连着你哩！说密报中提及锦衣卫派驻登州指挥使吕烈也与孙元化结党营私……烈儿，你竟是锦衣卫的人？”舅舅盯着外甥的目光中含意很复杂，惶惑和急迫掩不住迷乱和恐惧。

吕烈进锦衣卫是上不告父母下不传妻子的，就是此刻他也不便回答，只急忙分辩：“登州实情绝非如密报所说，孙巡抚确实忠烈无私……”他于是滔滔不绝地讲起他所知道的一切，又拿出李九成写给金国汗的信，“这是我途中截获来的证据，最能证实孙巡抚大义凛然，绝无通敌的一丝一毫嫌疑！孙巡抚此番回京，朝廷若不问青红皂白，将他下狱问罪，只怕登州真的要造反，真的要通敌啦！我已就此拟就一份密奏，禀告皇上……”

“你疯了？”舅舅眼睛瞪得好大，“你此时为孙元化解说，不但一毫无用，反而坐实了你与他结党营私，于他于你都有害无益呀！”

“可是看看李九成这封信！要尽快上奏朝廷，防备变兵与金虏勾结联通！”

“唉，朝廷如今已定下剿策，那封信上与不上，已无关紧要。况且，坐实了变兵勾结金虏，更启皇上对孙元化通敌的疑心，何苦来！”

“这……唉！”吕烈一捶脑袋，心里凉了半截。

“再说哩，那个侯公公是司礼监掌印杨公公的义子，杨公公可是眼下最得皇上宠信的人物！你自认能盖过他去吗？”

吕烈牙根咬得“咯咯”响，不时喘口粗气，终究还是不甘心：“难道眼看忠臣蒙不白之冤？”

“唉！”舅舅长叹，低声道，“你是不知，近日朝中是山雨欲来风满楼，正酝酿着一场大变故！周相日渐失宠，温相越来越红。吴直是周相的内线，可杨公公却是温相的内线！明眼人都清楚，孙元化与登州，不过是周、温两党争斗的筹码！孙元化是忠是奸，登州是抚是剿，都无关紧要，只看两边相争的结果。若周相胜，自然平安无事。但眼下……真不料此人阴险猛鸷如此，真是老奸巨猾、歹毒无双！……”

听得出舅舅是在骂温体仁，顾不上同骂，吕烈仍是坚持己见：“我不管那些！若不将真情禀告皇上，任凭浮云蔽日，孩儿枉食朝廷俸禄！”

舅舅叹气：“既如此，不好深阻于你，但也不可莽撞，白送了性命。你且不要出面，我再托人去打听……”

吕烈提供了一个他在锦衣卫的拜把兄弟，还想经锦衣卫把密奏送达皇上手中。

次日深夜，吕烈的把兄弟突然来访，竟装扮成更夫模样，见了吕烈，一把搂住，开口便说：“你快逃走吧！”

舅父舅母不顾内外防嫌，一起赶出来询问。原来今日皇爷又得着密报，不知是何渠道，说是登州已反，视监视侯继禄被杀，而杀钦差者就是锦衣卫指挥使吕烈！因侯继禄说破了他的身份，他恼羞成怒而动了手。皇爷见报大怒，杨禄则大哭，恳求皇爷天下通缉犯上凶徒吕烈，为他的义子报仇！看情势，通缉令数日内就会发出。

吕烈大惊：“侯继禄是孔有德摔死的，我亲眼所见，怎么扣到我头上？不行！我要上本辩白！……”

“哎呀傻瓜！”把兄弟急了，“此时如何辩得清？三十六招儿走为上！定是你在登州有对头，故意放出此风陷害你，你还发傻！”

对头？不是李九成，便是耿仲明！

徐璜也劝：“眼下只有先逃，日后真相大白再出头！”

吕烈犹豫：“那孙巡抚……”

把兄弟道：“孙元化吗？谁也措手不得！这还不清楚？温体仁如今是决意要把周延儒踩进泥里去了！”

吕烈越发急了：“舅舅，那你……也要早做打算！”他知道舅舅与周延儒诗酒唱和私交甚好，不免格外担心。

徐璜沉吟道：“若要株连，我自然脱不开干系。但不能坏了大臣之体。安然待之吧！……尚有一线生机也未可知。”

“什么?”吕烈和把兄弟乃至舅母都急煎煎地问。

“听周相意思，近日将要援引徐光启徐大宗伯入阁为大学士。此人德高望重，近日修成《崇祯历书》一百余卷，大得皇上褒奖，称之为帝师。他若入阁，形势当有缓解……眼下，烈儿却不可大意迁延，连夜出京吧!”

舅母立即领吕烈入内室，为他打点随身物品银两，要他逃回江南钱塘江畔。

回京不到两天，极度紧张忙迫，吕烈一直没有精力、没有时间说一说他自己的事情。眼下离别在即，今日一去，更不知何时才能重聚。出门之际，吕烈百感交集，心酸难忍，跪倒在舅母膝前，努力抑住胸中一阵阵哽咽，仰脸凝视那自幼稔熟、无比亲切、总带着几分忧郁的文静美丽的面容。

深深地、深深地凝视，像要把她永远镌刻在心头，终于轻轻地叫了一声：

“娘！……”

舅母愣住，一双手抖得厉害，伸出来，犹豫又胆怯地抚着吕烈的面颊，只见嘴唇翕动，听不出声音：

“烈儿，你……我……”

“娘，我在登州又见到吕梦龙，他说了真话……”

“烈儿!”舅母呻吟一声，抱住吕烈的头，母子痛哭。

此时舅舅一步踏进门，见此情景不由得发急：“你们这是做什么！烈儿还不快走!”

舅母笑着，眼泪珠子扑簌簌往下掉，说：“老爷，烈儿遇到了吕梦龙。他，全都知道了!”

吕烈怎么也没想到，年过半百的舅舅——也就是他的亲生父亲，竟刷地红了脸，红得汹涌，像蒸熟的螃蟹壳，连耳朵、脖颈都是一片红潮。最是那满脸的尴尬，令人难受，令人不忍再看，也令吕烈无法出口叫一声“爹”。

“你——”徐璜口吃吃地说，“你——”说了两遍，没了下文。

“烈儿，”舅母温柔地笑着，目光一刻不离吕烈，“总该愿意过继了吧？”

“不！我不要过继，我要归宗，你们得认我这亲骨肉！”

“可是，这样的话……”舅母脸上又出现那种惊悸，可怜兮兮地看舅舅一眼。可不是，那就等于将他们年轻时代的“风流韵事”公诸人世，道貌岸然的舅舅能够承受吗？

吕烈却一步不让：“要是一家亲骨肉还作假演戏，互相欺瞒哄骗，那我宁肯不要这个家！”

“烈儿！”舅母眼泪汪汪，又是心酸又是欣慰，“好孩子，娘答应你！有你在，娘不怕了！……”

“休要胡说！”舅舅骤然又板出他那副习惯的嘴脸，“从长计议吧！”

“老爷，我一辈子都听你的，这件事，你就听我一回，可行？”舅母已经是在哀求了。

“胡闹！真正妇人之见！这教我如何立身朝堂？如何纠劾百司？况且，眼下他还是天下通缉的罪犯……”

吕烈大怒，火冒三丈，陡然起立：“罢！罢！我不归宗，不过继，永不改我这吕姓！绝不连累你老人家！你老人家放心去立身朝堂，做你的风宪官儿吧！”他转向母亲，又匆匆一跪一叩，“娘，你多保重，儿去了！”

舅母“呜呜”失声痛哭，吕烈怕自己心软，不敢再逗留，拔脚就走。出到门外，才听得舅母恨恨地哭着数落：

“你，你！你真是丧心病狂啊！……”

舅舅好像没有作声，又好似叹了口气。这是吕烈有生以来惟一的一次听到舅母指责舅舅……

吕烈匆匆离京，赶到通州，又乘船来到津门。他料定孙元化定要回京，定要从这条道上走。他装了胡须，穿了儒服，在这里候了三天，终于见到了这艘他极熟识的登州水师的海沧船……

吕烈略去他个人的那些纠葛，摘要说明了前因后果，舱内静了好一会儿，孙元化终于开口道：

“多谢你，不顾自家性命来给我送信。只是……你也以为我能够逃走吗？”

“为什么不能？”吕烈几乎嚷起来，“调转船头，南下江南，东去大海！天下这么大，何处不能安身？末将愿保帅爷走遍天涯海角，哪怕进深山隐居也罢，何苦去送死！”

孙元化摇头：“登州变乱，我身为巡抚，无论如何难辞其咎，逃避罪责不可取，便死也是大丈夫，须得存朝廷大臣的体面。况且，就逮回京，总还要对谳廷审，自有我辩白的余地……”

“帅爷，只怕温体仁蛇蝎心肠，不容你自陈啊！”

“纵然佞臣当道，但主上英明，浮云未必蔽日。”

“那……”吕烈双手一拱，“吕烈陪帅爷一同回京。”

“不不！”孙元化连连摇手，“你绝不可回京师！你与我不同，是遭人陷害，必须躲过风头才好。况且你年纪轻，无牵无挂，又有一身武艺，避开追捕也还不难。还是及早远离畿辅之地，待机洗雪冤枉吧。”

吕烈低头沉默片刻，突然对幼蘅一拱手：“当日蒙姑娘相救，又受小姐之托，如今一无所成，实在无颜以对……”

孙元化刹那间明白了内情，是幼蘩、幼蘅姐妹设法偷偷释放吕烈，请他回京替自己奔走的，一时心里很觉温暖，微微一笑，柔声道：

“吕贤侄，相处一年有余，总算达到相知相敬。切莫怪老夫托大，我拿你当自家子侄看待。这方砣矶石砚交付与你，你设法送到幼蘩手中。和京，幼蘅，你们须牢记为父这番嘱托，日后禀告母亲。”

姐弟俩认真答应。孙元化无须明说，这方花中君子砚已成定礼。吕烈心头“怦怦”乱跳，气息粗重地问：

“帅爷，她们，她们母女，已回原籍了？”

“只怕还没有。耿仲明托来媒人，又要娶黄苓那丫头。夫人认亲、陪嫁，总还有些时日耽搁。”

“我立即去登州，护送夫人小姐回嘉定原籍。”

“若通缉令下，贤侄行动不便，登州又都是你的仇家，太危险……”

“不妨。下通缉令未必有我行动得快，我还可以改装，大人放心！”

“你这就快走吧，上岸去的人就要回来了。”

吕烈朝孙元化一跪拜，又对幼蘅一拜，说：“拜托了！”

幼蘅惨然一笑，回拜道：“放心！”

船行三日后，到了通州。孙元化与吴直同立船头，望着通州城楼和远处的永通桥。吴直突然悄声一笑：

“孙大人，过了通州，可就进京了。若是我这钦差做主，放你逃走，你逃不逃呢？”

孙元化愕然，望着吴直憔悴妇人一般的面孔，强笑着：“吴公公说笑话了！”

“不是笑话，我实在早有这份心思。那日在津门，我早就回船了，你和吕烈的话我全听见了……”

孙元化默然。

吴直叹道：“那会子我算明白了，合着你跟我其实也差不多，就是想逃，也没处可去。天地不能容，自己个儿的心里头，它也不能容啊！……”

第七章

一

七月一到，京师的燠热就收了，日渐凉爽。承乾宫院内两株老槐熬过丧气垂头的苦夏，枝叶舒展开来，温和地用它的树荫覆盖了院中数十盆荷花缸。莲叶碧绿，荷花娇艳，再加上御道两侧、走廊边、玉阶上，直至中殿内外摆得满满的兰花、茉莉、栀子、珠兰、米兰等上千盆绿莹莹的香花，使得高大的天棚之下，整个院内殿中，处处浮动着绿色，每个角落都流荡着花香。不用说，这别出心裁的布置，自然出自心思灵巧的承乾宫主人田妃。今天是她的儿子满月，皇上、周后和袁妃都来承乾宫中殿观看皇三子净胎发。

朱由检已有三子，都是周皇后所生：长子慈烺生于崇祯二年二月，当年九月立为太子；次子慈烜出生不满周岁而殇，追封怀隐王；三子慈炯已满周岁。这正应了当年朱由检在信王邸选妃时刘太后对她的评价：钟祥茂苑，国色朝酣，有凤翥之贵，有宜男之相。

田妃虽然也是信王在潜龙邸时入选，并且一直得宠，却长时间不生育。宫中女医，众人称之为官姥姥的，受田妃之托，寻过许多方子，益母膏、当归丸吃了无数，总算得了这个头生子。朱由检自然很是欢喜，一切待遇都不在周后之下：分娩之日，皇上亲自拜天告庙，宣布中外，受朝廷百官拜贺三天；赐给田妃的洗儿钱也同样是万贯钱万两白银；三朝日设的三朝宴，同样奏乐九遍，后宫后妃齐集侍皇上饮宴；宫中侍御此日同穿一色的万寿孩儿锦衣裙，为新生皇子祈寿；今日满月净发仪式也同样在中殿举行。比较起来，承乾宫虽不是坤宁正宫，但文采风流、清秀明丽似更胜一筹。

坐满月子的田妃，养得十分滋润白皙，发际眉间一副用小珍珠镶勒口、正中缀一颗大明珠的深紫色抹额勒子，装扮得她更显温柔、娇慵，平添好几分艳丽。“她果然与众不同，出类拔萃!”朱由检、周后、袁妃此刻都这么想，由此而引起的心境可就大不一样了。但大家脸上都是一团笑容，满是喜悦和温存的慰问。

承乾宫管家婆宣唤一声，两名上岁数的承御内官进了中殿，向皇上娘娘跪叩毕，垂手恭候。乳母把裹在锦绣襁褓中的三皇子奉送到田妃怀中，田妃抱了儿子向光坐定，抚着孩子小脑瓜上的黑发直是笑，眼里又泪光闪闪，看看皇上，又看看周后、袁妃，他们都十分体贴，笑语安慰她不用担心害怕。

宫女捧着铺好绣龙袱单的金盘，举在田妃面前准备接胎发，两名承御内官又一次下跪，这回是向满月的三皇子行叩头礼告罪。随后，一人小心地托住婴儿的脑瓜，另一人更加小心地用剃刀为皇子净发。孩子显然很不舒服、很害怕，嗯嗯呀呀地扭动、挣扎、反抗，终于“哦哇哦哇”地大声啼哭了。

啼哭声把一时陷入沉思的皇上惊醒，他遇上周后带笑的责备目光，赶忙打起精神。只见婴儿长满乌黑胎发的小脑壳已经剃净，像一枚雪白的馒头，白得发亮，乍一看觉得惊心。脑门心还留了一小撮“孝顺发”——可保孩儿终生孝敬父母。保姆把金盘龙袱中的胎发团成桂圆核般的小丸，捧给田妃、皇上及周后袁妃验看，他们也就分别从袖中取出预备好的金银丝络小金盒放进金盘，赏给孩子装胎发，平日悬挂在孩子床帐间以避邪。

朱由检眼睛还停留在小白脑壳上，心思却不在此，一撒手，金丝络盒“唰啦”一声，竟落到地上！他蓦地一惊，回过头来瞪住持金盘的保姆，怒气将发。保姆实在来不及接，眨眼间闯了大祸，赶忙双膝跪倒，不住叩头。迷信的田妃吓白了脸，嘴唇直哆嗦：难道她的这头生子命中注定不能得到皇家的荣华富贵吗？……袁妃也吃惊地偷眼看皇上脸色，这样的吉庆日子，万岁爷若大发雷霆，可就太煞风景，也太不给田妃面子了！但她心里暗自却又有些喜欢，有些希望朱由检发作……

周后莞尔一笑："皇上天恩重比南山，小小金盘焉能盛载得起？这保姆福薄不任，换一名来！你去吧。"

一句话，皇上气消了，田妃笑了。犯事的保姆叩头谢恩退下，另有保姆拾起金丝络盒，代皇子向父皇母后三叩谢恩。小插曲引起的不愉快，消弭在满月宴会的笑语中。宴间，帝后及贵妃各有锦缎表里金银赐给承御内官和保姆宫女，殿中腾起一片谢恩声、欢笑声。

望着平静微笑的周后，袁妃暗暗伤感：你身为皇后，子为太子，将来笃定是正宫皇太后，田妃就是再养十个儿子也奈何你不得，自然心平气和，说话乖巧！如今只有我没有生养了。从今以后跑马射箭荡秋千这些喜好都该停了，焉知不是因此而不能孕育皇子呢？……

周后其实并不似她外表那般心平气和，她心里一直在为这件事生气：田妃被贬别宫三月，原以为是皇上处罚她冒犯皇后，谁知她那时已经有孕，按照宫规本须停罢皇上行幸的，二注合作一注，一举而两得，周后觉得自己受了愚弄；再者，宠妃得子，历来于中宫不利，隐藏着夺嫡的祸根，周后内心不能没有一点忧虑。不过，眼下令她宽慰，同时又令她担心的，是皇上进承乾宫后时时表露出的心不在焉。他不喜欢新生的三皇子？他数次注目宫门，在等待什么呢？……周后微笑着举杯向朱由检：

"陛下，还没有为皇三子命名呢！"

"哦？"朱由检从思索中回过神来，"噢，就叫慈炤吧！"

又是一团欢喜谢恩。朱由检微笑点头之际，瞥见乾清宫管鞋靴的小太监王承恩也站在人群中，不由得一愣：他是何时来的？王承恩见皇上已看见自己，便远远地跪下叩了一个头。朱由检立刻起身，说：

"你们再多饮几杯。朕要回去批本了。"

周后挽留："难得今日聚得齐，陛下就再坐坐……"

"不必！"朱由检说着已离席而去。周后只得率众人跪送圣驾。田妃抚着小小的慈炤，心里不是滋味：这孩子不得他父皇的欢心，莫非真是命不好？莫非方才御赐金丝络盒落地，真是他此生运蹇的不祥之兆？想到此，田妃眼里又蓄满了泪水……

朱由检回到乾清宫，立刻到西殿最小的明间内坐定，挥退一应侍从太监，独召王承恩问话。

王承恩近前跪禀："都问来了。"

"三件都问了？果是玄帝降坛？"朱由检追问。

"是，三件都问了，是玄帝降坛。"

"不曾泄露与人？"

"奴才慎而又慎，只说是起数问父母事。"

朱由检点点头："好，将神示乩语呈来朕看。"

田妃错怪朱由检了。实在是近日几件朝中大事扰得皇上梦魂不安，委决不下。听太监们说香山寺玄帝乩坛十分灵验，他很想去起数问个凶吉。但他一向自诩英明，从不求神问鬼，若被臣辈知觉，有损威仪。所以遣心腹小太监王承恩装作采购厨子，极其隐秘地出宫上西山去代问。这两天他一直心神不定，既盼王承恩早来回报，又怕报来乩语不祥。一忽儿深知国运气数早有前定，扶乩是多此一举；一忽儿又坚信自己为政五年，力挽狂澜，中兴有望，天心定有指示！……

他问的头一项，是近日各地灾异频仍，不知主何征兆？元旦前，京师大雪近十日，积厚四五尺，飞檐高阁形成巨人面形，须眉毕具，更有明显的人马交驰图迹；三月，无锡白雾蔽空、飞雪如霰，着树木尽成花朵、璎珞、刀剑之形；五月，大同襄垣等县降冰雹，大如卧牛巨石，小如拳，砸死人畜无数；六月初八，临颍县大雷大风，倾屋拔树，砖瓦瓷器飞空落地无恙，而铜铁器尽碎……灾异年年有，这些情景却不多见。朱由检看那头一张红帖，上面用相当低劣的字迹写了这样四句乩诗：

荧惑犯南斗，玉碎瓦全当世愁。
直待月露化当道，天下英雄尽出头。

第一句，自然是灾异的原因了。天下英雄是些什么人呢？必是出头来辅佐朕的中兴大业。玉碎瓦全？若是指瓷瓦无恙、铜铁器皆碎，岂非贱者得志、贵者沦亡，黄钟毁弃、瓦缶雷鸣吗？则又是大乱之兆了！玉碎？朱由检眼前不知为何突然出现皇三子新剃的小脑瓜，雪白如玉……他连忙摇摇头，赶开这不愉快的联想，接着看第二帖。

第二帖上，只一个写得龙飞凤舞的字：有。他皱着眉头，不大相信地看了又看："就只一个字?"

王承恩哭丧着脸："是，皇爷，只此一字。"

朱由检问的第二项，是山陕民变。自崇祯初年，陕西西安府富室钱文俊恣横暴戾激成民变以来，各地饥民难民、逃卒驿卒、响马盗贼纷纷结聚，借题发挥，愈演愈烈。先后有省、府、县及朝廷派员或招抚或进剿，贼势也时强时弱。日前兵部奏来各贼首名号：陕西有紫金梁、满天星、蝎子块、老回回、一字王、领兵王、整齐王、闯塌天、过天星、八爪龙、混天猴、不沾泥、混世王、乱世王、曹操、张飞九条龙、高总管等二十四家；山西河南有混天星、荆联子、过江王、大胆王、征西王、福寿王、齐天王、密灵王、阎和尚、上天龙、出猎雁、黑心虎、楼山虎、阎王老邢等三十二营，其中南营八大王、北营八大王、二队八大王和西营八大王这四个名头最响，而西营八大王张献忠更是贼中之魁！……

朱由检并不以这些流贼草匪为然。在他心里，不过如日常观看戏文中的那些打家劫舍的小贼山大王。就看他们那名号吧，什么混天猴、蝎子块、不沾泥，何等鄙俗！乌合之众，成不了气候！何况自去年命洪承畴总督陕西三边以来，剿抚并用，屡屡奏捷，他手下又有曹文诏、贺虎臣、贺人龙一班虎将，剿灭流贼指日可待。朱由检主要求问天变和兵变，这不过是个捎带题目，不想却得着一个不可解的"有"字。是什么意思?

是说日后民变仍然还有？仙家岂会如此浅薄！

或者，是说这三十二营、二十四家草寇必有克星？甚至是贼平之兆？……

听得轻声抽泣，转眼看到王承恩盈盈欲泪。十六七岁的小通贞，看去比实际年龄小，倒像个十三四岁的女孩儿。朱由检不由问道："这是怎么了?"

王承恩忍泪道："奴婢不敢说，奴婢不敢不说。"

朱由检笑了笑："这是何话！此间只有你我君臣，但讲不妨。"

“皇爷赦奴婢不死，方敢说。”

“你又无罪，直言无隐。”

“是。奴婢见帖不解，回途中以此字问国事求教一测字先生，不料他连连摇头道不佳不佳，说上半截大字少一捺，下半截明字少一日。合而观之，大不成大，明不成明，是大明江山将失过半之兆……”

“胡说!”朱由检勃然发怒，一拍案，立起身，“着锦衣卫拿住这妖人，问他个妖言惑众之罪，斩首！……”

王承恩早吓得昏头涨脑，赶紧跪倒，不住地“嘭嘭”叩头有声。

“不关你事，且起来!”朱由检心里懊恼，不过一句市井无根谣言，何须动怒？有损人君气度！他不信以自己的英明，以自己的勤政，不能挽回国势！此刻他眼前又闪过皇三子刚刚剃过的洁白的小脑瓜，那么柔嫩、那么幼小、那么叫人爱怜……那是他的亲骨肉，他的骄傲！他的祖辈，景泰帝、正德帝，都因没有子嗣，致使朝政紊乱；皇兄天启帝也因为没有后代，才造成自己登基的结果。想想自己对皇兄为政的不满和反其道而行之的决心，他真庆幸自己有亲子可传！不仅有了一位太子，眼下至少已有了两名皇储。皇三子是田妃所生，若无须替补太子，一定封他个食邑最广饶丰富的藩王！……大明江山将失过半？真是笑话!

朱由检心平气和了，重新坐下，拿起第三张帖子，还是那粗劣潦草的字迹，写了一首六言诗：

羊尾猴头开花，四野干戈如麻。
夫子一起回去，胡儿千员归家。

朱由检不禁又皱起眉头。

他卜问的第三件事，是眼下朝野议论最多、争论最激烈、内阁六部纷纷叫苦说已焦头烂额的登州事变。他怎么也没料到，此事会如此变化，几成大明躯体上一块溃烂的疮疤!

一月底，与革职待罪的孙元化、张焘、王征等人同时到京的，是这样一条紧急军情：登州叛，李九成称元帅；孔有德、耿仲明称副元帅；皮岛、广鹿岛副将毛承禄、陈有时皆响应，率兵船往登州与之会合；贼势大振，连陷黄县、平度等地，官军大败。

朝野哗然，迅速分成主剿和主抚两派。朱由检自然心向主剿，立命新任山东巡抚徐从治、登莱巡抚谢琏平定叛乱，驻节莱州，就近调度；山东巡按王道纯监军，仍驻省城接应。同时将孙元化一干人下在诏狱。主剿派据此纷纷上书，指斥孙元化徇私庇护，酿成大乱，丧城失地罪在不赦，理应问斩。主抚派却依据孙元化在审讯中的申辩，认为当赦不当斩。

双方纷争不下之际，叛军竟然围攻两位新巡抚驻节的莱州，拒绝新任登莱巡抚入境，声称朝廷若肯赦免孙元化并晋升李九成、孔有德为登莱巡抚、登莱总兵，永镇登州，他们仍愿俯首称臣，立马就抚。

消息传来，朝野又掀起一场大波。叛贼的狂妄激怒了朱由检，主剿派连封上书要求朝廷派大军解莱州围、平定叛乱，一时杀孙的呼声又高了。朱由检并非心慈手软之人，只是孙元化卖女筹饷、力尽自刎及就逮回京的种种忠爱之行，令他私心感动，觉得满朝之臣难有其匹。何况他还有后顾之忧：万一李九成、孔有德能够就抚呢？万一金虏再次南下入关呢？孙元化的人望和才干，尤其是用西洋大炮防敌守城的长技，非他人可比。朱由检没有说杀也没有说赦，但是，他再任兵部侍郎刘宇烈为山东总督，调总兵邓　、刘泽清、监视中官吴直等率马步军三万增援莱州，又命兵部尚书熊明遇总揽其事。那时军威严整，兵强马壮，同仇敌忾！叛军充其量不过万余人马，而援军加上莱州城内及山东各卫所军，总计不下六万，解莱州城围，剿平叛乱应是易如反掌！

不料五月里，败绩送到京师：贼兵潜绕后路，焚尽大军辎重粮草，官兵三路大败，退回昌邑，新任山东巡抚徐从治竟中炮身亡！

兵部尚书熊明遇受命时倒也慷慨激昂，此时见官军无用到这种地步，只好重提抚议。首辅周延儒无可奈何，只得赞同，提请皇上圣断。朝野上下，抚议又占上风。朱由检有什么办法？剿又剿不灭，打又打不过，不抚又将如何？他只得默许。

这两个月，不时有消息传来：总兵陈洪范领三千昌平兵往援，因陈是辽东人，去莱州必可抚定；天津参将孙应龙奏称与耿仲明兄弟是旧交，能令其缚李九成、孔有德来降，于是令其率兵二千从海路前往；莱州推官屈宜阳已入贼营讲抚，贼军兵将礼数周到，接送仪式极隆重；监视中官吴直、徐得时与莱州知府朱万年出城与贼帅相见。孔有德等人叩头匍匐，涕泣交颐，各官慰谕久之而还……

六月里，朱由检所尊敬的礼部尚书徐光启，由首相周延儒荐举、朝廷会推、皇上卜枚认可，入阁为大学士，只要抚议成功，赦免孙元化已成定局。

对于这一切，朱由检说不清心里是什么滋味。登州之乱若能抚定，孙元化若能赦免，固然能了却一桩棘手的事，而他总有一种违逆了自己心意、想要找岔子发脾气的烦躁。战败而不得不讲“抚”，对他这至高无上的大明天子而言，实在是屈辱；讲“抚”而不得不赦免孙元化，同样令他心头生出一种无可名状的反感。

他求助于神灵，回答却如此难解。

细想想，“羊尾猴头开花”……去年是辛未年，今年是壬申年，登州事发正在去冬今春之际，却不正是羊尾猴头开花？“四野干戈如麻”，是不是应了刘宇烈大败？后两句呢？怎么还有胡儿出现？难道金鞑也要插手？

朱由检站起身，在案前走来走去，直想得脑仁发涨发疼，心里烦躁不堪。王承恩连忙出去端了一碗莲子桂圆羹奉上皇爷。朱由检心不在焉地接过，心不在焉地用小银匙调着甜羹，洁白的圆圆莲子，又叫他联想起他的新生皇子慈炤新剃的小脑壳。他心里长叹着：若不能将大明江山社稷一代代传下去，直至千年万岁，如何对得起祖先，如何对得起投生皇家的子孙！……

院中一阵又重又忙的脚步声，使朱由检很不高兴。他为教训这些不知礼法不懂规矩、走路有声说话随便的奴才，已经杖过好几名太监了。这又是哪个？他脸一沉，走到中殿，准备见着来人就命侍从太监拖下去打。

进来的却是司礼监秉笔曹化淳，一进门槛就跪倒了，虽然极力抑制，仍显得很紧张，气喘不止：

“禀、禀皇爷，莱州、莱州来了急报……”

朱由检心头一惊，外表还保持着从容，端着莲子羹喝了一口，说：“念。”

曹化淳跪读道：“题报兵部熊尚书并上内阁：叛贼李九成、孔有德等以抚愚我，称‘坚请登莱巡抚谢琏往营中宣读抚谕’，谢巡抚同知府朱万年、监视中官吴直、徐得时出城，贼执之系于营中。朱知府骂贼而死，贼攻城转急！……”

“乒乓！”朱由检猛力将手中的羹碗摔碎地上，莲子、瓷片及汤汁四溅，污了他的龙袍和曹化淳的脸。皇上眼睛冒火、面色发青、嘴唇哆嗦，伸出的手都在发抖：

“去！立召温先生来见朕！”

司礼监掌印太监杨禄酷爱书法。他曾发愿要遍集当世名臣才子墨宝，作为他此生最珍贵的收藏。皇上赐他的休沐别馆在金水河边，百官朝贺谢恩陛辞后，他常邀至别馆共饭。其间不张供桌、看桌等铺陈排场，只设短榻小几，席间无小唱歌舞喧哗，自始至终一团清语。但酒具食具极精美，酒肴或仿御膳食，或者就是皇上撤膳赐给他的珍馐，他自称不敢私享，分馈诸客。如此情厚，谁不感戴？所以当他于酒席间取出绫绢帛纸，向诸客乞诗索字时，无不欣然命笔。

惟有新入阁的东阁大学士徐光启的墨宝他一直没弄到。邀请数次，都被婉言谢绝，这反而使他更加迫不及待。今日内阁值房中当值的正好是徐光启与周延儒、温体仁，他便邀三位阁臣同往别馆。他料想温相与他交好，不会不应；再当着温相邀周相，温相不会生疑，周相也不甘不应；周、温二相都应允了，徐光启也就不好推托了。果然如他所料。只有徐光启迟疑地说：“若是圣上有急事相召呢？”

杨禄笑道：“今日皇三子满月，皇爷怕不得空。纵使有宣召，金水河不过咫尺，随叫随到。”

别馆确实幽静，树木荫深，山石叠嶂，池荷清香。进二门后，温体仁突然右拐，杨禄阻止不迭，他已领头走进右厢房了。一色素白的灵堂赫然在目，素帘高张，白帏垂地，香花宝烛和几具高脚祭器供着一块灵牌，上写着：司礼监六品奉御义子侯继禄之位。

周延儒与徐光启对温体仁这种强人所难的反常行径很不满意，但既已走到这里，也只好随他一同向杨禄道恼，说几句安慰话。杨禄却受不得，眼见着嘴一瘪，像老妇人一般，立刻满眼泪水、泣不成声："多好个孩子！……又孝顺，又伶俐，写得一笔好小楷……难得他还生得那么俊！……"

"唉，这要怪登州兵乱，闹得天下不宁，折了多少忠臣良将、贤士孝子！"温体仁感慨很深，直摇头，随即谦恭地让周、徐先行，自己随后，跟着杨禄出厢房进客厅。他资历不如周，年岁不比徐，不能僭越。

客厅摆了四张短榻，每榻前放小几三张，一几陈列酒肴，一几陈列热膳，一几陈列瓜果甜食，样样精美独到，色香味俱佳。杨禄请周延儒坐首席，徐光启次之，温体仁又次之，自己在侧相陪。几名行动轻悄无声的小内监为他们斟酒。酒过三巡，肴让五道，周延儒笑道：

"杨公公，此酒清芬直溢齿颊，不似光禄署制酒。"

"周相果然是此中行家。"杨禄谦和地笑道，"此乃皇爷所赐，为酒醋局所制上用御酒，是用玉泉水浸香玉糯双蒸而成的。但此为新酒，味稍薄……来，取那坛熟酒上席！"

熟酒斟上，色如金蜡琥珀，香甘醇美，入口滑爽，周延儒连饮数杯，赞不绝口，道："饮寡酒无趣，杨公公又有言在先，话题决不涉及朝政，不如行酒令，如何？"

他们行的是盛行于士人间的曲名古诗令。周延儒首先捧杯呷了一口酒，开令了：

"我有一局棋，寄予《洞中仙》。《洞中仙》不受，云：'自出洞来无敌手，得饶人处且饶人。'"

说是不涉朝政，在座者谁不解得其中意？显然是针对着温体仁的刻忌。

温体仁一笑，接令道："我有一钓竿，寄予《渔家傲》。《渔家傲》不受，云：'夜静水寒鱼不饵，满船空载月明归。'"

他这是什么意思？含糊、模棱两可。是暗示自己不上钩，还是表白自己一无所求？或者是坚持严惩孙元化，嘲笑周延儒、徐光启空费心力？

徐光启也举起了酒杯接令："我有一犁锄，寄予《使牛子》。《使牛子》不受，云：'且存方寸地，留与子孙耕。'"

温体仁看看要变色，徐光启等于公然告诫他为子孙后代积点德，这与骂他缺德没有两样！他刚刚竖起眉毛，但几乎在竖起的一刹那就跌平下来，变成笑眉笑眼的一张面孔："哈哈，早听说老前辈于农政十分精通，果然三句话不离本行，好，好！哈哈哈哈！……"

杨禄不管如何与温相交好，也不愿客人们在自己别馆争论政事，使自己落个私干朝政的罪名，立刻出来打圆场："来来，听我的：我有一扫帚，寄予《菩萨蛮》。《菩萨蛮》不受，云：'各人自扫门前雪，莫管他家瓦上霜！'"

大家哈哈一笑，指说杨禄最后一句乃俚语而非古诗，杨禄认罚，连饮三杯，席间气氛才平和下来。杨禄趁机命人取来几幅裱好的绫绢，亲自铺在窗下那张大画案上，请三位内阁大学士或诗或画，为他留下墨宝。

三名辅臣互相谦让，首推长者徐光启。徐光启逊谢，温体仁又如往常谦恭地礼让首相周延儒，周延儒礼节性地推辞一下，抬手示意请温体仁先执笔。温体仁竟然就先走过去，据案提笔而作。周延儒很恼火，他当然发现，近来温体仁常在谦恭的面貌下行不恭之举动。不过，宰相肚里能撑船，他装作看不见。

温体仁画的大写意山水：湖水浩渺，三山隐约，湖边杂树水草，点点飞鸟。上方两句题诗：

望断洞庭山水绿，鹧鸪啼罢子规啼。

又是模棱两可！湖上有三山，显见画的是太湖，而诗中却称洞庭，偏偏太湖三山又名洞庭山，所以既可说是洞庭也可说是太湖；鹧鸪啼声道："行不得也哥哥"，子规啼声道："不如归去"。意在奉劝某个不济事的官员告退回家。此人家乡应在太湖洞庭山边。影射谁？周延儒是宜兴人，他自己是乌程人，都在太湖边，说谁都行。

周延儒冷笑着。近日为他曾举荐孙元化，为他持抚议，为他任用熊明遇主持平叛大局，为他庇护三路大败的刘宇烈，为他一向的营私纳贿、私处不检点等等，朝野上下又一次掀起攻讦他的风潮。据说已有十数名言官挂了弹章，连与他私交甚好的佥都御史徐璜也参与其事。他很愤慨，但不害怕。只要皇上信任他，多少人弹劾也没有用。最多他做个谢罪退回私第请求致仕回籍的姿态，皇上一挽留，风波也就过去。皇帝还嫩，缺了他这明敏精干的首相将寸步难行！……他缓步走到案前，提笔凝思片刻，大笔一挥，又是一幅写意画：溪边柳下，水牛庞然。骑牛吹笛者，竟是一丑恶老妪！

旁观的温、徐、杨三人都纳罕。近日朝中传看着一幅不知哪个轻薄小子作的画，构图用笔与此一般无二，只是题图为“周延儒相业”，讥刺他无能不胜任，于国事无补。他自己居然也画出同样的意境，想必是看到过那张画了。那么，今日此举何意？自诩首相的胸襟阔大？表示对那轻薄小子的蔑视？……

周延儒饱蘸浓墨，在画的上方龙飞凤舞地一路写来，如江河湍流而下，是一首七言绝句：

杨妃血溅马嵬坡，出塞昭君怨恨多。
怎及阿婆牛背稳，笛中吹出太平歌！

他搁下笔，哈哈大笑，十足的自鸣得意。杨禄拱手，温体仁竖拇指，连声赞美“高明”！徐光启不得不强笑着点点头。

杨禄双手捧笔，笑容满面：“徐老大人，无论如何，请赏个脸吧！”

徐光启接笔，实在不知道写什么好。他不愿与有权势的大太监交往。因为结交内臣不仅中皇上所忌，也是不正派行径。今天却不过同僚情面，又因杨禄掌印司礼监，与内阁公事来往最密，在救助孙元化一事上或能出力，所以勉强来了，却目睹温、周二人无处不有的钩心斗角。这两位同僚，一个浮华多欲，一个机深难测，他心里均无好感。但同在内阁，同理国事，又不能不同舟共济……想了半天，自觉思维迟钝吃力，全无几年前赋诗作文的敏捷。到底年过古稀了，不由摇头叹道：“老了，不中用了！……杨公公，我随意写个俗语联，聊以塞责，可好？”

“好，好！随老大人赐教！”

徐光启捉笔的手很用劲地在纸上横平竖直地画着，力不从心，有些颤抖，笔下隶书字迹不免出现断续，但总体看去，仍很有气势，很见功夫。写完十六个字，老人家额头沁出一层汗珠。看了徐光启写的联语，周、温、杨一起沉默了：

种瓜得瓜种豆得豆，
染苍而苍染黄而黄。

杨禄首先醒悟，拱拱手道：“老大人好心，在下领受了，谨受教。”

徐光启高兴地笑了：“那好，我再写一联行书体的。”他在另一幅稍小的纸上流畅地写下十字联：

主人解余意，
仁者用其心。

徐光启写题款之际，两个小内监气喘吁吁地跑来，在客厅门口跪告：“禀杨爷！莱州递回军情，说贼人假意归降，骗得谢巡抚执去做人质。皇爷震怒，着小的们宣召温先生乾清宫见驾！……”

杨禄忙问：“只宣召温先生？”

“是，在乾清宫西阁里。”

小内监随了他们四人赶忙回大内内阁值房。杨禄与温体仁不得不告罪紧赶着先行一步。周延儒和徐光启默默走着，无心交谈。皇上独召温体仁使他们不安，仿佛西山那边渐渐升上来扩开去的乌云，他们被不幸的预感笼罩了……

温体仁和杨禄赶到乾清宫时，皇上的雷霆之怒已经过去，但中殿沉闷的气氛、小内监诚惶诚恐的表情、地面溅泼的水迹以及皇上面部残存的红晕和亮光闪闪的不安定的眼睛，都显示着这场风暴确是赫赫天威，不比寻常。皇上谕令的声音也还不太平稳：

“将急报，念与……温先生听。”

小内监念了，情况确实令人震惊、令人愤怒：“……贼兵扬言，数月讲抚，朝廷全无诚意，避而不答要紧条款。此次将以谢巡抚及二监视中官为质，待朝廷应许赦免孙元化，并畀以登州一郡，则解莱州围，送还人质；否则将杀谢琏、破莱州！……”

杨禄听得目瞪口呆。两个月来朝野一片讲抚声，竟讲出这样的结果！

“温先生见教。”朱由检深深地吸了口气，说话连贯了些。

温体仁拱手低头似在行礼，半晌不作声。

“温先生！”杨禄轻声唤他。

温体仁猛抬头，目光炯炯，慷慨激昂：

“讲抚，实为误国之道！纵观前后，实是贼人以抚愚我！一抚而六城陷，再抚而登州亡，三抚而黄县失，四抚而莱州陷围，岂不是越讲抚事态越恶？”

朱由检反倒冷静了：“虽是讲抚，叛军所提的两项条款，始终不曾应允……要么，先退一步，让让他？两项中准其一项？……”

“陛下，千万不可让！半步也不能退！让一步，就要让十步、百步。贼人必是得寸进尺，贪得无厌，哪有满足？万不可示弱于贼人！若让了登州，让不让莱州？让不让皮岛？让不让青州？若开此先例，天下各省州县都视登州为法，哗变杀官、占地求封，我大明江山岂不……”温体仁纵使摆出冒死进谏的姿态，也不敢触皇上忌讳，说出“亡国”这样可怕的字眼，赶忙缩住口。但见朱由检脸色一寒，似乎打了个冷颤，用翻弄奏本的动作体面地遮掩了过去。

“再说，惩办罪犯、调派地方官员，乃朝廷大权、令出君上，岂容跳梁小丑置喙！”温体仁义正词严，朱由检听得颇觉痛快，频频点头，又不无疑虑地说：

“不讲抚便要剿，而刘宇烈大军三路败退，不是对手……”

“不然！”温体仁仿佛下了很大决心，“三路败退并非败在剿灭之策，而是败于刘宇烈无谋、各师怯懦！大军抵莱州，不思进兵，日遣十数辈往贼营议抚，又纵还所俘贼将，致使我之虚实贼兵尽知，安得不败！熊明遇总揽剿贼事，更是惑于余大成抚议，虽督兵援莱，却无时不念念于抚，常说一纸书贤于十万兵；而熊明遇又是秉承周相……”

“怎么？”朱由检又惊又怒，猛然站起来，自觉不妥，又缓缓坐下，“他们竟敢明剿暗抚，欺朕不成？”

“他们未必敢有欺君之心，但确成欺君之行！便如周相主抚，又力救孙元化，无非要做好人，博得仁厚之名，却不料恶名归君……”

“哦？”朱由检目光一闪，盯住了温体仁，眼里神色很是危险，不知是被此说打动，还是对此说疑心。温体仁硬撑着，脸不变色地承受住了皇上的审视，继续说：“皇上最以结党为群臣戒，眼下主抚一派岂不结党？连徐光启也被援引入阁……”

“徐先生德高望重，忠爱之心天下皆知！”朱由检断然说。

“陛下所见极是，徐老先生乃天数家、学问大师，辅政时日尚浅，为救门生而坠入其术也未可知。然自周相以下，主抚派早已遍布朝廊了。”

“周先生大才，是朝廷栋梁。”朱由检说着，浅浅一笑。这笑容鼓舞了温体仁，他也带着笑意说起周延儒的逸事：

“周相幼有神童之称而性极顽劣，蒙师罚其顶盛水石砚跪地。友人雷一声谒师看见讲情，师曰：以顶砚为题作文，文佳方可放起。延儒应声道：‘一方端砚一勺水，压住乌龙难摆尾。今朝幸遇一声雷，扶摇直上九万里！’一声笑曰：‘此乃大贵之才！’师曰：‘贵则贵矣，但奸人耳。’一声惊问其故，师曰：‘乌龙乃贼龙也，何不言人龙？’”

朱由检默默无语，片刻后，忽然似笑非笑地看着温体仁，说：“温先生入阁，是周相援引。他每每赞你才干超群，你竟如此评论他?”

温体仁心头一突，后背发凉，索性一不做二不休，拱手弯腰，面容及口气都极庄严，有如盟誓：“臣身家性命都属陛下，体仁心中只有皇上!”

这话很受听，朱由检心里很舒服。他认识温体仁自那次内阁九卿会议，见他与诸官辩诘舌战、撑拒不屈，深信他孤立无党。后来被变兵杀却的王象春之子来京上控，无处不打点，周延儒收贿却主抚、温体仁拒贿而主剿，锦衣卫的报告使朱由检称奇。不结党、不纳贿，这正是他最赏识的臣节！所以对温体仁日益信赖。此刻他消除了心里的疑虑，不由得点了点头：

“依温先生所见，如何处?”

“平定登州，非调精兵、绝抚议不可！而绝抚议、断贼望，则孙元化不得不杀、刘宇烈不得不戍、熊明遇不得不革!”最重要的一句他没有说出口，但意思已到：周延儒不得不罢!

朱由检望着他，没有作声。杨禄也望着他，直眨眼睛。

“还有一层。孙元化以举人出身，骤膺节钺是朝廷破格提拔。如今失地获罪，惟有严惩不贷，方显圣主英明公正。”

朱由检沉吟着，几乎看不出地点了点头。

随着眼帘下垂，温体仁的声音也低下去：“闻得此人离登州之际，军民万众罗拜痛哭生祭。得人心太甚，恐非朝廷之福……”

朱由检微微一惊，眼里又闪烁起不安定的光泽，似有两粒蝌蚪在乱跳。好一会儿，他才说道：

“你等且退，容朕三思。”

出乾清宫，温体仁一脸严峻，平日的温文尔雅似被风吹却，再不见了。今日在御前既已说开点透，那就要一条道儿走到头，取周延儒而代之。大丈夫能屈能伸，他已屈够了，屈得烦透恨透，该着伸一伸了！要当首相，要周延儒下台，则非促使皇上下决心杀孙元化不可！这不只是剪周羽翼、贬低周在皇上心里的地位，最要紧的是，杀却孙元化，就绝了皇上的退路！他太知道这小皇帝的心性了：自诩果断英明、金口玉言，绝不会认错的。周延儒就得承担全部后果，做替罪羊……

杨禄不时惊讶地偷眼瞧瞧同行的大学士：真不料一向谦恭温静寡言的温相竟这么厉害！想起徐光启给他的赠联，不禁动了感情，想做一做软心肠的“仁者”了：“温先生，天地有好生之德，孙巡抚他——非死不可吗？”

此话大逆温体仁心意，竟不由自主地冲口而出：“有国家律条在，该活则活，该死则死！恻隐之心，岂今日作用乎！”

“五月里朝野一片杀孙之声，周相、徐相等大臣还于御前力争，徐相甚至叩头无数，愿以身代……”

温体仁冷冷一笑：“哼，他们无非想做好人。明摆着，既做官，又要做好人，两者可兼得耶？……”

杨禄吃了一惊，顿时闭口无言，小心地斜眼打量这张机深刺骨、外恪谨而内猛鸷，俨然以首相自居的嘴脸，脊背隐隐透过一阵寒意。

温体仁由于今日发难，心中舒快得意，说话竟直抒胸臆，少了顾忌。确实，一年后周延儒被他拱下台，徐光启也因病故去，他心满意足地当上了首相。然而不到四年，他又被崇祯帝革职放归。如果他知道祸根其实种在今日，也许就不会如此狂妄地信口胡说了。

二

风卷着素白的衣袂飘扬，他似在云间飞翔，在尽力升高，远离了山峦海洋，远离了岁月，直升入白云顶端的殿堂。殿前御道长得没有尽头，他只能遥遥朝着殿中那远得辨不清面容身姿的至圣先师跪叩礼拜。御道两旁是先师的弟子贤人，依序排列下去，成千上万无穷无尽。他难道不能在这行列中找到自己的位置？……

“不！你不能！”殿堂内传来雷鸣般的回答，震得他头晕眼花。

“为什么？我自幼熟读圣贤书，一世忠义……”

“不不！”靠近他的御道左侧，仿佛朱熹老夫子，微微笑曰，“忠无止境，须彻头彻尾，彻里彻外。”

右侧的定是先儒程颢，皱眉道：“正是正是。虽死于忠却不能死而无怨，则显见尚有私心！”

“去吧！”殿堂内的声音轰隆隆滚过，他似被一只大手猛推，倒栽葱地摔下尘世，落进一群乌黑的人形之中。他们手持棍棒兵器，有如恶魔乱跳乱舞大喊大叫：“杀！冲！杀出去！冲出去！……”然而，四周却有一张巨大的看不见的网，他撞到网上，身体被灼热的网丝烫烧得一道道伤痕，痛彻心腑，在地上翻滚……

渴极、倦极，身边走过一个背水罐抱孩子的妇人。

“大嫂，”他哀告，“赐一口水吧，我要渴死了！”

清凉甘美的水刚刚润湿干裂的嘴唇，就被那孩子的小手打脱了！孩子奶声奶气地嚷：“不给他水！他要受到惩罚！”

抬头一看，顿时怔住，这是圣母马利亚和她的儿子耶稣啊！他向救世主跪倒了：“为什么要惩罚你的虔诚信徒？”

奶声奶气的语调很愤慨：“你虚假！你伪善！你总为了自己牺牲爱你的人！”

“没有，我没有！”他极力申辩。

“没有？你看，那是谁？”

“爹爹！”幼蘩站在巡抚府大门前喊道，“你怎么可以出卖亲生女儿！”

“孙元化！还我命来！”瘦小的陆奇一满身血污，步步逼近，眼睛像两团炭火，逼得他无路可走，想要解释申辩，只张嘴发不出声。陆奇一身后还有一个令他颤栗的娇小身影，一个怀抱死婴儿、披散着头发的少女，凄楚地喊了一声：

“孙公子！”

孙元化大惊，脚下一绊，仰面摔倒，仿佛要滚下悬崖。他连忙抱住一根枯藤……这藤怎么变得柔软有弹性、变得温馨？一股熟悉的脂粉香透进鼻观，竟是幼蘅！玉肢如藤紧紧缠绕他的全身，她笑着，火热的眼波、火热的嘴唇、火热的躯体……她凑在他耳边，似要说情话，声音却很大：

“爷！睡得好熟！”

孙元化陡然睁眼，幼蘅、和京站在面前，一大一小两个书生。他一时发蒙:“你，怎么如此装束?”

幼蘅把饭篮子放上桌，笑道：“天天如此，爷今日怎么问起来了?”

“吭啷”一声响，狱卒默默地把狱门重新落了锁，孙元化才从梦境中完全醒过来，记起这里是刑部监狱，幼蘅假称是他的内侄，着男装，天天给他送饭，不觉“嗐”了一声。

“爹，来吃饭!”和京搀扶孙元化在上首坐定，自己下首相陪。幼蘅已把菜肴摆齐，打横布菜。桌上一攒盒四荤四素下酒凉菜，一碗蒸肉、一碗素烧豆腐、一碗煎鱼、一碗燕窝汤。幼蘅指着那只最大的陶钵说:

“这八宝鸭是徐太老师府上着人送来的，说是徐太师母亲自下厨为爷烧的江南菜肴……”

自从孙元化转来刑部监狱，徐府每天都要送一味菜肴，都是添了人参、当归、田七等珍贵药品的滋补膳食。想到年过古稀的老师，他心里充满感激之情:

“徐师厚恩，不知此生可能报答! ……”

“正是哩!”幼蘅一面为父子俩斟酒，将各式菜肴分别夹送到他们面前的接碟内，一面道，“或者徐太老师府上的膳食果是滋补养人，爷近日气色好多了! 再不似初离诏狱时那般形销骨立……”她面庞清瘦却笑容妩媚，水汪汪的眼睛里柔情几乎要泛溢出来，流向孙元化。他不敢接触，慌忙避开，信口说道:

“能活着离诏狱已是万幸……和京，少喝酒，多吃菜。”

他忽然想起方才梦境中的幼蘅，联想起那可怕的一天，顿觉耳根发烧，大不自在，举酒盅仰头慢慢喝尽，以遮掩心头的慌乱。

“伊格那蒂欧斯!”

刚吃罢饭的三人猛一激灵，谁在唤孙元化的教名? 栅栏门外的过道上，只有那个老狱卒蹒跚着巡视各牢房，还有一个背煤篓子的小贩，一身肮脏，黑脸黑手黑腿子，活像个黑鬼。牢房里阴冷潮湿，常有这些操贱业的人送煤揽生意，犯人和狱官狱卒都需要他们。

三人面面相觑，难道白日见鬼?

“伊格那蒂欧斯!”漆黑的煤贩子竟手攀栅栏，又叫了一声。他笑着，整齐的牙齿在黑脸上白得闪光，一双碧色眼睛闪着悲悯的光芒。

“你，你是谁?”孙元化惊疑不定。

“还没认出来?我是汤若望!”

“神父!”三人同声喊出来，孙元化紧紧握住栅栏上那双乌黑的大手，心里翻上一重热浪。

狱卒听得喧叫，赶过来责备煤贩子：“喂，你这人怎么没规矩?做完买卖就快走，啰唆什么!”

“老哥，”孙元化连忙接茬儿，“他是代我父亲来看我的，还请老哥行个方便……”

“怎么不早说!”狱卒对孙元化非常恭敬，立刻掏钥匙开门放煤贩子进去，“孙大人，老哥二字实不敢当，还是叫我宋二吧，有事尽管吩咐。”孙元化称谢，他连连摇手，重新锁了门，哈着腰慢慢走开。

“他心肠很好。”汤若望看着老狱卒的背影。

“我知道!”和京抢着说，“他跟我讲过，他敬我爹爹是个大忠臣，还说他干这行已是作孽，再不积点德，子孙后代遭不完的报应!……哎哟，神父!你手上的黑煤!”他避开汤若望抚摸他脑壳的大手。

汤若望笑道：“哦，不是煤灰，是黑色染料……伊格那蒂欧斯，你受苦了!……”他又一次握住孙元化的手，眼睛里贮满慈爱，银子般纯净的声音里饱含着安慰和鼓舞。幼年丧母的孙元化，骤然感到他极少领会的母亲般的爱抚，霎时心酸难忍，咽喉被热泪堵塞，难以成声：“不，神父……”

两双大手紧紧相握，好一阵相视无语。

孙元化记忆中的汤若望，永远是学者风度与贵族气质的合成，每天必须洗浴换衣的洁癖连孙元化都感到惊异。每靠近他，就令人想到纯净的清泉，似能嗅到冰雪的气息。而眼前的汤若望，不仅剃掉了浓密卷曲的大胡子，剪去了金黄色的长鬈发，还穿上这肮脏行头，弄得满脸满身乌黑……

汤若望依着孙元化的注视对自己全身看了看，耸耸肩笑道："毫无办法，除了亲属以外的任何人都不准探监，而你在诏狱的那段时间，好像连亲属都不许探视……"

孙元化点点头，记起他下诏狱半月后，在镇抚司的第三次拷问时，准许家人于堂下遥望相见。他血污遍体几无人形的状貌，惊得堂下的和京、郝大痛哭。幼蘅在看到他的第一眼后就昏了过去……他不禁感叹道："若与诏狱相比，此间堪称天堂了。来，请坐。"

幼蘅背着身子，低头弯腰在屋角暗处收拾食具，惴惴不安。看来不打算以真面目与神父相见，又不时停下动作倾听他们的交谈。

"天主保佑，登州事变的始末，由于你，伊格那蒂欧斯在诏狱的辩白词传遍朝野，几乎无人不知了！我们的每一位教徒兄弟姐妹，都引你为骄傲，都要求营救你！徐保尔和金利欧，还有许多正直的大臣们都在努力，很有希望！你千万要保重。你是这样消瘦、苍白……"

"已经好多啦！"和京又抢过话头，"在诏狱爹爹几乎不得活！"

"哦，天主！"汤若望在胸前画了个十字。他早就听说诏狱里很黑暗很残酷，但还是第一次与孙元化这样亲历诏狱而又存活下来的人交谈。他很想了解内情，以充实他向罗马教廷的报告内容，来证明教廷应该增派传教力量以拯救这个可怕国度里无数受苦的灵魂："伊格那蒂欧斯，你不愿意向天主诉说你在诏狱所受的磨难吗？"

孙元化的面容突然间变得木然，仿佛戴上痴呆呆的面具，惟有眉头在痛楚地颤抖。

"啊，对不起。"汤若望抱歉地注视着他，"这一定使你痛苦了……"

痛苦？仅仅是痛苦？不！那些可怕的回忆能叫人发狂！

……记得在登州，吕烈曾说起诏狱锦衣卫行杖的规矩：轻重死活全要看监杖的司礼太监的表示。太监的靴尖向外成八字，就不往死里打；靴尖向内一敛，休想活命！受杖者若事前有备，并吃些药护住内脏，则心血不上冲，百杖难死；若猝然受杖，十下就足以毙命。那时还没人知道吕烈的真实身份，只当他是在卖弄他京师子弟的无所不知，谁料竟是真的！

那日初进诏狱，头次过堂，什么都不问，先打三十“杀威杖”。解衣扑倒堂下的他，绝没料到一杖下来，浑身会猛烈震动，臀股间的疼痛直钻心腑，竟比刀割剑穿还要难忍！他拼命咬紧牙关，一声不哼，眼前果然看得见一双穿着黑缎薄底靴的脚，平行地稳稳站着，像年画上的双鱼。十杖以后，股间肿起三寸高；又打了十杖，皮破肉绽，血水飞溅，他终于痛昏过去。昏迷前留在他意识中的最后印象，是那双穿靴子的脚，脚尖微微向外一撇，成了个不大洒脱的、畏畏缩缩的八字。

受杖的疼痛，远远不及回狱后那从早到晚再从晚到早，一天十二个时辰无休无止的杖伤的折磨，然而他活下来了。想起行杖前，有人给他喝过一碗深棕色的、气味古怪的浓茶，或许就是护住内脏使他得命的药？谁送的？徐师还是周相？或者是吴公公？……

诏狱，又称锦衣卫狱，由北镇抚司专领。既是称“诏”，那便是奉皇帝诏命而设，锦衣卫又是直属皇帝指挥的贴身卫队，所以它是超越朝廷法司以外的刑狱，除了皇帝本人，谁都不能干预其事。诏狱的审案不像刑部、都察院、大理寺那样曰审讯、对簿、谳勘，而称为拷问、打问。他先后受三次拷问，每次下来都遍体鳞伤，奄奄一息。

堂上问他三项大罪：一交通金虏；二贿买权臣内臣，结党营私；三陷城失地。前两项，任凭拷打，血肉横飞死去活来，他坚挺不屈，矢口否认；而第三项，他却不作一字解释，毫不含糊地直认有罪，表示甘愿为此承受任何应得的惩处。他的鲜明和坚定，使拷问他的堂上官吏们都吃惊了，有人甚至私下表示敬佩，但这并不能改变他在诏狱的可怕处境。

诏狱的牢房一概低低地没入地面，阴冷潮湿，地上墙上终年滴水生苔。十冬腊月如冰窖，犯人也不许生火取暖，饮食尽是生冷。家属不许见面，就是送进衣物食品，也以验查为名尽行没收。他一入诏狱，便有头枷、手枷、脚枷三木加身，僵卧在潮湿冰冷的草堆上不能转侧。杖伤疼痛得他屡屡昏厥，无人过问。草中臭虫、跳蚤吸血叮咬，痒痛并作，他还能咬牙硬忍；而入夜以后，许多老鼠蹿出来撕啮他的脚、腿、手、臂以至头颈耳朵，听着一片吱吱欢叫、磨牙咀嚼的声音，感到伤处血流涔涔，被恶毒的小舌头舔吃，肌肤皮肉被尖利的小牙齿撕扯，这痛苦和恐怖的折磨他实在无法忍受了，大叫“来人”！但是回答他的，仅是四壁隐隐的回震。诏狱牢房墙厚八尺，任何号叫惨呼也传不出一丝一毫。他完全与人间隔绝了，绝对的孤独，可怕的寂静，他将在这里死去，将成为群鼠的口中食，将烂掉、化光，而不会有一个人知道！……

“绝望中，上帝给了我力量。”孙元化简述了他在诏狱的经历后，十分虔诚地对汤若望说，“我向天主祈祷，求他给我活下去的勇气。主回答了我，支持了我，拯救了我！……”他不愿意说为了活下去，他怎样喝自己的尿——狱中称之为“轮回酒”——以解毒；怎样打碎瓷碗，用瓷片割去腿上的腐肉……但他确实在祈乞天主拯救时，用耶稣受难的圣迹鼓励了自己，抛弃了自杀、等死的念头。

汤若望听得热泪纷纷，激动地喊：“主啊，饶恕我这失职的罪人吧！在他最为困苦、灵魂受着煎熬的时候，我竟没有和他在一起！……”

“不，那不是你力所能及的。”孙元化谦和地说。

“这并不能减轻我的罪过！……我定要把你的受难史写下来，告诉兄弟姐妹们。你不愧是我们天主教的英雄！”

“不，谈不上。我比不上前朝那些东林老先生。而且，说实在话，皇上登基后，清理诏狱，已将剥皮、炮烙等酷刑废除，比前朝总归是好多了。”

汤若望惊讶地望了他好一阵，终究还是克制不住地感叹：“主啊！他们竟有这样举世无双的忍耐力，还顾念着皇帝的好处！……伊格那蒂欧斯，听徐保尔说，当初你巡抚登莱、海战立功时，朝中那些忌恨你的人，如今又有许多对你在诏狱中的气概私下里很表敬佩……”

孙元化苦笑：“神父，这是我国士人的通病：妒忌比自己强的，同情比自己弱的，不足为信。我也实在称不起英雄豪杰，因为我……也有软弱的时候，那也是需要向天主告罪忏悔的……”他猛地感到牢房一角幼蘅射来的敏锐而惊异的目光，连忙避开，同时也缩住了后面的话。

汤若望顺着孙元化的目光，发现暗处那个他认为是陪住牢房的侍候仆人有些不一般，走近几步，仔细看看，迟疑道：“你，好像不是……”

幼蘅见躲不过，索性近前半跪行礼：“神父，是我，玛德莱娜，为服侍帅爷进出牢房方便，故而这般装束。”

孙元化补了一句：“我们老夫妇收她做义女了。”

汤若望极其赞赏：“好极了！真是难得。用你们中国俗话说：路遥知马力，患难见真情！……怎么，我说得不对吗？你们怎么都不表示赞同呢？”

“说得对，说得对！”孙元化连忙笑着回应，驱走心里因此而突发的激动。

“徐保尔和金利欧都说，有周首相斡旋，皇帝好像表示愿意赦免，原说七月里就可以出狱了。今天已是七月初七，怎么还没有确实消息？真叫人着急！”

和京摇头晃脑，蛮有经验地说：“没关系，神父，没关系。只要是住的刑部大牢就没事儿！四月里说是又要回诏狱，那才把人吓死了呢！……”

“神父，”孙元化皱眉瞅了和京一眼，打断他的唠叨，“张焘和王征也在此狱中，你不去看看他们？”

“哦，我刚去看过王征，他托我带来一幅丝绢，想请你为他题字呢。张焘那里，我这就去。”汤若望说着，从怀里掏出一个纸包，递给孙元化。孙元化心上又翻过一个热浪头。

“神父，我跟你一起去！张叔父说给我做了一个活动兵轮呢！”和京不顾父亲阻止的示意，赶紧站到汤若望身边。

“神父，看过张焘，请你还过来，接受我的忏悔，给我指教，拯救我的灵魂！”孙元化声音虽低，却饱含热情和痛苦，使汤若望不由得深深地望了他许久，出门后还频频回顾。

丝绢展开了，有如洁白的雪，却比白雪柔美滑软，与这里的冷酷昏暗形成令人心寒的对比；它更像一片白云，却又闪动着丝织品特有的光泽，竟使整个牢房为之一亮。

王征何出此举？他原可于每日见面时自己送交，为什么要郑重其事地请神父转手？是以为牢狱之灾将要过去，以此聊作纪念？是觉得末日将临，以此权作告别？是仅仅不过友情流露？或者只是文人积习？……无论如何，王征的这番情义使孙元化深受感动。他提起笔，历历往事，一时都奔来眼前。他饱蘸浓墨，万千思绪都从笔端流泻而出，文不加点，滔滔而下，抒写着二人交谊始末。

幼蘅磨墨在侧，目不转睛地盯着孙元化运笔，不久就带着赞美和感念之情，轻轻念出了声：

“……天启七年春，元化受谴出都，两筐一兜，萧萧挥手，故知不避嫌忌、坐视行色者，惟先生一人！

“……不意一片痴肠，终成大梦，潦倒诏狱，卧废将死。先生同苦，而尚以苦余左右提挈子弟僮仆之事，周至有加……

“盖自官于登，而无五日不一再见者半年；自乘城，而无日夜不一再见者半月；自陷城、航海、下北司、过西曹，而无日不一再见者又半年余矣！……”

到后来，幼蘅声泪俱下，欷歔不能成声。

孙元化搁笔，叹道：“有友如此，虽死何憾！”

幼蘅拭泪，感情仍然起伏不止：“锦上添花谁不能？难在雪里送炭，更难患难与共、生死相从……”

孙元化看她一眼，立刻闪避开，他意识到又接近了危险题目，于是包起白丝绢，低头收拾桌面，吩咐说：

“幼蘅，拿我那书稿来。”

自那件事情发生以后，每当两人单独相对，孙元化便如现下这样，埋头修改他的两部书稿——《经武全书》和《西洋神机》。牢房里静得像没有人一般，间或书页翻动，声音便响得惊心。

幼蘅静静地磨墨，注视着故意把头伏得很低的孙元化，心头一阵阵柔情泛起，终于轻声问：

“爷悔了？”

沉静中，一根针落地都能听见。她的话却像羽毛投进水里，没有回响，消失得无踪无影。

“爷悔了？”她又问。自那日起，她又改回称呼，不再叫爹爹了。

孙元化不抬头，提笔的手却有些抖，苦笑一下：“犯戒，你不悔？”

“不悔！”幼蘅脸庞有如朝霞，眸子闪着星光，“我不悔！这辈子总算得到爷的恩宠，如愿以偿，死也不悔！”

孙元化心头震动，笔终于握不住，落在纸上。

从登州启航以来，幼蘅对于孙元化而言，既是女儿，又是婢仆，温柔体贴地照顾他的衣食住行，照顾他的一切，连篦发洗脚、捶腰捶腿、按摩催眠这些贴身仆人的事，她全都承担了。晚上也与孙元化父子同舱而眠，就睡在孙元化床脚下。从诏狱移到刑部狱，她也同和京、郝大三个人轮流来狱中陪住，照看受刑后极度虚弱的老爹爹。由于她一直是男子装束，孙元化几乎忘了她的本来面目，习惯于她勤谨周到的侍候，习惯于她温存的无言的抚慰，身体恢复很快。

事情出在四月里。

那是个迷人的初夏的夜晚。牢房高高的窗口展现出暗蓝色的天空和闪闪的星辰，飘进一缕缕槐花香。孙元化对着烛光下静静地倚桌托腮而坐的幼蘅，说起嘉靖朝名臣杨继盛亲手植在刑部狱所的那株古槐。幼蘅披着淡黄的柔光，温静纯真，像个乖乖地听大人讲故事的孩子。孙元化感受到少有的平和、宁谧和温柔，不由得又讲起故乡嘉定老宅乐在堂的紫藤、杕左堂的玉桃、天香桥的桂花，讲起出狱后再不做官，将归田园避世度日，诗酒耕读了此余生……

老狱卒悄悄跑了来，满脸紧张和悲伤地悄悄报告说：因为莱州被围，主剿派得势，孙大人明早又要移回诏狱复审，请他们早做准备。

老头儿踽踽而行地悄悄走开好半天了，孙元化仍木雕泥塑般呆坐在那里，一动不动，眼睛瞪得极大。这简直是晴天霹雳！就是在最凶险的战事中，就是斧钺临头，面对死亡，他也不曾这样恐惧过！心头的阵阵寒颤霎时传遍五脏六腑，传到嘴唇、传到四肢、传到全身，他像得了疟疾一样剧烈地颤抖着……

幼蘅也被这可怕的消息吓坏了，她不敢接触孙元化的目光，但又得硬着头皮去照看。一看之下，大惊失色，扑过去拼命抱住，想要帮他止住抖颤。孙元化突然跳起身，张开双臂双手，恐惧地乱挥，大叫一声：

“不！——”

一向从容、沉稳、威严的孙元化，从不曾如此失态！幼蘅吓得心头“嘭嘭”乱跳，赶忙跪倒哀告：“爹爹！——”

孙元化什么都听不到，什么也感不到，面容疯狂，挥着手跳着脚大喊大叫：“不！我不去！杀了我吧！”他的嗓音陡然哑了，嘶声嚷着，“杀了我吧！——”

到了刑部狱，如进天堂，能够任意活动身体四肢，能够吃热饭喝热茶，能够不受刑不流血，重过人的生活，重享人间的温馨，他觉得幸运无比。死里逃生，再获希望，他怎能不珍爱？突然又要他回到那十八层地狱，重受那无穷无尽的折磨，再去时时刻刻面对死亡，太可怕了！令人发疯！他没有勇气像第一次进诏狱那样硬挺下去，还不如那次就死在诏狱，反倒安生了！……正如自杀一次未成的人很难有勇气第二次自杀一样，此刻他头脑乱得一塌糊涂，理智被恐惧搅得一团糟！他突然后悔起来：为什么在砣矶岛不随七贝勒去沈阳？为什么在津门不随吕烈南逃钱塘？为什么在通州不听吴直劝告远遁他乡？……只要能逃脱重返诏狱的可怕苦难，他愿意屈服于任何人、任何力量！……

他的精神终于崩溃了！发疯似的从桌上抄起暖酒铜壶，猛力砸向自己的太阳穴，嘶声大叫：

“我宁肯死！——”

不知哪儿生出的灵巧，幼蘅倏地扳住孙元化的手，并以突发的一股极大的力量，猛然紧紧抱住了他，连两只胳膊一起抱住，硬是止住了他的蹦跳。

“静静心，莫急！……”幼蘅此刻却没了恐惧，一下子变成了充满理性和母亲般怜爱的妇人，像在安慰发脾气的孩子一样抚慰着他，

“我在这里，我陪着你……不要紧的，再险再恶，咱们也能对付过去！……”她紧靠在他胸口，抚摸他的背他的颈、抚摸他的头发他的面颊，并把她那妩媚的眼睛、动人的脸蛋、红润的嘴唇越来越近地贴了过来……

他胸中狂燃的火突然找到发泄的罅口，猛地用力搂紧这娇小的躯体，像要把它勒碎才甘心似的，发疯般的狂吻便落在这熟悉又陌生，极亲密又极疏远的面颊、眼睛、嘴唇上……不知何时，她弄灭了烛光；不知何时，她扳着他倒在木板床上。他所有的堤坝都被冲决得没了踪影，于是他的疯狂的恐惧便消融在疯狂的快意中。他听得她轻俏甜美的声音，似在耳边，又似在很远的地方，极其体贴温柔：

“爷的身子还弱，别伤着，让银翘来……”

那时，他只希望在销魂夺魄、飘然欲仙的顶峰欢然死去，永不再受可怕的三木禁锢、尖利的鼠牙摧残！……等他终于恢复理智，已经晚了。

从这以后，她又称他为爷，再不叫爹爹，虽然移回诏狱的事终于未成事实。

她伸出温软的小手，在他消瘦的、青筋暴起的手背上轻轻抚摸着，口气温柔得能让石头人心软：“爷，又是七月七，牛郎织女相会的日子。去年今日，我已是爷的人了，只是那会儿爷不肯要我。今夜，我留下好吗？”

孙元化几乎受不了那双漫出爱恋、哀求的水汪汪的眼睛，硬不起心肠来拒绝她诱人的恳求。但还是违着自己的心性摇摇头：“不，还是和京陪我。”自那夜后，他不再允许幼蘅来牢房陪住。

“爷对银翘，竟没有一点留恋、没有一丝情分？”即使是哀怨、伤心的话，听来也那么柔媚、不可抗拒。孙元化心乱如麻，要在理性与情欲的冲突中寻求出路，谈何容易！他知道自己其实是怎样渴求着她的！尤其在那一夜之后，他与这渴求做了长时间的苦苦的争斗……几十年炼铸的理性和许多次的忏悔认罪终究没有白费，他居然有力量站起身，正视她的眼睛，说道：

“不!”

一个急转身，他走到窗下站定，仰望着窗外青天，忽然想起一件久远的往事：七岁的他挎着竹篮给牢房里挨饿的爹爹送饭，家里已两天揭不开锅，娘借的面烙了张饼时掰给他尝了一小口，嘱咐他不要偷吃。但篮里的饼香是那样诱人，他饿了两天的肚子不争气地咕咕直叫。他很明白，不应该吃，可又非常非常想吃，只能一路走一路哭……

"咚！"

"咚！"

从刑部大堂的方向，传来两响铳声，间隔不长。孙元化仍望着天空，轻声叹道：

"不知又要处决何人！"

沉默片刻，听得和京清脆的童音在走廊里叽叽喳喳地响，间或插进一两声纯净浑厚的男中音和杂沓的脚步声。是汤神父回来了。孙元化回过身来，望见走廊尽处呆立的狱卒，招手请他来开门。

"孙大人！"老狱卒远远地喊了一声，艰难地一踮一拐跑过来，到了栅栏门前，突然跪倒，嘴唇翕动，老泪纵横，泣不成声，"孙大人！……"

孙元化心头一震，低声道："是我吗？"

狱卒不敢抬眼，拼命低着脑袋，点点头。

"还有一位是……"

"张……张焘，张大人！……"

一支利箭穿透了心窝！刹那间孙元化眼前一团昏黑！他的忠诚贞烈并没有得到承认，他不得不合目忍过这阵剧烈的痛楚……然而，这只是一刹那，当他再睁开双目时，痛楚已成过去，连同所有的疑虑、犹豫、欲念等等，片刻间消失净尽。他意识到他一生中最重要的时刻来临了，保持晚节，显示晚节的时刻终于到了！他的目光变得清湛，气度恢复了从容沉稳，面貌在一瞬间焕发出极其庄严、俊朗的神采。他微笑着，轻声说："请稍待，容我办两件后事。"

惊呆的幼蘅、和京清醒过来，一齐扑过去，和京大哭着叫喊："爹爹，不是就要赦你出狱的吗？"

孙元化神情威严："和京，不许哭！来执笔，听我口述，缮写遗折！"

他的不可抗拒的威严镇住了所有的眼泪。和京抹了抹脸，坐在桌边铺纸提笔，听写父亲的最后上书：

"……臣丧城失地，罪不可逭，死无憾。惟西洋火器乃我朝用兵所长，造炮筑炮台种种制度方法，尽记载于臣所著《经武全书》及《西洋神机》，特奉与朝廷，俾他年金虏南犯，为防守城地用。

"孔有德乃虎将也。若能招抚而为朝廷用，则大幸；若不能，则务必除去，否则将为大患！……"

众人静悄悄地听着，大气都不敢出，心头充塞着恐惧、悲怆和说不清楚的震撼。

"和京、幼蘅，禀告母亲，日后收埋为父骸骨于故土，切莫忘记以圣上所赐金卮陪葬，置我胸口。"嘱咐家事如此简单，孙元化脸上竟浮上微笑。当他转向汤若望，微笑化为一片虔诚：

"神父，请接受我最后的忏悔。我将以纯洁无罪的灵魂去朝见天主！"

汤若望激动得声音都在发抖："伊格那蒂欧斯！你无愧于我们基督教兄弟姐妹对一位英雄之死的期望！美丽的安琪儿将迎接你高贵的灵魂进入天堂！……"

孙元化跪在神父面前低声忏悔之际，其他人都退到了远处。幼蘅的眼睛像涂了一层水银般晶亮，目光温柔静美，仿佛粘在孙元化的身上。她微笑着，慢慢背过身，弯腰去摆弄她放在暗屋角的食品篮。

"哦嗯！……"幼蘅喉间发出的古怪声音，引得大家转眼看去时，她已慢慢地软软倒下，躺在她那乌黑的散开成扇面形的长发上了！

"幼蘅！"

"姐姐！"

"玛德莱娜！"

"大小姐！"

男人们惊呼着一齐围上去。谁也没有注意她什么时候拔下绾着发髻的玉簪，谁也没有看见她怎样将那长长的玉簪刺进咽喉。眼前的她已经气息奄奄，鲜血汩汩从伤处往外流。但她在笑，弯成月牙的眼睛一片明月般的清辉，只盯着孙元化，冰凉的小手捏着孙元化的大手，翕动着失去血色的秀美的嘴唇，嘶声说：

“我先去了，在路上等着你！……”

孙元化眼前一片模糊，胸口热辣辣的，只点了点头。

“到了那边，不做父女做夫妻……可行？”

孙元化咬紧牙根，一句话也说不出来。她有些失望，目光转向汤若望，声音更微了：“神父，天主……能不能……原谅我？……”

她头一垂，去了。面色很安详，眼睛还含着笑。

过了许多年，汤若望都不知道应该怎样回答。自杀是天主所不容的；居然相信邪教的轮回说，以为有那边的阴司；明知犯戒，还想嫁给有妇之夫。这都是罪过，违背天主的教义教规的罪过。然而，他却由衷地赞美她、敬佩她——这个在苦难中涤尽污秽的纯真的妇人，并相信她是幸福的，有资格进入上帝的天堂……

“孙元化！张焘！”牢房通道上传来粗声呼喊，震得墙皮“沙沙”颤动，“恭喜二位大人啦！……”

孙元化轻轻抚摸幼蘅的面颊，合上那双美丽含情的眼睛，站起身，说：

“更衣。”

和京连忙取来一件织有岁寒三友图纹的暗蓝色绫衫，双手奉上。

“不。”孙元化摇摇头。

郝大抖索着一双老手，展开了一件素白熟罗袍。孙元化伸臂入袖穿上，从容系带整理，回眸向众人用目光一一告别。再看一眼幼蘅，深深地嘘了一口长气，大步走出牢房。

所有的狱卒、各牢房的犯人，都眼睁睁地注视着他：宁静、从容，步态洒脱，风神俊朗，凤眼斜挑，双眉入鬓，五绺长髯同着一身雪白的罗衫在风中飘拂……

登莱巡抚孙元化和登州参将张焘，此日斩首西市。

据说刽子手挥刀砍下，孙元化头血飞溅落地，十四岁的和京大叫着扑跪过去，爬前爬后，痛哭着舔尽父亲的鲜血。是神志昏迷，还是不愿父亲的碧血留在这可憎的土地上？围观者都落了泪。

史料中有这样一条记载：“临刑日，西市风雷起足下，黄霾翳日。徐光启在内阁谓温体仁曰：‘此足证登莱巡抚真冤屈矣！’”

孙元化的遗折和两部著作一起上呈给了皇帝。不知朱由检是否看过，但孙元化的家族免了株连。另外，后妃和内侍们都知道，七夕后的好些天里，皇上都闷闷不乐，脾气很大。

三

“孔爷，只留了七位大的守登州，其余的二十几位都弄来啦！”曹得功亦步亦趋地跟在孔有德、耿仲明身后，在二十多门西洋大炮中巡行。这些炮是奉孔有德之命，由他曹得功领队亲自押送到莱州城外东营营地的，所以他精神头儿十足，很有点表功的味道。

孔有德满心欢喜，拍着这些安放在两轮炮车上巨大火炮的乌亮炮身、黑洞洞的炮口，就像它们是他最喜爱的一群小孩子，脸上笑开了花：“好，好！……中炮呢？”

“中炮弄来了二百多，那边留了一百。孔爷，调这么些炮来，要拿莱州？”

孔有德像给小娃娃擦鼻涕挖耳朵似的，细心地用袍襟擦去炮耳和尾珠上的尘土，没有顾上回答。耿仲明笑道：“要拿莱州，还用等到今天？大哥的意思，明日把大炮、中炮排开阵势，拿谢琏那家伙押出来吓唬吓唬他们，叫他们早早照咱们的条款讲和，赦免帅爷，割给登州！”

“他们要是不肯，咱就开炮吧？”曹得功满怀希望地问。

耿仲明哈哈大笑：“那还用说！打下莱州，咱们就拿下登莱全境。帅爷管辖的地界就都归咱们啦！……”

“老曹，”孔有德截住耿仲明，“叫炮队的弟兄们把这些铁娃娃给我收拾干净，擦个亮堂堂，明儿上阵好好显摆显摆！”

“是啦，孔爷！”曹得功高声回答，兴冲冲地去了。

孔有德转向耿仲明，拍着炮身，“这炮只能摆样儿，不能真开火。一开火就把抚局给打跑了！”

耿仲明不语，瞅他一眼，扭开了脸。

他俩骑了马，侍从们簇拥着回转北营营帐。西下的残阳把一望无垠的平原和莱州城外连营十数里的营帐军旗染成了金红色，人马的影子在耀眼的地面上拖得很长。

“大哥，”耿仲明仔细选择着说词儿，“明儿排炮阵、押谢琏逼和，能成功吗？”

“怎么啦？”孔有德侧脸看看耿仲明。

“半年多了，战也战过，讲抚讲和也讲了几十回，净他妈花言巧语哄弄人。咱们要的那两款，他们可从没松过口哇！”

“他奶奶的！”孔有德摇头道，“咱那两宗有啥不好办？放人，给官，多容易！咱就要了登莱巡抚、登州总兵，不还是给朝廷纳粮上捐，为朝廷守城护民吗？他们咋就这么死心眼子想不开呢？”

“讲打，他们又打不过……”

“嗨，真不知道别处官军都脓包到这步田地！”孔有德皱着眉头笑起来，“不算咱的铁娃娃，咱登州兵一个顶他十个！要是添上铁娃娃，一个能顶他上百！”

“既是如此，大哥！”耿仲明的神情突然紧张而又专注，“何不自立，以图大事？”

“图大事？”孔有德不解地望望把兄弟陡然严肃的眼睛，寻思片刻，恍然憬悟，跟着笑道，“你又来了！……可惜我祖宗坟头儿没长那棵王命草哇！咱这号嘉祐、嘉鹰的喽啰，哪能……”他摇摇头。

“不然！王侯将相宁有种乎？”耿仲明掉了句古文，见孔有德茫然不懂，索性挑明，“朱家开国皇帝不也放过牛、要过饭、当过和尚，是个十足的无赖？”

孔有德依然笑着：“是啊是啊……可也得讲个天时地利人和吧！”

“大哥，一月里你推李九成为首，咱俩辅佐他，此人如何？昨晚若非大哥及时赶到，不知要闹出什么事！真所谓成事不足，败事有余！大哥若再不起来挑头儿，军心一散，可就大势去矣！”

一月里登州起事之际，孔有德是公认的首领，论实力论人望，他都当之无愧。他却力排众议，推李九成为主帅，自己为副，他说这样有利于抚议早成。私下与耿仲明计议时，觉得李九成出头可以试探一下朝廷的态度，他与耿仲明也好有个退路。再说登州十二营兵马，李九成能控制调遣的，只是他儿子李应元的那一营，料他成不了大气候。

李九成受推戴时再三谦让，一旦当了元帅，可就拿出元帅派头，很干了几件令人吃惊、叫人头痛的事。

头一件，命他的儿子李应元率兵马围住胡老头儿的住处，把孙元化当初还回的二百多个大元宝再次搬走，居然又发现老两口简陋的厨房底下深藏着地窖，窖银达十多万两，银子全数进了元帅府。胡老头夫妇拼命护财，撞在李应元的剑头上双双丧命。在这次成功的鼓舞下，他又发起了好多次相同的搜寻。他先前是登州营的采买军需官，对登州城内各商户的贫富肥瘠一清二楚，一搜一个准。他到底弄了多少，谁也不摸底。只从他拿出其中二百万充饷估摸，他到手的不会少于此数的三倍。

第二件，在孔有德、耿仲明率军攻打黄县期间，他将监禁的原府县大小各官一一提审拷掠，追逼赃银，从中获得多少金银财宝，无人做证。受拷问诸官一夜之间尽都被驱出东门杀掉了，尸身就扔进东门外壕堑中。据说壕堑皆平，黄土尽赤。

第三件，在孔有德、耿仲明率军围莱州之际，他在登州一个月之内娶了八房如夫人，俱是破产富商及被杀官吏的妻女。

这些事，孔有德虽有耳闻，终归不好深劝。直到耿仲明回了一趟登州，发现留守登州的三个营官中两个已被李九成用金银和女人打动，成了他的心腹，这才大吃一惊。两位副元帅于是同时进言，说是莱州围城事关重大，又僵持不下，元帅必须亲临阵前，鼓舞士气。敦促再三，李九成才于十日前带了随从卫队和两名爱妾来到莱州城外大营。

到大营才三天，又出了事！元帅不知怎么竟看上莱州城郊新近入营的一名小卒之妻。她来营中丈夫处取安家银被元帅迎面撞见，元帅就此神魂失据，寝食不安。侍从中岂少奉承者、出谋划策者？便杀夫夺妻，宠以专房，反倒把从登州带来的如夫人靠后搁了。

谁能料到这小卒之妻，一个农家少妇，竟工于心计，她顺从谄媚竟都是假的。昨日正午，元帅昼寝，睡眼迷离中，忽见心爱的新娘持利刃向自己逼近。举刀欲刺之际，元帅大喝而起，一脚踢倒，夺过了刀。卫兵们赶来捆绑时，元帅怒不可遏，斥问妖妇意欲何为。她竟敢怒目而视，尖声大叫，帐外数十步远都能听得到："为夫报仇！为夫报仇！为夫报仇！……"

元帅立命侍从将妖妇牵出帐外斩首。不想帐外短时间内竟聚了数百兵卒，阻住元帅的侍从，揪打推搡，拥挤一团，不许开刀。孔有德恰好此时来谒见元帅，只见群情激愤如沸腾了一般——元帅夺妻杀夫，已经引起军心愤恨，纷纷议论；现今又要杀为夫报仇的烈女，众怒愈不可忍，一呼百应，顷刻间就聚成反叛的人群。最激烈的十数名汉子，是烈女之夫的同村人，大喊大叫地号召着"跟他拼了！""杀这个恶贼淫棍！"……眼看就要大乱，酿成哗变！

这支哗变起家的军队里如再来一次哗变，岂不是个大笑话？孔有德日后还有脸见人吗？他当机立断，拔腰刀格飞了侍从用以斩首的大刀，怒冲冲大步进帐，一声虎吼，喝住了奉元帅命将出帐弹压的全副武装的卫队，恨恨地指着李九成骂道："你这孬种！钱痨酒桶色里饿鬼！弟兄们大事就坏在你手！"

李九成大怒，拿足元帅架子拍案喝骂："孔有德大胆！左右，给我拿下！"

李九成的左右虽然受了他的许多好处，毕竟都是辽东人，不知是敬慕孔有德的为人豪爽，还是知道他的神力而慑于他的虎威，竟无人动手，连回答也听不见一声儿。

孔有德鼻子里冷冷一笑，出大帐，令随从解开捆绑的女人，大声对她说："你没罪，你是好样儿的！"亲自赠给她白银三百两安葬丈夫，回家乡或嫁人或守节，随她自己。而后，又命一名老卒驾车送她到家门口。女子哭着拜谢，聚集的兵卒们欢呼鼓掌，等车走远，才慢慢散去。孔有德也立马回营，没有再去见李九成。回营后他把经过告诉了耿仲明。耿仲明好半天没说话，最后却嘱咐了一句：

“大哥，今晚上多派夜哨，小心为上！”

李九成敢对自己下手？谅他没那个胆量！昨儿一夜也没出什么事儿。但仲明今天再次提醒，也实在是要紧关节。若是因了这个无赖，弄得弟兄们寒了心、散了架，就太不值当了！可是……

孔有德瞅瞅耿仲明，搔搔后脑勺儿：“你说的倒也不错，只是一件，我老孔要是挑了头打了旗，岂不就绝了招抚的路了吗？”

“招抚！招抚！大哥你满心里就这两个字！”耿仲明忽然冒火了。

“这是怎么啦！”孔有德奇怪对方没来由的火气，“不讲招抚，攻济南？打北京？那还不断送了帅爷的命！”

耿仲明瞪眼瞧着他，分明憋着一肚子话，却说不出来。最终“嘿”了一声，狠狠给马屁股一鞭子，孔有德只好加鞭追上，一队人马在夕阳中飞奔，蹚起一道金红色的尘烟。

回到北大营，孔有德径直回自己大帐。耿仲明肚里的话终归要说，气鼓鼓地还是跟来了。

刚下马，中军急步凑近来小声禀道：“李九成来了。”

孔有德扭头四望，没有见到这位元帅平日最爱炫耀的仪卫，问：“在哪儿？”

“在爷帐中等着呢。”

孔、耿二人互相交换了一道惊愕和警惕的目光。孔有德的手下意识地攥住了腰刀把。兄弟二人大步进帐。

“哎哟，二位回来啦！”李九成一见他俩，立刻站起身拱手相迎，满脸堆着笑，干瘦的脸上笑纹拥挤，像一块干柿饼，“兄弟我等了好半天儿啦，哈哈哈哈！……”

元帅的气派和威风哪儿去了？他怎么又变成吴桥兵变那会儿的李应元他爹李九成了呢？

“孔兄弟，我昨儿多喝了几斤，醉得连自家姓什么也都忘啦！冒犯了孔兄弟虎威，真是该死！……今儿酒醒，后悔不迭，特地赶来请罪。孔兄弟，你就拿这鞭子抽我一顿吧！”李九成递上马鞭，顺势就要跪下。孔有德一把搀住，瞪着对方满是笑意的甜腻腻的眼睛，不客气地说：

“你小子玩什么花活儿？”

“孔兄弟，咱们是什么交情，我怎么能骗你？我李九成放荡惯了，果真是钱痨酒桶色鬼，成不了大事，你骂得千对万对！当日我就不该上台当这元帅，实在是你死活不挑头儿，硬把我推上来的！昨儿的错，我死心塌地地认了，可也明白，我这元帅是当不得了……”

“怎么，你？……”孔有德倒吃了一惊，瞪大了眼睛。

“别急别急！这反咱是造定了，这贼船上来也不想下啦！我李九成敬你是条汉子，情愿给孔兄弟你牵马坠镫。从此以后，我李九成只听你孔兄弟的，叫我往东不往西，叫我打狗不抓鸡！嘻嘻嘻嘻！”这个节骨眼儿他还有心说俏皮话。他掏出怀里黄绸包裹的元帅金印，双手捧上，笑道：“这元帅印、调兵符、令箭什么的，还是孔兄弟掌着吧。旗号仪卫什么的，我也都烧的烧、撤的撤了，等日后孔兄弟再给我一官半职那工夫，重新置！……没别的事儿，我就回去啦，回去等孔兄弟的信儿！”

李九成笑眯眯地、仿佛一身轻松地走了。孔有德看着案上的帅印，半天回不过神来。耿仲明一直冷眼旁观，此事好像意外，细想想又在意中。李九成这个人精明之极，能做出这种惊人之举，必是审时度势，细细盘算了安危得失，才下的决心。耿仲明微笑了：

“大哥，这下子责无旁贷，无可推托了吧？”

“要不，兄弟你来挂帅！”

“笑话！说句实的，兄弟若有大哥的虎威、武艺和人望，何须你推举！”

“这事……唉，不好办！只怕误了招抚的大事……”

“又是招抚！”耿仲明气得一跺脚，在帐中快步地来回走，活像一头笼子里发怒的狼。他突然停步，眼睛冒火，满脸通红，声色俱厉：“我真弄不懂，你到底怎么着？大闹一场，还是为了招抚？你说呀！你说呀！”

孔有德不明白，对自己向来百依百顺的耿老弟，此刻为什么大发脾气，只低声下气地劝道：“着什么急，听我说嘛。这回大闹山东，我心里想着要好好显显咱弟兄们的威名，叫他们知道厉害，就抚时候不敢欺负咱，手下败将嘛！这么着，弟兄们都能得好儿，升官受赏光宗耀祖，再开出关外去打鞑子，立功封侯名扬四海……不好吗？”

“唉！”耿仲明摇头叹气，“你还老说，要闹得他赦了帅爷才算完！”

“是啊，是啊！这事儿我心里有谱！我估摸着朝廷早晚得赦了帅爷，咱们起兵一闹一逼，他们就得早点儿放帅爷出大牢，帅爷也能少受点儿苦处！”

“怎见得朝廷早晚要赦帅爷？”

“嗨，他们眼又没瞎！像帅爷这么能干有学问、精通西洋火器造炮台，又这么一片忠心的人，满天底下、满朝廷里还有吗？他们上哪儿再去找啊？……”

“罢了罢了！”耿仲明不耐烦地摆手，“合着我这些日子跟你说古论今，讲了那么些英雄豪杰，都算白费！你是真的不想图大事啦？”

“大事大事！”孔有德也有些冒火，毛茸茸的脸泛红了，“咱不是早说定了，先救人要紧吗？……没有帅爷，咱兄弟能活到今天？帅爷的恩义不报，我老孔还算个人？这些年帅爷救咱，收留咱，重用咱，我老孔才混出个人样儿。就是为帅爷死了，也是心甘情愿！”他声音有些发颤，赶紧打住，紧闭了大嘴。

耿仲明见他动了感情，只好也住了口。他虽然对孙元化也怀有感激之情，但孔有德这种一条道儿走到黑的倔劲儿也叫他头疼。眼看着会失掉图大事的良机，他心里火烧火燎，甚至暗暗想：朝廷若是下决心处死孙元化，反倒好了……

急促的马蹄敲打地面的声音，由远而近响过来，在沉寂中有如擂鼓。孔有德怒道：

“什么人擅闯营门，敢不下马？抓来见我！……”

话未落音，一名满头大汗的骑校已冲进帐来，“扑通”跪倒，膝行数步，直抵孔有德脚下，声嘶力竭地喊道：

“孔爷，全完了！帅爷，帅爷……死啦！”

他放声大哭，这个曾经是孙元化贴身侍卫的小伙子，对帅爷忠心耿耿，他没法不哭。

孔有德愣了片刻，完全不相信，双手揪住报信人，一使劲，提着他离了地，怒吼道："胡说八道！看我不宰了你个王八蛋！"

"孔爷！小的刚从官兵大营赶回来！帅爷，帅爷是七月初七，七天前，西市问斩升天……今日是头七呀！……"孔有德双手一松，报信的小伙子摔倒在地，伏身痛哭。帐中许多人哭出声，耿仲明眼圈也红了。

孔有德脸色由红变紫，由紫转青，半天不响不动，眼珠子都直了。突然地面一颤，半空中响了个霹雳，整座帐篷震得发抖，孔有德大吼：

"王八蛋大明朝，我操你姥姥！——"

震得人耳膜生痛的虎吼裹着孔有德旋风般冲出大帐，他发疯般跳上报信人骑来的黑马，抽马狂奔，受伤野兽似的长嚎惨叫，一阵阵传来。耿仲明和侍从们飞跑着直追到营门，孔有德和黑马已在暮色中影影绰绰地消失，但那可怕的怒吼仍在苍茫的原野上回荡。

孔有德"嗬嗬"咆哮着、长嚎着，拼命地打马飞驰，无目的地乱闯。他希望此刻刮大风、下大雨、打大雷。他希望此刻蹚火海、上刀山！他没法忍受，他不能再忍受了！扔掉帽盔，脱掉衣袍，甩去靴子，让劲风猛烈地拍打他多毛的胸膛，放出他所有的怒吼；让雷电劈开他的身体，让他的怒火把这个世界烧个精光！……

老马识途，良驹恋主，黑马载着疯狂的孔有德绕了个大圈子又向营门狂奔。他毫不心疼地拼命抽打坐骑，根本不注意迎面来接应他的耿仲明和侍从的马队，及至冲到跟前，黑马收束不住，猛然人立，扬蹄嘶鸣，孔有德竟"轰隆"一声摔下马背，扬起一团黄尘。

"大哥！"耿仲明急忙下马。

"孔爷！"骑兵们全都围了过来。

孔有德匍匐在尘土泥草之中，半天不动。后来缓缓直起腰，仰头呆呆望着虚空中的那个他心目中的偶像，用嘶哑的嗓子轻轻唤着，极其凄切悲伤，大滴大滴的眼泪像沉重的水银珠子滚滚往下淌："帅爷，帅爷，你冤哪！……要讲什么忠义……"

他呜咽着，泣不成声。耿仲明正要上前搀扶，他猛地一抹眼泪，憋足了劲，撕心裂肺地吼叫得缩成一团：

“忠义是狗屎！——狗屎！——”

“大哥，回营去吧……军情有变……”

孔有德不理睬，陡然站起身，仰天大笑：“哈哈哈哈！……”他就这么一路笑着回了大营。笑声时长时短、时高时低，有时对着耿仲明和弟兄们挤着眼儿笑，有时又是对着自己从鼻子里冷笑。进营门那会儿，他才故作愉快地对耿仲明说：

“兄弟，我太傻了！是吧？”

可是，当探马向他禀报最新军情时，他一丝笑容也没有了，非常冷静地仔细听取了这项坏消息的全部——

朝廷杀孙元化、张焘；总督刘宇烈下狱；兵部尚书熊明遇革职。罢山东总督及登莱巡抚不设，调右都御史朱大典任山东巡抚，督率大军六万及朝廷最精锐的关外劲旅一万合剿；以总兵金国奇、吴襄，副将靳国臣、刘邦域、吴三桂，参将祖大弼、祖宽、张韬等分领各军；中官高起潜监护军饷；并征调关外西洋大炮二十位、中炮百位，浩浩荡荡杀奔青州、莱州而来。

孔有德眼睛里闪耀的光芒，是那样冷酷、凶暴、恶毒，简直不像人类的目光。听罢军报，他看了看耿仲明，唇边掠过一丝痛快的报复的恶笑，说：

“好兄弟，这回看我的！”

耿仲明点头，放心了，却也不由得暗暗打了个寒颤。

次日黎明，祭旗祭炮。

祭品是三个大活人：大明登莱巡抚谢琏，监视中官吴直、徐得时。祭旗仪式上宣布：孔有德为一军之主，号天下招讨都元帅。李九成为副元帅。任命耿仲明、毛承禄、陈有时、曹得功为总兵官。李应元、陈继功、线国安、王大年为副将。不日铸印，大封百官，另立蓬莱国，与大明朝对头到底！

惨烈的大战开始了！

双方都倚仗西洋火炮为攻守，出现了百炮对射、炮矢如雨的大规模炮战，其场面之壮观，是明代乃至我国古代军事史上空前的！山东半岛的登、莱、青三州丰腴富饶之地，在一年之久的双方拉锯大战中夷为荒野废墟。

次年，崇祯六年二月，官军攻破登州，叛军遁入东海。四月，伤亡惨重、走投无路的叛军一万三千余军丁家口，在孔有德、耿仲明率领下，会同镇守广鹿岛副将尚可喜，携带西洋大炮四十余位、中小炮近千位、兵船二百余艘，浮海投金。皇太极亲自出迎至浑河岸，隆礼厚待。这支明朝最精锐的火器部队的叛逃，使明、金双方的军事力量对比发生巨大变化，最终造成了明朝政坛更迭：首辅周延儒垮台，温体仁居首相。大学士徐光启因学生孙元化、张焘被斩，王征遣戍，忧愤国事，于是年十月去世，享年七十一岁。

崇祯九年，大金改国号为大清，皇太极称帝。

崇祯十三年，屡起屡败、屡败屡起的山陕民变，终于蔓延到全国，形成了百万农民大起义。

四年后，大明朝亡于李自成的大顺朝。同年四月，曾到山东围剿过孔有德叛军的明朝山海关总兵吴三桂，开关降清。十月，大清顺治皇帝——皇太极之子福临即位于北京。此年为大明崇祯十七年——大顺永昌元年——大清顺治元年。

尾　声

一

枫叶红了。菊花残了。北雁南飞、秋霜初降之际，他来到嘉定这个江南小镇，重温半年前的旧路。当镇南高大的水门关和别致的宣文石桥遥遥在望时，伫立船头的他，心头惴惴不安，脑际又一次浮上那句旧诗：

近乡情更怯，不敢问来人。

春天那次来，是不知她是否在家，是否还记得他，是否肯见他；现在再来，是担心她是否还活在世上……

他已届不惑之年，历尽沧桑，把人世间一切都看得很透彻了。什么都可以忘却，什么都可以舍弃，惟有她的那份情义，像一颗明珠，永远埋藏在他心底，随着岁月的流逝，愈显得纯洁、高贵、无与伦比。

“不敢问来人”，毋宁说是“不能问来人”。他租用的客船送他进了南门，在镇中南北向主河道练川上慢慢地行驶，从回春桥、佑文桥、宾兴桥、聚星桥下一一穿过，看得见应奎山上的树影，看得见孔庙的棂星门和门前的“仰高”、“兴贤”、“育才”三座牌坊，看得见法华塔高耸的塔尖，看得见不时露面的烧得只剩屋梁的房架和熏得乌黑的残墙断壁，却看不见一个行人，听不到一点人声。若不是进水关有几个把守盘查的清兵，真以为是进入无人之境了。

船摇到登龙桥，转头向西，驶入嘉定镇中东西走向的主河道横沥，又穿过太平桥、广平桥、孩儿桥、宫保桥，桥上和河两边凌乱残破的街路上，仍是静悄悄的没有人影，连鸡犬之声都没有，只有“吱吱呀呀”的橹声和着河水汩汩，单调得可怕。船老大夫妇面露惊惶，频频互使眼色，小声道：

“当真的，人都死光了？……”

天香桥头，终于看到一个缓缓移动的人影。为了给船夫壮胆，他大声喊道：“喂，借问一声，孙中丞家中有人吗？”

那人猛地一怔，朝这边看了一眼，扭头就跑，仿佛受了惊吓，躲开什么恶鬼似的。

船夫心里发毛，赔着笑脸说：“先生，你就在这里下船吧，不是说离天香桥不远的吗？情愿算还你船钱……”

他苦笑着摆摆手，背着简单的行囊，在天香桥边上了岸。在窄窄的、空寂无人的鹅卵石铺就的小街上徜徉，寻找那极难找到的、淹没在千门万户之中的孙宅。春天头一次来嘉定，也是走的这条路吧？或许不是？

记得那日下船，已是黄昏。天上下着那种江南特有的三月杏花雨，细如牛毛，绵绵密密，不觉得有雨，却又沾衣尽湿。何止衣湿，横沥、练川两条河道上，一座座石桥湿润了，临河的半身浸在水中的河房湿润了，岸边青青的垂杨、粉白的杏花湿润了，河上一条条篷船也湿润乌亮得像鲤鱼的脊背。他在一座拱桥上倚石栏站定，满眼是无声流淌的绿水、水上的船、船上闪烁的灯光、船头烧饭的火光和河面粼粼的倒影闪光。于是，米香、菜香、烧柴的特殊烟味儿混合着河水那轻微的并不难闻的腥气，扑向他的鼻观。“吱呀”橹声、“叮当”碗碟声、似有若无的水流声，还有一阵阵轻俏甜糯的吴侬软语和细碎的笑声，从他耳边掠过……所有这一切，都像江南的春雨一样柔润妩媚，令人心醉，更令他想起他此行要寻访的她。她虽是纯净真诚如水晶，而且不算漂亮，但性格言谈中仍然时时流露出这种妩媚，他确信是江南水土，尤其是这江南柔润如酥的春雨滋养出来的……

如今呢，秋风拂面，满是肃杀之气，跟这经过战乱摧残的小城镇倒是十分相称。仍旧是小石桥、小水湾、小窄巷、小白屋，却都像失了生命、失了灵气一般……他走进一条窄窄的小巷，窄得不容人抬起双臂，两边高墙壁立，黝暗如幽洞。仿佛有灯光从小巷深处远远地送来，忽明忽暗，闪动着犹疑的、悲哀的、疲倦的光芒。他真怕从她眼睛里看到这样的表情，但愿她不会！

一阵浓郁的花香扑面而来。桂花！他精神陡然一振。记得春天来时，和京曾约他秋天来赏桂花、吃桂花茶，说隔壁 园招隐亭前有丛桂数十株，花开之日，香遍一条隐仙巷。对，就是隐仙巷！孙宅就在隐仙巷。

果然，在几重烧残的、塌圮毁尽的院门之后，他找到了那两株高大的垂柳。垂柳后面镌有“半日读书半日静坐，一亩种菜一亩栽花”门联的紫红色大门，居然毫无损毁。他举手叩动门环，“当当当”的声音在寂静中响得惊人。然而无人答应。略略一推，门开了，他大声喊道：

“堂上有人吗？钱塘吕之悦求见！”

没有回音。

吕之悦断然进大门，穿二门，走穿堂，来到庭院，不由得停步伫立。杂草丛生的院中，两株宝珠山茶浓绿中点缀着数朵艳丽的花，开得寂寞、凄凉。一棵玉桃树上果实累累，凝眸间，风吹树动，几枚玉桃竟“啪嗒啪嗒”落地，摔碎了。堂前那棵皂荚依旧茂盛浓密，他们叫它什么来着？对了，叫鸡栖树。记得春天里和京指着这棵树告诉他，这树关联着父亲的生死荣辱。它一向不生荚，但父亲出生那年忽生一荚，登科中举年又生一荚，临到被祸之年再生一荚，至今十三年间不见有荚了。当时宝珠山茶开了一树，灿如云霞，玉桃更是花团锦簇，热闹得让人心醉心慌。和京介绍说，山茶已是百余年物，玉桃则属上苑佳种，先父特地从徐太老师那里求来的……

门檐下挂着“杕左堂”匾，他撩袍进门，却见一堂空寂，四壁萧然。正北中堂画屏已破损不堪，堂上悬挂的崇祯皇帝手书“劳臣”钦赐御匾已经不在，只留下一处明显的长方痕迹，花窗上窗纸的碎片在风中窸窣作响，八仙桌和茶几椅杌上积着厚厚的灰尘……

“家里有人吗？钱塘吕之悦拜揖！……”

他听着自己的声音如同闷雷在堂顶滚过，引起嗡嗡的回响，过后，又归于寂静。静得可怕、可疑，他听得自己身体内血流的轰鸣。

“吕之悦是谁？他认识吕烈吗？”

尖细而又有点儿沙哑的问话惊得他一哆嗦。但他顿时清醒，这声音发自他心中，是春天里，他在这枤左堂上等候接待时听到的第一句话！此刻，在一片空寂之中，他忆起当时，更像一个旁观者看着令人神迷魂摇的一出戏——

…………

是的，人未到，声音先到，惊得敬候在枤左堂前的吕之悦浑身一哆嗦，这难道是她？十二年不见，她会变成什么样子？声音改变得这么大？

出堂来的却是她的母亲，孙夫人沈氏。侍候在侧的年轻男子，一望而知，是当年登莱巡抚府无人不识的帅爷幼子和京。吕之悦抢上去跪拜：

“不孝侄男叩拜伯母老大人！”

“你？……”沈氏已年过花甲，眯着昏花老眼只管看他，弄不清这个面庞清瘦苍白、颔下疏疏三绺黑须的俊秀男子是什么人。和京却认出来了，怒气冲冲直跳起来：

“吕烈！你！……你还有脸来！”

“你是吕烈？”老太太惊诧不已，止住恨不得冲去揪打客人的儿子，“真是跳蚤脾气，一碰就蹦！问问清楚嘛！”她眯着眼再次打量吕之悦，“看你这模样，也是乌龟变黄鳝——解甲归田了？还改了名字，叫作什么？吕之悦？……”

“伯母，”吕之悦顾不得礼节，打断老太太的唠叨，“我是为幼蘩小姐来的。当年帅爷亲口许亲，给侄男一方砣矶砚为凭证，那时和京公子在侧，请伯母、公子验看！”他珍重地取出了那方花中君子砚。

“知道知道！”老太太叹道，“我家又不会赖婚。你为什么到今天才来？”

“伯母请先告诉我，幼蘩小姐她……还好吗？”

“唉，黄连木刻娃娃，苦囡苦命，她……还好。你呢？”

吕之悦全身轻松下来，嘘了口气，才说起自己的遭遇。

当初在津门叩别帅爷，便直奔登州。帅爷家眷已经离登回南，他却被变兵擒获，押在牢里不杀又不放。半年后，他原来游击营的部下，趁耿仲明去海岛时偷偷将他释放，他便直接奔来嘉定。不料在扬州被当地巡查拿获，押送进京，给关进锦衣卫南镇抚司这个掌管本卫刑名的狱所。尽管是死罪，他也觉得幸运，因为这里比俗称诏狱的北镇抚司受罪少得多。

他的幸运还不止于此。他在锦衣卫的把兄弟已于此前调到南镇抚司掌管簿籍，拿一个狱中病死的名叫吕之悦的犯人卷宗，偷换了他的卷宗。于是，天下通缉的钦犯吕烈病死狱中，他便顶着吕之悦的名字转到刑部监狱。还是因把兄弟的照应，他在狱中得到上等待遇。只是吕之悦的案子是个没法了结的无头案，在他的把兄弟意外亡故之后，竟无人过问。他因冒名顶替，不敢上诉要求审理。刑部狱又因锦衣卫来人打点过，也不敢亏待他。就这样，他在狱中前后十二年。这十二年他拼命读书，成了老庄的信徒，返璞归真，万事万物都想得通、看得开了。

大明亡于流贼李自成，他认为上天有眼；李自成败于清兵，他也觉得势在必然。一切事物，无论大小，但凡发生，必有因果，谁也用不着埋怨。他自己倒是这场天下大乱的得利者：闯王进京，大开刑狱之门，他在被监禁十二年之后，获得了自由。

他的父母都已过世，二老的棺柩还存在城外一家野寺。他扶柩回钱塘故里，安葬他们进祖坟，自是责无旁贷。办完丧事，他便启程前来嘉定，由于途中纷乱，屡有阻隔，赶到这里，已是孟春……

老太太边听边叹息落泪，立刻就原谅了这个十二年不上门的门婿："唉，唉，真是纸糊的琵琶——谈（弹）不得呀。生在乱世，有什么法子呢？不怪你，不怪你！难得你十二年了还记挂着我家蘖儿。她呀，跟你一个样，鲫鱼下油锅——死不瞑目，终日只是打听你！前年就带了郝大老夫妇两个去了京师，说是京师南来北往的人多……"

"她在京师？"吕之悦惊异地问。

"可不是嘛！那囡囡从小就是石狮子的五脏——实心肠，说了要去，谁也劝不住！这些日子京师大乱，天下大乱，她又没有信来，不要急死人吗？”

“她在京师什么地方？”

和京连忙插进来：“在宣武门小教堂边一家小院子，是徐太老师家留下的。她挂的行医招牌、用的诗名都是坚白，取美玉坚而无瑕之意……”

“坚白！……”吕之悦不禁喊出声。在京师曾有友人约他去访坚白，据说是位中年妇人，但平日冠男子冠，衣鹤氅，擅医道，又辟诗社结客，称谓、礼节一如丈夫，能诗能琴善画墨梅。诊病外，广结四方士人以诗文来访者，人极聪明潇洒，毫无脂粉俗气，更不涉调笑亵语，颇有朝贵名流与之来往。当时他只当笑话听，并不深信，也不肯去访，真辜负了她这么不顾一切寻访他吕烈的一片热肠了！他后悔不迭，立刻就想奔回京师。老太太劝住了，说就是雇船买马，也得明天。

当晚，在乐在堂，老夫人设家宴款待这位未婚女婿。他于是认识了没有见过面的幼蘩的大哥和鼎、二哥和斗，还有幼蘩的妹夫、幼蕖的丈夫侯玄泓……

对，到乐在堂去！在杕左堂呆立许久的吕之悦醒悟过来，出门下台阶，从侧面一个瓶形门洞穿过，沿着一条寂静的小廊，走到了乐在堂前。一架紫藤叶已落尽，小径淹没在荒草中，转过塌圮的太湖石假山，步上空阶，推开堂门，吕之悦又惊又喜，大叫出声：

“啊呀！和斗兄！玄泓小弟！可找到你们啦！”

他已经很久不曾这样情绪激动，欢喜到极处，一时眼圈都红了。走进孙宅以后，一直提心吊胆，终于见到孙家的人，知道他们逃脱了嘉定三屠的大劫难，这不是恍若隔世吗？

然而，和斗与玄泓正在对饮，都已大醉，眼睛红，脸红，脖子红，连与吕之悦一样新薙的头顶也青里泛红。玄泓是二十来岁的年轻人，大笑着举杯邀他：“来！来！来！喝他三百杯！天翻地覆、国破家亡！嘉定大劫，十余万生灵涂炭！什么天理，什么公道！什么善恶是非黑白丑美，都是放屁！……”说着自管灌酒，酒水顺着下巴，流得满身。

“你……现在才来？”和斗似乎认出他，阴沉着脸，口齿不清地说，“来，来迟了！现今，哪里都是……大清天下，人人都是……大清的顺民啦！哈哈哈哈！”他摸着薙发垂辫的头，狂笑一气，一边笑，又一把一把地抹眼泪。

吕之悦一把攥住和斗的手：“告诉我，老太太呢？和鼎和京呢？幼蘩回来没有？”

和斗突然受惊，又蹦又跳，拼命挣扎，嚷着：“我不知道，我不知道！我什么也不知道！……杀了我就是！十多万都杀了，多我一个算什么。杀吧！杀吧！……”他的脸歪扭抽搐得变了形，声音岔了调，变成尖叫。

吕之悦赶忙放开手，心头升起的那点侥幸荡然无存。他脚步沉重地离开这两个醉人，想先到他上次去过的书房住处安置下来，明日待他们酒醒再问。

谁想书房窗下，一大堆书函文稿中，竟有一人专心致志地握笔写作，连有人进屋都没有发觉。吕之悦忍不住大叫一声：“大哥！”

那是和鼎，孙元化的长子。他被这一声惊得一跳，定睛一看：“哦，是之悦贤弟。”他的口气神态平静得像什么事都没有发生过，“快进来，请坐。”

吕之悦拎起桌上茶壶，为和鼎和自己各斟了一盏茶，谨慎地选择着词句：“大哥，不料半年之间，竟生此巨变！……”

和鼎摇头长叹：“唉，大劫呀！十数万百姓的性命、数百年繁华富饶，毁于一旦！……家母与三弟、三弟妹，都……”他说着，流泪了。

“啊！”吕之悦心头震动，猛地站起来，又坐下去，硬把涌出的泪吞下肚，一时面色煞白、喉头哽塞，几乎顺不过气。两人默默相对，静了许久，和鼎轻声问道：“还记得你离嘉定前一夜，我们在此聚谈吗？”

吕之悦点头。他记得很清楚。那日，和鼎、和斗、和京三兄弟和玄泓、吕之悦两连襟，就在这书房里，终夜不眠，把酒论天下事。说起偏安南都的弘光小朝廷，无不鄙夷。半壁山河岌岌可危，而弘光帝却忙于选秀女征歌妓，不认患难相从的童妃、囚禁千里来投的崇祯太子，还听任阮大铖、马士英当国，在朝中再次掀起逐杀东林党人的风潮。侯玄泓刚从南京回来，说起朝中事更是激愤得高谈阔论：

“清兵眼看就要南下，领兵四镇却又内讧。左良玉扬言要沿江东下攻南京清君侧；马士英不思抵御清兵，竟撤江防兵、淮扬兵去上游御左，还说什么‘宁可君臣皆死于清，不可死于左良玉之手’！真正一派糜烂，无可救药了！”

和京仍怀着一点希望，说：“史可法史大人，总归是中流砥柱……”

“奸臣当道，他独力能支吗？”和斗与玄泓一样愤慨，嗓门儿更大，“当年平定登州的那位朱大典，还记得吗？听说他含怒入朝堂，大声言道：‘少不得大家要做一个大散场了！’这小朝廷看看要树倒猢狲散！侯伯丈果是有眼力，不肯应征去南京做官！”

玄泓的父亲侯岐曾、伯父侯峒曾，遐迩闻名的江南名士，是天启朝东林名臣侯震旸之子。弘光立朝即位，召集各官入朝晋升，兄弟俩坚不赴召，同回嘉定故乡隐居。所以玄泓和孙家子弟一样，对朝廷的腐败黑暗、苟且无能知道得一清二楚。

沉默寡言的大哥和鼎轻声道：“莫非真要失国于清？……”

和京愤愤地说：“失国于清就失国于清！我看大清进京就为先帝发丧，并葬以厚礼，蠲免扰民最甚的三饷，随后又发大兵追剿流寇李自成，替我朝报仇，吊民伐罪，不失为义举！总比这醉生梦死、昏庸无道的弘光有几分作为！”

和斗神秘地眨眨眼，突然压低了声音：“我也听说了，北兵南下，要革除弘光，实施八项新政：求贤、除奸、薄税、销兵、均田、随俗、定刑、逐僧。若真能如此，也可算抚绥安定，救民于水火了！”

…………

由于父亲孙元化冤死而对大明朝廷不存幻想的孙氏弟兄们，既无力左右天下大事，便私下里把希望寄托于大清的仁政。结果，一道薙发令，毁掉了一切希望！……和鼎摆弄着桌案上的文具书籍，不住地摇头叹息，继续说：

“你离嘉定北上不久，清军便南下了，只在扬州曾遇上史可法老大人的抵抗，攻城屠城。南京不战而降，领兵摄政王进南京安民，秋毫不犯，待崇祯太子如上宾，又建史可法祠，亲自祭祀，并令弘光朝大小官员照常办事。于是乎从南京到杭州，整个江南传檄而定。苦于弘光暴政的江南百姓，甚至竖顺旗于城头，粘顺民字于门首，焚香执壶迎大清……

“谁知六月里，薙发令下，留头不留发，留发不留头！一时间嘉定士绅百姓，乃至小贩乞儿无不激愤，成千上万人痛哭于家庙祖坟。市上人情汹汹，大喊长呼：‘安得官军来，为我保此发肤！’‘但有倡义人，立即揭竿相从！’于是城中纷纷四起，杀县令县丞、烧清军兵船。侯家伯丈与黄陶庵老伯受众人公举为首领。七月初一，清兵大军围城，炮火隆隆杀声震天，全城老少义愤填膺，尽都登城，坚守苦战三日三夜，可是到了初四黎明，城还是被攻破了……”

和鼎声音嘶哑，泪流满面，说不下去了。

良久，和鼎的声音缓缓又起，更加低沉，若断若续，几乎不能听清：“东门先破，大队清兵闯进城来，逢人便杀，男女老少或散或奔，尽皆逃命……我们一家数十口，也随众奔逃至西门。一时聚在西门的逃命百姓将近两万。只要打开西门，这两万人多数还能活命的……守西门的黄陶庵老伯一生以忠直自诩，嫉恶如仇，此时定要与嘉定城共存亡，他在城头伏地大哭，以忠义激劝百姓，就是不肯开门！……

“母亲当机立断，命家中主仆各自逃生。她说：‘何必陪皇上去死！我家已死过一个，足够了！’她又再三嘱我兄弟，便是忍辱也要偷生，因为父亲的著作尚有四十余卷没有刻印。我们各自也都在著书立说，不该废弃……母亲年迈，我们争着背她逃难，她选了和京……直到清兵封刀，事定之后，我与二弟脱难相逢，好几日寻找母亲、三弟不着。后来，在　园水池中，母亲和三弟、三弟妹，都……三弟还背着母亲，一支箭贯穿了两人！……”

可敬的孙夫人！可敬的和京！吕之悦胸中沸腾着痛苦，他恨极，恨得咬牙切齿！但却又不知该恨谁！

和鼎恰恰也说到这里：“活到今日，年过不惑，才看明白了。这个世道，崇祯朝也罢，弘光朝也罢，大清朝也罢，哪家不是视天下人为奴？生杀予夺都在他手，一句不合，翻脸就杀！就连黄陶庵老伯到了那样的关头，还不肯放百姓逃生呢！……黎民百姓微若草芥，弱比虫蚁，难道……唉！说也无益。你来看。”他领吕之悦走到墙边几架书柜前，指给他看那一摞摞书稿、题签，“我们兄弟从此将隐姓埋名，闭门著书，研习学问。把这些文稿修撰完毕付印成书，也算一件益世之举，不负父母教诲、不负此生了！”

吕之悦一一看过去：《春秋名系汇谱》《经史论辩》《春秋义例通考》《石鼓文考》《颖庵诗稿》等等，挤满一架。另一架是和斗的著述：《东周通纪》《三传分国纪事》《书学圣蒙》《石鼓文辩证》《议窳园稿》。里面有一束纸页最薄、墨迹最新，显然是近日写的：《国恤家冤录》。

吕之悦很表敬佩，但心里不以为然。因为他连这点事也不愿做，只想追寻老庄超逸无为的忘我境界，摆脱尘世痛苦。他问：“老夫人与和京兄弟的后事？……”

“入土为安，都葬在父亲墓边。”

“那么，”吕之悦鼓足勇气，“幼蘩回来了吗？……我赶到京师已经入夏，百般找她不着，她……”

和鼎陡然变得冷漠平静，跟他一直表现出的推心置腹形成奇怪的对照：“哦，她回来过，又走了。”

“这么说，她活着？”吕之悦骤然间又有些激动，却被对方冷冰冰的目光抑住。见和鼎不情愿地微微点头，他忙不迭地再问：“她在哪里？她现在在哪里？”

“跟人走了。”

“怎么？清兵把她抢走了？”

“不，她自己愿意的。不知道她现在在哪里。你把她忘了吧，我孙家对不起你了。”这话题一下子把和鼎重新变成严肃寡言的学究。他仿佛对吕之悦厌倦了，又坐回他的座位上，拿起笔、埋下头。

吕之悦不知所措。和鼎的不近情理使他感到受了侮辱，但还是隐忍住又问一句：“她还回来吗？”

“不知道。”回答干巴巴的，头都没抬。

吕之悦很尴尬，停了半天，没话找话地笑道：“和鼎兄，我一路看来，居家房屋多半残毁，孙宅却完好如旧，真不幸中之大幸了……”

和鼎那严肃少表情的脸突然涨得通红，愤怒地抬起头，狠狠地看了吕之悦一眼。眼里那灼人的火焰使他明白，他很难再留在孙宅了。

吕之悦备了祭品，来到南门外罗泾阳二图荒圩的孙元化墓前祭扫。他惊异地发现，墓前石路刚刚修过，比春天来时干净规整多了，墓门及两边的石人石马也完好无损。孙元化的墓、孙夫人的墓、和京夫妇的合葬墓，以及孙元化的义女孙幼蘅墓、孙元化的父亲孙继统墓，都很整洁，杂草不生。墓间松柏成林，也有新近修剪过的痕迹。或者七月十五家祭日，孙家兄弟来此扫墓时整理过？

摆好祭品，焚香祝辞，无限感慨，往事历历涌上心来。此刻，他无法用道家老庄的洒脱去排遣满腔悲怆。万端思绪，萦回冲荡，只得诉诸笔端。他跪在帅爷墓前，铺纸于坟台，挥笔如飞，让心头的哀思滚滚流淌……

他又分别向孙夫人、和京夫妇、孙继统老先生跪拜。最后拜到幼蘅，也是他此生第一个情人灼灼时，心绪格外缭乱，难辨酸甜苦辣。奇怪命运捉弄人到这种地步！他不由得想起自己与灼灼、灼灼与孙元化，以及幼蘩与自己的复杂交错的往事。孙元化去了，灼灼心满意足地随她心爱之人去了。吕之悦还活着，幼蘩也还活着，命运却怎么也不肯让他们这一对活着的情侣相逢！

那年，当他赶回京师，终于找到坚白的寓所时，正是清兵进京、满城大乱的节骨眼儿，汉人全被赶往南城，让出北城，也就是内城，给满洲人居住。坚白的住处位于内城南端的宣武门边，却奇迹般地保存下来。人们告诉他，这是因为坚白受小教堂西洋汤神父的保护，而汤神父受到了新朝大学士范文程的保护，成为可以居住内城的极少数非满洲人。坚白在前朝能够在京师行医，以诗文结交朝贵名士，也多是由这位西洋传教士引见的。

吕之悦在坚白寓所呆呆站了许久。院内小有山石花木，上阶进门则是接待四方来客的一间广厦，里面精舍修洁，四壁皆名公赠答书画，其余惟数架书，一琴一榻一几一炉而已，别无长物。守门的老妪告诉他，女主人最好琴，往往客集厦中，数闻琴声出户而不见人。久候，间或出舍一见，见也不作寒暄，相对终日，清茶清谈，淡泊自如，所以客皆敬之若仙。只是因近日大兵南下，她不放心家中老母，已于一月前买舟离京回原籍了。

那么，他是在途中与她交臂而过了？命运为什么不赐给他们相会于某处野渡客店的机会？纵使相见能相识吗？她必定是男子衣冠男子装束，一时认不出。自己也已尘满面、鬓如霜，她又怎敢相认？……

"她来过，又走了"；"她跟人走了"；"她自己愿意的"……这究竟是怎么回事？他们为什么讳莫如深？和鼎是再不理睬他的提问，和斗被他逼问不过，只苦笑着说："忘掉她就是了，我们孙家没有这样的不肖女！"

她做了什么事？跟谁走了？那意思莫非她嫁了人？……此念一起，吕之悦打了个寒颤，不觉一阵心灰意冷。如果这半年多的奔波竟是这个结果，也太无趣了！他仰面躺在松荫下，透过墨绿的松针望着秋天特别宁静、特别蓝的天空，开始嘲笑自己的多情，嘲笑自己的认真和难断尘俗之念的愚蠢，心下渐渐轻松，竟而熟睡过去。

在梦中，他在重复自己刚才所做的一切：摆祭品、拜祭、铺纸、提笔，一泻千里地写下他的哀悼和慨叹。后来，他梦见自己拿起纸，向孙元化的墓茔大声吟读：

"去岁瞻遗像，英风起堂庑；于今过荒茔，石马卧宿莽……"

不对，这不是他的声音！他的声音不会这样年轻响亮，也没有这些奇怪的口音。但他梦见自己还在读：

"折节闻冲年，硕画赞幕府。火攻擅神奇，貂蟒旌伟武。励志康世屯，正色叱阉竖……"

他在梦中思索：这是怎么回事？他渐渐感到愤怒，他绝没有读出声！他从不这样诵读自己的诗作！可他竟然在读，有时竟还结结巴巴：

“乘障莅山东，士民尽安堵。恩信收材杰，纪律练营伍。授鉞威屡申，航海据非所。遭变竟罹殃，飞霜洒笳鼓。城坏值时艰，数奇悲今古……”

他已经醒了一半，继续做着梦，没有读没有张嘴没有发声。但他确实在大声地吟诵着自己的悼诗！他勃然大怒，猛地惊醒，发现自己还躺在松荫下枯萎的秋草中，听见有人在吟诵他的诗，就在墓碑的那一面：

“‘思哀本经训，悼往尤酸楚。饥鸟啼墓门，似诉蒙冤语！’……好诗好字！真是少见！董兄不是总也聘不到可意的西席吗？若得此位钱塘吕之悦，可称上选。你不是即将去杭州？”

被称为董兄的，声音低沉和缓，显然年岁大些：“罪过罪过，看这诗文才情，这一笔字！我敢说当今大才子也不过如此！若能得他教诲，我全家都列门墙，怎敢委屈他充西席！只是偌大嘉定苏州府，何处去寻他？白白错过，好生没福！到杭州一定细细寻访。”

“咦，这里墨迹尚未全干，想来此位先生去之不远，快着人四处寻找！”

一片呼唤回应、分派仆从四路寻访的杂乱声音。吕之悦再洒脱，再看破红尘，对这样的背后褒扬赞美也不能无动于衷——背后的赞美同背后诅咒一样，是最真的。他从墓后走出，拱手道：

“不才吕之悦，蒙二位错爱谬赞，实在惭愧……”

薙发垂辫，马褂长袍，那二人全然一副新归顺大清的江南儒生模样。年轻的看去不到二十岁，丰神秀颐，英气勃勃；年长的三十有余，身材魁梧，肤色黝黑，浓眉下一双大眼很有光彩，五官位置端正得当。他们见吕之悦竟自己走出来，又惊又喜，连忙赶着申表敬慕之情，又拿起那诗笺再三吟诵赞美，并问起吕之悦何以来此祭奠。

吕之悦取过诗笺在墓碑前慢慢焚烧毕，又对孙元化之茔跪叩如仪，然后叹息着告诉二人，十数年前，他曾在孙巡抚麾下效力，对这位忠臣十分敬仰。

二人神色更加恭敬，年长的董生竟迫不及待：“先生若不弃，恕我冒昧，祈请先生到我家做客，我们夫妇儿女愿列门墙！”

“不敢当。小子才疏学浅，又逢此国变，于功名于世事已心灰意懒。如今孑然一身，无牵无挂，只想徜徉山水间，诗酒了此一生！”吕之悦说着，神色黯然。

“那么，先生何以为生？”董生恭敬地问。

吕之悦一时哑口无言。大乱之后眼看就是大饥荒。他家财已尽，只有几亩薄田，耕读二字是太平盛世的话，诗酒山水其实也只是个梦。他必须找一条活路，寻一口饭吃。

“吕先生，不如就在董兄家设馆吧！董兄一家极是敬贤爱才，他那一双儿女人称金童玉女哩！”年轻的那一位极力撺掇，“再说，他即将往杭州安家，岂不是大方便？都说上有天堂下有苏杭，回了杭州，还愁山水诗酒吗？”

吕之悦动了心，拈须沉吟片刻，终于点头。董生大喜，立刻向吕之悦躬身一拜，嘱咐仆从回城随吕爷去取行李。吕之悦伤感地笑了笑，说没有行李，应用物品都随身带着。他指指自已装着笔砚纸张衣物的小包袱，年轻的那位眼里流露出怜悯，这使吕之悦很不高兴，转身背对他，向董生问道：“董君为何到此？也闻知孙巡抚的大名？”

董生笑着指年轻的那位：“问这位岳老弟，他知道。”

吕之悦不得已，只好回身。那岳生脸上一团阴云，见他转过脸来，才又微微笑了，说：

“我给你讲个故事吧！一日，清兵捆了两人送到领兵贝勒王营中。贝勒王问两人以何业为生，其中一人跪倒叩头，急急忙忙地说：‘我是穷民，家徒四壁。他家世代做官，是有钱的贵公子，只管抓了他问他要，多少金银都有！’他又急又怕，说得很快，贝勒王听不明白，转向另一个被擒者：‘他说的什么？’此人从容复述道：‘说他向来贫穷，说我孙某是宦家子，家中多金银，要王爷释放他而留我。’

“贝勒王很惊讶，对帐下将佐说：‘世间竟然有这样的直男子！有生以来少见！’便令为孙生松绑设座，反把自称穷民的首告者牵出帐去斩首。又问孙生，家中果然有许多金银财物吗？孙生答道，确有藏银八百两，埋在后园太湖石边，尽管取去犒军。

“派去挖银的人很快把银两献上贝勒王，藏银地点及数目都一点不差。贝勒王惊愕之余，对孙生说：‘你的银子都献出来了，你日后靠什么过活？本王只取一半赏众，余下一半仍还给你吧。’

“孙生竟泫然出涕，道：‘家中老母弟妹均已罹难，存亡不知，我独活无味，惟愿膏王斧钺，他非所计！……’

“细细问起孙生家族世系，原来是故明登莱巡抚孙元化的长子和鼎。贝勒王大惊，说：‘幸而细问，险些违了父命！’他安慰孙和鼎说，‘不要忧心，我替你全活家口。’

“贝勒王下令四处搜寻探访，找到了孙和鼎的妻女及一个弟弟、两个侄儿，并亲自发出禁令：不许任何人去骚扰嘉定城中的孙宅，违令者斩无赦！”

怪不得和鼎对提起孙宅的完好那么敏感，他羞于接受满洲人的恩惠……吕之悦感叹不已，问道：“贝勒王怎么知道孙巡抚的大名？”

岳生笑道：“贝勒王名博洛，是大清饶余郡王阿巴泰的第三子。早年间，郡王爷在永平、登州等处与孙巡抚交过手，对孙巡抚的人品才学很是钦敬。博洛南下苏州，郡王爷特地嘱他寻访孙巡抚的后人，尽力保护……”

吕之悦疑心地看看岳生年轻的脸：“足下竟知道这许多底细！请问贵姓尊名？”

“我姓岳名乐。这些事，嘉定城内无人不知啊！”

“那么，”吕之悦指指墓地，“这里新修整的墓园，也是贝勒王的好意了？”

“哦，这倒不是。一个月以前，恭顺王爷领了浩浩荡荡的人马，特意来孙巡抚墓前致祭，想必是他修整的。听说，王爷邀请孙巡抚之子出仕，兄弟二人皆辞而不就，王爷留下千金而去……”

“恭顺王？”吕之悦心念一动，“可是姓孔？”

“正是。据称原是孙巡抚麾下偏将。孙巡抚因他而死，所以他备了祭品奠酒跪拜，也算个有义气的！此次恭顺王被封为平南大将军，随摄政豫亲王西讨流寇李自成，又移师江南，克扬州取南京攻江阴，功劳丰伟。日前应诏北归京师，必有封赏！……你当初在孙巡抚麾下不认识他？”岳乐年轻有神的眼睛盯住吕之悦。

“不！不认识！”吕之悦断然道。说实在的，孔有德在他心里留下的感情很复杂，是恨、是同情、是鄙视、是哀叹，或者还有一丝佩服？他说不清，但绝不想重见这个当年的登州参将，今日的恭顺王、平南大将军！他当然不知道自己已犯了一个错误。他应该多追问几句，甚至应该去拜访这位早先的同僚，那样，他就会少受许多苦痛……

“火!”

“着火啦!”

从人们突然惊慌一团，喊叫起来，都指着南面。

浓烟滚滚，火头像许多赤练蛇四处乱钻，有的地方火焰连成片，冲天而起，鲜红的火舌舔着蓝天。噼噼啪啪的燃烧声远远传来，炒豆子一样连续不断。火在延烧，在扩展，整个南边原野成了火海，看去极雄伟壮观，也十分可怕！

吕之悦静静地安慰面露恐慌之色的董生和岳乐：“不要紧的，这是烧荒。深秋经霜的野草已经焦枯干燥，点火烧却，把烧余的草木灰壅在土中做肥料，来年收获必丰。所以烧荒又叫烧发，越烧越发！有人烧荒，那便是已有农人为来年备耕了……”

他望着遍野大火熊熊，想到了很多。

大火的灰烬能变成肥料肥田，大变乱中惨死的千千万万生灵，能不能变成养分使新朝政治清明、国富民强、黎民百姓安居乐业呢?

天下干戈未靖，农人已在烧荒备耕。是啊，无论谁当皇帝，无论这江山姓什么，人们总得要活下去，总得种田吃饭、生儿育女过日子。只有福分大、命运好的芸芸众生，能逢圣代雨露，能活得轻松自在些。但圣代何时出现，却又非人所知了……

就这样，吕之悦随董生回到杭州。得知董生其实姓董鄂名鄂硕，是满洲八旗的一名统领官，他没有辞馆。

他很喜爱他的两个学生：七岁的乌云珠和四岁的费扬古。四岁的男孩还不懂事，而小姑娘聪颖慧丽无比。这也难怪，他们的母亲是苏州世家小姐，当年有名的才女。

岳乐倒是真名，是贝勒王博洛的弟弟、饶余郡王阿巴泰的第四子。不过一到苏州，他就领了军令，随同肃亲王豪格进军四川剿灭张献忠，再次相会，已在八年以后了。

惟有她，幼蘗——坚白，仿佛融化在天空和大地一般，没有了音信。吕之悦在每年正月十六之夜、七月初七之夜向太阴星君、嫦娥女仙祷告让他们相会，并常常在夜深人静独处书斋时，拿出那方花中君子砚和干枯得如一片薄纸的题诗荷花瓣，自言自语地问：

“你在哪里？……”

二

广西桂林普陀山侧，有一座壶山，又称骆驼山，与桂林的所有山一样，由嶙峋怪石堆积而成，正面看似一把茶壶，背后看似卧地骆驼。山前山后一片桃林，正是开花季节，又逢难得的晴好天气，蜂蝶飞舞，桃花怒放，姹紫嫣红，芳香弥漫，远望如环绕骆驼，托起壶底的一团粉红色浓云。

花下一张大席，杯盘狼藉，在侧侍立持壶的小书僮，望着颓倒在席上的人只是笑。这二位名士一杯复一杯地喝酒，高谈阔论，盛赞方才游七星洞所见的奇丽景象，互相争辩互相补充，酒喝得痛快，谈笑风生更痛快，直至两人先后躺倒，嘴还不肯停：

“酒人酒人，酒量不过如此！”

“笑翁笑翁，笑谈真能悦之！”

“哈哈哈哈！……”两人同声大笑。他们一个号称酒人，别号如此。一个号称笑翁名之悦，恰成一对联。

“莫道酒量不豪！但愿死后葬于陶坊之侧，百年之后化为土，幸见取作酒壶，那才称心如意啊！笑翁，花荫不浓，太阳出头便毒，你换个地方。”

笑翁身上尽是阳光透过桃花洒下的斑驳花影。他索性移到阳光下，悠然自得地以手捋胸摸腹，笑道：

“不碍的，我晒书。”

酒人略略一愣，复又大笑。

笑翁正是吕之悦。

他以半师半友的身份，在鄂硕家中已经七年了。鄂硕尊师重道，这在满洲八旗将军中可称绝无仅有。比起大多数江南文士，吕之悦的境遇好，行动自由。中年以后，他越加喜欢游山玩水。随着大清兵渐次平定各地，他的足迹也从杭州钱塘渐渐向外扩展，遍游了雁荡山、武夷山、黄山、庐山。只是因喜爱自己的学生，每年出游不过三个月，就回转杭州继续执教。去秋有随征广西的满洲将军回到杭州，说起桂林山水竟至手舞足蹈。他早年也曾读过韩愈“江作青罗带，山如碧玉簪”的诗句，自是更加向往。况且乌云珠、费扬古已经长大，女孩儿尤其出落得慧丽惊人，恰逢选秀女之期，日内就要进京应选。他顿时轻松了一半，便决意桂林一游。去年入冬启程，来到桂林，正赶上百花盛开的春日。他是从湖南衡阳经永州、全州一路过来，一入境，那千姿百态的峰林、峰丛、兀立原野的孤峰，无数奇洞、溪流以及青翠碧绿的漓江，令他心醉神迷。他终日在青山秀水岩洞中徘徊徜徉，睡梦中仍然是一片旖旎风光。

那日游象山，听人说起隐居壶山的雷酒人是江南名士，他立即乘舟踏月去普陀山下寻访同乡。两人一见如故，酒人留他在茅舍夜话一宿，第二天领他游普陀山、七星岩。游了一半，酒人渴酒，二人便在花下尽醉而饮。酒人名雷鸣春，字亮工，自称祖籍绍兴大禹陵边，隐居壶山二十年，遍种桃花，竟成壶山一景。每日饮酒赏花，酒量不洪。饮辄醉，醉则登山长啸，远近闻名。

此刻，半醉的雷酒人起身，携了吕之悦的手，边说边笑边摇晃。两个小僮在他们身后提心吊胆地保护着，终于登上高处。春风拂面，襟怀为之一爽，桂林全城尽收眼底，真所谓千峰环野立、一水抱城流，江山如画，美不胜收！

酒人忽然深深吸口气，噘起嘴唇，迎风送出一声长啸，清越、响亮又极悠长。鹤唳？猿啼？象鸣？他是在把郁结心头的无限悲怆和愤懑洒向江天！长啸的尾声已消失云端，山脚下的竹丛桃花似乎还在隐隐颤震，发出叹息般的低吟……

吕之悦被这长啸震动，心底生发出共鸣，勾起多少凄楚的往事和国破山河在的哀思……

酒人醉态如泥，倚着两个小僮的搀扶，颓然道："笑翁，你独自去游龙隐岩吧！……"

山下传来极其厚重悠远的钟声，似在回答酒人的长啸。

吕之悦不禁问："这是哪里的钟声？"

酒人伸手一指："那边，叠彩山，定粤寺。"

矗立在明净如镜的漓江水边的叠彩山，林木繁茂，一派苍翠。山脚高低起落着一座崭新的寺院，殿宇楼阁，高塔红墙都掩映在浓绿中，能看见山门外飞舞的五色旌旗和刀枪剑戟在阳光下闪出的刺眼光芒。

"定粤寺今日佛爷开光大典，"一个小僮解释道，"寺院是定南王捐钱所建，想必王爷亲临，旌旗斧钺是王爷的仪卫。"

另一小僮补充说："定南王爷为超度历年征战而死的军民建造此寺。他从关外一路杀过来，平了湖南、贵州、广西，死多少人？建一个定粤寺怕不够超度的……"

"多嘴！"酒人瞪了小僮一眼，"笑翁，这位定南王平定南方，于朝廷有大功，如今也算一方诸侯了！定南王府就是前朝的靖江王府，看见那座四壁如削、拔地而起的孤峰吗？那叫独秀峰，正在定南王府的后花园内。可惜你这好山之人不能登临了。"

"啊，真似南天一柱！"吕之悦望着阳光中蒙着金色的挺拔秀丽的独秀峰，赞叹不已，心里却泛上一阵苦涩，模糊不清地低语着，"定南王何许人也？"

"定南王你也不知道？孤陋寡闻，孤陋寡闻！……此人姓孔，讳有德，前朝登州参将是也！……"说着，他摇摇欲倒，醉眼迷离地笑道，"我醉欲眠君且去，明日有意抱琴来！"酒人反复吟着这两句古诗，自管下山去了。

吕之悦呆立了好一阵。他怎会不知道定南王！这些年他生活平静，陶情于山水书画之中，往事渐已淡忘，谁想在这里又被勾起！他怀着自己也说不清的惆怅，慢慢下山，去看看为人称道的龙隐岩石刻。

龙隐岩，像只深入山体的大口袋，不如七星岩那样萦回曲折雄奇瑰丽，很是平实，但凉风习习，开阔爽朗，别是一种格调。其间壁无完石，布满了历代石刻，竟有米芾、石曼卿、程节、吕师夔这些一代大师的书迹，竟有一石完整的《元祐党籍碑》。苍苍古刻，鳞次栉比，使他惊喜异常，叹为意外之福。岩北海螺洞口有人卖茶，用的是海螺洞中滴玉泉水。此地人有“煎茶吸石乳，长以驻华颜”之说，他也买了一盏茶，坐在石凳上细细品茶，细细观赏《元祐党籍碑》。

五百多年前宋徽宗的宰相蔡京，将司马光、文彦博、苏轼、黄庭坚、秦观等三百零九人列为元祐奸党，由皇帝下令全国刻石立碑，以期使之“遗臭万年”。孰料不得人心，只好于第三年下诏毁碑，蔡京反倒遗臭万年。这大约是他始料未及的吧？名列碑上的人却都不胜荣幸之至。这一块便是其中梁焘之曾孙重刻，以显示其祖先气节名望的。时至五百年后的今日，徽宗皇帝也罢，蔡京也罢，元祐党人也罢，又都在哪里？就如大明朝廷的党争、明清之际的大战乱，也有无数风云人物，煊赫一时，此升彼降，你死我活，再过五百年，又能余下什么？倒是书画诗文大家，能传永久了……

“在这儿！《元祐党籍碑》！”稚嫩好听的小孩儿兴高采烈的叫声，把吕之悦从沉思中惊醒。一片脚步杂乱，数名婢女仆妇簇拥着一男一女两个穿着光鲜富丽的孩子进了岩洞。男孩子头戴翻檐小毛帽，身着绣花缎袍和团花马褂，十足的满洲公子；女孩儿不过十岁，乌黑的童发间插着鲜花，裹着一领漳绒剔花披风，倒像汉人书香门第的小姐，欢叫声来自女孩儿口中。小公子蛮横地叉腿伸臂一挡，吆喝仆从们：“都别进来，外头等着去！”

两个孩子站在碑前仰头细看，像两只彩色小蘑菇。

“哥，元祐党籍，是什么？”

“反正，是宋朝的事儿，师傅讲过，没记清……”

“那，师傅叫咱们来看什么呢？”

“说是里面有大学问家，考考咱们知道几个、记住几个。还有，说有一块米芾的字儿，让找人拓了带回去临帖使……咦，你看，这头一个就是司马光！”

“司马光？可是拿石头砸破水缸救小孩儿的司马温公？”

吕之悦不由得一笑，伶俐的小女孩儿正巧看见，不高兴地说：“笑什么？我说错啦？”

“没有，你说得对。”这些年跟孩子打交道，吕之悦变得很喜欢他们了，不由得谆谆善导，“再往下看，还有没有你知道的名家。”

“苏……苏东坡！秦少游！黄山谷！……”小女孩儿开心地直跳脚，并卖弄地故意念出这些人的名号。

“哪里？在哪里？”男孩子急急忙忙地问着寻找。

小女孩儿面色鲜艳，桃花一样可爱，清澈的眼睛盯住了吕之悦：“你一定知道元祐党籍，对不对？告诉告诉我们，好不好？”

她的表情和哀告的口吻，令吕之悦想起他的学生乌云珠。他无可奈何地笑笑，无法拒绝，于是便和颜悦色地讲了元祐党籍碑的故事，又领他们将龙隐岩中最有价值的石刻一一看过去讲过去。看到孩子们又惊奇又佩服的特殊目光，他觉得心里舒坦多了。这时，来了个机灵的小丫头，在岩洞口笑嘻嘻地说：“公子、小姐，先生在湘南楼，叫你们这就去看那块逍遥楼碑，说是颜真卿的真迹……”

小女孩儿仰望吕之悦，鲜红的小嘴张着，想要说什么，男孩子拽了她就走：“快点儿！别啰唆啦！师傅要是生了气，咱们回家又得叫咱娘罚跪两炷香了！”

小女孩儿吐吐舌头做个鬼脸，在出洞时回头对吕之悦留恋地望了一眼，使他略感遗憾。好厉害的师傅，真该去见识这位同行！……过一会儿他就把此事撇在脑后了。米芾的真迹吸引了他，他在龙隐岩坐了许久，沉迷于观赏和揣摩之中。

待他心满意足，缓缓出岩，转向山脚下的龙隐洞时，发现洞内有许多人，花团锦簇，桃红柳绿，几声笑语隐约可闻，纯是女子和小孩儿的娇音。洞口边站了许多穿号衣的仆僮，看来是官宦富贵人家女眷来游山。他远远地站在一片杜鹃花丛后面，等这群人离开。果然，一些丫鬟侍女提着食盒竹篮鱼贯走来，后面是刚才那两个孩子，搀扶着一位头戴貂皮抹额、身罩黑色漳绒披风的贵妇，在许多侍婢簇拥中款款下山，这想必就是他们的母亲。那位同行是否也在？他注意于后面的男仆僮儿，其中并无先生文士模样的人。

龙隐洞实在应该独游，不要旁人搅扰才好。此洞竟是通透的，两头有出口。洞的一壁插入清澈无比的江水中，洞顶那条巨大的石槽，像煞神龙穿破石壁飞去后留下的全身痕迹，倒映水中，更加惟妙惟肖，几疑飞龙犹在其间游动。洞中明亮奇爽，山水清幽，洞壁又有许多题刻足供玩赏。他最爱其中周进隆的石刻诗，站在水边轻声吟诵，十分惬意："飞腾不知几千载，至今点点龙鳞存……"

一阵清风穿洞而过，水面泛起密密的小波纹，这才像闪光的龙鳞呢！波纹间有一片白纸在飘浮，洁白如雪，引得他注目。它渐渐漂来岸边。轻轻拈起，不是纸，是花瓣，散发着清香，像只调羹的玉兰花瓣，浮在水面不就是条小白船？必是那可爱的小女孩儿的玩意儿，刚才那孩子手里似乎擎着一枝白玉兰的。

他正要重新放回水里，忽然发现花瓣的卷边内似有字迹，展平开来，一联诗句赫然在目：

花怜昨夜雨，茶忆故山泉。

他被触动了，若有所失。他并没有读过这句诗，但又像在什么地方有过同样的经历：是在梦中？是在前世？……他竭力想着，很费劲……

记忆深处倏地闪亮，遥远的、流逝的岁月忽然倒退，回到眼前：登州城，开元寺，七月七，那株古柳，那池荷花，还有那写在荷瓣上的、他暗暗称之为女儿诗的联句：

荷叶鱼儿伞，蛛丝燕子帘！

吕之悦的心跳得又沉又重又慢，打夯似的一下又一下地撞击着胸膛，觉得难受、喘不过气。老天！难道是她？整整二十年了！……他曾经怎样辗转寻找啊！……她怎么会在这里——广西桂林？这不可能！……

吕之悦突然跳起身，大步向山下跑去。多少年没有跑过了？难道此刻青春又复归了？

吕之悦冲出山门，远远看到那一簇人众已经过了宛如长虹的花桥。他甚至看到了轿子，看到了骑在马上的那两个孩子——是她的孩子！他犹豫片刻，还是追赶上去。他终于没有追上。过了花桥，他们一直西行，最后竟一拥而入，进了桂林王城的东门！

桂林王城，就是定南王府啊！吕之悦远望着王城坚固厚重的青石城垣，惊呆了。

独秀峰下定南王府，红墙黄瓦，雄伟壮丽，是桂林城中规模最宏大的建筑群。王府的城垣周长三里，东南西北四门分别命名为体仁、端礼、遵义、广智，城坚门深，古树婆娑，威风凛凛，气势森严。

更令人感到森严的，是王城内外无数守卫的城兵和执仪仗的仪卫兵，布满了四门和城垣周围，平民百姓轻易不敢靠近。就是每天因公来王府谒见王爷请示的大小官员们，进端礼门后便置身于两行持刀侍卫之间，也觉得惴惴不安。

吕之悦跟着广西巡抚王一品、广西巡按王荃可同进王城。两位大人是本省的最高行政长官了，可是进了王城、踏上承运门的石阶玉陛之时，吕之悦确实感到了他们的诚惶诚恐。进了承运门，巍峨宏丽的承运殿就在眼前：朱红大柱，黄琉璃瓦，雕梁画栋，气势迫人，最是殿下那两层汉白玉云阶玉陛和栏杆，与京师大内皇极殿前玉陛栏杆一模一样，只是少一层，尺寸小一些而已。到了这里，吕之悦也不由自主地庄重起来。

进殿后一套繁琐的礼节应付过去以后，吕之悦站在王巡抚下首，趁着他们寒暄，迅速地打量定南王孔有德：他老多了！虽然还是那样魁梧，虽然一派颐指气使、贵重显赫的王爷威严，但珍珠顶戴的红缨貂帽掩不住额头的深纹、松弛垂掉的眼皮和腮帮，精美的团龙朝褂也遮不过臃肿的身躯，华贵的珊瑚朝珠，更衬映出花白胡须所显示的苍老……二十年的岁月啊！他暗暗感慨。

突然有人轻轻推他一下，他听到了孔有德仍带辽东口音的粗嗓门儿：“这位就是吕之悦吕先生吗？”

“是。”吕之悦一拱手，刹那间心跳得似乎快了许多。

“远道而来，辛苦了。王巡抚道你是他家乡钱塘名士，荐你为孤王作《定粤寺记》，想来已经好了？”

吕之悦略一迟疑，没有搭腔。

为了进王城，他启用了特殊手段。以往出游，鄂硕总是给他一封以杭州将军名义出具的荐书，说此书值千金，无论在何处遇阻，出此便可安顺。多年来他从未用过，这一回，他以荐书进入巡抚府，说明要一览独秀峰的意愿。巡抚王一品竟是杭州人，竟知道吕之悦的大名，正遇定南王要请高手为他新建的定粤寺撰写碑文，便亲自向王爷推荐吕之悦，于是才有了今日的召见。

见吕之悦犹豫，站在孔有德两侧的巡抚和巡按都有些变色，频频以目示意，叫他谢恩。吕之悦微微一笑，道：

“在下草野小民，初来贵地，不明所以，愿闻其详。”

王巡抚赶忙补台：“王爷，明日请吕先生遍游定粤寺，定有华章问世。”

孔有德皱皱眉，道：“莫要又是什么大雄宝殿如何如何高，佛像如何如何大？……”

吕之悦笑道：“学生明白了，要学生撰写的是定粤纪功碑文！”

孔有德猛击大案，哈哈一笑：“对！对！孤王施舍成千成万金银修建此寺，一为超度亡魂，二为宣扬本王定粤之功！孤王能有今日，说什么九死一生，百死一生千死一生也不为过！”他突然一改王爷的威重森严，变得昂奋，猛然起身，刷地扯开袍襟，露出了半边胸脯、肩背胳膊。吕之悦与二位王大人顿时目瞪口呆，被遍布其上的可怕的斑斑伤痕惊住：红色、紫色、棕色、黑色，突起的肉丘、陷下的深坑，横一道紫疤，竖一道血印……令人不忍卒目。“这是刀伤，这是箭伤，这里是枪伤，这里是炮子伤……全身上下，哪有一块好皮肉！”他瞪着虎目，大声大气地说着，像是自诩英雄无畏，却也掩不住言外的伤感。吕之悦望着他，似乎又看到了当年的登州参将孔有德……

孔有德略略平静一下情绪，笑道：“我孔有德有今日，谁能想到？少年从军，在铁山、鸭绿江飘荡，不过巴望多少立些个战功，扬名乡里罢了。先跟从的毛大将军，被大明朝廷斩首；再跟从的孙巡抚元化，又被大明朝廷冤杀！迫于无奈，归命大清，历被两朝知遇，封亲王爵、赐给藩土，荣宠至极。元年入关进京，便是从龙之臣了！哈哈哈哈！……”

他仰天大笑，声震殿宇，满是得意和豪气。把衣襟掩好，他重新摆出了王爷的威严：“待孤王将这十数年战功拣要紧的讲给你听，你细细地给我写在定粤纪功碑上！”这是王命，不待吕之悦表示态度，他已滔滔不绝地开讲了：当初他与耿仲明、尚可喜降金入谒时，先帝太宗如何率诸贝勒大臣出京城十里相迎，饮宴赏赐；如何令他们仍领各自兵马，号称天佑军、天助军；如何进封孔、耿、尚为恭顺王、怀顺王、智顺王；如何取皮岛、破松山、下锦州；顺治元年，如何跟从摄政豫亲王西讨李自成，又移师下江南克扬州取南京攻江阴；顺治三年，如何受命为平南大将军，领耿仲明、尚可喜率大军南征，自湖南下江西入广东，与南明永历抗衡；顺治六年，如何受朝廷封定南王金册金印，会同靖南王耿仲明、平南王尚可喜平定各地，收复两粤八闽……

孔有德于大清，确有获取天下、平定天下的大功，无愧定南王崇爵！吕之悦一面听一面感慨：如果毛文龙不死，定南、靖南、平南三位王爷怎么不会是大明的良将？如果孙元化不死，何至于使这麾下三杰成为赠予今日大清的一份厚礼！……

孔有德表完功劳，仍然兴头不减：“以往两粤阻于战事，朝廷使者都从衡阳永州来，又原路返回。而今孤王一手开辟这一大片版图，梧州、柳州直到南宁、钦州。各处监司郡守，许多是你们江南人。你去各处走走，看看孤王所派官吏、所定地方。王巡抚，你们为他整治行装，要丰厚些个！”

吕之悦辞谢：“学生要在入冬前赶回杭州，恐怕来不及遍游了。”

定南王叱咤风云，一向顾盼自豪，言出如山，没有人稍迟答话。听到吕之悦的回答，很不高兴，立刻拉下脸：“孤王听说你是位名士，才想与你结交，别的人想沾恩惠还求不到哩！”他一甩袖子，从宝座上站起来。

王巡抚、王巡按吓得变了脸色，又在频频向吕之悦示意，赶快应允谢恩。吕之悦只装作没看见，说：“王爷，能容我一游独秀峰否？”

孔有德一愣，随即大笑：“这有何难！……”突然，他眼望殿后开着的两扇朱门，怒喝一声，“来人！护卫哪里去了？”所有的人被这意外一吼震得心惊胆战，但见王爷大手指着殿外，“世子怎么跑井边上玩儿？管事的不想要脑袋啦？”

吕之悦眼前许多人影飞快晃动，朝殿后跑去。那儿有一片花木茂盛的庭园，园中一座方亭，亭中似有一个高高的井台，一男一女两个小孩子就在井台和亭子台阶上跳上跳下。吕之悦一眼认出就是龙隐岩见到的那两个娃娃。世子？那么他们是孔有德的儿女了？……他猛地想起七年前在孙元化墓前听说过的孔有德祭坟，想起和鼎兄弟对妹妹随人而去的讳言和痛恨，想来，她必是随孔有德走了。那么，她，只能是这一双儿女的母亲，定南王妃了！……

吕之悦心头一阵尖锐的刺痛，他想调头就走，他想永远忘却这一切，从此不做人间梦。但他也说不清是为什么，心灰意懒地苦笑着说：

“唉！独秀峰不看也罢，只是……孔大哥，你当真不认识我了？”

此语一出，当场人无不惊讶。孔有德盯住吕之悦，嘴里似问似自语：“你叫吕之悦？江南名士，吕……”

“不记得天妃宫左右守门神嘉祐、嘉鹰？”

“你？……”孔有德的浓眉骤然飞上额头，眼睛瞪得赛过铜铃，随即轰雷也似的笑声，在殿顶滚动，“哈哈哈哈！原来是你！哈哈哈哈！……”他对巡抚、巡按连连挥手，命他们退下。两位行政长官莫名其妙地向大笑着的王爷躬身拜辞，瞠目相视，退出殿门，下陛出府去了。

孔有德继续笑着，招来近身侍从吩咐道：“命王妃领着思训、四贞，快快来迎晖阁！”

他终于不笑了，上下打量吕之悦，突然起身离座，走到他跟前，一伸手，猛地攥住了他的胳膊。吕之悦骤然感到那股极其浑厚威猛的力量，几乎是出于本能，他浑身一紧，臂腕顿时坚硬如铁。

“好！”孔有德喝了声彩，“二十年并没荒废！”

“乱世须得防身。”吕之悦不动声色。此刻他万虑皆空，反正豁出去了！

“跟我来！”孔有德并不放手，拽了吕之悦就走。

出殿后门、下玉阶、走石路、过长廊，东折西转，满眼是富丽堂皇的楼堂厅馆、亭榭轩室，处处有浓荫有花香，鹿卧鹤走莺啼蝶舞。吕之悦眼花缭乱，晕头转向。

进了迎晖阁，吕之悦被推坐在一架太师椅上，孔有德指着他笑骂道：“吕烈！你小子还活着！”

“什么意思？”吕之悦此刻才看到真正的二十年前的孔有德，便也拿出当年在登州的惫赖相，往椅背一仰，“我老人家坐了十二年大牢，其中半年多还是你赐给我的呢！”

“哈哈哈哈！咱老孔做的错事多啦！你这是小小的一桩。咱对你不住！往事一笔勾销，成不成？”

吕之悦瞪他一眼：“那么容易？”

“后来又给关了十一年？还改了名字！怪不得幼蘩小姐死活找不着你，我也着人到处打听……”

“幼蘩小姐？”吕之悦差点儿跳起来。

“是啊，她就在我家里……”

“什么？”吕之悦心头又似被针刺得疼痛起来。

“父王！”孩子们清脆地叫喊着冲进来，一位举止凝重体态丰满的贵妇人跟在他们身后。吕之悦别过脸去，他不敢与幼蘩的目光接触，太刺心、太难忍受了！

“思训！四贞！快来见你们的吕烈叔！……”

“吕烈？”孩子们请安问好中，吕之悦听到柔和低润的这么一声，不得不勉强回过头，一看之下却呆住了：这不是幼蘩！却又似曾相识，尽管丰润的面容上已有了细细的皱纹，并不陌生。

定南王妃笑逐颜开："哎呀呀，这可太好了！小姐要高兴死啦！可等到这一天啦！"

"小姐？……"吕之悦迷惑地重复。

"娘，他就是在龙隐岩给我们说古的好先生！"四贞张着花蕾似的小嘴，指着吕之悦对母亲说。

王妃更加高兴："哎呀呀，那么吕公子是见到小姐的啦？"

吕之悦摇头。果然是她！当时怎么不注意看看呢？她在定南王府是什么人呢？……他如坠五里雾中。

孔有德开心大笑，一拍吕之悦肩膀："我这老婆你怎么会不认得？原是幼蘩小姐身边的大丫头，叫什么来着？哦，叫紫苑。忘了？……对，对，我们成亲那会儿，你已经偷偷跑啦！你那回偷跑，她都掺和了，后来全告诉我啦。第二次拿你下狱，全然是仲明老弟吃你的醋，知道吗？你扎他那一枪他倒不记恨，就恨你挡了他做帅爷门婿的路！那会儿，她，"他指指王妃，眨眼儿笑道，"成天在我耳边聒噪，要我放了你。三十大几娶个老婆，那还不是玉皇大帝，敢不听吗？可又不好伤了耿老弟的面子，才偷偷给你老部下弄点儿方便，借他的手放你跑了。谁料想你又叫朝廷抓了去。咳，还不如就蹲登州大牢呢，看着帅爷和小姐的面子，我总不会叫你吃亏！"说罢，又开心地笑了。

"可是，小姐她怎么会在此？"吕之悦忍不住终于问出来。这个"此"，可说是桂林，是王城，或者是孔有德家。

王妃告诉他，顺治二年由江南回转京师，全家去嘉定祭奠孙帅爷，旧日主婢相逢，高兴得落泪。小姐原是紫苑的蒙师，紫苑就有意请小姐做儿子思训的先生。小姐原是不肯的，偏偏两岁的小女儿四贞出疹，浑身滚烫，咳嗽得几乎断气。小姐为四贞诊脉治病，开方煎药，日夜护理，四贞竟也离不得小姐了。"后来我劝小姐，为寻访吕公子下落，还是去京师跟王爷在一起方便得多，小姐这才允诺……"

原来，她就是自己的那位"同行"！

"王爷，小姐近来身子不爽，或许以为吕公子早已不在人世，要想个法儿让他们见面，别吓着小姐。”

孔有德兴致勃勃地说：“我来安排!”他想悄悄躲在一旁，看这一对分别二十年的情侣重逢，一定像看戏文那么有滋味儿。他没想到，一切都那么简单。

当夕阳把独秀峰点染得一片光华、宛如紫袍金带的时候，峰脚下那形似初月的月牙池明洁如镜，倒映着金光闪闪的青峰翠壁，倒映着池南桃林的粉红、池北柳园的青翠、池西竹圃摇动的森森凤尾，也倒映出沿池一带亭阁水榭和池中画舫、小亭、曲桥。曲桥上照例有个清瘦的身影慢慢移动、轻声吟哦，那便是幼蘩，天天如此。

她终于走到曲桥终端的水亭，那里有专为她设的石几石凳，石几上的托盘里有文房四宝和她心爱的杭州西湖龙井茶。坐定，取了纸笔，记下这一路吟得的诗句，端着茶盏呷了一口清香的绿茶水，移步亭边，注视水面。她是在看那池面初上的半轮明月，还是在注视小荷才露尖尖角的那片荷田？她又想起了什么？轻声又曼长地吟出她最喜爱、最自诩、最能表述她心绪的句子：

“花怜昨夜雨，茶忆故山泉……”

不知何处，像在回答她，远远送来低低的柔声吟哦，长长的尾音在水面颤抖：

“荷叶鱼儿伞，蛛丝燕子帘……”

她蓦然一惊，朝声音所来望去，曲桥的另一端，伫立着身披夕阳的人影儿，明亮得不可逼视。她转眼去看水中倒影，若有所感，放下茶盏，从亭内走下曲桥，那人也向桥亭这边移动。

“花怜昨夜雨，茶忆故山泉。”那个低沉而颤动的声音吟诵着，问道，“是城外的花山泉、卧龙泉、金沙泉、白石泉、七里泉的泉水，还是城内化龙井、玉寒井、凤眼井、甜井的井水？……”

他们面对面地站在曲桥中间，一动不动，披了一身灿烂的夕阳，同水中倒影相映生辉，只有互相凝视，深深地凝视，千言万语，尽在目光中交流……

过了很久很久，吕之悦才记起那件重要的信物，把花中君子砚从怀中取出，双手捧上，他说：

“幼蘩……”

幼蘩把一双手放在砚上，也即放在吕之悦手上，轻声地、轻声地说：

“你终于回来了，我等到了……”

她收回双手合在胸前，无限虔诚、无限感动地望着晚霞燃烧的天空，说：“感谢天主！……”双目闭合，热泪终于像流泉一样从两道浓黑的睫毛底涌出，沿着苍白的面颊滚落，洒在吕之悦的胸口……

“哈！这可不关天主的事！”池北柳林那浓密如绿丝绦一样的垂柳中，传来了孔有德打雷般的喊叫和王妃、孩子们的欢呼笑语。

吕之悦夫妇在定南王府住了两个月，屡次告辞东归，都被孔有德一家苦苦挽留，没有走得成。到了六月初八，孔有德突然把吕之悦请到涵碧小厅，笑着对他说：

“咱老孔也不强留客了！明日我拨一条好船，送你们两口儿沿江下行。漓江一路山水奇奇怪怪，最是你们这些文人名士欢喜不够的！干脆遍游两粤，得便，就由广州、韶州，过大庾岭东归，怎么样？”他指着桌上一堆光灿灿的金银锭，“这里三百两金、一千两银，且做盘缠，由桂林回浙江，足够了吧？”

吕之悦想了想，说：“孔大哥好意，小弟领受了。无以为谢，这里有小弟代大哥所修奏疏一本，大哥可领情？”

孔有德又高兴又好奇：“上疏的奏本吗？快念给我听！”

吕之悦于是朗朗诵读他替孔有德熟思几夜拟就的奏本：

“臣荷先帝节录微劳，赐以王爵。恭逢圣主当阳，而两粤八闽未入版图。臣谬辱廷推，驻防闽海，同时有固辞粤西之役者，盖以其地最荒僻，民少山多，百蛮杂处，诸孽环集，底定难预期也。臣自念受恩至渥，必远辟岩疆，始敢伸首丘夙愿，故毅然以粤西为请。

“受命以来，道过湖南，伏莽蔓延，六郡拮据，一载咸与扫除。乃进征粤西，仰藉威灵，所向克捷，贼党或窜或降，虽土司瑶、伶、俍、侗，古称叛顺无常者，亦渐次招徕，受我戎索，粤西底定。

“然臣生长北方，与南荒烟瘴不习。解衣自视，刀箭瘢痕，宛如刻画，风雨之夕，骨痛痰涌，一昏几绝。臣年迈子幼，乞恩敕能臣受代，俾臣得早觐天颜，优游终老。”

奏本并不长，但读至终结，孔有德已泪流满面，喉头哽咽，不能成声了。

吕之悦望着孔有德，着实费解。数日前，他写好《定粤寺记》后，读给孔有德听，他显出十分的得意、骄豪。吕之悦便开玩笑似的问他：

“孔大哥，人说你是忏悔杀人太多，为消罪孽才修定粤寺的，真的吗？”

“放屁！”他随口骂道，“超度亡魂是真的。忏悔？有什么好悔！这些年杀来杀去，那是应几百年一大劫的天下大势！撞到我刀口下的人就是应劫，老天爷不过借我的手杀人够数罢了。我有什么罪孽？或者是天煞星下凡也说不定哩！……要说悔，只悔一个，登州总兵张可大，虽不是我杀的，却是因我逼迫而死。他算是个忠烈人！……”

既是不悔，今日的泪从何来？

孔有德终于收泪，道：“老弟你写得太好了，别笑话我老头子。我懂得你的好意，叫作……什么来着？哦，叫急流勇退，对不对？多谢你了，老弟。疏本我一定上，只怕来不及了……”

“为什么？”

孔有德对他注视片刻：“实话告诉你，但不可给幼蘩小姐说，女人家禁不住惊吓的。永历桂王那边李定国败而复振，桂林势必有一场大战。要是运气不好，咱兄弟就算最后一次相聚了！”

“孔大哥神勇无敌……”

“不是这个说法！”孔有德沉着脸直摇头，“老弟如今是书生名士，又有幼蘩小姐在，不必卷进来，叫我老孔对不住帅爷的在天之灵！”

“你，真要为大清尽忠？”吕之悦直直地看定孔有德的眼睛，另一句话没有问出声：当初为什么不为大明尽忠？

孔有德完全听懂了，慑人的虎目中掠过一道强光，似要发作，终于平静、稳定了，说：

“还记得陆奇一过堂的最后那句话吗？”

良久，吕之悦微微地、几乎看不出地点了点头。

桂林到阳朔，其间二百余里，奇峰罗列，绿水迂回，千姿百态的青山，倒映在清澈见底又平滑如镜的漓江中，真山与水影相连相映，在薄雾细雨中若隐若现，那奇峭秀丽，宛如置身仙境，真是天下最美、最高、最大、最长的画屏。吕之悦夫妇心神俱醉，每每停舟流连，探幽寻胜，放情于山水明月、晨雾夕阳之间，饮酒赋诗，享尽新婚的唱和之乐。二十年的劫难和相思之苦，似乎都在这二十天中获得了报偿。

到达平乐，平乐知府闻讯来舟中拜望，告诉他们，李定国已破衡阳、永州，直逼桂林。幼蘩记挂紫苑，尤其担心两个孩子，竟想溯江而上回桂林去救助。知府极力劝止，说待王师破贼解围，再行不迟。

谁知次日午后，上游冲下许多尸体，越来越多，几至蔽盖江面。男女老少都有，既有垂辫的大清官兵，也有满头乱发飘浮水中的南明士卒。好几次尸身贴着吕之悦夫妻的船边顺流而下，或露出惨不忍睹的颈上刀口，或睁着死鱼一样的眼睛……望着这可怕的凄惨景象，两人面色惨白如纸，相对无言。

傍晚消息来了：桂林城溃，王城大火，定南王自杀，家口一百二十人均死……幼蘩痛哭出声，吕之悦也潸然泪下。

第二天清晨，江上又恢复了青山秀水的宁静。吕之悦夫妇倚栏观望，心思已不在山水间了。

“我们回家吧。”幼蘩叹了一声，说。

“回哪里？嘉定，还是杭州？”

“嘉定，我回不去了。”幼蘩带着淡淡哀愁，微笑着，“大哥二哥认定孔有德是无耻叛逆卖国之徒，对他来祭扫先父坟茔都觉得耻辱，更不要说我随他走了。况且我又独自在京师行医结客……其实这全都是为了寻你……”

“这件事我一直不大明白，你怎么会想到要去京师寻我的呢？”

“说来很巧。汤神父的一名教友是狱卒，忏悔说他干过倒换死囚的事，并说替换下来的人姓吕……结果在京里等了三年，也没得着一点儿消息。谁知你竟去了刑部狱！”

“真难为你了。”吕之悦感动地捏住妻子的手，“要不，我还改回去，叫吕烈，好吗?”

“就叫吕之悦吧，这名字比吕烈好。况且人家替你一死，也该永世不忘啊！”

“你真是个好心人，善人！”

“其实，谁都有善有恶，天主早就指示过了。”

“嘿嘿，老生常谈！”

“唉，谁也不是生来就恶的。每个人都有自己的追寻、自己不得已的苦衷，也许只有天主知道。像孔有德，姆妈跟和京在登州住过，知道前因后果。你去嘉定，他们若是活着，你我就不至于多隔这后来七年了。”

“孔有德……是啊，他已经按自己的心愿，尽忠了！”吕之悦望着山间的浮云，一时心绪缭乱。最后那次谈话又响在耳边，那张满是泪水的苍老面容又出现在眼前，多少年了，他仍然牢牢记着陆奇一的话……

陆奇一是怎么说的？——

“俺们草头百姓，小兵卒子，认不得啥君啊臣的，谁对咱好，咱对谁也好；谁对咱孬，咱也不尿他！……”

其实，又何止草头百姓、小兵卒子呢?

历代各姓朝廷看来并非不懂这个理儿，不然为什么总是讲仁政讲爱民呢？崇祯皇帝临上吊不是还留下血诏，请求李自成“毋苦我百姓”的吗？可知他也想爱民、想对百姓好。但那些“流贼”，原本不也都是他的子民吗？……

是啊，连孙元化、孔有德都得不着皇上仁政爱民的好处，又何况芸芸众生、草头小民？……

幼蘩发现他神色凄苦，忙关切地摸摸他前额：“你怎么啦？不舒服吗?”

他按住妻子温暖的手，贴在面颊上，道：“说来说去，幼蘩，只有你的医道救死扶伤、起死回生，是真的爱民、真的仁啊！”

1982 年 9 月 16 日　草稿
1983 年 2 月 22 日　初稿
1989 年 7 月 15 日　二稿
1989 年 11 月 19 日　三稿
1990 年 4 月 16 日　四稿

后　记

《倾城倾国》这部作品的来由颇有点曲折。

当初，为《少年天子》准备资料时，从《汤若望回忆录》中读到的一段史迹引起我的注意并令我感动，即使在进行《少年天子》的写作，有关这一段史迹的人物和背景也不时地闯进脑海。所以当《少年天子》定稿之后，便以此题材写了一个中篇小说，名为《风雨孤舟》。大概是犯了主题先行的毛病，虽然写的时候很投入，也很顺手，八九万字一气就写下来，可是自己重读一遍，却很不满意。因为背景简单，故事老套，人物更站不住，成了表现主题的符号。于是将其搁置橱柜数年之久。

作品虽然搁下了，明末清初社会大动乱的背景，《风雨孤舟》中的主人公孙元化及孔有德、耿仲明等人的遭际、命运，还是常常在我眼前闪现。1989 年 1 月里，广西要办一个历史文学刊物，邀了一批关注历史文学的评论家和历史小说作者在南宁开有关历史文学的研讨会，会上向作者们约稿时，我便报了孙元化的选题，并于会后乘便到桂林作了几天的游历和考查。因为此时我对如何处理孙元化和孔有德有了新的想法，孔有德最后是作为清朝的定南王驻节桂林并在此兵败自杀的，而桂林的山水和古迹又给了我许多宝贵的提示。

我决定推倒《风雨孤舟》，重新来过。于是进一步搜寻资料、聚集资料，进一步深入了解那个时代。当时正好在《少年天子》出版、《暮鼓晨钟》尚未开始修改之际，很自然的，这部将要创作的题材就被纳入到一个系列之中了。因为从时序上说，它正好与《少年天子》相接；从人物上说，它表现的是顺治的父亲皇太极的开创，并且，实际上存在着可遇不可求的重要的贯穿性人物，比如皇太极的妻子、顺治的母亲、康熙的祖母庄妃——庄太后——庄太皇太后布木布泰，这是很难得的；从主题的展现上说，清朝是从明朝手中夺取了江山，明朝为什么亡，清朝为什么兴，无论作为史学研究还是传说故事，都很有价值很有意义，令人感兴趣。那么，写清兴而不写明亡，显然是写不清楚的。

当然，这样一写，就不是中篇了，甚至也不是当初答应人家刊物的十来万字的小长篇，奋斗的结果，就是眼前这本四十五万字的长篇小说，题目改为《倾城倾国》。后来广西那边的刊物因种种难处没有办成，正逢江苏文艺出版社来约稿，便交付给了他们。

1991 年 8 月，此书出版，印数一万，不多也不算很少。在北京书店里出现过一两次，这两年就见不到了。

《暮鼓晨钟》出版之后，我在后记里说明了《倾城倾国》、《少年天子》和《暮鼓晨钟》为长篇系列小说“百年辉煌”的前三部，便有朋友和读者来电话来信索要《倾城倾国》，说是在书店里买不到；等到我手头的《倾城倾国》只剩一本的时候，便请他们往出版社购买了。于是我才感到同一系列的书分在两处出版的不方便。

此书出版过程中，遇到过些许坎坷；也听到了一些评论和意见；自己每每重读，也有不满意的地方，总希望有再次修改的机会。感谢北京十月文艺出版社，愿意重新出版《倾城倾国》，使得“百年辉煌”的前三部归拢一起，也使得我的修改的愿望得到满足。

作者总是希望自己的书越改越好，莫给人“不如不改”的感觉。究竟如何，就要听读者的意见了。

凌　力

1995 年新春

图书在版编目 (CIP) 数据

倾城倾国 / 凌力著. — 北京 : 北京十月文艺出版社，2021.4

ISBN 978-7-5302-2121-1

Ⅰ. ①倾… Ⅱ. ①凌… Ⅲ. ①长篇历史小说—中国—当代 Ⅳ. ① I247.5

中国版本图书馆 CIP 数据核字 (2021) 第 038041 号

倾城倾国
QINGCHENGQINGGUO
凌 力 著

出　版　北 京 出 版 集 团
　　　　北京十月文艺出版社
地　址　北京北三环中路 6 号
邮　编　100120
网　址　www.bph.com.cn
发　行　新经典发行有限公司
　　　　电话 010-68423599
经　销　新华书店
印　刷　北京盛通印刷股份有限公司
版　次　2021 年 4 月第 1 版
　　　　2022 年 7 月第 2 次印刷
开　本　880 毫米 ×1230 毫米 1/32
印　张　17.25
字　数　490 千字
书　号　ISBN 978-7-5302-2121-1
定　价　79.00 元
质量监督电话　010-58572393
如有印装质量问题，由本社负责调换。